网（罒 罓）	ㄨㄤˇ	七九五
羊（⺶）	ㄧㄤˊ	七九八
羽	ㄩˇ	八〇二
老（耂）	ㄌㄠˇ	八〇六
而	ㄦˊ	八〇九
耒	ㄌㄟˇ	八一〇
耳	ㄦˇ	八一一
聿	ㄩˋ	八一七
肉（月）	ㄖㄡˋ	八一八
臣	ㄔㄣˊ	八三四
自	ㄗˋ	八三六
[illegible]		四〇
[illegible]		四一
[illegible]		四三
[illegible]		四四
[illegible]		四五
[illegible]		四七
[illegible]		四七
[illegible]		四八
[illegible]		八二
[illegible]		八五
血	ㄒㄧㄝˇ	八九九
行	ㄒㄧㄥˊ	九〇〇
衣（衤）	ㄧ	九〇四
襾（覀）	ㄧㄚˋ	九一五

七畫

見	ㄐㄧㄢˋ	九一七
角	ㄐㄧㄠˇ	九二〇
言	ㄧㄢˊ	九二二
谷	ㄍㄨˇ	九四八
豆	ㄉㄡˋ	九四九
豕	ㄕˇ	九五一
豸	ㄓˋ	九五二
貝	ㄅㄟˋ	九五三
赤	ㄔˋ	九六六
走	ㄗㄡˇ	九六七
足（⻊）	ㄗㄨˊ	九七二
身	ㄕㄣ	九八一
車	ㄔㄜ	九八二
辛	ㄒㄧㄣ	九九一
辰	ㄔㄣˊ	九九三
辵（⻌）	ㄔㄨㄛˋ	九九四
邑（右阝）	ㄧˋ	一〇一七
酉	ㄧㄡˇ	一〇二一
釆	ㄅㄧㄢˋ	一〇二七
里	ㄌㄧˇ	一〇二七

八畫

金	ㄐㄧㄣ	一〇二九
長	ㄔㄤˊ	一〇四八
門	ㄇㄣˊ	一〇四九
阜（左阝）	ㄈㄨˋ	一〇五八
隶	ㄉㄞˋ	一〇七〇
隹	ㄓㄨㄟ	一〇七〇
雨	ㄩˇ	一〇七八
青	ㄑㄧㄥ	一〇八六
非	ㄈㄟ	一〇八七

九畫

面	ㄇㄧㄢˋ	一〇八八
革	ㄍㄜˊ	一〇八九
韋	ㄨㄟˊ	一〇九一
韭	ㄐㄧㄡˇ	一〇九一
音	ㄧㄣ	一〇九一
頁	ㄧㄝˋ	一〇九三
風	ㄈㄥ	一一〇一
飛	ㄈㄟ	一一〇五
食	ㄕˊ	一一〇六
首	ㄕㄡˇ	一一一一
香	ㄒㄧㄤ	一一一二

十畫

馬	ㄇㄚˇ	一一一二
骨	ㄍㄨˇ	一一二〇
高	ㄍㄠ	一一二二
髟	ㄅㄧㄠ	一一二三
鬥	ㄉㄡˋ	一一二五
鬯	ㄔㄤˋ	一一二六
鬲	ㄌㄧˋ	一一二六
鬼	ㄍㄨㄟˇ	一一二七

十一畫

魚	ㄩˊ	一一二九
鳥	ㄋㄧㄠˇ	一一三三
鹵	ㄌㄨˇ	一一三九
鹿	ㄌㄨˋ	一一三九
麥	ㄇㄞˋ	一一四一
麻	ㄇㄚˊ	一一四一

十二畫

黃	ㄏㄨㄤˊ	一一四二
黍	ㄕㄨˇ	一一四三
黑	ㄏㄟ	一一四四
黹	ㄓˇ	一一四七

十三畫

黽	ㄇㄧㄣˇ	一一四七
鼎	ㄉㄧㄥˇ	一一四八
鼓	ㄍㄨˇ	一一四九
鼠	ㄕㄨˇ	一一四九

十四畫

鼻	ㄅㄧˊ	一一五〇
齊	ㄑㄧˊ	一一五〇

十五畫

齒	ㄔˇ	一一五一

十六畫

龍	ㄌㄨㄥˊ	一一五二
龜	ㄍㄨㄟ	一一五三

十七畫

龠	ㄩㄝˋ	一一五四

特點簡介及說明

矢部 ㄕˇ

●字形的演變

●根據「說文解字」簡要說明部首的字形結構

矢就是箭，是古代打仗時不可缺少的武器。「矢」是按照箭的形狀所造的象形字，前面是箭頭，中間是箭身，下面是羽毛和栝（箭的末尾，可以搭在弓弦上發射的地方）。矢部的字大部分都和箭有關係，例如：矯（把箭桿揉直，因此發展出矯正的意思）。

●減去部首後的筆畫數　●正確的筆畫順序　●標準字體

知　ノ ㄏ ㄠ 𠂉 矢 知 知 知　矢部 三畫

●有多種讀音時分別列舉說明　●若有多種字義均分別註明和舉例

ㄓ ❶了解，明白：例知道、通知。❷學識：例求知。❸舊時主管：例知縣。

ㄓˋ ❶和「智」字同：例知慧。❷姓：例知先生。

參考 相似字：曉、明。♣請注意：「知」多作知識的意思；「智」多作「智慧」、「智謀」的意思。

猜一猜 飲水思源。（猜臺灣一地名）（答案：知本）

知了 ㄓ ㄌㄧㄠˇ 就是蟬。因為蟬叫的聲音很像「知了」。

唱詩歌 小知了，嗓門高，整天叫著「我知道」。小兔問牠雨哪兒來？牠說雨從山上掉。小鹿問牠風哪兒去？牠說被鳥叼跑了。知了知了真可笑，不懂偏偏裝知道。

知己 ㄓ ㄐㄧˇ 彼此相互了解而且感情深厚的人。例他喜歡和三五知己喝酒聊天。

知足 ㄓ ㄗㄨˊ 對於已經得到的東西感到滿足。例你錢賺那麼多，應該知足了。

●詞語解釋之後附上例句，淺顯明白

古人說 「比上不足，比下有餘。」這句話是說：比好的比不了，比差的還不錯。表示程度中等，不好不壞，也表示知足的意思。例雖然他這次只考了六十分，但總是「比上不足，比下有餘」。

●提供相關字詞的趣味內容，活用字詞，另有「唱詩歌」、「小百科」等，以提高學習興趣

知音 ㄓ ㄧㄣ 傳說古代的伯牙很會彈琴，鍾子期能從伯牙的琴聲中聽出他的心意。指了解自己的朋友叫「知音」。

●以白話文敘述詞語來源並說明涵義

知恥 ㄓ ㄔˇ 有羞恥心。例做人要懂得知恥。

知悉 ㄓ ㄒㄧ 知道。例我已知悉這項計畫了。

知道 ㄓ ㄉㄠˋ 對於事情或道理明白了解。例你的意思我知道。

參考 請注意：「懂」和「知道」有分別：「懂」是徹底的明白，例如：你懂我的意思嗎？「知道」只是指曉得，例如：你知道她是誰嗎？

●對於容易寫錯或混淆的字詞，加以分析說明，提醒注意

知趣 ㄓ ㄑㄩˋ 知道什麼時候做什麼事，不會惹人討厭。例你最好知趣些，該你說時你再說。

參考 相似詞：識相。

第三版

小學生活用辭典

邱德修◎審訂

執行主編

蘇月英

編撰小組

王曉瑜　李世宜　李琇曾　林芬如
詹月現　劉美芳　賴秋玲　蔡靜嬋

編輯者的話

這本辭典是針對國民小學中、高年級的小朋友編寫的，目的是幫助小朋友辨清字形，讀準字音，了解字義，進而活用字詞；並透過生動、活潑、富趣味性的內容，提高小朋友自行查閱辭典的興趣。

我們的編輯原則是：用詞力求淺顯明白，解釋及舉例力求正確貼切，參考資料力求實用、活潑有趣。

為了讓小朋友認識中國文字的演變過程，我們特別對二百一十三個部首的造字緣起、演變，以及意義的衍變，作了淺易的解釋。例如：

雨部 ㄩˇ

地面上的水，蒸發到天空中，遇冷會變成雲，雲裡的水滴聚集很多時就會下降，那就是下雨。「[古文雨]」就是雨最早的寫法，「一」像天，「冂」像雲，小點正像降下的水滴。雨部的字都和自然現象有關，例如：雷、電、霞。

我們的編輯體例是每一個字分為：字形欄、字義欄、詞彙欄、穿插在字詞間的活用字詞，以及各種附錄資料。分別舉例說明如下：

一、字形欄

我們根據教育部公布的「常用國字標準字體表」及國民小學各科課本中的單字，精選出約五三〇〇個單字，先按照部首的順序歸類，再依照筆畫數的多少排列。字形則是以教育部公布的標準字體為準。每個單字下面一筆一畫寫出筆畫順序，並標示出所屬的部首和部首以外的筆畫數。例如：

柞

一 十 才 木 木 杧 杧 柞 柞

木部 五畫

二、字義欄

我們根據教育部編的「國語一字多音審訂表」標注每個單字的標準國音，再依次解釋字義，舉出適當的詞句做為例子。解釋和舉例都儘量口語化。例如：

雨

一 冂 冂 币 币 雨 雨 雨

雨部 〇畫

ㄩˇ ❶從雲層下降到地面的水。水蒸氣上升到空中遇冷凝結成雲，雲裡的小水滴增大到不能浮在空中時，就會下降：例下雨。❷朋友：例舊雨新知。

ㄩˋ 落下：例雨雪（下雪了）。

三、詞彙欄

我們廣泛搜集國民小學各科課本中出現的詞語，以常用、實用為原則，挑選出以各單字起頭的詞彙，分條標注標準國音，再用淺顯的文字加以解釋，並舉出適當的例詞或例句。例如：

分工合作（ㄈㄣ ㄍㄨㄥ ㄏㄜˊ ㄗㄨㄛˋ） 把一件事分成幾部分，大家合力去完成。工：工作，事情。例經過我們分工合作，花園已經整理得很乾淨。

漫天（ㄇㄢˋ ㄊㄧㄢ） ❶布滿了天空。漫：充滿。例早上漫天的大霧，車子簡直分不清方向。❷毫無限制的。例這個商人漫天要價，因此生意不好。

四、活用字詞

為了增加小朋友使用字詞的正確性，凡是同義、反義、容易混淆的字詞，我們都收入「參考」欄加以辨析；而為了增加文字的趣味性，提高小朋友的學習興趣，我們更斟酌在字詞間穿插加入「參考」、「猜一猜」、「唱詩歌」、「繞口令」、「俏皮話」、「笑一笑」、「小故事」、「古人說」、「動動腦」、「小百科」等各欄。例如：

口袋（ㄎㄡˇ ㄉㄞˋ） 衣服上用來裝東西的袋子。

笑一笑 妹妹：「媽！我不知道要穿哪件衣服去參加宴會？」媽媽：「那就穿口袋最多的那一件。」

喇叭（ㄌㄚˇ ㄅㄚ） ❶嗩吶的俗稱。❷銅製的吹奏樂器，上端小，身細長，尾端圓而向四周擴大。❸指和嗩吶形狀相似，具有擴音作用的東西。

俏皮話 「隔窗吹喇叭——名（鳴）聲在外。」靠近窗戶吹喇叭，外面當然能清楚的聽到聲音。這是誇獎一個人的名氣，別人早就知道了。例張老師的文名，可是「隔窗吹喇叭——名（嗚）聲在外」。

參考 活用詞：喇叭花、喇叭褲。

繞口令 張啞巴，李啞巴，登了北極吹喇叭。張啞巴吹的喇叭大，李啞巴吹的大喇叭。

沖擊（ㄔㄨㄥ ㄐㄧˊ） 強大的水流撞擊物體。例海水沖擊海岸，激起美麗的浪花。

參考 請注意：「沖擊」和「衝擊」不同，「衝擊」是指突然的攻擊或打擊。

漲潮（ㄓㄤˇ ㄔㄠˊ） 由於月亮和太陽的引力作用，使海洋水面發生升降現象，水面上升叫漲潮。

例 漲潮時不要靠近海邊，以免發生危險。

參考 相反詞：退潮。

唱詩歌 漲潮了，真熱鬧，魚兒跳，蝦兒躍，浪花送來小螺號。我吹螺號嘟嘟嘟，大海朝我嘩嘩笑。

五、附錄

除了書首的「部首查字表」、書末的「注音查字表」之外，為了加強實用性，方便小朋友參考應用，我們特附錄以下各種資料：

(一)國語注音與通用拼音暨漢語拼音對照表
(二)認識中國文字
(三)標點符號用法表
(四)國語文法表
(五)常用量詞表
(六)書信用語
(七)信封書寫範例
(八)中國歷代系統表
(九)長度單位換算表
(十)地積（面積）單位換算表
(十一)容量單位換算表
(十二)重量單位換算表

這本辭典的六大特點

一、內容豐富

本辭典包括字形、字義、詞彙、活用字詞四大部分。「字形」明示每個單字的正確書寫方式和部首歸屬；「字義」標注每個單字的標準國音，並舉例說明每個字的涵義；「詞彙」詮釋常用詞語的精確意義，並舉出例句加以印證；穿插在字詞間的「活用字詞」，資料精確，則是小朋友最感興趣的文字小百科。

二、字詞活用

本辭典可說是小朋友的良師益友。良師教導小朋友每個字詞的正確寫法、讀法、意義和用法；益友幫助小朋友活用字詞，擴大字詞的空間。例如：同義、反義、容易混淆、經常誤用的單字與詞彙，為本辭典注入新的字詞內涵。

三、活潑有趣

本辭典特別在字詞間穿插加入「小百科」、「小故事」、「俏皮話」、「猜一猜」、「笑一笑」、「唱詩歌」、「繞口令」、「動動腦」、「古人說」等各類有趣的字詞相關資料，讓小朋友愛不釋手，不知不覺中培養查閱辭典的興趣。

四、部首淺釋

本辭典對二百一十三個部首的造字緣起、演變，以及意義的衍變，都附圖加以解釋，使小朋友認識到中國文字的來龍去脈。

五、字體標準

本辭典收錄的每個單字字體，完全依照教育部頒布的「常用國字標準字體表」為準，全國一致，以便小朋友學習。

六、用詞淺白

本辭典在文筆上儘量做到淺白和簡潔，必要的文言和典故出處也都改寫成白話，以符合小朋友的閱讀能力，讓小朋友在毫不吃力的情況下查閱生字、生詞。

怎樣查閱這本辭典

為了方便小朋友查閱生字，這本辭典的書首附有「部首查字表」，書末附有「注音查字表」。使用方法如下：

一、部首查字表

以查「材」字為例。

1.確定所要查的字的部首，如：「材」字屬於「木」部。

2.計算部首的筆畫數，如：「木」部為四畫，在「部首查字表」的四畫內，查出「木」部頁碼是在本辭典的第四九七頁。

3.再計算部首外的筆畫數，如：「材」字，部首外的「才」字筆畫數是三畫。翻到第五〇〇頁之後，按著三畫的字查尋，就可以在第五〇一頁找到「材」字。

二、注音查字表

如果已經知道字的讀音，可以直接利用「注音查字表」，相當方便迅速。

以查「材」字為例。

1.確定所要查的「材」字，注音讀作「ㄘㄞˊ」，翻到「注音查字表」可以找到「ㄘ」在第一二二九頁。

2.接著，在「注音查字表」第一二三〇頁中查出「ㄘㄞˊ」這一欄裡，有「材　五〇一」，直接翻到第五〇一頁，很快就可查到「材」字。

目錄

一部

數字「一」，古時候的寫法和現在完全一樣。「一」就是用一條線來表示數字的開始，可以用來指一個人、一本書、一件事，是一種概念。而「日」是太陽的形狀，這種依照物體形狀畫成的字，我們稱為象形字。「一」是說一種抽象的概念，稱為指事字，像一、二都是。

一 ㄧ

一部 〇畫

❶數目字。❷一方面，一部分：例其中之一。❸第一：例一流設備。❹滿，全部：例一身是汗。❺專，純：例一心一意。❻另外的，又：例蟬，一名「知了」。❼偶然，稍微：例一不小心、試一試。❽相同：例一模一樣。❾剛剛：例天一亮他就醒了。❿某一：例一天，他突然回來了。⓫每，各：例一隊五十人。⓬跟「就」呼應，表示前後緊接著或表示每逢：例一學就會、一看到他就想起從前。⓭姓：例一先生。

參考 請注意：❶「一」的數目字大寫作「壹」。❷「一」字在單獨使用或放在一個詞、一句話的最後面時念「一」，例如：十一（ㄧ）。如果在第一、第二、第三聲字前面時念「ㄧˋ」，例如：一（ㄧˋ）心一德、一（ㄧˋ）言難盡、一（ㄧˋ）口氣。如果在第四聲字前面時念「ㄧˊ」，例如：一（ㄧˊ）半、一（ㄧˊ）字千金。❸「一」可以表示單一、個別的意思，例如：一艘船、一片餅乾、一件衣服、一枚硬幣、一幅畫、一隻小狗等。「一」也可以表示很多東西聚在一起，成為一體，例如：一串葡萄、一打鉛筆、一疊白紙、一堆糖果等。

猜一猜 上不在上，下不在下，天沒有它大，人有它大。（猜一字）（答案：一）

動動腦 「我一大早起床，一口氣喝了三大杯牛奶。」小朋友，除了一大早、一口氣之外，你還能想出用「一」開頭三個字的詞嗎？

笑一笑 有一位員外聘請老師來教導他的兒子。老師先教他寫「一、二、三」，員外的兒子學了這三個字，就對員外說：「一是一畫，二是兩畫，我已經學會所有的字了。」有一天員外要他寫一張請帖給一個姓萬的人。他寫了很久，都還沒寫好，員外一直催他，他埋怨的說：「什麼姓不好姓，偏偏要姓萬。我寫了好久，才寫到五百多畫！」

俏皮話 「一個蘿蔔一個坑——沒多的。」這句話是說一個坑剛好只能種一個蘿蔔，沒有多出來的。例你想進這所大學教書，可是現在是「一個蘿蔔一個坑——沒多的」。

繞口令 一二三四五六七，七六五四三二一。一七七，七一七；七一七一一四一加一。

一一 一個接一個。例主席一一介紹來賓。

一分 ㄈㄣ ❶計算事物的單位。例他送我一分生日禮物。例他找到一分工作。❷全部中的一部分。例我是班上的一分子。

一切 ㄑㄧㄝˋ 全部，所有的。例他把一切東西都整理好了。

一手 ㄕㄡˇ ❶一隻手。例他一手提起行李。❷一個人的力量。例這件工作由他一手完成。❸指一種本領。例他練了一手好書法。

一心 ㄒㄧㄣ ❶同心。例大家一心為比賽而努力。❷專心。例他一心念書，沒有時間休息。

一半 ㄅㄢˋ 東西分成二等分，其中的一分。例他把糖果分給兩個人，一人一半。

一旦 ㄉㄢˋ ❶一天：比喻很短的時間。例他的生意失敗，毀於一旦。❷有一天。例一旦我離開你，請不要傷心。

一生 ㄕㄥ 從小到老、從生到死。例他一生都在教育學生，是個好老師。

參考 相似詞：一輩子。

一共 ㄍㄨㄥˋ 總共。例這裡一共有十個人。

一向 從過去到現在。例他一向很用功。

一再 一次又一次。再：第二次。例他一再犯錯，老師不原諒他了。

一列 一排。例我們排成一列縱隊。

一同 一起。例我們每天一同上學。

一回 ❶一次。例電影票只能用一回。❷一趟，指行走方面的一次。例我明天要到高雄一回。

一早 清晨；天剛亮。例他今天一早就出去了。

一味 ❶單純的。例她父母一味的寵她，造成她自大不受歡迎。❷一種滋味。

一刻 古代一小時分成四刻，每刻十五分鐘；一刻指很短的時間。例我們到了最後一刻才見到他。

一定 ❶必定，表示肯定。例他一定會在三點以前回來。❷固定。例東西放在一定的地方，比較容易找。❸到達某一個程度。例表演要有一定的水準，才能吸引觀眾。

一直 ❶始終不變。例他一直是這麼瘦。❷不轉彎（前進）。例往前一直走，郵局就到了。

參考 相似詞：一向。

一股 計算氣體或細長東西的單位。例這間房子有一股怪味。

一律 全部，都一樣。例我國各民族一律平等。

參考 活用詞：千篇一律。

一面 ❶東西的某一部分。例這張紙一面是白色，一面是黑色。❷一方面。例他說的話只是他的一面之辭。❸計算東西的單位。例一面國旗。❹兩個動作一起做。例他一面看書，一面吃零食。❺見過一次。例我和他只見過一面。

一度 ❶一次。例一年一度的國慶日又到了。❷有一段時間。例上個月一度缺雨，差點鬧旱災。

一則 ❶一項，一條。例我聽到一則很有趣的笑話。❷一方面。例聽到他留學的決定，我一則替他高興，一則感到憂傷。

一致 相同。例大家一致認為他最適合當班長。

參考 相似詞：一樣。

一時 ❶一段時間。例此一時，彼一時，你別太得意。❷短時間。例他一時用不著這麼多錢。❸臨時，偶爾。例我一時忘記他是誰。

一流 指最高、最好的程度或品質。例這幅畫有一流的水準。

一起 ❶同一個地方。例他們住在一起已經十年了。❷一同。例昨天我和同學一起去爬山。

一般 ❶普通，在正常的情形中。例一般來說，學生們都喜歡體育課。❷同樣；一樣。例她的臉紅得像蘋果一般。

參考 相反詞：特殊。♣活用詞：一般見識。

一貫 ❶從過去到現在。例勤儉是他一貫的作風。❷連續不斷。例現代化的生產都是一貫作業。❸古代一千錢叫一貫。

一帶 指某一個地方和附近相連接的區域。例沿海一帶的居民，多以捕魚為業。

一連 連續不斷的意思。例一連下了三天的雨，到處都是水。

一路 ❶沿途，整個行程中。例一路上他看見許多垃圾。❷一起。例我和他一路來的。❸同類。例他們是一路人。

一群 許多集合在一起的人或動物。

一對 ❶兩個形狀相同或左右對稱，可以相配的東西。例他送我一對鋼筆。❷指配偶或情侶。例他們是一對感情很好的夫妻。

一齊 同時。例他們一齊出發。

一樣 ❶相同。例這兩件衣服是一樣的價錢。❷一種。例這是另一樣的說法。

一趟 一次。例麻煩你再跑一趟，把書送去還他。

一舉 一次行動。例我校在這次球賽中，一舉拿下全國冠軍。

一邊 ❶指東西的一面，事情的一方面。例這塊木板的一邊很光滑。❷旁邊。例他把車子停在路的一邊。❸兩個動作一起進行。例他一邊走一邊吃東西。

一口氣　❶快而連續。例他一口氣跑完一千公尺。❷指人的呼吸，也用來比喻人的生命。例只要我有一口氣在，我一定要找到他。

一肚子　形容人的心中充滿某些想法。例他很調皮，有一肚子歪腦筋。

一系列　許多互相有關係的事物，一連串的被放在一起。例電視最近對生態環境保護有一系列的報導。例這家圖書公司出版了一系列的古典小說。

一班人　同一群的人。例他們一班人到操場打球。

參考　請注意：「一班人」是指同一群人，例如：這一班人是藝術家。「一般人」是指普通人，例如：一般人都不了解抽象畫。♣活用詞：一班人馬。

一陣子　某一段時間。例這一陣子常下雨。

一條心　意志相同。例大家團結一條心，做任何事情都能成功。

一連串　一個接一個。例他雖然受了一連串的打擊，仍然不灰心。

一會兒　比喻極短的時間。例他一會兒就不見了。

一窩蜂　像窩中的蜜蜂，數量很多，常用來比喻盲目的跟從。例一下課，大家一窩蜂跑到操場打球。

一團糟　形容事情敗壞得無法收拾。例他沒有照著計畫進行，把事情弄得一團糟。

一輩子　人從生到死的過程，就是人生一世。例他當了一輩子的老師，桃李滿天下。

一瞬間　轉眼間，指極短的時間。瞬：轉動眼珠，指極短的時間。例一瞬間，她消失在人群中。

一轉眼　比喻時間過得很快。例一轉眼，我們都長大了。

笑一笑　一個貪小便宜的女人教他兒子逃票，要他告訴收票員他只有五歲不用買票。收票員很懷疑的問：「你看起來不像那麼小，你什麼時候才會有六歲呢？」小孩說：「別擔心，我一下車，一轉眼就有六歲了。」

一隴隴　形容一行行堆積起來的東西。隴：田中的高地。例田裡晒了一隴隴的穀子。

一了百了　解決事情的某一部分，整件事也跟著解決了。了：結束。例你不要以為自殺就能一了百了，問題還是沒解決呢！

一刀兩斷　用刀子把東西切斷；比喻堅決的斷絕關係。例他們一刀兩斷，結束了多年的合作關係。

一心一意　專心的做事。例只要一心一意，任何工作都能完成。

一五一十　數數目時常常五個一數：一五、一十、一十五……，因此一五一十是比喻敘述事情時又清楚又仔細。例他一五一十的把事情經過告訴我。

一日三秋　一天不見，就好像已經過了三年不見；形容非常思念一個人。秋：代表一年。例她一天沒和男朋友見面，就感覺日子過得真是一日三秋。

動動腦　小朋友，下面四個成語都少了字，請你填上去：

❶一□一□。
❷一□二□。
❸一□三□。
❹一□千□。

（答案：❶一絲一毫。❷一清二楚。❸一日三秋。❹一字千金。）

一日千里　本來是指馬跑得很快，後來進步得很快，也叫作「一日千里」。例他的技術一日千里，大家都非常敬佩。

猜一猜　朝辭白帝，暮到江陵。（猜一句成語）（答案：一日千里）

一文不名　一個錢都沒有。例他是個一文不名的窮光蛋。

一文不值　一文錢的價值也沒有；比喻毫無價值。文：古代貨幣最小的單位。例這些東西一文不值，你還把它當寶貝！

參考　相似詞：一錢不值、不值一錢。♣相

反詞：價值連城。

一毛不拔 一根毛也不肯拔；比喻一個人非常自私、小氣。例他一毛不拔，真是個小氣鬼。

猜一猜 鐵公雞。（猜一句成語）（答案：一毛不拔）

笑一笑 一隻猴子死了以後去見閻羅王，要求下輩子投胎做人。閻羅王答應了牠，並派小鬼來拔毛。才拔了一根，猴子就又叫又跳的。閻羅王笑著說：「看你一毛不拔，怎麼能做人！」

俏皮話 「冷水燙雞毛——一毛不拔。」小朋友，你看過菜市場裡殺雞的攤販嗎？在攤位裡都準備有熱水，用來燙雞毛，讓雞毛軟化才好拔；如果用「冷水燙雞毛」，那一定是「一毛不拔」。這句話是比喻一個人很小氣、很吝嗇。

一天到晚 整天。例他一天到晚只想玩，一點也不用功。

一目十行 看一眼就可以記住十行的內容；形容人很聰明，看書速度很快。行：書中從上到下的一排叫一行。例他看書的速度很快，幾乎是一目十行。

一本正經 形容一個人很規矩、很認真的樣子。例他一本正經的教訓我們，大家都很受不了。

一目瞭然 一眼就能看得非常清楚；比喻非常清楚明白。瞭：明白。例他對我們的把戲一目瞭然，可別想騙得了他。

參考 相似詞：一望而知、一覽無遺。

俏皮話 「獨眼龍看戲——一目瞭然。」獨眼龍只用一隻眼睛來看東西，就看得清楚了。比喻一個人眼力很好。例你別以為他不明白，其實他是「獨眼龍看戲——一目瞭然」。

一字千金 形容文章寫得很好，一個字價值千金。金：就是錢、貨幣的意思。據說：呂不韋請人編了一本「呂氏春秋」，公布在咸陽城門口，只要誰能增加或去掉這本書的一個字，就賞他千金。用這樣來表示這本書的可貴。例他的小說很暢銷，可算是一字千金的作家。

一成不變 本來是指刑法訂立以後，不可再改變，後來形容一直保持原來的樣子，不肯改變。例他畫圖的風格一成不變，很單調。

參考 相似詞：墨守成規。

一年半載 一年或半年。載：年。例他去環遊世界，一年半載之內不會回來。

一年到頭 一整年。例農夫一年到頭在田裡忙著。

參考 相似詞：經年累月。

一帆風順 ❶掛上帆的船順風行駛；比喻非常順利。例他的歌唱事業一帆風順，令人羨慕。❷向出外的人祝福的話。例祝你一帆風順，旅途愉快。

一技之長 具有某種技術或專長。例具一技之長的人，永遠不愁找不到工作。

一見如故 形容第一次見面就像老朋友一樣感情很好。故：老朋友。例他們一見如故，立刻變成好朋友。

一步登天 比喻一下子就達到最高的程度。登：上升。例他沒多久就一步登天的當上了總經理。

一見鍾情 男女第一次見面就很喜歡對方。鍾情：專情。例他們一見鍾情，不久就結婚了。

一言難盡 一句話很難說明白；形容遇到的事很曲折，不容易仔細說明。盡：完全。例這件事一言難盡，不知該從何說起。

一板一眼 形容做事實在，不馬虎。板、眼：是指樂曲中的節拍。強拍擊板，叫「板」；次強拍和弱拍擊鼓，叫「眼」。例他做事一板一眼，非常負責。

一波三折 指事情不順利，遇到許多阻礙。波折：水波因為起伏而產生曲折的現象；比喻事情遇到了困難。例他們的計畫，一波三折，始終無法完成。

一刻千金 比喻時間的寶貴。一刻：短時間。千金：很貴重的東西。

一念之差 因為某一個想法而造成差錯。念：想法。例他一念之差差去搶銀行，結果被警察抓走了。

一知半解　形容知道的很少，了解的不夠透徹。例研究學問不可以一知半解。

一拍即合　一打拍子就合乎曲子的節奏；比喻人很容易自然而然的結合在一起。例他們兩個一拍即合，決定一起去冒險。

一事無成　指一個人浪費光陰，沒有成就。例他年紀不小了，仍然一事無成。

一命嗚呼　用一種比較玩笑的方式說一個人死了。例這守財奴捨不得花錢看病，不久就一命嗚呼了。

一股腦兒　全部。例他把要說的話一股腦兒全傾吐出來了。

一哄而散　發出吵鬧的聲音後，各自散去。哄：很多人一起發出聲音。例警察一到，看熱鬧的人就一哄而散。

一氧化碳　是一種無色無臭的有毒氣體，能和血液中的血紅素化合，使紅血球失去帶氧的作用，造成人的死亡。

一針見血　比喻文章、言論能夠說到重點。例他的話一針見血，很有道理。

參考　相似詞：入木三分、一語道破。

一氣呵成　連續不間斷把事情完成；比喻事情快速完成。呵：吹氣。例小妹的功課已經一氣呵成做完了。

一脈相傳　由一個血統或派別傳下來。脈：血管。例他的醫術是由祖先一脈相傳的。

參考　相似詞：一脈相承。

一笑置之　笑一笑就把它放在一邊，表示不把它當作一回事。置：放。例別人開他玩笑，他一笑置之，一點也不在意。

一馬當先　比喻站在最前面，領導別人。例他一馬當先，上前殺敵。

一乾二淨　❶把事物全部處理完。例他把菜吃得一乾二淨。❷比喻沒有一點關係。例他把責任推得一乾二淨。

一視同仁　平等對待，沒有差別。同仁：相同的愛心。例他對每個人都一視同仁。

參考　相反詞：厚此薄彼。

一貧如洗　形容非常貧窮，像被水洗過一樣，什麼都沒有。例他家一貧如洗，生活十分困苦。

參考　相似詞：家徒四壁。

一望無際　遼遠廣闊，看不到邊際；形容視線十分廣闊。際：邊。例一望無際的原野，令人心胸開闊。

參考　相似詞：一望無涯。

一敗塗地　比喻糟得不可收拾。塗地：「肝腦塗地」的簡稱；形容死得很慘。例他的生意一敗塗地，欠了一大筆債。

一朝一夕　一日一夜；形容時間很短。例這件事情不是一朝一夕能造成的。

一絲一毫　比喻非常細微，一點點的意思。絲：細絲。毫：獸類到秋天新生的細毛。絲、毫都是指很小的東西。例他做事認真，一絲一毫也不馬虎。

一飯千金　❶比喻受一頓飯的恩惠卻用千金重重的報答。據說：秦末漢初時的韓信，少年時代很貧困，在淮陰城下釣魚維持生活。有一個洗衣服的老婦人給他吃了十幾天的飯，後來韓信幫助劉邦取得天下，封為楚王，就拿一大筆錢報答她。❷形容飲食很奢侈，一餐飯就花掉很多錢。例這個大富翁一飯千金，真是浪費。

一筆勾消　把過去的事情或帳目，像用筆一樣全部塗抹掉。比喻不算數。勾消：取消。例過去的恩怨一筆勾消，誰也不欠誰了。

參考　相似詞：一筆勾銷。

一絲不苟　形容人做事十分認真、細心，一點也不馬虎。苟：馬虎。例他做事有板有眼，一絲不苟。

參考　相反詞：因循苟且、馬馬虎虎。

一絲不掛　形容全身不穿衣服。

一勞永逸　只要辛苦一次，就可以永遠的舒服。逸：安樂，安適。

例大夥正在替環保問題想個一勞永逸的解決辦法。

參考 相反詞：苟安一時。

一無是處 沒有一點值得稱讚的地方，也就是沒有什麼優點。例這本書亂抄一通，一無是處。

參考 相似詞：一無可取。♣相反詞：十全十美。

一廂情願 完全是自己的意思、想法，不管對方的想法如何。廂：方面。例這是你一廂情願的想法，別人不一定贊成。

參考 相似詞：一相情願。

一落千丈 形容退步得很厲害。例他上課打瞌睡，成績一落千丈。

參考 相似詞：江河日下。♣相反詞：扶搖直上。

一新耳目 形容聽見或看見的都很新奇，和以前完全不同。例他的歌曲讓人一新耳目，獲得大家的推崇。

一鼓作氣 形容剛開始精神好、氣勢盛，一口氣把事情完成。鼓：戰鼓，古代雙方作戰時，敲鼓指揮戰士前進。例他一鼓作氣來回跑一公里，拿下接力賽冠軍，真不簡單。

一意孤行 不顧別人的反對，照著自己的想法去做。例他不聽勸告，一意孤行，把錢全賠光了。

一葉知秋 看見一片落葉，就知道秋天到了。比喻看見一點跡象，就能預測事物未來發展的方向。

參考 相似詞：見微知著。

一塌糊塗 ❶亂得不可收拾。例他的房間亂得一塌糊塗。塌：下陷。❷比喻事情弄得一團糟，無法收拾。例他考得一塌糊塗。

參考 相似詞：亂七八糟。

一網打盡 形容全部抓住或消滅，沒有一個漏掉。例警察把這群歹徒一網打盡，立了大功。

一塵不染 形容十分乾淨。例媽媽把家裡打掃得一塵不染。

一碧如海 一片碧綠，像海一樣廣大。碧：青綠色。例天空一碧如海，看了真是心胸開朗。

一團和氣 形容待人或人與人相處很和諧。例楊伯母臉上一團和氣，親切的招待我們。

一鳴驚人 比喻人平時沒有特殊表現，一下子就做出驚人的事。例他這次得了全國歌唱冠軍，真是一鳴驚人。

猜一猜 鬧鐘。（猜一句成語）（答案：一鳴驚人）

一模一樣 指兩個人或東西外表很像，就像從同一個模子中倒出來的一樣。模：模範，古人製造銅器的內模。例這兩個雙胞胎長得一模一樣，很難分辨。

猜一猜 影印。（猜一句成語）（答案：一模一樣）

一暴十寒 曬一天，凍十天。比喻做事或學習沒有恆心，做得少、休息得多。暴：同「曝」，在陽光下曬。寒：寒凍。例他念書一暴十寒，沒有恆心，因此功課不好。

一盤散沙 比喻大家不團結。例這戶人家整天吵吵鬧鬧，就像一盤散沙。

一箭雙鵰 一箭射中兩隻大鵰；比喻做一件事，得到兩種效果。鵰：同「雕」，是一種凶猛的大飛鳥。例李後主娶了大小周后，可真是一箭雙鵰啊！

參考 相似詞：一石二鳥、一舉雙擒。

一諾千金 答應的一句話，就有千金的價值。比喻一個人說話很守信用。例爸爸一諾千金的買了遙控汽車給我。

參考 相反詞：食言而肥、言而無信。

一點一滴 ❶形容很微小的東西。❷指事情逐漸累積。例他的財富是一點一滴存下來的。

一臂之力 一部分的力量，指幫助。例如果需要的話，我可以助你一臂之力。

一聲不響 不發出一點聲音，常用來形容人在生悶氣，不說一句話。例她一回家就一聲不響，不知道發生什麼事。

一舉兩得 做一件事，得到兩種收穫。例運動可以增進身體健康，又能保持身材，真是一舉兩得。

一瀉千里 ❶形容水流很快，奔流直下。例黃河的水勢很大，一瀉千里。❷比喻文筆流暢。例他的文思泉湧，像江河一樣一瀉千里。❸比喻口才很好，像河水傾瀉，不能抗拒。

一竅不通 比喻一點也不懂。竅：孔穴，人有七竅：眼、耳、口、鼻。例他對唱歌一竅不通。

參考 相反詞：樣樣精通。

俏皮話 「擀麵杖吹火——一竅不通。」小朋友你曾看過擀麵杖嗎?它是一種長的圓柱形實心木棒，用來擀水餃皮等麵食。「用擀麵杖吹火」是比喻一個人對事情外行。例他做生意是「擀麵杖吹火——一竅不通」，你別跟他合作。

一觸即發 原指箭在弓弦上，拉開弓隨時準備發射。比喻情勢非常緊張，稍微一碰，就會發生變化。觸：碰。發：發射出去。例這兩支軍隊水火不容，戰爭一觸即發。

參考 相似詞：千鈞一髮。

猜一猜 地雷。（猜一句成語）（答案：一觸即發）

一籌莫展 一點辦法也想不出來；一點計策都施展不出來。籌：計策，辦法。展：施行。例眼看時間快到了，他仍然一籌莫展，不知該怎麼辦。

一覽無遺 形容視野清楚廣闊，一眼就可以看得清清楚楚。覽：觀看。例在山頂上，臺北市的景色一覽無遺。

參考 相似詞：一覽無餘。

一問三不知 ❶每次問都回答不知道；比喻沒有見識，一無所知。例他學了三四年的英文，卻一問三不知，真是令人著急。❷故意不回答。例警方要歹徒說出共犯的名字，他卻一問三不知。

一不做二不休 事情已經開始做了，就把其餘的部分也一起做完。休：停止。例他一不做二不休，不但偷東西，還殺傷人。

一失足成千古恨 比喻犯了一次錯，就會後悔一輩子。失足：本指走路不小心摔倒了；比喻行為不小心犯了錯誤。千古：時間很久遠。例他受了誘惑去偷竊，真是一失足成千古恨。

一分耕耘一分收穫 付出一分勞力，就可以得到一分好處。勉勵人奮發向上，不可偷懶。

參考 相似詞：種瓜得瓜，種豆得豆。

一言既出，駟馬難追 一句話說出來之後，用最快的馬車也追不回來。比喻說話負責到底；勸人說話小心，要守信用。既：已經。駟：四匹馬拉的馬車。例我們說話之前要想一想，因為「一言既出，駟馬難追」。

丁
一丁　一部 一畫

ㄉㄧㄥ ❶天干的第四位，也表示等級第四：例甲、乙、丙、丁。❷人口：例人丁。❸指成年的男子：例壯丁。❹僕役：例家丁、園丁。❺小方塊：例肉丁。❻遭到：例丁艱、丁憂。❼姓：例丁先生。

七
一七　一部 一畫

ㄑㄧ 數目名：例七個人。

參考 請注意：「七」的數目字大寫寫作「柒」。

七夕 農曆七月七日晚上，傳說每年這一晚，天上的牛郎織女在天河鵲橋上相會。夕：夜。

七上八下 形容心神不安，非常緊張。例考試時，每個人的心情都七上八下。

動動腦 小朋友，除了「七零八落」、「七上八下」、「三長兩短」，你還能想出第一個字和第三個字是數字的成語嗎?和其他小朋友比比看!（答案：三教九流、一心一德、一心一意、一年半載、一言九鼎、七零八落、七拼八湊、七老八十、三心二意……）

七手八腳 ㄑㄧ ㄕㄡˇ ㄅㄚ ㄐㄧㄠˇ 形容做事時人多而忙亂，沒有條理。例他們七手八腳把東西搬進屋內。

猜一猜 螃蟹過河。（猜一句俗語）（七手八腳）

七老八十 ㄑㄧ ㄌㄠˇ ㄅㄚ ㄕˊ 形容人的年紀很大。例你說話別七老八十的，像個老太婆！

七零八落 ㄑㄧ ㄌㄧㄥˊ ㄅㄚ ㄌㄨㄛˋ ❶形容太殘破而被弄散。例這棟房子太老舊了，被颱風吹得七零八落。❷經過打擊而十分凌亂。例這支軍隊被敵人打得七零八落。

七嘴八舌 ㄑㄧ ㄗㄨㄟˇ ㄅㄚ ㄕㄜˊ 比喻人多嘴雜，你一言，我一語，意見不一致。例他們七嘴八舌討論半天，還是沒有結果。

猜一猜 十五口。（猜一句成語）（答案：七嘴八舌）

俏皮話 「一家十五口——七嘴八舌。」這句話是指人多，每個人都爭著插嘴說話。例會場的秩序太亂，大家都急著發言，真個是「一家十五口——七嘴八舌」。

七竅生煙 ㄑㄧ ㄑㄧㄠˋ ㄕㄥ ㄧㄢ 形容人生氣到了極點，七竅都冒出火來。竅：孔。七竅：指人的眼、耳、口、鼻。例他知道球隊輸了，氣得七竅生煙。

三

一 二 三

一部 二畫

ㄙㄢ ❶數目名：例三隻小豬。❷表示多數或多次：例三思、再三、三番五次。❸姓：例三先生。

參考 請注意：「三」的數目字大寫寫作「叁」。

猜一猜 頭是一，腰是一，尾是一，數數不是一。（猜一字）（答案：三）

小百科 「三」除了表示數目字之外，還表示多次的意思，例如：三番五次、三妻四妾……。我國有許多地方有當地最出名的三種物產，稱為「三寶」。福建有三寶：興化龍眼、文昌魚、福州漆器。江蘇有三寶：鎮江香醋、蘇州蓮藕、南京板鴨。安徽有三寶：蕪湖螃蟹、徽城墨、涇縣宣紙。貴州有三寶：大方生漆、茅台酒、玉屏笛簫。雲南有三寶：麗江駿馬、大理石、雲南白藥。吉林有三寶：人參、貂皮、烏拉草。小朋友，說說看國內還有哪些「三寶」？

笑一笑 以前有個冒牌騙錢的私塾老師，他只認識一個「川」字。有一次，一個學生拿著書本請他教字。他想在書本裡找「川」字教，但翻了好幾頁書都沒找到「川」字，這可把他急壞了，突然，他看到書本上有「三」字，就很生氣的罵出來：「我到處找不到你，原來你躲在這兒睡覺！」

三代 ㄙㄢ ㄉㄞˋ ❶指夏、商、周三個朝代。❷指祖孫三輩。❸曾祖父母、祖父母、父母。

參考 活用詞：三代同堂。

三更 ㄙㄢ ㄍㄥ 夜間十二時左右。

參考 活用詞：三更半夜。

三角 ㄙㄢ ㄐㄧㄠˇ ❶由三個線段合成三個角的圖形。❷三角錢。❸三個角。

參考 活用詞：三角板、三角洲、三角形。

三牲 ㄙㄢ ㄕㄥ 古代指牛、羊、豬三種祭品。後來豬、雞、魚也稱三牲。牲：家畜。

三思 ㄙㄢ ㄙ 再三考慮。例請你千萬別衝動，要三思而後行。

三峽 ㄙㄢ ㄒㄧㄚˊ 在長江上游，即瞿塘峽、巫峽、西陵峽。自建蓋水壩後，景觀已經消失殆盡。

三振 ㄙㄢ ㄓㄣˋ 棒球比賽時，投手投出三個好球，而打擊手一直揮棒落空未能擊中。

三國 ㄙㄢ ㄍㄨㄛˊ 指東漢末期的蜀漢（劉備）、東吳（孫權）、魏（曹操）。

參考 活用詞：三國志、三國演義。

三態 ㄙㄢ ㄊㄞˋ 在常溫下，物質所呈現的狀態，就是固態、液態、氣態三種。

三字經 ㄙㄢ ㄗˋ ㄐㄧㄥ 我國傳統的淺近入門書籍，三個字一句，容易誦讀和記憶，內容多為宣揚倫理道德，也有一些歷史地理等方面的淺近常識，相傳是宋朝王應麟所編的。

三角洲 ㄙㄢ ㄐㄧㄠˇ ㄓㄡ 在河流入海或入湖的地方，由於河水所含的泥沙不斷淤積而形成低平的陸地，多半呈三角的形狀。例珠江三角洲是由北江、東江、西江沖積而成的三角洲。

三輪車 一種使用人力的車輛，上面有車廂，可以供乘客乘坐，車伕在前面踩動車輪前進，因為只有三個車輪，因此稱為三輪車。

唱詩歌 三輪車跑得快，上面坐個老太太；要五毛給一塊，你說奇怪不奇怪？

三人成虎 是說有三個人謊報市場上有虎，聽的人就信以為真。比喻說的人一多，謠言也就能使人相信是真的。

三三兩兩 不集中，或某一小群人在一起。例上課鈴響了之後，同學們三三兩兩的走進教室。

參考 相似詞：三五成群、三三五五。

三寸金蓮 指古時候女孩子被布纏過的小腳，只有三寸長。

三五成群 三個一塊、五個一堆；形容一小群一小群的人聚在一起。例黃昏時分，學生們三五成群，在校園裡散步。

三天兩頭 指隔一天，或幾乎每天。例他三天兩頭的往外跑。

三心二意 心裡想這樣又想那樣；形容猶豫不決或意志不堅定。例他因為三心二意而失去成功的機會。

參考 相似詞：心猿意馬。

三代同堂 指祖孫三代共同生活在一起的家庭。例他和父母、祖父母住在一起，是一個三代同堂的大家庭。

三民主義 國父孫中山先生所創立的民族、民權、民生三種主義。

三生有幸 在佛家的說法中，是指歷經三世積修得來的福分，常用來比喻非常幸運。例結識你這樣的一個朋友，真是他三生有幸。

三更半夜 形容夜深的時候。例他經常三更半夜還在工作。

三言兩語 ❶三兩句話就把要點說明清楚；形容言語簡單明瞭。例他三言兩語，就把許多大道理說得很明白。❷幾句話；形容話很少。例這件事不是三言兩語就說得完的。

三長兩短 指意外的不幸事故，也是對死亡的另一種婉轉說法。例他傷得這麼重，萬一有個三長兩短怎麼辦？

三教九流 泛指宗教、學術中各種流派或舊社會中從事各行各業的人。

參考 請注意：三教指儒教、道教、佛教。九流指儒家、道家、陰陽家、法家、名家、墨家、縱橫家、雜家、農家。

三緘其口 形容說話過分謹慎，不肯或不敢開口。緘：封口。例每當開會，他總是三緘其口。

參考 相反詞：高談闊論。

三閭大夫 春秋時楚國的官名，職掌王族昭、屈、景三大姓。屈原曾經擔任三閭大夫的職務。

唱詩歌 沅湘①流不盡，屈子②怨何深；日暮秋風起，蕭蕭③楓樹林。（三閭廟‧戴叔倫）

註：①沅湘：在湖南省。②屈子：屈原。③蕭蕭：風聲。

三頭六臂 比喻有了不起的本領。例就算他有三頭六臂，也難逃法網。

猜一猜 怪胎。（猜一句成語）（答案：三頭六臂）

三顧茅廬 漢末劉備三次到諸葛亮住的茅屋去邀請他出來幫助自己打天下，最後諸葛亮才答應出來。後來比喻很誠心的邀請別人。廬：房舍。

三百六十行 俗稱社會上的各種職業。例三百六十行，行行出狀元。

三寸不爛之舌 比喻口才非常好。例張媒婆憑她三寸不爛之舌，終於說成這門親事。

三句不離本行 形容人說話通常離不開自己所從事的行業或精通的事項。例吳先生從事電腦業，說起話來總是三句不離本行。

三人行必有我師 一些人在一起，一定有人值得讓我們學習。勉勵人虛心學習。

三更燈火五更雞 形容人晚睡早起，讀書非常勤奮刻苦的樣子。三更：指晚上十一點到凌晨一點。五更：指凌晨三點到五點。

三日打魚，兩日晒網 ❶比喻不認真工作。❷形容做事沒有恆心，時常中斷，不能堅持。例如果想學好英文，必須每天勤練，不可「三日打魚，兩日晒網」。

三個臭皮匠，勝過一個諸葛亮 比喻人多智慧多，有事情大家商量，就能想出好辦法。例俗話說：「三個臭皮匠，勝過一個諸葛亮」，我們一起想辦法，一定能解決問題。

下

一部 二畫

一 丅 下

❶低處：例山下。❷次，回：例打了一下。❸降，從高處到低處：例下雨、下樓。❹用：例下功夫。❺從事於某種動作：例下手、下筆。❻生：例下蛋。❼煮：例下餃子、下麵。❽克服：例攻下。❾結束，告一段落：例下課、下班。❿讓步：例僵持不下。⓫低劣的：例下等。⓬次序在後面的：例下次。⓭中、裡：例言下、意下。⓮作出，發出：例下結論、下命令。⓯接在動詞後面，表示動作的繼續或完成：例說下去、坐下。⓰低於，少於：例不下十人。

參考 相反字：上。

下巴 面頰的下部。

下手 動手去做，大部分是指做壞事。例他們下手搶劫行人。

下文 ❶下面的文字。例請看下文。❷比喻事情的發展或結果。例我託你的事已經好幾天了，怎麼還沒有下文。

下水 ❶船造好後從船臺上滑入水中。例這艘新貨輪將在明天舉行下水典禮。❷指水上交通工具在江河內向下游方向航行。例瞧！那艘下水的軍艦上掛著一面國旗。❸比喻一起做壞事或受責罰。例這件事與我無關，你別拉我下水。

下令 傳下命令。例元帥下令收兵，不再窮追猛打。

下列 下面所說的。例預防傳染病，應注意下列幾點，切實執行。

下旬 一個月的二十一日到三十日稱為下旬。十日為一旬。例十月下旬我們將舉行考試。

下限 時間最晚或數量最小的範圍。限：範圍。例這是我所能忍受的下限。

下降 從高到低，從多到少。降：從上落下。例外面的氣溫逐漸下降。例成本下降，售價也跟著調整。

下面 ❶位置較低的地方。例在山頂遠望，下面是一片金黃的麥浪。❷次序靠後的部分。例下面要談的是醫學技術革新的問題。❸指下級。例這個指示要及時向下面傳送。

下風 ❶風所吹向的另一方。例工業區設在城市的下風，就不至於汙染城市的空氣。❷比喻作戰或比賽在不利的地位。例這場比賽，我們的球隊正處於下風。

下班 每天規定的工作時間結束。

下情 下級單位或群眾的情況、心意。例遊行的原因，是因為下情無法上達。

下場 一般指不好的結局。例他不帶雨衣的下場，就是淋成了落湯雞。

下游 江河靠近出海口的部分和這部分所流經的地區。例這戶人家位於河流下游，一旦下大雨，就容易淹水。

下策 不高明的計策或辦法。策：計謀。例我們是在不得已的情況下，才出此下策。

下筆 用筆開始寫或畫。例想好了再下筆。

下詔 帝王發布命令。詔：古代皇帝所發布的命令。例皇帝下詔討伐叛軍。

下落 ❶著落，去處；尋找中的人或物所在的地方。例他現在下落不明。❷物體自上向下掉落。例雨滴正下落到河谷中。

下榻 住宿。榻：床。例他下榻在飯店。

下臺 ❶演講或表演完後，離開講臺或舞臺。例下臺一鞠躬。❷比喻政治上有地位的人喪失權位。例當年的菲律賓總統馬可仕是被迫下臺。❸比喻擺脫困難的處境。例你這樣做簡直使我無法下臺。

下課 上課的時間結束。

下賤 ❶指一個人的出身或社會地位低下。賤：地位很低。例他雖然出身下賤，但絕不做偷盜的事。❷品行卑劣。賤：卑鄙。例幹這種事，實在太無恥下賤！

下藥 ❶醫生選用藥材，開列藥方。例對症下藥才能藥到病除。❷在菜、飯或酒中放入毒藥。例她偷偷在酒中下藥。

下工夫 為了達到目的，花費了很多的時間和精力。例想要學好技術，就得下工夫。

下水道 排除雨水和汙水的溝渠。

下馬威 官吏剛到任時，故意顯威風，讓人知道自己的厲害，以建立威信。現在多指一開始就向對方顯示威風。例他一到，我們就給他來個下馬威。

下輩子 來生；來世。例你的恩情，我只有等到下輩子再來報答。

下不為例 指某件事只能做一次，下次絕不能再這樣做。有提醒、警告的意思。例僅此一次，下不為例。

丈

一ナ丈　一部 二畫

❶計算長度的單位：例十尺為一丈。❷尊稱長輩：例老丈人、姑丈。❸測量：例丈量。

猜一猜 打仗時找不到士兵。（猜一字）（答案：丈）

丈人 ❶長者，古代稱呼年老的男子。❷岳父，稱妻子的父親。

丈夫 ❶成年男子。例男子漢大丈夫。❷妻子稱自己的先生。

丈母 岳母，俗稱「丈母娘」。

丈二金剛摸不著頭腦 比喻對事物不了解，被搞得糊裡糊塗。例他說了一個莫名其妙的故事，讓我覺得「丈二金剛摸不著頭腦」。

上

丨ト上　一部 二畫

❶位置在高處的：例上游。❷等級或品質高的：例上等。❸次序或時間在前面的：例上次。❹舊時指皇帝：例皇上。❺向高處移動：例上升。❻由低的地方到高的地方：例上山。❼去某個地方：例上街。❽添補：例上貨。❾把一件東西裝在另一件東西上：例上刺刀。❿塗，擦：例上藥。⓫登載：例上報。⓬到了規定的時間開始工作或學習：例上班。⓭達到：例上百人。⓮內，中：例書上。⓯進呈：例上奏。⓰旋緊機器的發條：例上錶。⓱方面：例理論上。

ㄕㄤˇ 四聲之一：例平、上、去、入。

動動腦 現在我們要來「上」一道大菜，想想看，除了「上香」、「上藥」、「上刀」，你還可以「上」什麼？（答案：上樹、上弦、上菜、上湯、上麵、上膠、上酒……）

古人說 「上知天文，下知地理。」這句話是形容人知識廣博。例他上知天文，下知地理，這些問題一定難不倒他。

上下 ❶所有的人。例全家上下都替他高興。❷從上到下。例我上下打量著他。❸高低，好壞。例他們兩人的成績沒有上下的分別。❹表示大致是這個數量。例今年的稻米大約有一千斤上下的收成。

上升 ❶由低處往高處移動。例一縷炊煙裊裊上升。❷升高。例昨天的氣溫又上升了。

上吊 用布帶或繩索懸在高處自殺。

上臺 ❶到舞臺或講臺上。例他上臺高歌一曲。❷比喻出來擔任官職或掌有權力。

上任 ❶指官員到職。例他明天就要走馬上任。❷前一任的官員。例上任的部長已經退休了。

上好（ㄕㄤˋ ㄏㄠˇ）　最好的。例這是上好的茶葉，請喝喝看。

上衣（ㄕㄤˋ ㄧ）　上身穿的衣服。

上身（ㄕㄤˋ ㄕㄣ）　身體的上半部。例他上身穿了一件白襯衫。

上來（ㄕㄤˋ ㄌㄞˊ）　從低處到高處來。例我在樓上等了半天，還沒看到他上來。

上帝（ㄕㄤˋ ㄉㄧˋ）　❶我國古代指天上主宰萬物的神。❷基督教所崇奉的神。

上相（ㄕㄤˋ ㄒㄧㄤˋ）　指某人在相片上的面貌比本人好看。例妹妹愛拍照，是因為她特別上相的緣故。

上面（ㄕㄤˋ ㄇㄧㄢˋ）　❶位置較高的地方。例小河上面有一座橋。❷物體表面。例牆上面貼著許多標語。❸方面。例他在品種改良上面下了很多工夫。

上風（ㄕㄤˋ ㄈㄥ）　風向的上方；比喻在競爭時占了有利的地位。例這場球賽中我隊占了上風。

上卿（ㄕㄤˋ ㄑㄧㄥ）　古代的官名，為卿的第一級，和當時的宰相官位差不多。

上級（ㄕㄤˋ ㄐㄧˊ）　一個有組織的團體或系統中，等級較高的官員或組織。

上陣（ㄕㄤˋ ㄓㄣˋ）　上戰場打仗；比喻參加比賽等。例該你上陣了。

上將（ㄕㄤˋ ㄐㄧㄤˋ）　我國陸海空軍中的第一級武官。

上疏（ㄕㄤˋ ㄕㄨ）　臣子向天子呈上奏章。

上報（ㄕㄤˋ ㄅㄠˋ）　刊登在報上。例老張的英勇事蹟已經上報了。

上等（ㄕㄤˋ ㄉㄥˇ）　很高級的或質量很好的。例這些黃金可是上等貨。

上策（ㄕㄤˋ ㄘㄜˋ）　高明的計策或方法。例三十六計走為上策。

上進（ㄕㄤˋ ㄐㄧㄣˋ）　努力向上求取進步。例人要有上進心。

上當（ㄕㄤˋ ㄉㄤˋ）　受騙，吃虧。例他還不知道他自己上當了。

古人說　「不上當，不成內行。」上當就是受騙，內行是專家的意思。這句話是說：從受騙中學得經驗，以後遇到相似的情況就不會再吃虧。例東西買貴了，只好安慰自己：「不上當，不成內行。」

上路（ㄕㄤˋ ㄌㄨˋ）　出發；啟程。

上游（ㄕㄤˋ ㄧㄡˊ）　❶河流接近發源地的部分。❷比喻在別人前面的地位。例你必須力爭上游，爭取最高的榮譽。

上鉤（ㄕㄤˋ ㄍㄡ）　魚吃了魚餌被鉤住；比喻引誘人上當。例我費了好大的力氣才把上鉤的魚兒拉起。

上漲（ㄕㄤˋ ㄓㄤˇ）　商品的價錢或水位上升。例河水不斷的上漲。

上層（ㄕㄤˋ ㄘㄥˊ）　上面的一層或更多層，多用來指建築物、組織等。

上課（ㄕㄤˋ ㄎㄜˋ）　老師講課或學生聽課。

動動腦　小朋友，你用什麼方法去上課，走路還是坐車？如果有了魔毯就不用搭車走路了，假如你是一個萬能發明家，你會發明什麼使大家上學又快又方便？趕快想一想！（答案：輸送帶、任意門、裝上翅膀、竹蜻蜓……）

上頭（ㄕㄤˋ ㄊㄡˊ）　上面。

上邊（ㄕㄤˋ ㄅㄧㄢ）　上面。

參考　相似詞：上頭。

上軌道（ㄕㄤˋ ㄍㄨㄟˇ ㄉㄠˋ）　比喻事情開始正常而且有秩序的進行。例這項計畫已上軌道。

丑

一部　三畫

ㄱ ㄲ 丑 丑

（ㄔㄡˇ）❶地支的第二位。❷戲劇中滑稽的角色：例丑角。❸深夜一點到三點：例丑時。❹姓：例丑先生。

丑角（ㄔㄡˇ ㄐㄩㄝˊ）　戲劇中表演滑稽角色的人。

參考　相似詞：丑兒、丑旦。

丏

一部　三畫

一 丅 丆 丏

ㄍㄞˋ ❶要飯的人：例乞丐。❷乞求。

參考 請注意：「丐」(ㄍㄞˋ)和「丏」(ㄇㄧㄢˇ)不同：「丐」指乞求的人，例如：乞丐；「丏」有遮蔽的意思。

不

一 ア 不 不

一部 三畫

ㄅㄨˋ ❶用在動詞、形容詞和副詞前表示否定：例不去。❷用在句末表示疑問：例好不？例來不？❸表示選擇，和「就」合用：例他不是看書，就是睡覺。

ㄈㄡˇ 表示疑問，和「否」相通。

參考 請注意：如果「不」下面連接的是四聲的字，那麼「不」要讀成ㄅㄨˊ。例如：不去、不變。

動動腦 小朋友，讓我們來玩「不」字遊戲：

❶鞋子不＿不＿，穿起來正合適。

❷衣服不＿不＿，做得正合身。

❸時間不＿不＿，他來得正是時候。

❹黑板的位置不＿不＿，掛得正恰當。

❺他帶來的錢不＿不＿，剛剛夠買這本書。

❻媽媽燒的菜味道不＿不＿，正合我們的口味。

（答案：❶大、小。❷長、短。❸早、晚。❹高、矮。❺多、少。❻鹹、淡。）

古人說 「不經一事，不長一智。」這句話是說：沒有親身經歷過，就不會增長見識。例不要對這次的失敗感到灰心；「不經一事，不長一智」，重要的是能從失敗中記取教訓。

不凡 ㄅㄨˋ ㄈㄢˊ 不平凡，不平常。例他這部汽車身價不凡。

不久 ㄅㄨˋ ㄐㄧㄡˇ 指時間的短暫。例水庫不久就可以完工了。

不止 ㄅㄨˋ ㄓˇ ❶繼續不停。例他大笑不止。❷表示超出了某個數目或範圍。例我看他大概不止六十歲了。

不及 ㄅㄨˋ ㄐㄧˊ ❶不如，比不上。例說到成績，你不及我。❷來不及。例小偷因為躲避不及，被警察抓到。

不只 ㄅㄨˋ ㄓˇ 不但。例河水不只用來灌溉，也可用來發電。

不外 ㄅㄨˋ ㄨㄞˋ 不超出某一個範圍以外。例他所說的不外是一些老掉牙的故事。

不平 ㄅㄨˋ ㄆㄧㄥˊ ❶不光滑，不平順。例這張桌子凹凸不平。❷因為不公平的事所引起的不滿和憤怒。例你必須先消除自己心中的不平，才能和和氣氣的對待人。

不必 ㄅㄨˋ ㄅㄧˋ 不需要。例做事慢慢來，不必著急。

不如 ㄅㄨˋ ㄖㄨˊ 比不上。例說到書法，你不如他。

不安 ㄅㄨˋ ㄢ ❶不安定，不平靜。例國家動盪不安。❷心裡有所恐懼。例他懷著不安的心情來到醫院。

不朽 ㄅㄨˋ ㄒㄧㄡˇ 人雖死但聲名永久流傳在世上。例他捨己救人的大愛精神永垂不朽。

不但 ㄅㄨˋ ㄉㄢˋ 不只；不僅。例他們不但是好孩子，也是好學生。

不免 ㄅㄨˋ ㄇㄧㄢˇ 表示一定的意思。例做壞事，不免會心虛。

不利 ㄅㄨˋ ㄌㄧˋ 沒有好處，不順利。例和他作對，對我們不利。

不妨 ㄅㄨˋ ㄈㄤˊ 可以的意思。例你不妨告訴他我們的計畫。

不良 ㄅㄨˋ ㄌㄧㄤˊ 不好。例改善交通不良的狀況是非常急迫的事。

不宜 ㄅㄨˋ ㄧˊ 不適合，不應該。例交朋友不宜多心。

不屈 ㄅㄨˋ ㄑㄩ 不順從，不投降。例他受到敵人的迫害，但是他寧死也不屈。

不幸 ㄅㄨˋ ㄒㄧㄥˋ 不幸運，使人失望、傷心、痛苦。例他不幸在車禍中喪生。

不拘 ㄅㄨˋ ㄐㄩ 不限制，不計較。例公司徵工友的條件：男女皆可，學歷不拘。

不法 ㄅㄨˋ ㄈㄚˇ 違反法律的。例有不法的行為就要受到法律的制裁。

不便 ㄅㄨˋ ㄅㄧㄢˋ 不適合，不方便。例病人在這兒，說話不便太大聲。

不致 ㄅㄨˋ ㄓˋ 不會引起某種結果。例事前做好準備，就不致臨時手忙腳亂了。

不苟 ㄅㄨˋ ㄍㄡˇ 不會隨便。苟：隨便。例他向來言行不苟，十分嚴謹。

不軌 行為超過規矩以外。軌：車軌。例他行為不軌，最後受到法律的制裁。

不容 不許，不讓。例他說的話是不容懷疑的。

不屑 因為輕視所以不理會。例他那不屑的態度，看了真令人討厭。

不料 沒想到。例他剛踏出家門，不料就下起雨來了。

不時 ❶常常。例他不時的來找我討論功課。❷隨時；沒有一定的時間。例平常就要有存款，以備不時之需。

不許 不允許，表示禁止的意思。例此處不許抽菸。

不單 不只是；不但是。例不單是你，連我都喜歡他。

不堪 ❶承受不了。堪：忍受。例敵人的軍隊不堪一擊。❷不能。例他說的話不堪入耳。❸不能忍受，表示程度。例他看起來好像疲憊不堪的樣子。

不曾 沒有過。例我不曾到過你家。

不善 ❶不好。例他來意不善。❷對某方面不在行。例他不善管理財物。

不僅 不只。例他不僅會音樂，還會舞蹈。

不愧 ❶不感到羞愧。例做事問心不愧，才是個堂堂正正的人。❷實在；確實。例他不愧是個大丈夫。

不暇 沒有時間，忙不過來。例繁忙的公事，常使她應接不暇。

不禁 忍不住。例看到他逗趣的表情，我不禁大笑。

不詳 不清楚；不詳細。例他現在的病情不詳，真讓人擔心。

不過 ❶用在形容詞後表示程度的最高或最好。例你能來是再好也不過了。❷才。例當年他榮獲小提琴世界冠軍時，也不過二十歲。❸只是。例你的各方面都不錯，不過表達能力要再改進。

不對 ❶錯誤。例他沒有不對的地方。❷不正常。例他今天看起來臉色有點不對。

不滿 認為人、事、物不合自己的意思。例他對於世上的一切都非常不滿。

不管 不論。例不管有多大的困難，我們都要克服。

不論 不管任何事。例不論困難有多大，我們還是要努力去做。

不齒 不願意並列，表示輕視。例大家都不齒他的行為。

不懈 努力做，不懶惰。懈：怠惰。例他努力不懈的工作，以便奉養父母。

不賴 就是好、不壞的意思。例這件毛衣織得還真不賴。

參考 相似詞：不錯。

不錯 ❶對；正確的。例不錯，就是要這種款式的沙發。❷不壞，好。例他做人還滿不錯的。

不斷 連續不間斷。例他不斷要求我跟他去。

不顧 不考慮；不管任何事。例他不顧危險，跳到河裡救人。

不二價 東西出售，有統一的價錢，不能討價還價。例這家商店是不二價的。

不在乎 不放在心上。例他對別人的批評，根本就不在乎。

不見得 不一定是這樣。例你不見得一定要和我去。

不要臉 罵人不知羞恥的話。

不倒翁 玩具的一種。上輕下重，弄倒後能立刻立起來。

猜一猜 坐也坐不安，立也立不牢，年紀雖然老，永遠不跌倒。（猜一種玩具）（答案：不倒翁）

唱詩歌 說你呆，你不呆。鬍子一大把，樣子像小孩。把你一推你一歪，要你睡下去，你又站起來。

不起眼 不值得重視；不引人注意。例別看這花瓶不起眼，它可是價值昂貴的古董。

不得了 表示事態很嚴重的樣子。例有一隻狗要咬我，我害怕得不得了。

不得已 不得不這樣。例我是不得已才來找你的。

參考 相似詞：不由得。

不得不 必須：不能不。例明天要考試了，我不得不加緊用功。

不敢當 表示承當不起，是種自謙的用話。例你這樣誇獎我，真不敢當。

不二法門 指獨一無二的方法。法門：指修行入道的門徑。例誠實是得到別人信任的不二法門。

不三不四 形容言語行為不規矩的人。例他老是和一些不三不四的朋友鬼混。

參考 相似詞：不倫不類。

不分彼此 ❶比喻情感非常的親密。彼：那。此：這。例我和他是好朋友，不分彼此。❷同心協力，團結一致。例大家應該不分彼此共同努力。

參考 相似詞：不分你我。

不可思議 不可想像，不能理解。議：有任何批評。例魔術是一種令人不可思議的戲法。

不可救藥 病重得無法醫治；比喻人或事已經壞到了無法挽救的情況。藥：用藥治療。例你已到了不可救藥的地步，還不覺醒嗎？

不可理喻 不能夠用道理使對方明白；形容態度相當蠻橫，不講道理。喻：明白。例你不要這麼不可理喻。

不平則鳴 對不公平的事情表示憤怒和不滿。鳴：表示或宣洩。例我不反對你對這件事不平則鳴的作法。

不打自招 比喻無意中說出了自己的罪過或缺點。

不由自主 自己無法控制自己。例我不由自主的，眼淚就流下來了。

不同凡響 比喻事物不平凡。凡響：指平凡的音樂。例他的作品的確不同凡響。

參考 相似詞：出類拔萃、一鳴驚人。

猜一猜 仙樂。（猜一句成語）（答案：不同凡響）

不好意思 ❶害羞，慚愧。例她不好意思的低下頭來。❷不肯。例他不好意思接受母親給的錢。

不自量力 不衡量自己的能力，而去做能力達不到的事。例你少不自量力了，否則到時候將會一事無成。

參考 相似詞：好高騖遠。♣相反詞：量力而為。

俏皮話 「關公面前舞大刀——不自量力。」關公是三國時代的一位英雄，他所用的兵器是一把很重的大刀。誰想在「關公面前舞大刀」，那真是「不自量力」。

不求甚解 只懂得大概，而不求取真正的了解。例讀書不可以不求甚解。

參考 相似詞：一知半解。

不言而喻 不用說就可以明白。喻：明白。例這是個不言而喻的道理。

不卑不亢 表現不自卑、不高傲的自然態度。亢：高傲。例他不卑不亢的處世態度，真讓人敬佩。

不屈不撓 不因為困難而低頭。屈和撓都有屈服、低頭順從的意思。例他有著不屈不撓的精神，所以做事都會成功。

不知不覺 不曾察覺到。例暑假不知不覺已經結束了。

不知死活 形容人不知利害關係，隨便去做某事。例你真是個不知死活的人，做事怎會那麼衝動！

不知所措 形容非常驚慌，不知道怎麼辦才好。措：安置；安放。例火災發生時，大家一時不知所措。

不近人情 不合乎人的常情。例這項規定太嚴苛，真是不近人情。

參考 相似詞：不明事理、不近情理。

不約而同 沒有經過商量而彼此意見一致。例我們不約而同的說出對這件事相同的看法。

不計其數 形容數目很多，無法去計算正確的數目。例火車站裡旅客多得不計其數。

不負眾望 事情的結果，能達到大家所希望的目標。負：辜負。例我們果然不負眾望，替班上贏得了一面獎牌。

不修邊幅 比喻不重視服飾和儀容的整潔。修：整理。邊幅：原指布帛的邊緣，引申指一個人的外表、衣著。例他是個不修邊幅的藝術家。

不恥下問 不會認為向地位比自己低、知識比自己少的人請教，是件可恥的事。例孔子是個不恥下問的人。

不偏不倚 沒有歪斜，靠近中心。偏、倚都是不正的意思。例他處事不偏不倚，所以大家都敬重他。

不務正業 不專心去做正當的職業。務：盡全力去做。例他每天不務正業，遊手好閒。

不動聲色 態度鎮靜，不流露出感情。聲：聲音。色：臉色。例他不動聲色的觀察你，你還不知道嗎？

參考 相似詞：不露聲色。

不速之客 沒有邀請而自己來的客人。速：邀請。例這次宴會來了很多不速之客。

不勞而獲 不費心力或勞力取得，或是享受別人辛勞的成果。例天下絕沒有不勞而獲的事。

參考 相似詞：僥倖而得。

不堪回首 不忍心再回憶過去的經歷或情景。堪：忍受。例往事不堪回首。

不堪設想 不能想像事情的結果，指事情會發展到很壞很危險的情況。例這件事你必須小心去做，否則後果會不堪設想。

不寒而慄 天氣不冷，可是一直發抖。形容非常害怕。慄：也寫作「栗」，是顫抖的意思。例聽他說鬼故事，常讓人感到不寒而慄。

參考 相似詞：毛骨悚然。

不期而遇 指雙方沒有約定，意外的遇見。例我和她在公園裡不期而遇。

不著邊際 形容言論不符合實際的情況。例他說了一些不著邊際的大道理。

不慌不忙 態度鎮定，不緊張。

笑一笑 有一艘船在海上撞到礁石，就要沉沒了。小英很緊張的說：「怎麼辦？船快要沉了。」只見小明不慌不忙的回答：「沒關係，反正船又不是我們的。」

不厭其詳 很有耐心的詳細解說或辨理。例他不厭其詳的解說這個問題。

不遠千里 不管路途有多遙遠，表示不辭勞苦的意思。例他不遠千里的從美國來看我。

不學無術 指沒有學問、沒有能力。術：方法。例他是個不學無術的人。

不謀而合 沒有經過討論，可是意見相同。謀：商量。例我們的看法總是不謀而合。

不遺餘力 用出全部的力量，一點也不保留。遺：保留。例他對於推動環保不遺餘力。

不翼而飛 沒有翅膀卻能飛；比喻東西突然不見了。翼：翅膀。例我的手錶放在桌上，怎麼會不翼而飛呢？

猜一猜 氣球上天。（猜一句成語）（答案：不翼而飛）

不顧死活 不管後果怎樣，還是勉強做下去。例他不顧死活拼命的向前跑。

不分青紅皂白 比喻一個人感情衝動，不分是非善惡。皂：黑色。例他不分青紅皂白，見人就打。

不可以道里計 不可以用一般的度量衡來計算。

不管三七二十一 不顧一切。例我才不管三七二十一，反正這筆錢你一定要還我。

丙

一部 四畫

一 丆 丙 丙

ㄅㄧㄥˇ ❶天干的第三位：例甲、乙、丙……。❷第三順位：例丙等體格。❸火的別稱：例

一畫

付丙。❹古代的「炳」字。❺姓：例丙先生。

世

一 十 卄 廿 世　一部 四畫

ㄕˋ ❶三十年為一世。❷人的一生：例一生一世。❸時代：例當世。❹一代傳一代的：例世交。❺指社會的、世界的：例世人。❻姓：例世先生。

參考 請注意：古時候，三十年為一世，人的一生也叫一世。原本「世」和「代」是有區別的：「世」只能表示人的一輩子或祖孫相傳的意思。「代」只能表示朝代的意思，例如：三代，就是三個朝代，不是三代人。到了唐朝，因為唐太宗的名字是李世民，為了表示對皇帝恭敬，「世」字不准用，就拿「代」字來代替，這樣「世」和「代」就有共同的意思了。

猜一猜 看似二十七，又像三十一，其實都不對，此字不稀奇。（猜一字）（答案：世）

世人 ㄕˋ ㄖㄣˊ 世界上的人；一般人。

世代 ㄕˋ ㄉㄞˋ ❶世世代代，也就是好幾輩子。❷很多年代。

參考 活用詞：世代相傳。

世交 ㄕˋ ㄐㄧㄠ 有兩代以上交情的人或家族。例王家和李家是世交。

世局 ㄕˋ ㄐㄩˊ 世界的局勢。

世事 ㄕˋ ㄕˋ 世上的事。

世俗 ㄕˋ ㄙㄨˊ ❶社會上所流傳下來的風俗習慣。例世俗的想法是金錢至上。❷世間。例我不喜歡在世俗中人云亦云。

參考 活用詞：世俗化、世俗社會。

世故 ㄕˋ ㄍㄨˋ ❶處世的經驗。例他年紀雖小，人情世故，卻一一知曉。❷處事待人相當圓滑，不得罪別人。例他是個相當世故的人。

世界 ㄕˋ ㄐㄧㄝˋ ❶自然界和人類社會一切事物的總和。例世界上有很多奇妙的人、事、地、物。❷地球上所有的地方。例全世界的人。❸人類某種活動的範圍。例科學世界、內心世界。

世紀 ㄕˋ ㄐㄧˋ 計算歷史年代的單位。每一百年為一個世紀。例現在是廿一世紀，也是資訊發達的新世紀。

世風 ㄕˋ ㄈㄥ 社會的風氣。例世風漸漸開放，青少年愈來愈時髦。

世族 ㄕˋ ㄗㄨˊ 世代顯貴的家族。

參考 相似詞：世家。

世態 ㄕˋ ㄊㄞˋ 指社會上人對人的態度。例現在的社會人情淡薄，世態炎涼。

世襲 ㄕˋ ㄒㄧˊ 世代相傳的帝位或爵位。襲：繼承。例中國帝位受到世襲的影響很大。

世外桃源 ㄕˋ ㄨㄞˋ ㄊㄠˊ ㄩㄢˊ 指不受外界影響的地方或幻想中的美好世界。例這個小村莊純樸優美，真是個世外桃源！

丕

一 ア 不 不 丕　一部 四畫

ㄆㄧ 大：例丕變、丕業、丕績。

猜一猜 否定不用口，製杯不用木，只要一地靠，穩如泰山立。（猜一字）（答案：丕）

丕基 ㄆㄧ ㄐㄧ 大的基業，指帝位。

丕業 ㄆㄧ ㄧㄝˋ 大業。

丕績 ㄆㄧ ㄐㄧ 大的功績。

且

丨 冂 冃 月 且　一部 四畫

ㄑㄧㄝˇ ❶又：例既快且好。❷暫時：例你且等一等。❸尚，都：例死且不怕，何況困難。❹同時做兩件事：例且戰且走。❺表示更深入的說：例況且。❻快要，將近：例年且九十。❼姓：例且小姐。

ㄐㄩ 語末助詞。

丘

一部　四畫

ㄑㄧㄡ ❶小土堆：例沙丘。❷墳墓：例丘墓。❸姓。

猜一猜 兵士斷二腳。（猜一字）（答案：丘）

丘陵 ㄑㄧㄡ ㄌㄧㄥˊ　連續不斷的低矮小土山。例這片丘陵山地，種了許多茶樹。

丘比特 ㄑㄧㄡ ㄅㄧˇ ㄊㄜˋ　羅馬神話中的愛神，常被塑造成長著翅膀的裸（ㄌㄨㄛˇ）體小男孩，手裡拿著弓和箭。

丘逢甲 ㄑㄧㄡ ㄈㄥˊ ㄐㄧㄚˇ　光緒年間領導臺灣同胞抗日的民族英雄。字仙根，筆名倉海。清廷割讓臺灣時，倡議獨立，組成臺灣民主國抗日。

丞

一部　五畫

ㄔㄥˊ ❶幫助，輔助。❷古代的官名：例縣丞、府丞、丞相。

丞相 ㄔㄥˊ ㄒㄧㄤˋ　官名，也可稱為「宰相」，主要工作是幫助皇帝處理國家大事，同時監督其他的官員。丞相有很大的權力，有一句話：「一人之下，萬人之上」，就是指丞相的地位崇高，必須忠心負責。

丟

一部　五畫

ㄉㄧㄡ ❶拋棄：例丟掉。❷遺失：例錢丟了。❸放下，擱置：例這件工作丟不開。❹沒面子：例丟臉。

參考 請注意：「丟」是「一」和「去」合成的字，表示一去不回，所以上面要寫作「一」，不可以寫成「ノ」。

古人說 「丟下嘴裡的肉，去等河裡的魚。」這是指放棄會成功且有把握的事，去做不會成功的事。例你為了不著邊際的理想而放棄原來的工作，真是「丟下嘴裡的肉，去等河裡的魚」！

丟掉 ㄉㄧㄡ ㄉㄧㄠˋ　❶把不要的東西扔棄。例媽媽叫我快快丟掉垃圾。❷遺失。例我的鋼筆丟掉了。

丟臉 ㄉㄧㄡ ㄌㄧㄢˇ　沒面子，出醜。例我在歌唱比賽時，忘了歌詞，真丟臉！

丟人現眼 ㄉㄧㄡ ㄖㄣˊ ㄒㄧㄢˋ ㄧㄢˇ　形容人的行為不適當，以致感覺沒有面子。例你因為賭博被抓，真是丟人現眼！

丟三落四 ㄉㄧㄡ ㄙㄢ ㄌㄚˋ ㄙˋ　形容人很健忘。落：遺失。例他的記性不好，辦事總是丟三落四。

參考 相似詞：丟三忘四。♣相反詞：過目不忘。

並

一部　七畫

ㄅㄧㄥˋ ❶一齊：例手腦並用、並肩作戰。❷實在：例他並不笨。❸兩種或兩種以上的事物平排在一起：例同時並立、討論並且通過。❹用在否定詞前面，表示實際上不是這樣：例並非事實。

參考 請注意：「並」當作「一齊」解釋時，和人部的「併」（ㄅㄧㄥˋ）相通。例如：並（併）肩作戰。

並且 ㄅㄧㄥˋ ㄑㄧㄝˇ　表示平排在一起或是更進一層的連接詞。例他不但不反對，並且極力贊成我們的活動。

並非 ㄅㄧㄥˋ ㄈㄟ　實在不是。例並非我不肯幫忙，實在是有困難。

並重 ㄅㄧㄥˋ ㄓㄨㄥˋ　不分誰先誰後，都同等對待。例預防和治療並重。

並聯 ㄅㄧㄥˋ ㄌㄧㄢˊ　一種電路的聯接方式，陽極和陽極、陰極和陰極相連，所以兩邊的電壓相等。

參考 相反詞：串聯。

並肩作戰 ㄅㄧㄥˋ ㄐㄧㄢ ㄗㄨㄛˋ ㄓㄢˋ　站在同一排，肩膀靠著肩膀，一齊來打仗。指雙方互相合作，一齊抵擋外來的侵略。例第二次世界大戰期間，中美雙方並肩作戰，抵抗日本的侵略。

並駕齊驅（ㄅㄧㄥˋ ㄐㄧㄚˋ ㄑㄧˊ ㄑㄩ） 原本是指兩輛馬車一起前進，不分先後。現在用來形容彼此的程度相等。例我國近年來大力研究科技，希望能和歐美並駕齊驅。

丨部（ㄍㄨㄣˇ）

丨的讀音是ㄍㄨㄣˇ，用「丨」一條直線來表示上下相通，所以丨就是上下相通的意思。

丨部 二畫

丫

丶 丷 丫

ㄧㄚ ❶物體分叉的地方：例樹丫。❷以前對小女孩或女佣人的稱呼：例丫頭。

猜一猜 看起來是樹枝的分叉，烏鴉見時叫啞啞（ㄧㄚㄧㄚ）。（猜一字）（答案：丫）

丫子（ㄧㄚ ˙ㄗ） 腳的俗稱，也有人說成「腳丫子」。

丫頭（ㄧㄚ ㄊㄡˊ） ❶長輩對小女孩的親切稱呼。例他們家的大丫頭今年剛上小學。❷以前對女佣人的稱呼。因為女佣的頭髮通常都梳成二個髻，就像分叉的樹枝，因此稱為「丫頭」。

參考 相似詞：婢女、丫鬟。

丨部 三畫

中

丨 ㄇ 口 中

ㄓㄨㄥ ❶方位的中間：例中央。❷一半：例中途。❸不偏不倚：例中立、中庸。❹團體中的主要分子：例中堅。❺正在進行：例在研究中。❻內，裡：例心中、空中。❼中國的簡稱：例中文、古今中外。❽居間介紹或協調的：例中人、中保。❾泛指某一地區：例關中。❿泛指某個期間：例一年中。

ㄓㄨㄥˋ ❶正對上，恰好合上：例猜中。❷受到：例中毒、中暑。❸滿意：例中意。

中人（ㄓㄨㄥ ㄖㄣˊ） 居間調停或介紹買賣的人。也稱「中間人」。

中心（ㄓㄨㄥ ㄒㄧㄣ） ❶物體的中央。例中心點。❷主要的。例中心思想。

參考 相似詞：中央。

中文（ㄓㄨㄥ ㄨㄣˊ） 泛指中國的文字、文章、文學。

中外（ㄓㄨㄥ ㄨㄞˋ） 泛稱中國和外國。

中央（ㄓㄨㄥ ㄧㄤ） ❶上下四方的中間。例中央地帶。❷國家政權的所在地。例中央政府。

中年（ㄓㄨㄥ ㄋㄧㄢˊ） 取人生百年的一半，約四、五十歲。

中旬（ㄓㄨㄥ ㄒㄩㄣˊ） 每個月的十一到二十日。十天為一旬。

小百科 每月的一到十日，叫上旬；十一到二十日，叫中旬；二十一到月底，叫下旬。

中毒（ㄓㄨㄥˋ ㄉㄨˊ） 食物不潔或其他因素引起的病變。

中秋（ㄓㄨㄥ ㄑㄧㄡ） 指農曆八月十五日。

古人說 「月到中秋分外明，人逢喜事精神爽。」分外是特別，爽是心情愉快的意思。這句話是說：月亮到了中秋節，會特別的明亮，一個人遇到了喜事，精神也會特別的好。例王太太最近生了一個兒子，難怪王先生整天笑咪咪的，真是「月到中秋分外明，人逢喜事精神爽」啊！

唱詩歌 中秋到，中秋到，家家戶戶都熱鬧。月亮圓，月餅香，大家吃得喜洋洋。（芮家智編）

中計（ㄓㄨㄥˋ ㄐㄧˋ） 落入他人的圈套。計：計謀，圈套。

中保（ㄓㄨㄥ ㄅㄠˇ） 在買賣或借貸雙方間擔負保證責任的人。也稱「中保人」。

中途（ㄓㄨㄥ ㄊㄨˊ） 半路。

中游（ㄓㄨㄥ ㄧㄡˊ） 河流的中間地段。這個河段的水流平緩，河槽也比較穩定。

中間（ㄓㄨㄥ ㄐㄧㄢ） 中央。

中興（ㄓㄨㄥ ㄒㄧㄥ） 指國家由衰微、滅亡，再復興、強盛。例少康中興。

中斷 ㄓㄨㄥ ㄉㄨㄢˋ 中途停止。例交通中斷。

中醫 ㄓㄨㄥ ㄧ 指研究我國固有醫術、醫學方面的學問。

參考 相反詞：西醫。

中藥 ㄓㄨㄥ ㄧㄠˋ 用中國傳統方法製成的藥。

參考 相反詞：西藥。

中山陵 ㄓㄨㄥ ㄕㄢ ㄌㄧㄥˊ 國父孫中山先生的墳墓。位於南京的紫金山麓，占地約二千多畝。

中南半島 ㄓㄨㄥ ㄋㄢˊ ㄅㄢˋ ㄉㄠˇ 位於亞洲東南，在我國的南面，南海和孟加拉灣之間，包括越南、寮國、高棉、泰國、緬甸和馬來西亞一部分。也稱中印半島、印度支那半島。

串

丨部 六畫

丶 ㄇ 口 口 吕 吕 串

ㄔㄨㄢˋ ❶計算東西的單位：例一串葡萄。❷連在一起：例連串。❸勾結做壞事：例串通。❹扮演：例客串。❺錯誤或混亂的連接：例電話串了線。❻隨意往來、走動：例串門子、亂串。

動動腦 「這一串葡萄好好吃。」除了「一串葡萄」、「一串珍珠」以外，小朋友，還有哪些東西可以用「串」當計算單位？

（答案：一串佛珠、一串手鍊、一串碳烤、一串李子……）

串通 ㄔㄨㄢˋ ㄊㄨㄥ 暗中勾結，使彼此的意見、言詞或行動一致。例秦檜和金人串通好要陷害岳飛。

串聯 ㄔㄨㄢˋ ㄌㄧㄢˊ ❶把幾個電子零件，以陰陽電極互相連接而構成電路，這種連接的方法叫串聯。❷同「串連」，互相聯繫、溝通。

串門子 ㄔㄨㄢˋ ㄇㄣˊ ˙ㄗ 到別人家坐坐、聊聊天。例王媽媽整天到鄰居家串門子。

丶部 ㄓㄨˇ

小朋友，你仔細看著燃燒的火焰，是不是上尖下粗？「丶」正是按照燃燒的火焰所造的象形字。古代使用油燈，「丶」也就是油燈的燈心。因為「丶」實在不明顯，所以加上了燈架（[illegible]），寫成「主」，表示是油燈的燈心。但是「主」後來常用在主人、主要等意思，當作燈心的意思反而不用了。

丸

丶部 二畫

丿 九 丸

ㄨㄢˊ ❶球形的小東西：例彈丸、藥丸。❷計算中藥丸的單位：例一次吃一丸。

猜一猜 九點。（猜一字）（答案：丸）

凡

丶部 二畫

丿 几 凡

ㄈㄢˊ ❶普通的，平常的：例平凡。❷總共，所有的：例全書凡四十卷。❸大概：例大凡。❹人世間：例下凡、凡塵。

凡人 ㄈㄢˊ ㄖㄣˊ 平常人。例我們都是凡人，不可能不犯錯。

凡事 ㄈㄢˊ ㄕˋ 不論什麼事。例凡事好商量，不要動不動就打架。

凡是 ㄈㄢˊ ㄕˋ 總括某一個範圍內的所有人或事物。例凡是二十歲以上的人都算成年人。

凡庸 ㄈㄢˊ ㄩㄥ 形容一個人很平常、普通。例他的才能很凡庸，沒什麼特別的地方。

丹

丶部 三畫

丿 刀 月 丹

ㄉㄢ ❶紅色：例丹楓。❷經過提煉做成顆粒狀或粉末狀的混合藥劑：例仙丹。❸姓：例丹先生。

丹心 ㄉㄢ ㄒㄧㄣ 忠誠的心。例文天祥一片丹心為國犧牲。

參考 相似詞：忠心、赤心。

丹田 ㄉㄢ ㄊㄧㄢˊ　指人的肚臍下一寸半或三寸的地方。

丹青 ㄉㄢ ㄑㄧㄥ　紅色和青色的顏料。借指繪畫，也指史書。

主
丶部　四畫

丶 亠 亠 キ 主

ㄓㄨˇ ❶接待別人的人，跟「客」相對：例賓主盡歡、女主人。❷擁有僕人的人：例主僕、主人。❸財物或權力的所有人：例物主、車主。❹當事人：例失主、買主。❺古代臣民對帝王的稱呼：例主上、主子。❻教徒對神的稱呼：例佛主、阿拉真主。❼最重要的：例主要、主力。❽拿意見，作決定：例主戰、主和。❾負責：例主辦。❿以自身出發的：例主觀。⓫去世的人的牌位：例木主、神主。⓬預示自然現象或吉凶：例早霞主雨、左眼跳主財。

參考 請注意：含「主」的字有很多，住、注、柱、蛀、駐都讀ㄓㄨˋ，拄讀ㄓㄨˇ，用法不同：「住」是人停留的地方，例如：住宿、住屋。「注」有灌入的意思，例如：注射、血流如注。「柱」是支撐房子的主幹，例如：支柱、冰柱。「蛀」蟲是腐蝕東西的蟲子；駐軍、駐防要用「駐」；而「拄」是用手支撐，例如：老人拄著拐杖，「拄」不可以念ㄓㄨˋ。

主宰 ㄓㄨˇ ㄗㄞˇ　完全支配，對事物具有支配能力。例希臘神話中，太陽神主宰一切。

主席 ㄓㄨˇ ㄒㄧˊ　❶開會時負責主持會議，維持秩序的人。例我們推選他為主席。❷宴會時主人坐的位置。

參考 活用詞：主席團。

主張 ㄓㄨˇ ㄓㄤ　自己有自己的看法和決定。例年輕人的主張是：青春不要留白。

古人說 「千主張，萬主張，還要自主張。」這句話是說：雖然很多人提供各種意見，但最後還是得自己來決定到底要怎麼做。例「千主張，萬主張，還要自主張」，結婚是終身大事，你要考慮清楚呀！

丿部 ㄆㄧㄝ

丿讀作ㄆㄧㄝ，表示從右向左彎曲的意思；所以只是一個概念的表達，因此屬於指事字。丿部的字只是因為字形相似收在丿部，和丿沒有什麼關係。

乃
丿部　一畫

丿 乃

ㄋㄞˇ ❶是：例失敗乃成功之母。❷才：例因時間緊迫，乃作罷。❸你的：例有乃父之風。

乃是 ㄋㄞˇ ㄕˋ　是，就是。例忠勇乃是愛國之本。

久
丿部　二畫

ノ ク 久

ㄐㄧㄡˇ 時間長遠：例久別重逢。

動動腦 小朋友，想一想，加上「久」字的國字有那些？（答案：玖、灸、疚……）

久仰 ㄐㄧㄡˇ ㄧㄤˇ　仰慕已久。是初次見面常說的客套話。例爸爸對新認識的客戶說：「久仰！久仰！」

參考 相似詞：久聞大名。♣活用詞：久仰大名。

笑一笑 張先生得了香港腳，他到西藥房對老闆說：「腳癢！腳癢！」老闆聽成「久仰！久仰！」馬上回答：「那裡！那裡！」張先生指著腳說：「這裡！這裡！」

久遠 ㄐㄧㄡˇ ㄩㄢˇ　時間很長。例這棟屋子由於建築年代久遠，已經破舊不堪。

參考 活用詞：久遠之計。

久違 ㄐㄧㄡˇ ㄨㄟˊ　見面時的客套話，意思是指分別很久，沒有見面。違：離別。例久違了，這陣子您忙些什麼？

久而久之 ㄐㄧㄡˇ ㄦˊ ㄐㄧㄡˇ ㄓ　經過了相當長的時間。例機器如果不保養，久而久之，就會生鏽。

么

ノ ㄥ 么

ノ部 二畫

ㄧㄠ ❶俗稱「一」為么。❷兄弟姊妹當中排行最小的：例么弟。

參考 請注意：「么」也可以寫作「幺」。

之

、 ㇀ ㇇ 之

ノ部 三畫

ㄓ ❶文言文裡的助詞，用法相當於「的」：例海之歌、星星之火。❷文言文裡代替人、事、物的詞：例有過之，而無不及。❸往，到：例送孟浩然之廣陵。

之字路 ㄓ ㄗˋ ㄌㄨˋ 形容山路曲折很像「之」字的形狀，所以叫「之字路」。

尹

㇇ ㇐ ㇐ 尹

ノ部 三畫

ㄧㄣˇ ❶治理。❷古代的一種行政官：例府尹、道尹、令尹。

乍

ノ ㇀ 乍 乍 乍

ノ部 四畫

ㄓㄚˋ ❶忽然：例乍冷乍熱。❷起初，剛開始：例乍一見面說不出有多高興。

動動腦 小朋友，想一想，加上「乍」的國字還有那些呢？

（答案：昨、作、窄、酢……）

乍見 ㄓㄚˋ ㄐㄧㄢˋ ❶初次看見。例乍見之下，我以為她是電影明星。❷忽然看見。例乍見之下，她老了很多。

乍然 ㄓㄚˋ ㄖㄢˊ 忽然。例乍然間她看到一條蛇，不禁嚇得花容失色。

乍聽 ㄓㄚˋ ㄊㄧㄥ 初次聽到。例乍聽之下，他說的話還滿有道理的。

乍冷乍熱 ㄓㄚˋ ㄌㄥˇ ㄓㄚˋ ㄖㄜˋ 忽冷忽熱。例近來天氣乍冷乍熱，很多人都感冒了。

乏

ノ ㇀ 乏 乏 乏

ノ部 四畫

ㄈㄚˊ ❶缺少，沒有：例乏味、乏人問津。❷貧窮：例貧乏、匱乏。❸疲倦：例疲乏。

乏味 ㄈㄚˊ ㄨㄟˋ 沒有趣味。例空洞的文章，令人覺得乏味。

笑一笑 有個外國雜誌社的編輯，收到了一位女孩的稿件，隨同稿件還寄來了一大盒的蜜餞。這編輯看過稿子後，給這女孩寫了一封信：「親愛的小姐：你的蜜餞十分可口，我們收下了；可惜妳的作品卻十分乏味，我們實在不敢收。今後請妳只要寄蜜餞就行了。」

乏人問津 ㄈㄚˊ ㄖㄣˊ ㄨㄣˋ ㄐㄧㄣ 沒有人打聽渡口；比喻沒有人探問或嘗試。津：渡口。例這件新產品乏人問津，銷路不佳。

乏善可陳 ㄈㄚˊ ㄕㄢˋ ㄎㄜˇ ㄔㄣˊ 沒有好事或好處可說。善：美好的。陳：說明。例這篇作文段落不清，文句不通，錯字連篇，實在乏善可陳。

乎

ノ ㇀ ㇀ 乎 乎

ノ部 四畫

ㄏㄨ ❶古文的助詞。表示疑問或推測的語氣，相當於白話的「嗎」、「呢」、「吧」等：例邀君共遊，可乎？例成敗興亡之機，其在斯乎？❷接在動詞後面，相當於「於」：例出乎意料、合乎規律。❸用在形容詞或副詞後面：例巍巍乎、確乎重要。

乒

ノ 𠂆 ㇀ 斤 丘 乒

ノ部 五畫

ㄆㄧㄥ ❶一種球類運動：例乒乓球。❷形容槍聲、關門聲等：例乒乓作響。

乒乓 ㄆㄧㄥ ㄆㄤ ❶一種球類運動，或稱為桌球，適合室內進行。在長方形的球桌中間加上網子，用球拍擊球，球落在對方的區域而對手無法還擊，就算得分。❷形容東西相碰的聲音。

參考 活用詞：乒乓球。

動動腦「他喜歡打乒乓球。」「乒」和「乓」都是「ㄆ」音開頭，這種相同聲母開頭的詞叫雙聲詞，除了「乒乓」、「伶俐」，小朋友你還能想出其他「雙聲詞」嗎？愈快愈好哦！

（答案：叮噹、敵對、唐突、大道、天庭、天堂、吩咐……）

乓

丿部 五畫

一 𠂆 𠂇 斤 丘 乓

ㄆㄤ ❶形容關門、東西摔破的聲音：例乓的一聲把門關上。❷一種球類運動：例乒乓球。

乖

丿部 七畫

一 二 千 千 千 乖 乖

ㄍㄨㄞ ❶小孩聽話不吵鬧：例妹妹很乖。❷違背：例乖違。❸聰明，精巧：例乖巧、賣乖。❹古怪，不正常：例乖僻、乖戾。

參考 請注意：「乖」和「乘」（ㄔㄥˊ）字外形相近。「乖巧」、「乖乖」的「乖」，不要在下面加兩筆變成「乘法」的「乘」。

猜一猜 乘人不備。（猜一字）（答案：乖）

乖巧 ㄍㄨㄞ ㄑㄧㄠˇ 形容小孩子聽話、反應靈巧、討人喜歡。例她經常幫助父母做家事，十分乖巧。

乖乖 ㄍㄨㄞ ㄍㄨㄞ 對兒童或心愛物品的一種親暱的稱呼。例爸爸常常抱著我說：「乖乖，親一個！」

乖戾 ㄍㄨㄞ ㄌㄧˋ 性情或行為殘暴，不講道理。戾：殘暴。例他的性情乖戾，時常得罪朋友。

乖僻 ㄍㄨㄞ ㄆㄧˋ 古怪，孤僻；和別人合不來。

乘

丿部 九畫

一 二 千 千 千 千 乖 乘 乘

ㄔㄥˊ ❶騎、坐、搭，以某種交通工具代步：例乘車、乘船、乘飛機。❷利用，趁：例乘機、乘便、乘人之危。❸算術中指一個數使另一個數變成很多倍：例乘法。

ㄕㄥˋ ❶古代計算車輛的單位：例萬乘之國。❷佛家的教義：例大乘、小乘。

猜一猜 騎馬術。（猜一數學名詞）（答案：乘法）

乘車 ㄔㄥˊ ㄔㄜ 搭乘車輛。例他每天乘車上下班。

乘便 ㄔㄥˊ ㄅㄧㄢˋ 順便。

乘客 ㄔㄥˊ ㄎㄜˋ 搭乘車、船、飛機等交通工具的旅客。例這些乘客很守秩序。

乘涼 ㄔㄥˊ ㄌㄧㄤˊ 夏日在陰涼透風的地方納涼。例夏夜裡，全家人在院子裡乘涼。

古人說「前人種樹，後人乘涼。」這句話是說：後一代的人所享受到的成果，是上一代人辛苦耕耘出來的收穫。勉勵人要記住上一代的恩德，也要為下一代子孫著想。

唱詩歌 院子裡，擺小床。月光下，乘風涼。弟弟睡著了，抱個皮球當月亮。

乘船 ㄔㄥˊ ㄔㄨㄢˊ 坐船。例難民不顧生命安危乘船渡過大海，是為了追求自由。

乘隙 ㄔㄥˊ ㄒㄧˋ 乘人不備加以偷襲。例小偷乘隙攻擊警察，結果反被制服。

乘機 ㄔㄥˊ ㄐㄧ 利用機會。例在擁擠的夜市裡，扒手乘機偷取行人的財物。

乘興 ㄔㄥˊ ㄒㄧㄥˋ 趁著興致好的時候。例我們乘興到海邊去。

乘人之危 ㄔㄥˊ ㄖㄣˊ ㄓ ㄨㄟˊ 趁著別人困難、危急的時候，去威脅或打擊人家。例乘人之危是種不道德的行為。

乘風破浪 ㄔㄥˊ ㄈㄥ ㄆㄛˋ ㄌㄤˋ 順著風駕著帆船，在海上前進。比喻志向遠大，不怕困難，奮勇向前。例縱使路途艱難險阻，我們仍要乘風破浪勇往直前。

乘勝追擊 ㄔㄥˊ ㄕㄥˋ ㄓㄨㄟ ㄐㄧ 趁著打勝仗，士兵的士氣高昂，繼續追擊敵人。

乘虛而入 ㄔㄥˊ ㄒㄩ ㄦˊ ㄖㄨˋ 趁著別人沒有準備或有困難時，加以侵入。

乘龍快婿 ㄔㄥˊ ㄌㄨㄥˊ ㄎㄨㄞˋ ㄒㄩˋ 比喻讓人滿意的好女婿。據說春秋時，蕭史很愛吹簫，秦穆公的女兒弄玉也愛吹簫，秦穆公就把女兒嫁給蕭史。幾年後，弄玉乘鳳，蕭史乘龍，升天離去。當時的人就稱蕭史為乘龍快婿。

乙部

乙

乙

乙部 〇畫

一ˇ ❶天干的第二位，現在用來指第二。❷人或地的代稱：例某乙、乙地。❸勾改脫落的文字：例塗乙。❹姓：例乙先生。

乙等 一ˇ ㄉㄥˇ 第二等。例他的成績是乙等。

乙醇 一ˇ ㄔㄨㄣˊ 就是酒精，是酒類的主要成分。

九

ノ九

乙部 一畫

ㄐㄧㄡˇ ❶數目名。❷形容很多：例九牛一毛、九死一生。❸姓：例九先生。

參考 請注意：「九」的數目字大寫寫作「玖」。

猜一猜 拿到九為止。（猜一句成語）（答案：不可收拾）

九泉 ㄐㄧㄡˇ ㄑㄩㄢˊ 很深的地下，指人死後鬼魂住的地方。

參考 活用詞：九泉之下。

九牛一毛 ㄐㄧㄡˇ ㄋㄧㄡˊ 一ˋ ㄇㄠˊ 很多牛身上的一根毛；比喻很輕微。例十萬元對這個大富翁而言，根本是九牛一毛。

參考 相似詞：滄海一粟。

九死一生 ㄐㄧㄡˇ ㄙˇ 一ˋ ㄕㄥ 比喻非常危險。例這次山難他能安全歸來，真是九死一生。

參考 相似詞：千鈞一髮。

九霄雲外 ㄐㄧㄡˇ ㄒㄧㄠ ㄩㄣˊ ㄨㄞˋ 距離天空非常高遠；形容遠得無影無蹤。九霄：天空的最高處。例老師看到這些天真爛漫的小孩子，所有的煩惱都被拋到九霄雲外去了。

九牛二虎之力 ㄐㄧㄡˇ ㄋㄧㄡˊ ㄦˋ ㄏㄨˇ ㄓ ㄌㄧˋ 比喻費了極大的力氣。例這本書是我費了九牛二虎之力才買到的。

也

𠃌 𠃓 也

乙部 二畫

一ㄝˇ ❶表示同樣：例他去，我也去。❷尚可：例也好。❸在文言文中，表示說明、疑問、感嘆或句中停頓的助詞：例張飛，三國時人也。例何也？例非不能也，是不為也！例大道之行也，天下為公。

也許 一ㄝˇ ㄒㄩˇ 或者，或許。例他沒來上課，也許生病了。

乞

ノ 𠂉 乞

乙部 二畫

ㄑㄧˇ ❶向人討：例乞求。❷姓：例乞先生。

動動腦 小朋友，想一想，加上「乞」的國字有那些？（答案：吃、屹、訖、矻、迄……）

乞丐 ㄑㄧˇ ㄍㄞˋ 向人家要飯、乞討東西的人。例地下道有乞丐向人家要錢。

俏皮話 「乞丐撿黃金——樂不可支。」乞丐很窮，撿到黃金，心裡高興的不得了。例小華今天考了一百分，真是「乞丐撿黃金——樂不可支」！

乞求 ㄑㄧˇ ㄑㄧㄡˊ 向別人請求。例妹妹乞求我買糖給她吃。

乞憐 ㄑㄧˇ ㄌㄧㄢˊ 裝出可憐的樣子，乞求別人的同情。例這條小狗搖尾乞憐。

乩

丨 ト ⺊ 占 占 乩

乙部 五畫

ㄐㄧ 一種占卜問疑，求神降示吉凶的方法：例扶乩。

乳

丶 丷 ⺈ 𠂈 孚 孚 乳

乙部 七畫

ㄖㄨˇ ❶動物的奶汁：例母乳、牛乳。❷顏色、形狀和乳相似的飲料：例豆乳。❸幼小的，剛出生的：例乳燕。❹滋生：例孳乳。

參考 相似字：奶。

乳牛 ㄖㄨˇ ㄋㄧㄡˊ 專門養來產奶汁的牛，產奶量比普通的牛多。

乳母（ㄖㄨˇ ㄇㄨˇ） 又稱奶媽、奶娘，她們的工作就是替別人照顧小嬰兒。

乳房（ㄖㄨˇ ㄈㄤˊ） 人或其他哺乳動物用來分泌乳汁，餵養幼兒的重要器官，它的發育和性別、年齡有很大的關係。

乳齒（ㄖㄨˇ ㄔˇ） 人或動物出生後不久就長出的牙齒。嬰兒大概七個月就會長乳齒，到六、七歲的時候，乳齒就會慢慢脫落，長出新的牙齒，就是成牙。

乳臭未乾（ㄖㄨˇ ㄒㄧㄡˋ ㄨㄟˋ ㄍㄢ） 指人身上還有奶腥味，通常用來譏笑年輕人不夠成熟、經驗不多。例他不過是個乳臭未乾的小子，竟敢誇大口。

乾

乙部 十畫

乾

ㄍㄢ ❶缺乏水分，是「溼」的相反：例乾燥。❷盡：例乾杯。❸脫水的食品：例肉乾。❹沒有血緣關係，只是拜認結成的親戚：例乾爹。❺空，沒有作用的：例乾等、乾著急。❻只，僅：例乾說不做。❼表面，不真實的：例乾笑。

ㄑㄧㄢ ❶易經卦名：例乾卦。❷指天：例乾坤。❸古時稱男子：例乾宅。❹姓：例乾先生。

動動腦 小朋友，你吃過豬肉乾、豆腐乾嗎？除了肉和豆腐之外，還有那些東西可以製成「乾」呢？趕快想一想，越多越好哦！（答案：蘿蔔乾、香蕉乾、葡萄乾、芒果乾、牛肉乾……）

乾脆（ㄍㄢ ㄘㄨㄟˋ） 做事爽快不猶疑，很快作決定。例你既然對教書有興趣，乾脆立志當老師。

俏皮話 「油炸麻花——乾（甘）脆。」麻花是一種又甜又脆的零食。這句話是指一個人做事絕不拖泥帶水。例他做事是「油炸麻花——乾脆」。

乾淨（ㄍㄢ ㄐㄧㄥˋ） 清潔。例把自己的房間打掃乾淨。

參考 相反詞：骯髒。♣請注意：「乾淨」和「清潔」都是不骯髒的意思。但還是有分別：「乾淨」往往有整齊的意思，例如：屋子收拾得挺乾淨。這裡用的「乾淨」不能用「清潔」來替代。「清潔」有衛生的意思，例如：注意食物的清潔。這裡的「清潔」就不能換成「乾淨」。

乾糧（ㄍㄢ ㄌㄧㄤˊ） 脫去水分以便儲藏且又便於攜帶的食物。

乾癟（ㄍㄢ ㄅㄧㄝˇ） 枯瘦。癟：裡面空而且外面凹下。例他的外表看起來相當乾癟。

亂

乙部 十二畫

亂

ㄌㄨㄢˋ ❶沒有秩序和條理：例亂七八糟。❷不好的行為：例淫亂。❸混淆：例以假亂真。❹破壞：例搗亂。❺騷擾不安：例亂世。❻任意，隨便：例亂跑、亂出主意。❼不安寧：例心煩意亂。❽指禍事：例鬧亂子、惹亂兒。

參考 相反字：治。

猜一猜 亂開車。（猜一種藥名）（答案：白花油）

亂子（ㄌㄨㄢˋ ˙ㄗ） 禍事，糾紛。例這件事出亂子了。

亂世（ㄌㄨㄢˋ ㄕˋ） 戰亂，社會混亂的時代。例杜甫生逢亂世，以致他的作品充滿憂國憂民的思想。

參考 相反詞：治世、盛世。

亂紀（ㄌㄨㄢˋ ㄐㄧˋ） 破壞法律、規矩、制度，使事物失去條理。紀：法度。例軍隊不可亂紀。

亂真（ㄌㄨㄢˋ ㄓㄣ） 模仿得很像，幾乎能和真的相混而難以分辨。例他的臨摹幾可亂真。

亂糟糟（ㄌㄨㄢˋ ㄗㄠ ㄗㄠ） 形容事物雜亂無章或心裡煩亂。例他把所有的事情都搞成亂糟糟的一團。

亂七八糟（ㄌㄨㄢˋ ㄑㄧ ㄅㄚ ㄗㄠ） 形容非常紊亂沒有條理。例這篇稿子塗改得亂七八糟，很多字都看不清楚。例他愈想愈沒主意，心裡亂七八糟的。

動動腦 小朋友，「亂七八糟」除了形容心情、書包、頭髮，還可以形容什麼？

亂臣賊子 ㄌㄨㄢˋ ㄔㄣˊ ㄗㄟˊ ㄗˇ　叛亂造反的人。例孔子寫春秋，使亂臣賊子畏懼，生怕留下惡名。

亂作胡為 ㄌㄨㄢˋ ㄗㄨㄛˋ ㄏㄨˊ ㄨㄟˊ　非常不正當的行為。例父母對他的亂作胡為感到痛心。

參考 相似詞：胡作非為。

亅部 ㄐㄩㄝˊ

最早的寫法是「𠄌」，就像鉤子的樣子，是個象形字。現在則寫成「亅」，亅部的了、予、事和「亅」都沒有關係，只是字形相似而已。

了　亅部 一畫

㇇ 了

ㄌㄧㄠˇ ❶明白，懂得：例了解。❷結束：例了結、責任未了。❸完全：例了無起色。❹放在動詞後，表示可能或不可能：例看不了。

˙ㄌㄜ ❶表示動作或變化已經完成：例看了一場電影。❷表示繼續或有新的情況發生，「了」是助詞：例下雨了。❸用在句尾，表示肯定的語氣：例他已經五歲了。

唱詩歌 世人都曉神仙好，惟有功名忘不了。古今將相在何方？荒塚一堆草沒了！世人都曉神仙好，只有金銀忘不了。終朝只恨聚無多，及到多時眼閉了。世人都曉神仙好，只有姣妻忘不了。君生日日說恩情，君死又隨人去了！世人都曉神仙好，只有兒孫忘不了。痴心父母古來多，孝順子孫誰見了！（好了歌‧曹雪芹）

了結 ㄌㄧㄠˇ ㄐㄧㄝˊ　解決，結束。例我終於了結了一樁心事。

參考 相似詞：了卻。

了解 ㄌㄧㄠˇ ㄐㄧㄝˇ　❶知道得很清楚。例他完全了解這件事了。❷打聽，調查。例這到底是怎麼一回事，我必須了解一下。

了不起 ㄌㄧㄠˇ ㄅㄨˋ ㄑㄧˇ　不平凡，優點很突出。例你真是個了不起的人，居然完成了這樣艱難的工作。

了不得 ㄌㄧㄠˇ ㄅㄨˋ ㄉㄜˊ　❶很突出、特殊，與一般情形不同。例這沒什麼了不得，我也會。❷表示情形嚴重，無法收拾。例這下子可了不得，他昏過去了。

了如指掌 ㄌㄧㄠˇ ㄖㄨˊ ㄓˇ ㄓㄤˇ　看事情非常清楚，就好像看自己的手掌那樣明白。了：明白。例他對這一帶的地形了如指掌。

參考 相似詞：瞭如指掌。

予　亅部 三畫

㇇ ㇇ 𠃌 予

ㄩˇ ❶同「與」，給與：例予以嘉獎。❷許可：例准予。

ㄩˊ 我，通「余」：例予認為不可。

事　亅部 七畫

一 ㇐ 𠃍 ㇐ 㠭 事

ㄕˋ ❶人的所作所為和遭遇：例國事。❷變故：例出事了。❸職業，工作：例謀事。❹關係或責任：例沒你的事了，回去吧！❺做：例從事、無所事事。❻侍奉：例善事父母。❼量詞，器物一件叫一事。

俏皮話 「一二三五六——沒事（四）。」小朋友，念一遍「一二三五六」，你一定會覺得很奇怪：怎麼沒四？在這裡「四」和「事」的音很接近，所以用這句俏皮話借指為「沒事」的意思。

事件 ㄕˋ ㄐㄧㄢˋ　指發生的重要事情。例美國「九一一」事件對人民衝擊很大。

事前 ㄕˋ ㄑㄧㄢˊ　事情發生前，也指事情處理前。例事前你就應該通知他們要開會了。

事後 ㄕˋ ㄏㄡˋ　事情發生以後，也指事情處理完結後。例水災的事後處理很重要。

事務 ㄕˋ ㄨˋ　❶所要做的事情、職務。❷類似總務。例事務員。

參考 請注意：「事務」是指要做的事情；「事物」則是指事情和東西。

事情 ㄕˋ ㄑㄧㄥˊ　事物的實際情形。

參考 請注意：「事情」是指一切事或情形，最常用。「事件」是指比較重要的事。「事變」指突然發生而又重大的事，例如：七七事變。「事故」指意外的變故或災禍。

事實（ㄕˋ ㄕˊ）　事情的真實情況。例事實勝於雄辯。

事態（ㄕˋ ㄊㄞˋ）　一件事情發展的情況。例事態嚴重，趕快走吧！

事蹟（ㄕˋ ㄐㄧ）　遺留給人知道的重要事情。

參考 請注意：「事蹟」也寫作「事跡」。

事半功倍（ㄕˋ ㄅㄢˋ ㄍㄨㄥ ㄅㄟˋ）　形容花費的勞力小，收到的成效大。例他讀書專心，所以收到事半功倍的效果。

事在人為（ㄕˋ ㄗㄞˋ ㄖㄣˊ ㄨㄟˊ）　事情是靠人去做，成功或是失敗完全靠人的努力。例這本來是事在人為的事，做不做看你自己了。

參考 請注意：「事在人為」和「為者常成」有分別：「事在人為」是指在一定的條件下，成功、失敗完全決定在個人的努力，不一定會成功；「為者常成」是說做了就容易成功。

事倍功半（ㄕˋ ㄅㄟˋ ㄍㄨㄥ ㄅㄢˋ）　形容花費的勞力大，收到的成效小。例你邊看電視邊背書，才會事倍功半沒有效果。

二部（ㄦˋ）

「二」是由兩個一所構成的，一是奇數的開始，二則是偶數的開始，因此「二」就用兩個一重疊而成。

二

二部　○畫　一 二

ㄦˋ ❶數目名，大寫寫作「貳」。❷次序排第二的：例二月、二叔。❸次等的：例二手貨。❹兩樣，別的：例二心、不二價、三心二意。

參考 相似字：雙、兩、再。

古人說 「一是一，二是二。」這句話是說：已經說出來的話，一定做到，不會隨便更改的意思。例王先生這個人信用最好，「一是一，二是二」，他答應你的事，一定會辦到，你不要擔心。

二氧化碳（ㄦˋ ㄧㄤˇ ㄏㄨㄚˋ ㄊㄢˋ）　是無色、無臭、無毒的氣體，是光合作用中必須用到的氣體。不燃燒，比空氣重，能在高壓下變成液體或固體。

于

二部　一畫　一 二 于

ㄩˊ ❶通「於」。❷姓：例于先生。

ㄒㄩ 通「吁」，嘆息。

參考 請注意：「于」和「干」、「千」的字形很相近。「于」字豎畫要鉤；「若干」的「干」豎畫不鉤；「千」字上面是撇（丿），不是橫畫，不要弄錯。

于歸（ㄩˊ ㄍㄨㄟ）　女子出嫁。

云

二部　二畫　一 二 云 云

ㄩㄣˊ ❶說：例人云亦云。❷古「雲」字。❸姓：例云先生。

參考 請注意：含有「云」字的芸、紜、耘都念ㄩㄣˊ，但是用法不同：「芸芸眾生」是指很多的人；「紛紜」是多而亂的樣子，例如：眾說紛紜。「耘」是除草，例如：一分耕耘，一分收穫。

云云（ㄩㄣˊ ㄩㄣˊ）　說話、引用文句時表示結束或有所省略，就是「如此如此」或「等等」的意思。例他說今天學了不少東西云云。

井

二部　二畫　一 二 キ 井

ㄐㄧㄥˇ ❶從地面向下挖取能取水的深洞：例水井。❷形狀像井的：例油井、礦井。❸整齊，有條理：例秩序井然、井井有條。❹家鄉：例離鄉背井。❺姓：例井先生。

猜一猜 深深一窩水，千人扛不起。（猜一種東西）（答案：井）

井然（ㄐㄧㄥˇ ㄖㄢˊ）　很整齊的樣子。例車子井然有序的停放在停車場。

井井有條 形容條理分明。例他處事井井有條，很受上司的器重。

參考 相似詞：井然有序。♣相反詞：亂七八糟。

井底之蛙 井底下的青蛙只能看到井口那樣大的一塊天；比喻見識狹小的人。

井水不犯河水 比喻互不侵犯。例這兩戶人家一向是井水不犯河水，倒也相安無事。

互

一 工 互 互

二部 二畫

彼此：例互相、互助。

互助 互相幫助。例小組之間要互助合作。

參考 相反詞：競爭。

互相 表示彼此對待的關係。例人和人之間要互相尊敬。

互通 互相溝通、交換。例我們要常常互通信息。

互惠 互相給人好處。惠：好處。例在外交上我們要堅持平等互惠的原則。

五

一 丅 万 五

二部 二畫

❶數目字，大寫寫作「伍」。❷姓：例五先生。

猜一猜 吾口難開。（猜一字）（答案：五）

五行 指金、木、水、火、土五種物質。是我國古代思想家，想用這五種物質來說明世界萬物的起源。對我國古代天文、曆學、醫學等的發展有很大的影響。

五味 指酸、甜、苦、辣、鹹各種味道。

五官 指耳、目、口、鼻、身，通常指臉上的器官。例她五官端正，天生就有一副姣好臉孔。

五金 金、銀、銅、鐵、錫。通常指一般的金屬。例鐵釘屬於五金類。

參考 活用詞：五金行。

五胡 古代居住在西北地區的少數民族。就是匈奴、鮮卑、羯、氐、羌。

五音 我國古代的音階，指宮、商、角、徵、羽，和簡譜中的1、2、3、5、6相同。

參考 活用詞：五音不全。

五倫 人和人間的關係。中國的五倫是指君臣、父子、兄弟、夫婦、朋友。又稱為「五常」。

五專 一種五年制的專科學校，是政府當年為了培養專業人才而設立的，現在多已改制成學院或大學。例姊姊國中畢業後去讀五專。

五線譜 在五條互相平行的橫線上標記音符的樂譜。

五光十色 比喻色彩豔麗，光彩奪目。例五光十色的燈光照在舞臺上。

參考 請注意：「五光十色」只用在形容顏色複雜；「五花八門」是指複雜的事，兩詞用時需要分別。

五花八門 比喻事物變化多端，花樣很多。五花是五行陣，八門是八門陣，都是古代戰術中變化最多的陣勢。也寫成「八門五花」。例五花八門的鑽飾看了令人心動。

五花大綁 綁人的一種方式。用一條繩索套住犯人的脖子，繞到背後再綁住雙手。通常用在捆綁犯重罪的人，防止逃跑。

五馬分屍 原本是古代一種殘酷的刑罰。用五匹馬綁住人的四肢和頭部，把人扯開。現在也用來比喻把完整的東西分割得非常零碎。

五湖四海 指天下各地。例他的名聲傳遍了五湖四海。

五短身材 指人的四肢和軀幹短小。例他雖然是五短身材，但靈活矯捷。

五體投地 指兩手、兩膝和頭著地，是佛教最恭敬的禮節。比喻非常敬佩。例他對大作家的文筆，可說是佩服得五體投地。

猜一猜 臥倒。（猜一句成語）（答案：五

體投地）

亙

二部 四畫

一 ㄏ 万 亙 亙 亙

ㄍㄣˋ ❶從這邊通到那邊：例中央山脈橫亙臺灣。❷時間延續不斷：例亙古以來。❸姓：例亙先生。

參考 請注意：❶「亙」是由「二」和「舟」合成的，所以我們不能把「亙」寫成「亘」。❷「互相」的「互」是中空的，不要弄錯。

亙古 ㄍㄣˋ ㄍㄨˇ 就是指從古到今，也有永遠、永久的意思。例亙古以來，沙漠上的人都過著游牧生活。

些

二部 六畫

丨 ㅏ 止 止 止 此 此 些

ㄒㄧㄝ ❶少：例些微、些許。❷不定的數量：例有些、前些日子。❸放在形容詞後面，表示一點點：例多些。

ㄙㄨㄛˋ 楚辭裡的語助詞，沒有意義：例何為四方些？

參考 相似字：點。

亞

二部 六畫

一 ㄒ 丌 ㄎ 亞 亞 亞 亞

ㄧㄚˋ ❶指亞洲。❷次一等的；第二的：例亞軍。

猜一猜 啞子沒有口，惡人沒有心，中有十字路，四面不能行。（猜一字）（答案：亞）

亞東 ㄧㄚˋ ㄉㄨㄥ 指亞洲東部，指日本、南韓、中華民國等地。

亞洲 ㄧㄚˋ ㄓㄡ 亞細亞洲的簡稱。位在東半球的東北部，西邊和歐洲相連，西南隔著紅海和非洲相望。東臨太平洋、南臨印度洋。是世界面積最大，人口最多，地形和氣候最複雜的一洲。

亞軍 ㄧㄚˋ ㄐㄩㄣ 比賽中得到第二名。例籃球比賽後成績揭曉，前四名分別是：冠軍、亞軍、季軍、殿軍。

亟

二部 七畫

一 ㄏ 了 丂 丂 丏 亟 亟

ㄐㄧˊ 緊急，急迫：例亟須、亟待解決。

ㄑㄧˋ 屢次：例往來頻亟、亟求。

亠部 ㄊㄡˊ

亡

亠部 一畫

丶 亠 亡

ㄨㄤˊ ❶逃跑：例逃亡。❷失去：例亡羊補牢。❸死：例死亡。❹死去的：例亡友。❺毀滅：例亡國。

ㄨˊ 沒有，通「無」。

猜一猜 沒心容易忘。（猜一字）（答案：亡）

亡命 ㄨㄤˊ ㄇㄧㄥˋ ❶逃亡，流亡。例他發動政變失敗後亡命他國。❷不顧性命。亡：無的意思。命：性命的意思。例飆車的人都是一些亡命之徒。

亡國 ㄨㄤˊ ㄍㄨㄛˊ 國家滅亡。

參考 活用詞：亡國奴。

亡羊補牢 ㄨㄤˊ ㄧㄤˊ ㄅㄨˇ ㄌㄠˊ 羊跑掉了，再去修補柵欄，還不算晚。比喻發生錯誤後，要及時糾正、補救。亡：丟掉。牢：養動物的柵欄。例好好反省吧！亡羊補牢，為時不晚。

亢

亠部 二畫

丶 亠 广 亢

ㄎㄤˋ ❶高，高傲的：例高亢、不卑不亢。❷極，很：例亢旱。❸星名，二十八星宿之一。❹姓：例亢先生。

ㄍㄤ 人的脖子：例絕亢而死。

參考 相反字：卑。♣請注意：❶「亢」不讀成ㄏㄤˊ。❷加上「亢」的字很多，例如：抗、伉、吭、坑、航、骯，讀音和用法都不同。「抗」(ㄎㄤˋ)有反對的意思，例如：抵抗、抗命。尊稱夫婦用賢「伉」(ㄎㄤˋ)儷。「吭」有二種讀法，讀ㄏㄤˊ時當「喉嚨」解釋，例如：引吭高歌；讀ㄎㄥ時是發出聲音，例如：悶不吭聲。「坑」(ㄎㄥ)是凹陷的洞，例如：坑洞，坑人。「航」(ㄏㄤˊ)是舟、船的總稱，後來行船和飛行都稱為「航」，例如：航空、航線。「骯」(ㄤ)髒是不乾淨的意思。

亢直 ㄎㄤˋ ㄓˊ 遵守正道，不向惡勢力屈服。例他個性亢直，贏得大家的敬佩。

參考 相似詞：剛直、不卑不亢。

亢龍 ㄎㄤˋ ㄌㄨㄥˊ 比喻處於很尊貴的地位。龍：指像帝王的地位。

交

、亠亠六亣交

亠部 四畫

ㄐㄧㄠ ❶相會，交叉：例交會、兩線相交。❷友好往來：例交往、建交。❸朋友：例至交、手帕交。❹互相，共同，彼此相對的動作：例交換、交流。❺買賣，做生意：例成交、交易。❻付給，拜託人家做某事：例交卷、交付。❼到了某個時刻或季節：例交十二點、交春。❽一起，同時：例風雨交加。❾同「跤」，跌倒：例跌了一交。❿生物配種：例交配、交尾。

參考 請注意：咬、郊、蛟、皎、較、校、效都含有「交」字，讀音都含有「ㄧㄠ」。例如：牙齒相合叫「咬」(ㄧㄠˇ)合；環繞都市的邊緣地帶叫「郊」(ㄐㄧㄠ)外；古時帶來水患的動物叫「蛟」(ㄐㄧㄠ)龍；明亮的月色，用「皎」(ㄐㄧㄠˇ)潔形容；有計量、比對的意思叫「較」(ㄐㄧㄠˋ)量；教學所在叫學「校」(ㄒㄧㄠˋ)；檢查、核對叫做校(ㄐㄧㄠˋ)對、校閱；模仿他人叫「效」(ㄒㄧㄠˋ)法；具有功用、貢獻叫「效」(ㄒㄧㄠˋ)用。

猜一猜 遠看像爸爸，近看不是他，脫去頭上帽，果然是爸爸。(猜一字)(答案：交)

交流 ㄐㄧㄠ ㄌㄧㄡˊ ❶河流交會的地方。❷彼此把自己有的給對方，並且相互影響。例自從中西文化交流，我國開始對西洋文物感興趣，外國人也熱中中國風。

交界 ㄐㄧㄠ ㄐㄧㄝˋ 兩國邊境相連接的地方。

交接 ㄐㄧㄠ ㄐㄧㄝ ❶人與人互相來往。例他交接的朋友都是愛好下棋的。❷把任務交給負責的人，由他接替以後的工作。例禮堂正在舉行校長交接典禮。

交通 ㄐㄧㄠ ㄊㄨㄥ 有二個意思，狹義是指車輛的來往運輸，廣義是指各種運輸事業，像鐵路、航海、航空，以及郵政、電信事業。

參考 活用詞：交通部、交通車、交通網、交通工具、交通革命、交通瓶頸、交通尖峰、交通管制、交通標誌。

小百科 台北市兒童交通博物館〈簡稱交博館〉於民國八十一年正式成立。館內的設施包括：GOGO世界〈介紹未來的交通工具〉、E世界、交通公園等等，充分介紹了未來的交通工具、多媒體的交通教學，以及有趣的交通公園……。是一座寓教於樂的博物館。

交際 ㄐㄧㄠ ㄐㄧˋ 人與人之間的交往、接觸。際：結交。例語言是我們交際的工具。

參考 活用詞：交際花、交際費、交際舞、交際應酬。

交談 ㄐㄧㄠ ㄊㄢˊ 互相接觸談話。例我和他交談了一會兒就回家了。

交戰 ㄐㄧㄠ ㄓㄢˋ ❶打仗。例秦國和趙國交戰。❷指心裡有兩個念頭相互衝突。例經過內心一番交戰，她終於承認自己打破玻璃。

參考 相似詞：交兵、交鋒。

交織 ㄐㄧㄠ ㄓ 互相結合在一起。例車聲、人聲交織出一首城市交響曲。

交白卷 ㄐㄧㄠ ㄅㄞˊ ㄐㄩㄢˋ 原本是指學生考試不會作答，交出空白的考卷。現在通常指辦事沒有進展或成果。例他辦事不認真，老是交白卷。

交通瓶頸 ㄐㄧㄠ ㄊㄨㄥ ㄆㄧㄥˊ ㄐㄧㄥˇ 指一個時間或地區，因為經過的人、車太多，反而形成阻礙，不容易通過。

交頭接耳 ㄐㄧㄠ ㄊㄡˊ ㄐㄧㄝ ㄦˇ 形容彼此在耳邊低聲說話。例他們在那裡交頭接耳，不曉得在說些什麼。

亦

丶 亠 亣 亣 亦

亠部 四畫

ㄧˋ ❶也：例人云亦云。❷又：例亦復、亦師亦友。❸姓：例亦小姐。

猜一猜 努力表示，再加一點意見。（猜一字）（答案：亦）

亦步亦趨 ㄧˋ ㄅㄨˋ ㄧˋ ㄑㄩ 別人走，自己也走；別人快走，自己也快走。比喻事事模仿人或跟從他人。步：走。趨：快走。

亥

丶 亠 亡 亥 亥 亥

亠部 四畫

ㄏㄞˋ ❶地支的第十二位：例辛亥革命。❷古代計算時間的名稱，晚上九點到十一點就是亥時。❸姓：例亥先生。

參考 請注意：含有「亥」的字有孩、咳、刻、核、賅、骸。「孩」（ㄏㄞˊ）是年紀小的兒童，例如：孩童。「咳」有很多種用法，例如：咳（ㄎㄜˊ）嗽、咳（ㄏㄞ）聲嘆氣。「核」（ㄏㄜˊ）是果實中最堅硬的部分，例如：果核。「賅」（ㄍㄞ）有完備的意思，例如：賅備。「骸」（ㄏㄞˊ）是指骨頭或人死後所留下的枯骨，例如：殘骸、枯骸。

亨

丶 亠 亠 亠 亡 亨 亨

亠部 五畫

ㄏㄥ 通達，順利：例萬事亨通。

ㄆㄥ 同「烹」：例亨飪。

猜一猜 烹煮不用火，卻事事順利。（猜一字）（答案：亨）

享

丶 亠 亠 亡 亡 亨 享 享

亠部 六畫

ㄒㄧㄤˇ ❶受用，消受：例享受。❷祭祀，供奉：例享神。❸設宴請客：例享客。❹獲得：例享年七十。

參考 請注意：「享」和「亨」不同：「享受」的「享」（ㄒㄧㄤˇ）下面是「子」；「亨」（ㄏㄥ）下面是「了」。

古人說 「有福同享，有難同當。」「當」是擔當、負起責任。這句話是說：雙方關係很好，能夠一起享福，一起面對困難。例我和你是好兄弟，當然要「有福同享，有難同當」。

享用 ㄒㄧㄤˇ ㄩㄥˋ 享受使用。例他可以免費享用這家餐廳的料理。

享有 ㄒㄧㄤˇ ㄧㄡˇ 取得，具有。例每個人要盡同樣的義務，也享有同樣的權利。

享受 ㄒㄧㄤˇ ㄕㄡˋ 享有受用。例他不但不工作，反而享受別人努力的成果。

享福 ㄒㄧㄤˇ ㄈㄨˊ 生活安樂美好。例他的兒女都成家立業，他可以享福了。

俏皮話 「十二歲進養老院——享福過早。」養老院是讓老年人安享晚年的地方。這句話是比喻青少年不求上進，追求享受。

享樂 ㄒㄧㄤˇ ㄌㄜˋ 享受安樂。例他整天吃喝玩樂，貪圖享樂。

享譽 ㄒㄧㄤˇ ㄩˋ 享有好的名聲。例貝多芬是一位享譽國際的音樂家。

京

丶 亠 亠 亡 古 亨 京 京

亠部 六畫

ㄐㄧㄥ ❶高聳的房子：例京觀。❷首都：例京城、京師。❸北京的簡稱：例京劇、京片子。❹一千萬稱為一京。❺姓：例京先生。

參考 請注意：「京」有高聳、很大的意思，因此用「京」當偏旁的字也有高聳、寬大的意思，例如：掠、景、晾、涼、鯨等字。「掠」（ㄌㄩㄝˋ）是用強大的力量去搶別人的東西，例如：掠奪、攻城掠地。「景」（ㄐㄧㄥˇ）是太陽高掛在天空中，原本的意思是日光，後來景色風光也稱為景，例如：風景、美景。「景」念成「ㄧㄥˇ」的時候，和「影」相同，例如：日景。「晾」（ㄌㄧㄤˋ）是把東西掛起來讓太陽晒乾，例如：晾衣服。「涼」（ㄌㄧㄤˊ）是很高的地方，溫度比較低，例如：涼爽、涼快。「鯨」（ㄐㄧㄥ）是海裡的哺乳動物，例如：抹香鯨。

京城 ㄐㄧㄥ ㄔㄥˊ 古時候稱政府所在地為京城。

參考 相似詞：京都、京師。

京劇 ㄐㄧㄥ ㄐㄩˋ 我國的主要戲劇之一，表演時，有唱、念、動作，唱腔以西皮、二黃為主。演員的動作優美，是我國很重要的國粹。又稱為平劇、國劇、京劇。

京片子 ㄐㄧㄥ ㄆㄧㄢˋ ˙ㄗ 就是北京話。

亭

亠部 七畫

丶 亠 亠 亣 古 古 亭 亭 亭

ㄊㄧㄥˊ ❶有屋頂沒有牆壁的建築物，可以供人休息：例涼亭。❷亭形或建築簡單的小房子，作辦公或營業用：例票亭。❸高聳直立的樣子：例亭亭玉立。

亮

亠部 七畫

丶 亠 亠 亣 古 古 亭 亭 亮

ㄌㄧㄤˋ ❶光線強：例明亮、光亮。❷閃光，發光：例擦亮、燈亮了。❸聲音高而清楚：例嘹亮、響亮。❹揭開，把實情顯露出來：例亮出底牌、亮個相。❺品性清高，有節操：例高風亮節。❻黑夜過去，天明了：例天亮了。

猜一猜 涼亭下的男子走了，留下一個沒桌面的茶几。（猜一字）（答案：亮）

亮光 ㄌㄧㄤˋ ㄍㄨㄤ 明亮的光線。

動動腦 除了太陽、日光燈之外，還有哪些東西會發出亮光呢？趕快想一想！

亮度 ㄌㄧㄤˋ ㄉㄨˋ 發光體（例如：電燈、太陽）使人眼睛感受到的明亮程度。

亮晶晶 ㄌㄧㄤˋ ㄐㄧㄥ ㄐㄧㄥ 形容非常明亮。晶晶：光明的樣子。例地板經過刷洗、打蠟，到處亮晶晶。例她的眼睛亮晶晶的就像寶石一樣。

亮起紅燈 ㄌㄧㄤˋ ㄑㄧˇ ㄏㄨㄥˊ ㄉㄥ 紅燈表示禁止通行；比喻已經有危險，應該馬上注意或停止。例他日夜辛勞，健康已經亮起紅燈。

人部 ㄖㄣˊ

把人的側面描繪下來，是「[glyph]」，這是人字的來源。「[glyph]」包含了人頭、手臂、身體、小腿，是一個象形字。人部的字很多，和人都有關係，大約可以分為三種情形：第一種是對人的稱呼，例如：伯（伯父）、你、他。第二種是人的活動，例如：俯（低頭）、仰（抬頭）、側。第三種是人的品行和身體狀況，例如：信（信用）、仁（仁愛）、俊（好看）、倦（沒精神）。

人

人部 ○畫

ノ 人

ㄖㄣˊ ❶一般人：例人神共憤。❷指成年人：例長大成人。❸指某種人：例工人。❹別人：例待人誠懇。❺指人的品質、性格或名譽：例丟人。❻指人的身體或意識：例這兩天人不舒服。❼指人才、人手：例我們這裡正缺人。❽能製造工具並使用工具進行勞動的高等動物。

猜一猜 小時四隻腳，長大兩隻腳，老了三隻腳。（猜一種動物）（答案：人。）

古人說 (一)「人非聖賢，誰能無過。」這句話的意思是說：人難免有過錯，不必灰心。例如：「人非聖賢，誰能無過」，重要的是從中學得教訓。

(二)「人外有人，天外有天。」這句話是說：強中更有強中手，勸人不要自以為了不起，而看不起別人。例他遭到這次失敗才知道「人外有人，天外有天」。

人力 ㄖㄣˊ ㄌㄧˋ 人的勞力；人的力量。例現在科技那麼進步，早就用機械來代替人力了。

人口 ㄖㄣˊ ㄎㄡˇ ❶居住在一定地區裡人的總數。例這個地區的人口有一百多萬。❷一戶人家的人的總數。例他們家的人口簡單。

人士 ㄖㄣˊ ㄕˋ 對於社會有一定影響的人。例今天的義賣活動由各界人士贊助。

人工 ㄖㄣˊ ㄍㄨㄥ ❶用人力做成的。例翡翠水庫是人工湖泊。❷一個人一天的工作分量。例建造一座花園需要多少人工？

人才 ㄖㄣˊ ㄘㄞˊ 有才能和德性的人。例他是個人才，要好好栽培他。

參考 請注意：指才能和資質義時，「人才」也可以寫成「人材」；但是有木料或原料的意思時，「木材」和「藥材」不可以寫作「木才」、「藥才」。

人心 ㄖㄣˊ ㄒㄧㄣ 指眾人的感情、願望等。例搶犯被捉到了，真是大快人心。

人手 ㄖㄣˊ ㄕㄡˇ 做事的人。例目前人手不足，趕緊找人幫忙吧！

人文 ㄖㄣˊ ㄨㄣˊ 指人類社會的各種文化現象。例臺灣的人文科學並不發達。

人民 ㄖㄣˊ ㄇㄧㄣˊ ❶構成國家的基本成員。❷指百姓。

人生 ㄖㄣˊ ㄕㄥ 人的生存和生活。

人事 ㄖㄣˊ ㄕˋ ❶指世間的一切事物。例多年之後他回到家鄉，已人事全非了。❷工作人員的錄用、獎懲、培養等工作。例公司做了一次人事的大調動。❸人力能做到的事。例能不能救出他，只能盡人事了。❹人的意識。例他昏迷過去，完全不醒人事。

參考 活用詞：人事全非。

人物 ㄖㄣˊ ㄨˋ ❶指人和物。❷在某方面具有代表性或有突出特點的人。例岳飛是忠臣的代表人物。

參考 活用詞：人物誌、人物字號。

人為 ㄖㄣˊ ㄨㄟˊ ❶由人去做。例事在人為。❷因人造成的。例這是人為的障礙，稍微溝通一下就解決了。

人員 ㄖㄣˊ ㄩㄢˊ 擔任某一種職務的人。例今天晚上輪到你當值班人員。

人家 ㄖㄣˊ ㄐㄧㄚ ❶人住的地方。例半山腰上有戶人家。❷泛指別人。例今天就要把書還給人家。

人格 ㄖㄣˊ ㄍㄜˊ 一個人的道德品格。例這位學者人格高尚。

人馬 ㄖㄣˊ ㄇㄚˇ ❶人和馬。❷指軍隊、兵馬。例不知怎麼一回事，大隊人馬聚集在海邊。

人參 ㄖㄣˊ ㄕㄣ 多年生的草本植物，葉子為掌形，花小色白，果實鮮紅色，根的分枝像人形，長八、九寸，是中藥補品的一種。

人群 ㄖㄣˊ ㄑㄩㄣˊ ❶成群的人。例他在人群裡擠來擠去。❷指人民群眾。

人種 ㄖㄣˊ ㄓㄨㄥˇ 具有共同起源和共同遺傳特徵的人群。例亞、歐、非三洲的人種不同。

人潮 ㄖㄣˊ ㄔㄠˊ 比喻人很多。

人緣 ㄖㄣˊ ㄩㄢˊ 人和人的關係。例他的人緣很好。

人質 ㄖㄣˊ ㄓˋ 為了逼使對方履行承諾或接受某項條件而被拘留的人。

人選 ㄖㄣˊ ㄒㄩㄢˇ 為某一個特定的目的挑選出來的人。例你就是擔任主席的適當人選，別再推辭了。

人權 ㄖㄣˊ ㄑㄩㄢˊ 指人應有的人身自由和各種民主權利。

人行道 ㄖㄣˊ ㄒㄧㄥˊ ㄉㄠˋ 馬路上專門給行人走的通道。

人情味 ㄖㄣˊ ㄑㄧㄥˊ ㄨㄟˋ 人和人之間溫暖濃厚的情感。例中國人有濃厚的人情味。

古人說 「人情比紙薄。」這句話是說：人的關係冷淡。例現在的社會，人情比紙薄，人與人之間的關係愈來愈冷漠。

人山人海 ㄖㄣˊ ㄕㄢ ㄖㄣˊ ㄏㄞˇ 形容聚集的人很多。例電影街每到假日一定人山人海。

動動腦 小朋友，雙十國慶的時候，總統府前人山人海，水洩不通。除了「人山人海」、「水洩不通」以外，你還能想出其他形容人很多的成語嗎？

人工呼吸 ㄖㄣˊ ㄍㄨㄥ ㄏㄨ ㄒㄧ 急救方法之一。在自然或意外事件中停止呼吸時，使用外力讓胸部產生規律性的擴張和收縮，恢復呼吸。

人才濟濟 ㄖㄣˊ ㄘㄞˊ ㄐㄧˇ ㄐㄧˇ 形容有才能的人非常多。濟濟：形容人數眾多。例這家公司人才濟濟。

人云亦云 ㄖㄣˊ ㄩㄣˊ ㄧˋ ㄩㄣˊ 人家說什麼自己也跟著說什麼；形容一個人沒有主見。

例人云亦云的話最好不要相信。

猜一猜 鸚鵡學舌。（猜一句成語）（答案：人云亦云）

人去樓空 人一離去，樓房也就空空的。形容冷冷清清的樣子。例以前這兒非常的繁華熱鬧，如今早已人去樓空了。

人仰馬翻 形容混亂或忙亂得不可收拾的樣子。例這件事已經把我們弄得人仰馬翻了。

人老珠黃 舊時稱婦女老了不受重視，像珍珠年代久了變黃就不值錢一樣。例女人最怕別人說自己人老珠黃。

人定勝天 人力一定能夠戰勝自然。例只要我們肯努力，人定勝天並不是神話。

人面獸心 面貌雖然是人，心腸卻像野獸一樣。形容非常凶惡殘暴。例這個綁匪真是人面獸心，居然把人質殺了。

人海茫茫 比喻人很多的樣子。人海：像汪洋大海一樣的人群。茫茫：廣大無邊。例在人海茫茫的世界中，我怎樣才能找到你？

人情世故 待人處世的道理。例他一點都不懂人情世故。

人造衛星 用火箭發射到天空，按一定的軌道繞地球或其他行星運行的物體。

人造纖維 用化學方法造成供紡織用的纖維，例如：尼龍絲等，從前叫作「人造絲」。

人間地獄 比喻黑暗惡劣的環境。

人煙絕跡 沒有人的蹤跡。例在這荒涼的山區，本來就是人煙絕跡。

人際關係 人和人之間相處的關係。

仁

ノイ仁仁

人部 二畫

❶對人關心、同情、寬厚的思想感情：例仁愛、仁厚。❷有德的人：例仁人。❸果核的最內部、種子，或其他硬殼中可以吃的部分：例花生仁兒。❹感覺、知覺：例痲木不仁。

仁政 仁德愛民的政治措施。例國家對人民施行仁政，人民的生活才會改善。

仁慈 仁厚慈善。例對別人仁慈一些，將會得到更多的友誼。

仁愛 同情、愛護和幫助別人的思想感情。例對待別人要有仁愛的胸懷。

仁義 愛人愛物、明辨是非，並能正直無私。例待人處事要講仁義道德。

仁人君子 指那些熱心幫助別人的人。

仁至義盡 形容對人的勸告、幫助已經盡了最大的努力。例我已經對你仁至義盡了，請你不要再來找我。

仁者無敵 施行仁政的人，是不會有敵手的。

什

ノイ仁什

人部 二畫

ㄕˊ ❶古代軍隊十人組成的單位。❷數目名，同「十」。❸各式各樣的：例什物，什錦。❹姓：例什先生。

ㄕㄣˊ 通「甚」，表示疑問，限於「什麼」一詞：例什麼事？

什麼 ❶疑問詞，指事情。例你在幹什麼？❷指一般事物。例說什麼？❸疑問形容詞。例他什麼時候回來的？❹表示不定的形容詞。例他是不是受了什麼委屈？

參考 請注意：「什麼」也可以寫作「甚麼」。

唱詩歌 天上什麼多？星星多。海上什麼多？漁燈多。星星不如漁燈多，藍藍海上一片火。海上什麼多？漁燈多。船上什麼多？魚蝦多。漁燈不如魚蝦多，條條船上閃銀波。

什錦 多種東西放在一起。例這碗什錦麵非常好吃。

仃

ノ亻仁仃

人部 二畫

ㄉㄧㄥ 孤獨，沒有依靠：例孤苦伶仃。

猜一猜 人丁單薄。（猜一字）（答案：仃）

仆

ノ亻亻仆

人部 二畫

ㄆㄨ 向前跌倒：例前仆後繼。

參考 相似字：倒、伏。

猜一猜 相士。（猜一字）（答案：仆）

仆倒 ㄆㄨ ㄉㄠˇ 跌倒伏地。

仇

ノ亻仂仇

人部 二畫

ㄔㄡˊ ❶敵人：例仇人、仇敵。❷怨恨：例仇恨。

ㄑㄧㄡˊ 姓：例仇先生。

參考 相似字：讎。

仇恨 ㄔㄡˊ ㄏㄣˋ 因為互相發生事情，心裡懷有恨意想要加以報復。例愛能消除仇恨。

仇視 ㄔㄡˊ ㄕˋ 懷著仇恨的心情或眼光來看待對方。例他們互相仇視對方。

仇敵 ㄔㄡˊ ㄉㄧˊ 仇人、敵人。

參考 相似詞：仇人、讎敵、敵人。

古人說 「仇人相見，分外眼紅。」這句話是說：因為心裡記著仇，所以特別注意對方。例他們兩人一碰面，就好像「仇人相見，分外眼紅」。

仍

ノ亻仍仍

人部 二畫

ㄖㄥˊ ❶還是，和以前一樣：例仍然、仍舊。❷常常：例頻仍。

參考 相似字：猶。

仍然 ㄖㄥˊ ㄖㄢˊ 表示情況沒變或恢復原狀。例經過多次的失敗，他仍然不放棄。

參考 相似詞：依然。

仍舊 ㄖㄥˊ ㄐㄧㄡˋ 和原來的樣子完全一樣，並沒有絲毫的改變。例他仍舊是那副嘻嘻哈哈的樣子。

今

ノ人亼今

人部 二畫

ㄐㄧㄣ ❶現在，現代，和「古」字相對：例今人。❷當前的：例今夏。

參考 相反字：昔、古。

今昔 ㄐㄧㄣ ㄒㄧˊ 現在和過去。昔：以前。

今朝 ㄐㄧㄣ ㄓㄠ 現在，今天。朝：日，天。例今朝有酒今朝醉。

介

ノ人介介

人部 二畫

ㄐㄧㄝˋ ❶有甲殼的水族動物：例介類。❷在兩者當中：例介紹。❸放在心裡：例介意。❹同「個」：例一介書生。❺正直：例耿介。❻古代打仗穿的護身衣：例介胄。❼姓：例介先生。

介入 ㄐㄧㄝˋ ㄖㄨˋ 插進兩者之間，干涉事情。例不要介入他們之間的爭吵。

介紹 ㄐㄧㄝˋ ㄕㄠˋ 使雙方互相認識。

參考 請注意：「介紹」和「推荐」都是由第三者引見。「推荐」偏重於推舉某人做某事；「介紹」包括介紹別人認識、推舉別人做事。

介意 ㄐㄧㄝˋ ㄧˋ 把事情放在心裡，不能忘記。例他不是故意的，請你別介意。

參考 請注意：「介意」多是不愉快的事。

仄

一厂仄仄

人部 二畫

ㄗㄜˋ ❶古代把上（第三聲）、去（第四聲）、入（聲音短促的）稱為仄聲。❷心裡感到不安：例歉仄。❸狹窄：例寬仄。

仄聲 ㄗㄜˋ ㄕㄥ　古代把上（ㄕㄤˇ）、去、入三聲稱為仄聲，上就相當於現在的第三聲，例如：粉、以；去聲就是第四聲，例如：去、付；入聲則是念起來聲音短促的，例如：國、入、伯等，入聲的範圍包括第一、第二、第三、第四聲，但是我們現在使用的國語入聲已消失不見，必須用方言（例如：閩南語、客家話、廣東話）才能表現出來。

以

丨 𠄌 𠄌丶 以 以

人部 三畫

ㄧˇ ❶原因，理由：例必有以也。❷用：例以德報怨。❸按照：例以次就座。❹認為：例以為。❺因為：例不以受獎而驕傲。❻用在方位詞前，表示時間、空間、數量的界限：例以前、以上、以西、一百以內。❼姓：例以先生。

以及 ㄧˇ ㄐㄧˊ　就是「和」的意思。例院子裡種滿了菊花、玫瑰花以及桂花。

以往 ㄧˇ ㄨㄤˇ　過去。例這裡以往是一片稻田，現在成了公園。

以前 ㄧˇ ㄑㄧㄢˊ　說話當時前面的一段時間。例聽說他以前是個遊手好閒的人。

以後 ㄧˇ ㄏㄡˋ　說話當時後面的一段時間。例放學以後要立刻回家。

以為 ㄧˇ ㄨㄟˊ　❶主觀的認為。例我以為他會來，結果沒有。❷當作。例原來是你，我以為是他來了。

參考 相似詞：認為。♣請注意：「以為」和「認為」都有下判斷的意思，但是「以為」的語氣較輕。

笑一笑 有位公司職員在家吃完早餐後，很優游自在的坐在沙發上看報紙，看完後正打算去泡杯茶。他太太問：「都八點半了，你還不想去上班嗎？」他聽了大吃一驚，說：「糟了！我以為我已經在辦公室了。」

以牙還牙 ㄧˇ ㄧㄚˊ ㄏㄨㄢˊ ㄧㄚˊ　牙，動詞，用牙齒咬人。比喻用對方使用的手段來報復對方。例我們要寬恕別人，不要以牙還牙。

參考 相似詞：以眼還眼（眼，動詞，瞪眼。用瞪眼來回擊瞪眼）。

以身作則 ㄧˇ ㄕㄣ ㄗㄨㄛˋ ㄗㄜˊ　用自己的行為作他人的榜樣。則：模範。例爸爸以身作則努力工作，是我們做事的好榜樣。

以物易物 ㄧˇ ㄨˋ ㄧˋ ㄨˋ　用東西直接交換東西。不用錢來作媒介。易：交換。例古時候的人用以物易物的方式獲得需要的東西。

以柔克剛 ㄧˇ ㄖㄡˊ ㄎㄜˋ ㄍㄤ　用柔和的態度使性情剛強的人順從。例柔道的精神是以柔克剛。

以毒攻毒 ㄧˇ ㄉㄨˊ ㄍㄨㄥ ㄉㄨˊ　本來是用毒藥來治療人身上的病毒；比喻用同樣惡毒的方法去對付敵人。

以農立國 ㄧˇ ㄋㄨㄥˊ ㄌㄧˋ ㄍㄨㄛˊ　用農業當作立國的根本。例中國是以農立國的國家。

參考 相反詞：以工立國。

以寡擊眾 ㄧˇ ㄍㄨㄚˇ ㄐㄧˊ ㄓㄨㄥˋ　用少數打敗多數。寡：少。擊：攻打。眾：多。例國軍以寡擊眾，大獲全勝。

參考 相似詞：以少勝多。

以貌取人 ㄧˇ ㄇㄠˋ ㄑㄩˇ ㄖㄣˊ　根據人的容貌美醜來判斷他的才能；比喻做人做事用表面來作取捨標準，不能得到真實的情況。例我們不可以以貌取人。

猜一猜 選美。（猜一句成語）（答案：以貌取人）

以德報怨 ㄧˇ ㄉㄜˊ ㄅㄠˋ ㄩㄢˋ　用好的行為來對待和自己有仇的人。德：恩惠。例蔣公對日本採取以德報怨的政策。

參考 相反詞：以怨報德。

付

ノ 亻 仁 付 付

人部 三畫

ㄈㄨˋ ❶交給：例交付。❷支出錢財：例付款、我要付你多少錢？

猜一猜 三寸丁。（猜一字）（答案：付）

付予 ㄈㄨˋ ㄩˇ　給的意思。例父母付予我們生命。

付出 ㄈㄨˋ ㄔㄨ　交出。例要成功就要付出代價。

付梓 ㄈㄨˋ ㄗˇ　梓，質地堅硬的木，適用於雕板印刷。付梓就是把底稿拿去印成書。

付款 ㄈㄨˋ ㄎㄨㄢˇ 付給或支出錢。例為了買房子，我們向銀行辦理分期付款。

付與 ㄈㄨˋ ㄩˇ 拿出；交給。與：給。例他付與廠商五十萬，買了一輛車。

付帳 ㄈㄨˋ ㄓㄤˋ 付給應付的錢。例我到櫃檯付帳。

仔

人部 三畫 ノ亻仃仔仔

ㄗˇ ❶細心，當心：例仔細。❷質地緊密：例仔密。❸負荷；負擔：例仔肩。

ㄗㄞˇ 幼小的牲畜、家禽等：例牛仔、豬仔。

猜一猜 為人子。（猜一字）（答案：仔）

仔肩 ㄗˇ ㄐㄧㄢ 擔負責任。

仔密 ㄗˇ ㄇㄧˋ 編織物紋路細密。例這塊布織得十分仔密。

仔細 ㄗˇ ㄒㄧˋ ❶特別小心。例路很滑，走路仔細一些。❷周密，細心。例這份報告要仔細看。

參考 相似詞：注意、留神。

仕

人部 三畫 ノ亻仁什仕

ㄕˋ ❶官吏。❷做官：例出仕、仕宦。

猜一猜 士大夫。（猜一字）（答案：仕）

仕女 ㄕˋ ㄋㄩˇ ❶宮女。❷以美女為題材的中國畫。❸指貴族婦女。

仕宦 ㄕˋ ㄏㄨㄢˋ 指做官。

參考 活用詞：仕宦之家、仕宦子弟。

仕途 ㄕˋ ㄊㄨˊ 指做官的道路，引申為做官的生涯。

他

人部 三畫 ノ亻仂仲他

ㄊㄚ ❶指你、我以外的第三個人。❷別的：例他國、他鄉。

參考 請注意：「他」一般只用來稱男性，也可以通稱男性和女性；「她」指女性；「牠」指動物；「它」指東西。

他日 ㄊㄚ ㄖˋ 將來的某一天。

仗

人部 三畫 ノ亻仁什仗

ㄓㄤˋ ❶兵器的總稱：例儀仗、被甲持仗。❷戰爭：例打仗。❸倚靠，憑藉：例仗勢欺人。❹拿著：例仗劍而行。

參考 請注意：「打仗」不可以寫成「打戰」。

猜一猜 岳父大人。（猜一字）（答案：仗）

仗勢 ㄓㄤˋ ㄕˋ 靠著某種權勢做壞事。例他以為有父親當靠山就可以仗勢欺人。

仗義 ㄓㄤˋ ㄧˋ 只要是應該做的事就出面做。例當我們有爭執時，他總是仗義執言。

代

人部 三畫 ノ亻仁代代

ㄉㄞˋ ❶更換：例新陳代謝。❷替：例代課、代辦。❸歷史的分期：例近代、古代。❹輩分，年紀相近的為一代：例下一代、老一代。❺朝代：例唐代、清代。❻繼承的人：例後代。

代表 ㄉㄞˋ ㄅㄧㄠˇ ❶表示，顯示。例梅花代表了我們中國人的精神。❷可以當作同一類事物的標準。例這部小說是他的代表作。❸由人民選出來，替人民表示意見的人。例民意代表。

代理 ㄉㄞˋ ㄌㄧˇ 代替別人處理事情。例經理不在的時候，就由他代理經理的工作。

參考 活用詞：代理人、代理商。

代替 ㄉㄞˋ ㄊㄧˋ 把這一個人或物當成那一個人或物來使用。例你怎麼可以代替他考試？

代溝 ㄉㄞˋ ㄍㄡ 指人由於年紀、生長環境、學識不同，在行為和觀念上就會產生差距和衝突。例我們之間的代溝是越來越大了。

代價 ㄉㄞˋ ㄐㄧㄚˋ 本來是指買東西付出的錢，現在指為了達到目的所費的時間或精神。

例為了得到這次勝利，他們的球隊付出很大的代價。

代數 ㄉㄞˋ ㄕㄨˋ 用數字和文字符號進行計算，可以表示數量關係的性質。

代銷 ㄉㄞˋ ㄒㄧㄠ 代替廠商銷賣產品。銷：把東西賣出去。

令

人部 三畫

ノ 人 亼 今 令

ㄌㄧㄥˋ ❶上級要求部屬做的事或遵守的話：例命令。❷使得：例令人高興。❸美好：例巧言令色。❹尊稱別人的親屬：例令堂。❺時節：例冬令。❻古代官名：例縣令。❼詞調、曲調名：例小令。❽計算紙張的單位，五百張為一令。

動動腦 「老師命令我們守秩序。」小朋友，「令」可以加上哪些偏旁，變成其他的字呢？（答案：伶、冷、玲、羚、鈴……）

令郎 ㄌㄧㄥˋ ㄌㄤˊ 尊稱對方的兒子。

參考 相反詞：令媛。

令堂 ㄌㄧㄥˋ ㄊㄤˊ 尊稱對方的母親。

參考 相反詞：令尊。

令箭 ㄌㄧㄥˋ ㄐㄧㄢˋ 古代軍中發布命令時用來作依據的東西，形狀像箭。

仙

人部 三畫

ノ 亻 仆 仙 仙

ㄒㄧㄢ 能長生不老，有特殊本領的人：例仙人。

猜一猜 山頂洞人。（猜一字）（答案：仙）

仙女 ㄒㄧㄢ ㄋㄩˇ 年輕的女仙子。

仙丹 ㄒㄧㄢ ㄉㄢ 神話傳說中，可以使人起死回生或長生不老的靈藥。

仙境 ㄒㄧㄢ ㄐㄧㄥˋ ❶神話中指仙人居住的地方。❷形容風景幽雅美好的地方。例這兒好像人間仙境，讓人留連忘返。

參考 相似詞：仙界。

仙人掌 ㄒㄧㄢ ㄖㄣˊ ㄓㄤˇ 多年生植物，葉片扁平，綠色，有刺，耐旱，產在暖熱的地方或沙漠地帶。

仞

人部 三畫

ノ 亻 仃 仞 仞

ㄖㄣˋ 古代計算長度的單位，七尺或八尺為一仞：例萬仞高峰。

猜一猜 殺人一刀。（猜一字）（答案：仞）

仨

人部 三畫

ノ 亻 仁 仨 仨

ㄙㄚ 三個，為北方語，用時不必加數量詞「個」：例仨人、仨月。

仝

人部 三畫

ノ 人 亼 仒 仝

ㄊㄨㄥˊ ❶同「同」。❷姓：例仝先生。

猜一猜 工人。（猜一字）（答案：仝）

仿

人部 四畫

ノ 亻 亻 仁 仿 仿

ㄈㄤˇ ❶效法：例仿效。❷學習別人的模樣：例摹仿。❸好像，似乎，類似：例仿佛、相仿。

參考 請注意：「仿」古代也寫作「髣」，俗字寫作「彷」。

仿佛 ㄈㄤˇ ㄈㄨˊ ❶好像。例我仿佛見過他。❷類似，差不多。例這兩個人年紀相仿佛。

參考 相似詞：彷彿、髣髴。

仿效 ㄈㄤˇ ㄒㄧㄠˋ 模仿著去做。效：模仿。例他仿效老師的做法，把這題數學做好了。

仿照 ㄈㄤˇ ㄓㄠˋ 照著別人的樣子去做。例這個辦法不錯，我們可以仿照辦理。

伉

ノ 亻 亻 亻 亻 伉

人部 四畫

ㄎㄤˋ ❶夫婦：例伉儷。❷剛直的樣子：例伉俠。

伉儷 ㄎㄤˋ ㄌㄧˋ 對別人夫婦的尊稱。

猜一猜 從土坑中爬出來的人。（猜一字）（答案：伉）

伙

ノ 亻 亻 亻 亻 伙

人部 四畫

ㄏㄨㄛˇ ❶在一起生活或工作的同伴：例伙伴。❷以前稱呼被人雇用的人：例伙計。❸計算人群的單位：例一伙人、二人一伙。❹共同，聯合：例伙同。❺飯食：例伙食。

伙夫 ㄏㄨㄛˇ ㄈㄨ 軍隊中負責煮飯的人。

伙同 ㄏㄨㄛˇ ㄊㄨㄥˊ 和別人一起做事。例他們二人伙同那名逃犯搶劫銀樓。

伙伴 ㄏㄨㄛˇ ㄅㄢˋ 古代軍隊以十個人為一伙，在一起吃飯。現在凡是共同參加活動或一起工作的人都可以稱為伙伴。例她是我的工作伙伴。

參考 相似詞：同伴。

伙計 ㄏㄨㄛˇ ㄐㄧˋ ❶以前稱呼在商店中被雇用的店員。例這家飯館的伙計服務很週到。❷對同伴的親密稱呼。例伙計們，休息一下吧！

俏皮話 「茶館裡不要的伙計——哪壺不熱提哪壺。」茶館裡，伙計如果用沒煮開的水泡茶，一定會被開除。比喻有不愉快、不光彩的事情，偏偏被提出來講的意思。例你別像「茶館裡不要的伙計——哪壺不熱提哪壺」，讓我下不了臺。

伙食 ㄏㄨㄛˇ ㄕˊ 飯和飲食，大部分指學校、軍隊中集體所辦的飯和飲食。例軍隊的伙食都很營養。

參考 相似詞：膳食。♣活用詞：伙食費。

伊

ノ 亻 亻 亻 亻 伊

人部 四畫

ㄧ ❶他或她，第三人稱：例伊人。❷文言助詞，剛剛的意思：例伊始。❸姓：例伊尹。

猜一猜 君子不動口。（猜一字）（答案：伊）

伊人 ㄧ ㄖㄣˊ 那個人，現在通常指女性。

伊尹 ㄧ ㄧㄣˇ 商朝的賢相，他輔佐商湯討伐紂王建立商朝，在商湯死後，他輔佐湯的孫子太甲，因為太甲非常暴虐，伊尹就把太甲放逐到桐宮，自己管理國家大事，直到太甲改過自新，伊尹才把他接回來治理國家大事。伊尹一生對商朝貢獻很大，皇帝對他十分尊敬，他去世後，皇帝用埋葬天子的禮節埋葬他。

伊始 ㄧ ㄕˇ 事情的開端。例開幕伊始。

伊朗 ㄧ ㄌㄤˇ 國名，位於中東，北界前蘇聯，南界波斯灣及阿曼灣，東界阿富汗及巴基斯坦，西界伊拉克與土耳其。古代稱為波斯，盛產石油，是世界上主要的產油國之一，首都是德黑蘭。伊朗人民信奉回教，對宗教十分狂熱。

伊甸園 ㄧ ㄉㄧㄢˋ ㄩㄢˊ 聖經中上帝所開闢的樂園，亞當、夏娃就住在裡面，後來亞當和夏娃禁不起蛇的誘惑，偷吃了禁果，就被上帝趕出伊甸園，從此過著受苦受難的日子。因此我們把伊甸園當作樂園或安樂生活的象徵。

伊拉克 ㄧ ㄌㄚ ㄎㄜˋ 國名，位於西南亞，盛產石油，首都巴格達，是阿拉伯神話經常提到的地方，可見巴格達自古就很繁榮。伊拉克的農產以米、麥、棉花為主。

伊索寓言 ㄧ ㄙㄨㄛˇ ㄩˋ ㄧㄢˊ 這本寓言相傳是古希臘的一名奴隸——伊索所寫的，他藉著動物來諷刺那些貪心、爭權奪利的貴族。

伕

ノ 亻 仁 仁 仁 伕

人部 四畫

ㄈㄨ 通常指從事粗重工作的人：例挑伕、馬車伕。

猜一猜 太太。（猜一字）（答案：伕）

伍

人部 四畫

ノ イ 亻 仃 伍 伍

ㄨˇ ❶古代軍隊的最小單位，五個人為一伍，現在也用來指軍隊：例入伍、退伍。❷是「五」的大寫：例伍拾元。❸同伙的，在一起的：例相與為伍、與牛為伍。❹姓：例伍子胥。

猜一猜 我對人不開口。（猜一字）（答案：伍）

伐

人部 四畫

ノ イ 仁 代 代 伐

ㄈㄚˊ ❶攻打，進攻：例討伐、北伐。❷砍樹：例伐木。❸誇耀自己：例伐善。

猜一猜 你一半，我一半，同心肝，把樹砍。（猜一字）（答案：伐）

休

人部 四畫

ノ イ 仁 什 什 休

ㄒㄧㄡ ❶停止：例休會、爭論不休。❷歇息：例休息、休假。❸別，不要：例休想、休要。❹古代丈夫把妻子趕回娘家，斷絕夫妻關係：例休妻。❺喜樂：例休戚。

參考 相似字：止。

猜一猜 木頭人。（猜一字）（答案：休）

古人說 「人無笑臉，休開店。」這句話是說：做生意的人對顧客要面露笑容，和和氣氣的，生意才會好。例如：「人無笑臉，休開店」，你整天嘟著嘴，誰敢來買東西？

休克 ㄒㄧㄡ ㄎㄜˋ 指身體受到刺激所顯示的急劇反應現象，主要特徵是血壓下降、血流減慢、四肢發冷、臉色蒼白、體溫下降。

休息 ㄒㄧㄡ ㄒㄧˊ 暫時停止工作或活動。例走累了，找個地方休息吧！

唱詩歌 累的時候，我愛躺在木椅上，趴在木床上。我更愛斜靠樹幹，伸長了腿，壓低了帽，聽風在吹鳥在唱，我什麼也不想，什麼也不想。（夏婉雲作）

休耕 ㄒㄧㄡ ㄍㄥ 為了不使地力耗費，在耕作一段時候就停止使用，等到土地肥沃後再耕作。

休假 ㄒㄧㄡ ㄐㄧㄚˋ 按照規定或經過批准後，停止工作或學習。

休養 ㄒㄧㄡ ㄧㄤˇ 休息調養。例你最好到鄉下休養一段時間。

參考 請注意：「休養」多指病後的調養。「修養」是指待人處事有正確的態度，例如：他很有修養，不隨便發脾氣；也可指知識、理論等達到一定的水準，例如：他有深厚的音樂修養。

休學 ㄒㄧㄡ ㄒㄩㄝˊ 學生在保留學籍的情況下，暫時停止學習。

休止符 ㄒㄧㄡ ㄓˇ ㄈㄨˊ 在樂曲中表示停止的音符。

笑一笑 名聞世界的音樂家有次在大飯店內用餐，餐廳的樂隊吹奏著不太協調的曲子，音樂家聽了十分難受，於是把侍者叫來：「你們的樂隊是否可以點奏？」侍者說：「當然可以，請隨意點。」音樂家：「很好！為我奏個三十分鐘的休止符吧！」

休戚相關 ㄒㄧㄡ ㄑㄧ ㄒㄧㄤ ㄍㄨㄢ 形容關係密切，利害一致。休：喜悅。戚：悲傷。例人民和國家間休戚相關，禍福與共。

參考 相似詞：禍福與共。♣請注意：「休戚相關」和「息息相關」都有彼此關係非常密切的意思。「休戚相關」範圍比較小，多指有禍福與共的人、集團、國家，含有同甘共苦、利害一致的意思；「息息相關」的對象較廣，可指人和事。

伏

人部 四畫

ノ イ 仁 仕 伏 伏

ㄈㄨˊ ❶臉向下趴著：例伏地、伏案。❷躲在旁邊準備出來攻擊：例埋伏。❸承認，同「服」：例伏輸。❹屈服：例降伏、伏虎。❺落下去：例起伏不定。❻藏起來暫時不出現：例伏筆。❼姓：例伏先生。

參考 相似字：仆、俯、俛、偃。

猜一猜 狗追人。（猜一字）（答案：伏）

伏兵 ㄈㄨˊ ㄅㄧㄥ 躲在一旁等待機會打擊敵人的軍隊。例這條路上有敵人的伏兵，千萬要小心。

伏特 ㄈㄨˊ ㄊㄜˋ 是電位差或電壓的單位。

伏筆 ㄈㄨˊ ㄅㄧˇ 一種寫作的技巧，作者在敘述中，對問題或人物，先作提示，最後再出現，達到前呼後應的效果。

伏貼 ㄈㄨˊ ㄊㄧㄝ 把東西按照自己的意思整理得很平順。例她用熨斗把衣服燙得很伏貼。

參考 相似詞：妥貼。

仲

人部 四畫

ノ イ 亻 仆 仲

ㄓㄨㄥˋ ❶在中間的：例仲裁者。❷指一個季的第二個月：例仲秋。❸兄弟排行中的第二個：例伯、仲、叔、季。❹姓：例仲先生。

猜一猜 調停人。（猜一字）（答案：仲）

仲夏 ㄓㄨㄥˋ ㄒㄧㄚˋ 夏季的第二個月，即國曆七月。

仲裁 ㄓㄨㄥˋ ㄘㄞˊ 雙方爭執無法決定時，由第三者居中調解，作出裁決。

件

人部 四畫

ノ イ 亻 仁 仁 件

ㄐㄧㄢˋ ❶計算事物的單位：例一件衣服。❷物品，器具：例零件、配件。❸歷史上發生的某種事情：例美國九一一事件。❹箱櫃器物上所附的金屬器物或鳥獸的腸胃等物都叫「什件（兒）」：例雞什件兒。

任

人部 四畫

ノ イ 亻 仁 仟 任

ㄖㄣˋ ❶職責：例責任。❷承受：例任勞任怨。❸委派：例任用。❹相信：例信任。❺由著，聽憑：例任意。❻擔當：例擔任、任職。❼無論：例任你怎麼說，他就是不聽。

ㄖㄣˊ 姓：例任先生。

任用 ㄖㄣˋ ㄩㄥˋ 派人擔任某項工作。例他任用我為助理。

任何 ㄖㄣˋ ㄏㄜˊ 無論什麼。例只要有信心，一定能克服任何困難。

任免 ㄖㄣˋ ㄇㄧㄢˇ 任命和免職。例總統有任免官員的權利。

任命 ㄖㄣˋ ㄇㄧㄥˋ 下命令任用。例董事長任命他為總經理。

任性 ㄖㄣˋ ㄒㄧㄥˋ 放任自己的性子，不加約束。例她從小嬌生慣養，因此十分任性。

任務 ㄖㄣˋ ㄨˋ 指定擔任的工作或擔負的責任。例他終於順利達成任務。

任意 ㄖㄣˋ ㄧˋ ❶由著自己的性子，愛怎樣就怎樣。例我們不可以任意攀折公園裡的花木。❷沒有任何條件限制。例任意兩點可以連成一條直線。

任憑 ㄖㄣˋ ㄆㄧㄥˊ ❶聽任，聽憑。例事情到了這個地步，只好任憑你處理。❷儘管，不管。例任憑華佗再世，也無法治好他的病。❸無論。例任憑你說什麼，我也不會改變主意。

任人宰割 ㄖㄣˋ ㄖㄣˊ ㄗㄞˇ ㄍㄜ 比喻受人擺布，無法反抗。例滿清末年，中國和外國訂了許多不平等條約，任人宰割。

任其自然 ㄖㄣˋ ㄑㄧˊ ㄗˋ ㄖㄢˊ 任憑事情自然發展，不加以限制。例這件事究竟結果如何，我們只有任其自然了。

任重道遠 ㄖㄣˋ ㄓㄨㄥˋ ㄉㄠˋ ㄩㄢˇ 擔負重大的責任，歷經遙遠的路程。比喻責任重大，需要經過長期的艱苦奮鬥。例他擔任國家的部長，可說是任重道遠的職務。

任勞任怨 ㄖㄣˋ ㄌㄠˊ ㄖㄣˋ ㄩㄢˋ 能夠禁得起勞苦和別人的抱怨。例他做事負責，任勞任怨。

仰

人部 四畫

ノ イ 亻 仃 仰 仰

ㄧㄤˇ ❶抬頭向上：例仰望。❷佩服，敬慕：例久仰大名。❸依靠，依賴：例仰仗。❹姓：例仰先生。

參考 請注意：「仰」是人部，指人抬起頭來，有敬慕的意思，例如：仰視、仰慕。「抑」是手部，指用手壓下去，有阻止的意思，例如：壓抑、抑制。

仰泳 ㄧㄤˇ ㄩㄥˇ 游泳的項目之一。身體仰臥水面，用手臂划水，用雙腳打水使身體前進。

仰臥 ㄧㄤˇ ㄨㄛˋ 臉向上躺臥的姿勢。

參考 活用詞：仰臥起坐。

仰望 ㄧㄤˇ ㄨㄤˋ ❶抬頭向上看。例他仰望天空的星星。❷表示敬仰而有所期望。例實踐世界和平的理想，就仰望你們這些年輕人了。

仰賴 ㄧㄤˇ ㄌㄞˋ 依賴。例這次會議多仰賴您的協助。

參考 相似詞：仰仗。

仰藥 ㄧㄤˇ ㄧㄠˋ 抬起頭來吃藥。指服毒自殺。例他一時想不開，竟然仰藥自盡。

參考 相似詞：服毒、仰毒。♣請注意：「仰藥」專指服毒自殺，一般為了治病吃藥就不能用。

仳

人部 四畫

ノ亻亻仳仳仳

ㄆㄧˇ 分離，別離：例仳離。

仳離 ㄆㄧˇ ㄌㄧˊ 分離。

參考 請注意：「仳離」只能用來指夫妻的分離，特指妻子被遺棄。

份

人部 四畫

ノ亻亻份份份

ㄈㄣˋ ❶整體的一部分：例股份。❷量詞，計算一組或一件的單位：例一份禮物、一份報紙。

參考 請注意：「份」和「分」的區別，見「分」字的說明。

企

人部 四畫

ノ人个个企企

ㄑㄧˇ ❶提起腳跟：例企足而待。❷盼望，仰望：例企望、企盼。

企求 ㄑㄧˇ ㄑㄧㄡˊ 希望得到某件事、物。例他含淚企求父親的原諒。

企盼 ㄑㄧˇ ㄆㄢˋ 非常深切的盼望。

企業 ㄑㄧˇ ㄧㄝˋ 以生產、銷售、運輸和服務性活動為主的經濟單位。

參考 活用詞：企業家、企業化、企業管理。

企圖 ㄑㄧˇ ㄊㄨˊ 心裡有計算和實行的計畫。圖：計畫。例他有不良企圖。

企鵝 ㄑㄧˇ ㄜˊ 南極地區的一種水鳥，翅膀成鰭狀，不會飛，善於游泳。例瞧！企鵝走路的模樣真滑稽。

小百科 企鵝是一種十分有趣的鳥類。在冰天雪地的南極洲，氣溫非常低，沒有樹枝和枯草可供企鵝築巢。牠們每年產卵時也不築巢，當雌鳥生下一枚蛋後，就離開雄鳥到很遠的海洋覓食。這時肥胖的雄鳥就並著雙腳，用嘴把蛋拉到腳背上，以溫暖的腹部遮住蛋，細心地孵卵。雄企鵝在孵卵期內不吃也不喝，忍受暴風雨和飢餓的折磨，直到雌企鵝回來才「換班」。台灣的氣候並不適合繁殖企鵝，但是台北市立動物園仍排除萬難，興建企鵝館，而國王企鵝在館內可是人氣旺盛的動物明星，十分受遊客歡迎。國王企鵝分布在南美、紐西蘭和南非南方海域等地，喜歡吃魚、蝦子和烏賊。牠們每次只生一枚蛋，由雄雌企鵝輪流孵蛋，大約八個星期後，可愛的國王企鵝寶寶就出生了。之後，過了約十個月至十三個月，就有捕食的能力喔！

伎

人部 四畫

ノ亻亻什伎伎

ㄐㄧˋ ❶技藝，才能，通「技」：例伎藝、武伎。❷古代稱以歌舞為業的女子，通「妓」。❸手腕，手段，花招：例伎倆。

伎倆 ㄐㄧˋ ㄌㄧㄤˇ 花招，技巧，手段。一般多用來指做壞事。例他有層出不窮的伎倆。

伎藝 ㄐㄧˋ ㄧˋ ❶手藝。❷指技巧性表演的才能，俗稱「雜耍」或「特技」。

二畫

伎癢 ㄐㄧˋ ㄧㄤˇ 形容人擅長某種技藝，一有機會，就急著想表現出來。

位
人部 五畫
ノ亻亻亻亻位

ㄨㄟˋ ❶人或事物所在的地方：例部位。❷職務，等級：例名位。❸指皇帝的地位：例即位、在位。❹算術中的位數：例五位數。❺用在人的量詞：例五位客人。

位於 ㄨㄟˋ ㄩˊ 位置處在某個地方。例這座廟宇位於山上。

位置 ㄨㄟˋ ㄓˋ ❶地點方向。例郵局的位置再向南走五十步就到了。❷地位，職位。例總經理是位置很高的職務。

住
人部 五畫
ノ亻亻亻亻仩住

ㄓㄨˋ ❶長期居留：例居住。❷歇宿：例住一夜。❸停止：例住手。❹牢固，穩固：例記住、靠得住。❺得到：例捉住，拿住。

猜一猜 屋主。（猜一字）（答案：住）

住口 ㄓㄨˋ ㄎㄡˇ 停止說話。例他命令我住口。

參考 相似詞：住嘴。♣請注意：「住口」通常用於命令或強硬的語氣中。

住手 ㄓㄨˋ ㄕㄡˇ 停止手的動作或停止做某件事。例他不做完不肯住手。

住宅 ㄓㄨˋ ㄓㄞˊ 供人居住的房屋。例我們要維護良好的住宅環境。

住址 ㄓㄨˋ ㄓˇ 居住所在地的鄉鎮、街道的名稱和門牌號碼。

住屋 ㄓㄨˋ ㄨ 供家庭生活而設計的建築物。例選擇住屋時，要注意空氣清新、環境清幽、交通方便、結構的安全等條件。

住持 ㄓㄨˋ ㄔˊ 佛寺或道觀內主持事務的人。

住院 ㄓㄨˋ ㄩㄢˋ 病人住進醫院治療或休養。

佇
人部 五畫
ノ亻亻亻亻佇

ㄓㄨˋ 長久站著等候、盼望：例佇立、佇候、佇望。

佇立 ㄓㄨˋ ㄌㄧˋ 久久的站立。

佇候 ㄓㄨˋ ㄏㄡˋ 站立等候；形容盼望心切。

佗
人部 五畫
ノ亻亻亻亻佗

ㄊㄚ 通「他」、「它」。

ㄊㄨㄛˊ ❶歪邪的。❷負荷，通「駝」。❸人名：例華佗（三國時名醫）。

佞
人部 五畫
ノ亻亻亻亻佞佞

ㄋㄧㄥˋ ❶謙說自己「不才」：例不佞。❷用花言巧語奉承人或者巧辯：例奸佞、佞臣、佞人。

猜一猜 二個女人。（猜一字）（答案：佞）

佞人 ㄋㄧㄥˋ ㄖㄣˊ 有口才而心術不正的人。

佞幸 ㄋㄧㄥˋ ㄒㄧㄥˋ 以諂媚而得到寵信。幸：寵信。

伴
人部 五畫
ノ亻亻亻亻伴

ㄅㄢˋ ❶同在一起而能互相照顧的人：例伴侶。❷陪著：例伴隨。

參考 請注意：伴、拌、胖、泮、畔、絆的右邊都是「半」，但讀音、字義不同。和人在一起，叫陪「伴」（ㄅㄢˋ）；用手去轉動，叫攪「拌」（ㄅㄢˋ）；多肉叫肥「胖」（ㄆㄤˋ）；古時候設在水邊的大學叫「泮」（ㄆㄢˋ）宮；田的邊界叫田「畔」（ㄆㄢˋ）；被韁繩擋住叫「絆」（ㄅㄢˋ）倒。

猜一猜 半個人。（猜一字）（答案：伴）

伴侶（ㄅㄢˋ ㄌㄩˇ） ❶同伴，朋友。❷共同生活在一起，關係密切的同伴。有時專門指夫妻。

伴隨（ㄅㄢˋ ㄙㄨㄟˊ） 陪伴跟隨。例當我散步時，小狗總是伴隨在後。

佛

人部 五畫

ノ 亻 仁 仁 伄 佛 佛

ㄈㄛˊ ❶古印度語「佛陀」的簡稱。❷凡是修行成道的人都稱佛。❸宗教名：例佛教。

ㄈㄨˊ 通「佛」，仿佛，見「仿」字。

ㄅㄧˋ ❶輔佐，通「弼」。❷姓：例佛先生。

猜一猜 不是人。（猜一字）（答案：佛）

小百科 假如你去名山大廟遊覽，在高大的寺廟中，一定會看到許多的佛像：那歡天喜地，挺著個大肚子，躺在第一殿的是彌勒佛；那法相尊嚴、一本正經的端坐在第二殿的是如來佛。還有白衣大士——觀音、十八羅漢、五百羅漢等。到廟裡時，你認得出祂們嗎？

佛祖（ㄈㄛˊ ㄗㄨˇ） 佛教的始祖。

佛教（ㄈㄛˊ ㄐㄧㄠˋ） 和基督教、回教並稱世界三大宗教。傳說為西元前六到五世紀時，由釋迦牟尼所創立，東漢時傳入中國。宣揚因果報應、輪迴轉世的說法，現已流傳到亞洲許多國家。

何

人部 五畫

ノ 亻 仁 仃 何 何 何

ㄏㄜˊ ❶什麼，表示疑問：例有何貴幹？❷姓：例何先生。

ㄏㄜˋ 同「荷」，負擔。

猜一猜 可愛的人。（猜一字）（答案：何）

何必（ㄏㄜˊ ㄅㄧˋ） 為什麼一定要。例大家都是好朋友，何必客氣。

何妨（ㄏㄜˊ ㄈㄤˊ） 何不這樣；有什麼妨礙。例這樣做又有何妨？

何況（ㄏㄜˊ ㄎㄨㄤˋ） 表示更進一步：甲事如此，乙事當然更是如此。例連他都不知道，何況我呢？

何苦（ㄏㄜˊ ㄎㄨˇ） 何必自尋苦惱。例你何苦要如此自欺欺人呢？

何去何從（ㄏㄜˊ ㄑㄩˋ ㄏㄜˊ ㄘㄨㄥˊ） 不知道去何處或跟從誰；比喻無法作決定。例如今前途茫茫，不知何去何從？

何足掛齒（ㄏㄜˊ ㄗㄨˊ ㄍㄨㄚˋ ㄔˇ） 小事不值得一提。掛齒：提起，談起。例區區小事，何足掛齒？

何樂不為（ㄏㄜˊ ㄌㄜˋ ㄅㄨˋ ㄨㄟˊ） 為什麼不樂意做呢？例助人為快樂之本，我們何樂不為呢？

估

人部 五畫

ノ 亻 仁 什 什 估 估

ㄍㄨ 推算：例估計、估價。

ㄍㄨˋ 出售：例估衣。

猜一猜 死人。（猜一字）（答案：估）

估計（ㄍㄨ ㄐㄧˋ） 根據某些情況，對事物作大概的推斷。例我估計這一趟來回大概要一星期的時間。

估量（ㄍㄨ ㄌㄧㄤˊ） ❶計算，衡量。例估量看看它該值多少錢。❷推測，猜想。例我估量他不會來。

估價（ㄍㄨ ㄐㄧㄚˋ） 估計商品的價格。例他們把這批古董估價得很高。

佐

人部 五畫

ノ 亻 仁 什 仕 佐 佐

ㄗㄨㄛˇ ❶輔助，幫助：例輔佐、佐理、佐證、佐餐。❷助手，輔助的人：例警佐、僚佐。❸姓：例佐先生。

猜一猜 左派分子。（猜一字）（答案：佐）

佐治（ㄗㄨㄛˇ ㄓˋ） 幫忙處理政事。

佐料（ㄗㄨㄛˇ ㄌㄧㄠˋ） 調和食物味道的材料，包括鹽、醋、醬油等。

參考 相似詞：作料。

佐膳 ㄗㄨㄛˋ ㄕㄢˋ　配飯吃的食物。膳：飯食。

佐證 ㄗㄨㄛˇ ㄓㄥˋ　證據，證實。

參考 請注意：也可以寫作「左證」。

佑

人部 五畫

ノ イ 仁 什 佑 佑 佑

ㄧㄡˋ 保護，扶助：例保佑。

參考 相似字：祐。

猜一猜 右派人士。（猜一字）（答案：佑）

伽

人部 五畫

ノ イ 仂 仂 伽 伽 伽

ㄑㄧㄝˊ 翻譯外文常用的字：例伽利略。

ㄐㄧㄚ 翻譯外文常用的字：例瑜伽。

猜一猜 人跌落木架。（猜一字）（答案：伽）

伽利略 ㄑㄧㄝˊ ㄌㄧˋ ㄌㄩㄝˋ　義大利天文及物理學家。曾經用望遠鏡觀察天體，發現木星的衛星和太陽上的黑子，證明哥白尼提出的地球繞日而行的學說，因此觸怒教皇被捕入獄，但是仍然努力研習，一生發明無數，例如：溫度計、望遠鏡等。

佈

人部 五畫

ノ イ 仁 什 佈 佈 佈

ㄅㄨˋ ❶把事情用語言或文字使人知道：例公佈、發佈、宣佈、佈告。❷安排：例佈置、佈局、佈下天羅地網。❸陳列，散開：例分佈、遍佈、星羅棋佈。

參考 請注意：「佈」字作動詞時，可和「布」字通用，例如：「佈告」、「佈置」可寫作「布告」、「布置」。

猜一猜 布偶。（猜一字）（答案：佈）

佈告 ㄅㄨˋ ㄍㄠˋ　張貼出來通告群眾的文件。

佈局 ㄅㄨˋ ㄐㄩˊ　指對事物整體結構所作的計畫安排。

佈置 ㄅㄨˋ ㄓˋ　為某一項活動或根據某一種需要作出安排。

伺

人部 五畫

ノ イ 仃 仃 伺 伺 伺

ㄙˋ ❶偵察：例伺候、窺伺。❷等待：例伺機。

ㄘˋ 照顧生活，侍奉：例伺候。

猜一猜 公司職員。（猜一字）（答案：伺）

伺探 ㄙˋ ㄊㄢˋ　暗中觀察敵人的狀況。

伺機 ㄙˋ ㄐㄧ　暗中等候可以利用的機會。例他伺機向父親提出買模型飛機的要求。

伸

人部 五畫

ノ イ 仆 仴 伯 伸 伸

ㄕㄣ ❶把彎的變直、短的變長：例伸直。❷舒展身體：例伸懶腰。❸說明自己的冤枉：例伸冤。❹姓：例伸先生。

猜一猜 申請人。（猜一字）（答案：伸）

伸長 ㄕㄣ ㄔㄤˊ　把東西變得比原來長。例大象伸長鼻子捲起一棵小樹。

參考 相反詞：縮短。

伸展 ㄕㄣ ㄓㄢˇ　向外延伸或擴展。例他決定好好努力，伸展他的抱負。

伸張 ㄕㄣ ㄓㄤ　擴大，發揚。例警察先生保護人民，伸張正義。

伸懶腰 ㄕㄣ ㄌㄢˇ ㄧㄠ　人在疲倦時活動腰和手的動作。例下課了，我站起來伸伸懶腰。

伸手不見五指 ㄕㄣ ㄕㄡˇ ㄅㄨˊ ㄐㄧㄢˋ ㄨˇ ㄓˇ　比喻非常黑暗。例這間房間沒有窗子，簡直伸手不見五指。

佃

人部 五畫

ノ イ 仃 仃 佃 佃 佃

ㄉㄧㄢˋ 向別人租借土地耕種，或是替地主耕種的人：例佃農。

猜一猜 種田的人。（猜一字）（答案：

佃）

佃農 ㄉㄧㄢˋ ㄋㄨㄥˊ 自己沒有土地，而向別人租借土地耕種的農人。

佔

人部 五畫

ㄓㄢˋ ❶據有，強取，同「占」：例攻佔、佔領、佔據。❷處在，同「占」：例佔優勢、佔多數、佔上風。

ㄓㄢ 窺視，同「覘」。

猜一猜 人不願久站。（猜一字）（答案：佔）

佔領 ㄓㄢˋ ㄌㄧㄥˇ 用軍事力量取得。

佔據 ㄓㄢˋ ㄐㄩˋ 據有或用強力取得。

佔上風 ㄓㄢˋ ㄕㄤˋ ㄈㄥ 取得優越領先的地位。

佔便宜 ㄓㄢˋ ㄆㄧㄢˊ ㄧˊ ❶得到額外的利益。❷比喻有優越的條件。例他個子高，打籃球十分佔便宜。

似

人部 五畫

ㄙˋ ❶相像，如同：例相似、近似。❷好像：例似乎、聽似有理。❸勝過：例生活一天好似一天。

似乎 ㄙˋ ㄏㄨ 好像，表示猜測。例天陰陰的似乎要下雨了。

似是而非 ㄙˋ ㄕˋ ㄦˊ ㄈㄟ 表面上看起來好像對的，實際上是不對。例這個論點似是而非，還是不要相信的好。

參考 請注意：「似是而非」和「積非成是」不同：「積非成是」指因錯誤的事累積，最後造成錯覺，反而把「錯的」當成「對的」。

但

人部 五畫

ㄉㄢˋ ❶僅，只：例但願如此。❷不過，可是：例但是。❸只要，凡是：例但能節約就節約。❹儘管：例但說無妨。❺姓：例但先生。

猜一猜 一日為師。（猜一字）（答案：但）

但是 ㄉㄢˋ ㄕˋ 不過。例他很想去看電影，但是功課沒做完。

傭

人部 五畫

ㄩㄥ ❶替人工作的人：例傭人。❷做生意時，付給在中間介紹人的酬勞：例傭金。

傭人 ㄩㄥ ㄖㄣˊ 替人做事的人。

參考 相似詞：僕人。

傭金 ㄩㄥ ㄐㄧㄣ 介紹雙方買賣，介紹人所得到的酬勞。

作

人部 五畫

ㄗㄨㄛˋ ❶興起，奮起：例振作。❷創造：例創作、作曲。❸指詩文書畫與藝術品：例佳作、大作。❹裝出，表現出：例裝腔作勢、裝模作樣。❺當成：例認賊作父。❻發生，感覺：例發作、作痛。❼舉行，進行：例作戰、作簡報。❽為，同「做」：例作事、作工、作證。❾招惹，自找：例自作自受。❿工人：例瓦作、木作、作坊。

ㄗㄨㄛ ❶猜測：例作摩。❷調和食味的材料：例作料。❸糟蹋：例作踐。

參考 請注意：「作」和「做」有分別：「作」是從事某項活動，例如：作孽、作弄、自作自受。比較具體東西的製造寫作「做」，例如：做衣服、做工。抽象一點的或是成語都寫成「作」，例如：作怪、作文、裝模作樣。大體說來，「做」、「作」還是有一些習慣的、規定的用法，應該多加留意辨別。

作文 ㄗㄨㄛˋ ㄨㄣˊ 學生們為了練習所寫的文章。

笑一笑 作家司馬中原說他小時候是個笨拙的孩子，很瘋很野。有一次上作文課，老師出了個作文題目：「我家的狗」。他第一個交卷，上面只寫了一句話：「我家沒有狗。」

作古 ㄗㄨㄛˋ ㄍㄨˇ 去世。

參考 請注意：「作古」多用在活人對死者的哀悼詞，其他場合並不適用。

作用 ㄗㄨㄛˋ ㄩㄥˋ ❶對事物產生影響。例這種藥物的作用可以持續很久。❷用意。例他剛才說的那些話是很有作用的。

參考 活用詞：作用力。

作弄 ㄗㄨㄛˋ ㄋㄨㄥˋ 戲弄別人。例他喜歡作弄別人。

作坊 ㄗㄨㄛˋ ㄈㄤ 工人工作的場所。

作物 ㄗㄨㄛˋ ㄨˋ 農作物的簡稱。

作者 ㄗㄨㄛˋ ㄓㄜˇ 文章的寫作者或藝術作品的創作者。

作品 ㄗㄨㄛˋ ㄆㄧㄣˇ 指藝術文學方面的成品。

作為 ㄗㄨㄛˋ ㄨㄟˊ ❶行為和舉動。例班長自大的作為令全班不滿。❷做出成績。例你必須要有一番作為，才會得到別人的信任。❸當作。例別把我的話作為耳邊風。

作風 ㄗㄨㄛˋ ㄈㄥ ❶人的行為、態度。例他的作風光明正大，大家都喜歡他。❷風格。例這個畫家的作風偏向自然主義派。

參考 請注意：「作風」和「態度」不同：「作風」是指一個人的思想、行為、態度的傾向；「態度」是指實際的行為。

作家 ㄗㄨㄛˋ ㄐㄧㄚ 從事文學創作而有成就的人。

作息 ㄗㄨㄛˋ ㄒㄧˊ 工作和休息。例按照作息時間看來現在應是睡覺時間。

作料 ㄗㄨㄛˋ ㄌㄧㄠˋ 煮東西時用來增加美味的油、鹽、醋和蔥、蒜等。

作揖 ㄗㄨㄛˋ ㄧ 拱手行禮。例他一見到人就打恭作揖。

作業 ㄗㄨㄛˋ ㄧㄝˋ 老師交代給學生的功課。

作嘔 ㄗㄨㄛˋ ㄡˇ 原指嘔吐；比喻非常讓人討厭的人或事。例他虛偽的態度令人作嘔。

作對 ㄗㄨㄛˋ ㄉㄨㄟˋ 跟人為難。例和別人作對，也等於和自己過不去。

作摩 ㄗㄨㄛˋ ㄇㄛˊ 揣測，尋思。例這件事讓我作摩作摩再說吧！

作踐 ㄗㄨㄛˋ ㄐㄧㄢˋ 糟蹋。例別再作踐自己了！

作廢 ㄗㄨㄛˋ ㄈㄟˋ 放棄沒有用的事物。例過期的東西就要作廢。

作弊 ㄗㄨㄛˋ ㄅㄧˋ 用欺騙的方式取得利益或達到目的。例考試作弊是不誠實的行為。

笑一笑 爸爸看過兒子「滿江紅」的成績單後，對兒子說：「有一點我可以確信的是，你在考試時沒有作弊。」兒子說：「不是沒有作弊，而是作弊不成功。」

作戰 ㄗㄨㄛˋ ㄓㄢˋ 打仗。例敵人和我軍在太平洋作戰，戰況激烈。

作證 ㄗㄨㄛˋ ㄓㄥˋ 為人或事情做證明。例我不願替他這種人作證。

作孽 ㄗㄨㄛˋ ㄋㄧㄝˋ 因為做壞事而受到災禍。孽：壞事。

作奸犯科 ㄗㄨㄛˋ ㄐㄧㄢ ㄈㄢˋ ㄎㄜ 做壞事，觸犯了法令。奸：壞事。科：法令。例作奸犯科的人一定要受到處罰。

作法自斃 ㄗㄨㄛˋ ㄈㄚˇ ㄗˋ ㄅㄧˋ 立法的人卻被自己所立的法害死。斃：死亡。據說：商鞅從秦國逃亡，到了關下，想住宿在旅館；店主人說商鞅訂的法律規定住宿一定要有身分證明，否則店主要受到牽連的處罰。商鞅嘆一口氣說：「唉！沒想到我自己立的法律，竟讓我到了非死不可的地步！」以後用這句話來形容自己設定法規卻危害到自己。

參考 相似詞：自作自受、自食其果、作繭自縛。

作威作福 ㄗㄨㄛˋ ㄨㄟ ㄗㄨㄛˋ ㄈㄨˊ 本指君王擁有權力，任意賞罰百姓。今指狂妄自大的人，目中無人，濫用權勢。例那些軍閥作威作福，欺壓人民。

作壁上觀 ㄗㄨㄛˋ ㄅㄧˋ ㄕㄤˋ ㄍㄨㄢ 別人在打仗，自己站在一旁觀看。壁：營壘。比喻在一旁觀望，不動手幫忙。據說：秦兵包圍了趙國的鉅鹿城，楚國和其他的諸侯都趕去救趙國。當時秦國聲勢很大，只有楚將項羽帶領軍隊和秦國作戰，其他諸侯的軍隊則在壁壘上觀戰。

參考 相似詞：袖手旁觀。

作繭自縛 ㄗㄨㄛˋ ㄐㄧㄢˇ ㄗˋ ㄈㄨˋ 蠶吐絲作繭，把自己包在裡面；比喻自己讓自己陷入困境。縛：綁住。例就算比賽失敗，你也不要作繭自縛自尋煩惱。

你

人部 五畫

ノ 亻 亻' 仢 你 你 你

ㄋㄧˇ 指第二人稱或對方：例你好嗎？

古人說 「你一言，我一語。」這句話是形容爭著說話的樣子。例他們兩人正「你一言，我一語」的說個沒完。

你死我活 ㄋㄧˇ ㄙˇ ㄨㄛˇ ㄏㄨㄛˊ 指雙方競爭得很激烈。

伯

人部 五畫

ノ 亻 亻' 伯 伯 伯 伯

ㄅㄛˊ ❶稱父親的哥哥：例大伯。❷古代爵位中的第三等：例公、侯、伯、子、男。❸兄弟排行的次序：例伯、仲、叔、季。❹丈夫的哥哥：例大伯。

ㄅㄚˋ 周代諸侯的領袖，通「霸」：例五伯。

參考 相反字：叔。

猜一猜 歐洲人。（猜一字）（答案：伯）

伯父 ㄅㄛˊ ㄈㄨˋ ❶父親的哥哥。❷稱呼和父親輩分相同而且年紀較大的男子。

伯仲 ㄅㄛˊ ㄓㄨㄥˋ 原指兄弟的排行順序；比喻事物或才能不分高下。例他們兩人的能力在伯仲之間，幾乎沒有差別。

伯勞 ㄅㄛˊ ㄌㄠˊ 鳥名，額部和頭部的兩旁是黑色，頸部藍灰色，背部棕紅色。上嘴彎曲，尾巴長，腳黑色。吃昆蟲和小鳥。

伯樂 ㄅㄛˊ ㄌㄜˋ 周代一個很會相馬的人。姓孫，名陽。

伯仲叔季 ㄅㄛˊ ㄓㄨㄥˋ ㄕㄨˊ ㄐㄧˋ 兄弟長幼順序。老大叫伯，老二叫仲，老三叫叔，最小的叫季。

低

人部 五畫

ノ 亻 亻' 仁 低 低 低

ㄉㄧ ❶不高，矮，在下：例低空。❷垂下：例低頭。

參考 相似字：矮、下。♣相反字：高。♣請注意：低、底、抵、柢、牴、砥、詆等字的右邊都是「氐」（ㄉㄧ），每個字也都讀ㄉㄧ。「氐」有低下的意思，「氐」字下面有一橫，和「氏」（ㄕˋ）字不同，「氏」下面沒一橫，不要弄錯。杯子的最下面叫「杯底」；用手去防禦敵人叫「抵抗」；樹木的根部叫「根柢」；一件事前後不合，互相矛盾叫「牴觸」；像磨刀石一樣的磨叫「砥礪」；用言語毀損別人叫「詆毀」；官員住的地方叫「官邸」。

笑一笑 清朝有個秀才，在廟裡租間房子讀書，可是整天卻只懂得遊山玩水。一天中午，他回到書房，叫書僮拿書來。書僮拿來了《文選》，秀才看了說：「低！」書僮又拿了《漢書》，秀才又說：「低！」書僮再拿《史記》，秀才還是說：「低！」站在一旁的和尚聽了，大吃一驚，心想：「這三部書都是中國經典名著，只要熟讀其中一本，學識就非常豐富了，這秀才為什麼說它們都『低』呢？」於是和尚上前問明原因，原來秀才是要把書拿來當枕頭，才嫌它們低啊！這個笑話諷刺秀才，同時也說明了「低」是多義詞。秀才說的「低」是上下距離小的意思；而和尚認為的「低」卻是內容淺的意思。

低劣 ㄉㄧ ㄌㄧㄝˋ 很不好。劣：不好，壞的。例戰亂地區的生活品質低劣。

低沉 ㄉㄧ ㄔㄣˊ ❶形容聲音的低微深沉。例他有副低沉的嗓音。❷降低沉下。例太陽逐漸向西低沉。

低徊 ㄉㄧ ㄏㄨㄞˊ 留戀不忍割捨的樣子。也可寫作「低回」。例拜讀了海明威的「白鯨記」，書中的情節使我低徊不已。

低廉 ㄉㄧ ㄌㄧㄢˊ 價格便宜不昂貴。例購買低廉的物品時，要注意品質的好壞。

低落 ㄉㄧ ㄌㄨㄛˋ 程度、品質降低。例目前道德低落，必須努力重整。

低潮 ㄉㄧ ㄔㄠˊ ❶潮水下降到最低的水位。❷比喻事情發展過程中處於低落緩慢的時期。例人在情緒低潮時，不要老是待在家裡，應該到外面走走，欣賞自然美景。

低頭 ㄉㄧ ㄊㄡˊ ❶羞怯的樣子。例她低頭不語，用手玩弄著衣襟。❷忍受屈辱。例人在矮簷下，怎能不低頭？❸低下頭來沉思。例舉頭望明月，低頭思故鄉。

低姿態 ㄉㄧ ㄗ ㄊㄞˋ 為了達到某種目的，而使自己作有限度的退讓或屈服，來迎合對方的一種態度。例日本在第二次世界大戰後採取低姿態外交，不再發動攻擊。

低三下四 ㄉㄧ ㄙㄢ ㄒㄧㄚˋ ㄙˋ 形容卑賤、低人一等。例他總是和一些低三下四的人鬼混。

低頭喪氣 ㄉㄧ ㄊㄡˊ ㄙㄤˋ ㄑㄧˋ 形容人的情緒或精神頹喪而不得志的樣子。例他老是一副低頭喪氣的樣子，使旁人的情緒也跟著受影響。

參考 相似詞：垂頭喪氣。

低聲下氣 ㄉㄧ ㄕㄥ ㄒㄧㄚˋ ㄑㄧˋ 形容恭順小心的樣子。例他知道自己理虧，只有低聲下氣的賠不是。

伶

人部 五畫

ノ亻亻亼伶伶

ㄌㄧㄥˊ ❶指演員：例伶人。❷孤獨：例孤苦伶仃。❸聰明靈巧：例伶俐。❹姓：例伶先生。

猜一猜 看似命令人，實在是演戲。（猜一字）（答案：伶）

伶仃 ㄌㄧㄥˊ ㄉㄧㄥ 孤獨，沒有依靠。例這個老太婆孤苦伶仃，沒有子女。

參考 相似詞：零丁、伶丁。

伶俐 ㄌㄧㄥˊ ㄌㄧˋ 聰明靈巧又活潑的樣子。例這個小妹妹看起來十分聰明伶俐。

參考 相反詞：笨拙。

伶牙俐齒 ㄌㄧㄥˊ ㄧㄚˊ ㄌㄧˋ ㄔˇ 形容一個人口才很好，說話很流利。例他說起話來伶牙俐齒，十分流利順暢。

余

人部 五畫

ノ人亼仒佘余

ㄩˊ ❶我。❷姓：例余先生。

ㄒㄩˊ ❶安穩、遲緩的樣子，通「徐」：例余余。❷余吾，水名，在大陸河套西境。

參考 請注意：「佘」（ㄕㄜˊ）和「余」不同：「佘」的下面是「示」；余的下面是「朩」，不要弄錯。

動動腦 小朋友，想一想，加上「余」的國字還有那些？（答案：徐、除、敘、蜍、餘、斜、涂、荼……）

佝

人部 五畫

ノ亻亻佝佝佝

ㄎㄡˋ 彎腰駝背的樣子：例佝僂。

佝僂 ㄎㄡˋ ㄌㄡˊ ❶因為缺少維生素D所產生的軟骨病。❷形容彎曲著背。例老婆婆正佝僂著背在找東西。

佚

人部 五畫

ノ亻亻仁佚佚

ㄧˋ ❶不被人知道的：例佚名。❷安樂，放蕩，同「逸」：例淫佚。❸散失，通「遺」：例佚書、佚失。❹姓：例佚先生。

佯

人部 六畫

ノ亻亻𠂉佯佯佯

ㄧㄤˊ 假裝：例佯死。

參考 相似字：偽。

猜一猜 不會游水的洋人。（猜一字）（答案：佯）

佯裝 ㄧㄤˊ ㄓㄨㄤ 假裝成不知道的樣子。例你別再佯裝了，我早就知道這件事是你做的。

佯若無事 ㄧㄤˊ ㄖㄨㄛˋ ㄨˊ ㄕˋ 假裝得像沒有發生任何事情。例他闖了大禍，竟然還佯若無事。

二畫

依

人部 六畫

一 ❶靠：例依靠、依偎。❷按照：例依次前進。❸順從，同意：例就依你的主意做了。

猜一猜 人不可不穿衣。（猜一字）（答案：依）

依偎 一 ㄨㄟ 彼此緊靠在一起。偎：親熱的靠著。例因為天氣太冷了，他們兩人依偎在一起取暖。

依然 一 ㄖㄢˊ 依舊。例家鄉的景色依然如故。

依稀 一 ㄒㄧ 模模糊糊。例我依稀記得童年的快樂時光。

依照 一 ㄓㄠˋ 按照。例請依照說明書來使用。

依靠 一 ㄎㄠˋ ❶靠著。例他依靠牆壁站立。❷依賴。例你已經長大了，不要再處處依靠父母。

參考 相似詞：倚靠、倚賴、依賴。

依據 一 ㄐㄩˋ 根據。例他說這句話一點依據都沒有。

依賴 一 ㄌㄞˋ 依靠別人不能自立。例我們不能事事依賴父母。

依舊 一 ㄐㄧㄡˋ 照舊。例別人都走了，他依舊坐在那裡看書。

依依不捨 一 一 ㄅㄨˋ ㄕㄜˇ 非常留戀捨不得離開。例我們依依不捨的揮手道別。

依樣畫葫蘆 一 一ㄤˋ ㄏㄨㄚˋ ㄏㄨˊ ㄌㄨˊ 照著葫蘆的樣子畫葫蘆；比喻完全照樣模仿，沒什麼改變。例只知道依樣畫葫蘆的人，永遠不會進步。

侍

人部 六畫

ㄕˋ ❶陪伴或服侍他人的人：例侍從。❷伺候：例服侍。❸陪伴尊長：例隨侍。❹姓：例侍先生。

參考 請注意：「侍」有跟隨服侍的意思，例如：侍從、服侍。「恃」（ㄕˋ）有依靠的意思，例如：仗恃。兩個字不同，不能混用。

猜一猜 寺廟的主持。（猜一字）（答案：侍）

侍奉 ㄕˋ ㄈㄥˋ 侍候奉養父母。例侍奉父母是子女的責任。

侍候 ㄕˋ ㄏㄡˋ 服侍，照顧。例這個護士侍候病人很仔細。

侍從 ㄕˋ ㄗㄨㄥˋ 跟隨長官在左右服侍的人。例每當總統到地方巡視，身旁總是有一群侍從。

侍衛 ㄕˋ ㄨㄟˋ 陪侍在長官左右的護衛。例他擔任總統的侍衛，已經二十年了。

佳

人部 六畫

ㄐㄧㄚ ❶美好的：例佳音。❷姓：例佳先生。

猜一猜 雙料土包子。（猜一字）（答案：佳）

佳人 ㄐㄧㄚ ㄖㄣˊ 美人。

佳作 ㄐㄧㄚ ㄗㄨㄛˋ 美好的作品。例這次的徵文比賽，選出許多篇佳作。

佳音 ㄐㄧㄚ ㄧㄣ 好消息。例喜鵲一清早就到我窗前報佳音。

佳節 ㄐㄧㄚ ㄐㄧㄝˊ 美好的節日。例中秋佳節，月圓人團圓。

佳話 ㄐㄧㄚ ㄏㄨㄚˋ 流傳一時成為談話資料的好事或趣事。例里長伯修橋鋪路，成為傳誦一時的佳話。

佳境 ㄐㄧㄚ ㄐㄧㄥˋ 好的狀況。例他的努力不懈，使得成績漸入佳境。

參考 相反詞：困境、逆境。

佳餚 ㄐㄧㄚ 一ㄠˊ 美好的菜餚。例滿桌的佳餚令人食指大動。

參考 相似詞：美味。

使

人部 六畫

ㄕˇ ❶叫人家去做事：例使喚。❷用：例使勁、使用。❸放縱：例使性子、使脾氣。❹令：例使人高興。❺假設的話：例假使。❻做，行：例使不得。❼奉國家命令派到外國的官員：例大使。❽奉命為國家到國外辦事：例出使。

猜一猜 人在朝廷外的官吏。（猜一字）
（答案：使）

使出 ㄕˇ ㄔㄨ 用出力量，或是某種方法或手段。例我使出全身的力氣來移動這個大木箱。例妹妹使出撒嬌的本領，叫媽媽買洋娃娃給她。

使用 ㄕˇ ㄩㄥˋ 運用，應用。例這部機器暫停使用。

使臣 ㄕˇ ㄔㄣˊ 古代稱奉命到其他各國來往的官員。

使勁 ㄕˇ ㄐㄧㄣˋ 非常用力，用盡力氣。例他使勁的踢開門。

使得 ㄕˇ ㄉㄜˊ 引起一定的結果。例他嗜賭如命，使得妻離子散，家庭破碎。

使喚 ㄕˇ ㄏㄨㄢˋ 叫人替自己辦事。例我使喚弟弟幫我買鉛筆。

使不得 ㄕˇ ㄅㄨˋ ㄉㄜˊ ❶不能這麼作。例你剛剛才開過刀，搬重東西是最使不得的事。❷不能使用。例現在的情況改變了，那些方法根本就使不得。

佬

人部　六畫

ノ亻仁什仕佬佬佬

ㄌㄠˇ 廣東人稱呼成年男子為佬，有時含有輕視的意思：例闊佬、鄉巴佬。

供

人部　六畫

ノ亻仁什供供供供

ㄍㄨㄥ ❶犯人的答話：例口供。❷給，準備東西給需要的人用：例供過於求。

ㄍㄨㄥˋ ❶用來祭拜祖先的祭品：例上供。❷奉獻：例供養。❸擺設：例桌上供著花瓶。

參考 請注意：「供」是把東西給需要的人使用，所以是人部，例如：供給。「拱」是指兩手合抱，所以是手部，例如：拱手。

供給 ㄍㄨㄥ ㄐㄧˇ 把財物提供給需要的人。例爸爸努力工作賺錢，供給我們學費。

供養 ㄍㄨㄥ ㄧㄤˇ ❶盡自己的能力奉養親人。例他十分努力的賺錢，供養父母。❷供奉神明。

參考 相似詞：奉養。

供應 ㄍㄨㄥ ㄧㄥˋ 提供物品，滿足需要。例這家超級市場供應許多日常用品。

參考 活用詞：供應站、供應品、供應無缺。

供不應求 ㄍㄨㄥ ㄅㄨˋ ㄧㄥˋ ㄑㄧㄡˊ 需要量很多，來不及給要的人。例這種產品物美價廉，常常供不應求。

參考 相反詞：供過於求。

供過於求 ㄍㄨㄥ ㄍㄨㄛˋ ㄩˊ ㄑㄧㄡˊ 供應的數量，超過需要的量。例因為使用的人漸漸減少，這種貨物時常供過於求。

參考 相反詞：供不應求。

例

人部　六畫

ノ亻仁仃仍伢例例

ㄌㄧˋ ❶用來說明情況或可作依據的事物：例舉例。❷規則：例條例。❸遵照規定的：例例行公事。❹姓：例例先生。

猜一猜 排隊。（猜一字）（答案：例）

例子 ㄌㄧˋ ㄗˇ 用來說明情況或可作依據的事物。例他的遭遇是個活生生的例子。

例句 ㄌㄧˋ ㄐㄩˋ 用來作為說明的語句。例這本書的特色是例句很多。

例外 ㄌㄧˋ ㄨㄞˋ 在一般的規律或規定以外。例大家都得遵守規定，誰也不能例外。

例如 ㄌㄧˋ ㄖㄨˊ 比方說。例田徑運動的項目很多，例如：跳高、跳遠、百米賽跑等。

例假 ㄌㄧˋ ㄐㄧㄚˋ 依照慣例放的假日，例如：元旦、國慶日等。例每逢星期例假日，我們都會到郊外踏青。

來

人部　六畫

一厂冂冂巾巾來來

ㄌㄞˊ ❶從別的地方到這裡：例來信、南來北往。❷將來：例來日方長。❸從過去到現在：例向來、幾年來。❹表示大約估計的數字：例他三十來歲。❺表示要做某件事：例你來念一遍。❻表示可能或不可能：例這首歌我唱不來。❼做某個動作：例你休息一下，讓我來。❽慰勞，安撫，同「徠」。

猜一猜 十字架下三個人。（猜一字）（答案：來）

唱詩歌 牛來了，馬來了，張家姊姊也來了。牛去了，馬去了，張家姊姊也去了。（湖南）

來日 ㄌㄞˊ ㄖˋ 將來的時間。例你忙你的，來日再來看你。

來由 ㄌㄞˊ ㄧㄡˊ 事情的根源。例你再沒來由的亂叫，我可要生氣了。

來自 ㄌㄞˊ ㄗˋ 從某個地方來。例他來自香港。

來往 ㄌㄞˊ ㄨㄤˇ ❶去和回來。例從住家到學校來往大概要一小時。❷和人往來交際。例你們兩人還有來往嗎？

來源 ㄌㄞˊ ㄩㄢˊ 事物的根源、來由。例這批貨的來源你知道嗎？

參考 請注意：「來源」的範圍較大；「出處」範圍比較小，專指某一事物出於何處。

來賓 ㄌㄞˊ ㄅㄧㄣ 來作客的人。例來賓在臺上致辭。

來歷 ㄌㄞˊ ㄌㄧˋ 人或事物的由來和經歷。例這個人來歷不明，你還是得小心點。

來臨 ㄌㄞˊ ㄌㄧㄣˊ 事物的到來。例颱風來臨前，要及早做好防颱準備。

來得及 ㄌㄞˊ ˙ㄉㄜ ㄐㄧˊ 指時間趕得上，不會遲到。例時間還來得及，你不必慌張。

來日方長 ㄌㄞˊ ㄖˋ ㄈㄤ ㄔㄤˊ 將來的日子還很長。表示事情還有機會。例來日方長，你今年沒考上明年再加油。

來來往往 ㄌㄞˊ ㄌㄞˊ ㄨㄤˇ ㄨㄤˇ 往來頻繁、次數很多的樣子。例車站前旅客來來往往非常擁擠。

來路不明 ㄌㄞˊ ㄌㄨˋ ㄅㄨˋ ㄇㄧㄥˊ 來源不清楚，或不合法。例你買的可是來路不明的水貨？

猜一猜 走黑道。（猜一句成語）（答案：來路不明）

來勢洶洶 ㄌㄞˊ ㄕˋ ㄒㄩㄥ ㄒㄩㄥ ❶比喻非常生氣的指責別人。例他來勢洶洶，大家都很害怕。❷比喻聲勢很大。例這隻球隊來勢洶洶，恐怕會對上屆的衛冕隊造成威脅。

笑一笑 姊姊來勢洶洶地對小英說：「是不是你把我的口紅弄壞了？」小英說：「沒有啊！我昨天畫圖的時候，它還好好的呢！」

來龍去脈 ㄌㄞˊ ㄌㄨㄥˊ ㄑㄩˋ ㄇㄞˋ 原指山脈的來源和去向；比喻事情前後的關係或全部過程。例你一定要把這件事的來龍去脈和我說清楚。

侃

人部　六畫

ノ イ 亻 亻口 侃 侃 侃 侃

ㄎㄢˇ ❶從容不迫的樣子：例侃侃而談。❷人名：例陶侃。

佰

人部　六畫

ノ イ 亻一 仃 佰 佰 佰 佰

ㄅㄞˇ ❶古時軍制掌管百人的長官。❷古時一百個錢為「佰」。❸「百」的大寫。

猜一猜 一個歐洲人。（猜一字）（答案：佰）

併

人部　六畫

ノ イ 亻 亻丷 併 併 併 併

ㄅㄧㄥˋ ❶同「并」，把兩件東西合在一起：例歸併、合併。❷通「並」，一起：例併起。

參考 相似字：並、并。♣請注意：「併」(ㄅㄧㄥˋ)本來是指兩個「人」站在一起，所以是「人」部，例如：併立、合併。「拼」(ㄆㄧㄣ)是用「手」把東西湊在一起，所以是「手」部，例如：拼湊、拼圖。

併吞 ㄅㄧㄥˋ ㄊㄨㄣ 侵占別人的土地或財產。例秦國併吞六國，統一天下。

併發 ㄅㄧㄥˋ ㄈㄚ　同時發生。

參考　活用詞：併發症。

併攏 ㄅㄧㄥˋ ㄌㄨㄥˇ　靠緊、結合起來。攏：聚集。

侈

人部　六畫

ノ イ 亻 仢 仢 侈 侈 侈

ㄔˇ　❶浪費：例奢侈。❷誇大不實在的：例侈言。

猜一猜　夜市裡的人。（猜一字）（答案：侈）

侈言 ㄔˇ ㄧㄢˊ　誇大不實在的話。

佩

人部　六畫

ノ イ 亻 仉 仉 佩 佩 佩

ㄆㄟˋ　❶掛在身上：例佩刀。❷指衣服上的裝飾品：例佩件。❸令人尊敬而服從：例佩服、敬佩。❹姓：例佩小姐。

猜一猜　風來了，吹走了蟲，人卻圍起圍巾。（猜一字）（答案：佩）

佩玉 ㄆㄟˋ ㄩˋ　佩帶在身上的玉，可以裝飾。

佩服 ㄆㄟˋ ㄈㄨˊ　對別人的辦事能力或是行為，從心裡尊敬和信服。例他的愛國精神令人佩服。

參考　相似詞：欽佩、誠服。

佩帶 ㄆㄟˋ ㄉㄞˋ　❶動詞，把東西繫在衣服或頭髮上。例她佩帶了一朵玫瑰花，顯得很美麗。❷名詞，指佩在身上的物品。例她的佩帶很整齊。

小故事　古人很注意自身的修養。傳說從前有個西門豹，為了克服自己急躁的性子，就在身上佩帶一根皮繩子來警戒自己；因為皮繩很柔韌，掛上它就會時刻警惕自己的火爆性子。另外有個叫董安于的人，他的性子特別遲緩，所以他就在自己身上佩帶一根弓弦；因為弓弦都是緊繃在弓上的，帶上它就會常常留意改正自己慢性子的毛病。

佩劍 ㄆㄟˋ ㄐㄧㄢˋ　❶名詞，指隨身佩帶的劍。例那位將軍有一把美麗的佩劍。❷動詞，把劍佩帶在身上。

佻

人部　六畫

ノ イ 亻 仈 仈 仈 佻 佻

ㄊㄧㄠ　❶行為輕浮，不莊重：例輕佻。❷偷盜，竊取。

侖

人部　六畫

ノ 人 亼 亼 合 合 侖 侖

ㄌㄨㄣˊ　❶條理。❷反省，自我檢討：例肚裡侖一侖。❸昆侖，就是「崑崙」，山名。

動動腦　小朋友，「侖」字可以加上哪些偏旁，變成其他的字？趕快想一想哦！每字各造一個詞！（答案：倫理、沉淪、車輪、討論、經綸……）

佾

人部　六畫

ノ イ 亻 仈 佾 佾 佾 佾

ㄧˋ　古代一種成方陣排列的樂舞，行數、人數，縱橫都相同。例如：八佾舞是八個人一列，八列共六十四人。

侏

人部　六畫

ノ イ 亻 仁 仁 件 件 侏

ㄓㄨ　矮小：例侏儒。

猜一猜　印地安人。（猜一字）（答案：侏）

侏儒 ㄓㄨ ㄖㄨˊ　身體特別矮小的人。

佼

人部　六畫

ノ イ 亻 亻 亻 伩 佼 佼

ㄐㄧㄠˇ　美好。

猜一猜　交朋友。（猜一字）（答案：佼）

佼人 ㄐㄧㄠˇ ㄖㄣˊ　美人。

佼佼 ㄐㄧㄠˇ ㄐㄧㄠˇ　超越一般、美好出眾。

參考 活用詞：佼佼者。

信

ノ亻仁仁仨信信信

人部 七畫

ㄒㄧㄣˋ ❶誠實不欺騙：例守信。❷確實：例信史。❸不懷疑：例信任。❹消息：例信息。❺憑據：例印信、信物。❻隨意：例信手、信口雌黃。❼傳達消息的文書：例信件。❽姓：例信先生。

信心 ㄒㄧㄣˋ ㄒㄧㄣ　相信自己的願望和預料一定能實現的內心意念。例有信心才會有力量。

參考 請注意：「信心」、「信念」和「決心」都指不動搖的想法。「信心」是指相信自己會成功的心意；「信念」是指自己堅持相信的看法；「決心」是指自己有完成事情的心意。

信用 ㄒㄧㄣˋ ㄩㄥˋ　誠實，說話算數。例商場上最注重信用。

信件 ㄒㄧㄣˋ ㄐㄧㄢˋ　書信和遞送的文件、印刷品。

猜一猜 又小又輕，有話無聲，相隔千里，說話知音。（猜一文化用品）（答案：信）

小百科 十五世紀的末期，歐洲大航海家哥倫布準備從美洲回歐洲時，擔心乘坐的船比較破舊，怕回不到西班牙，就把一份美洲地圖和寫給皇后的信，裝在瓶子裡，密封後放進海洋，一直到一九五二年——這封信在海上漂浮了三五九年後，才被一位美國船長撿到呢！

信任 ㄒㄧㄣˋ ㄖㄣˋ　相信不懷疑。例要得到你的信任可真不容易。

參考 請注意：❶「信任」和「相信」都有不懷疑的意思。「信任」是相信而且敢將心事說出或將事情交給某人去做；「相信」是正確或確實不懷疑。有時二者可以互用。❷「信任」和「信心」有差別：「信任」指對別人相信的程度；「信心」指一個人內心對事物相信的程度。

笑一笑 小明：「小英那麼信任你，你怎麼忍心欺騙她？」小華：「如果她不是那麼相信我，我又怎麼能騙得了她？」

信仰 ㄒㄧㄣˋ ㄧㄤˇ　對某種宗教或主義信服、崇拜，而奉為言行的準則。

笑一笑 一位太太為了拒絕門外的傳教士進來傳教，她說：「我信佛。」傳教士很有禮貌的說：「佛太太你好！」

信念 ㄒㄧㄣˋ ㄋㄧㄢˋ　深信不疑的意念，多指宗教、主義的信仰方面而言。

信物 ㄒㄧㄣˋ ㄨˋ　作為證據的物件。

信徒 ㄒㄧㄣˋ ㄊㄨˊ　指信仰宗教、某種主義或某一個人的人。例他們一家人都是虔誠的佛教信徒。

信息 ㄒㄧㄣˋ ㄒㄧˊ　音訊；消息。

信義 ㄒㄧㄣˋ ㄧˋ　信用和道義。

信號 ㄒㄧㄣˋ ㄏㄠˋ　代表說話來傳遞訊息命令的符號，例如：旗語、燈號、烽火等。例信號一發出，大家奮力向前衝。

參考 請注意：「信號」和「記號」都指特殊的標誌。但「信號」是為了傳達消息、命令所用的符號，是動態的；「記號」是為了引起注意，幫助識別和記憶所作的標記，是靜態的。♣活用詞：信號槍、信號彈。

信實 ㄒㄧㄣˋ ㄕˊ　誠信而且實在。例你為人信實，以後一定會受到重用。

信賴 ㄒㄧㄣˋ ㄌㄞˋ　信任依靠。

信鴿 ㄒㄧㄣˋ ㄍㄜ　古時專門訓練來傳遞書信的鴿子。

信譽 ㄒㄧㄣˋ ㄩˋ　信用和名聲。

信口開河 ㄒㄧㄣˋ ㄎㄡˇ ㄎㄞ ㄏㄜˊ　隨口亂說，一點都沒有根據。原來寫作「信口開合」。

信口雌黃 ㄒㄧㄣˋ ㄎㄡˇ ㄘ ㄏㄨㄤˊ　比喻不問事實，隨口亂說。雌黃：礦物名，黃色，可以用來作顏料，古時寫字用黃紙，寫錯了字用雌黃塗後再寫。

參考 **請注意：有些人常會在文章裡，用些**

很奇怪的字，而改變了一個成語原來的面目。例如：「馮寡婦得意忘形，信『嘴』雌黃的說……」這真是令人覺得啼笑皆非，雖然說「嘴」就是「口」，但成語或習慣語有固定的用法：信「口」雌黃、信「口」開河，不能說成信「嘴」雌黃、信「嘴」開河。

侵

人部　七畫

ノ亻亻仁伊伊伊侵侵

ㄑㄧㄣ ❶進犯：例入侵。❷掠奪：例侵占。❸接近：例侵晨。❹姓：例侵先生。

猜一猜 浸到水中卻不溼的人。（猜一字）（答案：侵）

侵占 ㄑㄧㄣ ㄓㄢˋ ❶非法占有別人的財產。例他犯了侵占公有財產的罪。❷用侵略手段占有別國的領土。例日軍曾經侵占臺灣。

參考 請注意：也寫作「侵佔」。

侵犯 ㄑㄧㄣ ㄈㄢˋ 損害別人或別國的權利。

侵略 ㄑㄧㄣ ㄌㄩㄝˋ ❶侵犯略奪。例日本用武力侵略臺灣。❷國際上指一國使用武力，對另一國的主權、領土及政治獨立的侵犯行為。

侵蝕 ㄑㄧㄣ ㄕˊ ❶逐漸侵入、腐蝕，使東西變壞或破壞。❷侵吞財物。

侵襲 ㄑㄧㄣ ㄒㄧˊ 暗中侵犯、擾亂。例他們在黑夜裡遭受敵人的侵襲。

侯

人部　七畫

ノ亻亻仁伊伊伻侯侯

ㄏㄡˊ ❶被天子賞賜爵位：例公、侯、伯、子、男。❷春秋戰國時代小國的君王：例諸侯。❸作官的人：例侯門。❹姓：例侯先生。

參考 請注意：「侯」和「候」在字音和字形上都很接近，多一短豎畫的「候」念ㄏㄡˋ，沒有短豎畫的「侯」念ㄏㄡˊ。

侯爵 ㄏㄡˊ ㄐㄩㄝˊ 古時候，天子因親戚關係或對有功的臣子賞給名位，有時也給他土地讓他管理。在國外也同樣有此情形。

便

人部　七畫

ノ亻亻仁佰佰佰便便

ㄅㄧㄢˋ ❶順利，適宜：例便利、方便。❷順帶的機會：例順便、便車。❸平常的，簡單的：例便衣、吃個便飯吧！❹人的排泄物：例小便。❺就：例說了便做。

ㄆㄧㄢˊ ❶東西不貴：例便宜。❷身體肥胖：例大腹便便。❸姓：例便先生。

便衣 ㄅㄧㄢˋ ㄧ ❶平常穿的衣服。❷沒有穿制服的軍警人員。例這附近埋伏了許多便衣警察，要抓那名歹徒。

參考 相似詞：便服、便裝。♣活用詞：便衣人員、便衣警察。

便利 ㄅㄧㄢˋ ㄌㄧˋ 使用或行動起來很方便容易。例這裡的交通很便利。

便車 ㄅㄧㄢˋ ㄔㄜ 搭乘同路或順路人的車子，也指在半路上攔下車子，與其同行。例我們順路，你可以搭我的便車。

便宜 ㄆㄧㄢˊ ㄧˊ ❶價格不貴。例這件衣服很便宜。❷好處，利益。例他老是喜歡占人便宜。

笑一笑 張先生非常喜歡占便宜，所以大家都不喜歡跟他來往。有個人想開他玩笑，故意拿個石頭從他面前走過。不料張先生不慌不忙的拿出一把小刀，就在石頭上磨起刀來了。

便便 ㄆㄧㄢˊ ㄆㄧㄢˊ 形容肥胖。例他是一個大腹便便的商人。

便條 ㄅㄧㄢˋ ㄊㄧㄠˊ 隨意書寫的紙條。例我留下一張便條，要他回電話。

便飯 ㄅㄧㄢˋ ㄈㄢˋ 日常吃的飯菜。例天色不早了，吃個便飯再走吧！

參考 相似詞：便餐。♣相反詞：大餐。

便當 ㄅㄧㄢˋ ㄉㄤ 一種可以攜帶，裝有菜和飯的盒子。例今天便當的菜很好吃。

俠

人部　七畫

ノ亻亻仁仁仁仁俠俠

ㄒㄧㄚˊ ❶仗義勇為，幫助弱小的人：例豪俠。❷勇敢而且能扶助弱小的行為：例俠義。

俠士 ㄒㄧㄚˊ ㄕˋ 專門打抱不平，扶持弱小的人。例他每次救人都不求報酬，有古代俠士的風範。

參考 相似詞：俠客。

俑

人部 七畫

ㄩㄥˇ 古時殉葬用的泥人或木頭人：例陶俑、兵馬俑。

俏

人部 七畫

ㄑㄧㄠˋ ❶長得漂亮、好看：例俊俏、俏姑娘。❷活潑頑皮的樣子：例俏皮。❸東西可能會再漲價：例行情看俏。

俏皮 ㄑㄧㄠˋ ㄆㄧˊ 行動活潑或是談話很有趣。例那個小男孩很俏皮。

參考 活用詞：俏皮話。

俏麗 ㄑㄧㄠˋ ㄌㄧˋ 形容女孩子美麗、可愛。

俏皮話 ㄑㄧㄠˋ ㄆㄧˊ ㄏㄨㄚˋ 原本是指幽默輕鬆的笑話，現在多半指「歇後語」，例如：「吊死鬼擦粉——死要臉」，就是諷刺人家厚臉皮。

俏佳人 ㄑㄧㄠˋ ㄐㄧㄚ ㄖㄣˊ 指美人。

保

人部 七畫

ㄅㄠˇ ❶守衛，守護：例保護。❷維持：例保持。❸擔負責任：例保證。❹收存：例保存。❺姓：例保先生。

猜一猜 旁人不走，站在門口，留下一木，呆呆看守。（猜一字）（答案：保）

保存 ㄅㄠˇ ㄘㄨㄣˊ 保管或收存。例我們要保存優良的文化傳統。

參考 相似詞：保留。

保守 ㄅㄠˇ ㄕㄡˇ ❶守舊不革新。例這裡的民風保守。❷保持，不流傳出去。例保守國家機密是每個國民的責任。

保佑 ㄅㄠˇ ㄧㄡˋ 請求上天也來幫助保護。佑：扶助。例她祈求上蒼保佑孩子能平安歸來。

參考 相似詞：庇佑。

唱詩歌 月婆婆，月奶奶，保佑我爹做買賣。不賺多，不賺少，一天賺三個大元寶。（湖北）

保姆 ㄅㄠˇ ㄇㄨˇ ❶幫人看顧或餵養小孩的婦人。姆：婦人。❷現在稱警察為人民的保姆。

保持 ㄅㄠˇ ㄔˊ 保護維持。例保持距離，以策安全。

保重 ㄅㄠˇ ㄓㄨㄥˋ 對於身體的健康加以保護珍重。例你出門在外要多保重。

保留 ㄅㄠˇ ㄌㄧㄡˊ 保存，留下。例老師把寶貴的經驗和知識毫無保留的教給學生。

保健 ㄅㄠˇ ㄐㄧㄢˋ 保持生理和心理的健康。例做好保健工作可以增進健康，防治疾病。

保管 ㄅㄠˇ ㄍㄨㄢˇ 保護管理。例拜託你幫我保管這本書。

保障 ㄅㄠˇ ㄓㄤˋ 保護防衛，使不受侵犯和破壞。例多做一分檢查，便多一分安全的保障。

保衛 ㄅㄠˇ ㄨㄟˋ 防守敵方，使國家不受侵犯。例保衛國土是我們的責任。

保養 ㄅㄠˇ ㄧㄤˇ 使器官、機件能保持更良好、更長久的功能。例他定期保養、檢查車子。

保荐 ㄅㄠˇ ㄐㄧㄢˋ 極力介紹某人做某件工作。例他保荐朋友到這家公司上班。

參考 相似詞：推荐。

保證 ㄅㄠˇ ㄓㄥˋ 提出一定實現的證明。例我們保證在月底之前完成任務。

參考 相似詞：擔保。♣活用詞：保證金、保證人。

保護 ㄅㄠˇ ㄏㄨˋ 盡力照顧，使不受傷害。例保護幼兒，是父母的責任。

保險箱 ㄅㄠˇ ㄒㄧㄢˇ ㄒㄧㄤ 小型的保險櫃，用來儲藏現款或貴重物品，達到防火防盜的目的。

保齡球 ㄅㄠˇ ㄌㄧㄥˊ ㄑㄧㄡˊ 一種室內運動。玩球者將球擲出後，球在球道上向前滾動，將擺在球道末端的保齡球瓶撞倒，依照所擊倒的保齡瓶數來計分。

促

人部 七畫

ㄘㄨˋ ❶靠近：例促膝談心。❷推動或催別人做事：例督促、催促。❸時間短，迫切：例短促、匆促。

促成 ㄘㄨˋ ㄔㄥˊ 造成。例他的婚事是他母親一手促成的。

促使 ㄘㄨˋ ㄕˇ 推動人或物發生變化。例火的發明，促使人類邁向文明。

參考 相似詞：促進。

促進 ㄘㄨˋ ㄐㄧㄣˋ 促使並推動某人或某事向前進行。例電腦的廣泛使用，促進了資訊事業的發達。

促銷 ㄘㄨˋ ㄒㄧㄠ 廠商為了推銷自己的產品，使用宣傳、廣告的方法，吸引消費者購買的行動。銷：把東西賣出去。例因為促銷方法正確，這種產品供不應求。

侶

人部 七畫

ㄌㄩˇ 同伴：例伴侶。

俘

人部 七畫

ㄈㄨˊ ❶打仗時被捉住的人：例戰俘、俘虜。❷捉住，擄獲：例俘獲。

猜一猜 漂浮在空中的人。（猜一字）（答案：俘）

俘虜 ㄈㄨˊ ㄌㄨˇ ❶名詞，在戰爭中被捉住的人。例他們因為戰敗，都成了俘虜。❷動詞，捉住、得到、擒獲。虜：搶奪。例他們俘虜了很多敵人。

俘擄 ㄈㄨˊ ㄌㄨˇ 用暴力搶奪別人的財物。擄：搶劫奪取。

俘獲 ㄈㄨˊ ㄏㄨㄛˋ 捉住。獲：得到。例官兵俘獲了一群強盜。

俟

人部 七畫

ㄙˋ 等待：例俟機而動。

ㄑㄧˊ 複姓：例万（ㄇㄛˋ）俟。

俊

人部 七畫

ㄐㄩㄣˋ ❶才智過人的人：例俊彥、俊傑。❷相貌秀美：例俊美、俊秀。

俊秀 ㄐㄩㄣˋ ㄒㄧㄡˋ ❶長得很清秀美麗。例他長得十分俊秀。❷才能比一般人高的人。

俊傑 ㄐㄩㄣˋ ㄐㄧㄝˊ 能力比一般人強的人。傑：能力突出的人。例這些俊傑之士，都為國家賣命。

參考 相似詞：俊秀、俊彥。

俗

人部 七畫

ㄙㄨˊ ❶一個地區的人所表現出的習慣：例風俗。❷淺近的：例通俗。❸平庸，趣味不高：例俗氣。❹大眾的，流行的：例俗語。❺指人間普遍的：例俗念。

參考 相似字：庸。♣相反字：雅。

猜一猜 山谷裡的人。（猜一字）（答案：俗）

俗套 ㄙㄨˊ ㄊㄠˋ 大家常常用的說法、禮節或作法。例他的文章寫得很有創意，不落俗套。

俗氣 ㄙㄨˊ ㄑㄧˋ 普遍被使用，缺少趣味的。例她老是喜歡穿一些大紅大綠的衣服，真俗氣。

俗稱 ㄙㄨˊ ㄔㄥ 一般通俗的稱呼。例我們俗稱「餛飩」為「扁食」。

俗語 ㄙㄨˊ ㄩˇ 普遍被大家使用的話。例俗語說：「一寸光陰一寸金，寸金難買寸光陰。」

參考 相似詞：俗話。

俗諺 ㄙㄨˊ ㄧㄢˋ 民間流傳的成語。

參考 請注意：「俗語」和「俗諺」有別：「俗諺」是指通俗而且成為定論的成語，但是俗語不一定是俗諺。

侮 人部 七畫

ノ亻亻仁仁佐侮侮侮

ㄨˇ ❶欺負：例欺侮。❷態度傲慢不莊重：例侮慢。

猜一猜 人吃草莓不吃草。（猜一字）（答案：侮）

侮辱 ㄨˇ ㄖㄨˇ 用言語或行動欺負他人，使對方感到羞辱。辱：羞恥，不光榮。例請你不要侮辱人。

俐 人部 七畫

ノ亻亻仁仟伓俐俐俐

ㄌㄧˋ 聰明又靈活：例伶俐。

俐落 ㄌㄧˋ ㄌㄨㄛˋ 說話或辦事十分乾脆，不會拖拖拉拉。例他辦事俐落，十分受到上司的重視。

俄 人部 七畫

ノ亻亻仁仠伐俄俄俄

ㄜˊ ❶一會兒：例俄而、俄頃。❷國名，俄羅斯的簡稱。

猜一猜 自大的人。（猜一字）（答案：俄）

俄然 ㄜˊ ㄖㄢˊ 突然、忽然。

俄而 ㄜˊ ㄦˊ 不久。

參考 相似詞：俄爾、頃刻。♣請注意：俄而、俄然，都是古文裡常用的詞。

係 人部 七畫

ノ亻亻仫仫係係係係

ㄒㄧˋ ❶綁，同「繫」。❷關聯：例關係。❸是：例係屬事實。❹牽涉：例干係。

猜一猜 用一條絲線綁住你。（猜一字）（答案：係）

俚 人部 七畫

ノ亻亻仴伯但俚俚俚

ㄌㄧˇ 民間的，通俗的：例俚歌、俚語。

猜一猜 裡頭的人不穿衣。（猜一字）（答案：俚）

俚俗 ㄌㄧˇ ㄙㄨˊ 粗俗。

俚語 ㄌㄧˇ ㄩˇ 只在某一地區內通行的較粗俗的口語詞。

俎 人部 七畫

ノ人夕夂夂刅俎俎俎

ㄗㄨˇ ❶古代切肉用的砧板：例刀俎。❷古代祭祀時盛牛羊等祭品的器具。

俎上肉 ㄗㄨˇ ㄕㄤˋ ㄖㄡˋ 刀俎上的肉；比喻被人控制、欺負的人。

俞 人部 七畫

ノ人人个介俞俞俞俞

ㄩˊ ❶答應，允許：例俞允。❷姓：例俞先生。

俞允 ㄩˊ ㄩㄣˇ 答應，許可。

倌 人部 八畫

ノ亻亻仒仒佇倌倌倌倌

ㄍㄨㄢ ❶茶樓、酒館、飯館裡的服務員：例堂倌。❷古代專管駕車馬的官。❸妓女的別稱：例倌人。

倍 人部 八畫

ノ亻亻仁仚位位倍倍倍

ㄅㄟˋ ❶更加：例每逢佳節倍思親。❷照原數加上一個或幾個和原數相同的數：例二的五倍是十。

倍數 ㄅㄟˋ ㄕㄨˋ 甲數可以用乙數除盡時，則甲數是乙數的倍數。例3、6、9都是3的倍數。

倣
人部 八畫

ㄈㄤˇ 效法，照樣做，同「仿」：例倣效、倣照、模倣。

俯
人部 八畫

ㄈㄨˇ ❶低頭，向下：例俯視。❷上對下的：例俯允、俯念。

俯允 ㄈㄨˇ ㄩㄣˇ 請求對方允許的謙詞。

俯念 ㄈㄨˇ ㄋㄧㄢˋ 請求對方體念的謙詞。

參考 相似詞：俯准。

俯首 ㄈㄨˇ ㄕㄡˇ 低下頭來。例他俯首認錯。

俯衝 ㄈㄨˇ ㄔㄨㄥ 用最快的速度和大的角度向下飛。例比賽選手以極快的速度向下俯衝。

俯瞰 ㄈㄨˇ ㄎㄢˋ 從高處往下看。瞰：俯視。例他俯瞰山下的田園景色。

參考 相似詞：俯視。

俯首稱臣 ㄈㄨˇ ㄕㄡˇ ㄔㄥ ㄔㄣˊ 低頭向人稱臣，形容甘心服從。例姊姊的舞技精湛，我甘拜下風，向她俯首稱臣。

倦
人部 八畫

ㄐㄩㄢˋ ❶疲乏：例疲倦。❷厭煩的：例厭倦。

倦怠 ㄐㄩㄢˋ ㄉㄞˋ 因為疲倦開始變得懶散。怠：懶散的。例他對目前的工作逐漸感到倦怠。

倥
人部 八畫

ㄎㄨㄥ 小孩無知的樣子：例倥侗。

ㄎㄨㄥˇ 急促忙碌的樣子：例倥傯。

倥侗 ㄎㄨㄥ ㄊㄨㄥˊ 童蒙無知的樣子。

倥傯 ㄎㄨㄥˇ ㄗㄨㄥˇ 事情迫促、忙碌的樣子。

俸
人部 八畫

ㄈㄥˋ 官員所得的薪資、酬勞：例月俸、薪俸、俸祿。

猜一猜 為人捧場不用手。（猜一字）（答案：俸）

俸祿 ㄈㄥˋ ㄌㄨˋ 官員按年或按月所領得的酬勞。

參考 相似詞：薪水。

倩
人部 八畫

ㄑㄧㄢˋ ❶美好的：例倩影。❷請人替自己做事：例倩人執筆。

猜一猜 青年人。（猜一字）（答案：倩）

倩影 ㄑㄧㄢˋ ㄧㄥˇ 形容美麗的月影，現在也用來指美女的身影。

倖
人部 八畫

ㄒㄧㄥˋ ❶意外的成功或免去災害：例僥倖。❷親近的：例倖臣。

倖存 ㄒㄧㄥˋ ㄘㄨㄣˊ 很幸運的活著。例他是這次連環大車禍中，唯一的倖存者。

倆
人部 八畫

ㄌㄧㄚˇ ❶兩個：例咱倆、哥兒倆、你們倆。❷不多，幾個：例寧可多花幾倆錢買好的。

ㄌㄧㄤˇ 隨機應變的才能：例伎倆。

猜一猜 成雙成對。（猜一字）（答案：倆）

值

人部 八畫

ノ 亻 亻 什 什 侑 侑 值 值 值

ㄓˊ ❶東西的價錢：例價值。❷擔任職務：例值班。❸正好遇著：例正值中午。❹價錢相當：例這枝筆值五塊錢。❺計算所得的結果：例比值、平均值。

參考 請注意：「種植」的「植」是木部；「價值」的「值」是人部；「生殖」的「殖」是歹部。不要弄錯。

猜一猜 半真半假。（猜一字）（答案：值）

值日（ㄓˊ ㄖˋ） 輪流在某天擔任工作。

參考 相反詞：值夜。♣活用詞：值日生、值日工作。

值班（ㄓˊ ㄅㄢ） 輪流在規定的時間裡擔任工作。例警察人員常常在夜裡值班。

值得（ㄓˊ ㄉㄜˊ） ❶價錢相當。例花一百元去買這本書很值得。❷做一件事很有意義或有價值。例環境保育問題值得研究。

值錢（ㄓˊ ㄑㄧㄢˊ） 東西的價錢很高。例這隻手錶很值錢。

借

人部 八畫

ノ 亻 亻 仁 什 仕 供 借 借 借

ㄐㄧㄝˋ ❶暫時使用別人的財物或金錢，用完還要還：例借錢。❷利用：例借題發揮。❸假托：例借故。

猜一猜 人無心不惜情。（猜一字）（答案：借）

笑一笑 從前有人寫了張字條，要向富翁借條牛。富翁礙於當時有客人在，不好意思說自己不認識字，便假裝看了看，然後說：「等會兒我就去。」

俏皮話 「劉備借荊州——一借不回頭。」荊州是三國時代吳國的屬地，借給劉備暫時棲身，劉備從此一借不還。例你欠我的錢，可別「劉備借荊州——一借不回頭」！

借口（ㄐㄧㄝˋ ㄎㄡˇ） 假托的理由。例你別拿肚子痛作借口不去上學。

參考 相似詞：藉口。

借名（ㄐㄧㄝˋ ㄇㄧㄥˊ） 假借別人的名義。

借據（ㄐㄧㄝˋ ㄐㄩˋ） 向別人借財物所寫下的憑據。例他立下借據，說明三天後還錢。

參考 相似詞：借條、借單。

笑一笑 有位富翁雖然有錢，可惜他不認識字。有次他向人要債，卻把借據拿反了，大家都笑他。他覺得很不好意思，只好說：「我是故意的，因為這借據是要讓你們看的啊！」

借鏡（ㄐㄧㄝˋ ㄐㄧㄥˋ） 把別人發生的事當作鏡子，可以看出自己的情況，並且獲得經驗或教訓。例他沒戴安全帽，出了車禍，可以成為騎車人的借鏡。

借刀殺人（ㄐㄧㄝˋ ㄉㄠ ㄕㄚ ㄖㄣˊ） 利用別人的力量去害人。例他利用借刀殺人的方法，使朋友受人誤會。

借花獻佛（ㄐㄧㄝˋ ㄏㄨㄚ ㄒㄧㄢˋ ㄈㄛˊ） 拿別人的東西送給他人。獻：恭敬的送給。例他把剛收到的禮物送給王先生，真是借花獻佛。

借題發揮（ㄐㄧㄝˋ ㄊㄧˊ ㄈㄚ ㄏㄨㄟ） ❶抓住事情儘量發表自己的意見。例作文要進步，必須懂得借題發揮。❷借一個不相干的事件來說出自己內心的話。例你既然不喜歡寫功課，就不必借題發揮，找一堆理由。

倚

人部 八畫

ノ 亻 亻 仁 仁 佐 佐 倚 倚 倚

ㄧˇ ❶靠著：例倚門而立。❷仗恃：例倚老賣老。❸偏，歪：例不偏不倚。❹姓：例倚先生。

參考 請注意：「倚靠」的「倚」是人部，指人偏著靠在東西上。「椅子」大部分是用木頭做的，所以「椅」是木部。

倚重（ㄧˇ ㄓㄨㄥˋ） 由於看重而託付責任給人。例這一切事情都倚重你了。

參考 相似詞：仰仗。

倚靠（ㄧˇ ㄎㄠˋ） ❶身體靠在物體上。例他倚靠著牆壁而坐。❷依賴。例我老了要倚靠誰呢？❸依賴的人。例他年老了，卻沒有子女可以倚靠。

倚賴（ㄧˇ ㄌㄞˋ） 依靠。例他倚賴種田為生。
參考 相似詞：倚靠、倚仗、依賴。

倚老賣老（ㄧˇ ㄌㄠˇ ㄇㄞˋ ㄌㄠˇ） 自己以為年紀大，學識經驗比較豐富，而瞧不起別人。例他用倚老賣老的態度教訓人。
參考 相似詞：老氣橫秋。

倚勢凌人（ㄧˇ ㄕˋ ㄌㄧㄥˊ ㄖㄣˊ） 仗恃著自己的權勢而欺負人。凌：侵犯。例他在鄉里倚勢凌人，為非作歹。
參考 相似詞：仗勢欺人。

倒

ノ イ 亻 仁 仁 仠 侄 侄 倒 倒

人部 八畫

ㄉㄠˇ ❶跌下去：例摔倒、臥倒、梯子倒了。❷塌：例房子倒了。❸失敗，垮臺：例倒閉、倒臺。❹轉移，更換：例倒班、倒閣。❺位置相反，錯亂：例顛倒。

ㄉㄠˋ ❶上下或左右相反：例倒影。❷向相反的方向：例倒退、開倒車。❸扔掉：例倒垃圾。❹傾出：例倒茶、倒水。❺卻，表示和本來想的事相反：例他本想省事，不想倒費事了。❻表示事情並不是那樣：例你說得倒容易。
參考 相似字：仆、顛。

倒戈（ㄉㄠˇ ㄍㄜ） 軍隊叛變，反過來打自己人。戈：武器。

倒立（ㄉㄠˋ ㄌㄧˋ） 頭朝下，兩腿向上。

倒車（ㄉㄠˋ ㄔㄜ） 使車向後退。

倒映（ㄉㄠˋ ㄧㄥˋ） 物的影像反射。映：照。例柳樹的影子倒映在湖裡。

倒是（ㄉㄠˋ ㄕˋ） 卻是。例他處處為自己打算，結果吃虧的倒是自己。

倒流（ㄉㄠˋ ㄌㄧㄡˊ） 向上游流去。例河水不能倒流。

倒退（ㄉㄠˋ ㄊㄨㄟˋ） 往後退。

倒彩（ㄉㄠˋ ㄘㄞˇ） 表演中出現錯誤或漏洞時，觀眾故意叫好，讓演員難堪。

倒敘（ㄉㄠˋ ㄒㄩˋ） 一種文章的作法或是電影的拍法。先交代故事的結局，然後回來敘述故事開始或經過。

倒閉（ㄉㄠˇ ㄅㄧˋ） 指商店或企業因為賠錢停止營業。例這家公司因為經營不善所以倒閉了。

倒貼（ㄉㄠˋ ㄊㄧㄝ） 反過來給予。貼：補。例他做這筆生意不但沒賺錢，反而倒貼。

倒塌（ㄉㄠˇ ㄊㄚ） 指建築倒下來。塌：土崩落。例颱風過後，有些老舊的房子倒塌了。

倒楣（ㄉㄠˇ ㄇㄟˊ） 碰到從門上掉下來的橫木；比喻遇到不順利的事。楣：門上的橫木。例真倒楣，好不容易趕到車站，車子卻剛開走了。
參考 相似詞：倒霉、倒運。

倒置（ㄉㄠˋ ㄓˋ） 違反了事物應有的順序。例你做事不要本末倒置。

倒影（ㄉㄠˋ ㄧㄥˇ） 水中倒映的影子。例湖水中有月亮的倒影。

倒灌（ㄉㄠˋ ㄍㄨㄢˋ） 河水或海水受到潮汐或颱風的影響，造成水大量的流向岸上。

倒不如（ㄉㄠˋ ㄅㄨˋ ㄖㄨˊ） 反而不如。例下雨天出門，倒不如留在家裡看電視。

倒胃口（ㄉㄠˇ ㄨㄟˋ ㄎㄡˇ） 不想吃；比喻不想做沒趣味的事。例這個故事他說了又說，怎不叫人倒胃口？

們

ノ イ 亻 亻 们 們 們 們 們 們

人部 八畫

ㄇㄣˊ 河流名稱：例圖們江。

・ㄇㄣ 人的複數，一群人：例我們。
參考 請注意：「們」的前面不加數字。
猜一猜 人立門外。（猜一字）（答案：們）

俺

ノ イ 亻 亻 仱 仱 佮 倄 俺 俺

人部 八畫

ㄢˇ 北方有些方言裡的「我」或「我們」：例俺家、俺村。

ㄧㄢˋ 大的意思。
參考 請注意：我國地方遼闊，歷史悠久，單是一個「我」，就有許多不同的叫法：有的地方叫「咱」，有的地方叫「儂」、「俺」。三國演義裡的張飛，還稱自己為「身」。我們現在常用「本人」、「個人」、「人家」來表示「我」。謙虛客氣的稱自己，還可以用：小人、在下、晚生、末學、愚、不才等，你說多不多？

俺們 ㄢˇ ˙ㄇㄣ 我們。

倀

人部 八畫

ㄔㄤ 古時傳說中的一種鬼，是被老虎咬死的人變的，專給老虎帶路，幫助老虎吃人：例為虎作倀。

猜一猜 高個兒。（猜一字）（答案：倀）

倔

人部 八畫

ㄐㄩㄝˊ 形容人的脾氣強硬、固執：例倔強。

ㄐㄩㄝˋ 脾氣大，言語粗直的樣子：例他這個人很倔。

猜一猜 不向人屈服。（猜一字）（答案：倔）

倔強 ㄐㄩㄝˊ ㄐㄧㄤˋ 形容人的脾氣強硬，不輕易屈服。例他的個性倔強，絕不會輕易妥協。

倨

人部 八畫

ㄐㄩˋ 態度傲慢、不謙虛：例倨傲。

俱

人部 八畫

ㄐㄩˋ ❶全部，都：例面面俱到。❷偕，同：例與生俱來。❸姓：例俱先生。

參考 請注意：「俱」和「具」的用法：「俱」是全部的意思，例如：面面俱到。「具」有全部、器具的意思，例如：具備、玩具。

俱樂部 ㄐㄩˋ ㄌㄜˋ ㄅㄨˋ ❶為了社交、休閒、娛樂的目的，而組成的團體，由參加的會員繳費，同時定期舉行聚會，例如：高爾夫球俱樂部、健身俱樂部。❷供應食物、飲酒，並且可以跳舞、歌唱的娛樂場所。

倡

人部 八畫

ㄔㄤˋ 帶頭發起，首先提出：例倡導、提倡。

ㄔㄤ ❶娼妓，通「娼」。❷狂妄，通「猖」：例倡狂。

猜一猜 天天有人。（猜一字）（答案：倡）

倡導 ㄔㄤˋ ㄉㄠˇ 帶頭發起、領導。例政府大力倡導交通安全的重要。

個

人部 八畫

ㄍㄜˋ ❶表示數量：例一個人。❷單一的：例個人。❸人或物的身材或體積：例大個子。❹表示整體的一個動作：例行個禮。

ㄍㄜˇ 自己：例自個兒。

參考 請注意：「個」也可以寫作「介」。

猜一猜 頑固老頭。（猜一字）（答案：個）

個人 ㄍㄜˋ ㄖㄣˊ ❶一個人。例個人是組成社會的小單位。❷自稱，就是指我。例個人認為這個方法相當好。

個子 ㄍㄜˋ ˙ㄗ 指身高、身材。例他的個子在班上算是中等的。

參考 相似詞：個兒。

個別 ㄍㄜˋ ㄅㄧㄝˊ 單獨的一個。例老師約學生到辦公室個別談話。

個性 ㄍㄜˋ ㄒㄧㄥˋ 每個人所具有的能力、興趣、性格等心理特性的總和。例他們的個性根本合不來。

個案 ㄍㄜˋ ㄢˋ 社會工作者收集某一個人的全部資料，以便作問題的分析和服務。

參考 活用詞：個案調查、個案研究。

個體 ㄍㄜˋ ㄊㄧˇ 獨立存在的人或物體。

候

人部 八畫

ㄏㄡˋ ❶等待：例候車室、久候不到。❷看望，問好：例問候。❸時節：例時候、季候。❹情況：例火候。

參考 請注意：「候」和「侯」（ㄏㄡˊ）有分別：「候」和時間有關，例如：等候、時候、火候。「侯」是爵位名，例如：諸侯。

候教 ㄏㄡˋ ㄐㄧㄠˋ 客氣話；等候別人前來指正教導。例我隨時在這裡候教。

候鳥 ㄏㄡˋ ㄋㄧㄠˇ 隨著季節變化而遷徙的鳥。

候補 ㄏㄡˋ ㄅㄨˇ 未列入正式名單，等到有缺額，再行補入的人。例他這次考試雖然錄取，卻只是候補的資格。

候選人 ㄏㄡˋ ㄒㄩㄢˇ ㄖㄣˊ 在選舉中被提出讓人選舉的對象。

倘

人部 八畫

ㄊㄤˇ 如果，假使：例倘使、倘若。

猜一猜 高尚人士。（猜一字）（答案：倘）

倘使 ㄊㄤˇ ㄕˇ 假使。例倘使你不信，就親自去看看吧！

倘若 ㄊㄤˇ ㄖㄨㄛˋ 如果，假如。例倘若你肯努力，一定會有成功的一天。

參考 相似詞：倘使、倘或。

修

人部 八畫

ㄒㄧㄡ ❶興建：例修建。❷整治，使完善、完美：例修飾、修繕。❸學習和鍛鍊（學問和品行方面的）：例修養。❹研習：例自修。❺編寫：例修史。❻剪或削：例修指甲。❼細長的：例修長。❽姓：例修先生。

參考 請注意：修、脩、休都讀ㄒㄧㄡ，但是意義不同：「修」是研究、學習的意思，例如：修養、修辭。「脩」是肉乾的意思，例如：束脩。「休」是停止的意思，例如：休息。

修女 ㄒㄧㄡ ㄋㄩˇ 信奉基督教或天主教，並在教堂中修道的女子。

修正 ㄒㄧㄡ ㄓㄥˋ 修改後使正確。例這個句子有個地方需要修正。

修改 ㄒㄧㄡ ㄍㄞˇ 把原來的事物加以修正改變，使更好。例姊姊把衣服拿去請裁縫師修改後，變得合身了。

修治 ㄒㄧㄡ ㄓˋ 修理整治。

修長 ㄒㄧㄡ ㄔㄤˊ 細長。例她的身材十分修長。

修建 ㄒㄧㄡ ㄐㄧㄢˋ 指土木工程方面的施工。例這棟大樓正在加緊修建。

修訂 ㄒㄧㄡ ㄉㄧㄥˋ 書本出版後，加以修改訂正再出版。例這本百科全書經過多次的修訂，終於出版了。

參考 活用詞：修訂本。

修剪 ㄒㄧㄡ ㄐㄧㄢˇ 為了美觀而加以修飾或剪齊。例爺爺每天都在院子修剪花木。

修理 ㄒㄧㄡ ㄌㄧˇ ❶把損壞的東西，經過修改後，使它能再使用。例這輛車子修理後跟新的一樣。❷挨打或被人處罰。例他昨晚被人修理一頓。

修補 ㄒㄧㄡ ㄅㄨˇ 把破損的東西修理完整。例這位鞋匠專門替人修補皮鞋。

修飾 ㄒㄧㄡ ㄕˋ 整理、裝飾後，使人、事、物更整齊美觀。例經過一番修飾，她變得十分美麗。

參考 請注意：「修飾」、「裝飾」、「粉飾」都有打扮的意思。「修飾」和「裝飾」都是指在身體或物體表面附加些東西，使更美觀；「粉飾」原來是指婦女用脂粉修飾容貌，後來比喻故意裝點門面，來掩蓋實際的汙點或缺失。

修養 ㄒㄧㄡ ㄧㄤˇ ❶指理論、知識、藝術、思想各方面所具有的能力。例他的藝術修養很高。❷待人處事的良好態度。

修築 ㄒㄧㄡ ㄓㄨˊ 修理，建造。例最近正在修築馬路，交通受了一點影響。

參考 相似詞：修造、修建。

修繕（ㄒㄧㄡ ㄕㄢˋ） 修理，整修。繕：修補。例這棟房屋年久失修，已經無法修繕了。

倭 人部 八畫

ㄨㄛ 我國古時候對日本的稱呼：例倭奴王國。

參考 請注意：「倭寇」的「倭」是人部。「矮小」的「矮」是矢部。

猜一猜 矮子射箭。（猜一字）（答案：倭）

倭寇（ㄨㄛ ㄎㄡˋ） 指明朝時在福建、浙江沿海地區，進行搶劫的日本海盜。他們到處燒殺搶掠，傷害老百姓，到了明朝中期，倭寇對沿海的侵略更加劇烈，後來由戚繼光組成的戚家軍經過十多年的奮戰，才平定了倭寇。

倪 人部 八畫

ㄋㄧˊ ❶端，頭緒：例端倪。❷姓：例倪先生。

俾 人部 八畫

ㄅㄧˋ ❶使：例俾能自立、俾得發揮所長。❷益處：例俾益。

倫 人部 八畫

ㄌㄨㄣˊ ❶人與人之間的關係：例人倫。❷條理，次序：例語無倫次。❸同類，同等：例不倫不類。❹比較：例無與倫比。❺姓：例倫先生。

倫次（ㄌㄨㄣˊ ㄘˋ） 條理次序。例他說起話來顛三倒四，語無倫次。

倫常（ㄌㄨㄣˊ ㄔㄤˊ） 人類所遵守有關人與人間恆久不變的道理。常：恆久的事物。例中國向來注重倫常關係。

倫理（ㄌㄨㄣˊ ㄌㄧˇ） 指人和人相處時，有一定秩序的道理。

俳 人部 八畫

ㄆㄞˊ ❶雜戲。❷古代指演雜戲的藝人：例俳優。❸詼諧可笑的：例俳謔、俳諧。

倉 人部 八畫

ㄘㄤ ❶貯藏糧食或貨物的地方：例倉庫。❷急忙的：例倉促。❸姓：例倉頡。

動動腦 小朋友，想一想，加上「倉」的國字有哪些？它代表了什麼意思？（答案：滄、蒼、創、槍、搶、愴、瘡、蹌……）

倉促（ㄘㄤ ㄘㄨˋ） 急忙匆促。例這封信寫得很倉促，字跡非常凌亂。

倉皇（ㄘㄤ ㄏㄨㄤˊ） 慌張匆忙的樣子。例看到主人回來，小偷立刻倉皇逃走。

倉庫（ㄘㄤ ㄎㄨˋ） 用來儲藏物品或放置其他東西的建築物。例書是人類經驗的倉庫。

倉頡（ㄘㄤ ㄐㄧㄝˊ） 相傳是黃帝的史官，是中國文字的創造者。

倉皇失措（ㄘㄤ ㄏㄨㄤˊ ㄕ ㄘㄨㄛˋ） 心中慌亂不已，不知怎麼辦才好。措：行動。例遇到事情要鎮定，千萬不可倉皇失措。

倜 人部 八畫

ㄊㄧˋ 豪爽大方，不受拘束的：例倜儻。

倜儻（ㄊㄧˋ ㄊㄤˇ） 指大方自然，不受拘束的樣子。

偺 人部 九畫

ㄗㄢˊ 我，我們，同「咱」（ㄗㄢˊ）。

偽 人部 九畫

ㄨㄟˋ ❶假的，不真實：例偽裝、虛偽。❷不合法的：例偽政權。

參考 相似字：佯、詐、假。

猜一猜 人為因素。（猜一字）（答案：偽）

偽書 ㄨㄟˋ ㄕㄨ 假冒古人的名字所寫成的書。

偽鈔 ㄨㄟˋ ㄔㄠ 假造的鈔票和錢幣。例製造偽鈔是犯法的行為。

參考 相似詞：假鈔、偽幣。

偽裝 ㄨㄟˋ ㄓㄨㄤ ❶假裝。例他偽裝得很正經。❷為了不讓人看到真實面目所作的裝飾打扮。例他在臉上抹了油彩，偽裝成敵人的樣子。

偽證 ㄨㄟˋ ㄓㄥˋ 法院審理案件時，作不真實的陳述。例替別人作偽證是犯法的。

偽君子 ㄨㄟˋ ㄐㄩㄣ ㄗˇ 外表看起來正派，實際上是卑鄙無恥的小人。

偽政權 ㄨㄟˋ ㄓㄥˋ ㄑㄩㄢˊ 不被人民所承認的傀儡政權。

偽滿洲國 ㄨㄟˋ ㄇㄢˇ ㄓㄡ ㄍㄨㄛˊ 九一八事變後，日本政府挾持溥儀到東北當傀儡，所成立的不合法組織，到民國三十四年抗戰勝利後結束。

停

停 ノ イ 亻 亻 亻 亻 亻 亻 停 人部 九畫

ㄊㄧㄥˊ ❶止息，不動：例停止、停息。❷排難解紛：例調停。❸中斷：例停電、停水。❹暫住，擱置：例停放、停工。

參考 相似字：止。

猜一猜 長亭送別。（猜一字）（答案：停）

停止 ㄊㄧㄥˊ ㄓˇ 不繼續，不再進行。例暴風雨停止了。

參考 相似詞：停住。♣請注意：「停止」、「停留」、「停頓」有區別：「停止」是指行為或動作不再進行；「停留」指人或事物暫時不繼續前進或發展；「停頓」是中斷的意思，表示暫時的休止，還會繼續下去。

停泊 ㄊㄧㄥˊ ㄅㄛˊ 船隻停在岸邊。泊：停船靠岸。例許多輪船停泊在碼頭上。

停留 ㄊㄧㄥˊ ㄌㄧㄡˊ 停住不繼續前進。例光陰如流水，一刻也不停留。

停業 ㄊㄧㄥˊ ㄧㄝˋ 暫時停止營業。例有些工廠一到淡季就停業。

參考 相似詞：歇業。

停當 ㄊㄧㄥˊ ㄉㄤˋ 事情已經準備妥當完畢。例這事已準備停當。

停頓 ㄊㄧㄥˊ ㄉㄨㄣˋ 暫時停止而不前進。頓：暫停。例他扶了扶眼鏡，停頓了一下，又滔滔不絕地說下去。

參考 相似詞：中止。

假

假 ノ イ 亻 亻 亻 亻 亻 亻 假 人部 九畫

ㄐㄧㄚˇ ❶不真的：例虛假。❷如果：例假使。❸借，利用：例假借、狐假虎威。❹姓：例假先生。

ㄐㄧㄚˋ 休息：例休假。

參考 相反字：真。

假手 ㄐㄧㄚˇ ㄕㄡˇ 利用別人做某事來達到自己的目的。例她做事從不假手他人。

假日 ㄐㄧㄚˋ ㄖˋ 放假或休假的日子。

假如 ㄐㄧㄚˇ ㄖㄨˊ 如果。例假如不把基礎打好，以後學習就會有許多困難。

假使 ㄐㄧㄚˇ ㄕˇ 如果。例假使你同意，我們明天一清早就出發。

假冒 ㄐㄧㄚˇ ㄇㄠˋ 冒充，利用假的來充當真的。例他假冒調查人員，到處行騙。

假裝 ㄐㄧㄚˇ ㄓㄨㄤ 故意做出某種動作或姿態。例他假裝不知道這件事。

假惺惺 ㄐㄧㄚˇ ㄒㄧㄥ ㄒㄧㄥ 虛情假意的樣子。惺惺：有情意。例他假惺惺的要幫我們的忙。

假公濟私 ㄐㄧㄚˇ ㄍㄨㄥ ㄐㄧˋ ㄙ 假借公事的名義，獲取私人的利益。濟：益。例做事要循規蹈矩，不可假公濟私。

假戲真做 ㄐㄧㄚˇ ㄒㄧˋ ㄓㄣ ㄗㄨㄛˋ 弄假成真。例吳先生原本只想開個玩笑，沒想到卻假戲真做，最後鬧得不可收拾。

偃

偃 ノ亻…偃 人部 九畫

ㄧㄢˇ ❶仰面倒下：例偃臥。❷停止：例偃武修文。

偃武修文 ㄧㄢˇ ㄨˇ ㄒㄧㄡ ㄨㄣˊ 停止武備，振興文教。

偃旗息鼓 ㄧㄢˇ ㄑㄧˊ ㄒㄧ ㄍㄨˇ 放倒軍旗，停敲軍鼓。比喻事情停止，聲勢減弱。

偌

偌 ノ亻…偌 人部 九畫

ㄖㄨㄛˋ 這麼，那麼：例偌大。

偌大 ㄖㄨㄛˋ ㄉㄚˋ 形容很大。例偌大的房子，卻沒有半個人住在裡面，真叫人害怕。

做

做 ノ亻…做 人部 九畫

ㄗㄨㄛˋ ❶製造：例做衣服。❷當，擔任：例做父母的、做官。❸從事某種工作或活動：例做事、做生日。

參考 請注意：「做」和「作」音相同意思也相近，白話文中常用「做」，但是依然有不同的地方，例如：「作文」、「創作」、「著作」不用「做」字；「做」含有興辦的意思，例如：「做壽」、「做活」、「做生意」。

做人 ㄗㄨㄛˋ ㄖㄣˊ 指待人處事的道理。例做人處事要周全。

做工 ㄗㄨㄛˋ ㄍㄨㄥ 工作。例她在紡紗廠做工。

做主 ㄗㄨㄛˋ ㄓㄨˇ 對某件事完全負責而且作出決定。例這件事我無法做主。

參考 相似詞：作主。

做伴 ㄗㄨㄛˋ ㄅㄢˋ 當陪伴的人。例媽媽生病住院時，需要有人做伴。

做作 ㄗㄨㄛˋ ㄗㄨㄛˋ 故意裝出來的行為。例這位大明星的一舉一動顯得很做作。

參考 相似詞：造作。

做事 ㄗㄨㄛˋ ㄕˋ ❶從事某種工作或處理某種事情。例他做事一向認真負責。❷擔任固定的職務；工作。例你現在在哪兒做事？

做東 ㄗㄨㄛˋ ㄉㄨㄥ 出錢請別人吃飯。例今天晚飯就由我做東。

做法 ㄗㄨㄛˋ ㄈㄚˇ 處理事情或製作物品的方法。

做客 ㄗㄨㄛˋ ㄎㄜˋ 當別人的客人。

做媒 ㄗㄨㄛˋ ㄇㄟˊ 替人介紹婚姻。

做壽 ㄗㄨㄛˋ ㄕㄡˋ 做生日，多半指老年人而言。

做夢 ㄗㄨㄛˋ ㄇㄥˋ ❶睡眠中因大腦裡受身體內外的刺激所引起的幻想。❷比喻幻想。例你想不勞而獲，簡直就是在做夢。

做聲 ㄗㄨㄛˋ ㄕㄥ 發出聲音，指說話等。例老師問她問題，她卻不做聲。

做買賣 ㄗㄨㄛˋ ㄇㄞˇ ㄇㄞˋ 做生意。

做賊心虛 ㄗㄨㄛˋ ㄗㄟˊ ㄒㄧㄣ ㄒㄩ 做了壞事怕別人發覺所以感到心裡不安。也可寫作「作賊心虛」。例看他一副做賊心虛的樣子，說不定真做了壞事。

參考 請注意：「做賊心虛」多用來形容做了不正當的事或虧心事。

偉

偉 ノ亻…偉 人部 九畫

ㄨㄟˇ ❶大：例魁偉。❷超出平常人的：例偉大。❸姓：例偉先生。

偉人 ㄨㄟˇ ㄖㄣˊ 具有偉大的事業，值得尊敬的人。例國父是一位永垂不朽的偉人。

偉大 ㄨㄟˇ ㄉㄚˋ 形容人格或事業成就很高的人。例愛迪生是一位偉大的發明家。

健

健 ノ亻…健 人部 九畫

ㄐㄧㄢˋ ❶強壯：例強健。❷擅長於某事：例健談。❸態度莊嚴穩重：例穩健。

參考 請注意：「建」指外在的建設，例如：建築、建國。「健」指內在的修練，例如：健康、健美。

健全 ㄐㄧㄢˋ ㄑㄩㄢˊ ❶身體強壯沒有毛病。例身心健全的人才會有健康的人生觀。❷事物完美無缺。例組織健全的公司。

健壯 ㄐㄧㄢˋ ㄓㄨㄤˋ 健康，強壯。例他雖然快九十歲了，身體依然很健壯。

健忘 ㄐㄧㄢˋ ㄨㄤˋ 容易忘記。例我很健忘，常常沒帶鑰匙出門，結果被反鎖在門外。

健保 ㄐㄧㄢˋ ㄅㄠˇ 即全民健康保險。是屬於一種社會互助、危險分擔的社會保險制度，當保險人發生疾病、傷害、生育等時，可享有給付。

小百科 健保IC卡是將舊有的健保紙卡、重大傷病卡、兒童、孕婦健康手冊等整合為嵌有IC晶片的卡片。內載個人身分資料和健保就醫資料。

健康 ㄐㄧㄢˋ ㄎㄤ ❶身體強壯，沒有疾病。例健康就是財富。❷比喻事物的發展情況正常。例健康的社會有賴於健全的家庭。

健談 ㄐㄧㄢˋ ㄊㄢˊ 很會說話，而且話多。例他很健談，交友也十分廣闊。

偶

人部 九畫

偶 ノ 亻 … 偶 偶

ㄡˇ ❶雕塑的人像：例偶像。❷雙，成對：例偶數。❸伴侶：例配偶。❹恰巧，不經常的：例偶然、偶遇。❺姓：例偶先生。

偶然 ㄡˇ ㄖㄢˊ ❶料想不到的。例今天我倆在公園偶然相遇，真是有緣。❷不經常的。例他偶然來一次。

參考 相似詞：突然、恰巧。♣請注意：「偶然」和「偶爾」都是指不經常的，但有分別：「偶爾」指次數很少、有時候；「偶然」除了次數少外，還有不一定的、無意中的、忽然的意思。

偶像 ㄡˇ ㄒㄧㄤˋ ❶用泥土、木材等雕成讓人敬奉的人像。例不要隨便迷信偶像。❷沒經過理智思考或盲目崇拜的對象。例歌星常是青少年們崇拜的偶像。

偶爾 ㄡˇ ㄦˇ 有時候。例他偶爾會到北投洗溫泉澡。

偶數 ㄡˇ ㄕㄨˋ 能被二整除的數。例如：二、四、六等。

參考 相似詞：雙數。♣相反詞：奇數。

偎

人部 九畫

偎 ノ 亻 … 偎 偎

ㄨㄟ 親熱的靠在一起：例依偎。

偕

人部 九畫

偕 ノ 亻 … 偕 偕

ㄒㄧㄝˊ 共同，一塊兒：例偕行、相偕、白頭偕老。

偕老 ㄒㄧㄝˊ ㄌㄠˇ 夫妻一同生活到老。

偕行 ㄒㄧㄝˊ ㄒㄧㄥˊ 一起同行。

偵

人部 九畫

偵 ノ 亻 … 偵 偵

ㄓㄣ 暗中察看、打聽：例偵察、偵測。

偵查 ㄓㄣ ㄔㄚˊ 暗中調查，通常都是指為了確定犯罪事實的深入調查。例警方經過詳細的偵查，已經掌握破案的線索了。

偵破 ㄓㄣ ㄆㄛˋ 指犯罪事實經過調查而破案。例搶劫銀樓的案件已經被偵破了。

偵探 ㄓㄣ ㄊㄢˋ ❶暗中調查。❷探察祕密或犯罪證據的情報人員。

參考 活用詞：偵探小說。

偵察 ㄓㄣ ㄔㄚˊ 為了明白敵人的情況、地形和其他重要情報，而暗中察看的行動。可以分為地面偵察、空中偵察、海上偵察。

側

人部 九畫

側 ノ 亻 … 側 側

ㄘㄜˋ ❶旁邊：例兩側、右側。❷傾斜：例側著身體、側耳傾聽。

參考 請注意：側、廁、測、惻含有「則」，都念ㄘㄜˋ，但是用法不同；「側」有傾斜、旁邊的意思，例如：傾側、側門。

「廁」是大、小便的地方，例如：廁所。「測」是量東西長短或考試，例如：測量、測驗。而「惻隱之心」是指我們看到遭遇不幸的人，心裡會同情他們。

猜一猜 青年守則。（猜一字）（答案：側）

側目 ㄘㄜˋ ㄇㄨˋ 不敢從正面看，斜著眼睛看；形容又害怕又憤恨的樣子。

側耳 ㄘㄜˋ ㄦˇ 把耳朵斜向說話者的那一邊；形容很注意聽或是態度很恭敬。例她正側耳傾聽我的冒險經過。

側門 ㄘㄜˋ ㄇㄣˊ 不是正門；開在兩邊的出入口。

側重 ㄘㄜˋ ㄓㄨㄥˋ 偏重某一方面，而忽視了其他的。例你別太側重功課，而忽略了身體的健康。

參考 相似詞：偏重、著重。

側面 ㄘㄜˋ ㄇㄧㄢˋ 通常指事情的另一面。例據我側面了解，這次會議很成功。

偷

偷 ノ亻… 人部 九畫

ㄊㄡ ❶沒有告訴別人而拿走東西：例偷竊。❷瞞著別人做事：例偷聽。❸抽出時間：例忙裡偷閒。❹苟且，敷衍：例偷安、偷生。

參考 相似字：盜。

小故事 清朝有個名畫家叫鄭板橋。有一天夜裡，他發現有個小偷溜進屋裡，他就隨口念出兩句詩：「細雨濛濛夜沉沉，梁上君子進我門。」「梁上君子」就是小偷的意思。小偷聽見後，很害怕，就不敢動了。鄭板橋又念：「腹內詩書存千卷，床頭金銀無半文。」小偷聽了趕忙轉身出門。鄭板橋又說：「出門休驚黃尾犬。」小偷正想翻牆出去，又聽見「越牆莫損蘭花盆」，於是小偷趕緊避開蘭花，跳下地。這時屋裡又傳出：「天寒不及披衣送，趁著月亮趕豪門。」這就是鄭板橋吟詩趕走小偷的故事。

笑一笑 媽媽：「小明，你為什麼又偷吃餅乾了？」小明：「沒有啊！」媽媽：「還說沒有，餅乾屑還留在你嘴角上呢！」小明：「媽媽騙人，我吃完後不但擦了兩次，還去照過鏡子呢！」

偷懶 ㄊㄡ ㄌㄢˇ 不去工作，喜歡享受。例他偷懶不上學，躲在家裡睡覺。

偷襲 ㄊㄡ ㄒㄧˊ 暗中攻擊別人。襲：趁人不注意突然的攻擊。例敵人躲在半路上偷襲我們。

偷竊 ㄊㄡ ㄑㄧㄝˋ 偷取別人的東西。例偷竊是一種不對的行為。

偷工減料 ㄊㄡ ㄍㄨㄥ ㄐㄧㄢˇ ㄌㄧㄠˋ 不按照規定，暗中減少工作時間、工程次序和原料。例這棟大樓偷工減料，地震時出現許多裂痕。

偷偷摸摸 ㄊㄡ ㄊㄡ ㄇㄛ ㄇㄛ 瞞著別人暗中做事。例他偷偷摸摸的溜進別人家中，想偷東西。

偷雞摸狗 ㄊㄡ ㄐㄧ ㄇㄛ ㄍㄡˇ 原指偷盜的行為，後來形容不是正大光明的行為。例他總是偷雞摸狗，做一些不正當的事。

參考 相似詞：混水摸魚。

偏

偏 ノ亻… 人部 九畫

ㄆㄧㄢ ❶不正的，歪的：例太陽偏西。❷對人對事不公正：例偏愛、偏袒。❸跟願望或一般情況相反：例偏不湊巧。

參考 請注意：偏、遍、徧、篇、編、翩、騙、匾、蝙、褊都有「扁」字，扁有薄、小、不正的意思。不正的心，叫「偏」（ㄆㄧㄢ）心；「徧」、「遍」，讀ㄅㄧㄢˋ，到處的意思，例如：徧（遍）地；用竹片製的書冊是「篇」（ㄆㄧㄢ）章；用小絲繩可「編」（ㄅㄧㄢ）織物品；薄的羽翅可「翩」（ㄆㄧㄢ）翩飛翔；詐欺別人的壞人叫「騙」（ㄆㄧㄢˋ）子；懸掛在門楣的薄木片叫「匾」（ㄅㄧㄢˇ）額；「蝙」（ㄅㄧㄢ）蝠是夜行性的動物；器量狹小叫「褊」（ㄅㄧㄢˇ）小。

古人說 「教你打狗偏趕雞，教你上東偏往西。」這句話是說：故意做出相反的事情，和「唱反調」一樣。例如：「教你打狗偏趕雞，教你上東偏往西」；要你買肉，你偏買魚，真氣人！

偏心 ㄆㄧㄢ ㄒㄧㄣ 不公正的心。例母親總把好東西平分給我們吃，一點也不會偏心。

偏方 ㄆㄧㄢ ㄈㄤ 民間流傳的中藥方。

偏巧 ㄆㄧㄢ ㄑㄧㄠˇ ❶偏偏。例我們找他好幾次，偏巧他都不在家。❷恰巧。例我們正在找她，偏巧她來了。

偏見 ㄆㄧㄢ ㄐㄧㄢˋ 因內心不平、固執而產生的意見。例他對每件事都有偏見。

參考 相似詞：成見。♣請注意：「偏見」和「偏袒」有分別：「偏見」指對某一個人或某一件事的看法不公平或固執的意思；「偏袒」是指不顧公理，偏護一方。

偏要 ㄆㄧㄢ ㄧㄠˋ 表示意見相反，偏偏要這樣做。

偏重 ㄆㄧㄢ ㄓㄨㄥˋ 注重一方面。例學習只偏重記憶不重視理解是不行的。

偏食 ㄆㄧㄢ ㄕˊ ❶只喜歡吃某幾種食物的不良習慣。例偏食無法得到均衡的營養。❷日偏食和月偏食的總稱。

偏差 ㄆㄧㄢ ㄔㄚ ❶運動中的物體離開了正確的角度。例這枚人造衛星的軌道發生了偏差。❷工作上產生過分或無法達成的差錯。例這項計畫不能有所偏差。

偏偏 ㄆㄧㄢ ㄆㄧㄢ ❶故意和別人或事物的情況相反。例事情明明就解決了，偏偏他還要鑽牛角尖。❷表示事實和所期望的相反。例星期天他來找我，偏偏我不在家。

偏袒 ㄆㄧㄢ ㄊㄢˇ 對某一方偏愛而維持他的利益。例父母總對子女有點偏袒。

偏勞 ㄆㄧㄢ ㄌㄠˊ 用在請人幫忙或謝謝別人代替自己做事。例這件事就偏勞你了。

偏愛 ㄆㄧㄢ ㄞˋ 特別喜好某一個人或某一樣事物。例母親非常偏愛小弟。

偏遠 ㄆㄧㄢ ㄩㄢˇ 偏僻而且遙遠。例即使再偏遠的地方，還是會有人跡。

偏僻 ㄆㄧㄢ ㄆㄧˋ 離城市或中心地區較遠。例他住在偏僻的山區。

偏廢 ㄆㄧㄢ ㄈㄟˋ 只重視某件事情而忽略了另一件。例工作和學習，二者不能偏廢，缺一不可。

偏激 ㄆㄧㄢ ㄐㄧ 思想行為太過分或太極端。例思想偏激的人，容易自尋煩惱，生活得不快樂。

偏離 ㄆㄧㄢ ㄌㄧˊ 指人或者事物離開應該走的路或方向。例飛機偏離了飛行路線，但一下子又飛回來了。

倏

人部 九畫

倏

ㄕㄨˋ 極快地：例倏已數月。

倏忽 ㄕㄨˋ ㄏㄨ 很快，只有一眨眼的時間。例她剛才還站在這裡，怎麼倏忽不見人影了呢？

參考 相似詞：突然、忽然、倏地。

傢

人部 十畫

傢傢

ㄐㄧㄚ ❶指一切的日用器具：例傢俱。❷對人戲謔或輕蔑的稱呼：例傢伙。

傍

人部 十畫

傍傍

ㄅㄤˋ ❶靠近：例依山傍水。❷依靠：例傍著他。

ㄅㄤ 接近：例傍晚。

ㄆㄤˊ ❶同「旁」。❷姓：例傍先生。

猜一猜 旁若無人實有人。（猜一字）（答案：傍）

傍晚 ㄅㄤ ㄨㄢˇ 太陽下山，天快黑的時候。例傍晚時，天邊出現美麗的晚霞。

參考 相似詞：黃昏。

傅

人部 十畫

傅傅

ㄈㄨˋ ❶傳授技藝，培育人才的人：例師傅。❷姓：例傅先生。

參考 請注意：傅、傳、溥、縛的區別：❶「傅」（ㄈㄨˋ）和「傳」（ㄔㄨㄢˊ）字形很相近，「傅」字的右上角是「甫」，「傳」

字是「叀」。❷「溥」也是姓，但要念ㄆㄨˇ，例如：名畫家溥儒。❸縛（ㄈㄨˊ），是用繩子綑住，例如：束縛、手無縛雞之力，和「傳」字讀音、字義都不同。

備　人部　十畫

備　備

ㄅㄟˋ ❶齊全：例完備。❷設施，裝置：例設備。❸預防，事先安排好：例有備無患。❹具有：例具備。

備用 ㄅㄟˋ ㄩㄥˋ　準備著可供隨時使用。例颱風來臨前，就要備用水和食物。

參考 相反詞：備而不用。

備取 ㄅㄟˋ ㄑㄩˇ　除了錄取的人數之外，再增加一些候補的人。例他雖然考上了，卻只是備取。

備註 ㄅㄟˋ ㄓㄨˋ　表格上為了加上必要的註解、說明，所留的空白欄。

傑　人部　十畫

傑　傑

ㄐㄧㄝˊ ❶才能超過一般人的人：例俊傑、豪傑。❷不平常的，很突出的：例傑作。❸才能或成就高超：例傑出。

傑出 ㄐㄧㄝˊ ㄔㄨ　不普通的、不尋常的，成就、才能超出一般人。例他是一個傑出的運動員。

參考 活用詞：傑出青年。

傑作 ㄐㄧㄝˊ ㄗㄨㄛˋ　非常傑出而不平凡的作品，大部分是指文學和藝術作品。例紅樓夢是一部難得的傑作。例貝多芬的月光曲是鋼琴曲中的傑作。

笑一笑 某留學法國的名畫家，以一幅精心傑作，請黨國元老吳稚暉先生題詩。稚老對那幅抽象畫的內容感到莫名奇妙，畫家於是在一旁說明，稱是西洋風景。稚老於是提筆寫道：「遠看似朵花，近看像烏鴉，原來是風景，哎呀我的媽！」

傀　人部　十畫

傀　傀

ㄎㄨㄟˇ 演戲用的木頭人，也可以用來比喻被人控制，沒有主見的人：例傀儡。

ㄍㄨㄟ ❶偉大：例傀偉。❷怪異，珍奇：例傀異、傀奇。

猜一猜 似人又似鬼。（猜一字）（答案：傀）

傀儡 ㄎㄨㄟˇ ㄌㄟˇ　❶指我國一種傳統的民俗藝術，由表演的人操縱演出的木偶，又稱為「傀儡戲」。❷比喻像木偶一樣，沒有主見，受人控制的人。例他只是個傀儡，處處受人控制。

參考 活用詞：傀儡戲、傀儡政權。

傖　人部　十畫

傖　傖

ㄘㄤ 鄙視人的稱呼：例傖父。

傘　人部　十畫

傘　傘

ㄙㄢˇ ❶擋雨或遮太陽的用具，用油紙、布等製成，有柄可開合：例雨傘。❷像傘的東西：例降落傘。❸姓：例傘先生。

參考 請注意：「傘」字在「十」字的上面有五個「人」字，但是不能寫成「入」字。

猜一猜 ㈠一字十五人，任你雨中尋；若你尋不著，就被雨水淋。（猜一字）（答案：傘）

㈡出門一朵花，入門一條瓜。（猜一物品）（答案：傘）

㈢一朵花，手裡栽，一到下雨它就開。（猜一物品）（答案：傘）

動動腦 傘除了遮雨、遮太陽以外，小朋友你還能想出其他具有創意的用途嗎？越多越好哦！（答案：當柺杖、當武器、當吉他、當道具……）

傘兵 ㄙㄢˇ ㄅㄧㄥ　從空中跳機，利用降落傘安全到達敵人的陣地，去執行任務的兵種。

傭

人部 十一畫

ㄩㄥ ❶出錢雇人做事：例雇傭。❷僕役，受雇做事的人：例傭工、女傭。

傭工 ㄩㄥ ㄍㄨㄥ 用錢雇來做事的人。

傭兵 ㄩㄥ ㄅㄧㄥ 受雇替別人或他國打仗的人。

債

人部 十一畫

ㄓㄞˋ 欠人家的錢財：例欠債。

猜一猜 人人有責。（猜一字）（答案：債）

古人說 「無債一身輕。」這句話是說：❶不欠人家東西，心情就會很輕鬆自在，沒有煩惱。❷把工作完成或是盡了責任沒有負擔。例把書還了、作業交了，「無債一身輕」，真是快活啊！

債主 ㄓㄞˋ ㄓㄨˇ 把錢借給別人的人。又稱為債權人。

債臺高築 ㄓㄞˋ ㄊㄞˊ ㄍㄠ ㄓㄨˋ 形容欠債非常多。例他因為債臺高築，所以一遇見債主，就慌張得低下頭。

傲

人部 十一畫

ㄠˋ ❶自高自大、看不起人：例傲慢。❷不屈服：例傲霜鬥雪。

參考 相似字：驕。

猜一猜 被放逐的士人。（猜一字）（答案：傲）

傲氣 ㄠˋ ㄑㄧˋ 自高自大的作風。例他的傲氣使他失去了不少的朋友。

傲骨 ㄠˋ ㄍㄨˇ 性格高傲而不屈服。例他有一身的傲骨，絕不輕易向惡劣的環境低頭。

傲慢 ㄠˋ ㄇㄢˋ 自以為了不起，輕視別人，對人沒有禮貌。慢：怠慢無禮。例做人不可過於傲慢無禮。

傲霜鬥雪 ㄠˋ ㄕㄨㄤ ㄉㄡˋ ㄒㄩㄝˇ 和霜雪對抗；比喻高傲的性格，不畏懼艱難的環境。例梅花一身傲霜鬥雪的鐵骨，表現出堅忍不拔的精神。

傳

人部 十一畫

ㄔㄨㄢˊ ❶遞，交，轉手：例傳信、傳球。❷散播：例傳染。❸世代相承的：例龍的傳人。❹表達得很像：例傳神。❺發出命令叫人來：例傳見。❻教給人，讓人學習：例傳授。❼姓：例傳先生。

ㄓㄨㄢˋ ❶解釋經書的書：例左傳。❷記述某人生活事蹟的文字：例林肯傳。

參考 請注意：「傳」是由「人」、「甫」及「寸」組合而成的字，有輔導別人的意思；由「人」和「專」組成的「傳」字，則有傳達的意思。二者字形相近、音義不同，要仔細分辨。

猜一猜 專員。（猜一字）（答案：傳）

古人說 「好事不出門，壞事傳千里。」這句話是說：好的事情往往不被人知道，而一有壞消息馬上傳得大家都知道了。例他考了最後一名的事被鄰居知道，真是「好事不出門，壞事傳千里」。

傳令 ㄔㄨㄢˊ ㄌㄧㄥˋ 傳達命令或消息。例總司令傳令開始作戰。

傳布 ㄔㄨㄢˊ ㄅㄨˋ 把事情、觀念轉達給大家知道。布：流傳。例勝利的消息很快的傳布開來。

傳旨 ㄔㄨㄢˊ ㄓˇ 宣布皇帝的命令。旨：帝王的命令。例皇上傳旨，要總理大臣立刻進京。

傳奇 ㄔㄨㄢˊ ㄑㄧˊ ❶我國古典小說體裁之一，口耳相傳下來的奇異故事。❷指情節離奇或人物行為十分不平常。例他的一生充滿了傳奇。

參考 活用詞：傳奇性、傳奇色彩。

傳染 ㄔㄨㄢˊ ㄖㄢˇ ❶病菌從有病的生物體侵入別的生物體內。例最近流行性感冒肆虐，小心被傳染。❷感染別人的壞習慣。例大家傳染了他的口頭禪：好棒喔！

參考 相似詞：感染、沾染。♣活用詞：傳染病。

傳記 (ㄓㄨㄢˋ ㄐㄧˋ) 記述一個人一生中所發生事情經過的作品，一般由別人記述；也有自己寫的，稱為「自傳」。

傳授 (ㄔㄨㄢˊ ㄕㄡˋ) 把知識、技能教給別人。授：教給人，讓人學習。例老師傳授我們知識和做人做事的道理。

參考 相似詞：教導。

傳統 (ㄔㄨㄢˊ ㄊㄨㄥˇ) 過去流傳下來，有一定特點的某種思想、風俗、習慣、信仰。例端午節划龍舟、吃粽子是一種很有意義的傳統。

傳單 (ㄔㄨㄢˊ ㄉㄢ) 印成單張，散發給他人的宣傳品。例街上有人在散發傳單。

傳頌 (ㄔㄨㄢˊ ㄙㄨㄥˋ) 流傳讚美某些好的事物。例他見義勇為的事蹟，將會永遠傳頌。

傳說 (ㄔㄨㄢˊ ㄕㄨㄛ) ❶間接傳述。例傳說他從前是個大富翁。❷民間口頭上流傳下來有關於某人某事的敘述。例「嫦娥奔月」是一則很美麗的傳說。

傳遞 (ㄔㄨㄢˊ ㄉㄧˋ) 一個一個送過去。遞：傳送。例郵差每天替我們傳遞信件。

傳播 (ㄔㄨㄢˊ ㄅㄛ) 廣泛的散布。例我們不可以傳播謠言。

參考 相似詞：傳布。♣請注意：「傳播」和「傳達」不同：「傳播」重在廣泛散布，對象較廣泛；「傳達」則有一定專指的對象。

傳家寶 (ㄔㄨㄢˊ ㄐㄧㄚ ㄅㄠˇ) 家中世代相傳的珍寶。例這塊玉佩是我們的傳家寶。

傳宗接代 (ㄔㄨㄢˊ ㄗㄨㄥ ㄐㄧㄝ ㄉㄞˋ) 把宗族的生命世世代代的傳下去。例傳宗接代是人類神聖的使命。

僅

人部 十一畫

僅 ㄐㄧㄣˇ 不過，只：例僅有。

僅僅 (ㄐㄧㄣˇ ㄐㄧㄣˇ) 只，不多。例這麼龐大的工程，僅僅花一年就完成了。

傾

人部 十一畫

傾 ㄑㄧㄥ ❶歪，斜：例傾斜。❷倒塌：例傾覆。❸趨向：例左傾。❹倒出：例傾箱倒篋、傾盆大雨。❺全部：例傾訴。

參考 請注意：「頃」和「傾」讀音、字形都很相像，但意思不同：「頃」(ㄑㄧㄥˇ)是指面積。例如：一頃田。或是指時間，例如：頃刻。「傾」(ㄑㄧㄥ)是指人身體或物體歪斜的意思，例如：傾斜。

傾心 (ㄑㄧㄥ ㄒㄧㄣ) ❶一心嚮往，愛慕。例他倆一見傾心。❷表現真誠的心。例昨夜我們傾心交談，問題終於解決了。

參考 請注意：「傾心」多用在對人：「嚮往」多用在事物。兩者有分別。

傾向 (ㄑㄧㄥ ㄒㄧㄤˋ) ❶偏於贊成某一方。例我比較傾向他的意見。❷人的意志或事物發展的方向。例人們有權使用自己的權力，但是不要有傾向暴力的心理。

傾圮 (ㄑㄧㄥ ㄆㄧˇ) 倒塌毀壞。圮：毀壞。

參考 相似詞：坍毀。

傾倒 (一)ㄑㄧㄥ ㄉㄠˇ ❶佩服，愛慕。例他的心已經為你傾倒。❷歪倒，不正。例這面牆整個傾倒了。(二)ㄑㄧㄥ ㄉㄠˋ 把東西全部倒出。例他在河邊違法傾倒垃圾。

傾斜 (ㄑㄧㄥ ㄒㄧㄝˊ) 歪斜。例這房子太舊了，所以有點傾斜。

參考 活用詞：傾斜度。

傾訴 (ㄑㄧㄥ ㄙㄨˋ) 說出心裡的話。例她向我傾訴心裡的委屈。

參考 相似詞：傾吐。

傾覆 (ㄑㄧㄥ ㄈㄨˋ) 使物體倒下來：引申失敗，滅亡。例一個國家傾覆了，人民也就無家可歸。

傾聽 (ㄑㄧㄥ ㄊㄧㄥ) 洗耳恭聽：形容認真細心的聽。例我正在傾聽他的意見。

傾盆大雨 (ㄑㄧㄥ ㄆㄣˊ ㄉㄚˋ ㄩˇ) 形容雨像從盆中倒出來一樣；比喻雨很大而且急。例昨天午後下了一場傾盆大雨。

傾家蕩產 (ㄑㄧㄥ ㄐㄧㄚ ㄉㄤˋ ㄔㄢˇ) 把全部的家產都花光了。傾、蕩：都有「盡」的意思。例賭博害人，往往弄得人傾家蕩產。

催

ノ亻亻亻仙仙仳仳催催 催催催

人部 十一畫

ㄘㄨㄟ ❶用言語或行動叫人趕快做事：例催促。❷使事物的產生和變化加快：例催生、催眠。

參考 請注意：崔、催，摧都念ㄘㄨㄟ。但是用法不同：「崔」是姓氏，例如：崔小姐。「催」是請人趕快完成事情，例如：催促。「摧」有毀壞、折斷的意思，例如：摧毀、摧殘。

催促 ㄘㄨㄟ ㄘㄨˋ 督促別人，使他行動加快。促：請人加快行動。例媽媽每天早上都要催促他起床。

催眠 ㄘㄨㄟ ㄇㄧㄢˊ 本來是指用話暗示，使人慢慢進入睡眠狀態，現在也比喻那些會令人想睡的話。

參考 活用詞：催眠術、催眠曲。

催化劑 ㄘㄨㄟ ㄏㄨㄚˋ ㄐㄧˋ 能加快或使反應速度變慢的化學物質，但是催化劑的質量和化學成分都不會改變。又稱為「觸媒」。

催眠曲 ㄘㄨㄟ ㄇㄧㄢˊ ㄑㄩˇ 本來是指聽了能讓人很快就睡著的歌曲，現在也可以比喻那些無聊、讓人想睡覺的話。

催淚彈 ㄘㄨㄟ ㄌㄟˋ ㄉㄢˋ 一種化學砲彈，爆炸後會放出化學氣體。聞到之後就會不停的流淚，催淚彈通常用來驅散人群。

傷

ノ亻亻亻作作作作値値 傷傷傷

人部 十一畫

ㄕㄤ ❶身體或東西受到的損壞：例內傷。❷損害：例傷身、出口傷人。❸因事故得病：例傷風。❹悲哀：例悲傷。❺妨礙：例無傷大體。

猜一猜 操場上有人沒風砂。（猜一字）

（答案：傷）

古人說 「口是傷人斧，舌是割肉刀。」斧可以砍木頭，也用來做刑罰的工具。這句話是說：嘴巴和舌頭是說話的工具，如果說話不謹慎刺傷人心，就會像斧頭、刀子一樣使人受傷害。勸人說話要先思考，不要太刻薄無情。

傷亡 ㄕㄤ ㄨㄤˊ 受傷和死亡的人。例二次世界大戰日軍傷亡慘重。

傷口 ㄕㄤ ㄎㄡˇ 皮膚、肌肉等受傷破裂的地方。

古人說 「傷口上撒鹽。」這句話是說：趁機陷害。例他不但沒幫上一絲一毫的忙，反而在傷口上撒鹽，趁機擴大事端。

傷心 ㄕㄤ ㄒㄧㄣ 因為遭到不幸或不如意的事而心裡痛苦。

古人說 「人怕傷心，樹怕剝皮，」這句話是說：一個人最難過的事，是心靈受到傷害。例「人怕傷心，樹怕剝皮」，你在眾人面前罵他，使他下不了臺，實在過分了一些！

傷害 ㄕㄤ ㄏㄞˋ 人的身體組織或思想感情受到損害。例不要傷害別人的自尊心。

參考 請注意：「傷害」和「危害」、「損害」有分別：「傷害」著重在創傷，指因言語或其他行為而使心靈、健康受到了創傷。「危害」注重在危及安全、多半是指全體的生存或發展。「損害」是指事物本身的損失。

傷患 ㄕㄤ ㄏㄨㄢˋ 受傷的人。

傷痕 ㄕㄤ ㄏㄣˊ 傷口癒合後在皮膚上留下的痕跡。

傷寒 ㄕㄤ ㄏㄢˊ 急性腸道傳染病。病原體是傷寒桿菌，症狀是體溫逐漸升高持續在攝氏三十九度到四十度，脈搏跳動緩慢，白血球減少，腹部會有玫瑰色疹出現。

傷感 ㄕㄤ ㄍㄢˇ 因為有所感觸而悲傷。

傷天害理 ㄕㄤ ㄊㄧㄢ ㄏㄞˋ ㄌㄧˇ 指做事殘忍，沒有人性。例你現在做傷天害理的事，有一天將會得到報應。

傷風敗俗 ㄕㄤ ㄈㄥ ㄅㄞˋ ㄙㄨˊ 指敗壞風俗。後來指道德敗壞、行為不規矩。例社會愈進步，傷風敗俗的事應該愈少。

傻

人部 十一畫

ㄕㄚˇ ❶愚笨不聰明的：例傻子。❷因過度專心或害怕而發呆的樣子：例傻眼、嚇傻了。

傻瓜 ㄕㄚˇ ㄍㄨㄚ 罵人愚笨的話。

參考 相似詞：傻子、笨瓜。

猜一猜 傻瓜。（猜一字）（答案：保）

動動腦 「你真是個大傻瓜。」小朋友，除了「傻瓜」、「笨瓜」之外，你還能想出不是指瓜類的「瓜」嗎？和其他小朋友比比看，看誰想得快！

傻眼 ㄕㄚˇ ㄧㄢˇ 形容看人或事物的神情態度，已到了發呆的地步。例他看魔術表演都看傻眼了，一連叫了好幾聲都沒有反應。

傯

人部 十一畫

ㄗㄨㄥˇ 急促忙碌的樣子：例倥（ㄎㄨㄥ）傯。

僧

人部 十二畫

ㄙㄥ 和尚，出家修行的男性佛教徒：例僧人。

僧侶 ㄙㄥ ㄌㄩˇ 僧徒；稱某些宗教的修道人。

僧多粥少 ㄙㄥ ㄉㄨㄛ ㄓㄡ ㄕㄠˇ 和尚很多，但是稀飯很少。比喻東西太少。例這份工作很受歡迎，只可惜僧多粥少，很多人失望而回。

僮

人部 十二畫

ㄊㄨㄥˊ ❶未成年的人，通「童子」的「童」字。❷從前稱供人使喚的工役：例書僮、家僮、僮僕。❸姓：例僮先生。

猜一猜 童子軍。（猜一字）（答案：僮）

僮僕 ㄊㄨㄥˊ ㄆㄨˊ 僕役。

僥

人部 十二畫

ㄐㄧㄠˇ 指意外的收穫，或免於不幸的事情：例僥倖。

ㄧㄠˊ 古代傳說中的矮人族：例僬（ㄐㄧㄠ）僥。

參考 相似字：儌、徼。

僥倖 ㄐㄧㄠˇ ㄒㄧㄥˋ 意外得到成功或免於不幸。例他僥倖成功，但是不久又失敗了。

參考 相似詞：徼幸、儌倖。

僖

人部 十二畫

ㄒㄧ ❶喜樂。❷姓：例僖先生。

僭

人部 十二畫

ㄐㄧㄢˋ 假冒名義，超越本分：例僭稱、僭用、僭越。

僚

人部 十二畫

ㄌㄧㄠˊ ❶古時候對官吏的稱呼：例官僚。❷在同一個地方做事的人：例同僚。❸姓：例僚先生。

僕

人部 十二畫

ㄆㄨˊ ❶供人使喚服勞役的人：例僕人。❷自稱的謙虛用詞，常在書信上使用。

僕人 ㄆㄨˊ ㄖㄣˊ 被雇用到家庭中做家事，供人使喚的人。

參考 相似詞：僕役。

僕僕 ㄆㄨˊ ㄆㄨˊ 形容旅途勞累。例他風塵僕僕的從高雄趕來臺北。

像

人部 十二畫

ㄒㄧㄤˋ ❶照著人、物製成的形象：例畫像。❷相似：例你長得很像電影明星。❸比如，是舉例、引證所用的詞：例像這樣的事情你為什麼不告訴我？❹似乎：例像要下雨了。

唱詩歌 「1」像鉛筆細長條，「2」像小鴨水上漂；「3」像耳朵聽聲音，「4」像小旗隨風搖；「5」像秤鉤來賣菜，「6」像豆芽咧嘴笑；「7」像鐮刀割青草，「8」像麻花擰一遭；「9」像勺子能吃飯，「0」像雞蛋做蛋糕。

像是 ㄒㄧㄤˋ ㄕˋ 不太肯定的，好像是這樣子。

像話 ㄒㄧㄤˋ ㄏㄨㄚˋ 符合一般的道理。例這樣重要的事都不告訴我，這還像話嗎？

僑
人部 十二畫

ノ 亻 … 僑僑僑僑

ㄑㄧㄠˊ ❶旅居，寄居：例僑居。❷住在外國的本國人：例華僑、僑胞。❸姓：例僑先生。

僑生 ㄑㄧㄠˊ ㄕㄥ 旅居國外的僑胞，把小孩送回祖國求學的學生。

僑居 ㄑㄧㄠˊ ㄐㄩ 指住在他鄉或外國。

參考 活用詞：僑居地。

僑胞 ㄑㄧㄠˊ ㄅㄠ 指住在國外的同胞。

猜一猜 高頭大馬不是馬。（猜某種身分的人）（答案：僑胞）

僱
人部 十二畫

ノ 亻 … 僱僱僱僱

ㄍㄨˋ 同「雇」。❶出錢請人做事：例僱臨時工、僱人搬運。❷租用交通工具：例僱車、僱船。

億
人部 十三畫

ノ 亻 … 億億億億億

ㄧˋ ❶數目名，一萬萬是億。❷古時候稱十萬為億。❸指數目非常多：例億萬子孫。

儀
人部 十三畫

ノ 亻 … 儀儀儀儀

ㄧˊ ❶容貌，舉止：例儀表、儀態。❷按程序進行的禮節：例儀式、司儀。❸禮物：例賀儀。❹測量、繪圖、實驗等用的器具：例儀器。❺姓：例儀先生。

猜一猜 見義勇為的人。（猜一字）（答案：儀）

儀式 ㄧˊ ㄕˋ 舉行典禮的形式。例開會儀式非常隆重。

儀表 ㄧˊ ㄅㄧㄠˇ ❶人的外表。例他儀表堂堂，不像是壞人。❷測量溫度、氣壓的器具。

儀容 ㄧˊ ㄖㄨㄥˊ 容貌風度。例他的儀容端正。

參考 相似詞：儀態。

儀態 ㄧˊ ㄊㄞˋ 儀容和態度。

儀器 ㄧˊ ㄑㄧˋ 指測量、繪圖、物理學、化學實驗用的特製器具或器皿。

參考 活用詞：化學實驗儀器。

僻
人部 十三畫

ノ 亻 … 僻僻僻僻僻

ㄆㄧˋ ❶偏遠而且不熱鬧的：例偏僻。❷性情古怪不合群：例孤僻。❸不常見的：例冷僻。

參考 請注意：「偏僻」的「僻」（ㄆㄧˋ）是指人很少的地方，所以是人部。「躲避」的「避」（ㄅㄧˋ）是指走開躲掉，所以是辵部。

僻靜 ㄆㄧˋ ㄐㄧㄥˋ 偏遠的地方；形容地方的安靜。例我們找個僻靜的地方，好好聊聊。

僻壤 ㄆㄧˋ ㄖㄤˇ 偏遠而且不繁華的地方。例他自願到窮鄉僻壤的地方教書。

僵
人部 十三畫

ノ 亻 … 僵僵僵僵僵

ㄐㄧㄤ ❶行動不靈活：例僵化、僵硬。❷事情很難解決：例僵局、事情弄僵了。

猜一猜 兩田之間立三人。（猜一字）（答

案：僵）

僵化 ㄐㄧㄤ ㄏㄨㄚˋ 事情沒有什麼改變或進步。例填鴨式的教法會使學生的思考力僵化。

僵局 ㄐㄧㄤ ㄐㄩˊ 形容事情弄到不能解決的地步。例他一再讓步，就是希望能打破僵局，圓滿解決事情。

僵屍 ㄐㄧㄤ ㄕ 傳說人死了很久，屍體沒有腐爛，就會變成害人的怪物，稱為僵屍。也可以寫作「殭屍」。

僵持 ㄐㄧㄤ ㄔˊ 兩方面都堅持自己的意見，互不讓步。

僵硬 ㄐㄧㄤ ㄧㄥˋ ❶因為天氣冷，或是維持一個姿勢太久，而使身體不靈活。例因為太冷了，他的雙手被凍得僵硬。❷指辦事方法呆板，不靈活。例這種教法太過僵硬，難怪學生的學習效果不好。

價

人部 十三畫

ノ 亻

ㄐㄧㄚˋ ❶貨物所值的錢：例價錢。❷古典小說常見，相當白話文中的「地」：例格格價飛。

價目 ㄐㄧㄚˋ ㄇㄨˋ 商品的價格。例這張紙上列出了許多商品的價目。

參考 活用詞：價目表。

價值 ㄐㄧㄚˋ ㄓˊ ❶物品的價格。❷某種事物對人生的意義或功用。例這是一本很有價值的書，值得一讀。

笑一笑 張先生遇到強盜搶走了他的手錶。張先生對強盜說：「這錶雖然不值錢，但對我很有紀念價值，你別拿走它好嗎？」強盜說：「你放心，我也是個重感情的人，我會好好珍惜它的。」

價格 ㄐㄧㄚˋ ㄍㄜˊ 物品的價錢。例現在白米的價格每公斤多少元？

價錢 ㄐㄧㄚˋ ㄑㄧㄢˊ 用貨幣來計算東西的價值。例這件衣服價錢很高。

儂

人部 十三畫

ノ 亻

ㄋㄨㄥˊ ❶我，是蘇浙一帶的方言，多見於舊時小說或詩文。❷你，是上海一帶方言。❸他：例渠儂。❹姓：例儂先生。

猜一猜 農夫。（猜一字）（答案：儂）

儂人 ㄋㄨㄥˊ ㄖㄣˊ 種族名，雲南省苗族。

儈

人部 十三畫

ノ 亻

ㄎㄨㄞˋ ❶指以前介紹人家做生意，然後從中獲得利益的人：例市儈。❷姓：例儈先生。

儉

人部 十三畫

ノ 亻

ㄐㄧㄢˇ ❶節省，不浪費：例節儉、省吃儉用。❷姓：例儉先生。

參考 請注意：儉、撿、檢、瞼、鹼都念ㄐㄧㄢˇ，都含有「僉」字，「僉」有節制約束的意思。節省、不浪費是節「儉」、勤「儉」；用手拾取東西是「撿」東西；查驗約束時可用「檢」查、「檢」驗；保護眼睛的眼皮叫眼「瞼」；洗衣服的肥皂是「鹼」性物質。

猜一猜 兄弟四人兩人大，一人立地三人坐，家中更有一兩口，便是凶年也好過。（猜一字）（答案：儉）

儉樸 ㄐㄧㄢˇ ㄆㄨˊ 指生活十分節約、不浪費。例她的衣著儉樸，不求華麗。

儒

人部 十四畫

ノ 亻

ㄖㄨˊ ❶以傳達孔子思想為代表的學派：例儒家。❷以前稱呼讀書人或是有學問的人為儒：例儒生、大儒。❸矮人：例侏儒。

猜一猜 需要人力支援。（猜一字）（答案：儒）

儒生 ㄖㄨˊ ㄕㄥ 原本是指奉行儒家學說的讀書人，後來則指一般的讀書人。

儒艮 ㄖㄨˊ ㄍㄣˋ 音譯詞，原為馬來語。一種哺乳動物，俗稱美人魚。全身灰褐色，腹部的顏色比較淡，身體無毛。牠的前肢像魚類的鰭，後肢退化。母的儒艮常用前肢抱住幼兒，遠遠望過去，就像母親抱著孩子。

儒家 ㄖㄨˊ ㄐㄧㄚ 指崇奉孔子學說的人，他們提倡孔子的思想，主張以仁為中心的忠、恕、禮、義的道德觀念。儒家很重視倫理關係，對中國人的生活影響很深遠。

儒雅 ㄖㄨˊ ㄧㄚˇ 指人舉止、說話文雅有風度。

儒學 ㄖㄨˊ ㄒㄩㄝˊ 指儒家的學說。

儘

人部　十四畫

ㄐㄧㄣˇ ❶最，達到力量所能到的最大程度：例儘早、儘可能。❷聽任，不加限制：例儘管。

參考 請注意：「儘」與「盡」的分別，見「盡」字的說明。

儘快 ㄐㄧㄣˇ ㄎㄨㄞˋ 儘量趕快。

儘量 ㄐㄧㄣˇ ㄌㄧㄤˋ 在一定範圍內，達到最好、最大的限度。例請你把所知道的情形儘量告訴我。

儘管 ㄐㄧㄣˇ ㄍㄨㄢˇ ❶雖然、即使。例儘管他生病了，還是到學校上課。❷不加限制，隨意去做。例錢已經足夠了，你儘管按照計畫進行。

儔

人部　十四畫

ㄔㄡˊ 同伴，伴侶：例儔侶。

儐

人部　十四畫

ㄅㄧㄣ ❶引導、招待賓客的人：例儐相。❷導引，接待。❸排斥，通「擯」字。

猜一猜 似新郎非新郎，似新娘非新娘，原是一賓客。（猜一字）（答案：儐）

儐相 ㄅㄧㄣ ㄒㄧㄤˋ 古時稱替主人接引賓客和贊禮的人。後來指引導和陪伴新郎、新娘行結婚典禮的人，男性稱男儐相，女性稱女儐相。相：幫助行禮的人。

優

人部　十五畫

ㄧㄡ ❶美好的：例優美。❷舊時稱戲劇演員：例優伶。❸充足：例優裕。❹勝利，占上風：例優勢。

參考 相似字：豐、勝。♣相反字：劣。♣請注意：「景色優美」的「優」不能寫成「幽」。

優秀 ㄧㄡ ㄒㄧㄡˋ 品性、學問等非常好。例他是個優秀的學生。

優良 ㄧㄡ ㄌㄧㄤˊ 良好，美好。例節儉是中國人優良的傳統。

參考 請注意：「優良」和「優秀」、「優異」都指很好，都是形容詞，但還是有分別：「優良」多用來形容事物的品質或本質。「優秀」可修飾人或物，有超越、特出的意思。「優異」指特別好，多用在成績、貢獻上。♣活用詞：優良品種。

優待 ㄧㄡ ㄉㄞˋ ❶給人家好的待遇。例政府優待原住民的子女。❷好的待遇。例我們受到了特別的優待。

優美 ㄧㄡ ㄇㄟˇ 美好。例這兒的風景非常優美。

參考 請注意：「優美」可以用來形容風景、情調的美，也可以用來形容花、蟲、鳥、歌、舞等的美。

優勝 ㄧㄡ ㄕㄥˋ 成績優異勝過別人。例這次運動會本班獲得優勝。

優越 ㄧㄡ ㄩㄝˋ 勝過。例傳統的手工製品往往比機器產品更優越。

參考 請注意：「優越」和「優勝」都是經過比較而顯出好處。「優勝」是指通過比賽而變得更優越，所以勝過別人，語義上比「優越」強多了。

優勢 ㄧㄡ ㄕˋ 處於優越的形式；能贏得勝利機會較大的一方。例上半場我隊占優勢。

參考 相反詞：劣勢。

優裕 ㄧㄡ ㄩˋ 富裕，充足。例臺灣的人民生活都很優裕。

優點 ㄧㄡ ㄉㄧㄢˇ 好處，長處。例這個辦法有很多優點。

償

人部 十五畫

ㄔㄤˊ ❶做某事所得到的代價：例償金。❷歸還：例償還。❸補足：例得不償失。❹滿足：例如願以償。❺賠：例賠償。❻姓：例償先生。

償還 ㄔㄤˊ ㄏㄨㄢˊ 把欠人家的財物還給人家。例他答應在三天之內償還所有的債務。

儡

人部 十五畫

ㄌㄟˇ 表演用的木偶：例傀儡。

儲

人部 十五畫

ㄔㄨˊ ❶把東西收藏存放起來：例儲存、儲蓄。❷皇太子：將來要當皇帝的人：例儲君。❸姓：例儲先生。

參考 相似字：存、蓄。

儲存 ㄔㄨˊ ㄘㄨㄣˊ ❶把東西儲蓄收存好。例他們儲存了一些錢。❷電腦把資料存在記憶體。

儲蓄 ㄔㄨˊ ㄒㄩˋ 把錢或東西存下來，現在則指人們多餘的錢存入郵局、銀行。

儲藏 ㄔㄨˊ ㄘㄤˊ 把東西收藏保存起來。例好的葡萄酒都需要儲藏好幾十年。

參考 活用詞：儲藏室。

儷

人部 十九畫

ㄌㄧˋ ❶夫婦：例伉儷。❷成對成雙的：例儷句、儷人、儷影。

猜一猜 中國小姐。（猜一字）（答案：儷）

儷影 ㄌㄧˋ ㄧㄥˇ 指夫婦兩人的合影。

儼

人部 二十畫

ㄧㄢˇ ❶好像：例他的舉動儼然是一個大人。❷莊嚴：例道貌儼然。

儼然 ㄧㄢˇ ㄖㄢˊ ❶好像，很像。例他說話的口氣儼然是一位專家。❷形容莊嚴。例這位學者給人道貌儼然的印象。❸整齊的樣子。例屋舍儼然。

儻

人部 二十畫

ㄊㄤˇ ❶不受拘束，豪爽大方：例倜儻。❷如果，假使，通「倘」：例儻若。

儿部 ㄖㄣˊ

「儿」是人側立的樣子。那麼代表人的「儿」字是怎麼來的？「儿」像不像微微彎曲的雙腳？沒錯，「儿」就像人雙腳彎曲的樣子，是個象形字。有「儿」的字也都和人有關係，例如：允（人點頭表示答應）、克（人背著很重的東西，而有克服的意思）、兒（剛出生的人）。

兀

儿部 一畫

ㄨˋ ❶高聳突起的樣子：例奇峰突兀。❷獨自：例兀立、兀坐。❸還是：例兀自。

兀立 ㄨˋ ㄌㄧˋ 直立，獨自站著。例他兀立窗前，久久不語。

兀自 ㄨˋ ㄗˋ 還是。例他兀自低頭看書。

參考 相似詞：卻是、還是。

元

一 二 テ 元

儿部 二畫

ㄩㄢˊ ❶人頭。❷開始的：例元旦。❸為首的，領導的：例元首。❹貨幣的單位，通「圓」：例一元。❺朝代名，由蒙古人成吉思汗建立的：例元朝。❻構成一個整體的：例單元。❼姓：例元先生。

元旦 ㄩㄢˊ ㄉㄢˋ 一年的第一天。例元旦的清晨，我們去參加升旗典禮。

唱詩歌 爆竹聲中一歲除，春風送暖入屠蘇①；千門萬戶曈曈②日，總把新桃換舊符③。（元日．王安石）

註：①屠蘇：酒名。②曈曈：陽光明朗的樣子。曈，音ㄊㄨㄥˊ。③桃符：古人用桃枝在門上畫符驅鬼，後人改用門聯。

元老 ㄩㄢˊ ㄌㄠˇ 指某一機關中，服務最久的人。例吳先生是公司元老，已經工作年滿二十五年。

元首 ㄩㄢˊ ㄕㄡˇ 國家中最高的領導人。例我們要擁護元首，效忠國家。

元宵 ㄩㄢˊ ㄒㄧㄠ ❶農曆正（一）月十五日，從唐代開始，這一天晚上有欣賞燈籠的風俗，所以又叫「燈節」。❷元宵夜煮糯米製成的小圓球，也叫元宵。宵：夜。

元寶 ㄩㄢˊ ㄅㄠˇ 從前的貨幣，用金銀做成菱角的樣子。

允

ㄥ ㄙ ㄊ 允

儿部 二畫

ㄩㄣˇ ❶答應：例允許。❷公平，適當：例公允、允當。

允許 ㄩㄣˇ ㄒㄩˇ 答應別人的要求。例媽媽不允許他看電視。

參考 相似詞：答應、許可。

允當 ㄩㄣˇ ㄉㄤˋ 指言語、行動適當。

允文允武 ㄩㄣˇ ㄨㄣˊ ㄩㄣˇ ㄨˇ 能文能武；就是文武兼備。例軍校教育使他成了允文允武的青年。

充

一 亠 ㄊ ㄊ 充

儿部 三畫

ㄔㄨㄥ ❶滿，足：例充分。❷裝滿，塞住：例充氣、充耳。❸擔任：例充當。❹假裝：例打腫臉充胖子。❺姓：例充先生。

參考 相似字：滿。

充公 ㄔㄨㄥ ㄍㄨㄥ 依法沒收私人財物，繳入國庫，成為公家的財物。例走私物品，一律充公。

充分 ㄔㄨㄥ ㄈㄣˋ ❶足夠。例你的理由不充分，無法說服別人。❷儘量。例你必須充分運用你的時間。

參考 請注意：「充分」指抽象的事物，例如：充分的理由。「充足」指具體的事物，例如：充足的食物。♣活用詞：充分條件。

充斥 ㄔㄨㄥ ㄔˋ 充滿。例現在的臺灣到處都充斥著外國貨。

充沛 ㄔㄨㄥ ㄆㄟˋ 充足而且旺盛。例今年的雨水充沛。

充足 ㄔㄨㄥ ㄗㄨˊ 充分滿足。例教堂裡光線充足。

參考 請注意：「充足」和「充分」都有足夠的意思。「充足」指數量上，多指具體的事物；「充分」指抽象的事物，例如：充分的信心等。

充飢 ㄔㄨㄥ ㄐㄧ 吃點東西勉強化解飢餓。例他帶了幾個餅，準備在路上充飢。

充塞 ㄔㄨㄥ ㄙㄜˋ 填滿，塞滿。例他胸中充塞著憤怒的心情。

充當 ㄔㄨㄥ ㄉㄤ 擔任某種職務。例這位國際巨星早期曾在片場充當臨時演員。

參考 請注意：「充當」和「充任」都有當、作的意思，但是「充當」指改變地位、承擔職務或作某種事物，例如：充當炮灰；「充任」指擔任職務。

充裕 ㄔㄨㄥ ㄩˋ 充足而且有餘。例我們有充裕的時間，你別那麼緊張。

充實 ㄔㄨㄥ ㄕˊ 內容豐富而且實在。例他寫的文章，內容充實，文字流暢。

充滿 ㄔㄨㄥ ㄇㄢˇ 布滿；填滿。例歡呼的聲音充滿了會場。

充數 ㄔㄨㄥ ㄕㄨˋ　用不能勝任的人或不合格的物品來湊足數目。例趕快找幾個人來充數撐撐場面。

俏皮話「禿子跑進和尚廟——硬充數。」禿子雖然和和尚一樣沒頭髮，但並非出家的和尚，這句話是用來比喻勉強湊上的意思。例你想參加合唱團，那一定是「禿子跑進和尚廟——硬充數」。

充耳不聞 ㄔㄨㄥ ㄦˇ ㄅㄨˋ ㄨㄣˊ　塞住耳朵不聽；形容不願聽取別人的意見。例他對父母的勸告充耳不聞。

兄

儿部　三畫

丨 ㄇ 口 尸 兄

ㄒㄩㄥ　❶哥哥：例兄長。❷朋友之間的敬稱：例仁兄、老兄。

兄弟 ㄒㄩㄥ ㄉㄧˋ　❶同胞出生的男子，年長的是兄，年輕的是弟。❷稱同姓的男子。❸稱呼弟弟。❹對人謙稱自己。

參考活用詞：兄弟姊妹。

兄長 ㄒㄩㄥ ㄓㄤˇ　❶對哥哥的稱呼。❷稱呼親友中年紀比自己大的男子。

兄友弟恭 ㄒㄩㄥ ㄧㄡˇ ㄉㄧˋ ㄍㄨㄥ　形容兄弟彼此相親相愛，哥哥友愛弟弟，弟弟敬愛哥哥。例他們兄友弟恭，相處地非常融洽。

光

儿部　四畫

丨 丬 小 业 业 光

ㄍㄨㄤ　❶物體反射或本身發出的明亮現象：例陽光。❷明亮：例光明。❸滑澤：例光滑、光潔。❹景色：例風光。❺榮耀：例光榮。❻用完：例用光。❼一點也不剩下：例一掃而光。❽只：例不光是他的事。❾露出：例光著身子。❿發展，顯揚：例發揚光大。⓫稱人來的敬詞：例光臨、光顧。⓬姓：例光先生。

猜一猜　兀鷹額上三根毛。（猜一字）（答案：光）

光年 ㄍㄨㄤ ㄋㄧㄢˊ　計算星球間距離的單位，是光在一年中所走的距離。光每秒速度約三十萬公里，一光年約十萬億公里。

猜一猜　四季生輝。（猜一天文名詞）（答案：光年）

光芒 ㄍㄨㄤ ㄇㄤˊ　向四方射出的光線。例太陽發出耀眼的光芒。

參考活用詞：光芒四射。

光明 ㄍㄨㄤ ㄇㄧㄥˊ　❶明亮。例天一黑，街上的路燈都大放光明。❷比喻正義或有希望的事物。例你好好努力，將會有光明的前途。❸心胸坦白。例他是一個正大光明、熱心公益的人。

參考活用詞：光明正大、光明磊落。

光彩 ㄍㄨㄤ ㄘㄞˇ　❶顏色和光澤。例櫥窗裡放著光彩奪目的珠寶。❷光榮，榮譽。例他金榜題名，父母覺得很光彩。

光陰 ㄍㄨㄤ ㄧㄣ　時間。例我們要珍惜光陰，奮發向上。

參考活用詞：光陰似箭。

古人說「一寸光陰一寸金。」光陰就是時間。這句話是說：時間很寶貴，不要隨便浪費。例如：一寸光陰一寸金，下星期就要期末考，你趕快再複習一次。

唱詩歌　光陰好，光陰好，我們做事要趁早；一天一天像水流，光陰一去不回頭。（芮家智編）

光復 ㄍㄨㄤ ㄈㄨˋ　恢復，收回（失去的國土）。例臺灣光復，舉國歡騰。

光棍 ㄍㄨㄤ ㄍㄨㄣˋ　沒有結婚的男人。例他想打一輩子光棍。

參考相似詞：單身漢。

光滑 ㄍㄨㄤ ㄏㄨㄚˊ　物體表面很平滑。例水面上結了一層光滑的冰。

光榮 ㄍㄨㄤ ㄖㄨㄥˊ　覺得光彩和榮譽。例能夠為眾人服務，是我的光榮。

光澤 ㄍㄨㄤ ㄗㄜˊ　物體表面反射發出的亮光。例這顆寶石散發出非常美麗的光澤。

光線 ㄍㄨㄤ ㄒㄧㄢˋ　❶代表光傳播途徑的線，就是光從發光體上射出或其他東西反射時，所傳播的途徑。❷表示光亮的程度。例我們要在充足的光線下看書，以免傷害眼睛。

二畫

光輝 ㄍㄨㄤ ㄏㄨㄟ　❶光線。例月亮的光輝柔和美麗。❷光明燦爛的。例他過去有著光輝的一生。

光臨 ㄍㄨㄤ ㄌㄧㄣˊ　尊稱客人來臨。例這家餐廳開幕當天，有許多人光臨。

光禿禿 ㄍㄨㄤ ㄊㄨ ㄊㄨ　形容沒有樹葉、毛髮蓋住的樣子。例冬天一到，樹木都光禿禿的。

光溜溜 ㄍㄨㄤ ㄌㄧㄡ ㄌㄧㄡ　形容身上或物體上沒有遮蓋。例小孩子脫得光溜溜的在河裡玩水。

光天化日 ㄍㄨㄤ ㄊㄧㄢ ㄏㄨㄚˋ ㄖˋ　比喻大家看得很清楚的地方。例他在光天化日之下搶銀行，真是太無法無天了！

光合作用 ㄍㄨㄤ ㄏㄜˊ ㄗㄨㄛˋ ㄩㄥˋ　綠色植物的葉綠素，吸收光、水和二氧化碳，製成有機物質和氧的作用。

光明正大 ㄍㄨㄤ ㄇㄧㄥˊ ㄓㄥˋ ㄉㄚˋ　形容人心地坦白，行為正直。例他的行為光明正大，受人尊重。

光明磊落 ㄍㄨㄤ ㄇㄧㄥˊ ㄌㄟˇ ㄌㄨㄛˋ　形容人的心胸坦白，光明正大。磊落：心胸坦白。例他是個光明磊落的人，從不做違背良心的事。

兇　儿部 四畫

ㄒㄩㄥ　❶驚擾恐懼：例兇懼。❷同「凶」。

兇狠 ㄒㄩㄥ ㄏㄣˇ　殘忍而狠毒。

兆　儿部 四畫

ㄓㄠˋ　❶古代燒灼龜甲所出現的裂痕。❷事前顯示的跡象：例預兆。❸數目名，即一萬億，古代指一百萬為兆。❹眾多的：例兆民。❺姓：例兆先生。

參考 相似字：占。

動動腦 小朋友，想一想，除了「逃」以外，還有哪些字裡包含「兆」？（答案：佻、姚、桃、挑、眺……）

兆頭 ㄓㄠˋ ㄊㄡˊ　事情未發生前顯示的跡象。例天空烏雲密布，是暴風雨來臨的兆頭。

先　儿部 四畫

ㄒㄧㄢ　❶時間或順序在前面：例爭先恐後。❷祖先：例先人。❸死去的人：例革命先烈。❹必須急著去做的：例救人為先。❺姓：例先小姐。

參考 相反字：後。

猜一猜 怪牛兩條腿沒尾巴。（猜一字）（答案：先）

先人 ㄒㄧㄢ ㄖㄣˊ　❶祖先，也指死去的父親。❷古人。

參考 請注意：「先人」和「前人」不同：「前人」只有指古人，不能解釋成祖先。

先生 ㄒㄧㄢ ㄕㄥ　❶對一般人的尊稱。❷老師。❸妻子稱丈夫也叫「先生」。❹稱呼醫生。

先烈 ㄒㄧㄢ ㄌㄧㄝˋ　指為革命事業犧牲生命的人。例我們要效法先烈的精神，忠勇愛國。

先鋒 ㄒㄧㄢ ㄈㄥ　❶戰鬥時在軍隊最前面的人或部隊。例他是一個英勇的先鋒，負責打聽敵人的情報。❷指一切事物的領先人物。例他是臺灣電腦工業的先鋒。

參考 相似詞：前鋒。♣相反詞：後衛。

先入為主 ㄒㄧㄢ ㄖㄨˋ ㄨㄟˊ ㄓㄨˇ　接受一種觀念或想法以後，不再接受其他的意見。形容一個人很固執。例他認為人一定要念大學，這是一種先入為主的觀念。

先見之明 ㄒㄧㄢ ㄐㄧㄢˋ ㄓ ㄇㄧㄥˊ　能夠先猜出事情的結果。例他做事謹慎小心，具有先見之明。

先睹為快 ㄒㄧㄢ ㄉㄨˇ ㄨㄟˊ ㄎㄨㄞˋ　以先看到為快樂；形容急著想看某種東西。睹：看。例這場話劇十分精采，我們要先睹為快。

兌　儿部 五畫

ㄉㄨㄟˋ　❶換取：例兌換券、兌現。❷八卦中的一卦，卦形是「☱」，代表沼澤。

動動腦 兌換現金的「兌」，可以加上那些偏旁變成不同的字？（答案：說、悅、蛻……）

兌現（ㄉㄨㄟˋ ㄒㄧㄢˋ） ❶實踐自己說的話。例只要你能夠如期完成工作，他一定會兌現諾言。❷把支票或匯票換成現金。例這張支票請你拿到銀行去兌現。

兌換（ㄉㄨㄟˋ ㄏㄨㄢˋ） 兌就是換，兌換就是換的意思。

克 儿部 五畫

ㄎㄜˋ ❶能夠：例克勤克儉。❷攻下，戰勝：例克復、攻無不克。❸制服，勝：例克服、以柔克剛。❹約束：例克己。❺限定：例克日完工。❻國際制定的標準重量單位：例這包泡麵重二百五十克。

猜一猜 十個哥哥。（猜一字）（答案：克）

克己（ㄎㄜˋ ㄐㄧˇ） 約束自己的私心；對自己要求嚴格。例人人都能克己，國家才能和諧進步。

克制（ㄎㄜˋ ㄓˋ） 克服壓制（自己的感情、欲望）。例遇到不如意的事情時，要先克制自己，不要亂發脾氣。

克服（ㄎㄜˋ ㄈㄨˊ） 以堅強的意志和力量改正自己的錯誤、缺點，或戰勝外在的不利條件。例他經過不斷的努力練習，終於克服了口吃，成為一位傑出的演說家。

克復（ㄎㄜˋ ㄈㄨˋ） 經過戰鬥奪回被敵人占領的地方。

參考 請注意：「克復」與「克服」不同：「克復」必須使用武力，多用於戰爭方面；「克服」多半指由本身的努力所獲得的成功。

克難（ㄎㄜˋ ㄋㄢˊ） 克服困難。

參考 請注意：「克難」的「難」，讀ㄋㄢˊ，不可以讀ㄋㄢˋ，請不要讀錯！♣活用詞：克難運動、克難精神。

克勤克儉（ㄎㄜˋ ㄑㄧㄣˊ ㄎㄜˋ ㄐㄧㄢˇ） 既能勤勞，又能節儉。克：能夠的意思。例克勤克儉是中國人的優良美德。

免 儿部 五畫

ㄇㄧㄢˇ ❶逃避：例避免、難免、免疫。❷除掉：例免費、免職、免去。❸不可，不要：例閒人免進。❹姓：例免先生。

笑一笑 從前有個縣官寫了張條子，命令部下去買雞二隻、兔一隻。這部下不識字，去請教一個老是讀錯字的老人；這老人念道：「買雞兩隻，免一隻。」於是部下只買一隻雞回來。縣官看了很生氣，就把那念錯字的老人抓了起來，要罰他三千元。這老人想求免，就寫了張條子給縣官：「小的向大人求免兩千。」弄得縣官哭笑不得，原來這老人總是分不清「免」和「兔」。

免役（ㄇㄧㄢˇ ㄧˋ） 免除服勞役或兵役的義務。例他因為平板足而免役。

免疫（ㄇㄧㄢˇ ㄧˋ） 具有抵抗力而不患某種傳染病。可以分為兩種：先天免疫性是遺傳；後天免疫性是因為接種疫苗而免受傳染。

免除（ㄇㄧㄢˇ ㄔㄨˊ） 除去，免掉。例您是老顧客，這些零頭就免除吧！

免費（ㄇㄧㄢˇ ㄈㄟˋ） 不用交錢。例這次畫展是免費參觀的。

笑一笑 老師：「閃電和我們家裡用的電，有什麼不同？」小明：「閃電是免費的。」

兕 儿部 五畫

ㄙˋ 雌的犀牛。

兔 儿部 六畫

ㄊㄨˋ 一種齧齒哺乳類動物，耳朵很長，尾巴短，上嘴唇裂開，前面的腳比較短，因此很會跳躍。肉可以吃，毛可以製筆，通常稱為「兔子」。

猜一猜 春夏秋冬穿皮袍，渾身像個棉花

包，又會跑來又會跳，愛吃蘿蔔和青草。（猜一種動物）（答案：兔子）

兔脫 ㄊㄨˋ ㄊㄨㄛ ❶像兔子一樣跑得很快。❷逃跑，逃走。例債主一上門，他就兔脫了。

兔死狗烹 ㄊㄨˋ ㄙˇ ㄍㄡˇ ㄆㄥ 打獵時，野兔已經被捕殺，獵狗再也沒有用處，就會被獵人殺掉烹煮了。比喻事情成功以後，殺掉有功勞的人。例劉邦當上皇帝後，殺了韓信，可以說是兔死狗烹。

兒　儿部 六畫

ㄦˊ ❶小孩：例嬰兒。❷父母稱子女：例兒女。❸年輕的男子：例空軍健兒。❹放在詞尾，沒有意義：例馬兒。

ㄋㄧˊ 姓，通「倪」：例兒先生。

古人說 「打在兒身，痛在娘心。」這句話是說：父母責罰子女，是希望子女學好，出於善意的；但子女不受管教，就愈是使父母痛心。例雖然你被處罰，但是「打在兒身，痛在娘心」，希望你能體諒父母的一番苦心。

兒女 ㄦˊ ㄋㄩˇ ❶子女。例父母都是疼愛兒女的。❷男女。例兒女情長。❸國人。例愛護國家是每個中華兒女的責任。

兒子 ㄦˊ ˙ㄗ 對父母來說，指他們的男孩。

兒孫 ㄦˊ ㄙㄨㄣ 兒子和孫子，指後代子孫。

參考 活用詞：兒孫滿堂。

古人說 「但教兒孫好，不必求財寶。」這句話是說：把孩子管教好，比忙著賺錢重要。例如：祖父最重視家庭教育，所以他堅持「但教兒孫好，不必求財寶」的觀念。

兒童 ㄦˊ ㄊㄨㄥˊ 未成年的男女。

參考 請注意：「兒」作詞尾時，念「ㄦ」，叫兒化音。♣活用詞：兒童讀物、兒童樂園。

兒媳 ㄦˊ ㄒㄧˊ 兒子的妻子。例他的兒媳在學校教書。

兒歌 ㄦˊ ㄍㄜ 兒童文學的一種。簡單易學，韻律優美、活潑。

參考 相似詞：童謠。

兒童樂園 ㄦˊ ㄊㄨㄥˊ ㄌㄜˋ ㄩㄢˊ 有各種遊戲設備，可以供兒童遊戲玩耍的地方。

兗　儿部 七畫

ㄧㄢˇ 地名，古代九州之一，約在河北、山東一帶：例兗州。

兜　儿部 九畫

ㄉㄡ ❶圍繞：例兜圈子。❷古時候穿在身上的貼身衣服，用帶子套在脖子上，左右二邊也用帶子繞過，綁在背後，類似幼稚園小朋友所穿的圍兜：例肚兜。❸把衣物弄成圍兜的形狀去接東西：例兜著一裙子的蘋果。❹小販向顧客推銷東西：例兜售。

兜風 ㄉㄡ ㄈㄥ 指騎乘機車或汽車到外頭觀賞風景或乘涼。例我最喜歡騎車到處兜風。

兜售 ㄉㄡ ㄕㄡˋ 小販向人推銷東西。例戲院門口有很多人在兜售零食。

兜圈子 ㄉㄡ ㄑㄩㄢ ˙ㄗ ❶說話時不直接說出自己的目的，只說一些不相關的話。例你到底想說什麼，不必兜圈子了，直接告訴我吧！❷繞來繞去，也可當成繞遠路。例他因為人生地不熟，找不到餐廳的地址，在路上直兜圈子。

兢　儿部 十二畫

ㄐㄧㄥ 小心謹慎的樣子：例戰戰兢兢。

參考 請注意：「兢」的上面是「艹」，含有謹慎的意思，例如：兢兢業業。「競」（ㄐㄧㄥˋ）的上面是「立」，含有比

二畫

賽的意思，例如：競爭。

兢兢業業（ㄐㄧㄥ ㄐㄧㄥ ㄧㄝˋ ㄧㄝˋ） 形容做事小心謹慎，認真負責的樣子。例他對工作兢兢業業，非常認真。

入部（ㄖㄨˋ）

「入」和「人」的字形很相似，「人」是人側立的樣子，那麼「入」是怎麼來的？「入」是從外面到裡面，是一個概念，沒有任何形狀，因此古人就用「入」（從上面分向下進入）來表達「入」的概念。入部的字都有進入、裡面的意思，例如：「內」也是入部的字，上面是入，書寫的時候千萬不要寫錯了。

入

入部 〇畫

ノ入

ㄖㄨˋ ❶進來，和「出」相對：例入席、入場。❷參加組織，成為它的成員：例入學、入伍。❸適合，合乎：例入耳、入理。❹收進的金錢：例量入為出、歲入。❺沉沒：例日入而息。❻聲調的名稱：例入聲。❼到，達：例入夜、入冬。❽隨便亂放：例一隻鞋不知入到哪裡去了？❾私底下把東西給人：例她入給我一個橘子。❿陷入，掉進去：例一腳入到泥漿中。

入世（ㄖㄨˋ ㄕˋ） 宗教中一種深入世俗社會和人群在一起，來修養品德的精神或態度。

猜一猜 鏡中人。（猜一字）（答案：入）

參考 相反詞：出世。

入門（ㄖㄨˋ ㄇㄣˊ） ❶進入門內。例忙了一整天，他才剛入門。❷剛開始學某樣技藝。例我以前沒學過珠算，現在還在入門的階段。❸學問或技巧得到學習的方法。例他已經摸清電腦的入門法了。

入侵（ㄖㄨˋ ㄑㄧㄣ） 敵人進入國境，侵犯國土。

入神（ㄖㄨˋ ㄕㄣˊ） ❶形容有興趣、非常專心。例他看電視看得入神了。❷達到精妙的地步。例這幅山水畫很入神。

入木三分（ㄖㄨˋ ㄇㄨˋ ㄙㄢ ㄈㄣ） 傳說晉朝王羲之筆法有力，在木板上寫字，木工刻字時發現字跡透入木板有三分深。比喻書法筆力強勁，或形容對事情的了解很深刻。

入境問俗（ㄖㄨˋ ㄐㄧㄥˋ ㄨㄣˋ ㄙㄨˊ） 到達一個新地方，先打聽當地的風俗習慣；比喻想辦法適應新環境。境：別國的邊界。例我們到國外旅遊要先入境問俗，以免鬧笑話。

參考 相似詞：入國問禁。

內

入部 二畫

丨冂内內

ㄋㄟˋ ❶和「外」相對，裡面：例內衣、國內。❷家務事：例女主內。❸以前指妻子或妻子的親屬：例內人、內弟。❹親近：例內君子。❺姓：例內先生。

ㄋㄚˋ 同「納」，接受：例內聘。

參考 相似字：入。

內人（ㄋㄟˋ ㄖㄣˊ） 對人謙稱自己的妻子。

參考 相似詞：內子。

內心（ㄋㄟˋ ㄒㄧㄣ） 就是心。例他的內心充滿了快樂。

內疚（ㄋㄟˋ ㄐㄧㄡˋ） 心裡感到抱歉，對不起別人。疚：抱歉。例他因為沒有幫上忙，所以感到很內疚。

內應（ㄋㄟˋ ㄧㄥˋ） 起兵時，隱藏在敵人內部的人給予接應幫助。

內在美（ㄋㄟˋ ㄗㄞˋ ㄇㄟˇ） 人的修養、氣質等美好品德所散發出來的美感。例大家都認為內在美很重要。

參考 相反詞：外在美。

內憂外患（ㄋㄟˋ ㄧㄡ ㄨㄞˋ ㄏㄨㄢˋ） 一個國家內部有動亂，又有來自國外的侵略。形容國家形勢非常危急。憂：困苦。例清朝末年內憂外患，人民生活痛苦。

入部　四畫

全

ノ入亼今仝全

ㄑㄩㄢˊ ❶完備，完整：例齊全、文字殘缺不全。❷使完整不缺或不受損害：例保全、兩全其美。❸整個的：例全人類、全心全意。❹皆，都：例全都、全來了。❺平安：例安全。❻姓：例全先生。

參考 請注意：「全」字上面是「入」，不是「人」。

猜一猜 國王進來。（猜一字）（答案：全）

全才（ㄑㄩㄢˊ ㄘㄞˊ）在一定範圍內，各方面都很擅長的人才。例他在體育活動方面是個全才。

全民（ㄑㄩㄢˊ ㄇㄧㄣˊ）一個國家內的全體人民。

全局（ㄑㄩㄢˊ ㄐㄩˊ）整個的局面。例做任何事情需要考慮全局，不可只顧自己。

全面（ㄑㄩㄢˊ ㄇㄧㄢˋ）各個方面的總和。例我對全面的情況已有了概略的了解。

參考 相反詞：片面。

全副（ㄑㄩㄢˊ ㄈㄨˋ）全部。例他以全副精力準備應戰。

全球（ㄑㄩㄢˊ ㄑㄧㄡˊ）整個世界。例現在全球已經面臨空氣汙染的危機。

全盛（ㄑㄩㄢˊ ㄕㄥˋ）非常興旺、強盛。例唐朝是律詩的全盛時期。

全部（ㄑㄩㄢˊ ㄅㄨˋ）事物所有的整體。例我投注全部的心力在科學研究上。

參考 相反詞：局部。

全勝（ㄑㄩㄢˊ ㄕㄥˋ）完全獲勝。例這場籃球賽我方依然保持全勝的紀錄。

全然（ㄑㄩㄢˊ ㄖㄢˊ）完全。例他一意孤行，全然不顧後果如何。

全程（ㄑㄩㄢˊ ㄔㄥˊ）全部路程，也指事物的整個過程。例他已跑完比賽的全程。

全集（ㄑㄩㄢˊ ㄐㄧˊ）把一個或幾個作者的著作編在一起的書。例如：魯迅全集、諾貝爾文學獎作品全集。

全勤（ㄑㄩㄢˊ ㄑㄧㄣˊ）指上學或上班都能按時，沒有遲到、早退、缺席和請假的紀錄。例這個月直到目前為止，他仍然保持全勤。

全貌（ㄑㄩㄢˊ ㄇㄠˋ）事物的整個面貌；全部情況。例先釐清問題的全貌，再決定處理辦法。

全盤（ㄑㄩㄢˊ ㄆㄢˊ）全部、全面；事務的全體。例我們先要有全盤的計畫之後，才能開始行動。

參考 相似詞：全部。♣活用詞：全盤西化、全盤否定。

全權（ㄑㄩㄢˊ ㄑㄩㄢˊ）具有處理事務的全部權力。例這些事情我可以全權處理。

參考 活用詞：全權代表、全權公使。

全體（ㄑㄩㄢˊ ㄊㄧˇ）團體或事物各部分的總和。例我們看問題不但要看到部分，而且要看到全體。

全天候（ㄑㄩㄢˊ ㄊㄧㄢ ㄏㄡˋ）不受天氣和時間的限制，在任何時間或氣候條件下都能做到的。例我們公司設有全天候的服務站。例這是一架全天候的戰鬥機。

全壘打（ㄑㄩㄢˊ ㄌㄟˇ ㄉㄚˇ）❶體育名詞，指棒球比賽時，打擊手將球擊出規定區域距離之外後，可自由通過一、二、三壘，而跑回本壘得分。❷形容事情做得非常完美，順利通過考驗。例棒球場上，只見打擊手擊出一支又一支漂亮的全壘打。

全力以赴（ㄑㄩㄢˊ ㄌㄧˋ ㄧˇ ㄈㄨˋ）把全部力量都投入進去。赴：投身進去。例答應別人的事就要全力以赴。

全心全意（ㄑㄩㄢˊ ㄒㄧㄣ ㄑㄩㄢˊ ㄧˋ）真誠而專心一意，不夾雜其他的念頭。

參考 相反詞：三心二意。♣請注意：「一心一意」指把全部情感投注在一件事上，它與「全心全意」的主要差別為：「全心全意」所指的對象一定是好事；而「一心一意」可以指好事，也可以指壞事，例如：同學們為了期末考，一心一意地專注在課業上。

全民政治（ㄑㄩㄢˊ ㄇㄧㄣˊ ㄓㄥˋ ㄓˋ）由全體公民行使選舉、罷免、創制、複決四種政權，直接或間接管理國家大事的政治。

全知全能（ㄑㄩㄢˊ ㄓ ㄑㄩㄢˊ ㄋㄥˊ）無所不知，無所不能。例上帝是全知全能的創造者。

全軍覆沒（ㄑㄩㄢˊ ㄐㄩㄣ ㄈㄨˋ ㄇㄛˋ）❶在交戰時，軍隊全部被消滅了。例這支軍隊因寡不敵眾，所以遭到全軍覆沒的命運。❷比喻事情完全失敗。例我們因為走錯一步，竟使計畫全軍覆沒。

全神貫注 ㄑㄩㄢˊ ㄕㄣˊ ㄍㄨㄢˋ ㄓㄨˋ 全部精神高度集中。例他全神貫注的看書，沒注意時間已經深夜了。

笑一笑 美國喜劇大師卓別林在生前出席某個會議，一隻蒼蠅在他面前飛來飛去。他一面開會，一面留意這隻蒼蠅。最後蒼蠅停在桌面上，他全神貫注，高舉蒼蠅拍正要打下去，卻忽然停住讓蒼蠅飛走。別人問他為什麼不打下去？他回答：「不是那隻蒼蠅。」

全無指望 ㄑㄩㄢˊ ㄨˊ ㄓˇ ㄨㄤˋ 完全沒有希望。例看來我們環島旅行的計畫是全無指望了。

兩

入部 六畫

一 ㇀ 冂 帀 币 両 兩 兩

ㄌㄧㄤˇ ❶重量單位，十錢為一兩。❷凡是成雙成對的通稱：例兩口子。❸表示不定的數詞，就是「二」：例過兩天。❹雙方的：例兩全其美。❺數目：例兩個人、兩扇門。❻另外的，不同的：例兩樣、三心兩意。ㄌㄧㄤˋ 通「輛」，計算車子的單位。

參考 請注意：「兩」和「二」的用法不同：數目字只能用「二」，例如：一、二、三、四；次序也用「二」，例如：二哥；多位數中也用「二」，例如：二百二十。但是千、萬、億的前面可用「兩」，例如：兩千；還有度量衡前面也可用「兩」，例如：兩公斤、兩公里。

古人說「不怕虎生雙翼，就怕人起兩心。」翼音ㄧˋ，翅膀。這句話是說：敵人厲害不可怕，就怕自己的人不團結。例如：所謂「不怕虎生雙翼，就怕人起兩心」，如果連我們內部都不能合作，那還談什麼抵禦外侮呢？

兩湖 ㄌㄧㄤˇ ㄏㄨˊ 湖南和湖北的合稱。

兩極 ㄌㄧㄤˇ ㄐㄧˊ ❶指南、北極。❷指電池的陰極、陽極。

兩廣 ㄌㄧㄤˇ ㄍㄨㄤˇ 指廣東省和廣西壯族自治區。

兩棲類 ㄌㄧㄤˇ ㄑㄧ ㄌㄟˋ 脊椎動物的一種，可以在水中、陸地生活覓食，例如：鱷魚、青蛙。

兩小無猜 ㄌㄧㄤˇ ㄒㄧㄠˇ ㄨˊ ㄘㄞ 指小孩天真純潔不會猜忌懷疑。兩小：指男孩、女孩。猜：互相懷疑。例他們兩小無猜的友情非常深厚。

兩全其美 ㄌㄧㄤˇ ㄑㄩㄢˊ ㄑㄧˊ ㄇㄟˇ 處理事情能顧及兩方面，使大家都得到好處。例這條路拓寬，可以使交通便利，又可以繁榮地方，真是兩全其美。

兩敗俱傷 ㄌㄧㄤˇ ㄅㄞˋ ㄐㄩˋ ㄕㄤ 指雙方互相爭奪，都受到損害。俱：都。例他們為了爭奪水源，弄得兩敗俱傷。

八部 ㄅㄚ

「八」是兩個人背對背的樣子，含有「分別」、「區分」的意思。所以像「分」（刀部）是用刀使東西分開，「公」是平均分配，有不自私的意思。後來，「八」被拿來當成數字使用，原來分別的意思就漸漸少用了。

八

八部 〇畫

ノ 八

ㄅㄚ ❶數目字，大寫作「捌」：例八個人。❷形容多方面：例四通八達。❸形容很亂：例橫七豎八。

參考 請注意：「八」放在第一聲、第二聲、第三聲前面，要念ㄅㄚ，例如：八方、八國、八尺；放在第四聲前面念ㄅㄚˊ，例如：八次、八拜之交。如果是單字使用，放在句末就念ㄅㄚ。本書依教育部審訂音取ㄅㄚ音。

八方 ㄅㄚ ㄈㄤ 就是東、西、南、北、東南、西南、東北、西北八個方向，通常指各地、周圍、各方面。

八字 ㄅㄚ ㄗˋ 我國傳統命相學，用一個人出生的年、月、日、時，用天干地支相配，每項有二個字，四項就有八個字。

八卦 ㄅㄚ ㄍㄨㄚˋ 傳說是伏羲氏所創的八種卦名，每一卦都有象徵意義，乾（☰）代表天，坤（☷）代表地，坎（☵）代表水，離（☲）代表火，震（☳）代表雷，艮（☶）代表山，巽（☴）代表風，兌（☱）代表沼澤。其中乾坤、坎離、震艮、巽兌是對立的。

八面威風 ㄅㄚ ㄇㄧㄢˋ ㄨㄟ ㄈㄥ 形容很神氣。

八面玲瓏 ㄅㄚ ㄇㄧㄢˋ ㄌㄧㄥˊ ㄌㄨㄥˊ 原本指窗戶寬敞明亮，玲瓏可愛；現在則指一個人處事接物應付周到，世故有手段。

八國聯軍 ㄅㄚ ㄍㄨㄛˊ ㄌㄧㄢˊ ㄐㄩㄣ 發生在清光緒二十六年，義和團打著「扶清滅洋」的口號，殺害外國人。英、俄、德、法、美、日、義、奧八國共同組成聯軍，攻進北京城，燒毀頤和園，清朝損失慘重。

八九不離十 ㄅㄚ ㄐㄧㄡˇ ㄅㄨˋ ㄌㄧˊ ㄕˊ 幾乎，很接近。例我雖然沒有親眼看見，但是也猜得八九不離十。

二畫

六

八部 二畫

丶 亠 六 六

ㄌㄧㄡˋ 數目名，大寫作「陸」。

ㄌㄨˋ 姓。

猜一猜 二八年華。（猜一字）（答案：六）

繞口令 六合縣，有個六十六歲的陸老頭，蓋了六十六間樓，買了六十六簍油，堆在六十六間樓，栽了六十六株垂楊柳，養了六十六頭牛，拴在六十六株垂楊柳。遇到一陣狂風起，吹倒六十六間樓，翻了六十六簍油，斷了六十六株垂楊柳，打死六十六頭牛，急煞六合縣六十六歲的陸老頭。（江蘇）

六合 ㄌㄨˋ ㄏㄜˊ 指東、西、南、北、上、下，就是天地四方。

六書 ㄌㄨˋ ㄕㄨ 我國文字的創造方法和規則，有象形、指事、會意、形聲、轉注、假借。

六親 ㄌㄨˋ ㄑㄧㄣ 父、母、兄、弟、妻、子。還有其他說法，通常是指最親近的親屬。

六神無主 ㄌㄨˋ ㄕㄣˊ ㄨˊ ㄓㄨˇ 形容一個人慌張得不知道該怎麼辦。例他一聽到那個壞消息，急得六神無主。

兮

八部 二畫

丿 八 八 兮

ㄒㄧ 古代的語助詞，和現在的「啊」、「呀」一樣：例大風起兮、悲莫悲兮。

公

八部 二畫

丿 八 公 公

ㄍㄨㄥ ❶與「私」相對，屬於大家或團體的：例公款、公墓。❷共同的，大家承認的：例公物、公事。❸屬於國際間的，不是任何一個國家的：例公海。❹沒有私心：例公道、公平。❺關於團體或國家的事：例辦公、公餘時間。❻讓大家知道：例公布、公告。❼雄性的動物：例公雞、公羊。❽丈夫的爸爸：例公公。❾國君：例齊桓公。❿古時候貴族中的第一等：例公侯、公爵。⓫對年紀較大男子的稱呼：例張公、徐公。

猜一猜 婆婆不管。（猜一句成語）（答案：公事公辦）。

動動腦 除了「蜈蚣」的「蚣」，「公」還可以加上哪些偏旁，變成不同的字？趕快想一想！

（答案：松、訟、頌……）

俏皮話 「公墓上彈吉他——吵死人」公墓上彈吉他讓死人聽了都煩，這是用來提醒話多的人少說一點。例如：午睡時請保持安靜，不要「公墓上彈吉他——吵死人」。

公元 ㄍㄨㄥ ㄩㄢˊ 也稱作「西元」，歐美國家以耶穌誕生的那年為西元的開始，各國都採用這種方法，是一種共同的標準，因此稱為公元。

公尺 ㄍㄨㄥ ㄔˇ 計算長度的單位。

公斤 ㄍㄨㄥ ㄐㄧㄣ 重量的單位，世界各國通用。一公斤等於一千公克。

公司 ㄍㄨㄥ ㄙ 以賺錢為目的的團體，可以分為無限公司、有限公司、股份有限公司、兩合公司。

公布 ㄍㄨㄥ ㄅㄨˋ 也可以寫作「公佈」。政府或團體把法律或命令發表讓大家知道。布：通知，傳達。例學校將在下星期公布模範學生的名單。

參考 相似詞：公告、布告、告示。

公民 ㄍㄨㄥ ㄇㄧㄣˊ 指年滿二十歲，在某一地連續居住滿六個月以上，同時沒有因為犯罪或精神失常被褫奪公權，就能算是公民，可以投票選舉議員、代表。

公共 ㄍㄨㄥ ㄍㄨㄥˋ 屬於大家的。例大家注重公共衛生，才不會有傳染病。

公式 ㄍㄨㄥ ㄕˋ ❶數學或科學上的規則，可以用來計算相關的問題。例如：三角形的面積公式是底×高÷2。❷也可以用來指一直沒有什麼改變的事物。例每次開會，主席都會發表公式演說。

公里 ㄍㄨㄥ ㄌㄧˇ 公制長度單位，就是一千公尺。

公侯 ㄍㄨㄥ ㄏㄡˊ 我國古代貴族的通稱。

公約 ㄍㄨㄥ ㄩㄝ 被大家所承認的共同規定。例我們要遵守生活公約。

公害 ㄍㄨㄥ ㄏㄞˋ 各種汙染對社會公共環境造成破壞和傷害，例如空氣汙染、噪音。例他們在水源區蓋房子，造成公害。

參考 活用詞：公害防治、公害汙染。

公畝 ㄍㄨㄥ ㄇㄨˇ 面積單位，等於一百平方公尺。

公益 ㄍㄨㄥ ㄧˋ 公共的利益，例如：救濟、救災等福利事業。例他非常熱心公益，為兒童們籌募了很多基金。

公務 ㄍㄨㄥ ㄨˋ 關於團體或國家的事情。務：事情，工作。例他出去辦理公務，等一下才會回來。

參考 相似詞：公事、公幹。

公推 ㄍㄨㄥ ㄊㄨㄟ 由大家推選出來。例我們公推他為主席。

公寓 ㄍㄨㄥ ㄩˋ 分層或分間可供許多人住的樓房。寓：房子。例這幢公寓住著許多戶人家。

公費 ㄍㄨㄥ ㄈㄟˋ ❶由國家或團體支出金錢。例他這次出差，完全是公費補助。❷公家的錢。例你不能挪用公費，那是違法的。

參考 活用詞：公費生、公費留學。

公開 ㄍㄨㄥ ㄎㄞ ❶不是祕密，大家都知道。例政府的支出應該公開。❷說出來讓別人知道。例他公開了這件事的真相。❸開放。例這次的公開展覽很成功。

公債 ㄍㄨㄥ ㄓㄞˋ 政府發行債券向人民借錢，當作發展建設的基金，政府必須按月支付利息給人民，一到期滿，再歸還本金。

參考 活用詞：公債票、公債證券。

公園 ㄍㄨㄥ ㄩㄢˊ 由政府設置，讓民眾休息遊玩的花園。

公路 ㄍㄨㄥ ㄌㄨˋ ❶大眾可以自由通行的道路。❷由國家或地方政府出錢修建管理的道路，專門供長途汽車行駛。例高速公路。

公道 ㄍㄨㄥ ㄉㄠˋ 公平，處理事情很合理，不會偏心；或是指價錢很合理。例這件事他處理得很公道。例這家美容院收費很公道。

古人說 「公道自在人心。」這句話是說：不論別人的批評如何，事情的是非曲直，自然會有公正的判斷。例多說無益，「公道自在人心」，事情總有水落石出的一天。

公僕 ㄍㄨㄥ ㄆㄨˊ 指政府官員、公務員，因為他們的工作就是為人民服務，也就是人民的僕人。

公演 ㄍㄨㄥ ㄧㄢˇ 公開表演、演出。例他們去看國劇公演。

公認 ㄍㄨㄥ ㄖㄣˋ 大家都這麼認為。例她是鄰居公認的好媽媽。

公館 ㄍㄨㄥ ㄍㄨㄢˇ 古時公家所蓋的房子，現在則尊稱別人的住所，或是高級官吏的住所。例王公館嗎?我想請王小海聽電話。

笑一笑 甲：「請問是李公館嗎？」乙：「對不起，你打錯了，我們家沒有人叫李公館。」

公務員 ㄍㄨㄥ ㄨˋ ㄩㄢˊ 通過考試，按照法律規定具有資格可以在公家擔任工作的人。例他的父親是位奉公守法的公務員。

公輸般 ㄍㄨㄥ ㄕㄨ ㄅㄢ 春秋時代魯國人，善於製造各類器具和建築。相傳他曾經創造攻城用的雲梯，還有刨子等土木用工具，我國建築工匠尊稱他為祖師。

參考 請注意：「公輸般」又可寫作「魯班」、「公輸班」。

公子王孫 ㄍㄨㄥ ㄗˇ ㄨㄤˊ ㄙㄨㄣ 本指諸侯帝王的子孫，後來泛指富貴人家的子弟。例自古公子王孫大多吃不了苦。

參考 相似詞：公子哥兒。

公平交易 ㄍㄨㄥ ㄆㄧㄥˊ ㄐㄧㄠ ㄧˋ 按照合理的價格成交，買賣雙方都不吃虧。例公平交易是買賣貨物的原則。

公共汽車 ㄍㄨㄥ ㄍㄨㄥˋ ㄑㄧˋ ㄔㄜ 大眾交通工具，可以供乘客乘坐的汽車，行駛一定的路線，也有固定的停車站。

公而忘私 ㄍㄨㄥ ㄦˊ ㄨㄤˋ ㄙ 為了公事而忘了自己的利益，或犧牲自己的利益。例大禹治水，三次經過家門都沒有進去，真是公而忘私。

公事公辦 ㄍㄨㄥ ㄕˋ ㄍㄨㄥ ㄅㄢˋ 按制度辦事，不講私情。例校長一向公事公辦，你就別想和他套交情了。

參考 相似詞：因公忘私。

共

八部 四畫

一 十 卄 廾 共 共

ㄍㄨㄥˋ ❶一起：例共同。❷合計，總計：例總共、共十人。

ㄍㄨㄥ ❶通「恭」，恭敬。❷通「供」，給予。❸姓：例共先生。

ㄍㄨㄥˇ 通「拱」，兩手合抱在胸前，表示敬意：例共手。

參考 請注意：恭、龔、供、拱、哄的讀音和用法：「恭」（ㄍㄨㄥ）是有禮貌的，例如：恭敬、恭順。「龔」（ㄍㄨㄥ）是姓氏，千萬不可以念成ㄍㄨㄥˋ。「供」有兩個讀音：念ㄍㄨㄥ時是給的意思，例如：供不應求、供水；念ㄍㄨㄥˋ時是祭祀、擔任的意思，例如：供品、供職。「拱」（ㄍㄨㄥˇ）是兩手合抱、環繞的意思，例如：拱手、拱木。「哄」也有兩個讀法：念ㄏㄨㄥ時是聲音吵鬧，例如：哄堂大笑、一哄而散；念ㄏㄨㄥˇ是欺騙的意思，例如：哄小孩、你別哄我了。

猜一猜 十八姑娘，雙十年華。（猜一字）（答案：共）

動動腦 除了「供」、「洪」之外，「共」還可以加上哪些偏旁變成其他的字？趕快動動腦，看誰想得多！（答案：拱、哄、烘……）

共生 ㄍㄨㄥˋ ㄕㄥ 兩種生物一起生活，互相利用對方。例如：螞蟻和蚜蟲，蚜蟲會分泌蜜汁，螞蟻為了吸食蜜汁，會保護蚜蟲。

共同 ㄍㄨㄥˋ ㄊㄨㄥˊ ❶一致，意見相同。例我們共同的願望就是出國留學。❷共有或合作。例這塊田地是他們的共同財產。

參考 活用詞：共同市場、共同生活、共同利益。

共事 ㄍㄨㄥˋ ㄕˋ 同在一起做事。

共和 ㄍㄨㄥˋ ㄏㄜˊ 主權屬於全體人民，也就是民主政權。

共襄盛舉 ㄍㄨㄥˋ ㄒㄧㄤ ㄕㄥˋ ㄐㄩˇ 大家一起出力幫助，完成大型的活動。襄：幫助。盛：大。舉：活動，行為。例這次冬令救濟，都是大家共襄盛舉才能圓滿完成。

兵

八部 五畫

ノ 厂 斤 斤 乒 兵

ㄅㄧㄥ ❶打仗用的武器：例短兵相接、兵器。❷打仗的軍人：例士兵、騎兵。❸攻打，用武：例先禮後兵。❹有關軍事或戰爭的：例兵書、紙上談兵。

參考 請注意：「兵」、「卒」、「士」是同義詞，但是在古代，這三個字的意思有明顯的不同：「兵」大多指兵器；「卒」指步兵；「士」指乘戰車作戰的士兵。

猜一猜 八座丘陵。（猜一字）（答案：兵）

古人說 「兵來將擋，水來土掩。」這句話是說：發生了問題，採取相應的方法對付。例如：「兵來將擋，水來土掩」，事情總會有解決的辦法。

兵器 ㄅㄧㄥ ㄑㄧˋ 武器。

兵荒馬亂 ㄅㄧㄥ ㄏㄨㄤ ㄇㄚˇ ㄌㄨㄢˋ 形容戰爭的情況非常混亂，被破壞得很嚴重。

具

八部 六畫

丨 冂 冂 月 目 且 具 具

ㄐㄩˋ ❶器物：例文具、餐具。❷擁有：例具備、具有。❸計算的單位：例一具電話。❹準備：例敬具薄禮。❺才能：例才具。❻寫出來：例具名、知名不具。❼姓：例具先生。

參考 請注意：「具」和「俱」的分別，見「俱」字的說明。

猜一猜 且留八天。（猜一字）（答案：具）

具備 ㄐㄩˋ ㄅㄟˋ 擁有而且很齊備，不缺少。例他具備了公務員的資格。

具體 ㄐㄩˋ ㄊㄧˇ 實際存在，很明白，不抽象的。例您有什麼具體意見嗎？

其

八部 六畫

一 十 卄 廿 甘 甘 其 其

ㄑㄧˊ ❶第三人稱，他、他們：例出其不意、順其自然。❷他的、他們的：例各得其所、其貌不揚。❸這、那：例若無其事、正當其時。❹將要：例王世其昌。❺陪襯用字，沒有意義：例尤其、極其。

ㄐㄧ 人名：例酈食（ㄧˋ）其。

猜一猜 (一)橫起兩根棒，豎起兩根棒，老二跳進去，老八跳出來。（猜一字）（答案：其）

(二)有土可以建築，有竹可以成器，有月可以相約，有木可以遊戲。（猜一字）（答案：其）

其中 ㄑㄧˊ ㄓㄨㄥ 在這裡面；在這當中。例他們其中有一個人姓王。

其他 ㄑㄧˊ ㄊㄚ 此外，別的。例你有其他的意見嗎？

其次 ㄑㄧˊ ㄘˋ 不是最重要的，第二重要的。例書讀得好不好還在其次，最重要的還是品德。

其實 ㄑㄧˊ ㄕˊ 實在，真正的。例他看起來很笨，其實他的智商很高。

其餘 ㄑㄧˊ ㄩˊ 剩下的。例除了你之外，其餘的人都要參加宴會。

參考 相似詞：其他。

典

八部 六畫

丨 冂 冃 由 曲 曲 典 典

ㄉㄧㄢˇ ❶可以當作依據或模仿的標準：例典型、法典。❷開會、大會的儀式：例典禮。❸古書中可以引用的故事：例典故、用典。❹主持：例典試。❺管理：例典獄。❻用土地或值錢的東西向別人借錢：例典押、典當。❼姓：例典先生。

猜一猜 一字難猜著，頭長兩隻角，身上六個嘴，嘴下八字腳。（猜一字）（答案：典）

典型 ㄉㄧㄢˇ ㄒㄧㄥˊ 可以作模範，代表一種事物特性的標準形式。例他是熱心公益的典型人物。

典故 ㄉㄧㄢˇ ㄍㄨˋ 在詩詞文章中引用古書的故事或詞語。例如：「守株待兔」、「愚公移山」，雖然詞句簡單，但是內容意義都很豐富。

典雅 ㄉㄧㄢˇ ㄧㄚˇ ❶優美大方而不俗氣。例她把房間布置得很典雅。❷形容文章詞句有根據而且文雅。例他的文章典雅，可以當作模範。

典範 ㄉㄧㄢˇ ㄈㄢˋ 可以作為榜樣，而且有示範作用的人或事物。例岳飛盡忠報國是後世忠孝的典範。

典禮 ㄉㄧㄢˇ ㄌㄧˇ 指正式隆重的儀式。

兼

丶 丷 䒑 ⺕ ⺕ 争 争 兼 兼 兼

八部 八畫

ㄐㄧㄢ ❶加倍的，把兩份合在一起：例兼程趕路、兼旬（二十天）。❷擔任幾種工作：例兼任、兼職。❸同時涉及或具有幾方面的情況：例兼顧，德才兼備。

猜一猜 謙虛不表現在言語，表現在態度上。（猜一字）（答案：兼）

動動腦 小朋友，「兼」字可以加上哪些偏旁，變成其他的字呢？趕快想一想！（答案：歉、謙、嫌……）

兼併 ㄐㄧㄢ ㄅㄧㄥˋ 侵略別國，把對方的國土、物產據為己有。例戰國時代，許多小國被秦國兼併了。

兼備 ㄐㄧㄢ ㄅㄟˋ 各方面都能同時具備。例他是個文武兼備的好青年。

兼職 ㄐㄧㄢ ㄓˊ 一個人除了一份謀生的工作以外，還擔任其他工作。例他除了在雜誌社上班外，還在學校兼職教書。

參考 相似詞：兼任、兼差。

冀

丨 丨 ⺊ 北 北 北 北 背 背 背 背 冀 冀 冀

八部 十四畫

ㄐㄧˋ ❶希望：例希冀。❷河北省的簡稱。

猜一猜 異族入北方。（猜一字）（答案：冀）

冂部 ㄐㄩㄥ

古人把城市的外面稱為「郊」，郊遊就是到城外去走一走。比郊更遠的地方叫「野」，比野更遠的地方叫「林」，距離城市最遠的地方就叫作「冂」（ㄐㄩㄥ）。「冋」是最早的寫法，「口」代表人們居住的城市，「一」表示離城市外面很遠的意思。因為「遠」只是一個概念，沒有辦法描寫出來，因此中間那一條橫線表示很遠、很遠。後來省去「口」寫成「冂」，現在則寫成二畫的「冂」。

冉

丨 冂 冃 冄 冉

冂部 三畫

ㄖㄢˇ ❶慢慢的：例冉冉。❷姓：例冉先生。

猜一猜 再見時少一人。（猜一字）（答案：冉）

冉冉 ㄖㄢˇ ㄖㄢˇ 慢慢移動的樣子。例烏龜老爺爺拖著緩慢的步伐，冉冉的向前行走。

冊

丨 冂 冂 冂 冊

冂部 三畫

ㄘㄜˋ ❶訂成本子的書籍：例紀念冊、書冊。❷書的數量名：例這部書共有十大冊。

冊子 ㄘㄜˋ ㄗ˙ 裝訂好的本子。

再

一 丆 冂 円 再 再

冂部 四畫

ㄗㄞˋ ❶第二次：例再版。❷持續下去：例再接再厲。❸重複，表示又一次：例一而再，再而三。❹更：例再多一些、再好不過。

參考 相似字：二。♣請注意：❶「再」和「又」有區別：表示已經重複的動作用「又」；表示將要重複的動作用「再」，例如：這本書前幾天我又讀了一遍，以後有時間，我還要再讀一遍。❷「再」、「最」、「至」的區別：修飾時間、數量的動詞短語，表示最大限度時，「再」和「最」可以通用，例如：我最（再）快也得三個鐘頭才能趕到。形容詞是「多」、「少」時，「最」和「至」可以通用，例如：一畝地最（至）少能產八百斤馬鈴薯。

再三 ㄗㄞˋ ㄙㄢ 一次又一次。例我考慮再三，還是決定不去了。

再生 ㄗㄞˋ ㄕㄥ ❶死而復活。❷生物恢復損傷部位的能力。例蜥蜴的尾巴斷了，還有再生的能力。

參考 相似詞：重生。♣活用詞：再生緣、再生紙。

再見 ㄗㄞˋ ㄐㄧㄢˋ 客套話。用於分手時，表示希望以後再見面。

參考 相似詞：再會。

動動腦 我們和別人分別的時候一定會說「再見」，還有哪些詞和「再見」的意思相同？趕快動動腦，想一想！（答案：再會、後會有期、拜拜……）

再刷 ㄗㄞˋ ㄕㄨㄚ 同一本書第二次印刷發行。

參考 相反詞：絕版。

再度 ㄗㄞˋ ㄉㄨˋ 第二次；又一次。例公車票價再度調整。

再現 ㄗㄞˋ ㄒㄧㄢˋ 過去的事情再次出現。

再造 ㄗㄞˋ ㄗㄠˋ 重新給予生命，多用來表示對於重大恩惠的感激。例謝謝你給我一個再造的人生。

再會 ㄗㄞˋ ㄏㄨㄟˋ 再見，為臨別時的客套話。

再說 ㄗㄞˋ ㄕㄨㄛ ❶重複述說。例我沒聽清楚，請你再說一遍。❷表示留待以後辦理或考慮。例這件事先擱一擱，過幾天再說吧！❸表示推進一層的意思。例再說他也沒這個能力，你何必派給他這麼重的任務呢？

再審 ㄗㄞˋ ㄕㄣˇ ❶重新審查。❷法院對已經審理終結的案件依法重新審理。

再接再厲 ㄗㄞˋ ㄐㄧㄝ ㄗㄞˋ ㄌㄧˋ 一次又一次的繼續努力。接：白刃相接。厲：同「礪」，磨刀。交戰一次後，返回馬上磨刀，準備再戰，所以有勇往直前的意思。例只要你再接再厲，成功必定屬於你。

冒

丨 冂 冃 冃 冃 冃 冃 冒 冒

冂部 七畫

ㄇㄠˋ ❶頂著，不顧一切去做：例冒著風雨、冒險犯難。❷行為衝動，說話沒有經過思考：例冒冒失失。❸假裝：例冒名參加。❹氣體或液體由下往上或往外發散出來：例冒汗、冒煙。❺姓：例冒小姐。

ㄇㄛˋ 冒頓（ㄉㄨˊ），人名，是漢朝時匈奴的領袖。

參考 相似字：犯。♣請注意：「冒」上面是冂部裡面加二，不能寫成「曰」。

猜一猜 眼前有二個冂。（猜一字）（答案：冒）

冒火 ㄇㄠˋ ㄏㄨㄛˇ ❶形容很生氣的意思。例氣得我直冒火。❷火向上衝。例車子冒火了。

參考 相似詞：發火。

冒充 ㄇㄠˋ ㄔㄨㄥ 把假的拿來當真的去騙人。充：假裝的意思。例他冒充博士，到處騙人。

冒失 ㄇㄠˋ ㄕ 行動粗魯慌張。例你這樣冒失的闖進來，到底是為了什麼事？

參考 相似詞：冒冒失失。♣活用詞：冒失鬼。

冒名 ㄇㄠˋ ㄇㄧㄥˊ 假借別人的名義去做事。例冒名參加考試的學生被學校記過了。

冒雨 ㄇㄠˋ ㄩˇ 不顧外面正在下雨，仍然跑出去做事。例他冒雨去搶救浸在水中的小雞。

冒昧 ㄇㄠˋ ㄇㄟˋ 不顧身分、地位或場合，做出不適當的事。是客氣、謙虛的用法。例我冒昧的請教您一個問題。

冒牌 ㄇㄠˋ ㄆㄞˊ 假借別家的商標、廠牌賣自己製造的東西。也指假的當真的，不好的當好的。例拒買冒牌的貨品。例弄了半天，他原來是冒牌的專家。

冒號 ㄇㄠˋ ㄏㄠˋ 標點符號的「：」，用來提示接下去的文句，或是接在「某人說」的後面，和引號並用。

冒險 ㄇㄠˋ ㄒㄧㄢˇ ❶不顧危險而勇往直前。例冒險救火的消防隊員受到民眾的歡呼。❷不顧後果，只求快速得到好處。例他這種貪心的做法，太冒險了，令人擔心。

冒金星 ㄇㄠˋ ㄐㄧㄣ ㄒㄧㄥ 眼前紛亂，看不清楚。例他一不小心撞到牆壁，雙眼直冒金星。

冒險犯難 ㄇㄠˋ ㄒㄧㄢˇ ㄈㄢˋ ㄋㄢˋ 不怕一切危險，不怕一切困難的精神。犯難：就是冒險。例年輕人不只要有冒險犯難的精神，更要具備冷靜的頭腦。

胄　冂部 七畫

丶 冂 冃 由 由 胄 胄 胄 胄

ㄓㄡˋ 頭盔，古代打仗時戴的帽子：例甲胄。

參考 請注意：「甲胄」的「胄」（冂部）下面是「月」，與「胄裔」的「胄」（肉部）字音相同，字義不同。「胄裔」的「胄」下面是「月」（肉），指的是後代子孫，二字要仔細分辨清楚。

冕　冂部 九畫

丶 冂 冃 冃 冐 冐 冕 冕 冕 冕

ㄇㄧㄢˇ 古代皇帝、諸侯、卿、大夫所戴的禮帽，後來專指皇帝所戴的禮帽：例加冕。

最　冂部 十畫

丶 冂 冃 冃 冃 冃 冃 冃 冃 最 最

ㄗㄨㄟˋ ❶十分、非常、無比的：例最好。❷姓：例最先生。

猜一猜 取二個冂。（猜一字）（答案：最）

最好 ㄗㄨㄟˋ ㄏㄠˇ ❶極好，非常好。例這是最好的方法。❷表示非常希望的意思。例他正在生氣，你最好別去惹他。

最近 ㄗㄨㄟˋ ㄐㄧㄣˋ ❶不久前的日子。例他最近生病，沒來上學。❷不遠，很接近。例這裡離車站最近也有五公里。

最後 ㄗㄨㄟˋ ㄏㄡˋ 所有的末一個。例他每次考試都最後一名。

冖部 ㄇㄧˋ

冖是一塊布向下覆蓋、左右下垂的形狀，是一個象形字。用布遮蓋，就有遮掩的作用，因此冖部的字都有遮蓋的意思，例如：冠是遮蓋頭部的東西，冢（墳墓）是用土覆蓋屍體的地方。

冗　冖部 二畫

丶 冖 冗 冗

ㄖㄨㄥˇ ❶沒有必要，多餘的：例冗員、冗長。❷事情繁忙：例冗雜。

冗長 ㄖㄨㄥˇ ㄔㄤˊ 指說話、文章多餘而不必要。例這篇文章太過冗長，沒有閱讀的價值。

冗員 ㄖㄨㄥˇ ㄩㄢˊ 機關團體中沒有必要存在的人員。

冠　冖部 七畫

丶 冖 冖 冖 冖 冠 冠 冠 冠

ㄍㄨㄢ ❶指帽子：例衣冠整齊。❷形狀像帽子的東西：例雞冠。

ㄍㄨㄢˋ ❶最優秀的：例技冠群倫。❷考試或比賽第一名：例冠軍。❸附加的：例冠夫姓。❹姓：例冠先生。

冠軍 ㄍㄨㄢˋ ㄐㄩㄣ 競賽中得到第一名。

笑一笑 校慶時小華參加了很多比賽，結果是——游泳「灌」軍，演講「啞」軍，柔道「墊」軍。

冠冕堂皇 ㄍㄨㄢ ㄇㄧㄢˇ ㄊㄤˊ ㄏㄨㄤˊ 形容表面上莊嚴正大的樣子。冠冕：古代帝王、諸侯和卿大夫所戴的帽子。堂皇：比喻氣勢盛大的樣子。例你不要再找一些冠冕堂皇的理由去推卸責任。

冤　冖部 八畫

丶 冖 冖 冖 冖 冖 冖 冖 冤 冤

ㄩㄢ ❶被加上不該有的罪名，委屈：例冤枉、伸冤。❷有仇恨：例冤家。❸上當，吃虧：例白走一趟，可真冤。

猜一猜 兔兒頭上戴頂帽，滿腹苦水無處講。（猜一字）（答案：冤）

冤枉（ㄩㄢ ㄨㄤˇ） ❶被加上不該有的罪名。例他根本不是小偷，你別冤枉他。❷吃虧被騙。例這個錢花得真冤枉。

冤家（ㄩㄢ ㄐㄧㄚ） ❶仇人。例因為錢財分配的問題，他們兩個成了對頭冤家。❷指內心相愛，外表吵鬧的情侶。例他們是一對歡喜冤家。

冤魂（ㄩㄢ ㄏㄨㄣˊ） 人受冤枉而死掉的靈魂。

冤大頭（ㄩㄢ ㄉㄚˋ ㄊㄡˊ） 指常受騙花錢的人。

冤家路窄（ㄩㄢ ㄐㄧㄚ ㄌㄨˋ ㄓㄞˇ） 指不願意見到的人，偏偏碰在一起。例老鼠遇見貓，真是冤家路窄。

冥

冖部 八畫

丶 冖 冖 冖 冃 冃 冃 冝 冥 冥

ㄇㄧㄥˊ ❶稱人死以後所住的世界：例冥間。❷和人死後有關的：例冥紙、冥衣。❸光線昏暗：例晦冥。❹愚昧的，糊塗的：例冥頑不靈。❺深沉：例沉思冥想。

冥紙（ㄇㄧㄥˊ ㄓˇ） 燒給鬼神使用的紙錢。又可稱為「冥錢」。

冥想（ㄇㄧㄥˊ ㄒㄧㄤˇ） 深思。例他喜歡坐在海邊冥想。

冥頑（ㄇㄧㄥˊ ㄨㄢˊ） 頭腦不聰明，又很固執。

冥誕（ㄇㄧㄥˊ ㄉㄢˋ） 人死後，他的生日就稱為冥誕。

冥王星（ㄇㄧㄥˊ ㄨㄤˊ ㄒㄧㄥ） 是太陽系九大行星之一，距離太陽最遠，它繞太陽一周大概需要二百四十八年，是太陽系中最小的行星。因為距離太陽很遠，太陽照射不到，因此表面的溫度很低，大約在攝氏零下二百度左右。

冢

冖部 八畫

丶 冖 冖 冖 冡 冡 冡 冢 冢 冢

ㄓㄨㄥˇ ❶高大的墳墓：例太原五百完人冢。❷山頂。❸排行最大的：例冢子。❹偉大的：例冢章。

冪

冖部 十四畫

丶 冖 冖 冖 冖 冖 冖 冖 冖 冖 冖 冖 冪 冪

ㄇㄧˋ ❶覆蓋，也指遮蓋東西的布。❷數學上把一數自乘若干次的積數叫「冪」，例如：二次冪就是平方，三次冪就是立方。

冫部（ㄅㄧㄥ）

「冫」是什麼字？仔細看看像不像冰塊破裂的花紋？「冫」就是俗稱為兩點水的「冫」字，因為「冫」和冰凍有關係，所以有冫部的字，多半和寒冷、冰凍有關係，例如：冬、冷。

冬

冫部 三畫

ノ ク 夂 冬 冬

ㄉㄨㄥ ❶四季之一，陽曆的十二月到二月，陰曆的十月到十二月：例冬天、冬眠。❷代表一年的時間：例年冬。❸姓：例冬先生。

猜一猜 二個夕陽光線長。（猜一字）（答案：冬）

唱詩歌 冬天來了，不怕！不怕！田裡的麥苗，蓋一層棉花。院裡的小樹，穿上白色衣褂。河裡的小魚，游到冰層底下。山裡的小鳥，早已搬了家。風大，雪大，凍不著了！

冬瓜（ㄉㄨㄥ ㄍㄨㄚ） 一種蔬菜，瓜皮綠色，肉色雪白，清涼止渴，是作湯的材料。

繞口令 冬瓜冬瓜，兩頭開花；開花結子，結子開花：一個冬瓜，兩個冬瓜，三個冬瓜……十八個冬瓜。（浙江）

冬季（ㄉㄨㄥ ㄐㄧˋ） 四季的一個季節。

冬眠（ㄉㄨㄥ ㄇㄧㄢˊ） 少數動物過冬的方法，到了冬天，他們躲在地底或樹洞裡，不吃也不動，就像睡眠一樣。直到春天到了，他們才又開始活動。例如：青蛙、蛇、龜等動物都會冬眠。

冰

冫部 四畫

、 冫 冫亅 冫刁 冫氺 冰

ㄅㄧㄥ ❶水在攝氏零度或零度以下凝結成的固體：例冰塊、冰柱。❷用冰塊或冰箱來保存食物的新鮮：例把這條魚冰起來。❸寒冷的：例冰涼。❹像冰、玉一樣的冷清高潔：例冰心玉潔。❺白嫩像冰的：例冰肌玉骨。❻用冷淡的態度對待人：例冷冰冰的面孔。❼像冰的東西：例冰糖。

參考 請注意：「冰」淇淋的「冰」是二點水的冫部，不要寫成三點水的氵部。

猜一猜 (一)一樣東西真奇怪，天生就怕太陽晒，太陽不晒倒不溼，太陽一晒溼得快。（猜一物品）（答案：冰）(二)生在水中，卻怕水沖，放在水裡，無影無蹤。（猜一物品）（答案：冰）(三)熱天看不見，冷天才出現，倒掛玉筷子，生根在屋簷。（猜一物品）（答案：冰柱）

冰山 ㄅㄧㄥ ㄕㄢ 兩極地帶浮在水面像山一樣的冰塊。

冰冷 ㄅㄧㄥ ㄌㄥˇ 非常寒冷。例他掉到冰冷的水裡，被人救起。

冰河 ㄅㄧㄥ ㄏㄜˊ 在非常寒冷的地區，積雪終年不消，雪層漸厚，壓力增大，積雪漸漸順著山坡，滑入山溝，緩緩下移，像河流一樣。

冰庫 ㄅㄧㄥ ㄎㄨˋ 放冰塊的地方。

俏皮話 「光腳丫子進冰庫——涼到底了。」這句話是表示對事物完全失望。例如：你如果月考想考第一名，可真是「光腳丫子進冰庫——涼到底了」。

冰涼 ㄅㄧㄥ ㄌㄧㄤˊ 非常寒冷。例她的手被凍得冰涼。

冰雪 ㄅㄧㄥ ㄒㄩㄝˇ ❶冰和雪。❷形容皮膚潔白細嫩。例她的皮膚像冰雪一樣潔白。

冰塊 ㄅㄧㄥ ㄎㄨㄞˋ 水在攝氏零度或零度以下凝結成的半透明固體。

冰雹 ㄅㄧㄥ ㄅㄠˊ 又叫「雹」，空中降下的冰塊，多在春夏之間的午後和雷陣雨一起出現，會給農作物帶來傷害。

冰箱 ㄅㄧㄥ ㄒㄧㄤ 溫度保持在攝氏零度左右，可以保存食物，使食物新鮮的電氣用品。

猜一猜 屋子方方，有門沒窗，屋外熱烘烘，屋裡結冰霜。（猜一物品）（答案：冰箱）

冰點 ㄅㄧㄥ ㄉㄧㄢˇ 水凝固的極點，通常是攝氏零度。

冰淇淋 ㄅㄧㄥ ㄑㄧˊ ㄌㄧㄣˊ 用牛奶、奶油、雞蛋、香料、糖所做成的冰凍食品。

動動腦 假如讓你開一家冰淇淋店，你需要找一個新鮮、有趣、可口的店名，你想想：什麼樣的名字最能吸引小朋友的注意力呢？

冰天雪地 ㄅㄧㄥ ㄊㄧㄢ ㄒㄩㄝˇ ㄉㄧˋ 形容非常寒冷的地方。例南極到處都覆蓋冰雪，是個冰天雪地的地方。

參考 相似詞：天寒地凍。

猜一猜 冰天雪地。（猜一國家名）（答案：冰島）

冰清玉潔 ㄅㄧㄥ ㄑㄧㄥ ㄩˋ ㄐㄧㄝˊ 像冰一樣的清明，像玉一樣的純潔；形容人的行為高尚，品德良好。例他是一個冰清玉潔的君子，令人尊敬。

參考 相似詞：玉潔冰清。

冶

冫部 五畫

、 冫 冫ㄥ 冫ム 冶 冶 冶

ㄧㄝˇ ❶鎔鑄金屬：例冶金。❷造就：例陶冶。❸裝飾容貌：例冶容。❹姓：例冶先生。

參考 相似字：鑄。♣請注意：「冶」(ㄧㄝˇ)本來指「冰」溶化，所以是冫(ㄅㄧㄥ)部；後來指煉鐵、造就，例如：陶冶。「治」(ㄓˋ)是水部，指管理，例如：治理。

冶煉 ㄧㄝˇ ㄌㄧㄢˋ ❶將金屬用火熔燒，改變形狀或本質。例他們將生鐵冶煉成鋼。❷仙家鍊丹的方法。

二畫

冷

冫部 五畫

丶 冫 冫 冫 冷 冷 冷

ㄌㄥˇ ❶溫度很低：例寒冷。❷寂靜的：例冷清。❸生僻，少見的：例冷字、冷門、冷僻。❹不熱情的：例冷淡。❺突然，趁人不注意：例冷不防、冷箭傷人。❻輕視，看不起：例冷笑、冷對。❼姓：例冷先生。

參考 相似字：寒。♣相反字：熱。♣請注意：「冷」旁邊是二點水，「泠」（ㄌㄧㄥˊ）旁邊是三點水，不要弄錯。

猜一猜 二道命令。（猜一字）（答案：冷）

冷卻 ㄌㄥˇ ㄑㄩㄝˋ 使物體的溫度降低。例他利用冰塊來冷卻這杯熱水。

冷笑 ㄌㄥˇ ㄒㄧㄠˋ 一種諷刺、生氣或輕視的笑。例當他知道仇人被警察捉去後，發出了一聲聲冷笑。

冷淡 ㄌㄥˇ ㄉㄢˋ 對人表示不關心、不樂意、不熱情的樣子。例他對人的態度總是很冷淡。

冷清 ㄌㄥˇ ㄑㄧㄥ 寂寞的，不熱鬧的。例放暑假了，學校變得很冷清。

冷飲 ㄌㄥˇ ㄧㄣˇ 冰凍過後很清涼的飲料，例如：汽水、果汁等。

冷落 ㄌㄥˇ ㄌㄨㄛˋ 用冷淡的態度對待人。例他們冷落了新同學。

冷漠 ㄌㄥˇ ㄇㄛˋ 對人表示拒絕、不關心、不親近的態度。例他的表情很冷漠，令人不敢接近。

冷酷 ㄌㄥˇ ㄎㄨˋ 冷淡無情。例她冷酷的拒絕他的要求，掉頭就走。

笑一笑 老師在黑板上寫出很多詞彙，要小朋友回答相反詞。「冷酷的相反詞是什麼？」老師指著一位正在打瞌睡的小朋友問著。這位小朋友大聲地說：「熱褲！」

冷靜 ㄌㄥˇ ㄐㄧㄥˋ ❶人少不熱鬧。例夜深了，到處都很冷靜。❷沉著而不感情用事。例即使遇到意外事故，他也能保持冷靜。

冷冰冰 ㄌㄥˇ ㄅㄧㄥ ㄅㄧㄥ ❶形容環境或人缺少熱情，使人難受。例她總是一副冷冰冰的臉孔，拒人於千里之外。❷形容水溫很低。

動動腦 「剛出爐的麵包熱呼呼的最好吃了。」小朋友，除了「熱呼呼」和「冷冰冰」之外，你還能想出形容溫度，後面二個字一樣的形容詞嗎？越多越好哦！（答案：熱騰騰、暖呼呼、涼冰冰、冷颼颼……）

冷冷清清 ㄌㄥˇ ㄌㄥˇ ㄑㄧㄥ ㄑㄧㄥ 形容環境缺少活動，不熱鬧的樣子。例夜深了，街上變得冷冷清清。

冷言冷語 ㄌㄥˇ ㄧㄢˊ ㄌㄥˇ ㄩˇ 帶有諷刺、譏笑、輕視的話。例他冷言冷語的態度，真令人受不了。

參考 相似詞：冷言熱語、冷嘲熱諷。

猜一猜 冰箱內說話。（猜一句成語）（答案：冷言冷語）

冽

冫部 六畫

丶 冫 冫 冫 冽 冽 冽

ㄌㄧㄝˋ 寒冷：例凜冽。

猜一猜 二列火車。（猜一字）（答案：冽）

凍

冫部 八畫

丶 冫 冫 冫 冫 冫 凍 凍 凍 凍

ㄉㄨㄥˋ ❶汁已凝結的食品：例果凍、肉凍。❷液體遇冷凝結：例冷凍。❸感覺寒冷：例凍得發抖。

參考 請注意：水剛凝結叫「冰」；冰硬了叫「凍」。

猜一猜 東山再起。（猜一字）（答案：凍）

凍原 ㄉㄨㄥˋ ㄩㄢˊ 亞歐美三洲的沿北極海地區，氣候寒冷，冰常年凝固，因此稱凍原。

凍結 ㄉㄨㄥˋ ㄐㄧㄝˊ ❶水或液體遇冷而凝結。例水到了攝氏零度會凍結成冰。❷比喻不讓人員或資金流動。例他的銀行存款被凍結。

凍僵 ㄉㄨㄥˋ ㄐㄧㄤ 受到寒冷而身體僵硬。例今天的氣溫很低，簡直把我凍僵了。

凍餒 ㄉㄨㄥˋ ㄋㄟˇ 寒冷飢餓。餒：飢餓。

凌

冫部 八畫

、 冫 冫 汁 汁 泩 泩 浐 凌

ㄌㄧㄥˊ ❶冰：例冰凌。❷侵犯，欺壓：例欺凌、盛氣凌人。❸升高：例凌空。❹逼近，接近：例凌晨。❺雜亂，沒有條理的：例凌亂。❻姓：例凌先生。

猜一猜 二個菱角不帶草。（猜一字）（答案：凌）

凌空 ㄌㄧㄥˊ ㄎㄨㄥ 飛翔在空中。例熱氣球凌空飛去。

凌虐 ㄌㄧㄥˊ ㄋㄩㄝˋ 欺侮，虐待。例他凌虐小動物，十分可惡。

參考 相似詞：虐待、摧殘。

凌晨 ㄌㄧㄥˊ ㄔㄣˊ 天快亮的時候。例公雞在凌晨時啼叫。

凌亂不堪 ㄌㄧㄥˊ ㄌㄨㄢˋ ㄅㄨˋ ㄎㄢ 非常沒有秩序、不整齊，叫人難以忍受。堪：忍受。例他把凌亂不堪的房子，整理得乾乾淨淨。

參考 相似詞：零亂。

准

冫部 八畫

、 冫 冫 冫 冫 汁 沂 淮 准 准

ㄓㄨㄣˇ ❶答應、允許別人做某事：例批准。❷按照，是公文上的用語：例准此。

參考 請注意：「准許」的「准」和「黃淮平原」的「淮」字形相近，應該加以區分：「准」左邊是二點，讀作ㄓㄨㄣˇ；「淮」左邊是三點，讀作ㄏㄨㄞˊ。

准許 ㄓㄨㄣˇ ㄒㄩˇ 許可，答應。

准考證 ㄓㄨㄣˇ ㄎㄠˇ ㄓㄥˋ 參加考試時，由主辦單位發給的證件，上面貼有考生照片，記錄了考試時間、分類組別、座位號碼、考場規則等，考試時考生必須佩帶進場，才能參加考試。

凋

冫部 八畫

、 冫 冫 冂 冂 冃 凋 凋 凋 凋

ㄉㄧㄠ ❶枯萎：例凋謝。❷衰敗：例凋敝。

參考 請注意：「凋零」多用在草枯、葉落、花謝方面。「凋」的部分意義也和「雕」通用，「凋零」可寫作「雕零」；但「雕刻」不可寫成「凋刻」。

凋謝 ㄉㄧㄠ ㄒㄧㄝˋ 草木花葉的掉落，可以用來比喻衰老死亡。

參考 相似詞：凋落、凋零。

凜

冫部 十三畫

、 冫 冫 广 广 庐 庐 庐 庐 庐 凛 凛 凛 凜 凜

ㄌㄧㄣˇ ❶寒冷的：例凜冽。❷嚴厲的：例凜然。

凜冽 ㄌㄧㄣˇ ㄌㄧㄝˋ 非常寒冷。例凜冽的冷風讓人受不了。

凜然 ㄌㄧㄣˇ ㄖㄢˊ 使人敬畏的樣子。例他的態度凜然，讓人不敢接近。

凝

冫部 十四畫

、 冫 冫 冫 冫 冫 冫 冫 冫 冫 冫 凝 凝 凝 凝 凝

ㄋㄧㄥˊ ❶由氣體變成液體或由液體結成固體：例凝結。❷注意力集中：例凝視。

參考 請注意：「凝」和「擬」二字有分別：「凝」（ㄋㄧㄥˊ）是指物體或精神方面的聚合；「擬」（ㄋㄧˇ）是指行動或計畫方面的打算。

猜一猜 疑神疑鬼。（猜一字）（答案：凝）

凝固 ㄋㄧㄥˊ ㄍㄨˋ 由液體變成固體。

凝神 ㄋㄧㄥˊ ㄕㄣˊ 集中精神。例他凝神思索下一步棋該如何反擊。

凝結 ㄋㄧㄥˊ ㄐㄧㄝˊ 氣體變成液體或液體變成固體。例湖面上凝結了一層薄薄的冰。

凝視 ㄋㄧㄥˊ ㄕˋ 聚精會神地看。例他向遠方凝視。

凝聚 ㄋㄧㄥˊ ㄐㄩˋ 聚合成一個集中的部分。例荷葉上凝聚許多小水珠。

几部 ㄐㄧ

「几」是按照茶几側面所造的象形字，上面是桌面，兩邊是桌腳。古人常把茶几放在座椅旁邊，可以把東西放在上面，也可以倚靠身體。像「凭」（現在寫成「憑」）就是一個人靠在桌子上，因此有依靠、依賴的意思。

几 ㄐㄧ 几部 〇畫

矮小的桌子：例茶几。

凰 ㄏㄨㄤˊ 几部 九畫

古代傳說中的神鳥，雌的叫「凰」，雄的叫「鳳」：例鳳凰、鳳求凰。

凱 ㄎㄞˇ 几部 十畫

❶勝利：例凱旋。❷軍隊得勝回來所演奏的樂曲：例奏凱。

凱子 ㄎㄞˇ ˙ㄗ 俗稱有錢的男子，含有諷刺的意思，不可以隨便使用。

凱旋 ㄎㄞˇ ㄒㄩㄢˊ 軍隊打勝仗回來。旋：回來。

參考 活用詞：凱旋門、凱旋歌。

凱歌 ㄎㄞˇ ㄍㄜ 軍隊得勝回來時所演奏的樂曲，或所唱的歌曲。

凱旋門 ㄎㄞˇ ㄒㄩㄢˊ ㄇㄣˊ 本來是指用來紀念戰功的牌樓，現在則成為巴黎凱旋門的代稱，巴黎的凱旋門是拿破崙在一八〇六年開始建造的，在一八三六年完成。凱旋門現在是巴黎市內著名的觀光名勝。

凳 ㄉㄥˋ 几部 十二畫

沒有扶手、靠背的椅子：例圓板凳。

凳子 ㄉㄥˋ ˙ㄗ 沒有靠背和扶手的椅子。

參考 相似詞：板凳。

猜一猜 有面沒長口，有腳沒長手，枉有四條腿，自己不會走。（猜一種物品）（答案：凳子或桌子）

凵部 ㄎㄢˇ

「凵」像不像一個挖好的坑？古人為了捕捉動物，常會在地上挖洞，「凵」正像挖好的洞穴。「凶」中的「㐅」，表示掉進坑洞裡，因此「凶」有不好、倒楣的意思。

凶 ㄒㄩㄥ 凵部 二畫

ノ ㄨ 㐅 凶

❶惡，殘暴：例凶惡、凶狠。❷殺害或傷害人的行為：例行凶、凶手。❸不幸的，不好的，和「吉」相反：例逢凶化吉。❹嚴重、厲害的情形：例鬧得凶、雨勢很凶。❺農作物收成不好：例凶年。

參考 相反字：吉。♣請注意：「凶」和「兇」都讀ㄒㄩㄥ，二個字通用。

猜一猜 匈奴不會念ㄅ。（猜一字）（答案：凶）

凶手 ㄒㄩㄥ ㄕㄡˇ 殺人犯。

凶狠 ㄒㄩㄥ ㄏㄣˇ 殘暴狠毒。狠：殘暴的。例那隻大狼狗非常凶狠。

凶猛 ㄒㄩㄥ ㄇㄥˇ 十分勇猛的意思。例凶猛的狼犬。

凶惡 ㄒㄩㄥ ㄜˋ 殘忍蠻橫不講道理。例那人很凶惡的踢開車門。

凶橫 ㄒㄩㄥ ㄏㄥˋ 殘暴不講道理。橫：凶暴。例他這個人很凶橫，到處欺負人。

凶多吉少 ㄒㄩㄥ ㄉㄨㄛ ㄐㄧˊ ㄕㄠˇ 比喻事情形勢不好，失敗的機會大而成功的機會少。例這次的山難，他恐怕是凶多吉少了。

凹

凵部 三畫

ㄠ ❶物體陷下或縮進去：例凹陷、凹進。❷四邊高，中間低的：例凹凸不平。

參考 相反字：凸。

猜一猜 正方形的面積挖掉凸字。（猜一字）（答案：凹）

凹凸 ㄠ ㄊㄨˊ 高高低低。凸：四邊低，中間高。例這條馬路凹凸不平，真難走。

凹透鏡 ㄠ ㄊㄡˋ ㄐㄧㄥˋ 透鏡的一種，中間的鏡片比旁邊薄，使光線穿透鏡片後向四周散射，近視眼鏡就是這種類型。

出

凵部 三畫

ㄔㄨ ❶從裡面到外面：例出門、出塞。❷發生：例出疹子、出車禍。❸金錢財物的花費：例支出、量入為出。❹來到：例出席、出勤。❺顯露：例出名、出面。❻超過：例出界、不出三年。❼做某些事：例出主意、出錢出力、出題目。❽生產，生長：例出產煤礦。❾姓：例出先生。

參考 相反字：進、入。♣請注意：「出」的寫法是兩個「凵」串起來，不是兩個山相疊。

猜一猜 串兩個凵。（猜一字）（答案：出）

動動腦 哪些部首加上「出」，可以成為另外的字？（答案：茁、掘、屈、黜、窟……）

出口 ㄔㄨ ㄎㄡˇ ❶說出話來。例他博學多聞，向來是出口成章。❷把貨物賣到國外。例他專門辦理貨物出口的手續。❸船隻開出港口。❹建築物或場地通往外面的門。例封閉會場的出口。

參考 相反詞：入口。

俏皮話 「孔夫子唱戲——出口成章。」孔夫子是我國的至聖先師，所讀的書很多，所以一出口就是文章。用此來比喻人很會說話，又有文學的才能。例如：他是本班的小夫子，經常是「孔夫子唱戲——出口成章」！

出手 ㄔㄨ ㄕㄡˇ ❶動手做事。例兩人一言不和，大打出手。❷花錢。例這富公子出手很大方。❸賣出去。例她因為價錢太低，所以不肯出手賣掉名牌皮包。

出世 ㄔㄨ ㄕˋ ❶剛出生到世間。例出世的小嬰兒。❷指看輕名利，脫離繁華的生活。例出家人向來是出世的，不談名利。

出刊 ㄔㄨ ㄎㄢ 書籍雜誌編印出來。刊：印刷。例那本書已經出刊了。

出生 ㄔㄨ ㄕㄥ 胎兒從母體內分離出來。

出色 ㄔㄨ ㄙㄜˋ 特殊不平凡的。例貝多芬是一位出色的音樂家。

出兵 ㄔㄨ ㄅㄧㄥ 發兵出去打仗或防衛。例敵人一來，馬上出兵應付。

出沒 ㄔㄨ ㄇㄛˋ 出現或消失。例山上常有野豬出沒。

出身 ㄔㄨ ㄕㄣ 一個人的經歷和資格。例英雄不論出身低。例他出身農家。

出事 ㄔㄨ ㄕˋ 發生意外事故。

出使 ㄔㄨ ㄕˇ 派到國外當使節。使：奉命到外國去。例他奉命出使到美國。

出來 ㄔㄨ ㄌㄞˊ ❶從裡面到外面來。例他不肯出來見人。❷行為的表現。例這種害人的事，我做不出來。❸顯示。例天太暗了看不出來。

出門 ㄔㄨ ㄇㄣˊ ❶離家遠行。例在家千日好，出門萬事難。❷外出。

古人說 「出門看天色，進門看眼色。」天色是天氣的變化。眼色是人的態度。這句話是指人要察言觀色，小心應變。例如：「出門看天色，進門看眼色」，這樣才不會得罪人。

出征 ㄔㄨ ㄓㄥ 出去打仗。征：戰爭。例軍人出征是為了保家衛國。

出版 ㄔㄨ ㄅㄢˇ 印刷發行作品或報刊。例出版業愈發達，知識就傳播得愈快。

出面（ㄔㄨ ㄇㄧㄢˋ）　親自出來處理事務。例他們兩家的糾紛，經過鄉長出面說和，已經解決了。

出差（ㄔㄨ ㄔㄞ）　被派到外地辦理公事。例他出差到高雄去了。

出席（ㄔㄨ ㄒㄧˊ）　參加活動。例總統也在大會中出席，和國人慶祝佳節。

出息（ㄔㄨ ㄒㄧ）　❶努力上進，發展前途。例他是個有出息的青年。❷利益。例科技行業很有出息。

參考 請注意：「出息」和「前途」是一樣的意思：「出息」的用法比較通俗，例如：真沒出息，動不動就哭。「前途」是比較鄭重的口氣，也指重大方面的事情，例如：生物科技的前途很可觀。

出海（ㄔㄨ ㄏㄞˇ）　離開陸地到海上去。例漁夫笑呵呵地出海捕魚。

出神（ㄔㄨ ㄕㄣˊ）　精神過度集中而發呆。例他看畫看得出神，別人叫他都沒有反應。

出租（ㄔㄨ ㄗㄨ）　把物品租借給人。例他從事汽車出租的行業。

出國（ㄔㄨ ㄍㄨㄛˊ）　到國外去。

出現（ㄔㄨ ㄒㄧㄢˋ）　出來。例他一出現，立刻獲得熱烈的掌聲。

出產（ㄔㄨ ㄔㄢˇ）　❶生產。例花蓮出產大理石。❷各地方天然或人工所產的物品。例中國大陸地大物博，出產豐富。

參考 請注意：「出產」比「生產」的範圍大：「出產」包括天然生長和人工生產，例如：雲南出產大理石。「生產」是指利用人力和工具來製造東西，例如：生產皮革製品。

出處（ㄔㄨ ㄔㄨˋ）　❶事物的來源或依據。例「出生入死」這則成語是出自「老子」一書。❷指物品的出產地。例原先西瓜的出處是在非洲。

出發（ㄔㄨ ㄈㄚ）　啟程、動身前往到某地去。例我從臺北出發，準備環島一周。

出嫁（ㄔㄨ ㄐㄧㄚˋ）　女孩子結婚。

出路（ㄔㄨ ㄌㄨˋ）　❶通向外面，向前發展的道路或機會。例在森林迷路，很難找到出路。例給他一個出路，讓他重新做人。❷可以賣掉貨物的去處。例商品的出路要看顧客的喜好。

出塞（ㄔㄨ ㄙㄞˋ）　遠出邊塞。古代到邊遠塞外的國家或出征外夷都叫出塞。

唱詩歌 (一)黃河遠上白雲間，一片孤城①萬仞②山。羌笛③何須怨楊柳，春風不度玉門關。（出塞‧王之渙）

註：①孤城：孤獨的城，這裡指涼州城。②仞：音ㄖㄣˋ，八尺為一仞。萬仞山：形容極高的山。③羌笛：羌人所製的笛。

(二)秦時明月漢時關①，萬里長征人未還；但使龍城②飛將③在，不教胡馬渡陰山④。（出塞‧王昌齡）

註：①漢時關：指漢朝時的雁門關。②龍城：地名。③飛將：匈奴人稱李廣為飛將軍。④陰山：山名，在今內蒙古自治區。

出賣（ㄔㄨ ㄇㄞˋ）　❶把所有權賣給別人。例他把房子高價出賣。❷背叛，拋棄。例君子絕不會為了利益而出賣朋友。

出錯（ㄔㄨ ㄘㄨㄛˋ）　發生錯誤。

出醜（ㄔㄨ ㄔㄡˇ）　丟臉，不好看的。例他在馬路上鬧事，真是當眾出醜。

出爐（ㄔㄨ ㄌㄨˊ）　❶麵包、蛋糕等剛從烤箱拿出來。爐：煮東西的器具。例剛出爐的麵包最好吃。❷比喻新鮮的、剛出來的人或事物。例剛出爐的大學生。

出籠（ㄔㄨ ㄌㄨㄥˊ）　❶饅頭、包子等東西蒸好以後從蒸籠拿出來。籠：竹木片或鐵片製成的器具，用來裝東西或蓋東西。例熱騰騰的包子剛出籠。❷貨物大量賣出去或是鈔票大量的發行。例新出籠的糕點很受到民眾喜愛。❸指事物的出現。例一到冬天，毛衣就紛紛出籠了。

出風頭（ㄔㄨ ㄈㄥ ㄊㄡˊ）　表現突出，引人注意。例他個性活潑，喜歡出風頭，引人注意。

參考 相似詞：出鋒頭。

出發點（ㄔㄨ ㄈㄚ ㄉㄧㄢˇ）　❶旅程的起點。例以阿里山為出發點，向玉山前進。❷最基本的立場。例他雖然說話不客氣，出發點卻是為你好。

出糞式 ㄔㄨ ㄈㄣˋ ㄕˋ 早期一種廁所的設備，把排泄物積在密閉的地洞內，經過一段時間再運走。

出乎意料 ㄔㄨ ㄏㄨ ㄧˋ ㄌㄧㄠˋ 讓人想不到。意料：猜想。例他出乎意料的考上國立大學。

參考 相似詞：出人意表。

出生入死 ㄔㄨ ㄕㄥ ㄖㄨˋ ㄙˇ 從生出來到死去，後來比喻冒著生命危險，不怕死的行為。例他在戰場上出生入死，建立不少的功勞。

出言不遜 ㄔㄨ ㄧㄢˊ ㄅㄨˋ ㄒㄩㄣˋ 形容一個人說話不講理、不客氣。遜：謙和有禮。例對父母出言不遜是不敬的行為。

出奇制勝 ㄔㄨ ㄑㄧˊ ㄓˋ ㄕㄥˋ 打仗時一邊和敵人作正面的攻擊，另一方面出奇兵來取得勝利。比喻用對方想不到的方法來獲得勝利。制勝：獲勝。例這一回的棒球比賽我方出奇制勝，使對方無力招架。

出神入化 ㄔㄨ ㄕㄣˊ ㄖㄨˋ ㄏㄨㄚˋ ❶比喻文章寫得很神妙。神：神奇。化：改變。例他的作品出神入化，令人一讀再讀。❷形容技藝很生動，奇妙到極點。例這一支曲子演奏得出神入化，聽眾被深深的吸引住了。

出爾反爾 ㄔㄨ ㄦˇ ㄈㄢˇ ㄦˇ ❶你怎樣對待人，別人也會怎麼樣對待你。爾：你。例凡事要多為別人著想，因為出爾反爾，別人也會為你設想。❷形容一個人說話不算話，前後不一。例你這種出爾反爾的做法，令人感到不可信任。

凸

凵部 三畫

丨 ㄴ ㄣ 凸 凸

ㄊㄨ ❶周圍低，中間高的：例凸透鏡。❷漸漸的突起：例凸著肥幫子。

參考 相反字：凹。

凸透鏡 ㄊㄨ ㄊㄡˋ ㄐㄧㄥˋ 中央厚周圍薄的透鏡，通稱放大鏡。

函

凵部 六畫

ㄱ 了 了 孑 孑 豕 函 函

ㄏㄢˊ ❶信件：例來函、邀請函。❷盒子：例劍函。❸封套：例書函。

函件 ㄏㄢˊ ㄐㄧㄢˋ 就是信件。

函授 ㄏㄢˊ ㄕㄡˋ 把教材寄給學生研讀的一種通信教學方式。

參考 活用詞：函授學校。

函谷關 ㄏㄢˊ ㄍㄨˇ ㄍㄨㄢ 戰國時代的重要關口，位於秦國，東起崤山，西到潼津，位置險要，又稱為「崤函」。位於現在的河南省境內。

刀部 ㄉㄠ

「刀」是象形字，從字形我們可以很清楚的看出來，上面的部分是刀柄，下面是刀鋒，刀是一個象形字，但是寫成「刀」就看不出它的構造。刀部的字，大都表示使用刀的活動，例如：切、割、刻。

刀

刀部 ○畫

ㄱ 刀

ㄉㄠ ❶用鐵、鋼製造可以切東西的器具：例菜刀。❷兵器：例刀劍。❸古代的錢幣，形狀像刀：例刀布。❹計算紙張的單位，通常為一百張：例一刀稿紙。

猜一猜 不出一點力。（猜一字）（答案：刀）

刀鋒 ㄉㄠ ㄈㄥ 刀子鋒利的那一面。

參考 相似詞：刀刃。

刀山火海 ㄉㄠ ㄕㄢ ㄏㄨㄛˇ ㄏㄞˇ 比喻非常危險的地方。例他為了醫治母親的疾病，縱使是到刀山火海的地方，也在所不惜。

刁

刀部 ○畫

ㄱ 刁

ㄉㄧㄠ ❶狡猾：例刁鑽。❷姓：例刁小姐。

參考 請注意：「刁」的第二畫應該由下往上寫。

刁民 ㄉㄧㄠ ㄇㄧㄣˊ 奸詐不善良的百姓。

刁滑 ㄉㄧㄠ ㄏㄨㄚˊ 形容狡猾、奸詐的人。

刁難 ㄉㄧㄠ ㄋㄢˊ 故意使人為難。例他好像不喜歡我，常常刁難我。

刁鑽古怪 ㄉㄧㄠ ㄗㄨㄢ ㄍㄨˇ ㄍㄨㄞˋ 指人的個性狡猾，性情古怪。

刃

刁刃刃

刀部 一畫

ㄖㄣˋ ❶刀口，刀、劍最鋒利的部分：例刀刃。❷刀、劍的代稱：例利刃、白刃戰（雙方用刺刀拚殺）。❸現在殺人也可稱為刃：例手刃奸賊。

猜一猜 刀生一點鏽。（猜一字）（答案：刃）

分

ノ八分分

刀部 二畫

ㄈㄣ ❶區分開，和「合」相反：例分開、分門別類。❷散發：例分發、分配。❸辨別：例分辨、五穀不分。❹別離：例分離、分手。❺由總機構所分出來的：例分支、分公司。❻按照數量給別人：例年終分紅。❼長度名，一寸的十分之一。❽重量名，一錢的十分之一。❾面積名，一畝的十分之一。❿幣制名，一角的十分之一。⓫角度名，一度的六十分之一。⓬時間的單位，六十分是一小時。⓭計算成績的單位：例九十分。⓮數學名詞：例真分數、假分數。⓯表示程度：例十分高興、萬分重要。

ㄈㄣˋ ❶數量的單位，一組或一件，同「份」：例幾分禮物。❷整體中的一部分：例股分。❸職責和權利的限度：例本分。

參考 請注意：「分」有ㄈㄣ、ㄈㄣˋ的讀音。和份（ㄈㄣˋ）同音，當作數量、單位使用時，二者可以通用，例如：幾分（份）禮物。其他情形下不可以通用，例如：「身分」、「名分」、「本分」、「情分」不能夠用「份」。

動動腦 「他們紛紛響應這次活動。」除了「紛」以外，「分」還可以加上哪些部首呢？趕快想一想！（答案：芬、氛、吩、粉、忿、汾、紛、雰……）

分子 (一)ㄈㄣ ㄗˇ ❶數學名詞，指分數裡寫在上面的數，例如：1/2中的1是分子。❷物質中能夠獨立存在的最小微粒。例如水分子或空氣中的氧分子、氮分子等。(二)ㄈㄣˋ ㄗˇ 團體中的成員。例他是我們家的一分子。

分寸 ㄈㄣ ㄘㄨㄣˋ 本是計算長度的單位；比喻說話或做事該有的限度。例他說話很有分寸，所以大家都喜歡他。

分化 ㄈㄣ ㄏㄨㄚˋ ❶性質相同的事物變成不同的事物。例由於社會的快速發展，我們需要更多的分化組織，例如文化部、體育部、勞工部等。❷細胞經過生長、發育形成各種不同功能的器官或組織。例我們正在觀察細胞的分化過程。❸利用計謀來分裂一個團體的團結。例敵人利用統戰來分化我們的內部團結。

分外 ㄈㄣˋ ㄨㄞˋ ❶特別。例她穿了新衣裳，顯得分外美麗。❷不是屬於自己的，和「分內」相對。例這是我分外的事，我一點都不曉得。

分布 ㄈㄣ ㄅㄨˋ 分散在某一範圍。例河川的支流像樹枝一般分布在平原上。

分母 ㄈㄣ ㄇㄨˇ 數學名詞，分數裡寫在下面的除數。例如：1/2的2就是分母。

分別 ㄈㄣ ㄅㄧㄝˊ ❶把事物弄明白。例你能分別青蛙和蟾蜍嗎？❷離開。例時間不早了，我們就此分別吧！

參考 相似詞：區別、辨別。

笑一笑 弟弟：「好人和壞人如何分別？」哥哥：「這還不簡單，凡是好人說他不好的，就是壞人；凡是壞人說他不壞的，就是好人。」

分岔 ㄈㄣ ㄔㄚˋ 兩山或兩路分開的地方。岔：分開的意思。例銀行就在十字路口的分岔點，你往右轉就可以看到了。

分身（ㄈㄣ ㄕㄣ） 抽出時間去照顧其他的事情。例媽媽一邊煮飯，一邊還要分身照顧弟弟。

分明（ㄈㄣ ㄇㄧㄥˊ） ❶清楚明白。例他的眼睛黑白分明，十分好看。❷故意的。例他分明是來找麻煩的。

分析（ㄈㄣ ㄒㄧ） ❶檢查出化合物的成分。例自然課時，老師教我們分析鹽的成分。❷說明解釋。例他為我們分析這件事的利弊。

分泌（ㄈㄣ ㄇㄧˋ） 生物的某些腺體排出特殊的液體，泌：液體從細孔中慢慢流出來。例胃分泌胃液。

參考 活用詞：內分泌、外分泌、分泌腺。

分段（ㄈㄣ ㄉㄨㄢˋ） ❶把整體分成許多部分或許多節。例做這件事要分段進行。❷文章的段落。

分秒（ㄈㄣ ㄇㄧㄠˇ） 一分一秒，指極短的時間。例光陰寶貴，分秒必爭，你怎能偷懶呢？

分配（ㄈㄣ ㄆㄟˋ） 把事物分發給別人。例老師分配好工作以後，我們就開始大掃除了。

分針（ㄈㄣ ㄓㄣ） 鐘面上較長的針；是用來指示幾分鐘的針。

猜一猜 哥哥長，弟弟短，天天賽跑大家看。哥哥跑了十二圈，弟弟剛剛跑一圈。（猜二種東西）（答案：分針和時針）

分割（ㄈㄣ ㄍㄜ） 切割。例她把月餅分割成兩塊。

分散（ㄈㄣ ㄙㄢˋ） 分開不在一起。例戰爭使他們全家人分散了。

分發（ㄈㄣ ㄈㄚ） ❶分派。例他考上公務人員後，被分發到公家單位服務。❷分配。例請你把這些水果分發給大家。

分裂（ㄈㄣ ㄌㄧㄝˋ） 因為某種原因而分開。裂：分離。例這個組織因意見不同，分裂成很多派。

參考 請注意：「分裂」、「破裂」都可以形容國家、物品、事情、思想、感情的分開。在形容感情時，「決裂」是比較激烈、徹底的分開，要復合比較困難。

分量（ㄈㄣˋ ㄌㄧㄤˋ） ❶內容和數量。例他的工作分量很重。❷力量。例他講話非常有分量，因此受到上司的重視。

分開（ㄈㄣ ㄎㄞ） 互相離開或分離。

分解（ㄈㄣ ㄐㄧㄝˇ） ❶解釋說明。例請聽下回分解。❷把一化合物分析成二種以上的新物質。例水可分解成氧氣和氫氣。

分數（ㄈㄣ ㄕㄨˋ） ❶評定成績或比賽時的記分。例他的數學分數很低。❷數學名詞，表示一個單位的幾分之幾的數。例$\frac{2}{3}$是分數。

分辨（ㄈㄣ ㄅㄧㄢˋ） 把事物分別清楚。辨：分別。例你能分辨香菇和毒菇嗎？

分頭（ㄈㄣ ㄊㄡˊ） 分開來去做。例我們分頭進行這件工作。

分離（ㄈㄣ ㄌㄧˊ） 人或事物分散不在一起。

分贓（ㄈㄣ ㄗㄤ） 一群人一起去偷取財物，再將這些東西分給大家。贓：指偷來的財物。例這群小偷因為分贓不均，而發生了爭執。

分工合作（ㄈㄣ ㄍㄨㄥ ㄏㄜˊ ㄗㄨㄛˋ） 把一件事分成幾部分，大家合力去完成。工：工作。例經過我們分工合作，花園已經整理得很乾淨。

分崩離析（ㄈㄣ ㄅㄥ ㄌㄧˊ ㄒㄧ） 形容國家四分五裂，人民各懷異心。崩：倒塌。析：分散。例獨裁政權已經到分崩離析的地步了。

切

刀部 二畫

一 七 切 切

（ㄑㄧㄝ） 用器具割斷：例切西瓜。

（ㄑㄧㄝˋ） ❶務必，必須：例切要、切記。❷貼近，親近：例切身、親切。❸符合：例切題。❹急迫：例求勝心切。❺按：例切脈。❻密合：例密切。

參考 相似字：斬、割。

猜一猜 砌牆不用石。（猜一字）（答案：切）

小故事 有個秀才在窗邊讀書，忽聽冷雨敲窗，不覺吟著：「凍雨灑窗，東兩點，西三點。」可是一時對不出下聯。秀才的書僮在切南瓜準備做菜，聽見上聯，便對出下聯說：「切瓜分片，上七刀，下八刀。」東二點指的是「凍」字；西三點指的是「灑」字。七刀指的是「切」字；八刀指的是「分」字。中國文字的結構真巧妙啊！

切身 ㄑㄧㄝˋ ㄕㄣ ❶跟自己有密切關係的。例環境的清潔和我們的健康有切身關係。❷親身。例這是我的切身經驗。

切記 ㄑㄧㄝˋ ㄐㄧˋ 叮嚀的話，牢牢記住。例老師告訴你的話，一定要切記。

切實 ㄑㄧㄝˋ ㄕˊ 非常實在。例他切實的改正懶惰的缺點。

參考 請注意：「切實」和「確實」都有真實、實在的意思。但是「切實」著重在真切實在，例如：切實改正。「確實」則著重在的確、可信，例如：他確實偷了東西。

切磋 ㄑㄧㄝˋ ㄘㄨㄛ 本義是把骨頭、象牙加工磨成器具，現在比喻為互相商量研究。例他們互相切磋學業。

參考 活用詞：切磋琢磨。

切齒 ㄑㄧㄝˋ ㄔˇ 咬緊牙齒；比喻非常痛恨。例他一提到那不孝的兒子，就咬牙切齒。

參考 活用詞：咬牙切齒、切齒腐心。

切中時弊 ㄑㄧㄝˋ ㄓㄨㄥˋ ㄕˊ ㄅㄧˋ 正好說中當時的缺點、毛病。例市長對交通問題的看法，真是切中時弊。

切膚之痛 ㄑㄧㄝˋ ㄈㄨ ㄓ ㄊㄨㄥˋ 親身受到的痛苦；比喻感受很深。

刈

刀部 二畫

ノ メ 乂 刈

ㄧˋ ❶割草，割取：例刈草、刈麥。❷砍殺。❸像鐮刀一樣的農具。

刊

刀部 三畫

一 二 干 干 刊

ㄎㄢ ❶書報的排印：例發刊、刊行。❷雜誌或報紙上定期出的專欄：例月刊、副刊、周刊。❸刻：例刊石。❹發表，登載：例刊登、刊載。

參考 請注意：「刊」的左邊是「干」（ㄍㄢ），不可寫成「于」（ㄩˊ）或「千」（ㄑㄧㄢ）。

刊行 ㄎㄢ ㄒㄧㄥˊ 出版發行。例這份報紙已經刊行十年了。

刊物 ㄎㄢ ㄨˋ 登載文章、圖片的印刷出版品。例這份刊物很暢銷。

刊頭 ㄎㄢ ㄊㄡˊ 報紙或雜誌上標示名稱、期數的部分。例這個刊頭很明顯。

列

刀部 四畫

一 ㄏ 万 歹 歹 列

ㄌㄧㄝˋ ❶橫排叫列，直排叫行：例行列、列隊。❷布置安排：例陳列。❸計算的單位：例一列士兵。❹眾多：例列島。❺姓：例列子。

參考 請注意：刀部的「列」（ㄌㄧㄝˋ），有安排的意思，例如：排列。人部的「例」（ㄌㄧˋ），有式樣的意思，例如：舉例。

列車 ㄌㄧㄝˋ ㄔㄜ 許多車廂連結，並且配有工作人員及規定信號的火車。例這班列車的乘客很多。

列席 ㄌㄧㄝˋ ㄒㄧˊ ❶就座，出席。❷參加會議只能發言，不能表決的人。例立法院開會期間，行政院長要列席備詢。

列強 ㄌㄧㄝˋ ㄑㄧㄤˊ 眾多強大的國家。常指清末侵略中國的各大強國。例清末列強侵略我國，使我國受到不平等待遇。

列舉 ㄌㄧㄝˋ ㄐㄩˇ 一項一項的指出。例他在議會中列舉環保的優點。

刑

刀部 四畫

一 二 于 开 开 刑

ㄒㄧㄥˊ ❶處罰犯人的總稱：例死刑、無期徒刑。❷用殘暴的手段，摧殘人體的處罰：例用刑。

刑事 ㄒㄧㄥˊ ㄕˋ 法律分為民事、刑事，刑事是國家可主動行使刑罰權的事件。例如搶劫、偷竊。

參考 活用詞：刑事犯、刑事學、刑事調查、刑事警察、刑事訴訟、刑事訴訟法。

刑法 ㄒㄧㄥˊ ㄈㄚˇ　規定什麼樣的行為是犯罪的行為，而犯罪行為該受到什麼處罰的法律。

刑場 ㄒㄧㄥˊ ㄔㄤˇ　將人犯處死的地方。例那個罪犯在刑場被處死了。

划

刀部　四畫

一 七 弋 戈 戈 划

ㄏㄨㄚˊ　❶撥動水流讓東西前進：例划船。❷合算：例划得來。

猜一猜　用刀用戈不殺人。（猜一字）（答案：划）

划水 ㄏㄨㄚˊ ㄕㄨㄟˇ　撥水前進。例他們在船上划水前進。

划船 ㄏㄨㄚˊ ㄔㄨㄢˊ　撥動水流，讓船前進。

唱詩歌　水太深，不能撐，只好划槳向前進。你搖櫓，我划槳，噗通、噗通、噗通水聲響。

划槳 ㄏㄨㄚˊ ㄐㄧㄤˇ　划船的用具。

刎

刀部　四畫

ノ ㄅ ㄅ 勿 勿 刎

ㄨㄣˇ　用刀割脖子：例自刎（自殺）。

別

刀部　五畫

丶 ㄇ ㅁ 号 另 別 別

ㄅㄧㄝˊ　❶分離：例告別。❷另外的：例別人。❸轉動：例她把頭別過去。❹區分：例辨別。❺種類：例派別。❻用別針把東西附著或固定：例胸前別了一朵紅花。❼不要的意思：例你別走了。❽姓：例別先生。

別名 ㄅㄧㄝˊ ㄇㄧㄥˊ　除了正式名字以外的名稱。

別字 ㄅㄧㄝˊ ㄗˋ　❶別號。❷寫錯的字。例這篇文章別字很多。

參考　相似詞：白字。

別致 ㄅㄧㄝˊ ㄓˋ　新奇，和平常不同。例這本簿子非常別致。

別針 ㄅㄧㄝˊ ㄓㄣ　一種彎曲而且有彈性的針，針頭可以打開或是扣住，用來固定或附著物品。

別號 ㄅㄧㄝˊ ㄏㄠˋ　除了本名以外，另外取的稱號。例李白字太白，別號青蓮居士。

參考　相似詞：別名。

別墅 ㄅㄧㄝˊ ㄕㄨˋ　在郊外或風景區建造專供休息的住宅。例他斥資在郊外買了一間豪華別墅。

參考　相似詞：別業、別莊。

別離 ㄅㄧㄝˊ ㄌㄧˊ　離別。例他依依不捨地別離了家鄉，出外奮鬥。

別出心裁 ㄅㄧㄝˊ ㄔㄨ ㄒㄧㄣ ㄘㄞˊ　有一種獨創的風格，和別人不同。裁：切剪衣服、紙張。例他的服裝非常別出心裁。

參考　相似詞：獨出機杼。

別有用心 ㄅㄧㄝˊ ㄧㄡˇ ㄩㄥˋ ㄒㄧㄣ　說話或行為中有另外的目的。用心：多費心力。例同事邀請我去他家玩，原來是別有用心的替我準備了生日宴會。

別開生面 ㄅㄧㄝˊ ㄎㄞ ㄕㄥ ㄇㄧㄢˋ　另外不同的新方式。例學校為學生舉行一場別開生面的舞會。

判

刀部　五畫

丶 丷 丷 兰 半 判 判

ㄆㄢˋ　❶古官名：例判官。❷分辨，斷定：例判別。❸決定：例判案、判刑。

參考　請注意：刀部的「判」含有「分開」的意思，例如：判別。右邊是「反」的「叛」含有「造反」的意思，例如：反叛。

判決 ㄆㄢˋ ㄐㄩㄝˊ　法院對審理結束的案件作出決定。例他正在等候法官的判決。

判官 ㄆㄢˋ ㄍㄨㄢ　❶唐代官名。❷傳說中替閻羅王管生死簿的手下。

判處 ㄆㄢˋ ㄔㄨˇ　法院對於被告人處罰的意思。例那個殺人犯被法官判處死刑。

判罪 ㄆㄢˋ ㄗㄨㄟˋ　法院根據法律給犯罪的人定罪。例那個小偷已經被判罪了。

判斷 ㄆㄢˋ ㄉㄨㄢˋ　加以辨別，然後斷定是非好壞。例你能判斷誰是好人嗎？

參考 活用詞：判斷力、判斷句。

笑一笑 夫妻吵架，先生說：「你應該知道，不管什麼事男生所作的判斷都是對的，女生剛好相反。」太太：「沒錯！你決定娶我是對的，我決定嫁給你卻錯了。」

判若兩人 ㄆㄢˋ ㄖㄨㄛˋ ㄌㄧㄤˇ ㄖㄣˊ　一個人的行為或樣子前後不同，好像是完全不同的兩個人。

利

刀部　五畫

丿 二 千 禾 禾 利 利

ㄌㄧˋ ❶好處，益處：例利益。❷使人或自己有益：例利己利人。❸由本錢生出的子金：例紅利、利息。❹尖銳的：例鋒利。❺方便：例便利。❻功能，功用：例水利、漁鹽之利。

猜一猜 ㈠割稻。（猜一字）（答案：利）
㈡利人不利己。（猜一種樂器）（答案：吉他）

利用 ㄌㄧˋ ㄩㄥˋ　❶使事物或人發揮作用。例她利用廢物，做成一個裝飾品。❷用手段使別人替自己做事。例他利用小孩的純真來騙錢。

利益 ㄌㄧˋ ㄧˋ　好處。例你這樣做，有什麼利益呢？

利息 ㄌㄧˋ ㄒㄧˊ　錢存在郵局、銀行或借人所得的報酬。

利率 ㄌㄧˋ ㄌㄩˋ　一定時期內給付利息的百分比算法。有年利率、月利率。

利弊 ㄌㄧˋ ㄅㄧˋ　好處和壞處、缺點。例她仔細分析這件事的利弊得失。

利潤 ㄌㄧˋ ㄖㄨㄣˋ　扣掉資金和費用所得的利益。例外銷品的利潤很高。

利器 ㄌㄧˋ ㄑㄧˋ　精良好用的工具。例「工欲善其事，必先利其器」是說工匠想製作一件精巧的物品，一定要先磨礪所使用的器具。

刪

刀部　五畫

丨 冂 冂 冊 冊 冊 刪

ㄕㄢ 把不好的或沒有用的去掉：例刪去這一句、刪改。

猜一猜 用刀裁割一冊書。（猜一字）（答案：刪）

刪除 ㄕㄢ ㄔㄨˊ　就是把不好或沒有用的部分去掉。

刪改 ㄕㄢ ㄍㄞˇ　把不好的地方去掉，錯誤的地方改正。例經過刪改，這篇文章通順多了。

刪訂 ㄕㄢ ㄉㄧㄥˋ　刪改後再加以訂正、修飾。例這本書經過專家的刪訂，變得很有價值。

刪節號 ㄕㄢ ㄐㄧㄝˊ ㄏㄠˋ　標點符號的一種，用來表示省略或沒有說完的部分。例如：我在動物園看到斑馬、大象、梅花鹿……。寫時用二格六點來表示。

刨

刀部　五畫

丿 勹 勹 句 包 包 刨

ㄆㄠˊ ❶挖：例刨土。❷除去：例刨除。
ㄅㄠˋ ❶用來削平木類的工具：例刨子。❷削成碎屑狀：例刨冰。

刨平 ㄅㄠˋ ㄆㄧㄥˊ　用刨子削平木材。

刨冰 ㄅㄠˋ ㄅㄧㄥ　用機器將冰塊削成碎屑後，加上紅豆、粉圓、水果等的夏天冰品。

刻

刀部　六畫

丶 亠 亡 亥 亥 亥 亥 刻

ㄎㄜˋ ❶雕鏤：例刻印。❷時間單位，十五分鐘為一刻。❸時候：例立刻、即刻。❹苛求：例刻薄。❺深入：例深刻。

參考 請注意：「刻」、「克」用法不同。「刻」是比較不盡情理的要求，例如：刻薄、刻苦耐勞。「克」有戰勝、壓抑的意思，例如：克服、克制。

刻石 ㄎㄜˋ ㄕˊ　在石頭上雕字。

刻字（ㄎㄜˋ ㄗˋ）　用刀雕字。

刻度（ㄎㄜˋ ㄉㄨˋ）　機械、儀表或量器上所刻的度數，可以顯示度量或速度。

刻苦（ㄎㄜˋ ㄎㄨˇ）　勤勞而不怕辛苦。例她刻苦自立，完成學業。

參考 活用詞：刻苦自立、刻苦自勵、刻苦耐勞。

刻意（ㄎㄜˋ ㄧˋ）　有意去做某事。例她刻意的打扮了一番。

刻薄（ㄎㄜˋ ㄅㄛˊ）　待人冷酷，過分要求。例她說話刻薄，所以人緣不好。

猜一猜 小氣鬼娶老婆。（猜一句成語）（答案：刻薄成家）

刻不容緩（ㄎㄜˋ ㄅㄨˋ ㄖㄨㄥˊ ㄏㄨㄢˇ）　形容事情緊急，不准拖延。例事情已經到了刻不容緩的地步，你怎麼還慢吞吞的？

券

刀部　六畫

丶 丷 丷 䒑 龹 关 券 券

ㄑㄩㄢˋ ❶可以用作憑證的東西：例入場券、優待券。❷具有價值，可以買賣、轉讓的票據：例禮券、證券。

參考 請注意：❶「券」不可讀成ㄐㄩㄢˋ。❷「考卷」、「試卷」的「卷」下面是「㔾」，表示可捲起的意思，讀ㄐㄩㄢˇ；「優待券」、「入場券」的「券」下面是個「刀」，刀表示把物品分成兩半，各拿一半，作為信約用，讀ㄑㄩㄢˋ，兩個字不能通用。

刷

刀部　六畫

𠃍 コ 尸 尸 吊 刷 刷 刷

ㄕㄨㄚ ❶去除汙垢的器具：例鞋刷。❷用刷子塗抹：例刷牆壁。❸淘汰：例他在決賽中被刷掉了。❹選擇：例刷選。❺刷白，顏色白裡帶青：例臉色刷白。❻形容聲音，同「唰」：例刷刷作響。

刷子（ㄕㄨㄚ ˙ㄗ）　用塑膠、金屬、動物毛等製成的清潔用具。

刷白（ㄕㄨㄚˋ ㄅㄞˊ）　青白色，多指面色。

刷洗（ㄕㄨㄚ ㄒㄧˇ）　清洗。刷和洗的意思一樣，也可作「洗刷」。例她為了刷洗最後一名的恥辱，因此用功讀書。

刷新（ㄕㄨㄚ ㄒㄧㄣ）　刷洗而顯得很新；比喻突破舊成績，創造新的成績。例她的跳高成績刷新了世界紀錄。

刷選（ㄕㄨㄚˋ ㄒㄩㄢˇ）　挑選。

刺

刀部　六畫

一 厂 冂 巿 市 朿 朿 刺

ㄘˋ ❶頭部細長尖銳的東西：例魚刺。❷用尖的東西進入或穿過物體：例刺繡。❸暗殺：例刺殺。❹用挖苦的話譏笑別人：例諷刺。❺暗中打聽：例刺探。❻多話的：例刺刺不休。❼名片：例投刺。

參考 請注意：「刺」（ㄘˋ）不可寫成「剌」（ㄌㄚˋ）。「喇叭」的「喇」右邊是「剌」（ㄌㄚˋ），不是「刺」（ㄘˋ）。

刺刀（ㄘˋ ㄉㄠ）　便於攻擊刺殺的尖刀。例野豬被刺刀命中要害。

刺史（ㄘˋ ㄕˇ）　古時的地方官，負責刺探檢舉不法的官吏。

刺客（ㄘˋ ㄎㄜˋ）　古時候用武器進行暗殺的人。例荊軻是歷史上有名的刺客。

刺殺（ㄘˋ ㄕㄚ）　暗殺。例美國總統甘迺迪被人刺殺身亡。

刺眼（ㄘˋ ㄧㄢˇ）　❶光線太強，眼睛不舒服。例夏天的太陽很刺眼。❷惹人注意並且使人感覺不順眼。例他穿著怪異，看起來很刺眼。

刺蝟（ㄘˋ ㄨㄟˋ）　哺乳動物，頭小，四肢短，遇到敵人時全身的硬刺會豎起來。

猜一猜 小貨郎，不挑擔，背著針，滿地竄。（猜一種動物）（答案：刺蝟）

刺傷（ㄘˋ ㄕㄤ）　被尖銳的東西弄傷。例她剪紙時，不小心被剪刀刺傷了。

刺激（ㄘˋ ㄐㄧ）　❶能令感覺器官變化的作用。例物理刺激。❷指精神上受到打擊或挫折。例她受到母親去世的刺激，整個人變得很沉默。

參考 活用詞：刺激性、刺激素、刺激感

應。

刺繡（ㄘˋ ㄒㄧㄡˋ） 我國傳統手藝之一，以各種針法用彩線在布面上繡出圖案或景物。有蘇繡、湘繡、蜀繡等。

到

刀部 六畫

ㄉㄠˋ ❶抵達：例火車到站。❷往，去：例到學校。❸普遍：例到處。❹得著：例到手。❺周密：例照顧不到。❻放在動詞後面，表示結果：例見到、說到。

到底（ㄉㄠˋ ㄉㄧˇ） ❶究竟。例你們到底在做什麼事？❷終於，總算。例新方法到底實驗成功。

到處（ㄉㄠˋ ㄔㄨˋ） 每一個地方。例春節時，到處都喜氣洋洋。

到達（ㄉㄠˋ ㄉㄚˊ） 抵達。例我們到達美國了。

到齊（ㄉㄠˋ ㄑㄧˊ） 人數全部都到了。例只要大家都到齊，我們就可以出發了。

刮

刀部 六畫

ㄍㄨㄚ ❶用刀去掉物體表面的東西：例刮鬍子。❷同「颳」，大風吹襲：例刮大風。

參考 請注意：「刮鬍子」的「刮」和「包括」的「括」都念ㄍㄨㄚ，「括」有包含的意思，包「括」、囊「括」兩個字都不能念ㄎㄨㄛˋ。

俏皮話 「刮大風，吃炒麵——怎開。」刮大風時很可能會滿嘴砂，不能開口。比喻有苦難言。例如：唉！這次不小心輸給他，真是「刮大風，吃炒麵——怎開」啊！

刮吃（ㄍㄨㄚ ㄔ） 用刀平削，去除表面上的附著物。例把桌面上的漆都刮吃下來。

刮刮叫（ㄍㄨㄚ ㄍㄨㄚ ㄐㄧㄠˋ） 很好。例他的功課真是刮刮叫。

刮鬍子（ㄍㄨㄚ ㄏㄨˊ ㄗ˙） ❶剃去臉上的鬍鬚。❷比喻被人責罵而感到難堪、不好意思。例他今天被老闆刮鬍子了。

刮目相看（ㄍㄨㄚ ㄇㄨˋ ㄒㄧㄤ ㄎㄢˋ） 別人已經和以前不一樣，要用另一種眼光看待他，這是稱讚別人愈來愈進步。例他經過老師的教導，功課愈來愈好，真教人刮目相看。

制

刀部 六畫

ㄓˋ ❶造，作：例制圖。❷擬定，規定：例制定。❸限定，管束：例限制。❹法度：例法制、典制。❺姓：例制先生。

參考 請注意：「制」有規定、管束的意思；「製」是製造的意思。所以，「制」衣是按照規定做成的衣服；「製」衣就變成裁製衣服。

制止（ㄓˋ ㄓˇ） 用強迫的方法或力量來禁止某件事。例我必須制止暴力事件的發生。

制定（ㄓˋ ㄉㄧㄥˋ） 訂立。例國家制定法律就是要讓我們遵守。

參考 相似詞：訂定、議定。

制服（ㄓˋ ㄈㄨˊ） ❶使用強力讓人屈服，也寫作「制伏」。例警方制服了小偷。❷依規定的樣子所做成的服裝。例學校的制服樣式很新。

制度（ㄓˋ ㄉㄨˋ） 要求大家共同遵守的規則。例要有完善的制度，才能享受應有的福利。

制訂（ㄓˋ ㄉㄧㄥˋ） 共同訂立某種規定。例立法院正在制訂一項法案。

參考 請注意：「制訂」和「制定」的分別：「制訂」指事情還在擬定的階段，還沒定型；「制定」指事情已經有規模或定論。

制裁（ㄓˋ ㄘㄞˊ） 用法律或是社會大眾的言論力量，對違反法則的人加以處罰。例犯法的人一定要受到制裁。

制禮作樂（ㄓˋ ㄌㄧˇ ㄗㄨㄛˋ ㄩㄝˋ） 制定國家共同遵守的禮儀和樂曲。

剁

刀部 六畫

ㄉㄨㄛˋ 用刀砍細：例剁碎、剁肉餡。

參考 相似字：切。

剎 刀部 七畫

ㄔㄚˋ ❶佛教的寺廟：例名山古剎。❷指很短的時間：例剎那。

剎那（ㄔㄚˋ ㄋㄚˋ） 佛家用語，指很短的時間。例剎那間，他已無蹤無影。

參考 相似詞：轉眼、轉瞬。

剃 刀部 七畫

ㄊㄧˋ 用刀去掉毛、髮：例剃頭。

剃刀（ㄊㄧˋ ㄉㄠ） 理髮或刮臉用的刀子。

剃度（ㄊㄧˋ ㄉㄨˋ） 佛教用語，指剃去頭髮出家。

剃頭（ㄊㄧˋ ㄊㄡˊ） 本來是指用刀剃去頭髮，現在則指理髮。

笑一笑 有個初學剃頭的徒弟，第一次替客人剃頭時，很緊張。一不小心割傷了客人，他趕緊用指頭按住。不久，傷處越來越多，十根手指頭都不夠用了。他嘆著氣說：「剃頭真難，要千手觀音來才行呢！」

削 刀部 七畫

ㄒㄩㄝ 語音ㄒㄧㄠ。❶用刀平刮：例削髮。❷刪除，奪去：例削職。

削平（ㄒㄩㄝ ㄆㄧㄥˊ） 挖成平坦。例他把山削平，闢成果園。

削弱（ㄒㄩㄝ ㄖㄨㄛˋ） 用外在的力量去削減人、事、物，使它變弱。例皇帝削弱將軍的兵力，以免他造反。

削減（ㄒㄩㄝ ㄐㄧㄢˇ） 從已定的數目中減少。例立法院削減了大量的國防預算。

削足適履（ㄒㄩㄝ ㄗㄨˊ ㄕˋ ㄌㄩˇ） 腳太大鞋子太小，為了穿上鞋把腳削去。比喻勉強去配合不合適的現況。履：鞋子。例他為了賺錢，竟然不眠不休，簡直是削足適履。

參考 相似詞：削趾適履。♣請注意：刀削麵、削鉛筆的「削」，審訂音念ㄒㄧㄠ。

前 刀部 七畫

ㄑㄧㄢˊ ❶向前，進行：例勇往直前。❷「後」的相反：例前面。❸未來的：例前程。❹過去的，在先的：例從前、前輩。❺前任的簡稱：例前總統。

參考 相似字：先、進。♣相反字：後。

前方（ㄑㄧㄢˊ ㄈㄤ） 戰爭時和敵人接近的危險地帶。例抗戰時，不分前方、後方，大家都同心抗日。

參考 相似詞：前線。♣相反詞：後方。

前面（ㄑㄧㄢˊ ㄇㄧㄢˋ） 眼前；距離不遠。例前面有一家小吃店。

前功盡棄（ㄑㄧㄢˊ ㄍㄨㄥ ㄐㄧㄣˋ ㄑㄧˋ） 指事情快完成的時候卻失敗，以前的努力、辛苦都白費了。例再一個月就聯考了，你如果不念書，那就前功盡棄。

前車之鑑（ㄑㄧㄢˊ ㄔㄜ ㄓ ㄐㄧㄢˋ） 前人的失敗，可以當作後人的借鏡，以免犯相同的錯誤。鑑：警戒，教訓。例記取前車之鑑，我們才不會再犯相同的錯誤。

前呼後擁（ㄑㄧㄢˊ ㄏㄨ ㄏㄡˋ ㄩㄥˇ） 形容達官貴人出去時隨從眾多的盛況。

剌 刀部 七畫

ㄌㄚˋ ❶違背常情，不合事理：例乖剌（性情古怪彆扭）。❷擬聲詞，表示聲音：例風剌剌、嘩剌剌、潑剌剌。

ㄌㄚˊ 劃破：例剌開、手剌了一個口子。

剋 刀部 七畫

ㄎㄜˋ ❶限定：例剋期、剋日。❷約束：例奉公剋己。❸勝，通「克」。❹私自扣減：例剋扣。

參考 相似字：勝。♣請注意：「剋」的異體字是「尅」，或和「克」相通。

剋星 ㄎㄜˋ ㄒㄧㄥ 能夠制服對方的人物，或是指消滅害蟲的藥物。例警察是罪犯的剋星。

則 刀部 七畫

ㄗㄜˊ ❶榜樣，標準：例以身作則、準則。❷規章、條文：例規則、守則。❸計算分項或自成段落文字的單位：例一則新聞、一則故事。❹效法：例則天。❺就，文章中表示前後關係：例有過則改、不進則退。❻卻，表示轉折或對比：例他已經累得睡著了，而你則生龍活虎。❼做：作：例則甚、不則聲。

則甚 ㄗㄜˊ ㄕㄣˊ 做什麼。

剖 刀部 八畫

ㄆㄡˇ ❶從中間切開：例剖開。❷分辨：例剖析。

剖析 ㄆㄡˇ ㄒㄧ 分析解釋。例經過老師的剖析，我更了解事情的經過。

剖開 ㄆㄡˇ ㄎㄞ 切開。例媽媽剖開西瓜，分給孩子們。

剜 刀部 八畫

ㄨㄢ 用刀挖：例剜肉補瘡。

剜肉補瘡 ㄨㄢ ㄖㄡˋ ㄅㄨˇ ㄔㄨㄤ 比喻用有害的辦法來救急，只顧眼前，不顧將來。

剔 刀部 八畫

ㄊㄧ ❶把縫隙中的東西挑出來：例剔牙。❷把肉從骨頭上刮下來：例剔骨頭。❸把不好的去掉：例剔除。

剔除 ㄊㄧ ㄔㄨˊ 經過挑選後，去掉不好的。

剔透 ㄊㄧ ㄊㄡˋ 透明光亮，也可以用來形容聰明可愛的人。

剛 刀部 八畫

ㄍㄤ ❶堅強，「柔」的相反：例剛直。❷恰好：例剛好。❸才，時間過去不久：例他剛走了。❹姓：例剛先生。

參考 相似字：強、硬。♣相反字：柔、弱。♣請注意：金部的「鋼」是一種金屬，例如：鋼鐵。刀部的「剛」有堅強的意思，例如：剛強。

剛才 ㄍㄤ ㄘㄞˊ 指剛過去不久的時間。例我剛才才吃飽，現在一點也不餓。

剛好 ㄍㄤ ㄏㄠˇ 正好。例我剛好要去買東西，可以順便替你寄信。

剛直 ㄍㄤ ㄓˊ 個性正直，敢說直話。直：不欺騙，不隱瞞。例他個性剛直，從不說假話。

剛剛 ㄍㄤ ㄍㄤ ❶不多不少；恰好。例這個箱子，剛剛好可以放書籍和衣服。❷同「剛才」。

剛強 ㄍㄤ ㄑㄧㄤˊ 個性堅強，不怕困難和惡勢力。例他的個性剛強，不怕任何挫折。

剛果河 ㄍㄤ ㄍㄨㄛˇ ㄏㄜˊ 發源於尚比亞，西北流入剛果，又折向西南注入大西洋，是非洲中部最大的河流。

剝 刀部 八畫

ㄅㄛ ❶脫落：例剝落。❷奪去：例剝奪。❸去掉物體外面的皮殼：例剝橘子、剝花生。

ㄅㄛˋ 指顏色或事物雜亂，通「駁」。

剝皮 ㄅㄛ ㄆㄧˊ 除掉東西的外皮。

剝削 ㄅㄛ ㄒㄩㄝ 侵奪他人的財物。例老先生向法院控告合夥人剝削他的資產。

剝奪 ㄅㄛ ㄉㄨㄛˊ 用不法手段，奪取別人的財物、自由。例他因為剝奪了別人的財產，才被關在監牢裡。

剪

剪 刀部 九畫

ㄐㄧㄢˇ ❶剪刀，兩刃交叉用來鉸東西的用具，也叫「剪子」。❷用交叉刀刃的工具鉸開東西：例剪票、剪毛。❸形狀像剪刀的東西：例火剪。❹除掉：例剪除。❺兩手在背後交叉。例倒剪雙手。

參考 相似字：翦。♣請注意：「剪」和「翦」都讀ㄐㄧㄢˇ，「剪刀」、「剪除」的「剪」可寫作「翦」，但是當姓氏時只可用「翦」，不能寫成「剪」。

剪刀 ㄐㄧㄢˇ ㄉㄠ 用來弄斷東西的工具。

剪裁 ㄐㄧㄢˇ ㄘㄞˊ ❶用刀剪把布料或紙張剪成某些形狀。例這張紙經過剪裁，就成為裝飾品了。❷寫文章時的取捨安排。例文章不經過剪裁，就會顯得雜亂。

剪綵 ㄐㄧㄢˇ ㄘㄞˇ 房屋落成、車船開始使用，或商店、工廠、展覽會開幕時剪斷綵帶的一種儀式。

剪影 ㄐㄧㄢˇ ㄧㄥˇ ❶按照人影的形狀剪紙。❷摘取事物、風景的一部分或片斷。例校園剪影。

副

副 刀部 九畫

ㄈㄨˋ ❶幫助的，第二的：例副理、副手。❷符合：例名副其實。❸附帶的：例副業、副產品。❹單位詞，計算成套的器物：例一副春聯。

參考 請注意：成套的東西用「副」計算，例如：一副手套；而「幅」是計算平面物的單位，例如：一幅畫。

副刊 ㄈㄨˋ ㄎㄢ 報紙上刊登不屬於新聞、政論的版面，大部分都刊載小說、散文等作品。例爸爸最喜歡看副刊。

副詞 ㄈㄨˋ ㄘˊ 文法上的詞類之一，作用是修飾動詞、形容詞。例如：「最快」的「最」字，就是副詞。

副業 ㄈㄨˋ ㄧㄝˋ 除了主要謀生的工作外，還兼做的工作。例爸爸白天教書，晚上還在報社兼副業。

剮

剮 刀部 九畫

ㄍㄨㄚˇ ❶是古時候處死犯人的一種方法，用刀慢慢割去犯人的肉，直到犯人死掉為止，又稱為「凌遲」：例剮刑。❷碰到尖銳的物體而被割破：例衣服被釘子剮破了。

剮刑 ㄍㄨㄚˇ ㄒㄧㄥˊ 是古代的一種死刑，用刀慢慢割去犯人的肉，直到犯人死掉為止，是很殘酷的刑罰，又稱為「凌遲」。

剮破 ㄍㄨㄚˇ ㄆㄛˋ 碰到尖銳的物體而被割破。

割

害割 刀部 十畫

ㄍㄜ ❶放棄：例割愛。❷分給：例割讓。❸切斷：例割草。

參考 相似字：切。

猜一猜 割稻。（猜一字）（答案：利）

唱詩歌 秋天天氣真涼爽，田裡稻子一片黃；磨鐮刀，好割稻，農人一家哈哈笑。

割愛 ㄍㄜ ㄞˋ 把心愛的東西轉讓給他人。例妹妹很喜歡她的洋娃娃，她只好割愛了。

割據 ㄍㄜ ㄐㄩˋ 一個國家內部，有武力、有軍隊的人各自占據領土，形成國家分裂的局面。

割斷 ㄍㄜ ㄉㄨㄢˋ 用刀切斷。

割讓 ㄍㄜ ㄖㄤˋ 因為外力威脅或戰爭失敗，而把一部分領土讓給別國。

剴 刀部 十畫

ㄎㄞˇ 切實，切合事理：例剴切。

創 刀部 十畫

ㄔㄨㄤˋ 開始：例首創。

ㄔㄨㄤ ❶傷：例創傷。❷瘡疤，通「瘡」。

參考 相似字：始、傷。♣請注意：「創」與「愴」都念ㄔㄨㄤˋ，但意義不同：「創新」、「創造」用「創」；而心懷悲痛的「悲愴」要用「愴」字。

創立 ㄔㄨㄤˋ ㄌㄧˋ 初次建立。例 國父創立中華民國。

創作 ㄔㄨㄤˋ ㄗㄨㄛˋ 多指文學作品的寫作，全憑自己的意見，而不模仿別人。例這篇創作小說，內容十分感人。

創建 ㄔㄨㄤˋ ㄐㄧㄢˋ 初次或首先建立。例他憑著努力，創建事業。

創造 ㄔㄨㄤˋ ㄗㄠˋ 發明或製造以前所沒有的事物。例愛因斯坦創造了相對論，促使全世界的科學邁進一大步。

參考 活用詞：創造力。

創傷 ㄔㄨㄤ ㄕㄤ ❶外傷。例日常生活中常見的創傷有割傷、刺傷和擦傷。❷心靈所受到的傷害。例父母離婚，使他的心靈受到創傷，因此變得很叛逆。

創新 ㄔㄨㄤˋ ㄒㄧㄣ 創造出前所未有的東西。例電漿電視是很創新的產品。

創辦 ㄔㄨㄤˋ ㄅㄢˋ 最初創立或舉辦某種事業。例他是這所中學的創辦人。

創制權 ㄔㄨㄤˋ ㄓˋ ㄑㄩㄢˊ 國父所提倡的直接民權之一，就是人民對於修改憲法或制定法律有直接提出議案的權利。

剩 刀部 十畫

ㄕㄥˋ 多餘的：例剩菜。

參考 相似字：殘。

剩下 ㄕㄥˋ ㄒㄧㄚˋ 多餘而留下來的。例這些是剩下的水果，要放在冰箱。

剩餘 ㄕㄥˋ ㄩˊ 從某個數量減去一部分以後留下來的。例媽媽用剩餘的菜做成炒飯。

參考 活用詞：剩餘價值、剩餘利潤、剩餘定理。

剿 刀部 十一畫

ㄐㄧㄠˇ 用武力消滅，通「勦」：例剿匪、剿滅。

剿匪 ㄐㄧㄠˇ ㄈㄟˇ 指消除強盜土匪。例他歷經剿匪、抗戰，是個英勇的戰士。

剿滅 ㄐㄧㄠˇ ㄇㄧㄝˋ 全部清除消滅。

剿撫互用 ㄐㄧㄠˇ ㄈㄨˇ ㄏㄨˋ ㄩㄥˋ 一面清剿，一面安撫。比喻恩威並用。

剷 刀部 十一畫

ㄔㄢˇ ❶削平，通「剗」。❷用鏟子剷東西，通「鏟」。

剽 刀部 十一畫

ㄆㄧㄠ ❶竊取：例剽竊。❷劫奪：例剽掠。❸動作輕快的樣子：例剽悍。

剽悍 ㄆㄧㄠ ㄏㄢˋ 形容人輕捷勇猛的樣子。

剽掠 ㄆㄧㄠ ㄌㄩㄝˋ 搶劫奪取。

剽竊 ㄆㄧㄠ ㄑㄧㄝˋ 抄襲或竊取別人的詩文著作。

劃 刀部 十二畫

ㄏㄨㄚˋ ❶分開，分界，同「畫」：例劃分、規劃、區劃。❷設計：例籌劃。❸一致的：例劃一。❹轉，調撥：例劃撥、劃款。

ㄏㄨㄚˊ 物體在平面上擦過或分開：例劃火柴、劃開。

參考 請注意：「劃」不可當作名詞，像筆畫、繪畫的「畫」不能寫成「劃」。「劃」偏重於思考性質，例如：籌劃、策劃；「畫」則偏重實際著手，例如：繪畫。「畫」和「劃」都有分開的意思，因此「劃分」可寫作「畫分」。

劃一 ㄏㄨㄚˋ ㄧ 整齊一致。例他們的動作整齊劃一，十分好看。

劃分 ㄏㄨㄚˋ ㄈㄣ 把整體分成幾部分。例農夫把田地劃分成一塊一塊，便開始插秧。

劃撥 ㄏㄨㄚˋ ㄅㄛ 郵局辦理收支匯兌的一種，申請人開設專戶設立帳號，匯款人要購買東西只需將款項存入帳號內，郵局就可把匯款交給申請人，申請人就會把東西寄給匯款人。

參考 活用詞：郵政劃撥、劃撥帳號。

劃時代 ㄏㄨㄚˋ ㄕˊ ㄉㄞˋ 出現了很有意義的新事物，在歷史上開闢了一個新紀錄。例愛迪生發明電燈是一項劃時代的創舉。

劇
刀部 十三畫

ㄐㄩˋ ❶極，很：例劇寒。❷戲：例話劇。❸姓：例劇先生。

參考 請注意：「劇」與「據」都念ㄐㄩˋ，但用法不同：「戲劇」、「歌劇」要用「劇」；而「占據」、「割據」有占領意思的就要用「據」。

劇本 ㄐㄩˋ ㄅㄣˇ 戲文的底本。

參考 相似詞：腳本。

笑一笑 英國劇作家王爾德的一部劇本首次公演，賣座奇慘，友人問：「演出的情形如何？」王爾德：「劇本好極了！觀眾卻糟透了！」

劇烈 ㄐㄩˋ ㄌㄧㄝˋ 非常猛烈。例他做劇烈運動，因此滿身大汗。

參考 請注意：「劇烈」多用在運動方面；「激烈」則用在動作和言談方面，例如：言談激烈。

劇團 ㄐㄩˋ ㄊㄨㄢˊ 表演戲劇的團體。例今天這個劇團的演出很成功。

劈
刀部 十三畫

ㄆㄧ ❶分開，破開：例劈下樹枝、一劈兩半。❷正對著：例劈頭就打。❸拉開：例劈腿。❹雷擊：例雷劈。

劈柴 ㄆㄧ ㄔㄞˊ 已經劈好，用作燃料的木柴。

劈開 ㄆㄧ ㄎㄞ 用斧或刀分開東西。

劈頭 ㄆㄧ ㄊㄡˊ ❶一開始。例我一走出考場，她劈頭就問我考得怎麼樣。❷當面，當頭。

劈里啪啦 ㄆㄧ ㄌㄧˇ ㄆㄚ ㄌㄚ 形容聲音的字。例新年時，到處都聽到劈里啪啦的鞭炮聲。

劉
刀部 十三畫

ㄌㄧㄡˊ 姓：例劉先生。

劉邦 ㄌㄧㄡˊ ㄅㄤ 漢高祖。他曾經擔任亭長，後來領導民兵推翻秦朝。經過楚漢四年長期戰爭，戰勝項羽，建立漢朝，是我國歷史上第一位平民皇帝。

劉備 ㄌㄧㄡˊ ㄅㄟˋ 三國時在蜀（四川省）建立蜀漢，和曹操、孫權三分天下，西元二二一年在成都稱帝，國號漢。次年，在彝陵被打敗，就病死了。他曾經為了聘請諸葛亮擔任宰相，三次到他的茅屋去拜訪他，這就是「三顧茅蘆」的故事。

劍
刀部 十三畫

ㄐㄧㄢˋ 古代兵器，多用鐵或銅製成，兩邊有鋒利的刀刃，中間有脊，短柄。

劍橋 ㄐㄧㄢˋ ㄑㄧㄠˊ 英國英格蘭東部的城市，有很多古代遺跡，同時又有聞名世界的劍橋大學。

劊
刀部 十三畫

ㄎㄨㄞˋ 砍斷。

劊子手 ㄎㄨㄞˋ ㄗˇ ㄕㄡˇ ❶古代專門執行死刑的人。❷現在也可以指那些屠殺人民的統治者。

劑
刀部 十四畫

ㄐㄧˋ ❶人工配製過的藥品：例化學劑。❷用在中藥方面，指數量：例一劑中藥。

力部 ㄌㄧˋ

小朋友，用力的捏緊拳頭，你是不是可以看到手臂上浮現明顯的手筋？「力」正是手筋的形狀，所以力是一個象形字。後來「力」常用在「力量」、「力氣」這些詞，原來的意思（筋）就很少用到。力部的字和使用體力、力氣都有關係，例如：勞（用力做事）、勉（盡力做）、勁（強而有力）。

力
ㄱ 力

力部 ○畫

ㄌㄧˋ ❶改變物體運動狀態的作用：例動力。❷筋肉運動所產生的作用：例腕力。❸效能：例藥力、水力、彈力。❹才智：例智力。❺出賣勞力的人：例苦力。❻積極的，努力的：例力爭上游。❼務必，一定：例力求精確。❽姓：例力先生。

參考 相似字：務

猜一猜 刀出鞘。（猜一字）（答案：力）

力行 ㄌㄧˋ ㄒㄧㄥˊ 努力實踐，盡力去做。例力行不懈就是有恆的表現。

力求 ㄌㄧˋ ㄑㄧㄡˊ 盡力追求。例考試要力求公平。

力爭 ㄌㄧˋ ㄓㄥ 盡最大的努力去爭取。例為了我們的權益，你要力爭到底。

參考 活用詞：力求上進。

力氣 ㄌㄧˋ ㄑㄧˋ 力量。例他有很大的力氣。

力量 ㄌㄧˋ ㄌㄧㄤˋ ❶力氣。❷能力。例我會盡一切力量完成任務。❸作用；效力。例這種藥性的力量很大。

力不從心 ㄌㄧˋ ㄅㄨˋ ㄘㄨㄥˊ ㄒㄧㄣ 心有餘而力不足，指心裡想做，但力量或能力辦不到。例他想跑完一千公尺，但是力不從心。

力爭上游 ㄌㄧˋ ㄓㄥ ㄕㄤˋ ㄧㄡˊ 努力往上奮鬥。上游：就是上流，指河流接近發源的地方；引申有地位高的意思。例他不畏艱苦的環境力爭上游，終於出人頭地。

參考 相似詞：力爭上流。

力排群議 ㄌㄧˋ ㄆㄞˊ ㄑㄩㄣˊ ㄧˋ 為了達到自己的目標，努力的排除眾人的意見。例他力排群議，主張對外發動戰爭。

參考 相似詞：力排眾議。

力盡精疲 ㄌㄧˋ ㄐㄧㄣˋ ㄐㄧㄥ ㄆㄧˊ 體力完全消耗，再也沒有力量工作或運動。例他翻越一座山嶺後，已經力盡精疲了。

參考 相似詞：精疲力盡。

加
ㄱ 力 力 加 加

力部 三畫

ㄐㄧㄚ ❶把兩個或兩個以上的東西或數目合併在一起：例加法。❷增添：例增加。❸給予：例嚴加管教。❹穿戴、安放：例加冕。❺勝過：例加人一等。

參考 相似字：增。♣相反字：減。

動動腦 小朋友，想一想：「人加言」、「水加骨」、「日加雲」、「木加斤」、「東加木」、「戈加戈」、「犬加肉加火」各是什麼字？（答案：信、滑、曇、析、棟、戔、然）

加工 ㄐㄧㄚ ㄍㄨㄥ 將成品或半成品再加以製造，變為新的或更精美的產品。例罐頭是經由加工製成的食品。

參考 活用詞：加工品、加工區、加工出口區。

加油 ㄐㄧㄚ ㄧㄡˊ ❶為機器或車輛補充油類燃料。例他將車子停在加油站加油。❷鼓勵人作進一步的努力。例球場上的觀眾熱情的為兩隊的選手加油。

加重 ㄐㄧㄚ ㄓㄨㄥˋ 增加重量或程度。例他的病情逐漸加重。

加倍 ㄐㄧㄚ ㄅㄟˋ ❶照原數增加一倍。倍：倍數。例目前的產量是一百萬噸，技術革新後產量可以加倍，達到兩百萬噸。❷格外。倍：更加。例你必須加倍努力用功。

加班 ㄐㄧㄚ ㄅㄢ 為了加速完成工作，在正常工作時間外，增加工作時數。例他經常加班到深夜。

加速 ㄐㄧㄚ ㄙㄨˋ 加快速度，愈來愈快的。例他眼看快要遲到，不禁加速腳步，奔向學校。

加強 ㄐㄧㄚ ㄑㄧㄤˊ 比原來更為強大。例你必須加強英文能力。

加緊 ㄐㄧㄚ ㄐㄧㄣˇ 增加工作的力量和速度。緊：急迫，快速。例我們要加緊準備防洪的工作。

加油添醋 ㄐㄧㄚ ㄧㄡˊ ㄊㄧㄢ ㄘㄨˋ 比喻在說明事情時，任意增加情節、誇大內容。例他加油添醋的描述事情的經過情形。

功

一 丅 工 玏 功

力部 三畫

ㄍㄨㄥ ❶對國家社會或人有貢獻的事：例功勞。❷事業：例功業。❸成就，效果：例大功告成、事半功倍。❹勤奮努力：例用功。❺本領：例功夫、唱功。

參考 相似字：勛、績。

動動腦 這裡有一組連環字，請你把相鄰的兩個部分拼起來，看看可以拼成哪些國字？

（答案：功、加、呀、邪、陣、軌、旭、旺、琪、期、肛）

功夫 ㄍㄨㄥ ㄈㄨ ❶做事用的時間。例這件工作，花了他好大的功夫。❷為事情所做的努力。例她下了不少功夫，才學會這種舞蹈。

參考 相似詞：火候、工夫。♣活用詞：功夫茶。

功用 ㄍㄨㄥ ㄩㄥˋ 物品的用處。例這個機器功用很多。

功利 ㄍㄨㄥ ㄌㄧˋ 追求快速的成功和利益。

參考 請注意：「功利」和「功力」不同：「功利」是形容一個人做事情只考慮在短時間內是否得到效果、利益；「功力」是指花很多的時間和力量，而具有很好的能力。例如：他的繪畫「功力」很深，是因為他不追求「功利」。

功勞 ㄍㄨㄥ ㄌㄠˊ 對事情付出很大的力量。例這次能抓到小偷，全是他的功勞。

功業 ㄍㄨㄥ ㄧㄝˋ 具有大功勞的事業。

參考 請注意：「功業」、「事業」、「職業」都形容一個人所做的事情。但是「功業」通常是形容一個人對國家有非常大的功勞，例如：「 國父的功業令人敬佩。」「功業」不可以隨便拿來形容普通人。「事業」是大的事情；形容一個人投入全部的、長期的時間和精力，所以做出比一般人更好的事情來，例如：「王先生的事業已經擴展到美國。」「蔡老師認為教書是一種事業而不是職業。」「職業」只是一個人為了生活而做的工作。當然，一個人盡心盡力的努力工作，有一天他的職業會變成一種事業，但是很難有機會變成功業。

功德 ㄍㄨㄥ ㄉㄜˊ 佛家指盡力做好事是「功」，心裡存著善的念頭是「德」。

參考 活用詞：功德水、功德院、功德無量、功德圓滿。

功課（ㄍㄨㄥ ㄎㄜˋ） 學生在學校學習的知識、技能。例他在學校裡每一門功課都很好。

參考 活用詞：功課表。

功績（ㄍㄨㄥ ㄐㄧ） 功勞和成就。績：功勞。例這次能打勝仗，他的功績不小。

功業彪炳（ㄍㄨㄥ ㄧㄝˋ ㄅㄧㄠ ㄅㄧㄥˇ） 功勞事業光彩煥發，非常偉大。彪炳：光彩煥發。例明朝大將戚繼光的功業彪炳，極盛一時。

功虧一簣（ㄍㄨㄥ ㄎㄨㄟ ㄧˊ ㄎㄨㄟˋ） 堆積高山，只差了一竹筐的土卻沒去完成；比喻一件大事只差一點力量而沒有成功。簣：竹製盛土的筐子。例眼看這件工作就要完成了，他卻半途而廢，功虧一簣，實在太可惜了。

參考 相似詞：功敗垂成。

劣

力部 四畫

丨 小 小 少 劣 劣

ㄌㄧㄝˋ 低下，極壞的：例惡劣。

參考 相反字：優

猜一猜 少出一分力。（猜一字）（答案：劣）

劣等（ㄌㄧㄝˋ ㄉㄥˇ） 低等的。例這是一批劣等貨，要全部退回。

劣根性（ㄌㄧㄝˋ ㄍㄣ ㄒㄧㄥˋ） 長期形成，無法改進的不良習性。例懶惰是每個人的劣根性。

劫

力部 五畫

一 十 土 去 去 刦 劫

ㄐㄧㄝˊ ❶不幸的事件：例一場浩劫。❷用武力威脅或奪取別人的財物：例劫持、搶劫。

劫持（ㄐㄧㄝˊ ㄔˊ） 用武力強迫對方服從。例歹徒劫持了小孩當作人質。

劫獄（ㄐㄧㄝˊ ㄩˋ） 利用武力把囚犯從監牢中救出來。

參考 相似詞：劫牢。

劫數（ㄐㄧㄝˊ ㄕㄨˋ） 佛家用語，指沒有辦法避免的災難。

劫機（ㄐㄧㄝˊ ㄐㄧ） 指暴徒攜帶武器或炸藥，在飛機飛行時，威脅駕駛員飛往他們想去的地方，並且將飛機上的旅客當成人質的恐怖行為。

劫後餘生（ㄐㄧㄝˊ ㄏㄡˋ ㄩˊ ㄕㄥ） 指經過很大的災難，還能保存性命。例這次山崩造成很大的傷亡，沒想到竟然有劫後餘生的遊客。

助

力部 五畫

丨 冂 冃 月 且 盯 助

ㄓㄨˋ ❶輔佐，幫忙：例幫助、輔助、守望相助。❷有益：例助益。

參考 相似字：益、援、輔、佐。♣相反字：害。

助手（ㄓㄨˋ ㄕㄡˇ） 幫助別人辦事的人。例他做事很有條理，是老師的好助手。

助長（ㄓㄨˋ ㄓㄤˇ） 幫助生長、增長。例髒亂的環境，助長了細菌的繁殖。

參考 活用詞：揠（ㄧㄚˋ）苗助長。

助理（ㄓㄨˋ ㄌㄧˇ） 幫忙辦理。例他是總經理最看重的助理人員。

助人為快樂之本（ㄓㄨˋ ㄖㄣˊ ㄨㄟˊ ㄎㄨㄞˋ ㄌㄜˋ ㄓ ㄅㄣˇ） 青年守則第十條，幫助別人是獲得快樂的泉源。本：根源，基礎。

努

力部 五畫

ㄑ ㄑ 女 女 奴 努 努

ㄋㄨˇ ❶書法直筆的筆法：例豎為努。❷勤奮：例努力用功。❸翹起：例努嘴。

猜一猜 奴隸出力。（猜一字）（答案：努）

努力（ㄋㄨˇ ㄌㄧˋ） 認真。例他的努力得到大家的肯定與讚揚。

努嘴（ㄋㄨˇ ㄗㄨㄟˇ） 翹起嘴巴，常是暗示的動作。例我向他努嘴，教他別再往下說。

劬

力部 五畫

ノ 勹 勹 句 句 句 劬

ㄑㄩˊ 勞累，辛苦：例劬勞。

劭

力部 五畫

ㄕㄠˋ 美好，高尚：例才劭、年高德劭。

劾

力部 六畫

ㄏㄜˊ 說出別人的罪狀：例彈劾。

勇

力部 七畫

ㄩㄥˇ ❶有膽量、不怕危險和困難：例勇敢。❷敢作敢當：例勇於認錯。

參考 相似字：驍（ㄒㄧㄠ）。♣相反字：懦、怯。

猜一猜 石俑出力。（猜一字）（答案：勇）

勇士 ㄩㄥˇ ㄕˋ 有膽量、不怕危險的人。例國軍奮勇殺敵，個個是勇士。

勇氣 ㄩㄥˇ ㄑㄧˋ 敢作敢當，一點也不害怕。例要跳過這條河流，需要有很大的勇氣。

勇敢 ㄩㄥˇ ㄍㄢˇ 有膽量，不怕危險和困難。例他幫助警察抓住歹徒，是個勇敢的孩子。

參考 相反詞：懦弱。

勇往直前 ㄩㄥˇ ㄨㄤˇ ㄓˊ ㄑㄧㄢˊ 很勇敢的向前進，沒有什麼害怕的事。

勇冠三軍 ㄩㄥˇ ㄍㄨㄢˋ ㄙㄢ ㄐㄩㄣ 是三軍之中最勇猛的；比喻非常勇猛，所有人都比不上。冠：第一位。三軍：古代指中軍、左軍、右軍，或中軍、上軍、下軍。例這支球隊勇冠三軍，一直領先。

勉

力部 七畫

ㄇㄧㄢˇ ❶盡力、努力：例勤勉。❷勸導、鼓勵：例勉勵。❸力量不夠仍然盡力去做，或壓迫別人做不容易做或不願意做的事：例勉強。❹姓：例勉先生。

猜一猜 兔跳有力。（猜一字）（答案：勉）

勉強 ㄇㄧㄢˇ ㄑㄧㄤˇ ❶力量不夠仍盡力去做。例他勉強負起這個重任。❷不充足。例她遲到的理由聽起來很勉強。❸強迫別人做不願意做的事。例他既然不樂意，就別再勉強他了。❹不自然。例她笑得很勉強。

參考 請注意：「勉強」和「強迫」不太相同：「勉強」和「強迫」都有「使人去做不願意做的事」，但是「強迫」的語氣比「勉強」更重，是用各種方法使人非去做某件事不可。例如：母親強迫她嫁給不喜歡的人。

勉勵 ㄇㄧㄢˇ ㄌㄧˋ 鼓勵別人繼續努力。例她考試成績不理想，老師勉勵她別灰心，再努力就可以了。

勃

力部 七畫

ㄅㄛˊ ❶旺盛的：例朝氣蓬勃、興致勃勃。❷突然、忽然：例勃然大怒。

參考 相似字：興、盛。

勃發 ㄅㄛˊ ㄈㄚ ❶煥發，旺盛。例他穿軍裝看起來英姿勃發。❷突然發生。例戰爭勃發，使人民生命財產受到威脅。

勃興 ㄅㄛˊ ㄒㄧㄥ 突然興起；形容快速的發展。例臺灣經濟的勃興令許多人譽稱為奇蹟。

勃然變色 ㄅㄛˊ ㄖㄢˊ ㄅㄧㄢˋ ㄙㄜˋ 受外界的刺激，忽然生氣得改變臉色。例他看到玻璃又被頑皮的小孩打破，不禁勃然變色。

勁

力部 七畫

ㄐㄧㄥˋ ❶力氣：例他的手勁很大。❷精神、情緒：例幹勁十足。❸興趣：例她對打球一點也不起勁。❹親密的情意：例上勁。❺表情，態度：例傻勁、親熱勁。❻堅強有力：例勁敵。❼猛烈的：例勁風。

勁敵 ㄐㄧㄥˋ ㄉㄧˊ 實力強大的敵人或對手。例這支球隊是我們最大的勁敵。

勒
力部 九畫

勒 一 十 廾 廾 廿 芇 芇 苎 革 勒

ㄌㄜˋ ❶套在馬頭上的皮帶。❷收住繩子，使馬停止：例懸崖勒馬。❸強迫：例勒令退學。❹書法中橫的筆畫。

ㄌㄟ 用繩索捆住或套住之後，再用力拉緊：例勒緊褲帶。

勒令 ㄌㄜˋ ㄌㄧㄥˋ 用命令的方式強迫別人做某事。例這家賭場被勒令關閉。

勒死 ㄌㄟ ㄙˇ 用繩子捆住或套住，用力拉緊，使人或動物死亡。

勒索 ㄌㄜˋ ㄙㄨㄛˇ 用不正當的手段強迫他人交出財物。例歹徒綁架了小孩，並且向他的父母勒索一百萬。

務
力部 九畫

務 ㇇ ㇇ 𠃌 子 矛 矛 矜 矜 務

ㄨˋ ❶事情：例事務。❷從事：例務農。❸一定、必須：例務必。

務必 ㄨˋ ㄅㄧˋ 必須。例這是一次重要的會議，你務必要來。

參考 相似詞：務須。

勘
力部 九畫

勘 一 十 廾 廾 甘 甘 其 其 甚 勘

ㄎㄢ ❶訂正，核對：例勘誤。❷調查，探測：例勘察地形。❸校勘，把文字兩相比較並審訂謬誤與異同。

動動腦 請你把相鄰的兩個部分拼起來，可以拼成哪些字？

（答案：勘、加、鳴、鄔、陪、部、隔、融、蛄、胡、肚、堪）

勘測 ㄎㄢ ㄘㄜˋ 考查和測量。例我們到山區勘測水源。

參考 活用詞：勘測地形。

勘察 ㄎㄢ ㄔㄚˊ 在採礦或工程施工以前，對地形、地質構造、地下資源蘊藏情況等進行實地調查。例根據勘察的結果，這裡的石油具有開採的價值。

參考 請注意：勘察也寫作「勘查」。

勘誤 ㄎㄢ ㄨˋ 校正文字上的錯字。誤：不對的。例他在一家報社從事勘誤的工作。

參考 相似詞：刊誤。♣活用詞：勘誤表。

動
力部 九畫

動 ノ 二 千 𠂤 𠂤 台 亩 重 重 動

ㄉㄨㄥˋ ❶改變原來的位置或狀態：例移動。❷行為：例行動、舉動。❸使用：例動腦筋。❹開始做：例動工。❺使人的感情改變：例感動。❻常常：例他動不動就說謊。❼放在動詞後面，表示能力或效果：例拿得動、提不動。

參考 相反字：靜。

猜一猜 使出重力。（猜一字）（答案：動）

動人 ㄉㄨㄥˋ ㄖㄣˊ 令人感動。例這部電影的情節很動人。

動力 ㄉㄨㄥˋ ㄌㄧˋ 使物體發生作用的力量。例水力發電使用的動力是水。

動工 ㄉㄨㄥˋ ㄍㄨㄥ 開始工作。例這棟大樓上個月動工。

動心 ㄉㄨㄥˋ ㄒㄧㄣ ❶受到外界的誘惑而動搖心意。例他意志堅定，看到這一大筆錢也不動心。❷內心受到感動。

動手 ㄉㄨㄥˋ ㄕㄡˇ ❶開始做。例早點動手，就可以早點完成。❷用手碰。例這些花瓶只能看，不能隨便動手。❸打人。例你怎麼可以隨便動手打人？

參考 活用詞：動手動腳。

動用 ㄉㄨㄥˋ ㄩㄥˋ 使用。例不能隨便動用公款。例他們動用了全班的同學來打掃環境。

動向 ㄉㄨㄥˋ ㄒㄧㄤˋ 事物發展或變化的方向。例氣象局正在密切注意颱風的動向。

動作 ㄉㄨㄥˋ ㄗㄨㄛˋ 全身或身體一部分的活動。例她跳舞的動作很優美。

動動腦 (一)人、動物、汽車都有不同的動作，先觀察，再寫出描述這些動作的字詞，越多越好。

(二)想一想，按照下面的要求把詞語歸類：

1叮囑。2注視。3喊叫。4盤問。
5仰視。6叫嚷。7喝采。8走動。
9張望。10告訴。11宣誓。12觀察。
13呼喚。14追趕。15趕路。16凝視。
17歡呼。18回答。19遊逛。20踱步。

❶表示看的動作：注視＿＿＿＿。
❷表示說的動作：叮囑＿＿＿＿。
❸表示走的動作：走動＿＿＿＿。
❹表示叫的動作：喊叫＿＿＿＿。

（答案：❶2、5、9、12、16。❷1、4、10、11、18。❸8、14、15、19、20。❹3、6、7、13、17。）

動身 ㄉㄨㄥˋ ㄕㄣ 出發。例他明天就要動身到美國去了。

動物 ㄉㄨㄥˋ ㄨˋ 有感覺、有神經，能自由活動，具有營養、生殖等機能的生物，是生物界中的一大類。

參考 活用詞：動物園。

動動腦 在空格上填字，使這些動物的名稱各自成為一句成語。

❶龍□鳳□
❷蛛□馬□
❸鶯□燕□
❹狐□虎□

（答案：❶龍飛鳳舞。❷蛛絲馬跡。❸鶯歌燕舞。❹狐假虎威。）

俏皮話 「動物園的老虎——吃不了人。」被關在籠子裡的老虎不可能會咬人；比喻一個人的行動受限制。例如：影片中的男主角被敵軍關入大牢，現在可真是「動物園的老虎——吃不了人」。

動員 ㄉㄨㄥˋ ㄩㄢˊ ❶為了適應國防軍事的需要，將國家所有的人力、物力、財力由平時狀態立刻改變成戰時狀態，使國力能有效的發揮。❷發動人們參加某項活動。例班上同學全體動員參加這次運動會。

參考 活用詞：動員令。

動脈 ㄉㄨㄥˋ ㄇㄞˋ 從心臟輸送血液到全身器官的血管。血管很厚，有彈性，會產生脈搏。

參考 相反詞：靜脈。

動詞 ㄉㄨㄥˋ ㄘˊ 文法中表示動作的詞類，有說、笑、唱、跑、跳等。

動亂 ㄉㄨㄥˋ ㄌㄨㄢˋ 社會、政治上變亂、不安定。例一個國家如果發生動亂，人民生活就不安定。

動搖 ㄉㄨㄥˋ ㄧㄠˊ 搖擺不定；不穩固；不堅定。例再艱苦的環境也無法動搖他的決心。

動態 ㄉㄨㄥˋ ㄊㄞˋ 事情變化發展的情形。例警方密切注意嫌犯的動態。

動彈 ㄉㄨㄥˋ ㄊㄢˊ 轉動。例公車上人很多，我被擠得動彈不得。

動機 ㄉㄨㄥˋ ㄐㄧ 做某件事情的原因。例警察在調查小偷作案的動機。

動蕩 ㄉㄨㄥˋ ㄉㄤˋ 指國家的局勢不穩定或是人的心神不穩定。例中東局勢多年來一直動蕩不安。

動靜 ㄉㄨㄥˋ ㄐㄧㄥˋ ❶動作或說話的聲音。例屋子裡靜悄悄的，一點動靜也沒有。❷消息。例他被派去打聽敵人的動靜。

動聽 ㄉㄨㄥˋ ㄊㄧㄥ 聽起來非常好聽或令人感動。例這首歌非常動聽。

動不動 ㄉㄨㄥˋ ㄅㄨˋ ㄉㄨㄥˋ 常常。例他動不動就和別人打架。

勖

勖 力部 九畫

ㄒㄩˋ 勉勵：例勖勉。

勞

勞勞

力部 十畫

ㄌㄠˊ ❶出力而得到成就：例功勞。❷從事勞動工作的人：例勞工。❸辛苦：例任勞任怨。❹操煩、憂傷：例勞心。❺煩擾、打擾：例勞駕。❻姓：例勞先生。

ㄌㄠˋ 慰問：例勞軍。

猜一猜 坐收漁利。（猜一句成語）（答案：不勞而獲）

勞力 ㄌㄠˊ ㄌㄧˋ 用體力工作。例建築工人靠勞力生活。

勞乏 ㄌㄠˊ ㄈㄚˊ 疲倦。例吳先生加班到天亮，勞乏得睜不開眼睛。

勞保 ㄌㄠˊ ㄅㄠˇ 「勞工保險」的簡稱，是保障勞工生活的一種社會安全制度。參與保險的人，在生育、疾病、失業、死亡等情況，都可以申請補助。

勞苦 ㄌㄠˊ ㄎㄨˇ 勞累辛苦。例她不辭勞苦的遠從南部趕來。

勞軍 ㄌㄠˋ ㄐㄩㄣ 慰勞軍隊。

勞神 ㄌㄠˊ ㄕㄣˊ 花費很多的精神。例你身體不好，不要勞神。

參考 活用詞：勞神費力。

勞動 ㄌㄠˊ ㄉㄨㄥˋ ❶人類創造物質或精神財富的活動。例他從事體力勞動。❷感謝別人為自己做事的客氣話：例又得勞動您了。

參考 活用詞：勞動法、勞動節、勞動服務。

勞累 ㄌㄠˊ ㄌㄟˋ 由於過度的辛勞而感到疲倦。例過度的勞累最後使他病倒了。

勞頓 ㄌㄠˊ ㄉㄨㄣˋ 勞累疲倦。

勞駕 ㄌㄠˊ ㄐㄧㄚˋ 請人幫助或表示感謝的客氣話。駕：對別人的尊稱。例勞駕您到郵局跑一趟。

勞民傷財 ㄌㄠˊ ㄇㄧㄣˊ ㄕㄤ ㄘㄞˊ 不但人員勞苦又浪費錢財。例凡是國家的建設都應該考慮周詳，設計精密，以免勞民傷財，又無益於社會。

參考 請注意：「勞民傷財」通常只用在批評不恰當或沒有價值的措施。

勞苦功高 ㄌㄠˊ ㄎㄨˇ ㄍㄨㄥ ㄍㄠ 形容做事勤苦而且功勞很大。例我們要經常慰勞那些勞苦功高的三軍將士。

勞師動眾 ㄌㄠˊ ㄕ ㄉㄨㄥˋ ㄓㄨㄥˋ 本來指出動大批軍隊，現在多用來形容做一件事或一項工程，耗費過多的人力。師：軍隊。眾：很多人。例這點小事不值得我們勞師動眾。

勝

勝勝

力部 十畫

ㄕㄥˋ ❶風景優美：例名勝。❷打敗對方：例打勝仗。❸超過：例勝過、事實勝於雄辯。

ㄕㄥ ❶承受得了：例勝任。❷窮盡：例不可勝數。❸姓：例勝先生。

參考 相似字：贏。♣相反字：敗。

勝任 ㄕㄥ ㄖㄣˋ 能力足以擔任某件工作。例他相信自己可以勝任愉快。

勝利 ㄕㄥˋ ㄌㄧˋ 在比賽中打敗對方。例經過激烈的比賽，我們終於獲得勝利。

參考 相似詞：成功。

勝負 ㄕㄥˋ ㄈㄨˋ 勝敗。例他們實力差不多，很難分出勝負。

勝算 ㄕㄥˋ ㄙㄨㄢˋ 能夠取勝的計謀。例這次比賽，我隊穩操勝算。

勝境 ㄕㄥˋ ㄐㄧㄥˋ 景色美麗的地方。例陽明山是著名的勝境。

勝不驕敗不餒 ㄕㄥˋ ㄅㄨˋ ㄐㄧㄠ ㄅㄞˋ ㄅㄨˋ ㄋㄟˇ 勝利了不驕傲，失敗了也不洩氣。餒：氣餒，洩氣。例「勝不驕，敗不餒」是運動員應有的精神。

勛

勛勛

力部 十畫

ㄒㄩㄣ 大的功勞，功績，同「勳」：例功勛、勛勞、勛章。

募

募募募

力部 十一畫

ㄇㄨˋ ❶多方面徵收召集：例召募。❷徵求金錢或食物：例募捐。

參考 請注意：募、墓、幕、慕、暮，都念ㄇㄨˋ，但是用法不同。力部的「募」是募集金錢或軍人，例如：募捐、募兵。土部的「墓」是人死後埋葬的地方，例如：墳墓。巾部的「幕」是垂掛或遮蔽用的布簾，例如：開幕、閉幕。心部的「慕」有喜歡的意思，例如：愛慕、羨慕。日部的「暮」是太陽快下山的時候，例如：暮色、朝朝暮暮。

募兵 ㄇㄨˋ ㄅㄧㄥ 召集願意當兵的人，由國家付給薪水，和「徵兵」不同。

募捐 ㄇㄨˋ ㄐㄩㄢ 請人家捐錢幫助貧窮的人。例這次募捐是為了幫助可憐的孤兒。

參考 相似詞：募款。

募款 ㄇㄨˋ ㄎㄨㄢˇ 向人勸說，請他捐款。例這次義賣募款的反應很好，募到了不少錢。

勦

力部 十一畫

ㄐㄧㄠˇ 討伐、消滅：例勦匪、勦滅、追勦。

ㄔㄠ 抄襲：例勦襲。

勤

力部 十一畫

ㄑㄧㄣˊ ❶盡力去做，不斷的做：例勤勞。❷常常：例勤於洗澡。❸待人周到：例殷勤。❹在一定的時間內規定的工作：例勤務、內勤。❺姓：例勤先生。

參考 相反字：懶。

古人說 「勤是搖錢樹，儉是聚寶盆。」這句話是說：勤勞節儉可以創造和累積財富。例如：所謂「勤是搖錢樹，儉是聚寶盆」，你要牢記在心，勤儉持家。

笑一笑 有一個人在賣殺蟑螂的藥，他把藥包得緊緊的。有人買了他的藥，拆開一看，裡面只有一張紙條，寫著——「勤抓」。

勤快 ㄑㄧㄣˊ ㄎㄨㄞˋ 做事很努力很快速。例他工作勤快，因此獲得老闆的重用。

勤勉 ㄑㄧㄣˊ ㄇㄧㄢˇ 勤勞認真不放鬆。例他做事勤勉，將來一定會成功。

勤苦 ㄑㄧㄣˊ ㄎㄨˇ 刻苦耐勞。例他勤苦工作，希望能創立偉大的事業。

勤務 ㄑㄧㄣˊ ㄨˋ ❶軍警人員平時奉命執行的工作。例指揮交通是警察的勤務之一。❷軍隊作戰前，為了保護隊伍的安全，避免危險所作的各種準備。

參考 活用詞：勤務兵。

勤勞 ㄑㄧㄣˊ ㄌㄠˊ 努力工作，不怕辛苦。例農夫每天勤勞的種田。

參考 相反詞：懶惰。

勤儉 ㄑㄧㄣˊ ㄐㄧㄢˇ 勤勞節儉。例勤儉是一種美德。

參考 活用詞：勤儉建國、勤儉為服務之本。

勤奮 ㄑㄧㄣˊ ㄈㄣˋ 努力工作，精神振作。例他勤奮學習新的知識。

勤學 ㄑㄧㄣˊ ㄒㄩㄝˊ 努力用功讀書，研究學問。例他勤學的精神，是我們的好榜樣。

參考 活用詞：勤學好問。

勤政愛民 ㄑㄧㄣˊ ㄓㄥˋ ㄞˋ ㄇㄧㄣˊ 親自勤勞的處理政事，並且愛護百姓。例他是一位勤政愛民的長官。

勤能補拙 ㄑㄧㄣˊ ㄋㄥˊ ㄅㄨˇ ㄓㄨㄛˊ 勤奮可以補足先天不足的能力。拙：笨。例勤能補拙是他成功的原因。

勢

力部 十一畫

ㄕˋ ❶權力，威力：例勢力。❷自然界一些動的力量：例風勢、水勢。❸動作的狀態：例手勢、姿勢。❹機會、時機：例乘勢追擊。❺形狀，情況：例形勢、地勢。

參考 相似字：權、力。

猜一猜 熱情，用力不用火。（猜一字）
（答案：勢）

勢力 ㄕˋ ㄌㄧˋ 金錢、人情、權勢所造成的影響力。例他有很強大的政治勢力。

勢利 ㄕˋ ㄌㄧˋ 對有財產、有地位的人特別看重。例他待人很勢利，令人反感。

參考 活用詞：勢利鬼、勢利眼。

勢不兩立 ㄕˋ ㄅㄨˋ ㄌㄧㄤˇ ㄌㄧˋ 指敵對的事物不能同時存在。例這兩個敵對的家族，勢不兩立。

勢如破竹（ㄕˋ ㄖㄨˊ ㄆㄛˋ ㄓㄨˊ）　氣勢像劈竹子一樣，劈開上端之後，底下的部分都隨著刀刃分開了。形容作戰或工作節節勝利，沒有阻礙。例我軍的進攻勢如破竹，敵方則節節敗退。

勢均力敵（ㄕˋ ㄐㄩㄣ ㄌㄧˋ ㄉㄧˊ）　雙方勢力相等，不分高低。敵：力量相等。例兩隊勢均力敵，不分勝負。

參考 相似詞：旗鼓相當、力敵勢均。

勳

力部 十四畫

一 二 𠂉 ⺈ 𠂊 ... 重 重 勳 勳

ㄒㄩㄣ ❶指作戰有功：例勳章、功勳。❷姓：例勳先生。

勳業（ㄒㄩㄣ ㄧㄝˋ）　功業，通常指戰功。

勳章（ㄒㄩㄣ ㄓㄤ）　由國家授予的獎章，通常只頒發給對國家有特殊貢獻或特殊功勞的人。

勳績（ㄒㄩㄣ ㄐㄧ）　功績。

勵

力部 十五畫

一 厂 厂 厂 厂 严 严 厉 厉 厉 厉 厲 厲 厲 厲 勵 勵

ㄌㄧˋ ❶努力：例勵行。❷勸勉：例勉勵。❸姓：例勵先生。

參考 相似字：勉。

勵行　㈠ㄌㄧˋ ㄒㄧㄥˊ努力去做。行：實行、施行。例我們要勵行民主政治。㈡ㄌㄧˋ ㄒㄧㄥˋ 修養心性，敦勵品行。行：德行、品行。

勵志（ㄌㄧˋ ㄓˋ）　勉勵自己的心志，達到毫不懈怠的地步。

勵精圖治（ㄌㄧˋ ㄐㄧㄥ ㄊㄨˊ ㄓˋ）　振作精神，想辦法把國家治理好。勵：努力振作。圖：謀求。治：治理。例越王句踐勵精圖治，終於打敗吳王夫差，建立霸業。

勸

力部 十八畫

丶 丶 丶 艹 艹 ... 雚 雚 勸 勸

ㄑㄩㄢˋ ❶拿道理說服人，使人聽從：例規勸。❷勉勵、鼓勵：例勸勉。❸姓：例勸先生。

參考 相似字：獎。

勸告（ㄑㄩㄢˋ ㄍㄠˋ）　拿道理勸人，使人改正錯誤或接受意見。告：勸說。例他不聽從別人的勸告，終於嘗到苦頭。

參考 相似詞：忠告。

勸阻（ㄑㄩㄢˋ ㄗㄨˇ）　勸說並阻止人不要做某種事情。阻：止。例他任意行事，不聽別人的勸阻。

勸勉（ㄑㄩㄢˋ ㄇㄧㄢˇ）　勸告並勉勵別人努力向善。例出家人勸勉人要以慈悲為懷。

勸誡（ㄑㄩㄢˋ ㄐㄧㄝˋ）　對有過失和錯誤的人提出勸告。誡：勸告。例他把我當成親兄弟一樣，時時勸誡我、鼓勵我。

參考 相似詞：勸戒。

勸導（ㄑㄩㄢˋ ㄉㄠˇ）　用言語勸說開導別人。例交通警察勸導人們遵守交通規則。

勸諫（ㄑㄩㄢˋ ㄐㄧㄢˋ）　用正當的言論阻止他人不好的行為。諫：用語言或行動勸告上級或糾正別人的過失。例唐太宗能接受魏徵的勸諫，所以能成為歷史上的賢君。

參考 請注意：「勸諫」一詞多用於下對上，例如：子女對父母、臣子對國君。

勸善規過（ㄑㄩㄢˋ ㄕㄢˋ ㄍㄨㄟ ㄍㄨㄛˋ）　勉勵別人努力向善，並改正過錯。規：改正。例朋友之間要互相勸善規過。

勹部（ㄅㄠ）

「勹」是一個人手臂、身體彎曲的樣子，當你要拿很多東西的時候，你是不是會彎曲手包住東西？因此勹部的字大部分都有裹住、包住的意思，例如：包、胞。

勺

勹部 一畫

ノ 勹 勺

ㄕㄠˊ ❶舀水的器具：例鐵勺、湯勺。❷容量的單位，一百勺稱為一升。

ㄓㄨㄛˊ 古時候的樂舞名，相傳是周公所作的：例誦詩舞勺。

猜一猜 有點像勾，不是勾。（猜一字）（答案：勺）

勻

ノ勹勹勻　勹部 二畫

ㄩㄣˊ ❶平均，不多也不少：例均勻、勻稱。❷抽出一部分給別人：例我們的菜比較多，勻一些給你們。❸姓：例勻先生。

參考 請注意：「均勻」的「勻」字比「湯勺」的「勺」字多一畫。

猜一猜 多一隻湯勺。（猜一字）（答案：勻）

勻稱 ㄩㄣˊ ㄔㄣˋ 均勻相稱，恰恰好。例她的字寫得很勻稱。

勾

ノ勹勾勾　勹部 二畫

ㄍㄡ ❶彎曲的物體，同「鉤」：例衣勾、魚勾。❷用筆畫出鉤形符號，表示刪掉或值得注意：例勾銷、把這篇文章好的句子勾出來。❸引起：例勾起我的回憶。❹結合在一起：例勾結。❺在湯汁中調和太白粉、麵粉，使湯汁變濃：例勾芡。❻姓：例勾先生。

ㄍㄡˋ 伸手探取，也作「夠」：例勾不著。

猜一猜 不用錢買的鉤子。（猜一字）（答案：勾）

勾引 ㄍㄡ ㄧㄣˇ 引誘別人作不正當的事。不可以隨便使用。

勾結 ㄍㄡ ㄐㄧㄝˊ 暗中串通一起做壞事。例不良商人勾結走私分子走私毒品。

勾當 ㄍㄡˋ ㄉㄤˋ 事情，多指壞事。例他賊頭賊腦的模樣，不知暗地裡在幹些什麼勾當？

勾銷 ㄍㄡ ㄒㄧㄠ 抹掉，清除。例他們的恩怨早就一筆勾銷了。

勾心鬥角 ㄍㄡ ㄒㄧㄣ ㄉㄡˋ ㄐㄧㄠˇ 比喻互相使用心機，攻擊對方。例你們別再勾心鬥角了，這樣對你們都沒好處。

勾肩搭背 ㄍㄡ ㄐㄧㄢ ㄉㄚ ㄅㄟˋ 用手臂搭在別人肩膀或背上，可以形容兩個人感情很好或是舉止放縱沒有禮貌。

勿

ノ勹勿勿　勹部 二畫

ㄨˋ 不要，表示禁止或勸阻：例請勿入內、勿攀折花木。

參考 相似字：不、莫。

勿忘我 ㄨˋ ㄨㄤˋ ㄨㄛˇ ❶多年生的草本植物，莖非常柔弱，春季開花到秋季才會凋謝，西方人常把這種花佩帶在襟上，表示彼此不相忘，因此稱為勿忘我。❷不要忘記我，是分別時常說的話。

勿失良機 ㄨˋ ㄕ ㄌㄧㄤˊ ㄐㄧ 不要錯過好機會。

勿施於人 ㄨˋ ㄕ ㄩˊ ㄖㄣˊ 不要加在別人身上，這是儒家仁愛的精神。也就是你自己所不想遇到的事情，不要讓它發生在別人身上。例如：你不喜歡別人騙你，那麼你也不能欺騙別人，這就是「己所不欲，勿施於人」的意思。

包

ノ勹勹勹包　勹部 三畫

ㄅㄠ ❶用紙、布或其他薄片把東西裹起來：例包水餃、紙包不住火。❷四面圍攻：例包抄、包圍。❸負責、保證：例包你滿意、包你沒事。❹約定專用的：例包廂、包車。❺計算包裝物的單位：例一包香煙、一包米。❻裝東西的袋子：例書包、背包、皮包。❼容納、總括在一起：例包含、包羅萬象。

參考 相似字：裹、藏。♣請注意：由「包」組成的字很多，例如：苞、齙、雹、飽、刨、鮑，讀音用法不同：「苞」是花蒂的葉片，花沒有開的時候，包著花朵，例如：含苞待放、花苞。牙齒顯露出來叫「齙（ㄅㄠ）牙」，我們時常誤用為「暴牙」。氣象報告常提醒農夫要注意冰「雹」（ㄅㄠˊ）不要念成冰ㄅㄠˋ。我今天吃得很「飽」（ㄅㄠˇ），所以精神「飽」滿。夏天大家喜歡吃「刨」(ㄅㄠˋ)冰,「刨」就是把東西削成碎屑。鮑叔牙、鮑魚的「鮑」讀ㄅㄠˋ,不可念成ㄅㄠ。

古人說 「紙包不住火。」這句話是比喻真相無法掩蓋。例「紙包不住火」,這件事情遲早會被人知道。

包含 ㄅㄠ ㄏㄢˊ 某樣事物裡邊含有。例我認為這句話包含好幾層意義。

參考 相似詞:包括。

包庇 ㄅㄠ ㄅㄧˋ 掩飾保護不正當的人或事。例她老是包庇兒子的錯誤,因此她的兒子才會越來越壞。

包括 ㄅㄠ ㄍㄨㄚ 包容,含有。例人的四肢包括手和腳。

包涵 ㄅㄠ ㄏㄢˊ 請人多多原諒的客氣話。例這件事我辦得不好,還要請你多多包涵。

包廂 ㄅㄠ ㄒㄧㄤ 戲院樓上專門供客人預訂的特別座位。廂:像房子一樣隔離的座位。

包裹 ㄅㄠ ㄍㄨㄛˇ ❶用布或紙把東西裹起來。例他用紗布包裹傷口。❷包好成件的東西。例我到郵局去寄包裹。

小百科 我國郵局規定凡是物品一公斤以上,十公斤以下,都屬於包裹。

包辦 ㄅㄠ ㄅㄢˋ 一手負責,全部辦理。例我們家的伙食由媽媽一手包辦。

參考 相似詞:包攬、承辦。

包打聽 ㄅㄠ ㄉㄚˇ ㄊㄧㄥ 本來是古代巡捕房的偵查人員,現在則指喜歡打聽消息,或是消息靈通的人。例她是我們附近的包打聽,你想知道任何事都可以去問她。

包羅萬象 ㄅㄠ ㄌㄨㄛˊ ㄨㄢˋ ㄒㄧㄤˋ 包括一切,什麼都有。指內容豐富,應有盡有。羅:捉鳥的網,表示網住、包括。例這本書包羅萬象,很值得一看再看。

匆

勹部 三畫

ノ 勹 勹 匆 匆

ㄘㄨㄥ 急促的樣子:例匆忙。

匆匆 ㄘㄨㄥ ㄘㄨㄥ 急忙的樣子。例看他行色匆匆,不知發生了什麼大事。

匆忙 ㄘㄨㄥ ㄇㄤˊ 急忙,忙碌。例日子過得很匆忙。

匆促 ㄘㄨㄥ ㄘㄨˋ 匆忙,倉促。例因為動身的時候太匆促了,把行李忘在家裡沒帶來。

匆匆忙忙 ㄘㄨㄥ ㄘㄨㄥ ㄇㄤˊ ㄇㄤˊ 形容非常急忙的樣子。例他匆匆忙忙的打我身邊經過。

匈

勹部 四畫

ノ 勹 勹 匃 匈 匈

ㄒㄩㄥ ❶「胸」在古文中都寫作「匈」。❷吵亂不安地,同「洶」、「訩」:例天下匈匈。❸我國古代的北方民族:例匈奴。❹歐洲國名:例匈牙利。

猜一猜 胸前無肉。(猜一字)(答案:匈)

匈奴 ㄒㄩㄥ ㄋㄨˊ 中國古代北方民族,又稱為「胡」,戰國時,他們在燕、趙以北游牧,戰國以後才稱匈奴。東漢時分列為南、北二支,南匈奴依附漢朝,學習農耕,北匈奴往西亞地區逃去。

匍

勹部 七畫

ノ 勹 勹 匍 匍 匍 匍 匍 匍

ㄆㄨˊ 匍匐,在地上爬行:例匍匐前進。

匐

勹部 九畫

匐

ノ 勹 勹 匐 匐 匐 匐 匐 匐 匐 匐

ㄈㄨˊ 匍匐,見「匍」字。

匏

勹部 九畫

匏

一 ナ 大 夲 夸 夸 匏 匏 匏

ㄆㄠˊ ❶匏瓜,草本植物,葫蘆的一種,果實比葫蘆大,對半剖開,可做水瓢。❷古代的八音之一,指用匏做成的樂器,例如:芋、笙等。

匕部 ㄅㄧˇ

「𠤎」是什麼字呢？仔細看看，像不像舀湯的湯匙？「𠤎」正是按照湯匙的形狀所造的象形字。後來將線條拉直寫成「匕」。匕就是湯匙，匕首就是短劍，因為匕的形狀像短刀。

匕

匕部 ○畫

ノ 匕

ㄅㄧˇ ❶古人舀取食物的器具。❷箭頭。❸短劍：例匕首。

猜一猜 化妝得不像人。（猜一字）（答案：匕）

匕首 ㄅㄧˇ ㄕㄡˇ 古代的短劍，因為劍首形狀像湯匙，所以稱為匕首。

化

匕部 二畫

ノ イ 亻 化

ㄏㄨㄚˋ ❶改變：例變化、化名。❷教導感化：例教化、潛移默化。❸融解：例雪化了。❹指各種制度：例文化。❺天地生成萬物：例化育。❻向人家要東西：例化緣。❼燒掉：例火化、焚化。❽表示變成某種性質或狀態：例自動化、綠化。ㄏㄨㄚ 向人乞求金錢、物品過日子的人：例叫化子。

化石 ㄏㄨㄚˋ ㄕˊ 古代動、植物的屍體埋在地下，經過了很久的時間，而變成像岩石一樣的東西。研究化石可以了解生物的演化，和確定地層的年代。

化名 ㄏㄨㄚˋ ㄇㄧㄥˊ 隱藏真名字，使用假的名字。例國父曾經化名為中山樵。

化合 ㄏㄨㄚˋ ㄏㄜˊ 化學名詞，指兩種或兩種以上的物質，結合成一種新的物質的反應。

參考 相反詞：分解。♣活用詞：化合物。

化妝 ㄏㄨㄚˋ ㄓㄨㄤ 打扮、裝飾容貌。例她今天化妝得很漂亮。

參考 請注意：「化妝」和「化裝」的不同：「化妝」是指利用化妝品使人容貌美麗；而「化裝」則是改變原來的樣子，或是假扮成別人。因此「化裝舞會」最好不要寫成「化妝舞會」，因為一般化裝舞會都是戴面具，或是假裝扮成另一個人，並不是只用化妝品化妝。♣活用詞：化妝品、化妝箱。

化裝 ㄏㄨㄚˋ ㄓㄨㄤ 改變裝束。例聖誕節當天，我和朋友參加學校舉辦的化裝舞會。

化身 ㄏㄨㄚˋ ㄕㄣ ❶佛教中稱佛或菩薩暫時出現在人間的形體。例那個女孩是菩薩化身，前來救助世人。❷指抽象觀念的具體形象。例包公被人們看成正義的化身。

化緣 ㄏㄨㄚˋ ㄩㄢˊ 和尚、尼姑向人勸募財物，意思是能把財物奉獻給和尚、尼姑的人，就是和佛有緣，所以稱為化緣。例和尚向人化緣，建造寺廟。

化學 ㄏㄨㄚˋ ㄒㄩㄝˊ ❶研究物質的組成、結構、性質和變化的科學，是自然科學的基礎學科之一。它研究的對象分有機、無機兩大類。❷口語裡稱一切由化學製造的東西。

化鶴 ㄏㄨㄚˋ ㄏㄜˋ 原指學道成仙的人，後常用為死亡的代稱。

參考 活用詞：化學系、化學反應、化學平衡、化學食品、化學戰爭、化學工業、化學肥料、化學作用、化學變化、化學藥劑。

北

匕部 三畫

丨 ㇐ ㇐ 北 北

ㄅㄟˇ ❶方向名，和「南」相對：例北方。❷向北走：例北上。❸打敗仗：例敗北。ㄅㄟˋ 違背，通「背」。

北斗 ㄅㄟˇ ㄉㄡˇ 北斗是北面天空的星群名稱之一，一共有七顆亮星，排成勺子形。屬於大熊星座，是航海和測量的人辨認星向的重要標誌。

北方 ㄅㄟˇ ㄈㄤ ❶就是北的意思。❷北部地區，在我國指黃河流域和以北的地區。

北平 ㄅㄟˇ ㄆㄧㄥˊ 位於河北省，是國防軍事和交通重地，所以元、明、清三代都以北平為國都。境內名勝古蹟很多，是文化和旅遊的勝地。

參考 請注意：原名「北京」，民國十七年改為「北平」。

二畫

北伐 ㄅㄟˇ ㄈㄚˊ 民國十五年國民革命軍在蔣總司令中正的領導下，討伐北洋軍，一直到十七年統一全國。

北極 ㄅㄟˇ ㄐㄧˊ 地軸的北端，北半球的頂點。

北極圈 ㄅㄟˇ ㄐㄧˊ ㄑㄩㄢ 是北半球的極圈，在北緯六六·三三四度，是北溫帶和北寒帶的分界。

匙

匕部 九畫

ㄔˊ ❶舀湯的器具：例湯匙。❷姓：例匙先生。

·ㄕ 開鎖的器具：例鎖匙。

參考 請注意：我們所說的「湯匙」、「茶匙」也可以叫做「調羹」。

猜一猜 渴湯時用它，絕不是匕首。（猜一字）（答案：匙）

匚部 ㄈㄤ

「匚」讀作ㄈㄤ，是按照方形器具的形狀所造的象形字。匚部的字和裝東西的箱子、收藏東西都有關係，例如：匣（小盒子）、櫃（櫃子）、柩（裝屍體的方形器具）。「匚」和「匸」（ㄒㄧˋ）的字形很相似，「匚」（ㄈㄤ）就像一個方形的蓋子，筆畫相連。「匸」（ㄒㄧˋ）的第二畫和第一畫是不相連的，書寫的時候要特別注意。

匝

匚部 三畫

ㄗㄚ ❶環繞一圈：例繞城三匝。❷滿、遍：例柳蔭匝地。

匡

匚部 四畫

ㄎㄨㄤ ❶改正：例匡正。❷幫助、救助：例匡助、匡救。❸姓：例匡衡。

猜一猜 王先生家有三壁。（猜一字）（答案：匡）

匡正 ㄎㄨㄤ ㄓㄥˋ 改正。例老師常會匡正我們的錯誤。

匡衡 ㄎㄨㄤ ㄏㄥˊ 西漢人，他小時候家裡很窮，買不起燈火，他就在牆壁上鑿了一個洞，利用鄰居的光亮來讀書。長大後，博學多聞，漢元帝時曾經擔任宰相。

匠

匚部 四畫

ㄐㄧㄤˋ ❶有專門技巧的人：例木匠。❷指某一方面有特殊成就的人：例巨匠。

猜一猜 一斤鐵撞壞一口箱。（猜一字）（答案：匠）

匠心 ㄐㄧㄤˋ ㄒㄧㄣ 巧妙的心思。例在所有作品中只有他的獨具匠心。

參考 相似詞：匠意。

匣

匚部 五畫

ㄒㄧㄚˊ 裝東西的小箱子：例匣子。

匪

匚部 八畫

ㄈㄟˇ ❶強盜：例土匪。❷有文彩的：例有匪君子。❸表示否定，「不」的意思：例獲益匪淺、夙夜匪懈。

參考 相似字：盜。

猜一猜 是非只為多開口。（猜一字）（答案：匪）

匪徒 ㄈㄟˇ ㄊㄨˊ ❶盜匪。❷遊蕩無業而有害於地方的人。例匪人、匪類。

匪話 ㄈㄟˇ ㄏㄨㄚˋ　指流氓之流的人物所特用的話語。

參考 相似詞：黑話。

匪懈 ㄈㄟˇ ㄒㄧㄝˋ　就是不懈，不敢懈怠、放鬆。懈：偷懶、怠慢。

參考 活用詞：夙夜匪懈。

匪夷所思 ㄈㄟˇ ㄧˊ ㄙㄨㄛˇ ㄙ　不是根據常理所能想到的，就是超出一般人的想像。夷：平常。

匯　匚部 十一畫

ㄏㄨㄟˋ ❶河流會合在一起：例匯合、匯聚。❷在甲地付的錢，可以在乙地領到的過程：例到郵局匯錢、匯款。

匯聚 ㄏㄨㄟˋ ㄐㄩˋ　會合聚集。例長江是匯聚無數的支流而成的大河。

匱　匚部 十二畫

ㄎㄨㄟˋ 缺少：例匱乏、匱竭。

猜一猜 請多開金口。（猜一字）（答案：匱）

匱乏 ㄎㄨㄟˋ ㄈㄚˊ　缺乏，貧困。

匸部 ㄒㄧˋ

小朋友，你玩捉迷藏的時候，會不會躲在彎曲的巷子裡，讓同伴找不到？「匸」就是表示躲避隱藏的指事字，下面那一筆表示躲在曲折的地方，上面的「一」不是表示數字的一，而是指蓋著的東西，不想讓別人發現的意思。原本寫成「匸」（ㄒㄧˋ）和「匚」（ㄈㄤ）完全不同，但是把線條拉直後寫成「匸」（ㄒㄧˋ），就容易和「匚」（ㄈㄤ）混在一起。匸部的字都有躲藏的意思，例如：匿（躲藏）、區（原來是指藏著很多東西，因此有區別、區分的意思）。

匹　匸部 二畫

ㄆㄧˇ ❶計算綢、布的單位：例布匹。❷配合、相配：例匹配。❸比得上、相當：例匹敵。❹單獨的：例匹夫匹婦。

ㄆㄧ 計算馬的單位：例一匹馬。

參考 請注意：❶「匹」作為計算布的量詞時可與「疋」（ㄆㄧ）字相通。例如：「一匹布」可寫作「一疋布」。❷只有馬的數目可以用「匹」計算，其他動物不可以用。

匹夫 ㄆㄧˇ ㄈㄨ　❶一個人，泛指平常人。例國家興亡，匹夫有責。❷指無學識、無智謀的人。例匹夫之輩，不足計較。

匹配 ㄆㄧˇ ㄆㄟˋ　❶指男女結合成為夫妻。例公主匹配給平民結為夫婦。❷地位相等。例他們倆在社會上的聲望及權勢都很匹配。

匹敵 ㄆㄧˇ ㄉㄧˊ　同等、對等、相當。例母愛的偉大是無可匹敵的。例兩方勢力匹敵。

匹夫之勇 ㄆㄧˇ ㄈㄨ ㄓ ㄩㄥˇ　小勇，指一般人不用智謀，只憑個人的勇氣去做事。例爭強好勝只是匹夫之勇。

匹馬單槍 ㄆㄧˇ ㄇㄚˇ ㄉㄢ ㄑㄧㄤ　比喻一個人單獨行動，不依靠他人的幫助。例他匹馬單槍的接受挑戰。

參考 相似詞：單槍匹馬。

匿　匸部 九畫

ㄋㄧˋ 隱藏起來，不讓人家知道：例匿名、藏匿。

匿名 ㄋㄧˋ ㄇㄧㄥˊ　不寫上姓名。

參考 活用詞：匿名氏、匿名信、匿名投票。

笑一笑 老師：「不願意把姓名給人知道的

人，叫匿名人。……什麼人，還在底下說個不停？」學生：「匿名人！」

匿名投票（ㄋㄧˋ ㄇㄧㄥˊ ㄊㄡˊ ㄆㄧㄠˋ）　投票人不必在選票上寫下名字的投票方式。

區

匸部　九畫

ㄑㄩ　❶縣、市以下的地方自治單位：例古亭區公所。❷劃分的地界：例區域。❸分別：例區別、區分。❹微薄的，小或少：例區區。

ㄡ　❶古量名，一斗六升為區。❷姓：例區先生。❸邊界：例區脫。

區分（ㄑㄩ ㄈㄣ）　分別、劃分。例生物可區分為植物與動物二大類。

區別（ㄑㄩ ㄅㄧㄝˊ）　分別。例你現在是否能區別是非和好壞？

區區（ㄑㄩ ㄑㄩ）　❶少，不重要。例區區小事，不足言謝。❷我，自稱的謙辭。例我說的人不是別人，正是區區在下。

區域（ㄑㄩ ㄩˋ）　劃分出來的地區。

參考　活用詞：區域地理、區域發展、區域計畫、區域研究。

匾

匸部　九畫

ㄅㄧㄢˇ　❶橫掛在門頂或廳堂前，上面刻寫大字的牌子：例牌匾。❷圓形淺邊的竹器。

匾額（ㄅㄧㄢˇ ㄜˊ）　掛在園亭、門戶、大廳或書房上寫有大字的橫牌，又作「扁額」，也可稱「匾」或「額」。

十部

十最早的寫法是「|」，因為十是計算的數字，沒有辦法具體的描寫出來，因此用一豎表示，表示和一不同。後來在中間畫上了小圓點，那可能是古代結繩記事的符號，現在則寫成「十」。十表示多，因此十部的字除了和數字有關以外，也有多的意思，例如：千（十個一百）、協（很多人一起用力、合作）、博（見識多而廣）。

十

十部　〇畫

一十

ㄕˊ　❶數目名，大寫作「拾」。❷完全：例十全十美。

十分（ㄕˊ ㄈㄣ）　非常。例聽到這個好消息，他十分高興。

十足（ㄕˊ ㄗㄨˊ）　十分充足。例他榮獲全國冠軍，神氣十足。

十誡（ㄕˊ ㄐㄧㄝˋ）　佛教和猶太教各有十條誡約，內容是禁止教徒殺生、邪淫、偷盜。

十二支（ㄕˊ ㄦˋ ㄓ）　就是十二個地支，子、丑、寅、卯、辰、巳、午、未、申、酉、戌、亥。又稱「十二子」、「十二辰」。

十二指腸（ㄕˊ ㄦˋ ㄓˇ ㄔㄤˊ）　在小腸上部，上接胃，下連空腸，長約為十二個指頭寬，是小腸最主要吸收養分的地方。

參考　活用詞：十二指腸潰瘍。

十大建設（ㄕˊ ㄉㄚˋ ㄐㄧㄢˋ ㄕㄜˋ）　中華民國十大經濟建設工程：中正國際機場、西部鐵路電氣化、臺中國際港、南北高速公路、高雄大造船廠、一貫作業煉鋼廠、南部石油化學工業區、北迴鐵路、擴建蘇澳港、核能發電廠。

十之八九（ㄕˊ ㄓ ㄅㄚ ㄐㄧㄡˇ）　比喻大部分，非常多。例他到現在還沒回家，十之八九又跑去網咖了。

十全十美（ㄕˊ ㄑㄩㄢˊ ㄕˊ ㄇㄟˇ）　比喻非常完美，沒有缺點。例世界上沒有十全十美的人。

十拿九穩（ㄕˊ ㄋㄚˊ ㄐㄧㄡˇ ㄨㄣˇ）　比喻很有把握。例她準備得很充分，得第一名是十拿九穩的事。

十二項建設（ㄕˊ ㄦˋ ㄒㄧㄤˋ ㄐㄧㄢˋ ㄕㄜˋ）　除了十大建設以外，另外增加地方基層建設和地方文化建設二項，合稱十二項建設。

十萬八千里　形容距離非常遠。例他說了半天，和主題差了十萬八千里。

千　十部 一畫

千　❶數目名，百的十倍，大寫寫作「仟」。❷比喻多數：例千里、千方百計。❸姓：例千先生。

古人說　「千里送鵝毛，禮輕情意重。」這句話是說：禮物雖然微不足道，但其中的情意卻濃厚而深長，值得珍惜。例朋友從遠方來，雖然只帶了一束花，卻是「千里送鵝毛，禮輕情意重」。

千金　❶形容非常尊貴，或很多錢。例一字千金。❷尊稱他人的女兒。

小百科　古時候，為什麼把女孩子稱為千金呢？秦朝時，二十兩為一金，漢朝時，一斤為一金。千金當然很貴重了，因此，又用它來比喻貴重、珍貴，例如：「一字值千金」。還沒有結婚的女孩子，是很尊貴的，從元朝以後，人們就用「千金」來稱呼女孩子，或問人家有幾個女兒時，可以說：「請問你有幾千金？」

千萬　務必，一定。例過馬路時千萬要小心。

千字文　梁朝周興嗣撰，是舊時兒童必讀的書。

千方百計　用盡各種方法。例他想盡千方百計要得到寶藏。

千百成群　形容動物數目很多。例草原上有千百成群的牛羊。

千辛萬苦　形容非常辛苦。例他歷盡千辛萬苦，才逃出鐵幕。

千依百順　形容對他人的要求完全順從。依：順從。例爸爸對妹妹的要求千依百順。

千鈞一髮　千鈞的重量吊在一根頭髮上；比喻十分危險。鈞：古代三十斤為一鈞。例他差點被車子撞到，真是千鈞一髮。

千載難逢　一千年也難得碰到一次；比喻機會非常難得。載：年代。例這是個千載難逢的好機會，要好好把握。

千篇一律　形容文章的內容缺乏變化。例他的文章千篇一律，真是無聊極了。

千巖競秀　群山互相爭美；形容山景美麗。巖：高山。競：比賽。例中央山脈千巖競秀，十分壯觀。

千變萬化　形容變化無窮，不易捉摸。例天上的白雲千變萬化，非常好看。

午　十部 二畫

午　❶地支的第七位。❷十二時辰之一，上午十一點到下午一點：例午時。❸日正當中的時候：例中午。

·ㄏㄨㄛ　限於「晌午」一詞，正午。

猜一猜　一隻牛，沒有頭，天天來，天天走，要想見它也容易，等到十二點左右。（猜一字）（答案：午）

午夜　半夜。

升　十部 二畫

升　❶容量單位，十升是一斗。❷向上移動：例升旗。❸等級或職務提高：例升級。❹姓：例升先生。

升官　提高職位。例他最近紅光滿面，原來是升官了。

升級　❶職位提高。例老闆替他升級加薪。❷學生每修完一學年的學業，若成績及格，可升到高一等的年級。

參考　相似詞：升班。♣相反詞：留級。

升旗　把旗子慢慢的拉到旗杆上。

參考　相反詞：降旗。

升遷 ㄕㄥ ㄑㄧㄢ 指職位或官階改變，比原來的高。例他工作努力，升遷得很快。

參考 相似詞：步步高陞。

升學 ㄕㄥ ㄒㄩㄝˊ 低一級的學校畢業後，進入高一級的學校。

參考 相反詞：輟學。

升降機 ㄕㄥ ㄐㄧㄤˋ ㄐㄧ 可上升和下降的電動設備，用來載物或乘人。

升斗小民 ㄕㄥ ㄉㄡˇ ㄒㄧㄠˇ ㄇㄧㄣˊ 家裡沒有多餘的糧食，每天現買現吃；指貧窮的百姓。

卅

十部 二畫

一 十 卄 卅

ㄙㄚˋ 三十的合寫：例卅日。

參考 請注意：二十的合寫為「廿」，讀音是ㄋㄧㄢˋ。三十的合寫為「卅」，讀音ㄙㄚˋ。

猜一猜 三個十並一橫排。（猜一字）（答案：卅）

仟

十部 三畫

ノ 亻 亻 仁 仟

ㄑㄧㄢ ❶數目字「千」的大寫：例壹仟元。❷田間的小路，通「阡」。

半

十部 三畫

丶 丷 丷 䒑 半

ㄅㄢˋ ❶二分之一：例一半、半尺。❷部分、不完全的：例半路、半透明。❸在……中間：例夜半、半山腰。❹姓：例半先生。

參考 請注意：含有「半」的國字——伴、拌、絆、畔的讀音和用法：「伴」（ㄅㄢˋ），有二個人同在一起的意思，例如：陪伴、伴奏。「拌」（ㄅㄢˋ），有調和、爭吵的意思，例如：攪拌、拌嘴。「絆」（ㄅㄢˋ），原本是繫馬的繩子，引申有綁住、阻擋的意思，例如：絆倒、絆腳石。「畔」（ㄆㄢˋ），是田和田的分界，有分界的意思，例如：池畔、橋畔。

猜一猜 同伴走了。（猜一字）（答案：半）

古人說 「半路上殺出個程咬金來。」這句話是指：事情進行中受到意外的阻礙、干涉。也可把「程咬金」改為要指的人名。例這件事就快成功了，哪知半路上殺出個李大明來，破壞了我們的計畫。

半子 ㄅㄢˋ ㄗˇ 指女婿。

半島 ㄅㄢˋ ㄉㄠˇ 伸入海中或湖中的陸地，三面臨水，一面和陸地相連，例如：雷州半島。

半吊子 ㄅㄢˋ ㄉㄧㄠˋ ˙ㄗ ❶不知道事理，說話隨便的人。❷功夫不到家，指沒有完全學會一種技術或學問的人。也可以說成「半瓶醋」。

半斤八兩 ㄅㄢˋ ㄐㄧㄣ ㄅㄚ ㄌㄧㄤˇ 半斤就是八兩，輕重相等。比喻兩人的本事能力差不多，分不出高下。

半身不遂 ㄅㄢˋ ㄕㄣ ㄅㄨˋ ㄙㄨㄟˋ 癱瘓半身不能行動，大部分是由於腦中風引起的。

半信半疑 ㄅㄢˋ ㄒㄧㄣˋ ㄅㄢˋ ㄧˊ 有一點相信又有一點懷疑。例雖然他說得很逼真，但我還是半信半疑。

參考 相似詞：疑信參半、將信將疑。

半途而廢 ㄅㄢˋ ㄊㄨˊ ㄦˊ ㄈㄟˋ 做到一半就停止了；比喻沒有恆心，事情還沒完成就停止了。廢：停止、廢除。例你都快通過考試了，不要半途而廢。

半路出家 ㄅㄢˋ ㄌㄨˋ ㄔㄨ ㄐㄧㄚ 形容本來做其他工作，而中途改行的人，現在也用來謙稱自己學問或技術不專門。例他原本是學理工的，沒想到半路出家，文章也寫得不錯。

卉

十部 三畫

一 十 土 𠃓 卉

ㄏㄨㄟˋ ❶各種草的總稱：例奇花異卉、花卉。❷姓：例卉小姐。

猜一猜 三個十立三角。（猜一字）（答案：卉）

卒 十部 六畫

ㄗㄨˊ ❶古代對士兵的稱呼：例士卒。❷供人差遣的人：例販夫走卒。❸死亡：例卒於家。❹完成：例卒業。❺到底，終於：例卒能成功。

ㄘㄨˋ 通「猝」，忽然，快速：例卒死。

猜一猜 二人並立十字架上頭。（猜一字）（答案：卒）

卒子 ㄗㄨˊ ㄗˇ 小兵，也可用來謙稱自己只是個小人物。

卒業 ㄗㄨˊ 一ㄝˋ 指學生完成學業。

參考 相似詞：畢業。

協 十部 六畫

ㄒ一ㄝˊ ❶共同合作：例同心協力。❷幫助：例協助。

參考 請注意：「協」的左邊是「十」，表示眾多，不可以寫成「忄」（心）部。

協力 ㄒ一ㄝˊ ㄌ一ˋ 共同努力。例我們同心協力共同奮鬥。

協助 ㄒ一ㄝˊ ㄓㄨˋ 幫助，輔助。例他協助我完成這項計畫。

協定 ㄒ一ㄝˊ ㄉ一ㄥˋ ❶合同，契約。例我們要遵守彼此間的協定。❷共同訂定。例這兩個國家互相協定經濟合作的計畫。❸一種條約的名稱，指國家間就某方面的問題經由協商而訂立共同遵守的條約。例外交協定、貿易協定、文化協定。

協商 ㄒ一ㄝˊ ㄕㄤ 共同商量以便取得一致的意見。例有問題可以協商解決。

參考 相似詞：會商、協議。

協調 ㄒ一ㄝˊ ㄊ一ㄠˊ 彼此的步調一致而且能互相配合。例人身體內的器官若沒有協調運作，自然就會生病。

參考 相似詞：協和。

協議 ㄒ一ㄝˊ 一ˋ 經由會商而使意見彼此一致。例雙方協議提高收購價格。

協約國 ㄒ一ㄝˊ ㄩㄝ ㄍㄨㄛˊ ❶互相訂定協約的國家。❷指西元一九一四年第一次世界大戰期間，最初由英、法、俄等國結成的戰爭集團，隨後有美、日、義等二十五國加入。

卓 十部 六畫

ㄓㄨㄛˊ ❶高超、高遠、不平凡的：例卓越、卓見。❷直立的樣子：例卓立。❸姓：例卓小姐。

猜一猜 早日卜卦。（猜一字）（答案：卓）

卓見 ㄓㄨㄛˊ ㄐ一ㄢˋ 高明而且不平凡的見解。例他是個有真知卓見的青年。

參考 相似詞：卓識。

卓絕 ㄓㄨㄛˊ ㄐㄩㄝˊ 超過平常的一切，沒有什麼能比得上的。例他在音樂上的成就十分卓絕。

卓著 ㄓㄨㄛˊ ㄓㄨˋ 指事物非常明顯而且受人注重。例他的成績卓著，是全校最好的。

卓越 ㄓㄨㄛˊ ㄩㄝˋ 非常傑出，超過一般人。例愛迪生在科學上的表現十分卓越。

卑 十部 六畫

ㄅㄟ ❶輕視，看不起：例自卑、卑視。❷地理位置或身分比較低的：例登高必自卑、卑賤。❸品質或是行為較差的：例卑鄙。

卑下 ㄅㄟ ㄒ一ㄚˋ 地位不高，或是言行不文雅。

參考 相似詞：卑微、卑賤。

卑鄙 ㄅㄟ ㄅ一ˇ 言行惡劣，沒有人格。例交友需謹慎，千萬別和卑鄙的人作朋友。

參考 相似詞：卑劣、卑下。

卑賤 ㄅㄟ ㄐ一ㄢˋ 通常指身分不高貴。

參考 相反詞：尊貴。

卑職 ㄅㄟ ㄓˊ 官位比較低的人見到上司時比較謙虛的自稱。

卑躬屈膝 彎下身體，跪在地上。比喻降低自己的身分去諂媚別人，通常用來形容沒有骨氣的人。躬：身體。例我最討厭那些卑躬屈膝的小人。

南

十部 七畫

ㄋㄢˊ ❶方位名，和「北」相對；早上面向太陽，右手這一邊是「南」。❷向南走：例南下、南行。❸姓：例南先生。

ㄋㄚ 南無（ㄇㄛˊ），是梵語的譯音，有合掌、稽首、歸向、敬禮的意思。

南瓜 葫蘆科，一年生草本，有藤蔓，果實是圓扁或長形，可以熟食或做菜。俗名「番南瓜」，客語作「番瓜」。

參考 活用詞：南瓜糖、南瓜子。

南投 臺灣中部的縣名，是臺灣唯一不臨海的縣。

猜一猜 北軍歸順。（猜臺灣一地名）（答案：南投）

南京 位於江蘇省，是京滬、京贛、津浦三大鐵路交會點，有雨花臺、中山陵等名勝古蹟。

南昌 江西省會，位在贛江下游東岸，鄱陽湖西南，是南潯鐵路終點，交通發達，商業繁盛。

南洋 ❶指江蘇省以南沿海各省和長江沿岸一帶。❷分布在亞洲東南，大洋洲西北的許多島嶼，包括中南半島和南面的群島。

參考 相反詞：北洋。♣活用詞：南洋群島。

南海 ❶廣東省縣名。❷指臺灣、廣東之南，從臺灣海峽西南到越南一帶的海面。

南極 ❶地軸在南半球的一端。❷磁針向南指的一端。❸星名。

南蠻 指中國南方的異族。

參考 活用詞：南蠻子。

南極圈 南緯六十六度半的圓圈，是北半球夏至日太陽直射北回歸線時，陽光所能到達的最南的地方，也是南溫帶和南寒帶的界線。

南丁格爾 是英國女慈善家，首創護士學校，是護士的始祖，曾經率領護士到戰地服務。

南沙群島 屬於廣東省，是南海四大群島之一，全部由珊瑚礁構成，其中太平島最大，以產鳥糞出名，居南洋航線的重要位置。

南柯一夢 淳于棼（ㄈㄣˊ）夢見自己到大槐（ㄏㄨㄞˊ）安國作南柯太守，享盡榮華富貴，醒來才知道是做夢，原來大槐安國是住宅南邊大槐樹下的螞蟻窩。因此南柯一夢是比喻一場夢或空歡喜一場。

南腔北調 形容語音混雜不純正，夾雜南北方言腔調。

博

十部 十畫

ㄅㄛˊ ❶多，豐富：例地大物博。❷見識多且廣：例博古通今。❸換取：例博取同情。❹賭錢：例賭博。❺姓：例博先生。

參考 請注意：❶「博」、「搏」和「摶」三字最容易弄錯：「搏」（ㄅㄛˊ）只作動詞用，有拍打的意思，例如：搏鬥、肉搏。「摶」（ㄊㄨㄢˊ），揉聚的意思，例如：摶土、摶沙。❷「博」字右半部是「尃」，不是「專」。❸十部的「博」有廣大的意思，例如：廣博。手部的「搏」有捕捉、撲打的意思，例如：搏鬥。人部的「傅」有指導別人的意思，例如：師傅。

博士 最高學位的名稱。

笑一笑 古代傳授經學的官員叫「博士」。傳說有個博士想買鄰居的驢子，人家叫他寫張字據。這位老先生提起筆來，寫了三大張紙都不停筆。鄰人急壞了，一把抓過來看，只見滿紙密密麻麻都是字，三張都念完了，還是沒個「驢」字！這事傳出去以後，有人就編了首順口溜：「博士買驢子，寫了三張紙，沒有半個『驢』。」後來就用「博士買驢」諷刺那種又臭又長，廢話連篇的文章。

博大 ㄅㄛˊ ㄉㄚˋ 廣大。例他的學問博大而精深。

參考 活用詞：博大高深、博大精深。

博物 ㄅㄛˊ ㄨˋ ❶博通萬物；比喻知識非常豐富。❷動、植、礦物等學科的總稱。

參考 活用詞：博物學、博物館、博物院。

博得 ㄅㄛˊ ㄉㄜˊ 贏得，經換取而獲得。例這部電影博得了觀眾的好評。

博愛 ㄅㄛˊ ㄞˋ 普遍的去愛所有的人類及生物。例十八世紀的法國大革命提出自由、平等、博愛三大口號。

參考 活用詞：博愛座。

博學 ㄅㄛˊ ㄒㄩㄝˊ 學識很豐富。例他是個博學多聞的學者。

參考 活用詞：博學者、博學多聞。

博物館 ㄅㄛˊ ㄨˋ ㄍㄨㄢˇ 一種文化教育事業機構，保藏並展出有關歷史、文化、科學、藝術等方面的文物資料或標本。

參考 相似詞：博物院。

博覽會 ㄅㄛˊ ㄌㄢˇ ㄏㄨㄟˋ 許多國家聯合舉辦的大型產品展覽會。有時也指一國的大型產品展覽會。

小百科 世界第一次博覽會是在西元一七九八年，法國拿破崙征服西方後在巴黎所召開的。

博古通今 ㄅㄛˊ ㄍㄨˇ ㄊㄨㄥ ㄐㄧㄣ 通曉古今的事情；形容知識淵博。

卜部 ㄅㄨˇ

商朝的人很迷信，做任何事之前都會先把龜甲放在火上燒、烤，然後看甲殼上的紋路，決定吉、凶。「卜」正像龜甲燒烤後出現的紋路，是個象形字。因此卜部的字和卜卦、問吉凶有密切的關係，例如：占（依照紋路推測吉凶）、卦（問吉凶時所用的器具）。

卜 卜部 〇畫

丨 卜

ㄅㄨˇ ❶古人燒烏龜的殼、牛骨，由上面的裂紋，推定事情的好壞，後來凡是問事情的好壞都可以稱為卜：例占卜、卜卦。❷預料：例勝負未卜。❸姓：例卜先生。

參考 相似字：測、算。

卜卦 ㄅㄨˇ ㄍㄨㄚˋ 用八卦來推算運氣、前途好壞的方法。

卞 卜部 二畫

丶 亠 亣 卞

ㄅㄧㄢˋ ❶急躁的：例卞急。❷姓：例卞先生。

卡 卜部 三畫

丨 ⺊ 上 十 卡

ㄎㄚˇ ❶印刷文字或配合節日的硬紙片：例卡片、聖誕卡。❷熱量單位卡路里的簡稱：例二百卡。❸一種兒童喜歡的動畫影片：例卡通。❹在重要的地方設兵防守或是收稅的機關：例關卡。❺夾：例卡在中間。❻堵塞不通：例卡住、魚刺卡在喉嚨裡。ㄑㄧㄚˇ 夾東西的用具：例卡子。

參考 請注意：「卡」和「卞」（ㄅㄧㄢˋ）外形很像，「卞」是姓氏，例如：卞和。

猜一猜 (一)上下合。（猜一字）（答案：卡）(二)卡。（猜一句成語）（答案：上下串通）

卡式 ㄎㄚˇ ㄕˋ 是法文盒子的意思，後來凡是裝珠寶、文件、錄音帶、錄影帶的小盒子都稱為卡式。

參考 活用詞：卡式錄音帶、卡式錄影帶。

卡通 ㄎㄚˇ ㄊㄨㄥ 將圖片拍成連續動作的影片，內容通常都以趣味、誇張為主，是兒童喜愛的影片。例米老鼠是有名的卡通人物。

卡介苗 ㄎㄚˇ ㄐㄧㄝˋ ㄇㄧㄠˊ 預防肺結核的疫苗，在西元一九〇八年由卡默特和介蘭發現，因此稱為卡介苗，接種卡介苗後可以產生免疫力，有效期限為五年。

占

卜部 三畫

ㄧ ㄏ ㄏ 占 占

ㄓㄢ 由預兆而推測吉凶：例占卦。

ㄓㄢˋ 據有，通「佔」：例占據。

猜一猜 卜卦也用口。（猜一字）（答案：占）

占卜 ㄓㄢ ㄅㄨˇ 我國古代用火燒龜殼、牛骨，觀察裂紋的形狀，用來猜測吉凶禍福。

占有 ㄓㄢˋ ㄧㄡˇ 搶奪別人的東西變成自己的。

占領 ㄓㄢˋ ㄌㄧㄥˇ 用軍事或外交的力量奪取別國的土地。

占據 ㄓㄢˋ ㄐㄩˋ 把別人的東西搶過來，變成自己的。例臺灣早期曾經被荷蘭和日本占據。

卦

卜部 六畫

一 十 土 圭 圭 圭 卦 卦

ㄍㄨㄚˋ 古代用來問吉（好）凶（壞）的符號，有八種基本卦形（請參閱「八卦」條）：例卜卦。

卩部 ㄐㄧㄝˊ

以前國君派臣子到外地就職的時候，都會拿出代表信物的符節交給他們，這些信物都是不完整的，因為另外一部分的符節要留在國君身邊。當國君有急事或是派人接替職務時，就拿著另外一半的符節去核對。「㔾」正是指其中一半的信物，從這個字我們可以看到一半的符節和符柄，是個象形字。後來寫成「卪」，不過大家為了方便都寫成「卩」。「令」是拿著符節指揮別人，因此有命令的意思，「印」原本是指官員所拿的信物（例如：官印），後來就當作印章的通稱。

卯

卩部 三畫

ノ ㄈ ㄈ 卯 卯

ㄇㄠˇ ❶地支的第四個，可以用來計年、計日、計時：例丁卯年、卯時。❷清代官廳都在卯時（早晨五點到七點）點名，所以點名叫「點卯」，回答稱為「應卯」，登記名字的本子叫「卯冊」。❸姓：例卯先生。

猜一猜 柳木不見了。（猜一字）（答案：卯）

卯勁 ㄇㄠˇ ㄐㄧㄣˋ 特別努力。

卯時 ㄇㄠˇ ㄕˊ 古代把早晨五點到七點稱為卯時。

卮

卩部 三畫

一 厂 户 卮 卮

ㄓ 古時一種圓形的盛酒器具。

卮言 ㄓ ㄧㄢˊ 無頭無尾、支離破碎的言辭。

印

卩部 四畫

ノ 𠂆 F E 印 印

ㄧㄣˋ ❶用木頭或金石等刻的圖記、圖章：例鋼印。❷留下的痕跡：例腳印、印象。❸符合、溝通：例心心相印。❹證驗：例印證。❺印刷，把文字或圖畫印在紙上：例排印。❻姓：例印先生。

印行 ㄧㄣˋ ㄒㄧㄥˊ 書籍出版並發行。例他的書印行很廣。

印刷 ㄧㄣˋ ㄕㄨㄚ 把文字或圖畫等作成版，塗上油墨，印在紙張上，可連續印出的技術。

印堂 ㄧㄣˋ ㄊㄤˊ 相面的術語，眉心中間的部位。例你的印堂有些發黑，要小心禍事臨頭。

印象 ㄧㄣˋ ㄒㄧㄤˋ 外界事物留在腦子裡的影像。例這裡的景物在我腦海裡留下深刻的印象。

印證 ㄧㄣˋ ㄓㄥˋ 證明與事實相符。例經過實際的生活體驗，書本上的知識得到了印證。

危

卩部 四畫

ノ ク ⺈ 产 厃 危

ㄨㄟˊ ❶不安全：例危險、轉危為安。❷損害：例危害、危及生命。❸人將死：例病危、臨危。❹高而險的樣子：例危樓。❺端正：例正襟危坐。❻姓：例危先生。

參考 相似字：險。

猜一猜 人的厄運當頭。（猜一字）（答案：危）

危坐 ㄨㄟˊ ㄗㄨㄛˋ 直著身子端坐。例他正襟危坐，一副不可侵犯的樣子。

危急 ㄨㄟˊ ㄐㄧˊ 危險而緊急。例他的傷勢很危急。

危害 ㄨㄟˊ ㄏㄞˋ 損害，危險的傷害。例生態環境的汙染對人類危害已相當嚴重。

參考 請注意：「危害」和「迫害」有區別：「迫害」的語氣較重，專指人與人間的傷害；「危害」可以對人，也可以對事物，例如：危害生命、危害社會秩序。

危機 ㄨㄟˊ ㄐㄧ ❶潛伏的禍事。例外面危機四伏，我們要小心行動。❷嚴重困難的關頭。例紐約的經濟危機造成世界經濟的大恐慌。

危險 ㄨㄟˊ ㄒㄧㄢˇ 非常不安全，有遭到損害或失敗的可能。例山路又陡又窄，攀登的時候非常危險。

危難 ㄨㄟˊ ㄋㄢˋ 危險和災難。例他在海上遭遇了危難。

危在旦夕 ㄨㄟˊ ㄗㄞˋ ㄉㄢˋ ㄒㄧ 形容危險就在眼前。旦夕：早晚之間，指在很短的時間內。例他得了重病，性命已經危在旦夕了。

危言聳聽 ㄨㄟˊ ㄧㄢˊ ㄙㄨㄥˇ ㄊㄧㄥ 故意說些嚇人的話，使人聽了吃驚害怕。危言：使人吃驚的話。聳聽：使人聽了感到震驚。例他的話多半是危言聳聽，不必害怕。

危急存亡 ㄨㄟˊ ㄐㄧˊ ㄘㄨㄣˊ ㄨㄤˊ 比喻非常危險的緊要時刻。存：生。亡：死。例現在正是危急存亡的生死關頭。

即

卩部 五畫

フ ㄱ ヨ 巳 艮 即' 即

ㄐㄧˊ ❶靠近：例若即若離。❷是，就是：例非你即他。❸當時或當地：例即席演講、即日啟程。❹立刻，就：例立即、即刻、一觸即發。❺假定，就算是：例即使、即或。

參考 請注意：❶「卽」是「即」的異體字。❷「即」和「既」讀音用法都不同：卩部的「即」讀ㄐㄧˊ，有立刻、馬上的意思，例如：即刻。旡部的「既」讀ㄐㄧˋ，是已經的意思，例如：既然如此、既往不究。

即使 ㄐㄧˊ ㄕˇ 就算是。例即使你當時在場，恐怕也拿他沒有辦法。

參考 相似詞：即令、即便、即或。♣請注意：「即使」用在已經發生或還沒發生的事，而結果是相反的。

即刻 ㄐㄧˊ ㄎㄜˋ 立刻、馬上。例即刻出發。

參考 相似詞：即時。♣請注意：「即時」和「及時」用法不同：「即時」是立刻的意思，例如：即時離開。「及時」是剛好趕上預定的時間，例如：及時搭上十二點鐘的火車。

即將 ㄐㄧˊ ㄐㄧㄤ 就要，將要。例即將遠行。

卵

卩部 五畫

ノ 𠂆 𠃌 卯 卯 卵 卵

ㄌㄨㄢˇ 鳥、蟲、魚的蛋：例鳥卵。

參考 相似字：蛋。

猜一猜 卯時加二點。（猜一字）（答案：卵）

卵生 ㄌㄨㄢˇ ㄕㄥ 受精卵在體外孵化而成新個體的現象。例鳥類是卵生動物。

參考 相反詞：胎生。

卵石 ㄌㄨㄢˇ ㄕˊ　岩石經自然風化、水流沖擊和摩擦所形成的卵形、圓形或橢圓形的石塊，表面光滑，是一種天然建築材料。

卵胎生 ㄌㄨㄢˇ ㄊㄞ ㄕㄥ　一種生殖方式。卵在母體內靠自身貯存的養分發育，直到孵化出新個體才與母體分離。例鯊魚和某些毒蛇都是卵胎生。

卷　卩部　六畫

ㄐㄩㄢˋ ❶書籍的通稱：例開卷有益。❷可以捲起來的書畫：例畫卷、手卷。❸考試用的題紙：例試卷、考卷。❹計算書的單位，古代書籍都寫在竹片上，因此用「卷」當計算單位：例行萬里路，勝讀萬卷書。❺書的分篇，就像現在的第幾課：例卷六。❻公文、文件：例文卷。

ㄐㄩㄢˇ ❶同「捲」，把東西弄成圓筒形：例把畫卷起來。❷姓：例卷先生。

ㄑㄩㄢˊ 彎曲：例卷髮、卷曲。

卷宗 ㄐㄩㄢˋ ㄗㄨㄥ　公私機關中分類保存的文件。

卷紙 ㄐㄩㄢˇ ㄓˇ　試卷用紙，也可稱為卷子。

卷髮 ㄑㄩㄢˊ ㄈㄚˇ　波浪形而且有彎曲的頭髮。

卷鬚 ㄐㄩㄢˇ ㄒㄩ　指由植物的葉子或莖變形而成的細長絲狀，可以用來攀附，方便植物生長。像豌豆、葡萄都有卷鬚。

卸　卩部　六畫

ㄒㄧㄝˋ ❶把東西從運輸工具上搬下來：例卸貨、卸行李。❷拆解：例卸零件、卸下門板。❸解除，推脫：例卸任、卸責。

參考 請注意：「卸」和「御」（ㄩˋ）常會誤用，「御」是治理的意思。

猜一猜 御史大人離開。（猜一字）（答案：卸）

卸下 ㄒㄧㄝˋ ㄒㄧㄚˋ　解下。例把這扇門板卸下來。

卸任 ㄒㄧㄝˋ ㄖㄣˋ　解除職務。例他卸任後將出任新的職務。

卸責 ㄒㄧㄝˋ ㄗㄜˊ　推脫應該承擔的責任。例大家對他的卸責深表不滿。

卹　卩部　六畫

ㄒㄩˋ ❶同情、憐惜：例體卹、憐卹。❷救濟：例撫卹。

參考 請注意：「卹」和「恤」的讀音、意義相同，「體卹」、「憐卹」的「卹」都可以寫作「恤」，但是「撫卹」、「撫卹金」的「卹」習慣上不能寫成「恤」。

卻　卩部　七畫

ㄑㄩㄝˋ ❶後退：例卻步。❷推辭、拒絕、不接受：例推卻、情不可卻。❸去掉：例忘卻、了卻。❹反倒：例大家全都到了，主人卻沒來。❺表示轉折的語氣，相當於「但」、「可是」：例文章雖短卻很有力。

參考 請注意：❶「卻」俗寫作「却」。❷「卻」不能寫成「郤」。郤音ㄒㄧˋ，通「隙」。

猜一猜 腳上無肉。（猜一字）（答案：卻）

卻步 ㄑㄩㄝˋ ㄅㄨˋ　因畏懼或厭惡而向後退。例不要因為困難而卻步。

參考 相似詞：卻走。♣請注意：「卻步」和「退步」的意思不同，「退步」指成績或表現比以前差。

卻之不恭 ㄑㄩㄝˋ ㄓ ㄅㄨˋ ㄍㄨㄥ　收受禮物的客氣話，在準備接受禮物或接受邀請時說的，意思是拒絕了就顯得不恭敬。例卻之不恭，受之有愧。

卿　卩部　八畫

ㄑㄧㄥ ❶古時的高級官名，現代某些國家的官名：例卿相、國務卿。❷古時君稱呼臣為

「卿」：例卿家。❸夫對妻的稱呼：例愛卿。❹形容夫妻和睦的樣子：例卿卿我我。❺姓：例卿先生。

參考 請注意：❶「卿相」的「卿」和「鄉村」的「鄉」(ㄒㄧㄤ)字形相似，音義不同，要區別清楚。❷「卿」是古代封建制度中的高級官名，天子、諸侯所屬的官員都叫卿，秦漢以後仍沿用這個官名。中央主管官署有九卿，歷代相沿。民國初年協助大總統處理國務的人叫國務卿。現在美國政府中主管外交兼部分內政的領導人也叫國務卿。

卿相 ㄑㄧㄥ ㄒㄧㄤˋ 古代用來泛指執政的高級官吏。

卿卿 ㄑㄧㄥ ㄑㄧㄥ ❶對妻子或情人親暱的稱呼。❷形容夫妻和睦的樣子。例卿卿我我。

厂部 ㄏㄢˇ

厂 厂 厂

「厂」是山崖突出的形狀，是一個象形字。但是也有人認為「厂」是可以給人居住的山石洞穴，因為上古時候沒有房屋，突出的山崖就是人們避風雨的最好場所。因此厂部的字多半和岩石有關，像「厲」是粗的磨刀石。又因為有人認為「厂」是給人居住的洞穴，和「广」又很相似，因此「廈」、「廚」、「廁」也有人寫成「厦」、「厨」、「厕」。

厄

一 厂 厅 厄

厂部 二畫

ㄜˋ 災難、困苦：例厄運、困厄。

猜一猜 群龍無首就危險。(猜一字)(答案：厄)

厄運 ㄜˋ ㄩㄣˋ 指運氣不好。

厄瓜多 ㄜˋ ㄍㄨㄚ ㄉㄨㄛ 位於南美洲的一個國家，赤道橫貫北部，又稱為赤道國，農牧業非常發達，盛產可可、香蕉、咖啡。有時也翻譯成厄瓜多爾。

厚

一 厂 𠂆 戶 戶 戶 厚 厚 厚

厂部 七畫

ㄏㄡˋ ❶扁平的物體，表面和底面的距離：例厚度。❷不薄的：例厚棉被、厚書。❸大的，多的，深的，濃的，重的：例厚禮、厚利、厚酒、厚重。❹重視，優待：例優厚、厚此薄彼。

參考 相反字：薄。

厚道 ㄏㄡˋ ㄉㄠˋ 對人很寬大仁慈。例他為人很厚道，不會記仇。

厚此薄彼 ㄏㄡˋ ㄘˇ ㄅㄛˊ ㄅㄧˇ 重視或優待一方，而輕視或冷淡另一方。形容給雙方完全不同的對待方式。此：這個。彼：那個。例你這樣厚此薄彼，會讓人覺得不舒服。

原

一 厂 𠂆 𠂆 历 历 盾 原 原 原

厂部 八畫

ㄩㄢˊ ❶廣大而平坦的地方：例平原。❷寬恕別人：例原諒、情有可原。❸最早的：例原始、原人。❹本來的：例原有人數、原班人馬、原地。❺沒加工的物品：例原木、原油、原味、原料。❻姓：例原先生。

ㄩㄢˋ 通「愿」，忠厚，老實：例鄉原(在鄉里裝出忠厚老實的樣子)。

參考 請注意：❶「原」和「緣」都讀ㄩㄢˊ。當作事情的起因解釋時，「原」和「緣」是通用的，例如：原(緣)由、原(緣)因、原(緣)故。❷「原」讀ㄩㄢˋ時和「愿」字相通。

動動腦 和「原」相同含有「ㄩㄢ」韻的字有哪些？寫在紙上，限時三分鐘。
(答案：元、園、遠、院、願、員……)

原人 ㄩㄢˊ ㄖㄣˊ 就是猿人。最早的人類，具有猿的外形，和現代人相似，像爪哇猿人、北京人都是原人。

原先 ㄩㄢˊ ㄒㄧㄢ 剛開始的時候。例我原先是一頭黑髮，後來染成金色。

原因（ㄩㄢˊ ㄧㄣ） 事情的起因和所以這樣的理由。因：緣故、理由。例請你把遲到的原因告訴我。

參考 相似詞：緣故、緣由、原由、原故。

原來（ㄩㄢˊ ㄌㄞˊ） ❶本來的，沒有經過改變。例他還住在原來的地方。❷表示發現真實的情形。例啊！原來是你！

原委（ㄩㄢˊ ㄨㄟˇ） 一件事情從頭到尾的詳細經過。委：事情的結果。例必須先了解事情的原委，才能作判斷。

參考 相似詞：源委。

原始（ㄩㄢˊ ㄕˇ） ❶最先的。例原始資料。❷古老的。例非洲還有許多原始部落。

原油（ㄩㄢˊ ㄧㄡˊ） 從油井開採出來，還沒加工分餾提煉的石油。

原則（ㄩㄢˊ ㄗㄜˊ） 一定的看法或共通的規定。則：規定。例我做事的原則是要做就努力的做。例一般商店的原則是貨物售出，概不退錢。

原料（ㄩㄢˊ ㄌㄧㄠˋ） 用來製造物品的材料。例甘蔗是製糖的原料。

原理（ㄩㄢˊ ㄌㄧˇ） 事物的道理或根據的理由。例放大鏡是利用光會折射的原理製造出來的。

原野（ㄩㄢˊ ㄧㄝˇ） 長滿綠草的平原。例原野風光令人心曠神怡。

原諒（ㄩㄢˊ ㄌㄧㄤˋ） 寬恕別人的過錯，不再責備。例老師已經原諒你了，你快去謝他。

原子筆（ㄩㄢˊ ㄗˇ ㄅㄧˇ） 美國人雷諾所發明的一種書寫工具，形狀像自來水筆，筆尖有圓珠，筆管中裝有油墨。書寫時，圓珠在紙上輕動，油墨滲出而成文字。

原子彈（ㄩㄢˊ ㄗˇ ㄉㄢˋ） 利用原子核分裂的連續反應，在很短的時間內放出巨大的能量而發生猛烈的爆炸，造成破壞的武器。對於人類和動物造成很大的傷害和後遺症。

原封不動（ㄩㄢˊ ㄈㄥ ㄅㄨˋ ㄉㄨㄥˋ） 保持原來的樣子，沒有任何改變。例她把食物原封不動的端回去。

厝

厂部 八畫

ㄘㄨㄛˋ ❶我國南方人對房子的另一種稱呼：例古厝。❷停放棺材，等待改葬：例奉厝大典。❸安置：例厝身。

厥

厂部 十畫

ㄐㄩㄝˊ ❶暈倒；失去知覺：例昏厥。❷他的，那個：例大放厥詞。

厭

厂部 十二畫

ㄧㄢˋ ❶滿足：例好學不厭、貪得無厭。❷很不喜歡，沒有興趣：例厭煩、厭惡、厭食。ㄧㄢ 安和愉快的樣子：例厭厭。

參考 請注意：「厭」當作滿足用時和「饜」字相通。

笑一笑 小強的老師常把課本當主菜，把參考書當副菜。有一次，小強考得很差，老師問小強：「你為什麼考得這麼差？」小強：「因為我得了厭食症！」

厭煩（ㄧㄢˋ ㄈㄢˊ） 不喜歡，不能忍受的意思。煩：心情紛亂不順。例他厭煩這種沒有變化的生活。

參考 相似詞：厭惡。

厲

厂部 十三畫

ㄌㄧˋ ❶嚴格，切實：例厲行節約。❷態度嚴肅認真：例正言厲色。❸猛烈的，粗暴的：例猛厲、雷厲風行、聲色俱厲。❹姓：例厲先生。

ㄌㄞˋ 癘瘋病，和「癩」相同，是一種惡性皮膚病。

參考 請注意：「厲」和「勵」都讀ㄌㄧˋ，厂部的「厲」是嚴肅、猛烈的意思，例如：嚴厲、厲害。力部的「勵」是勸勉的意思，例如：鼓勵。當作努力去做時，「勵行」和「厲行」相通。

厲行（ㄌㄧˋ ㄒㄧㄥˊ） 認真努力、嚴格的做事。例我們只有一個地球，因此要厲行環境保護運動。

厲害（ㄌㄧˋ ㄏㄞˋ） ❶凶猛、殘酷。例在球場上他是個厲害的角色。❷很、非常的意思。例他因為感冒，頭疼得厲害。

參考 請注意：「利害」是好處和壞處，例如：利害關頭；和「厲害」用法不同。

厲聲（ㄌㄧˋ ㄕㄥ） 形容聲音很猛烈，口氣很嚴肅。例父親厲聲責罵逃學的弟弟。

厶部（ㄙ）

「厶」是奸邪、不正當的意思，用彎曲的筆畫表示「不正當」的概念。後來寫成「乚」，有人說這表示一切為自己打算、不擇手段的意思，因此有「厶」的字都含有奸邪、為自己打算的意思，例如：篡（用不正當的方法得到）、私（表示自私）。

去

一 十 土 去 去

厶部 三畫

ㄑㄩˋ ❶國語發音中的第四聲：例去聲。❷走：例還不快去？❸到，往：例去鄉下。❹失掉、除掉：例去掉、去火。❺離開：例去職、去世。❻寄：例去信。❼距離：例相去不遠。❽已經過去的：例去年。❾放在動詞的前面或後面，表示某種情況：例自己去想辦法、回家吃飯去了。❿姓：例去先生。

參考 相似字：除、往、到。

猜一猜 丟掉一頭牛。（猜一字）（答案：去）

古人說 「去了咳嗽添了喘。」這句話是說：解決了一個問題，又出現了新問題。例我才剛修好插座，燈卻壞了，真是「去了咳嗽添了喘」。

去世（ㄑㄩˋ ㄕˋ） 人死了。

參考 相似詞：逝世、棄世。♣請注意：「逝世」是比較正式的用法；「去世」用在口語上，比較通俗。

去留（ㄑㄩˋ ㄌㄧㄡˊ） 離開或留下。例他還沒決定去留。

去處（ㄑㄩˋ ㄔㄨˋ） ❶地方。例休閒的好去處。❷所去的地方。例我知道他的去處。

去蕪存菁（ㄑㄩˋ ㄨˊ ㄘㄨㄣˊ ㄐㄧㄥ） 拿掉雜亂不好的，留下美好有用的。蕪：雜亂。菁：美好的意思。例閱讀書刊要能去蕪存菁，才不會愈讀愈糊塗。

參考 相似詞：去粗取精。

參

厶 厶 厶 厶 厽 厽 厽 参 参 參 參

厶部 九畫

ㄘㄢ ❶加入：例參加。❷拜訪，進見：例參見。❸查看資料：例參考、參閱。❹高出的：例參天。

ㄕㄣ ❶藥名：例人參。❷星名：例參商。❸人名：例曾參。

ㄘ 不整齊的：例草木參差。

ㄙㄢ 「三」字的大寫，同「叁」：例參分天下。

參考 相似字：加。

參天（ㄘㄢ ㄊㄧㄢ） 高聳在天空中。例這裡處處可見參天的古木。

參加（ㄘㄢ ㄐㄧㄚ） ❶加入某種組織或某種活動。例參加夏令營的學生很踴躍。❷提出意見。例這件事請你也參加一些意見。

參半（ㄘㄢ ㄅㄢˋ） 各占一半。例我對他的承諾疑信參半。

參考（ㄘㄢ ㄎㄠˇ） 為了學習或研究而查閱有關資料。例作者寫這本書，參考了幾十種書刊。

參考 活用詞：參考書、參考資料。

參政（ㄘㄢ ㄓㄥˋ） ❶古官職名，宋代為中央最高政務長官，清乾隆以後廢除。❷參與政事。例在民主自由的國家，人人享有參政的權利。

參考 活用詞：參政權。

參差（ㄘ ㄘ） 不齊的樣子。例他把頭髮剪得參差不齊。

參考 相似詞：參錯。♣活用詞：參差錯落、參差不齊。

參酌 ㄘㄢ ㄓㄨㄛˊ 根據情況，加以推敲、考慮。例這件事我們會再參酌辦理。

參照 ㄘㄢ ㄓㄠˋ 參考並照著做。例這個辦法好，值得參照實行。

參與 ㄘㄢ ㄩˋ 參加事務的計畫、討論、處理等。例他積極參與環保的推動工作。

參閱 ㄘㄢ ㄩㄝˋ 參考查閱。例有不懂的地方可參閱原文。

參觀 ㄘㄢ ㄍㄨㄢ 實地觀察。例我們利用一天的假期參觀歷史博物館。

參考書 ㄘㄢ ㄎㄠˇ ㄕㄨ 學習某種課程或研究某項事情時，用來參證或解答疑難的書籍。

參差錯落 ㄘㄣ ㄘ ㄘㄨㄛˋ ㄌㄨㄛˋ 交錯不齊的樣子。例山上有許多參差錯落的房舍。

又部 ㄧㄡˋ

「」是右手張開，要拿東西的樣子。為了方便只畫出三根手指和手臂，現在寫成「又」。又部的字和手都有關係，例如：友（用手幫助，引申為感情好）、受（用手接過對方的東西）。

又

又部 ○畫

ㄱ 又

ㄧㄡˋ ❶再，重複：例他又來了。❷加強語氣，說話時常用：例你又不是不懂，怎麼不做呢？❸更進一步：例他的病又加重了。❹表示幾種情形同時出現：例美麗又聰明、又快又好。❺表示動作或情況先後接連：例才吃完飯又看起書來。❻整數外再加的分數：例一又三分之一。❼表示轉折，有「可是」的意思：例剛才有事要問你，現在又忘了。❽在某個範圍外還有補充：例除了薪水，又多了獎金。

參考 相似字：再。

猜一猜 斷一根叉子。（猜一字）（答案：又）

叉

又部 一畫

ㄱ 又 叉

ㄔㄚ ❶餐具，一端有長齒，可以刺取食物：例叉子。❷用叉子挑或刺：例叉魚。❸交錯：例叉手、交叉。❹用手卡住人的脖子把他推開：例叉出門去。❺阻塞，卡住：例一塊骨頭叉在喉嚨裡、路上的車叉住了。❻分開，張開：例叉腿、叉開雙手。

叉手 ㄔㄚ ㄕㄡˇ 十個指頭交錯。

叉車 ㄔㄚ ㄔㄜ 後面的車被前面的車擋住，兩車交錯。

叉燒 ㄔㄚ ㄕㄠ 一種廣東口味的燒肉，在肉條上塗抹醬料，然後置放於炭火上燒烤。

參考 活用詞：叉燒包。

友

又部 二畫

一 ナ 方 友

ㄧㄡˇ ❶交情：例友誼。❷情意相投的人：例朋友。❸和睦：例兄友弟恭。❹親善的，有交誼的：例友邦。

參考 相似字：好、善、朋。

友好 ㄧㄡˇ ㄏㄠˇ 親近和睦。例我們要發展與其他國家友好的關係。

友邦 ㄧㄡˇ ㄅㄤ 互相親善的國家。邦：國家。

友情 ㄧㄡˇ ㄑㄧㄥˊ 朋友之間的感情。例在人生的道路上，我們時時需要友情的關愛與扶持。

參考 請注意：「友情」和「友誼」、「情誼」都指朋友之間的交情和關係。「友誼」使用範圍較廣，例如：國家、民族、人民、個人之間。「友情」、「情誼」多用於個人之間；但「友情」著重在「友」，「情誼」著重在「情」。

友善 ㄧㄡˇ ㄕㄢˋ 朋友之間親近和睦。善：友好的。例她待人很友善。

友愛 ㄧㄡˇ ㄞˋ　兄弟朋友間互相親愛。例兄長要友愛弟妹。

友誼 ㄧㄡˇ ㄧˋ　朋友間交往的情誼。誼：交情。例我們之間有深厚的友誼聯繫著。

參考 活用詞：友誼賽、友誼廳。

及

ノ ㄗ 乃 及

又部 二畫

ㄐㄧˊ ❶正好趕上：例及時雨。❷達到：例及格、普及、目力所及。❸比得上：例你不及他。❹趁：例及早。❺連接詞，有「和」的意思：例鉛筆、書本及字典。❻姓：例及先生。

參考 相似字：跟、和、與。

及第 ㄐㄧˊ ㄉㄧˋ　古代稱通過科舉考試為及第，因為在放榜的時候，分成甲、乙、丙三個等第，所以通過考試叫「及第」，而沒考取的就叫作「落第」，或是「名落孫山」。

笑一笑 從前有個書呆子要到京城去考試，在半路上，帽子被風吹掉了。路人告訴他：「帽子落地了。」他趕緊說：「請不要說落地（第），我的帽子及地（第）了。」

及時 ㄐㄧˊ ㄕˊ　剛好趕上。例午後下了一場及時雨，因此就不用限水了。

參考 請注意：「及時」與「即時」用法的不同，見「即刻」條的說明。

反

一 ㄏ 万 反

又部 二畫

ㄈㄢˇ ❶與「正」相對，方向顛倒：例穿反了。❷轉換，翻過來：例反敗為勝。❸不贊成，對抗：例反對、反抗。❹違背：例相反、反常。❺背叛：例反叛、造反。❻翻案：例平反冤獄。❼類推、推及：例舉一反三。❽回，還：例反攻。❾慎重的樣子：例反反。❿古代注音的方法：例反切。⓫反而，連接詞，表意外的意思：例畫虎不成反類犬。

參考 相似字：背。♣相反字：正。♣請注意：古代用「反」當作「返」，例如：反回、歸反。但是現在已經不能如此使用，所以「返回」不能寫成「反回」。

猜一猜 反比。（猜一字）（答案：北）

反正 ㄈㄢˇ ㄓㄥˋ　❶由邪惡變成善良的。例他唾棄幫派，反正來歸。❷無論如何，不管怎麼樣。例不管你怎麼說，反正他不會答應。

反而 ㄈㄢˇ ㄦˊ　連接詞，表示意外或跟上句話相反。例媽媽叫弟弟念書，他反而跑出去玩耍。

反抗 ㄈㄢˇ ㄎㄤˋ　反對並且抵抗外來的壓力或意見。例他處處反抗父母的意見。

反映 ㄈㄢˇ ㄧㄥˋ　❶顯示表現出來。映：照。例文學作品可以反映社會的狀況。❷把情況或意見向上級報告。例代表們把農民的心聲反映給政府。

反省 ㄈㄢˇ ㄒㄧㄥˇ　檢討自己的思想、行為。例我們應該時時反省自己。

反面 ㄈㄢˇ ㄇㄧㄢˋ　指東西的另一面。例盒子的反面寫些什麼？

參考 活用詞：反面無情、反面無常。

反射 ㄈㄢˇ ㄕㄜˋ　❶聲波或光波遇到阻礙，就會返回原來的介質。例光線遇到鏡子就會反射。❷生物受到刺激，通過自主神經系統所發生的活動。例手一碰到火就會收回來，是一種反射作用。

反書 ㄈㄢˇ ㄕㄨ　反寫。書：寫。

小百科 梁武帝在父親墓前刻了反書，可印成正書，是印刷術的起源。

反動 ㄈㄢˇ ㄉㄨㄥˋ　對於適合時代的政治、社會運動，表示反對的意見或行動。例這次的示威遊行，有很多反動人士參加。

反常 ㄈㄢˇ ㄔㄤˊ　和平常的情形不同。例他今天很反常，好像有什麼心事。

反對 ㄈㄢˇ ㄉㄨㄟˋ　不贊成別人的言行。例我反對你買這麼昂貴的東西。

反駁 ㄈㄢˇ ㄅㄛˊ　用理由反對、辯論，否定別人的意見。例他一聽到不合理的話，馬上反駁。

反應 ㄈㄢˇ ㄧㄥˋ　因為刺激而引起的一切活動。例這次樂捐，大家的反應十分熱烈。

反擊 ㄈㄢˇ ㄐㄧˊ　受到別人的攻擊，回過頭來給予打擊。例受到別人的欺侮，你為什麼

二畫

不反擊呢？

反覆 ㄈㄢˇ ㄈㄨˋ 一直正反轉變。覆：反過來。例他說話反覆無常，因此大家都不信任他。

取

一 丆 丌 丌 丌 耳 耵 取

又部 六畫

ㄑㄩˇ ❶獲得：例取信、取得。❷選中，採用：例取士、錄取。❸用手拿東西：例取書。❹接受：例分文不取。❺自找的，招來：例取笑、自取滅亡。

取代 ㄑㄩˇ ㄉㄞˋ 排除別人，自己占有他人的工作或位置。例她辦事幹練，現在已經漸漸取代經理的職務。

取巧 ㄑㄩˇ ㄑㄧㄠˇ 用不正當的手段，減輕自己的負擔或是得到好處。例考試作弊是一種取巧的行為。

取材 ㄑㄩˇ ㄘㄞˊ 選擇需要的材料。例桃太郎的故事取材自日本的傳說。

取法 ㄑㄩˇ ㄈㄚˇ 把別人好的行為，當作模範，而加以模仿。法：標準、模範。例他見義勇為的行為，值得取法。

取悅 ㄑㄩˇ ㄩㄝˋ 獲得他人的喜愛，讓人高興、開心。悅：愉快、喜歡。例老萊子扮成小孩的樣子，取悅父母。

取消 ㄑㄩˇ ㄒㄧㄠ 放棄已經要做的事或決定。例因為下大雨，所以取消了這次郊遊。

取笑 ㄑㄩˇ ㄒㄧㄠˋ ❶看不起別人而笑他。例我們不應該取笑弱小的人。❷向人開玩笑。

取得 ㄑㄩˇ ㄉㄜˊ 獲得，拿到。例他已經取得大家的好感。例他新近取得駕駛執照。

取勝 ㄑㄩˇ ㄕㄥˋ ❶得到勝利。例他們僥倖以一分取勝。❷有不同、特別的地方。例阿里山的風景以日出美景取勝。

叔

丨 卜 上 丰 尗 尗 叔 叔

又部 六畫

ㄕㄨˊ ❶父親的弟弟：例叔叔。❷稱呼和父親同一輩，年紀較小的男子：例李叔叔。❸婦女稱丈夫的弟弟：例小叔。❹兄弟中排行第三的：例伯仲叔季。❺衰弱不強的：例叔世。❻姓：例叔先生。

參考 請注意：古時候的人，他們的排行次序不是老大、老二，而是伯、仲、叔、季。伯就是老大，現在還有這樣的用法，例如：父親的哥哥叫伯父。老二叫做仲父，老三叫做叔父，老四叫做季父。但是「季」也可以用來稱家裡排行最小的，不一定是老四。

猜一猜 淑女不游水。（猜一字）（答案：叔）

受

丿 ⺈ ⺈ 爫 爫 爫 𠬪 受

又部 六畫

ㄕㄡˋ ❶收下：例接受、受禮。❷遭到，得到：例遭受、受益、受批評。❸忍耐：例忍受、受不了。

參考 相似字：收、接、納。♣請注意：「受」和「授」的用法：「受」是接到東西，例如：受用、受害，學生接受老師的教導稱作「受業」。而「授」是給人東西，例如：教授、授課，此「授」是給予、付出的意思。容易弄錯的情形有以下幾種：「受獎」是得到獎品，「授獎」是頒發獎品給人家；「受獎」、「授獎」發音相同，但是含義卻不一樣。

猜一猜 付出愛心。（猜一字）（答案：受）

受用 ㄕㄡˋ ㄩㄥˋ ❶享受，得益。例學得一技之長，終身受用不盡。❷舒服。例他聽了這句話心裡頭很不受用。

受害 ㄕㄡˋ ㄏㄞˋ 受到損害、傷害。例大家隨手亂丟果皮，受害的還是自己。

受氣 ㄕㄡˋ ㄑㄧˋ 遭受欺侮。例他受氣了，所以躲在牆角不講話。

參考 活用詞：受氣包、受氣桶。

受雇 ㄕㄡˋ ㄍㄨˋ 被人聘用。雇：出錢請人做事。例他受雇為這家公司的顧問。

受傷 ㄕㄡˋ ㄕㄤ 受到傷害，可用在身體、心理兩方面。例他從樹上摔下來受傷了。

受罪 ㄕㄡˋ ㄗㄨㄟˋ 受到折磨，或遇到不愉快的事。例你坐那麼擠的公車，真是受罪。

受騙 ㄕㄡˋ ㄆㄧㄢˋ 被騙。例你一定受騙了，這個東西根本沒那麼貴。

受不了 ㄕㄡˋ ㄅㄨˋ ㄌㄧㄠˇ 無法忍受。例天氣熱得叫人受不了。

受得了 ㄕㄡˋ ㄉㄜ˙ ㄌㄧㄠˇ 可以忍受。例他不喜歡洗澡，誰受得了他身上的味道。

受寵若驚 ㄕㄡˋ ㄔㄨㄥˇ ㄖㄨㄛˋ ㄐㄧㄥ 受到意外的讚賞而驚喜、不安。

叛

又部 七畫

ㄆㄢˋ 背離，違反：例眾叛親離、反叛。

參考 相似字：反、亂、背、變。

猜一猜 一半反了。（猜一字）（答案：叛）

叛徒 ㄆㄢˋ ㄊㄨˊ 有背叛行為的人。

叛逆 ㄆㄢˋ ㄋㄧˋ 背叛而不順從。逆：不順從。

叛國 ㄆㄢˋ ㄍㄨㄛˊ 背叛國家，多指懷有不良企圖，想要推翻政府的行為。

叛亂 ㄆㄢˋ ㄌㄨㄢˋ 造反作亂。

叛變 ㄆㄢˋ ㄅㄧㄢˋ 脫離原來的組織，而與原來組織採取敵對的態度。

參考 相反詞：歸順。

叟

又部 八畫

ㄙㄡˇ 年老的男人：例老叟、童叟無欺。

猜一猜 瘦子不生病。（猜一字）（答案：叟）

曼

又部 九畫

ㄇㄢˋ ❶動作柔和：例輕歌曼舞。❷長：例曼延、曼聲而歌。

猜一猜 心不在才慢。（猜一字）（答案：曼）

曼延 ㄇㄢˋ ㄧㄢˊ 連綿不斷。例這一帶都是曼延曲折的羊腸小道。

曼妙 ㄇㄢˋ ㄇㄧㄠˋ 舞姿柔美的樣子。

曼聲 ㄇㄢˋ ㄕㄥ 聲音拉得很長。例曼聲低語。例她一路走，一面曼聲的歌唱。

叢

又部 十六畫

ㄘㄨㄥˊ ❶聚集：例叢生、叢集。❷聚集在一起的人或物：例叢書、人叢、草叢。❸姓：例叢先生。

參考 相似字：多、群。

猜一猜 業務少三項，取時又忘一樣。（猜一字）（答案：叢）

叢生 ㄘㄨㄥˊ ㄕㄥ ❶草木聚集在一起生長。❷很多情形、事情同時發生。例他因為百病叢生，不得不退休。

參考 活用詞：叢生葉、叢生林。

叢林 ㄘㄨㄥˊ ㄌㄧㄣˊ 很多樹木生長聚集的樹林。

口部 ㄎㄡˇ

「口」是嘴唇微張的象形字，因為嘴巴和發音、飲食、呼吸都有密切的關係，口部的字因此也分為以下幾類：

一、和口腔器官有關，例如：唇、喉、嗓。

二、和飲食有關，例如：吃、咬、啃。

三、和口腔發音的活動有關，例如：喊、叫、唱。

四、和說話有關，例如：啞（不能說話）、唉（嘆氣聲）。

口 (ㄎㄡˇ)

丨 ㄇ 口

口部 〇畫

❶人的五官之一，也稱「嘴」，用來說話、飲食。❷出入通過的地方：例門口。❸單位名：例一口井、八口之家。❹破裂的地方：例傷口、缺口。❺器物張開的地方：例瓶口。❻刀剪等的刃：例刀口。

參考 請注意：「口」和「囗」形狀很相似。小的、在字旁的是「口」（ㄎㄡˇ）；大的、圍在字外面的是「囗」（ㄨㄟˊ）。

動動腦 請在空格裡填上適當的字，它和上下左右的字合起來，可以分別組成四個字。

（答案：吞、和、呆、吐）

口才 (ㄎㄡˇ ㄘㄞˊ) 說話的才能和技巧。例他的口才好，說起故事很吸引人。

口吃 (ㄎㄡˇ ㄐㄧˊ) 說話時，語句常發生中斷或重複。例他有口吃的毛病，一緊張連話也說不清楚。

參考 相似詞：結巴。

笑一笑 「幾點鐘了？」母親揉著睡眼問夜歸的女兒。女兒答：「大概一點鐘吧！」就在這時，時鐘敲了兩下。「啊呀！」女兒大聲說：「什麼時候那隻鐘口吃起來了？」

口供 (ㄎㄡˇ ㄍㄨㄥ) 犯人的答話。例法官根據他的口供，判他坐牢十年。

口岸 (ㄎㄡˇ ㄢˋ) ❶靠江海的港口。❷對外通商的港埠。

口紅 (ㄎㄡˇ ㄏㄨㄥˊ) 化妝品的一種，抹在嘴唇使它紅潤美麗，大部分是紅色系列，也有其他顏色。

口音 (ㄎㄡˇ ㄧㄣ) 指某一種語言或方言的發音特色。例聽他的口音，好像不是本地人。

口氣 (ㄎㄡˇ ㄑㄧˋ) 說話的語氣。例他的口氣真不小。

俏皮話 「吹糖人的出身——口氣大。」吹糖人必須用口吹氣使融過的糖吹出形狀來，所以氣很大。在此比喻一個人說大話。例你別吹牛了，再怎麼說還不都是「吹糖人的出身——口氣大」。

口袋 (ㄎㄡˇ ㄉㄞˋ) 衣服上用來裝東西的袋子。

笑一笑 妹妹：「媽！我不知道要穿哪件衣服去參加宴會？」媽媽：「那就穿口袋最多的那一件。」

口腔 (ㄎㄡˇ ㄑㄧㄤ) 口內空處，在消化管的最上部，人的口腔有齒、舌、唾液腺三個重要部分。

口罩 (ㄎㄡˇ ㄓㄠˋ) 用紗布製成，罩在口鼻上以防止塵土或病菌侵入的遮蓋物。

猜一猜 小小被子沒有花，只蓋鼻子和嘴巴。（猜一物）（答案：口罩）

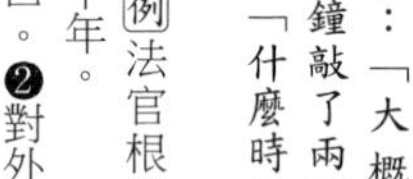

口號 (ㄎㄡˇ ㄏㄠˋ) 集會或遊行中用簡短的話來宣傳主張。例每年的國慶日我們都會呼口號。

參考 請注意：「口號」是口語形式；「標語」是寫在紙上的口號。

口福 (ㄎㄡˇ ㄈㄨˊ) 能吃到好東西的運氣。例今天他要請我吃飯，我又有口福了。

口頭禪 (ㄎㄡˇ ㄊㄡˊ ㄔㄢˊ) 常掛在嘴邊，意思簡單或毫無意義的話。例他最常說的口頭禪是：「無聊！」。

口口聲聲 (ㄎㄡˇ ㄎㄡˇ ㄕㄥ ㄕㄥ) 形容不斷說同樣的話，表明自己的心意。例他口口聲聲說要用功，每天卻還是吃喝玩樂。

口是心非 (ㄎㄡˇ ㄕˋ ㄒㄧㄣ ㄈㄟ) 嘴裡說的和心裡想的不一樣；比喻言行不一致。例他嘴裡說不去，其實是口是心非。

參考 相似詞：表裡不一。

口若懸河 (ㄎㄡˇ ㄖㄨㄛˋ ㄒㄩㄢˊ ㄏㄜˊ) 口才像懸掛的河流，快速多量。形容一個人很會說話、辯論，說的時候沒有停頓。例他一上臺就口若懸河的展開辯才。

參考 相似詞：口如懸河。

可

一 丁 𠮛 𠮛 可

口部 二畫

ㄎㄜˇ ❶表示同意：例許可。❷表示值得：例可愛、可憐。❸適合：例可口。❹表示強調的口氣：例問題可大了！❺表示疑問：例你可知道？❻能夠：例牢不可破。❼但是：例雖然窮，可不能沒有志氣。❽姓：例可小姐。

ㄎㄜˋ 古代中國北方的各民族對領袖的稱呼：例可汗。

動動腦 「可」加上哪些部首可以成為另外的字？

（答案：何、河、柯……）

可以 ㄎㄜˇ ㄧˇ ❶許可。例你可以吃飯了。❷還不太差，含有讚美的意思。例他的字，寫得還可以。❸可能，能夠。例你只要不中途放棄，一定可以學會游泳。

可見 ㄎㄜˇ ㄐㄧㄢˋ ❶可以看到。例天氣晴朗時，遠山清晰可見。❷可以想到。例滿身的酒味，可見你一定喝了不少。

可怕 ㄎㄜˇ ㄆㄚˋ 令人感到害怕。例可怕的車禍。

可是 ㄎㄜˇ ㄕˋ ❶把「是」加重語氣的用法。例像那樣刻薄的人真討厭。❷但是。例他年紀雖然小，可是力氣並不小。❸表示疑問的用法。例您可是李大明的爸爸嗎？

可恥 ㄎㄜˇ ㄔˇ 令人感到羞愧。恥：羞愧。例偷竊是可恥的行為。

可笑 ㄎㄜˇ ㄒㄧㄠˋ 好笑。例那麼大了，還要吸奶嘴，真可笑。

參考 請注意：「可笑」大部分用在不好的人或事物上，含有輕視的意思。

可能 ㄎㄜˇ ㄋㄥˊ 推測的詞句。例他可能還在睡覺。

可惜 ㄎㄜˇ ㄒㄧˊ 對於人或事物覺得憐惜。例這麼好吃的菜要倒掉，真是可惜。

可惡 ㄎㄜˇ ㄨˋ 令人感到討厭。例他好可惡，竟然往窗外吐痰！

可貴 ㄎㄜˇ ㄍㄨㄟˋ 值得重視珍惜。例生命誠可貴，自由價更高。

可愛 ㄎㄜˇ ㄞˋ 形容人或事物值得愛惜。例他是一個可愛的小孩。

動動腦 「小弟弟很可愛。」可愛原本是指長得漂亮令人疼愛，但是也有人把它說成「可憐沒人愛」，這樣是不是很有趣呢？下面幾個詞，請你運用想像力，把它趣味化！

1. 偶像。
2. 神童。
3. 美人。
4. 耐看。
5. 超人。

可憐 ㄎㄜˇ ㄌㄧㄢˊ ❶可愛。例小女孩一副楚楚可憐的模樣。❷令人同情的。例發生這種不幸的事情，真是可憐。❸形容數量或內容很少、很差。例這點米實在少得可憐。

可靠 ㄎㄜˇ ㄎㄠˋ 正確的事物，可以相信依賴。例他是個忠厚可靠的人。

動動腦 小朋友，請你在空白的地方填上一個字，讓這四個詞出現！

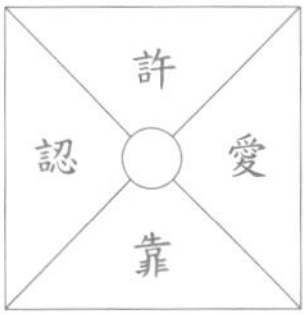

（答案：許可、認可、可愛、可靠）

可觀 ㄎㄜˇ ㄍㄨㄢ ❶值得看。例在法國，可觀的博物館也不少。❷指達到比較大、比較高的程度。例五百萬元是一筆可觀的數目。例他經過一年的努力，成果相當可觀。

可想而知 ㄎㄜˇ ㄒㄧㄤˇ ㄦˊ ㄓ 推想就知道了。例每天這麼忙，工作量有多大就可想而知了。

可敬可佩 ㄎㄜˇ ㄐㄧㄥˋ ㄎㄜˇ ㄆㄟˋ 值得尊敬佩服。例冒險救人的英雄，真是可敬可佩。

可歌可泣 ㄎㄜˇ ㄍㄜ ㄎㄜˇ ㄑㄧˋ 形容英勇悲壯的事件，可以令人歌頌讚美、感動流淚。歌：讚美。泣：流眼淚。例許多愛國英雄留下許多可歌可泣的事蹟。

古

一 十 十 古 古

口部 二畫

ㄍㄨˇ ❶過去久遠的時代：例古代。❷過去的：例古人。❸不合潮流的：例古板。❹典雅的：例古典。❺姓：例古先生。

參考 相似字：昔。♣相反字：今。

動動腦 猜猜看：

什麼字，一個口？

什麼字，兩個口？

什麼字，三個口？

什麼字，四個口？

什麼字，五個口？

什麼字，六個口？

什麼字，八個口？

什麼字，十個口？

（答案：井、呂、品、田、吾、晶、叭、古）

古人 ㄍㄨˇ ㄖㄣˊ 指古代的人。

古巴 ㄍㄨˇ ㄅㄚ 國名。拉丁美洲中的國家，位於加勒比海西北，是西印度群島最大的島嶼，首都哈瓦那。是一個共產國家，盛產蔗糖、煙草，是世界主要產糖國之一。

古代 ㄍㄨˇ ㄉㄞˋ 指過去較遠的時代。

參考 相似詞：古時。

古老 ㄍㄨˇ ㄌㄠˇ 歷史很悠久。例中國是個古老的國家。

古怪 ㄍㄨˇ ㄍㄨㄞˋ 怪異的。例他的脾氣很古怪，不容易相處。

參考 請注意：「古怪」、「奇怪」都指不常見、不合常情。但是「古怪」常形容性情、性格；「奇怪」則是指事物不常見、很奇特。

唱詩歌 奇奇夾古怪，蒼蠅咬破碗，尼姑要花戴。（雲南）

古板 ㄍㄨˇ ㄅㄢˇ ❶不靈活。❷思想行為守舊，不知變通。例他的思想太古板，不能接受新觀念。

古玩 ㄍㄨˇ ㄨㄢˊ 可供玩賞的古物。

參考 相似詞：古董、骨董。

古董 ㄍㄨˇ ㄉㄨㄥˇ ❶古代留下來的器物，可供研究、欣賞。例他的嗜好是蒐藏古董。❷比喻過時的東西，或思想守舊的人。例他不能接受新的觀念，真是個老古董。

參考 相似詞：古玩、骨董。

古跡 ㄍㄨˇ ㄐㄧ 古人留下的文物。例老師帶我們去參觀名勝古跡。

參考 請注意：也可以寫作「古蹟」。

古箏 ㄍㄨˇ ㄓㄥ 弦樂器，木製長形。古時十二弦，後來改為十六弦。

古樸 ㄍㄨˇ ㄆㄨˊ 形容人或事物質地純樸有古風。例淡水是個古樸的小鎮。

古今中外 ㄍㄨˇ ㄐㄧㄣ ㄓㄨㄥ ㄨㄞˋ 古代和現代，國內和國外。例古今中外的偉人，都是經過努力才成功的。

古色古香 ㄍㄨˇ ㄙㄜˋ ㄍㄨˇ ㄒㄧㄤ 形容古物或藝術品因為年代久遠而有古樸雅致的色彩、情調。例這座廟是清代建立的，古色古香，十分有名。

古道熱腸 ㄍㄨˇ ㄉㄠˋ ㄖㄜˋ ㄔㄤˊ 古人仁厚的思想和樂於行善的心腸。例他古道熱腸，非常樂於助人。

右

口部 二畫

一ナ才右右

ㄧㄡˋ ❶「左」的相對，指方向、位置：例前後左右。❷西方：例山右（山西）。❸尊貴的：例右位。❹姓：例右先生。

參考 相反字：左。

右邊 ㄧㄡˋ ㄅㄧㄢ 靠右手的一邊。

召

口部 二畫

フ刀刀召召

ㄓㄠˋ ❶在上位的人呼喚人過來做事：例召見、召開會議。❷引起：例召禍。

ㄕㄠˋ ❶周代國名，在現在的陝西省。❷地名：例召南。❸姓：例召先生。

召見 ㄓㄠˋ ㄐㄧㄢˋ 指在上位的人叫下屬來見面。例總統將要在明天召見優秀青年代表。

召開 ㄓㄠˋ ㄎㄞ 集合人們開會。例七月要召開國民代表大會。

召集 ㄓㄠˋ ㄐㄧˊ 下命令使大家聚集在一起。例政府召集後備軍人到各縣市接受短期訓練。

參考 活用詞：召集人、召集令。

召集令 ㄓㄠˋ ㄐㄧˊ ㄌㄧㄥˋ 依國防軍事的需要，根據法令，召集後備軍人及國民兵所使用的公文書。例他一收到召集令就連夜趕去報到。

叮

口部 二畫

丨 ㄇ 口 口一 叮

ㄉㄧㄥ ❶蚊蟲咬：例叮人。❷吩咐：例叮嚀。❸形容金玉撞擊的聲音：例叮叮噹噹。

俏皮話 「蚊子叮菩薩——找錯人了。」蚊子喜歡吸食人的血液，菩薩都是木雕泥塑的，當然沒有血。這句話的意思是說沒找對對象。例你向我借錢，根本是「蚊子叮菩薩——找錯人了」。

叮噹 ㄉㄧㄥ ㄉㄤ 形容金屬、玉石等相碰擊的聲音。例他把杯盤敲得叮噹作響。

叮嚀 ㄉㄧㄥ ㄋㄧㄥˊ 再三的吩咐。例母親對即將遠行的孩子再三叮嚀。

叩

口部 二畫

丨 ㄇ 口 口ㄱ 叩

ㄎㄡˋ ❶敲打：例叩門。❷請問，慰問：例叩問。❸牽馬：例叩馬。❹跪著行禮，額頭碰到地上，是最高敬意的行禮方式：例叩謝、叩頭。

參考 請注意：「叩」和「扣」都讀ㄎㄡˋ。口部的「叩」是慰問、行禮的意思，例如：叩問、叩頭。手部的「扣」是可以連結的物品、減除的意思，例如：鈕扣、扣錢。當作敲打、牽的解釋時，「叩」和「扣」用法相通，例如：叩（扣）門、叩（扣）鐘、叩（扣）馬。

叩門 ㄎㄡˋ ㄇㄣˊ 就是敲門。

叩頭 ㄎㄡˋ ㄊㄡˊ 行禮時，額頭碰到地面叫叩頭，表示很有敬意。例他犯了錯，羞愧得再三叩頭，請求原諒。

叨

口部 二畫

丨 ㄇ 口 叨 叨

ㄊㄠ 沾，受到：例叨光、叨教。

ㄉㄠ 多話的樣子：例嘮叨。

參考 請注意：「叨光」的「叨」字，右邊是「刀」，不可寫成「刁」（ㄉㄠ）。

猜一猜 話似刀口利。（猜一字）（答案：叨）

叨光 ㄊㄠ ㄍㄨㄤ 沾光。常用在受到別人好處時，表示感謝的客套話。

叨教 ㄊㄠ ㄐㄧㄠˋ 領教。是一種客套話，意思是：受到指教，表示感謝。

叨嘮 ㄉㄠ ㄌㄠˊ ❶滔滔不絕，話說個沒完。例你這樣叨嘮不停，真教人受不了。❷表示抱怨、埋怨。例這又不是我一個人的錯，叨嘮什麼嘛？

叨擾 ㄊㄠ ㄖㄠˇ 打擾。是受到款待，表示感謝的客套話。

叼

口部 二畫

丨 ㄇ 口 叼 叼

ㄉㄧㄠ 用嘴銜住：例叼著香煙。

司

口部 二畫

ㄱ ㄱ 司 司 司

ㄙ ❶古代的官吏名：例司馬。❷經商的一種團體，資本由許多人集合而成：例公司。❸掌管：例司法、司令。❹中央各部所屬的辦事單位：例外交部禮賓司。❺姓：例司先生。

司令 ㄙ ㄌㄧㄥˋ 軍隊中發布命令、指揮全軍的人。例他是一個司令，負責指揮軍隊作戰。

司法 ㄙ ㄈㄚˇ 國家執行或解釋法律的行為。例司法院是國家最高的司法機關。

司儀 ㄙ ㄧˊ 在典禮或大會中負責報告進行程序的人。例她總是在班會中擔任司儀。

司機 ㄙ ㄐㄧ 駕駛火車、汽車的人。例這個司機不但遵守交通規則，對乘客也很有禮貌。

司空見慣 比喻常見的事物，看習慣了也就不感覺奇怪。例他每次洗澡都唱歌，早已是司空見慣的事了。

叵 口部 二畫

不可：例居心叵測。

猜一猜 口能出口。（猜一字）（答案：叵）

叵耐 不可容忍。

參考 相似詞：叵奈、頗耐。

叵測 不可測知。例他會這麼做，真是居心叵測。

叫 口部 二畫

❶鳥獸蟲類發出的聲音：例鳥叫、雞叫。❷交代：例叫他早點兒回家。❸稱作：例你叫什麼名字？❹使得：例真叫人煩惱。❺被：例叫人給打傷了。❻呼喊：例放聲大叫。❼招喚：例老師叫你。

猜一猜 老師教我們讀ㄐ。（猜一字）（答案：叫）

唱詩歌 小喜鵲，喳喳叫，親戚就來到；有酒就喝酒，沒酒把茶倒。（河北）

叫賣 賣東西的人大聲呼叫，吸引顧客來買東西。例大熱天裡，他沿街叫賣冰棒。

叫嚷 大聲喊叫。例他考上第一志願，忍不住當街叫嚷起來。

叫囂 大聲呼喊，亂叫亂罵的意思。囂：大聲吵鬧的意思。例你們冷靜點，這樣叫囂是沒人理會的。

叫化子 就是乞丐。

參考 相似詞：叫花子。

俏皮話 「叫化子唱山歌——窮開心。」叫化子在心情開朗時也會唱唱山歌，因為貧窮也有貧窮的快樂。例雖然我錢賺的不多，但我每天可是「叫化子唱山歌——窮開心」。

另 口部 二畫

其他的，別的：例另外、另一回事。

猜一猜 出力外加出言語。（猜一字）（答案：另）

另外 除此以外，在說過的之外。例我想和你談談另外一件事。

另眼相看 用另一種眼光看待；比喻不同的對待。例他的突飛猛進使每個人都對他另眼相看。

參考 相似詞：另眼看待、另眼相待、刮目相看。

另當別論 不能放在一起比較，應另外估計。例這兩件事不能混為一談，應另當別論。

另請高明 另外請一個比較高明的人。是不想再接受委託或聘請的推託辭。例既然你不滿意我的做法，那麼，就另請高明吧！

參考 相似詞：另聘高明。

另謀高就 對於自己的職務或待遇不滿，另外找一份工作。例因為這裡升遷不容易，我只有另謀高就。

只 口部 二畫

❶僅僅：例只此一家。❷儘：例只管去做。

量詞，「隻」的簡寫：例鵝一隻。

猜一猜 嘴上無毛，嘴下二筆八字鬍。（猜一字）（答案：只）

只好 無可奈何，不得不將就。例既然沒有錢，我們只好餓肚子吧！

參考 相似詞：只得。

只怕 恐怕。例你再不用功的話，只怕連第十名都拿不到了。

只管 儘管，只顧。例你只管念書，不要為其他的事情煩惱。

只知其一不知其二　指人見識不廣或不明白真相。例這件事你只知其一不知其二。

史　口部 二畫

❶古代掌管文書紀錄的官員：例史官。❷記載過去事物的書：例史書、近代史。❸姓：例史小姐。

猜一猜　一名官吏出走。（猜一字）（答案：史）

小百科　在我國的歷史書籍中，有二十四部用紀傳體寫成的史書，稱為正史，包括史記、漢書、後漢書、三國志、晉書、宋書、南齊書、梁書、陳書、魏書、北齊書、周書、隋書、南史、北史、舊唐書、新唐書、五代史、新五代史、宋史、遼史、金史、元史、明史，稱二十四史。

史記　❶指一般的史書。❷專門指漢代司馬遷所寫的「太史公書」。史記是我國第一部最有系統的史書，記載了遠古到漢武帝時的歷史。

史懷哲　德國人，生於一八七五年，死於一九六五年，是人道主義者、醫師、音樂家。三十七歲以後到非洲為貧苦的黑人服務，一直到老，貢獻很大，曾獲得諾貝爾和平獎。

史蒂文生　英國人，一七八一年出生，死於一八四八年，是火車的發明者。曾在礦場工作，喜歡研究科學，發明安全燈和礦場火車，後來經過改良成為世界上用火車運輸旅客和貨物的開始。

叱　口部 二畫

❶大聲責罵：例怒叱、叱責。❷怒喝。

猜一猜　口含金湯匙。（猜一字）（答案：叱）

叱呵　生氣的大聲叫罵。

參考　相似詞：叱喝。

叱責　大聲呵斥責備。

參考　相似詞：叱罵。

叱罵　大聲責罵。

叱咤風雲　大聲怒喊，可以使風雲變色。形容威力、聲勢很大。例拿破崙是法國叱咤風雲的歷史人物。

台　口部 二畫

❶尊敬人的稱呼：例台端。❷數量單位：例一台電冰箱。❸「臺」的簡寫，臺灣簡稱「台」。

❶我，古代稱自己為「台」。❷喜悅，通「怡」。❸姓：例台先生。

猜一猜　嘴念ㄙ。（猜一字）（答案：台）

動動腦　「他們是一對雙胞胎。」除了「胎」以外，「台」還可以加上哪些偏旁變成其他的字呢？（答案：抬、怡、跆、邰……）

台風　指人在講臺或舞臺上所表現的風度和氣質。例國際巨星妮可基嫚的台風真教人喝采。

台啟　使用於信封正面中行，對收件人的敬語。

台詞　戲劇、電視、電影中人物所說的話。例他把演講的台詞背得滾瓜爛熟。

句　口部 二畫

由兩個字以上構成，能表示一個完整的意思：例語句。

❶彎曲而末端銳利、向內曲的物體，同「鉤」：例鉤句。❷姓：例句踐。

同「勾」（ㄍㄡ），多指壞事：例句當。

猜一猜　嘴念ㄅ。（猜一字）（答案：句）

句踐　春秋時代越國的國君，曾被吳王夫差打敗，被關在吳國，他為了能早日回到越國，自願當夫差的僕人，使夫差看

二畫

不起他而不會提防他。他回到越國後，發憤圖強，在床前掛了一顆膽，睡覺前，就嘗一下，提醒自己不要忘了戰敗的恥辱。經過十年的準備，終於打敗了吳國。

句號 ㄐㄩˋ ㄏㄠˋ 標點符號的一種，表示文意已經完整。

叭

口部 二畫

丨 ㄇ 口 口丿 叭

ㄅㄚ ❶形容聲音的語詞：例叭叭的汽車聲、叭的一聲。❷一種樂器：例喇叭。

參考 請注意：「喇叭」也可以寫作「喇吧」。

猜一猜 一家子八口。（猜一字）（答案：叭）

吉

口部 三畫

一 十 士 吉 吉 吉

ㄐㄧˊ ❶美好的，順利的：例吉日、吉利。❷省名：例吉林省。❸姓：例吉先生。

猜一猜 一家十口。（猜一字）（答案：吉）

吉人 ㄐㄧˊ ㄖㄣˊ 善人。例你真是吉人天相、多福多貴。

古人說 「吉人自有天相。」這句話是說：好人自然運氣好；也指好人自然有人幫忙。例不必為他擔憂，吉人自有天相，他一定會平安無事的。

吉兆 ㄐㄧˊ ㄓㄠˋ 預現吉祥的徵兆。

吉利 ㄐㄧˊ ㄌㄧˋ 吉祥順利。例過年時我們都說些吉利的話。

吉祥 ㄐㄧˊ ㄒㄧㄤˊ 吉利祥瑞。例祝福你們吉祥如意。

吉普車 ㄐㄧˊ ㄆㄨˇ ㄔㄜ 一種輕便而堅固的中、小型汽車，能適應高低不平的道路。吉普是英語的譯音。

吉卜賽人 ㄐㄧˊ ㄅㄨˇ ㄙㄞˋ ㄖㄣˊ 專門過著遊蕩生活的一個民族。原住在印度西北部，現在已遍布在世界各洲。他們擅長歌舞、算命學。

吉光片羽 ㄐㄧˊ ㄍㄨㄤ ㄆㄧㄢˋ ㄩˇ 比喻稀有的藝術珍品，特指殘存的文章書畫等。

吉星高照 ㄐㄧˊ ㄒㄧㄥ ㄍㄠ ㄓㄠˋ 有吉祥的福星照臨保佑，比喻可以得福免禍。

吏

口部 三畫

一 ㄏ ㄏ 戸 吏 吏

ㄌㄧˋ ❶官員，就是辦理公務、治理人民的人：例官吏。❷姓：例吏先生。

猜一猜 一名史官。（猜一字）（答案：吏）

吏治 ㄌㄧˋ ㄓˋ 指地方官員治理政事的作風和成績。

吏部 ㄌㄧˋ ㄅㄨˋ 舊時官署的名稱，掌管全國官吏的任免、考核、升降、調動等事。

同

口部 三畫

丨 ㄇ 冂 同 同 同

ㄊㄨㄥˊ ❶和平、安樂的境界：例大同世界。❷在一起：例同伴。❸和，跟：例你同他去學校。❹一樣的：例同姓、同心。❺小巷子：例胡同。❻姓：例同先生。

猜一猜 公司旁的電線桿。（猜一字）（答案：同）

動動腦 「同」加哪些部首可以成為另外的字？（答案：筒、銅、洞、侗、恫、峒、桐、茼、酮、痌……）

古人說 「三人同心，黃土變金。」這句話是說：在一個團體裡，人人合作，事情一定做得很完美。三人指多數的人，而不是真的只有三個人而已。例這次秩序比賽，班上得了第一，真個是「三人同心，黃土變金」。

笑一笑 小美到學校找姐姐，警衛問小美要找誰。小美：「我要找我姐姐。」警衛：「你姐姐姓什麼？」小美：「我姐姐當然和我一樣的姓！」警衛：「那你姓什麼呢？」小美：「你真奇怪，我和我姐姐當然是同姓呀！」

同化 ㄊㄨㄥˊ ㄏㄨㄚˋ 不相同的事物逐漸變得相近或相同。例許多民族的消失，不是因為絕種，而是被其他民族同化了。

同好 ㄊㄨㄥˊ ㄏㄠˋ 愛好或嗜好相同的人。例我們在蒐集郵票方面是同好。

同行 (一)ㄊㄨㄥˊ ㄒㄧㄥˊ 同在一條路上行走。例不論遇到多大的困難，我們都要攜手同行，相互扶持。(二)ㄊㄨㄥˊ ㄏㄤˊ 職業相同的人。例同行是冤家。

同伴 ㄊㄨㄥˊ ㄅㄢˋ 在一起遊玩或一起做事的人。例登山一定要有同伴。

同志 ㄊㄨㄥˊ ㄓˋ ❶稱同政黨的人彼此為共同的理想事業、目標而奮鬥。❷俗稱同性戀。

同事 ㄊㄨㄥˊ ㄕˋ 同在一個機關或公司行號做事的人。例同事之間要能和平相處。

相似詞 同僚。

同宗 ㄊㄨㄥˊ ㄗㄨㄥ 同一家族。例我們同姓不同宗。

同胞 ㄊㄨㄥˊ ㄅㄠ ❶同父母所生的兄弟姊妹。例同胞兄弟。❷同一個國家或民族的人。例海外同胞。

同時 ㄊㄨㄥˊ ㄕˊ 同一時間，同一時代。例我們同時抵達會場。

同情 ㄊㄨㄥˊ ㄑㄧㄥˊ 對於別人不幸的事件而產生為對方設想的情感。例他的悲慘命運教人同情。

參考 活用詞：同情心。

同鄉 ㄊㄨㄥˊ ㄒㄧㄤ 原居地在同一縣或同一省的人。

參考 相似詞：老鄉。♣活用詞：同鄉會。

同意 ㄊㄨㄥˊ ㄧˋ 贊成，准許；對某種主張表示相同的意見。例大家對他的意見深表同意。

動動腦 「爸爸已經答應那件事了。」小朋友，除了「同意」和「答應」的意思相似，還有哪些詞和「答應」的意思相似？
（答案：允許、許可、批准……）

同感 ㄊㄨㄥˊ ㄍㄢˇ 相同的感想或感受。例我看了這段文章後，心有同感。

同業 ㄊㄨㄥˊ ㄧㄝˋ 從事同樣行業或職業的人。例基爾德是古希臘一種同業工會的組織，目的在保障會員的利益。

參考 相似詞：同行。♣活用詞：同業工會。

同盟 ㄊㄨㄥˊ ㄇㄥˊ 國家、政黨或團體在一定時期內，為達到共同政治目的所形成的聯合。

參考 活用詞：同盟會、同盟國。

同僚 ㄊㄨㄥˊ ㄌㄧㄠˊ 在一起任職的官吏。僚：官員。

同樣 ㄊㄨㄥˊ ㄧㄤˋ 就某方面而言，沒有什麼不同。例同樣的環境，卻會長出不同的稻子。

同學 ㄊㄨㄥˊ ㄒㄩㄝˊ 在同一所學校或同一班受教育的人。

參考 相似詞：同窗。♣相反詞：老師。

同類 ㄊㄨㄥˊ ㄌㄟˋ 同屬一類。類：種別。例貓和人是不同類的動物。

同工異曲 ㄊㄨㄥˊ ㄍㄨㄥ ㄧˋ ㄑㄩˇ 曲調雖然不同，卻都同樣美妙。比喻不同的說法、做法或形式都達到同樣良好的效果。工：工巧。

同仇敵愾 ㄊㄨㄥˊ ㄔㄡˊ ㄉㄧˊ ㄎㄞˋ 團結一致，共同對付大家所恨的仇敵。同仇：共同對待仇人。敵：抵抗。愾：憤怒。敵愾：反抗大家所憤怒的人。例只要大家同仇敵愾，勝利就會馬上到來。

同心同德 ㄊㄨㄥˊ ㄒㄧㄣ ㄊㄨㄥˊ ㄉㄜˊ 思想統一，信念一致。形容大家團結一條心。

參考 相似詞：一心一德。

同心協力 ㄊㄨㄥˊ ㄒㄧㄣ ㄒㄧㄝˊ ㄌㄧˋ 齊心合力，共同合作。協：同心合力。例我們同心協力，為共同的理想而努力。

同甘共苦 ㄊㄨㄥˊ ㄍㄢ ㄍㄨㄥˋ ㄎㄨˇ 一同歡樂，也一起解決困難的意思。甘：指美好的事物。苦：指不好的事物。例他們是同甘共苦、一起長大的朋友。

參考 相似詞：有福同享，有難同當。

同舟共濟 ㄊㄨㄥˊ ㄓㄡ ㄍㄨㄥˋ ㄐㄧˋ 大家坐在同一條船過河；比喻在艱險的處境中團結互助，共同戰勝困難。濟：渡河。例我們只有同舟共濟、共體時艱，才能渡過難關。

參考 相反詞：同床異夢。

猜一猜 同舟共濟。（猜一句成語）（答案：死生與共）

同床異夢 ㄊㄨㄥˊ ㄔㄨㄤˊ ㄧˋ ㄇㄥˋ 比喻雖然共同生活或者共同從事某項活動，但是各人有各人的打算。例他倆雖合夥經商，但是同床異夢，時常起爭執。

同流合汙（ㄊㄨㄥˊ ㄌㄧㄡˊ ㄏㄜˊ ㄨ） 隨著壞人一起做壞事。例他不同流合汙，拒絕收受賄賂，才未被牽連。

同病相憐（ㄊㄨㄥˊ ㄅㄧㄥˋ ㄒㄧㄤ ㄌㄧㄢˊ） 比喻有同樣不幸遭遇的人互相同情。例他們因同病相憐而發展了一段友誼。

同歸於盡（ㄊㄨㄥˊ ㄍㄨㄟ ㄩˊ ㄐㄧㄣˋ） 一起毀滅。盡：完結，滅亡。例他與敵人同歸於盡。

吊

丨 ㄇ 口 口 吕 吊

口部 三畫

ㄉㄧㄠˋ ❶懸掛：例吊鐘。❷提取：例吊案、吊卷。

參考 相似字：掛。♣請注意：「吊」本來是「弔」的俗字，現在已經分開使用：慰問用「弔」；懸掛用「吊」。

笑一笑 有一個叫王二的人，既自信又好勝，凡是沒有親身經歷過的事，一概不信。一天，村裡李四上吊死了。妻子告訴他，但是他不相信繩子能吊死人，於是他想自己試試看，便把繩子掛在梁上，誰知道脖子剛套上繩子，便喘不過氣來。妻子被他掙扎的聲音吵醒，連忙叫人把他救活，誰知王二卻說：「上吊是很難受，不過我卻沒有死，所以上吊不會死！」

吊床（ㄉㄧㄠˋ ㄔㄨㄤˊ） 用繩網等材料編成，可以懸掛在林間或室內的床。

吊桶（ㄉㄧㄠˋ ㄊㄨㄥˇ） 汲取井水的桶子，用繩子吊上後垂下。

吊橋（ㄉㄧㄠˋ ㄑㄧㄠˊ） ❶古時設置在城壕上，可以隨時起落的橋梁。❷在河上或山谷等處以大鋼索為主體，來吊掛橋面所建造成的橋梁。

吊胃口（ㄉㄧㄠˋ ㄨㄟˋ ㄎㄡˇ） 故意不明白說出，使人心急。例他說話慢條斯理的，存心想要吊人胃口。

吊嗓子（ㄉㄧㄠˋ ㄙㄤˇ ㄗ˙） 俗稱戲劇演唱者或歌唱演員在樂器伴奏下鍛鍊嗓子、練習歌唱。

吊兒郎當（ㄉㄧㄠˋ ㄦ˙ ㄌㄤˊ ㄉㄤ） 形容人的行為放蕩不拘或儀容不整、作風散漫、態度不嚴肅的樣子。

吐

丨 ㄇ 口 口 叶 吐

口部 三畫

ㄊㄨˇ ❶使東西從嘴裡出來：例吐痰。❷從嘴巴或夾縫裡長出來或露出來：例蠶吐絲、枝頭吐新芽。❸說出來：例吐露、吐字、談吐。

ㄊㄨˋ ❶胃裡或肺裡的東西，在自己不能控制的情況下，從嘴巴裡出來：例嘔吐、吐血。❷比喻被迫退還侵占的東西：例趕快把你騙來的錢吐出來！

參考 請注意：「吐」有兩個讀音：讀ㄊㄨˇ是指自己能控制的，例如：吐氣、吐痰。讀ㄊㄨˋ是指自己不能控制的，例如：吐血。

猜一猜 颱大風，吃炒麵。（猜一字）（答案：吐）

吐露（ㄊㄨˇ ㄌㄨˋ） 說出事情的真相或是真心話。例由於他吐露事情的真相，使警方很快破案。例夜裡聊天，最能吐露心聲，溝通感情。

吐苦水（ㄊㄨˇ ㄎㄨˇ ㄕㄨㄟˇ） 把心中苦悶的事說出來。例老張由於工作繁重，常常向我們吐苦水。

吐魯番窪地（ㄊㄨˇ ㄌㄨˇ ㄈㄢ ㄨㄚ ㄉㄧˋ） 位在新疆東部的天山中，是我國最低的地方。在海平面以下一五四公尺。由於夏天連續好幾個月氣溫高達四十度以上，所以自古被稱為「火州」。盛產棉花、葡萄、哈密瓜。

吁

丨 ㄇ 口 口 吁 吁

口部 三畫

ㄒㄩ ❶嘆氣：例長吁一聲。❷表示出氣的聲音：例氣喘吁吁。❸姓：例吁先生。

猜一猜 吞汙水入口。（猜一字）（答案：吁）

吁吁（ㄒㄩ ㄒㄩ） 喘氣的聲音。例大家才跑完一圈操場，就已經氣喘吁吁了。

吋

丨 ㄇ 口 口一 口寸 吋

口部 三畫

ㄘㄨㄣˋ「英吋」的簡稱，一吋大約等於二．五四公分。

各

ノ ク 夂 夂 各 各

口部 三畫

ㄍㄜˋ ❶每個：例各個、全國各地。❷分別的：例各奔東西、各顯神通。

ㄍㄜˇ 和「自己」的意思一樣，用在「你自己」、「我自己」、「他自己」上：例你自各兒。

參考 請注意：「各」和「個」讀音都是ㄍㄜˋ。「各」是指每一個，或很多種，例如：各位來賓、各式各樣。「個」是計算事物的單位，單指一樣的意思，例如：三個、個體。另外，「各人」都去做「個人」的事，「各人」是指每一個人；「個人的事」是指單獨的、私自的、本身的事。

動動腦 「各」可以加上哪些部首，成為另外的字？（答案：格、胳、洛、鉻、路、落、骼、閣、咯……）

俏皮話 「八仙過海——各顯神通。」八仙是中國神話中的人物，據說他們的法力都很高強，各有各的本領。例運動會時，啦啦隊的比賽，真是「八仙過海，各顯神通」！

各人 (一)ㄍㄜˋ ㄖㄣˊ 每人。例他們兄弟兩個，各人都有一份好工作。(二)ㄍㄜˇ ㄖㄣˊ 自己。例吃不吃在於你各人。

各自 (一)ㄍㄜˋ ㄗˋ 每個人自己。例你們各自去整理行李。(二)ㄍㄜˇ ㄗˋ 自己。例這本書是我各自的。

各位 ㄍㄜˋ ㄨㄟˋ 每一位。例各位家長好。

參考 請注意：「各位」是每一個或很多種；「個位」是數學名詞，例如：12的個位就是2。

各種 ㄍㄜˋ ㄓㄨㄥˇ 每一種。例冰店裡有各種好吃的冰淇淋。

參考 相似詞：各樣、各色、各式。

各式各樣 ㄍㄜˋ ㄕˋ ㄍㄜˋ ㄧㄤˋ 許多不同的種類和樣子。式：形式，樣子。例百貨公司裡陳列各式各樣的日用品。

向

ノ ノ' 门 向 向 向

口部 三畫

ㄒㄧㄤˋ ❶方位，目標：例方向、風向。❷面對著，朝著：例向東。❸接近：例向晚。❹從來，一直：例他向來晚睡晚起。❺偏袒：例偏向、向著他。❻心志所趨：例志向、意向。❼姓：例向小姐。

向上 ㄒㄧㄤˋ ㄕㄤˋ ❶朝上。例他眼睛向上，望著白雲沉思。❷向好的方面努力。例人人都應該努力向上。

向善 ㄒㄧㄤˋ ㄕㄢˋ 往好的方面走。例改過向善最可貴。

向陽 ㄒㄧㄤˋ ㄧㄤˊ 正對著陽光。例向陽的房子很亮，但是太熱。

參考 相反詞：背陽。♣活用詞：向陽性。

向學 ㄒㄧㄤˋ ㄒㄩㄝˊ 努力求學。例他刻苦向學，終於成為有名的學者。

向日葵 ㄒㄧㄤˋ ㄖˋ ㄎㄨㄟˊ 植物名。夏天開黃花，花有向光性，種子可吃、可榨油。葵花、朝陽花、西番葵是向日葵的別稱。

向光性 ㄒㄧㄤˋ ㄍㄨㄤ ㄒㄧㄥˋ 植物的莖、葉朝向光亮生長的現象。

參考 相似詞：向日性、向陽性。

向地性 ㄒㄧㄤˋ ㄉㄧˋ ㄒㄧㄥˋ 植物的根往地心生長的現象。

名

ノ ク タ タ 名 名

口部 三畫

ㄇㄧㄥˊ ❶稱呼：例書名、地名。❷等第：例第一名。❸說出：例莫名其妙。❹聲望：例名望。❺有名的：例名勝、名醫。❻計算人數的詞：例學生十名。

名人 ㄇㄧㄥˊ ㄖㄣˊ 著名的人物。例愛迪生是科學界的名人。

笑一笑 小明：「什麼樣的人，才算是『名人』呢？」小華：「簡單啊！就是大家都知道他的名字，他卻不認識我們的人。」

名言 ㄇㄧㄥˊ ㄧㄢˊ 著名而有價值的言論。例「有志竟成」是句至理名言。

名家 ㄇㄧㄥˊ ㄐㄧㄚ ❶因為某種專長而聞名的專家。例王羲之是位書法名家。❷是戰國時代一個思想的派別，專門辯論名稱和事實的關係，主要的代表人物是惠施和公孫龍。

名氣 ㄇㄧㄥˊ ㄑㄧˋ 名聲。例他多才多藝，在學校裡名氣很大。

名堂 ㄇㄧㄥˊ ㄊㄤˊ ❶花樣，內容。例你會玩的名堂還真不少。❷成績，結果。例我一定要在商場上闖出名堂。

名望 ㄇㄧㄥˊ ㄨㄤˋ 指聲望地位。例王老先生在村裡很有名望，深受村民的敬重。

名產 ㄇㄧㄥˊ ㄔㄢˇ 有名的產品。例太陽餅是臺中的名產。

名勝 ㄇㄧㄥˊ ㄕㄥˋ 風景優美又有名的地方。例日月潭是臺灣的名勝。

名單 ㄇㄧㄥˊ ㄉㄢ 記錄人名的單子。例學校公布了各班模範生的名單。

名著 ㄇㄧㄥˊ ㄓㄨˋ 有價值的、有名的著作。例「西遊記」是中國的文學名著。

名詞 ㄇㄧㄥˊ ㄘˊ 文法中表示人或事物名稱的詞，例如：人、牛、友誼……。

名貴 ㄇㄧㄥˊ ㄍㄨㄟˋ 有名而且珍貴。例故宮博物院有很多名貴的收藏品。

名義 ㄇㄧㄥˊ ㄧˋ ❶身分，資格。例我以個人的名義參加比賽。❷表面上的，和「實質」相對。例他名義上說要幫忙你，實際上卻是在利用你。

名稱 ㄇㄧㄥˊ ㄔㄥ 事物的名字。例這種水果的名稱叫西瓜。

名銜 ㄇㄧㄥˊ ㄒㄧㄢˊ 職位的名稱。例在本公司，他的名銜是總經理。

名譽 ㄇㄧㄥˊ ㄩˋ 好的名聲。例做事正大光明，才能維護自己的名譽。

名不虛傳 ㄇㄧㄥˊ ㄅㄨˋ ㄒㄩ ㄔㄨㄢˊ 流傳的名聲和實際相符合，不是虛假的。例聽說她長得美麗動人，今日一見，果然名不虛傳。

名正言順 ㄇㄧㄥˊ ㄓㄥˋ ㄧㄢˊ ㄕㄨㄣˋ 理由正當，說起話來就覺得順當。指做事理由正當而充分，含有理直氣壯的意思。例我在工業區蓋工廠，名正言順，你為什麼要我搬走？

名列前茅 ㄇㄧㄥˊ ㄌㄧㄝˋ ㄑㄧㄢˊ ㄇㄠˊ 名次列在最前面。前茅：古代行軍的時候，有人拿著茅當旗子，走到隊伍最前面。例每次考試，他都名列前茅。

參考 相反詞：名落孫山。♣請注意：「名列前茅」的「茅」有艸字頭，不要寫成「矛」。

名存實亡 ㄇㄧㄥˊ ㄘㄨㄣˊ ㄕˊ ㄨㄤˊ 只有空名，實際上已經不存在。例那家公司因為週轉不靈，已經名存實亡了。

名副其實 ㄇㄧㄥˊ ㄈㄨˋ ㄑㄧˊ ㄕˊ 名聲和實際相符合。副：相當。例他品學兼優，是個名副其實的模範生。

參考 相似詞：名實相副。♣相反詞：名不副實。♣請注意：「名副其實」也寫作「名符其實」。

名落孫山 ㄇㄧㄥˊ ㄌㄨㄛˋ ㄙㄨㄣ ㄕㄢ 名字落在孫山的後面。從前有個人叫孫山，考取了最後一名舉人，回鄉以後，有人問他：「我的兒子考上了沒有？」孫山回答說：「榜上最後一名是孫山，你的兒子還在孫山的後面。」後來就以「名落孫山」來比喻考試沒有考上或選拔的時候沒被錄用。例哥哥參加公職考試，結果名落孫山。

動動腦 請找出相反的成語：

❶口蜜腹劍・ ・ㄅ味如嚼蠟
❷噤若寒蟬・ ・ㄆ戶限為穿
❸執迷不悟・ ・ㄇ怨聲載道
❹門可羅雀・ ・ㄈ名列前茅
❺青雲直上・ ・ㄉ侃侃而談
❻津津有味・ ・ㄊ表裡如一
❼名落孫山・ ・ㄋ改邪歸正
❽有口皆碑・ ・ㄌ一落千丈

（答案：❶ㄊ。❷ㄉ。❸ㄋ。❹ㄆ。❺ㄌ。❻ㄅ。❼ㄈ。❽ㄇ。）

名滿天下 ㄇㄧㄥˊ ㄇㄢˇ ㄊㄧㄢ ㄒㄧㄚˋ 名聲傳遍天下；形容名聲很大。例他是名滿天下的大畫家。

參考 相似詞：名聞天下、名冠天下。

名師出高徒 ㄇㄧㄥˊ ㄕ ㄔㄨ ㄍㄠ ㄊㄨˊ 有名的老師教出高明的徒弟。例在王老師的指導下，學生個個都很有成就，真是名師出高徒。

合

ノ 人 亼 亽 合 合

口部 三畫

ㄏㄜˊ ❶閉：例合眼、把書合起來。❷聚集，共同：例合力。❸全部：例合計、合家平安。❹相符：例合身、合情合理。❺折算：例三公斤約合五台斤。❻環繞：例合圍、合抱。ㄍㄜˇ 容量的單位，一公升的十分之一：例公合。

參考 請注意：「合作」的「合」有聚集的意思；「和氣」的「和」有和諧的意思。

猜一猜 人有一口。（猜一字）（答案：合）

小故事 三國時的才子楊修在曹操手下擔任行軍主簿。有一次北方一個國家送來一盒酥給曹操，曹操在蓋子上寫了「一合酥」三個字，把它放在桌上。楊修進來看見了，就把這盒酥分給大家吃。曹操回來後，查問誰把酥吃光了，楊修回答說：「您在盒子上寫『一人一口酥』，我怎麼敢違抗您的命令呢？所以就和大家一起把酥吃光了。」曹操聽了大笑起來。從這個故事可以看出，古時候「合」和「盒」字通用，不過現在已經不能通用了。

合力 ㄏㄜˊ ㄌㄧˋ 共同努力。例讓我們合力搬開這塊大石頭。

合乎 ㄏㄜˊ ㄏㄨ 合於，符合。例我的成績合乎父母的標準，所以他們感到很欣慰。

合用 ㄏㄜˊ ㄩㄥˋ ❶適合使用。例弟弟的個子小，這張矮凳子正好合用。❷一起使用。例刷子和洗衣粉合用，去汙效果不錯。

合成 ㄏㄜˊ ㄔㄥˊ 用化學方法，把簡單的化合物製成比較複雜的化合物，例如：合成纖維。

合作 ㄏㄜˊ ㄗㄨㄛˋ 為了同一個目標，共同努力。例由於全班同學的合作，使我們得到拔河比賽的冠軍。

合身 ㄏㄜˊ ㄕㄣ 衣服的大小適合身材。例這條裙子穿起來很合身，不會太寬，也不會太窄。

合併 ㄏㄜˊ ㄅㄧㄥˋ 由分散而聚合為一。例老師要同學把兩排座位合併為一列。

合法 ㄏㄜˊ ㄈㄚˇ 符合法令規定。例他在父親去世後，合法取得繼承權。

合金 ㄏㄜˊ ㄐㄧㄣ 由兩種以上的化學元素，其中至少一種是金屬元素所組成的物質。例如：鎳鉻合金。

合奏 ㄏㄜˊ ㄗㄡˋ 把一些樂器組合在一起，同時演奏。例今天我參加打擊樂器合奏。

合家 ㄏㄜˊ ㄐㄧㄚ 全家。例歡迎你們合家大小蒞臨指教。

參考 請注意：「合家」也寫作「闔家」。

合格 ㄏㄜˊ ㄍㄜˊ ❶符合規定。例他是一位合格教師。❷產品或成績達到標準。例這個電鍋是檢驗合格的，品質比較有保障。

合唱 ㄏㄜˊ ㄔㄤˋ 將多數人分為二部以上，同時唱兩個聲部以上的歌曲。有二部合唱、三部合唱、四部合唱等。

參考 相反詞：獨唱。♣活用詞：合唱團。

合理 ㄏㄜˊ ㄌㄧˇ 合乎道理。例王老闆開的價錢最合理，所以生意很興隆。

參考 活用詞：合理化、合情合理、合理合法。

合意 ㄏㄜˊ ㄧˋ 適合心意。例這件衣服，式樣簡單，顏色素雅，我很合意。

合群 ㄏㄜˊ ㄑㄩㄣˊ 和團體合作，互相幫助。例「少數服從多數」就是一種合群的表現。

合夥 ㄏㄜˊ ㄏㄨㄛˇ 二個人以上共同出錢做生意。例我們合夥開了一家餐廳。

合算 ㄏㄜˊ ㄙㄨㄢˋ 比較有利。例如果是同樣的價錢，買自動鉛筆比買鉛筆合算，因為自動鉛筆可以換筆芯。

合適 ㄏㄜˊ ㄕˋ 恰當，剛好。例你擔任班長很合適。

合數 ㄏㄜˊ ㄕㄨˋ 一個正整數，如果除了能被1和本身整除外，還能夠被別的正整數整除，就叫合數。例如：6是合數，除了1和6以外，還能被2和3整除。

合作社 ㄏㄜˊ ㄗㄨㄛˋ ㄕㄜˋ 一群人根據互助合作的原則，共同建立的經濟組織。創始於英國。依照目的的不同，可以分為消費合作社、信用合作社、生產合作社、購買合作社、販賣合作社五種。學校裡的合作社就是屬於消費合作社，通常販賣文具用品。

合胃口 本來指適合某個人飲食上的喜好，後來指事情合乎自己的心願或是興趣。也寫作「對胃口」。

合歡山 山名。高度有三千六百九十七公尺，位在臺灣花蓮縣、南投縣交界附近，有東西橫貫公路經過。山頂冬天積雪，天氣很冷。上面開闢有山莊和滑雪場，是臺灣有名的觀光勝地。

吃

口部 三畫

ㄔ ❶用嘴嚼吞食物：例吃飯、吃飽。❷受：例吃驚、吃虧。❸耗費：例吃力。❹吸：例吃煙、這種紙不吃墨。❺擔負，支撐：例吃重、吃不消。❻下棋或玩牌時奪取對方的棋子或牌張：例叫吃、吃牌。❼船舶入水的深度：例這艘船吃水很深。❽吞沒：例這筆錢又被他吃了。

ㄐㄧˊ 言語困難，結巴：例口吃。

猜一猜 乞討一口飯。（猜一字）（答案：吃）

笑一笑 媽媽：「吃飯囉！」小明：「來啦！」媽媽：「先去洗手。」小明：「好奇怪，我又不用手吃飯。」

俏皮話 「老壽星吃砒霜——活得不耐煩。」砒霜是一種非常毒的毒藥，老壽星吃砒霜，就是不想活了。這句話是比喻一個人去做損害自己健康和安全的事。例你不遵守交通規則，可是「老壽星吃砒霜——活得不耐煩」！

唱詩歌 喔喔啼，老雄雞，吃飽飯，閧閧①飛！（江蘇）

註：①閧閧：飛的聲音。

吃力 用力，費力。例這口箱子很重，他提得很吃力。

吃苦 承受苦難。例他出身在貧賤的環境，所以能夠吃苦耐勞。

參考 活用詞：吃苦頭。

動動腦 小朋友，除了吃苦、吃虧以外，還有哪些「吃」沒有吃東西的意思？趕快想一想，二個字、三個字都可以。（答案：吃力、吃香、吃豆腐、吃官司、吃重、吃醋、吃驚……）

吃香 受歡迎。例數位家電未來走勢很吃香。

吃虧 受人欺侮或遭受損失。例買賣要雙方不吃虧。

古人說 「不聽老人言，吃虧在眼前。」老人是指有經驗的人。這句話是說：不肯採納有經驗的人提出的意見，只照自己錯誤的想法去做，會馬上遭受損失。例這一回又賠本了，只怪我「不聽老人言，吃虧在眼前」。

笑一笑 小明：「我什麼都吃，就是不吃虧。」小華：「對！你什麼都要，就是不要臉。」

吃驚 受驚，嚇了一跳。例我對他的行為感到吃驚。

吃不消 支持不住，受不了。例爬這麼高的山，體力不好的人恐怕吃不消。

吃苦耐勞 能忍受勞苦。例他能吃苦耐勞，所以事業很有成就。

吃裡爬外 對自己的團體不忠，反而偷偷幫助別人。吃裡：靠家人生活。爬外：偷取家中財物送人。「爬」又寫作「扒」。

吃盡苦頭 比喻遭受了很多的困難、辛苦。例他艱苦奮鬥，吃盡苦頭，最後終於成功了。

吃力不討好 花費了很多力氣，但是沒有得到好處。例幫他做事非常的吃力不討好。

吃軟不吃硬 只接受柔順的方法而不屈服在強硬的手段下。例他這個人吃軟不吃硬，威脅他是沒有用的。

吃不了兜著走 本指東西吃不完還將它帶走，以後多用來警告他人做事小心，否則將受到災禍或懲罰。也可以說「吃不完兜著走」。例下次再不小心，我就叫你吃不了兜著走！

三畫

后
一厂戶斤后后

口部　三畫

ㄏㄡˋ ❶君主的太太：例皇后。❷以前稱長官為后：例后稷。❸通「後」。❹姓。

猜一猜　石字加一撇。（猜一字）（答案：后）

后妃 ㄏㄡˋ ㄈㄟ　皇后和妃子。

后羿 ㄏㄡˋ ㄧˋ　人名，夏朝有窮國的國君。傳說他曾經射下九個太陽，解除乾旱。後來由於后羿不管理政事，他的妻子嫦娥在失望之下，就偷了他的長生不死靈藥，奔上月球。

后稷 ㄏㄡˋ ㄐㄧˋ　❶古時候的官名，掌管有關農業的事。❷人名。是周朝的始祖。堯派他當稷官，因為教人民耕作，很有功勞，被封在「邰」地，稱為「后稷」。

吆
丨ㄇ口口𠃋吆

口部　三畫

ㄧㄠ　大聲喊叫：例吆喝。

吆喝 ㄧㄠ ㄏㄜ　大聲喊叫。例市場裡，處處傳來叫賣的吆喝聲，此起彼落，好不熱鬧。

吒
丨ㄇ口口𠂉吒

口部　三畫

ㄓㄚˋ ❶神話中的人名：例哪吒。❷同「咤」。

吝
丶亠ナ文文吝吝

口部　四畫

ㄌㄧㄣˋ ❶小氣，捨不得：例吝嗇、吝惜。❷恨：例悔吝。

猜一猜　文人之口。（猜一字）（答案：吝）

吝惜 ㄌㄧㄣˋ ㄒㄧ　過分的愛惜，捨不得拿出。

吝嗇 ㄌㄧㄣˋ ㄙㄜˋ　小氣，應當用的財物捨不得用。例他是個吝嗇鬼。

笑一笑　女主人：「阿珠，快把我房裡的蚊子都趕走。」阿珠：「太太，您何必那麼吝嗇呢？蚊子那麼小，吃的也不多嘛！」

吭
丨ㄇ口口'口亠吭吭

口部　四畫

ㄏㄤˊ　咽喉：例引吭高歌。

ㄎㄥ　出聲，說話：例不吭氣、一聲也不吭。

吭氣 ㄎㄥ ㄑㄧˋ　吭聲，說話的意思。例不管你怎麼問，他就是不吭氣。

吞
一二チ天天吞吞

口部　四畫

ㄊㄨㄣ ❶東西沒咬碎就吃下去：例吞藥。❷侵占，沒收：例併吞、吞沒。❸想說話又不敢說：例他講話一向吞吞吐吐。❹姓：例吞先生。

猜一猜　一大口。（猜一字）（答案：吞）

俏皮話　「黑人吞炭——黑吃黑。」黑人的皮膚是黑色的，炭也是黑色的，所以黑人吞炭是黑吃黑。比喻乘機陷害別人，而自己得到利益。例小貓偷了一條魚，沒想到「黑人吞炭」，竟然被大狗給「黑吃黑」了！

吞吐 ㄊㄨㄣ ㄊㄨˇ　❶就是進進出出的意思。例臺北車站日夜不停的吞吐著來往的旅客。❷形容說話或寫文章含糊不清。例看他那吞吐的樣子，一定有不可告人的事。

參考　相似詞：吞吞吐吐。

俏皮話　「小孩吹泡泡糖——吞吞吐吐。」小孩子吹泡泡糖就會吞吞吐吐的；比喻人說話吞吞吐吐不肯直說。例小明月考考壞了，媽媽問起時，就只好「小孩子吹泡泡糖——吞吞吐吐」。

吞沒 ㄊㄨㄣ ㄇㄛˋ　把公家或別人的東西占為己有。例他並沒有吞沒公司的錢財。

吞咽 ㄊㄨㄣ ㄧㄢˋ　咽就是吞。吞咽就是東西沒咬碎就吃下去。例藥丸太大了，使我吞咽

三畫

困難。

吞吐港 ㄊㄨㄣ ㄊㄨˇ ㄍㄤˇ 旅客或貨物進出的重要港口。例上海是長江流域的吞吐港。

吾 口部 四畫

一 丅 五 五 吾 吾 吾

ㄨˊ ❶我，我的，我們的：例吾身、吾國。❷姓：例吾先生。

參考 相似字：予、余、我、咱、俺。

吾人 ㄨˊ ㄖㄣˊ 我們。

吾輩 ㄨˊ ㄅㄟˋ 我們。

否 口部 四畫

一 ア 不 不 不 否 否

ㄈㄡˇ ❶不然的意思：例是否、可否。❷不承認，不同意：例否認、否決權。❸表示疑問：例花開否？

ㄆㄧˇ 壞，不好：例否極泰來。

參考 相似字：不、非。

猜一猜 有口不開。（猜一字）（答案：否）

否決 ㄈㄡˇ ㄐㄩㄝˊ 不承認，不同意別人的意見。例班上的同學否決了出國旅遊的提議。

參考 活用詞：否決權。

否定 ㄈㄡˇ ㄉㄧㄥˋ 不承認事物的存在或事物的真實性。例政府有今天這種成績是不容否定的。

否則 ㄈㄡˇ ㄗㄜˊ 如果不這樣就會怎樣。例我們不能對現狀滿足，否則永遠不會進步。

參考 相反詞：肯定。

否認 ㄈㄡˇ ㄖㄣˋ 不承認。例他否認這輛汽車是偷來的。

參考 相反詞：承認。

呎 口部 四畫

丨 口 口 口 口 叩 呎

ㄔˇ 「英呎」的簡稱，十二吋為一呎，一呎大約等於三〇．四八公分。

吧 口部 四畫

丨 口 口 口 口 吧 吧

ㄅㄚ ❶供喝酒的場所：例酒吧。❷形容聲音的字：例吧兒吧兒。❸嘴開合的動作：例吧嗒嘴兒。

˙ㄅㄚ ❶表示指使或指示：例快去吧！❷表示商量或請求：例給我吧？❸表示允許：例好吧！給你。❹表示推理、猜測：例他大概不來了吧！❺表示懷疑：例該不會下雨吧？❻用在停頓：例走吧，不好；不走吧，也不好。❼用於句尾，表示放棄：例唉！算了吧！

參考 相似字：罷。

吧女 ㄅㄚ ㄋㄩˇ 在酒吧調酒或陪顧客喝酒的女侍。

吧兒吧兒 ㄅㄚ ㄦ ㄅㄚ ㄦ 形容言語清脆動聽的聲音。

吧嗒嘴兒 ㄅㄚ ㄉㄚ ㄗㄨㄟˇ ㄦ ❶吃東西時嘴唇開合的聲音。❷引申為垂涎羨慕的意思。

呆 口部 四畫

丶 口 口 旦 旦 呆 呆

ㄉㄞ ❶傻，愚蠢，同「獃」：例呆子、呆氣。❷不靈活，死板，同「獃」：例兩眼發呆。

猜一猜 木訥口拙。（猜一字）（答案：呆）

動動腦 小朋友，請你在空白的地方填上一個字，讓這四個詞出現！（答案：痴呆、書呆、呆板、呆滯）

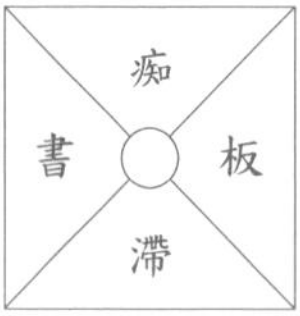

呆板 ㄉㄞ ㄅㄢˇ 死板而不知變通。例這篇文章寫得太呆板。

呆滯 ㄉㄞ ㄓˋ 死板，不靈活。滯：停止。例他的臉色蒼白，兩眼呆滯無神。

呃 口部 四畫

ㄜˋ ❶氣從心胸間往上逆衝發出聲音：例食飽氣呃。❷雞叫聲。

呃逆 ㄜˋ ㄋㄧˋ 由於膈肌痙攣，急促吸氣後，聲門突然關閉，發出聲音，通稱「打嗝兒」。

吳 口部 四畫

ㄨˊ ❶三國之一，由孫權建立：例吳國。❷指江蘇南部和浙江北部一帶。❸姓：例吳先生。

呈 口部 四畫

ㄔㄥˊ ❶顯露：例呈現。❷恭敬的送上：例呈閱。❸以前下級對上級的一種公文：例呈文。

呈現 ㄔㄥˊ ㄒㄧㄢˋ 顯露出來。例太陽出來，大地呈現一片光明。

呈獻 ㄔㄥˊ ㄒㄧㄢˋ 恭敬的送上。例網球隊把獲得的獎杯呈獻給學校。

參考 相似詞：呈上。♣請注意：「呈獻」這個詞只適合用在下級對上級。

呂 口部 四畫

ㄌㄩˇ 姓：例呂小姐。

猜一猜 兩口一線連。（猜一字）（答案：呂）

動動腦 小朋友，「呂」可以加哪些字變成另外的字呢？（答案：侶、閭、莒、鋁、梠、櫚……）

呂宋 ㄌㄩˇ ㄙㄨㄥˋ 菲律賓群島中最大的島。是菲國人口最多，經濟最發達的地區。

參考 活用詞：呂宋燈、呂宋麻。

君 口部 四畫

ㄐㄩㄣ ❶國王，皇帝：例國君。❷封號：例孟嘗君。❸兒子在別人面前稱呼自己的父親：例家君。❹妻子稱呼丈夫：例夫君。❺對他人母親的尊稱：例太君。❻有才德的賢人：例君子。❼對人的尊稱：例張君。❽姓：例君先生。

猜一猜 群羊失蹤。（猜一字）（答案：君）

君子 ㄐㄩㄣ ㄗˇ 有才學。人格高尚的人。例不要以小人之心度君子之腹。

動動腦 君子和偽君子只差一個字，但是意思卻完全不同，小朋友你還能想出這樣的例子嗎？（答案：間諜、反間諜……）

君主 ㄐㄩㄣ ㄓㄨˇ 古代國家的最高統治者，現代某些國家的元首。

吩 口部 四畫

ㄈㄣ 命令別人做事：例吩咐。

吩咐 ㄈㄣ ㄈㄨˋ 口頭指派或命令。例老師吩咐學生回家一定要寫作業。

笑一笑 張先生在後院澆花，吩咐三歲的小明：「如果有人來找我，你要叫爸爸喔！」不久，小明在外面一直叫「爸爸」，張先生連忙出去迎接客人，客人十分不解的問：「這孩子怎麼不斷的叫我爸爸呢？」

告 口部 四畫

ㄍㄠˋ ❶用話或文字說明，使別人知道：例勸告、奔相走告。❷提出檢舉或控訴：例告狀、控告。❸訴訟的兩方：例原告、被告。❹為了某件事情請求：例告貸、告退。❺宣布某件事情完成：例告一段落。❻姓：例告先生。

ㄍㄨˋ見「告朔」。

猜一猜 一口吃掉牛尾巴。（猜一字）（答案：告）

告別 用言語表示分別的意思。例轉學前一天，我特地到學校向老師、同學告別。

參考 相似詞：告辭。

告狀 ❶向司法機關請求處理某件案子。❷指向長官、長輩訴說自己受到不公平的待遇，或者說別人的錯誤。例小妹只要有點小事就去向媽媽告狀，真討厭！

告朔 古代天子在秋、冬之交，把第二年的曆書頒給諸侯，諸侯領受以後供在祖廟裡，每月一日殺一隻羊到祖廟敬拜，按照曆法施行，叫「告朔」。朔：每月初一。

告訴 ❶使別人知道。例請你告訴他，明天早上要返校。❷向國家行政司法機關提出別人犯罪事實的行為。例張先生不甘心受到欺騙，決定向法院提出告訴。

參考 活用詞：告訴人、告訴權、告訴乃論。

告誡 警告勸誡別人，通常用於長輩對晚輩。誡：勸告，用言語使別人聽從。例父母諄諄告誡我們，要做一位好國民。

告貸無門 形容經濟困難，想借錢都沒地方可借。貸：借的意思。例張先生生意失敗，告貸無門，只好宣告破產。

吹 口部 四畫

ㄔㄨㄟ ❶合攏嘴脣用力出氣：例吹口哨。❷空氣流動：例風吹雨打。❸說大話：例吹牛。❹事情失敗：例這件事吹了。

猜一猜 不可打呵欠。（猜一字）（答案：吹）

吹牛 誇口。例你只會吹牛，當然一事無成囉！

參考 相似詞：講大話。♣活用詞：吹牛比賽。

動動腦 寫文章時，為了引起注意，增加趣味，常常會誇大描寫，這就是「吹牛」的方法；讓我們一起來吹牛比賽。「今天真熱」，請接下去說一句誇張的話。例如：「柏油路都流汗了」，或者是「整個屋子就像是烤箱一樣」。

笑一笑 古時候，有一次京城選將軍，許多人圍著看熱鬧。有一個人說：「這些將軍都不算高大，我們那裡有個人，站起來就腳踩地頭頂梁了。」另一個人說：「我們那裡有個人，只要坐著，頭就頂住了房梁。」還有人說：「這算什麼！我們那裡有個人，張開嘴，上脣就抵住房梁，下唇就搭著地。」旁邊的人就問：「那麼他的身子在那裡呢？」大家回答：「他只有一張會吹牛的大嘴巴！」

吹拂 風輕輕吹動。例微風吹拂著她的長髮。

吹毛求疵 把皮上的毛吹開，尋找瑕疵。比喻故意挑毛病找錯誤。例他天性刻薄，老愛吹毛求疵，令人受不了。

吹灰之力 吹灰塵的力量；比喻非常小、非常容易的力量。例他不費吹灰之力就把壞人打跑了。

吹吹打打 指吹奏或敲打樂器。例過節時吹吹打打好不熱鬧。

吻 口部 四畫

ㄨㄣˇ ❶口邊，嘴角。❷說話的語氣：例口吻。❸用嘴脣接觸：例親吻。

吻合 符合，相合。例我們兩人的意見吻合。

吸 口部 四畫

ㄒㄧ ❶把液體或氣體從口鼻引入體內：例吸氣。❷引取，收取：例吸取、吸收。

猜一猜 及時回家吃飯。（猜一字）（答案：吸）

三畫

吸引 ㄒㄧ ㄧㄣˇ 把物體、力量或別人的注意力轉移到某一方面。例街道上的廣告吸引了不少行人的注意力。

吸收 ㄒㄧ ㄕㄡ ❶吸取。例植物由根吸收養分。❷消化過的營養被胃腸吸入。❸學習。例我們應多多吸收別人的長處。

吸取 ㄒㄧ ㄑㄩˇ 吸收採取。例我們應吸取前人的經驗和教訓。

吮 口部 四畫

ㄕㄨㄣˇ 用口含吸：例吮吸。

吮吸 ㄕㄨㄣˇ ㄒㄧ 聚縮嘴唇的吸取。

吵 口部 四畫

ㄔㄠˇ ❶聲音雜亂，打擾別人：例吵鬧、吵醒。❷爭執：例吵架、爭吵。

猜一猜 少年之口。（猜一字）（答案：吵）

吵架 ㄔㄠˇ ㄐㄧㄚˋ 爭吵和打架。例不要在街上吵架。

笑一笑 小明和妹妹吵架，媽媽打了每人兩下。小明不服氣的說：「不公平，媽媽打妹妹打得比較輕。」妹妹趕緊說：「媽媽重男輕女嘛！」

吵嘴 ㄔㄠˇ ㄗㄨㄟˇ 爭吵。例他們倆一見面就吵嘴，真讓人受不了。

吵鬧 ㄔㄠˇ ㄋㄠˋ 大聲爭吵，用聲音擾亂。例老師還沒來上課，教室一片吵鬧。

吶 口部 四畫

ㄋㄚˋ ❶高聲喊叫：例吶喊。❷說話遲鈍、困難、不流利：例吶吶。

吶喊 ㄋㄚˋ ㄏㄢˇ 大聲叫喊助長聲勢。例運動會時啦啦隊搖旗吶喊。

參考 請注意：「吶」喊的「吶」不可以寫成「訥」（ㄋㄜˋ）。

吠 口部 四畫

ㄈㄟˋ 狗叫：例雞鳴犬吠。

猜一猜 狗嘴裏吐不出象牙。（猜一字）（答案：吠）

吠影吠聲 ㄈㄟˋ ㄧㄥˇ ㄈㄟˋ ㄕㄥ 一條狗看見人影吠叫起來，許多狗也隨聲跟著叫。比喻不明真相，跟在別人後面隨聲附和。

參考 相似詞：吠形吠聲。

吼 口部 四畫

ㄏㄡˇ ❶猛獸的叫聲：例獅子吼。❷大聲叫喊或發出大的聲響：例北風怒吼。

猜一猜 孔子曰。（猜一字）（答案：吼）

吼聲 ㄏㄡˇ ㄕㄥ 大叫的聲音。

呀 口部 四畫

ㄧㄚ ❶形容聲音的語詞：例門呀的一聲開了。❷感嘆詞：例哎呀。

·ㄧㄚ 表示驚訝或肯定，都用在語尾：例媽呀！例是呀！例哎呀！

ㄒㄧㄚ 見「呀然」。

猜一猜 打落牙齒和血吞。（猜一字）（答案：呀）

呀然 ㄒㄧㄚ ㄖㄢˊ 形容吃驚的樣子。例他知道事情的真相後，不覺呀然一驚。

吱 口部 四畫

ㄓ ❶動物、鳥類的叫聲：例小鳥吱吱叫。❷形容人不斷說話的聲音。

動動腦 小朋友，當你聽到「吱吱」聲時，你想哪些東西會發出「吱吱」的聲音呢？越多越好！

（答案：小鳥的鳴聲、老鼠的叫聲、磨

東西的聲音……）

含

ノ 入 𠆢 今 今 含 含

口部 四畫

ㄏㄢˊ ❶東西放在嘴裡，不吐出來也不嚥下去：例口裡含著一顆糖。❷藏在裡面：例包含、含淚。❸帶著某種意思、感情，不完全顯露出來：例含笑、含羞。❹死人口中所放的珠玉，也寫作「琀」。

含笑 ㄏㄢˊ ㄒㄧㄠˋ ❶面帶笑容。例我向校長敬禮，校長含笑點頭，十分親切。❷植物的名稱。花的味道很香，花瓣沒有全開，所以叫「含笑」。

含羞 ㄏㄢˊ ㄒㄧㄡ 形容女孩子不好意思的樣子。例相親的時候，姊姊含羞的坐在一旁。

參考 活用詞：含羞草。

含義 ㄏㄢˊ ㄧˋ 字、詞、語句等所包含的意義。也寫作「涵義」。例這首詩的含義很深，值得你仔細欣賞。

含蓄 ㄏㄢˊ ㄒㄩˋ 指言語或文章表達委婉，不把情意全部說出來，耐人尋味。例張小姐個性含蓄，不喜歡向人吐露心事。

含糊 ㄏㄢˊ ㄏㄨˊ ❶說話不明確。例他說話含糊，大家都聽不清楚。❷做事馬虎。例他做事含糊，所以得不到老板的重用。

參考 請注意：「含糊」和「模糊」不一樣：「含糊」通常指聲音不清楚，意思不明確；「模糊」則是指印象或神志不清楚，例如：記憶模糊。「不含糊」常用來讚美人「有能耐」，例如：你那手乒乓球可真不含糊。♣活用詞：含糊其詞。

含羞草 ㄏㄢˊ ㄒㄧㄡ ㄘㄠˇ 是一種豆科植物的名稱，半灌木的植物。枝上有毛和刺，葉子像羽毛，碰觸葉子的時候，會閉合起來，葉子會呈下垂狀，好像女孩子害羞的樣子，所以叫「含羞草」。

猜一猜 說它是棵草，為何有知覺？輕輕一碰它，害羞低下頭。（猜一種植物）（答案：含羞草）

含血噴人 ㄏㄢˊ ㄒㄩㄝˋ ㄆㄣ ㄖㄣˊ 比喻用惡毒的手段，捏造事實，誣賴別人。例我根本不是小偷，請你不要含血噴人。

含沙射影 ㄏㄢˊ ㄕㄚ ㄕㄜˋ ㄧㄥˇ 傳說水裡有一種叫「蜮」（ㄩˋ）的怪物，看到人的影子就噴沙子，被噴到的人就會生病。比喻在文章、言語裡，暗中誹謗或陷害別人。例有個人寫了一句詩：「『清』風不識字，何故亂翻書。」清朝政府認為他含沙射影，侮辱清朝，就把他抓起來了。

含辛茹苦 ㄏㄢˊ ㄒㄧㄣ ㄖㄨˊ ㄎㄨˇ 形容吃盡種種辛苦。茹：吃。例父母含辛茹苦養育我們，所以我們要懂得孝順。

含苞待放 ㄏㄢˊ ㄅㄠ ㄉㄞˋ ㄈㄤˋ 形容花將要開而還沒有開放的樣子。苞：指花還沒有開放時，包著花朵底部的小葉片。例窗外含苞待放的玫瑰好像一位害羞的少女，十分可愛。

含飴弄孫 ㄏㄢˊ ㄧˊ ㄋㄨㄥˋ ㄙㄨㄣ 含著糖逗逗小孫子；形容老年人的樂趣。飴：軟糖、糖漿等。因為老人的牙齒掉得很多，所以只能含飴。

吟

丨 ㄇ 口 叫 吖 吟 吟

口部 四畫

ㄧㄣˊ ❶聲調拖長：例低吟。❷鳴叫：例蟬吟。❸唱，聲調抑揚頓挫的讀：例吟詩。❹因病發出痛苦的嘆息聲：例呻吟。❺詩歌名：例遊子吟。

吟詠 ㄧㄣˊ ㄩㄥˇ 朗誦詩歌。詠：吟唱。例他吟詠一首詩獻給母親。

味

丨 ㄇ 口 口一 口二 吽 味 味

口部 五畫

ㄨㄟˋ ❶能使舌頭得到味覺的特性：例滋味。❷氣味：例香味。❸有意思，有情趣：例津津有味。❹研究，體會：例尋味、玩味。❺量詞，中藥一種叫一味。

味道 ㄨㄟˋ ㄉㄠˋ 滋味。例這道菜的味道很好。

味精 ㄨㄟˋ ㄐㄧㄥ 調味品；白色粉末，放在菜或湯裡使食物味道鮮美，也叫味素。

味蕾 ㄨㄟˋ ㄌㄟˇ 接受味覺刺激的感受器，分布在舌頭的表面，能辨別滋味。

味覺 ㄨㄟˋ ㄐㄩㄝˊ　口腔中辨別酸、甜、苦、辣的感覺。

呵

丨 ㄇ 口 口一 叮 呵 呵 呵

口部　五畫

ㄏㄜ ❶生氣時大聲的責罵：例呵責。❷吹，吐：例呵氣。❸吹氣使手溫暖：例呵手。❹形容大聲的笑：例笑呵呵、呵呵大笑。❺表示驚訝的口氣：例呵！來了這麼多人。

ㄛ 表示驚嘆的助詞，用在句尾，或語氣停頓的地方：例這麼多花呵！

猜一猜 食物可口。（猜一字）（答案：呵）

呵欠 ㄏㄜ ㄑㄧㄢˋ　動物在疲倦或想睡覺時張口呼氣的動作。欠：指累的時候張口呼氣。例他工作到天亮，當然呵欠連連。

參考 相似詞：哈欠。

呵氣 ㄏㄜ ㄑㄧˋ　吹氣的意思。例不要在我耳朵旁呵氣。

呵護 ㄏㄜ ㄏㄨˋ　細心的照顧、保護。例有父母呵護的孩子最幸福。

咖

丨 ㄇ 口 叻 叻 咖 咖 咖

口部　五畫

ㄎㄚ 見「咖啡」、「咖哩」。

咖哩 ㄎㄚ ㄌㄧˇ　一種調味品。黃色，味道很香很辣。

參考 活用詞：咖哩飯、咖哩雞。

咖啡 ㄎㄚ ㄈㄟ　生長在熱帶地方，葉呈橢圓形，花白色。烘乾磨成細粉末，煮沸後可以飲用。

參考 活用詞：咖啡店。

動動腦 小朋友，你喝過「咖啡」嗎？「咖啡」是英文的翻譯寫法，除了「咖啡」之外，請你想想看，還有那些詞也是翻譯而來的？

（答案：巴士、摩托車、摩登……）

呸

丨 ㄇ 口 口一 叮 呸 呸 呸

口部　五畫

ㄆㄟ 唾罵聲，表示憤怒或鄙斥：例呸！憑他也配？

咕

丨 ㄇ 口 口一 叶 叶 咕 咕

口部　五畫

ㄍㄨ 形容聲音的字：例鴿子咕咕叫。

咕咚 ㄍㄨ ㄉㄨㄥ　重物撞擊的聲音。例他咕咚一聲往後跌倒。

咕唧 ㄍㄨ ㄐㄧ　兩人低語或自言自語。例他們倆已經咕唧了一個下午。

咕噥 ㄍㄨ ㄋㄨㄥˊ　小聲說話，言詞含糊不清。例姊姊不知和媽媽在咕噥些什麼。

咕嚕 ㄍㄨ ㄌㄨ　❶飲水的聲音。例他一口氣就把水咕嚕咕嚕的喝了。❷飢餓時腸子的響聲。例我餓得肚子咕嚕直叫。❸言語不清。例他邊走嘴裡還咕嚕咕嚕的罵著。❹鴿子的叫聲。例鴿子又在咕嚕咕嚕叫了。

動動腦 「雖然還沒到十二點，我的肚子早已餓得咕嚕咕嚕叫。」小朋友，還有什麼時候，會用「咕嚕」來形容聲音呢？分組來比賽，越多越好。

咀

丨 ㄇ 口 叮 叩 明 明 咀

口部　五畫

ㄐㄩˇ ❶用牙齒磨碎食物：例咀嚼。❷經玩味而加以理解：例含英咀華。

參考 請注意：「咀」是「嘴」的俗寫字，例如：尖沙咀。

咀嚼 ㄐㄩˇ ㄐㄩㄝˊ　❶用牙齒磨碎食物。例多咀嚼可幫助消化。❷比喻對事物反覆體會玩味。例他咀嚼她的話，最後總算明白話中的含意。

呻

丨 ㄇ 口 叩 叩 吅 吅 呻

口部　五畫

ㄕㄣ 身心痛苦時所發出的聲音：例呻吟。

呻吟 ㄕㄣ ㄧㄣˊ　病痛時口中所發出的聲音。例病人躺在床上呻吟，一副很痛苦的樣子。

三畫

呷
口部 五畫

ㄒㄧㄚ ❶吸飲，小口的喝：例呷茶、呷了一口酒。❷鴨叫聲：例呷呷。

咄
口部 五畫

ㄉㄨㄛˋ 呵斥聲：例咄叱。

咄咄 ㄉㄨㄛˋ ㄉㄨㄛˋ 表示驚訝的聲音。

參考 活用詞：咄咄怪事、咄咄逼人。

咄嗟 ㄉㄨㄛˋ ㄐㄧㄝ ❶形容時間很短暫。❷呵叱。

咄咄怪事 ㄉㄨㄛˋ ㄉㄨㄛˋ ㄍㄨㄞˋ ㄕˋ 形容不合常理，令人驚訝、想像不到的怪事情。

咄咄逼人 ㄉㄨㄛˋ ㄉㄨㄛˋ ㄅㄧ ㄖㄣˊ 形容氣勢洶洶，盛氣凌人。

咒
口部 五畫

ㄓㄡˋ ❶宗教迷信或巫術中用來除災或降禍的口訣：例符咒、念咒。❷用不吉祥的話罵人：例咒罵。❸發誓的話：例賭咒。

咒罵 ㄓㄡˋ ㄇㄚˋ 用惡毒的話斥罵人。

咆
口部 五畫

ㄆㄠˊ 怒吼的聲音：例咆哮。

咆哮 ㄆㄠˊ ㄒㄧㄠ 形容野獸、狂風、急流或是暴怒的人所發出的怒吼聲。例在森林裡，可以聽到老虎的咆哮聲。例爸爸生氣的對著哥哥咆哮：「什麼？錢花光了！」

呼
口部 五畫

ㄏㄨ ❶向外吐氣：例呼一口氣。❷大聲喊叫：例歡呼。❸招引：例呼朋引伴。❹喚，叫：例呼喚、直呼其名。❺形容聲音的語詞：例北風呼呼的吹。

呼吸 ㄏㄨ ㄒㄧ 動物、植物吸收氧氣，排出廢氣、二氧化碳的過程。例空氣不良，令人呼吸困難。

參考 活用詞：呼吸器官、呼吸作用。

呼呼 ㄏㄨ ㄏㄨ ❶形容風聲。例冷風呼呼的吹。❷形容睡覺時鼻子發出的聲音。例他正躺在床上呼呼大睡。

呼喊 ㄏㄨ ㄏㄢˇ 就是喊叫的意思。

呼喚 ㄏㄨ ㄏㄨㄢˋ ❶呼喚就是呼叫。喚：叫。例父母呼喚我們，要立刻回答。❷在上位的人喊人來做事。例政府呼喚留學生學成要歸國服務。

呼號 ㄏㄨ ㄏㄠˊ 又叫又哭的意思。號：哭喊。例聽到他半夜呼號的聲音，真令人心酸。

呼嘯 ㄏㄨ ㄒㄧㄠˋ 發出高而長的聲音。嘯：叫聲很長很急迫。例北風在窗口呼嘯。例一群不良少年從街上呼嘯而過。

呼應 ㄏㄨ ㄧㄥˋ ❶雙方能夠互通消息的意思。應：回答。例由於警民互相呼應，歹徒才會被移送法辦。❷寫文章時，前後的看法一致，頭尾連貫的意思。例這篇文章，前後文並沒有呼應，看起來很亂。

呼籲 ㄏㄨ ㄩˋ 大聲喊叫，請求大眾重視或幫忙。籲：為了達到目的而喊叫。例臺灣電力公司呼籲民眾要節約用電。

呼風喚雨 ㄏㄨ ㄈㄥ ㄏㄨㄢˋ ㄩˇ ❶指神仙、道士能使風雨來就來、去就去的能力。例孔明哪裡真的會呼風喚雨，他是研究過氣象，才知道什麼時間吹東風。❷現在用來比喻人們支配自然、征服自然的力量。例科學的進步使人類呼風喚雨的夢想快實現了。❸形容一個人在團體中有很大的力量，造成一股聲勢。例他就是足以在商界呼風喚雨的王大山。

咐
口部 五畫

ㄈㄨˋ 交代人做事：例吩咐。

參考 請注意：「吩咐」含有命令的語氣，

三畫

常用在長官對部屬、長輩對晚輩之間。

呱

口部 五畫

丨 ㄇ 口 口˙ 叮 叭 呱 呱

ㄍㄨ 小兒啼哭聲：例呱呱。

ㄍㄨㄚ 形容聲音的字：例呱呱叫。

呱呱 ㄍㄨ ㄍㄨ 嬰兒的啼哭聲。

參考 活用詞：呱呱墜地。

呶

口部 五畫

丨 ㄇ 口 口ㄑ 口夕 口夂 口奴 呶

ㄋㄠˊ ❶大聲喧嘩。❷說話不停的樣子：例呶呶不休。

呶呶 ㄋㄠˊ ㄋㄠˊ 嘮叨，說話沒完沒了。例別一直對我呶呶不休。

和

口部 五畫

丿 二 千 千 禾 禾 和 和

ㄏㄜˊ ❶相處得好，配合得來：例和睦、和諧。❷溫順，不猛烈：例溫和、和順。❸調解，結束爭端：例和談、和解。❹不分勝敗：例和棋、和局。❺連帶：例和衣而睡。❻跟：例我和你去。❼日本的：例和服。❽兩個以上的數加起來的總數：例和數、總和。

ㄏㄢˋ 連詞，「同」、「跟」、「與」的意思：例我和你。

ㄏㄜˋ 聲音或詩詞的韻腳相應：例此起彼和。

ㄏㄨㄛˋ 混合調配：例和麵。

˙ㄏㄨㄛ 暖和。

ㄏㄨˊ 玩牌的時候，牌已經湊成一副而獲勝：例和了！

參考 相似字：與、同、跟。

動動腦 小朋友，請你在空白的地方填上一個字，讓四個詞出現！

（答案：溫和、隨和、和平、和好）

和平 ㄏㄜˊ ㄆㄧㄥˊ ❶沒有戰爭的安寧狀態。例大家和平相處，社會才會安定。❷溫和，不強烈的：例家庭醫師開給小朋友的藥粉，藥性都很和平。

參考 活用詞：和平共處、和平攻勢、和平會議。

和好 ㄏㄜˊ ㄏㄠˇ 恢復友好的感情。例在老師的勸解下，他們終於和好如初。

和局 ㄏㄜˊ ㄐㄩˊ 下棋或賽球時，結果不分勝負。例我和哥哥下棋，連下三盤都和局。

和尚 ㄏㄜˊ ㄕㄤˋ 指出家修行的男性佛教徒。

古人說 「做一天和尚，撞一天鐘。」這句話是說：只要在這個職位上的一天，就要好好把這份工作做好。例「做一天和尚，撞一天鐘」，你還是學生，就安心把書讀好！

俏皮話 「禿子當和尚——將就這塊材料。」和尚沒有頭髮，禿子在外表上就符合了這個條件。比喻勉強可以，湊和使用。例班上找不到好選手，只好「禿子當和尚」——將就我這塊材料了！

唱詩歌 風來了，雨來了，老和尚背著鼓來了。

和服 ㄏㄜˊ ㄈㄨˊ 日本女子的傳統服裝。形狀像長袍，裡面有十幾種襯裡和內衣，用三點六公分寬的腰帶來綁，打結的方式有三百多種，背部綁著像枕頭的東西，大部分是絲織品。和服的穿著規定十分嚴格，凡是顏色、花式、織物的重量、袖子的長短都必須依照婦女的年齡來規定，穿著場合也以季節或儀式來區分。

和約 ㄏㄜˊ ㄩㄝ 打仗的雙方訂立的條約，用來結束戰爭，恢復和平關係。內容通常包括：宣布結束戰爭、恢復和平、送回俘虜、劃定領土界限、賠償等。

和風 ㄏㄜˊ ㄈㄥ 溫和的風。

和氣 ㄏㄜˊ ㄑㄧˋ ❶態度溫和。例她個性溫柔，待人和氣。❷很好的感情。例咱們別為小事傷和氣。

和婉 ㄏㄜˊ ㄨㄢˇ 溫順和氣。婉：和順的。例當我犯錯的時候，媽媽總是和婉的勸告我。

和煦 ㄏㄜˊ ㄒㄩˇ 溫暖。煦：溫暖的。例在和煦的陽光下，心情舒暢。

和睦 ㄏㄜˊ ㄇㄨˋ 相處得好，不爭吵。例同學應該和睦相處，彼此友愛。

笑一笑 小張：「你簡直就是豬。」小李：「什麼？你才是豬呢！」老五：「好了，好了，別吵了！你們既然是同類，更應該和睦相處才是啊！」

和暢 ㄏㄜˊ ㄔㄤˋ 形容風溫和舒暢。例春風和暢的三月，是踏青的好時節。

和談 ㄏㄜˊ ㄊㄢˊ 打仗的雙方為了結束戰爭而進行的談判。例為了結束兩伊戰爭，伊朗和伊拉克曾決定和談。

和親 ㄏㄜˊ ㄑㄧㄣ 為了加強友好關係，和敵人通婚的叫和親。例如：唐朝曾經把文成公主嫁給吐蕃的領袖。

和諧 ㄏㄜˊ ㄒㄧㄝˊ 配合得很適當。例三年甲班由於歌聲和諧，獲得班際合唱比賽冠軍。

和聲 ㄏㄜˊ ㄕㄥ 音樂中，指兩個以上的音同時發出，它的作用是配合曲調，增強表現力。

和闐 ㄏㄜˊ ㄊㄧㄢˊ 地名。位在新疆南部的和闐河邊，所生產的玉石價值很高，聞名全世界。

和氏璧 ㄏㄜˊ ㄕˋ ㄅㄧˋ 古時候的一塊寶玉。春秋時代，被楚國人和氏發現，所以叫「和氏璧」。

和平鴿 ㄏㄜˊ ㄆㄧㄥˊ ㄍㄜ 象徵和平的鴿子。歐洲神話說，大地曾經被洪水全部淹沒，留在船裡的挪亞放出一隻鴿子，鴿子銜著橄欖枝飛回來，證實洪水已經退去。後來西方人就把鴿子當作和平的象徵。現在凡是重要大會或慶典都釋放和平鴿，就是這個道理。

和事佬 ㄏㄜˊ ㄕˋ ㄌㄠˇ 調解爭吵的人。例媽媽常常充當和事佬，排解我們姊妹間的糾紛。

和樂相處 ㄏㄜˊ ㄌㄜˋ ㄒㄧㄤ ㄔㄨˇ 和睦快樂的在一起。例我的家庭很美滿，全家人和樂相處，十分幸福。

和盤托出 ㄏㄜˊ ㄆㄢˊ ㄊㄨㄛ ㄔㄨ 連盤子一起端出來；比喻完全說出來，毫無隱瞞。例他將事情經過和盤托出，使警方迅速偵破本案。

和顏悅色 ㄏㄜˊ ㄧㄢˊ ㄩㄝˋ ㄙㄜˋ 臉色和善，態度友好。例每當我犯錯的時候，老師總是和顏悅色的指導我改過。

和藹可親 ㄏㄜˊ ㄞˇ ㄎㄜˇ ㄑㄧㄣ 態度溫和，容易使人親近。例我的老師和藹可親，時常面帶微笑。

咚

口部 五畫

ㄉㄨㄥ ❶重的東西掉下來的撞擊聲：例「咚」一聲，原來是書本掉了。❷鼓聲：例鼓聲咚咚。

呢

口部 五畫

ㄋㄧˊ ❶一種毛織品：例呢絨。❷燕子的叫聲：例呢喃。

˙ㄋㄜ ❶表示疑問的語氣：例有什麼辦法呢？❷表示確定的語氣：例八點鐘才開始呢！

猜一猜 尼姑唸經。（猜一字）（答案：呢）

呢喃 ㄋㄧˊ ㄋㄢˊ ❶小聲多話的樣子。例小妹在媽媽耳畔低聲呢喃著。❷形容燕子的叫聲。例燕子的呢喃聲婉轉動聽。

呢絨 ㄋㄧˊ ㄖㄨㄥˊ 表面有細絨的毛織品。例在寒風刺骨的嚴冬裡，她出門時總會穿起呢絨大衣。

周

口部 五畫

ㄓㄡ ❶外圍，圈子：例圓周、繞運動場一周。❷全，都：例周身、眾所周知。❸接濟：例周濟。❹完備：例周密。❺星期：例上周。❻滿一年：例周年。❼朝代名：例周朝。❽姓：例周小姐。

參考 請注意：「周」和「週」有許多地方通用，例如：「周」年可寫作「週」年，四「周」可寫作四「週」，星期可用「週」或「周」。但是朝代和姓不可以用「週」；「周」濟不可以寫成「週」濟。

周全 ㄓㄡ ㄑㄩㄢˊ 非常完備。例為了迎接這次運動會，我們已作了周全的準備。

周到 ㄓㄡ ㄉㄠˋ 面面都照顧到，不疏忽。例這家飯店服務非常周到。

周密 ㄓㄡ ㄇㄧˋ 周到細密。例周密的計畫是成功的條件之一。

周圍 ㄓㄡ ㄨㄟˊ 四周，環繞中心的部分。例屋子的周圍是籬笆。

周期 ㄓㄡ ㄑㄧ 事物在發展過程中有某些特徵重複出現，其接連兩次中間所經過的時間稱為周期。

參考 活用詞：周期律。

周詳 ㄓㄡ ㄒㄧㄤˊ 周到詳細。例我為這次冒險作了周詳的計畫。

周遊 ㄓㄡ ㄧㄡˊ 四處遊走。例孔子周遊列國，是為了實現他的理想。

周遭 ㄓㄡ ㄗㄠ 四周，周圍。例他對周遭的一切都感到陌生。

周而復始 ㄓㄡ ㄦˊ ㄈㄨˋ ㄕˇ 一次又一次不停的循環。例日子周而復始，一天一天的過去了。

周轉不靈 ㄓㄡ ㄓㄨㄢˇ ㄅㄨˋ ㄌㄧㄥˊ 在商業上和人約定付錢的日期，日期到了卻沒辦法付出現款，又借不到錢來付。例公司資金不足就會周轉不靈。

咋
口部 五畫

ㄗㄜˊ ❶咬住：例咋舌。❷大聲。❸暫時，忽然。

咋舌 ㄗㄜˊ ㄕㄜˊ 形容吃驚、害怕，說不出話來的樣子。

命
口部 五畫

ㄇㄧㄥˋ ❶生存的功能：例生命、救命、命在旦夕。❷命中注定的遭遇：例命運、算命。❸上級對下級的吩咐：例命令。❹取名稱：例命名、命題。❺認為：例自命不凡。

參考 相似字：令、使、叫。

笑一笑 由臺北開往高雄的火車上，有一位乘客，在火車每到一站時都要下車去買車票。旁邊的人覺得很奇怪，只見他得意的說：「醫生說我病得很嚴重，已經命在旦夕了，可能每分鐘都會死亡。把票直接買到高雄，太浪費了！」

命令 ㄇㄧㄥˋ ㄌㄧㄥˋ ❶上級指示下級。例將軍命令士兵到前線打聽消息。❷上級給下級的指示。例這是皇帝的命令，誰也不准反對。

命名 ㄇㄧㄥˋ ㄇㄧㄥˊ 取名字。例這種花形狀像喇叭，所以被命名為「喇叭花」。

命運 ㄇㄧㄥˋ ㄩㄣˋ 命中注定的遭遇。例他的命運不好，從小父母雙亡，一個人孤苦無依。

命題 ㄇㄧㄥˋ ㄊㄧˊ 替作文或考試出題目。例王老師負責四年級國語期末考的命題工作。

命中注定 ㄇㄧㄥˋ ㄓㄨㄥˋ ㄓㄨˋ ㄉㄧㄥˋ 指事情不是人力造成，而是本來就安排好的。例你命中注定是勞碌命，沒什麼好埋怨的。

咎
口部 五畫

ㄐㄧㄡˋ ❶過失，罪過：例引咎辭職。❷責備，處分：例既往不咎。

ㄍㄠ 姓：例咎陶（ㄧㄠˊ）。同「皋」。

猜一猜 外人批評。（猜一字）（答案：咎）

咎由自取 ㄐㄧㄡˋ ㄧㄡˊ ㄗˋ ㄑㄩˇ 遭到責備、過失都是自己造成的，通常用來指那些自食惡果的人。例他被打成重傷全是咎由自取，怨不得別人。

咏
口部 五畫

ㄩㄥˇ ❶唱，有聲調的念：例吟咏、歌咏。❷用詩詞等來敘述：例咏梅、咏雪。

咏嘆 ㄩㄥˇ ㄊㄢˋ 歌咏、吟咏。

咏懷 用唱詩來抒發心中的感想。

咏讚 歌頌讚美。

參考 請注意：「咏」是「詠」的異體字。

咬

口部 六畫

❶用牙齒用力夾住或是弄碎東西：例咬住繩子。❷讀出字的音：例咬字清楚。❸說話堅定，不再改變：例一口咬定。❹受責備時牽扯無辜的人：例反咬一口。

咬耳朵 靠近人家的耳朵說悄悄話。例你們倆別再咬耳朵了，否則別人會誤會。

咬文嚼字 ❶指過分的計較字句的意思。諷刺人喜歡賣弄學問。例他說話時，最喜歡咬文嚼字，賣弄文才。❷指人欣賞文章時，只注重字句的解釋，而忽略了內容。例欣賞詩歌的時候，如果只是咬文嚼字，就不能體會詩歌優美的意境了。

猜一猜 書庫裡的老鼠。（猜一句成語）（答案：咬文嚼字）

俏皮話 「耗子掉進書箱裡——咬文嚼字。」老鼠的牙齒銳利，最喜歡咬東西，如果老鼠掉進放書的箱子裡，那它不就是「咬」文「嚼」字嗎？原本咬和嚼都有吃的意思，這裡是形容一個人過分注重文字，而不會活用。

咬牙切齒 咬緊牙齒；形容非常憤怒、痛恨的樣子。例對於他這種殘暴的行為，大家都恨得咬牙切齒。

咬緊牙關 用力咬緊牙齒；比喻忍受極大的痛苦而堅持到底。例我咬緊牙關的跑完一千六百公尺的馬拉松。

哀

口部 六畫

❶悲傷：例悲哀。❷同情：例哀憐。❸追念死人：例默哀。❹苦苦地：例哀求。

參考 請注意：「哀」的中間是「口」，有悲傷的意思，例如：悲哀。「衷」的中間是「中」，指心中的情意，例如：衷心，苦衷。「衰」的中間是「毌」，形容虛弱的樣子，例如：衰弱、衰老。

猜一猜 衣領袖。（猜一字）（答案：哀）

哀求 苦苦請求。例他哀求別人給他一個改過的機會。

哀思 悲哀的感情或思念。例望著老師的遺像，激起我無限的哀思。

哀悼 哀傷懷念死去的人。例王先生去世了，他的朋友寫了一首詩哀悼他。

哀傷 悲傷。例我們一聽到爺爺去世的消息，都哀傷的哭了起來。

哀愁 悲傷憂愁。例對於母親的病情，他感到十分哀愁。

哀號 悲傷而大聲的哭叫。號：叫。例巷口有人辦喪事，遠遠就聽到陣陣的哀號聲。

哀憐 對別人不幸的遭遇，表示同情。例王伯伯哀憐房子毀於大地震的家庭，決定捐款幫忙。

哀兵必勝 帶有悲憤情緒的軍隊，往往能夠激發戰鬥意志，取得勝利。例田單復國的故事，說明了哀兵必勝的道理。

哀莫大於心死 喪失了人格、理想、希望、自信心是最值得悲哀的事。心死：對任何事不再抱有希望。人生最大的悲哀就是對人生不再有任何希望。

咨

口部 六畫

❶商量：例咨詢。❷嘆氣的聲音：例咨嗟。❸公文的一種：例咨文。

猜一猜 第二次發言。（猜一字）（答案：咨）

咨文 公文書的一種，舊時同級機關可以互用，現在限於總統和立法院、監察院公文往返時用。

咨詢 商量，詢問，徵求意見。

參考 相似詞：諮詢。

三畫

哎 口部 六畫

ㄞ ❶表示哀傷惋惜：例哎！真想不到。❷表示驚訝或不滿：例哎！糟了。

參考 請注意：「哎」、「唉」都是表示語氣的詞，都用在感傷、惋惜的時候。例如：唉（哎）！這件事真令人難過啊！但是「哎」另外也用在驚訝、痛苦時，例如：「哎」呀！我的東西怎麼不見了！「哎」喲（ㄧㄠ），好痛呀！此時，不可用「唉」！

猜一猜 吃艾草。（猜一字）（答案：哎）

哎呀 ㄞ ㄧㄚ ❶表示驚訝。例哎呀！這西瓜長得這麼大呀！❷表示埋怨、不耐煩。例哎呀！你怎麼來得這麼晚呢？

哎喲 ㄞ ㄧㄠ 表示驚異或痛苦的感嘆詞。例哎喲！都十二點了！例哎喲！我的肚子好疼！

哉 口部 六畫

ㄗㄞ 語氣詞，表示疑問或感嘆：例何足道哉、嗚呼哀哉。

咸 口部 六畫

ㄒㄧㄢˊ ❶全，都：例老少咸宜。❷姓：例咸先生。

參考 相似字：都、皆、全。

猜一猜 感動不了我的心。（猜一字）（答案：咸）

咸豐 ㄒㄧㄢˊ ㄈㄥ 清文宗的年號（西元一八五一——一八六一）。

咦 口部 六畫

ㄧˊ 表示驚訝或疑問的感嘆詞：例咦，你什麼時候來的？例咦，這是怎麼回事？

猜一猜 夷人之口。（猜一字）（答案：咦）

咳 口部 六畫

ㄎㄜˊ ❶氣管黏膜受到刺激而發出聲音：例咳嗽。❷用氣使喉嚨中的異物吐出：例咳痰。

ㄏㄞ ❶嘆氣：例咳聲嘆氣。❷小孩子笑。❸表示惋惜或悔悟：例咳！完了。

咳嗽 ㄎㄜˊ ㄙㄡˋ 呼吸器官受到刺激，發出的聲音。例他感冒了，因此不停的咳嗽。

笑一笑 妹妹咳嗽吃糖漿，弟弟看見了也想吃。媽媽對弟弟說：「你又沒咳嗽，萬一吃糖漿反而咳嗽了怎麼辦？」弟弟：「再給我吃一匙不就不咳了嗎？」

咳聲嘆氣 ㄏㄞ ㄕㄥ ㄊㄢˋ ㄑㄧˋ 因為憂愁或焦慮發出的嘆息聲。例這個老人整天咳聲嘆氣，不知道有什麼煩心的事？

哇 口部 六畫

ㄨㄚ ❶形容嘔吐聲、大哭聲：例哇的一聲吐了、疼得哇哇叫。❷語尾助詞：例好哇！

哂 口部 六畫

ㄕㄣˇ ❶微笑：例哂納。❷譏諷：例哂笑。

哂笑 ㄕㄣˇ ㄒㄧㄠˋ 嘲笑，譏笑。

哂納 ㄕㄣˇ ㄋㄚˋ 微笑地接受，是請人收禮的客氣話。

參考 相似詞：哂收、笑納。

咽 口部 六畫

ㄧㄢ 口腔深處，食道和氣管的上端：例咽喉。

ㄧㄢˋ 吞食，同「嚥」：例狼吞虎咽。

ㄧㄝˋ聲音阻塞的：例哽咽。

參考 相似字：嚥、吞。♣相反字：嘔、吐。

咽喉 ㄧㄢ ㄏㄡˊ ❶咽頭和喉頭。❷比喻地勢險要的交通孔道。例金門和馬祖是守護臺灣的咽喉要地。

咪

口部 六畫

ㄇㄧ ❶貓叫或叫貓的聲音：例咪咪。❷微笑的樣子：例笑咪咪。

猜一猜 吃飯。（猜一字）（答案：咪）

咪咪叫 ㄇㄧ ㄇㄧ ㄐㄧㄠˋ 貓叫聲。例小貓兒肚子餓得咪咪叫。

品

口部 六畫

ㄆㄧㄣˇ ❶東西，物件：例貨品、商品。❷種類：例品種。❸等級：例上品。❹辨別好壞：例品茶、品評。❺本質：例人品、品質。❻吹奏樂器：例品竹、品簫。❼姓：例品先生。

參考 相似字：種、類、等、級。

動動腦 小朋友，請你在空白的地方填上一個字，讓這四個詞出現！

（答案：補品、貨品、品貨、品德）

品行 ㄆㄧㄣˇ ㄒㄧㄥˋ 有關道德的行為。例他的品行端正，非常受人尊敬。

品格 ㄆㄧㄣˇ ㄍㄜˊ 道德品行高下的程度。例他的品格不好，不受人歡迎。

品嘗 ㄆㄧㄣˇ ㄔㄤˊ 辨別嘗試味道，並且加以批評。例他品嘗每一道菜，並說出味道的好壞。

品種 ㄆㄧㄣˇ ㄓㄨㄥˇ ❶經過人工選擇和培育，有一定的經濟價值和遺傳特點的生物。例這種魚是最新研究成功的品種。❷產品的種類。例這家工廠出產的產品，品種都很優良。

品德 ㄆㄧㄣˇ ㄉㄜˊ 人品和道德。例他的品德很好，十分正直。

品質 ㄆㄧㄣˇ ㄓˊ ❶指人思想和行為的本質。❷物品的性質。例這個產品的品質很好，非常耐用。

品學兼優 ㄆㄧㄣˇ ㄒㄩㄝˊ ㄐㄧㄢ ㄧㄡ 品行和學問都很優秀。例他是個品學兼優的好學生。

品頭論足 ㄆㄧㄣˇ ㄊㄡˊ ㄌㄨㄣˋ ㄗㄨˊ 談論婦女的容貌儀態。例評審委員對每位佳麗都品頭論足一番。

哄

口部 六畫

ㄏㄨㄥ 眾人同時發出聲音：例一哄而散。

ㄏㄨㄥˇ ❶欺騙：例你少哄我。❷逗小孩，陪他玩耍：例哄小孩。

參考 相似字：欺、騙、蓋。♣請注意：「哄」指聲音吵雜，所以是口部，例如：哄堂大笑。「烘」是使用火烤乾東西，所以是火部，例如：烘乾。

哄動 ㄏㄨㄥ ㄉㄨㄥˋ 一下子引起多數人的注意或震驚。例這件可怕的命案立刻造成哄動。

參考 相似詞：轟動。

哄騙 ㄏㄨㄥˇ ㄆㄧㄢˋ 用假話或手段騙人。例歹徒拿糖果哄騙小孩，叫他不要哭。

哄堂大笑 ㄏㄨㄥ ㄊㄤˊ ㄉㄚˋ ㄒㄧㄠˋ 形容滿屋子的人同時放聲大笑。例老師說了一則笑話，全班都哄堂大笑。

哈

口部 六畫

ㄏㄚ ❶張口呼氣：例哈氣。❷形容笑聲：例哈哈大笑。❸表示得意或滿意：例哈哈！我猜到了。❹彎腰：例哈腰。

ㄏㄚˇ ❶軟毛的小狗：例哈巴狗。❷姓：例哈先生。

ㄎㄚ 毛織物品：例哈喇呢。

哈欠 ㄏㄚ ㄑㄧㄢˋ 疲倦時張開嘴，深深吸氣，然後呼氣。例他因為昨天晚上沒睡好，所以今天早上上課時哈欠連連。

哈氣 ㄏㄚ ㄑㄧˋ 張開嘴巴吐氣。例妹妹在玻璃上哈氣，用手指頭在上面亂畫。

哈叭狗 ㄏㄚ ㄅㄚ ㄍㄡˇ 是一種體小、短腿、長毛，供玩賞的狗。

唱詩歌 哈叭狗，不多高，搖搖擺擺到處跑；見主人，跳一跳，愛跟孩子逗著鬧。（芮家智編）

哈密瓜 ㄏㄚ ㄇㄧˋ ㄍㄨㄚ 大陸新疆哈密等地生產的一種甜瓜。果實較大，呈圓形，果皮黃色或青色有網狀花紋，果實綿軟香甜。

咯

口部 六畫

˙ㄌㄛ 語尾助詞，用法和「了」一樣，但語氣較重：例當然咯。

ㄍㄜ 咯噔 ❶形容聲音的語詞：例他咯噔咯噔地上樓去了。❷坎坷不平的樣子。

ㄎㄚˇ ❶吐：例把魚刺咯出來。❷咯血，咳嗽出血的病症。

ㄍㄜˊ 通「嗝」：例打咯兒。

猜一猜 各說各話。（猜一字）（答案：咯）

咫

口部 六畫

ㄓˇ ❶周代長度名，八寸叫一咫。❷比喻極近的距離：例咫尺。

猜一猜 僅僅一尺。（猜一字）（答案：咫）

咫尺 ㄓˇ ㄔˇ 比喻距離很近。

參考 活用詞：咫尺之間、近在咫尺。

咫尺天涯 ㄓˇ ㄔˇ ㄊㄧㄢ ㄧㄚˊ 指距離雖然很近，但是很難相見，就像在遙遠的天邊。

反義 天涯咫尺。

咱

口部 六畫

ㄗㄢˊ 「我」的意思，大陸北方方言常常用到：例咱累了。

ㄗㄚˊ 咱家，古典小說人物「我」的自稱。

參考 相似字：我、俺。♣請注意：「咱家」的「咱」習慣上念ㄗㄚˊ，不念ㄗㄢˊ。

猜一猜 自己開口。（猜一字）（答案：咱）

咱們 ㄗㄢˊ ˙ㄇㄣ 我們。例既然他不來，咱們就別再等了。

咱家 ㄗㄚˊ ㄐㄧㄚ 自己。以前的小說戲劇常常使用。

咻

口部 六畫

ㄒㄧㄡ ❶吵，喧鬧。❷呼吸聲：例咻咻。

ㄒㄩˇ 病人呻吟的聲音：例噢（ㄩˇ）咻。

咻咻 ㄒㄧㄡ ㄒㄧㄡ ❶形容喘氣的聲音。例他一口氣爬上二十樓，咻咻的喘氣聲聽起來很急促。❷形容某些動物的叫聲。例小鴨咻咻地叫個不停。

咩

口部 六畫

ㄇㄧㄝ 羊叫的聲音：例小羊咩咩的叫。

咧

口部 六畫

ㄌㄧㄝˇ 嘴角向兩邊伸展：例齜牙咧嘴。

哆

口部 六畫

ㄉㄨㄛ 身體發抖的樣子，和「嗦」一起用：例冷得打哆嗦。

ㄔˇ 張嘴：例哆著嘴。

猜一猜 多嘴。（猜一字）（答案：哆）

哆嗦（ㄉㄨㄛ ㄙㄨㄛ） 由於緊張、害怕或是寒冷而使得身體發抖。例第一次上臺演講，我緊張得一直打哆嗦。

參考 相似詞：發抖、顫抖。

咿 口部 六畫

ㄧ 形容聲音的字：例咿咿、咿啞。

參考 請注意：「咿」用來形容聲音時，可形容讀書聲（咿唔），人說話的聲音（咿呦），舟車轉動的聲音（咿軋），蟲叫聲（咿咿），船上打槳聲（咿喔）等等。

咤 口部 六畫

ㄓㄚˋ ❶吼，喊叫：例叱咤。❷吃東西時嘴裡出聲：例毋咤食。

哨 口部 七畫

ㄕㄠˋ ❶巡邏、警戒、防守的崗位：例哨兵。❷用來示警的吹器：例哨子。❸把手放在嘴裡，或用嘴脣吹氣發出的聲音：例口哨。

哨子（ㄕㄠˋ ˙ㄗ） 用來發聲示警或作信號的吹器。

哨兵（ㄕㄠˋ ㄅㄧㄥ） 軍隊中巡邏守衛的士兵。

哨棒（ㄕㄠˋ ㄅㄤˋ） 行路時用來防身的木棍。

唐 口部 七畫

ㄊㄤˊ ❶說話或做事誇大：例荒唐。❷衝突，牴觸：例唐突。❸虛，空：例唐捐。❹中國的別稱：例唐人街、唐裝。❺朝代名：例唐朝、唐詩。❻姓：例唐先生。

參考 請注意：塘、搪、糖、醣都含有「唐」字，也都念ㄊㄤˊ，但它們的用法不同。「塘」是方形的池子，例如：池塘。「搪」是不負責、敷衍，例如：搪塞（ㄙㄜˋ）。「糖」是由甘蔗、甜菜所提煉製成的甜性物質，例如：蔗糖、糖果、糖衣。「醣」是碳水化合物，像米飯、汽水都含有醣類，千萬別和糖果的「糖」混用。

猜一猜 製糖不用米。（猜一字）（答案：唐）

唐山（ㄊㄤˊ ㄕㄢ） ❶河北省地名，在一九七六年曾經發生大地震。❷海外華僑稱中國為唐山。

唐突（ㄊㄤˊ ㄊㄨˊ） ❶衝突，牴觸。❷失禮、冒昧的舉動。

唐詩（ㄊㄤˊ ㄕ） 近體詩的一種，以唐代最盛，當時的作品就稱為唐詩。以字數來分，可以分為五言（五個字一句）、七言（七個字一句）；以長短來分，分為絕句（四句）、律詩（八句）。體裁包括描寫山水景物的山水詩，描寫邊疆風光的邊塞詩，描寫田園農村生活的田園詩，還有丈夫遠征不回，描寫妻子心情的閨怨詩，是當代人民生活的反映。

唐人街（ㄊㄤˊ ㄖㄣˊ ㄐㄧㄝ） 指外國華僑聚居的地區，因為唐朝是我國歷史上很強盛的朝代，所以海外的華僑，就把居住的地區稱為「唐人街」。

唐三彩（ㄊㄤˊ ㄙㄢ ㄘㄞˇ） 唐代陶器工藝品，通常都用黃、綠、藍等彩釉裝飾。唐代以前我國的陶、瓷器大部分都只有一個釉色，三彩表示很多顏色，從唐代開始才有各色彩釉的工藝品開始盛行，因此稱為唐三彩。唐三彩有陶馬、陶俑、陶駝等，造形生動、自然，顏色鮮豔，是很有藝術價值的古物。

唐三藏（ㄊㄤˊ ㄙㄢ ㄗㄤˋ） 是唐朝高僧玄奘（ㄗㄤˋ）的法號，他本姓陳，十三歲出家，讀了很多佛教書籍。但是因為翻譯不同，佛經的內容也都不相同，因此他決心到西域去求佛經，經過十八年的辛苦，他帶回了六百五十七部經書。以後的小說家就以他取經的故事，加上豐富的想像力，完成了一部著名的「西遊記」。

唁

口部 七畫

丨 口 口 口丶 口亠 口亡 口亡 口言 口言 唁

ㄧㄢˋ 慰問喪家，對遭遇喪事的人表示慰問：例弔唁。

唁勞 ㄧㄢˋ ㄌㄠˋ 慰問死者的家屬。

唁電 ㄧㄢˋ ㄉㄧㄢˋ 弔喪的電報。

喑

口部 七畫

丨 口 口 口亠 口亡 口亡 口立 口音 喑 喑

ㄧㄛ ❶表示疑問：例喑，真的嗎？❷表示讚嘆或驚訝：例啊喑，這麼多！❸表示痛苦：例喑！痛死我了。

參考 請注意：「喑」也可以和「喲」字通用。

哼

口部 七畫

丨 口 口 口丶 口亠 口亡 口亨 口亨 口亨 哼

ㄏㄥ ❶低聲唱歌：例哼著歌。❷表示憤怒或不滿：例哼！有什麼了不起。❸病人表示痛苦的呻吟聲：例哼哼。

猜一猜 富翁開口（猜一字）（答案：哼）

哥

口部 七畫

一 丆 丆 可 可 可 哥 哥 哥 哥

ㄍㄜ ❶弟妹對兄長的稱呼：例大哥。❷同輩親戚比自己年齡大的男子：例表哥。❸稱呼年紀和自己差不多的男子：例老哥。

參考 相似字：兄。♣相反字：弟。

哥哥 ㄍㄜ ㄍㄜ˙ ❶弟妹對兄長的稱呼。❷對平輩男性的敬語。

哥倫布 ㄍㄜ ㄌㄨㄣˊ ㄅㄨˋ 義大利航海家。為尋找通往印度的西行航線，一四九二年在西班牙政府的支持下，率船隊橫渡大西洋，發現新大陸。

哲

口部 七畫

一 十 扌 扌 扌 扩 折 折 哲 哲

ㄓㄜˊ ❶有賢德或有智慧的人：例哲人。❷明智的：例明哲。❸姓：例哲先生。

哲人 ㄓㄜˊ ㄖㄣˊ 對人生的問題進行深入思考，相信美好的理想，並確實實行的人。例聖賢哲人是我們的典範。

哲理 ㄓㄜˊ ㄌㄧˇ 關於宇宙和人生的根本道理。例這幾句話包含了許多深奧的哲理。

哲學 ㄓㄜˊ ㄒㄩㄝˊ 專門研究有關於宇宙本源、人類生存、知識原理的學問。

唆

口部 七畫

丨 口 口 口厶 口允 口允 口夋 口夋 唆 唆

ㄙㄨㄛ ❶指使別人做事，多半指壞事：例挑唆、唆使。❷多話的樣子：例囉唆。

唆使 ㄙㄨㄛ ㄕˇ 指使別人做事，通常指做壞事。例你怎麼能唆使他逃家呢？

參考 相似詞：教唆、挑唆。

哺

口部 七畫

丨 口 口 口一 口丆 口RR 口甫 口甫 哺 哺

ㄅㄨˇ ❶口中咀嚼著食物：例吐哺。❷餵給人或動物吃：例哺乳。

哺育 ㄅㄨˇ ㄩˋ 培養教育。例父母辛辛苦苦哺育子女成長。

哺乳動物 ㄅㄨˇ ㄖㄨˇ ㄉㄨㄥˋ ㄨˋ 幼兒時期必須依靠母乳養育的動物。

小百科 哺乳動物屬於有脊椎的動物，大多數是胎生，母體有乳腺可以分泌乳汁。貓、狗、蝙蝠、鯨魚、人……都是哺乳動物。

唔

口部 七畫

丨 口 口 口一 口丆 口五 口五 口吾 唔 唔

ㄨˊ ❶讀書吟哦的聲音：例咿唔。❷表示允許或同意：例唔！有道理。❸表示驚訝：例唔！有這回事？

哩

口部 七畫

ㄌㄧ ❶說話不清楚的樣子：例哩嚕。❷語末助詞，表示肯定的語氣：例我正要問你哩！

ㄌㄧˇ「英里」的省略字，一哩大約等於一六〇九．三一公尺。

哭

口部 七畫

ㄎㄨ 因傷心或痛苦而流淚，發出悲哀的聲音：例痛哭流涕。

小百科 在英國有一個小島，島上住著祖芬格族，居民用哭來表示喜悅、幸福和歡樂。誰家裡有喜事，或是遠方親友到來，人們都會大哭起來，表示祝賀和歡迎。在他們看來，哭是和友好、親密、幸福聯繫在一起的。你若是到了這個地方，恐怕會哭笑不得呢！

笑一笑 爺爺：「小寶貝，你為什麼哭得這樣傷心？」小華：「因為媽媽打我。」爺爺：「媽媽為什麼要打你呢？」小華：「因為我在哭！」

哭泣 ㄎㄨ ㄑㄧˋ 小聲哭。泣：不哭出聲音只有流眼淚。例她因為小鳥的死去而哭泣。

哭哭啼啼 ㄎㄨ ㄎㄨ ㄊㄧˊ ㄊㄧˊ 哭泣不停。啼：出聲哭。例妹妹被哥哥欺負之後，哭哭啼啼的跑去向媽媽告狀。

哭笑不得 ㄎㄨ ㄒㄧㄠˋ ㄅㄨˋ ㄉㄜˊ 令人又好氣又好笑的感覺。例老師被學生作弄得哭笑不得。

哭喪著臉 ㄎㄨ ㄙㄤ ㄓㄜˊ ㄌㄧㄢˇ 臉部表情很悲苦，好像遇到親人死亡的樣子。例他哭喪著臉去看牙醫。

員

口部 七畫

ㄩㄢˊ ❶在團體、機關中工作的人：例職員。❷團體中的一分子：例團員。❸計算人的單位：例兩員大將。❹圓形，通「圓」。❺土地的面積：例幅員。

ㄩㄣˋ 姓：例員先生。

動動腦 「他雇了很多員工。」，雇（戶、隹）和員（口、貝）都是由二個部首組成的字，而且下面的部首筆畫多。小朋友，除了雇、員之外你還能想到其他的字嗎？越快越好哦！（答案：旨、召、孟、扉、魔……）

員工 ㄩㄢˊ ㄍㄨㄥ 機關團體中的工作人員；職員和工人。例這家工廠員工很多，大約有五百人。

員外 ㄩㄢˊ ㄨㄞˋ ❶古代官名，是「員外郎」的簡稱。❷指富家的主人。例王員外是個樂善好施的大好人。

唉

口部 七畫

ㄞ ❶應答聲：例唉！我知道了。❷表示感傷或嘆息聲：例唉！不好了。❸表示無可奈何：例唉！只有這樣了。

唉聲嘆氣 ㄞ ㄕㄥ ㄊㄢˋ ㄑㄧˋ 因煩悶、傷感等而嘆息。例一提起比賽落選的事，她就連連唉聲嘆氣。

哮

口部 七畫

ㄒㄧㄠ ❶吼叫：例咆哮。❷急促喘氣的聲音：例哮喘。

參考 相似字：咆、吼。

哮喘 ㄒㄧㄠ ㄔㄨㄢˇ 一種支氣管的病。由於支氣管痙攣，造成陣發性喘息，呼吸困難。

哪

口部 七畫

ㄋㄚˇ 疑問詞，和「那」字相通：例哪能？

˙ㄋㄚ 語尾助詞：例這件事還沒完哪！

ㄋㄨㄛˊ 神話裡神的名字：例哪吒。

哪吒 ㄋㄨㄛˊ ㄓㄚ 神話小說「封神榜」、「西遊記」裡的人物名。

哦 口部 七畫

ㄜˊ 吟、讀詩書：例吟哦。

ㄛˊ 感嘆詞，可以表示疑問、驚奇、領會等：例哦！你就是王先生。例哦，我明白了。

猜一猜 我口。（猜一字）（答案：哦）

唧 口部 七畫

ㄐㄧ ❶細小的聲音：例唧唧。❷形容蟲叫或小聲說話：例唧咕。❸吸水或噴水的裝置：例唧筒。

猜一猜 即席演講。（猜一字）（答案：唧）

唧唧 ㄐㄧ ㄐㄧ ❶織布聲。❷鳥、蟲的鳴聲。❸細聲嘆息。

唇 口部 七畫

ㄔㄨㄣˊ 人或動物口嘴的周圍，同「脣」：例嘴唇。

唇舌 ㄔㄨㄣˊ ㄕㄜˊ 指說話的言詞。例我費了一番唇舌才說服他參加這次郊遊。

唇膏 ㄔㄨㄣˊ ㄍㄠ 口紅的另一種名稱。

唇亡齒寒 ㄔㄨㄣˊ ㄨㄤˊ ㄔˇ ㄏㄢˊ 沒有了嘴唇，牙齒就會覺得冷。比喻彼此關係密切，不可分離。

古人說 「唇亡齒寒，皮落毛單。」這句話是說：嘴唇沒有了，牙齒就會受凍；毛髮掉落了，皮膚的保護就不容易。比喻有聯繫的人事，一定要互相互愛，精誠合作。例「唇亡齒寒，毛落皮單」；國家亡了，人民也就失去了保障。

唇槍舌劍 ㄔㄨㄣˊ ㄑㄧㄤ ㄕㄜˊ ㄐㄧㄢˋ 比喻辯論時非常激烈，言辭尖銳，就像傷人的武器。例他們雙方唇槍舌劍，互不相讓。

哽 口部 七畫

ㄍㄥˇ 哭泣的時候聲氣阻塞，發不出聲音：例哽咽。

哽咽 ㄍㄥˇ ㄧㄝˋ 因為非常悲痛，哭得斷斷續續。例她拿起話筒聽見母親的聲音就哽咽不成聲。

商 口部 八畫

商

ㄕㄤ ❶討論：例商量。❷做生意：例商業。❸做生意的人：例布商。❹兩數相除後所得的數：例八除以二的商是四。❺朝代的名稱：例商朝。❻古代五音之一：例宮、商、角、徵、羽。❼古代星星的名稱：例商星。

動動腦 小朋友，請你在空白的地方填上一個字，讓它成為四個詞。

（答案：通商、富商、商量、商人）

商人 ㄕㄤ ㄖㄣˊ 做生意的人。

商店 ㄕㄤ ㄉㄧㄢˋ 買賣貨物的地方。

商品 ㄕㄤ ㄆㄧㄣˇ 以買賣為目的的貨物。

商洽 ㄕㄤ ㄑㄧㄚˋ 商量辦事情。例爸爸到國外商洽一筆生意。

商音 ㄕㄤ ㄧㄣ 古時候有宮、商、角、徵、羽五音，商音指哀傷的曲調。

商埠 ㄕㄤ ㄅㄨˋ ❶商業港口。例高雄是臺灣最大的商埠。❷商業發達的地方。例紐約是世界的大商埠之一。

商場 ㄕㄤ ㄔㄤˇ ❶聚集各種商店，以便於買賣的地方。例中華商場。❷指商業界。例他在商場上很有名氣。

商湯 ㄕㄤ ㄊㄤ 人名，商朝的開國君主。任用伊尹，消滅夏朝，建立商朝。為了自我勉勵，曾經在臉盆上寫了一句話：「苟日

三畫

新，日日新，又日新」。也稱作「成湯」。

商量 ㄕㄤ ㄌㄧㄤˊ　交換意見。例自己很難決定的事，可以和父母商量。

商業 ㄕㄤ ㄧㄝˋ　以買賣方式使商品流通的經濟活動。

參考　相似詞：商討、商榷、商議。

商鞅 ㄕㄤ ㄧㄤ　人名。戰國時代的衛國人，本來姓公孫。輔佐秦孝公，推行新法，奠定了富強的基礎。因為功勞很大，被封在「商」地，所以稱「商鞅」。由於施行法律太嚴厲，孝公死後，他就被五馬分屍了。又稱為「衛鞅」、「公孫鞅」。

商標 ㄕㄤ ㄅㄧㄠ　商品的標誌，用來和其他商品區別，經政府註冊登記以後，就不可以仿冒。

啪

口部　八畫

ㄆㄚ　形容拍打、撞落的聲音：例啪的一下，將碗從他手上打落。

啪啦 ㄆㄚ ㄌㄚ　形容東西掉在地上破碎的聲音。例啪啦一聲，掉了滿地的玻璃片。

啦

口部　八畫

ㄌㄚ　形容聲音的字：例嘩啦！

˙ㄌㄚ　表示事情已經完成，有感嘆的口氣：例好啦，走吧！

啦啦隊 ㄌㄚ ㄌㄚ ㄉㄨㄟˋ　在競賽中，替人加油或表演舞蹈助陣的隊伍。

啄

口部　八畫

ㄓㄨㄛˊ　❶鳥類用嘴取食物：例啄食。❷指書法的撇畫。

猜一猜　豬嘴巴。（猜一字）（啄）

啄木鳥 ㄓㄨㄛˊ ㄇㄨˋ ㄋㄧㄠˇ　鳥名。腳短，趾端有銳利的爪，喜歡攀附在樹上，嘴小長而直，前端有鉤，能用舌頭捕食樹洞中的蟲，是益鳥。也稱為「列鳥」。

唱詩歌　啄木鳥，啄木鳥，會聽診，會開刀，治病不要錢，只收蟲一條。

啞

口部　八畫

ㄧㄚˇ　❶不能說話或說不出話來：例啞巴。❷發聲困難或不清楚：例沙啞、把喉嚨喊啞了。❸無聲的：例啞劇、啞鈴。

ㄧㄚ　❶形容聲音的字：例啞啞學語。❷笑聲：例啞然失笑。

猜一猜　演講亞軍。（猜一字）（答案：啞）

啞巴 ㄧㄚˇ ˙ㄅㄚ　不能說話的人。例那個人比手劃腳的，原來是個啞巴。

參考　相似詞：啞吧、啞子。

俏皮話　「啞巴拾黃金——說不出的快樂。」啞巴如果拾到黃金，內心一定很快樂，但是卻說不出。比喻非常快樂。例我得到老師的讚美，就像「啞巴拾黃金」，有說不出的快樂。

繞口令　冒家巷裡有個冒麻①啞巴。

註：①麻，指麻子臉。得到天花的人，臉上會長膿疱、發炎，好了以後臉上會留下一個個的疤痕，像麻子一樣。

啞啞 ㄧㄚ ㄧㄚ　小孩子學說話的聲音。例弟弟滿一歲才開始啞啞學語，沒人聽懂他在說什麼。

啞鈴 ㄧㄚˇ ㄌㄧㄥˊ　體操器械，用木頭或鐵做成，兩端像球，中間是手握的柄。

啞劇 ㄧㄚˇ ㄐㄩˋ　不用對話或歌唱，只用動作和表情演出的戲劇。

啞謎 ㄧㄚˇ ㄇㄧˊ　令人費解的話或難以猜測的問題。例你直話直說吧，不要打啞謎了。

啞巴虧 ㄧㄚˇ ˙ㄅㄚ ㄎㄨㄟ　吃了虧不便或不願說。例他因貪心，吃了啞巴虧。

啞口無言 ㄧㄚˇ ㄎㄡˇ ㄨˊ ㄧㄢˊ　被人質問或責罵時，像啞子一樣說不出話來。例面對老師的質詢，他啞口無言。

啞然失笑 ㄧㄚˇ ㄖㄢˊ ㄕ ㄒㄧㄠˋ　見到或聽到好笑的事，不由自主的笑出聲音。例他發覺認錯人後，不覺啞然失笑。

啡

口部　八畫

ㄈㄟ ❶麻醉的藥品，有止痛和催眠的效果：例嗎啡。❷飲料名：例咖啡。

猜一猜 是非總因多開口。（猜一字）（答案：啡）

啃

口部　八畫

ㄎㄣˇ ❶咬食：例啃骨頭。❷用功讀書：例啃書。❸吃。

猜一猜 林肯名言。（猜一字）（答案：啃）

唱詩歌 大黑狗，滿街走，找到一根肉骨頭。啃光了，睡門口，就把門檻當枕頭。（芮家智編）

啃書本 ㄎㄣˇ ㄕㄨ ㄅㄣˇ　形容學生勤勉讀書。

啊

口部　八畫

ㄚ ❶表示驚訝、痛苦或讚嘆：例啊！失火了！❷表示懷疑或反問：例啊！你說什麼？

˙ㄚ 用在語尾，表示贊成：例對啊！

猜一猜 阿媽的話。（猜一字）（答案：啊）

唱

口部　八畫

ㄔㄤˋ ❶口裡發出歌聲：例唱歌。❷高聲念、叫：例唱名。❸歌曲：例小唱、唱本。

猜一猜 天天說話。（猜一字）（唱）

動動腦 小朋友，請你在空白的地方填上一個字，讓這四個詞出現！

（答案：合唱、歡唱、唱歌、唱片）

唱片 ㄔㄤˋ ㄆㄧㄢˋ　一種記錄聲音的扁圓形膠片，上面有凹痕，唱針放在凹痕上就能發出聲音。

唱和 ㄔㄤˋ ㄏㄜˋ　聲音或詩詞的押韻相應。例聽到他悅耳的聲音，我也跟著唱和起來。

唱遊 ㄔㄤˋ ㄧㄡˊ　一種從唱歌和遊戲中學習的課程。例念幼稚園的妹妹最喜歡上唱遊課了。

唱歌 ㄔㄤˋ ㄍㄜ　按照詞、曲發出聲音。例他喜歡唱歌，尤其是流行歌曲。

動動腦 「海浪嘩啦嘩啦唱個不停。」小朋友，除了海浪、小鳥之外，還有那些東西也會發出唱歌的聲音呢？請你學學他們的聲音！

唱詩歌 我來唱歌。媽媽打鼓，爹爹打鑼。打起鑼鼓，我來唱歌。（江蘇）

唱反調 ㄔㄤˋ ㄈㄢˇ ㄉㄧㄠˋ　和別人不同的意見。例他總是和別人唱反調，十分不合作。

唱高調 ㄔㄤˋ ㄍㄠ ㄉㄧㄠˋ　說得好聽但是不合實際、做不到的話。例他只會唱高調，從來不動手去做。

啖

口部　八畫

ㄉㄢˋ ❶吃或給人吃：例大啖一頓。❷誘使別人聽從自己：例啖以私利。❸姓：例啖先生。

參考 相似字：吃、食。

問

口部　八畫

ㄨㄣˋ ❶向人請教，請人解答：例詢問。❷慰勞，請安：例慰問、問候。❸審訊：例審問。❹管，干預：例不聞不問。❺責備：例責問、問罪。

猜一猜 門內有一口箱子。（猜一字）（答案：問）

動動腦 小朋友，請你在空白的地方填上一個字，讓這四個詞出現！

三畫

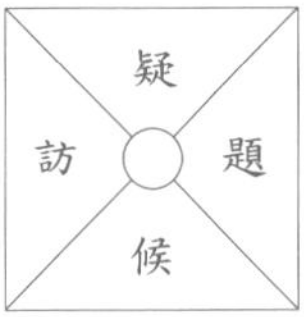

（答案：疑問、訪問、問題、問候）

唱詩歌 大海大海我問你，你為什麼這樣藍？大海笑著來回答：我的懷裡抱著天。大海大海我問你，你為什麼這樣鹹？大海笑著來回答：因為漁民流了汗。

問世 ㄨㄣˋ ㄕˋ 指著作出版或新產品上市和群眾見面。例他的作品一問世就成了暢銷書。

問安 ㄨㄣˋ ㄢ 向長輩問好、請安。

問津 ㄨㄣˋ ㄐㄧㄣ 津：渡口。打聽渡口；比喻探問或嘗試。例這棟房子現在還是乏人問津。

問候 ㄨㄣˋ ㄏㄡˋ 很關心的詢問別人是否過得好。例請替我問候你的家人。

參考 活用詞：問候語。

問題 ㄨㄣˋ ㄊㄧˊ ❶需要回答的題目。例這次考試一共有五個問題。❷需要研究才能加以解決的人或事情。例他是一個問題學生。❸毛病或事故。例這部老爺車又出問題了。

俏皮話 「啞巴上學——絕對沒問題。」啞巴有問題也說不出來，只能比手劃腳，所以啞巴上學是不會提出問題。用來比喻一個人誇口自己的能力。例這件事包在我身上，一定是「啞巴上學——絕對沒問題」。

問心無愧 ㄨㄣˋ ㄒㄧㄣ ㄨˊ ㄎㄨㄟˋ 自己反省，覺得內心沒有羞愧。例這件事我問心無愧，不必向他道歉。

問長問短 ㄨㄣˋ ㄔㄤˊ ㄨㄣˋ ㄉㄨㄢˇ 不厭其煩的詢問。例小弟不時用手指著柵欄裡的動物，向父親問長問短。

啕

口部 八畫

ㄊㄠˊ 放聲大哭：例嚎啕大哭。

猜一猜 淘氣小孩打翻水，放口大哭。（猜一字）（答案：啕）

唯

口部 八畫

ㄨㄟˊ ❶只，單單：例唯有、唯獨。❷答應的聲音：例唯唯諾諾。

參考 相似字：惟、獨、僅、但、只、祇。

♣請注意：「唯」和「惟」作「單獨」、「只有」的解釋時才通用。

猜一猜 鳥嘴在一旁。（猜一字）（答案：唯）

唯一 ㄨㄟˊ ㄧ 獨一無二。例他唯一的財產就是這口箱子。

唯恐 ㄨㄟˊ ㄎㄨㄥˇ 只怕。例他一副凶神惡煞的樣子，人人見了他避之唯恐不及。

唯利是圖 ㄨㄟˊ ㄌㄧˋ ㄕˋ ㄊㄨˊ 只要有利就去追求。圖：謀求。例損人利己、唯利是圖的人，沒有人願意和他作朋友。

唯我獨尊 ㄨㄟˊ ㄨㄛˇ ㄉㄨˊ ㄗㄨㄣ 以自我為中心；形容非常的驕傲自大。例他老是擺出一副唯我獨尊的樣子。

唯唯諾諾 ㄨㄟˊ ㄨㄟˊ ㄋㄨㄛˋ ㄋㄨㄛˋ 恭敬的答應。例他唯唯諾諾，不敢反抗。

啤

口部 八畫

ㄆㄧˊ 是英文的翻譯音。是一種以大麥芽、大米為原料，經過低溫發酵而成的低濃度酒精飲料。

啤酒 ㄆㄧˊ ㄐㄧㄡˇ 一種酒精含量較少的飲料。

唸

口部 八畫

ㄋㄧㄢˋ 誦讀，同「念」：例唸書、唸經。

唸經 ㄋㄧㄢˋ ㄐㄧㄥ ❶誦讀佛教的經書。❷也可以比喻說話嘮叨或是音調沒有變化。

售

口部 八畫

ㄕㄡˋ 賣出：例銷售一空。

參考 相似字：賣。♣相反字：買、購。

售價 ㄕㄡˋ ㄐㄧㄚˋ 賣出去的價錢。例最近雞蛋的售價很低廉。

啜

口部 八畫

ㄔㄨㄛˋ ❶吃，喝，嘗食物：例啜茗、啜粥。❷哭泣的樣子：例啜泣。

啜泣 ㄔㄨㄛˋ ㄑㄧˋ 哭泣時抽噎的樣子。

啜茗 ㄔㄨㄛˋ ㄇㄧㄥˊ 飲茶。茗：茶。

唬

口部 八畫

ㄏㄨˇ 虛張聲勢、誇大事實來嚇人或騙人：例嚇唬。

參考 相似字：嚇。

猜一猜 虎口。（猜一字）（答案：唬）

啣

口部 八畫

ㄒㄧㄢˊ ❶用嘴含著：例他啣著一根香菸。❷存在心裡：例啣冤。

唳

口部 八畫

ㄌㄧˋ 鳥類高聲地叫：例風聲鶴唳。

啐

口部 八畫

ㄘㄨㄟˋ ❶吐：例啐一口痰、啐了一口唾沫。❷感嘆詞，表示鄙棄：例啐！你真是厚臉皮。

啁

口部 八畫

ㄓㄡ 形容鳥叫的聲音：例啁啾。

啥

口部 八畫

ㄕㄚˊ 什麼：例你姓啥？例有啥說啥。

唾

口部 九畫

ㄊㄨㄛˋ ❶由口腔的唾腺所分泌的消化液：例唾液。❷吐口水，表示輕視、看不起：例唾棄。

猜一猜 流口水。（猜一字）（答案：唾）

唾液 ㄊㄨㄛˋ ㄧㄝˋ 由唾腺分泌的液體，可以使口腔溼潤，分解食物和幫助消化。

唾棄 ㄊㄨㄛˋ ㄑㄧˋ 指非常的看不起別人，好像吐口水到地上那樣的看不起。例他十分唾棄這些人不正當的行為。

唾手可得 ㄊㄨㄛˋ ㄕㄡˇ ㄎㄜˇ ㄉㄜˊ 形容事情非常容易辦到，好像把口水吐在手上一樣。例拿冠軍對他來說，是唾手可得的。

啻

口部 九畫

ㄔˋ 但，只，僅。例不啻。

喀

口部 九畫

ㄎㄚ ❶人名或地名的譯音：例喀布爾。❷表示聲音的字：例喀的地聲，吐了一口痰。❸形容聲音的字：例喀吧一聲，樹枝斷了。❹嘔吐：例喀血。❺嘔吐聲：例喀喀。

喧

口部 九畫

ㄒㄩㄢ ❶大聲說：例喧嘩。❷聲音大的：例鑼鼓喧天。

猜一猜 宣讀文告。（猜一字）（答案：喧）

喧嘩 ㄒㄩㄢ ㄏㄨㄚˊ 大聲說話或叫喊。例圖書館要保持安靜，不可以大聲喧嘩。

參考 相似詞：喧譁、喧噪、喧嚷、喧鬧、吵雜、嘈雜。

動動腦 小朋友，你去過菜市場嗎？市場內是不是很熱鬧，人聲喧嘩？除了熱鬧、喧嘩以外，請你用其他的詞來形容市場中的情形。（答案：嘈雜、喧鬧、吵鬧……）

喧闐 ㄒㄩㄢ ㄊㄧㄢˊ 喧鬧雜亂，多指車馬吵鬧聲。闐：形容聲音吵鬧。例過年時到處鑼鼓喧闐，十分熱鬧。

喧嚷 ㄒㄩㄢ ㄖㄤˇ 聲音大而吵雜。例夜深了，遠處傳來一陣喧嚷聲，不知道發生了什麼事。

喧賓奪主 ㄒㄩㄢ ㄅㄧㄣ ㄉㄨㄛˊ ㄓㄨˇ 客人的聲音比主人還大；比喻次要的占據了主要的地位。例大家都討厭他在宴會上喧賓奪主、搶盡別人風頭的作風。

參考 相似詞：反客為主。

喪

口部 九畫

喪 喪

ㄙㄤ ❶死亡：例喪事。❷有關哀悼死者的禮節：例治喪。❸姓：例喪先生。

ㄙㄤˋ 失去：例喪命。

參考 相似字：死、亡、失。

喪失 ㄙㄤˋ ㄕ 失去。例他出了車禍，因為沒有戴安全帽，所以喪失了生命。

喪事 ㄙㄤ ㄕˋ 有關喪葬的事情。例隔壁人家正在準備為家人辦喪事。

參考 相似詞：喪亡、喪沒。

喪氣 ㄙㄤˋ ㄑㄧˋ 因為事情不順利而情緒低落。例他聽到自己喜歡的運動員輸球的消息，整個人顯得十分喪氣。

喪膽 ㄙㄤˋ ㄉㄢˇ 形容非常恐懼。例警察的辦案精神，令歹徒聞風喪膽。

喪家之犬 ㄙㄤ ㄐㄧㄚ ㄓ ㄑㄩㄢˇ 失去住處的狗；比喻不得志的人，到處奔走得十分狼狽。例他每天躲來躲去，像個喪家之犬似的。

喪魂落魄 ㄙㄤˋ ㄏㄨㄣˊ ㄌㄨㄛˋ ㄆㄛˋ 形容嚇得要命，非常狼狽。

參考 相似詞：喪家狗、喪家之狗。

喊

口部 九畫

喊 喊

ㄏㄢˇ ❶大聲叫：例喊口號。❷叫人：例你去喊他一聲。

參考 相似字：叫、喚、呼、吼。

猜一猜 都開口（猜一字）（答案：喊）

喊叫 ㄏㄢˇ ㄐㄧㄠˋ 大聲叫。例他面對著山谷盡情地喊叫。

喝

口部 九畫

喝 喝

ㄏㄜ ❶吸食液體飲料或流體食物：例喝水。❷大聲責備，通「呵」：例喝責。

ㄏㄜˋ 大聲喊叫：例大喝一聲。

動動腦 「喝汽水根本不能解渴。」喝和渴的字形很相似，小朋友請你想想看，還有哪些字字形很相似？趕快想一想！然後將每組字造一個句子！（答案：怕、拍；抱、跑；踩、採……）

唱詩歌 東家孩，西家孩，喝罷湯，都來玩。（山東）

喝采 ㄏㄜˋ ㄘㄞˇ 大聲叫好。例他表演完以後，全場觀眾齊聲喝采。

參考 相似詞：喝彩。

喝西北風 ㄏㄜ ㄒㄧ ㄅㄟˇ ㄈㄥ 比喻人非常飢貧，沒有辦法生活。例他再不去工作，全家就只好喝西北風了。

喘

口部 九畫

喘 喘

ㄔㄨㄢˇ 急促的呼吸：例跑得直喘。

喘息 ㄔㄨㄢˇ ㄒㄧ ❶呼吸急促。例上課了，他喘息著跑進教室。❷形容戰鬥或活動中短暫的休息。例我軍務必乘勝追擊，不要給敵人喘息的機會。

參考 相似詞：喘氣。

喘氣 ❶深呼吸。例他剛剛跑完一百公尺，一直喘氣。❷緊張活動後的短暫休息。例他忙了半天，也該喘喘氣了。

喘噓噓 上氣不接下氣的樣子。噓：嘴裡慢慢吹氣。例他喘噓噓的跑回家，說：「爸爸回來了！」

喂

口部 九畫

喂喂

ㄨㄟˋ ❶招呼的聲音，用來引起對方的注意：例喂！請等一下。❷把食物給人或牲口吃，同「餵」。

猜一猜 最怕謠言。（猜一字）（答案：喂）

喜

口部 九畫

喜喜

ㄒㄧˇ ❶快樂、高興：例狂喜。❷稱婦人懷孕：例害喜。❸愛好：例喜歡。❹可慶賀的：例喜事。

參考 相似字：歡、愛、悅、欣、樂。♣相反字：厭、惡、恨、懼、苦、痛、憂、愁、傷、悲。

猜一猜 ㈠上有十一口，下有二十口，全部加起來，共有三十一口。（猜一字）（答案：喜）㈡喜相逢。（猜一字）（答案：囍）

喜好 喜歡愛好。例她從小就喜好音樂。

喜事 ❶值得祝賀使人高興的事。例人逢喜事精神爽，月到中秋分外明。❷指結婚。例他們家最近喜事連連。

喜悅 快樂，高興。例我以喜悅的心情迎接每一天的清晨。

喜訊 令人高興歡喜的消息。訊：消息。例喜鵲捎來喜訊。

喜愛 喜歡及愛好。例這隻聰明伶俐的小狗很受到大家的喜愛。

喜劇 戲劇類型的一種。主要是透過機智和幽默來娛樂觀眾，情節含有喜怒哀樂的變化，最後常以快樂或令人滿意的結局收場，以肯定作者認為美好、積極的事物。

喜慶 值得慶賀的喜事。例喜慶宴會，不宜鋪張浪費。

喜鵲 鳥名。嘴尖、尾長，身體大部分是黑色，肩和腹部為白色，叫聲嘈雜。以前民間傳說聽見它叫，即表示將有喜事來臨。

喜歡 對人或事物有好感或感到高興。例我喜歡各種球類運動。

喜出望外 遇到出乎意料之外的喜事而特別高興。例贏了這場球賽後，臺上臺下的球迷、球員喜出望外的抱成一團。

喜形於色 內心的喜悅流露在臉上。形：表露。色：臉色。例他臉上有一股喜形於色的表情，一問之下，原來他拿了冠軍。

參考 請注意：「喜形於色」和「笑容可掬」同樣都是臉上流露著喜樂。「喜形於色」著重在內心的喜悅，是表裡如一的；「笑容可掬」著重在面部的表情，可以是表裡如一，也可以是故意裝出來的。

喜怒哀樂 指人各種不同的感情。例他的喜怒哀樂不輕易表現在臉上。

喜氣洋洋 心情開朗，高興得意的樣子。例她今天穿了一身紅，看起來喜氣洋洋。

唱詩歌 九月裡是重陽，記得有月閏九月，過個重陽又重陽，老老少少喜洋洋。（浙江）

喜從天降 喜樂之事突然到來，好像從天而降。例他找到失散多年的親人，真是喜從天降。

喜新厭舊 喜歡新的、厭棄舊的，指交友、用人或對事物等方面。例喜新厭舊是一般人的通病。

喜馬拉雅山 介於中國的西藏、印度、不丹、尼泊爾之間。中、尼國界上的聖母峰高八、八四八公尺，是世界第一高峰。

啼
啼 啼 口部 九畫

ㄊㄧˊ ❶出聲號哭：例啼哭。❷鳥獸的鳴叫：例猿啼。

猜一猜 聖旨。（猜一字）（答案：啼）

啼哭 ㄊㄧˊ ㄎㄨ 出聲的哭。例她一看到蛇就開始啼哭不止。

啼笑皆非 ㄊㄧˊ ㄒㄧㄠˋ ㄐㄧㄝ ㄈㄟ 哭也不是，笑也不是。形容既令人難受，又讓人發笑的行為。例他一臉無辜的表情使我感到啼笑皆非。

喔
喔 喔 口部 九畫

ㄨㄛ 形容公雞叫的聲音：例喔喔啼。

ㄛˋ 表示領悟：例喔！原來如此。

參考 請注意：「喔」用作感嘆詞時和「哦」、「噢」通用，但雞鳴不可作「哦」。

猜一猜 屋內出聲。（猜一字）（答案：喔）

喲
喲 喲 口部 九畫

ㄧㄠ ❶感嘆詞，表示輕微的驚異：例喲！真漂亮！❷句末語氣詞，加強語氣：例話可不能這麼說喲！

猜一猜 佳人有約。（猜一字）（答案：喲）

喇
喇 喇 口部 九畫

ㄌㄚˇ ❶一種吹奏的樂器：例喇叭。❷蒙古、西藏稱和尚為喇嘛。❸表示聲音的字：例嘩喇。

猜一猜 出言乖剌。（猜一字）（答案：喇）

喇叭 ㄌㄚˇ ㄅㄚ ❶嗩吶的俗稱。❷銅製的吹奏樂器，上端小，身細長，尾端圓而向四周擴大。❸指和嗩吶形狀相似，具有擴音作用的東西。

參考 活用詞：喇叭花、喇叭褲。

俏皮話 「隔窗吹喇叭——名（鳴）聲在外。」靠近窗戶吹喇叭，外面當然能清楚的聽到聲音。這是誇獎一個人的名氣，別人早就知道了。例張老師的文名，可是「隔窗吹喇叭——名（鳴）聲在外」。

繞口令 張啞巴，李啞巴，登了北樓吹喇叭。張啞巴吹的喇叭大，李啞巴吹的大喇叭。

喇嘛教 ㄌㄚˇ ˙ㄇㄚ ㄐㄧㄠˋ 在我國西藏、內蒙古等地區流行的一種宗教，教主是達賴或班禪喇嘛。

喋
喋 喋 口部 九畫

ㄉㄧㄝˊ ❶話多的樣子：例喋喋不休。❷血流很多的樣子：例喋血。

猜一猜 間諜有口不多言。（猜一字）（答案：喋）

喋血 ㄉㄧㄝˊ ㄒㄧㄝˇ 殺人很多，血流滿地。

喋喋 ㄉㄧㄝˊ ㄉㄧㄝˊ 話很多，說話沒完沒了。例別一直喋喋不休的嘮叨個沒完。

喃
喃 喃 口部 九畫

ㄋㄢˊ ❶聲音細而不斷：例喃喃細語。❷燕子的叫聲：例呢喃。

喃喃 ㄋㄢˊ ㄋㄢˊ ❶低語聲。例她一個人對著鏡子喃喃自語。❷燕子的叫聲。例老燕為小燕喃喃唱著催眠歌。

喳
喳 喳 口部 九畫

ㄓㄚ ❶形容小聲說話的聲音：例在耳邊喳喳了半天。❷鳥雀的叫聲：例喜鵲喳喳地叫。

猜一猜 老師檢查口罩。（猜一字）（答案：喳）

單

單 單　口部 九畫

ㄉㄢ ❶記事的紙片：例名單、帳單。❷單層的布：例床單。❸獨，一個：例孤單、單身。❹薄弱的：例單薄。❺不複雜的：例簡單。❻只、僅：例單說不做。❼奇數的，和「雙」相對：例單數、單號。

ㄕㄢˋ ❶山東省縣名。❷姓：例單先生。

ㄔㄢˊ 古代匈奴君長的稱號：例單于。

參考 相似字：獨、孤。

猜一猜 一家兩口甲種兵。（答案：單）

單元 ❶相同性質的教材，有首尾、自成系統的段落。例這個單元主要的內容是漢代的歷史。❷整個中的一個獨立部分。

單字 ❶單一的字。❷指外語中一個一個的詞。例學外文多記單字很重要。

單位 ❶計算物體數量的標準，例如：公尺、公斤。❷機關團體的部門。例警察局是治安單位。

單純 單一而不複雜。例她的想法單純，一定沒有其他的意思。

單數 就是奇數，例如：一、三、五等。

單調 簡單、重複而缺乏變化。例這幅畫的色彩十分單調。

單獨 獨自一人，不和別人在一起。例他常常單獨去看電影，不喜歡和別人一起。

單身漢 還沒有結婚的男子。例這個名作家是個單身漢。

單槍匹馬 單獨行動，沒有別人的幫助。例他單槍匹馬的從南部到臺北打天下。

喟

喟 喟　口部 九畫

ㄎㄨㄟˋ 嘆氣：例喟嘆、喟然長嘆。

喚

喚 喚　口部 九畫

ㄏㄨㄢˋ 大聲呼叫，使對方注意或聽到聲音而過來：例呼喚。

參考 相似字：呼、喊、叫。

喚醒 叫醒。例接二連三發生的綁票案，喚醒了大眾對兒童安全的注意。

喻

喻 喻　口部 九畫

ㄩˋ ❶說明，告訴人家讓人知道：例曉喻。❷明白，了解：例家喻戶曉。❸舉出例子說明：例比喻。

喬

喬 喬　口部 九畫

ㄑㄧㄠˊ ❶高大的：例喬木。❷改變成不一樣：例喬裝。

喬木 主幹高大，和分枝有明顯差別的木本植物。例如：松樹、柏樹、樟樹等都是。

喬裝 改變衣服或模樣，使別人認不出。例花木蘭喬裝成男生，連她父母都認不出來。

參考 相似詞：喬妝。

喬遷 本來是鳥從低暗處搬到高大明亮的地方。一般用來祝賀別人搬了新家或升了職位。例張先生最近有了喬遷之喜。難怪每天笑嘻嘻的。

參考 活用詞：喬遷之喜。

哩

哩 哩　口部 九畫

ㄌㄧ 咖哩，一種調味品，色黃，味香辣：例咖哩雞、咖哩飯。

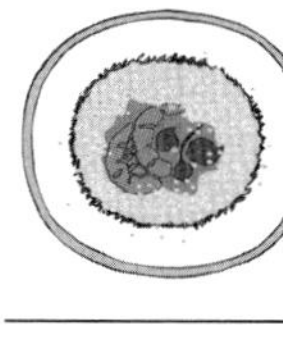

三畫

啾

口部 九畫

ㄐㄧㄡ 形容聲音的字，表示蟲、鳥等細小的叫聲：例啾啾。

啾啾 ㄐㄧㄡ ㄐㄧㄡ 指蟲鳥細小的叫聲。例天一亮，窗外啾啾的鳥叫聲就把我吵醒了。

喉

口部 九畫

ㄏㄡˊ 介在咽和氣管之間的部分。是呼吸器官的一部分，喉內有聲帶。

喉結 ㄏㄡˊ ㄐㄧㄝˊ 男子頸部由骨構成的隆起物。

喉嚨 ㄏㄡˊ ㄌㄨㄥˊ 咽喉的俗稱。

喏

口部 九畫

ㄖㄜˇ 唱喏。宋元小說中把「作揖」叫「唱喏」。

ㄋㄨㄛˋ ❶答應人呼喚的詞語，同「諾」：例喏喏連聲。❷含有指示的感嘆詞：例喏！傘在這兒。

喵

口部 九畫

ㄇㄧㄠ 貓叫的聲音：例喵咪。

嗟

口部 十畫

ㄐㄧㄝ ❶嘆詞：例嗟乎。❷嘆息：例嗟嘆。

嗇

口部 十畫

ㄙㄜˋ 小氣，該用的財物也捨不得用：例吝嗇。

猜一猜 兩個土人來回走。（猜一字）（答案：嗇）

嗓

口部 十畫

ㄙㄤˇ ❶喉嚨：例嗓子都乾了。❷說話的聲音：例嗓音。

猜一猜 桑椹可潤口。（猜一字）（答案：嗓）

嗓子 ㄙㄤˇ ˙ㄗ ❶喉嚨。例她有「金嗓子」的美稱。❷喉嚨發出的聲音。例他的嗓子很大。

參考 相似詞：嗓門、嗓音。

嗓音 ㄙㄤˇ ㄧㄣ 說話或唱歌的聲音。例他的嗓音很悅耳。

嗦

口部 十畫

ㄙㄨㄛ ❶用嘴吸吮或用舌頭舔東西：例嗦手指頭。❷顫抖：例哆嗦。

參考 請注意：「囉唆」的「唆」也可以用「嗦」字替代。

嗎

口部 十畫

ㄇㄚˇ 一種麻醉品：例嗎啡。

˙ㄇㄚ 疑問詞：例是這樣的嗎？

嗎啡 ㄇㄚˇ ㄈㄟ 無色，有苦味，含有劇毒，醫藥上可作鎮痛及麻醉劑，一般人吸食或注射嗎啡會上癮，毒害很大。

嗜

口部 十畫

ㄕˋ 特別愛好：例嗜酒如命。

參考 相似字：愛、好、喜。

猜一猜 老人日日吃一口。（猜一字）（答案：嗜）

嗜好（ㄕˋ ㄏㄠˋ） 特別的愛好。例他嗜好打球。

嗜食（ㄕˋ ㄕˊ） 喜歡吃。例他生性嗜食水果，沒什麼好奇怪的。

嗑 口部 十畫

嗑嗑嗑

ㄎㄜˋ ❶用牙齒咬開或咬穿硬東西：例嗑瓜子、老鼠把箱子嗑破了。❷閒談，話多的樣子：例嗑牙。

俏皮話「嗑瓜子嗑出個臭蟲來——什麼仁（人）都有。」我們嗑瓜子最怕吃到裡面有臭的，那種味道吃在嘴裡很難受，但是瓜子卻是什麼仁都有。比喻遇到可惡的人。例今天遇到賴皮的小張，可是「嗑瓜子嗑出個臭蟲來——什麼仁（人）都有」。

嗑牙（ㄎㄜˋ ㄧㄚˊ） 多話，閒談。

嗣 口部 十畫

嗣嗣嗣

ㄙˋ ❶子孫：例子嗣、後嗣。❷接續，繼承：例嗣位。❸以後：例嗣後。❹姓：例嗣先生。

參考 相似字：承、繼。

嗣位（ㄙˋ ㄨㄟˋ） 繼承君位。

嗤 口部 十畫

嗤嗤嗤

ㄔ ❶譏笑：例嗤之以鼻。❷形容笑聲：例嗤地一笑。❸紙張破裂的聲音：例嗤的一聲把簿子撕破了。

嗤笑（ㄔ ㄒㄧㄠˋ） 譏笑。

嗤之以鼻（ㄔ ㄓ ㄧˇ ㄅㄧˊ） 從鼻子裡發出冷笑的聲音，表示譏笑和輕視。

嗯 口部 十畫

嗯嗯嗯

˙ㄣ ❶表示答應：例他嗯了一聲就走了。❷表示疑問：例嗯！有這回事？❸表示出乎意料之外或不以為然：例嗯，你怎麼還沒回去？例嗯，那怎麼行？

猜一猜 啣草報恩。（猜一字）（答案：嗯）

嗚 口部 十畫

嗚嗚嗚

ㄨ ❶形容聲音：例汽笛嗚嗚叫、小孩嗚嗚地哭。❷表示哀傷的感嘆詞：例嗚呼。

猜一猜 烏鴉叫。（猜一字）（答案：嗚）

嗚呼（ㄨ ㄏㄨ） ❶感嘆詞，表示哀歎。❷指死亡。例那丑角眼一翻，就一命嗚呼了。

嗚咽（ㄨ ㄧㄝˋ） ❶低聲悲泣。例想起自己坎坷的命運，她就忍不住嗚咽起來。❷形容淒切的流水聲或管絃樂聲。例嗚咽的水流聲迴盪在山林間。

嗚嗚（ㄨ ㄨ） 形容聲音的詞，例如火車、輪船、洞簫所發出的聲音。例火車在田野間嗚嗚的叫著。

嗚呼哀哉（ㄨ ㄏㄨ ㄞ ㄗㄞ） 從前祭文中常用的感嘆句，現在借指死亡或滅亡。

嗡 口部 十畫

嗡嗡嗡

ㄨㄥ 形容蟲飛的聲音：例蜜蜂嗡嗡的飛過。

猜一猜 老翁大叫。（猜一字）（答案：嗡）

嗡嗡（ㄨㄥ ㄨㄥ） ❶形容昆蟲飛動的聲音。例蜜蜂嗡嗡的在花間穿梭著。❷飛機飛行的聲音。例飛機嗡嗡地從上空飛過。

動動腦 口部裡有很多字可以形容聲音，試試看你知道多少！

例如：喜鵲在樹上喳喳地叫。

❶青蛙在池塘裡＿＿地叫起來。

❷一群蜜蜂＿＿地飛向花叢中採蜜。

❸老鼠在閣樓跑來跑去，還發出＿＿的叫聲。

❹小貓咪對著弟弟——地叫喚，好像在叫他起床。
❺山坡上有隻小羊——地叫，尋找牠的媽媽。
❻一見主人回來，小黃狗高興得——地叫起來。
（答案：❶嘓嘓。❷嗡嗡。❸吱吱。❹咪咪或喵喵。❺咩咩。❻汪汪。）

嗅
口部 十畫

嗅嗅嗅

ㄒㄧㄡˋ 聞，用鼻子辨別氣味：例嗅覺。

參考 相似字：聞。

嗅覺 ㄒㄧㄡˋ ㄐㄩㄝˊ ❶用鼻子辨別氣味的能力。❷比喻人辨別事物的能力。

嗨
口部 十畫

嗨嗨嗨

ㄏㄞ 感嘆詞，表示招呼、提醒或表示惋惜、後悔等：例嗨，可惜！例嗨，你好！

猜一猜 海口。（猜一字）（答案：嗨）

嗆
口部 十畫

嗆嗆嗆

ㄑㄧㄤˋ ❶水或食物進入氣管引起咳嗽：例嗆著了。❷有刺激性的氣體進入呼吸器官而感覺難受：例鼻子裡被煙嗆得難受、炒辣椒的味兒嗆得人直咳嗽。

猜一猜 倉庫入口。（猜一字）（答案：嗆）

嗥
口部 十畫

嗥嗥嗥

ㄏㄠˊ 野獸吼叫聲：例狼嗥。

嗝
口部 十畫

嗝嗝嗝

ㄍㄜˊ 因為噎氣或吃得太飽而從喉嚨裡發出聲音：例打嗝。

嗔
口部 十畫

嗔嗔嗔

ㄔㄣ ❶怒，生氣：例嗔怒。❷對人不滿，怪罪：例嗔怪。

猜一猜 真人不說假話。（猜一字）（答案：嗔）

嗔怪 ㄔㄣ ㄍㄨㄞˋ 對別人的言語或行動表示不滿。

嗄
口部 十畫

嗄嗄嗄

ㄕㄚˊ ❶表示疑問或反問的感嘆詞：例嗄！有這回事嗎？❷聲音沙啞。

嗒
口部 十畫

嗒嗒嗒

ㄊㄚˋ 失意的樣子：例嗒然、嗒喪。

嗒然 ㄊㄚˋ ㄖㄢˊ 形容懊惱沮喪的神情：例他最近嗒然若失的，不知發生了什麼事情。

嗒喪 ㄊㄚˋ ㄙㄤˋ 垂頭喪氣。

嘛
口部 十一畫

嘛嘛嘛

˙ㄇㄚ ❶蒙古、西藏一帶的僧侶：例喇嘛。❷同「嗎」、「麼」：例可以嘛？

ㄇㄚˊ 表示疑問或請求的語氣：例這樣幹嘛？

嗾
口部 十一畫

嗾嗾嗾

ㄙㄡˇ ❶指使狗的聲音。❷指使別人做壞事：例嗾使。

嘀
口部 十一畫

嘀嘀嘀

ㄉㄧˊ 小聲講話的意思，只和「咕」（ㄍㄨ）字連用：例你們在嘀咕什麼？

嘀咕 ㄉㄧ ㄍㄨ ❶私底下小聲說話。例他們兩個又不知在嘀咕什麼了。❷心中有疑問，不知如何是好。例你別犯嘀咕了，努力做就是了。

嘗

口部 十一畫

ㄔㄤˊ ❶用口舌辨別滋味：例嘗一口。❷經歷：例備嘗艱辛。❸試驗：例嘗試。❹曾經：例未嘗。❺姓：例嘗先生。

參考 請注意：「嘗」是本字，加上口的「嚐」是後來才有的俗寫字。

嘗試 ㄔㄤˊ ㄕˋ 試驗，試一試。例他們為了解決這個問題，嘗試過各種方法。

嘈

口部 十一畫

ㄘㄠˊ 形容聲音很多很雜亂：例嘈雜。

嘈雜 ㄘㄠˊ ㄗㄚˊ 聲音很多很雜亂的樣子。例老師去開會，班上人聲嘈雜，真受不了。

參考 相似詞：吵雜。

嗽

口部 十一畫

ㄙㄡˋ 氣管受到刺激，急急吐氣而發聲：例咳嗽。

參考 請注意：水部的「漱」（ㄕㄨˋ）是用「水」（ㄕㄨˋ）來清洗口腔，例如：漱口。口部的「嗽」，是氣管受到刺激，用「口」急急吐氣，所發出來的聲音，例如：咳嗽。

嘔

口部 十一畫

ㄡˇ 吐：例嘔血、作嘔。

ㄡ ❶唱歌，同「謳」：例歌嘔。

ㄡˋ 故意引人生氣：例你別嘔我。

參考 相似字：吐。

猜一猜 大小有五口，只開一口。（猜一字）（答案：嘔）

嘆

口部 十一畫

ㄊㄢˋ ❶因愁悶悲傷而發出長聲：例嘆氣。❷因讚美而發出長聲：例讚嘆。

參考 請注意：「嘆」和「歎」二字通用。

猜一猜 漢江口水流盡。（猜一字）（答案：嘆）

嘆服 ㄊㄢˋ ㄈㄨˊ 稱讚而且佩服。例他畫的人物畫非常生動，令人嘆服。

嘆氣 ㄊㄢˋ ㄑㄧˋ 心裡感到不痛快而吐出長氣，發出聲音。例他一面嘆氣，一面說出過去的往事。

嘆詞 ㄊㄢˋ ㄘˊ 用來表示喜怒哀樂等感情的詞，例如：唉、呀等。

嘆賞 ㄊㄢˋ ㄕㄤˇ 讚賞。例大家對他的演技非常的嘆賞。

嘆為觀止 ㄊㄢˋ ㄨㄟˊ ㄍㄨㄢ ㄓˇ 讚嘆看到的事物好到極點。例他精湛的球技令人嘆為觀止。

嘉

口部 十一畫

ㄐㄧㄚ ❶美好的：例嘉言。❷稱讚：例嘉許。

參考 請注意：「嘉」和「佳」都有美好的意思，但是「佳」不能當動詞。所以「嘉」許不能用「佳」代替。

嘉言 ㄐㄧㄚ ㄧㄢˊ 好的話。例「為善最樂」是一句勉勵人做好事的嘉言。

嘉勉 ㄐㄧㄚ ㄇㄧㄢˇ 嘉獎並勉勵。例校長嘉勉每位模範生，要百尺竿頭，更進一步。

嘉許 ㄐㄧㄚ ㄒㄩˇ 誇獎，讚許。例警察先生對我拾金不昧的行為，十分嘉許。

嘉義 ㄐㄧㄚ ㄧˋ 臺灣省中南部的一個縣名。有北回歸線經過，是橫跨熱帶和亞熱帶的縣。

嘉獎 ㄐㄧㄚ ㄐㄧㄤˇ ❶稱讚並給予獎勵。例我月考得了第一名，媽媽送我一支鋼筆表示嘉獎。❷獎勵的名稱之一。在大功、小功之下。

嘉餚 ㄐㄧㄚ ㄧㄠˊ 好吃的菜。

嘉言懿行 ㄐㄧㄚ ㄧㄢˊ ㄧˋ ㄒㄧㄥˊ 有教育意義的好言語和好行為。懿：美好的。例孔子的嘉言懿行給後世深遠的影響。

嘍
口部 十一畫

ㄌㄡˊ ❶盜匪的部下：例嘍囉。❷語氣助詞，用來幫助說話的語氣：例知道嘍、起來嘍。

嘍囉 ㄌㄡˊ ㄌㄨㄛˊ 強盜頭目手下的小兵。

嘎
口部 十一畫

ㄍㄚ 形容聲音：例他嘎嘎地笑個不停。

嘎吱 ㄍㄚ ㄓ ❶物體折斷的聲音。❷東西摩擦的聲音。

嘎嘎 ㄍㄚ ㄍㄚ ❶兩物體擠壓磨擦或搖動時所發出的聲音。❷笑聲。❸鳥鳴聲。

嗷
口部 十一畫

ㄠˊ 形容許多人或動物呼叫哀號的聲音：例嗷嗷待哺。

嗷嗷 ㄠˊ ㄠˊ 哀號聲。

嗷嗷待哺 ㄠˊ ㄠˊ ㄉㄞˋ ㄅㄨˇ 飢餓時急於求食的樣子；比喻災民哀號，等待人去救濟援助。哺：餵食。

嘖
口部 十一畫

ㄗㄜˊ ❶爭辯，搶著說：例嘖有煩言。❷讚美聲：例嘖嘖稱奇。

嘖嘖 ㄗㄜˊ ㄗㄜˊ ❶鳥叫聲。❷讚嘆聲。例大家對她的烹飪手藝嘖嘖讚賞不已。

嘖有煩言 ㄗㄜˊ ㄧㄡˇ ㄈㄢˊ ㄧㄢˊ 本來是人多嘴雜的意思，現在多用作眾人發出怨言。

嘟
口部 十一畫

ㄉㄨ ❶表示聲音：例喇叭嘟嘟地響。❷自言自語：例嘟囔。❸翹起嘴唇：例別嘟著嘴。

嘟嘟 ㄉㄨ ㄉㄨ ❶喇叭聲、汽笛聲。❷形容肥胖的樣子。例胖嘟嘟。

嘟囔 ㄉㄨ ㄖㄤˇ 連續不斷地自言自語。

嘓
口部 十一畫

ㄍㄨㄛ 見「嘓嘓」。

嘓嘓 ㄍㄨㄛ ㄍㄨㄛ ❶吞嚥食物的聲音。❷蛙叫的聲音。

嗶
口部 十一畫

ㄅㄧˋ 音譯詞，指一種斜紋的紡織品：例嗶嘰。

嗶嘰 ㄅㄧˋ ㄐㄧ 一種薄的毛織品，絨料的斜嗶嘰多用來做外套或西裝，絲料的斜嗶嘰用作衣服的裡子。

嘩
口部 十二畫

ㄏㄨㄚ 形容聲音的字：例嘩啦嘩啦的下起雨。

ㄏㄨㄚˊ 吵鬧，同「譁」：例喧嘩。

參考 請注意：當吵鬧解釋時，喧「嘩」和喧「譁」可以互相通用。

猜一猜 中華民國頌。（猜一字）（答案：嘩）

嘩啦 ㄏㄨㄚ ㄌㄚ 形容東西發出的聲音。例溪水嘩啦的流過山邊。

參考 相似詞：嘩喇喇、嘩啦啦。

動動腦 小朋友，當你聽到「嘩啦嘩啦」的水聲，你會想到什麼事？趕快想！越多越好哦！

三畫

嘮 口部 十二畫

ㄌㄠˊ 話多的樣子：例嘮叨。

嘮叨 ㄌㄠˊ ㄉㄠ 說起來沒完沒了，使人厭煩。例她嘮叨了半天，實在使人厭煩。

笑一笑 一位平常喜歡嘮叨的太太到鄉下養病，一個月後，她寫信要她先生接她回家。不料他先生竟然回信說：「秋高氣爽，適合養病，你還是多住一個月再回來吧！」

嘻 口部 十二畫

ㄒㄧ 歡笑的樣子或聲音：例笑嘻嘻。

嘻嘻 ㄒㄧ ㄒㄧ 歡笑的樣子。例他喜歡嘻嘻的傻笑。

嘻皮笑臉 ㄒㄧ ㄆㄧˊ ㄒㄧㄠˋ ㄌㄧㄢˇ 不莊重的樣子。例雖然沒人理他，他還是嘻皮笑臉的想找人搭訕。

嘻嘻哈哈 ㄒㄧ ㄒㄧ ㄏㄚ ㄏㄚ 嘻笑聲。例她們兩人嘻嘻哈哈的說笑著走進來。

嘹 口部 十二畫

ㄌㄧㄠˊ 形容聲音清亮的：例嘹亮。

嘹亮 ㄌㄧㄠˊ ㄌㄧㄤˋ 聲音清楚響亮。例他的歌聲非常嘹亮，傳遍整個山岡。

參考 相反詞：沙啞、嘶啞。

嘲 口部 十二畫

ㄔㄠˊ ❶用言語取笑：例嘲笑。❷鳥叫的聲音：例嘲啾。

參考 相似字：譏、諷、訕。

猜一猜 雙十節大合唱。（猜一字）（答案：嘲）

嘲弄 ㄔㄠˊ ㄋㄨㄥˋ 取笑並欺侮別人。例這群小孩嘲弄躺在路旁的流浪漢。

嘲笑 ㄔㄠˊ ㄒㄧㄠˋ 用言詞取笑對方。例他很喜歡嘲笑別人，因此不受歡迎。

嘿 口部 十二畫

ㄏㄟ ❶表示招呼或提起注意：例嘿，走吧！❷表示得意：例嘿，我們的車不錯嘛！❸表驚嘆：例嘿，這是什麼話！

ㄇㄛˋ 沉默不作聲，通「默」。

猜一猜 黑人刷牙。（猜一字）（答案：嘿）

噓 口部 十二畫

ㄒㄩ ❶慢慢地吐氣：例噓一口氣。❷替人說誇大的好話：例你別替他吹噓了。❸問候：例噓寒問暖。❹形容反對、不滿的口氣：例觀眾噓聲四起，要他下臺。❺形容嘆息的聲音：例唏噓。❻表示鄙斥的感嘆詞。

噎 口部 十二畫

ㄧㄝ 食物阻塞在氣管或食道：例吃慢點，別噎著了。

猜一猜 吃一口。（猜一字）（答案：噎）

噗 口部 十二畫

ㄆㄨ 形容短促的出氣聲或笑聲等：例噗哧一笑。

噗哧 ㄆㄨ ㄔ 形容聲音好像水、氣擠出的聲音。例噗哧一聲，汽水瓶開了。

噴 口部 十二畫

ㄆㄣ 受壓力而射出：例噴泉。

ㄆㄣˋ香氣濃厚撲鼻：例噴香。

•ㄈㄣ 鼓鼻出聲：例嚏噴。

噴泉 ㄆㄣ ㄑㄩㄢˊ 向外噴射的泉水。例五光十色的噴泉令人著迷。

噴射 ㄆㄣ ㄕㄜˋ 利用壓力把液體、氣體或成顆粒的固體噴出去。例火山爆發，岩漿向外不停的噴射。

噴嚏 ㄆㄣ ㄊㄧˋ 因為鼻黏膜受刺激，急劇吸氣，然後很快的由鼻孔噴出並發出聲音。

噴灑 ㄆㄣ ㄙㄚˇ 利用壓力將水、粉末自噴嘴噴出。例農夫們正在田裡噴灑農藥。

嘶
口部 十二畫

ㄙ ❶馬叫：例人喊馬嘶。❷形容聲音沙啞：例聲嘶力竭。❸鳥蟲叫：例雁嘶、蟬嘶。

猜一猜 讀書斯文，動口不動手。（猜一字）（答案：嘶）

嘶啞 ㄙ ㄧㄚˇ 聲音沙啞。

嘶喊 ㄙ ㄏㄢˇ 沙啞的叫喊。

嘯
口部 十二畫

ㄒㄧㄠˋ ❶野獸拉長聲音叫：例虎嘯。❷自然界發出的大聲響：例海嘯。

嘰
口部 十二畫

ㄐㄧ ❶小聲說話：例嘰嘰咕咕。❷一種薄的毛織品：例嗶嘰。

嘰咕 ㄐㄧ ㄍㄨ 小聲說話。例他們兩個嘰咕不停，不知在說什麼。

嘰哩咕嚕 ㄐㄧ ㄌㄧ ㄍㄨ ㄌㄨ ❶形容說話的聲音聽不清楚。❷飢餓時肚子叫的聲音。

噌
口部 十二畫

ㄘㄥ 一種調味料。

噁
口部 十二畫

ㄜˇ 想吐或感到厭惡：例噁心。

噁心 ㄜˇ ㄒㄧㄣ ❶胃不舒服，想要嘔吐。❷形容很厭惡某種舉動、行為。

噘
口部 十二畫

ㄐㄩㄝ 將嘴脣翹起：例噘嘴。

噘嘴 ㄐㄩㄝ ㄗㄨㄟˇ 生氣時翹著嘴巴。

參考 相似詞：撅嘴。

嘴
口部 十三畫

ㄗㄨㄟˇ ❶口的通稱：例張嘴。❷器具的尖形的口：例奶嘴、茶壺嘴兒。❸尖形而突出的地形：例山嘴、沙嘴。❹指愛說話：例多嘴、快嘴。

參考 相似字：口。

猜一猜 這是口角。（猜一字）（答案：嘴）

小百科 鳥的嘴形形色色，例如：鸚鵡的嘴像把老虎鉗，只要輕輕一鉗，植物種子的胚就露出來了。交嘴鳥的嘴像把剪刀，松、杉等毬果裡的種子，很容易就被挑出來了。蜂鳥的嘴像根吸管，靠它來吸吮花蜜。鷹的嘴像一個鉤子，用它來撕裂被抓到的動物。紅鶴的嘴像過濾器，泥漿和水往外流，食物留在口中。

古人說 「刀子嘴，豆腐心。」這句話是說：一個人嘴巴像刀子一樣的利，實際上心腸卻像豆腐一樣軟。例王老闆是「刀子嘴，豆腐心」，你不用怕，他不會資遣你的。

俏皮話 「老太太的嘴——吃軟不吃硬。」人老了，牙也掉光了，只好吃些軟的東西；比喻一個人不被強硬的外力屈服。例他的脾氣是「老太太的嘴——吃軟不吃硬」，你別惹他。

繞口令 張大嘴，李大嘴，兩人對坐來比嘴。張大嘴說李大嘴的嘴大，李大嘴說張大嘴的嘴大。

嘴巴 ㄗㄨㄟˇ ㄅㄚ 嘴。例 小鳥張開嘴巴等待母鳥餵食。

嘴脣 ㄗㄨㄟˇ ㄔㄨㄣˊ 脣的通稱。脣：口的邊緣。

嘴硬 ㄗㄨㄟˇ ㄧㄥˋ 自己知道沒道理可是不肯認錯。例 東西明明就是他弄掉的，他還嘴硬死不承認。

嘴臉 ㄗㄨㄟˇ ㄌㄧㄢˇ 面貌的樣子，含有輕視的意思。例 瞧他那張嘴臉，看了令人討厭。

噙

口部 十三畫

ㄑㄧㄣˊ ❶口中含物：例 噙著糖。❷眼中含淚：例 噙著淚水。

參考 相似字：含。

噫

口部 十三畫

ㄧ 表示悲痛或嘆息的聲音。

噹

口部 十三畫

ㄉㄤ 形容金屬撞擊的聲音：例 叮噹。

ㄉㄤ 沒有見過世面的人：例 噹噹兒。

噩

口部 十三畫

ㄜˋ ❶凶惡的人，驚人的：例 噩夢、噩耗。❷愚昧無知的樣子：例 渾渾噩噩。

噩耗 ㄜˋ ㄏㄠˋ 指人不幸死亡的消息。耗：消息。

噩夢 ㄜˋ ㄇㄥˋ 可怕的夢。

噤

口部 十三畫

ㄐㄧㄣˋ ❶閉口不作聲：例 噤聲、噤若寒蟬。❷因受驚或受寒使身體顫抖：例 寒噤。

參考 相似字：閉、關、合、住。

猜一猜 不必禁食。（猜一字）（答案：噤）

噤口 ㄐㄧㄣˋ ㄎㄡˇ 閉口，不說話。

噤聲 ㄐㄧㄣˋ ㄕㄥ 制止人發出聲音。

噤若寒蟬 ㄐㄧㄣˋ ㄖㄨㄛˋ ㄏㄢˊ ㄔㄢˊ 像晚秋的蟬那樣一聲不響；比喻不敢說話或不作聲。

噸

口部 十三畫

ㄉㄨㄣˋ ❶英制重量名，計二二四〇磅，合一〇一六．〇四八公斤。❷美制重量名，計二〇〇〇磅，合九〇七．一八五八公斤。❸計算船隻容積的單位，每四十立方英尺是一噸。

猜一猜 說話停頓。（猜一字）（答案：噸）

噸位 ㄉㄨㄣˋ ㄨㄟˋ 船舶載貨的容積單位。

噪

口部 十三畫

ㄗㄠˋ ❶喧鬧：例 聒噪。❷蟲或鳥叫：例 蟬噪、鵲噪。

參考 請注意：❶「噪」有喧鬧的意思，可以通「譟」。❷性急、輕浮要用「躁」；「乾燥」的「燥」字，不可以寫成「噪」或「譟」。

猜一猜 樹上眾多鳥嘰嘰叫。（猜一字）（答案：噪）

噪音 ㄗㄠˋ ㄧㄣ 振動不規律產生的不悅耳的聲音。例 有些司機開車時亂按喇叭，產生噪音，真是沒有公德心。

參考 相似詞：噪聲。♣相反詞：樂音。

動動腦 先將全班分組，收集噪音，並用錄

三畫

音機錄下像冰塊碎裂的聲音、紙袋的爆炸聲、汽車喇叭聲、拍蒼蠅的聲音，然後「聽聲猜噪音」比賽，猜對者給予獎品！最後比賽形容聲音的詞，越多越好。

器　口部 十三畫

ㄑㄧˋ ❶用具的總稱：例器具。❷生物體的構成部分：例器官。❸才能：例大器晚成。❹度量：例器量。❺看重：例器重。❻姓：例器先生。

猜一猜 一狗看守四箱。（猜一字）（答案：器）

器皿 ㄑㄧˋ ㄇㄧㄣˇ 用來盛裝食物的容器，例如：杯、碗、盤等。

器材 ㄑㄧˋ ㄘㄞˊ 器具和材料。例這棟大廈使用的都是最堅固耐用的建築器材。

器具 ㄑㄧˋ ㄐㄩˋ 用具。例學校裡有各式各樣的運動器具。

器官 ㄑㄧˋ ㄍㄨㄢ 在生物體中有一定形態、構造、功能的部分，例如：動物的胃、心，植物的根、莖、葉等。

器物 ㄑㄧˋ ㄨˋ 各種用具的總稱。

器重 ㄑㄧˋ ㄓㄨㄥˋ 重視，尊重。多用於上司、長輩對屬下。例他的工作能力很強，獲得長官的器重。

噥　口部 十三畫

ㄋㄨㄥˊ ❶小聲說話：例噥噥細語。❷口中發出模糊的聲音：例唧噥、嘟噥。

猜一猜 農夫說話。（猜一字）（答案：噥）

噥噥 ㄋㄨㄥˊ ㄋㄨㄥˊ 小聲交談的樣子。

噱　口部 十三畫

ㄐㄩㄝˊ 大笑：例令人發噱。

ㄒㄩㄝ 見「噱頭」。

參考 相似字：笑。♣相反字：哭、泣。

噱頭 ㄒㄩㄝ ㄊㄡˊ ❶花招。不把事情直截了當說出來，故意繞大圈子，使人好奇而達到宣傳效果。❷引人發笑的話或舉動。

噯　口部 十三畫

ㄞˋ ❶表示否定的感嘆詞：例噯！話不是這麼說的。❷感嘆詞，表示感傷或痛惜的語氣：例噯！怎麼會這樣呢？

噬　口部 十三畫

ㄕˋ 咬：例吞噬、反噬。

參考 相似字：咬、齧。

猜一猜 巫婆用竹筷吃飯。（猜一字）（答案：噬）

噢　口部 十三畫

ㄩˇ ❶形容病人呻吟的聲音：例噢咻。❷表示已經明白的嘆詞：例噢！原來如此。

噢咻 ㄩˇ ㄒㄩ 因痛苦而發出的呻吟聲。

噶　口部 十三畫

ㄍㄜˊ ❶表示聲音的字，西藏話常常使用：例準噶爾。❷譯音字：例噶大克、噶倫、噶爾丹。

嚎　口部 十四畫

ㄏㄠˊ 大聲叫或哭號：例狼嚎、嚎啕。

猜一猜 富豪大哭。（猜一字）（答案：

三畫

嚎）

嚎啕 ㄏㄠˊ ㄊㄠˊ　大聲哭。

嚀

口部 十四畫

ㄋㄧㄥˊ 再三交代、囑咐：例叮嚀。

嚐

口部 十四畫

ㄔㄤˊ 用口舌分辨食物的味道，通「嘗」：例品嚐、嚐新、嚐一嚐。

嚅

口部 十四畫

ㄖㄨˊ 要說又不說的樣子：例囁嚅。

嚇

口部 十四畫

ㄏㄜˋ 用嚴厲的話或暴力使人害怕：例恐嚇。

ㄒㄧㄚˋ 驚怕：例嚇了我一跳。

猜一猜 二張血盆大口。（猜一字）（答案：嚇）

嚇阻 ㄏㄜˋ ㄗㄨˇ　使用威力來阻止別人不利於自己的事情發生。例爸爸嚴厲的斥責，對一向率性的哥哥有嚇阻作用。

嚇唬 ㄒㄧㄚˋ ㄏㄨˇ　恐嚇使人害怕。唬：威嚇的意思。例哥哥拿一隻玩具蜘蛛嚇唬妹妹。

嚏

口部 十四畫

ㄊㄧˋ 鼻子受到刺激，猛然出氣而發聲：例打噴嚏。

嚕

口部 十五畫

ㄌㄨ 多話的樣子：例嚕囌。

嚕囌 ㄌㄨ ㄙㄨ　話多令人心煩。

參考 相似詞：囉嗦。

嚮

口部 十五畫

ㄒㄧㄤˋ ❶歸向：例嚮往。❷引導，帶領：例嚮導。

猜一猜 向鄉村出發。（猜一字）（答案：嚮）

嚮往 ㄒㄧㄤˋ ㄨㄤˇ　非常喜歡、羨慕某種事物，而希望自己也能達到。例我一直嚮往著像神仙般自由自在的生活。

猜一猜 兩人立土上，彼此都嚮往，相隔一條線，終身看不見。（猜一字）（答案：坐）

嚮導 ㄒㄧㄤˋ ㄉㄠˋ　引導方向的人。例你是本地人，請你當嚮導，帶我們四處逛逛。

嚙

口部 十五畫

ㄋㄧㄝˋ 用牙啃或咬：例蟲咬鼠嚙。

參考 相似字：齧、囓。

猜一猜 齜牙裂嘴。（猜一字）（答案：嚙）

嚙合 ㄋㄧㄝˋ ㄏㄜˊ　上下牙齒咬緊；形容兩件東西接在一起像上下牙齒那樣咬緊。例兩個齒輪嚙合在一起。

嚥

口部 十六畫

ㄧㄢˋ 吞：例狼吞虎嚥。

參考 相似字：吞、咽。

猜一猜 燕子口。（猜一字）（答案：嚥）

嚥氣 ㄧㄢˋ ㄑㄧˋ　人死氣絕。例壽終正寢的奶奶嚥氣時，臉顯得很安詳。

嚨

口部 十六畫

ㄌㄨㄥˊ 咽喉：例喉嚨。

猜一猜 龍口粉絲。（猜一字）（答案：嚨）

動動腦 「我的喉嚨好痛。」除了「喉嚨」的「嚨」，「龍」還可以加上那些偏旁呢？趕快想一想！每個字各造一個詞！（答案：玲瓏、朦朧、靠攏……）

嚷　口部　十七畫

ㄖㄤˇ ❶大聲喊叫：例大嚷大叫。❷吵鬧：例吵嚷。

參考 相似字：叫、喊、吵、呼。

猜一猜 鑲牙不用金。（猜一字）（答案：嚷）

嚷嚷 ㄖㄤ ㄖㄤ ❶大聲喊叫。例別嚷嚷，大夥兒都睡了。❷喧嘩，吵鬧。

嚶　口部　十七畫

ㄧㄥ ❶形容鳥叫聲：例嚶鳴。

猜一猜 嬰兒喝奶。（猜一字）（答案：嚶）

嚴　口部　十七畫

ㄧㄢˊ ❶緊密：例嚴密。❷認真，不放鬆：例嚴格。❸緊急：例嚴重。❹舊時稱父親：例家嚴。❺厲害的：例嚴冬。❻姓：例嚴先生。

參考 相似字：峻、厲、烈。

猜一猜 兩口朝天，一橫中間，再加一撇，勇敢萬千。（猜一字）（答案：嚴）

繞口令 山前有個嚴圓眼，山後有個圓眼嚴，兩人山前來比眼。不知是嚴圓眼的眼圓，還是圓眼嚴的眼圓？

嚴正 ㄧㄢˊ ㄓㄥˋ 嚴肅而且正直。例公司發表了嚴正的聲明，絕對不販售反冒品。

嚴刑 ㄧㄢˊ ㄒㄧㄥˊ 重的刑罰。例犯人害怕受到嚴刑的懲罰，最後只好將事實說出來。

嚴重 ㄧㄢˊ ㄓㄨㄥˋ 影響很大；情勢危急。例他的病情嚴重，要治好恐怕不太可能了。

小百科 所謂「嚴重急性呼吸道症候群」（簡稱SARS）是一種透過飛沫、空氣或糞便傳染的濾過性病毒。當發現有發燒、疲倦、腹瀉等症狀時，必須要迅速隔離、就醫。

嚴格 ㄧㄢˊ ㄍㄜˊ 在執行制度或掌握標準時非常認真，絲毫不放鬆。例老師嚴格的要求學生們考試不能作弊。

嚴密 ㄧㄢˊ ㄇㄧˋ ❶結合得緊。例瓶子蓋得很嚴密。❷仔細，周到。例警方嚴密的監視犯人的一舉一動。

嚴肅 ㄧㄢˊ ㄙㄨˋ 做事認真一點也不隨便。例他一臉嚴肅的樣子，好像不是說謊。

嚴厲 ㄧㄢˊ ㄌㄧˋ 處理事情認真：不隨便原諒別人。例他管教子女非常嚴厲。

嚴辦 ㄧㄢˊ ㄅㄢˋ 用嚴格的法令來懲罰犯錯的人。例凡是違法的人都須依法嚴辦。

嚴謹 ㄧㄢˊ ㄐㄧㄣˇ 嚴肅謹慎。例他處事嚴謹很少出錯。

嚴陣以待 ㄧㄢˊ ㄓㄣˋ ㄧˇ ㄉㄞˋ 作好戰鬥的準備，等待來襲的敵人。

嚼　口部　十七畫

ㄐㄩㄝˊ 用牙齒磨碎食物：例咀嚼。

ㄐㄧㄠˋ 話太多令人討厭：例淨聽他在窮嚼。

參考 相似字：咀。

猜一猜 哼爵士樂。（猜一字）（答案：嚼）

嚼舌 ㄐㄧㄠˊ ㄕㄜˊ 多嘴。例你有什麼話就當面說清楚，不要在人家背後嚼舌。

參考 相似詞：嚼舌頭、嚼舌根。

嚳　口部　十七畫

ㄎㄨˋ 我國古代傳說中的帝王名，號高辛氏，是黃帝的曾孫。

囁　口部　十八畫

ㄋㄧㄝˋ 想說又不敢說出來的樣子：例囁嚅。

猜一猜 多聽少說。（猜一字）（答案：

三畫

囁）

囁嚅 ㄋㄧㄝˋ ㄖㄨˊ 形容想說話又吞吞吐吐不敢說出來的樣子。

囀
口部 十八畫

ㄓㄨㄢˋ 鳥鳴：例婉囀、清囀、黃鶯巧囀。

囂
口部 十八畫

ㄒㄧㄠ ❶吵鬧，喧嘩：例喧囂、叫囂。❷放肆，猖狂：例氣焰囂張。

參考 相似字：喧、嘩、嚷、譁。

猜一猜 一頭有四口。（猜一字）（答案：囂）

囂浮 ㄒㄧㄠ ㄈㄨˊ 心浮氣躁，不沉著。

囂張 ㄒㄧㄠ ㄓㄤ 形容行為態度傲慢隨便，不把人放在眼裡。例他稍微一得志，就囂張起來了。

囈
口部 十九畫

ㄧˋ 說夢話：例夢囈、囈語。

猜一猜 藝人歌唱。（猜一字）（答案：囈）

囈語 ㄧˋ ㄩˇ 說夢話。

囊
口部 十九畫

ㄋㄤˊ ❶口袋：例皮囊。❷像袋子的東西：例膽囊。❸包羅，包括：例囊括四海。❹姓：例囊先生。

囊括 ㄋㄤˊ ㄍㄨㄚˋ 把一切包容在內。

囊中物 ㄋㄤˊ ㄓㄨㄥ ㄨˋ 袋子裡的東西：比喻不費力氣就可以取得的東西。

囊空如洗 ㄋㄤˊ ㄎㄨㄥ ㄖㄨˊ ㄒㄧˇ 口袋裡一無所有，像洗過的一樣，多用來形容沒有錢。

囉
口部 十九畫

ㄌㄨㄛ 多話的樣子：例囉哩囉嗦。

ㄌㄨㄛ 強盜手下的群眾：例小嘍囉。

猜一猜 嘴裡念四維。（猜一字）（答案：囉）

囉唆 ㄌㄨㄛ ㄙㄨㄛ ❶多話的樣子。例你別在那裡囉唆不停。❷麻煩。例這件事還挺囉唆，不好辦呢！

參考 請注意：「囉唆」又可以寫作「嚕囌」或「囉囌」。

囌
口部 二十畫

ㄙㄨ 多話的樣子：例囉囌。

囑
口部 二十一畫

ㄓㄨˇ ❶吩咐，託付：例囑咐、叮囑。❷臨死之前所交代的話：例遺囑。

參考 請注意：「囑」、「矚」，讀音相同，字義不同。口部的「囑」有請託、吩咐的意思，例如：囑咐、囑託。目部的「矚」有注意的意思，例如：矚目、高瞻遠矚。

囑咐 ㄓㄨˇ ㄈㄨˋ 告訴對方什麼該做、什麼不該做。例媽媽再三囑咐弟弟要寫功課，他卻置之不理。

口部

「口」是四周封閉包圍的象形字，古代和現在的寫法完全一樣。口部的字大部分都有封閉、包圍的意思，例如：囚（人被限制、包

圍）、圍（包圍）。

四

口部 二畫

丨 冂 冂 四 四

ㄙˋ ❶數目名，大寫寫作「肆」，阿拉伯數字寫成「4」。❷姓：例四先生。

動動腦 深山裡突然出現了一種獅頭鹿身象牙虎尾的動物，小朋友，想一想，這種動物叫什麼名字最好呢？

繞口令 四和十，十和四，十四、四十、四十四。四個四、四個十，四個十四，四個四十，四個四十四。十個四、十個十、十個十四、十個四十、十個四十四。十四個四、十四個十、十四個十四、十四個四十、十四個四十四。四十個四、四十個十、四十個十四、四十個四十、四十個四十四。四十四個四、四十四個十、四十四個十四、四十四個四十、四十四個四十四。

四方 ㄙˋ ㄈㄤ ❶東南西北，泛指各處。例他經常在外奔走四方。❷正方形或立方體。例書桌上有個四方的木頭匣子。

四周 ㄙˋ ㄓㄡ 周圍四面。例暮色從四周籠罩過來。

參考 相似詞：四圍、周遭。

四季 ㄙˋ ㄐㄧˋ 一年當中春夏秋冬四個季節叫作四季，每季三個月。

參考 相似詞：四時。♣活用詞：四季豆、四季如春。

四肢 ㄙˋ ㄓ 指人的兩手兩腳，也指某些動物的四條腿。

四海 ㄙˋ ㄏㄞˇ 指全國的各處，也指全世界各處。例四海之內皆兄弟。

四處 ㄙˋ ㄔㄨˋ 周圍各地。例田野裡四處瀰漫著花香。

四維 ㄙˋ ㄨㄟˊ 指禮、義、廉、恥四種道德。

四合院 ㄙˋ ㄏㄜˊ ㄩㄢˋ 我國住宅的一種建築式樣，四面是屋子，中間是院子。

四君子 ㄙˋ ㄐㄩㄣ ㄗˇ 指梅、蘭、竹、菊四種植物。

四分五裂 ㄙˋ ㄈㄣ ㄨˇ ㄌㄧㄝˋ 形容分散、不完整、不團結。

四平八穩 ㄙˋ ㄆㄧㄥˊ ㄅㄚ ㄨㄣˇ 形容說話、做事或寫文章很穩當。

四面楚歌 ㄙˋ ㄇㄧㄢˋ ㄔㄨˇ ㄍㄜ 據說楚漢交戰時，項羽被包圍在垓下，聽見四面漢軍都唱楚歌。項羽吃驚地說：「漢軍把楚地都占領了嗎？為什麼楚人這麼多呢？」後來用「四面楚歌」比喻處於四面受敵、孤立危急的困境。

四捨五入 ㄙˋ ㄕㄜˇ ㄨˇ ㄖㄨˋ 運算時取近似值的一種方法。如果被捨去部分的頭一位數滿五，就在所取數的末位加一，不滿五的就捨去。

四通八達 ㄙˋ ㄊㄨㄥ ㄅㄚ ㄉㄚˊ 形容交通非常便利。

囚

口部 二畫

丨 冂 冂 闪 囚

ㄑㄧㄡˊ ❶拘禁，關押：例囚禁。❷因為犯罪，而被關在監獄的人：例囚犯。

參考 相似字：犯、禁。♣請注意：「囚」的裡面是一個「人」，不是「入」。

猜一猜 監獄裡的人。（猜一字）（答案：囚）

囚犯 ㄑㄧㄡˊ ㄈㄢˋ 關在監獄裡的罪犯。例那批逃獄的的囚犯已經被逮捕了。

參考 相似詞：犯人、囚徒。

囚禁 ㄑㄧㄡˊ ㄐㄧㄣˋ 被關在監獄中。例他因為殺人搶劫而被囚禁終生。

參考 相似詞：拘禁、監禁。

囚首垢面 ㄑㄧㄡˊ ㄕㄡˇ ㄍㄡˋ ㄇㄧㄢˋ 形容一個人不洗臉不理髮，就像古代被關在監獄中的犯人一樣骯髒。

因

口部 三畫

丨 冂 冃 冃 因 因

ㄧㄣ ❶緣故：例事出有因。❷由於：例因病請假。❸沿襲：例因循苟且。❹依照，根據：例因人成事、因材施教。

參考 請注意：「因」字裡面是「大」；而「困」字裡面是「木」，要小心的分辨。

猜一猜 大嘴裡有五個洞。（猜一字）（答案：因）

因式（ㄧㄣ ㄕˋ） 又作因子。就是一個多項式能被另一個多項式整除，例如：$a+b$ 和 $a-b$ 都是 a^2-b^2 的因式。

因此（ㄧㄣ ㄘˇ） 因為這個。例老師的笑話逗得大家哈哈大笑，上課的氣氛因此輕鬆了許多。

因而（ㄧㄣ ㄦˊ） 連接詞的一個，表示結果。例他的成績太差，因而需要更多的時間讀書。

因果（ㄧㄣ ㄍㄨㄛˇ） ❶就是原因和結果：泛指一切事物的起源叫「因」，結局為「果」。例請你把事情的因果說清楚，好嗎？❷佛教上說這輩子種什麼因，下輩子就會結什麼果，善有善報，惡有惡報。

參考 活用詞：因果報應。

因為（ㄧㄣ ㄨㄟˋ） 是連接詞，表示原因或理由。例因為我要自己繳學費，所以到了暑假就得打工賺錢。

因素（ㄧㄣ ㄙㄨˋ） ❶決定或影響事物的主要原因或條件。例懶惰是他失敗的主要因素。❷構成事物的要素。例他今天所以會成功是有很多因素的。

因循（ㄧㄣ ㄒㄩㄣˊ） ❶守著舊有的，不加以改變。例這件案子因循前案辦理就好了。❷拖延。例做事不能因循苟且，否則會誤事。

因緣（ㄧㄣ ㄩㄢˊ） ❶就是機會，機遇和緣分。例他們兩人的機遇全是靠上天所安排的因緣。❷佛教上說因為有這個事物才產生了那個事物叫因，這個事物由於那個事物才生成叫緣。

因襲（ㄧㄣ ㄒㄧˊ） 繼續使用過去的方法、制度而不加以革新。因、襲：照舊的意思。例你可以用不同的方式表現，不必因襲舊例。

因地制宜（ㄧㄣ ㄉㄧˋ ㄓˋ ㄧˊ） 根據不同地方的實際情況，制定合適的措施。例環保問題日趨重要，每個縣市對垃圾問題都必須定出因地制宜的方法。

因材施教（ㄧㄣ ㄘㄞˊ ㄕ ㄐㄧㄠˋ） 根據學生不同的資質和興趣，而施行適當的教育。例孔子教育學生都是因材施教。

因陋就簡（ㄧㄣ ㄌㄡˋ ㄐㄧㄡˋ ㄐㄧㄢˇ） 順著現有簡單、惡劣的條件，不加以改善完備。陋：惡劣的。例要辦好運動會就不能因陋就簡。

因勢利導（ㄧㄣ ㄕˋ ㄌㄧˋ ㄉㄠˇ） 順著事情發展的方向加以引導。例臺灣的經濟不斷進步，我們必須想出因勢利導的方法加以延續。

因噎廢食（ㄧㄣ ㄧㄝ ㄈㄟˋ ㄕˊ） 因為吃東西噎住了，乾脆什麼都不吃。比喻由於出了一點小毛病或怕出問題，就把應該做的事情停下來不做。噎：食物阻塞咽喉。例你得打起精神努力做下去，不要因噎廢食。

回

口部 三畫

丨 冂 冂 冋 回 回

ㄏㄨㄟˊ ❶曲折環繞：例回旋。❷從別的地方到原來的地方：例回家。❸掉轉：例回頭。❹答覆，報復：例回信、回擊。❺謝絕，退掉：例回絕。❻指事情或動作的次數：例他來過一回。❼說書的一個段落，長篇小說的一章：例紅樓夢第一百二十回。❽種族名：例回族。❾姓：例回先生。

參考 相似字：返、歸、覆。

猜一猜 表裡如一。（猜一字）（答案：回）

回升（ㄏㄨㄟˊ ㄕㄥ） 下降後又上升。例昨天氣溫回升了許多。

回去（ㄏㄨㄟˊ ㄑㄩˋ） ❶從別的地方回到原來的地方。例他離家三年多，一次也沒回去過。❷用在動詞後面，表示到原來的地方。例請你把這支筆送回去。

回生（ㄏㄨㄟˊ ㄕㄥ） 死了再活過來。例即使名醫也沒法子使人起死回生。

回合（ㄏㄨㄟˊ ㄏㄜˊ） 在小說中描寫武將對打時，一個人用兵器攻擊，另一個人用兵器抵擋一次叫一個回合。現在也用來計算雙方交手的次數。

回扣（ㄏㄨㄟˊ ㄎㄡˋ） 中間人在買賣雙方從中出力，使得雙方達成交易，然後向賣主索取金錢，這些錢實際上是從買主所給的價錢中扣出來的。

回收 ㄏㄨㄟˊ ㄕㄡ　多指物品收回利用。例二手紙可以回收再使用。

回來 ㄏㄨㄟˊ ㄌㄞˊ　❶從別的地方到原來的地方。例他昨天剛從外地回來。❷用在動詞後面，表示到原來的地方。例他從街上跑回來。

回味 ㄏㄨㄟˊ ㄨㄟˋ　❶食物吃過後的餘味。例昨天媽媽做的菜真令人回味無窮。❷從回憶中體會。例往事只能回味。

回信 ㄏㄨㄟˊ ㄒㄧㄣˋ　❶答覆的信。例我今天收到他的回信。❷答覆來信。例他希望我早日回信給他。

笑一笑　小華寫信給小明，在信的末尾加句：「如果你接不到這封信，就請你回一封信，把正確的地址告訴我。」

回紇 ㄏㄨㄟˊ ㄏㄜˊ　我國古代的少數民族，主要分布在鄂爾渾河附近，唐朝的時候曾建立回紇政權，散居新疆。民國二十三年才定為「維吾爾」。

回音 ㄏㄨㄟˊ ㄧㄣ　❶答覆的信。例我一連寫了五封信給她，但一直沒有回音。❷回聲。

參考　相似詞：回聲、應聲。

回首 ㄏㄨㄟˊ ㄕㄡˇ　❶回頭看。❷回想從前的事情。例往事不堪回首。

參考　相似詞：回想、回念。

回師 ㄏㄨㄟˊ ㄕ　作戰時把軍隊往回調動。例戰爭何時結束，我們就何時回師。

回旋 ㄏㄨㄟˊ ㄒㄩㄢˊ　盤旋；繞來繞去的活動。例老鷹在天空回旋地飛翔。

回條 ㄏㄨㄟˊ ㄊㄧㄠˊ　收到信件或物品隨著來的人帶回去的收據。例明天把家長簽過的成績單回條帶來。

參考　相似詞：回單、回執。

回報 ㄏㄨㄟˊ ㄅㄠˋ　❶返回報告。例我馬上要知道你的回報。❷報答。例父母的恩惠我們無從回報。❸報復。例小心一點，有一天你將會得到回報。

回答 ㄏㄨㄟˊ ㄉㄚˊ　對問題或要求表示意見。例他回答不出老師問的問題。

回絕 ㄏㄨㄟˊ ㄐㄩㄝˊ　回覆對方，表示拒絕。例請你替我回絕明天的招待會。

回想 ㄏㄨㄟˊ ㄒㄧㄤˇ　追憶過去的事。例回想小時候的趣事，真令人懷念。

回敬 ㄏㄨㄟˊ ㄐㄧㄥˋ　回報別人的敬意或饋贈。例來！讓我回敬你一杯。

回嘴 ㄏㄨㄟˊ ㄗㄨㄟˇ　❶挨罵時反過來罵對方。❷受到指責時進行辯白。例明明就錯了，你還回嘴。

參考　相似詞：斥駁。

回請 ㄏㄨㄟˊ ㄑㄧㄥˇ　被人請過之後，還請對方。例我回請好朋友吃蛋糕。

回憶 ㄏㄨㄟˊ ㄧˋ　回想。例人不能始終活在回憶中。

參考　請注意：「回憶」和「回顧」都指回想以前的事，但是「回憶」多指自己所經歷的事；「回顧」指自己的經驗和社會歷史。♣活用詞：回憶錄。

回盪 ㄏㄨㄟˊ ㄉㄤˋ　聲音等來回飄盪。例山谷中回盪著他的喊話聲。

回頭 ㄏㄨㄟˊ ㄊㄡˊ　❶把頭轉向後方。例我一回頭就看到你來了。❷悔悟，改過。例現在回頭還不遲。❸稍等一下。例你說什麼我聽不清楚，回頭我再問你。

回擊 ㄏㄨㄟˊ ㄐㄧ　受到攻擊後，反過來攻擊對方。例野狼猛烈回擊獵人。

回聲 ㄏㄨㄟˊ ㄕㄥ　聲波遇到障礙物反射回來再被聽到的聲音。例他對著山谷大叫一聲，不久就聽到了回聲。

猜一猜　你若聲大它聲大，你若聲小它就啞，同你腔調一個樣，找遍四周不見影。（猜一自然現象）（答案：回聲）

回避 ㄏㄨㄟˊ ㄅㄧˋ　有意的躲開、讓開。例我有事要和他商量，請回避一下。

回禮 ㄏㄨㄟˊ ㄌㄧˇ　❶回答別人的敬禮。例他向老師敬禮，老師微笑地回禮。❷回贈禮品。

回轉 ㄏㄨㄟˊ ㄓㄨㄢˇ　掉轉回來。例小狗聽到主人的呼喚，立刻回轉過來。

回響 ㄏㄨㄟˊ ㄒㄧㄤˇ　❶回聲。例山谷中的回響。❷因為受了某些事情的刺激而產生的行動、影響。也可寫作「迴響」。例這齣連續劇播出之後，得到很多觀眾的回響。

參考　請注意：「回聲」和「回音」、「回響」意思相同，但是「回聲」和「回響」範圍比較大，不單指折回的聲音。

回顧 ㄏㄨㄟˊ ㄍㄨˋ ❶回頭看。例他匆匆走過車禍現場，不忍回顧。❷回想過去的人、事物。例他有過一段不愉快的童年，所以不願回顧往事。

參考 請注意：❶「回顧」和「回憶」有分別：「回憶」是指自己經歷的事，多用作回想當時的情況；「回顧」多指自己的經歷或是國家社會的歷史，範圍和目的較「回憶」廣而且強。❷「回顧」和「追溯」都有回想的意思，但「回顧」多重在回想往事，對象多為自己或國家民族的歷史；「追溯」常用在探索事物的根源，著重在事物發生的本源。

回馬槍 ㄏㄨㄟˊ ㄇㄚˇ ㄑㄧㄤ 趁敵人不注意突然回過來襲擊敵人；比喻趁人不備，突然反擊，使人無法招架。例他沒想到會受到一記回馬槍。

回憶錄 ㄏㄨㄟˊ ㄧˋ ㄌㄨˋ 回憶自己親身經歷或所看見的歷史事件，採用自傳體的方式所寫下的真實紀錄。

回歸線 ㄏㄨㄟˊ ㄍㄨㄟ ㄒㄧㄢˋ 地球上南、北緯二十三度二十七分的兩條線，在這兩條線間為太陽直射的範圍。在北半球的稱「北回歸線」，在南半球的稱「南回歸線」，它們是地球上熱帶和溫帶的分界。

回心轉意 ㄏㄨㄟˊ ㄒㄧㄣ ㄓㄨㄢˇ ㄧˋ 改變以往的態度，不再堅持自己的意見。例我勸你趕快回心轉意吧！免得又後悔了。

回光返照 ㄏㄨㄟˊ ㄍㄨㄤ ㄈㄢˇ ㄓㄠˋ 原指太陽下山時，由於反射作用而發生在天空中短暫發亮的現象。比喻人臨死前精神忽然好轉的現象。

回腸蕩氣 ㄏㄨㄟˊ ㄔㄤˊ ㄉㄤˋ ㄑㄧˋ 形容樂曲、文章等十分感動人。也寫作「蕩氣回腸」。例這首曲子聽起來令人回腸蕩氣。

回頭是岸 ㄏㄨㄟˊ ㄊㄡˊ ㄕˋ ㄢˋ 本來是佛家所說：「苦海無邊，回頭是岸。」以後用來指那些罪大惡極的人，只要徹底悔悟，還是可以重新做人。

囟

口部 三畫

ノ 亻 勹 句 囟 囟

ㄒㄧㄣˋ 囟門，嬰兒頭頂骨未密合的地方，也叫囟腦門或頂門。

囪

口部 四畫

ノ 丿 冂 冂 囟 囪 囪

ㄘㄨㄥ 爐灶出煙的通道，俗稱煙囪。

ㄔㄨㄤ 「窗」的本字。

困

口部 四畫

丨 冂 冂 冃 困 困 困

ㄎㄨㄣˋ ❶缺乏，貧窮：例貧困。❷受環境或其他因素的限制，而陷在痛苦艱難中：例為病所困。❸包圍住：例把敵人困在沙洲上。❹疲倦：例人困馬乏。❺艱苦的，艱難的：例困境。

猜一猜 花園四方方，裡面真荒涼，只見一棵樹，種在園中央。（猜一字）（答案：困）

困苦 ㄎㄨㄣˋ ㄎㄨˇ 大部分都指生活貧窮、艱苦。例爺爺童年的生活很困苦。

困惑 ㄎㄨㄣˋ ㄏㄨㄛˋ 遇到不明的問題，不知道該怎樣辦。惑：迷惑，無法解決。例科學界對靈魂方面的問題仍然很困惑。

困境 ㄎㄨㄣˋ ㄐㄧㄥˋ 非常艱苦、不好過的狀況。例自從他的父親生病後，他們一家大小的生活就陷入了困境。

困擾 ㄎㄨㄣˋ ㄖㄠˇ 被不容易解決的問題困住，而覺得煩惱。例小明的調皮搗蛋使老師很困擾。

困難 ㄎㄨㄣˋ ㄋㄢˊ ❶事情複雜，不容易解決。例這件事要在三天之內辦好，實在很困難。❷生活困苦不好過。例他因為失業太久，連生活都有了困難。

囤

口部 四畫

丨 冂 冂 冂 冋 囤 囤

ㄉㄨㄣˋ 用竹篾、荊條等編成，用來儲米糧的小糧倉：例糧囤、米囤。

ㄊㄨㄣˊ 儲藏，積存：例囤貨、囤糧。

三畫

囤聚（ㄊㄨㄣˊ ㄐㄩˋ） 儲存聚集。

囤積（ㄊㄨㄣˊ ㄐㄧ） 投機的商人儲存了大量的貨物，等待機會再高價出售。

參考 活用詞：囤積居奇。

囫

口部 四畫

ㄏㄨˊ 囫圇，整個的；完整的。

囫圇（ㄏㄨˊ ㄌㄨㄣˊ） 整個的；完整不缺。

囫圇吞棗（ㄏㄨˊ ㄌㄨㄣˊ ㄊㄨㄣ ㄗㄠˇ） 把整個棗子吞下去；比喻籠統含糊的。例他讀書一向囫圇吞棗，不求明白。

俏皮話 「囫圇吞棗——不辨滋味。」囫圇：物體完整的樣子。把棗子整個吞到肚裡，根本「不知滋味」。是比喻做事馬虎粗心。例一天內看完一本書，根本是「囫圇吞棗——不辨滋味」。

固

口部 五畫

ㄍㄨˋ ❶結實，牢靠：例堅固、穩固。❷堅定，堅持：例固守陣地、固請。❸堅硬，不變動：例固體固定。❹本來：例固有。❺姓：例固先生。

固守（ㄍㄨˋ ㄕㄡˇ） ❶堅決的防守。例他們固守陣地，與敵人抗爭到底。❷極力的遵從而不改變。例我們要固守中國傳統的美德。

固有（ㄍㄨˋ ㄧㄡˇ） 本來有的；不是外來的。例中國固有的文化博大精深。

固執（ㄍㄨˋ ㄓˊ） 堅持自己的意見不肯改變。例他是個固執又不肯變通的人。

固然（ㄍㄨˋ ㄖㄢˊ） 雖然。例他固然有許多缺點，但也有很多值得稱道的地方。

固體（ㄍㄨˋ ㄊㄧˇ） 有一定體積和一定形狀，質地比較堅硬的物體，例如：鋼、磚、木材等。

囹

口部 五畫

ㄌㄧㄥˊ 古代把監獄叫作「囹圄」。

囹圄（ㄌㄧㄥˊ ㄩˇ） 古代對監獄的稱呼。

囿

口部 六畫

ㄧㄡˋ ❶養動物的園子：例鹿囿。❷局限，拘泥：例囿於成見。

圃

口部 七畫

ㄆㄨˇ ❶種植蔬菜、瓜果、花草的地方：例花圃、菜圃。❷古代稱從事花草栽培的人：例老圃。

圄

口部 七畫

ㄩˇ 牢獄：例囹圄。

猜一猜 我被包圍了。（猜一字）（答案：圄）

圈

口部 八畫

ㄑㄩㄢ ❶外圓而中空的東西：例花圈。❷周：例慢跑一圈。❸圍住：例把這塊地圈起來。❹關住：例把鴨圈住。❺範圍：例影藝圈。❻四周有東西圍擋起來的地方：例城圈兒、墳圈子。❼畫圓圈作記號：例圈選。

ㄐㄩㄢˋ 飼家畜的地方，通常都有柵欄：例豬圈。

圈子（ㄑㄩㄢ ㄗ˙） ❶範圍。例他是文化圈子中有名的人物。❷外圓而中空的形狀。例我們圍個圈子玩遊戲。

圈套（ㄑㄩㄢ ㄊㄠˋ） 圈、套原本都是捕捉動物的用具，現在是指用來陷害或收買別人的陰謀。例你千萬要小心，可別中了敵人的圈套。

圈選 ㄑㄩㄢ ㄒㄩㄢˇ 畫圓圈作記號來表示同意或答應，例如：選舉的時候，選民就要用記號圈選自己要選的候選人。

國
口部｜八畫

丨 冂 冂 冂 冂 冋 冋 囗 囗 國 國

國 ㄍㄨㄛˊ ❶具有土地、人民、主權的政治團體：例民主共和國。❷代表國家的：例國旗、國徽。❸本國的：例國產、國貨。❹古代諸侯的封地：例魯國。❺姓：例國先生。

國人 ㄍㄨㄛˊ ㄖㄣˊ 國民；百姓。例近幾年，國人對遊學的興趣很濃厚。

國力 ㄍㄨㄛˊ ㄌㄧˋ 國家在政治、經濟、軍事、科學技術等方面所具備的實力。

國土 ㄍㄨㄛˊ ㄊㄨˇ 國家的領土。

國手 ㄍㄨㄛˊ ㄕㄡˇ 精通某種技能，在國內數第一流的人。

國父 ㄍㄨㄛˊ ㄈㄨˋ 對國家有大功而為全國人民所敬愛感戴者的尊稱。例我們尊稱孫中山先生為國父。

國王 ㄍㄨㄛˊ ㄨㄤˊ 古時候國家的統治者稱國王。

國民 ㄍㄨㄛˊ ㄇㄧㄣˊ ❶泛指全國人民。❷具有某國國籍的人。

國防 ㄍㄨㄛˊ ㄈㄤˊ 一個國家為了保衛自己的領土主權，防備外來的侵略，所擁有的人力、物力，以及和軍事有關的一切設施。

國君 ㄍㄨㄛˊ ㄐㄩㄣ 一國的君主。例中國古時候的國君稱作「皇帝」。

動動腦 小朋友，古人稱呼統治國家的人為皇帝。除了皇帝、國君，還有那些稱呼也是代表國君呢？趕快想一想哦！（答案：天子、皇上、萬歲、君主、君王、聖上……）

國界 ㄍㄨㄛˊ ㄐㄧㄝˋ 國與國之間的分界線。

參考 相似詞：疆界。

國情 ㄍㄨㄛˊ ㄑㄧㄥˊ 指一個國家的社會性質、政治、經濟、文化方面的基本情況和特點。

國粹 ㄍㄨㄛˊ ㄘㄨㄟˋ 指本國文化中的精華。例書法是我國的國粹之一。

國語 ㄍㄨㄛˊ ㄩˇ 本國人民共同使用的語言。

國慶 ㄍㄨㄛˊ ㄑㄧㄥˋ 指國人慶祝自己的國家成立的日子。

動動腦 小朋友請你想想看，國慶日的時候街上會張貼出哪些慶祝的標語？（答案：普天同慶、萬眾歡騰、四海歸心……）

國籍 ㄍㄨㄛˊ ㄐㄧˊ 指個人具有的屬於某個國家的身分證明。

國計民生 ㄍㄨㄛˊ ㄐㄧˋ ㄇㄧㄣˊ ㄕㄥ 國家經濟和人民生活。計：生計，即經濟問題。

圇
口部｜八畫

丨 冂 冂 冂 冂 冂 冂 冂 圇 圇

ㄌㄨㄣˊ 囫圇，物體完整沒有破損。

圍
口部｜九畫

丨 冂 冂 冂 冂 冂 冂 冂 冂 圍 圍

ㄨㄟˊ ❶環繞；四周包住，裡外不通：環繞：例包圍、圍攻。❷四周：例周圍、外圍。❸兩手合抱起來的長度，是測量圓周的約略單位：例樹粗十圍。

參考 相似字：圈。

圍巾 ㄨㄟˊ ㄐㄧㄣ 圍在脖子上，用來作為保暖或裝飾的針織品或編織品。

圍攻 ㄨㄟˊ ㄍㄨㄥ 包圍起來加以攻擊。

圍兜 ㄨㄟˊ ㄉㄡ 一種圍在小孩子胸前，保持衣服清潔的無袖衣服。

圍棋 ㄨㄟˊ ㄑㄧˊ 棋類遊戲的一種，棋盤上縱橫各十九道線，交錯成三百六十一個位，雙方用黑白棋子互相圍攻，吃去的棋子，最後以占據位數多的人得勝。

俏皮話 「圍棋盤上下象棋——不對路數。」圍棋和象棋是兩種不「的棋，所用的棋盤也不一樣。如果在圍棋盤上下象棋，是錯誤的；比喻方法不對。例你用這種方法寫字，可謂「圍棋盤上下象

三畫

棋──不對路數」。

圍剿　包圍起來，再加以消滅。剿：滅絕的意思。

圍裙　工作時繫綁在身前，以維護衣服乾淨的布。

圍繞　❶圍著轉動。例月亮圍繞著地球旋轉。❷以某事物為中心，在其周圍環繞。例他們圍繞著生產問題，提出很多的革新建議。

圍攏　從四周向某地點集中。攏：靠近，接近。例大家圍攏過來看熱鬧。

園

口部　十畫

丨冂……

❶種植蔬菜、花草、樹木的地方：例果園、花園。❷供人休息遊覽的地方：例公園。❸姓：例園先生。

園丁　管理園圃、栽植花木的人。

園地　❶菜園、果園、花園的總稱。❷比喻活動的場所、範圍。例學校是個學習的園地。

參考 相似詞：場所、地方。

園林　種植花草樹木供人遊賞休息的風景區。

園圃　種植花果、蔬菜、樹木的園地。

園藝　種植蔬菜、花卉、果樹等的技藝或學問。

圓

口部　十畫

丨冂……

❶從中心到周圍每一點的距離都相等的叫作圓：例圓圈。❷完備，周全：例圓滿。❸指人說話做事很周到，善於應付：例圓通、圓滑。❹補足不周全的地方或掩飾矛盾：例圓謊、自圓其說。❺宛轉悅耳的聲音：例字正腔圓、歌聲圓潤。❻貨幣的單位，也作「元」：例銀圓。❼姓：例圓先生。

猜一猜 員外受困。（猜一字）（答案：圓）

動動腦 小朋友，想一想，教室裡有那些東西是圓的？

圓心　圓的中心，和圓周上各點距離都相等。

圓規　畫圓的工具。

猜一猜 一物生來真新鮮，腿細長腳兒尖，一腿走路一腳站，腳印個個圓又圓。（猜一文具）（答案：圓規）

圓場　❶戲曲舞蹈的一種程式動作。角色在舞臺上按一定的圓形路線繞行，稱為走圓場。❷為了打開僵局或解決糾紛，所提出的折衷辦法。例他及時出來打圓場，才化解了僵局。

圓滑　形容對各方面都應付得很周到。

圓滿　沒有缺欠、漏洞，使人滿意。例兩國會談圓滿結束。

唱詩歌 牛奶在圓圓的杯子裡，餅乾在圓圓的盤子上；糖果是圓圓的，它們都滾進了我圓圓的肚子裡。啊！圓滿是我們每個人的願望，再插上圓圓的花吧！

圓潤　❶圓滿而豐潤。例他有張圓潤健康的臉龐。❷宛轉好聽。例她有副圓潤的好歌喉。❸飽滿潤澤。例他的書法圓潤有力。

圓謊　彌補謊話中的漏洞。例他的這套說辭不過是在替自己圓謊罷了。

團

口部　十一畫

丨冂……

❶球狀的東西：例把紙揉成一團。❷在一起工作或活動的一群人：例訪問團、代表團。❸會合在一起：例團圓。❹結合很多人的力量去辦事：例團結。❺計算圓形東西的單位：例一團毛線。❻軍隊編製的單位：例兵團。❼圓形的：例團扇。

團扇　圓形而下部有柄的扇子。

猜一猜 一輪明月，握在手中，風來不動，動則生風。（猜一種日用品）（答案：團扇）

團員 ㄊㄨㄢˊ ㄩㄢˊ 組成團體的一分子。例她是合唱團的團員。

團結 ㄊㄨㄢˊ ㄐㄧㄝˊ ❶為了完成共同的目的或任務，而聯合在一起。例團結就是力量。❷和睦，友好。例他們兄弟倆很團結。

團圓 ㄊㄨㄢˊ ㄩㄢˊ 原本是指親人、朋友分散以後再見面。現在只要是全家人聚在一起都可稱為團圓。例一到過年，在外的遊子都會趕回家團圓。

參考 相似詞：團聚。♣活用詞：團圓飯、團圓夜。

團體 ㄊㄨㄢˊ ㄊㄧˇ 指有共同目的或興趣的人所組成的組織。例在團體生活中，我們要多替別人著想。

參考 活用詞：團體活動、團體遊戲。

團團轉 ㄊㄨㄢˊ ㄊㄨㄢˊ ㄓㄨㄢˋ 形容事情複雜，使人忙昏了頭。例為了這次運動會，老師忙得團團轉。

團隊精神 ㄊㄨㄢˊ ㄉㄨㄟˋ ㄐㄧㄥ ㄕㄣˊ 對團體組織所保持的榮譽感和團結、合作的精神，這種精神能使團體完成目標，得到更多的榮譽。例我們發揮團隊精神，終於得到比賽的冠軍。

圖

口部 十一畫

丨冂冂冂冂冂冃冃冃冐冐冐冐冐冐圖

ㄊㄨˊ ❶用筆畫出來的形狀、樣子：例地圖、插圖。❷計畫，打算：例企圖、宏圖。❸謀求，希望得到：例不圖名利、圖謀不軌。

圖片 ㄊㄨˊ ㄆㄧㄢˋ 指用來說明、介紹事物的圖畫、照片。例學校正在展出海洋風光的圖片。

圖書 ㄊㄨˊ ㄕㄨ 圖畫和書籍的總稱。例最近出版了很多優良兒童圖書。

參考 活用詞：圖書館、圖書室。

圖案 ㄊㄨˊ ㄢˋ 用來裝飾的花紋或圖形，比較規律，通常用在布料、包裝紙等。例這種圖案簡單又好看。

圖章 ㄊㄨˊ ㄓㄤ 用石、玉、木等材料的尾部刻上自己姓名，用來證明自己身分的物品。

猜一猜 一個小矮人，大約兩寸長，問它姓和名，恰與你一樣，走過紅泥田，跳在白地上。（猜一物品）（答案：圖章）

圖畫 ㄊㄨˊ ㄏㄨㄚˋ 用筆畫出線條，加上色彩的作品。

圖謀 ㄊㄨˊ ㄇㄡˊ 謀求。

圖們江 ㄊㄨˊ ㄇㄣˊ ㄐㄧㄤ 發源於長白山，位於大陸東北，是中、韓兩國的界河。全長四五九公里，沿岸利用江水灌溉，十分肥沃。

圖書館 ㄊㄨˊ ㄕㄨ ㄍㄨㄢˇ 收藏很多書籍、資料供人參考、閱讀的地方，負責管理的人員會依照書籍的種類分別加以編號、歸類，讓我們能方便的借閱。

圖財害命 ㄊㄨˊ ㄘㄞˊ ㄏㄞˋ ㄇㄧㄥˋ 圖謀別人錢財而殺害他人性命。例警方偵破一起圖財害命的案件。

圖窮匕現 ㄊㄨˊ ㄑㄩㄥˊ ㄅㄧˇ ㄒㄧㄢˋ 比喻事情發展到最後終於露出真相。例戰國時代，荊軻刺秦王因圖窮匕現，而被殺害。

土部 ㄊㄨˇ

「」是地面上堆放土的象形字，後來用線條表示，寫成「土」，和現在的寫法相同。土部的字和泥土、土地都有關係，例如：塵（細小的土粒）、壤（柔軟的土）、堵（用土阻擋）。

土

土部 ○畫

一 十 土

ㄊㄨˇ ❶地面上泥沙等混合物：例泥土。❷土地：例國土。❸本地的，地方的：例土產。❹不合潮流的：例土裡土氣。❺五行之一：例金、木、水、火、土。❻星球名：例土星。❼姓：例土先生。

參考 相似字：泥。♣請注意：「土」和「士」字形相似，「土」是上短下長，「士」是上長下短。

三畫

動動腦 這四個字都有一個部分不見了，小朋友請你想一想，幫忙找出來！

（答案：土）

土地 ㄊㄨˇ ㄉㄧˋ ❶土壤，地表的固體部分。例這塊土地將要建一座足球場。❷領土。

土星 ㄊㄨˇ ㄒㄧㄥ 太陽系九大行星之一，比木星稍小，外圈有環。

土匪 ㄊㄨˇ ㄈㄟˇ 在地方上搶劫財物，殘害人民的壞人。

參考 相似詞：土賊、土寇。

土墩 ㄊㄨˇ ㄉㄨㄣ 土堆。墩：用土堆成的高丘。例他們把工地的沙土堆成許多土墩。

土壤 ㄊㄨˇ ㄖㄤˇ 陸地表面能使植物生長的泥土。

土包子 ㄊㄨˇ ㄅㄠ ˙ㄗ 指生長在偏僻的地方，沒有見過世面、沒有見識的人。例他第一次進城，什麼都不知道，真是個土包子。

土風舞 ㄊㄨˇ ㄈㄥ ㄨˇ 具有民族特色，旋律優美、舞步簡單，適合男女老少的舞蹈。例每天早上公園裡有很多人在跳土風舞。

猜一猜 飛砂走石。（猜一種娛樂活動）（答案：土風舞）

土生土長 ㄊㄨˇ ㄕㄥ ㄊㄨˇ ㄓㄤˇ 在當地出生長大的人。例他是土生土長的臺北人。

土地改革 ㄊㄨˇ ㄉㄧˋ ㄍㄞˇ ㄍㄜˊ 政府對土地的分配、利用制度作適當的調整，以符合公平合理的原則，增進全民的利益，例如：耕者有其田、公地放領、三七五減租。

土地債券 ㄊㄨˇ ㄉㄧˋ ㄓㄞˋ ㄑㄩㄢˋ 政府因為收購土地需要大量金錢，於是向民間借款購買，這種借款購買的憑據就叫土地債券。

土頭土腦 ㄊㄨˇ ㄊㄡˊ ㄊㄨˇ ㄋㄠˇ 形容人非常俗氣，趕不上潮流。例那個人看起來土頭土腦，對什麼都很好奇。

參考 相似詞：土裡土氣。

圳

土部 三畫

一 十 土 圠 圳 圳

ㄗㄨㄣˋ 田邊的水溝：例田圳。

猜一猜 三堆土。（猜一字）（答案：圳）

地

土部 三畫

一 十 土 圠 地 地

ㄉㄧˋ ❶人類萬物棲息生長的場所：例大地。❷區域：例本地、地區。❸農田：例田地、耕地。❹所處的位置或環境：例境地、設身處地。❺意志所在：例見地、心地。❻品質：例質地。❼底子：例紅地白花的布。

˙ㄉㄜ 用在副詞後面的詞尾：例慢慢地說。

參考 請注意：白話文中，形容詞的詞尾用「的」，例如：蝴蝶擁有美麗的翅膀。副詞的詞尾用「地」，例如：蝴蝶翩翩地飛舞。

地主 ㄉㄧˋ ㄓㄨˇ ❶將土地租給農人耕作或是擁有土地的人。例這塊土地的地主是個樂善好施的人。❷主人。例朋友不遠千里而來，今天就讓我略盡地主之誼。

地瓜 ㄉㄧˋ ㄍㄨㄚ 含有豐富的澱粉可以食用或作為飼料的一種塊根植物。

參考 相似詞：番薯、甘薯。♣活用詞：地瓜湯、地瓜稀飯。

地址 ㄉㄧˋ ㄓˇ 居住或通信的地點。

地形 ㄉㄧˋ ㄒㄧㄥˊ 地面起伏的形狀。例臺灣山區的地形高低起伏，別有一番風情。

地位 ㄉㄧˋ ㄨㄟˋ 人或團體在社會中所處的位置。例我國的國際地位日漸重要。

地步 ㄉㄧˋ ㄅㄨˋ ❶處境，多指不好的。例我沒想到事情會糟到這種地步。❷達到的程度。例他興奮的到了不能入睡的地步。

地板 ㄉㄧˋ ㄅㄢˇ 地面；室內鋪在地上的木板。例地板上到處都是小弟的玩具。

地面 ㄉㄧˋ ㄇㄧㄢˋ 地的表面。例在潮溼的地面上長滿了青苔。

地區 ㄉㄧˋ ㄑㄩ 較大範圍的地方。例臺灣是屬於多山地區。

地基 ㄉㄧˋ ㄐㄧ 建造房屋的根基。例這棟房子因為地基不穩，所以地震時就倒塌了。

參考 相似詞：地盤、地腳。

地帶 ㄉㄧˋ ㄉㄞˋ　某個地方和它周圍的區域。例這個地帶治安良好。

地球 ㄉㄧˋ ㄑㄧㄡˊ　太陽系九大行星之一，略呈橢圓形，是人類目前所居住的地方。地球因繞太陽公轉而產生四季，也因自轉而有晝夜。

參考 活用詞：地球儀。

猜一猜 上一半，下一半，中間有線看不見；兩頭寒，中間熱，一天一夜轉一圈。（猜一物品）（答案：地球）

地理 ㄉㄧˋ ㄌㄧˇ　研究地球表面各種事物的空間分布及其差異的科學。

參考 活用詞：地球課、地球位置。

地殼 ㄉㄧˋ ㄎㄜˊ　地球的最外層。陸地部分以花岡岩為主；海洋部分以玄武岩為主。

地毯 ㄉㄧˋ ㄊㄢˇ　鋪在地上的毯子。例他們在客廳鋪地毯。

地窖 ㄉㄧˋ ㄐㄧㄠˋ　用來貯存物品的地下室。例地窖裡藏了好幾千瓶的酒。

地勢 ㄉㄧˋ ㄕˋ　地面高低起伏的形勢。例山區地勢險要。

地道 ㄉㄧˋ ㄉㄠˋ　在地面下挖成的交通走道。例在地道裡有很多老鼠。

地圖 ㄉㄧˋ ㄊㄨˊ　說明其地球表面的事物和現象分布情況的圖。

猜一猜 一張紙，不太大，整個世界容得下；看方位，查距離，不需再用測量儀。（猜一物品）（答案：地圖）

地獄 ㄉㄧˋ ㄩˋ　❶宗教上指人死後靈魂受苦的地方。❷比喻黑暗而且悲慘的生活環境。例戰爭時期，難民的生活相當困苦，有如地獄一般。

地熱 ㄉㄧˋ ㄖㄜˋ　地球內部的熱能。

參考 活用詞：地熱田、地熱能。

地質 ㄉㄧˋ ㄓˋ　地殼的成分和結構。

地震 ㄉㄧˋ ㄓㄣˋ　地殼某處產生急速劇烈的變化所引起的地表震動。

笑一笑 上美術課時，突然發生地震，所有的學生都驚恐萬分，放下畫筆。一名打瞌睡的學生卻抬起頭來，生氣的對鄰座的同學說：「你再搖桌子，我就要報告老師了！」

地點 ㄉㄧˋ ㄉㄧㄢˇ　所在的地方。例開小組會議的地點在大禮堂。

地攤 ㄉㄧˋ ㄊㄢ　在地面上陳列貨物出售的攤子。例地攤上的東西未必便宜。

地下莖 ㄉㄧˋ ㄒㄧㄚˋ ㄐㄧㄥ　植物的莖生長在地面以下的部分。

地球儀 ㄉㄧˋ ㄑㄧㄡˊ ㄧˊ　標有經緯線、地圖、高度標示等的地球模型。

猜一猜 不是西瓜是蛋，用手一撥會打轉，別看它的個兒小，能載海洋和高山。（猜一文具用品）（答案：地球儀）

地方自治 ㄉㄧˋ ㄈㄤ ㄗˋ ㄓˋ　地方上的人民，在政府的監督下，選出公職人員，來管理地方上的事務。

地坼天崩 ㄉㄧˋ ㄔㄜˋ ㄊㄧㄢ ㄅㄥ　地裂了、天也塌了；比喻國家遭遇重大的改變。坼：裂開。例九二一大地震發生時，感覺好像地坼天崩，人心不安。

地盡其利 ㄉㄧˋ ㄐㄧㄣˋ ㄑㄧˊ ㄌㄧˋ　土地充分的被利用。例在寸土寸金的臺北市，如何使地盡其利是一個很重要的問題。

地下工作人員 ㄉㄧˋ ㄒㄧㄚˋ ㄍㄨㄥ ㄗㄨㄛˋ ㄖㄣˊ ㄩㄢˊ　祕密從事政治活動或情報工作的人。

在

土部　三畫

一 ナ 才 在 在 在

ㄗㄞˋ　❶保存著，生存：例留得青山在、健在。❷表示人或事物的位置：例我在公司裡、鋼筆在桌上。❸決定於：例事在人為。❹表示動作正在進行：例他在寫功課。❺表示時間、地點、範圍的詞：例在白天工作、在禮堂開會。例在金錢上，我沒有意見。

參考 請注意：「存在」的「在」不可和「再見」的「再」混淆。「再」含有重複的意思，例如：再見、再來一次。

在下 ㄗㄞˋ ㄒㄧㄚˋ　謙稱自己。

在乎 ㄗㄞˋ ㄏㄨ　❶在於。例這件事情能夠完成，全在乎你的幫忙。❷注意，介意。例我很清楚自己的優點，並不在乎你的嘲笑。

參考 相似詞：在意。

三畫

在行 ㄗㄞˋ ㄏㄤˊ 內行，對某件事很有經驗。例修車我最在行。

參考 相似詞：內行。

在即 ㄗㄞˋ ㄐㄧˊ 在現在；比喻時間緊迫。即：現在。例離別在即，心情十分感傷。

在望 ㄗㄞˋ ㄨㄤˋ 能看見遠處的東西；比喻盼望的事情將要實現。例他工作多年，購屋的夢想終於在望了。

在野 ㄗㄞˋ ㄧㄝˇ 指沒在政府機關當官。野：民間。

在握 ㄗㄞˋ ㄨㄛˋ 在掌握之中。例我們證據在握，不怕他不承認。

在天之靈 ㄗㄞˋ ㄊㄧㄢ ㄓ ㄌㄧㄥˊ 在天堂的靈魂。宗教認為人死了以後，靈魂還在，如果信奉宗教，死後靈魂就會升上天堂，所以有「在天之靈」的說法。現在用來尊稱去世的人的心靈、精神。

在所不惜 ㄗㄞˋ ㄙㄨㄛˇ ㄅㄨˋ ㄒㄧˊ 對於某種珍貴的事物不會捨不得。指為了完成某事不在乎任何代價。所：代表珍惜的東西。惜：珍惜，捨不得。例為了報效國家，犧牲生命在所不惜。

圭 土部 三畫

ㄍㄨㄟ ❶古代帝王諸侯在典禮上拿的一種長條形玉器，形狀上尖下方：例圭璧。❷古代測量日影的儀器：例圭表。

猜一猜 好土又土。（猜一字）（答案：圭）

圭表 ㄍㄨㄟ ㄅㄧㄠˇ 我國古代的一種天文儀器。包括圭和表兩部分：圭是平臥的尺，表是直立的標竿，把圭平放在石座上，把表分別立在圭的南北兩端，根據日影長短的變化可以測定氣節。

圭臬 ㄍㄨㄟ ㄋㄧㄝˋ 指圭表，是古代測日影的儀器；引申為標準。臬：測日影的表。例我們應把「嚴以律己，寬以待人」的道理奉為處世的圭臬。

圬 土部 三畫

ㄨ ❶塗抹泥灰的器具：例圬鏝（ㄇㄢˋ）。❷塗刷牆壁。

圯 土部 三畫

ㄧˊ 橋。

參考 請注意：「圯橋」的「圯」（ㄧˊ）和「傾圮」的「圮」（ㄆㄧˇ）不同：「圯」字右邊是巳（ㄙˋ），「圮」字右邊是己（ㄐㄧˇ）。

圯上老人 ㄧˊ ㄕㄤˋ ㄌㄠˇ ㄖㄣˊ 就是楚漢相爭時在圯橋上給張良兵書的黃石公。據說：張良年輕時在圯橋上遇到一位老人，老人很傲慢的脫下鞋，要張良幫他穿上。張良見他是個老人，不和他計較，就照著老人的意思做了。老人要張良第二天早上到圯橋上等他，結果老人比張良早到，便很生氣的對張良說：「年輕人怎麼比年紀大的人晚到？」要張良次日清晨再來。張良天未亮就到圯橋上，那知老人已經先到了，老人要張良第三天再來。這一次，張良半夜就到橋上等候，老人不久之後也到圯橋，看到張良先到就很高興，於是送給張良一部太公兵書。張良熟讀這部兵書，後來為劉邦出謀略、定計策，是漢朝的開國功臣之一。

圮 土部 三畫

ㄆㄧˇ 毀壞，倒塌：例傾圮。

坊 土部 四畫

ㄈㄤ ❶里巷：例街坊。❷工作的地方：例染坊、作坊。❸古時表揚功德、名節的建築物：例牌坊。❹店鋪：例茶坊。

ㄈㄤˊ ❶隄。❷防範，防止，同「防」。

坊間 ㄈㄤ ㄐㄧㄢ 街市之間。

參考 相似詞：街坊。

坑

一 十 土 圵 圹 圹 坑

土部 四畫

ㄎㄥ ❶深陷的地方：例水坑。❷地洞：例坑道。❸活埋：例焚書坑儒。❹陷害：例坑人。

俏皮話 「一個蘿蔔一個坑——沒多的。」

小朋友你知道「一個蘿蔔一個坑」的含意嗎？那就是剛剛好，沒有多的。因為每個坑洞口只能種一個蘿蔔，不能種兩個，否則蘿蔔就會枯死。

坑人 ㄎㄥ ㄖㄣˊ 設計害人。例你要多做好事，不要再到處坑人了。

坑道 ㄎㄥ ㄉㄠˋ ❶開礦時在地下挖成的通道。例礦工從坑道裡運出一車車的煤。❷互相通連的地下通道，可用來進行戰鬥、隱藏人員、儲存物資。

坑坑窪窪 ㄎㄥ ㄎㄥ ㄨㄚ ㄨㄚ 形容地面或物體表面高低不平的樣子。例這條街的路面上坑坑窪窪的，要用土填平。

址

一 十 土 圳 圵 址 址

土部 四畫

ㄓˇ 地點：例地址。

坍

一 十 土 圳 坍 坍 坍

土部 四畫

ㄊㄢ 建築物或土石倒塌下來：例坍塌。

猜一猜 紅土。（猜一字）（答案：坍）

坍方 ㄊㄢ ㄈㄤ ❶如果當成動詞用，就表示土石崩塌。❷如果當成名詞用，就是指已經崩塌的土石。

坍塌 ㄊㄢ ㄊㄚ 崩毀倒塌。

均

一 十 土 圴 均 均 均

土部 四畫

ㄐㄩㄣ ❶等分不同數量的東西：例均分。❷相等：例平均、勢均力敵。❸全、都：例走路、坐車均可。

參考 相似字：勻。

均勻 ㄐㄩㄣ ㄩㄣˊ 分布或分配在各部分的數量相同。例今年的年雨量分布很均勻。

均富 ㄐㄩㄣ ㄈㄨˋ 財富平均，使大家都能享受富足的生活。例民生主義的最高理想是均富。

均等 ㄐㄩㄣ ㄉㄥˇ 平均，相等。例這次比賽每個人的機會均等。

均衡 ㄐㄩㄣ ㄏㄥˊ 平均，不偏重某一方。例我們不能偏食，否則營養會不均衡。

坎

一 十 土 圵 圹 坎 坎

土部 四畫

ㄎㄢˇ ❶八卦的一種。❷低陷的地方：例坎穴。❸姓：例坎先生。

猜一猜 金木水火（猜一字）（答案：坎）

坎坷 ㄎㄢˇ ㄎㄜˇ 坑坑洞洞、高低不平；比喻一個人失意、不順心。例他的人生道路一直都是坎坷不平的。

圾

一 十 土 圾 圾 圾 圾

土部 四畫

ㄙㄜˋ 廢棄物：例垃圾。

猜一猜 碰到地面。（猜一字）（答案：圾）

坐

丿 人 从 从 坐 坐 坐

土部 四畫

ㄗㄨㄛˋ ❶把臀部放在其他東西上，支持身體的重量：例坐下。❷搭乘：例坐車、坐船。❸建築物背對著某一方向：例坐北朝南。❹不工作、不勞動的意思：例坐享其成。❺物體的壓力向後或向下：例這炮的坐力不小、房子往後坐了。

參考 相反字：站。

猜一猜 情侶雙雙站土上。（猜一字）（答

三畫

案：坐）

坐牢 ㄗㄨㄛˋ ㄌㄠˊ　因為犯罪被關在監獄裡。例這騙子坑了別人很多錢，現在正在坐牢呢！

坐視 ㄗㄨㄛˋ ㄕˋ　坐著看，表示故意不管事或根本不關心。例你居然坐視著他被大孩子欺負，真是見死不救。

坐落 ㄗㄨㄛˋ ㄌㄨㄛˋ　建築物或田地的所在位置。例我們學校坐落在公園旁，風景很優美。

坐鎮 ㄗㄨㄛˋ ㄓㄣˋ　親自在某個地方鎮守。鎮：有使情況安定的意思。例有老師親自坐鎮，班上的開會秩序馬上變好了。

坐月子 ㄗㄨㄛˋ ㄩㄝˋ ㄗ˙　在口語裡指婦女生產以後，休養一個月，調補身體。例媽媽生了小妹妹，坐月子時，天天吃麻油雞進補。

坐井觀天 ㄗㄨㄛˋ ㄐㄧㄥˇ ㄍㄨㄢ ㄊㄧㄢ　坐在井中的青蛙所能看到的天，只有井口那麼大。比喻人眼光短淺，看得不遠、不深入。觀：看。例你根本就是坐井觀天，對事情的真相一點也不了解。

坐以待斃 ㄗㄨㄛˋ ㄧˇ ㄉㄞˋ ㄅㄧˋ　靜靜的坐著等死；形容人在困難的環境中還是不肯上進，不奮發圖強。例不管我們的努力能不能有結果，至少比坐以待斃要強得多了。

坐失良機 ㄗㄨㄛˋ ㄕ ㄌㄧㄤˊ ㄐㄧ　不知道好好把握而失去了難得的好機會。良機：難得的好機會。例他本來可以進入大公司謀職，卻因為外文能力不足而坐失良機。

坐立不安 ㄗㄨㄛˋ ㄌㄧˋ ㄅㄨˋ ㄢ　坐也不是、站也不是；形容心神不定的樣子。立：站。例每次老師要發考卷，總使得我坐立不安。

參考 相似詞：坐臥不安、坐立難安。

坐吃山空 ㄗㄨㄛˋ ㄔ ㄕㄢ ㄎㄨㄥ　只光吃不做事情，就是一座山也會被吃光的。比喻人不工作、不生產，只知道消費，終會貧窮困乏。例他坐吃山空，沒幾年就把父親留下來的財產花光了。

參考 相似詞：坐吃山崩。

坐冷板凳 ㄗㄨㄛˋ ㄌㄥˇ ㄅㄢˇ ㄉㄥˋ　坐在冷冷的板凳上，沒有人理睬。比喻受到冷落，不被重視。板凳：沒有扶手、沒有靠背的椅子。例他根本不會跳舞，參加舞會時只有坐冷板凳的份了。

坐享其成 ㄗㄨㄛˋ ㄒㄧㄤˇ ㄑㄧˊ ㄔㄥˊ　自己不出力，平白享受別人努力的成果。例你一點家事都不肯幫忙，好意思坐享其成嗎？

參考 相似詞：不勞而獲。

坐骨神經 ㄗㄨㄛˋ ㄍㄨˇ ㄕㄣˊ ㄐㄧㄥ　人體中最粗最長的神經，由脊髓神經分布到身體下肢，負責管理下肢的感覺和運動。

坐山觀虎鬥 ㄗㄨㄛˋ ㄕㄢ ㄍㄨㄢ ㄏㄨˇ ㄉㄡˋ　高高坐在山上看老虎打架；比喻坐看別人的爭鬥，不去幫忙，通常都有幸災樂禍的意思。例弟弟和妹妹吵架，你這做哥哥的居然坐山觀虎鬥，實在太不應該了！

參考 相似詞：隔岸觀火。

坏

土部 四畫

一 十 土 圢 圷 坏

ㄆㄧˋ ❶未經燒過的磚瓦陶器：例土坏、陶坏。❷低丘土堆：例一坏土。

垃

土部 五畫

一 十 土 圹 圿 坊 垃

ㄌㄜˋ 丟掉的廢物或塵土：例垃圾。

猜一猜 站在土旁。（猜一字）（答案：垃）

垃圾 ㄌㄜˋ ㄙㄜˋ　丟掉的、不用的、沒價值的東西。

參考 活用詞：垃圾桶、垃圾箱、垃圾車。

坷

土部 五畫

一 十 土 圢 坷 坷 坷

ㄎㄜˇ 地勢不平：例坎坷。

猜一猜 河水來，土掩埋。（猜一字）（答案：坷）

坪

土部 五畫

一 十 土 圢 圷 坪 坪

ㄆㄧㄥˊ ❶平坦的場地：例草坪。❷日本測量土地面積的單位名，一坪相當我國標準制三·

三〇五七平方公尺。

猜一猜 平分土地。（猜一字）（答案：坪）

坩

土部 五畫

ㄍㄢ 土器。

坩堝 ㄍㄢ ㄍㄨㄛ 熔化玻璃或金屬的器具，用陶土燒成，能耐高熱。

坡

土部 五畫

ㄆㄛ 地勢傾斜的地方：例山坡。

猜一猜 土之皮。（猜一字）（答案：坡）

動動腦 「山坡很滑，要小心。」「坡」和「滑」都是由二個部首構成的字，同時右邊的筆畫比較多。小朋友，除了「坡」和「滑」以外，你還能想出二個部首合成字有那些？翻到最前面部首的地方和同學比比看！

（答案：拉、排、馮、頭、順、吹、精、淦、根、垠、捫、抓、性、姓、啡……）

坡地 ㄆㄛ ㄉㄧˋ 山坡上傾斜的田地。例這一大片坡地種了許多果樹。

坡度 ㄆㄛ ㄉㄨˋ 傾斜的程度，通常用百分比或角度表示。例這座山坡度很大，爬上去很費力氣。

坦

土部 五畫

ㄊㄢˇ ❶寬而平：例平坦。❷心地光明，沒有私念：例坦白。

猜一猜 太陽從土地上升起。（猜一字）（答案：坦）

坦白 ㄊㄢˇ ㄅㄞˊ 心地光明，沒有隱藏。例他向老師坦白認錯。

參考 相似詞：坦率、坦誠。

坦克 ㄊㄢˇ ㄎㄜˋ 裝有火炮、機關槍和旋轉炮塔的裝甲戰鬥車輛。

坦率 ㄊㄢˇ ㄕㄨㄞˋ 性情坦白，說話直接。例她待人坦率。

坦途 ㄊㄢˇ ㄊㄨˊ 平坦的大道路，引申為世事的順利。例人總要經歷一番磨練才會步入坦途。

坦誠 ㄊㄢˇ ㄔㄥˊ 坦白誠實。

坤

土部 五畫

ㄎㄨㄣ ❶周易的卦名之一：例坤卦。❷指婚姻中的女方：例坤宅。❸代表地：例乾坤。

參考 相反字：乾。

猜一猜 不拜土地神。（猜一字）（答案：坤）

坼

土部 五畫

ㄔㄜˋ ❶破裂：例天崩地坼。❷分開：例坼書。

垂

土部 六畫

ㄔㄨㄟˊ ❶從上往下掉落：例垂淚。❷流傳：例永垂不朽。❸將要：例垂老。❹上級交給下級，或指尊長對自己的關懷：例垂問。

垂危 ㄔㄨㄟˊ ㄨㄟˊ 病重或傷重將死去。例他的性命垂危，恐怕活不過今天。

垂死 ㄔㄨㄟˊ ㄙˇ 將要死亡。

參考 請注意：「垂危」和「垂死」都是形容詞，表示十分危險，但「垂死」的語氣較重。此外，「垂危」多指病情、傷勢；而「垂死」都用來指制度、主義、戰鬥的即將敗亡。

垂青 ㄔㄨㄟˊ ㄑㄧㄥ 受到特別的看重。青：古時稱黑眼球為青眼。例承蒙垂青，感激不盡。

垂涎 ㄔㄨㄟˊ ㄒㄧㄢˊ 因想吃而流口水，也形容對某種事物特別羨慕，很想得到。涎：口水。例這家餐館的菜色令人垂涎三尺。

垂釣 ㄔㄨㄟˊ ㄉㄧㄠˋ 釣魚。例漁翁在江邊垂釣。

垂頭喪氣 ㄔㄨㄟˊ ㄊㄡˊ ㄙㄤˋ ㄑㄧˋ 形容失意或受到挫折時情緒低沉的樣子。例他失業以後，整天垂頭喪氣的，真教人難過。

型

土部 六畫

一 二 于 开 刑 刑 型 型

ㄒㄧㄥˊ ❶製造器物的模子：例模型。❷樣式，種類：例血型、體型。

參考 相似字：模、樣。

垠

土部 六畫

一 十 土 ……垠

ㄧㄣˊ ❶水涯，河岸。❷界限，邊際：例一望無垠。

垣

土部 六畫

一 十 土 ……垣

ㄩㄢˊ ❶牆：例城垣、短垣、斷垣殘壁。❷城：例省垣（省城、省會）。❸姓：例垣先生。

垢

土部 六畫

一 十 土 ……垢

ㄍㄡˋ ❶髒東西：例塵垢。❷骯髒的：例垢衣、垢面。❸比喻恥辱：例含垢忍辱。

垢面 ㄍㄡˋ ㄇㄧㄢˋ 臉很髒。例那個瘋子蓬頭垢面，到處亂跑。

城

土部 六畫

一 十 土 ……城

ㄔㄥˊ ❶古代圍繞都邑或一個地區築起可供防守用的大圍牆：例城牆、萬里長城。❷都市：例城市。❸姓：例城先生。

參考 相似字：郭。

唱詩歌 城門城門幾丈高？三十六丈高。騎白馬，帶腰刀，走進城門滑一跤。（臺灣）

城市 ㄔㄥˊ ㄕˋ 人口集中、工商業發達，居民以非農業人口為主的地區，通常是周圍地區的政治、經濟、文化中心。

城池 ㄔㄥˊ ㄔˊ 城牆和護城河，也指城市。

城垣 ㄔㄥˊ ㄩㄢˊ 城牆，即圍繞一個地方，可供防守的牆垣。垣：就是牆。

城郭 ㄔㄥˊ ㄍㄨㄛ 內城叫城，外城叫郭，城郭泛指城市。

城樓 ㄔㄥˊ ㄌㄡˊ 建築在城牆上，用來瞭望的樓臺。例從城樓上看見一批人馬由遠而近向城裡奔馳而來。

城牆 ㄔㄥˊ ㄑㄧㄤˊ 古代為防守而建築的又高又厚的牆，多建築在城市四周。

城鎮 ㄔㄥˊ ㄓㄣˋ 城市和鄉鎮。

垮

土部 六畫

一 十 土 ……垮

ㄎㄨㄚˇ ❶坍，倒塌：例房子垮了、洪水沖垮堤防。❷失敗：例垮臺、敵人被打垮了。

參考 請注意：足部的「跨」（ㄎㄨㄚˋ）是腳張開越過，例如：跨過。言部的「誇」（ㄎㄨㄚ）是用言語來讚美人，例如：誇獎。土部的「垮」（ㄎㄨㄚˇ），是指土質較鬆，容易倒下來，例如：垮臺。

垮臺 ㄎㄨㄚˇ ㄊㄞˊ 高臺倒塌；比喻失敗。例由於經濟不景氣，使得許多小公司垮臺了。

垓

土部 六畫

一 十 土 ……垓

ㄍㄞ ❶界限。❷荒涼偏遠的地方：例垓極、八荒九垓。❸垓下，古地名，在今安徽省靈壁縣。

垛

土部 六畫

一 十 土 ……垛

ㄉㄨㄛˇ 牆向上或向外突出的部分：例城垛、門垛。

ㄉㄨㄛˋ ❶成堆的東西：例麥垛、草垛。❷箭

三畫

靶：例箭垛。❸堆疊：例垛草。

埋　土部 七畫

ㄇㄞˊ ❶掩蓋住，不顯露出來：例掩埋。❷有本事而沒有人知道：例埋沒。❸隱藏：例埋伏。

ㄇㄢˊ 抱怨，說出怨天尤人的話：例埋怨。

參考 相似字：葬、藏、掩。

埋伏 ㄇㄞˊ ㄈㄨˊ　暗中躲藏，等待機會有所行動。例敵人在四周埋伏，藉著夜色的掩護準備展開行動。

埋沒 ㄇㄞˊ ㄇㄛˋ　有才華卻無人知道或有能力不得伸展。例他因為得不到老師的調教，所以埋沒了音樂天分。

埋怨 ㄇㄢˊ ㄩㄢˋ　用言語表示不滿或責備他人。例她埋怨坐公車就像在擠沙丁魚。

古人說 「跑了老婆，埋怨四鄰。」老婆就是太太，四鄰就是鄰居。這句話是說：自己遇到問題，不知道反省，反而責怪別人。例明明是你把球弄丟的，還罵我們，真是「跑了老婆，埋怨四鄰」。

埋首 ㄇㄞˊ ㄕㄡˇ　形容專心一致。例他日夜埋首苦讀，終於考上理想的學校。

參考 相似詞：埋頭。

埋葬 ㄇㄞˊ ㄗㄤˋ　❶埋入土中。例我把小狗的屍體埋葬在前院。❷埋沒葬送。例他的衝動魯莽埋葬了他一生的前途。

埋藏 ㄇㄞˊ ㄘㄤˊ　掩埋隱藏。例地下埋藏著豐富的寶藏。

埋頭苦幹 ㄇㄞˊ ㄊㄡˊ ㄎㄨˇ ㄍㄢˋ　集中精神，一心一意的刻苦做事。例他埋頭苦幹，終於為自己闖出了一片天地。

參考 相似詞：埋首苦幹。

埃　土部 七畫

ㄞ 細微的塵土：例塵埃。

埃及 ㄞ ㄐㄧˊ　❶指古埃及，西元前四千年即已建國，後為羅馬帝國所滅。古埃及對非洲、西亞和歐洲的文化發展有很大影響。❷全稱是「阿拉伯埃及共和國」，位於非洲東北部，尼羅河下流，地跨亞、非兩洲。

猜一猜 塵土落滿身。（猜一字）（答案：埃及）

埂　土部 七畫

ㄍㄥˇ ❶田間分界的小路：例田埂。❷用泥土築成的堤防：例堤埂。

埔　土部 七畫

ㄆㄨˇ 廣東、福建一帶把河邊的沙洲稱為「埔」。

域　土部 八畫

ㄩˋ 在一定範圍內的地方：例區域、領域。

堅　土部 八畫

ㄐㄧㄢ ❶結實，牢固：例堅固。❷不動搖：例堅定。❸人或事的重心：例中堅人物。❹盡力：例堅持。❺姓：例堅先生。

堅守 ㄐㄧㄢ ㄕㄡˇ　盡力固守，不輕易放棄。例我們要堅守民主陣容。

參考 相似詞：固守。

堅忍 ㄐㄧㄢ ㄖㄣˇ　受到挫折或勞苦，還是堅持不改變志向。例他靠著堅忍不拔的精神完成多項艱鉅的任務。

堅決 ㄐㄧㄢ ㄐㄩㄝˊ　心意態度確定不改變。例姊姊堅決半工半讀完成學業的想法，多年來從未動搖。

參考 相反詞：遲疑、妥協。

堅固 ㄐㄧㄢ ㄍㄨˋ　結合緊密，不容易破壞。例這房子很堅固。

參考 相反詞：脆弱。

堅定 ㄐㄧㄢ ㄉㄧㄥˋ　意志不動搖。例堅定民主立場，開創國家新局面。

參考 活用詞：堅定不移。

堅持 ㄐㄧㄢ ㄔˊ　堅決按照自己的主張去做。例他堅持完成鐵路興建的計畫。

堅貞 ㄐㄧㄢ ㄓㄣ　形容行為志向不因環境惡化而改變。例伯夷、叔齊堅貞不移的節操為後世所稱頌。

堅強 ㄐㄧㄢ ㄑㄧㄤˊ　強固有力，不可動搖或摧毀。例她從艱苦的環境中堅強的站起來。

參考 相反詞：軟弱、脆弱。

堅硬 ㄐㄧㄢ ㄧㄥˋ　牢固剛硬。例他的心堅硬如石。

參考 相反詞：柔軟。

堅韌 ㄐㄧㄢ ㄖㄣˋ　堅固而具有韌性，不容易折斷。例小草有堅韌的生命力。

堅毅 ㄐㄧㄢ ㄧˋ　堅定有毅力。例軍人有堅毅的意志才能奮戰不停。

堅忍不拔 ㄐㄧㄢ ㄖㄣˇ ㄅㄨˋ ㄅㄚˊ　堅定忍耐，絕不動搖。例看那峭壁上的蒼松，歷盡狂風暴雨，還是堅忍不拔的挺立著。

堅苦卓絕 ㄐㄧㄢ ㄎㄨˇ ㄓㄨㄛˊ ㄐㄩㄝˊ　在艱難困苦的環境中堅持到底，以追求超越自己的精神。例這位企業家堅苦卓絕的精神，值得我們效法。

埡

土部 八畫

ㄜˋ ❶白土。❷用白土粉刷。

埡粉 ㄜˋ ㄈㄣˇ　白色土或石子的粉末，可用來製作模型。

堆

土部 八畫

ㄉㄨㄟ ❶積聚在一起的物體：例土堆。❷堆聚物的數量詞：例幾堆石頭。❸把東西高積起來：例堆積。

猜一猜 土生土長的鳥。（猜一字）（答案：堆）

堆肥 ㄉㄨㄟ ㄈㄟˊ　把草灰、溝泥、廚餘堆疊起來，保持適宜溫度，讓它自然發酵腐爛，成為良好的肥料。

堆砌 ㄉㄨㄟ ㄑㄧˋ　堆疊；比喻寫文章時使用大量華麗的詞。例寫文章不能只是堆砌文字而不注意內容思想。

堆棧 ㄉㄨㄟ ㄓㄢˋ　存放貨物的倉庫。

堆積 ㄉㄨㄟ ㄐㄧ　堆聚積存。例吃完飯後，碗盤堆積如山。

埠

土部 八畫

ㄅㄨˋ ❶船隻停泊的地方：例埠口。❷指有碼頭的城鎮：例外埠。❸通商的口岸：例商埠。

埤

土部 八畫

ㄆㄧˊ ❶低牆。❷增加：例埤益。

ㄅㄧˋ 低下潮溼的地方。

ㄅㄟ 地名：例虎頭埤。

埤益 ㄆㄧˊ ㄧˋ　多所增加。

埤堄 ㄆㄧˊ ㄋㄧˋ　城上低牆，也作「埤倪」。

基

土部 八畫

ㄐㄧ ❶建築物的底部：例地基、牆基。❷根本的：例基本。❸依據：例基此理由。❹姓：例基先生。

基本 ㄐㄧ ㄅㄣˇ　❶根本的，主要的。例人民是組成國家最基本的條件。❷大部分。例這項工程基本上已經完成。

基地 ㄐㄧ ㄉㄧˋ　作為某種事業基礎的地區。例軍事基地不能隨便拍照。

基金 ㄐㄧ ㄐㄧㄣ　為了辦某事準備的基本資金。例歌星們為育幼院的小朋友們籌募了一筆基金。

參考 活用詞：基金會。

基層 ㄐㄧ ㄘㄥˊ　每一種組織最低的一層。例他考入這家公司，從最基層的工作做起。

參考 活用詞：基層組織、基層建設。

基礎 ㄐㄧ ㄔㄨˇ　建築物的根基，引申為事物發展的根本或起點。例我們有雄厚的經濟基礎，使我們的國家更富強。

參考 活用詞：基礎教育。

俏皮話 「雲端裡跑馬——腳下空。」小朋友都很想在空中騰雲駕霧吧！這的確是很刺激。但是如果聽到人家說「雲端裡跑馬」，可別羨慕喔！因為那是在說人一點基礎都沒有。

基督教 ㄐㄧ ㄉㄨ ㄐㄧㄠˋ 世界四大宗教之一，是耶穌所創。唐朝時已經傳入中國，用新約全書和舊約全書作為他們的經典。

堂 土部 八畫

ㄊㄤˊ ❶正房，大廳：例堂屋、廳堂。❷用來作某種用途的房屋：例禮堂。❸表示同祖父的親屬：例堂兄。❹尊稱別人的母親：例令堂。❺法庭：例公堂。❻盛大的：例堂皇。❼單位：例一堂課。❽姓：例堂先生。

猜一猜 和尚口中吐泥巴。（猜一字）（答案：堂）

堂皇 ㄊㄤˊ ㄏㄨㄤˊ 形容氣勢很大。例這棟房子布置得富麗堂皇。

堂堂 ㄊㄤˊ ㄊㄤˊ 形容人的容貌有威嚴，或事物莊嚴壯大。例他長得人高馬大，相貌堂堂。

堂堂正正 ㄊㄤˊ ㄊㄤˊ ㄓㄥˋ ㄓㄥˋ 形容光明正大。例我們要堂堂正正的做事，不偷雞摸狗。

堵 土部 八畫

ㄉㄨˇ ❶牆：例觀者如堵。❷計算牆的單位：例一堵牆。❸阻塞，擋住：例堵住、心裡堵得慌。❹錢的別稱：例阿堵物。❺姓：例堵先生。

ㄓㄜˇ 水名：例堵水（在湖北省境內）。

堵塞 ㄉㄨˇ ㄙㄜˋ 指洞穴、通道不流通。例山路被石頭堵塞住了。

執 土部 八畫

ㄓˊ ❶拿著：例執筆。❷掌管：例執政。❸堅持：例固執、各執一詞。❹施行：例執法。❺捉住：例失敗被執。❻憑證：例執照。❼姓：例執先生。

猜一猜 不用土墊。（猜一字）（答案：執）

執行 ㄓˊ ㄒㄧㄥˊ 實行，實施。例警方奉命執行取締的任務。

執法 ㄓˊ ㄈㄚˇ 執行法律。例執行從嚴才能有效的打擊犯罪。

執政 ㄓˊ ㄓㄥˋ ❶掌管政權。例在他的執政期間發生了一連串的暴動。❷掌管政權的人。

執教 ㄓˊ ㄐㄧㄠˋ 擔任教職。例他執教於大學，頗受學生歡迎。

執掌 ㄓˊ ㄓㄤˇ 掌握管理。例武則天是中國歷史上第一個執掌政權的女皇帝。

執筆 ㄓˊ ㄅㄧˇ 拿筆；引申為寫字。例我執筆寫下心中的感想。

執著 ㄓˊ ㄓㄨㄛˊ 堅持而不肯改變。例她一向對感情非常執著。

執照 ㄓˊ ㄓㄠˋ 由主管機關發給准許做某項事情的憑證。例領到了營業執照後，才可以開業。

執迷不悟 ㄓˊ ㄇㄧˊ ㄅㄨˋ ㄨˋ 明知錯誤，卻固執到底，不肯悔悟改過。例你一味地執迷不悟，流連賭場，看來誰也不能幫你了。

培 土部 八畫

ㄆㄟˊ ❶在植物、堤岸等的根基上堆土：例培土。❷栽種，養育：例栽培、培育。

ㄆㄡˇ 小土山：例培塿。

猜一猜 站在土堆上唱山歌。（猜一字）（答案：培）

培育 ㄆㄟˊ ㄩˋ 培植養育。

參考 相似詞：培養、培植。

培植 ㄆㄟˊ ㄓˊ ❶栽培種植植物。❷造就人才。例唯有多培植人才，國家才會富強康盛。

培塿（ㄆㄡˇ ㄌㄡˇ） 小土山。

培養（ㄆㄟˊ ㄧㄤˇ） ❶栽培繁殖植物。例他細心培養珍貴的花草。❷造就人才。例大學培養不少專業的人才。

堯

土部 九畫

ㄧㄠˊ ❶我國傳說中的上古君主。❷姓：例堯先生。

猜一猜 澆花不用水。（猜一字）（答案：堯）

堯舜（ㄧㄠˊ ㄕㄨㄣˋ） 堯和舜，是上古時代賢明的君主，後來泛指聖人。

堪

土部 九畫

ㄎㄢ ❶可以，能夠：例不堪設想。❷能忍受：例難堪、痛苦不堪。

猜一猜 勘察土地不費力。（猜一字）（答案：堪）

堤

土部 九畫

ㄊㄧˊ 河邊防水的土石建築物：例堤防。

堤防（ㄊㄧˊ ㄈㄤˊ） 築在岸邊，用來防止水患的建築物。例政府決定興建堤防，預防水患。

參考 相似詞：堤岸。

堰

土部 九畫

ㄧㄢˋ 擋水的土堤。

參考 請注意：「堰塘」的「堰」和「揠苗助長」的「揠」（ㄧㄚˋ），字形很相似，但「揠」有拔的意思。

猜一猜 只培土，不要揠苗助長。（猜一字）（答案：堰）

場

土部 九畫

ㄔㄤˇ ❶寬廣平坦的空地：例廣場、操場。❷處所：例商場、試場、會場。❸一件事情從開頭到結束的經過叫「一場」：例一場球賽、大鬧一場。❹戲劇的一幕稱為「一場」。

參考 請注意：❶「場」和「廠」音義相似：「廠」指有房子的地方，例如：工廠。「場」可指有房子的地方，也可指沒房子的地方，例如：操場、農場。❷「塲」是場的俗寫字。

猜一猜 湯灑在地上。（猜一字）（答案：場）

動動腦 「昨天下了一場大雨。」小朋友，除了一場大雨、一場大病，還有哪些事物可以用「場」來計算？趕快想一想！（答案：一場電影、一場爭論、一場球賽……）

場合（ㄔㄤˇ ㄏㄜˊ） 一定的時間、地點、狀況。例這種穿著，不太適合今晚的場合吧！

場地（ㄔㄤˇ ㄉㄧˋ） 平坦寬敞，用來舉辦活動的地方。例我們向學校借一塊場地，舉辦運動會。

場所（ㄔㄤˇ ㄙㄨㄛˇ） 活動的處所。例公共場所是大家活動的地方。

場面（ㄔㄤˇ ㄇㄧㄢˋ） ❶戲劇、電影中由音樂和上場的人物所組成的景況。例這部電影場面很盛大。❷指一定場合下的情景。例義賣會中熱烈的場面令人感動。❸表面的排場。例他總是愛花錢來充場面。

場景（ㄔㄤˇ ㄐㄧㄥˇ） 指戲劇、電影中的場面。例這一幕賽車的場景花了公司好幾百萬。

堡

土部 九畫

ㄅㄠˇ ❶用土石建造的小城，可作防禦用：例堡壘。❷北方人稱村落為堡：例張家堡。

猜一猜 保衛國王。（猜一字）（答案：堡）

堡壘（ㄅㄠˇ ㄌㄟˇ） 一種防禦敵人所設的堅固建築物。以後用來作為事物或精神的象徵，有堅固難以攻破的意思。例長城是我們軍事以及精神的堡壘。

報

土部 九畫

ㄅㄠˋ ❶告訴、通知：例報告、報信。❷傳送新聞、消息的文字或信號：例報紙、電報。❸向對方採取行動：例報答、報仇。

參考 相似字：復、答。

報仇 ㄅㄠˋ ㄔㄡˊ 採取行動來打擊仇敵。例他為了替父親報仇，不惜犧牲性命。

參考 相反詞：報恩。♣活用詞：報仇雪恨。

報刊 ㄅㄠˋ ㄎㄢ 報紙、雜誌的總稱。

參考 相似詞：報章雜誌。

報名 ㄅㄠˋ ㄇㄧㄥˊ 把名字報告給主辦單位，表示願意參加。例媽媽替我報名參加夏令營。

報告 ㄅㄠˋ ㄍㄠˋ ❶下級向上級、晚輩向長輩說明事情。例我向老師報告大掃除的情形。❷說明的內容或是文書。例我明天要交一篇讀書報告。❸像演講一樣的就某個主題向大眾講述。例明天輪到我上臺報告暑假生活。

報到 ㄅㄠˋ ㄉㄠˋ 表示自己已經到達的手續。例妹妹要上一年級了，媽媽今天帶她到學校報到。

報社 ㄅㄠˋ ㄕㄜˋ 編輯和出版報紙的機構。例如：國語日報社。

參考 相似詞：報館。

報效 ㄅㄠˋ ㄒㄧㄠˋ 為國家盡力。例每個人努力做好份內工作，就是報效國家。

報案 ㄅㄠˋ ㄢˋ 把發生違法、犯罪的案件向警方報告。

參考 請注意：「報案」和「報警」不一樣：「報警」的含義比較廣，指向警方報告消息。如果我們發現附近有可疑的人物，於是立刻通知警方，那叫作「報警」，不叫「報案」。「報案」是指把發生犯罪的事實向警方直接報告，含義比較窄。

報紙 ㄅㄠˋ ㄓˇ 以記載新聞為主的每天或每星期定期的出版品。有日報、晚報、周報等。

猜一猜 有個朋友天天來，知識淵博消息快，古今中外它都知，文盲與它談不來。（猜一物品）（答案：報紙）

唱詩歌 報紙是世界的窗戶，爸爸每天都把它打開，看看世界的風景。（江玉台）

報復 ㄅㄠˋ ㄈㄨˋ 對曾經使自己不利的人採取攻擊行動。例報復只能增加仇恨，不能解決問題。

報答 ㄅㄠˋ ㄉㄚˊ 用實際的行動表示感謝。例我要用功讀書，報答父母的恩惠。

報酬 ㄅㄠˋ ㄔㄡˊ 做事後所獲得的錢或實物。例他工作一個月的報酬是二萬元。

報廢 ㄅㄠˋ ㄈㄟˋ 東西壞了，不能使用。例我的收音機摔壞了，只好報廢。

參考 相似詞：報銷。

報數 ㄅㄠˋ ㄕㄨˋ 報告數目。大部分指排隊時，每個人按照次序報一個數目，以便清查人數。

報導 ㄅㄠˋ ㄉㄠˇ 通過電視、廣播、報章雜誌把新聞告訴大家。例我們每天收看電視新聞報導。

參考 活用詞：報導文學、新聞報導。

報應 ㄅㄠˋ ㄧㄥˋ 本來指因為某種原因而得到某種結果。現在大部分指做了壞事而得到惡報。例為非作歹的壞人，一定會遭到報應。

堙

土部 九畫

ㄧㄣ ❶土山。❷堵塞：例堙井。❸埋沒：例堙沒、堙滅。

塞

土部 十畫

ㄙㄜˋ ❶阻隔不通：例阻塞。❷充滿：例充塞。❸完成：例敷衍塞責。

ㄙㄞ ❶器皿上封口的東西，通常用軟木或塑膠製成：例瓶塞。❷填滿空隙：例肚子塞滿了食物。

三畫

ㄙㄞˋ邊界上、險要的地方：例要塞、邊塞。

參考 相似字：閉、封。

猜一猜 寒天掉冰。（猜一字）（答案：塞）

塞北 ㄙㄞˋ ㄅㄟˇ 蒙古高原上大漠南北的邊緣地帶，氣候溼潤，農業興盛。又分漠南草原和漠北草原兩區。

塞外 ㄙㄞˋ ㄨㄞˋ 邊塞以外的地方。例塞外有許多遊牧民族。

塞責 ㄙㄜˋ ㄗㄜˊ 對自己應負的責任隨便的應付。例他凡事塞責的態度已引起許多人的不滿。

塞翁失馬 ㄙㄞˋ ㄨㄥ ㄕ ㄇㄚˇ 是寓言故事：比喻暫時吃虧，卻因此得到好處。塞：邊塞。翁：老頭。據說：住在邊塞的一個老頭，有一天丟了馬，別人來安慰他，他說：「這怎麼不算是好事呢？」幾個月後這匹馬果然帶了一匹好馬回來。

塑

土部 十畫

丶 丷 ㄓ 䒑 屰 朔 朔 朔 朔 塑 塑 塑

ㄙㄨˋ用泥土捏造人物的像：例泥塑。

塑造 ㄙㄨˋ ㄗㄠˋ ❶用石膏或泥土等塑成人物的形象。❷指文學藝術中的創造、建立。例這本小說塑造了一位英雄人物。

塑像 ㄙㄨˋ ㄒㄧㄤˋ 用石膏或泥土等塑成的人像。例我們為這位見義勇為的人立了一尊塑像。

塘

土部 十畫

一 十 土 圹 圹 圹 圹 圹 圹 塘 塘 塘

ㄊㄤˊ❶堤岸：例河塘。❷池子：例池塘。❸浴池：例洗澡塘。

猜一猜 唐朝的兵馬俑。（猜一字）（答案：塘）

塗

土部 十畫

丶 丶 氵 氵 氵 汵 汵 涂 涂 涂 塗 塗 塗

ㄊㄨˊ❶道路，通「途」。❷不明事理的：例糊塗。❸畫上顏色或油漆等：例塗上色彩。❹因修改而抹去：例塗改。❺姓：例塗先生。

塗改 ㄊㄨˊ ㄍㄞˇ 把文章中多餘的字抹掉或不合適的修改一下。例他的文章塗改了好幾次才完成。

塗抹 ㄊㄨˊ ㄇㄛˇ ❶隨手揮灑，不特別去修飾。抹：塗。❷畫圖。❸化妝。❹用筆抹去。例他把這篇文章塗抹得亂七八糟。

塗鴉 ㄊㄨˊ ㄧㄚ 隨意書寫、畫圖。例他從小就喜歡塗鴉，所以立志要當畫家。

塚

土部 十畫

一 十 土 圹 圹 圹 圹 塚 塚 塚 塚

ㄓㄨㄥˇ墳墓，同「冢」：例古塚、荒塚、衣冠塚（埋葬死者衣帽等遺物的墳墓）。

塔

土部 十畫

一 十 土 圹 圹 圹 圹 圹 圹 塔 塔 塔

ㄊㄚˇ❶佛教特有的一種多層建築物。頂上是尖的：例寶塔。❷高聳像塔形的建築物：例燈塔。❸姓：例塔先生。

塔里木盆地 ㄊㄚˇ ㄌㄧˇ ㄇㄨˋ ㄆㄣˊ ㄉㄧˋ 位於新疆南部，西起帕米爾高原，東到甘肅、新疆邊境。

填

土部 十畫

一 十 土 圹 圹 圹 圹 圹 填 填 填

ㄊㄧㄢˊ❶塞滿空的地方：例填平。❷在表格上按項目寫上文字：例填表。❸補充：例填補。

猜一猜 真土！（猜一字）（答案：填）

填充 ㄊㄧㄢˊ ㄔㄨㄥ ❶填補，指空間。例擺放一些盆栽、雕刻品在客廳，會有些填充的作用。❷測驗的一種方法，把問題寫成一句話，將要回答的部分空著，讓人填寫。

參考 活用詞：填充題、填充物、填充劑。

填飽 ㄊㄧㄢˊ ㄅㄠˇ 吃飽。例他一向不講究吃，只要能填飽肚子就好。

填滿 ㄊㄧㄢˊ ㄇㄢˇ 裝滿。例妹妹的撲滿填滿了錢，拿起來沉甸甸的。

填寫 ㄊㄧㄢˊ ㄒㄧㄝˇ 在印好的表格上填入應寫的文字或數字。例他正在填寫一份資料。

填鴨 ㄊㄧㄢˊ ㄧㄚ　❶飼養鴨子的一種方法。用飼料填到鴨子的嘴裡，並且減少鴨子的運動量，讓它很快長肥。❷填塞式的教學法。例惡補就好像填鴨，使學生缺乏思考力。

參考 活用詞：填鴨式教學。

塌
土部 十畫

塌塌塌

ㄊㄚ ❶倒下，陷下：例坍塌、牆塌了。❷凹下：例塌鼻子。

參考 相似字：倒、陷。♣請注意「塌」、「蹋」有分別：倒「塌」、死心「塌」地，因為和地面有關，所以左邊是「土」字；糟「蹋」的「蹋」有踐踏的意思，所以左邊是「足」字。

塭
土部 十畫

塭塭塭

ㄨㄣ 養魚用的池塘：例魚塭。

塊
土部 十畫

塊塊塊

ㄎㄨㄞˋ ❶結聚成一團或呈固體的東西：例石塊、塊根。❷計算東西數量的詞：例一塊糖、兩塊香皂。❸計算錢的單位，例一塊錢。

參考 請注意：「塊」當作數量詞的時候，大部分指成團或是方形的東西。

猜一猜 人死土埋。（猜一字）（答案：塊）

動動腦 「這一塊蛋糕很好吃。」除了蛋糕和香皂，還有那些東西會用「塊」當計算單位呢？趕快想一想！（答案：一塊石頭、一塊錢、一塊木板……）

塊根 ㄎㄨㄞˋ ㄍㄣ　植物的根變形，成為肥大的塊狀，用來儲存養分，有些可以食用，例如：甘藷。

塊莖 ㄎㄨㄞˋ ㄐㄧㄥ　成塊狀的地下莖，儲存很多養分，是不規則的塊狀，可以分割成很多塊，作為繁殖，例如：馬鈴薯。

塢
土部 十畫

塢塢塢

ㄨˋ ❶小城堡。❷地勢四面高而中央低的地方：例山塢、花塢。❸建築在水邊供停船、修船、造船的長方形大池子：例船塢。

塵
土部 十一畫

塵塵塵

ㄔㄣˊ ❶飛散的灰土：例塵土。❷佛教、道教所指的現實世界：例塵世。❸姓：例塵先生。

參考 相似字：灰、埃。

塵土 ㄔㄣˊ ㄊㄨˇ　飛揚的細土。例這間房子太久沒打掃，布滿了塵土。

塵世 ㄔㄣˊ ㄕˋ　汙濁而凡俗的現實世界。

參考 相似詞：塵埃、塵垢。

塵垢 ㄔㄣˊ ㄍㄡˋ　灰塵、汙垢等髒東西。例衣服上沾滿塵垢，很難洗乾淨。

塵封 ㄔㄣˊ ㄈㄥ　東西放太久，被塵土蓋滿。例他從那個塵封已久的箱子中拿出一本書。

塵埃 ㄔㄣˊ ㄞ　飛揚的細小灰土。埃：細的灰塵。例那間空房子很久沒有人住，到處布滿了塵埃。

笑一笑 王太太忙了一整天，準備在家裡招待朋友，顯然想給他們留下好印象。突然她五歲的兒子滿身塵埃地走了進來。王太太吃驚地問：「毛毛，你剛才在做什麼？」毛毛：「我在妳的床底下玩呀！」

塾
土部 十一畫

孰塾塾塾

ㄕㄨˊ ❶大門旁邊的廳堂。❷古代私人設立的教學處所：例私塾。

猜一猜 誰是土地公？（猜一字）（答案：塾）

塾師 ㄕㄨˊ ㄕ　以前稱在私塾中教書的老師。例這位塾師學問很好。

境

土部 十一畫

一 十 土 土' 土ˊ 土ˋ 圹 坹 垃 培 培 培 境 境 境

ㄐㄧㄥˋ ❶邊界：例國境。❷地方，區域：例環境。❸際遇，情況：例境遇。❹程度，地步：例學無止境。

境地 情況，地步。例敵人陷入孤立無援的境地。

境況 所處的環境和狀況。例他的經濟境況比我們料想中的更好。

境界 ❶土地的界限。❷事物所達到的程度或表現的情況。例他的演技已到了出神入化的境界。

境域 疆界以內的地方。

境遇 所處的環境和所經歷的遭遇。例她一生的境遇十分的艱辛坎坷。

墓

土部 十一畫

丶 丷 丷 艹 艹 艹 芢 苩 苩 荁 莫 莫 莫 墓 墓

ㄇㄨˋ 埋葬死人的地方：例墳墓。

參考 相似字：墳、坟。

猜一猜 土地上有落日有大草。（猜一字）（答案：墓）

墓地 ❶墳墓的所在地。❷準備用來修建墳墓的用地。例這塊墓地年代非常久遠。

墓碑 立在墓前，刻著文字用來辨認、讚揚死者的石碑。

墊

土部 十一畫

一 十 土 夫 去 幸 坴 坴 幸 剆 執 執 執 墊 墊

ㄉㄧㄢˋ ❶襯在下面的東西：例鞋墊、椅墊、鋪墊。❷用東西襯或鋪在底下加高加厚：例墊張紙、墊桌子。❸暫時替別人付錢：例墊錢、墊款。

猜一猜 執戈捍衛國土。（猜一字）（答案：墊）

墊付 暫時替別人付錢。

墊補 錢不夠用時暫時挪用別的款項或借用別人的東西。

墊褥 坐臥時墊在身體下的棉、毛織品。

墊腳石 比喻藉以向上爬時所利用的人或事物。

塹

土部 十一畫

一 ㄏ ㄏ 百 百 亘 車 車 斬 斬 斬 斬 斬 斬 塹

ㄑㄧㄢˋ ❶繞城的河：例深塹。❷深坑：例塹谷。❸稱長江等天然的險阻：例天塹。

墅

土部 十一畫

丶 ㄇ 日 日 旦 甲 里 里 野 野 野 野 野 野 墅

ㄕㄨˋ ❶田間的房舍。❷住宅以外，供人遊樂休憩的房舍：例別墅。

猜一猜 土人不野。（猜一字）（答案：墅）

墟

土部 十二畫

一 十 土 土' 圹 圹 圹 圹 圹 坾 墟 墟 墟 墟 墟 墟

ㄒㄩ ❶大的土堆：例丘墟、土墟。❷荒廢的舊城：例故墟、廢墟。❸村里：例墟落。❹農村定期的臨時市集：例牛墟、趕墟。

墟市 鄉村中的市集。

墟里 村落。

墀

土部 十二畫

一 十 土 圹 圹 坭 坭 坭 坭 坭 墀 墀 墀 墀 墀

ㄔˊ ❶臺階。❷臺階上面的空地。

增

土部 十二畫

一 十 土 土' 圹 圹 圹 坳 坳 坳 坳 増 増 増 増

ㄗㄥ 添，加多：例增加。

參考 相似字：加、添。

增加 ㄗㄥ ㄐㄧㄚ 添多的意思。例他看電視沒有保持距離，所以近視的度數又增加了。

參考 相似詞：增添、增益。

增色 ㄗㄥ ㄙㄜˋ 增添光彩。例由於您的光臨，使大會增色不少。

參考 相似詞：增光。

增長 ㄗㄥ ㄓㄤˇ 增加和長進。例出國旅遊可以增長見聞。

增益 ㄗㄥ ㄧˋ 添，加。

參考 相似詞：增加。

增強 ㄗㄥ ㄑㄧㄤˊ 增進加強。例你必須增強你的自信心。

增產 ㄗㄥ ㄔㄢˇ 增加生產。例只有增產才能報國。

增減 ㄗㄥ ㄐㄧㄢˇ 增加或減少。

參考 相似詞：增損。

增進 ㄗㄥ ㄐㄧㄣˋ 增加而有進步。例只有徹底的發揮你的智力，才可增進你的成績。

參考 相似詞：增長。

墳
土部 十二畫

ㄈㄣˊ 埋葬死人高起的土堆：例墳墓。

參考 相似字：墓。

猜一猜 三十個土製的寶貝。（猜一字）（答案：墳）

俏皮話 「墳頭上耍大刀——嚇鬼。」小朋友你知道什麼叫作「墳頭上耍大刀」嗎？那就是「嚇鬼」。這句話是指嚇不倒人的意思。

墳墓 ㄈㄣˊ ㄇㄨˋ 埋葬死人的土堆。例清明節的時候，許多人到祖先的墳墓上祭拜。

參考 相似詞：墳地、墳場。

墜
土部 十二畫

ㄓㄨㄟˋ ❶落，掉下：例墜落。❷往下垂：例稻穗往下墜。❸吊在下面的裝飾品：例扇墜、耳墜子。

墜子 ㄓㄨㄟˋ ㄗ˙ 掛在器物上的裝飾品。

墜毀 ㄓㄨㄟˋ ㄏㄨㄟˇ 掉下來摔壞。例飛機失事，墜毀在太平洋上。

墜落 ㄓㄨㄟˋ ㄌㄨㄛˋ 東西掉下來。例他在登山時，被墜落的石頭打傷。

參考 請注意：「墜落」和「墮落」不同：「墜落」是形容東西掉下來；「墮落」是形容人的思想、行為退步。

墮
土部 十二畫

ㄉㄨㄛˋ 掉，落下：例墮落。

參考 請注意：「墮」和「墜」字形相似，但是「墮落」是指人的思想、品格變壞；「墜落」是指東西掉下來。

墮落 ㄉㄨㄛˋ ㄌㄨㄛˋ 人的行為品格由好變壞，不知振作。例自從他交了壞朋友，便逐漸墮落了。

墩
土部 十二畫

ㄉㄨㄣ ❶土堆：例土墩。❷用厚大的木頭或磚石、水泥砌成的基礎：例木墩、石墩、橋墩。

猜一猜 土人敦厚。（猜一字）（答案：墩）

壁
土部 十三畫

ㄅㄧˋ ❶牆：例牆壁。❷直立的山崖：例絕壁、峭壁。❸姓：例壁先生。

參考 請注意：「壁」和「璧」外形相似，「壁」是和土有關的牆壁；「璧」是美玉。

壁虎 ㄅㄧˋ ㄏㄨˇ 俗稱「守宮」，是一種爬蟲類。

壁報 ㄅㄧˋ ㄅㄠˋ 貼在壁上或看板上，用筆寫或油印，並有彩色圖畫，用來吸引觀眾的宣傳。

壁壘 ㄅㄧˋ ㄌㄟˇ 古時軍營的圍牆；比喻互相對立的陣營。例這兩支軍隊互相敵對，所以壁壘分明。

墾 土部 十三畫

ㄎㄣˇ 翻土，開荒：例墾田、墾荒。

墾荒 ㄎㄣˇ ㄏㄨㄤ 開墾荒地。例我們要效法先民墾荒的精神建設自己的國家。

墾丁公園 ㄎㄣˇ ㄉㄧㄥ ㄍㄨㄥ ㄩㄢˊ 臺灣屏東恆春境內的名勝，有鵝鑾鼻燈塔及多種熱帶植物，景觀奇特。初建於清光緒二十八年，今為國家公園。

壇 土部 十三畫

ㄊㄢˊ ❶土木築成祭祀或典禮用的高臺：例天壇。❷用土堆成的平臺，多在上面種花：例花壇。❸場所：例文壇、影壇、詩壇。

壅 土部 十三畫

ㄩㄥ ❶堵塞：例壅塞。❷用培土或肥料來培養植物的根部：例壅土。

壅塞 ㄩㄥ ㄙㄜˋ 堵住不通。

壕 土部 十四畫

ㄏㄠˊ ❶城下的深池：例城壕。❷打仗時戰地所挖掘的溝道，供軍隊藏身用：例戰壕。

猜一猜 鄉下土財主。（猜一字）（答案：壕）

壓 土部 十四畫

ㄧㄚ ❶由上往下增加重力：例壓平、壓住。❷擱置：例積壓。❸用權威禁止：例鎮壓。❹逼近：例大軍壓境。

猜一猜 討厭土堆。（猜一字）（答案：壓）

壓力 ㄧㄚ ㄌㄧˋ ❶物體上所承受的力。例高山上的大氣壓力比平地小。❷壓迫人的威勢或力量。例你別對我施加壓力，否則我會馬上崩潰。❸負擔。例這次考試給我的心理壓力很大。

壓抑 ㄧㄚ ㄧˋ 對感情、力量等加以限制，使不能充分流露或發揮。例他為了怕你為難，始終壓抑著自己的感情。

壓制 ㄧㄚ ㄓˋ 運用強力使別人屈服。

參考 請注意：「壓制」、「克制」和「抑制」有區別：「壓制」是用壓力限制或制止別人，常用在對別人的意見、批評或其他的行動，例如：在共產黨的壓制下，許多悲劇故事因此而產生。「克制」是用強力制止自己的感情，例如：他克制內心的激動。「抑制」是壓下去、控制的意思，可以用在對別人也可用在對自己，例如：他抑制不住心頭的喜悅。

壓迫 ㄧㄚ ㄆㄛˋ ❶施加壓力，迫使人屈服。例她被生活的重擔壓迫得喘不過氣。❷對生物體內某一部分施加壓力。例腫瘤壓迫了運動神經。

壓倒 ㄧㄚ ㄉㄠˇ 力量勝過或重要性超過。例他在這次選舉中獲得壓倒性的勝利。

壓縮 ㄧㄚ ㄙㄨㄛ ❶加上壓力，使體積縮小。例我壓縮皮箱裡的衣服以便能多塞幾件進去。❷減少人員、經費、篇幅的數量。例再不壓縮開支，錢就不夠用了。

壓歲錢 ㄧㄚ ㄙㄨㄟˋ ㄑㄧㄢˊ 除夕或過年時長輩給晚輩討吉利的錢。因用紅紙袋裝錢，又稱「紅包」。

壑 土部 十四畫

ㄏㄨㄛˋ ❶坑谷，深溝：例溝壑。❷山中低窪的地方：例壑谷。

壙 土部 十五畫

ㄎㄨㄤˋ ❶墓穴。❷原野。

壘 土部 十五畫

ㄌㄟˇ 作戰的時候，用來防守的建築：例堡壘。

ㄌㄩˋ 鬱壘、神荼（ㄕㄨ）是古人所說的兩個門神的名字。

參考 請注意：「堡壘」的「壘」（ㄌㄟˇ），下面是「土」；「重疊」的「疊」（ㄉㄧㄝˊ），下面是「宜」，不要混淆。

壘球 ㄌㄟˇ ㄑㄧㄡˊ ❶一種球類運動的名稱。和棒球很相像，但是球場比較小，球比棒球大而且軟，可以在室內比賽。每場分七局結束。❷一種球的名稱，在壘球運動時使用。

壞 土部 十六畫

ㄏㄨㄞˋ ❶毀損：例損壞。❷腐敗：例水果壞了。❸和「好」相反：例壞人。❹非常、極，表示程度很深：例他氣壞了。

參考 相反字：好。

壞人 ㄏㄨㄞˋ ㄖㄣˊ 品行不好的人。例我們不要和壞人交朋友。

參考 相似詞：壞蛋。♣相反詞：好人。

壞處 ㄏㄨㄞˋ ㄔㄨˋ 不好的地方。例這麼做一點兒壞處也沒有。

參考 相似詞：缺點。♣相反詞：好處。

壞話 ㄏㄨㄞˋ ㄏㄨㄚˋ 惡意批評別人的話。例我們不要在別人背後說壞話。

壞血病 ㄏㄨㄞˋ ㄒㄧㄝˇ ㄅㄧㄥˋ 因為營養不良，缺乏維生素C，所引起的疾病。患者身體衰弱，全身疲勞，病狀輕的牙齦（ㄧㄣˊ）出血，嚴重的四肢潰瘍（ㄧㄤˊ）。

壟 土部 十六畫

ㄌㄨㄥˇ ❶墳墓。❷田中高地：例田壟、麥壟。❸把持、獨占：例壟斷。

壟斷 ㄌㄨㄥˇ ㄉㄨㄢˋ 原是指高而陡峭的田岡，後來泛指把持和獨占。例他壟斷市場的交易以獲取暴利。

壢 土部 十六畫

ㄌㄧˋ ❶臺灣地名，在桃園縣：例中壢市。❷方言，客語，指兩山之間的大溝：例山壢。

壤 土部 十七畫

ㄖㄤˇ ❶大地：例霄壤、天壤之別（比喻差別很大）。❷鬆軟的泥土：例土壤。❸地區：例接壤（兩個地區的交接處）、窮鄉僻壤。

壤土 ㄖㄤˇ ㄊㄨˇ 黑褐色沒有粗礫的土壤，柔軟肥沃，是最適於植物生長的土質。

壩 土部 二十一畫

ㄅㄚˋ ❶攔水的建築物：例水壩、堤壩。❷我國西南地區稱平原或平地為「壩」：例壩子、沙坪壩。

猜一猜 霸占土地。（猜一字）（答案：壩）

壩子 ㄅㄚˋ ˙ㄗ 我國西南地區丘陵與丘陵間狹長的沖積小平原，是人口、農田集中的精華區。

士部 ㄕˋ

士 士

士是由「十」和「一」所構成的，「一」和「十」是數字的開始和終結，用來表示「士」是做事有頭有尾的人，也就是能做事的人才。士部的壻（也可以寫成婿，就是女婿、夫婿），是指有才德的人，其

三畫

餘的字和士並沒有多大關係，只是字形相似。

士

一十士

士部 〇畫

ㄕˋ ❶古代指未婚的男子。❷古代統治階級中比卿大夫小一層的官階。❸讀書人：例士、農、工、商。❹軍人：例士兵。❺軍階中的一級：例上士。❻指某種技術人員：例護士。❼對人的美稱：例烈士。

參考 請注意：❶「士」有指人的意思，但不作動詞用；「仕」可當動詞用，但在「仕宦」這一詞時，只當作名詞用。❷「士」字下面一橫較短；「土」字下面一橫較長，要分清楚。

士氣 ㄕˋ ㄑㄧˋ 軍隊的戰鬥意志，也可指知識分子的氣勢。例軍隊要有旺盛的士氣，才可打勝仗。

壬

一二千壬

士部 一畫

ㄖㄣˊ ❶天干中的第九位。❷姓：例壬先生。

壯

丨丬丬丬丬壯壯

士部 四畫

ㄓㄨㄤˋ ❶健康，結實：例這匹馬很壯、年輕力壯。❷大，雄偉：例壯志、壯觀。❸加強，使強：例壯膽、壯聲勢。❹人三十歲到四十歲：例壯年。❺姓：例壯先生。

參考 相似字：強、健、盛。♣請注意：「壯」的右邊是「士」，不可以寫成「土」。

猜一猜 士兵倚半牆。（猜一字）（答案：壯）

壯丁 ㄓㄨㄤˋ ㄉㄧㄥ 指年輕力量大的男子。丁：男子。

壯烈 ㄓㄨㄤˋ ㄌㄧㄝˋ 為了正當的事勇敢犧牲。烈：本是燃燒旺盛，這裡指有氣節。例他在沙場上壯烈犧牲。

參考 活用詞：壯烈成仁、壯烈殉國。

壯膽 ㄓㄨㄤˋ ㄉㄢˇ 形容膽子小，要靠外物的幫助，增加膽量。例他走在黑暗的巷子裡，藉著唱歌來壯膽。

壯觀 ㄓㄨㄤˋ ㄍㄨㄢ 十分宏偉的景象、外表。例日出的景色很壯觀。

壹

一十士士声声壹壹壹壹壹壹

士部 九畫

ㄧ ❶「一」的大寫：例壹仟元。❷姓：例壹先生。

壺

一十士士声声壺壺壺壺壺壺

士部 九畫

ㄏㄨˊ ❶陶瓷或金屬等做成的容器，用來盛裝液體，並有嘴往外倒：例茶壺。❷姓：例壺先生。

壽

一十士士圭圭圭圭圭圭壽壽壽壽

士部 十一畫

ㄕㄡˋ ❶活的歲數很大：例長壽。❷生命：例壽命。❸生日：例壽辰。❹生前預先做好的，準備埋葬時所用的物品：例壽材。

壽衣 ㄕㄡˋ ㄧ 生前預先做好的衣服，以便死的時候穿。

笑一笑 ㈠許多觀光客住在榮星花園附近的一家飯店。閒暇時，就跑到附近的商店去買中國式的衣帽，當他們很高興的穿上這些衣物時，中國朋友很不好意思，不敢告訴他們那是壽衣。原來他們是在殯儀館旁的葬儀社買到壽衣壽帽。

㈡相傳以前有個女婿去給岳父拜壽，離家時父親再三告訴他，見到岳父要多講「壽」字，傻瓜答應了。果然，他一進岳父家大門，就大聲喊：「拜壽！拜壽！」岳父很高興，以為女婿變聰明了。接著傻瓜看見了滿桌的桃子和麵，又大喊：「壽桃壽麵，好吃！」岳父沒表示什麼。可是後來傻瓜看見岳父穿著新衣，就大喊：「壽衣、壽衣，真漂亮！」這句話把岳父氣得兩眼發黑、昏死過去。

壽辰 ㄕㄡˋ ㄔㄣˊ 就是生日，指德高或年長的人而言。

參考 相似詞：壽誕。

壽命 ㄕㄡˋ ㄇㄧㄥˋ 人的生命。

參考 請注意：「壽命」偏重在人的生命期限；「生命」偏重在性命，二者還是有不同的地方。

壽星 ㄕㄡˋ ㄒㄧㄥ ❶指老人星，自古就用來作為長壽的象徵。民間常把它畫成老人的樣子，白色的鬍鬚，手持拐杖。❷稱生日的人。

動動腦 天上的星辰像天蠍星、北極星、織女星……都會亮，哪些星是不亮的呢？（答案：明星、福星、煞星、壽星……）

俏皮話 「老壽星上吊——活得不耐煩。」老壽星是對過生日而且年紀已經很大的人一種禮貌性的稱呼。如果老壽星想到要上吊，那一定是「活得不耐煩了」。

唱詩歌 壽星老兒福祿星，增福增壽壽長生，生文生武生貴子，子孝孫賢輩輩光榮。

壽終 ㄕㄡˋ ㄓㄨㄥ 享盡天年而且終了生命。

參考 相反詞：夭折。♣活用詞：壽終正寢。

壽比南山 ㄕㄡˋ ㄅㄧˇ ㄋㄢˊ ㄕㄢ 年紀比南山的時間久，祝福人家長壽的用語。

壽終正寢 ㄕㄡˋ ㄓㄨㄥ ㄓㄥˋ ㄑㄧㄣˇ 指年老死在家中；比喻事物的消失滅亡。正寢：住宅的正屋。例我這部腳踏車快要壽終正寢了。

夊部 ㄙㄨㄟ

「夊」讀作ㄙㄨㄟ，是行動緩慢的意思，「ㄓ」像人的小腿，中間那一筆表示腳被阻礙，走得很慢的意思，夊部的夏，下面是腳（夊），上面是頭（請見頁部說明），原來是指住在中原的民族，像我們常說的「華夏民族」。夔，也是夊部，是古代傳說中一種形狀像龍的獨腳怪獸。

夏

夊部 七畫

一 丆 丆 丙 丙 百 百 頁 頁 夏

ㄒㄧㄚˋ ❶四季中的第二季，氣候最熱：例夏季。❷朝代名：例夏朝。❸指中國：例華夏。❹姓：例夏小姐。

ㄐㄧㄚˇ 木名：例夏楚（古時候學校處罰不聽話學生時的用具）。

參考 相似字：華。

夏天 ㄒㄧㄚˋ ㄊㄧㄢ 夏季。

參考 相似詞：夏日。

夏至 ㄒㄧㄚˋ ㄓˋ 二十四節氣之一。每年陽曆六月二十一日前後，此時北半球白晝最長。

參考 活用詞：夏至點、夏至線。

夏季 ㄒㄧㄚˋ ㄐㄧˋ 一年的第二季。在我國通常指立夏到立秋三個月的時候。也指農曆四、五、六月。

夏朝 ㄒㄧㄚˋ ㄔㄠˊ ❶朝代名，西元前二十二世紀末到西元前十七世紀初，由禹所建，定都安邑，傳到桀時，被商湯所滅。❷北宋時党項族李元昊在我國西北地區建立夏國，建都興慶，被蒙古所滅。

夏曆 ㄒㄧㄚˋ ㄌㄧˋ 我國的農曆，又叫陰曆或舊曆，這種曆法相傳是夏朝創始的。

夏令營 ㄒㄧㄚˋ ㄌㄧㄥˋ ㄧㄥˊ 暑假時，設立具有教育性和娛樂性的營地，用來舉辦特定的活動。例小朋友最喜歡參加夏令營。

參考 相反詞：冬令營。

夔

夊部 十八畫

丶 丷 䒑 䒑 䒑 艹 首 首 首 首 首 首 首 首 首 首 首 首 夔 夔

ㄎㄨㄟˊ ❶古代傳說中的一種形狀像龍的獨腳怪獸。❷人名，舜的典樂官。❸夔州，四川省奉節縣的舊名。❹夔峽，長江三峽之一。❺姓：例夔先生。

三畫

夕部 ㄒㄧˋ

夕就是傍晚的時候，「☽」是月亮的「☽」少了一畫，表示太陽下山月亮剛上升的時候叫「夕」。夕是太陽下山，看不到太陽的時候，因此夕部的字和「晚上」有些關係，例如：夜（晚上），夢（原來的意思是不明顯）。

夕

ノクタ

夕部 〇畫

ㄒㄧˋ ❶傍晚，太陽下山的時候：例夕陽。❷晚上，夜晚：例一夕沒睡。

參考 相似字：暮。♣相反字：朝。

猜一猜 乍看多一半，再看一半多，細算多半個，其實半個多。（猜一字）（答案：夕）

夕陽 ㄒㄧˋ ㄧㄤˊ 傍晚時的太陽。

參考 相似詞：斜陽、夕照。

猜一猜 夕陽。（猜中國一省份名）（答案：西藏）

外

ノクタ夕外

夕部 二畫

ㄨㄞˋ ❶不屬於某一個範圍內的：例門外、外表。❷不是自己這方面的：例外人、外鄉。❸妻子稱呼丈夫：例外子。❹指其他國家的：例對外貿易、外僑。❺不是正式的、原來的：例外加小費十元、外號。❻稱呼母親、姊妹這邊的親戚：例外婆、外孫。❼對事情沒有經驗：例外行。

猜一猜 夕陽下卜卦。（猜一字）（答案：外）

外公 ㄨㄞˋ ㄍㄨㄥ 媽媽的爸爸。

參考 相似詞：外祖父。

外侮 ㄨㄞˋ ㄨˇ 外國的或外來的侵略和壓迫。侮：欺負。例抵禦外侮是全國軍民的責任。

外套 ㄨㄞˋ ㄊㄠˋ 穿在外面的大件衣服。

外國 ㄨㄞˋ ㄍㄨㄛˊ 本國以外的國家。

外婆 ㄨㄞˋ ㄆㄛˊ 媽媽的媽媽。

參考 相似詞：外祖母。

外患 ㄨㄞˋ ㄏㄨㄢˋ 來自國外的禍害，指外國的侵略。患：災禍。例清朝末年，連年的內憂外患，弄得民不聊生。

外號 ㄨㄞˋ ㄏㄠˋ 本名以外，別人根據他的長相、性情特徵、興趣所取的名字。例他的外號叫「大胃王」。

外觀 ㄨㄞˋ ㄍㄨㄢ 物體從外表看的樣子。例這隻手錶外觀精美，就不知道時針和分針走得準不準了。

夙

ノ几凡凡夙夙

夕部 三畫

ㄙㄨˋ ❶早：例夙夜（早晚）。❷舊有的，一向有的：例夙志、夙願。

參考 相似字：早、晨。♣相反字：夜、夕、晚。

猜一猜 吹了一夕風，蟲不見了。（猜一字）（答案：夙）

夙志 ㄙㄨˋ ㄓˋ 一向的志願。

參考 相似詞：宿志。

夙昔 ㄙㄨˋ ㄒㄧˊ ❶往日，從前。昔：從前。❷早晚。

夙願 ㄙㄨˋ ㄩㄢˋ 一向懷著的願望。

參考 相似詞：宿願。

夙興夜寐 ㄙㄨˋ ㄒㄧㄥ ㄧㄝˋ ㄇㄟˋ 早起晚睡；形容勤勞。興：起床。寐：睡覺。

多

ノ ク タ 多 多 多

夕部 三畫

ㄉㄨㄛ ❶不少：例人多勢眾、多年。❷有餘：例二個多小時、一百多人。❸不必要的：例多話、多嘴。❹表示相差的程度：例好多了。❺如何，何等；表示程度：例多好、多美。❻姓：例多先生。

多少 ㄉㄨㄛ ㄕㄠˇ ❶問數量。例你們有多少人要參加舞會？❷有一點。例這件事他多少要負點責任。

猜一猜 水中有夕陽。（猜一字）（答案：多）

多心 ㄉㄨㄛ ㄒㄧㄣ 懷疑別人。例你別多心了，他說的全是實話。

多事 ㄉㄨㄛ ㄕˋ ❶多管閒事。例這是他們兩人的糾紛，你別多事了！❷形容國家動亂不安定。例這是個多事的亂世。

多嘴 ㄉㄨㄛ ㄗㄨㄟˇ 指對於和自己無關的事，卻喜歡多說話、發表意見。

參考 相似詞：多話。

多數 ㄉㄨㄛ ㄕㄨˋ 大部分，指超過全部的一半以上。

多餘 ㄉㄨㄛ ㄩˊ ❶剩下來的。例多餘的食物請冷藏在冰箱。❷不必要的。例你說這句話根本是多餘的。

多虧 ㄉㄨㄛ ㄎㄨㄟ 幸好，幸虧。例多虧你提醒我這件事，否則我早忘記了。

多瑙河 ㄉㄨㄛ ㄋㄠˇ ㄏㄜˊ 歐洲第二大河，發源於德國，流經奧地利、捷克、匈牙利、南斯拉夫、羅馬尼亞、保加利亞等國，注入黑海。河上的航運便利，是中歐和黑海的水上運輸要道。

多才多藝 ㄉㄨㄛ ㄘㄞˊ ㄉㄨㄛ ㄧˋ 有很多方面的才能和技藝，例如：又會彈鋼琴、又會寫作、又會跳舞。

多多益善 ㄉㄨㄛ ㄉㄨㄛ ㄧˋ ㄕㄢˋ 愈多愈好。益：更。善：好。例你肯捐款贊助，當然是多多益善。

多此一舉 ㄉㄨㄛ ㄘˇ ㄧˋ ㄐㄩˇ 做不必要、多餘的事情。例大家都知道這件事，你還要貼布告，真是多此一舉。

笑一笑 小華走路不小心摔了一跤，好不容易才爬起來。還沒站好又摔倒了，他生氣的說：「早知道還要再跌倒，剛才就不該爬起來。」

俏皮話 「喝開水用筷子——多此一舉。」我們常常聽說「多此一舉」這個成語，就是說一個人做了一些不必要的事；但是我們可以不用那麼直接的說，就說「喝開水用筷子——多此一舉」，不是更有趣嗎？

多彩多姿 ㄉㄨㄛ ㄘㄞˇ ㄉㄨㄛ ㄗ 形容生活很有情調、趣味。例人人都說大學生活十分的多彩多姿，你認為呢？

多愁善感 ㄉㄨㄛ ㄔㄡˊ ㄕㄢˋ ㄍㄢˇ 形容人的感情豐富、感覺敏銳，容易對外在事物感到傷心或悲哀。例「紅樓夢」一書中的林黛玉是一個多愁善感的人。

夜

、 亠 广 疒 亣 夜 夜 夜

夕部 五畫

ㄧㄝˋ ❶和「日」、「晝」相對；從天黑到天亮的一段時間：例黑夜、晝短夜長。❷黑夜裡發生的事物：例夜市、夜思。❸姓：例夜先生。

參考 相似字：晚、宵。

動動腦 請用「車水馬龍、盛況空前、興高采烈、心驚肉跳、身手矯健、燈火輝煌」連綴成一篇短文：夜市。

唱詩歌 床前明月光，疑①是地上霜。舉頭②望明月，低頭思故鄉。（夜思‧李白）

註：①疑：疑惑。②舉頭：抬頭。

夜晚 ㄧㄝˋ ㄨㄢˇ 從天黑到天亮前的那一段時間。

夜以繼日 ㄧㄝˋ ㄧˇ ㄐㄧˋ ㄖˋ 比喻人工作努力，入夜以後仍然繼續工作。例他常常夜以繼日的進行研究工作。

參考 請注意：「夜以繼日」出自孟子一書，不可以寫成「日以繼夜」。

夜闌人靜 ㄧㄝˋ ㄌㄢˊ ㄖㄣˊ ㄐㄧㄥˋ 夜深時人都睡了，很安靜。闌：夜晚。例他經常在夜闌人靜時讀書。

參考 相似詞：夜深人靜。

夠

夠 ノクタ多多多多夠夠夠

夕部 八畫

ㄍㄡˋ ❶達到一定的程度：例夠資格、夠甜。❷膩，厭煩：例我受夠了。❸充足不缺：例這些錢夠了。

參考 相似字：足。♣請注意：「夠」的異體字是「够」。

猜一猜 好句不嫌多。（猜一字）（答案：夠）

夠本 ㄍㄡˋ ㄅㄣˇ 原本是指買賣不吃虧，現在也有划算的意思。例這次旅遊只要看了瀑布就夠本了。

夠味 ㄍㄡˋ ㄨㄟˋ ❶食物的滋味很好。例這道麻婆豆腐真夠味。❷指文章或是歌曲的韻味美妙。例他的歌曲很夠味。

夠交情 ㄍㄡˋ ㄐㄧㄠ ㄑㄧㄥˊ ❶指交情深厚。❷就是「夠朋友」的意思。

夠朋友 ㄍㄡˋ ㄆㄥˊ ㄧㄡˇ 能為朋友盡力。例好友結婚，他竭盡心力幫忙，真是夠朋友。

夥

丨冂日日旦甲甲果果果夥夥夥夥

夕部 十一畫

ㄏㄨㄛˇ ❶多：例獲益甚夥。❷許多人組成的一群人：例大夥。❸店中雇用的人：例夥計。❹聯合起來：例合夥經營。❺年輕力壯的男子：例小夥子。

參考 相似字：伴、多。♣相反字：少、寡。

猜一猜 果園中。（猜一字）（答案：夥）

夥計 ㄏㄨㄛˇ ㄐㄧˋ ❶商店的員工或在大戶人家幫傭的長工。❷對夥伴的親暱稱呼。

參考 相似詞：伙計。

夥伴 ㄏㄨㄛˇ ㄅㄢˋ ❶一起行動的同伴。❷合夥做事的人。

夢

丶丷丷艹艹苎苎苎苎苎苎苎夢夢

夕部 十一畫

ㄇㄥˋ ❶睡眠時腦部受到刺激，所產生的幻象：例作夢、夢話。❷不切實際，不能實現的：例夢想。❸作夢：例莊周夢蝶。

參考 相反字：醒。

笑一笑 小明有一天睡醒，問姊姊：「你昨天有沒有夢見我？」姊姊說：「沒有。」小明大叫：「你賴皮！你在夢中說好要帶我去玩的。」

夢鄉 ㄇㄥˋ ㄒㄧㄤ 指熟睡時所進入的境界。例他工作了一整天，一躺下就進入夢鄉了。

唱詩歌 大月亮，滑進窗，青瓦房裡亮堂堂。小姑娘，進夢鄉，踮起小腳搆月亮。月亮上，好風光，玉兔蹦，桂花香，銀河岸邊揀貝殼，拾起星星兜裡裝。

夢想 ㄇㄥˋ ㄒㄧㄤˇ ❶表示希望、渴望。例成為音樂家是她的夢想。❷空想，不能實現的。例你不努力，就想成功，真是夢想！

夢話 ㄇㄥˋ ㄏㄨㄚˋ ❶就是說夢話。❷比喻不切實際、不能實現的想法。例他只會空想說夢話！

參考 相似詞：夢囈（一）。

夢遊 ㄇㄥˋ ㄧㄡˊ 在睡夢中遊歷。

參考 相似詞：夢遊症。

夢境 ㄇㄥˋ ㄐㄧㄥˋ 夢中的景象，通常都用來比喻美妙的境界。例這個地方山明水秀，宛如夢境。

夢寐以求 ㄇㄥˋ ㄇㄟˋ ㄧˇ ㄑㄧㄡˊ 睡夢中都想尋找到的；形容非常希望得到的。寐：睡著。例這正是我夢寐以求的新書。

夤

ノクタタタタタタ夤夤夤夤夤夤

夕部 十一畫

ㄧㄣˊ ❶深：例夤夜。❷攀附上升：例夤緣。

夤夜 ㄧㄣˊ ㄧㄝˋ 深夜。

夤緣 ㄧㄣˊ ㄩㄢˊ 本指藤蘿攀附上升；比喻巴結權貴的人以求向上發展。

大部 ㄉㄚˋ

大就是人，是一個人張開雙手、雙腿站著的樣子。因為雙手張開所佔的面積很多，因此後來就用在大小的大，反而原本「人」的意思不太常用。「大」部的字有二種情況：

一、表示人形，例如：夫（成年的男子，因為古代男子到了二十歲，就要用髮簪把頭髮束好，戴上禮冠。加上一橫正是髮簪）、天（指在人頭上的青天）。

二、表示大小的大，例如：奢（大量耗費）、夸（誇大、吹牛）。

大

一ナ大

大部　○畫

ㄉㄚˋ ❶在體積、面積、數量、力量、年紀等超過對方：例年紀大。❷程度深：例大冷天、大紅色。❸最長的、排行第一的：例老大。❹敬詞，與對方有關的事物：例大作、尊姓大名。❺誇張：例自大。❻重要的，不平常的：例大事、大志。❼再，指時間上更前或更後：例大前天、大後年。❽估計：例大概、大略。❾姓：例大先生。

ㄉㄞˋ 醫師：例大夫。

ㄊㄞˋ 通「太」：例大上皇。

參考 相似字：巨、碩。♣相反字：小、微、渺。

大力 ㄉㄚˋ ㄌㄧˋ 出最大的力量。例我們會大力支持你參加競選。

大夫 ㄉㄚˋ ㄈㄨ 古代的官名。

大方 ㄉㄚˋ ㄈㄤ ❶指內行人。例他自稱是電腦天才，真是貽（ㄧˊ）笑大方。❷不小氣。例他花錢很大方。❸態度從容自然，不受拘束。例他的舉止大方，從容不迫。❹不俗氣。例這件衣服的式樣、顏色都很大方。

參考 相反詞：小氣、吝（ㄌㄧㄣˋ）嗇（ㄙㄜˋ）。

大王 ㄉㄚˋ ㄨㄤˊ ❶古代對諸侯王的尊稱。❷俗稱強盜的首領。❸指專長於某事的人。例人人稱他是足球大王。

大半 ㄉㄚˋ ㄅㄢˋ ❶超過半數。例這裡大半是年輕人。❷大概。例他大半不來了。

參考 相似詞：大多。

大同 ㄉㄚˋ ㄊㄨㄥˊ ❶天下為公，有最完善的政治、社會、經濟制度，人人可以享有安和樂利的生活。例大同世界。❷山西省縣名。

大名 ㄉㄚˋ ㄇㄧㄥˊ ❶敬問人家的名字。例請問尊姓大名？❷盛大的名聲。例妮可基嫚是鼎鼎大名的影星。❸河北省縣名。

大地 ㄉㄚˋ ㄉㄧˋ 整個地面。例夕陽染紅了大地。

大多 ㄉㄚˋ ㄉㄨㄛ 大部分。例樹上的果子，大多已經成熟了。

大臣 ㄉㄚˋ ㄔㄣˊ 君主時代的大官。例李鴻章是清朝的外交大臣。

大局 ㄉㄚˋ ㄐㄩˊ 原指圍棋盤面大概的局面形勢。後來比喻事情全部的發展。例這場球賽大局已定。

參考 相似詞：大勢。

大我 ㄉㄚˋ ㄨㄛˇ 指大範圍的自我，可以包括國家、民族或全人類。例犧牲小我，完成大我。

參考 相反詞：小我。

大豆 ㄉㄚˋ ㄉㄡˋ 豆科，一年生草本，葉互生，呈蝶形花冠，果實為莢，種子可供食用，並且可以製成醬油、豆腐、豆花等。或稱黃豆。

大事 ㄉㄚˋ ㄕˋ 重要的事。例每個人都應該關心國家大事。

大使 ㄉㄚˋ ㄕˇ 由國家派到某一國去的最高一級外交代表，可以代表國家和元首。

大禹 ㄉㄚˋ ㄩˇ 夏朝開國的君主，因為治水有功，所以尊稱他為大禹。

大約 ㄉㄚˋ ㄩㄝ 大概，差不多。例他大約兩點會趕到臺北。

大致 ㄉㄚˋ ㄓˋ ❶就大部分的情形和主要的方面說。例我們的想法大致相同。❷大約，大概。例現在大致是上午九點。

大家 ㄉㄚˋ ㄐㄧㄚ ❶尊稱有專門學問的人。例唐宋古文八大家。❷世家望族。例大家閨秀。❸指一定範圍的所有人。例明天我們大家要去郊遊。

大氣 ㄉㄚˋ ㄑㄧˋ ❶包圍地球的氣體。❷指呼吸的氣息。例他被野狗嚇得大氣也不敢喘一口。

大略 ㄉㄚˋ ㄌㄩㄝˋ ❶大概。例這件事情，我只知道個大略。❷遠大的謀略。例漢武帝是個具有雄才大略的君王。

大眾 ㄉㄚˋ ㄓㄨㄥˋ 大多數的人。例少數人的意見不能代表社會大眾。

參考 相似詞：人群。♣活用詞：大眾化、大眾傳播。

大陸 ㄉㄚˋ ㄌㄨˋ ❶廣大的陸地，又稱洲。地球有七大洲：亞洲、非洲、北美洲、南美洲、歐洲、澳洲和南極洲。其中歐亞非三洲稱舊大陸，美洲稱新大陸。❷專指中國大陸。例上海市位於大陸的江蘇省。

參考 活用詞：大陸棚、大陸冰河、大陸性氣候。

大量 ㄉㄚˋ ㄌㄧㄤˋ ❶數量多。例大量的垃圾汙染了環境。❷心胸寬大，能容忍。例他的寬宏大量，真令人佩服。

大嫂 ㄉㄚˋ ㄙㄠˇ ❶長兄的妻子。❷對年紀和自己差不多的婦人或朋友的妻子的尊稱。

大廈 ㄉㄚˋ ㄒㄧㄚˋ 高大的房屋。例臺北到處都是高樓大廈。

大意 ㄉㄚˋ ㄧˋ ❶主要的意思。例這個故事的大意是勸人行善。❷疏忽，不注意。例弟弟做事向來粗心大意。

參考 活用詞：大意失荊州。

大概 ㄉㄚˋ ㄍㄞˋ ❶大約，大略。例現在大概是七點鐘吧！❷可能。例他大概快來了。

大爺 ㄉㄚˋ ㄧㄝˊ ❶僕人對主人的稱呼。❷稱有錢有勢的人。❸兄弟中年紀最大的人。❹婦女敬稱男子。

參考 相似詞：老爺。

大腸 ㄉㄚˋ ㄔㄤˊ 腸子的下部，上接小腸，下接肛門，主要作用是吸收水分和排泄糞便。

大腦 ㄉㄚˋ ㄋㄠˇ 中樞神經系統的一部分，占整個腦子的八分之七，是專門負責思想、記憶、判斷等的主要器官。

大話 ㄉㄚˋ ㄏㄨㄚˋ 誇大的話。例他除了說大話，什麼也不會。

大道 ㄉㄚˋ ㄉㄠˋ ❶大公無私的正道，通常指儒家理想的治國之道。❷大路。例這條康莊大道的兩旁，種滿了人行道樹。

大綱 ㄉㄚˋ ㄍㄤ ❶有綱領性的政策或法令。例憲法是國家的建國大綱。❷用簡短的文字寫出著作、講稿或計畫的主要內容。例他把這本書的大綱寫在一張紙上。

大學 ㄉㄚˋ ㄒㄩㄝˊ ❶國家最高學府，分為文、理、法、商、農、工、醫等學院，招收高中畢業生，修業四年（醫學院七年），畢業授予學士學位。❷四書之一。

參考 活用詞：大學生。

大膽 ㄉㄚˋ ㄉㄢˇ 有勇氣，不害怕。例他敢晚上到墳場，真是太大膽了。

大體 ㄉㄚˋ ㄊㄧˇ ❶大概，大致。例大體來說，這件事情還算順利。❷事情的全部。例他是個能識大體的人。

參考 相似詞：大概、大略。

大人物 ㄉㄚˋ ㄖㄣˊ ㄨˋ 指有地位或權力的人。例他的朋友很多是大人物。

參考 相反詞：小人物。

大力士 ㄉㄚˋ ㄌㄧˋ ㄕˋ 形容力氣很大的人。例這個大力士可以舉起一百公斤重的東西。

大丈夫 ㄉㄚˋ ㄓㄤˋ ㄈㄨ 指有志氣或有作為的男子。例大丈夫敢做敢當。

大不了 ㄉㄚˋ ㄅㄨˋ ㄌㄧㄠˇ 不過如此，沒什麼。例趕不上車，大不了走回去就是了。例感冒沒什麼大不了，多喝水多休息就好了。

大戈壁 ㄉㄚˋ ㄍㄜ ㄅㄧˋ 指新疆塔里木盆地的塔克拉馬干沙漠，因為是由細小的石子構成，所以稱「大戈壁」。戈壁：蒙古語，由細小的石子構成的沙漠。

大手筆 ㄉㄚˋ ㄕㄡˇ ㄅㄧˇ ❶大作品。❷出手大方的人。例她花了十萬元買下這件衣服，真是大手筆。❸創辦大規模的事業。

大本營 ㄉㄚˋ ㄅㄣˇ ㄧㄥˊ ❶指作戰時軍隊最高統帥指揮的地方。❷某種活動的基地。例這棟空房子成了歹徒作案的大本營。❸人口或事物聚集的地方。例亞洲是黃種人的大本營。

大年夜 ㄉㄚˋ ㄋㄧㄢˊ ㄧㄝˋ 就是除夕夜，農曆十二月最後一天的夜晚。

大自然 ㄉㄚˋ ㄗˋ ㄖㄢˊ 自然界。例大自然有許多奇怪的動物。

大西洋 ㄉㄚˋ ㄒㄧ ㄧㄤˊ 在非洲、歐洲之西，拉丁美洲和北美洲之東，南接南極洲，是世界第二大洋。

大後方 指抗日戰爭中，大陸的西南、西北地區。

大氣層 包圍在地球四周的空氣，也叫作「大氣」，大氣隨著高度的增加而漸漸稀薄。

大氣壓 由於地球周圍大氣產生的壓力。氣壓的大小隨高度增加而減少。

大理石 結晶質的石灰岩，通常是白色的，也有灰、褐的斑紋，供裝飾器具用。

大無畏 比喻什麼都不怕。例文天祥以大無畏的精神為世人景仰。

大刀闊斧 比喻有魄力，辦事果斷、快速。例他大刀闊斧的進行改革計畫。

參考 相反詞：畏首畏尾。

大公無私 非常公正，不偏私。例他是個大公無私的法官。

參考 相反詞：循私舞弊。

大出風頭 ❶在一個團體中，因為表現出色而受到大家的稱讚。例他在棒球賽中三振許多打擊者，因此大出風頭。❷在某個場合中，故意惹人注意。

參考 相反詞：默默無聞。

大失所望 非常的失望。例明天的郊遊取消，真令人大失所望。

大同小異 大部分相同，只是小部分不同，例這兩篇文章的內容大同小異。

大有可為 形容很有發展的希望。例只要你肯努力，前途一定大有可為。

參考 相反詞：一籌莫展。

大而化之 形容人的行為不注意小細節。例他是個大而化之的人，什麼事都不在乎。

大快人心 形容壞人受到處罰，使大家非常痛快。例警方終於逮捕這群歹徒，真是一個大快人心的消息。

大快朵頤 比喻享受美味，大吃一頓的愉快樣子。頤：面頰。朵頤：晃動著面頰，想吃東西的樣子。例今天的菜很豐盛，我可以大快朵頤一番。

大材小用 比喻才能大而擔任不重要的職務，不能施展抱負和才華。例讓他當個推銷員，簡直是大材小用。

參考 相似詞：大器小用。♣相反詞：小材大用。

俏皮話 「四大金剛抬轎——大材小用。」寺廟的護法神四天王，一般我們都稱為四大金鋼，請他們抬轎，是比喻才能不能發揮。例請書法家為你抄畢業證書，未免「四大金剛抬轎——大材小用了」。

大言不慚 說大話也不感到慚愧；比喻不知羞恥。慚：羞愧。例他大言不慚的告訴我們他的惡作劇經過。

大放異彩 放出非常特異的光彩；比喻非常傑出。例他在比賽中大放異彩，表現很好。

大雨如注 形容雨勢很大，像倒水一樣。注：用水灌入。例今天下午大雨如注，到處都是水。

大紅大綠 形容顏色濃豔不夠高雅。例她穿了一身大紅大綠的衣服，引來路人的目光。

大風大浪 比喻環境動盪不安，變化很大。例他歷經許多大風大浪，才有今天的成功。

大庭廣眾 形容人多而公開的場所。例這兩個人居然敢在大庭廣眾之下搶劫。

參考 請注意：「大庭廣眾」和「眾目睽睽」都有人多公開的意思，但是「大庭廣眾」是形容公開的場所；「眾目睽睽」是指人多而且受到注視。

大海撈針 是說找到的機會非常微小；比喻事情成功的機率不大，可能會白費力氣。例你想在茫茫人海中找他，簡直是大海撈針。

參考 相似詞：海底撈針。

大惑不解 比喻非常疑惑，不能理解。例雖然老師很仔細演算這題數學，但是他還是感到大惑不解。

笑一笑 書法家于右任酒後替人題字：「不

可隨處小便」。主人大惑不解，第二天拿著那幅字請他解釋。于右任一看，原來是酒醉失筆，突然間他靈機一動，拿把剪刀把字剪成六塊，重新排列成：「不可小處隨便」。

大智若愚 ㄉㄚˋ ㄓˋ ㄖㄨㄛˋ ㄩˊ　形容聰明的人，不誇耀自己，表面看起來好像很愚笨。若：像。例他是個聰明人，卻表現出大智若愚的模樣。

大發雷霆 ㄉㄚˋ ㄈㄚ ㄌㄟˊ ㄊㄧㄥˊ　比喻發很大的脾氣，非常生氣，霆：又大又快的雷聲。例他大發雷霆的樣子，把我嚇了一大跳。

參考 相似詞：勃然大怒。

大街小巷 ㄉㄚˋ ㄐㄧㄝ ㄒㄧㄠˇ ㄒㄧㄤˋ　指每一條街道。例新年時，大街小巷都能聽到鞭炮聲。

大義滅親 ㄉㄚˋ ㄧˋ ㄇㄧㄝˋ ㄑㄧㄣ　為了維護正義，就算為非作歹的是自己的親屬，也可以犧牲。例這個警察大義滅親的精神，值得尊敬。

大腹便便 ㄉㄚˋ ㄈㄨˋ ㄆㄧㄢˊ ㄆㄧㄢˊ　❶形容孕婦行動不方便的樣子。例她大腹便便，可能快要生了。❷形容肚子很大的胖子。

大禍臨頭 ㄉㄚˋ ㄏㄨㄛˋ ㄌㄧㄣˊ ㄊㄡˊ　很大的災禍降臨身上。例九一一前夕，美國人渾然不知已快要大禍臨頭。

參考 相似詞：大難臨頭。

大模大樣 ㄉㄚˋ ㄇㄛˊ ㄉㄚˋ ㄧㄤˋ　形容態度傲慢，一點也不在乎的樣子。例他大模大樣的從教室走出去。

參考 相似詞：大搖大擺。

大器晚成 ㄉㄚˋ ㄑㄧˋ ㄨㄢˇ ㄔㄥˊ　大的器物要經過長時間的加工才能完成；比喻有才能的人要經過長時間的鍛鍊，所以成就比較晚表現出來。

大聲疾呼 ㄉㄚˋ ㄕㄥ ㄐㄧˊ ㄏㄨ　大聲、急切的呼喊，引起人的注意或使人醒悟。例他大聲疾呼，勸人向善。

大顯身手 ㄉㄚˋ ㄒㄧㄢˇ ㄕㄣ ㄕㄡˇ　形容充分表現自己的能力。例他在運動會中大顯身手，奪得很多面金牌。

大驚小怪 ㄉㄚˋ ㄐㄧㄥ ㄒㄧㄠˇ ㄍㄨㄞˋ　對一點點的小事過分慌張、驚恐。例這只是一根繩子，用不著大驚小怪。

大陸性氣候 ㄉㄚˋ ㄌㄨˋ ㄒㄧㄥˋ ㄑㄧˋ ㄏㄡˋ　缺乏海風調節的內陸氣候，夏熱冬寒，一日之間的天氣變化很大。

天

一 二 チ 天　　大部　一畫

ㄊㄧㄢ　❶地球周圍的太空：例天空。❷位置在頭頂的：例天棚。❸二十四小時的時間：例一天。❹季節：例春天。❺氣候：例雨天。❻不是人工的：例天然。❼與生俱來的：例天資。❽迷信的人指自然界的主宰：例老天爺。❾迷信的人指和神仙有關的：例天堂。❿姓：例天先生。

參考 相反字：地。

猜一猜 大學一年級（猜一字）（答案：天）

動動腦 在空格上填上適當的字，使每一橫行組成成語。

天		地	
山		水	
日		月	
風		雲	

（答案：天高地厚、山清水秀、日新月異、風起雲湧）

古人說 「天有不測風雲，人有旦夕禍福。」這句話是說：禍福難以預料。例他家突然遭逢大火，損失不小，真是「天有不測風雲，人有旦夕禍福」。

天下 ㄊㄧㄢ ㄒㄧㄚˋ　❶世界。例天下一家世界和平。❷指整個國家。例在古時候天下是屬於皇帝的。

古人說 「天下無難事，只怕有心人。」這句話是說：沒有做不成的事，就看你肯不肯努力、願不願學習。例「天下無難事，只怕有心人」，只要你肯下決心努力，一定可以克服所有的難關。

天子 ㄊㄧㄢ ㄗˇ　皇帝或國王。例古時候由天子統治全國。

天干 ㄊㄧㄢ ㄍㄢ　就是甲、乙、丙、丁、戊、己、庚、辛、壬、癸。又稱「十干」，和十二地支配合，可以用來計算時日。

天才 ㄊㄧㄢ ㄘㄞˊ ❶突出的聰明才智。例成功是一分天才加上九十九分的努力。❷形容人的才智超過一般人。例他是個天才兒童。

天分 ㄊㄧㄢ ㄈㄣˋ ❶上天賜給的才分。例每個人的天分不同。❷形容一個人的才藝或才能基礎很好。例有天分又肯努力的人一定會成功。

天天 ㄊㄧㄢ ㄊㄧㄢ 每日。例他上學天天都遲到。

天文 ㄊㄧㄢ ㄨㄣˊ 一切和日月星辰有關的現象。

參考 相反詞：地理。♣活用詞：天文臺、天文學。

天仙 ㄊㄧㄢ ㄒㄧㄢ 天上的神仙；比喻非常美麗的女子。例她長得像天仙一樣美麗。

天平 ㄊㄧㄢ ㄆㄧㄥˊ 測量重量較輕的物體的器具，一邊放要測量的東西，一邊放砝碼。

猜一猜 一個老漢，肩挑重擔，為人公正，偏心不幹。（猜一物品）（答案：天平）

天生 ㄊㄧㄢ ㄕㄥ 天然生成的。例成功不是天生的。

參考 活用詞：天生麗質。

天地 ㄊㄧㄢ ㄉㄧˋ ❶天和地。例砲聲震動天地。❷比喻相差非常遠。例他們兩人的個性簡直有天地之別。❸指人們活動的範圍；境界。例這裡山明水秀，別有一番天地。

參考 相似詞：天壤。

天色 ㄊㄧㄢ ㄙㄜˋ 天空的顏色，也形容時間的早晚和天氣的變化。例天色不早了，我們趕快回家吧。例看天色似乎快下雨了。

天災 ㄊㄧㄢ ㄗㄞ 天然造成的災害，例如：水災、旱災、颱風、地震。

參考 活用詞：天災人禍。

天使 ㄊㄧㄢ ㄕˇ 神話中天帝的使者。例傳說中的天使是長著翅膀的小孩。

參考 相似詞：安琪兒。

天性 ㄊㄧㄢ ㄒㄧㄥˋ 天生的本性。例父母愛子女是出於天性。

參考 相似詞：本性。

天空 ㄊㄧㄢ ㄎㄨㄥ 日月星辰散布的地方。例天空烏雲密布，可能要下大雨了。

天花 ㄊㄧㄢ ㄏㄨㄚ 一種傳染病，嚴重的會死亡，輕微的會變成麻臉，種牛痘可以預防。

天倫 ㄊㄧㄢ ㄌㄨㄣˊ 父子、兄弟的關係，指家庭和樂的感情。例我們全家相處和睦，享受天倫之樂。

天氣 ㄊㄧㄢ ㄑㄧˋ 在氣象學上指短時間內大氣的變化情形，例如氣壓、氣溫、降水、風向等。

參考 請注意：「天氣」和「氣候」不同：「天氣」指的時間較短，例如：今天的天氣很好。「氣候」指的時間較長，而且是指一段時間的平均狀態，例如：你了解地中海型氣候的特徵嗎？♣活用詞：天氣圖、天氣預報。

動動腦 除了「傾盆大雨」和「豔陽高照」，小朋友，你還能想出其他形容天氣的成語嗎？越快越好哦！（答案：火傘高張、晴空萬里、陰雨連綿、烈日當空……）

天真 ㄊㄧㄢ ㄓㄣ ❶心地單純，性情直率。例她是個天真活潑的小女孩。❷頭腦簡單，不懂人情事故。例你的想法太天真了。

天國 ㄊㄧㄢ ㄍㄨㄛˊ 基督教稱上帝治理的國家，就是天國。

天堂 ㄊㄧㄢ ㄊㄤˊ ❶某些宗教指人死後靈魂居住的美好地方。例只要做好事，一定可以上天堂。❷形容生活環境幸福美好。例寶島生活富足，像天堂一樣。

參考 相似詞：仙境。相反詞：地獄。♣活用詞：天堂鳥。

天涯 ㄊㄧㄢ ㄧㄚˊ 天邊；比喻很遙遠的地方。涯：邊遠的地方。

參考 活用詞：天涯海角。

天棚 ㄊㄧㄢ ㄆㄥˊ ❶搭建在室外，用來遮蔽烈日和風雨的棚子。❷天花板。

天然 ㄊㄧㄢ ㄖㄢˊ 自然生成的。

參考 相反詞：人工、人造。♣活用詞：天然力、天然氣、天然果汁、天然國界。

天意 ㄊㄧㄢ ㄧˋ 上天的旨意。例他自己不努力而失敗，卻認為是天意。

天資 ㄊㄧㄢ ㄗ 天生具有的資質和才能。例他的天資不好，但是很用功。

天塹 天然的深溝；比喻地勢險要。例早期的長江三峽是著名的天塹。

天幕 就是天空。例漆黑的天幕，點綴著一顆顆閃亮的星星。

天際 天邊。際：邊界。例黃河的水一滾滾流向天際，看不見終點。

天線 用來發射或接收無線電波的裝置。例電視天線。

天賦 ❶自然給予的。❷人一出生本來就有的能力和權力。例他有賽跑的天賦。

參考 活用詞：天賦人權。

天橋 架設在馬路或鐵路上方的橋，供行人使用。

天機 ❶天意。❷比喻非常機密的事。例天機不可洩露。

天險 天然險要的地方。例這個懸崖形成一個天險。

參考 相似詞：天塹。

天鵝 鳥名，形狀像鵝但是比鵝大，脖子長，有純白或純黑色，尾巴很短，生活在水邊，又叫「鵠」（ㄏㄨˊ）。

天邊 指很遠的地方。例你找的人，遠在天邊，近在眼前。

天籟 ❶自然的聲響。籟：由孔穴發出來的聲音。例夜晚的蛙鳴，形成大自然的天籟。❷形容優美的音樂。例他的演奏技術很棒，彷彿是優美的天籟。

天體 ❶太陽、月亮、地球和其他星辰的總稱。例伽利略是研究天體的天文學家。❷指裸體，沒有穿衣服。

參考 活用詞：天體營。

天主教 基督教的舊派，奉羅馬教皇為宗主，又名「加特力教」，我國稱為天主教。

天花板 房子裡在棟梁下的薄板。例我聽見天花板有老鼠跑過的聲音。

天然氣 產生在油田、煤田和沼（ㄓㄠˇ）澤地區的天然氣體。是由甲烷和乙烷等組成，可以作為燃料。

天蒼蒼 指天空廣闊，一片深青色。蒼：深青色。例天蒼蒼，野茫茫，風吹草低見牛羊。

天下為公 國家是每個國民所公有；天下是所有人的。

天下無雙 形容全世界獨一無二，只有這一個。例這顆鑽石是天下無雙，非常珍貴的。

天下歸仁 世界的人都有仁愛之心。例只要能天下歸仁，世界上就不再有戰爭了。

天之驕子 上天特別寵愛的孩子；比喻境遇非常好的人。例我們能在這麼富足安定的環境中求學，真是天之驕子。

天文數字 天文學上使用的數字都很大，因此用來比喻很大的數字。例這件衣服的價錢，簡直是天文數字。

天方夜譚 ❶阿拉伯故事集。敘述波斯國王每天選一名女子當妻子，第二天就把她殺死。後來有對聰明的姊妹，每天晚上說故事給他聽，國王為了聽故事，一直沒有殺她們，到了第一千零一夜國王終於覺悟，改掉殺死女人的習慣。因此又稱「一千零一夜」。❷比喻荒唐不實在的事物。例你說的事情，簡直是天方夜譚。

天打雷劈 用來罵人或發誓的話，是說受到上天的處罰，不得好死。劈：用刀砍。例他對父母不孝順，會遭天打雷劈。

參考 相似詞：天誅地滅。

天衣無縫 傳說：有個名叫郭翰（ㄏㄢˋ）的人在月下乘涼，一個仙女忽然從天上下來，自稱是織女。郭翰問她的衣服為什麼沒有縫過的痕跡，織女說：「天衣本來就不是用針線縫的。」後來比喻做事或文章非常完美自然，沒有任何缺點，就叫「天衣無縫」。

天作之合 婚姻的完美就像上天配合的。例他們倆真是天作之合。

天助自助 上天專門幫忙那些自立自強的人。例我們不要依賴別人，因為「天助自助」。

天府之國 四川盆地土地肥沃，物產豐富，而且地形險要，因此被稱為「天府之國」。

天昏地暗 ❶形容天色很昏暗。例突然吹起一陣狂風，刮得天昏地暗。❷形容政治腐敗或社會混亂。例任何的暴政都可以把國家搞得天昏地暗。

參考 相似詞：暗無天日。

天花亂墜 ❶傳說在梁武帝時代，有個和尚講經感動上天，天上的花朵紛紛飄落，形容供奉的誠敬和佛場的莊嚴。❷形容言詞巧妙或誇張不實際，卻很動聽的話。例就算他說得天花亂墜，我也不會相信。

天長地久 形容非常久遠。例他對她說，他們要天長地久的在一起。

參考 相似詞：天荒地老。

天南地北 ❶形容距離很遠。例臺北和高雄兩個地方，天南地北，距離很遠。❷形容談話內容範圍很廣，無所不談。例他天南地北的胡扯一通。

天朗氣清 形容天氣晴朗。例今天天朗氣清，很適合去爬山。

參考 相似詞：秋高氣爽。

天高地厚 ❶形容恩情很深厚。例父母養育的恩惠好比天高地厚，難以回報。❷對基本事物的了解。例他真不知天高地厚，竟然敢為非作歹。

天涯海角 比喻非常遙遠的地方。天涯：天邊。例就算他躲到天涯海角，我也要把他找出來。

參考 相似詞：天邊海角、天涯地角。

天淵之別 天和地的差別；比喻距離差別很大。淵：深水。例他們的個性一個活潑，一個文靜，有如天淵之別。

天造地設 ❶自然形成的事物。例這裡美麗的風景是天造地設的，不是人工建造的。❷形容非常理想。例他們是一對天造地設的佳偶。

天寒地凍 形容非常寒冷。例南極是個天寒地凍的地方。

天經地義 比喻非常正確，不能改變的道理。經：持久不變的道理。義：應做的事。例孝順父母是天經地義的事。

天誅地滅 比喻為天地所不容而被滅絕，多用來咒罵人或發誓的話。誅：殺。滅：亡。例他如此胡作非為，早晚會遭天誅地滅。

天寬地闊 天地很廣大。例塞北地方天寬地闊，人煙稀少。

天翻地覆 比喻秩序很亂，把天地都翻了過來。翻：反過來。覆：蓋住。例他們把教室吵得天翻地覆。

天羅地網 上下四方都用網子包圍住；比喻防範很嚴密，無法脫逃。羅：網子。例警方布下天羅地網，要抓住這名殺人犯。

天壤之別 比喻相差非常遠。壤：大地。例他們兄弟倆一個安靜，一個好動，簡直是天壤之別。

參考 相似詞：天淵之別。♣相反詞：伯仲之間。

天地一沙鷗 美國李查‧巴哈的小說，描寫一隻名叫岳納珊‧李文斯敦的海鷗，立志要飛得更高更遠，於是發揮向上的精神和堅強的意志，追求到最完美的境界。沙鷗：一種水鳥名。

天涯若比鄰 遠在天邊感覺卻像鄰居一樣近；比喻知己雖然遠在天邊，但是由於心神相通，就好像住在一起一樣。比：相連。例寫電子郵件和遠方的朋友聯絡很方便，有一種天涯若比鄰的感覺。

天無絕人之路 比喻生存的方法很多，老天爺絕不會使人沒有生路。例只要肯吃苦，天無絕人之路。

天下烏鴉一般黑 烏鴉是黑的，任何地方的烏鴉也都是黑的；用這句話來批評一個人的行為，是一般人的行為。

天下興亡匹夫有責 天下或國家的興盛與衰亡，每一個人都有責任。匹夫：普通人，一個人。

夫

一 二 キ 夫

ㄈㄨ ❶成年的男子：例匹夫。❷從事體力勞動的人：例農夫、船夫。❸男女結婚後，男子叫夫，女子叫婦。❹姓：例夫先生。

ㄈㄨˊ 人名：例夫差（春秋時的吳王）。

猜一猜 比天大一點。（猜一字）（答案：夫）

動動腦 「這對夫婦待人友善」。夫婦的聲母相同都是「ㄈ」，韻母「ㄨ」也相同，這種詞叫「雙聲疊韻詞」，除了夫婦、玲瓏，小朋友你還能想出其他的「雙聲疊韻詞」嗎？

（答案：疼痛、談天、信心、石獅、保鑣、報表……）

夫人 ㄈㄨ ㄖㄣˊ ❶對婦人的尊稱。❷對妻子的稱呼。❸古代稱諸侯的妻室。❹明清時代官吏的妻子。

夫子 ㄈㄨ ㄗˇ ❶對老師的尊稱。在論語中指孔子。❷婦人稱自己的丈夫。

夫差 ㄈㄨ ㄔㄞ 春秋時代吳王，曾經打敗越王句踐，但是漸漸驕傲自大，不聽伍子胥的忠言，最後被句踐滅亡。

夫婦 ㄈㄨ ㄈㄨˋ 就是夫妻。

夫唱婦隨 ㄈㄨ ㄔㄤˋ ㄈㄨˋ ㄙㄨㄟˊ ❶比喻夫妻相處和睦。❷妻子跟從丈夫，互相應和。例他們夫妻倆，一人畫畫、一人寫字，夫唱婦隨，生活得十分快樂。

俏皮話 「兩夫婦唱山歌——夫唱婦隨。」小朋友你聽過採茶姑娘唱山歌嗎？一般來說山歌都由兩人對唱，一男一女，丈夫唱妻子也跟著唱。這句話就是用來比喻夫妻相處很很好。

太

一ナ大太

大部 一畫

ㄊㄞˋ ❶對尊長或尊貴的人的稱呼：例太夫人。❷對婦人的尊稱：例李太太。❸過於，極，很：例太多、太好了。❹海洋名：例太平洋。❺姓：例太先生。

參考 相似字：極、甚。

猜一猜 比大字還大一點。（猜一字）（答案：太）

太子 ㄊㄞˋ ㄗˇ 帝王的兒子中能繼承王位的人。

太平 ㄊㄞˋ ㄆㄧㄥˊ 社會平安、和樂。例為了謀求國家的太平，每個人都應該守法。

太守 ㄊㄞˋ ㄕㄡˇ 古代官名，是一郡（ㄐㄩㄣˋ）的長官。

太妹 ㄊㄞˋ ㄇㄟˋ 俗稱不良少女。例她不學好，漸漸成了太妹。

參考 相似詞：太保。

太空 ㄊㄞˋ ㄎㄨㄥ 地球大氣層以外的空間，離地球約一千里以外的區域，就可算太空。

參考 活用詞：太空人、太空船、太空梭、太空時代。

猜一猜 是船不在水裡游，跑到太空走一走；月亮上面作了客，咻的一下回地球。（猜太空交通工具名）（答案：太空船、太空梭）

動動腦 有一種太空飛行的玩具要賣出，取什麼樣的名字會比較新鮮、有趣，吸引別人來購買呢？

太座 ㄊㄞˋ ㄗㄨㄛˋ 太太的尊稱。

太陽 ㄊㄞˋ ㄧㄤˊ 太陽系的中心，是一顆恆星，距地球約一億五千萬公里，比地球大一百三十萬倍，表面溫度約攝氏六千度，是地球光和熱的來源。

參考 活用詞：太陽神、太陽能、太陽系、太陽曆。

猜一猜 有個老公公，天亮就出工，有朝一日不見它，不是下雨不颳風。（猜一天體名）（答案：太陽）

動動腦 小朋友，如果你是太陽，你想做些什麼不尋常的事？

古人說 「太陽不在一家門前亮。」這句話是說：上天是很公平的，會讓每個人都能遇到好機會。例「太陽不在一家門前亮」，你的好運就要來了！

唱詩歌 太陽太陽照四方，它的好處不平常，太陽不晒草不綠，太陽不晒花不香。太陽不晒果不熟，太陽不晒苗不長。衣被也要太陽晒，太陽晒了暖暖洋。身體也要太陽晒，太陽晒了才健康。

三畫

太監（ㄊㄞˋ ㄐㄧㄢˋ）　古時候的宦官。例唐朝太監高力士十分受楊貴妃寵愛。

太醫（ㄊㄞˋ ㄧ）　古代專替皇家治病的醫生。

太平洋（ㄊㄞˋ ㄆㄧㄥˊ ㄧㄤˊ）　世界上最大最深的海洋。在亞洲、大洋洲、拉丁美洲、北美洲和南極洲之間，占了全球面積的三分之一。

太行山（ㄊㄞˋ ㄏㄤˊ ㄕㄢ）　山名。在山西省和河北省交界。

太陽系（ㄊㄞˋ ㄧㄤˊ ㄒㄧˋ）　以太陽為中心運行的各種天體的集合，包括九大行星、衛星、彗星等。

太陽能（ㄊㄞˋ ㄧㄤˊ ㄋㄥˊ）　太陽發出的光與熱，其能量可以儲存，用來取暖或發電，可以經由儀器的處理，轉變成各種動能，做多種用途。

太陽曆（ㄊㄞˋ ㄧㄤˊ ㄌㄧˋ）　曆法的一種。以地球繞日運行一周三百六十五又四分之一日為一年，平年有三百六十五天，閏年有三百六十六天。又稱「陽曆」、「國曆」。

太極拳（ㄊㄞˋ ㄐㄧˊ ㄑㄩㄢˊ）　拳術的一種。動作柔和緩慢，連貫圓融，連綿不斷。是鍛鍊身體和醫療保健的方法。

猜一猜　病人打太極拳。（猜一句成語）（答案：不甘示弱）

太魯閣（ㄊㄞˋ ㄌㄨˇ ㄍㄜˊ）　地名，在臺灣省花蓮縣，是橫貫公路上的風景區。區內山明水秀，風景如畫。閣中供奉觀音石佛，四壁上畫有橫貫公路的施工全圖。

太平天國（ㄊㄞˋ ㄆㄧㄥˊ ㄊㄧㄢ ㄍㄨㄛˊ）　清朝道光年間，洪秀全抗清，定都南京，國號太平天國。後被曾國藩、左宗棠、李鴻章等人滅亡，立國共十四年。

太平盛世（ㄊㄞˋ ㄆㄧㄥˊ ㄕㄥˋ ㄕˋ）　國家平安而富庶的極盛時期。例唐朝是我國歷史上有名的太平盛世。

太原五百完人（ㄊㄞˋ ㄩㄢˊ ㄨˇ ㄅㄞˇ ㄨㄢˊ ㄖㄣˊ）　民國三十八年四月二十四日，中共圍攻山西省太原市，我軍奮勇抵抗，不幸犧牲的壯士有五百人，所以尊稱他們為「太原五百完人」。

太歲頭上動土（ㄊㄞˋ ㄙㄨㄟˋ ㄊㄡˊ ㄕㄤˋ ㄉㄨㄥˋ ㄊㄨˇ）　太歲是指木星。陰陽家認為太歲是在凶方，不能動土。比喻冒犯了凶惡的人或有權有勢的人，而惹出禍來。例你居然敢惹那個流氓，簡直是在太歲頭上動土。

夭

ノ 二 チ 夭

大部 一畫

ㄧㄠ ❶形容草木茂盛美麗：例桃之夭夭。❷還沒成年就死：例夭折。

參考　請注意：「夭」是大字上面一斜撇；「天」是大字上面一橫畫。

猜一猜　吞藥不用口（猜一字）（答案：夭）

夭折（ㄧㄠ ㄓㄜˊ）　短命早死。

參考　相似詞：夭亡、夭壽。

央

丶 ㄇ 口 央 央

大部 二畫

ㄧㄤ ❶懇求：例央求。❷當中的：例中央。❸完，終止，例夜未央。

猜一猜　英國不生草。（猜一字）（答案：央）

央求（ㄧㄤ ㄑㄧㄡˊ）　懇求，請求。例他央求老師原諒他的錯誤。

失

ノ 𠂉 ⺧ 牛 失

大部 二畫

ㄕ ❶丟掉：例遺失。❷找不到：例迷失方向。❸沒有把握住：例失手。❹改變正常的狀態：例失神、失色。❺違背，不合：例失信、失實。❻沒有達成目的：例失望。❼錯誤：例過失。❽發生意外：例失事。❾放過，錯過：例機不可失。❿洩漏：例失密。

參考　相似字：遺、亡。♣相反字：得。

猜一猜　牛頭人身。（猜一字）（答案：失）

失手（ㄕ ㄕㄡˇ）　因為不小心而造成的錯誤。例他一失手打破了杯子。

失火（ㄕ ㄏㄨㄛˇ）　發生火災。例他家房子因為失火，全被燒光了。

參考　相似詞：著火。

失去 ㄕ ㄑㄩˋ 失掉。例他因為腦部受傷，失去記憶。

失色 ㄕ ㄙㄜˋ ❶因為害怕而臉色改變。例他看見這個恐怖的車禍，立刻大驚失色。❷沒有面子和光彩。例她打扮得十分美麗，無論誰站她身旁都會失色。

失言 ㄕ ㄧㄢˊ 無意中說了不該說的話。例他一時失言，洩漏了祕密。

參考 相似詞：失口。

失足 ㄕ ㄗㄨˊ ❶不小心摔倒。例他一失足從樓梯上摔下來。❷比喻人墮落或犯了大錯。例一失足成千古恨。

失事 ㄕ ㄕˋ 因為意外造成的不幸。例這架飛機失事後，掉入太平洋。

動動腦 小朋友，飛機撞到了山峰，就要失火了。你想想看，如果你是飛機裡面的乘客，你要怎麼辦？

失和 ㄕ ㄏㄜˊ 不能和好相遇。例他們因為吵架，彼此失和。

失明 ㄕ ㄇㄧㄥˊ 失去視力，眼睛看不見。例她從小就雙目失明。

失物 ㄕ ㄨˋ 遺失的東西。例他把拾到的失物送到派出所。

參考 活用詞：失物招領。

失信 ㄕ ㄒㄧㄣˋ 不守信用。例他答應替我買電影票，沒想到卻失信了。

失約 ㄕ ㄩㄝ 沒有去約會。例他答應一起去看電影，沒想到卻失約了。

失眠 ㄕ ㄇㄧㄢˊ 晚上睡不著或醒了後無法再繼續睡。例他的心事太多，常常失眠。

參考 相反詞：安眠、熟睡。

失笑 ㄕ ㄒㄧㄠˋ 不由自主的突然發笑。例大家聽了這個笑話，都不禁失笑起來。

失常 ㄕ ㄔㄤˊ 失去正常狀態。例他的精神失常，常常有一些莫名其妙的行為。

失掉 ㄕ ㄉㄧㄠˋ 遺失丟掉。例這瓶藥水放置太久，已經失掉效用了。

參考 相似詞：失去。

失敗 ㄕ ㄅㄞˋ 沒有成功。例 國父經過十次革命失敗，才建立中華民國。

失望 ㄕ ㄨㄤˋ 對希望不能實現感到不愉快。例她對這次的表演感到失望。

失陪 ㄕ ㄆㄟˊ 表示歉意，不能陪伴對方。例你們再坐坐，我有事失陪了。

失散 ㄕ ㄙㄢˋ 離開分散。例他終於找到失散多年的母親。

失傳 ㄕ ㄔㄨㄢˊ 以前的技藝或學術沒有流傳下來。例許多中國民間技藝漸漸失傳了。

失意 ㄕ ㄧˋ 不如意，不得志。例他的工作老是不順利，令人覺得很失意。

參考 相反詞：得意、得志。

失敬 ㄕ ㄐㄧㄥˋ 向對方表示歉意，責備自己禮貌不周的客氣話。例沒有好好招待，真是失敬。

失業 ㄕ ㄧㄝˋ 沒有工作，失去職業。例他的父親因為生病而失業。

失落 ㄕ ㄌㄨㄛˋ ❶遺失，丟掉。❷迷失而沒有正確的人生方向。例失落的一代。

失態 ㄕ ㄊㄞˋ 行為態度不合乎應有的禮貌。例他喝了太多酒，有點失態。

失誤 ㄕ ㄨˋ 因為不小心而造成的錯誤。例球員因為嚴重的失誤輸了這場球。

失蹤 ㄕ ㄗㄨㄥ 失去蹤跡，下落不明。例他已經失蹤一個月了，可能是發生意外。

失學 ㄕ ㄒㄩㄝˊ 因為家庭困難、生病，失去上學的機會或中途退學。例他因為生病而失學。

失聲 ㄕ ㄕㄥ ❶不自主的出聲。例他不覺失聲的笑了出來。❷非常悲傷，哭不成聲。例聽到祖父去世的消息，他痛哭失聲。

失禮 ㄕ ㄌㄧˇ ❶待人沒有禮貌。❷對人表示禮貌不周的客氣話。例讓你久等了，真是失禮。

參考 相似詞：失儀。

失寵 ㄕ ㄔㄨㄥˇ 不再被喜愛。寵：喜愛。例這個玩具熊因為太破舊又髒兮兮的，自然而然就失寵了。

失戀 ㄕ ㄌㄧㄢˋ 戀愛中的男女，失去對方的愛情。例他最近心情不好，原來是失戀了。

失竊 ㄕ ㄑㄧㄝˋ 被人偷走。例她發現一些值錢的珠寶失竊了。

失之交臂 ㄕ ㄓ ㄐㄧㄠ ㄅㄧˋ 比喻錯過了接近的機會。交臂：因為彼此很靠近，胳膊碰到胳膊。例這是一個難得的好機會，千萬不要失之交臂。

失魂落魄 ㄕ ㄏㄨㄣˊ ㄌㄨㄛˋ ㄆㄛˋ 形容神志不清、行動失常的樣子。例他這幾天失魂落魄，不知道有什麼心事。

失之毫釐差之千里 ㄕ ㄓ ㄏㄠˊ ㄌㄧˊ ㄔㄚ ㄓ ㄑㄧㄢ ㄌㄧˇ 比喻剛開始的一點小差別，會造成很大的錯誤。毫：計算長度的單位，是釐的十分之一。釐：計算長度的單位，是尺的千分之一。

夷

大部 三畫

一 ㇕ 彐 弓 弚 夷

ㄧˊ ❶平安，平坦：例化險為夷。❷破壞：例夷為平地。❸消滅，殺盡：例夷滅、誅夷。❹我國古代稱東方的民族：例東夷。❺指外國或外國人：例夷情。

猜一猜 姨丈。（猜一字）（答案：夷）

夸

大部 三畫

一 ナ 大 夳 夸 夸

ㄎㄨㄚ ❶說大話，通「誇」：例夸誕。❷奢侈。❸姓：例夸先生。

夸誕 ㄎㄨㄚ ㄉㄢˋ 誇大，吹牛。例他說的話都很夸誕。

參考 相似詞：虛誕、妄誕。

夸父追日 ㄎㄨㄚ ㄈㄨˋ ㄓㄨㄟ ㄖˋ 上古時代有個名叫夸父的人，他要追趕太陽，卻在半路上渴死。他的手杖變成了一片樹林，使後人可以休息乘涼。

動動腦 小朋友你聽過夸父追日的故事嗎？趕快想一想，「夸」可以加上那些偏旁，成為其他的字呢？（答案：誇、垮、跨、胯、袴……）

夾

大部 四畫

一 ㇀ 厂 㕛 夾 夾 夾

ㄐㄧㄚˊ ❶把東西從兩邊拿起來：例夾菜。❷雙層的：例夾衣、夾板。❸夾住東西的器物：例髮夾。❹兩面挾持：例夾攻。❺攙雜，混合：例夾雜。❻熱帶常綠灌木：例夾竹桃。

猜一猜 瞧這三個人，合抬一根棒，大人用頭頂，小人用肩扛。（猜一字）（答案：夾）

夾子 ㄐㄧㄚˊ ㄗ˙ ❶夾東西的器具。例媽媽用夾子來固定衣服。❷放錢的扁平小袋子。例這是我的皮夾子。

夾克 ㄐㄧㄚˊ ㄎㄜˋ 一種防寒保暖的外套。例我的夾克有好幾個口袋。

夾攻 ㄐㄧㄚˊ ㄍㄨㄥ 由兩方面向一方面攻擊。例我們分兩方夾攻敵人。

參考 相似詞：夾擊。

夾擊 ㄐㄧㄚˊ ㄐㄧˊ 從兩邊攻擊：例敵軍受到國軍夾擊而慘敗。

夾竹桃 ㄐㄧㄚˊ ㄓㄨˊ ㄊㄠˊ 常綠灌木，莖高約三公尺，葉狹長，花粉紅或白色，葉有毒，不可誤食，常種在庭園中觀賞。

夾注號 ㄐㄧㄚˊ ㄓㄨˋ ㄏㄠˋ 標點符號的一種。（ ）、〔 〕或——，用來表示說明或解釋的符號，用在夾注文字的前後。

奉

大部 五畫

一 二 三 丰 夫 夫 叁 奉

ㄈㄥˋ ❶恭敬的送給或接受：例奉上、接奉。❷遵守：例奉行、奉公守法。❸尊重，信仰：例信奉。❹供養：例奉養。❺敬詞：例奉告、奉勸。

參考 相似字：供、送、獻、承。♣請注意：「奉」在古文中和「捧」（ㄆㄥˇ）、「俸」（ㄈㄥˋ）相同。

猜一猜 三人騎牛，牛無角。（猜一字）（答案：奉）

奉行 ㄈㄥˋ ㄒㄧㄥˊ 恭敬的照著去做。例我們奉行國父遺訓，實踐三民主義的理想。

奉告 ㄈㄥˋ ㄍㄠˋ 很恭敬的告訴。例這件事我要當面奉告你。

奉命 ㄈㄥˋ ㄇㄧㄥˋ 接受長輩或上級的命令。例他奉命去追查歹徒的下落。

奉承 ㄈㄥˋ ㄔㄥˊ 拍馬屁，用言語或行為討好別人。例他用甜言蜜語奉承老闆，希望能加薪。

笑一笑 有個小官很會奉承上司。一天，上司突然放個響屁。小官問：「什麼聲音這麼響？」上司說：「是我放個屁。」

小官馬上笑著說：「不臭！不臭！」上司聽了不太高興說：「好人的屁若是不臭，就壞了！」小官又馬上用手邊扇邊聞，很高興的說：「才來！好臭啊！」

奉送（ㄈㄥˋ ㄙㄨㄥˋ） 恭敬的贈送。例他免費奉送客人一幅畫。

奉陪（ㄈㄥˋ ㄆㄟˊ） 陪伴，相陪。例對不起，我要先走了，不能奉陪了。

奉養（ㄈㄥˋ ㄧㄤˇ） 侍養父母親長。例他奉養父母十分細心。

奉還（ㄈㄥˋ ㄏㄨㄢˊ） 歸還東西時的敬稱。例這本書我明天奉還。

奉勸（ㄈㄥˋ ㄑㄩㄢˋ） 鄭重的勸告。例我奉勸你做人要厚道、誠懇。

奉獻（ㄈㄥˋ ㄒㄧㄢˋ） 貢獻。例她把一生奉獻給教育事業。

奉公守法（ㄈㄥˋ ㄍㄨㄥ ㄕㄡˇ ㄈㄚˇ） 敬重公事，遵守法令。例他是個奉公守法的公務員。

奇

一 ナ 大 太 夳 夻 夻 奇

大部 五畫

ㄑㄧˊ ❶不平常的，很少見的：例奇觀、奇聞。❷非常的：例奇恥大辱。❸出人意料之外的：例出奇制勝。❹驚異：例驚奇、不足為奇。❺姓：例奇先生。

ㄐㄧ 奇數，即單數，和偶數相對，例如：一、三、五、七。

參考 相反字：偶。

猜一猜 大有可為。（猜一字）（答案：奇）

奇妙（ㄑㄧˊ ㄇㄧㄠˋ） 稀奇而神妙。例世界上有許多奇妙的事物。

參考 相似詞：巧妙、奇巧。

奇怪（ㄑㄧˊ ㄍㄨㄞˋ） ❶奇特，不常見。例這是一種很奇怪又罕見的深海魚類。❷出乎意料，很難理解。例奇怪！桌上的錢怎麼不見了？

奇特（ㄑㄧˊ ㄊㄜˋ） 奇異，特殊，不平常。例這裡的景象很奇特，我從來沒見過。

奇異（ㄑㄧˊ ㄧˋ） 非常奇怪。例草叢裡鑽出一隻奇異的小動物。

奇景（ㄑㄧˊ ㄐㄧㄥˇ） 奇特的景象。例「極光」是南極的一種奇景。

奇遇（ㄑㄧˊ ㄩˋ） 意外或奇怪的遭遇。例「木偶奇遇記」是一則很有趣的童話。

奇境（ㄑㄧˊ ㄐㄧㄥˋ） 奇妙的地方。例這是一個世上難見的奇境。

奇聞（ㄑㄧˊ ㄨㄣˊ） 令人感到驚奇的事物或消息。例他家的狗會跳舞，真是一大奇聞。

奇數（ㄐㄧ ㄕㄨˋ） 指不能被二整除的數字，例如：一、三、五、七等。

奇蹟（ㄑㄧˊ ㄐㄧ） 人世間或自然界的異常事蹟。例他的魔術表演真是一項奇蹟。

奇麗（ㄑㄧˊ ㄌㄧˋ） 奇特美麗。例阿里山日出的奇麗景色很吸引人。

奇觀（ㄑㄧˊ ㄍㄨㄢ） 很少見、值得看的景象或事物。例野柳的岩石是自然界的奇觀。

奇形怪狀（ㄑㄧˊ ㄒㄧㄥˊ ㄍㄨㄞˋ ㄓㄨㄤˋ） 形狀奇特怪異。例他收集了許多奇形怪狀的石頭。

奇恥大辱（ㄑㄧˊ ㄔˇ ㄉㄚˋ ㄖㄨˇ） 很大的恥辱。例我們的球賽居然輸了，真是奇恥大辱。

奇貨可居（ㄑㄧˊ ㄏㄨㄛˋ ㄎㄜˇ ㄐㄩ） 珍奇的貨物，可以囤積起來，等到好價錢再賣出去。也比喻自以為有某種特殊的技能或成就，拿它作為要求名利地位的本錢。

奇裝異服（ㄑㄧˊ ㄓㄨㄤ ㄧˋ ㄈㄨˊ） 怪異的衣服。例她喜歡穿奇裝異服，引人注目。

奈

一 ナ 大 太 夳 夲 夼 奈

大部 五畫

ㄋㄞˋ 怎麼辦，怎樣：例奈何、怎奈。

猜一猜 一大二小。（猜一字）（答案：奈）

奈米（ㄋㄞˋ ㄇㄧˇ） 是一種計算長度的單位，一奈米等於十億分之一米，是頭髮寬度的十萬分之一。奈米科技被廣泛運用在光電、醫藥、生物等，是二十一世紀最重要的發明。

奈何（ㄋㄞˋ ㄏㄜˊ） 怎麼辦，表示沒有辦法。例爸爸對小妹的任性也無可奈何。

奄

一 ナ 大 大 夵 夻 夻 奄

大部 五畫

ㄧㄢˇ ❶覆蓋：例奄有一方。❷忽然：例奄忽。

ㄧㄢ ❶奄奄，呼吸微弱的樣子：例奄奄一息。❷宦官：例奄人。

奔

一ナ大大本本夲奔

大部 五畫

ㄅㄣ ❶急跑：例奔跑。❷逃亡：例奔逃。❸直往，投往：例各奔前程、投奔自由。❹男女沒有經過合法的程序而結合：例私奔。

猜一猜 三十個大。（猜一字）（答案：奔）

奔走 ㄅㄣ ㄗㄡˇ ❶為了生活而辛苦忙碌。例他為衣食而奔走忙碌。❷為了達到某種目的而到處活動。例 國父為了革命事業，在海外奔走。

奔放 ㄅㄣ ㄈㄤˋ ❶形容個性豪邁不受拘束。例她是一個熱情奔放的女孩。❷形容水勢很急很大。例奔放的河水，激起了美麗的浪花。❸形容文思不受拘束。

奔波 ㄅㄣ ㄅㄛ 原指水波的奔流，後來形容人的奔走勞苦。例他為了賺錢四處奔波。

奔流 ㄅㄣ ㄌㄧㄡˊ ❶急速的流。例河水奔流到大海中。❷急速的流水。例尼加拉瓜大瀑布的奔流實在是奇觀。

奔跑 ㄅㄣ ㄆㄠˇ 很快的跑。例小偷為了避免被抓到，拼命向前奔跑。

奔馳 ㄅㄣ ㄔˊ 飛快的跑。例他騎著馬，奔馳在草原上。

奔騰 ㄅㄣ ㄊㄥˊ ❶快速奔跑的樣子。例草原上萬馬奔騰，十分壯觀。❷波浪洶湧的樣子。例黃河的水奔騰到海裡，聲勢浩大。

奕

丶亠ナ亣亣亦亦亦奕

大部 六畫

ㄧˋ 大的，美的。

奕奕 ㄧˋ ㄧˋ ❶美盛的樣子。❷憂愁不安的樣子。例憂心奕奕。❸精神煥發的樣子。例神采奕奕。

參考 請注意：「奕」和「弈」不同，「精神奕奕」的「奕」字下面是「大」；「弈棋」的「弈」下面是「廾」。

猜一猜 也是大。（猜一字）（答案：奕）

契

一二三丰刧刧刧契契

大部 六畫

ㄑㄧˋ ❶合約，字據：例房契、契約。❷相投，符合：例投契、契合。❸古代的種族：例契丹。

ㄒㄧㄝˋ 古人名，是商朝的祖先。

參考 相似字：據、合。

契丹 ㄑㄧˋ ㄉㄢ 我國古代的民族，是東胡鮮卑的後代，居住在東北一帶。唐末時耶律阿保機曾建立遼國，被金滅亡後，漸漸和蒙古、女真、漢人等同化。

契合 ㄑㄧˋ ㄏㄜˊ ❶符合。例他說的話和行為非常契合。❷意氣相投。例他們認識很久，契合無間。

契約 ㄑㄧˋ ㄩㄝ 把雙方都同意的事項，訂立互相遵守的條件，寫在紙上叫作「契約」。

參考 相似詞：契據、契紙。

契機 ㄑㄧˋ ㄐㄧ 事情轉變的關鍵。例你要把握這個難得的契機。

奏

一二三声夫夫夫奏奏

大部 六畫

ㄗㄡˋ ❶古代臣子向君主陳述的意見：例奏章。❷吹彈樂器：例奏樂。❸音樂的節拍：例節奏。❹發生：例奏效。❺取得：例奏功。

猜一猜 二人頂三人。（猜一字）（答案：奏）

奏效 ㄗㄡˋ ㄒㄧㄠˋ 見效，產生效果。例這種藥很有用，吃下去立刻奏效。

奏章 ㄗㄡˋ ㄓㄤ 古代臣子向君主呈獻的意見書。

參考 相似詞：奏議、奏疏。

奏樂 ㄗㄡˋ ㄩㄝˋ 演奏音樂。例升旗典禮時，由樂隊奏樂。

奎

一ナ大大夲夲夲奎奎

大部 六畫

ㄎㄨㄟˊ ❶星名，就是文曲星，古代二十八星宿之一：例奎宿。❷和文事有關的：例奎運。

猜一猜 那個人好土又土。（猜一字）（答

案：奎）

奐　大部　六畫

ㄏㄨㄢˋ ❶文采鮮明的樣子。❷盛，多。❸姓：例奐先生。

猜一猜 換物不用手。（猜一字）（答案：奐）

奐奐 ㄏㄨㄢˋ ㄏㄨㄢˋ 光明的樣子。

套　大部　七畫

ㄊㄠˋ ❶計算成組事物的單位：例一套西服。❷地形或河川彎曲的地方：例河套。❸用繩子結成的環：例繩套、活套。❹照樣做，沒有創新：例老套。❺罩在外面的東西：例外套、書套。❻罩上：例套件外衣、套上筆帽。❼計策：例圈套。❽應酬話：例客套、俗套。❾引出：例套出真心話。❿用繩子綁住：例套車。

套子 ㄊㄠˋ ˙ㄗ 做成一定的形狀，包在物體外面的東西。例下雨了，他把套子蓋在車子上。

套用 ㄊㄠˋ ㄩㄥˋ 模仿應用。例這題數學套用公式就能解答。

套房 ㄊㄠˋ ㄈㄤˊ 包括客廳、臥房，及整套衛浴設備或廚房用具的房間。

套交情 ㄊㄠˋ ㄐㄧㄠ ㄑㄧㄥˊ 拉攏感情。例他是董事長兒子的朋友，因此老是和董事長套交情。

奘　大部　七畫

ㄗㄤˋ ❶粗大：例身高腰奘、這棵樹很奘。❷玄奘，人名，是唐代著名的高僧，遊學印度長達十七年，帶回大量佛教經典，並且翻譯了許多部佛經。

奚　大部　七畫

ㄒㄧ ❶何，為什麼：例子奚哭之悲也？❷僕役：例奚僮、小奚。❸姓：例奚先生。

猜一猜 溪水乾涸（ㄏㄜˊ）（猜一字）（答案：奚）

奚落 ㄒㄧ ㄌㄨㄛˋ 受到別人的譏笑嘲弄。例他奚落了我一頓。

奢　大部　八畫

ㄕㄜ ❶用錢浪費，沒有節制：例奢侈。❷過分的，過多的：例奢望、奢求。❸說大話：例奢言。❹姓：例奢先生。

參考 相似字：侈。♣相反字：儉、省。

奢侈 ㄕㄜ ㄔˇ 花很多的錢，過分的享受。侈：浪費。例她生活奢侈，不知節儉。

參考 活用詞：奢侈品。

奢望 ㄕㄜ ㄨㄤˋ 過分的願望。例他不工作，卻奢望成為大富翁。

奢靡 ㄕㄜ ㄇㄧˇ 奢侈，不振作。靡：奢侈。例他喜歡花不該花的錢，非常奢靡。

奠　大部　九畫

ㄉㄧㄢˋ ❶安定：例奠定。❷用祭品向死者致祭：例祭奠。

參考 相似字：祭。

奠定 ㄉㄧㄢˋ ㄉㄧㄥˋ 使其安穩、固定。例臺灣曾經勞力密集，奠定了良好的工業基礎。

奠基 ㄉㄧㄢˋ ㄐㄧ 打下基礎。例今天是學校行政大樓的奠基典禮。

奠儀 ㄉㄧㄢˋ ㄧˊ 送給死者家屬的金錢，以代替祭品。例我們送了五百元的奠儀給他，作為喪葬費用。

奧　大部　十畫

ㄠˋ ❶房子的西南角。❷含義深，不容易了解：例深奧。❸國名，「奧地利」的簡稱。

三畫

❹精妙的：例奧妙。

奧妙 ㄠˋ ㄇㄧㄠˋ　深奧微妙，不容易捉摸。例宇宙的奧妙，連科學家也不容易得知。

奧祕 ㄠˋ ㄇㄧˋ　事物的內容神祕，不容易了解。例科學家積極探求宇宙的奧祕。

奧運 ㄠˋ ㄩㄣˋ　世界性的運動會，全名是「奧林匹克運動會」。因為希臘人常在奧林匹亞舉行體育競賽，第一屆現代奧運於一八九六年在希臘雅典舉行，以後每四年在會員國輪流舉行。

奧斯卡金像獎 ㄠˋ ㄙ ㄎㄚˇ ㄐㄧㄣ ㄒㄧㄤˋ ㄐㄧㄤˇ　美國頒發給在電影方面有特殊成就工作者的獎賞。在西元一九二九年成立，每年舉行一次，有最佳影片、導演、男女主角、男女配角等項。

奪

大部　十一畫

一 ナ 大 大 木 衣 衣 衣 衣 奞 奞 奪 奪 奪

ㄉㄨㄛˊ　❶搶，強取：例奪取。❷作決定：例定奪。❸使失去：例剝奪。❹衝過：例奪門而出。❺爭先取得：例奪標。

猜一猜　大鳥只有寸長。（猜一字）（答案：奪）

參考　相似字：搶、掠。

奪目 ㄉㄨㄛˊ ㄇㄨˋ　光彩美麗吸引人的眼光。例這顆寶石發出奪目的光芒。

奪取 ㄉㄨㄛˊ ㄑㄩˇ　用武力或不法的手段強取。例這流氓奪取路人的皮包。

奪標 ㄉㄨㄛˊ ㄅㄧㄠ　在比賽中奪取錦標，特別是冠軍。例他的實力很強，一定能奪標成功。

奩

大部　十一畫

一 ナ 大 太 本 夲 夻 夻 夻 奩 奩 奩

ㄌㄧㄢˊ　女子梳妝用的鏡匣子：例妝奩（嫁妝）。

奮

大部　十三畫

一 ナ 大 大 木 衣 衣 衣 衣 奞 奞 奞 奮 奮 奮 奮

ㄈㄣˋ　❶鳥振動翅膀：例奮翼高飛。❷舉起：例奮臂。❸振作：例奮發。❹勇敢不怕死：例奮不顧身。❺努力：例奮鬥。❻姓：例奮先生。

猜一猜　大鳥從田上飛起。（猜一字）（答案：奮）

奮勇 ㄈㄣˋ ㄩㄥˇ　鼓起勇氣。例他奮勇殺敵，立下大功勞。

奮勉 ㄈㄣˋ ㄇㄧㄢˇ　努力振作。例他奮勉自立，刻苦求學。

奮起 ㄈㄣˋ ㄑㄧˇ　振作起來。例大家一齊奮起，努力殺敵。

奮鬥 ㄈㄣˋ ㄉㄡˋ　為了實現目的，而不斷的努力。例和平，奮鬥，救中國！

奮然 ㄈㄣˋ ㄖㄢˊ　形容振作精神的樣子。例吳先生是見義勇為的人，只要看見有人欺負弱小，就會奮然而起打抱不平。

奮發 ㄈㄣˋ ㄈㄚ　振作精神。例他立下心願，要奮發圖強。

奮不顧身 ㄈㄣˋ ㄅㄨˋ ㄍㄨˋ ㄕㄣ　勇往直前，不顧自己的安危。例他奮不顧身救人的精神，令人佩服。

奮發有為 ㄈㄣˋ ㄈㄚ ㄧㄡˇ ㄨㄟˊ　努力進取，有所作為、成就。例他是個奮發有為的好青年。

奮發圖強 ㄈㄣˋ ㄈㄚ ㄊㄨˊ ㄑㄧㄤˊ　振作精神，以求自強。例我們要奮發圖強，建設國家。

女部 ㄋㄩˇ

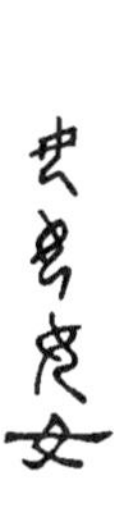

「」是一個女孩子彎著膝蓋、低著頭，雙手交叉放在胸前的象形字。後來寫成「」，仍然可以看到頭、交叉的雙手、跪著的腳。女部的字大都和女性有關，可以分成四種情形：

一、對女性的稱呼，例如：媽、奶、姑、姨。

二、表示美好，通常指女性的特徵和外表，例如：嫵媚（姿態吸引人）、嬌、婷。

三、表示輕視、不好，例如：奸、

嫌、嫉妒。

四、據說古代曾有過以女性為中心的氏族社會，因此有些姓氏都加了女部，例如：姚、姜、姬（周武王）、嬴（秦始皇）。

女

く ㄆ 女

女部 ○畫

ㄋㄩˇ ❶女性：例男女平等。❷女兒：例子女。❸女性用的東西：例女裝。

ㄋㄩˋ 把女兒嫁給人。

ㄖㄨˇ ❶你，同「汝」。❷姓：例女先生。

參考 相反字：男。

動動腦 (一)小朋友，請你在女字的上、下、左、右，只加三筆畫，例如「如」、「妄」，變成其他的字，和同學比比看，看誰想得快！

（答案：奸、好、妃、安、汝、囡……）

(二)姊姊開了一家女裝店，請你替她找一個美麗、引人注意、好聽、好記的名字吧！

女士 ㄋㄩˇ ㄕˋ 對婦女的尊稱。通常指年紀較大的女子。

女伶 ㄋㄩˇ ㄌㄧㄥˊ 女演員。

女兒 ㄋㄩˇ ㄦˊ ❶自己所生的女孩。❷還沒有出嫁的女子。

參考 相反詞：兒子。♣活用詞：女兒身、女兒紅。

女性 ㄋㄩˇ ㄒㄧㄥˋ 婦女。

參考 相似詞：女人、女子。♣相反詞：男性。

女紅 ㄋㄩˇ ㄍㄨㄥ 婦女所做紡織、縫紉、刺繡一類的工作及製成的東西。紅和「工」的意思、讀音相同。

女真 ㄋㄩˇ ㄓㄣ 我國古代的種族名稱，居住在現在的吉林和黑龍江一帶。北宋末年，建立金國，國勢強大，後來被蒙古人所滅。清朝的滿洲人就是女真族的一支。

女婿 ㄋㄩˇ ㄒㄩˋ 女兒的丈夫。

女扮男裝 ㄋㄩˇ ㄅㄢˋ ㄋㄢˊ ㄓㄨㄤ 女子裝扮成男子。例花木蘭女扮男裝，代父從軍。

參考 相反詞：男扮女裝。

奴

く ㄆ 女 如 奴

女部 二畫

ㄋㄨˊ 受人使喚，從事勞力工作，沒有自由的人：例奴隸。

參考 相似字：僕、婢。

猜一猜 努力不用力。（猜一字）（答案：奴）

奴才 ㄋㄨˊ ㄘㄞˊ ❶僕人。❷罵人人格卑賤，沒有骨氣。例你這個奴才，竟然為了金錢出賣國家。❸清朝的武官及滿人對皇帝的自稱。

奴役 ㄋㄨˊ ㄧˋ 把人當作奴隸一樣的使喚。例秦始皇奴役百姓，使得民生困苦。

奴家 ㄋㄨˊ ㄐㄧㄚ 古代女子自稱的謙詞。

奴婢 ㄋㄨˊ ㄅㄧˋ 指男女僕人。

奴僕 ㄋㄨˊ ㄆㄨˊ 在主人家裡做雜事的人。

奴隸 ㄋㄨˊ ㄌㄧˋ 受人使喚，沒有自由的人。

參考 請注意：「奴隸」和「奴才」身分相同，但是「奴隸」是被迫失去自由的，所以有時會反抗主人；「奴才」則是心甘情願為主人服務的，比較忠心。

奶

く ㄆ 女 奶 奶

女部 二畫

ㄋㄞˇ ❶乳房：例奶子。❷乳汁：例牛奶。❸餵奶，哺乳：例奶孩子。❹祖母：例奶奶。❺對「主婦」的尊稱：例少奶奶。

參考 相似字：乳。

奶奶 ㄋㄞˇ ˙ㄋㄞ ❶祖母。❷對老婦人的尊稱。❸對女主人的尊稱：例這位少奶奶舉止優雅，氣質出眾。

奶油 ㄋㄞˇ ㄧㄡˊ 從牛奶裡抽取出來的油質。是做蛋糕、餅乾、糖果的原料。

參考 活用詞：奶油色。

奶粉 ㄋㄞˇ ㄈㄣˇ 將牛奶去水分，添加其他營養成分，製造成粉末形狀的食品，吃的時候，加水沖泡成液體。

奶茶 ㄋㄞˇ ㄔㄚˊ 茶裡加上牛奶或羊奶，就稱為奶茶。

奶媽 ㄋㄞˇ ㄇㄚ 被人請來餵奶或是照顧孩子的婦女。

俏皮話 「奶媽抱孩子——人家的。」奶媽是負責餵奶和照顧嬰兒的女傭人。因此奶媽抱孩子，還是「人家的」。

妄

女部 三畫

丶 亠 亡 妄 妄 妄

ㄨㄤˋ ❶胡來，亂來：例狂妄、輕舉妄動。❷非分地：例妄求、痴心妄想。

參考 相似字：狂、亂。

猜一猜 小妹無心常忘。（猜一字）（答案：妄）

妄動 ㄨㄤˋ ㄉㄨㄥˋ 沒有仔細考慮，就隨便行動。例這件事要小心計議，不要輕舉妄動。

妄想 ㄨㄤˋ ㄒㄧㄤˇ 根本不可能實現的非分念頭。例他不肯用功讀書，卻妄想得第一名。

妄自菲薄 ㄨㄤˋ ㄗˋ ㄈㄟˇ ㄅㄛˊ 隨便看輕自己；形容自卑的樣子。菲薄：輕視。例他總是妄自菲薄，認為自己一無是處。

參考 相反詞：夜郎自大。♣請注意：「妄自菲薄」和「自暴自棄」都指人過度看輕自己，但是「妄自菲薄」只是指心理上的自卑，語氣比較輕：「自暴自棄」還包括行動上的不求上進等，語氣比較重。

奸

女部 三畫

く 女 女 女一 女二 奸

ㄐㄧㄢ ❶狡猾，虛偽：例奸詐。❷對國家不忠的：例奸臣、漢奸。❸通「姦」。

參考 相似字：詐、狡、姦。♣請注意：「奸」和「姦」意思差不多，但是習慣上「奸詐」、「漢奸」都用「奸」；當作不正當的男女行為時用「姦」，例如：強姦、通姦。

猜一猜 與女子何干？（猜一字）（答案：奸）

奸臣 ㄐㄧㄢ ㄔㄣˊ 奸詐陰險，對國家不忠的臣子，例如：秦檜。

奸計 ㄐㄧㄢ ㄐㄧˋ 狡詐的計謀。

奸商 ㄐㄧㄢ ㄕㄤ 指利用不正當手段來賺錢的商人。例如：販賣假貨，或是故意囤積產品，造成市場缺貨，趁機抬高價錢等。

奸細 ㄐㄧㄢ ㄒㄧˋ 掩藏埋伏在我方，專門替敵人打聽情報並傳遞消息的人。

奸雄 ㄐㄧㄢ ㄒㄩㄥˊ 用狡猾、欺騙的手段取得權勢地位的人。例曹操是一代奸雄。

妃

女部 三畫

く 女 女 女フ 女コ 妃

ㄈㄟ ❶皇帝的配偶，次於后，或是太子、王、侯的太太：例貴妃。❷女神的敬稱：例宓妃。

猜一猜 女子自己。（猜一字）（答案：妃）

好

女部 三畫

く 女 女 女フ 好 好

ㄏㄠˇ ❶優點多的，使人滿意的：例好人、好看。❷友愛：例友好。❸容易：例好解決。❹很：例好快。❺完成：例做好了。❻表示稱讚、同意或是結束的語氣。例好，就這麼辦。

ㄏㄠˋ 喜歡：例好學、愛好。

參考 相似字：佳、美、善、嗜。♣相反字：壞。

猜一猜 女子。（猜一字）（答案：好）

古人說 「在家千日好，出外一時難。」這句話是說住在家裡，事事方便，一到外面去就沒有這麼好了。一時：是指很短的時間。例「在家千日好，出外一時難」，等你到學校去住，你就知道在家有多舒服了！

好不 ㄏㄠˇ ㄅㄨˋ 表示程度很深的意思。和「多麼」、「很」的意思相同。例春天到了，百花盛開，好不美麗。

參考 請注意：「好不」，用在一些含有兩個字的形容詞前面（例如：困難、容易、活潑……），表示程度很深，並帶有感嘆的語氣。這種用法的「好不」都可以用「好」來替換，例如：「好不熱鬧」就是「好熱鬧」，「好不美麗」就是「好美麗」。但是「好不容易」和「好容易」都表示「不容易」的意思。

好手 ㄏㄠˇ ㄕㄡˇ 擅長某種技藝的人。例古代的后羿是射箭好手。

參考 相似詞：能手。♣活用詞：好手如林。

好歹 ㄏㄠˇ ㄉㄞˇ ❶好壞。例對你客氣，你還不知好歹。❷不論如何。例你好歹也把功課做完，再去看電視。❸遭遇不幸，常指死亡。例萬一我有個好歹，請代我照顧妻兒。

好比 ㄏㄠˇ ㄅㄧˇ 譬如，表示跟以下所說的一樣。例他的身材好比水桶，圓滾滾的。

好在 ㄏㄠˇ ㄗㄞˋ 幸好，含有僥倖的意思。例好在你帶了傘，否則我們就得淋雨回家。

參考 相似詞：幸虧、幸好、還好、幸而。

好奇 ㄏㄠˋ ㄑㄧˊ 對自己不了解的事物覺得新奇、有興趣。例我對螞蟻的習性感到好奇。

好客 ㄏㄠˋ ㄎㄜˋ 指喜歡接待客人，對客人很熱情。

好強 ㄏㄠˋ ㄑㄧㄤˊ 對自己的意見很固執，處處想勝過別人。例他個性好強，常常為一點小事，和別人爭得面紅耳赤。

參考 請注意：「好強」和「好勝」都有想勝過別人的意思。但是「好強」偏重在個性，有固執、不服輸的意思；「好勝」則偏重在行為表現，有志在必得、爭取榮譽的意思。

好處 ㄏㄠˇ ㄔㄨˋ ❶優點，長處。例開車的好處是速度快。❷利益。例喝酒對身體沒有好處。

好勝 ㄏㄠˋ ㄕㄥˋ 喜歡超過別人，爭取榮譽。例王小美很好勝，為了爭取優良成績，常常加倍努力。

好惡 ㄏㄠˋ ㄨˋ 對事物喜歡或討厭的情感。惡：討厭。例你對吃東西有什麼好惡？

好意 ㄏㄠˇ ㄧˋ 善良的心意。例他好意為我送雨傘，我真感動。

參考 相似詞：好心。♣活用詞：好心好意。

好感 ㄏㄠˇ ㄍㄢˇ 對事物有滿意或喜歡的感覺。例我對狗最有好感，因為牠很忠實。

好像 ㄏㄠˇ ㄒㄧㄤˋ ❶非常相像。例她們兩姊妹長得好像。❷大概，似乎。例他低著頭不說話，好像有心事的樣子。

參考 相似詞：好似、似乎、大概。

好漢 ㄏㄠˇ ㄏㄢˋ 指勇敢健壯的男子。

好說 ㄏㄠˇ ㄕㄨㄛ 表示容易商量或同意。例只要你肯答應，其他一切好說。

好學 ㄏㄠˋ ㄒㄩㄝˊ 喜歡讀書，學習認真。例她自小好學，唸書十分用功。

參考 相似詞：勤學。♣活用詞：好學深思。

好轉 ㄏㄠˇ ㄓㄨㄢˇ 向好的方面轉變。例爸爸的病情已經好轉，請你不要掛念。

好容易 ㄏㄠˇ ㄖㄨㄥˊ ㄧˋ 很不容易。例我好容易才存滿三百元，買到這個洋娃娃。

好望角 ㄏㄠˇ ㄨㄤˋ ㄐㄧㄠˇ 地名。位於非洲的最南端。西元一四八六年，葡萄牙人狄亞士由大西洋航行到印度時，發現這個地方。本來叫「暴風角」，後來因為這裡可以通往富庶的東方，所以改名為「好望角」。

好意思 ㄏㄠˇ ㄧˋ ㄙ 不害羞，不怕難為情。例明明是你的錯，你還好意思怪別人。

好大喜功 ㄏㄠˋ ㄉㄚˋ ㄒㄧˇ ㄍㄨㄥ 喜歡誇大，一心一意想立功。例這個人好大喜功，做事不太實在。

好吃懶做 ㄏㄠˋ ㄔ ㄌㄢˇ ㄗㄨㄛˋ 喜歡吃，懶得做。形容懶惰的樣子。例王小明好吃懶做，所以越來越胖。

參考 相似詞：好逸惡勞。

好事多磨 ㄏㄠˇ ㄕˋ ㄉㄨㄛ ㄇㄛˊ 美好的事情往往會遭到許多挫折，而不容易有結果。例我們的校外教學，因為天氣不佳，一再改期，真是好事多磨。

好為人師 ㄏㄠˋ ㄨㄟˊ ㄖㄣˊ ㄕ 喜歡當人家的老師。形容一個人不謙虛，喜歡指導別人。例他自有主張，你別好為人師，盡出些餿主意。

好高騖遠 ㄏㄠˋ ㄍㄠ ㄨˋ ㄩㄢˇ 形容一個人喜歡追求高遠的目標，而不切實際。騖：追求。例做事要按部就班，一步一步來，不要好高騖遠。

好逸惡勞 ㄏㄠˋ ㄧˋ ㄨˋ ㄌㄠˊ 喜歡安樂，討厭勞動。形容人懶惰的樣子。例王先生整天吃喝玩樂，好逸惡勞，最後敗光了萬貫家產。

參考 相似詞：好吃懶做。

好學不倦 ㄏㄠˋ ㄒㄩㄝˊ ㄅㄨˋ ㄐㄩㄢˋ 努力求學，一點也不會感覺厭倦。倦：累。例他好學不倦，成績優良，當選上模範生。

參考 相似詞：孜孜不倦。

她

女部 三畫

ㄑ ㄆ 女 女ㄱ 女也 她

ㄊㄚ 稱你、我以外的某個女性：例她是哥哥的女朋友。

一通「伊」。

猜一猜 也是女人。（猜一字）（答案：她）

如

女部 三畫

ㄑ ㄆ 女 女ㄇ 如 如

ㄖㄨˊ ❶依照，適合：例如期完成、如意。❷相似，像：例骨瘦如柴。❸比得上：例我不如他。❹假使：例假如。❺表示舉例：例花的種類很多，例如：梅、蘭、菊等。

猜一猜 無心記仇是寬恕。（猜一字）（答案：如）

如今 ㄖㄨˊ ㄐㄧㄣ 現在。例經過十年的奮鬥，如今他已經是大企業家。

如同 ㄖㄨˊ ㄊㄨㄥˊ 好像。例清晨霧色迷濛，大地如同籠罩著白紗。

如此 ㄖㄨˊ ㄘˇ 像這樣。例你如此乖巧，一定深得父母喜愛。

如何 ㄖㄨˊ ㄏㄜˊ 表示疑問，相當於「怎麼樣」、「怎麼辦」。例這件事辦得如何？

如果 ㄖㄨˊ ㄍㄨㄛˇ 表示假設的連詞。例如果天氣不好，郊遊就取消。

如故 ㄖㄨˊ ㄍㄨˋ ❶跟原來一樣。例離別十年，家鄉景物依然如故。❷像老朋友一樣。例我和他一見如故，很談得來。

如常 ㄖㄨˊ ㄔㄤˊ 跟平常一樣，照常。例本店星期假日如常營業，歡迎惠顧。

如期 ㄖㄨˊ ㄑㄧˊ 按照規定的日期。例節日的壁報要如期刊出，否則就失去宣傳的意義。

如意 ㄖㄨˊ ㄧˋ ❶適合心意。例祝你事事如意。❷一種象徵吉祥的器物，用玉、竹、骨等製作而成，頂端像靈芝或雲的形狀，有彎曲的柄，可以拿來玩賞或是搔背抓癢。

古人說 「人生不如意事，十常八九。」十常八九是指十次中有八到九次，也就是經常遇到的意思。這句話是說：人活著不一定事事順利，有時候會遇到很多麻煩，勸勉人要一一去解決或面對。例人生不如意事，十常八九，你還是想開一些吧！

如日中天 ㄖㄨˊ ㄖˋ ㄓㄨㄥ ㄊㄧㄢ 好像太陽正好升到天空當中；比喻事物正發展到最興盛的時候。例爸爸的事業如日中天，正不斷增設分公司。

如火如荼 ㄖㄨˊ ㄏㄨㄛˇ ㄖㄨˊ ㄊㄨˊ 像火焰那麼紅，像荼花那麼白。形容事情進行得很熱烈，或情況很盛大熱鬧。荼：茅草的白花，常漫山遍野的開放。例自治市市長選舉活動，正如火如荼的在校園裡展開。

如出一轍 ㄖㄨˊ ㄔㄨ ㄧˊ ㄔㄜˋ 好像同一個車輪在路上壓出來的痕跡；比喻事物或行動非常相像。轍：車輪所壓出的痕跡。例你的錯誤怎麼和他如出一轍？

如沐春風 ㄖㄨˊ ㄇㄨˋ ㄔㄨㄣ ㄈㄥ 好像身臨溫暖的春風中；比喻接受良師的教導。例王老師和藹可親，在她的教導下，我們如沐春風。

如坐針氈 ㄖㄨˊ ㄗㄨㄛˋ ㄓㄣ ㄓㄢ 好像坐在插滿針的氈子上；比喻心神不寧。氈：毛毯。例爸爸因心臟病開刀，我們都如坐針氈的在手術房外守候。

如法炮製 ㄖㄨˊ ㄈㄚˇ ㄆㄠˊ ㄓˋ 本來指依照古老的方法製造中藥，現在用來形容按照現成的方法辦事。炮製：用烘、炒等方法把原料製成中藥。例做菜並不難，只要看著食譜，如法炮製一番就可以。

參考 相似詞：依樣畫葫蘆。♣請注意：「炮」讀ㄆㄠˋ，旁邊是「火」，不是「水」，因為「炮」必須用火。

如花似玉 ㄖㄨˊ ㄏㄨㄚ ㄙˋ ㄩˋ 像花和玉一樣美麗、有光彩；比喻女孩子年輕、漂亮。例李小姐長得如花似玉、人見人愛。

如花似錦 ㄖㄨˊ ㄏㄨㄚ ㄙˋ ㄐㄧㄣˇ 形容風景或前途像花朵、錦繡那樣美好。錦：織著彩色大花紋的一種絲織品。例年輕人的前程如花似錦，千萬不要誤入歧途。

如虎添翼 ㄖㄨˊ ㄏㄨˇ ㄊㄧㄢ ㄧˋ 好像老虎長出翅膀，能力更強，比喻增添了力量，使強大的更加強大，凶惡的更加凶惡。添：增加。翼：翅膀。例他頗有運動天賦，在名師的指導下，更是如虎添翼，表現不凡。

如魚得水 ㄖㄨˊ ㄩˊ ㄉㄜˊ ㄕㄨㄟˇ 好像魚得到水一樣；比喻得到和自己很投合的人，或是適合的環境。例她擅長繪畫，考入美術班後，更是如魚得水，大顯身手。

如意算盤 ㄖㄨˊ ㄧˋ ㄙㄨㄢˋ ㄆㄢˊ 指適合心意的算盤，可以讓自己隨意撥算。比喻只靠自己的想像，往好處去打算、考慮。例先別打領獎品的如意算盤，趕快準備考試要緊哪！

如雷貫耳 ㄖㄨˊ ㄌㄟˊ ㄍㄨㄢˋ ㄦˇ 像雷聲傳入耳朵那樣響亮：比喻人的名聲很大。貫：貫穿，進入。例王老闆的大名如雷貫耳，真是久仰。

如數家珍 ㄖㄨˊ ㄕㄨˇ ㄐㄧㄚ ㄓㄣ 好像在算自己家裡的寶物；比喻對所講的事情很熟悉。數：計算。家珍：家中收藏的寶物。例他養狗經驗豐富，談起各種狗的習性如數家珍。

如膠似漆 ㄖㄨˊ ㄐㄧㄠ ㄙˋ ㄑㄧ 像膠和漆那樣黏固；形容感情深厚，捨不得分離。例她們姊妹倆感情如膠似漆，成天黏在一起玩。

如獲至寶 ㄖㄨˊ ㄏㄨㄛˋ ㄓˋ ㄅㄠˇ 好像得到最好的寶貝；比喻得到心愛的東西非常高興、珍惜。獲：得到。至：最。例我收到爸爸從美國寄來的信，如獲至寶，非常高興。

如痴如醉 ㄖㄨˊ ㄔ ㄖㄨˊ ㄗㄨㄟˋ 像發狂和酒醉一樣；形容非常沉迷一件事物的樣子。痴：發狂。醉：飲酒過量引起神志模糊的樣子。例小明打電動玩具，打得如痴如醉，令媽媽傷透腦筋。

如願以償 ㄖㄨˊ ㄩㄢˋ ㄧˇ ㄔㄤˊ 像所希望的那樣得到滿足，指願望實現。償：滿足。例哥哥如願以償考上公立大學，全家都為他高興。

如釋重負 ㄖㄨˊ ㄕˋ ㄓㄨㄥˋ ㄈㄨˋ 好像放下沉重的負擔；比喻做完該做的事，心情輕鬆愉快。釋：放下。負：負擔。例月考後，同學們都如釋重負，心情輕鬆。

如鯁在喉 ㄖㄨˊ ㄍㄥˇ ㄗㄞˋ ㄏㄡˊ ❶心中有話，像魚骨刺在喉嚨般，不吐出來不會痛快。例委屈放在心上，真是如鯁在喉，不吐不快。❷形容將某人看成眼中釘，一定要除去他，才能甘願安心。例三國的曹操看到楊修愈來愈自大，覺得如鯁在喉，恨不得除去他。

妁

女部 三畫

ㄑ ㄆ 女 女' 妁 妁

ㄕㄨㄛˋ 媒人：例媒妁之言。

參考 相似字：媒。

妝

女部 四畫

丨 丬 丬 爿 爿' 妝 妝

ㄓㄨㄤ 打扮，專指婦女的裝飾：例梳妝。

參考 請注意：❶「妝」和「裝」讀音相同，意思不一樣。「妝」只用在修飾容貌，例如：化妝；「裝」除此以外，還可以用在人以外的修飾，例如：裝潢。❷「妝」也可以寫作「粧」(ㄓㄨㄤ)。

猜一猜 女子靠半牆。(猜一字)(答案：妝)

妝扮 ㄓㄨㄤ ㄅㄢˋ 修飾打扮。例媽媽撲上粉，穿上旗袍，戴上項鍊，妝扮得十分高貴。

妒

女部 四畫

ㄑ ㄆ 女 女' 女斤 妒 妒

ㄉㄨˋ 怨恨別人比自己好：例妒忌。

猜一猜 有門戶之見的女人。(猜一字)(答案：妒)

妒忌 ㄉㄨˋ ㄐㄧˋ 怨恨別人比自己好。例小英妒忌小明的人緣好，故意在背後批評他。

三畫

參考 請注意：「妒忌」也可以寫作「妬嫉」。

妨

女部 四畫

ㄈㄤˊ ❶阻礙：例妨礙。❷損害：例妨害。

參考 請注意：女部的「妨」有阻礙、損害的意思，例如：妨害。阜部的「防」有戒備的意思，例如：提防、防備。

猜一猜 女方。（猜一字）（答案：妨）

妨止 事先防備、阻止。例加強教育能妨止青少年犯罪。

妨害 有害於。例抽煙會妨害健康。

妨礙 干擾、阻礙，使事情不能順利進行。例一邊唸書一邊聽音樂，會妨礙我思考。例隨便停車會妨礙交通。

參考 請注意：「妨礙」和「妨害」都指使事物受到不利的影響。但是「妨害」的意思比較嚴重，強調損害，對象大部分是會受損害的事物，例如：視力、健康等；「妨礙」的意思比較輕，強調阻礙，對象大部分是會受干擾、阻礙的事物，例如：交通、發展等。

妞

女部 四畫

ㄋㄧㄡ 女孩子：例小妞。

猜一猜 女性小丑。（猜一字）（答案：妞）

妣

女部 四畫

ㄅㄧˇ 指已經去世的母親：例先妣。

猜一猜 女子互比。（猜一字）（答案：妣）

妙

女部 四畫

ㄇㄧㄠˋ ❶美好的：例妙不可言。❷奇巧的：例神機妙算。

參考 相似字：美、佳。

猜一猜 少女。（猜一字）（答案：妙）

妙用 神妙的功用。例這種清潔劑既可擦窗戶，又可洗地板、去油汙，妙用無窮。

妙計 巧妙的計策。

妙訣 高明而方便的方法。例有恆心、肯努力是成功的妙訣。

妙齡 美好的年齡，指女子的青春年華。

參考 活用詞：妙齡女郎。

妙不可言 美妙得無法用言語來說明；形容美妙到極點。例這則笑話十分幽默，妙不可言。

妙手回春 技術高明的人，能使春天再回來。稱讚醫生醫術高明，能使病情嚴重的病人恢復健康。妙手：技術高明的人。回春：使春天再回來；比喻把快要死的人救活。例他本來病情嚴重，幸虧張醫生妙手回春，才救回性命。

妙語如珠 美妙的言語像珍珠般有光彩；形容說話或文章精彩生動，有許多佳句。例老師講課妙語如珠，同學們都聽得如痴如醉。

妙趣橫生 美好的情趣像水花一樣四處飛濺；形容說話或文藝作品充滿美妙的情趣。橫生：水滿了而向四處流散。例迎新送舊會上，小華扮演小丑，動作滑稽，妙趣橫生。

妖

女部 四畫

ㄧㄠ ❶指一切怪異反常會害人的東西：例妖孽。❷荒謬而能迷惑人的：例妖言。❸美麗而不莊重：例妖豔。

猜一猜 女兒夭折。（猜一字）（答案：妖）

妖怪 ❶怪異而且會害人的事物。❷譏罵那些用妖媚的態度去迷惑別人的女子。也叫「妖精」。

妖孽 ❶妖怪。❷怪異不祥的人或事物。

妖豔 美麗耀眼但不夠端正。

妖言惑眾 散播一些奇怪荒誕的言論來迷惑大眾。

妖裡妖氣 妖媚但是不正經。例她打扮得妖裡妖氣的，真讓人望而遠之。

妖魔鬼怪 妖怪和魔鬼；比喻各種危害別人利益的壞人。

姸 女部 四畫

ㄧㄢˊ 美麗：例爭姸鬥豔。

參考 相似字：麗、豔、媚。♣相反字：醜。

姸麗 美麗。

妤 女部 四畫

ㄩˊ 婕妤，漢代宮中的女官名，亦作「倢伃」。

妓 女部 四畫

ㄐㄧˋ ❶古代從事演藝工作的女子：例歌舞妓。❷以出賣肉體為生的婦女：例妓女。

妊 女部 四畫

ㄖㄣˋ 懷孕：例妊孕。

妊娠 婦人懷孕。

妊婦 懷孕的婦女。

妥 女部 四畫

ㄊㄨㄛˇ ❶合適，穩當：例妥當、妥為安排。❷完成，齊全：例這件事辦妥了。

參考 相似字：善、好。

妥協 為了避免爭執或衝突，向對方讓步，或彼此讓步。例表決郊遊地點的時候，因為我的建議得票太少，只好妥協。

妥善 指事情辦得很恰當、很完美。例事前妥善安排，遇到事情就不會手忙腳亂。

妥當 安穩適當。例爬山時，自備水壺比較妥當，因為山裡很少有商店販賣飲料。

妾 女部 五畫

ㄑㄧㄝˋ ❶從前丈夫在妻子以外再娶的女子。❷女子謙稱自己。

猜一猜 站立一旁的女人。（猜一字）（答案：妾）

妻 女部 五畫

ㄑㄧ 太太：例妻子。

ㄑㄧˋ 把女兒嫁給某人：例以女妻之。

參考 請注意：「妻」是合法娶進門的，和沒有經過合法程序而來的「妾」不一樣。

猜一猜 十女同耕半邊田。（猜一字）（答案：妻）

妻子 (一)ㄑㄧ ˙ㄗ 男女結婚以後，女子就是男子的妻子。俗稱太太或老婆。(二)ㄑㄧ ㄗˇ 指妻子和兒女。

妻離子散 妻子離開，子女分散。形容家人四處分散，無法團聚。例這場戰爭使得許多人妻離子散，無家可歸。

委

一 二 千 千 禾 委 委 委

女部 五畫

ㄨㄟˇ ❶把事情交給別人去辦：例委託。❷把過失推給別人：例推委。❸曲折：例委婉。❹事情的結果：例原委。❺不振作：例委靡。❻確實：例委實。❼捨棄：例委棄。

ㄨㄟ 應付，敷衍：例虛與委蛇（ㄧˊ）。

參考 相似字：派、任。♣請注意：「委」字帶有曲折、衰敗的意思，例如：委婉、委曲、委靡。含有「委」字的字也多少有短小、彎曲、敗壞的意思，例如：稱短小的人叫：「矮子」；罵短小的日本人：「倭」（ㄨㄛ）奴、「倭」寇；彎曲斜行叫：「逶」（ㄨㄟ）迤；身體退縮敗壞叫：「痿」痺（ㄨㄟˊ ㄅㄧˋ）；草木枯黃敗壞叫：「萎」（ㄨㄟˇ）謝、枯「萎」；做事推卸責任叫：推「諉」（ㄨㄟˇ）。

猜一猜 倭寇走了。（猜一字）（答案：委）

委屈 ㄨㄟˇ ㄑㄩ ❶受到不應該有的指責或待遇，心裡難過。例父親的重男輕女，使我覺得好委屈。❷指受到不合理的待遇。例憑你的才華領這一點薪水，實在太委屈你。

笑一笑 李先生和李太太吵架，李太太感到無限委屈，眼淚不禁奪眶而出。兩歲大的女兒走了過來，用李太太平常哄她時慣用的口氣說：「乖！不要哭！」接著她把奶嘴從自己口中拿出來，塞進媽媽的嘴裡。

委員 ㄨㄟˇ ㄩㄢˊ 政治機構或一般團體中，接受委託、辦理指定事務的人。例他是一名盡忠職守的立法委員。

委託 ㄨㄟˇ ㄊㄨㄛ 拜託別人代替自己處理事情。例我委託張小明代我向老師請病假。

委婉 ㄨㄟˇ ㄨㄢˇ 形容說話很客氣，不直接。例他的拒絕很委婉，所以對方並不會感到難堪。

委蛇 ㄨㄟ ㄧˊ ❶道路、山脈、河流等彎曲延伸的樣子。❷態度隨便的應付。

參考 請注意：「委蛇」的委和「逶」互相通用，蛇和「移」、「迤」互相通用，所以逶蛇、逶移、委迤……讀音都相同，意義也相同。

委靡 ㄨㄟˇ ㄇㄧˇ 頹廢不振作的樣子。靡：倒下。例哥哥比賽失敗後，整天關在房間裡睡覺、聽音樂，顯得委靡不振。

參考 請注意：「委靡」也可以寫作「萎靡」。

委曲求全 ㄨㄟˇ ㄑㄩ ㄑㄧㄡˊ ㄑㄩㄢˊ 暫時忍讓來顧全大局。例她為了顧及姊妹感情，只好委曲求全，容忍妹妹的無理取鬧。

妹

く 女 女 女 女 奸 妹 妹

女部 五畫

ㄇㄟˋ 稱同父母或親戚中年紀比自己小的女子：例妹妹、表妹。

猜一猜 未成年的女孩。（猜一字）（答案：妹）

妮

く 女 女 女 妒 妒 妒 妮

女部 五畫

ㄋㄧ 小孩子：例小妮子。

猜一猜 女尼。（猜一字）（答案：妮）

姑

く 女 女 女 女 女 姑 姑

女部 五畫

ㄍㄨ ❶稱父親的姐妹：例姑媽。❷丈夫的姐妹：例姑嫂。❸古代稱丈夫的母親：例翁姑（就是公婆的意思）。❹年輕的女子：例姑娘。❺表示暫時如此：例姑且。

猜一猜 古代美女。（猜一字）（答案：姑）

繞口令 正月到姑家，姑家未種瓜；二月到姑家，姑家正種瓜；三月到姑家，姑家瓜發芽；四月到姑家，姑家瓜開花；五月到姑家，姑家花長瓜；六月到姑家，姑家正吃瓜。

姑且 ㄍㄨ ㄑㄧㄝˇ 表示無可奈何，暫時只好這樣。例他已經非常後悔了，你就姑且原諒他吧。

姑娘 ㄍㄨ ㄋㄧㄤˊ 指還沒有出嫁的少女。和現在通用的「小姐」同樣意思。

姑息 ㄍㄨ ㄒㄧˊ　為了求得一時的安寧，對別人或自己的錯誤、缺點全部容忍、原諒，既不批評也不改進。例由於父母的姑息，養成他任性的脾氣。例姑息自己的缺點，會養成壞習慣。

姆　女部 五畫

ㄇㄨˇ 幫人看顧或餵養小孩的婦人：例保姆。

參考 請注意：「姆」和「母」不同；「姆」是由母演變來的，沒有「生」的意思，只有「養」的意思，也就是照顧、養育孩子的人。

猜一猜 母女二人。（猜一字）（答案：姆）

姐　女部 五畫

ㄐㄧㄝˇ ❶指成年而且還未結婚的女性：例小姐。❷比自己年長的女子：例大姐。

姍　女部 五畫

ㄕㄢ ❶誹謗，通「訕」：例姍笑。❷姍姍，走路緩慢從容的樣子：例姍姍來遲。

參考 請注意：「姍」和「珊」兩字有分別，「珊」字指玉石的種類。

姍姍 ㄕㄢ ㄕㄢ　形容女子行走時緩慢輕盈的樣子。

始　女部 五畫

ㄕˇ ❶開頭，最初：例開始、有始有終。❷才：例有恆始能成功。

參考 相似字：起、初。♣相反字：終。

猜一猜 寶島姑娘。（猜一字）（答案：始）

始祖 ㄕˇ ㄗㄨˇ　❶第一代的祖先，指有世代相傳的系統可以推究的。例黃帝是中華民族的始祖。❷一種學派、行業的創始人。例他是臺灣速食業的始祖。例他是中國佛教的始祖。

參考 相似詞：鼻祖。

始終 ㄕˇ ㄓㄨㄥ　從頭到尾，一直。例四十年來，他天天寫日記，始終不間斷。

參考 請注意：❶「始終」和「始末」都是從頭到尾的意思，但是「始末」只能當作名詞，例如：事情的始末。而「始終」還可以作副詞用，例如：始終不變。❷「始終」、「一直」也有分別：⑴「始終」可以放在動詞後面，例如：貫徹始終；可是「一直」不能。⑵「始終」用在動詞前面的時候，可以用「一直」來代換，例如：我始終（一直）喜歡他。⑶「一直」後面的動詞可以接時間，「始終」則不可以，例如：大雪一直下了三天。⑷「一直」可以指將來，「始終」不能，例如：我打算在這兒一直住下去。

始終不渝 ㄕˇ ㄓㄨㄥ ㄅㄨˋ ㄩˊ　從頭到尾都不改變；比喻意志堅定、貫徹到底。渝：改變。例不管離別多久，我們的友情始終不渝。

參考 相似詞：始終如一。♣請注意：「渝」不可以讀ㄩˋ。

姓　女部 五畫

ㄒㄧㄥˋ ❶表明家族系統的字：例姓名。❷民眾：例百姓。

猜一猜 弄瓦之喜。（猜一字）（答案：姓）

笑一笑 小張問小王：「為什麼罵人都說『王八』，不說『王七』或『王九』呢？」小王讀著百家姓：「趙、錢、孫、李、周、吳、鄭、王，你說『王』排行老幾呢？」

姓名 ㄒㄧㄥˋ ㄇㄧㄥˊ　姓和名字。例如：國父姓孫，名文。

姊

女部 五畫

ㄐㄧㄝˇ ❶稱同父母或同輩親戚中年紀比自己大的女子（不包括嫂子）：例姊姊（通姐姐，音ㄐㄧㄝˇ・ㄐㄧㄝ）、表姊。❷對女性朋友的一種尊稱：例張姊。

ㄗˇ讀音：例兄弟姊妹。

姊妹 ㄗˇ ㄇㄟˋ ❶女子先出生的稱姊，後出生的稱妹，合稱姊妹。通常指同父母所生的，也可以用在親戚、好朋友間，以表示親熱。❷基督教、天主教女性教友間的稱呼，例如：張姊妹。

參考 相反詞：兄弟。♣活用詞：姊妹花、姊妹校。

妯

女部 五畫

ㄓㄡˊ 見「妯娌」。

妯娌 ㄓㄡˊ ㄌㄧˇ 兄弟妻子相互的稱呼。

妳

女部 五畫

ㄋㄧˇ 用於女性的第二人稱代名詞。

ㄋㄞˇ「嬭（ㄋㄞˇ）」的異體字。

姒

女部 五畫

ㄙˋ ❶古代稱丈夫的嫂子為姒，兄弟的妻子間互稱娣姒。❷古代稱姊姊為姒，妹妹為娣。

猜一猜 以為生女。（猜一字）（答案：姒）

妲

女部 五畫

ㄉㄚˊ 見「妲己」。

妲己 ㄉㄚˊ ㄐㄧˇ 商朝紂王的妃子。

姜

女部 六畫

ㄐㄧㄤ 姓：例姜先生。

參考 請注意：「姜」「羌」字形讀音相近，「姜」是姓，例如：姜子牙。「羌」（ㄑㄧㄤ）是古代中國西邊的民族。

猜一猜 母羊沒尾。（猜一字）（答案：姜）

姜太公 ㄐㄧㄤ ㄊㄞˋ ㄍㄨㄥ 周朝初年的賢臣。姓姜，名叫尚，字是子牙。因為祖先被封在呂地，所以改姓呂，稱為呂尚。輔佐武王伐紂，推翻商朝，被封在齊。後人尊稱他為「姜太公」。

姘

女部 六畫

ㄆㄧㄣ 男女未經合法婚姻關係而私自結合：例姘居。

姿

女部 六畫

ㄗ ❶樣子，形態：例姿勢、姿態。❷容貌：例姿色、姿容。

參考 相似字：形、態。

猜一猜 二千金。（猜一字）（答案：姿）

姿色 ㄗ ㄙㄜˋ 指婦女美好的容貌。

姿勢 ㄗ ㄕˋ 身體表現出來的樣子。例他走路抬頭挺胸，姿勢端正。

姿態 ㄗ ㄊㄞˋ ❶姿勢，樣子。例她走路的姿態很優雅。❷態度。例他擺出勝利者的姿態，顯得非常驕傲。

參考 請注意：「姿勢」和「姿態」都指人的表現，但是「姿勢」偏重具體的動作形象；「姿態」則還包含抽象的態度、氣質、韻味。

姣

女部 六畫

ㄐㄧㄠˇ 相貌美好：例姣美、姣好。

姨

女部 六畫

ㄧˊ ❶媽媽的姐妹：例姨媽。❷妻子的姐妹：例大姨子。

唱詩歌 金銀花，十二朵，大姨媽，來接我，豬拿柴，狗燒火，貓兒煮飯笑死我。（湖北）

娃

女部 六畫

ㄨㄚˊ ❶小孩：例娃娃。❷美女：例嬌娃。

參考 請注意：「娃」在方言中，指小孩子，並沒有性別之分。如果指十六、七歲以上的娃兒，則通常表示女性，例如：嬌娃。

娃娃 ㄨㄚˊ ˙ㄨㄚ ❶小孩子。❷像人形的玩具，通常用塑膠、泥土、紙、布為主要材料。有洋娃娃、泥娃娃、布娃娃等。

參考 活用詞：娃娃車、娃娃裝。

娃娃谷 ㄨㄚˊ ˙ㄨㄚ ㄍㄨˇ 是臺北郊外的風景區。位於烏來，四周都是山，是山中的谷地。谷中有瀑布，水淺沙平。

姥

女部 六畫

ㄇㄨˇ ❶幫人看顧或撫養小孩而年紀稍長的婦女，同「姆」：例保姥。❷老婦人：例老姥。

ㄌㄠˇ 我國北方對外祖母的俗稱：例姥姥。

猜一猜 女老師。（猜一字）（答案：姥）

姪

女部 六畫

ㄓˊ 兄弟的兒女：例姪子、姪女。

參考 請注意：「姪」也可寫作「侄」。

猜一猜 小姐來了。（猜一字）（答案：姪）

姚

女部 六畫

ㄧㄠˊ 姓：例姚先生。

猜一猜 千萬萬個女。（猜一字）（答案：姚）

姦

女部 六畫

ㄐㄧㄢ ❶邪惡小人：例姦凶。❷奸詐：例姦邪。❸不正當的男女行為：例通姦、強姦。

參考 相似字：奸、淫。

猜一猜 三女疊羅漢。（猜一字）（答案：姦）

威

女部 六畫

ㄨㄟ ❶能使人服從或害怕的態度或力量：例權威、示威。❷使用壓力：例威脅、威嚇。

威力 ㄨㄟ ㄌㄧˋ 強大的力量。例核子武器的威力驚人，可以毀滅地球，所以各國都不敢使用。

威名 ㄨㄟ ㄇㄧㄥˊ 威武的名聲。例張騫的威名遠播四方。

威風 ㄨㄟ ㄈㄥ 聲勢盛大，很神氣的樣子。例他穿上軍服，顯得很威風。

威脅 ㄨㄟ ㄒㄧㄝˊ 用強大的力量恐嚇逼迫別人屈服。例他以斷交威脅我保守祕密。

威嚴 ㄨㄟ ㄧㄢˊ 具有尊嚴而使人敬重害怕的樣子。例校長十分威嚴，令人不敢親近。

威士忌 ㄨㄟ ㄕˋ ㄐㄧˋ 酒名。是音譯詞。由大麥、小麥、玉蜀黍等穀類釀製、發酵成的。

威武不屈 ㄨㄟ ㄨˇ ㄅㄨˋ ㄑㄩ 威嚴勇敢，不向惡勢力屈服。屈：屈服。例文天祥被元人俘虜後，威武不屈，最後壯烈成仁。

姻 女部 六畫

ㄧㄣ ❶古代稱女婿的家屬為姻。❷指結婚的事：例聯姻。❸因婚姻而結成的親戚關係：例姻伯、姻家。

姻緣 ㄧㄣ ㄩㄢˊ 男女結為夫妻的緣分。

姝 女部 六畫

ㄕㄨ ❶美女。❷形容女子容貌美麗。

猜一猜 紅顏女子。（猜一字）（答案：姝）

娑 女部 七畫

ㄙㄨㄛ 見「婆娑」。

猜一猜 沙烏地阿拉伯的小姐。（猜一字）（答案：娑）

婆娑 ㄆㄛˊ ㄙㄨㄛ 盤旋舞蹈的樣子。例她婆娑起舞的姿態十分優雅。

娘 女部 七畫

ㄋㄧㄤˊ ❶母親：例爹娘。❷年長已婚的婦女：例張大娘。❸稱年輕的女子：例姑娘。

猜一猜 良家婦女。（猜一字）（答案：娘）

娘子 ㄋㄧㄤˊ ㄗˇ 古代丈夫對妻子的稱呼。

參考 請注意：「娘子」有少女的意思，也可以用作婦女的通稱。「大娘子」則專指元配，或稱已婚中年婦女。

娘胎 ㄋㄧㄤˊ ㄊㄞ 在母親肚子裡的胎兒時期。例我打從娘胎出來，就是一副瘦巴巴的模樣。

參考 請注意：「在娘胎裡」表示還沒有出生，「出了娘胎」表示已經出生；也用來比喻本來就具有的特徵，例如：我這副好脾氣是從娘胎帶來的。

娘家 ㄋㄧㄤˊ ㄐㄧㄚ 已經結婚的女子，稱自己父母的家。

參考 相反詞：婆家。

娘子軍 ㄋㄧㄤˊ ㄗˇ ㄐㄩㄣ ❶由女子組成的軍隊。❷成群的女子。例「主婦聯盟」這批娘子軍，為臺灣的環境保育工作盡心盡力。

娜 女部 七畫

ㄋㄨㄛˊ 美好的，柔美的：例婀娜、嬝娜。

ㄋㄚˋ 女子名字的用字。

猜一猜 那個小姐。（猜一字）（答案：娜）

娟 女部 七畫

ㄐㄩㄢ 清麗美好的：例娟秀。

參考 請注意：「娟」字有細緻的意思，所以「娟秀」和「華麗」、「濃豔」的美是有分別的。

娟秀 ㄐㄩㄢ ㄒㄧㄡˋ 美麗動人的樣子。

娛 女部 七畫

ㄩˊ ❶快樂：例歡娛。❷取樂：例自娛。

參考 請注意：「娛」和「愉」讀音一樣，而且都有快樂的意思。「歡娛」可以寫作「歡愉」，「愉悅」也可以寫作「娛悅」。但是「娛樂」、「愉快」等詞有固定寫法，不可以混在一起用。

猜一猜 吳女多情。（猜一字）（答案：娛）

娛樂 ㄩˊ ㄌㄜˋ ❶使人快樂。例他喜歡說笑話娛樂大眾。❷快樂有趣的活動。例打球是我最喜歡的娛樂。

參考 活用詞：娛樂場所。

娓

女部 七畫

ㄨㄟˇ 連續不倦的樣子：例娓娓敘述。

猜一猜 么女。（猜一字）（答案：娓）

娓娓 ㄨㄟˇ ㄨㄟˇ 形容談論不倦或說話動聽。

姬

女部 七畫

ㄐㄧ ❶古代稱貌美的婦女：例妖姬。❷古代女子的通稱：例虞姬。❸指妾：例侍姬、姬妾。❹姓：例姬先生。

娠

女部 七畫

ㄕㄣ 懷孕：例妊娠期。

參考 相似字：孕。

猜一猜 辰時誕生了一個小女娃兒。（猜一字）（答案：娠）

娣

女部 七畫

ㄉㄧˋ ❶妹妹。❷丈夫弟弟的妻子。

娣姒 ㄉㄧˋ ㄙˋ ❶姊姊稱妹妹。❷妯娌。

娣婦 ㄉㄧˋ ㄈㄨˋ 哥哥的妻子稱呼弟弟的妻子。

娩

女部 七畫

ㄇㄧㄢˇ 生孩子：例分娩。

ㄨㄢˇ 嫵媚的：例婉娩。

猜一猜 免服兵役的女子。（猜一字）（答案：娩）

娥

女部 七畫

ㄜˊ ❶美女。❷美好。

猜一猜 吾家有女初長成。（猜一字）（答案：娥）

娥眉 ㄜˊ ㄇㄟˊ ❶形容女孩子的眉毛細長，有點彎彎的，很好看。❷指美女。也寫作「蛾眉」。

娌

女部 七畫

ㄌㄧˇ 兄弟妻子間的稱呼：例妯娌。

娉

女部 七畫

ㄆㄧㄥ 形容女子姿態輕巧美好的樣子：例娉婷。

娉婷 ㄆㄧㄥ ㄊㄧㄥˊ 形容女子的姿態美好。

娶

女部 八畫

ㄑㄩˇ 婚禮中，男方把女方接過來成親：例娶妻。

參考 請注意：「娶」和「嫁」的對象不同，例如：娶新娘、嫁女兒。

俏皮話 「夢裡娶媳婦——想得妙。」小朋友，你知道「夢裡娶媳婦」是什麼意思嗎？那就是說想得不錯，但和實際情形相差很多。

婁

女部 八畫

ㄌㄡˊ ❶星名，二十八星宿之一：例婁宿。❷姓：例婁先生。

ㄌㄩˇ 綁繫的意思。

婉

婉　女部　八畫

ㄨㄢˇ ❶溫和，和順：例委婉。❷美好的：例婉麗。

參考 請注意：加上「宛」(ㄨㄢˇ)的國字很多，例如：婉、蜿、豌、琬、碗、踠……。「宛」字有彎曲、圓的、小的、柔的意思；所以，柔順的話，叫：「婉」言、「婉」轉；形容曲折的樣子叫：「蜿」蜒(ㄨㄢ)；彎曲在豆莢內的豆子叫：「豌」(ㄨㄢ)豆；沒有鋒芒、圓潤的玉叫：「琬」(ㄨㄢˇ)玉；圓的盛飯器叫：飯「碗」(ㄨㄢˇ)；腳彎曲叫：「踠」(ㄨㄢˇ)足。

猜一猜 宛如仙女下凡。(猜一字)(答案：婉)

婉言 ㄨㄢˇ ㄧㄢˊ 婉轉的話。例在母親婉言相勸下，他決定不再沉迷電視。

婉約 ㄨㄢˇ ㄩㄝ 含蓄溫柔的樣子。例表姊性情婉約，人緣很好。

婉謝 ㄨㄢˇ ㄒㄧㄝˋ 用委婉的言辭表示謝意並拒絕。例我決定婉謝朋友的生日禮物，只接受賀卡。

婉轉 ㄨㄢˇ ㄓㄨㄢˇ ❶說話溫和客氣，不直接。例老師的批評很婉轉，所以我們都樂意接受。❷形容聲音圓潤柔和，悅耳動聽。例清晨，婉轉的鳥鳴聲輕輕地把我喚醒。

婦

婦　女部　八畫

ㄈㄨˋ ❶女性的通稱：例婦女。❷已經結婚的女性：例少婦。❸指妻子：例夫婦。

參考 相似字：女。♣相反字：孺。

猜一猜 媽媽拿掃帚。(猜一字)(答案：婦)

笑一笑 新疆民間故事中的阿凡提，是勞動人民智慧、正直的化身。有個法官常常告誡人：「婦人的話千萬不能信！」有一天，阿凡提故意跑去問他：「法官閣下，婦人的話能不能信呢？」法官說：「不能信！絕對不能信！」阿凡提說：「這就對了！我家有半隻羊，我妻子說要送給你，我說不送。多謝你給我決斷了這件事。」法官一聽這話，拉著阿凡提說：「喂，阿凡提，經典上說過，有時婦人的話也可以信的。」

婦女 ㄈㄨˋ ㄋㄩˇ 婦人女子的總稱。

參考 活用詞：婦女會、婦女運動。

婦幼節 ㄈㄨˋ ㄧㄡˋ ㄐㄧㄝˊ 婦幼節是由三月八日的婦女節和四月四日的兒童節合併的。近年，因為政府考量兒童放假時，應有父母陪伴，所以合併了婦女節和兒童節，訂定四月四日為婦幼節。

婦產科 ㄈㄨˋ ㄔㄢˇ ㄎㄜ 是婦科和產科的合稱。婦科是專門醫療婦女特有的病症，例如：月經疼痛等生理、生殖系統的疾病。產科是對於婦女在生產前後的變化，提供保健、醫療及防治疾病的方法。由於這兩科的內容關係密切，所以一般都合稱。

婦人之仁 ㄈㄨˋ ㄖㄣˊ ㄓ ㄖㄣˊ 古人認為婦女心地仁慈，所以用「婦人之仁」來比喻人為了同情，不管對錯，完全原諒別人，或是指缺乏決斷力。仁：仁慈。例老太太經不起搶匪苦苦的哀求，所以掩護他逃走，這真是婦人之仁。

婦孺皆知 ㄈㄨˋ ㄖㄨˊ ㄐㄧㄝ ㄓ 婦女和小孩子都能知道；比喻事情非常簡單，人人都知道。孺：小孩子。皆：都。例「消除髒亂，人人有責」是婦孺皆知的道理。

婪

婪　女部　八畫

ㄌㄢˊ 貪愛財物：例貪婪。

參考 請注意：「婪」字下面是「女」；「焚」字下面是「火」，有火焰的意思。

猜一猜 林中有仙女。(猜一字)(答案：婪)

婀
女部 八畫

ㄜ 柔美的：例婀娜。

婀娜 ㄜ ㄋㄨㄛˊ 輕盈柔美的樣子。

娼
女部 八畫

ㄔㄤ 妓女：例娼妓。

參考 相似字：優、妓。

婢
女部 八畫

ㄅㄧˋ 供人使喚的女侍：例婢女。

參考 相似字：奴、僕。

猜一猜 自卑的女子。（猜一字）（答案：婢）

婚
女部 八畫

ㄏㄨㄣ 男女經過合法的手續結成夫妻：例結婚。

參考 相似字：姻、嫁。

猜一猜 女子昏頭。（猜一字）（答案：婚）

婚姻 ㄏㄨㄣ ㄧㄣ 指男女結成的夫妻關係。

婚禮 ㄏㄨㄣ ㄌㄧˇ 結婚時公開舉行的儀式。是「結婚典禮」的簡稱。

婆
女部 八畫

ㄆㄛˊ ❶年老的婦女：例老太婆。❷丈夫的母親：例婆婆。❸祖母輩：例外婆、姑婆。❹以前稱呼做某種職業的婦女：例產婆、媒婆。

猜一猜 女子戲水玩波浪。（猜一字）（答案：婆）

婆娑 ㄆㄛˊ ㄙㄨㄛ 指跳舞時旋轉的樣子。例她一聽到音樂，就忍不住婆娑起舞。

婆婆 ㄆㄛˊ ㄆㄛˊ ❶指祖母。❷妻子稱丈夫的母親。❸對年老婦人的尊稱。

婆媳 ㄆㄛˊ ㄒㄧˊ 婆婆和媳婦。

婆婆媽媽 ㄆㄛˊ ㄆㄛˊ ㄇㄚ ㄇㄚ 本來指男人沒有大丈夫的氣概，像個老太婆似的。現在用來形容人動作慢、說話囉嗦，或是感情脆弱。例他做事婆婆媽媽的，老是跟不上人家。例他就是這麼婆婆媽媽，動不動就掉眼淚。

婊
女部 八畫

ㄅㄧㄠˇ 妓女，娼妓：例婊子。

婷
女部 九畫

ㄊㄧㄥˊ 美好挺拔的樣子：例婷婷玉立。

參考 請注意：「婷」和「停」字的分別：「停」當動詞用，有停止的意思。

婷婷玉立 ㄊㄧㄥˊ ㄊㄧㄥˊ ㄩˋ ㄌㄧˋ 形容女子姿態、身材長得挺拔美好的樣子。

媚
女部 九畫

ㄇㄟˋ ❶美好，可愛：例春光明媚。❷巴結，討好：例諂媚。

參考 相似字：美、諂。

猜一猜 眉目清秀的小姐。（猜一字）（答案：媚）

媚外 ㄇㄟˋ ㄨㄞˋ 討好或是巴結外國政府或外國人。

參考 活用詞：媚外崇洋。

媚眼 ㄇㄟˋ ㄧㄢˇ 傳達心意，令人心動的眼神。例那個女孩正向這邊拋媚眼。

婿
婿婿　女部 九畫

ㄒㄩˋ ❶稱女兒的丈夫：例女婿。❷丈夫：例夫婿、妹婿。

參考 相似字：夫。

媒
媒媒　女部 九畫

ㄇㄟˊ ❶婚姻介紹人：例媒人。❷居於中間聯繫雙方的人、事、物：例媒介。

猜一猜 某小姐。（猜一字）（答案：媒）

媒介 ㄇㄟˊ ㄐㄧㄝˋ 使兩方發生關係的人、事、物。例蒼蠅是傳染疾病的媒介。例報紙是一種傳播媒介。

參考 相似詞：媒體。

媒妁 ㄇㄟˊ ㄕㄨㄛˋ 就是媒人。

參考 相似詞：媒人。♣活用詞：媒妁之言。

俏皮話 「媒人婆迷了路——沒得說了。」媒人婆是專門撮合男女婚姻的人，對地方上的情形最熟悉，如果連媒人婆都迷路了，那還能說什麼呢？

媛
媛媛　女部 九畫

ㄩㄢˋ ❶美女。❷婦女的美稱：例名媛、淑媛。❸形貌美好的：例嬋媛。

媧
媧媧　女部 九畫

ㄨㄚ 女媧，我國古代神話中的女神，為伏羲氏之妹，曾煉石補天。

嫁
嫁嫁嫁　女部 十畫

ㄐㄧㄚˋ ❶女子結婚：例出嫁。❷把罪名、損失等轉移給別人：例嫁禍他人。

猜一猜 在家的女子。（猜一字）（答案：嫁）

嫁妝 ㄐㄧㄚˋ ㄓㄨㄤ 女子出嫁的時候，從娘家帶到丈夫家去的衣服、棉被、首飾、家具等。

俏皮話 「老和尚看嫁妝——下輩子再說吧！」和尚是不能娶新娘的，所以這句話是比喻這輩子不可能做的事，只好等下輩子再談了。

嫁娶 ㄐㄧㄚˋ ㄑㄩˇ 嫁女兒和娶媳婦。

嫁禍 ㄐㄧㄚˋ ㄏㄨㄛˋ 採取手段把禍害推到別人身上。例玻璃是吳同學打破的，請不要嫁禍給我。

嫁雞隨雞，嫁狗隨狗 ㄐㄧㄚˋ ㄐㄧ ㄙㄨㄟˊ ㄐㄧ，ㄐㄧㄚˋ ㄍㄡˇ ㄙㄨㄟˊ ㄍㄡˇ 嫁了雞，就跟著雞；嫁了狗，就跟著狗。比喻女子嫁人以後，無論好壞，一心跟著丈夫。

嫉
嫉嫉嫉　女部 十畫

ㄐㄧˊ ❶懷恨別人比自己強：例嫉妒。❷痛恨：例嫉惡如仇。

參考 相似字：恨、憎、惡。

猜一猜 女子生病。（猜一字）（答案：嫉）

嫉妒 ㄐㄧˊ ㄉㄨˋ 因為別人比自己強而心中懷有怨恨。例皇后嫉妒白雪公主的美麗，所以命令獵人殺害她。

參考 相似詞：妒嫉、妬忌。

嫉惡如仇 ㄐㄧˊ ㄜˋ ㄖㄨˊ ㄔㄡˊ 憎恨壞人或壞事，好像恨自己的仇人一樣。例他嫉惡如仇，最喜歡打抱不平。

嫌
嫌嫌嫌　女部 十畫

ㄒㄧㄢˊ ❶被懷疑和某件事有關係：例嫌疑。❷討厭，不滿意：例嫌棄、嫌他走得慢。❸怨恨：例嫌怨、消釋前嫌。

參考 相似字：惡、疑。

猜一猜 兼差的小妹。（猜一字）（答案：

嫌）

嫌棄 因為討厭或是不滿意而不願理會。例張小姐嫌棄王先生懶惰成性，所以不願意和他交往。

嫌疑 被懷疑和某種行為或某件事情有牽連。例事情發生的時候，只有你在場，所以嫌疑最大。

參考 活用詞：嫌疑犯、嫌疑分子。

媾

女部 十畫

ㄍㄡˋ ❶連合，結成婚姻：例婚媾。❷達成協議：例媾和。❸雌雄交配：例交媾。

參考 相似字：交、婚、姻。

媾和 兩國停戰而後議和。

媽

女部 十畫

ㄇㄚ ❶稱母親：例媽媽。❷對女性長輩或已經結婚婦女的尊稱：例姑媽、張大媽。

俏皮話 「管婆婆叫媽——沒法子。」婆婆是丈夫的媽媽，不是自己的。這句話是比喻受環境的逼迫，只好受點委屈。

媽祖 我國南方沿海及南洋一帶所信仰的女神。相傳是指林默娘。林默娘是宋朝人，家住福建沿海，由於她常常舉著燈，讓海上的船不會迷失方向，所以大家就稱她是守護航海的女神——媽祖。臺灣人又稱她為「聖母」。

參考 活用詞：媽祖廟。

媼

女部 十畫

ㄠˇ ❶年老的婦人：例老媼。❷婦人的通稱。

媳

女部 十畫

ㄒㄧˊ 兒子的妻子：例媳婦。

猜一猜 小姐要休息。（猜一字）（答案：媳）

媳婦 ❶兒子的妻子。❷弟弟或晚輩的妻子，例如：弟媳婦。

嫂

女部 十畫

ㄙㄠˇ ❶哥哥的妻子：例表嫂、嫂嫂。❷尊稱和自己年紀差不多的已婚女子：例張大嫂。

猜一猜 瘦女孩不生病。（猜一字）（答案：嫂）

繞口令 嫂嫂燒香要燒蕭山①香。

註：①蕭山：浙江省的一個縣名，所做的香很有名。

媲

女部 十畫

ㄆㄧˋ 比得上：例媲美。

嫋

女部 十畫

ㄋㄧㄠˇ 柔軟細長的樣子。

嫋娜 ❶形容草木柔弱細長的樣子。❷形容女子體態柔美的樣子。

嫋嫋 ❶形容煙氣上升。例炊煙嫋嫋。❷形容細長柔軟的東西隨風擺動。例垂楊嫋嫋。❸聲音悠揚的樣子。例餘音嫋嫋。

嫡

女部 十一畫

ㄉㄧˊ ❶正式娶的第一位太太：例嫡室。❷正妻所生的兒子：例嫡子。❸家族中血統最近的：例嫡親兄弟。

嫡傳 嫡派相傳。指某種學術、技藝等一代一代直接傳授，含有正統相傳的意思。

參考 活用詞：嫡傳弟子。

嫡長子 正妻所生的第一個兒子。

嫦 女部 十一畫

ㄔㄤˊ 見「嫦娥」。

猜一猜 女孩常來。（猜一字）（答案：嫦）

嫦娥 ㄔㄤˊ ㄜˊ 我國的神話人物。傳說她是后羿的妻子，因為偷吃丈夫的長生不老藥，奔上月宮，成為仙女。

小百科 嫦娥本寫作「姮娥」，漢代因為避文帝劉桓的諱，而改為「嫦」。「嫦娥」也可以用來比喻美麗動人的女子。

唱詩歌 雲母①屏風燭影深，長河②漸落曉星沉。嫦娥應悔偷靈藥，碧海青天夜夜心。（嫦娥．李商隱）

註：①雲母：是一種礦物，薄的可製屏風。②長河：指天河。

嫩 女部 十一畫

ㄋㄣˋ ❶剛剛生出來，很柔弱的樣子：例嫩葉、嫩芽。❷柔軟的：例細皮嫩肉。❸不老練的，閱歷少的：例臉皮嫩、嫩手。❹指食物烹調的時間短：例肉片炒得很嫩。❺顏色淡的：例嫩綠。

參考 相似字：柔、弱。♣請注意：「嫩」的最右邊是「攵」字，不是「欠」，不要和「漱口」的「漱」弄錯。

猜一猜 敕令女子服從命令。（猜一字）（答案：嫩）

嫩芽 ㄋㄣˋ ㄧㄚˊ 指植物剛生出來的芽，十分柔弱。

嫗 女部 十一畫

ㄩˋ 老年的婦女：例老嫗。

猜一猜 區區小女子是也。（猜一字）（答案：嫗）

嫖 女部 十一畫

ㄆㄧㄠˊ 玩弄妓女：例嫖妓、吃喝嫖賭。

ㄆㄧㄠ ❶勁疾貌：例嫖疾。❷身輕便貌：例嫖姚。

嫘 女部 十一畫

ㄌㄟˊ 嫘祖，古代傳說中黃帝的妻子，發明養蠶。

嫣 女部 十一畫

ㄧㄢ ❶鮮豔：例嫣紅。❷柔媚的樣子：例嫣然一笑。

嫣紅 ㄧㄢ ㄏㄨㄥˊ 嬌豔的紅色。

嫣然 ㄧㄢ ㄖㄢˊ 嫵媚微笑的樣子。

嬉 女部 十二畫

ㄒㄧ 遊戲、玩耍：例嬉戲。

參考 請注意：「嬉」和「喜」（ㄒㄧˇ）意思不同：「嬉」是遊玩的意思，例如：嬉戲、嬉鬧。「喜」是愛好的意思，例如：喜好、喜歡。

猜一猜 太太害喜了。（猜一字）（答案：嬉）

嬉笑 ㄒㄧ ㄒㄧㄠˋ 遊戲和開玩笑。例校園裡，充滿孩子們嬉笑的身影。

嬉戲 ㄒㄧ ㄒㄧˋ 遊戲、玩耍。例下課時，我和同學在操場上嬉戲。

嬉皮笑臉 ㄒㄧ ㄆㄧˊ ㄒㄧㄠˋ ㄌㄧㄢˇ 為人處事笑嘻嘻的；形容不正經、不在乎的樣子。例這個人嬉皮笑臉的，不能擔當重任。

嬉笑怒罵 ㄒㄧ ㄒㄧㄠˋ ㄋㄨˋ ㄇㄚˋ ❶形容人很會寫文章；只要心中有某種感觸，隨便發揮就可以寫成活潑生動的作品。例蘇東坡是位大文豪，嬉笑怒罵，都是好文章。❷高興就笑，生氣就罵。形容人很任性。例她十分任性，嬉笑怒罵，反覆無常。

嫻 女部 十二畫

ㄒㄧㄢˊ ❶熟練：例嫻熟、嫻於書畫。❷沉靜，文雅：例嫻靜、嫻雅。

參考 相似字：靜、雅。

猜一猜 女子清閑。（猜一字）（答案：嫻）

嫻雅 ㄒㄧㄢˊ ㄧㄚˇ 沉靜文雅，多用來形容女子。

嫻熟 ㄒㄧㄢˊ ㄕㄡˊ 非常熟練。

嬋 女部 十二畫

ㄔㄢˊ 嬋娟，從前指美人或姿態美好的樣子。古詩文裡也用來指月亮。

猜一猜 單（ㄕㄢˋ）小姐。（猜一字）（答案：嬋）

嫵 女部 十二畫

ㄨˇ 嫵美的：例嫵媚。

猜一猜 生兒不生女。（猜一字）（答案：嫵）

嫵媚 ㄨˇ ㄇㄟˋ 形容女孩子或花朵姿態美好可愛的樣子。例她的微笑，風情萬種，嫵媚動人。

嬌 女部 十二畫

ㄐㄧㄠ ❶美好，可愛：例嬌美、江山多嬌。❷柔嫩、脆弱：例嬌嫩、嬌氣。❸過分疼愛：例嬌生慣養。

參考 請注意：女部的「嬌」是形容「女孩子」柔弱可愛的樣子，例如：嬌羞、嬌柔。馬部的「驕」本來指高大的「馬」，後來有自大的意思，例如：驕傲。

猜一猜 喬扮女子。（猜一字）（答案：嬌）

嬌小 ㄐㄧㄠ ㄒㄧㄠˇ 體態柔弱小巧。例她雖然又矮又瘦，可是溫柔靈巧，顯得嬌小可愛。

參考 活用詞：嬌小玲瓏。

嬌兒 ㄐㄧㄠ ㄦˊ 稱愛子。

嬌娃 ㄐㄧㄠ ㄨㄚˊ 美麗可愛的女子。娃：女子。

古人說 「小時是個嬌兒，大了是個禍兒。」嬌兒是受人疼愛，從來沒有吃過苦的孩子。禍兒是製造禍害的人。這句話是說：太過於寵愛孩子，錯了也不管教，等他長大了，養成壞習慣，就會胡作非為。

嬌氣 ㄐㄧㄠ ㄑㄧˋ 意志薄弱，受不了苦。例李小姐嬌裡嬌氣的，走了一小段路，就喊著要休息。

嬌媚 ㄐㄧㄠ ㄇㄟˋ 柔美豔麗，非常迷人的樣子。媚：豔麗。例楊貴妃的嬌媚，令唐明皇深深著迷。

嬌貴 ㄐㄧㄠ ㄍㄨㄟˋ 看得貴重，過度愛護。例你的身子真嬌貴，連這點小雨也淋不起。

嬌滴滴 ㄐㄧㄠ ㄉㄧ ㄉㄧ 非常嬌弱柔美的樣子。例她那嬌滴滴的聲音，十分迷人。

嬌生慣養 ㄐㄧㄠ ㄕㄥ ㄍㄨㄢˋ ㄧㄤˇ 形容從小過分受父母的寵愛和縱容。慣：縱容。例她是個富家千金，從小嬌生慣養，非常任性。

嬝 女部 十三畫

ㄋㄧㄠˇ 婉轉柔美的樣子：例嬝娜。

參考 相似字：嫋。

嬝娜 ㄋㄧㄠˇ ㄋㄨㄛˋ ❶柔弱細長的樣子。❷形容婦女體態柔美。

參考 相似詞：裊娜。

嬴 女部 十三畫

ㄧㄥˊ ❶滿，餘：例嬴餘。❷得勝，同「贏」。

❸姓：例嬴政（秦始皇）。

參考 相似字：滿、勝。

猜一猜 月中仙女下凡來，逃亡日子難開口。（猜一字）（答案：嬴）

嬴利 ㄧㄥˊ ㄌㄧˋ 經營事業所獲得的利益。

嬴餘 ㄧㄥˊ ㄩˊ 收支相抵後，多餘的錢財。

嬰

女部 十四畫

ㄧㄥ 剛生出來的小孩子：例嬰兒。

猜一猜 媽媽生了我們一對寶貝女兒。（猜一字）（答案：嬰）

嬰兒 ㄧㄥ ㄦˊ 剛生出來的小孩子。

參考 活用詞：嬰兒床、嬰兒室。

動動腦 請用「嬰兒」「狗」「流動的」「喝」造出一個有趣的句子。

嬪

女部 十四畫

ㄆㄧㄣˊ ❶婦女的美稱：例嬪婦。❷封建時代皇宮中的女官；皇帝的妾：例嬪妃。

猜一猜 女賓止步。（猜一字）（答案：嬪）

嬤

女部 十四畫

ㄇㄚˊ 同「媽」：例嬤嬤。

嬤嬤 ㄇㄚˊ ㄇㄚˊ ❶同「媽媽」。❷對奶媽的尊稱。❸老婦的通稱。

嬸

女部 十五畫

ㄕㄣˇ ❶稱叔叔的太太：例嬸嬸。❷尊稱和母親同輩而年紀較輕的婦女：例張大嬸。

猜一猜 蘇三送審。（猜一字）（答案：嬸）

孀

女部 十七畫

ㄕㄨㄤ 寡婦；死了丈夫的婦人：例孀居、遺孀。

孀居 ㄕㄨㄤ ㄐㄩ 婦人守寡。

子部 ㄗˇ

「」是裹著布的小嬰兒露出頭部，揮動著雙手的樣子。因為嬰兒包在布中，看不到雙腳，只看到一團布，因此就用「一」代替身體和腳，後來寫成「」還是可以看到頭、手、身體、腳。不過現在的「子」字，已經看不出是個小嬰兒了。子部的字和小孩或生育都有關係，例如：孩（小孩）、孤（沒有父母的兒童）、孕（懷孕）。

子

子部 ○畫

ㄱ 了 子

ㄗˇ ❶十二地支的第一位，可用來表明時間：例子時（半夜十一點到一點）。❷古代指子、女，現在專指兒子：例長子。❸人的通稱：例男子、女子。❹尊稱有學識有道德的人：例孔子、孟子。❺植物的果實或動物的卵：例種子、魚子。❻細小：例粒子。❼對從事某種行業的人的稱呼：例學子、夫子、舟子。❽夫妻互稱：例內子、外子。❾周代的五等爵位：例公、侯、伯、子、男。❿成顆粒的：例子彈。⓫和「母」相對的：例子金（就是利息）。⓬輩分小的：例子弟。⓭加在詞尾：例桌子、椅子、棍子、騙子、瞎子、妹子、姪子。

參考 請注意：❶「子」為名詞的語尾時，習慣上唸輕聲。例如：椅子、筷子。❷

三畫

放在詞尾的「子」因為讀音不同，用法就不同。例如：老子(1)ㄌㄠˇ ·ㄗ指父親。(2)ㄌㄠˇ ㄗˇ是人名，也是書名。管子(1)ㄍㄨㄢˇ ·ㄗ長筒形的東西。(2)ㄍㄨㄢˇ ㄗˇ是人名，也是書名。莊子(1)ㄓㄨㄤ ·ㄗ指農村的宅子。(2)ㄓㄨㄤ ㄗˇ是人名，也是書名。

動動腦 (一)請在空格裡填上適當的字，它和上下左右的字合起來，可以分別組成四個字。

（答案：季、好、孟、孜）

(二)「小兔子愛跳舞。」除了「兔子」、「種子」，還有那些名詞會加上「子」字呢？計時一分鐘，越多越好哦！

子女 ㄗˇ ㄋㄩˇ　孩子：兒子和女兒。例他有三個子女。

子弟 ㄗˇ ㄉㄧˋ　❶年輕的一輩。例王家的子弟都很上進。❷學生。例孔子有子弟三千人。

子房 ㄗˇ ㄈㄤˊ　種子植物雌蕊花柱下部膨大的地方，裡面有胚珠，胚珠成熟後就是種子。可分成單子房和複子房。

子夜 ㄗˇ ㄧㄝˋ　半夜或深夜。

子孫 ㄗˇ ㄙㄨㄣ　❶就是後代。例我們都是炎黃子孫。❷兒子和孫子。例子孫滿堂。

動動腦 「我們都是炎黃子孫。」小朋友，除了「後代」和「子孫」意思相似外，還有那些詞也和「子孫」相同呢？趕快想一想！

（答案：後裔、後人、後嗣、子嗣……）

子宮 ㄗˇ ㄍㄨㄥ　女子或雌性哺乳動物的生殖器官，形狀像一個袋子，在膀胱和直腸的中間，是胎兒發育成長的地方。

子路 ㄗˇ ㄌㄨˋ　春秋時代魯國人，孔子的學生。姓仲，名由，字子路或季路。個性豪放勇敢，十分孝順。在衛國做官時死在一場禍亂中，使孔子十分難過。

子彈 ㄗˇ ㄉㄢˋ　槍炮裡面所發射的火藥彈丸，由彈殼、火帽、發射藥、彈頭四部分組成。發射時由撞針撞擊，引燃發射藥後，產生的氣體便將彈頭推出。

子午線 ㄗˇ ㄨˇ ㄒㄧㄢˋ　也就是經線，通過地面上某一點的南北線。

孑

ㄱ 了 孑　　子部 〇畫

ㄐㄧㄝˊ　❶孑孓，蚊子的幼蟲。❷孤單的：例孑然一身。❸姓：例孑先生。

參考 相似字：孤、獨。

孑孓 ㄐㄧㄝˊ ㄐㄩㄝˊ　蚊子的幼蟲，孵化在汙濁的水中，屬於節肢動物。

孑然一身 ㄐㄧㄝˊ ㄖㄢˊ ㄧˋ ㄕㄣ　形容很孤單或孤獨一人。孑然：形容孤獨的樣子。

參考 相似詞：孤獨無依。

孓

ㄱ 了 孓　　子部 〇畫

ㄐㄩㄝˊ　孑孓，蚊子的幼蟲，生活在汙水中。

孔

ㄱ 了 子 孔　　子部 一畫

ㄎㄨㄥˇ　❶洞穴：例鼻孔、毛細孔。❷鳥名：例孔雀。❸孔子的簡稱：例孔孟。❹通達的：例孔道。❺很：例孔急。❻姓：例孔融。

古人說 「小孔不補，大孔叫苦。」這句話是說：在破洞還小的時候不去修補，等到破洞更大了才要修理，就感到很吃力。比喻事情一出現問題就要馬上處理，以免愈來愈嚴重。

孔子 ㄎㄨㄥˇ ㄗˇ　春秋時代魯國人，名丘，字仲尼。是春秋時代的思想家、教育家、儒家學派的創始人。曾經在魯國作官，因為不受重用，所以帶著弟子周遊各國十三年，仍然沒有辦法實施抱負。六十八歲回到魯國開始整理詩、書、易、禮、樂、春秋這些經典。是我國最偉大的教育家，教授學生三千人，開創我國平民教育的根本，後代的人尊稱為「至聖先師」。民國四十一年政府將他的生日，國曆九月二十八日訂為教師節。

俏皮話 「孔夫子放屁——文氣衝天。」小朋友，我們都知道孔夫子是至聖先師，讀的書也很多。因此這句話是諷刺別人賣弄文筆，炫耀自己的知識學問。

孔雀 ㄎㄨㄥˇ ㄑㄩㄝˋ 鳥類名字。產於熱帶，外形像雞，但比雞高大，身體可長到三尺多。羽毛顏色很鮮豔，尤其是雄的孔雀尾巴能張開成扇形，現出翠綠的斑紋，非常美麗，用來吸引體形比較小的雌孔雀。

俏皮話 「孔雀的尾巴——翹得太高。」小朋友都到動物園看過孔雀吧？牠很喜歡把尾巴翹得高高的。比喻一個人過分的自大，不懂得謙虛，就可以用這句話來形容了。

孔道 ㄎㄨㄥˇ ㄉㄠˋ 四通八達的交通道路。例臺灣是歐亞航線的孔道。

孔廟 ㄎㄨㄥˇ ㄇㄧㄠˋ 就是孔子廟，春秋時魯國人最先創立，以後各代都設有孔廟，每年孔子誕辰時祭拜，典禮十分隆重。

孔融 ㄎㄨㄥˇ ㄖㄨㄥˊ 東漢時代的人，孔子的第二十世孫，字文舉，很有才學。幼年曾經讓梨給兄長，傳為孝悌的美談。後來因為過於剛正，觸怒曹操而被殺。

孔方兄 ㄎㄨㄥˇ ㄈㄤ ㄒㄩㄥ 就是錢。從前所用的銅錢，當中都有方孔，用來串成一串，所以叫「孔方兄」。

參考 相似詞：阿堵物。

孔武有力 ㄎㄨㄥˇ ㄨˇ ㄧㄡˇ ㄌㄧˋ 形容人非常勇敢而有力氣。武：勇猛的意思。例那些衛兵個個孔武有力，十分威嚴。

孔雀開屏 ㄎㄨㄥˇ ㄑㄩㄝˋ ㄎㄞ ㄆㄧㄥˊ 雄性孔雀的長羽毛能張開成扇狀，十分好看。屏：用來遮蔽的物體。

孕

子部 二畫

ノ 乃 乃 孕 孕

ㄩㄣˋ ❶哺乳類的動物腹中懷有胎兒：例懷孕、身孕。❷培養：例孕育。❸懷胎的：例孕婦。

俏皮話 「孕婦走獨木橋——鋌（挺）而走險。」小朋友，你能想像孕婦走獨木橋的樣子嗎？那一定很危險。「挺」和「鋌」同音，這句話比喻冒著很大的危險，不顧死活的去做。

孕育 ㄩㄣˋ ㄩˋ 事物漸漸培養成長起來。例大地孕育出美麗的花朵。

字

子部 三畫

、 丶 宀 宁 字 字

ㄗˋ ❶記錄語言的符號：例文字、漢字。❷本名外的另一個稱呼：例孔子名丘，字仲尼。❸發音：例咬字清楚。❹契約，憑據：例字據。❺把女孩子嫁人：例待字閨中（還沒嫁人）。❻姓：例字先生。

參考 請注意：王大明的「大明」，是他的「名」而不是「字」。

字句 ㄗˋ ㄐㄩˋ 文章裡的單字或句子。例好文章的基本要求是字句通順。

字典 ㄗˋ ㄉㄧㄢˇ 解釋文字的形體、發音、意義和用法的書。例字典是學生必備的參考用書。

猜一猜 一位老師不開口，肚裡學問樣樣有，誰要有事請教它，還得自己去動手。（猜一種文化用品）
（答案：字典）

動動腦 字典的種類有很多，小朋友想一想，有那些？
（答案：中文字典、英文字典、書法字典、百科字典……）

字帖 ㄗˋ ㄊㄧㄝˋ 用來學習書法的標準本子，大部分是由名家所寫的字翻印來的。例書法的每一種字體，都有不同的字帖可以作參考。

字跡 ㄗˋ ㄐㄧ 字的筆法、形狀。跡：事物留下來的情形。例爺爺寫的毛筆字字跡十分工整。

參考 相似詞：字蹟。

字幕 ㄗˋ ㄇㄨˋ 電視、舞臺或電影上說明內容情節或是人物對話的文字，用來幫助觀眾了解劇情。幕：節目的畫面。例電視上的字幕是從左到右、還是從右到左呢？

存

一 ナ 𠂇 𠂇 存 存

子部 三畫

ㄘㄨㄣˊ ❶活著，還在：例生存、存在。❷寄放：例存放、寄存。❸保留：例保存、存疑。❹儲蓄：例存款、存水。❺心中懷著某種想法：例存著希望、存心不良。

猜一猜 孩子不在地上在那裡？（猜一字）（答案：存）

存亡 ㄘㄨㄣˊ ㄨㄤˊ 就是生死、安危。例他抱著和弟兄共存亡的精神，奮力殺敵。

參考 相似詞：生死。♣活用詞：存亡與共。

存心 ㄘㄨㄣˊ ㄒㄧㄣ 心中早有的念頭或想法。例存心不良。

參考 相似詞：居心、用意。

存放 ㄘㄨㄣˊ ㄈㄤˋ 寄放。

存貨 ㄘㄨㄣˊ ㄏㄨㄛˋ 儲存貨物。

存款 ㄘㄨㄣˊ ㄎㄨㄢˇ 把錢放入銀行或郵局等金融機構。例你有多少存款？

存摺 ㄘㄨㄣˊ ㄓㄜˊ 存款後，作為憑證的本子。摺：用紙張疊成，頁數固定的本子。例存摺和印章要分開保管。

孝

一 + 土 耂 耂 孝 孝

子部 四畫

ㄒㄧㄠˋ ❶盡心盡力的對待父母：例孝順、孝悌。❷長輩死後在一定時期內遵守的禮節：例守孝三年、孝服。

孝心 ㄒㄧㄠˋ ㄒㄧㄣ 對待父母長輩的心意。例關心父母的健康就是孝心的表現。

孝順 ㄒㄧㄠˋ ㄕㄨㄣˋ 盡力奉養父母，順從父母的意思，使父母無憂無慮的行為。順：服從。例孝順父母是子女應盡的責任。

孝道 ㄒㄧㄠˋ ㄉㄠˋ 孝順父母，尊敬長輩的行為或做法。例中國人是最注重孝道的民族。

孝經 ㄒㄧㄠˋ ㄐㄧㄥ 古書名，傳說是曾子向孔子請教孝道，後來孔子和學生繼續討論，而由弟子們記錄下來的，是儒家專門講孝道的一本書。

孜

㇇ 了 子 孑 孖 孜 孜

子部 四畫

ㄗ 勤勉不息：例孜孜不息。

參考 相似字：孳。

孜孜不倦 ㄗ ㄗ ㄅㄨˋ ㄐㄩㄢˋ 勤勉不倦，毫不懈怠。

孚

一 ㇀ ㇀ 爫 孚 孚 孚

子部 四畫

ㄈㄨˊ ❶使人信服：例深孚眾望（深為大家所信服）。❷卵化：例孚育。

孟

㇇ 了 子 子 孟 孟 孟 孟

子部 五畫

ㄇㄥˋ ❶每一個季節的第一個月：例孟春。❷排行老大：例孟兄。❸勇猛的，鹵莽的，通「猛」：例行為孟浪。❹姓：例孟軻。

猜一猜 孩子站盆上。（猜一字）（答案：孟）

孟子 ㄇㄥˋ ㄗˇ ❶人名，戰國時鄒人，名軻，一生提倡王道、反對霸道，重視仁義、輕視功利；主張「性善」的學說，認為人人都可以成為聖人，後世尊稱他「亞聖」。❷書名，記錄孟子的學說，共七篇。

孟母 ㄇㄥˋ ㄇㄨˇ 孟子的母親，為了教育孟子，曾經搬家三次，並且剪斷所織的布來警戒他不可以荒廢學業，孟子受到感動，於是發憤讀書，終於成為大學者，孟母也成為中國母親的模範。

孟浪 ㄇㄥˋ ㄌㄤˋ ❶言行輕率。❷放浪。例孟浪江湖。

參考 相似詞：猛浪。

孟姜女 ㄇㄥˋ ㄐㄧㄤ ㄋㄩˇ 民間故事中的一名女子，齊國人杞梁的妻子，傳說為了找尋丈夫曾經哭倒萬里長城。

孟浩然 ㄇㄥˋ ㄏㄠˋ ㄖㄢˊ 唐代的田園詩人，長期隱居在鹿門。他的詩清新生動，和王維齊名。

孟嘗君 ㄇㄥˋ ㄔㄤˊ ㄐㄩㄣ 姓田，名文，孟嘗君是他的號。是戰國時齊國的宰相，重視人才，門下有食客數千人。

孤

子部 五畫

ㄍㄨ ❶失去父親或是父母都去世的人：例孤兒。❷單獨的：例孤獨、孤單。❸古代王侯的自稱。❹違背，同「辜」：例孤負。❺性情古怪：例孤僻。❻姓：例孤先生。

參考 相似字：單、獨。♣請注意：❶「孤」是子部加「瓜」（ㄍㄨㄚ）不是「爪」（ㄓㄠˇ）。❷「孤」和「弧」字形很相似。子部的「孤」（ㄍㄨ）是沒有父親或父母都去世的人，例如：孤子。弓部的「弧」（ㄏㄨˊ）是括號、彎曲的意思，例如：括弧、弧度。

猜一猜 啃瓜子。（猜一字）（答案：孤）

孤山 ㄍㄨ ㄕㄢ 孤立的山，沒有和別座山相連。例海面上出現一座孤山。

孤立 ㄍㄨ ㄌㄧˋ 孤單而得不到任何救助的處境。例孤立敵人也是一種戰略。

孤兒 ㄍㄨ ㄦˊ 失去父親或父母雙亡，沒有人養育教導的兒童。

孤苦 ㄍㄨ ㄎㄨˇ 沒有依靠，生活貧苦。例那個孤苦的老人靠著撿垃圾來維持生活。

孤單 ㄍㄨ ㄉㄢ 單獨而沒有依靠。例他孤單一人，十分寂寞。

參考 相似詞：孤零零。

孤獨 ㄍㄨ ㄉㄨˊ 獨自一個人。

參考 相似詞：孤單。

孤注一擲 ㄍㄨ ㄓㄨˋ ㄧ ㄓˋ 指賭博時，最後把身上所有的錢都放下去作賭注。比喻人在危急時把所有的力量都投下去，不顧一切的冒險。注：賭博時投下的財物。擲：丟下去。

孤苦伶仃 ㄍㄨ ㄎㄨˇ ㄌㄧㄥˊ ㄉㄧㄥ 生活孤單貧苦，沒有依靠和幫助。伶仃：孤獨而完全沒有依靠。例我們對於孤苦伶仃的人，應該發揮同情心。

孤軍奮鬥 ㄍㄨ ㄐㄩㄣ ㄈㄣˋ ㄉㄡˋ 孤立沒有援助的軍隊，奮勇努力作戰。比喻人獨自奮鬥而沒有任何人來幫助。例我們國家始終在惡劣的環境下孤軍奮鬥。

孤陋寡聞 ㄍㄨ ㄌㄡˋ ㄍㄨㄚˇ ㄨㄣˊ 形容學識淺薄，見聞不多。陋：學識不多。寡：少。寡聞：就是所見所聽很少。例你連電子郵件都不知道，真是孤陋寡聞。

參考 相反詞：博學多聞。

孤掌難鳴 ㄍㄨ ㄓㄤˇ ㄋㄢˊ ㄇㄧㄥˊ 一個巴掌拍不出聲響；比喻孤立無助，不能做事。鳴：發出聲音。例由於孤掌難鳴，他只好取消這次的活動。

孤魂野鬼 ㄍㄨ ㄏㄨㄣˊ ㄧㄝˇ ㄍㄨㄟˇ ❶沒有人祭拜的鬼魂。例每年農曆七月的中元普度，就是為了要祭拜那些孤魂野鬼。❷比喻沒有依靠的人。例他像個孤魂野鬼般，到處流浪。

季

子部 五畫

ㄐㄧˋ ❶三個月為一季，一年有四季：例四季如春。❷時期：例旺季、雨季。❸指每個時段的末期：例明季、清季、季春。❹兄弟排行最後的：例季父（最小的叔叔）。❺姓：例季先生。

參考 請注意：「四季」的「季」（ㄐㄧˋ）和「行李」的「李」（ㄌㄧˇ），字形很相似，不要弄錯。

猜一猜 男子種稻。（猜一字）（答案：季）

季札 ㄐㄧˋ ㄓㄚˊ 春秋時吳國人，受封在延陵，所以又叫「延陵季子」。他博學多聞，十分賢能。曾經帶著一把寶劍到各國訪問。經過徐國時，徐王很喜歡這把寶劍，但是不好意思向季札要。季札心想等任務完成後再把劍送給徐王。沒想到半年後，季札再到徐國時，徐王已經去世了。季札很傷心，便把寶劍掛在墓旁的樹枝上，因此徐國人都欽佩他是個很講信用的人。

季刊 ㄐㄧˋ ㄎㄢ 按季出版的刊物。

季軍 ㄐㄧˋ ㄐㄩㄣ 考試或比賽得到第三名。

季風 ㄐㄧˋ ㄈㄥ　隨季節而改變風向的風，主要是海洋和陸地的溫度差異所造成的。冬季由大陸吹向海洋，夏季由海洋吹向大陸，又叫「季候風」。

季節 ㄐㄧˋ ㄐㄧㄝˊ　❶春、夏、秋、冬四季的統稱。❷一年裡某一段特殊的時期。例梅雨季節一來臨，整天都溼答答的。

唱詩歌　春季花香鳥也叫，夏季蝴蝶來舞蹈，秋季果熟瓜也老，冬季一到雪花飄。（芮家智編）

孢　子部 五畫

ㄅㄠ　見「孢子」和「孢子植物」。

孢子 ㄅㄠ ㄗˇ　低等動物和植物所產生的生殖細胞，脫離母體後可以發育成新個體。

猜一猜　襁褓中的孩子。（猜一字）（答案：孢）

孢子植物 ㄅㄠ ㄗˇ ㄓˊ ㄨˋ　指用孢子繁殖的植物，是菌、藻、苔蘚、地衣、蕨類等的總稱。

孩　子部 六畫

ㄏㄞˊ　❶幼童：例孩童。❷年幼的子女：例她有兩個孩子。❸姓：例孩小姐。

猜一猜　子時、亥時是幾時？（猜一字）（答案：孩）

孩子氣 ㄏㄞˊ ㄗ˙ ㄑㄧˋ　指成年人的脾氣或神氣跟小孩子一樣，不夠成熟。

孫　子部 七畫

ㄙㄨㄣ　❶兒子的兒子：例孫子、孫女。❷孫子以後的後代：例曾孫、十五世孫。❸和孫子同輩的親屬：例姪孫、外孫。❹姓：例孫中山。

ㄒㄩㄣˋ　通「遜」，謙虛和順：例謙孫。

參考　請注意：「孫」讀ㄒㄩㄣˋ時和「遜」字相通。

孫子　㈠ㄙㄨㄣ ㄗˇ　❶後代子孫。❷人名，就是孫武，春秋時代的軍事家。㈡ㄙㄨㄣ ㄗ˙　是兒子的兒子。

孫中山 ㄙㄨㄣ ㄓㄨㄥ ㄕㄢ　（一八六六—一九二五）中國近代最偉大的革命家，出生在廣東省中山縣，名文，字逸仙，另號中山，世人稱為中山先生。清朝末年，看到政治腐敗，民族危亡，於是率領同志，先後組織興中會、同盟會，經過十次革命，終於在辛亥戰役中，推翻滿清，建立中華民國。著有三民主義、五權憲法、建國方略、建國大綱，是革命建國的最高原則。民國十四年三月十二日在北京逝世，埋葬在南京的中山陵，逝世後國人感念他一生為國為民的精神，尊稱他為 國父。

孫悟空 ㄙㄨㄣ ㄨˋ ㄎㄨㄥ　「西遊記」小說中的主角，唐三藏的弟子。他神通廣大不怕妖魔鬼怪，機智勇敢，克服種種困難，終於幫助唐僧取經成功。

孫子兵法 ㄙㄨㄣ ㄗˇ ㄅㄧㄥ ㄈㄚˇ　書名，古代兵書之一。相傳是春秋時吳國的孫武所寫的，內容一共十三篇，都在討論戰爭時所用的方法和技術，是我國最早談軍事經驗的書籍，又稱為「兵經」。

孫文學說 ㄙㄨㄣ ㄨㄣˊ ㄒㄩㄝˊ ㄕㄨㄛ　書名，是 國父孫中山先生的著作，建國方略主要的一部分，民國八年出版，主要說明「知難行易」的道理，鼓勵人們努力求行、力行求知的學說。

孰（孰）　子部 八畫

ㄕㄨˊ　❶誰，哪個：例孰是孰非、孰勝孰負。❷何，什麼：例是可忍，孰不可忍。

孰是孰非 ㄕㄨˊ ㄕˋ ㄕㄨˊ ㄈㄟ　誰對誰錯。例這件事孰是孰非，法官會給我們一個公正的評斷。

孰優孰劣 ㄕㄨˊ ㄧㄡ ㄕㄨˊ ㄌㄧㄝˋ　誰好誰壞。例魚和熊掌到底是孰優孰劣呢？

三畫

孳
子部 九畫

ㄗ ❶生長繁殖，通「滋」：例孳生。❷勤勉不息，同「孜」：例孳孳。

孳生 ㄗ ㄕㄥ 繁殖生長。例髒亂的環境容易孳生細菌。

參考 相似詞：滋生。

孱
子部 九畫

ㄔㄢˊ ❶軟弱，瘦弱，弱小：例孱弱。❷軟弱無能的人：例孱頭。

孵
子部 十一畫

ㄈㄨ ❶鳥或家禽伏在卵上，使胚胎在卵內成長叫「孵」：例孵小雞。❷蟲魚由產卵到幼兒出生的過程也叫「孵」：例孵化。

猜一猜 卵不會浮在水面。（猜一字）（答案：孵）

俏皮話 「孵過的雞蛋——外頭沒變裡頭變。」母雞在孵蛋的時候，從外面看依然是蛋殼，但裡面已經漸漸變成小雞了。我們可用這句話來比喻形式沒變，但性質已經改變的事物。

學
子部 十三畫

ㄒㄩㄝˊ ❶受教育求知識的場所：例學校。❷有系統有組織的專門知識：例生物學。❸學習的人：例學徒。❹模仿，效法：例他學公雞的叫聲。❺獲得知識、技能的過程：例學習、學畫畫、學吹打。❻姓：例學小姐

古人說 「三分天才七分學。」天才是原來就聰明的意思。這句話是說：人除了聰明以外，更要靠平日的努力才能成功。例「三分天才七分學」；不努力，再聰明也會一事無成。

俏皮話 「八十歲學吹打——老來忙。」八十歲的人年紀已經是一大把了，而吹打是指替人們辦喪事，辦喪事是很忙碌的。因此這句話是指一個人年老還閑不住。

唱詩歌 彩色筆，手中拿，媽媽教我學畫畫。畫座山，小路彎，一直伸進大果園。畫條河，船兒跑，載滿鴨梨大紅棗。畫片林，青又青，小鳥唱歌真好聽。

學生 ㄒㄩㄝˊ ㄕㄥ ❶正在學校中求學的人。例小學生、中學生、大學生都是學生。❷學技藝者對師傅的自稱。❸晚輩對尊長的謙稱。

參考 相似詞：弟子、徒弟。♣請注意：「徒弟」和「學生」都指向人學習的人，但是「徒弟」偏重於學習技藝，武術方面，並專指師傅和徒弟的密切關係；而「學生」所指的範圍比較大。

學者 ㄒㄩㄝˊ ㄓㄜˇ 指有學問或在學科上有專長的人。例他是名聞中外的物理學者。

學科 ㄒㄩㄝˊ ㄎㄜ ❶學校教學的科目。科：類別。例姊姊各學科的成績都很優秀。❷按照學問的性質而加以劃分的類別。例自然科學中又有化學、物理……等學科。❸技術或訓練中的各種知識性的科目。例考音樂系除了考學科外，還要當場演奏某一種樂器，叫做「術科」。

學徒 ㄒㄩㄝˊ ㄊㄨˊ 在商店、工廠或其他地方學習技術、才藝的人。徒：學生。例年輕時，他在麵包店當了三年的學徒，才學會所有的技術。

學校 ㄒㄩㄝˊ ㄒㄧㄠˋ 根據國家教育的目標和方向，並依照年齡、程度施行有系統教育的場所。

參考 相似詞：學堂。

學海 ㄒㄩㄝˊ ㄏㄞˇ 學問像海洋那麼廣大；比喻學問的範圍廣博沒有止境，學也學不完。例學海無涯，保持謙虛的心去學習才能學得更多。

學院 ㄒㄩㄝˊ ㄩㄢˋ ❶大學的一部，例如：文學院、工學院等，每院下面分成很多科系。❷稱不滿三學院的大學，例如：文理學院、海洋學院。

學問（ㄒㄩㄝˊ ㄨㄣˋ） ❶由求學所得到的知識。問：向人請教的意思。例學問！學問！就是要你多學多問。❷正確表示事物，而且有系統的知識。例科學是一門很深的學問。

學術（ㄒㄩㄝˊ ㄕㄨˋ） 有系統、比較專門的學問。術：學問。例他專門研究孔子的學術思想。

學期（ㄒㄩㄝˊ ㄑㄧˊ） 把一學年分成二期，每期六個月：上學期是由本年八月到第二年一月，下學期是由第二年的二月到七月。

學費（ㄒㄩㄝˊ ㄈㄟˋ） ❶學校規定在校生每一學期應該繳納的費用。例開學的第一件大事就是繳學費。❷學生求學所需要的一切花費。例從小學到大學一共需要多少學費，你知道嗎？

學會（ㄒㄩㄝˊ ㄏㄨㄟˋ） ❶從學習而知道。例妹妹學會了九九乘法。❷由研究某一學科的人組成的學術團體。例歷史學會派他出國考察二個月。

學業（ㄒㄩㄝˊ ㄧㄝˋ） 學習的功課和作業。業：學習的內容或過程。例他的學業成績優良。

學說（ㄒㄩㄝˊ ㄕㄨㄛ） 在學問上自成系統的看法或研究。例孔孟學說都是強調仁愛的儒家思想。

學以致用（ㄒㄩㄝˊ ㄧˇ ㄓˋ ㄩㄥˋ） 把所學得的知識，實際應用到日常生活接觸到的事物上。以：用來。致用：達到實際的用途。例能夠學以致用才是活讀書的表現。

學而不厭（ㄒㄩㄝˊ ㄦˊ ㄅㄨˋ ㄧㄢˋ） 努力學習，並且覺得不滿足、沒有學夠。厭：滿足。例能學而不厭才能使學問更上一層樓。

學藝股長（ㄒㄩㄝˊ ㄧˋ ㄍㄨˇ ㄓㄤˇ） 在班級或團體中擔任學業、文藝等方面的負責人。股：團體或組織中的一部分。

孺

子部 十四畫

ㄖㄨˊ 小孩子：例孺子、婦孺。

猜一猜 需要兒子。（猜一字）（答案：孺）

孺子（ㄖㄨˊ ㄗˇ） 小孩子。

孺慕（ㄖㄨˊ ㄇㄨˋ） 像小孩子那樣的思念父母；比喻思念深切。

孽

子部 十七畫

ㄋㄧㄝˋ ❶邪惡，禍害：例妖孽、餘孽。❷罪惡：例造孽、作孽。❸妾所生的兒子叫「孽子」。

孿

子部 十九畫

ㄌㄨㄢˊ 雙胞胎，一胎生二子：例孿生子、孿生兄弟。

猜一猜 無心戀男子。（猜一字）（答案：孿）

孿生（ㄌㄨㄢˊ ㄕㄥ） 雙生。例她們是孿生姊妹。

孿生子（ㄌㄨㄢˊ ㄕㄥ ㄗˇ） 一胎生兩個孩子，這兩個孩子稱為孿生子。

參考 相似詞：雙生子、雙胞胎。

猜一猜 孿生子。（猜一句成語）（答案：一舉兩得）

宀部（ㄇㄧㄢˊ）

「宀」俗稱為「寶蓋頭」，它是象形文字，「宀」到底像什麼呢？小朋友仔細看看，「宀」像不像斜斜的屋頂呢？下面那二條直線就是牆壁了。「宀」原本就是房屋的形狀，因此宀部的字大部分和房子都有關係，房子裡養豬，寫成「家」（現在雲南鄉間農民堂屋裡還養豬）；房子裡養牛，寫成「牢」。此外，宮、室、宅等也都離不了屋，故都屬於宀部。

它

、 丶 宀 宀 它

宀部 二畫

ㄊㄚ 用來稱人以外的事物的代名詞。

宇

、 丶 宀 宀 宇 宇

宀部 三畫

ㄩˇ ❶屋簷，房屋：例屋宇。❷上下四方，所有的空間：例宇宙。❸儀表風度：例器宇軒昂。

宇宙 ㄩˇ ㄓㄡˋ 空間和時間的總稱。宇：上下四方。宙：古往今來。例人類只是宇宙間短暫的過客。

猜一猜 說它多大有多大，日月星球全容納，無人知它始和終，也沒左右和上下。（猜一天文名詞）（答案：宇宙）

守

、 丶 宀 宀 守 守

宀部 三畫

ㄕㄡˇ ❶防守：例守衛。❷看護：例守護。❸遵行：例守法。❹保持：例保守、墨守成規。❺堅持：例守信。❻等待：例守候。❼打獵：例守獵。❽節操、品行：例操守。❾古官名，是一郡的長官：例郡守、太守。

守法 ㄕㄡˇ ㄈㄚˇ 遵守法律。例我們每一個人都應有守法的精神。

守信 ㄕㄡˇ ㄒㄧㄣˋ 遵守信用。例守信是一種很好的行為。

守則 ㄕㄡˇ ㄗㄜˊ 共同遵守的規則。例學生應該遵循學生守則。

守候 ㄕㄡˇ ㄏㄡˋ ❶等待。例他在門口守候著家裡寄來的信。❷看護。例護士日夜守候著病人。

守宮 ㄕㄡˇ ㄍㄨㄥ 就是壁虎。

守時 ㄕㄡˇ ㄕˊ 遵守約定的時間。例他是個守時的人。

守歲 ㄕㄡˇ ㄙㄨㄟˋ 農曆除夕晚上不睡，一直到初一早上。

守衛 ㄕㄡˇ ㄨㄟˋ 防守保衛。例他在軍隊裡擔任守衛的工作。

守舊 ㄕㄡˇ ㄐㄧㄡˋ 對於過時的看法或做法不願改變。例父親不是個守舊的人。

守護 ㄕㄡˇ ㄏㄨˋ 看守保護。例她辛苦地守護著子女長大成人。

守財奴 ㄕㄡˇ ㄘㄞˊ ㄋㄨˊ 是指有錢但是非常小氣的人。例他非常有錢，卻是個不折不扣的守財奴。

守口如瓶 ㄕㄡˇ ㄎㄡˇ ㄖㄨˊ ㄆㄧㄥˊ 形容說話非常謹慎或嚴守祕密。例對於國家的機密一定要守口如瓶。

俏皮話 「嘴上扣瓶蓋——守口如瓶。」瓶口上蓋個瓶蓋，蓋中的東西就不會掉出來了。所以這句話是形容不該講的話不會亂講。

守株待兔 ㄕㄡˇ ㄓㄨ ㄉㄞˋ ㄊㄨˋ 守在樹旁，等著捉兔子。比喻不努力就想要得到收穫。傳說戰國時代宋國有個農夫，偶然看見一隻兔子撞在樹上死了，於是他就放下手中的農具，整天守在樹旁等待，希望再得到撞死的兔子。例如果你只想守株待兔，那麼你永遠不會成功。

守望相助 ㄕㄡˇ ㄨㄤˋ ㄒㄧㄤ ㄓㄨˋ 互相看守，互相幫助。例鄰里間要守望相助，小偷才不敢來。

宅

、 丶 宀 宀 宀 宅

宀部 三畫

ㄓㄞˊ ❶住的地方：例住宅。❷存有，保有：例宅心仁厚。

宅心 ㄓㄞˊ ㄒㄧㄣ 居心，存心。例奶奶宅心善良，對人十分的寬厚。

宅第 ㄓㄞˊ ㄉㄧˋ ❶指貴顯人家的住所。❷泛指住宅。

安

、 丶 宀 宀 安 安

宀部 三畫

ㄢ ❶平靜，穩定：例安定。❷說話，使某人安定：例安慰。❸裝置：例在門口安個電鈴。❹存：例你到底安的是什麼心？❺身體健康：例安好、安康。❻放在適當的位置上：例安排、安插、安置。❼怎麼，哪裡：

三畫

例安能不管?而今安在?❽姓:例安徒生、安先生。

參考 相似字:定、靜、寧。♣相反字:危。

猜一猜 屋中有一女。(猜一字)(答案:安)

笑一笑 傳說明朝時有一位財主,要當時著名的書法家祝枝山為他寫一副對聯,於是祝枝山寫了:「此處安能居住?其人好不悲傷。」意思是說:這個地方不能居住,這個人好傷心。財主見了,非常生氣,知道祝枝山咒罵他,就告到官府去了。於是縣官把祝枝山叫來,祝枝山卻笑著說:「我哪裡是咒罵他?我是為他祝福呢!我寫的是:『此處安,能居住;其人好,不悲傷。』」縣官和財主聽了,都十分佩服祝枝山的才學。

安心 ㄢ ㄒㄧㄣ ❶放心,不要掛念。例安心吧!我會好好照顧她的。❷存心。例你得提防他安心不善。

參考 相似詞:放心、定心、居心、存心。

安全 ㄢ ㄑㄩㄢˊ 平安沒有危險。例騎車時要注意安全,不要闖紅燈。

參考 活用詞:安全帶、安全感、安全島、安全帽。

安和 ㄢ ㄏㄜˊ 平安和樂。例我們有安和的社會,應該感謝政府。

安康 ㄢ ㄎㄤ 平安健康。例我祝你全家安康,萬事如意。

安排 ㄢ ㄆㄞˊ 有次序、有條理的處理事物、安置人員。例我已經把工作進度安排好了。

參考 請注意:「安排」、「安置」、「安放」都有適當處置的意思。

安逸 ㄢ ㄧˋ 安樂舒適。例他耽於安逸的生活,每天吃喝玩樂。

參考 相似詞:安佚。

安置 ㄢ ㄓˋ 使人或事物有著落或有適當的地方。例他把這個新來的職員安置在他的辦公室裡。

安裝 ㄢ ㄓㄨㄤ 按照一定的方法、規格把機械或器材固定在一定的地方。例他家上星期安裝一部冷氣機。

安詳 ㄢ ㄒㄧㄤˊ 形容人的行為舉止從容不迫的樣子。例小嬰兒睡在搖籃裡,表情十分安詳。

安頓 ㄢ ㄉㄨㄣˋ 安排處置。頓:安置。例你的住處我已經替你安頓好了。

安寧 ㄢ ㄋㄧㄥˊ ❶秩序平靜。例最近的社會秩序很不安寧。❷心情安定、寧靜。例她擔心小孩的安全,心情十分不安寧。

參考 活用詞:安寧病房、安寧療護。

小百科 安寧療護即「中途休息站」的意思。是針對癌症末期各種不適症進行緩和醫療,讓癌症病患能維持無痛的安寧境界和生命品質,以及和家屬一起做好身心靈的準備。

安慰 ㄢ ㄨㄟˋ ❶心裡感到滿足,沒有遺憾。例看到子女長大成人,就是父母最大的安慰。❷用方法使別人寬鬆心情。例姊姊的心情不好,你趕快去安慰她吧!

安撫 ㄢ ㄈㄨˇ 對於不平的人或事給予安頓和撫慰。例政府派人到災區去安撫災民。

安靜 ㄢ ㄐㄧㄥˋ ❶沒有聲音、吵鬧。例病人需要安靜。❷安穩、平靜。例孩子們睡得很安靜。

動動腦 形容沒有聲音很安靜的詞,除了「安靜」、「無聲」之外,還有那些詞呢?二個字、三個字都可以,小朋友趕快想想看!

(答案:靜悄悄、寂靜……)

安穩 ㄢ ㄨㄣˇ ❶平安、穩當。例這輛車雖然開得很快,但是十分安穩。❷指人的舉止很穩重。例他做事安穩,能得到別人的信任。

安徒生 ㄢ ㄊㄨˊ ㄕㄥ 丹麥童話作家,生於鞋匠家庭,童年生活貧苦。所作的童話想像豐富、故事生動,著名的作品有「醜小鴨」、「國王的新衣」、「賣火柴的女孩」等。

安地斯山 ㄢ ㄉㄧˋ ㄙ ㄕㄢ 南美洲沿太平洋岸縱走南北的大山脈,是世界最長的山脈,也是南美洲諸大河的發源地。

安邦定國 ㄢ ㄅㄤ ㄉㄧㄥˋ ㄍㄨㄛˊ 保衛國家,使它安定。邦:國家。例國軍安邦定國,十分令人尊敬。

安居樂業 ㄢ ㄐㄩ ㄌㄜˋ ㄧㄝˋ 人民生活安定，對於自己的工作感到滿意。例人人安居樂業，國家就會富強康樂。

參考 相似詞：安家樂業。

完 宀部 四畫

丶 丶丶 宀 宀 宁 宇 完

ㄨㄢˊ ❶齊全：例完整。❷沒有了：例用完了。❸做成了：例完工。❹含有失敗的意思：例他要是這樣做就完了。❺交納：例完稅、完糧。❻姓：例完先生。

參考 相似字：全、盡、畢、峻。♣請注意：「完」是事情做好了，例如：完成、完婚。「玩」是遊戲、欣賞的意思，例如：玩具、玩耍。二個字不要弄錯。

猜一猜 家中有元寶。（猜一字）（答案：完）

完人 ㄨㄢˊ ㄖㄣˊ 品行好，道德高，學問好，能努力為國家做事的人。例孔子品德完美，學問又好，是一位完人。

完工 ㄨㄢˊ ㄍㄨㄥ 工程完成。例這棟大廈將在明年元旦完工。

完全 ㄨㄢˊ ㄑㄩㄢˊ ❶齊全，不缺少什麼。例他沒有把事情說完全，大家都聽不懂。❷全部。例你的看法完全正確。

參考 請注意：「完全」和「完整」都指齊全不缺。「完全」是指組成部分的完全，例如：四肢完全。「完整」是指整體的完整，例如：我們對知識的獲得，要有完整的概念。

完成 ㄨㄢˊ ㄔㄥˊ 事情做完、成功。例我們終於在規定的時間內，完成了工作。

完畢 ㄨㄢˊ ㄅㄧˋ 結束。例經過一天的努力，這個訓練終於完畢了。

完蛋 ㄨㄢˊ ㄉㄢˋ 指毀滅、垮臺。例他再不好好管理員工，公司遲早會完蛋。

完備 ㄨㄢˊ ㄅㄟˋ 應該有的全部齊全了。例如果有不完備的地方，請多提供意見。

完善 ㄨㄢˊ ㄕㄢˋ 完美；齊備。例這個實驗室設備很完善。

完整 ㄨㄢˊ ㄓㄥˇ 各部分都有，沒有損壞或殘缺。例為了維護國土的完整，國軍英勇的抵抗敵人。

完璧歸趙 ㄨㄢˊ ㄅㄧˋ ㄍㄨㄟ ㄓㄠˋ 比喻把東西完好無缺的還給主人。璧：扁圓形中間有孔的玉，這裡指和氏璧。據說：戰國時代趙國得到了楚國的和氏璧，秦王要用十五座城池交換璧玉。趙王派藺（ㄌㄧㄣˋ）相如帶著璧去換城，到了秦國，秦王卻不願意交出城池，於是藺相如就設法把璧送回趙國。

宋 宀部 四畫

丶 丶丶 宀 宀 宇 宋 宋

ㄙㄨㄥˋ ❶朝代名：例宋朝。❷姓：例宋先生。

猜一猜 屋下種樹。（猜一字）（答案：宋）

宋朝 ㄙㄨㄥˋ ㄔㄠˊ ❶南朝的宋，由劉裕所建。❷趙匡胤建的北宋。❸趙構所建的南宋。

宏 宀部 四畫

丶 丶丶 宀 宀 宏 宏 宏

ㄏㄨㄥˊ ❶廣大的：例規模宏大。❷大而響亮：例宏亮。❸姓：例宏先生。

參考 請注意：❶「宏偉」的「宏」，和「洪亮」的「洪」，音義相似，有時可以通用。❷凡是ㄏㄨㄥˊ的音，例如：弘、洪、宏、鴻、泓、閎，都有「大」的意思。

宏大 ㄏㄨㄥˊ ㄉㄚˋ 巨大。例這家醫院的規模很宏大。

宏亮 ㄏㄨㄥˊ ㄌㄧㄤˋ 形容聲音大而響亮。例他的聲音宏亮，十分有精神。

參考 相似詞：嘹亮。

宏偉 ㄏㄨㄥˊ ㄨㄟˇ 形容非常偉大、壯麗。例中正紀念堂是一座非常宏偉的建築物。

宏願 ㄏㄨㄥˊ ㄩㄢˋ 偉大的志願。例他立下宏願，要成為一名偉大的科學家。

宗 宀部 五畫

丶 丶丶 宀 宀 宀 宇 宇 宗

ㄗㄨㄥ ❶祖先：例列祖列宗。❷同一家族的：

三畫

例同宗。❸宗派；派別：例正宗。❹主要的，根本的：例宗旨。❺單位名詞：例一宗貨品。❻姓：例宗小姐。

參考 相似字：祖。

猜一猜 家人指示。（猜一字）（答案：宗）

宗派 ㄗㄨㄥ ㄆㄞˋ 政治、學術、宗教等方面的派別。例佛教分為南北兩大宗派。

宗教 ㄗㄨㄥ ㄐㄧㄠˋ 一種勸善懲惡的教義，用來教化世人，使人信仰。例宗教能帶給人精神上的安慰。

宗族 ㄗㄨㄥ ㄗㄨˊ 舊指同一父系的家族。例中國人對於宗族關係非常重視。

宗親 ㄗㄨㄥ ㄑㄧㄣ 同宗的親戚。例臺灣有很多不同姓氏的宗親會。

定

宀部 五畫

丶 丷 宀 宀 宁 宇 定

ㄉㄧㄥˋ ❶平靜，安穩：例安定、心神不定。❷決計，裁決：例決定、商定。❸不改變的：例定理、定律。❹預約：例定單、預定。❺限定，不能超過：例定量、定時。❻姓：例定先生。

參考 請注意：「校訂」的「訂」和「安定」的「定」，音和意思都相似。習慣上「訂約」、「校訂」等多用「訂」；「安定」、「定律」、「定奪」都作「定」。

定力 ㄉㄧㄥˋ ㄌㄧˋ 集中思想、堅定心志。例他做事很有定力，令人佩服。

定局 ㄉㄧㄥˋ ㄐㄩˊ ❶作最後決定。例事情還沒成定局，明天再研究。❷已確定的形勢。例球賽勝負已成定局，不用再比下去了。

定居 ㄉㄧㄥˋ ㄐㄩ 在某個地方固定的居住下來。例他們一家人定居在美國。

定律 ㄉㄧㄥˋ ㄌㄩˋ 一定不變的規則、格律。例很多事情都是照著定律來做的。

參考 相似詞：定理。

定神 ㄉㄧㄥˋ ㄕㄣˊ 集中注意力。例定神一看，原來是小弟在前面叫我。

參考 相似詞：凝神。

定理 ㄉㄧㄥˋ ㄌㄧˇ 永久不變的真理。例浮力定理是阿基米德發現的。

定期 ㄉㄧㄥˋ ㄑㄧˊ ❶定下日期。例定期召開會議。❷有一定的限期。例校刊是份定期的刊物。

定義 ㄉㄧㄥˋ ㄧˋ 對於一種事物的本質特徵給予確切而且簡要的說明。例你應該仔細想清楚，再對事情下定義。

定論 ㄉㄧㄥˋ ㄌㄨㄣˋ 確定而且不改變的見解。例事情還沒有定論，不要到處說。

官

宀部 五畫

丶 丷 宀 宀 宁 官 官 官

ㄍㄨㄢ ❶在政府機關擔任公職的人。❷屬於國家的：例官費、官辦。❸人體的感覺器：例五官、感官。❹姓：例官先生。

官司 ㄍㄨㄢ ㄙ 到法院請求法官判斷是非的事。例他們為了爭奪財產，互相打官司。

俏皮話 「強盜打官司——穩輸。」這是一定的道理，因為自己沒理，到那兒都說不通，和人家打官司一定輸。

官府 ㄍㄨㄢ ㄈㄨˇ 地方上的行政機關。

官署 ㄍㄨㄢ ㄕㄨˇ 官吏辦公的地方。

參考 相似詞：官衙。

官僚 ㄍㄨㄢ ㄌㄧㄠˊ ❶官員。❷不徹底解決問題，只是高高在上位發號施令、擺架子的官員作風。

官職 ㄍㄨㄢ ㄓˊ 官吏的職位。例在封建時代，宰相是最高的官職。

宜

宀部 五畫

丶 丷 宀 宀 宁 宜 宜 宜

ㄧˊ ❶合適：例適宜。❷應當：例事不宜遲。❸姓：例宜先生。

參考 相似字：該、合、適。

宜人 ㄧˊ ㄖㄣˊ 適合人的心意。例墾丁風景區的景物十分宜人。

宙

宀部 五畫

ㄓㄡˋ 指古往今來的所有時間。

宙斯（ㄓㄡˋ ㄙ） 希臘神話中最高的神，是天地間的主宰，能隨意降禍賜福，並掌管雷電雲雨。

宛

宀部 五畫

ㄨㄢˇ ❶曲折：例宛轉。❷好像、彷彿：例宛如。❸姓：例宛先生。

ㄩㄢ 漢代西域國名之一：例大宛。

宛如（ㄨㄢˇ ㄖㄨˊ） 好像。例閃閃的燈火宛如天上的星星。

宛轉（ㄨㄢˇ ㄓㄨㄢˇ） ❶形容聲音美妙動聽。也寫作「婉轉」。例她的歌聲宛轉，十分動聽。❷用和藹的態度去處理事情，以免發生爭執。例說話要宛轉些，儘量不要與人有所衝突。

參考 相似詞：宛若、宛似、彷彿。

宛平縣（ㄨㄢˇ ㄆㄧㄥˊ ㄒㄧㄢˋ） 河北省縣名，在北平西南，永定河西岸。

宕

宀部 五畫

ㄉㄤˋ ❶拖延：例延宕。❷放縱，不受拘束：例跌宕。

猜一猜 家中有大石。（猜一字）（答案：宕）

宣

宀部 六畫

ㄒㄩㄢ ❶發表，散布：例宣告、宣揚。❷疏通：例宣洩。

宣布（ㄒㄩㄢ ㄅㄨˋ） 公開告訴大家。例大會主持人在司令臺上宣布獲獎名單。

參考 相似詞：宣告、宣示、宣稱、宣傳。

宣判（ㄒㄩㄢ ㄆㄢˋ） 宣告案件審理的結果。例法官宣判這個搶劫犯被判死刑。

宣告（ㄒㄩㄢ ㄍㄠˋ） 宣布事情，讓大家知道。例醫院宣告這個病人不治死亡。

參考 請注意：「宣告」、「宣傳」，都有擴大讓群眾知道的意思。但「宣告」只是說出事實；「宣傳」有誇大事實的可能。

宣言（ㄒㄩㄢ ㄧㄢˊ） 一般指國家、政府、政黨、團體或領導人為說明他們的政治大綱或對重大的政治問題表明基本立場和態度所發表的言論。例第二次世界大戰結束後，聯合國發表世界人權宣言。

宣揚（ㄒㄩㄢ ㄧㄤˊ） 傳布發揚使大家都知道。例觀光局在海外刊登許多則精美的廣告，以宣揚臺灣的觀光勝地。

宣傳（ㄒㄩㄢ ㄔㄨㄢˊ） 用演說、文字、文藝等方式向群眾說明講解。例選舉期間，各個候選人都紛紛向民眾宣傳他們的政見。

參考 活用詞：宣傳單、宣傳品。

宣戰（ㄒㄩㄢ ㄓㄢˋ） 一個國家或集團宣布開始對另一個國家或集團進入戰爭的狀態。例國民政府在民國二十六年正式向日本宣戰。

宣讀（ㄒㄩㄢ ㄉㄨˊ） 當著群眾朗讀。例週會時，校長按照往例宣讀一篇好文章，和全校師生共勉。

宦

宀部 六畫

ㄏㄨㄢˋ ❶官吏：例仕宦。❷太監：例宦官。❸官場上的：例宦海。

猜一猜 皇家大臣。（猜一字）（答案：宦）

宦官（ㄏㄨㄢˋ ㄍㄨㄢ） 就是太監。專門在宮裡服侍帝王和帝王家屬的人員。

宦途（ㄏㄨㄢˋ ㄊㄨˊ） 指作官的生活、經歷、遭遇等。

參考 相似詞：仕途。

室

宀部 六畫

ㄕˋ ❶房間，屋子：例教室。❷機關團體內的工作單位：例人事室。❸妻子：例妻室。❹

三畫

姓：例室先生。

參考 相似字：房。♣請注意：「教室」的「室」和「窒息」的「窒」字形相似，不可混用。

室友 ㄕˋ ㄧㄡˇ 住在同一間房子的人。例他的室友生活習慣不好，常把房間弄得亂七八糟的。

客

宀部 六畫

、丶宀宀宂灾宊客客

ㄎㄜˋ ❶外來的人：例客人。❷寄住在外地：例客居、客中。❸對主顧的稱呼：例顧客。❹稱在外奔走活動的人：例政客。❺數量的名稱：例一客牛排。❻姓：例客先生。

猜一猜 屋下各自忙。（猜一字）（答案：客）

古人說 「主不吃，客不食。」這句話是說：作客時主人沒有動筷子，客人就不能先吃，這是一種禮貌。例去人家裡吃飯，要記得「主不吃，客不食」的禮貌。

唱詩歌 蘭陵①美酒鬱金②香，玉碗盛來琥珀光；但使主人能醉客，不知何處是他鄉。（客中行・李白）

註：①蘭陵：地名，在山東省。②鬱金：香草名。

客人 ㄎㄜˋ ㄖㄣˊ ❶賓客，被邀請受招待的人。例叔叔是最常來我家作客的客人。❷顧客。例他是我們店裡最慷慨的客人。

參考 相似詞：賓客。♣相反詞：主人。

客死 ㄎㄜˋ ㄙˇ 死在他鄉或外國。例他長年在外作生意，卻不幸因病而客死異鄉。

客串 ㄎㄜˋ ㄔㄨㄢˋ ❶不是正式的演員，只是臨時參加演出。例這部戲中他客串演出一位醫生。❷臨時擔任負責某事。例這件事拜託你客串一下。

客車 ㄎㄜˋ ㄔㄜ 鐵路、公路上專門載運旅客用的車輛。

客店 ㄎㄜˋ ㄉㄧㄢˋ 規模小、設備簡陋的旅館。

客套 ㄎㄜˋ ㄊㄠˋ 對人所說的客氣話或寒暄的應酬語。套：習慣語。例他客套了幾句之後，才說明來意。

客氣 ㄎㄜˋ ㄑㄧˋ 對人恭敬而謙虛的態度。例他客氣了一番，才收下禮物。

客棧 ㄎㄜˋ ㄓㄢˋ 旅館，供旅客住宿休息的地方。棧：旅店。例我們因錯過行程，只有將就些，在客棧住宿一晚。

客滿 ㄎㄜˋ ㄇㄢˇ 客人已經占滿，沒有空位。例這家餐館生意非常好，經常客滿。

客廳 ㄎㄜˋ ㄊㄧㄥ 接待客人的大房間。廳：房舍中較寬敞的房間。

參考 相似詞：客堂、客室。

客觀 ㄎㄜˋ ㄍㄨㄢ 完全根據事物本來的面目去認識，不加入自己的偏見。例我們做學問必須客觀。

參考 相反詞：主觀。

宥

宀部 六畫

、丶宀宀宁宁宥宥宥

ㄧㄡˋ 原諒，寬恕：例原宥、寬宥。

猜一猜 富有之家。（猜一字）（答案：宥）

宰

宀部 七畫

、丶宀宀宀宀宀宰宰宰

ㄗㄞˇ ❶輔佐天子處理國事的官吏：例宰相。❷主管，管理：例主宰。❸屠殺：例宰割。❹姓：例宰予。

參考 相似字：殺、割。♣請注意：「宰」字下面是「辛」，不是「幸」。

猜一猜 當家真辛苦。（猜一字）（答案：宰）

宰制 ㄗㄞˇ ㄓˋ 統轄控制。

宰相 ㄗㄞˇ ㄒㄧㄤˋ 處理政事的最高官員。

小百科 又稱宰輔、宰執、宰臣、宰衡。

宰割 ㄗㄞˇ ㄍㄜ 殺死；比喻被人控制。例你不要被別人任意宰割。

參考 相似詞：宰殺、屠宰、屠殺。

俏皮話 「刀板上的魚——任人宰割。」小朋友到菜市場時，一定都會看到賣魚的攤販，不管死魚或活魚，上了刀板一下子就被魚販處理好。所以這句話，是指任人擺布、處理，而毫無反抗的能力。

宰相肚裡能撐船（ㄗㄞˇ ㄒㄧㄤˋ ㄉㄨˋ ㄌㄧˇ ㄋㄥˊ ㄔㄥ ㄔㄨㄢˊ） 比喻大人物的器量非常大，不會斤斤計較。

害

丶 丷 宀 宀 宀 宔 宔 宔 害 害

宀部 七畫

ㄏㄞˋ ❶損傷：例傷害。❷妨礙：例妨害。❸禍患：例災害。❹關鍵的地方：例要害。❺殺死：例遇害。❻有壞處的：例害蟲。❼發生疾病：例害病。❽發生不安的情緒：例害怕、害羞。

ㄏㄜˊ 通「曷」。

猜一猜 割草不用刀。（猜一字）（答案：害）

害怕（ㄏㄞˋ ㄆㄚˋ） 心裡恐懼不安。例他膽子很小，害怕晚上一個人出去。

參考 相似詞：膽怯。

動動腦 「走在黑暗的山洞裡，我有點害怕。」小朋友，除了恐懼，你能想出和害怕意思相近的詞嗎？趕快，越多越好！

害羞（ㄏㄞˋ ㄒㄧㄡ） 感覺不好意思。例只要叫她上臺說話，她就很害羞。

參考 相似詞：害臊（ㄙㄠˋ）。

害處（ㄏㄞˋ ㄔㄨˋ） 對人或事物有損害的地方。例抽煙對身體健康有很大的害處。

參考 相似詞：壞處。♣相反詞：益處、好處。

害蟲（ㄏㄞˋ ㄔㄨㄥˊ） 對人有害的昆蟲。害蟲有的會傳染疾病，如蒼蠅、蚊子；有的會危害農作物，例如：蝗蟲。

害群之馬（ㄏㄞˋ ㄑㄩㄣˊ ㄓ ㄇㄚˇ） 危害大眾的壞人。例歹徒破壞了社會安定的秩序，真是害群之馬。

家

丶 丷 宀 宀 宁 宇 宇 家 家 家

宀部 七畫

ㄐㄧㄚ ❶一門之內，共同生活的人：例李家、他家共有五人。❷住處，家庭所在的地方：例回家。❸經營某種行業或具有某種身分的人：例農家。❹有專門知識或技能的人：例專家、畫家。❺對別人謙稱自己的長輩：例家父、家兄。❻人工飼養的：例家畜。❼表數量：例兩家工廠。

ㄍㄨ 女子的尊稱，通「姑」：例曹大家。

參考 相似字：戶。

猜一猜 屋內養豬。（猜一字）（答案：家）

俏皮話 「大年夜的餃子——家家有。」我國北方有個習俗，在過年的時候都會吃餃子，一般家庭都在農曆十二月三十日的晚上就做好。所以人家如果說「大年夜的餃子」就表示「家家有」，沒什麼好稀奇的。

家世（ㄐㄧㄚ ㄕˋ） 家庭中代代相傳的事業和風格。例他的家世清白。

家用（ㄐㄧㄚ ㄩㄥˋ） 家庭的生活費用。例他每天辛苦賺錢，是為了要貼補家用。

家伙（ㄐㄧㄚ ㄏㄨㄛˇ） ❶指武器或工具。❷指人，用在輕視或開人玩笑。例你這家伙真是不通人情。

參考 請注意：「家伙」也可以寫作「傢伙」。

家邦（ㄐㄧㄚ ㄅㄤ） 國家。邦：國。

家具（ㄐㄧㄚ ㄐㄩˋ） 家庭用具。

參考 相似詞：傢具、傢俱。

家法（ㄐㄧㄚ ㄈㄚˇ） 古時家庭中責打家人的規條和用具。

家長（ㄐㄧㄚ ㄓㄤˇ） 指的是父母或其他監護人。

參考 活用詞：家長會、家長委員。

家計（ㄐㄧㄚ ㄐㄧˋ） 家庭的生計。例他為了家計只好到外面賺錢。

家庭（ㄐㄧㄚ ㄊㄧㄥˊ） 以婚姻和血統關係為基礎的小單位，包括父母、子女和一些共同生活的親屬。

家畜（ㄐㄧㄚ ㄔㄨˋ） 人類為了經濟或其他目的所飼養的獸類。

家務（ㄐㄧㄚ ㄨˋ） 家庭中日常的事務。例她每天要處理繁重的家務。

家常 ㄐㄧㄚ ㄔㄤˊ 平常的；家庭日常生活。例搭公車對他來說就好像家常便飯一樣。

家教 ㄐㄧㄚ ㄐㄧㄠˋ ❶家庭對子女的教育。例他們家的家教非常嚴格。❷家庭教師。例父母為他請了一個家教。

家族 ㄐㄧㄚ ㄗㄨˊ 以血統關係作基礎而形成的家庭組織。

家產 ㄐㄧㄚ ㄔㄢˇ 家庭的財產。例他花錢如流水，沒幾年就花光家產。

參考 相似詞：家當、家業。

家規 ㄐㄧㄚ ㄍㄨㄟ 家庭中所立的規定。例國有國法，家有家規。

參考 相似詞：家法。

家鄉 ㄐㄧㄚ ㄒㄧㄤ 自己的家庭世代所居住的地方。

家園 ㄐㄧㄚ ㄩㄢˊ 自己的家鄉。

家禽 ㄐㄧㄚ ㄑㄧㄣˊ 人類為了經濟和其他目的所飼養的鳥類。

家境 ㄐㄧㄚ ㄐㄧㄥˋ 家庭的經濟狀況。例他的家境富裕，卻不懂得理財規畫。

家醜 ㄐㄧㄚ ㄔㄡˇ 一個家庭裡所發生沒面子的事。例家醜不可外揚。

家譜 ㄐㄧㄚ ㄆㄨˇ 記載一個家族的人物和事蹟的書。

家屬 ㄐㄧㄚ ㄕㄨˇ 屬於同一家庭的親人。例對於他的死，他的家屬非常傷心。

家家戶戶 ㄐㄧㄚ ㄐㄧㄚ ㄏㄨˋ ㄏㄨˋ 每一家。例家家戶戶都打掃得很乾淨。

家庭主婦 ㄐㄧㄚ ㄊㄧㄥˊ ㄓㄨˇ ㄈㄨˋ 只做家事不在外工作的婦女。

家喻戶曉 ㄐㄧㄚ ㄩˋ ㄏㄨˋ ㄒㄧㄠˇ 每家每戶都明白、知道。喻：明白。曉：知道。例他自從得獎後，就成了一個家喻戶曉的人物。

宴

宀部 七畫

丶 ㇏ 宀 宀 宁 宁 宣 宣 宴 宴

ㄧㄢˋ ❶以酒食款待賓客：例宴客。❷安樂：例宴樂。

宴客 ㄧㄢˋ ㄎㄜˋ 設宴請客。

宴席 ㄧㄢˋ ㄒㄧˊ 請客的酒席。

宴會 ㄧㄢˋ ㄏㄨㄟˋ 賓主在一起飲酒吃飯的聚會。例結婚當天，他舉行盛大的宴會款待賓客。

宮

宀部 七畫

丶 ㇏ 宀 宀 宀 宁 宁 宫 宮 宮

ㄍㄨㄥ ❶帝王所居住的地方：例宮殿。❷廟宇的名稱：例行天宮。❸五音之一：例宮、商、角、徵、羽。❹姓：例宮先生。

參考 相似詞：殿。

猜一猜 呂家。（猜一字）（答案：宮）

宮女 ㄍㄨㄥ ㄋㄩˇ 皇宮中的侍女。

參考 相似詞：宮娥、宮人。

宮廷 ㄍㄨㄥ ㄊㄧㄥˊ 古代帝王居住和辦事的地方。廷：古代君王辦理事情、發布命令的地方。

宮殿 ㄍㄨㄥ ㄉㄧㄢˋ 帝王所居住的高大華麗的房屋。殿：高大的廳堂。

宵

宀部 七畫

丶 ㇏ 宀 宀 宀 宀 宵 宵 宵 宵

ㄒㄧㄠ 夜晚：例通宵、今宵。

參考 相似字：夜、晚。♣請注意：「宵夜」的「宵」和「雲霄飛車」的「霄」，讀音相同，但是意思不同。

猜一猜 家有不肖子。（猜一字）（答案：宵）

宵小 ㄒㄧㄠ ㄒㄧㄠˇ 本指晚上出來活動的盜賊，後來指那些鬼鬼祟祟的人或不守法的人。

宵夜 ㄒㄧㄠ ㄧㄝˋ 指夜間所吃的點心。

宵禁 ㄒㄧㄠ ㄐㄧㄣˋ 戒嚴時期規定在夜間的某段時間，禁止行人在路上行走。

宵衣旰食 ㄒㄧㄠ ㄧ ㄍㄢˋ ㄕˊ 天沒亮就穿衣起床，天黑了才吃飯。形容勤於政事，沒有時間吃飯。旰：傍晚日落的時候。

容

宀部 七畫

丶 ㇏ 宀 宀 宀 宂 宂 宊 容 容

ㄖㄨㄥˊ ❶裝，包含：例容納、容量。❷寬恕，原諒：例寬容、容忍。❸讓，答應：例容許、不容分說。❹臉上的神情和氣色：例愁容。❺相貌：例容貌。❻比喻事物所展現的景象和狀態：例市容。

參考 相似字：納、貌、包。

動動腦 小朋友，加上「容」的國字有那些？限時二分鐘，寫越多越好！（答案：溶、榕、蓉、鎔、瑢……）

容忍 ㄖㄨㄥˊ ㄖㄣˇ　寬恕不計較。例你必須容忍他的一切。

容身 ㄖㄨㄥˊ ㄕㄣ　安身。例難道沒有一個地方可以讓我容身？

參考 相似詞：棲身。

容易 ㄖㄨㄥˊ ㄧˋ　簡單，不困難。

容納 ㄖㄨㄥˊ ㄋㄚˋ　在固定的範圍、空間內所能接受的人或事物。例這個體育館可以容納三萬人。

容許 ㄖㄨㄥˊ ㄒㄩˇ　許可。例我們不容許暴力事件再次發生。

容量 ㄖㄨㄥˊ ㄌㄧㄤˋ　容納的數量。例這瓶水的容量只有三公升。

容貌 ㄖㄨㄥˊ ㄇㄠˋ　相貌。例他的容貌端正，舉動斯文。

參考 相似詞：容顏。

容器 ㄖㄨㄥˊ ㄑㄧˋ　盛裝物品的器具。例容器裡裝了一些化學藥品。

容積 ㄖㄨㄥˊ ㄐㄧ　容器所能容納物質的體積。

容光煥發 ㄖㄨㄥˊ ㄍㄨㄤ ㄏㄨㄢˋ ㄈㄚ　臉上的光彩四射；形容身體健康、精神飽滿。例他看起來容光煥發，信心十足的樣子。

宸

宀部　七畫

ㄔㄣˊ 又大又深的房屋。帝王居住的地方，也作帝王的代稱：例宸遊、宸謀。

寇

宀部　八畫

ㄎㄡˋ ❶強盜，盜匪：例倭寇、賊寇。❷敵人，侵略者：例敵寇。❸敵人來侵略：例入寇。❹姓：例寇先生。

參考 相似字：敵、侵、匪、賊。

寅

宀部　八畫

ㄧㄣˊ ❶地支中的第三位：例子、丑、寅、卯。❷時間名，相當凌晨三時到五時：例寅時。❸姓：例寅先生。

寅吃卯糧 ㄧㄣˊ ㄔ ㄇㄠˇ ㄌㄧㄤˊ　是說在寅年吃掉了卯年的糧食；比喻經費透支，預先使用了以後的收入。寅在卯的前面，都是地支中的一個。

寄

宀部　八畫

ㄐㄧˋ ❶託付：例寄存、寄售。❷郵遞，傳送：例寄信、寄語。❸依靠，依附：例寄居、寄生。

參考 相似字：託、付、遞。

唱詩歌 君問歸期未有期，巴山①夜雨漲秋池。何②當共翦③西窗燭，卻話巴山夜雨時？（夜雨寄北・李商隱）

註：①巴山：在四川省通江縣。②何：何時。③翦：盡的意思。

寄生 ㄐㄧˋ ㄕㄥ　一種生物依附在另一種生物上的生活方式。例蛔蟲是靠寄生生活的。

寄居 ㄐㄧˋ ㄐㄩ　住在他鄉或別人家裡。例她從小就寄居在國外。

寄放 ㄐㄧˋ ㄈㄤˋ　把東西暫時託付給別人保管。例我把箱子寄放在朋友家。

寄賣 ㄐㄧˋ ㄇㄞˋ　將貨物委託在商店售賣。例他把名牌服飾放在精品店裡寄賣。

參考 相似詞：寄售。

寄人籬下 ㄐㄧˋ ㄖㄣˊ ㄌㄧˊ ㄒㄧㄚˋ　比喻依靠別人生活。例他從小父母雙亡，過著寄人籬下的生活。

寂

宀部　八畫

ㄐㄧˊ ❶靜，沒有聲音：例寂靜。❷孤單冷清：例孤寂。

參考 相似字：靜。

猜一猜 叔叔在家。（猜一字）（答案：寂）

寂寞 ㄐㄧˊ ㄇㄛˋ 孤單冷清。例晚上只有我一個人在家，真是寂寞。

寂靜 ㄐㄧˊ ㄐㄧㄥˋ 靜悄悄，沒有聲音。例寂靜無聲的夜裡，傳來陣陣的簫聲，聽來分外淒清。

宿
宀部 八畫
宿

ㄙㄨˋ ❶停留、居住的地方：例宿舍。❷過夜：例住宿。❸從前的、一向有的：例宿願。

ㄒㄧㄡˇ 群星：例星宿。

ㄒㄧㄡˋ 夜：例我在你家住一宿。

參考 相似字：住、夜、星。

猜一猜 家中有一老伯。（猜一字）（答案：宿）

宿舍 ㄙㄨˋ ㄕㄜˋ 機關、學校、工廠等單位，提供給職員、學生住宿的房子。

宿疾 ㄙㄨˋ ㄐㄧˊ 舊病，長期沒有治好的病。例關節炎是祖母的宿疾。

密
宀部 八畫
密

ㄇㄧˋ ❶距離近，空間小：例緊密。❷親近的：例親密。❸精細：例精密。❹不使人知道：例祕密。❺仔細，周到：例周密。

密切 ㄇㄧˋ ㄑㄧㄝˋ ❶仔細。例氣象臺密切注意颱風的動向。❷非常親近。例他們的關係十分密切。

密友 ㄇㄧˋ ㄧㄡˇ 親密的知己朋友。例當你有任何的煩惱時，可以對密友傾吐。

參考 相似詞：膩友。♣相反詞：損友。

密布 ㄇㄧˋ ㄅㄨˋ 四面全都布滿。例天空中烏雲密布，下了一場大雨。

密告 ㄇㄧˋ ㄍㄠˋ 暗中告訴。例祕密證人向警方密告歹徒藏身的地方。

密封 ㄇㄧˋ ㄈㄥ 嚴密地封閉。例用白蠟密封瓶口可以防止藥物受潮或揮發。

密集 ㄇㄧˋ ㄐㄧˊ 數量很多的聚集在一處。例都市的人口比鄉村密集得多。

密碼 ㄇㄧˋ ㄇㄚˇ 在特定的人中間所使用的祕密電碼。

密醫 ㄇㄧˋ ㄧ 沒有取得或被撤銷合法的醫師資格，而私自執行醫療業務的人。

參考 請注意：「密醫」和「庸醫」有區別：「庸醫」是有醫師資格，但醫術不高明的人。

寒
宀部 九畫
寒寒

ㄏㄢˊ ❶冷：例寒風。❷害怕：例膽寒。❸貧窮：例貧寒。❹冬天的：例寒衣、寒夜。

參考 相似字：冷、涼。♣相反字：熱。

古人說 「做了寒衣楊柳青，做了夏衣水結冰。」楊柳青表示春天到了，水結冰表示冬天來了。這句話是說：做事動作太慢，錯過了機會。例等她買到車票，車都開了，真是「做了寒衣楊柳青，做了夏衣不結冰」。

唱詩歌 寒夜客來茶當酒，竹爐湯沸火初紅；尋常一樣窗前月，纔有梅花便不同。（寒夜・杜小山）

寒冷 ㄏㄢˊ ㄌㄥˇ 非常冷。例寒冷的天氣，人們容易感冒。

猜一猜 寒冷世界。（猜一句成語）（答案：冰天雪地）

寒舍 ㄏㄢˊ ㄕㄜˋ 謙虛的稱呼自己所住的地方為寒舍。例王伯伯非常好客，總是對我們一家人說：「有空到寒舍坐一坐。」

寒假 ㄏㄢˊ ㄐㄧㄚˋ 學校的冬季休假。臺灣普遍在一月到二月間。

寒暑 ㄏㄢˊ ㄕㄨˇ 冬天與夏天，指一年的時間。

寒暄 ㄏㄢˊ ㄒㄩㄢ 見面時互相問好的客套話。例隔壁王太太看到了我們一家人，總要寒暄一番。

寒浞 ㄏㄢˊ ㄓㄨㄛˊ 夏朝人。相傳后羿趕走太康、仲康及仲康的兒子，自己稱帝。寒浞是后羿的宰相，後來他殺了后羿，自己再當皇帝，最後被少康滅亡。

寒風澈骨 ㄏㄢˊ ㄈㄥ ㄔㄜˋ ㄍㄨˇ　比喻冷風強烈侵襲人，似乎已鑽入骨頭裡。例冬天走在街上，處處寒風澈骨。

富　宀部 九畫

ㄈㄨˋ　❶財產多：例富有。❷資源，財產：例財富。❸充裕，充足：例豐富、富於同情心。❹壯盛：例年富力強。

參考　相似字：豐、厚。♣相反字：窮。

動動腦　小朋友，除了富有的「富」，「畐」還可以加上那些偏旁，變成其他的字？趕快想一想！（答案：副、幅、逼、輻、福、蝠……）

富有 ㄈㄨˋ ㄧㄡˇ　❶形容財富很多。例他很富有，不在乎這些小錢。❷具有。例她富有同情心，喜歡幫助不幸的人。

富足 ㄈㄨˋ ㄗㄨˊ　財物充足。例在臺灣每個人都過著富足的生活。

參考　相似詞：富裕。

富翁 ㄈㄨˋ ㄨㄥ　財富非常多的人。例他的生意做得很成功，沒幾年就成了大富翁。

富庶 ㄈㄨˋ ㄕㄨˋ　物產豐富，人口眾多。庶：眾多。例臺灣是個富庶的寶島。

參考　相似詞：富饒、豐饒、豐裕、富足、富裕。

富強 ㄈㄨˋ ㄑㄧㄤˊ　國家富足而強盛。例美國是個富強的國家。

富貴 ㄈㄨˋ ㄍㄨㄟˋ　有錢又有地位。例他一點也不貪圖榮華富貴。

富裕 ㄈㄨˋ ㄩˋ　富足充裕。例他的家境富裕，卻一點也不浪費。

參考　相似詞：富足。

富商大賈 ㄈㄨˋ ㄕㄤ ㄉㄚˋ ㄍㄨˇ　有錢的商人。賈：商人。例那些富商大賈掌握了全國的經濟。

富國強兵 ㄈㄨˋ ㄍㄨㄛˊ ㄑㄧㄤˊ ㄅㄧㄥ　使國家富有而兵力強大。例要使國家強盛，就要富國強兵。

富麗堂皇 ㄈㄨˋ ㄌㄧˋ ㄊㄤˊ ㄏㄨㄤˊ　形容建築物宏偉美麗，很有氣派。堂：高大的房子。皇：輝煌。例他把家裡布置得富麗堂皇，像皇宮一樣。

富貴不能淫 ㄈㄨˋ ㄍㄨㄟˋ ㄅㄨˋ ㄋㄥˊ ㄧㄣˊ　財富和尊貴都不能惑亂他的心志。淫：惑亂。例他的意志堅定，真可說是富貴不能淫。

寓　宀部 九畫

ㄩˋ　❶住的地方：例公寓、寓所。❷居住：例寓居。❸寄託：例寓言、寓意。

參考　相似字：住、居。

寓言 ㄩˋ ㄧㄢˊ　❶有所寄託的話。❷用假想的故事來說明某種道理，而達到教育目的或諷刺目的的文學作品。例「龜兔賽跑」是一則很有教育意義的寓言故事。

寓意 ㄩˋ ㄧˋ　寄託或隱含的意思。例「愚公移山」這則故事寓意很深遠。

參考　相似詞：寄意。

寐　宀部 九畫

ㄇㄟˋ　睡：例假寐。

寞　宀部 十一畫

ㄇㄛˋ　寂靜，冷落：例寂寞、落寞。

寧　宀部 十一畫

ㄋㄧㄥˊ　❶安定，安靜：例安寧、寧靜。❷情願：例寧可。❸女兒出嫁後回家看父母：例歸寧。❹地名：例寧波。

ㄋㄧㄥˋ　姓：例寧先生。

猜一猜　風平浪靜。（猜中國一地名）（答案：寧波）

寧可 ㄋㄧㄥˊ ㄎㄜˇ　經過選擇所作的堅定決定。例我寧可在家看電視，也不要去逛街。

參考　相似詞：寧願、寧肯。

寧靜 ㄋㄧㄥˊ ㄐㄧㄥˋ　安靜而不吵鬧。例這裡環境相當寧靜，很適合居住。

寧願 情願。例下雨天我寧願待在家裡，也不要出去。

參考 相似詞：寧可、寧肯、寧為。

古人說 「寧為雞口，勿為牛後。」這句話是說：寧可維持小局面，自己能作主，也不願意在大局面下受人支配。例他自己開小公司當老闆，因為他一直抱持著「寧為雞口，勿為牛後」的心理。

寧死不屈 寧願死也不屈服。例他寧死不屈，絕對不背叛國家。

寧缺毋濫 如果沒有合於標準的，那麼寧可缺少，也不要太多不符合條件的。例他對朋友的選擇是寧缺毋濫。

寡

宀部 十一畫

❶少，缺少：例孤陋寡聞。❷婦女死了丈夫：例寡婦。

參考 相似字：少。♣相反字：多。

寡人 我國古代帝王的自稱。

寡婦 死去丈夫的婦人。

參考 相似詞：孀婦、遺孀、寡妻。

笑一笑 小美和小莉兩人在談長大要做什麼。小美：「我將來要做一個美麗的新娘。」小莉：「我不要結婚，我要做一個寡婦。」

寡情 缺少情義。

寡斷 不敢做主張，缺少決斷。

參考 活用詞：優柔寡斷。

寡不敵眾 人數太少而抵擋不過人數多的。

寡廉鮮恥 沒有羞恥的心。寡、鮮：都是少的意思。廉：不取不應拿的東西。恥：羞恥。

寥

宀部 十一畫

❶稀少：例寥若晨星。❷空虛、落寞：例寥落。❸寂靜，冷清：例寂寥。

參考 相似字：稀、寂、靜。♣請注意：「寂寥」的「寥」和「病瘳」的「瘳」，音不同意思也不同。「瘳」讀ㄔㄡ，是病好了的意思。

寥廓 寬闊空遠。

寥寥 ❶形容稀少的樣子。例天上寥寥幾顆星星。❷空虛寂寞的樣子。

寥寥可數 形容很少，可以數得清楚。

參考 相似詞：寥寥無幾、寥若晨星。♣請注意：「寥寥可數」和「屈指可數」的意思相近，都是形容人和物很少。「屈指可數」也可形容日子少而且接近。

實

宀部 十一畫

❶草木的果子：例果實。❷充滿：例充實。❸真誠，不虛假：例老實、誠實。❹事情的真相：例事實。❺履行，真的去做。❻姓：例實先生。

參考 相似字：確、真、堅。

猜一猜 家財萬貫。（猜一字）（答案：實）

俏皮話 「老九的弟弟——老實（十）。」小朋友，你會數數兒嗎？九的後面是多少？對了，就是十。老九的弟弟當然是老十（實）囉！「實」和「十」同音。如果你認為自己很老實，你就可以說：「我是老九的弟弟——老實。」

實用 切實而有用。例這隻手錶既美觀又實用。

實在 ❶的確。例她做的菜實在好吃。❷其實，實際。例職稱上他是總經理，實在只是掛名罷了。❸真實，不虛假。

實行 實在的去進行。例為防止地球上的森林地消失殆盡，我們應徹底實行保護森林的政策。

實地 現場。例我實地了解真實的情況。

實施（ㄕˊ ㄕ） 實際的去施行。例全國各國小已經開始實施鄉土教學。

實現（ㄕˊ ㄒㄧㄢˋ） 使幻想中的事情變成真實的。例他終於實現了多年來的夢想。

實習（ㄕˊ ㄒㄧˊ） 親身實地練習。例師院的學生到我們學校來實習當老師。

實話（ㄕˊ ㄏㄨㄚˋ） 真實不欺騙別人的話。例你還是實話實說吧！

實際（ㄕˊ ㄐㄧˋ） 合乎事實的，真實的情形。例你的想法很不切實際。

實質（ㄕˊ ㄓˊ） 真實不虛假的本質。例這兩件事表面雖然不同，但實質是一樣的。

實踐（ㄕˊ ㄐㄧㄢˋ） 實行，履行。踐：實現。例我們要實踐三民主義，完成建國復國的神聖使命。

實驗（ㄕˊ ㄧㄢˋ） 在科學研究中，為證明某些理論或假設所進行的操作或活動。例他們利用白老鼠進行藥物實驗。

實業計畫（ㄕˊ ㄧㄝˋ ㄐㄧˋ ㄏㄨㄚˋ） 國父所著，為發展國家經濟的方針。主張借用外資，從事生利事業，同時又是國防計畫。

實事求是（ㄕˊ ㄕˋ ㄑㄧㄡˊ ㄕˋ） 形容做事切實，從實際的情況去正確的處理問題。例我們做事應腳踏實地，實事求是。

寨

宀部 十一畫

ㄓㄞˋ ❶村落：例李家寨。❷盜寇的窩巢：例山寨。❸防衛匪寇侵襲的柵欄：例安營紮寨。

猜一猜 軟木塞不能用土做。（猜一字）（答案：寨）

寢

宀部 十一畫

ㄑㄧㄣˇ ❶睡覺：例廢寢忘食。❷睡覺的地方：例寢室。❸帝王的墳墓：例陵寢。❹相貌難看：例寢容。❺姓：例寢先生。

參考 相似字：睡、息。♣請注意：「寢」是宀部不是穴部。

寢室（ㄑㄧㄣˇ ㄕˋ） 臥室。

寢食（ㄑㄧㄣˇ ㄕˊ） 吃飯和睡覺，指日常生活。例他聽了這個駭人的新聞事件後，嚇得寢食難安。

寤

宀部 十一畫

ㄨˋ ❶睡醒：例寤寐。❷覺悟，了解，通「悟」。

猜一猜 我靠在屋下的半牆上。（猜一字）（答案：寤）。

寤寐（ㄨˋ ㄇㄟˋ） 比喻無時無刻。寤：醒。寐：睡。

察

宀部 十一畫

ㄔㄚˊ ❶仔細看：例觀察。❷調查，詳細審核：例考察。❸姓：例察先生。

參考 相似字：看。

猜一猜 屋頂下祭拜祖先。（猜一字）（答案：察）

察看（ㄔㄚˊ ㄎㄢˋ） 檢查觀看。例請你察看一下工程的進度。

察訪（ㄔㄚˊ ㄈㄤˇ） 用觀察和訪問的方式進行調查。例他暗中察訪與案情有關的人。

察覺（ㄔㄚˊ ㄐㄩㄝˊ） 發覺，看出來。例他的不法行動，警方已經察覺。

察言觀色（ㄔㄚˊ ㄧㄢˊ ㄍㄨㄢ ㄙㄜˋ） 觀察人說話的語氣和臉上的神情，來推斷他的心意。例她懂得如何察言觀色，揣摩對方的心意。

寮

宀部 十二畫

ㄌㄧㄠˊ ❶小屋子：例茅寮、茶寮、工寮。❷官吏，通「僚」。❸中南半島上的國家：例寮國。

寬

宀部 十二畫

ㄎㄨㄢ ❶闊，和「窄」相對：例寬敞、馬路很寬。❷放鬆：例寬心。❸不嚴厲：例寬容。❹橫的距離：例寬度。❺富裕：例寬裕。❻解，脫：例寬衣。❼姓：例寬先生。

參考 相似字：闊。♣相反字：窄。♣請注意：「寬」字在「見」中有一點。

寬大（ㄎㄨㄢ ㄉㄚˋ） 寬闊廣大。例你試著心胸寬大些，不要斤斤計較。

參考 相反詞：狹窄。

寬心（ㄎㄨㄢ ㄒㄧㄣ） 放心、安心。例請你寬心，孩子一定會平安回來。

寬厚（ㄎㄨㄢ ㄏㄡˋ） 待人寬大厚道。例我們待人要寬厚一點。

寬恕（ㄎㄨㄢ ㄕㄨˋ） 寬容饒恕。例姊姊是無心的，你就寬恕她吧！

寬敞（ㄎㄨㄢ ㄔㄤˇ） 寬闊。敞：開闊的。例這間房子很寬敞。

寬裕（ㄎㄨㄢ ㄩˋ） 表示有較靈活較充足的錢。裕：充足。例他們經過多年的辛苦工作，經濟總算寬裕多了。

寬廣（ㄎㄨㄢ ㄍㄨㄤˇ） 面積或範圍很大。例道路越走越寬廣。

寬慰（ㄎㄨㄢ ㄨㄟˋ） 安慰別人使他安心。例他良好的表現讓年邁的父母感到寬慰。

寬闊（ㄎㄨㄢ ㄎㄨㄛˋ） 寬大廣闊。例這條道路非常寬闊。

寬宏大量（ㄎㄨㄢ ㄏㄨㄥˊ ㄉㄚˋ ㄌㄧㄤˋ） 形容人的胸襟和肚量非常廣大。宏：大。例他寬宏大量，不計較別人對他的傷害。

參考 相反詞：心胸狹窄。

審

宀部　十二畫

ㄕㄣˇ ❶詳細，周密：例審慎。❷詳查，細究：例審核。❸問訊：例審訊、審判。❹姓：例審先生。

參考 相似字：問、知、查。

猜一猜 番人住在屋子下。（猜一字）（答案：審）

審判（ㄕㄣˇ ㄆㄢˋ） 法官對法律案件的審理和判決。例他拒絕出庭接受審判。

審查（ㄕㄣˇ ㄔㄚˊ） 仔細的檢查是否正確、真實。例議會中的議案，必須先經過審查。

審美（ㄕㄣˇ ㄇㄟˇ） 指對人或事物，特別是藝術品的欣賞和批評。例她對於服裝設計，有獨到的審美觀念。

審核（ㄕㄣˇ ㄏㄜˊ） 詳細的檢查並核定數量。例審計部負責審核政府機關的會計事務。

審訊（ㄕㄣˇ ㄒㄩㄣˋ） 法官處理案件時，對案情及當事人所作的調查和詢問。例法官向犯人審訊案發的經過情形。

參考 相似詞：審問。

審視（ㄕㄣˇ ㄕˋ） 仔細觀看。例他再三審視之後，才作了最後的決定。

寫

宀部　十二畫

ㄒㄧㄝˇ ❶用筆書或畫：例書寫、寫生。❷敘述：例寫景、寫實。

參考 相似字：書、畫、繪、謄。

寫生（ㄒㄧㄝˇ ㄕㄥ） 對著實物或風景繪畫。例星期日在青年公園有一場寫生比賽。

寫作（ㄒㄧㄝˇ ㄗㄨㄛˋ） 寫文章或文學創作。例他的寫作技巧很純熟。

寫景（ㄒㄧㄝˇ ㄐㄧㄥˇ） 詩文或圖畫中描寫山水花鳥和自然的景物。

寫意（ㄒㄧㄝˇ ㄧˋ） ❶國畫的一種畫法，用筆不求工細，注重神態的表現和抒發作者的情趣。❷逍遙舒適，無拘無束。例他過著非常寫意的生活。

寫照（ㄒㄧㄝˇ ㄓㄠˋ） ❶反映某一事物或某一時代特點的文字描寫。例牽一髮而動全身是堆砌骨牌的最好寫照。❷畫像。例他的寫照很傳神。

寰

宀部　十三畫

ㄏㄨㄢˊ 廣大的地域：例寰球、寰宇、寰海、人寰。

寰宇（ㄏㄨㄢˊ ㄩˇ） 全世界。宇：上下四方。

寰海 ㄏㄨㄢˊ ㄏㄞˇ ❶大地，包括水陸的總稱。❷世界。

寰球 ㄏㄨㄢˊ ㄑㄧㄡˊ 整個地球；全世界。

參考 相似詞：環球。

寵

宀部 十六畫

ㄔㄨㄥˇ ❶妾：例內寵。❷溺愛、縱容：例寵愛。

參考 相似字：愛。♣請注意：宀部的「寵」（ㄔㄨㄥˇ）有溺愛的意思，例如：寵愛。广部的「龐」（ㄆㄤˊ）有高大的意思，例如：龐大。

猜一猜 穴中龍，沒有八字鬍。（猜一字）（答案：寵）

寵任 ㄔㄨㄥˇ ㄖㄣˋ 寵愛信任。例他因為做事認真負責，十分受到上司的寵任。

寵兒 ㄔㄨㄥˇ ㄦˊ 特別受到寵愛的人或物。例電腦是二十一世紀的寵兒。

寵物 ㄔㄨㄥˇ ㄨˋ 特別偏愛的東西或動物。例巴西烏龜是我家最受寵的小寵物。

寵拔 ㄔㄨㄥˇ ㄅㄚˊ 特別地恩寵提拔。

寵愛 ㄔㄨㄥˇ ㄞˋ 喜愛；特別的偏愛。例楊貴妃集唐明皇三千寵愛於一身。

參考 請注意：「寵愛」和「溺愛」、「鍾愛」都指非常喜愛。「寵愛」用在上對下。「溺愛」用在長輩對晚輩過分而沒有原則的愛，有姑息、縱容的意思。「鍾愛」指感情專注，特別喜愛。

寶

宀部 十七畫

ㄅㄠˇ ❶珍貴的東西：例寶貝。❷貴重的：例寶貴。❸舊時錢幣：例通寶、元寶。❹尊稱別人的用詞：例寶號。❺姓：例寶先生。

動動腦 春節時貼春聯，常把「招財進寶」寫成一個字。小朋友，讓我們也來試試看。

古人說 「聲聲叫好，石頭變寶。」這句話是說：一個人經常受到鼓勵和稱讚，事情會愈做愈好。例經過爸爸的鼓勵，王小英從第三十名爬上了第十二名，真是「聲聲叫好，石頭變寶」。

寶石 ㄅㄠˇ ㄕˊ 顏色美麗、有光澤，透明度和硬度很高的礦石，可以製成裝飾品。

寶貝 ㄅㄠˇ ㄅㄟˋ ❶珍貴的東西。❷對小孩的愛稱。❸指一些奇怪滑稽、與眾不同的人。例他每天瘋言瘋語，真是個寶貝。

寶島 ㄅㄠˇ ㄉㄠˇ 指臺灣。

寶庫 ㄅㄠˇ ㄎㄨˋ 收存珍貴東西的地方。例圖書館是知識的寶庫。

寶頂 ㄅㄠˇ ㄉㄧㄥˇ 樓塔的最上面。

寶貴 ㄅㄠˇ ㄍㄨㄟˋ 有價值的，值得重視的。例這次車禍對他來說是一次寶貴的經驗。

寶劍 ㄅㄠˇ ㄐㄧㄢˋ 稀少珍貴的劍。

寶藏 ㄅㄠˇ ㄗㄤˋ ❶埋在地下的礦物。例大自然有許多還沒有開發的寶藏。❷有待進一步發掘利用的寶物。

寶藍色 ㄅㄠˇ ㄌㄢˊ ㄙㄜˋ 一種鮮明的藍色。例她今天穿一件寶藍色的裙子。

寸部 ㄘㄨㄣˋ

「ㄋ」是一寸的寸，「ㄋ」（又）和「一」構成，「ㄋ」是手，「一」不是數字的一，而是指寸口的位置（手腕下一寸有動脈的部位叫寸口），寸指的就是這個部位。從寸口到手腕的距離大約等於一寸，因此寸後來被當成長度單位。寸部的字和長度或正確的制度（因為寸有一定的標準）有關係，例如：尋（古代的長度單位）、寺（朝廷，有制度、法律的地方）、導（正確的指引）。

三畫

寸

一 十 寸

寸部 ○畫

ㄘㄨㄣˋ ❶長度的單位名稱，十寸是一尺：例三寸長。❷形容很小、很少、很短的：例寸草心、寸步難移、手無寸鐵。❸碎亂而不連續的樣子：例柔腸寸斷。❹姓：例寸小姐。

參考 請注意：「寸」和「吋」都讀ㄘㄨㄣˋ，但是用法不同：「寸」是中國傳統的用法，一寸是現在的三公分長。目前用的公寸是國際通用的標準單位，一公寸等於十公分。「吋」是英美國家所用的，通常叫「英吋」，一英吋大約是二點五公分。

猜一猜 村子裡的樹木被偷了。（猜一字）（答案：寸）

寸陰 ㄘㄨㄣˋ ㄧㄣ 一寸長的日影；比喻很短的時間。陰：就是時間。例珍惜寸陰。

寸草心 ㄘㄨㄣˋ ㄘㄠˇ ㄒㄧㄣ 像小草一般微小的孝心。例孩子的寸草心那能報答父母的養育大恩呢？

寸步不離 ㄘㄨㄣˋ ㄅㄨˋ ㄅㄨˋ ㄌㄧˊ ❶形容人和人或人和動物很親密，隨時隨地在一起，一步也不分離。例在人多的地方，小孩子要寸步不離的跟在父母身邊。❷形容隨身攜帶或盡責保護珍貴的物品。例你可要寸步不離的看好這隻皮箱喔！

猜一猜 寸步不離。（猜一句成語）（答案：如影隨形）

寸步難行 ㄘㄨㄣˋ ㄅㄨˋ ㄋㄢˊ ㄒㄧㄥˊ ❶很小的步子都走不動。例他中風後寸步難行。❷比喻事情很難進行。例你這也管、那也管、什麼都管，真叫人寸步難行。

寸草不留 ㄘㄨㄣˋ ㄘㄠˇ ㄅㄨˋ ㄌㄧㄡˊ 連小草都不留下；比喻遭到很強烈的破壞，消除得很乾淨徹底的意思。例一場大火把房子燒得寸草不留。

寺

一 十 土 𡈼 寺 寺

寸部 三畫

ㄙˋ ❶古代官署名：例大理寺。❷佛教的廟宇，供人祭拜及傳布教義的地方：例龍山寺。

參考 請注意：「寺」和「侍」不同：人部的「侍」（ㄕˋ），有服侍、伺候的意思，例如：侍奉。「寺」只當官署、寺廟，例如：龍山寺。

寺院 ㄙˋ ㄩㄢˋ 就是佛寺，是和尚修行供佛的地方，也稱「寺廟」、「廟院」。

寺廟 ㄙˋ ㄇㄧㄠˋ 和尚供佛修道的地方。例這座寺廟非常古色古香。

封

一 十 土 圭 圭 圭 圭 封 封

寸部 六畫

ㄈㄥ ❶計算東西的單位：例一封信。❷裝好的或裝東西的紙袋或紙包：例信封。❸古時候帝王把土地、官位分給臣子：例分封土地。❹把物體密蓋或關住：例封住瓶口、道路封閉。❺限制：例故步自封。❻疆域：例封疆。❼姓：例封小姐。

參考 相似字：閉。♣相反字：開。

猜一猜 圭玉寸長。（猜一字）（答案：封）

封建 ㄈㄥ ㄐㄧㄢˋ ❶古代帝王把土地、名位分給貴族或功臣，讓他們各自建立國家。❷古代的一種階級制度，帝王分封諸侯，諸侯又分封他的臣子，臣子下面又有士、平民和奴隸。例周朝是一個封建社會。

封面 ㄈㄥ ㄇㄧㄢˋ 書籍雜誌的表皮。例這本書的封面設計得很有創意。

參考 相反詞：封底。

封條 ㄈㄥ ㄊㄧㄠˊ 題字或蓋有印章的紙條，用來封閉房屋或器物。例貼上封條後就不許再撕開了。

封閉 ㄈㄥ ㄅㄧˋ ❶緊密的蓋住或關住物體。例大雪封閉了山路。❷法院對欠債被告人的財產加以限制的處理方式。例他的工廠已經給法院封閉了。❸限制在某一個狹小的範圍。例他的思想很封閉，不能接受新的改變。

封鎖 ㄈㄥ ㄙㄨㄛˇ ❶加鎖封閉。例保險箱已經封鎖好了。❷用強制的力量使人和外界斷絕通行、聯絡或是制止消息向外流傳。例所有的消息都被敵軍封鎖了，我們另想辦法吧！

射

寸部 七畫

ㄕㄜˋ ❶用推力或彈力把物體很快的發出去：例射箭、射擊。❷用壓力使液體從孔裡流出來：例注射、噴射。❸用言語文字指示某事某物，讓人猜測：例暗射、影射。❹發出光、熱、電波：例雷射光、光芒四射。❺追求：例到處射利。

ㄧㄝˋ ❶射干，一種藥草，花有六片，黃赤色，有深紫色的斑點。❷一種野獸，像狐狸，會爬樹。❸僕射，官名，有左僕射、右僕射，都是擔任宰相的職位。

ㄧˋ 古代音律名：例無射。

猜一猜 矮子。（猜一字）（答案：射）

動動腦 「射」可以加哪些部首，成為另外的字？（答案：榭、謝……）

射手 ㄕㄜˋ ㄕㄡˇ ❶很會射箭或是槍法很準的人。例他是一個神射手，百發百中。❷指使用槍炮的人。例機槍射手的眼力要很好。

射箭 ㄕㄜˋ ㄐㄧㄢˋ ❶把箭射出去。❷一種體育活動，在固定的距離內用箭射擊目標，用分數的高低決定勝負。

射擊 ㄕㄜˋ ㄐㄧˊ 用槍炮對準目標發射。例打靶時，請對準紅心射擊。

笑一笑 有位新兵上射擊課時，打了好多發子彈還是打不中目標，教官氣得大罵：「你這麼笨，乾脆自殺算了！」沒一會兒，旁邊傳來一聲槍響，大家都嚇了一大跳。這位新兵很不好意思的說：「報告教官，我還是沒打中。」

尉

寸部 八畫

ㄨㄟˋ ❶古代官名：例太尉、廷尉。❷尉官，軍銜名，低於校官，分上尉、中尉、少尉、准尉四級。❸安慰，通「慰」。

ㄩˋ 尉遲，複姓：例尉遲恭。

猜一猜 蔚藍的天空不會長草。（猜一字）（答案：尉）

專

寸部 八畫

ㄓㄨㄢ ❶集中在一件事上：例專心、專門。❷獨自掌握和占有：例專利、專權、專賣。❸特別精通某方面事物的人：例專家。❹姓：例專先生。

參考 相似字：精、特。

猜一猜 傳令兵失蹤。（猜一字）（答案：專）

專心 ㄓㄨㄢ ㄒㄧㄣ 集中注意力。例學習必須專心。

參考 相反詞：分心。

專用 ㄓㄨㄢ ㄩㄥˋ 專門給某人或某事所使用的。例這是你的專用電話。

專任 ㄓㄨㄢ ㄖㄣˋ 只擔任某一種職務。例他是專任的美勞老師。

參考 相反詞：兼差、兼任。

專利 ㄓㄨㄢ ㄌㄧˋ ❶獨占利益。例在商店街賣花不是你一個人的專利。❷發明新東西的人經過申請，得到有關單位的認定許可後，在一定的時間內可以獨享發明所得的利益。例由於這項防盜專利，使他解決了生活的困難。

專車 ㄓㄨㄢ ㄔㄜ 只為特定的人事物而行駛的車。例他每天搭公司的專車上下班。

專使 ㄓㄨㄢ ㄕˇ 專為某一件事而派的使節人員。例政府派他到美國當貿易談判的專使。

專制 ㄓㄨㄢ ㄓˋ ❶由君主一人完全掌管全國政權的制度。例專制時代，國君的一言一行影響全國的人民。❷隨自己的意思做事，並且要別人絕對順從。例你這麼專制，難怪朋友一個個的離開你。

專長 ㄓㄨㄢ ㄔㄤˊ 專門的知識、技能、才藝。例他的專長是演說和歌唱。

專科 ㄓㄨㄢ ㄎㄜ ❶對某種知識技能有精深的研究。例專科醫師。

專門 ㄓㄨㄢ ㄇㄣˊ 專精於某一門類的事物、知識。例吳先生專門替人修理皮鞋。

專政 ㄓㄨㄢ ㄓㄥˋ 由一人或一個集團獨斷政事。

專員 ㄓㄨㄢ ㄩㄢˊ ❶專為某項任務所派的官員。例衛生專員。❷官名，「專門委員」的簡稱，相當於顧問的資格。

專家 ㄓㄨㄢ ㄐㄧㄚ 精通某種學問或事物的人。例他是個物理專家。

專業 ㄓㄨㄢ ㄧㄝˋ 專門做某一種工作。例醫生是他的專業，打球是他的興趣。

專題 ㄓㄨㄢ ㄊㄧˊ 對一個特定的題目進行研究或討論。例這一週的專題是討論如何實施垃圾分類。

專欄 ㄓㄨㄢ ㄌㄢˊ ❶報章雜誌定期刊登同一個作家的文章，並且訂一個名稱，叫作專欄。例醫藥專欄是由王醫師寫的。❷報章雜誌定期請專家寫的專門報導，刊登在固定的版面上。例這一期的學者專欄主要在討論教育改革。

專心一志 ㄓㄨㄢ ㄒㄧㄣ ㄧˊ ㄓˋ 集中心思，使精神能全部放在某一件事上。志：心意。例他專心一志的準備考試。

參考 相似詞：專心一意。

將

將 寸部 八畫

ㄐㄧㄤ ❶就要，快要：例天將要下雨。❷把，拿：例將功贖罪。❸下象棋時要吃敵方的「將」或「帥」時，先喊「將」，因此也可以表示用話來刺激或說動別人：例將他一下。❹調養，保養：例將養、將息。❺接近：例他年將七十。❻才：例他將來，就要走。❼又：例將信將疑。❽在動詞後面，表示動作的開始：例吃將起來。❾姓：例將先生。

ㄐㄧㄤˋ ❶軍官或武官：例將相、主將。❷國軍高級的官位：例一級上將。❸率領：例將兵、將領。

ㄑㄧㄤ 形容聲音：例鼓鐘將將。

參考 相似字：把。

古人說 「將相本無種，男兒當自強。」將相是將軍、宰相，用來比喻大人物。種是血統。這句話是說：大人物不是繼承來的，任何人只要發奮圖強，都可以出人頭地。

將士 ㄐㄧㄤˋ ㄕˋ 通稱軍官和士官。例三軍將士。

將來 ㄐㄧㄤ ㄌㄞˊ 還沒來到的時間。

參考 相似詞：未來、以後。♣相反詞：過去。

將近 ㄐㄧㄤ ㄐㄧㄣˋ 快要，接近。例他將近一個月沒回家了。

將帥 ㄐㄧㄤˋ ㄕㄨㄞˋ 帶領部隊的總指揮官。帥：軍隊的主要將領。例服從將帥的命令，是軍人的規矩。

將要 ㄐㄧㄤ ㄧㄠˋ 快要。例冬天將要來了，我得買幾件厚衣服。

將軍 ㄐㄧㄤ ㄐㄩㄣ ❶少將以上的軍官。❷指軍中的高級將領。❸下象棋時攻擊對方的「將」或「帥」，又簡稱「將」。

將就 ㄐㄧㄤ ㄐㄧㄡˋ 雖然不太滿意，因為沒有更好的，只好暫時接受。例沒有別的衣服了，這件舊衣服你就將就穿吧！

參考 相似詞：遷就。

將心比心 ㄐㄧㄤ ㄒㄧㄣ ㄅㄧˇ ㄒㄧㄣ 拿自己的心意和人家的心意比一比；比喻替別人著想的意思。例將心比心，如果你是母親，孩子太晚回家，你也會擔心的。

將功贖罪 ㄐㄧㄤ ㄍㄨㄥ ㄕㄨˊ ㄗㄨㄟˋ 建立功勞來抵銷所犯的過錯。贖：用錢財或行動來賠償過失。例他這次犯錯是無心的，請您給他一個將功贖罪的機會。

參考 相似詞：將功折罪。

將計就計 ㄐㄧㄤ ㄐㄧˋ ㄐㄧㄡˋ ㄐㄧˋ 利用對方的計謀回過頭來應付對方。例我們將計就計，給那個間諜一個假情報。

將錯就錯 ㄐㄧㄤ ㄘㄨㄛˋ ㄐㄧㄡˋ ㄘㄨㄛˋ 指發生了錯誤，乾脆就順著錯誤做下去。例做這麼久了，發現規格太小已經太晚了，也只有將錯就錯，沒有別的辦法了。

尊

尊尊 寸部 九畫

ㄗㄨㄣ ❶指地位高或輩分高：例尊貴、尊長。❷計算東西的單位：例一尊大佛。❸用來稱呼和對方有關的人或事物的客氣用法：例尊夫人、尊姓大名。❹敬重：例尊重、尊師重道、尊敬。❺姓：例尊小姐。

參考 相似字：敬、崇、長。♣相反字：卑。♣請注意：「尊」和「遵」都讀ㄗㄨㄣ。寸部的「尊」是敬重的意思，例如：尊敬、尊重。辵部的「遵」是依照、順從的意思，例如：遵守、遵從。所以「尊敬」不能寫成「遵敬」；「遵守」不能寫成「尊守」。「尊命」和「遵命」的用法不同，「尊命」是客氣的用法，是指：「您的交代」；「遵命」是遵守命令，二種用法要分清楚。

猜一猜 酒杯寸高。（猜一字）（答案：尊）

尊重 ㄗㄨㄣ ㄓㄨㄥˋ ❶敬重或是重視。例尊重客人的權利。❷莊重，指行為態度的表現上。例行為放尊重些。

尊貴 ㄗㄨㄣ ㄍㄨㄟˋ 高貴而值得敬重。例尊貴的客人。

尊敬 ㄗㄨㄣ ㄐㄧㄥˋ 重視而且恭敬的對待。例他是我最尊敬的老師。

參考 相似詞：敬重。

尊稱 ㄗㄨㄣ ㄔㄥ 表示尊敬的稱呼。例「令尊」是對別人的父親的尊稱。

尊嚴 ㄗㄨㄣ ㄧㄢˊ 莊重威嚴，不能侵犯。例為了維護法律的尊嚴，法官下令拘捕那批搗亂的人。

參考 活用詞：民族尊嚴、人性尊嚴。

尊姓大名 ㄗㄨㄣ ㄒㄧㄥˋ ㄉㄚˋ ㄇㄧㄥˊ 當面問人姓名所用的客氣話。例請問您的尊姓大名？

三畫

尋

寸部 九畫

尋尋

ㄒㄩㄣˊ ❶古代的長度單位，八尺叫尋：例一尋。❷找，探查事物：例尋找、尋隱者。❸用眼睛看來看去，想找東西：例他尋摸著那面牆壁。❹指乞丐向人要東西：例尋錢。❺姓：例尋小姐。

參考 相似字：找。

唱詩歌 松下問童子，言師採藥去；只在此山中，雲深不知處。（尋隱者不遇・賈島）

尋找 ㄒㄩㄣˊ ㄓㄠˇ 為取得身邊沒有的或丟掉的人、事物的一種行動。例人海茫茫，到哪裡尋找走失的小狗？

尋味 ㄒㄩㄣˊ ㄨㄟˋ 仔細領會事物包含的意義和趣味。例這是一篇耐人尋味的文章。

尋覓 ㄒㄩㄣˊ ㄇㄧˋ 就是尋找。覓：找。例母鳥每天去尋覓食物。

尋幽訪勝 ㄒㄩㄣˊ ㄧㄡ ㄈㄤˇ ㄕㄥˋ 到風景幽靜美麗的地方遊玩。幽和勝都是指美好的地方。例一到假日，溪頭就住滿了許多尋幽訪勝的遊客。

尋根究底 ㄒㄩㄣˊ ㄍㄣ ㄐㄧㄡˋ ㄉㄧˇ 徹底追查事物的原因。底：根本。例科學的精神就是凡事要尋根究底。

參考 相似詞：追根究底、尋根問底。

對

寸部 十一畫

對對

ㄉㄨㄟˋ ❶計算成雙的人或物體的單位：例一對姊妹。❷回答：例無言以對、對答。❸朝著，向著：例面對父母、面對青山。❹適合：例不對胃口。❺把兩個東西放在一起，互相比較，看看是不是符合：例校對文字、核對帳目。❻正確，正常：例數目不對、神色不對。❼相反的兩方面：例對手、作對、對方。❽把物體添加其他的東西：例把果汁對一些開水。❾互相交換：例對調、對流、對換。❿當作連詞用：例我對這件事感到很滿意。

參考 相似字：是、答、合、雙。

動動腦 (一)小朋友，想想看，哪些事物是相對的？（答案：黑和白、男和女……）(二)哪些事物通常是成對的？（答案：筷子、耳環……）(三)小朋友，想一想，哪些物品是一對才能使用的？（答案：筷子、鞋子、隱形眼鏡……）

對比 ㄉㄨㄟˋ ㄅㄧˇ 兩種事物互相比較，而加強彼此的特性。例紅和綠是對比的顏色。

對付 ㄉㄨㄟˋ ㄈㄨˋ 就是應付；面對事情，加以處理的意思。例我想我對付得了這個難題。

對立 ㄉㄨㄟˋ ㄌㄧˋ ❶彼此相對站著。例他們已經在樹下對立了二個小時。❷兩種事物互相排斥、抵抗、不和諧的情形。例民主和專制是對立的。

對抗 ㄉㄨㄟˋ ㄎㄤˋ 互相抗拒或比賽。例雙方對抗了十天，仍然不分勝負。

對岸 ㄉㄨㄟˋ ㄢˋ 溪、河、湖、海對面的一岸。例淡水的對岸就是觀音山。

對峙 ㄉㄨㄟˋ ㄓˋ 兩邊對立，誰也不讓誰。峙：山勢高而直立。例兩山對峙。例雙方的軍隊已經對峙三個月，到現在還沒有分出高下。

對面 ㄉㄨㄟˋ ㄇㄧㄢˋ ❶正前方。例對面來了一群人。❷面對面。例我們對面談清楚。

對象 ㄉㄨㄟˋ ㄒㄧㄤˋ ❶行動或思考時作為目標的人或事物。例他們用青蛙作為實驗的對象。❷指有可能嫁或娶的人。例他正急著找對象結婚。

對準 ㄉㄨㄟˋ ㄓㄨㄣˇ 對齊，瞄準。例對準望遠鏡的距離。

對稱 ㄉㄨㄟˋ ㄔㄣˋ 指事物兩邊的距離、排列、大小、高低、多少都相同而且都平均的情形。例一個正方形可以分成兩個對稱的直角三角形。

對調 ㄉㄨㄟˋ ㄉㄧㄠˋ 互相交換。例兩人對調位子。

參考 相似詞：對換。

對聯 ㄉㄨㄟˋ ㄌㄧㄢˊ 寫在紙上、布上或刻在竹子上、柱子上、木頭上的對句。例「天增歲月人增壽，春滿乾坤福滿門」是過年常見到的一副對聯。

小故事 相傳鄭板橋當官的時候，有位教書的老先生前來告狀，說他辛苦的教一年書，主人卻不給他酬金。鄭板橋問老先生是不是誤人子弟，主人才不給錢。老先生說不是。鄭板橋為了試這位老先生的才識，便出了個上聯：「四面燈，單層紙，輝輝煌煌照遍東西南北。」老先生思索片刻，立即對出下聯：「一年學，幾吊錢，辛辛苦苦歷經春夏秋冬。」鄭板橋一見對得不錯，就把老先生留用了。

對不起 ㄉㄨㄟˋ ㄅㄨˋ ㄑㄧˇ ❶對人感到抱歉。例我一直覺得很對不起他。❷對人道歉的話。例對不起，我先離開一下。

對牛彈琴 ㄉㄨㄟˋ ㄋㄧㄡˊ ㄊㄢˊ ㄑㄧㄣˊ 對著牛彈奏樂器；比喻對不懂的人解說，是白費力氣，有看不起對方的意思。例跟他那種人講藝術，簡直就是對牛彈琴嘛！

對症下藥 ㄉㄨㄟˋ ㄓㄥˋ ㄒㄧㄚˋ ㄧㄠˋ ❶根據病情給予正確的治療。症：疾病的現象。例醫生已經對症下藥，你很快就可以出院了。❷依照事情的需要，尋求解決問題的方法。例先檢討考不好的原因，才能對症下藥，改進下次的準備方法。

導

ㄉㄠˇ 寸部 十三畫

❶帶領，指引：例領導、教導。❷傳達：例導熱、導電。❸使事物暢通：例疏導。❹啟發：例開導。❺引起：例導火線。

參考 相似字：引。

猜一猜 學道寸進。（猜一字）（答案：導）

導致 ㄉㄠˇ ㄓˋ 引起，造成。致：引起。例他因為一時糊塗而犯罪，導致一生的幸福都毀了。

導師 ㄉㄠˇ ㄕ ❶指導一個班級的學生進修課業並擔負生活指導責任的老師。❷指具有影響力的領導人物。例革命的導師。

導遊 ㄉㄠˇ ㄧㄡˊ 帶領遊客觀光而加以介紹解說的人。例當導遊要具備豐富的知識和能說善道的口才。

猜一猜 導遊。（猜一句成語）（答案：引人入勝）

導電 ㄉㄠˇ ㄉㄧㄢˋ 讓電荷通過，形成電流。例人體也會導電。

導演 ㄉㄠˇ ㄧㄢˇ ❶戲劇演出或影片拍攝時，指導演員表情、動作、控制快慢、氣氛的指揮人員。❷計畫安排。例這件案子完全是他一手導演的。

導體 ㄉㄠˇ ㄊㄧˇ 能夠傳導電流的物體。例一般金屬都可以當導體。

三畫

三畫

小部 ㄒㄧㄠˇ

川 小

「小」是指很細微的東西，只是一個概念，沒辦法畫出來，因此用很細的點或線條來指出小的概念。小部的字也都和「小」的意思有關，例如：少（不多，年紀小）、尖（頭小而銳利的部分）、雀（隹部，體形小的鳥）。

小

丨 亅 小

小部 ○畫

ㄒㄧㄠˇ ❶不大的：例小河、小貓。❷時間短：例小睡、小住。❸年紀輕的：例全家老小。❹排行在後面的：例小兒子。❺謙稱自己或與自己有關的人或事物：例小弟姓林、小店。❻心胸狹窄：例小心眼。❼輕視：例小看。❽稍微：例牛刀小試。❾沒有道德的人：例小人。

參考 相似字：微、細。♣相反字：大。♣請注意：「小」和「大」相對，都可以用來指體積、容積、範圍、規模、力量、器量等。

唱詩歌 小花貓，笑咪咪，池塘邊上釣小魚。漂兒動，把竿提，釣起一條小鯽魚。呵嗚一口吞下去，魚鉤卡在嗓子裡。稀奇稀奇真稀奇，小貓釣魚釣自己。

小二 ㄒㄧㄠˇ ㄦˋ 古時在客棧或茶樓酒肆中，從事僕役工作的人。參考 相似詞：小二哥。

小子 ㄒㄧㄠˇ ㄗˇ ❶年幼的人；晚輩。例後生小子。❷男孩子。例她生了一個胖小子。❸指人，含有輕視的意思。例我要找這小子理論。

小丑 ㄒㄧㄠˇ ㄔㄡˇ 戲劇中的丑角或在雜技中扮演滑稽角色，引人發笑的人。

小心 ㄒㄧㄠˇ ㄒㄧㄣ 注意，留神，謹慎。例路面很滑，一不小心就會跌跤。參考 相反詞：大意。♣活用詞：小心翼翼。

小犬 ㄒㄧㄠˇ ㄑㄩㄢˇ 對人謙稱自己的兒子。

小名 ㄒㄧㄠˇ ㄇㄧㄥˊ 小時候取的非正式的名字，長大後在長輩和同輩口中有時還沿用。參考 相似詞：乳名、奶名。

小我 ㄒㄧㄠˇ ㄨㄛˇ 指個人，和「大我」相對。例犧牲小我，完成大我。參考 相反詞：大我。

小姐 ㄒㄧㄠˇ ㄐㄧㄝˇ 對未出嫁女子的尊稱，現在一般用於外交場合。

小品 ㄒㄧㄠˇ ㄆㄧㄣˇ 簡短的雜文或其他短小而意味深長久遠的文章。例我喜歡讀勵志性的小品文集。

小型 ㄒㄧㄠˇ ㄒㄧㄥˊ 形狀或規模小的。例今天有個小型會議。

小孩 ㄒㄧㄠˇ ㄏㄞˊ 兒童。例每個小孩都是天真無邪的。

小徑 ㄒㄧㄠˇ ㄐㄧㄥˋ 小路。徑：小路。例我們在羊腸小徑上漫步。

小時 ㄒㄧㄠˇ ㄕˊ 時間單位，一天分為二十四小時，一小時有六十分鐘。

小氣 ㄒㄧㄠˇ ㄑㄧˋ ❶不肯多花時間或金錢。❷器量小。

小鬼 ㄒㄧㄠˇ ㄍㄨㄟˇ ❶對小孩子親暱的稱呼。❷鬼神的差役。

小偷 ㄒㄧㄠˇ ㄊㄡ 偷東西的人。

小康 ㄒㄧㄠˇ ㄎㄤ 形容家庭經濟狀況不富有也不窮。例我們是個小康人家。

小組 ㄒㄧㄠˇ ㄗㄨˇ 為工作、學習上的方便而組成的小集團。例我們分成許多小組進行討論。

小販 ㄒㄧㄠˇ ㄈㄢˋ 從事小生意買賣的人。販：做小生意的人。例風景區內常有很多小販在推銷東西。參考 請注意：小販多半指沒有店面，而設備簡單，可隨意流動的攤子。

小麥 ㄒㄧㄠˇ ㄇㄞˋ 草本植物，莖中空有節，葉子細長，是世界的主要糧食作物，因播種時間不同，有冬小麥、春小麥兩種，種子的粉末可以做麵包、醬油等。

小費 ㄒㄧㄠˇ ㄈㄟˋ 顧客、旅客額外給飯館、旅館等行業中服務人員的錢。

參考 相似詞：小帳。

小節 ㄒㄧㄠˇ ㄐㄧㄝˊ ❶細微瑣碎而無關緊要的事。例她有時很注重生活瑣事，有時卻不拘小節。❷音樂節拍的段落，樂譜中用一豎線隔開。同樂曲中各小節的演奏時間一樣長。

小腸 ㄒㄧㄠˇ ㄔㄤˊ 腸的一部分，上端和胃相連，下端和大腸相通，比大腸細而長，約占全長五分之四，為消化和吸收的主要場所。

小說 ㄒㄧㄠˇ ㄕㄨㄛ 用散文敘述，描寫人的生活，而有完整的故事情節、一貫主題的文學作品。

小學 ㄒㄧㄠˇ ㄒㄩㄝˊ ❶指研究文字、訓詁、聲韻的學問。❷對兒童、少年實施初等教育的學校，給兒童、少年全面的基礎教育。

小伙子 ㄒㄧㄠˇ ㄏㄨㄛˇ ㄗ˙ 指年輕力壯的男子。

小兒科 ㄒㄧㄠˇ ㄦˊ ㄎㄜ ❶專治小兒疾病的醫術。❷俗罵小器、吝嗇的人。例你未免太小兒科了，只給這一點點。

小朋友 ㄒㄧㄠˇ ㄆㄥˊ ㄧㄡˇ 指兒童。例幼稚園的老師帶領小朋友去郊遊。

小品文 ㄒㄧㄠˇ ㄆㄧㄣˇ ㄨㄣˊ 散文的一種。特點是篇幅短小、形式活潑、內容多變化，多為短評、雜感等。

小家庭 ㄒㄧㄠˇ ㄐㄧㄚ ㄊㄧㄥˊ 人口較少的家庭，通常指青年男女結婚後和父母分開居住的家庭。例現在的家庭組織多為小家庭制。

小動作 ㄒㄧㄠˇ ㄉㄨㄥˋ ㄗㄨㄛˋ 小的舉動。常指不光明正大或不好的舉動。例他在比賽時使出許多小動作，使觀眾極為不滿。

小提琴 ㄒㄧㄠˇ ㄊㄧˊ ㄑㄧㄣˊ 一種弦樂器，木製，有四條弦，發音圓潤，音域寬廣，音色富於變化，是獨奏、重奏和弦樂隊中的重要樂器。

小意思 ㄒㄧㄠˇ ㄧˋ ㄙ˙ 微薄的心意。款待賓客或贈送禮物時的客氣話。例這是我的一點兒小意思，送給你作個紀念。

小聰明 ㄒㄧㄠˇ ㄘㄨㄥ ㄇㄧㄥ˙ 在小事情上顯露出來的聰明。例他喜歡賣弄小聰明。

小蘇打 ㄒㄧㄠˇ ㄙㄨ ㄉㄚˇ 碳酸氫鈉，為白色粉末，易溶於水，可用於烹飪，用作發酵粉，也可製造清涼飲料、醫藥等多種用途。

小心眼兒 ㄒㄧㄠˇ ㄒㄧㄣ ㄧㄢˇ ㄦ 胸襟狹小。例她什麼都好，就是有時太小心眼兒了。

猜一猜 保護靈魂之窗。（猜一句話）（答案：小心眼）

小心翼翼 ㄒㄧㄠˇ ㄒㄧㄣ ㄧˋ ㄧˋ 謹慎小心，一點兒也不敢疏忽的樣子。翼翼：嚴肅，謹慎。例她做事一向小心翼翼。

小巧玲瓏 ㄒㄧㄠˇ ㄑㄧㄠˇ ㄌㄧㄥˊ ㄌㄨㄥˊ 形容輕巧靈活、細緻可愛的樣子。例這些工藝品真是小巧玲瓏極了，教人愛不釋手。

參考 請注意：「小巧玲瓏」可用於形容事物，也可用來形容人。

小兒麻痺 ㄒㄧㄠˇ ㄦˊ ㄇㄚˊ ㄅㄧˋ 急性傳染病，病毒破壞腦或脊髓的運動神經細胞，使得四肢僵直或癱瘓麻痺，患者多為一到六歲的兒童。例沙賓口服疫苗可以預防小兒麻痺症。

小家子氣 ㄒㄧㄠˇ ㄐㄧㄚ ㄗ˙ ㄑㄧˋ 形容人的舉止、行動等不大方。例倘若你再推託，便是小家子氣了。

參考 相似詞：小家子、小家氣、小家子相、小家子樣。

小家碧玉 ㄒㄧㄠˇ ㄐㄧㄚ ㄅㄧˋ ㄩˋ 小戶人家的女兒。

參考 相反詞：大家閨秀。

小恩小惠 ㄒㄧㄠˇ ㄣ ㄒㄧㄠˇ ㄏㄨㄟˋ 為了討好別人，給人一些小好處。例他只不過給你一些小恩小惠，你就這麼巴結他！

小康計畫 ㄒㄧㄠˇ ㄎㄤ ㄐㄧˋ ㄏㄨㄚˋ 早年政府為了消除貧窮的計畫，包括輔導貧民生產、就業、教育等，基本精神在於發揮政府和民間的力量，促進社會的安和樂利。

小鳥依人 ㄒㄧㄠˇ ㄋㄧㄠˇ ㄧ ㄖㄣˊ 形容女子或小孩靠在人的身旁，很弱小可愛。例小女孩像小鳥依人般的依偎在母親的懷裡。

小題大作 ㄒㄧㄠˇ ㄊㄧˊ ㄉㄚˋ ㄗㄨㄛˋ 比喻把小事誇大或當作大事來處理。例我本來就覺得這件事過於小題大作。

小巫見大巫 ㄒㄧㄠˇ ㄨ ㄐㄧㄢˋ ㄉㄚˋ ㄨ 小巫師見了大巫師，覺得沒有大巫師高明。比喻小的跟大的一比，就顯得小不如大。據說在三國時代，張紘稱讚陳琳的文章，陳琳不敢當，說：「我和你相比，簡直是『小巫見大巫』！」

小時了了，大未必佳（ㄒㄧㄠˇ ㄕˊ ㄌㄧㄠˇ ㄌㄧㄠˇ，ㄉㄚˋ ㄨㄟˋ ㄅㄧˋ ㄐㄧㄚ） 指人在小時候聰明，大了未必有好的表現。了了：聰明的意思。據說後漢時代，孔融十歲時拜見李膺，李膺和賓客都對孔融的才能感到驚奇，只有太中大夫陳韙說：「小時了了，大未必佳。」孔融反問說：「想君小時，必當了了。」意思是：我想你小時候一定很聰明，但是現在又怎樣？弄得陳韙很窘。後來用「小時了了，大未必佳」這句話來提醒人們對資優生也要加強教育。

少

丨 ㄐ 小 少

小部 一畫

ㄕㄠˇ ❶數量小，與「多」相對：例少量。❷不夠：例少一塊錢。❸丟，遺失：例屋裡少了東西。❹缺乏：例缺衣少食。❺兩數相比所得的差：例三比七少四。❻不是經常見到的：例少見多怪。❼欠，負債：例你少人的，都還清了沒有？❽表示禁止或警告的語氣：例少廢話。❾短時間：例少候、少等一等。

ㄕㄠˋ ❶年紀輕：例少年。❷武官第三級：例少將。❸稱富貴人家的兒子：例少爺。❹姓：例少先生。

參考 相似字：微、寡。♣相反字：多。

猜一猜 比小多一撇。（猜一字）（答案：少）

動動腦 小朋友，想一想：你知道有那些含有「少」的字呢？用筆寫在紙上，越多越好！（答案：吵、沙、抄、妙、砂、秒、鈔……）

少女（ㄕㄠˋ ㄋㄩˇ） 年紀輕的女子。

少年（ㄕㄠˋ ㄋㄧㄢˊ） 人十歲左右到十五、六歲的階段。

參考 相反詞：老年。♣活用詞：少年組、少年法庭。

少壯（ㄕㄠˋ ㄓㄨㄤˋ） 年輕力壯。例少壯不努力，老大徒傷悲。

少時 ㈠ㄕㄠˇ ㄕˊ 過了一會兒，不多時。例少時雨過天晴，院子裡又熱鬧起來了。㈡ㄕㄠˋ ㄕˊ 年輕的時候。

少許（ㄕㄠˇ ㄒㄩˇ） 一些，一點點。例我喝了少許的水。

少頃（ㄕㄠˇ ㄑㄧㄥˇ） 不久，一會兒。頃：短時間。例少頃，下了一場大雨。

少爺（ㄕㄠˋ ㄧㄝˊ） ❶對富貴人家子弟的稱呼。❷僕人對少主人的稱呼。而後用來尊稱別人家的兒子。

參考 相反詞：老爺。

少數（ㄕㄠˇ ㄕㄨˋ） 不多，較小的數量。例少數服從多數。

參考 相反詞：多數。♣活用詞：少數黨、少數民族。

少不更事（ㄕㄠˋ ㄅㄨˋ ㄍㄥ ㄕˋ） 年紀輕，經歷的事不多，缺少經驗。更：經歷。

少安毋躁（ㄕㄠˇ ㄢ ㄨˊ ㄗㄠˋ） 暫時安心等待，不要急躁。少：稍微，暫時。毋：不要。躁：急躁、不安靜。例請耐心等候一下，少安毋躁。

參考 相似詞：稍安毋躁。

少年老成（ㄕㄠˋ ㄋㄧㄢˊ ㄌㄠˇ ㄔㄥˊ） 指人的年紀雖輕，但做事沉著謹慎。

少見多怪（ㄕㄠˇ ㄐㄧㄢˋ ㄉㄨㄛ ㄍㄨㄞˋ） 比喻人見識不廣。例少見多怪，看多了就不足為奇了。

笑一笑 小英一直都住在大都市裡，暑假時，媽媽決定帶她到鄉下玩。晚上在戶外乘涼時，有螢火蟲飛過。小英樂得大叫：「媽媽，快看！電蒼蠅！」

尖

丨 ㄐ 小 尐 尖 尖

小部 三畫

ㄐㄧㄢ ❶物體末端細小、銳利的部分：例針尖、筆尖。❷前端，頂端：例塔尖、腳尖。❸特出的，最好的：例頂尖高手。❹靈敏的：例耳朵尖。❺旅途中的休息、飲食：例打尖。❻聲音高而細：例尖嗓子。

參考 相似字：銳、利。♣相反字：鈍。

猜一猜 小大齊全。（猜一字）（答案：尖）

尖兵（ㄐㄧㄢ ㄅㄧㄥ） 軍隊出發時最先前進的小隊；比喻工作上走在前面開創道路的人。

三畫

尖刻 ㄐㄧㄢ ㄎㄜˋ　形容言語鋒利或性情刻薄。例她說話很尖刻，大家都受不了。

尖端 ㄐㄧㄢ ㄉㄨㄢ　物體最尖細的頂端；比喻最先進的、最突出的。例我們要發展尖端科技。

尖酸 ㄐㄧㄢ ㄙㄨㄢ　形容說話帶刺，使人難受。

參考 相似詞：尖銳、尖刻、刻薄。♣活用詞：尖酸刻薄。

尖銳 ㄐㄧㄢ ㄖㄨㄟˋ　❶物體的末端鋒利。例他把錐子磨得非常尖銳。❷分析事物靈敏而深刻。例他對問題的看法很尖銳。❸聲音高而刺耳。例子彈發出尖銳的嘯聲。❹激烈的言論或鬥爭。例他們之間展開尖銳的衝突。

尖峰時間 ㄐㄧㄢ ㄈㄥ ㄕˊ ㄐㄧㄢ　大家同時使用達到最高峰狀態的時候。例每天上下班的時候，正是道路交通的尖峰時間。

尖酸刻薄 ㄐㄧㄢ ㄙㄨㄢ ㄎㄜˋ ㄅㄛˊ　言語刻薄，做人非常不厚道。例你這麼說話，未免太尖酸刻薄了。

尖嘴猴腮 ㄐㄧㄢ ㄗㄨㄟˇ ㄏㄡˊ ㄙㄞ　形容面容長相瘦削、刻薄無福。

尚

小部 五畫

丨 ⺊ ⺌ ⺌ 尚 尚 尚 尚

ㄕㄤˋ ❶尊崇，注重：例崇尚。❷還：例年紀尚幼。❸崇高有操守的：例人格高尚。❹姓：例尚先生。

參考 相似字：還、仍。

猜一猜 淌下汗水。（猜一字）（答案：尚）

尚且 ㄕㄤˋ ㄑㄧㄝˇ　❶副詞，依然、還的意思。例軀殼毀滅了，精神尚且存在。❷連詞，表示進一層的意思。例為了全體的利益，流血尚且不惜，更別說流這點兒汗了。

尚書 ㄕㄤˋ ㄕㄨ　❶書名，十三經的一種，是我國最古的史書，也叫書經。❷古時的官名。

尢部 ㄨㄤ

「大」（大）是一個人張開手、腳站著的樣子，「尢」則是一個跛腳不方便行走的人，你可以看到右邊的腳有點彎曲不正。現在則寫成「尢」。

尤

尢部 一畫

一 ナ 九 尤

ㄧㄡˊ ❶突出的，特別的：例尤物、無恥之尤。❷更：例尤其、尤甚。❸過失：例效尤。❹怨恨：例怨天尤人。❺姓：例尤小姐。

尤其 ㄧㄡˊ ㄑㄧˊ　特別，更加。例尤其是這顆蘋果特別大。

尬

尢部 四畫

一 ナ 九 尢 尢 尬 尬

ㄍㄚˋ 尷尬，見「尷」字。

就

尢部 九畫

丶 亠 亠 亠 古 亨 亨 京 京 就 就 就

ㄐㄧㄡˋ ❶湊近，靠近：例就近、遷就。❷到，開始從事：例就位、就學。❸完成，成功：例成就、造就。❹趁著，順便：例就手，就便。❺立刻：例我就來。❻已經：例我早就加入了。❼只有：例這件事就他知道。❽表示堅決的：例我就不相信。❾表示事實就是如此：例這人就是他哥哥。

猜一猜 京城尤物。（猜一字）（答案：就）

就手 ㄐㄧㄡˋ ㄕㄡˇ　順手。例出去時就手關上大門。

就地 ㄐㄧㄡˋ ㄉㄧˋ　就在原來的地方。例就地取材湊合著用吧！

就此 ㄐㄧㄡˋ ㄘˇ　就在此地或此時。例這篇文章就此結束。

就位 ㄐㄧㄡˋ ㄨㄟˋ　走到自己的位置上。

就近 ㄐㄧㄡˋ ㄐㄧㄣˋ 在附近。

就業 ㄐㄧㄡˋ ㄧㄝˋ 得到職業。

參考 活用詞：就業中心、就業考試。

就寢 ㄐㄧㄡˋ ㄑㄧㄣˇ 上床睡覺。

就算 ㄐㄧㄡˋ ㄙㄨㄢˋ 即使。例就算有困難，也不會太複雜。

就緒 ㄐㄧㄡˋ ㄒㄩˋ 事情安排妥當。例一切布置就緒，晚會就要開始了。

就職 ㄐㄧㄡˋ ㄓˊ 正式擔任。例總統就職典禮就要開始了。

就醫 ㄐㄧㄡˋ ㄧ 病人到醫生那裡請醫生診治。例你必須到醫院就醫，不然你的病永遠好不了。

就事論事 ㄐㄧㄡˋ ㄕˋ ㄌㄨㄣˋ ㄕˋ 按照事情本身情況來評論是非得失。例我只是就事論事而已，有什麼好氣的？

尷

尢部 十四畫

一 ナ 尢 … 尷

ㄍㄢ 見「尷尬」。

尷尬 ㄍㄢ ㄍㄚˋ ❶形容事情多生枝節，很難處理。例這件事非常棘手，處理起來實在尷尬。❷難為情，不好意思。例他走也不是，不走也不是，一臉尷尬相的站在原地。

尸部 ㄕ

「尸」是一個人側坐的樣子。古人祭拜祖先的時候，都要找一個活人代替死去的祖先，那個人就叫「尸」，尸在接受別人祭拜的時候，不能隨便亂動或說話。因此，尸部的字大部分和人體都有關係，例如：屍（屍體）、屋（人住的地方）。

尸

尸部 ○畫

フ コ 尸

ㄕ ❶屍體，同「屍」。❷在古代祭祀時，代表死者受祭的人。❸空占座位而不做事：例尸位素餐。❹姓：例尸先生。

尸位素餐 ㄕ ㄨㄟˋ ㄙㄨˋ ㄘㄢ 占著職位享受俸祿卻不做事。

尺

尸部 一畫

フ コ 尸 尺

ㄔˇ ❶計算長度的單位：例六尺、公尺。❷量長度的工具：例丁字尺、直尺。❸不拿來測量，卻像尺的東西：例鎮尺。❹形容微小的：例尺地。❺古代把書信稱為尺：例尺牘、尺素。❻規矩，規則：例繩尺。ㄔㄜˇ 限於「工尺」一詞（樂譜表聲調的名稱）。

猜一猜 做衣又做褲，要用多少布？快去問問它，它可不馬虎。（猜一字）（答案：尺）

尺寸 ㄔˇ ㄘㄨㄣˋ ❶指東西的長度。例這件衣服的尺寸是多少？❷尺和寸都是測量長度的單位，引申有標準、規範的意思。例他辦事自有尺寸。❸尺和寸都是測量長度的最小單位，因此有微小、短小的意思。例少康憑著尺寸的領土，中興夏朝。

參考 活用詞：尺寸之功、尺寸之兵、尺寸之地。

尺碼 ㄔˇ ㄇㄚˇ ❶指長度。尺和碼是測量長度的單位。例你打算買多少尺碼的布？❷表示長短大小，多指鞋、帽。例這幾雙鞋子中有沒有適合我的尺碼？

尼

尸部 二畫

フ コ 尸 尸 尼

ㄋㄧˊ ❶阻止：例當路尼眾。❷信奉佛教，削髮出家的女僧：例尼姑。❸地名：例印尼。❹姓：例尼先生。

尼羅河 ㄋㄧˊ ㄌㄨㄛˊ ㄏㄜˊ 位於非洲東北部，由南向北流，依序流過蘇丹、埃及，長六、六四八公里，是非洲第一大河。它的源頭有二條：白尼羅河、藍尼羅河，這二條河在蘇丹首都交會。尼羅河中游有很多瀑布，中下游每年六月到十月會定期氾濫，堆積大量黑色肥沃的土壤，是古埃及文化的發祥地。

局　尸部　四畫

ㄱ コ 尸 局 局 局 局

ㄐㄩˊ ❶賣東西的商店：例書局、藥局。❷辦理公務的政府機關：例教育局、鐵路管理局。❸東西的一部分：例局部。❹計算下棋或比賽次數的單位：例一局棋、第九局。❺騙人的圈套：例騙局、美人局。❻進行的情況或是結構：例時局、布局。❼狹小的，通「侷」：例局促。❽聚會遊玩：例飯局、賭局。

局限 ㄐㄩˊ ㄒㄧㄢˋ　限制在很小的範圍裡，不能擴充。例一個人的眼光不能局限在目前，要往遠處看。

局面 ㄐㄩˊ ㄇㄧㄢˋ　指事情進行變化的狀態、情況。例這件事已經到了不可收拾的局面。

參考 請注意：「局面」和「場面」的不同：「局面」的範圍大，是指事情發展變化後的情況，例如：政治局面。「場面」的範圍比較小，大都指事物進行的情況，例如：大會場面、場面感人。

局部 ㄐㄩˊ ㄅㄨˋ　全體的一部分。例局部地區有雷陣雨。

局勢 ㄐㄩˊ ㄕˋ　政治、軍事等的情況、形勢。勢：情況。例目前國際局勢一片混亂。

屁　尸部　四畫

ㄱ コ 尸 屁 屁 屁 屁

ㄆㄧˋ ❶由肛門排出的臭氣：例放屁。❷常用來罵人，指責文字或語言的不切實際：例屁話。

尿　尸部　四畫

ㄱ コ 尸 尿 尿 尿 尿

ㄋㄧㄠˋ ❶小便，是由腎臟所排出的液體：例撒尿。❷排尿：例尿尿。

尾　尸部　四畫

ㄱ コ 尸 尾 尾 尾 尾

ㄨㄟˇ ❶鳥獸蟲魚脊椎末稍突出的部分。❷末端，最後的：例船尾、尾聲。❸計算魚的單位：例一尾魚。❹跟在後面：例尾隨。❺主要部分以外的部分：例尾數。❻動物交配：例交尾。❼天上星宿的名稱：例尾宿。❽姓：例尾先生。

尾巴 ㄨㄟˇ ㄅㄚ　❶鳥獸蟲魚脊椎後面突出的部分，可以平衡身體、幫助運動。例猴子用尾巴勾住樹木，盪來盪去。❷比喻老是跟在別人後面，沒有主見的人。例一個人要有主張，不要做別人的尾巴。

俏皮話 「兔子的尾巴——長不了。」小朋友都看過小白兔嗎？小白兔的尾巴很短，我們可用「兔子的尾巴——長不了」這句話來比喻時間不會長久。

唱詩歌 喜鵲喜鵲尾巴長，偷谷①米，餵谷娘②。（雲南）

註：①谷：同「穀」。②谷娘：意指娘。

尾聲 ㄨㄟˇ ㄕㄥ　本來是樂曲的最後一段，常用來比喻事情快要結束。例這次選舉已經接近尾聲了。

屈　尸部　五畫

ㄱ コ 尸 屈 屈 屈 屈 屈

ㄑㄩ ❶彎曲：例屈指、屈腿。❷沒有理由：例理屈。❸低頭認輸：例屈服。❹被加上不該有的罪名：例冤屈。❺降低身分：例屈就。❻改變志節：例屈節。❼姓：例屈原。

屈服 ㄑㄩ ㄈㄨˊ　因為外來的壓力而低頭認輸，不再抵抗。例我們終於使敵人屈服了。

屈原 ㄑㄩ ㄩㄢˊ　戰國時代楚國人，是一位政治家、文學家，他曾擔任三閭大夫，但是遭到靳尚的陷害，而被楚懷王放逐到漢北（現在的湖北省一帶）。頃襄王時他又被任命為官，但是又遭到上官大夫的陷害，被放逐到江南。他一心報國，無奈卻不能被重用，因此他撰寫了離騷、天問、九章等作品，來抒發忠君愛國的心志和自己滿腹的憂愁。這些作品我們稱為楚辭，是一種富有想像力、浪漫的文學體裁。他寫完這些作品後，就跳進汨羅江自殺了。楚國民眾為了紀念他，又怕江中的魚兒吃了屈原的屍體，因此他們用竹葉包米丟到江中餵魚，這就是端午節的由來。

居 尸部 五畫

ㄐㄩ ❶住：例居住。❷住的地方：例故居、遷居。❸在，處於：例居中、居間。❹占：例居多、十居八九。❺任，當：例自居。❻存著：例居心。❼儲存：例奇貨可居。❽姓：例居先生。

居民 ㄐㄩ ㄇㄧㄣˊ 固定住在一個地方，又有房子的人。例臺北市有一半的居民來自外縣市。

居住 ㄐㄩ ㄓㄨˋ 長時期住在一個固定的地方。例我居住在臺北。

居然 ㄐㄩ ㄖㄢˊ 竟然，表示事情和所想的不一樣。例沒想到，他居然就是小偷。

參考 相似詞：竟然。

居心叵測 ㄐㄩ ㄒㄧㄣ ㄆㄛˇ ㄘㄜˋ 比喻懷著險惡的用心，令人無法猜測。叵：不能，不可以。例他居心叵測，你可要小心一點。

居安思危 ㄐㄩ ㄢ ㄙ ㄨㄟˊ 雖然處在平安穩定的環境中，還是要想到可能會發生的危險災難。比喻時時都要提高警覺，預防災禍。安：平安，安適。危：危險，災難。例防空演習的目的就是提醒我們要居安思危。

屆 尸部 五畫

ㄐㄧㄝˋ ❶回，次：例第一屆。❷到，至：例屆時。

屆時 ㄐㄧㄝˋ ㄕˊ 到某一個時代。例他預定在月底舉行演奏會，屆時請大家光臨指教。

屆期 ㄐㄧㄝˋ ㄑㄧˊ 到達約定的期限。例他如果屆期不償還房子，你可以到法院控告他。

屎 尸部 六畫

ㄕˇ ❶糞便：例拉屎。❷眼睛、耳朵等器官的分泌物：例眼屎。

參考 相似字：糞。

屋 尸部 六畫

ㄨ ❶房舍：例住屋、房屋。❷房間：例裡屋、外屋。

屋瓦 ㄨ ㄨㄚˇ 蓋在屋頂上的瓦片。

屋頂 ㄨ ㄉㄧㄥˇ 房子上端遮擋陽光、風雨的東西，古時候大部分都用茅草製成，現在則是用瓦片、水泥製成。例貓在屋頂上打架。

屋簷 ㄨ ㄧㄢˊ 屋頂伸出牆外的下垂部分。簷：房屋邊緣遮風雨的竹片。例燕子在屋簷下築巢。

屍 尸部 六畫

ㄕ 死人的身體：例屍首、死屍。

屍體 ㄕ ㄊㄧˇ 動植物死後的軀體。

屏 尸部 六畫

ㄆㄧㄥˊ ❶可以遮蔽，使外面看不到裡面的東西：例屏風。❷裱成長條形的字畫：例畫屏。❸遮擋，遮蔽，保護：例屏障。ㄅㄧㄥˇ ❶除去，放棄：例屏除、屏棄。❷忍著，停止：例屏著氣、屏住呼吸。

屏風 ㄆㄧㄥˊ ㄈㄥ 放在屋子裡，可以用來擋風或使人看不到裡面的情形。大部分都用木頭或竹子做框，加上綢布，有的單扇，有的多扇相連可以摺疊。

屏障 ㄆㄧㄥˊ ㄓㄤˋ ❶動詞，遮蔽保衛。例陰山屏障著大陸北方。❷名詞，可以用來保護的遮擋物。例清兵攻破長城，北方頓失屏障。

參考 相似詞：屏蔽、屏藩。

屐

尸部 七畫

ㄱ コ 尸 尸 尸 屄 屄 屄 屐 屐

ㄐㄧ ❶木底鞋：例木屐。❷鞋的通稱：例草屐。

展

尸部 七畫

ㄱ コ 尸 尸 尸 屈 屈 展 展 展

ㄓㄢˇ ❶張開，舒放：例展開、展翅。❷事情的繼續變化：例發展。❸探望，看：例展望。❹把東西一樣一樣分類排好，供人參觀：例展覽、畫展。❺放寬，推遲：例展期、展緩。❻發揮：例施展、一籌莫展。❼姓：例展先生。

展示 ㄓㄢˇ ㄕˋ 把東西的特色明顯的表現出來。例他向我們展示新車。

參考 活用詞：展示會、展示小姐。

展現 ㄓㄢˇ ㄒㄧㄢˋ 呈現顯露出來。例海洋展現出各種不同的面貌。

展望 ㄓㄢˇ ㄨㄤˋ 往遠處看；比喻對未來事物發展的預測。例展望未來，我們的心中充滿了希望。例展望二十一世紀，我們的生活可能會更進步。

展售 ㄓㄢˇ ㄕㄡˋ 藉著展示、展覽而把產品賣出去。售：賣出。例百貨公司正在舉辦小家電展售活動。

展開 ㄓㄢˇ ㄎㄞ ❶打開東西。例老師展開一幅圖畫給我們欣賞。❷開始著手進行某件事情。例今年音樂季的各項活動已經如火如荼地展開了。

展覽 ㄓㄢˇ ㄌㄢˇ 把東西分類排列，讓人觀賞。例故宮博物院正在展覽商朝的銅器。

參考 活用詞：展覽會、展覽品。

笑一笑 小明的水彩畫在所有同學裡算是頂差的，但是他終於說服老師，讓他的作品在展覽會上展出。展覽那天，小明帶著小華興高采烈的進入會場，四處尋找自己的作品，找到時，小明正要吹噓，卻發現上面有塊標示牌寫著：「失敗作品的實例」。

屑

尸部 七畫

ㄱ コ 尸 尸 尸 屄 屄 屑 屑 屑

ㄒㄧㄝˋ ❶粉末狀的細小東西：例鐵屑。❷細件：例瑣屑。❸認為值得：例不屑。

屜

尸部 八畫

屜 ㄱ コ 尸 尸 尸 屄 屄 屄 屜 屜

ㄊㄧˋ 桌子、櫃子內附有用來放物品的隔層板：例抽屜。

屠

尸部 八畫

屠 ㄱ コ 尸 尸 尸 屄 屄 屠 屠 屠

ㄊㄨˊ ❶宰殺牲畜：例屠豬。❷以殺牲畜為工作的人：例屠戶。❸大量的殺害：例屠殺。❹姓：例屠先生。

參考 相似字：殺。

屠刀 ㄊㄨˊ ㄉㄠ 殺牲畜的刀；比喻不好的行為。例「放下屠刀，立地成佛」是佛教勸人向善的話。

屠夫 ㄊㄨˊ ㄈㄨ 以殺牲畜為工作的人。

參考 相似詞：屠戶。

屠城 ㄊㄨˊ ㄔㄥˊ 占領城市後大量殺害城市中居民的暴行。例「木馬屠城記」是希臘神話中很有名的故事。

屠宰 ㄊㄨˊ ㄗㄞˇ 宰殺牲畜。

屠殺 ㄊㄨˊ ㄕㄚ 不講理大量的殺害。例雞瘟流行時，數以萬計的雞隻被屠殺了。

屢

尸部 十一畫

屠 屢 屢 屢 ㄱ コ 尸 尸 尸 屄 屄 屄 屢

ㄌㄩˇ ❶一次又一次：例屢戰屢勝。❷常常：例簞瓢屢空。

參考 相似字：每、多、常。

小故事 有一年，清朝的曾國藩帶兵與太平

軍作戰，接連幾次，都被打敗。按規定，一定要將這情形給皇帝知道，他只好在給皇帝的報告中寫自己「屢戰屢敗」（每次都戰敗），他的一位師爺見了，趕緊提筆改成「屢敗屢戰」（每次都戰敗但又再戰）。皇帝於是很欣賞他作戰的勇氣。

屢次 ㄌㄩˇ ㄘˋ 一次又一次。例他屢次犯錯，不要再原諒他了。

履

尸部 十二畫

ㄌㄩˇ ❶鞋子：例草履。❷走，踩：例如履平地。❸實行：例履約。

參考 請注意：「步履」的「履」和「纖屨」的「屨」（ㄐㄩˋ）都有鞋子的意思，但是它們的讀音和字形都不相同。

履行 ㄌㄩˇ ㄒㄧㄥˊ 實踐自己應該做的事。例納稅是每個國民應履行的義務。

參考 請注意：「履行」和「執行」都是動詞，都表示實際去做。「履行」多發自意願，對象是契約、義務、諾言；「執行」是受上級或公眾的命令、託付，對象是政策、法令、任務等。

履歷 ㄌㄩˇ ㄌㄧˋ 個人的經歷，也指記載個人經歷的文字資料。

履歷表 ㄌㄩˇ ㄌㄧˋ ㄅㄧㄠˇ 卡片上畫有表格，記載生平、學歷、曾任職務。

層

尸部 十二畫

ㄘㄥˊ ❶重疊，重複，連續不斷：例層出不窮。❷計算高樓、寶塔或階梯的單位：例五層樓。❸物體表面可以抹去或翻開的東西：例一層灰、一層薄膜。❹不是相同階級、種類：例年齡層。

參考 相似字：重、疊。

層次 ㄘㄥˊ ㄘˋ ❶一層一層重疊，而有次序。例請把我的頭髮剪出層次。❷說話或作文的內容次序。例他的文章觀念清楚、層次分明。

層次井然 ㄘㄥˊ ㄘˋ ㄐㄧㄥˇ ㄖㄢˊ 事物很有次序、很清楚而有條理。井：整齊而不雜亂。例他辦事很有計畫，層次井然。

參考 相似詞：層次分明。

層出不窮 ㄘㄥˊ ㄔㄨ ㄅㄨˋ ㄑㄩㄥˊ 形容事情一直重複出現，沒有結束。窮：窮盡，結束。例這一帶車禍事件層出不窮，大家要小心一點。

屬

尸部 十八畫

ㄕㄨˇ ❶生物分類系統上所用的等級：例種、屬、科、目。❷把性質相同的分在一起：例金屬。❸有血統關係的人：例親屬、家屬。❹有管轄或統治關係的：例下屬、部屬。❺用十二生肖記出生年：例我屬牛。❻擁有某些事物：例屬地、屬國。❼是，符合：例情況屬實。

ㄓㄨˇ ❶相連，連續：例前後相屬。❷交代，叮嚀，同「囑」；例屬命。❸專注，集中在一點上：例屬目、屬意。

屬下 ㄕㄨˇ ㄒㄧㄚˋ 部下；被人家管理，替人辦事的人。例他為人寬厚，所以屬下都很忠心。

參考 相似詞：部屬。♣相反詞：上司。

屬目 ㄓㄨˇ ㄇㄨˋ 引人注意。屬：通「矚」。例高行健因為獲得諾貝爾文學獎，而受到世人屬目。

屬於 ㄕㄨˇ ㄩˊ 歸於，關於。例這個問題屬於科學的範圍。

屮部 ㄔㄜˋ

艸讀作ㄘㄠˇ，屮讀作ㄔㄜˋ，「屮」就是艸，像一株剛出生的小草，是個象形字。屮部的字也都和小草有關係，例如：「屯」原本是小草生長時遭到阻礙，因此有困難的意思。

三畫

屯

屮部 一畫

ㄊㄨㄣˊ ❶村落：例安陽小屯村。❷儲存，聚集：例屯糧、屯聚。❸軍隊駐紮：例屯駐。

ㄓㄨㄣ ❶易經的卦名之一。❷困難：例屯窒、屯險。❸姓：例屯先生。

ㄔㄨㄣˊ 限於「屯留」（山西省縣名）一詞。

參考 請注意：「屯」和「囤」讀音相同，而且都有聚集的意思。但「屯」常指多數的聚集在一個地方；「囤」多指非法的囤積，企圖壟斷市場，以求取暴利。

屯田 派遣軍隊一面駐守，一面開墾荒地。

屯聚 聚集。

參考 請注意：「屯聚」是聚集人馬；「囤聚」是儲存或聚集貨物。

屯墾 派遣軍隊駐紮在邊境，開墾土地。

山部 ㄕㄢ

「山」是依照山峰相疊的形狀所造的象形字，後來寫成「山」，現在則寫成「山」。山部的字和山都有密切關係，有的是山的名稱，例如：岱（泰山）、嵩、峨嵋。有些則是指山的形狀或山勢，例如：崇（山很高）、峻（山高而且地勢陡）、崛（山突起，因此有突出的意思）。

山

山部 ○畫

ㄕㄢ ❶地層受到擠壓而突出的部分：例高山、山頂。❷形狀像山的東西：例冰山。❸山中的：例山路、山洞。❹用稻草、麥稭、竹篾做成，下圓大上尖細，蠶爬上去吐絲結繭稱蠶上山。❺墳墓：例山陵。❻房屋兩側的牆：例山牆。❼形容聲音大：例把門敲得山響。❽姓：例山先生。

參考 相似字：嶺、巖。♣相反字：谷。

動動腦 請在空格裏填上適當的字，它和圓圈裡的字合起來，可以分別組成四個字。（附圖）

（答案：岔、嶇、岩、舢）

唱詩歌 綠樹陰濃夏日長，樓臺倒影入池塘；水晶簾動微風起，滿架薔薇一院香。（山居夏日・高駢）

山羊 哺乳類動物，羊的一種。頭長、頸短，羊角向後，四肢強壯，很會跳躍，毛粗直不彎曲，公羊有長鬚。壽命大概有十五年。

山谷 山中凹下去的地方。

山河 高山、大河；比喻國家的領土。

參考 活用詞：收復山河、氣壯山河。

山岳 高大的山。岳：就是嶽，是指高大的山。

山坡 山頂和平地之間的斜面。

山洞 山上的洞穴。例山洞裡一片漆黑。

山脈 連綿的山勢向一定的方向延伸，形成一個有系統的山嶺。脈：指連貫的系統。例中央山脈為臺灣東、西部河川的分水嶺。

山峰 山突出的尖頂。例我們登到山峰時，忍不住高聲歡呼。

山崩 山坡的岩石和土壤塌下來。例地震最容易造成山崩。

參考 活用詞：山崩川竭、山崩地裂。

山野 ❶山和原野的合稱。例山野風光。❷指不在政府機構中做事。例他退休很久了，現在是山野人士。

山楂（ㄕㄢ ㄓㄚ） 薔薇科，落葉喬木，開白花，紅色的果實像圓球，味道酸酸甜甜，可以用來做糕餅點心或果醬。山裡果、山裡紅、山楂，都是指同樣的東西。

山腰（ㄕㄢ ㄧㄠ） 山的中部。例我的老家坐落在山腰，風景宜人。

山溝（ㄕㄢ ㄍㄡ） 山中的谷地，有的有水，有的沒水。例沿這道山溝走下去，就可以發現出口。

山腳（ㄕㄢ ㄐㄧㄠˇ） 山靠近平地的部分。

參考 相似詞：山麓。

山歌（ㄕㄢ ㄍㄜ） 民間歌曲的一種，大部分由農夫、牧童、樵夫所歌唱，流行於我國農村。例客家民謠有許多山歌是男女對唱。

唱詩歌 山歌好唱口難開，龍眼好吃樹難栽，白米好吃田難作，鮮魚好吃網難開。（湖南）

山澗（ㄕㄢ ㄐㄧㄢˋ） 山中的溪流。澗：兩座山之間的水溝。例從山澗流下一道清澈的水流。

山壁（ㄕㄢ ㄅㄧˋ） 指山邊像牆壁直立的面。例那面山壁光禿禿的，一棵草也沒有。

山壑（ㄕㄢ ㄏㄨㄛˋ） 山中的深溝。例跌到慾望的山壑中，就很難爬出來了。

山嶺（ㄕㄢ ㄌㄧㄥˇ） 連綿的高山。例山嶺積滿白雪。

山巔（ㄕㄢ ㄉㄧㄢ） 山頂。例我們登上山巔時，人人氣喘如牛。

山巒（ㄕㄢ ㄌㄨㄢˊ） 連綿的山。巒：連綿不絕的山。例到了深夜，山巒也靜靜的睡著了。

山水畫（ㄕㄢ ㄕㄨㄟˇ ㄏㄨㄚˋ） 國畫的一種，專門以自然界的風景作繪畫的對象。例王維的山水畫充滿詩意。

山海關（ㄕㄢ ㄏㄞˇ ㄍㄨㄢ） 在河北臨榆縣，是萬里長城的起點，又稱為「天下第一關」。因為明朝曾經在這裡設置山海衛（軍隊），所以稱山海關，是河北通往東北的重要地點。

山明水秀（ㄕㄢ ㄇㄧㄥˊ ㄕㄨㄟˇ ㄒㄧㄡˋ） 形容風景的優美。明：光亮的。秀：指美麗清爽的意思。例日月潭的山明水秀，令人流連忘返。

山珍海味（ㄕㄢ ㄓㄣ ㄏㄞˇ ㄨㄟˋ） 山野和海裡出產的珍貴食品；比喻菜色的豐富。例山珍海味在現代人眼中已經不稀奇了。

山洪暴發（ㄕㄢ ㄏㄨㄥˊ ㄅㄠˋ ㄈㄚ） 山中因大雨或積雪融化，由山上突然流下來的大水。洪：大水。暴發：突然、快速的發生。例颱風過境，山洪暴發，損失了不少農作物。

山頂洞人（ㄕㄢ ㄉㄧㄥˇ ㄉㄨㄥˋ ㄖㄣˊ） 古代人類的一種，生活在舊石器時代的晚期，距離現在大概一萬八千年。在民國二十二年、二十三年的北平周口店的一個山頂洞內發現他們的化石。

山窮水盡（ㄕㄢ ㄑㄩㄥˊ ㄕㄨㄟˇ ㄐㄧㄣˋ） 比喻非常窮困，到了完全沒有辦法的情況。窮、盡都是最極點的意思。例他已經山窮水盡了，你為什麼還要向他要錢呢？

屹

山部 三畫

ㄧˋ 像山一樣的高聳直立：例屹立在島上的那座高山，遠看像一個巨人。

屹立（ㄧˋ ㄌㄧˋ） 像山一樣的高聳直立，很堅定不動搖。例勇敢救人的英雄銅像屹立在廣場，使人看了肅然起敬。

岐

山部 四畫

ㄑㄧˊ ❶山名，一處在陝西省，一處在山西省。❷高峻的：例高山岐峻。❸分岔的，通「歧」：例岐路。❹姓：例岐先生。

岑

山部 四畫

ㄘㄣˊ ❶高而小的山。❷姓：例岑先生。

岔

山部 四畫

ㄔㄚˋ ❶由主要道路分出來的其他路線：例岔路、三岔路。❷差錯：例岔子、出岔。❸插嘴，打斷話題：例別打岔。❹互相讓開：例把二個會議的時間岔開。

猜一猜 山能分水。（猜一字）（答案：

岔）

岔子 ㄔㄚˋ ˙ㄗ 事情出錯或發生意外的改變。例你快說，到底出了什麼岔子呢？

岔路 ㄔㄚˋ ㄌㄨˋ 由主要道路分出來，往其他方向的路。例他們在岔路分手，各自回家去了。

參考 請注意：「岔路」和「叉路」不同：「岔路」是同一個路口往不同各處的道路；「叉路」是多條路互相交叉錯雜的路線。

岔了氣 ㄔㄚˋ ˙ㄌㄜ ㄑㄧˋ 指呼吸不順而使胸部疼痛的毛病。例他因為笑得太厲害，一時岔了氣。

岌 山部 四畫

ㄐㄧˊ ❶山高的樣子。❷岌岌，要倒的樣子；形容十分危險：例岌岌可危。

猜一猜 及時登山行樂。（猜一字）（答案：岌）

岌岌可危 ㄐㄧˊ ㄐㄧˊ ㄎㄜˇ ㄨㄟˊ 形容十分危險，將要倒下或滅亡。例那棟老屋，岌岌可危，不能再住人了。

岷 山部 五畫

ㄇㄧㄣˊ ❶岷山，山名，在四川省北部，綿延於四川和甘肅兩省邊境。❷岷江，水名，在四川省北境。

岡 山部 五畫

ㄍㄤ 山脊：例高岡。

參考 請注意：「岡」和「崗」相通，都有山脊的意思，但是「崗位」不能寫成「岡位」；「岡山」也不能寫成「崗山」。

猜一猜 金剛不持刀。（猜一字）（答案：岡）

岸 山部 五畫

ㄢˋ ❶靠近江、河、湖、海等水邊的陸地：例河岸、海岸。❷形容人的態度很嚴肅、很高傲的樣子：例道貌岸然。

岸邊 ㄢˋ ㄅㄧㄢ 就是靠近水邊的地方。例岸邊停泊了一艘艘船。

岩 山部 五畫

ㄧㄢˊ ❶高峻的山崖。❷岩石，構成地殼的礦物集合體：例火成岩。

參考 請注意：「岩」本是「巖」的俗寫字。習慣上「岩」指地層結構中的矽岩，例如：火成岩、岩石。「巖」多有洞穴的意思，例如：七星巖。

猜一猜 山石陡峭。（猜一字）（答案：岩）

岩石 ㄧㄢˊ ㄕˊ 由一種或很多種礦物所組成的集合體。

岩層 ㄧㄢˊ ㄘㄥˊ 地殼中由岩石構成的層面。

岩漿 ㄧㄢˊ ㄐㄧㄤ 地殼中高溫流動的物質。主要成分是矽酸鹽，也有一些氧化物、水、氣體等，冷卻後形成火成岩。

岫 山部 五畫

ㄒㄧㄡˋ ❶山洞：例雲繚繞而出岫。❷峰巒：例岫峰、開窗見遠岫。

岱 山部 五畫

ㄉㄞˋ 泰山別稱岱山，簡稱「岱」，是五嶽中的東嶽，在山東省。

岳 山部 五畫

ㄩㄝˋ ❶高大的山，同「嶽」：例百岳、山岳。

❷稱呼妻子的父母親：例岳父、岳母。❸姓：例岳飛。

參考 相似字：山、嶽。♣請注意：「岳」和「嶽」在當作山脈解釋時，可以通用，例如：山岳（嶽）、河岳（嶽）。但是用在稱呼岳父、岳母和作姓氏用時就一定要用「岳」。

猜一猜 小山要比大山高。（猜一字）（答案：岳）

岳父 ㄩㄝˋ ㄈㄨˋ 稱呼太太的父親。

岳母 ㄩㄝˋ ㄇㄨˇ ❶稱呼太太的母親。例岳母教導岳飛要愛國。❷指岳飛的母親。

岳飛 ㄩㄝˋ ㄈㄟ 南宋抵抗金人的名將。宋高宗時率領軍隊大破金兵，準備迎回被金人捉去的徽宗、欽宗。攻到朱仙鎮時，被「主和派」的高宗和秦檜等人阻止，用十二道金牌把岳飛從前方調回京城，設計害死他。一直到宋孝宗、寧宗時才平復他的罪名，封為鄂王，賜號忠武，是我國歷史上著名的愛國英雄。

岬　山部 五畫

ㄐㄧㄚˇ ❶伸入海裡的陸地前端：例岬角。❷兩山的中間。

猜一猜 桂林山水甲天下。（猜一字）（答案：岬）

岬角 ㄐㄧㄚˇ ㄐㄧㄠˇ 突入海中的尖形陸地。

峙　山部 六畫

ㄓˋ 直立，聳立：例雙峰對峙。

峋　山部 六畫

ㄒㄩㄣˊ 嶙峋，見「嶙」字。

峽　山部 七畫

ㄒㄧㄚˊ 兩山之間有水流的地方：例峽谷、峽灣。

參考 請注意：「夾」和「㚒」字形很相似，但中間是人的「夾」讀ㄐㄧㄚˊ，是入的「㚒」讀ㄕㄢˇ。只要是加「夾」的字都讀ㄐㄧㄚˊ，例如：挾、頰、筴；或讀ㄒㄧㄚˊ，例如：峽、俠、陜、狹。加「㚒」的字就讀ㄕㄢˇ，例如：陝西省。

峽谷 ㄒㄧㄚˊ ㄍㄨˇ 河流經過的谷地，又深又狹窄，兩旁有峭立的山壁。例峽谷地形是由於河水的侵蝕作用所造成的。

峭　山部 七畫

ㄑㄧㄠˋ ❶形容山勢高直而危險的樣子：例峭壁。❷比喻人很嚴肅：例峭直。

參考 相似字：陗。

峭壁 ㄑㄧㄠˋ ㄅㄧˋ 直立的山壁。例草嶺的山上題著「峭壁雄風」四個大字。

峻　山部 七畫

ㄐㄩㄣˋ ❶高大而直立的：例高山峻嶺。❷嚴厲不寬容的：例嚴刑峻法。

參考 相似字：高、嚴。♣請注意：「峻」和「竣」都讀ㄐㄩㄣˋ，用法完全不同。山部的「峻」是高而直立的意思，例如：高山峻嶺。立部的「竣」有完成的意思，例如：竣工。

峻嶺 ㄐㄩㄣˋ ㄌㄧㄥˇ 又高又直的山嶺。例高山峻嶺任你去征服。

峪　山部 七畫

ㄩˋ 就是山谷的意思。

峨 山部 七畫

ㄜˊ 高：例巍峨。

參考 相似字：巍。

峨眉山 ㄜˊ ㄇㄟˊ ㄕㄢ 在四川省峨眉縣西南的地方，山勢高峻，風景秀麗，是我國著名的佛教勝地。

峰 山部 七畫

ㄈㄥ ❶山脈的尖頂：例高峰、山峰。❷突起像山峰的物體：例波峰、駝峰。❸最高的境界：例登峰造極。

參考 請注意：「峯」是「峰」的異體字。

峰巒 ㄈㄥ ㄌㄨㄢˊ 大小連接在一起的山峰。巒：山峰連綿不斷。例這裡的山，峰巒相疊，景色十分宜人。

島 山部 七畫

ㄉㄠˇ 在海洋、河流或湖泊中高出水面的小塊陸地：例小島、島嶼。

參考 相似字：嶼。♣相反字：陸。♣請注意：❶「島」和「鳥」的字形很相似。山部的「島」讀ㄉㄠˇ，是水中的陸地，例如：孤島、小島。鳥部的「鳥」是一種有羽毛、卵生的飛行動物，例如：小鳥、布穀鳥。❷只有三面靠水的陸地叫「半島」。

島嶼 ㄉㄠˇ ㄩˇ 面積不大，四面都是水的陸地。嶼：小島。例澎湖是由許多大大小小的島嶼所組成的。

參考 請注意：「島」的面積比嶼大，例如：英倫三島。「嶼」通常是指面積比較小或成群的島，例如：列嶼。

崁 山部 七畫

ㄎㄢˇ 山腳地帶，多用於地名：例崁頂（在臺北市）、南崁（在桃園市）、赤崁（在臺南市）。

崇 崇 山部 八畫

ㄔㄨㄥˊ ❶敬重：例崇敬、崇拜。❷高的：例崇山峻嶺。❸姓：例崇小姐。

參考 相似字：高、偉。♣請注意：「崇」和「祟」的字形很相似。山部加「宗」的「崇」讀ㄔㄨㄥˊ，有敬重、高的意思，例如：崇敬、崇山峻嶺。示部加「出」的「祟」讀ㄙㄨㄟˋ，是禍害、不光明的意思，例如：作祟、鬼鬼祟祟。

崇尚 ㄔㄨㄥˊ ㄕㄤˋ 尊敬重視。尚：尊重。例人人崇尚自由民主。

崇拜 ㄔㄨㄥˊ ㄅㄞˋ 尊敬佩服。例岳飛是我最崇拜的民族英雄。

崇洋 ㄔㄨㄥˊ ㄧㄤˊ 一種討好外國的心理或行為。洋：外國的。例崇洋的人以為外國的月亮比較圓。

崇高 ㄔㄨㄥˊ ㄍㄠ 最高的。例濟世救人是他一生崇高的理想。

崇敬 ㄔㄨㄥˊ ㄐㄧㄥˋ 尊敬。例他最崇敬愛國詩人屈原。

崇山峻嶺 ㄔㄨㄥˊ ㄕㄢ ㄐㄩㄣˋ ㄌㄧㄥˇ 形容山勢很高大的樣子。峻：山勢高大的意思。嶺：山。例崇山峻嶺中，蘊藏有豐富的森林資源。

崆 崆 山部 八畫

ㄎㄨㄥ 見「崆峒」。

崆峒 ㄎㄨㄥ ㄊㄨㄥˊ ❶山名，在甘肅省。❷群島名，在山東省煙台市東面，與附近小島合稱崆峒列島。

崎 崎 山部 八畫

ㄑㄧ ❶彎曲的河岸。❷地面高低不平的樣子：例崎嶇。

參考 相似字：嶇。♣請注意：崎嶇指山路彎曲，所以「崎」（ㄑㄧˊ）是山部。「畸」（ㄐㄧ）本來指田地不整齊，所以是田部；後來指不正常，例如：畸形。

動動腦 那些部首可以加「奇」成為另外的字？（答案：椅、騎、倚、綺、旖……）

崎嶇不平 ㄑㄧˊ ㄑㄩ ㄅㄨˋ ㄆㄧㄥˊ 路面高低不平、不好行走的意思。例馬路崎嶇不平，一不小心就會跌倒。

笑一笑 富翁臨死時對他的司機說：「我就要去走一條崎嶇不平的路，再也不能像坐你的車那樣平穩了。」司機安慰他說：「不過你別耽心，黃泉路上，反正是往下的下坡路，很順的喔！」

崛 山部 八畫

ㄐㄩㄝˊ 突起，興起，例崛起。

猜一猜 不向山屈服。（猜一字）（答案：崛）

崛起 ㄐㄩㄝˊ ㄑㄧˇ 特起，突起。例戰國時代崛起許多傑出的人物。

崖 山部 八畫

ㄧㄞˊ 高而危險的山邊：例懸崖、斷崖。

參考 請注意：「崖」和「涯」字形很相似，山部的「崖」讀ㄧㄞˊ，是指危險的山邊，例如：懸崖、絕崖。水部的「涯」讀ㄧㄚˊ，是水邊、盡頭的意思，例如：水涯、天涯海角。

崢 山部 八畫

ㄓㄥ 見「崢嶸」。

崢嶸 ㄓㄥ ㄖㄨㄥˊ ❶山勢高峻的樣子。❷山水深險的樣子。❸比喻才能特出。例這家外商公司的幹部個個頭角崢嶸，表現突出。

崑 山部 八畫

ㄎㄨㄣ 高山，多用在山名：例崑崙山。

崑崙山 ㄎㄨㄣ ㄌㄨㄣˊ ㄕㄢ 山名。西起帕米爾高原，橫亙在新疆、青海、西藏之間，大約長二五〇〇公里。

崩 山部 八畫

ㄅㄥ ❶物體倒塌、裂開：例山崩地裂、崩塌。❷毀壞，滅亡：例崩潰。❸從前稱帝王死亡：例駕崩。

參考 相似字：壞、倒、坍、塌。

崩潰 ㄅㄥ ㄎㄨㄟˋ 形容事物完全破壞，無法支持下去。潰：失敗散落的意思。例他因為家庭、工作的壓力，整個人快崩潰了。

崔 山部 八畫

ㄘㄨㄟ 姓：例崔先生。

崙 山部 八畫

ㄌㄨㄣˊ 高地，多用在山名：例崑崙山。

崗 山部 八畫

ㄍㄤˇ 值勤、守衛的地方，也指職位：例他在工作崗位服務滿二十年。

ㄍㄤ 山脊，同「岡」：例山崗、高崗。

嵌 山部 九畫

ㄑㄧㄢ 把東西填到縫隙中，一般用在裝飾上：例鑲嵌。

ㄎㄢ 限於「赤嵌樓」（臺灣古地名，位於臺南）一詞。

參考 相似字：鑲。

嵐
山部 九畫

ㄌㄢˊ 山裡像霧的水蒸氣：例山嵐、曉嵐。

嵋
山部 九畫

ㄇㄟˊ 峨嵋，山名，在四川省，也作峨眉。形勢峻秀，是佛、道兩家並稱為靈勝的地方。

崽
山部 九畫

ㄗㄞˇ ❶俗稱專在外國人家中作僕役的中國人：例西崽。❷年幼的小孩：例弱年崽子。❸頑童：例崽子。

崽子 ㄗㄞˇ ㄗ˙ ❶小孩子。❷小動物。❸罵人的話。

嵇
山部 九畫

ㄐㄧ 姓：例嵇康（三國魏時的文學家，是竹林七賢之一）。

嵩
山部 十畫

ㄙㄨㄥ ❶高山。❷高聳的：例嵩高。❸嵩山，山名，在河南省，是五嶽的中嶽。❹姓：例嵩先生。

嵊
山部 十畫

ㄕㄥˋ 嵊縣，縣名，在浙江省東部。

嵊泗列島 ㄕㄥˋ ㄙˋ ㄌㄧㄝˋ ㄉㄠˇ 在長江口外側，是我國著名的漁場。

嶄
山部 十一畫

ㄓㄢˇ ❶山高峻的樣子：例嶄然。❷突出：例嶄露頭角。

嶄新 ㄓㄢˇ ㄒㄧㄣ 非常新，最新。例今天他穿了一雙嶄新的鞋子。

嶇
山部 十一畫

ㄑㄩ 形容山路不平，是好行走的意思：例崎嶇難行。

參考 相似字：崎。

動動腦 「山」加「區」可組成「嶇」字，還有哪些部首也能加「區」成為另外的字？（答案：樞、嫗、歐……）

嶂
山部 十一畫

ㄓㄤˋ 形狀像屏障般陡直的山峰：例重巒疊嶂。

參考 請注意：「嶂」和「幛」、「障」、「瘴」三個字，讀音相同、形體相近。巾部的「幛」指題字的布帛；阜部的「障」是堤防；疒部的「瘴」是林間的溼氣。

嶝
山部 十二畫

ㄉㄥˋ 登山的小路。

嶙
山部 十二畫

ㄌㄧㄣˊ 山石重疊高聳的樣子：例嶙峋。

嶙峋 ㄌㄧㄣˊ ㄒㄩㄣˊ ❶山石重疊高低不平的樣子。例這一帶到處是怪石嶙峋。❷形容人瘦削。例他最近很忙，所以看起來瘦骨嶙峋。

嶼

山部 十四畫

ㄩˇ 小島：例島嶼。

參考 請注意：「嶼」和「島」的分別：「嶼」多指一般面積較小或成群的島，例如：列嶼；「島」的面積一般來說比嶼大，例如：臺灣島。

嶺

山部 十四畫

ㄌㄧㄥˇ ❶頂上有路可通行的山：例山嶺、翻山越嶺。❷高大的山脈：例秦嶺、大興安嶺。❸專門指五嶺以南的地區：例嶺南（廣東、廣西一帶）。

嶽

山部 十四畫

ㄩㄝˋ ❶高大的山：例山嶽、五嶽。❷姓：例嶽先生。

參考 相似字：岳。

巍

山部 十八畫

ㄨㄟˊ 很高大的樣子：例巍峨、巍巍。

巍峨 ㄨㄟˊ ㄜˊ 形容山或建築物高大雄偉的樣子。峨：高大的。例這棟巍峨的大樓，給人氣勢雄壯的感覺。

參考 相似詞：嵬峩。

巍巍 ㄨㄟˊ ㄨㄟˊ 山勢高大的樣子。例巍巍的玉山，聳立在臺灣中部。

巔

山部 十九畫

ㄉㄧㄢ ❶山頂：例山巔。❷最高的：例巔峰造極。

巔峰 ㄉㄧㄢ ㄈㄥ ❶山中最高的地方。例我們爬到玉山巔峰，觀看日出。❷指事物達到最高頂點，不能再超過的情形。例二十歲是他體能的巔峰時期。

參考 相似詞：顛峰。

巒

山部 十九畫

ㄌㄨㄢˊ ❶連綿不斷的山峰，也指山的通稱：例山巒、峰巒。❷指小而尖的山：例岡巒起伏。

巖

山部 二十畫

ㄧㄢˊ ❶又斜又高的山崖：例山巖。❷山洞：例七星巖。

參考 請注意：見「岩」字的說明。

川部

ㄔㄨㄢ

「巛」是「川」最早的寫法，像水流暢通的樣子。後來把中間斷續的水流連成一畫寫成「巛」，現在則寫成「川」或「巛」。川部的字和水流也都有關係，例如：州（河川中由沙堆積而成的地方）、災（原本寫成巛，是指河川受到阻塞而造成災禍）。

川

川部 〇畫

ㄔㄨㄢ ❶河流的通稱：例高山大川。❷「四川省」的簡稱：例川康公路。❸平原，平地：例平川。❹姓：例川先生。

參考 請注意：河流可以稱江、河、川、溪，通常較大的河流用江、河，較小的則用川、溪。

笑一笑 小華上了幾天學，只認得「一」、「二」、「三」幾個字。父親拿了個「川」字問他，他驚訝的說：「它本來睡得好好的，你怎麼把它叫醒了呢？」

川資 ㄔㄨㄢ ㄗ 旅費。例你需要大約多少的川資才能動身？

川流不息 ㄔㄨㄢ ㄌㄧㄡˊ ㄅㄨˋ ㄒㄧˊ 水流不停；比喻行人、車船等往來不斷。息：停止。例高速公路上的車輛川流不息。

州

川部 三畫

ㄓㄡ ❶水中的陸地，同「洲」：例沙洲。❷古代行政區域的名稱，原來一州差不多一省大，後來逐漸改變，到了明、清，一州只有一縣大，到了民國就改為縣：例泉州、杭州。❸姓：例州先生。

參考 請注意：「州」和「洲」都讀ㄓㄡ，都是水中的陸地。但是「州」用在行政區域上，例如：杭州、泉州。「洲」用在地球上大塊陸地的區域劃分，例如：亞洲、歐洲。

猜一猜 河川上有三條小船。（猜一字）（答案：州）

巢

川部 八畫

ㄔㄠˊ ❶樹上的鳥窩或蜂窩：例鳥巢。❷比喻盜賊住的地方：例巢穴。❸姓：例巢先生。

猜一猜 有碗掛樹端，落雨落不滿。（猜一種東西）（答案：鳥巢）

唱詩歌 小小鳥兒真靈巧，銜草銜泥築新巢，築得高，築得好，不怕雨來打，不怕風來搖。（芮家智編）

巢穴 ㄔㄠˊ ㄒㄩㄝˋ ❶鳥獸的窩。❷比喻敵人或盜賊所聚居的地方。

工部 ㄍㄨㄥ

「工」是「工」最早的寫法，就像一把工具，後來寫成「工」。「工」則像一把量方形的器具，使用這些器具的人就叫作「工」，也就是工匠。工部的字和工匠所使用的器具都有關係，例如：巧（技術）、巨（工匠所用的工具）。

工

工部 〇畫

一 丅 工

ㄍㄨㄥ ❶有技巧能製作器物的人：例工匠。❷勞動生產：例工作。❸精巧細緻：例工巧。❹擅長於：例工於詩畫。❺姓：例工先生。

參考 請注意：「功」是指「勛勞」，例如：功勞、功業，不能和「工」通用；但若「工」指所做事情的效果，如「工夫」，就可和「功夫」相通。

動動腦 在空格裡填字，使它和四周的字分別組成四個字。

（答案：空、紅、貢、功）

工人 ㄍㄨㄥ ㄖㄣˊ 憑勞力做工、賺錢的人。

工夫 ㄍㄨㄥ ㄈㄨ ❶所花費的時間。例他用三天工夫就學會了游泳。❷空閒的時間。例明天有工夫再來玩吧！❸本領。也可以寫作「功夫」。例這個特技演員工夫真不錯。

工友 ㄍㄨㄥ ㄧㄡˇ 機關或學校裡的勤務人員。

工地 ㄍㄨㄥ ㄉㄧˋ 指正在建築、開發、生產等工作的地方。

工匠 ㄍㄨㄥ ㄐㄧㄤˋ 工人，或指有專門技藝的人。

工作 ㄍㄨㄥ ㄗㄨㄛˋ ❶從事體力或腦力勞動。例大家開始工作吧！加油！❷職業，事情。例有些人常找不到適合自己的工作。

參考 請注意：「工作」和「做工」的分別：「工作」指體力勞動，也可指腦力活動；「做工」多指體力上的勞動。♣

活用詞：工作天、工作服、工作目標。

工具 ㄍㄨㄥ ㄐㄩˋ ❶工作時所使用的器具。❷比喻用來達到目的的事物。例語言是人們溝通的工具。

工事 ㄍㄨㄥ ㄕˋ 指一切有關製作建造的事。

工商 ㄍㄨㄥ ㄕㄤ 指工業和商業。

工程 ㄍㄨㄥ ㄔㄥˊ 關於製造、建築、開礦、發電、興修水利等，有一定計畫的工作進程。

工蜂 ㄍㄨㄥ ㄈㄥ 蜜蜂的一種，身體小，深黃灰色，翅膀長，善於飛行，有毒刺，兩隻後腳有花粉。工蜂擔任修築蜂窩、採集花粉和花蜜等工作。

工會 ㄍㄨㄥ ㄏㄨㄟˋ 從事同樣一個職業的工人，為了維護共同的權益、改善全體生活，而組織的團體。

工業 ㄍㄨㄥ ㄧㄝˋ 用人力或機器的力量，採取自然的資源，製造成物品，求取利益的事業。

工資 ㄍㄨㄥ ㄗ 勞工從事工作，由雇主按期付給勞工金錢或實物。

參考 相似詞：工錢、薪資。

工廠 ㄍㄨㄥ ㄔㄤˇ 有工人、機器，將原料製造為成品的工作場所。

工頭 ㄍㄨㄥ ㄊㄡˊ 工人的領班，監督工人勞動的人。

工整 ㄍㄨㄥ ㄓㄥˇ 精細整齊。例他的書法非常工整。

工藝 ㄍㄨㄥ ㄧˋ 手工和技藝。例臺灣的工藝品很受觀光客的喜愛。

工讀 ㄍㄨㄥ ㄉㄨˊ 學生利用課餘的時間到外面工作，賺取學費或是零用錢。

參考 活用詞：工讀生。

工具書 ㄍㄨㄥ ㄐㄩˋ ㄕㄨ 提供讓讀者查資料，以便閱讀或研究的書籍。例「小學生活用辭典」是我不離手的工具書。

工程師 ㄍㄨㄥ ㄔㄥˊ ㄕ 能夠獨立完成某一專門技術任務的設計、施工工作的專門人員。

工業化 ㄍㄨㄥ ㄧㄝˋ ㄏㄨㄚˋ 使現代的工業在國民經濟中占主要的地位。

工業社會 ㄍㄨㄥ ㄧㄝˋ ㄕㄜˋ ㄏㄨㄟˋ 工業化後的社會。除了生產外，社會文化和其他方面均有改變的社會。

巨

工部 二畫

一 ㄏ ㄈ ㄈ 巨

ㄐㄩˋ 大：例巨型飛機。

參考 相似字：鉅、大、碩。

動動腦 小朋友，想想看，加上「巨」的國字還有哪些？它們都代表什麼意思呢？（答案：鉅、炬、苣、詎、距、矩、渠……）

巨人 ㄐㄩˋ ㄖㄣˊ ❶身材特別高大的人。❷偉人。例牛頓是科學界的巨人。

巨匠 ㄐㄩˋ ㄐㄧㄤˋ 在藝術上有傑出成就的人。例畢卡索是巨匠。

巨擘 ㄐㄩˋ ㄅㄛˋ 比喻傑出的人物。例莫札特是古典樂派的巨擘。

巨細靡遺 ㄐㄩˋ ㄒㄧˋ ㄇㄧˇ ㄧˊ 大小事情都沒有遺漏。靡：沒有。遺：遺漏。例媽媽做家事一向是巨細靡遺，除了物品歸類整齊外，連一點小灰塵都沒有。

巧

工部 二畫

一 丅 工 工ㄱ 巧

ㄑㄧㄠˇ ❶心思靈敏，技術高明：例巧妙。❷剛好：例恰巧。❸虛偽的：例花言巧語。

參考 相似字：恰。♣相反字：拙、笨、劣、愚。

猜一猜 朽木不堪工人雕。（猜一字）（答案：巧）

巧詐 ㄑㄧㄠˇ ㄓㄚˋ 巧妙的欺騙。詐：欺騙。例這個人很巧詐，你可得小心。

巧合 ㄑㄧㄠˇ ㄏㄜˊ 剛好一樣或相合。例他們倆同年同月同日生，實在巧合。

巧妙 ㄑㄧㄠˇ ㄇㄧㄠˋ 指方法或技術靈巧高明，超過一般人。例媽媽的刺繡手藝十分巧妙。

俏皮話 「戲法隨人變——巧妙不同。」小朋友看過魔術吧！中國的戲法要比魔術更精彩多了，只要苦練大家都會變，只不過是巧妙各自不同罷了。這就是所謂的「戲法隨人變——巧妙不同」。

巧計 ㄑㄧㄠˇ ㄐㄧˋ 巧妙的計策。例妹妹滿腦子的巧計，人稱「點子王」。

巧克力 ㄑㄧㄠˇ ㄎㄜˋ ㄌㄧˋ 食品的名稱。以可可粉為主要原料，加上白糖、香料製成的。

巧奪天工 ㄑㄧㄠˇ ㄉㄨㄛˊ ㄊㄧㄢ ㄍㄨㄥ 精巧的人工勝過天然形成的；形容技巧高超。奪：勝過。例他刻的動物雕像維妙維肖，真是巧奪天工。

巧婦難為無米之炊 ㄑㄧㄠˇ ㄈㄨˋ ㄋㄢˊ ㄨㄟˊ ㄨˊ ㄇㄧˇ ㄓ ㄔㄨㄟ 巧媳婦沒米也做不出飯；比喻做事缺乏必要條件，很難完成。炊：煮飯。例「巧婦難為無米之炊」，沒有鐵鎚和釘子，我怎麼修理桌椅？

左

一ナナ左左

工部 二畫

ㄗㄨㄛˇ ❶在左手方向的：例左邊、左掖。❷地理上以東為左：例山左、江左。❸不正派的，邪惡的：例旁門左道。❹不一致：例意見相左。❺姓：例左宗棠。

參考 相反字：右。

猜一猜 佐理員走了。（猜一字）（答案：左）

唱詩歌 冷豔①全欺②雪，餘香乍入衣；春風且莫定，吹向玉階③飛。（左掖④梨花・丘為）

註：①冷豔：是說梨花寒冷而豔麗。②欺：壓服。③玉階：宮殿下的階石。④左掖：宮殿的左邊。

左右 ㄗㄨㄛˇ ㄧㄡˋ ❶左和右兩方面。例左右為難。❷身邊跟隨的人。例他的左右都很能幹。❸支配。例請不要左右我的想法。❹表示大約的詞，跟「上下」差不多。例他的年紀在二十歲左右。

左派 ㄗㄨㄛˇ ㄆㄞˋ ❶指主張採取強烈手段，改變社會現況的人物或黨派。❷指偏向共產主義一邊的分子。

參考 相反詞：右派。♣請注意：「左派」這個詞起源於法國大革命時期，在當時的國民會議中，主張激進、革命的代表，聚集坐在議場的左邊，主張保持原狀的分子坐在議場的右邊，所以後世就把激進分子稱為左派，把保守分子稱為右派。

左右手 ㄗㄨㄛˇ ㄧㄡˋ ㄕㄡˇ 像左手和右手可以做很多事；比喻非常能幹的助手。例班長聰明能幹，是老師的左右手。

左宗棠 ㄗㄨㄛˇ ㄗㄨㄥ ㄊㄤˊ 清朝湖南湘陰縣人，字季高。咸豐、同治年間，因為鎮壓太平天國，平定捻亂，立下功勞，當過浙江巡撫及總督，後來平定回亂，收復新疆。和曾國藩、李鴻章齊名。

左右為難 ㄗㄨㄛˇ ㄧㄡˋ ㄨㄟˊ ㄋㄢˊ 向左向右都有困難；形容不管怎麼做，都有困難。例父母吵架，孩子夾在中間，覺得左右為難。

左右逢源 ㄗㄨㄛˇ ㄧㄡˋ ㄈㄥˊ ㄩㄢˊ 向左向右都能遇到水源；比喻得心應手，事情怎麼做都順利，沒有阻礙。例由於他平時喜好閱讀，所以寫起作文是左右逢源，得心應手。

左思右想 ㄗㄨㄛˇ ㄙ ㄧㄡˋ ㄒㄧㄤˇ 左想想、右想想；形容反覆考慮的樣子。例這題數學，我左思右想，仍然算不出來。

左躲右閃 ㄗㄨㄛˇ ㄉㄨㄛˇ ㄧㄡˋ ㄕㄢˇ 向左或向右躲避；形容害怕的樣子。閃：躲避。例躲避球賽時，只見球來往穿梭，內場的同學左躲右閃，十分緊張。

左鄰右舍 ㄗㄨㄛˇ ㄌㄧㄣˊ ㄧㄡˋ ㄕㄜˋ 指左右附近鄰居。例我住在漁村，左鄰右舍都靠捕魚為生。

動動腦 在空格上填字，使橫句成為一句成語。

大		小	
左		右	
前		後	
裡		外	

（答案：大同小異、左顧右盼、前仆後繼、裡應外合）

左顧右盼 ㄗㄨㄛˇ ㄍㄨˋ ㄧㄡˋ ㄆㄢˋ 向左右兩邊看。例他一進教室，就左顧右盼，好像在找人。

巫

一丅丌丌丌巫巫

工部 四畫

ㄨ ❶裝神弄鬼，替人祈禱求神的人：例女巫。❷姓：例巫小姐。

猜一猜 二個工人。（猜一字）（答案：巫）

巫婆 ㄨ ㄆㄛˊ 女的巫師，會替人求神賜福，或是代替鬼神說話。

參考 相似詞：巫師。

巫蠱 ㄨ ㄍㄨˇ 一種邪術，專用詛咒的方法來陷害別人。

巫山雲雨 ㄨ ㄕㄢ ㄩㄣˊ ㄩˇ 比喻男女歡會。

差

工部 七畫

丶 丷 䒑 兰 羊 羊 差 差 差 差

ㄔㄚ ❶缺失：例誤差。❷兩數相減所得的數：例三減二的差是一。❸區別：例差別。❹尚，勉強：例差強人意。❺不相當：例差得遠。❻錯誤：例說差了。❼缺少：例差點兒。❽不好：例品質很差。

ㄔㄞ ❶派遣：例差遣。❷任務：例出差。❸被派遣做事的人：例欽差、郵差。

ㄘ 不整齊的：例參差。

ㄘㄨㄛ 限於「景差」（人名）一詞。

猜一猜 羊無尾，左無頭。（猜一字）（答案：差）

差人 ㄔㄞ ㄖㄣˊ 古時俗稱官署的隸役。

差別 ㄔㄚ ㄅㄧㄝˊ 不相同。例朋友之間不應有差別的對待。

參考 活用詞：差別待遇。

差勁 ㄔㄚ ㄐㄧㄣˋ 指品質、能力差。例這件衣服做得很差勁。

差距 ㄔㄚ ㄐㄩˋ 事物之間的差別程度。例他們在想法上有些差距。

差異 ㄔㄚ ㄧˋ 差別。例他們兩人在個性上有很大的差異。

差遣 ㄔㄞ ㄑㄧㄢˇ 分派到外面去工作。

差錯 ㄔㄚ ㄘㄨㄛˋ 錯誤。例精神不集中，做事就會出差錯。

差不多 ㄔㄚ ㄅㄨˋ ㄉㄨㄛ ❶相差不多。例這兩種顏色差不多。❷指一般的、普通的人。

差強人意 ㄔㄚ ㄑㄧㄤˇ ㄖㄣˊ ㄧˋ 勉強還能使人滿意。差：稍微。例這件事的成果還算差強人意。

己部 ㄐㄧˇ

「己」是己最早的寫法，有人說那是按照髮簪所造的象形字，有人說那是絲線彎曲的樣子。但是「己」後來被用來指天干的己、自己，原本的意思就不再使用了。至於己部的已（ㄧˇ）、巳（ㄙˋ）和巴（ㄅㄚ）等字和己並沒有關係，只是字形相似，因此收在己部。

己

己部 ○畫

㇆ ㇆ 己

ㄐㄧˇ ❶自稱：例自己。❷天干的第六位：例甲、乙、丙、丁、戊、己。

己任 ㄐㄧˇ ㄖㄣˋ 自己的任務。例革命先烈都以國家興亡為己任。

已

己部 ○畫

㇆ ㇆ 已

ㄧˇ ❶停止：例爭論不已。❷過去的時間：例已經。

參考 請注意：❶「已」和「以」古代可以通用，但是現在不能混用，如「已經」、而「已」和「以」前、「以」後都劃分得相當清楚。❷「已」、「己」、「巳」有分別：沒有缺口的「巳」讀ㄙˋ，例如：巳時（指時辰）；缺口一半的「已」讀ㄧˇ，例如：已經；缺口全開的「己」讀ㄐㄧˇ，例如：自己。

唱詩歌 碧闌干外繡簾垂，猩色①屏風畫折枝②；八尺龍鬚③方錦褥，已涼天氣未寒時。（已涼・韓偓〔ㄨㄛˋ〕）註：①猩色：鮮豔的紅色。②折枝：畫花卉只畫

三畫

花枝的，稱作折枝。③龍鬚：草名，可以用來織蓆。

已往 ㄧˇ ㄨㄤˇ　以前。

已經 ㄧˇ ㄐㄧㄥ　表示過去的時間。例他已經做完工作了。

參考 請注意：❶「已經」和「曾經」表示不同的意思：「已經」是表示事情完成，時間在最近，例如：這本書我已經看了很多次。「曾經」表示從前有過某種行為或情況，時間不是最近，例如：我曾經看過她。❷「已經」也表示動作或情況可能還在持續，例如：我已經在這裡住了三年。「曾經」表示動作或情況已經結束，例如：我曾經在這裡住了三年。

巳

ㄱ ㄱ 巳　己部 ○畫

ㄙˋ ❶地支的第六位。❷上午九時至十一時：例巳時。

巴

ㄱ ㄲ ㄲ 巴　己部 一畫

ㄅㄚ ❶盼望：例巴不得。❷因乾燥或溼稠而黏合的東西：例鍋巴、泥巴。❸緊貼，挨近：例巴在牆上、前不巴村後不巴店。❹古代國名，在今四川省東部。❺氣壓的壓力強度單位：例毫巴。❻詞尾，無意義：例嘴巴、尾巴。❼姓：例巴先生。

動動腦 ㈠「請你把門關上」的「把」是「巴」加「手」，除了「把」，「巴」還可以加上哪些偏旁，變成其他的字呢？小朋友趕快想一想！（答案：疤、吧、邑、笆、芭、鈀、靶、爸、琶、耙……）㈡小朋友，讓我們來比一比，誰能想出和「巴」同音的字，愈多愈好。

巴結 ㄅㄚ ㄐㄧㄝ　奉承一些有錢有勢的人。例他是個喜歡巴結老闆的人。

巴掌 ㄅㄚ ㄓㄤˇ　❶手掌。❷用手打臉。例我真想一巴掌打醒你。

巴不得 ㄅㄚ ㄅㄨˋ ㄉㄜˊ　非常盼望。例我巴不得立刻見到你。

參考 相似詞：巴不的、巴不到、巴不能。♣請注意：「巴不得」指所希望的是可以做到的事；「恨不得」是所希望的事不可能做到，例如：我恨不得插上翅膀去找你。

巷

一 十 廾 廾 共 共 共 巷　己部 六畫

ㄒㄧㄤˋ ❶大路旁較狹窄的街道：例深巷。❷姓：例巷先生。

參考 相似字：衖（ㄌㄨㄥˋ）。♣請注意：❶「巷」字下面是「巳」不是「已」。❷街巷有分別：大一點的叫「街」，小一點的叫「巷」；南方人稱巷叫「弄」，北方人稱巷叫「胡同」。

猜一猜 港口無水。（猜一字）（答案：巷）

巽

ㄱ ㄱ 巳 巳 巳 巳 巳 巳 巽 巽 巽　己部 九畫

ㄒㄩㄣˋ 我國古代「八卦」卦名的一種，卦形是「☴」，代表風。

巾部 ㄐㄧㄣ

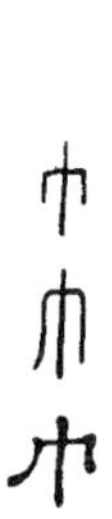

從前的人常把布條垂掛在腰間，可以拿來擦拭或裝飾，「巾」字正是把布條垂在腰間的象形字。「冂」是下垂的布條，「｜」則是垂掛布條的帶子。巾部的字多半和布類有關，例如：布、帆、帛（絲織品的總稱）、帶等。

巾

丨 冂 巾　巾部 ○畫

ㄐㄧㄣ 擦東西或包裹、覆蓋東西的用品，多用棉紗或絲織成：例毛巾。

參考 相似字：帕。

巾幗 ㄐㄧㄣ ㄍㄨㄛˊ 古代婦女的頭巾和髮飾，現在常拿來作為婦女的代稱。

市

、 亠 广 亣 市

巾部 二畫

ㄕˋ ❶集中買賣的地方：例市場。❷人口集中、工商業和文化發達的地方：例城市。❸行政區域的劃分單位：例院轄市。❹姓：例市先生。

市井 ㄕˋ ㄐㄧㄥˇ 古代指做買賣的地方。

市民 ㄕˋ ㄇㄧㄣˊ 城市中的居民。例我們都是臺北市的市民。

參考 相反詞：鄉民。

市區 ㄕˋ ㄑㄩ 在都市範圍內的地區。

市集 ㄕˋ ㄐㄧˊ 有固定的時間，在一定地點的臨時商場。

市場 ㄕˋ ㄔㄤˇ ❶買賣貨物的地方。❷指商品買賣的範圍。例臺灣的商品已經打入國際市場。

市儈 ㄕˋ ㄎㄨㄞˋ 本指買賣的中間人，現在指那些唯利是圖、庸俗可厭的人。

參考 相似詞：牙儈。

市價 ㄕˋ ㄐㄧㄚˋ 市場上買賣的價格。

參考 相似詞：時價、物價。

布

一 ナ ナ 冇 布

巾部 二畫

ㄅㄨˋ ❶棉、麻及化學纖維等織品：例棉布。❷宣告：例公布。❸散開：例分布。❹安排：例布置。❺古代的一種錢幣名。

參考 請注意：「布」與「佈」表示動作時意思相同，可以通用。但「布」為正字，「佈」是後起的字。現法律上的用字，都用「布」為準。

布丁 ㄅㄨˋ ㄉㄧㄥ 是一種餐後的甜點，用麵粉、牛奶、雞蛋、水果等做成。

布告 ㄅㄨˋ ㄍㄠˋ 機關、團體張貼出來通告群眾的文件。也寫作「佈告」。

參考 相似詞：公告、告示。

布局 ㄅㄨˋ ㄐㄩˊ 對事物的規劃和安排。

布施 ㄅㄨˋ ㄕ 散發財物來救濟貧苦的人。

布景 ㄅㄨˋ ㄐㄧㄥˇ ❶在舞臺上，按照劇情的需要，所布置的景物。❷畫家作畫按照篇幅大小來配置各種景物。也可以寫作「佈置」。

布置 ㄅㄨˋ ㄓˋ 分布安排裝飾。例讓我們一起合力布置聖誕樹吧！

帆

丨 冂 巾 巾 帆 帆

巾部 三畫

ㄈㄢˊ ❶掛在船桅上，藉著風力使船前進的布篷：例揚帆前進。❷帆布，用棉麻織成的厚粗布，可做船帆、帳篷等。❸指有帆的船：例一帆風順。

希

ノ メ 爻 产 肴 希

巾部 四畫

ㄒㄧ ❶盼望，期望：例希望。❷少：例希奇、物以希為貴。❸外國名：例希臘。

參考 相似字：望。

猜一猜 布上打個×。（猜一字）（答案：希）

希罕 ㄒㄧ ㄏㄢˇ ❶少有的。例雲豹、石虎是很希罕的動物。❷認為少見而喜愛、珍惜。例我不希罕你的禮物。

希奇 ㄒㄧ ㄑㄧˊ 少有而使人覺得新奇。

參考 請注意：也寫作「稀奇」。

繞口令 希奇古，兩條褲；希奇怪，兩隻筷。希奇古怪，褲破筷壞。（浙江）

唱詩歌 一希奇，南瓜肚裡唱京戲。二希奇，三歲孩子生鬍鬚。三希奇，猴兒騎小雞。四希奇，小魚兒上岸耍把戲。五希奇，小豬兒穿紅衣。六希奇，黃狗兒

三畫

孵小雞。（河北）

希望 ㄒㄧ ㄨㄤˋ　心裡的盼望或期待。例他的未來充滿了光明的希望。

俏皮話「三個菩薩兩炷香——沒有希望。」一個菩薩一炷香，三個菩薩當然要有三炷香囉！如果「三個菩薩兩炷香」，那就沒有你的希望了。比喻不夠分配，沒有份兒。

希臘 ㄒㄧ ㄌㄚˋ　國名，在巴爾幹半島西南部，首都雅典。

猜一猜 從春等到冬。（猜一國家名）（答案：希臘）

帘　巾部 五畫

ㄌㄧㄢˊ　❶古時候酒店門外懸掛當作招牌的旗幟：例酒帘。❷用布、竹、塑膠等材料做成，用來遮蔽門窗的用具：例窗帘。

帚　巾部 五畫

ㄓㄡˇ　打掃的用具：例掃帚。

帖　巾部 五畫

ㄊㄧㄝˇ　❶請客用的紙片：例請帖。❷學習寫字或繪畫時模仿的樣本：例碑帖。

ㄊㄧㄝ　❶合適，妥當：例妥帖。❷順從：例服帖。❸姓：例帖先生。

帕　巾部 五畫

ㄆㄚˋ　❶頭巾。❷用來擦手、擦臉的方形小巾：例手帕。

參考 請注意：❶「手帕」的「帕」和「害怕」的「怕」讀音相同，但字形不同，一個是巾部，一個是心部，要仔細分別。❷「帕」和「帛」都是「巾」和「白」兩個字構成，但位置不同，所以意思也不同。

猜一猜 毛巾在白小姐的身旁。（猜一字）（答案：帕）

帕米爾高原 ㄆㄚˋ ㄇㄧˇ ㄦˇ ㄍㄠ ㄩㄢˊ　在新疆省西南部，是中、俄、阿富汗三國的界山，海拔三、七〇〇至七、〇〇〇公尺，有「世界屋脊」之稱。

帛　巾部 五畫

ㄅㄛˊ　絲織品的總稱：例布帛。

動動腦 小朋友，巾和白可組成「帕」、「帛」，君和羊可組成「羣」、「群」，帝和口可組成「啻」、「啼」，還有哪些字也是左右、上下都可以組合的呢？

帑　巾部 五畫

ㄊㄤˇ　❶貯藏錢財的府庫：例帑藏（ㄗㄤˋ）。❷國有的錢財、公款：例國帑、公帑。

ㄋㄨˊ　通「孥」，妻、子的合稱。

帝　巾部 六畫

ㄉㄧˋ　❶古代指最高的天神：例上帝。❷天子，君主：例皇帝。

猜一猜 雞啼不用口。（猜一字）（答案：帝）

帝制 ㄉㄧˋ ㄓˋ　專制帝王的政治制度。

帝號 ㄉㄧˋ ㄏㄠˋ　天子的稱號。

帝國主義 ㄉㄧˋ ㄍㄨㄛˊ ㄓㄨˇ ㄧˋ　使用和平或暴力的方法，向其他國家、民族或地區實行侵略，以便擴張自己的政治、經濟、文化等勢力的主義。

帥　巾部 六畫

ㄕㄨㄞˋ　❶軍隊中的最高將領：例元帥。❷姓：

例帥小姐。

帥氣（ㄕㄨㄞˋ ㄑㄧˋ） 形容人的穿著或風度優美，帶有男子挺拔的氣質。

席

巾部 七畫

丶 亠 广 广 庐 庐 庐 庐 庐 席

ㄒㄧˊ ❶座位：例出席、來賓席。❷職位：例教席。❸宴會：例酒席。❹用蘆葦、草等編成可坐臥的用具，和「蓆」字相通：例草席。❺量詞：例一席話、一席酒。❻姓：例席先生。

席位（ㄒㄧˊ ㄨㄟˋ） 列席的座位。

席不暇暖（ㄒㄧˊ ㄅㄨˋ ㄒㄧㄚˊ ㄋㄨㄢˇ） 坐到草席上，席沒坐熱就離開了。形容忙得沒有久坐的時間。席：草席。暇：有時間。

師

巾部 七畫

丿 亻 户 户 白 自 自 𠂤 䢃 師

ㄕ ❶傳授知識、技術的人：例教師。❷有專門技術的人：例美容師。❸榜樣：例前事不忘，後事之師。❹效法：例師法。❺軍隊：例出師。❻軍隊的編制單位，大概一萬人左右。❼姓：例師先生。

參考 請注意：「師」和「帥」的分別：「師長」的「師」比「元帥」的「帥」多一橫，寫時要特別留意。

師丈（ㄕ ㄓㄤˋ） 學生尊稱女老師的丈夫。

師父（ㄕ ㄈㄨˋ） ❶老師的通稱。❷對和尚、尼姑的敬稱。❸稱有技藝的人。

參考 請注意：「師父」也可以寫作「師傅」。

師古（ㄕ ㄍㄨˇ） 效法古代。

師長（ㄕ ㄓㄤˇ） ❶老師和年紀較大的人。❷統率陸軍一個師的最高長官。

師法（ㄕ ㄈㄚˇ） ❶學習和效法。❷師徒相傳的技藝和學問。

師表（ㄕ ㄅㄧㄠˇ） 表率、學習的模範。

師資（ㄕ ㄗ） 能當教師的人才。

帶

巾部 八畫

帶

一 十 卄 卄 卌 卌 卌 帯 帯 帶 帶

ㄉㄞˋ ❶繫衣物的條狀物：例皮帶、鞋帶、腰帶。❷佩掛，拿著：例佩帶、攜帶。❸率領，引導：例帶領、帶路、帶隊、帶動。❹順便做：例附帶、帶個口信。❺連著，附著，有：例帶蓋的杯子。❻現出，含有：例面帶笑容、說話帶刺。❼地區：例地帶、熱帶、溫帶、沿海一帶。

參考 請注意：「帶領」的「帶」和「代領」的「代」不同：「帶」是領頭、領導；「代」是代替別人領取。

帶勁（ㄉㄞˋ ㄐㄧㄥˋ） ❶有力量。例他做起事來真帶勁。❷能引起興趣。例下象棋不帶勁，還是打球吧！

帶魚（ㄉㄞˋ ㄩˊ） 指帶魚科的白帶魚，生活在海中，身體扁長像帶子，呈銀白色。

帶動（ㄉㄞˋ ㄉㄨㄥˋ） 引導前進。例經濟起飛帶動了工商業的發展。

帶領（ㄉㄞˋ ㄌㄧㄥˇ） 率領、領導或指揮。例老師帶領著學生展開為期一週的訪問活動。

常

巾部 八畫

常

丨 刂 ⺌ 𭕄 㐫 尚 尚 尚 常 常 常

ㄔㄤˊ ❶恆久不變的：例松柏常青。❷一般的，普通的：例常識。❸時時：例我們常見面。❹姓：例常先生。

猜一猜 和尚掛絲巾。（猜一字）（答案：常）

古人說 「常將有日思無日，莫到無時思有時。」這句話是勸人要有積蓄，不要等到貧乏的時候，才幻想著過去的美好時光。例我們平時就要養成儲蓄的習慣，因為「常將有日思無日，莫到無時思有時」啊！

常人（ㄔㄤˊ ㄖㄣˊ） 平凡的人。

常客（ㄔㄤˊ ㄎㄜˋ） 普通或經常來的客人。

三畫

常態 ㄔㄤˊ ㄊㄞˋ 正常的狀態。

常規 ㄔㄤˊ ㄍㄨㄟ 平常所應遵守的規則。

參考 相似詞：常例、慣例。

常理 ㄔㄤˊ ㄌㄧˇ ❶永久不變的道理。❷一般世俗的情理。例幫助他完成學業，只不過是人之常理而已。

帳

帳 巾部 八畫

ㄓㄤˋ ❶用布或尼龍等材料做成，張起來作為遮蔽的用具：例帳蓬。❷財物收入、支出的紀錄，也指所欠的錢財：例帳目、欠帳。

參考 相似字：帷、幕。♣請注意：指記錄銀錢貨物的簿冊時，「帳」「賬」可以互用。

猜一猜 長絲巾。（猜一字）（答案：帳）

帳目 ㄓㄤˋ ㄇㄨˋ 帳本上登記的收支項目。也可以寫作「賬目」。

帳幕 ㄓㄤˋ ㄇㄨˋ 露宿用的營幕。

參考 相似詞：帳幄、帷幕。

帳蓬 ㄓㄤˋ ㄆㄥˊ 供露營用的帷幕。「蓬」又可以寫作「棚」。

帷

帷 巾部 八畫

ㄨㄟˊ 把內外隔開的布：例床帷、門帷。

參考 請注意：「帷」和「幃」都讀ㄨㄟˊ，都是指把內外隔開的布，例如：帷（幃）幕。但「幃」還當作「香包」解釋。

帷幔 ㄨㄟˊ ㄇㄢˋ 就是遮蓋的布。幔：布幕。例帷幔可以隔開蚊蟲的侵擾。

幅

幅 巾部 九畫

ㄈㄨˊ ❶布匹或紙張的寬度：例幅面。❷文章或圖片所占的地方：例篇幅。❸量詞，用在布帛、圖畫等：例一幅畫。❹邊緣：例邊幅。

ㄅㄧ 綁腿布。

參考 相似字：塊、張。

幅員 ㄈㄨˊ ㄩㄢˊ 領土面積，指國家的疆域。寬窄叫幅，周圍叫員。

帽

帽 巾部 九畫

ㄇㄠˋ ❶戴在頭上，保護頭部的物品：例帽子。❷形狀或作用像帽子一樣的東西：例筆帽。

猜一猜 帽子跌落。（猜一句成語）（答案：從頭到尾）

俏皮話 「雞戴帽子——冠上加冠。」小朋友，你看過公雞嗎？牠們的頭上都有雞冠；以前我們稱帽子也叫冠。「雞戴帽子——冠上加冠」，冠和官音相近，這句話是比喻一個人的職位高升。

幀

幀 巾部 九畫

ㄓㄥ ❶量詞，一幅字畫叫一幀。❷裝幀，圖書的裝訂方法和封面設計等。

參考 相似字：幅。

幌

幌 巾部 十畫

ㄏㄨㄤˇ 帷幔。

猜一猜 日光浴時也需要毛巾。（猜一字）（答案：幌）

幌子 ㄏㄨㄤˇ ˙ㄗ ❶酒帘。❷商店門外掛的招牌或表明所賣貨物的標誌。❸用來蒙騙人的話或行為。

幛

幛 巾部 十一畫

ㄓㄤˋ 在布帛上題字，用來作為慶賀或弔唁的禮品：例賀幛、壽幛、喜幛、祭幛。

幣
巾部 十一畫

敝 敝 幣 幣

ㄅㄧˋ 錢：例貨幣。

參考 相似字：錢。♣請注意：作弊的「弊」（ㄅㄧˋ）是廾（ㄍㄨㄥˇ）部，指壞事。錢幣的「幣」（ㄅㄧˋ）是巾部，因為古人曾經把布帛常作錢來交易。斃命的「斃」（ㄅㄧˋ）指死亡，所以下面是「死」。

幕
巾部 十一畫

莫 莫 幕 幕

ㄇㄨˋ ❶覆蓋、遮蔽、放電影時所掛的布、綢、絲絨：例帳幕、銀幕。❷戲劇的一個段落叫一幕。❸事情的開始或結束：例開幕、閉幕。❹軍中或官署中所延聘管理文書的人員：例幕僚。

ㄇㄛˋ 通「漠」。

參考 相似字：帳、幃、幔。

幕後 ㄇㄨˋ ㄏㄡˋ 在舞臺布幕的後面。引申為在背地裡活動不出面做事的人。

幗
巾部 十一畫

幗 幗 幗 幗

ㄍㄨㄛˊ 古代婦女的頭巾。古代常用「巾幗」作為婦女的代稱：例巾幗英雄。

猜一猜 國產巾。（猜一字）（答案：幗）

幔
巾部 十一畫

幔 幔 幔 幔

ㄇㄢˋ 懸掛起來遮擋或隔離用的布、綢、絲絨：例布幔。

幢
巾部 十二畫

幢 幢 幢 幢 幢

ㄔㄨㄤˊ ❶計算房屋的用詞：例一幢房子。❷古代的旗子一類的東西：例幢幡。

猜一猜 童子軍的領巾。（猜一字）（答案：幢）

幢幢 ㄔㄨㄤˊ ㄔㄨㄤˊ 搖曳的樣子。例昏暗的燈光下，人影幢幢。

參考 請注意：「幢幢」（ㄔㄨㄤˊ ㄔㄨㄤˊ），是影子搖曳的樣子；「憧憬」（ㄔㄨㄥ ㄐㄧㄥˇ），是心中嚮往。

幟
巾部 十二畫

幟 幟 幟 幟 幟

ㄓˋ ❶旗子：例旗幟。❷派別：例獨樹一幟。❸記號：例標幟。

猜一猜 用領巾不用語言辨識。（猜一字）（答案：幟）

幫
巾部 十四畫

幫 幫 幫 幫 幫 幫

ㄅㄤ ❶輔助：例幫忙。❷成群成伙的：例一幫匪徒。❸陪同，附和：例幫腔。❹物體旁邊豎起的部分：例鞋幫。

參考 相似字：助。♣請注意：「幫助」的「幫」字和「邦國」的「邦」字，不可以混用。

猜一猜 布帛原封不動。（猜一字）（答案：幫）

幫凶 ㄅㄤ ㄒㄩㄥ 幫助別人行凶的人。也可以寫作「幫兇」。

幫手 ㄅㄤ ㄕㄡˇ 幫助別人處理事務的人。例我是媽媽的好幫手。

幫忙 ㄅㄤ ㄇㄤˊ 協助別人辦事。例這件事需要更多人的幫忙。

俏皮話 「呆子幫忙——越幫越忙。」呆子本來就需要別人的幫忙，如果請呆子幫忙，那真會越幫越忙了。這句話是指不會幫忙，反而幫了倒忙。

幫助 ㄅㄤ ㄓㄨˋ 替人出主意或用人力、物力去支持別人。

幫派 ㄅㄤ ㄆㄞˋ 不良分子所組成的團體。例組織幫派是違法的。

幫腔 ㄅㄤ ㄑㄧㄤ 支持別人，幫別人說話。例他看見沒人幫腔，於是就不再說話了。

干部 ㄍㄢ

小朋友，你看過武士拿著擋箭牌（盾）打仗的影片嗎？「干」就是按照盾牌的形狀所造的象形字。最早寫成「」可以看到盾面和盾柄，後來簡化寫成「」，慢慢又演變寫成「」，現在則寫成「干」。「干」是作戰的武器，因此發展出侵犯、打擾的意思，例如：干涉、干擾。

干

一 二 干

干部 〇畫

ㄍㄢ ❶盾牌，古代的一種武器：例干戈。❷古代記年的符號：例干支。❸冒犯，觸犯：例干擾、干犯。❹不定的數目：例若干。❺相關：例這事與你何干？❻乞求：例干祿。❼乾燥的食品，通「乾」：例豆干。

參考 相似字：求、犯。♣請注意：「干」和「乾」只有當乾燥的食品時，可以相通，例如：「餅乾」、「豆乾」可寫作「餅干」、「豆干」，但是「乾燥」、「乾柴」的「乾」不可以寫成「干」，而「干祿」、「若干」的「干」也不能寫成「乾」。另外「干」的第一筆是平直的，和由右向左撇的「千」字，應加以區分。

動動腦 小朋友，想一想，加上「干」的國字還有哪些？（答案：刊、奸、汗、肝、竿、軒、鼾、岸、旱、焊……）

干涉 ㄍㄢ ㄕㄜˋ ❶對別人的事強行過問。例這是我的家務事，請你別干涉。❷牽涉，關連。例這件事與我毫無干涉。

參考 請注意：「干涉」與「干擾」、「干預」都指以言論或行動影響他人。「干涉」和「干預」有時可以互用，但「干涉」比「干預」更含有斥責的味道。「干擾」是指過問並且加以擾亂，除了用於人、事、物，也可用於電波間的干擾。

干預 ㄍㄢ ㄩˋ 過問、參與別人的事，並且加以影響。例慈禧太后干預朝政，總攬大權。

干擾 ㄍㄢ ㄖㄠˇ ❶擾亂。例他正在讀書，你可別去干擾他。❷妨礙正常電波接收的雜亂訊號。例電視受到干擾，畫面一直跳動不穩定。

平

一 丆 丆 亚 平

干部 二畫

ㄆㄧㄥˊ ❶表面沒有高低凹凸：例平坦。❷相等，不相上下：例平手。❸安定：例風平浪靜。❹用武力鎮壓：例平亂。❺經常的，普通的：例平時。❻姓：例平先生。

ㄆㄧㄢˊ 條理詳細不偏頗：例平平。

ㄅㄧㄢˋ 通「釆」，辨別而使明白彰顯：例平章。

參考 相似字：坦。♣相反字：曲、折。

猜一猜 砰的一聲，石頭掉了。（猜一字）（答案：平）

平凡 ㄆㄧㄥˊ ㄈㄢˊ 平淡，沒有特別不一樣的。例他們在平凡的工作中做出了不平凡的成績。

參考 相似詞：平常、平淡。♣相反詞：不凡、偉大。♣請注意：「平凡」和「平常」都是指一般的、普通的，用來形容人、事、物。但是，「平常」常表示習慣、時間，例如：他平常很節儉。此時，就不能用「平凡」。

平手 ㄆㄧㄥˊ ㄕㄡˇ 不分高下的比賽結果。例甲乙兩隊打成平手。

平方 ㄆㄧㄥˊ ㄈㄤ ❶兩個相同的數相乘，叫作這個數的平方。例如：$3\times3=9=3^2$叫作三的平方。❷面積的單位名稱。例這棟建築占地約一千平方公尺。

平日 ㄆㄧㄥˊ ㄖˋ 平常的日子。例她平日很少出門。

參考 相似詞：平常、平素、平時。

平生 ㄆㄧㄥˊ ㄕㄥ 一生，一輩子。例我平生最討厭虛偽的人。

古人說「平生不做虧心事，半夜敲門心不驚。」這是指人只要不做對不起良心的事，即使遇到意外驚險，也用不著害怕。例做人要行得正，有道是：「平生不作虧心事，半夜敲門心不驚。」

平民 ㄆㄧㄥˊ ㄇㄧㄣˊ 普通的人民。例孔子開平民教育的先河。

平平 ㄆㄧㄥˊ ㄆㄧㄥˊ 普通平常，沒有特殊表現。例他的表現平平。

平白 ㄆㄧㄥˊ ㄅㄞˊ 無緣無故。例我不能平白接受你的幫助。

參考 相似詞：無端、憑空。

平行 ㄆㄧㄥˊ ㄒㄧㄥˊ ❶不相交的直線或平面。❷指地位相等，沒有高低分別。例教育部和內政部是平行機關。

平地 ㄆㄧㄥˊ ㄉㄧˋ 平坦的土地；比喻平靜的狀況。例萬丈高樓平地起。例俗話說：「萬丈高樓平地起」，你別妄想一步登天了。

平安 ㄆㄧㄥˊ ㄢ 安全；沒有發生危險。例他遇到山難，最後還是平安無事的回來了。

動動腦 小朋友，你能想出像「平平安安」這樣的疊字詞嗎？越多越好！（答案：高高興興、時時刻刻、整整齊齊、明明白白、清清楚楚、快快樂樂、乾乾淨淨……）

平均 ㄆㄧㄥˊ ㄐㄩㄣ 每一份都相等，沒有輕重或多少的分別。例我們平均分攤旅費。

平定 ㄆㄧㄥˊ ㄉㄧㄥˋ ❶用武力消除暴亂，使秩序安定。例他平定這場內亂。❷平穩安定。例近來地方上非常平定。例他的情緒逐漸平定下來。

平空 ㄆㄧㄥˊ ㄎㄨㄥ 無緣無故，突然發生。例股票突然暴跌，使得他平空損失千萬元。

參考 相似詞：平白。

平房 ㄆㄧㄥˊ ㄈㄤˊ 只有一層而沒有樓上的房子。例我住的是四合院的平房。

參考 相反詞：高樓、樓房、大廈。

平坦 ㄆㄧㄥˊ ㄊㄢˇ 形容沒有高低凹凸的平面。坦：寬平。例這條馬路寬闊平坦。

平面 ㄆㄧㄥˊ ㄇㄧㄢˋ 沒有高低凹凸的表面。例我在平面的地板上鋪上毛毯。

平信 ㄆㄧㄥˊ ㄒㄧㄣˋ 郵局不特別處理的信件。例這張卡片寄平信就行了。

平息 ㄆㄧㄥˊ ㄒㄧˊ 使發生混亂的事情平定下來。例他平息這次激烈的戰亂。

參考 相似詞：平定、平靖。

平素 ㄆㄧㄥˊ ㄙㄨˋ 平日，平時。素：向來。例他平素對自己要求很嚴。

平原 ㄆㄧㄥˊ ㄩㄢˊ 陸地上低平而廣闊的區域，不超過海平面二百公尺。

平時 ㄆㄧㄥˊ ㄕˊ 一般的、通常的時候。例他平時不知用功，等到考試才臨時抱佛腳。

古人說「平時不燒香，臨時抱佛腳。」這句話是說：平時不作準備，臨時倉促應付。例考試前才趕著開夜車，只怪自己「平時不燒香，臨時抱佛腳」。

平淡 ㄆㄧㄥˊ ㄉㄢˋ 平常，沒有曲折。例這個故事聽起來平淡無奇。

平庸 ㄆㄧㄥˊ ㄩㄥ 一般的，平常的。庸：不高明的。例他的資質平庸。

平添 ㄆㄧㄥˊ ㄊㄧㄢ 增加。添：加。例絲絲細雨，平添了淒涼的秋意。

平常 ㄆㄧㄥˊ ㄔㄤˊ ❶平日，平時。例他雖然身體不好，但平常很少請假。❷普通，不特別。例他的演講雖然平常，意義卻很深遠。

平等 ㄆㄧㄥˊ ㄉㄥˇ 指人的地位、權利、機會相等。例現在是男女平等的時代。

平滑 ㄆㄧㄥˊ ㄏㄨㄚˊ 表面平坦而光滑。例小嬰兒的肌膚十分細膩平滑。

平實 ㄆㄧㄥˊ ㄕˊ 平常就很盡力，使得基礎很實在。例偉大的事業都是從平凡、平淡、平實中建立起來的。

平輩 ㄆㄧㄥˊ ㄅㄟˋ 輩分相同的人。例如：兄弟姊妹等都是。

參考 相似詞：同輩。♣相反詞：長輩。

平衡 ㄆㄧㄥˊ ㄏㄥˊ ❶數量、力量相等或相當。衡：稱重量的器具。例他用錢沒有節制，常使收支不能平衡。

笑一笑 小王在街上溜達，看到有個大腹便便的婦人，背著幼兒，兩手提著大包小包的東西。小王很同情，跑上前去想幫忙。婦人驚恐的問：「你想幹什麼？」小王：「幫你的忙呀！」婦人很生氣：「你想破壞我的平衡嗎？」

平靜 ㄆㄧㄥˊ ㄐㄧㄥˋ 形容人、事、物穩定，沒有波動。例他激動的心情久久不能平靜。

例風雨已經平靜，陽光也露出燦爛的笑容。

平穩 ㄆㄧㄥˊ ㄨㄣˇ　平靜穩定。例地下鐵路是平穩快捷的交通工具。

平交道 ㄆㄧㄥˊ ㄐㄧㄠ ㄉㄠˋ　和鐵路相交的道路，通常設有柵欄和警示標幟。例過平交道時必須停、看、聽。

平心而論 ㄆㄧㄥˊ ㄒㄧㄣ ㄦˊ ㄌㄨㄣˋ　用平靜的心情和公正的態度來評論事情。例平心而論，他是個好父親。

平心靜氣 ㄆㄧㄥˊ ㄒㄧㄣ ㄐㄧㄥˋ ㄑㄧˋ　心平氣和，態度冷靜。例你平心靜氣的想一想，這樣做對不對？

平分秋色 ㄆㄧㄥˊ ㄈㄣ ㄑㄧㄡ ㄙㄜˋ　比喻雙方各得一半。例這場比賽雙方勢均力敵，平分秋色。

平步青雲 ㄆㄧㄥˊ ㄅㄨˋ ㄑㄧㄥ ㄩㄣˊ　比喻不費氣力，一下子就達到了很高的地位。青雲：高空；比喻崇高的地位。例由於運氣好，他平步青雲的登上總經理的職位。

平易近人 ㄆㄧㄥˊ ㄧˋ ㄐㄧㄣˋ ㄖㄣˊ　❶態度謙和，使人容易親近。例王老師非常平易近人，所以學生都喜歡她。❷指文字通俗淺顯，容易了解。例白居易的詩平易近人，大家都能看得懂。

平起平坐 ㄆㄧㄥˊ ㄑㄧˇ ㄆㄧㄥˊ ㄗㄨㄛˋ　指輩分地位相等的人使用相同的禮節；比喻地位或權力平等。

平鋪直敘 ㄆㄧㄥˊ ㄆㄨ ㄓˊ ㄒㄩˋ　說話或寫文章時只把意思簡單直接的敘述出來，重點不突出，內容不生動。例他平鋪直敘的道出旅遊的經歷。

并

干部　三畫

丶 丷 䒑 兰 𦍌 并

ㄅㄧㄥˋ　❶合，通「併」：例吞并、兼并。❷一齊，通「並」：例并列、并走。

ㄅㄧㄥ　古州名：例并州。

年

干部　三畫

丿 𠂉 𠂉 𠂉 𠂉 年

ㄋㄧㄢˊ　❶時間的單位，地球繞太陽一周的時間：例一年。❷收穫：例豐年。❸人的歲數：例年紀。❹時期：例末年、近年。❺姓：例年先生。

參考 相似字：歲、載、祀（ㄙˋ）。

年紀 ㄋㄧㄢˊ ㄐㄧˋ　人的年齡。例他的年紀雖然很大，但是精神還很好。

參考 相似詞：年齡、年事、年齒、年歲。

年歲 ㄋㄧㄢˊ ㄙㄨㄟˋ　❶年紀的意思。❷農事收成。例今年年歲歉收，政府決定減免稅捐。

年糕 ㄋㄧㄢˊ ㄍㄠ　用糯米磨成漿狀後，加上砂糖、紅豆、桂圓、紅棗等，是過年的應景食品。例吃年糕，步步高陞。

唱詩歌 爬樹爬得高，跌下像年糕。爬樹爬得低，跌下像田雞。（浙江）

年年有餘 ㄋㄧㄢˊ ㄋㄧㄢˊ ㄧㄡˇ ㄩˊ　每年都有剩餘；比喻收入豐富、足夠。是新年時常講的吉祥話。例除夕時，家家戶戶都會買一條大魚，表示「年年有餘」。

幸

干部　五畫

一 十 土 土 去 𡈼 幸

ㄒㄧㄥˋ　❶福分：例榮幸。❷希望：例幸勿推辭。❸高興：例欣幸、慶幸。❹古代稱帝王到達某地：例巡幸。❺意外地得到好處或免去災禍：例僥幸、萬幸。❻多虧：例幸而、幸好。❼姓：例幸小姐。

參考 請注意：❶「幸」和「辛」的分別：幸福、慶幸的「幸」念ㄒㄧㄥˋ，辛苦、辛酸的「辛」念ㄒㄧㄣ。同時寫法也不同，「幸」的上面是「土」，而「辛」的上面是「亠」。❷「幸」和「倖」都有「僥倖」的意思，但是「幸免」、「幸得」的「幸」不能寫成「倖」。

猜一猜 十一點加上點一十。（猜一字）（答案：幸）

幸好 ㄒㄧㄥˋ ㄏㄠˇ　還好，幸虧。例這次車禍，幸好沒有人傷亡。

參考 相似詞：幸虧、幸而、好在。

幸免 ㄒㄧㄥˋ ㄇㄧㄢˇ　僥倖的免除，多指災難、禍事而言。

幸運 ㄒㄧㄥˋ ㄩㄣˋ　剛好有機會而得到好處。例他參加摸彩，幸運中大獎。

參考 活用詞：幸運兒、幸運券。

幸福 ㄒㄧㄥˋ ㄈㄨˊ 生活、境遇愉快美滿。例她們的生活幸福，真叫人羨慕。

幸虧 ㄒㄧㄥˋ ㄎㄨㄟ 在緊急中，因為外來的原因、幫助而免除不好的事。例幸虧你的幫忙，否則我一定做不完。

幸運兒 ㄒㄧㄥˋ ㄩㄣˋ ㄦˊ 運氣好的人。

幸災樂禍 ㄒㄧㄥˋ ㄗㄞ ㄌㄜˋ ㄏㄨㄛˋ 別人有了災禍，不但不同情，反而感到高興。例別人有了困難，我們千萬不能幸災樂禍。

幹

干部 十畫

一 十 𠂇 古 古 吉 直 卓 卓 卓 幹 幹 幹

ㄍㄢˋ ❶動物的身體：例軀幹。❷植物的主要部分：例枝幹、樹幹。❸事物的根本：例骨幹。❹河道或鐵路等的主流或主要線路：例鐵路幹線。❺做事的能力：例才幹。❻主要的辦事人員：例班級幹部。❼做：例幹苦工。❽有才能的：例能幹、幹練。❾事情：例有何貴幹？❿姓：例幹先生。

ㄏㄢˊ 木頭圍成的欄杆：例井幹。

參考 相似字：做、能、軀。♣請注意：❶「井幹」和「井韓」相通。❷「幹」和「斡」字形相近，但是斡（ㄨㄛˋ）旋不能寫成幹（ㄍㄢˋ）旋。

猜一猜 十日十，人一十。（猜一字）（答案：幹）

幹勁 ㄍㄢˋ ㄐㄧㄣˋ 做事的熱忱和活力。例他的幹勁十足，工作一下子就做完了。

幹部 ㄍㄢˋ ㄅㄨˋ 在團體中擔任職務，領導群眾的人。例班長是很重要的班級幹部。

幹練 ㄍㄢˋ ㄌㄧㄢˋ 辦事能力強又有經驗。例他在這個公司已經五、六年了，做事非常幹練。

參考 請注意：「幹練」和「老練」都指有經驗，但是「幹練」指辦事有才能；而「老練」則是經驗累積多了，就做事精明。

幺部 ㄧㄠ

「幺」是還沒有成人形的胚胎，也就是懷孕初期（一個月以內）的胎兒，因此「幺」有小的意思。幺部的字也都有小的意思，例如：幼（年紀小）、歲（少，不多）。

幻

幺部 一畫

𠃋 乡 幺 幻

ㄏㄨㄢˋ ❶不真實的：例幻想。❷不尋常的變化：例變幻莫測。

參考 相似字：變、化。♣請注意：「幻」字不可以寫成「幼」字。

幻象 ㄏㄨㄢˋ ㄒㄧㄤˋ 幻想出來的景物。例在沙漠中長途跋涉，很容易產生海市蜃樓的幻象。

幻想 ㄏㄨㄢˋ ㄒㄧㄤˇ 虛幻不切實際的想像。例幻想經不起現實的打擊，最後一定會破滅。

參考 請注意：「幻想」和「理想」的區別：「幻想」指距離現實較遠，很難實現的希望；「理想」比較合於現實希望，實現的可能很大。

動動腦 小紅到臺北看她的祖母，回家時，坐在火車上，她開始幻想。想什麼呢？想在臺北的情形、想某個人、想某件事……小朋友，請你也來幫小紅想一想，想得愈仔細愈好！

幻滅 ㄏㄨㄢˋ ㄇㄧㄝˋ 幻想、希望破滅、落空。滅：消失。例他的夢想又幻滅了。

幻覺 ㄏㄨㄢˋ ㄐㄩㄝˊ 視覺、聽覺受外物的刺激而出現虛假的感覺。例哪裡有鬼？一定是你的幻覺。

幼

幺部 二畫

𠃋 乡 幺 幻 幼

ㄧㄡˋ ❶年紀小：例幼小、幼弱。❷初生的：例幼芽、幼苗。❸知識淺薄，缺乏見解：例幼稚。❹小孩子：例扶老攜幼。

參考 相似字：小、弱、稚、少、嫩。♣相反字：壯、大。

三畫

猜一猜 幺兒力氣小。（猜一字）（答案：幼）

幼小 ㄧㄡˋ ㄒㄧㄠˇ　還沒成年。例不要傷害他幼小的心靈。

幼年 ㄧㄡˋ ㄋㄧㄢˊ　年紀很小的時候。常常指六歲前。

幼兒 ㄧㄡˋ ㄦˊ　幼小的兒童；嬰兒。

參考 活用詞：幼兒期、幼兒教育。

幼苗 ㄧㄡˋ ㄇㄧㄠˊ　❶植物剛生出的胚芽。例這株幼苗若不好好保護將會枯死。❷比喻兒童。例兒童是國家的幼苗。

幼稚 ㄧㄡˋ ㄓˋ　❶年紀小。例他還是個幼稚的孩子，你別太苛求他。❷形容缺乏經驗，做事不夠熟練。例你的想法為什麼還是那麼幼稚呢？

參考 相反詞：成熟。

幽

幺部　六畫

ㄧㄡ ❶昏暗，和「明」相對：例幽暗。❷形容地方深遠、僻靜、陰暗：例幽深、幽靜。❸陰間：例幽冥。❹囚禁：例幽禁。❺雅緻的：例幽雅、幽美。❻祕密的：例幽居、幽會。❼姓：例幽先生。

參考 相似字：暗、靜、深。♣相反字：明、朗。

猜一猜 兩個幺兒去爬山。（猜一字）（答案：幽）

幽居 ㄧㄡ ㄐㄩ　居住在隱密安靜的地方。例傳說深山裡幽居著一位仙人。

參考 相似詞：隱居。

幽香 ㄧㄡ ㄒㄧㄤ　清淡的香氣。例她的身上飄來一股淡淡的幽香。

幽怨 ㄧㄡ ㄩㄢˋ　隱藏在內心的怨恨。例他們兩人之間有一段幽怨的感情。

幽深 ㄧㄡ ㄕㄣ　陰暗而深遠。例森林幽深的地方，常躲著小動物。

幽雅 ㄧㄡ ㄧㄚˇ　幽靜而且雅緻。例這附近的環境非常幽雅。

幽暗 ㄧㄡ ㄢˋ　昏暗。例她一個人躲在幽暗的角落裡哭泣。

幽默 ㄧㄡ ㄇㄛˋ　外來語。有趣或可笑的言談、舉止，但有很深遠的意義。

幽靜 ㄧㄡ ㄐㄧㄥˋ　幽雅而且寧靜。例你該找個幽靜的地方休養一下。

幽靈 ㄧㄡ ㄌㄧㄥˊ　人死後的靈魂。

參考 相似詞：幽魂。

幾

幾幾

幺部　九畫

ㄐㄧˇ ❶用來問多少數量的詞：例幾點了、他幾歲。❷表示不確定、比較少的數：例幾本書、曾經去過幾次。❸表示時間的疑問詞：例幾時來的？

ㄐㄧ ❶很接近，只差一點點：例幾乎。❷姓：例幾先生。

猜一猜 兩個幺子去戍守邊界。（猜一字）（答案：幾）

幾乎 ㄐㄧ ㄏㄨ　❶差不多、很接近。是一種說話的口氣，沒有特殊意義。例他的體重幾乎是我的兩倍。❷差點兒。例我幾乎認不出你來了。

參考 相似詞：簡直、幾幾。

幾何 ㄐㄧˇ ㄏㄜˊ　❶多少。何：什麼。例人生幾何？（人生到底有多少？有什麼？）❷幾何學的簡稱，是數學的分科，專門研究物體的形狀、大小、位置的相互關係，包括點、直線、圓、曲線、平面、立體等。

幾時 ㄐㄧˇ ㄕˊ　什麼時候。例你們打算幾時出發？

幾許 ㄐㄧˇ ㄒㄩˇ　多少。

幾無人煙 ㄐㄧ ㄨˊ ㄖㄣˊ ㄧㄢ　幾乎沒有看見煮飯的炊煙；比喻地方荒涼而且沒有人居住。

广部 ㄢˇ

古時候沒有房屋，人們住在哪裡呢？山洞、地洞都是最好的住處。

這些住處依著山崖建造，可以省掉一面牆壁，因此寫成「𠆢」（比「宀」（宀）少了一面牆，「宀」也是房子的象形文字，慢慢地再由「厂」演變成「广」）。有「广」部的字多半也和房子有關係，例如：廟、庫、店。

序

广部 四畫

丶 亠 广 户 庁 序

ㄒㄩˋ ❶依一定次第排列的：例秩序。❷排次第：例序齒。❸開頭的，在正式內容以前的：例序幕、序文。

參考 請注意：「序」與「敘」、「緒」只有當作文體時，才可以通用，其他情形都不可以。

猜一猜 予住在房內。（猜一字）（答案：序）

序文 ㄒㄩˋ ㄨㄣˊ 文體的一種，通常放在正文的前面。由作者自己說明寫書的動機、經過及全書大意的，叫作「自序」。也有的「序文」是由別人來介紹、評論這本書的內容。

參考 相似詞：敘文、序（敘）言。

序曲 ㄒㄩˋ ㄑㄩˇ ❶歌劇、芭蕾舞劇等開場時為製造氣氛或暗示劇情所演奏的樂曲。❷比喻事情、行動的開端。例兩年前的那次郊遊，為他倆的愛情寫下了序曲。

參考 相似詞：前奏曲。

序幕 ㄒㄩˋ ㄇㄨˋ ❶指有些戲劇在第一幕以前安排的一場戲，主要在介紹劇中人物的歷史、劇情發生的背景或暗示全劇的主題。❷比喻重大事件的開端。例「啦啦隊表演」揭開了運動會一連串精彩活動的序幕。

三畫

庇

广部 四畫

丶 亠 广 广 庀 庀 庇

ㄅㄧˋ 遮蔽，保護：例包庇、庇護。

參考 相似字：護、佑。

庇蔭 ㄅㄧˋ ㄧㄣˋ 樹木遮住陽光；比喻有遮蔽、保護的意思。例父母庇蔭子女成長。

庇護 ㄅㄧˋ ㄏㄨˋ 保護，照顧。有時候也指不合理的、不公正的偏袒。例在父母的庇護下，我們不斷成長茁壯。

參考 活用詞：庇護所、庇護權。

床

广部 四畫

丶 亠 广 户 庄 床 床

ㄔㄨㄤˊ ❶供人睡覺的家具。❷古時坐榻也稱床：例胡床。❸計算被褥的單位：例一床棉被。❹安放器物的架子：例琴床、墨床。❺河流的槽狀底：例河床。

參考 請注意：「床」的異體字是「牀」。

床罩 ㄔㄨㄤˊ ㄓㄠˋ 蓋在床上防止灰塵的布單。

床鋪 ㄔㄨㄤˊ ㄆㄨ 睡覺的床位。

庚

广部 五畫

丶 亠 广 户 户 户 庚 庚

ㄍㄥ ❶天干的第七位。❷年齡：例同庚。❸姓：例庚先生。

店

广部 五畫

丶 亠 广 广 庐 庐 店 店

ㄉㄧㄢˋ ❶賣東西的地方：例商店。❷旅館：例旅店。

參考 相似字：鋪。

猜一猜 開張大吉。（猜臺北縣一地名）（答案：新店）

動動腦 小朋友，請你在空白的地方填上一個字，找同學比賽，看誰想得快！

（答案：書店、商店、店鋪、店員）

店東 ㄉㄧㄢˋ ㄉㄨㄥ 商店的主人。

參考 相似詞：店主、老闆。♣相反詞：店

員、店小二、夥計。

店面 ㄉㄧㄢˋ ㄇㄧㄢˋ 商店的門面，是商店買賣東西的地方。例這家書局雖然店面很大，生意卻不太好。

店員 ㄉㄧㄢˋ ㄩㄢˊ 商店裡負責買賣東西的人。例這間商店的店員服務周到，東西也很實惠。

店鋪 ㄉㄧㄢˋ ㄆㄨˋ 商店。例這家店鋪賣的東西物美價廉，所以生意很好。

參考 相似詞：商店。

府

广部 五畫

丶 亠 广 广 庁 庍 府 府

ㄈㄨˇ ❶舊時官吏辦理公事的地方，現在也稱國家的行政機關：例官府、政府。❷官方收藏文書、財物的地方：例府庫。❸舊時稱達官貴人的住宅：例王府。❹對別人籍貫、住所的敬稱：例府上。❺唐朝到清朝時的行政區域，比縣高一級：例開封府。❻姓：例府先生。

猜一猜 一點一橫長，一撇到南洋，南洋有個人，只有一寸長。（猜一字）（答案：府）

府上 ㄈㄨˇ ㄕㄤˋ 稱他人住所、籍貫的客氣用法。例過兩天我一定到府上打擾。例請問府上哪裡？

底

广部 五畫

丶 亠 广 广 庀 庀 底 底

ㄉㄧˇ ❶器物最下面的部分：例井底、杯底。❷事情的根源：例底細。❸文書的原稿：例底稿。❹終點，盡頭：例年底。

•ㄉㄜ˙ 用在名詞或代名詞的後面，表示所有的意思，同「的」：例我底書。

底片 ㄉㄧˇ ㄆㄧㄢˋ 軟片經過曝光和沖洗後得到與實際景物明暗相反、顏色互補的影像，就是底片，底片可以用來印放成照片或影片。

參考 相似詞：負片。

底細 ㄉㄧˇ ㄒㄧˋ 詳細的根源或內情。例你先把他的底細打聽清楚，再談合作的事。

參考 請注意：「底細」用於事物時，與「原委」、「真相」意義相通。但用於人時，就不可通用。

庖

广部 五畫

丶 亠 广 广 庁 庁 庁 庖

ㄆㄠˊ ❶廚房：例君子遠庖廚。❷廚師：例庖人、庖丁解牛。

庖代 ㄆㄠˊ ㄉㄞˋ 替廚師工作，借指替別人做事。

庠

广部 六畫

丶 亠 广 广 庀 庀 庠 庠

ㄒㄧㄤˊ 古代學校的名稱：例郡庠、邑庠。

庠序 ㄒㄧㄤˊ ㄒㄩˋ 庠和序，都是古代學校的名稱。周代叫庠，商代叫序。

度

广部 六畫

丶 亠 广 广 庐 庐 庐 度 度

ㄉㄨˋ ❶計量長短的標準：例度量衡。❷按照一定標準劃分的單位：例角度、溫度。❸一定的範圍：例尺度、限度。❹法則，標準：例法度。❺人的氣量、胸懷：例度量。❻人的舉止神情：例態度。❼計算次數的單位：例一年一度。❽經過：例歡度佳節。❾姓：例度先生。

ㄉㄨㄛˋ ❶推測，考慮：例忖度。❷測量：例量度。

參考 相似字：次、猜、測、揣、過。♣請注意：「度」和「渡」都有經過的意思，在古書裡也常通用。但在現在的習慣上，「度」通常指時間，例如：度假、度日如年。「渡」多指空間，例如：渡海。

度假 ㄉㄨˋ ㄐㄧㄚˋ 度過假日。通常指利用假日從事休閒、旅遊等活動。例過年時，爸媽帶我們到墾丁風景區度假。

三畫

度量 ㄉㄨˋ ㄌㄧㄤˊ ❶測量長短大小的器具。量：計算體積容量的器具。❷比喻一個人對他人或事物所能包容的程度。例他的度量很小，動不動就生氣。

參考 相似詞：氣（器）量、氣（器）度。♣活用詞：度量衡。

度日如年 ㄉㄨˋ ㄖˋ ㄖㄨˊ ㄋㄧㄢˊ 過一天就像過一年一樣漫長；形容日子很難過。例考試的時候，常常令我覺得度日如年。

庫

丶 亠 广 广 庐 庐 肩 肩 庫　广部 七畫

ㄎㄨˋ ❶儲存東西的建築物：例水庫、倉庫。❷姓：例庫先生。

庫房 ㄎㄨˋ ㄈㄤˊ 收藏器物的地方。例他的庫房有很多寶物。

庫倫 ㄎㄨˋ ㄌㄨㄣˊ 庫倫在蒙古高原中部，土拉河上游，是蒙古地方的首都，也是蒙古貨物的進出口。位居中俄要道，有鐵路北通西伯利亞，南連大同，是蒙古的政教、經濟中心。從十七世紀開始，就是喇嘛活佛的駐地，蒙古人用柵欄圍繞鞏固城市，庫倫就是蒙古話「城圈」的意思。

庫銀 ㄎㄨˋ ㄧㄣˊ 國庫裡的銀錢。

庫藏 ㄎㄨˋ ㄘㄤˊ 府庫中所儲藏的物品。

庭

丶 亠 广 广 庄 庄 庄 庭 庭　广部 七畫

ㄊㄧㄥˊ ❶正房前的空地：例庭院。❷司法機關審理案件的場所：例法庭。❸指公開的場合：例大庭廣眾。❹指家：例家庭。❺不同：例逕庭。

參考 請注意：古代君主辦事、發布命令的地方是朝「廷」，家庭用「庭」。

庭院 ㄊㄧㄥˊ ㄩㄢˋ 指房子以外、圍牆以內的空地。例夏夜裡，大家坐在庭院中乘涼、遊戲，真快樂。

座

丶 亠 广 广 庂 庂 应 座 座　广部 七畫

ㄗㄨㄛˋ ❶供人坐的位子：例座位。❷放在器物底下墊著的東西：例底座。❸計算數量單位的語詞，通常指較大或固定的物品：例一座山、一座橋。❹指方位或地點：例座落在學校旁。❺「星座」的簡稱：例大熊座、獵戶座。

參考 請注意：「座」與「坐」不完全相同，例如：噴水池「座」落在花園中央，也可以寫作「坐」落；但是「坐」在地上，不可以用「座」。

座位 ㄗㄨㄛˋ ㄨㄟˋ 供人坐的位子。例這班車只剩下兩個座位，你想搭就得快去買票。

座談 ㄗㄨㄛˋ ㄊㄢˊ 不受固定形式的談話討論。

參考 活用詞：座談會。

座標 ㄗㄨㄛˋ ㄅㄧㄠ 表示平面上某定點的位置。由縱軸、橫軸的垂直線交叉所得。

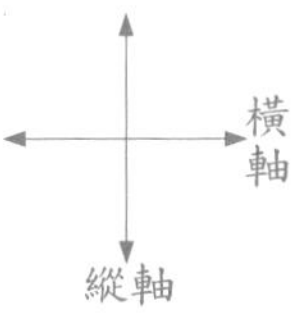

座　標

參考 活用詞：座標平面、直角座標。

座右銘 ㄗㄨㄛˋ ㄧㄡˋ ㄇㄧㄥˊ 寫在座位旁邊，用來警惕、提醒自己的格言。例「有恆為成功之母」是我的座右銘。

座無虛席 ㄗㄨㄛˋ ㄨˊ ㄒㄩ ㄒㄧˊ 座位都坐滿了，沒有空位。比喻出席的人很多。虛：空。席：座位。例這部電影很賣座，每場都座無虛席。

康

丶 亠 广 户 户 庐 庚 庚 康 康 康　广部 八畫

ㄎㄤ ❶平安：例安康。❷沒有生病：例健康。❸豐足：例小康、康年。❹通達，平坦的：例我們邁向光明的康莊大道。❺姓：例康先生。

參考 相似字：健、強、安。♣請注意：慷、糠、穅都由「康」字變化而來，都念ㄎㄤ。「慷」是「忼」的俗字，我們常用「慷慨」形容一個人很大方或是器量寬宏。「糠」原本寫作「穅」，是穀皮，我們把粗劣的糧食，或是貧賤時共患難的妻子稱為「糟糠」。

猜一猜 安居樂業。（猜中國一地名）（答案：康定）

康復 ㄎㄤ ㄈㄨˋ 消除疾病，恢復健康。例小弟生病住院，大家都希望他能早日康復。

參考 相似詞：痊癒。

康熙 ㄎㄤ ㄒㄧ 清聖祖的年號，後人多用「康熙」或「康熙皇帝」稱呼清聖祖。他文武雙全，在位共六十一年，是清朝的盛世。

康樂 ㄎㄤ ㄌㄜˋ ❶安寧快樂。例國家富強，人民康樂，社會自然太平。❷「康樂活動」的簡稱，指有益身心健康的休閒活動。

參考 活用詞：康樂隊、康樂節目、康樂活動。

康乃馨 ㄎㄤ ㄋㄞˇ ㄒㄧㄣ 花名，原產於歐洲南部，有各種顏色，花瓣五片。是敬愛母親的花朵。

康有為 ㄎㄤ ㄧㄡˇ ㄨㄟˊ 清末的政治家、思想家，廣東南海人，主張君主立憲。眼見日本明治維新運動的成功，在德宗（光緒帝）的支持下，推行新政，史稱戊戌變法。失敗後逃亡日本，組織保皇黨，與革命黨對立，著有「新學偽經考」、「大同書」等。

康德黎 ㄎㄤ ㄉㄜˊ ㄌㄧˊ 人名，英國籍醫師，是　國父在香港西醫書院求學時的老師。後來　國父到倫敦，和他保持著密切的交往。西元一八九六年，　國父倫敦蒙難，多虧他相救，才能脫險。他著有「孫逸仙與新中國」一書。

康莊大道 ㄎㄤ ㄓㄨㄤ ㄉㄚˋ ㄉㄠˋ 寬廣的道路，通常用來指人的前途。例只要你努力，前面就有一條康莊大道等著你。

庸

庸　、亠广户户户肩肩肩庸　广部 八畫

ㄩㄥ ❶很平常的：例平庸。❷不高明的：例庸醫。❸須，用：例無庸細說。

參考 相似字：常、凡、俗。

庸俗 ㄩㄥ ㄙㄨˊ 很平庸、粗俗，表示水準不高。例在經濟掛帥及庸俗文化薰陶下成長的新一代，已經不懂得欣賞藝術作品了。

庸人自擾 ㄩㄥ ㄖㄣˊ ㄗˋ ㄖㄠˇ 本來是說平庸的人沒法子把事做好，只會把事弄得更混亂。比喻本來沒有事卻自尋煩惱、自找麻煩。擾：擾亂、惹麻煩。例明明沒有事，你偏要這麼折磨自己，真是「庸人自擾」！

參考 請注意：請見「杞人憂天」條。

庶

庶　、亠广广庐庐庐庶庶庶　广部 八畫

ㄕㄨˋ ❶眾多：例庶物。❷老百姓：例庶人。❸差不多：例庶幾。❹封建制度中的旁支，和「嫡」相對：例庶子。❺姓：例庶先生。

庶人 ㄕㄨˋ ㄖㄣˊ 指百姓、民眾。

庶民 ㄕㄨˋ ㄇㄧㄣˊ 平民，老百姓。

參考 相似詞：庶人、黎庶。

庵

庵　、亠广户庐庐庵庵庵庵　广部 八畫

ㄢ ❶圓形的小草屋：例茅菴、草庵。❷小寺廟：例尼姑庵。

庾

庾　、亠广广庐庐庐庐庾庾　广部 八畫

ㄩˇ ❶無頂蓋的糧倉。❷古代容量的單位，一庾相當於十六斗。❸大庾嶺，山名，在江西、廣東兩省交界處。❹姓：例庾先生。

廊

廊　、亠广广庐庐庐庐庐廊廊　广部 九畫

ㄌㄤˊ 屋簷下的過道，或有屋頂的通路：例走廊。

廁

廁　、亠广广庐庐庐庐庐廁廁　广部 九畫

三畫

ㄘㄜˋ ❶大小便的地方：例廁所。❷參加，加入：例廁身文壇。

廂

、一广广庁庁庁庁庁廂廂 广部 九畫

ㄒㄧㄤ ❶正房兩邊的房子：例西廂。❷靠近城的地區：例城廂。❸方面：例一廂情願。❹像房子一樣被隔離的地方：例車廂。

廄

、一广广庁庁庁庁庁庁廄廄 广部 九畫

ㄐㄧㄡˋ 馬棚，泛指牲口棚：例馬廄。

廉

、一广广广产产产产产廉廉廉 广部 十畫

ㄌㄧㄢˊ ❶不貪汙：例廉潔。❷價錢低，便宜：例物美價廉。

參考 請注意：簾、濂、鐮都含有「廉」，也都讀ㄌㄧㄢˊ。竹部的「簾」，是用竹製成遮蓋門窗的東西，例如：窗簾、門簾。「濂」溪是水名。金部的「鐮」是割草的刀，例如：鐮刀。

廉能 ㄌㄧㄢˊ ㄋㄥˊ 清廉而有才能。通常多指在政治上的表現。例一個廉能的政府，才能對人民做最好的服務。

廉恥 ㄌㄧㄢˊ ㄔˇ 廉潔的操守和羞恥心。廉：清清白白的辨別。恥：切切實實的覺悟。例對一個不知廉恥的人，再多的勸告也是沒有用的。

參考 活用詞：禮義廉恥。

廉頗 ㄌㄧㄢˊ ㄆㄛ 戰國時名將，英勇善戰。即使年紀已經年邁，依然不改年少本色。與藺相如同時做趙國大臣，曾經有過誤會。廉頗受藺相如感化，脫去上衣，負荊請罪。兩人成了生死相交的好朋友。

廉價 ㄌㄧㄢˊ ㄐㄧㄚˋ 價錢很便宜。例換季大拍賣，很多貨品都廉價出售。

參考 相反詞：高價。♣活用詞：廉價品。

廉潔 ㄌㄧㄢˊ ㄐㄧㄝˊ 清廉高潔，通常指人品而言。例他是個廉潔的官吏，從來不貪汙。

廈

、一广广广广广广广广廈廈廈 广部 十畫

ㄒㄧㄚˋ ❶高大的建築物：例華廈。❷房屋後面伸出去可以遮蔽的部分：例前廊後廈。

廈門 ㄒㄧㄚˋ ㄇㄣˊ 屬於福建省南部的一個都市。有鷹廈鐵路通往內地，面臨臺灣海峽，港水深靜，適合船隻停泊。例今年夏天，我們全家去廈門遊玩。

廓

、一广广广广广广广广廓廓廓廓 广部 十一畫

ㄎㄨㄛˋ ❶空闊：例寥廓。❷開，擴張：例開廓。❸掃蕩，清除：例廓清。❹物體的周圍：例輪廓。

廖

、一广广广广广广广广廖廖廖廖 广部 十一畫

ㄌㄧㄠˋ 姓：例廖先生。

廕

、一广广广广广广广广廕廕廕廕 广部 十一畫

ㄧㄣˋ ❶庇護，遮蔽：例廕庇。❷因祖先有功，而使子孫得到官爵或特權：例祖澤餘廕。

廢

、一广广广广广广广广廢廢廢廢廢 广部 十二畫

ㄈㄟˋ ❶停止，不再使用，不再繼續：例廢除、半途而廢。❷多餘的，沒有用的，或失去原來作用的：例廢話、廢物。

參考 相似字：除、殘。♣請注意：「廢」是广（ㄧㄢˇ）部，不是疒（ㄔㄨㄤˊ）部。所以殘「廢」不可寫成殘「癈」。

廢止 ㄈㄟˋ ㄓˇ 因取消、停止使用，喪失了原有的作用或效力。例如果廢止這條規定，恐怕會引來很多麻煩。

廢物 ㄈㄟˋ ㄨˋ ❶失去原有使用價值的東西。例姊姊很會利用廢物，連寶特瓶都能變

成燈具。❷罵人沒有用的話。例你整天游手好閒，打架鬧事，真是個廢物！

參考 活用詞：廢物利用。

廢耕 ㄈㄟˋ ㄍㄥ 廢棄農田，不再耕種。耕：耕種。

廢料 ㄈㄟˋ ㄌㄧㄠˋ ❶在製造某項產品過程中所剩下，但對製造該項產品不再有用的東西。如造紙的廢料可以製造酒精。❷罵人沒有能力、沒有出息的話。例憑你這塊廢料，還能有什麼用？

廢氣 ㄈㄟˋ ㄑㄧˋ 工廠生產作業下，所產生無用的氣體。

廢除 ㄈㄟˋ ㄔㄨˊ 取消，廢止。例民國三十二年，我們終於廢除了清朝對外簽訂的不平等條約。

廢棄 ㄈㄟˋ ㄑㄧˋ 因為沒有用而拋棄。例任意廢棄垃圾是很沒有公德心的行為。

參考 活用詞：廢棄物。

廢話 ㄈㄟˋ ㄏㄨㄚˋ 沒有意義或沒有必要說的話。例你廢話少說，言歸正傳。

廢墟 ㄈㄟˋ ㄒㄩ 城市、村莊遭受破壞或在災害後變成荒涼的地方。墟：荒廢的舊城。

廢物利用 ㄈㄟˋ ㄨˋ ㄌㄧˋ ㄩㄥˋ 將原本沒有用的東西，加以改裝或整修後繼續使用。例她很會廢物利用，把舊衣服做成美麗的布偶。

猜一猜 垃圾當肥料。（猜一句成語）（答案：廢物利用）

廢寢忘餐 ㄈㄟˋ ㄑㄧㄣˇ ㄨㄤˋ ㄘㄢ 既不睡覺也忘了吃飯；形容做事非常專心，連吃飯睡覺都不顧了。寢：睡覺。餐：吃的意思。例他工作認真，常常廢寢忘餐，終於累出病了。

參考 相似詞：廢寢忘食。

廚

广部 十二畫

丶 亠 广 广 庐 庐 庐 庐 庐 庐 庐 虛 虛 廚 廚

ㄔㄨˊ ❶煮飯燒菜的地方：例廚房。❷放物品的櫃子，同「櫥」：例書廚、衣廚。

參考 相似字：櫥。

廚子 ㄔㄨˊ ㄗ˙ 以煮飯燒菜為職業的人。例這家餐廳的廚子手藝很高。

參考 相似詞：廚師、廚夫。♣請注意：「廚師」是比較尊敬的稱呼。

廚房 ㄔㄨˊ ㄈㄤˊ ❶煮飯燒菜的地方。❷廚師、廚子的另一種稱呼。例飯館的夥計不斷吆喝著廚房上菜。

廚具 ㄔㄨˊ ㄐㄩˋ 煮食物用的器具。例不鏽鋼廚具十分適合烹煮食物。

廟

广部 十二畫

丶 亠 广 广 庐 庐 庐 庐 庐 庐 庿 庿 廟 廟 廟

ㄇㄧㄠˋ ❶供祖先牌位的地方：例宗廟。❷供奉佛祖，讓人祭拜的建築物：例寺廟。❸供奉前代賢哲的地方：例孔廟。

猜一猜 一點一橫長，一撇到南洋，十字對十字，太陽對月亮。（猜一字）（答案：廟）

廟宇 ㄇㄧㄠˋ ㄩˇ 供奉神鬼的建築物。

廟堂 ㄇㄧㄠˋ ㄊㄤˊ ❶宗廟祠堂。❷朝廷。

廟會 ㄇㄧㄠˋ ㄏㄨㄟˋ 定期在廟的周圍，設立臨時市集，供人買賣貨物等活動的聚會。

廝

广部 十二畫

丶 亠 广 广 庐 庐 庐 庐 庐 庐 庐 廝 廝 廝

ㄙ ❶僕役：例小廝。❷對人輕視的稱呼：例這廝。❸互相：例廝殺。

廝守 ㄙ ㄕㄡˇ 相守，住在一起。例我倆長相廝守，永不分離。

廝殺 ㄙ ㄕㄚ 互相拚命對打。例這場廝殺戲是全片最精彩的地方。

廝混 ㄙ ㄏㄨㄣˋ 胡攪在一起，通常指人和人之間。例你每天和他們廝混，難道不擔心功課會一落千丈？

廣

广部 十二畫

丶 亠 广 广 庐 庐 庐 庐 庐 庐 庐 廣 廣 廣 廣

ㄍㄨㄤˇ ❶寬度：例廣二尺。❷擴展：例推廣。❸寬闊的：例廣場、地廣人稀。❹多：例大庭廣眾。❺姓：例廣先生

參考 請注意：邊旁有「廣」的「礦」、

「曠」，注音都是ㄎㄨㄤˋ。而「粗獷」的「獷」讀ㄍㄨㄤˇ，不能誤讀為粗ㄎㄨㄤˋ。地層中有用的物質就有「煤礦」、「鐵礦」。學生沒請假就缺課叫「曠課」。

廣大 ㄍㄨㄤˇ ㄉㄚˋ ❶寬闊而博大。例我們的國土廣大。❷學問等抽象物的深厚。例他的心胸廣大，從不和人斤斤計較。

參考 相似詞：博大。♣相反詞：狹小。♣請注意：「廣大」和「廣泛」都有範圍大的意思；但是「廣泛」只能用來形容抽象的事物，例如：廣泛地展開慶祝、廣泛的使用。而「廣大」可用來形容具體的人或事物，例如：廣大的群眾，也可用來形容抽象的事物，例如：心胸廣大。

廣西 ㄍㄨㄤˇ ㄒㄧ 現改為廣西壯族自治區。境內的石灰岩山地，受到河水長期侵蝕，形成有名的石灰岩地形，尤其以桂林、陽朔最著名。

廣州 ㄍㄨㄤˇ ㄓㄡ 廣東省省會，位於珠江三角洲北部頂點，是珠江水運的總匯。京廣、廣九、廣三等鐵路在此交會，交通便利發達。市內並有著名的黃花崗七十二烈士墓。

廣告 ㄍㄨㄤˇ ㄍㄠˋ 將文字或圖片透過廣播、電視、報紙等介紹商品的宣傳方式。

參考 活用詞：廣告欄、廣告設計、廣告公司、廣告顏料、廣告媒體。

廣東 ㄍㄨㄤˇ ㄉㄨㄥ 簡稱粵（ㄩㄝˋ）。位於我國南部，北鄰湖南、江西，西鄰廣西，東鄰福建，南濱南海。港灣曲折，是南方海洋交通的樞紐。境內有珠江三角洲，是南部最肥沃的平原。

廣播 ㄍㄨㄤˇ ㄅㄛ 電臺利用無線電波傳送節目的過程。例你最喜歡收聽哪一個廣播節目？

參考 活用詞：廣播節、廣播電臺、廣播節目。

廠

广部 十二畫

丶 亠 广 … 廠

廠 ㄔㄤˇ ❶使用機械製造或修理的地方：例工廠。❷利用寬敞的地方來儲存或處理物品：例水廠。

參考 請注意：「廠」與「場」都可指建築物，但是空曠沒有遮蔽的場所只能用「場」，例如：操場。

廠商 ㄔㄤˇ ㄕㄤ 開設工廠從事生產、建設的商人。例電視臺的收入，主要來自於廠商所提供的廣告。

龐

广部 十六畫

丶 亠 广 … 龐

龐 ㄆㄤˊ ❶大：例龐大。❷雜亂：例龐雜。❸臉：例面龐。❹姓：例龐先生。

龐大 ㄆㄤˊ ㄉㄚˋ 巨大。例他重達一百公斤，身材十分龐大。

龐然 ㄆㄤˊ ㄖㄢˊ 巨大的樣子。例恐龍是曾經生存在地球上的龐然動物。

龐雜 ㄆㄤˊ ㄗㄚˊ 大而且雜亂。例堆放在倉庫裡的東西很龐雜。

廬

广部 十六畫

丶 亠 广 … 廬

廬 ㄌㄨˊ ❶屋舍：例茅廬。❷姓：例廬先生。

廬山真面目 ㄌㄨˊ ㄕㄢ ㄓㄣ ㄇㄧㄢˋ ㄇㄨˋ 出自蘇軾的詩句，原意是不容易了解事情的真相，後來我們也用來比喻不容易見到的人物。例你常提起他，哪天把他帶來，讓我瞧瞧他的廬山真面目。

廳

广部 二十二畫

丶 亠 广 … 廳

廳 ㄊㄧㄥ ❶房子裡用來招待客人或吃飯的地方：例媽媽過生日，全家人一起去餐廳慶祝。❷清代設置的地方行政單位，大多設在新開發地區：例淡水廳。

辵部

「辵」是小步行走（見彳部說

三畫

明），「廴」把最後一畫（𨈑）拉長，表示跨著大步連續行走。因此廴部的字都有行走的意思，但是「廹」、「廵」、「廻」原本屬於廴部，現在收在辵部。「延」原本是走遠路，發展出延長、延期的意思。

廷

㇒ 二 千 壬 ⺄壬 廷 廷

廴部　四畫

ㄊㄧㄥˊ 古時帝王接受臣子覲見和辦理政事的地方：例朝廷。

參考 請注意：❶「朝廷」的「廷」和「庭院」的「庭」，讀音相同，但是意思不同，不可以替換使用。❷「宮廷」的「廷」和「延長」的「延」，形音義都不同，要仔細分別。

廸

丨 冂 日 由 由 ⺄由 廸

廴部　五畫

ㄉㄧˊ 啟發，引導：例啟廸。

參考 請注意：「廸」是「迪」的異體字。

延

㇒ 亻 亻 仩 正 ⺄正 延 延

廴部　五畫

ㄧㄢˊ ❶伸長，拉長：例延長、蔓延。❷把時間向後推移：例延期。❸聘請：例延聘。

參考 相似字：請、擱、展。

延伸 ㄧㄢˊ ㄕㄣ 從一邊延長、伸展到另一邊。例青青的瓜藤從瓜棚的四周延伸到中央。

參考 請注意：「延伸」和「擴張」都有向外推展的意思，前者大部分指線的延長，例如：山脈由北向南延伸；後者大部分指面的開展，例如：他的勢力向四面擴張。

延宕 ㄧㄢˊ ㄉㄤˋ 拖延。宕：拖延。例由於缺乏督促，使他養成延宕的習慣。

參考 相似詞：延遲、延誤。

延長 ㄧㄢˊ ㄔㄤˊ ❶長度伸長。例公車路線延長了。❷增加時間。例籃球比賽打成平手，於是延長五分鐘，以分出勝負。

延期 ㄧㄢˊ ㄑㄧˊ 把原定的日期向後推。例因為下雨，所以校外教學延期了。

延誤 ㄧㄢˊ ㄨˋ 由於緩慢而耽誤。例由於交通阻塞，使我上學延誤了。

參考 相似詞：延遲、拖延、延宕。

延攬 ㄧㄢˊ ㄌㄢˇ 指聘請、網羅人才。攬：網羅。例政府利用各種考試來延攬人才。

延續 ㄧㄢˊ ㄒㄩˋ 延長繼續。例延續文化遺產，是我們應盡的責任。

參考 請注意：「延續」和「繼續」都有接連不斷的意思。前者是動詞，有延長和發展的意思；後者除了作動詞，還可以當副詞，比較偏重照原來的樣子延長下去，例如：請繼續說下去。

延髓 ㄧㄢˊ ㄙㄨㄟˇ 人體中樞神經的一部分，是控制呼吸和血液循環的中樞。

延年益壽 ㄧㄢˊ ㄋㄧㄢˊ ㄧˋ ㄕㄡˋ 增加歲數，延長壽命。益：增加。例經常運動可以延年益壽。

建

㇕ ㇕ ⺕ 彐 聿 聿 ⺄聿 建 建

廴部　六畫

ㄐㄧㄢˋ ❶創立，設置：例建國、建立、建設。❷提出：例建議。❸修築：例新建。❹指福建省特有的產物：例建漆。❺星名，北斗七星上的第六顆星。❻姓：例建先生。

參考 請注意：邊旁是「建」的健、毽、腱、鍵都念ㄐㄧㄢˋ，但是用法不同。「健」是和人有關的，例如：健康。「毽」子是有羽毛可以用腳踢的童玩。附在胃上，很有韌（ㄖㄣˋ）性的部分稱為「腱」，例如：肌腱。「鍵」原本是放入門閂用來扣鎖的金屬東西，現在一般用來指鍵盤、琴鍵。

建功 ㄐㄧㄢˋ ㄍㄨㄥ 建立功勞，通常都指對國家而言。

建交 ㄐㄧㄢˋ ㄐㄧㄠ 兩個國家建立正式的外交關係。

建造 ㄐㄧㄢˋ ㄗㄠˋ 建築興造。通常指較大工程，用很多材料按圖施工。

建設 ㄐㄧㄢˋ ㄕㄜˋ 興建新的設施。通常都指政治、經濟方面。例十二大建設給我們帶來了方便。

建樹 ㄐㄧㄢˋ ㄕㄨˋ 有貢獻，建立功勞。

建築 ㄐㄧㄢˋ ㄓㄨˊ ❶造房子、修路、架橋的工程。例他們正在建築公路。❷指建築物。例這棟古老的建築很堅固。

參考 活用詞：建築師、建築物、建築學、建築執照。

建議 ㄐㄧㄢˋ ㄧˋ ❶名詞，提出具體辦法的意見。例你們有什麼好的建議嗎？❷動詞，提出主張、意見。例我建議你還是小心一點。

建國大綱 ㄐㄧㄢˋ ㄍㄨㄛˊ ㄉㄚˋ ㄍㄤ 為 國父所著作，全文共二十五條，在民國十三年公布，是實施三民主義、五權憲法的基礎。

廾部 ㄍㄨㄥˇ

「廾」是左右兩隻手高舉行禮，ㄡ是右手，後來寫成「又」，ㄡ是左手，現在寫成「ナ」。有廾的字大部分和手都有關係，例如：弄（用雙手玩賞美玉）、戒（雙手拿著武器防衛）。

廿

廾部 一畫

一 十 廿 廿

ㄋㄧㄢˋ 數目名。二十：例廿四史、廿三歲、廿八元。

弁

廾部 二畫

ㄥ ㄙ 亼 弁 弁

ㄅㄧㄢˋ ❶古代武人戴的一種帽子：例皮弁、爵弁。❷從前一種低級軍職軍官的隨從：例武弁、馬弁。

ㄆㄢˊ 限於「小弁」（詩經篇名）一詞。

弁言 ㄅㄧㄢˋ ㄧㄢˊ 書籍正文前面的序文。

弄

廾部 四畫

一 二 千 王 王 弄 弄

ㄋㄨㄥˋ ❶玩：例弄火。❷做：例弄飯。❸戲耍，行使：例弄手段、弄花樣。❹樂曲：例梅花三弄。❺演奏樂器：例弄笛、弄簫。

ㄌㄨㄥˋ 小巷子，同「衖」。

參考 相似字：戲。

弄瓦 ㄋㄨㄥˋ ㄨㄚˇ 生了女孩。瓦：最原始的紡紗用具。古人將瓦拿給女孩子玩，希望她以後很會做家事。

弄璋 ㄋㄨㄥˋ ㄓㄤ 生男孩子。璋：玉器。古人拿璋給男孩子玩，希望他變成有德的君子。

弄巧成拙 ㄋㄨㄥˋ ㄑㄧㄠˇ ㄔㄥˊ ㄓㄨㄛˊ 本想投機取巧，結果反而壞了大事。巧：聰明。拙：笨。例他為了解決問題出了個主意，沒想到卻弄巧成拙。

弄假成真 ㄋㄨㄥˋ ㄐㄧㄚˇ ㄔㄥˊ ㄓㄣ 本來是虛情假意，結果卻真的變成事實。例王子和乞丐換衣服，沒想到弄假成真，乞丐當了王子。

弈

廾部 六畫

丶 亠 ナ 亣 亦 亦 亦 弈 弈

ㄧˋ ❶圍棋。❷下棋：例二人對弈。

弊

廾部 十一畫

丶 丷 ⺌ 㠯 尚 尚 尚 尚 敝 敝 敝 敝 弊 弊

ㄅㄧˋ ❶害處，毛病：例弊病、流弊。❷欺詐蒙騙的行為：例作弊、舞弊。❸疲倦的：例疲弊。

參考 請注意：「作弊」的「弊」和「錢幣」的「幣」，讀音相同，字形相似，但是意思完全不同。

弊政 ㄅㄧˋ ㄓㄥˋ 腐敗不好的政治。

弊害 ㄅㄧˋ ㄏㄞˋ 毛病，禍害。

三畫

弊病 ㄅㄧˋ ㄅㄧㄥˋ 事情的缺點、毛病。

弊端 ㄅㄧˋ ㄉㄨㄢ 因為事情預先的安排不好，產生不良的後果。例當初沒有選拔賢人，造成公司的業務弊端叢生。

弊絕風清 ㄅㄧˋ ㄐㄩㄝˊ ㄈㄥ ㄑㄧㄥ 壞事沒有，風氣很清明；形容社會風氣十分良好，沒有貪汙舞弊等壞事情。

弋部 ㄧˋ

「弋」比「戈」少一畫，「⼁」是按照小木樁所造的象形字，看看旁邊的圖形，你就知道這個字是怎麼來的，丫是小木樁，一是掛在小木樁上的木頭或繩子。古代把貳寫成式，有人認為那是在木樁上刻二道痕跡，表示「二」的概念。

式 弋部 三畫

一 二 弌 式 式

ㄕˋ ❶樣子：例式樣很新、款式很多。❷規定的標準：例格式、公式。❸典禮或大會進行的程序：例結婚式、閱兵式。❹姓：例式小姐。

參考 相似字：樣、法。

式樣 ㄕˋ ㄧㄤˋ 形狀模樣。例這些皮鞋的式樣都很新潮。

弒 弋部 十畫

… 弑 弒 弒

ㄕˋ 古時稱臣殺君或子殺父母的行為：例弒君、弒父。

弓部 ㄍㄨㄥ

「弓」是什麼字呢？像不像射箭時所使用的弓？「弓」就是依照弓的形狀所造的象形字。「弓」後來慢慢演變成「弓」，再經過拉直就寫成「弓」。弓部的字和弓都有關係，例如：張（把弓拉開）、弦（弓上的絲線）。

弓 弓部 ○畫

ㄱ ㄱ 弓

ㄍㄨㄥ ❶射箭或彈射用的器具：例彈弓。❷測量土地的單位，五尺為一弓。❸彎曲的：例弓著身子。❹姓：例弓先生。

猜一猜 缺口念ㄅ。（猜一字）（答案：弓）

弓弦 ㄍㄨㄥ ㄒㄧㄢˊ 弓上的弦。弦：在弓上的線、繩。

弓弩 ㄍㄨㄥ ㄋㄨˇ 弓和弩，指武器。弩：用機關射箭的弓。

弓箭 ㄍㄨㄥ ㄐㄧㄢˋ 弓和箭，指武器。

弔 弓部 一畫

ㄱ ㄱ 弓 弔

ㄉㄧㄠˋ ❶慰問喪家或不幸的人：例弔喪、弔問。❷懸掛：例弔著燈籠。❸計算銅錢的單位，古代一千個錢稱一弔，北京人稱一百文錢為一弔。❹哀悼紀念死去的人：例弔祭。

參考 相似字：懸、掛、奠、祭。

猜一猜 弟弟剪了頭髮，丟了一腳。（猜一字）（答案：弔）

弔喪 ㄉㄧㄠˋ ㄙㄤ 到喪家祭拜死者。

參考 相似詞：弔死、弔孝、弔唁（ㄧㄢˋ）、弔祭、哀弔、哭弔。

弔民伐罪 ㄉㄧㄠˋ ㄇㄧㄣˊ ㄈㄚˊ ㄗㄨㄟˋ 慰問受苦的人民，討伐有罪的暴君。伐：討伐。例商湯討伐夏桀，就是弔民伐罪的行為。

引

ㄱ ㄱ 弓 引

弓部 一畫

ㄧㄣˇ ❶拉，牽：例引弓。❷帶領：例指引、引導。❸招來，使某種事情發生：例引人發笑、拋磚引玉。❹伸：例引領而望、引吭高歌。❺離開：例引退、引避。❻用來作根據：例引證、旁徵博引。❼文體的一種：例引文。❽姓：例引先生。

參考 相似字：導、帶、誘。

猜一猜 弓箭的弦，右邊站。（猜一字）

（答案：引）

引力 ㄧㄣˇ ㄌㄧˋ 物理名詞，物體互相吸引的力量。例牛頓發現萬有引力。

引申 ㄧㄣˇ ㄕㄣ 指一件事或一個意思，引出其他有關或相關的意義，常用於字、詞由原來的意思變化出新的意思。例「鑑」本義是「鏡子」，引申為警戒或作為教訓的事。

引用 ㄧㄣˇ ㄩㄥˋ 在說話或文章中用古書典故、名人格言、他人言語或俗語，稱為引用。

引見 ㄧㄣˇ ㄐㄧㄢˋ 介紹人見面，使他們彼此認識。例他為我引見董事長。

引起 ㄧㄣˇ ㄑㄧˇ 一種事物造成一些反應。例這篇報導文章引起了很大的爭議。

引渡 ㄧㄣˇ ㄉㄨˋ 外國政府根據國際公法及本國政府的請求，把逃到外國的罪犯送回本國接受審判。

引進 ㄧㄣˇ ㄐㄧㄣˋ 帶領進來。例這個產品製造技術是從日本引進的。

引號 ㄧㄣˇ ㄏㄠˋ 標點符號的一種，表示引用語的起止或特別意義的詞句，寫法是：「」為單引號，『』為雙引號。

引誘 ㄧㄣˇ ㄧㄡˋ 說好聽的話或用巧妙的方法，叫人家去做壞事。誘：利用手段使人上當。例他引誘小弟弟偷媽媽的錢去買糖。

引導 ㄧㄣˇ ㄉㄠˇ ❶帶領，使後面的人跟隨著。例工程師引導我們去參觀工程的進行情形。❷帶著人向某個目標前進。例教育的目的是引導學生去惡向善。

引擎 ㄧㄣˇ ㄑㄧㄥˊ 發動機，指蒸氣、煤氣、石油、電力等利用能源發動的機器。例這輛車子發不動，恐怕是引擎故障了。

引證 ㄧㄣˇ ㄓㄥˋ 引用事實、言論或著作作為根據。例他引證「時間就是金錢」這句話，勸我們珍惜時間。

引人入勝 ㄧㄣˇ ㄖㄣˊ ㄖㄨˋ ㄕㄥˋ 引人進入美妙的境地。現在多用來指山水風景或文學藝術等特別吸引人的地方。勝：優美的。例這裡的風景優美，引人入勝。

引人注目 ㄧㄣˇ ㄖㄣˊ ㄓㄨˋ ㄇㄨˋ 引起人家的注意。注目：眼光集中在一點上。例我們做人要守本分，不要標新立異，引人注目。

猜一猜 眼藥使用說明。（猜一句成語）

（答案：引人注目）

引火燒身 ㄧㄣˇ ㄏㄨㄛˇ ㄕㄠ ㄕㄣ 比喻自取滅亡。例你不要交一些不三不四的朋友，否則引火燒身，誰也救不了你。

參考 相似詞：引火上身。

引以為憾 ㄧㄣˇ ㄧˇ ㄨㄟˊ ㄏㄢˋ 對於某些事情的缺失或不成功，感到遺憾。例對於這次飛機失事，我們都引以為憾。

引以為戒 ㄧㄣˇ ㄧˇ ㄨㄟˊ ㄐㄧㄝˋ 以別人或自己所犯的錯誤，作為警戒或教訓。例他交了壞朋友而犯法坐牢，我們必須引以為戒。

引吭高歌 ㄧㄣˇ ㄏㄤˊ ㄍㄠ ㄍㄜ 形容高聲唱歌。引：伸。吭：咽喉。例他在深山中引吭高歌，產生很大的回音。

引狼入室 ㄧㄣˇ ㄌㄤˊ ㄖㄨˋ ㄕˋ 自己把敵人或壞人引到家中來；比喻自招禍害。例你和作奸犯科的人交朋友，簡直是引狼入室，一定會受到牽連。

引經據典 ㄧㄣˇ ㄐㄧㄥ ㄐㄩˋ ㄉㄧㄢˇ 引用經典中的話作為理論的根據。例他的學識很豐富，說起話來總是引經據典。

弘

ㄱ ㄱ 弓 弘 弘

弓部 二畫

ㄏㄨㄥˊ ❶大：例弘圖、弘願、弘旨。❷擴大，發揚：例弘道。❸姓：例弘先生。

弘旨 ㄏㄨㄥˊ ㄓˇ 大旨；主要的意思。

弘願 ㄏㄨㄥˊ ㄩㄢˋ 偉大的志願。例成為科學家是他的弘願。

猜一猜 眼如一泓池水沒有水。（猜一字）

（答案：弘）

弗

弓部 二畫

ㄈㄨˊ ❶否定詞，不：例弗往、弗聞、弗許、自愧弗如。❷姓：例弗先生。

猜一猜 佛祖不是人。（猜一字）（答案：弗）

弛

弓部 三畫

ㄔˊ 放鬆，鬆懈：例鬆弛、弛禁、廢弛、一張一弛。

猜一猜 也是弓箭。（猜一字）（答案：弛）

弛禁 ㄔˊ ㄐㄧㄣˋ 開放禁令；解除禁令。

參考 相反詞：開禁。

弛緩 ㄔˊ ㄏㄨㄢˇ 形勢、心情等變和緩。例他聽了這番話後，緊張的心情逐漸弛緩下來。

弟

弓部 四畫

ㄉㄧˋ ❶男子的先出生叫兄，後生的叫弟。❷對同輩朋友的自謙詞。❸學生：例弟子。❹姓：例弟先生。

ㄊㄧˋ 敬愛兄長或兄弟友愛，同「悌」：例孝弟。

參考 相反字：兄。

笑一笑 在公車上，小明把頭手伸出窗外。車掌小姐：「弟弟乖，不要把頭手伸出去，那樣很危險喔！」小明：「我是哥哥啦，弟弟在家裡沒來！」

唱詩歌 弟弟是個小問號，提出問題真不少：山上為啥長花草？水裡為啥魚兒跑？林中為啥鳥兒飛？天上為啥白雲飄？弟弟弟弟好好學，學好知識全知道。

弟子 ㄉㄧˋ ㄗˇ ❶學生，門徒，是對老師而言。❷指年幼的人，是對父兄而言。

參考 相反詞：老師、父兄。

弦

弓部 五畫

ㄒㄧㄢˊ ❶綁在弓上的絲線或繩子：例弓弦。❷樂器上可以彈奏而發出聲音的線：例琴弦、弦線。❸鐘錶的發條：例錶弦。❹月亮半圓的時候，形狀像弦，故稱半月為弦：例上弦、下弦。❺直角三角形的斜邊。❻圓或由線上任意兩點的連接線段。❼比喻妻子：例續弦。❽姓。

參考 請注意：「弦」和「絃」都讀ㄒㄧㄢˊ，當作弓上的絲線、樂器的發聲絲線、比喻妻子時用法一樣，例如：弓弦（絃）、琴弦（絃）、續弦（絃）。而「弦」的用法比「絃」還要廣，包括姓氏、月亮的形狀、發條等，例如：弦高、上弦月、錶弦。

猜一猜 黑色的弓。（猜一字）（答案：弦）

弦月 ㄒㄧㄢˊ ㄩㄝˋ 月亮在月半前後，形狀像弓弦，所以叫弦月。弓形偏西的叫上弦月，偏東的是下弦月。

唱詩歌 上弦月是漁船，下弦月是彩虹，滿月是大皮球。

弦外之音 ㄒㄧㄢˊ ㄨㄞˋ ㄓ ㄧㄣ 比喻話中另外包含別的意思，沒有明白說出來。例他的話裡經常有弦外之音，不能聽過就算了。

弧

弓部 五畫

ㄏㄨˊ ❶圓周的一部分：例弧形。❷彎曲的：例弧度。

弩

弓部 五畫

ㄋㄨˇ 一種安裝機關，利用機械的力量來射箭的弓。

弩箭 ㄋㄨˇ ㄐㄧㄢˋ 弓弩使用的箭。

猜一猜 奴僕背弓。（猜一字）（答案：弩）

弭

弓部 六畫

ㄇㄧˇ ❶弓的末端。❷平息，停止，消除：例弭戰、弭患、消弭水患。❸姓：例弭先生。

猜一猜 弓貼耳旁。（猜一字）（答案：弭）

弭兵 ㄇㄧˇ ㄅㄧㄥ 平息戰爭。兵：戰事。

弭患 ㄇㄧˇ ㄏㄨㄢˋ 消除禍患。

弱

弓部 七畫

ㄖㄨㄛˋ ❶力量小，不強健：例軟弱、示弱。❷年紀小的：例弱子、弱輩。❸寫在分數或小數後面，表示比這個數字小一點：例三分之一弱。

參考 相似字：衰、羸、小。♣相反字：強。

猜一猜 病人打太極拳。（猜一句成語）（答案：不甘示弱）

弱小 ㄖㄨㄛˋ ㄒㄧㄠˇ 氣力小，不強壯。例欺負弱小是不好的行為。

弱者 ㄖㄨㄛˋ ㄓㄜˇ 能力小，不夠堅強的人。例現代的女子已經不是弱者。

弱冠 ㄖㄨㄛˋ ㄍㄨㄢˋ 古代的男子滿二十歲時，要舉行加上帽子的儀式，表示已經長大成人。所以弱冠用來指男生二十歲左右的年齡。冠：是行冠禮，把帽子戴在頭上。

弱點 ㄖㄨㄛˋ ㄉㄧㄢˇ 力量不夠或不健全的地方。例克服弱點後，更能愉快的面對困難。

弱不禁風 ㄖㄨㄛˋ ㄅㄨˋ ㄐㄧㄣ ㄈㄥ 身體很差，連一點兒風都受不了。形容身體非常不健康。禁：支持。例她的身體像柳絲，弱不禁風，微風一吹就搖搖擺擺。

弱肉強食 ㄖㄨㄛˋ ㄖㄡˋ ㄑㄧㄤˊ ㄕˊ 動物中，弱小的經常被強大凶猛的動物吃掉。比喻力量小的一方被強有力的一方所侵占攻擊。例戰國時代，大國吞併小國，是個弱肉強食的世界。

張

張

弓部 八畫

ㄓㄤ ❶打開，展開：例張開嘴、張弓。❷擴大：例虛張聲勢。❸看：例東張西望。❹陳設，布置：例張燈結綵。❺指商店開業：例開張。❻計算的單位：例一張紙、一張床。❼姓：例張騫。

笑一笑 張先生向人自我介紹時總是說：「我是弓長『張』，不是立早『章』！」一天，有人來拜訪張先生，開門的是張小弟，張小弟問來訪的人是誰？客人說：「我姓李！」張小弟：「你是弓長李，還是立早李？」

張弓 ㄓㄤ ㄍㄨㄥ 拉開弓。例他張弓要打下那隻鳥。

張口 ㄓㄤ ㄎㄡˇ 打開嘴巴。例他張口打了個大哈欠。

張目 ㄓㄤ ㄇㄨˋ 張大眼睛。例他張目注視實驗的變化。

張狂 ㄓㄤ ㄎㄨㄤˊ 態度傲慢、輕狂。例他張狂的樣子，真令人受不了。

張良 ㄓㄤ ㄌㄧㄤˊ 漢初功臣之一，相傳張良曾經接受圯（ㄧˊ）上老人的兵法，後來輔佐劉邦，建立漢朝，封為留侯。

張飛 ㄓㄤ ㄈㄟ 三國時代蜀漢的大將，是一個性格暴躁、粗魯的人。和劉備、關羽是結拜兄弟，後人稱「桃園三結義」。

張貼 ㄓㄤ ㄊㄧㄝ 貼廣告、布告或標語等東西。例不要任意張貼廣告，以免破壞環境的景觀。

張望 ㄓㄤ ㄨㄤˋ 向四周、遠處或縫隙裡看。例小偷四處張望，怕有警察跟蹤。

張揚 ㄓㄤ ㄧㄤˊ 把祕密的事擴大、宣傳出來。例拜託別四處張揚這個祕密。

張嘴 ㄓㄤ ㄗㄨㄟˇ 把嘴張開，多指說話。例他一個人坐在牆角，不肯張嘴。

張羅 ㄓㄤ ㄌㄨㄛˊ ❶料理，準備。例東西早點準備，不要臨時再張羅。❷招待，照應。例店裡一下子來了好多客人，店員沒法子張

三畫

羅。

張騫 西漢的探險家和外交家，漢武帝時奉命出使大月氏，相約夾攻匈奴。共出使兩次，使漢朝和西域、中亞各國建立良好的關係，促進中西文化經濟的交流和發展。

張老師 社會輔導機構的名稱，服務的對象多為青少年，也包括一般民眾。替他們解決和輔導各種身心方面的問題或困難，使他們能建立正確的人生觀。

張三李四 假設的姓名，指某人或某些人。例他的心情不好，不管張三李四，看到人就罵。

張口結舌 形容理屈或害怕，張著嘴說不出話來。例聽了他的話，我們張口結舌，不知道該說什麼才好。

張牙舞爪 本指猛獸發威的凶相；比喻惡人張揚作勢的樣子。例他露出張牙舞爪的表情，真令人害怕。

張冠李戴 張三的帽子戴在李四的頭上；比喻名不副實，弄錯對象，或假冒別人。冠：帽子。例這篇文章是他寫的，不是我寫的，你千萬別張冠李戴。

張燈結綵 張掛著各色各樣的燈綵。綵：彩色的絲綢。例國慶日到了，到處張燈結綵，喜氣洋洋。

強

強 ㇆ ㇆ 弓 弘 弘 弘 弘 弘 強 強

弓部 八畫

ㄑㄧㄤˊ ❶「弱」的反面，有力量：例強壯。❷勝過，比較好：例你比我強。❸還多一點，有餘：例五分之三強。❹程度高：例能力強。❺努力，盡力：例強記、強渡。❻粗暴，蠻橫：例強暴、強橫。❼姓：例強先生。

ㄑㄧㄤˇ 勉強：例強迫。

ㄐㄧㄤˋ 固執，任性：例倔強、強脾氣。

強大 力量堅強雄厚。例強大的國軍，有擊潰敵人的信心。

參考 相反字：弱。

強化 加強，使得更堅固。例他的辦事能力必須強化，才能提高效率。

強占 用暴力或武力侵占。例流氓強占了小販的財物。

強行 用強迫的方法進行。例歹徒把她的錢強行搶走。

強求 不能得到而想辦法去得到。例每個人的想法不同，你不必強求別人和你一致。

強制 ❶用法律的力量去約束別人。❷用強力壓制，使人屈服。例警方決定強制拆除違章建築。

強壯 身體粗壯，結實有力氣。例他的身體很強壯，能背二十公斤重的東西。

強迫 用壓力逼迫別人去做不願意做的事。例他強迫那個小男孩去偷東西。

強勁 堅強有力的。例這位投手投出一記強勁的球。

強度 聲、光、電、磁的強弱以及作用力的大小。

強烈 ❶非常強的。例最近有個強烈颱風，造成臺灣很大的損失。❷鮮明的，程度很深的。例她對色彩的反應很強烈。

強悍 勇猛，什麼都不怕。悍：勇猛。例他的態度強悍，好像要和人吵架。

強健 身體健康而有力。例我們要鍛鍊強健的體魄，才能做大事。

強盛 強大而興盛。例美國國勢強盛，在世界上有重要的地位。

強硬 態度堅持，不肯退讓、屈服。例他的態度十分強硬，一點也不肯讓步。

強盜 用暴力搶奪別人財物的人。例他在路上遇到強盜，錢被搶走了。

參考 相似詞：盜匪。

強暴 ❶強橫凶殘。例他的態度強暴，沒人敢惹他。❷強行對女子施加暴力。

強調 對於某種事物或意念，特別著重提出或說明，使人注意。例她強調這

三畫

篇文章的旨意。

強橫 ㄑㄧㄤˊ ㄏㄥˋ　凶惡不講理。橫：凶暴的。例他十分強橫，根本不聽別人的勸告。

參考 相似詞：蠻橫。

強顏 ㄑㄧㄤˇ ㄧㄢˊ　勉強裝出高興的臉色。例看她那副強顏歡笑的樣子，心裡真難過。

參考 活用詞：強顏歡笑。

強辯 ㄑㄧㄤˇ ㄅㄧㄢˋ　把沒有道理的硬說成有理。例明明是他不對，他還強辯。

強權 ㄑㄧㄤˊ ㄑㄩㄢˊ　依靠武力欺侮別人的惡勢力，多指國家或集團。例我們絕不向強權屈服。

強力膠 ㄑㄧㄤˊ ㄌㄧˋ ㄐㄧㄠ　把生橡膠溶在溶劑中，成為黏性很強的黏液，可以黏貼物品。強力膠對神經有麻痺作用，吸入它的蒸氣會產生不良影響，往往會上癮而失去理智，因此不可吸食，以免傷害身心。

強人所難 ㄑㄧㄤˇ ㄖㄣˊ ㄙㄨㄛˇ ㄋㄢˊ　勉強別人去做不願意做或做不到的事。例你叫我把潑出去的水再收回來，這不是強人所難嗎？

強弩之末 ㄑㄧㄤˊ ㄋㄨˇ ㄓ ㄇㄛˋ　即使是很強的弓所射出的箭，到最後力量也會減弱。比喻力量漸漸衰弱，起不了任何作用。弩：裝有機關射箭的弓。例恐怖分子已經到了強弩之末，遲早會棄械投降。

強詞奪理 ㄑㄧㄤˇ ㄘˊ ㄉㄨㄛˊ ㄌㄧˇ　本來沒有理，偏偏說成有理。例他喜歡強詞奪理，替自己找理由。

強中自有強中手 ㄑㄧㄤˊ ㄓㄨㄥ ㄗˋ ㄧㄡˇ ㄑㄧㄤˊ ㄓㄨㄥ ㄕㄡˇ　勸人不可以驕傲自大。例不要看不起別人，因為「強中自有強中手」。

參考 相似詞：人外有人，天外有天。

弼　弓部 九畫

ㄅㄧˋ　❶使弓端正的器具。❷幫助，輔助：例輔弼。

彆　弓部 十一畫

ㄅㄧㄝˋ　見「彆扭」。

彆扭 ㄅㄧㄝˋ ㄋㄧㄡˇ　❶不順，不正常。例他的脾氣很彆扭。❷因為意見不合而吵鬧或賭氣。例他們兩個又鬧彆扭了。

參考 請注意：「彆扭」的「彆」(ㄅㄧㄝˋ)，是指像「弓」彎曲不順，所以下面是「弓」。「蹩腳」的「蹩」(ㄅㄧㄝˊ)，是指跛「腳」，所以下面是「足」。「憋」(ㄅㄧㄝ)是指「心」情不順，所以下面是「心」，例如：心裡憋著話。

笑一笑 小強和兩個姐姐一起住，兩個姐姐都很彆扭。一天，小強買了一條長褲，褲腳太長，於是請姐姐把褲腳剪去十公分，但是兩個人都不願意。到了晚上，她們都有點內疚，都起來剪了褲腳。第二天早上，小強發現他的褲子短了二十公分。

彈　弓部 十二畫

ㄉㄢˋ　❶有殺傷、破壞作用的金屬爆炸物：例槍彈、炮彈、炸彈。❷彈弓發射用的鐵丸：例彈丸。❸小圓球：例彈珠。

ㄊㄢˊ　❶用手指頭撥弄：例彈琴。❷用指尖把東西弄掉或弄向遠方：例把衣服上的土彈掉。❸提出別人的過失：例彈劾。❹把壓縮或緊縮的東西突然放開：例彈球、彈棉花。❺掉落：例大丈夫有淚不輕彈。

彈力 ㄊㄢˊ ㄌㄧˋ　物體變形時所產生可以使它恢復原狀的作用力。

彈弓 ㄉㄢˋ ㄍㄨㄥ　發射彈丸的弓，架子做成「ㄚ」字形，現在多用橡皮筋作為發射的動力。

彈丸 ㄉㄢˋ ㄨㄢˊ　❶彈弓用的鐵丸或石丸。❷子彈上的彈頭。❸比喻地方很狹小。例金門雖然是個彈丸之地，卻保衛了臺灣的安全。

參考 活用詞：彈丸之地。

彈劾 ㄊㄢˊ ㄏㄜˊ　政府監察權的一種，就是對於違反法律的公務員，指出他犯罪的地方，並加以處罰的一種權力。劾：檢舉別人的過失。例他對警察接受賄(ㄏㄨㄟˋ)賂(ㄌㄨˋ)的事情，進行彈劾。

彈性（ㄊㄢˊ ㄒㄧㄥˋ）❶物體受到外力的壓迫，暫時改變形狀，等外力消失，就恢復原狀的性質。❷指人或物跳躍的程度。例他的彈性很好，適合打籃球。❸事情不是固定，可以依實際情況的需要而加以調整變通。例這件事很有彈性，不一定非照著做不可。

動動腦「橡皮筋有彈性，扯來扯去真好玩！」除了「彈性」、「慣性」，還有哪些性質呢？趕快想一想！（答案：人性、向光性、向水性、硬性、穩定性……）

彈奏（ㄊㄢˊ ㄗㄡˋ）演奏樂器。例她在送舊晚會上表演鋼琴彈奏。

彈琴（ㄊㄢˊ ㄑㄧㄣˊ）用手指頭撥弄琴。例她最喜歡彈琴，常常彈到深夜。

參考 活用詞：對牛彈琴。

俏皮話「黃連樹下彈琴——苦中作樂。」黃連是一種很苦的中藥，在黃連樹下彈琴，不就是苦中作樂嗎？這是一句勉勵人要樂觀的俏皮話，因為在苦難中要是不能放鬆心情，那麼生活不是很無聊嗎？

彈簧（ㄊㄢˊ ㄏㄨㄤˊ）用鋼絲或鋼條做成有彈力的機件，用來接收或轉換動力，以調整運動，減少震動。

參考 活用詞：彈簧刀、彈簧床。

彈藥（ㄉㄢˋ ㄧㄠˋ）槍彈、炮彈、手榴彈、炸彈、地雷等具有殺傷力或其他特殊作用的爆炸物的總稱。

彈無虛發（ㄉㄢˋ ㄨˊ ㄒㄩ ㄈㄚ）每一個槍彈或炮彈都打中目標，沒有空放。例他的槍法很準，彈無虛發。

彈盡援絕（ㄉㄢˋ ㄐㄧㄣˋ ㄩㄢˊ ㄐㄩㄝˊ）戰事已到了最後關頭，彈藥用盡，外援也已斷絕。比喻處境非常危險，走投無路。例雖然已經彈盡援絕，我們仍然不輕易放棄。

彊　弓部 十三畫

ㄑㄧㄤˊ 強勁的：例彊對。

ㄑㄧㄤˇ 同「強」。

ㄐㄧㄤˋ 同「強」。

彌　弓部 十四畫

ㄇㄧˊ ❶遍，滿：例彌漫、彌月。❷填補：例彌補。❸更加：例欲蓋彌彰。❹姓：例彌先生。

參考 請注意：「彌」和「瀰」都有「滿」的意思，但是用法不太相同。水滿的時候要用「瀰漫」；作布滿的時候用「瀰漫」或「彌漫」都可以。當「補足」的意思時，一定要用「彌補」。

彌留（ㄇㄧˊ ㄌㄧㄡˊ）本指生病很久沒有康復，後來形容病重快死的時候。例國父彌留時曾說：「和平、奮鬥、救中國。」

參考 相似詞：病危、垂死。

彌勒（ㄇㄧˊ ㄌㄜˋ）佛教菩薩之一，佛寺中常有其塑像，露出胸腹，滿面笑容。

彌補（ㄇㄧˊ ㄅㄨˇ）把不完全的事物補足。例他的疏忽造成了無法彌補的損失。

彌漫（ㄇㄧˊ ㄇㄢˋ）充滿，布滿。例山中彌漫著一片白茫茫的煙霧。

彌撒（ㄇㄧˊ ㄙㄚ）天主教的一種宗教儀式。用麵餅和葡萄酒代表耶穌的身體和血液，來祭拜天主。

彎　弓部 十九畫

ㄨㄢ ❶不直：例彎曲。❷屈曲：例彎腰。❸拉開弓：例彎弓。

彎曲（ㄨㄢ ㄑㄩ）不直。曲：不直。例楊柳被風吹得彎曲了。

彎弓搭箭（ㄨㄢ ㄍㄨㄥ ㄉㄚ ㄐㄧㄢˋ）拉滿弓，準備要射箭。例士兵彎弓搭箭，準備射殺敵人。

彎腰駝背（ㄨㄢ ㄧㄠ ㄊㄨㄛˊ ㄅㄟˋ）彎曲著腰和背；形容姿勢不正又難看。例走路要抬頭挺胸，不要彎腰駝背。

彎彎曲曲（ㄨㄢ ㄨㄢ ㄑㄩ ㄑㄩ）曲折不直。例我們順著彎彎曲曲的山路上山。

三畫

彐部 ㄐㄧˋ

「彐」（彐）就是豬頭，原本寫成「彑」，彑部的字很少，大部分都和豬有關，例如：彘（豬）、彖（豬走路）。

彗 彐部 八畫

ㄏㄨㄟˋ 掃帚：例竹彗。

彗星 ㄏㄨㄟˋ ㄒㄧㄥ 俗稱「掃帚星」，是繞太陽運行的一種天體，由石塊、氣體、塵埃組成。彗星接近太陽時，受太陽照射影響，形成長長的彗尾，形狀很特殊。我國在春秋時代就已經有關於彗星的記載。最有名的「哈雷彗星」在西元一六八二年由英國天文學家發現，它每七十六年會經過地球一次，最近一次出現是在西元一九八六年。

彘 彐部 九畫

ㄓˋ ❶古時候把豬稱作「彘」。❷周厲王出奔的地方，在現在的山西省霍縣東北。❸姓：例彘先生。

彙 彐部 十畫

ㄏㄨㄟˋ ❶把同類的東西聚集在一起：例彙合。❷綜合，合併：例彙刊。

彙集 ㄏㄨㄟˋ ㄐㄧˊ 聚集同類的東西。

彙編 ㄏㄨㄟˋ ㄅㄧㄢ 聚集許多文章，分門別類編成的刊物。

彝 彐部 十五畫

ㄧˊ ❶古代盛酒的器具，泛指祭器：例彝器。❷常道，一定的法則：例彝訓、彝倫。

彝訓 ㄧˊ ㄒㄩㄣˋ 常訓。

彝倫 ㄧˊ ㄌㄨㄣˊ 人與人相處的道德原則。

參考 相似詞：倫常、常理。

彡部 ㄕㄢ

「彡」俗稱三撇，是依照毛筆刷畫的花紋所造的字，也有人認為「彡」是幾根毛、髮的象形字。彡部的字和毛髮或是描畫圖案都有關係，例如：髮、修（描繪花紋，有裝飾的意思）、彫（彫刻花紋）。

彤 彡部 四畫

ㄊㄨㄥˊ ❶紅色的：例彤雲。❷姓：例彤小姐。

參考 相似字：紅、赤、丹。

形 彡部 四畫

ㄒㄧㄥˊ ❶樣子：例圓形。❷實體：例有形。❸表現：例喜形於色。❹對照：例相形之下。

參考 請注意：❶「形象」的「形」和「刑法」的「刑」讀音相同，意思不同。❷「形」和「型」有分別：「形」當名詞時指形體、形狀或實體，例如：圓形、畸形。「形」當動詞時有表現或對照的意思，例如：喜形於色、相形見絀。「型」是模型或類型的意思，例如：典型、流線型。

形成 ㄒㄧㄥˊ ㄔㄥˊ 造成或變成。例胖和瘦形成一個強烈的對比。

參考 活用詞：形成層、形成組織。

形式 ㄒㄧㄥˊ ㄕˋ 事物的形狀、樣子。例學校校刊徵稿，內容形式不拘。

形狀 ㄒㄧㄥˊ ㄓㄨㄤˋ 物體或圖形的外觀。例這隻手錶的形狀很特別。

參考 相似詞：樣式。

形容 ㄒㄧㄥˊ ㄖㄨㄥˊ ❶身體和容貌。例他形容憔悴。❷對於事物的情況加以描述。例他高興的心情是無法用言語形容的。

形象 ㄒㄧㄥˊ ㄒㄧㄤˋ ❶人的相貌、模樣。例我的腦海中浮現出他的形象。❷言行上的表現所給人的印象。例他說謊破壞了自己的形象。

形勢 ㄒㄧㄥˊ ㄕˋ ❶地勢。例山區的形勢險要，小心一點比較好。❷事物發展的情況。例現在經濟形勢對我們不利，我們必須想出應付的法子。

形態 ㄒㄧㄥˊ ㄊㄞˋ 事物的狀態或表現的形式。例國人的生活形態，已經明顯的改變。

形體 ㄒㄧㄥˊ ㄊㄧˇ ❶身體。例生物學家塑造了形體完整的人猿模型。❷結構和形狀。例中國文字的形體充滿美感。

形形色色 ㄒㄧㄥˊ ㄒㄧㄥˊ ㄙㄜˋ ㄙㄜˋ 事物的種類很多。例百貨公司裡的物品，真是形形色色，讓人眼花撩亂。

參考 相似詞：各式各樣。

形影不離 ㄒㄧㄥˊ ㄧㄥˇ ㄅㄨˋ ㄌㄧˊ 形容關係非常密切。例他們兩人每天形影不離。

參考 相似詞：形影相依、形影相隨。

猜一猜 月下散步。（猜一句成語）（答案：形影相隨）

彥

彡部 六畫

ㄧㄢˋ ❶才德出眾的人：例彥士。❷姓：例彥先生。

彬

彡部 八畫

ㄅㄧㄣ 形容人的文雅：例彬彬有禮。

彩

彡部 八畫

ㄘㄞˇ ❶顏色：例五彩、彩虹。❷各種顏色的絲綢：例彩緞。❸精美，多樣：例精彩、豐富多彩。❹光榮：例光彩。❺負傷，流血：例掛彩。❻讚美的叫喊聲：例喝彩。

參考 請注意：「采」當顏色鮮明講時可和「彩」通用。「采」又可通「採」，可是「採」不能和「彩」相通。

彩虹 ㄘㄞˇ ㄏㄨㄥˊ 紋彩美麗的虹。例下雨後，天空出現一道彩虹。

猜一猜 太陽公公本領強，天空水氣當紙張，畫上一座大彩橋，高高掛在藍天上。（猜一種自然現象）（答案：彩虹）

彩色 ㄘㄞˇ ㄙㄜˋ 很多種顏色。

彩排 ㄘㄞˇ ㄆㄞˊ 在正式演出前，按實際演出的要求進行排演。因為演員要化妝，所以叫彩排。

彩霞 ㄘㄞˇ ㄒㄧㄚˊ 彩色的雲霞。霞：陽光照在雲層上所映出的光彩。

彫

彡部 八畫

ㄉㄧㄠ ❶刻，同「雕」：例彫字、彫印。❷衰落，通「凋」：例彫落。❸用彩畫裝飾的：例彫牆、彫弓。

彫落 ㄉㄧㄠ ㄌㄨㄛˋ 指草木飄落，或人的死亡。

參考 相似詞：彫零。

彭

彡部 九畫

ㄆㄥˊ 姓：例彭先生。

彰

彡部 十一畫

ㄓㄤ ❶明顯：例彰明。❷表揚：例彰善。❸姓：例彰先生。

影

彡部 十二畫

丶 ㄇ 日 日 日 旦 早 昌 昌 㬌 景 景 景 影 影

ㄧㄥˇ ❶人或物體因擋住光線，而造成的陰暗形象：例影子。❷照片，形象：例攝影。❸連帶發生作用：例影響。❹依照原樣：例影印。❺暗指某人某事：例影射。❻電影的簡稱：例影評。

參考 請注意：「景」古時候讀ㄧㄥˇ，例如：返「景」入深林，「景」就是「影」的意思。

影子 ㄧㄥˇ ㄗ˙ ❶人或物擋住光線所生的形象。例樹的影子是因為樹擋住光線所造成的。❷模糊的形象。例這件事在我腦中一點影子都沒有。

參考 活用詞：影子戲。

猜一猜 身體輕巧，跟我過橋，下水不溼，火燒不著。（猜一種自然界現象）（答案：影子）

影片 ㄧㄥˇ ㄆㄧㄢˋ ❶用來放映電影的膠片。❷放映的電影。例這部影片我已經看過好多次了。

影印 ㄧㄥˇ ㄧㄣˋ 用照相的方法印刷，多用於翻印書籍或圖表。例我從圖書館影印了一份資料。

影迷 ㄧㄥˇ ㄇㄧˊ 喜歡看電影而入迷的人。例這個大明星有很多影迷。

影射 ㄧㄥˇ ㄕㄜˋ 借用甲事來說乙事；暗指的意思。例這本小說的主角影射社會上的要人。

影評 ㄧㄥˇ ㄆㄧㄥˊ 對電影的評論。例這部片子的影評非常差。

參考 活用詞：影評家、影評專欄。

影像 ㄧㄥˇ ㄒㄧㄤˋ ❶物體透過光學裝置或電子設備所呈現出的形象。例我們從顯微鏡中看到微生物的影像。❷物的陰影。例這棵樹的影像看來令人害怕。

參考 相似詞：影象。

影響 ㄧㄥˇ ㄒㄧㄤˇ 對他人或周圍事物所引起的作用。例為人父母應該塑立好榜樣，去影響孩子。

彳部 ㄔˋ

「彳」是個象形字，最上面那一畫是大腿，中間那一畫是小腿，下面彎曲的那一畫則是腳，表示小步行走的意思。彳部的字大部分和走路都有關係，例如：往、徐（慢慢走）、徒（步行）。

彷

彳部 四畫

ノ ク 彳 彳 彳 彷 彷

ㄆㄤˊ 徘徊猶豫沒辦法決定：例彷徨。

ㄈㄤˇ 好像，似乎：例彷彿。

參考 請注意：「彷」和「仿」二字，只有在「彷彿」、「彷彿」和「彷徨」、「彷徨」時二詞互相通用。「仿」有效法的意思，「彷」字沒有。

彷彿 ㄈㄤˇ ㄈㄨˊ 好像。例陽明山的風景非常美麗，使人彷彿置身仙境。

彷徨 ㄆㄤˊ ㄏㄨㄤˊ 遇到事情一直考慮，不能作決定。例他對於出國深造的事感到彷徨。

役

彳部 四畫

ノ ク 彳 彳 彳 役 役

ㄧˋ ❶需要出勞力的事：例勞役。❷為國家所出的勞力，所盡的義務：例兵役、現役軍人。❸使喚：例奴役。❹戰事：例戰役。❺供人使喚的人：例僕役。

參考 相似字：使。♣請注意：「役」和「疫」讀音相同，意思不同：「疫」是指一切流行的傳染病，是名詞，例如：鼠疫、瘟疫。「役」是使人做事，例如：役使、勞役。

三畫

佛
彳部 五畫

ㄈㄨˊ 好像：例彷彿仙女下凡。

參考 請注意：當作「好像」用時，「佛」和「彿」、「髴」通用，也都讀ㄈㄨˊ。

征
彳部 五畫

ㄓㄥ ❶出兵打仗：例出征。❷遠行：例長征、遠征、征途。❸由國家召集收用，與「徵」字通用：例征兵、征稅。

俏皮話 「薛丁山征西——婦人作主。」薛丁山是古時的大將。這句話是指家庭經濟的實權、公司的主管權，大部分都由女子負責，而男子無權作主的意思。

征服 ㄓㄥ ㄈㄨˊ ❶用武力使別的國家、民族屈服。❷用力量克服。例人類征服了自然。

征討 ㄓㄥ ㄊㄠˇ 出兵討伐。發動軍隊攻打不服從的人。例總司令帶著軍隊征討叛軍。

彼
彳部 五畫

ㄅㄧˇ ❶那，那個：例彼時、顧此失彼。❷對方，他：例知己知彼。

參考 相似字：他、那。♣相反字：此、這。

彼此 ㄅㄧˇ ㄘˇ ❶雙方；人和人相互之間。例我們彼此要互相合作。❷表示大家都一樣。例彼此彼此啦！大家一樣辛苦。

參考 活用詞：彼此一體、彼此相關。

俏皮話 「半斤不必笑八兩——彼此彼此。」小朋友，一臺斤有十六兩，半斤剛好八兩，所以半斤和八兩是一樣的。如果聽到有人說「半斤不必笑八兩」就表示「彼此彼此」的意思。

往
彳部 五畫

ㄨㄤˇ ❶去：例前往、往回。❷向：例往何處去？❸過去的：例往日。

參考 相似字：去。♣相反字：來。♣請注意：「往」和「朝」的分別：「往」是「移動」的意思；「朝」是「面對」的意思。❶面對某個方向移動，可用「往」也可用「朝」，例如：往前看、朝前看。❷只有面對而沒有移動的意思，只能用「朝」，例如：大門朝南開。❸只有移動而無面對的意思時用「往」，例如：往郵局走去。

往事 ㄨㄤˇ ㄕˋ 過去的事情。例往事不堪回首。

往返 ㄨㄤˇ ㄈㄢˇ 來回。例他每天往返於臺北、桃園之間。

參考 相似詞：往復。

往來 ㄨㄤˇ ㄌㄞˊ ❶去和來。例大街上往來的車輛相當多。❷互通消息；在一起。例他們兩人往來十分密切。

往後 ㄨㄤˇ ㄏㄡˋ ❶從今以後。例如果再不努力讀書，往後的成績一定更不理想。❷向後。例往後走就可以看到車站了。

往常 ㄨㄤˇ ㄔㄤˊ 平常。例今天街上比往常熱鬧許多。

很
彳部 六畫

ㄏㄣˇ 非常，表示程度很高：例很快、好得很。

參考 相似字：極、甚。

待
彳部 六畫

ㄉㄞˋ ❶等候：例等待、守株待兔。❷對，照顧：例待客、款待。❸將要：例正待出門。

ㄉㄞ 停留，逗留：例待不住。

參考 相似字：等、候、對、遇。♣請注意：「待」和「侍」（ㄕˋ）的字形相近：「待遇」、「待人接物」要用彳部的「待」；「侍候」、「服侍」要用人部的「侍」。

三畫

待命 ㄉㄞˋ ㄇㄧㄥˋ 等待上級的命令。例我們的三軍將士隨時待命。

待遇 ㄉㄞˋ ㄩˋ ❶指權利、社會地位。例人人都有權利享受平等的待遇。❷指工作的薪水和福利。例他們公司待遇很好。

待人處事 ㄉㄞˋ ㄖㄣˊ ㄔㄨˇ ㄕˋ 和別人接觸交往及處理事情。例在社會上工作，要學習待人處事。

參考 相似詞：待人接物。

猜一猜 靜候送禮人。（猜一句成語）（答案：待人接物）

徊
彳部 六畫

ㄏㄨㄞˊ ❶走路欲進不進的樣子：例徘徊不前。❷留戀的樣子：例低徊。

律
彳部 六畫

ㄌㄩˋ ❶法則：例規律。❷約束：例律己。❸音樂的節拍：例音律、旋律。❹詩的一種體裁：例律詩。

律師 ㄌㄩˋ ㄕ 受到當事人的委託或法院指派，依照法律來協助當事人進行辯護，以及處理有關法律事務的專業人員。

徇
彳部 六畫

ㄒㄩㄣˋ ❶依從，偏私：例徇私、徇情。❷為某事而犧牲，同「殉」：例徇節。

徇私 ㄒㄩㄣˋ ㄙ 受了私情的影響做出不合法的事情。

後
彳部 六畫

ㄏㄡˋ ❶在背面的，指空間，和「前」相對：例屋後。❷未來的，較晚的，指時間，和「前」或「先」相對：例後天、日後。❸次序靠近末尾的：例後排。❹下一代，子孫：例後輩。❺姓：例後先生。

參考 相反字：先、前。♣請注意：「后」可以通「後」，但「后」多用作名詞，例如：「皇后」。另外，「時候」的「候」不可寫成「後」。

後人 ㄏㄡˋ ㄖㄣˊ 後世的人。例前人種樹，後人乘涼。

後方 ㄏㄡˋ ㄈㄤ ❶在戰鬥前線之後的地區。例住在後方的百姓，應牢記前線戰士守衛國土的辛勞。❷後面，後頭。例小河的後方有一座山。

參考 相反詞：前線、前方。

後天 ㄏㄡˋ ㄊㄧㄢ ❶明天的明天。❷指人或動物離開母體單獨生活和成長的時期。例先天不足，後天失調。

後代 ㄏㄡˋ ㄉㄞˋ ❶某一個時代以後的時代。例這些遠古的事，大都是後代人們的推測。❷後世的人，也指個人的子孫。例我們要為後代造福。例這家人沒有後代。

參考 相似詞：後世。♣相反詞：前代。

後母 ㄏㄡˋ ㄇㄨˇ 父親再娶的媽媽。

參考 相似詞：繼母、後娘、晚娘。

動動腦 白雪公主有一個壞心的後母，有一天，她問魔鏡：「誰是世界上最漂亮的人？」如果你是魔鏡，你要怎麼回答，後母才不會生氣呢？和其他的小朋友比比看，看誰想得快！

後台 ㄏㄡˋ ㄊㄞˊ ❶劇場舞台後面供演員休息、準備的地方。例他們在後台準備下一場的演出。❷指靠山、後盾。例他的後台很硬。

參考 請注意：「後台」又可以寫作「後臺」。

後世 ㄏㄡˋ ㄕˋ 後代。例詩經和楚辭對後世的文學影響很大。

後生 ㄏㄡˋ ㄕㄥ ❶晚出生。例父親的兄弟，先生為伯父，後生為叔父。❷後代子孫。例保我後生。❸少年人。例你這後生找誰？❹佛家用語，指來世。

參考 活用詞：後生子、後生可畏。

後門 ㄏㄡˋ ㄇㄣˊ　❶房子或院子後面的門。❷比喻用不正當的手段，作不法的勾當，以謀取私利的途徑。例他靠走後門取得不少的私利。

後來 ㄏㄡˋ ㄌㄞˊ　時間副詞，指在過去某一時間之後的時間。例他去年曾寫來一封信，後來再沒有來過信。

參考 請注意：「後來」和「以後」的分別：❶「以後」可以單獨使用，也可以接在別的詞語後面，「後來」只能單獨使用。例如：只能說「七月以後」，不能說「七月後來」。❷「以後」表示時間，可以指過去，也可以指將來；「後來」只指過去，例如：只能說「以後」你要注意，不能說「後來」你要注意。

後果 ㄏㄡˋ ㄍㄨㄛˇ　最後的結果。例你知不知道這件事所引發的後果？

♣活用詞：後來居上。

後事 ㄏㄡˋ ㄕˋ　❶以後的事情。例欲知後事如何，且聽下回分解。❷死後之事，指喪事。例他為朋友料理後事。

後盾 ㄏㄡˋ ㄉㄨㄣˋ　比喻在背後的支持和援助。例競選時需要許多有勢力的人做後盾。

參考 相似詞：後台、後援。

後悔 ㄏㄡˋ ㄏㄨㄟˇ　事情做過以後，回想起來，才覺得不應該那樣做。悔：事後追恨。例我後悔做事太魯莽了。

後患 ㄏㄡˋ ㄏㄨㄢˋ　未來的禍害。患：禍害。例縱虎歸山，將來後患無窮。

參考 活用詞：後患無窮。

後裔 ㄏㄡˋ ㄧˋ　後代子孫。裔：後代的子孫。例我們都是黃帝的後裔。

參考 相似詞：後嗣。

後塵 ㄏㄡˋ ㄔㄣˊ　走路時後面揚起的塵土；比喻追隨別人的後面。塵：飛散的灰土。例你千萬不可步入他的後塵。

後遺症 ㄏㄡˋ ㄧˊ ㄓㄥˋ　❶在治療疾病時，由於用藥或治療方法的不當，留下日後引發其他疾病的現象。例手術時使用脊椎麻醉易造成日後腰酸背疼的後遺症。❷比喻由於做事或處理問題不妥善而留下不好的影響。例這件事因處理不當而產生許多後遺症。

後生可畏 ㄏㄡˋ ㄕㄥ ㄎㄜˇ ㄨㄟˋ　年輕人是可敬畏的。意思是說：青年人是新生的力量，成就往往能夠超過老一輩的人。畏：畏懼，這裡指佩服、重視。

後來居上 ㄏㄡˋ ㄌㄞˊ ㄐㄩ ㄕㄤˋ　指後來的人或事物已經勝過先前的。例他的成績後來居上。

參考 請注意：「青出於藍」也有後人勝前人的意思，但多半用來比喻學生勝過老師，而且只用於人，比「後來居上」的使用範圍小。

猜一猜 ㈠樓上客滿。（猜一句成語）（答案：後來居上）
㈡疊羅漢。（猜一句成語）（答案：後來居上）

後起之秀 ㄏㄡˋ ㄑㄧˇ ㄓ ㄒㄧㄡˋ　指後出現或新成長起來的優秀人物。例歌壇出現許多後起之秀。

後會有期 ㄏㄡˋ ㄏㄨㄟˋ ㄧㄡˇ ㄑㄧˊ　將來還有相見的時候。期：時日。例現在大家各奔前程，但願將來後會有期。

猜一猜 續集。（猜一句成語）（答案：後會有期）

後顧之憂 ㄏㄡˋ ㄍㄨˋ ㄓ ㄧㄡ　未來的或其他的值得憂慮的事。例凡事都有周密的思考，才能免除後顧之憂。

徉

彳部　六畫

ㄧㄤˊ　安閒自在的來回行走。例徜徉。

徒

彳部　七畫

ㄊㄨˊ　❶步行：例徒步。❷空：例徒手、老大徒傷悲。❸白白地：例徒勞無功。❹門人，弟子：例學徒、高徒。❺同一派系或同一信仰的人：例信徒、教徒。❻人：例匪徒、賭徒。❼剝奪犯人自由的處罰：例有期徒刑、無期徒刑。❽只、僅：例家徒四壁。

參考 請注意：阜部的「陡」和山勢有關係，例如：陡坡。彳部的「徒」和走路有關係，例如：徒步。

徒手 ㄊㄨˊ ㄕㄡˇ 空著手。例他徒手打敗了搶匪。

徒步 ㄊㄨˊ ㄅㄨˋ 步行，散步。例他每天從家裡徒步到學校。

參考 活用詞：徒手體操、徒手運動。

徒弟 ㄊㄨˊ ㄉㄧˋ 跟師傅學習技術的人。

徒然 ㄊㄨˊ ㄖㄢˊ 白白地，沒有作用。例不用再搬這塊石頭了，再搬也是徒然浪費力氣。

徒子徒孫 ㄊㄨˊ ㄗˇ ㄊㄨˊ ㄙㄨㄣ 徒弟和徒弟的徒弟，通常指同一派的人。

徒勞無功 ㄊㄨˊ ㄌㄠˊ ㄨˊ ㄍㄨㄥ 白費力氣而沒有功效。勞：力氣。功：功用，功效。例你如果放棄了，就會徒勞無功。

徒費口舌 ㄊㄨˊ ㄈㄟˋ ㄎㄡˇ ㄕㄜˊ 白白的浪費時間去勸人。例他不會改變心意的，你別徒費口舌了。

徑

彳部 七畫

丿 ㄔ 彳 … 徑

ㄐㄧㄥˋ ❶小路：例山徑。❷比喻達到目的的方法：例捷徑。❸直接：例徑行辦理。❹直徑的簡稱，指圓周中通過圓心的直線：例口徑。

參考 相似字：路、道。♣請注意：「徑」和「逕」意思差不多，但「直徑」不可寫成「直逕」。

徑賽 ㄐㄧㄥˋ ㄙㄞˋ 運動中競走和賽跑項目的總稱。因為比賽主要在跑道、路上進行，所以稱徑賽。

徐

彳部 七畫

丿 ㄔ 彳 … 徐

ㄒㄩˊ ❶慢慢的：例徐步的走著、徐風。❷姓：例徐小姐。

參考 相似字：緩、慢。

徐徐 ㄒㄩˊ ㄒㄩˊ 慢慢的。例列車徐徐的開動。

徐娘半老 ㄒㄩˊ ㄋㄧㄤˊ ㄅㄢˋ ㄌㄠˇ 形容年紀稍大的婦女還長得很好看。但含有不尊敬、不莊重的意思，不可以用來形容自己的親人。

得

彳部 八畫

丿 ㄔ 彳 … 得

ㄉㄜˊ ❶獲取：例取得、得獎。❷適合：例得體、得當。❸滿意：例得意、洋洋自得。❹許可，可以：例不得攀折花木。❺等於，計算數目產生的結果：例得數、五一得五。❻遭受：例得了不少苦。

ㄉㄟˇ 應該，必須：例我得走了。

˙ㄉㄜ ❶表示可能，用在動詞後：例辦得到。❷用在動詞和補語中間：例把敵人打得落荒而逃。❸用在動詞或形容詞後，表示結果或程度：例天氣晴朗得很。

參考 請注意：「的」和「得」的區分：❶找出在「˙ㄉㄜ」下面的詞，如果是名詞就用「的」，名詞以外的話就用「得」。例如：「我縫『的』『衣服』很漂亮」、「我今天縫『得』『很累』」；「今天是個晴朗『的』『假日』」、「這個假日晴朗『得』『無一朵雲彩』」。因為「衣服」、「假日」是名詞，所以用「的」。「很累」、「無一朵雲彩」不是名詞，所以用「得」。❷試試用閩南語讀讀看，讀「ㄝˇ」，用「的」，例如：我「的」、你「的」。讀「˙ㄍㄚ」，用「得」，例如：我吃「得」很飽、他好「得」不得了。

得力 ㄉㄜˊ ㄌㄧˋ 做事能幹。例他是老闆的得力助手。

得手 ㄉㄜˊ ㄕㄡˇ 達到目的。例小偷偷東西很輕易就得手了。

得失 ㄉㄜˊ ㄕ ❶成功和失敗。例你應該不計個人得失，完成這項工作。❷好處和壞處。例兩種方法各有得失。

得到 ㄉㄜˊ ㄉㄠˋ 獲得。例他因為熱心服務，得到校長的表揚。

得逞 ㄉㄜˊ ㄔㄥˇ 實現；達到目的。多用在不好的主意上面。例他想要拉我下水，結果並沒有得逞。

得勝 ㄉㄜˊ ㄕㄥˋ 取得勝利。例他們一打仗就得勝，實在令人吃驚。

得罪 ㄉㄜˊ ㄗㄨㄟˋ 冒犯別人。例早知他是你哥哥，我也不敢得罪他。

得意 ㄉㄜˊ ㄧˋ 稱心如意。例他一副很得意的樣子。

得體 ㄉㄜˊ ㄊㄧˇ 言語、行動很適當。例他的應對進退很得體。

得寸進尺 ㄉㄜˊ ㄘㄨㄣˋ ㄐㄧㄣˋ ㄔˇ 比喻貪心不滿足。例他有了腳踏車又要摩托車，真是得寸進尺。

參考 相似詞：貪得無厭。

得心應手 ㄉㄜˊ ㄒㄧㄣ ㄧㄥˋ ㄕㄡˇ 心裡怎麼想，手就能怎麼做。比喻應用自如。例他準備得相當充分，所以考起試來得心應手。

得天獨厚 ㄉㄜˊ ㄊㄧㄢ ㄉㄨˊ ㄏㄡˋ 具有非常好的條件。也指所處的環境很好。例他雖然擁有得天獨厚的條件，卻不肯好好把握。

得不償失 ㄉㄜˊ ㄅㄨˋ ㄔㄤˊ ㄕ 花費很多的功夫，得到的成果卻很少。例貪求小利最後一定得不償失。

俏皮話 「金彈子打鳥——得不償失。」用金子做的子彈打鳥，這是一件不聰明的事，因為花費太大，回收到的很小。例如：花了很多錢買一輛車，可是卻很少開它，就可用這句話來形容了。

得意洋洋 ㄉㄜˊ ㄧˋ ㄧㄤˊ ㄧㄤˊ 非常高興、神氣十足的樣子。洋洋：得意的樣子。例他得意洋洋地展示新車。

參考 相似詞：洋洋自得、洋洋得意。

得意忘形 ㄉㄜˊ ㄧˋ ㄨㄤˋ ㄒㄧㄥˊ 因為高興而失去平常的態度。例他考到第一名，難免有點得意忘形。

得過且過 ㄉㄜˊ ㄍㄨㄛˋ ㄑㄧㄝˇ ㄍㄨㄛˋ 只要勉強過得去就這樣過下去。也指對工作不負責任。例他對成績抱著得過且過的態度。

徙

徙　彳部　八畫

ㄒㄧˇ 遷移，搬走：例徙居、遷徙。

參考 請注意：「徙」和「徒」的字形相近。「徙」（ㄒㄧˇ）的右上角是「止」，有遷移的意思，例如：遷徙、徙居。「徒」（ㄊㄨˊ）的右上角是「土」，有門人、同黨的意思，例如：學徒。

從

從　彳部　八畫

ㄘㄨㄥˊ ❶跟隨：例跟從。❷依順：例服從、順從。❸自，由：例從古到今、從南到北。❹聽信：例言聽計從。❺參加：例從軍。❻採取某種原則或方法：例從寬處理。❼隨：例力不從心。❽辦理：例從政、從公。❾姓：例從先生。

ㄗㄨㄥˋ ❶跟隨服侍的人：例侍從。❷同謀的，附和的：例主從、從犯。❸比至親稍次的血緣關係：例從兄弟（堂兄弟）、從伯叔。❹古時官品有正從的分別，從次於正，有「副」的意思：例從一品。

ㄘㄨㄥ ❶不慌不忙：例從容不迫。❷充分，寬裕：例時間從容。

ㄗㄨㄥ 限於「從橫」一詞。

從此 ㄘㄨㄥˊ ㄘˇ 從現在到以後。例他被老師處罰後從此不再犯錯。

從來 ㄘㄨㄥˊ ㄌㄞˊ 從過去到現在。例他從來就不守信用。

從事 ㄘㄨㄥˊ ㄕˋ 獻身到某種事業中。例父親從事教育工作已有三十年了。

從軍 ㄘㄨㄥˊ ㄐㄩㄣ 加入軍隊。例古時的花木蘭代父從軍，立下汗馬功勞。

動動腦 花木蘭代替父親從軍，小朋友請你想想看，她在軍中會發生哪些有趣的事？越有趣越好哦！

從前 ㄘㄨㄥˊ ㄑㄧㄢˊ 以前。例他從前曾是個小偷，現在已改過自新了。

從容 ㄘㄨㄥ ㄖㄨㄥˊ ❶不慌不忙。例他上臺演講的態度很從容。❷充分，寬裕。例考試的時間還很從容。

從長計議 ㄘㄨㄥˊ ㄔㄤˊ ㄐㄧˋ ㄧˋ 用較長的時間慎重仔細的商量考慮。例這個問題應從長計議。

從容不迫 ㄘㄨㄥ ㄖㄨㄥˊ ㄅㄨˋ ㄆㄛˋ 悠閒自在，毫不急迫。例他從容不迫的態度，使他能應變許多事情。

從容就義 ㄘㄨㄥ ㄖㄨㄥˊ ㄐㄧㄡˋ ㄧˋ 不因敵人的威脅利誘而屈服，毫無怨言的為國犧牲。

就義：為正義而犧牲生命。例史可法被捕後，從容就義的精神令人敬佩。

從善如流（ㄘㄨㄥˊ ㄕㄢˋ ㄖㄨˊ ㄌㄧㄡˊ） 聽從好的意見像水往低處流一樣的自然；形容樂於接受人家的勸告。例他是個從善如流的人，所以很多人願意接近他。

從頭到尾（ㄘㄨㄥˊ ㄊㄡˊ ㄉㄠˋ ㄨㄟˇ） 從開始到結束。例做一件事必須從頭到尾徹底的完成。

徘 彳部 八畫

徘（ㄆㄞˊ） 來回不前進的樣子：例徘徊。

徘徊（ㄆㄞˊ ㄏㄨㄞˊ） 來回慢步的走著；比喻猶疑不決。例他在校門口徘徊半天也沒等到人。

參考 請注意：「徘徊」又可寫作「俳佪」。

御 彳部 八畫

御（ㄩˋ） ❶駕駛車馬：例御車。❷指和皇帝有關的：例御前、御駕。❸統治，管理：例御民、御事。

御史（ㄩˋ ㄕˇ） ❶秦以前管理文書的史官。❷古代負責糾正皇帝及所有官員的人。

御河（ㄩˋ ㄏㄜˊ） 環繞在皇宮外面的河流。例御河是用來保護皇宮用的。

徜 彳部 八畫

徜（ㄔㄤˊ） 悠閒的來回走動：例徜徉。

徜徉（ㄔㄤˊ ㄧㄤˊ） 悠閒的來回走動或從容自在的樣子。

參考 相似詞：倘佯。

徧 彳部 九畫

徧（ㄅㄧㄢˋ） ❶到處，全部：例滿山徧野、徧身。❷表示沒有一處遺漏：例徧布、找徧了。❸一個動作從開始到結束的全部過程叫做「一徧」：例這本書我看了三徧。

參考 請注意：「徧」和「遍」字相通。

徧布（ㄅㄧㄢˋ ㄅㄨˋ） 傳布到各個地方。

徧野（ㄅㄧㄢˋ ㄧㄝˇ） 散布在整個原野。例春天來臨，滿山徧野開滿了黃色的小花。

徧體鱗傷（ㄅㄧㄢˋ ㄊㄧˇ ㄌㄧㄣˊ ㄕㄤ） 形容滿身都是傷痕，像魚鱗一樣密。例他被一票匪徒打得徧體鱗傷。

復 彳部 九畫

復（ㄈㄨˋ） ❶轉過去或轉回來：例反復無常。❷回答，同「覆」：例答復。❸收回失去的土地：例光復。❹報仇：例復仇。❺又，再：例舊病復發。❻還原：例恢復、復原。

參考 請注意：「復」和「覆」在反「復」、答「復」、「復」書等詞都可以通用。「復」和「複」在重「復」、「復」習等詞也可通用。

復仇（ㄈㄨˋ ㄔㄡˊ） 報仇。

復活（ㄈㄨˋ ㄏㄨㄛˊ） 死了又活過來。例人死了不能再復活。

復查（ㄈㄨˋ ㄔㄚˊ） 再一次的檢查。例他向學校申請成績復查。

復信（ㄈㄨˋ ㄒㄧㄣˋ） 答覆來信或答覆的信。

復原（ㄈㄨˋ ㄩㄢˊ） ❶病後恢復健康。也寫作「復元」。例他已漸漸復原了。❷恢復原狀。例這座在戰爭中遭破壞的城市已經復原了。

復習（ㄈㄨˋ ㄒㄧˊ） 把學過的東西再學一次。例下課回家後一定要復習功課。

參考 相似詞：複習。

復興（ㄈㄨˋ ㄒㄧㄥ） 衰落後再度的興盛。例復興中華文化是我們的責任。

循 彳部 九畫

循（ㄒㄩㄣˊ） ❶依照，遵守：例遵循、循序前進。❷

善良守法的：例循吏。❸姓：例循先生。

參考 相似字：遵、依、順、照。

循環 按照圓形的軌道旋轉；比喻事物按照同一方式反覆的出現。例血液不停的在體內循環著。

循序漸進 按照順序一步一步的向前推進。序：次序。例我們做事都要循序漸進，不能本末倒置。

循規蹈矩 遵守一定的禮節、法令做事。蹈：實踐。規、矩：合於禮法的行為。例他是個循規蹈矩的好學生。

循循善誘 按照正當的方法，一步一步慢慢的教導學生。善：好好的。誘：慢慢的使別人做某事。例老師教導學生應是循循善誘，而不是用填鴨式的教學方法。

猜一猜 循循善誘。（猜臺北市路名）（答案：敦化北路、敦化南路）

循環小數 指小數點後從某一位開始一個或是一組數字不斷的重複出現。例如：0.3表示3循環，即0.333……，2.36表示36循環，即2.3636……。

徨
彳部 九畫

ㄏㄨㄤˊ 猶豫不安的樣子：例徨徨不安。

參考 請注意：「徨」和「惶」的意思有分別：「惶」是「恐懼」的意思，但「惶」和「徨徨」都有「不安」的意思。

徨徨 猶豫，沒有主意的樣子。例這件事使他惶惶不安。

微
彳部 十畫

ㄨㄟˊ ❶細小：例細微、微不足道。❷精深奧妙：例微妙、精微。❸稍，略：例稍微、略微、微笑。❹衰落：例衰微。❺深：例體貼入微。❻暗中，祕密：例微服出巡。❼卑賤，地位低：例卑微、人微言輕。

參考 相似字：細、小、輕、略、稍、卑、賤。♣相反字：巨、大、重。

微妙 非常細小巧妙，難以捉摸。例他們之間有著微妙的關係。

微弱 小而弱。例他剛出院，氣息還有些微弱。

微笑 略帶笑容。例他微笑地看著我，好像我們曾經見過面。

微細 非常細小。例病毒是非常微細的生物。

參考 相似詞：微小。

微詞 指隱含不滿或批評的話。例他對妹妹愛花錢的行為頗有微詞。

微薄 比喻非常少的意思。例他每個月只靠微薄的收入來支持家庭開銷。

微生物 生物的一大類，形體微小，構造簡單，繁殖速度很快，分布廣泛。

微不足道 非常小，不值得一談。例拾金不昧對他來說只是件微不足道的事。

微乎其微 形容非常小或非常少。例他的病能治好的希望微乎其微。

徬
彳部 十畫

ㄆㄤˊ 徘徊不進的樣子：例徬徨。

ㄅㄤ 通「傍」，依附。

參考 相似字：彷。

徬徨 心中猶豫不決，不知往哪裡去才好。例他迷了路，站在路口徬徨不前。

徹
彳部 十一畫

ㄔㄜˋ ❶整個的：例徹夜。❷通，透：例貫徹、寒風徹骨。

參考 請注意：「徹」和「澈」二字有差別，但有時可通用：「徹」底可寫作「澈」底；透「澈」可寫作透「徹」。但貫「徹」不能寫成貫「澈」；澄

「澂」不能寫成澄「徵」。

古人說　「若非一番寒徹骨，焉得梅花撲鼻香。」一番：一次。寒徹骨：形容天氣很冷。焉：怎麼能夠。撲鼻香：香味很濃，衝到鼻子裡。這句話是說：梅花要經得起寒冷，才能散發出濃濃的香氣。勉勵人也要能經得起磨練，才能有好成就。

徹夜 ㄔㄜˋ ㄧㄝˋ　整夜。例她徹夜未歸，使她的父母非常緊張。

徹底 ㄔㄜˋ ㄉㄧˇ　一直到底。例有錯誤就要徹底改正。

徹頭徹尾 ㄔㄜˋ ㄊㄡˊ ㄔㄜˋ ㄨㄟˇ　從頭到尾，完完全全。例他決定徹頭徹尾的改變自己。

德

彳部　十二畫

ㄉㄜˊ　❶品行：例道德、德育。❷信念，心意：例同心同德。❸恩惠：例恩德。❹國家名：例德國。❺姓：例德先生。

參考　請注意：「道」和「德」不同：「道」是萬事萬物基本的原理原則；「德」是分散在各種事物的原理原則。

猜一猜　兩人共有十五顆心。（猜一字）（答案：德）

德行 ㄉㄜˊ ㄒㄧㄥˋ　道德和品行。例他有良好的德行。

德政 ㄉㄜˊ ㄓㄥˋ　有益於人民的政治措施。例國家的德政帶給我們繁榮和進步。

德高望重 ㄉㄜˊ ㄍㄠ ㄨㄤˋ ㄓㄨㄥˋ　道德高尚，有很大的聲望。例他在村莊裡德高望重，很受人們的擁戴。

徵

彳部　十二畫

ㄓㄥ　❶由國家召集人民：例徵兵、徵集。❷由國家收取：例徵賦、徵稅。❸尋求：例徵稿、徵文。❹表露出來的現象或跡象：例徵兆。❺證驗：例徵驗、足徵其偽。❻姓：例徵先生。

ㄓˇ　古代五音中的一個：例宮、商、角、徵、羽。

參考　相似字：證、驗、召。

徵召 ㄓㄥ ㄓㄠˋ　徵求召集。例政府今年徵召了一批新兵。

徵兆 ㄓㄥ ㄓㄠˋ　指事情的預兆。例這件事剛開始就有點徵兆，你為什麼不留意呢？

徵收 ㄓㄥ ㄕㄡ　政府向人民或所屬的機構收取款項。例政府向人民徵收所得稅。

徵兵 ㄓㄥ ㄅㄧㄥ　政府徵召國民，盡到服兵役的責任。

徵求 ㄓㄥ ㄑㄧㄡˊ　用書面或口頭的方式向別人詢問或請人參加。例為了徵求大家的意見，我一個一個親自去問他們。

徽

彳部　十四畫

ㄏㄨㄟ　❶標記；符號：例國徽。❷美好的：例徽號。

徽章 ㄏㄨㄟ ㄓㄤ　佩帶在身上用來表示身分的標記。

參考　請注意：「徽章」和「勛章」有分別：「勛章」指因為功績而得到的獎章；「徽章」所包含的範圍較大，可包含「勛章」。

心部 ㄒㄧㄣ

「[illegible]」是按照心臟的形狀所造的象形字，中間（[illegible]）像心辦，外面（[illegible]）像大動脈。後來省去寫成「[illegible]」，是分隔心室的線，現在寫成「心」或「忄」已經看不出是個象形字。心臟只是負責血液循環的器官，和思考沒有關係，但是古人認為心和人的活動有關，因此心部的字大部分都和人的思想、情感、反應都有關，例如：志（想法、志向）、怨（抱怨）、懼（心中害怕），就表示出和人的思想有關。

四畫

心 ㄒㄧㄣ

、心心心

心部 〇畫

❶心臟。❷運用思想、感情等：例用心、專心。❸當中部分和重要部分：例核心、中心、圓心。

猜一猜 ㈠打斷念頭。（猜一字）（答案：心）

㈡心無二用。（猜一句成語）（答案：一心一意）

心力 ㄒㄧㄣ ㄌㄧˋ 心思和勞力。例我為這件事費盡心力。

心目 ㄒㄧㄣ ㄇㄨˋ ❶心中和眼前。例前天的離別猶在心目，令人無法忘懷。❷指想法和看法。例在你的心目中，我到底是怎樣的人？

心田 ㄒㄧㄣ ㄊㄧㄢˊ 內心；指人的用心。例你心田好，將來一定會有好報。

參考 相似詞：心地。

心地 ㄒㄧㄣ ㄉㄧˋ 存心。例他的心地善良，很快就得到了大家的友誼。

參考 相似詞：心田。

心血 ㄒㄧㄣ ㄒㄧㄝˇ 心思和精神。例他費盡心血才買到這幅古董字畫。

心志 ㄒㄧㄣ ㄓˋ 心意志向。例他心志堅決，不要再勸他了。

心肝 ㄒㄧㄣ ㄍㄢ ❶良心，正義感。例他是個沒心肝的人，你對他說什麼也沒用。❷最親熱最心愛的人。例她是父母的心肝寶貝。

心坎 ㄒㄧㄣ ㄎㄢˇ ❶指心。❷內心深處。例你這句話真是說到我的心坎裡。

心事 ㄒㄧㄣ ㄕˋ ❶心中所盼望的事。例我一眼就看穿了你的心事。❷藏在心中不願告訴別人的事，通常指愁恨、煩憂等。例他悶悶不樂，看起來好像有心事的樣子。

心服 ㄒㄧㄣ ㄈㄨˊ 從內心佩服。例他的一切作為真讓人心服。

參考 相似詞：心折。

心室 ㄒㄧㄣ ㄕˋ 胸腔下部，分左右二心室，上面用房室瓣和左右心房相隔，下面分別和大動脈、肺動脈相接，是血液流出心臟的地方。

心房 ㄒㄧㄣ ㄈㄤˊ 心臟上半部分左右二心房，向上接靜脈，下面用房室瓣和左右心室相隔，是接收血液回心臟的部分。

心疼 ㄒㄧㄣ ㄊㄥˊ 非常憐惜、疼愛。例看你整天不吃不喝的，我真心疼。

心思 ㄒㄧㄣ ㄙ ❶念頭，想法。例我猜不透他的心思。❷思慮，精神。例他費盡心思還是想不出答案來。❸想做某件事的心情。例發生這種事情，我哪有心思看電影。

心胸 ㄒㄧㄣ ㄒㄩㄥ 內心；比喻一個人的氣度和抱負。例他是一個心胸開闊的人。

心神 ㄒㄧㄣ ㄕㄣˊ 心情，神色。例看他心神不寧的樣子，一定又在搞鬼了。

心虛 ㄒㄧㄣ ㄒㄩ ❶做錯事怕別人知道。例小偷看到警察就跑，真是作賊心虛。❷缺乏自信心。例對於這種生疏的工作我感到心虛。

心得 ㄒㄧㄣ ㄉㄜˊ 在工作和學習等活動中所得到的知識、技術、思想等。例你看完這篇文章後，有沒有什麼心得？

參考 活用詞：心得報告、讀書心得。

心軟 ㄒㄧㄣ ㄖㄨㄢˇ 心裡有所不忍。例你這次得硬起心腸不理他，不能再心軟了。

心理 ㄒㄧㄣ ㄌㄧˇ ❶指人的頭腦反映現實的過程，例如：感覺、知覺、思想、情緒等。❷稱思想、情感等的心裡活動。例他最近心理不正常，要多留意些。

參考 請注意：「心理」和「心思」、「心情」都指思想感情的活動情況，但是還是有分別：「心理」強調思想、感覺、意識等活動過程，也指人的思想、感情的表現。「心思」強調想法、念頭、精神，還表示興趣。「心情」則強調內心的感情狀態，在表示興趣時和「心思」互相通用。♣活用詞：心理學、心理醫生、心理衛生。

心術 ㄒㄧㄣ ㄕㄨˋ ❶居心，多指壞的。例他是個心術不正的小人。❷心計，計謀。例他是個有心術的人。

心細 ㄒㄧㄣ ㄒㄧˋ 細心。例膽大心細。例他是個膽大心細的人，你就別操心了。

心情 ㄒㄧㄣ ㄑㄧㄥˊ ❶心境，情緒；指心裡的感覺。例我最近的心情很不好。❷興致趣味。例報告沒寫完，我哪有心情去玩。

四畫

參考 相似詞：心思。

心焦 ㄒㄧㄣ ㄐㄧㄠ　心裡像被火燒一樣。例他等得心焦，卻始終不見她的人影。

心扉 ㄒㄧㄣ ㄈㄟ　心門；指感情等與外界接觸的關口。扉：門扇。例打開心扉，你會發現世界的美好。

參考 相似詞：心門。

心寒 ㄒㄧㄣ ㄏㄢˊ　失望而且痛心。例你這樣恩將仇報，真令人心寒。

參考 相似詞：寒心。

心意 ㄒㄧㄣ ㄧˋ　❶對人的情意。例你這份心意我永遠記得。❷心思，意念。例他心意已決，再怎麼勸都沒用了。

心跳 ㄒㄧㄣ ㄊㄧㄠˋ　心臟的跳動，或因為害怕、緊張、害羞引起心臟快速跳動。例我一見到她，心跳就快速增加。

心慌 ㄒㄧㄣ ㄏㄨㄤ　心裡慌張。例你別心慌，我來替你想辦法。

心愛 ㄒㄧㄣ ㄞˋ　心中喜愛。例我心愛的髮夾弄丟了。

心腸 ㄒㄧㄣ ㄔㄤˊ　❶用心，存心。例他的心腸好。❷對人或事物的心思、意念。例他是個鐵石心腸的人。

心煩 ㄒㄧㄣ ㄈㄢˊ　心裡有事而煩惱。例你不要惹我心煩，好嗎？

參考 活用詞：心煩意亂。

心亂 ㄒㄧㄣ ㄌㄨㄢˋ　內心混亂，毫無條理。例你別吵我，我現在心亂得很。

參考 活用詞：心亂如麻。

心裡 ㄒㄧㄣ ㄌㄧˇ　指腦子裡。例心裡有話就說出來。

心領 ㄒㄧㄣ ㄌㄧㄥˇ　❶心中領悟。例對於這篇文章他已經心領神會了。❷心裡已經領受，是拒絕別人的贈送或邀請的客氣話。例你的好意我心領了。

參考 相似詞：心中。

心算 ㄒㄧㄣ ㄙㄨㄢˋ　只憑腦子而不用紙、筆、算盤等進行的運算。

心儀 ㄒㄧㄣ ㄧˊ　心中仰慕。例我對你心儀已久。

心酸 ㄒㄧㄣ ㄙㄨㄢ　心裡難過或悲痛。例這個故事讓人聽了心酸。

心腹 ㄒㄧㄣ ㄈㄨˋ　❶指忠誠可靠的人。例皇帝的周圍有很多心腹。❷藏在心裡不輕易對人說的。例他怎麼可能把心腹事告訴你呢？

參考 活用詞：心腹之害、心腹大患。

心境 ㄒㄧㄣ ㄐㄧㄥˋ　心情。例要常保心境愉快，才能青春永駐。

心醉 ㄒㄧㄣ ㄗㄨㄟˋ　因為非常喜愛而陶醉。例看到美女他就心醉了。

心頭 ㄒㄧㄣ ㄊㄡˊ　心上。例過了那麼久，他仍然無法消除心頭的怨恨。

參考 相似詞：心上。♣活用詞：心頭事。

心機 ㄒㄧㄣ ㄐㄧ　複雜的思考。例你不要白費心機了，他根本不理你的。

心聲 ㄒㄧㄣ ㄕㄥ　心裡的話，真心話。例政府官員應該多聽聽老百姓的心聲。

心願 ㄒㄧㄣ ㄩㄢˋ　願望。例我會盡力完成你的心願。

心臟 ㄒㄧㄣ ㄗㄤˋ　是負責傳導血液循環的器官。為圓錐形，大小如拳頭，位在人體胸腔中央偏左，分為左右心房、左右心室。

心靈 ㄒㄧㄣ ㄌㄧㄥˊ　❶心中本有的智慧和靈性。例這本書很能啟發讀者的心靈。❷指內心、精神、思想等。例父母的離婚，使他幼小的心靈受到傷害。

心眼兒 ㄒㄧㄣ ㄧㄢˇ ㄦ　❶內心。例他看到自己未來的媳婦，打心眼兒就高興。❷心地，存心。例我看他沒安什麼好心眼兒。❸聰明機智。例他有心眼兒，什麼事都想得周到。❹對別人不必要的顧慮。例他這個人就是心眼兒太多。❺肚量小。例他心眼兒窄，受不了委屈。

心口如一 ㄒㄧㄣ ㄎㄡˇ ㄖㄨˊ ㄧ　心裡想的和嘴裡說的一樣。例他是個心口如一的人，值得信賴。

參考 相反詞：口是心非。

心心相印 ㄒㄧㄣ ㄒㄧㄣ ㄒㄧㄤ ㄧㄣˋ　彼此感情相通，意見一致。

參考 請注意：「心心相印」和「情投意合」、「志同道合」都有彼此心意投合的意思。

心不在焉 ㄒㄧㄣ ㄅㄨˋ ㄗㄞˋ ㄧㄢ　思想無法集中在一起。焉：此，這裡。例他做事心不在焉的，動作又慢。

參考 相反詞：全心一意。

四畫

笑一笑 有位教授下課回家，一邊走路，一邊想著問題，不知不覺的走到了家門前。他心不在焉的舉手按門鈴，等了一會兒沒人開門。他說：「沒人在，我待會兒再來好了！」

心平氣和 心裡平靜、不急躁、不生氣。例大家討論事情，應該保持心平氣和的態度。

參考 相似詞：平心靜氣。

心甘情願 心裡願意，沒有一點勉強。例為了顧全義氣，要我赴湯蹈火都心甘情願。

參考 相似詞：心甘意願、甘心情願。♣相反詞：心有未甘。♣請注意：「心甘情願」和「一廂情願」的區別：「心甘情願」專指自己的意願，不牽涉到其他人；「一廂情願」指的是只有一個人投注感情或意願，而另外一個人卻不在乎。

猜一猜 苦衷。（猜一句成語）（答案：心有未甘）

心血來潮 形容突然產生某種想法。例他常心血來潮，做一些稀奇古怪的事。

參考 請注意：「心血來潮」和「福至心靈」有分別：「福至心靈」指福運來時，心思敏捷而產生靈感，例如：他忽然福至心靈想到一個妙計。

心安理得 事情做得合理，對自己、對別人都很坦然。例他做了虧心事，還裝出心安理得的樣子。

參考 請注意：「心安理得」和「問心無愧」都表示自以為所做的事理所當然，心中舒坦。但「心安理得」多作形容詞用，強調按情理辦事，對人對己都很坦然。「問心無愧」多作動詞用，強調憑良心辦事，反省自問，不覺心虧；可指一件事，也可表示對過去一段長時間的自我反省或回顧。

心有餘悸 危險的事情雖然過去了，回想起來還是害怕。悸：心慌，害怕。例那場車禍，我現在想起來還覺得心有餘悸。

心直口快 形容一個人性情直爽，有話就說。例他一向心直口快，如有得罪之處請多包涵。

心花怒放 形容高興得不得了。例老師的讚美，令他心花怒放。

心狠手辣 指心腸凶狠，手段毒辣。例那個歹徒心狠手辣，搶了錢又殺了人。

參考 相似詞：心毒手辣。

心悅誠服 誠心誠意的服從或佩服。悅：內心喜悅。例我對你是心悅誠服，沒什麼話好說。

心無二用 指做事必須專心，注意力不能分散。例思考問題時，要保持冷靜，心無二用，才不會出差錯。

心慌意亂 形容心神驚慌忙亂。例小偷一看到警察走來，不禁感到心慌意亂。

心猿意馬 形容心思不專，常常變化，好像馬在跑，猿在跳那樣輕浮。例你不要再心猿意馬了，趕快作個決定。

心滿意足 非常滿足。例你有好的表現我就心滿意足了。

心腹之患 比喻藏在內部，很難根除的禍患。例古時，匈奴是我國北方的心腹之患。

參考 相似詞：心腹之害、心腹之疾。

心曠神怡 心胸舒暢，精神愉快。曠：開闊。怡：快樂。例多看看山水，可以令人心曠神怡。

心驚膽戰 形容非常害怕。例昨晚狂風大雨，嚇得我心驚膽戰。

參考 相似詞：心慌膽戰、膽戰心驚、提心吊膽。

必

心部 一畫

丶 心 心 心 必

ㄅㄧˋ 表示一定的意思：例必定、建國必成。

猜一猜 心上一把刀。（猜一字）（答案：必）

必定（ㄅㄧˋ ㄉㄧㄥˋ） 一定，表示絕對肯定。例只要你肯改過，父親必定會原諒你。

必要（ㄅㄧˋ ㄧㄠˋ） 一定要；不可缺少。例制定政策前的調查研究是十分必要的。

參考 活用詞：必要性、必要條件。

必然（ㄅㄧˋ ㄖㄢˊ） 毫無疑問，一定如此。例男人和女人之間必然有所不同。

必須（ㄅㄧˋ ㄒㄩ） 表示一定要的意思。例明天你必須來這裡。

參考 相反詞：不必、無須。♣請注意：「必須」和「必需」都有一定要的意思，例如：你必須參加這次會議。但「必需」常用來表示不可或缺，一定要有的物品，例如：請你把日用必需品準備好。

必需品（ㄅㄧˋ ㄒㄩ ㄆㄧㄣˇ） 生活上不可缺少的物品，例如：糧食、衣服等。

忙

心部 三畫

丶 丨 忄 忄 忙 忙

忙（ㄇㄤˊ） ❶事情很多，沒有空閒：例忙碌。❷急迫，趕快做：例急忙。

猜一猜 說他忘，他沒忘，心眼長在一邊上。（猜一字）（答案：忙）

忙碌（ㄇㄤˊ ㄌㄨˋ） 指事情很多，沒有時間休息。碌：表示很忙的意思。例媽媽是位職業婦女，工作很忙碌。

忙裡偷閒（ㄇㄤˊ ㄌㄧˇ ㄊㄡ ㄒㄧㄢˊ） 在忙碌的工作中，抽出一點空閒的時間。偷：抽取。例爸爸忙裡偷閒，帶我們去郊遊。

忖

心部 三畫

丶 丨 忄 忄 忖 忖

忖（ㄘㄨㄣˇ） ❶推測別人的想法：例忖度（ㄉㄨㄛˋ）。❷思考：例忖量。❸姓：例忖先生。

參考 相似字：想。

猜一猜 心眼兒寸大。（猜一字）（答案：忖）

忖度（ㄘㄨㄣˇ ㄉㄨㄛˋ） 推測、猜想別人的想法。度：推測。

忘

心部 三畫

丶 亠 亡 亡 忘 忘 忘

忘（ㄨㄤˋ） 不記得：例忘記、忘懷。

參考 請注意：「忘記」的「忘」，是心部；「狂妄」的「妄」，是女部，不要混淆。

猜一猜 眼盲心不盲。（猜一字）（答案：忘）

笑一笑 孩子：「昨天我將一把傘忘在公車上了，今天只好再去買一把。」媽媽：「你今天回家沒拿傘啊！」孩子：「啊，又忘在公車上了！」

忘本（ㄨㄤˋ ㄅㄣˇ） 忘掉自己的根本，指人的情境變好以後，忘掉自己原來的情況，和能夠得到幸福的根源。例沒有父母的養育，就沒有你今日的成就，你可別忘本哪！

忘我（ㄨㄤˋ ㄨㄛˇ） 融入某種情境，而忘掉自己的存在或利益。例姊姊彈著吉他，忘我地歌唱。

忘形（ㄨㄤˋ ㄒㄧㄥˊ） 因為得意或高興，而忘掉應該有的禮貌和態度。形：樣子，規矩。例他手舞足蹈的高談奪標經過，顯然是樂得得意忘形了。

參考 活用詞：得意忘形。

忘卻（ㄨㄤˋ ㄑㄩㄝˋ） 忘記。例對於你的幫忙，我永難忘卻。

忘記（ㄨㄤˋ ㄐㄧˋ） 不記得。例啊，我忘記帶課本了！

參考 請注意：「忘記」與「忘卻」、「忘懷」、「遺忘」都表示不記得。「忘記」接近口語，「忘卻」、「忘懷」、「遺忘」大部分用在書面文字中。「忘懷」常用在否定句，例如：「難以忘懷」，強調感情深刻。「遺忘」則強調因時間久遠而忘記。

笑一笑 小華哭著跑回家，對媽媽說同學欺負他。媽媽安慰小華：「過去的事就把它忘記，不要記在心上了。」過幾天，小華吵著要去兒童樂園，媽媽說：「上禮拜不是才去過嗎？怎麼又要去了？」小華：「你不是教我過去的事不要記在

四畫

心上嗎？」

忘懷（ㄨㄤˋ ㄏㄨㄞˊ） 忘記，不放在心上。通常用在否定句，表示感情或印象深刻，令人不能忘記。懷：指心上。例您的大恩大德，我永遠不會忘懷。

忘年之交（ㄨㄤˋ ㄋㄧㄢˊ ㄓ ㄐㄧㄠ） 指不拘年齡、輩分而相交的朋友。年：年齡。交：交情。例他們一老一少，因為在圍棋方面志趣相投，所以結成忘年之交。

參考 相似詞：忘年交、忘年友。

忘恩負義（ㄨㄤˋ ㄣ ㄈㄨˋ ㄧˋ） 忘掉別人對自己的恩惠，而做出對不起別人的事。恩：恩惠。負：背棄。義：正義。例他為了個人利益，出賣朋友，實在是忘恩負義。

忌 心部 三畫

ㄐㄧˋ ❶厭惡，憎恨：例猜忌、忌恨。❷害怕，顧慮：例顧忌、忌諱、肆無忌憚。❸禁止，戒除：例禁忌。

參考 相似字：嫉、怕。

猜一猜 記一半，忘一半。（猜一字）（答案：忌）

忌日（ㄐㄧˋ ㄖˋ） 祖先去世的日期。因為這天不能舉行宴會或從事娛樂，所以叫忌日。忌：禁戒。

忌諱（ㄐㄧˋ ㄏㄨㄟˋ） ❶因為風俗習慣或是個人成見，對某些言語或舉動故意避免。諱：迴避某些言語。例七月俗稱鬼月，忌諱辦喜事。例小明最忌諱人家叫他「矮冬瓜」。❷對可能產生不利後果的事，力求避免。例心臟病患者最忌諱情緒激動。

笑一笑 老師對同學說，她從不穿綠色的衣服，是因為平生最不愛吃蔬菜的緣故。後來學生口耳相傳：只要是上這位老師的課，就必須忌諱穿戴有綠色、綠點的衣服，生怕考試這科成績的顏色，會是綠色的死對頭——紅字。

忌憚（ㄐㄧˋ ㄉㄢˋ） 心中害怕。憚：害怕。例這名歹徒目無法紀，殺人搶劫，肆無忌憚。

參考 活用詞：肆無忌憚。

志 心部 三畫

ㄓˋ ❶決心，願望：例立志、胸懷大志。❷文字記錄，通「誌」：例三國志。❸姓：例志先生。

猜一猜 士子之心。（猜一字）（答案：志）

志向（ㄓˋ ㄒㄧㄤˋ） 有決心實現未來的理想。例他從小就立定志向，將來長大要做醫生。

參考 相似詞：志趣。

志氣（ㄓˋ ㄑㄧˋ） 求上進的決心和勇氣。例他是個有志氣的青年。

志願（ㄓˋ ㄩㄢˋ） ❶志向和意願。例我的志願是成為聞名全球的科學家。❷出於自己的意願。例政府對外徵召了一批志願軍。

參考 活用詞：志願兵、志願工作人員。

志在必得（ㄓˋ ㄗㄞˋ ㄅㄧˋ ㄉㄜˊ） 不計一切，決心得到。例贏得冠軍，對他來說是志在必得的事。

志同道合（ㄓˋ ㄊㄨㄥˊ ㄉㄠˋ ㄏㄜˊ） 志向相投，意見相合。例他們倆認識多年，是志同道合的朋友。

忍 心部 三畫

ㄖㄣˇ ❶勉強承受：例忍受、容忍。❷表示心腸很狠：例忍心、殘忍。

參考 相似字：耐。♣請注意：「忍」的上面是「刃」，不是「刀」。

猜一猜 心在刀口下。（猜一字）（答案：忍）

古人說 「忍是家中寶。」這句話是說：忍耐可以化解紛爭，消除怨恨。例「忍是家中寶」，能使家和萬事興。

忍心（ㄖㄣˇ ㄒㄧㄣ） 指狠下心腸做違背心意的事。例林覺民為了國家前途，忍心拋下父母妻兒，慷慨赴義。

忍受（ㄖㄣˇ ㄕㄡˋ） 勉強承受痛苦、困難和不幸的遭遇等。例張媽媽忍受喪夫之痛，決定盡力把孩子扶養成人。

忍耐（ㄖㄣˇ ㄋㄞˋ） 克制某種感覺或情緒，使它不會表現出來。通常用在不滿、痛苦、生氣等不好的情緒感覺。例待人接物要多忍耐，不可以隨便發洩情緒。

笑一笑 老師：「忍耐就是能忍受痛苦的事情。小明，你有沒有過忍耐的經驗？」小明：「有啊！昨天我吃糖果的時候，牙齒痛得不得了，可是我還是忍耐著，把糖果一顆接著一顆的吃完了。」

忍氣吞聲（ㄖㄣˇ ㄑㄧˋ ㄊㄨㄣ ㄕㄥ） 受了氣勉強忍耐，把話吞進肚子裡，不敢說出來。吞聲：把聲音吞到肚子裡，表示不敢出聲。例她個性內向，受到委屈，總是忍氣吞聲。

忍辱負重（ㄖㄣˇ ㄖㄨˇ ㄈㄨˋ ㄓㄨㄥˋ） 能忍受屈辱，承擔重任。辱：委屈侮辱。負：承擔。重：指重要的工作。例他假裝投降，忍辱負重，竊取敵軍情報。

忍無可忍（ㄖㄣˇ ㄨˊ ㄎㄜˇ ㄖㄣˇ） 忍受到無法忍受的地步，表示再也不能忍受下去。例你的蠻橫無理，得寸進尺，已經令我忍無可忍。

忒

一 二 弋 忒 忒 忒 忒　心部 三畫

ㄊㄜˋ ❶錯誤：例差忒。❷太：例這屋子忒小。❸變更：例四時不忒。

ㄊㄜ 形容聲音的字，例如：鳥飛聲、風聲：例忒愣愣、忒兒的。

參考 相似字：太。

忑

一 丅 下 下 忑 忑 忑　心部 三畫

ㄊㄜˋ 心神不定：例忐忑。

忐

丨 卜 上 上 忐 忐 忐　心部 三畫

ㄊㄢˇ 心神不定：例忐忑。

忐忑不安（ㄊㄢˇ ㄊㄜˋ ㄅㄨˋ ㄢ） 心神不定。例我一想到明天的考試，就忐忑不安。

忱

丶 丨 忄 忄 忄 忱 忱　心部 四畫

ㄔㄣˊ 真誠的心意：例熱忱、謝忱。

快

丶 丨 忄 忄 忄 快 快　心部 四畫

ㄎㄨㄞˋ ❶迅速，速度高，與「慢」相反：例快車，跑得快。❷將，就要：例快到了。❸高興，舒服：例大快人心、身體不快。❹銳利：例快刀。❺乾脆爽直：例痛快、心直口快。❻古時管捉拿犯人的衙役：例捕快。

參考 相反字：慢。♣請注意：「快樂」的「快」（ㄎㄨㄞˋ）和「怏怏」的「怏」（ㄧㄤˋ）字形相似，但讀音不同意思也不同，要注意分辨。

猜一猜 長途特快車。（猜一國家名）（答案：千里達）

快刀（ㄎㄨㄞˋ ㄉㄠ） 鋒利的刀子。

快門（ㄎㄨㄞˋ ㄇㄣˊ） 照相機中的一項裝置，是控制曝光時間的重要部分。

快活（ㄎㄨㄞˋ ㄏㄨㄛˊ） 快樂。例他提前完成了任務，心裡很快活。

快要（ㄎㄨㄞˋ ㄧㄠˋ） 表示在很短的時間內，將要出現某種情況。例奶奶的一百歲大壽快要到了。

快速（ㄎㄨㄞˋ ㄙㄨˋ） 速度很快。例火車快速的通過。

快意（ㄎㄨㄞˋ ㄧˋ） 心情爽快舒服。例微風徐徐吹來，讓人感到十分快意。

快慢（ㄎㄨㄞˋ ㄇㄢˋ） 速度。例這艘船的快慢怎樣？

快樂（ㄎㄨㄞˋ ㄌㄜˋ） 感到幸福、歡樂。例生長在幸福家庭的他，覺得很快樂。

笑一笑 牧師在布道會上讚美天堂是一個很快樂、美好的地方，有一個人說：「你又沒去過，你怎麼知道天堂好？」牧師說：「你看過上了天堂的人，因為不快樂又回來的嗎？」

快馬加鞭（ㄎㄨㄞˋ ㄇㄚˇ ㄐㄧㄚ ㄅㄧㄢ） 對快跑的馬讓牠跑得更快；比喻快上加快。例你必須快馬加鞭完成這項工作。

快刀斬亂麻 ㄎㄨㄞˋ ㄉㄠ ㄓㄢˇ ㄌㄨㄢˋ ㄇㄚˊ　比喻做事果斷，很快就解決了複雜的問題。例這件事不能用快刀斬亂麻的方式解決。

忠

心部 四畫

丶 ㄇ 口 中 中 忠 忠 忠

ㄓㄨㄥ　❶赤誠無私，盡心竭力：例忠誠、赤膽忠心。❷姓：例忠先生。

參考 請注意：「忠誠」的「忠」和「憂心忡忡」的「忡」（ㄔㄨㄥ）都是由「中」和「心」二字組合而成的，但是讀音不同，意思也不同。

猜一猜 正直的心。（猜一字）（答案：忠）

忠告 ㄓㄨㄥ ㄍㄠˋ　❶誠懇的勸告。例謝謝你對我的再三忠告。❷誠懇告誡的話。例我接受你的忠告。

忠貞 ㄓㄨㄥ ㄓㄣ　堅定忠心。例軍人對國家必須忠貞。

參考 活用詞：忠貞不貳。

忠厚 ㄓㄨㄥ ㄏㄡˋ　忠實厚道。例他很忠厚，你可別欺侮他。

忠誠 ㄓㄨㄥ ㄔㄥˊ　真實，忠心不改變。例他對朋友非常的忠誠。

參考 相似詞：忠實。

忠實 ㄓㄨㄥ ㄕˊ　忠心，真實，很可靠。例他是我最忠實的朋友，你可以信賴他。

忠烈祠 ㄓㄨㄥ ㄌㄧㄝˋ ㄘˊ　供奉為國犧牲的國軍將士的祠廟。

忠心耿耿 ㄓㄨㄥ ㄒㄧㄣ ㄍㄥˇ ㄍㄥˇ　形容非常忠誠。耿耿：忠誠的樣子。例那個老僕人忠心耿耿的侍候他十多年了。

參考 相似詞：赤膽忠心、耿耿忠心。

忠言逆耳 ㄓㄨㄥ ㄧㄢˊ ㄋㄧˋ ㄦˇ　忠心正直的勸告聽起來不太舒服。逆耳：不順耳。例只有好朋友才會跟你說忠言逆耳的話。

忽

心部 四畫

ノ ㄅ 勹 勿 勿 忽 忽 忽

ㄏㄨ　❶不留心，不注意：例忽視、疏忽。❷突然的：例忽高忽低、忽冷忽熱。

忽而 ㄏㄨ ㄦˊ　忽然，一下子。大部分同時用在意思相對的動詞、形容詞前面。例他不知為了什麼事，忽而哭，忽而笑。

忽略 ㄏㄨ ㄌㄩㄝˋ　粗心，沒有注意到。略：不注意。例他的父母只顧賺錢，忽略了兒女的教育。

忽然 ㄏㄨ ㄖㄢˊ　突然；表示來得迅速又出人意料。例我正在聚精會神的讀書，忽然傳來巨響，嚇了我一跳。

參考 請注意：「忽然」、「突然」、「猛然」都表示動作、情況變化迅速，出乎意料，但是有差別：「忽然」和「突然」用作副詞的時候，可以交換使用，但是用「突然」的感覺比較強烈。「突然」還可以作為形容詞，例如：這件事很突然，令我震驚；「忽然」就沒有這種用法。「猛然」除了表示「出乎意料」以外，還有「來勢猛烈」的意思，和「忽然」、「突然」不能交換使用。

忽視 ㄏㄨ ㄕˋ　不注意，沒有看重。例他夜以繼日的工作，忽視了睡眠，最後因為疲勞過度而病倒。

忽必烈 ㄏㄨ ㄅㄧˋ ㄌㄧㄝˋ　元朝建立者元世祖的名字，是成吉思汗的孫子。定國號為元，滅南宋，統一全國，其領土跨歐亞兩洲。

忽忽不樂 ㄏㄨ ㄏㄨ ㄅㄨˋ ㄌㄜˋ　愁煩失意，不快樂的樣子。

念

心部 四畫

ノ 人 𠆢 今 今 念 念 念

ㄋㄧㄢˋ　❶惦記，懷想：例懷念、念舊。❷想法：例一念之差。❸誦讀：例念書。❹二十的大寫，通「廿」。

參考 相似字：想、思、惦。♣請注意：❶「念」的上面是「今」不是「令」。❷「念」當誦讀解釋時，俗寫作「唸」。

唱詩歌 天皇皇，地皇皇，我家有個夜哭郎。過往君子念三遍，一覺睡到大天光。（廣東）

念書 ㄋㄧㄢˋ ㄕㄨ　讀書。例他今年還在念書，明年才畢業。

參考 請注意：也寫作「唸書」。

念經（ㄋㄧㄢˋ ㄐㄧㄥ） ❶信仰宗教的人朗讀或背誦經文。❷比喻人一直不停的說話，沒完沒了。例一大早就要聽媽媽念經，耳根子都沒辦法清靜。

參考 相似詞：誦經。

念頭（ㄋㄧㄢˋ ㄊㄡˊ） 心中的想法、打算。例一個人心中不能存有壞的念頭。

參考 相似詞：主意。

念念不忘（ㄋㄧㄢˋ ㄋㄧㄢˋ ㄅㄨˋ ㄨㄤˋ） 心中時時刻刻的想念，不能忘記。例他一直念念不忘和她的友誼。

參考 相似詞：念茲在茲。

念念有詞（ㄋㄧㄢˋ ㄋㄧㄢˋ ㄧㄡˇ ㄘˊ） 念經、祈禱或心有所思時，嘴巴不停說著別人聽不清楚的話。例他整天念念有詞的，也不知道在說些什麼。

參考 請注意：「念念有詞」和「振振有詞」意思和用法都不同。「振振有詞」是形容自以為理由充分而大聲的發表自己的議論，多用在陳述真理事實或和人爭辯議論的時候。

忝

心部 四畫

一 二 チ 天 天 忝 忝 忝

ㄊㄧㄢˇ 辱沒。這是客氣話，表示自己有愧：例忝為代表、忝在知己。

忿

心部 四畫

ノ 八 分 分 分 忿 忿 忿

ㄈㄣˋ 生氣，發怒：例忿怒、忿恨、忿忿不平。

參考 請注意：「忿」和「憤」當「怒」、「恨」解釋時，二字可以通用。

猜一猜 心不在焉。（猜一字）（答案：忿）

忿忿（ㄈㄣˋ ㄈㄣˋ） 生氣而心中不平的樣子。

參考 活用詞：忿忿不平。

忿怒（ㄈㄣˋ ㄋㄨˋ） 生氣，發怒。

忿恨（ㄈㄣˋ ㄏㄣˋ） 憤怒怨恨。

參考 相似詞：忿怨。

忸

心部 四畫

丶 忄 忄 忄 忸 忸 忸

ㄋㄧㄡˇ ❶習慣，同「狃」：例忸習。❷慚愧，不好意思的樣子：例忸怩。

忸怩（ㄋㄧㄡˇ ㄋㄧˊ） 慚愧難為情的樣子，或是不大方的樣子。

忡

心部 四畫

丶 忄 忄 忄 忄 忡 忡

ㄔㄨㄥ 憂愁不安的樣子：例忡忡。

忡忡（ㄔㄨㄥ ㄔㄨㄥ） 內心憂慮的樣子。

參考 活用詞：憂心忡忡。

忤

心部 四畫

丶 忄 忄 忄 忤 忤 忤

ㄨˇ 違背，不順從，不和睦：例忤逆、與人無忤。

參考 相似字：違、逆。

忤逆（ㄨˇ ㄋㄧˋ） 違背，通常指不孝順父母。

忪

心部 四畫

丶 忄 忄 忄 忪 忪 忪

ㄙㄨㄥ 剛睡醒的樣子：例惺忪。

ㄓㄨㄥ 害怕：例怔忪。

怏

心部 五畫

丶 忄 忄 忄 怏 怏 怏 怏

ㄧㄤˋ 不高興，不滿意：例怏然、怏怏。

怏然（ㄧㄤˋ ㄖㄢˊ） 形容不高興或不快樂的樣子。

參考 相似詞：怏怏。

怏怏不樂（ㄧㄤˋ ㄧㄤˋ ㄅㄨˋ ㄌㄜˋ） 因為不滿意而露出不快樂的樣子。例他因為考差了，所以怏怏不樂。

參考 相似詞：怏怏不悅。

怔 心部 五畫

ㄓㄥ 害怕的樣子：例怔忪。

ㄌㄥˋ 發呆的樣子，通「愣」：例發怔。

怔忪 ㄓㄥ ㄓㄨㄥ 害怕的樣子。例忽然一聲巨響，小白兔顯得很怔忪不安。

怯 心部 五畫

ㄑㄩㄝˋ ❶膽小害怕：例怯懦。❷弱：例嬌怯、羞怯。

怯弱 ㄑㄩㄝˋ ㄖㄨㄛˋ ❶膽小軟弱。例他生性怯弱，做事不敢負責，不足以擔當重任。❷身體瘦弱。例他的身子很怯弱。

怯場 ㄑㄩㄝˋ ㄔㄤˇ 在人多或嚴肅的場合上，由於緊張害怕而顯得舉止不自然。例他上臺演講，因為臨時怯場，所以忘了臺詞。

怯生生 ㄑㄩㄝˋ ㄕㄥ ㄕㄥ 形容膽小的樣子。例那個小妹妹迷路了，怯生生的蹲在街口哭。

怵 心部 五畫

ㄔㄨˋ 恐懼，害怕：例怵惕、怵目驚心。

怵目驚心 ㄔㄨˋ ㄇㄨˋ ㄐㄧㄥ ㄒㄧㄣ 比喻事情到了令人恐懼害怕的地步。例大地震後，房屋倒塌的現場，令人怵目驚心。

參考 請注意：「怵目驚心」有人寫作「觸目驚心」，嚴格說起來是不對的。「觸目驚心」是指眼睛所看到的事情令人害怕、震驚；「怵目驚心」是事情到了令人震驚、害怕的地步，通常是形容事情已經到了無法改變的地步。因此「怵目驚心」最好不要寫成「觸目驚心」。

怖 心部 五畫

ㄅㄨˋ 心裡害怕：例恐怖。

怪 心部 五畫

ㄍㄨㄞˋ ❶奇異，特別，不平常：例怪事。❷驚奇：例少見多怪、大驚小怪。❸埋怨，責備：例這事不能怪他。❹非常；很：例這歌怪好聽的。❺迷信中的妖魔：例鬼怪。

參考 相似字：奇、異。

怪事 ㄍㄨㄞˋ ㄕˋ 奇怪的事情。例怪事年年有，今年特別多。

怪物 ㄍㄨㄞˋ ㄨˋ 神話傳說中奇怪的東西；比喻性情非常古怪的人。例古先生是個怪物，你少理他為妙。

怪客 ㄍㄨㄞˋ ㄎㄜˋ 容貌或行為很奇怪的人。例他是辦公室裡公認的怪客。

怪異 ㄍㄨㄞˋ ㄧˋ 奇異反常。例他最近有點怪異，你多照顧一下。

怪罪 ㄍㄨㄞˋ ㄗㄨㄟˋ 責備或埋怨。例這個主意是我提出的，萬一長官怪罪，就由我一人擔當吧！

怪僻 ㄍㄨㄞˋ ㄆㄧˋ 古怪孤獨的性情。僻：不正的。例小明個性怪僻，所以他沒有什麼朋友。

怪誕 ㄍㄨㄞˋ ㄉㄢˋ 奇怪，古怪。誕：怪異。例他老喜歡說一些怪誕的故事。

怪癖 ㄍㄨㄞˋ ㄆㄧˇ 特別喜愛一些奇怪的嗜好。癖：嗜好。例像他那種人怪癖很多，不好相處。

笑一笑 有一天，馬克吐溫遇到一位朋友。朋友說：「我沒錢了，你能幫我買張車票送我回去嗎？」馬克吐溫：「我的錢只夠買一張。這樣吧，你躲在我的座位底下好了。」朋友不得已，只好答應了。查票員來查票時，馬克吐溫給了他兩張票，查票員問：「還有一張車票是誰的？」馬克吐溫：「那是我朋友的車票，他有個怪癖，乘車時喜歡躲在座位底下。」

怪獸 ㄍㄨㄞˋ ㄕㄡˋ 奇異的野獸。例昨晚獵人在山裡捕到了一隻怪獸。

怪不得 ㄍㄨㄞˋ ㄅㄨˋ ㄉㄜˊ 表示明白了原因，對某種情況就不覺得奇怪。例原來她是你的女

四畫

兒，怪不得長得那麼像。

怪裡怪氣 ㄍㄨㄞˋ ㄌㄧˇ ㄍㄨㄞˋ ㄑㄧˋ 說話、態度、聲音、打扮等很奇特，跟一般的人不同。例他這個人看起來怪裡怪氣的，所以沒有深交的朋友。

怪模怪樣 ㄍㄨㄞˋ ㄇㄛˊ ㄍㄨㄞˋ ㄧㄤˋ 行動、言語、打扮很奇怪。例看你打扮得怪模怪樣，又要玩什麼把戲啊？

怕

心部 五畫

丶 忄 忄 忄 忄 怕 怕 怕

ㄆㄚˋ ❶心中不安，不敢面對某些事物：例老鼠怕貓、貪生怕死。❷表示擔心、猜測的語氣：例怕他別有用心。例他看來怕有四十歲吧！

猜一猜 白費心機。（猜一字）（答案：怕）

怕羞 ㄆㄚˋ ㄒㄧㄡ 怕難為情、害羞。羞：不好意思。例妹妹生性怕羞，一見陌生人，就說不出話來。

怡

心部 五畫

丶 忄 忄 忄 忄 怡 怡 怡

ㄧˊ ❶愉快，快樂：例怡然、心曠神怡。❷姓：例怡小姐。

動動腦 小朋友，「心」和「台」除了可以寫作「怡」，也可組合成「怠」。除了「怡」、「怠」以外，還有哪二個字也可以像它們一樣組合？（答案：峯、峰、羣、群……）

怡然 ㄧˊ ㄖㄢˊ 形容喜悅快樂的樣子。例他陶醉在美妙的音樂中，一副怡然自得的樣子。

性

心部 五畫

丶 忄 忄 忄 忄 忄 性 性

ㄒㄧㄥˋ ❶人或事物本身所具有的特質：例彈性。❷性別：例男性。❸有關生物生殖的：例有性生殖。❹在名詞後面指範圍、方式等：例全國性。❺性情，脾氣：例任性。❻功能，效力：例藥性、毒性。❼生活的態度：例冒險性、依賴性。

猜一猜 心生恐懼。（猜一字）（答案：性）

古人說 「一個人，一個性，一個將軍一個令。」這句話是說：每一個人都有他自己獨特的個性。例「一個人，一個性，一個將軍一個令」；我看你也不用勉強他去考大學，他愛工作就讓他去吧！

性別 ㄒㄧㄥˋ ㄅㄧㄝˊ 指男女兩性的區別。

性命 ㄒㄧㄥˋ ㄇㄧㄥˋ 人或動物的生命。例這件案子有關一個人的性命。

性格 ㄒㄧㄥˋ ㄍㄜˊ 一個人對人、事、物的處理行為與態度。例他的性格粗暴。

小故事 明朝末年大將洪承疇兵敗被清兵俘虜，清狼主想叫他投降，就派范文程去說服他，洪承疇大罵范文程，真有視死如歸的氣概。這時，有一些灰塵掉下來，落在洪承疇衣服上，洪承疇立即拂去。范文程從這個細小的動作中看出，洪承疇在這種情況還那麼心疼衣服，可見他也可能很怕死，剛才只不過是充裝好漢而已。范文程就把這個想法告訴狼主。第二天，狼主召見洪承疇，脫下自己的衣服，披在洪承疇身上，果然，洪承疇投降了。從一個細小動作就可看出一個人的性格，真是由小見大啊！

性能 ㄒㄧㄥˋ ㄋㄥˊ 器材、物品等所具有的性質和功能。例這輛車的爬坡性能很好。

參考 請注意：「性能」和「機能」都表示「事物本身所具有的特質和功能」，但是「性能」主要用在機械、藥物等；「機能」通常用在人或動物的器官。

性情 ㄒㄧㄥˋ ㄑㄧㄥˊ 指本來就有的本性和表現在外的感情。例他的性情溫和。

參考 相似詞：性子、性格。

性質 ㄒㄧㄥˋ ㄓˊ 事物本身所具有和別的東西不同的特質。

參考 請注意：「性質」和「性格」都是本身所具有的特質，但仍有不同：「性質」是自然生成的本質，多指事物而言；「性格」是指個人特有的品質，只能指人。

怒

心部 五畫

ㄑ ㄠ 女 如 奴 奴 奴 怒 怒 怒

ㄋㄨˋ ❶表示生氣的意思：例憤怒。❷形容氣勢盛大的樣子：例百花怒放。

參考 相似字：憤、惱。♣請注意：「怒」和「恕」是不同的：「恕」(ㄕㄨˋ)上面是「如」字，表示愛別人「如」自己，例如：忠恕。「怒」(ㄋㄨˋ)的上面是「奴」字，因為「奴」婢常受責備，心中有怒氣，例如：憤怒。

猜一猜 奴婢心不平。(猜一字)(答案：怒)

怒火 ㄋㄨˋ ㄏㄨㄛˇ 心中的憤怒像火一樣的燃燒；形容極大的憤怒。例他的無理取鬧，激起我胸中的怒火。

怒吼 ㄋㄨˋ ㄏㄡˇ ❶本來指野獸生氣時的吼叫聲，後來也用來形容海水、狂風等巨大、雄壯的聲音。例獅子的怒吼聲似乎搖撼了森林。❷比喻受壓迫的人發出憤怒的聲音。例在專制統治下的人民發出追求民主的怒吼。

怒氣 ㄋㄨˋ ㄑㄧˋ 生氣的感覺或表現。例爸爸心中的怒氣仍然未消。例他怒氣沖沖的走進教室。

參考 相似詞：火氣。♣相反詞：喜氣。♣活用詞：怒氣沖沖、怒氣沖天。

怒號 ㄋㄨˋ ㄏㄠˊ 大聲的喊叫，大部分指野獸、海水、狂風的聲音。號：大聲喊叫。

參考 相似詞：怒吼。

怒髮衝冠 ㄋㄨˋ ㄈㄚˇ ㄔㄨㄥ ㄍㄨㄢ 氣得頭髮直立，把帽子都頂起來。形容憤怒到極點。衝：直立。例他氣得怒髮衝冠，暴跳如雷。

怒聲斥責 ㄋㄨˋ ㄕㄥ ㄔˋ ㄗㄜˊ 生氣而大聲的責罵。斥：大聲罵人。例他怒聲斥責我的錯誤。

思

心部 五畫

丨 ㄇ 日 田 田 田 思 思 思

ㄙ ❶考慮：例思考。❷懷念：例思念。❸意緒，思路：例文思。❹姓：例思先生。

ㄙㄞ 于思，鬍鬚多的樣子。

參考 請注意：「意思」的「思」讀作・ㄙ。

思考 ㄙ ㄎㄠˇ 深入的思慮考量。例我現在心情很亂，根本無法思考。

思念 ㄙ ㄋㄧㄢˋ 心中想念。例他站在窗前，思念遠方的友人。

思索 ㄙ ㄙㄨㄛˇ 思考探求。例他不停的思索著同一個問題。

思路 ㄙ ㄌㄨˋ 思想的線索。例他正準備發言，請別打斷他的思路。

思想 ㄙ ㄒㄧㄤˇ ❶指人類經過對事物的認識所產生的想法。例人的思想，大部分是由體驗中得來的。❷思考聯想。例我正在思想一個問題，你能提供一點意見嗎？

參考 活用詞：思想性、思想體系。

思緒 ㄙ ㄒㄩˋ ❶思想的頭緒開端。例我現在思緒紛亂，根本理不出方向。❷心思，情緒。例他這兩天思緒不寧，不知道又有什麼心事。

思慮 ㄙ ㄌㄩˋ 思索考慮。例他的思慮周密，很少有疏忽。

思想家 ㄙ ㄒㄧㄤˇ ㄐㄧㄚ 指那些能夠獨創一種有系統思想的人。例他是一個偉大的思想家。

參考 相似詞：哲學家。

怠

心部 五畫

ㄥ ㄙ 厶 台 台 台 怠 怠 怠

ㄉㄞˋ 懶散的樣子：例怠惰。

怠惰 ㄉㄞˋ ㄉㄨㄛˋ 散漫懶惰的樣子。例他工作怠惰，被老闆開除了。

怠慢 ㄉㄞˋ ㄇㄢˋ ❶對人冷淡，不熱情。例這家餐廳的服務生待客怠慢，所以生意欠佳。❷表示招待不夠周到的客套話。例招待不周，怠慢您了。

參考 相反詞：殷勤。

急

心部 五畫

ノ ㄅ ㄅ 㔾 刍 刍 急 急 急

ㄐㄧˊ ❶想要馬上達到某種目的而激動不安：例

著急。❷匆促，迅速：例急促。❸情況嚴重：例急事。❹對大家的事或別人的困難，趕快幫助：例急公好義。

參考 相似字：躁、焦、促、快、忙、緊。

急切 ㄐㄧˊ ㄑㄧㄝˋ 非常著急。例他急切的請求必須立刻援助。

急用 ㄐㄧˊ ㄩㄥˋ 緊急時所需要用到的。例人人節約儲蓄，以備急用。

急件 ㄐㄧˊ ㄐㄧㄢˋ 緊急需要處理的事件。

急忙 ㄐㄧˊ ㄇㄤˊ 緊急匆忙。例聽了我的話之後，他急忙跑出去了。

急雨 ㄐㄧˊ ㄩˇ 下得又大又快的雨。例午後一陣急雨，大家都成了落湯雞。

急迫 ㄐㄧˊ ㄆㄛˋ 馬上需要應付或辦理。例這是目前最急迫的任務。

急促 ㄐㄧˊ ㄘㄨˋ 短而且快。例他的呼吸急促。

參考 相似詞：急速、急迫。

急流 ㄐㄧˊ ㄌㄧㄡˊ 快速的水流。例急流沖走了好多房子。

急速 ㄐㄧˊ ㄙㄨˋ 非常的快。例火車急速的向前飛奔。

參考 相似詞：急湍。

急救 ㄐㄧˊ ㄐㄧㄡˋ 緊急的去救助。例他休克了，必須先做人工呼吸急救再送醫。

急診 ㄐㄧˊ ㄓㄣˇ 病情嚴重，急需要立刻診治。例昨晚他被送到醫院急診。

急需 ㄐㄧˊ ㄒㄩ 急切的需要。例你若有急需就說，我一定設法幫你。

參考 活用詞：急需品。

急遽 ㄐㄧˊ ㄐㄩˋ 變化快速而突然。遽：忽然。例氣溫急遽的下降，大家都無法適應。

急難 ㄐㄧˊ ㄋㄢˋ 有急需要別人救助的困難。例急難時你幫助我，真讓我感受到患難見真情的道理。

急躁 ㄐㄧˊ ㄗㄠˋ 因為急著處理事情而心中不冷靜。躁：不冷靜。例一聽說事情弄糟了，他就開始急躁。

急性子 ㄐㄧˊ ㄒㄧㄥˋ ˙ㄗ 性情很急，不能等待。例他是個急性子的人。

急不擇言 ㄐㄧˊ ㄅㄨˋ ㄗㄜˊ ㄧㄢˊ 著急時隨便說話。例在長輩面前不能急不擇言。

急公好義 ㄐㄧˊ ㄍㄨㄥ ㄏㄠˋ ㄧˋ 熱心公益，愛幫助別人。例李先生是個急公好義的人。

急中生智 ㄐㄧˊ ㄓㄨㄥ ㄕㄥ ㄓˋ 在緊急的情況中想出好的應付辦法。例司馬光急中生智，打破水缸，幫助大家逃了出來。

急起直追 ㄐㄧˊ ㄑㄧˇ ㄓˊ ㄓㄨㄟ 立即起來行動，快速追趕。例你的功課落後了一截，若能急起直追還有趕上的希望。

參考 相似詞：迎頭趕上。

怎

心部 五畫

ㄗㄣˇ ❶如何：例你叫我怎麼辦呢？❷為了什麼原因，表示疑問：例你怎麼了？

怎樣 ㄗㄣˇ ㄧㄤˋ 指詢問別人的話，通常是詢問狀況或怎麼辦。例排戲排得怎樣了？

怎麼 ㄗㄣˇ ˙ㄇㄜ ❶為什麼。例你怎麼遲到了呢？❷如何。例你是怎麼來的？搭公車或是走路？

怎麼辦 ㄗㄣˇ ˙ㄇㄜ ㄅㄢˋ 如何處理。例這件事很難完成，你看該怎麼辦？

怨

心部 五畫

ㄩㄢˋ ❶仇恨：例恩怨。❷責怪：例任勞任怨。

參考 請注意：「怨」（ㄩㄢˋ）和「寃」（ㄩㄢ）意思相像，但是「怨」指責怪別人，例如：怨恨。「寃」指自己受到委屈，例如：寃屈。

怨恨 ㄩㄢˋ ㄏㄣˋ 強烈的不滿和仇恨。例他的心胸開朗，從來不怨恨別人。例處理不公平，容易招來怨恨。

怨言 ㄩㄢˋ ㄧㄢˊ 抱怨的話。例母親辛苦的照顧我們，從來沒有怨言。

怨天尤人 ㄩㄢˋ ㄊㄧㄢ ㄧㄡˊ ㄖㄣˊ 怨恨命運，責怪別人。指遇到不如意的事，就一直抱怨外在環境，而不從自己檢討。尤：責怪。例他成績不好，只會怨天尤人，不肯自己下功夫讀書。

怨聲載道 ㄩㄢˋ ㄕㄥ ㄗㄞˋ ㄉㄠˋ 怨恨的聲音充滿道路；形容大家普遍不滿。載：充滿。例有人亂倒垃圾，臭氣薰天，居民們都怨聲載道。

怦

心部 五畫

ㄆㄥ 形容心跳的聲音：例心怦怦直跳。

怙

心部 五畫

ㄏㄨˋ ❶稱父母為怙：例失怙。❷依靠：例無所依怙。❸堅持：例怙惡不悛。

怙恃 ㄏㄨˋ ㄕˋ ❶憑藉，依靠。❷指父母。怙：父親。恃：母親。例他早失怙恃，完全是由祖母一手帶大的。

怙惡不悛 ㄏㄨˋ ㄜˋ ㄅㄨˋ ㄑㄩㄢ 一再作惡，不肯悔改。悛：悔改。

怩

心部 五畫

ㄋㄧˊ 慚愧或不好意思的樣子：例忸怩。

怍

心部 五畫

ㄗㄨㄛˋ 慚愧：例慚怍、愧怍、面無怍色。

參考 相似字：羞、愧、慚。

恥

心部 六畫

ㄔˇ ❶羞愧：例可恥、知恥。❷侮辱：例恥笑。❸可羞的事：例奇恥大辱、報仇雪恥。

參考 相似字：辱。

恥笑 ㄔˇ ㄒㄧㄠˋ 因瞧不起而受到嘲笑。例做父親的作奸犯科，連累孩子們也跟著受人恥笑。

恥辱 ㄔˇ ㄖㄨˇ 名譽上受到損害。

恰

心部 六畫

ㄑㄧㄚˋ ❶合適：例恰當。❷正巧，剛剛：例恰巧。

參考 相似字：正、剛、巧。♣請注意：「恰當」的「恰」和「融洽」的「洽」，讀音相同但是意思不同。

恰巧 ㄑㄧㄚˋ ㄑㄧㄠˇ 剛好，湊巧。例我正要去找你，沒料到恰巧遇上。

笑一笑 老師請小朋友用「恰巧」這個詞造個句子。小明寫：「爸爸和媽媽恰巧在同一天結婚。」

恰好 ㄑㄧㄚˋ ㄏㄠˇ 正好。例你來得恰好，我正要打電話給你呢！

恰恰 ㄑㄧㄚˋ ㄑㄧㄚˋ 正好，剛好。例恰恰如我所料，你真的來了。

參考 活用詞：恰恰相反。

恰當 ㄑㄧㄚˋ ㄉㄤˋ 合適，妥當。例他把事情處理得很恰當。

恰到好處 ㄑㄧㄚˋ ㄉㄠˋ ㄏㄠˇ ㄔㄨˋ 達到最好最適當的境界、地位。例這場球賽，他們倆配合得恰到好處。

恨

心部 六畫

ㄏㄣˋ ❶心裡充滿埋怨、憤怒，對人懷有敵意：例仇恨。❷遺憾：例一失足成千古恨。❸懊悔：例悔恨。

恨不得 ㄏㄣˋ ㄅㄨˋ ㄉㄜˊ 因為不能如此，而感到遺憾。是表示非常希望的意思。例聽到爸爸回國的消息，我恨不得能飛到機場迎接。

古人說 「恨不得有條地縫鑽進去。」這句話是形容難為情或害怕的樣子。例當他發現認錯人時，真恨不得有條地縫鑽進去。

恨鐵不成鋼 ㄏㄣˋ ㄊㄧㄝˇ ㄅㄨˋ ㄔㄥˊ ㄍㄤ 生氣鐵無法煉成鋼；比喻對所期望的人不長進，感到不滿，迫切希望他變好。鋼：鍛鍊後的鐵，質地精純堅硬。例做父母的總是恨鐵不成鋼，希望子女比別人優秀。

恢

心部 六畫

ㄏㄨㄟ ❶廣大，寬廣：例恢弘。❷回復：例恢復。

猜一猜 心如死灰。（猜一字）（答案：恢）

恢弘（ㄏㄨㄟ ㄏㄨㄥˊ） 廣大寬闊的樣子。弘：廣大。例他的氣度恢弘，能夠包容別人。

恢恢（ㄏㄨㄟ ㄏㄨㄟ） 形容很寬廣的樣子。例法網恢恢，疏而不漏。

恢復（ㄏㄨㄟ ㄈㄨˋ） 回到原來的樣子。例運動後，可以藉休息來消除疲勞，恢復體力。

恆

心部 六畫

ㄏㄥˊ ❶永久：例永恆。❷經常的：例恆情。

猜一猜 四季如春。（猜臺灣一地名）（答案：恆春）

恆久（ㄏㄥˊ ㄐㄧㄡˇ） 永久，持久。例我對你的愛恆久不變。

恆心（ㄏㄥˊ ㄒㄧㄣ） 長久不變的意志。例做事要有恆心和毅力。

恆星（ㄏㄥˊ ㄒㄧㄥ） 本身能發出光和熱的天體。過去常認為這些天體的位置是固定不動的，所以叫作恆星。實際上這些恆星也在運動。

恃

心部 六畫

ㄕˋ ❶依賴，依靠：例依恃。❷母親：例他年幼失恃。

恃才傲物（ㄕˋ ㄘㄞˊ ㄠˋ ㄨˋ） 仗著自己有才能就很驕傲，瞧不起別人。物：其他人。

恍

心部 六畫

ㄏㄨㄤˇ ❶神志不清的樣子：例恍惚。❷領悟的樣子：例恍然大悟。❸彷彿，好像：例恍如夢境。

猜一猜 心地光明。（猜一字）（答案：恍）

恍惚（ㄏㄨㄤˇ ㄏㄨ） ❶神志不清楚，精神不集中的樣子。例他睡眠不足，所以上課時精神恍惚。❷好像；形容感覺不清楚、不真切的樣子。例睡夢中，我恍惚聽到爸爸回來了。

恍然大悟（ㄏㄨㄤˇ ㄖㄢˊ ㄉㄚˋ ㄨˋ） 形容忽然完全明白了。悟：了解。例老師的提示使我恍然大悟，不再鑽牛角尖。

笑一笑 小明對著剛出生的弟弟看了好久，才恍然大悟的對爸爸說：「弟弟一定是奶奶生的，你看他皺皺的皮膚，沒有牙齒的嘴巴，都跟奶奶一模一樣。」

恫

心部 六畫

ㄉㄨㄥˋ ❶威嚇（ㄏㄜˋ）、嚇（ㄒㄧㄚˋ）唬：例恫嚇（ㄏㄜˋ）。❷恐懼：例恫恐。

ㄊㄨㄥ 病痛：例哀恫。

恫嚇（ㄉㄨㄥˋ ㄏㄜˋ） 利用威勢嚇唬人。

恬

心部 六畫

ㄊㄧㄢˊ ❶安靜：例恬靜、恬適。❷不貪求名利：例恬淡。

恬淡（ㄊㄧㄢˊ ㄉㄢˋ） 不追求名利。

恬靜（ㄊㄧㄢˊ ㄐㄧㄥˋ） 安靜。

恪

心部 六畫

ㄎㄜˋ 恭敬，謹慎：例恪守、恪遵。

恪守（ㄎㄜˋ ㄕㄡˇ） 嚴格遵守。例學生應該恪守校規。

猜一猜 各懷鬼胎（猜一字）（答案：恪）

參考 相似詞：嚴守、堅守、謹守。

四畫

恪遵 ㄎㄜˋ ㄗㄨㄣ 恭敬謹慎的遵守。例他恪遵庭訓，努力用功，絲毫不懈怠。

恤 心部 六畫

ㄒㄩˋ ❶同情，憐憫：例體恤、憐恤。❷救濟：例撫恤金。

猜一猜 心在滴血。（猜一字）（答案：恤）

恤金 ㄒㄩˋ ㄐㄧㄣ 國家或機關，發給因為公事而受傷、死亡者家屬的救濟金。也可以寫作「卹金」。

恤孤 ㄒㄩˋ ㄍㄨ 救濟孤苦無依的人。

恤貧 ㄒㄩˋ ㄆㄧㄣˊ 同情窮苦的人，並且救濟他們。

恣 心部 六畫

ㄗˋ 不受拘束、隨自己的意思做：例恣意。

猜一猜 懷有二心。（猜一字）（答案：恣）

恣意 ㄗˋ ㄧˋ 隨著自己的心意，不加約束。

恙 心部 六畫

ㄧㄤˋ 疾病：例安然無恙、別來無恙。

猜一猜 羊有心無尾。（猜一字）（答案：恙）

恩 心部 六畫

ㄣ ❶好處，情誼：例恩惠。❷愛：例恩愛。❸姓：例恩先生。

恩人 ㄣ ㄖㄣˊ 對自己有大恩的人。例他是我的救命恩人。

恩情 ㄣ ㄑㄧㄥˊ 深厚懇切的情誼。例你的恩情我牢記在心。

恩惠 ㄣ ㄏㄨㄟˋ 他人給我或我給他人的情誼、利益。例他對我有恩惠，無論如何我都不能背棄他。

參考 相似詞：恩德。

恩愛 ㄣ ㄞˋ 互相給對方許多，彼此相親相愛，通常指夫妻間的感情。例他們是對恩愛的夫妻。

恩賜 ㄣ ㄙˋ 舊時指帝王的賞賜，現指對別人的特別的賞賜。賜：拿錢財貨品給人。例對於您的恩賜，我永生難忘。

恩澤 ㄣ ㄗㄜˊ 比喻給人的恩德，像雨露滋潤草木。例我們不能忘記父母給我們的恩澤。

參考 相似詞：恩惠、恩德、恩賜。

恩寵 ㄣ ㄔㄨㄥˇ 指帝王給予的恩惠寵愛。寵：愛。例古時候皇帝對妃子們相當恩寵。

恩威並重 ㄣ ㄨㄟ ㄅㄧㄥˋ ㄓㄨㄥˋ 恩惠和威嚴同時注重。例法官判案須恩威並重，才不會給人凶惡的印象。

恩將仇報 ㄣ ㄐㄧㄤ ㄔㄡˊ ㄅㄠˋ 用仇恨回報別人給自己的恩惠。例他把他的恩人殺了，真是恩將仇報。

息 心部 六畫

ㄒㄧˊ ❶呼吸時進出的氣：例喘息。❷表示停止的意思：例息怒、歇息。❸指有關人或事物的報導：例消息、信息。❹把錢借人或寄存在銀行、郵局等金融機構，所生的利潤：例利息。❺兒子：例子息。

參考 相似字：止、停、利、休。

息怒 ㄒㄧˊ ㄋㄨˋ 停止生氣。怒：生氣。

息滅 ㄒㄧˊ ㄇㄧㄝˋ 消除火或燈光。滅：消除。例出門前，請息滅燈火，節約能源。

息事寧人 ㄒㄧˊ ㄕˋ ㄋㄧㄥˊ ㄖㄣˊ 平息糾紛，使大家能夠得到安寧。大部分指調解時，為了減少麻煩，而失去原則。寧：安靜。例為了息事寧人，我只好接受他的無理要求。

息息相關 每一次呼吸都互相關連；形容彼此關係非常密切。息：每一次的呼吸。關：關連。例有富強的國家才有幸福的生活，二者息息相關。

恐

一 丅 工 玑 巩 巩 巩 恐 恐 恐

心部 六畫

ㄎㄨㄥˇ ❶害怕：例恐懼。❷恫嚇，使人感到害怕：例恐嚇。❸表示疑問猜測的話：例恐怕。

參考 相似字：怕、怖、懼、畏。

恐怖 由於受到威脅或驚嚇而引起的害怕心理。恐、怖：都是害怕的意思。例他說的故事，聽起來很恐怖。

參考 活用詞：恐怖片、恐怖電影、恐怖小說、恐怖時代。

恐怕 ❶表示擔心、猜測的語詞。例這樣做，效果恐怕不好。❷表示估計的副詞。相當於也許、大概等。例他走了恐怕有二十天了。

恐龍 古代的爬蟲類動物。種類很多，一般樣子是頭小身體大。身體大的可以大到三十幾公尺，重達四、五十公噸，也有小的恐龍，連一公尺都不到。他們有的生活在水中，有的生活在陸地上。後來可能因為氣候變化、食物缺乏而絕種。有不少地區曾經發現恐龍的化石。

四畫

恐嚇 用威脅的話或暴力，使人害怕。例歹徒恐嚇我不可以出聲，否則要殺害我。

恐懼 害怕的意思。恐、懼：都是害怕的意思。例當我一個人看家的時候，心裡非常恐懼。

參考 相似詞：膽怯、畏懼、惶恐。

恕

く 女 女 如 如 如 如 恕 恕 恕

心部 六畫

ㄕㄨˋ ❶原諒別人的過錯：例寬恕。❷客套話，請對方不要計較：例恕難從命。❸以愛心對待別人：例忠恕。

恕罪 原諒過失。罪：過失。例這是我的疏忽，請您恕罪。

恕道 這是儒家的主要思想，主張人要將心比心，為人著想。自己想要的，幫助別人也得到；自己不想要的，也不要給別人。例如：你希望同學友愛你，你就要友愛同學；你討厭別人責罵你，你也不要大聲責備別人，這就是「恕道」。

恭

一 十 廾 廾 共 共 共 恭 恭 恭

心部 六畫

ㄍㄨㄥ 誠懇有禮貌的樣子：例恭敬、恭候。

參考 相似字：敬。♣請注意：「恭」的下面是「小」（心），二點是平行的，不可寫成一高一低的「小」。

猜一猜 共同變心。（猜一字）（答案：恭）

恭候 恭敬的等候，常用來表示等候對方的敬詞。例恭候您大駕。

恭維 為了討好別人，故意講好聽的話奉承他。例他為了求取升遷，常常恭維上司，卻徒勞無功。

參考 請注意：「恭維」也寫作「恭惟」。

恭賀 誠懇的祝賀。賀：祝福。例恭賀您金榜題名！

恭喜 向人表示慶賀的話。例恭喜啊！有情人終成眷屬！

恭敬 指儀容端莊，態度很有禮貌的樣子。例對長輩講話要恭敬。

恭謹 指儀容態度恭敬謹慎的樣子。謹：小心。例他恭謹的服從將軍的命令。

恭敬不如從命 誠懇的推辭；形容不如順從對方的意見，所以用順從來表示敬意。例推不掉你的盛情邀請，我只好恭敬不如從命了。

恁

ノ 亻 仁 仁 任 任 任 恁 恁 恁

心部 六畫

ㄖㄣˋ ❶那麼，那樣：例恁遠、恁大。❷那：例恁時。❸什麼：例有恁話儘管吩咐。

ㄋㄣˊ 通「您」。

悌

丶 忄 忄' 忄'' 忄'' 忄'' 忄'' 悌 悌

心部 七畫

ㄊㄧˋ ❶敬愛兄長或兄弟友愛：例孝悌。❷和樂平易的樣子：例愷悌。

猜一猜 心中有弟。（猜一字）（答案：悌）

悅

丶 忄 忄 忄' 忄'' 忄'' 忄'' 悅 悅

心部 七畫

ㄩㄝˋ ❶高興，愉快：例喜悅。❷使人感覺愉快：例悅耳、悅目。

猜一猜 兌現心喜。（猜一字）（答案：悅）

悅目 ㄩㄝˋ ㄇㄨˋ 看了以後，感覺愉快。形容好看。例雨過天青，大地顯得格外清新悅目。

參考 活用詞：賞心悅目。

悅耳 ㄩㄝˋ ㄦˇ 形容聲音好聽，或是所說的言語使人愉快。例她的歌聲悅耳動聽，好像黃鶯出谷。

悅色 ㄩㄝˋ ㄙㄜˋ 溫和愉快的臉色。

參考 活用詞：和顏悅色。

悖

丶 忄 忄 忄 忄 忄 忄 悖 悖 悖

心部 七畫

ㄅㄟˋ 和事理相反或違背：例並行不悖。

ㄅㄛˊ 通「勃」。

悖乎情理 ㄅㄟˋ ㄏㄨ ㄑㄧㄥˊ ㄌㄧˇ 違背待人的常情和處事的道理。例他為人處事悖乎情理，因此招來許多怨言。

悟

丶 忄 忄 忄 忄 忄 悟 悟 悟 悟

心部 七畫

ㄨˋ 指領會、明白、覺醒：例恍然大悟、執迷不悟。

猜一猜 吾心。（猜一字）（答案：悟）

悟性 ㄨˋ ㄒㄧㄥˋ 指人對事物的分析和理解的能力。例他的悟性高，學習事物頗能舉一反三。

悚

丶 忄 忄 忄 忄 忄 忄 悚 悚 悚

心部 七畫

ㄙㄨㄥˇ 害怕：例毛骨悚然。

悚然 ㄙㄨㄥˇ ㄖㄢˊ 害怕的樣子。

參考 活用詞：毛骨悚然。

悄

丶 忄 忄 忄 忄 忄 悄 悄 悄 悄

心部 七畫

ㄑㄧㄠˇ ❶沒有聲音或聲音很低：例悄然無聲、低聲悄語。❷憂愁的樣子：例憂心悄悄、悄然落淚。

悄悄的 ㄑㄧㄠˇ ㄑㄧㄠˇ ˙ㄉㄜ 形容沒有聲音或聲音很低。

悍

丶 忄 忄 忄 忄 忄 悍 悍 悍 悍

心部 七畫

ㄏㄢˋ ❶勇猛：例強悍、悍將。❷凶惡，不講理：例凶悍。

悍婦 ㄏㄢˋ ㄈㄨˋ 凶暴不講理的婦人。

悍然 ㄏㄢˋ ㄖㄢˊ 態度強硬，不顧一切的樣子。

悔

丶 忄 忄 忄 忄 忄 悔 悔 悔 悔

心部 七畫

ㄏㄨㄟˇ ❶事後追恨，覺悟到自己過去做的不對：例後悔。❷改過：例懺悔、悔過。

參考 請注意：「悔」、「誨」、「晦」有分別：「悔」就是一個人做錯事心裡難過，是發自內心的，所以左邊是心部。「誨」讀ㄏㄨㄟˋ，是教導的意思，要靠說話來傳達意思，所以左邊是言部。「晦」讀ㄏㄨㄟˋ，指太陽由亮到暗，所以左邊是日部。

猜一猜 每一顆心。（猜一字）（答案：悔）

悔改 ㄏㄨㄟˇ ㄍㄞˇ 知道做錯了，願意改正。例他已經悔改了，你就原諒他吧！

悔恨 ㄏㄨㄟˇ ㄏㄣˋ 對自己做過的事感到不應該，並且責備自己。例他悔恨自己過去犯的錯。

悔悟 ㄏㄨㄟˇ ㄨˋ 知道自己的過錯。例只要你能悔悟，一切都還來得及。

悔過 ㄏㄨㄟˇ ㄍㄨㄛˋ 承認自己的過錯並且決心改正。

參考 活用詞：悔過書、悔過自新。

悔不當初 ㄏㄨㄟˇ ㄅㄨˋ ㄉㄤ ㄔㄨ 後悔當時沒有作決定或選擇。例事情會變成這樣，我真是悔不當初。

恿 心部 七畫

ㄩㄥˇ 在一旁鼓動或誘惑人家：例慫（ㄙㄨㄥˇ）恿。

患 心部 七畫

ㄏㄨㄢˋ ❶指災難或是禍害：例水患、防患未然。❷心中憂愁：例患得患失。❸生病：例患者。

參考 相似字：染、災、禍、憂、慮。

猜一猜 一串心。（猜一字）（答案：患）

患者 ㄏㄨㄢˋ ㄓㄜˇ 得了某種疾病的人。例心臟病患者。

參考 相似詞：病人、病患。

患病 ㄏㄨㄢˋ ㄅㄧㄥˋ 指生病。

患難 ㄏㄨㄢˋ ㄋㄢˋ 艱苦危險的處境。例我們同甘苦，共患難。

參考 活用詞：患難之交、患難相助。

患難之交 ㄏㄨㄢˋ ㄋㄢˋ ㄓ ㄐㄧㄠ 比喻能一起共度憂患的朋友。

笑一笑 甲：「聽說你和小吳是患難之交？」乙：「沒錯，自從和他交往，我一直患難到現在！」

患得患失 ㄏㄨㄢˋ ㄉㄜˊ ㄏㄨㄢˋ ㄕ 形容沒得到時怕得不到，得到後又怕失去的心情。指人很在意個人的得失，而顯得憂愁不安。例姊姊參加考試，常常患得患失，精神緊張。

悉 心部 七畫

ㄒㄧ ❶知道某人或事物：例熟悉、知悉。❷表示完全、全部的意思：例悉心照顧。

參考 相似字：明、曉、知、盡、全。♣請注意：「悉」的上面是「釆」（ㄅㄧㄢˋ），不是「采」（ㄘㄞˇ）。

悉心 ㄒㄧ ㄒㄧㄣ 用盡所有的心思。例由於媽媽的悉心照顧，我的病才能迅速痊癒。

悉數 ㄒㄧ ㄕㄨˋ ㈠ㄒㄧ ㄕㄨˋ 指所有數目。例欠你的錢，我已經悉數奉還。㈡ㄒㄧ ㄕㄨˇ 完全列舉出來。例植物的種類繁多，無法悉數。

悠 心部 七畫

ㄧㄡ ❶長久，遠：例悠久。❷輕鬆自在的樣子：例悠然。❸在空中擺動：例悠盪。

悠久 ㄧㄡ ㄐㄧㄡˇ 年代久遠。例中國有五千多年悠久的歷史。

悠揚 ㄧㄡ ㄧㄤˊ 形容聲音有時高有時低，非常和諧好聽。例小提琴悠揚的歌聲，傳遍校園每個角落。

悠然 ㄧㄡ ㄖㄢˊ 輕鬆自在的樣子。例他看起來一副悠然自得的樣子。

悠閒 ㄧㄡ ㄒㄧㄢˊ 沒什麼事做，很舒服、隨便的樣子。例他退休後，在家裡過著悠閒自在的生活。

悠遠 ㄧㄡ ㄩㄢˇ 長久，長遠。例悠遠的山川不知何時才能再見。

悠悠蕩蕩 ㄧㄡ ㄧㄡ ㄉㄤˋ ㄉㄤˋ 搖搖晃晃或飄浮不定。例他走起路來悠悠蕩蕩的，很沒有精神。

您

您 心部 七畫

ㄋㄧㄣˊ 「你」的敬稱。

悒

悒 心部 七畫

ㄧˋ 憂愁不安：例憂悒、鬱悒、悒悒不樂。

參考 相似字：鬱、悲。

悒悒 ㄧˋ ㄧˋ 愁悶不樂的樣子。例他整天悒悒不樂，不知有什麼心事。

惋

惋 心部 八畫

ㄨㄢˇ 可惜：例惋惜。

惋惜 ㄨㄢˇ ㄒㄧ 可惜，表示遺憾或同情。例他天資聰穎，卻不肯努力學習，真令人惋惜。

悴

悴 心部 八畫

ㄘㄨㄟˋ ❶憂傷：例愁悴。❷枯瘦困苦的樣子：例形容憔悴。

惦

惦 心部 八畫

ㄉㄧㄢˋ 心中掛念：例惦記、惦念。

猜一猜 心思新店。（猜一字）（答案：惦）

惦記 ㄉㄧㄢˋ ㄐㄧˋ 心裡一直想著某人或某事物，放不下心。例我人在學校上課，心中卻惦記著媽媽的病情。

參考 相似詞：惦念。

悽

悽 心部 八畫

ㄑㄧ 形容悲傷難過：例悽愴、悽切、悽慘。

參考 請注意：「悽」作悲傷解釋時，可和「淒」通用，例如：「悽愴」可寫作「淒愴」。

悽切 ㄑㄧ ㄑㄧㄝˋ 形容非常悲慘哀傷。

悽然 ㄑㄧ ㄖㄢˊ 悲傷的樣子。

悽楚 ㄑㄧ ㄔㄨˇ 悲傷難過。

悽愴 ㄑㄧ ㄔㄨㄤˋ 傷感悲痛。愴：悲傷。

悽慘 ㄑㄧ ㄘㄢˇ 悲傷慘痛。

情

情 心部 八畫

ㄑㄧㄥˊ ❶狀況，內容：例災情、行情。❷友誼，人與人間交往的程度：例交情。❸男女間的愛：例愛情、一見鍾情。❹趣味：例情趣、情調。❺意念：例情懷、熱情、情不自禁。❻因外界刺激所產生的心理作用：例情緒、七情六慾。

參考 相似字：愫、愛。

情人 ㄑㄧㄥˊ ㄖㄣˊ 相戀中男女的互稱。

參考 相似詞：愛人、戀人。♣活用詞：情人糖、情人夢。

情形 ㄑㄧㄥˊ ㄒㄧㄥˊ 事物表現出來的樣子。例他目前的生活情形還算可以。

參考 相似詞：情況。

情況 ㄑㄧㄥˊ ㄎㄨㄤˋ 情形。例我完全不了解目前的情況，怎麼提出計畫？

參考 相似詞：情形。♣活用詞：緊急情況。

情急 ㄑㄧㄥˊ ㄐㄧˊ 因為希望馬上避免或獲得某種事物而心中著急。例他在情急之下總是說錯話。

情侶 ㄑㄧㄥˊ ㄌㄩˇ 指戀愛中的男女。例他們以前曾經是一對情侶。

情書 ㄑㄧㄥˊ ㄕㄨ 男女間用來表達愛情的信。例他寫的一封情書，表達了他對那位少女的愛慕之情。

情理 ㄑㄧㄥˊ ㄌㄧˇ 人的通常心理和事物的一般道理。例根據情理判斷，這件案子絕不會是他幹的。

情報 ㄑㄧㄥˊ ㄅㄠˋ ❶關於某種情況的消息和報告，多屬於機密性質。例由於這次情報的錯誤，我軍損失慘重。❷指一切最新的消息。例如果你知道有關這次考試的任何情報，請告訴我。

參考 活用詞：情報局、情報人員。

情景 ㄑㄧㄥˊ ㄐㄧㄥˇ 發生事情的情形。例此刻的情景好像小說裡的情節。

情勢 ㄑㄧㄥˊ ㄕˋ 事情的情況和趨勢。例現在的情勢對我們不利。

情義 ㄑㄧㄥˊ ㄧˋ 指朋友間的感情和道義。例朋友之間要講情義。

情意 ㄑㄧㄥˊ ㄧˋ 對人的感情。例他對你情意深厚。

情感 ㄑㄧㄥˊ ㄍㄢˇ 人的內心受到外界事物的刺激所產生的情緒，例如：愉快、痛苦、仇恨等。

情節 ㄑㄧㄥˊ ㄐㄧㄝˊ 事情的演變和經過。例你一定要把故事的情節交代清楚。

情境 ㄑㄧㄥˊ ㄐㄧㄥˋ 某種場合和情況。例無論在任何情境，他都能保持優雅的風度。

情歌 ㄑㄧㄥˊ ㄍㄜ 表現男女愛情的歌曲。

情緒 ㄑㄧㄥˊ ㄒㄩˋ ❶進行某種活動時產生的心理狀態。例你先穩定大家的情緒，我們再商討解決的辦法。❷指不愉快的情感。例你別鬧情緒，先聽我把話說完。

情趣 ㄑㄧㄥˊ ㄑㄩˋ ❶感情趣味。例這首詩寫得很有情趣。❷性情志趣。例他們倆情趣相投。

情誼 ㄑㄧㄥˊ ㄧˊ 彼此間的感情和友誼。例他們有著深厚的情誼。

情調 ㄑㄧㄥˊ ㄉㄧㄠˋ 思想感情所表現出來的程度。例這家餐廳布置得很有情調。

情操 ㄑㄧㄥˊ ㄘㄠ 由感情和思想綜合起來的，不會輕易改變的心理狀態。例博愛和同情是高貴的道德情操。

情願 ㄑㄧㄥˊ ㄩㄢˋ ❶心裡願意。例為了你，我情願做任何事。❷寧可。例他情願粉身碎骨，也不願投降。

參考 活用詞：甘心情願、一廂情願。

情懷 ㄑㄧㄥˊ ㄏㄨㄞˊ 含有某種感情的心境。例少女情懷總是詩。

情不自禁 ㄑㄧㄥˊ ㄅㄨˋ ㄗˋ ㄐㄧㄣ 控制不了自己的感情。例我看見了他的表演之後，情不自禁的笑了出來。

情投意合 ㄑㄧㄥˊ ㄊㄡˊ ㄧˋ ㄏㄜˊ 形容雙方思想感情融洽，意見一致。例他們兩人情投意合，交往一年就結婚了。

參考 請注意：見「心心相印」條的說明。

情竇初開 ㄑㄧㄥˊ ㄉㄡˋ ㄔㄨ ㄎㄞ 指少男少女開始懂得愛情，初次嘗到戀愛的滋味。竇：孔道。例那對小情侶情竇初開，兩小無猜。

悻

悻 心部 八畫

ㄒㄧㄥˋ 怨恨，憤怒：例悻悻。

悻悻 ㄒㄧㄥˋ ㄒㄧㄥˋ 憤怒而且怨恨。例我不答應他的要求，他悻悻的離去。

悵

悵 心部 八畫

ㄔㄤˋ 失意、不痛快的樣子：例悵惘、悵然。

悵然 ㄔㄤˋ ㄖㄢˊ 失意寂寞的樣子。

惜

惜 心部 八畫

ㄒㄧˊ ❶珍愛：例愛惜光陰。❷感到遺憾：例可惜、惋惜。❸憐愛：例憐香惜玉。❹捨不得：例吝惜。

參考 相似字：憐、愛、憫。

惜別 ㄒㄧˊ ㄅㄧㄝˊ 捨不得分別，但現在只有分別的意思。

惜陰 ㄒㄧˊ ㄧㄣ 愛惜時間。

參考 活用詞：惜別會。

惜福 ㄒㄧˊ ㄈㄨˊ 珍惜自己的福氣，不作過分的享用。

惘

心部 八畫

ㄨㄤˇ 失志或失意的樣子：例惘然、悵惘。

惘然 ㄨㄤˇ ㄖㄢˊ 失意的樣子。

惕

心部 八畫

ㄊㄧˋ 小心謹慎的樣子：例警惕。

悼

心部 八畫

ㄉㄠˋ 悲傷的懷念：例追悼、悼念、哀悼、悼詞。

參考 請注意：「掉」和手的動作有關，所以是手部，例如：丟掉。「悼」是內心哀傷，所以是心部，例如：哀悼。

悼亡 ㄉㄠˋ ㄨㄤˊ ❶晉朝潘岳為了哀悼妻子的死亡，作了「悼亡詩」三首。因此後代把「悼念死去的妻子」稱為「悼亡」。❷也指死了妻子。

悼念 ㄉㄠˋ ㄋㄧㄢˋ 對死去的人哀痛的懷念。

悼詞 ㄉㄠˋ ㄘˊ 對死者表示哀悼的話或文章。

惆

心部 八畫

ㄔㄡˊ 悲傷，失意：例惆悵。

惆悵 ㄔㄡˊ ㄔㄤˋ 因為憂愁、感傷、失意而顯得悲哀的樣子。

惟

心部 八畫

ㄨㄟˊ ❶只，單單：例惟有、惟獨。❷思想：例思惟。❸但是，只是：例病已治好，惟身體仍然虛弱。❹姓：例惟先生。

參考 請注意：「唯」讀ㄨㄟˊ時可和「惟」通用；「維」作助詞時也和「惟」通用。

惟一 ㄨㄟˊ ㄧ 只有一個，獨一無二。例這是惟一可行的辦法。

參考 相似詞：唯一。

惟有 ㄨㄟˊ ㄧㄡˇ 只有。例大家都願意，惟有他例外。

惟恐 ㄨㄟˊ ㄎㄨㄥˇ 只怕。例他所以一直著急，是惟恐落後別人太多。

惟我獨尊 ㄨㄟˊ ㄨㄛˇ ㄉㄨˊ ㄗㄨㄣ 認為只有自己最了不起。

惟妙惟肖 ㄨㄟˊ ㄇㄧㄠˋ ㄨㄟˊ ㄒㄧㄠˋ 形容模仿得非常好、非常像，幾乎分不出真假。妙：巧妙。肖：很像。例他學歌星唱歌，惟妙惟肖，十分逗趣。

參考 相似詞：唯妙唯肖、維妙維肖。

惟利是圖 ㄨㄟˊ ㄌㄧˋ ㄕˋ ㄊㄨˊ 只圖利益，別的什麼都不管。圖：圖謀。例他是個惟利是圖的人。

悸

心部 八畫

ㄐㄧˋ 因為害怕而心跳：例驚悸、心有餘悸。

惚

心部 八畫

ㄏㄨ 記憶不清楚或看不清楚：例恍惚。

惑

心部 八畫

ㄏㄨㄛˋ ❶懷疑，不明白：例疑惑、大惑不解。❷迷亂：例迷惑、謠言惑眾。

參考 相似字：迷、疑。

惡

心部 八畫

ㄜˋ ❶壞：例惡劣。❷犯罪的事：例無惡不作。❸凶狠：例惡戰。

ㄜˇ 同「噁心」的「噁」字。

四畫

ㄨˋ ❶討厭：例厭惡。❷羞恥：例羞惡之心。

ㄨ ❶同「烏」，有「怎麼」的意思。❷感嘆詞，表示驚訝。

參考 相似字：凶、憎、厭。♣相反字：善、美、好。♣請注意：「惡」有四個讀音，常用的有三個：❶ㄜˋ有不好、凶狠的意思，例如：惡意。❷ㄨˋ有討厭的意思，例如：深惡痛絕。❸ㄜˇ用在「噁心」，意思是使人覺得討厭，產生嘔吐的感覺。

惡化 ㄜˋ ㄏㄨㄚˋ 情況愈來愈壞。例他的病情惡化，恐怕就快死了。

參考 相反詞：好轉。

惡劣 ㄜˋ ㄌㄧㄝˋ 很壞。例他的行為惡劣，不受人歡迎。

惡果 ㄜˋ ㄍㄨㄛˇ 壞的結果，壞的下場。例你如果再做壞事的話，有一天你將會自食惡果。

惡性 ㄜˋ ㄒㄧㄥˋ 能產生嚴重後果的。例你再這樣惡性犯規，就不讓你出場比賽了。

惡習 ㄜˋ ㄒㄧˊ 壞的習慣。例他有亂丟垃圾的惡習，令人反感。

惡意 ㄜˋ ㄧˋ 壞的用意，不良的居心。例他對你沒有一點惡意，你為什麼那麼討厭他呢？

參考 相反詞：善意。

惡棍 ㄜˋ ㄍㄨㄣˋ 為非作歹、欺壓群眾的流氓無賴。例他是個惡棍，你少理他為妙。

惡夢 ㄜˋ ㄇㄥˋ 恐怖而且不祥的夢。例他最近每天晚上都會作惡夢。

惡魔 ㄜˋ ㄇㄛˊ ❶佛教稱阻礙佛法及善事的惡神、惡鬼。❷比喻十分凶惡的人。例你這個惡魔害得我好苦啊！

參考 相似詞：惡鬼。

惡霸 ㄜˋ ㄅㄚˋ 依靠惡勢力，欺壓百姓的壞人。例他是這個地區的惡霸，千萬不要惹他。

惡作劇 ㄜˋ ㄗㄨㄛˋ ㄐㄩˋ 使人不好意思並產生反感的玩笑或行動。

惡狠狠 ㄜˋ ㄏㄣˇ ㄏㄣˇ 形容非常凶狠。例他惡狠狠的看了我一眼。

惡名昭彰 ㄜˋ ㄇㄧㄥˊ ㄓㄠ ㄓㄤ 不好的名聲大家都知道。昭、彰：明顯的樣子。例他惡名昭彰，人人都討厭他。

惡性循環 ㄜˋ ㄒㄧㄥˋ ㄒㄩㄣˊ ㄏㄨㄢˊ 事情互相循環，使情況愈來愈壞或愈嚴重。例他脾氣壞所以人緣不好，而人緣不好又使他脾氣更壞，真是惡性循環。

惡禽猛獸 ㄜˋ ㄑㄧㄣˊ ㄇㄥˇ ㄕㄡˋ 凶惡殘猛的鳥禽和野獸。

悲

心部 八畫

悲 悲

ㄅㄟ ❶傷心：例悲傷、悲喜交集。❷憐憫、同情別人：例慈悲、悲天憫人。

參考 相似字：哀、傷、慘。♣相反字：喜。♣請注意：「悲哀」的「悲」和「悱惻」的「悱」（ㄈㄟˇ）雖然都是「心」和「非」二字的組合，但是意思不同，讀音也不同，不能混用。

悲泣 ㄅㄟ ㄑㄧˋ 因為悲傷而哭泣。例朋友的遭遇使他們悲泣。

悲哀 ㄅㄟ ㄞ 悲傷哀痛。例他的為人竟令人討厭到這種程度，真是悲哀。

參考 相似詞：悲痛、悲慘、悲憤。

動動腦 想想看，和「悲哀」相同的感覺除了「難過」還有哪些詞呢？

悲戚 ㄅㄟ ㄑㄧ 悲傷哀愁。例他心中歡喜，卻裝出非常悲戚的樣子。

悲痛 ㄅㄟ ㄊㄨㄥˋ 傷心痛苦。例他的家人都在火災中不幸死去，令他感到相當悲痛。

悲傷 ㄅㄟ ㄕㄤ 傷心難過。例他失去了一位好友，令他感到悲傷。

參考 相反詞：歡喜。

悲愴 ㄅㄟ ㄔㄨㄤˋ 悲傷。例他寫的詩讀起來非常的悲愴。

參考 相似詞：悲傷。♣相反詞：歡喜。

悲慘 ㄅㄟ ㄘㄢˇ 遇到的事非常的痛苦，令人傷心。例大家都非常同情他悲慘的遭遇。

悲劇 ㄅㄟ ㄐㄩˋ ❶戲劇類別中的一個，以悲傷的事為主題，而且結局也都是悲哀的收尾。❷比喻悲慘不幸的事。例戰爭是人類最大的悲劇。

參考 相反詞：喜劇。♣活用詞：悲劇性、悲劇效果。

悲憤 ㄅㄟ ㄈㄣˋ 又悲傷又生氣。例失去國家的悲憤是無人能知的。

悲觀 ㄅㄟ ㄍㄨㄢ 指對世事、前途抱著失望、厭倦、缺乏信心的態度。例他對事情都有著悲觀的看法。

參考 相反詞：樂觀。

悲天憫人 ㄅㄟ ㄊㄧㄢ ㄇㄧㄣˇ ㄖㄣˊ 悲傷同情天地間發生的一切不幸的事。天：天地間。憫：可憐。例一個成功的偉人都有悲天憫人的胸懷。

悲喜交集 ㄅㄟ ㄒㄧˇ ㄐㄧㄠ ㄐㄧˊ 悲傷和喜悅兩種感情一起湧上心頭，多用來形容從眼前的歡樂而聯想到過去的悲苦那種激動的心情。例他找到失散多年的妹妹，頓時悲喜交集。

悲歡離合 ㄅㄟ ㄏㄨㄢ ㄌㄧˊ ㄏㄜˊ 指相聚時的歡樂，分離時的悲傷。例人有悲歡離合，月有陰晴圓缺。

悶

心部 八畫

悶悶

ㄇㄣˋ ❶心中不舒暢：例煩悶。❷不通氣，封嚴了：例悶葫蘆。

ㄇㄣ ❶氣壓低或空氣不流通給人家的感覺：例悶熱。❷密閉著不出氣，同「燜」：例把茶悶一下再喝。❸聲音不響亮或是不說話：例悶聲不響。

悶氣 (一)ㄇㄣ ㄑㄧˋ 暫時停止呼吸。例我可以在水中悶氣兩分鐘。(二)ㄇㄣˋ ㄑㄧˋ 放在心裡沒發洩出來的怨恨。例我嚥不下這口悶氣，我一定要找他算帳。

參考 相似詞：屏息。♣請注意：「悶」，心裡煩悶音ㄇㄣˋ；被罩住的意思音ㄇㄣ。

悶熱 ㄇㄣ ㄖㄜˋ 天氣很熱而且空氣不流通。例這間屋子很悶熱，趕快打開窗子透透氣。

悶悶不樂 ㄇㄣˋ ㄇㄣˋ ㄅㄨˋ ㄌㄜˋ 心情不舒服，心煩。例你不要悶悶不樂的，我陪你出去走走。

惠

心部 八畫

惠惠

ㄏㄨㄟˋ ❶給予或受到的好處：例恩惠、受惠無窮。❷是表示尊敬的詞，用在對方對待自己或自己對待對方的行為上：例惠存、惠顧。

參考 相似字：恩、賜、益。

惠存 ㄏㄨㄟˋ ㄘㄨㄣˊ 贈送紀念品時用的敬辭，表示請對方保存的意思。存：保存。

惠施 ㄏㄨㄟˋ ㄕ 戰國時代名家的代表人物，是莊子最要好的朋友，曾做過魏國的宰相。他認為一切事物是相對的。

惠顧 ㄏㄨㄟˋ ㄍㄨˋ 表示尊敬的詞。稱客人到自己店裡來選購物品。顧：指購買東西。例謝謝惠顧。

愜

心部 九畫

愜愜

ㄑㄧㄝˋ 滿足，快樂：例愜意。

愜意 ㄑㄧㄝˋ ㄧˋ 合於自己的心意，感到快樂滿足。例春天到郊外旅遊真是無比愜意。

愣

心部 九畫

愣愣

ㄌㄥˋ ❶發呆：例發愣。❷說話做事沒有經過考慮：例愣說。

愣頭愣腦 ㄌㄥˋ ㄊㄡˊ ㄌㄥˋ ㄋㄠˇ ❶形容人呆笨的樣子。❷粗心，說話做事沒有經過考慮。

惺

心部 九畫

惺惺

ㄒㄧㄥ 明白，醒悟：例惺悟、惺忪。

猜一猜 星星知我心。（猜一字）（答案：惺）

惺忪 ㄒㄧㄥ ㄙㄨㄥ 剛睡醒，眼睛模糊不清的樣子。忪、惺：指睡醒的樣子。例早晨，我睡眼惺忪的起床。

惺惺 ㄒㄧㄥ ㄒㄧㄥ ❶聰明人。例惺惺相惜。❷假意的樣子。例假惺惺。

惺惺相惜 聰明的人互相愛慕；形容性格或才能相當的人互相愛惜。惺惺：指聰明人。例小明和小華都是本班的運動健將，兩人惺惺相惜，成為好朋友。

愕

心部 九畫

ㄜˋ 遇到沒想到的事感到驚奇：例愕然。

愕然 因為驚奇而發呆的樣子。例他一聽到祖父去世的消息，愕然得說不出半句話。

惰

心部 九畫

ㄉㄨㄛˋ ❶懶，不努力：例懶惰、怠惰。❷不易改變：例惰性。

惰性 ❶指有些物質不容易和其他元素或化合物化合，這種性質就叫惰性。❷不想改變生活和工作上已經落後的習慣。例你必須克服惰性，勤勉學習才會有成就。

參考 相反詞：活性。♣活用詞：惰性元素。

惻

心部 九畫

ㄘㄜˋ 悲傷：例淒惻。

惻隱之心 就是同情心，指對別人的痛苦和不幸能夠同情。

惴

心部 九畫

ㄓㄨㄟˋ 憂愁，恐懼：例惴慄不安。

惴慄不安 因為憂愁害怕而顯出心神不安的樣子。

惶

心部 九畫

ㄏㄨㄤˊ 害怕，驚慌：例惶恐、驚惶。

猜一猜 龍心大喜。（猜一字）（答案：惶）

惶恐 驚慌害怕的樣子。例我剛接任班長，心中十分惶恐。

惶惶 恐懼不安的樣子。例經濟不景氣，使得人心惶惶，期望能快好轉。

惱

心部 九畫

ㄋㄠˇ ❶生氣：例惱火、惱怒。❷心情煩悶：例煩惱、苦惱。

參考 請注意：❶「惱」和「腦」的讀音相同，字形也很像，但是用法不同：「惱」是心部，人會生氣、發怒都是從心裡來的；而「腦」是肉部，例如：頭腦、腦筋。❷「惱」的右下角是「囟」，不是「囟」，要特別注意。

古人說 「惱一惱，老一老；笑一笑，少（ㄕㄠˋ）一少（ㄕㄠˋ）。」這句話是說：煩惱多，容易老；常常笑，可以保持年輕。例「惱一惱，老一老；笑一笑，少一少」，你不要悶悶不樂，這樣對身體不好！

惱怒 因為事情不如意而生氣。例忘記帶雨傘只是一件小事，你何必惱怒呢？

愎

心部 九畫

ㄅㄧˋ 自以為是，不肯接受別人的意見：例剛愎。

愉

心部 九畫

ㄩˊ 高興：例愉快。

愉快 滿意，快樂。例祝你天天愉快，笑口常開。

參考 相似詞：愉悅。

愉悅 快樂，高興。例他考上大學，心情愉悅極了！

愀 心部 九畫

愀 愀

ㄑㄧㄠˇ ❶憂傷的樣子：例愀然不樂。❷臉色變得嚴肅或不愉快：例愀然變色。

愀然 ㄑㄧㄠˇ ㄖㄢˊ ❶傷感的樣子。❷臉色改變的樣子。

慨 心部 九畫

慨 慨

ㄎㄞˇ ❶氣憤，心中不平的樣子：例憤慨。❷感嘆：例悲慨、感慨。❸爽快大方：例慷慨。

參考 請注意：「感慨」的「慨」(ㄎㄞˇ)是表示心情，所以是心部。「大概」的「概」(ㄍㄞˋ)是木部。

慨然 ㄎㄞˇ ㄖㄢˊ ❶一點也不小氣，很大方的樣子。例他毫不猶豫，慨然答應我的要求。❷感嘆的樣子。例他望著蒼天，想著自己坎坷的身世，不禁慨然長嘆。

愚 心部 九畫

愚 愚 愚

ㄩˊ ❶不聰明：例愚笨。❷欺騙：例愚弄。❸古時候稱呼自己的詞，有謙虛的意思。例：愚見。

愚見 ㄩˊ ㄐㄧㄢˋ 表示謙虛的詞，指自己的意見、看法。見：看法。

愚弄 ㄩˊ ㄋㄨㄥˋ 指欺騙、戲弄別人。弄：戲弄。例你不該開玩笑愚弄我。

愚昧 ㄩˊ ㄇㄟˋ 缺乏知識，不明白事物的道理。昧：不明白。例他對教育問題缺乏了解，所以提出的看法很愚昧。

參考 相反詞：明智、聰明。♣請注意：見「愚蠢」條的說明。♣活用詞：愚昧無知。

愚笨 ㄩˊ ㄅㄣˋ 腦筋遲鈍，不聰明。

參考 相似詞：愚蠢。♣相反詞：聰明。

愚蠢 ㄩˊ ㄔㄨㄣˇ 腦筋遲鈍，不聰明。蠢：笨的意思。

參考 相似詞：愚笨。♣相反詞：聰明。♣請注意：「愚蠢」和「愚昧」都含有無知愚笨的意思。但是「愚昧」著重形容缺乏知識，所以是不聰明的樣子。「愚蠢」指「傻」、「笨」，是因為頭腦不靈活而表現笨拙的樣子。「愚蠢」除了形容人，也可以形容動物。

愚人節 ㄩˊ ㄖㄣˊ ㄐㄧㄝˊ 歐洲人以四月一日為萬愚節，這一天人們可以互相愚弄從中取樂。我國通常稱為愚人節。

愚不可及 ㄩˊ ㄅㄨˋ ㄎㄜˇ ㄐㄧˊ 形容人非常愚笨，一般人都比不上。及：趕上。例他的作法愚不可及，受到大家嚴厲的批評。

愚公移山 ㄩˊ ㄍㄨㄥ ㄧˊ ㄕㄢ 傳說古代有個叫愚公的老人，他為了剷平家門前的兩座山，不顧智叟的譏笑，每天率領兒孫去挖山，他相信只要世世代代挖下去，總有一天會把山挖掉。比喻做事有毅力，不怕困難。

意 心部 九畫

意 意 意

ㄧˋ ❶心裡的想法：例意思、滿意。❷推想，猜測：例意料、意外。❸指事物流露出來的樣子和情趣：例春意。

參考 相似字：義。

意外 ㄧˋ ㄨㄞˋ ❶事先沒有想到，在意料之外。例你突然來拜訪，使我感到意外。❷料想不到的事件，常常指不幸的事件。例小心火燭，以免發生意外。

意志 ㄧˋ ㄓˋ 指自己決定行為，達成目標的想法。志：完成事情的決心。例他的意志堅強，不達目的絕不停止。

參考 活用詞：意志力、意志薄弱。

意見 ㄧˋ ㄐㄧㄢˋ ❶對事情的看法或主張。例我們利用討論會來交換意見。❷認為某人或某事不對，而產生不滿意的想法。例我對他的工作態度有意見。

意味 ㄧˋ ㄨㄟˋ ❶指值得細細體會的情調、趣味。例這部電影富有文學意味，值得再三欣賞。❷表示，含有某種意義，常常和「著」連用。例枝頭吐新芽，意味著春天來了。

意思 ㄧˋ ㄙ˙　❶語言文字的意義。例「愚笨」就是「不聰明」的意思。❷想法，意見。例父母的意思是希望我報考軍校。❸指禮品代表的心意。例這一點小意思，請您笑納。❹指事物的趣味。例這個遊戲真有意思。

參考 請注意：見「意義」條的說明。

意料 ㄧˋ ㄌㄧㄠˋ　事先的猜想、估計。料：猜想。例他當選模範生，是意料中的事。

參考 活用詞：意料之內、出人意料。

意氣 ㄧˋ ㄑㄧˋ　❶指志向、興趣和性格。例他們倆意氣相投，感情深厚。❷指任性的情緒，自己愛怎樣就怎樣，不尊重別人的意見。例他們倆都自以為是，常常鬧意氣。❸指人表現出來的精神和氣勢。例意氣飛揚。

意義 ㄧˋ ㄧˋ　❶語言文字所含的意思。例這個字的意義是什麼？❷事物的價值或作用。例這部影片具有教育意義。

參考 請注意：「意義」和「意思」在指語言文字的含義時，可以通用，其他則不可以混用。

意會 ㄧˋ ㄏㄨㄟˋ　指心中直接領會，不必經過說明。例這首詩的情趣只能意會，不能言傳。

意境 ㄧˋ ㄐㄧㄥˋ　指文學藝術作品所表達出來的境界和情調。例王維的詩意境優美。

意圖 ㄧˋ ㄊㄨˊ　想要達到某種目的的打算。圖：計畫。例鄭成功以臺灣為根據地，意圖反清復明。

意願 ㄧˋ ㄩㄢˋ　心中的願望。例他的求知意願高，學習十分認真。

意識 ㄧˋ ㄕˋ　❶人腦的一種特殊功能，可以感覺或認識外在環境，並且能夠記憶、想像等。例嚴重的腦傷使他失去意識。❷感到，察覺。例緊張的氣氛使我意識到事情的嚴重性。

參考 活用詞：意識流、潛意識。

意在言外 ㄧˋ ㄗㄞˋ ㄧㄢˊ ㄨㄞˋ　意思在言語、文辭的外面。表示言辭的真正意義沒有明白說出來，要人自己去體會。例這首詩意在言外，你可要細細品味。

參考 相似詞：弦外之音。

意氣飛揚 ㄧˋ ㄑㄧˋ ㄈㄟ ㄧㄤˊ　形容人的精神振奮氣概豪邁。例三軍儀隊意氣飛揚的走過閱兵臺前。

惹

心部　九畫

惹惹惹　丶 丷 䒑 艹 艹 芏 芏 芏 若 若 若

ㄖㄜˇ　引起事情或反應：例惹禍、惹人注意、惹人討厭。

惹禍 ㄖㄜˇ ㄏㄨㄛˋ　引起麻煩或災害。禍：災害。例弟弟打破花瓶，這下惹禍了！例他撞傷路人，惹禍上身。

參考 相似詞：闖禍。

惹是生非 ㄖㄜˇ ㄕˋ ㄕㄥ ㄈㄟ　招來是非，引起爭吵或麻煩。例這年輕人血氣方剛，常常惹是生非。

參考 相似詞：招惹是非。

愁

心部　九畫

愁愁愁　丿 二 千 千 禾 禾 禾 秒 秒 秋 秋

ㄔㄡˊ　心裡煩惱、擔心：例憂愁。

參考 相似字：憂、悶、鬱。相反字：喜。

猜一猜 離人心上秋。（猜一字）（答案：愁）

唱詩歌 大頭大頭，下雨不愁，人家有傘，我有大頭。

愁眉苦臉 ㄔㄡˊ ㄇㄟˊ ㄎㄨˇ ㄌㄧㄢˇ　皺著眉頭，表情痛苦。形容煩惱、焦急的樣子。例他遺失了學費，所以整天愁眉苦臉，悶悶不樂。

愈

心部　九畫

愈愈愈　丿 人 𠆢 今 佘 佘 俞 俞 俞 俞 愈

ㄩˋ　❶跟「越……越」意思相同，表示更加的意思：例愈走愈累。❷病好了，同「癒」：例病愈。

參考 相似字：更、越、益。

愈挫愈奮 ㄩˋ ㄘㄨㄛˋ ㄩˋ ㄈㄣˋ　越遭受失敗，就越振作精神，更加努力。挫：失敗。例他不怕困難，愈挫愈奮，終於成功了。

愈戰愈勇 ㄩˋ ㄓㄢˋ ㄩˋ ㄩㄥˇ　越作戰就越勇敢。例國軍愈戰愈勇，終於打敗敵人，凱旋歸來。

四畫

愛

心部 九畫

ㄞˋ ❶對人或事物有很深的感情：例我愛爸爸和媽媽。❷常常發生某種行為：例愛哭、愛開玩笑。❸喜好：例愛好。❹重視，保護：例愛惜、愛護。

愛人 ㄞˋ ㄖㄣˊ 心愛的人。是戀愛中的男女指對方時的用語。

參考 相似詞：情人、心上人。

愛心 ㄞˋ ㄒㄧㄣ 對於人或物，富有同情和關懷的心。

愛好 ㄞˋ ㄏㄠˋ ❶喜愛。例我愛好打球。❷喜歡做的事物。例下棋是我的愛好。

參考 請注意：「愛好」和「嗜好」都指喜歡做的事物，但是「嗜好」只能作名詞；「愛好」還可以用作動詞。

愛河 ㄞˋ ㄏㄜˊ ❶充滿情愛的河流；比喻愛情深厚的園地。例祝你們永浴愛河。❷河流的名稱，位在高雄市市區內。例他和朋友約在愛河畔見面。

愛美 ㄞˋ ㄇㄟˇ 喜好或是追求美觀。例她重視打扮，十分愛美。

愛卿 ㄞˋ ㄑㄧㄥ ❶古時候相愛男女間親熱的稱呼。❷國君對心愛臣子的稱呼。

愛國 ㄞˋ ㄍㄨㄛˊ 熱愛自己的國家，而且十分忠誠。

參考 活用詞：愛國心。

愛惜 ㄞˋ ㄒㄧˊ 因為喜愛或重視，而捨不得浪費或破壞。例年少時要懂得愛惜光陰，及時努力。

參考 請注意：「愛惜」和「珍惜」都有喜愛憐惜的意思，但是「珍惜」比「愛惜」的重視程度高，表示非常寶貴而愛惜的意思。

愛情 ㄞˋ ㄑㄧㄥˊ 廣義的說，是指所有男女親屬朋友間所發生的感情。狹義的說，只指男女間互相愛慕的感情。

愛慕 ㄞˋ ㄇㄨˋ 由於喜歡或敬重，而願意接近。例男主角文武雙全，令人愛慕。

愛戴 ㄞˋ ㄉㄞˋ 敬愛並且支持。戴：尊重支持。例唐太宗勤政愛民，深受百姓愛戴。

參考 請注意：「愛戴」和「擁護」都有支持的意思，但是「擁護」的語氣比較積極，不只心中愛戴，還意味著行動的支持。另外，「愛戴」只用在對領導者或領導組織的支持，例如：愛戴領袖、愛戴政府。「擁護」的對象比較廣，還可以用於活動或法令等，例如：擁護環保運動、擁護勞基法。

愛護 ㄞˋ ㄏㄨˋ 對人或物愛惜和保護。護：照顧。例妹妹個性善良，很愛護小動物。

參考 請注意：「愛護」和「愛戴」都有「喜愛」的意思，但是「愛護」指喜愛並加保護，通常用在對下級或晚輩，以及一般事物；「愛戴」指敬愛擁護，用於對領袖、上級、長輩或所敬愛的人。

愛迪生 ㄞˋ ㄉㄧˊ ㄕㄥ 美國的大發明家。生於一八四七年，死於一九三一年。曾經發明留聲機、電影、白熱電燈……，被稱為世界發明大王。

愛不釋手 ㄞˋ ㄅㄨˋ ㄕˋ ㄕㄡˇ 非常喜愛而捨不得放手。釋：放下。例她抱著洋娃娃，愛不釋手。

愛克斯光 ㄞˋ ㄎㄜˋ ㄙ ㄍㄨㄤ 是德國物理學家倫琴在一八九五年發現的一種電磁放射線。肉眼看不見，波長短於一百埃。它能穿透人體或金屬，並且使攝影底片感光、螢光板發光。在醫療和科學上用途很廣，可以拍攝出骨骼和內臟的形像，來診斷病症，有時候也用來檢查油畫的顏料，辨別名家油畫的真假。也稱為倫琴射線。

愛屋及烏 ㄞˋ ㄨ ㄐㄧˊ ㄨ 因為喜歡屋舍，而連帶喜愛在屋簷築巢的烏鴉。比喻因為愛那個人，而連帶喜歡和他有關係的人或物。及：達到。烏：烏鴉。例王小明是我的好朋友，所以我愛屋及烏，對他的小狗也寵愛有加。

愛莫能助 ㄞˋ ㄇㄛˋ ㄋㄥˊ ㄓㄨˋ 心裡願意幫助，但是力量做不到。莫：不。例對於你的困難，我實在愛莫能助。

愛理不理 ㄞˋ ㄌㄧˇ ㄅㄨˋ ㄌㄧˇ 對別人的言語行動，不太有反應，好像不想理會別人的樣子。理：理會，對別人的言語行動有反應。例他埋頭寫功課，對於我說的話愛理不理的。

愛斯基摩人 生活在北美洲沿北極圈一帶的人種。身材短小，黃皮膚，圓形臉，眼珠烏黑，嘴唇很厚，顴骨突出不長鬍鬚，生性愛好和平。靠著捕魚打獵來維持生活，喜歡生吃食物。夏天住帳篷，冬天住雪屋，常用的工具大部分用石頭、獸骨製造的。狗是唯一的家畜，用來駕駛雪橇。

愛麗斯夢遊奇境記 書名。是英國有名的童話故事書，記敘小女孩愛麗斯在大樹下睡午覺時所作的一個奇怪的夢。她夢到自己跟隨小白兔鑽進樹洞，並遇到一連串奇怪的人和事。整篇故事生動有趣，是優良兒童讀物。

慈

心部 九畫

ㄘˊ ❶深篤的愛：例慈愛。❷和氣善良：例慈祥。❸稱母親：例家慈。

參考 相似字：母、愛。

慈祥 溫和親切的樣子。例祖母的臉上露出慈祥的笑容。

慈悲 對人對事有一種慈愛同情的心。例他有著慈悲的胸懷。

參考 活用詞：慈悲為懷、大發慈悲。

俏皮話 「貓哭耗子——假慈悲。」北方人把老鼠稱為耗子，貓是專門捕食老鼠的，老鼠死了，貓高興都來不及，那會哭呢？可見一定是裝出來的。例如：某人故意欺負你，然後又向你認錯，那就可以說他是「貓哭耗子——假慈悲」。

慈善 仁慈善良，富有同情心。例他是個慈善的人。

慈愛 慈祥而且有愛心。例他內心充滿慈愛，把一生獻給了孤兒。

慈眉善目 形容慈愛善良的樣子。例那位老婆婆慈眉善目，真像一位活菩薩。

慈禧太后 清朝末年同治、光緒兩朝的實際統治者。是咸豐皇帝的妃子，咸豐死後封為太后。當政期間，多次和外國簽定喪權辱國的不平等條約，並反對變法維新運動，又迷信義和團，使人心瓦解，加深了中華民族的災難。

想

心部 九畫

ㄒㄧㄤˇ ❶思考，動腦筋：例想辦法。❷推測，認為：例我想他今天不會來。❸希望，打算：例我想到香港去旅遊。❹懷念，惦記：例想念、朝思暮想。

參考 相似字：思、欲、念。

猜一猜 相思在心間。（猜一字）（答案：想）

俏皮話 「人窮想舊債——還有希望。」小朋友，你知道這句話是什麼意思嗎？那就是說一個人在貧困的時候，還會想起從前別人欠他的錢，似乎還沒到絕望的時候。

唱詩歌 小朋友，想一想，什麼動物鼻子長？鼻子長，是大象，大象鼻子最最長。小朋友，想一想，什麼動物耳朵長？耳朵長，是小兔，小兔耳朵最最長。

想必 表示肯定的推斷。例他沒回答我，想必他沒有聽見我的話。

想法 ❶觀念。例他的想法很特別，和一般人不同。❷意見，主張。例你們的想法都不錯。

參考 相似詞：看法。

想念 常常想著某些人、事、地、物。例我非常想念在國外的姊姊。

參考 相似詞：懷念。

想像 ❶運用頭腦創造出新的形象。例這不是事實，完全是你憑想像所捏造出來的。❷假想，推測。例光從你的言談舉止，不難想像你是個受過高等教育的人。

想不到 沒有料想到。例想不到會在這裡遇見你。

想不開 不能放開心中不如意的事情。例到底有什麼事讓你想不開的？

想得開 不把不如意的事放在心上。例凡事他都想得開，你不用替他擔心。

四畫

想像力（ㄒㄧㄤˇ ㄒㄧㄤˋ ㄌㄧˋ）　創造新事物、新形象的能力。例他的想像力很強，非常適合從事文藝工作。

想入非非（ㄒㄧㄤˇ ㄖㄨˋ ㄈㄟ ㄈㄟ）　想法脫離現實世界。非非：表示虛幻的境界。例你不要想入非非，還是踏實一些吧！

感

心部　九畫

一 厂 厂 厂 后 后 后 咸 咸 咸 感 感 感

ㄍㄢˇ　❶受到，接觸到：例感覺、感到、感染。❷內心受到觸動：例感動。❸受到外來刺激引起的情緒反應：例好感、百感交集。❹對別人的好意懷著謝意：例感謝。❺接觸光線而且發生變化：例感光。

參考　相似字：覺、染。♣請注意：「感動」的「感」（ㄍㄢˇ）和「迷惑」的「惑」（ㄏㄨㄛˋ），音和意思都不同。

感化（ㄍㄢˇ ㄏㄨㄚˋ）　用行為或語言使別人的思想、行為逐漸向好的方面變化。

感召（ㄍㄢˇ ㄓㄠˋ）　用精神的力量感動別人，使人參加活動。例醫護人員受到南丁格爾犧牲奉獻精神的感召，無時無刻不以病人為重。

感光（ㄍㄢˇ ㄍㄨㄤ）　照相的底片或相紙等受到光的照射所引起的化學變化。

感官（ㄍㄢˇ ㄍㄨㄢ）　感覺器官的簡稱。包括眼、耳、口、鼻、皮膚等，能接受外界的刺激而有所感應。

感到（ㄍㄢˇ ㄉㄠˋ）　覺得。例他一聽到悲慘的故事，就為他們感到悲傷。

感性（ㄍㄢˇ ㄒㄧㄥˋ）　對事物有敏感的感想、領會。例他是個很感性的人，適合從事寫作或創作。

參考　相反詞：理性。

感受（ㄍㄢˇ ㄕㄡˋ）　❶實際生活中的感想、體會。例現實生活的壓力給我很深的感受。❷感覺到，受到。例經由這些事，使我感受到人間還是很溫暖的。

感染（ㄍㄢˇ ㄖㄢˇ）　❶接觸病菌而得病。例小心別感染到流行性疾病。❷經過作品、說話或行動，使人引起相同的思想或感情。例我受了你的感染，心情好多了。

感冒（ㄍㄢˇ ㄇㄠˋ）　由病毒引起的傳染病。有發熱、鼻塞、全身不舒服等症狀。主要經由飛沫傳染。

參考　相似詞：傷風。♣活用詞：感冒藥、流行性感冒。

感悟（ㄍㄢˇ ㄨˋ）　對事物有所感覺而且明白。例他對周遭的感悟力很強。

感恩（ㄍㄢˇ ㄣ）　感謝他人所給予的幫忙。例我對你感恩的心情，不是筆墨能形容的。

感情（ㄍㄢˇ ㄑㄧㄥˊ）　❶對外界的刺激有了比較強烈的心理反應。例他朗讀詩歌時，感情自然流露，毫不做作。❷對人或事物關切、喜愛的心情。例他們的感情日漸濃厚。

感動（ㄍㄢˇ ㄉㄨㄥˋ）　受到外界刺激，內心所引起的激動。例你捨己為人的事蹟，太令人感動了。

參考　請注意：「感動」和「感化」都表示受外物影響，內心產生共鳴而有所變化。但是「感動」只注重「動」字，強調內心的感情波動而不發生思想行為上的改變；「感化」注重「化」字，指用教育方法，使行為、氣質發生根本的變化。

感想（ㄍㄢˇ ㄒㄧㄤˇ）　受了外物的影響所引起的想法。例看完這本書之後，你有什麼感想？

笑一笑　老師介紹柳宗元的生平時說：「柳宗元二十歲出頭就得了進士。」接著問大家對他的成就有什麼感想？有位戴眼鏡的學生站起來說：「這沒有什麼稀奇，我七歲就得了近視，比他還要早十幾年呢！」

感慨（ㄍㄢˇ ㄎㄞˇ）　心中有所感動並嘆息。例想到那件事，真令人感慨。

參考　相似詞：感喟、慨歎、感嘆。♣請注意：「感慨」和「感動」都指受外界刺激，使得感情波動，但是「感慨」多用在不如意的事上，而且常有嘆息的意思；「感動」則可用在好事、引人同情的事等，使用範圍比較廣。

感傷（ㄍㄢˇ ㄕㄤ）　因為感動所以悲傷。例在過去的日子，他一直活在感傷的世界裡。

感嘆（ㄍㄢˇ ㄊㄢˋ）　因感動而嘆息。例你不停的感嘆，到底有什麼事使你感觸良深？

參考　活用詞：例感嘆詞、感嘆句。

動動腦 「她的歌聲好美啊！」除了「啊」、「啦」，小朋友你還能想出其他的感嘆詞嗎？

感激 ㄍㄢˇ ㄐㄧ　對別人的幫助、鼓勵感動。例我很感激你為我所做的一切。

感應 ㄍㄢˇ ㄧㄥˋ　❶對外物的刺激，引起反應。例動物的感應很靈敏。❷指因為帶電或具磁性的物體靠近，使原來沒帶電及不具磁性的物體，產生電流或有磁性的現象。

感謝 ㄍㄢˇ ㄒㄧㄝˋ　接受別人的恩惠，用言語、行動表示謝意。例感謝你們這些年來對我的照顧。

參考 活用詞：感謝卡、感謝詞。

感覺 ㄍㄢˇ ㄐㄩㄝˊ　❶覺得。例我感覺這件事有點怪怪的。❷感覺器官、神經組織對事物的反應，包括聽覺、視覺、味覺等。例這位患者因為遭到電擊，四肢暫時失去感覺。

感觸 ㄍㄢˇ ㄔㄨˋ　因接觸外物而引起的思想情緒。例有關拾荒老人捐錢蓋圖書館的事，給我的感觸很深。

感懷 ㄍㄢˇ ㄏㄨㄞˊ　有所感動而懷念。例提起舊事，他的心中又有所感懷了。

感恩圖報 ㄍㄢˇ ㄣ ㄊㄨˊ ㄅㄠˋ　感念他人的恩德，而設法報答。例我們要懂得感恩圖報的道理。

參考 相反詞：忘恩負義。

感情用事 ㄍㄢˇ ㄑㄧㄥˊ ㄩㄥˋ ㄕˋ　不會冷靜的考慮，只靠個人一時感情衝動去處理事情。例請以理性代替感情用事。

愆

心部 九畫

愆愆愆

ㄑㄧㄢ ❶罪過，過失：例愆尤。❷錯過，耽誤：例愆期。

參考 相似字：誤、謬、過、錯、訛、失。

愆期 ㄑㄧㄢ ㄑㄧˊ　延誤日期。例這個企畫案很重要，你千萬別愆期了。

慎

心部 十畫

慎慎慎

ㄕㄣˋ 注意，小心：例謹慎、慎重。

猜一猜 真心相伴。（猜一字）（答案：慎）

慎重 ㄕㄣˋ ㄓㄨㄥˋ　小心認真，不隨便。例為了避免冤枉無辜，警察辦案都很慎重。

慎終追遠 ㄕㄣˋ ㄓㄨㄥ ㄓㄨㄟ ㄩㄢˇ　父母去世時，辦理喪事小心慎重；祖先去世後，雖然時間久遠，舉行祭祀仍然要恭敬追念。終：指去世。追：追念。

慎謀能斷 ㄕㄣˋ ㄇㄡˊ ㄋㄥˊ ㄉㄨㄢˋ　處理事情能夠小心的計畫考慮，分析利害得失，然後下決斷。謀：計畫。斷：下決定。例由於將軍慎謀能斷，掌握先機，所以能夠贏得勝利。

慌

心部 十畫

慌慌慌

ㄏㄨㄤ ❶忙亂，急迫：例慌忙、慌亂。❷恐懼，心中不安：例恐慌、心慌意亂。❸語助詞，表示難以忍受的意思：例悶得慌、餓得慌。

俏皮話 「孫悟空大鬧天宮——慌了神。」在西遊記中有一幕孫悟空大鬧天宮的情節；天宮是神居住的地方，孫悟空大鬧天宮，害得眾神慌亂。形容人心神不寧的樣子，就可用「孫悟空大鬧天宮——慌了神。」

慌忙 ㄏㄨㄤ ㄇㄤˊ　急急忙忙，很緊張的樣子。例姊姊慌忙的趕上學，連早餐都來不及吃。

古人說 「不要慌，不要忙，太陽落了有月亮。」這句話是說：遇到事情不要慌張；愈慌張，愈不能解決事情。例「不要慌，不要忙，太陽落了有月亮」，你就先安下心來，想想辦法再說吧！

慌張 ㄏㄨㄤ ㄓㄤ　緊張忙亂的樣子，不沉著。例他說話結結巴巴的，顯得很慌張。

參考 相似詞：慌慌張張。

慌亂 ㄏㄨㄤ ㄌㄨㄢˋ　心中慌張而顯得混亂的樣子。例他慌亂的從失火的大樓裡逃出來。

愾 心部 十畫

ㄎㄞˋ ❶憤恨的樣子：例同仇敵愾。❷嘆息。

猜一猜 心中有氣。（猜一字）（答案：愾）

慍 心部 十畫

ㄩㄣˋ 憤怒，生氣：例面有慍色。

參考 相似字：怒。

愧 心部 十畫

ㄎㄨㄟˋ 因為自己有缺點或錯誤而感到難為情：例羞愧、慚愧。

愧色 ㄎㄨㄟˋ ㄙㄜˋ 羞愧的臉色。例他做錯事，居然毫無愧色。

慄 心部 十畫

ㄌㄧˋ 因寒冷或害怕而發抖：例戰慄、不寒而慄。

慄慄 ㄌㄧˋ ㄌㄧˋ ❶恐懼的樣子。❷寒冷的樣子。

愴 心部 十畫

ㄔㄨㄤˋ 悲傷：例悲愴、悽愴。

愴然 ㄔㄨㄤˋ ㄖㄢˊ 悲傷的樣子。例想到人生的短暫，他不禁愴然淚下。

慇 心部 十畫

ㄧㄣ 待人接物親切而周到的樣子：例慇勤。

慇勤 ㄧㄣ ㄑㄧㄣˊ 熱情而周到。例他慇勤地招待遠道而來的訪客。

參考 相似詞：殷勤。

態 心部 十畫

ㄊㄞˋ ❶形狀，樣子：例形態、神態。❷事情發展的情況：例事態。

猜一猜 上去一團煙，下來千條線，冷了又改樣，變成玻璃片。（猜一種物理變化）（答案：水的三態）

態度 ㄊㄞˋ ㄉㄨˋ ❶人的舉止和神情。例他的態度大方，完全不虛假。❷對於事情的看法和採取的行動。例我對環境保護的態度是相當認真的。

愿 心部 十畫

ㄩㄢˋ 忠厚誠實：例愿而恭。

愫 心部 十畫

ㄙㄨˋ 真誠的情意：例情愫。

愷 心部 十畫

ㄎㄞˇ ❶快樂，和樂：例愷悌。❷凱旋時所奏的音樂，通「凱」：例愷樂。

愷悌 ㄎㄞˇ ㄊㄧˋ 和樂平易的樣子。

愷樂 ㄎㄞˇ ㄩㄝˋ 凱旋時所奏的音樂。例人們以愷樂歡迎載譽歸國的選手。

慷 心部 十一畫

ㄎㄤ ❶情緒激動的樣子：例慷慨激昂。❷大方，不吝嗇：例慷慨解囊。

慷慨 ㄎㄤ ㄎㄞˇ ❶充滿正義感，情緒激動的樣子。例他慷慨陳辭的痛批濫伐的不肖商人。❷很大方，不會吝嗇。例他很慷慨，喜歡幫助別人。

參考 相似詞：大方。

慷慨赴義（ㄎㄤˇ ㄎㄞˇ ㄈㄨˋ ㄧˋ） 情緒激動，精神振奮的去為正義而死。赴：去，前往。義：正義的事。例革命烈士為了創建民國，不惜犧牲生命，慷慨赴義。

慷慨激昂（ㄎㄤˇ ㄎㄞˇ ㄐㄧ ㄤˊ） 形容情緒激動，精神振奮的樣子。激昂：振作奮發的樣子。例他慷慨激昂的發表演說，鼓舞同胞們處變不驚，莊敬自強。

慷慨解囊（ㄎㄤˇ ㄎㄞˇ ㄐㄧㄝˇ ㄋㄤˊ） 毫不吝嗇的把錢拿出來幫助別人。解：打開。囊：裝東西的袋子。解囊：指打開錢包，也就是掏出錢的意思。例大家響應災難救助捐獻活動，紛紛慷慨解囊。

慢　心部 十一畫

ㄇㄢˋ ❶走路、做事等花費的時間長，跟「快」相對：例走得很慢。❷態度冷淡，沒有禮貌：例傲慢、怠慢。

參考 相似字：漸、遲。♣相反字：快。♣請注意：「傲慢」的「慢」（ㄇㄢˋ）是心部；「散漫」的「漫」（ㄇㄢˋ）是水部，不要弄錯。

慢性（ㄇㄢˋ ㄒㄧㄥˋ） 指長期累積，發作得很緩慢，時間拖很長，例如：慢性傳染病、慢性中毒等。

參考 相反詞：急性。

慢吞吞（ㄇㄢˋ ㄊㄨㄣ ㄊㄨㄣ） 形容很慢的樣子。例他做事向來慢吞吞，毫無效率可言。

笑一笑 有一天放學時忽然下起大雨來了，大家都急著回家，只有小英不但沒打傘還慢吞吞的走。別的小朋友催她走快點，只聽她說：「急什麼！反正前面也下著大雨。」

慢性病（ㄇㄢˋ ㄒㄧㄥˋ ㄅㄧㄥˋ） 指長期累積，病情變化緩慢，短時間內不容易治好的病。例如：肺結核、慢性肝炎等。

慢條斯理（ㄇㄢˋ ㄊㄧㄠˊ ㄙ ㄌㄧˇ） ❶形容說話、做事有條有理，不慌不忙。例他風度翩翩，舉止慢條斯理。❷說話或做事慢吞吞的，也不著急。例爸爸已經等得不耐煩了，媽媽卻還慢條斯理的化妝。

慢工出細活（ㄇㄢˋ ㄍㄨㄥ ㄔㄨ ㄒㄧˋ ㄏㄨㄛˊ） 不慌不忙，有條有理的工作，才能製造出精巧細緻的成品。細活：細緻的東西。例媽媽三個月才打好一件毛衣，真是「慢工出細活」啊！

慣　心部 十一畫

ㄍㄨㄢˋ ❶常常這樣，久了就當作平常：例習慣、舒服慣了。❷縱容子女養成不良習慣：例嬌生慣養。

慣性（ㄍㄨㄢˋ ㄒㄧㄥˋ） 物體的一種性質，可以保持自己原有狀態，靜止的繼續靜止，運動的保持運動。例如：乘客本來靜止著，汽車突然開動，由於慣性作用，乘客會向後倒。

慣例（ㄍㄨㄢˋ ㄌㄧˋ） 習慣上的做法；老規矩。例如：規則，式樣。例依照慣例，下雨天就舉行室內朝會。

慣性定律（ㄍㄨㄢˋ ㄒㄧㄥˋ ㄉㄧㄥˋ ㄌㄩˋ） 牛頓所提出來的，又稱為「牛頓第一運動定律」。他認為任何物體在不受外力，或所受外力的合力等於零的時候，都會保持原來的運動狀態而不改變。也就是說，原來靜止的繼續靜止，原來運動的一直照原速度繼續運動。

慟　心部 十一畫

ㄊㄨㄥˋ 極度悲傷，大哭：例慟哭、哀慟。

參考 請注意：「慟哭」的「慟」和「痛哭」的「痛」意思不同：「慟」是悲哀；「痛」則是盡情的意思。

慟哭（ㄊㄨㄥˋ ㄎㄨ） 非常哀傷的哭泣。

慚　心部 十一畫

ㄘㄢˊ 內心不安：例慚愧。

參考 相似字：愧。♣請注意：「慚」和「漸」有分別：「慚愧」的「慚」（ㄘㄢˊ）是指內「心」不安，所以是

四畫

「心」部。「漸」有兩個讀音，讀ㄐㄧㄢˋ時，表示「慢慢的」，例如：漸漸的；讀ㄐㄧㄢ時，表示「水」慢慢滲透，所以是「水」部。

慚愧 ㄘㄢˊ ㄎㄨㄟˋ 因為做錯事情，或是沒有盡到責任，而感到不安。

慘

心部 十一畫

丶 丶 忄 忄 忄 忄 忄 忄 忄 忄 慘 慘 慘 慘

ㄘㄢˇ ❶悲哀或傷心的樣子：例悲慘、慘不忍睹。❷狠毒的樣子：例慘無人道。❸程度嚴重：例慘敗。

慘重 ㄘㄢˇ ㄓㄨㄥˋ 指損失極為嚴重。例颱風來襲，臺北市一夜豪雨，災情慘重。

慘案 ㄘㄢˇ ㄢˋ 慘痛的案件。常指政治方面的殘害屠殺事件。案：事件。例濟南慘案。

慘淡 ㄘㄢˇ ㄉㄢˋ ❶暗淡無色。例慘淡的街燈照著寂靜的巷道。❷在困難的情況中，艱苦的進行。例果園在父母的慘淡經營下，已經渡過難關。

慘痛 ㄘㄢˇ ㄊㄨㄥˋ 悲慘心痛。例這次挫折給我一個慘痛的教訓，那就是：「驕兵必敗」。

慘不忍睹 ㄘㄢˇ ㄅㄨˋ ㄖㄣˇ ㄉㄨˇ 悲慘得不忍心看下去；形容非常悲慘的樣子。睹：看。例血淋淋的車禍現場，令人慘不忍睹。

慘無人道 ㄘㄢˇ ㄨˊ ㄖㄣˊ ㄉㄠˋ 殘暴得滅絕人性；形容極端狠毒、殘暴。人道：指人性。例強盜殺人放火，四處搶劫，慘無人道。

慝

心部 十一畫

一 𠃊 丆 丌 丌 丌 丌 丌 匿 匿 匿 慝 慝 慝

ㄊㄜˋ 邪惡，心中所藏的惡念：例邪慝、奸慝。

慕

心部 十一畫

丶 ㇐ 十 廾 廾 廾 苩 苩 莫 莫 莫 莫 慕 慕

ㄇㄨˋ ❶思念：例思慕。❷欽佩：例仰慕。❸姓：例慕容先生。

參考 相似字：羨、敬。

慕名 ㄇㄨˋ ㄇㄧㄥˊ 愛慕人家的美名。例我千里慕名而來，為的就是要一睹廬山真面目。

憂

心部 十一畫

一 丆 丆 丙 百 百 百 頁 頁 頁 惪 惪 惪 憂 憂

ㄧㄡ ❶愁苦的事：例憂愁。❷害怕，擔心：例憂懼。❸姓：例憂先生。

參考 相似字：悶、愁、慮、鬱。♣相反字：樂。

憂患 ㄧㄡ ㄏㄨㄢˋ 困苦患難。例在戰爭期間人們飽受憂患之苦。

參考 相反詞：安樂。♣活用詞：飽經憂患、憂患意識。

憂戚 ㄧㄡ ㄑㄧ 憂愁悲傷。例他滿面憂戚，好像有什麼傷心事。

憂愁 ㄧㄡ ㄔㄡˊ 因遭遇困難或是不如意的事而苦悶。例他正為學費的事感到憂愁。

參考 相反詞：喜樂。

憂慮 ㄧㄡ ㄌㄩˋ 對沒發生的事感到憂愁。例他對未來的事情都懷有一份憂慮。

參考 請注意：「憂慮」和「憂愁」都有發愁的意思，但「憂慮」表示為未可預測或向不良方向發展的事發愁；「憂愁」則表示為眼前的困苦發愁。

憂鬱 ㄧㄡ ㄩˋ 很深的憂愁。鬱：愁悶。例他近來一直很憂鬱，我擔心他會悶出病來。

參考 活用詞：憂鬱症。

憂心如焚 ㄧㄡ ㄒㄧㄣ ㄖㄨˊ ㄈㄣˊ 煩憂的心像火燒一樣；形容非常憂愁的樣子。例你生這場病，弄得父母憂心如焚。

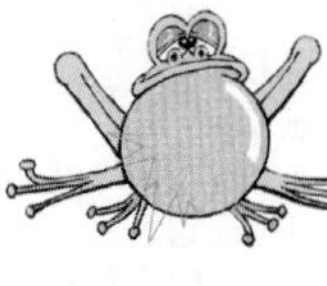

參考 相似詞：憂心如熏、憂心如惔。

憂心忡忡 ㄧㄡ ㄒㄧㄣ ㄔㄨㄥ ㄔㄨㄥ 形容十分憂愁的樣子。忡：憂愁不安的樣子。例他看起來憂心忡忡的，好像有什麼心事。

憂國憂民 ㄧㄡ ㄍㄨㄛˊ ㄧㄡ ㄇㄧㄣˊ 為國事和百姓的痛苦而煩憂辛勞。例偉大的政治家一定要有憂國憂民的胸襟。

四畫

慧

心部 十一畫

ㄏㄨㄟˋ 聰明：例智慧。

慧心 ㄏㄨㄟˋ ㄒㄧㄣ 本來是佛教的用語，指能領悟真理的心。後來廣泛的指靈敏的心思。例她獨具慧心，送我一顆石頭，象徵友情不渝。

慧根 ㄏㄨㄟˋ ㄍㄣ 佛家的用語，指能領悟真理的智慧。現在指學習某種才藝的天分。例他學習音樂頗具慧根，是位可造之材。

慧眼 ㄏㄨㄟˋ ㄧㄢˇ 佛家指能認識過去和未來的眼力。現在指敏銳的眼力。例董事長慧眼識英雄，網羅了很多人才。

慧黠 ㄏㄨㄟˋ ㄒㄧㄚˊ 聰明機智的樣子。黠：聰明。例慧黠的小妹，憑著機智，奪得全國辯論比賽冠軍。

慮

心部 十一畫

ㄌㄩˋ ❶思考：例考慮。❷擔憂，發愁：例憂慮、不足為慮。❸計畫，打算：例人無遠慮，必有近憂。❹姓：例慮先生。

參考 相似字：思、念、憂。

古人說 「人無遠慮，必有近憂。」這句話是說：做人做事要事前事後設想周到，才能辦得好；沒有計畫詳細，很快就會有困難發生。例「人無遠慮，必有近憂」，你就是事前沒有計畫好，做事才會遇到這麼多阻礙。

慰

心部 十一畫

ㄨㄟˋ ❶用言語或表現使人安心：例安慰、慰問。❷表示心安的意思：例欣慰。

參考 相似字：安。♣請注意：「安慰」的「慰」（ㄨㄟˋ）是指使人「心」安，所以是「心」部。「熨斗」的「熨」（ㄩㄣˋ）是指藉工具及熱力壓平衣服，「火」會生熱，所以是「火」部。

慰問 ㄨㄟˋ ㄨㄣˋ 用話或是物品來表示安慰、問候。例市長親自慰問災區的人民。

慰勞 ㄨㄟˋ ㄌㄠˋ 用言語或是財物來慰問、獎勵辛苦或有功勞的人。例歌星組團到前線，慰勞三軍將士。例媽媽為了慰勞我天天洗碗，決定請我吃牛排。

慶

心部 十一畫

ㄑㄧㄥˋ ❶可賀的事：例國慶。❷吉祥：例吉慶。❸祝賀：例慶賀。❹姓：例慶先生。

參考 相似字：祝、賀。

猜一猜 國慶日。（猜一字）（答案：朝）

慶生 ㄑㄧㄥˋ ㄕㄥ 慶祝生日。例他買了大蛋糕為朋友慶生。

參考 活用詞：慶生會。

慶功 ㄑㄧㄥˋ ㄍㄨㄥ 為立功而慶祝。例這次大家若能凱旋歸來，一定要好好的慶功一番。

參考 活用詞：慶功宴。

慶幸 ㄑㄧㄥˋ ㄒㄧㄥˋ 因有喜事而感到幸運、高興。例這次我能考上大學，覺得很慶幸。

慶典 ㄑㄧㄥˋ ㄉㄧㄢˇ 為喜事所舉行的盛大典禮。例總統和副總統每年都會出席雙十慶典。

慶祝 ㄑㄧㄥˋ ㄓㄨˋ 為表示快樂或紀念而展開的活動。例每年為了慶祝國慶，將有表演節目、放煙火等活動。

參考 活用詞：慶祝大會。

慶賀 ㄑㄧㄥˋ ㄏㄜˋ 向人祝賀可喜的事。例為了慶賀這次的勝利，特別舉辦慶功宴。

慶壽 ㄑㄧㄥˋ ㄕㄡˋ 在別人生日時道賀並祝福。通常對年紀較大的人而言。例全家人歡聚為奶奶慶壽，祝奶奶福如東海，壽比南山。

參考 相似詞：祝壽。

慶祝會 ㄑㄧㄥˋ ㄓㄨˋ ㄏㄨㄟˋ 為紀念或表示快樂所舉行的集會。例她將在明天校慶晚會上表演芭蕾舞。

慫

心部 十一畫

ㄙㄨㄥˇ 用話鼓動別人去做某事：例慫恿（ㄩㄥˇ）。

慾

心部 十一畫

ㄩˋ 想要得到滿足的願望：例食慾、求知慾、慾望。

參考 相似字：嗜、念。

慾念 ㄩˋ ㄋㄧㄢˋ 內心急著想要得到滿足的意念。

慾望 ㄩˋ ㄨㄤˋ 想要得到某種東西或達到某種目的的希望。

慼

心部 十一畫

ㄑㄧ ❶憂愁。❷慚愧的意思。

慵

心部 十一畫

ㄩㄥ 懶，疲倦無力：例慵睏、慵倦、慵懶。

參考 相似字：懶。

慵懶 ㄩㄥ ㄌㄢˇ 懶惰。例姊姊剛睡醒，一副慵懶的模樣。

參考 相似詞：慵惰。

憋

心部 十一畫

ㄅㄧㄝ ❶勉強忍住：例憋氣、憋著一肚子話。❷悶，不舒暢：例空氣不流通，憋得使人透不過氣來。

憫

心部 十二畫

ㄇㄧㄣˇ ❶同情，可憐：例憐憫。❷憂愁，煩悶。

參考 相似字：憐、恤、憂、悲。

憎

心部 十二畫

ㄗㄥ 怨恨，討厭：例憎恨、憎惡。

憎恨 ㄗㄥ ㄏㄣˋ 討厭，怨恨。例爺爺個性秉直，向來憎恨口是心非的人。

憬

心部 十二畫

ㄐㄧㄥˇ 忽然明白，醒悟：例憬悟。

憬悟 ㄐㄧㄥˇ ㄨˋ 從無知中忽然覺醒過來。

參考 相似詞：覺悟、醒悟。

憚

心部 十二畫

ㄉㄢˋ 怕：例不憚辛勞、肆無忌憚。

憧

心部 十二畫

ㄔㄨㄥ ❶對美好事物的嚮往：例憧憬。❷往來不定，搖曳不定：例人影憧憧。

憧憬 ㄔㄨㄥ ㄐㄧㄥˇ 被理想的事物所吸引，而充滿美好的想像。例他對大學生活充滿憧憬。例他憧憬著悠閒的山居生活。

憤

心部 十二畫

ㄈㄣˋ ❶生氣，因為不滿意而感情激動：例憤怒、憤憤不平。❷振作的樣子：例發憤圖強。

參考 相似字：怒、怨、忿。♣請注意：「憤」和「忿」兩字的讀音相同，當作「發怒怨恨」的意思時，兩個字可以交換使用。

憤怒 ㄈㄣˋ ㄋㄨˋ 非常生氣的樣子。例我們上課吵吵鬧鬧，令老師十分憤怒。

憤恨 ㄈㄣˋ ㄏㄣˋ 心中又生氣又痛恨。例面對種族歧視，他心中感到憤恨不平。

憤慨 ㄈㄣˋ ㄎㄞˇ 心中氣憤不平。

憤世嫉俗 ㄈㄣˋ ㄕˋ ㄐㄧˊ ㄙㄨˊ 指對當時的社會現狀感到不滿、討厭。世、俗：指當時的社會現狀。嫉：仇恨。例這個人憤世嫉俗，老是批評社會。

憤憤不平 ㄈㄣˋ ㄈㄣˋ ㄅㄨˋ ㄆㄧㄥˊ 心裡不服氣的樣子。例媽媽偏袒弟弟，使得做姊姊的她感到憤憤不平。

憔
心部 十二畫

ㄑㄧㄠˊ 臉色又黃又瘦的樣子：例憔悴。

憔悴 ㄑㄧㄠˊ ㄘㄨㄟˋ 形容人瘦弱，臉色蠟黃。例繁重的工作，使得他憔悴不堪。

憐
心部 十二畫

ㄌㄧㄢˊ ❶對不幸的人表示同情：例憐憫。❷表示疼愛的意思：例憐愛。

參考 相似字：愛、惜、憫。

憐惜 ㄌㄧㄢˊ ㄒㄧˊ 同情愛惜。例她那弱不禁風的模樣，惹人憐惜。

憐愛 ㄌㄧㄢˊ ㄞˋ 疼愛。例這女孩活潑乖巧，惹人憐愛。

憐憫 ㄌㄧㄢˊ ㄇㄧㄣˇ 對遭遇不幸的人表示同情。憫：同情。例對於地震後的災民，社會人士莫不抱著憐憫的心慷慨捐款。

笑一笑 小英飛也似的奔進書房對爸爸說：「給我十元，有位伯伯在巷子裡叫得好可憐，我要拿錢給他！」爸爸聽了很歡喜：「這麼小就知道憐憫別人，真乖！那個伯伯是怎麼叫的？」小英：「他一直叫——冰淇淋！賣冰淇淋！」

憲
心部 十二畫

ㄒㄧㄢˋ ❶法令：例憲章、憲令。❷憲法的簡稱：例行憲、立憲。❸姓：例憲先生。

憲兵 ㄒㄧㄢˋ ㄅㄧㄥ 軍隊中的警察，負責保衛官員的安全，監督並管理軍隊的紀律。例在中正紀念堂站崗的憲兵都很威武。

憲法 ㄒㄧㄢˋ ㄈㄚˇ 國家的根本大法，具有最高的法律效力，是其他立法工作的根據。例一般法令不能和憲法相牴觸。

小故事 塞古德・馬歇爾讀中學的時候屢犯校規。每犯一次規，老師就罰他到地下室背一節憲法。兩年之中，他把整部憲法背得滾瓜爛熟，後來他成為美國最高法院的法官。

憲政 ㄒㄧㄢˋ ㄓㄥˋ 以憲法為依據的政治型態。例民國三十六年，中華民國憲法頒布施行後，成為憲政國家。

憑
心部 十二畫

ㄆㄧㄥˊ ❶把身子靠在東西上：例憑欄遠望。❷表示依靠的意思：例憑著雙手打天下。❸根據，證據：例憑票入場、空口無憑。❹隨便，任意：例任憑。

參考 相似字：依、倚、凭、藉、據、證、仗、靠。

憑仗 ㄆㄧㄥˊ ㄓㄤˋ 依靠或仰仗。仗：依靠。例他憑仗著專才，使得業績蒸蒸日上。

憑空 ㄆㄧㄥˊ ㄎㄨㄥ 沒有根據的。例「一分耕耘，一分收穫」，成功是不會憑空降臨的。

憑藉 ㄆㄧㄥˊ ㄐㄧㄝˋ ❶依靠。「藉」也是依靠的意思。例他憑藉著豐富的學養，贏得上級的賞識。❷可以依靠的人或物。例你一點憑藉也沒有，如何出去打天下？

憩
心部 十二畫

ㄑㄧˋ 休息：例休憩、小憩。

參考 相似字：息。

憩息 ㄑㄧˋ ㄒㄧ 休息。例媽媽忙完家事後，習慣在下午憩息小睡。

憊
心部 十二畫

ㄅㄟˋ 疲倦：例疲憊。

憨
心部 十二畫

四畫

ㄏㄢ ❶傻傻的：例憨笑。❷天真、純樸的：例憨直。

憨子 ㄏㄢ ㄗˇ 呆子。

憨直 ㄏㄢ ㄓˊ 指人個性正直天真。例他那憨直的個性，博得眾人的好感。

憨厚 ㄏㄢ ㄏㄡˋ 個性正直、待人寬厚。例這小夥子為人憨厚，作事不會敷衍交差。

懍 心部 十三畫

ㄌㄧㄣˇ ❶敬，畏。❷危險的樣子。

憶 心部 十三畫

ㄧˋ ❶回想往事：例回憶。❷記住的事：例記憶。

憶舊 ㄧˋ ㄐㄧㄡˋ 回想從前的人或事。舊：指過去的人事物。

懊 心部 十三畫

ㄠˋ 煩惱，悔恨：例懊惱、懊悔。

參考 相似字：悔。

懊悔 ㄠˋ ㄏㄨㄟˇ 做錯了事情或說錯了話，心裡悔恨。例說了句傷害她的話，我感到相當懊悔。

參考 相似詞：後悔、懊恨。

懊惱 ㄠˋ ㄋㄠˇ 煩惱悔恨。例他對於惹母親生氣這件事感到相當懊惱。

懊喪 ㄠˋ ㄙㄤˋ 因為不如意或失望所以情緒低落。例他看起來好像很懊喪的樣子。

憾 心部 十三畫

ㄏㄢˋ 悔恨失望，心中感到不滿意：例遺憾。

憾事 ㄏㄢˋ ㄕˋ 令人失望、不滿意的事。例「子欲養而親不待」是我生平一大憾事。

懈 心部 十三畫

ㄒㄧㄝˋ 做事懶散、不專心：例鬆懈。

懈怠 ㄒㄧㄝˋ ㄉㄞˋ 精神放鬆、懶散不用心。怠：懶散。例他學習勤奮，從不懈怠，課業總是名列前茅。

懈惰 ㄒㄧㄝˋ ㄉㄨㄛˋ 鬆懈懶惰。

應 心部 十三畫

ㄧㄥ 該、當：例應該。

ㄧㄥˋ ❶回答：例回應。❷允許、滿足要求：例答應、有求必應。❸對付，面臨：例應付、臨機應變。❹接受：例應試、應邀。❺供給：例供應。❻適合：例適應、應時。

參考 相似字：該、允、答。

應付 ㄧㄥˋ ㄈㄨˋ ❶對發生的事情妥善的處理。例我最近工作太多，簡直無法應付。❷敷衍了事。例你不要應付我，老老實實的把實情說出來。

應用 ㄧㄥˋ ㄩㄥˋ 運用，使用。例我們要把書本上的知識應用到實際生活的各方面。

應和 ㄧㄥˋ ㄏㄜˋ 指聲音、語言、行動等相互呼應。和：呼應。例他們的歌聲相互應和。

應景 ㄧㄥˋ ㄐㄧㄥˇ ❶在某種場合下暫時應付一番。例沒什麼菜招待客人，只好切點臘味應景。❷適合當時的節令。例這幾株應景的菊花開得正是時候。

應試 ㄧㄥˋ ㄕˋ 參加考試。例今年應試的考生比往年多了一倍。

參考 相似詞：應考。

應聘 ㄧㄥˋ ㄆㄧㄣˋ 答應別人禮貌的邀請。聘：恭請。例我應聘到他家作客。

應當 ㄧㄥ ㄉㄤ 應該。例只要是你分內的事，你就應當努力去做。

應該 ㄧㄥ ㄍㄞ 按照道理該當這樣。例這件事應該怎麼處理，你看著辦吧！

應酬 ㄧㄥˋ ㄔㄡˊ 與人交際往來。例我今晚有應酬，不回來吃飯了。

笑一笑 小英問姊姊什麼叫作應酬？姊姊

四畫

說：「應酬就是自己不願去，但又非去不可的事情。」第二天早上小英背起書包上學，出門前對媽媽說：「媽，我現在要去應酬了。」

應對 回應別人的言語行動。例她應對得很得體。

應徵 ❶參加某種徵求。例這個工作待遇很好，所以來應徵的人很多。❷接受徵召。例這個月應徵入伍的青年超過五萬人。

應戰 與發起進攻的敵人作戰。例敵強我弱，必須沉著應戰，才有勝算。

應邀 接受邀請。例應邀參加這次座談會的人都有滿載而歸的感覺。

應聲 ❶隨著聲音。例他一槍打去，麻雀應聲而落。❷回聲。例我叫了幾聲，沒有應聲，大概沒人在家吧！

應驗 事情發生的情況符合事前的預言或估計。例事情的結果，正應驗了他的推測。

應變 應付突然發生的情況。例遇事要能隨機應變。

應聲蟲 比喻自己沒有主見或屈服壓力，別人怎麼說就跟著怎麼說的人。

應有盡有 應該有的統統都有；形容非常齊全。例這家餐館的菜色很豐富，幾乎可說是應有盡有。

應接不暇 原來是形容景物繁多，來不及觀賞。現在多指事情多，應付不過來。暇：空閒。例圖書館裡擠滿了人，有還書的，有借書的，工作人員應接不暇。

參考 相似詞：目不暇接。

應對如流 形容與人對答的言語像流水般的流利。例他的學問很淵博，和任何人談話都能應對如流。

參考 相似詞：對答如流。

應對得宜 形容與人對答十分合宜恰當。例你這次面試應對得宜，被錄取絕對沒有問題。

懂 心部 十三畫

ㄉㄨㄥˇ 明白：例懂事。

參考 相似字：明、知、解。

懂事 了解別人的想法或是一般的道理。例她會料理家務，分擔父母的辛勞，是個乖巧懂事的孩子。

懂得 明白，了解。例我懂得你的意思。

懇 心部 十三畫

ㄎㄣˇ ❶心意真誠：例誠懇、懇切。❷請求：例懇請、懇求。

參考 請注意：「誠懇」的「懇」是指內「心」真誠，所以是「心」部。「開墾」的「墾」是指開發「土」地，所以是「土」部。

懇切 誠懇而情意真切。例我懇切的邀請你參加我的慶生會。

懇求 誠懇迫切的請求。例我懇求父母購買電腦。

參考 相似詞：懇請。♣請注意：見「要求」條的說明。

懇談 誠懇的交換意見。例父母和老師經過一番懇談後，不再硬性規定我一定得去學鋼琴，我可以依照自己的興趣選擇才藝課程。

懇親會 學校或是軍隊等團體，召集學生或士兵的家屬交換意見的集會。常常還會同時舉行成果展覽及遊藝會等活動來促進了解、增加趣味。

懦 心部 十四畫

ㄋㄨㄛˋ 膽小，軟弱：例懦弱。

懦夫 軟弱無能的人。例你要勇敢，別當個懦夫。

懦弱 膽小而軟弱、不堅強。弱：不堅強。例他生性懦弱，一遇挫折就退縮。

四畫

懣
心部 十四畫

ㄇㄣˋ ❶煩悶：例憂懣。❷痛恨：例憤懣。

懨
心部 十四畫

ㄧㄢ 沒有精神的樣子：例病懨懨。

懲
心部 十五畫

ㄔㄥˊ ❶處罰犯錯的人：例懲罰、懲一儆百。❷警戒：例懲戒。

懲罰 ㄔㄥˊ ㄈㄚˊ　處罰做錯事情的人。罰：取消犯錯的人的權利，或是要求他做他不喜歡的事。例他上課搗亂，所以老師懲罰他不准下課。

懲一儆百 ㄔㄥˊ ㄧ ㄐㄧㄥˇ ㄅㄞˇ　處罰少數人，來警告大部分的人，不要犯同樣的錯誤。儆：告戒。例為了懲一儆百，老師嚴厲處罰破壞公物的同學。

參考 相似詞：懲一警百。

懶
心部 十六畫

ㄌㄢˇ ❶不喜歡做事：例懶惰。❷疲倦的樣子：例懶洋洋。❸不想，不願意：例懶得出去。

參考 相似字：惰、怠。♣相反字：勤。

懶散 ㄌㄢˇ ㄙㄢˇ　形容人精神鬆懈，行動散漫、不振作的樣子。例暑假裡，我整天在家看電視，生活很懶散。

參考 相反詞：振作。

懶惰 ㄌㄢˇ ㄉㄨㄛˋ　不喜歡勞動和工作。

參考 相反詞：勤勞。

懶洋洋 ㄌㄢˇ ㄧㄤˊ ㄧㄤˊ　疲倦沒有精神的樣子。例生了病，整個人懶洋洋的。

懶骨頭 ㄌㄢˇ ㄍㄨˇ ㄊㄡˊ　懶惰的人。是罵人的話。例你這懶骨頭！日上三竿了，還不起床？

懵
心部 十六畫

ㄇㄥˇ ❶無知，不明白道理：例懵然。❷糊塗，心裡不明瞭：例懵懂。

懵懂 ㄇㄥˇ ㄉㄨㄥˇ　心裡不明白，糊塗。

懵懵 ㄇㄥˇ ㄇㄥˇ　無知的樣子。

懷
心部 十六畫

ㄏㄨㄞˊ ❶胸前：例睡在我的懷裡。❷想念：例懷念。❸心裡存著：例胸懷祖國。❹心胸：例豪情滿懷。❺肚子裡有小孩：例懷胎。

參考 相似字：念、思。♣請注意：「懷念」的「懷」（ㄏㄨㄞˊ）和「壞人」的「壞」（ㄏㄨㄞˋ），讀音和意思都不同。「懷」是心部；「壞」是土部，要多加注意。

懷古 ㄏㄨㄞˊ ㄍㄨˇ　思念古代的人物或事情。例老師在端午節當天，作了一首懷古詩，以憑弔屈原。

懷孕 ㄏㄨㄞˊ ㄩㄣˋ　女人肚子裡有了小孩。

參考 相似詞：懷子、有身、懷胎。

俏皮話 「閻王娘懷孕——一肚子鬼胎。」小朋友，你知道「閻王娘懷孕」是什麼意思嗎？那就是「一肚子鬼胎」；比喻一個人有著不可告人的想法或壞點子。

懷抱 ㄏㄨㄞˊ ㄅㄠˋ　❶胸前。例孩子撲向母親的懷抱。❷心裡存有。例他從小就懷抱著當個科學家的志願。

懷念 ㄏㄨㄞˊ ㄋㄧㄢˋ　對於已分離的親友或過去事物的懷想思念。例我很懷念過去那段無憂無慮的日子。

動動腦 「我很懷念以前住過的房子。」「懷」「念」都是用心部所構成的詞，小朋友除了「懷念」、「琵琶」，你還能想出用同一個部首所構成的詞嗎？趕快和同學比比看，看誰想得快又多！（答案：囉嗦、呻吟、咀嚼、口味、細

四畫

緻、珍珠、說話、開門、慚愧、團圓、轉車、詩詞、嘀咕、咳嗽……）

懷想 ㄏㄨㄞˊ ㄒㄧㄤˇ 懷念，想念。例童年的快樂時光，令人懷想難忘。

參考 相似詞：懷念。

懷疑 ㄏㄨㄞˊ ㄧˊ ❶不相信。例他對這件事始終抱著懷疑的態度。❷猜測。例這件案子我懷疑他是主謀。

參考 相似詞：猜疑。♣相反詞：相信、信任。♣請注意：「懷疑」和「顧慮」都有不放心、不敢確定的意思，但「懷疑」表示猜測、不信任，多是對人；「顧慮」表示患得患失、不放心，多是為己。

懷舊 ㄏㄨㄞˊ ㄐㄧㄡˋ 想念老朋友或過去的事。例懷舊是難免的，但努力向前才是生活的重心。

參考 相似詞：念舊、憶往。

懸 心部 十六畫

ㄒㄩㄢˊ ❶吊掛：例懸空。❷沒結果：例懸案。❸掛念：例懸念。❹距離大，距離遠：例懸殊。❺憑空設想：例懸想。❻危險：例黑夜走獨木橋真懸。

參考 相似字：吊、掛、念。

懸念 ㄒㄩㄢˊ ㄋㄧㄢˋ 掛念。例他日夜懸念著親人。

懸殊 ㄒㄩㄢˊ ㄕㄨ 相差很遠，區別很大。例兩隊實力懸殊，根本無法比下去。

懸掛 ㄒㄩㄢˊ ㄍㄨㄚˋ 懸吊掛起。例國慶日，家家戶戶懸掛國旗。

懸崖 ㄒㄩㄢˊ ㄧㄞˊ 高大而且陡直的山崖；比喻危險的邊緣。

參考 相似詞：懸崖、峭壁、絕壁。♣活用詞：懸崖峭壁。

懸賞 ㄒㄩㄢˊ ㄕㄤˇ 提供金錢，徵求別人來做事。例在街上到處都可看到懸賞尋人的啟事。

笑一笑 富翁在旅行時，遺失了心愛的小貓。他立刻通知當地報社懸賞五萬元，找回他的小貓。第二天報上沒有登出這個遺失啟事，他立刻打電話去查詢，才知道整個報社的人都出去找小貓了。

懸崖勒馬 ㄒㄩㄢˊ ㄧㄞˊ ㄌㄜˋ ㄇㄚˇ 到了斷崖上，趕快把馬停止。比喻到了危險的邊緣，及時回頭醒悟。例懸崖勒馬，一切都不遲。

懺 心部 十七畫

ㄔㄢˋ 內心悔恨：例懺悔。

參考 相似字：悔。♣請注意：「懺悔」的「懺」（ㄔㄢˋ）表示「心」中悔恨，所以是「心」部。「讖緯」的「讖」（ㄔㄣˋ）是預「言」的意思，所以是「言」部，不要弄錯。

猜一猜 二人背戈非一心。（猜一字）（答案：懺）

懺悔 ㄔㄢˋ ㄏㄨㄟˇ ❶指宗教徒吐露自己的過錯，表示痛心、悔改，請求寬恕的一種贖罪方式。❷後來指人認識自己的過錯和罪行，表示痛心和悔改。例我向媽媽懺悔自己的過失。

懼 心部 十八畫

ㄐㄩˋ 害怕：例懼怕、恐懼、畏懼、臨危不懼。

參考 相似字：怕。

猜一猜 鳥有一心雙目。（猜一字）（答案：懼）

懼內 ㄐㄩˋ ㄋㄟˋ 怕老婆。

懼色 ㄐㄩˋ ㄙㄜˋ 害怕、恐懼的神色。

懼怕 ㄐㄩˋ ㄆㄚˋ 害怕。

懼高症 ㄐㄩˋ ㄍㄠ ㄓㄥˋ 在高山或高處所產生頭暈、嘔吐等不舒服的現象。

懾 心部 十八畫

ㄓㄜˊ 害怕：例懾服。

猜一猜 小心，隔牆有很多耳朵。（猜一

字）（答案：慴）

慴服 ㄓㄜˊ ㄈㄨˊ 因為害怕而屈服。

懿 心部 十八畫

ㄧˋ ❶美好的：例嘉言懿行。❷姓：例懿先生。

猜一猜 心跳一次。（猜一字）（答案：懿）

懿行 ㄧˋ ㄒㄧㄥˋ 好的行為。

參考 相似詞：善行。♣相反詞：惡行。♣

懿旨 ㄧˋ ㄓˇ 古時稱皇太后或皇后的命令。

參考 活用詞：嘉言懿行。

懿言 ㄧˋ ㄧㄢˊ 指婦女溫柔美好的言語。

懿德 ㄧˋ ㄉㄜˊ 美好的德行。

參考 相似詞：美德。

戀 心部 十九畫

ㄌㄧㄢˋ ❶男女相愛：例戀愛、初戀。❷想念，不忍分離：例留戀、戀戀不捨。

戀愛 ㄌㄧㄢˋ ㄞˋ 男女互相喜愛對方。

戀舊 ㄌㄧㄢˋ ㄐㄧㄡˋ 留戀以前的朋友、故鄉。

參考 相似詞：念舊。

戀愛稅 ㄌㄧㄢˋ ㄞˋ ㄕㄨㄟˋ 不良分子用逼迫的方式向情侶勒索金錢。

戈部 ㄍㄜ

戈是古代的一種武器，「[illegible]」正是按照戈的形狀所造的象形字，「[illegible]」像戈的末端部分，可以刺入地下，使戈保持直立；上面那短短的一畫，就像鋒利的刀口，可以刺傷人，另外那一畫就是戈柄。後來的「[illegible]」字，戈柄有些傾斜，同時把刀口寫在上面，現在則寫成「戈」。戈部的字和兵器或使用兵器的情況都有關係，因此像戒（手拿著戈，有警戒的意思）、戍（人拿著戈守衛）、戎（和軍事有關的）這些字，都和使用兵器有關。

戈 戈部 ○畫

一 七 弋 戈

ㄍㄜ ❶古代的一種兵器：例干戈。❷姓：例戈小姐。

猜一猜 戊（ㄨˋ）字少一撇，戉（ㄩㄝˋ）字少豎鉤，戍（ㄕㄨˋ）字少個人；戎（ㄖㄨㄥˊ）字少個十，你猜是何字？（猜一字）（答案：戈）

戈壁 ㄍㄜ ㄅㄧˋ 蒙古話，意思就是沙漠，也就是蒙古大沙漠。戈壁的氣候乾燥，雨量少，風沙又大，不適合人類居住。

戊 戈部 一畫

一 厂 戊 戊 戊

ㄨˋ 天干的第五位：例甲、乙、丙、丁、戊。

參考 請注意：戊（ㄨˋ）、戌（ㄒㄩ）、戍（ㄕㄨˋ）、戉（ㄩㄝˋ）四個字，由於字形相近，常會混淆。請記住：橫戌（ㄒㄩ）、點戍（ㄕㄨˋ）、戊（ㄨˋ）中空、戉（ㄩㄝˋ）是豎鉤；因為戌的裡面是一橫，戍的裡面是一點，而戊是一撇，戉是豎鉤。

戊戌變法 ㄨˋ ㄒㄩ ㄅㄧㄢˋ ㄈㄚˇ 就是百日維新。清朝末年，康有為、梁啟超等人看到國勢衰弱，外強侵略，於是主張變法，挽救國家，主要內容有廢除八股文、設立學堂等。雖然光緒皇帝非常支持，但是頑固的守舊派

四畫

卻大力反對，原本主張變法，掌有軍權的袁世凱向太后告密，因而慈禧太后下令囚禁光緒皇帝，同時殺害主張變法的人，為期一百天（六月十一日到九月二十一日）的變法終告失敗。

戎

一 二 于 戎 戎 戎

戈部 二畫

ㄖㄨㄥˊ ❶軍事，軍隊：例投筆從戎。❷古代住在西北地區的種族：例西戎。❸姓：例戎先生。

參考 請注意：「戎」和「戒」的區別：投筆從戎的「戎」，左下方是「十」；警戒、戒備的「戒」，左下方是「廾」，不可以混用。

戎馬 ㄖㄨㄥˊ ㄇㄚˇ 指軍事、戰爭。例在他的戎馬生涯中，歷經無數次危險。

戎裝 ㄖㄨㄥˊ ㄓㄨㄤ 穿著軍服。

戌

一 厂 厂 戊 戌 戌

戈部 二畫

ㄒㄩ ❶地支的第十一位。❷時辰名，指晚上七時至九時：例戌時。

戍

一 厂 厂 戍 戍 戍

戈部 二畫

ㄕㄨˋ 駐兵防守：例衛戍、戍邊。

猜一猜 人執戈防衛邊界。（猜一字）（答案：戍）

戍守 ㄕㄨˋ ㄕㄡˇ 守衛，軍隊駐紮防守。

戍邊 ㄕㄨˋ ㄅㄧㄢ 駐防邊境。

成

一 厂 厅 成 成 成

戈部 二畫

ㄔㄥˊ ❶事情做好，跟「敗」相對：例成功。❷已經定形的，現成的：例成見、成藥。❸變為，成為：例他成了名人。❹生物生長到成熟的階段：例成人、成蟲。❺可以，許可：例那可不成。❻達到一定的數量：例成千上萬。❼十分之一叫一成。❽收穫，結果：例一事無成、坐享其成。❾古代稱地方十里叫一成：例有田一成。❿固定不變的：例一成不變。⓫已經做好的：例成品。⓬幫助人達到目的：例成全、成人之美。⓭姓：例成先生。

成分 ㄔㄥˊ ㄈㄣˋ 構成事物的各種不同的部分。例他們正在分析這藥品的化學成分。例他的意見含有主觀的成分。

成天 ㄔㄥˊ ㄊㄧㄢ 整天。例他成天都泡在書堆裡。

成本 ㄔㄥˊ ㄅㄣˇ 生產產品所需要的本錢。

成功 ㄔㄥˊ ㄍㄨㄥ 事情不但做完，而且有美好的結果。

笑一笑 老師：「『失敗為成功之母』是什麼意思？」學生：「我知道，有失敗的母親，才會生下成功的兒子。」

成交 ㄔㄥˊ ㄐㄧㄠ 指商業買賣雙方對價格、數量等意見相同，交易成立。

成果 ㄔㄥˊ ㄍㄨㄛˇ 學習、工作等的收穫。例美術班的成果展很成功。例經過辛苦的練習，球隊有了豐碩的成果。

成長 ㄔㄥˊ ㄓㄤˇ ❶生長而且成熟。例這些果樹還沒有成長。❷漸漸成熟、長大。例老師在我們成長過程中，扮演了很重要的角色。

成品 ㄔㄥˊ ㄆㄧㄣˇ 加工完畢，符合檢查標準，可以出售的合格產品。

成效 ㄔㄥˊ ㄒㄧㄠˋ 事情做了以後可以見到的效果、功用。效：功用。例取締違規停車的成效如何？

成員 ㄔㄥˊ ㄩㄢˊ 團體或家庭的組成人員。例我家的成員有爸爸、媽媽、妹妹和我。

成就 ㄔㄥˊ ㄐㄧㄡˋ ❶完成一件事。例他成就了這次的慈善活動。❷優良的結果或成效。例他是個有成就的企業家。

參考 活用詞：成就感。

成家 ㄔㄥˊ ㄐㄧㄚ　❶成立一個家，就是結婚。❷指學術、文章、藝術有自己的風格，能成為專家。

成熟 ㄔㄥˊ ㄕㄡˊ　❶指農作物或水果可以吃了。例葡萄已經成熟了。❷想做一件事情，已經有機會可以動手的時候。例他們等時機成熟，就要發動攻擊。

成績 ㄔㄥˊ ㄐㄧ　工作和學習的收穫，現在通常指學生在學校的考試分數和表現。績：成效。

笑一笑　小華：「小明，你的成績單怎麼沒蓋章？」小明：「蓋了呀！」小華：「蓋在哪裡？」小明指著腿上的傷痕：「在這兒呢！」

成藥 ㄔㄥˊ ㄧㄠˋ　藥房中包裝好的藥劑，通常都需要經過衛生行政部門檢查通過，才能在藥房中出售。

成人之美 ㄔㄥˊ ㄖㄣˊ ㄓ ㄇㄟˇ　成全別人的好事。例君子有成人之美。

成千上萬 ㄔㄥˊ ㄑㄧㄢ ㄕㄤˋ ㄨㄢˋ　表示數量很多。例這次典禮有成千上萬的人參加。

成吉思汗 ㄔㄥˊ ㄐㄧˊ ㄙ ㄏㄢˊ　元太祖，當他統一蒙古各部落的時候，各部落的酋長擁戴他為「成吉思汗」。「成吉思」就是海洋的意思，「汗」是「可汗」的簡稱，是皇帝的意思，「成吉思汗」就是海內的皇帝、強盛的皇帝。

成群結隊 ㄔㄥˊ ㄑㄩㄣˊ ㄐㄧㄝˊ ㄉㄨㄟˋ　結合成一群一群或一隊一隊；形容數目眾多。例雁兒成群結隊的南飛。

成事不足敗事有餘 ㄔㄥˊ ㄕˋ ㄅㄨˋ ㄗㄨˊ ㄅㄞˋ ㄕˋ ㄧㄡˇ ㄩˊ　不但沒把事情辦好，反而還把事情弄得更糟。

我

戈部　三畫

ノ 二 千 手 手 我 我

ㄨㄛˇ　❶稱呼自己：例我是中國人。❷自己的：例我國、我家。❸個人的心意、看法：例大公無我。❹姓：例我小姐。

參考　請注意：「我輩」就是我們的意思。

戒

戈部　三畫

一 二 F 开 戒 戒 戒

ㄐㄧㄝˋ　❶防守：例戒備、戒嚴。❷戴在手指上的裝飾品：例戒指。❸改掉不好的習慣：例戒酒、戒賭。❹佛教的一種修行方式：例齋戒。❺用好話警告：例勸戒。❻宗教徒必須遵守的規定：例戒律、色戒。

戒指 ㄐㄧㄝˋ ㄓˇ　套在手指上的環形飾物。

笑一笑　王太太：「張太太，你怎麼把結婚戒指戴錯手指呢？」張太太：「因為我嫁錯了人。」

戒備 ㄐㄧㄝˋ ㄅㄟˋ　提高警覺，加強守備，防止敵人的攻擊和突襲。例國軍加強戒備，防止敵人來犯。

戒賭 ㄐㄧㄝˋ ㄉㄨˇ　戒除賭博的壞習慣。

笑一笑　沉迷於賭博的兒子又向母親要錢了：「如果你不給我的話，我就要按照我預定的計畫去做了。」母親以為他會去自殺，急忙給了他錢，後來問他：「你原先的計畫是什麼呢？」兒子回答：「我準備戒賭。」

戒嚴 ㄐㄧㄝˋ ㄧㄢˊ　❶指防備很周到、嚴密。❷國家的秩序或安全遭到威脅，或是國家發生動亂、元首去世時，政府下令在全國或只有部分地區，實施軍事管制等警戒措施。例如：增設警衛加強巡邏、限制人員、車輛等管制活動。

參考　活用詞：戒嚴法。

或

戈部　四畫

一 ㄧ 冖 ㄇ 亘 或 或 或

ㄏㄨㄛˋ　❶不一定，也許：例或許、或者。❷有人，有的：例或曰（ㄩㄝ）。

猜一猜　國中。（猜一字）（答案：或）

或者 ㄏㄨㄛˋ ㄓㄜˇ　❶也許、不一定；表示推測。例他或者已經知道這件事。❷表示選擇關係。例或者你去，或者他去，反正總要有一個人去。

或許 ㄏㄨㄛˋ ㄒㄩˇ　也許。例他或許不去郊遊。

戕
戈部 四畫

ㄑㄧㄤˊ 殺害，傷害：例戕害、自戕（自殺）。

參考 相似字：殺。

戕害 ㄑㄧㄤˊ ㄏㄞˋ 傷害。

戕賊 ㄑㄧㄤˊ ㄗㄟˊ 傷害，損害。例抽煙酗酒無異是在戕賊身體。

戚
戈部 七畫

ㄑㄧ ❶有親屬關係的：例親戚。❷悲傷煩惱：例心中憂戚。❸姓：例戚繼光。

參考 相似字：哀、愁、悲、親。♣請注意：「戚」當「悲傷煩惱」解釋時和也讀ㄑㄧ的「慼」互相通用，例如：憂戚（慼）。

戚繼光 ㄑㄧ ㄐㄧˋ ㄍㄨㄤ 明代的抗倭名將和優秀的軍事家。山東定遠人，對於軍事很有研究。曾經平定倭寇之亂，使東南沿海的居民不再受到威脅。

戛
戈部 七畫

ㄐㄧㄚˊ ❶古代一種長矛兵器。❷敲打。❸形容聲音突然停止：例戛然而止。

戟
戈部 八畫

ㄐㄧˇ 古兵器名，長柄的一端附有月牙形的利刃，可前刺或後勾。

戟手 ㄐㄧˇ ㄕㄡˇ 伸手指著人罵。

參考 相似詞：戟指。

戡
戈部 九畫

ㄎㄢ 平定：例戡亂。

戡亂 ㄎㄢ ㄌㄨㄢˋ 平定亂事。例國家正處於動員戡亂時期。

戢
戈部 九畫

ㄐㄧˊ ❶收藏。❷止息：例戢怒。❸姓：例戢先生。

截
戈部 十畫

ㄐㄧㄝˊ ❶切斷：例截成兩段。❷阻擋：例攔截。❸分明不同的：例截然。❹計算的單位：例半截木頭。

參考 請注意：「截」和「戳」的字形相似：「截止」的「截」旁邊是「隹」，有切斷、停止的意思；「郵戳」的「戳」左邊是「翟」。

截止 ㄐㄧㄝˊ ㄓˇ 到一定的期限就停止。例夏令營報名日期到今天截止。

截取 ㄐㄧㄝˊ ㄑㄩˇ 從事物的當中取出一部分。

截然 ㄐㄧㄝˊ ㄖㄢˊ 界限分明像被割斷一樣，有「不同」的意思。例他的看法和你截然不同。

截獲 ㄐㄧㄝˊ ㄏㄨㄛˋ 在中途捉到或查到。例警方在機場截獲大批走私的毒品。

截長補短 ㄐㄧㄝˊ ㄔㄤˊ ㄅㄨˇ ㄉㄨㄢˇ 取多餘的部分來彌補不足的地方，常用來比喻以長處彌補短處。

戮
戈部 十一畫

ㄌㄨˋ ❶殺害：例殺戮。❷合力，盡力：例戮力。

猜一猜 廖先生離家，執戈捍衛國土。（猜一字）（答案：戮）

戮力 ㄌㄨˋ ㄌㄧˋ 盡力，努力。例戰士戮力殺敵，才能保衛國家的安全。

戰

戈部 十二畫

ㄓㄢˋ ❶打仗：例戰爭、愈戰愈勇。❷比賽，競爭：例挑戰。❸通「顫」，因為寒冷、害怕而抖動：例戰慄、寒戰。❹分出高下的比賽：例筆戰、舌戰。❺姓：例戰先生。

戰士 ㄓㄢˋ ㄕˋ 軍人。例他們是一群勇敢的戰士。

戰功 ㄓㄢˋ ㄍㄨㄥ 打仗時所立下的功勞。例花木蘭的戰功輝煌，因此得到很多賞賜。

戰爭 ㄓㄢˋ ㄓㄥ 為了政治目的，例如：侵略土地、統治人民而進行的武裝衝突。

笑一笑 小華：「老師要我們在暑假中看完『戰爭與和平』，我們為什麼不分頭看，再彼此交換心得，不是更快嗎？」小英：「怎麼分？」小華：「你看『戰爭』部分，小強看『和平』部分。」小強：「那你呢？」小華：「我看『與』部分！」

戰果 ㄓㄢˋ ㄍㄨㄛˇ 在戰爭中所獲得的成果，例如：攻占城池、殺死或活捉敵軍。

戰俘 ㄓㄢˋ ㄈㄨˊ 在戰爭中被敵人捉住的人。

戰袍 ㄓㄢˋ ㄆㄠˊ 軍人穿的衣服。

戰鬥 ㄓㄢˋ ㄉㄡˋ ❶軍事上指雙方所進行的武裝衝突。❷指向困難挑戰。例我們遇到挫折不要灰心，一定要戰鬥到底。

參考 活用詞：戰鬥力、戰鬥機、戰鬥行為。

戰略 ㄓㄢˋ ㄌㄩㄝˋ 決定整個戰鬥行動的總計畫。略：計畫。

戰術 ㄓㄢˋ ㄕㄨˋ 進行戰爭的原則和方法。

戰場 ㄓㄢˋ ㄔㄤˇ 軍隊打仗的地方，現在也用來稱考試的地方。

戰亂 ㄓㄢˋ ㄌㄨㄢˋ 指戰爭時的混亂狀況。例戰亂使人們妻離子散。

戰戰兢兢 ㄓㄢˋ ㄓㄢˋ ㄐㄧㄥ ㄐㄧㄥ 非常害怕而且謹慎的樣子。兢：小心謹慎。

戲

戈部 十三畫

ㄒㄧˋ ❶玩耍：例遊戲。❷開玩笑：例戲弄。❸運用語言、動作等效果來表情達意的一種藝術：例戲劇。❹泛指歌舞雜技的表演：例馬戲。

ㄏㄨ 感嘆詞，同「嗚呼」：例於（ㄨ）戲。

ㄏㄨㄟ 旗子，通「麾」：例戲下。

參考 相似字：玩、嬉、耍、劇。♣請注意：「戲」除了ㄒㄧˋ的音以外，作為表示哀傷的感嘆詞時，讀為ㄏㄨ，例如：「於戲」（ㄨ ㄏㄨ）。解釋成軍隊的指揮旗幟時讀ㄏㄨㄟ，通「麾」例如：「戲下」（ㄏㄨㄟ ㄒㄧㄚˋ）。但這兩種讀音，一般只用在文言文中。

戲曲 ㄒㄧˋ ㄑㄩˇ 中國傳統的戲劇形式，表演上以唱、念、做、打、舞並重為主要特點。依照角色的不同，可分為生、旦、淨、末、丑五類。我國從宋代起就有了完整的戲曲，到明清兩代大興，產生了很多地方戲曲，像崑腔、皮黃戲（就是京劇、國劇）、豫劇、河南梆子……都是。

戲弄 ㄒㄧˋ ㄋㄨㄥˋ 捉弄別人，拿人開心。弄：戲耍，玩弄。例我們常利用愚人節，公然的戲弄別人。

戲言 ㄒㄧˋ ㄧㄢˊ 隨便說說，開玩笑，不當真的話。言：發出聲音表達意思。例「軍中無戲言」，你可千萬要謹言慎行啊！

戲法 ㄒㄧˋ ㄈㄚˇ 一種技藝表演。表演者用很熟練靈活的手法，及迅速敏捷的技巧，或利用觀眾的錯覺，造成物件忽有忽無，忽增忽減的變化。

參考 相似詞：魔術、幻術。

戲院 ㄒㄧˋ ㄩㄢˋ 專門提供表演戲劇的建築物，通常分為舞臺和觀眾席兩部分。除了戲劇表演，也可以表演歌舞、放映電影等。

參考 相似詞：劇場、劇院、戲館。

戲劇 ㄒㄧˋ ㄐㄩˋ 一種由演員扮演角色，當眾表演的藝術形式。一齣完整的戲劇，是結合了導演、劇本、演員、服裝、音效、道具、燈光、舞臺設計等的綜合藝術。可以分為戲曲、舞臺劇（話劇）、歌劇、舞劇、歌舞劇、默劇、偶戲等類別。

參考 活用詞：戲劇節、戲劇文學、戲劇作家、戲劇學家、國家戲劇院。

戴

戈部 十三畫

ㄉㄞˋ ❶把東西放在頭、臉、手、腳或身體上：例戴帽子、戴眼鏡。❷用頭頂著：例披星戴月、戴天（活在世間）。❸尊敬，支持：例擁戴領袖。❹姓：例戴先生。

參考 請注意：❶身體所穿著的衣物要用「戴」的動作，例如：「戴」手錶、「戴」胸花、穿「戴」整齊。「帶」的意思是隨身拿著，或綁物品的長條形東西，例如：「帶」錢、腰「帶」。「帶」和「戴」不可混用。❷「戴」和「載」很相似。戈部的「戴」讀ㄉㄞˋ，是穿著衣物、尊敬服從的意思，例如：戴項鍊、戴帽子、戴眼鏡、擁戴。車部的「載」讀ㄗㄞˋ、ㄗㄞˇ，讀ㄗㄞˋ時，有裝運、記錄、又的意思，例如：載客、記載、載歌載舞；讀ㄗㄞˇ時，當「年」解釋，例如：三年五載。

戴高帽子 ㄉㄞˋ ㄍㄠ ㄇㄠˋ ㄗ˙ 說些別人愛聽的讚美話，使別人心裡感覺舒服。例戴高帽子的言辭雖然動聽，卻大部是奉承、不真誠的話。

參考 相似詞：戴高帽兒。

戳

戈部 十四畫

ㄔㄨㄛ ❶用尖銳的東西穿破物體：例戳破氣球。❷圖章的一種：例郵戳。

參考 相似字：刺。

戳穿 ㄔㄨㄛ ㄔㄨㄢ ❶用尖東西刺破。❷揭穿別人的企圖。例我們要戳穿不實的廣告。

戳記 ㄔㄨㄛ ㄐㄧˋ 通常指團體組織的圖章。

戶部 ㄏㄨˋ

古人把兩扇門叫做「門」，單扇門叫做「戶」。「日」是最早的寫法，左邊（|）像門上轉軸的部分，右邊（日）像單扇的門，是個象形字。後來慢慢寫成「戶」，就不大能看出門的形狀了。戶部的字和門也都有關係，例如：扇（計算門的單位）、扉（門）。

戶

戶部 ○畫

ㄏㄨˋ ❶門：例門戶、夜不閉戶。❷人家：例全村有五百戶。❸家庭的地位：例門當戶對。

戶籍 ㄏㄨˋ ㄐㄧˊ 政府登記各戶人口資料的簿冊。

房

戶部 四畫

ㄈㄤˊ ❶古代指正廳兩旁的房間，現在則是房屋的通稱：例瓦房。❷人居住、休息的建築物：例房屋。❸全體中分隔獨立的部分：例房間、蜂房。❹家族的分支：例長房、李家共有三房兄弟。❺二十八星宿的名稱。❻姓：例房先生。

猜一猜 這一戶姓方的人家。（猜一字）

（答案：房）

房東 ㄈㄤˊ ㄉㄨㄥ 出租房屋的主人。

房屋 ㄈㄤˊ ㄨ 房子、屋子的總稱。

房租 ㄈㄤˊ ㄗㄨ 向別人租用房子所該付的錢。

房間 ㄈㄤˊ ㄐㄧㄢ 房子裡所分隔的單位。例這棟建築物有十八個房間。

戾

戶部 四畫

四畫

ㄌㄧˋ ❶凶殘的：例暴戾。❷違背，不順從：例乖戾、違戾。❸罪過：例罪戾。

猜一猜 眼淚不是水。（猜一字）（答案：戾）

所

戶部 四畫

ㄙㄨㄛˇ ❶地方：例場所、各得其所。❷地方行政的辦事單位：例區公所、衛生所。❸計算房屋的單位：例一所醫院。❹跟「為」、「被」合用，表示被動的意思：例為人所笑。❺表示事物的代名詞：例所愛。

參考 相似字：處。

所以 ㄙㄨㄛˇ ㄧˇ ❶因此，表示結果，常和「因為」聯用。例因為天氣太冷了，所以大家都縮成一團。❷理由，原因。例所以啊！你最好乖一些，免得挨打。

所生 ㄙㄨㄛˇ ㄕㄥ 指父母。

所以然 ㄙㄨㄛˇ ㄧˇ ㄖㄢˊ ❶為什麼是這樣的結果。例研究問題，一定要知道所以然。❷結果。例他講來講去也講不出個所以然。

所向無敵 ㄙㄨㄛˇ ㄒㄧㄤˋ ㄨˊ ㄉㄧˊ 力量很強，所到的地方，沒有人能夠抵抗。向：到，往。例岳飛率領的岳家軍所向無敵。

戽

戶部 四畫

ㄏㄨˋ ❶引水灌溉田地的農具：例戽斗。❷把水引進來：例戽水灌田。

戽斗 ㄏㄨˋ ㄉㄡˇ 農家用來引水灌溉田地的器具。

扁

戶部 五畫

ㄅㄧㄢˇ ❶圖形或物體上下的距離比左右的距離小：例饅頭被壓扁了。❷在木板上題字，掛在門牆上的橫牌，通「匾」。

ㄆㄧㄢ 小：例一葉扁舟。

猜一猜 偏心的人走了。（猜一字）（答案：扁）

俏皮話 「門縫裡看人——把人看扁了。」小朋友，你從窄小的門縫中往外看，東西是不是都變扁了？「扁」有瞧不起的意思。這句俏皮話是指人自以為高高在上，就看不起別人。

唱詩歌 扁豆藤，就地生，外公外婆接外孫。外公接得哈哈笑，外婆接得笑哈哈，舅母接得苦巴巴。舅父舅母不要急，千朵桃花共樹生。（安徽）

扁舟 ㄆㄧㄢ ㄓㄡ 小船。

扁擔 ㄅㄧㄢˇ ㄉㄢˋ 放在肩上挑或抬東西的工具，用竹子或木頭做成，形狀扁而長。

扇

戶部 六畫

ㄕㄢˋ ❶能造成空氣流動的用具：例電扇。❷可以開合的板狀或片狀的東西：例門扇、隔扇。❸用來計算門窗等的單位詞：例一扇門。

ㄕㄢ ❶搖動扇子或其他薄的東西，加速空氣流動，通「搧」：例扇爐子。❷鼓動別人，造成事端，通「煽」：例扇動。

參考 相似字：扉。♣請注意：「扇」和「煽」作「鼓動」的意思時可以通用，其他的意思就不能通用。

猜一猜 有風我不動，我動就有風，如果不用我，除非颳秋風。（猜一種日常用品）（答案：扇子）

唱詩歌 扇（ㄕㄢ）子扇（ㄕㄢ）涼風，騎馬過廣東，有人來問我，我是大相公。（湖南）

扈

戶部 七畫

ㄏㄨˋ ❶跟隨的人：例扈從。❷古時候的國名，大約在現在的陝西省：例有扈。❸強橫：例跋扈。❹姓：例扈先生。

四畫

扉

一厂戶戶戶戶戶戶扉扉扉扉

戶部 八畫

ㄈㄟ 門扇：例柴扉。

猜一猜 不是窗戶。（猜一字）（答案：扉）

扉頁 ㄈㄟ ㄧㄝˋ 書籍、封面或封底前的第一頁，通常會印上作者、出版社名稱，紙質比正文的紙堅硬，具有保護書籍的作用，又稱為護頁或副頁。

手部 ㄕㄡˇ

「」是按照手的樣子所造的字，可以看到張開的手指和手腕，現在寫成「手」；當部首時寫成「扌」（提手旁）。手和人類的生活有密切的關係，因此手部的字也就特別多。和手的構造有關的字，例如：拳、掌、指；和用手去活動有關的字，例如：招、拿、提、撿、撈等。

手

一二三手

手部 ○畫

ㄕㄡˇ ❶人體上肢前端能拿東西的部分。❷小巧而方便拿的：例手槍。❸拿著：例人手一冊。❹技能，本領：例有兩手、露一手。❺做某種工作或有某種技能的人：例選手、射手。❻親自去做：例手書。

猜一猜 十個小伙伴，分成兩個班，大家團結緊，填海又移山。（猜人體器官）（答案：手）

手工 ㄕㄡˇ ㄍㄨㄥ 利用雙手和簡單的工具來工作。例這個書櫥是用手工做的。

手巾 ㄕㄡˇ ㄐㄧㄣ 用來擦汗的毛巾。

手下 ㄕㄡˇ ㄒㄧㄚˋ ❶部下。例他的手下對他很忠心。❷行動的時候。例挑戰者謙虛地請對手手下留情，能讓他贏幾個棋子。

手心 ㄕㄡˇ ㄒㄧㄣ ❶手掌的中心部位。例他做錯事，被媽媽打手心。❷控制的範圍。例孫悟空逃不出如來佛的手心。

手冊 ㄕㄡˇ ㄘㄜˋ 一種攜帶方便，記錄一些專門性或必知的小本子，以供參考或記載用。例新生入學，老師發給大家「學生手冊」，讓我們明白校規。

手札 ㄕㄡˇ ㄓㄚˊ 親筆寫的書信。例收到你的手札，我非常高興。

手足 ㄕㄡˇ ㄗㄨˊ 手和腳；比喻兄弟姊妹。例他們手足之間相親相愛。

手法 ㄕㄡˇ ㄈㄚˇ ❶處理文學、藝術、烹飪的技巧。例媽媽調製餐點的手法很特殊。❷和「手段」意思相同。例他賺錢的手法十分高明。

手卷 ㄕㄡˇ ㄐㄩㄢˋ 可以捲起或展開的書畫長卷，通常不能懸掛。

手帕 ㄕㄡˇ ㄆㄚˋ 擦臉、手所用的小方塊布。

參考 相似詞：手巾、手絹。

猜一猜 四角方方，跟我來往，傷風流汗，數它最忙。（猜一物）（答案：手帕）

手指 ㄕㄡˇ ㄓˇ 手掌末端分叉的部位，正常人左右各有五根手指。

猜一猜 十個娃娃一起耍，個個頭上頂著瓦。（猜人體器官）（答案：手指頭）

手背 ㄕㄡˇ ㄅㄟˋ 手掌的反面。

手段 ㄕㄡˇ ㄉㄨㄢˋ ❶為了達到某種目的而使用的方法。例他解決別人爭吵的手段很高明。❷待人處事使用不正當的方法。例他為了賺錢，不擇手段。

手套 ㄕㄡˇ ㄊㄠˋ 戴在手上的物品，可以保護手部。

猜一猜 十個加十個共是十個，十個減十個也是十個。（猜一種日用品）（答案：手套）

動動腦 小朋友，想一想，手套除了戴在手

四畫

上保暖外，還有什麼不尋常的用途呢？

手術 ㄕㄡˇ ㄕㄨˋ 醫生用刀子、剪子，替病人做切割、縫合的治療。例他因為盲腸炎，醫生為他動手術。

手腕 ㄕㄡˇ ㄨㄢˋ ❶手和臂中間的部位。例我的手腕受傷了。❷辦事的能力。例他的外交手腕很圓滑。

參考 相似詞：手段。

手槍 ㄕㄡˇ ㄑㄧㄤ 用一隻手發射的短槍，體積小而攜帶方便。

手腳 ㄕㄡˇ ㄐㄧㄠˇ ❶行動。例運動員的手腳很靈活。❷暗中使用詭計。例他暗中在比賽時動手腳，才獲得勝利。

手絹 ㄕㄡˇ ㄐㄩㄢˋ 手帕，擦臉或手的小方塊布。

參考 相似詞：手帕、手巾。

手勢 ㄕㄡˇ ㄕˋ 用手做動作來表達意思。例交通警察用手勢指揮交通。

手稿 ㄕㄡˇ ㄍㄠˇ 親筆寫的文稿。通常在名人或重要人物身上使用。例我們可以在國父紀念館內看到 國父的手稿。

手錶 ㄕㄡˇ ㄅㄧㄠˇ 戴在手腕上，可以計算時間的東西。

手臂 ㄕㄡˇ ㄅㄧˋ 人體手腕和肩胛之間的部位；肘部以上是「上臂」，肘部以下是「下臂」。

手藝 ㄕㄡˇ ㄧˋ 雙手製造物品的本領。例她編織的手藝十分精巧。

唱詩歌 拿起斧頭搥得緊，拿起鋸子鋸得平，拿起鉋子鉋得光，木匠手藝實在強。（芮家智編）

手續 ㄕㄡˇ ㄒㄩˋ 辦事的程序。例我們要先辦理報到手續，才能去上學。

手電筒 ㄕㄡˇ ㄉㄧㄢˋ ㄊㄨㄥˇ 隨身攜帶用來照明的筒狀用具，內裝有乾電池。

手榴彈 ㄕㄡˇ ㄌㄧㄡˊ ㄉㄢˋ 用手丟出的一種小型炸彈，適合步兵使用。

手不釋卷 ㄕㄡˇ ㄅㄨˋ ㄕˋ ㄐㄩㄢˋ 比喻念書十分勤奮。釋：放下的意思。卷：書卷。例他手不釋卷，連坐車也在看書。

手忙腳亂 ㄕㄡˇ ㄇㄤˊ ㄐㄧㄠˇ ㄌㄨㄢˋ 做事慌張，沒有條理。例快遲到了，他手忙腳亂的整理書包。

手腳靈活 ㄕㄡˇ ㄐㄧㄠˇ ㄌㄧㄥˊ ㄏㄨㄛˊ 比喻動作很輕快。例運動員都必須手腳靈活。

才

一 十 才　手部 〇畫

ㄘㄞˊ ❶能力：例才能。❷從能力方面分辨人：例奇才、通才。❸剛剛：例他才來。❹只有：例他才三歲。❺表示強調的語氣：例這才是真的！❻姓：例才小姐。

參考 請注意：「才」和「材」都讀ㄘㄞˊ，當作能力解釋時，二字用法相同，例如：多才（材）多藝、才（材）能、才（材）幹、人才（材）、才（材）力。

才能 ㄘㄞˊ ㄋㄥˊ ❶知識和能力。例你的才能高，一定可以擔任這份職務。❷「才能夠」的意思。例吃完才能離開。

參考 相似詞：材能。

才華 ㄘㄞˊ ㄏㄨㄚˊ 指表現在外的能力。華：外表的意思。例他的才華洋溢，處處受重視。

扎

一 十 扌 扎　手部 一畫

ㄓㄚ ❶刺入：例扎針。❷鑽入：例扎在人群中、一頭扎進河裡。❸縫紉法的一種，就是刺繡。❹張開的樣子：例扎著兩隻手。

ㄓㄚˊ 很勉強的支持或抵抗：例掙扎。

參考 相似字：刺、鑽。

扎手 ㄓㄚ ㄕㄡˇ 比喻事情的難辦或人很難應付。

參考 相似詞：棘手。

扎眼 ㄓㄚ ㄧㄢˇ ❶刺眼。例中午的陽光，又熱又扎眼。❷引起別人的注意。例你別穿這種又紅又綠的衣服，看起來好扎眼。

參考 請注意：「扎眼」是一種讓人很不舒服的感覺，不能用來稱讚別人。

打

一 十 扌 扌 打　手部 二畫

ㄉㄚˇ ❶敲擊：例打鼓。❷東西被摔破：例碗打破了。❸鬥毆，戰鬥：例打架、打仗。❹編織：例打毛衣。❺取，拿：例打水、打傘。❻注射，充灌：例打針、打氣。❼和別人互通消息：例打電話、打信號。❽捉禽獸：例打鳥。❾表示身體上的動作：例打哈欠、打滾。❿定出：例打草稿。⓫計算：例精打細算。⓬塗，抹：例打蠟。⓭修建，製造：例打井、打刀。⓮做，從事：例打工、打雜。⓯玩：例打秋千。⓰掀，揭：例打開窗帘、打開瓶蓋。⓱自，從：例打前天起、打哪裡來。⓲採取某種方法：例打個比方。⓳購，買：例打油、打船票。⓴猜測：例打啞謎、打一字。㉑表示數量的詞；由十二個組成：例一打雞蛋。

猜一猜 丁先生的手。（猜一字）（答案：打）

古人說 ㈠「打掉門牙往肚裡咽。」咽音ㄧㄢˋ，是吞嚥。這句話是指被人欺侮，無處伸冤，只好自己忍受。例她有任何委屈也只能「打掉門牙往肚裡咽」。

㈡「打腫臉，充胖子。」這句話是說：把臉打腫，假裝是胖子。比喻沒有能力辦到，卻硬裝成辦得到。例你沒錢卻又要到處借錢來請客，不是「打腫臉，充胖子」嗎？

笑一笑 讀幼稚園的小華打電話給同學小英。小華：「喂！小英，我是小華，你在家嗎？」小英：「喂！小華，我在家，你在家嗎？」

打工 ㄉㄚˇ ㄍㄨㄥ 指學生在寒暑假或平時不上課的時間，到外面工作。

打手 ㄉㄚˇ ㄕㄡˇ 專門被僱用來打人的幫手。例這部動作片中的打手個個身手矯捷。

打仗 ㄉㄚˇ ㄓㄤˋ 戰爭。例國軍和敵人打仗，十分激烈。

打坐 ㄉㄚˇ ㄗㄨㄛˋ 指人盤腿靜坐，使心平靜。例打坐的時候要心平氣和，保持安靜，切忌煩躁不安。

參考 相似詞：靜坐。

打折 ㄉㄚˇ ㄓㄜˊ 降低商品的價格以求出售。例最近百貨公司打折，東西都很便宜。

笑一笑 李太太：「你猜我有多大年紀？」店員：「二十八歲上下。」李太太：「沒這麼年輕啦！」店員：「我們向來對熟客都打七折的！」

打扮 ㄉㄚˇ ㄅㄢˋ 使容貌和衣著好看。例她打扮得很漂亮。

打架 ㄉㄚˇ ㄐㄧㄚˋ 因為意見不合，互相打鬥。例他時常因為和同學打架，被老師處罰。

俏皮話 「打架拿著紅薯——不是傢伙。」紅薯是蕃薯的一種，可以吃，但不能作為打架的工具。如果「打架拿著紅薯」，那根本「不是傢伙」；比喻對事情一點幫助都沒有。

打破 ㄉㄚˇ ㄆㄛˋ ❶摔破東西。❷也用作突破原有的限制。例她在一百公尺賽跑中打破了全國紀錄。

參考 活用詞：打破常規、打破紀錄、打破沉默。

打動 ㄉㄚˇ ㄉㄨㄥˋ 使人感動。例他的話打動了我。

打敗 ㄉㄚˇ ㄅㄞˋ ❶把對方打倒。例中華棒球隊打敗古巴隊時，我們高興得跳起來。❷戰爭或比賽中失敗。例這場籃球比賽我們打敗了。

參考 活用詞：打敗仗。

打掃 ㄉㄚˇ ㄙㄠˇ 掃除，整理。

參考 活用詞：打掃房間、打掃教室。

打魚 ㄉㄚˇ ㄩˊ 捕魚，捉魚。例今天海浪太大，不能出海打魚。

俏皮話 「打魚的回家——不在乎（湖）。」打魚的本來在湖上打魚，回家就「不在湖」上了。「湖」、「乎」聲音很接近。例不管你們怎麼說我，我是「打魚的回家——不在乎」。

打量 ㄉㄚˇ ㄌㄧㄤˊ ❶仔細觀察。例他上上下下打量我，讓我覺得很奇怪。❷估計。例他看著這部車子，心中打量著它的價錢。

打發 ㄉㄚˇ ㄈㄚ ❶派出去。例我已經打發人去找失蹤的小狗。❷使某人離開。例對付無賴不能用錢打發，你應該去報警。❸花費時間。例她每天藉著打牌來打發時間。

打溼 ㄉㄚˇ ㄕ 弄溼。例他的衣服被水打溼了。

打靶 ㄉㄚˇ ㄅㄚˇ 槍炮對著設定的目標進行射擊。例打靶要集中注意力。

打嗝 ㄉㄚˇ ㄍㄜˊ　吃得太飽，胃中氣體由喉嚨發出聲音。例他吃太多了，一直打嗝。

打滾 ㄉㄚˇ ㄍㄨㄣˇ　躺在地上來回滾動。例小豬在泥地打滾，身上弄得髒兮兮的。

打算 ㄉㄚˇ ㄙㄨㄢˋ　考慮，計畫。例他打算下星期到美國去旅行。

打穀 ㄉㄚˇ ㄍㄨˇ　把割好的稻子放到機器中，使穀粒掉出。例阿兵哥幫忙農民打穀子。

打撈 ㄉㄚˇ ㄌㄠ　把沉在水底的東西拿出來。例他們正在打撈沉船。

打擊 ㄉㄚˇ ㄐㄧ　❶敲打。例鼓是一種打擊樂器。❷挫折。例對他來說，數學不及格是個很大的打擊。

打獵 ㄉㄚˇ ㄌㄧㄝˋ　在野外捕捉鳥獸。例獵人帶著獵狗和獵槍，到山上打獵。

笑一笑 警察：「這裡禁止打獵。」獵人：「我知道，我只是在教野獸練習逃生的本領而已。」

打擾 ㄉㄚˇ ㄖㄠˇ　❶擾亂。例小弟老是打擾我做功課。❷接受招待，客人告別時向主人說的話。例對不起，打擾您這麼久。❸有事要他人分心幫忙的話。例他正在看書，別去打擾他。

參考 相似詞：打攪。

笑一笑 蒙面的強盜闖進銀行搶錢，第一天上班的王小姐，正在低頭算帳，順口就說：「請別打擾我，你沒看到我正忙著呢！」

打蠟 ㄉㄚˇ ㄌㄚˋ　蠟是一種油質的東西。打蠟就是在地板上抹上油質，用布或機器來回的擦，使地板清潔光亮。

參考 請注意：打「蠟」是虫部，不能寫成肉部的「臘」，也不能寫成犬部的「獵」。♣活用詞：打蠟機。

打聽 ㄉㄚˇ ㄊㄧㄥ　探聽消息。例他到處打聽父親的下落。

打天下 ㄉㄚˇ ㄊㄧㄢ ㄒㄧㄚˋ　❶用武力奪取政權。❷創立事業。例他大學畢業，便一個人到北部打天下。

打火機 ㄉㄚˇ ㄏㄨㄛˇ ㄐㄧ　裝有瓦斯或汽油，用來點火的日用品。例爸爸用打火機點煙。

猜一猜 瓦斯肚裡裝，鐵袍身上裹，捻他一指頭，紅花開一朵。（猜一種日用品）

（答案：打火機）

打牙祭 ㄉㄚˇ ㄧㄚˊ ㄐㄧˋ　指偶爾吃一次豐盛的飯菜。牙祭：舊時每月初二、十六才有肉吃。例爸爸今天領薪水，帶我們上館子，打打牙祭。

打交道 ㄉㄚˇ ㄐㄧㄠ ㄉㄠˋ　和別人互相往來。例不要和壞人打交道。

打呵欠 ㄉㄚˇ ㄏㄜ ㄑㄧㄢˋ　疲倦時，張開口深呼吸的動作。例和人談話時，打呵欠是不禮貌的行為。

參考 相似詞：打哈欠。

打官司 ㄉㄚˇ ㄍㄨㄢ ㄙ　和人發生訴訟的事。

俏皮話 「啞吧打官司——有口難言。」小朋友，你看過「啞巴打官司」嗎？那一定是「有口難言」了！比喻一個人有話說不清，沒法說。如果你正在為某事辯解不清時，就可以應用這句話了。

打算盤 ㄉㄚˇ ㄙㄨㄢˋ ㄆㄢˊ　❶用算盤計算。❷計畫。例媽媽對任何事都很會打算盤。

參考 活用詞：打如意算盤。

打瞌睡 ㄉㄚˇ ㄎㄜ ㄕㄨㄟˋ　小睡一會兒。例上課不可以打瞌睡。

俏皮話 「馬桶上打瞌睡——睜一隻眼，閉一隻眼。」人在很累的時候，會閉著眼睛想睡一會兒，但這時如果正好在上廁所，就只好睜隻眼，閉隻眼了。比喻遇到事情假裝不知道，給人方便。例你想晚點來練球，只要老師不知道，我會「馬桶上打瞌睡——睜一隻眼，閉一隻眼」的。

打噴嚏 ㄉㄚˇ ㄆㄣ ㄊㄧˋ　鼻子受到刺激，發出的聲音。例他感冒了，所以一直打噴嚏。

打燈籠 ㄉㄚˇ ㄉㄥ ㄌㄨㄥˊ　提著燈籠。

俏皮話 ㈠「外甥打燈籠——照舊（舅）。」舊和舅同音，外甥提燈籠照舅舅，也就是照「舊」。照舊是和以前一樣。例今年的假日安排，我們是「外甥打燈籠——照舊」。

㈡「打燈籠走路——只顧眼前。」燈籠就像現在的手電筒，夜裡提在手上，照亮前面的路。比喻只顧慮到眼前

四畫

的事，眼光不夠遠大。例年輕人要有理想、有抱負，別「打燈籠走路——只顧眼前」。

打成一片 形容行動、思想、感情很融洽。例老師平易近人，和學生打成一片。

打成一團 形容打得很激烈。例幾隻狗為了搶骨頭，在地上打成一團。

打抱不平 遇見不公平的事，就幫忙受欺負的一方。例他很有正義感，常替弱小的人打抱不平。

參考 相似詞：路見不平，拔刀相助。

打退堂鼓 古代官員退堂要打鼓；比喻做事害怕退縮，中途放棄。例他去參加比賽，看見那麼多高手，不禁打退堂鼓，自動棄權。

打草驚蛇 打動草堆，嚇走蛇。比喻採取機密行動前，不小心洩漏風聲，驚動對方，使人有所防備。例我們要先作好準備工作，以免打草驚蛇。

打開天窗說亮話 直接把話說清楚。天窗：屋頂上讓陽光進來的窗戶。亮話：就是明白的話。例我們不用拐彎抹角，就打開天窗說亮話吧！

打鐵趁熱 把握好的機會加緊工作。例姊姊這次演講比賽得到全校第一名，她要打鐵趁熱，爭取全縣第一。

打破砂鍋問到底 砂鍋的質料差，一破裂，裂痕就會從頭裂到底。比喻追問到底。問：本來是「璺」（ㄨㄣˋ），器物上的裂痕，後人為了抒寫方便，就寫作「問」。

扔

手部 二畫

一 十 扌 扐 扔

ㄖㄥ ❶揮動手臂，使拿著的東西離開手：例扔球。❷丟棄，捨棄：例扔掉。

俏皮話 「公共廁所扔石頭——激起公憤（糞）。」小朋友，你知道「公共廁所扔石頭」是什麼意思嗎？那就是「激起公憤（糞）」，「憤」和「糞」同音；比喻被很多人責罵的人、事、物。

扒

手部 二畫

一 十 扌 扒 扒

ㄅㄚ ❶用手剝開：例扒橘子。❷用力脫掉：例如果他不還錢，就扒他的衣服。❸抓著，把住：例扒著欄杆。

ㄆㄚˊ ❶用手或耙子使東西聚在一起：例扒土。❷用手抓：例扒癢。❸攀登：例扒牆、扒上山。❹偷別人身上的東西：例扒竊、扒手。

參考 請注意：扒手的「扒」（ㄆㄚˊ）指用「手」偷東西，所以是「手」部。趴下的「趴」（ㄆㄚ），本來是臉朝下，「腳」張開，身體平貼在地上，所以是「足」部。

扒手 趁人不注意，偷取別人財物的人。

托

手部 三畫

一 十 扌 扌 扥 托

ㄊㄨㄛ ❶用手掌或其他東西把物體往上撐住：例雙手托著下巴。❷承受東西的器具：例茶托、槍托。❸陪襯：例襯托、烘托。❹寄放：例托兒所。❺姓：例托先生。

參考 請注意：「托」和「託」讀音相同但意思不同：手部的「托」用在動作上，例如：推托、托住東西、托兒所。言部的「託」是指在口頭上的請求，例如：請託、拜託。

托缽 ❶佛教規定僧人飲食時，必須用手托缽到施主家乞討，所以僧人化緣或請求布施叫托缽。❷向人乞求。

托兒所 受托照顧三歲以下幼兒的地方。

參考 相似詞：幼稚園。

扛

手部 三畫

一 十 扌 扌 扛 扛

ㄎㄤˊ ❶用肩膀背東西：例扛著一袋米。❷形

四畫

容擔負責任：例這件事由我扛。

ㄍㄤˊ ❶用兩手把東西舉起來：例泰山扛起一根石棒。❷二個人或很多人共抬一件東西：例我們扛一張大桌子上五樓。

扣

手部 三畫

ㄎㄡˋ ❶使衣物連接的東西：例鈕扣。❷鉤住：例把門扣住。❸覆蓋：例把碗扣在桌上。❹敲擊：例扣鐘。❺戴上：例扣帽子。❻強留下來：例扣留、扣押。❼從中減去：例扣除、打折扣。

參考 相似字：叩。

猜一猜 兄弟六七人，各進一道門；那個進錯了，出來笑死人。（猜一種物品）

（答案：扣子）

扣留 ㄎㄡˋ ㄌㄧㄡˊ 用強硬的方法將人或者財物留住不放。例強盜扣留他身上所有的東西，害他沒錢吃飯。

扣除 ㄎㄡˋ ㄔㄨˊ 從總數中減去。例扣除了早餐錢，就是我一天的費用。

折

手部 四畫

ㄓㄜˊ ❶斷：例折斷。❷一個人還沒有成年就死了：例夭折。❸換成：例折現。❹摺疊：例折紙。❺失敗，受打擊：例百折不撓。❻損失：例損兵折將。❼佩服：例折服、心折。❽彎曲，轉變方向：例曲折、折回原路。❾按成數減少：例打折扣。

ㄕㄜˊ ❶斷：例棍子折了、腰快累折了。❷虧損：例折了老本。

ㄓㄜ 翻轉，倒：例折筋斗、折騰。

參考 相似字：損、屈、服、抵。♣請注意：「折」和「拆」字形很像，拆（ㄔㄞ）有卸（ㄒㄧㄝˋ）下、毀壞的意思，例如：拆牆、拆信。

折衷 ㄓㄜˊ ㄓㄨㄥ 調和幾種不同的意見。例想一個折衷的辦法，解決你們兩人意見上的不同。

折扣 ㄓㄜˊ ㄎㄡˋ 貨品賣出時，照原來的價格減低若干固定的價錢。例百貨公司正在用折扣吸引顧客。

折射 ㄓㄜˊ ㄕㄜˋ 光線進入不同的物體所產生的偏折現象。例彩虹是太陽光的折射現象。

折磨 ㄓㄜˊ ㄇㄛˊ 讓一個人在身體上或精神上產生痛苦。例他因為承受不了精神上的折磨，所以發瘋了。

折騰 ㄓㄜ ㄊㄥ ❶翻來覆去。例這件事折騰了好幾次，總算決定了。❷折磨。例這種病最折騰人了。

抄

手部 四畫

ㄔㄠ ❶從側面或選取較近的路線向前進：例包抄、抄小路。❷將資料整理後寫下：例抄寫。❸沒收：例抄家。❹拿，取：例抄起一根棍子。

參考 相似字：寫、包。♣請注意：❶「抄」和「鈔」有時可通用。所以「抄寫」可寫作「鈔寫」，但是「鈔票」不可以寫成「抄票」。❷炒菜必須用火，所以「炒」是「火」部。抄寫必須用手，所以「抄」是「手」部。

抄家 ㄔㄠ ㄐㄧㄚ 沒收人家的財產。例在古時候抄家是很嚴重的刑罰。

抄書 ㄔㄠ ㄕㄨ 將書上的東西一字不漏的抄下來。例弟弟因為錯字連篇，被老師罰抄書十遍。

抄寫 ㄔㄠ ㄒㄧㄝˇ 照著原來的文章寫下。例他抄寫的功夫是一流的，從沒有抄錯一個字。

抄襲 ㄔㄠ ㄒㄧˊ 抄別人的文章當作自己的文章。

笑一笑 編輯：「這首詩是你寫的嗎？」投稿人：「當然，每一行都是。」編輯：「真是幸會，徐志摩先生，我以為你早就已經作古了呢！」

扮

手部 四畫

ㄅㄢˋ ❶化妝：例打扮。❷臉部裝出的表情：

例扮鬼臉。

扮演 ㄅㄢˋ ㄧㄢˇ 裝扮表演。例在人生的舞臺上，每個人都扮演著不同的角色。

猜一猜 離別。（猜一字）（答案：扮）

扮鬼臉 ㄅㄢˋ ㄍㄨㄟˇ ㄌㄧㄢˇ 裝成滑稽或可笑的模樣。例弟弟扮鬼臉逗妹妹開心。

技

一 十 扌 扌 扩 抆 技

手部 四畫

ㄐㄧˋ 本領，手藝：例技術。

技巧 ㄐㄧˋ ㄑㄧㄠˇ 熟練而巧妙的技術和能力。例他出神入化的籃球技巧贏得全場觀眾的喝采。

技能 ㄐㄧˋ ㄋㄥˊ 掌握和運用技術的能力。例與其有萬貫家財，不如有一項技能在身。

技術 ㄐㄧˋ ㄕㄨˋ 根據知識和經驗所發展成的技巧、能力。例技術革新使生產量大為提高。

技癢 ㄐㄧˋ ㄧㄤˇ 形容人具有某種技能，遇到機會就想試一試。例他看到有人打球，就會技癢的想加入他們的行列。

技術員 ㄐㄧˋ ㄕㄨˋ ㄩㄢˊ 具有專門技術的人。例他是電腦公司的技術員。

扶

一 十 扌 扌 扌 扶 扶

手部 四畫

ㄈㄨˊ ❶用手支持著東西，使人、物不倒：例扶著欄杆。❷照顧，幫助：例扶助。❸用手幫助使倒下或躺著的人物坐立起來：例扶起來。❹姓：例扶小姐。

參考 相似字：攙。

扶手 ㄈㄨˊ ㄕㄡˇ 可以用來讓手支持的東西。

扶助 ㄈㄨˊ ㄓㄨˋ 幫助。例我們要扶助老年人過馬路。

扶持 ㄈㄨˊ ㄔˊ ❶用手扶助。例他扶持病人，到院子散步。❷照顧，幫忙。例好鄰居應該互相扶持。

扶病 ㄈㄨˊ ㄅㄧㄥˋ 帶著病，就是「抱病」。例他扶病去開會。

扶植 ㄈㄨˊ ㄓˊ 幫助培養。例經紀公司為了扶植新人，不斷安排上節目。

扶疏 ㄈㄨˊ ㄕㄨ 枝葉茂盛的樣子。例公園裡花木扶疏，十分美麗。

扶梯 ㄈㄨˊ ㄊㄧ 有扶手的樓梯。

扶養 ㄈㄨˊ ㄧㄤˇ 養育照顧。

參考 請注意：「扶養」和「撫養」都是養育照顧的意思，但是「扶養」多指下對長的奉養，例如：子女扶養父母。「撫養」多是年長者養育年幼者，例如：父母撫養子女。

扶輪社 ㄈㄨˊ ㄌㄨㄣˊ ㄕㄜˋ 由專業人員及商界人士為服務社會而成立的國際性團體。宗旨在促進國際合作，達到世界和平。

扶老攜幼 ㄈㄨˊ ㄌㄠˇ ㄒㄧ ㄧㄡˋ 扶著老人、帶著小孩一起上路；比喻受大眾歡迎。攜：牽引。例假日裡，大家扶老攜幼，上陽明山賞花。

抉

一 十 扌 扌 扌 抉 抉

手部 四畫

ㄐㄩㄝˊ ❶挖出：例抉目。❷挑選：例抉擇。

抉擇 ㄐㄩㄝˊ ㄗㄜˊ 挑選，選擇。

抖

一 十 扌 扌 扌 抖 抖

手部 四畫

ㄉㄡˇ ❶顫動：例渾身發抖。❷振動，甩動：例抖一抖。❸振作，鼓起精神：例精神抖擻。❹對因為突然變得有錢、有勢、有地位而得意的人的一種諷刺：例他有哥哥撐腰，抖起來了。

俏皮話 「落水狗上岸——抖起來了。」全身溼淋淋的小狗，一定會不停抖動，把水珠抖掉。抖有得意、神氣的意思。這是比喻原本不如意的人，因為運氣好，變得很神氣、不得了的樣子。

抖動 ㄉㄡˇ ㄉㄨㄥˋ 振動，用手快速搖動物體。例他抖動毛巾，希望水分趕快蒸發掉。

抖擻 ㄉㄡˇ ㄙㄡˇ 提起精神，使精神飽滿。例運動會時，我們精神抖擻的通過司令臺。

抗

一 十 扌 扌 扩 扩 抗

手部 四畫

ㄎㄤˋ ❶抵擋、防衛：例抗敵、反抗、抵抗。❷拒絕，不接受：例抗命。❸對等：例抗衡、分庭抗禮。

抗拒 ㄎㄤˋ ㄐㄩˋ 強力反抗，拒絕接受。例意志不堅定的人，對於不正當的娛樂常常無法抗拒。

抗命 ㄎㄤˋ ㄇㄧㄥˋ 違反長官的命令。例在軍隊中，抗命要受到很嚴重的處分。

抗戰 ㄎㄤˋ ㄓㄢˋ 反抗外來侵略的戰爭。特別是指民國二十六年七月七日起，到三十四年八月十四日為止的抗日戰爭。例抗戰的目的在於阻擋敵人的壓迫與侵略。

抗議 ㄎㄤˋ ㄧˋ 對別人的意見，提出強烈的反對，使別人明白自己的立場和態度。例由於化學工廠對河川造成汙染，使附近居民紛紛提出抗議。

抗生素 ㄎㄤˋ ㄕㄥ ㄙㄨˋ 能殺死病菌，防止感染疾病的化學物質。例服用太多的抗生素，反而會對人體造成傷害。

扭

一 十 扌 扌 扌 扌 扭

手部 四畫

ㄋㄧㄡˇ ❶用手把東西轉緊：例把衣服扭乾。❷掉轉：例扭頭就走。❸身體左右搖動：例扭來扭去。❹筋骨受傷：例扭了腰。❺揪住：例扭打。

參考 相似字：擰、捏。

猜一猜 小丑揮手。（猜一字）（答案：扭）

扭捏 ㄋㄧㄡˇ ㄋㄧㄝ ❶走路時故意搖擺身體。例她扭捏著走路，像個模特兒一樣。❷因害羞而態度不自然。例老師叫她唱歌，她扭捏不安的站起來。

參考 相似詞：扭扭捏捏、扭扭怩怩、扭怩。

扭轉 ㄋㄧㄡˇ ㄓㄨㄢˇ ❶用手握住並且旋轉。例他把瓶蓋扭轉開來。❷使局勢改變。例眼看著這兩輛車子要相撞了，他立刻踩煞車，扭轉了危險的局面。

扭轉乾坤 ㄋㄧㄡˇ ㄓㄨㄢˇ ㄑㄧㄢˊ ㄎㄨㄣ 把現有的或不利的局勢改變過來。乾、坤：是八卦的名稱，乾是天，坤是地。例媽媽一句話就扭轉乾坤，使我們有機會去郊遊。

把

一 十 扌 扌 扌 扌 把

手部 四畫

ㄅㄚˇ ❶數量名：例一把米。❷握住，控制：例把舵。❸看管：例把守。❹處理人、物：例把書拿來。❺抱著小孩排泄糞便：例把尿。❻大概估計：例個把月。

ㄅㄚˋ 東西上突出來方便手拿的地方：例刀把兒。

動動腦 除了「一把椅子」、「一把鎖匙」，小朋友，還有那些東西可以用「把」當計算單位？趕快想一想！（答案：一把傘、三把刀、幾把米、兩把花生、一把蔥、兩把韭菜、一把斧子、一把茶壺……）

把手 ㄅㄚˇ ㄕㄡˇ 東西上用手拿的地方。例這扇門的把手上綁了一根繩子。

把玩 ㄅㄚˇ ㄨㄢˊ 拿在手裡賞玩。例他閒暇時，總愛把玩一隻清朝的古董花瓶。

把持 ㄅㄚˇ ㄔˊ 獨占位置、權利，不讓別人插手。例他把持政權，形成專制政治。

把風 ㄅㄚˇ ㄈㄥ 做壞事時，派人把守，以免被發現。例小偷偷東西時，常常是一個在屋外把風，一個在屋內偷東西。

把柄 ㄅㄚˇ ㄅㄧㄥˇ ❶器具上可以用手拿的地方。柄：手握的地方。例這把刀子的把柄壞掉了。❷比喻可以被人利用來威脅的證據。例他的把柄落在壞人手中，所以不得不聽他們的話。

把脈 ㄅㄚˇ ㄇㄞˋ ❶把手指放在脈搏跳動的地方，計算脈搏的次數。❷中醫看病的方法。例我去看病，醫生先替我把脈。

把酒 ㄅㄚˇ ㄐㄧㄡˇ 拿起酒杯。例他們把酒高歌，慶祝新公司成立。

把握 ㄅㄚˇ ㄨㄛˋ ❶抓住。例我們要把握時間，好好用功。❷對於事情有絕對成功的信心。例我有把握在一個星期之中看完一套世界文學名著。

把戲 ㄅㄚˇ ㄒㄧˋ ❶表演的內容。例這個老伯伯玩了很多傳統的把戲。❷騙人的花招、鬼計。例不知道他又在玩什麼把戲？

把兄弟 ㄅㄚˇ ㄒㄩㄥ ㄉㄧˋ 不同父母所生，結拜的兄弟。例他們這幾個把兄弟感情好的不得了。

參考 相似詞：盟兄弟。

扼

手部 四畫

一 十 扌 扌 扩 扼 扼

ㄜˋ ❶套在牛馬脖子上，用來牽引車輛的彎木，和「軛」字相通。❷用力掐住，抓住：例扼腕。❸把守，控制：例扼守。

參考 相似字：握。

扼守 ㄜˋ ㄕㄡˇ 防守險要的地方，阻止他人進入。例他扼守要塞，防止敵人入侵。

扼要 ㄜˋ ㄧㄠˋ 言語簡單明瞭。例他的演講簡單扼要，很容易明白。

找

手部 四畫

一 十 扌 扌 扌 找 找

ㄓㄠˇ ❶尋求：例找尋。❷退還多餘的（錢）：例公車不找零錢。❸招惹：例自找麻煩。

參考 相似字：覓、尋。♣請注意：「找」字是由「扌」和「戈」組成的，二個字一定要分開寫，橫的那一畫不可以連起來，這和「我們」的「我」字是不同的。

猜一猜 持戈。（猜一字）（答案：找）

找事 ㄓㄠˇ ㄕˋ ❶謀求職業。例他畢業之後，到處找事做。❷惹事。例你真無聊，沒事找事。

找麻煩 ㄓㄠˇ ㄇㄚˊ ㄈㄢˊ ❶自尋煩惱。例不要想太多了！何必自找麻煩呢？❷惹是生非。例做好自己的事，別到處找麻煩。

找碴兒 ㄓㄠˇ ㄔㄚˊ ㄦˊ 故意挑事情的毛病產生爭吵。碴：小碎塊。例他老喜歡對我找碴兒，真不知道他到底想怎樣？

參考 相似詞：找麻煩。

批

手部 四畫

一 十 扌 扌 扗 批 批

ㄆㄧ ❶表示數量的詞：例一批。❷上級對部下的指示：例批示。❸附註在文件或書籍上的評語：例眉批。❹數量很多，常用在貨物的買進或者賣出：例批發。❺對錯誤或缺點進行評論：例批評、批判。

參考 請注意：「批」和「劈」音相同，但是意思卻不相同：「批」是分開；「劈」是用工具剖開，「劈柴」不可寫成「批柴」，「批改」不可以寫成「劈改」。

批判 ㄆㄧ ㄆㄢˋ 批評，對是非的判斷。例他常常有批判性的意見。

參考 請注意：狹義的「批判」是指對錯誤的思想、理論、觀點加以分析、否定。廣義的「批判」則是提出對事情的看法。

批改 ㄆㄧ ㄍㄞˇ 批評並且改正。例老師批改作文非常的仔細。

批准 ㄆㄧ ㄓㄨㄣˇ 長官對部下所請求的事情表示同意。例級任老師批准了學生的事假。

批評 ㄆㄧ ㄆㄧㄥˊ 評論一個人的對錯或者好壞。例他總是批評別人卻不反省自己。

批發 ㄆㄧ ㄈㄚ 買進或者賣出很多貨品的行為。例他做玩具批發，賺了很多錢。

扳

手部 四畫

一 十 扌 扩 扳 扳 扳

ㄅㄢ ❶拉：例扳板機。❷挽回，扭轉劣勢：例扳回一分。

扳手 ㄅㄢ ㄕㄡˇ 用來旋緊或旋鬆螺絲帽的工具。

扯

手部 四畫

一 十 扌 扎 扑 扯 扯

ㄔㄜˇ ❶拉，撕：例扯衣服。❷說：例扯謊。❸阻礙別人做事：例扯後腿。❹隨便的聊聊天：例東拉西扯。❺把聲音放大：例吳老伯扯開嗓門，叫賣雜貨。

參考 相似字：拉、撕、牽。

扯扯（ㄔㄜˇ ㄔㄜˇ） 拉一拉。例他扯扯衣角，使服裝看起來整齊。

扯破（ㄔㄜˇ ㄆㄛˋ） 撕破，拉破。例他一生氣，把窗簾都扯破了。

扯謊（ㄔㄜˇ ㄏㄨㄤˇ） 說假話。例老是對別人扯謊的人，一定不受歡迎。

扯不上（ㄔㄜˇ ㄅㄨˊ ㄕㄤˋ） 拉不上關係。例我和他雖然長得像，卻扯不上關係。

扯後腿（ㄔㄜˇ ㄏㄡˋ ㄊㄨㄟˇ） 對別人的行為，背地裡加以破壞和阻擋。例扯後腿讓別人出醜，不是好學生的行為。

投

手部　四畫

一 十 扌 扌 扌 扌 投

ㄊㄡˊ ❶丟，扔：例投球。❷選出某人或某事：例投票。❸跳進去：例投河。❹朝某個人或某個地方看：例眼神投向他。❺寄：例投信、投稿。❻奔往：例投靠、投奔自由。❼合得來：例意氣相投。❽放入：例投放、投資。❾參加：例投考。❿光線照射：例投射、投影。

投入（ㄊㄡˊ ㄖㄨˋ） ❶丟進去。例把垃圾投入焚化爐裡處理。❷非常認真專心的做某件事。例全心全意投入工作的人，工作表現一定不錯！

投手（ㄊㄡˊ ㄕㄡˇ） 棒球比賽中，把球丟給對方球員打擊的人。例一個好投手，必須能正確的控制自己所投的球。

投江（ㄊㄡˊ ㄐㄧㄤ） 跳進江裡。例屈原投江，是為了表達他對國家民族的忠心。

投降（ㄊㄡˊ ㄒㄧㄤˊ） 放棄武器或自己的立場，服從敵人。例民國三十四年抗日戰爭勝利，日本無條件投降。

投票（ㄊㄡˊ ㄆㄧㄠˋ） 選舉的一種方式。用舉手或書面資料，表達個人意見的一種方法。例中華民國憲法規定，年滿二十歲的人有投票權。

投球（ㄊㄡˊ ㄑㄧㄡˊ） 丟球。例投球練習是籃球運動重要的訓練之一。

投誠（ㄊㄡˊ ㄔㄥˊ） 敵人心甘情願自動的投向我們這一方。例戰爭期間，有時候會發生飛行員駕機投誠的事件。

投資（ㄊㄡˊ ㄗ） 把金錢、時間、人力都放進某一個或好幾個事業裡，並且希望收回很多的利益。例教育事業需要很多金錢和人力的投資，才能培育出優秀的人才。

投稿（ㄊㄡˊ ㄍㄠˇ） 把稿件交到報章雜誌社請求刊登出來。例多向報章雜誌投稿，可以加強我們的寫作能力。

投影（ㄊㄡˊ ㄧㄥˇ） 用一組光線將物體的形狀投射在平面上。例我們在燈泡下玩投影遊戲。

投機（ㄊㄡˊ ㄐㄧ） ❶做事不盡全力，想辦法抓住機會得到好處。例求學必須腳踏實地，不可以投機取巧。❷意見相似，談話談得來。例我們一路上談得很投機。

投桃報李（ㄊㄡˊ ㄊㄠˊ ㄅㄠˋ ㄌㄧˇ） 你送我桃子，我回報你李子。比喻好朋友之間互相慰問送禮，表示感情很好。例昨天我借小美一枝筆，今天她投桃報李教我數學，我很感激她呢！

抓

手部　四畫

一 十 扌 扌 扌 扩 抓

ㄓㄨㄚ ❶用指甲搔：例抓癢。❷捕捉：例抓賊。❸用手或爪子拿取：例抓一把沙子、老鷹抓小雞。❹把握住：例抓重點、抓住機會。

ㄔㄨㄚ 抓子兒，一種兒童遊戲，把果核或石子放在手中，反覆擲接，在擲接當中還可做各種花樣，以不失手的取勝。

抓週（ㄓㄨㄚ ㄓㄡ） 我國一種傳統的禮俗，在嬰兒滿週歲（一歲）那天，擺出各式各樣的物品讓他去抓，據說從小孩抓的東西可以預測未來的志向、職業。

抓癢（ㄓㄨㄚ ㄧㄤˇ） 皮膚很癢，用手去抓。例蚊子叮他的腿，所以他用手去抓癢。

抓藥（ㄓㄨㄚ ㄧㄠˋ） 照著藥方買藥。例他帶著藥方到藥房抓藥。

抓破臉兒（ㄓㄨㄚ ㄆㄛˋ ㄌㄧㄢˇ ㄦ） 比喻公開吵架，感情破裂。

四畫

抒

手部 四畫

ㄕㄨ ❶表達：例各抒己見。❷發洩：例抒憤。❸解除：例抒難。

抒情 ㄕㄨ ㄑㄧㄥˊ 表達感情。

抒寫 ㄕㄨ ㄒㄧㄝˇ 敘述描寫。

抒情文 ㄕㄨ ㄑㄧㄥˊ ㄨㄣˊ 以表達感情為主要內容的文章。

抑

手部 四畫

ㄧˋ ❶向下按，阻止：例壓抑。❷文言文中表示選擇，有「還是」的意思：例他有事不來，抑或生病不能來？❸低沉：例抑揚頓挫。

參考 相似字：屈、或、壓。

抑制 ㄧˋ ㄓˋ 壓下去，控制。例他得知飛機失事的消息後，無法抑制住悲傷的放聲大哭。

抑強扶弱 ㄧˋ ㄑㄧㄤˊ ㄈㄨˊ ㄖㄨㄛˋ 壓抑強暴，幫助弱小。例我們應該抑強扶弱，見義勇為。

抑揚頓挫 ㄧˋ ㄧㄤˊ ㄉㄨㄣˋ ㄘㄨㄛˋ 形容聲音高低起伏，和諧有節奏。抑：低沉。揚：高起。頓、挫：停止。例他說話聲調抑揚頓挫，十分吸引人。

承

手部 四畫

ㄔㄥˊ ❶托著，接著：例承接。❷負責：例承擔。❸表示客氣的話，受到：例承蒙您的招待。❹接續：例繼承。❺姓：例承先生。

承蒙 ㄔㄥˊ ㄇㄥˊ 接受到，是表示客氣的話。例承蒙您熱情的招待，十分感激。

承認 ㄔㄥˊ ㄖㄣˋ 表示同情、認可。例只要你承認錯誤，其他的事都不用多說了。

承諾 ㄔㄥˊ ㄋㄨㄛˋ 答應別人做某事。例你去年對我的承諾，到現在都還沒有實現。

承擔 ㄔㄥˊ ㄉㄢ 負擔，擔當。例做錯事就必須承擔後果。

承辦 ㄔㄥˊ ㄅㄢˋ 接受辦理。例這件案子由法官承辦。

承先啟後 ㄔㄥˊ ㄒㄧㄢ ㄑㄧˇ ㄏㄡˋ 能繼承前代，並且啟發後代的。例張大千的畫風有承先啟後的功能。

參考 相似詞：承上啟下。

抔

手部 四畫

ㄆㄡˊ 用雙手捧東西：例一抔土。

拉

手部 五畫

ㄌㄚ ❶牽，挽：例拉車、拉手。❷使樂器發出聲音的動作：例拉小提琴。❸拖長，延長：例把時間拉長。❹幫助：例人家有困難，我們要拉他一把。❺排泄：例拉肚子。❻聯絡感情：例拉關係。❼切，割：例他用刀子把紙拉開了。❽不整潔，和「邋」意思相同：例拉遢。

參考 相似字：扯、牽、拽。

唱詩歌 拉大裾①，扯大裾，舅父門唱大戲。請閨女，喚女婿，小外甥兒亦要去。（山西）

註：①裾（ㄐㄩ）：衣服的領子。

拉丁 ㄌㄚ ㄉㄧㄥ 種族名。拉丁本指西元前兩百年到一百年間古羅馬的拉丁姆人，以後則稱拉丁語系的義大利、法蘭西、葡萄牙、西班牙等國人為拉丁族。

參考 活用詞：拉丁人、拉丁文、拉丁文化、拉丁美洲、拉丁字母。

拉扯 ㄌㄚ ㄔㄜˇ ❶拖著某人不讓他離開。例你快拉扯住他，別讓他跑了。❷撫養。例他父親很早就死了，全靠母親把他拉扯長大。❸幫助，提拔。❹牽扯到不相干的人。例這件事和他沒有關係，別拉扯上他。

拉風 ㄌㄚ ㄈㄥ 出風頭，引人注目。例他穿著奇裝異服逛街，自以為很拉風。

拉薩 ㄌㄚ ㄙㄚˋ 西藏前藏的首府。住在拉薩河北岸，地勢很高，有「世界屋頂城」之稱，是西藏政治、宗教中心，由達賴喇嘛負責管理。

拉斷 ㄌㄚ ㄉㄨㄢˋ 用手弄斷東西。

拉鏈 ㄌㄚ ㄌㄧㄢˋ 利用兩排齒狀的鍊條形製品，使東西（例如：衣服、皮包等）能夠分合的物品。

拉下臉 ㄌㄚ ㄒㄧㄚˋ ㄌㄧㄢˇ 不情願、不高興的樣子。例媽媽叫他去倒垃圾，他立刻拉下臉來。

拉交情 ㄌㄚ ㄐㄧㄠ ㄑㄧㄥˊ 聯絡感情。例他和董事長拉交情，希望能升遷。

參考 相似詞：攀交情。

拉肚子 ㄌㄚ ㄉㄨˋ ㄗ˙ 瀉肚子。例他吃了不乾淨的東西，一直拉肚子。

參考 相似詞：拉稀。

拌

手部 五畫

一 十 扌 扌 扌 扌 拌

ㄅㄢˋ ❶調和（水果或沙拉等）：例攪拌。❷爭吵：例拌嘴。

俏皮話 「小蔥拌豆腐——一清二白。」豆腐上灑一些蔥末，綠白相間，是不是很清楚？這句俏皮話是指生活清清白白，不求非分的財富。

拌嘴 ㄅㄢˋ ㄗㄨㄟˇ 爭吵。例你們都已經是老夫老妻了，還天天拌嘴！

拄

手部 五畫

一 十 扌 扌 扌 扌 拄

ㄓㄨˇ 用枴杖支撐身體：例爺爺拄著枴杖。

抿

手部 五畫

一 十 扌 扌 扌 扌 抿

ㄇㄧㄣˇ ❶輕輕的合攏：例抿嘴微笑。❷用嘴脣接觸液體，輕輕的喝一點：例抿了一口酒。❸刷，梳：例抿一抿頭髮。

拂

手部 五畫

一 十 扌 扌 扌 扌 拂 拂

ㄈㄨˊ ❶清除灰塵的用具：例拂塵。❷撣，抹拭：例拂拭、拂去灰塵。❸甩：例拂袖。❹輕輕的擦過：例春風拂面。❺違背，不順從：例拂逆。❻照顧：例照拂。

ㄅㄧˋ 幫助，通「弼」：例拂士。

參考 相似字：拭、抹。

拂拭 ㄈㄨˊ ㄕˋ 輕輕的拍打，除去灰塵等物。拭：擦的意思。例她拂拭著髮梢上的雨珠。

拂動 ㄈㄨˊ ㄉㄨㄥˋ 被風吹動。例陣陣的輕風拂動著柳樹。

拂曉 ㄈㄨˊ ㄒㄧㄠˇ 黎明。例他們在拂曉前出發。

抹

手部 五畫

一 十 扌 扌 扌 抹 抹

ㄇㄛˇ ❶塗：例塗抹、抹藥、抹油。❷擦：例抹眼淚、把桌子抹乾淨。❸擦拭物品的布塊：例抹布。❹去掉：例抹去零頭。❺放，拉：例抹下臉來。

ㄇㄛˋ ❶轉：例拐彎抹角。❷放上和好的泥、灰，再塗刷：例抹牆。

猜一猜 出身原來是富家，一敗貧窮穿破紗，多承嫂嫂來照顧，謝你油鹽醬醋茶。（猜一種用品）（答案：抹布）

俏皮話 「鞋底抹油——開溜。」鞋底抹上油會變滑溜溜的，可以加快逃跑的速度。這是指情況不太對，或是想逃避事情的俏皮話。例老鼠遇到貓，就得「鞋底抹油——開溜」，否則就沒命了。

抹粉 ㄇㄛˇ ㄈㄣˇ 在臉上擦粉的意思。

笑一笑 漆匠的女兒，天天忙著搽胭脂、抹白粉。漆匠很感慨的說：「妳的本事這麼大，為什麼不生成男的呢？」

抹殺 ㄇㄛˇ ㄕㄚ 勾銷，不承認某事的存在。例雖然妹妹考試不理想，但是不能抹殺她用功的事實。

參考 相似詞：抹煞。

抹下臉來 拉長了臉，翻臉。例他知道我想借錢，一見到我就立刻抹下臉來。

抹一鼻子灰 原想討好反而落個沒趣。例他本想奉承老闆一番，卻招來一陣數落，抹一鼻子灰。

拒

手部 五畫

一 十 扌 扌 扩 扩 拒 拒

ㄐㄩˋ ❶對抗不聽從：例抗拒。❷不接受：例拒絕。

參考 相似字：擋、抵、抗。

拒絕 不答應，不接受。例他拒絕了我的邀請。

拒馬器 戰時防守的工具，用木做成架子，上有橫木，長刀插入木中，刀刃向外，排列若干架，阻擋敵人。

招

手部 五畫

一 十 扌 扣 扣 扣 招 招

ㄓㄠ ❶舉起手，上下揮動叫人來：例招手。❷用考試或通知的方式使人來：例招考、招領。❸引來：例招蚊子。❹戲弄使人不高興：例招惹。❺承認罪過：例招認。❻辦法，手段：例絕招、花招。❼明顯的標幟：例招牌。❽姓：例招先生。

猜一猜 用手召集。（猜一字）（答案：招）

招考 用公開的方式招人來考試。例今年學校招考五百位新生。

招呼 ❶呼喚。例爸爸在遠處招呼我們。❷用語言或動作表示問候。例向熟人打招呼是我們應有的禮貌。❸吩咐。例領班招呼侍者端菜給大家。❹照顧。例醫院對病人招呼得很好。

招架 沒有能力對抗。例國軍的炮火猛烈攻擊，逼迫得敵人無法招架。

招待 對客人表示歡迎，並給他應有的服務。例如果有國外的客戶來訪，總經理會親自招待他們。

招展 飄動，搖動。例國旗迎風招展，好像和人打招呼。

招致 引起，招來。例隨便砍伐林木，將會招致土石流。

招降 號召敵人來投降。例梁山泊的好漢最後都接受官府的招降。

招領 用公開的方法叫丟掉東西的人來領回。例訓導處的布告欄貼出了失物招領的通知。

招搖 故意展示自己的能力、財富、美色，引人注目。例她穿紅抹綠，招搖的走過街頭。

招惹 ❶言語、行動引起是非、麻煩。例話不要亂說，以免招惹是非。❷用言語或行動冒犯別人，引起別人不高興。例他這個人是招惹不得的。

招募 從各方面去對外招收人員。例工廠待遇太差，招募不到工人。

招供 說出犯罪的事實。例犯人因為良心不安，最後終於招供了。

招攬 ❶招引顧客。例計程車司機在馬路上任意招攬乘客，導致交通混亂。❷吸收人才。例公司目前正在招攬廣告人才。

招兵買馬 從各方面招收人力或武器；比喻擴大組織的力量。例政府在抗戰期間招兵買馬壯大軍勢。

披

手部 五畫

一 十 扌 扌 扩 扩 披 披

ㄆㄧ ❶明白表示：例報紙披露這件招標案的內幕。❷打開，散開：例披覽、披頭散髮。❸排除：例披荊斬棘。❹不將衣服穿起來，而搭蓋在肩背上：例披著大衣。

參考 相似字：穿、覆、戴。

古人說 「外披羊毛，內藏狼心。」羊代表和善，狼心是狠心。這句話是說：外表假裝和善，實際上是個殘忍兇惡的人。例有些人是「外披羊毛，內藏狼心」，專門騙小孩子的，可要當心啊！

披衣 不將衣服穿起來，而搭蓋在肩背上。例他披衣站在雨中淋雨，結果生病了。

披垂 ㄆㄧ ㄔㄨㄟˊ　垂下來。例那女孩美麗的長髮披垂在肩上。

披掛 ㄆㄧ ㄍㄨㄚˋ　❶把衣服披在身上。例不要披掛著外衣就到處亂逛。❷穿戴。例士兵們全副武裝披掛上陣。

披星戴月 ㄆㄧ ㄒㄧㄥ ㄉㄞˋ ㄩㄝˋ　身上披著星星，頭上頂著月亮。形容早出晚歸，辛勤勞累；或日夜趕路，旅途勞累的樣子。例他為了能及時到達目的地，披星戴月的趕路。

披麻戴孝 ㄆㄧ ㄇㄚˊ ㄉㄞˋ ㄒㄧㄠˋ　親人死時所穿戴的衣物。麻：喪服的一種。孝：居喪時所穿的素服。例父母死時要披麻戴孝，盡到做子女的孝心。

披頭散髮 ㄆㄧ ㄊㄡˊ ㄙㄢˋ ㄈㄚˇ　頭髮亂七八糟。例她披頭散髮像個瘋子。

拓

手部　五畫

一 十 扌 扌 扩 扩 拓 拓

ㄊㄨㄛˋ ❶擴充：例拓展。❷開墾：例拓荒。

ㄊㄚˋ 用紙和墨將石器或器物上的字或圖形印下來，同「搨」：例拓本、拓印。

猜一猜　手上有石。（猜一字）（答案：拓）

拓印 ㄊㄚˋ ㄧㄣˋ　把石碑或是器物上的文字或圖形印在紙上。例從石碑拓印下來的字，可以作為我們習字的字帖。

拓荒 ㄊㄨㄛˋ ㄏㄨㄤ　開墾荒地。例他要到邊疆地區去拓荒。

拓展 ㄊㄨㄛˋ ㄓㄢˇ　擴充推廣。例他將公司的業務拓展到國外。

拓邊 ㄊㄨㄛˋ ㄅㄧㄢ　把偏遠的荒地，變成適合居住的地方。例拓邊的工作是非常辛苦的。

拔

手部　五畫

一 十 扌 扌 扌 扐 拔 拔

ㄅㄚˊ ❶把東西拉抽出來：例拔草、拔劍。❷吸出：例拔毒。❸挑選：例選拔。❹超出，高出：例這座山海拔三千公尺。❺攻取：例連拔五城。❻動搖：例牢不可拔。

古人說　「拔一顆釘子，倒了一堵牆。」這句話是說：釘子拔了沒有多大用處，反而損壞了牆壁。比喻為了一點小利，反而引起大的損失。例他想貪圖小便宜，結果是「拔一顆釘子，倒了一堵牆」，連老本都賠進去了。

拔河 ㄅㄚˊ ㄏㄜˊ　用繩子拚力氣的遊戲。在地上畫兩條平行線假裝是河的兩邊界限，由人數相同的兩隊，分別握住長繩子的一邊。雙方同時用力拉繩子，把繩子中間綁的記號拉過河界就勝了。

拔除 ㄅㄚˊ ㄔㄨˊ　把東西拔掉、除去。除：是去掉的意思。例拔除田裡的雜草，農作物就會長得好。

拋

手部　五畫

一 十 扌 扌 扐 抛 拋

ㄆㄠ ❶扔，丟高：例拋球。❷丟下，捨棄：例拋頭顱灑熱血。

參考　相似字：投、擲、棄。

拋棄 ㄆㄠ ㄑㄧˋ　扔掉不要。例他為了能夠和心愛的人結婚，寧願拋棄所有的財產。

拋頭露面 ㄆㄠ ㄊㄡˊ ㄌㄨˋ ㄇㄧㄢˋ　以前是指婦女出現在大庭廣眾前，現在指公開露面。例為了維持生計，她拋頭露面的沿街叫賣。

拋磚引玉 ㄆㄠ ㄓㄨㄢ ㄧㄣˇ ㄩˋ　比喻用粗淺的、不成熟的意見引出別人高明的、成熟的意見。例他在義賣活動中拋磚引玉，先花十萬元買一幅字畫。

拈

手部　五畫

一 十 扌 扌 扌 扑 拈 拈

ㄋㄧㄢ 用手指持取東西：例拈花。

ㄋㄧㄢˇ 同「捻」，用手指頭揉搓：例拈線。

拈花惹草 ㄋㄧㄢ ㄏㄨㄚ ㄖㄜˇ ㄘㄠˇ　指男性到處風流、留情。

抨

手部　五畫

一 十 扌 扌 扌 扩 抨

ㄆㄥ 用言語或文字攻擊他人的錯誤：例抨

四畫

擊。

參考 請注意：坪、評、秤、怦、抨、砰的讀音及用法：「坪」(ㄆㄧㄥˊ)是寬廣的土地，例如：草坪。「評」(ㄆㄧㄥˊ)是議論事情的好壞，例如：影評、評論。「秤」有二種讀法：用來計算物體輕重的器具叫天秤(ㄆㄧㄥˊ)；秤(ㄔㄥˋ)是動詞，例如：把東西拿到天秤上秤(ㄔㄥˋ)一秤。「怦」(ㄆㄥ)是心動的意思，例如：怦然心動。「抨」(ㄆㄥ)有攻擊、指責的意思，例如：抨擊。「砰」(ㄆㄥ)是形容聲音的字，例如：砰砰的槍聲、砰砰的敲門聲。

抨擊 ㄆㄥ ㄐㄧˊ 用言語、文字攻擊別人的錯誤。

抽 手部 五畫

ㄔㄡ ❶把夾在中間的東西取出來：例抽出。❷吸進或引出：例抽菸、抽水。❸打：例用鞭子抽馬。❹長出：例小樹抽芽了。❺從全部中取出一部分：例抽查。❻收縮：例抽筋、這種布一洗就抽。❼脫開：例及早抽身。

猜一猜 一舉手撈去油水。（猜一字）（答案：抽）

抽空 ㄔㄡ ㄎㄨㄥˋ 找出空閒的時間。例這部電影不錯，你可以抽空去看看。

抽芽 ㄔㄡ ㄧㄚˊ 植物長出新芽。例春天一到，樹木都抽芽了。

抽查 ㄔㄡ ㄔㄚˊ 從中取出一部分檢查。例學校常常抽查作業。

抽屜 ㄔㄡ ㄊㄧˋ 桌子或櫃子中可以抽拉、盛放東西的地方。例他的抽屜太亂了，東西都找不到。

抽象 ㄔㄡ ㄒㄧㄤˋ 和具體的意思相反：指從許多事物中抽取歸類出的觀念，是一種比較大概性的狀況。例抽象畫常常讓人看不出所畫的物品到底是什麼東西。例數字是一種抽象的概念。例老師說得太抽象，我聽不懂。

抽筋 ㄔㄡ ㄐㄧㄣ ❶筋肉突然作不正常的收縮，產生疼痛。例游泳前要先作暖身運動，才不會抽筋。❷把筋抽除，古時候有此酷刑。現在用來比喻「重罰」。例小弟再頑皮，爸爸說要對他剝皮抽筋。

抽菸 ㄔㄡ ㄧㄢ 吸菸。例在醫院禁止抽菸。

唱詩歌 本來不抽煙的地球，一定有什麼苦惱事，煙癮才會變得這麼大。大大小小的鼻孔，有些吐白煙，有些吐黑煙，弄髒了天空的藍衣裳，遮去了耀眼的星光，難怪天空老是皺眉頭。（馮俊明）

抽噎 ㄔㄡ ㄧㄝ 上氣不接下氣，斷斷續續的哭。例妹妹大哭一場之後，抽抽噎噎的說不出話來。

參考 相似詞：抽抽搭搭。

抽籤 ㄔㄡ ㄑㄧㄢ ❶迷信的人所用的求神問卜的方法。例奶奶為爸爸的生意到廟裡去抽籤。❷憑機會決定權利或義務屬於誰的一種方法。例我們抽籤決定誰當值日生。

抽水機 ㄔㄡ ㄕㄨㄟˇ ㄐㄧ 把低處的水送到高處的一種機器。

押 手部 五畫

ㄧㄚ ❶把財物交給對方作為保證：例押金。❷暫時把人扣留，不准自由行動：例拘押在看守所。❸跟隨照料、看管：例押送。❹在公文或契約上簽字、作記號，表示證據：例畫押。

參考 相似字：拘、扣、質。

押金 ㄧㄚ ㄐㄧㄣ 扣留下來作保證的錢。例租這間房間要付五仟元押金。

押韻 ㄧㄚ ㄩㄣˋ 在詩歌的句尾相同的聲韻。也叫作「壓韻」。例你能找出這首詩裡押韻的字嗎？

拐 手部 五畫

ㄍㄨㄞˇ ❶扶著走路用的棍子，通「柺」：例拐杖。❷用欺騙的方法弄走：例拐騙小孩。❸轉彎：例拐個彎就到了。❹腳有毛病，走路不穩：例他走起路來一拐一拐的。

拐角 ㄍㄨㄞˇ ㄐㄧㄠˇ 街角轉彎的地方。例這條街的拐角有一家雜貨店。

參考 相似詞：拐彎。

拐杖 ㄍㄨㄞˇ ㄓㄤˋ 扶著走路用的棍子。

拐騙 ㄍㄨㄞˇ ㄆㄧㄢˋ 用欺騙的手段把人或財物弄走。例他是專門拐騙小孩的壞人。

拐彎抹角 ㄍㄨㄞˇ ㄨㄢ ㄇㄛˇ ㄐㄧㄠˇ ❶沿著彎彎曲曲的路走。❷比喻說話、作文不直接。例他說話拐彎抹角，聽了很不舒服。

動動腦 上面和下面的成語，那些詞義相反，用線連起來。

❶逍遙法外． ．ㄅ孤陋寡聞
❷雪中送炭． ．ㄆ旗鼓相當
❸喜氣洋洋． ．ㄇ拐彎抹角
❹見多識廣． ．ㄈ天網恢恢
❺雅俗共賞． ．ㄉ嬌小玲瓏
❻開門見山． ．ㄊ錦上添花
❼寡不敵眾． ．ㄋ怒氣沖沖
❽碩大無朋． ．ㄌ曲高和寡

（答案：❶ㄈ。❷ㄊ。❸ㄋ。❹ㄅ。❺ㄌ。❻ㄇ。❼ㄆ。❽ㄉ。）

拙

手部 五畫

一 十 扌 扌 扌 扌 拙 拙

ㄓㄨㄛˊ ❶笨，不靈巧：例笨拙、拙手。❷謙稱自己：例拙作、拙見。

參考 相似字：笨、呆。

猜一猜 手伸出來。（猜一字）（答案：拙）

拙劣 ㄓㄨㄛˊ ㄌㄧㄝˋ 粗糙而低劣。劣：不好的。例這座塑像的雕刻十分拙劣。

拙見 ㄓㄨㄛˊ ㄐㄧㄢˋ 謙稱自己的意見、見解低劣。

拙作 ㄓㄨㄛˊ ㄗㄨㄛˋ 謙稱自己的作品。

拙荊 ㄓㄨㄛˊ ㄐㄧㄥ 對人謙稱自己的太太，也可以說成拙內、拙妻。

拇

手部 五畫

一 十 扌 扌 扣 拇 拇 拇

ㄇㄨˇ 手、腳的大指頭。例大拇指。

拇指 ㄇㄨˇ ㄓˇ 手和腳的第一個指頭，也叫大拇指。

拍

手部 五畫

一 十 扌 扌 扌 拍 拍 拍

ㄆㄞ ❶用手掌打：例拍手、拍球。❷可以拿來拍打的東西：例球拍。❸表示音樂強弱的單位：例拍子。❹照相：例拍照。❺把電報發送出去：例拍電報。

古人說 「馬屁拍到馬腿上。」這是指人拍馬屁沒得到別人的歡心，反而自討沒趣。例他對她馬屁沒拍成，拍到馬腿上了。

唱詩歌 拍一拍，蹦一蹦，小皮球，疼不疼？小皮球，笑盈盈：只要娃娃心喜歡，不疼不疼我不疼！

拍手 ㄆㄞ ㄕㄡˇ 就是鼓掌。兩手的手掌不斷的碰在一起，發出聲音，表示歡迎或贊成的意思。

拍案 ㄆㄞ ㄢˋ 用手拍桌子。是人在情緒激動時的一種行為，表示非常的生氣或讚賞。例這場演講太精彩了，大家都拍案叫好。

拍照 ㄆㄞ ㄓㄠˋ 就是照相的意思。例妹妹拍照時，最愛扮鬼臉了。

參考 相似詞：拍攝。

拍攝 ㄆㄞ ㄕㄜˋ 用照相機或攝影機捕捉影像。攝：就是捕捉的意思。例畢業時，學校特地請了攝影師來為我們拍攝照片。

抵

手部 五畫

一 十 扌 扌 扌 抵 抵 抵

ㄉㄧˇ ❶支撐：例用手抵著下巴。❷反抗：例抵抗。❸賠償：例抵償。❹互不相欠：例抵消。❺分量夠，能充當、代替：例一個抵兩個用。❻到達：例抵達。❼大略，大概：例大抵。

抵抗 ㄉㄧˇ ㄎㄤˋ 用力量破壞敵人的攻擊。例全球人士應該合力抵抗恐怖分子的攻擊。

抵制 ㄉㄧˇ ㄓˋ 採取行動對抗、不合作。例我們對於製造公害汙染的工廠要加以抵制。

抵達 ㄉㄧˇ ㄉㄚˊ 到達。例當我們抵達戲劇院，節目已經開始表演了。

抵賴 ㄉㄧˇ ㄌㄞˋ 不承認說過的話或做過的事。

抵禦 ㄉㄧˇ ㄩˋ 抵抗外來的欺負。例我們應該同心協力抵禦外來的侵略。

抵觸 ㄉㄧˇ ㄔㄨˋ ❶抵拒觸犯。❷矛盾衝突。例他的話前後抵觸。

抵抗力 ㄉㄧˇ ㄎㄤˋ ㄌㄧˋ 抵抗病菌或病毒在體內發病的能力。例抵抗力弱的人容易感冒。

拚

手部 五畫

一 十 扌 扌 扌 扌 拚 拚

ㄆㄢˋ ❶捨棄，不顧：例拚命。❷爭鬥：例拚個你死我活。

拚命 ㄆㄢˋ ㄇㄧㄥˋ 不顧生命去做。例他為國而效死拚命。

抱

手部 五畫

一 十 扌 扌 扌 扌 抱 抱

ㄅㄠˋ ❶用手臂圍住：例環抱。❷心裡想著：例抱著試試看的態度。❸環繞：例山環水抱。❹孵：例抱窩、抱小雞。

參考 相似字：擁。♣請注意：「抱」和「摟」都有圍繞的意思。「抱」除了這個意思外，還有舉起的意思，例如：「抱娃娃」不用「摟娃娃」。

俏皮話 「抱元寶跳水——死要錢。」一個人要跳水自殺，就應該是什麼都不顧了；如果一個人還「抱元寶跳水」，那就是「死要錢」。比喻一個人視錢如命，一毛不拔，是個守財奴。

抱怨 ㄅㄠˋ ㄩㄢˋ 心裡對某事或者某人不滿意而且不停的責備。例這本來就是我的錯，不能抱怨別人。

參考 相似詞：埋（ㄇㄞˊ）怨。

抱負 ㄅㄠˋ ㄈㄨˋ 志向和願望。例他的抱負和現實世界不符合，我想很難實現。

抱歉 ㄅㄠˋ ㄑㄧㄢˋ 在某一件事情上對別人覺得過意不去，心中不安。例沒有照你的話去做，我覺得很抱歉。

參考 請注意：「抱歉」和「道歉」都有對不起的意思，但是仍有差別：「抱歉」是一種心理的狀態，有時候留在心裡，有時會說出來；「道歉」是表示用言語、行動向別人認錯、賠禮，來表達自己的歉意。

笑一笑 小明：「我是特地來跟你要上次借你的那本書。」小華：「真抱歉！書被我的朋友借去看，他又借給了別人，到現在還沒還我呢！」小明：「糟糕了！借我書的人，別人正要向他要回去呢！」

拘

手部 五畫

一 十 扌 扌 扌 拘 拘 拘

ㄐㄩ ❶捉拿：例拘捕。❷顧忌：例不拘小節。❸囚禁：例拘禁。❹不變通、不靈敏的樣子：例拘泥（ㄋㄧˋ）。❺約束，限制：例不拘形式、多寡不拘。

參考 捕、捉、押。

拘押 ㄐㄩ ㄧㄚ 拘禁；被扣留關起來。押：扣留。例警察將犯人拘押在看守所裡。

拘泥 ㄐㄩ ㄋㄧˋ 對於事物不知道變通。泥：不知變通。例讀書不要太拘泥字義。要懂得變通。

參考 相似詞：固執、執著。

拘限 ㄐㄩ ㄒㄧㄢˋ 拘束限制。例做義工的年齡沒有拘限。

拘留 ㄐㄩ ㄌㄧㄡˊ 對那些違反規定的人，在短期內限制他的行動自由。例他因為賭博被拘留，相當的後悔。

拘捕 ㄐㄩ ㄅㄨˇ 捉捕犯人。例被拘補的犯人看起來沒有改過的樣子。

參考 相似詞：逮捕。

拘禮 ㄐㄩ ㄌㄧˇ 被禮節約束。例大家都熟識，沒什麼好拘禮的。

拖

手部 五畫

一 十 扌 扌 扌 扌 拖 拖

ㄊㄨㄛ ❶拉著東西使它緊靠著地面或另一個東西的表面移動：例爸爸拖著沉重的腳步回家。❷延長時間：例拖延。❸垂在後面：例小狗拖著尾巴到處跑。

參考 請注意：「拖」與「托」都讀為ㄊㄨㄛ，字形也很接近，但在用法上有很大的差別：「拖」是拉著東西使它前進，「托」是把東西向上推，所以「拖地」不能夠寫成「托地」。

俏皮話 「老鼠拖秤砣——自塞門路。」秤砣（ㄊㄨㄛˊ）和老鼠洞差不多大，如果「老鼠拖秤砣」，那不是「自塞門路」嗎？比喻把自己孤立起來。

拖車 ㄊㄨㄛ ㄔㄜ 被拉著走的車輛，通常是指被汽車、電車等牽拉的車輛。

拖宕 ㄊㄨㄛ ㄉㄤˋ 拖延。宕：拖延時間。例凡事喜歡拖宕的人，最後總是一事無成。

拖延 ㄊㄨㄛ ㄧㄢˊ 把時間延長，不肯立刻去做。例「今日事今日畢」，今天該做的事情，絕對不要拖延到明天。

拖累 ㄊㄨㄛ ㄌㄟˋ 連累別人一起受害。例選擇朋友不小心，就很容易被拖累。

拖泥帶水 ㄊㄨㄛ ㄋㄧˊ ㄉㄞˋ ㄕㄨㄟˇ 比喻說話或做事情不乾脆、不俐落。例他做事總喜歡拖泥帶水，不肯直接完成。

拗

一 十 扌 扌 扌 扐 拗 拗

手部 五畫

ㄠˋ ❶固執，不順從：例執拗、拗脾氣、拗口。❷反抗：例你和他拗些什麼？

ㄋㄧㄡˋ 不順從：例他的脾氣真拗。

ㄠˇ 折：例拗花。

拗口令 ㄠˋ ㄎㄡˇ ㄌㄧㄥˋ 念起來很不順口很容易念錯的句子，可以用來矯正發音。通常是聲音相近的字所編成的。例「非揮發性化學花卉肥料」就是拗口令。

參考 相似詞：繞口令、急口令。

拗不過 ㄠˋ ㄅㄨˋ ㄍㄨㄛˋ 無法不順從，無法改變。通常是指無法不順從對方的好意。例我拗不過他的邀請，只好答應參加宴會。

拆

一 十 扌 扌 扩 扩 拆 拆

手部 五畫

ㄔㄞ ❶把合在一起的東西分開：例拆信、拆開。❷毀壞：例拆房子、拆除。

猜一猜 拆信。（猜中國一地名）（答案：開封）

拆穿 ㄔㄞ ㄔㄨㄢ 說出真相或實情。例你的謊話已經被拆穿了。

參考 相似詞：揭穿、揭露。

拆除 ㄔㄞ ㄔㄨˊ 把東西拆掉。例政府已經決定要拆除違章建築。

拆散 ㄔㄞ ㄙㄢˋ 分散。例九二一大地震拆散了許多家庭。

拆開 ㄔㄞ ㄎㄞ 打開包裝。

拆臺 ㄔㄞ ㄊㄞˊ 故意在中間搗亂、破壞。

拆夥 ㄔㄞ ㄏㄨㄛˇ 一起合作的人不再合作。例這個合唱團早就拆夥了。

拆閱 ㄔㄞ ㄩㄝˋ 拆開信封，閱讀裡面的信件。

抬

一 十 扌 扌 扌 抬 抬 抬

手部 五畫

ㄊㄞˊ ❶舉起，仰起：例抬手、抬頭。❷用手或肩膀搬東西：例抬桌子。❸提高：例抬價。

參考 請注意：「抬」的異體字是「擡」。

俏皮話 「花轎抬人——人抬人。」轎子是以前的一種交通工具，乘客坐在裡面，由轎夫抬著轎子行走。抬有稱讚、誇獎的意思，這句話是指兩個人互相稱讚、誇獎。

唱詩歌 又會哭，又會笑，三隻黃狗來抬轎，一抬抬到城隍廟，城隍菩薩看見哈哈笑。（浙江）

抬槓 ㄊㄞˊ ㄍㄤˋ 爭辯。例一群人正在抬槓是先有雞蛋還是先有雞。

抬頭 ㄊㄞˊ ㄊㄡˊ ❶仰頭。例走路時要抬頭挺胸。❷書信或公文遇到尊稱時，另起一行或空一格書寫。❸受到壓制的人或事得到伸展。例現在是民主意識抬頭的時候了。

抬舉 ㄊㄞˊ ㄐㄩˇ　提拔，獎勵。例你要我擔任這個工作，實在是太抬舉我了。

拎　手部 五畫

ㄌㄧㄥ　用手提著：例拎著菜籃。

拜　手部 五畫

ㄅㄞˋ　❶低頭拱手行禮，或是跪地行禮的禮節：例跪拜。❷祝賀：例拜年、拜壽。❸擔任某種職務：例官拜將軍。❹互相訪問：例回拜。❺姓：例拜先生。

唱詩歌　月亮光光，騎馬燒香，東也拜，西也拜，拜望明年好世界。（湖北）

拜年 ㄅㄞˋ ㄋㄧㄢˊ　過年時互相行禮慶賀的禮俗。

猜一猜　黃鼠狼給雞拜年。（猜一句俗語）（答案：沒安好心）

拜拜 ㄅㄞˋ ㄅㄞˋ　❶福建南部、臺灣地區在節日或神佛的生日那天，舉行熱鬧的迎神活動，請親朋好友到家中吃喝一頓。例每到大拜拜，交通就阻塞。❷英語的「再見」。例拜拜！我要回家了！

拜託 ㄅㄞˋ ㄊㄨㄛ　❶把事情交代他人照顧。例姊姊上臺北前，拜託我幫忙照顧她養的小狗。❷請人幫忙或辦事的客氣話。例拜託！請投我一票。

拜訪 ㄅㄞˋ ㄈㄤˇ　去探望他人的客氣話。例好久沒看見你，特地來拜訪一下。

拊　手部 五畫

ㄈㄨˇ　❶用手輕拍：例拊手。❷撫慰，通「撫」。

拊我畜我 ㄈㄨˇ ㄨㄛˇ ㄒㄩˋ ㄨㄛˇ　指父母撫養子女的恩惠廣大。拊：撫慰。畜：養育。

拊掌大笑 ㄈㄨˇ ㄓㄤˇ ㄉㄚˋ ㄒㄧㄠˋ　高興的拍手大笑。

挖　手部 六畫

ㄨㄚ　❶用手或工具向深處取得東西：例挖洞。❷耳挖子，一種用來掏耳垢的器具。

挖苦 ㄨㄚ ㄎㄨˇ　用難聽的話來諷刺別人，使人不好受。例他對天發誓要戒賭，卻又和人打賭會贏，被太太挖苦一番，好不慚愧。

挖掘 ㄨㄚ ㄐㄩㄝˊ　❶把埋在泥土中的東西翻出來。例考古隊在臺東挖掘出許多古代的石器。❷發現有才能的人。例想要挖掘人才，不妨多向別人探聽。

挖肉補瘡 ㄨㄚ ㄖㄡˋ ㄅㄨˇ ㄔㄨㄤ　比喻只管眼前的緊急事，卻不考量以後的情形。瘡：皮膚潰爛。例你把下個月的生活費拿來用，豈不是挖肉補瘡，無法解決問題嗎？

參考　相似詞：剜肉補瘡。

挖空心思 ㄨㄚ ㄎㄨㄥ ㄒㄧㄣ ㄙ　用盡一切心思。例化裝舞會當天，大家挖空心思的想出各種造型，十分有趣。

按　手部 六畫

ㄢˋ　❶用手或指往下壓：例按電鈴。❷止住，擱下：例按下不提、按兵不動。❸壓制某種感覺：例按不住心頭怒火。❹依照：例按時。❺給書或文章做說明或評論：例按語、編者按。

參考　相似字：壓、照、擱。

古人說　「牛不喝水，按不得牛低頭。」這句話是說：一個人如果不願意去做的事，別人也沒有辦法強迫他。例「牛不喝水，按不得牛低頭」，你再怎樣強迫我，我還是不願跟你合作。

按捺 ㄢˋ ㄋㄚˋ　沒有方法忍住。捺：停止。例他無法按捺住一顆興奮的心。

參考　請注意：「按捺」也可以寫作「按納」，但是「捺」字不可以寫成「奈」。

按時 ㄢˋ ㄕˊ　依照一定的時間。例按時作息才能保持身體健康。

按期 ㄢˋ ㄑㄧˊ　照著一定的時間或期限。例向圖書館借書，要按期歸還。

按照（ㄢˋ ㄓㄠˋ） 根據，依照。例按照預定的計畫完成任務。

按兵不動（ㄢˋ ㄅㄧㄥ ㄅㄨˋ ㄉㄨㄥˋ） 軍隊暫時不行動，等待適當機會再安排。例將軍現在按兵不動，是為了讓士兵好好休息，等待全力反攻。

按部就班（ㄢˋ ㄅㄨˋ ㄐㄧㄡˋ ㄅㄢ） 照著一定的條理和順序做事；比喻做事有計畫、有條理。例讀書應該按部就班，不可太急，基礎才會穩固。

參考 請注意：按「部」就班不可寫成按「步」就班。

拽

手部 六畫

ㄓㄨㄞˋ ❶拉，扯：例把門拽上、拽著衣角不放。❷用力拋出去：例把球拽出去。❸胳臂有毛病或受了傷，不能伸動：例拽胳臂兒。❹拖拉：例拽車。❺牽引：例拽滿弓。

拭

手部 六畫

ㄕˋ 擦，抹：例拭去灰塵。

參考 相似字：拂、擦。

拭目以待（ㄕˋ ㄇㄨˋ ㄧˇ ㄉㄞˋ） 擦亮眼睛以便察看清楚；比喻期待某件事情成功的結果。

持

手部 六畫

ㄔˊ ❶拿，握：例持槍。❷固守舊的事物：例維持。❸幫助：例扶持。❹管理：例操持家務。❺對抗：例相持不下。

參考 相似字：拿、握、持。

持久（ㄔˊ ㄐㄧㄡˇ） 長久保持而不改變。例要有好成績，一定要持久努力的讀書。

持續（ㄔˊ ㄒㄩˋ） 連續不斷。例細雨持續的下著。

參考 請注意：「持續」和「繼續」都有接連、延續的意思，但是「持續」是指動作、行為或某一件事情不停的做下去；「繼續」是連下去、延長下去，但中間可以間斷也可以不間斷。

持之以恆（ㄔˊ ㄓ ㄧˇ ㄏㄥˊ） 有恆心的堅持下去。例龜兔賽跑中，烏龜持之以恆，所以贏得比賽。

拮

手部 六畫

ㄐㄧㄝˊ 錢財不夠用：例拮据。

拮据（ㄐㄧㄝˊ ㄐㄩ） 錢不夠用。例我目前經濟拮据，怎麼可能有錢借你？

拯

手部 六畫

ㄓㄥˇ 救，援助：例拯救。

參考 相似字：救。

拯救（ㄓㄥˇ ㄐㄧㄡˋ） 援救。例警方加派了人力到山區拯救遇難的旅客。

指

手部 六畫

ㄓˇ ❶手掌前端分叉，可以拿東西的部位：例食指。❷對著，向著：例時針指著八點、指東說西。❸點明，使人知道：例指引、指示。❹依靠，仰仗：例指靠、指望。❺斥責：例指責。❻直立起來：例令人髮指。

指引（ㄓˇ ㄧㄣˇ） 指導牽引的意思。例受過特殊訓練的狗，可以指引盲人上街。

指令（ㄓˇ ㄌㄧㄥˋ） 指示和命令。例軍隊裡的指令一發出，就不能再收回。例他不能按照老師的指令做動作。

指示（ㄓˇ ㄕˋ） ❶用手指著物品給別人看。例山中有很多標記，指示我們如何上山。❷長官對屬下說明處理事情的方法。例士兵必須服從將領的指示。

指甲（ㄓˇ ㄐㄧㄚˇ） 手指或腳趾尖上所生的角質物。

指紋 ㄓˇ ㄨㄣˊ 人類手指頭最上方的內側所形成的紋路。例每個人的指紋都不一樣。

笑一笑 有個小偷得了急病，需要立刻開刀。當他被推進手術房，看到醫生戴著手套，很緊張的問：「醫生，你是不是也怕留下指紋啊？」

指望 ㄓˇ ㄨㄤˋ 希望。例父母養育子女，莫不指望孩子以後能成大器。

指揮 ㄓˇ ㄏㄨㄟ ❶發布命令，調度人員。例蓋房子時，必須有工程師指揮工作。❷領導整個樂團或合唱團表演的人。例他是交響樂團的指揮。

指摘 ㄓˇ ㄓㄞ 指出缺點和錯誤。例我們要有寬大的心胸接受別人的指摘。

指導 ㄓˇ ㄉㄠˇ 指示教導。例課業上有不懂的問題，一定要請老師加以指導。

指頭 ㄓˇ ㄊㄡˊ 手指。

指點 ㄓˇ ㄉㄧㄢˇ 指示給人看。例求學問如果遇到困難，必須請老師加以指點。

指南針 ㄓˇ ㄋㄢˊ ㄓㄣ 利用可以轉動的磁針製成測定方向的儀器。例指南針是中國古代偉大的發明。

猜一猜 沒眼有眼力，不問東和西，帶它走四海，方向永不迷。（猜一物品）（答案：指南針）

指導有方 ㄓˇ ㄉㄠˇ ㄧㄡˇ ㄈㄤ 指引教導別人很有方法。方：方法。例小華認為他作文比賽會得第一名，完全是因為他媽媽的指導有方。

拱

手部 六畫

一 十 扌 扌 扌 扌 拱 拱 拱

ㄍㄨㄥˇ ❶兩手合抱，手臂前半部往上舉，表示敬意：例拱手。❷環抱，圍繞：例眾星拱月。❸身體彎成弧形或是弧形的建築物：例拱腰、拱橋。❹推，頂：例苗兒拱出土。

參考 相似字：彎、護。

拱手 ㄍㄨㄥˇ ㄕㄡˇ 兩手合抱，手臂前半部往上舉，古人常用這種姿勢表示敬意。

猜一猜 拱手讓人。（猜一字）（答案：共）

唱詩歌 鑼鼓敲，好熱鬧，大紅燈籠掛得高；拱拱手，彎彎腰，見人拜年滿口笑。（芮家智編）

拱衛 ㄍㄨㄥˇ ㄨㄟˋ 環繞在周圍保護著。例那條大河拱衛著京城。

拱橋 ㄍㄨㄥˇ ㄑㄧㄠˊ 圓拱形的橋梁。因為拱橋的建法特殊，橋面必須承受很大的壓力，因此製造前必須精確計算，同時必須採用抗壓性能良好的建材來建造。

拷

手部 六畫

一 十 扌 扌 扌 扌 拷 拷 拷

ㄎㄠˇ 用板子、棍子來打：例拷打、拷問。

拷貝 ㄎㄠˇ ㄅㄟˋ 是英語（copy）的音譯，凡是複製、影印的文件副本都可稱為拷貝。

拷問 ㄎㄠˇ ㄨㄣˋ 對犯人用刑，逼他說出真相。

拳

手部 六畫

丶 丷 丷 丷 龹 龹 拳 拳 拳 拳

ㄑㄩㄢˊ ❶屈指向掌心握攏：例拳頭、握拳。❷彎曲：例拳曲。❸一種徒手的武術：例太極拳。

參考 請注意：「拳」是五指合攏；「豢（ㄏㄨㄢˋ）」有飼養的意思。

猜一猜 國術比賽。（猜一句成語）（答案：拳腳交加）

古人說 「拳不離手，曲不離口。」這句話是說：做事要有恆心，對已經學到的技術，例如：打拳、唱歌，仍然要經常練習，以免忘記，同時使技術更好。例想彈好琴那可要「拳不離手，曲不離口」，天天練習才會進步。

笑一笑 有人問中量級拳王魯賓遜怎麼會做起拳師來？他說：「有一天，我看著兩隻手——發現兩隻手都沒錢！」

拳曲 ㄑㄩㄢˊ ㄑㄩ 彎曲伸不直的樣子。例他冷得將身體拳曲在一起。

拳頭 ㄑㄩㄢˊ ㄊㄡˊ 手指向內彎曲合攏的手。例他拳頭握得緊緊的想打人。

笑一笑 相傳有個兒子才從京城回來，開口閉口都說京城好。這天晚上，月色明亮，父子在月下同行。父親說：「今晚月色真好。」他兒子馬上插嘴：「這月亮有什麼好？京城的要比這好得多呢！」父親氣得大罵說：「天上月亮只有一個，分什麼好壞！」說著，照兒子的臉一拳打去。兒子挨了一拳，邊哭邊叫：「誰希罕你這拳頭，京城的拳頭要比你的拳頭好得多呢！」

挈

手部 六畫

ㄑㄧㄝˋ ❶提，舉：例提綱挈領。❷帶，領：例挈帶、扶老挈幼。

挈領 ㄑㄧㄝˋ ㄌㄧㄥˇ 提起衣領；比喻抓住要點。例寫報告要懂得抓住挈領。

括

手部 六畫

ㄍㄨㄚ ❶包含：例包括、總括。❷搜求：例搜括。

ㄎㄨㄛˋ 靠近肛門、尿道等排泄器官：例括約肌。

參考 請注意：「括」有包含的意思，例如：概括、總括、包括。「刮」有將表面削除的意思，例如：刮除、刮鬍子。

括弧 ㄍㄨㄚ ㄏㄨˊ ❶把兩個以上的項或數括在一起，成為一項或是一數所用的符號。例如：(4×5)的( )。❷標點符號之一，用來表示附注的符號，又稱「夾注號」。

參考 相似詞：括號。

拾

手部 六畫

ㄕˊ ❶撿取：例小明把紙屑拾起來。❷收集，整理：例收拾。❸數字的名稱，也就是「十」的大寫：例拾元。

ㄕㄜˋ 由臺階的下級向上走：例拾級。

拾遺 ㄕˊ ㄧˊ 撿到別人遺失的東西。路不拾遺：在路上撿到別人的東西，不當作自己的。例能做到夜不閉戶、路不拾遺，才是一個真正安和樂利的社會。

拾人牙慧 ㄕˊ ㄖㄣˊ ㄧㄚˊ ㄏㄨㄟˋ 把別人的意見當作自己的看法。例看他在那裡口沫橫飛的說了大半天，不過是拾人牙慧，一點創見也沒有。

拴

手部 六畫

ㄕㄨㄢ 用繩子繫上，縛住：例拴馬。

俏皮話 「腳跟拴石頭——進退兩難。」小朋友，如果我們在腳跟上拴了一塊大石頭，你想情況應該會怎樣呢？那一定是往前也走不得，向後也走不得。「腳跟拴石頭——進退兩難」，是用來形容一個人的處境困難。

拼

手部 六畫

ㄆㄧㄣ ❶將零碎的事物連在一起：例拼拼湊湊。❷捨棄不顧，通「拚」(ㄆㄢˋ)：例拼命。

拼命 ㄆㄧㄣ ㄇㄧㄥˋ ❶不顧生命去做。❷努力、盡力地做。例他拼命工作是為了賺取父親的醫藥費。

拼湊 ㄆㄧㄣ ㄘㄡˋ 把零碎的東西聚在一起。例她把零碎的花布拼湊成一條漂亮的裙子。

拼圖 ㄆㄧㄣ ㄊㄨˊ 把一個模型拼合成原來的圖形。例他常常玩拼圖來訓練自己的組合能力。

拼盤 ㄆㄧㄣ ㄆㄢˊ 由二種以上的食物所拼合而成的菜，用盤子盛食。例水果拼盤是我最喜歡的食物。

挑

手部 六畫

ㄊㄧㄠ ❶揀，選擇：例挑選、挑毛病。❷用肩膀擔起來：例挑水。

ㄊㄧㄠˇ ❶引起：例挑撥。❷引誘：例挑逗。

俏皮話 「雞蛋裡挑骨頭——沒事找事。」

小朋友，雞蛋裡只有卵黃和卵白，根本沒有骨頭，如果一個人在「雞蛋裡挑骨頭」，那真是「沒事找事」。

挑夫 ㄊㄧㄠ ㄈㄨ 幫人挑貨物、行李賺錢的人。例早期火車站常有挑夫為旅客服務。

挑剔 ㄊㄧㄠ ㄊㄧ 從細微的地方找出毛病。例想要挑剔別人的錯誤時，應當先反省自己。

挑撥 ㄊㄧㄠˇ ㄅㄛ ❶評論別人的是非，製造糾紛。例任何事都要根據事實下判斷，絕不可以受人挑撥。❷刺激別人生氣。例脾氣不好的人容易受到挑撥。

挑戰 ㄊㄧㄠˇ ㄓㄢˋ 受到刺激，而要和某人或某件事進行對抗或比賽。「挑戰」也可以用在團體和團體之間的競爭。例我們要勇敢的面對生活上的各種挑戰。

挑選 ㄊㄧㄠ ㄒㄩㄢˇ 從很多人或很多東西裡頭找出自己想要的。例買衣服前要先經過挑選。

挑釁 ㄊㄧㄠˇ ㄒㄧㄣˋ 故意引起爭執。爭執：雙方對抗不相讓。例民國二十六年「七七事變」，完全是日本人的挑釁。

挑弄是非 ㄊㄧㄠˇ ㄋㄨㄥˋ ㄕˋ ㄈㄟ 在原本和諧的團體或兩個人之間，不停的隨便議論，引起別人的糾紛。例嫉妒別人有成就的人，總是到處挑弄是非。

挑來挑去 ㄊㄧㄠ ㄌㄞˊ ㄊㄧㄠ ㄑㄩˋ 不能夠下決心選擇自己所要的東西。例百貨公司裡的物品太多，挑來挑去不曉得要買什麼才好。

拿

丿 人 人 亼 亼 合 合 合 拿 拿

手部 六畫

ㄋㄚˊ ❶用手握或取：例拿刀。❷掌握，把握：例拿主意、十拿九穩。❸提取：例拿過來。❹捕捉：例捉拿、狗拿耗子。❺用：例拿事實證明。❻把：例拿白天當黑夜。

參考 相似字：取、抓。

猜一猜 一人一張口，口下長隻手。（猜一字）（答案：拿）

拿手 ㄋㄚˊ ㄕㄡˇ 專長，很會做。例我最拿手的就是繪畫了。

拿破崙 ㄋㄚˊ ㄆㄛˋ ㄌㄨㄣˊ 法國有名的政治和軍事家。拿破崙是法國皇帝，生於科西嘉島。一八〇四年建立法蘭西帝國，稱為拿破崙一世。他在行政、司法、軍事、財政方面實行了一系列的改革，並且頒布「拿破崙法典」。由於他不斷對外發動戰爭，引起歐洲人民的反抗，終於在一八一四年法蘭西帝國滅亡後，被放逐到厄爾巴島。一八一五年滑鐵盧戰役再度失敗，被流放到聖赫勒那島直到死亡。

挾

一 十 扌 扌 扌 扌 扌 扌 挾

手部 七畫

ㄒㄧㄚˊ ❶夾在胳膊下：例挾泰山以超北海。❷控制：例要挾。❸持拿：例挾書。

參考 請注意：持拿東西時「挾」可以和「夾」互相通用。

挾持 ㄒㄧㄚˊ ㄔˊ 用暴力強迫別人服從。例歹徒挾持人質，藉機威脅警方和家屬。

挾帶 ㄒㄧㄚˊ ㄉㄞˋ 藏在身上或混在物品中祕密攜帶。例新聞報導，有兩個遊客藉機挾帶毒品走私，但是被海關查獲了。

參考 相似詞：夾帶。

振

一 十 扌 扌 扩 扩 扩 扩 振 振

手部 七畫

ㄓㄣˋ ❶搖動，揮動：例振動。❷奮發：例精神為之一振。❸姓：例振先生。

參考 請注意：「振」和「震」都有動搖的意思，習慣上大的動搖多用「震」，例如：地震；小的動搖多用「振」，例如：振鈴。

振作 ㄓㄣˋ ㄗㄨㄛˋ 提起精神。例振作起精神來，不要再混日子。

振動 ㄓㄣˋ ㄉㄨㄥˋ 物體沿直線或曲線所作的反覆運動。例鐘擺的來回振動是有規律性的。

振奮 ㄓㄣˋ ㄈㄣˋ 振作奮發。例這是一首振奮人心的好歌。

振筆疾書 ㄓㄣˋ ㄅㄧˇ ㄐㄧˊ ㄕㄨ 揮動手中的筆快速的書寫。振：搖動。疾：形容速度很快。書：寫。例考試時，人人振筆疾書。

捕

手部 七畫

ㄅㄨˇ ❶古時對警察的稱呼：例巡捕。❷捉，抓：例捕捉。❸姓：例捕先生。

捕手 ㄅㄨˇ ㄕㄡˇ 棒球比賽中在本壘後方的守備員，負責接住投手投過來的球。

捕快 ㄅㄨˇ ㄎㄨㄞˋ 古時候在官府裡負責捉拿犯人的人。

參考 相似詞：巡捕、捕頭。

捕捉 ㄅㄨˇ ㄓㄨㄛ ❶捉拿。例花貓捕捉了一隻小老鼠。❷拍攝。例老師費了好大的功夫，才捕捉到猩猩全家在一塊戲耍的鏡頭。

捕魚 ㄅㄨˇ ㄩˊ 撈捕魚類。例漁人以捕魚為生。

捕風捉影 ㄅㄨˇ ㄈㄥ ㄓㄨㄛ ㄧㄥˇ 比喻做事或說話沒有事實作為根據。據說：漢成帝迷信巫師所說的鬼神，光祿大夫谷永勸諫他鬼神像風像影，不可捉摸，千萬不可相信。例報紙說警方已經掌握到嫌犯的形蹤，純粹是捕風捉影的說法。

捂

手部 七畫

ㄨˇ ❶遮住：例捂住。❷密封起來，讓它不透氣：例別捂著被子，會透不過氣來。

參考 請注意：「捂」字又可寫作「摀」。

俏皮話 「捂著耳朵偷鈴鐺——自己騙自己。」「捂著耳朵偷鈴鐺」，別人都聽見了，只有自己聽不到鈴鐺發出來的聲音，所以這句話是「自己騙自己」的意思。

捆

手部 七畫

ㄎㄨㄣˇ ❶數量名：例一捆柴火。❷把東西綁在一起：例請把報紙捆起來。

參考 相似字：綑、綁、縛。

捆綁 ㄎㄨㄣˇ ㄅㄤˇ 用繩子綁住。例他把報紙捆綁起來，放在資源回收箱。

捏

手部 七畫

ㄋㄧㄝ ❶用手指頭夾住：例捏鼻子。❷虛構：例捏造。❸用手搓揉：例捏麵人。

捏造 ㄋㄧㄝ ㄗㄠˋ 製造不真實的事情。例小明捏造了許多謊言欺騙人。

捏手捏腳 ㄋㄧㄝ ㄕㄡˇ ㄋㄧㄝ ㄐㄧㄠˇ 把手握緊，放輕腳步，不敢發出聲音。例他在外面玩得全身髒兮兮的，只好捏手捏腳的溜進浴室。

捉

手部 七畫

ㄓㄨㄛ ❶抓，逮：例捕捉、捉賊。❷拿，握：例捉筆作畫、捉手而別。❸戲弄：例捉弄。

參考 相似字：捕、抓。

捉刀 ㄓㄨㄛ ㄉㄠ 比喻代替別人寫文章。古人用刀削竹片來寫字，所以「刀」也有筆的意思。據說：三國時代的魏武帝曹操，有一天叫崔琰代替自己接見匈奴派來的使者，自己卻拿著刀站在床頭邊。後來他問使者對魏王的看法，使者回答說：「魏王看起來很文雅，但是旁邊站著的『捉刀』人更有英雄氣概。」後來，就把代替叫「捉刀」。例小華的作文請人捉刀，被老師發現了。

捉弄 ㄓㄨㄛ ㄋㄨㄥˋ 開玩笑戲弄別人。例不要捉弄他，他會生氣。

捉摸 ㄓㄨㄛ ㄇㄛ 猜測，預料，掌握。例你的個性令人捉摸不定。

捉襟見肘 ㄓㄨㄛ ㄐㄧㄣ ㄐㄧㄢˋ ㄓㄡˇ ❶拉一下衣服就露出手臂；比喻衣服破爛，生活窮困。襟：衣服前面釘扣子的部分。肘：上臂和前臂交接關節突出的地方。❷比喻困難很多，顧了這個，就失去那個。例這個計畫捉襟見肘得讓人難以應付。

參考 請注意：作「捉襟肘見」時「見」讀作ㄒㄧㄢˋ。

挺

手部 七畫

ㄊㄧㄥˇ ❶硬而直：例挺立、筆挺。❷伸直或凸出：例挺起腰來、挺胸。❸特別突出：例挺拔、英挺。❹堅持不屈，努力支撐：例硬挺著做。❺很，甚：例挺好、挺用功。❻量詞：例一挺機關槍。

挺立 ㄊㄧㄥˇ ㄌㄧˋ 直立很有精神的樣子。例幾棵老松樹挺立在山坡上。

挺拔 ㄊㄧㄥˇ ㄅㄚˊ ❶直立、高出來的樣子。例挺拔的松樹，直立在山頂。❷形容有精神。例他寫的書法像他的人一樣挺拔。

挺直 ㄊㄧㄥˇ ㄓˊ 直起。例挺直你的背靠牆站好。

挺身而出 ㄊㄧㄥˇ ㄕㄣ ㄦˊ ㄔㄨ 勇敢的站出來。例為了使他不被人誤會，小明挺身而出，說明一切。

參考 請注意：「挺身而出」和「自告奮勇」不同。「自告奮勇」是自己要求完成某件任務。

捐

手部 七畫

ㄐㄩㄢ ❶贈送財物給別人：例捐助。❷捨掉，拋去：例捐棄、為國捐軀。❸人民向政府繳納的稅金：例房捐。

參考 請注意：「捐」和「損」音不同意思也不同，「損」（ㄙㄨㄣˇ）有傷害、減少的意思，和「捐」大不相同。

捐錢 ㄐㄩㄢ ㄑㄧㄢˊ 贈送錢財給別人。例冬令救濟開始了，大家都踴躍捐錢。

捐軀 ㄐㄩㄢ ㄑㄩ 為國家或正義而犧牲生命。例在黃花岡之役中，不少烈士為國捐軀了。

捐贈 ㄐㄩㄢ ㄗㄥˋ 拿出財物送給別人。贈：送的意思。例李先生捐贈救護車和輪椅給醫院。

捐獻 ㄐㄩㄢ ㄒㄧㄢˋ 拿出財物送給國家或是團體。例他把所有的書捐獻給圖書館。

挽

手部 七畫

ㄨㄢˇ ❶拉，牽：例挽牛車。❷捲起：例挽起袖子。❸設法使情況好轉或恢復原來的樣子：例挽救、力挽狂瀾。

參考 相似字：拉、救、提、攜。♣請注意：「挽」不可以讀作ㄇㄢˇ。

挽手 ㄨㄢˇ ㄕㄡˇ 手牽著手。例他們挽手一起上學。

挽留 ㄨㄢˇ ㄌㄧㄡˊ 誠懇的請求要離去的人留下來。例學生們盡力挽留代課老師。

挽救 ㄨㄢˇ ㄐㄧㄡˋ 盡力補救，使人或者事能脫離危險的情況。例醫生努力挽救病人的生命。

挪

手部 七畫

ㄋㄨㄛˊ ❶移動：例把桌子挪一下。❷把某種款項移作其他的用途：例挪用、挪借。

參考 相似字：移。

挪用 ㄋㄨㄛˊ ㄩㄥˋ ❶動用公家的金錢。例他因為挪用公款而被逮捕。❷把某種用途的錢花在其他用途上。例這筆錢是準備買書的，你不能隨意挪用。

挪威 ㄋㄨㄛˊ ㄨㄟ 位在北歐的一個國家，有三分之一的國土位於北極圈內。境內森林面積廣闊，海岸曲折，因此木材加工、海運、捕魚業都很發達。

挪動 ㄋㄨㄛˊ ㄉㄨㄥˋ 移動位置。例請大家向前挪動，讓出通路。

挫

手部 七畫

ㄘㄨㄛˋ ❶做事不順利：例挫折。❷降低：例聲音要有抑揚頓挫。❸屈辱：例挫辱。

挫折 ㄘㄨㄛˋ ㄓㄜˊ 事情進行中遇到困難或是失敗。例他做事遇到挫折從不灰心，反而會努力完成。

挫辱 ㄘㄨㄛˋ ㄖㄨˇ 受到挫折侮辱。例他很有毅力，受到挫辱也不灰心喪志。

挫敗 ㄘㄨㄛˋ ㄅㄞˋ ❶挫折和失敗。例這次球場上的挫敗，對他打擊很大。❷打敗。例戰爭時，一定要有挫敗敵軍的計畫。

挨　手部　七畫

ㄞ ❶遭受，忍受：例挨餓。❷靠著：例挨著肩並坐在一起。❸順著次序：例挨家挨戶。❹拖延：例挨時間。

參考 請注意：「挨」和「捱」有時候可以通用，例如：「挨」餓、「挨」打，也可以寫作「捱」餓、「捱」打。

挨次 ㄞ ㄘˋ　依照次序。例我們挨次排隊接受預防注射。

挨近 ㄞ ㄐㄧㄣˋ　靠近。例一個陌生人挨近我，向我問路。

捎　手部　七畫

ㄕㄠ ❶輕輕拂過：例風從臉上捎過。❷請人順便傳達消息或帶東西：例捎信。

ㄕㄠˋ ❶灑水：例在水果上捎些水。❷雨珠飄進來：例把窗戶關上，雨捎進來了！

捎信 ㄕㄠ ㄒㄧㄣˋ　寄信，帶信。例替我捎信回家。

捎帶 ㄕㄠ ㄉㄞˋ　❶攜帶。❷順便。例這件事我捎帶著就做了。

捅　手部　七畫

ㄊㄨㄥˇ 戳，刺：例把氣球捅破、他被捅了一刀。

捅婁子 ㄊㄨㄥˇ ㄌㄡˊ ˙ㄗ　比喻惹禍、闖禍。例他沒有工作，整天在外面捅婁子。

捍　手部　七畫

ㄏㄢˋ 保衛，抵禦：例捍衛。

參考 請注意：「捍」和「桿」讀音字義都不相同：手部的「捍」是保護的意思，例如：捍衛；木部的「桿」(ㄍㄢˇ)是長竿的意思，例如：旗桿。

捍衛 ㄏㄢˋ ㄨㄟˋ　保衛。例捍衛國土是軍人的職責。

捌　手部　七畫

ㄅㄚ 數目字「八」的大寫：例捌佰元。

捋　手部　七畫

ㄌㄜ 撫摸：例捋鬍子。

ㄌㄩˇ 用手指順著摸過去，使物體平滑：例把紙捋平。

ㄌㄨㄛ 用手握住東西向另一端移動：例捋起袖子。

捋虎鬚 ㄌㄜ ㄏㄨˇ ㄒㄩ　摸老虎的鬍鬚；比喻危險的事或冒險。

挲　手部　七畫

ㄙㄨㄛ 用手搓撫：例摩挲。

掠　手部　八畫

ㄌㄩㄝˋ ❶書法的長撇稱掠。❷奪取：例掠奪。❸輕輕的擦過或拂過：例涼風拂掠而過。

掠取 ㄌㄩㄝˋ ㄑㄩˇ　用武力搶取。例帝國主義者掠取殖民地的豐富資源。

掠奪 ㄌㄩㄝˋ ㄉㄨㄛˊ　用武力搶奪。例土匪將村裡的財物掠奪一空。

控　手部　八畫

ㄎㄨㄥˋ ❶公開指責對方的不是：例控訴。❷讓別人或物品聽從指揮：例控制、控馭。

猜一猜 手空空如也。（猜一字）（答案：控）

控告 ㄎㄨㄥˋ ㄍㄠˋ 向司法機關告發犯罪的人。例他向法院控告某人侵占他的財物。

控制 ㄎㄨㄥˋ ㄓˋ 讓人或物品聽從指揮。例一個人如果連思想都被控制，那實在沒有自由可談了。

控訴 ㄎㄨㄥˋ ㄙㄨˋ 受害人向大眾說明自己被人迫害的事實。例受難家屬在記者會上控訴兇手的暴行，聽了真令人心酸。

捲

捲　手部 八畫

ㄐㄩㄢˇ ❶把東西彎曲變成圓筒形：例捲紙。❷彎轉成圓筒形的東西：例春捲。❸計算數量的單位詞：例一捲衛生紙。❹和某一件事有關係；被牽連：例他被捲入這件謀殺案。❺掀起：例狂風捲起巨浪。

參考 請注意：「捲」和「卷」（ㄐㄩㄢˇ）都有把東西彎曲起來的意思，可以通用。但是「卷」又有ㄐㄩㄢˋ的音，例如：卷宗、試卷，「捲」字並沒有這種讀音和用法。

猜一猜 手不釋卷（猜一字）（答案：捲）

捲舌 ㄐㄩㄢˇ ㄕㄜˊ 把舌頭捲起來。古人把舌頭捲起來，表示不說話。

參考 請注意：我們說注音符號中的ㄓ、ㄔ、ㄕ、ㄖ是「捲舌音」，其實它們的正確說法應該是「翹舌音」，舌頭微微翹起，而不是捲起。翹音ㄑㄧㄠˊ，舉起來的意思。

捲款而逃 ㄐㄩㄢˇ ㄎㄨㄢˇ ㄦˊ ㄊㄠˊ 偷帶不屬於自己的錢財逃跑。例王老闆因為生意失敗，捲款而逃了。

掖

掖　手部 八畫

ㄧㄝˋ ❶用手扶著別人的手臂，因此有幫助、提拔的意思：例獎掖、扶掖。❷旁邊的：例掖門。

ㄧㄝ 塞藏：例把書掖在懷裡。

掄

掄　手部 八畫

ㄌㄨㄣ 揮動：例掄刀、掄拳。

ㄌㄨㄣˊ 選拔，選擇：例掄才。

掄眉豎目 ㄌㄨㄣˊ ㄇㄟˊ ㄕㄨˋ ㄇㄨˋ 挑起眉毛，雙目直立。形容凶惡盛怒的樣子。

接

接　手部 八畫

ㄐㄧㄝ ❶連結：例接骨。❷連續：例接續、接二連三。❸承受：例接住。❹輪換：例接替。❺招待：例接待。❻相迎：例迎接。❼收，受：例接收、接受。❽挨著，靠近：例接近，接攘。

參考 相似字：收、受、納。

接見 ㄐㄧㄝ ㄐㄧㄢˋ 主人見客人，或是較大的官見較小的官。例總統接見十大傑出青年。

接收 ㄐㄧㄝ ㄕㄡ ❶收受。例在總部接收到上級的無線電信號。❷依照法令接管機構或財產等。例王老闆因為欠下大筆債物，無法償還，名下的公司只好由債權人接收。

參考 相似詞：接管。♣請注意：「接收」和「接受」都有接過來的意思，但還是有分別的：「接收」是接管事物；「接受」是收下屬於自己的東西。

接受 ㄐㄧㄝ ㄕㄡˋ 對事物不排斥拒絕。例他接受了朋友送他的生日禮物。

接近 ㄐㄧㄝ ㄐㄧㄣˋ 距離不遠。例各位加油！我們已經快接近目的地了。

接風 ㄐㄧㄝ ㄈㄥ 宴請剛從遠地來的人吃飯。例吳先生留學歸國，我們特地準備了一頓豐盛的菜肴為他接風。

接待 ㄐㄧㄝ ㄉㄞˋ 迎接招待。例明天阿姨要來我們家，記得要好好接待喲！

接連 ㄐㄧㄝ ㄌㄧㄢˊ 連續不斷。例他接連幾天都發生不幸的事，真是令人同情。

接種 ㄐㄧㄝ ㄓㄨㄥˋ 注射在人體上避免感染疾病的疫苗。例接種牛痘可以預防天花。

接頭 ㄐㄧㄝ ㄊㄡˊ ❶和人接洽碰面。例這件事由我去接頭。❷線路或機件互相接合的地方。例不要碰到電線的接頭，小心觸電。

接應 ㄐㄧㄝ ㄧㄥˋ 在集體行動時，給自己的同伴支援或是配合。例警方到飯店抓犯人

四畫

時，已有便衣警察在裡面接應了。

接觸 ㄐㄧㄝ ㄔㄨˋ ❶碰到。例不要使有毒的東西和皮膚接觸。❷人與人間的交往。例昨天我和她接觸過。

接二連三 ㄐㄧㄝ ㄦˋ ㄌㄧㄢˊ ㄙㄢ 一個接一個，連續不斷。例不幸的消息接二連三的傳來。

猜一猜 一。（猜一句成語）（答案：接二連三）

捷

捷 手部 八畫

ㄐㄧㄝˊ ❶快速的樣子：例敏捷、捷足先登。❷打仗勝利：例捷報。❸國名：例捷克。

參考 相似字：勝、快、迅、速。

猜一猜 (一)爬山比賽。（猜一句成語）（答案：捷足先登）(二)百戰百勝。（猜一國家名）（答案：捷克）

捷克 ㄐㄧㄝˊ ㄎㄜˋ 國名。位於歐洲中部，首都為布拉格。

捷徑 ㄐㄧㄝˊ ㄐㄧㄥˋ 比較近或快的路或做事方法。例我們走捷徑很快就到達了山頂。

捷報 ㄐㄧㄝˊ ㄅㄠˋ 勝利的消息。例我校參加全國語文競賽，傳出捷報。

捧

捧 手部 八畫

ㄆㄥˇ ❶用兩隻手托著：例捧起。❷支持，替人壯大聲勢：例捧場。

俏皮話 「兩手捧刺蝟——拿不起，放不下。」刺蝟全身長滿了刺，如果用雙手一捧，手就被扎住了；是比喻有進退兩難的意思。

捧場 ㄆㄥˇ ㄔㄤˇ 原指有錢有勢的人特意到某表演場合替人壯大聲勢。現在是指到場地上替人加油、鼓勵。例昨晚是他第一次上臺表演，親朋好友都來捧場。

捧腹 ㄆㄥˇ ㄈㄨˋ 形容大笑。例當他們聽完這個笑話後，不禁捧腹大笑。

掘

掘 手部 八畫

ㄐㄩㄝˊ 挖：例掘井、掘土、發掘。

措

措 手部 八畫

ㄘㄨㄛˋ ❶安放，處置：例措手、措置。❷計畫辦理：例措施、措辦。

參考 相似字：置、放、籌（ㄔㄡˊ）。

措施 ㄘㄨㄛˋ ㄕ 對於某種情況所使用的處理方法。例對於貴公司日後的經營管理，總經理您有何措施？

措置 ㄘㄨㄛˋ ㄓˋ 安排，料理。置：設立，安排。例只要措置得當，就不會有什麼問題。

措手不及 ㄘㄨㄛˋ ㄕㄡˇ ㄅㄨˋ ㄐㄧˊ 事情來得太快，沒有準備，來不及應付。例這個命令使他們措手不及。

捱

捱 手部 八畫

ㄞˊ ❶忍受，遭受：例捱餓、捱打。❷靠近：例捱著媽媽睡。❸拖延：例捱時間。

參考 相似字：挨。

掩

掩 手部 八畫

ㄧㄢˇ ❶遮蓋：例掩人耳目。❷關閉：例掩門。❸趁別人沒有防備時加以偷襲：例掩殺。

參考 相似字：遮、蔽、藏、隱。

掩沒 ㄧㄢˇ ㄇㄛˋ 物體被遮住看不見。例濃霧掩沒了大地。

掩門 ㄧㄢˇ ㄇㄣˊ 把門關起來。例他掩門關燈，準備休息。

掩映 ㄧㄢˇ ㄧㄥˋ 二種物體互相遮蓋、對照、襯托，產生特別的效果。例一座座高大的

四畫

建築物，與湖光山色互相掩映，構成美麗的景觀。

掩飾 ㄧㄢˇ ㄕˋ 用方法遮蓋缺點、過錯。例他藉著說謊來掩飾自己的過錯。

掩蓋 ㄧㄢˇ ㄍㄞˋ ❶遮蓋。例大雪掩蓋了田野，四周一片雪白。❷隱藏。例他無法掩蓋憤怒，臉色十分難看。

掩護 ㄧㄢˇ ㄏㄨˋ ❶採取某種措施，使被保護的對象不受攻擊。例警察負責掩護目擊者，使他不受歹徒迫害。❷對敵人採取警戒、壓制的手段，保障部隊或人員行動的安全。例他們互相掩護，避免被敵人發現。

掉

手部　八畫

ㄉㄧㄠˋ ❶落下：例掉下來。❷落在後面：例掉隊。❸減少，脫落：例掉色、掉毛。❹遺失：例車票掉了。❺對換，轉回：例掉包、掉頭。❻完，去；用在動詞後面表示動作的完成：例花掉、改掉。

參考 相似字：丟。♣請注意：「掉」有搖動、交換的意思，例如：掉頭、掉換。「調」是位置的遷移，例如：調任、調車、調派。

掉落 ㄉㄧㄠˋ ㄌㄨㄛˋ 落下。例一陣大風吹過，樹葉紛紛掉落地上。

掃

手部　八畫

ㄙㄠˇ ❶用掃把除去塵土：例灑掃。❷消除，清除：例掃盲、掃雷。❸迅速的左右移動：例掃射。❹打消：例掃興。❺全，所有的：例掃數。

ㄙㄠˋ 掃地的用具：例掃帚。

猜一猜 千萬隻腳，上身細小，說它有節操，偏愛倚牆角。（猜一種用具）（答案：掃帚）

掃除 ㄙㄠˇ ㄔㄨˊ ❶清除髒的東西。例室內室外要天天掃除。❷除去有阻礙的東西。例警方正大力掃除不良分子。

參考 相似詞：掃塵、清掃、灑掃、掃蕩。

掃射 ㄙㄠˇ ㄕㄜˋ 指用槍械武器連續射擊。例影片中的男主角用機關槍掃射，殺死了好多人。

掃視 ㄙㄠˇ ㄕˋ 眼睛很快的向周圍看過。例他掃視一下房間，確定沒人才進來。

掃墓 ㄙㄠˇ ㄇㄨˋ 到親人的墳前祭拜、打掃，表示懷念死者。例這個星期天要到奶奶的墳上掃墓。

掃蕩 ㄙㄠˇ ㄉㄤˋ 徹底的清除不好的人、物。例警方正大力掃蕩流氓。

掛

手部　八畫

ㄍㄨㄚˋ ❶成串的東西：例一掛鞭炮。❷吊起：例掛起風帆。❸登記：例掛號。❹想念：例掛念。❺鉤：例樹枝掛住衣服。

掛帥 ㄍㄨㄚˋ ㄕㄨㄞˋ 當元帥；比喻居於領導或重要的地位。例現在是一個科技掛帥的社會。

掛圖 ㄍㄨㄚˋ ㄊㄨˊ 掛起來看的地圖或圖表。

掛齒 ㄍㄨㄚˋ ㄔˇ 掛在嘴邊上，常常提起、說起。例這點小事不足以掛齒。

捫

手部　八畫

ㄇㄣˊ 摸：例捫心。

猜一猜 門的手把。（猜一字）（答案：捫）

捫心自問 ㄇㄣˊ ㄒㄧㄣ ㄗˋ ㄨㄣˋ 摸著胸口，自己問問自己。表示自我反省、檢討。

推

手部　八畫

ㄊㄨㄟ ❶從後面用力使物體向前移動：例推車。❷使事情開展：例推行、推銷。❸判

四畫

斷：例推斷。❹拒絕：例推卸（ㄒㄧㄝˋ）。❺選舉：例推選。❻稱讚：例推許。❼往後延：例推延、推遲。❽藉口：例推故不到。

推行（ㄊㄨㄟ ㄒㄧㄥˊ） 推展並廣泛的實行。例現在很多家餐廳都響應政府推行禁菸活動，讓客人可以在無菸環境下用餐。

推荐（ㄊㄨㄟ ㄐㄧㄢˋ） 推舉介紹。例他很有才華，因此我推荐他參與這項計畫。

推理（ㄊㄨㄟ ㄌㄧˇ） 從已知的或假設的事來推求新的事理。例多看偵探故事可以訓練我們推理的能力。

笑一笑 小美問媽媽：「為什麼高雄比臺北熱？」媽媽：「因為高雄在南部，愈靠近南部就愈熱呀！」小美：「照這樣推理，那麼世界上最熱的地方不就是南極了嗎？」

推進（ㄊㄨㄟ ㄐㄧㄣˋ） 推動前進。例這支部隊打了勝仗後，乘機向前推進。

推測（ㄊㄨㄟ ㄘㄜˋ） 根據已經知道的事情來想像不知道的事情。例根據我的推測，他昨天一定來過這裡。

推廣（ㄊㄨㄟ ㄍㄨㄤˇ） 擴大事物的作用或使用範圍。例政府積極推廣科學教育。

推銷（ㄊㄨㄟ ㄒㄧㄠ） 利用某種方法向外銷售貨物。例他挨家挨戶的推銷這項新產品。

推選（ㄊㄨㄟ ㄒㄩㄢˇ） 推舉選拔。例他因為熱心公益，所以被推選為里長。

推翻（ㄊㄨㄟ ㄈㄢ） 打倒。例辛亥革命推翻了滿清的政權。

推辭（ㄊㄨㄟ ㄘˊ） 拒絕，不答應。例我已經推辭了他的邀請。

推三阻四（ㄊㄨㄟ ㄙㄢ ㄗㄨˇ ㄙˋ） 假藉各種理由不肯去做事。例請他幫點小忙，他總是推三阻四。

推己及人（ㄊㄨㄟ ㄐㄧˇ ㄐㄧˊ ㄖㄣˊ） 用自己的感受為別人著想。例每個人做事都推己及人，人與人之間就不會有爭吵。

授

授 手部 八畫

ㄕㄡˋ ❶交給，給與：例授旗。❷傳，教：例授課。❸任命：例授官。❹姓：例授先生。

參考 相似字：給、交、傳。♣請注意：「授」和「受」不同：「授」是給與的意思；「受」則是接受。

授予（ㄕㄡˋ ㄩˇ） 給予（學位、頭銜、勳章等）。例他被授予榮譽博士的學位。

授受（ㄕㄡˋ ㄕㄡˋ） 交出和接受。例這只戒指是他們私下授受的。

笑一笑 古代有個心地善良但很保守的書呆子。有一天，他在河邊發現一位年輕女子要投水自盡，急忙跑上前把她拖住。然而這時他突然記起「男女授受不親」的話，伸出的手又趕緊縮了回來。過了一會兒，他才想出用隨身攜帶的雨傘來代替手的兩全其美的「辦法」。他把傘的另一端遞給那名女子，嘴裡喊：「快！快拉住！」然而由於他耽誤了時間，那女子已經被水淹死了。

授命（ㄕㄡˋ ㄇㄧㄥˋ） ❶獻出生命。例他為國授命。❷下命令。例選舉期間，總統授命全面查緝賄選。

參考 相似詞：捨命、捐軀。

授粉（ㄕㄡˋ ㄈㄣˇ） 花粉從雄蕊傳到雌蕊。有天然授粉和人工授粉。

授意（ㄕㄡˋ ㄧˋ） 把意思告訴別人，要別人照著做。例這件事是在他授意下做的。

授權（ㄕㄡˋ ㄑㄩㄢˊ） 把權力交給某人或某單位。例長官授權讓他全權處理。

掙

掙 手部 八畫

ㄓㄥ ❶用力擺脫或支持：例掙扎。❷爭取：例掙面子。❸用力拉扯：例掙脫、掙斷。

ㄓㄥˋ 用勞力換取：例掙錢。

參考 相似詞：賺錢。

探

探 手部 八畫

ㄊㄢˋ ❶專門在暗中察訪事情的人：例警探、密探。❷尋找：例探求。❸看望：例探親、探病。❹訪察：例探聽消息。❺伸出：例探頭探腦。❻尋找，搜索：例探礦。❼試，測：例探他的口氣。❽嘗試：例探湯（用手

四畫

去試摸很燙的湯）。

探求 ㄊㄢˋ ㄑㄧㄡˊ 探勘，尋求。例他到處探求這個問題的源頭。

探索 ㄊㄢˋ ㄙㄨㄛˇ 深入搜索尋求。例科學家們努力探索宇宙的奧祕。

探討 ㄊㄢˋ ㄊㄠˇ 深入的研究討論。例他們將在會議中探討這個重要的問題。

探病 ㄊㄢˋ ㄅㄧㄥˋ 看望病人。例到別人家裡探病，時間宜短，以免病人太疲累。

探勘 ㄊㄢˋ ㄎㄢ 探測，勘查。例他們要開闢一條道路，所以必須先探勘地形。

探問 ㄊㄢˋ ㄨㄣˋ 試探著詢問。例要實行這個計畫，必須先探問一下他的意見。

探悉 ㄊㄢˋ ㄒㄧ 打聽後知道。例從很多方面探悉得知，這個計畫可能又泡湯了。

探訪 ㄊㄢˋ ㄈㄤˇ 探望。例我準備星期天去探訪多年不見的老友。

探望 ㄊㄢˋ ㄨㄤˋ ❶察看。例他不時向窗外探望。❷看望。例我去美國時，順便探望了幾個親友。

探測 ㄊㄢˋ ㄘㄜˋ 對於不能直接觀察的事物或現象，用儀器進行測量。例有很多科學家在海上探測石油等礦產。

探親 ㄊㄢˋ ㄑㄧㄣ 探望親屬，多指探望父母或配偶。例暑假期間，我帶家人赴美探親。

探險 ㄊㄢˋ ㄒㄧㄢˇ 到還沒有人去過或一般人不敢去的地方去了解狀況。例你想到地心去探險，真是異想天開。

探聽 ㄊㄢˋ ㄊㄧㄥ 打聽消息。例你不要再探聽什麼考古題了，靜下心來複習功課才是正事。

探囊取物 ㄊㄢˋ ㄋㄤˊ ㄑㄩˇ ㄨˋ 手伸到袋子裡拿東西；比喻事情極容易辦到，一點兒也不費力氣。囊：袋子。例這場演講比賽對姊姊來說，就像探囊取物，穩拿冠軍。

參考 相似詞：易如反掌、反掌折枝。

採

手部 八畫

採 一 十 扌 … 採

ㄘㄞˇ ❶用手摘取某種東西：例採花。❷開發，挖掘：例採礦、開採。❸選取：例採用。❹尋找，搜集：例採訪、採集。

參考 相似字：摘、選。

動動腦 想想看：除了「採花」、「採茶」，還可以採些什麼？

唱詩歌 菜花黃，蜜蜂採，花花蝴蝶也飛來。（廣東）

採用 ㄘㄞˇ ㄩㄥˋ 選取適合的來用。

採取 ㄘㄞˇ ㄑㄩˇ 選取合適的來使用。例父母採取「緊迫盯人」的方式，使我無法偷懶。

參考 相似詞：採用。

採納 ㄘㄞˇ ㄋㄚˋ 接受意見或建議。例他決定採納我的建議，取消明天的會議。

採訪 ㄘㄞˇ ㄈㄤˇ 訪問某人並報導事實給別人知道。

採購 ㄘㄞˇ ㄍㄡˋ 選買各種貨品。例我和媽媽到超級市場採購日用品。

參考 相似詞：採辦。

掬

手部 八畫

掬 一 十 扌 … 掬

ㄐㄩˊ 兩手捧起：例掬水、掬起一把沙。

排

手部 八畫

排 一 十 扌 … 排

ㄆㄞˊ ❶排骨的簡稱：例牛排。❷軍隊的編組：例一排有幾人？❸消除：例排除。❹事先準備：例排練。❺編出先後次序：例排座位、排隊。

ㄆㄞˇ 排子車，一種以人力拉的貨車。

參考 相似字：擺、除、擠、練。

排斥 ㄆㄞˊ ㄔˋ 把自己不喜歡的人、事推開。例你不能排斥當值日生。

排列 ㄆㄞˊ ㄌㄧㄝˋ 按照先後次序排整齊。例小朋友請按照身高排列升旗隊伍。

排長 ㄆㄞˊ ㄓㄤˇ 軍隊中，帶領一排的人叫排長。排長在班長之上，連長之下。一個排大約有四十人。例這個排長非常嚴格。

排泄 ㄆㄞˊ ㄒㄧㄝˋ 人或動物將不要的東西排出體外。例他的排泄功能不好，所以不得不去看醫生。

排除 ㄆㄞˊ ㄔㄨˊ 消除。例他排除許多困難，才能夠參加旅行。

排隊 ㄆㄞˊ ㄉㄨㄟˋ 排列隊伍。例各位同學，請按照順序排隊上車。

唱詩歌 小河水，嘩嘩流，我們排隊回家走。小的走前面，大的跟後頭。走上小橋不搶先，一個一個手拉手。河裡白鵝看見了，拍拍翅膀點點頭。

排解 ㄆㄞˊ ㄐㄧㄝˇ 替別人解決爭吵或沒有辦法解決的事。例里長常替民眾排解糾紛，所以大家都很尊敬他。

排水溝 ㄆㄞˊ ㄕㄨㄟˇ ㄍㄡ 排除雨水或髒水的溝道。

排泄物 ㄆㄞˊ ㄒㄧㄝˋ ㄨˋ 人和動物由體內所排出的廢物。例糞便是動物的排泄物。

排水系統 ㄆㄞˊ ㄕㄨㄟˇ ㄒㄧˋ ㄊㄨㄥˇ 排除雨水、地下水、廢水的設施。例如果排水系統不完善，容易導致水災。

排泄器官 ㄆㄞˊ ㄒㄧㄝˋ ㄑㄧˋ ㄍㄨㄢ 動物管理排出廢物的器官。例皮膚也是人體排泄器官的一種。

掏

掏 一 十 扌 扚 扚 扚 扚 掏 掏 掏 手部 八畫

ㄊㄠ ❶挖：例掏洞。❷用手探取：例掏腰包。

古人說 「井要掏，人要教。」掏是挖的意思。這句話是說：水井要挖深才有水，人需要教育培養才會懂事。例「井要掏，人要教」，他錯了就應該告訴他哪裡錯、怎樣改，光罵有什麼用？

唱詩歌 小孩小孩別生氣，鍋裡燒的個鴨蛋屁，掏出來吃著消消氣①。（山東）

註：①消消氣：就是讓心情好一些。

掏腰包 ㄊㄠ ㄧㄠ ㄅㄠ 拿出錢來：比喻破費、花錢。例老師掏腰包買禮物獎勵成績優秀的學生。

掀

掀 一 十 扌 扩 扩 扸 扸 掀 掀 手部 八畫

ㄒㄧㄢ ❶把蓋在物體上的東西往上拉開：例掀起蓋子、把窗簾掀開。❷吹翻：例狂風把屋頂都掀了。❸翻騰，湧起：例白浪掀天。❹大規模興起、發動：例最近又掀起棒球運動的熱潮。

俏皮話 「狗掀門簾子——全靠一張嘴。」這是形容人很會說話，全靠一張嘴做事，就像小狗叼報紙、掀東西全靠一張嘴。例古代的媒人作媒，可真是「狗掀門簾子——全靠一張嘴」。

掀起 ㄒㄧㄢ ㄑㄧˇ ❶拉開。例掀起窗簾，讓陽光透進來。❷大規模興起、發展。例少棒隊奪得世界冠軍，使國內掀起了棒球運動的熱潮。❸由下向上湧起。例大海掀起了洶湧的波濤。

捻

捻 一 十 扌 扑 扑 抡 拎 捻 捻 手部 八畫

ㄋㄧㄢˇ ❶用手指搓、揉：例捻紙。❷搓成條狀的東西：例線捻。

ㄋㄧㄝ 通「捏」。

捩

捩 一 十 扌 扩 护 护 捩 捩 手部 八畫

ㄌㄧㄝˋ 扭轉：例轉捩點。

捨

捨 一 十 扌 扑 扑 拎 拎 捨 捨 手部 八畫

ㄕㄜˇ ❶放棄：例捨棄。❷散布：例施捨。

參考 請注意：「舍」字讀ㄕㄜˇ時，和「捨」字可以互相通用，但是習慣上「捨棄」、「施捨」，不寫成「舍棄」、「施舍」。

捨不得 ㄕㄜˇ ㄅㄨˋ ˙ㄉㄜ 不忍心放棄。例快要畢業了，大家都捨不得離開學校。

捨本逐末 ㄕㄜˇ ㄅㄣˇ ㄓㄨˊ ㄇㄛˋ 捨棄根本，注重末節。逐：追求的意思。形容人不注意重要問題，只關心無關緊要的事情。例你放著書不念，日夜打工，真是捨本逐末。

捨近求遠 ㄕㄜˇ ㄐㄧㄣˋ ㄑㄧㄡˊ ㄩㄢˇ 捨棄近的而追求遠的；比喻做事走彎路或追求不實際的

東西。

俏皮話　「丟下灶王拜山神——捨近求遠。」灶王是掌管每家每戶廚房的神。如果「丟下灶王拜山神」那真是「捨近求遠」；比喻眼前有辦法不用，卻到處去尋找。

掣

掣掣　手部　八畫

ㄔㄜˋ ❶拉住：例掣肘。❷抽：例掣劍。

參考　請注意：「掣」和「挈」字形相近，但意思不同：掣讀ㄔㄜˋ，有拉住的意思，例如：掣肘。挈讀ㄑㄧㄝˋ，有提、拿的意思，例如：提綱挈領（提起衣領；比喻抓住重點）。

掣肘（ㄔㄜˋ ㄓㄡˇ）　拉住手臂；比喻受到別人的阻礙或牽制。

掌

堂掌　手部　八畫

ㄓㄤˇ ❶手和腳的中央部分：例鼓掌、腳掌。❷某些動物的腳：例熊掌、鴨掌。❸主管，管理：例掌舵、掌門。❹用手掌打：例掌嘴。❺點燃：例掌燈。❻姓：例掌先生。

掌廚（ㄓㄤˇ ㄔㄨˊ）　負責煮飯、烹調的人。例母親節那天由爸爸掌廚。

掌心（ㄓㄤˇ ㄒㄧㄣ）　❶手心。❷比喻控制的範圍。

掌握（ㄓㄤˇ ㄨㄛˋ）　❶就是在手掌中；比喻可以控制的範圍。例我們應該掌握自己的命運。❷對事物很了解，因此能充分運用、支配。例老師已經掌握了同學們的家庭狀況。

掌管（ㄓㄤˇ ㄍㄨㄢˇ）　負責管理、主持。例家裡的大小事務都由母親掌管。

掌櫃（ㄓㄤˇ ㄍㄨㄟˋ）　古時候的商店或客棧中負責管理全部事物的人。也可稱為「掌櫃的」。

掌上明珠（ㄓㄤˇ ㄕㄤˋ ㄇㄧㄥˊ ㄓㄨ）　握在手中的珍珠；比喻非常寵愛的人。現在指父母特別疼愛的女兒。

捺

捺　手部　八畫

ㄋㄚˋ ❶書法的筆法之一，由左上往右下斜去。❷抑制，壓住：例按捺不住。

掇

掇　手部　八畫

ㄉㄨㄛ ❶拾取：例掇拾。❷用雙手搬，端：例掇條凳子坐。

掐

掐　手部　八畫

ㄑㄧㄚ ❶用手指或指甲捏按：例掐脖子。❷用指甲折或摘：例掐朵花兒。

掐指一算（ㄑㄧㄚ ㄓˇ ㄧˊ ㄙㄨㄢˋ）　用手指計算數目，有猜度、預料的意思。

据

据　手部　八畫

ㄐㄩ 困窘、缺少錢用：例拮据。

ㄐㄩˋ 通「據」。

掮

掮　手部　八畫

ㄑㄧㄢˊ 用肩扛東西：例掮行李。

掮客（ㄑㄧㄢˊ ㄎㄜˋ）　替人介紹買賣，從中賺取佣金的人。

掰

掰掰　手部　八畫

ㄅㄞ 用手把東西分開或折斷：例把餅掰成兩小塊。

掰開（ㄅㄞ ㄎㄞ）　用兩手將東西分開。例我掰開麵包，分給妹妹一半。

描

描描 手部 九畫

ㄇㄧㄠˊ ❶照著樣子畫：例素描。❷重複塗抹：例越描越黑。

參考 相似字：摹。♣請注意：「描」、「繪」都有畫的意思。「描」多指依照樣本畫；「繪」多是自由的畫。

猜一猜 手摘嫩苗。（猜一字）（答案：描）

描述 ㄇㄧㄠˊ ㄕㄨˋ 用語言或文字表達事物的情況。例他把車禍的經過向警方描述。

描摹 ㄇㄧㄠˊ ㄇㄛˊ 照著原樣描寫、描畫。摹：模仿。例他小心翼翼地描摹這幅名畫。

描寫 ㄇㄧㄠˊ ㄒㄧㄝˇ 用語言或文字把事物仔細具體的解釋。例這本小說是描寫一個人努力而獲得成功的經過。

描繪 ㄇㄧㄠˊ ㄏㄨㄟˋ 畫，指用語言或文字描寫。例他生動的描繪了閱兵典禮的盛大場面。

捶

捶捶 手部 九畫

ㄔㄨㄟˊ ❶同「搥」，敲打：例捶背。❷敲打東西的用具：例鐵捶、鼓捶。

揀

揀揀 手部 九畫

ㄐㄧㄢˇ ❶挑選：例揀取。❷把東西拾起來，同「撿」：例揀破爛。

參考 請注意：「揀」和「撿」都有把東西拾起來的意思，但是「揀」又有挑選的意思；「撿」只有拾起來的意思。所以「挑三『揀』四」，就不能寫成「挑三『撿』四」。還有，「揀」的右邊是個「柬」（ㄐㄧㄢˇ），不是「東」。

揩

揩揩 手部 九畫

ㄎㄞ 擦，抹：例揩汗、揩桌椅。

揩油 ㄎㄞ ㄧㄡˊ 比喻占別人或公家的便宜。例他最喜歡到處揩油，你可要特別小心。

揉

揉揉 手部 九畫

ㄖㄡˊ ❶來回輕輕的擦：例揉眼睛。❷搓在一起：例揉成一團。

唱詩歌 揉揉揉，不長瘤。（浙江）

揉搓 ㄖㄡˊ ㄘㄨㄛ 按摩，用手壓擠揉弄。例在發表演說之前，他緊張得一直揉搓著雙手。

揆

揆揆 手部 九畫

ㄎㄨㄟˊ ❶道理。❷推測，揣度：例揆度、揆情度理。❸官員，古代稱宰相為首揆，近代用來稱內閣總理或行政院長的官職。

揆度 ㄎㄨㄟˊ ㄉㄨㄛˋ 忖度細察。

揆席 ㄎㄨㄟˊ ㄒㄧˊ 稱宰相或內閣總理。

揍

揍揍 手部 九畫

ㄗㄡˋ 打：例揍他一頓、挨揍。

參考 相似字：打。

插

插插 手部 九畫

ㄔㄚ ❶扎進去，放進去：例插秧、插花。❷從中間加入：例插嘴、插手。

唱詩歌 兒女無心的話，像一根根的細針；媽媽的心，就變成了針插，插住了各式各樣的針。（黃基溥）

插手 ㄔㄚ ㄕㄡˇ 加入做某件事情。例你不要插手別人的家務事。

插曲 ㄔㄚ ㄑㄩˇ ❶電影或戲劇中出現的歌曲。例這部電影的插曲旋律很美。❷比喻事情進行中，臨時發生的事件。例籃球比賽中發生的打鬥事件，為這次激烈的球賽帶來了一段小插曲。

插班 ㄔㄚ ㄅㄢ 學校把中途入學的轉學生編入適當的班級。例老師說要多多照顧插班的轉學生。

插秧 ㄔㄚ ㄧㄤ 把稻的秧苗種植在水田中。例春天來臨時，農夫在水田裡忙著插秧施肥。

唱詩歌 春雷動，春雷響，春雷下來農人忙。早晨春雷忙插種，中午春雷忙插秧，晚上春雷把米藏。（安徽）

插畫 ㄔㄚ ㄏㄨㄚˋ 在文字中幫助說明內容的圖畫。例這本書的插畫非常生動有趣。

參考 相似詞：插圖。

插圖 ㄔㄚ ㄊㄨˊ 在文字中間插入的圖畫。

插翅難飛 ㄔㄚ ㄔˋ ㄋㄢˊ ㄈㄟ 插上翅膀也難飛去；比喻無法逃脫。例警方嚴密的包圍，使歹徒插翅難飛。

揣

手部 九畫

揣揣

一 十 扌 … 揣

ㄔㄨㄞˇ ❶估計，猜測：例揣度、揣測。❷藏在懷裡：例揣著手。

揣測 ㄔㄨㄞˇ ㄘㄜˋ 猜測，推測。例你能揣測他的想法嗎？

參考 相似詞：揣度。

揣摩 ㄔㄨㄞˇ ㄇㄛˊ 反覆思考、推想事物的真相或含義。例他花了很多時間揣摩這個角色，演出時果然很成功。

提

手部 九畫

提提

一 十 扌 … 提

ㄊㄧˊ ❶垂手拿東西：例提水、提燈。❷往上，往前移：例提升、提前。❸取出：例提款。❹敘說：例重提往事。❺摘錄出：例提要。❻標舉：例提倡。❼振作：例提神。❽用手提著：例提溜。❾小心防備：例提防。

ㄕˊ 朱提，銀的別名。

提升 ㄊㄧˊ ㄕㄥ 提高。例要多多讀書，才能提升我們的知識。

提防 ㄊㄧˊ ㄈㄤˊ 小心注意，謹慎防備。例到銀行領錢或存款時，千萬要提防陌生人。

提供 ㄊㄧˊ ㄍㄨㄥ 說出或寫出可以參考或利用的意見、資料、條件等。例全家人提供二萬元讓我出國花用。

提取 ㄊㄧˊ ㄑㄩˇ 從負責的機構中取出。例他從銀行提取存款，是準備買房子用的。

提拔 ㄊㄧˊ ㄅㄚˊ 選取人員擔任重要的職位。例因為他工作表現良好，所以受到老闆的提拔。

提要 ㄊㄧˊ ㄧㄠˋ 摘錄出全書的大要。例請寫下這課課文的提要。

提前 ㄊㄧˊ ㄑㄧㄢˊ 把定好的時間往前移。例他提前下班，是為了避開堵車的尖峰時間。

提高 ㄊㄧˊ ㄍㄠ 將數量、等級等抬高。例今年的漁獲量比往年提高很多。

猜一猜 鬧鐘掛在天花板。（猜一句語詞）

（答案：提高警覺）

提倡 ㄊㄧˊ ㄔㄤˋ 指出事物的優點，鼓勵大家使用或實行。例好幾個禮拜沒下雨了，政府提倡節約用水，以免大家沒水用。

提案 ㄊㄧˊ ㄢˋ 提出來在會議中討論研究的事情或問題。例這個提案太複雜了，留待下次一起討論。

提款 ㄊㄧˊ ㄎㄨㄢˇ 把錢從郵局或銀行中領出。例他從郵局提款繳學費。

提煉 ㄊㄧˊ ㄌㄧㄢˋ 用化學方法或物理方法從物質中抽取所需的東西。例汽油是從石油提煉出來的。

提綱 ㄊㄧˊ ㄍㄤ 事先提出內容的要點。例我們討論提綱就好，不要浪費時間。

提醒 ㄊㄧˊ ㄒㄧㄥˇ 從旁督促別人小心注意。例他提醒學生別再犯錯了。

參考 請注意：「提醒」和「喚醒」都有使人從迷惑或沉睡中清醒過來的意思，但是兩者有分別：「提醒」注重從旁指點，使人注意，對象是人；「喚醒」的對象可以是人也可以是物，如用物時常使用擬人化的詞語。

提議 ㄊㄧˊ ㄧˋ　提出意見讓大家討論。例他的提議得到多數人的同意。

參考 請注意：「提議」和「提案」都有把意見提出來的意思，但是仍有差別：「提議」是用口敘述，把自己的意見說出來；「提案」是用寫的，把自己的意見寫在紙上提出。

提攜 ㄊㄧˊ ㄒㄧ　❶牽著小孩子的手走路。例別忘了小時候母親對我們的褓抱提攜。❷幫助，照顧；引申為提拔。例這家公司的老闆，總是大力提攜年輕人。

提心吊膽 ㄊㄧˊ ㄒㄧㄣ ㄉㄧㄠˋ ㄉㄢˇ　形容十分害怕、恐懼。例這件事很容易就解決了，沒什麼好提心吊膽的。

握

握　握　　手部　九畫

ㄨㄛˋ ❶用手拿或抓：例握筆。❷掌管：例握權。❸量詞，一把稱為一握：例一握沙子。

動動腦 小朋友，想一想，哪些物品是圓形，又可以握在手中的。

握手 ㄨㄛˋ ㄕㄡˇ　緊握彼此的手，表示親熱或友誼。

猜一猜 握手。（猜一字）（答案：拿）

握別 ㄨㄛˋ ㄅㄧㄝˊ　握手道別。例我一一和友人握別，並互道珍重再見。

揖

揖　揖　　手部　九畫

ㄧ ❶古代一種拱手行禮的方式：例打恭作揖。❷謙虛：例揖讓。

ㄐㄧˊ 通「輯」。

揭

揭　揭　　手部　九畫

ㄐㄧㄝ ❶高舉：例揭竿。❷表露，使顯露：例揭穿、揭露。❸掀開，掀去：例揭鍋蓋。❹姓：例揭先生。

ㄑㄧˋ 拉起褲管或衣衫下襬走過淺水。

動動腦 「曷」加「手」成「揭」，「曷」還可以加那些部首變成其他字呢？（答案：偈、喝、愒、葛、褐、遏……）

揭示 ㄐㄧㄝ ㄕˋ　❶公布。❷讓人看到不容易看見的事物。例孔子向他的門生揭示了仁愛的道理。

揭穿 ㄐㄧㄝ ㄔㄨㄢ　披露使人明白真相。又作「揭破」。例他的假面具被揭穿了。

參考 請注意：「揭發」、「揭露」和「揭穿」都有使隱蔽、暗藏的人或事物顯露出來的含義。「揭露」是讓人或事物揭開顯露出來。「揭發」是使壞人、壞事、錯誤、陰謀公開給大眾。「揭穿」是徹底揭發人或事的偽裝，讓它完全暴露毫不保留。

揭發 ㄐㄧㄝ ㄈㄚ　揭露舉發。例我們要勇於揭發不法的行為。

揭開 ㄐㄧㄝ ㄎㄞ　把事情實在的一面顯現出來。例太空人揭開了月球的奧祕。

揭曉 ㄐㄧㄝ ㄒㄧㄠˇ　公布事情的結果。例奧斯卡金像獎的入圍名單還沒有揭曉。

揭櫫 ㄐㄧㄝ ㄓㄨ　明白表示出來。揭和櫫都是小木樁，用來作標幟，使人認清目的。例一二三自由日，揭櫫了民主、自由的可貴。

揭露 ㄐㄧㄝ ㄌㄨˋ　使隱蔽的事物顯現出來。例他揭露了這個問題的本質。

參考 請注意：「揭露」和「暴露」都是指使隱蔽的人或事物顯露出來。有時二者可以互換，但有分別：「揭露」是有目的的使人或事物顯露出來；「暴露」除了有和「揭露」相同的用法外，還可以指人或事物自己顯露出來。

揭竿而起 ㄐㄧㄝ ㄍㄢ ㄦˊ ㄑㄧˇ　指平民不滿暴政舉起竹竿當作旗子，號召群眾，一起來反抗。例那些揭竿而起的農民，因為沒有嚴密的組織，所以並沒有成功。

揮

揮　揮　　手部　九畫

ㄏㄨㄟ ❶搖動，舞動：例揮手、揮刀。❷抹掉：例揮汗。❸散出：例這瓶香水已經揮發掉了。❹發號施令：例揮軍前進。

猜一猜 揮手告別。（猜一字）（答案：軍）

揮汗 ㄏㄨㄟ ㄏㄢˋ 抹掉汗水。例渾汗不停的人，才會有收穫。

揮毫 ㄏㄨㄟ ㄏㄠˊ 書畫家或作家用毛筆寫字作詩或作畫。例只見畫家隨意揮毫，立刻完成一幅生動的水墨畫。

揮霍 ㄏㄨㄟ ㄏㄨㄛˋ 任意浪費錢財。例他把父親留給他的財產全揮霍完了。

揮灑自如 ㄏㄨㄟ ㄙㄚˇ ㄗˋ ㄖㄨˊ 寫字和畫畫的技巧非常成熟，不受拘束，流利順暢。例他拿起筆來揮灑自如的完成一幅圖畫。

援

援 援　手部 九畫

ㄩㄢˊ ❶用手向上攀附：例攀援高山。❷引用：例援引、援例辦理。❸幫助，救助：例支援、聲援。

參考 相似字：助、救、幫。♣請注意：糸部的「緩」（ㄏㄨㄢˇ）是慢的意思，例如：緩慢。手部的「援」（ㄩㄢˊ），是指用「手」幫助人，例如：援助。

援助 ㄩㄢˊ ㄓㄨˋ 給人幫助。例非洲難民極需我們的援助。

參考 相似詞：幫助。

援例 ㄩㄢˊ ㄌㄧˋ 使用曾經用過的例子。例他考試作弊，老師援例處罰他。

揪

揪 揪　手部 九畫

ㄐㄧㄡ 用手扭住或抓住：例揪住。

揪住 ㄐㄧㄡ ㄓㄨˋ 用手緊緊的抓住。例他用手揪住塑膠袋提把，生怕袋子掉落地上。

換

換 換　手部 九畫

ㄏㄨㄢˋ ❶給別人東西同時也從別人那裡得到東西：例交換。❷更改，改變：例變換。

笑一笑 演講者正在臺上演講時，擴音器突然失靈了，於是他提高聲音，問坐在最後一排的人是否聽得見。後排的人回答：「聽不見！」這時，前排有個人站了起來說：「我聽得見，我和你換位子！」

換牙 ㄏㄨㄢˋ ㄧㄚˊ 小孩在六歲時，乳齒逐漸掉脫，長出恆齒。

小百科 一般人在六歲到八歲時開始換牙，十二歲到十四歲時乳齒全被恆齒代替。

換取 ㄏㄨㄢˋ ㄑㄩˇ 用交換的方法得到。例有些地區仍保留以物換取物的交易方式。

換季 ㄏㄨㄢˋ ㄐㄧˋ 隨著季節而變更。例夏天到了，學生制服也跟著要換季。

換班 ㄏㄨㄢˋ ㄅㄢ 工作人員按時輪流替換。例日、夜班的工人輪替換班。

摒

摒 摒　手部 九畫

ㄅㄧㄥˋ ❶排除不用：例摒除。❷收拾，整理：例摒擋行裝。

摒除 ㄅㄧㄥˋ ㄔㄨˊ 排除。例你應該摒除對他的成見。

參考 相似詞：摒棄。

摒棄 ㄅㄧㄥˋ ㄑㄧˋ 排除，捨去不用。例這種老式的收音機早就摒棄不用了。

揚

揚 揚　手部 九畫

ㄧㄤˊ ❶把東西高高的舉起來：例揚帆、揚起。❷東西在空中飄動的樣子：例飛揚。❸把事情傳出去：例宣揚。❹讚美，稱讚：例讚揚。❺形容一個人很得意的樣子：例意氣揚揚。❻姓：例揚雄。

揚眉吐氣 ㄧㄤˊ ㄇㄟˊ ㄊㄨˇ ㄑㄧˋ 形容在長久不如意的情況下，終於成功那種高興愉快的樣子。例王貞治先生創造了全壘打的世界紀錄，為中國人揚眉吐氣。

揶

揶 揶　手部 九畫

ㄧㄝˊ 嘲笑，戲弄：例揶揄。

揄
手部　九畫

揄揄　一 十 扌

ㄩˊ ❶牽引，揮動。❷稱讚，表揚：例揄揚。❸揶揄，見「揶」字。

揠
手部　九畫

揠揠　一 十 扌

ㄧㄚˋ 拔：例揠苗助長。

搓
手部　十畫

搓搓搓　一 十 扌

ㄘㄨㄛ 兩手來回揉、擦：例搓湯圓。

搾
手部　十畫

搾搾搾　一 十 扌

ㄓㄚˋ 用力壓出物體的汁液：例搾油。

搾取 ㄓㄚˋ ㄑㄩˇ 用強力搶走他人的勞力或金錢。例流氓搾取善良百姓的血汗錢。

搞
手部　十畫

搞搞搞　一 十 扌

ㄍㄠˇ ❶做，弄：例把工作搞完。❷製造混亂：例搞得軍心大亂。❸從事：例搞電影。

搞鬼 ㄍㄠˇ ㄍㄨㄟˇ 暗中使用詭計。例我們懷疑是他從中搞鬼，才造成這次失敗。

搪
手部　十畫

搪搪搪　一 十 扌

ㄊㄤˊ ❶敷衍，應付：例搪塞。❷用泥土等均勻塗抹：例搪爐子。❸抵擋：例搪飢、搪風。❹冒昧，冒犯：例搪突。

搪突 ㄊㄤˊ ㄊㄨˊ 冒昧，冒犯。例因為事情緊急，突然來拜訪你，如有搪突之處，還請見諒。

搪塞 ㄊㄤˊ ㄙㄜˋ 敷衍了事。例警察問他事情發生的經過，他支吾的搪塞過去，不肯照實說。

搭
手部　十畫

搭搭搭　一 十 扌

ㄉㄚ ❶把東西架設起來：例爸爸在院子裡搭了一座瓜棚。❷配合，連接：例搭配、前言不搭後語。❸抬：例把桌子搭出去。❹披著，掛著：例身上搭條毯子、衣服搭在繩子上。❺乘坐：例搭車。

搭車 ㄉㄚ ㄔㄜ 乘坐車子。例爸爸每天都要搭車去上班，好辛苦。

搭配 ㄉㄚ ㄆㄟˋ 有計畫的安排分配。例這兩位選手搭配得很好，輕輕鬆鬆地就打敗了對方。

搭訕 ㄉㄚ ㄕㄢˋ 為了想接近別人或打開拘束的場面，就找一些話來說。例出門的時候，不要隨便和陌生人搭訕。

搭船 ㄉㄚ ㄔㄨㄢˊ 就是坐船的意思。例奶奶家住在河對岸，我們得搭船過去。

搭救 ㄉㄚ ㄐㄧㄡˋ 幫助別人脫離危險。例幸虧有你搭救，不然我早就淹死了。

搭檔 ㄉㄚ ㄉㄤˋ ❶一起合作做事。例他們倆搭檔騙人，真是不應該。❷一起合作的伙伴。例小明和小華是好搭檔，能互相幫忙。

搭錯線 ㄉㄚ ㄘㄨㄛˋ ㄒㄧㄢˋ 接錯了電話線路。例打電話搭錯線時，常會鬧出很多笑話。

搽
手部　十畫

搽搽搽　一 十 扌

ㄔㄚˊ 塗，抹，敷：例搽粉、搽藥。

搬
手部　十畫

搬搬搬　一 十 扌

ㄅㄢ ❶移動：例搬運。❷遷移：例搬家。❸用言語使人不和：例搬弄是非。

搬弄 ㄅㄢ ㄋㄨㄥˋ ❶向兩方挑撥，造成不和。例李大嬸是個好搬弄是非的婦人。❷賣弄。例他常常喜歡搬弄小聰明。

搬家 ㄅㄢ ㄐㄧㄚ 把家遷到別處去。

動動腦 小朋友，你搬過家嗎？請你想想看，除了交通不方便或房子太小，還有哪些情形下，你的爸媽會想搬家？趕快

四畫

想想看，再去問爸爸媽媽。越多越好哦！

（答案：離祖父母家遠、離市場遠、附近太吵了、爸爸換工作……）

笑一笑 老張住在兩家打鐵鋪的中間，天天被吵得不得安寧。他到處抱怨：「只要他們肯搬家，我一定好好請他們吃一頓。」後來，兩位鐵匠終於要搬家了，老張也請了客。第二天，他發現：他的左右鄰居只是換了邊。

搬運 ㄅㄢ ㄩㄣˋ 移動或運送。例碼頭工人在船上搬運貨物。

搬磚砸腳 ㄅㄢ ㄓㄨㄢ ㄗㄚˊ ㄐㄧㄠˇ 比喻由自己所引起的事情，事後卻發現許多害處。例商鞅是死在他搬磚砸腳的法律下。

損

手部 十畫

一 十 扌 扌 扣 扣 押 捐 捐 捐 損 損 損

損 ㄙㄨㄣˇ ❶減少，失去：例損失。❷傷害，破壞：例損害。❸諷刺，用刻薄話挖苦人：例你別損人了。❹毒辣，殘忍：例這一招真損。

參考 相似字：害、失、傷、毀。♣請注意：「損」和「捐」寫法不同：「損」字右下方是「貝」；「捐」字右下方是「月」。

損失 ㄙㄨㄣˇ ㄕ 沒有代價而失去東西。例連日來的乾旱，造成農作物慘重的損失。

損害 ㄙㄨㄣˇ ㄏㄞˋ 損傷，破壞。例在光線不好的地方看書，會損害我們的靈魂之窗。

參考 相似詞：損失、損毀、損傷、損壞。

損傷 ㄙㄨㄣˇ ㄕㄤ 損壞，傷害，損失。例敵人經過兩次戰役，兵力損傷很大。

損壞 ㄙㄨㄣˇ ㄏㄨㄞˋ 破壞。例糖果吃多了，容易損壞牙齒。

搔

手部 十畫

一 十 扌 扌 扠 扠 扠 抯 搔 搔 搔 搔

搔 ㄙㄠ 用指甲輕輕抓：例搔癢。

搔到癢處 ㄙㄠ ㄉㄠˋ ㄧㄤˇ ㄔㄨˋ 搔到正在癢的地方；比喻說出重點，或正合心意，非常痛快。例他舉出許多不合理的制度，大家都有同感，真可以說是搔到癢處。

搔首弄姿 ㄙㄠ ㄕㄡˇ ㄋㄨㄥˋ ㄗ 形容女孩子用手抓頭髮賣弄姿態，以引起別人的注意。含有輕視的意思，不可以隨便使用。

搶

手部 十畫

一 十 扌 扌 扴 扴 拎 拎 拎 搶 搶 搶

搶 ㄑㄧㄤˇ ❶奪取：例搶球。❷爭先：例搶先。❸趕緊去做：例搶修。❹刮掉或擦掉物體表面的一層：例搶菜刀、搶破了皮。

ㄑㄧㄤ 碰撞的意思。例呼天搶地。

搶先 ㄑㄧㄤˇ ㄒㄧㄢ 爭先；趕在別人前面。例你不要太衝動，什麼事都愛搶先。

搶劫 ㄑㄧㄤˇ ㄐㄧㄝˊ 用暴力搶取別人的東西。例強盜搶劫銀行被抓了。

參考 相似詞：搶奪。

搶掠 ㄑㄧㄤˇ ㄌㄩㄝˋ 用強力奪取財物。例近來接二連三發生歹徒搶掠行人財物的案件。

搶救 ㄑㄧㄤˇ ㄐㄧㄡˋ 在緊急的情況下，快速的救助。例消防人員在大火猛烈的情形下，搶救還活著的人。

搶奪 ㄑㄧㄤˇ ㄉㄨㄛˊ 用暴力把別人的東西搶過來。例他因搶奪銀行被判死刑。

搶灘 ㄑㄧㄤˇ ㄊㄢ 藉著海水的上漲，將船艦放在沙灘上，使人和物資能順利卸下。例哪一個軍隊搶灘的動作最快，誰就最先贏。

搜

手部 十畫

一 十 扌 扌 扌 扌 押 押 押 搜 搜 搜

搜 ㄙㄡ ❶尋找：例搜索。❷檢查：例搜查。

參考 相似字：尋、找、查、索。

搜查 ㄙㄡ ㄔㄚˊ 尋找檢查。例警察到處搜查犯人的下落。

搜括 ㄙㄡ ㄍㄨㄚ 用各種手段奪取人民的財物。例古時的貪官汙吏經常藉機搜括民財，導致民不聊生。

參考 相似詞：搜刮。

搜索 ㄙㄡ ㄙㄨㄛˇ 仔細尋找。索：尋找。例他們一起搜索歹徒躲藏的地方。

搜集 ㄙㄡ ㄐㄧˊ 到處尋找，並且聚集在一起。例他喜歡搜集世界各國的郵票。

四畫

四畫

參考 相似詞：收集。

搜羅 ㄙㄡ ㄌㄨㄛˊ 到處尋找（人或事物），並且聚集在一起。例他環遊世界的目的，是為了搜羅珍奇寶物。

參考 請注意：「搜羅」和「網羅」都有集中起來的意思，但是有分別：「搜羅」著重在「搜」，把搜尋所得收集起來，對象可以是人，也可以是物；「網羅」著重在「網」，像張網一樣，把所得全部收羅起來，一般用在網羅天下的人才。

搜索枯腸 ㄙㄡ ㄙㄨㄛˇ ㄎㄨ ㄔㄤˊ 比喻絞盡腦汁，努力思考，多指作文章時的情形。例他搜索枯腸，仍然不知該如何下筆才好。

參考 相似詞：索枯腸。

搖

搖搖搖　手部 十畫

ㄧㄠˊ ❶物體來回地動：例搖晃。❷姓：例搖先生。

唱詩歌 搖搖搖，一搖搖到外婆橋，外婆叫我好寶寶。糖一包，果一包，還有餅兒還有糕，吃了糕餅上學校。

搖曳 ㄧㄠˊ ㄧˋ 輕輕的擺動。曳：拖拉的意思。例春風搖曳著河堤上的垂柳。

搖晃 ㄧㄠˊ ㄏㄨㄤˋ 擺動不定。晃：搖動。例他搖晃著腦袋口中念念有詞，好像一位老學究。

笑一笑 火車快要開了，三個喝醉酒的人，搖搖晃晃的準備上車。火車站的員工趕緊扶了兩位上火車，另外一位卻來不及了。只聽他笑嘻嘻地說：「他們兩個是來送我的呀！」

搖擺 ㄧㄠˊ ㄅㄞˇ ❶來回地移動。例池塘裡的荷花迎風搖擺。❷變動。例我的立場堅定，絕不搖擺。

搖籃 ㄧㄠˊ ㄌㄢˊ ❶可以左右搖動的嬰兒臥具。例媽媽那雙推動搖籃的手，給了我無限溫暖。❷比喻文化或運動的發源地。例黃河流域是我國古代文化的搖籃。

唱詩歌 天藍藍，海藍藍，小小船兒當搖籃。海是家，浪作伴，白帆帶我到處玩。

搗

搗搗搗　手部 十畫

ㄉㄠˇ ❶搥打的意思：例搗米、搗藥。❷破壞，擾亂：例搗亂。❸攻擊：例直搗敵人的巢穴。

搗米 ㄉㄠˇ ㄇㄧˇ 將稻米放入臼裡，用棍子搥打，去掉米殼。臼：是石頭做的搗米器具，中間凹而且寬大。例由於現代化的結果，農村已經很少人用臼搗米了。

搗成 ㄉㄠˇ ㄔㄥˊ 把物品加以搥打。例中藥店常把藥丸搗成粉末狀。

搗蛋 ㄉㄠˇ ㄉㄢˋ 找機會破壞、惹麻煩。例弟弟很調皮，總是在遊戲中藉機搗蛋。

搗亂 ㄉㄠˇ ㄌㄨㄢˋ 故意找機會胡鬧、破壞。例流氓總是搗亂了社會秩序。

參考 相似詞：搗蛋。

搏

搏搏搏　手部 十畫

ㄅㄛˊ ❶用手撲打：例搏擊。❷雙方互相撲打、爭鬥：例肉搏、搏鬥。❸跳動：例搏動。

搏鬥 ㄅㄛˊ ㄉㄡˋ 互相扭打爭鬥。例他與敵人搏鬥時，不小心受了傷。

搐

搐搐搐　手部 十畫

ㄔㄨˋ 筋肉牽動：例抽搐。

搆

搆搆搆　手部 十畫

ㄍㄡˋ 伸長手臂來取東西：例他太矮，搆不到窗戶。

摀

摀摀摀　手部 十畫

ㄨˇ ❶遮住：例摀著眼睛。❷封閉起來：例摀蓋。

摀蓋（ㄨˇ ㄍㄞˋ） ❶遮蓋。例那個老人用帽子摀蓋住他臉上的疤痕。❷想辦法不讓人發現。例小人總是想摀蓋自己的缺點。

摀不住（ㄨˇ ㄅㄨˋ ㄓㄨˋ） 遮蓋不了。例這件事是摀不住的，我看你還是說實話吧！

搥

手部 十畫

ㄔㄨㄟˊ 用拳頭或棒子敲打，同「捶」：例搥背、搥打。

猜一猜 追打。（猜一字）（答案：搥）

搥打（ㄔㄨㄟˊ ㄉㄚˇ） 敲打。

搥背（ㄔㄨㄟˊ ㄅㄟˋ） 用手輕輕敲擊、按摩背部。

搧

手部 十畫

ㄕㄢ ❶搖動扇子或其他的薄片，加速空氣流動：例搧扇子、搧風。❷用手掌拍打：例搧了一個耳光。

參考 請注意：「搧」、「煽」、「扇」三個字都有⑴搖動物體產生風的意思，所以「搧風」、「煽風」、「扇風」的用法相同。⑵用方法或言語使人意志搖動，所以「搧動」、「扇動」、「煽動」都是一樣的。

搧風（ㄕㄢ ㄈㄥ） 搖動扇子或其他薄片藉以產生風。例冷氣壞了，只好用扇子搧風。

參考 相似詞：扇風、煽風。

唱詩歌 扇子搧涼風，搧夏不搧冬，有人要來借，請等十月中。（芮家智編）

搧動（ㄕㄢ ㄉㄨㄥˋ） ❶搖動。例小鳥噗噗地搧動翅膀。❷指用言語、方法使人情緒激動，通常用在壞事上。例自己要有信心，不要三兩下就被搧動。

參考 相似詞：扇（ㄕㄢ）動、煽動。

搧熄（ㄕㄢ ㄒㄧ） 用力搖動物體使火熄滅。例你們快來幫忙搧熄火苗。

撤

手部 十一畫

ㄔㄜˋ ❶除掉：例撤職。❷退離，收回：例撤退、撤回。

參考 請注意：「撤」和「撒」（ㄙㄚ）字形相近，但讀音、意義不同：中間是「育」的「撤」，有除掉、退離的意思，例如：撤退、撤兵；中間有「肯」的「撒」，有放開、散布的意思，例如：撒手、撒（ㄙㄚ）滿地。

撤兵（ㄔㄜˋ ㄅㄧㄥ） 指撤退或撤回軍隊。

撤退（ㄔㄜˋ ㄊㄨㄟˋ） 軍隊放棄陣地或占領地區。例總司令下令軍隊全部撤退。

撤銷（ㄔㄜˋ ㄒㄧㄠ） 收回或取消原來進行的事情。銷：取消。例我決定撤銷對他的控告。

參考 相似詞：撤回、取消。

摸

手部 十一畫

ㄇㄛ ❶用手輕輕接觸或撫摩：例觸摸。❷用手探取、尋找：例他在口袋摸了半天，只摸出一塊錢。❸偷拿：例偷雞摸狗。❹試著了解：例漸漸摸出一套方法。❺在黑暗中行進：例摸黑。

參考 相似字：撫、捫、捉。

猜一猜 丈八金剛。（猜一句俗語）（答案：摸不著頭腦）

摸索（ㄇㄛ ㄙㄨㄛˇ） 試著做看看，然後尋找出方法。例經過許多次的失敗，他終於摸索出一套方法。

摸黑（ㄇㄛ ㄏㄟ） 在黑暗中做事。例太陽下山了，他只好摸黑趕路。

摸不著（ㄇㄛ ㄅㄨˋ ㄓㄠˊ） 弄不清楚。例剛到臺北，他根本摸不著方向。

撇

手部 十一畫

ㄆㄧㄝ ❶扔，丟：例撇開、撇下。❷舀去浮在液體表面上的東西：例撇油、撇泡沫。

ㄆㄧㄝˇ ❶書法中向左橫掠或者斜掠的筆畫。❷平扔出去：例撇球。

撇開 ㄆㄧㄝ ㄎㄞ 先放在一邊不去管。例撇開雜事，讓我們好好的談談吧！

摘

手部 十一畫

一 十 扌 扌 扩 扩 扩 拧 捎 捎 摘 摘 摘 摘

ㄓㄞ ❶用手取下來：例摘梨。❷選取：例摘要。❸借錢：例東摘西借。

唱詩歌 一二三四五六七，七六五四三二一。七個阿姨來摘果，七個花籃手中提。七個果子擺七樣，蘋果、桃兒、石榴、柿子、李子、栗子、梨。

摘要 ㄓㄞ ㄧㄠˋ 把重要的部分取出。例請你對這本書做摘要的說明。

摘記 ㄓㄞ ㄐㄧˋ 將重要的寫下。例報告太長了，我只好摘記幾個要點。

參考 相似詞：摘要、摘錄。

摘錄 ㄓㄞ ㄌㄨˋ 選取文件或書刊的一部分將它寫下來。例這篇文章非常好，我特地摘錄幾段給你看看。

摔

手部 十一畫

一 十 扌 扌 扌 扩 扩 挤 挤 挤 挤 揍 摔 摔

ㄕㄨㄞ ❶用力扔：例他把杯子摔在地板上。❷擺脫：例小明急著把跟蹤的人摔開。❸跌倒：例摔倒。❹東西掉在地上打碎：例杯子摔了。❺用力揮動，表示憤怒：例摔門而去、摔手不顧。

參考 請注意：擺脫別人時，可用摔開、摔掉；也可以用「甩」開、「甩」掉，但是「甩」讀ㄕㄨㄞˇ。

俏皮話 「石板上摔烏龜——硬碰硬。」我們都知道烏龜的殼很硬，如果在「石板上摔烏龜」，那真是「硬碰硬」；比喻程度上不相上下。

摔倒 ㄕㄨㄞ ㄉㄠˇ 就是跌倒的意思。例那位老人家過馬路時摔倒了，大家都捏一把冷汗。

唱詩歌 大腳大，大腳大，陰天下雨不害怕。大腳好，大腳好，陰天下雨摔不倒。（北京市）

摔破 ㄕㄨㄞ ㄆㄛˋ 把東西扔掉使它破損。

摔痛 ㄕㄨㄞ ㄊㄨㄥˋ 跌痛。例弟弟摔痛了，哇哇的哭了起來。

摔跤 ㄕㄨㄞ ㄐㄧㄠ ❶摔倒在地上。例他延著斜坡滑下去，結果不小心摔跤了。❷運動項目之一，兩人相抱運用力氣和技巧，以摔倒對方為勝。也可以寫作「摔角」。

俏皮話 「駝子摔跤——兩頭不著地。」駝背的人是不能夠平躺在地上，一摔跤頭和腳都碰不到地。這句話是比喻事情沒有著落或是兩頭落空。

摟

手部 十一畫

一 十 扌 扌 扣 扣 扣 押 押 押 捍 摟 摟 摟 摟

ㄌㄡ ❶用不正當的手段謀取金錢：例摟財、摟錢。❷用手攏著提起來：例摟起袖子。❸聚集：例摟聚。❹招攬生意：例摟生意。

ㄌㄡˇ 用手臂環抱著：例摟抱。

摟抱 ㄌㄡˇ ㄅㄠˋ 用雙手抱住，是一種親密的舉動。例一聽到這個好消息，他們兩個高興得摟抱在一起。

摺

手部 十一畫

一 十 扌 扌 扫 扫 扫 扫 扫 扫 摺 摺 摺 摺

ㄓㄜˊ ❶折疊：例摺手帕。❷用紙疊成，頁數固定的本子：例存摺。

摺紙 ㄓㄜˊ ㄓˇ 一種傳統的手藝，用各種色紙當材料，摺疊成各種花樣、圖形的藝術品。

摺扇 ㄓㄜˊ ㄕㄢˋ 用竹子或象牙作扇骨，然後糊上紙或絹布作扇面，而能自由舒展或摺疊的扇子。

摺疊 ㄓㄜˊ ㄉㄧㄝˊ 把平面或薄的東西一層層摺合起來。

摑

手部 十一畫

一 十 扌 扌 扪 扪 扪 扪 扪 扪 摑 摑 摑 摑

四畫

ㄍㄨㄛˊ 用手掌擊打：例摑耳光。

摑耳光（ㄍㄨㄛˊ ㄦˇ ㄍㄨㄤ）用手打別人的臉頰。

摧　手部 十一畫

ㄘㄨㄟ 折斷，破壞：例摧折、摧毀。

參考 請注意：「摧」和「催」在古代用法是相通的，但是在目前不可混用：「摧」有破壞的意思，例如：摧毀。而「催」是叫人加快行動，例如：催促。

摧折（ㄘㄨㄟ ㄓㄜˊ）打擊，挫折。例他受到了一連串的摧折，已經失去了雄心壯志。

摧殘（ㄘㄨㄟ ㄘㄢˊ）使人或物受到嚴重的殘害。例經過戰爭的摧殘，許多人失去了幸福。

摧毀（ㄘㄨㄟ ㄏㄨㄟˇ）從頭到尾的損壞。例昨夜的狂風把花園的棚子都摧毀了。

參考 請注意：「摧殘」和「摧毀」有分別：「摧殘」是慢慢的、逐漸的；「摧毀」是立刻的、快速的，二種用法稍微不同。

摯　手部 十一畫

ㄓˋ ❶誠懇的：例真摯。❷姓：摯先生。

猜一猜 手拿執照。（猜一字）（答案：摯）

摯友（ㄓˋ ㄧㄡˇ）交情很深厚的朋友。例我和認識多年的摯友，每天用電子郵件通信。

參考 相似詞：密友、知己。

摹　手部 十一畫

ㄇㄛˊ ❶照原來的樣子寫或畫：例臨摹、描摹。❷通「模」，照樣作：例摹仿。

摹本（ㄇㄛˊ ㄅㄣˇ）學習書法、畫畫時，拿來照著描的書、畫。

摹仿（ㄇㄛˊ ㄈㄤˇ）照著樣子做。例他擅長摹仿動物的叫聲。

摹寫（ㄇㄛˊ ㄒㄧㄝˇ）指描寫。例這部文學作品摹寫人物十分成功。

摹擬（ㄇㄛˊ ㄋㄧˇ）仿效現成的模範。

摩　手部 十一畫

ㄇㄛˊ ❶下功夫研究事情：例揣摩、觀摩。❷東西互相貼緊，來回移動：例摩擦。❸用手撫摸：例摩挲（ㄙㄨㄛ）。❹很接近的意思：例摩天嶺（快接近天空的高山）。

參考 請注意：「摩」和「磨」都有摩擦的意思，但是「摩」是指用手搓，例如：摩擦；「磨」是用石器等工具來磨擦物體，例如：磨刀。

摩擦（ㄇㄛˊ ㄘㄚ）❶物理學名詞。指一個物體在另一個物體上來回擦動會產生熱或靜電。例在冬天，大家用雙手摩擦來取暖。❷比喻兩人之間發生爭執或衝突。例他們兩人總是意見不合，時常起摩擦。

摩天大樓（ㄇㄛˊ ㄊㄧㄢ ㄉㄚˋ ㄌㄡˊ）相當高大的樓房。摩天：快要接近天的意思；形容非常非常的高。例從摩天大樓往下看，汽車顯得非常小，就像一個個的火柴盒。

摩拳擦掌（ㄇㄛˊ ㄑㄩㄢˊ ㄘㄚ ㄓㄤˇ）形容積極的準備，想要好好的表現一番。例二星期前他就摩拳擦掌，準備在這次比賽中獲勝。

參考 相似詞：躍躍欲試。

摳　手部 十一畫

ㄎㄡ ❶用手指或細小的東西往較深的地方挖：例摳耳朵。❷往深處或狹窄的方面鑽研：例摳書本。❸吝嗇，小氣：例這個人很摳。

摻　手部 十一畫

ㄔㄢ 混合，同「攙」：例這杯果汁被摻水，口味差很多。

猜一猜 三隻手不是扒手。（猜一字）（答案：摻）

摻水 ㄔㄢ ㄕㄨㄟˇ　加水。例椰子汁很貴，賣的人常常摻水。

摻假 ㄔㄢ ㄐㄧㄚˇ　真的東西裡混合一些假的東西。例他把酒摻假賣出，實在沒有道德。

摻雜 ㄔㄢ ㄗㄚˊ　把兩種以上的東西混合在一起。例媽媽將汽水摻雜果汁做成飲料。

撰

手部　十二畫

ㄓㄨㄢˋ　編寫著書，寫作文章：例撰述。

參考 相似字：著、述。

撰述 ㄓㄨㄢˋ ㄕㄨˋ　編寫著作。例他撰述自己在日本的所見所聞。

參考 相似詞：撰著、著作。

撰著 ㄓㄨㄢˋ ㄓㄨˋ　著書寫作。

撰寫 ㄓㄨㄢˋ ㄒㄧㄝˇ　寫作。例他預計以五年的時間撰寫回憶錄。

參考 相似詞：編寫、撰述。

撞

手部　十二畫

ㄓㄨㄤˋ　❶敲擊：例撞鐘。❷碰：例撞見。❸亂跑：例橫衝直撞。❹衝突：例頂撞。

參考 相似字：碰、擊。

猜一猜 打小孩。（猜一字）（答案：撞）

撞見 ㄓㄨㄤˋ ㄐㄧㄢˋ　碰見。例我無意中撞見姊姊用媽媽的化妝品。

撞騙 ㄓㄨㄤˋ ㄆㄧㄢˋ　到處行騙。例司法黃牛到處招搖撞騙。

撲

手部　十二畫

ㄆㄨ　❶用來拍拭的用具：例粉撲。❷輕拍：例撲去衣上的灰塵。❸氣味逼人：例撲鼻。❹猛衝：例反撲、猛力撲打。❺捕捉：例撲蝴蝶。

撲打 ㄆㄨ ㄉㄚˇ　用力拍打。例海水不斷撲打岩石。

撲向 ㄆㄨ ㄒㄧㄤˋ　衝向。例氣象報告說有輕度颱風正撲向臺灣，希望大家能做好防颱的工作。

撲空 ㄆㄨ ㄎㄨㄥ　拜訪他人卻沒有遇到。例我星期天去拜訪老友，卻撲空回來。

撲面 ㄆㄨ ㄇㄧㄢˋ　迎面。例陣陣微風撲面而來，使人感到涼爽無比。

撲哧 ㄆㄨ ㄔ　形容笑的聲音，或者水、空氣被擠出的聲音。例聽完這個笑話，她不由得撲哧一聲笑了。例撲哧一聲，原來是皮球漏氣了。

撲通 ㄆㄨ ㄊㄨㄥ　物體掉落到水中所發出的聲音。例青蛙撲通、撲通的跳進水裡。

撲鼻 ㄆㄨ ㄅㄧˊ　氣味衝到鼻子裡來。例梅花香味撲鼻，教人喜愛。

撲滿 ㄆㄨ ㄇㄢˇ　一種存錢的器物。例他的撲滿存滿了零用錢。

猜一猜 武昌起義，推翻滿清。（猜一種用品）（答案：撲滿）

播

手部　十二畫

ㄅㄛˋ　❶撒放種子：例播種。❷傳布，宣傳：例廣播。❸遷移：例播遷。

參考 相似字：散、送、種。♣請注意：「播」（ㄅㄛˋ）沒有ㄅㄛ的音，不可以讀廣播（ㄅㄛ）電臺。

播音 ㄅㄛˋ ㄧㄣ　用無線電傳送聲音播放節目。例廣播電臺正向全國民眾播音，告訴大家最新路況。

播映 ㄅㄛˋ ㄧㄥˋ　電視或電影播放節目。映：演出的意思。例這場電影已經開始播映了。

播送 ㄅㄛˋ ㄙㄨㄥˋ　利用無線電傳送。例廣播播送一段古典音樂。

播種 ㄅㄛˋ ㄓㄨㄥˇ　撒種子在土地中。例春天時農夫在田裡忙著播種。

播遷 ㄅㄛˋ ㄑㄧㄢ　遷移。例政府播遷來臺至今已有五十餘年。

撐

手部　十二畫

ㄔㄥ ❶支持：例支撐、撐著下巴。❷用竹竿撥水前進：例撐船。❸張開：例撐開、撐傘。❹吃得過飽：例撐飽。

撐破 ㄔㄥ ㄆㄛˋ　裝得太滿。例這個袋子太小，裝的東西又多，所以被撐破了。

撐腰 ㄔㄥ 一ㄠ　從旁或暗中幫助別人做事。例他因為有父親在背後撐腰，所以顯得很趾高氣揚。

撐飽 ㄔㄥ ㄅㄠˇ　吃得太多。例我因為太貪心，吃太多把肚子撐飽了。

撐篙 ㄔㄥ ㄍㄠ　用竹竿插向水底使船前進。篙：撐船用的竹竿。例漁夫滿載漁獲，撐篙回家。

參考 相似詞：撐船。

撐竿跳高 ㄔㄥ ㄍㄢ ㄊㄧㄠˋ ㄍㄠ　運動員雙手握竿，經過快速的小跑後，借助竿子的反彈力，越過橫竿。

俏皮話 「廁所裡撐竿跳——過分。」小朋友，你一定看過撐竿跳這種運動，運動員靠著一根竿子越過橫竿，如果在「廁所裡撐竿跳」，那不就是「過分」（糞與分同音）嗎？

撫

手部 十二畫

一 十 扌 扌 扩 扩 扩 拃 拃 拃 撫 撫 撫 撫 撫

ㄈㄨˇ ❶用手輕輕按，摸：例撫摸。❷安慰，慰問：例安撫、撫慰。❸保護，照管：例撫養、撫育。❹姓：例撫先生。

參考 相似字：摸、摩、慰。

撫恤 ㄈㄨˇ ㄒㄩˋ　政府對因公受傷、死亡人的家屬，給他們物質或金錢上的安慰和幫助。恤：救濟，也可以寫作「卹」。例他的父親因公死亡，政府給他們一筆撫恤金。

參考 活用詞：撫恤金。

撫順 ㄈㄨˇ ㄕㄨㄣˋ　市名，在遼寧省。

撫摸 ㄈㄨˇ ㄇㄛ　用手輕輕按著，來回移動。例他輕輕的撫摸著那隻小花貓。

撫養 ㄈㄨˇ 一ㄤˇ　保護，教養。例父母撫養我們長大，非常辛苦。

參考 相似詞：扶養。

撫今追昔 ㄈㄨˇ ㄐㄧㄣ ㄓㄨㄟ ㄒㄧˊ　看著現在，回想過去，感嘆變化的巨大。昔：過去，以前。例撫今追昔，臺灣比以前進步太多了。

撚

手部 十二畫

一 十 扌 扌 扌 扌 扌 扌 扌 撚 撚 撚 撚 撚 撚

ㄋㄧㄢˇ ❶用手指搓：例撚線、撚繩子。❷撥弄。

撚指間 ㄋㄧㄢˇ ㄓˇ ㄐㄧㄢ　比喻時間短暫迅速。

撈

手部 十二畫

一 十 扌 扌 扌 扌 扌 扌 扌 撈 撈 撈 撈 撈 撈

ㄌㄠ ❶把物體從水中拿出來：例打撈、撈魚。❷用不正當的方法得到：例大撈一票。

ㄌㄠ ❸指讓人討厭的東西：例撈什（ㄕˊ）子。

俏皮話 「水底撈月，天上摘星——辦不到的事。」小朋友，你想當一個偉大的科學家嗎？那麼就要好好念書，為將來作準備。如果只是整天看電視、玩耍，那你的理想就很難達成。「水底撈月，天上摘星」就是形容只想得到，卻辦不到的事。

撈本 ㄌㄠ ㄅㄣˇ　原本是指賭博時輸了，想再賭贏回輸掉的錢。現在則可以指想辦法補償自己的損失。

撈一票 ㄌㄠ 一ˊ ㄆㄧㄠˋ　利用機會好好的賺一筆錢。

撥

手部 十二畫

一 十 扌 扌 扌 扌 扌 扌 扌 撥 撥 撥 撥 撥 撥

ㄅㄛ ❶用手指轉動或挑動：例撥電話、撥動琴弦。❷推開或排除：例撥草、撥雲見日。❸分發，調配：例撥錢去救災。❹量詞，相當於「批」：例一撥人。

撥弄 ㄅㄛ ㄋㄨㄥˋ　來回撥動。例他用樹枝撥弄火盆裡的木炭。

撥雲見日 ㄅㄛ ㄩㄣˊ ㄐㄧㄢˋ ㄖˋ　撥開雲霧，看見太陽。比喻衝破黑暗見到光明。例聽了這場演講後，使他如撥雲見日般，找到人生的方向。

撥亂反正 ㄅㄛ ㄌㄨㄢˋ ㄈㄢˇ ㄓㄥˋ　治理混亂的局面，恢復正常的秩序。例警方推動掃毒專案，具有撥亂反正的意義。

撓 手部 十二畫

ㄋㄠˊ ❶擾亂，阻礙：例阻撓。❷屈服：例不屈不撓。❸搔，抓：例撓到癢處。❹捉住：例撓住他的衣服。

撮 手部 十二畫

ㄘㄨㄛ ❶用兩三個指頭取、抓：例撮些茶葉。❷聚集：例把土撮起來。❸容量的單位：例一公撮。❹叢：例一撮頭髮。

撮合 ㄘㄨㄛ ㄏㄜˊ 從中介紹拉攏。例他的婚事是我姨媽一手撮合的。

撬 手部 十二畫

ㄑㄧㄠˋ 用尖尖的物體順著縫隙插入，然後用力打開：例撬開大門。

撕 手部 十二畫

ㄙ 用手使薄片狀的東西裂開：例撕破。

參考 相似字：扯。

繞口令 隔著窗子撕字紙，撕了字紙吃柿子。

撕破 ㄙ ㄆㄛˋ 用手使薄片狀的東西裂開。例他一氣之下，把所有的照片都撕破。

撕票 ㄙ ㄆㄧㄠˋ 指綁匪殺害擄去的人質。例這些綁匪拿了贖金又撕票，簡直是泯滅人性。

撕毀 ㄙ ㄏㄨㄟˇ ❶撕破毀掉。例她把所有的考卷都撕毀了。❷違反共同約定的協議、條約。例協議好的合約不可任意撕毀。

撕破臉 ㄙ ㄆㄛˋ ㄌㄧㄢˇ 指公開吵架、感情破裂。例他們兩個人因為爭奪女朋友而撕破臉。

撒 手部 十二畫

ㄙㄚ ❶放開：例撒手。❷不講理的使出來：例撒賴。❸姓：例撒先生。

ㄙㄚˇ 散布，散落：例把黃豆撒了一地。

撒手 ㄙㄚ ㄕㄡˇ ❶放開手，鬆手。例東西拿穩，我撒手了。❷放手不管。例這是一件難辦的事，還是趁早撒手吧！❸死。例病了五年，他終於撒手塵寰。

撒腿 ㄙㄚ ㄊㄨㄟˇ 放開腳步跑。例他聽說哥哥回來了，撒腿就往家裡跑。

撒嬌 ㄙㄚ ㄐㄧㄠ 仗著受人寵愛故意使性子。例她喜歡在父母面前撒嬌。

撒播 ㄙㄚˇ ㄅㄛ 把作物的種子均勻的散在田地裡。例他把豆類的種子撒播在泥土中。

撒謊 ㄙㄚ ㄏㄨㄤˇ 說謊。例撒謊是不好的行為。

撩 手部 十二畫

ㄌㄧㄠˊ ❶勾引，引誘：例撩人。❷整理：例撩髮。❸把東西垂下的部分往上掀：例撩起窗簾。❹用手灑水：例撩水。

撩人 ㄌㄧㄠˊ ㄖㄣˊ 非常吸引人。例她的風采萬千，十分撩人。

撩亂 ㄌㄧㄠˊ ㄌㄨㄢˋ 紛亂。

撣 手部 十二畫

ㄉㄢˇ 拂去塵土，同「撢」：例撣掉身上的灰塵。

撣子 ㄉㄢˇ ㄗ˙ 用雞毛或布條做成的清潔用具，可以用來除去灰塵。

撻 手部 十三畫

ㄊㄚˋ 用鞭子、棍子打人：例鞭撻、撻罰。

撻伐 ㄊㄚˋ ㄈㄚˊ 征討。例武王大舉撻伐商紂的罪行，建立了周朝。

擅

手部 十三畫

一 十 扌 扌 扩 扩 扩 护 护 掮 擅 擅 擅 擅 擅 擅

ㄕㄢˋ ❶專精於某方面的事物：例他擅於繪畫。❷自做主張，不和人商量：例擅自離校。

參考 請注意：「擅」和「壇」外形相似，讀音用法都不同：手部的「擅」讀ㄕㄢˋ，含有專精於某些事物的意思，例如：擅長。土部的「壇」讀ㄊㄢˊ，是辦事的場所，例如：歌壇、文壇。

擅自 ㄕㄢˋ ㄗˋ 依照自己的意思做事。例課堂上，沒有老師的允許，學生不能擅自離座。

擅長 ㄕㄢˋ ㄔㄤˊ 在某方面具有專長。例他擅長舞臺表演。

擁

手部 十三畫

一 十 扌 扌 扩 扩 扩 扩 扩 擁 擁 擁 擁 擁 擁 擁

ㄩㄥ ❶抱：例擁抱。❷圍著：例影迷擁著大明星下車。❸眾人一起向前跑：例人像潮水一樣擁來。

參考 相似字：聚、抱。

擁有 ㄩㄥ ㄧㄡˇ 據為己有。例他擁有一輛名貴的車子。

擁抱 ㄩㄥ ㄅㄠˋ 抱在一起。例他們很久沒見面了，一見了面就高興的擁抱對方。

擁戴 ㄩㄥ ㄉㄞˋ 擁護愛戴。例他平易近人，非常受人民擁戴。

擁擠 ㄩㄥ ㄐㄧˇ 很多人密集在一起。例上下班時間，人山人海，十分擁擠。

擁護 ㄩㄥ ㄏㄨˋ 贊成並支持。例我們要擁護政府，團結合作。

擋

手部 十三畫

一 十 扌 扌 扌 扌 扌 扌 擋 擋 擋 擋 擋

ㄉㄤˇ ❶攔阻：例阻擋。❷遮住：例樹擋住了陽光。

ㄉㄤˋ 收拾，料理：例摒擋行李。

參考 相似字：遮、攔。

擋住 ㄉㄤˇ ㄓㄨˋ 遮住。例這座山擋住了兩個城市的通路。

擋駕 ㄉㄤˇ ㄐㄧㄚˋ 很客氣的拒絕來拜訪的客人。例他站在門口擋駕，不讓沒有邀請卡的人進去。

擋箭牌 ㄉㄤˇ ㄐㄧㄢˋ ㄆㄞˊ ❶古代的兵士，用來阻擋敵人、保護自己的盾牌。❷比喻用某人或某事來作為推辭的藉口。例他把沒有時間當作不能出席的擋箭牌。

撼

手部 十三畫

一 十 扌 扌 扩 扩 扩 扩 扩 扩 撼 撼 撼 撼 撼

ㄏㄢˋ 搖動：例撼動、震天撼地。

據

手部 十三畫

一 十 扌 扌 扌 扩 扩 护 护 據 據 據 據 據 據 據

ㄐㄩˋ ❶事物的證明：例收據、證據。❷占領：例占據。❸按照：例你根據什麼理由？❹憑藉，依靠：例據點。❺姓：例據小姐。

參考 相似字：憑、依、占。♣請注意：「據」和「劇」都讀ㄐㄩˋ，都是姓氏。手部的「據」是「事物的證明」、「占領」的意思，例如：收據、字據、占據、割據。刀部的「劇」的意思和「戲劇」有關，並有「非常」的意思，例如：悲劇、劇烈。

據守 ㄐㄩˋ ㄕㄡˇ 軍隊在某一個地方守備，防止敵人攻打。例山勢愈是險要，愈是軍隊據守的好地點。

據說 ㄐㄩˋ ㄕㄨㄛ 聽別人說的意思。例據說這個小鎮要發展成觀光勝地。

據點 ㄐㄩˋ ㄉㄧㄢˇ 軍隊作為戰鬥行動以及準備的地方。例國軍以金門、馬祖為據點，防止敵人的攻擊。

擄

手部 十三畫

一 十 扌 扌 扌 扩 扩 护 护 擄 擄 擄 擄 擄 擄 擄

ㄌㄨˇ ❶用暴力搶奪人或者財物：例擄掠。❷捉住：例擄獲。

擄掠 ㄌㄨˇ ㄌㄩㄝˋ 強行搶奪財物或人口。例這些歹徒擄掠百姓，無惡不作。

擇

手部 十三畫

ㄗㄜˊ 挑選：例擇友。

參考 相似字：選、揀。

擇友 ㄗㄜˊ ㄧㄡˇ 選取朋友。例姊姊擇友的條件很嚴格。

擇取 ㄗㄜˊ ㄑㄩˇ 選取。例他只重視金錢和利益的擇取，實在是令人失望。

擂

手部 十三畫

ㄌㄟˊ ❶研磨：例擂藥。❷敲打：例擂鼓。❸ㄌㄟˋ 從前為了武術比賽所擺設的臺子：例擂臺。

擂鼓 ㄌㄟˊ ㄍㄨˇ 用棒棰打鼓，是軍隊攻擊的信號。例軍隊擂鼓是為了振奮軍心，好打敗敵人。

擂碎 ㄌㄟˊ ㄙㄨㄟˋ 磨碎東西。例藥劑師把藥丸擂碎。

擂臺 ㄌㄟˋ ㄊㄞˊ ❶用來比武的高臺。例他們在武術館門口搭了一個擂臺。❷泛指競賽。例電視臺舉行歌唱擂臺，你想不想參加？

參考 活用詞：擂臺主。

操

手部 十三畫

ㄘㄠ ❶把持，握著：例操刀。❷控制：例操縱。❸從事：例重操舊業。❹鍛鍊身體的方法：例體操。❺訓練：例軍事操演。❻用某種語言或方言說話：例操南方口音。❼品行，行為：例操行。❽勞費心力：例操勞、操心。

參考 相似字：練、作、握。

操心 ㄘㄠ ㄒㄧㄣ ❶擔心憂慮。例出外應該先將去處稟告父母，以免家人操心。❷花很多心血去計畫和處理事情。例校長對觀摩教學事事操心。

操守 ㄘㄠ ㄕㄡˇ 指一個人的意志和表現的行為。例文天祥的操守令人欽佩。

操作 ㄘㄠ ㄗㄨㄛˋ 按照一定的方法進行活動。例農夫操作收割機割稻。

操場 ㄘㄠ ㄔㄤˇ 供集會、運動、遊戲、表演的場地。例國際運動比賽中，田徑操場有一定的規格和標準。

操練 ㄘㄠ ㄌㄧㄢˋ 學習和練習軍事或體育方面的技能。例以前的每年暑假和寒假，都有許多大專生在成功嶺上接受軍事的操練。

操縱 ㄘㄠ ㄗㄨㄥˋ ❶控制機器、儀器等。例操縱機器必須按照步驟，並且要注意安全。❷用權勢、力量控制別人的行為或事件的進行。例許多龐大的詐騙集團，幕後都有非法的組織在操縱。

撿

手部 十三畫

ㄐㄧㄢˇ ❶拾取：例撿樹葉。❷不應得卻得到：例撿便宜。

參考 相似字：揀。

撿到 ㄐㄧㄢˇ ㄉㄠˋ 拾取別人丟掉的東西。例小弟在校園撿到了錢，立刻交給老師處理。

撿拾 ㄐㄧㄢˇ ㄕˊ 把掉在地上的東西拾起來。例我們在路上撿拾到的東西，千萬不可以占為己有。

擒

手部 十三畫

ㄑㄧㄣˊ 逮捕，捉：例擒賊、欲擒故縱。

俏皮話 「水缸裡抓王八——手到擒來。」小朋友，你知道王八是什麼嗎？那就是烏龜。在水缸裡抓烏龜，烏龜再怎麼跑也跑不了，所以很容易就抓到了。例警察將嫌犯住的房子團團圍住，就好比「水缸裡抓王八——手到擒來。」

擒賊先擒王 ㄑㄧㄣˊ ㄗㄟˊ ㄒㄧㄢ ㄑㄧㄣˊ ㄨㄤˊ 要逮捕盜賊，首先就得捉住他們的首領。比喻先從最重要的地方著手。

擔
手部 十三畫

ㄉㄢ ❶用肩膀把東西挑起來：例張太太擔了一籃青菜去市場賣。❷負責，承當：例擔負。❸牽掛，放心不下：例擔心、擔驚受怕。❹挑東西的器具：例扁擔。

ㄉㄢˋ ❶承當的責任：例重擔。❷重量名，一百斤為一擔。

參考 相似字：負、任。

擔子 ㄉㄢˋ˙ㄗ 肩上挑物。例老農夫放下擔子，坐在樹下休息。

ㄉㄢˋ˙ㄗ 比喻承擔的責任。例他年紀輕輕就要擔起養家的擔子，真不簡單啊！

擔心 ㄉㄢ ㄒㄧㄣ 心中掛念，放心不下。例我因為擔心明天的考試，所以睡不著。

唱詩歌 石榴開花葉兒青，著雙花鞋望母親，母親留我十個月，哪個月裡不擔心？（江蘇）

擔任 ㄉㄢ ㄖㄣˋ 從事某種職務或工作。例小明平常就很熱心助人，讓他擔任服務股長，是最合適不過了。

擔負 ㄉㄢ ㄈㄨˋ 負起責任。負：承當。例軍人擔負著保衛國家的責任。

擔架 ㄉㄢ ㄐㄧㄚˋ 抬送病人、傷患的架子。例護理人員用擔架把受傷的人抬上救護車。

擔憂 ㄉㄢ ㄧㄡ 擔心憂愁。憂：煩惱愁苦。例我成績退步，爸爸很擔憂。

古人說 「兒行千里母擔憂。」這句話是說：孩子出門在外，父母親總是放不下心，一直記掛著孩子是不是平安。例「兒行千里母擔憂」，你出門在外，記得常常打電話回來報告你的情況。

擎
手部 十三畫

ㄑㄧㄥˊ 向上托起，高舉：例擎起。

擎天柱 ㄑㄧㄥˊ ㄊㄧㄢ ㄓㄨˋ 古代傳說中能支撐天的柱子，現在常用來比喻在危險困難中，能夠負責一切的重要人物。

擊
手部 十三畫

ㄐㄧˊ ❶敲打：例擊鼓。❷攻打：例襲擊。❸碰：例撞擊。❹接觸：例目擊。

擊破 ㄐㄧˊ ㄆㄛˋ 打垮，打敗，打破。例弱小國家的軍隊被強國各個擊破。

擊筑 ㄐㄧˊ ㄓㄨˊ 彈奏琴筑。筑是古代一種樂器的名稱，很像琴但比較大，頭圓，有五條弦，用竹尺敲擊發聲，能奏出悲壯的曲調。

擊鼓 ㄐㄧˊ ㄍㄨˇ 打鼓。例軍隊擊鼓向前。

擊潰 ㄐㄧˊ ㄎㄨㄟˋ 打敗敵人使敵人散亂。例在該次戰役中，我軍擊潰敵方的軍艦，贏得勝利。

參考 請注意：「擊潰」和「擊退」有分別：「擊潰」是把敵人打散；「擊退」著重的是打敗敵人而且使敵人後退。

擘
手部 十三畫

ㄅㄛˋ ❶大拇指。❷比喻特別優秀的人才：例巨擘。❸處置分析：例擘畫。

擘畫 ㄅㄛˋ ㄏㄨㄚˋ 經營計畫。例擘畫周詳。

擠
手部 十四畫

ㄐㄧˇ ❶緊靠在一起：例擁擠。❷用力壓、榨：例擠牙膏、擠牛奶。❸眨眼睛：例擠眉弄眼。❹排除：例排擠。

猜一猜 用手排齊。（猜一字）（答案：擠）

笑一笑 張先生趕著上班，搭上一輛擠得滿滿的公共汽車，結果衣襬被夾在車門外。他一面用力拉他的衣服，一面對司機說：「在公車上被擠成沙丁魚是沒關係，但是你總該讓我把魚尾巴拖進來啊！」

擠壓 ㄐㄧˇ ㄧㄚ 從物體的兩側或上方施加壓力。例這個盒子被擠壓得看不出原來的形狀。

擠眉弄眼（ㄐㄧˇ ㄇㄟˊ ㄋㄨㄥˋ ㄧㄢˇ） ❶以眉目傳情。例他個性輕薄，老愛對路過的女孩擠眉弄眼。❷鬼祟狡詐的樣子。例這一對小兄弟互相擠眉弄眼，不知在打什麼鬼主意。

擰

手部 十四畫

ㄋㄧㄥˊ ❶兩手握住物體的兩端向相反方向扭轉：例把毛巾擰乾。❷用手指夾住而扭轉：例她擰了我一下。❸用力扭轉：例把螺絲擰緊。❹聽錯，說錯：例把「竹竿」當成「豬肝」，是我聽擰了。❺意見不同：例兩個人越說越擰。

ㄋㄧㄥˋ 固執，倔強：例他的脾氣很擰。

擦

手部 十四畫

ㄘㄚ ❶抹拭的用具：例黑板擦。❷揩，拭：例擦汗、擦玻璃。❸塗抹：例擦化妝品。❹貼近：例擦肩而過。

參考 相似字：拭、抹、揩。

猜一猜 吊死鬼擦粉。（猜一句俗語）（答案：死要面子）

笑一笑 媽媽要小華把鞋子擦乾淨，小華很不以為然的說：「穿出去馬上又會弄髒了，擦乾淨做什麼？」

擦拭（ㄘㄚ ㄕˋ） 用布等擦抹物品使乾淨。例他把玻璃擦拭得非常光亮。

擬

手部 十四畫

ㄋㄧˇ ❶模仿：例摹擬。❷設計，構想：例擬了一份計畫、草擬。❸打算，想要：例擬往日本遊覽。

擬定（ㄋㄧˇ ㄉㄧㄥˋ） 預先計畫。例政府已經擬定了風景區的開發計畫。

擬稿（ㄋㄧˇ ㄍㄠˇ） 寫好草稿。例演講前要先擬稿，才不致於手忙腳亂。

擬人化（ㄋㄧˇ ㄖㄣˊ ㄏㄨㄚˋ） 使動物或是沒有生命的事物，具備人類的形體、個性，能說人話、表現人的舉動，例如：「燕兒高興的捎來春天的消息」，就是擬人化寫法。

擱

手部 十四畫

ㄍㄜ ❶放置：例把錢擱在桌上。❷停止：例耽擱。❸添加：例在湯裡擱點味精。❹容納：例屋裡擱不下這些東西。

擱淺（ㄍㄜ ㄑㄧㄢˇ） 船陷在淺水當中，不能前進。也可以比喻事情遭到阻礙而停止進行。例因為經費不足，因此這次旅遊計畫就擱淺了。

擱筆（ㄍㄜ ㄅㄧˇ） ❶放下筆，停筆。例他寫了半天才擱筆。❷指停止寫作。例他早就擱筆經商了。

擱置（ㄍㄜ ㄓˋ） ❶放置。例請你把書本擱置在桌上。❷停止進行。例這件事情很重要，千萬不能擱置太久。

擾

手部 十五畫

ㄖㄠˇ ❶客氣話，因受人招待而表示客氣：例叨（ㄊㄠ）擾。❷把事物弄亂：例擾亂。

參考 請注意：「擾」和「優」很相似，讀音和意思卻完全不同：「擾」讀ㄖㄠˇ，破壞、攪亂的意思，例如：喧擾；「優」讀ㄧㄡ，良好的意思，例如：優秀、優等。

擾亂（ㄖㄠˇ ㄌㄨㄢˋ） 破壞原來安定的秩序。例住家附近的空地正進行施工，十分吵雜，已經嚴重擾亂了我的生活。

擴

手部 十五畫

ㄎㄨㄛˋ 放大，伸展，推廣：例擴大範圍、擴張土地。

擴大（ㄎㄨㄛˋ ㄉㄚˋ） 增大面積或範圍。例校方擴大了操場後，上體育課就更方便了。

動動腦 「廣」字加上手部成為「擴」，想

想看還可以加上那些部首成為新字？（答案：曠、礦、鄺……）

擴建 ㄎㄨㄛˋ ㄐㄧㄢˋ　把建築物的規模加大。例他們決定擴建國民住宅。

擴展 ㄎㄨㄛˋ ㄓㄢˇ　在原有的基礎上向外伸展。例我們到世界各地旅行，以擴展眼界。

擴張 ㄎㄨㄛˋ ㄓㄤ　擴大，多用於政治、經濟、軍事勢力的伸張。例這家公司正準備擴張營業範圍。

擲　手部　十五畫

ㄓˊ　投、拋：例擲標槍、投擲。

參考　相似字：投、拋、扔。

俏皮話　「一個骰子擲七點——出乎意料之外。」小朋友應該知道什麼叫骰子，骰子最多只有六點，如果「一個骰子擲出七點」，那真是「出乎意料之外」了。比喻不可能，料想不到的事。

擲還 ㄓˊ ㄏㄨㄢˊ　請人家退還東西所用的客氣話。例所寄稿件如果不能採用，請擲還本人。

攆　手部　十五畫

ㄋㄧㄢˇ　❶驅逐：例攆出家門。❷追趕：例攆不上。

猜一猜　手拉輦車。（猜一字）（答案：攆）

擺　手部　十五畫

ㄅㄞˇ　❶能夠左右搖動，而且有一定高度的物體：例鐘擺。❷搖動：例擺動。❸陳列，陳設：例擺設。❹誇示自己：例擺闊。

參考　相似字：陳、搖。

擺布 ㄅㄞˇ ㄅㄨˋ　操縱別人。例弱小的國家常常受到強國的擺布。

參考　相似詞：操縱。

擺脫 ㄅㄞˇ ㄊㄨㄛ　設法脫離，除去自己不喜歡的情形。例他設法擺脫壞人的跟蹤。

擻　手部　十五畫

ㄙㄡˇ　❶奮發，振作：例抖擻。❷發抖，顫動：例擻抖抖。❸鐵條插到火爐裡，把灰抖掉：例把爐子擻一擻。

攀　手部　十五畫

ㄆㄢ　❶抓住東西向上爬：例攀登。❷拉扯：例攀扯。❸跟地位高的人拉關係：例高攀。

攀折 ㄆㄢ ㄓㄜˊ　把東西拉下來折斷。例隨便攀折花木是沒有公德心的行為。

攀登 ㄆㄢ ㄉㄥ　抓著東西向上爬。例他獨自攀登這座高山。

攀肩搭背 ㄆㄢ ㄐㄧㄢ ㄉㄚ ㄅㄟˋ　互相用手搭在對方的肩上、背上。例走路時攀肩搭背十分不雅。

攀龍附鳳 ㄆㄢ ㄌㄨㄥˊ ㄈㄨˋ ㄈㄥˋ　巴結或投靠有權有勢的人。例他攀龍附鳳，想得到一些好處。

擷　手部　十五畫

ㄐㄧㄝˊ　採，摘：例採擷。

唱詩歌　紅豆生南國，春來發幾枝，願君多採擷，此物最相思。（相思・王維）

擷取 ㄐㄧㄝˊ ㄑㄩˇ　採取，吸取。例多擷取他人的長處，自己才會更進步。

攏　手部　十六畫

ㄌㄨㄥˇ　❶聚集，總合：例合攏、攏總。❷靠近：例靠攏、攏岸❸梳理：例梳攏。

攏齊 ㄌㄨㄥˇ ㄑㄧˊ　集合在一起，然後排整齊。例把頭髮攏齊再出門。

攘

手部 十七畫

ㄖㄤˇ ❶排斥：例攘外、攘除。❷搶奪：例攘奪。❸偷取：例攘羊。❹亂：例擾攘。

參考 請注意：嚷、壤、攘、讓的讀音和用法：「嚷」念ㄖㄤˇ，例如：吵嚷、你別嚷嚷。「壤」（ㄖㄤˇ）是鬆軟的泥土，也可以用來指大地，例如：土壤、天壤之別。「攘」念ㄖㄤˇ，例如：擾攘、安內攘外、攘奪。「讓」（ㄖㄤˋ）是把東西給別人，引申有謙虛、退讓的意思，例如：禮讓、退讓。

攘夷 ㄖㄤˇ ㄧˊ 排斥外族，抵抗外夷的侵略。夷：原本是春秋戰國時代居住在我國東邊的外族，後來就用夷代稱所有的外族。

參考 活用詞：尊王攘夷。

攘除 ㄖㄤˇ ㄔㄨˊ 排斥消除。例我們要攘除社會上的害群之馬。

攘攘 ㄖㄤˇ ㄖㄤˇ 紛亂的樣子。例臺北街頭總是熙熙攘攘，人來人往，好不熱鬧。

參考 活用詞：熙熙攘攘。

攘外安內 ㄖㄤˇ ㄨㄞˋ ㄢ ㄋㄟˋ 抵抗外來的敵人，安定國內的秩序。

攔

手部 十七畫

ㄌㄢˊ 阻擋，阻止：例攔住。

參考 請注意：「阻攔」的「攔」是指用手阻擋，所以是手部。「欄杆」的「欄」是用木頭做的，所以是木部。

猜一猜 手摘蘭花草。（猜一字）（答案：攔）

攔阻 ㄌㄢˊ ㄗㄨˇ 不使人通過或使人中途停止。例他有急事必須先走，請不要攔阻他。

攔路 ㄌㄢˊ ㄌㄨˋ 攔住去路。例因為有人攔路問我一些問題，所以我來晚了。

攔截 ㄌㄢˊ ㄐㄧㄝˊ 中途阻擋。截：切斷。例我軍攔截一架私自闖入的敵機。

攔擊 ㄌㄢˊ ㄐㄧˊ 阻擋攻擊。例這次戰役，採空中攔擊是致勝的關鍵。

攙

手部 十七畫

ㄔㄢ ❶牽扶：例我攙扶奶奶過街。❷混雜：例攙雜。

參考 相似字：扶、混、雜。

攙合 ㄔㄢ ㄏㄜˊ 摻雜混合。例他喜歡把牛奶和咖啡攙合在一起。

參考 相似詞：攙和。

攙扶 ㄔㄢ ㄈㄨˊ 扶著。例他在路上跌倒，被人攙扶起來。

攙雜 ㄔㄢ ㄗㄚˊ 好的、壞的、真的、假的全混合在一起。例奶茶是茶裡攙雜一些奶精。

攝

手部 十八畫

ㄕㄜˋ ❶吸取：例攝取。❷獵取，捕捉：例攝影、攝魂。❸代理：例攝政。❹保養：例攝養、攝生。❺姓：例攝先生。

ㄋㄧㄝˋ 平安的。

參考 相似字：拿、取、養。

攝氏 ㄕㄜˋ ㄕˋ 一種常用的溫度單位。冰點為零度，沸點為一百度，用符號「C」來表示。這種溫度計的刻度方法是瑞典天文學家攝爾修斯制定的。例水到了攝氏一百度就會沸騰。

攝取 ㄕㄜˋ ㄑㄩˇ ❶吸收。例在生長期間一個人的營養攝取相當重要。❷拍攝。例在這兒攝取幾個鏡頭吧！

攝政 ㄕㄜˋ ㄓㄥˋ 代理君主處理國家的事務。例宣統皇帝小時候暫由父親醇親王攝政。

攝近 ㄕㄜˋ ㄐㄧㄣˋ 收取遠處的東西到近處。例望遠鏡能把遠處的風景攝近在人們的眼前。

攝影 ㄕㄜˋ ㄧㄥˇ 照相或拍電影。例他獲得攝影比賽冠軍。

攜

手部 十八畫

ㄒㄧ ❶帶：例攜帶、攜款。❷牽，拉：例攜手前進、扶老攜幼。

參考 相似字：帶、牽。

攜帶（ㄒㄧ ㄉㄞˋ） 隨身帶著。例他隨身攜帶一把傘。

攤 手部 十九畫

ㄊㄢ ❶陳列貨品、出售貨物的地方：例水果攤。❷展開：例攤開。❸分擔：例均攤、分攤。

參考 請注意：❶「攤」和「灘」有時可以通用。當指水邊的沙地，或液體停在一個地方形成一片時，例如：一灘水、一灘泥（或一攤水、一攤泥）。❷本書依照教育部的辭典用「灘」。

攤平（ㄊㄢ ㄆㄧㄥˊ） 展開鋪平。例媽媽把桌布攤平。

攤販（ㄊㄢ ㄈㄢˋ） 擺攤子賣東西的人。例在路邊賣飾品的攤販，看到警察來了，只得急急忙忙地收拾攤位。

攤開（ㄊㄢ ㄎㄞ） 打開，擺開，展開。例既然已經到了這個地步，我們還是把事情攤開來講清楚吧！

攣 手部 十九畫

ㄌㄨㄢˊ 手腳彎曲不能伸直：例痙攣。

參考 請注意：巒、臠、攣、孿的讀音和用法：「巒」（ㄌㄨㄢˊ）是連綿不斷的山峰，例如：山巒。「臠」（ㄌㄨㄢˊ）是大肉塊，例如：禁臠（是指某一個人所獨享，其他人不能接近的東西）。「孿」（ㄌㄩㄢˊ）生子就是雙胞胎。痙「攣」（ㄌㄨㄢˊ）則是手腳彎曲不能伸直的疾病。

攢 手部 十九畫

ㄗㄢˇ 積聚，儲蓄：例攢錢、積攢。

ㄘㄨㄢˊ 聚集：例攢聚。

攫 手部 二十畫

ㄐㄩㄝˊ ❶鳥獸用爪子抓取東西：例老鷹攫了一隻小雞。❷搶奪，占為己有：例攫奪。

猜一猜 兩眼看抓一隻。（猜一字）（答案：攫）

攫取（ㄐㄩㄝˊ ㄑㄩˇ） 通常指用力量強取。

攪 手部 二十畫

ㄐㄧㄠˇ ❶擾亂：例打攪。❷調勻東西：例請你把沙拉攪勻。❸攙雜，混合：例這是兩件事，請你不要攪在一起。

ㄍㄠˇ 作，為，通「搞」：例胡攪、亂攪。

攪拌（ㄐㄧㄠˇ ㄅㄢˋ） 用手或器具轉動物品，使物品均勻。例請你攪拌一下生菜和沙拉。

攪散（ㄐㄧㄠˇ ㄙㄢˋ） 把聚在一起的東西弄鬆分散。例請你幫忙攪散蛋黃。

攪亂（ㄐㄧㄠˇ ㄌㄨㄢˋ） 搗亂，弄亂。例請不要攪亂桌上的東西。

攬 手部 二十一畫

ㄌㄢˇ ❶用手臂抱住：例母親把他攬在懷裡。❷掌握：例大權獨攬。❸招來，拉過來：例招攬客人。

支部 ㄓ

支（支），原來是手摘葉子，有分離的意思。「个」是竹葉（請見竹部說明），「ヨ」（又）是手，「支」就是用手摘下竹子的枝葉，因此有分離的意思，例如：支離破碎。

支 支部 〇畫

ㄓ ❶計算事物的單位：例一支軍隊。❷「地

四畫

支」的簡稱。❸維持，受得住：例體力不支、樂不可支。❹領取：例預支薪水。❺叫人離開：例把他支走。❻付錢：例收支、開支。❼分配，指揮：例支配、支使。❽援助：例支援。❾撐起：例支起帳篷。❿由總體分出來的：例支氣管、支線、支流。⓫姓：例支先生。

動動腦 那些部首可以加「支」成為另外的字？（答案：枝、肢、翅、吱、岐、伎、妓、歧、技、展……）

支出 ㄓ ㄔㄨ 金錢財物的花費。例家庭的支出和收入要作妥善的安排。
參考 相似詞：開支、開銷。♣相反詞：收入。

支持 ㄓ ㄔˊ ❶給予鼓勵或幫助。持：幫助的意思。例感謝各位的支持。❷想辦法守住、撐住。例我無法支持下去了。

支配 ㄓ ㄆㄟˋ ❶安排分配。例這個月的薪水你怎樣支配呢？❷對人或事物起指揮和控制的作用。例我們要懂得支配時間。

支票 ㄓ ㄆㄧㄠˋ 向銀行取款或付錢給人的一種憑證，可以和每家銀行互相交流使用。例支票比現款方便得多。

支援 ㄓ ㄩㄢˊ 扶持幫助。援：救助的意思。例大家全力支援前線。

支撐 ㄓ ㄔㄥ ❶承受並頂住向下的壓力。撐：支持的意思。例那棟傾斜的屋子只有一根木頭支撐著。❷很吃力的維持著。例一家人的生活由他支撐。

支離破碎 ㄓ ㄌㄧˊ ㄆㄛˋ ㄙㄨㄟˋ 分散破裂而不完全。例那本書被老鼠啃得支離破碎。

攴部 ㄆㄨ

「攴」是手上拿著鞭子的樣子，「卜」是鞭子，「又」就是手（請見又部說明），手拿鞭子，有拍打的意思。現在寫成「攴」或「攵」。有關「攴」部的字大部分都有打擊的意思，例如：敲（拍打）、改（透過鞭打使人改過）、牧（拿著鞭子看管牛羊）。

收

攴部 二畫

ㄕㄡ ❶接到，接受：例收信。❷把東西整理放置妥當：例收好。❸結束：例收工。❹割取農作物：例收割。❺取回原來屬於自己的東西：例收回。❻買：例收購。❼得到：例收益、收效。❽聚集，合攏：例收集、收口。❾要，取：例收帳、收費。
參考 相反字：放。

收入 ㄕㄡ ㄖㄨˋ 在一定期間內所得的錢財。例這家商店貨品物美價廉，每天的收入很可觀。
參考 相反詞：支出。♣活用詞：收入表、收入清單。

收心 ㄕㄡ ㄒㄧㄣ ❶把放鬆閒散的心思收起來。例假期已經結束，要收心準備功課了。❷打消做壞事的念頭。例他出獄後，真的收心洗手不幹了。

收支 ㄕㄡ ㄓ 財物的收入和支出。例媽媽每個月都要費心維持家裡的收支平衡。
參考 相似詞：出納。

收成 ㄕㄡ ㄔㄥˊ ❶指農、漁產品的收穫情形。例最近連續下大雨，蔬果的收成很不好。❷擴大指各種看得見、看不見的成果。

收拾 ㄕㄡ ㄕˊ ❶把散亂的東西整理整齊。例要住得舒服，就要每天收拾環境。❷折磨或處罰。例你再亂動我東西，小心我收拾你！
參考 相似詞：拾掇。

收留 ㄕㄡ ㄌㄧㄡˊ 接受有生活困難或特殊要求的人或物，並且給予適當的生活安置。例育幼院中收留了很多無家可歸的孤兒。例姊姊收留了一隻流浪狗。
參考 相似詞：收容。♣請注意：「收留」和「收容」都有接受並留下的意思，但仍有差別：「收留」多指留下來照顧他的生活，時間比較長，也可以指留下物品；「收容」通常時間不會太長，而且對象多半是有生命的，例如：醫院收容病患。

收集 ㄕㄡ ㄐㄧˊ　把同類的東西聚集在一起。例弟弟最大的嗜好是收集郵票。

參考 相似詞：聚集、搜集、蒐集。

收復 ㄕㄡ ㄈㄨˋ　重新奪回失去的領土或陣地。例經過八年的艱苦抗戰，終於收復了所有淪陷的國土。

參考 相似詞：光復、克復。

收割 ㄕㄡ ㄍㄜ　割取成熟的農作物。例秋天是收割的好季節。

收買 ㄕㄡ ㄇㄞˇ　❶購買。例他常踩著三輪車，到大街小巷收買破銅爛鐵。❷用金錢或其他好處引誘別人為自己做事。例張先生很會做表面工作，收買人心。

參考 相似詞：買通、賄賂。

收據 ㄕㄡ ㄐㄩˋ　收到錢或東西後，寫給對方的證明。

收購 ㄕㄡ ㄍㄡˋ　從各處購買。購：就是「買」的意思。例博物館最近收購了一批很珍貴的名畫。

參考 相似詞：收買。

收藏 ㄕㄡ ㄘㄤˊ　把東西收起來並放好。例姊姊的寶貝盒子裡，收藏了很多稀奇古怪的小東西。

收穫 ㄕㄡ ㄏㄨㄛˋ　❶得到成熟的農作物。例最近水果的收穫很好，農民們個個笑呵呵！❷指努力後所得到的成果或利益。例今天到這裡聽演講收穫良多。

收音機 ㄕㄡ ㄧㄣ ㄐㄧ　收聽無線電廣播的機器。基本原理是把電波傳來的訊號，轉變成聲音廣播出來。它的組成包括了檢波器、放大器、揚聲器及選臺器。

收視率 ㄕㄡ ㄕˋ ㄌㄩˋ　某一電視節目，被民眾收看的比率。通常由傳播公司作問卷調查，或抽樣電話訪問。收視率愈高，表示看這節目的人愈多。

改

攴部　三畫

ㄱ ㄱ 己 己 己 改 改

ㄍㄞˇ　❶變動，更換：例更改、改期。❷修改：例改文章。❸糾正：例改正、悔改。❹姓：例改先生。

參考 相似字：革、變、更。

古人說 「行不改名，坐不改姓。」這句話是說：一個人的行為光明正大，沒有做見不得人的事，不需要隱藏真面目。例我王大明「行不改名，坐不改姓」，你有話快說吧！

改口 ㄍㄞˇ ㄎㄡˇ　改變自己說話的內容或語氣。例他發覺自己說錯話，急得連忙改口。

改天 ㄍㄞˇ ㄊㄧㄢ　以後的某一天。例今天我有事，我們改天再談吧！

參考 相似詞：改日。

改正 ㄍㄞˇ ㄓㄥˋ　把錯誤的改成正確的。例我們一定要勇於改正錯誤。

改行 ㄍㄞˇ ㄏㄤˊ　放棄原來的行業，去做新的行業。例他原是個修車工人，現在改行賣麵了。

改良 ㄍㄞˇ ㄌㄧㄤˊ　去掉事物中的缺點，加以改進。例臺灣的水果嘗試了很多的改良。

改制 ㄍㄞˇ ㄓˋ　改變政治、經濟、教育……各種制度。例師專改制師院後，師資就提高了。

改建 ㄍㄞˇ ㄐㄧㄢˋ　把建築物改造，以便適合新的需要。例他將平房改建成大樓。

改革 ㄍㄞˇ ㄍㄜˊ　改變事物中不合理的部分，使它能適合時代的情況。例政府的土地改革政策非常成功。

改造 ㄍㄞˇ ㄗㄠˋ　重新製造。例這部舊車經過改造以後，煥然一新。

參考 相似詞：改製、改裝。

動動腦 有些東西例如飛機、公車變大了，可以載運更多的人。那麼，那些東西改造得小一些，會更有用途？儘量想出一些別人都想不出來的東西。

改組 ㄍㄞˇ ㄗㄨˇ　改變原來的組織或更改原有的人員。例教務處工作人員改組後變得更有活力。

改換 ㄍㄞˇ ㄏㄨㄢˋ　改掉原來的，換成另外的。例這句話不好懂，最好改換一個說法。

改進 ㄍㄞˇ ㄐㄧㄣˋ　改變舊有的情況，然後有所進步。例改進工作方法。

參考 請注意：「改進」用在動態的事物。「改善」、「改良」用在靜態的事物，例如：改善關係、改良品種。

改善 ㄍㄞˇ ㄕㄢˋ 改變舊有的情況讓它好一些。例我們要改善和鄰居之間的關係。

改期 ㄍㄞˇ ㄑㄧˊ 改變原來預定的日期。例他本來要去墾丁玩，卻因為颱風來臨而改期了。

改過 ㄍㄞˇ ㄍㄨㄛˋ 改正疏忽或錯誤。例有錯一定要改過。

改裝 ㄍㄞˇ ㄓㄨㄤ ❶改變服裝。例這個罪犯改裝成另外一個模樣潛逃了。❷改變原來的裝置。例車子如果任意改裝，其實有危險性。

改寫 ㄍㄞˇ ㄒㄧㄝˇ 重新記錄。例他將歷史改寫。

改編 ㄍㄞˇ ㄅㄧㄢ ❶根據原書加以改寫。例這部電影是由小說改編成的。❷改變原來的編制。例老師把十人小組改編成五人小組。

改變 ㄍㄞˇ ㄅㄧㄢˋ 事物發生明顯的變化。例不要因為一點點誤會，而改變了你和他的友誼。

改觀 ㄍㄞˇ ㄍㄨㄢ 改變原來的樣子。例幾年沒回來，臺北的情況完全改觀了。

改邪歸正 ㄍㄞˇ ㄒㄧㄝˊ ㄍㄨㄟ ㄓㄥˋ 離開邪路，回到正路上來。指不再做壞事。例他已改邪歸正了，不要再責罵他。

參考 相似詞：棄暗投明。

改朝換代 ㄍㄞˇ ㄔㄠˊ ㄏㄨㄢˋ ㄉㄞˋ 舊朝代被新朝代替代。

改過自新 ㄍㄞˇ ㄍㄨㄛˋ ㄗˋ ㄒㄧㄣ 改正錯誤，重新做人。例他受老師的感化後，已經改過自新了。

改頭換面 ㄍㄞˇ ㄊㄡˊ ㄏㄨㄢˋ ㄇㄧㄢˋ 改變原有的面目，有新的氣息。例他改頭換面，重新做人。

攻

攴部 三畫

ㄍㄨㄥ ❶用武力擊打敵人：例攻城。❷指責他人的缺失，或駁斥別人的議論：例群起而攻之。❸學習，專門研究：例他專攻兒童心理。

攻心 ㄍㄨㄥ ㄒㄧㄣ ❶不用武力，使用計謀，說明情勢利害，動搖敵人的心意，使對方屈服的戰術。也就是一般所謂的心理戰或思想戰。例所謂「三分軍事，七分政治」，強調的就是「攻心為上」的戰術。❷民間俗稱因為憤怒、悲痛而神智昏迷，叫作「怒氣（急怒）攻心」。因為渾身潰爛或燒傷而發生生命危險的叫作「毒氣攻心」或「火氣攻心」。

攻打 ㄍㄨㄥ ㄉㄚˇ 利用武力使對方失敗。例「七七事變」因日本藉故攻打我國而爆發。

攻占 ㄍㄨㄥ ㄓㄢˋ 攻擊並占領敵人的地方。占：占領。例二次大戰時，日本攻占了我國東北。

攻勢 ㄍㄨㄥ ㄕˋ 向敵方進攻的行動或形勢。勢：情況。例這場球賽，雙方的攻勢都很激烈。

攻擊 ㄍㄨㄥ ㄐㄧ ❶指強迫對方屈服的種種行動。例戰士在指揮的命令下，猛力攻擊敵人。❷用言語、文字指責別人。例他的不當言論，受到大眾猛烈的攻擊。

攻讀 ㄍㄨㄥ ㄉㄨˊ 努力讀書，或是專門研究某一門學問。例家裡的兩個姊姊目前都在研究所攻讀醫學。

攻其不備 ㄍㄨㄥ ㄑㄧˊ ㄅㄨˋ ㄅㄟˋ 趁對方沒有防備的時候進攻。例「攻其不備，出其不意」，是獲勝的良機。

參考 相似詞：攻其無備。

攸

攴部 三畫

ㄧㄡ 和「所」的意義相同，表示聯繫的作用：例性命攸關。

攸關 ㄧㄡ ㄍㄨㄢ 相關，通常指二件事有很密切的關聯。例你別開玩笑了，這可是性命攸關的事。

放

攴部 四畫

ㄈㄤˋ ❶解除約束：例釋放、放生。❷任意，不加管束：例放任。❸發，射：例放光、放槍。❹擴展：例放寬。❺擱置：例放在桌上。❻把人驅逐到遠處：例放逐。❼開：例心花怒放、百花齊放。❽趕牛羊出去吃草：例例放牧。❾加進去：例菜裡放點鹽。ㄈㄤˇ❶依據的意思。❷到達：例摩頂放踵（從頭到腳都受了傷，形容一個人不辭艱苦，捨己救世的行為）。❸通「仿」：例放效。❹姓。

參考 相反字：收。

動動腦 空白的地方少了一個字，小朋友請你趕快想一想，填上一個字！

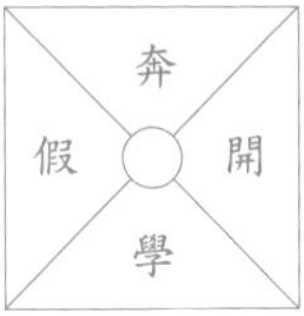

（答案：開放、奔放、放學、放假）

古人說 「放長線，釣大魚。」大魚在水深處，所以要放長線去釣；這句話是告訴我們不要急於成功，將目標放遠，可以得到更大的收穫。例這件事要從長計議，才能「放長線，釣大魚」。

唱詩歌 山坡上，綠油油，小寶上山去放牛。小溪水，清亮亮，飲得牛兒樂悠悠。花牛犢，喝飽水，臥在溪邊不想走。小鞭兒，抽呀抽，響鞭光甩不打牛。

放大 ㄈㄤˋ ㄉㄚˋ 擴大。

參考 活用詞：放大鏡。

放心 ㄈㄤˋ ㄒㄧㄣ 安心。例你放心啦！我會把事做好。

放手 ㄈㄤˋ ㄕㄡˇ ❶鬆開握住物體的手。例放手！不要抓我的頭髮。❷解除顧慮或限制。例你放手去做吧！我永遠支持你。

放生 ㄈㄤˋ ㄕㄥ 把捉來的動物放掉。

俏皮話 「買鹹魚放生——不知死活。」小朋友都上過菜市場吧！那你一定看過一箱箱的鹹魚了，那是已經被鹽醃過的死魚，如果還有人「買鹹魚放生」那真是「不知死活」了；比喻一個人做事，明知道不可能，仍要去做。

放任 ㄈㄤˋ ㄖㄣˋ 順其自然的發展，不加以干涉。例遛狗時一定要清理狗的排泄物，不能放任不管，以免汙染環境。

放映 ㄈㄤˋ ㄧㄥˋ 利用光源把圖片或資料的影像投射在螢幕上。

參考 活用詞：放映機。

放射 ㄈㄤˋ ㄕㄜˋ 由一點向外射出。例太陽放射出光和熱。

參考 活用詞：放射狀、放射性、放射線。

放逐 ㄈㄤˋ ㄓㄨˊ 古代把被判有罪的人驅逐到遙遠的地方。例拿破崙被放逐到聖赫勒那島。

放假 ㄈㄤˋ ㄐㄧㄚˋ 在規定的日期停止工作或學習。例爸爸每次放假，都會帶我們去看最新上映的電影。

放棄 ㄈㄤˋ ㄑㄧˋ 丟掉，不要。例不要放棄你的學業。

放置 ㄈㄤˋ ㄓˋ 安放。例請你把這些新書放置在書架上。

放肆 ㄈㄤˋ ㄙˋ 隨便做事，沒有約束。例你太放肆了，該管管自己了。

參考 相似詞：放縱、放蕩、放恣。

放榜 ㄈㄤˋ ㄅㄤˇ 評定考試成績後，公開展示錄取者的名單。

放蕩 ㄈㄤˋ ㄉㄤˋ 不受約束或行為不檢點。例他在外放蕩闖禍，令父母很頭痛。

放學 ㄈㄤˋ ㄒㄩㄝˊ 學生下課回家。

參考 相似詞：放任、放恣。

放縱 ㄈㄤˋ ㄗㄨㄥˋ 放任縱容，不守規矩。例父母不能放縱子女。

放膽 ㄈㄤˋ ㄉㄢˇ 放開膽量。例只要你放膽去做，一定會成功。

放鬆 ㄈㄤˋ ㄙㄨㄥ 由緊到鬆。例考試結束了，你就放鬆放鬆心情吧！

政

攴部 五畫

一 丅 下 正 正 正 政 政

ㄓㄥˋ ❶管理眾人的事：例政治。❷指國家某一部門主管的事務：例財政、郵政。❸指家庭或團體的事物：例家政、校政。❹從前稱主持某種公務的官員：例學政。❺姓：例政先生。

四畫

政府（ㄓㄥˋ ㄈㄨˇ） 國家統治機關的總稱。具有制定法律和執行法律的權力。

政治（ㄓㄥˋ ㄓˋ） ❶就是管理眾人的事。政：指眾人的事。治：管理。❷治理國家一切行為的總稱。

政事（ㄓㄥˋ ㄕˋ） 政府的事務。

政務（ㄓㄥˋ ㄨˋ） 國家及其他政治團體所有的事務或職務。

參考 活用詞：政務官。

動動腦 小朋友請你填上一個字，然後用這四個詞造句！

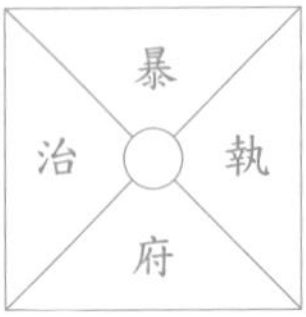

（答案：暴政、執政、政府、政治）

政策（ㄓㄥˋ ㄘㄜˋ） 指某一個團體組織設定的目標和達到目標所採取的方法。

政權（ㄓㄥˋ ㄑㄩㄢˊ） ❶統治國家、執行命令的力量。❷和「治權」相對，就是人民管理政府的權力，分成選舉、罷免、創制、複決四權。

政黨（ㄓㄥˋ ㄉㄤˇ） 由政治理想相同的人所組成，在一定的紀律下，求取政治權力，用合法控制政府人事和政策的方法，實現共同政見的組織。例美國的兩大政黨是民主黨和共和黨。

政變（ㄓㄥˋ ㄅㄧㄢˋ） 對於政治現況不滿的人，利用武力，推翻政府制度或最高長官的行動。

政治思想（ㄓㄥˋ ㄓˋ ㄙ ㄒㄧㄤˇ） 治理國家的思想。例孔子的政治思想是以道德來管理百姓。

故

攴部 五畫

一 十 十 古 古 古' 古ケ 故

ㄍㄨˋ ❶意外的事：例事故。❷原因：例無故。❸有意的：例故意。❹過去的，原來的：例故鄉、溫故知新。❺朋友：例故交、沾親帶故。❻死亡：例病故。❼所以，因此：例他有堅強的意志，故能成功。

參考 相似字：舊。♣相反字：新。

動動腦 「他正在說鬼故事」，除了「故」以外，「古」還可以加上哪些偏旁變成其他的字？

（答案：固、舌、沽、估、枯、苦……）

故人（ㄍㄨˋ ㄖㄣˊ） 老朋友。

參考 相似詞：故交、故舊、故知。

故友（ㄍㄨˋ ㄧㄡˇ） 死去的朋友。

故地（ㄍㄨˋ ㄉㄧˋ） 曾經住過的地方。

故居（ㄍㄨˋ ㄐㄩ） 從前曾經住過的房子。

故事（ㄍㄨˋ ㄕˋ） ❶舊事。例他總是重提故事，聽了真令人厭煩。❷傳說，不真實的事物。例我最喜歡聽童話故事。

故宮（ㄍㄨˋ ㄍㄨㄥ） 在北京紫禁城神武門內，原是元明清的皇宮。

故鄉（ㄍㄨˋ ㄒㄧㄤ） 出生或久居的地方。

參考 相似詞：故里、故土、故園。

故意（ㄍㄨˋ ㄧˋ） 有意，存心。例他不是故意的，你別放在心上。

故障（ㄍㄨˋ ㄓㄤˋ） 機器發生障礙或毛病。

故步自封（ㄍㄨˋ ㄅㄨˋ ㄗˋ ㄈㄥ） 比喻安於現狀，不再求進步。故步：使用老方法。封：限制。

參考 相似詞：抱殘守缺、墨守成規。♣請注意：不可以寫成「固步自封」。

效

攴部 六畫

丶 亠 ナ 六 亣 交 交' 交ケ 效

ㄒㄧㄠˋ ❶功用：例效用。❷貢獻：例效力。❸模仿：例仿效。

效力（ㄒㄧㄠˋ ㄌㄧˋ） ❶為人出力。例他心甘情願為國家效力。❷功能，作用。例這種藥效力很大。

參考 相似詞：效果、效用、效益、效能。

效尤 ㄒㄧㄠˋ ㄧㄡˊ 故意模仿他人錯誤的行為。尤：錯誤。例他說謊的習慣不值得效尤。

效忠 ㄒㄧㄠˋ ㄓㄨㄥ 對國家或長官盡心盡力。例每個國民都應該效忠國家。

效果 ㄒㄧㄠˋ ㄍㄨㄛˇ ❶由某種力量、做法或原因產生的結果。例利用陽光來乾燥食物效果不錯。❷在戲劇中製造的聲音景象。

參考 相似詞：成果。

效法 ㄒㄧㄠˋ ㄈㄚˇ 照著去做。例我們要效法他見義勇為的精神。

效命 ㄒㄧㄠˋ ㄇㄧㄥˋ 不顧自己的生命，努力去做。例他為國效命，一點也不退縮。

參考 相似詞：效死。

效率 ㄒㄧㄠˋ ㄌㄩˋ 工作量。例他的工作效率太低，被老闆開除了。

效勞 ㄒㄧㄠˋ ㄌㄠˊ 出力服務。例我很樂意為你效勞。

敉

攴部 六畫

丶 丷 ⺌ 半 米 米 米 籵 敉 敉

ㄇㄧˇ 安定，平定：例敉平、敉亂。

敉平 ㄇㄧˇ ㄆㄧㄥˊ 指平定亂事。

啟

攴部 七畫

啓

一 厂 户 户 户 启 启 启 启 啟

ㄑㄧˇ ❶打開：例開啟。❷開導：例啟發。❸開始：例啟用、啟程。❹文體的一種，內容比較簡短：例小啟、啟事。❺人名，大禹的兒子，傳說為夏朝的君主。❻姓：例啟先生。

啟示 ㄑㄧˇ ㄕˋ 因為人或事的開導、提醒，使自己有所領悟。示：顯露或宣告的意思。例讀了這本書，給我很大的啟示。

參考 **請注意：「啟示」是直接呈現事物，或是明白指出道理，使對方了解；「啟發」著重在引發對方的思考，使他明白。**

啟事 ㄑㄧˇ ㄕˋ 應用文的一種，為了公開聲明某事而登在刊物上或貼在牆上的文字。例校刊的主編為了擴大同學的參與，在校園內張貼徵稿啟事。

啟航 ㄑㄧˇ ㄏㄤˊ 輪船或飛機開始航行。

啟發 ㄑㄧˇ ㄈㄚ 開導說明，引發別人思考，使對方領悟了解。例陳老師的教學，一向強調啟發兒童的創意思考。

啟蒙 ㄑㄧˇ ㄇㄥˊ ❶使初學的人得到基本的入門知識。例經由師長的啟蒙，使我領略了文學的美。❷普及新知識，使人們擺脫以往的無知。例經過五四運動的啟蒙，人們開始學習尊重自我。

啟齒 ㄑㄧˇ ㄔˇ 開口說話，多指向別人有所請求。例他想向朋友借錢買車子，卻又不敢啟齒。

敖

攴部 七畫

敖

一 十 土 丰 耂 考 考 考 敖 敖

ㄠˊ ❶同「遨」，遊玩：例敖遊。❷姓：例敖先生。

ㄠˋ 通「傲」。

救

攴部 七畫

救

一 十 寸 才 求 求 求 求 救 救

ㄐㄧㄡˋ 幫助別人脫離危險或苦難：例救助、營救、拯救。

救生 ㄐㄧㄡˋ ㄕㄥ 救護生命。例我們要充實救生知識。

參考 **活用詞：救生圈、救生衣、救生員。**

救星 ㄐㄧㄡˋ ㄒㄧㄥ 比喻幫助別人脫離苦海的人。例小明樂於助人，大家都叫他「救星」。

救援 ㄐㄧㄡˋ ㄩㄢˊ 救助。例總司令派兵救援前線部隊。

救濟 ㄐㄧㄡˋ ㄐㄧˋ 用金錢、物品去救助貧苦的人。例我們要救濟在災難中受害的人。

參考 相似詞：援助、支援。

笑一笑 **學校在義賣糖果餅乾，準備設立仁愛救濟基金。小英說：「我正在減肥，不能吃這些東西。」小明忙說：「沒關係，你儘量買，我幫你吃。」**

救護 ㄐㄧㄡˋ ㄏㄨˋ 援助傷病的人，使他們得到適當的治療。例他們在火災現場進行救護

四畫

的工作。

參考 活用詞：救護隊、救護車、救護人員。

敗

攴部 七畫

ㄅㄞˋ ❶在戰爭、競賽中失利，或是事情不成功：例失敗。❷破壞：例成事不足，敗事有餘。❸破舊，腐爛：例金玉其外，敗絮其內。❹把對方打敗：例大敗敵隊。❺衰落：例家敗人亡。

參考 相似字：失、輸。♣相反字：勝、贏、成。

敗北 ㄅㄞˋ ㄅㄟˇ 打敗仗逃亡。例項羽英勇善戰，極少敗北，卻被困在垓下，無顏再見江東父老。

小百科 「北」本來是二個人背對背的意思。因此打敗仗背對敵人逃跑，就叫「敗北」。

敗筆 ㄅㄞˋ ㄅㄧˇ ❶用壞了的毛筆。❷書畫或文章裡的缺點。例這篇文章唯一的敗筆就是結尾太牽強。❸計畫不周密或是辦事有缺失。例沒有邀請老師參加，是這次同學會最大的敗筆。

敗壞 ㄅㄞˋ ㄏㄨㄞˋ 破壞，損害。例愈來愈興盛的賭風，敗壞了純樸的社會風氣。

敗類 ㄅㄞˋ ㄌㄟˋ 稱道德敗壞、品格低下、行為無恥的人。例這些人不務正業，成天惹是生非，真是社會的敗類。

敗家子 ㄅㄞˋ ㄐㄧㄚ ㄗˇ 指不務正業，不從事生產，卻隨意花費家產的子弟。

參考 相似詞：敗子。

敏

攴部 七畫

ㄇㄧㄣˇ ❶反應快，靈活：例敏捷、靈敏。❷姓：例敏小姐。

敏捷 ㄇㄧㄣˇ ㄐㄧㄝˊ 動作快速靈敏。例他的動作敏捷，一下子就把事做完了。

參考 相似詞：靈敏。

敏感 ㄇㄧㄣˇ ㄍㄢˇ 生理上或心理上對外界事物的反應很快、很細微。例冬眠的動物對天氣的變化非常敏感。

敏銳 ㄇㄧㄣˇ ㄖㄨㄟˋ 心思很靈活，觀察、判斷很正確。例她敏銳的觀察每片葉脈。

參考 相似詞：敏睿。♣請注意：「敏銳」指思想、智慧；「敏捷」形容動作或行為過程。

敘

攴部 七畫

ㄒㄩˋ ❶用文字記述：例敘事、記敘。❷評定等級次第：例敘獎。❸聚會談話：例小敘、餐敘。❹書卷前面說明全書要點或撰寫經過的文字，同「序」。

敘事 ㄒㄩˋ ㄕˋ 用文字寫出事情。例妹妹敘事的能力很強，經常把故事說得活靈活現的。

參考 活用詞：敘事文、敘事詩。

敘述 ㄒㄩˋ ㄕㄨˋ 把事情的前後經過記載下來或說出來。例聽老師敘述有關他旅遊的奇妙故事，真令人嚮往。

教

攴部 七畫

ㄐㄧㄠˋ ❶因思想信仰相同而聚集在一起的團體：例佛教。❷訓誨，指導：例教導。❸使，令：例教他回來。

ㄐㄧㄠ 把知識或技能傳給人：例教書。

教化 ㄐㄧㄠˋ ㄏㄨㄚˋ 教育感化。例至聖先師孔子以禮樂教化人。

教材 ㄐㄧㄠˋ ㄘㄞˊ 有關講授內容的材料，例如：書籍、講義、圖片等。例老師每次上課，都會精心準備精彩的教材，幫助我們容易了解課程內容。

教育 ㄐㄧㄠˋ ㄩˋ ❶培植人材，使受教者形成一定的思想品德，獲得一定的知識技能，使體力與智力得到發揮。教育一般指學校教育，但也包括社會教育和家庭教育。❷教導，啟發，使明白道理。

教宗 ㄐㄧㄠˋ ㄗㄨㄥ 天主教最高統治者，常駐在羅馬梵蒂岡。又稱「教皇」。

教室 ㄐㄧㄠˋ ㄕˋ 教學講課所用的房子。

教徒 ㄐㄧㄠˋ ㄊㄨˊ 信仰某一種宗教的人。例爺爺和奶奶是虔誠的佛教徒，除了吃齋念佛外，也經常到寺廟擔任義工。

教師 ㄐㄧㄠˋ ㄕ 教員，擔任教學工作的人。

教訓 ㄐㄧㄠˋ ㄒㄩㄣˋ ❶教育訓誡。例我是為他好才教訓他。❷從失敗或錯誤中得到的經驗。例我們要從失敗中記取教訓。

教員 ㄐㄧㄠˋ ㄩㄢˊ 擔任教學工作的人員。

教書 ㄐㄧㄠ ㄕㄨ 從事教育工作，教人讀書。例他在小學裡教書。

教授 (一)ㄐㄧㄠ ㄕㄡˋ 教導和傳授。例她教授英文。(二)ㄐㄧㄠˋ ㄕㄡˋ 大學裡的教師分四等，最高一等即為教授。

教堂 ㄐㄧㄠˋ ㄊㄤˊ 教徒舉行宗教儀式的場所。

教條 ㄐㄧㄠˋ ㄊㄧㄠˊ ❶宗教規定信徒必須遵守的基本信念。❷通稱一切僵死的、凝固不變而又強迫人遵守的思想、主義。

教會 ㄐㄧㄠˋ ㄏㄨㄟˋ 信奉同一宗教的信徒所組織的團體，目的在傳播教義和照顧信徒。

教誨 ㄐㄧㄠˋ ㄏㄨㄟˋ 教育勸導。誨：教育，勸育。例我會記得師長的諄諄教誨。

教練 ㄐㄧㄠˋ ㄌㄧㄢˋ 以講解、示範等方式訓練別人掌握某種技術的人。例他是足球教練。

教導 ㄐㄧㄠˋ ㄉㄠˇ 教訓和指導。例老師在課堂上教導我們做人的道理。

教學 ㄐㄧㄠˋ ㄒㄩㄝˊ 教書，講解傳授知識。

參考 活用詞：教學相長。

教導有方 ㄐㄧㄠˋ ㄉㄠˇ ㄧㄡˇ ㄈㄤ 稱讚別人指導得很有方法。例都是老師教導有方，他才有今日的成就。

敝

攴部 七畫

敝

ㄅㄧˋ ❶破爛、敗壞的：例破敝。❷自謙的用語，用來指稱跟自己有關的事物：例敝人、敝校。

參考 相似字：壞、破、敗。♣請注意：「敝」的左邊是「㡀」，「敞」(ㄔㄤˇ)的左邊是「尚」。二字形體相近，要留意辨別。

敝帚自珍 ㄅㄧˋ ㄓㄡˇ ㄗˋ ㄓㄣ 自己家裡的破掃帚，也當寶貝愛惜。比喻珍愛自己的東西，有缺點也喜歡。帚：掃帚。珍：重視珍惜。例這些小玩意兒也許並不值錢，卻是我敝帚自珍的寶貝。

敕

攴部 七畫

敕

ㄔˋ ❶帝王的詔書、命令：例敕封、敕命。❷姓：例敕先生。

敕命 ㄔˋ ㄇㄧㄥˋ 皇帝的命令。例皇帝的敕命是不能違抗的。

敕勒歌 ㄔˋ ㄌㄜˋ ㄍㄜ 歌謠名。作者不詳。一千四百年前東魏高歡領兵攻打西魏玉璧，久攻不破，又損兵折將，於是氣出病來。敵人傳出謠言，說高歡中箭，受了重傷。高歡大怒，勉強挺身而出，宴請文官武將，並叫部將斛律金唱歌。斛律金唱出敕勒歌：「敕勒川，陰山下，天似穹廬，籠蓋四野。天蒼蒼，野茫茫，風吹草低見牛羊。」高歡也親自跟著唱，結果全軍士氣大振。敕勒：古時的種族名稱。

敢

攴部 八畫

敢

ㄍㄢˇ ❶有勇氣，有膽量：例勇敢。❷表示冒昧的請求：例敢問。❸表示謙遜，「不敢」的意思：例豈敢。

敢情 ㄍㄢˇ ㄑㄧㄥˊ ❶原來。例敢情他是個騙子。❷自然，當然。例你想辦托兒所嗎？那敢情好。

敢死隊 ㄍㄢˇ ㄙˇ ㄉㄨㄟˋ 軍隊為完成最艱鉅的戰鬥任務，由不怕死的人組成的先鋒隊伍。

敢怒不敢言 ㄍㄢˇ ㄋㄨˋ ㄅㄨˋ ㄍㄢˇ ㄧㄢˊ 心裡雖然非常氣憤，但不敢說出口來。例他在地方上作威作福，里民們都敢怒不敢言。

參考 相似詞：忍氣吞聲。

散

散散　攴部　八畫

ㄙㄢˋ ❶分開：例分散。❷分布：例散布。❸消除：例散熱。❹解僱：例遣散員工。❺排除：例散心。

ㄙㄢˇ ❶藥粉：例龍角散。❷分裂，解體：例散兵、散光、散沙。❸雜亂的：例散漫。❹零碎的：例散裝。❺不緊湊的：例鬆散。❻姓：例散先生。

參考 相反字：聚、合。

散文 ㄙㄢˇ ㄨㄣˊ 不押韻、不對偶的文章。例他寫的散文，被報紙登出來了。

參考 相反詞：韻文、駢文。

散布 ㄙㄢˋ ㄅㄨˋ 分散到各處。例我們不要散布謠言。

參考 相似詞：散播、傳播。

散步 ㄙㄢˋ ㄅㄨˋ 隨便走走。例他吃飽飯都在公園散步。

參考 相似詞：閒步。

笑一笑 一天，幽默大師林語堂穿了件土裡土氣的長衫，在輪船上散步，注意到一個英國人正在讀的一本英文書。那個英國人看了他一眼，揚著手中的書說：「有什麼好看，你懂得嗎？」林語堂：「大概懂吧，是我寫的呀！」

散開 ㄙㄢˋ ㄎㄞ 分散，離開。例太陽一出來，霧就散開了。

散發 ㄙㄢˋ ㄈㄚ 發出，分發。例百貨公司裡有人散發廣告單。

散逸 ㄙㄢˇ ㄧˋ 散漫安逸不勤奮。逸：安樂。例他的日子過得很散逸，不知振作。

散亂 ㄙㄢˇ ㄌㄨㄢˋ 雜亂。例我的房間很散亂，請勿見笑。

散會 ㄙㄢˋ ㄏㄨㄟˋ 會議結束。例我們預估在三點散會。

散漫 ㄙㄢˇ ㄇㄢˋ 隨隨便便，不守規矩。例他的生活很散漫。

敞

敞敞　攴部　八畫

ㄔㄤˇ ❶寬闊，沒有遮擋：例寬敞、敞亮。❷張開，打開：例敞開門、敞開心胸。

敞快 ㄔㄤˇ ㄎㄨㄞˋ 豁達爽快。例明人不說暗語，敞快人說敞快話。

敞車 ㄔㄤˇ ㄔㄜ 沒有車篷的車。例這次汽車展主要是展售敞車。

敞亮 ㄔㄤˇ ㄌㄧㄤˋ 寬敞明亮。例這間教室很敞亮。例我聽了老師這席話，頓時心中敞亮起來。

敞笑 ㄔㄤˇ ㄒㄧㄠˋ 大笑。例家人為老奶奶過大壽，她敞笑的說：「好開心！」

敞開 ㄔㄤˇ ㄎㄞ 大開，張開。例敞開窗戶，入目的是一片湛藍的海水。

敞開兒 ㄔㄤˇ ㄎㄞ ㄦ 儘量，任意。例你有什麼意見就敞開兒說吧！

敦

敦敦　攴部　八畫

ㄉㄨㄣ ❶忠厚的：例敦厚。❷誠懇的：例敦請。❸姓：例敦先生。

ㄉㄨㄟˋ 古代盛食物的器具，由青銅製成。

敦厚 ㄉㄨㄣ ㄏㄡˋ 忠厚。例他是個質樸敦厚的好青年。

敦促 ㄉㄨㄣ ㄘㄨˋ 懇切的催促。例母親經常敦促我們要努力用功。

敦睦 ㄉㄨㄣ ㄇㄨˋ 和諧親密的相處。睦：相親，和順。例鄰居之間要敦睦和諧的相處。

參考 相似詞：和睦、親睦。

敦請 ㄉㄨㄣ ㄑㄧㄥˇ 誠心誠意的邀請。例敦請參加教學觀摩。

敦品勵學 ㄉㄨㄣ ㄆㄧㄣˇ ㄌㄧˋ ㄒㄩㄝˊ 修養品德，努力求學。例老師勉勵我們要做個敦品勵學的好學生。

參考 相似詞：進德修業。

敦睦邦交 ㄉㄨㄣ ㄇㄨˋ ㄅㄤ ㄐㄧㄠ 對其他國家做親善友好的工作。例敦睦邦交能促進國與國之間的友好關係。

敦親睦鄰 ㄉㄨㄣ ㄑㄧㄣ ㄇㄨˋ ㄌㄧㄣˊ 厚待親人，和睦鄰里。例敦親睦鄰是和諧社會的基礎。

敬

攴部 九畫

ㄐㄧㄥˋ ❶尊重：例尊敬、敬重。❷禮貌待人：例敬禮、回敬。❸獻上：例敬酒、敬菜。❹姓：例敬先生。

參考 相似字：恭、莊。

猜一猜 把馬驚跑了。（猜一字）（答案：敬）

古人說 「敬酒不吃吃罰酒。」這句話是說：不識抬舉；客氣的方式不行，只能用強迫的方式。例別人對你客氣，你不要「敬酒不吃吃罰酒」。

敬上 ㄐㄧㄥˋ ㄕㄤˋ ❶尊敬長上。❷寫信結尾，名字後的敬稱語，多用於長輩。

敬仰 ㄐㄧㄥˋ ㄧㄤˇ 尊敬仰慕。例大家都很敬仰爺爺熱心公益的精神。

敬佩 ㄐㄧㄥˋ ㄆㄟˋ 尊敬佩服。例他救人的行為值得敬佩。

敬重 ㄐㄧㄥˋ ㄓㄨㄥˋ 恭敬重視。例我很敬重熱心教學的班導師。

參考 相似詞：尊重。

敬愛 ㄐㄧㄥˋ ㄞˋ 尊敬愛護。例爺爺在大學任教，很受大家的敬愛。

敬禮 ㄐㄧㄥˋ ㄌㄧˇ 立正，舉手或鞠躬行禮，表示恭敬。例他向老師敬禮。

敬老尊賢 ㄐㄧㄥˋ ㄌㄠˇ ㄗㄨㄣ ㄒㄧㄢˊ 尊敬老年人和品德良好的人。

敲

攴部 十畫

ㄑㄧㄠ ❶在物體上面擊打，使發出聲音：例敲門。❷反覆思索探究：例推敲。

參考 相似字：打、擊。

敲詐 ㄑㄧㄠ ㄓㄚˋ 假藉事情或利用別人的弱點，用威脅、欺騙的方法取得財物。例現在常有歹徒通知民眾可以退稅，卻藉機敲詐財物，大家要提高警覺。

參考 相似詞：巧取豪奪。

敲竹槓 ㄑㄧㄠ ㄓㄨˊ ㄍㄤˋ 利用別人對事情不明瞭，或假借機會故意抬高價格、索取財物。例外地來的遊客，常被風景區的小販敲竹槓。

參考 請注意：「敲竹槓」通常只是占小便宜；「敲詐」才是比較嚴重的勒索。

敵

攴部 十一畫

ㄉㄧˊ ❶仇人：例敵人。❷對抗，抵擋：例所向無敵。❸相當，相等：例勢均力敵。

參考 相反字：友。

敵人 ㄉㄧˊ ㄖㄣˊ 立場不同而相互敵對的人。

敵手 ㄉㄧˊ ㄕㄡˇ 能力相當的對手。例這兩國相戰，真是棋逢敵手。

敵視 ㄉㄧˊ ㄕˋ 仇視，當作敵人看待。例在希特勒的時代，德國人敵視猶太人。

敵情 ㄉㄧˊ ㄑㄧㄥˊ 敵人的情況。例他們派出間諜探聽敵情。

敵意 ㄉㄧˊ ㄧˋ 仇視的心。例他對任何人都懷著敵意。

敵對 ㄉㄧˊ ㄉㄨㄟˋ 利益衝突不能相容，仇視而相互對抗。例民主國家和共產國家是敵對的兩大陣營。

敷

攴部 十一畫

ㄈㄨ ❶用手塗抹：例敷藥。❷布置：例敷設。❸足夠：例入不敷出。

敷衍 ㄈㄨ ㄧㄢˇ 做事隨便不認真。例他做事敷衍，因此常出差錯。

敷料 ㄈㄨ ㄌㄧㄠˋ 用來清潔或是保護傷口的紗布、紗布條、棉花球等的總稱。使用前要經過高壓蒸汽消毒殺菌，使用時要盡量避免汙染。

敷藥 ㄈㄨ ㄧㄠˋ 塗藥，抹藥。例他不小心跌破了皮，我們扶他到保健室敷藥。

敷衍了事 ㄈㄨ ㄧㄢˇ ㄌㄧㄠˇ ㄕˋ 做事隨便不認真，只求完成就好。了：完成。例你以為我看不出來你在敷衍了事嗎？

敷衍塞責 ㄈㄨ ㄧㄢˇ ㄙㄜˋ ㄗㄜˊ 做事隨便不認真，並且不承認自己該負的責任。塞：把責任推給別人。例做事敷衍塞責的人，一定無法令人信任。

數

支部 十一畫

ㄕㄨˋ ❶計算用語的總數：例心裡有數、人數。❷若干：例數十個。

ㄕㄨˇ ❶計算：例數鈔票。❷責備：例數落。❸比較起來最突出：例數一數二。

ㄕㄨㄛˋ 屢次：例數見不鮮。

ㄘㄨˋ 念佛經時，手中拿的串珠：例數珠兒。

參考 相似字：算、計。

猜一猜 瞎子吃餛飩。（猜一句俗語）（答案：心裡有數）

數目 ㄕㄨˋ ㄇㄨˋ 東西的多少。例你數好以後，把數目告訴我。

數字 ㄕㄨˋ ㄗˋ 表示數目的文字，有阿拉伯數字、中國數字，與羅馬數字等。

參考 相似詞：數目字。

繞口令 一二三，三二一，一二三四五六七。一二三四五六七八九，九八七六五四三二一。

唱詩歌 一二三，爬上山；四五六，翻筋斗；七八九，拍皮球；伸出兩隻手，十個手指頭。

數量 ㄕㄨˋ ㄌㄧㄤˋ 事物的大小多少。例這次買書的數量不少。

數落 ㄕㄨˇ ㄌㄨㄛˋ 責備，嘮叨。例弟弟的壞習慣不少，媽媽老是數落他。

數學 ㄕㄨˋ ㄒㄩㄝˊ 討論數量、形狀以及它們之間關係的科學，包括代數、幾何、三角等。

數來寶 ㄕㄨˇ ㄌㄞˊ ㄅㄠˇ 曲藝的一種。由一人、兩人或多人表演。用竹板敲打拍子，邊敲邊唱。

數一數二 ㄕㄨˇ ㄧ ㄕㄨˇ ㄦˋ 非常突出。例她是鎮上數一數二的美女。

數見不鮮 ㄕㄨㄛˋ ㄐㄧㄢˋ ㄅㄨˋ ㄒㄧㄢ 比喻常常可以看見，沒什麼稀奇。鮮：少。例這種魔術數見不鮮，沒什麼了不起。

數典忘祖 ㄕㄨˇ ㄉㄧㄢˇ ㄨㄤˋ ㄗㄨˇ 比喻一個人不明白歷史，忘記了祖先的功業。數：數說。典：歷史上的事蹟、典章制度。例我們應該飲水思源，不能數典忘祖。

整

支部 十二畫

ㄓㄥˇ ❶有秩序、齊一的：例整齊。❷使事物有秩序、齊一：例整隊、整頓。❸完全、沒有剩餘的：例整批、一百元整。❹使人吃苦頭：例整人。❺治理，把壞的東西修好或亂的東西收好：例整理。

參考 相反字：散、零。

整型 ㄓㄥˇ ㄒㄧㄥˊ 整理治療外型，使面貌看起來美觀。例如：利用手術縫合免脣或是割雙眼皮。也可以說成「整容」。

整齊 ㄓㄥˇ ㄑㄧˊ ❶有秩序，不凌亂。例學生穿著制服，整齊又有精神。❷外形規則而美觀。例山下有一排整齊的松樹。❸大小、長短相差不多。例他的字很整齊。

整潔 ㄓㄥˇ ㄐㄧㄝˊ 既整齊又很清潔、乾淨。例我們要注意環境的整潔。

斂

支部 十三畫

ㄌㄧㄢˇ ❶收集，徵收：例斂財、橫征暴斂。❷約束，不放縱：例收斂、斂跡。❸收起，收住：例斂容、斂足。❹凝聚，不發散：例墨太稠就要斂筆。

斂手 ㄌㄧㄢˇ ㄕㄡˇ 不敢放肆的有所作為。

斂足 ㄌㄧㄢˇ ㄗㄨˊ 收住腳步，不往前走。

斂容 ㄌㄧㄢˇ ㄖㄨㄥˊ 收住笑容，臉色變得嚴肅起來。

斂跡 ㄌㄧㄢˇ ㄐㄧ 指人有所顧忌，不敢隨便活動。例這一帶的攤販已經銷聲斂跡了。

斂財 ㄌㄧㄢˇ ㄘㄞˊ 收集錢財。

斃

支部 十三畫

ㄅㄧˋ 死：例斃命、槍斃、倒斃、擊斃、作法自斃。

參考 相似字：死、亡。

斃命 ㄅㄧˋ ㄇㄧㄥˋ 喪命，死去。例獵人瞄準野鴨，一槍斃命。

文部 ㄨㄣˊ

「⽂」是交叉的花紋，因此，「文」部的字也都和花紋、紋彩有關，例如：斐（交錯的花紋）、斑（花紋雜亂）。

文部 ○畫

文

丶 亠 ナ 文

ㄨㄣˊ ❶字：例甲骨文、鐘鼎文。❷集合組織許多字而成的篇章：例作文、文章。❸指文言文：例半文半白。❹計算古代錢幣的單位：例一文錢。❺指禮節、儀式、制度：例繁文縟節。❻指自然界的現象：例天文、水文。❼柔和、溫和的：例文弱、文火。❽非軍事的，和「武」相對：例文官、文職。❾優雅有修養：例斯文。

ㄨㄣˋ 掩飾，修飾：例文過、文飾。

參考 請注意：紊、紋、蚊、閔、吝都有「文」字作偏旁，但是用法、讀音都不相同：「紊」（ㄨㄣˋ）是雜亂的意思，例如：紊亂；「紋」（ㄨㄣˊ）是花紋、條紋；蚊子的「蚊」也念ㄨㄣˊ；「閔」（ㄇㄧㄣˇ）可當作姓氏，例如：閔先生；而小氣吝嗇的「吝」念ㄌㄧㄣˋ。

猜一猜 一點，一橫，一撇，一捺，順序寫。（猜一字）（答案：文）

文化 ㄨㄣˊ ㄏㄨㄚˋ 人類社會從野蠻到進步的成果，表現在各方面，形成了藝術、科學、宗教、道德、法律、風俗，這些方面的綜合就是文化。

參考 活用詞：文化史、文化變遷、文化交流、文化侵略、文化遺產。

文盲 ㄨㄣˊ ㄇㄤˊ 不認識字的人，或是認字不多、沒有讀寫能力的人。盲：瞎子。例臺灣教育普及，文盲已經愈來愈少。

文筆 ㄨㄣˊ ㄅㄧˇ 寫作的技巧、風格。例他博學多才，文筆更是流暢無比。

文雅 ㄨㄣˊ ㄧㄚˇ 言談舉動溫和有禮貌。雅：高尚，不粗俗。

文豪 ㄨㄣˊ ㄏㄠˊ 大文學家。豪：才能出眾的人。

文憑 ㄨㄣˊ ㄆㄧㄥˊ 現在稱為「證書」，學校發給學生的文書，證明這個學生在這所學校念書或是從這所學校畢業。憑：證明。例她已經拿到大學文憑。

文壇 ㄨㄣˊ ㄊㄢˊ 文學界。壇：指工作或派別。例他的作品受到重視，人們稱他為文壇新秀。

文學 ㄨㄣˊ ㄒㄩㄝˊ 有廣義、狹義的分別：廣義的文學是指以文字記述，表現思想的著作；狹義的文學則是用藝術的手法，表現思想、感情、想像，例如：詩歌、散文、小說、戲劇。

參考 活用詞：文學史、文學批評、文學革命、文學名著。

文不對題 ㄨㄣˊ ㄅㄨˋ ㄉㄨㄟˋ ㄊㄧˊ 指寫作的時候，內容偏離了題目的範圍。

文房四寶 ㄨㄣˊ ㄈㄤˊ ㄙˋ ㄅㄠˇ 指文人書房中經常使用的筆、墨、紙、硯四種文具。

文思泉湧 ㄨㄣˊ ㄙ ㄑㄩㄢˊ ㄩㄥˇ 作文時思路就像泉水一樣，一直湧現出來。比喻文思迅速又豐富。例李白一喝酒就文思泉湧，寫下很多聞名千古的詩。

文部 八畫

斑

斑斑

ㄅㄢ ❶點點的痕跡：例雀斑。❷一小部分：例可見一斑。❸有文彩的，色澤鮮麗的：例斑爛。

斑白 ㄅㄢ ㄅㄞˊ 半黑半白的頭髮；表示年紀大了。

參考 相似詞：花白。

斑紋 ㄅㄢ ㄨㄣˊ 雜色的花紋。例老虎身上有美麗的斑紋。

斑馬 ㄅㄢ ㄇㄚˇ 哺乳動物，形狀像馬，全身的毛黑白條紋相間，聽覺靈敏。產在非洲，是一種珍貴的觀賞動物。

猜一猜 說牠是馬也沒錯，只是身上黑道

四畫

多。（猜一動物）（答案：斑馬）

斑斑 ㄅㄢ ㄅㄢ　形容斑點很多。例警察沿著石階，發現了斑斑的血跡。

斑鳩 ㄅㄢ ㄐㄧㄡ　鳥名，身體灰褐色，頸後有白色或黃褐色斑點，嘴短，腳淡紅色。常成群在田野裡吃穀粒，對農作物有害。

斑駁 ㄅㄢ ㄅㄛˊ　多種顏色夾雜在一起。例這棟房子已經斑駁不堪了。

斑點 ㄅㄢ ㄉㄧㄢˇ　散布在物品上雜色的痕跡。例這塊玉上面有幾處斑點。

參考 請注意：「斑點」和「汙點」有區別：「斑點」多指物品上的雜色小點；「汙點」可指人品性行為上的缺點。

斑斕 ㄅㄢ ㄌㄢˊ　色彩鮮麗的樣子。例孔雀有五彩斑斕的羽毛。

斑馬線 ㄅㄢ ㄇㄚˇ ㄒㄧㄢˋ　常設在行人穿越道上，用黑白相間的斜紋塗繪在馬路上；車輛經過時應減速或停止，優先讓行人通過。

斐　文部 八畫

斐斐

ㄈㄟˇ 顯著或有文采的樣子：例成績斐然、斐然成章。

參考 請注意：「斐」（ㄈㄟˇ）的下面是文章的「文」，指完美的文章；「裴」（ㄆㄟˊ）的下面是衣服的「衣」，通常用在姓氏，例如：裴先生。

猜一猜 非常斯文。（猜一字）（答案：斐）

斌　文部 八畫

斌斌

ㄅㄧㄣ 通「彬」，文質兼備：例文質斌斌。

猜一猜 文武全才。（猜一字）（答案：斌）

斕　文部 十七畫

斕

ㄌㄢˊ 顏色鮮麗的樣子：例斑斕。

猜一猜 夜闌時苦讀文章。（猜一字）（答案：斕）

斗部 ㄉㄡˇ

「」是斗最早的寫法，斗是古代測量重量的器具，上面是裝東西的部分，下面是柄。原先寫成「」或「」，一看就明白，但是後來寫成「」，已經不太能看出原來的樣子。斗部的字和容器（斗）都有關係，例如：斟（勺子）、料（測量輕重，發展出「料想」、「意料」）。

斗　斗部 ○畫

ㄉㄡˇ ❶容量單位的名稱，十升為一斗。❷有柄，口大底小的方形量器名稱。❸形狀像斗的東西：例漏斗。❹星宿名稱。

猜一猜 十二點。（猜一字）（答案：斗）

俏皮話 「斗大的饅頭——沒處下口。」小朋友你知道「斗大的饅頭——沒處下口」是什麼意思嗎？這句話是比喻責任太大，不知從那裡開始著手。

斗室 ㄉㄡˇ ㄕˋ　比喻很小的屋子。

斗笠 ㄉㄡˇ ㄌㄧˋ　遮陽光和雨的帽子，有很寬的邊，用竹葉編成。例農人們戴著斗笠到田裡工作。

斗膽 ㄉㄡˇ ㄉㄢˇ　像斗一樣大的膽子；形容自己大膽。例我斗膽的說一句：你做錯了。

料　斗部 六畫

ㄌㄧㄠˋ ❶可供製造的物質：例材料、原料。❷可供調味或飲用的食品：例作料、飲料。❸估計，猜想：例預料。❹照顧，處理：例照料、料理。❺餵牲口的食物：例飼料。❻有

四畫

某種發展可能的人：例讀書的料。

猜一猜 斗米。（猜一字）（答案：料）

料定 ㄌㄧㄠˋ ㄉㄧㄥˋ 預測一定會如何。例他料定最近會有颱風。

料理 ㄌㄧㄠˋ ㄌㄧˇ 處理。例媽媽每天忙著料理家務。

料想 ㄌㄧㄠˋ ㄒㄧㄤˇ 猜測，預料。例他料想不到家裡遭小偷。

參考 相似詞：預料、料定。

料事如神 ㄌㄧㄠˋ ㄕˋ ㄖㄨˊ ㄕㄣˊ 形容預料事情非常正確。例他說今天會下雨，果然下雨了，真是料事如神。

斜

斗部 七畫

ノ 𠆢 亼 亽 今 全 余 余 斜 斜 斜

ㄒㄧㄝˊ 歪，不正：例斜坡、斜著身子。

ㄧㄝˊ 斜谷，山谷名，在陝西省。

猜一猜 我是阿斗。（猜一字）（答案：斜）

斜坡 ㄒㄧㄝˊ ㄆㄛ 高度逐漸降低的坡地。例這座山有許多石級和斜坡。

斜視 ㄒㄧㄝˊ ㄕˋ ❶由於眼球位置異常、眼球肌肉麻痺等原因引起的眼病，當一隻眼睛注視目標時，另一隻眼睛的視線偏斜在目標的一邊。也叫「斜眼」。❷斜著眼看。例他目不斜視的望著正前方。

斜陽 ㄒㄧㄝˊ ㄧㄤˊ 傍晚時西斜的太陽。例我們在斜陽下揮手道別。

斜路 ㄒㄧㄝˊ ㄌㄨˋ 比喻錯誤的道路或途徑。例由於交友不慎，使他走上了斜路。

斜風細雨 ㄒㄧㄝˊ ㄈㄥ ㄒㄧˋ ㄩˇ 斜吹的風，細飄的雨。比喻連綿不斷的風雨。例一連幾天都是斜風細雨的天氣。

斛

斗部 七畫

ノ ク 户 角 角 角 角 角 斛 斛 斛

ㄏㄨˊ ❶量器的名稱，古時以十斗為一斛，現在以五斗為一斛。❷姓：例斛律金。

斟

斗部 九畫

一 十 卄 甘 甘 其 其 其 甚 甚 甚 斟 斟

ㄓㄣ ❶把酒或茶注入杯子裡：例斟酒、自斟自飲。❷仔細考慮：例斟酌。

斟酒 ㄓㄣ ㄐㄧㄡˇ 把酒注入酒杯裡。

斟酌 ㄓㄣ ㄓㄨㄛˊ 考慮事情、文字等是否適當或是否可行。

斡

斗部 十畫

一 十 𠂇 古 古 古 直 卓 卓 卓 斡 斡 斡 斡

ㄨㄛˋ 運、旋、轉：例斡旋。

猜一猜 十人十天用一斗米。（猜一字）（答案：斡）

斡旋 ㄨㄛˋ ㄒㄩㄢˊ ❶從中調解，挽回僵局。❷挽回已經弄壞的事情。

斤部 ㄐㄧㄣ

「 」是按照斧頭的樣子所造的象形字，可以看到斧刃和斧柄。後來寫成「 」，如果把線條連起來，就變成「 」，可以看到上面是斧刃，下面是斧柄。漸漸演變成「 」，把斧刃的部分加以彎曲，就不容易看出「斤」是象形字。「斤」是砍伐樹木的工具，「斤」部的字，大部分和斧頭、砍樹有關係，例如：斧（同斤，伐木的工具）、斷（用斧砍斷）、斫（砍）。

斤

斤部 ○畫

ノ 厂 斤 斤

ㄐㄧㄣ ❶古代砍伐樹木用的斧頭：例斧斤。❷重量名，有市斤、台斤、公斤等單位。

古人說 「人心換人心，八兩換半斤。」八兩和半斤一樣重。這句話是說：你對人好，別人也會對你好。例「人心換人

四畫

心，八兩換半斤」，大華待我們這麼好，我們當然也應該對他好。

繞口令 張老六，王老六，兩個老六同到市場去買肉，共計買了六斤①六兩①六塊肉。

註：①斤、兩：都是計算重量的單位，一斤等於十六兩，一斤有六百克。

斤斤 ㄐㄧㄣ ㄐㄧㄣ ❶明察的樣子。❷比喻細小的事情。

斤兩 ㄐㄧㄣ ㄌㄧㄤˇ ❶重量的單位。❷比喻分量。例他說話一向很有斤兩。

斤斤計較 ㄐㄧㄣ ㄐㄧㄣ ㄐㄧˋ ㄐㄧㄠˋ 形容過分計較細小的或無關緊要的事物。例不要太過於斤斤計較名利得失，人生就會快樂些。

斥

丿 厂 斤 斤 斥

斤部 一畫

ㄔˋ ❶把人或事物推開、拒絕、不接受的意思：例排斥、相斥。❷責罵：例痛斥、斥責。❸充滿的：例外貨充斥市場。

猜一猜 十六兩多一點。（猜一字）（答案：斥）

斥責 ㄔˋ ㄗㄜˊ 用嚴肅的話指責別人的過錯或罪行。例他被老師斥責後，行為比較規矩了。

斧

ノ ハ ク 父 父 斧 斧 斧

斤部 四畫

ㄈㄨˇ ❶砍木頭的工具：例斧頭、斧子。❷一種古代的兵器：例斧鉞。

猜一猜 爸爸買一斤菜。（猜一字）（答案：斧）

斧正 ㄈㄨˇ ㄓㄥˋ 用斧頭修正，這是請別人修改自己作品的客氣話。例這是我剛寫的文章，請您過目斧正。

斧頭 ㄈㄨˇ ㄊㄡˊ 砍木頭、劈柴的工具。

斫

一 ア 不 石 石 石 矿 斫 斫

斤部 五畫

ㄓㄨㄛˊ 用刀或斧頭砍：例斫柴、斫伐樹木。

斬

斬 一 ㄏ 百 百 亘 車 車 斬 斬 斬

斤部 七畫

ㄓㄢˇ 砍斷：例斬亂麻、斬首。

猜一猜 一車西瓜有幾斤？（猜一字）（答案：斬）

俏皮話 「快刀斬亂麻——乾淨俐落。」小朋友你知道「快刀斬亂麻」的意思嗎？那就是「乾淨俐落」。快刀指的是很鋒利的刀子，所以輕輕一揮，就很容易把東西砍斷。

斬首 ㄓㄢˇ ㄕㄡˇ 砍去腦袋，是一種古代處罰犯人的方法。

參考 活用詞：斬首示眾。

斬草除根 ㄓㄢˇ ㄘㄠˇ ㄔㄨˊ ㄍㄣ 除草的時候，連根一起砍除。比喻除去禍患的根源，以免有麻煩。例取締色情場所一定要斬草除根，免得業者又再度暗中經營。

斬釘截鐵 ㄓㄢˇ ㄉㄧㄥ ㄐㄧㄝˊ ㄊㄧㄝˇ 形容說話、做事就像砍斷釘子、鐵器一樣，非常堅決有力，毫不猶豫。例他斬釘截鐵的拒絕別人的幫助。

斯

斯 斯 一 卄 廾 廾 甘 其 其 其 斯 斯

斤部 八畫

ㄙ ❶這，這個，這裡：例斯人、生於斯。❷姓：例斯先生。

斯文 ㄙ ㄨㄣˊ ❶指古代的禮樂教化。❷文雅有禮貌。例他的舉止斯文，可見得家教很好。

參考 活用詞：斯文掃地。

新

新 新 新 丶 亠 亠 立 立 立 辛 辛 亲 亲

斤部 九畫

ㄒㄧㄣ ❶剛出現的：例新產品。❷改進，變好：例日新又新。❸沒有用過的：例新衣服。❹最近，剛：例新來的人。❺剛結婚時有關的一切人事：例新娘、新房。❻新疆維吾爾自治區的簡稱。❼姓：例新先生。

參考 相反字：老、故、舊。

猜一猜 ㈠親情不見了，大家斤斤計較。（猜一字）（答案：新）

㈡開張大吉。（猜臺灣一地名）（答案：新店）

新人 ㄒㄧㄣ ㄖㄣˊ ❶某方面新出現的人物。例最近歌唱界新人紛紛崛起。❷指新郎和新娘。

新手 ㄒㄧㄣ ㄕㄡˇ 剛參加某種工作的人。例他的工作做得很好，看不出是個新手。

新生 ㄒㄧㄣ ㄕㄥ ❶剛入學的學生。例剛入大學的新生都很活潑。❷初生。例年初，家裡又增添了一個新生兒，好不熱鬧。❸重生。例他經過這次教訓，彷彿新生了一般。

新年 ㄒㄧㄣ ㄋㄧㄢˊ 一年的開始。例新年來臨，人人許下新希望。

參考 相似詞：新歲。

動動腦 小朋友，想一想：除了「恭賀新禧」外，在新年賀卡裡還可寫些什麼祝福的話？（例如：祝你新年新希望、新年如意）

新居 ㄒㄧㄣ ㄐㄩ 剛建成或新搬去住的地方。例他慶祝新居落成，請我們吃飯。

新奇 ㄒㄧㄣ ㄑㄧˊ 新鮮特別。例小弟弟剛上學，對任何事都感到很新奇。

新郎 ㄒㄧㄣ ㄌㄤˊ 結婚時的男子。

參考 活用詞：新郎官、新郎君。

新娘 ㄒㄧㄣ ㄋㄧㄤˊ 結婚時的女子。

俏皮話 ㈠「和尚娶新娘——說說而已。」和尚是出家人，不能結婚，如果說要娶新娘，也只是「說說而已」。

㈡「李逵扮新娘——裝不像。」小朋友你知道李逵（ㄎㄨㄟˊ）是誰嗎？他是「水滸傳」中的一個小說人物，身材高大粗壯，由他扮新娘那一定是「裝不像」。例如有人模仿電影明星，你就可以用這句話來諷刺別人。

新鮮 ㄒㄧㄣ ㄒㄧㄢ ❶指食物清潔、鮮美又沒有變質。例剛出爐的麵包很新鮮。❷沒有枯萎。例她拿著一束新鮮的花。❸氣體經常流通。例呼吸新鮮空氣，對身體很好。❹事物出現不久，少見的。例電視已經不再是新鮮的東西了。

新聞 ㄒㄧㄣ ㄨㄣˊ ❶出現在電視、報紙或廣播等傳播媒體上的最新事件。例我每天都看電視新聞。❷從來沒有見過的新鮮事。例小狗會做家事，真是個大新聞。

參考 活用詞：新聞人物、新聞記者。

小百科 古人把藉由打聽別人隱私，而知道的祕密或消息，稱作「新聞」。早在唐代，就有一種專門報導宮廷八卦消息和政治動態的「小報」，也算是「狗仔隊」的開山始祖。到了北宋，人們開始稱這種小報叫「新聞」。

新穎 ㄒㄧㄣ ㄧㄥˇ 新奇而別致：例她的想法十分新穎。

新大陸 ㄒㄧㄣ ㄉㄚˋ ㄌㄨˋ 「美洲」的別稱，十五世紀哥倫布發現後，歐洲人漸漸移民到此。

參考 相反詞：舊大陸。

新生活 ㄒㄧㄣ ㄕㄥ ㄏㄨㄛˊ ❶除舊布新的生活。例明天起改掉壞習慣，開始新生活。❷全體國民革新生活的運動。民國二十三年由 蔣中正先生在南昌發行，目的在革除國民不合時代的壞習慣，以「整齊、清潔、簡單、樸素、迅速、確實」為新生活的原則。

新鮮人 ㄒㄧㄣ ㄒㄧㄢ ㄖㄣˊ 意指剛入大學的新生或接觸新環境的人而言。

新陳代謝 ㄒㄧㄣ ㄔㄣˊ ㄉㄞˋ ㄒㄧㄝˋ ❶比喻新的事物漸漸發展，代替舊的事物。例自然界的一切現象時時刻刻都在新陳代謝，不斷更新。❷生物體不斷吸收新的養分，排除體內產生的廢物的過程。

新石器時代 ㄒㄧㄣ ㄕˊ ㄑㄧˋ ㄕˊ ㄉㄞˋ 大約西元前一萬年到西元前四千年，遠古時代的人生活工具以石器為主，由製造石器精粗的不同，區分為兩個時代：粗製的石器時代在前，稱「舊石器時代」；精製的石器時代在後，稱「新石器時代」。

斷

斤部 十四畫

斷 ㄉㄨㄢˋ ❶把東西切開：例割斷、一刀兩斷。❷隔絕，不連接：例斷絕、斷水。❸決定：例當機立斷。❹絕對：例斷無此理。❺戒除：例斷煙、斷酒。

斷定 ㄉㄨㄢˋ ㄉㄧㄥˋ 肯定的下結論。例警察從這些指紋斷定他就是小偷。

斷送 ㄉㄨㄢˋ ㄙㄨㄥˋ 喪失，破壞。例他侵占公款，斷送了自己的前程。

斷氣 ㄉㄨㄢˋ ㄑㄧˋ 停止呼吸，死亡。氣：動物的呼吸。例他已經斷氣了。

參考 相似詞：死亡、去世。

斷崖 ㄉㄨㄢˋ ㄧㄞˊ 很高直的山壁。崖：高山的邊緣。例清水斷崖位在蘇花公路上，風景秀麗，十分有名。

斷絕 ㄉㄨㄢˋ ㄐㄩㄝˊ 隔絕，彼此無法聯絡。絕：斷了。例由於距離遙遠，他們的關係也就斷絕了。

方部 ㄈㄤ

方原來寫成「[illegible]」或「[illegible]」，由「[illegible]」（ㄇ）和「[illegible]」（人）所構成，「ㄇ」就是遠方（請見冂部的說明），也就是國家的邊境、國界。後來「方」都用在方向、四方的意思，原本國界的意思就少用了。

方

、亠亣方

方部 ○畫

ㄈㄤ ❶四個角都是直角的四邊形：例長方形、正方形。❷數目自乘的積：例平方、立方。❸位置的一邊或一面：例東方、對方。❹辦法：例千方百計。❺地點，地區：例方言。❻治病的藥單：例處方。❼正在，剛才：例方才。❽品行好，正直的：例品行方正。❾姓：例方先生。

ㄆㄤˊ 通「徬」。

方才 ㄈㄤ ㄘㄞˊ 剛剛，剛才。也寫作「方纔」。例方才發生的事，我都知道了。

方丈 ㄈㄤ ㄓㄤˋ ❶一平方丈的大小。❷原指佛寺、道觀中住持或長老所居住的房子，後來也指對住持的尊稱。

方向 ㄈㄤ ㄒㄧㄤˋ ❶東西南北、上下前後的區別。例登山時，一定要先確定方向。❷指目標的位置或目標。例隊伍朝著公園的方向前進。❸事情發展的大概狀況。例跟著大環境的方向走，比較不容易出差錯。

參考 活用詞：方向盤、方向舵。

方式 ㄈㄤ ㄕˋ 所採取的方法和形式。式：指外在的形式。例他的生活方式很有規律。

方志 ㄈㄤ ㄓˋ 記載某一地方的歷史、地理、風俗、物產、人物等的書。例如：臺灣省志、臺北縣志等。也叫作「地方志」。

方言 ㄈㄤ ㄧㄢˊ 某個地方的專用語言，並不通行其他地方。例如：臺灣地區通行的方言有閩南語、客家話等。

參考 活用詞：方言文學。

方法 ㄈㄤ ㄈㄚˇ 要達到某種目的所採取的步驟及方式。例他讀書沒有方法，因此效果不大。

參考 請注意：「方法」和「方式」都是解決問題時所採用的，但「方法」偏重於「辦法」，例如：讀書方法、工作方法；「方式」就比較偏重在一定的「模式」，例如：生產方式、生活方式。♣活用詞：方法論。

方便 ㄈㄤ ㄅㄧㄢˋ ❶便利。便：順利。例給人方便，自己做事也比較利便。❷適宜，合適。例在這裡不方便唱歌。❸指自己能夠支配的金錢而言。例最近手頭很不方便。

方面 ㄈㄤ ㄇㄧㄢˋ 相對或並列的人或事物中的一部分。例這個計畫，在人力支援方面，我有把握。

方案 ㄈㄤ ㄢˋ 為達成目標所計畫的具體辦法。例這個方案的可行性不高，應再研究修訂。

方針 ㄈㄤ ㄓㄣ 進行計畫的方向和目標。例請你依照公司決議的方針辦事。

參考 相似詞：方向。

方略 ㄈㄤ ㄌㄩㄝˋ 全盤的計畫和謀略。略：謀劃。例國父所著的建國方略，是建設新中國的完善計畫。

方程式 ㄈㄤ ㄔㄥˊ ㄕˋ 指含有未知數的等式。例如：∞+□=10。也簡稱作「方程」。

方解石 ㄈㄤ ㄐㄧㄝˇ ㄕˊ 礦物名，白色或略帶別種顏色，硬度不大，可被小刀刻畫。是石灰岩、大理石的主要成分。可以做建材、雕刻材料等。

方塊字 ㄈㄤ ㄎㄨㄞˋ ㄗˋ 就是中國字。因為中國字的結構整齊，每一字占一塊方形面積。

方興未艾 ㄈㄤ ㄒㄧㄥ ㄨㄟˋ ㄞˋ 正在發展，還沒到終止的時候。艾：止息。例這項運動在國內還是方興未艾，很有發展潛力。

於

、 亠 方 方 方 於 於 於

方部 四畫

ㄩˊ ❶在：例生於清朝。❷向：例有求於人。❸到：例遷於臺南。❹自，從：例青出於藍。❺對：例忠於國家、於事無補。❻在形容詞後面，表示比較而有超過的意思：例五大於二。❼被，在動詞之後表示被動：例見笑於人。❽給：例造福於後世。

ㄨ 古文中的嘆詞，表示感嘆：例於乎。

於乎 ㄨ ㄏㄨ 感嘆詞，同「嗚呼」。

於是 ㄩˊ ㄕˋ 表示連接的用語。例經過老師的教導，他了解讀書的重要，於是立志發憤用功。

於事無補 ㄩˊ ㄕˋ ㄨˊ ㄅㄨˇ 對已經發生的事情，毫無幫助。也可以說成「無補於事」。補：幫助。例不必再哭了，這樣根本於事無補。

參考 相似詞：於事無濟。

施

、 亠 方 方 方 方 扩 旃 施

方部 五畫

ㄕ ❶實行：例實施、無計可施。❷給予，加在上面：例施肥、施加壓力。❸發布：例發號施令。❹把財物送給人：例施捨。❺姓：例施先生。

ㄧˋ ❶延長的意思。❷彎曲地走路。

繞口令 施嗜弒獅，獅死，獅屍適石室，施氏食獅。

施工 ㄕ ㄍㄨㄥ 按照設計建築工程。一般指房屋、橋梁、道路等的修建工作。

施主 ㄕ ㄓㄨˇ 和尚、道士等稱呼施捨財物給他們的人。也用來稱呼一般沒有出家的人。

施行 ㄕ ㄒㄧㄥˊ 執行，指法令、規章開始生效。例新修訂的法令就要公布施行了。

參考 相似詞：實施。

施肥 ㄕ ㄈㄟˊ 為植物加上肥料。

施展 ㄕ ㄓㄢˇ 發揮才能。展：伸展，發揮。例他把平生所學的本事，全施展出來了。

施捨 ㄕ ㄕㄜˇ 把財物送給別人。捨：散布。例他常常行善，施捨窮人。

參考 相似詞：施與。

施耐庵 ㄕ ㄋㄞˋ ㄢ 元朝人，名子安。曾經任官，但與朝廷當政者不合，就辭官回家，專心讀書。著有「水滸傳」等。

旁

、 亠 ᅩ ᅩ 立 产 产 旁 旁 旁

方部 六畫

ㄆㄤˊ ❶側，邊：例路旁，旁門。❷其他的，另外的：例旁人。❸分出來的：例旁枝。❹姓：例旁先生。

ㄅㄤ 通「傍」，臨近。

旁聽 ㄆㄤˊ ㄊㄧㄥ ❶會議進行或法庭開庭時，在旁邊列席靜聽的人，沒有發言權或表決權。❷非正式的隨班上課，並不限制一定要同校或同系，但上完課後沒辦法取得學分。

參考 活用詞：旁聽席、旁聽生。

旁觀 ㄆㄤˊ ㄍㄨㄢ 處身事外，以局外人的角度來觀察。例這件事他們當局者迷，我們是旁觀者清。

笑一笑 小明：「世界上的事情都是當局者迷，旁觀者清。」小華：「那可不一定。你看魔術表演，可是當局者清，旁觀者迷。」

旁系親屬 ㄆㄤˊ ㄒㄧˋ ㄑㄧㄣ ㄕㄨˇ 父、子、祖、孫一脈相傳的直系血親以外的親人。包括兄弟、姊妹、甥、舅、伯、叔等都是。又稱為「旁系血親」、「旁系親」。

旁門左道（ㄆㄤˊ ㄇㄣˊ ㄗㄨㄛˇ ㄉㄠˋ） 走旁邊的門或左邊的道路；比喻做事不按照正路或不正當的宗教、學術派別。左：有偏邪、不正的意思。例專走旁門左道的人，遲早會惹禍上身。

旁若無人（ㄆㄤˊ ㄖㄨㄛˋ ㄨˊ ㄖㄣˊ） 好像旁邊根本沒有人；形容一個人舉止高傲或態度自然，毫不在意其他人。例他生性自大，講話常常旁若無人。例在嘈雜的環境中，他也能旁若無人的讀書。

旁敲側擊（ㄆㄤˊ ㄑㄧㄠ ㄘㄜˋ ㄐㄧˊ） 在旁邊敲擊；比喻不直接正面說明，反而從側面曲折表達或暗示。例經過我小心的旁敲側擊，終於知道他的祕密。

旁徵博引（ㄆㄤˊ ㄓㄥ ㄅㄛˊ ㄧㄣˇ） 多方面搜集引用材料做依據。徵、引：都有招求的意思。博：廣博、多的意思。例張先生學養深厚，談起事情總是旁徵博引，左右逢源。

旅
方部 六畫

ㄌㄩˇ ❶出門在外的，在外地做客的：例旅遊、旅居。❷軍隊的編制單位，古代以五百人為一旅，民國以二團為一旅。但現在只有裝甲旅等獨立單位。❸指軍隊：例軍旅。❹隨著，共同：例旅進旅退。❺姓：例旅先生。

猜一猜 一路平安。（猜中國一地名）（答案：旅順）

旅行（ㄌㄩˇ ㄒㄧㄥˊ） 出門到別的地方遊玩，並增廣見聞。

參考 相似詞：旅遊、遊覽。♣活用詞：旅行團、旅行社、旅行袋、旅行支票、環島旅行、畢業旅行、蜜月旅行、長途旅行、自助旅行。

旅社（ㄌㄩˇ ㄕㄜˋ） 提供旅客暫時休息或住宿，並收取費用的地方。

參考 相似詞：旅館、旅店。

旅客（ㄌㄩˇ ㄎㄜˋ） 在外旅行的人。

參考 相似詞：遊客、觀光客、旅行者。

旅館（ㄌㄩˇ ㄍㄨㄢˇ） 就是「旅社」。館：供旅客住的房子。

參考 相似詞：旅社、旅店。

族
方部 七畫

ㄗㄨˊ ❶有血統、親屬關係的人：例家族、宗族。❷人的種類或因自然力造成的團體：例漢族、民族。❸有某種共同屬性事物中的一類：例鹵族元素。

參考 請注意：「族」的右下方是「矢」（ㄕˇ），代表用武力捍衛，不可寫成「失」（ㄕ）或「天」（ㄊㄧㄢ）。

族人（ㄗㄨˊ ㄖㄣˊ） 同一宗族的人。例他優良的技藝受到族人一致的誇讚。

族群（ㄗㄨˊ ㄑㄩㄣˊ） 生態學名詞，指生活在某一地區的同種生物，除了人以外，其他的生物也都可以形成族群。

族譜（ㄗㄨˊ ㄆㄨˇ） 記錄同族人系統的簿冊，上古的時候叫作「譜牒」。族譜多半出自民間，可以彌補正史的不足。修族譜的目的，在於敦親睦族、慎終追遠，保存每一個姓氏的完整歷史。

旋
方部 七畫

ㄒㄩㄢˊ ❶繞著，轉動：例盤旋。❷回返，歸來：例凱旋。❸不久：例旋即離去。

ㄒㄩㄢˋ ❶轉圈的：例旋風。❷溫酒：例旋酒。

旋風（ㄒㄩㄢˋ ㄈㄥ） 指螺旋狀的風。當一地區的空氣受熱上升，四周的冷空氣很快的流進來，彼此衝撞而形成的風。

參考 活用詞：旋風裝。

旋律（ㄒㄩㄢˊ ㄌㄩˋ） 就是音樂的曲調。是把各種高低、長短、強弱不同的樂音，依照一定的調式和節奏組織起來連續進行。

旋渦（ㄒㄩㄢˊ ㄨㄛ） ❶水流旋轉時所形成的螺旋形。中間較低。例夏天到溪流游泳，要特別小心避開旋渦。❷比喻容易牽累人的事件。例做事要謹言慎行，別掉入旋渦中無法自拔。

參考 相似詞：漩渦、渦旋。

旋轉 ㄒㄩㄢˊ ㄓㄨㄢˇ 繞著中心連續不斷的轉動。例坐玩具飛機旋轉了幾圈，我頭都昏了。

旌

方部 七畫

ㄐㄧㄥ ❶用羽毛裝飾的旗子：例旌旗。❷姓：例旌先生。

旌節 ㄐㄧㄥ ㄐㄧㄝˊ 古代出使或打仗時所拿的信物，可以代表國家。

旌旗 ㄐㄧㄥ ㄑㄧˊ 旗的總稱，仔細分別，旌是有羽毛的旗子，而旗是沒有羽毛的。

旎

方部 七畫

ㄋㄧˇ 柔媚的樣子：例旖旎風光。

旗

方部 十畫

ㄑㄧˊ ❶用布或紙畫成，套在竿上作為標幟的東西：例國旗。❷清代滿族的軍隊編制或戶口編制：例八旗。❸屬於滿族的：例旗袍。❹早期蒙古的行政區域名，相當於「縣」。❺姓：例旗小姐。

旗袍 ㄑㄧˊ ㄆㄠˊ 本來是清代旗人婦女所穿的服裝，後來演變成今日婦女的中式長禮服。它的特色是直領、緊腰身、兩旁開衩。現在也有很多改良式的旗袍應世。

旗桿 ㄑㄧˊ ㄍㄢ 懸掛國旗的長桿子。例掛在旗桿上的國旗迎風飄揚。

參考 相似詞：旗杆。

旗語 ㄑㄧˊ ㄩˇ 在距離較遠，說話聽不見，但仍可看得見對方的地方，用揮舞旗子作為通訊的一種方法。

旗開得勝 ㄑㄧˊ ㄎㄞ ㄉㄜˊ ㄕㄥˋ 軍隊的旗子一展開就得到了勝利；比喻事情一開始就有了好成績。例世界杯棒球賽，中華健兒旗開得勝，力克強敵。

旗鼓相當 ㄑㄧˊ ㄍㄨˇ ㄒㄧㄤ ㄉㄤ 兩軍對敵，聲勢不相上下。比喻雙方的力量相當。例這場比賽，雙方實力旗鼓相當，可看性很高。

旖

方部 十畫

ㄧˇ 柔和美麗的樣子：例旖旎。

旖旎 ㄧˇ ㄋㄧˇ 風景柔和美麗的樣子。例這一帶風光旖旎，令人留連忘返。

无部 ㄨˊ

无是無的另一種寫法，原本寫成「无」。「二」代表地，「人」代表人，表示人死了以後埋在地下，就消失看不到了。因此无就發展出沒有、消失的意思。

既

无部 五畫

ㄐㄧˋ ❶副詞，動作或事情已經過去：例既成事實、既往不咎。❷連詞，常與「且」、「又」、「也」連用，表示兩種情況同時出現：例既高且大、既聰明又用功。❸姓：例既先生。

參考 請注意：「既然」的「既」不可寫成「即刻」的「即」。

既然 ㄐㄧˋ ㄖㄢˊ 已經這樣。例你既然知道做錯了，就應當立刻改正。

參考 相似詞：既是。♣請注意：「既然」和「即使」有區別：「即使」，是「已經這樣，但是……」，所以常在後面接「也」。例即使你反對添購電腦，「也」沒有用。「既然」，是「已經這樣，就……」，通常和「就」、「還」、「也」連用。例既然你不能來，那「就」算了。例既然你不願意，我「還」能說什麼呢？例既然你堅持，我「也」不多說了。

既往不究 ㄐㄧˋ ㄨㄤˇ ㄅㄨˋ ㄐㄧㄡˋ 已經過去的事情，不再追究。究：詳細追問。例他已經承認錯誤，你就既往不究吧！

既來之則安之 ㄐㄧˋ ㄌㄞˊ ㄓ ㄗㄜˊ ㄢ ㄓ 原意是：已經來歸附的人，就給他們享受安定

四畫

的生活。現在多指接受事實的一種心態。例你不必再抱怨了，既來之則安之，面對現實吧！

日部 ㄖˋ

⊙ ⊖ 日 日

小朋友，你畫過太陽嗎？你畫的太陽是不是圓圓的？古人所創造的「日」正是「⊙」，「○」是太陽的形狀，中間那一點是黑點。現代科學家把那些黑點稱為「太陽黑子」，由此可知造字的人觀察得多麼仔細。日部的字大部分和時間、日光有關係，例如：昏（天剛黑的時候）、曉（天剛亮的時候）、曦（早上的日光）、暗（沒有光線）。

日

日部 ○畫

丨 冂 日 日

ㄖˋ ❶太陽：例日出日落。❷白天：例日班。❸時間的單位，地球自轉一周所需的時間，就是一晝夜：例一日有二十四小時。❹指一段時間：例往日、來日。❺「日本」的簡稱：例日語。❻人名：例金日磾（ㄉㄧ）。

猜一猜 晝時圓，寫時方，有它暖，沒它涼。（猜一字）（答案：日）

日子 ㄖˋ ㄗ˙ ❶時間，光陰。例日子過得好快，一晃眼都已經三年了。❷生活，生計。例東西愈來愈貴，日子是愈來愈難過。❸日期，特指的一天。例今天是郊遊的好日子。

小百科 所謂好日子、壞日子，是依據天上的星象決定吉凶的。一般的黃曆書上都有記載。

動動腦 這四個字都有一個部分不見了，小朋友請你幫忙找出來，然後各造一個字！

（答案：昏、旭、晏、明）

日本 ㄖˋ ㄅㄣˇ 亞洲東部的一個海島國家，由北海道、本州、四國、九州四個大島和許多小島組成，首都在東京。地形大多為山地，富士山是最高峰。日本礦藏不多，但漁產豐富、海運便利，是亞洲最大的工業國。

猜一猜 太陽的故鄉。（猜一國家名）（答案：日本）

日夜 ㄖˋ ㄧㄝˋ 白天黑夜。例他為了賺錢，日夜工作，終於病倒了。

參考 活用詞：日日夜夜。

日記 ㄖˋ ㄐㄧˋ 每天生活的紀錄，把每天遇到或聽到、看到的事情，或是自己的想法、計畫記載下來。

參考 活用詞：日記簿、日記帳。

日程 ㄖˋ ㄔㄥˊ 按日排定的行事程序。例會議日程中排定今天參觀各項建設。

日常 ㄖˋ ㄔㄤˊ 平常，不特別的。例日常生活必須正常而有規律。

參考 活用詞：日常生活、日常工作、日常用品。

日晷 ㄖˋ ㄍㄨㄟˇ 利用太陽投射的影子來測定時間的裝置。通常是在有刻度盤子中央裝一個與盤垂直的標示物。

參考 相似詞：日規、日晷儀。

日場 ㄖˋ ㄔㄤˇ 電影、戲劇等在白天演出的場次。

參考 相反詞：晚場。♣請注意：「日場」的範圍比「早場」大，除了「早場」外，還包括下午的場次。

日報 ㄖˋ ㄅㄠˋ 每天出版發行的報紙。

參考 請注意：報紙的分類，依據發行時間間隔的不同，可分為日報、週報、旬報、月報、季報、年報等。以一天為單位的就叫「日報」，通常在早上發行。為了容易區別，就把每天傍晚發行的叫作「晚報」，「晚報」也是「日報」的一種。

日期 發生某一件事情的特定日子或時期。例這封信的發信日期是上個星期四。例開會的日期訂在下個月的三日到八日。

日蝕 月球運行到太陽和地球中間時，太陽的光被月球擋住，地球表面某些地方看不到太陽，這種現象叫「日蝕」。

猜一猜 從早吃到晚。（猜一天文名詞）（答案：日全蝕）

小百科 太陽全部被月球擋住叫「日全蝕」，部分被擋住叫「日偏蝕」，中央被擋住叫「日環蝕」。觀看日蝕時，可以利用塗勻黑墨的玻璃，或是在一桶水中滴上墨汁，觀看倒影。千萬不要直接用肉眼觀察，以免眼睛受傷。

日曆 記載著年、月、日、星期、節日、節氣等的印刷物。一年一本，每天一頁。

猜一猜 一天過去，脫件衣裳，一年過去，全身脫光。（猜一種日常用品）（答案：日曆）

笑一笑 晚上要睡覺前，弟弟把明天那張日曆撕了下來。哥哥：「你為什麼不撕今天的，要撕明天的呢？」弟弟：「明天媽媽要帶我去看醫生，我把明天撕掉就不用去了。」

日月潭 位於臺灣中部南投縣魚池鄉，是本省最大的天然湖泊。是著名的風景區，潭水並有灌溉、發電等功能。也有人把日月合稱為「明潭」。

日內瓦 位於瑞士西南部，靠近日內瓦湖。是瑞士的工商業、金融中心和遊覽勝地。以製造鐘錶及手飾聞名。聯合國歐洲辦事處就設在這裡，有些重要的國際會議也常在這裡舉行。

參考 活用詞：日內瓦公約。

日光燈 一種照明用的低壓水銀燈。玻璃管的兩端裝有電極，管的內側塗有螢光物質。把管內的空氣抽出後，填入氬氣和少量的水銀。光線明亮。

日光浴 利用陽光直接照射皮膚，可使皮膚產生維生素D，有增強抵抗力、促進新陳代謝的功能。但不可曝晒過久，以免皮膚灼傷或是產生皮膚癌。浴：洗身體。

日晒法 ❶利用陽光的熱能蒸發水分的一種方法。例如：用日晒法蒸發海水便可獲得食鹽結晶。❷利用陽光的紫外線照射來消毒的一種方法。家裡的棉被常常就是用日晒法消毒的。

日上三竿 太陽已經升得有三枝竹竿那麼高了；形容時間不早了。多用來指人晚起。例小弟弟最愛賴床，都日上三竿了還不肯起來。

參考 相似詞：日高三竿。

日月如梭 太陽和月亮的交替就像在織布機上快速往來的梭子。形容時間過得非常快。梭：舊式織布機上用來牽引紗線的東西。例光陰似箭，日月如梭，一轉眼又過了一年。

日本腦炎 是一種由濾過性病毒引起腦發炎的急性傳染病。這種病以三斑家蚊為主要媒介，常發生於夏季。民國十三年在日本曾經普遍流行。

日行一善 每天做一件好事幫助別人，是童子軍守則中的一條。

日理萬機 每天要處理成千上萬件的事情，表示處理事務的繁忙。原本用來形容帝王，現在通常指政府首長或公司的負責人。機：機要，機密重要的事情。例總統日理萬機，為國辛勞。

日新又新 每天都在求新、求進步。商湯曾在洗臉盆上刻著「苟日新、日日新、又日新」來勉勵自己求進步。例時代的進步日新又新，我們必須不斷充實自己，才不會被時代淘汰。

日新月異 每天每月都有新的變化；形容發展進步得很快速。新：改變舊的。異：不同，有變化。例科技不斷進步，各項產品的發明更是日新月異。

日暮途窮 太陽已經下山，路也走到盡頭。比喻事情已經到了滅亡、絕望的地步。暮：傍晚、太陽下山的時候。窮：窮盡、完結的意思。例他年輕的時候拋妻棄子，在日暮途窮的時候，就沒有人照顧。

參考 相反詞：欣欣向榮。

動動腦 在空格上填字，使橫句成為一句成語。

日			
	日		
		日	
			日

（答案：日新月異、一日千里、蒸蒸日上、飽食終日）

日據時代（ㄖˋ ㄐㄩˋ ㄕˊ ㄉㄞˋ） 清光緒二十一年（西元一八九五年），中日甲午戰爭後，滿清與日本簽訂了馬關條約，把臺灣割讓給日本。一直到民國三十四年（西元一九四五年），對日抗戰勝利，才光復臺灣。臺灣被日本人統治的這段期間，就叫「日據時代」。

日積月累（ㄖˋ ㄐㄧ ㄩㄝˋ ㄌㄟˇ） 每日每月的積累，指長時間的聚集累積。例每天讀幾頁書，日積月累就可讀很多書。

日薄西山（ㄖˋ ㄅㄛˊ ㄒㄧ ㄕㄢ） 太陽快落到西邊的山；比喻衰老的人已經接近死亡。薄：接近的意思。例儘管張先生年輕時是體育好手，在日薄西山的時候，一樣受著病痛的折磨。

參考 相反詞：旭日東升。

日蹙一日（ㄖˋ ㄘㄨˋ ㄧˊ ㄖˋ） 一天比一天貧困、窘迫。蹙：緊迫、急促的意思。例父親重病住院後，為了負擔龐大的醫藥費，家中的生計是日蹙一日。

旦

日部 一畫

丨 冂 日 日 旦

ㄉㄢˋ ❶天剛亮的時候：例坐以待旦。❷早晨：例旦暮。❸（某一）天：例元旦、一旦。❹傳統戲劇中扮演女子的角色：例老旦、花旦。❺姓：例旦先生。

參考 相反字：夕。

猜一猜 日出地面（猜一字）（答案：旦）

旦夕（ㄉㄢˋ ㄒㄧ） ❶早晨和晚上。例他倆在旦夕相處中，培養出很深厚的情誼。❷比喻時間很短暫。例他出了車禍，生命已危在旦夕。

早

日部 二畫

丨 冂 日 日 旦 早

ㄗㄠˇ ❶天剛亮的時候：例大清早。❷還沒到預定時間：例來早了。❸事先：例早就決定了。❹早晨見面時互相招呼的話：例早安。

參考 請注意：「早」下面是個「十」字，「旱」（ㄏㄢˋ）是沒有水，乾乾的，所以下面是「干」（ㄍㄢ）。

猜一猜 十個太陽。（猜一字）（答案：早）

唱詩歌 太陽公公下山了，小鳥回家睡覺了。太陽公公起床了，小鳥出來做體操。嘰嘰嘰，喳喳喳，飛飛飛，跳跳跳。早睡早起身體好，小鳥小鳥飛得高。

早日（ㄗㄠˇ ㄖˋ） 把日期提前。例他車禍受傷住院，我們都希望他能早日康復。

早安（ㄗㄠˇ ㄢ） 早上見面時，互相招呼問候的話。有時也簡稱作「早」，例如：「老師早」、「同學早」。

早產（ㄗㄠˇ ㄔㄢˇ） 懷孕還沒有到足月就生產。早產的嬰兒通常體重比較輕，抵抗力比較弱，需要特殊的護理。

參考 活用詞：早產兒。

早婚（ㄗㄠˇ ㄏㄨㄣ） 還沒到適合結婚的年齡就結婚了，通常指在二十歲以前。

參考 相反詞：晚婚。

早晚（ㄗㄠˇ ㄨㄢˇ） ❶早上和晚上。例早晚刷牙，可維護牙齒健康。❷隨時的意思。例小嬰兒剛出生不久，早晚都要人照料。❸不論早或晚，遲早。例他這麼努力，早晚會成功的。❹時間的先後。例他來的時間，早晚不一定。

早晨（ㄗㄠˇ ㄔㄣˊ） 上午；通常指上午十時以前。晨：早上太陽剛出來的時候。

早場（ㄗㄠˇ ㄔㄤˇ） 早上演出的電影、戲劇。

早期 ㄗㄠˇ ㄑㄧˊ ❶剛發生的時候。例早期發現疾病，就要即早治療。❷發生時間在前的。例臺灣的早期發展中，山地人與平地人常產生衝突。

早操 ㄗㄠˇ ㄘㄠ 早上做的體操。操：一種空手鍛鍊體力的方法。

參考 相似詞：晨操。

早熟 ㄗㄠˇ ㄕㄡˊ ❶農作物提早成熟。例天氣暖和，有好多早熟的水果已經上市了。❷人的身體或心理發育得比一般人早。例她比同年齡的兒童要早熟的多。

早出晚歸 ㄗㄠˇ ㄔㄨ ㄨㄢˇ ㄍㄨㄟ 早上很早就出去，晚上很晚才回來。例爸爸早出晚歸的工作，真辛苦。

旨

一 匕 匕 旨 旨 旨

日部 二畫

ㄓˇ ❶意義，目的：例宗旨。❷帝王的命令：例聖旨。❸味道美好：例甘旨。

猜一猜 背字缺左臂，缺兩腳。（猜一字）（答案：旨）

旬

ノ 勹 勹 旬 旬 旬

日部 二畫

ㄒㄩㄣˊ ❶每十天為一旬，一個月分上中下三旬：例旬日、旬刊。❷每十歲為一旬：例八旬老母、年過六旬。❸滿、整個的：例旬年（一年）、旬歲（滿一歲）。

旬日 ㄒㄩㄣˊ ㄖˋ 十天。

旬月 ㄒㄩㄣˊ ㄩㄝˋ ❶滿一個月。❷十個月。

旬刊 ㄒㄩㄣˊ ㄎㄢ 每十天出版一次的刊物。

旬年 ㄒㄩㄣˊ ㄋㄧㄢˊ ❶滿一年。❷十年。

旭

ノ 九 九 旭 旭 旭

日部 二畫

ㄒㄩˋ ❶晨曦光明的樣子。❷早晨剛升起的太陽：例旭日東昇。

猜一猜 九個太陽。（猜一字）（答案：旭）

旭日 ㄒㄩˋ ㄖˋ 早晨剛剛升起來的太陽。

旱

丨 冂 日 日 旦 旱 旱

日部 三畫

ㄏㄢˋ ❶久不下雨：例天旱、乾旱、抗旱。❷指陸地交通：例旱路。❸沒有水的：例旱田、旱地、旱稻。

參考 相似字：乾。♣相反字：溼、水。

猜一猜 太陽下，汗水滴落土。（猜一字）（答案：旱）

旱天 ㄏㄢˋ ㄊㄧㄢ 天氣乾燥而不下雨。

參考 相反詞：雨天。

旱田 ㄏㄢˋ ㄊㄧㄢˊ 地勢較高，或缺乏灌溉設施的田地。大多種植不需要大量水分的作物，例如：甘藷、豆類、麥類等。

旱災 ㄏㄢˋ ㄗㄞ 因缺雨所造成的災害。

參考 相反詞：水災。

猜一猜 旱災。（猜一字）（答案：沙）

旱路 ㄏㄢˋ ㄌㄨˋ 陸地上的交通路線。

旱煙 ㄏㄢˋ ㄧㄢ 裝在無水煙管內吸食的煙草碎末。

參考 相反詞：水煙。

旱煙袋 ㄏㄢˋ ㄧㄢ ㄉㄞˋ 吸旱煙的用具，在細竹管的一端安著煙袋，另一端安著玉石、翡翠等的煙嘴，可以銜在嘴裡吸。

參考 相反詞：水煙袋。

明

丨 冂 日 日 明 明 明 明

日部 四畫

ㄇㄧㄥˊ ❶光亮的：例光明。❷清楚：例說明。❸公開的，顯露在外，不隱藏：例有話明說。❹眼光正確，對事物現象看得清楚：例聰明。❺視覺，看東西的能力：例失明。❻了解，懂得：例深明大義。❼與死亡、信仰有關的：例明器、神明。❽次，下一個（專指時間）：例明天、明年。❾朝代名，朱元璋推翻元朝所建，共二百七十七年。❿姓：例明先生。

參考 相似字：亮、光。♣相反字：暗。

猜一猜 (一)一陰一陽，一短一長，一晝一夜，一熱一涼。（猜一字）（答案：明）

(二)太陽西邊下，月亮東邊掛。（猜一字）（答案：明）

俏皮話 「禿子頭上的虱子——明擺著的。」我們都知道禿子的頭髮很少，如果有隻虱子在頭上，我們可以一眼就看出。這句話比喻事情十分明顯。

明白（ㄇㄧㄥˊ ㄅㄞˊ） ❶內容、意思使人容易清楚了解。例他把事情說得十分明白。❷知道得很清楚。例這件工作的重要性，大家都很明白。❸懂道理，不糊塗。例你是個明白人，應該不需要我多費唇舌。

明快（ㄇㄧㄥˊ ㄎㄨㄞˋ） ❶指語言文字明白通暢，或音樂藝術等風格靈活不呆板。例他的文字明快，很有說服力。例這首歌曲節奏明快，拍子很好掌握。❷性格開朗直爽，做事乾脆決斷，不拖泥帶水。例他做事明快，效率很高。

明明（ㄇㄧㄥˊ ㄇㄧㄥˊ） 表示顯然如此或確實如此，以下的文詞意思往往有所轉折。例這話明明是你說的，用不著否認了。

明亮（ㄇㄧㄥˊ ㄌㄧㄤˋ） ❶光線充足。例拉開窗簾，屋子立刻明亮多了。❷光亮的。例小妹妹有雙明亮的大眼睛，好可愛。

明星（ㄇㄧㄥˊ ㄒㄧㄥ） ❶明亮的星星。❷指金星，因為它非常明亮。❸指在娛樂界很有名的人。例電影明星。❹在某一行業中很特出的人物。例明星球員。

明朗（ㄇㄧㄥˊ ㄌㄤˇ） ❶光線明亮充足。例今晚的月色分外明朗。❷清楚而且明顯。例事情明朗化以後，我的心情反而輕鬆了。❸思想開闊，性格爽快。例他的作品都有很明朗的風格。

明淨（ㄇㄧㄥˊ ㄐㄧㄥˋ） 明朗而且潔淨。例走在明淨的小河邊，聽著潺潺的流水，令人暑氣全消。

明朝（ㄇㄧㄥˊ ㄔㄠˊ） 朱元璋推翻元朝統治所建立的朝代。原定都南京，在成祖永樂年間遷都北京。明朝末年，闖王李自成起義，占領北京，明朝因而滅亡。明朝共有十六位皇帝，共二百七十七年。明亡後，皇室的子孫先後在南京、福州等地即位，歷史上稱為「南明」，最後仍然被清朝消滅。

明媚（ㄇㄧㄥˊ ㄇㄟˋ） 指景物鮮明可愛或指人的眼睛明亮動人。媚：美好豔麗。例春光明媚，正是旅行的好季節。例張小姐那雙明媚動人的眼睛，吸引了不少人的目光。

明智（ㄇㄧㄥˊ ㄓˋ） 通達事理，具有遠見。例你能下定決心不再抽煙，真是明智之舉。

明燈（ㄇㄧㄥˊ ㄉㄥ） 明亮的燈，引申為指引光明的意思。例輔導室就像黑暗裡的明燈，引導兒童走上正途。

明確（ㄇㄧㄥˊ ㄑㄩㄝˋ） 清楚明白並且確定不變。例請你給我一個明確的答覆。

參考 相反詞：含混。

明顯（ㄇㄧㄥˊ ㄒㄧㄢˇ） 很明白的表現出來，使人容易感覺得到。例即使你不喜歡他，也不必表現得這麼明顯。例你說的故事，內容有很明顯的漏洞。

參考 相反詞：模糊。

明信片（ㄇㄧㄥˊ ㄒㄧㄣˋ ㄆㄧㄢˋ） 專供寫信用的硬紙片，寄的時候不用信封，郵費比較便宜。也指用明信片寫的信。

明日黃花（ㄇㄧㄥˊ ㄖˋ ㄏㄨㄤˊ ㄏㄨㄚ） 重陽節（農曆九月九日）一過，黃花（菊花）就要凋謝。比喻事物已經失去價值。例都市不斷的發展，很多古老的建築，都已變成明日黃花了。

明目張膽（ㄇㄧㄥˊ ㄇㄨˋ ㄓㄤ ㄉㄢˇ） 睜亮眼睛鼓起勇氣，本來是無所畏懼，敢作敢為的意思。現在多用來形容人公開、大膽的做壞事。膽：勇氣。例他們居然敢明目張膽的欺負人，一點也不把法律看在眼裡。

明知故犯（ㄇㄧㄥˊ ㄓ ㄍㄨˋ ㄈㄢˋ） 明明知道不該做，卻仍舊去做。例爸爸不許你打電動玩具，你居然還明知故犯。

參考 請注意：「明知故犯」與「知法犯法」意思很接近，但「明知故犯」只是做了不該做的事；「知法犯法」卻是做了違法的事。

明爭暗鬥 ㄇㄧㄥˊ ㄓㄥ ㄢˋ ㄉㄡˋ 明裡和暗裡都在爭鬥，表示雙方競爭得非常激烈。例他們兩人為了競標道路工程明爭暗鬥，用盡了各種手段。

明哲保身 ㄇㄧㄥˊ ㄓㄜˊ ㄅㄠˇ ㄕㄣ 明智的人善於保全自己，不參與可能給自己帶來危險的事。表示不同流合汙或是怕對自己有損害而避開事情的態度。

明眸皓齒 ㄇㄧㄥˊ ㄇㄡˊ ㄏㄠˋ ㄔˇ 明亮的眼睛，潔白的牙齒，通常用來形容女子的美麗容貌。眸：眼珠。皓：白色。例她長得明眸皓齒，體態健美，競選中國小姐絕對沒問題。

明察秋毫 ㄇㄧㄥˊ ㄔㄚˊ ㄑㄧㄡ ㄏㄠˊ 連鳥獸秋天新生的細毛也看得很清楚；形容人目光很敏銳，為人很精明，連很細微的問題都能看得一清二楚。秋毫：是鳥獸秋天新生的細毛。例法官明察秋毫，作惡的人都得到了應有的處罰。

明槍暗箭 ㄇㄧㄥˊ ㄑㄧㄤ ㄢˋ ㄐㄧㄢˋ 明裡開槍，暗裡射箭，比喻公開的或暗中的各種破壞和攻擊。例爸爸升上課長後，受到好多明槍暗箭，增加了不必要的困擾。

明豔照人 ㄇㄧㄥˊ ㄧㄢˋ ㄓㄠˋ ㄖㄣˊ 光彩豔麗，像有光芒照射一般，常用來形容女子。例媽媽打扮得明豔照人，陪同爸爸去參加宴會。

昀

日部 四畫

ㄩㄣˊ ❶日光。❷日出。

旺

日部 四畫

ㄨㄤˋ ❶興盛的：例興旺。❷猛烈的：例火很旺。❸姓：例旺先生。

參考 相似字：盛。

旺季 ㄨㄤˋ ㄐㄧˋ 在一年內營業最旺盛的季節，或是某項產品生產最多的時期。

參考 相反詞：淡季。

旺盛 ㄨㄤˋ ㄕㄥˋ 形容生命力強或體力充沛、情緒高漲。例小弟弟精力旺盛，玩了一下午還不覺得累。例在啦啦隊的鼓勵下，大家士氣旺盛，有信心打敗對方。

昔

日部 四畫

ㄒㄧˊ ❶從前，過去，和「今」相對：例往昔、昔日、今非昔比。❷夜晚，同「夕」：例宿昔。

猜一猜 三星期。（猜一字）（答案：昔）

昔人 ㄒㄧˊ ㄖㄣˊ 古人，前人。

昔日 ㄒㄧˊ ㄖˋ 從前，往日。例昔日的荒山，今天已經變成了層層梯田。

參考 相似詞：昔時、昔年。

昔年 ㄒㄧˊ ㄋㄧㄢˊ 往年，過去。

昔時 ㄒㄧˊ ㄕˊ 往日。

昏

日部 四畫

ㄏㄨㄣ ❶太陽下山，天剛黑的時候：例黃昏。❷黑暗：例昏暗、昏天黑地。❸頭腦糊塗，神志不清的樣子：例昏庸。❹失去知覺，不省人事：例昏迷。

猜一猜 民字無頭，加個日。（猜一字）（答案：昏）

昏花 ㄏㄨㄣ ㄏㄨㄚ 視覺模糊不清。例奶奶年紀大了，老眼昏花，常看不見小東西。

昏眩 ㄏㄨㄣ ㄒㄩㄢˋ 頭腦昏沉，眼花撩亂。眩：眼睛昏花看不清楚。

參考 相似詞：頭暈目眩。

昏迷 ㄏㄨㄣ ㄇㄧˊ 長時間失去知覺的一種病情。通常是中樞神經，尤其是大腦受到嚴重的損傷時容易發生。許多疾病在死亡前可能出現昏迷狀態。突然出現的昏迷常見的有中風、腦震盪、中毒、急性感染、肝腎嚴重損傷等。

昏倒 ㄏㄨㄣ ㄉㄠˇ 人體失去知覺，倒下來。

昏暗 ㄏㄨㄣ ㄢˋ 光線不足，黑暗不明亮的樣子。暗：沒有光亮。例在昏暗的燈光下

四畫

看書，對視力的傷害很大。

昏亂 ㄏㄨㄣ ㄌㄨㄢˋ　❶頭腦迷糊，神志不清。例他頭腦昏亂，連話都講不清楚。❷比喻政治黑暗，社會混亂。例這個國家政治昏亂，人們還有什麼希望呢？

昏天黑地 ㄏㄨㄣ ㄊㄧㄢ ㄏㄟ ㄉㄧˋ　❶形容天色昏暗，不容易分辨方向。例晚上昏天黑地的，山路很不好走。❷比喻人神志不清，生活昏亂。例當時我只覺得昏天黑地的，然後就完全不省人事了。例我每天忙得昏天黑地的，哪有功夫管你的閒事！❸社會昏亂，沒有秩序。

易

日部　四畫

丨 冂 日 日 月 昜 易 易

ㄧˋ　❶簡單，不困難的：例容易。❷待人和氣：例平易近人。❸改變：例移風易俗。❹互相交換：例交易。

參考 相反字：難、艱。

猜一猜 日出時，勿睡。（猜一字）（答案：易）

易水送別 ㄧˋ ㄕㄨㄟˇ ㄙㄨㄥˋ ㄅㄧㄝˊ　戰國末年，荊軻要去行刺秦王，燕太子丹在易水邊設宴送別。送別時，荊軻的好友高漸離負責擊筑，音調非常高亢悲壯。荊軻和著筑聲，引吭高歌，慷慨赴義。

易如反掌 ㄧˋ ㄖㄨˊ ㄈㄢˇ ㄓㄤˇ　容易得像翻一下手掌一樣；比喻事情很容易就可以辦好。例她的手很巧，做花燈對她而言簡直是易如反掌。

參考 相反詞：登天之難。

昌

日部　四畫

丨 冂 日 日 日 昌 昌 昌

ㄔㄤ　❶興盛，興旺：例昌盛。❷姓：例昌教授。

猜一猜 日復一日。（猜一字）（答案：昌）

昌明 ㄔㄤ ㄇㄧㄥˊ　形容興盛進步的樣子。例在科學昌明的現代，很多古老的迷信都被推翻了。

昆

日部　四畫

丨 冂 日 日 旦 昆 昆 昆

ㄎㄨㄣ　❶哥哥：例昆仲。❷眾多的：例昆蟲。

昆布 ㄎㄨㄣ ㄅㄨˋ　藻類植物的一種，生活在海中，含有豐富的碘，可以食用。形狀細長的又叫作「海帶」。

昆仲 ㄎㄨㄣ ㄓㄨㄥˋ　對他人兄弟的敬稱。

昆明 ㄎㄨㄣ ㄇㄧㄥˊ　雲南省的省會，是雲南省政治、經濟、文化和交通中心。當地的氣候溫和，四季如春。南岸有滇池，又叫昆明湖，風景十分優美。

昆蟲 ㄎㄨㄣ ㄔㄨㄥˊ　❶蟲類的總稱。❷節肢動物的一綱，身體分為頭、胸、腹三部分。頭部有觸角、眼、口器；胸部有三對腳；腹部有節，兩旁有氣孔，是牠們的呼吸器官。多數的昆蟲須經過卵、幼蟲、蛹、成蟲的發育過程。目前已知種類約有一百多萬種，一般常見的蛾、蜜蜂、螞蟻等都是。

參考 活用詞：昆蟲類、昆蟲綱、昆蟲學。

動動腦 小朋友，昆蟲有那些特性呢？讓我們用昆蟲來形容人會有什麼效果呢？例如：漂亮得像蝴蝶、輕盈得像蜻蜓、忙碌得像蜜蜂……

昂

日部　四畫

丨 冂 日 日 旦 昂 昂 昂

ㄤˊ　❶高舉：例昂首。❷精神振奮，情緒高漲：例精神昂揚。❸價格高：例昂貴。

昂首 ㄤˊ ㄕㄡˇ　抬起頭。例看他昂首闊步，完全一副目中無人的樣子。

昂貴 ㄤˊ ㄍㄨㄟˋ　東西的價格非常高。貴：物價很高。例颱風過後，蔬果的價格變得很昂貴。

參考 相反詞：便宜。♣請注意：「昂貴」是指東西價格很高，「名貴」是指東西很貴重而且難得。

四畫

昊

丨 冂 冃 日 旦 旦 昊 昊

日部 四畫

ㄏㄠˋ 形容天的廣大無邊，也指天：例昊天。

昊天 ㄏㄠˋ ㄊㄧㄢ ❶天的泛稱。❷比喻父母養育子女的大恩。例父母給予子女的深恩是昊天罔極的。

昇

丨 冂 冃 日 旦 旦 昇 昇

日部 四畫

ㄕㄥ ❶太陽上升：例旭日東昇。❷等級或職務提高：例高昇。

參考 相似字：升。

猜一猜 太陽升起。（猜一字）（答案：昇）

昇華 ㄕㄥ ㄏㄨㄚˊ ❶物體受熱直接由固體變成氣體的過程。例如：乾冰、硫黃。❷比喻把人的感情欲望改用比較能被倫理道德接受或比較高尚的行為表現。例老先生雖然曾歷經生離死別，但是他把心中的傷痛昇華為對世人的大愛。

春

一 二 三 夫 夫 夫 春 春 春

日部 五畫

ㄔㄨㄣ ❶一年的第一個季節，是陽曆的三月到五月，陰曆的一月到三月：例春季、春雨。❷有生機：例妙手回春。❸男女間的感情：例少女懷春。

猜一猜 ㈠三人同日去看花，百友相逢共一家，禾火兩人相對坐，夕陽橋下一對瓜。（猜四字）（答案：春夏秋冬）㈡春雨綿綿人去了。（猜一字）（答案：三）

唱詩歌 沙沙沙，沙沙沙，春雨像個乖娃娃。一頭鑽進泥土裡，催著種子快發芽。山綠了，田綠了，春雨娃娃笑哈哈。

春分 ㄔㄨㄣ ㄈㄣ 節氣名，在陽曆三月二十一日前後。當天不管南北半球，白天和晚上都一樣長。過了春分以後，北半球白天愈長，晚上愈短；南半球剛好相反。

春秋 ㄔㄨㄣ ㄑㄧㄡ ❶我國古代按年份記錄的歷史書。是孔子依據魯國歷史春秋加以整理修訂的。記錄了魯隱公元年至魯哀公十四年（共二百四十二年）之間的歷史。❷時代名，由周平王東遷，東周時代的開始，到三家分晉為止，共二百九十五年。因為孔子所編的「春秋」記載了這一時期大部分的歷史，所以後人稱這一時期為「春秋時期」。❸春天和秋天，常用來表示整個一年，也指人的年歲。例在春秋交替中，事物已發生了很大的變化。例爺爺春秋已高，漸漸不管家裡的事了。

參考 活用詞：春秋時代、春秋五霸、春秋之筆、春秋三傳、春秋戰國、晏子春秋、呂氏春秋、吳越春秋。

春風 ㄔㄨㄣ ㄈㄥ ❶春天的風。例春風送暖，為大地披上綠衣。❷春天的風很和暖，用來比喻人和悅的表情。例他當選全校模範生，難怪天天春風滿面。❸比喻得到好老師的指導。例上張老師的課，真有沐浴春風的感覺。

參考 活用詞：春風化雨、春風得意。

唱詩歌 春風吹，春風吹。吹綠了柳樹，吹紅了桃花。吹來了燕子，吹醒了青蛙。吹得小雨輕輕下，冰化雪消春來到。

春捲 ㄔㄨㄣ ㄐㄩㄢˇ 食品的一種，用麵粉製的薄皮，內包餡兒，捲成細長形。蒸熟或炸熟後，就可以食用。

春假 ㄔㄨㄣ ㄐㄧㄚˋ 學校在春季期間所放的假。因為春天氣候和爽，景致動人，適合走向戶外，迎接大自然。春假通常在每年的三月底、四月初。

春節 ㄔㄨㄣ ㄐㄧㄝˊ 民間的傳統節日，指農曆正月初一。通常也包括初一以後的幾天。

春夢 ㄔㄨㄣ ㄇㄥˋ 春天氣候溫和，睡得舒服，所以夢境容易忘記。比喻美好的事物很容易消失。例過去種種，就像春夢一場。

春暉 ㄔㄨㄣ ㄏㄨㄟ 春天溫暖的陽光；比喻慈母養育子女的恩惠。暉：陽光。

唱詩歌 唐朝詩人孟郊，寫了一首遊子吟，藉著遊子思親歌頌母愛的偉大。這首詩是這樣的：「慈母手中線，遊子身上衣。臨行密密縫，意恐遲遲歸。誰言寸

四畫

草心，報得三春暉？」

春曉 ㄔㄨㄣ ㄒㄧㄠˇ　春天天剛亮的時候。曉：清晨，天剛亮的時候。

唱詩歌　唐朝詩人孟浩然，曾經寫了一首春曉，描寫他在某個春天早晨所得的感受。這首詩是這樣的：「春眠不覺曉，處處聞啼鳥。夜來風雨聲，花落知多少？」

春聯 ㄔㄨㄣ ㄌㄧㄢˊ　春節時貼在門上的對聯。古人過年時，常用兩塊桃木板掛在門的兩旁，板上畫有神荼（ㄕㄨ）、鬱壘（ㄩˋ ㄌㄩˋ）二神，用來鎮邪，稱為桃符。後來人們改用紅紙寫上吉祥話，貼在門旁，就是春聯。

春光明媚 ㄔㄨㄣ ㄍㄨㄤ ㄇㄧㄥˊ ㄇㄟˋ　春天的風光景色鮮明可愛。明媚：指景色鮮明可愛。例在春光明媚的日子裡，要走向室外，擁抱大自然。

春寒料峭 ㄔㄨㄣ ㄏㄢˊ ㄌㄧㄠˋ ㄑㄧㄠˋ　形容初春時，寒冷刺骨的天氣。料峭：帶有寒意的冷風，吹到身上的感覺。例在春寒料峭的日子，這條小徑顯得更淒清。

昨
日部　五畫

ㄗㄨㄛˊ　❶今天的前一天：例昨天、昨夜。❷過去，以前：例今是昨非。

猜一猜　昨天是陰天。（猜一字）（答案：乍）

昭
日部　五畫

ㄓㄠ　❶明白顯著：例昭彰。❷洗刷冤情：例昭雪。

猜一猜　太陽不招手自來。（猜一字）（答案：昭）

昭雪 ㄓㄠ ㄒㄩㄝˇ　被冤枉的人洗清罪名。例法官明察秋毫，昭雪了王先生的冤情。

昭彰 ㄓㄠ ㄓㄤ　明白，顯著。彰：明顯的。例他的惡名昭彰，受到國法制裁，是他應得的報應。

映
日部　五畫

ㄧㄥˋ　❶日光：例餘映。❷光線的照射：例映照、映射。❸因為光線照射而顯出物體的形象：例放映電影、遠山倒映在水中。

猜一猜　日正中央。（猜一字）（答案：映）

映照 ㄧㄥˋ ㄓㄠˋ　光線照射。例在夕陽映照下，河面上閃耀著金光閃閃的波紋。

參考　相似詞：映射。

映像管 ㄧㄥˋ ㄒㄧㄤˋ ㄍㄨㄢˇ　電視機中的管形配件，具有能使影像出現在螢光幕上的作用。

昧
日部　五畫

ㄇㄟˋ　❶指日出前，天將明而未明時：例昧旦。❷糊塗不明理：例愚昧、蒙昧。❸隱藏：例昧良心、拾金不昧。❹黑暗，不明：例幽昧、昏昧。

昧心 ㄇㄟˋ ㄒㄧㄣ　違背良心。

昧旦 ㄇㄟˋ ㄉㄢˋ　天要亮不亮的時候。

是
日部　五畫

ㄕˋ　❶表示肯定的判斷：例這本書是我的。❷對的，正確的：例自以為是。❸正好，恰好：例你來得正是時候。❹好的，表示肯定的回答：例是，我馬上去做。❺此，這：例是日、是年。❻姓：例是先生。

參考　相反字：非、錯、誤、謬。

猜一猜　足字橫切二段。（猜一字）（答案：是）

動動腦　小朋友，想一想，加上「是」的國字有那些？（答案：提、匙、隄、堤、題……）

四畫

是否 ㄕˋ ㄈㄡˇ 是不是，是個表示疑問的語詞。例你明天是否真的要請假？

是非 ㄕˋ ㄈㄟ ❶正確的和錯誤的。例我們要明辨是非善惡，做該做的事。❷因為言語所引起的誤會或糾紛。例請你不要搬弄是非，造成彼此的誤會。

俏皮話 「啞吧吵嘴——不知誰是誰非。」小朋友，你可知道兩個啞巴吵嘴的結果嗎？當然是不知誰是誰非。所以「啞吧吵嘴」這句話常用來比喻很難了解誰對誰錯。例如當兩個人爭執得相當激烈的時候，第三個人就可以說這真是「兩個啞吧吵嘴——不知誰是誰非」。

星

丶 ㄇ 日 日 尸 旦 旦 旱 星

日部 五畫

ㄒㄧㄥ ❶宇宙中會發光或反射光的天體：例恆星、行星。❷細碎、細小的東西：例星星之火足以燎原。❸秤桿上記數的金屬點：例秤星。❹比喻受人注目的主要人物：例歌星。

猜一猜 (一)生日。（猜一字）（答案：星）(二)千顆星，萬顆星，滿天星星數它明，有它給你指方向，夜裡航行不用燈。（猜一星名）（答案：北極星）

星光 ㄒㄧㄥ ㄍㄨㄤ 星星所發出或反射出的光芒。例皎潔的月夜裡，閃爍的星光像在對我眨眼睛。

星辰 ㄒㄧㄥ ㄔㄣˊ 星星的總稱。星和辰都是星星的意思。例日月星辰。

參考 相似詞：星星、星球。

星空 ㄒㄧㄥ ㄎㄨㄥ 夜晚群星閃爍的天空。例夏夜裡，我總愛凝望燦爛的星空，訴說我的夢。

星河 ㄒㄧㄥ ㄏㄜˊ ❶由很多恆星組成的天體系統，雜有星雲等其他物質。由於距離太遠，所以在晴朗的夜晚，肉眼看上去只見一條近似淡白色的光河。❷也用來指演藝圈。

參考 相似詞：天河、銀河、雲漢、河漢。

星相 ㄒㄧㄥ ㄒㄧㄤˋ 根據天上星星的位置、明暗等現象，與人的面貌來判定人間事情的吉凶禍福。

參考 請注意：「星象」是星體的明、暗、薄、蝕等現象，古人根據此推測人事的吉凶禍福。所以「星相」、「星象」二者不可混用。

星星 ㄒㄧㄥ ㄒㄧㄥ ❶宇宙中星球的通稱，包括會發光的恆星，反射光的行星、衛星及在大氣中因磨擦而產生光亮的流星。❷因為星星距離地球很遠，看來只見微小的光點，所以「星星」又有零星、微小的意思。例星星之火足以燎原。

動動腦 小朋友，除了真正的星星外，還有什麼詞中有「星」字呢？（答案：明星、歌星、救星、福星、掃把星、財星、剋星、壽星……）

唱詩歌 一顆星，孤零零；兩顆星，放光明；三顆四顆五顆星，照得天上亮晶晶。

星座 ㄒㄧㄥ ㄗㄨㄛˋ ❶為了便於認識和研究星球，於是將星空劃分成很多區域。星象學家依它們分布的形狀來命名。例如：北斗七星屬於大熊星座。❷西方占星術中，以希臘當地為主，依據天空中所出現的星座作為計算月份的參考，利用十二個星座代表一年。人的出生時刻就可以配合當時的星座，用來判定性格、命運等。例如：每年一月二十三日到二月二十二日出生的人屬於水瓶座。

星期 ㄒㄧㄥ ㄑㄧ ❶依照國際習慣，把連續的七天作為工作、學習、休息日期的計算單位。❷跟「一、二、三、四、五、六、日」連用，代表一星期中的某一天。例如：星期二、星期五。

參考 相似字：週。

星羅棋布 ㄒㄧㄥ ㄌㄨㄛˊ ㄑㄧˊ ㄅㄨˋ 像星星一樣羅列著，像棋子一樣散布著。形容數目很多、分布很廣。羅：羅列，把多數物品分布的很有秩序。布：分布、散布。例海岸邊星羅棋布著各種礁石。

參考 相似詞：星羅雲布。

晌

丨 ㄇ 日 日 日' 日' 昀 昫 晌 晌

日部 六畫

ㄕㄤˇ ❶正午：例晌午。❷一天裡的一段時間，一會兒：例工作了一晌、停了一晌。

參考 請注意：「晌」是正午時，正「向」

四畫

著「日」光。「晌」（音ㄒㄧㄤˇ），是「響」的異體字，跟語言、聲音有關，所以是「口」部。

猜一猜 正向著日光。（猜一字）（答案：晌）

晌午 ㄕㄤˇ ˙ㄏㄨㄛ 正午，或指正午前後的時間。例怎麼才過了晌午，天色就變暗了？

時

日部 六畫

丨 冂 冃 日 日一 日十 日土 日圭 時 時

時 ㄕˊ ❶過去、現在、未來的持續，一直到無限，跟「空間」相對：例時間。❷計算時間的單位：例時辰、小時。❸指一段時間：例轟動一時。❹指一個特定的時間：例當時、準時。❺指季節：例四時風光。❻現在的，當前的：例時事。❼常常：例時常。❽有時候：例時快時慢、時好時壞。❾機會：例時機、失時。❿姓：例時先生。

時代 ㄕˊ ㄉㄞˋ ❶按照歷史上經濟、文化、政治等特徵劃分的階段。例石器時代、君主時代。❷指個人生命中的某個時期。例少年時代、青年時代。❸指現在流行的趨勢。例你的看法已經跟不上時代了。參考 活用詞：時代病、時代精神。

時光 ㄕˊ ㄍㄨㄤ 時間。可以指一個階段、一段時間或是時間中某一點。

時事 ㄕˊ ㄕˋ 最近期間內發生的國內外大事，常指國家、政治方面的事。

時刻 ㄕˊ ㄎㄜˋ ❶表示時間中的某一點。例現在時刻是上午十時三十分。❷隨時。例「隨身聽」是他時刻不離的寶貝。參考 請注意：「時刻」指的是「時間」中的某一點，例如：火車發車的時刻是三點十分。「時間」除了表示這個意思外，還可以代表一段「時間」，例如：我的睡眠時間是晚上九時到第二天早上六時。♣活用詞：時刻表。

時針 ㄕˊ ㄓㄣ 鐘錶上指示時刻的短針。參考 相反詞：分針、秒針。

時候 ㄕˊ ˙ㄏㄡ ❶指一段時間。例我睡覺的時候常做噩夢。例小時候我很頑皮。❷指某一個特定的時間。例現在是什麼時候了？

時效 ㄕˊ ㄒㄧㄠˋ 在一定時間內能起的作用。效：功用。例這些招待券已經過了時效，不能使用了。例這件案子在法律上已經超過了追訴的時效了。

時差 ㄕˊ ㄔㄚ 由於地球經度不同，把全世界分成二十四個時區。在不同的時區內有不同的時間，這種時間上的差別就叫時差。例出國旅行時，常因為時差不同而很不習慣。

時時 ㄕˊ ㄕˊ ❶時常，常常。例功課要時時溫習。❷無時無刻，表示無論什麼時間。例我們要時時牢記父母養育的辛勞。參考 請注意：「時時」跟「不時」都有經常的意思，但是「不時」的次數沒有「時時」多。♣活用詞：時時刻刻。

時速 ㄕˊ ㄙㄨˋ 每小時所行走的公里數。速：速度。例在高速公路上，最高時速不得超過一百一十公里，最低時速不得低於六十公里。

時常 ㄕˊ ㄔㄤˊ 經常，常常。例他時常因為睡過頭而遲到。參考 相似詞：時時。

時區 ㄕˊ ㄑㄩ 地球自轉一周需二十四小時，每一小時運行十五經度，所以每一時區包括十五經度，共分為二十四時區。每一時區以中央子午線的時刻為標準時。

時間 ㄕˊ ㄐㄧㄢ ❶表示過去、現在、未來的無限延伸，不受人的意志左右。跟「空間」相對。❷指時間中一段距離。例我花了三天的時間看完這本書。❸指時間中的某一點。例我們約個時間見面吧！參考 活用詞：時間性、時間表、時間單位、時間藝術、時間效用。

時期 ㄕˊ ㄑㄧˊ 指具有某種特徵的一段時間。例在我生病時期，感謝各位常來探望我。

時勢 ㄕˊ ㄕˋ 當前時代的情勢或趨勢。勢：自然的。例時勢造英雄，他能成功也算是機會好。

時節 ㄕˊ ㄐㄧㄝˊ 跟氣候有關係的時期。例梅雨時節總是又溼又悶熱。

時髦 ㄕˊ ㄇㄠˊ 形容衣著、事物等符合時代流行的。髦：式樣新潮的意思。例她的打扮十分時髦。

參考 相似詞：摩登、時興。

時賢 ㄕˊ ㄒㄧㄢˊ 指當代有賢能、有威望的人。賢：品德端正有才幹的人。

時機 ㄕˊ ㄐㄧ 具有時間性的機會，通常是有利的。例如果錯過了這個大好時機，要再成功就不容易了。

時來運轉 ㄕˊ ㄌㄞˊ ㄩㄣˋ ㄓㄨㄢˇ 時機來了，壞的運氣過去，轉來了好的運氣。運：運氣。轉：改換方向。例他時來運轉，終於有了成功的好機會。

參考 相似詞：否極泰來。

時過境遷 ㄕˊ ㄍㄨㄛˋ ㄐㄧㄥˋ ㄑㄧㄢ 時間已經改變，環境也有了變化。境：指環境。遷：轉變的意思。例隨著時過境遷，我早忘了過去種種的不愉快。

晉

一 厂 丌 亞 亞 亞 晉 晉 晉 晉

日部 六畫

ㄐㄧㄣˋ 進，升：例晉見、晉級、晉升。

晉升 ㄐㄧㄣˋ ㄕㄥ 提高官員的職位或階級。

晉見 ㄐㄧㄣˋ ㄐㄧㄢˋ 下級拜見上級。

晉謁 ㄐㄧㄣˋ ㄧㄝˋ 覲見地位高或輩分高的人。謁：覲見。

晏

丶 冂 日 日 旦 旦 旻 晏 晏

日部 六畫

ㄧㄢˋ ❶晚，遲：例晏起。❷姓：例晏嬰、晏殊。

參考 請注意：「晏」字的「日」在「安」上；「宴」字的「日」在「安」中，意義不同。

晏子 ㄧㄢˋ ㄗˇ 春秋時齊國大夫，姓晏名嬰，當過齊國靈公、莊公、景公的臣子。主張減輕刑罰和賦稅，鼓勵國君多聽忠言。他智慧高、口才好，後人收集他的言行，編了一本「晏子春秋」。

晏起 ㄧㄢˋ ㄑㄧˇ 很晚才起床。例張先生夜夜應酬，日日晏起，把身體都搞壞了。

晃

丶 冂 日 日 旦 早 旱 昱 晃 晃

日部 六畫

ㄏㄨㄤˇ ❶很明亮的樣子：例亮晃晃的。❷光芒閃耀：例陽光晃得眼睛睜不開。❸形影閃動，一下子就過去了：例窗外的人影，一晃就不見了。

ㄏㄨㄤˋ ❶搖動：例搖晃。❷閃過，忽然過去：例一晃，又過了一年。

參考 請注意：「晃」字解釋為閃動，表示很快的就過去了，例如：「一晃」時，讀ㄏㄨㄤˇ或ㄏㄨㄤˋ都可以。

晃動 ㄏㄨㄤˋ ㄉㄨㄥˋ 搖動，擺動。例寫字時書桌突然一陣晃動，原來是發生了地震。

猜一猜 日光。（猜一字）（答案：晃）

晒

丨 冂 日 日 日一 日丆 昕 晒 晒 晒

日部 六畫

ㄕㄞˋ 物體在陽光下接受光和熱，或者使它變得乾燥：例日晒雨淋、晒衣服。

猜一猜 太陽落西山。（猜一字）（答案：晒）

俏皮話 「小鬼晒太陽——沒個影。」據說鬼在陽光下是沒有影子的，因此你若是想找一個經常不在家的人，就可以說：「那真是小鬼晒太陽——沒個影。」

唱詩歌 坐坐唱唱，晒晒太陽。冬天的太陽像毛毯，蓋在身上暖洋洋。

晒昏 ㄕㄞˋ ㄏㄨㄣ 受到陽光直接照射太久使得頭發昏或昏倒。例在烈日下站太久，好多人都被晒昏了。

晒乾 ㄕㄞˋ ㄍㄢ 東西在太陽下吸收了光和熱，使水分蒸發，變成乾燥的過程。

參考 請注意：「晒乾」是指經過日「晒」，使東西變乾。「晾乾」不一定要經過太陽「晒」，也可以用風吹乾。

晒穀場 ㄕㄞˋ ㄍㄨˇ ㄔㄤˊ 晒米、麥等農作物的場地。

晝

日部 七畫

ㄓㄡˋ ❶白天，由天亮到天黑的一段時間：例晝伏夜出。❷姓：例晝先生。

參考 相反字：夜、晚。♣請注意：「晝」底下是「旦」，「書」底下是「曰」（ㄩㄝ），「在白『晝』看『書』」，不要弄錯。

猜一猜 地下一本書。（猜一字）（答案：晝）

晝夜 ㄓㄡˋ ㄧㄝˋ 日夜；白天和晚上。例這家工廠趕著生產，機器聲晝夜不停。

晝伏夜出 ㄓㄡˋ ㄈㄨˊ ㄧㄝˋ ㄔㄨ 白天藏伏起來，晚上才出門。伏：隱藏起來不出現。例蝙蝠過著晝伏夜出的生活。

晚

日部 七畫

ㄨㄢˇ ❶日落以後，夜間：例傍晚、夜晚。❷末期；較後的時期、階段：例晚秋、晚年。❸遲：例來晚了、現在努力也不晚。❹後來的：例晚娘、晚輩。

猜一猜 日晒不能免。（猜一字）（答案：晚）

俏皮話 「正月十五貼門神——晚了。」一般我們貼門神的時間，大概是農曆十二月。正月是農曆一月，所以「正月十五貼門神」；比喻行動晚了，事情有所延誤。

晚上 ㄨㄢˇ ㄕㄤˋ 日落以後。

參考 相反詞：白天。

晚生 ㄨㄢˇ ㄕㄥ 後輩對前輩謙稱自己。

晚世 ㄨㄢˇ ㄕˋ 近世、近代。

晚年 ㄨㄢˇ ㄋㄧㄢˊ 年老的時期。例爺爺和奶奶過著舒適的晚年。

參考 相似詞：老年。

晚近 ㄨㄢˇ ㄐㄧㄣˋ 近世。

晚期 ㄨㄢˇ ㄑㄧˊ 指一個時代、一個過程或人一生的最後階段。

晚景 ㄨㄢˇ ㄐㄧㄥˇ ❶傍晚的景色。❷比喻人晚年時的生活狀況。例他的晚景很幸福。

晚節 ㄨㄢˇ ㄐㄧㄝˊ 晚年的節操。

晚輩 ㄨㄢˇ ㄅㄟˋ 輩分低的人。

晚霞 ㄨㄢˇ ㄒㄧㄚˊ 日落時天空出現的彩雲。

猜一猜 彩色錦緞掛天邊，夕陽映照更好看，姑娘見了空歡喜，不能剪來做衣衫。（猜一種自然現象）（答案：晚霞）

晤

日部 七畫

ㄨˋ 見面：例會晤、晤面、晤談。

猜一猜 我過的日子。（猜一字）（答案：晤）

晤言 ㄨˋ ㄧㄢˊ 彼此相對見面談話。

晤面 ㄨˋ ㄇㄧㄢˋ 會面、見面。

晤談 ㄨˋ ㄊㄢˊ 見面談話。

晦

日部 七畫

ㄏㄨㄟˋ ❶陰曆每月的最後一天：例晦朔。❷昏暗，不明顯：例昏晦、隱晦。❸黑夜：例風雨如晦。❹倒楣，不吉利：例晦氣。

猜一猜 每一天。（猜一字）（答案：晦）

晦明 ㄏㄨㄟˋ ㄇㄧㄥˊ ❶黑夜和白天。❷昏暗或晴朗。

晦氣 ㄏㄨㄟˋ ㄑㄧˋ 不順利，倒楣。例在路上差點滑了一跤，實在晦氣。

參考 相似詞：霉氣、倒楣。

晦朔 ㄏㄨㄟˋ ㄕㄨㄛˋ 陰曆每月的最後一天和第一天，也指從天黑到天明。

晦暗 ㄏㄨㄟˋ ㄢˋ 黑暗不明亮。

晦澀 ㄏㄨㄟˋ ㄙㄜˋ 詩歌文章的意思不明顯、難懂。例他的文章晦澀難讀。

晨

日部 七畫

晨

ㄔㄣˊ ❶早上太陽剛出來的時候：例清晨。❷太陽剛出來時的景物：例晨風、晨霧。

猜一猜 生辰在幾月幾日。（猜一字）（答案：晨）

唱詩歌 輕輕跑，輕輕叫，輕輕把我窗兒敲。誰來了？誰在敲？打開窗兒瞧一瞧，晨風邀我上學校。

晨霧 ㄔㄣˊ ㄨˋ 清晨的霧氣。例在晨霧籠罩下，一切景象都有了朦朧的美感。

晨曦 ㄔㄣˊ ㄒㄧ 太陽初升時微露出來的光芒。例每天晨曦乍現時，我都趕忙起身，向露珠道別。

晨昏定省 ㄔㄣˊ ㄏㄨㄣ ㄉㄧㄥˋ ㄒㄧㄥˇ 指子女早晚探望父母親的生活起居。昏：黃昏，指晚上。定：安置寢具。省：問候。例做子女的必須每天晨昏定省，隨時照料父母的生活。

普

日部 八畫

普

ㄆㄨˇ ❶存在的層面很廣大而且是全面的：例普天同慶、普渡眾生。❷姓：普先生。

參考 相似字：徧、遍。

猜一猜 並在日上。（猜一字）（答案：普）

普及 ㄆㄨˇ ㄐㄧˊ ❶普遍的傳到某個地區或範圍。及：到。例這本書的銷路很好，已經普及全國了。❷普遍的傳布、推廣，使大眾化。例臺灣教育普及，義務教育已經延長到國中了。

參考 相似詞：遍及。♣活用詞：普及本。

普查 ㄆㄨˇ ㄔㄚˊ 「普遍調查」的簡稱。要搜集資料時，對與研究有關的現象或對象，一一加以研究調查。例戶口普查。

普通 ㄆㄨˇ ㄊㄨㄥ 通常，一般，不特別的。例這只是很普通的測驗，大家不必緊張。

參考 相反詞：特別、專門。♣活用詞：普通名詞、普通選舉、普通教育。

普照 ㄆㄨˇ ㄓㄠˋ 普遍的照耀。例陽光普照大地，為世界帶來了光明與溫暖。

普遍 ㄆㄨˇ ㄅㄧㄢˋ 存在得很廣泛，而且具有共同性。遍：到處。例棒球、籃球等運動，在我國十分普遍。例民生主義的精神，就是要普遍提高人民的生活水準。

參考 請注意：「普遍」也可以寫作「普徧」。♣活用詞：普遍律。

普天同慶 ㄆㄨˇ ㄊㄧㄢ ㄊㄨㄥˊ ㄑㄧㄥˋ 指全國或全世界一起慶祝。例經過八年艱苦抗戰，當勝利消息傳來，真是薄海歡騰，普天同慶。

普渡眾生 ㄆㄨˇ ㄉㄨˋ ㄓㄨㄥˋ ㄕㄥ 佛家認為世上所有生物都活在苦海中，佛就是要幫助他們能渡過苦海到安樂的土地上。引申有造福大眾的意思。眾生：指所有的生命。

晰

日部 八畫

晰

ㄒㄧ 清楚明白：例清晰、明晰。

猜一猜 分析日光。（猜一字）（答案：晰）

晴

日部 八畫

晴

ㄑㄧㄥˊ 天空中雲很少或是沒有雲的好天氣：例晴天。

參考 相反字：雨。

晴天 ㄑㄧㄥˊ ㄊㄧㄢ 天空中雲很少，少到占整個天空十分之二以下，就叫作「晴天」。天空中的雲在十分之二以上，十分之八以下時，叫「陰天」；超過十分之八以上，就是「雨天」了。

參考 相反詞：雨天。

晴空 ㄑㄧㄥˊ ㄎㄨㄥ 晴朗的天空；形容好天氣。例今天晴空萬里，令人覺得心曠神怡。

晴朗 ㄑㄧㄥˊ ㄌㄤˇ 沒有雲霧，陽光普照的好天氣。朗：明亮。例今天是個晴朗的好天氣，適合到郊外旅行。

參考 請注意：「晴朗」、「明朗」都可以用來形容天氣很明亮。但「明朗」除了形容天氣外，還可以用來形容人的態度很明顯清晰，或是思想很明快，「晴朗」卻不可以。

晴天霹靂 ㄑㄧㄥˊ ㄊㄧㄢ ㄆㄧ ㄌㄧˋ 晴天中突然出現又急又響的雷聲；比喻突然發生令人意外或震驚的事情。霹靂：急雷所發出的強烈響聲。例祖母去世的消息，對我來說如同晴天霹靂。

晶

晶晶 日部 八畫

ㄐㄧㄥ ❶光彩、明亮的樣子：例亮晶晶。❷凝結出來的固態物質：例結晶。❸「水晶」的簡稱，是一種透明有閃光的礦石。

猜一猜 九橫六直，有人不識，弟弟問哥哥，哥哥想三日。（猜一字）（答案：晶）

晶瑩 ㄐㄧㄥ ㄧㄥˊ 光潔透明的樣子。例大清早，草地上晶瑩的露珠，正在閃閃發亮呢！

晶體 ㄐㄧㄥ ㄊㄧˇ 原子、離子或分子依一定的空間秩序，規則排列的固態物質。例如：食鹽、石英等。

參考 相似詞：結晶、結晶體。♣活用詞：晶體管、晶體收音機。

景

景景 日部 八畫

ㄐㄧㄥˇ ❶風光：例風景。❷情況：例景況。❸敬仰，仰慕：例景仰。❹臺北市地名：例景美。❺姓：例景先生。

ㄧㄥˇ 物的形影、陰影，同「影」。

猜一猜 日在北京城。（猜一字）（答案：景）

景仰 ㄐㄧㄥˇ ㄧㄤˇ 尊敬，仰慕。例我很景仰張老師的學問。

參考 相似詞：敬仰。♣請注意：「景仰」、「久仰」都有仰慕的意思。但「久仰」多用作初次見面時的應酬話。

景色 ㄐㄧㄥˇ ㄙㄜˋ 一個地方的自然環境、人造建築所形成的樣子。

參考 相似詞：風景、風光、景致。

景物 ㄐㄧㄥˇ ㄨˋ 風景事物。例離開故鄉幾年，再回來時只見景物依舊，人事全非。

景氣 ㄐㄧㄥˇ ㄑㄧˋ 指社會上生產增加、失業減少、商業活躍、市場繁榮等現象。例經濟不景氣，要找份工作很難。

景觀 ㄐㄧㄥˇ ㄍㄨㄢ 某一範圍的景致外觀。景觀包括山林、河谷等自然景觀，港口、都市等人文景觀，及介於二者間的漸移型景觀。另外，也可以依照地球表面各地的特殊性，歸納成沙漠景觀、森林景觀等。

景泰藍 ㄐㄧㄥˇ ㄊㄞˋ ㄌㄢˊ 我國美術工藝品的一種。是用銅做成器具，再用銅絲盤成各種花紋焊在上面，填上琺瑯彩釉，燒製而成，又稱作「掐絲琺瑯」。在明朝景泰年間開始流行，其中以藍釉最著名，所以又叫「景泰藍」。明朝景泰年間的景泰藍、永樂年間果園廠的漆器、成化年間的漆器，合稱「明代三寶」。

景陽岡 ㄐㄧㄥˇ ㄧㄤˊ ㄍㄤ 山東省陽谷縣東南景陽岡村，是傳說「水滸傳」中武松打虎的地方。

景德鎮 ㄐㄧㄥˇ ㄉㄜˊ ㄓㄣˋ 在江西省東北部，以出產品質優美的瓷器聞名國際，所以又被稱為「瓷都」。

暑

暑暑 日部 八畫

ㄕㄨˇ ❶熱：例避暑。❷炎熱的夏天：例盛暑。❸節氣名：例大暑、小暑。

參考 相反字：寒。♣請注意：「暑」字上面是「日」，「官署」的「署」上面是「罒」（ㄨㄤˇ）。

暑氣 ㄕㄨˇ ㄑㄧˋ 夏天的熱氣。例夏天時泡在冰涼的水中，頓時暑氣全消。

參考 相反詞：寒氣。

暑假 ㄕㄨˇ ㄐㄧㄚˋ 因為夏季炎熱，學校通常在七、八月時放假。

參考 相反詞：寒假。♣活用詞：暑假作

四畫

業。

暑期 ㄕㄨˇ ㄑㄧˊ 原指夏季，現在通常指暑假期間。

參考 活用詞：暑期訓練、暑期進修、暑期活動。

智

日部 八畫

ㄓˋ ❶聰明有見識：例智慧、大智若愚。❷謀略，計畫：例智謀、鬥智。❸姓：例智先生。

參考 請注意：「知」字讀ㄓˋ時，跟「智」字相通。

猜一猜 知道今天是什麼日子。（猜一字）（答案：智）

智能 ㄓˋ ㄋㄥˊ 智慧及才能。例對於智能不足的人，我們必須付出更多的關懷。

參考 請注意：「智能」多半指具體的才能；「智慧」就比較偏重人的聰明才智。

智商 ㄓˋ ㄕㄤ 「智力商數」的簡稱。英文簡寫作I.Q.。是一種比較智力高低的標準。

智慧 ㄓˋ ㄏㄨㄟˋ 能迅速正確認識事物，並能辨析判斷、創造發明的能力。例孔明具有絕高的智慧，因此能幫助劉備與曹魏、孫吳三分天下。

參考 請注意：見「聰明」條的說明。

智囊 ㄓˋ ㄋㄤˊ 裝有智慧的錦囊；比喻智慧高又多計謀的人，通常指很會為別人策劃謀略的人。囊：袋子。

參考 活用詞：智囊團。

智力測驗 ㄓˋ ㄌㄧˋ ㄘㄜˋ ㄧㄢˋ 是心理學上用來測量人智力高低的一種測驗。把已經編製好的題目叫作「量表」，要求受試者依照規定解答，再計算出受試者的智力年齡或智力商數。

智勇雙全 ㄓˋ ㄩㄥˇ ㄕㄨㄤ ㄑㄩㄢˊ 稱讚別人同時具備智慧和勇氣。雙全：表示兩方面都很完備。例他智勇雙全，為國家立下不少汗馬功勞。

晾

日部 八畫

ㄌㄧㄤˋ ❶把東西放在陽光下晒乾：例晾衣服。❷把東西放在通風或陰涼的地方，使它乾燥：例晾乾。

參考 請注意：「晾」是把東西放在「日」光下晒乾。「諒」是「言」語很有信用、很實在。例如：我對你不肯幫媽媽「晾」衣服，覺得很不能「諒解」。

晷

日部 八畫

ㄍㄨㄟˇ ❶日影，日光：例焚膏繼晷。❷古代用日影測定時刻的儀器：例日晷。❸時間：例日無暇晷（整天沒有空閑的時間）。

暖

日部 九畫

ㄋㄨㄢˇ ❶溫和的：例暖和、風和日暖。❷使冷的變成溫熱的：例暖酒。

參考 相似字：溫。

古人說 「良言出口三冬暖，惡語傷人六月寒。」這句話是說：說了善意話，會讓人在寒冷的冬天覺得很溫暖；說了傷害人的話，就是在炎熱的六月天，也會令人感到很寒冷。勸告人說話要謹慎，不要出口傷人。

暖色 ㄋㄨㄢˇ ㄙㄜˋ 能夠給人產生溫暖聯想的顏色。例如：紅、黃等都是。

參考 相反詞：寒色。

暖和 ㄋㄨㄢˇ ˙ㄏㄨㄛ 溫暖。例今天的天氣很暖和，適合做戶外活動。例剛淋了場大雨，快喝點熱湯暖和身子。

參考 請注意：「暖和」的「和」讀作˙ㄏㄨㄛ，不讀ㄏㄜˊ。

暖流 ㄋㄨㄢˇ ㄌㄧㄡˊ ❶海洋中沿一定方向大規模流動的水流，水溫高於所流過的沿海區域。通常由低緯度流向高緯度，對氣候有增加溫度和潤溼的作用。例如：臺灣暖流、墨西哥暖流。❷比喻心裡很溫暖的感覺。例我住院期間受到護士細心的照顧，心裡湧起一股暖流。

參考 相反詞：寒流。

暖氣 ㄋㄨㄢˇ ㄑㄧˋ 溫暖的氣流。通常指由特殊的機器中產生，供人在冬天取暖的氣流。

參考 相反詞：冷氣。♣活用詞：暖氣機、暖氣設備、暖氣團。

暖鋒 ㄋㄨㄢˇ ㄈㄥ 暖空氣前進時，遇到冷空氣，暖空氣沿著冷空氣慢慢上升，並且推著冷空氣前進，這種情況下所形成的鋒面叫暖鋒。暖鋒經過時，常有連續性大範圍的雨或雪。

參考 相似詞：暖鋒面。

暖洋洋 ㄋㄨㄢˇ ㄧㄤˊ ㄧㄤˊ 令人很溫暖、很舒服的感覺。例熱烘烘的太陽，照得人全身暖洋洋的。例看到奶奶慈祥的笑容，使我心裡暖洋洋的。

暖氣團 ㄋㄨㄢˇ ㄑㄧˋ ㄊㄨㄢˊ 一種移動的氣團，本身的溫度比所到達地方的地面溫度高。通常在熱帶大陸或海洋上空形成。

暉 日部 九畫

ㄏㄨㄟ 陽光：例春暉、落日餘暉。

參考 請注意：「暉」指日光；「輝」指一般的光芒，一般不通用。但「暉映」也可以寫作「輝映」。

猜一猜 東洋兵。（猜一字）（答案：暉）

暇 日部 九畫

ㄒㄧㄚˊ 空閒：例空暇、閑暇、餘暇、自顧不暇、應接不暇。

猜一猜 假日人都不見了。（猜一字）（答案：暇）

暇日 ㄒㄧㄚˊ ㄖˋ 空閒的日子。

暗 日部 九畫

ㄢˋ ❶光線不足，昏黑的：例天色漸漸暗了。❷指不光明的事情或景況：例棄暗投明。❸偷偷的，不使人知道：例暗自歡喜。

參考 相反字：明、光、亮。♣請注意：「暗」、「黯」都讀ㄢˋ，也都有昏暗不明的意思，所以「暗淡」、「黯淡」都可以互相通用。但作其他解釋的時候，例如：「暗中」、「黯然神傷」就不能混用。

猜一猜 站立了二天。（猜一字）（答案：暗）

暗示 ㄢˋ ㄕˋ ❶不直接的把意思說出來，採用比較間接、不清楚的方法表達。例她向我眨眨眼，暗示我別把事情告訴老師。❷心理學上指在對方沒有反抗態度的情況下所產生的影響。用語言或手勢、表情使人不加考慮就做某事或接受某種意見。暗示可以由別人發出，也可以自我暗示。

暗地 ㄢˋ ㄉㄧˋ 偷偷的做，不使人知道。例他暗地裡幫助了不少人，大家都不知道。

參考 相似詞：暗中。

暗房 ㄢˋ ㄈㄤˊ 沖洗相片時，為了避免底片或相紙曝光，隔絕光線的房間。

暗香 ㄢˋ ㄒㄧㄤ 淡淡的香氣，指的是梅花的清香，後來就用來稱呼梅花。

小百科 宋朝時林逋曾經寫過一首詠梅詩，其中兩句「疏影橫斜水清淺，暗香浮動月黃昏。」很巧妙的寫出了梅花的姿態和幽香。

暗殺 ㄢˋ ㄕㄚ 乘對方不注意、沒有防備時，暗中殺害。

暗許 ㄢˋ ㄒㄩˇ 暗中答應。例老師為了幫助他，暗許他免費參加課後輔導。

暗淡 ㄢˋ ㄉㄢˋ ❶不明亮的樣子。例這房間光線暗淡，看書很吃力。❷比喻沒有希望的意思。例他沒學會一技之長，整天無所事事，令人擔憂他的前途暗淡。

參考 相似詞：黯淡、暗澹。

暗號 ㄢˋ ㄏㄠˋ 事先約定用來進行祕密聯絡的信號。例我聽到同學叫我的暗號，趕緊偷偷溜了出來。

暗暗 ㄢˋ ㄢˋ 自己偷偷的想法或行動，不必被別人知道。例一想到假日要幫忙刷油漆，我不禁暗暗叫苦。

暗算 ㄢˋ ㄙㄨㄢˋ 暗地裡計畫謀害別人。例他為人老實，被朋友暗算了都還不知道。

參考 相似詞：算計。

暗箭 ㄢˋ ㄐㄧㄢˋ 偷偷發射出去的箭；比喻暗中傷害人的行為或陰謀。例俗話說：「明槍易躲，暗箭難防。」我們得隨時提防他人的暗箭傷人。

參考 相似詞：冷箭。♣活用詞：暗箭傷人。

暗盤 ㄢˋ ㄆㄢˊ 在商場上的專門用語，指公開價錢外，另外由買賣雙方祕密商量決定的價格。

暗器 ㄢˋ ㄑㄧˋ 偷偷射出使人來不及防備的兵器，例如：飛鏢。

暗礁 ㄢˋ ㄐㄧㄠ ❶隱藏在水面下的岩石，是船隻航行時的障礙。❷比喻在事情進行中所遇到隱藏的困難或阻力。例推行這個活動，暗礁處處，令人不敢有絲毫的大意。

暗中摸索 ㄢˋ ㄓㄨㄥ ㄇㄛ ㄙㄨㄛˇ 在黑暗中尋求；比喻沒有人帶領或沒有方向、路徑，獨自探求。摸索：尋求、探求的意思。例沒有老師指導，自己暗中摸索，常會白費很多工夫。例他暗中摸索多年，終於研究成功。

暗度陳倉 ㄢˋ ㄉㄨˋ ㄔㄣˊ ㄘㄤ 比喻製造某種假象來達到目的，通常和「明修棧道」連用。陳倉是古代地名，在現在陝西省。傳說楚漢相爭時，劉邦被項羽封為漢王。他帶兵上任後，就把對外交通的棧道燒掉，表示沒有背叛的意思，暗地裡卻又帶兵繞道出陳倉縣，攻打項羽。所以「暗度陳倉」多用來指暗中進行的活動。例銀行經理暗度陳倉，盜走公款，被警察逮捕。

暗無天日 ㄢˋ ㄨˊ ㄊㄧㄢ ㄖˋ 暗得連太陽都看不見了；比喻社會黑暗，人民生活痛苦，沒有天理。例在極權統治下，人們過著暗無天日的生活。

暈

日部 九畫

ㄩㄣ ❶頭腦昏亂：例頭暈、暈頭轉向。❷昏迷，失去知覺：例暈倒、暈厥。❸神志昏亂的樣子：例暈眩、暈車、暈船。

ㄩㄣˋ ❶太陽和月亮周圍的光環：例日暈、月暈。❷光體四周模糊的光影：例燈暈、霞暈。❸面頰所呈現的淡紅色：例酒暈。❹血暈，傷處沒破口而呈現的紅暈。

參考 請注意：「暈」（ㄩㄣ）是日部，因為被太陽晒久了而昏倒，例如：暈倒。「葷」（ㄏㄨㄣ）是艸部，指辛辣的菜和肉類食物，例如：葷菜。

猜一猜 太陽下行軍。（猜一字）（答案：暈）

暈車 ㄩㄣ ㄔㄜ 乘火車、汽車時頭昏嘔吐的現象。

暈眩 ㄩㄣ ㄒㄩㄢˋ 形容神志昏亂的樣子。例他喝了酒後，覺得有些暈眩。

暈船 ㄩㄣ ㄔㄨㄢˊ 坐船時頭昏嘔吐的病。

暈厥 ㄩㄣ ㄐㄩㄝˊ 昏倒，昏眩，暫時失去知覺。

暈機 ㄩㄣ ㄐㄧ 乘飛機時暈眩嘔吐的病。

暈頭轉向 ㄩㄣ ㄊㄡˊ ㄓㄨㄢˇ ㄒㄧㄤˋ 形容頭腦昏亂，不辨方向。例這道複雜的算術難題，把我搞得暈頭轉向。

暄

日部 九畫

ㄒㄩㄢ ❶溫暖，暖和的：例暄暖、暄和。❷指一切應酬的言語：例寒暄。

參考 請注意：「寒暄」是指天氣寒冷或溫暖，一般人在交際應酬時，常用天氣冷熱作為話題來說。「喧鬧」、「喧嘩」都是用「口」大聲說話。所以「寒『暄』」不可寫成「寒『喧』」。

猜一猜 對日宣戰。（猜一字）（答案：暄）

暢

日部 十畫

ㄔㄤˋ ❶沒有阻礙：例流暢。❷很痛快，盡情的：例暢談。❸姓：例暢先生。

參考 請注意：「暢」的右邊是「昜」

四畫

(ㄧㄤˊ)，不是「昜」(ㄧˋ)。

暢快 ㄔㄤˋ ㄎㄨㄞˋ ❶心中非常舒適快樂。例能夠到戶外遊玩，我們一家人都覺得非常暢快。❷形容人性情很直爽。例張先生為人暢快，從來沒有害人的念頭。

暢通 ㄔㄤˋ ㄊㄨㄥ 形容通達沒有阻礙。例只要每位駕駛都遵守交通規則，車輛就能暢通無阻。

暢銷 ㄔㄤˋ ㄒㄧㄠ 東西的銷路很廣，賣得快。銷：銷售，販賣。例這本辭典編得很完善，一上市就十分暢銷。

參考 活用詞：暢銷書、暢銷品。

暢所欲言 ㄔㄤˋ ㄙㄨㄛˇ ㄩˋ ㄧㄢˊ 把想說的話痛痛快快的說出來。欲：想要。例久別重逢，大家都暢所欲言的談起往事。

暨

日部 十畫

ㄐㄧˋ ❶和，與，同：例校長暨各位老師。❷到，至：例暨今。❸姓：例暨老師。

暨今 ㄐㄧˋ ㄐㄧㄣ 到今。

暝

日部 十畫

ㄇㄧㄥˊ ❶幽暗，昏暗：例晦暝。❷日落，黃昏：例天已暝、螟色。❸夜裡。

暮

日部 十一畫

ㄇㄨˋ ❶傍晚，太陽快下山的時候：例日暮黃昏。❷時間將盡的：例歲暮。

猜一猜 莫不是日落西山？（猜一字）（答案：暮）

暮色 ㄇㄨˋ ㄙㄜˋ 傍晚昏暗的天色。例在蒼茫的暮色中，月亮悄悄的升起。

暮年 ㄇㄨˋ ㄋㄧㄢˊ 晚年，老年。例人到了暮年，最渴慕的就是人間的親情。

暮氣 ㄇㄨˋ ㄑㄧˋ 傍晚時昏暗的景象；比喻精神不振作，態度不積極。例他整天暮氣沉沉的，一點雄心壯志也沒有。

暮鼓晨鐘 ㄇㄨˋ ㄍㄨˇ ㄔㄣˊ ㄓㄨㄥ 佛寺中晚上打鼓，早晨敲鐘。比喻可以使人覺悟警醒的話。例老師的一番話，有如暮鼓晨鐘，打消了我心中的疑慮。

暴

日部 十一畫

ㄅㄠˋ ❶凶狠，殘酷：例殘暴。❷突然的，意外的：例暴病。❸急驟，猛烈：例暴風雨。❹急躁的：例暴躁。❺不知愛惜：例自暴自棄。

ㄆㄨˋ ❶晒，同「曝」：例一暴十寒。❷顯現出來：例暴露。

參考 相似字：曝。♣請注意：加上「暴」的字有「瀑」、「爆」、「曝」等字：「瀑」(ㄆㄨˋ)是流得很急的水，例如：瀑布。「爆」(ㄅㄠˋ)是炸裂，例如：爆炸、爆破、爆竹。「曝」(ㄆㄨˋ)是用陽光晒，例如：曝光、曝晒。

暴力 ㄅㄠˋ ㄌㄧˋ 用蠻橫不講理的手段，從事非法的活動，通常指武裝的力量。例發生暴力事件，不但傷害對方，對自己也沒有好處。

參考 請注意：「暴力」指不合法的殘暴行為；「蠻力」則是指人只有力氣，卻沒有頭腦。♣活用詞：暴力主義。

暴利 ㄅㄠˋ ㄌㄧˋ 在短時間內獲得很大的利潤，通常指使用不太正當的方法所獲得的利益。例有些不法商人結合官員獨占市場，獲取暴利。

暴君 ㄅㄠˋ ㄐㄩㄣ 態度強硬胡作妄為的殘暴君主，例如：商紂王、秦始皇都是中國歷史上有名的暴君。

參考 活用詞：暴君焚城錄。

暴政 ㄅㄠˋ ㄓㄥˋ 指政府或國君對人民採取殘酷、壓迫、侵奪財物等的行為。例在暴政統治下，人民真是生不如死。

參考 相反詞：仁政。

暴虐 ㄅㄠˋ ㄋㄩㄝˋ 凶惡殘酷，做事不尊重人的權利。例暴虐的紂王，設計了很多殘酷的刑罰折磨人。

參考 活用詞：暴虐無道。

暴徒 ㄅㄠˋ ㄊㄨˊ 用凶惡不講理的方法迫害他人、擾亂社會秩序的人。例國際上曾發生暴徒劫機，破壞飛航的安全。

暴動 ㄅㄠˋ ㄉㄨㄥˋ 集合群眾從事暴力的行為，目的在破壞當時的政治力量或社會秩序。例群眾的遊行請願活動，如果演變成暴動，會把社會的祥和安定完全破壞。

暴發 ㄅㄠˋ ㄈㄚ ❶突然發作。例山洪暴發，淹沒農田。❷指因為有意外好機會或用不正當方法突然發財或得勢的人或人家。例這些暴發戶，雖然口袋裡有錢，肚子裡卻沒半點墨水。

參考 活用詞：山洪暴發、暴發戶。

暴漲 ㄅㄠˋ ㄓㄤˇ ❶水位突然升高。例一場大雨過後，河水暴漲，淹沒了附近的人家。❷指物價、股票的價格突然升高。例受到乾旱的影響，很多農產品價格暴漲。例由於投資人大量買進，今天的股價行情暴漲了許多。

暴躁 ㄅㄠˋ ㄗㄠˋ 遇到事情容易急躁、粗暴，不能控制感情。例哥哥脾氣暴躁，常和別人起衝突。

參考 請注意：「暴躁」、「急躁」、「毛躁」都有遇事不能冷靜，急急去做的意思。但「暴躁」比較偏重在粗暴；「急躁」、「毛躁」比較強調慌張匆忙。

暴露 ㄅㄠˋ ㄌㄨˋ 顯露，公開隱蔽的事物。例他想賣弄學問，卻更暴露了他的無知。

參考 活用詞：暴露狂。

暴殄天物 ㄅㄠˋ ㄊㄧㄢˇ ㄊㄧㄢ ㄨˋ 本指滅絕殘害天生的生命，現在多用來比喻任意糟蹋、浪費東西。殄：窮盡，滅絕。例我們要懂得惜福，不能暴殄天物。

暴飲暴食 ㄅㄠˋ ㄧㄣˇ ㄅㄠˋ ㄕˊ 大吃大喝，飲食沒有節制。例暴飲暴食最容易傷害腸胃。

暴跳如雷 ㄅㄠˋ ㄊㄧㄠˋ ㄖㄨˊ ㄌㄟˊ 形容人大發脾氣，像雷鳴一樣的激烈。例他為了這件事氣得暴跳如雷，你最好小心一點。

暫

日部 十一畫

ㄓㄢˋ 指很短的時間：例短暫。

暫且 ㄓㄢˋ ㄑㄧㄝˇ 表示暫時這樣做的語氣。通常用在臨時需要隨機應變的事情上。例這個計畫暫且不要說出去，免得節外生枝。

暫時 ㄓㄢˋ ㄕˊ 時間不長久。例我利用假期，暫時停止工作，好好的休息了幾天。

參考 相反詞：永久。♣請注意：見「臨時」條的說明。

暱

日部 十一畫

ㄋㄧˋ 親熱，親近：例親暱、暱友。

暱稱 ㄋㄧˋ ㄔㄥ 親暱的稱呼。例我對妹妹暱稱「丫頭」。

暹

日部 十二畫

ㄒㄧㄢ ❶日光升起。❷國名：例暹羅。

暹羅 ㄒㄧㄢ ㄌㄨㄛˊ 暹羅就是現在的泰國，在中南半島上。

曆

日部 十二畫

ㄌㄧˋ ❶推算年、月、日、季節的方法：例曆法。❷記載年、月、日、季節的書或表格：例日曆。

曆法 ㄌㄧˋ ㄈㄚˇ 以年、月、日等計時單位，依一定法則組合，用來計算較長的時間。以太陽為標準的叫「陽曆」；以月亮為標準的叫「陰曆」；既配合太陽和月亮的叫「陰陽曆」。現在國際通用的曆法是陽曆的一種。

曉

日部 十二畫

ㄒㄧㄠˇ ❶天剛亮的時候：例破曉。❷明白，知道：例通曉、知曉。❸使別人明白：例曉以大義。❹發表，公布：例揭曉。

曉風 ㄒㄧㄠˇ ㄈㄥ 早上的風。例夏日的清晨，曉風拂面，令人暑氣全消。

參考 相似詞：晨風。

曉得 ㄒㄧㄠˇ ˙ㄉㄜ　知道，明白。例經過老師反覆的說明，我終於曉得文章的作法。

曇　日部 十二畫

曇 ㄊㄢˊ　❶雲氣：例彩曇。❷多雲，雲彩密布：例曇天（多雲的天氣）。

曇花 ㄊㄢˊ ㄏㄨㄚ　仙人掌科植物，花白色，晚上開放，幾小時後就凋謝，供觀賞用。

曇花一現 ㄊㄢˊ ㄏㄨㄚ ㄧˊ ㄒㄧㄢˋ　曇花開放的時間很短；比喻事情一出現很快就消失。

曙　日部 十三畫

曙 ㄕㄨˋ　天剛亮時：例曙色、曙光。

曙色 ㄕㄨˋ ㄙㄜˋ　黎明的天色。

曙光 ㄕㄨˋ ㄍㄨㄤ　❶清晨的陽光。❷比喻光明和希望。例這件案子已經出現了一線曙光。

曖　日部 十三畫

曖 ㄞˋ　昏暗不明的樣子：例曖昧。

曖昧 ㄞˋ ㄇㄟˋ　❶立場和態度不明朗。例態度曖昧。❷行為不光明正大。例你的行為舉止令人覺得很曖昧。

曖曖 ㄞˋ ㄞˋ　昏暗不明的樣子。

曝　日部 十五畫

曝 ㄆㄨˋ　在太陽底下晒：例一曝十寒（比喻沒有恆心）。

曝光 ㄆㄨˋ ㄍㄨㄤ　❶攝影時光線經過鏡頭，使膠片感光，經沖洗、處理後呈現可見的形像。❷事情的真相被發現了。例民意代表想要藉選舉而發財的事已經曝光了。

曝衣 ㄆㄨˋ ㄧ　晒衣。

曝獻 ㄆㄨˋ ㄒㄧㄢˋ　心意誠懇的貢獻意見或贈送微不足道的物品。

曠　日部 十五畫

曠 ㄎㄨㄤˋ　❶地方空闊：例地曠人稀、空曠、曠野。❷心胸開闊：例心曠神怡。❸耽擱，荒廢：例曠職、曠工、曠日廢時。

曠代 ㄎㄨㄤˋ ㄉㄞˋ　絕代，當代僅有的。例她是曠代奇女子。

參考 相似詞：曠世、絕世。

曠古 ㄎㄨㄤˋ ㄍㄨˇ　空前，自古以來所沒有的。例曠古以來中國歷史上只有一位女皇帝。

曠世 ㄎㄨㄤˋ ㄕˋ　當代沒有能夠相比的。

曠野 ㄎㄨㄤˋ ㄧㄝˇ　空闊的原野。例我在一望無際的曠野上，高聲歌唱。

曠費 ㄎㄨㄤˋ ㄈㄟˋ　浪費。例曠費時光的人，等於浪費生命。

曠達 ㄎㄨㄤˋ ㄉㄚˊ　心胸開闊，遇事看得開。例我們要有曠達的心胸和氣度。

曠課 ㄎㄨㄤˋ ㄎㄜˋ　學生沒有請假而缺課。

曠廢 ㄎㄨㄤˋ ㄈㄟˋ　耽誤荒廢。例不要只顧玩耍而曠廢了學業。

曠職 ㄎㄨㄤˋ ㄓˊ　沒有請假也沒有上班。

曠日費時 ㄎㄨㄤˋ ㄖˋ ㄈㄟˋ ㄕˊ　虛度光陰，浪費時間。

曦　日部 十六畫

曦 ㄒㄧ　太陽光：例晨曦、朝曦。

曬　日部 十九畫

曬 ㄕㄞˋ　同「晒」，是「晒」的異體字。

曰部 ㄩㄝ

「曰」是說話的意思，原本寫成「[illegible]」，下面是口，上面是那一條線，是表示開口說話所呼出的氣。曰部的字，例如：曷（疑問詞）、曹（法官）都和說話有關，不可以寫成「日」部。

曰

丨冂日曰

曰部 ○畫

ㄩㄝ ❶說：例孟子曰。❷叫做：例春夏秋冬曰四季。

曲

丨冂日由曲曲

曰部 二畫

ㄑㄩ ❶養蠶用的器具：例編一個曲。❷轉彎的地方：例山曲、河曲。❸偏遠隱密的地方：例鄉曲。❹藏在心中不敢說出來的話：例心曲、衷曲。❺把物體折彎：例曲膝。❻不直的：例曲線、曲徑。❼不正確的：例曲解、歪曲事實。❽不明顯而有變化的：例劇情曲折。❾藏住自己的想法，用客氣的態度處理事情：例委曲求全。❿姓：例曲小姐。

ㄑㄩˇ ❶音樂或歌唱：例歌曲、主題曲、編曲。❷我國的文學作品，是韻文的一種，元朝的內容和數量最豐富：例元曲、散曲、劇曲。

參考 請注意：「曲」和「屈」都讀ㄑㄩ，都有彎折不直、心意得不到伸展的意思，例如：曲（屈）膝、委曲（屈），屈和曲用法都相通。但是「屈」指一算、受到冤「屈」，一定要用「屈」。

猜一猜 一個字，生得怪，六張嘴，兩隻角。（猜一字）（答案：曲）

曲折 ㄑㄩ ㄓㄜˊ ❶彎彎曲曲，轉來轉去。折：彎的意思。例到達山頂還有一段曲折的小徑。❷形容事情的內部很複雜，含有不被人知道的祕密。例這件案子的內幕十分曲折。

曲阜 ㄑㄩ ㄈㄨˋ 山東縣名，是孔子的誕生地，也是春秋時代魯國的國都。在曲阜的東北，有孔子的墳墓；在城中闕里有孔廟和孔子講學的地方——杏壇。

曲解 ㄑㄩ ㄐㄧㄝˇ 把事實或別人的話故意作不正確的解釋。例我是好意的勸告，千萬不要曲解我的意思。

曲線 ㄑㄩ ㄒㄧㄢˋ 像波浪形狀的彎線，有規則的是定曲線，不規則的是不定曲線。例這一幅人體畫的曲線很均勻。

曳

丨冂日日电曳

曰部 二畫

ㄧˋ 拖著，牽引：例牽曳、拖曳、樹影搖曳生姿。

更

一ㄏ𠮛戸百更更

曰部 三畫

ㄍㄥ ❶計算夜間時刻的單位名稱：例三更、五更。❷改變，替換：例更改、更換。❸經歷：例少不更事（年紀輕，沒有經歷過什麼事）。❹姓：例更小姐。

ㄍㄥˋ ❶再，又：例更上一層樓。❷強調的口氣，表示程度加深、加重，「愈來愈怎麼樣」的意思：例更生氣、更喜歡。

動動腦 「更」可以加上哪些部首成為另外的字？（答案：便、哽、梗……）

更正 ㄍㄥ ㄓㄥˋ 改正錯誤。例請你更正這項說明。

更改 ㄍㄥ ㄍㄞˇ 改正或變換。例老師更改過的作文讀起來通順多了。

參考 請注意：「更改」和「更換」不同：「更改」指事物的部分修正；「更換」是全部的改變。

更動 ㄍㄥ ㄉㄨㄥˋ 變動，改換。例這一學期要更動上課時間，請大家注意。

更深 ㄍㄥ ㄕㄣ 夜深，時間很晚了。例夜已更深了，請保持安靜。

更換 ㄍㄥ ㄏㄨㄢˋ 改變換掉。例更換投手。

更新 ㄍㄥ ㄒㄧㄣ 把舊的除掉，改成新的。例新年一到萬象更新，到處喜氣洋洋。

更生人 ㄍㄥ ㄕㄥ ㄖㄣˊ 因犯法而入獄，刑滿或假釋後重新回到社會的人。

更上一層樓 ㄍㄥˋ ㄕㄤˋ ㄧ ㄘㄥˊ ㄌㄡˊ 再爬上更高的樓，才能看得更遠。比喻在已經有的成績、成就上面再努力、再提高一步。例你得好好練習，才能更上一層樓，得到更高的榮譽。

曷 曰部 五畫

ㄏㄜˊ 表示疑問，相當於「什麼」、「為什麼」：例曷故（什麼緣故）、曷為不言（為什麼不說話）。

參考 相似字：何、盍。

書 曰部 六畫

ㄕㄨ ❶有文字或圖畫已經裝訂好的本子：例教科書、古書。❷信件：例家書。❸字體：例楷書、草書。❹文件：例說明書、申請書。❺寫字，記錄：例書寫、大書特書。❻姓：例書小姐。

古人說 「讀不盡的書，走不完的路。」這句話是說：人要多讀書，才能增進知識；多到外面看看，才能增廣見聞。

笑一笑 小明：「我每天都要看書才能睡覺，就是睡覺的時候也不離開書呢！」小英：「真的啊？你好用功哦！」小明：「當然！我睡覺時都還拿書來當枕頭呢！」

書包 ㄕㄨ ㄅㄠ 上學時裝書本、文具的袋子。

書刊 ㄕㄨ ㄎㄢ 書籍和各種印刷品。例圖書館裡陳列各種書刊，供人閱讀。

書生 ㄕㄨ ㄕㄥ 讀書人。例一介書生氣概不凡。

書法 ㄕㄨ ㄈㄚˇ 寫字的筆法，特別指毛筆字的藝術。例王羲之的書法名傳千古。

書房 ㄕㄨ ㄈㄤˊ ❶讀書用的房間。❷書店。例我最喜歡逛書房。

參考 相似詞：書室、書齋。

書店 ㄕㄨ ㄉㄧㄢˋ 賣書、文具的商店。例學校附近書店林立。

參考 相似詞：書局。

書香 ㄕㄨ ㄒㄧㄤ 從前對讀書人家的稱呼。例她出生於書香世家。

書架 ㄕㄨ ㄐㄧㄚˋ 放書的用具。

書記 ㄕㄨ ㄐㄧˋ ❶一個黨或團體中各級組織的主要負責人。❷專門整理文字或抄寫的人。例他在法院當書記官。

書桌 ㄕㄨ ㄓㄨㄛ 用來讀書寫字的桌子。

書報 ㄕㄨ ㄅㄠˋ 書籍和報刊。例那個攤子販賣各種書報。

書寫 ㄕㄨ ㄒㄧㄝˇ 用筆寫字。例鋼筆、原子筆都是書寫的工具。

書櫥 ㄕㄨ ㄔㄨˊ ❶放書的櫥櫃。櫥：有門的櫃子。❷比喻書看得很多的人。例他是我們班公認的書櫥。❸罵人是書呆子，不知變通活用的意思。例他只會死讀書，是個兩腳書櫥。

書籍 ㄕㄨ ㄐㄧˊ 裝訂成本的作品。籍：書。例選擇優良的書籍等於擁有良師益友。

書名號 ㄕㄨ ㄇㄧㄥˊ ㄏㄠˋ 標點符號﹏﹏，放在書籍名稱或文章篇名的旁邊。

書呆子 ㄕㄨ ㄉㄞ ˙ㄗ 只會死記死背，不會靈活運用的人。

參考 相似詞：書讀頭、兩腳書櫥。

曹 曰部 七畫

ㄘㄠˊ ❶等級，輩分，們：例我曹。❷姓：例曹操。

猜一猜 一曲孔子曰。（猜一字）（答案：曹）

動動腦 哪些部首可以加曹，成為另外的字？（答案：糟、槽、遭……）

曹植 ㄘㄠˊ ㄓˊ 曹操的三兒子，是著名的文學家，曾封為陳王。最有名的事是以「七步成詩」使哥哥曹丕不再有殺他的念頭。

曹操 本姓夏侯，字孟德，東漢人，曾經擔任漢獻帝時的宰相，後來趁天下大亂利用軍力割據北方，封為魏王。他死後兒子曹丕稱帝，追封他為武帝。

古人說「一說曹操，曹操就到。」這句話是指才說到那個人，那個人就剛好到達的意思。例「一說曹操，曹操就到」，我們剛才正談著你呢！

俏皮話「曹操走進華容道——落馬求生。」小朋友，你知道這句話的典故嗎？那是因為在三國時，曹操打敗仗逃到華容道，遇到關公把守華容道，因為曹操曾對關公有恩，所以曹操下馬請求關公放走他。

朂　曰部 七畫

ㄒㄩˋ 勉勵：例朂勉。

曾　曰部 八畫

ㄗㄥ ❶隔兩代的親屬：例曾祖父母。❷姓：例曾子。

ㄘㄥˊ 發生過、經歷過的：例曾經。

曾子 春秋時人，姓曾，名參。是孔子弟子。侍奉母親十分孝順，是有名的孝子。

曾經 表示以前曾經發生過的行為或情況。例你雖然曾經犯錯，只要知過能改，重新做人，大家都會接納你。

曾國藩 清代的中興功臣。湖南湘鄉人，曾在湖南集合民間力量組成湘軍，平定太平天國。他能文善武，主張文章要兼具義理、考據、辭章。

曾文水庫 在臺灣南部，曾文溪的上游，具有觀光、灌溉等多用途。

曾母暗沙 位於南海，是我國南沙群島中較大的珊瑚礁淺灘，也是我國最南的領土。

替　曰部 八畫

ㄊㄧˋ ❶取代或代理別人：例代替。❷為：例大家都替他高興。❸情勢由盛到衰、由衰到盛：例興替、衰替。

參考 相似字：代、換。

替身 替代別人的人。例電影裡的危險鏡頭，常用替身演出。

替換 換掉原來的人或事物。例你再不好好努力，我只好請別人來替換你。

替死鬼 代替別人死的人；比喻代人受罪或受過的人。例不是你犯的錯，你為什麼要承認，做個替死鬼呢？例他在路邊看人飆車，一不小心被車撞傷，成了名副其實的替死鬼。

會　曰部 九畫

ㄏㄨㄟˋ ❶為一定的目的而成立的團體或組織：例工會、婦女會。❷多數人集合在一起的地方：例紀念會、里民大會。❸指大城市或政府辦公的中心：例紐約是個大都會。❹民間一種金錢來往的互助方法：例起會、標會、會錢。❺時機：例機會。❻集合在一起：例會合。❼見面：例會面、會客。❽了解，知道：例會意、誤會。❾付錢：例會帳。❿可能：例他不會不知道。⓫能夠：例我會下棋。⓬姓：例會先生。

ㄏㄨㄟˇ 很短的時間：例等一會兒。

ㄎㄨㄞˋ ❶統計：例會計。❷姓：例會先生。

ㄍㄨㄟˋ 地名：例會稽。

會心 心裡了解別人的意思而沒有說出來。例姊姊見男朋友捧著一束花，不禁會心一笑。

會合 人或事物同時聚集在一起或一個地方。例中午十二點在校門口會合。

會面 見面。例媽媽到百貨公司門口和我們會面。

參考 相似詞：碰面。

會員 組織或團體中的人員。例他是晨泳會的會員。

會期 ㄏㄨㄟˋ ㄑㄧˊ ❶開會或會合的日期。例下次會期在十二月一日。❷會議由開始到結束的時間。例全國代表大會的會期一共七天。

會場 ㄏㄨㄟˋ ㄔㄤˇ 開會的地方。例請維持會場的乾淨。

會談 ㄏㄨㄟˋ ㄊㄢˊ 集合在一起交換意見、談論事情。例明天將舉辦教育會談。

會稽 ㄍㄨㄟˋ ㄐㄧ ❶山名，在浙江省曹娥江、浦陽江之間。傳說夏禹曾在這裡大會諸侯，論功行賞。❷秦代所設的郡名，包括江蘇省和浙江省在內。❸浙江省的舊縣名，現在已經和山陰縣合併成紹興縣。

會戰 ㄏㄨㄟˋ ㄓㄢˋ 戰爭雙方集中主要的軍力在一定地區和時間內所進行的決戰。例長沙會戰是我國抗日戰爭的一次重要戰役。

會議 ㄏㄨㄟˋ ㄧˋ 多數人聚集在一起討論事情。議：討論。例校務會議決定下學期舉行拔河比賽。

月部 ㄩㄝˋ

古人把圓圓的太陽寫成「⊙」，那麼月亮的「月」原先是怎麼寫的？月亮的形狀可分為彎彎的弦月，以及圓圓的滿月，但是圓圓的月亮出現的機會少，所以古人就畫了半圓形（）來代表月亮，中間那一點是月亮上的陰影。後來慢慢演變，人們把「」寫成「」，再經過拉直，就變成現在的月。月部的字和月亮都有關係，例如：朔（農曆初一）、望（農曆十五）、朦（月光不明顯）。

月

ㄩㄝˋ 月部 〇畫

ノ 刀 月 月

❶星球名稱：例月亮。❷計算時間的單位，一年分為十二個月。❸時間，光陰：例歲月。❹形狀或顏色像月亮的：例月眉、月餅。❺古代西域國名：例月氏。❻姓：例月先生。

猜一猜 有時彎彎像隻船，有時圓圓像只盤。大家猜猜看，是船還是盤？（猜一星球名）（答案：月亮）

俏皮話 「哈巴狗咬月亮——不知高低。」小朋友一定看過哈巴狗的樣子，又矮又小，也不知月亮有多高。如果聽到別人說「哈巴狗咬月亮」，就是說那個人無知、冒失，「不知高低」。

唱詩歌 ㈠月亮圓圓，像只小盤；月亮彎彎，像隻小船。坐上小船，天上玩玩。
㈡月亮從西邊落下去，太陽從東邊升起來。落下去，升起來。落下去，升起來。月亮、太陽來比賽。一個跑得腿不停，一個追得頭不抬。

月氏 ㄩㄝˋ ㄓ 古代西域國族名。原住在甘肅省西部和青海省東部。漢時被匈奴攻破，分大、小兩國，大月氏遷到印度恆河流域和蔥嶺東西的地方；小月氏仍住在原來的地方。

月光 ㄩㄝˋ ㄍㄨㄤ 月亮的光芒、光輝。

月餅 ㄩㄝˋ ㄅㄧㄥˇ 圓形內包餡料的糕餅，是中秋節的應景食品。

唱詩歌 八月十五過中秋，有人歡喜有人愁。有人歡喜吃月餅，有人歡喜吃芋頭。（廣西）

月蝕 ㄩㄝˋ ㄕˊ 也可寫作「月食」，一種自然現象，地球剛好運行到太陽和月亮的中間，陽光被地球擋住，不能射到月亮上，因此月亮就出現黑影，這種現象稱為月蝕。

月全蝕 ㄩㄝˋ ㄑㄩㄢˊ ㄕˊ 地球、月球圍繞太陽運行，從地球上看，太陽、地球和月球成一直線，所以不能看到全部的月亮的現象。

月下老人 ㄩㄝˋ ㄒㄧㄚˋ ㄌㄠˇ ㄖㄣˊ 神話中主管男女婚姻的神仙，因為經常在月下翻看婚姻簿而得名。現在也把媒人稱為月下老人。

參考 相似詞：月老。

月白風清 ㄩㄝˋ ㄅㄞˊ ㄈㄥ ㄑㄧㄥ 月色明亮，清風輕柔。形容夜色寧靜美好。例在這個月白風清的夜裡，最適合談心。

有

一ナ十冇有有

月部 二畫

ㄧㄡˇ ❶「無」的相反，持有、擁有：例有錢、有決心。❷存在：例門前有一棵樹。❸發生：例事情有了變化。❹表示比較或預估：例他有他父親那麼高、水有一丈深。❺用在人、時間前面表示一部分：例有人贊成、有時下雨。❻用在動詞前面，表示客氣：例有勞幫忙、有請張先生。❼故意：例有意、有心。❽多，表示時間久或年齡大：例開設有年、母親已有了年紀。

ㄧㄡˋ 通「又」，用在整數和餘數中間：例五十有四人。

參考 請注意：含有「有」字的囿、宥、洧、鮪、賄、郁的讀音和用法：「囿」(ㄧㄡˋ)是古代帝王飼養禽獸的地方，例如：園囿、苑(ㄩㄢˋ)囿。「宥」(ㄧㄡˋ)是原諒、寬恕的意思，例如：寬宥、宥免。「洧」(ㄨㄟˇ)是河川的名字，位於河南省。「鮪」(ㄨㄟˇ)魚是一種遠洋漁類，可以製成鮪魚醬、鮪魚粒。「賄」(ㄏㄨㄟˋ)是指財物，把財物送人，以達到自己的目的，例如：賄賂(ㄌㄨˋ)。「郁」(ㄩˋ)有眾多的意思，因此香味很濃稱為濃郁、郁烈。

俏皮話 「小和尚念經——有口無心。」小朋友，如果老師教你念「阿彌陀佛」，或許你不了解它的意思，但是你一定會跟著念。年紀小的和尚跟著老和尚念經，就是這種情形。這句話的意思就是指人只會說，但是並不認真去了解它的意義。

唱詩歌 黃梅時節家家雨，青草池塘處處蛙；有約不來過夜半，閒敲棋子落燈花①。(有約·司馬光)

註：①燈花：燈燭上煙煤結成的花。

有如 ㄧㄡˇ ㄖㄨˊ 好像，好似。例她美得有如仙女下凡。

有一手 ㄧㄡˇ ㄧˋ ㄕㄡˇ 讚美人家具有某種才能。例看不出他小小年紀，寫的毛筆字還真有一手呢！

參考 相似詞：有兩下子。

有口皆碑 ㄧㄡˇ ㄎㄡˇ ㄐㄧㄝ ㄅㄟ 比喻人人稱讚。碑：記載功勞的石碑，此處當動詞表示稱讚。例他熱心助人的精神是有口皆碑的。

有目共睹 ㄧㄡˇ ㄇㄨˋ ㄍㄨㄥˋ ㄉㄨˇ 人人都可以看到；比喻大家都知道。睹：看見。例他的好學是有目共睹的。

有利可圖 ㄧㄡˇ ㄌㄧˋ ㄎㄜˇ ㄊㄨˊ 可以獲得金錢或利益，含有輕視的意思。圖：獲取，得到。例只要是有利可圖的事情，他都有興趣。

有求必應 ㄧㄡˇ ㄑㄧㄡˊ ㄅㄧˋ ㄧㄥˋ 只要有請求，就能得到答應、滿足。應：答應，許可。例大部分父母對兒女的要求，總是有求必應的。

有志竟成 ㄧㄡˇ ㄓˋ ㄐㄧㄥˋ ㄔㄥˊ 只要意志堅定，事情總有成功的一天。志：意志，志向。竟：終於。例他憑著半工半讀拿到博士學位，真是有志竟成。

有條不紊 ㄧㄡˇ ㄊㄧㄠˊ ㄅㄨˋ ㄨㄣˇ 指事情或文章條理清楚有秩序。紊：雜亂。例他的文章分項說明清楚，有條不紊。

有教無類 ㄧㄡˇ ㄐㄧㄠˋ ㄨˊ ㄌㄟˋ 施教的對象，沒有貧、富、貴、賤的分別。類：分別，區分。例孔子是一位有教無類的教育家。

有備無患 ㄧㄡˇ ㄅㄟˋ ㄨˊ ㄏㄨㄢˋ 事先有準備，就可以避免災禍、憂愁。患：災禍。例有了這座水庫，夏天的飲水就有備無患。

有朝一日 ㄧㄡˇ ㄓㄠ ㄧˋ ㄖˋ 指將來的某一天，含有期待、希望的意思。朝：日，天。例有朝一日我一定要成為一個有名的作家。

有頭有臉 ㄧㄡˇ ㄊㄡˊ ㄧㄡˇ ㄌㄧㄢˇ ❶有名譽，不是普通人。例在我們這社區裡，王先生可以算得上是有頭有臉的人物。❷有面子，很體面、光榮。例他女兒結婚這件事，辦得真是有頭有臉的。

有聲有色 ㄧㄡˇ ㄕㄥ ㄧㄡˇ ㄙㄜˋ 形容表演或表現非常精彩、出色。例這次歌唱大賽，舉辦得有聲有色，受到各界的好評。

猜一猜 有聲有色。(猜一日常用品)(答案：彩色電視)

有眼不識泰山 ㄧㄡˇ ㄧㄢˇ ㄅㄨˋ ㄕˋ ㄊㄞˋ ㄕㄢ 古時候認為泰山是最高的山，因此可以將尊貴、有地位的人比喻成泰山，把那些沒有眼光，不知道尊重有地位的人稱為「有眼不識泰山」。現在也可以用來謙稱自己沒有眼光，不認識對方。例你真是有眼不識泰山，剛才經過的那個人就是新來的校長。

參考 相似詞：有眼無珠。

小百科 所謂「有眼不識泰山」中的「泰山」並非山名，據古書記載應是工匠魯班的弟子。泰山因批評魯班的作品，而被趕出門後，就自己設計竹製家具，在市集販售。有一天，魯班見到這些巧奪天工的家具，竟然是出自於被開除的泰山，不禁慚愧地說：「我真是有眼不識泰山。」後來，人們就用來比喻認不出地位高或本領大的人。

服

月部 四畫

丿 刀 月 月 月 肌 服 服

ㄈㄨˊ ❶衣裳的總稱：例禮服、制服。❷喪衣：例功服、有服在身。❸佩帶，穿衣服：例服劍、服喪。❹食用，吃藥：例服藥、內服。❺欽佩：例佩服。❻擔任，做事：例服役、服從。❼聽從，順從：例服從。❽承認：例服罪。❾適應，習慣：例水土不服。❿計算藥的單位：例一服藥方。

服役 ㄈㄨˊ ㄧˋ 本來是指人民出勞力為國家服務，現在指入營當兵。役：勞力。例他哥哥在軍中服役。

服氣 ㄈㄨˊ ㄑㄧˋ 心中十分佩服。例看了他的精彩演出，對於他能得獎，我們都很服氣。

服從 ㄈㄨˊ ㄘㄨㄥˊ 聽從別人的命令、指揮。例我們服從老師的規定。

服務 ㄈㄨˊ ㄨˋ 替別人做事。例能夠為你們服務，是我的榮幸。

參考 活用詞：服務生、服務業、服務站。

服裝 ㄈㄨˊ ㄓㄨㄤ 人們穿著的衣服和打扮。例老師的服裝一向很素雅。

服務生 ㄈㄨˊ ㄨˋ ㄕㄥ 在公共場所，像餐廳、戲院等，為大家服務的人。

參考 相似詞：服務員。

朋

月部 四畫

丿 刀 月 月 月 朋 朋 朋

ㄆㄥˊ ❶和自己志向、興趣一樣的人：例朋友、良朋。❷成群，結黨：例朋黨。❸共同，一致：例朋心合力。❹相比：例碩大無朋。❺古代貨幣的單位。

參考 相似字：友。♣請注意：含有「朋」字的崩、棚、硼、鵬的注音和用法：「崩」(ㄅㄥ)有倒塌、毀壞的意思，例如：山崩、天崩地裂。「棚」(ㄆㄥˊ)是用木頭搭成的架子或小屋，例如：瓜棚、茶棚。「硼」(ㄆㄥˊ)是一種化學物質，例如：硼砂、硼酸。「鵬」(ㄆㄥˊ)是古書上所記載的一種大鳥，一飛幾千里，引申有遠大崇高的意思，例如：鵬程萬里。

動動腦 朋友的「朋」是由二個相同的「月」所構成的，除了朋、艸以外，小朋友你還能想出其他的字嗎？（答案：林、赫、比、竹、羽……）

朋友 ㄆㄥˊ ㄧㄡˇ 彼此有交情的人。例四海之內皆朋友。

參考 相似詞：友朋。

朔

月部 六畫

丶 丷 ⺌ 屰 屰 朔 朔 朔 朔

ㄕㄨㄛˋ ❶農曆每月初一：例朔日。❷北方：例朔風、朔方。

參考 相反字：望。

俏皮話 「大年夜出月亮——沒有的事。」小朋友，你知道什麼叫「朔」？那就是陰曆的每月初一，看不見月亮時叫「朔」。大年夜是陰曆正月初一，所以不可能看見月亮。如果有人說「大年夜出月亮」，那就是指「沒有的事」。

朔日 ㄕㄨㄛˋ ㄖˋ 農曆每月初一。

朔方 ㄕㄨㄛˋ ㄈㄤ 北方。

朔風 ㄕㄨㄛˋ ㄈㄥ 北方吹來的寒風。

朔望 ㄕㄨㄛˋ ㄨㄤˋ 朔日和望日，就是農曆初一和十五日。

朕　月部 六畫

ㄓㄣˋ ❶古人自稱「我」為「朕」，從秦始皇開始「朕」成為皇帝的自稱。❷預兆，先兆：例朕兆。

朕兆 ㄓㄣˋ ㄓㄠˋ　事先所出現的現象。例他突然去世，事先沒有任何朕兆。

朗　月部 六畫

ㄌㄤˇ ❶明亮的：例晴朗、明朗。❷聲音清楚，響亮、大聲的：例朗誦。

參考 請注意：讀書聲音很清亮，應寫作「琅琅上口」而不是「朗朗上口」。

朗誦 ㄌㄤˇ ㄙㄨㄥˋ　大聲而清楚的讀，表現詩、文章的感情。誦：讀，念。例他大聲朗誦一首詩。

參考 活用詞：朗誦比賽。

朗聲 ㄌㄤˇ ㄕㄥ　聲音清楚響亮。

望　月部 七畫

ㄨㄤˋ ❶向遠處、高處看：例眺望。❷慰問，訪問：例探望。❸盼著，期待：例盼望、渴望。❹名譽：例名望。❺陰曆每月十五日：例望日。❻朝，向：例望前走、他望我笑了笑。❼志願，心願：例願望。❽姓：例望先生。

參考 請注意：「望」字下面是「𡈼」(ㄊㄧㄥˇ) 不是「王」(ㄨㄤˊ)。

望遠鏡 ㄨㄤˋ ㄩㄢˇ ㄐㄧㄥˋ　一種儀器，可以用來觀察天體或遠處的東西。

望子成龍 ㄨㄤˋ ㄗˇ ㄔㄥˊ ㄌㄨㄥˊ　希望自己的兒子將來能有出息。例天下父母心，每個做父母的都是望子成龍。

望而生畏 ㄨㄤˋ ㄦˊ ㄕㄥ ㄨㄟˋ　一看見就害怕。例他嚴肅的表情，令人望而生畏。

望而卻步 ㄨㄤˋ ㄦˊ ㄑㄩㄝˋ ㄅㄨˋ　一看就往後退縮；形容事情困難或危險，讓人不想做。例這件工程非常危險，許多工人望而卻步。

望穿秋水 ㄨㄤˋ ㄔㄨㄢ ㄑㄧㄡ ㄕㄨㄟˇ　形容盼望得十分急切。秋水：眼睛。例她望穿秋水的等候孩子歸來。

參考 相似詞：望眼欲穿。

望梅止渴 ㄨㄤˋ ㄇㄟˊ ㄓˇ ㄎㄜˇ　看到梅子，就可以止住口渴。傳說曹操帶領軍隊走到一個沒有水的地方，士兵們都很渴。曹操騙他們說：「前面有梅樹林，到那裡摘梅子吃，可以解渴。」士兵們聽說有梅子吃，嘴裡分泌口水，也就不那麼渴了。比喻願望無法實現，只好用空想來安慰自己。

望眼欲穿 ㄨㄤˋ ㄧㄢˇ ㄩˋ ㄔㄨㄢ　眼睛都要望穿了；形容盼望、想念的迫切。例她的兒子失蹤了，她天天望眼欲穿的等他回來。

參考 相似詞：望穿秋水。

望塵莫及 ㄨㄤˋ ㄔㄣˊ ㄇㄛˋ ㄐㄧˊ　遠遠望著前面人馬行走時飛揚起來的塵土，而追趕不上。比喻別人進展快速，自己卻遠遠落後。例他的書法寫得十分好，令我望塵莫及。

期　月部 八畫

ㄑㄧˊ ❶約定的時間：例後會有期、如期赴約。❷一段時間：例假期、一星期。❸希望：例期待、期望。❹約會，約定：例不期而遇。❺計算分期事物的單位：例三期、這份刊物已經出版一百多期。

ㄐㄧ ❶一周年：例期年。❷「期服」的簡稱，期服是穿一年的喪服。

期待 ㄑㄧˊ ㄉㄞˋ　期望等待美好的事物。例他期待暑假的來臨。

期盼 ㄑㄧˊ ㄆㄢˋ　等待盼望。例父母對子女的未來都有一份深切的期盼。

期限 ㄑㄧˊ ㄒㄧㄢˋ　限定的一段時間。例交作業的期限快到了。

期勉 ㄑㄧˊ ㄇㄧㄢˇ　期望並鼓勵。例我們要努力奮發，不要辜負父母對我們的一番期勉。

期望 ㄑㄧˊ ㄨㄤˋ　對未來抱著希望。例我不能辜負師長對我的期望。

期許 ㄑㄧˊ ㄒㄩˇ　期望，希望。

期期艾艾 ㄑㄧˊ ㄑㄧˊ ㄞˋ ㄞˋ　形容口吃說話不流利的樣子。

朝

朝朝

月部 八畫

ㄓㄠ ❶早晨：例朝陽、朝思暮想。❷日，天：例今朝。❸有活力的：例朝氣。❹姓：例朝先生。

ㄔㄠˊ ❶古代皇帝辦事的宮殿：例朝廷。❷君主帝王統治的整個時期：例唐朝、漢朝。❸古代指臣子拜見皇帝：例朝見。❹教徒到遠處拜神：例朝拜、朝聖。❺面對著，向著：例坐北朝南。

猜一猜　國慶日（十月十日）。（猜一字）（答案：朝）

笑一笑　小張：「我看到你登廣告說要賣房子，現在賣出去了沒有？」小李：「我已經不想賣了。」小張：「為什麼呢？」小李：「廣告公司在介紹詞上對這房子的描寫，正是我朝思暮想要找的房子啊！」

朝夕 ㄓㄠ ㄒㄧ　❶早晚，一天之內。形容時間很短。例國家已經危在朝夕之間。❷一天到晚；形容時時刻刻。例她們朝夕相處，感情深厚。

朝代 ㄔㄠˊ ㄉㄞˋ　指一個姓氏的帝王統治的時期。例漢、唐是中國歷史上很強盛的朝代。

朝廷 ㄔㄠˊ ㄊㄧㄥˊ　古代皇帝辦事、聽取臣子意見的地方。

朝拜 ㄔㄠˊ ㄅㄞˋ　君主時代，官員上朝向君主跪拜；或是指宗教信徒到廟裡向神、佛跪拜。

朝貢 ㄔㄠˊ ㄍㄨㄥˋ　古代諸侯或屬國拜見皇帝，並且呈獻珍貴的禮物、特產。

參考　相似詞：進貢。

朝野 ㄔㄠˊ ㄧㄝˇ　政府和民間。古代把政府稱作「朝」，民間稱作「野」。例朝野一同努力，國家才會進步。

朝陽 ㄓㄠ ㄧㄤˊ　早晨剛升起的太陽。例朝陽的光芒輕輕透進窗戶。

朝霞 ㄓㄠ ㄒㄧㄚˊ　早晨受陽光照射的雲彩。霞：紅色的雲彩。

朝鮮 ㄔㄠˊ ㄒㄧㄢ　韓國的古稱，又稱為「高麗」。位於我國的東北方，從漢朝以來一直是被中國保護的藩屬。中日甲午戰爭後，脫離我國，成為一個獨立國。後來被日本併吞，到第二次世界大戰結束才又獨立，獨立後分為南、北兩部分，南韓稱為「大韓民國」，北韓稱為「朝鮮民主主義人民共和國」。

朝三暮四 ㄓㄠ ㄙㄢ ㄇㄨˋ ㄙˋ　早上給三個，晚上給四個。朝：早上。暮：晚上。傳說有一個養猴子的人，對猴子說：「每天早上給你們三個橡樹的果實，晚上給四個。」猴子們聽了都不贊成。後來他又說：「那麼早上給你們四個果子，晚上給三個。」猴子們以為早上可以多得一個果實就很高興。原來比喻聰明的人會利用手段騙人；後來比喻人意志不堅定，反覆無常。例你到底要不要去郊遊？快作決定，別再朝三暮四。

朦

月部 十四畫

ㄇㄥˊ ❶欺騙：例朦騙。❷月色昏暗的樣子：例朦朧。

猜一猜　今夜的蒙古月。（猜一字）（答案：朦）

朦朧 ㄇㄥˊ ㄌㄨㄥˊ　❶月光暗淡。❷模糊，不清楚。

動動腦　「今天的月色朦朧」，「朦」和「朧」的注音都有「ㄥ」，這種詞叫做疊韻詞，除了朦朧、總統以外，小朋友你還能想出其他的「疊韻詞」嗎？和其他小朋友比比看，看誰想得快！（答案：玲瓏、懦弱、叮嚀、大廈、大家、巧妙、歐洲……）

朧

月部 十六畫

ㄌㄨㄥˊ ❶月色：例朧光。❷月光皎潔的樣子：例朧朧。

猜一猜　雲龍奔月。（猜一字）（答案：朧）

四畫

朧光 ㄌㄨㄥˊ ㄍㄨㄤ 月光。

朧明 ㄌㄨㄥˊ ㄇㄧㄥˊ 月明的樣子。

參考 相似詞：朧朧。

朧朧 ㄌㄨㄥˊ ㄌㄨㄥˊ 月明的樣子。

木部 ㄇㄨˋ

「木」是按照樹盲豸所造的象形字，下面是樹根，上面是樹枝。後來把樹根簡化寫成「木」。樹木的種類繁多，用途又廣，因此木部的字很多，可以分成以下幾類：

一、樹木的名稱，例如：柳、桑、松、柏、李。

二、樹的部分組織，例如：根、枝、葉、核。

三、和樹的生長有關的過程，例如：枯、榮（枝葉茂密）、栽（種樹）。

四、木製的器具或建築物，例如：桌、椅、床、橋、棧。

木 ㄇㄨˋ

一十才木 木部 ○畫

❶樹木的通稱：例愛惜花木。❷木材：例檀香木。❸用木材做成的：例木箱。❹棺材：例棺木。❺失去知覺的：例麻木。❻呆呆的：例木頭木腦。❼很老實質樸的：例木訥。

猜一猜 此字很好寫，才字多一撇，禾字少一撇，大字多一豎，本字減一橫。（猜一字）（答案：木）

動動腦 猜猜看：

什麼字，一個木？
什麼字，二個木？
什麼字，三個木？
什麼字，五個木？
什麼字，六個木？
什麼字，七個木？
什麼字，八個木？
什麼字，十個木？
（答案：本、林、森、梧、校、柒、松、枝）

木耳 ㄇㄨˋ ㄦˇ 菌類。生在枯死的樹幹上，也可以用木屑來做人工栽培。樣子像人的耳朵，沒有枝葉，顏色是咖啡色的，上面長著柔軟的短毛，可以吃。

木匠 ㄇㄨˋ ㄐㄧㄤˋ 做木器的人。

唱詩歌 大月亮，小月亮，哥哥起來做木匠，嫂嫂起來推糯米，婆婆起來打鞋底。（貴州）

木材 ㄇㄨˋ ㄘㄞˊ 樹木砍下來以後，經過初步的加工，可作為建築及製作東西的材料。

木星 ㄇㄨˋ ㄒㄧㄥ 太陽系的九大行星之一。體積最大，旁邊有十六顆衛星。古時候稱為「歲星」。

木炭 ㄇㄨˋ ㄊㄢˋ 木材在不通風的條件下加熱所得的東西。顏色烏黑，質料硬，有很多細孔，可以做燃料。一般簡稱作「炭」。

木屑 ㄇㄨˋ ㄒㄧㄝˋ 鋸木頭時留下的粉末。

木馬 ㄇㄨˋ ㄇㄚˇ ❶木頭做成的馬。❷木頭做成的運動器材。樣子有點像馬，是用來練習跳躍的。又名「跳馬」。❸形狀像馬的兒童遊戲器材，可以坐在上面前後搖動。

猜一猜 不喝水也不吃草，不會叫又不會跑，騎在背上搖一搖。（猜一種玩具）（答案：木馬）

木魚 ㄇㄨˋ ㄩˊ 用木頭做成魚頭的形狀，中間挖空，用小槌敲出聲音。本來是出家人念經用的，後來用為一種打擊樂器。

俏皮話 「老和尚的木魚——天生挨揍的貨。」在廟裡我們一定可以看到和尚念經時所用的木魚，木魚本來就是用敲的才會有聲音。這句話是比喻一個人不知羞恥，該打。

四畫

木訥 ㄇㄨˋ ㄋㄜˋ 老實遲鈍，不太會說話。例他的個性木訥，不愛說話。

木偶 ㄇㄨˋ ㄡˇ 用木頭雕刻的人像。

參考 活用詞：木偶戲。

木頭 ㄇㄨˋ ㄊㄡˊ ❶木材。❷不靈活的人。例他簡直是塊木頭！怎麼說也說不通。

木雞 ㄇㄨˋ ㄐㄧ 木頭製成的雞；形容人不靈活的樣子。例老師喊到他的名字時，他嚇得呆若木雞。

木乃伊 ㄇㄨˋ ㄋㄞˇ ㄧ 古代埃及人用特殊的防腐藥品和埋葬方法保存下來的沒有腐爛的屍體。

木已成舟 ㄇㄨˋ ㄧˇ ㄔㄥˊ ㄓㄡ 木頭已經做成船了；比喻事情已經成定局，沒有辦法改變。舟：船。例你已經落榜了，木已成舟，再追悔也沒有用。

參考 相似詞：生米煮成熟飯。

木牛流馬 ㄇㄨˋ ㄋㄧㄡˊ ㄌㄧㄡˊ ㄇㄚˇ 三國時代，諸葛亮所發明的一種運輸工具。相傳是一種人推的單輪車。也有人說流馬是改良的木牛，也就是人力四輪車。

木本植物 ㄇㄨˋ ㄅㄣˇ ㄓˊ ㄨˋ 根、莖、枝幹都比較硬的植物總稱。例如：松、柏等。

朮

一 十 才 朩 朮 木部 一畫

ㄓㄨˊ 多年生草本植物，莖高二、三尺，秋天開花，有紫、碧、紅等色。白色的根可以作藥，通稱白朮。皮色蒼黑的叫蒼朮。

本

一 十 才 木 本 木部 一畫

ㄅㄣˇ ❶草木的根或莖：例草本植物。❷事物的根源：例忘本、本行。❸原有的資金：例本錢、賠本。❹數量的名稱：例一本書。❺依據：例這句話是有所本的。❻自己或自己的：例本鄉本土。❼原來的：例本意。❽現在的，目前的：例本月。❾姓：例本先生。

本人 ㄅㄣˇ ㄖㄣˊ ❶稱說自己。❷指當事人。例有關他的冒險經過，還是由他本人來談吧！

本土 ㄅㄣˇ ㄊㄨˇ ❶鄉土，一個人所生長的地方。例學校應重視本土教育。❷稱原來的社會或國家。例我熱愛我們的本土文化。

本分 ㄅㄣˇ ㄈㄣˋ ❶屬於自己應當做的事。例讀書是學生應盡的本分。❷安於所處的地位和環境。例這個人很守本分。

本末 ㄅㄣˇ ㄇㄛˋ 事情的開始和終結。例事情的本末你根本不清楚。

本色 ㄅㄣˇ ㄙㄜˋ 本來的面貌。例勇往直前是軍人的本色。

本行 ㄅㄣˇ ㄏㄤˊ 原來的行業。例教書是他的本行。

古人說 「三句不離本行。」：本行是他所做的行業。這句話是說：一個人說話的內容，往往和他的工作有關係。例媽媽是老師，動不動就說「守規矩」，真是三句不離本行。

本身 ㄅㄣˇ ㄕㄣ 自己。例人們最大的敵人往往是自己本身。

本金 ㄅㄣˇ ㄐㄧㄣ 借給他人以收取利息的母金或經營事業所投下的資本。

本性 ㄅㄣˇ ㄒㄧㄥˋ 原來的性質或特性。例江山易改，本性難移。

本來 ㄅㄣˇ ㄌㄞˊ ❶原有的。例這部車本來的顏色是白色。❷原先，先前。例他本來不打算參加這次聚會。❸表示理所當然。例這件事本來就該由你負責。

本事 ㄅㄣˇ ㄕˋ ❶文學作品主題所根據的故事情節。例請你把電影的本事給我好嗎？❷本領，技能。例他是憑真本事才得到這份工作的。

本草 ㄅㄣˇ ㄘㄠˇ ❶中藥的總稱。❷記載中藥的書籍，例如：「本草綱目」。

本能 ㄅㄣˇ ㄋㄥˊ 指不必經過學習，生下來就具有的能力。例一看到蛇，他本能的倒退了一步。

本錢 ㄅㄣˇ ㄑㄧㄢˊ ❶用來經營事業、生利息的錢財。例他省吃儉用了兩年，總算湊足了開餐廳的本錢。❷貨物的成本。例若再降低售價，那就不夠本錢了。❸比喻可作為依靠的資歷、能力。例健康就是本錢。

本領 ㄅㄣˇ ㄌㄧㄥˇ 才學能力。例他有一身的好本領。

唱詩歌 小花貓，本領高，捉老鼠，真勤勞，白天躺著好睡覺，到了晚上精神好。

本質 ㄅㄣˇ ㄓˊ ❶事物本來的性質。例用鬥爭、暴力為本質的政權，最後一定崩潰瓦解。❷人的本性。例他的本質是很善良的。

本末倒置 ㄅㄣˇ ㄇㄛˋ ㄉㄠˋ ㄓˋ 顛倒事情的先後次序；比喻不分事情的輕重、順序。例你讓後來的同學先買，不是本末倒置嗎？

未

一 二 キ 未 未　木部 一畫

ㄨㄟˋ ❶沒有，不曾：例前所未有。❷表示否定意思的語詞：例未必、未知可否。❸將來：例未來。❹地支的第八位。❺以前把一天分成十二時辰，下午一時到下午三時稱作未時。

參考 相似字：不、沒。♣相反字：已。

未必 ㄨㄟˋ ㄅㄧˋ 不一定。必：一定。例這個消息未必可靠，你別隨便相信。

未免 ㄨㄟˋ ㄇㄧㄢˇ 不免、難免，表示不認為是對的意思。免：是除掉、不要的意思。例你的看法未免太天真了吧！

未來 ㄨㄟˋ ㄌㄞˊ 將來，指現在以後的時間。例這個颱風在未來三天內，可能會登陸臺灣。

未知數 ㄨㄟˋ ㄓ ㄕㄨˋ ❶數學名詞，指題目中沒有明白寫出來，必須經過演算才能求得的數。❷比喻不確定的事情。例你能不能當選班長還是個未知數，別高興得太早喔！

未婚夫 ㄨㄟˋ ㄏㄨㄣ ㄈㄨ 已經訂婚，但還沒有正式結婚的丈夫。

參考 相反詞：未婚妻。

未卜先知 ㄨㄟˋ ㄅㄨˇ ㄒㄧㄢ ㄓ 事情發生前，沒有經過卜卦就知道結果。後來指對事情有預先知道的能力。卜：卜卦，用來預測未來的一種方法。例小明老愛說他有未卜先知的本事，真是天曉得！

參考 相似詞：先見之明。

未老先衰 ㄨㄟˋ ㄌㄠˇ ㄒㄧㄢ ㄕㄨㄞ 是說人年紀還很輕，心境已經很老或是樣子已經像個老人了。例小明天天都無精打采的，真是未老先衰！

未雨綢繆 ㄨㄟˋ ㄩˇ ㄔㄡˊ ㄇㄡˊ 在天還沒下雨的時候，先把房屋修補好。比喻事先做好準備工作。綢繆：是修築堅固的意思。例如果能未雨綢繆，事情發生時就不會慌了手腳。

未婚媽媽 ㄨㄟˋ ㄏㄨㄣ ㄇㄚ ㄇㄚ 是指還沒有結婚就已經生了小孩的人。

末

一 二 キ 末 末　木部 一畫

ㄇㄛˋ ❶東西的尾端、盡頭：例末梢。❷不重要的事物：例本末倒置。❸最後：例世界末日。❹碎屑：例粉末。

參考 相似字：尾、後、終。♣相反字：本。♣請注意：「始末」的「末」（ㄇㄛˋ）第二橫較短；「未來」的「未」（ㄨㄟˋ）剛好相反。

末了 ㄇㄛˋ ㄌㄧㄠˇ 最後。例這一頁的末了三行，印得很模糊。

末日 ㄇㄛˋ ㄖˋ 基督教指世界的最後一天。一般指死亡或是滅亡的日子。例一旦發生核子戰爭，世界末日就會來到。

末年 ㄇㄛˋ ㄋㄧㄢˊ 晚年。例孔子是春秋末年的人。

末尾 ㄇㄛˋ ㄨㄟˇ 最後。例畢業晚會末尾，我們合唱了一首「珍重，再見」。

末期 ㄇㄛˋ ㄑㄧˊ 最後的一段時期。例他的癌症已經到了末期。

末葉 ㄇㄛˋ ㄧㄝˋ 指一個世紀或一個朝代的最後一段時期。例清朝末葉，政治腐敗。

末節 ㄇㄛˋ ㄐㄧㄝˊ 小節，細節。例對於這種枝條末節，不必斤斤計較。

札

一 十 才 木 札　木部 一畫

ㄓㄚˊ ❶書信：例信札。❷古時候寫字用的小木片：例簡札。

參考 請注意：「札」、「扎」讀音相同，但意思不同：「札」是書信的意思，例

四畫

如：信札。「扎」是抓緊的意思，例如：扎緊、掙扎。

札記 ㄓㄚˊ ㄐㄧˋ 把讀書的心得或見聞隨時記錄下來。例他把自己在歐洲旅遊時，所作的札記整理出書。

朱

木部 二畫

ノ ㄏ 𠂉 牛 牛 朱

ㄓㄨ ❶大紅色：例朱色。❷姓：例朱小姐。

朱門 ㄓㄨ ㄇㄣˊ 古代王侯貴族的大門都漆成紅色，表示尊貴。後來就用作富貴人家的代稱。

參考 活用詞：朱門恩怨。

朱紅 ㄓㄨ ㄏㄨㄥˊ 一種很鮮豔的紅色。

朱砂 ㄓㄨ ㄕㄚ 就是硫化汞，是一種礦物，有金屬光澤，是指煉水銀（汞）的重要原料，也可以做成朱色的顏料，在醫學上還可作為鎮靜劑。

參考 相似詞：硃砂、丹砂。

朱元璋 ㄓㄨ ㄩㄢˊ ㄓㄤ 明朝的開國皇帝，就是明太祖。小時候曾經在皇覺寺當和尚。他滅了元朝後，建都南京，年號洪武。在位共三十一年。

小故事 據說朱元璋有一天和大臣們巡視正在建造的宮殿時，得意之下，不禁脫口而出的說：「哈哈，想當年我朱元璋是土匪出身，現在卻是一國之君呢！」話才說完，他抬頭見到梁上有兩名工人，因為害怕自己說的話流傳出去，就打算殺人滅口。一旁的宰相劉伯溫急忙暗示那兩名工人裝聾作啞。朱元璋見狀，才鬆了口氣，釋放了他們。

朵

木部 二畫

ノ 几 几 朵 朵 朵

ㄉㄨㄛˇ ❶植物的花或苞：例花朵。❷量詞，指花或成團的：例一朵花、紅霞萬朵。

參考 請注意：「耳朵」的「朵」也讀作·ㄉㄨㄛ。

朽

木部 二畫

一 十 才 木 朩 朽

ㄒㄧㄡˇ ❶腐爛：例腐朽。❷衰老：例老朽。

朽木 ㄒㄧㄡˇ ㄇㄨˋ 腐爛的木頭。比喻一個人資質太差，不知努力，沒有辦法培養成有用的人才。例爸爸常說小弟是朽木不可雕。

朴

木部 二畫

一 十 才 木 朼 朴

ㄆㄛˋ 是一種落葉喬木，果實可以吃，樹皮和花可供藥用，木材可製成器具。

ㄆㄨˊ 和「樸」字相通，質樸的：例朴厚。

ㄆㄧㄠˊ 姓：例朴小姐。

束

木部 三畫

一 ㄏ 丆 百 申 申 束

ㄕㄨˋ ❶計算數量的單位：例一束鮮花。❷綁緊：例用皮帶把腰束緊。❸加以限制或受到限制：例約束、束手束腳。❹姓：例束先生。

束縛 ㄕㄨˋ ㄈㄨˊ 受到限制缺少自由。縛：捆綁。例請不要用這種死規定來束縛我。

束手束腳 ㄕㄨˋ ㄕㄡˇ ㄕㄨˋ ㄐㄧㄠˇ 手腳被捆住；比喻做事情受到很多限制，不能自由活動。例你的意見不要太多，否則束手束腳的很難辦事。

束手無策 ㄕㄨˋ ㄕㄡˇ ㄨˊ ㄘㄜˋ 手被綁起來，一點辦法也沒有。比喻想不出辦法解決事情。策：辦法。例小嬰兒哇哇大哭，使爸爸束手無策。

參考 相似詞：無計可施。

李

木部 三畫

一 十 才 木 本 李 李

ㄌㄧˇ ❶李樹，一種植物。薔薇科，落葉喬木，葉長橢圓形，邊緣有鋸齒，花白色，果實圓形，果皮有紫紅、青綠、黃色，全熟時可以食用。❷姓：例李白。

動動腦 在空格裡填字，使它和圓圈裡的字合起來，分別組成四個字。

四畫

（答案：呆、林、李、村……）

李白 ㄌㄧˇ ㄅㄞˊ 唐朝大詩人之一。字太白，號青蓮居士，和杜甫並稱「李杜」，有「詩仙」的美稱。

李冰 ㄌㄧˇ ㄅㄧㄥ 戰國時水利專家，曾建「都江堰」，是一個十分有名的水利工程師。

李鴻章 ㄌㄧˇ ㄏㄨㄥˊ ㄓㄤ 清朝人。曾平定太平天國之亂，是清末大政治家、外交家。

杏

一 十 才 木 木 杏 杏

木部 三畫

ㄒㄧㄥˋ 杏樹，一種植物的名稱，屬薔薇科，落葉喬木，葉子是寬卵形或圓形的，花淡紅色，核果是圓的，果皮大部分是金黃色。

猜一猜 困字不透風，木字在當中；木字移上去，請你猜個字。（猜一字）（答案：杏）

杏仁 ㄒㄧㄥˋ ㄖㄣˊ 杏樹的種子。形狀扁圓很像心臟，有苦的和甜的兩種：苦杏仁是山杏的種子，用來製油或作藥。甜杏仁是杏的種子，炒熟以後可以吃，味道甘美，一般用來潤肺止咳。

參考 活用詞：杏仁茶、杏仁豆腐。

杏林 ㄒㄧㄥˋ ㄌㄧㄣˊ 杏樹林。指醫生的行業。傳說三國時吳國人董奉為人治病，從來不收錢，只要求被治好的病人為他種幾棵杏樹，幾年以後，形成一片杏樹林。後代的人就常用「杏林」來稱讚醫生這種行業。

參考 活用詞：杏林春暖。

杏眼 ㄒㄧㄥˋ ㄧㄢˇ 比喻女孩子的眼睛，像杏仁一樣又圓又大。

杏壇 ㄒㄧㄥˋ ㄊㄢˊ 相傳是孔子講學的地方，現在多用來指教育界。

參考 活用詞：杏壇芬芳錄。

材

一 十 才 木 木 村 材

木部 三畫

ㄘㄞˊ ❶木料：例木材。❷可以製造物品的原料：例材料、藥材、器材、鋼材。❸指一個人的本質和能力：例人材、材藝。

參考 請注意：凡是和能力有關的，例如：人「材」、「材」幹、多「材」多藝的「材」，都可以和「才」互相通用。但是當木料講的時候，木「材」就不能寫作木「才」。

材料 ㄘㄞˊ ㄌㄧㄠˋ 製造物品的原料，包括實際的物品、資料、事件。例這是我製作紙飛機的材料。例寫讀書報告時，要到圖書館找材料。例他需要搜集夜行性動物的生活，作為寫作的材料。

參考 請注意：「材料」包括資料，「資料」單指知識方面的統計報告。

村

一 十 才 木 木 村 村

木部 三畫

ㄘㄨㄣ 鄉人聚集的地方：例村莊。

參考 相似字：鄉。

猜一猜 樹木寸寸高。（猜一字）（答案：村）

村民 ㄘㄨㄣ ㄇㄧㄣˊ 居住在鄉村的人民。例這些村民都是第一次上臺北遊玩。

村長 ㄘㄨㄣ ㄓㄤˇ 負責村中事務的人。例我們的村長很負責。

村莊 ㄘㄨㄣ ㄓㄨㄤ 鄉村人民居住的地方。例這個村莊人口愈來愈少。

參考 相似詞：村子、村落。

村堡 ㄘㄨㄣ ㄅㄠˇ 村莊和小城。堡：用土石建造的小城。

杜

一 十 才 木 木 朴 杜

木部 三畫

ㄉㄨˋ ❶杜樹，植物名，就是甘棠，也叫作棠梨。是一種落葉喬木，葉橢圓而大，花白色，枝幹很像梨，果實酸酸甜甜的，可以吃。❷堵住，斷絕：例杜絕。❸姓：例杜甫。

杜甫 ㄉㄨˋ ㄈㄨˇ 唐朝大詩人，他的詩表現了當時社會的動亂以及人民生活困苦的情形，反映了唐代由興盛到衰亡的歷史，所以被稱為「詩史」。杜甫的詩與李白齊名，後人尊稱他為「詩聖」。著有「杜工部集」。

杜牧 ㄉㄨˋ ㄇㄨˋ 唐朝晚期詩人，很會寫七言絕句，後人稱他為「小杜」，以便跟稱為「老杜」的杜甫區別。他抒發情感，詠嘆歷史的詩寫得非常好。

杜絕 ㄉㄨˋ ㄐㄩㄝˊ 徹底的制止、消滅某事。絕：止住。例公務人員應該杜絕貪汙。

杜撰 ㄉㄨˋ ㄓㄨㄢˋ 沒有根據胡亂編造。例「白雪公主」是個杜撰的故事。

杜鵑 ㄉㄨˋ ㄐㄩㄢ ❶鳥名，初夏時常常早晚不停的叫。吃毛蟲，是益鳥，多數把卵產在別種鳥的巢中。也叫作「杜宇」、「布穀鳥」或「子規鳥」。❷一種常綠灌木，高大約三、四尺，葉子是橢圓形的，花有很多顏色，是一種美麗又常見的觀賞植物。又稱為「映山紅」。

杖

木部 三畫

ㄓㄤˋ ❶走路時用來扶持身體的棍子：例手杖、拐杖。❷棍子的通稱：例木杖、拿刀弄杖。❸古代的一種刑罰：例杖刑。

參考 請注意：「杖」和「仗」都讀ㄓㄤˋ，木部的「杖」是棍子的通稱，例如：木杖。人部的「仗」是指戰爭，例如：打仗。

古人說 「拿杖打了自己頭。」這句話是說：害人反而害了自己。例小弟丟香蕉皮準備讓姐姐滑倒，一轉身自己先摔了一跤，真是「拿杖打了自己頭」。

杞

木部 三畫

ㄑㄧˇ ❶周朝的國名，在今天的河南杞縣。❷杞柳，一種落葉灌木，枝條可以編箱、籠、筐、籃等。

杞人憂天 ㄑㄧˇ ㄖㄣˊ ㄧㄡ ㄊㄧㄢ 指不必要或沒有根據的憂慮。

參考 請注意：「杞人憂天」和「庸人自擾」都有本來沒有事，而自己瞎著急的意思，但「杞人憂天」是指不必要的擔憂、害怕；「庸人自擾」除了不必要的擔心、害怕外，還有自找麻煩、自尋煩惱的意思。

杉

木部 三畫

ㄕㄢ 植物名字，常綠喬木，高度可以長到三十公尺以上。葉子有鋸齒，種子是扁圓形的；木材堅固耐用，紋路很直，容易加工，是重要的建築材料。

參考 請注意：❶「杉」是木部，讀ㄕㄢ，是一種樹木，例如：杉樹。衣部的「衫」也讀ㄕㄢ，是指衣服，例如：衣衫不整。❷「杉」和「彬」只差一個木。彡部的「彬」讀ㄅㄧㄣ，是形容一個人的態度、內心很文雅，例如：文質彬彬。

杉木 ㄕㄢ ㄇㄨˋ 杉樹的木材，長在山地，樹幹很直，是建築和製造家具的好材料，又稱「沙木」。

杆

木部 三畫

ㄍㄢ ❶較細的圓木條或像木條的東西：例旗杆。❷用竹、木、鐵、石等製成的遮擋物：例欄杆。

杆子 ㄍㄢ ˙ㄗ 有一定用途的細長木頭，多直立在地上，上端較細。

杠

木部 三畫

ㄍㄤ ❶小橋：例杠橋。❷旗竿。

ㄍㄤˋ 同「槓」：例木杠。

東

木部 四畫

ㄉㄨㄥ ❶方向名，指太陽升起來的那一邊：例

四畫

東方。❷主人：例房東。❸姓：例東先生。

參考 相反字：西。

猜一猜 陽光射在樹木中。（猜一字）（答案：東）

東方 ❶方向名，太陽升起來的那一邊。❷複姓。例東方朔是西漢有名的文學家。

東北 ❶東方和北方間的方向。例臺灣東北角的蘇花公路上，沿路風景可是首屈一指的。❷指中國的東北地區，包括吉林省、遼寧省、黑龍江省，森林資源豐富，特產包括：人參、靈芝、松茸等等。

東加 國名，指東加群島，位在南太平洋上，由一百五十多個火山島或珊瑚島組成，多數仍然沒有人居住。東加王國歷史悠久，現在的王國在西元一九七〇年（民國五十九年）獨立，經濟上以農業為主，漁業和旅遊業也很發達。

東西 ❶東方和西方，引申為方向。❷指一切的事物。例出去玩的時候，東西不要帶得太多。❸特別指討厭或喜歡的人、物。例他算什麼東西，居然敢這樣說你！例爸爸新買了隻北京狗，這小東西真討人喜歡。

東亞 指亞洲東部，通常包括日本、韓國及中國。例老師說東亞國家的文化都受到了儒家思想的薰陶。

東京 ❶古代都城的名稱。東漢時首都是洛陽，位在西漢首都長安的東邊，所以又稱為東京。❷日本的首都，是日本政治、文化、經濟的中心，是世界最現代化的都市之一。

東洋 指日本。

參考 相似詞：東瀛。♣活用詞：東洋車、東洋蔘、東洋劍、東洋鬼子、東洋歌曲。

東德 國名，位於德國東部，西元一九四九年成立，工業很發達。首都是東柏林。現已與西德合併，成立德意志聯邦共和國。

東歐 歐洲的東部地區。包括波蘭、捷克、東德、匈牙利、羅馬尼亞、保加利亞、阿爾巴尼亞等都稱為東歐國家。

東半球 地球的東半部，東經〇度到一百八十度，包括亞洲、非洲、歐洲及大洋洲。

東南亞 亞洲的東南部，也就是一般習慣稱為「南洋」的地方。包括了中南半島和南洋群島，有越南、高棉、寮國、緬甸、馬來西亞、新加坡、泰國、印尼、菲律賓等國家。例暑假期間，我們全家人一起到東南亞自助旅行。

東山再起 指退隱或失敗後再重新振作恢復起來。據說東晉的時候謝安因病在會稽東山隱居，後來四十歲的時候又出來作了大官。例爸爸不斷地安慰哥哥，告訴他，失敗只是暫時的，總有一天能東山再起。

東床坦腹 作為女婿的代稱。

參考 相似詞：坦腹東床、乘龍快婿。

東沙群島 南海群島上有東沙、中沙、西沙、南沙四個群島，東沙群島在最東邊。島上有我國海軍駐守，並設有氣象臺。例今天在課堂上，老師為我們講授東沙群島的風光。

東奔西竄 四處奔跑，上下亂竄。例地震時，大家嚇得東奔西竄。

參考 相似詞：東奔西逃、東奔西撞。

東風化雨 東風：即春風；化雨：促使萬物變化生長的雨。比喻師長的教誨。例老師的諄諄教導，如東風化雨，滋潤著孩子們的心。

參考 相似詞：春風化雨。

東施效顰 東施模仿西施皺眉；比喻沒有自知之明的人，胡亂模仿，反而得了反效果。顰：皺眉。效：模仿。傳說美女西施生病了，按著胸口，皺著眉頭，看起來還是很美。有一個很醜的女子叫東施，也學西施皺眉，反而醜得把人嚇壞了。例人各有長處，你就不必東施效顰讓人嘲笑了！

東倒西歪 比喻搖搖晃晃，要倒不倒的樣子。例昨天在公司的尾牙宴會中，總經理喝醉了酒，走起路來東倒西歪，好危險。

東張西望 ㄉㄨㄥ ㄓㄤ ㄒㄧ ㄨㄤˋ　向四方觀看的意思。例考試時要誠實作答，不可以東張西望，偷看別人的答案。

參考 相反詞：目不轉睛、目不斜視。

東窗事發 ㄉㄨㄥ ㄔㄨㄤ ㄕˋ ㄈㄚ　比喻陰謀的事失敗或洩露出來。傳說秦檜曾經和妻子在「東窗」下商量用計謀殺害岳飛，後來秦檜死了，妻子王氏請道士招魂，道士回答說秦檜因為「東窗」計謀害人的事被發現了，因此在地獄受苦。以後凡是罪行被舉發，就叫東窗事發。例你不要以為做壞事沒關係，一旦東窗事發，你就有罪受了。

東西橫貫公路 ㄉㄨㄥ ㄒㄧ ㄏㄥˊ ㄍㄨㄢˋ ㄍㄨㄥ ㄌㄨˋ　由臺中縣東勢鎮到花蓮縣太魯閣，橫貫臺灣中部的一條公路。沿線風景優美，尤其是天祥到太魯閣一帶，是臺灣著名的觀光勝地。

果

木部 四畫

丨 ㄇ 日 日 旦 早 果 果

ㄍㄨㄛˇ ❶植物所結的果實：例水果。❷事情的結局，與「因」相對：例結果。❸態度很堅決：例果斷。❹確實，跟預料的情況相符合：例果然。

猜一猜 太陽掛在樹頂上。（猜一字）（答案：果）

繞口令 一二三，三二一，一二三四五六七，七棵樹上七樣果：蘋果、桃兒、葡萄、柿子、李子、栗子、梨。

果決 ㄍㄨㄛˇ ㄐㄩㄝˊ　態度堅定有決斷。決：打定主意。例他的態度很果決，恐怕不容易說服他。

果然 ㄍㄨㄛˇ ㄖㄢˊ　事情的結果和事先的猜測完全一樣。例不出我所料，他今天果然不敢來了。

果樹 ㄍㄨㄛˇ ㄕㄨˋ　專門種來供採收水果的樹木，像桃樹、李樹、蘋果樹等。

參考 相似詞：果木。

果糖 ㄍㄨㄛˇ ㄊㄤˊ　一種醣類，存在於果實、蜂蜜中，味道甜，可以作為調味料。

果醬 ㄍㄨㄛˇ ㄐㄧㄤˋ　用水果加糖所調製成糊狀的東西。

參考 相似詞：果子醬。

杳

木部 四畫

一 十 才 木 木 杏 杳 杳

ㄧㄠˇ ❶深廣的樣子：例深杳。❷寂靜的樣子：例杳然。❸無影無蹤，毫無消息：例杳無音信、杳無人蹤。

杳然 ㄧㄠˇ ㄖㄢˊ　寂靜的樣子。

杭

木部 四畫

一 十 才 木 木 杧 杧 杭

ㄏㄤˊ ❶杭州市的簡稱：例上有天堂，下有蘇杭。❷渡河，和「航」字相通。

枋

木部 四畫

一 十 才 木 木 杧 枋 枋

ㄈㄤ 檀木的別名。

枕

木部 四畫

一 十 才 木 木 杪 杪 枕

ㄓㄣˇ 睡覺時頭部所墊的東西：例枕頭。

ㄓㄣˋ 用物品墊頭：例枕戈待旦。

枕套 ㄓㄣˇ ㄊㄠˋ　包枕套的套子。

枕頭 ㄓㄣˇ ㄊㄡˊ　睡覺時用來墊高頭部的物體。

枕戈待旦 ㄓㄣˇ ㄍㄜ ㄉㄞˋ ㄉㄢˋ　把兵器當枕頭，一直等待到天明；形容隨時準備迎擊敵人。戈：古代的兵器。旦：天亮時。例現在全國枕戈待旦準備隨時作戰。

松

木部 四畫

一 十 才 木 木 朳 松 松

ㄙㄨㄥ ❶松樹，整年不變色、不落葉的針葉植物，全世界這類植物約有九十多種。❷姓：例松先生。

猜一猜 樹幹粗，粗得可以做樑柱；葉子細，細得包不住米粒。（猜一種植物）（答案：松樹）

四畫

松山 ㄙㄨㄥ ㄕㄢ　臺北市的一個行政區。區內有一座松山機場，在桃園中正國際機場落成以前，是臺灣主要的國際機場，現在已經改為國內航線專用的機場。

松柏 ㄙㄨㄥ ㄅㄛˊ　本來指松樹和柏樹，因為這兩種植物整年都不凋落，所以被用來比喻為有志氣有節操的人。

松煙 ㄙㄨㄥ ㄧㄢ　松樹燒成的煙灰，是古代最好的造墨原料。

參考　活用詞：松煙墨。

小百科　三國時代魏國畫家韋誕用松煙、香料、膠水做成了一錠一錠的松煙墨。

松鼠 ㄙㄨㄥ ㄕㄨˇ　一種動物的名稱，樣子像老鼠，但是體型比較大。尾巴很長，毛很蓬鬆，常常反轉舉起來放在背後。前肢四趾，後肢五趾，趾端有爪。後肢比較強大，很會跳躍。生活在松林中，喜歡吃乾果、嫩葉。

松樹 ㄙㄨㄥ ㄕㄨˋ　整年不變色、不落葉的針葉植物，結卵圓形或圓錐形的毬果，上面有像薄木片的鱗片。樹脂可以提煉松香和松節油，種子可以炸油也可以吃，木材的用途很廣。

松花江 ㄙㄨㄥ ㄏㄨㄚ ㄐㄧㄤ　黑龍江最大的支流，發源於長白山，跟嫩江合流後叫作松花江，最後流入黑龍江。全長一千八百四十公里，是中國東北地區主要的水運路線。水力資源很豐富，設有一座小豐滿發電廠。

松脂蠟 ㄙㄨㄥ ㄓ ㄌㄚˋ　由松樹的樹脂中提煉出來的一種東西，又叫作「松香」。是固體，顏色透明，很硬很脆，是油漆、肥皂、造紙、火柴等工業的原料。

松節油 ㄙㄨㄥ ㄐㄧㄝˊ ㄧㄡˊ　由松樹的樹脂中提煉出來的油，很容易揮發，有特殊的氣味，不會溶在水中。是油漆工業的重要原料，也可以用在醫藥上。

析

木部　四畫

ㄒㄧ　❶把事物的道理、組成的內容詳細說明：例你來分析他的言辭，是不是有問題？例經過分析，這種食物並沒有營養成分在裡面。❷分開：例分崩離析。❸姓：例析先生。

猜一猜　這綑柴木有幾斤？（猜一字）（答案：析）

杷

木部　四畫

ㄆㄚˊ　枇杷，常綠亞喬木，長橢圓形的葉子，開白花，果實甜美多汁。

參考　活用詞：枇杷膏。

動動腦　「巴」加「木」是「杷」，「巴」還可以加哪些部首，成為另外的字？（答案：吧、芭、笆、葩……）

枇

木部　四畫

ㄆㄧˊ　果樹名：例枇杷。

枇杷 ㄆㄧˊ ㄆㄚˊ　常綠喬木。葉子是長橢（ㄊㄨㄛˇ）圓形，花是白色的，有香味。果實是黃色橢圓形，可以生吃，也可以作治咳化痰的藥。長江以南栽培較多。

參考　活用詞：枇杷膏。

猜一猜　青銅柄，黃銅鈴，銅鈴裡面黑鐵心。（猜一水果名）（答案：枇杷）

笑一笑　有一個人很會奉承上司。他打聽到縣官很愛吃枇杷，就趕緊裝了一筐最好的枇杷，並且寫了一封信，派人送給縣官。縣官打開信，信上寫著：「送您一筐琵琶，請您收下。」縣官心想：「為什麼要送我一筐琵琶？琵琶又怎麼用筐來裝呢？」縣官立即叫人打開筐，一看，原來是一筐枇杷，縣官笑著隨口念著：「枇杷不是此琵琶，只恨當年識字差。若使琵琶能結果，滿城簫管盡開花。」

枝

木部　四畫

ㄓ　❶樹幹旁邊生長出來的細條：例枝幹。❷計算物品的單位：例一枝筆、一枝梅花。❸

四畫

姓：例枝小姐。

枝葉 ㄓ ㄧㄝˋ　❶樹枝和樹葉。例枝葉茂盛。❷比喻子孫。❸比喻事情的旁出部分。

枝節 ㄓ ㄐㄧㄝˊ　❶分枝細節。後來形容細小的事情。例你做生態摘要時，內容中的枝節不必說明。❷中途發生的麻煩。例上星期的命案，處理到一半時，又產生出許多枝節。

林

木部　四畫

ㄌㄧㄣˊ　❶很多樹木生長在一起：例樹林。❷聚集同類的人或事物：例藝林、肉林、碑林。❸形容很多的樣子：例工廠林立。❹姓：例林先生。

猜一猜　雙木並立。（猜一字）（答案：林）

林立 ㄌㄧㄣˊ ㄌㄧˋ　像林中的樹木一樣密集的樹立著；比喻成立、建立了許多的意思。例大都市裡高樓林立，人們接近大自然的機會愈來愈少。

林肯 ㄌㄧㄣˊ ㄎㄣˇ　美國第十六任總統，主張廢除黑奴制度，引起南部各州的反對，紛紛獨立，產生了南北戰爭。結果北軍獲勝，黑奴也得到了自由。

林梢 ㄌㄧㄣˊ ㄕㄠ　樹枝的末端。梢：樹枝尾端最細小的地方。例小鳥在林梢快樂的歌唱、飛翔。

林場 ㄌㄧㄣˊ ㄔㄤˇ　從事培育、管理、砍伐森林等工作的地方。

林業 ㄌㄧㄣˊ ㄧㄝˋ　培育和保護森林，目的在取得木材和其他林產品的事業。

林黛玉 ㄌㄧㄣˊ ㄉㄞˋ ㄩˋ　小說紅樓夢中的人物，是賈寶玉的表妹。人很聰明，書也讀了不少，可惜身體不好，常常生病。母親去世後就借住在外祖母家，因此比較容易感傷憂愁、懷疑別人、使小性子，後來吐血而死。現在我們常把很瘦弱、身體不健康或多愁善感的女子比喻成林黛玉。

杯

木部　四畫

ㄅㄟ　❶一種盛液體的器具：例酒杯。❷像杯子形狀的獎品：例冠軍杯。❸表示數量的詞：例一杯酒。

杯葛 ㄅㄟ ㄍㄜˊ　音譯詞，是集體抵制的意思。原來英國有一個叫作查利‧杯葛的人，是地主的代理人。一八八〇年因為虐待愛爾蘭的佃農，遭到愛爾蘭佃農的反對，大家一致決定和他斷絕來往的關係。從此以後，英語裡就用「杯葛」來指一種鬥爭形式，也就是一方和另一方斷絕政治或經濟關係。例該公司的廢棄物會汙染環境，所以受到里民的杯葛，沒辦法在當地設廠。

杯弓蛇影 ㄅㄟ ㄍㄨㄥ ㄕㄜˊ ㄧㄥˇ　把杯中的弓影當作是小蛇，內心很懷疑。比喻疑神疑鬼，心神不安。據說：晉朝樂廣請客吃飯時，掛在牆上的弓，影子剛好映在一位客人的酒杯裡，客人以為是蛇，勉強喝下，回去後懷疑中了蛇毒，就生病了。例妹妹最會疑神疑鬼，常常把樹影看成妖怪，真是杯弓蛇影。

杯水車薪 ㄅㄟ ㄕㄨㄟˇ ㄔㄜ ㄒㄧㄣ　用一杯水去救一車著了火的木柴，是辦不到的事。比喻對事情沒有幫助。薪：木柴。例你欠下這麼龐大的債務，就算我把錢全部拿出來，也是杯水車薪，於事無補。

杯盤狼藉 ㄅㄟ ㄆㄢˊ ㄌㄤˊ ㄐㄧˊ　形容宴會快要結束或結束以後，桌上杯盤散亂的情形。狼藉：狼窩裡散亂的草堆。例同樂會結束後，會場一片杯盤狼藉。

杰

木部　四畫

ㄐㄧㄝˊ　同「傑」。❶出色的，優異的：例杰作、杰出。❷才智特出的人：例豪杰、俊杰。

猜一猜　火燒木頭。（猜一字）（答案：杰）

杵

木部　四畫

ㄔㄨˇ　❶舂米或者捶衣的棒子：例杵臼、衣杵。

四畫

❷戳，刺：例用指頭杵一下。

板

木部 四畫

一 十 才 木 朩 朾 板 板

ㄅㄢˇ ❶片狀而堅硬的東西：例木板、板擦兒。❷音樂的節拍：例行板。❸形容事物不夠靈活、缺少變化：例呆板、古板。❹臉上沒有笑容：例板著臉。❺姓：例板太太。

參考 請注意：「板」和「版」都讀ㄅㄢˇ，「板」有一片、節拍的意思，例如：木板、快板。「版」有書冊的意思，例如：版畫、版權。至於印刷用的板，例如：鉛板、凸板、凹板，「板」和「版」可以通用。

板凳 ㄅㄢˇ ㄉㄥˋ 凳是沒有扶手、靠背的椅子。板凳就是用木頭做的椅子，沒有扶手，也沒有靠背。

參考 相似詞：凳子。

俏皮話 「三隻腳的板凳——不穩當。」小朋友，我們坐的板凳通常有四隻腳，掉了一隻，凳子就不穩了。「三隻腳的板凳」，比喻有不穩當、不可靠的意思。

板擦 ㄅㄢˇ ㄘㄚ 拭擦黑板上粉筆字跡的用具。

枚

木部 四畫

一 十 才 木 朩 杙 枚

ㄇㄟˊ ❶計算東西的單位：例一枚別針。❷姓：例枚老師。

參考 請注意：木部的「枚」是計算東西的單位，讀ㄇㄟˊ，例如：一枚硬幣。玉部的「玫」也讀ㄇㄟˊ，例如：玫瑰。

枉

木部 四畫

一 十 才 木 朾 杆 枉

ㄨㄤˇ ❶彎曲：例矯枉過正。❷歪曲，破壞：例貪贓枉法。❸受委屈：例冤枉。❹白白的：例枉費工夫。

猜一猜 木業大王。（猜一字）（答案：枉）

枉然 ㄨㄤˇ ㄖㄢˊ 白費心思而沒有效果。例我已經決定了，你再多費唇舌也是枉然。

枉費 ㄨㄤˇ ㄈㄟˋ 白白浪費。例忙了一下午，一點收穫也沒有，真是枉費工夫。

柿

木部 五畫

一 十 才 木 朩 杧 杮 柿

ㄕˋ 一種果樹，落葉喬木，葉子是橢圓形的，開黃白色花，果實可以食用。

柿子 ㄕˋ ˙ㄗ 柿樹的果實，外表是扁圓形的，紅色或橙黃色，可以生吃，也可以製成柿餅。

繞口令 廚子吃柿子，柿子廚子吃。

染

木部 五畫

丶 冫 氵 氿 氿 染 染 染

ㄖㄢˇ ❶著色，上顏色：例染色。❷感受，沾上：例傳染、沾染。

猜一猜 九塊木頭在江中。（猜一字）（答案：染）

染色 ㄖㄢˇ ㄙㄜˋ 用染料在東西上著色。

染缸 ㄖㄢˇ ㄍㄤ 本來指染東西的大缸，後來比喻不好的環境會對人產生影響。例社會是一個大染缸。

染料 ㄖㄢˇ ㄌㄧㄠˋ 染色用的顏料。例他用紅色的染料染布。

柔

木部 五畫

ㄱ ㄱ 乛 予 矛 柔 柔 柔 柔

ㄖㄡˊ ❶和順的人或事物：例柔雲。❷溫和的：例溫柔、柔和。❸弱嫩的：例柔弱。❹軟的，和「剛」的、「硬」的相對：例柔的。

參考 請注意：柔柔的，就是柔的意思；用重疊字可加強柔軟的感覺，並使聲音更好聽。

猜一猜 木製的長矛。（猜一字）（答案：柔）

動動腦 柔字的旁邊可以加哪些部首，成為另外的字？

（答案：揉、猱、糅、蹂、鍒、鰇……）

柔和（ㄖㄡˊ ㄏㄜˊ） 柔順，不強硬。例她的個性很柔和，碰到事情不太會和別人計較。

柔弱（ㄖㄡˊ ㄖㄨㄛˋ） 軟弱，不堅強。例身體柔弱的人，沒有辦法做粗重的工作。

參考 相反詞：剛強。

柔軟（ㄖㄡˊ ㄖㄨㄢˇ） 就是軟的意思。

柔媚（ㄖㄡˊ ㄇㄟˋ） 形容人和事物很柔美可愛。例柔媚的晚霞，倒映在河中，十分好看。

柔順（ㄖㄡˊ ㄕㄨㄣˋ） 性情很溫順。例她就是那麼柔順，連小鳥都不怕她。

柔韌（ㄖㄡˊ ㄖㄣˋ） 又柔軟又堅固的意思。韌：柔軟堅固的意思。例麻繩最具有柔韌特性。

柔道（ㄖㄡˊ ㄉㄠˋ） 又稱「柔術」。是日本人吸收中國的摔角技術，然後再結合日本武技而創造出來的一種運動。例想要學好柔道，可要花上許多的體力和時間。

柔嫩（ㄖㄡˊ ㄋㄣˋ） 柔軟嬌嫩。例小嬰兒的皮膚好柔嫩！

柔能克剛（ㄖㄡˊ ㄋㄥˊ ㄎㄜˋ ㄍㄤ） 柔和的態度能使剛強的人順服。例柔能克剛，你對他愈好，他就愈聽你的話。

某

木部 五畫

一 十 廾 廿 甘 甘 苴 草 某

ㄇㄡˇ ❶知道名稱但不說出：例張某。❷指不確定的人、事、物：例某人。❸用來代替自己的名字：例李某人。

ㄇㄟˊ 「梅」的本字。

柬

木部 五畫

一 ｢ 门 冂 冂 冃 申 東 柬

ㄐㄧㄢˇ 信件、名片、請帖的總稱：例請柬。

猜一猜 揀東西不用手。（猜一字）（答案：柬）

柬埔寨（ㄐㄧㄢˇ ㄆㄨˇ ㄓㄞˋ） 「高棉」的舊國名，位於中南半島南部，面積十八萬方公里。主要物產有稻米、橡膠、玉米，以金邊為首都，大部分居民都信奉佛教。

架

木部 五畫

㇇ 力 加 加 加 加 架 架 架

ㄐㄧㄚˋ ❶放置或支撐物體的東西：例書架。❷數量的名稱：例一架飛機。❸搭建，支起：例架橋。❹把人劫走：例綁架。❺承受，抵擋：例招架不住。❻扶助：例架著病人。❼爭吵，相打：例吵架、打架。❽事情的結構：例架構。

參考 相似字：搭、撐。

猜一猜 十加八。（猜一字）（答案：架）

架子（ㄐㄧㄚˋ ㄗ˙） ❶放東西的器具。❷驕傲的態度。例她喜歡擺架子裝腔作勢一番。

架空（ㄐㄧㄚˋ ㄎㄨㄥ） ❶建築物、器物下面用柱子支撐離開地面。例這座房子是架空的，離地面約有六、七尺高。❷比喻沒有根據或基礎。例計畫必須要有相應措施，才不會架空。

架勢（ㄐㄧㄚˋ ㄕˋ） 姿勢，姿態。例他頗有明星的架勢。

參考 請注意：也可以寫作「架式」。

架構（ㄐㄧㄚˋ ㄍㄡˋ） 物的輪廓、設計。後來也指文章、演說的組織結構。例這家的庭院架構很優美。

枸

木部 五畫

一 十 才 木 木 杓 杓 枸 枸

ㄍㄡˇ 枸杞，茄科植物，落葉灌木，莖有短刺。夏、秋間開淡紫色花，果實呈紅色，可以當作藥材，根皮也可以用作藥材。

ㄐㄩˇ 枸櫞（ㄩㄢˊ），常綠小喬木，果皮粗厚，有香氣，可作藥，也叫香櫞。

ㄍㄡ 枸橘，落葉灌木，掌狀複葉，開白花，果實圓而黃，可作藥。

柱

木部 五畫

一 十 才 木 木 木 杧 柱 柱

ㄓㄨˋ ❶支撐屋子的粗木頭；比喻集體中的骨幹力量：例支柱、臺柱。❷像柱子的東西：例冰柱、水柱。

動動腦 除了支柱、冰柱，還有什麼柱？

（答案：梁柱、臺柱、水柱、圓柱、擎天柱、中流砥柱……）

柱子 ㄓㄨˋ ˙ㄗ 用來支撐建築物的直立物體，大部分用木頭、石頭或是鋼筋混凝土製成。

柱石 ㄓㄨˋ ㄕˊ 柱子和柱子底下的基石；比喻擔負重任的人或力量。

柵

木部 五畫

一 十 才 木 机 枂 柵 柵 柵

ㄓㄚˋ 用竹木或金屬等編結而成的短牆：例柵欄。

猜一猜 一冊用木簡編的書。（猜一字）（答案：柵）

柵欄 ㄓㄚˋ ㄌㄢˊ 用竹子、木條，或金屬編成像籬笆而比較堅固的東西。

柩

木部 五畫

一 十 才 木 朩 杉 柩 柩 柩

ㄐㄧㄡˋ 裝著屍體的棺材：例靈柩。

柯

木部 五畫

一 十 才 木 木 朩 柯 柯 柯

ㄎㄜ ❶柯樹，常綠喬木，木質堅硬，用來建築和製造家具。❷樹枝。❸斧頭的握把：例斧柯。❹姓：例柯小姐。

柄

木部 五畫

一 十 才 木 朩 朩 柄 柄 柄

ㄅㄧㄥˇ ❶器物的把手：例刀柄、斧柄。❷植物的花葉和枝莖連著的部分：例葉柄。❸言語或行為成為別人談笑的材料：例笑柄、把柄。❹權力：例權柄。

枯

木部 五畫

一 十 才 木 朩 朩 枯 枯 枯

ㄎㄨ ❶乾，失去了水分：例枯萎、枯樹。❷沒有趣味：例枯坐。❸形容人很憔悴、面黃飢瘦的樣子：例枯槁。

猜一猜 原始森林。（猜一字）（答案：枯）

枯乾 ㄎㄨ ㄍㄢ 形容缺少水分，乾燥沒有光澤的樣子。例好久沒下雨，池塘的水都枯乾了。

枯萎 ㄎㄨ ㄨㄟ 草木乾枯萎縮。萎：草木枯黃死亡。例花朵一被剪下來，沒幾天就枯萎了。

枯燥 ㄎㄨ ㄗㄠˋ 指內容空洞、單調，沒有趣味。例他說話的內容很枯燥，聽得我都快睡著了。

柏

木部 五畫

一 十 才 木 朩 朩 柏 柏 柏

ㄅㄛˊ ❶樹木名：例柏樹。❷姓：例柏先生。

柏林 ㄅㄛˊ ㄌㄧㄣˊ 地名，德國的首都。

柏油 ㄅㄛˊ ㄧㄡˊ 瀝青的材料；一種液體或半固體的深咖啡色物質，光澤有臭味，燃燒時有毒，常用於鋪路或作防水、防腐的材料。

柏樹 ㄅㄛˊ ㄕㄨˋ 常綠喬木，葉子形狀小，前端尖銳，可供建築用。

柏青哥 ㄅㄛˊ ㄑㄧㄥ ㄍㄜ 是音譯詞。指小鋼珠遊樂器。

柑

木部 五畫

一 十 才 木 朩 朩 柑 柑 柑

ㄍㄢ 常綠灌木或小喬木，開白色的花，果實扁圓形，橙黃色，果皮可作成藥。

猜一猜 甜樹林。（猜一字）（答案：柑）

枴

木部 五畫

一 十 才 木 朩 朩 枴 枴 枴

ㄍㄨㄞˇ 手杖：例枴杖。

猜一猜 另種他樹。（猜一字）（答案：枴）

四畫

柚

木部 五畫

ㄧㄡˋ 果樹的名字，夏天開白色小花，葉子大而厚，果實的外形像橘子，但比橘子大，可以吃。

動動腦 木加由是柚，「由」還可以加哪些部首成為另外的字？（答案：抽、油、袖……）

柚子 ㄧㄡˋ ㄗˇ 一種水果，表皮又粗又厚，果肉酸甜甜，中秋節用來拜拜。另外一種外形比較小的，叫「文旦」，比較甜。

柚木 ㄧㄡˋ ㄇㄨˋ 一種落葉喬木，秋天開白花。木質堅硬耐久，是製造家具、船艦的好材料。

柞

木部 五畫

ㄗㄨㄛˋ 柞樹，落葉喬木，葉子小，光滑堅韌，有針刺。葉子可餵柞蠶，木材可做建築材料和家具。

柳

木部 五畫

ㄌㄧㄡˇ ❶樹木的名稱。楊柳科，落葉喬木或灌木，枝條柔韌，葉子狹長，種子有毛，會隨風飛散。❷姓：例柳先生。

猜一猜 卯盡全力種樹。（猜一字）（答案：柳）

唱詩歌 柳條青，柳條長，從早到晚蕩呀蕩。柳條柳條你蕩啥？柳條輕輕把話講：搖起綠色小船兒，我去迎接春姑娘。

柳眉 ㄌㄧㄡˇ ㄇㄟˊ 指女孩子細長秀美的眉毛。也叫「柳葉眉」。

柳絮 ㄌㄧㄡˇ ㄒㄩˋ 柳樹種子上生的白色絨毛，成熟後常隨風四處飛散。

猜一猜 蓬蓬鬆鬆，飛舞天空，遠看像雪花，近看一團絨。（猜一物）（答案：柳絮）

柳腰 ㄌㄧㄡˇ ㄧㄠ 形容女孩子的腰很細很柔軟，像柳條一樣。

柳暗花明 ㄌㄧㄡˇ ㄢˋ ㄏㄨㄚ ㄇㄧㄥˊ ❶形容大自然綠柳成蔭，鮮花盛開的景象。例春天處處柳暗花明，十分美麗。❷比喻在困難中忽然出現新希望。

參考 相似詞：柳綠花紅、絕處逢生。

查

木部 五畫

ㄔㄚˊ 檢驗，尋找事物的真相：例查字典、調查。

ㄓㄚ 姓：例查先生。

參考 請注意：「查」和「察」都讀ㄔㄚˊ。木部的「查」有追究、加以處理的意思，例如：查禁、查辦。宀部的「察」是對一件事情從旁仔細分辨清楚的意思，例如：觀察、視察。另外：「檢察」官來「檢查」，也來「視察」；警「察」去巡「查」；都有固定寫法，不要弄錯！

猜一猜 查先生，真奇怪，腳下的鞋，拿到頭上歪戴。（猜一字）（答案：香）

查考 ㄔㄚˊ ㄎㄠˇ 調查研究，弄清事實。例他為了查考那一批古董的下落，已經三天三夜沒睡覺了。

查對 ㄔㄚˊ ㄉㄨㄟˋ 按照規定的內容來核對事物。例公司派人來查對帳目。

枷

木部 五畫

ㄐㄧㄚ 古時套在罪犯脖子上的刑具。

枷鎖 ㄐㄧㄚ ㄙㄨㄛˇ 是古代的刑具之一，現在用來比喻所受的壓迫和束縛。

柢

木部 五畫

ㄉㄧˇ 樹根，引申為基礎：例根柢、根深柢固。

參考 請注意：根深「柢」固也可寫作根深「蒂」固。

柴

丨 ⺊ 屮 止 止 此 此 些 柴 柴

木部 六畫

ㄔㄞˊ ❶燃燒用的樹枝、草葉：例打柴燒火、木柴。❷姓：例柴先生。

ㄓㄞˋ 通「砦」。

猜一猜 此木無大用。（猜一字）（答案：柴）

柴火 ㄔㄞˊ ㄏㄨㄛˇ 供作燃料的木柴。

柴油 ㄔㄞˊ ㄧㄡˊ 從石油加工得到的燃料油，主要用在大型車船上，費用比較低。

校

一 十 才 木 木 杧 杧 杧 校 校

木部 六畫

ㄒㄧㄠˋ ❶求學的地方：例學校。❷我國軍階名稱，分上、中、下三級：例上校。❸學校的：例校刊、校長。

ㄐㄧㄠˋ ❶查對、訂正的功夫：例校對、校正。❷比較：例校量。

參考 相似字：對、訂、較。

笑一笑 「小弟弟，我們來遊戲。姊姊當老師，你當學生。」「姊姊，那麼，小妹妹呢？」「小妹妹太小了，她什麼也不會做。我看讓她當校長算了。」（選自「太陽・蝴蝶・花」・詹冰）

校正 ㄐㄧㄠˋ ㄓㄥˋ 查對改正錯誤。例他正在校正數學習作。

校園 ㄒㄧㄠˋ ㄩㄢˊ 學校裡種植花木的園地；也指學校。

參考 活用詞：校園民歌。

校閱 ㄐㄧㄠˋ ㄩㄝˋ ❶查看校訂。例他在報社擔任校閱的工作。❷長官考查軍隊。例雙十節總統校閱三軍隊伍。

核

一 十 才 木 木 杧 杧 核 核 核

木部 六畫

ㄏㄜˊ ❶果實中堅硬的部分，用來保護果仁：例果核。❷中心，主要部分：例核心、核仁。❸仔細查看、對照：例審核、核算。

參考 相似字：對、算。

核心 ㄏㄜˊ ㄒㄧㄣ 一件事的中心；形容最主要的部分。例校長是學校的領導核心。

參考 活用詞：核心作用、核心人物。

核桃 ㄏㄜˊ ㄊㄠˊ 落葉喬木。果實很像桃，殼很硬，肉可以吃。核桃種子內的果仁富有營養，含油量高，可供榨油或做藥。又名「胡桃」。

笑一笑 公園裡坐著一個老婆婆，小華走了過來。小華：「阿婆，你的牙齒還中用嗎？」老婆婆：「不行囉，全掉光了。」小華：「太好了！這包核桃請你暫時保管一下，我要去玩球！」

俏皮話 「山裡的核桃——滿人（仁）。」據說山裡生長的核桃，核仁比較多。人、仁同音。「山裡的核桃」，有擠滿了人的意思。

核准 ㄏㄜˊ ㄓㄨㄣˇ 審核批准。例你申請的獎學金，學校已經核准了。

核算 ㄏㄜˊ ㄙㄨㄢˋ 核對和計算。例請你核算看看這些帳目對不對？

核能發電廠 ㄏㄜˊ ㄋㄥˊ ㄈㄚ ㄉㄧㄢˋ ㄔㄤˇ 將核能變成電能的發電廠。核能：即核子反應時放出的能量，又稱「原子能」。

框

一 十 才 木 木 杠 杠 框 框 框

木部 六畫

ㄎㄨㄤ ❶門、窗四周的架子：例門框。❷物體的外圍：例鏡框、眼鏡框。❸在文字、圖片的周圍加上線條：例把這一段文章框起來。❹限制的意思：例你不要被老舊的想法框住了。

猜一猜 樹木長歪了，也要匡正。（猜一字）（答案：框）

框子 ㄎㄨㄤ ˙ㄗ 東西的周圍或外形。

桓

一 十 才 木 木 朩 栢 栢 桓 桓

木部 六畫

ㄏㄨㄢˊ 姓：例桓溫。

根

一 十 才 木 木ㄱ 村 村 相 根 根

木部 六畫

ㄍㄣ ❶植物莖下長在土裡的部分，可以固定植物，吸收土壤裡的水分和養分：例樹根。❷物體的底部：例舌根。❸事物的本源：例根柢。❹計算數量的語詞，通常用於細長的東西：例幾根頭髮。❺姓：例根先生。

猜一猜 良木無斑點。（猜一字）（答案：根）

根本 ㄍㄣ ㄅㄣˇ ❶事物的根源或最重要的部分。例你應該從根本上考慮解決問題的方法。❷本來，從來。例那地方我根本沒去過。❸完全，徹底。例這件事已經根本解決了。

參考 相似詞：根基、根蒂、基礎、根底、根源。

根治 ㄍㄣ ㄓˋ 徹底治好，從根本上治理。例只要你有耐心，這種病是可以根治的。

根源 ㄍㄣ ㄩㄢˊ 事物發生的原因、由來。例既然已經找到了問題的根源，就該想辦法解決啊！

根據 ㄍㄣ ㄐㄩˋ ❶把某種事物作為語言、行動的基礎。例根據氣象預報，明天是晴天。❷作為憑據的事物。例你說話要有根據，不可信口開河。

根據地 ㄍㄣ ㄐㄩˋ ㄉㄧˋ 戰爭時，選擇一個適當的地方，作為發展我方實力，消滅敵人的基礎。例鄭成功以臺灣作為「反清復明」的根據地。

根深柢固 ㄍㄣ ㄕㄣ ㄉㄧˇ ㄍㄨˋ 形容基礎很穩固，不容易動搖。柢：樹根。例爺爺的生活習慣已經根深柢固了，要改變恐怕不太容易。

參考 請注意：形容基礎穩固，不易動搖，應該寫「根深『柢』固」比較恰當，但一般人也常寫作「根深『蒂』固」，蒂是花果跟莖相連的地方。

桂

一 十 才 木 木一 杜 杜 桂 桂 桂

木部 六畫

ㄍㄨㄟˋ ❶木名，分肉桂、巖桂兩種。肉桂做藥用，巖桂就是桂花樹，又叫木樨。❷廣西壯族自治區的簡稱。❸姓：例桂小姐。

猜一猜 圭玉和神木並得。（猜一字）（答案：桂）

桂花 ㄍㄨㄟˋ ㄏㄨㄚ 桂樹的花，香氣很濃。

桂圓 ㄍㄨㄟˋ ㄩㄢˊ 就是龍眼。一種圓形的果實，味甜。

桔

一 十 才 木 木一 村 村 桔 桔 桔

木部 六畫

ㄐㄧㄝˊ 桔梗，草本植物，花供觀賞，根可以當作中藥材。

ㄐㄩˊ 同「橘」：例桔子。

桔梗 ㄐㄧㄝˊ ㄍㄥˇ 多年生草本植物，葉子呈橢圓形，初秋開紫白或暗藍色的花，可供觀賞。根有止咳、祛痰的功用。

栩

一 十 才 木 村 村 栩 栩 栩 栩

木部 六畫

ㄒㄩˇ ❶樹木名稱，是一種落葉喬木，又叫櫟樹。❷姓：例栩先生。

栩栩如生 ㄒㄩˇ ㄒㄩˇ ㄖㄨˊ ㄕㄥ 非常生動逼真，好像活生生的一樣。形容作文、說話或繪畫的逼真。例他這篇作文將墾丁的特色描寫得栩栩如生。

桐

一 十 才 木 机 机 桐 桐 桐 桐

木部 六畫

ㄊㄨㄥˊ 落葉喬木名：例梧桐、油桐。

桐油 ㄊㄨㄥˊ ㄧㄡˊ 用油桐子所榨得的乾性油，是油漆的重要原料。

桐城派 ㄊㄨㄥˊ ㄔㄥˊ ㄆㄞˋ 清朝古文運動的派別，文章以典雅、精簡聞名，代表人物有方苞、劉大櫆等。

梳

一 十 才 木 木一 杧 杧 梳 梳 梳

木部 六畫

ㄕㄨ ❶整理頭髮的用具：例梳子。❷用梳子整理頭髮：例梳頭髮。

猜一猜 從河流中撈起木材。（猜一字）（答案：梳）

梳子 ㄕㄨ ˙ㄗ 梳理頭髮的用具。

猜一猜 背兒駝駝，齒兒多多，打從黑草堆裡過，草兒齊整不交錯。（猜一種日用品）（答案：梳子）

俏皮話 「和尚廟裡借梳子——摸錯了門。」我們都知道和尚沒有頭髮，如果到「和尚廟裡借梳子」，那真是「摸錯了門」。

梳妝 ㄕㄨ ㄓㄨㄤ 婦女整理頭髮，裝扮儀容。妝：整理容貌，打扮身體。例媽媽每天早晨都要在鏡子前梳妝後才出門。

梳洗 ㄕㄨ ㄒㄧˇ 梳頭洗臉。例阿姨正在洗手間梳洗，等一下就會出來。

桌

木部 六畫

ㄓㄨㄛ ❶一種有支柱、有平面，可以放東西或做事的家具：例桌子。❷計算酒席數量的詞：例一桌酒席。

桌球 ㄓㄨㄛ ㄑㄧㄡˊ 一種運動的名稱。在一張長方形桌上，用球網隔成兩半，各端有一或兩人拿球拍互相打球。又名「乒乓球」。

栗

木部 六畫

ㄌㄧˋ ❶是一種落葉喬木，葉子是長圓形，背面有白色的絨毛，果實外有硬殼，可以吃。木材可做器具和建築材料。❷恐懼，和「慄」字相通。

動動腦 在空格裡填上適當的字，它和上下左右的字合起來，可以分別組成四個字。

（答案：栗、村、杏、林）

案

木部 六畫

ㄢˋ ❶長形的桌子：例案頭。❷事件：例賄賂案。❸指和法律有關連的事件：例犯案、破案。❹提出辦法的文件：例草案、腹案、提案。❺已經成為規定的條文：例有案可查。

猜一猜 爬在樹上安全嗎？（猜一字）（答案：案）

案子 ㄢˋ ˙ㄗ ❶長條形的大桌子。❷已經發生的事件，特別是和法律有關的事情。例李先生打人的案子到現在還沒解決。

參考 相似字：案件。

案情 ㄢˋ ㄑㄧㄥˊ 事件的詳細情節。例難道還有不可告人的案情嗎？

案頭 ㄢˋ ㄊㄡˊ 桌上。例案頭堆放了好幾本字典。

桑

木部 六畫

ㄙㄤ ❶落葉喬木，果實叫桑葚，葉子可以餵蠶。❷姓：例桑先生。

桑梓 ㄙㄤ ㄗˇ 古時常在住宅邊種桑樹和梓樹，後來就把桑梓作為家鄉的代稱。

桑榆 ㄙㄤ ㄩˊ ❶落日的餘輝照在桑樹和榆樹上；比喻傍晚。❷比喻人的年老時光。

栽

木部 六畫

ㄗㄞ ❶種植：例栽植。❷插上，安上：例栽牙刷。❸無中生有的加上罪名：例栽贓。❹跌倒：例栽了一跤。❺可移種的植物幼苗：例樹栽子。

栽培 ㄗㄞ ㄆㄟˊ ❶種植，培養。例他細心栽培蘭花。❷比喻培養、提拔人才。例學校栽培選手好為國爭光。

四畫

栽植（ㄗㄞ ㄓˊ） 栽培種植。例他在坡地栽植葡萄。

栽種（ㄗㄞ ㄓㄨㄥˋ） 種植草木。例他栽種許多名貴的花卉。

栽贓（ㄗㄞ ㄗㄤ） 故意偽造證物誣賴或陷害他人。贓：私藏財物。例岳飛被秦檜栽贓陷害。

栽跟斗（ㄗㄞ ㄍㄣ ㄉㄡˇ） ❶跌跤。例路上的香蕉皮險些使我栽跟斗。❷比喻失敗或出醜。例他在這次的投資中大栽跟斗。

格

木部 六畫

ㄍㄜˊ ❶方形的框子或條紋：例方格子。❷一定的標準、式樣：例格式。❸人的品德：例性格。❹隔閡：例格格不入。❺可以當作標準的：例格言。❻打鬥：例格鬥、格殺。❼姓：例格小姐。

格外（ㄍㄜˊ ㄨㄞˋ） ❶特別的意思。例今年夏天格外的熱。❷另外。例除了晚飯以外，媽媽還格外為我們準備了消夜。

參考 相似詞：額外。

格式（ㄍㄜˊ ㄕˋ） 一定的規格式樣。例寫公文有一定的格式，不宜混淆。

格言（ㄍㄜˊ ㄧㄢˊ） 文字簡潔，含有教育意義的文句。例「一寸光陰一寸金，寸金難買寸光陰」是一句很有名的格言。

格調（ㄍㄜˊ ㄉㄧㄠˋ） ❶文學藝術作品的風格。例他的文章格調非常高雅。❷人的風格或品質。例他穿著衣服的格調不高。

格陵蘭（ㄍㄜˊ ㄌㄧㄥˊ ㄌㄢˊ） 世界第一大島。位於北美洲東北，大西洋、北冰洋的中間，大部分在北極圈內，因此氣候寒冷，是丹麥的領土。

格林威治（ㄍㄜˊ ㄌㄧㄣˊ ㄨㄟ ㄓˋ） 英國倫敦東南郊的城市，靠近泰晤士河，有世界著名的天文臺，是世界子午線的起點。

格格不入（ㄍㄜˊ ㄍㄜˊ ㄅㄨˋ ㄖㄨˋ） 互相衝突，彼此不合。格：互相衝突。例他的思想偏激，和大家相處時格格不入。

桃

木部 六畫

ㄊㄠˊ ❶一種植物的名稱，屬於薔薇科，是冬天會落葉的高大植物，它的葉子是寬闊的披針形。桃樹在春天開花，花有紅色、白色。夏天結果，果實表面有短絨毛，肉厚多汁，可以吃。❷姓：例桃先生。

參考 請注意：木部的「桃」是樹木的名稱。辵部的「逃」是因害怕而跑走，例如：逃避。

猜一猜 挑柴的沒了手，不挑了。（猜一字）（答案：桃）

動動腦 小朋友，「兆」加「木」變成「桃」，「兆」還可加哪些部首，成為另外的字？（答案：挑、逃、佻、洮……）

桃子（ㄊㄠˊ ˙ㄗ） 桃樹結的果實，在夏天成熟。表面有短的絨毛，肉肥厚，汁很多，可以吃。

桃李（ㄊㄠˊ ㄌㄧˇ） ❶桃樹和李樹，或是桃子李子、桃花李花的合稱。❷因為桃李會結果，所以用來比喻所教導的學生。例王老師教學三十幾年，早就是桃李滿天下了。❸因為桃花李花都漂亮，所以也用來比喻一個人長得很漂亮。例陳小姐長得美如桃李，人見人愛。

唱詩歌 三月三，桃子李子挑滿筐。

桃花（ㄊㄠˊ ㄏㄨㄚ） 桃樹的花，有紅、白等顏色。

參考 活用詞：桃花源、桃花源記、桃花運、桃花扇、桃花眼。

古人說 「三月桃花滿樹紅，風吹雨打一場空。」這句話是說：原本期待三月桃花開了就能有桃子可以採，沒想到風雨把桃花打落，採桃子的希望就落空了。比喻人的願望沒辦法實現。

俏皮話 「五月的桃花——謝了。」桃樹在春天開花，五月時，桃花早就謝了。比喻有謝謝別人的意思。例這次多虧你幫了大忙，我是「五月的桃花——謝了。」

唱詩歌 去年今日此門中，人面桃花相映紅；人面不知何處去，桃花依舊笑春

風。（遊長安城南詩・崔護）

桃園 ㄊㄠˊ ㄩㄢˊ ❶生長桃樹的園子。❷縣名，在桃園臺地上。十大建設中的「中正國際機場」就在這裡。

桃太郎 ㄊㄠˊ ㄊㄞˋ ㄌㄤˊ 是日本民間童話故事中的人物。他從一個大桃子裡出生，被一位老婆婆收養，所以叫作桃太郎。他曾經殺死惡魔，是兒童心目中的英雄。

桃花運 ㄊㄠˊ ㄏㄨㄚ ㄩㄣˋ 桃花在春天開放，顏色鮮豔，所以用來形容男女互相愛戀的事，或是指愛情上的幸運。例他最近認識好幾位女性朋友，看來是在走桃花運呢！

桃園結義 ㄊㄠˊ ㄩㄢˊ ㄐㄧㄝˊ ㄧˋ 民間傳說劉備、關羽、張飛三人在桃園中結拜為兄弟，三國演義故事就從這裡開始。現在用來指朋友結拜成兄弟。

參考 相似詞：義結金蘭、結拜金蘭。

株　木部 六畫

一 十 才 木 … 株

ㄓㄨ ❶露出地面的樹根：例守株待兔。❷計算樹木數量的詞：例一株樹。

株連 ㄓㄨ ㄌㄧㄢˊ 指一個人犯罪而牽連到別人。例由於他犯罪，使得家人受到株連。

桅　木部 六畫

一 十 才 木 … 桅

ㄨㄟˊ 豎立在甲板上的長杆子：例桅杆。

桅杆 ㄨㄟˊ ㄍㄢ 豎立在船甲板上的長杆子，用來掛帆或裝設訊號燈、無線電、雷達天線等。

參考 相似詞：桅竿。

栓　木部 六畫

一 十 才 木 … 栓

ㄕㄨㄢ ❶器物上可以開關的活門：例門栓。❷瓶塞：例瓶栓、木栓。

桀　木部 六畫

ノ ク … 桀

ㄐㄧㄝˊ ❶夏朝最後一個君主的名字：例夏桀。❷凶暴：例桀驁不馴。

猜一猜 地靈人不傑。（猜一字）（答案：桀）

桀驁不馴 ㄐㄧㄝˊ ㄠˋ ㄅㄨˋ ㄒㄩㄣˊ 個性倔強、強硬，不服從。馴：順從，服從。例他是個桀驁不馴的人，你別想說服他。

梁　木部 七畫

梁

丶 丶 氵 … 梁

ㄌㄧㄤˊ ❶支撐屋頂的橫木：例屋梁。❷橋：例橋梁。❸物體中間隆起成長條形的部分：例鼻梁。❹朝代名稱：例梁朝。❺姓：例梁先生。

梁山伯 ㄌㄧㄤˊ ㄕㄢ ㄅㄛˊ 人名，相傳他求學時和女扮男裝的祝英台相愛，因為女方家長反對，他難過得生病死了。後來祝英台到墓前來看他，地忽然裂開，兩個人就合葬在一起。還有一種說法是說他們死後變成了兩隻蝴蝶，快樂的生活在一起。因此又有人把一種飛舞在一起的雌雄大蝴蝶叫做梁山伯。

梁上君子 ㄌㄧㄤˊ ㄕㄤˋ ㄐㄩㄣ ㄗˇ 躲在屋梁上準備做小偷的人，後來就把小偷叫做梁上君子。例做人要腳踏實地，別學梁上君子，只想不勞而獲。

梵　木部 七畫

梵

一 十 才 木 … 梵

ㄈㄢˋ ❶音譯詞：例梵蒂岡（地名，位於歐洲南部）。❷古代印度文字：例梵文。❸與佛教有關的：例梵學。❹姓：例梵先生。

梵文 ㄈㄢˋ ㄨㄣˊ ❶古代印度的文字。❷指梵語，古印度語的一種。佛教中有很多經典是用梵文寫成的。

梵蒂岡 ㄈㄢˋ ㄉㄧˋ ㄍㄤ 是模仿外國語音的詞。地名，位在歐洲南部，義大利首都羅馬的西北方，是世界天主教的中心。著名的圓頂教堂——聖彼得大教堂就在這裡。

梯

梯 一 十 才 木 木' 木'' 梢 梢 梯 梯 木部 七畫

ㄊㄧ ❶便利人上下的用具或設備：例樓梯。❷作用和樓梯相似的設備：例電梯。❸形狀像樓梯的：例梯田。

猜一猜 長的少，短的多，直的少，橫的多，腳去踩，手去摸。（猜一用具）（答案：梯子）

笑一笑 古時候，有一個趙國人家中失火，火焰在屋頂燃燒，無法上去撲滅，於是他便去友人家裡借梯子。到了友人家，他按平時的禮節，向友人行個禮，然後才登堂坐下。友人見他彬彬有禮，便熱情招待，擺出酒席，互相敬過酒後，友人問他有什麼事，他才說：「家中失火，請借梯子一用！」友人聽了，罵道：「你這傻瓜，這麼緊急的關頭，你還講禮節！」說著，急忙抬起梯子，拉著他飛奔去救火。可是到了家，大火早已把房子燒成灰了！

梯形 ㄊㄧ ㄒㄧㄥˊ 只有一組對邊平行，另一組對邊不平行的四邊形。

梢

梢 一 十 才 木 木' 木'' 木'' 梢 梢 梢 木部 七畫

ㄕㄠ ❶樹枝的末端：例樹梢。❷普遍的指事物的末尾：例喜上眉梢。

梓

梓 一 十 才 木 木' 木' 杧 杧 梓 梓 木部 七畫

ㄗˇ ❶是一種落葉喬木，木材可以當建築或器具的材料。❷雕刻印書的木板：例付梓。❸故鄉的代稱：例桑梓。

桿

桿 一 十 才 木 木' 枊 枊 桿 桿 桿 木部 七畫

ㄍㄢˇ ❶東西形狀細長，像棍子或木條的部分：例旗桿、筆桿。❷計算數量的語詞：例一桿槍。

參考 相似字：杆、棍、棒。♣請注意：「桿」的本字是「杆」（ㄍㄢ），「桿」和「杆」字互相通用，例如：筆桿（杆）、槍桿（杆）、旗桿（杆）。「杆」是木頭做的，「竿」是竹子做的，兩個字也可以互相通用。

猜一猜 旱天時更需要樹木。（猜一字）（答案：桿）

桿菌 ㄍㄢˇ ㄐㄩㄣˋ 細菌的一類，形狀像圓木棒，廣泛生存在自然界。種類很多，白喉、痲瘋、結核病、破傷風都是由不同的桿菌所引起的疾病。

桶

桶 一 十 才 木 木' 木' 杩 桶 桶 桶 木部 七畫

ㄊㄨㄥˇ 裝東西的長圓形器具，用塑膠、木材、鐵皮所製成：例酒桶、飯桶、汽油桶。

梱

梱 一 十 才 木 机 机 梱 梱 梱 梱 木部 七畫

ㄎㄨㄣˇ 在門中間豎短木做成的門檻。

梧

梧 一 十 才 木 木 杇 杇 桰 梧 梧 木部 七畫

ㄨˊ 梧桐，是一種落葉喬木，樹幹直，樹皮是綠色的，葉子很大，柄很長，木材可做器具。

猜一猜 五口之家，外種一樹。（猜一字）（答案：梧）

梗

梗 一 十 才 木 木 杆 柄 柄 梗 梗 木部 七畫

ㄍㄥˇ ❶植物的枝或莖：例菠菜梗。❷挺直：例梗著脖子。❸正直：例梗直。❹阻礙：例從中作梗。

梗直 ㄍㄥˇ ㄓˊ 比喻人的個性正直有原則。

械

械 木部 七畫

ㄒㄧㄝˋ ❶武器：例繳械。❷以武器打鬥：例械鬥。❸器物的總稱：例器械、機械。

械鬥 ㄒㄧㄝˋ ㄉㄡˋ 雙方拿著武器打架。例有一群流氓在巷口械鬥。

梃

梃 木部 七畫

ㄊㄧㄥˇ ❶棍棒。❷量詞，同「枝」：例甘蔗百梃。

棄

棄 木部 七畫

ㄑㄧˋ 扔掉，捨去不要：例拋棄。

棄置 ㄑㄧˋ ㄓˋ 扔在一邊。例這些碎布棄置不用，真可惜。

棄權 ㄑㄧˋ ㄑㄩㄢˊ 選舉、表決、比賽時放棄權利。例他由於腿傷，不能參加比賽，只好棄權了。

棄邪歸正 ㄑㄧˋ ㄒㄧㄝˊ ㄍㄨㄟ ㄓㄥˋ 拋棄不正當的行為，回到正當的道路上來。比喻改正錯誤，重新作人。例只要你能棄邪歸正，前途依舊光明。

棄暗投明 ㄑㄧˋ ㄢˋ ㄊㄡˊ ㄇㄧㄥˊ 離開黑暗，投向光明。比喻脫離邪惡的勢力，走向正道。例黑道分子棄暗投明，伏首認罪，實在是明智的決定。

梭

梭 木部 七畫

ㄙㄨㄛ ❶織布機上用來牽引橫線的用具，兩頭尖，中間粗：例梭子。❷往來不停的：例穿梭。

梭子 ㄙㄨㄛ ˙ㄗ 織布機上用來牽引橫線的用具。

梭巡 ㄙㄨㄛ ㄒㄩㄣˊ 來往巡邏。例警察日夜梭巡街道，維護社會治安。

梆

梆 木部 七畫

ㄅㄤ ❶戲曲腔調名：例河南梆子。❷巡更時所敲打的木器：例敲梆。

梆子 ㄅㄤ ˙ㄗ ❶用木頭或竹子做成的響器，常用於打更。❷用硬木製成的打擊樂器。❸戲曲聲腔的名稱，即「梆子腔」。

梅

梅 木部 七畫

ㄇㄟˊ ❶植物名。薔薇科，落葉喬木，早春開紅、白兩色花，果實球形，可以食用。❷姓：例梅先生。

猜一猜 ㈠海邊無水，來了一木。（猜一字）（答案：梅）
㈡身穿梅花衣，頭上長樹枝，腿兒細又長，奔跑快如飛。（猜一動物）（答案：梅花鹿）

梅雨 ㄇㄟˊ ㄩˇ 常指春末夏初，產生在江淮流域雨期較長的陰雨天氣。因為正當梅子成熟時期，所以叫「梅雨」。又因空氣長期潮溼，東西容易發霉，因此又叫「霉雨」。也叫「黃梅雨」。

梅花 ㄇㄟˊ ㄏㄨㄚ 梅樹開的花朵，以白色和淡紅色為主。常在寒冬開花，詩人常用梅花來比喻人性的堅忍卓絕。梅花是我國國花。

唱詩歌 不受塵埃半點侵，竹籬茅舍自甘心；只因誤識林和靖①，惹得詩人說到今。（梅．王淇）

註：①林和靖：宋朝時候人，隱居在杭州孤山上，以梅為妻，以鶴為子。

梅臺思親 ㄇㄟˊ ㄊㄞˊ ㄙ ㄑㄧㄣ 書名，蔣經國先生為了懷念父親先總統 蔣公所作，充滿孝思。

梔

梔 木部 七畫

ㄓ 常綠灌木，葉子對生，長橢圓形，花白色，有濃烈的香氣；果實也是長橢圓形，可做黃色染料，也可以當藥用。

條

條

木部 七畫

ㄊㄧㄠˊ ❶細而長的樹枝：例枝條。❷狹而細長的東西：例紙條、麵條。❸細長的形狀：例條紋。❹分項目的：例條例。❺有層次，有秩序：例有條不紊。❻數量詞：例一條魚。

參考 請注意：「倏」（ㄕㄨ）的右下是「犬」，表示像狗跑得一樣快。「條」（ㄊㄧㄠˊ）的右下是「木」，是指像樹枝一樣細長的東西，例如：紙條。

條子 ㄊㄧㄠˊ ㄗ˙ ❶狹長的東西。例紙條子。❷便條、短信的意思。例姊姊留了張條子給我。

條文 ㄊㄧㄠˊ ㄨㄣˊ 分條說明的文字。例這些條文裡已經說明了我們必須遵守的校規。

條件 ㄊㄧㄠˊ ㄐㄧㄢˋ ❶影響事物發生、存在或發展的因素。例這塊土地具備了多項有利條件，將來一定很有發展。❷為了某事所提出的要求。例他要求的條件太高，我沒辦法答應。

條約 ㄊㄧㄠˊ ㄩㄝ 國家和國家之間所訂立的協議。例清朝和外國簽訂了許多不平等的條約。

條理 ㄊㄧㄠˊ ㄌㄧˇ ❶思想、言語、文字的系統層次。❷生活、工作的秩序。例他將自己的生活安排得很有條理。

梨

梨

木部 七畫

ㄌㄧˊ ❶落葉喬木。春天開白色的花，果實甜美，水分很多，可用來治療咳嗽：例梨子。❷姓：例梨小姐。

猜一猜 樹木對人類有利益。（猜一字）（答案：梨）

梨山 ㄌㄧˊ ㄕㄢ 在臺灣中部的山區，原先交通不便只有原住民居住，後來中部橫貫公路修築完成，由政府輔導原住民和榮民開闢農場、果園，開始種植蔬菜、水果。當地產出的果菜品質很好，十分受到歡迎，梨山也因此成為一處休閒觀光的好去處。

梨園 ㄌㄧˊ ㄩㄢˊ 指表演戲劇、歌舞的團體。唐玄宗時，曾在梨園訓練歌舞、戲劇的人才；後代的人因此把表演戲劇、歌舞的團體稱為「梨園」，而這些表演的人就叫「梨園弟子」。

梟

梟

木部 七畫

ㄒㄧㄠ ❶惡鳥名，就是「鴞」。❷勇猛，凶悍：例梟雄。❸古時斬首於木上：例梟首示眾。

梟示 ㄒㄧㄠ ㄕˋ 斬首示眾，為古代的一種刑罰。

梟首 ㄒㄧㄠ ㄕㄡˇ 斬首懸在木上，為古代的酷刑。

梟雄 ㄒㄧㄠ ㄒㄩㄥˊ 指強橫有野心的人物。

棠

棠

木部 八畫

ㄊㄤˊ 棠梨，是一種落葉喬木，果實味酸。也稱「杜梨」。

棺

棺

木部 八畫

ㄍㄨㄢ 裝死人屍體的器具，一般用木頭做成：例棺木。

參考 請注意：套在棺木外面的大棺材叫「槨」；可以放屍體的部分叫作「棺」；已經裝有屍體的棺材就叫「柩」。

猜一猜 林務大臣。（猜一字）（答案：棺）

棺材 ㄍㄨㄢ ㄘㄞˊ 用來裝屍體的東西。

參考 相似詞：棺木。

俏皮話 「棺材裡伸手——死要錢。」棺材是用來裝死人的，人都死了，還跟別人要錢，即使有了錢，也沒有福氣去用。這句話是勸人不要過分貪心。

棕

棕棕　木部　八畫

ㄗㄨㄥ 棕櫚，樹木名。

棕色 ㄗㄨㄥ ㄙㄜˋ　深赭色。

棕櫚 ㄗㄨㄥ ㄌㄩˊ　常綠喬木。木幹直立，沒有枝條，葉子很大，扁平的，大多是分開形狀，可以製扇子。花很小，顏色淡黃色。木材可以製成器具，葉子基部的棕毛可以製成繩子、毛刷、雨衣等。

森

森森　木部　八畫

ㄙㄣ ❶很多樹木生長在一大片的土地上：例森林。❷陰暗的樣子：例陰森森。❸姓：例森先生。

猜一猜 森。（猜臺灣地名）（答案：樹林。）

森林 ㄙㄣ ㄌㄧㄣˊ　通常指大片生長的樹木。通常林業上所稱的森林，是指在相當廣闊的土地上生長的很多樹木，以及在這塊土地上的所有動物和其他植物都包括在內。森林是木材的主要來源，同時有保持水土，調節氣候，防止火、旱、風、沙等災害的作用。

參考 活用詞：森林法、森林浴、森林學、森林生態系、森林遊樂區。

森嚴 ㄙㄣ ㄧㄢˊ　整齊嚴肅，防備嚴密。例作戰時，雙方軍隊都戒備森嚴，誰也不敢大意。

棘

棘棘　木部　八畫

ㄐㄧˊ ❶多刺的小灌木，多半聚集生長在一起：例荊棘。❷哺乳動物的毛所變成的硬刺：例棘皮動物。❸姓：例棘先生。

參考 請注意：「辣」(ㄌㄚˋ)右邊的「束」是「剌」(ㄌㄚˋ)字的省略。「棘」(ㄐㄧˊ)是由兩個「朿」(ㄘˋ)合成。

棘手 ㄐㄧˊ ㄕㄡˇ　荊棘刺手；比喻事情很難處理。例這件事情很棘手，我們得小心一點。

參考 請注意：「棘手」是強調事情很困難、很難辦；「辣手」則是指很厲害很凶狠的手段。

棗

棗棗　木部　八畫

ㄗㄠˇ ❶棗樹，落葉喬木，夏天開黃綠色小花，果實成熟後為暗紅色，味道很甜。❷棗樹的果實：例棗子。❸姓：例棗先生。

參考 請注意：「棗」是兩個「朿」重疊，讀ㄗㄠˇ；「棘」是二個「朿」並排，讀ㄐㄧˊ。「棗」和「棘」都是姓氏。

繞口令 三哥三嫂子，請你借我三斗①三升①酸棗子②，等我明年上山摘了酸棗子，再還三哥三嫂這三斗三升酸棗子。

註：①升、斗都是計算容量的單位，一斗等於十升。②酸棗子：酸棗的果實，橢圓形，可以用來做藥。

棗泥 ㄗㄠˇ ㄋㄧˊ　把棗子煮爛，磨成像泥漿的食品，通常包在糕餅的內層。例棗泥月餅很受人們喜愛。

棗紅 ㄗㄠˇ ㄏㄨㄥˊ　像紅棗一樣的顏色。例她穿了一件棗紅色的旗袍。

椅

椅椅　木部　八畫

ㄧˇ 有靠背可坐的器具：例椅子。

猜一猜 奇木。（猜一字）（答案：椅）

椅墊 ㄧˇ ㄉㄧㄢˋ　鋪在椅子上的墊子。

棟

棟棟　木部　八畫

ㄉㄨㄥˋ ❶計算房屋的單位：例一棟大樓。❷支撐房屋的大木頭：例棟梁。❸姓：例棟先生。

參考 相似字：梁。

棟梁 ㄉㄨㄥˋ ㄌㄧㄤˊ　支撐房屋的大木頭；比喻有能力擔當重大責任的人。例兒童是國家未來的主人翁，青年是國家的棟梁。

參考 活用詞：棟梁之才。

棵

桿棵

木部 八畫

ㄎㄜ 計算植物數量的詞：例一棵樹。

參考 請注意：木部的「棵」是計算樹木的單位，例如：一棵樹。頁部的「顆」是計算像頭一類圓形或粒狀東西的單位，例如：一顆糖。

猜一猜 樹上長果子。（猜一字）（答案：棵）

棹

棹棹

木部 八畫

ㄓㄠˋ 划船的長槳，也指船，和「櫂」字相通：例鼓棹前進。

ㄓㄨㄛ 上面可以放東西的用具，同「桌」：例方棹。

椎

椎椎

木部 八畫

ㄓㄨㄟ ❶敲擊的工具：例鐵椎。❷構成脊柱的短骨：例脊椎骨。

椎心泣血 ㄓㄨㄟ ㄒㄧㄣ ㄑㄧˋ ㄒㄧㄝˇ 刺到心，哭出血。形容悲痛到了極點。

棧

栈棧

木部 八畫

ㄓㄢˋ ❶堆放貨物的地方：例貨棧、堆棧。❷供旅客休息、過夜的房屋：例客棧。❸養牲口的柵欄：例馬棧。❹在山邊難走的地方，用竹子或木頭架起來的通道：例棧道。❺姓：例棧先生。

動動腦 「戔」加「木」是「棧」，「戔」還可以加哪些部首成為另外的字？（答案：錢、箋、淺……）

棒

棒棒

木部 八畫

ㄅㄤˋ ❶棍子：例木棒、球棒。❷指身體好、技術高、能力強的意思：例圖畫得很棒。

參考 請注意：「棒」和「捧」的字形很相似，但是讀音和意思完全不同：「棒」讀ㄅㄤˋ，是木部；「捧」讀ㄆㄥˇ，是手部。

猜一猜 老樹被奉為神。（猜一字）（答案：棒）

動動腦 西遊記中，孫悟空有一根如意金箍棒。小朋友，日常生活中，你還知道有哪些棒？（答案：木棒、棉花棒……）

棒槌 ㄅㄤˋ ㄔㄨㄟˊ 捶打用的木棒。

棒球 ㄅㄤˋ ㄑㄧㄡˊ 一種以棍擊球的球類運動，雙方各有球員九人，攻守互換，以得分的多寡比較勝負。

棲

棲棲

木部 八畫

ㄑㄧ ❶休息的地方：例棲所。❷居住，停留：例棲身、棲息。

猜一猜 梅妻。（猜一字）（答案：棲）

棲息 ㄑㄧ ㄒㄧˊ 停留休息的意思。例太陽快下山了，鳥兒也要回林中棲息。

棣

棣棣

木部 八畫

ㄉㄧˋ ❶常綠落葉灌木，高四、五尺，葉針形互生，有鋸齒，花白色，有唐棣、常棣等。❷通「弟」，例如：「賢弟」也可以寫作「賢棣」。

棋

棋棋

木部 八畫

ㄑㄧˊ 一種娛樂的用具：例跳棋、圍棋。

猜一猜 在地基上挖土種樹。（猜一字）（答案：棋）

四畫

棋子（ㄑㄧˊ ㄗˇ） 一種娛樂用具，有象棋、圍棋、跳棋等，是遊戲時用來表示位置或身分的東西。

棋盤（ㄑㄧˊ ㄆㄢˊ） 下棋時擺棋子用的盤，大部分用木板或紙製成，上面畫著一定形式的格子。

棋逢對手（ㄑㄧˊ ㄈㄥˊ ㄉㄨㄟˋ ㄕㄡˇ） 下棋時碰上了實力相當的對手；比喻雙方的本領差不多。逢：碰到。對手：本領差不多的人。例這場冠亞軍之爭，雙方的實力相當，可說是棋逢對手，有得拚了。

參考 相似詞：棋逢敵手。

棍

木部 八畫

ㄍㄨㄣˋ ❶棒：例木棍。❷無賴，壞人：例惡棍。

猜一猜 混水撈木。（猜一字）（答案：棍）

植

木部 八畫

ㄓˊ ❶栽種：例植樹、種植。❷培養：例培植、扶植。❸樹立：例植黨營私。

參考 相似字：種（ㄓㄨㄥˋ）、栽。

猜一猜 木幹直又直。（猜一字）（答案：植）

植物（ㄓˊ ㄨˋ） 草木的總稱，是自然界中有生命物體的一大類。

參考 活用詞：植物界、植物學、植物人、植物油、植物園。

小百科 植物由細胞構成，具有細胞壁、葉綠素，通常能行光合作用，獲得養分。一般所說的植物包括了種子植物、蕨類、苔類、蘚類、藻類及菌類，但在較新的分類法中，把生物分為原核生物界、原生生物界、真菌界、植物界、動物界，所以菌類就不在植物範圍內了。

植樹節（ㄓˊ ㄕㄨˋ ㄐㄧㄝˊ） 我國訂 國父孫中山先生的逝世紀念日，也就是每年的三月十二日為植樹節。目的是要鼓勵種樹增加森林資源。

椒

木部 八畫

ㄐㄧㄠ 指某些果實或種子有刺激性味道的植物，例如：辣椒、胡椒、花椒等。

棉

木部 八畫

ㄇㄧㄢˊ 植物名，有草棉、木棉兩種。草棉通稱棉花，是重要經濟作物，果實成熟後綻出的白色纖維可以紡紗、織布，種子可以榨油。木棉生長在熱帶，果實內的纖維不能紡紗，可以做枕心、墊褥等。

參考 請注意：「棉」、「綿」二字都讀ㄇㄧㄢˊ，也常常互相通用。但一般說來，「綿」是棉絮或羊毛經過複雜的特製過程，所以綿羊、絲綿、纏綿、軟綿綿、綿延不斷等詞一定要用「綿」。「棉」是棉樹，也是織布的材料，所以棉花、棉絮、棉紗等詞用「棉」；比喻小的力量，例如：棉薄之力；已經製成的成品，例如：棉紙、棉衣。至於木棉、石棉、海棉，「棉」和「綿」都已經可以互相通用。

猜一猜 一隻羊四隻角，白天餓來夜晚飽，夏天沒它還能過，冬天沒它受不了。（猜一種用品）（答案：棉被）

棉布（ㄇㄧㄢˊ ㄅㄨˋ） 用棉紗織成的布。

棉衣（ㄇㄧㄢˊ ㄧ） 用棉織品做成的衣服。

棉花（ㄇㄧㄢˊ ㄏㄨㄚ） 棉樹的果實成熟後裂開，所出現的長細絲和絨毛是一團一團的，很像花朵，所以叫棉花。

猜一猜 我的名字也叫花，每年初夏才開花，結的果實不能吃，工人用我來紡紗。（猜一種植物）（答案：棉花）

棉紗（ㄇㄧㄢˊ ㄕㄚ） 用棉花紡成的紗。

棉絮（ㄇㄧㄢˊ ㄒㄩˋ） 絮：彈過後，形狀鬆散的棉花。棉絮就是棉花。例這件衣服的棉絮露出來了。

棚

棚棚

木部 八畫

ㄆㄥˊ 用竹、木、蘆葦等材料搭成的小屋，可以遮蔽陽光、風雨：例涼棚、竹棚。

椏

椏椏

木部 八畫

ㄧㄚ 樹枝：例樹椏。

業

業業

木部 九畫

ㄧㄝˋ ❶社會上的各種工作：例職業、工業。❷從事某種工作：例業農、業商。❸學習的過程或內容：例學業。❹財產：例產業。❺已經：例業已、業經。

業務 ㄧㄝˋ ㄨˋ 職責內的工作。例我在郵局裡負責的業務是辦理存款。

楚

楚楚

木部 九畫

ㄔㄨˇ ❶痛苦：例痛楚、苦楚。❷清晰，整齊：例清楚、一清二楚。❸湖南、湖北的通稱：例楚劇。

楚楚 ㄔㄨˇ ㄔㄨˇ 整潔，漂亮。例這家公司的職員個個衣冠楚楚。

楷

楷楷

木部 九畫

ㄎㄞˇ ❶典範，榜樣：例楷模。❷正體字，是書法體式的一種：例楷書。

楷法 ㄎㄞˇ ㄈㄚˇ 楷書的寫法。

楷書 ㄎㄞˇ ㄕㄨ 正體的書法，又叫「正書」、「真書」。

楷模 ㄎㄞˇ ㄇㄛˊ 模範，典範。例愛迪生努力創造的精神，是我學習的楷模。

楊

楊楊

木部 九畫

ㄧㄤˊ ❶一種植物的名稱，落葉喬木。和柳很像，只是枝向上挺，果實成熟時有白絮飛散。種類很多，有山楊、銀白楊、毛白楊、小葉楊等，可以用來建築、做器具、造紙。❷姓：例楊家將。

參考 請注意：木部的「楊」是一種樹名。手部的「揚」是手高舉，表示讚美的意思，例如：讚揚。

楊柳 ㄧㄤˊ ㄌㄧㄡˇ ❶楊樹和柳樹。❷指柳樹。

唱詩歌 春天來，百花開，桃花紅，李花白，楊柳彎腰像衣帶。（芮家智編）

楊梅 ㄧㄤˊ ㄇㄟˊ 常綠亞喬木，高約二丈，葉子是橢圓形的，春天開白花，夏天果實成熟，形狀又圓又小，是紫紅色的，味道酸甜，可以吃。

楊貴妃 ㄧㄤˊ ㄍㄨㄟˋ ㄈㄟ 本名叫楊玉環。入宮以後得到唐玄宗的寵愛，被封為貴妃。安史之亂時，死於逃亡的路上。

楨

楨楨

木部 九畫

ㄓㄣ ❶一種常綠灌木，高丈餘，葉呈卵形，質厚有光澤，夏天開白花，可供造船、建築及觀賞用。❷比喻賢良的人才。

楨榦 ㄓㄣ ㄍㄢˋ ❶築牆時立在兩端的木樁。❷比喻賢才。❸拱衛，支持。

楫

楫楫

木部 九畫

ㄐㄧˊ 划船用的槳。

參考 請注意：「楫」和「揖」（一）的讀音、用法不同，「揖」是拱手敬禮的意思，所以是「手」部。

楠

楠楠

木部 九畫

四畫

ㄋㄢˊ常綠喬木，高十餘丈，葉子呈橢圓形，木材堅硬芳香，是優良的建築材料，中國的雲南、四川均有生產。

楓

木部 九畫

一 十 才 木 朩 机 机 枫 枫 枫 枫 楓 楓 楓

ㄈㄥ 楓樹，落葉喬木，葉子在秋天時會變色，根、葉、果可做藥。

唱詩歌 月落烏啼霜滿天，江楓漁火對愁眠。姑蘇城外寒山寺，夜半鐘聲到客船。（楓橋夜泊・張繼）

楓葉 ㄈㄥ ㄧㄝˋ 楓樹的葉子，形狀像手掌，有三個裂口，邊緣像鋸齒一樣。秋天時，顏色會先變黃再變紅，所以又叫「楓紅」、「紅葉」。常常被用來代表愛情，作為訂情的東西。

參考 請注意：楓葉和槭（ㄘㄨˋ）葉都會在秋天變紅，楓葉有三個裂口；槭葉大多有五個裂口，只有極少數有四個裂口。

楓樹 ㄈㄥ ㄕㄨˋ 是一種冬天會落葉的樹，葉子在秋天會變紅。春天開黃褐色的花，結球形的果子，種子上面有翅膀。楓樹可作為建築的材料，樹幹中還可以提煉樹脂做藥。

楹

木部 九畫

一 十 才 木 朸 朸 枴 栶 栶 楹 楹 楹 楹

ㄧㄥˊ ❶廳堂前面的柱子：例楹柱。❷房屋一間叫一楹。

楹柱 ㄧㄥˊ ㄓㄨˋ 廳堂前的直柱。

楹聯 ㄧㄥˊ ㄌㄧㄢˊ 懸於門旁或柱子上的對聯。

榆

木部 九畫

一 十 才 木 朩 朩 朸 朸 枍 榆 榆 榆 榆

ㄩˊ 是一種落葉喬木，果實扁平叫「榆錢」，木材可供建築或製成器具。

楞

木部 九畫

一 十 才 木 朩 朩 柙 柙 柙 柙 楞 楞 楞

ㄌㄥˊ 物體的緣角，和「稜」字相通。

ㄌㄥˋ 發呆，和「愣」字相通。例：你別楞在那裡。

楔

木部 九畫

一 十 才 木 朩 朩 朾 朾 栔 栔 楔 楔 楔

ㄒㄧㄝ ❶插在木器縫隙中的小木片。❷小說戲曲加在正文前的片段：例楔子。

楔子 ㄒㄧㄝ ˙ㄗ ❶是一種上粗下尖的小木片，插在木器接合的縫隙地方，使它固定。❷舊式的小說或戲曲中，通常加在故事開始的片段，有引起、補充正文的作用。又叫作「引子」。

楔形文字 ㄒㄧㄝ ㄒㄧㄥˊ ㄨㄣˊ ㄗˋ 西元前三千多年就存在於兩河流域的一種文字，刻在磚、石、泥板上，筆畫的形狀像楔子。也叫作「釘頭字」或「箭頭字」。

極

木部 九畫

一 十 才 木 朩 朩 朾 朾 朾 極 極 極 極

ㄐㄧˊ ❶頂點：例登峰造極。❷地球的南北兩端，磁鐵的兩端，或是陰陽電流集中的兩點：例南極、北極、陽極、陰極。❸用盡：例極力。❹最終的：例極端。❺表示最高程度：例極重要、忙極了。

參考 相似字：很、甚。

極力 ㄐㄧˊ ㄌㄧˋ 使用最大的力量。例公司的股東極力促成這次合建案。

參考 請注意：「極力」和「竭力」有分別：「竭力」是使盡力氣來做，比「極力」的程度大。

極地 ㄐㄧˊ ㄉㄧˋ 地球上南北兩極周圍的地區。一般稱南極、北極。氣候非常寒冷，不管海洋、陸地都被冰雪覆蓋，幾乎沒有植物可以生長。目前只有格陵蘭島有愛斯基摩人居住。

參考 活用詞：極地氣候。

極度 ㄐㄧˊ ㄉㄨˋ ❶最高的程度，非常。例他是個極度討人厭的傢伙。❷極點。例經過這一連串的打擊，他的失望已經到了極度。

極限 ㄐㄧˊ ㄒㄧㄢˋ 最高的限度。例你的行為已經超過我所能容忍的極限，我沒辦法再原諒你了。

極端 ㄐㄧˊ ㄉㄨㄢ ❶事物的盡頭，頂點。例電扇的製作已經發展到極端，很難再突破了。❷偏向一邊的言行。例他的言論很極端，一般人無法接受。❸非常。例他這個人對朋友極端熱情。

極樂世界 ㄐㄧˊ ㄌㄜˋ ㄕˋ ㄐㄧㄝˋ 又稱為「淨土」。是佛教徒心中的理想世界。佛經上說，那裡沒有痛苦，只有快樂，所以叫「極樂」。因為遠在西方，所以一般稱為「西天」。

極權主義 ㄐㄧˊ ㄑㄩㄢˊ ㄓㄨˇ ㄧˋ 是一種思想，主張一個國家的領袖，具有至高無上的權力。

椰

木部 九畫

ㄧㄝ 植物名。棕櫚科，常綠喬木，產在熱帶地方，葉子很長。果實的外殼很硬，內層有大量汁液，清涼解渴，果肉可以榨油，果皮可以結網，整棵椰子的用處很多。

笑一笑 觀光客到一個小島去參觀，發現島民個個身材健美。觀光客：「你們到底吃什麼？」島民：「椰子！」觀光客：「椰子會使身材健美嗎？」島民：「不錯——如果你每天都得爬幾趟椰子樹的話！」

榔

木部 九畫

ㄌㄤˊ ❶植物名稱：例檳榔。❷錘子：例榔頭。

榔頭 ㄌㄤˊ ㄊㄡˊ 通常指比較大的錘子。

概

木部 九畫

ㄍㄞˋ ❶大略的：例概況。❷一律：例貨物出門，概不負責。❸人的舉止風度：例氣概。❹景象，情況：例勝概（優美的景象）。

參考 請注意：「概」和「慨」用法有別：「概」是木部，例如：大概、概念。「慨」是心部，音ㄎㄞˇ，屬心理活動，例如：慷慨、感慨。

概念 ㄍㄞˋ ㄋㄧㄢˋ 對事物有一個整體的、大概的觀念。例數學要學得好，必須概念很清楚。

概況 ㄍㄞˋ ㄎㄨㄤˋ 大概的情況。例爸爸最近的身體概況不好。

概括 ㄍㄞˋ ㄍㄨㄚ ❶總括。例你提了許多條件，但是概括起來只有一點，那就是你不做。❷簡單明白的說明。例你概括講一講故事的情節吧！

概要 ㄍㄞˋ ㄧㄠˋ 大部分的要點。例這本書的概要內容是在講如何孝順父母。

概算 ㄍㄞˋ ㄙㄨㄢˋ ❶大約的計算。例你概算一下這次同學會要花多少錢。❷政府的財務收入、支出作大約的估計，稱為概算。例學校的總務處正忙著編擬全校的概算。

概數 ㄍㄞˋ ㄕㄨˋ 大約的數。例62801的概數是60000。

概論 ㄍㄞˋ ㄌㄨㄣˋ 全部中最重要的內容，說明主要的意義。例學中文的人，應該對文學概論有清楚的觀念。

楣

木部 九畫

ㄇㄟˊ 門上的橫木：例門楣。

椽

木部 九畫

ㄔㄨㄢˊ 裝在梁上支架屋面和瓦片的木條：例椽子。

榻

木部 十畫

ㄊㄚˋ 狹而長的床，泛指床：例竹榻、病榻。

參考 相似字：牀。

四畫

槓
木部 十畫

ㄍㄤˋ ❶抬物用的粗棍子：例木槓、鐵槓。❷運動器材：例單槓、雙槓。❸批改文字或閱讀時畫的粗直線：例紅槓子。

槓桿 ㄍㄤˋ ㄍㄢˇ 一種簡單的機械，在力量支撐作用下，能夠省力或改變力的方向，像剪刀、筷子都是利用槓桿原理製成的。

構
木部 十畫

ㄍㄡˋ ❶建造：例構築。❷設計：例構圖。❸詩文的製作：例佳構。❹組織：例結構。

構成 ㄍㄡˋ ㄔㄥˊ 形成，造成。例盛開的百花、穿梭的蝴蝶，構成一幅熱鬧的畫面。

構思 ㄍㄡˋ ㄙ 指創作前的思維活動。例作文前，一定要仔細構思，才不會東拉西扯，沒有組織。

構造 ㄍㄡˋ ㄗㄠˋ 事物的組織、結構。例人體的構造十分複雜。

構想 ㄍㄡˋ ㄒㄧㄤˇ 指做事以前的思考過程。例你對這次同樂會的節目有什麼新構想？

參考 請注意：「構想」和「構思」不同：「構思」大部分是指文章、作品的運用思考；「構想」大部分指事物的處理。

構圖 ㄍㄡˋ ㄊㄨˊ 畫畫的時候，為了表現主題和美感，把所畫的東西做適當的安排。

榛
木部 十畫

ㄓㄣ 落葉灌木或小喬木，花是黃褐色，果皮堅硬，果實可以吃。

榷
木部 十畫

ㄑㄩㄝˋ ❶指某些商品的專賣：例榷茶、榷利。❷商討：例商榷。

榫
木部 十畫

ㄙㄨㄣˇ 為使兩件器物接合而特製的凸凹部分。凸出的部分叫「榫頭」，也叫「榫子」；凹進的部分叫「榫眼」，也叫「卯眼」。

榨
木部 十畫

ㄓㄚˋ 用力壓擠物體取其汁液：例榨油、榨甘蔗。

榨取 ㄓㄚˋ ㄑㄩˇ 形容用惡劣的方式獲取不應得的事、物。

槁
木部 十畫

ㄍㄠˇ 乾枯：例枯槁、槁木。

槁木死灰 ㄍㄠˇ ㄇㄨˋ ㄙˇ ㄏㄨㄟ 比喻無生趣或心情極端消沉。例你只不過臉上長了幾顆青春痘，別整天唉聲嘆氣，一副槁木死灰的模樣。

榜
木部 十畫

ㄅㄤˇ ❶貼出來的公告或名單：例放榜。❷行動的模範：例榜樣。

猜一猜 行人道旁種樹。（猜一字）（答案：榜）

榜眼 ㄅㄤˇ ㄧㄢˇ 科舉制度中考試得第二名。例古時候的讀書人能夠考上榜眼，是一件光耀門楣的事。

榜樣 ㄅㄤˇ ㄧㄤˋ 值得學習和效法的人或事物。例老爺爺熱心公益的行為，是我們學習的榜樣。

參考 相似詞：模範。

笑一笑 有個小孩子常常因為偷錢被送到警察局，警官對他父親說：「我實在很不想再見到他，你為什麼不找些好榜樣讓他學習？」孩子的父親說：「我已經給了他最好的榜樣，可是他還是常被人抓住。」

榮

木部 十畫

、 丶丶 ⺌ ⺌ 炏 炏 炏 炏 炏 𤇾 𤇾 榮 榮

ㄖㄨㄥˊ ❶草木長得很茂盛：例欣欣向榮。❷形容事情的發展很興盛：例繁榮。❸比喻光彩的、美好的事：例光榮、榮譽。❹姓：例榮小姐。

榮民 ㄖㄨㄥˊ ㄇㄧㄣˊ 榮譽國民的簡稱。軍人為國效命，保衛國土和人民，功勞很大，所以退伍後，被稱為榮民。

參考 活用詞：榮民節、榮民之家、榮民醫院。

榮幸 ㄖㄨㄥˊ ㄒㄧㄥˋ 形容非常的光榮、幸運。例能為您服務，是我的榮幸。

榮譽 ㄖㄨㄥˊ ㄩˋ ❶光榮和名聲。譽：美好的名聲。例為了爭取榮譽，大家都盡力做好這件事。❷只是名譽上所給的稱呼，沒有經過實際的過程。例榮譽博士。

參考 活用詞：榮譽校友、榮譽市民。

榮華富貴 ㄖㄨㄥˊ ㄏㄨㄚˊ ㄈㄨˋ ㄍㄨㄟˋ 指人所得到的名聲、錢財、地位。例他拋棄榮華富貴的生活，志願到偏遠荒涼的小島行醫救人。

榴

木部 十畫

一 十 才 木 木' 木'' 杪 柳 柳 柳 榴 榴 榴 榴

ㄌㄧㄡˊ 石榴，落葉灌木或小喬木，花紅色，果實像球形，可以吃，裡面有許多小粒種子，根和皮可以做藥。

榴彈 ㄌㄧㄡˊ ㄉㄢˋ 一種炸彈，爆炸後產生碎片，可以殺傷人或破壞軍品，以前叫作「開花彈」。

槐

木部 十畫

一 十 才 木 木' 木'' 杓 枸 枸 柙 柙 槐 槐 槐

ㄏㄨㄞˊ 是一種落葉喬木，花是黃白色，果實是長莢形，有黑子，木材可拿來製造家具和提供建築使用。

槍

木部 十畫

一 十 才 木 木' 木'' 朴 朴 枪 枪 枪 槍 槍 槍

ㄑㄧㄤ ❶發射子彈的武器：例機關槍。❷兵器名，長柄的前端有尖銳的金屬刀鋒：例長槍。❸槍形的器物：例煙槍、噴水槍。

ㄔㄥ 彗星名：例欃槍。

參考 請注意：❶「槍」也可以寫作「鎗」。❷槍、搶並不相同：機關槍、手槍的「槍」，原來是指古代用竹子或木頭所做的長矛武器，所以是木字旁；搶奪、搶劫的「搶」（ㄑㄧㄤˇ）是用手去爭奪，所以是手字旁。

槍手 ㄑㄧㄤ ㄕㄡˇ ❶拿著槍的士兵。例精明的槍手躲在樹上，準備攻擊路過的敵人。❷俗稱考試時，代替別人作答的人。例考試找槍手是既不誠信又違法的行為。

槍決 ㄑㄧㄤ ㄐㄩㄝˊ 用槍彈把人打死，是處決囚犯的一種方式。例那個搶劫犯被槍決了。

參考 相似詞：槍斃。

槍斃 ㄑㄧㄤ ㄅㄧˋ 用槍彈把人打死。例這個人因為搶劫銀行，昨天已經被槍斃了。

笑一笑 警官問犯人：「你馬上就要被槍斃了，你最後的願望是什麼？」犯人說：「我想穿一件防彈背心。」

槍林彈雨 ㄑㄧㄤ ㄌㄧㄣˊ ㄉㄢˋ ㄩˇ 槍枝像樹林一般，到處都是，子彈像雨點一樣落下來。形容炮火密集，戰鬥非常慘烈。例戰士們在槍林彈雨中奮勇前進。

榭

木部 十畫

一 十 才 木 木' 木'' 杊 枘 枘 枘 榭 榭 榭 榭

ㄒㄧㄝˋ 建築在臺上的房屋：例歌臺舞榭。

榕

木部 十畫

一 十 才 木 木' 木'' 杧 杧 柼 柼 校 校 榕 榕

ㄖㄨㄥˊ 榕樹，一種樹木的名稱。

榕樹 ㄖㄨㄥˊ ㄕㄨˋ 常綠喬木，生長在熱帶地區，樹枝向四方擴張，有氣根，高三、四丈；果實又圓又小，很像無花果，木材可以製成器具。

四畫

槌

木部 十畫

一 十 才 木 木' 杧 杧 杧 柏 柏 柏 柏 柏 槌

ㄔㄨㄟˊ ❶敲打的用具：例鼓槌。❷敲打，通「捶」。

參考 請注意：「槌」字和「捶」字，當「敲打」時才可以相通。

樣

木部 十一畫

一 十 才 木 木' 杧 栏 栏 栏 栏 样 样 样 样 樣

ㄧㄤˋ ❶形狀：例式樣、模樣。❷種類：例四樣點心。❸拿來作標準的：例樣品、榜樣。

樣子 ㄧㄤˋ ˙ㄗ ❶形狀。例這件衣服的樣子很好看。❷神情。例他看起來很高興的樣子。

樣品 ㄧㄤˋ ㄆㄧㄣˇ 拿來作為標準的物品。例業務員拿著樣品到處推銷。

模

木部 十一畫

一 十 才 木 木' 木' 杧 杧 杧 栉 栉 档 档 模 模

ㄇㄛˊ ❶榜樣，標準：例楷模、模範。❷照著樣子做：例模仿。❸讓材料製造成固定形狀的器具：例模子。❹人的樣子：例模樣。❺姓：例模先生。

猜一猜 莫非是樹。（猜一字）（答案：模）

模仿 ㄇㄛˊ ㄈㄤˇ 完全學著某種樣子做。例人類天生就有模仿的本能。

模型 ㄇㄛˊ ㄒㄧㄥˊ 模仿實際物體的形狀和結構，按比例縮小製成的物品，通常用來展覽或者實驗。例到了航空科學館，可以看到大大小小的飛機模型。

模糊 ㄇㄛˊ ㄏㄨˊ 不清楚。例飛機失事的現場一片血肉模糊。

模範 ㄇㄛˊ ㄈㄢˋ 每個人的榜樣。例「好人好事」的代表，就是我們處事的模範。

模樣 ㄇㄛˊ ㄧㄤˋ 一個人的長相和氣質。例「鐘樓怪人」這本小說裡的男主角，模樣雖然醜陋，但是心地善良。

模擬 ㄇㄛˊ ㄋㄧˇ 設計一個接近某種事實的情況。例要登上太空梭之前，必須接受各種「模擬太空」的測驗。

樓

木部 十一畫

一 十 才 木 木' 杩 杩 杩 杩 杩 榑 榑 樓 樓 樓

ㄌㄡˊ ❶兩層以上的房屋：例樓房。❷計算房屋層數的量詞：例三樓。

樓房 ㄌㄡˊ ㄈㄤˊ 兩層以上的房子。例這棟樓房的外觀是一隻恐龍。

樓船 ㄌㄡˊ ㄔㄨㄢˊ 有樓的大船。古代大部分用來作戰。

參考 活用詞：樓船軍、樓船將軍。

樓梯 ㄌㄡˊ ㄊㄧ 上下樓的階梯。例上下樓梯要注意安全。

樓頂 ㄌㄡˊ ㄉㄧㄥˇ 樓房的最頂層。例夏天，我們全家在樓頂乘涼。

樓臺 ㄌㄡˊ ㄊㄞˊ 樓房上的陽臺。例媽媽在樓臺種植花草。

椿

木部 十一畫

一 十 才 木 木' 杧 栏 栏 栲 栲 椿 椿 椿 椿 椿

ㄓㄨㄤ ❶一頭插入地裡的木棍或石柱：例木椿。❷計算事情的量詞：例一椿事。

樞

木部 十一畫

一 十 才 木 木' 杧 柜 柜 柜 柜 柜 樞 樞 樞 樞

ㄕㄨ ❶門上的轉軸：例戶樞。❷事物重要的部分：例伊斯坦堡位於歐亞大陸的樞紐上。❸姓：例樞小姐。

樞紐 ㄕㄨ ㄋㄧㄡˇ 事物最重要的一部分。紐：物體可以提起、帶動的部分。例高雄港是臺灣航運的樞紐。

標

木部 十一畫

一 十 才 木 木' 杧 栖 栖 栖 標 標 標 標 標 標

ㄅㄧㄠ ❶本來是樹木的末端，後來指事物的表面：例治標不如治本。❷記號：例商標、路標。❸用文字或記號表明：例標點。❹一定的準則或規格：例標準。

猜一猜 投票箱。（猜一字）（答案：標）

標本 ㄅㄧㄠ ㄅㄣˇ 提供學習或研究的動、植、礦物等實物的樣本。

標兵 ㄅㄧㄠ ㄅㄧㄥ 本來指閱兵場上標明界線的士兵，後來指集會時標明某種界線的人。例運動會時，老師請我站在遊戲終點當標兵。

標的 ㄅㄧㄠ ㄉㄧˋ 目標。

參考 活用詞：標的物。

標準 ㄅㄧㄠ ㄓㄨㄣˇ 衡量事物的準則，可以用來作依據的一定程式。例這次甄試的錄取標準是五百分。

參考 活用詞：標準化、標準語。

動動腦 「我的爸爸不抽煙、不喝酒，是個標準爸爸。」除了標準爸爸、標準國語，還有哪些東西會加上「標準」二個字呢？趕快想一想！

標誌 ㄅㄧㄠ ㄓˋ 表明特徵的記號。例開車要注意交通標誌，才不會違規受罰。

標槍 ㄅㄧㄠ ㄑㄧㄤ 一種運動器具的名稱。樣子像長矛，根據所丟的距離遠近，來分出勝負。

標榜 ㄅㄧㄠ ㄅㄤˇ 誇大顯示自己的某些特點。例他喜歡標榜自己是大富翁，所以同事都很反感。

標語 ㄅㄧㄠ ㄩˇ 用簡短文字寫出的一種宣傳口號，例如：「消除髒亂，人人有責」等。

參考 相似詞：口號。

標幟 ㄅㄧㄠ ㄓˋ 作記號來辨別。例開運動會時，各班用不同的動物旗子當標幟。

參考 請注意：「標誌」是用來表明事物特徵，以引起人注意；「標幟」則是強調不同的地方，作為區別。

標價 ㄅㄧㄠ ㄐㄧㄚˋ 標明貨物的價錢。例這件衣服標價一萬元，好貴喲！

標緻 ㄅㄧㄠ ㄓˋ 漂亮，好看。緻：細密美好。例那位小姐長得很標緻，路過的人都忍不住回頭多瞧一眼。

標題 ㄅㄧㄠ ㄊㄧˊ 通常指報刊上新聞和文章的題目。

標籤 ㄅㄧㄠ ㄑㄧㄢ 繫掛或黏貼在物品上的小紙片，是產品信譽的標誌，通常印有製造者的名稱、商品的品名、用途、價格、成分、用法、有效期限及注意事項等。

標新立異 ㄅㄧㄠ ㄒㄧㄣ ㄌㄧˋ ㄧˋ 提出新奇的主張，表示和一般不同。異：不同。例他穿衣服最喜歡標新立異，吸引別人的注意。

標準時間 ㄅㄧㄠ ㄓㄨㄣˇ ㄕˊ ㄐㄧㄢ 由於地球的自轉使得各地因為位置的不同，產生了不同的時間。為了方便計算，國際上的世界標準時間是以英國格林威治天文臺的子午線為標準。各地再特定一子午線作為這個地方的時間標準，叫作「地方標準時間」。國際上把假設通過南北極及英國格林威治天文臺的線，叫作「本初子午線」。在每個地方也都可以想像有一條通過南北極及當地的一條線，作為各地的子午線。

標點符號 ㄅㄧㄠ ㄉㄧㄢˇ ㄈㄨˊ ㄏㄠˋ 寫文章時用來表示停頓和標明詞句性質、種類的符號。

小百科 標點符號包括句號、逗號、頓號、分號、冒號、問號、驚歎號、引號、破折號、刪節號、夾注號、私名號、書名號、音界號等十多種。

笑一笑 有一個財主很刻薄，他請了位教書先生到家裡教他兒子，卻要老師立張只能吃最差飯菜的字據。老師便捉弄他，隨手寫了張沒有標點的合約：「無雞鴨亦可無魚肉亦可青菜一碟足矣」，財主以為是「無雞鴨亦可，無魚肉亦可，青菜一碟足矣」，認為占了便宜，便簽了字。但哪裡知道老師的意思是：「無雞，鴨亦可；無魚，肉亦可；青菜一碟，足矣。」這個財主上當了！

樊

木部 十一畫

ㄈㄢˊ ❶籠子：例樊籠。❷用竹條或木條編成的圍牆：例樊籬。❸姓：例樊小姐。

槳

木部 十一畫

ㄐㄧㄤˇ 划船的工具：例木槳、船槳。

參考 請注意：船槳的「槳」是木部，讀ㄐㄧㄤˇ。獎金的「獎」是犬部，也讀ㄐㄧㄤˇ。豆漿

四畫

的「漿」是水部，讀ㄐㄧㄤ。

樂 木部 十一畫

ㄩㄝˋ ❶和諧有節奏感的聲音：例樂曲。❷姓：例樂先生。

ㄌㄜˋ ❶愉快，喜悅：例快樂。❷喜愛：例樂於助人。

ㄧㄠˋ 愛好：例仁者樂山、智者樂水。

樂土 ㄌㄜˋ ㄊㄨˇ 安樂的地方。例臺灣風光明媚，是人間樂土。

樂天 ㄌㄜˋ ㄊㄧㄢ 對自己的狀況很滿意，沒有怨恨煩惱。例他很樂天，凡事都看得開。

樂章 ㄩㄝˋ ㄓㄤ 交響樂的段落。例交響樂有第一樂章、第二樂章。

樂群 ㄧㄠˋ ㄑㄩㄣˊ 喜歡和朋友相處。例好學生應敬業樂群。

樂園 ㄌㄜˋ ㄩㄢˊ 快樂的園地。例伊甸園是亞當和夏娃的樂園。

樂意 ㄌㄜˋ ㄧˋ ❶甘心願意。例大家都樂意幫助他。❷滿意，高興。例你的話說得太直，他聽了有些不樂意。

樂趣 ㄌㄜˋ ㄑㄩˋ 喜歡做某件事，從中獲得快樂。例只有樂觀的人才能隨時享受生活中的樂趣。

樂譜 ㄩㄝˋ ㄆㄨˇ 用各種符號或文字記載樂曲音調的歌譜。

樂觀 ㄌㄜˋ ㄍㄨㄢ 精神愉快，對事物的發展充滿信心和希望。例他對任何事都抱持著樂觀的態度。

樂陶陶 ㄌㄜˋ ㄊㄠˊ ㄊㄠˊ 快樂的樣子。例農家生活樂陶陶。

樂山樂水 ㄧㄠˋ ㄕㄢ ㄧㄠˋ ㄕㄨㄟˇ 比喻人們的性情愛好各不相同。例他們夫妻一個喜歡打球，一個喜歡看書，樂山樂水個性並不相同。

樂不可支 ㄌㄜˋ ㄅㄨˋ ㄎㄜˇ ㄓ 形容快樂到極點。支：支撐。例得獎的消息使她樂不可支。

樂不思蜀 ㄌㄜˋ ㄅㄨˋ ㄙ ㄕㄨˇ 是說人在異地過得太安樂，反而忘了故鄉；比喻人快樂得忘記根本。據說蜀國滅亡後，蜀皇帝劉禪被安置在魏國的都城洛陽。有一天，晉王司馬昭問他想不想念西蜀，他說：「這裡很快樂，我並不思念蜀。」

樂善好施 ㄌㄜˋ ㄕㄢˋ ㄏㄠˋ ㄕ 喜歡做善事和救濟窮人。善：好事。施：給人錢財。例他的樂善好施博得眾人的好評。

樂極生悲 ㄌㄜˋ ㄐㄧˊ ㄕㄥ ㄅㄟ 快樂到極點，有時會忽略事情，反而招來悲哀的事。例喜歡喝酒狂歡的人，往往樂極生悲。

樟 木部 十一畫

ㄓㄤ 一種整年不落葉的植物，整株有香味，可以提煉樟腦和樟油。樟木質地很堅硬細密，製做家具可防蟲蛀。也可以作為觀賞樹、行道樹。

樟腦 ㄓㄤ ㄋㄠˇ 由樟樹中提煉出來的東西，可以作為防蟲劑，或製造無煙火藥、香料等。在醫藥上有強心、麻醉等作用。臺灣的產量很多。

參考 活用詞：樟腦丸。

槽 木部 十一畫

ㄘㄠˊ ❶裝飼料給動物吃的器具：例豬槽、雞槽。❷兩邊高中間凹下的部分：例石槽。❸用來裝東西的大型器具：例酒槽、水槽。

參考 請注意：木部的「槽」讀ㄘㄠˊ，是裝東西的器具，例如：水槽、馬槽。米部的「糟」讀ㄗㄠ，是事情出差錯的意思，例如：糟糕、亂七八糟。

動動腦 「曹」加「木」是「槽」，「曹」可以再加哪些部首，成為另外的字？
（答案：漕、糟、遭……）

槨 木部 十一畫

ㄍㄨㄛˇ 套在棺材外面的大棺材。

樅

ㄘㄨㄥ 常綠喬木，葉子細長扁平，毬果橢圓形。木材可製家具，也可做建築材料。

木部 十一畫

樽

ㄗㄨㄣ 酒器：例移樽就教。

樽俎 ㄗㄨㄣ ㄗㄨˇ 古代盛酒和盛肉的器具。可用作宴會的代稱。

木部 十二畫

橙

ㄔㄥˊ ❶一種植物。常綠喬木，開白花，果實和橘子相似，味道酸甜，果皮可製藥。❷紅、黃調出來的顏色：例橙色。

木部 十二畫

橫

ㄏㄥˊ ❶從左到右或從右到左；和直、豎、縱相反：例橫梁、橫過馬路。❷地理上指東西向：例橫渡太平洋。❸直的、橫的交錯在一起：例雜草橫生。❹反正：例我橫豎沒有辦法。❺姓：例橫小姐。

ㄏㄥˋ ❶凶暴的：例蠻橫。❷意外的死亡：例橫死。

參考 相反字：直、豎、縱。♣請注意：「橫」字可以念ㄏㄥˊ，也可以念ㄏㄥˋ，在橫禍、橫財、蠻橫等詞裡，「橫」應念ㄏㄥˋ。

猜一猜 黃先生和大樹長得一樣高。（猜一字）（答案：橫）

木部 十二畫

橫亙 ㄏㄥˊ ㄍㄣˋ 橫著延伸；橫臥。亙：從這一頭延長到那一頭。例羅馬帝國的土地橫亙亞、歐、非三洲。

橫死 ㄏㄥˋ ㄙˇ 自殺、被殺，或意外事故的死亡，也就是說：不得好死，不是自然死亡。例他胡作非為，終於被殺，橫死街頭。

橫行 (一)ㄏㄥˋ ㄒㄧㄥˊ 倚靠暴力做壞事。例他常常橫行不講理，同學都討厭他。(二)ㄏㄥˊ ㄏㄤˊ 橫畫的行線。例寫英文要用橫行的簿子。

參考 活用詞：橫行霸道、橫行無忌。

俏皮話 「螃蟹過馬路——橫行霸道。」小朋友，你看過螃蟹走路嗎？螃蟹是不是橫著走（橫行）呢？因此我們常用這句話來諷刺那些不講道理、不守規矩的人。

橫貫 ㄏㄥˊ ㄍㄨㄢˋ 橫著一直通過去。例橫貫公路是橫貫中央山脈的公路。

橫匾 ㄏㄥˊ ㄅㄧㄢˇ 掛在園亭、門戶、大廳或書房上題大字的橫形物品。也叫作「扁額」，也可以單獨叫作「扁」或「額」。例醫院的大廳總會懸掛著一幅妙手回春的橫匾。

橫渡 ㄏㄥˊ ㄉㄨˋ 從江河的這一邊過到另一邊。例王瀚是第一個橫渡直布羅陀海峽的中國人。

橫跨 ㄏㄥˊ ㄎㄨㄚˋ 橫向跨過去。例西螺大橋橫跨濁水溪，連接彰化縣和雲林縣。

橫暴 ㄏㄥˋ ㄅㄠˋ 凶暴不講理。例他是個橫暴的小孩，班上的同學都不歡迎他。

橫豎 ㄏㄥˊ ㄕㄨˋ 表示肯定，和「反正」的意思相同。例他橫豎會來，你不必著急。

橫衝直闖 ㄏㄥˊ ㄔㄨㄥ ㄓˊ ㄔㄨㄤˇ 亂衝亂闖。闖：用力衝的意思。例他開起車來橫衝直闖，終於發生車禍。

參考 相似詞：橫衝直撞。

猜一猜 橫衝直撞。（猜一字）（答案：十）

橘

ㄐㄩˊ 常綠喬木，果實味甜，果皮較薄，除供食用外，果皮、種子又可當成藥用。

木部 十二畫

樸

ㄆㄨ ❶樸樹，落葉喬木，花淡黃色，果實黑色，木材可以製成家具。❷單純實在：例樸實。

木部 十二畫

四畫

樸素 ㄆㄨˊ ㄙㄨˋ 不加修飾，不華麗。例穿衣服應該要以樸素大方為主。

樸實 ㄆㄨˊ ㄕˊ 樸素實在。例他雖然個性木訥，但是為人很樸實。

參考 請注意：「樸素」和「樸實」都是真實、自然、不華麗。但「樸素」常用來形容生活、服裝、修飾等；「樸實」用來形容語言、行為、藝術品的風格。

樺

木部 十二畫

ㄏㄨㄚˋ 是一種落葉喬木，樹皮是白色的，木材可拿來製造器具。

樹

木部 十二畫

ㄕㄨˋ ❶木本植物的總稱：例樹林。❷種植，栽培：例十年樹木，百年樹人。❸建立：例樹立。

動動腦 假如你是一棵樹，兩手一直伸得直直的，你將會有什麼感覺？

樹木 ㄕㄨˋ ㄇㄨˋ ❶木本植物的總稱。❷種植樹木。

樹立 ㄕㄨˋ ㄌㄧˋ 建立。例民族英雄樹立了愛國的典範，供後人效法。

樹林 ㄕㄨˋ ㄌㄧㄣˊ 很多樹木生長在一起，範圍比森林小。

樹脂 ㄕㄨˋ ㄓ 分為天然樹脂和合成樹脂兩大類。是製造塑膠的主要原料，也可以製造塗料、黏合劑等。

樹梢 ㄕㄨˋ ㄕㄠ 樹木的頂端。梢：樹枝的末端。

樹葉 ㄕㄨˋ ㄧㄝˋ 是植物管理呼吸、水分蒸發等作用的器官。

樹蔭 ㄕㄨˋ ㄧㄣˋ 樹下被枝葉遮住，陽光照不到的地方，也寫作「樹陰」。例夏天午後，坐在樹蔭下乘涼，好舒服！

樹大招風 ㄕㄨˋ ㄉㄚˋ ㄓㄠ ㄈㄥ 高大的樹木，颳大風時很容易折斷。比喻一個人名聲太大，容易引起別人的嫉妒或攻擊。例他很有才華，卻因為樹大招風，被別人排斥。

橄

木部 十二畫

ㄍㄢˇ 橄欖，是一種常綠喬木，開白色的花，果實尖長，可以生吃，也可以做成蜜餞。種子能榨油，用途很多。

橄欖 ㄍㄢˇ ㄌㄢˇ 一種果樹，果實的形狀尖長，除了食用外，也能做藥。有的地方把橄欖叫作「青果」。

參考 活用詞：橄欖油、橄欖球、橄欖樹。

橢

木部 十二畫

ㄊㄨㄛˇ 狹長的：例橢圓形。

猜一猜 隋代的古木。（猜一字）（答案：橢）

橢圓 ㄊㄨㄛˇ ㄩㄢˊ 指狹長的圓形。一般稱為「扁圓」、「鴨蛋圓」。

橡

木部 十二畫

ㄒㄧㄤˋ ❶橡樹，落葉喬木，又叫作「櫟樹」。冬天會落葉，果實可以吃。它的樹皮又粗又厚，木材也沒有什麼用處。❷橡膠樹，常綠喬木，一種可以提煉橡膠的樹，整年不落葉，枝細長，開白色花，有香氣。樹的乳汁採收加工可以做成橡膠。原來生長在巴西，現在一般熱帶國家也常栽培。

猜一猜 大象在樹旁。（猜一字）（答案：橡）

橡皮 ㄒㄧㄤˋ ㄆㄧˊ ❶橡樹樹幹中的膠質，乾了以後就是「橡皮」，有彈性，可以做皮球、車輪。加上硫磺，就變成硬橡皮，可以做鈕扣或隔絕電的東西。❷一種橡皮做的文具用品，可以擦掉書寫的痕跡，又稱為橡皮擦。

參考 活用詞：橡皮擦、橡皮圈、橡皮艇、橡皮圖章。

猜一猜 像糖不是糖，有長也有方，幫你改錯字，它可不怕髒。（猜一文具用品）（答案：橡皮擦）

橡膠 ㄒㄧㄤˋ ㄐㄧㄠ 是彈性很好的化合物，分為天然橡膠和合成橡膠兩類。普遍用來製造輪胎、電線的不導電部分等工業和日常用品。

橋

木部 十二畫

ㄑㄧㄠˊ ❶高架在河面或交通要道上，用來接通兩邊，便利通行的建築物：例橋梁。❷姓：例橋先生。

橋梁 ㄑㄧㄠˊ ㄌㄧㄤˊ ❶就是橋的意思。❷比喻兩方面的連接或溝通。例老師是學校和家庭間溝通的橋梁。

橋牌 ㄑㄧㄠˊ ㄆㄞˊ 一種撲克牌的打法。分兩組對抗，同組的人面對面坐著，每人各十三張，先叫牌再打牌。

橋墩 ㄑㄧㄠˊ ㄉㄨㄣ 建在水中用來支持橋梁的東西。例因為商人亂採砂石，這座橋的橋墩已經有鋼筋裸露的現象。

橇

木部 十二畫

ㄑㄧㄠ 在冰雪上滑行的交通工具：例雪橇。

樵

木部 十二畫

ㄑㄧㄠˊ ❶柴。❷砍柴的人：例樵夫。

猜一猜 燒焦成木炭。（猜一字）（答案：樵）

機

木部 十二畫

ㄐㄧ ❶「機器」的通稱：例打字機。❷飛機的簡稱：例客機。❸事情變化的重要因素：例事機、轉機。❹時宜，恰好的時候：例時機、無機可乘。❺能快速適應事物的變化：例機智。❻十分重要的：例機要、機密。

猜一猜 禁行摩托車。（猜一成語）（答案：無機可乘）

機匠 ㄐㄧ ㄐㄧㄤˋ ❶修理機器的工人。例我們請了一位機匠到家裡來修冷氣。❷我國古代從事絲、棉織業的工匠的通稱。

參考 相似詞：機工。

機伶 ㄐㄧ ㄌㄧㄥˊ 反應聰明靈巧。例她是個機伶的女孩。

參考 相似詞：機靈。

機要 ㄐㄧ ㄧㄠˋ 機密重要的事或機關。例他們在商量機要大事。

機能 ㄐㄧ ㄋㄥˊ 活動的功能。例消化是胃的機能。

機密 ㄐㄧ ㄇㄧˋ 重要而且祕密的事。例要保守國家機密。

機動 ㄐㄧ ㄉㄨㄥˋ ❶利用機器發動使用的。例摩托車是屬於機動車輛的一種。❷配合需要，靈活運用。例國軍部隊採機動作戰，將敵人擊退。

機械 ㄐㄧ ㄒㄧㄝˋ ❶利用力學原理所組成的各種裝置。❷比喻拘泥死板的方式，沒有變化。例我們的工作方法太過於機械化了，所以進度很慢。

參考 活用詞：機械化、機械學、機械工業、機械工程。

機智 ㄐㄧ ㄓˋ 指能快速應付事情變化的智力。例他冷靜地運用機智脫離危險。

機遇 ㄐㄧ ㄩˋ 遇到好的環境；機會。例每個人的機遇不同，命運也就不同。

機場 ㄐㄧ ㄔㄤˊ 專供旅客進出，飛機起落、維護的地方。例在機場可以看到很多外國人。

機會 ㄐㄧ ㄏㄨㄟˋ 適當的時機。例我們要把握機會。

機構 ㄐㄧ ㄍㄡˋ 由特定事物所組成的組織。例慈善機構經常舉辦募款活動，幫助貧困的家庭。

機槍 ㄐㄧ ㄑㄧㄤ ❶機關槍的簡稱，能連續發射並且快速變換發射位置。例機槍不停的向敵軍發射子彈。❷形容人口齒伶俐，而且一直說個不停。例她說話的速度像機槍，聽都來不及聽。

機緣 ㄐㄧ ㄩㄢˊ 機會和緣分。例只要機緣湊巧，姊姊總會嫁出去的！

機器 ㄐㄧ ㄑㄧˋ 用零件裝成，能運轉、能變換能量的生產工具。例在日常生活中，機器幫了我們很大的忙。

機關 ㄐㄧ ㄍㄨㄢ ❶機器活動的重要部分。例小說中的藏寶樓有很多機關。❷辦理事務的部門。例現在大多數的公家機關人員，星期六都不用上班。

機警 ㄐㄧ ㄐㄧㄥˇ 對事情的反應靈活快速。例他機警的躲開了敵人的跟蹤。

檀

木部 十三畫

ㄊㄢˊ ❶常綠喬木，有黃檀、白檀兩種，木材堅實而有香味，可做香料、藥材。❷姓：例檀先生。

參考 請注意：「檀」和「壇」都讀ㄊㄢˊ，木部的「檀」是植物，例如：檀香。土部的「壇」是指場所，例如：花壇、歌壇、講壇。

檀香 ㄊㄢˊ ㄒㄧㄤ 一種植物，木材堅硬，有香味，可以製造器物，也能提煉香料或製成藥物。

檀香山 ㄊㄢˊ ㄒㄧㄤ ㄕㄢ 美國夏威夷州的首都，位於北太平洋中央阿胡島上，又叫火奴魯魯。國父孫中山先生曾在這裡求學、創辦興中會。

檔

木部 十三畫

ㄉㄤˇ ❶存放文件的櫥架：例歸檔。❷分類保存的文件或材料：例檔案。❸娛樂節目的計算單位：例檔期。❹汽車的變速器：例自動排檔汽車。❺計算事件的單位：例這檔事我不管了。

檔案 ㄉㄤˇ ㄢˋ 分類保存的各種文件、材料，可以隨時查考。

檔期 ㄉㄤˇ ㄑㄧˊ 娛樂界的用語，指影片或藝人的表演期限。

檄

木部 十三畫

ㄒㄧˊ 古代用來調兵、聲討敵人等的文書：例檄文。

檢

木部 十三畫

ㄐㄧㄢˇ ❶把事物查清楚：例檢查。❷約束行為和談吐：例說話不檢點。

檢查 ㄐㄧㄢˇ ㄔㄚˊ 直接用手、眼睛等感覺器官來查看事物。例老師派服務股長去檢查外掃區有沒有掃乾淨。

參考 請注意：檢「察」是審查事實。

檢討 ㄐㄧㄢˇ ㄊㄠˇ 查看並且討論事物的缺點和錯誤。例我們來檢討這次月考考壞的原因。

檢舉 ㄐㄧㄢˇ ㄐㄩˇ 把不合規定或是違法的事情向有關單位報告。例檢舉壞人，才能保護好人。

檢驗 ㄐㄧㄢˇ ㄧㄢˋ 用方法來查證事物的真相。例經過衛生局檢驗的結果，速食麵都沒有含過量的防腐劑。

檜

木部 十三畫

ㄎㄨㄞˋ 檜柏，常綠的喬木，葉子像鱗片，雄花是鮮黃色，有球形的果實，有香氣，可供做家具、工藝品等用。

櫛

木部 十三畫

ㄐㄧㄝˊ ❶梳頭髮的用具，就是梳子。❷梳：例櫛髮、櫛風沐雨。

櫛比 ㄐㄧㄝˊ ㄅㄧˋ 像梳齒那樣緊密的排著；比喻排列緊密。例都會區的大廈櫛比林立，綠地很少。

櫛風沐雨 ㄐㄧㄝˊ ㄈㄥ ㄇㄨˋ ㄩˇ 用大雨洗頭，用風梳頭髮。比喻經常在外面奔波辦事，十分辛苦。例張里長熱心公益、櫛風沐雨的為我們服務。

檣 木部 十三畫

ㄑㄧㄤˊ 船上掛風帆的桅杆：例帆檣。

檐 木部 十三畫

ㄉㄢ ❶扁擔：例檐子。❷舉：例檐竿。

ㄧㄢˊ 通「簷」：❶屋頂向外伸出的部分：例屋檐。❷覆蓋物體的邊緣或突出的部分：例帽檐。

檳 木部 十四畫

ㄅㄧㄣ 檳榔，熱帶常綠喬木，果實可以食用。

檳榔 ㄅㄧㄣ ㄌㄤˊ 屬於棕櫚科植物，是常綠喬木，生長在熱帶地方。栽種五年，才能結果，果實呈橢圓形，可以食用。

檬 木部 十四畫

ㄇㄥˊ ❶一種形狀和槐樹很接近的植物，葉子是黃色的，又叫黃槐。❷檸檬樹，常綠小喬木，果實橢圓形，皮厚，有香味，果汁很酸，可做飲料或香料。

櫃 木部 十四畫

ㄍㄨㄟˋ ❶存放東西的方形或長方形器具：例衣櫃。❷商店賣東西或銀行取款付款的地方：例櫃臺。

櫃子 ㄍㄨㄟˋ ˙ㄗ 存放衣物的方形或長方形器具。例不肯好好收拾東西的人，櫃子裡一定亂七八糟。

櫃臺 ㄍㄨㄟˋ ㄊㄞˊ 商店賣東西的地方。例這家商店的老闆站在櫃臺後面，等著生意上門。

檻 木部 十四畫

ㄐㄧㄢˋ ❶欄杆。❷關野獸的籠子。

ㄎㄢˇ 門下的橫木：例門檻。

檸 木部 十四畫

ㄋㄧㄥˊ 一種水果的名稱：例檸檬。

檸檬 ㄋㄧㄥˊ ㄇㄥˊ 常綠小喬木，果實橢圓形，淡黃色，皮很厚，有香味，果汁極酸，可以做飲料或香料。

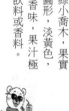

櫂 木部 十四畫

ㄓㄨㄛˊ 古代盛湯或飯的器皿。

ㄓㄠˋ 通「棹」。❶划船用的長槳：例鼓櫂前進。❷泛指船：例買櫂（雇船）。

檯 木部 十四畫

ㄊㄞˊ 桌子，通「臺」：例講檯。

櫝 木部 十五畫

ㄉㄨˊ 木匣子：例木櫝。

櫥 木部 十五畫

ㄔㄨˊ 收藏東西的家具：例書櫥。

參考 相似字：櫃。♣請注意：廚房的「廚」不可以寫成「櫥」。

櫥窗 ㄔㄨˊ ㄔㄨㄤ 商店裡用來陳列商品的櫃子，大部分用玻璃做成，方便觀看。例百貨公司的櫥窗裡，正展示著最新款的大衣。

櫥櫃 ㄔㄨˊ ㄍㄨㄟˋ 收藏衣物的長方形家具。

櫚

木部 十五畫

ㄌㄩˊ 棕櫚，常綠喬木，莖呈圓柱形，沒有分叉，葉子大，葉柄長，樹幹能當建材。

櫓

木部 十五畫

ㄌㄨˇ 划水使船前進的工具，粗大的是「櫓」，短小的是「槳」。

櫟

木部 十五畫

ㄌㄧˋ 就是橡樹，落葉喬木，樹皮粗厚。葉子長橢圓形，花朵是黃褐色。

ㄩㄝˋ 限於「櫟陽」（古縣名）一詞。

櫻

木部 十七畫

ㄧㄥ ❶一種落葉喬木，春天開淡紅色花朵，供人觀賞。櫻樹的木材堅硬，可做器具：例櫻花、櫻樹。❷也是櫻桃的簡稱。

猜一猜 櫻桃小嘴。（猜一字）（答案：如）

動動腦 小朋友，「嬰」加「木」成為「櫻」，加玉、糸、手、口、鳥各成為什麼字？（答案：瓔、纓、攖、嚶、鸚）

櫻花 ㄧㄥ ㄏㄨㄚ 櫻樹的花朵，春天開花，花朵是鮮豔的淡紅色。

櫻桃 ㄧㄥ ㄊㄠˊ 櫻桃樹的果實，鮮紅色，味道甜美，也叫「鶯桃」。

參考 請注意：形容女孩子的嘴巴很小就叫「櫻桃小口」。

欄

木部 十七畫

ㄌㄢˊ ❶遮擋的東西：例欄杆。❷飼養家畜的圈欄：例馬欄。❸貼海報、公告、報紙等的地方：例布告欄。❹報章雜誌上按內容、性質劃分的版面：例運動專欄。❺一種體育器材：例跨欄。

參考 請注意：「欄」、「攔」讀音相同，意義不同：木旁的「欄」是木製的阻擋品，例如：欄杆。手字旁的「攔」，是阻擋的意思，例如：阻攔。

欄杆 ㄌㄢˊ ㄍㄢ 具有阻擋作用的設備。

唱詩歌 唱支歌，解心寬；挑擔籮，上高山。高山頂，石凳石欄杆，欄杆上，一盞油，拿給嫂嫂對梳頭，前面梳個盤龍髻，後面梳個插花頭。（安徽）

欄柵 ㄌㄢˊ ㄓㄚˋ 用竹木或金屬棒編成的阻擋物。

櫺

木部 十七畫

ㄌㄧㄥˊ 窗戶上的格子：例窗櫺。

權

木部 十八畫

ㄑㄩㄢˊ ❶指應該獲得的利益：例權利。❷在職責範圍內支配和指揮的力量：例職權。❸不依照一定的規矩，能夠隨機應變：例權變。❹古時是秤錘，引申有稱重、估量的意思：例權衡輕重。❺姓：例權先生。

權力 ㄑㄩㄢˊ ㄌㄧˋ 因為擔任某種職務而具有支配和指揮的力量。例隊長很愛濫用權力，引起大家的反彈。

參考 請注意：「權力」和「權利」意義不同，用法不同：「權力」是對別人、對事物的影響力；「權利」是屬於自己的利益。例如：接受國民教育是我的權利，誰也沒有權力反對。

權利 ㄑㄩㄢˊ ㄌㄧˋ 按照法律規定，人民應該享有的利益。

權宜 ㄑㄩㄢˊ ㄧˊ 暫時變通處理。例這只是一時的權宜之計，你別當真！

權威 ㄑㄩㄢˊ ㄨㄟ 在某種事業或學術上最有成就、最有地位，可以使人信服。例施大夫是心臟外科的權威。

權益 ㄑㄩㄢˊ ㄧˋ 應該享有而且是不容許被侵犯的權利。例社會大眾的權益，應該被尊重。

權能區分 ㄑㄩㄢˊ ㄋㄥˊ ㄑㄩ ㄈㄣ 人民的政權、政府的治權應劃分清楚。國家的政治權力可以分為政權和治權。人民有充分的政權來管理國家，政府有能力來治理全國的事情。

欖

木部 二十一畫

一 十 才 木 杧 杧 杧 杧 ……欖

ㄌㄢˇ 橄欖，常綠喬木，開白色花，果實翠綠，外形尖長，可以生吃，也可以做成蜜餞。種子可以榨油。

欠部 ㄑㄧㄢˋ

「」由彡和「」構成，「」就是人。彡則是指人所呼出的氣，欠（）本來就是指人張嘴打呵欠。大部分欠部的字和張嘴呼氣、吸氣都有關係，例如：歎（深深的吐氣）、歌、歇（呼吸）。

欠

欠部 ○畫

ノ ㄅ ㄅ 欠

ㄑㄧㄢˋ ❶累的時候張嘴呼吸：例呵欠。❷身體稍微向上提：例欠身。❸不夠，缺少：例欠佳、欠安、欠缺。❹向人家借財物沒有還清：例欠債、欠帳。

欠缺 ㄑㄧㄢˋ ㄑㄩㄝ 缺少，不夠。例我現在什麼都有了，就只欠缺一筆錢。

欠債 ㄑㄧㄢˋ ㄓㄞˋ 向人家借財物還沒有償還。例你到處欠債，我看你真是沒救了。

參考 相似詞：負債。♣活用詞：欠債累累。

次

欠部 二畫

丶 冫 丷 丷 次 次

ㄘˋ ❶順序：例次序。❷第二：例次日。❸事情一回叫一次。❹品質較差的：例次等貨。❺姓：例次先生。

猜一猜 欠二回。（猜一字）（答案：次）

動動腦 小朋友，想一想，加上「次」的國字還有哪些？（答案：恣、咨、資、姿、茨、瓷……）

次序 ㄘˋ ㄒㄩˋ 排列先後的順序。例小朋友很有次序的排隊上車。

參考 相似詞：次第。♣請注意：「次序」、「秩序」不同：「次序」是排列的先後，「秩序」是指有條理、不混亂的情況。例如：他把文件的次序弄亂了，不可以用「秩序」代替「次序」；維持社會秩序，也不可以用「次序」代替「秩序」。

笑一笑 婦產科醫院內，幾位準爸爸正在產房外等候消息。護士小姐向其中一位說：「恭喜你添了一位千金。」另一位先生很生氣的說：「我比他先來，你怎麼可以不守次序呢？」

次要 ㄘˋ ㄧㄠˋ 不是最重要的。例這是次要的問題，下次再討論。

參考 相反詞：主要。

次數 ㄘˋ ㄕㄨˋ 動作或事件重複發生有幾遍。例你說謊的次數太多，沒有人會相信你了。

欣

欠部 四畫

ノ 厂 斤 斤 斤 欣 欣 欣

ㄒㄧㄣ ❶快樂的，喜悅的：例歡欣鼓舞。❷姓：例欣小姐。

猜一猜 欠一斤菜。（猜一字）（答案：欣）

欣喜 ㄒㄧㄣ ㄒㄧˇ 既快樂又歡喜。例我一聽到上榜的好消息，不禁欣喜若狂。

欣賞 ㄒㄧㄣ ㄕㄤˇ ❶享受美好的事物，玩味其中的趣味。例他站在窗前，欣賞大自然的美。❷喜歡，認為美好。例我很欣賞這篇動

四畫

人的文章。

參考 活用詞：欣賞力。

欣慰 ㄒㄧㄣ ㄨㄟˋ 不但高興，並且感到安慰。例小妹妹生性乖巧，媽媽感到十分欣慰。

欣欣向榮 ㄒㄧㄣ ㄒㄧㄣ ㄒㄧㄤˋ ㄖㄨㄥˊ ❶形容草木生長茂盛的樣子。例春天來臨，所有的植物都欣欣向榮，呈現一片盎然生機。❷比喻人蓬勃發展，事業興旺。例他的事業不斷發展，公司裡一片欣欣向榮的氣象。

參考 請注意：「欣欣向榮」與「蒸蒸日上」都有形容事物迅速發展的意思。但「欣欣向榮」比較強調興旺、繁盛的感覺，「蒸蒸日上」比較偏重在事物提升或發展的狀態。又「欣欣向榮」可以形容草木，「蒸蒸日上」就不可以。

欲

欲 欠部 七畫

ㄩˋ ❶通「慾」，貪心不滿足：例欲望、利欲薰心。❷通「慾」，心中特別喜好，而希望滿足：例情欲、貪欲。❸想要，希望：例隨心所欲、欲罷不能。❹將要：例搖搖欲墜、山雨欲來。

參考 請注意：「欲」和「慾」的用法：「慾」是由「欲」發展而來的，是指心中特別喜歡的。只有當名詞時，可以和「欲」通用，例如：欲望、欲念、利欲、食欲的「欲」都可以寫作「慾」。但是隨心所欲、欲罷不能、搖搖欲墜的「欲」不能用「慾」代替，因為這些用法，都沒有貪心不滿足的意思。

猜一猜 山谷中欠缺什麼東西？（猜一字）（答案：欲）

欲望 ㄩˋ ㄨㄤˋ 也可寫作「慾望」，想得到某樣東西，或達到某種目的的希望。例人的欲望無窮，永遠不會滿足。例他求知的欲望很強，你應該好好教導他。

欲哭無淚 ㄩˋ ㄎㄨ ㄨˊ ㄌㄟˋ 想要哭卻再也流不出眼淚；比喻很傷心，或是很無奈、沒有辦法。例他遭到一連串的打擊，真是欲哭無淚。

欲蓋彌彰 ㄩˋ ㄍㄞˋ ㄇㄧˊ ㄓㄤ 想要掩飾過錯，錯誤反而更加明顯。蓋：掩飾，不讓別人知道。彌：更加。彰：明顯，顯著。

欲罷不能 ㄩˋ ㄅㄚˋ ㄅㄨˋ ㄋㄥˊ 想要停止，卻停不下來。罷：停止。例他的演講精彩，聽眾反應熱烈，欲罷不能。

欲速則不達 ㄩˋ ㄙㄨˋ ㄗㄜˊ ㄅㄨˋ ㄉㄚˊ 不按照一定的步驟，只想貪圖快速，結果反而不能達到目的。

欷

欷 欠部 七畫

ㄒㄧ 抽咽聲：例欷歔。

欷吁 ㄒㄧ ㄒㄩ 歎息聲。

欷歔 ㄒㄧ ㄒㄩ 悲痛哭泣而抽咽的樣子。例他一想到股票賠錢，不勝欷歔。

欸

欸 欠部 七畫

ㄞˇ ❶表示答應或同意。❷形容聲音：例欸乃。

ㄟˋ 表示答應或招呼：例欸！可以。例欸！你快來。

欸乃 ㄞˇ ㄋㄞˇ ❶划船時歌唱的聲音。❷搖槳的聲音。

款

款款 欠部 八畫

ㄎㄨㄢˇ ❶錢財：例公款。❷法律、規章或條約中分列的項目：例第一條第三款。❸古代鐘鼎上的刻字，後來也稱書畫上的簽名：例下款、落款。❹親切的招待：例款待、款留。❺緩慢的：例蓮步款移、蜻蜓點水款款飛。❻敲，叩：例款門。

款式 ㄎㄨㄢˇ ㄕˋ 式樣，樣子。例你喜歡這件衣服的款式嗎？

款待 ㄎㄨㄢˇ ㄉㄞˋ 熱情親切的招待。例他們出國比賽，受到當地華僑的款待。

款項（ㄎㄨㄢˇ ㄒㄧㄤˋ）❶分條的項目。例這份合約還有一些款項我不明白，請你解釋一下。❷經費、錢財。例這筆款項是各界募捐而來的。

款款（ㄎㄨㄢˇ ㄎㄨㄢˇ）❶慢慢的樣子。例她從花園那邊款款走來。❷情意深厚的樣子。例她對你的款款深情，你難道不感動嗎？

欺

欠部　八畫

一 十 廾 廾 甘 甘 其 其 其' 欺' 欺 欺

ㄑㄧ ❶詐騙：例欺騙、自欺欺人。❷用力量壓迫、侮辱別人：例欺侮、欺負。❸昧著良心：例欺心。

欺負（ㄑㄧ ㄈㄨˋ）用強大的力量壓迫、侮辱別人。例他仗著身材高大，到處欺負人。

欺侮（ㄑㄧ ㄨˇ）對人很壞，故意用話或行動使他感到羞辱。例你不要欺侮弱小的同學。

參考 相似詞：欺負。

欺詐（ㄑㄧ ㄓㄚˋ）用奸詐的方法騙人。例金光黨經常用欺詐的方法向人騙錢。

欺壓（ㄑㄧ ㄧㄚ）用強大的力量去壓迫別人。例那個欺壓百姓的流氓，已經被警察抓走了。

欺騙（ㄑㄧ ㄆㄧㄢˋ）說假話騙人。例他常常編一些藉口，欺騙老師。

欺人太甚（ㄑㄧ ㄖㄣˊ ㄊㄞˋ ㄕㄣˋ）過分的欺負別人，使他人到無法忍受的地步。甚：過分，超過。例他簡直欺人太甚了，無憑無據竟然說我偷錢。

欺善怕惡（ㄑㄧ ㄕㄢˋ ㄆㄚˋ ㄜˋ）只會欺負柔順善良的人，而害怕凶惡不講理的人。惡：凶惡。例他只是個欺善怕惡的懦夫。

參考 相似詞：欺軟怕硬、欺軟怕強。

欽

欠部　八畫

丿 𠆢 𠂉 仒 今 全 余 金 金' 欽

ㄑㄧㄣ ❶敬佩：例欽佩。❷封建時代對「皇帝」的尊稱：例欽賜、欽差。❸姓：例欽先生。

參考 相似字：敬、佩。

欽犯（ㄑㄧㄣ ㄈㄢˋ）封建時代奉皇帝命令所逮捕的犯人，是「欽命要犯」的簡稱。

欽佩（ㄑㄧㄣ ㄆㄟˋ）使人敬重而佩服。例他熱心公益的精神，值得我們欽佩。

參考 相似詞：欽仰、敬佩。

欽差（ㄑㄧㄣ ㄔㄞ）封建時代由皇帝派遣，代表皇帝到各地辦事的官員。

歇

欠部　九畫

丨 冂 日 日 旦 㫚 曷 曷 曷' 歇

ㄒㄧㄝ ❶停止：例雨歇了。❷休息：例歇一會兒。❸睡眠：例安歇。

參考 相似字：息。

唱詩歌 歇歇，涼涼，掉個棗子下來嘗一嘗。（廣東）

歇手（ㄒㄧㄝ ㄕㄡˇ）停止正在做的事情。例你已經工作了一天，也該歇手了！

參考 相似詞：罷手。

歇息（ㄒㄧㄝ ㄒㄧ）停止工作，休息睡覺。例夜深了，你也該歇息了。

歇腳（ㄒㄧㄝ ㄐㄧㄠˇ）❶走路疲倦時，停下來休息。例我們先在這裡歇腳，二十分鐘後再趕路吧！❷在某地暫時停留過夜。例我們今晚就在這家飯店歇腳吧！

歇後語（ㄒㄧㄝ ㄏㄡˋ ㄩˇ）由二個部分組成的一句話，大部分都含有玩笑、俏皮的意思。前一句話是提示，就像謎題；第二句話就是謎底。通常我們只說前一部分，讓別人猜第二部分，省去後面的部分，因此稱為「歇後語」。例如：「寡婦死了兒子——沒指望」、「泥菩薩過江——自身難保」。再舉一個例子：我看你借給他的錢大概是「肉包子打狗——有去無回」了。

歆

欠部　九畫

丶 亠 亡 立 立 产 音 音 音' 歆

ㄒㄧㄣ ❶羨慕：例歆羨。

歆羨（ㄒㄧㄣ ㄒㄧㄢˋ）羨慕，喜愛。例我們都很歆羨她有副好歌喉。

歃

欠部　九畫

一 二 千 千 帀 帀 臿 臿 臿' 歃

ㄕㄚˋ 用嘴吸取：例歃血。

歃血為盟 ㄕㄚˋ ㄒㄧㄝˇ ㄨㄟˊ ㄇㄥˊ 古代的諸侯舉行盟會時，都要宰殺牲畜，並將牲畜的血塗在嘴唇邊，用嘴吸取血液，表示願意遵守諸侯間的約定。若是違背誓言，將和被宰的牲畜一樣沒有好下場。

歌 欠部 十畫

ㄍㄜ ❶發出聲音吟唱：例高歌一曲、載歌載舞。❷有曲調可以唱的：例山歌、兒歌。❸用詩、文章來稱讚：例歌頌、歌功頌德。

猜一猜 無兄。（猜一字）（答案：歌）

唱詩歌 （請用臺語念）嬰仔睏，一暝大一寸；嬰仔惜，一暝大一尺。（臺灣）

歌曲 ㄍㄜ ㄑㄩˇ 由歌詞和樂曲結合，供人演唱的作品。

歌星 ㄍㄜ ㄒㄧㄥ 以唱歌為職業，而且很出名的人。

歌唱 ㄍㄜ ㄔㄤˋ 發出聲音唱歌。

歌喉 ㄍㄜ ㄏㄡˊ 指唱歌的聲音。例她有一副好歌喉，每次參加比賽都得獎。

歌詠 ㄍㄜ ㄩㄥˇ 吟唱，歌唱。詠：聲音有高揚頓挫的念或唱。

歌劇 ㄍㄜ ㄐㄩˋ 一種藝術表演方法，具有故事主題、情節，綜合音樂、舞蹈等，而以歌唱為主要的表演方式。十六世紀末出現在義大利，受到西方上流人士喜愛。

參考 活用詞：歌劇院、歌劇團。

歌謠 ㄍㄜ ㄧㄠˊ 指隨口唱出，沒有音樂伴奏的押韻歌曲，例如：山歌、兒歌、民謠等。

歉 欠部 十畫

ㄑㄧㄢˋ ❶作物收成不好：例歉收。❷覺得對不起別人：例歉意、抱歉。

歉疚 ㄑㄧㄢˋ ㄐㄧㄡˋ 覺得對不起人家，而內心不安。疚：心裡痛苦。例這件事不能怪你，你不必太歉疚。

歉意 ㄑㄧㄢˋ ㄧˋ 對別人感到抱歉。例我為這件事深表歉意。

歐 欠部 十一畫

ㄡ ❶通「嘔」（ㄡˇ），吐出：例歐血。❷通「毆」（ㄡ），捶打：例歐打。❸歐羅巴洲的簡稱：例歐洲。❹姓：例歐先生。

歐洲 ㄡ ㄓㄡ 全名是歐羅巴洲，位在亞洲、非洲之間，它的位置在北半球的溫帶，氣候溫和，各國的生活水準也比其他各洲高，風光優美，是旅遊的好去處。

參考 活用詞：歐洲公園、歐洲共同市場。

歐陽脩 ㄡ ㄧㄤˊ ㄒㄧㄡ 北宋人，是有名的政治家、文學家，字永叔，晚年自稱「醉翁」。他博覽古書，學識豐富，無論詩、詞、文章都很出色，他的文章很簡潔、流暢。在政治方面，他也曾經擔任宰相，勤政愛民，他有這些偉大的成就，全歸功於他母親的教導。

動動腦 歐陽修小時候家裡很窮，買不起紙、筆，他的母親用樹枝教他在地上寫字。小朋友，除了樹枝以外，還有哪些東西可以在地上寫字？

歎 欠部 十一畫

ㄊㄢˋ ❶因心裡苦悶而發出呼聲：例歎息、長吁短歎。❷讚美：例讚歎、歎賞。❸姓：例歎先生。

參考 請注意：「歎」是「嘆」的異體字。

歎服 ㄊㄢˋ ㄈㄨˊ 稱讚而且佩服。例他畫的人物栩栩如生，令人歎服。

歎息 ㄊㄢˋ ㄒㄧ ❶歎氣。例我們都為他不幸的遭遇而歎息。❷讚美。例大家都為這幅壯麗的景象而歎息。

歎氣 ㄊㄢˋ ㄑㄧˋ 心裡感到煩悶而呼出長氣，發出聲音。例唉聲歎氣是於事無補的。

歎惜 ㄊㄢˋ ㄒㄧ 惋惜，痛惜。例我們為他的自甘墮落歎惜。

歎賞 ㄊㄢˋ ㄕㄤˇ 讚美，誇獎。例他見義勇為的精神令人歎賞。

歎為觀止（ㄊㄢˋ ㄨㄟˊ ㄍㄨㄢ ㄓˇ） 讚美看到的事物好到極點。例中橫優美的景色真叫遊客歎為觀止。

歔
欠部 十二畫

ㄒㄩ 張口或由鼻孔出氣。

歔欷（ㄒㄩ ㄒㄧ） 哭泣時抽咽的聲音。例我們都為他一生坎坷的命運感到歔欷不已。

參考 請注意：「歔欷」又可寫作「噓唏」、「欷歔」。

歙
欠部 十二畫

ㄒㄧˋ 吸氣。

ㄕㄜˋ 縣名，在安徽省。

歟
欠部 十四畫

ㄩˊ 語末助詞，表示疑問或感嘆語氣，相當於「嗎」、「呢」、「吧」等。

歡
欠部 十八畫

ㄏㄨㄢ ❶快樂，高興：例歡喜、歡天喜地。❷以前稱相愛的人：例新歡、所歡。❸活潑：例歡躍、歡蹦亂跳。❹快樂地：例歡迎、歡送。

參考 相似字：喜、樂、欣、悅。♣請注意：「歡」是高興的樣子，高興時張開嘴呼叫，所以旁邊是「欠」。「欠」指人張開嘴巴吐氣。「觀」是用眼睛看，所以旁邊是「見」。

歡呼（ㄏㄨㄢ ㄏㄨ） 高興、喜悅的喊叫。例我們為球隊的勝利歡呼。

歡欣（ㄏㄨㄢ ㄒㄧㄣ） 因為快樂而感到高興。欣：高興。例大家一聽到獲勝的好消息，都露出歡欣的笑容。

參考 活用詞：歡欣鼓舞、歡欣若狂。

歡迎（ㄏㄨㄢ ㄧㄥˊ） ❶高興那個人的光臨而迎接他。例我們列隊歡迎市長到學校來參觀。❷誠懇地希望和接受。例我們歡迎大家投稿。

歡度（ㄏㄨㄢ ㄉㄨˋ） 高興的度過。例大家歡度聖誕節。

歡笑（ㄏㄨㄢ ㄒㄧㄠˋ） 因為幸福、快樂而高興的笑。例他們的生活充滿歡笑。

歡喜（ㄏㄨㄢ ㄒㄧˇ） ❶快樂，高興。例他滿心歡喜去上學。❷喜愛，心愛，同「喜歡」。例他聰明可愛，很得老奶奶的歡喜。

參考 活用詞：歡喜錢、歡喜冤家。

歡樂（ㄏㄨㄢ ㄌㄜˋ） 快樂。例他們在教室中歡樂的歌唱。

歡躍（ㄏㄨㄢ ㄩㄝˋ） 高興得歡呼跳躍；形容非常高興。躍：跳上跳下。例我們去參觀動物園，只見猴子歡躍的跳上跳下。

止部（ㄓˇ）

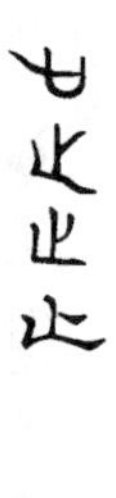

「止」是一個象形字，像人的腳掌，上面是三隻腳趾（因為畫五隻太麻煩，簡為三趾）；下面是腳掌，後來用一橫代替整個腳掌。「止」就是腳，但是後來常借用到停止、禁止的意思，原本「腳」的意義反而不明顯，所以現在和「腳」有關的字，大都加上足部，特別強調腳的意思。當然，止部的字還是大都和腳有關係，例如：步（走路時，腳一前一後）、歷（走過）。

止
止部 〇畫

ㄓˇ ❶停住：例行人止步、停止。❷強力的禁阻：例制止。❸寧靜、不動的：例止水。❹僅，只：例止是。❺姓：例止先生。

四畫

止步 ㄓˇ ㄅㄨˋ ❶停下腳步，不再前進。例我們都很累了，就到此止步吧！❷禁止通行、前進。例軍事基地通常都會掛出「遊人止步」的告示牌。

止境 ㄓˇ ㄐㄧㄥˋ 停止的終點、境界。境：程度。例人生的奮鬥，是永無止境的。

參考 相似詞：終點、盡頭。♣活用詞：學無止境。

正

一 丅 下 𠄟 正

止部 一畫

ㄓㄥˋ ❶垂直或符合標準方向：例正前方。❷在中間：例正中。❸修改錯誤：例訂正。❹純粹不雜的：例正白色。❺整數的：例一百元整。❻「反」的相對：例正面。❼「副」的相對：例正本。❽恰好：例正中下懷。❾動作進行中：例正在開會。❿姓：例正先生。

ㄓㄥ 陰曆一月：例正月。

猜一猜 上有一橫線，表示止步。（猜一字）（答案：正）

正大 ㄓㄥˋ ㄉㄚˋ 言行公正，不存私心。例他言行正大，從不做虧心事。

正午 ㄓㄥˋ ㄨˇ 中午十二點。

正文 ㄓㄥˋ ㄨㄣˊ 文章作品的本文或主要文句。例這段文章是從正文中抄下來的。

參考 相反詞：附錄。

正巧 ㄓㄥˋ ㄑㄧㄠˇ 剛好巧合。例我要離開時，正巧他到家。

參考 相似詞：剛巧、正好。

正好 ㄓㄥˋ ㄏㄠˇ ❶恰好，指數量恰當，不多也不少。例這雙鞋大小正好。❷恰巧碰到機會。例我要去找他，他正好從前面走過來。

正式 ㄓㄥˋ ㄕˋ 合於標準的。例這是一場正式的棒球比賽。

正在 ㄓㄥˋ ㄗㄞˋ 表示動作進行中。例他們正在開會。

正色 ㄓㄥˋ ㄙㄜˋ ❶原來的顏色，例如：白、黑、藍、紅。❷嚴肅的神色。例他正色的拒絕我。

正身 ㄓㄥˋ ㄕㄣ 不是冒名頂替，的確是本人。例驗明正身。

正直 ㄓㄥˋ ㄓˊ 公正剛直不偏邪。例他為人正直，不怕惡勢力。

正法 ㄓㄥˋ ㄈㄚˇ 依法律處死刑。例這名殺人犯明天正法。

參考 活用詞：就地正法。

正事 ㄓㄥˋ ㄕˋ ❶應該做的事。例我還有正事要做，沒時間聽你胡說八道。❷正當的職業。例你年紀不小了，該找個正事做了。

正軌 ㄓㄥˋ ㄍㄨㄟˇ 事情正常的發展道路。例經過一段時間的努力，工作已經步上正軌。

參考 相似詞：正道、正途。

正面 ㄓㄥˋ ㄇㄧㄢˋ ❶人體的前面，物體比較美觀的一面。例這棟大樓的正面全是玻璃。❷好的、肯定的、積極的一面。例對這件事情，我採取正面的看法。❸直接，面對面。例我不想和他正面起衝突。

參考 相反詞：背面、反面。

正派 ㄓㄥˋ ㄆㄞˋ 品德高尚，言行光明正大的人。例他是個正派的人，值得信賴。

正氣 ㄓㄥˋ ㄑㄧˋ 光明正大的作風。例他是一個具有正氣的君子。

參考 相反詞：邪氣。♣活用詞：正氣歌、正氣凜（ㄌㄧㄣˇ）然。

正視 ㄓㄥˋ ㄕˋ ❶向前平視。例他正視前方那輛車子。❷用認真的態度對待，不躲避。例我們要正視這個問題，想出解決方法。

正常 ㄓㄥˋ ㄔㄤˊ 合乎一般的規律和情況。例他每天早睡早起，生活正常。

正規 ㄓㄥˋ ㄍㄨㄟ 符合正式規定或一定標準。例他不按正規做事，全靠運氣。

參考 活用詞：正規教育。

正統 ㄓㄥˋ ㄊㄨㄥˇ ❶指封建王朝先後相傳的系統。例清朝也是正統王朝之一。❷指黨派、學派等創立者直接繼承的派別。例少林寺是我國武學的正統。

正經 ㄓㄥˋ ㄐㄧㄥ ❶端莊正派。例他很正經，別隨便開他玩笑。❷正當的。例好好做點正經事，別再遊手好閒了。

正路 ㄓㄥˋ ㄌㄨˋ 做人做事的正當途徑。例做人要走正路，不要投機取巧。

正當 ㄓㄥˋ ㄉㄤ ❶剛好遇上。例正當我要出門時，突然下雨了。❷合理純正的。例每個人都應該有正當的休閒活動。

參考 相似詞：正值、適逢。

正義 ㄓㄥˋ ㄧˋ 大眾公認的真理。例他喜歡替人伸張正義，打抱不平。

參考 活用詞：正義感。

正業 ㄓㄥˋ ㄧㄝˋ 正當的職業。例他整天遊手好閒，不務正業。

正確 ㄓㄥˋ ㄑㄩㄝˋ 符合事實，沒有錯誤。例這題的正確答案是「3」。

正方形 ㄓㄥˋ ㄈㄤ ㄒㄧㄥˊ 四邊長度相等，四角都是直角的四邊形。

正人君子 ㄓㄥˋ ㄖㄣˊ ㄐㄩㄣ ㄗˇ 行為端正，品德高尚的人。例他是一位奉公守法的正人君子。

正三角形 ㄓㄥˋ ㄙㄢ ㄐㄧㄠˇ ㄒㄧㄥˊ 三個邊長相等，三個角度也相等的三角形。

正中下懷 ㄓㄥˋ ㄓㄨㄥ ㄒㄧㄚˋ ㄏㄨㄞˊ 正好符合自己的心意。例你這番話真是正中下懷，我舉雙手贊成。

正字標記 ㄓㄥˋ ㄗˋ ㄅㄧㄠ ㄐㄧˋ 我國政府公認的品質保證的標誌。這項制度在民國四十年創立，由經濟部中央標準局核定。標準局並編印「正字標記產品及廠商目錄」，請各機關團體、主婦優先採購使用。例買一頂有正字標記的安全帽，安全又可靠。

正經八百 ㄓㄥˋ ㄐㄧㄥ ㄅㄚ ㄅㄞˇ 嚴肅認真的。例看他一臉正經八百的，別和他開玩笑。

此

止部 二畫

ㄘˇ ❶這個：例此人、此時。❷表示這個地方或這個時刻：例就此告別、從此病情轉好。

參考 相似字：這。♣相反字：彼、那。

猜一猜 柴木燒光了。（猜一字）（答案：此）

此外 ㄘˇ ㄨㄞˋ 除了這些以外。例我每天功課很多，此外，還得幫媽媽整理家務。

此地 ㄘˇ ㄉㄧˋ 這個地方。例我路經此地，順便來拜訪您。

參考 相似詞：此間、本地。

此刻 ㄘˇ ㄎㄜˋ 這個時候。刻：時候。例此刻你有什麼辦法嗎？

參考 相似詞：此時、此時此刻。

此後 ㄘˇ ㄏㄡˋ 從現在到以後。例這次原諒你，此後再有相同的情形就得依規定處罰了。

參考 相似詞：今後。

此起彼伏 ㄘˇ ㄑㄧˇ ㄅㄧˇ ㄈㄨˊ 這裡起來，那裡落下去。彼：那裡。伏：向下趴著的意思。比喻連續不斷的意思。例洶湧的浪潮此起彼伏，沒有一刻平息。

參考 相似詞：此起彼落、此伏彼起。

猜一猜 玩翹翹板。（猜一句成語）（答案：此起彼落）

步

止部 三畫

ㄅㄨˋ ❶行走時兩腳間的距離：例腳步、舞步、七步成詩。❷表示程度的高低：例進步、退步。❸情況：例貧窮的地步。❹階段：例事情一步比一步順利、步步高昇。❺氣運：例國步。❻用腳走路：例散步、徒步、安步當車。❼追隨、跟著：例步人後塵（學習別人的意思）。❽姓：例步先生。

猜一猜 ㈠正字少一橫，少字少一捺，合成大距離。（猜一字）（答案：步）㈡登山。（猜一句成語）（答案：步步高昇）

步行 ㄅㄨˋ ㄒㄧㄥˊ 用腳行走。例紅磚道上專供民眾步行。

步伐 ㄅㄨˋ ㄈㄚˊ ❶隊伍行進時腳步的大小快慢。例威武的部隊踏著整齊的步伐經過司令臺。❷比喻事物進行的速度。例你處理事情的步伐太慢了。

參考 相似詞：步調。

步驟 ㄅㄨˋ ㄗㄡˋ 做事的順序。驟：一次又一次。例他做事步驟分明，效果很好。

步人後塵 ㄅㄨˋ ㄖㄣˊ ㄏㄡˋ ㄔㄣˊ 跟著別人的腳印走。後塵：人走路時腳步帶起來的塵土。比喻跟隨或模仿別人的行為。例你必須謹慎，以免步人後塵，發生同樣的錯誤。

參考 相似詞：步後塵、步其後塵。

武

一 二 亍 亍 亍 正 武 武

止部 四畫

ㄨˇ ❶關於軍事方面的：例武器、武術。❷勇猛的，猛烈的：例威武、英武。❸不講理的：例武斷。❹姓：例武先生。

參考 相反字：文。

猜一猜 停止揮戈，撇變橫。（猜一字）（答案：武）

武力 ㄨˇ ㄌㄧˋ ❶強暴的力量。例他以武力威嚇人。❷軍事力量。例一個國家的強弱決定於軍事武力的多寡。

參考 相反詞：智謀。

武功 ㄨˇ ㄍㄨㄥ ❶作戰得來的功業。例清康熙時期的文治武功很強盛。❷精通武打的功夫。例他武功高強，和他打鬥只有吃虧的份。

參考 相反詞：文治。

武裝 ㄨˇ ㄓㄨㄤ ❶用軍服、武器來裝備。例這是一支現代化的武裝部隊。❷佩帶的兵器。例他們先解除戰俘的武裝，然後再送進集中營。❸整齊正式的穿戴，並攜帶必備用品。例他全副武裝，不知道要去參加什麼重要宴會。❹築起一道心牆來保護自己，不使自己的軟弱在別人面前顯露。例事實上他很脆弱，卻總是武裝自己，表現出很堅強的樣子。

武器 ㄨˇ ㄑㄧˋ ❶可以殺傷敵人，破壞敵方作戰設施的裝備。例核子武器具有毀滅地球的強大威力。❷比喻用來爭鬥取勝的東西。例如：生化武器、石油武器、政治武器等。

武藝 ㄨˇ ㄧˋ 拳術、刀劍、刺擊等能防身或制服別人的技藝。例他對十八般武藝樣樣精通。

參考 相似詞：武術。

武斷 ㄨˇ ㄉㄨㄢˋ 沒有充分根據，只憑主觀判斷。例現在真相大白，你以前說的，未免太武斷了。

參考 相反詞：寡斷。

武士道 ㄨˇ ㄕˋ ㄉㄠˋ 日本封建時代當權的武士階層內部的道德規範。內容有忠君、節義、勇武、堅忍等。目的是要武士忠實的為主子效勞，以鞏固封建統治。明治維新後，武士等級在法律上雖已廢除，但武士道的精神仍被日本統治階級用作軍國主義的精神支柱，長期宣傳和提倡。

參考 活用詞：武士道精神。

歧

丨 ト 止 止 止 止 歧 歧

止部 四畫

ㄑㄧˊ ❶岔路，從大路分出來的小路：例歧路、歧途。❷不一致，不相同：例分歧、歧視。

猜一猜 射一枝木箭，停止一戰爭。（猜一字）（答案：歧）

歧見 ㄑㄧˊ ㄐㄧㄢˋ 不同的看法、意見。例他們雙方因為認知上的差距，產生了歧見。

歧異 ㄑㄧˊ ㄧˋ 不相同。例他們兩人對這件事的看法歧異。

歧視 ㄑㄧˊ ㄕˋ 輕視，不平等的看待。例我們不應該有種族歧視。

歧途 ㄑㄧˊ ㄊㄨˊ 岔路；比喻錯誤的道路。例一旦誤入歧途，想再回頭就來不及了。

參考 相似詞：歧路。

歧路亡羊 ㄑㄧˊ ㄌㄨˋ ㄨㄤˊ ㄧㄤˊ 分路太多而失去羊。列子傳記載：楊子的鄰人把羊丟了，沒有找到。楊子問：「為什麼沒找到？」鄰人說：「岔路太多，不知道跑到哪兒去了？」比喻因情況複雜多變而迷失了方向，不能有所收穫。

歪

一 ア 不 不 丕 丕 丕 丕 歪

止部 五畫

ㄨㄞ ❶偏向一邊不正：例歪著頭、掛歪了。❷不正當的：例歪理、歪風。

ㄨㄞˇ 扭傷：例歪了腳。

參考 相反字：正、直。

猜一猜 不正。（猜一字）（答案：歪）

歪曲 ㄨㄞ ㄑㄩ 故意改變事物原來的面貌，或是對事物作不正確的解釋。例他的言談歪曲了事實真相。例你這樣解釋根本歪曲了作者的意思。

古人說 「白的黑不了，黑的白不了。」這

四畫

句話是說：事實就是事實，不容歪曲。例如：「白的黑不了，黑的白不了」，真相必有大白的一天。

歪風 不好的風氣或作風。例社會上瀰漫著投機取巧的歪風。

歪斜 不正或不直。例請你們把歪斜的桌椅排好。

參考 相反詞：整齊、端正。

歪主意 比喻不合正當理由的想法。例看他鬼鬼祟祟的樣子，不曉得在想什麼歪主意。

參考 相似詞：歪腦筋。

歪打正著 比喻方法不正確、不恰當，卻得到滿意的結果。著：打中。例這次考試我根本沒好好準備，想不到歪打正著，竟然考得不錯。

歪門邪道 不正當的方法。門、道：都是方法的意思。例想要「不勞而獲」的人總是走歪門邪道。

歪歪扭扭 形容歪斜不正的樣子。例那個流浪漢全身穿戴得歪歪扭扭的。

歲 止部 九畫

ㄙㄨㄟˋ ❶年，時間的算法：例歲月、歲歲年年。❷計算年齡的單位：例足歲、十歲。

歲月 時光，指一段日子。例大地震後滿目瘡痍，那真是一段艱苦的歲月。

歲數 年齡，從出生到目前的年數。例你歲數不小了，也該結婚了。

參考 相似詞：年紀、年齡。

歲寒三友 指松、竹、梅三種不怕冷、在冬天也不枯萎的植物。例歲寒三友象徵人的堅強意志。

歲歲平安 過年時常說的吉祥話，意思是每年都很平安順利。例過年時打破碗盤，媽媽都說歲歲（碎碎）平安。

歷 止部 十二畫

ㄌㄧˋ ❶經過：例經歷、歷盡千辛萬苦。❷已經過去的：例歷年、歷代、歷史。❸清楚明白的：例往事歷歷在目。❹姓：例歷小姐。

參考 請注意：「歷」和「曆」都讀ㄌㄧˋ，止部的「歷」是指過去的、清楚的，例如：歷史、歷歷可數。日部的「曆」是推算時間的方法，例如：國曆、農曆。

歷史 ❶指過去一切事物的發展過程或記錄這些過程的文字，包括自然史和社會史。例中華民族歷史悠久，文化博大精深。❷形容已經成為過去的事。例那件事已經成為歷史。

歷年 過去的每一年。例今年夏天創下歷年來最高溫。

歷時 指經過的時間。例他歷時三年，終於完成徒步非洲的旅行。

歷盡 遇到許許多多的事。例他歷盡千辛萬苦，終於找到母親。

歷險 經過困難危險。例「環遊世界八十天」書中的主人翁，途中的種種歷險，令人看了不禁捏把冷汗。

歸 止部 十四畫

ㄍㄨㄟ ❶返回：例歸途。❷還給：例歸還。❸出嫁：例歸寧。❹聚集：例眾望所歸。❺把一切推到別人身上：例歸功。❻姓：例歸有光。

歸心 ❶盼望回家的心情。例火車上擠滿了歸心似箭的旅客。❷內心喜歡而服從。例臺灣經濟繁榮，治安良好，使得四海歸心。

歸天 回到天上，指死亡。例聽見岳飛歸天的厄耗，全京城的人都悲痛難忍。

參考 相似詞：逝世、去世、過世、歸西。

歸正 改除舊惡，歸向正道。例他已經痛改前非，改邪歸正了。

歸公 交給公家。例這些查獲的走私品，全部沒收歸公。

歸功 ㄍㄨㄟ ㄍㄨㄥ 把功勞屬於某個人。例這次比賽成功，完全歸功於教練的指導。

歸納 ㄍㄨㄟ ㄋㄚˋ 觀察許多個別的事例，推論出普遍原理的一種思考方式。例經過多次觀察實驗，我歸納出一個真理——人的本性是善良的。

參考 相反詞：演繹（一）。♣活用詞：歸納法。

歸宿 ㄍㄨㄟ ㄙㄨˋ 最後的著落、結局，也指女子出嫁後可以長久依靠的夫婿、婆家。例她歷盡滄桑，終於找到良好的歸宿。

歸途 ㄍㄨㄟ ㄊㄨˊ 回家的路上。例我在歸途上遇到同學。

歸降 ㄍㄨㄟ ㄒㄧㄤˊ 投降。例搶匪在警察重重包圍下，終於棄械歸降。

參考 相似詞：歸程、歸路。

歸隊 ㄍㄨㄟ ㄉㄨㄟˋ 回到原來的隊伍；比喻回到原來從事的行業。例教練規定假期結束，全體球員準時歸隊。

歸期 ㄍㄨㄟ ㄑㄧˊ 回家的日期。例他整年漂流國外，不知何時是歸期。

歸零 ㄍㄨㄟ ㄌㄧㄥˊ 在使用某種儀器以前，先把指針調整在零或起點的位置，使測量結果更準確。例這個磅秤沒有歸零，量出來的體重一定不準。

歸罪 ㄍㄨㄟ ㄗㄨㄟˋ 把過錯推到別人身上。例你自己也不對，不要只歸罪他人。

參考 相似詞：歸咎（ㄐㄧㄡˋ）。

歸寧 ㄍㄨㄟ ㄋㄧㄥˊ 已婚的女子回家探望父母。例女子出嫁三天後歸寧是一種風俗。

歸還 ㄍㄨㄟ ㄏㄨㄢˊ 把東西還給主人或放回原來的地方。例東西用完了，一定要歸還原處。

歸屬 ㄍㄨㄟ ㄕㄨˇ 屬於。例交通部歸屬行政院。

歸國學人 ㄍㄨㄟ ㄍㄨㄛˊ ㄒㄩㄝˊ ㄖㄣˊ 指出國留學，學有所成之後，回國服務的高級專業人才。例每年都有許多歸國學人回國服務。

歹部 ㄉㄞˇ

「𣦵」是歹最早的寫法，就像一根破裂殘缺的骨頭，後來寫成「[illegible]」，現在寫成「歹」或「歺」。骨頭破裂象徵死亡或災難，因此歹部的字大部分和死亡都有關係，例如：殞（死亡）、殉（犧牲生命）、殘（傷害）。

歹

一 ㄏ ㄅ 歹

歹部 ○畫

ㄉㄞˇ ❶壞事：例為非作歹。❷不好的：例歹徒。

參考 相反字：好。

歹徒 ㄉㄞˇ ㄊㄨˊ 做壞事的人。例歹徒終於落網了，真是罪有應得。

死

一 ㄏ ㄅ 歹 歹 死

歹部 二畫

ㄙˇ ❶失去生命：例死亡。❷為某事而犧牲：例死守。❸沒有知覺：例睡死了。❹呆板、固定的：例死腦筋、死水。❺非常：例笑死人。❻堅決的：例死不承認。

參考 相似字：亡、喪。♣相反字：活、生。

古人說 「死有重於泰山，有輕於鴻毛。」人免不了一死，但有人死得很有意義，有人死得沒有價值，就有了很大的區別。例「死有重於泰山，有輕於鴻毛」，就看你是否能死得其所。

俏皮話 「七月半的鴨子——不知死活。」小朋友都知道農曆七月十五日是中元節，祭拜祖先時，常要殺雞殺鴨。如果有人說你是「七月半的鴨子」，就是比喻不知事情的厲害，隨意亂做的意思。

死亡 ㄙˇ ㄨㄤˊ 失去生命。例任何人都難逃死亡。

參考 活用詞：死亡率、死亡人數、死亡名單。

動動腦 「死亡」、「去世」都是指人死了，小朋友，想想看，還有哪些二個字的詞也有死亡的意思？和同學比賽，看誰想得多又快！（答案：崩殂、仙逝、逝世……）

死心 ㄙˇ ㄒㄧㄣ 不再有任何希望。例你還是死心吧，他根本就不會原諒你。

參考 活用詞：死心眼兒、死心塌地。

死傷 ㄙˇ ㄕㄤ 死亡和受傷的。例這次颱風，死傷慘重。

死而後已 ㄙˇ ㄦˊ ㄏㄡˋ ㄧˇ 到死才停止。已：停止。例諸葛亮為蜀漢盡心盡力，真是鞠躬盡瘁，死而後已。

死灰復燃 ㄙˇ ㄏㄨㄟ ㄈㄨˋ ㄖㄢˊ 燒過的灰重新燃燒；比喻已經停息的事又重新活動起來。例雖然警察大力取締，但是色情行業又有死灰復燃的跡象。

死有餘辜 ㄙˇ ㄧㄡˇ ㄩˊ ㄍㄨ 雖然死亡也抵償不了罪過；比喻罪大惡極。辜：罪惡。例他作惡多端，被判死刑也是死有餘辜。

歿 歹部 四畫

ㄇㄛˋ 死亡：例病歿。

殀 歹部 四畫

ㄧㄠˇ 短命，未成年而死，同「夭」：例殀亡、殀壽。

殀壽 ㄧㄠˇ ㄕㄡˋ 短命，早死。

殃 歹部 五畫

ㄧㄤ ❶災禍：例遭殃、災殃。❷損害，殘害：例禍國殃民。

參考 相似字：禍、害。

猜一猜 歹徒站在路中央。（猜一字）（答案：殃）

殃民 ㄧㄤ ㄇㄧㄣˊ 使人民遭受禍害。例商紂是個禍國殃民的君主。

殃及池魚 ㄧㄤ ㄐㄧˊ ㄔˊ ㄩˊ 池塘裡的魚也受到災難；比喻無緣無故受到牽累。

殆 歹部 五畫

ㄉㄞˋ ❶危險：例病殆、危殆。❷大概，幾乎，差不多：例死傷殆盡、殆不可得。

殆近 ㄉㄞˋ ㄐㄧㄣˋ 幾乎，差不多。例我口袋的錢，已經殆近花光了。

殆盡 ㄉㄞˋ ㄐㄧㄣˋ 將要窮盡。殆：快要，將要。

殂 歹部 五畫

ㄘㄨˊ 死亡：例崩殂。

殂逝 ㄘㄨˊ ㄕˋ 去世。例一代偉人殂逝了。

殄 歹部 五畫

ㄊㄧㄢˇ ❶盡，滅絕：例殄滅。❷浪費，糟蹋：例暴殄天物（任意糟蹋東西）。

殄滅 ㄊㄧㄢˇ ㄇㄧㄝˋ 絕滅。例恐龍在地球上已經完全殄滅了。

殉 歹部 六畫

ㄒㄩㄣˋ ❶為了某種理想或目的而捨棄自己的生命：例殉難、殉國、以身殉職。❷古人用活人或器物陪葬：例殉葬。

殉教 ㄒㄩㄣˋ ㄐㄧㄠˋ 為所堅定信仰的宗教而犧牲生命。

殉國 ㄒㄩㄣˋ ㄍㄨㄛˊ 為國家的利益而犧牲生命。

殉節 ㄒㄩㄣˋ ㄐㄧㄝˊ 為保持節操，不受侮辱而死。

殉道 ㄒㄩㄣˋ ㄉㄠˋ 為正義而死。

殉職 ㄒㄩㄣˋ ㄓˊ 因公務而犧牲生命。

殉難（ㄒㄩㄣˋ ㄋㄢˋ） 在災難中犧牲生命。

殉道者（ㄒㄩㄣˋ ㄉㄠˋ ㄓㄜˇ） 為維護真理、正義而犧牲生命的人。

殊 歹部 六畫

ㄕㄨ ❶古時斬首的罪刑：例殊死。❷不同的：例殊途同歸。❸異常的：例殊功。

參考 相似字：別、異。♣請注意：「誅除」的「誅」讀為ㄓㄨ，有討伐、殺戮的意思，例如：誅除。不能和「特殊」的「殊」混用。

猜一猜 紅海盜。（猜一字）（答案：殊）

殊異（ㄕㄨ ㄧˋ） 特別不同。例他的表現殊異，獲得大家的讚賞。

參考 活用詞：殊異其趣。

殊途同歸（ㄕㄨ ㄊㄨˊ ㄊㄨㄥˊ ㄍㄨㄟ） 出發點雖然不同，但是最後的目標是一樣的。途：道路。例這兩件事的結果竟然是殊途同歸。

殘 歹部 八畫

殘殘

ㄘㄢˊ ❶不完整：例殘缺、殘本。❷剩下的：例殘羹。❸傷害：例摧殘。❹凶惡：例殘暴。

猜一猜 歹徒手持雙戈。（猜一字）（答案：殘）

殘害（ㄘㄢˊ ㄏㄞˋ） 傷害或殺害。例濫捕、濫墾是一種殘害地球的行為。

殘殺（ㄘㄢˊ ㄕㄚ） 殺害。例這種動物由於遭到人們的殘殺，已經快絕種了。

殘破不全（ㄘㄢˊ ㄆㄛˋ ㄅㄨˋ ㄑㄩㄢˊ） 不完整，有破損、缺少。例這本書已經被蛀書蟲啃得殘破不全了。

殖 歹部 八畫

殖殖

ㄓˊ 生育，生長：例生殖、繁殖、增殖。

殖民（ㄓˊ ㄇㄧㄣˊ） 人民移往國外未開化或半開化地區，從事墾拓的工作。

殖民地（ㄓˊ ㄇㄧㄣˊ ㄉㄧˋ） 被帝國主義國家侵占統治，喪失了獨立自主權力的地區或國家。例巴西曾經是葡萄牙的殖民地。

殞 歹部 十畫

殞殞殞殞

ㄩㄣˇ 死亡：例殞滅、殞沒、殞命。

殞沒（ㄩㄣˇ ㄇㄛˋ） 死亡。

殞命（ㄩㄣˇ ㄇㄧㄥˋ） 喪失生命。例這頭擱淺在沙灘的大白鯊，已經殞命了。

殤 歹部 十一畫

ㄕㄤ ❶沒有成年就死去：例夭殤。❷為國事而死者：例國殤。

殮 歹部 十三畫

ㄌㄧㄢˋ 為死者沐浴、更衣，然後放進棺材：例入殮。

殯 歹部 十四畫

ㄅㄧㄣˋ 把裝著死人的棺材送去火化或安葬：例出殯。

殯殮（ㄅㄧㄣˋ ㄌㄧㄢˋ） 裝殮和出殯。

殯儀館（ㄅㄧㄣˋ ㄧˊ ㄍㄨㄢˇ） 專門為死者家屬安排死人火化的地方。

笑一笑 鄉音很重的老教授坐上計程車，要到國立編譯館開會，司機卻把車開到市立殯儀館。老教授說：「不對，不對，我要到國立編譯館。」司機先生很無奈的說：「殯儀館只有市立的，哪有國立的？」

四畫

殲

歹部 十七畫

殲

ㄐㄧㄢ 殺盡，消滅：例殲敵、殲滅。

猜一猜 二個非常壞的歹人，持戈立在地面上。（猜一字）（答案：殲）

殲滅 ㄐㄧㄢ ㄇㄧㄝˋ 完全殺死或消滅。

殳部 ㄕㄨ

「攴」（ㄆㄨ）是手拿鞭子拍打的意思，「殳」則是拿著尖銳的兵器去傷人。「殳」原本寫成「[illegible]」，左邊是尖銳的武器，後來省去兵器的筆畫，慢慢變成「殳」，就無法認出兵器的形狀了。殳部的字多半和攻擊、刺傷有關係，例如：毆（打擊）、殺、毀。

段

殳部 五畫

ㄉㄨㄢˋ ❶計算事物的單位：例一段往事、一段歌詞。❷姓：例段先生。

動動腦 「這一段路積水很深」，除了路和文章可以用「段」來當計算單位，還有哪些事物用「段」當計算單位呢？小朋友，趕快想一想！（答案：一段話、一段時間、一段樂曲……）

段落 ㄉㄨㄢˋ ㄌㄨㄛˋ 文章或事物結束、停頓的地方。例事情做到一個段落，可以休息一會兒。

參考 相似詞：階段。

殷

殳部 六畫

ㄧㄣ ❶朝代名字，就是商朝：例殷商時代。❷富足的：例殷實、殷商。❸情意深厚周到：例殷勤、殷切。❹姓：例殷先生。

ㄧㄢ 紅黑色：例殷紅的血。

ㄧㄣˇ 形容巨大的雷聲：例殷其雷。

殷切 ㄧㄣ ㄑㄧㄝˋ 情意誠懇、親切周到的意思。切：實在。例他殷切的招待，令人有賓至如歸的感覺。

殷望 ㄧㄣ ㄨㄤˋ 深切的盼望。例好好努力，不要辜負了師長父母的殷望。

參考 相似詞：厚望。

殷商 ㄧㄣ ㄕㄤ ❶商朝，始祖是契，封在「商」地，到湯時擁有天下，所以國號叫「商」。到了盤庚時遷國都到「殷」，再改國號為「殷」，後代人就稱商朝是殷商。❷指一般富有的商人。

殷勤 ㄧㄣ ㄑㄧㄣˊ 形容熱情周到的意思。例主人殷勤地招待訪客。

參考 相似詞：慇勤。

殷墟 ㄧㄣ ㄒㄩ 商代遺留下來的古城。墟：荒廢的城市。例考古學家發掘殷墟後，研究出更多關於殷商人民的生活情形。

殺

殳部 七畫

殺

ㄕㄚ ❶使人或動物失去生命：例殺雞、殺鴨、殺人放火。❷減少，消除：例殺價、殺菌。❸戰鬥：例殺出重圍。❹敗壞：例殺風景。❺綁緊：例把腰帶用力一殺。❻結束完成：例殺尾、殺青。❼非常：例氣殺、愁殺。

ㄕㄞˋ 衰敗：例德之殺也。

參考 請注意：❶「殺」字，「乂」的下面是「朩」（ㄓㄨˊ）不是「木」。❷「殺」在當作綁緊、非常的解釋時和「煞」字通用。例如：用力一殺（煞）、氣殺（煞）、笑殺（煞）。殺和煞都讀ㄕㄚ。❸「殺」和「剎」字不同，「殺」是使人或動物失去生命，例如：殺人、殺害。「剎」（ㄔㄚˋ）和佛家有關，例如：古剎、寶剎。

殺害 ㄕㄚ ㄏㄞˋ 用武器傷害生命。

四畫

殺傷（ㄕㄚ ㄕㄤ） 打死或打傷。

殺價（ㄕㄚ ㄐㄧㄚˋ） 把價錢減少。例媽媽正和那個店員殺價。

殺傷力（ㄕㄚ ㄕㄤ ㄌㄧˋ） 武器對生物所產生的破壞和傷害能力。例核子武器的殺傷力很可怕。

殺身成仁（ㄕㄚ ㄕㄣ ㄔㄥˊ ㄖㄣˊ） 為正義而犧牲自己的生命。例文天祥寧願殺身成仁，也不願向元兵投降。

殺雞儆猴（ㄕㄚ ㄐㄧ ㄐㄧㄥˇ ㄏㄡˊ） 處罰一個人，使其他人得到警戒。例為了端正社會風氣，當街搶劫一律死刑，以收殺雞儆猴的效果。

參考 相似詞：殺一儆百、殺雞駭猴、殺雞警猴。

殺雞取卵（ㄕㄚ ㄐㄧ ㄑㄩˇ ㄌㄨㄢˇ） 比喻只顧眼前小小的好處而損害長遠的利益。例因為一時沒有錢就叫孩子休學去做工，這種父母真是殺雞取卵。

殺雞焉用牛刀（ㄕㄚ ㄐㄧ ㄧㄢ ㄩㄥˋ ㄋㄧㄡˊ ㄉㄠ） 比喻處理小事不需要用到大人才或工具。焉：如何。例「殺雞焉用牛刀」，炒蛋這種家常菜我來就行了，何必麻煩媽媽呢？

殼 殳部 八畫

ㄎㄜˊ 物體堅硬的外皮：例地殼、貝殼、蛋殼。

參考 請注意：「殼」和「穀」很相似。殳部的「殼」讀ㄎㄜˊ，是堅硬的外皮，例如：脫殼、蛋殼。禾部的「穀」讀ㄍㄨˇ，是糧食的總稱，例如：五穀、稻穀。

殽 殳部 八畫

ㄧㄠˊ ❶通「肴」：例殽饌、菜殽、嘉殽。❷山名，通「崤」。❸混淆，混雜，錯亂，同「淆」：例殽亂、殽惑。

毀 殳部 九畫

ㄏㄨㄟˇ ❶破壞，損害：例毀滅、銷毀。❷說別人的壞話：例毀謗、詆毀。

毀滅（ㄏㄨㄟˇ ㄇㄧㄝˋ） 徹底地破壞和消滅。

毀謗（ㄏㄨㄟˇ ㄅㄤˋ） 說別人的壞話。例你別再說了，小心對方告你毀謗。

毀壞（ㄏㄨㄟˇ ㄏㄨㄞˋ） 損毀，破壞。例這些桌椅已經老舊、毀壞了。

殿 殳部 九畫

ㄉㄧㄢˋ ❶高大的廳堂，帝王用來處理政事的地方或是供奉神佛的處所：例宮殿、佛殿。❷在最後：例殿後、殿軍。

殿下（ㄉㄧㄢˋ ㄒㄧㄚˋ） 魏晉時尊稱皇帝為殿下，因為帝王在宮殿中召見群臣，處理公事，所以尊稱為殿下，以後就成為對太子或親王的稱呼。

參考 相似詞：陛下。

殿後（ㄉㄧㄢˋ ㄏㄡˋ） 在最後。例他每次比賽跑步都殿後。

殿軍（ㄉㄧㄢˋ ㄐㄩㄣ） ❶在各種比賽的錄取名額裡，名列最後的意思。❷第四名也稱殿軍。

毅 殳部 十一畫

ㄧˋ 形容一個人的意志堅定，能夠當機立斷：例毅力、剛毅。

毅力（ㄧˋ ㄌㄧˋ） 堅強持久，毫不動搖的意志。例有毅力有決心是成功的第一步。

毅然（ㄧˋ ㄖㄢˊ） 堅決的樣子。例在緊要關頭，他毅然留下，準備和士兵共生死。

毆 殳部 十一畫

ㄡ 擊，打：例毆打、鬥毆。

毆打（ㄡ ㄉㄚˇ） 相打。

參考 相似詞：毆擊。

毋部 ㄨˊ

「□」是「毋」最早的寫法，中間是個錢貝（古人把貝殼當作錢幣使用），上下是串聯過錢貝的線。「毋」就是將東西穿起來而可以拿的意思，例如：貫穿的「貫」（貝部），就是加上貝字，強調將錢貝串聯起來，因此發展出貫穿、貫通的意思。

毋

毋部 ○畫

ㄨˊ 不要，不可以：例寧缺毋濫。

毋庸 ㄨˊ ㄩㄥ 用不著，不必。例你毋庸再為他掩飾了。

毋寧 ㄨˊ ㄋㄧㄥˊ 不如，寧可。例與其說他聰明，毋寧說他肯刻苦學習。

母

毋部 ○畫

ㄇㄨˇ ❶生育我的人：例母親。❷對女性長輩的尊稱：例姑母、姨母。❸年老的婦女：例漂（ㄆㄧㄠˇ）母。❹和「公」相對，雌性的動物：例母雞、母鳥。❺可以產生其他事物的能力或作用：例酵母、成功之母。❻臺北地名：例天母。

參考 相反字：父、公。♣請注意：母親的「母」中間是兩點，表示母親的乳房。毋忘在莒的「毋」中間是一撇（ㄆㄧㄝ），表示禁止，所以有「不要」的意思。

猜一猜 玉皇太后。（猜臺灣一地名）（答案：天母）

母子 ㄇㄨˇ ㄗˇ 母親和她所生的小孩子。例他們母子情深，令人感動。

母愛 ㄇㄨˇ ㄞˋ 母親對兒女的關心、照顧、保護等親情。

母親 ㄇㄨˇ ㄑㄧㄣ 生育我們的人，俗稱媽媽、媽咪，古人稱「母氏」。

動動腦 母親節到了，讓我們來寫出一句令母親感動的詩句。寫得愈多愈好。（例如：母親是我的鬧鐘，每天叫我起床。母親是二十四小時的警衛，時時監護我的安全……）

母親節 ㄇㄨˇ ㄑㄧㄣ ㄐㄧㄝˊ 每年五月的第二個星期日為母親節，一九一九年由美國加維斯女士發起，原本是要安慰在第一次世界大戰中陣亡將士的母親，經過基督教加以推廣，普及全世界。因為加維斯女士的母親，生前最喜歡康乃馨，因此就把康乃馨訂為母親節的「節花」。母親已經去世的人當天就佩帶白色的康乃馨，以感念母親永遠的愛；而母親健在的人佩帶紅色康乃馨，不僅喜悅，也慶賀母親仍然健康。在中國代表母親的則是萱草花，金黃色，含有忘憂的意思。

每

毋部 二畫

ㄇㄟˇ ❶指整體中的任何一個或一組：例每個人、每兩天。❷屢次，重複：例每戰必勝。❸常常：例每每工作到深夜。

每天 ㄇㄟˇ ㄊㄧㄢ 指每一天。例每天都該努力工作。

參考 相似詞：天天、每日、日日。

每每 ㄇㄟˇ ㄇㄟˇ 常常，表示出現的次數很多。例他每每工作到深夜。

參考 相似詞：往往、時時、常常。

每下愈況 ㄇㄟˇ ㄒㄧㄚˋ ㄩˋ ㄎㄨㄤˋ 情況愈來愈壞。例他的病情每下愈況。

小百科 原義指用腳踏豬來估計其重量。愈踏在豬的下部（即腳脛），就愈能看出豬的肥瘦，因為腳脛是最不容易長肥肉的部分，如果腳脛長得肥胖，表示是真正的肥。「每下愈況」一詞現在常被寫成「每況愈下」，其實是不對的。

毐

毋部 三畫

ㄞˇ ❶沒有品德的人。❷人名，戰國時代秦國人：例嫪（ㄌㄠˋ）毐。

毒

一 ＝ 丰 圭 毒 毒 毒 毒

毋部 四畫

ㄉㄨˊ ❶對生物體有傷害的東西：例毒藥、毒菇。❷害死：例毒老鼠。❸形容很凶狠、厲害：例太陽很毒、說話太毒。❹怨恨：例令人憤毒。❺對人的思想有害的：例不要看有毒書刊。

ㄉㄞˋ 通「玳」：例毒瑁。

參考 請注意，「毒」和毐（ㄞˇ）字形相近，「毒」的上面是一個「士」字，下面是「毋」（ㄨˊ）。

毒品 ㄉㄨˊ ㄆㄧㄣˇ 有毒的物品，像嗎啡、海洛英、鴉片等製品。

毒蛇 ㄉㄨˊ ㄕㄜˊ 含有毒素的蛇，像眼鏡蛇、青竹絲等，頭大多呈三角形，兩頰有毒腺，毒腺會分泌毒液，毒液有管子和上顎的長牙相連。如果被毒蛇咬傷，可以用血清治療，血清是用毒蛇的毒液提煉的。

參考 活用詞：毒蛇猛獸。

毒藥 ㄉㄨˊ ㄧㄠˋ 能傷害生物，或引起生物死亡的藥品。例他服用毒藥自殺。例不正確的思想，就像毒藥一樣，汙染了他的心靈。

參考 相似詞：毒品。

毓

ノ 𠂉 𠂉 𠂉 每 每 每 毓 毓 毓 毓

毋部 八畫

ㄩˋ 同「育」，養育。

比部 ㄅㄧˇ

「比」是一個人緊靠在另一個人後面，因此有緊密的意思，比部的字也都有緊接、連接的意思，例如：「毗」就有連接的意思。

比

一 ㄴ 比 比

比部 〇畫

ㄅㄧˇ ❶較量：例比一場球賽。❷「比利時」的簡稱。❸動作：例連說帶比。❹對著，向著：例他用槍比著犯人。❺比喻，比方：例把你的黑眼圈比成熊貓，還真貼切。❻對比：例糖和水的成分是二比一。

ㄅㄧˋ ❶易卦名之一。❷古代地方組織單位名，五家為比。❸相並列：例比肩。

參考 請注意：❶「比」和「北」字形相似，但是讀音和意思不同。❷「比」可表示程度的增加，例如：國民的生活一年比一年富裕了。

比方 ㄅㄧˇ ㄈㄤ 用甲事物來說明乙事物。例你聽不懂我說的話，那就打個比方吧！

參考 相似詞：比如、比喻、譬喻。♣活用詞：比方說。

比如 ㄅㄧˇ ㄖㄨˊ 舉例時用的開頭語。例有些問題已經決定了，比如招收多少學生、分多少班級等等。

比畫 ㄅㄧˇ ㄏㄨㄚˋ 用手拿著東西做出姿勢來幫助說話或代替說話。例他一面說話，一面用手比畫著。也寫作「比劃」。

比喻 ㄅㄧˇ ㄩˋ 比方；拿某一種比較具體、清楚的人、事、物來說明，好讓人明白。

動動腦 「妹妹的臉像紅紅的蘋果，讓人看了就想吃一口。」這就是比喻的方法，用這種方法練習以下的句子，愈生動愈好：❶月亮像……❷榕樹像……❸老師像……。

比試 ㄅㄧˇ ㄕˋ ❶彼此較量高低、優劣。例我們比試一下，看誰厲害。❷做出某種動作的姿勢。例他拿起刀子隨便比試一下，就可看出他練過國術。

比照 ㄅㄧˇ ㄓㄠˋ 和原有的事物比較對照。例只要比照著這張圖畫就行了。

比較 ㄅㄧˇ ㄐㄧㄠˋ 用兩種或兩種以上同類的事物分辨不同或高下。例我覺得這篇文章寫得比較好。

比賽 ㄅㄧˇ ㄙㄞˋ 分出優劣。例參加比賽要保持風度。

參考 請注意：「比賽」的範圍很廣，比較常用；「競賽」一定有勝負的結果，分出高下名次。

四畫

毗

比部 五畫

ㄆㄧˊ ❶連接：例毗連。❷輔助：例毗輔。

參考 請注意：「毗」和「仳」的分別：「毗」有連接的意思；「仳」指夫妻離婚。

毛部 ㄇㄠˊ

「毛」是「毛」最早的寫法，是個象形字，就像細毛叢生的樣子。毛部的字和毛都有密切的關係，例如：毯、氈（都是毛織品）、毫（細而長的毛）。

毛

丿 二 三 毛

毛部 ○畫

ㄇㄠˊ ❶動植物表皮所生的柔細物：例牛毛、羊毛。❷粗糙的，還沒有加工的：例毛坯、毛貨。❸不是純淨的：例毛利。❹做事粗心、不細緻：例毛手毛腳、毛頭毛腦。❺驚慌：例嚇毛了、心裡發毛、毛毛的。❻草木：例不毛之地。❼小，細：例毛毛蟲、毛孩子、毛毛雨。❽錢幣的單位，一角錢叫一毛。❾粗略的：例毛舉其數。❿姓：例毛先生。

唱詩歌 小毛蟲，不多大，東爬爬，西爬爬，好像在找他的家。（芮家智編）

毛巾 ㄇㄠˊ ㄐㄧㄣ 洗臉或擦手用的巾帕。

毛孔 ㄇㄠˊ ㄎㄨㄥˇ ❶皮膚上生長毛髮的細孔。❷比喻細小。例不要老是斤斤計較毛孔小事。

毛衣 ㄇㄠˊ ㄧ ❶禽鳥的羽毛。❷用毛線編織成的衣裳。

毛坯 ㄇㄠˊ ㄆㄟ 初步成形，還有待進一步加工的工件。

毛重 ㄇㄠˊ ㄓㄨㄥˋ 商品本身和包裝材料合計的重量。

參考 相反詞：淨重。

毛病 ㄇㄠˊ ㄅㄧㄥˋ ❶疾病。例她的身子不好，常有些小毛病發作。❷缺點。例他愛拖延時間的老毛病又犯了。❸失誤或拖延時間。例這部老爺車在路上又出了毛病。

毛筆 ㄇㄠˊ ㄅㄧˇ 用兔、狼、羊等獸毛製成的筆。

猜一猜 新時白頭髮，舊時變成黑，閒時戴帽子，忙時把帽摘。（猜一種文具）（答案：毛筆）

毛躁 ㄇㄠˊ ㄗㄠˋ ❶急躁。例你那毛躁的脾氣也該改一改了。❷不沉著，不細心。

毛手毛腳 ㄇㄠˊ ㄕㄡˇ ㄇㄠˊ ㄐㄧㄠˇ ❶做事粗心大意。❷形容人的舉動輕浮。

毛骨悚然 ㄇㄠˊ ㄍㄨˇ ㄙㄨㄥˇ ㄖㄢˊ 形容很害怕的樣子。悚：害怕的樣子。例恐怖片陰森的氣氛，令人毛骨悚然。

毛遂自荐 ㄇㄠˊ ㄙㄨㄟˋ ㄗˋ ㄐㄧㄢˋ 自己表示願意做某事，後來比喻自己推荐自己。相傳毛遂是戰國時代趙國平原君門下的食客。秦兵攻打趙國，平原君奉命到楚國求救，毛遂推荐自己和平原君到楚國。到了楚國，平原君和楚王談了一上午沒有結果。毛遂挺身而出，陳述利害，楚王才答應派春申君帶兵去救趙國。

毫

毛部 七畫

ㄏㄠˊ ❶動物身上的細毛：例毫毛。❷指毛筆：例羊毫、狼毫、揮毫（用毛筆寫字或作畫）。❸單位名稱：例毫米（指長度）、毫克（指重量）、毫升（指容量）。❹極少，一點：例毫不在意、毫無頭緒。

毫毛 ㄏㄠˊ ㄇㄠˊ 人或鳥獸身上的細毛；比喻極微小的東西。

毫無 ㄏㄠˊ ㄨˊ 全無。例他毫無悔改之意。

毫不在意 ㄏㄠˊ ㄅㄨˋ ㄗㄞˋ ㄧˋ 一點兒都不放在心上。例他對別人的批評毫不在意。

毫無二致 ㄏㄠˊ ㄨˊ ㄦˋ ㄓˋ 完全一樣，絲毫沒有什麼兩樣。例家鄉的舊居擺設，多年來毫無二致。

毬

毛部 七畫

ㄑㄧㄡˊ 圓形成團的東西：例花毬。

毯

毛部 八畫

ㄊㄢˇ 毯子，較厚的棉毛織品：例毛毯、棉毯、地毯、壁毯。

毽

毛部 九畫

ㄐㄧㄢˋ 一種健身玩具，用皮或布裹著銅錢，錢孔上插羽毛，玩的時候用腳連續把它向上踢，不使落地：例毽子。

猜一猜 小公雞不會叫，飛上腳背跳幾跳。（猜一童玩名）（答案：毽子）

氈

毛部 十三畫

ㄓㄢ 用獸毛壓製成的塊狀或片狀物，例如：床氈、氈墊。也可製成防寒用品，例如：氈帽、氈鞋等。

氏部 ㄕˋ

「氏」是一個人提著東西的樣子，原本寫成「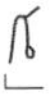」，後來形體發生了錯誤的演變變成「」，就不大能看出原來的意思，氏部的字和人都有關係，例如：民、氓。

氏

氏部 〇畫

ㄕˋ ❶古代稱帝王、貴族：例神農氏。❷古代世代相傳的行業：例太史氏。❸從前婦女結婚後在本姓前加上丈夫的姓：例張王氏。❹對專家或名人的尊稱：例攝氏、釋氏。❺姓：例姓氏、張氏兄弟。

ㄓ ❶古代西域國名：例月氏。❷稱呼匈奴國王的妻子：例閼（ㄧㄢ）氏。

參考 請注意：❶「氏」和「氐」只差一橫，讀音和用法完全不同：「氏」讀ㄕˋ（或ㄓ），有姓的用法，例如：姓氏、王氏。「氐」讀ㄉㄧ，和「抵」通用，有基礎、大概、總括的意思，例如：根氐、大氐不差。❷部首加「氏」的字，有白紙的紙（ㄓˇ）；神祇的祇（ㄑㄧˊ）；舐犢情深的「舐」（ㄕˋ）。加「氐」的字有高低的「低」（ㄉㄧ）、抵抗的「抵」（ㄉㄧˇ）、杯底的「底」（ㄉㄧˇ）等字。

民

氏部 一畫

ㄇㄧㄣˊ ❶人的通稱：例民眾。❷百姓：例為民除害、民心。❸從事某種職業的人：例農民、漁民。❹非軍事的：例民航機、軍民一家。❺民間的：例民歌、民謠。❻姓：例民先生。

民主 ㄇㄧㄣˊ ㄓㄨˇ 一個國家的主權在全體人民。

參考 活用詞：民主黨、民主主義、民主共和、民主思潮、民主陣容、民主憲政。

民俗 ㄇㄧㄣˊ ㄙㄨˊ 一地方人民的風俗習慣。

參考 活用詞：民俗學、民俗活動、民俗文化村。

民族 ㄇㄧㄣˊ ㄗㄨˊ 因為血統、生活、風俗、語言相同而自然結合的人群。例遊牧民族。

參考 活用詞：民族性、民族學、民族文化、民族主義、民族國家、民族自決、民族自覺、民族意識、民族遷徙、民族大熔爐。

四畫

民謠（ㄇㄧㄣˊ ㄧㄠˊ） 在民間相傳流行的歌曲，包括山歌、小調。內容大部分都表現當地人民的生活和情感，曲調大都優美、簡單，富有濃厚的地方色彩，很受人們喜愛。

民不聊生（ㄇㄧㄣˊ ㄅㄨˋ ㄌㄧㄠˊ ㄕㄥ） 人民生活困苦，幾乎沒有辦法生存下去。例這地區連連發生水災，使得民不聊生。

氐

氏部 一畫

一 厂 F 氏 氐

ㄉㄧˇ 根本，通「抵」、「柢」。

ㄉㄧ 我國古代西部的少數民族。

參考 請注意：「氐」字下面有一橫，沒有一橫的是姓氏的「氏」字。

氓

氏部 四畫

丶 亠 亡 亡 氓 氓 氓 氓

ㄇㄥˊ 古代稱百姓為「氓」。

ㄇㄤˊ 無業遊民：例流氓。

猜一猜 使社會敗亡的人民。（猜一字）

（答案：氓）

气部（ㄑㄧˋ）

「气」是水蒸氣上升重疊的樣子，是個象形字。「气」原本是指雲氣，後來因為被借為乞丐的「乞」（乞是由气變化而來的），所以用「氣」代替「气」（「氣」本來是指贈送的生米，從此「氣」就變成氣體的意思，跟米飯的關係愈來愈遠），因此現在空氣、氧氣都寫成「氣」。「气」部的字和氣體都有關係，例如：「汽」是指水蒸氣。

氖

气部 二畫

ノ 𠂉 𠂉 气 气 氖

ㄋㄞˇ 一種非金屬元素，是無色無臭的氣體，可用於製造霓虹燈。

氛

气部 四畫

ノ 𠂉 𠂉 气 气 气 氛 氛

ㄈㄣ ❶「氣」的通稱。❷對情境的感受：例氣氛。

氟

气部 五畫

ノ 𠂉 𠂉 气 气 气 气 氟 氟

ㄈㄨˊ 非金屬元素，淡黃色氣體，有特別的臭味，是骨骼和牙齒中不可缺少的成分，少量的氟可以防止蛀牙，但是過多會產生毒性。

氣

气部 六畫

ノ 𠂉 𠂉 气 气 气 氣 氣 氣 氣

ㄑㄧˋ ❶物體三態之一，沒有固定的形狀、體積：例氣體。❷動物的呼吸：例氣息。❸味道：例香氣。❹憤怒：例生氣。❺陰晴寒暖的自然現象：例氣象。❻人的精神態度：例勇氣。❼人體機能的原動力：例血氣。❽難以忍受的待遇或態度：例我何必受他的氣？

參考 請注意：❶「氣」字也可以簡寫作「气」。❷請注意：「汽」和「氣」同音，但是意思不太相同。「氣」是物體三態。

氣力（ㄑㄧˋ ㄌㄧˋ） 全身的體力。例他用盡氣力才把這箱書搬走。

氣色（ㄑㄧˋ ㄙㄜˋ） 人的精神和面色。例他最近生病，氣色很不好。

氣味（ㄑㄧˋ ㄨㄟˋ） ❶鼻子可以聞到的味道。例玫瑰花散發出芬芳的氣味。❷比喻性格和志趣。例他們倆氣味相投，成為要好的朋友。

氣氛（ㄑㄧˋ ㄈㄣ） 指洋溢於某個特定環境中的情調與氣息。例這家餐廳的氣氛很高雅。

氣派（ㄑㄧˋ ㄆㄞˋ） ❶指人的態度行為很威風。例他一副氣派十足的模樣。❷形容事物表現出來的氣勢很大。例大飯店當然比小餐廳氣派多了。

氣候 ㄑㄧˋ ㄏㄡˋ　某一地區經過多年觀察出的天氣特徵。它與氣流、緯度、海拔高度、地形等有關。

參考 請注意：「氣候」和「天氣」不同：「氣候」是長時間統計出來的氣象情況；「天氣」是大氣在短時間內的變化現象。♣活用詞：氣候學。

氣息 ㄑㄧˋ ㄒㄧ　❶呼吸時出入的氣。例他的病很重，氣息微弱。❷指事物表現的意味或給人的感受。例春天來了，大地充滿活潑的氣息。

氣球 ㄑㄧˋ ㄑㄧㄡˊ　用布做成球形，外面塗上樹膠，或用橡膠做成球形，裝入氫氣或氦氣，使膨脹上升。種類很多，有的用做玩具，有的用做載運工具，例如：在氣象和軍事上可以攜帶儀器，進行高空探測和偵察等。

猜一猜 紅的瓜，綠的瓜，飛到天上不回家。（猜一種玩具）（答案：氣球）

氣喘 ㄑㄧˋ ㄔㄨㄢˇ　❶一種呼吸困難而發喘的疾病。❷呼吸急促。例他跑得氣喘如牛，話都說不清楚。

氣溫 ㄑㄧˋ ㄨㄣ　空氣的溫度。通常用溫度表測定，我國以攝氏表示。氣溫的變化是受太陽位置、緯度、地面性質和冷暖空氣的移動而決定的。

氣象 ㄑㄧˋ ㄒㄧㄤˋ　❶大氣的狀態和現象，例如：颳風、閃電、打雷、下雪等。❷景象、情況。例新年新氣象，請各位同學加油！

參考 活用詞：氣象臺、氣象學、氣象報告。

笑一笑 小明：「昨天我看電視氣象報告說今天是晴天，現在怎麼下起雨來了？」小華：「我說你家的電視壞了，你就偏不信！」

氣量 ㄑㄧˋ ㄌㄧㄤˋ　指人的心胸度量。例他是個氣量狹小的人，喜歡占人家便宜。

參考 相似詞：胸襟。

氣節 ㄑㄧˋ ㄐㄧㄝˊ　指人有志氣、有忠心的個性。例他是個有氣節的軍人，不向敵人屈服。

氣勢 ㄑㄧˋ ㄕˋ　❶人的態度和舉動。例他講話一向是氣勢凌人的態度。❷雄偉的形勢和氣象。例太魯閣的氣勢雄偉，風景美麗。

氣魄 ㄑㄧˋ ㄆㄛˋ　魄力。一種敢作敢為，不怕困難的氣概。例他辦事很有氣魄，值得信賴。

氣管 ㄑㄧˋ ㄍㄨㄢˇ　呼吸器官的一部分，管狀，是由半環狀軟骨構成的，有彈性，上接喉頭，下部分成兩支，通入左右兩肺。

氣概 ㄑㄧˋ ㄍㄞˋ　指人的態度和舉動；比喻一種堅定、豪邁、有勇氣、有決心的精神態度。例他是一個有氣概的青年。

氣數命運 ㄑㄧˋ ㄕㄨˋ ㄇㄧㄥˋ ㄩㄣˋ　也稱作「氣運」。

氣餒 ㄑㄧˋ ㄋㄟˇ　內心恐懼，失掉勇氣。餒：膽怯，心虛。例失敗了要繼續努力，千萬不要氣餒。

笑一笑 叔叔和姪兒下棋，叔叔輕鬆的連贏三盤。要下第四盤棋時，叔叔安慰姪兒不要氣餒。姪兒大吼：「我不氣餒，我氣你！」

氣質 ㄑㄧˋ ㄓˋ　❶指人的個性特點，例如：活潑、直爽、文靜等。例她的氣質優雅，很吸引人。❷風格。例她具有音樂家的氣質。

氣憤 ㄑㄧˋ ㄈㄣˋ　憤怒。例他一時氣憤，說不出話來。

參考 相似詞：憤怒。

氣壓 ㄑㄧˋ ㄧㄚ　空氣的壓力，就是「大氣壓」的簡稱。距離海面愈高，氣壓愈小，例如：高空或高山上的氣壓就比平地的氣壓小。

氣體 ㄑㄧˋ ㄊㄧˇ　物體三態之一，沒有固定的形狀和體積，能自動充滿任何容器的物質。

氣沖沖 ㄑㄧˋ ㄔㄨㄥ ㄔㄨㄥ　形容非常憤怒的樣子。例他氣沖沖的走了。

氣昂昂 ㄑㄧˋ ㄤˊ ㄤˊ　形容人很有精神，氣勢威武的樣子。例軍人們個個雄赳赳、氣昂昂。

氣呼呼 ㄑㄧˋ ㄏㄨ ㄏㄨ　比喻生氣時呼吸急促的樣子。例他等了一個小時，還見不到人影，就氣呼呼的跑了。

氣象臺 ㄑㄧˋ ㄒㄧㄤˋ ㄊㄞˊ　進行氣象觀測、科學研究、發布天氣預報、對氣象站技術指導和為生產建設服務的專業氣象機構。

四畫

氣味相投 ㄑㄧˋ ㄨㄟˋ ㄒㄧㄤ ㄊㄡˊ 彼此意氣、志趣相合。例他們倆是氣味相投的一對。

氣急敗壞 ㄑㄧˋ ㄐㄧˊ ㄅㄞˋ ㄏㄨㄞˋ 上氣不接下氣，失去了常態。形容十分慌張的樣子。例他氣急敗壞的跑來，向大家宣布不幸落選的消息。參考 相似詞：驚慌失措。♣相反詞：穩若泰山。

氣息奄奄 ㄑㄧˋ ㄒㄧ ㄧㄢˇ ㄧㄢˇ 比喻氣息微弱，快要斷氣的樣子。奄奄：微弱的樣子。例當我們趕到醫院時，病患已經氣息奄奄了。

氣象萬千 ㄑㄧˋ ㄒㄧㄤˋ ㄨㄢˋ ㄑㄧㄢ 形容景色千變萬化，非常壯觀。例阿里山的雲海氣象萬千，令人嘆為觀止。

氣勢洶洶 ㄑㄧˋ ㄕˋ ㄒㄩㄥ ㄒㄩㄥ 形容態度或聲勢非常凶猛。例我一進門，爸爸就氣勢洶洶的指責我。

氧 气部 六畫

ㄧㄤˇ 一種非金屬元素，以氣態分子（O_2）自然存在空氣中，又廣布地上，無色、無臭、無味，有助燃性，容易和其他物質化合，為動植物呼吸作用不可缺少的氣體。

氧化 ㄧㄤˇ ㄏㄨㄚˋ 指物質和氧化合的過程，例如：鐵生鏽、煤燃燒都是氧化作用。

氧氣 ㄧㄤˇ ㄑㄧˋ 一種無色、無臭、無味的氣體，是動植物呼吸需要的氣體，能助燃，並可以和許多元素直接化合成各種氧化物。

氨 气部 六畫

ㄢ 無機化合物，由氫和氮化合而成，是一種無色有臭味的化學氣體，俗稱「阿摩尼亞」。水溶液叫「氨水」，可以直接做肥料。

氦 气部 六畫

ㄏㄞˋ 非金屬元素，是無色無臭的氣體，很輕，可以用來填充氣球和電燈泡等。

氤 气部 六畫

ㄧㄣ 煙雲瀰漫的樣子：例氤氳。

氤氳 ㄧㄣ ㄩㄣ 形容煙或水氣很盛的樣子。

氫 气部 七畫

ㄑㄧㄥ 最輕的非金屬元素，是無色無臭無味的氣體，能燃燒，工業上用途很廣，液態氫可做火箭的高能燃料。

氮 气部 八畫

ㄉㄢˋ 非金屬元素，是無色無臭的氣體，不能燃燒，占空氣含量的五分之一，是動植物蛋白質的主要成分，也可用來製造氨、硝酸和氮肥。

氯 气部 八畫

ㄌㄩˋ 非金屬元素，黃綠色氣體，有毒，有強烈的刺激性臭味，可以用來製造漂白粉、染料、顏料、農藥等。

氰 气部 八畫

ㄑㄧㄥ 碳和氮的化合物，無色氣體，有劇毒，燃燒時發出青色火焰。

氳 气部 十畫

ㄩㄣ 煙雲瀰漫的樣子：例氤氳。

水部 ㄕㄨㄟˇ

「巛」是按照水的波紋所造的象形字，八卦當中代表水的坎卦符號也是水的形狀：「☵」。水和人們的生活關係很密切，因此水部的字也就特別的多，按照詞性不同，可以分成三類：

一、名詞

1.河流的名稱，例如：淮（淮河）、渭（渭水）、湘（湘江）、漢（漢水）。

2.聚水的地方，例如：溪、江、河、湖。

3.水所形成的事物，例如：波、浪、沫、泡。

二、動詞

1.水的活動，例如：流、淋、濺、注。

2.和水有關的活動，例如：游、泳、潛。

三、形容詞

1.水的狀態，例如：滿（水很多）、洪（大水）。

2.水的性質，例如：深、淺、清、濁、汙。

水

亅 才 水 水

水部 〇畫

ㄕㄨㄟˇ ❶河流的名稱：例漢水。❷果汁：例橘子水。❸江、河、湖、海的通稱：例水陸交通。❹無色、無味、無臭的液體：例自來水。❺裝水的東西：例水瓶、水缸。❻姓：例水先生。

猜一猜 (一)請你猜猜看：

什麼字，一滴水？
什麼字，兩滴水？
什麼字，三滴水？
什麼字，四滴水？
什麼字，六滴水？
什麼字，十滴水？
什麼字，十一滴水？
（答案：永、冰、江、泗、洲、汁、汗）

(二)用手抓不起，用刀劈不開，煮飯洗衣服，都要請它來。（猜日常用品）
（答案：水）

唱詩歌 小器鬼，喝涼水，打破了缸，割破了嘴，討個老婆打斷了腿。

水力 ㄕㄨㄟˇ ㄌㄧˋ 江、河、湖、海等水流所產生的工作的能力，屬於自然能源的一種，可以用來轉動機器或者發電。例水力發電可以帶給我們生活上很大的方便。

參考 請注意：「水力」指水的工作能力；而「水利」指水所帶給人們的利益。

水手 ㄕㄨㄟˇ ㄕㄡˇ 在船上工作的人。例水手通常要擔任操舵、測量海的深度、保養修護船隻和裝卸工具等工作。

參考 活用詞：水手帽、水手裝。

水牛 ㄕㄨㄟˇ ㄋㄧㄡˊ 哺乳動物的一種。

小百科 水牛體格粗壯，皮毛稀少，牛毛是灰黑色。牛角粗大而且扁平，向後方彎曲。牛皮很厚，喜歡浸在水中。腿短蹄大，適合耕作，肉質較粗。出產在中國南方和印度等地。

水分 ㄕㄨㄟˇ ㄈㄣˋ 含水的成分。例西瓜所包含的水分很多。

水仙 ㄕㄨㄟˇ ㄒㄧㄢ 多年生草本植物，葉細長，有平行脈，地下莖成塊狀，冬天開喇叭狀的白花，氣味芳香。

小百科 有一種美麗的鮮花能在新春佳節給千家萬戶帶來生機，送來清香，添增無限樂趣——它就是水仙。水仙是一種名貴的觀賞花卉。它那銀盤似的花被、碧玉般的花瓣，亭亭玉立的神韻，沁人心脾的芳香，清雅奇麗，品格高雅，自古以來為文人墨客所稱頌。

水母 ㄕㄨㄟˇ ㄇㄨˇ 一種海面的浮游動物，形狀似傘，長了許多觸手。又名「海蜇（ㄓㄜˊ）」。

水坑 ㄕㄨㄟˇ ㄎㄥ 積水的凹處。例他一腳踏進水坑，鞋子都溼透了。

水利 ㄕㄨㄟˇ ㄌㄧˋ　指開發利用水的功能，使它應用到灌溉、發電、給水、航運等對人類有益的事。

參考　活用詞：水利局、水利工程。

水泥 ㄕㄨㄟˇ ㄋㄧˊ　用石灰石、黏土、石膏所做成的建築材料。例用水泥造的房子相當堅固。

水花 ㄕㄨㄟˇ ㄏㄨㄚ　水受外力的拍打、衝擊而產生像花一般的水滴。例海浪拍擊岩石，激起水花片片。

水泡 ㄕㄨㄟˇ ㄆㄠˋ　❶水面上的小泡泡。例剛泡好的茶，上面浮有細小的茶屑和水泡。❷因受過度摩擦或擦傷使皮膚表面隆起，裡面積水的現象。

猜一猜　小小水晶宮，漂浮在水中，只要手一碰，立刻無影蹤。（猜一種現象）（答案：水泡）

水柱 ㄕㄨㄟˇ ㄓㄨˋ　像柱子一樣直立的水流。例鯨從鼻子噴出一條水柱。

水果 ㄕㄨㄟˇ ㄍㄨㄛˇ　含有水分可以生吃的果實。例臺灣是水果王國。

水流 ㄕㄨㄟˇ ㄌㄧㄡˊ　❶江、河的通稱。❷流動的水。例因為水管破裂，所以水流不斷的湧出。

水庫 ㄕㄨㄟˇ ㄎㄨˋ　是儲存大量水的地方。水庫具有發電、灌溉……等多種功能。

俏皮話　「水庫開了閘——滔滔不絕。」小朋友，你是否曾看過水庫的閘門被打開，好讓水滔滔不絕的流下來呢？「水庫開了閘」是用來比喻一個人說話又多又快。下次如果碰到這種人，你就可以用這句話來形容他了。

水師 ㄕㄨㄟˇ ㄕ　❶古代官名，掌管水、監督清洗等事。❷指水手。❸水上作戰的軍隊。清代有長江水師、外海水師。

參考　相似詞：水軍。♣活用詞：水師營、水師學生。

水瓶 ㄕㄨㄟˇ ㄆㄧㄥˊ　口小肚大的裝水器具。

參考　活用詞：水瓶蓋、水瓶星座。

水桶 ㄕㄨㄟˇ ㄊㄨㄥˇ　裝水用的桶子。

動動腦　(一)小朋友，想一想，除了裝水外，水桶還可以裝什麼東西呢？(二)到郊外露營，煮飯時，卻發現忘了帶水桶。聰明的小朋友，你趕快想想看，用哪些東西可以裝水？趕快！否則就吃不到晚飯了！

水隄 ㄕㄨㄟˇ ㄊㄧˊ　建築在河邊用來擋水的建築物。

水晶 ㄕㄨㄟˇ ㄐㄧㄥ　透明無色，呈六角形柱狀的晶體，折射率大，常用來作光學器材和美術的材料。例水晶杯和玻璃杯有什麼不同嗎？

參考　相似詞：水精。♣活用詞：水晶宮。

動動腦　「花卉、水晶」——卉和晶都是由三個相同的字組合而成的，除了卉和晶以外，小朋友你還能想出其他由三個相同的字組合而成的字嗎？（答案：鑫、淼、森、轟、焱、……）

水電 ㄕㄨㄟˇ ㄉㄧㄢˋ　水和電。

參考　活用詞：水電行、水電費、水電設備。

水源 ㄕㄨㄟˇ ㄩㄢˊ　❶河流發源的地方。一般來說泉水、冰雪溶化的水、湖泊等都是河流的水源。❷普通的使用水、工業用水以及灌溉用水。例今年雨水充足，灌溉的水源不怕缺乏。

水溝 ㄕㄨㄟˇ ㄍㄡ　❶水流通的溝道。例我們要時常清掃水溝，保持暢通和維護環境的清潔。

水雷 ㄕㄨㄟˇ ㄌㄟˊ　放置在水中炸毀敵人船艦的一種武器。

參考　活用詞：水雷區。

水塘 ㄕㄨㄟˇ ㄊㄤˊ　蓄水的池塘。例野鴨在水塘上玩耍。

水道 ㄕㄨㄟˇ ㄉㄠˋ　❶水的通路。例水道要時常疏通，才可以避免水災的發生。❷游泳池中比賽時用繩子隔開的路線。例他參加游泳比賽，抽籤抽到第三水道。

水準 ㄕㄨㄟˇ ㄓㄨㄣˇ　❶水平，深淺高低的程度。例歐洲國家的生活水準很高，人民對藝術有很濃厚的興趣。❷測量平不平和直不直的器具。例水準器。❸作為標準的程度。例我國製造的東西已達到國際水準。

參考　相似詞：水平。

水餃 ㄕㄨㄟˇ ㄐㄧㄠˇ　用麵粉為皮，中間包肉和菜捏成的食物。

水銀 ㄕㄨㄟˇ ㄧㄣˊ　金屬的一種，俗稱為「汞」。是在室溫下唯一的液態金屬。有毒，可用來製水銀燈、溫度計、氣壓計等。

水稻 ㄕㄨㄟˇ ㄉㄠˋ　稻的一種，適合在溫暖潮溼的水田中種植。

參考 相反詞：旱稻、陸稻。♣活用詞：水稻田、水稻產量。

水質 ㄕㄨㄟˇ ㄓˋ　指水所包含的成分。例海拔愈高的地區，水質愈清澈，沖泡的茶汁有一股甘醇的味道。

水壺 ㄕㄨㄟˇ ㄏㄨˊ　❶燒水的容器。例他提著水壺幫客人倒水。❷盛裝飲用水，外出時可以提或背的有蓋子的容器。例水壺是爬山一定要帶的用品。

水槽 ㄕㄨㄟˇ ㄘㄠˊ　四周高起，中間凹下的長條形盛水的器具。

水瓢 ㄕㄨㄟˇ ㄆㄧㄠˊ　指用來取水的器具。例他用水瓢舀水澆花。

水壩 ㄕㄨㄟˇ ㄅㄚˋ　設在河道、山谷間阻攔水流用來存水的建築物。例洪水沖垮了水壩，淹沒了整個村莊。

水果 ㄕㄨㄟˇ ㄍㄨㄛˇ　含有漿液而可生吃的果實，例如：西瓜、蘋果等。

水蜜桃 ㄕㄨㄟˇ ㄇㄧˋ ㄊㄠˊ　桃子的一種，核小汁多，香甜可口。

水滸傳 ㄕㄨㄟˇ ㄏㄨˇ ㄓㄨㄢˋ　是一本書名。由元朝末年施耐庵根據流傳在民間的故事所改寫成的長篇小說。內容是描寫以宋江為首的一百零八個人淪為土匪的故事。

水龍頭 ㄕㄨㄟˇ ㄌㄨㄥˊ ㄊㄡˊ　指自來水的開關。

猜一猜 鐵娃娃、彎彎嘴，一碰它就會噴水。（猜一物）（答案：水龍頭）

水土保持 ㄕㄨㄟˇ ㄊㄨˇ ㄅㄠˇ ㄔˊ　使用特別的技術，使土壤保持良好的狀況。例做好水土保持，才有美麗的風景。

水中撈月 ㄕㄨㄟˇ ㄓㄨㄥ ㄌㄠ ㄩㄝˋ　在水中抓取月亮。撈：把物品從水中取出。比喻事情根本做不到，只是幻想，白費力氣。例憑你這副破嗓子就想成為大歌星，我看你簡直就是水中撈月，白費力氣了。

參考 相似詞：水中捉月、鏡裡拈（ㄋㄧㄢ）花。♣請注意：「海底尋針」、「水底撈針」都有事情做不到、白費力氣的意思，但「水中撈月」是純屬幻想，毫無實現的可能；「海底尋針」、「水底撈針」成功的機會很小，但還是有希望。

水火不容 ㄕㄨㄟˇ ㄏㄨㄛˇ ㄅㄨˋ ㄖㄨㄥˊ　水和火不能放在一起；比喻互相對立的東西或人。例他們兩人吵到最後已經到了水火不容的地步了。

水色山光 ㄕㄨㄟˇ ㄙㄜˋ ㄕㄢ ㄍㄨㄤ　山和水的顏色，用來比喻風景很美麗。例日月潭的水色山光吸引了許多遊客。

水花四濺 ㄕㄨㄟˇ ㄏㄨㄚ ㄙˋ ㄐㄧㄢˋ　水受到外力的拍打，水點向四周飛散。例海浪沖擊岩石，水花四濺。

水乳交融 ㄕㄨㄟˇ ㄖㄨˇ ㄐㄧㄠ ㄖㄨㄥˊ　水和乳汁融合在一起；比喻思想感情非常親密沒有距離。例她們的默契已到了水乳交融的地步。

猜一猜 沖牛奶。（猜一句成語）（答案：水乳交融）

水泄不通 ㄕㄨㄟˇ ㄒㄧㄝˋ ㄅㄨˋ ㄊㄨㄥ　水一點也漏不出來；形容十分擁擠。泄：漏的意思。例電影街每到假日都被人潮擠得水泄不通。

水來土掩 ㄕㄨㄟˇ ㄌㄞˊ ㄊㄨˇ ㄧㄢˇ　水淹上來，就用土蓋住。比喻隨機應變。例不管他使出什麼計謀，「兵來將擋，水來土掩」，不必害怕！

水鄉澤國 ㄕㄨㄟˇ ㄒㄧㄤ ㄗㄜˊ ㄍㄨㄛˊ　江南的別稱，江南因為水道密布，水運便利是全國第一，所以有這種美稱。例江南是舉世聞名的水鄉澤國。

水深火熱 ㄕㄨㄟˇ ㄕㄣ ㄏㄨㄛˇ ㄖㄜˋ　比喻人民生活非常困苦。例戰國時代，秦始皇的嚴苛暴政，使得人民生活在水深火熱之中。

水落石出 ㄕㄨㄟˇ ㄌㄨㄛˋ ㄕˊ ㄔㄨ　水落下去，石頭自然就會顯露出來。比喻事情真相大白。例這件案子經過警方不斷的追查，終於水落石出了。

水漲船高 ㄕㄨㄟˇ ㄓㄤˇ ㄔㄨㄢˊ ㄍㄠ　水漲起，船就會跟著浮高。比喻事情因為環境改變，價值就不同。例颱風過後，蔬菜的價錢也跟著水漲船高了。

四畫

水產加工廠 ㄕㄨㄟˇ ㄔㄢˇ ㄐㄧㄚ ㄍㄨㄥ ㄔㄤˇ 將河海中的魚類、藻類加工製成產品的地方。例魚罐頭是由水產加工廠製造的。

永
水部 一畫

ㄩㄥˇ ❶長遠，久遠：例永久。❷姓：例永先生。

猜一猜 水字頭上多一點一橫。（猜一字）（答案：永）

永久 ㄩㄥˇ ㄐㄧㄡˇ 長久，久遠。例岳飛精忠報國的精神永久被世人傳頌。

永世 ㄩㄥˇ ㄕˋ ❶一輩子。例我永世難忘他的恩澤。❷世世代代，一直到永遠。例陶淵明自然淳樸的山水田園作品，將會永世流傳。

永生 ㄩㄥˇ ㄕㄥ ❶一生一世，一輩子。例撒哈拉之旅使我永生難忘。❷指人死後靈魂升天，永遠存活。例基督徒相信人死後能獲得永生。❸比喻死後精神永不磨滅。例孔子偉大的人格永生永世長存在我們的心中。

參考 相似詞：永世、畢生、終身。

永別 ㄩㄥˇ ㄅㄧㄝˊ 永遠分別，多指人死了以後的分別。例親友紛紛趕到醫院與老人永別。

永恆 ㄩㄥˇ ㄏㄥˊ 長久不變的。例達文西賦予蒙娜麗莎一個永恆的微笑。

永遠 ㄩㄥˇ ㄩㄢˇ 時間長久，沒有終止。例一本好書有永遠流傳的價值。

永垂不朽 ㄩㄥˇ ㄔㄨㄟˊ ㄅㄨˋ ㄒㄧㄡˇ 指光輝的事蹟和偉大的精神長久流傳，永不磨滅。例國父的精神永垂不朽。

汁
水部 二畫

ㄓ 物體中所含的水分：例果汁。

汁液 ㄓ ㄧㄝˋ 就是汁。液：能流動的物質。例西瓜的汁液很多。

汀
水部 二畫

ㄊㄧㄥ 水邊的平地或水中的小洲：例汀洲。

汀泗橋 ㄊㄧㄥ ㄙˋ ㄑㄧㄠˊ 位在湖北省。粵漢鐵路經過。附近產紅茶，非常有名。例汀泗橋是座歷史古蹟。

氾
水部 二畫

ㄈㄢˋ ❶水大量向外橫流：例氾濫。❷普遍，通「汎」：例氾愛。❸姓：例氾先生。

氾愛 ㄈㄢˋ ㄞˋ 對任何人、任何物都愛。例戰國時代墨子倡導氾愛的學說。

氾濫 ㄈㄢˋ ㄌㄢˋ 水大量向外橫流。例埃及的尼羅河每年都會定期的氾濫。

求
水部 二畫

ㄑㄧㄡˊ ❶請人做某事、幫忙：例求助。❷要求：例精益求精。❸設法得到：例求名求利、求人不如求己。❹追求：例求學問。❺需要：例供不應求。❻姓：例求小姐。

古人說 「求人不如求己。」這是告訴我們凡事都要靠自己，不能依賴別人。例求人不如求己，這件事你獨力創作也能和別人一樣優秀。

求生 ㄑㄧㄡˊ ㄕㄥ 設法活下去。例據說他在深山迷路的那段日子，完全是依靠純熟的求生技巧才生存下去。

求助 ㄑㄧㄡˊ ㄓㄨˋ 有困難時請求幫助。例他的生活費花光了，只得打電話向家人求助。

求救 ㄑㄧㄡˊ ㄐㄧㄡˋ 遇到危險或困難時，請求援救。例他發現失火了，立刻打一一九求救。

求情 ㄑㄧㄡˊ ㄑㄧㄥˊ 請求對方原諒。例爸爸要處罰弟弟，媽媽向爸爸求情。

參考 相似詞：講情、說情。

求知慾 ㄑㄧㄡˊ ㄓ ㄩˋ 強烈探求知識的慾望。例他有很強烈的求知慾，對任何事都很好奇。

求之不得 ㄑㄧㄡˊ ㄓ ㄅㄨˋ ㄉㄜˊ　想找都找不到，多指意外獲得的事。例他要我留下來吃飯，真是求之不得的好事。

汝

水部 三畫

丶 冫 氵 汃 汝 汝

ㄖㄨˇ ❶你：例汝曹、汝輩。❷姓：例汝先生。

猜一猜 女孩的眼淚。（猜一字）（答案：汝）

汝曹 ㄖㄨˇ ㄘㄠˊ　你們。

參考 相似詞：爾輩、汝等、汝輩。

汗

水部 三畫

丶 冫 氵 氵一 氵二 汗

ㄏㄢˋ ❶由動物皮膚排泄出來的液體：例流汗。❷姓：例汗先生。

ㄏㄢˊ 古西域國王的稱號：例可汗。

唱詩歌 吃自己的飯，流自己的汗，自己的事自己幹①，靠人靠天靠祖上，不算是好漢②。（河北）

註：①幹：做的意思。②好漢：指優秀的人。

汗水 ㄏㄢˋ ㄕㄨㄟˇ　很多的汗。

汗衫 ㄏㄢˋ ㄕㄢ　穿在上身的薄內衣。例他身上穿的汗衫全溼透了。

汗珠 ㄏㄢˋ ㄓㄨ　汗水像珠子一般。例小弟弟耐不住炎熱的天氣，額頭上冒出了幾顆豆大的汗珠。

汙

水部 三畫

丶 冫 氵 氵一 氵二 汙

ㄨ ❶不清潔的：例汙水、汙點。❷弄髒：例汙染。❸貪取不應得的財物：例貪汙、貪官汙吏。

參考 「汙」也可以寫作「污」。

汙水 ㄨ ㄕㄨㄟˇ　不乾淨的水。例工廠排出的汙水汙染了整條河川。

汙吏 ㄨ ㄌㄧˋ　貪取別人財物的官吏。例貪官汙吏人人痛恨，我們應該勇於檢舉。

汙垢 ㄨ ㄍㄡˋ　積在物體上或人身上的髒東西。垢：髒東西。例指甲應該常常修剪，才不會有汙垢。

汙染 ㄨ ㄖㄢˇ　❶沾染上髒的東西。例墨汁汙染了我的衣服。❷指工礦業排出的廢料對自然環境的破壞。例汙染的空氣危害人體的健康。

汙損 ㄨ ㄙㄨㄣˇ　弄髒損壞。例墨水汙損了我的作業簿。

汙穢 ㄨ ㄏㄨㄟˋ　不乾淨。汙、穢：都是骯髒不潔的意思。例汙穢不潔的環境容易使人生病。

汙衊 ㄨ ㄇㄧㄝˋ　歪曲事實或製造謠言來破壞別人的名譽。衊：輕視對方。例我們不可隨意汙衊別人，破壞他人的名譽。

江

水部 三畫

丶 冫 氵 氵一 汀 江

ㄐㄧㄤ ❶大河：例江水。❷指長江：例江南、江北。❸「江蘇省」的簡稱。❹水名：例珠江。❺姓：例江先生。

猜一猜 洗車工。（猜一字）（答案：江）

江山 ㄐㄧㄤ ㄕㄢ　江河和山嶺，是國家的代稱。例英國的溫莎公爵不愛江山愛美人。

江水 ㄐㄧㄤ ㄕㄨㄟˇ　大河的通稱。例江水向東流，一去不回頭。

江河 ㄐㄧㄤ ㄏㄜˊ　大的河流。例江河愉快的唱著歌，作一趟長途的旅行。

猜一猜 銀色帶子，有短有長，腳在海裡，頭在山上。（猜一種自然現象）（答案：江河）

江湖 ㄐㄧㄤ ㄏㄨˊ　❶江河湖泊。❷四方各地。例他喜歡過著跑江湖的生活。❸流浪各地以賣藥、賣藝過日子的人。例江湖術士的話多半是不可相信的。❹指看過很多事，走過很多地方的人。例他四處跑動，可說是個「老江湖」了。

江陵 ㄐㄧㄤ ㄌㄧㄥˊ　現在的湖北省江陵縣。

江郎才盡（ㄐㄧㄤ ㄌㄤˊ ㄘㄞˊ ㄐㄧㄣˋ） 人已經沒有了才華；比喻人的才華能力減退。據說江淹少年時代很有才氣，晚年夢見郭璞向他要回五色筆後，詩文便不再有佳句，當時人們便說他「才盡」。

江洋大盜（ㄐㄧㄤ ㄧㄤˊ ㄉㄚˋ ㄉㄠˋ） 在江河海洋上搶劫行凶的強盜。例江洋大盜燒殺擄掠，無惡不作。

池

、 ⺀ 氵 汌 池 池

水部 三畫

ㄔˊ ❶地上蓄水的大坑：例魚池。❷四周高起中間低下的地方：例花池。❸姓：例池先生。

猜一猜 冰也是水。（猜一字）（答案：池）

池子（ㄔˊ ㄗ˙） 存水的坑。

池塘（ㄔˊ ㄊㄤˊ） 低下而且可以存水的地方。例池塘中的魚兒，快樂的游來游去。

池邊（ㄔˊ ㄅㄧㄢ） 池塘四周的地方。例池邊長滿了野草。

池鹽（ㄔˊ ㄧㄢˊ） 鹽分含量高的水池所出產的食用鹽。在我國山西省解池所產的池鹽最有名，除了山西省外，還有甘肅省花馬池也很有名。其他像蒙古、西藏、青海、新疆、陝西等也有出產。

汐

、 ⺀ 氵 氵ノ 汐 汐

水部 三畫

ㄒㄧˋ ❶海水的晚潮：例潮汐、海汐。❷臺灣地名：例汐止。

參考 請注意：早上的海濤稱「潮」；晚上的稱「汐」。

猜一猜 退潮已盡。（猜臺灣一地名）（答案：汐止）

汕

、 ⺀ 氵 氵l 汕 汕

水部 三畫

ㄕㄢˋ ❶竹子編成的捕魚工具。❷魚游水的樣子。❸市名，在廣東省：例汕頭。

汕汕（ㄕㄢˋ ㄕㄢˋ） 成群的魚在水中游來游去的樣子。

汕頭（ㄕㄢˋ ㄊㄡˊ） 在廣東省東部，臨南海，是粵東和閩南的門戶。

汞

一 丅 工 工 汞 汞 汞

水部 三畫

ㄍㄨㄥˇ 金屬元素，銀白色液體，有毒。可用來製溫度計、氣壓計、螢光燈等。也叫「水銀」。

猜一猜 工人在滑水。（猜一字）（答案：汞）

汛

、 ⺀ 氵 氵l 汛 汛

水部 三畫

ㄒㄩㄣˋ 江河定期的漲水：例潮汛、春汛、防汛。

汎

、 ⺀ 氵 氵ノ 汎 汎

水部 三畫

ㄈㄢˋ ❶在水上漂浮，同「泛」：例汎舟。❷大水漫溢的，通「氾」：例汎濫。❸英文的譯音，加在名詞前，表示全面、普通的意思，例如：汎亞（指全亞洲）、汎美（指全美洲）。❹一般的、普遍的，通「泛」：例廣汎、汎論、汎指。

參考 相似字：氾、泛。

猜一猜 凡人都要喝水。（猜一字）（答案：汎）

汎愛（ㄈㄢˋ ㄞˋ） 博愛。

汎稱（ㄈㄢˋ ㄔㄥ） 總稱，通稱。

汎論（ㄈㄢˋ ㄌㄨㄣˋ） 總論，廣泛論述。

參考 相似詞：泛論。

沒

、 ⺀ 氵 氵 氵 沒 沒

水部 四畫

ㄇㄛˋ ❶沉入水中：例沉沒。❷隱藏：例出沒。❸一直到結束：例沒齒。❹把財物充公：例沒收。❺死，同「歿」。

ㄇㄟˊ 無：例沒有。

俏皮話 「三十晚上的切菜板——沒空。」

大年夜家家戶戶準備過年吃的東西，五花八門真夠忙的。這句話是比喻沒有時間。

沒用 ㄇㄟˊ ㄩㄥˋ ❶沒有用處。例這個電視壞了，已經沒用了。❷沒有本事。例他除了賭博之外，不做正經事，實在很糟糕。

沒有 ㄇㄟˊ ㄧㄡˇ ❶表示否定。例他沒有理由去偷東西。❷表示「存在」的否定。例這間房間沒有人，空空的。❸比不上。例他沒有你高。❹表示「曾經」的否定。例昨天銀行沒有開門。

沒收 ㄇㄛˋ ㄕㄡ 把違反規定的東西收走。例他上課看故事書被發現，老師把書沒收了。

沒事 ㄇㄟˊ ㄕˋ ❶空閒，沒有事做。❷沒有職業。❸沒有生病或煩惱。

沒頂 ㄇㄛˋ ㄉㄧㄥˇ 頭頂被水淹沒，指淹死。頂：頭頂。例他去游泳時，不小心掉入水深的地方，沒頂淹死了。

沒出息 ㄇㄟˊ ㄔㄨ ㄒㄧ 罵人不求上進或不務正業的話。例他每天在街上閒蕩，不找個工作做，真是沒出息。

沒法子 ㄇㄟˊ ㄈㄚˇ ˙ㄗ 對於問題或事情沒有解決的方法。例家裡遭小偷，除了報警外，他也沒法子可想。

參考 相似詞：沒辦法。

沒料到 ㄇㄟˊ ㄌㄧㄠˋ ㄉㄠˋ 事先沒有想到。例他沒料到自己會得歌唱比賽第一名。

沒關係 ㄇㄟˊ ㄍㄨㄢ ㄒㄧˋ ❶和某事或某人沒有牽連。❷沒有影響。當別人有所得罪時，勸人不要放在心上的客氣話。

參考 相似詞：無所謂。

沒大沒小 ㄇㄟˊ ㄉㄚˋ ㄇㄟˊ ㄒㄧㄠˇ 形容對長輩態度隨便，沒有禮貌。例他對爸爸說話沒大沒小，真是太不應該了。

沒精打采 ㄇㄟˊ ㄐㄧㄥ ㄉㄚˇ ㄘㄞˇ 沒有精神的樣子，也寫作「無精打采」。例他沒精打采的，大概昨天沒睡覺。

沒齒難忘 ㄇㄛˋ ㄔˇ ㄋㄢˊ ㄨㄤˋ 一輩子也不會忘記，也寫作「沒齒不忘」。沒：終了，結束。齒：年齡。例他的大恩大德，令我沒齒難忘。

汽

、 ⺀ 氵 氵 汽 汽 汽

水部 四畫

ㄑㄧˋ 水受熱蒸發成的氣體：例蒸汽。

汽水 ㄑㄧˋ ㄕㄨㄟˇ 一種清涼的飲料，含有二氧化碳、水、糖、檸檬酸、香料、食用色素等。能幫助解渴、消化。

汽車 ㄑㄧˋ ㄔㄜ 一種交通運輸工具。

參考 活用詞：汽車執照。

汽油 ㄑㄧˋ ㄧㄡˊ 由石油加工所得到的碳化氫混合物，是作汽車、汽油機發動的燃料油。

汽船 ㄑㄧˋ ㄔㄨㄢˊ 利用蒸汽機做動力在海上航行的船隻。

汽笛 ㄑㄧˋ ㄉㄧˊ 輪船、火車或工廠中裝置的發聲器，使聲音從氣孔中噴出，發出很大的聲響。例火車發出的汽笛聲把我從夢中驚醒了。

沉

、 ⺀ 氵 氵 氵 沉 沉

水部 四畫

ㄔㄣˊ ❶東西落入水底下：例石沉大海。❷對一件事物非常喜愛：例沉迷。❸重大的：例沉重。❹深入的樣子：例沉睡、沉思。

沉沒 ㄔㄣˊ ㄇㄛˋ 完全下沉到水面以下，不能看見。例那條小船漸漸沉沒到水中。

沉吟 ㄔㄣˊ ㄧㄣˊ 遇到困難的事情，心中感到不明白時，低聲的自言自語。例他沉吟了一會兒，就找出答案了。

沉思 ㄔㄣˊ ㄙ 專心深入的思考，不說一句話。例當他沉思的時候，不喜歡有人吵他。

沉重（ㄔㄣˊ ㄓㄨㄥˋ） ❶指東西的分量很重。例這套書很沉重。❷形容心理負擔很大。例拿到成績單，他的心情很沉重。

沉淪（ㄔㄣˊ ㄌㄨㄣˊ） ❶沉到水裡。沉、淪：都是沒入水中的意思。例他眼看著那箱珠寶沉淪到水中，無可奈何。❷比喻不幸落在一個不好的狀況中。例煙、酒容易使人沉淪墮落。例他每天沉淪在地下舞廳抽煙、跳舞，已經失去了奮鬥的意志了。

參考 相似詞：陷落、墮落。

沉悶（ㄔㄣˊ ㄇㄣˋ） 形容天氣、環境、人的精神，或其他東西很沉重，使人感到心裡不舒服，透不過氣來。例這幾天天氣不好，令人心情沉悶。

沉痛（ㄔㄣˊ ㄊㄨㄥˋ） 非常的心痛、難過。例聽到好友罹患重病的消息，使我非常沉痛。

沉溺（ㄔㄣˊ ㄋㄧˋ） ❶沉到水中。溺：淹沒在水裡。例他沉溺水中，快淹死了。❷形成某種不好的習慣或嗜好。例他沉溺在賭博中，不能像常人一樣工作。

沉落（ㄔㄣˊ ㄌㄨㄛˋ） 東西掉到水底。

沉著（ㄔㄣˊ ㄓㄨㄛˊ） 指一個人遇到事情十分冷靜，不慌不忙。例他發現有人要打他，沉著的跑進商店求救。

沉澱（ㄔㄣˊ ㄉㄧㄢˋ） ❶沉到溶液最底層不容易溶解的東西。例這杯清水放了一天，杯底有白白的沉澱。❷把溶液中的部分物質分離出來。例老師教我們用明礬沉殿出水的雜質。

參考 活用詞：沉澱物。

沉默（ㄔㄣˊ ㄇㄛˋ） 不說話，不愛說話。例他是一個十分沉默的人。

沉積（ㄔㄣˊ ㄐㄧ） 河流的流速變慢，水中的小石子、泥沙沉澱下來，堆積在河床中比較低的地方。例泥沙沉積在水底，漸漸形成陸地。

參考 活用詞：沉積岩、沉積物、沉積作用。

沉靜（ㄔㄣˊ ㄐㄧㄥˋ） 通常是指一個人的個性十分安靜，不喜說話。例她的個性很沉靜，只喜歡看書、畫畫。

沉甸甸（ㄔㄣˊ ㄉㄧㄢˋ ㄉㄧㄢˋ） 形容重量特別重。甸：重的樣子。例媽媽戴了一條沉甸甸的金項鍊。

沈

水部 四畫

丶 冫 氵 氵' 氵冖 沈 沈

ㄕㄣˇ 姓：例沈葆楨。

沙

水部 四畫

丶 冫 氵 氵丨 氵小 沙 沙

ㄕㄚ ❶非常細碎的石粒：例飛沙。❷細碎的小顆粒：例金沙。❸形容聲音很啞：例我的嗓子有點兒沙啞。❹姓：例沙先生。

參考 請注意：「沙」和「砂」可通用。例如：沙（砂）金、沙（砂）眼。但是沙漠、沙灘、沙拉、沙丁魚等詞的「沙」，習慣上不能用「砂」代替。

沙子（ㄕㄚ ㄗ˙） 非常細碎，很像粉末的小粒子。例我和哥哥在海邊用沙子堆起了一座城堡。

沙丘（ㄕㄚ ㄑㄧㄡ） 是由於強風的吹動，將小沙粒堆積成小山的形狀。沙丘的高度從幾公尺到十幾公尺的都有。它的形狀大概有兩種，一種像小山丘一般；另外一種則像農曆初一時彎彎細細的月牙。但是沙丘的形狀不固定，會因為風吹的關係，慢慢的移動改變。

沙沙（ㄕㄚ ㄕㄚ） 物體擦撞所發出的聲音。例大風雨打得芭蕉葉沙沙作響。

沙洲（ㄕㄚ ㄓㄡ） 堆積在河水或淺海中的泥沙地。凡是海底沒有露出水面的泥沙堆，或者河水搬運泥沙，在中途以及出口的附近堆積成的一片陸地，都叫做沙洲。

沙眼（ㄕㄚ ㄧㄢˇ） 透過接觸傳染，由沙眼病毒所引起的慢性眼病。

參考 請注意：也可以寫作「砂眼」。

小百科 沙眼這種眼病，是由病毒經過接觸傳染所引起的慢性病。得了沙眼的人，眼結膜上會出現灰白色顆粒。當灰白色顆粒結成疤痕後，造成收縮使眼瞼內翻和睫毛倒插，長期刺激角膜的結果，就會使眼睛混濁，甚至於失明。所以平時應該注意個人衛生，不和別人共用手帕、毛巾，也不使用公共場所的用具擦臉，以免傳染沙眼。

沙堆（ㄕㄚ ㄉㄨㄟ）　把很多細沙子堆積起來。例工地附近有很多沙堆。

沙發（ㄕㄚ ㄈㄚ）　是一種裡面裝有彈簧墊，坐起來柔軟舒服的椅子。「沙發」兩字是由英文Sofa的發音而來的。例坐在軟軟的沙發上聽爺爺講故事，好棒喔！

沙漏（ㄕㄚ ㄌㄡˋ）　古時候用來計算時間的器具，是元朝人詹希元所發明的。例古人雖然沒有時鐘，卻發明沙漏計時，真是聰明。

沙漠（ㄕㄚ ㄇㄛˋ）　一年裡頭很少下雨或者都不下雨，蓋滿了沙礫，而且植物很少的地區。一般沙漠地區裡一天的氣溫變化非常大，白天最高可達攝氏五十度，而夜間可能降到攝氏零度以下。在白天你會感到揮汗如雨，但是到了傍晚又會冷得必須穿上厚厚的大衣。

沙鍋（ㄕㄚ ㄍㄨㄛ）　用陶土和沙製成的鍋，通常做為煮菜的器具。例我們全家都喜歡吃沙鍋魚頭。

沙礫（ㄕㄚ ㄌㄧˋ）　沙子和碎石塊。例光著腳在沙礫上走路會很痛。

沙灘（ㄕㄚ ㄊㄢ）　在水邊由細沙子形成的平坦陸地。例全家人星期日到海水浴場玩，我和弟弟在沙灘上挖出一隻小螃蟹。

沙拉油（ㄕㄚ ㄌㄚ ㄧㄡˊ）　指做飯用的植物性油。例媽媽請我到雜貨店買一瓶沙拉油。

參考　請注意：❶沙拉油是指植物的種子經過特別處理後，可以用來煎、炒、煮、炸等的油。在臺灣地區，一般家庭用的沙拉油，大多是以黃豆做成的。❷另外有一種西方菜名叫作「沙拉」，以生菜、肉類為主，並加上酸酸甜甜的調味汁，是西方人在主菜之前或肉類以後吃的。

沙克疫苗（ㄕㄚ ㄎㄜˋ ㄧˋ ㄇㄧㄠˊ）　一種防止得到小兒麻痺症的疫苗。小兒麻痺症，是因為病毒破壞腦或脊髓的運動神經細胞，致使手腳僵直不能行動。所以美國的沙克博士，用小兒麻痺病毒做成疫苗，注射到人體內，使人產生抗體。

汪

水部　四畫

丶 丶 氵 氵一 汗 汪

ㄨㄤ　❶形容很大很深的水：例汪洋大海。❷形容叫聲：例小狗汪汪叫。❸姓：例汪先生。

汪汪（ㄨㄤ ㄨㄤ）　❶形容眼睛裡充滿淚水的樣子。例小妹妹迷了路，兩眼淚汪汪的哭著要媽媽。❷形容眼睛像水一樣明亮清澈。例她有一雙水汪汪的大眼睛。❸狗叫的聲音。例小狗餓得汪汪叫。

動動腦　小狗的叫聲是汪汪，小貓的叫聲是喵喵，小朋友，你還能想出形容動物叫聲的字嗎？

唱詩歌　什麼「汪汪」能看家？什麼「喔喔」把日啼？什麼「喵喵」抓老鼠？什麼「哞哞」會耕地？小狗「汪汪」能看家。公雞「喔喔」把日啼。小貓「喵喵」抓老鼠。老牛「哞哞」會耕地。

汪洋（ㄨㄤ ㄧㄤˊ）　形容水勢很大的樣子。洋：指大的水域。例颱風過境後，到處是一片汪洋，交通中斷，影響人們生活。

決

水部　四畫

丶 丶 氵 汀 江 泱 決

ㄐㄩㄝˊ　❶水沖破堤岸到處流：例決堤。❷確定：例決定。❸一定：例決不後悔。❹處死：例槍決。❺必然：例決無此理。

參考　請注意：❶「決」也可以寫作「决」。❷如果有「一定」、「必然」的意思，「決」、「絕」二字可以通用，例如：我決（絕）不答應這件事。其他情況下就要分清楚，例如：決定、決心、決賽用「決」。絕對、絕交、絕食用「絕」。

決心（ㄐㄩㄝˊ ㄒㄧㄣ）　堅定心意，不隨便改變。例他下定決心要用功念書。

決定（ㄐㄩㄝˊ ㄉㄧㄥˋ）　對如何行動下定主意。例老師決定明天考試。

決鬥（ㄐㄩㄝˊ ㄉㄡˋ）　決定勝敗的爭鬥。例他們下星期日將在公園內決鬥。

決策（ㄐㄩㄝˊ ㄘㄜˋ）　❶決定戰略或計畫。策：計謀。例他決策錯誤，損失了大筆的公款。

四畫

❷決定的計謀。例這次球賽失敗的最大關鍵是決策錯誤。

參考 活用詞：決策權、決策功能。

決戰 ㄐㄩㄝˊ ㄓㄢˋ 敵對的雙方使用主力，做決定勝負的戰鬥。例這兩國的軍隊將要展開決戰。

決賽 ㄐㄩㄝˊ ㄙㄞˋ 經過初賽、複賽入選，再做最後決定勝負名次的比賽。例他如果通過決賽，就是冠軍了。

決議 ㄐㄩㄝˊ ㄧˋ 經過多數人表決通過的提議。例這個決議受到全班熱烈的響應。

參考 活用詞：決議案。

沖

水部 四畫

、 ⺀ 氵 氵冂 汩 沖

ㄔㄨㄥ ❶用開水倒入：例沖茶。❷由上向下洗清：例沖涼、沖澡。❸直上：例一飛沖天。❹衝突：例沖犯。❺泡茶：例沖茶。❻姓：例沖先生。

參考 請注意：❶「沖」也可以寫作「冲」。❷「沖」和「衝」意思接近，「沖」有清洗的意思，例如：沖水、沖洗、沖刷；也有衝擊的意思，例如：沖犯、沖積、怒氣沖天。「衝」有冒犯碰撞的意思，例如：衝浪、衝犯、衝鋒，所以，只有「沖犯」可以寫作「衝犯」。

猜一猜 水中。（猜一字）（答案：沖）

俏皮話 「冷水沖茶——泡上了。」我們泡茶都要用開水沖，而且一下子茶葉就開了。如果用「冷水沖茶」，那可真「泡上了」，必須泡上一段時間；比喻糾纏不止的意思。

沖沖 ㄔㄨㄥ ㄔㄨㄥ 感情激動的樣子。例他興匆匆的來報告這件事，不料卻怒沖沖的離去。

沖刷 ㄔㄨㄥ ㄕㄨㄚ ❶一面用水沖，一面用刷子刷去表面的東西。❷水流沖擊，使土石流失或受侵蝕。例岩石上有被洪水沖刷的痕跡。

沖洗 ㄔㄨㄥ ㄒㄧˇ ❶用水把表面的東西洗掉。例雨水把樹葉沖洗得更綠、更乾淨了。❷攝影後處理底片的過程。例上次去郊遊的照片已經沖洗出來了。

沖淡 ㄔㄨㄥ ㄉㄢˋ 在物體中加入水或其他物質，使顏色變淺或味道變淡。例這杯牛奶太甜了，得再加點水沖淡。

沖涼 ㄔㄨㄥ ㄌㄧㄤˊ 洗澡。例夏天用冷水沖涼十分舒服。

沖積 ㄔㄨㄥ ㄐㄧ 高處的泥土、沙石被水流帶到河谷低窪的地區沉積下來。

參考 活用詞：沖積土、沖積扇、沖積平原。

沖擊 ㄔㄨㄥ ㄐㄧˊ 強大的水流撞擊物體。例海水沖擊海岸，激起美麗的浪花。

參考 請注意：「沖擊」和「衝擊」不同，「衝擊」是指突然的攻擊或打擊。

沖天炮 ㄔㄨㄥ ㄊㄧㄢ ㄆㄠˋ 一種點燃後，會沖上天空，在空中爆炸的爆竹。例過年時，小孩子愛玩沖天炮。

沃

水部 四畫

、 ⺀ 氵 氵ノ 氵二 沃

ㄨㄛˋ ❶澆，灌溉：例沃田。❷土地滋潤肥美：例肥沃、沃土、沃野千里。

沃土 ㄨㄛˋ ㄊㄨˇ 溼潤肥美的土地。

沃野 ㄨㄛˋ ㄧㄝˇ 肥沃的田野。例沃野千里，農家樂陶陶。

參考 相似詞：沃壤。

沃野平疇 ㄨㄛˋ ㄧㄝˇ ㄆㄧㄥˊ ㄔㄡˊ 肥沃的田野，平坦的農田。疇：田地。

沐

水部 四畫

、 ⺀ 氵 氵一 汁 汴 沐

ㄇㄨˋ ❶洗身子：例沐浴。❷承受：例沐恩。

猜一猜 洗木頭。（猜一字）（答案：沐）

沐浴 ㄇㄨˋ ㄩˋ ❶洗頭和洗身子。例每天養成良好的沐浴習慣，能夠保持身心的舒暢。❷比喻承受恩澤。例她從小就沐浴在親情中，所以待人一直是和和氣氣的。

汰

水部 四畫

丶 冫 氵 汁 汏 汰 汰

ㄊㄞˋ 除掉：例淘汰。

猜一猜 太太拿水。（猜一字）（答案：汰）

汰舊換新 ㄊㄞˋ ㄐㄧㄡˋ ㄏㄨㄢˋ ㄒㄧㄣ 除去舊的東西用新的來代替。例媽媽對爸爸說：這臺洗衣機已經用了十年，也該汰舊換新了！

沌

水部 四畫

丶 冫 氵 氵一 沍 沍 沌

ㄉㄨㄣˋ 世界開闢以前的景象：例混沌。

沛

水部 四畫

丶 冫 氵 氵一 沖 沛 沛

ㄆㄟˋ ❶盛大，旺盛：例精力充沛。❷姓：例沛先生。

參考 請注意：「沛」字的右邊不是「城市」的「市」，要把一點一豎連在一起，寫作「巿」。

沛然 ㄆㄟˋ ㄖㄢˊ 形容雨勢盛大的樣子。例昨日沛然降雨，帶來豐富的水源，池塘裡的魚兒也活蹦亂跳。

汩

水部 四畫

丶 冫 氵 氵 汩 汩 汩

ㄍㄨˇ ❶水流動的聲音：例汩汩。❷治理：例汩亂。❸淹沒：例汩沒。

汨

水部 四畫

丶 冫 氵 氵 汨 汨 汨

ㄇㄧˋ 江名：例汨羅江。

汨羅江 ㄇㄧˋ ㄌㄨㄛˊ ㄐㄧㄤ 發源於江西省修水縣，西南流入湖南省境內。戰國時代楚國詩人屈原投汨羅江而死。

沁

水部 四畫

丶 冫 氵 氵 沁 沁 沁

ㄑㄧㄣˋ ❶滲入：例寒風沁骨、沁人心脾。❷透出：例沁出汗珠、傷口沁出血。

猜一猜 心如止水。（猜一字）（答案：沁）

沁骨 ㄑㄧㄣˋ ㄍㄨˇ 滲入肌骨。例在沁骨的寒風中，人們都把自己藏在厚厚的大衣裡。

沁涼 ㄑㄧㄣˋ ㄌㄧㄤˊ 漸漸滲入的涼意。例我們在沁涼的夜色裡攜手漫步。

沁人心脾 ㄑㄧㄣˋ ㄖㄣˊ ㄒㄧㄣ ㄆㄧˊ 指呼吸到新鮮空氣或喝了清涼飲料，使人感到舒適。也形容詩文、語言給人清新的感受。

汲

水部 四畫

丶 冫 氵 氵 汈 汲 汲

ㄐㄧˊ ❶從井中打水：例汲水。❷吸收：例汲取營養、汲取經驗教訓。

猜一猜 及時雨。（猜一字）（答案：汲）

汲引 ㄐㄧˊ ㄧㄣˇ 比喻引進提拔人才。

汲水 ㄐㄧˊ ㄕㄨㄟˇ 從井裡引水或打水。

汲汲 ㄐㄧˊ ㄐㄧˊ 不休息的樣子；形容心情急切，努力追求。例現代的人多汲汲追求名利。

汲取 ㄐㄧˊ ㄑㄩˇ 吸取，取得。例我向師長汲取研究科學的經驗。

汲汲忙忙 ㄐㄧˊ ㄐㄧˊ ㄇㄤˊ ㄇㄤˊ 匆忙急迫的樣子。

汲汲營營 ㄐㄧˊ ㄐㄧˊ ㄧㄥˊ ㄧㄥˊ 形容人努力追求功名富貴的樣子。

沅

水部 四畫

丶 冫 氵 氵一 沄 沅 沅

ㄩㄢˊ 沅江，水名，發源於貴州省，流入湖南省洞庭湖。

四畫

汾

水部 四畫

ㄈㄣˊ 汾河，水名，在山西省。

唱詩歌 北風吹白雲，萬星渡河汾①；心緒②逢搖落③，秋聲不可聞。（汾上驚秋・蘇軾）

註：①河汾：汾水，在山西省。②心緒：是說心中有事，如亂絲一樣。③搖落：樹葉到秋天自然凋落。

汴

水部 四畫

ㄅㄧㄢˋ ❶古水名，黃河支流，在今日的河南省境：例汴水。❷河南省開封市的別稱。

沏

水部 四畫

ㄑㄧ ❶用開水沖泡：例沏茶。❷用水撲滅燃燒的東西：例把香火兒沏了。❸把加有佐料的熱油澆在菜肴上：例沏油。

沏茶 ㄑㄧ ㄔㄚˊ 泡茶。例媽媽正忙著沏茶招待客人。

沏香火兒 ㄑㄧ ㄒㄧㄤ ㄏㄨㄛˇ ㄦ 把點著的香弄熄。例沏香火兒對調皮的妹妹來說，是件新鮮的事。

沓

水部 四畫

ㄊㄚˋ 多而重複：例雜沓、紛至沓來。

猜一猜 日落水中。（猜一字）（答案：沓）

沓雜 ㄊㄚˋ ㄗㄚˊ 繁多雜亂的樣子。又可寫作「雜沓」。

洶

水部 四畫

ㄒㄩㄥ ❶形容波濤的聲音：例洶洶。❷形容水往上湧的樣子：例洶湧。

洶洶 ㄒㄩㄥ ㄒㄩㄥ ❶形容波濤的聲音。❷形容氣勢凶猛的樣子。例氣勢洶洶。❸形容爭論的聲音或紛擾的樣子。例戰國時代議論洶洶。

洶湧 ㄒㄩㄥ ㄩㄥˇ 水勢凶猛的樣子。例洶湧澎湃、波濤洶湧。

洶湧澎湃 ㄒㄩㄥ ㄩㄥˇ ㄆㄥ ㄆㄞˋ 形容水流湍急、波浪相激的樣子，也比喻聲勢浩大，無法阻擋。

泣

水部 五畫

ㄑㄧˋ ❶只掉眼淚而不出聲的哭：例暗泣、哭泣、泣不成聲。❷眼淚：例泣下如雨。

泣訴 ㄑㄧˋ ㄙㄨˋ 哭訴。例她向人們泣訴她所受的不公平待遇。

泣不成聲 ㄑㄧˋ ㄅㄨˋ ㄔㄥˊ ㄕㄥ 哭得很傷心，連話都說不出來了。例她聽到這個壞消息，因為悲傷過度，所以泣不成聲。

注

水部 五畫

ㄓㄨˋ ❶解釋或說明：例注解。❷賭博時投下的財物：例賭注、孤注一擲。❸灌入：例注入、注射、大雨如注。❹集中力量或精神：例注意。❺一定：例注定。

參考 請注意：「注」當「解釋」、「說明」、「登記」時，也可以用「註」來代替，例如：註釋、註定、註冊。

猜一猜 龍王是水中的主人。（猜一字）（答案：注）

注入 ㄓㄨˋ ㄖㄨˋ ❶把液體灌入容器中。例媽媽把開水注入水壺中。❷河川流入湖泊或海洋。例黃河在山東省注入渤海。

注目 ㄓㄨˋ ㄇㄨˋ ❶把視線集中在一點上。目：就是眼睛的意思。例他穿越馬路，引起了行人的注目。❷表示敬意用眼睛直視。例升旗時，我們對國旗行注目禮。

參考 相似詞：注視。♣活用詞：注目禮。

注定 ㄓㄨˋ ㄉㄧㄥˋ 認為一切事物不管成功或失敗都早已經安排好了，無法改變。例偷懶的人注定會失敗。

注重 ㄓㄨˋ ㄓㄨㄥˋ 特別看重關心。例爸爸很注重我的功課。

注射 ㄓㄨˋ ㄕㄜˋ 把藥水用針注入人體。例護士替我注射預防針。

參考 活用詞：注射筒、注射劑、注射器、注射用水、注射用具。

注視 ㄓㄨˋ ㄕˋ 視線集中，很專心的看。視：看的意思。例小明目不轉睛的注視著電視。

參考 相似詞：注目。

注意 ㄓㄨˋ ㄧˋ 把精神、意志集中在某一方面。例上課時要注意聽講。

參考 活用詞：注意力。

注釋 ㄓㄨˋ ㄕˋ 用簡單的文字解釋書中難懂的字、詞、句子。例這一課課文很長，所以注釋也很多。

參考 相似詞：注解、注腳、注文。

泳

水部 五畫

丶 丶 氵 氵 汀 汸 汸 泳

ㄩㄥˇ 在水中游動：例游泳。

泳技 ㄩㄥˇ ㄐㄧˋ 游泳的技術。

泳裝 ㄩㄥˇ ㄓㄨㄤ 游泳時所穿的衣服，就是游泳衣。

四畫

泥

水部 五畫

丶 丶 氵 氵 氵 沪 沪 泥

ㄋㄧˊ ❶水和土混合在一起的東西：例泥土。❷像泥一樣的東西：例印泥。

ㄋㄧˋ 不知變通：例拘泥。

猜一猜 尼姑游泳。（猜一字）（答案：泥）

泥土 ㄋㄧˊ ㄊㄨˇ 泥和土。通常較稀的叫泥，較乾的叫土。

泥巴 ㄋㄧˊ ㄅㄚ 黏溼的土。例小妹妹玩泥巴，玩得滿臉都是沙。

泥狀 ㄋㄧˊ ㄓㄨㄤˋ 像泥巴一般的形狀。

泥磚 ㄋㄧˊ ㄓㄨㄢ 用泥土做成的磚塊。

泥漿 ㄋㄧˊ ㄐㄧㄤ 用泥巴和水混合而成的東西。例小豬在泥漿中打滾，把身子弄得髒兮兮的。

泥鰍 ㄋㄧˊ ㄑㄧㄡ 一種小魚。黃褐色，呈圓筒形，長約十餘公分，頭小而尖，身上有黏液，生活在泥中，愛吃小昆蟲。

河

水部 五畫

丶 丶 氵 氵 汀 汀 河 河

ㄏㄜˊ ❶水道：例運河。❷「黃河」的簡稱：例河套。❸天空中密集的星群：例星河。❹姓：例河先生。

猜一猜 可樂。（猜一字）（答案：河）

河川 ㄏㄜˊ ㄔㄨㄢ 河流。

河山 ㄏㄜˊ ㄕㄢ 指國土。例北宋自從靖康之難後，河山淪陷，終告亡國。

河水 ㄏㄜˊ ㄕㄨㄟˇ 流水。

河伯 ㄏㄜˊ ㄅㄛˊ 古時稱「水神」，因古代帝王封四瀆如侯伯，所以才稱為河伯。

參考 活用詞：河伯為患。

河岳 ㄏㄜˊ ㄩㄝˋ 河山的意思。岳：山。河岳也代表國家的意思。

河岸 ㄏㄜˊ ㄢˋ 高出河流兩邊的地帶。例河岸上種滿了青青的楊柳樹。

河流 ㄏㄜˊ ㄌㄧㄡˊ 地球表面較大的天然水流。例中國第一大河流是長江。

河套 ㄏㄜˊ ㄊㄠˋ 黃河中游的沖積平原，分為前套、後套和西套三部分。

河馬 ㄏㄜˊ ㄇㄚˇ 哺乳類動物，產於非洲南部，軀幹肥大，皮很厚。

猜一猜 稀奇真稀奇，馬兒不能騎，肥頭肥腦大嘴巴，老愛待在河水裡。（猜一種動物）（答案：河馬）

河豚 ㄏㄜˊ ㄊㄨㄣˊ 中國沿海地帶所產的一種魚，肉味鮮美，血液和肝臟有劇毒。

河隄 ㄏㄜˊ ㄊㄧˊ 為防止水災所建的隄岸。隄：防水的建築物，同「堤」。例我喜歡坐在河隄邊，細數天上明亮的星星。

河道（ㄏㄜˊ ㄉㄠˋ） 河的路線，通常指能通航的河。例許多大型的輪船在寬闊的河道上行駛著。

河西走廊（ㄏㄜˊ ㄒㄧ ㄗㄡˇ ㄌㄤˊ） 在黃河以西的狹長谷地，其中綠洲斷續分布，有武威、張掖、酒泉、敦煌等縣，自古是通往新疆要道，也是絲路必經的地方。

河東獅吼（ㄏㄜˊ ㄉㄨㄥ ㄕ ㄏㄡˇ） 河東的獅子大聲吼叫；比喻凶惡的婦人發怒大聲叫罵。據說宋朝陳慥（ㄗㄠˋ）的妻子柳氏性情凶悍、生性好妒，陳慥有時請朋友到家裡來聽唱歌，太太就氣得在隔壁用木杖敲牆大罵，客人只好趕快離開；於是好友蘇東坡便用河東獅吼來形容柳氏。

油

水部 五畫

、 ⺀ 氵 汩 汩 油 油

ㄧㄡˊ ❶動物的脂肪：例牛油。❷植物種子壓榨出的液體：例花生油。❸礦物中提煉出的液體：例石油。❹不誠懇：例油腔滑調。❺有光澤的：例綠油油的稻田。

猜一猜 田上伸出水道來接水。（猜一字）

（答案：油）

繞口令 六十六頭牛，馱著六十六個簍。六十六個簍，裝滿六十六斤油。老牛扭著走，油簍漏了油，漏出來的油比簍裡的油還多六斤油。你算算：六十六頭牛馱的六十六個簍裡，還有多少油？

油布（ㄧㄡˊ ㄅㄨˋ） 塗上桐油的布，用來防水防溼。例油布做的傘很耐用。

油田（ㄧㄡˊ ㄊㄧㄢˊ） 可供開採的石油層分布地區。例中東國家的油田產油量很豐富。

油脂（ㄧㄡˊ ㄓ） 油和脂肪的通稱。例為了保持身體的健康，我們應避免吃進過多的油脂。

油條（ㄧㄡˊ ㄊㄧㄠˊ） ❶一種長條形的油炸麵食。例燒餅、油條加上豆漿就成了一頓豐盛美味的早餐。❷比喻久經社會歷練，老於世故，處事圓滑不吃虧的人。例才幾年功夫，他竟然變得這麼油條了。

猜一猜 兄弟二個瘦又長，扭在一起下池塘，池塘裡面滾幾滾，馬上變得粗又胖。（猜一種食品）（答案：油條）

油菜（ㄧㄡˊ ㄘㄞˋ） 植物名稱。種子可以榨油。例油菜是一種經濟作物。

油漆（ㄧㄡˊ ㄑㄧ） ❶指油類和漆類的塗料。漆：各種黏液狀塗料的總稱。❷用油或漆塗抹。例李先生提了一桶油漆，把門窗油漆了一遍。

油膩（ㄧㄡˊ ㄋㄧˋ） 含油多的食物。膩：肥肉。例常吃太油膩的東西容易使人肥胖。

油腔滑調（ㄧㄡˊ ㄑㄧㄤ ㄏㄨㄚˊ ㄉㄧㄠˋ） 說話的語氣像油一樣的滾滑不實在；形容說話輕浮、不嚴肅，沒有誠意。例他總是油腔滑調，所以沒有人把他的話當真。

參考 相似詞：油嘴滑舌。

油頭粉面（ㄧㄡˊ ㄊㄡˊ ㄈㄣˇ ㄇㄧㄢˋ） 頭髮抹油，臉上塗粉。形容人打扮得妖豔輕浮。例這個男人油頭粉面，令人反感。

況

水部 五畫

、 ⺀ 氵 氵口 沪 況

ㄎㄨㄤˋ ❶情形：例近況。❷比喻：例以古況今。❸姓：例況先生。

猜一猜 哥哥在水塘邊。（猜一字）（答案：況）

況且（ㄎㄨㄤˋ ㄑㄧㄝˇ） 表示本意以外，更進一層的語詞。例臺北這麼大，況且你又不知道他的地址，一下子怎麼能找到他？

沿

水部 五畫

、 ⺀ 氵 氵几 氿 沿 沿

ㄧㄢˊ ❶靠近水邊：例沿海。❷順著：例沿街。❸照著舊有的習俗傳下去：例沿習。❹水邊：例河沿兒。

沿用（ㄧㄢˊ ㄩㄥˋ） 照過去的方法使用。例我們到現在還沿用許多古時候的習俗，例如元宵節提燈籠、中秋節吃月餅。

沿岸（ㄧㄢˊ ㄢˋ） 靠近江、河、湖、海一帶的地區。例黃河沿岸泛濫成災，人民生活困苦。

參考 活用詞：沿岸流、沿岸砂溝、沿岸沙洲。

沿門 ㄧㄢˊ ㄇㄣˊ 一家接一家。例這個乞丐沿門向人家乞討食物。

參考 活用詞：沿門托缽。

沿海 ㄧㄢˊ ㄏㄞˇ 靠近海邊的地方。例沿海的人家以捕魚為生。

參考 活用詞：沿海漁業、沿海航運。

沿革 ㄧㄢˊ ㄍㄜˊ 指事物發展和變化的過程。沿：依照原樣。革：變化革新。例制度的沿革須從多方面探討。

沿途 ㄧㄢˊ ㄊㄨˊ 一路上。例星期天去郊遊，沿途看見許多美麗的花兒。

參考 相似詞：沿線、沿路。

沿街 ㄧㄢˊ ㄐㄧㄝ 順著街道。例小販沿街叫賣食物。

治

水部 五畫

、 丶 氵 氵 氵 氵 治 治

ㄓˋ ❶管理：例自治。❷醫療：例治病。❸研究：例治學。❹懲辦：例治罪。❺消滅：例治蝗蟲。❻社會秩序安定：例天下大治。❼舊時稱地方政府所在地：例省治。
ㄔˊ 限於姓氏及水名。

參考 相反字：亂。

猜一猜 臺北淹水。（猜一字）（答案：治）

治水 ㄓˋ ㄕㄨㄟˇ 疏通水道，消除水患。例大禹治水花了十三年才完成。

治本 ㄓˋ ㄅㄣˇ 從根本加以處理。例你知道臺北市交通問題的治本方法是什麼嗎？

參考 相反詞：治標。

治安 ㄓˋ ㄢ 使社會安定。例維護治安是大家的責任。

參考 活用詞：治安機關。

治病 ㄓˋ ㄅㄧㄥˋ 醫治疾病。例有病就要找醫生治病。

治理 ㄓˋ ㄌㄧˇ ❶統治管理。例要將一個國家治理好是很難的。❷整治修理。例治理黃河已有很長的時間了，但黃河仍然常造成災害。

治喪 ㄓˋ ㄙㄤ 辦理喪事。例老爺爺去世後，家人為他成立了一個治喪委員會。

治標 ㄓˋ ㄅㄧㄠ 只處理表面上的問題，不從根本加以解決。例體罰學生只是治標的辦法。

治學 ㄓˋ ㄒㄩㄝˊ 研究學問。例老師治學的態度非常認真。

治療 ㄓˋ ㄌㄧㄠˊ 用藥物、手術等消除病痛。例他必須長期住院治療。

治權 ㄓˋ ㄑㄩㄢˊ ❶統治國家的權力。❷政府治理國家的權力，包括立法權、行政權、司法權、考試權、監察權。

沽

水部 五畫

、 丶 氵 氵 汁 汁 沽 沽

ㄍㄨ ❶買：例沽酒。❷賣、出售：例待價而沽。❸釣取：例沽名釣譽。
ㄍㄨˇ 通「賈」。

猜一猜 十口井有水。（猜一字）（答案：沽）

沽酒 ㄍㄨ ㄐㄧㄡˇ 買酒。

沽名釣譽 ㄍㄨ ㄇㄧㄥˊ ㄉㄧㄠˋ ㄩˋ 故意做引人讚揚的事，或使用不正當的手段來謀取好的名聲和榮譽。

沾

水部 五畫

、 丶 氵 氵 汁 汁 沾 沾

ㄓㄢ ❶因接觸而弄溼或弄髒：例沾衣、沾水、沾泥。❷接近，稍微碰上或挨上：例腳不沾地、說話不沾邊兒。❸跟著別人得到好處：例沾光。❹染上：例沾上惡習。

沾手 ㄓㄢ ㄕㄡˇ ❶用手接觸。例雪花一沾手就化了。❷比喻參與某件事。例這件事你用不著沾手。

沾光 ㄓㄢ ㄍㄨㄤ 因為別的緣故，使自己也連帶得到好處。

參考 相似詞：叨光。

沾汙 ㄓㄢ ㄨ 弄髒。例別讓泥水沾汙了衣服。

沾染 ㄓㄢ ㄖㄢˇ 因接觸而被不好的東西附著上或受到不良影響。例傷口沾染了細菌。例你別沾染了壞習慣。

沾邊（ㄓㄢ ㄅㄧㄢ）❶略有接觸。例這項工作他還沒沾邊兒。❷接近事實或事物應有的樣子。例你說的和事實一點也不沾邊。例他唱的這幾句活靈活現的，還真沾邊。

沾沾自喜（ㄓㄢ ㄓㄢ ㄗˋ ㄒㄧˇ）形容自以為很好或僥倖得到好處而洋洋得意的樣子。例他為自己的突出表現感到沾沾自喜。

沾親帶故（ㄓㄢ ㄑㄧㄣ ㄉㄞˋ ㄍㄨˋ）有親戚或朋友的關係。故：朋友。

沼

水部 五畫

丶 冫 氵 汈 汈 沼 沼 沼

ㄓㄠˇ 天然的水池子：例池沼、沼澤。

沼氣（ㄓㄠˇ ㄑㄧˋ）池沼汙泥中植物體發酵腐爛生成的氣體，可以燃燒。

沼澤（ㄓㄠˇ ㄗㄜˊ）因湖泊長期淤積，而形成的水草茂密的泥濘地帶。

波

水部 五畫

丶 冫 氵 氵 沪 沪 波 波

ㄅㄛ ❶水浪：例波浪。❷比喻事情的變化：例一波未平，一波又起。❸振動傳播的過程：例聲波。❹姓：例波先生。

猜一猜 水的皮。（猜一字）（答案：波）

古人說 「一波未平，一波又起。」這句話是說：一件事還沒過去，另一件事又發生了。通常都是指不好的事情。例才解決了糾紛，又惹上麻煩，真是「一波未平，一波又起」。

波光（ㄅㄛ ㄍㄨㄤ）從水波中反映出來的光芒。例綠色的河水閃耀著美麗的波光。

波浪（ㄅㄛ ㄌㄤˋ）江、湖和海洋的水面受外力起伏產生不平的樣子。例跳波浪是我在海邊最喜歡玩的一種遊戲。

波紋（ㄅㄛ ㄨㄣˊ）水面上形成的小水紋。例稻子被微風一吹，好像起了一層層金黃色的波紋。

波動（ㄅㄛ ㄉㄨㄥˋ）不穩定，起伏不定。例物價又波動了。

波濤（ㄅㄛ ㄊㄠ）水面興起的大波浪。例陣陣波濤拍擊著岩岸。

波斯灣（ㄅㄛ ㄙ ㄨㄢ）阿拉伯海西北的海灣，在阿拉伯半島和伊朗高原之間。例波斯灣沿岸是世界著名的石油產區。

波平如鏡（ㄅㄛ ㄆㄧㄥˊ ㄖㄨˊ ㄐㄧㄥˋ）水面像鏡面一樣平。例還記得去年某次的郊遊活動：那天秋高氣爽，日月潭的湖水波平如鏡，令人難忘。

波光閃閃（ㄅㄛ ㄍㄨㄤ ㄕㄢˇ ㄕㄢˇ）水波因受到光線照射，反映出閃動的光亮。例在陽光的照耀之下，湖面波光閃閃，真是美麗。

波濤洶湧（ㄅㄛ ㄊㄠ ㄒㄩㄥ ㄩㄥˇ）水面高起的大波浪。例他所駕駛的小船在波濤洶湧的海面上奮勇前進。

沫

水部 五畫

丶 冫 氵 氵 汁 汼 沬 沫

ㄇㄛˋ ❶水面上的水泡：例泡沫。❷口水：例口沫橫飛。

參考 請注意：「沫」字的右邊是個末日的「末」（ㄇㄛˋ），不要寫成未來的「未」（ㄨㄟˋ）。

泡

水部 五畫

丶 冫 氵 氵 汋 沟 泃 泡

ㄆㄠˋ ❶浮在水面上或空中，含有氣體像球的東西：例水泡、氣泡。❷把東西浸在水裡：例浸泡。❸像泡一樣的東西：例燈泡。❹用開水沖：例泡茶。

ㄆㄠ 數量名，一攤或一片：例一泡尿。

泡沫（ㄆㄠˋ ㄇㄛˋ）浮在水面或空中，含有氣體像球的東西。大的叫「泡」，小的叫「沫」。例他把所有的錢財都投資在股市，結果資金如泡沫般全賠光了。

泛

水部 五畫

丶 冫 氵 氵 汀 汀 泛 泛

ㄈㄢˋ ❶漂浮：例泛舟。❷透出來：例臉色泛紅。❸不切實的：例浮泛。❹大概性的，一般性的：例泛指。

四畫

泛舟 ㄈㄢˋ ㄓㄡ 坐船遊玩。例我們泛舟西湖，欣賞湖上風光。

泛泛 ㄈㄢˋ ㄈㄢˋ 膚淺，不深入。例我們只有泛泛的交情。

泛論 ㄈㄢˋ ㄌㄨㄣˋ 概括的言論。例他的見解只是泛論，沒有多少新見識。

泛濫 ㄈㄢˋ ㄌㄢˋ ❶江河湖泊的水溢出。例洪水泛濫，沖垮河堤，造成許多人無家可歸。❷比喻壞思想、壞事物擴散分布。例我們要防止色情的泛濫。

參考 請注意：也可以寫作「氾濫」。

法

水部 五畫

丶 丶 氵 氵 汁 汢 法 法

ㄈㄚˇ ❶規律或命令：例法令。❷處理事情的方式或手段：例辦法。❸標準，可以模仿的：例取法。❹佛教的道理：例現身說法。❺道教的法術：例作法。❻國名：例法國。

ㄈㄚˊ 辦事的方法：例法子。

法力 ㄈㄚˇ ㄌㄧˋ 本來是指佛法的力量，後來指一切神奇的力量。例觀音菩薩法力無邊，能制伏妖魔鬼怪。

法令 ㄈㄚˇ ㄌㄧㄥˋ 國家立法機關所做的決定、指示、命令的總稱。

法老 ㄈㄚˇ ㄌㄠˇ 指古埃及的國王。本來的意思是大宮殿，因為埃及人民不敢直接稱國王的名字，以免失敬，所以用這個稱呼代表國王。和中國古代稱皇帝為陛下是同樣的道理。

法治 ㄈㄚˇ ㄓˋ ❶我國古代法家的思想，反對特權和階級，主張以刑法來統治人民。❷根據法律治理國家。

法官 ㄈㄚˇ ㄍㄨㄢ 指從事司法審判工作的人員。例他是一個非常細心、廉明的大法官。

法律 ㄈㄚˇ ㄌㄩˋ 由立法機關制定或同意，由國家政府保證執行的行為規則。例每一個國民都應該遵守法律。

參考 活用詞：法律制裁、法律效力、法律漏洞。

法則 ㄈㄚˇ ㄗㄜˊ 可做標準的模範、規則。例「多讀、多想、多寫」是增進作文能力的不二法則。

法庭 ㄈㄚˇ ㄊㄧㄥˊ 法官審問、判決案件的地方。

參考 請注意：「法庭」和「法院」不一樣：「法庭」通常設在「法院」裡面。

法院 ㄈㄚˇ ㄩㄢˋ 國家行使審判權的地方。分為最高法院、高等法院、地方法院三級。

法國 ㄈㄚˇ ㄍㄨㄛˊ 國名。位在歐洲西部，全名是「法蘭西共和國」。土地肥沃，屬於溫帶氣候。以小麥、葡萄、酒、煤等產物著名。首都是巴黎。

法網 ㄈㄚˇ ㄨㄤˇ 原指像羅網一樣嚴密的刑法，今指法律的制裁。例就算小偷再厲害，也無法逃出法網。

法寶 ㄈㄚˇ ㄅㄠˇ 本來指能制伏妖魔鬼怪的寶貝；比喻特別有效的工具、方法或是經驗。例妹妹只要一撒嬌，就有求必應，這個法寶真厲害。

法外施恩 ㄈㄚˇ ㄨㄞˋ ㄕ ㄣ 雖然依法辦理，但仍然依照人情給予特別的恩惠，判處較輕的刑罰。施恩：給予恩惠。

參考 相似詞：法外施仁。

法國大革命 ㄈㄚˇ ㄍㄨㄛˊ ㄉㄚˋ ㄍㄜˊ ㄇㄧㄥˋ 指一七八九年到一七九九年發生在法國的平民革命。

小百科 法國歷代君主實行專制，貴族生活奢侈，人民卻生活窮困。再加上受到經濟危機、中產階級要求政治權，以及美國獨立革命成功等因素的影響，終於在一七八九年七月十四日開始革命行動。巴黎人民在這一天攻破了囚禁革命人士的巴士底監獄，各地紛紛響應。接著由「國民會議」發表「人權宣告」，處死路易十六和許多貴族，推翻君主制度，成立共和國，奠定了法國民主政治的基礎，並推動其他歐洲、拉丁美洲等地區的民主革命。

泓

水部 五畫

丶 丶 氵 氵 沪 沪 泻 泓 泓

ㄏㄨㄥˊ ❶形容水清的樣子：例泓澄。❷水深廣的樣子：例潭水泓涵。❸古水名，在今河南省。❹量詞：例一泓清水。

四畫

沸 水部 五畫

ㄈㄟˋ ❶液體加熱到一定的溫度，產生氣泡，翻滾起來：例煮沸。❷很熱或很燙的剛煮好的湯汁：例沸湯。

沸湯 ㄈㄟˋ ㄊㄤ 煮開的湯。例餐廳的服務生不小心把沸湯倒在客人身上，這下子闖禍了。

沸點 ㄈㄟˋ ㄉㄧㄢˇ ❶液體加熱產生冒氣的現象，此時的溫度就是這液體的沸點。例煮水的時候，水一達到沸點就會產生水蒸氣。❷比喻人所能夠忍受的最大限度。例在政局不靖之下，人們恐懼的心理已經達到沸點，隨時都會走上街頭抗議。

沸騰 ㄈㄟˋ ㄊㄥˊ ❶液體加熱到某一個高溫以後，表面發生汽化冒泡的現象。例媽媽煮的湯因為沸騰太久，所以煮乾了。❷比喻情緒高漲像熱水一樣翻滾。例人民不滿政府任意加稅的情緒，已經快要沸騰了。

沱 水部 五畫

ㄊㄨㄛˊ ❶水名，長江的支流，在四川省：例沱江。❷水勢盛大的樣子：例大雨滂沱。❸流淚的樣子。

ㄉㄨㄛˋ 形容風光明媚：例澹沱。

沮 水部 五畫

ㄐㄩˇ 失望：例沮喪。

ㄐㄩ ❶水名：例沮河（山東、陝西兩省都有）。❷姓：例沮溺（指春秋時代的兩個隱士：長沮與桀溺）。

ㄐㄩˋ 低溼的地方：例沮澤。

沮喪 ㄐㄩˇ ㄙㄤˋ 灰心失望。例愛迪生不會因為實驗失敗，而感到沮喪。

泗 水部 五畫

ㄙˋ ❶鼻涕：例涕泗縱橫、涕泗滂沱。❷泗水，水名，在山東省。

泄 水部 五畫

ㄒㄧㄝˋ ❶排出：例排泄。❷走漏：例泄密。

ㄧˋ 舒緩的樣子：例泄泄。

參考 請注意：「泄」和「洩」如果有漏的意思，可以互相通用，所以「洩露」也可以寫作「泄露」。另外，「瀉」字，是水向下流，不可和「泄」、「洩」混用。

泄露 ㄒㄧㄝˋ ㄌㄡˋ 不應該讓人知道的事情卻讓人知道了。例我不小心泄露了他沒甄試上大學的事情。

泌 水部 五畫

ㄇㄧˋ 從生物體裡產生的汁液：例分泌、泌尿。

ㄅㄧˋ ❶水名：例泌水（源自河南省東銅山）。❷地名：例泌陽（在河南省）。

泌尿 ㄇㄧˋ ㄋㄧㄠˋ 分泌或排出尿液。

泌尿器 ㄇㄧˋ ㄋㄧㄠˋ ㄑㄧˋ 分泌和排泄尿液的器官，包括腎臟、輸尿管、膀胱、尿道等。

泅 水部 五畫

ㄑㄧㄡˊ 游泳：例泅水、泅渡。

參考 相似字：游、泳。

泅水 ㄑㄧㄡˊ ㄕㄨㄟˇ 游泳，身體浮在水面上游行。

泅渡 ㄑㄧㄡˊ ㄉㄨˋ 游泳而過。

泱 水部 五畫

ㄧㄤ ❶深廣、宏大的樣子：例江水泱泱、泱泱

四畫

大國。❷雲氣興起的樣子。

泱泱 ㄧㄤ ㄧㄤ ❶水面廣闊的樣子。例江水泱泱。❷氣魄宏大。例泱泱大國。

泊

水部 五畫

丶 丶 氵 氵 氵 泊 泊 泊

ㄅㄛˊ ❶湖：例湖泊。❷停船靠岸：例停泊。❸流浪：例飄泊。❹不求名利：例淡泊。

唱詩歌 煙籠①寒水月籠沙，夜泊秦淮近酒家。商女②不知亡國恨，隔江猶唱後庭花③。（泊④秦淮⑤・杜牧）

註：①籠：籠罩。②商女：商家的女兒。③後庭花：曲名。④泊：停船靠岸。⑤秦淮：河名。

泊岸 ㄅㄛˊ ㄢˋ 船隻停靠在岸邊。泊：是停靠的意思。例船長預計再過二十分鐘後，船隻就可以泊岸了。

泉

水部 五畫

丿 亻 白 白 白 身 身 泉 泉

ㄑㄩㄢˊ ❶地下湧出的水：例溫泉。❷陰間：例九泉。❸姓：例泉先生。

泉水 ㄑㄩㄢˊ ㄕㄨㄟˇ 從地下湧出的水。例這裡的泉水非常清涼，味道也很甜美。

泉源 ㄑㄩㄢˊ ㄩㄢˊ ❶泉水的根源。❷事物的起源。例書本是我們獲得知識的泉源。

泰

水部 五畫

一 二 三 夫 夫 夫 奉 奉 泰 泰

ㄊㄞˋ ❶平安，安寧：例泰然自若。❷極，最：例泰西。❸易經的卦名。❹國名。❺通「大」、「太」：例泰半。

參考 請注意：「泰」用在國名時只能寫作「泰」國，不可以寫成「太」國。

泰山 ㄊㄞˋ ㄕㄢ ❶五嶽中的東嶽，在山東省內，主峰高達一五四五公尺，多名勝古蹟，是山東省內最高的山。❷古人以泰山來比喻所敬仰的人，和重大有價值的事物。例你不要有眼不識泰山，他是諾貝爾獎得主。❸稱妻子的父親。

參考 相似詞：岳父、丈人。

猜一猜 見了岳父問貴姓。（猜一句俗語）（答案：有眼不識泰山）

泰斗 ㄊㄞˋ ㄉㄡˇ 比喻德高望重或非常有成就受人敬仰的人。例多明哥算是聲樂界的泰斗。

參考 相似詞：泰山北斗。

泰半 ㄊㄞˋ ㄅㄢˋ 超過一半，大半。例他說的話泰半都不能相信。

參考 相似詞：太半。

泰平 ㄊㄞˋ ㄆㄧㄥˊ 舒適安定。例我們今日能過泰平的生活，都要時常心懷感激。

參考 相似詞：太平、昇平、承平。

泰然自若 ㄊㄞˋ ㄖㄢˊ ㄗˋ ㄖㄨㄛˋ 安閒自在，從容不迫。形容對於使自己不愉快的事物從不放在心上。例他對不利於自己的謠言，總是泰然自若。

泯

水部 五畫

丶 丶 氵 氵 氵 泯 泯 泯

ㄇㄧㄣˇ 消滅，喪失：例泯滅、泯沒、良心未泯。

ㄇㄧㄣˇ 頭昏眼花：例泯眩。

泯沒 ㄇㄧㄣˇ ㄇㄛˋ 消滅，消失。

泯除 ㄇㄧㄣˇ ㄔㄨˊ 消除。例泯除不良的習性。

泯滅 ㄇㄧㄣˇ ㄇㄧㄝˋ 消滅。例這部電影令人留下了難以泯滅的印象。

洋

水部 六畫

丶 丶 氵 氵 氵 氵 洋 洋 洋

ㄧㄤˊ ❶地球上最廣大的水面區域：例太平洋。❷外國的：例洋貨。❸廣大而眾多的：例洋洋大觀。

猜一猜 羊水。（猜一字）（答案：洋）

洋人 ㄧㄤˊ ㄖㄣˊ 外國人，通常指西方人。例愈來愈多的洋人喜愛中國文化。

洋車 ㄧㄤˊ ㄔㄜ 用來載人的人力車。例在現代化的都市裡，已經很難見到洋車了。

洋洋（ㄧㄤˊ ㄧㄤˊ） ❶形容眾多或盛大的樣子。例他以洋洋數萬言陳述治國的理想。❷形容高興愉悅，情緒高昂的樣子。例他一臉喜氣洋洋的樣子。

洋傘（ㄧㄤˊ ㄙㄢˇ） 指用來遮擋太陽的傘。例豔陽高照下，到處都是撐著洋傘走路的婦女。

洋溢（ㄧㄤˊ ㄧˋ） 充分散發出某種情緒和氣氛。例聖誕夜裡洋溢著溫馨的氣氛。

洋槍（ㄧㄤˊ ㄑㄧㄤ） 用火藥發射子彈的武器，由西方傳入，故稱洋槍。例西方人洋槍、洋砲的攻擊，使得清軍節節敗退。

洋裝（ㄧㄤˊ ㄓㄨㄤ） 西式服裝，現在多指女子的連身衣裙。

洋洋大觀（ㄧㄤˊ ㄧㄤˊ ㄉㄚˋ ㄍㄨㄢ） 形容事物豐富、美好，值得觀賞。例這個世界洋洋大觀，無奇不有。

洋洋得意（ㄧㄤˊ ㄧㄤˊ ㄉㄜˊ ㄧˋ） 形容非常驕傲、滿意的樣子。例有些人稍獲得小小的成就，便洋洋得意的到處宣揚。

參考 相似詞：洋洋自得。

洋洋灑灑（ㄧㄤˊ ㄧㄤˊ ㄙㄚˇ ㄙㄚˇ） 形容文章篇幅長而且流暢達意。例他洋洋灑灑的寫了篇賀詞。

洲

水部 六畫

丶 丶 氵 氵 汌 汌 洲 洲 洲

ㄓㄡ ❶很大的陸地：例七大洲。❷水中凸起可以居住的陸地：例沙洲。

猜一猜 橫、直共九條河川的字。（猜一字）（答案：洲）

洪

水部 六畫

丶 丶 氵 氵 汁 汫 泄 洪 洪

ㄏㄨㄥˊ ❶大水：例洪水。❷形容很大的：例洪福。❸姓：例洪先生。

參考 請注意：讀ㄏㄨㄥˊ的字，都有大的意思，例如「洪」、「宏」、「閎」、「鴻」、「弘」等都是。

猜一猜 共飲長江水。（猜一字）（答案：洪）

洪水（ㄏㄨㄥˊ ㄕㄨㄟˇ） 指會造成災害的大水。例颱風來臨前，我們應該做好防止洪水的工作。

參考 活用詞：洪水猛獸。

洪亮（ㄏㄨㄥˊ ㄌㄧㄤˋ） 聲音大而且響亮。例演講時必須聲音洪亮，態度自然。

參考 請注意：「洪亮」也可以寫作「宏亮」。

洪荒（ㄏㄨㄥˊ ㄏㄨㄤ） 指原始時代。例很多洪荒時代的動物都已經絕種了。

參考 活用詞：洪荒世紀、洪荒時代。

洪福（ㄏㄨㄥˊ ㄈㄨˊ） 很大的福氣，這是祝福別人的話。例我和弟弟用「洪福齊天」這句話祝賀祖母生日。

洪楊革命（ㄏㄨㄥˊ ㄧㄤˊ ㄍㄜˊ ㄇㄧㄥˋ） 指洪秀全、楊秀清創立太平天國，反抗清廷的活動。

流

水部 六畫

丶 丶 氵 氵 汇 泞 浐 浐 流 流

ㄌㄧㄡˊ ❶水：例水流。❷派別：例流派。❸等級：例一流。❹像水流動的東西：例氣流。❺散播：例流播。❻沒有根據的話：例流言。❼往來不定的：例流雲。

流水（ㄌㄧㄡˊ ㄕㄨㄟˇ） 流動的水。例清澈的流水中有許多小蝦。

參考 相反詞：死水、止水。♣活用詞：流水帳、流水席、流水對。

流汗（ㄌㄧㄡˊ ㄏㄢˋ） 從皮膚毛孔分泌液體。例夏天必須多喝開水以補充流汗失去的水分。

小百科 汗水是由汗腺所分泌的。汗腺是哺乳動物才有的外分泌腺，它的功能是分泌汗水、調節人體的體溫、排泄廢物等的作用。它分布全身身體表面、手掌、腳底、尤其腋窩下最為細密。

流行（ㄌㄧㄡˊ ㄒㄧㄥˊ） 某一段時間內盛行的事。例流行的服裝不一定是最適合自己的服裝。

參考 活用詞：流行歌曲、流行病。

流利（ㄌㄧㄡˊ ㄌㄧˋ） 形容說話、寫字、作文非常靈活的意思。例他說了一口流利的英語。

流言（ㄌㄧㄡˊ ㄧㄢˊ） 沒有根據而暗中散布的壞話。例目前四處都散播著這位議員退出競選連任的流言。

流氓 ㄌㄧㄡˊ ㄇㄤˊ 沒有正當職業，到處做壞事的人。例流氓是社會問題之一。

流放 ㄌㄧㄡˊ ㄈㄤˋ 古時候把犯人或得罪朝廷的官員驅逐到落後遙遠的外地。例蘇東坡曾經被流放到黃州。

流毒 ㄌㄧㄡˊ ㄉㄨˊ 對後代造成禍害的事。例有良心的作家不會寫出不好的書，流毒後代。

流星 ㄌㄧㄡˊ ㄒㄧㄥ 和大氣摩擦並且燃燒發光的天體，可能消失在空中，也可能掉落在地球表面。例流星掉落地面就叫做「隕石」。

小百科 流星是經過地球時，被地球重力吸引，往地球大氣層內墜落的碎石顆粒。流星會因為摩擦燃燒的結果，使鬆軟物質被燒去，剩下堅硬的物質掉落地面，就稱「隕石」。

流浪 ㄌㄧㄡˊ ㄌㄤˋ 四處飄泊：形容人像東西一樣，隨著水到處亂飄，沒有固定住的地方。例流浪漢常常睡在公園裡。

流速 ㄌㄧㄡˊ ㄙㄨˋ 每秒鐘水流動的距離。例瀑布的流速很快。

流寇 ㄌㄧㄡˊ ㄎㄡˋ 到處流竄，沒有固定據點的強盜土匪。例政治腐敗時，地方上便常常出現流寇。

參考 相似詞：流賊。

流通 ㄌㄧㄡˊ ㄊㄨㄥ 流動暢通。例河川如果流通就不會造成水災。

流域 ㄌㄧㄡˊ ㄩˋ 河水所流過的區域，包括兩岸附近一帶。例德國萊因河的流域面積很廣。

流動 ㄌㄧㄡˊ ㄉㄨㄥˋ 像流水一樣移動不定。例到歐美旅遊的臺灣人，就是歐美國家的「流動人口」。

流量 ㄌㄧㄡˊ ㄌㄧㄤˋ 指水量流過的多和少。例長江的流量很大。

流傳 ㄌㄧㄡˊ ㄔㄨㄢˊ ❶從古時候到現在還保存下來的傳說。例「嫦娥奔月」是一則流傳民間的神話故事。❷傳播開來。例聖經是一本流傳已久的書。

流弊 ㄌㄧㄡˊ ㄅㄧˋ 由於事物本身不完善或工作有偏差而產生的弊病。例上班不簽到的流弊很大。

流暢 ㄌㄧㄡˊ ㄔㄤˋ ❶指說話、作文、寫字非常靈活。例有些外國人士中文說得很流暢。❷指交通情況非常好。例在警察人員指揮下，交通非常流暢。

流露 ㄌㄧㄡˊ ㄌㄨˋ 不知不覺的表現出來。例母親流露出慈愛的眼神。

流線型 ㄌㄧㄡˊ ㄒㄧㄢˋ ㄒㄧㄥˊ 前面圓後面尖的形狀，表面光滑，很像水滴的樣子。這種形狀的物體在空氣或水中運動時，受到的阻擋最小。例旗魚的身體是流線型的，所以在水裡游得很快。

流風餘韻 ㄌㄧㄡˊ ㄈㄥ ㄩˊ ㄩㄣˋ 以前留下來的習俗和活動。餘韻：遺留下來的高雅活動。例有許多民俗活動都是古代的流風餘韻。

流連忘返 ㄌㄧㄡˊ ㄌㄧㄢˊ ㄨㄤˋ ㄈㄢˇ 對某個地方非常留戀，捨不得離開，甚至都忘了回到原處。例花蓮太魯閣的風光使我們全家流連忘返。

流動人口 ㄌㄧㄡˊ ㄉㄨㄥˋ ㄖㄣˊ ㄎㄡˇ 離開自己原來居住的地方，到外地旅行、工作。或者無家可歸，到處流浪的人。例流動人口對社會治安是一大問題。

流離失所 ㄌㄧㄡˊ ㄌㄧˊ ㄕ ㄙㄨㄛˇ 因為天災人禍，所以在外流浪奔走，失去了安定的住所。例戰爭會造成大批人民流離失所。

津

水部 六畫

、 冫 氵 汀 沪 汩 浔 津

津 ㄐㄧㄣ ❶渡口，也就是可以搭船過河的岸邊：例津口。❷口水：例生津解渴。❸河北「天津市」的簡稱。

津液 ㄐㄧㄣ ㄧㄝˋ 中醫對人身體內一切液體的總稱。例口水也是津液的一種。

津貼 ㄐㄧㄣ ㄊㄧㄝ 工資以外的補助費。也指供給別人的生活零用錢。例政府對貧苦家庭常常有津貼。

津津有味 ㄐㄧㄣ ㄐㄧㄣ ㄧㄡˇ ㄨㄟˋ ❶很有滋味。例偶爾上餐館時，全家都吃得津津有味。❷興趣很高。例一有偵探小說，弟弟總是看得津津有味。

津津樂道 ㄐㄧㄣ ㄐㄧㄣ ㄌㄜˋ ㄉㄠˋ 很感興趣的談論著。例爺爺總是津津樂道他從軍抗日的經過。

洌

丶 冫 氵 汀 汀 汐 汐 洌 洌

水部 六畫

ㄌㄧㄝˋ ❶水清：例清洌。❷酒清：例酒洌。❸寒冷的：例洌風。

洱

丶 冫 氵 汇 汇 沔 沔 洱 洱

水部 六畫

ㄦˇ 洱海，湖名，在雲南省，又叫「昆明池」。

洞

丶 冫 氵 汌 汌 泂 泂 洞 洞

水部 六畫

ㄉㄨㄥˋ ❶洞穴：例山洞。❷穿破的孔：例衣服破了一個洞。❸不切實際的：例空洞。❹清楚的了解：例洞悉。

ㄊㄨㄥˊ 山西縣名：例洪洞縣。

參考 相似字：孔、穴。

洞房 ㄉㄨㄥˋ ㄈㄤˊ 剛結婚的夫婦所住的房間。例結婚典禮結束後，新郎和新娘就被送進洞房。

洞澈 ㄉㄨㄥˋ ㄔㄜˋ 非常的了解。洞：清楚的，非常明白的。例每個人都已洞澈他的陰謀。

參考 請注意：洞「澈」也可以寫作洞「徹」。

洞察 ㄉㄨㄥˋ ㄔㄚˊ 觀察得很清楚。例警方洞察一切事情發生的經過，終於破案。

洞簫 ㄉㄨㄥˋ ㄒㄧㄠ 古代一種不用蜜臘封底的簫，現在指正面有五個指孔，背面有一個指孔，單管直吹的竹製樂器。

洗

丶 冫 氵 氵 汁 汢 泩 洗 洗

水部 六畫

ㄒㄧˇ ❶用水除掉骯髒的東西：例洗澡。❷消除：例洗心革面。

ㄒㄧㄢˇ ❶官名：例洗馬。❷姓：例洗先生。

俏皮話 「白布掉染缸——洗也洗不清。」我們身上的衣服顏色原本都是白色，經過了處理後才有別的顏色。如果我們讓「白布掉在染缸裡」，那就「洗也洗不清」了。比喻洗不清，沒有辦法消除嫌疑。

洗刷 ㄒㄧˇ ㄕㄨㄚ ❶用水沖洗、刷乾淨。例廁所要經常洗刷，才不會留有臭味。❷除去恥辱改過向善的意思。例一個人只要決心洗刷自己以前的過錯，就能開創美好的未來。

洗雪 ㄒㄧˇ ㄒㄩㄝˇ 除掉自己感到羞恥的事。雪：也是清洗的意思。例全國民眾必須洗雪「盜版王國」封號的恥辱。

洗淨 ㄒㄧˇ ㄐㄧㄥˋ 洗乾淨。例飯前要將雙手洗淨。

洗滌 ㄒㄧˇ ㄉㄧˊ 用水清除髒東西。滌：清除的意思。

參考 相似詞：洗濯（ㄓㄨㄛˊ）。

洗澡 ㄒㄧˇ ㄗㄠˇ 用水清潔身體。例洗澡後使人感到清爽。

笑一笑 小明：「媽，給我零用錢。」媽媽：「昨天才給過你，怎麼又要了？不行！」過了一會兒，媽媽：「小明，快來洗澡！」小明：「不是昨天才洗過的嗎？不要！」

洗臉 ㄒㄧˇ ㄌㄧㄢˇ 用清水去除髒東西，使臉乾淨。例夏天容易出汗，所以要多洗臉。

洗心革面 ㄒㄧˇ ㄒㄧㄣ ㄍㄜˊ ㄇㄧㄢˋ 比喻徹底改過自新。例我們應當接受已洗心革面的犯人。

參考 相似詞：脫胎換骨。

洗耳恭聽 ㄒㄧˇ ㄦˇ ㄍㄨㄥ ㄊㄧㄥ 形容恭敬的聽別人說話。例弟弟對於長輩的訓話總是洗耳恭聽。

活

丶 冫 氵 氵 汘 汗 汗 活 活

水部 六畫

ㄏㄨㄛˊ ❶生存，有生命：例活人、活到老學到老。❷工作，上班：例幹活兒。❸好像真的一樣：例她活像一隻老虎。❹活人具有佛力：例活佛。

參考 相似字：生。♣相反字：死、亡。

猜一猜 狗的舌頭滴水。（猜一字）（答案：活）

古人說 「活到老，學到老。」這句話是說：只要活著，就不能停止學習；強調學習的重要。例如：我們要以「活到老，學到老」的精神，學習每一門知識。

活動 ㄏㄨㄛˊ ㄉㄨㄥˋ ❶運動。例我們常常活動筋骨，對身體健康會有幫助。❷送錢財給人，到別人處走動，以便獲得好處。例他常到上司家裡去活動。❸團體在一起從事的遊戲或節目。例我曾經參加暑期自強活動。

活像 ㄏㄨㄛˊ ㄒㄧㄤˋ 很像真的樣子。例小明活像他媽媽，比如眼睛、鼻子、嘴巴。

活該 ㄏㄨㄛˊ ㄍㄞ 罪有應得。這個詞常常用在別人發生不好的事情，我們又覺得他不可憐，就會罵他活該。例他不用功，成績滿江紅，被老師罵一頓，真是活該。

活潑 ㄏㄨㄛˊ ㄆㄛ 生動自然，一點也不呆板。例小美是班上最活潑的一位同學。

活躍 ㄏㄨㄛˊ ㄩㄝˋ 做事情很積極、很主動。例大華在班上是風雲人物，非常的活躍。

參考 活用詞：活躍人物、活躍分子。

活生生 ㄏㄨㄛˊ ㄕㄥ ㄕㄥ ❶新鮮活潑像真的樣子。例他畫的小魚，活生生的像要跳出畫來。❷實際出現在眼前。例電影中的男主角活生生的出現在大家眼前，嚇了我們一跳。❸活活的。例他活生生的被推下斷崖。

洽

水部 六畫

、 ⺀ 氵 氵 汄 汵 洽 洽 洽

ㄑㄧㄚˋ ❶和諧，和睦：例融洽。❷和人聯繫、商量：例接洽、洽商、面洽。

洽商 ㄑㄧㄚˋ ㄕㄤ 商量。例他們正在洽商出書的事宜。

派

水部 六畫

、 ⺀ 氵 氵 沂 沠 派 派 派

ㄆㄞˋ ❶指立場、見解、想法或作風相同的一些人：例黨派、幫派。❷上司命令部下去做事：例派遣。❸美國有一種點心，叫作Pie，讀成「派」，因此我們就叫它為「派」，是用麵粉、奶油及水果製成。

派系 ㄆㄞˋ ㄒㄧˋ 團體中，意見比較相同的人集合在一起，成為一些小團體。例那家公司的員工分成好多派系。

參考 相似詞：派別。

派頭 ㄆㄞˋ ㄊㄡˊ 指一個人談話、行為的樣子很神氣。例張先生天天穿著西裝，開輛大汽車，一副很有派頭的樣子。

參考 相似詞：氣派、架勢、架子。♣活用詞：派頭十足。

派遣 ㄆㄞˋ ㄑㄧㄢˇ 上面的人命令下面的人到某個地方去做某件事。例政府派遣代表團，訪問我們的友好國家。

派出所 ㄆㄞˋ ㄔㄨ ㄙㄨㄛˇ 是最基層的警察單位，通常幾個「里」裡，就設有一所「警察派出所」。按照我國的警察組織系統，「警察局」之下，設「警察分局」；「警察分局」之下，再設「分駐所」或「派出所」。例哥哥的機車不見了，他趕緊到轄區的派出所報案。

洶

水部 六畫

、 ⺀ 氵 氵 汋 汋 汹 洶 洶

ㄒㄩㄥ 形容水勢很大：例洶湧。

猜一猜 匈奴過江。（猜一字）（答案：洶）

洶洶 ㄒㄩㄥ ㄒㄩㄥ ❶形容波濤的聲音。❷形容來勢很猛的樣子。例這次颱風來勢洶洶，大家要注意安全。

洶湧 ㄒㄩㄥ ㄩㄥˇ 大水的波浪捲得很高的樣子。例大海波濤洶湧，真是壯觀。

洛

水部 六畫

、 ⺀ 氵 氵 汐 汷 洛 洛 洛

ㄌㄨㄛˋ ❶一條河川的名稱，在陝西省，指洛水。❷姓：例洛先生。

洛陽 ㄌㄨㄛˋ ㄧㄤˊ 地名。在河南省境內，古代很多朝代都在此建都。

唱詩歌 大道①直如髮，春日佳氣②多；五陵③貴公子，雙雙鳴玉珂④。（洛陽道・儲光羲）

註：①大道：寬闊的大路。②佳氣：天氣很好。③五陵：指在長安的五個帝王的陵墓。④玉珂：馬上的飾物，能夠發聲。珂：音ㄎㄜ，美石名。

四畫

洛杉磯（ㄌㄨㄛˋ ㄕㄢ ㄐㄧ） 地名。在美國西岸的加利福尼亞州。

小百科 以前交通不方便，中國人大都坐船到美國，洛杉磯是他們集中的休息站。因為這裡的氣候乾燥溫和，很多中國人便在這裡生活，所以洛杉磯是中國人最多的幾個城市之一。洛杉磯以影城——好萊塢、唐人街等而著名。

洒

水部 六畫

丶 丶 氵 汀 汀 沔 洒 洒 洒

ㄙㄚˇ ❶同「灑」。❷我，宋元時候自稱的詞：例洒家。

ㄒㄧㄢˇ 崇敬的樣子：例洒如。

洒家（ㄙㄚˇ ㄐㄧㄚ） 我，咱。宋元時關西一帶人們自稱的詞。

洩

水部 六畫

丶 丶 氵 汩 汩 泗 泗 洩 洩

ㄒㄧㄝˋ ❶漏：例水洩不通。❷散布：例宣洩。❸姓：例洩先生。

猜一猜 風會搖曳，水也會。（猜一字）（答案：洩）

洩氣（ㄒㄧㄝˋ ㄑㄧˋ） 失去了勇氣。例失敗了可別洩氣，只要能再接再厲，最後一定會成功的。

洩漏（ㄒㄧㄝˋ ㄌㄡˋ） 透漏，走漏。例我們不可以洩漏國家的機密。

參考 相似詞：洩露。

洄

水部 六畫

丶 丶 氵 氵 汀 洄 洄 洄 洄

ㄏㄨㄟˊ ❶水盤旋回轉的樣子：例盪洄。❷逆流而上：例溯洄。

洄游（ㄏㄨㄟˊ ㄧㄡˊ） 海洋中的生物，因為產卵、覓食或季節變化的影響，而沿一定路線有規律地往返遷移。

浪

水部 七畫

丶 丶 氵 氵 沪 沪 沪 浪 浪 浪

ㄌㄤˋ ❶大的水波：例波浪。❷因振動而起伏的東西：例稻浪。❸到處流動沒固定處所：例浪跡天涯。❹不真實的：例浪得虛名。❺姓：例浪先生。

古人說 「浪子回頭金不換。」浪子是貪玩而不做正事的人，回頭是改過的意思。這句話是說：一個人知過能改是最可貴的。例如：「浪子回頭金不換」，大明真的不再遊手好閒了。

浪花（ㄌㄤˋ ㄏㄨㄚ） 波浪激起的水花。例海面捲起浪花，十分美麗。

浪費（ㄌㄤˋ ㄈㄟˋ） 不節儉，隨便花用。例浪費金錢是一種不好的習慣。

浪漫（ㄌㄤˋ ㄇㄢˋ） 富有詩意，充滿幻想。例她是一個浪漫的人，喜歡欣賞美好的事物。

浪潮（ㄌㄤˋ ㄔㄠˊ） 海水被風吹動而起的波浪。例海面上掀起陣陣的浪潮。

浪頭（ㄌㄤˋ ㄊㄡˊ） 波浪的最高點。

浪蕩（ㄌㄤˋ ㄉㄤˋ） 到處閒逛，不務正業。例他是個遊手好閒的浪蕩子。

涕

水部 七畫

丶 丶 氵 氵 沪 沪 涉 涕 涕 涕

ㄊㄧˋ ❶鼻水：例鼻涕。❷眼淚：例痛哭流涕。

參考 請注意：「涕」字除「鼻涕」解釋為鼻水，其他語詞應該都解釋為眼淚。

猜一猜 弟弟掉眼淚。（猜一字）（答案：涕）

涕泣（ㄊㄧˋ ㄑㄧˋ） 流淚哭泣。涕：流眼淚。泣：哭泣。例他不停的涕泣，我想可能是月考考差了。

涕泗（ㄊㄧˋ ㄙˋ） 流眼淚和流鼻涕。例小妹妹哭得涕泗縱橫。

消

水部 七畫

丶 丶 氵 氵 氵 氵 沙 消 消 消

ㄒㄧㄠ ❶除去：例消毒。❷不見了，從有變到沒有：例太陽在山的那一頭消失了。❸打發時間：例消遣。❹消耗花費：例消費。❺需要：例不消你說。

消化 ㄒㄧㄠ ㄏㄨㄚˋ ❶食物在消化器官內，經過消化液分解的作用，成為容易被吸收的營養物質，這種過程就叫作「消化」。例胃、腸都是人體內的消化器官。❷比喻對於學習內容可以完全明白，而且加以應用。例書本裡的知識，必須加以消化應用，而不是勉強的背誦。

消失 ㄒㄧㄠ ㄕ 從「有」變成「沒有」。例經過我的道歉，弟弟臉上的怒氣終於消失了。

消毒 ㄒㄧㄠ ㄉㄨˊ 用蒸煮、藥物作用，或陽光下曝晒、放射線照射等方法，殺死使人生病的細菌和病毒。例傷口要上藥前必須先消毒。

消除 ㄒㄧㄠ ㄔㄨˊ 除去。例注意環境衛生，便能消除傳染疾病。

消息 ㄒㄧㄠ ㄒㄧˊ 音訊，信息。例他一去就是十年，一點消息也沒有。

消耗 ㄒㄧㄠ ㄏㄠˋ 物質或精力因過度使用，而受到損傷。例戰爭時期，物品消耗得特別快。

消逝 ㄒㄧㄠ ㄕˋ 消失。例父親的背影在巷子轉角處消逝。

消費 ㄒㄧㄠ ㄈㄟˋ 使用或消耗財物，以促進生產和滿足生活需要的行為。例用錢買東西就是一種消費行為。

消極 ㄒㄧㄠ ㄐㄧˊ 不主動求進取。例處事太消極，便容易失去好機會。

消滅 ㄒㄧㄠ ㄇㄧㄝˋ 毀滅，使消失。例外科手術之前，必須先消滅空氣中的細菌。

消瘦 ㄒㄧㄠ ㄕㄡˋ 身體變瘦，脂肪減少。例為了準備這次運動會，他至少消瘦了兩公斤。

消遣 ㄒㄧㄠ ㄑㄧㄢˇ ❶休閒時候的娛樂活動。例打球是一項有益身心的消遣。❷捉弄；開玩笑取樂。例他個性開朗，所以我們喜歡消遣他。

消磨 ㄒㄧㄠ ㄇㄛˊ ❶使一個人的意志慢慢脆弱、消失。例沉迷賭博會使一個人的意志消磨。❷無聊的打發時間。例不能夠確定人生目標的人，只能每天消磨時間。

消防隊 ㄒㄧㄠ ㄈㄤˊ ㄉㄨㄟˋ 防火和救火的組織。例消防隊必須經過防火和救火工作的嚴格訓練。

消費者 ㄒㄧㄠ ㄈㄟˋ ㄓㄜˇ 指一般具有購買能力的大眾。例現在消費者的購買能力，比起從前要好得多了。

參考 活用詞：消費者文教基金會（專門保護消費者權益的組織）。

涇

水部 七畫

ㄐㄧㄥ 涇河，水名，發源於甘肅，流入陝西。

涇渭分明 ㄐㄧㄥ ㄨㄟˋ ㄈㄣ ㄇㄧㄥˊ 涇河水清，渭河水濁，涇河的水流入渭河時，清濁的界限很分明。比喻界限清楚，是非分明。

浦

水部 七畫

ㄆㄨˇ ❶水邊或河流入海的地方，也用於地名：例乍浦（在浙江）、浦口（在江蘇）。❷姓：例浦先生。

浸

水部 七畫

ㄐㄧㄣˋ ❶把東西放在水裡泡：例浸泡。❷受水的滲透而漸溼：例衣服被汗水浸溼。❸逐漸的：例浸漸。

浸泡 ㄐㄧㄣˋ ㄆㄠˋ 把東西泡在液體中。

浸染 ㄐㄧㄣˋ ㄖㄢˇ 逐漸受到感染或感化。

浸透 ㄐㄧㄣˋ ㄊㄡˋ 逐漸溼透。例汗水浸透了襯衫。

浸漸 ㄐㄧㄣˋ ㄐㄧㄢˋ 逐漸，慢慢的。

浸漬 ㄐㄧㄣˋ ㄗˋ 用液體泡。漬：沾染的意思。

海

水部 七畫

ㄏㄞˇ ❶大洋靠近陸地的部分：例黃海。❷內陸的鹹水湖：例青海。❸形容數量很多：例人山人海。❹容量大：例海量。❺姓：例海先生。

猜一猜 每一滴水。（猜一字）（答案：海）

動動腦 「海上」、「上海」是用相同的字組合成的，但是意思卻完全不一樣。小朋友，除了「海上」、「上海」，「水池」、「池水」之外，你還能想出其他的例子嗎？愈快愈好哦！（答案：中國、國中，性感、感性，房子、子房，存心、心存……）

唱詩歌 海浪花，一朵朵。手拉手，唱著歌。駛起船兒游大海，捕來魚兒多又多。

海外 ㄏㄞˇ ㄨㄞˋ 指國外。例海外的中國人特別能夠吃苦耐勞。

海地 ㄏㄞˇ ㄉㄧˋ 美洲西印度群島西部的國家。例海地輸出很多的木材和咖啡。

海防 ㄏㄞˇ ㄈㄤˊ 在海口及沿海所採取保衛國家的防護。例我們國家的海防工作做得很嚴密。

海岸 ㄏㄞˇ ㄢˋ 沿海的陸地。例濱海公路是沿著海岸建造的。

海拔 ㄏㄞˇ ㄅㄚˊ 陸地高出海平面的垂直距離。例喜馬拉雅山最高峰海拔八、八四八公尺。

海河 ㄏㄞˇ ㄏㄜˊ 河北省最大的河流。

小百科 海河由五大支流：白河、衛河、大清河、永定河、子牙河匯流而成。

海洋 ㄏㄞˇ ㄧㄤˊ 地球表面廣大的水域。例海洋裡蘊藏著等待我們開採的豐富資源。

海軍 ㄏㄞˇ ㄐㄩㄣ 負責在海上防衛和作戰的軍隊。例英勇的海軍負有保衛國家的重大責任。

海峽 ㄏㄞˇ ㄒㄧㄚˊ 連接兩片海洋，夾在兩個陸地之間的狹窄水道。例海峽兩岸人民的生活差別很大。

海島 ㄏㄞˇ ㄉㄠˇ 海中的島嶼。例日本是一個海島型的國家。

海馬 ㄏㄞˇ ㄇㄚˇ 一種魚，頭的形狀像馬，是一種名貴的藥材。

小百科 海馬的身體側扁彎曲，全身包在由骨質的環節所形成的硬殼中，一般身長十到二十公分，游泳時頭部向上，身體直立。

海豚 ㄏㄞˇ ㄊㄨㄣˊ 哺乳動物，嘴尖，體型像魚，長二公尺餘，生活在海洋中。

小百科 海豚背面和身體兩側都是暗色，腹部白色，前肢變為鰭狀，沒有後肢，尾鰭為半月形。游泳技術很好，智商非常高，能學習多種動作而在馬戲團中表演。

海參 ㄏㄞˇ ㄕㄣ 一種生活在海底的棘皮動物，含有豐富的蛋白質，是名貴的海產食品。海參體型細長，身體表面柔軟並有許多突起。口的邊緣有觸手，群聚在近海，可以食用。

海崖 ㄏㄞˇ ㄧㄞˊ 像山崖般高起的海岸。例他站在海崖上凝視著遠方的海面。

海量 ㄏㄞˇ ㄌㄧㄤˋ ❶像海一般寬宏的度量。例有任何對不起的地方，還希望您海量包涵。❷指很大的酒量。例您是海量，不妨多喝幾杯。

海報 ㄏㄞˇ ㄅㄠˋ 為了吸引大家的注意力所張貼出來的圖畫或文字。例我在布告欄上看到一個書法展覽的海報。

海葵 ㄏㄞˇ ㄎㄨㄟˊ 一種腔腸動物，形狀像圓筒，沒有骨骼。海葵圓筒狀身體的前端有彩色的觸手，伸張時形狀像菊花。觸手上有刺胞，可自衛和擷取食物。生長在寒帶至熱帶淺海地區。例色彩鮮豔的海葵像是一朵盛開的花兒。

海龜 ㄏㄞˇ ㄍㄨㄟ 爬行動物，形狀和普通龜相似，生活在海洋中。海龜通常有個巨大的軀體，長可達一公尺。背面褐色或暗綠色，腹面黃色。以大葉藻為食，分布於熱帶海域。

海嘯 ㄏㄞˇ ㄒㄧㄠˋ 因地震、火山爆發或風暴造成巨大的海浪。例海嘯常常對沿海地區造成很大的損害。

海螺 ㄏㄞˇ ㄌㄨㄛˊ 一種長得像蝸牛的軟體動物。例海螺有螺旋狀的硬殼。

小百科 海螺分布於太平洋、印度洋的暖海區域，屬於大型卷貝，可做笛。肉食性，以海星、海膽、貝類為食。

海濱 靠海而近海水的地方。例夏天裡的海濱浴場真是人山人海。

海鮮 新鮮的海產食品。例龍蝦是一道美味的海鮮食品。

海關 徵收沿海進出口貨物稅的機關。例海關查獲了大批走私的毒品。

海邊 靠近海岸的地方。例海邊停靠了許多艘漁船。

海藻 生長在海洋中的藻類。例海藻含有豐富的碘。

海鷗 常飛翔在海上的一種水鳥。例成群的海鷗飛翔在藍藍的海面上。

海灘 海邊的沙地。例海灘上有許多美麗的貝殼。

海鹽 用海水煎煮或晒乾製成的鹽。例臺灣南部盛產海鹽。

海灣 海洋伸入陸地的部分。例渤海是個海灣。

海王星 太陽系九大行星中的第八顆，有八個衛星。

海岸線 海洋和陸地的分界線。例中國海岸線全長一萬一千多公里。

海洛因 從鴉片裡的嗎啡提煉出來的一種毒品。是一種白色的晶體，醫學上可用作鎮靜、麻醉和止咳劑，容易上癮，注射過量會導致死亡。

海蜇皮 水母晒乾後製成的食品。

海天一色 海和天都是相同的顏色。例湛藍的海水，蔚藍的天，海天一色的風景，只有在好天氣才看得到。

海市蜃樓 ❶大氣中由於光線的折射，把遠處景物顯現在空中或近處水面的奇幻現象。例海市蜃樓常發生在海邊或沙漠地區。❷比喻虛幻不實的事物。例做事要踏實，不要存有海市蜃樓的幻象。

參考 請注意：「海市蜃樓」和「空中樓閣」都是指虛而不實的事物，但「海市蜃樓」大都形容不實際的希望；「空中樓閣」多比喻言論和計畫的不實在。

海角天涯 形容非常遙遠的地方。角、涯：都是指邊際、很遠的地方。例我即使到了海角天涯，也會永遠想念你。

海底撈針 比喻極難找到。例你想尋找失散數十年的親戚，就像海底撈針一樣。

海枯石爛 海水枯乾、石頭腐爛；形容經歷極長時間的考驗。多用於誓言，表示意志堅定，絕不改變。例就算是海枯石爛，我也不會改變心意。

參考 相似詞：地老天荒。

海誓山盟 指男女相愛時所立的誓言和盟約，表示彼此的愛情要像山和海一樣不改變。例他們在花前月下立下海誓山盟。

海闊天空 海和天都很廣大；形容大自然的廣大遼闊；比喻想像或說話不受拘束。例他海闊天空的談著未來的理想。

浙

水部 七畫

❶江名，向東流入東海：例浙江。❷省名，浙江省的簡稱。

浙江省 中國東部沿海的省分。例浙江省的省會在杭州。

涓

水部 七畫

細小的水流：例涓滴細流。

涓流 小水流。例涓流可匯聚成江河。

涓涓 細水慢慢的流。例林間的小溪涓涓的流著。

動動腦 「涓涓的小溪」、「汙濁的河水」，除了汙濁、涓涓，小朋友請你想一想，哪些詞彙可以用來描寫溪流、河川、大海？越多越好！

（答案：清澈、潺潺、潔淨、波濤洶湧、汪洋大海……）

涓滴 小水流；比喻小東西。例不是我應該得到的財物，我絕對涓滴不取。

四畫

涓塵 ㄐㄩㄢ ㄔㄣˊ 非常細小的水流和塵埃，用來形容微小。例這件事我只盡了涓塵之力。

浬
水部七畫

ㄌㄧˇ 計算海的長度單位，英美制一浬等於一·八五三二八里，「浬」又叫「海里」。

涉
水部七畫

ㄕㄜˋ ❶從水裡走過去：例涉水。❷乘船從水上經過：例遠涉重洋。❸經歷：例涉險。❹牽連，相關：例牽涉、涉及。
ㄉㄧㄝˊ 通「喋」：例涉血。

參考 請注意：「涉」這個字的右邊是「步」，「步」是由正反兩個「止」構成的（也就是「止」和「㐄」），所以「步」下的「止」應該寫作「少」而不可以寫成「少」。

涉水 ㄕㄜˋ ㄕㄨㄟˇ 從水裡走過去。例這條溪的水很淺，我們可以涉水通過。

涉及 ㄕㄜˋ ㄐㄧˊ 關連到。涉：關連。及：到的意思。例他涉及這件刑案，所以警察密切注意他的行動。

浮
水部七畫

ㄈㄨˊ ❶漂在水面上：例漂浮。❷空虛，不切實：例浮名。❸表面的：例浮土。❹不沉著：例心浮氣燥。❺飄流的：例浮雲。

參考 相反字：沉。

浮力 ㄈㄨˊ ㄌㄧˋ 物體在液體或氣體中所受向上扶托的力量。例船行水面是利用浮力的原理。

浮現 ㄈㄨˊ ㄒㄧㄢˋ 舊有的印象重新出現。例往事又浮現在眼前。

浮萍 ㄈㄨˊ ㄆㄧㄥˊ ❶葉子橢圓形，浮生在水面，根垂在水裡，夏天開白色的小花。例魚兒在浮萍間穿梭游動。❷比喻行蹤不定，沒有依靠。例他失去雙親後就像浮萍一樣到處流浪。

猜一猜 有根不著地，綠葉開白花，到處去流浪，四海處處家。（猜一植物名）（答案：浮萍）

浮華 ㄈㄨˊ ㄏㄨㄚˊ 只講求表面的華美，不切實際。例浮華的生活易造成精神生活的空虛。

浮游 ㄈㄨˊ ㄧㄡˊ 在水面上飄浮游動。例魚兒悠閒的浮游在江面上。

浮雲 ㄈㄨˊ ㄩㄣˊ 飄浮在天空中的雲；比喻不足以放在心上的事物。例名利富貴對他而言只是過眼浮雲。

浮雕 ㄈㄨˊ ㄉㄧㄠ 雕塑的一種，在平面上雕出凸起的形象。例這棟古老的木造建築物有著精細的浮雕。

浮靡 ㄈㄨˊ ㄇㄧˊ 過著表面不切實際、浪費錢財的生活。靡：奢侈浪費。例浮靡的生活，會令人不求上進。

浮雲朝露 ㄈㄨˊ ㄩㄣˊ ㄓㄠ ㄌㄨˋ 飄浮的雲彩，清晨的露水，因浮雲難以掌握，朝露瞬間消逝，所以用來比喻人生雖短，變化很多。

浚
水部七畫

ㄐㄩㄣˋ 疏通或挖深河道：例疏浚、浚河。

浴
水部七畫

ㄩˋ ❶洗：例沐浴。❷姓：例浴先生。

猜一猜 山谷中的流水。（猜一字）（答案：浴）

浴室 ㄩˋ ㄕˋ 洗澡用的房間。例我們要保持浴室的乾燥，以免滑倒。

浴場 ㄩˋ ㄔㄤˇ 沐浴的場所。例海水浴場是消暑的好地方。

浩
水部七畫

四畫

ㄏㄠˋ ❶廣大的：例浩大。❷姓：例浩先生。

浩大 ㄏㄠˋ ㄉㄚˋ 非常廣大的樣子。例國慶日的慶祝活動，場面非常浩大。

浩汗 ㄏㄠˋ ㄏㄢˋ 廣大繁多的意思。浩、汗：都是水勢盛大的樣子，浩汗，可形容一切廣大繁多的事物。例旅人走在浩汗的沙漠上，一望無邊。

浩劫 ㄏㄠˋ ㄐㄧㄝˊ 很大的災難。例世界大戰是人類的浩劫，死傷無數。

參考 相似詞：浩瀚。

浩渺 ㄏㄠˋ ㄇㄧㄠˇ 形容水面廣大，好像沒有邊際的樣子。渺：水勢很大，範圍很廣的意思。例我站在岸邊，望著浩渺的大海，心中頓時開朗起來。

浩繁 ㄏㄠˋ ㄈㄢˊ 既廣大又繁多的樣子。例張先生家裡人口眾多，開支十分浩繁。

參考 活用詞：食指浩繁。

浩如煙海 ㄏㄠˋ ㄖㄨˊ ㄧㄢ ㄏㄞˇ 形容事物很多，多得像煙跟海一樣。例圖書館裡的藏書浩如煙海，一輩子也讀不完。

浩浩蕩蕩 ㄏㄠˋ ㄏㄠˋ ㄉㄤˋ ㄉㄤˋ 水勢廣大的樣子，一般用來形容壯闊廣大的事物。蕩：是廣大的意思。例遊行的隊伍浩浩蕩蕩的通過司令臺，向主席致敬。

浹

水部 七畫

、 ⺀ 氵 … 浹

ㄐㄧㄚˊ 溼透：例汗流浹背。

涅

水部 七畫

、 ⺀ 氵 … 涅

ㄋㄧㄝˋ ❶涅水，水名，一在山西省，一在河南省。❷一種黑色的染料。❸染成黑色：例涅面。

涅槃 ㄋㄧㄝˋ ㄆㄢˊ 佛教用語，指所幻想的超脫生死的境界。後來也稱佛逝世為涅槃。

浞

水部 七畫

、 ⺀ 氵 … 浞

ㄓㄨㄛˊ ❶淋溼：例浞溼、讓雨浞了。❷寒浞，人名，是夏朝有窮國君后羿的部下。

涔

水部 七畫

、 ⺀ 氵 … 涔

ㄘㄣˊ 雨水，積水。

涔涔 ㄘㄣˊ ㄘㄣˊ 形容雨、汗或淚水不斷的流下。例在六月的豔陽天下行走，使我不禁汗涔涔而下。

涂

水部 七畫

、 ⺀ 氵 … 涂

ㄊㄨˊ ❶道路。❷姓：例涂先生。

涎

水部 八畫

涎 、 ⺀ 氵 … 涎

ㄒㄧㄢˊ 口水：例垂涎三尺。

涎皮賴臉 ㄒㄧㄢˊ ㄆㄧˊ ㄌㄞˋ ㄌㄧㄢˇ 厚著臉皮跟人糾纏、惹人厭煩的樣子。

涼

水部 八畫

涼 、 ⺀ 氵 … 涼

ㄌㄧㄤˊ ❶溫度低：例天氣涼了。❷變冷；比喻失望：例涼了半截。❸姓：例涼先生。

ㄌㄧㄤˋ 放在通風的地方，使東西溫度降低，或把溼的變成乾的：例涼衣服。

猜一猜 京城下雨。（猜一字）（答案：涼）

涼快 ㄌㄧㄤˊ ㄎㄨㄞˋ 溫度低但是不冷，使人有舒服的感覺。例站在窗子旁邊，輕風吹來，十分涼快。

涼亭 ㄌㄧㄤˊ ㄊㄧㄥˊ 供行人休息、乘涼或避雨的亭子。

猜一猜 有頂沒有牆，有柱沒有窗，大家進來坐一坐，又看風景又乘涼。（猜一種建築）（答案：涼亭）

涼爽 ㄌㄧㄤˊ ㄕㄨㄤˇ 清涼舒服。例秋天天氣涼爽，令人身心舒暢。

參考 相似詞：涼快。

涼棚 ㄌㄧㄤˊ ㄆㄥˊ 遮住陽光，好獲得陰涼的棚子。棚：一種可以遮住陽光的棚架。

涼意 ㄌㄧㄤˊ ㄧˋ 清涼的感覺。涼：清涼。意：感覺。例陣陣輕風拂面，帶來涼意。

淳

淳 水部 八畫

ㄔㄨㄣˊ 濃厚的：例淳酒。

淳樸 ㄔㄨㄣˊ ㄆㄨˊ 自然，誠實，樸素。例鄉下的民風很淳樸。

淙

淙 水部 八畫

ㄘㄨㄥˊ 流水的聲音：例泉水淙淙。

淙淙 ㄘㄨㄥˊ ㄘㄨㄥˊ 流水的聲音。例泉水從山上流下來，發出淙淙的聲音。

淚

淚 水部 八畫

ㄌㄟˋ 眼中流出的水：例淚水。

猜一猜 河邊有一戶，只養一隻狗。（猜一字）（答案：淚）

淚水 ㄌㄟˋ ㄕㄨㄟˇ 眼中流出的水。例她看到小狗受傷，難過的流下淚水。

淚珠 ㄌㄟˋ ㄓㄨ 一滴滴的眼淚，像珠子一樣。例妹妹因為被責罵，淚珠不禁滾滾流下。

淚汪汪 ㄌㄟˋ ㄨㄤ ㄨㄤ 眼中充滿了眼淚。汪汪：眼淚很多的意思。例小妹妹迷路了，哭得兩眼淚汪汪。

唱詩歌 玲玲買冰棒，眼睛四下望。見到小伙伴，急忙身後藏。藏呀藏，藏呀藏，藏到後來全化光。她對冰棒流眼淚，冰棒朝她淚汪汪。

淚滿襟 ㄌㄟˋ ㄇㄢˇ ㄐㄧㄣ 眼淚滴滿了衣襟。襟：衣服胸前釘鈕扣的地方。例這部電影的情節太感人了，使得觀眾哭得淚滿襟。

液

液 水部 八畫

ㄧㄝˋ 沒有固定形狀的流動物質：例血液、溶液、汁液。

液化 ㄧㄝˋ ㄏㄨㄚˋ 物質從氣體狀態變為液體狀態的過程。

液體 ㄧㄝˋ ㄊㄧˇ 有一定的體積，沒有一定的形狀，可以流動的東西。例水可分成三種形態：固體、氣體、液體。

參考 相反詞：固體、氣體。

淡

淡 水部 八畫

ㄉㄢˋ ❶稀薄不濃厚：例淡墨。❷顏色較淺：例淡黃色。❸不鹹的：例淡水。❹態度不熱心：例冷淡。❺不旺盛：例淡季。❻地名：例淡水。

ㄧㄢˇ 若隱若現的樣子：例淡淡。

參考 相反字：濃、深、厚、鹹。

猜一猜 (一)江邊點起兩盞燈火。（猜一字）（答案：淡）(二)君子之交。（猜臺灣一地名）（答案：淡水）

淡忘 ㄉㄢˋ ㄨㄤˋ 冷淡下去以至於忘記。例好久沒有去逛街，連路都差點淡忘了。

淡季 ㄉㄢˋ ㄐㄧˋ 一年中生意比較不好的一段時間。例冬天是海水浴場的淡季。

參考 相反詞：旺季。

淡紅 ㄉㄢˋ ㄏㄨㄥˊ 淺紅色。例她今天穿了一件淡紅色的裙子。

參考 相反詞：深紅。

淡淡 ㄉㄢˋ ㄉㄢˋ 顏色或味道不濃。例遠處傳來一陣淡淡的花香。ㄧㄢˇ ㄧㄢˇ 隱隱約約的。

淡水湖 ㄉㄢˋ ㄕㄨㄟˇ ㄏㄨˊ 水中含鹽量極少的湖泊。例太湖、洞庭湖都是有名的淡水湖。

參考 相反詞：鹹水湖。

淌

淌 水部 八畫

ㄊㄤˇ 流下、流出：例淌淚、淌汗、淌血。

淌血 ㄊㄤˇ ㄒㄧㄝˇ 流血。例爸爸望著被摔碎的骨董花瓶，心裡彷彿也在淌血。

四畫

淌眼淚 ㄊㄤˇ ㄧㄢˇ ㄌㄟˋ 流眼淚。

淌眼抹淚 ㄊㄤˇ ㄧㄢˇ ㄇㄛˇ ㄌㄟˋ 形容哭泣的樣子。

淤 水部 八畫

ㄩ ❶沉澱的汙泥：例淤泥。❷堵塞不通：例淤塞。

淤塞 ㄩ ㄙㄜˋ 泥沙塞住通道而不通。例水管因為淤塞，所以排水不良，要請工人來修理。

添 水部 八畫

ㄊㄧㄢ ❶增加：例添設、增添。❷姓：例添先生。

參考 相似字：增、加。♣請注意：「添」上面是個「天」字，不要斜寫變成「夭」（ㄧㄠ）字。

添丁 ㄊㄧㄢ ㄉㄧㄥ 指生兒子。例祖母希望媽媽再生個小弟，爸爸多賺點錢，這樣家裡就可說是添丁又發財了。

參考 相似詞：弄璋。

添加 ㄊㄧㄢ ㄐㄧㄚ 增加。例外面很冷，媽媽叮嚀得多添一件外套。

添油 ㄊㄧㄢ ㄧㄡˊ 加上油。例早期使用油燈得按時添油。

淺 水部 八畫

ㄑㄧㄢˇ ❶不深：例淺海。❷容易，不難：例這本書的內容很淺。

ㄐㄧㄢ 水流急促的樣子：例淺淺。

參考 相反字：深。

猜一猜 水旁有雙戈。（猜一字）（答案：淺）

淺水 ㄑㄧㄢˇ ㄕㄨㄟˇ 不深的水。

參考 相反詞：深水。

淺色 ㄑㄧㄢˇ ㄙㄜˋ 顏色很淡。例我喜歡穿淺色衣服。

參考 相反詞：深色。

小百科 顏色分淺色和深色兩大系列，淺色有黃、白、粉紅、淺藍……，深色有深藍、黑、深綠等。

淺見 ㄑㄧㄢˇ ㄐㄧㄢˋ ❶不高明的意見。例他一點淺見，就敢高談闊論，真是可笑。❷對人客氣的稱自己的意見是淺薄的見解。例這是個人一點小小的淺見，請多指教。

參考 相反詞：高見。♣請注意：「淺見」一詞大都用來謙稱自己的見解，是一種客氣的用法。對別人的見解則叫「高見」，表示尊敬。

淺陋 ㄑㄧㄢˇ ㄌㄡˋ 見聞不廣，知識貧乏。陋：學識淺薄。例他是一個知識淺陋，修養不好的人。

淺顯 ㄑㄧㄢˇ ㄒㄧㄢˇ 簡單，容易使人明白了解。例這本書內容很淺顯，小朋友都很喜歡。

淺水灣 ㄑㄧㄢˇ ㄕㄨㄟˇ ㄨㄢ 海岸中彎曲處，水淺可供戲水遊樂的地方。例星期日爸爸帶我到淺水灣游泳。

淺水平沙 ㄑㄧㄢˇ ㄕㄨㄟˇ ㄆㄧㄥˊ ㄕㄚ 一片平坦的沙地上，浮著淺淺的清水。例深谷中有一片淺水平沙，景色宜人。

清 水部 八畫

ㄑㄧㄥ ❶朝代名，由滿族人建立，是中國最後一個王朝，被 國父推翻。❷整理：例清掃。❸乾淨的：例清潔。❹公正廉明的：例清廉。❺明白：例清楚。

參考 相反字：濁。

猜一猜 青海。（猜一字）（答案：清）

清丈 ㄑㄧㄥ ㄓㄤˋ 詳細測量土地，劃清界限。例這塊地要蓋大樓，工程師先要清丈土地。

清冊 ㄑㄧㄥ ㄘㄜˋ 詳細記載物品項目的冊子。例他按照報考清冊，發出准考證。

清白 ㄑㄧㄥ ㄅㄞˊ 品德沒有汙點。

四畫

古人說「樹要枝葉，人要清白。」這句話是說：一個人最重要的是品德要純潔，行為沒有汙點。例父親常以「樹要枝葉，人要清白」來訓勉我們兄弟，希望我們個個都是堂堂正正的中國人。

清早（ㄑㄧㄥ ㄗㄠˇ）天剛亮的時候。例一大清早，媽媽就已經在做家事了。

參考 相似詞：清晨、早晨。

清香（ㄑㄧㄥ ㄒㄧㄤ）清淡的香味。例遠處傳來一陣陣花草的清香。

清除（ㄑㄧㄥ ㄔㄨˊ）掃除乾淨，全部去掉。例他正在清除水溝裡的垃圾。

清脆（ㄑㄧㄥ ㄘㄨㄟˋ）聲音響亮。例畫眉鳥的叫聲十分清脆悅耳。

清理（ㄑㄧㄥ ㄌㄧˇ）清潔整理。例快過年了，家家戶戶忙著清理房子。

清晨（ㄑㄧㄥ ㄔㄣˊ）天亮的時候。例每天清晨有許多人在公園裡運動。

清爽（ㄑㄧㄥ ㄕㄨㄤˇ）清涼舒服。例陣陣涼風吹來，令人覺得十分清爽。

清貧（ㄑㄧㄥ ㄆㄧㄣˊ）非常貧窮。例他雖然家境清貧，卻十分上進。

清晰（ㄑㄧㄥ ㄒㄧ）清楚明白。例液晶電視的畫質很清晰。

清寒（ㄑㄧㄥ ㄏㄢˊ）非常窮困。例他因為家境清寒，必須靠半工半讀完成大學學業。

參考 相似詞：清貧。

清朝（ㄑㄧㄥ ㄔㄠˊ）朝代名，由滿人建立，是中國最後一個王朝。

參考 活用詞：清朝皇帝。

清新（ㄑㄧㄥ ㄒㄧㄣ）清潔新鮮。例早晨空氣清新，令人神清氣爽。

清廉（ㄑㄧㄥ ㄌㄧㄢˊ）清白廉潔。例包青天是一個既清廉又勤政愛民的官吏。

參考 相反詞：貪汙。

清算（ㄑㄧㄥ ㄙㄨㄢˋ）❶徹底的計算。例這位會計小姐正在清算年終的帳目。❷列舉出別人的罪惡或錯誤，並給予處罰。例你就會清算別人，卻不懂得檢討自己。

清澈（ㄑㄧㄥ ㄔㄜˋ）水乾淨透明。澈：水清的意思。例湖水清澈見底。

清潔（ㄑㄧㄥ ㄐㄧㄝˊ）乾淨，不骯髒。例夏天到了，要注意環境清潔。

參考 相反詞：骯髒。

清澄（ㄑㄧㄥ ㄔㄥˊ）水清澈而平靜。澄：水清而靜。例湖水清澄，可以看見水底的魚兒。

清醒（ㄑㄧㄥ ㄒㄧㄥˇ）神志清明。例他昏迷了好幾天，直到今天才清醒過來。

清靜（ㄑㄧㄥ ㄐㄧㄥˋ）指環境安靜。例這裡的環境清靜，很適合居住。

清明節（ㄑㄧㄥ ㄇㄧㄥˊ ㄐㄧㄝˊ）每年四月五日的前後，太陽到達黃經十五度時開始，有踏青、掃墓、祭祖的習俗。

唱詩歌 清明時節雨紛紛①，路上行人欲斷魂；借問酒家②何處有，牧童遙指杏花村③。（清明・杜牧）

註：①紛紛：是多的意思。②酒家：賣酒的店家。③杏花村：賣酒的地方。

清清楚楚（ㄑㄧㄥ ㄑㄧㄥ ㄔㄨˇ ㄔㄨˇ）明白。例老師清清楚楚的說明這題數學的計算方法。

淇

淇　水部　八畫

ㄑㄧˊ 淇水，水名，在河南省。

淋

淋　水部　八畫

ㄌㄧㄣˊ ❶澆水：例淋浴。❷被雨水澆溼：例全身淋溼了。❸濾過。❹性病的一種：例淋病。

淋浴（ㄌㄧㄣˊ ㄩˋ）一種洗澡的方法，讓水從上面噴下來，人在下面沖洗。例爸爸每天早晚各淋浴一次。

淋漓（ㄌㄧㄣˊ ㄌㄧˊ）❶形容溼透往下滴流的樣子。例他運動後，全身汗水淋漓。❷盡情、痛快。例這次的化裝舞會，每個人都玩得痛快淋漓。

淋漓盡致（ㄌㄧㄣˊ ㄌㄧˊ ㄐㄧㄣˋ ㄓˋ）形容文章、談話或行動表達得詳盡透徹。例這篇文章把人生百態描寫得淋漓盡致。

四畫

涯
水部　八畫

ㄧㄚˊ ❶水邊。❷邊緣、邊際：例天涯海角、一望無涯。

涯際（ㄧㄚˊ ㄐㄧˋ）　邊際。例你即使遠在涯際，我也日夜思念著你。

淑
水部　八畫

ㄕㄨˊ 溫和善良的，美好的：例淑女。

淑世（ㄕㄨˊ ㄕˋ）　改善社會。淑：改化成美好的意思。例宗教家都抱有淑世的理想，鼓勵人行善。

淑惠（ㄕㄨˊ ㄏㄨㄟˋ）　稱讚一個女孩子有好品德。淑：美好善良。惠：仁慈溫柔。例女孩子應該表現得淑惠大方。

涮
水部　八畫

ㄕㄨㄢˋ ❶沖洗，清洗：例涮杯子、洗洗涮涮。❷把生肉片等在開水裡燙一下就取出來蘸作料吃：例涮羊肉。

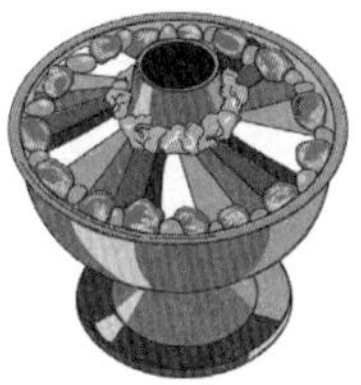

淞
水部　八畫

ㄙㄨㄥ 江名，就是吳淞江。

淞滬戰役（ㄙㄨㄥ ㄏㄨˋ ㄓㄢˋ ㄧˋ）　民國二十一年一月二十八日發生的中日戰爭。

小百科　淞滬戰役又稱為「一二八事變」。當時日本突然攻擊上海，我們的國軍艱苦奮戰了數個月，在同一年五月五日成立停戰的條約。

淹
水部　八畫

ㄧㄢ 大水滿了，蓋過其他的東西：例淹沒。

淹沒（ㄧㄢ ㄇㄛˋ）　大水高漲，蓋過某些東西。例河水漲起來，連小橋都被淹沒了。

涸
水部　八畫

ㄏㄜˊ 水乾枯：例乾涸、枯涸。

涸乾（ㄏㄜˊ ㄍㄢ）　❶水分枯竭。❷用完了。例儲存的水已經涸乾了。

混
水部　八畫

ㄏㄨㄣˋ ❶苟且過日子：例混日子。❷摻雜：例混合。❸汙濁不清的：例混水、混濁。❹雜亂的：例混亂。❺泉水湧出的樣子：例混混。

ㄎㄨㄣ 混夷，古代的西戎國國名。

參考　請注意：形容水不清的時候，也可以寫作「渾」水、「渾」濁的水。

混合（ㄏㄨㄣˋ ㄏㄜˊ）　把不同種類的東西摻合在一起。例小弟把紅糖和白糖混合在一起。

混沌（ㄏㄨㄣˋ ㄉㄨㄣˋ）　❶世界未開闢以前的景象。❷無知的樣子。

混紡（ㄏㄨㄣˋ ㄈㄤˇ）　不同類別的纖維混合在一起，織成做衣服的材料。例有些衣服是用混紡裁製而成的。

混淆（ㄏㄨㄣˋ ㄧㄠˊ）　雜亂，使別人弄不明白。例敵人常放出假情報，混淆我軍的視聽。

混亂（ㄏㄨㄣˋ ㄌㄨㄢˋ）　沒有秩序。例老師不在的時候，班上一片混亂。

混凝土（ㄏㄨㄣˋ ㄋㄧㄥˊ ㄊㄨˇ）　指用水泥、砂、石子和水混合製成的建築材料，有耐壓、耐火、耐水、可以塑造等各種性能。例混凝土蓋的房子比較堅固。

淵
水部　八畫

ㄩㄢ ❶水很深的地方：例深淵。❷形容很深的樣子：例學問淵博。❸姓：例淵小姐。

淵博 ㄩㄢ ㄅㄛˊ 形容一個人的學識很豐富、廣博。例王先生的知識很淵博，你可以向他多請教。

淵源 ㄩㄢ ㄩㄢˊ 水源；比喻事情的根本。例樹有根，人有本，我們可不能忘了自己的淵源。

淅

水部 八畫

淅 丶 冫 氵 氵 汁 汁 沐 沭 淅 淅 淅

ㄒㄧ ❶淘米水。❷淅水，水名，在河南省。❸形容風聲、雨聲：例淅瀝。

淅瀝 ㄒㄧ ㄌㄧˋ ❶雨雪聲。例三月裡的小雨淅瀝地下個不停。❷落葉聲。例淅瀝的落葉聲告訴我冬天的腳步近了。❸風吹聲。例淅瀝的風聲在夜裡聽來分外淒涼。

淒

水部 八畫

淒 丶 冫 氵 氵 汀 浔 浔 淒 淒 淒 淒

ㄑㄧ ❶寒冷的：例淒冷的風。❷悲傷的：例淒慘。

參考 請注意：「淒」，有寒冷、悲傷的意思；「悽」也讀ㄑㄧ，但只有悲傷的意思。所以「淒」慘也可寫作「悽」慘；但「淒」涼不可寫成「悽」涼。

淒切 ㄑㄧ ㄑㄧㄝˋ 形容非常淒慘哀傷。例聽她淒切的哭聲，真教人心酸。

淒冷 ㄑㄧ ㄌㄥˇ 寒冷、悲涼、寂寞的樣子。例爐中的火，把淒冷的寒意熔化了。

淒涼 ㄑㄧ ㄌㄧㄤˊ 寂寞，冷落。例老爺爺淒涼的度過晚年。

淒厲 ㄑㄧ ㄌㄧˋ 形容氣氛非常的悲慘，聲音非常的尖銳。厲：猛烈的，可怕的。例深冬的寒夜裡，傳來陣陣淒厲的風聲。

渚

水部 八畫

渚 丶 冫 氵 氵 汁 汢 沽 渚 渚 渚

ㄓㄨˇ 水中的小塊陸地：例江渚。

涵

水部 八畫

涵 丶 冫 氵 氵 汀 汀 汀 泂 浮 涵 涵

ㄏㄢˊ ❶包容，包含：例包涵、海涵、涵義。❷水澤多：例涵澤。

涵洞 ㄏㄢˊ ㄉㄨㄥˋ 鐵路、公路下面排水用的洞。

涵容 ㄏㄢˊ ㄖㄨㄥˊ 寬容。例君子有涵容的胸襟和雅量。

參考 相似詞：包涵、包容。

涵義 ㄏㄢˊ ㄧˋ 所包容的意義。例這幅抽象畫的涵義十分深遠。

涵蓋 ㄏㄢˊ ㄍㄞˋ 包容概括。

涵養 ㄏㄢˊ ㄧㄤˇ 身心方面的修養。

淫

水部 八畫

淫 丶 冫 氵 氵 汀 汀 沪 沪 浮 淫 淫

ㄧㄣˊ ❶過多：例淫雨。❷放縱：例驕奢淫逸。❸不正當的男女關係：例淫亂。❹迷惑：例富貴不能淫。

淫辭 ㄧㄣˊ ㄘˊ 放蕩無禮的言辭。

淘

水部 八畫

淘 丶 冫 氵 氵 汋 汋 泃 泃 淘 淘 淘

ㄊㄠˊ ❶把雜質洗去：例淘米。❷去掉不好的：例淘汰。❸頑皮：例淘氣。

淘米 ㄊㄠˊ ㄇㄧˇ 把米中的雜物洗掉。例媽媽每天都要淘米煮飯。

參考 相似詞：洗米。

淘汰 ㄊㄠˊ ㄊㄞˋ 去掉不好的，留下好的。例他在這次比賽中被淘汰了。

參考 活用詞：淘汰賽。

淘氣 ㄊㄠˊ ㄑㄧˋ 頑皮。例小弟老愛惡作劇，真淘氣。

唱詩歌 有個小淘氣，總也吃不飽。吃了麵包吃蛋糕，吃了李子吃甜桃。肚子圓了還想吃，肚子脹了他還要。哎喲哎喲肚肚疼，又是打針又吃藥。叫聲小淘氣，不要再學小饞貓。

淪

淪 、 丶 氵 氵 氵 氵 沦 淪 淪 淪 水部 八畫

ㄌㄨㄣˊ ❶沉沒，陷下去：例沉淪。❷滅亡：例淪亡。❸陷於不好的狀況：例淪落。

淪陷 ㄌㄨㄣˊ ㄒㄧㄢˋ 領土被別人占領。例清朝末年，許多領土都因戰敗而淪陷他國。

淪落 ㄌㄨㄣˊ ㄌㄨㄛˋ ❶衰微沒落。例你認為現在的社會已經道德淪落了嗎？❷流落在外。例他離家出走，已經淪落成流浪漢。

深

深 、 丶 氵 氵 氵 氵 氵 氵 深 深 水部 八畫

ㄕㄣ ❶從上到下或從裡到外的距離很大：例水很深。❷困難的：例題目太深。❸時間很久：例深夜。❹顏色很濃：例深紅色。❺關係密切：例交情深厚。❻很，非常：例深信不疑。

參考 相反字：淺。

深入 ㄕㄣ ㄖㄨˋ ❶到最裡面去。例總統先生常深入民間，關懷老百姓。❷更進一步的研究。例這個問題需要更深入的討論。

深山 ㄕㄣ ㄕㄢ 很少人去的高山。例傳說深山裡住著神仙。

深切 ㄕㄣ ㄑㄧㄝˋ 深刻而且切實的。例這場車禍，使他深切的了解戴安全帽的重要。

深沉 ㄕㄣ ㄔㄣˊ ❶陰暗安靜。例太陽下山了，大地漸漸深沉。❷形容程度很深。例他父親的死，帶給他深沉的打擊。❸形容一個人的思想感情不輕易表現出來。例他是一個非常深沉的人，別人不容易了解他。

深谷 ㄕㄣ ㄍㄨˇ 很深的山谷。谷：兩山中間的低地。例這座深谷幾乎看不到底。

深夜 ㄕㄣ ㄧㄝˋ 半夜。例深夜時，遠方傳來陣陣狗叫聲。

參考 相似詞：半夜。

深刻 ㄕㄣ ㄎㄜˋ ❶深入內心，不容易忘記。例這場火災，留給他很深刻的印象。❷意義很深遠。例這篇文章內容深刻。

深信 ㄕㄣ ㄒㄧㄣˋ 非常相信。例他深信書上的每一句話。

參考 活用詞：深信不疑。

深重 ㄕㄣ ㄓㄨㄥˋ 指罪惡、災難、苦悶、危機等的程度很深。例這場地震帶給當地居民深重的災難。

深厚 ㄕㄣ ㄏㄡˋ ❶感情濃厚。例老鄰居們彼此的感情都很深厚。❷意味深長。例這篇文章的愛國思想非常深厚。

參考 相似詞：濃厚。

深度 ㄕㄣ ㄉㄨˋ 深淺的程度。例這個湖的平均深度是十公尺。

深思 ㄕㄣ ㄙ 仔細的思考。例他對於這題數學題目，深思良久。

參考 活用詞：深思熟慮。

深恩 ㄕㄣ ㄣ 很大的恩惠。例母親的深恩，我們難以回報。

深情 ㄕㄣ ㄑㄧㄥˊ 深厚的感情。例母親對子女的深情，比天高、比海深，是筆墨難以形容的。

深處 ㄕㄣ ㄔㄨˋ 深的地方。例游泳時不要游到深處，以免發生危險。

深造 ㄕㄣ ㄗㄠˋ 追求更高深的學問。例哥哥大學畢業以後，到美國深造。

深意 ㄕㄣ ㄧˋ 深厚的用意。例這篇文章內容簡單，卻含有深意。

深淵 ㄕㄣ ㄩㄢ 很深的水；比喻危險的地方。淵：深水。例他因為受了壞朋友引誘，掉進賭博深淵，無法自拔。

深深的 ㄕㄣ ㄕㄣ ˙ㄉㄜ 很，非常。例這個悲慘的故事，深深的感動了我。

深入淺出 ㄕㄣ ㄖㄨˋ ㄑㄧㄢˇ ㄔㄨ 用簡單的文字，解釋艱深難懂的道理。例這本百科全書深入淺出，很容易了解。

淮

淮 、 丶 氵 氵 氵 汁 汴 淮 淮 淮 水部 八畫

ㄏㄨㄞˊ 水名：例淮水。

參考 請注意：淮水的「淮」，是水部寫作三點的「氵」。准許的「准」是「冫」(ㄅㄧㄥ)部，寫作二點。

淮河 ㄏㄨㄞˊ ㄏㄜˊ 河流名稱。發源於河南省桐柏山，流經安徽省、江蘇省，是我國一條

重要的地理南北分界線。

淨
淨 水部 八畫

ㄐㄧㄥˋ ❶國劇的角色之一：例生、旦、淨、末、丑。❷洗清：例洗淨。❸純粹：例淨重。

淨化 ㄐㄧㄥˋ ㄏㄨㄚˋ 清除雜質使東西變乾淨。例環保署正在舉辦淨化環境的歌曲比賽呢！

猜一猜 爭水。（猜一字）（答案：淨）

淨重 ㄐㄧㄥˋ ㄓㄨㄥˋ 商品除去了包裝材料後得到的純重量。

參考 相反詞：毛重。

淆
淆 水部 八畫

ㄧㄠˊ 混雜錯亂：例混淆、淆亂。

淄
淄 水部 八畫

ㄗ 淄水，水名，在山東省。

淀
淀 水部 八畫

ㄉㄧㄢˋ 淺的湖泊。

淬
淬 水部 八畫

ㄘㄨㄟˋ ❶打造刀劍時，燒紅後立即浸入水中，可增加硬度和強度：例淬火。❷浸染：例以藥淬之。❸比喻發憤自勵：例淬勵。

淬火 ㄘㄨㄟˋ ㄏㄨㄛˇ 把金屬燒熱後浸入水或油中，來提高硬度和強度。

淬礪 ㄘㄨㄟˋ ㄌㄧˋ 製造刀劍必須淬火和磨礪；比喻人刻苦進修。

淩
淩 水部 八畫

ㄌㄧㄥˊ ❶侵犯，同「凌」：例淩犯。❷姓：例淩先生。

涿
涿 水部 八畫

ㄓㄨㄛˊ 涿縣，縣名，在河北省。

淖
淖 水部 八畫

ㄋㄠˋ ❶爛汙的泥：例泥淖。❷柔和的：例淖約。

淥
淥 水部 八畫

ㄌㄨˋ 淥水，水名，發源於江西，流入湖南。

淝
淝 水部 八畫

ㄈㄟˊ 淝水，水名，在安徽省。

港
港 港 水部 九畫

ㄍㄤˇ ❶江海可以停船的口岸：例臺中港。❷香港的簡稱：例港澳同胞。

港口 ㄍㄤˇ ㄎㄡˇ 江海的出口，可以停靠船隻的地方。例港口的海風徐徐吹來，真是舒暢極了。

港澳 ㄍㄤˇ ㄠˋ ❶地名，指香港、澳門兩個地方。❷海邊可以停靠船隻的地方。例海邊的港澳，停靠著許多的船隻。

游
游 游 水部 九畫

ㄧㄡˊ ❶在水裡活動：例游泳。❷河流的某一段：例上游。❸玩：例游玩。❹經常移動的：例游牧。❺交朋友：例交游。❻姓：例游太太。

參考 請注意：除了「游泳」、「游水」和姓氏不用「遊」字外，「游」、「遊」二字可通用。

游水 ㄧㄡˊ ㄕㄨㄟˇ　在水中前進。例一群白鵝在小河裡游水。

游行 ㄧㄡˊ ㄒㄧㄥˊ　很多人為了表示慶祝或示威，在街上成群結隊的行走。例我們常常可以在電視上看見游行的隊伍。

參考 活用詞：游行隊伍、游行示威。

游牧 ㄧㄡˊ ㄇㄨˋ　不居住在固定的地方，從事放牧工作。例游牧民族居住在蒙古包裡。

參考 活用詞：游牧生活、游牧民族。

游泳 ㄧㄡˊ ㄩㄥˇ　利用身體在水面或水中的活動。例游泳有許多方式，例如：蛙式、仰式、蝶式、自由式等。

猜一猜 游泳比賽。（猜一句成語）（答案：力爭上游）

笑一笑 小明：「我從很小的時候就開始吃牛肉，所以力大如牛。」小英：「真奇怪！我也從很小的時候就開始吃魚，怎麼到現在還不會游泳？」

唱詩歌 我站在水邊，水波譏笑我：「怕！怕！怕！」我脫去衣衫，水波向我招手：「下！下！下！」我跳下水，水波給我打氣：「划！划！划！」

游說 ㄧㄡˊ ㄕㄨㄟˋ　利用口才使別人按照自己的意思做。例戰國時代，蘇秦游說六國君主同盟，以對抗秦國。

游擊 ㄧㄡˊ ㄐㄧˊ　沒有固定的陣地，見機行動，攻擊敵人。例國軍展開一連串的游擊戰。

游戲 ㄧㄡˊ ㄒㄧˋ　玩耍。例我最愛玩捉迷藏的游戲。

湔

水部　九畫

湔湔

ㄐㄧㄢ　❶湔江，水名，在四川省。❷洗濯，洗刷：例湔洗、湔雪。

湔雪 ㄐㄧㄢ ㄒㄩㄝˇ　洗刷冤情和恥辱。例他被誤以為是小偷，經過調查後，才還他清白，湔雪了冤屈。

渡

水部　九畫

渡渡

ㄉㄨˋ　❶由這一岸到那一岸；通過：例橫渡。❷拯救：例普渡眾生。❸坐船過河的地方：例渡口。

猜一猜 水有幾度。（猜一字）（答案：渡）

渡口 ㄉㄨˋ ㄎㄡˇ　坐船通過河流的地方。

渡海 ㄉㄨˋ ㄏㄞˇ　坐船從海的這岸到那岸。例他渡海到澳門觀光。

渡假 ㄉㄨˋ ㄐㄧㄚˋ　到某地遊玩來渡過假期。例暑假時，爸爸帶我們去夏威夷渡假。

渡船 ㄉㄨˋ ㄔㄨㄢˊ　載運行人、貨物、車輛等橫渡江河、湖泊、海峽的船隻。

湧

水部　九畫

湧湧

ㄩㄥˇ　❶水向上冒出：例湧出。❷像水一樣向上冒出：例新愁湧上心頭。

湧起 ㄩㄥˇ ㄑㄧˇ　像水一樣向上冒出。例每當明月當空，他就湧起思鄉的情懷。

湧現 ㄩㄥˇ ㄒㄧㄢˋ　記憶中的印象出現。例童年歡樂的時光，不時在我腦海中湧現。

湊

水部　九畫

湊湊

ㄘㄡˋ　❶聚集在一起：例湊在一起。❷靠近：例湊前一步。❸勉強合在一起：例湊合。❹碰巧，沒有事先安排：例湊巧。

古人說 「滴水湊成河，粒米湊成籮。」這句話是說：把東西一點一滴慢慢積存起來，時間久了也可以有很多的成就。例不要小看一天存一百元，「滴水湊成河，粒米湊成籮」，十年下來，也是一筆大錢呀！

湊巧 ㄘㄡˋ ㄑㄧㄠˇ　碰巧。例真湊巧，在這裡遇見你。

湊足 ㄘㄡˋ ㄗㄨˊ　集合到足夠的數目。例我們湊足四個人坐計程車，可以減少每個人的負擔。

湊熱鬧 ❶參加聚會，共同玩樂。例舞會時需要你們來湊熱鬧。❷形容添麻煩。例這裡已經一團糟，請你不要來湊熱鬧。

湊在一起 聚集在一塊兒。例他們湊在一起討論旅行的事情。

渠

渠渠　水部　九畫

ㄑㄩˊ ❶人工挖掘的水道：例溝渠。❷姓：例渠先生。

猜一猜 水沖來巨木。（猜一字）（答案：渠）

渠道 人工挖掘的水道。例這條渠道專門供給灌溉用水。

渥

渥渥　水部　九畫

ㄨㄛˋ ❶用濃液塗染、浸潤：例渥丹。❷比喻恩澤深厚：例優渥。

渥丹 用濃厚的紅色塗染。

渣

渣渣　水部　九畫

ㄓㄚ 物質經提取後所剩下的東西：例渣滓。

渣滓 ❶物質提取精華後所剩下的東西。例黃豆磨成豆漿後的渣滓可作為肥料。❷比喻危害社會的人。例流氓是社會的渣滓。

減

減減　水部　九畫

ㄐㄧㄢˇ ❶從全部中除去一部分：例減少。❷降低程度：例減色。❸姓：例減先生。

參考 相反字：加。

猜一猜 咸陽的護城河。（猜一字）（答案：減）

動動腦 小朋友，想一想：「媽減馬」、「東減日」、「信減人」以後，會變成什麼字？（答案：女、木、言）

減少 原有的東西變少。例糖果減少很多，大概被弟弟吃掉了。

減低 降低。例今年因為乾旱，稻米的產量大大減低。

減肥 去掉多餘的體重。例減肥期間仍然需要注意營養的均衡。

減速 把速度變慢。例車輛經過斑馬線前，要減速慢行。

減輕 把重量去掉一部分。例我和姊姊會幫忙做家事，減輕父母的負擔。

湛

湛湛　水部　九畫

ㄓㄢˋ ❶深：例湛藍、技術精湛。❷清澄，清楚：例湖水清湛、神志湛然。

ㄉㄢ 快樂的。

湛藍 深藍。例湛藍的天空、湛藍的海水，形成海天一色。

湘

湘湘　水部　九畫

ㄒㄧㄤ ❶地名，是湖南省的簡稱。❷水名：例湘江。

湘江 水名。是湖南省最大的河流，發源於廣西興安縣陽海山，在湘陰縣注入洞庭湖，全長八一一公里。又稱「湘水」。

渤

渤渤　水部　九畫

ㄅㄛˊ 海名。在遼東半島和山東半島所環繞的海域：例渤海。

渤海 海名。我國的內海，外有遼東半島和山東半島環抱，含有豐富的漁鹽。

湖

湖湖

水部　九畫

ㄏㄨˊ ❶一大片水聚集的地方：例湖泊。❷姓：例湖小姐。

唱詩歌 水光瀲灧①晴偏好，山色空濛②雨亦奇；欲把西湖比西子③，淡妝濃抹總相宜。（湖上初雨・蘇軾）

註：①瀲（ㄌㄧㄢˋ）灧（ㄧㄢˋ）：明淨豔麗的樣子。②空濛：茫無邊際。③西子：西施，是春秋時越國的美人。

湖田 ㄏㄨˊ ㄊㄧㄢˊ 在湖泊地區開墾的水田，可利用湖水灌溉。

湖泊 ㄏㄨˊ ㄅㄛˊ 湖水。例江南境內湖泊分布廣，所以有「水鄉澤國」的稱呼。

湖光山色 ㄏㄨˊ ㄍㄨㄤ ㄕㄢ ㄙㄜˋ 四處是湖水、青山圍繞；形容景色幽靜美麗。例假日多到郊外踏青，享受湖光山色的美麗。

湮

湮湮

水部　九畫

ㄧㄢ ❶埋沒：例湮滅、湮沒。❷堵塞，同「堙」：例河道久湮。❸長久，久遠：例湮遠。

湮沒 ㄧㄢ ㄇㄛˋ 埋沒。例他是個默默無名，被湮沒的作家。

湮滅 ㄧㄢ ㄇㄧㄝˋ 埋沒。例這座古厝被湮滅在荒草中。

渲

渲渲

水部　九畫

ㄒㄩㄢˋ 在畫紙塗上墨或顏料後，用筆蘸水淋擦，使色彩濃淡適宜。也指誇大的形容：例渲染。

渲染 ㄒㄩㄢˋ ㄖㄢˇ ❶國畫的一種畫法，用水墨或淡的色彩塗抹畫面，顯出物像的深淺明暗。❷比喻誇大的形容。例這不過是小事一件，何必這麼大肆渲染呢？

渭

渭渭

水部　九畫

ㄨㄟˋ 渭河，水名，發源於甘肅省，經陝西省流入黃河。

唱詩歌 渭城①朝雨浥②輕塵，客舍③青青柳色新。勸君更盡一杯酒，西出陽關④無故人。（渭城曲・王維）

註：①渭城：地名。在今陝西長安縣東。②浥：音ㄧˋ，溼的意思。③客舍：就是旅館。④陽關：古關名，在今甘肅省敦煌縣西南。

渦

渦渦

水部　九畫

ㄨㄛ ❶水急流旋轉，形成中央較低的地方：例漩渦。❷像漩渦的小凹點：例酒渦。❸姓：例渦小姐。

ㄍㄨㄛ 渦河，水名，在安徽省。

渦輪 ㄨㄛ ㄌㄨㄣˊ 流體通過造成衝擊力，產生旋轉的機器。

湯

湯湯

水部　九畫

ㄊㄤ ❶食物加水後煮成的汁液：例蛋花湯。❷熱水：例赴湯蹈火。❸商朝開國的君主：例商湯。❹姓：例湯顯祖。

ㄕㄤ 水流大而且急：例江水湯湯。

繞口令 和尚端湯上塔，塔滑湯灑湯燙塔。

湯匙 ㄊㄤ ㄔˊ 喝湯用的器具，又叫調羹（ㄍㄥ）。例這把銀湯匙非常精美。

猜一猜 小白鴿，尾巴長。你喝湯，它先嘗。（猜一日常用品）（答案：湯匙）

湯圓 ㄊㄤ ㄩㄢˊ 糯米粉做的球形食物，裡頭有甜的也有鹹的餡，大多在元宵節的時候吃。例元宵夜幫媽媽搓湯圓，真好玩啊！

猜一猜 白白的，圓圓的，黏黏的，甜甜的，正月十五有賣的。（猜一食品名）（答案：湯圓）

唱詩歌　湯圓，湯圓，雪白，滾圓。大人一大碗，小孩一小碗，全家團團坐，過節吃湯圓。

渴

渴 渴　水部 九畫

ㄎㄜˇ ❶口很乾想喝水：例口渴。❷很急切的：例渴望。

ㄏㄜˊ ❶水的反流為「渴」。❷袁家渴記（唐·柳宗元所作）。

參考　請注意：「渴」最容易和喝水的「喝」（ㄏㄜ）混淆。水部的「渴」是想喝水，口部的「喝」是指用口飲用液體。

渴求 ㄎㄜˇ ㄑㄧㄡˊ　急切的要求。例這位貧苦無依的婦女渴求獲得善心人士的幫助。

渴望 ㄎㄜˇ ㄨㄤˋ　非常的希望。例每個人都渴望世界和平。

湍

湍 湍　水部 九畫

ㄊㄨㄢ 急流的水：例湍流、飛湍、水流湍急。

湍流 ㄊㄨㄢ ㄌㄧㄡˊ　流得很急的水。

湍急 ㄊㄨㄢ ㄐㄧˊ　水勢很急。例颱風後，水流湍急，你涉水時要小心。

渺

渺 渺　水部 九畫

ㄇㄧㄠˇ ❶形容水勢盛大，範圍廣，距離遠：例浩渺。❷微小的：例渺小。

參考　請注意：輕視人家用「藐」視，而不用「渺」視。

猜一猜　從一粒沙中看世界。（猜一字）（答案：渺）

渺小 ㄇㄧㄠˇ ㄒㄧㄠˇ　微小。例一般人都不容易看清楚渺小的事物。

參考　請注意：也可以寫作「藐小」。

渺茫 ㄇㄧㄠˇ ㄇㄤˊ　❶遼闊無邊的樣子。例看著渺茫的大海，心中充滿對大自然的讚嘆。❷離得太遠而模糊不清。例煙霧渺茫，遮住了視線。❸因為沒有把握而難以預料。例前途渺茫，真不知如何是好。

測

測 測　水部 九畫

ㄘㄜˋ ❶計算：例測量。❷了解：例人心難測。

測定 ㄘㄜˋ ㄉㄧㄥˋ　經過測量以後而確定。

測量 ㄘㄜˋ ㄌㄧㄤˊ　用儀器來計算空間、時間、溫度、速度等。例探測員利用儀器測量水的深度。

測試 ㄘㄜˋ ㄕˋ　測量機械、儀器和電氣用品的性能和精密度。例爸爸正在測試冷氣機的性能。

測驗 ㄘㄜˋ ㄧㄢˋ　❶用儀器或其他方法來檢驗。驗：試驗。例哥哥用馬錶來測驗慢跑的速度。❷用考試的方式來了解學生的學習成績。例定期考試可以測驗學生的學習程度。

測字 ㄘㄜˋ ㄗˋ　運用文字筆畫的變化，預先推測未來的吉凶。同「拆字」的意思。

滋

滋 滋　水部 九畫

ㄗ ❶水多不乾燥：例滋潤。❷心裡的感受：例心中的滋味。❸味道：例餅乾的滋味。❹繁殖，生長：例滋生、滋長。

滋生 ㄗ ㄕㄥ　❶生出很多。例不清潔的生活環境，容易滋生蚊蠅。❷引起不好的事發生。例個性急躁的人開車，容易滋生交通事故。

滋事 ㄗ ㄕˋ　惹事，製造爭吵的事。例喝醉酒的人容易打架滋事。

滋味 ㄗ ㄨㄟˋ　❶食物的味道。例很多歐美人士都喜歡中華料理的滋味。❷心裡或身體上的感受。例在大太陽底下等人的滋味不好受。

滋長 ㄗ ㄓㄤˇ　產生，生長。例為了防止野草滋長，必須經常修剪整理花園。

滋潤 ㄗ ㄖㄨㄣˋ 水分充足，使東西不會乾枯。例小草受到雨水的滋潤後，顯得更油綠一片。

湃

水部 九畫

ㄆㄞˋ 波浪相激，水勢洶湧的樣子：例波濤澎湃。

渝

水部 九畫

ㄩˊ ❶改變：例始終不渝。❷四川省重慶市的別稱：例成渝鐵路。

渾

水部 九畫

ㄏㄨㄣˊ ❶水不清：例渾濁。❷罵人糊塗，分不清是非：例渾蛋。❸全身上下：例渾身。

ㄏㄨㄣˋ 雜亂的，和「混」相同：例渾淆（ㄧㄠˊ）。

渾圓 ㄏㄨㄣˊ ㄩㄢˊ ❶光滑而圓潤的樣子。例那座雕像的手臂非常渾圓而結實。❷比喻一個人的行為、說話或文章不會故意顯露才華，而且每一方面都能表現周到。例他為人處事非常渾圓。

渾天儀 ㄏㄨㄣˊ ㄊㄧㄢ ㄧˊ 古代用來觀察星星的儀器。

小百科 渾天儀，包括「渾象」和「渾儀」。渾象，是古代用來表示天空所見星象的儀器，很像現在的天球儀，是東漢時候張衡所發明的。另外，渾儀是古代測量星星位置的儀器，是西漢時候落下閎所發明的。

渾水摸魚 ㄏㄨㄣˊ ㄕㄨㄟˇ ㄇㄛ ㄩˊ 比喻趁著混亂的時候，抓到一些利益。也可以寫作「混」水摸魚。例渾水摸魚的結果，使他失業了。

參考 相似詞：趁火打劫。♣請注意：也可寫作「混水摸魚」。

渾身解數 ㄏㄨㄣˊ ㄕㄣ ㄐㄧㄝˇ ㄕㄨˋ 全身的武藝，引申為所有能夠用的解決方法。解數：武術的架式。例小華使出渾身解數，說服妹妹合資購買遊戲軟體。

渙

水部 九畫

ㄏㄨㄢˋ ❶精神、組織、紀律離散：例渙散。❷形容水勢盛大：例渙渙。

參考 請注意：「渙」和「煥」音同意義不同：精神「渙」散，是形容人精神不集中；精神「煥」發，是形容一個人光彩有精神。

渙散 ㄏㄨㄢˋ ㄙㄢˋ 形容精神組織紀律，鬆懈不集中。例小明上課精神渙散，老師講什麼他都沒有聽進去。

溉

水部 九畫

ㄍㄞˋ 引水灌田：例灌溉。

參考 請注意：「溉」和「概」都讀ㄍㄞˋ。水部的「溉」是引水灌田的意思，例如：灌溉。木部的「概」有風度、大約的意思，例如：氣概、大概。

湄

水部 九畫

ㄇㄟˊ 水邊，河岸：例水湄。

湄公河 ㄇㄟˊ ㄍㄨㄥ ㄏㄜˊ 東南亞最大的河流，發源於我國青海省南部，名瀾滄江，出我國國境後才稱湄公河，經過緬甸、泰國、寮國、越南等國家，注入南海。

湲

水部 九畫

ㄩㄢˊ 水流動的樣子：例湲泓。

溶

水部 十畫

ㄖㄨㄥˊ 東西在水中化開：例溶化。

參考 請注意：❶「溶」和「融」的分別：

四畫

「溶」是東西消散在水中，例如：糖溶解在水中。「融」是東西和水合而為一，例如：水和牛奶融合在一起。❷「溶」和「熔」的分別：水部的「溶」，和水有關，例如：冰塊溶化。火部的「熔」，和火力有關，例如：太陽熔化了柏油。

猜一猜 容器盛水。（猜一字）（答案：溶）

溶化 ㄖㄨㄥˊ ㄏㄨㄚˋ 固體在液體中化開。例天氣太熱，冰淇淋快溶化了。

溶液 ㄖㄨㄥˊ ㄧㄝˋ 兩種或兩種以上物質均勻的混合在一起。例果汁是一種溶液。

溶解 ㄖㄨㄥˊ ㄐㄧㄝˇ 東西很均勻的分散在水中。例糖一下子就溶解在水中。

滂

滂滂滂 水部 十畫

ㄆㄤ 形容水湧出來的樣子：例滂湃。

滂沱 ㄆㄤ ㄊㄨㄛˊ ❶雨下得很大。例午後，大雨滂沱。❷流淚很多。例糖果全被吃光了，妹妹哭得涕泗滂沱。

溢

溢溢溢 水部 十畫

ㄧˋ 水滿後流了出來：例溢出。

溢出 ㄧˋ ㄔㄨ 水滿而流出。例桶裡的水溢出來，弄溼了地面。

準

準準準 水部 十畫

ㄓㄨㄣˇ ❶標準：例準繩。❷正確：例準確。❸將要成為的，一定可以的：例他準能完成。❹依照：例準此辦理。❺姓：例準先生。

參考 請注意：「準」和「准」讀音相同，意義不同。「准」是允許的意思，所以准許、不准、准考證的「准」字不可誤用成「準」。

猜一猜 淮水有十條支流。（猜一字）（答案：準）

準則 ㄓㄨㄣˇ ㄗㄜˊ 拿來當作標準的法則。例守信是做人的準則。

準時 ㄓㄨㄣˇ ㄕˊ 按照預定的時間。例學生們每天準時上下課。

準備 ㄓㄨㄣˇ ㄅㄟˋ ❶事前的安排、籌劃等。例我們預訂下個禮拜去登山，所以現在就開始準備一些用具了。❷打算。例我準備明天找你商量這件事。

準確 ㄓㄨㄣˇ ㄑㄩㄝˋ 完全符合實際的情況或事先的要求。例他很準確的計算出正確答案。

準繩 ㄓㄨㄣˇ ㄕㄥˊ 工匠用來測驗水平的水準器和測驗垂直的線；比喻衡量事物是否正確的標準和原則。例守法是一個人行為的準繩。

準噶爾盆地 ㄓㄨㄣˇ ㄍㄜˊ ㄦˇ ㄆㄣˊ ㄉㄧˋ 新疆北部，位於天山以北和阿爾泰山間的盆地，中間為沙漠，周圍多綠洲，草原較廣，盛行畜牧。

溯

溯溯溯 水部 十畫

ㄙㄨˋ ❶逆著水流的方向走：例溯水而上。❷向上推求或回想：例回溯、追溯。

溯源 ㄙㄨˋ ㄩㄢˊ 向上游尋找發源的地方；比喻尋求歷史根源。

滓

滓滓滓 水部 十畫

ㄗˇ 物品提取水分後剩下的沉澱物：例渣滓。

溥

溥溥溥 水部 十畫

ㄆㄨˇ ❶水邊地，通「浦」。❷普遍：例溥天之下。❸廣大。❹姓：例溥先生。

源

源源源 水部 十畫

ㄩㄢˊ ❶流水的出處：例水源。❷事物的開始：

四畫

例淵源。❸繼續不斷的樣子：例源源不斷。❹姓：例源先生。

古人說「木有本，水有源。」這句話是說：樹有樹根，水有水的源頭，每一種物體也都各有起源。勸人不要忘本的意思。例「木有本，水有源」，我們不能忘記祖先開發臺灣的辛勞。

源泉 ㄩㄢˊ ㄑㄩㄢˊ　水的來源；比喻事物的來源。例善心是快樂的源泉。

參考 相似詞：泉源。

源源不斷 ㄩㄢˊ ㄩㄢˊ ㄅㄨˋ ㄉㄨㄢˋ　連續不停止。源源：繼續。例河水源源不斷地流入海中。

源遠流長 ㄩㄢˊ ㄩㄢˇ ㄌㄧㄡˊ ㄔㄤˊ　本源深遠，流傳長久。例中華文化源遠流長。

溝

水部 十畫

溝溝溝

ㄍㄡ ❶水道：例河溝。❷淺的痕跡，像溝一樣的東西：例車溝。❸通達：例溝通。

溝洫 ㄍㄡ ㄒㄩˋ　田間灌溉或排水的水道。洫：像血脈的水道。

溝通 ㄍㄡ ㄊㄨㄥ　使兩方面相互流通。例關於這次合作案，他負責溝通雙方的意見。

滇

水部 十畫

滇滇滇

ㄉㄧㄢ 雲南省的簡稱。

滅

水部 十畫

滅滅滅

ㄇㄧㄝˋ ❶熄火：例滅火器、把火撲滅。❷沉沒：例滅頂。❸除去：例滅絕。❹亡：例消滅。

猜一猜 身穿紅衣衫，無事靠牆邊，出了大災禍，頭下腳朝天。（猜一用具）（答案：滅火器）

滅亡 ㄇㄧㄝˋ ㄨㄤˊ　被打敗而消失。例人民不團結，國家必定遭受滅亡的命運。

溘

水部 十畫

溘溘溘

ㄎㄜˋ 忽然，突然：例溘然長逝。

溘逝 ㄎㄜˋ ㄕˋ　指人忽然死亡。例幾天前才見到老張，想不到今天就溘逝了。

溘然 ㄎㄜˋ ㄖㄢˊ　忽然，突然。

參考 活用詞：溘然長逝。

溼

水部 十畫

溼溼溼

ㄕ ❶沾了水或水分多的樣子，和「乾」字相對：例潮溼、溼度、溼潤、溼淋淋。❷中醫所說的病名：例溼氣、風溼。

參考 相反字：乾。♣請注意：「溼」也可以寫作「濕」。

溼度 ㄕ ㄉㄨˋ　空氣中含水分的多少或潮溼的程度。例昨天下了雨，空氣中溼度很大。

溼氣 ㄕ ㄑㄧˋ　❶水氣。例梅雨季節的溼氣很重。❷中醫指溼疹、手癬等。

溼透 ㄕ ㄊㄡˋ　全部弄溼了。例他被雨淋得全身溼透了。

溼潤 ㄕ ㄖㄨㄣˋ　物體受水氣的滋潤。例草地上沾了許多露珠，非常溼潤。

溼漉漉 ㄕ ㄌㄨˋ ㄌㄨˋ　非常潮溼的樣子。例下了好幾天的雨，到處都是溼漉漉的。

參考 相似詞：溼答答、溼津津、溼浸浸、溼涤涤。

溫

水部 十畫

溫溫溫

ㄨㄣ ❶不冷不熱：例溫泉。❷冷熱的程度：例體溫。❸稍微加熱：例溫酒。❹複習：例溫習。❺柔和、暖和：例溫和。❻姓：例溫先生。

參考 相似字：暖、和。♣相反字：寒、冷。♣請注意：「溫」的異體字是「温」。

溫和 ㄨㄣ ㄏㄜˊ　❶不冷不熱。例今天的天氣很溫和，非常適合郊遊。❷指人的性情

四畫

不嚴厲、不粗暴。例他的性格溫和，很容易相處。

溫度 ㄨㄣ ㄉㄨˋ 冷熱的程度。例今天的溫度高達攝氏三十五度。

參考 相似詞：熱度。♣活用詞：溫度表、溫度計。

猜一猜 紅姑娘，長得巧，有時矮，有時高，高了人人穿單衣，矮了人人穿棉襖。（猜一種科學儀器）（答案：溫度計）

笑一笑 媽媽：「今天天氣很冷，溫度計都降到十度以下了，你快去多加件衣服！」小英：「何必嘛，只要用熱水把溫度計燙一燙，溫度不就升高了嗎？」

唱詩歌 太熱了，把舌頭伸長。太冷了，把舌頭縮短。（吳政雄）

溫柔 ㄨㄣ ㄖㄡˊ 溫和柔順。例她的脾氣溫柔，因此人緣很好。

溫帶 ㄨㄣ ㄉㄞˋ 地球上寒帶和熱帶間的區域。例梨山有許多溫帶水果。

溫習 ㄨㄣ ㄒㄧˊ 把學過的事物再複習一次。例月考快到了，我正在溫習功課。

參考 相似詞：複習。

溫暖 ㄨㄣ ㄋㄨㄢˇ ❶暖和。例今天天氣很溫暖。❷心中感到舒服。例他的關懷，使災民感到十分溫暖。

溫飽 ㄨㄣ ㄅㄠˇ 穿得暖，吃得飽。例他每天早出晚歸，所得勉強可溫飽。

溫馨 ㄨㄣ ㄒㄧㄣ 形容親切可愛。例家是最溫馨的地方。

滑

滑滑滑 水部 十畫

ㄏㄨㄚˊ ❶溜著走：例滑行。❷跌倒：例滑了一跤。❸光溜，滑溜：例滑溜溜的。❹狡詐不誠實：例滑頭滑腦。❺姓：例滑先生。

ㄍㄨˇ 奇怪有趣的事：例滑稽。

俏皮話 「和尚腦袋塗油——滑頭。」和尚的頭上沒有頭髮，如果塗了油就會滑滑的。這句話是比喻很狡猾、不誠實的意思。

滑水 ㄏㄨㄚˊ ㄕㄨㄟˇ 一種水上運動，滑行在水面上，並能作花式表演。例昨天我們欣賞到了一場精彩的滑水表演。

滑行 ㄏㄨㄚˊ ㄒㄧㄥˊ 滑動前進。例飛機降落後在跑道上滑行了一段距離。

滑雪 ㄏㄨㄚˊ ㄒㄩㄝˇ 在雪地上用雪橇（ㄑㄧㄠ）使身軀滑行前進。例滑雪是一種冬季的戶外運動。

滑潤 ㄏㄨㄚˊ ㄖㄨㄣˋ 光滑潤澤。例地板打蠟後顯得滑潤多了。

唱詩歌 聽我唱個滑稽歌：五個沒有三個多，公雞生個大鴨蛋，小貓游泳多快活，魚兒岸邊晒太陽，兔子頭上長犄角。小朋友們想一想，這首歌有哪些地方不合邏輯呢？

溜

溜溜溜溜 水部 十畫

ㄌㄧㄡ ❶滑行：例溜冰。❷偷偷離開：例他悄悄的溜走了。❸光滑：例滑溜。

ㄌㄧㄡˋ ❶一道、一股：例像一溜煙的走了。❷急流：例河裡溜很大。

俏皮話 「鞋底上抹油——溜之大吉。」我們都知道油脂有潤滑的作用；若在「鞋底上抹油」，就有「溜之大吉」的意思。比喻悄悄的溜走。

溜走 ㄌㄧㄡ ㄗㄡˇ 偷跑。例他趁大家忙成一團的時候溜走了。

溜滑梯 ㄌㄧㄡ ㄏㄨㄚˊ ㄊㄧ ❶供小孩遊戲一人滑下的木梯。例操場有一座新的溜滑梯。❷從滑梯上面向下滑。例溜滑梯、盪鞦韆都是小朋友們喜歡玩的遊戲。

猜一猜 遠看像小丘，近看是樓梯，上去一步步，一下滑到底。（猜一遊樂設施）（答案：溜滑梯）

滄

滄滄滄 水部 十畫

ㄘㄤ ❶深水的顏色，暗綠色，同「蒼」：例滄海、滄江。❷寒，冷：例滄滄涼涼。

滄海 ㄘㄤ ㄏㄞˇ 大海。

四畫

滄海一粟（ㄘㄤ ㄏㄞˇ ㄧˊ ㄙㄨˋ） 大海中的一粒小米；比喻非常渺小。粟：小米。

滄海桑田（ㄘㄤ ㄏㄞˇ ㄙㄤ ㄊㄧㄢˊ） 大海變成農田，農田變成大海。比喻世事的變化很大。也簡作「滄桑」。

滔

滔滔滔　水部　十畫

ㄊㄠ 大水滿出：例白浪滔天。

滔天（ㄊㄠ ㄊㄧㄢ） ❶形容水勢極大。例白浪滔天，漁民勇往直前。❷比喻罪惡、災禍極大。例秦檜陷害忠臣岳飛，罪惡滔天。

猜一猜 舀水。（猜一字）（答案：滔）

參考 相似詞：漫天。

滔滔（ㄊㄠ ㄊㄠ） ❶水流不絕的樣子。例他的文思泉湧，如滔滔的流水。❷比喻話多，說個不停。例他在臺上展開他滔滔不絕的辯才。

唱詩歌 白浪滔滔我不怕，掌起舵兒往前划，撒網下水到漁家，捕條大魚笑哈哈。

溪

溪溪溪　水部　十畫

ㄒㄧ 山間的小河：例溪水。

參考 請注意：「溪」也可以寫作「谿」。

溪流（ㄒㄧ ㄌㄧㄡˊ） 從山裡流出來的小水流。例我們在清可見底的溪流裡抓小魚小蝦。

溪澗（ㄒㄧ ㄐㄧㄢˋ） 兩山間的小河。例溪澗淙淙的流水聲是首悅耳動聽的歌曲。

溺

溺溺溺　水部　十畫

ㄋㄧˋ ❶淹沒在水裡：例淹溺。❷過分喜愛、沉迷：例溺愛。

猜一猜 弱水三千。（猜一字）（答案：溺）

溺水（ㄋㄧˋ ㄕㄨㄟˇ） 沉沒在水中。例他救起一名溺水的小孩，因此受到了表揚。

溺死（ㄋㄧˋ ㄙˇ） 淹死。例小狗不小心掉進池子裡溺死了。

溴

溴溴溴　水部　十畫

ㄒㄧㄡˋ 非金屬元素，深棕紅色液體，有臭味、有毒，能侵蝕皮膚，可製染料等。

漳

漳漳漳　水部　十一畫

ㄓㄤ 漳江，水名。在福建省。

演

演演演　水部　十一畫

ㄧㄢˇ ❶根據事理加以推演發揮：例演說、演義。❷不斷的發展、變化：例演化。❸按照程式練習或計算：例演算。❹表演技藝：例演奏、演講。

演出（ㄧㄢˇ ㄔㄨ） 把戲劇、舞蹈等表演給觀眾欣賞。例這一齣舞臺劇將要在體育館演出。

演奏（ㄧㄢˇ ㄗㄡˋ） 用樂器當眾表演。例她演奏完這首曲子後，獲得觀眾熱烈的掌聲。

演員（ㄧㄢˇ ㄩㄢˊ） 戲劇、電影、音樂、舞蹈等藝術工作者的通稱。

演習（ㄧㄢˇ ㄒㄧˊ） 按照想像的情況，做好計畫，再做實地的練習。例大家要認真的參與防空演習。

演進（ㄧㄢˇ ㄐㄧㄣˋ） 演變進化。例他對生物的演進很有興趣。

演義（ㄧㄢˇ ㄧˋ） 用歷史的事實作基礎，再增加一些細節所寫成的小說。例三國演義是中國的一部文學名著。

演講（ㄧㄢˇ ㄐㄧㄤˇ） 演說。例他榮獲演講比賽的冠軍。

笑一笑 演講結束後，一位傾慕者走了過來，問演講者：「可以把講稿送給我作紀念嗎？」演講者：「對不起，我沒有演講稿。」傾慕者：「速記紀錄呢？」

四畫

演講者：「對不起，也沒有。」傾慕者：「那麼你的講稿可能出版嗎？」演講者：「也許要等我死了以後吧！」傾慕者：「哦！那麼我希望快一點。」演講者：「……」。

演戲 ㄧㄢˇ ㄒㄧˋ 表演戲劇。例他演戲演得很逼真，把皇帝的角色刻畫得入木三分。

演變 ㄧㄢˇ ㄅㄧㄢˋ 漸漸的發展變化。例社會的演變讓人有些無所適從。

滾

水部 十一畫

ㄍㄨㄣˇ ❶滾動，翻轉：例打滾。❷走開、離開（帶有責罵的意思）：例滾開。❸液體受熱沸騰：例滾水。❹水流翻騰：例長江滾滾。

俏皮話 「鴨蛋不生腳——滾。」鴨蛋是橢圓形的，只能滾動，如果你聽到有人說「鴨蛋不生腳」，就表示他要請你離開——「滾」的意思，但這種態度是不禮貌的。

滾動 ㄍㄨㄣˇ ㄉㄨㄥˋ 一個物體在另一個物體上不停的改變移動。例大雨過後，露珠神清氣爽地在荷葉上滾動。

動動腦 小朋友，想一想，除了球以外，還有哪些圓形的東西會滾動？（答案：車輪、輪胎……）

滾滾 ㄍㄨㄣˇ ㄍㄨㄣˇ 大水急速的翻騰。例大江滾滾奔流到海裡。

滾瓜爛熟 ㄍㄨㄣˇ ㄍㄨㄚ ㄌㄢˋ ㄕㄡˊ 形容朗讀、背誦得非常熟練流利。例他為了演講比賽，把稿子背得滾瓜爛熟。

滴

水部 十一畫

ㄉㄧ ❶小水點：例雨滴。❷水珠掉落：例滴水。❸水滴落的聲音：例滴里答拉。

滴答 ㄉㄧ ㄉㄚ ❶形容水滴落下的聲音。例窗外的雨聲滴答作響。❷鐘錶擺動的聲音。例屋裡非常寂靜，只有鐘擺滴答地響著。

滴水穿石 ㄉㄧ ㄕㄨㄟˇ ㄔㄨㄢ ㄕˊ 每天滴水，時間久了可以把石頭穿透。比喻持續不斷的努力，就能克服困難，獲得成功。例凡事能夠用滴水穿石的精神去做，必定會有成功的一天。

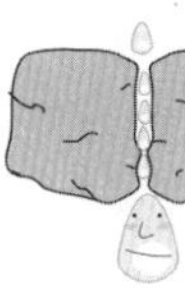

漩

水部 十一畫

ㄒㄩㄢˊ 旋轉的水流：例漩渦。

漩渦 ㄒㄩㄢˊ ㄨㄛ ❶水流迴轉的中心。❷比喻使人受到牽連的糾紛。例我糊裡糊塗的捲入這場糾紛的漩渦之中。

漾

水部 十一畫

ㄧㄤˋ ❶水面微微動盪：例蕩漾。❷液體滿出來：例缸裡的水漾出來了。

漾舟 ㄧㄤˋ ㄓㄡ 泛舟，盪舟。例星光閃爍的夜空下，我倆漾舟在湖面。

漾漾 ㄧㄤˋ ㄧㄤˋ 水波動盪的樣子。

漓

水部 十一畫

ㄌㄧˊ 滲透了的樣子：例淋漓。

漠

水部 十一畫

ㄇㄛˋ ❶廣大而沒有水草的沙地：例沙漠。❷冷淡的：例冷漠。❸不關心的：例對於同事生病的事，他的態度很漠然。❹特別指蒙古高原大沙漠：例漠南漠北。

漠北 ㄇㄛˋ ㄅㄟˇ 蒙古高原大沙漠的北半部。

漠視 ㄇㄛˋ ㄕˋ 不重視。例他漠視大家的權益，遭到眾人譴責。

漠不關心 ㄇㄛˋ ㄅㄨˋ ㄍㄨㄢ ㄒㄧㄣ 一點也不關心，十分冷淡。漠：冷淡。例他對理財計畫

四畫

漠不關心，一向是賺多少花多少。

漬

水部 十一畫

、 ⺀ 氵 氵 氵 沣 浐 浐 清 清 清 清 清 漬

ㄗˋ ❶浸泡：例漬麻。❷積在物品上的汙垢或汙痕：例油漬、茶漬、墨漬。

參考 相似字：浸、染。

漏

水部 十一畫

、 ⺀ 氵 氵 氵 氵 氵 氵 漏 漏 漏 漏 漏 漏

ㄌㄡˋ ❶古代計時的器具：例沙漏。❷東西從孔中或縫中流出或掉出：例水漏光了、漏斗。❸物體有洞：例鍋漏了。❹遺落：例這一行漏了兩個字。❺洩漏：例走漏風聲。

參考 請注意：「漏」和「露」的分別：除了洩「露」可以寫作洩「漏」，而且意思相似外，其他的用法都不同。

猜一猜 有個大頭，朝天開口，一邊吃，一邊漏。（猜一用具）（答案：漏斗）

俏皮話 「葫蘆瓢撈餃子——湯水不漏。」一般我們吃餃子，都是把餃子撈起，湯水仍然留在鍋子裡；如果我們用葫蘆瓢撈餃子，那麼連湯水也會被舀起；「葫蘆瓢撈餃子」是用來指嚴密周到。例如：軍事防衛方面就可以用「葫蘆瓢撈餃子——湯水不漏」來形容。

漏列 ㄌㄡˋ ㄌㄧㄝˋ 遺落沒有記載。列：安排。例這份名單漏列了二號選手的名字。

漏夜 ㄌㄡˋ ㄧㄝˋ 深夜。例除夕前，他漏夜趕回家過年。

漏洞 ㄌㄡˋ ㄉㄨㄥˋ ❶破洞。❷說話、做事有不周密的地方。例他的話裡有許多漏洞，讓人不太相信。

漂

水部 十一畫

、 ⺀ 氵 氵 氵 氵 氵 氵 氵 氵 漂 漂 漂 漂

ㄆㄧㄠ ❶浮動：例漂浮。❷吹：例漂流。
ㄆㄧㄠˇ 使物品潔白：例漂白。
ㄆㄧㄠˋ 美麗的：例漂亮。

參考 相似字：飄。♣請注意：「飄」和「漂」都是浮動的意思。「飄」是在空中浮動；「漂」是在水上浮動，但有時二字可以互相通用。

漂白 ㄆㄧㄠˇ ㄅㄞˊ 使本來的顏色或帶有顏色的東西變成更白。例他把紫色的衣服漂白變成白色。

漂流 ㄆㄧㄠ ㄌㄧㄡˊ 漂在水面上隨著水流浮動。例魯濱遜在海上漂流了好久。

動動腦 魯濱遜從文明的社會漂流到人煙罕至的荒島，假如他在荒島生活很久後，突然來到臺北市，生活上會有哪些困難？

漂亮 ㄆㄧㄠˋ ㄌㄧㄤˋ ❶美觀。例她打扮得很漂亮。❷出色，特別好。例他把事情辦得很漂亮。

漂浮 ㄆㄧㄠ ㄈㄨˊ 浮在水面上。例湖面上漂浮著片片荷葉。

漢

水部 十一畫

、 ⺀ 氵 氵 氵 氵 氵 氵 氵 氵 漢 漢 漢 漢

ㄏㄢˋ ❶種族名，我國五大民族之一：例漢族。❷朝代名：例漢朝。❸成年男子：例漢字。❹水名：例漢水。❺「中國」的別名：例漢子。❻漢族的：例漢語。❼姓：例漢先生。

漢口 ㄏㄢˋ ㄎㄡˇ 湖北省城市，是漢水注入長江的地方，工商業很發達。

漢子 ㄏㄢˋ ㄗ˙ ❶成年男子。例他是一個強壯高大的漢子。❷丈夫。

漢奸 ㄏㄢˋ ㄐㄧㄢ 出賣祖國利益為敵人做事的人。例影片中的漢奸為了利益，把國家情報賣給敵人，令人憤慨。

漢城 ㄏㄢˋ ㄔㄥˊ 南韓首都，是朝鮮半島最大的城市。

漢族 ㄏㄢˋ ㄗㄨˊ 種族名，我國人口最多的種族。

小百科 我國五大族：漢、滿、蒙、回、藏。

漢堡 ㄏㄢˋ ㄅㄠˇ ❶德國的都市，造船工業很發達。❷食物名。

漢陽 ㄏㄢˋ ㄧㄤˊ 湖北省都市，有大鋼鐵廠。

漢語 ㄏㄢˋ ㄩˇ 漢族的語言。

滿 水部 十一畫

ㄇㄢˇ ❶達到容量的極限：例客滿。❷全部：例滿身、滿天星。❸十分，非常：例滿不在乎。❹到了一定的期限：例假期已滿。❺驕傲：例自滿。❻認為很好，滿足：例滿意。❼種族名：例滿清。❽姓：例滿先生。

參考 相似字：盈。♣相反字：損。

古人說 「滿招損，謙受益。」這句話是勸人遇事要謙讓，不能自滿，不然一定會受到損害的。例「滿招損，謙受益」是終生受用的至理名言。

唱詩歌 滿天星，亮晶晶，對著我們眨眼睛，我們圍成一個圈，一人就是一顆星。

你是什麼星？

我叫太陽是恆星，年紀大了變安靜。太陽公公快請坐，你做好事多又多，又發光來又發熱，照得我們樂呵呵。

你是什麼星？

我叫地球是行星，由西向東轉不停。地球伯伯真勤勞，日日夜夜向前跑。我們在你懷抱裡，團結友愛講禮貌。

你是什麼星？

我叫月亮是衛星，跟著地球在飛行。月亮姐姐像天仙，夜夜在把魔術變，有時明亮有時暗，有時彎彎有時圓。我們圍成一個圈，一人就是一顆星。猜星星，唱星星，長大上天去旅行。

滿月 ㄇㄢˇ ㄩㄝˋ ❶圓形的月亮。例農曆每月十五日的滿月真漂亮。❷嬰兒出生後滿一個月。例今天我們要去喝表妹的滿月酒。

滿身 ㄇㄢˇ ㄕㄣ 全身。例他搞得滿身髒兮兮的。

滿足 ㄇㄢˇ ㄗㄨˊ ❶感到足夠了。例他對於自己目前的生活，感到很滿足。❷達成願望。例他不斷看書，以滿足求知的欲望。

滿族 ㄇㄢˇ ㄗㄨˊ 我國五大族之一，主要居住在昆明，大理等地，以遼寧省最多。

滿腔 ㄇㄢˇ ㄑㄧㄤ 充滿心中。例他滿腔熱血，決定當一名軍人，報效國家。

參考 活用詞：滿腔熱血。

滿載 ㄇㄢˇ ㄗㄞˋ 車子等運輸工具裝滿了東西。例貨車裡滿載了貨物。

參考 活用詞：滿載而歸。

滿意 ㄇㄢˇ ㄧˋ 符合自己的心意。例爸爸對我的表現很滿意。

滿口答應 ㄇㄢˇ ㄎㄡˇ ㄉㄚ ㄧㄥˋ 完全同意，一口答應。滿：全。例我請他教我數學，他滿口答應。

滿不在乎 ㄇㄢˇ ㄅㄨˋ ㄗㄞˋ ㄏㄨ 完全不放在心上。例小明做錯了事，別人替他著急，他卻滿不在乎。

滿門抄斬 ㄇㄢˇ ㄇㄣˊ ㄔㄠ ㄓㄢˇ 全家被處死。抄：沒收。例他犯了罪，皇帝把他全家滿門抄斬。

滿面春風 ㄇㄢˇ ㄇㄧㄢˋ ㄔㄨㄣ ㄈㄥ 形容高興、得意的樣子。例他滿面春風的走過來，原來是中獎了。

滿城風雨 ㄇㄢˇ ㄔㄥˊ ㄈㄥ ㄩˇ 事情發生後，傳得到處都是，議論紛紛。例小鎮傳出搶劫的新聞，一下子就鬧得滿城風雨。

滿臉通紅 ㄇㄢˇ ㄌㄧㄢˇ ㄊㄨㄥ ㄏㄨㄥˊ ❶很生氣。例他聽到這個消息，氣得滿臉通紅。❷很害羞。例她在講臺上摔個四腳朝天，一時羞得滿臉通紅。

滯 水部 十一畫

ㄓˋ 不流通：例停滯、滯銷。

猜一猜 河水似帶。（猜一字）（答案：滯）

滯留 ㄓˋ ㄌㄧㄡˊ 停留不動。

滯銷 ㄓˋ ㄒㄧㄠ 東西賣不出去。

漆 水部 十一畫

ㄑㄧ ❶樹木的名稱，樹皮的黏汁可以做成塗

四畫

料：例漆樹。❷各種塗料的總稱：例油漆。❸用漆塗抹：例漆桌子。❹形容非常黑暗：例漆黑。❺姓：例漆先生。

漆皮 ㄑㄧ ㄆㄧˊ　一種表面發亮的化學皮革，可製成皮包、皮鞋。例漆皮做的皮包既美觀又耐用。

漆黑 ㄑㄧ ㄏㄟ　形容很黑很暗。例我在漆黑的夜裡點亮一盞明燈。

笑一笑 警察：「你別騙人了。證人看到你昨天半夜去偷東西。」小偷：「怎麼可能？昨天晚上天色漆黑，我又穿黑色的衣服，他們怎麼能看到我？」

漆樹 ㄑㄧ ㄕㄨˋ　樹木的名稱，樹脂經採收以後就是油漆的原料。例漆樹在夏天開出黃綠色的小花。

漆器 ㄑㄧ ㄑㄧˋ　塗上漆的器物。例漆器是我國的傳統工藝品。

漱

水部　十一畫

ㄕㄨˋ 用水洗滌口腔：例漱口。

漸

水部　十一畫

ㄐㄧㄢˋ ❶慢慢的：例漸進。❷流入：例東漸於海。❸浸染：例漸染。

猜一猜 揮刀斬水水更流。（猜一字）（答案：漸）

漸染 ㄐㄧㄢˋ ㄖㄢˇ　慢慢受感染。

漸漸 ㄐㄧㄢˋ ㄐㄧㄢˋ　慢慢的。例秋天到了，天氣也漸漸轉涼。

漸入佳境 ㄐㄧㄢˋ ㄖㄨˋ ㄐㄧㄚ ㄐㄧㄥˋ　比喻情況逐漸好轉或逐漸進入好的境界。例他經營的公司，已經漸入佳境。

漸有起色 ㄐㄧㄢˋ ㄧㄡˇ ㄑㄧˇ ㄙㄜˋ　情況慢慢好轉。例自從他回鄉下養病後，病情已經漸有起色。

漲

水部　十一畫

ㄓㄤˇ ❶水量增加：例漲潮、水漲船高。❷價格提高：例漲價。

ㄓㄤˋ ❶體積變大：例漲大。❷充滿：例臉漲紅了。❸多出：例漲出半尺布。

漲落 ㄓㄤˇ ㄌㄨㄛˋ　❶水量的增減。❷物價的高低。例最近物價不穩定，漲落無常。

參考 相似詞：漲跌。

漲潮 ㄓㄤˇ ㄔㄠˊ　由於月亮和太陽的引力作用，使海洋水面發生升降的現象，水面上升叫漲潮。例漲潮時不要靠近海邊，以免發生危險。

參考 相反詞：退潮。

唱詩歌 漲潮了，真熱鬧，魚兒跳，蝦兒躍，浪花送來小螺號。我吹螺號嘟嘟嘟，大海朝我嘩嘩笑。

漲價 ㄓㄤˇ ㄐㄧㄚˋ　價格提高。例最近蔬菜生產量較少，因此都漲價了。

漣

水部　十一畫

ㄌㄧㄢˊ ❶風吹水面所產生的波紋：例漣漪。❷流淚的樣子：例淚漣漣。

漣漪 ㄌㄧㄢˊ ㄧ　❶水面上的小波紋。例水面的漣漪一波波，真美！❷形容小小的波動。例事情雖然過了，但是在她心中還是起了陣陣漣漪。

漕

水部　十一畫

ㄘㄠˊ 我國古代利用水道，將各地的糧食運到京師：例漕運、漕米。

漕運 ㄘㄠˊ ㄩㄣˋ　古代指國家由水道運輸米糧。

漕糧 ㄘㄠˊ ㄌㄧㄤˊ　漕運的糧食。

漫

水部　十一畫

ㄇㄢˋ ❶遍布的：例漫山遍野。❷不受拘束的：例浪漫。❸隨意的：例漫步。❹長遠的：例

四畫

路漫漫。❺水廣大的樣子。❻充滿。❼姓：例漫先生。

漫天（ㄇㄢˋ ㄊㄧㄢ） ❶布滿了天空。漫：充滿。例早上漫天的大霧，令人分不清方向。❷毫無限制的。例這個商人漫天要價，因此生意一落千丈。

漫長（ㄇㄢˋ ㄔㄤˊ） 形容時間或距離很長。例生物進化是一條漫長的路。

漫畫（ㄇㄢˋ ㄏㄨㄚˋ） 用簡單的手法畫出生活中各種事物的圖畫。例《老夫子》是一本很有趣的漫畫書。

漫不經心（ㄇㄢˋ ㄅㄨˋ ㄐㄧㄥ ㄒㄧㄣ） 隨隨便便，不放在心上。例他對所有事都漫不經心。

漪
水部 十一畫

ㄧ 水上的波紋：例漣漪。

漯
水部 十一畫

ㄊㄚˋ 漯河（水名，在山東省）。

ㄌㄨㄛˋ 漯河（地名，在河南省）。

澈
水部 十一畫

ㄔㄜˋ ❶水很清：例清澈見底。❷首尾貫通，同「徹」：例貫澈、澈底。❸明白了悟：例洞澈、大澈大悟。

澈底（ㄔㄜˋ ㄉㄧˇ） 一直到底，沒有保留，同「徹底」。

澈查（ㄔㄜˋ ㄔㄚˊ） 澈底追查。例警方漏夜澈查搶案的真相。

澈悟（ㄔㄜˋ ㄨˋ） 從頭到尾完全的明白了解。

滬
水部 十一畫

ㄏㄨˋ 上海的別稱：例滬劇。

漁
水部 十一畫

ㄩˊ ❶捕魚：例漁業。❷用不正當的手段取得：例漁利。❸姓：例漁先生。

參考 請注意：❶打魚的人是「漁」夫，不是「魚」夫。❷凡是和魚有關的字都用「漁」，例如：漁火、漁業、漁港。

猜一猜 魚戲水中。（猜一字）（答案：漁）

漁火（ㄩˊ ㄏㄨㄛˇ） 漁船上的燈火。例在漆黑的海面上，只見點點漁火。

漁夫（ㄩˊ ㄈㄨ） 捕魚的人。

漁民（ㄩˊ ㄇㄧㄣˊ） 以捕魚為生的人。例老漁民對天候十分地了解。

參考 相似詞：漁夫。

漁村（ㄩˊ ㄘㄨㄣ） 靠近海邊，以捕魚為生的村落。

漁具（ㄩˊ ㄐㄩˋ） 捕魚時使用的各種工具。例釣竿、魚叉都是漁具的一種。

漁翁（ㄩˊ ㄨㄥ） 老漁夫。例漁翁手中握著一根釣竿，等待上鉤的魚。

漁港（ㄩˊ ㄍㄤˇ） 停靠漁船的港灣。例大大小小的漁船停靠在漁港躲避風雨。

漁船（ㄩˊ ㄔㄨㄢˊ） 捕魚時所使用的船隻。例他隨著漁船出海捕魚。

漁業（ㄩˊ ㄧㄝˋ） 從事水中生產的事業。例這個村落的人民大多從事漁業。

漁獲（ㄩˊ ㄏㄨㄛˋ） 漁民捕獲的各種水產品。例今年的漁獲比去年多出兩倍。

漁翁得利（ㄩˊ ㄨㄥ ㄉㄜˊ ㄌㄧˋ） 比喻二者互相爭執，讓第三者獲得好處。據說：古時候有一隻蚌在易水邊晒太陽，此時飛來鷸（ㄩˋ）鳥，想啄食蚌肉，蚌合起兩扇殼夾住鷸的長嘴。鷸說：「今天不下雨，明天不下雨，就會有死蚌。」蚌也說：「今天不讓你出來，明天不讓你出來，就會有死鷸。」兩方面都不肯讓步，後來老漁翁路過看到了，就一把捉住鷸和蚌。

滲

水部 十一畫

、 冫 氵 氵 氵 氵 氵 氵 氵 氵 氵 滲 滲 滲

ㄕㄣˋ ❶水慢慢的從物體的表面透入或漏出：例滲透。❷一種勢力逐漸侵入另一種勢力中：例滲入。

滲透 ㄕㄣˋ ㄊㄡˋ ❶水慢慢從物體表面透入或漏出。例雨水漸漸滲透到泥土裡。❷一種勢力逐漸進入另一種勢力中進行破壞工作。例我們要做好防颱的工作，以免豪雨滲透牆壁。

猜一猜 參加水戰。（猜一字）（答案：滲）

滌

水部 十一畫

、 冫 氵 氵 氵 氵 氵 氵 滌 滌 滌 滌 滌 滌

ㄉㄧˊ 洗：例洗滌。

滌盡 ㄉㄧˊ ㄐㄧㄣˋ 完全去除乾淨。例在山林間可以滌盡憂慮，獲得心靈上的平靜。

漿

水部 十一畫

丨 丬 丬 爿 爿 爿 爿 爿 將 將 將 漿 漿 漿 漿

ㄐㄧㄤ ❶比較濃的汁液：例豆漿。❷用米汁或粉汁浸衣服：例漿洗衣服。

漿糊 ㄐㄧㄤˋ ㄏㄨˊ 用麵粉製成可以黏貼東西的糊狀物。例黏貼郵票時，可以使用漿糊或膠水。

猜一猜 將軍下令水戰。（猜一字）（答案：漿）

滸

水部 十一畫

、 冫 氵 氵 氵 氵 氵 氵 氵 氵 滸 滸 滸 滸

ㄏㄨˇ 水邊：例水滸。

漉

水部 十一畫

、 冫 氵 氵 氵 氵 氵 氵 氵 漉 漉 漉 漉 漉

ㄌㄨˋ 滲出，溼潤：例溼漉漉。

漉漉 ㄌㄨˋ ㄌㄨˋ 形容潮溼的樣子。例地面溼漉漉的，你走路要小心。

潁

水部 十一畫

一 匕 ⺊ ⺊ ⺊ ⺊ ⺊ ⺊ ⺊ 潁 潁 潁 潁 潁 潁

ㄧㄥˇ 河名，發源於河南，流經安徽省，注入淮河：例潁水。

參考 請注意：「潁」是河流名稱，下面是水，例如：潁水。「新穎」和「脫穎而出」的「穎」屬於禾部，因為禾的尖端稱為「穎」，因此才能出眾、特別都可稱為「穎」。

潼

水部 十二畫

、 冫 氵 氵 氵 氵 氵 氵 氵 潼 潼 潼 潼 潼

ㄊㄨㄥˊ ❶梓潼，四川省的水名和縣名。❷潼關，陝西省的關名。

澄

水部 十二畫

、 冫 氵 氵 氵 氵 氵 氵 澄 澄 澄 澄 澄

ㄔㄥˊ ❶清而且亮：例澄澈。❷使事情清楚明白：例澄清事實。

猜一猜 登高觀海。（猜一字）（答案：澄）

澄清 ㄔㄥˊ ㄑㄧㄥ ❶明淨的，清澈的。例湖水碧綠澄清，風景宜人。❷使渾濁的水變清。例這水太渾濁了，必須澄清之後才能使用。❸弄清真相。例他出面澄清這次誤會。

澄澈 ㄔㄥˊ ㄔㄜˋ 水清見底。例澄澈的河水清可見底。

潑

水部 十二畫

、 冫 氵 氵 氵 氵 氵 氵 潑 潑 潑 潑 潑

ㄆㄛ ❶猛力傾倒：例潑水。❷蠻橫不講理：例潑辣。❸生動有活力：例活潑。

猜一猜 發生水災。（猜一字）（答案：潑）

四畫

潑辣 ㄆㄛ ㄌㄚˋ 大膽、凶悍不講理。例潑辣的人不受歡迎。

潑冷水 ㄆㄛ ㄌㄥˇ ㄕㄨㄟˇ 別人興致很好時，說一些話來破壞別人的熱情。例她因為被家人潑冷水，就不再提起自己的留學計畫。

潦
水部 十二畫

ㄌㄠˇ ❶不整齊：例潦草。❷不得意：例潦倒。

ㄌㄠˋ ❶路上的積水：例潦水。

ㄌㄠˋ 被大水淹沒，通「澇」：例今年水潦，災情慘重。

潦草 ㄌㄠˇ ㄘㄠˇ ❶不整齊。例這封信的字跡很潦草，我讀起來非常吃力。❷做事不仔細、不認真。例做事要認真，不能潦草。

笑一笑 富翁看見老師在孩子的成績單上寫著：「字體潦草，作文能力更差。」他毫不在乎的對孩子說：「沒關係，將來這些事祕書都會幫你做。」

潦倒 ㄌㄠˇ ㄉㄠˇ 失意不得志。例他感嘆因為沒有遇到賞識的知音，所以終生潦倒。

潔
水部 十二畫

ㄐㄧㄝˊ ❶乾淨：例整潔。❷修養保持：例潔身自好。

潔白 ㄐㄧㄝˊ ㄅㄞˊ 沒有被其他顏色汙染的白色。例潔白的雪花從空中飄落下來。

潔淨 ㄐㄧㄝˊ ㄐㄧㄥˋ 清潔乾淨。例我們要維護居住環境的潔淨。

潔身自好 ㄐㄧㄝˊ ㄕㄣ ㄗˋ ㄏㄠˋ 保持自身的清白，不同流合汙。例做人要潔身自好，不要隨波逐流。

澆
水部 十二畫

ㄐㄧㄠ 淋，灑：例澆花。

澆水 ㄐㄧㄠ ㄕㄨㄟˇ 灑水，灌水。

澆花 ㄐㄧㄠ ㄏㄨㄚ 把水灑在花草上。

潭
水部 十二畫

ㄊㄢˊ 深水池：例日月潭、龍潭虎穴。

潭府 ㄊㄢˊ ㄈㄨˇ 尊稱他人的住宅。

參考 相似詞：潭第。

潛
水部 十二畫

ㄑㄧㄢˊ ❶躲起來，不露出來：例潛藏、潛力。❷偷偷的，不讓人知道的：例潛逃。❸姓：例潛先生。

潛力 ㄑㄧㄢˊ ㄌㄧˋ 一個人還沒有被發現的能力。例他在比賽時雖然落榜了，但是以他雄厚的潛力，下次一定可以拿冠軍。

潛水 ㄑㄧㄢˊ ㄕㄨㄟˇ 游進水面以下。例暑假期間，我和家人到墾丁潛水，才發現海底世界有多麼的美妙，真令人驚嘆！

潛心 ㄑㄧㄢˊ ㄒㄧㄣ 專心努力的做事。例李政道和楊振寧兩位博士共同潛心研究物理學，獲得了諾貝爾物理獎。

潛伏 ㄑㄧㄢˊ ㄈㄨˊ 隱藏，埋伏。例中國古代常有土匪潛伏在山裡，專門搶劫殺人。

潛逃 ㄑㄧㄢˊ ㄊㄠˊ 偷偷的逃跑。例第二次世界大戰期間，很多受希特勒迫害的猶太人，紛紛祕密潛逃。

潛意識 ㄑㄧㄢˊ ㄧˋ ㄕˋ 平時埋藏在心中不容易顯現的情緒和念頭，一受到特殊的刺激就表現出來。例科學家認為人的潛意識十分奧妙。

潛移默化 ㄑㄧㄢˊ ㄧˊ ㄇㄛˋ ㄏㄨㄚˋ 一個人的想法和個性，在不知不覺受到好的影響而改變。例巴黎的居民因為受到流行時尚的潛移默化，打扮都很有品味。

潸
水部 十二畫

ㄕㄢ 流淚的樣子：例潸然淚下。

潸潸 ㄕㄢ ㄕㄢ　❶流淚不止的樣子。❷下雨不止的樣子。

潮　水部 十二畫

ㄔㄠˊ ❶受日月引力定時漲落的海水：例潮水。❷水漲：例漲潮。❸有一點溼：例潮溼。❹像潮水一樣的起伏：例高潮、低潮。

猜一猜 朝鮮河。（猜一字）（答案：潮）

潮水 ㄔㄠˊ ㄕㄨㄟˇ　定期流動的海水。例電影散場，人群像潮水一樣湧出來。

潮汐 ㄔㄠˊ ㄒㄧˋ　因為太陽和月亮的吸引力，海洋水面發生定期漲落的現象。

潮流 ㄔㄠˊ ㄌㄧㄡˊ　❶海水的定期流動。❷時代或社會發展的方向。例服裝設計師帶動了服裝的潮流。

潮溼 ㄔㄠˊ ㄕ　水氣很多。例剛才下了一陣雨，地面很潮溼。

潮解 ㄔㄠˊ ㄐㄧㄝˇ　東西吸收空氣中的水分，漸漸溶解。例糖放在桌上，幾天後就潮解了。

澎　水部 十二畫

ㄆㄥ 水波聲：例澎湃。

ㄆㄥˊ 地名：例澎湖。

澎湃 ㄆㄥ ㄆㄞˋ　❶波浪互相撞擊。例海浪澎湃，十分壯觀。❷形容聲勢很大。例這是一首熱情澎湃的歌曲。

澎湖群島 ㄆㄥˊ ㄏㄨˊ ㄑㄩㄣˊ ㄉㄠˇ　在臺灣海峽中，福建和臺灣中間，甲午戰爭割讓給日本，民國三十四年收回。澎湖，臺灣縣名，共有六十四個小島，面積一百二十六平方公里，是臺灣省面積最小，人口最少的縣，縣政府在馬公。

潺　水部 十二畫

ㄔㄢˊ 形容流水聲或雨聲：例潺潺。

潺湲 ㄔㄢˊ ㄩㄢˊ　形容河水慢慢流的樣子。例登山的途中，一路上鳥語花香，溪水潺湲。

潺潺 ㄔㄢˊ ㄔㄢˊ　形容水流聲或雨聲。例流水的潺潺聲，相當好聽！

潰　水部 十二畫

ㄎㄨㄟˋ ❶大水沖破堤防：例潰決。❷敗散：例他們被打敗，已經潰不成軍。❸肌肉組織腐爛：例潰爛。

猜一猜 貴州的雨。（猜一字）（答案：潰）

潰敗 ㄎㄨㄟˋ ㄅㄞˋ　軍隊被打敗。例這支軍隊潰敗，士兵四處流亡。

潰瘍 ㄎㄨㄟˋ ㄧㄤˊ　皮肉或內臟因為化膿出血而穿孔的疾病。例他的胃因為潰瘍而開刀。

潰爛 ㄎㄨㄟˋ ㄌㄢˋ　傷口受了細菌感染而化膿。例他的傷口沒有做好消毒，所以潰爛了。

潰不成軍 ㄎㄨㄟˋ ㄅㄨˋ ㄔㄥˊ ㄐㄩㄣ　軍隊被打敗，散落得不成隊伍。例他們打了敗仗，軍隊潰不成軍。

參考 相反詞：勢如破竹。

潤　水部 十二畫

ㄖㄨㄣˋ ❶利益，好處：例利潤。❷不乾枯：例溼潤。❸修改文章使更好：例潤飾。❹細膩光滑：例潤澤。

猜一猜 閏年裡的雨。（猜一字）（答案：潤）

潤色 ㄖㄨㄣˋ ㄙㄜˋ　修飾文字。例這篇譯稿太粗糙，請你加以潤色。

參考 相似詞：潤飾。

潤飾 ㄖㄨㄣˋ ㄕˋ　潤色，修飾文字。

潤澤 ㄖㄨㄣˋ ㄗㄜˊ　滋潤而帶有光澤。例雨後的荷花顯得更加潤澤可愛。

澗

水部 十二畫

丶 丶 氵 氵丨 沪 沪 沪 沪 沪 澗 澗 澗 澗 澗 澗

ㄐㄧㄢˋ 兩座山之間的水溝：例山澗。

參考 請注意：「澗」和「溪」有分別：「溪」是山間的小河；而「澗」只是細細的小水流，比溪更小。

猜一猜 門裡陽光照，門外雨飄飄。（猜一字）（答案：澗）

澗水 ㄐㄧㄢˋ ㄕㄨㄟˇ 指山間的流水。

潘

水部 十二畫

丶 丶 氵 氵ˊ 氵ˊ 氵ˊ 泙 泙 泙 潘 潘 潘 潘 潘 潘

ㄆㄢ 姓：例潘先生。

潘安 ㄆㄢ ㄢ 潘岳，西晉時的美男子，因為字仁安，所以又名潘安。他的容貌秀美，據說婦人遇到他都忍不住的牽起他的手。因此，人們就用潘安比喻美男子。

潢

水部 十二畫

丶 丶 氵 汁 汁 洪 洪 洪 洪 潢 潢 潢 潢 潢 潢

ㄏㄨㄤˊ ❶積水池：例潢池。❷裝裱字畫或室內的裝飾：例裝潢。

潢池 ㄏㄨㄤˊ ㄔˊ 積水的池子。

潢洋 ㄏㄨㄤˊ ㄧㄤˊ 水深廣的樣子。

濂

水部 十三畫

丶 丶 氵 广 广 广 广 广 濂 濂 濂 濂 濂 濂 濂 濂

ㄌㄧㄢˊ 濂江，水名，在江西省南部。

澱

水部 十三畫

丶 丶 氵 氵 氵 氵 氵 氵 氵 澱 澱 澱 澱 澱 澱 澱

ㄉㄧㄢˋ 液體中下沉的渣滓或粉末：例沉澱。

猜一猜 御花園裡的河。（猜一字）（答案：澱）

澱粉 ㄉㄧㄢˋ ㄈㄣˇ 一種有機化合物，米、麥、薯、芋等都含澱粉。遇到碘液就會變成藍色，加熱藍色就消失，冷卻時又會再出現，這是澱粉的特別反應。

參考 活用詞：澱粉質。

澡

水部 十三畫

丶 丶 氵 氵 氵 氵 氵 氵 氵 澡 澡 澡 澡 澡 澡 澡

ㄗㄠˇ 洗、沐浴：例洗澡。

猜一猜 三口人共棲一木，共用一河。（猜一字）（答案：澡）

澡堂 ㄗㄠˇ ㄊㄤˊ 供人洗澡的地方。例日本的澡堂提供了洗澡和休閒的功能。

濃

水部 十三畫

丶 丶 氵 氵 氵 沪 沪 沪 沪 沪 濃 濃 濃 濃 濃 濃

ㄋㄨㄥˊ ❶液體或是氣體中所含的某種成分比較多：例濃墨。❷程度深：例興趣很濃。

參考 相似字：深、厚。♣相反字：淡、淺、薄。

唱詩歌 濃濃的夜裡有淡淡的燈，淡淡的燈裡有濃濃的螢；濃濃的螢裡有淡淡的夜，淡淡的夜裡有濃濃的夢。（管管）

濃郁 ㄋㄨㄥˊ ㄩˋ 香味很濃厚。郁：眾多的意思。例走進花園就聞到一股濃郁的花香，讓人捨不得離開。

濃厚 ㄋㄨㄥˊ ㄏㄡˋ 很深厚。常用在興趣、色彩、氣氛等。例他對於繪畫一直有著濃厚的興趣。

濃度 ㄋㄨㄥˊ ㄉㄨˋ 一定量的溶液裡所含能被溶解物質的量，叫作濃度。例這杯酒的酒精濃度為百分之五。

濃密 ㄋㄨㄥˊ ㄇㄧˋ 濃厚深密。例看烏雲濃密的樣子，好像快要下雨了。

濃淡 ㄋㄨㄥˊ ㄉㄢˋ 指顏色、味道的深淺。例這幅水墨畫濃淡適宜，看起來非常好看。

濃綠 ㄋㄨㄥˊ ㄌㄩˋ 深綠色。

濃縮 ㄋㄨㄥˊ ㄙㄨㄛ ❶將物體所含的水分減少。例奶粉是由牛奶濃縮製成的。❷提取作品的精華。例電影大部分都由小說原著濃縮拍製而成。

濃豔（ㄋㄨㄥˊ ㄧㄢˋ）　指女姓化妝的脂粉過於鮮麗。例她打扮得太過濃豔，讓人覺得很不自然。

澤

水部　十三畫

ㄗㄜˊ　❶水積聚的地方：例沼澤、湖澤、深山大澤。❷滋潤：例潤澤。❸金屬、珠玉等的光彩：例光澤。❹恩惠：例恩澤。

澤國（ㄗㄜˊ ㄍㄨㄛˊ）　❶河流和湖泊多的地方。例江蘇省是著名的水鄉澤國。❷受水淹沒的地區。例一場突如其來的大雨，使許多低窪地區都淪為澤國。

濁

水部　十三畫

ㄓㄨㄛˊ　❶不清潔，不乾淨：例混濁、汙泥濁水。❷聲音低沉粗重：例濁音、濁聲濁氣。❸混亂：例濁世。

參考　相反字：清。

猜一猜　四川的江水。（猜一字）（答案：濁）

濁世（ㄓㄨㄛˊ ㄕˋ）　❶黑暗或混亂的時代。❷佛家指紅塵世界。

濁浪（ㄓㄨㄛˊ ㄌㄤˋ）　帶有泥沙的波浪。

濁酒（ㄓㄨㄛˊ ㄐㄧㄡˇ）　未經過濾的酒。

濁聲（ㄓㄨㄛˊ ㄕㄥ）　指發聲時聲帶振動的音，例如：注音符號中ㄇ、ㄋ、ㄌ、ㄏ、ㄖ等。

澧

水部　十三畫

ㄌㄧˇ　澧水，水名，在湖南省，流入洞庭湖。

澳

水部　十三畫

ㄠˋ　❶可以停泊船隻的地方：例灣澳。❷洲名：例澳洲。

猜一猜　奧國的多瑙河。（猜一字）（答案：澳）

澳門（ㄠˋ ㄇㄣˊ）　地名。原屬廣東省中山縣，清光緒十三年起（一八八七年）為葡萄牙的殖民地，一九九九年十二月十四日回歸中國。

澳洲（ㄠˋ ㄓㄡ）　❶澳大利亞的簡稱。屬於大洋洲的一部分，在南半球，印度洋和太平洋間。澳洲是世界最小的洲，居民以農牧為主，羊毛產量占世界第一位。❷國名。在澳大利亞，首都坎培拉。

激

水部　十三畫

ㄐㄧ　❶水流受到阻礙或震動，於是向上湧起或加速：例激水。❷使感情衝動：例刺激。❸急劇的，強烈的：例激戰。❹姓：例激先生。

參考　請注意：「繳」音ㄐㄧㄠˇ，交納，例如：「繳稅」，和「激動」的「激」有分別。

激昂（ㄐㄧ ㄤˊ）　情緒、語調激動高漲。昂：高舉的意思。例大家聽他一說，反抗的情緒愈來愈激昂了。

激流（ㄐㄧ ㄌㄧㄡˊ）　非常急速的水流。例激流沖走了掉落水裡的小孩。

激怒（ㄐㄧ ㄋㄨˋ）　因為某事刺激使人生氣。例小弟出言無禮，可把他激怒了。

激烈（ㄐㄧ ㄌㄧㄝˋ）　劇烈。例百公尺賽跑是一項很激烈的運動。

激素（ㄐㄧ ㄙㄨˋ）　人體和動物內分泌腺所分泌的物質。舊時稱「荷爾蒙」。

小百科　任何一種激素太多或太少，都會引起內分泌方面的疾病，因為激素是調節人體的新陳代謝，維持正常生理的活動。

激發（ㄐㄧ ㄈㄚ）　用某事刺激，使人奮起。例這首歌可以激發人的鬥志。

四畫

激賞（ㄐㄧ ㄕㄤˇ） 非常欣賞。例她的表演令人激賞。

激增（ㄐㄧ ㄗㄥ） 快速的增加。例都市人口激增，使我們的生活空間更小了。

激勵（ㄐㄧ ㄌㄧˋ） 因為某件事而被激動鼓勵。例老師常常激勵學生要多閱讀課外讀物。

參考 相似詞：激厲。

澹 水部 十三畫

ㄉㄢˋ ❶心情恬靜：例恬澹、澹泊自安。❷辛苦的樣子：例慘澹經營。

ㄊㄢˊ 澹臺，複姓：例澹臺滅明。

澠 水部 十三畫

ㄇㄧㄣˇ 澠池，縣名，在河南省。

ㄕㄥˊ 澠水，古水名，在今山東省臨淄縣一帶。

濘 水部 十四畫

ㄋㄧㄥˋ ❶道路上淤積的汙水和爛泥：例泥濘。❷稀糊的：例濘泥、濘糊。

濘泥（ㄋㄧㄥˋ ㄋㄧˊ） 稀糊狀的爛泥。例雨後遍地濘泥，使得人車難以通行。

濘淖（ㄋㄧㄥˋ ㄋㄠˋ） 泥水混雜的道路。淖：爛泥。

濱 水部 十四畫

ㄅㄧㄣ 水邊：例湖濱。

濱海（ㄅㄧㄣ ㄏㄞˇ） 靠近海的地方。例濱海的居民，大多靠捕魚為生。

濟 水部 十四畫

ㄐㄧˋ ❶渡河，渡：例同舟共濟。❷對有困難的人給予幫助：例救濟。

ㄐㄧˇ 水名：例濟水。

參考 請注意：「濟」和「擠」（ㄐㄧˇ）有別，「擠」有壓榨、聚集的意思，例如：擠壓、擠成一堆。

猜一猜 齊國的江河。（猜一字）（答案：濟）

濟公（ㄐㄧˋ ㄍㄨㄥ） 宋代高僧。俗姓李，法名「道濟」。為了方便濟世救人，假裝瘋狂，喜歡吃肉喝酒，號稱「濟顛」。後世流傳他的奇事異聞很多。

濟水（ㄐㄧˇ ㄕㄨㄟˇ） 河流名稱，發源於河南省，流經山東進入渤海。

濟助（ㄐㄧˋ ㄓㄨˋ） 幫助。例我們要時常濟助貧苦的人。

濟貧（ㄐㄧˋ ㄆㄧㄣˊ） 救助貧苦的人。例民間傳奇人物廖添丁，常做一些劫富濟貧的事。

濟濟（ㄐㄧˇ ㄐㄧˇ） 形容人多。例本班人才濟濟，這次語文比賽一定能獲得冠軍。

濟世利民（ㄐㄧˋ ㄕˋ ㄌㄧˋ ㄇㄧㄣˊ） 救濟世人，造福百姓。例他從小就立志要做一個濟世利民的人。

濟弱扶傾（ㄐㄧˋ ㄖㄨㄛˋ ㄈㄨˊ ㄑㄧㄥ） 幫助扶持弱小的國家、民族。例他有濟弱扶傾的俠義精神。

濠 水部 十四畫

ㄏㄠˊ ❶古代的護城河：例城壕。❷戰場上挖的深溝：例壕溝。❸水名，在安徽省。

濛 水部 十四畫

ㄇㄥˊ 形容雨點細小：例濛濛細雨。

參考 請注意：讀ㄇㄥˊ聲的字，都有模糊不清的意思，例如：迷「濛」、「朦」朧、「懵」懂、「矇」騙、「曚」曨等。

猜一猜 蒙古的河。（猜一字）（答案：濛）

濛濛（ㄇㄥˊ ㄇㄥˊ） 模糊不清的樣子。例煙雨濛濛的景色，別有一番情趣。

濤

水部 十四畫

ㄊㄠˊ ❶大的波浪：例波濤。❷聲音聽起來像波浪聲：例松濤。

猜一猜 玩水會長壽。（猜一字）（答案：濤）

濤聲 ㄊㄠˊ ㄕㄥ 海浪衝擊的聲音。例他躺在沙灘上，靜靜聽著夜裡的濤聲。

濫

水部 十四畫

ㄌㄢˋ ❶過度，沒有限制：例濫用。❷水太多而滿出來：例氾濫。

參考 請注意：「濫」和「亂」有分別：「亂」（ㄌㄨㄢˋ）本來的意思是絲線紛亂理不出頭緒，引申為沒有秩序、沒有條理的。例如：「桌上好亂」不可以用「桌上好濫」。

猜一猜 監視水源。（猜一字）（答案：濫）

濫用 ㄌㄢˋ ㄩㄥˋ 隨便、過度的使用。例濫用藥物會影響健康。

濫施 ㄌㄢˋ ㄕ 使用過多。施：用的意思。例農民如果濫施肥料，反而會傷害土壤。

濫竽充數 ㄌㄢˋ ㄩˊ ㄔㄨㄥ ㄕㄨˋ 不會吹奏樂器，卻在樂團中充當團員；比喻沒有本領的人冒充有本領的人。有時也當做謙虛的話。竽：古代管樂器。相傳古代齊宣王用三百人吹竽，有一位南郭先生不會吹竽，卻混在中間冒充。後來宣王駕崩，他的兒子繼承王位，喜歡聽單獨的演奏，南郭處士只好逃跑了。

濫殺無辜 ㄌㄢˋ ㄕㄚ ㄨˊ ㄍㄨ 形容沒有理由就亂殺人。無辜：是指無罪的人。例秦始皇濫殺無辜，人民紛紛起來反抗。

濯

水部 十四畫

ㄓㄨㄛˊ 洗：例濯足。

參考 相似字：洗、滌。

濯濯 ㄓㄨㄛˊ ㄓㄨㄛˊ 形容山上光禿禿，沒有草木的樣子。

澀

水部 十四畫

ㄙㄜˋ ❶不潤滑：例滯澀、輪軸發澀，該上油了。❷一種微苦，使舌頭感到麻木的味道：例苦澀、酸澀。❸文字生硬難讀：例晦澀、艱澀、生澀。

濬

水部 十四畫

ㄐㄩㄣˋ ❶疏通或挖深水道：例疏濬、濬河。❷深沉的，幽深的：例濬壑。

濬河 ㄐㄩㄣˋ ㄏㄜˊ 疏通水道，使水道加深。

濬通 ㄐㄩㄣˋ ㄊㄨㄥ 疏通。

濡

水部 十四畫

ㄖㄨˊ 沾溼，沾染：例濡溼、耳濡目染。

參考 相似字：染、沾。

濰

水部 十四畫

ㄨㄟˊ ❶濰河，水名，源於山東，注入渤海。❷濰縣，縣名，在山東省，農產有小麥、大豆、高粱等。

瀉

水部 十五畫

ㄒㄧㄝˋ ❶水向下急流：例一瀉千里。❷拉肚子：例瀉肚子。

猜一猜 寫山水。（猜一字）（答案：瀉）

瀉藥 ㄒㄧㄝˋ ㄧㄠˋ 會使人拉肚子的藥。例她不小心吃了瀉藥，一直拉肚子。

瀉肚子 ㄒㄧㄝˋ ㄉㄨˋ ㄗ˙ 拉肚子。例他吃了不衛生的食物，所以瀉肚子。

參考 相似詞：腹瀉。

瀋 水部 十五畫

ㄕㄣˇ ❶汁：例墨瀋未乾。❷遼寧省會瀋陽市的簡稱：例瀋吉鐵路。

濾 水部 十五畫

ㄌㄩˋ 使液體或氣體經過特殊裝置，除去所含的雜質：例過濾。

濾除 ㄌㄩˋ ㄔㄨˊ 把不要的東西經過過濾以後消除。例豆漿一定要濾除雜質才能入口。

瀆 水部 十五畫

ㄉㄨˊ ❶水溝：例溝瀆。❷古代稱長江、黃河、淮河、濟水叫四瀆。❸對人不尊敬、輕慢：例冒瀆、瀆犯、瀆職。

參考 相似字：溝、渠。

瀆職 ㄉㄨˊ ㄓˊ 有虧職守，不盡職。

濺 水部 十五畫

ㄐㄧㄢˋ ❶水受沖激向四面飛散：例水花四濺。❷沾染，碰到：例水濺到身上。

ㄐㄧㄢ 水流疾速貌，見「濺濺」。

濺沫 ㄐㄧㄢˋ ㄇㄛˋ 飛散出的水花。沫：小水泡。

濺淚 ㄐㄧㄢˋ ㄌㄟˋ 眼淚向外飛射。

濺濺 ㄐㄧㄢ ㄐㄧㄢ 流水的聲音。例夜空下，他獨自坐在河岸上，聽著濺濺河水聲。

瀑 水部 十五畫

ㄆㄨˋ 從山壁上或河身突然降落的地方流下來的水，遠看像白布一樣懸掛著：例瀑布。

ㄅㄠˋ ❶迅疾的。例如：暴風、暴雨也可以寫作「瀑」風、「瀑」雨。❷姓：例瀑先生。

猜一猜 洪水暴流。（猜一字）（答案：瀑）

瀑布 ㄆㄨˋ ㄅㄨˋ 從山壁上或河流本身突然降落的地方流下的水，遠看像白布一樣懸掛著。例烏來瀑布水流急速，十分壯觀。

猜一猜 懸崖掛塊大白布，千手萬腳捉不住，遠聽千軍萬馬吼，近看銀泉飛下谷。（猜一種自然現象）（答案：瀑布）

瀏 水部 十五畫

ㄌㄧㄡˊ 形容水流清澈的樣子。

瀏覽 ㄌㄧㄡˊ ㄌㄢˇ 大略地看。例這本書我只瀏覽了一遍，還沒有仔細閱讀。

參考 請注意：「瀏覽」和「閱讀」有區別：「瀏覽」指大略的看書報、雜誌、風景等事物；「閱讀」指認真地看文字方面的東西，並領會內容。

瀟 水部 十六畫

ㄒㄧㄠ ❶瀟水，水名，在湖南省。❷形容風雨聲：例風雨瀟瀟。

猜一猜 蕭家旁有小河。（猜一字）（答案：瀟）

瀟瀟 ㄒㄧㄠ ㄒㄧㄠ 形容風狂雨急的樣子。

瀟灑 ㄒㄧㄠ ㄙㄚˇ 自然大方，不呆板，不拘束。例男主角神情瀟灑的走過星光大道。

瀨 水部 十六畫

ㄌㄞˋ ❶急流：例急瀨、怒瀨。❷多沙石的淺水。

四畫

瀚
水部 十六畫

ㄏㄢˋ 廣大的樣子：例浩瀚。

猜一猜 翰林院旁有溪流。（猜一字）（答案：瀚）

瀚瀚 ㄏㄢˋ ㄏㄢˋ 廣大的樣子。例浩浩瀚瀚。

瀝
水部 十六畫

ㄌㄧˋ ❶雨聲：例淅瀝。❷除去雜質：例瀝酒。❸滴下：例瀝血。

瀝青 ㄌㄧˋ ㄑㄧㄥ 黑色固體的礦物，和砂、油類混合後，可鋪道路或做防水、防腐的塗料。例鋪上瀝青的柏油路面，使車子行走得更為平穩順暢。

瀕
水部 十六畫

ㄅㄧㄣ ❶靠近，接近：例瀕海、瀕死。❷水邊，同「濱」：例海瀕。

瀕危 ㄅㄧㄣ ㄨㄟˊ ❶接近危險的境地。❷病重將死。

瀕臨 ㄅㄧㄣ ㄌㄧㄣˊ 接近，臨近。例這棟觀光大飯店瀕臨海灘。

瀛
水部 十六畫

ㄧㄥˊ 大海：例瀛海、東瀛（東海，借指日本）。

瀛海 ㄧㄥˊ ㄏㄞˇ 大海。

瀛寰 ㄧㄥˊ ㄏㄨㄢˊ 全世界。瀛：大海。寰：廣大的地域。

瀾
水部 十七畫

ㄌㄢˊ 大波浪：例波瀾、巨瀾、力挽狂瀾。

ㄌㄢˋ 分散雜亂的樣子：例瀾漫。

參考 請注意：波瀾的「瀾」（ㄌㄢˊ）指水勢盛大，所以是水部。燦爛的「爛」旁邊是火，所以有光明的意思。

猜一猜 夜闌時淹水。（猜一字）（答案：瀾）

瀾汗 ㄌㄢˊ ㄏㄢˋ 水勢浩大的樣子。

瀾瀾 ㄌㄢˊ ㄌㄢˊ 流淚的樣子。

瀰
水部 十七畫

ㄇㄧˊ ❶水滿的樣子，也是充滿的意思：例水霧瀰漫。❷水流滿地：例河水瀰瀰。

參考 請注意：「瀰」和「彌」都有充滿的意思，用作布滿的意思時，兩字可以互相通用，例如：彌（瀰）漫。其他大都用「彌」，例如：彌月、彌留、彌補。

瀰漫 ㄇㄧˊ ㄇㄢˋ ❶形容大水。❷滿布。例過年時到處瀰漫著快樂的氣氛。

瀰瀰 ㄇㄧˊ ㄇㄧˊ 水又深又滿。例大雨過後，河水瀰瀰。

灌
水部 十八畫

ㄍㄨㄢˋ ❶用水澆：例灌溉。❷倒進去，裝進去：例把水瓶灌滿。❸錄音：例灌唱片。❹姓：例灌先生。

參考 相似字：溉、注、澆。

動動腦 皮球掉到樹下的洞裡，小朋友，除了灌水讓球浮上來，你還有其他的方法嗎？和其他的小朋友比比看，看誰想得快又好！

灌木 ㄍㄨㄢˋ ㄇㄨˋ 矮小叢生的木本植物，例如：玫瑰。

參考 相反詞：喬木。♣活用詞：灌木叢。

灌注 ㄍㄨㄢˋ ㄓㄨˋ ❶注入。❷把思想觀念傳送給別人。

參考 相似詞：灌輸。

灌音（ㄍㄨㄢˋ ㄧㄣ）　把聲用機器錄下來，製成光碟片、錄音帶。例她的歌聲被灌音，製成光碟片，非常受歡迎。

參考 相似詞：灌唱片。

灌腸（ㄍㄨㄢˋ ㄔㄤˊ）　❶用橡皮管把藥水灌入病人腸子裡的一種治病方法。例她食物中毒，經過急救灌腸，才撿回一條命。❷一種食品，製作方法是：切碎豬肉，加上調味料，然後裝進豬腸中。

灌溉（ㄍㄨㄢˋ ㄍㄞˋ）　利用水道把水輸送到田裡。例今年下雨不多，農田缺水灌溉。

灌輸（ㄍㄨㄢˋ ㄕㄨ）　❶引水到田地。❷輸送知識或思想。例老師灌輸我們環保的思想。

灌迷湯（ㄍㄨㄢˋ ㄇㄧˊ ㄊㄤ）　用好聽的話去迷惑人。例歹徒為了詐財，對受害人猛灌迷湯。

參考 相似詞：灌米湯。

灑

水部 十九畫

ㄙㄚˇ　❶把水散出來：例灑水。❷散落：例把米灑了一地。❸洗：例清灑。

參考 請注意：「灑」和「洒」，如果用在清掃時，可以通用，例如：「洒」掃或「灑」掃。

灑水（ㄙㄚˇ ㄕㄨㄟˇ）　把水潑在地上。例掃地前要先灑水，灰塵才不會到處亂飛。

灑掃（ㄙㄚˇ ㄙㄠˇ）　灑水和掃地。例放學後要留下來灑掃教室。

灑脫（ㄙㄚˇ ㄊㄨㄛ）　言談、行為自然豪爽，不受拘束。例她的行為很灑脫，像個男孩子。

參考 相似詞：瀟灑、灑落。

灑落（ㄙㄚˇ ㄌㄨㄛˋ）　分散的落下。例他一不小心，讓米灑落在地上。

灑灑（ㄙㄚˇ ㄙㄚˇ）　連續不斷；形容超脫自在的樣子。例他一看到作文題目，立刻洋洋灑灑的寫了起來。

灘

水部 十九畫

ㄊㄢ　❶江湖河海邊水深時淹沒，水淺時露出的地方：例海灘。❷江河中水淺多石而水流很急的地方：例險灘。

參考 請注意：一灘水的「灘」不可以寫成「攤」。見「攤」字的說明。

灘頭（ㄊㄢ ㄊㄡˊ）　水邊的沙石地。例國軍在灘頭登陸。

灣

水部 二十二畫

ㄨㄢ　❶水流彎曲的地方：例河灣。❷海岸彎曲、水深可以停船的地方：例港灣。

灣澳（ㄨㄢ ㄠˋ）　很深的海灣。澳：水邊彎曲凹入的地方，可以停船的天然港灣。例世界各地有許多優良的灣澳，可以供船舶停駐。

灤

水部 二十三畫

ㄌㄨㄢˊ　❶灤河，水名，在河北省境內，注入渤海。❷灤縣，縣名，在河北省。

參考 請注意：指一胎雙生時，應作「孿」。

火部（ㄏㄨㄛˇ）

「」是火焰上升的形狀，是個象形字。後來寫成「」還可以看出火焰上升，噴出火花的形狀，現在則寫成「火」或「灬」。火是物體燃燒時所發出的光和熱，和古人的生活有著密切關係，例如：烹煮、照明都要用到火。火部的字和火都有關係，可以分為三類：

一、火的性質，例如：烈（火勢猛）、煌（光明）、熄（火燒完了）。

二、和火有關的事物，例如：灰（燃燒剩下的東西）、焰（火花）、煙（燃燒時發出的氣體）。

三、和火有關的活動，例如：煮（用

四畫

火將食物弄熟）、蒸、炒。

火

火部 〇畫

、丷少火

ㄏㄨㄛˇ ❶物體燃燒時所發出的光和熱：例火花。❷武器彈藥的總稱：例軍火。❸身體裡的熱：例肝火。❹動氣發怒：例冒火、心頭火起。❺赤紅色、像火一樣的顏色：例火紅。❻緊急：例火速、十萬火急。

火力 ㄏㄨㄛˇ ㄌㄧˋ ❶利用燃料獲得的動力。❷彈藥發射或投擲後所形成的殺傷力和破壞力。

火山 ㄏㄨㄛˇ ㄕㄢ 指地殼內部噴出的熔岩及碎屑物質堆積而成的錐形山。

火車 ㄏㄨㄛˇ ㄔㄜ 鐵路列車的俗稱，最初是藉火力產生蒸氣，用來牽引車廂，所以稱「火車」。

猜一猜 身子長長似條龍，從頭到尾節節通，一日千里不歇腳，運輸線上日夜忙。（猜一交通工具）（答案：火車）

火災 ㄏㄨㄛˇ ㄗㄞ 因火燃燒物品所造成的災害。

火把 ㄏㄨㄛˇ ㄅㄚˇ 把木材的一端點燃，可供人夜間行路時照明用。

火花 ㄏㄨㄛˇ ㄏㄨㄚ 迸發的火焰。例煙火冒出燦爛的火花。

火急 ㄏㄨㄛˇ ㄐㄧˊ 非常緊急。例消防車十萬火急的趕到火災現場。

火星 ㄏㄨㄛˇ ㄒㄧㄥ ❶太陽系中九大行星之一，顏色發紅，周圍有稀薄的大氣，有兩個衛星，有四季的變化。❷極小的火。例鐵錘打在石頭上，迸出不少火星。例他氣得兩眼直冒火星。

動動腦 假如你是火星人，你家在哪裡？那是一個什麼樣的地方？你每天做哪些事呢？

火候 ㄏㄨㄛˇ ㄏㄡˋ ❶燒火時火力的強弱和時間的長短。例燒窯煉鐵都要看火候。例她炒的菜，作料和火候都很到家。❷比喻品德、學問、技能修養程度的深淺。例他的書法火候十分純熟。❸比喻緊要的時機。例正在戰鬥的火候上，援軍趕到了。

火氣 ㄏㄨㄛˇ ㄑㄧˋ ❶中醫指引起發炎、紅腫、煩躁等症狀的病因。❷怒氣，暴躁的脾氣。例他壓抑不住心中的火氣。

火海 ㄏㄨㄛˇ ㄏㄞˇ 形容大火。例太陽的表面像團火海。

火柴 ㄏㄨㄛˇ ㄔㄞˊ 黏有硫磺和燐質等易燃物的細木條，是早期摩擦以取火的日用品。

火速 ㄏㄨㄛˇ ㄙㄨˋ 趕緊，馬上；形容非常緊急。例這項任務十分緊急，必須火速完成。

參考 活用詞：火速動身。

火焰 ㄏㄨㄛˇ ㄧㄢˋ 燃燒時所發生的火光。

火葬 ㄏㄨㄛˇ ㄗㄤˋ 人死後用火焚化屍體。

參考 相似詞：火化。

火箭 ㄏㄨㄛˇ ㄐㄧㄢˋ 利用反衝力推進的飛行裝置，速度很快，目前主要用來運載人造衛星、核子彈頭以及高空探測儀器等。

火熱 ㄏㄨㄛˇ ㄖㄜˋ 像火一樣的熱。例火熱的太陽照得人們汗流浹背。

火燭 ㄏㄨㄛˇ ㄓㄨˊ 泛指可以引起火災的東西。例小心火燭。

火藥 ㄏㄨㄛˇ ㄧㄠˋ 炸藥的一種，燃燒時放出大量氣體，具有爆破和推動作用。

俏皮話 「一槍打死個蒼蠅——不夠火藥錢。」小朋友，我們用槍去打蒼蠅，是一件愚蠢的事。「一槍打死個蒼蠅」這句話是比喻不值得。

火警 ㄏㄨㄛˇ ㄐㄧㄥˇ 失火的事件。

火上加油 ㄏㄨㄛˇ ㄕㄤˋ ㄐㄧㄚ ㄧㄡˊ 比喻使人更加憤怒或使事態更加嚴重。例他不但不肯幫忙，反而火上加油。

俏皮話 「滅火踢倒油罐子——火上加油。」小朋友，你們都看過火災現場嗎？熊熊的大火一發就不可收拾，如果又踢倒油罐，那麼火災現場損失更加慘重。「滅火踢倒油罐子——火上加油」，是比喻使事情變得更嚴重、更糟糕。

火中取栗 ㄏㄨㄛˇ ㄓㄨㄥ ㄑㄩˇ ㄌㄧˋ 十七世紀法國作家拉封登的寓言詩「猴子和貓」中說：一隻猴子和一隻貓看見爐火中烤著栗子，狡猾的猴子叫貓去偷，貓用爪子從火中取出幾個栗子，結果都被猴子吃了，貓不但沒吃到，反而燒掉了腳上的毛。比喻被別人利用去做冒險的事，而自己得不到好處。

火燒眉毛 比喻事情逼到眼前，萬分急迫。例這是件火燒眉毛的事，別用這麼慢條斯理的態度來處理。

火樹銀花 形容燈光和煙火燦爛絢麗的樣子。

灰 火部 二畫

❶物質燃燒後所剩下的粉末狀東西：例灰燼。❷塵埃：例灰塵。❸介於黑和白之間的顏色：例灰白。❹石灰的簡稱：例灰牆。❺消沉失望：例心灰意懶。

參考 相似字：暗、塵。

灰心 因遭到困難失敗而意志消沉。例成功不驕傲，失敗不灰心。

灰色 ❶色彩介於黑白之間。❷比喻思想消極悲觀，處處從壞處想。例他以灰色的心情寫出灰色的作品。

灰塵 空中飛揚的塵埃。

灰燼 物體燃燒後剩下的東西。燼：火燒剩下來的東西。例大火使森林化為灰燼。

灰飛煙滅 戰後由火爆轉為寂寥的景象。灰：指戰爭焚毀的灰。煙：指戰爭時的煙塵。

灰頭土臉 ❶滿頭滿臉沾上塵土的樣子。❷形容垂頭喪氣的神態。

灶 火部 三畫

用磚土或石塊等砌成，用來生火、烹飪的設備：例爐灶。

猜一猜 火燒土。（猜一字）（答案：灶）

灼 火部 三畫

❶燒，燙：例灼傷、灼熱。❷明白、透徹：例灼然、真知灼見。

參考 相似字：燒、炙。

猜一猜 火燒勺子。（猜一字）（答案：灼）

灼見 透徹的見解。

灼灼 明亮的樣子。例爺爺雖然年紀大了，卻仍目光灼灼。

灼熱 形容像火燒一樣的熱。

災 火部 三畫

指自然或人為造成的禍害：例災害。

參考 相似字：害、殃。

猜一猜 頭上水浪漂，足下大火燒，歡樂我沒份，苦難我全包。（猜一字）（答案：災）

災民 遭受災害的人民。例大地震後政府全力救助災民。

災殃 災禍，災害。

災害 大自然給人類帶來的損害，例如：水災、火災、旱災，至於慘烈的人禍如戰爭，也屬於災害的一種。

災荒 指大自然給人類造成的損害，多指荒年。例已經半年沒下雨了，田裡農作物收成不好，形成大災荒。

災情 災禍發生後，受損失的情形。例這次颱風災情慘重，很多房屋倒塌。

災異 古代指自然災害以及某些罕見的自然現象，例如：日全食、地震等。

災區 發生災禍的地區。

災禍 指自然或人為造成的禍害。例這次車禍很嚴重，災禍現場留下很多血跡。

災難 ㄗㄞ ㄋㄢˋ 天災人禍引起的災禍苦難。例洪水來了，家家戶戶都遭遇災難。

灸 火部 三畫

ㄐㄧㄡˇ 中醫的一種治病方法，用燃燒的艾絨灼烤一定的穴位，和扎針的治療法合稱「針灸」。

炕 火部 四畫

ㄎㄤˋ ❶北方用磚塊或土坯砌成的長方形臥鋪，下面有洞，可以燒火取暖：例睡炕。❷用火烘烤：例把餅在爐子上炕一炕。❸乾燥、燠熱的：例炕旱。

參考 請注意：除了「睡炕」以外，另有一種用木板做的炕，叫「木炕」（也可以寫成「匟」）。

炎 火部 四畫

ㄧㄢˊ ❶身體部位因感染細菌或病毒而發生紅腫、熱痛的症狀：例發炎。❷極熱的：例炎夏。

參考 相似字：熱。

動動腦 「我的哥哥有很多書」，哥和多都是由二個相同的字構成的，除了哥、多，小朋友，你還能想出這樣的字嗎？越多越好哦！（答案：林、炎、戔、棗……）

炎夏 ㄧㄢˊ ㄒㄧㄚˋ 天氣熱的夏天。

炎涼 ㄧㄢˊ ㄌㄧㄤˊ 熱和冷。從前用天氣的變化比喻人情冷暖無常，對待地位不同的人或者奉承巴結，或者疏遠冷淡。

參考 活用詞：世態炎涼。

炎熱 ㄧㄢˊ ㄖㄜˋ 氣候悶熱。

動動腦 傳說古代的天上有十個太陽，如果現在天空中也出現了十個太陽，除了很炎熱以外，還會有什麼情形出現呢？小朋友，趕快想一想！

炎黃之胄 ㄧㄢˊ ㄏㄨㄤˊ ㄓ ㄓㄡˋ 炎帝及黃帝的後代，是中國人的自稱。胄：子孫相承繼的意思。例我們都是炎黃之胄。

參考 相似詞：炎黃子孫、炎黃世胄、炎黃裔胄。

炒 火部 四畫

ㄔㄠˇ 把食物放在鍋裡加熱並不斷的去翻動的烹飪方法：例炒菜。

炒冷飯 ㄔㄠˇ ㄌㄥˇ ㄈㄢˋ 比喻重複已經說過的話或做過的事，沒有新的內容。

炒魷魚 ㄔㄠˇ ㄧㄡˊ ㄩˊ ❶菜肴的名稱，用大火快炒魷魚。❷被公司開除，俗稱炒魷魚。

笑一笑 張三：「真倒楣！今天在上班時間下棋，居然被經理撞見了。」李四：「很嚴重嗎？有沒有被炒魷魚？」張三：「還好啦！和我下棋的是董事長！」

炊 火部 四畫

ㄔㄨㄟ 燒火做飯菜：例炊具、野炊、炊煙。

猜一猜 缺火。（猜一字）（答案：炊）

炊火 ㄔㄨㄟ ㄏㄨㄛˇ 燒飯用的柴火。

炊事 ㄔㄨㄟ ㄕˋ 料理飲食的事。

參考 活用詞：炊事員。

炊煙 ㄔㄨㄟ ㄧㄢ 燒火做飯時冒出的煙。例傍晚時分，遠處傳來幾縷裊裊的炊煙。

炙 火部 四畫

ㄓˋ ❶烤：例炙肉。❷比喻薰陶或影響：例親炙。

炙手可熱 ㄓˋ ㄕㄡˇ ㄎㄜˇ ㄖㄜˋ 手一靠近就覺得很熱；比喻氣勢很盛，大權在握。例他

四畫

的地位炙手可熱，很多人都想巴結他。

炫

、丷丬火火'灴炫炫炫

火部 五畫

ㄒㄩㄢˋ ❶照耀，光亮照人：例光彩炫目。❷誇耀，故意顯示：例炫示、自炫。

炫示 ㄒㄩㄢˋ ㄕˋ 故意誇耀、顯示。

炫耀 ㄒㄩㄢˋ ㄧㄠˋ ❶光耀的樣子。❷誇耀顯示。

笑一笑 張三買了張新床，他為了向別人炫耀，只好裝病躺在床上。他的朋友李四最近也買了雙新鞋，他來探望張三時，就故意把一隻腳蹺得高高的。張三看了，笑瞇瞇的對他說：「看來你的病已經跟我一樣嚴重了。」

為

、ソ为为為為為為為

火部 五畫

ㄨㄟˊ ❶做：例事在人為。❷是：例天下為公。❸當作：例四海為家。❹姓：例為先生。

ㄨㄟˋ ❶替：例為民服務。❷表示目的：例為正義而戰。❸提示原因：例為什麼遲到？

猜一猜 一點一撇，扭扭捏捏，回頭一看，四隻小鼈。（猜一字）（答案：為）

為人 (一)ㄨㄟˊ ㄖㄣˊ 做人的態度。例他為人正直，很受尊敬。(二)ㄨㄟˋ ㄖㄣˊ 替人費心力。例他很熱心，喜歡為人服務。

為止 ㄨㄟˊ ㄓˇ 終止、結束。例我們今天工作就到此為止。

為難 ㄨㄟˊ ㄋㄢˊ ❶困難。例這件事令我感到很為難。❷作對。例你就別再為難他了吧！

為什麼 ㄨㄟˋ ㄕㄣˊ ˙ㄇㄜ 表示疑問的意思。例你昨天為什麼沒來？

參考 相似詞：為何。

為所欲為 ㄨㄟˊ ㄙㄨㄛˇ ㄩˋ ㄨㄟˊ 想做什麼就任性的去做什麼。例他從小就受父母寵愛，養成了為所欲為的個性。

為非作歹 ㄨㄟˊ ㄈㄟ ㄗㄨㄛˋ ㄉㄞˇ 做壞事。例他是個無賴，整天為非作歹。

參考 相似詞：胡作非為。

為虎作倀 ㄨㄟˋ ㄏㄨˇ ㄗㄨㄛˋ ㄔㄤ 傳說被老虎吃掉的人，死了變成倀鬼，專門引誘人來給老虎吃。比喻幫著壞人做壞事。倀：被老虎吃掉的人，死後替老虎抓人叫倀。例他到處做壞事，你還幫他，簡直是為虎作倀！

為國捐軀 ㄨㄟˋ ㄍㄨㄛˊ ㄐㄩㄢ ㄑㄩ 為國家犧牲生命。軀：生命。例八二三砲戰中有許多國軍為國捐軀。

參考 相似詞：為國犧牲。

為富不仁 ㄨㄟˊ ㄈㄨˋ ㄅㄨˋ ㄖㄣˊ 一心只求自己發財，就想盡辦法剝削別人。不仁：刻薄，心腸不好。例他為富不仁，老是剝削窮人。

炳

、丷丬火炉炉炳炳炳

火部 五畫

ㄅㄧㄥˇ ❶點燃：例炳燭。❷光明，顯明：例彪炳、炳蔚。

炳著 ㄅㄧㄥˇ ㄓㄨˋ 光耀顯著。例他早年獻身戎馬，如今已功業炳著。

炳蔚 ㄅㄧㄥˇ ㄨㄟˋ 文采鮮明華美。

炬

、丷丬火火一灯炉炬炬

火部 五畫

ㄐㄩˋ ❶火把，也指用火燒：例火炬、目光如炬、付之一炬。❷蠟燭：例蠟炬。

炯

、丷丬火灯炯炯炯炯

火部 五畫

ㄐㄩㄥˇ ❶明亮、光明：例目光炯炯。❷明白、明顯的：例以昭炯戒。

炯戒 ㄐㄩㄥˇ ㄐㄧㄝˋ 明白的警惕。炯：明白的意思。

炯炯 ㄐㄩㄥˇ ㄐㄩㄥˇ 形容明亮的樣子。例科學家一談到自己的發明，兩眼放出炯炯的光芒。

參考 活用詞：目光炯炯。

炭

火部 五畫

ㄊㄢˋ ❶木材經過燃燒除去氫氧、雜質等，僅留下炭素，可供做燃料的物體：例木炭。❷姓：例炭先生。

猜一猜 山色如灰。（猜一字）（答案：炭）

炸

火部 五畫

ㄓㄚˋ ❶火藥爆破：例炸橋。❷爆裂：例倒開水的時候，不小心玻璃杯炸了。❸激怒：例爸爸因為弟弟頂嘴，都氣炸了。

ㄓㄚˊ 用多量的油烹調食物的方法：例炸魚。

炸彈 ㄓㄚˋ ㄉㄢˋ 裝著炸藥的砲彈。

炸藥 ㄓㄚˋ ㄧㄠˋ 猛烈的火藥受熱或撞擊後，能分解並且產生大量的能量和高溫氣體。

炮

火部 五畫

ㄆㄠˊ ❶燒烤：例炮烙（古代一種酷刑）。❷中藥的藥材焙、烤等加工煉製的方法：例炮製、炮煉。

ㄆㄠˋ ❶爆竹：例鞭炮。❷軍火名，重型武器的一種，同「砲」：例大炮、火炮、高射炮。

ㄅㄠ 一種烹飪的方式，以少量的油並用猛火將食物炒熟：例蔥炮牛肉。

猜一猜 紙包得住火。（猜一字）（答案：炮）

炮火 ㄆㄠˋ ㄏㄨㄛˇ 指戰場上發射的炮彈和炮彈爆炸後發出的火焰。

炮灰 ㄆㄠˋ ㄏㄨㄟ 比喻作犧牲品。例沒有作戰能力的孩子，送上戰場，只有當炮灰了。

炮兵 ㄆㄠˋ ㄅㄧㄥ 以火炮為基本裝備，用火力進行戰鬥的兵種。

炮烙 ㄆㄠˊ ㄌㄨㄛˋ 相傳是商朝紂王所用的一種酷刑。銅柱上塗油脂，下面用炭燒，令人在上面行走，人往往滑下落入炭火中，被活活燒死。

炮製 ㄆㄠˊ ㄓˋ 用中草藥原料製成藥物的方法和過程。製藥有一定的方法，不能隨意改變，所以現在對一般事物照老樣子做，就說是「如法炮製」。

炷

火部 五畫

ㄓㄨˋ ❶燈芯。❷燒香。❸量詞：例一炷香。

烊

火部 六畫

ㄧㄤˊ ❶熔化金屬：例烊銅、烊錫。❷因潮溼而溶化：例糖果放久了，都烊了。❸指商店晚上關門停止營業：例打烊。

猜一猜 羊肉火鍋。（猜一字）（答案：烊）

烘

火部 六畫

ㄏㄨㄥ ❶用火烤乾或烤火取暖：例烘衣服、烘手。❷襯托：例烘托。❸熱的樣子：例熱烘烘。❹熱烈地：例鬧烘烘。

猜一猜 共同燃起火把。（猜一字）（答案：烘）

烘托 ㄏㄨㄥ ㄊㄨㄛ ❶中國繪畫的一種畫法，用水墨或淡的色彩在物像的輪廓外面渲染襯托，使物像明顯突出。❷比喻用別的東西旁襯，使所要表現的事物鮮明突出。

烘乾 ㄏㄨㄥ ㄍㄢ 藉火烤乾。

烘雲托月 ㄏㄨㄥ ㄩㄣˊ ㄊㄨㄛ ㄩㄝˋ 本指繪畫的技法，渲染雲彩以襯托月亮。比喻刻畫周圍事物以突出中心的寫作方法。

烤

火部 六畫

ㄎㄠˇ ❶用慢火燒熟食物：例烤肉。❷以火取暖：例烤火。

猜一猜 七月是考季。（猜一字）（答案：

四畫

烤）

烤火 ㄎㄠˇ ㄏㄨㄛˇ 在火旁取暖。

烙 火部 六畫

ㄌㄨㄛˋ 用燒紅的鐵器灼燙身體：例炮烙。

ㄌㄠˋ ❶用燒熱的金屬物熨或燙：例烙衣、烙印。❷使食物在燒熱的器具上變熟：例烙餅。

烙印 ㄌㄠˋ ㄧㄣˋ ❶用燒熱的鐵印在器物上，作為標記。例美國西部拓荒時，每戶家庭都在牛隻身上烙印，以免和別人的牛混淆。❷比喻不易磨滅的特徵或痕跡。

烈 火部 六畫

ㄌㄧㄝˋ ❶強猛，旺盛：例烈日、興高采烈。❷剛直，嚴正：例剛烈、貞烈。❸為正義而犧牲生命的人：例烈士、先烈。❹聲勢盛大的：例熱烈。

猜一猜 燈火一列列。（猜一字）（答案：烈）

烈士 ㄌㄧㄝˋ ㄕˋ 為了正義而犧牲生命的人。例革命烈士永垂不朽。

烈日 ㄌㄧㄝˋ ㄖˋ 炎熱的太陽。例烈日當空照，他熱得滿頭大汗。

烈性 ㄌㄧㄝˋ ㄒㄧㄥˋ 性格剛烈。例他是條烈性漢子。

烈焰騰空 ㄌㄧㄝˋ ㄧㄢˋ ㄊㄥˊ ㄎㄨㄥ 凶猛的火焰飛騰空中。

烏 火部 六畫

ㄨ ❶烏鴉的簡稱。❷黑色：例烏雲。❸姓：例烏先生。

參考 請注意：「烏」和「鳥」都是鳥類，但「烏」指的是「烏鴉」一種。

烏有 ㄨ ㄧㄡˇ 虛幻，不存在。例自從他死後，我倆的恩怨已化為烏有。

烏賊 ㄨ ㄗㄟˊ 軟體動物的一種，頭部有一對大眼，觸腳十條，體內有墨汁囊，能噴出黑汁自我逃生。肉鮮美可以食用。

猜一猜 皮黑肉兒白，肚裡墨樣黑，從不偷東西，硬說牠是賊。（猜一種軟體動物）（答案：烏賊）

烏鴉 ㄨ ㄧㄚ 鳥名。體長一尺多，嘴直而且大，身體全部是黑色，腳趾有鉤爪。

唱詩歌 小烏鴉，呀呀叫，東飛飛，西跳跳，一天到晚忙不了。小烏鴉，你忙些什麼？媽媽年紀老，飛不遠跳不高，我在找食物，回家餵媽媽。

烏龜 ㄨ ㄍㄨㄟ 爬蟲類動物，有硬甲，長圓形，背部隆起，黑褐色，有花紋，腳趾上有蹼，能游泳，頭尾四肢能縮到殼裡。生活在河流、湖泊裡，吃雜草或小動物。

唱詩歌 大烏龜，小烏龜，聚在一起成一堆，前面爬，後面追，一個一個爬進水。（芮家智編）

烏溜溜 ㄨ ㄌㄧㄡ ㄌㄧㄡ 形容眼睛黑而且靈活。例小妹妹有一雙烏溜溜的大眼睛。

烏合之眾 ㄨ ㄏㄜˊ ㄓ ㄓㄨㄥˋ 形容沒有組織沒有紀律的一群人。烏合：像烏鴉一樣聚集。例敵軍就像烏合之眾，還沒打仗就都嚇跑了。

烏飛兔走 ㄨ ㄈㄟ ㄊㄨˋ ㄗㄡˇ 比喻時光快速的流逝。

烏雲密布 ㄨ ㄩㄣˊ ㄇㄧˋ ㄅㄨˋ 雨將來時的天色，灰黑烏雲布滿天際。

烏煙瘴氣 ㄨ ㄧㄢ ㄓㄤˋ ㄑㄧˋ 比喻環境嘈雜、秩序混亂或社會黑暗。瘴：亂七八糟的氣氛。例你一來就把這裡搞得烏煙瘴氣的。

烹 火部 七畫

ㄆㄥ 燒煮：例烹飪、烹調。

參考 相似字：煮。

猜一猜 大亨喜歡烤肉。（猜一字）（答案：烹）

烹飪 ㄆㄥ ㄖㄣˋ 燒煮食物。例她很擅長烹飪。

參考 活用詞：烹飪法、烹飪教室。

烹調（ㄆㄥ ㄊㄧㄠˊ） 燒煮調製食物。

焊 火部 七畫

ㄏㄢˋ 連接或修補金屬器物的一種方法：例焊接。

焊工（ㄏㄢˋ ㄍㄨㄥ） ❶金屬焊接的工作。❷做焊接工作的工人。

焊接（ㄏㄢˋ ㄐㄧㄝ） 用加熱、加壓的方法把金屬連接起來。

焉 火部 七畫

ㄧㄢ ❶和「此」、「這裡」相當：例心不在焉。❷哪裡、怎麼：例「不入虎穴，焉得虎子」、焉知。❸它、彼，指示代名詞：例眾好之，必察焉。❹語末助詞，無意義：例善莫大焉。

古人說 「塞翁失馬，焉知非福。」焉：怎麼。塞翁失去了一匹馬，怎麼知道這不是他的福氣。這句話是比喻人世間的禍福沒有一定，是福是禍，一時很難加以論定。例別為這點小事心煩，「塞翁失馬，焉知非福」？

焉耆（ㄧㄢ ㄑㄧˊ） 漢朝時西域的國名，後來被班超討平。

烽 火部 七畫

ㄈㄥ 古代夜間以煙火為信號的邊防警報：例烽火。

猜一猜 蜜蜂遇火。（猜一字）（答案：烽）

烽火（ㄈㄥ ㄏㄨㄛˇ） ❶古代邊防警報所燒的煙火。❷比喻戰火或戰爭。例戰爭時烽火連連，人民不得安寧。

焙 火部 八畫

ㄅㄟˋ 用微火烘烤：例焙製茶葉。

焙茶（ㄅㄟˋ ㄔㄚˊ） 烘茶。

焙粉（ㄅㄟˋ ㄈㄣˇ） 發麵用的白色粉末，可用來製麵包等麵食，俗稱「發酵粉」。

焙乾（ㄅㄟˋ ㄍㄢ） 烘乾。

焚 火部 八畫

ㄈㄣˊ ❶燃燒：例玩火自焚、憂心如焚。❷乾燥而滾熱的：例焚風。

參考 相似字：燒。

猜一猜 森林失火。（猜一字）（答案：焚）

焚化（ㄈㄣˊ ㄏㄨㄚˋ） 燒毀。

參考 活用詞：焚化爐、焚化場。

焚風（ㄈㄣˊ ㄈㄥ） 氣流沿山坡下降而形成熱而且乾的風。多焚風的地區，空氣通常比較乾燥，容易發生森林火災。

焚掠（ㄈㄣˊ ㄌㄩㄝˋ） 放火搶劫奪取東西。掠：搶奪。例經過盜匪的焚掠，到處成了一片廢墟。

參考 相似詞：焚劫。

焚燒（ㄈㄣˊ ㄕㄠ） 燃燒。

焚膏繼晷（ㄈㄣˊ ㄍㄠ ㄐㄧˋ ㄍㄨㄟˇ） 夜裡點了油燈，繼續白天的事。形容夜以繼日的用功讀書或努力工作。膏：油脂，指燈燭。晷：日影，指白天。

參考 相似詞：夜以繼日、夙夜匪懈。

焦 火部 八畫

ㄐㄧㄠ ❶物體被火燒得枯黑的樣子：例燒焦。❷枯乾的：例唇乾舌焦。❸煩躁，心中急迫：例心焦、焦急。

參考 相似字：急、煩。

猜一猜 烤小鳥。（猜一字）（答案：焦）

焦急 ㄐㄧㄠ ㄐㄧˊ　著急。例我們焦急萬分的等待他的消息。

參考 相反詞：從容。

焦炭 ㄐㄧㄠ ㄊㄢˋ　一種固體燃料，用煤經隔絕空氣加熱後所得的產物，主要用作鋼鐵及其他金屬冶煉的燃料。

焦慮 ㄐㄧㄠ ㄌㄩˋ　擔心憂慮。

參考 相似詞：焦急。♣相反詞：放心、從容。

焦點 ㄐㄧㄠ ㄉㄧㄢˇ　❶光線經過透鏡的集合點。❷比喻事情的中心、核心部分或問題的關鍵所在及爭論的集中點。例他是本年度的焦點人物。

焦躁 ㄐㄧㄠ ㄗㄠˋ　因著急而煩躁。例上課快遲到了，還不見公車的影子，真使人焦躁不已。

焦頭爛額 ㄐㄧㄠ ㄊㄡˊ ㄌㄢˋ ㄜˊ　原指頭部燒傷很嚴重，以後凡是事情無法應付也說焦頭爛額。額：額頭。例為了這件事把大家忙得焦頭爛額。

焰

焰焰　火部　八畫

ㄧㄢˋ ❶物體燃燒時發光發熱的部分：例火焰。❷氣勢很盛的樣子：例氣焰逼人。

焰火 ㄧㄢˋ ㄏㄨㄛˇ　火上的紅光。

參考 請注意：也可以寫作「燄火」。

焰心 ㄧㄢˋ ㄒㄧㄣ　火焰最裡面的部分，這部分氣體還沒有氧化，不發光。

無

無無　火部　八畫

ㄨˊ ❶沒有：例毫無進展、有去無回、無計可施。❷不論：例事無大小，都需要盡力去做。❸通「毋」，禁止：例無庸諱言。

ㄇㄛˊ 佛家語的翻譯用字：例南無。

猜一猜 三十七計。（猜一句成語）（答案：無計可施）

俏皮話 「肉包子打狗——有去無回。」小朋友，當你用肉包子丟狗，結果會怎樣？當然是被狗吃了——「有去無回」。所以，以後要是形容沒回音的事，都可用這句話。

無形 ㄨˊ ㄒㄧㄥˊ　沒有任何可以看得到的形狀，但是有作用或意義可以令人感覺到。例他的話在無形中影響了我的行為。

參考 相反詞：有形。

無非 ㄨˊ ㄈㄟ　只不過。例他說那些話，無非是為了你好。例院子裡種的無非是玫瑰和鳳仙花。

無法 ㄨˊ ㄈㄚˇ　沒辦法。例我無法答應你的要求。

無限 ㄨˊ ㄒㄧㄢˋ　沒有窮盡的。限：界限、窮盡。例美人魚的故事給我無限的傷感。

無故 ㄨˊ ㄍㄨˋ　沒有原因或理由。故：原因，理由。例他無故遭到退職，當然會去找經理理論。

無效 ㄨˊ ㄒㄧㄠˋ　沒有用。效：功用，作用。例這張票已經過期無效了，你怎麼能拿去看電影呢？

無恥 ㄨˊ ㄔˇ　沒有羞恥的觀念。例這名慣竊實在太無恥了，被逮捕後，竟然毫無悔改的心意。

參考 活用詞：無恥之徒。

無聊 ㄨˊ ㄌㄧㄠˊ　❶說話舉動沒有意義，使人討厭。例他們老是談論一些無聊的瑣事。❷感到煩悶。例我一閑著，就覺得無聊。

無情 ㄨˊ ㄑㄧㄥˊ　❶沒有感情。例你不用求他了，他是個無情的人。❷不留情。例水火無情，因此一定要小心防範。

無辜 ㄨˊ ㄍㄨ　沒有過失、錯誤的人。辜：錯誤、罪過。例他是無辜的，他根本不知道這件事。

無須 ㄨˊ ㄒㄩ　用不著，不必。例這件事你並沒有錯，無須感到抱歉。

無意 ㄨˊ ㄧˋ　不是故意的，不小心。例我無意中聽到了他們的談話。

無際 ㄨˊ ㄐㄧˋ　非常廣大而沒有界限。際：界限。例這一望無際的草原，令人感到自己的渺小。

無瑕 ㄨˊ ㄒㄧㄚˊ　沒有缺點，非常完美。瑕：玉上的斑點，引申為缺點。例今晚的月色皎潔無瑕。

無窮 沒有盡頭、止盡。窮：止盡。例我們人的潛力無窮。

無數 很多。例天上有無數的星星。

無機 不含碳素的化學物，例如：石灰；或是含碳素的簡單化合物，例如：二氧化碳。

參考 活用詞：無機物、無機肥料。

無賴 ❶游手好閑，品行不端正的人。例他是這一帶的無賴。❷不講道理，蠻橫潑辣。例你再要無賴，我就送你到警察局。

無所謂 沒有什麼關係。例我們替他著急，他倒是無所謂的樣子。

無煙煤 一種品質很好的煤礦，燃燒時火力旺盛，不冒黑煙，顏色深黑而且有光澤。

無線電 直接用電波傳送信號的技術裝備，因為不用導線傳送，所以叫做無線電。現在已經大量運用在各方面，例如：通訊、電視、廣播等。

參考 活用詞：無線電臺、無線電話、無線電報、無線電波。

無孔不入 每一個小洞都能滲入；形容利用一切機會做事。例強風像無孔不入般，鑽入屋子裡，人們冷得直發抖。

無中生有 把沒有說成有，憑空亂說。例你不要相信他的話，他最喜歡無中生有了。

無出其右 沒有比他再好的了。古人認為「右」是最尊貴的地位。

參考 相似詞：無與倫比。

無可奈何 形容沒有辦法。奈：怎麼樣。例現在雖然科學發達，但是人們對於地震還是無可奈何。

無地自容 沒有地方可以讓自己藏起來；形容十分慚愧或不好意思。例他一知道謊話被揭穿，立刻羞得無地自容。

無名英雄 做了很偉大的事情，但是別人並不知道他的名字。例早期榮民開墾中橫公路，他們是默默的無名英雄。

無利可圖 得不到絲毫的利益。

無奇不有 各種稀奇古怪的事情都有。例我們這個世界真是無奇不有，竟然有土人能用鼻子找出水源呢！

無性生殖 一種生物生殖的方法，有下列幾種：分裂生殖：由生物本身分裂為二個，產生新的個體，例如：變形蟲；出芽生殖：從母體生出芽狀凸起，可以長成另一個新的個體，例如：馬鈴薯；還有孢子生殖也是無性生殖。這一種方法可以不必經過交配，就能繁殖下一代。

無法無天 形容一個人做很多壞事，根本不把法律、天理放在心上。

俏皮話 「禿子打傘——無法無天。」禿子是沒有頭髮的人，又打了傘，連天也看不見了。「髮」和「法」音相同，所以「髮」用「法」字代替。例連警察你都敢打，簡直是「禿子打傘——無法無天」了。

無拘無束 沒有任何約束、拘束；形容非常自由自在。例她一個人過著無拘無束的日子。

無病呻吟 沒有生病卻故意發出痛苦的聲音；比喻沒有值得哀傷的事情卻裝出傷心難過的樣子；或是指沒有內容，只會感嘆的文章。呻吟：生病時所發出痛苦的聲音。例你不要一天到晚無病呻吟。例你寫這種無病呻吟的文章，哪能令人感動？

無能為力 毫無辦法、能力。例我雖然想幫助你，但是我實在無能為力。

無動於衷 心裡一點也不受感動，通常用來形容人毫無反應或表情。衷：內心。例看完這麼感人的故事，你怎麼還是無動於衷？

無產階級 指勞工階級，但是共產黨認為只要是被老闆剝削的薪水階級都可以稱為無產階級。

無微不至 非常周到，連細微的地方都能照顧到。例母親對我們的關懷真是無微不至。

無業遊民 沒有職業，四處閒晃的人。例經濟衰退之下，無業遊民愈來愈多了。

無話可說 ❶沒有話可以回答，表示心服口服。例我對他的聰明真是無話可說。❷沒有話好說，表示不能辯解。例人證物證都證明你就是小偷，這下子你無話可說了吧！

無精打采 形容沒有精神，不振作的樣子。采：神情，表情。例他還沒吃早餐，看起來無精打采的。

無與倫比 沒有能夠與它相比的，表示是最好的，沒有人比得上。例愛因斯坦對科學界的貢獻是無與倫比的。

參考 相似詞：無出其右。

無遠弗屆 沒有到達不了的地方，現在常用來形容很有影響力、力量很大的。例電視對我們日常生活的影響是無遠弗屆的。

無論如何 不管怎麼樣。例無論如何我都會撐下去。

無稽之談 沒有根據的荒唐話。稽：可以查證，有根據。例他說昨夜遇到一個女鬼，根本是無稽之談！

無價之寶 非常有價值、寶貴的東西。例故宮展覽的古文物是無價之寶。

笑一笑 **一位準備結婚的青年，問已婚的朋友：「一張結婚證書要花費多少錢？」朋友說：「五十塊錢，加上你一生的收入。」**

無懈可擊 沒有可以被人攻擊或挑剔的缺點；形容非常好、完美。懈：不專心，引申有缺失、不好的意思。例他寫得這篇文章，文辭生動優美，段落層次分明，真是無懈可擊。

無濟於事 對已經發生的事沒有什麼幫助。濟：補助、幫助。例事情都到了這種地步了，哭泣也無濟於事。

無風不起浪 沒有風的吹動就不會產生浪花；比喻事情發生一定有原因。例所謂：「無風不起浪」，關於你的言行，外面傳得風風雨雨，你應該反省反省。

然

火部 八畫

ノ ク タ タ 夕 夕 夕 夕 夕 夕 然 然

❶是，對：例不以為然。❷這樣，如此：例不盡然、知其然不知其所以然。❸用在形容詞、副詞之後，表示狀態：例欣然、顯然。❹姓：例然先生。

參考 相似字：是。

猜一猜 煮狗肉。（猜一字）（答案：然）

然而 轉折語氣的連接詞，相當於「但是」、「可是」的意思。例雖然試驗失敗了，然而他並不灰心。

然後 隨後，以後。例學然後知不足。例先研究一下，然後再作決定。

煮

火部 八畫

一 十 土 耂 耂 者 者 者 者 者 煮 煮

把食物或其他東西放在有水的鍋裡燒一段時間：例生米煮成熟飯。

古人說 **「煮熟的鴨子飛了。」這句話是比喻事情在接近成功的時候失敗了。例只怪我一時大意輸了這場比賽，讓「煮熟的鴨子飛了」。**

煮沸 水達到了沸點。例生水必須煮沸後才能飲用。

煮豆燃萁 燃燒豆莖來煮豆。萁：豆莖。後來用來比喻兄弟間的自相殘害。相傳魏文帝曹丕叫他弟弟曹植作詩，限他在走完七步前作成，否則就要殺他，曹植立刻作了一首詩：「煮豆持作羹，漉菽以為汁。萁在釜下燃，豆在釜中泣。本是同根生，相煎何太急。」

煮鶴焚琴 把鶴煮了吃，把琴當柴燒。古時候文人都把鶴和琴看作風雅的東西，所以用「煮鶴焚琴」來比喻糟蹋美好的東西，大殺風景。

煎

火部 九畫

丶 丷 䒑 䒑 前 前 前 前 前 煎 煎 煎

ㄐㄧㄢ ❶用少量的油烹調食物的方法：例煎荷包蛋。❷痛苦的：例煎熬。❸逼迫：例煎逼。

參考 請注意：「煎」和「炸」都是食物在油鍋中，使食物變黃變脆而可口可食，但「煎」所用的油較「炸」少。

煎逼 ㄐㄧㄢ ㄅㄧ 逼迫。例關於他欠你的錢，你何必對他苦苦煎逼呢？

煎熬 ㄐㄧㄢ ㄠˊ ❶熬煮，為烹飪法的一種。❷比喻折磨。例他忍受生活中無數的煎熬，磨練出堅強的意志。

煙

火部 九畫

ㄧㄢ ❶物質燃燒時所產生的氣體：例炊煙。❷山嵐、水氣、雲霧等：例雲煙。❸菸草製成品：例香煙。

參考 請注意：「煙」的異體字是「烟」。

猜一猜 不得了！大嘴巴旁邊升起一團火。（猜一字）（答案：煙）

煙火 ㄧㄢ ㄏㄨㄛˇ ❶煙和火。例建築工地嚴禁煙火。❷道教借指熟食。例她是不食人間煙火的女子。❸燃放到天空時能發出各種顏色的火花而供人觀賞的東西。種類很多，有的狀如爆竹，發射到空中爆炸，有的燃放時發出火花，同時變換出各種花樣。

煙斗 ㄧㄢ ㄉㄡˇ 吸煙用具，多用堅硬的木頭製成，一頭裝煙葉，一頭銜在嘴裡吸。

煙囪 ㄧㄢ ㄘㄨㄥ 鄉村住家的爐灶或工廠鍋爐用來通煙的長管。

參考 相似詞：煙突。

煙花 ㄧㄢ ㄏㄨㄚ 春天百花齊放的盛景，像煙像織錦。例煙花漫天，多麼如詩如畫。

煙草 ㄧㄢ ㄘㄠˇ 一年生草本植物。葉可製捲成煙或各種煙絲。

參考 請注意：也可以寫作「菸草」。

煙霧 ㄧㄢ ㄨˋ 白茫茫的煙氣，泛指煙、霧、雲、氣等。

參考 活用詞：煙霧瀰漫。

煙波浩渺 ㄧㄢ ㄅㄛ ㄏㄠˋ ㄇㄧㄠˇ 形容煙霧籠罩在水面上，廣闊無邊的樣子。煙波：煙霧籠罩的江湖水面。浩渺：形容水面遼闊。

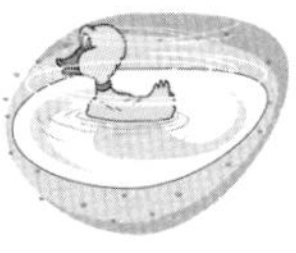

煙消雲散 ㄧㄢ ㄒㄧㄠ ㄩㄣˊ ㄙㄢˋ 事情過去，如煙雲消散一般毫無痕跡。

參考 相似詞：煙雲過眼。

煙霧瀰漫 ㄧㄢ ㄨˋ ㄇㄧˊ ㄇㄢˋ 天空被白茫茫的煙霧所充滿。瀰：充滿。

參考 相反詞：煙消霧散。

煩

火部 九畫

ㄈㄢˊ ❶鬱悶：例煩惱、心煩意亂。❷多而亂：例煩雜。❸勞動他人的敬詞：例煩你轉交。

參考 相似字：悶、勞、亂。♣請注意：「煩」和「繁」音同但意思有區別：「煩」，指心情的紛亂，例如：心煩、煩悶；「繁」則偏重於事物的龐雜，例如：繁華、繁忙。

煩勞 ㄈㄢˊ ㄌㄠˊ 表示請託的意思。例煩勞你順便幫我寄封信。

煩悶 ㄈㄢˊ ㄇㄣˋ 心情不暢快。例她為出國念書的事感到煩悶。

煩惱 ㄈㄢˊ ㄋㄠˇ 煩悶苦惱。例不要再為自己增加無謂的煩惱。

古人說 「是非只為多開口，煩惱皆因強出頭。」皆：「都」的意思。強出頭：比喻事事好表現。這句話是說：喜歡亂講話和爭強好勝的人，常常會招來許多麻煩。這句話勸勉人要少說話，不要太好強。例「是非只為多開口，煩惱皆因強出頭」，你以後還是安分一點兒，別再那麼好勝。

笑一笑 小張：「老王，你的頭髮怎麼一天天少了？」老王：「因為我天天都有煩惱的事情。」小張：「有什麼事好煩惱的呢？」老王：「我煩惱的是我的頭髮一天比一天少。」

唱詩歌 我是隻小小鳥，飛就飛，叫就叫，自由逍遙。我不知有憂愁，我不知有煩惱，只是愛歡笑。

煩瑣 ㄈㄢˊ ㄙㄨㄛˇ 煩雜瑣碎。瑣：細碎的。例他的文章很煩瑣。

四畫

煩躁（ㄈㄢˊ ㄗㄠˋ）　煩悶急躁。炎炎夏日裡，人們的情緒容易煩躁。

煤

火部　九畫

ㄇㄟˊ　古代植物被泥沙掩埋，經長時間而形成黑色堅硬，像石頭一樣的礦物燃料：例煤礦。

猜一猜　某種無名火。（猜一字）（答案：煤）

煤田（ㄇㄟˊ ㄊㄧㄢˊ）　有煤層的地區。

煤氣（ㄇㄟˊ ㄑㄧˋ）　由固體燃料或液體燃料經乾餾後所得的氣體。

煤礦（ㄇㄟˊ ㄎㄨㄤˋ）　古代植物被泥沙掩埋，經過長期地質作用轉變而成的可燃礦產。

煉

火部　九畫

ㄌㄧㄢˋ　❶用加熱等辦法使物質純淨或堅韌：例煉鋼。❷用心琢磨使詞句精美簡潔：例煉字、煉句。

參考　請注意：「煉」和「練」的字義不同：「練」有反覆學習的意思，例如：訓練。「煉」多指金屬物質的冶製過程，例如：冶煉。

猜一猜　火速送來信柬。（猜一字）（答案：煉）

煉乳（ㄌㄧㄢˋ ㄖㄨˇ）　一種濃縮精製的乳製品。一般用鮮牛奶經過消毒，除去一部分水分，以便貯存和運輸。

煉鋼（ㄌㄧㄢˋ ㄍㄤ）　把生鐵或廢鐵加高溫熔煉，製成各種鋼。

照

火部　九畫

ㄓㄠˋ　❶陽光：例夕照。❷攝影，拍攝的相片：例照相、劇照。❸憑證：例護照。❹光線投射在物體上：例照射。❺有反光作用的東西把人或物的形像反映出來：例攬鏡自照。❻模擬：例仿照。❼查對，比對：例對照。❽通知：例關照、照會。❾對著，向著：例照這個方向走。❿知曉，明白：例心照不宣。⓫依據：例依照。⓬看顧：例照顧、照管。

參考　相似字：依、據、按。

猜一猜　照君遇火。（猜一字）（答案：照）

照片（ㄓㄠˋ ㄆㄧㄢˋ）　把感光紙放在底片下曝光後經顯影、定影而成的人物圖片。

照拂（ㄓㄠˋ ㄈㄨˊ）　照顧，照料。拂：照顧。

參考　相似詞：照顧、照管、照應、照料。♣活用詞：照拂病人。

照明（ㄓㄠˋ ㄇㄧㄥˊ）　用燈光照亮室內、場地等。例看書時應有良好的照明設備。

照例（ㄓㄠˋ ㄌㄧˋ）　按照慣例。例每天臨睡前，我照例讀一小時的書。

參考　相似詞：按照、照舊。

照面（ㄓㄠˋ ㄇㄧㄢˋ）　❶事前未先約定而在無意中面對面碰見。例今天我和他在車站打了個照面。❷露面，見面。例他對於大家的疑問始終不照面說明。例我們兩人互不照面。

照相（ㄓㄠˋ ㄒㄧㄤˋ）　拍攝人物的影像。

參考　相似詞：照像。♣活用詞：照相機、照相館、照相技術。

猜一猜　身子有扁也有方，一隻大眼到處望，張張美景進眼底，沖洗之後供欣賞。（猜一種儀器）（答案：照相機）

俏皮話　「強盜怕照相——賊相難看。」強盜看起來就一付賊相，這句話是比喻人不願面對現實的意思。

照射（ㄓㄠˋ ㄕㄜˋ）　光線集中在某處。例請你先到X光室照射X光。

參考　請注意：「照射」和「照耀」不同：「照射」指有目的的集中光線在一定點；「照耀」泛稱光芒的灑落。

照料（ㄓㄠˋ ㄌㄧㄠˋ）　照顧料理。例你放心去開會，這裡的事由我照料。

參考　活用詞：照料病人、照料後事。

照常（ㄓㄠˋ ㄔㄤˊ）　依舊；和平常一樣。例星期天百貨公司照常營業。

參考　相似詞：照例、照舊。♣活用詞：照常舉行、照常上班。

照管（ㄓㄠˋ ㄍㄨㄢˇ）　照料管理。例這件事由他照管。

照樣（ㄓㄠˋ ㄧㄤˋ）　照舊。例天氣儘管很冷，人們照樣在各處活動。

照應（ㄓㄠˋ ㄧㄥˋ）　❶照顧幫助。例他工作太重，照應不過來。❷彼此呼應。例這段描述正好照應到文章前段的伏筆。

照舊（ㄓㄠˋ ㄐㄧㄡˋ）　和原來一樣。例這本書再版時，體例可以照舊，但是資料必須補充。例我們休息了一會兒，照舊往前走。

照耀（ㄓㄠˋ ㄧㄠˋ）　光芒閃閃照射下來。耀：光線向各方射去。例陽光照耀大地。

照顧（ㄓㄠˋ ㄍㄨˋ）　關照愛護，管理照料。例姊姊非常照顧弟弟和妹妹。

笑一笑　張先生向公司請假三天回家照顧太太。老闆：「你只顧太太就不顧公司了嗎？」張先生：「公司有這麼多人照顧，我放心得很！」

照本宣科（ㄓㄠˋ ㄅㄣˇ ㄒㄩㄢ ㄎㄜ）　道士誦經叫「宣科」。比喻不能靈活運用，死板的依照現成文章或稿子宣讀。

煜

火部　九畫

焊焆煜

ㄩˋ　❶火焰。❷光明，照耀：例火光煜煜。❸盛大。

煜煜（ㄩˋ ㄩˋ）　光明照耀的樣子。

煬

火部　九畫

煬煬煬

ㄧㄤˊ　❶鎔化金屬，同「烊」：例煬金、煬鐵。❷火熱猛烈的樣子。

煦

火部　九畫

煦煦煦

ㄒㄩˇ　溫暖的：例煦日東升、春風和煦。

煌

火部　九畫

煌煌煌

ㄏㄨㄤˊ　光明的：例金碧輝煌。

煥

火部　九畫

煥煥煥

ㄏㄨㄢˋ　光明或光亮的樣子：例煥發。

參考　請注意：「煥」和「渙」、「換」的分別：「渙」是水部，有水勢盛大或散漫的樣子；「換」是手部，作動詞用，例如：汰舊換新。

煥發（ㄏㄨㄢˋ ㄈㄚ）　光彩外現的樣子。例他一早起來就感到精神煥發。

參考　相似詞：抖擻、振作、蓬勃。

煞

火部　九畫

煞煞煞

ㄕㄚˋ　❶神情凶惡：例凶神惡煞。❷極，很：例煞費苦心。❸什麼，同「啥」：例有煞用。

ㄕㄚ　❶勒緊，扣緊：例煞一煞腰帶。❷減除：例薑蒜可以煞溼氣。❸結束，結尾：例煞尾。

煞車（ㄕㄚ ㄔㄜ）　操縱車子，使車停住。例他因為煞車失靈而撞倒路旁的一棵樹。

參考　請注意：「煞」車不可以寫成「剎」車。因為「剎」（ㄔㄚˋ）沒有停止的意思，只是指佛寺，或是很短的時間，例如：古剎、剎那。

笑一笑　張先生有天晚上，叫了一輛計程車回家。到了家，車子卻還不停，他忙問司機：「喂！你怎麼不停車？」司機說：「不行啊！我的煞車壞了！」張先生忙說：「那你至少要把計費的錶停住啊！」

煞是（ㄕㄚˋ ㄕˋ）　極是，非常。例園子裡開滿了紅色的花，煞是好看。

煞星（ㄕㄚˋ ㄒㄧㄥ）　❶指凶惡的鬼神。❷形容性情行為非常暴惡的人。

煞筆（ㄕㄚ ㄅㄧˇ）　寫文章、書信時最後的結語。

煞有介事 ㄕㄚˋ ㄧㄡˇ ㄐㄧㄝˋ ㄕˋ 好像真有這麼一回事。有小題大作、裝腔作勢的意思。

煞費周章 ㄕㄚˋ ㄈㄟˋ ㄓㄡ ㄓㄤ 費盡心思安排。

參考 相似詞：煞費苦心。

熔

火部 十畫

熔熔熔

ㄖㄨㄥˊ 經由高溫將物質從固體化為液體：例熔解。

參考 請注意：「熔」與「融」的區別：「熔」專指金屬物的熔解；「融」多指非金屬物的化解。

猜一猜 容許發火。（猜一字）（答案：熔）

熔化 ㄖㄨㄥˊ ㄏㄨㄚˋ 固體受熱到一定溫度時變成液體。

參考 請注意：「熔化」和「溶化」不同，「溶化」指固體在液體中化開。

熔岩 ㄖㄨㄥˊ ㄧㄢˊ 從火山噴口或地面的裂縫中噴出來或溢出來的岩漿，冷卻後凝固而成的岩石。

熔爐 ㄖㄨㄥˊ ㄌㄨˊ 本是熔化鐵器的火爐，引申為融合一切不同觀念、思想、人種的地方。例美國是世界各民族的大熔爐。

熔鑄 ㄖㄨㄥˊ ㄓㄨˋ ❶以大火高溫熔化鐵器，鑄造成新的器物。鑄：鎔化金屬製成器物。❷指思想情感的塑造或改變。例惡劣環境熔鑄成他堅強的性格。

熙

火部 十畫

熙熙熙熙

ㄒㄧ ❶光明：例熙天曜日。❷歡喜、和樂：例雍熙。❸興旺、興盛。

熙春 ㄒㄧ ㄔㄨㄣ ❶暖和的春天。❷綠茶的代稱。

熙熙 ㄒㄧ ㄒㄧ 和樂的樣子。

熙來攘往 ㄒㄧ ㄌㄞˊ ㄖㄤˇ ㄨㄤˇ 形容許多人來來往往熱鬧的樣子。熙：廣大眾多的樣子。攘：紛亂的樣子。例臺北鬧區每天都有熙來攘往的人潮。

熙熙攘攘 ㄒㄧ ㄒㄧ ㄖㄤˇ ㄖㄤˇ 形容人群來往，熱鬧擁擠的樣子。

參考 相似詞：熙來攘往。

煽

火部 十畫

煽煽煽煽

ㄕㄢ ❶搖動扇子，使火旺盛：例煽風點火。❷鼓動別人做壞事：例煽動、煽惑。

煽動 ㄕㄢ ㄉㄨㄥˋ 鼓動，挑撥。

煽惑 ㄕㄢ ㄏㄨㄛˋ 鼓動，誘惑。例盜版光碟業者以廉價煽惑人購買。

參考 相似詞：煽動、煽誘。

煽風點火 ㄕㄢ ㄈㄥ ㄉㄧㄢˇ ㄏㄨㄛˇ 比喻鼓動別人做壞事。例請你別淨做些煽風點火的事！

熊

火部 十畫

熊熊熊熊

ㄒㄩㄥˊ ❶大型食肉類哺乳動物，能游泳、喜爬樹，平常食肉：例臺灣黑熊。❷火光很盛的樣子：例熊熊烈火。❸姓：例熊先生。

熊熊 ㄒㄩㄥˊ ㄒㄩㄥˊ 形容火勢旺盛。例寒冬下，屋裡燃燒起熊熊的烈火。

熊貓 ㄒㄩㄥˊ ㄇㄠ 也叫貓熊。哺乳動物，體型肥胖，似熊而略小，兩耳、眼周、肩部和四肢黑色，其餘部分白色。生活在中國大陸西南高山區的原始竹林中，為保護動物之一。

唱詩歌 看呀看，瞧呀瞧，這隻熊貓有多逗。吃竹葉，滾皮球，還向我們招招手。動物園裡兜一圈，我愛跟牠做朋友。

熄

火部 十畫

熄熄熄熄

ㄒㄧ 火滅：例熄燈、熄火。

參考 相似字：滅。

熄火 ㄒㄧ ㄏㄨㄛˇ 使燃料停止燃燒。例大火經過消防人員撲滅後，已經熄火了。

四畫

熄滅（ㄒㄧˊ ㄇㄧㄝˋ） ❶停止燃燒。❷消失、消滅。例在他心中有一把永不熄滅的希望之火。

熒

火部 十畫

ㄧㄥˊ ❶光亮微弱的樣子：例一燈熒然。❷迷惑，眼光迷亂：例熒惑人心。

熒惑（ㄧㄥˊ ㄏㄨㄛˋ） ❶迷惑。例熒惑人心。❷我國古代天文學上指火星。

熒煌（ㄧㄥˊ ㄏㄨㄤˊ） 輝煌的樣子。煌：光明。例大殿裡燈燭熒煌。

熒熒（ㄧㄥˊ ㄧㄥˊ） 形容閃動的星光或燭光。例巨星風采熒熒動人。

熏

火部 十畫

ㄒㄩㄣ ❶黃昏的時候，同「曛」：例熏夕。❷火煙向上升：例煙火熏天。❸用火煙烤食物，使食物具有特殊的美味：例熏魚、熏雞。❹氣味逼人：例臭氣熏人。❺感動：例眾口熏天。❻嚴厲斥責：例他熏了我一頓。❼溫和的，和暖的：例熏風。❽毒氣傷人：例不要被煤氣熏著了。❾燒灼：例憂心如熏。❿指人的名聲惡劣，人人都知道：例這個人的名聲熏透了。

熏天（ㄒㄩㄣ ㄊㄧㄢ） 比喻聲勢浩大，可以感動蒼天。

熏香（ㄒㄩㄣ ㄒㄧㄤ） 有毒的香，焚燒的香氣能使人迷醉，盜賊常用這種方法害人。

熏風（ㄒㄩㄣ ㄈㄥ） ❶和暖的風。❷東南風。

熏爐（ㄒㄩㄣ ㄌㄨˊ） 貯火的器具，可以熏香或取暖。

熟

火部 十一畫

ㄕㄡˊ ❶食物加熱到可以吃的程度：例煮熟。❷植物的果實完全長成：例瓜熟蒂落。❸事情發展接近完成：例時機成熟。❹技藝精巧的：例純熟。❺認識的，常見的：例熟人、熟悉。❻經過加工或鍛鍊過的：例熟鐵。❼印象深刻的：例耳熟能詳。❽程度深：例熟睡、深思熟慮。

熟知（ㄕㄡˊ ㄓ） 深知，清楚的知道。例我很熟知他的為人。

熟悉（ㄕㄡˊ ㄒㄧ） 知道得很詳細。悉：知道。例他們彼此很熟悉。

熟習（ㄕㄡˊ ㄒㄧˊ） 對某種技術或學問學習得很熟練，或了解得很深刻。例他很熟習果樹栽培的知識。

熟慮（ㄕㄡˊ ㄌㄩˋ） 深切的考慮。例他經過一番深思熟慮後才下定最後的決心。

熟練（ㄕㄡˊ ㄌㄧㄢˋ） 因長久練習而精通。例她熟練地操作這部機器。

熟識（ㄕㄡˊ ㄕˋ） 對某人認識得比較久或對某種事物了解得比較透徹。例我們在一起做事，彼此都很熟識。例他熟識水性。

熟能生巧（ㄕㄡˊ ㄋㄥˊ ㄕㄥ ㄑㄧㄠˇ） 事情做得熟練，自然就會變通，就能巧妙。

熬

火部 十一畫

ㄠˊ ❶久煮：例熬小米粥。❷悶煮：例熬白菜。❸勉強支撐：例熬夜。❹懊悔而不悅的：例錢包丟了，真使人熬心。

參考 相似字：煮。

熬心（ㄠˊ ㄒㄧㄣ） 心裡不舒服，煩悶。

熬煎（ㄠˊ ㄐㄧㄢ） 本是痛苦的意思，引申作「忍受」。

參考 相反詞：享受。♣請注意：「熬煎」和「忍耐」的區別：「熬煎」的痛苦程度含有幾乎凡人所不能忍耐的情形。

熬夜（ㄠˊ ㄧㄝˋ） 通夜或深夜不睡覺。例姊姊熬夜趕報告。

熱

火部 十一畫

ㄖㄜˋ ❶溫度高，與「冷」相對：例天熱、熱

四畫

水。❷物體內部分子不規則運動放出的一種能量：例熱量。❸使溫度增加；例把飯熱一熱。❹情意深厚：例熱情、親熱。❺形容非常羨慕或急切想得到：例熱中。❻受很多人歡迎的：例熱貨、熱門。❼旺，盛：例熱鬧。❽生病引起的高體溫：例發熱、退熱。❾做事誠懇親切：例熱心。❿水名：例熱河。

參考 相反字：冷。

猜一猜 滾滾江水。（猜中國河流名稱）（答案：熱河）

古人說「有一分熱，發一分光。」這句話是說：有多少力量，就盡多少力量。例「有一分熱，發一分光」，清潔工人也是服務社會的功臣。

熱切 ㄖㄜˋ ㄑㄧㄝˋ 迫切。例他熱切盼望父親早日歸來。

熱心 ㄖㄜˋ ㄒㄧㄣ ❶有血性，富同情心。例他向來很熱心的幫助人。❷興趣十分濃厚。例提到郊遊，他最熱心了。

參考 相似詞：熱腸。♣活用詞：熱心公益。

熱血 ㄖㄜˋ ㄒㄧㄝˇ 比喻為正義不怕犧牲的強烈情緒。

參考 活用詞：滿腔熱血、熱血沸騰。

熱忱 ㄖㄜˋ ㄔㄣˊ 熱烈真摯。忱：真誠的情意。例他做事熱忱懇切。

參考 相反詞：冷漠。♣請注意：「熱忱」和「熱心」、「熱情」、「熱誠」的區別；「熱心」表示對人對事態度積極主動，肯盡心力，常用來形容人的做事態度，例如：他一向熱心社會公益。「熱情」多用於待人接物的態度，情感十分熱烈，例如：人人皆知法國人和義大利人最熱情。「熱忱」是表示對人或對事物熱誠真實的心情，常用「滿腔」、「無比」、「高度」來形容，例如：他以無比的熱忱去面對新環境、新工作；「熱誠」不用於事，專指待人熱心而又誠懇。

熱門 ㄖㄜˋ ㄇㄣˊ 社會上眾人所熱烈爭取、談論的。例減肥一度成為熱門話題。

參考 相反詞：冷門。♣活用詞：熱門科系、熱門話題、熱門音樂。

熱衷 ㄖㄜˋ ㄓㄨㄥ ❶急切的想得到。例他不熱衷名利。❷十分的愛好。例她熱衷於溜冰。

參考 請注意：也可以寫作：「熱中」。

熱烈 ㄖㄜˋ ㄌㄧㄝˋ 情緒激動、興奮的樣子。例小組會議上的發言很熱烈。例我們給他熱烈的掌聲。

參考 相反詞：冷淡。♣活用詞：熱烈捐款、熱烈響應。

熱帶 ㄖㄜˋ ㄉㄞˋ 地球上南、北回歸線之間的地帶，氣候終年炎熱，冬季和夏季的晝夜時間差不多，全年氣溫的變化不大，降雨多而均勻。

熱情 ㄖㄜˋ ㄑㄧㄥˊ 熱烈的感情。例他的工作熱情逐漸冷卻。

熱愛 ㄖㄜˋ ㄞˋ 十分喜愛。例他熱愛自己的工作。

熱鬧 ㄖㄜˋ ㄋㄠˋ ❶喧嘩吵鬧不清靜。例菜市場裡，人來人往，真熱鬧。❷繁華盛況。例廣場上人山人海，好不熱鬧。

俏皮話「初一過年——熱鬧還在後頭。」過年時，拜年、放鞭炮，大街小巷都很熱鬧。在以前的農業社會，過了元宵節，才算過完了年，因此我們可以用「初一過年——熱鬧還在後頭。」來形容後面還有精彩熱鬧的事。

熱潮 ㄖㄜˋ ㄔㄠˊ 某一段時間大家最喜歡追求的。人們熱衷的時間很短促，有如浪潮的進度一般。例最近掀起了一股購屋的熱潮。

熱騰騰 ㄖㄜˋ ㄊㄥ ㄊㄥ 形容熱氣蒸發的樣子。騰：上升。例媽媽蒸了一籠熱騰騰的包子。例太陽下山了，地上還是熱騰騰的。

熨

火部 十一畫

ㄱ ㄱ 尸 尸 尸 尸 尸 尸 尉 尉 尉 尉 尉 熨 熨

ㄩㄣˋ 使用烙鐵、熨斗燙平衣服：例熨衣服。

ㄩˋ 事情辦妥，妥切的：例熨貼。

猜一猜 上尉立火堆上。（猜一字）（答案：熨）

熨斗 ㄩㄣˋ ㄉㄡˇ 燙平衣服的工具。

猜一猜 鐵打一隻船，不推不開船，飛陣濛濛雨，船過水就乾。（猜一日常用品）（答案：熨斗）

熨貼 ❶用字、用詞妥當貼切。❷心裡平靜舒坦。例這一番坦率誠懇的談話，使他心中十分熨貼。❸事情辦妥。

參考 相似詞：熨帖。

熠　火部　十一畫

一ˋ 光明的，光亮的：例熠耀。

熠熠 形容閃爍發光的樣子。例光彩熠熠的大明星。

熠耀 鮮明的樣子。

熾　火部　十二畫

ㄔˋ 熱烈，旺盛：例熾熱、熾烈。

參考 相似字：熱。

熾烈 旺盛猛烈的樣子。例火正熾烈地燃燒著。

熾熱 火熱，熱烈。例他的情感如火般熾熱。

燉　火部　十二畫

ㄉㄨㄣˋ ❶一種烹調方法，加水用文火煮使食物熟爛：例燉肉。❷把物品盛在碗或器皿中，再放入水中加溫：例燉酒、燉藥。

ㄉㄨㄣˋ 限「燉煌」一詞，同「敦煌」。

繞口令 你會燉我的凍豆腐，就來燉我的凍豆腐；你不會燉我的凍豆腐，就別胡燉燉壞了我的凍豆腐。

燙　火部　十二畫

ㄊㄤˋ ❶被火或高溫的東西灼痛或灼傷：例燙傷。❷加熱使物體溫度升高：例把菜燙一燙。❸利用高溫改變物體的形態：例燙衣服。

燙傷 被火或高溫的東西灼痛或灼傷。例他不小心被水燙傷了。

燒　火部　十二畫

ㄕㄠ ❶使東西著火：例燃燒。❷體溫升高：例發燒。❸調煮食物：例燒飯。❹用火加熱使物體發生變化：例燒水、燒磚。

參考 相似字：煮、燃。

唱詩歌（請用臺語念）赤查某①，赤扒扒，點火燒大伯，大伯走上山，點火燒乾官②。（臺灣）

註：①赤查某：兇惡的女人。②乾官：諧音，公公的意思。

燒香 點香拜敬神佛。

燒瓶 玻璃製的化學實驗用具，多為圓形和圓錐形。

燒傷 由高溫、化學品腐蝕或放射線所引起皮膚和組織的損傷。

燒餅 烤熟的小麵餅，表面灑有芝麻。

唱詩歌 月老娘，跟我走，你打燒餅我賣酒，你一鍾，我一鍾，咱們拜個乾弟兄。（安徽）

燒窯 製造磚瓦。窯：燒製磚瓦的爐灶。

燈　火部　十二畫

ㄉㄥ 照明的用具：例電燈、煤油燈。

燈火 燈光；泛指亮著的燈。例入夜之後的臺北市依舊是一片燈火通明。

燈塔 ❶設在海岸或島上的高塔，上面裝有強光燈，晚間指引船隻航行。❷比喻引導的中心目標。例臺灣是自由的燈塔。

四畫

燈謎 ㄉㄥ ㄇㄧˊ 黏貼在花燈上供人猜取解樂的謎語。猜燈謎是一種傳統的娛樂活動，多在元宵節舉行。

燈籠 ㄉㄥ ㄌㄨㄥˊ 懸掛起來或用手提的照明用具，多用細竹篾或鐵絲做骨架，糊上紗或紙，裡邊點蠟燭。現在多作為節日裝飾品。

猜一猜 此物大而輕，肚內火燒心。（猜一種東西）（答案：燈籠）

唱詩歌 一盞一盞小燈籠，不用點火夜夜明。飛到西，飛到東，好像顆顆小星星。你要知道是什麼？牠們都是螢火蟲。

燈影搖曳 ㄉㄥ ㄧㄥˇ ㄧㄠˊ ㄧˋ 燈光所投射的影像在風中搖動不已。曳：牽引、拖拉。

燐
火部 十二畫

ㄌㄧㄣˊ ❶一種化學元素，同「磷」。❷鬼火：例燐火。

燐火 ㄌㄧㄣˊ ㄏㄨㄛˇ 夜間在野地裡忽隱忽現的青光，是燐質遇到空氣所燃燒發出的，俗稱「鬼火」。

燐光 ㄌㄧㄣˊ ㄍㄨㄤ 某些物質晒過太陽以後，能吸收輻射能，移到暗處，會發出青色的微光，叫燐光。

燕
火部 十二畫

ㄧㄢˋ ❶鳥名，翅膀尖而長，尾巴分開像剪刀，捕食昆蟲；春天飛到北方，秋天飛到南方，是候鳥：例燕子。❷安樂：例燕居。

ㄧㄢ ❶周代諸侯國，在今河北北部、遼寧西部一帶。燕是戰國七雄之一，為秦所滅。❷「河北省」簡稱「燕」。❸姓：例燕先生。

猜一猜 城上一把草，城下火燒著，城中一口人，衝開北門逃。（猜一字）（答案：燕）

唱詩歌 從很遠的地方，帶來一把長剪刀。在明亮的春季天空，歡樂的唱著歌。將春天剪裁成，有花又有草的風景。（陳瑞忠）

燕京 ㄧㄢ ㄐㄧㄥ 北京的古名。

燕麥 ㄧㄢˋ ㄇㄞˋ 農作物之一，莖細，葉狹長，花綠色，果實可以吃，也可以做飼料。

燕雀處堂 ㄧㄢˋ ㄑㄩㄝˋ ㄔㄨˇ ㄊㄤˊ 燕雀在堂上築窩，自以為十分安全，房子著了火，燕雀仍在窩裡作樂，不知道大禍已經臨頭。比喻安居而失去警惕。

熹
火部 十二畫

ㄒㄧ ❶微明的陽光：例晨熹。❷烤，熱。❸光明。

熹微 ㄒㄧ ㄨㄟ 早晨光線不太明亮的樣子。例我們在晨光熹微中出發。

燎
火部 十二畫

ㄌㄧㄠˊ ❶火把，火炬：例燎炬。❷燒、縱火延燒：例星星之火，可以燎原。❸烘烤。❹燒焦毛髮：例離火遠些，別燎了頭髮。❺見「燎泡」。❻明亮的樣子。

燎毛 ㄌㄧㄠˊ ㄇㄠˊ 比喻容易。

參考 相似詞：燎髮。

燎泡 ㄌㄧㄠˊ ㄆㄠˋ 由於火傷或燙燒，在皮膚上所起的水泡。

燎炬 ㄌㄧㄠˊ ㄐㄩˋ 火把。

燎原 ㄌㄧㄠˊ ㄩㄢˊ 火燒原野；比喻禍亂蔓延迅速而難平。

燃
火部 十二畫

ㄖㄢˊ ❶燒起火焰：例燃燒。❷引火點著：例燃香、燃放鞭炮。❸可供燃燒的：例燃料。

參考 相似字：燒。♣相反字：熄、滅。

四畫

燃料 ㄖㄢˊ ㄌㄧㄠˋ　燃燒時能產生熱能、光能的物質。一般燃料按形態可以分成固體燃料（例如：煤、炭、木材）、液體燃料（例如：汽油、煤油）、氣體燃料（例如：煤氣、天然氣）三種。

燃眉之急 ㄖㄢˊ ㄇㄟˊ ㄓ ㄐㄧˊ　好像火燒著眉毛那樣緊急；比喻非常急迫的情況。

燄

火部　十二畫

ㄧㄢˋ ❶火苗：例火燄。❷比喻氣勢：例氣燄。

參考 請注意：「燄」也可以寫作「焰」。

燜

火部　十二畫

ㄇㄣ 蓋緊鍋蓋，用小火燒熟食物：例燜飯、燜肉。

燧

火部　十三畫

ㄙㄨㄟˋ ❶古代取火的火石：例燧石。❷古代邊防用來告警、傳遞訊號的烽火：例烽燧。

燧石 ㄙㄨㄟˋ ㄕˊ　一種礦石，古人用來取火或做箭頭，也叫火石。

燧人氏 ㄙㄨㄟˋ ㄖㄣˊ ㄕˋ　古帝王名，發明鑽木取火，教人熟食。

營

火部　十三畫

ㄧㄥˊ ❶軍隊留守的地方：例營房。❷軍隊編制的一種單位：例憲兵營。❸經管：例經營、合營。❹建設的意思：例營建。❺謀求，設法：例營救、營生。❻姓：例營先生。

參考 請注意：「營」和「螢」不同：「營」的下面是「呂」，和房子有關；「螢」的下面是「虫」，指一種昆蟲。

動動腦 小朋友，除了「夏令營」以外，還有哪些「營」可以參加？

營生 ㄧㄥˊ ㄕㄥ　靠工作賺錢，來解決生活問題。例他以賣菜營生。

參考 相似詞：謀生。

營求 ㄧㄥˊ ㄑㄧㄡˊ　用心的去求取某些事物。例為了營求這份工作，他費了不少苦心。

營利 ㄧㄥˊ ㄌㄧˋ　追求利益。例少數商人為了營利，竟然在麵包中加過量的防腐劑，不顧大眾的健康。

參考 活用詞：營利稅、營利事業、營利生產。

營建 ㄧㄥˊ ㄐㄧㄢˋ　建造。例古代皇帝為了營建宮殿，花費了不少財力和人力。

參考 相似詞：營造。♣活用詞：營建工程。

營救 ㄧㄥˊ ㄐㄧㄡˋ　設法去救人。例這一次小明能脫離險境，全靠大家的營救。

營帳 ㄧㄥˊ ㄓㄤˋ　露營所用的帳篷。

營業 ㄧㄥˊ ㄧㄝˋ　作生意。例過年期間，很多商店停止營業。

參考 活用詞：營業稅、營業額。

營養 ㄧㄥˊ ㄧㄤˇ　❶維持生命成長所需要的養分。例牛奶的營養很高。❷形容東西養分很多。例青菜很營養，你應該多吃一些。❸比喻人的知識、談吐很差。例他這個人說話最沒營養了。

營火晚會 ㄧㄥˊ ㄏㄨㄛˇ ㄨㄢˇ ㄏㄨㄟˋ　營火：夜間露營時所燒的火堆。在空地上舉行晚會，大家圍著火堆談話、跳舞、唱歌、玩遊戲的一種活動。

燮

火部　十三畫

ㄒㄧㄝˋ ❶調和：例燮和、燮理。❷姓：例燮先生。

燮和 ㄒㄧㄝˋ ㄏㄜˊ　調和。

燮理 ㄒㄧㄝˋ ㄌㄧˇ　調和治理。

四畫

燥　火部　十三畫

ㄗㄠˋ ❶乾，缺少水分：例乾燥、燥熱。❷焦急不安的：例燥灼。
ㄙㄠˋ 方言，指細切的肉：例肉燥。

燥熱 ㄗㄠˋ ㄖㄜˋ　熱而乾燥。例今天天氣十分的燥熱。

燦　火部　十三畫

ㄘㄢˋ 光彩鮮明耀眼的樣子：例燦爛。

燦爛 ㄘㄢˋ ㄌㄢˋ　光彩耀眼的樣子。例五彩繽紛的煙火在黑夜中顯得格外的燦爛美麗。

燦爛奪目 ㄘㄢˋ ㄌㄢˋ ㄉㄨㄛˊ ㄇㄨˋ　光彩美麗，吸引人注意。

參考 相似詞：光彩燦爛。

燭　火部　十三畫

ㄓㄨˊ ❶用蠟和油製成點火發光的東西：例火燭。❷照亮、照耀：例火光燭天。❸看透：例洞燭機先。❹計算光度的單位：例燭光。❺姓：例燭先生。

燭光 ㄓㄨˊ ㄍㄨㄤ　發光強度的單位。例這盞燈泡有二十五燭光。

燭淚 ㄓㄨˊ ㄌㄟˋ　指蠟燭燃燒時流出的一滴滴油質。

燭臺 ㄓㄨˊ ㄊㄞˊ　插蠟燭的器具，多用銅錫等金屬製成。

燬　火部　十三畫

ㄏㄨㄟˇ 燒掉：例燒燬、焚燬。

燴　火部　十三畫

ㄏㄨㄟˋ 一種烹飪的方法，用濃湯汁烹煮或把幾種食物混在一起煮熟：例燴牛肉、燴飯。

燻　火部　十四畫

ㄒㄩㄣ ❶用煙火烤製食物：例燻肉。❷火煙向上升：例煙火燻天。

燼　火部　十四畫

ㄐㄧㄣˋ 物體燃燒後剩下的東西：例餘燼、灰燼。

爆　火部　十五畫

ㄅㄠˋ ❶做菜方法之一，以猛火快炒：例爆牛肉、爆米花。❷猛然炸裂：例爆炸、爆破。❸突然發生：例大戰爆發。

爆竹 ㄅㄠˋ ㄓㄨˊ　用紙捲火藥，點火即爆發出強大聲音的東西。

猜一猜 身上穿紅袍，肚裡真心焦，惹起心頭火，跳得八丈高。（猜一種東西）
（答案：爆竹）

爆炸 ㄅㄠˋ ㄓㄚˋ　炸藥或可燃物燃燒起來並產生巨大的聲響。

爆笑 ㄅㄠˋ ㄒㄧㄠˋ　大笑；形容笑得不可承受的模樣。

爆破 ㄅㄠˋ ㄆㄛˋ　用炸藥的威力破壞物體的一種手段。爆破在經濟建設中用於採礦、築路和興修水利等。在軍事上用來殺傷敵人、炸毀敵人的技術兵器等。

爆裂 ㄅㄠˋ ㄌㄧㄝˋ　突然破裂。例豆莢成熟了就會爆裂。

爆發 ㄅㄠˋ ㄈㄚ　❶火藥突然爆炸。例炸彈爆發。❷突然發生。例一旦山洪爆發，會帶給人類極大的災難。

爆冷門 ㄅㄠˋ ㄌㄥˇ ㄇㄣˊ　在競賽當中，出乎意料地獲得優勝。

爍 火部 十五畫

ㄕㄨㄛˋ 發光、光亮的樣子：例閃爍。

猜一猜 樂見煙火。（猜一字）（答案：爍）

爍爍有光 ㄕㄨㄛˋ ㄕㄨㄛˋ ㄧㄡˇ ㄍㄨㄤ 形容光耀照人的樣子。爍：火光閃動。

爐 火部 十六畫

ㄌㄨˊ 一種燃燒、炊事用的設備：例瓦斯爐。

爐灶 ㄌㄨˊ ㄗㄠˋ ❶古代煮飯做菜引火的地方。❷比喻事業的基礎。例大老闆打算另起爐灶，從頭做起。

爐火純青 ㄌㄨˊ ㄏㄨㄛˇ ㄔㄨㄣˊ ㄑㄧㄥ 相傳道家煉丹，煉到爐裡的火發出純青色的火焰時，就算成功了。後來多用來比喻學問、技藝等達到了純熟完美的境界。例他的書法已經練到爐火純青的地步。

爛 火部 十七畫

ㄌㄢˋ ❶食物因為水分太多或太熟而鬆軟：例牛肉煮得很爛。❷破碎：例爛紙。❸腐壞：例腐爛、潰爛。❹極，過分：例爛熟、爛醉。❺沒有秩序：例一本爛帳。❻光明：例燦爛。

參考 請注意：「爛」和「瀾」（ㄌㄢˊ）、「濫」（ㄌㄢˋ）意思不同：「瀾」指水勢盛大的意思；「濫」指大水流得到處都是，又有過度、放蕩的意思。

爛漫 ㄌㄢˋ ㄇㄢˋ ❶色彩鮮麗的樣子。例山花爛漫。❷坦率自然。例天真爛漫。

爛醉 ㄌㄢˋ ㄗㄨㄟˋ 大醉。例他每天總是喝得爛醉如泥才回家。

爨 火部 二十五畫

ㄘㄨㄢˋ ❶爐灶。❷燒火做飯：例分爨（分家）。❸雲南省境裡的一部分種族，古時叫爨。❹姓：例爨先生。

爪部 ㄓㄠˇ

「」是手向下拿東西的樣子，原本的意思就是手，因此有「爪」的字大部分和手的活動有關，例如：采（用手摘樹上的東西）、受（用手接受東西）。「瓜」和「爪」的字形很相近，「瓜」的中間是圓圓的果實，千萬不能寫成「爪」。

爪 爪部 ○畫

ㄓㄠˇ 讀音。❶手指甲和腳指甲：例指爪。❷動物的腳：例鷹爪、張牙舞爪。

ㄓㄨㄚˇ 語音。❶鳥獸的趾：例爪子。❷器具的腳：例這個茶盤有四個爪。

爪牙 ㄓㄠˇ ㄧㄚˊ 爪和牙是猛禽、猛獸的武器；比喻壞人的幫凶。

爬 爪部 四畫

ㄆㄚˊ ❶動物用手和腳一起放在地上向前移動：例孩子長到八、九個月就會爬了。❷從下往上攀登：例爬樹、爬山。

猜一猜 巴先生伸出魔爪。（猜一字）（答案：爬）

俏皮話 「矮子爬樓梯——步步登高。」小朋友，你們知道「矮子爬樓梯」的意思嗎？它有「步步登高」的含義；是比喻情況不斷向好的方面發展。

爬山 ㄆㄚˊ ㄕㄢ 登山。例我們全家人都愛爬山。

爬行動物 ㄆㄚˊ ㄒㄧㄥˊ ㄉㄨㄥˋ ㄨˋ 一種脊椎動物，由兩棲動物進化來的，身體表面有鱗甲，用肺呼吸，體溫不固定，卵生或胎生，在陸地上繁殖，例如：蛇、蜥蜴。

參考 相似詞：爬蟲類。

爭

爪部 四畫

ㄓㄥ ❶拼命求取：例爭取。❷吵架：例爭吵。❸力求得到或達成：例為國爭光。❹搶先，不相讓：例爭先恐後、爭奇鬥豔。

參考 相似字：奪。

爭光 ㄓㄥ ㄍㄨㄤ 爭取光榮。例這次棒球隊為國爭光，奪得三冠王。

爭吵 ㄓㄥ ㄔㄠˇ 互相爭鬥吵鬧。例他們為了彼此的利益而爭吵不休。

爭取 ㄓㄥ ㄑㄩˇ 盡力求取、把握。例我們要爭取時間，完成任務。

爭鬥 ㄓㄥ ㄉㄡˋ ❶打架。❷相爭不讓。例他們為了比賽而爭鬥。

爭氣 ㄓㄥ ㄑㄧˋ 指一個人發憤圖強，不願意輸給別人。例他決定力爭上游，為父母爭氣。

爭執 ㄓㄥ ㄓˊ 堅持自己的意見，引起爭論。例他們爭執了老半天，只為了要看什麼電影。

爭端 ㄓㄥ ㄉㄨㄢ 引起爭吵的原因。例為了消除爭端，我決定向他道歉。

參考 相似詞：爭持、爭論。

爭奪 ㄓㄥ ㄉㄨㄛˊ 爭著奪取。例這場球賽是巴西和法國爭奪冠軍的比賽。

爭論 ㄓㄥ ㄌㄨㄣˋ 堅持自己的看法，引起辯論。例為了公車票漲價的問題，引起各方面的爭論。

爭先恐後 ㄓㄥ ㄒㄧㄢ ㄎㄨㄥˇ ㄏㄡˋ 一直搶先，害怕落後。恐：害怕。例大家應該排隊上車，不要爭先恐後。

猜一猜 不敢慢。（猜一句成語）（答案：爭先恐後）

爭奇鬥勝 ㄓㄥ ㄑㄧˊ ㄉㄡˋ ㄕㄥˋ 比賽誰比較奇異特殊，互不相讓，求取勝利。例他們在比賽中爭奇鬥勝，想要一決高下。

爭奇鬥豔 ㄓㄥ ㄑㄧˊ ㄉㄡˋ ㄧㄢˋ 比賽外表的華美、奇異及豔麗。例她們都穿著十分美麗的服裝，爭奇鬥豔。

爭持不下 ㄓㄥ ㄔˊ ㄅㄨˋ ㄒㄧㄚˋ 互相爭執、堅持而沒有結果。下：下場，結果。例只要你們其中一人肯讓步，就不會爭持不下了。

爭妍鬥勝 ㄓㄥ ㄧㄢˊ ㄉㄡˋ ㄕㄥˋ 形容花開的美麗而繁多，好像互相爭奪美豔一樣。也指美女多而互相爭豔競美。妍：美好，媚麗。例春天到了，花園裡的花爭妍鬥勝，開得十分美麗。

參考 相似詞：爭妍比美。

爭權奪利 ㄓㄥ ㄑㄩㄢˊ ㄉㄨㄛˊ ㄌㄧˋ 爭奪權柄和利益。例他們為了爭權奪利，用了許多不正當的手段。

爰

爪部 五畫

ㄩㄢˊ ❶於是，因此。❷改換：例爰田、爰居。❸姓：例爰先生。

爵

爪部 十三畫

ㄐㄩㄝˊ ❶古代飲酒的器皿，有三條腿：例玉爵、金爵。❷古代封給貴族或功臣的等級，分公、侯、伯、子、男五等：例封爵、爵位。

爵位 ㄐㄩㄝˊ ㄨㄟˋ 君主國家封給貴族或功臣的等級。

爵祿 ㄐㄩㄝˊ ㄌㄨˋ 爵位和俸祿。

爵士樂 ㄐㄩㄝˊ ㄕˋ ㄩㄝˋ 起源於美國黑人民間的音樂，無固定樂譜，節奏多變化，音色鮮明強烈，格調熱情而奔放。

父部 ㄈㄨˋ

「」是手拿著棍子的樣子，也就是現在的「父」字。古人認為父

親是家裡面最有威嚴的人，所以「父」就是拿著棍子教導子女的人。父部的字大都是對男性長輩的稱呼，例如：爸、爹、爺。

父

ノ ハ ク 父

父部 〇畫

ㄈㄨˋ ❶爸爸：例父親、父子。❷對家族或親友中的男性長輩的稱呼：例祖父、伯父、叔父。

ㄈㄨˇ ❶古代男子的美稱，同「甫」。❷對老年人的尊稱：例漁父（捕魚的老人）。

參考 相似字：爸、爹。♣相反字：母、娘。

猜一猜 此字不凡僅四筆，無橫無直無鉤曲，皇帝見了要起身，聖人見了要行禮。（猜一字）（答案：父）

父老 ㄈㄨˋ ㄌㄠˇ 稱呼年紀大的人。例各位鄉親父老兄弟，請多多支持。

爸

ノ ハ ク 父 父 谷 爸 爸

父部 四畫

ㄅㄚˋ 對父親的稱呼：例爸爸。

參考 相似字：父、爹。

爹

ノ ハ ク 父 父 爹 爹 爹 爹 爹

父部 六畫

ㄉㄧㄝ ❶對父親的稱呼：例爹娘。❷對年老男人的尊稱：例老爹。

參考 請注意：在某些地方，「爹」也指祖父。

爹爹 ㄉㄧㄝ ㄉㄧㄝ ❶父親。❷祖父。

爺

ノ ハ ク 父 父 爷 爷 爷 爷 爺 爺 爺 爺

父部 九畫

ㄧㄝˊ ❶祖父：例爺爺。❷對父親的稱呼：例阿爺、爺娘。❸對長輩或年紀大的男人的尊稱：例老太爺。❹僕人稱呼所服侍的男人：例少爺。❺對神的尊稱：例灶王爺、城隍爺、土地爺。❻從前對官員、財主的稱呼：例青天大老爺、大爺。

爻部 ㄧㄠˊ

✕✕讀作ㄧㄠˊ，是紋路相交的樣子，是個象形字。爻部的字例如：「爾」，是由兩個「爻」所構成的，「爾」原本有美麗的意思，因此由兩個交錯的花紋構成。

爻

ノ メ ㄨ 爻

爻部 〇畫

ㄧㄠˊ 組成八卦的橫線，長的全線「⚊」稱陽爻，斷開的兩段線「⚋」稱陰爻。每一卦都用三爻組成，例如：☰、☷等。

爽

一 ァ ァ ㄨ ㄨ 爽 爽 爽 爽 爽 爽

爻部 七畫

ㄕㄨㄤˇ ❶明亮、明朗的：例清爽、秋高氣爽。❷舒服，痛快：例涼爽、豪爽。❸違背，有錯誤：例爽約、報應不爽。

猜一猜 大人連犯四個錯。（猜一字）（答案：爽）

爽快 ㄕㄨㄤˇ ㄎㄨㄞˋ ❶令人感到舒服愉快：例風輕輕的吹來，令人十分爽快。❷做事很直接、乾脆：例他個性爽快，不會拖拖拉拉。

爽約 ㄕㄨㄤˇ ㄩㄝ 不守約定，沒有信用：例她跟人約會，時常爽約。

爾

一 ㄏ 厂 ㄏ 币 币 币 币 币 爾 爾 爾 爾 爾

爻部 十畫

ㄦˇ ❶第二人稱，你：例非爾之過。❷如此、這樣：例不過爾爾。❸那：例爾日、爾時。

❹語尾助詞，同「然」：例莞爾、偶爾。❺而已，罷了。

參考 請注意：我們現在稱「你」，古文中稱「爾」，現在「爾」已經很少使用，大部分都用「你」代替，但是成語中的「爾」不能用「你」代替，例如：「爾虞我詐」不能寫成「你虞我詐」。

爾虞我詐（ㄦˇ ㄩˊ ㄨㄛˇ ㄓㄚˋ） 互相欺騙，沒有誠意。虞：欺騙。詐：假裝、欺騙。例國際情勢爾虞我詐，所以戰亂不停。

爿部（ㄑㄧㄤˊ）

「爿」是「爿」最早的寫法，就像一張平板床，可以看到床腳和床面。後來直立起來寫成「爿」，有人說這是最早的床字，因為「爿」就是按照床的樣子所造的象形字。「爿」大部分用來作聲符（類似現在的注音），因此牆（爿部）、戕（戈部）等字的讀音都和爿字很相近。

牀 爿部 四畫

ㄔㄨㄤˊ ❶供人睡臥的寢具：例牀位、牀鋪。❷像牀的地面或東西：例苗牀、溫牀、河牀。❸量詞，用於被褥等：例一牀被、一牀鋪蓋。

參考 請注意：「牀」是「床」的異體字。

猜一猜 木片反過來。（猜一字）（答案：牀）

牀位（ㄔㄨㄤˊ ㄨㄟˋ） 醫院、輪船、火車、招待所等為服務對象所設置的床鋪。

牆 爿部 十三畫

ㄑㄧㄤˊ 用磚塊、石頭或泥土所築成的外圍或遮蔽物：例圍牆、牆壁。

參考 相似字：垣、壁。

俏皮話 「牆上掛帘子——沒門。」一般我們都把帘（ㄌㄧㄢˊ）子掛在窗戶上，或門上。這句話是比喻方法不行或行不通。

牆角（ㄑㄧㄤˊ ㄐㄧㄠˇ） 兩面牆相接而成的角，也可以說是牆的彎折地方。例他躲在牆角下。

牆壁（ㄑㄧㄤˊ ㄅㄧˋ） 支撐屋頂的建築物。壁：就是牆的意思。例牆壁上掛了一幅油畫。

片部（ㄆㄧㄢˋ）

「片」是「片」最早的寫法，就是「木」（木）少掉左邊一半，因為「片」原本是指薄薄的木片，因此將木字省掉一半，表示很薄或扁平的東西。片部的字也都和木板或扁平的意思有關，例如：牌（紙牌）、版、牘（古代用來書寫的薄木板）。

片 片部 ○畫

ㄆㄧㄢˋ ❶薄而扁平的東西：例肉片、鐵片。❷計算面積、範圍或成面的東西的單位：例一片綠野、三片餅乾。❸印有文字、姓名圖案或可通信用的硬紙：例名片、卡片、明信片。❹簡短的：例片言隻字。❺一部分的，單方面的：例片段、片面之詞。❻比喻時間非常短：例片刻。

參考 請注意：「片」和「爿」很相似，讀ㄆㄧㄢˋ的「片」是木頭劈開的右半塊，左半塊就是讀ㄑㄧㄤˊ的「爿」，不可弄反了。

片刻（ㄆㄧㄢˋ ㄎㄜˋ） 一下子，一會兒。例稍待片刻，請繼續觀賞。

片面（ㄆㄧㄢˋ ㄇㄧㄢˋ） 單方面的。例這是他的片面之詞，不能相信。

參考 相似詞：單面。♣相反詞：全面。

片甲不存（ㄆㄧㄢˋ ㄐㄧㄚˇ ㄅㄨˋ ㄘㄨㄣˊ） 把敵人打得連一件護身衣都不留；比喻傷亡慘重，打了大敗仗。甲：戰士用來保護身體的衣服。例我方把敵軍打得片甲不存。

參考 相似詞：片甲不留。

版

片部 四畫

ㄅㄢˇ ❶印刷用的底片，上面有文字或圖畫：例排版。❷書籍排印一次叫一版：例再版。❸報紙的一面叫一版：例第一版。❹古代築土牆用的夾板：例版築。

參考 請注意：「版」與「板」的分別，見「板」字的說明。

版畫 ㄅㄢˇ ㄏㄨㄚˋ 把繪畫雕刻在木、竹、石、銅的版面上，再印下來的圖畫。例他的版畫技術一流。

版圖 ㄅㄢˇ ㄊㄨˊ 國家的領土面積。例亞洲的版圖很大。

版權 ㄅㄢˇ ㄑㄩㄢˊ 作者或出版者對作品享有出版的權利。例爸爸寫這本書，拿到版權二十萬元。

牌

片部 八畫

ㄆㄞˊ ❶用來說明或標幟用的看板：例門牌、路牌、招牌。❷註冊商標：例新力牌電視。❸一種娛樂用品：例撲克牌。❹詞曲的調名：例曲牌。❺古代的防禦武器：例盾牌。

猜一猜 一片卑微的心。（猜一字）（答案：牌）

牌照 ㄆㄞˊ ㄓㄠˋ 政府頒發的許可證。

參考 相似詞：執照。

牒

片部 九畫

ㄉㄧㄝˊ ❶古代用來書寫的竹片或木片，小而薄，稱為牒。❷官方的文件、證件：例通牒。❸一種用來證明的文件，例如：證明血統關係的叫「譜牒」，證明和尚身分的叫「度牒」。❹姓：例牒先生。

牖

片部 十一畫

ㄧㄡˇ ❶窗戶：例戶牖。❷誘導：例啟牖民智。

牘

片部 十五畫

ㄉㄨˊ 古代寫字用的木片，後來指公文、書信：例文牘、案牘、尺牘。

牙部 ㄧㄚˊ

「□」是「牙」最早的寫法，就像上下二顆牙齒交錯的樣子，是個象形字。後來多了不必要的一畫寫成「□」，就看不出原來的樣子。現在則寫成「牙」。

牙

牙部 ○畫

一 ㄈ 于 牙

ㄧㄚˊ ❶動物口腔內咀嚼食物的器官：例牙齒。❷象牙的簡稱：例牙筷。❸買賣間的介紹人：例牙商。

猜一猜 三十二個硬漢，做事同時動手，切肉不用菜刀，搗米不用石臼。（猜人的一種器官）（答案：牙齒）

牙牙 ㄧㄚˊ ㄧㄚˊ 形容嬰兒學說話的聲音。例妹妹正在牙牙學語。

牙床 ㄧㄚˊ ㄔㄨㄤˊ ❶牙齒的根部。❷有象牙雕刻裝飾的床。

牙刷 ㄧㄚˊ ㄕㄨㄚ 刷牙的用具，可以除去牙齒間的汙垢。

猜一猜 小小掃帚，一手拿牢，白石縫裡，天天打掃。（猜一種日常用品）（答案：牙刷）

牙膏 ㄧㄚˊ ㄍㄠ 刷牙用的軟膏狀的東西。

四畫

牙醫（ㄧㄚˊ ㄧ） 給人鑲牙、拔牙、治療牙病的醫生。

牙籤（ㄧㄚˊ ㄑㄧㄢ） 剔牙用的細木枝或竹枝。

牛部（ㄋㄧㄡˊ）

「（古字形）」是按照牛的樣子所造的象形字，中間是牛的身體，上面是牛角，下面是牛背高起的部分。後人為了方便把牛背寫成一橫就成了「（古字形）」，現在寫成「牛」或「牜」。牛部的字大部分和牛及牛的功用有關，例如：犢（小牛）、犀（犀牛）、牧（拿著鞭子看管牛羊）、犒（殺牛羊慰勞大家）。

牛

ノ ⺊ 二 牛

牛部 〇畫

ㄋㄧㄡˊ ❶哺乳動物，身體大，頭上長一對角，性情溫順，力氣大，可以耕作，肉和乳汁可以食用。❷姓：例牛先生。

俏皮話 「對牛彈琴——不看對象。」小朋友一定常聽到「對牛彈琴」這句話，是比喻對某人說話說了半天，而他卻沒聽懂，或根本沒聽。知道了這句話的意思之後，下次和人說話可別再「對牛彈琴——不看對象」了！

牛奶（ㄋㄧㄡˊ ㄋㄞˇ） 牛乳。

參考 活用詞：牛奶糖、牛奶餅乾。

牛頭不對馬嘴（ㄋㄧㄡˊ ㄊㄡˊ ㄅㄨˋ ㄉㄨㄟˋ ㄇㄚˇ ㄗㄨㄟˇ） 比喻答非所問或兩事不相合。例這個答案根本是牛頭不對馬嘴。

牟

ㄥ ㄙ 𠫔 台 𠫓 牟

牛部 二畫

ㄇㄡˊ ❶獲取，取得：例牟利。❷姓：例牟先生。

ㄇㄨˋ 限於「牟平縣」（山東省縣名）。

牟利（ㄇㄡˊ ㄌㄧˋ） 取得好處、利益。例他利用高高在上的職務，從中牟利。

牟取（ㄇㄡˊ ㄑㄩˇ） 通常指用不正當手段獲得。例他走私毒品，牟取暴利。

牝

ノ ⺊ 𠂒 牛 牜 牝

牛部 二畫

ㄆㄧㄣˋ 雌性的鳥、獸，和「牡」（指雄性）相對：例牝雞、牝牛。

參考 相反字：牡。

牡

ノ ⺊ 𠂒 牛 牜 牡 牡

牛部 三畫

ㄇㄨˇ 雄性的鳥、獸：例牡牛。

參考 相似字：雄、公。♣相反字：牝（ㄆㄧㄣˋ）。

牡牛（ㄇㄨˇ ㄋㄧㄡˊ） 雄性的牛。例這隻牡牛年紀很大了。

牡丹（ㄇㄨˇ ㄉㄢ） 花木名，葉小花大，初夏開花，非常富貴美麗。

參考 活用詞：牡丹花、牡丹江、牡丹亭。

牢

丶 丶丶 宀 宀 宄 宊 牢

牛部 三畫

ㄌㄠˊ ❶養牲畜的地方：例亡羊補牢。❷監獄：例監牢。❸結實，堅固，耐久的：例牢固、記得牢。❹古代祭祀用的牲畜：例太牢、少牢。❺姓：例牢先生。

古人說 「人靠心好，樹靠根牢。」這句話是說：心是人的根本，一個人真好，要內心真正的善良；一棵樹，就是因為根部先長得好，才能長得堅固。勉勵人心地要善良的意思。例「人靠心好，樹靠根牢」，你心地好，將來一定有好報。

牢固（ㄌㄠˊ ㄍㄨˋ） 堅固可靠。例這棟房子很牢固，經過大地震，還是沒損傷。

四畫

牢靠 ㄌㄠˊ ㄎㄠˋ ❶堅固，穩固。例這把椅子做得挺牢靠的。❷很實在，可以信任。例張先生這個人很牢靠，可以放心把事情交給他。

古人說 「嘴上無毛，辦事不牢。」嘴上無毛指的是還沒有長鬍鬚的年輕人。這句話是說：年紀太輕，經驗少，做事比較不牢靠。例他連寄個掛號信也辦不好，真是「嘴上無毛，辦事不牢」。

牢騷 ㄌㄠˊ ㄙㄠ 委屈、煩悶不滿的情緒。例他有一肚子的牢騷沒處發，難怪臉色那麼難看。

參考 活用詞：發牢騷、牢騷滿腹。

牢籠 ㄌㄠˊ ㄌㄨㄥˊ ❶關鳥獸的東西。籠：用竹片或鐵絲編成可以放東西的器具。例小弟弟把鳥兒關在牢籠裡。❷指限制、束縛人的東西。例我們要打破重男輕女的牢籠，重新重視女性的存在。❸指騙人的圈套。例他設下圈套騙人，你千萬別誤入牢籠。

牢不可破 ㄌㄠˊ ㄅㄨˋ ㄎㄜˇ ㄆㄛˋ ❶非常堅固，不可能損毀。例隨著科技的進步，現在的衣料，幾乎都是牢不可破。❷比喻人固執不知變通。例奶奶很堅持她那些牢不可破的老觀念，大家都很沒辦法。

牠

牛部 三畫

ㄊㄚ 第三人稱代名詞，通常用來稱呼動物：例牠是一頭牛。

牧

牛部 四畫

ㄇㄨˋ ❶放養牲口：例牧羊。❷古代官名：例州牧。❸治理：例牧民。❹姓：例牧先生。

牧羊 ㄇㄨˋ ㄧㄤˊ 看守羊群。

牧場 ㄇㄨˋ ㄔㄤˇ 飼養牲畜的地方。例我的爺爺經營的牧場養了很多動物，有牛、馬、羊等。

物

牛部 四畫

ㄨˋ ❶有形體的東西：例動物、植物。❷內容：例空洞無物、言之有物。❸自己以外的人或環境：例待人接物。❹找尋合適的：例物色。❺眾人：例物望所歸。

物產 ㄨˋ ㄔㄢˇ 天然出產和人工製造的東西。例我國的物產豐富。

參考 活用詞：物產富饒。

物價 ㄨˋ ㄐㄧㄚˋ 東西的價錢。例白菜因為生產過多，造成了物價下跌。

參考 活用詞：物價下跌、物價上漲、物價平穩、平抑物價。

牲

牛部 五畫

ㄕㄥ ❶指家畜：例牲畜。❷祭祀用的牛、羊、豬等家畜：例三牲、犧牲。

牯

牛部 五畫

ㄍㄨˇ ❶母牛。❷也指閹割過的公牛。❸有時也泛指牛。

牴

牛部 五畫

ㄉㄧˇ 動物用角互相碰撞：例牴觸。

牴觸 ㄉㄧˇ ㄔㄨˋ 本來指動物用角互相碰撞，現在指發生衝突或矛盾。例事實和理想牴觸，令人不知如何是好。

特

牛部 六畫

ㄊㄜˋ ❶雄的牲畜。❷不平常的：例特殊。❸專門：例特派、特設。❹但，只是：例不特、非特。❺特務的簡稱：例防特。❻姓：例特小姐。

參考 相似字：異、殊、奇、專。

四畫

猜一猜 寺院旁有一群牛。（猜一字）（答案：特）

特別 ㄊㄜˋ ㄅㄧㄝˊ ❶不普通。例他的個性很特別。❷格外。例今天車子開得特別快。

參考 請注意：「特別」有非常、格外的意思，用來修飾形容詞、動詞，例如：特別漂亮；而「特殊」則是與眾不同、突出的意思，只能修飾名詞；例如：特殊情況、特殊教育。

特出 ㄊㄜˋ ㄔㄨ 特別和平常人不一樣。例他反應靈敏，是個特出的人才。

特性 ㄊㄜˋ ㄒㄧㄥˋ 特別的性質。例除了有彈性以外，橡膠還有什麼特性？

特權 ㄊㄜˋ ㄑㄩㄢˊ 擁有比平常人多的權利。例擁有特權的人，往往能受到良好的待遇。

特殊 ㄊㄜˋ ㄕㄨ 不同於一般情形。例這件事情很特殊，需要專門處理。

參考 活用詞：特殊教育。

特徵 ㄊㄜˋ ㄓㄥ 可以作為標幟的顯著特點。例這棟房子的特徵是外觀以玻璃建造。

牽

牽　牛部 七畫

ㄑㄧㄢ ❶用手拉著：例手牽手、牽牛。❷拖累，連帶：例牽累、牽連。❸限制，拘束：例牽制。

牽手 ㄑㄧㄢ ㄕㄡˇ ❶手拉手。❷閩南語中對妻子的稱呼。

牽掛 ㄑㄧㄢ ㄍㄨㄚˋ 想念或不放心。例爸爸叫你不用牽掛家裡的事。

參考 相似詞：牽念、掛念、思念。

牽牛花 ㄑㄧㄢ ㄋㄧㄡˊ ㄏㄨㄚ 俗稱喇叭花，是一年生的草本植物，它的莖會盤旋彎曲，並且有心形的葉子，花的形狀像喇叭。春天時開花，花冠有紫色、紫紅、粉紅色等，筒部白色，是一種常見的觀賞花。它的種子可以當作瀉藥。

猜一猜 牽藤藤，上籬笆，藤藤上面掛喇叭。（猜一種植物）（答案：牽牛花）

犁

犁　牛部 七畫

ㄌㄧˊ ❶翻地鬆土用的農具：例犁耙。❷耕：例犁田。❸黑色的，同「黧」：例面目犁黑。

犁田 ㄌㄧˊ ㄊㄧㄢˊ 耕田。

犄

犄犄　牛部 八畫

ㄐㄧ 動物長在頭上的角：例牛犄角。

猜一猜 奇特的牛。（猜一字）（答案：犄）

犄角 ㄐㄧ ㄐㄧㄠˇ 動物長在頭上的角。例牛和山羊都有犄角。

犀

屖犀　牛部 八畫

ㄒㄧ ❶犀牛，草食性哺乳類動物，生活在熱帶，身體粗大，皮厚毛少。鼻上有一隻或兩隻角，犀角可做藥或器物。❷堅固銳利：例犀利。

犀利 ㄒㄧ ㄌㄧˋ ❶指刀、劍、武器等堅固銳利。❷形容言詞十分尖銳或目光銳利。例他目光犀利的向四周橫掃一遍。

犀鳥 ㄒㄧ ㄋㄧㄠˇ 身體大，嘴厚而且長，腿短，羽毛上黑下白，有的黑白相間，生活在熱帶森林裡，吃果實和昆蟲。

犒

犒犒犒犒　牛部 十畫

ㄎㄠˋ 用酒食、錢物等慰勞：例犒勞、犒賞。

犒軍 ㄎㄠˋ ㄐㄩㄣ 以酒食財物勞軍。

犒師 ㄎㄠˋ ㄕ 慰勞軍隊。師：軍隊。

犒勞 ㄎㄠˋ ㄌㄠˋ 以酒食慰勞有功人員。

犒賞 ㄎㄠˋ ㄕㄤˇ 犒勞獎賞。例戰役獲勝後，君主犒賞有功的將士。

犖 牛部 十畫

ㄌㄨㄛˋ ❶雜色的牛。❷雜色，文彩錯雜：例駁犖。❸明顯，清楚：例犖犖。

犖犖 ㄌㄨㄛˋ ㄌㄨㄛˋ 事理分明的樣子。

犛 牛部 十一畫

ㄌㄧˊ 犛牛，一種哺乳類，產於西藏，身上有長毛，多黑褐色，喜歡寒冷氣候，可飼養供力役用。

犢 牛部 十五畫

ㄉㄨˊ 小牛：例牛犢、初生之犢不畏虎。

犧 牛部 十六畫

ㄒㄧ 專供祭祀用，毛色純一的牲畜：例犧牲。

犧牲 ㄒㄧ ㄕㄥ 本來是作為祭祀用的牛、羊、豬等，現在是指為了特定的目的，放棄或損害了一方的生命或利益。例英勇的將士，為了保衛國土，光榮的犧牲了。例他為了滿足自己的利益，不惜犧牲最好的朋友。

參考 活用詞：犧牲品、犧牲奉獻、犧牲享受。

犬部 ㄑㄩㄢˇ

犬就是狗，從現在的「犬」字，我們很難看出狗的樣子，但是這個「」字就是比較像一隻小狗的側面圖，後來漸漸演變成「」，現在寫成「犬」或「犭」。犬部的字大部分和獸類有關，可以分成二種情形：

一、獸類的名字，例如：猿、猩、猴。

二、獸類的習性或行為，例如：猛（凶猛）、狠（殘忍）、犯（攻擊）。

犬 犬部 ○畫

一ナ大犬

ㄑㄩㄢˇ 就是狗，哺乳類的家畜：例牧羊犬、獵犬、喪家之犬。

猜一猜 狗咬狗。（猜一句成語）（答案：犬牙交錯）

笑一笑 小華：「爸爸，我們老師說犬就是狗。您常向人說我是你的『犬子』，那您不就變成狗了嗎？」爸爸：「……」

犬齒 ㄑㄩㄢˇ ㄔˇ ❶人的門牙兩旁的牙齒，又叫「虎牙」，比較銳利。❷狗的牙齒。

犯 犬部 二畫

ノ犭犭犯犯

ㄈㄢˋ ❶有罪的人：例犯人、罪犯。❷侵略，進攻：例敵軍來犯、侵犯。❸發作，發生：例犯病、犯錯。❹違反：例犯法、犯規。❺表示值得的：例犯得著、犯不上。

參考 相似字：干、觸、罪、侵。♣請注意：「犯」（ㄈㄢˋ）和「患」（ㄏㄨㄢˋ）不同：「犯」是指發生一些和習俗、法律相違背的事或是再生某種病，例如：犯戒、犯罪、又犯老毛病。「患」是得到病痛、災禍，例如：患病、患難、水患。二字讀音意義不同，不要弄錯。

犯人 ㄈㄢˋ ㄖㄣˊ 犯罪並被監禁或拘留的人。

犯病 ㄈㄢˋ ㄅㄧㄥˋ 以前得過的病又再發作。例一到冬天他就犯病。

參考 請注意：「患病」是得到某一種病，和「犯病」不同。

犯規 ㄈㄢˋ ㄍㄨㄟ 違反規則。例比賽一開始，他就連連犯規。

四畫

犯罪 ㄈㄢˋ ㄗㄨㄟˋ　違反刑罰法令的行為。例犯罪的人要接受法律的判決。

犯錯 ㄈㄢˋ ㄘㄨㄛˋ　發生錯誤的意思。例他最近常常心神不寧，老是犯錯。

犯難 ㄈㄢˋ ㄋㄢˋ　冒險。

犯不著 ㄈㄢˋ ㄅㄨˋ ㄓㄠˊ　就是用不著。例你犯不著為了這件小事和他計較。

參考 相似詞：犯不上。♣相反詞：犯得上、犯得著。

狂

犬部 四畫

ㄎㄨㄤˊ　❶發瘋，精神失常：例發狂。❷誇大的：例口出狂言。❸猛烈的：例狂風暴雨。❹驕傲自大：例狂妄。❺放鬆心情的，沒有拘束的：例狂喜、狂歡。❻姓：例狂先生。

參考 相似字：瘋、癲。

猜一猜 狗王。（猜一字）（答案：狂）

狂妄 ㄎㄨㄤˊ ㄨㄤˋ　形容一個人非常的驕傲自大，看不起所有的人或事物。妄：是無知的意思。例他那麼狂妄，所以沒有人喜歡他。

狂言 ㄎㄨㄤˊ ㄧㄢˊ　誇大的話。例口出狂言。

狂奔 ㄎㄨㄤˊ ㄅㄣ　跑得非常快。例他一聽到中獎了，馬上狂奔回家。

狂喜 ㄎㄨㄤˊ ㄒㄧˇ　非常的高興。例當年中華少棒打贏日本隊，觀眾狂喜得跳起來。

狂潮 ㄎㄨㄤˊ ㄔㄠˊ　❶巨大的浪潮。例一陣狂潮把沙灘上的人群打下水裡。❷比喻一種沒有辦法抗拒的思想或風氣。例國內去年掀起一陣哈韓的狂潮。

狂歡 ㄎㄨㄤˊ ㄏㄨㄢ　盡情的歡樂。例周末是年輕人狂歡的時間。

狂風暴雨 ㄎㄨㄤˊ ㄈㄥ ㄅㄠˋ ㄩˇ　形容風雨的猛烈。例狂風暴雨的夜晚，到處一片漆黑。

狄

犬部 四畫

ㄉㄧˊ　❶古代北方的民族：例北狄。❷姓：例狄仁傑。

猜一猜 香肉火鍋。（猜一字）（答案：狄）

狄仁傑 ㄉㄧˊ ㄖㄣˊ ㄐㄧㄝˊ　唐朝一位有名的宰相。唐高宗時曾經擔任大理丞，判案公正公平，阻止武則天立武三思為太子，保全唐朝李氏的王位，功勞很大。在位時常常推舉賢人，凡是他推舉的人，都是中興的名臣。

狀

犬部 四畫

ㄓㄨㄤˋ　❶表現出來的樣子：例液體狀態。❷情形：例病狀、狀況。❸說明事情或記錄事件的文件：例訴狀、行狀。❹證明的文件：例獎狀。

參考 相似字：形、況。♣請注意：「狀」和「壯」都讀ㄓㄨㄤˋ，犬部的「狀」用在形態、情況、證明文件上，例如：形狀、狀況、獎狀。士部的「壯」有強盛、充實的意思，例如：理直氣壯、強壯。

狀元 ㄓㄨㄤˋ ㄩㄢˊ　從前對考試得第一名的稱呼。元：是第一的意思。

狀況 ㄓㄨㄤˋ ㄎㄨㄤˋ　情形。況：情形。例他的學習狀況很良好。

狀態 ㄓㄨㄤˋ ㄊㄞˋ　表現出來的樣子。態：樣子。例水有三種狀態：液體、固體和氣體。

狗

犬部 五畫

ㄍㄡˇ　❶一種哺乳類的動物，聽覺和嗅覺敏銳，容易訓練，可以幫忙打獵或牧羊。也叫犬。❷比喻幫助做壞事的人：例走狗。❸姓：例狗先生。

猜一猜 犬懂幾句人語。（猜一字）（答案：狗）

古人說 「狗嘴裡吐不出象牙。」這句話是說：說不出好話來。例他狗嘴裡吐不出象牙，一開口準沒好話。

俏皮話 「狗咬刺蝟——下不了嘴。」刺蝟是全身長滿了刺的動物，狗無法咬他。這句話是比喻無法下手、無法對付。例那位小姐很有個性，我看你是「狗咬刺蝟——下不了嘴。」

狗熊 就是黑熊，食肉類的哺乳動物，黑色的毛，體形很大，胸部有半月形的白斑。住在樹林中，會游泳、爬樹，直立行走，冬天冬眠。狗熊的油脂、肉、膽可以做藥，熊掌可以做成一道美食。

狗仗人勢 狗靠著主人在一旁，才敢大吼大叫。比喻依靠有權有勢的人，欺壓善良，到處橫行。仗：依靠。勢：權力。例那些惡霸因為有靠山，就狗仗人勢，到處白吃白喝。

狗眼看人低 責備人家輕視別人。例你這樣狗眼看人低，瞧不起人，實在太不應該了。

參考 相似詞：門縫裡看人。

狐

犬部 五畫

❶哺乳類的野獸，形狀有些像狼，耳朵三角形，尾巴長。性情狡猾多疑，尾巴能分泌很臭的東西來嚇走敵人。❷姓：例狐先生。

猜一猜 狗啃瓜子。（猜一字）（答案：狐）

狐狸 就是狐的通稱。

猜一猜 似犬非犬，像狼非狼，假借虎威，裝模作樣。（猜一種動物）（答案：狐狸）

狐疑 狐狸性情多疑，所以狐疑就是多疑。例他滿腹狐疑的走了。

狐狸尾巴 狐狸的尾巴；比喻做壞事的證據。傳說從前有些狐狸能變成人形來迷惑人類，但它的尾巴始終變不掉，所以尾巴成了辨認妖怪的證物。後來比喻壞的主意或壞的行為是藏不住的。例還是從實招來吧，你的狐狸尾巴早就露出來了。

狐假虎威 狐狸借著老虎的凶猛來顯現自己的威風。假：借。比喻假借別人的聲勢去嚇唬別人。例他仗著家裡有錢有勢，就狐假虎威，欺負別人。

狐群狗黨 比喻成群勾結在一起的壞人。黨：小集團。例街上那些狐群狗黨最近被警察訓了一頓。

狙

犬部 五畫

❶猴子的一種，古書裡指獮猴。❷暗中埋伏，乘人不備突然襲擊：例狙擊。

狙擊 偷襲；暗中埋伏，等待機會襲擊人。

狎

犬部 五畫

過於親近而不莊重：例狎暱。

狒

犬部 五畫

見「狒狒」。

狒狒 哺乳動物，身體形狀像猴，毛灰褐色，成群生活，多產在非洲。

狩

犬部 六畫

❶冬天打獵：例冬狩。❷指一般的打獵：例狩獵。

參考 相似字：獵。

猜一猜 狗會守門。（猜一字）（答案：狩）

狩獵 就是打獵，利用鷹、犬或其他工具來捕捉鳥獸。

狠

犬部 六畫

❶下定決心：例狠下心來。❷殘暴的：例心狠手辣、狠毒。

參考 請注意：「狠」與「狼」（ㄌㄤˊ）只差一點，「狠」是殘暴的意思；「狼」是凶「狠」的動物，「狼」心狗肺和「狠」心都是罵人的話，但不可讀錯、寫錯。

四畫

猜一猜 良犬的頭上沒有汙點。（猜一字）

（答案：狠）

狠心 ❶下定決心，不顧一切。例她狠心的拒絕男友的求婚。❷心胸殘忍。例誰這麼狠心，把自己的孩子丟棄在醫院？

狠狠的 嚴厲的，殘忍而凶惡的。例我被爸爸狠狠的罵了一頓。

狠著心腸 控制感情，下定決心。例媽媽狠著心腸，把小狗送走。

狡

犬部 六畫

ㄐㄧㄠˇ 奸詐的，靈活的：例狡猾、狡兔。

參考 請注意：加上「交」的字很多，字音字義都不同。「交」字原是人的兩腿交叉，有互相的意思。「佼」(ㄐㄧㄠˇ)佼者，是美好出眾的人。「姣」(ㄐㄧㄠˇ)好，是形容女子美麗。「狡」(ㄐㄧㄠˇ)詐，是表面美好，內心險惡的人。「皎」(ㄐㄧㄠˇ)潔，是形容明亮美好的月色。「絞」(ㄐㄧㄠˇ)刑，是用繩子將人勒死的刑罰。杯「筊」(ㄐㄧㄠˇ)，是竹製的卜卦用具。「鉸」(ㄐㄧㄠˇ)剪，是兩片金屬相合的剪刀。「咬」(ㄧㄠˇ)斷，是用上下牙齒合在一起切斷東西。「餃」(ㄐㄧㄠˇ)子，是用麵粉皮捏製成的食物。學「校」(ㄒㄧㄠˋ)，是學生接受教導的地方。「郊」(ㄐㄧㄠ)外，是城外偏遠的地方。「蛟」(ㄐㄧㄠ)龍，是能興風作浪的龍。「茭」(ㄐㄧㄠ)白筍，是一種植物，形狀像筍。跌倒了叫：跌「跤」(ㄐㄧㄠ)。互相比對叫：比「較」(ㄐㄧㄠˋ)。

狡猾 形容詭計多端，不可相信。猾：虛假不誠實。例這個狡猾的商人做買賣總是偷斤減兩。

狡辯 不承認過錯，強詞奪理的辯解。例你不用再狡辯，事實就擺在眼前。

狡兔三窟 靈活的兔子有三個洞穴來避難。窟：洞穴。比喻逃避禍患的計畫很周密。例儘管他狡兔三窟，最後還是被警方抓到了。

參考 相似詞：狡狐三窟、狡兔三穴。

狼

犬部 七畫

ㄌㄤˊ ❶哺乳類的野獸，體形像狗，尾巴下垂，耳朵直立。性情很凶暴，每到傍晚開始出來找食物，傷害人、畜和其他野生動物。❷星座名字：例天狼星。❸姓：例狼先生。

參考 請注意：「狼」和「狠」只差一點。「犬」加「良」的「狼」讀ㄌㄤˊ，是野獸名字，例如：虎狼、野狼。「犬」加「艮」的「狠」讀ㄏㄣˇ，是痛下決心、凶暴的意思，例如：狠心、狠毒。

猜一猜 良犬。（猜一字：狼）

狼狽 ❶狼和狽，兩種野獸的名字。狽：傳說是和狼同類的野獸，前腳很短，必須靠在狼的身上才能行走。❷指互相勾結做壞事的人。例狼狽為奸。❸比喻境況很勞苦、不順利。例哥哥為了這件事，弄得狼狽不堪。

動動腦 「他們三個人狼狽為奸，犯下許多案件。」「狼」和「狽」都是動物。小朋友，除了「狼狽為奸」、「龍飛鳳舞」，還有哪些成語含有動物呢？趕快想一想哦！

（答案：狐假虎威、鳥語花香、鶴立雞群、龍蛇雜處、鷸蚌相爭……）

狼藉 ❶散亂不整齊，亂七八糟的意思。藉：眾多雜亂的意思。例宴會後，一陣杯盤狼藉。❷敗壞。例他又賭又喝酒，弄得聲名狼藉。

參考 請注意：也可以寫作「狼籍」。

狼吞虎嚥 形容吃東西又猛又急的樣子。例他餓了三天，一見到食物就狼吞虎嚥。

狹

犬部 七畫

ㄒㄧㄚˊ 窄，不寬闊的：例狹小、狹窄、狹長。

參考 相似字：窄。♣相反字：寬、闊。

狹小 就是狹窄，不夠寬闊的意思。例這條巷道十分狹小。

狹窄 ㄒㄧㄚˊ ㄓㄞˇ ❶寬度小。例狹窄的走道。❷形容心胸或見識不夠寬大。例他唯一的缺點是心胸狹窄。

參考 相反詞：寬闊。

狹隘 ㄒㄧㄚˊ ㄞˋ ❶寬度小。隘：窄小。例狹隘的山道。❷氣量不宏大。例心胸狹隘的人，總愛斤斤計較。

參考 相似詞：狹小。♣相反詞：寬闊。

狹路相逢 ㄒㄧㄚˊ ㄌㄨˋ ㄒㄧㄤ ㄈㄥˊ 指在很窄的路上相遇，沒有地方讓開。後來比喻仇人意外的碰在一起，互不相容的意思。例狹路相逢的仇人，一見面誰也不讓誰。

狽

犬部 七畫

ㄅㄟˋ 傳說中像狼的一種獸，前腿短，要趴在狼身上才能走。

狸

犬部 七畫

ㄌㄧˊ 野獸名字。體形像狐，顏色是黑褐色，四肢短小，尾巴粗長。

參考 請注意：「狸」和「貍」都讀ㄌㄧˊ，但犬部的「狸」是犬科的動物，例如：狐狸。豸部的「貍」是貓科的動物，也就是豹貓，例如：貍貓。

狷

犬部 七畫

ㄐㄩㄢˋ ❶性情急躁：例狷急。❷正直的：例狷介。

猜

猜　犬部 八畫

ㄘㄞ ❶疑心：例兩小無猜、猜疑。❷推想：例猜謎、猜測。

參考 相似字：測、度、量、疑、想、忖。

猜一猜 青毛狗。（猜一字）（答案：猜）

笑一笑 小英和姊姊一起出去玩，遇見王伯伯。王伯伯問：「你們兩個誰是姊姊？誰是妹妹啊？」小英連忙對姊姊說：「姊姊，不要講，讓他猜一猜！」

猜忌 ㄘㄞ ㄐㄧˋ 懷疑別人對自己不利而心中不滿。忌：怨恨。例他是無心的，你不要隨便猜忌。

猜拳 ㄘㄞ ㄑㄩㄢˊ 雙方用拳頭手指頭的變化來決定勝負的一種遊戲。

猜測 ㄘㄞ ㄘㄜˋ 推想。測：了解。例這件事沒有一點線索，很難猜測是誰做的。

猜想 ㄘㄞ ㄒㄧㄤˇ 心中推想。

猜疑 ㄘㄞ ㄧˊ 沒有證據，胡亂的猜想。例猜疑會破壞人與人之間的和諧。

猜謎 ㄘㄞ ㄇㄧˊ 推想謎語的答案。

參考 活用詞：猜字謎、猜啞謎。

猛

猛　犬部 八畫

ㄇㄥˇ ❶勇敢的：例猛士、猛將。❷凶惡的：例猛禽、猛獸。❸劇烈的：例猛烈。❹急促的，快速的：例猛雨、突飛猛進。❺突然的：例猛然。❻力量氣勢很大的樣子：例猛打猛衝。❼嚴厲：例寬猛相濟。❽姓：例猛先生。

猜一猜 孟家養的狗。（猜一字）（答案：猛）

猛攻 ㄇㄥˇ ㄍㄨㄥ 不停的、快速的攻擊。例我一拿到球，就往對方的籃框猛攻。

猛烈 ㄇㄥˇ ㄌㄧㄝˋ 形容事物的勢力很大很厲害。例他們在猛烈的砲火中，衝進敵人的區域。

猛然 ㄇㄥˇ ㄖㄢˊ 突然。例他猛然一推，讓我跌了一跤。

猛將 ㄇㄥˇ ㄐㄧㄤˋ 勇敢的將士。例狄青是宋朝有名的猛將。

猛撲 ㄇㄥˇ ㄆㄨ 向前不停的用力衝擊或撲打。例猛撲過來的海浪，使船隻不停的搖擺。

猛獸 ㄇㄥˇ ㄕㄡˋ ❶凶猛的野獸。例一群猛獸在森林開會。❷比喻殘暴可怕的人或事。

例山洪暴發如同毒蛇猛獸般可怕。

猖 犬部 八畫

ㄔㄤ 任意胡作非為：例猖獗、猖狂。

參考 請注意：「猖」和「倡」(ㄔㄤ)字形相近，意義不同：「猖」是任意亂做，例如：猖狂。「倡」是領導，例如：提倡。

猖獗 ㄔㄤ ㄐㄩㄝˊ 形容事物凶猛，氣勢強盛。獗：狂放橫行。例近來，盜版業十分猖獗。例猖獗一時的登革熱已經被控制住。

猙 犬部 八畫

ㄓㄥ 凶狠可怕的：例面目猙獰。

猙獰 ㄓㄥ ㄋㄧㄥˊ 凶狠可怕的樣子。獰：凶暴。例露出猙獰的面目。

猓 犬部 八畫

ㄍㄨㄛˇ 見「猓然」、「猓玀」。

猓然 ㄍㄨㄛˇ ㄖㄢˊ 長尾猴。

猓玀 ㄍㄨㄛˇ ㄌㄨㄛˊ 種族名，散居雲南、貴州、四川及越南北部。身長，鼻高，皮膚淡棕色。也作「玀玀」、「猓猓」、「羅羅」、「儸儸」。

猝 犬部 八畫

ㄘㄨˋ 突然，出乎意料：例倉猝、猝不及防。

猝然 ㄘㄨˋ ㄖㄢˊ 突然，出乎意外。

猝不及防 ㄘㄨˋ ㄅㄨˋ ㄐㄧˊ ㄈㄤˊ 突然發生，來不及防備。

猶 犬部 九畫

ㄧㄡˊ ❶野獸名字，外形像猴子，生性多疑畏懼。❷好像，如同：例猶如、雖死猶生。❸疑惑：例猶豫。❹仍然，還是：例困獸猶鬥、記憶猶新。❺姓：例猶先生。

猜一猜 狗中領袖。(猜一字)(答案：猶或猷)

猶如 ㄧㄡˊ ㄖㄨˊ 好像。例看到你，猶如見到救星一樣。

猶豫 ㄧㄡˊ ㄩˋ 拿不定主意。豫：懷疑考慮的意思。例你再猶豫就失去機會了。

參考 相似詞：猶猶豫豫。

猶太人 ㄧㄡˊ ㄊㄞˋ ㄖㄣˊ 種族名字，又叫希伯來人。西元前九五三年在巴勒斯坦南部建國，後來被羅馬人滅亡，人民散居世界各地，大部分都經商成為富人。二次世界大戰後在西元一九四八年建立以色列國。

猶豫不決 ㄧㄡˊ ㄩˋ ㄅㄨˋ ㄐㄩㄝˊ 考慮很久，遲遲不能決定。例你這樣猶豫不決，只會增加煩惱。

參考 相反詞：堅定果決。

猥 犬部 九畫

ㄨㄟˇ ❶多，繁雜：例猥雜。❷鄙賤的：例卑猥、猥賤。

猜一猜 怕狗。(猜一字)(答案：猥)

猥瑣 ㄨㄟˇ ㄙㄨㄛˇ 容貌、舉止庸俗不大方。

猥賤 ㄨㄟˇ ㄐㄧㄢˋ 低下卑賤。

猥褻 ㄨㄟˇ ㄒㄧㄝˋ 指關於色情、淫邪而違背善良風俗的。褻：貼身的內衣。

猩 犬部 九畫

ㄒㄧㄥ 猩猩，哺乳動物，猿類，兩臂長，沒有尾巴，全身有長毛，能直立行走。

笑一笑 弟弟：「媽媽，妹妹昨天說我是一隻猩猩。」媽媽：「你昨天為什麼不講呢？」弟弟：「今天爸爸帶我們去動物園，我才知道猩猩那麼難看。」

猩紅（ㄒㄧㄥ ㄏㄨㄥˊ）　像猩猩血一樣紅的顏色。例她穿了一件猩紅色的大衣。

猩猩（ㄒㄧㄥ ㄒㄧㄥ）　哺乳動物，比猴子大，兩臂長，全身有赤褐色長毛。

猩紅熱（ㄒㄧㄥ ㄏㄨㄥˊ ㄖㄜˋ）　一種危險性的傳染病，主要症狀是發熱，全身有點狀紅疹，紅疹消失後會脫皮。

猴

犬部　九畫

丿 犭 犭 … 猴 猴

ㄏㄡˊ　一種哺乳類動物。種類很多，群體居住在山林中，採食野果、野菜。身體靈活，會爬樹，也能站立，動作很敏捷。

俏皮話　「孫猴子打跟斗——看家本領。」

小朋友，你是否知道孫悟空的看家本領呢？那就是翻跟斗。孫悟空翻一個跟斗就有十萬八千里那麼遠，對他來說是件輕而易舉的事。例唱歌對他來說就像「孫猴子打跟斗」，是他的「看家本領」。

唱詩歌　小猴子，真有趣，學人樣，很神氣。老鷹看了搖搖頭，說：「小猴子，沒有真本領，只會裝模樣。任你怎麼做，總是不會像。」（芮家智編）

猷

犬部　九畫

丶 丷 … 猷 猷

ㄧㄡˊ　❶計畫，打算：例嘉猷、宏猷（宏偉的計畫）。❷道理：例大猷。❸姓：例猷先生。

獅

犬部　十畫

丿 犭 犭 … 獅 獅

ㄕ　野獸名。體型很大，生性凶猛，專食肉類，棕黃色的毛，吼聲很大，有「獸王」之稱。雄獅頭頸有長毛，頭和臉寬大。母獅頭頸沒有長毛，頭和臉較小。

猜一猜　狗軍師。（猜一字）（答案：獅）

繞口令　石獅寺有四十四隻石獅子。

獅子會（ㄕ ㄗˇ ㄏㄨㄟˋ）　國際獅子會的簡稱，是一種由工商界人士組成的團體，做服務社會、支持學術發展的工作。

獅頭山（ㄕ ㄊㄡˊ ㄕㄢ）　山名，位於臺灣省苗栗縣獅潭鄉，因為山勢遠看像獅頭，所以叫獅頭山。是佛教觀光聖地，海拔五百二十公尺，風景十分宜人。

獅子大開口（ㄕ ㄗˇ ㄉㄚˋ ㄎㄞ ㄎㄡˇ）　比喻開價很高的意思。例對於這件骨董，他開價一千萬，真是獅子大開口。

猿

犬部　十畫

丿 犭 犭 … 猿 猿

ㄩㄢˊ　哺乳類動物的一種，和猴子很像，但是比猴子大，沒有尾巴。種類很多，有的形狀跟人類很相似。大猩猩、長臂猿、黑猩猩都屬於猿類。

猿人（ㄩㄢˊ ㄖㄣˊ）　最原始的人類。猿人還保有猿的形態，但是已經能夠直立行走，和現代人相似。能製造簡單的生產工具，知道用火熟食，也有簡單的語言產生，像爪哇猿人、北京猿人。

猿猴（ㄩㄢˊ ㄏㄡˊ）　指猿和猴這類的動物。

猾

犬部　十畫

丿 犭 犭 … 猾 猾

ㄏㄨㄚˊ　奸詐，不老實：例狡猾、老奸巨猾。

猜一猜　狗啃骨頭。（猜一字）（答案：猾）

獄

犬部　十一畫

丿 犭 犭 … 獄 獄

ㄩˋ　❶監禁犯人的地方：例牢獄、監獄、下獄。❷訴訟案件、官司、罪案：例文字獄、冤獄、獄訟。

猜一猜　兩狗談天。（猜一字）（答案：獄）

獄司（ㄩˋ ㄙ）　管理牢獄事務的人，地位在獄卒之上。

獄吏（ㄩˋ ㄌㄧˋ）　管理牢獄的官吏。

四畫

獄卒 ㄩˋ ㄗㄨˊ 牢獄的看守人。

獄案 ㄩˋ ㄢˋ 訴訟案件。又稱「訟案」。

獄訟 ㄩˋ ㄙㄨㄥˋ 訴訟的案件。

獐

犬部 十一畫

ㄓㄤ 哺乳動物，形狀像鹿而較小，沒有角，雄的犬齒露出嘴外。肉可吃，皮可製革。

獐頭鼠目 ㄓㄤ ㄊㄡˊ ㄕㄨˇ ㄇㄨˋ 獐的頭小而尖，老鼠的眼睛小而圓。形容相貌難看，神情狡猾，多指壞人而言。

動動腦 「這個人獐頭鼠目，一定不是什麼好東西。」小朋友，除了「獐頭鼠目」、「鳳眼」之外，你還能想出哪些詞是用動物形容人的長相嗎？二個字或四個字都可以，越多越好哦！（答案：尖嘴猴腮、馬臉……）

獎

犬部 十一畫

ㄐㄧㄤˇ ❶用來鼓勵、表揚優秀的人、事而給的證件或財物：例獎旗、獎狀、獎金。❷稱讚：例誇獎、嘉獎。❸鼓勵：例獎勵。

參考 請注意：划槳的「槳」（ㄐㄧㄤˇ）是用「木」頭做的，所以是「木」部。豆漿的「漿」（ㄐㄧㄤ）表示液體，所以是「水」部。獎品的「獎」（ㄐㄧㄤˇ）本來指「狗」咬著東西，所以是「犬」部。

猜一猜 犬將軍。（猜一字）（答案：獎）

笑一笑 小明：「你大哥到外地工作這麼多年，應該很有成就了吧！」小華：「還好啦！不過國家很看重他，昨天警察來過我家，還說政府準備了二十萬獎金要找他。」

獎品 ㄐㄧㄤˇ ㄆㄧㄣˇ ❶用來勉勵人更加努力而贈送的東西。❷比賽時給參加者的禮物。

獎狀 ㄐㄧㄤˇ ㄓㄨㄤˋ 具有鼓勵、表揚含義的證書。狀：證件。

獎牌 ㄐㄧㄤˇ ㄆㄞˊ 用來作為獎賞或表揚的牌子。

獎勵 ㄐㄧㄤˇ ㄌㄧˋ 用獎賞的方法來鼓勵別人。例老師特別買一套書，獎勵我們這一學期來的優良表現。

獎學金 ㄐㄧㄤˇ ㄒㄩㄝˊ ㄐㄧㄣ 對於成績優良的學生，發給金錢，用來補助學費，目的是鼓勵學生專心求學。

獗

犬部 十二畫

ㄐㄩㄝˊ 狂放橫行：例猖獗。

獠

犬部 十二畫

ㄌㄧㄠˊ 面貌凶惡：例青面獠牙。

獠牙 ㄌㄧㄠˊ ㄧㄚˊ 露在嘴外面的長牙；形容面貌凶惡的樣子。

獠面 ㄌㄧㄠˊ ㄇㄧㄢˋ 面貌凶惡。

獨

犬部 十三畫

ㄉㄨˊ ❶單一，一個：例獨子、獨木橋。❷年老沒有子女：例鰥寡孤獨。❸僅，只有：例不獨、唯獨他沒有來。❹孤單一個的：例獨行、獨唱。❺特異的：例獨到、獨出心裁。❻專斷：例獨裁、獨斷獨行。❼姓：例獨先生。

參考 相似字：單、孤。

猜一猜 蜀犬吠日。（猜一字）（答案：獨）

俏皮話 「被窩裡放屁——獨吞。」在被窩裡放屁只有自己知道，所以這句話是在諷刺別人獨占便宜。

獨立 ㄉㄨˊ ㄌㄧˋ ❶單獨的站立。例獨立山邊的木屋。❷脫離保護者而自主的存在。例宣布獨立。❸不依靠別人。例他靠著半工半讀，獨立生活。

獨自 ㄉㄨˊ ㄗˋ　單獨一個人。例他獨自到美國去旅行。

獨到 ㄉㄨˊ ㄉㄠˋ　指看法特殊，和一般人不同。例見解獨到。

獨特 ㄉㄨˊ ㄊㄜˋ　特別的，不平凡的。例這是一家風格獨特的西餐廳。

獨唱 ㄉㄨˊ ㄔㄤˋ　一個人演唱歌曲。

獨裁 ㄉㄨˊ ㄘㄞˊ　指一個國家的領袖，掌握大權按照自己的意思做事。例獨裁的政治容易引起人民的抱怨。

獨木舟 ㄉㄨˊ ㄇㄨˋ ㄓㄡ　用一根大木頭所挖成的船。

獨具隻眼 ㄉㄨˊ ㄐㄩˋ ㄓ ㄧㄢˇ　形容眼光敏銳，見解高人一等，與眾不同的意思。例他的經驗豐富，所以能夠獨具隻眼，判斷出結果。

獨當一面 ㄉㄨˊ ㄉㄤ ㄧˊ ㄇㄧㄢˋ　有能力可以單獨擔當某一方面的任務。當：承受、主管。例你能獨當一面的時候，我就把整個公司交給你經營。

獲　犬部　十四畫

ㄏㄨㄛˋ　❶用勞力得到的東西：例採獲、漁獲。❷得到：例獲勝、獲利。❸能夠：例不獲錄取。❹姓：例獲先生。

參考 相似字：得。♣請注意：「獲」和「穫」都可以讀ㄏㄨㄛˋ。犬部的「獲」主要的意思是得到，可以放在詞頭，例如：獲勝、獲利、獲准。也能放在詞尾，例如：拾獲、不勞而獲、一無所獲。禾部的「穫」只用在農作物的收割上、農作物收成的次數，例如：收穫、二穫。「穫」只能放在詞尾。「收穫」又可以用在工作或學習中所得到的成果，所以「收穫」不能寫成「收獲」。

獲得 ㄏㄨㄛˋ ㄉㄜˊ　得到。例由於他的努力不懈，終於獲得最後勝利。

獲益匪淺 ㄏㄨㄛˋ ㄧˋ ㄈㄟˇ ㄑㄧㄢˇ　得到不少好處。益：好處。匪：不的意思。淺：少的意思。例我聽完演講下來，獲益匪淺。

參考 相似詞：獲益不淺。

笑一笑 小明向小華訴苦：「我得了失眠症，已經好幾天沒睡覺了，怎麼辦？」小華：「這簡單，你去練拳擊就好了。我曾經上過一次課，被打一拳，獲益匪淺，回來就足足睡了三天呢！」

獰　犬部　十四畫

ㄋㄧㄥˊ　凶惡的樣子：例猙獰。

獰笑 ㄋㄧㄥˊ ㄒㄧㄠˋ　奸笑；凶惡的假笑。

獷　犬部　十五畫

ㄍㄨㄤˇ　粗野：例粗獷、獷悍。

獵　犬部　十五畫

ㄌㄧㄝˋ　❶捕捉禽獸：例打獵、獵虎。❷形容打獵的：例獵人、獵狗。❸追求：例非洲獵奇。

參考 相似字：獲、取、狩。

猜一猜 臘肉被狗吃了。（猜一字）（答案：獵）

獵人 ㄌㄧㄝˋ ㄖㄣˊ　捕捉禽獸的人。

獵取 ㄌㄧㄝˋ ㄑㄩˇ　想辦法得到。例他為了要獵取獨家鏡頭，已經一個月沒有回家了。

獵狗 ㄌㄧㄝˋ ㄍㄡˇ　經過訓練，能代替主人捕捉獵物的狗。也叫「獵犬」。

獵槍 ㄌㄧㄝˋ ㄑㄧㄤ　打獵所用的槍。

獸　犬部　十五畫

ㄕㄡˋ　❶通稱有四條腿，全身長毛的哺乳類動物：例野獸、百獸。❷野蠻、下等的：例獸性。

參考 請注意：「獸」字是左邊上面兩個口再一個田，田下面有一口，右邊是犬。

猜一猜 一家有三口，種田種一畝。自己不夠吃，還要養條狗。（猜一字）（答案：獸）

獸性 ㄕㄡˋ ㄒㄧㄥˋ 形容像野獸一樣非常野蠻、殘忍、下等的性情。例那頭牛獸性大發，到處向人攻擊。

獸醫 ㄕㄡˋ ㄧ 治療家禽、家畜或其他動物疾病的醫生。

獺 犬部 十六畫

ㄊㄚˇ 哺乳動物，分水獺、旱獺、海獺三種。水獺的皮毛很珍貴，可以製成皮衣、皮帽等。

猜一猜 賴狗。（猜一字）（答案：獺）

獻 犬部 十六畫

ㄒㄧㄢˋ ❶古代的書籍：例文獻。❷恭敬莊嚴的送出來：例獻禮、獻花、貢獻。❸表演：例獻唱。❹故意向人表露：例獻殷勤。❺姓：例獻先生。

參考 相似字：奉、呈。

獻身 ㄒㄧㄢˋ ㄕㄣ 把自己的全部精力和生命投注在某種事物上。例爺爺獻身教育界，已經有四十多年了。

玀 犬部 十九畫

ㄌㄨㄛˊ 見「玀玀」。

玀玀 ㄌㄨㄛˊ ㄌㄨㄛˊ 西南少數民族之一，住雲貴、四川等地，就是「猓玀」。

玄部 ㄒㄩㄢˊ

「玄」現在都指微妙深奧的道理，原本「玄」是指繩子，寫成「[illegible]」，後來加上了打結的地方寫成「[illegible]」，因此「玄」部的字和繩子相關，例如：「率」原本是指捕鳥的網子，現在卻只有「率領」、「直率」的用法。

玄 玄部 ○畫

ㄒㄩㄢˊ ❶深奧不容易理解的：例玄妙。❷不符合事實，或與事實距離太遠：例這話太玄了。❸黑色的：例玄狐。

玄妙 ㄒㄩㄢˊ ㄇㄧㄠˋ 道理深奧而且微妙。

玄奘 ㄒㄩㄢˊ ㄗㄤˋ 是唐代的高僧，也稱唐僧或唐三藏，曾到印度學習佛學十七年，回國後將大量的佛教典籍翻譯成漢文。

玄虛 ㄒㄩㄢˊ ㄒㄩ 空洞而且不實在，或做事莫名其妙，常使人迷惑不解。例他每次都故弄玄虛，使人猜不透。

玄機 ㄒㄩㄢˊ ㄐㄧ 道家稱高深玄妙的道理。

率 玄部 六畫

ㄕㄨㄞˋ ❶榜樣，模範：例表率。❷帶領：例率領。❸依循，順著，隨著：例率由舊章。❹不加思考，不慎重：例輕率、草率。❺直爽坦白：例直率、坦率。❻形容漂亮的，通「帥」：例這樣打扮真率。

ㄌㄩˋ ❶一定的限制：例速率。❷比例中相比的數：例年利率。

率先 ㄕㄨㄞˋ ㄒㄧㄢ 帶頭，首先。例他率先離開會場。

率直 ㄕㄨㄞˋ ㄓˊ 性情直爽。例他說話很率直，毫不做作。

率性 ㄕㄨㄞˋ ㄒㄧㄥˋ 盡自己的意思去做。例他總是率性而為。

率真 ㄕㄨㄞˋ ㄓㄣ 直爽誠懇。例她的個性坦白率真。

率師 ㄕㄨㄞˋ ㄕ 帶領軍隊。師：軍隊。例岳飛率師大破金兵，嚇得金人聞風喪膽。

率領 ㄕㄨㄞˋ ㄌㄧㄥˇ 帶領引導。例他率領著青年訪問團出國了。

率由舊章 ㄕㄨㄞˋ ㄧㄡˊ ㄐㄧㄡˋ ㄓㄤ 全部依循舊有的典章制度。例這個國家的制度大多率由舊章。

玉部 ㄩˋ

「丰」是三塊玉串起來的樣子，是個象形字。「—」是貫穿玉的繩子。後來寫成「王」，三畫都一樣長，為了和國王的「王」分別，就加上一點寫成「玉」，但是當成偏旁時仍然寫成「王」，稱作「斜玉旁」。玉在古代是觀賞和裝飾的用品，玉部的字也和玉石、或是指和玉的製作有關的事物，例如：璧（大而圓的玉）、瓊（美玉）、玲（玉相撞的聲音）、琢（雕刻玉石）。

王 （玉部○畫）

一 二 干 王

ㄨㄤˊ ❶君主：例國王。❷同類中最特出的：例獸王。❸姓：例王先生。

ㄨㄤˋ 古代指統治者取得天下而稱王：例王天下。

王侯 ㄨㄤˊ ㄏㄡˊ 受皇帝封賞的貴族或功臣。侯：官位。

猜一猜 一加一。（猜一字）（答案：王）

王宮 ㄨㄤˊ ㄍㄨㄥ 國王居住的地方。

王道 ㄨㄤˊ ㄉㄠˋ 以仁愛道德來治理天下。

玉 （玉部○畫）

一 二 干 王 玉

ㄩˋ ❶有光澤的美石：例玉器。❷尊敬的話：例玉體。❸像玉一樣美麗的：例玉女。

玉器 ㄩˋ ㄑㄧˋ 用玉石雕琢成的各種器物，多為工藝美術品。

玉環 ㄩˋ ㄏㄨㄢˊ 用玉製成的圓形器物。

玉璽 ㄩˋ ㄒㄧˇ 玉印，通常是指皇帝的印信。

玉蜀黍 ㄩˋ ㄕㄨˇ ㄕㄨˇ 一年生草本植物，可以食用或製成澱粉，俗稱「玉米」。

玖 （玉部三畫）

一 二 干 王 玌 玖

ㄐㄧㄡˇ ❶數目字「九」的大寫。❷像玉的淺黑色石頭。

玩 （玉部四畫）

一 二 干 王 玎 玗 玩

ㄨㄢˊ ❶遊戲：例玩耍。❷使用不正當的手段：例玩弄。❸輕忽：例玩世不恭。❹可供欣賞的東西：例古玩。

笑一笑 天黑了，媽媽催著在巷子裡玩得正開心的小英快點回家。小英不肯，媽媽告訴小英只能再玩一下。小英哭著說：「不要！」媽媽：「那妳要玩多久？」小英：「再玩五下！」

玩弄 ㄨㄢˊ ㄋㄨㄥˋ ❶故意表現出本事。例這篇文章除了玩弄詞藻外，沒有什麼內容。❷戲弄。弄：戲耍。例他是不玩弄心機的人。

玩伴 ㄨㄢˊ ㄅㄢˋ 遊戲的同伴、朋友。

玩具 ㄨㄢˊ ㄐㄩˋ 小孩子玩的東西。

玩耍 ㄨㄢˊ ㄕㄨㄚˇ 使自己心情愉快的活動、遊戲。

玩笑 ㄨㄢˊ ㄒㄧㄠˋ 玩耍的行動或嬉笑的言語。

玩意兒 ㄨㄢˊ ㄧˋ ㄦ˙ ❶玩具。❷東西，事物。例這是什麼玩意兒？❸輕視、罵人的話。例你是什麼玩意兒？

玨
玉部 四畫

ㄐㄩㄝˊ 兩塊玉合成的玉器。

參考 請注意：「玨」又可以寫作「珏」。

玟
玉部 四畫

ㄨㄣˊ ❶美麗的石頭。❷像玉的美石。

玫
玉部 四畫

ㄇㄟˊ 落葉灌木，枝上有刺。花有紫紅色、粉紅色、白色等多種，香味很濃，可以做香料，花和根可以當藥：例玫瑰。

玫瑰 ㄇㄟˊ ㄍㄨㄟ˙ 灌木，薔薇科，枝上有刺，花的顏色很多，香氣濃烈。

玠
玉部 四畫

ㄐㄧㄝˋ 長一尺二寸的大圭（圭，一種玉器）。

玷
玉部 五畫

ㄉㄧㄢˋ ❶白玉上面的斑點：例玉玷。❷缺點或過失：例玷汙。

玷汙 ㄉㄧㄢˋ ㄨ 完好的人品有缺陷，就像美玉上有了汙點。

玷辱 ㄉㄧㄢˋ ㄖㄨˇ 汙損；比喻人受了恥辱，就像白玉有了斑點。

珊
玉部 五畫

ㄕㄢ 一種腔腸動物所分泌的石灰質，形狀像樹枝，加工後可以當作裝飾品：例珊瑚。

珊瑚 ㄕㄢ ㄏㄨˊ 產於熱帶深海中，群結成樹枝狀，可供裝飾、玩賞。

參考 活用詞：珊瑚島、珊瑚蟲。

珊瑚礁 ㄕㄢ ㄏㄨˊ ㄐㄧㄠ 熱帶、副熱帶海中的石灰岩礁石，主要由珊瑚蟲的骨骼堆積而成。

玲
玉部 五畫

ㄌㄧㄥˊ ❶玉的聲音：例玲琅。❷物體精巧或人靈活敏捷：例玲瓏。

玲瓏 ㄌㄧㄥˊ ㄌㄨㄥˊ ❶器物精巧細緻。瓏：美玉。例這件雕刻十分玲瓏可愛。❷形容人靈活敏捷。例她看起來十分嬌小玲瓏。

繞口令 ㈠玲瓏塔，塔玲瓏，玲瓏寶塔十三層。塔前有座廟，廟內有老僧。老僧當方丈，徒弟有六名。

㈡玲瓏塔，塔玲瓏，玲瓏寶塔第一層。一個鐘，一個磬，一個和尚一本經。阿彌陀佛念——一本經。玲瓏塔，塔玲瓏，玲瓏寶塔第二層，兩個鐘，兩個磬，兩個和尚兩本經。阿彌陀佛念——兩本經。玲瓏塔……（可一直再增加）（北平）

珍
玉部 五畫

ㄓㄣ ❶珠玉寶物：例稀世之珍。❷寶貴的：例珍品。❸看重：例珍視。

參考 請注意：「珍」和「疹」、「診」、「殄」不同：皮膚上長出小顆粒叫「疹」，例如：「麻疹」、「溼疹」；生病了找「診所」來「診斷」；隨意浪費東西叫「暴殄（ㄊㄧㄢˇ）天物」。

珍珠 ㄓㄣ ㄓㄨ 微物，例如：砂粒進入蚌類的貝殼內，蚌受到刺激，會分泌黏液，把砂粒層層裹起來，就是珍珠。可用來做裝飾品，或磨成粉末當中藥。也可以寫作「真珠」。

珍惜 ㄓㄣ ㄒㄧˊ　十分看重愛惜。例請你要好好珍惜這份友情。

珍貴 ㄓㄣ ㄍㄨㄟˋ　可貴、寶貝的。

珍禽 ㄓㄣ ㄑㄧㄣˊ　稀奇而寶貴的鳥類。例因為雉雞不容易繁殖，所以被列為臺灣的珍禽之一。

珍藏 ㄓㄣ ㄘㄤˊ　認為有價值而小心的收藏。例這幅名畫被珍藏在故宮博物院。

珍寶 ㄓㄣ ㄅㄠˇ　珍貴的寶貝，有價值的東西。

珍珠港事變 ㄓㄣ ㄓㄨ ㄍㄤˇ ㄕˋ ㄅㄧㄢˋ　民國三十年十二月八日，當時美日正在進行和平談判，日本卻偷襲美國在太平洋的軍事基地——珍珠港，這次攻擊幾乎摧毀了美國太平洋艦隊的全部主力。

玻　玉部 五畫

ㄅㄛ　用白砂、石灰石、碳酸鈉等化學原料，所製成的化學物：例玻璃。

玻璃 ㄅㄛ ㄌㄧˊ　化學品。有透明及半透明兩種。

參考 活用詞：玻璃紙、玻璃墊、玻璃袋、玻璃杯。

猜一猜 (一)正方形，長方形，又薄又脆像塊冰。太陽照來不會化，裝在窗上亮晶晶。（猜一種物品）（答案：玻璃）(二)看看沒有，摸摸倒有，像冰不化，像水不流。（猜一種物品）（答案：玻璃）

珀　玉部 五畫

ㄆㄛˋ　古代松柏等植物的樹脂化石，顏色黃褐而且透明，可當成飾品：例琥珀。

玳　玉部 五畫

ㄉㄞˋ　見「玳瑁」。

玳瑁 ㄉㄞˋ ㄇㄠˋ　一種爬行動物，形狀像龜，甲殼可做裝飾品。

珂　玉部 五畫

ㄎㄜ　❶像玉一樣的石頭。❷馬籠頭上的裝飾品。❸海貝。❹石頭名，和「砢」字相通。

班　玉部 六畫

ㄅㄢ　❶分成不同的組別：例甲班、乙班。❷一天之內的一段工作時間：例早班、晚班。❸定時開的：例班車、班機。❹軍隊編制最小的單位，九人為一班。❺計算人或交通工具的單位：例這班人、下一班車。❻調動，移動：例班師。❼姓：例班小姐。

參考 請注意：「班」是用刀分割美玉，因此有分組、組別的意思，例如：班級、班別。而「斑」是雜亂的花紋，例如：斑馬、斑紋。二者不可混用。

班級 ㄅㄢ ㄐㄧˊ　學校中的單位，用來區別程度的高低，或是性質的不同。

班機 ㄅㄢ ㄐㄧ　按照一定時間航行的飛機。

參考 活用詞：頭班機、末班機。

班門弄斧 ㄅㄢ ㄇㄣˊ ㄋㄨㄥˋ ㄈㄨˇ　傳說魯班是古時候技術非常精良的工匠，如果在他的門前揮弄斧頭，誇耀自己的技術，那簡直就是自不量力，在行家面前出醜。有時也當作謙虛的話。例在你看來，我這篇文章簡直就是班門弄斧。

琉　玉部 六畫

ㄌㄧㄡˊ　有光澤的玉石。

參考 請注意：「琉璃」的「琉」，與「硫黃」的「硫」都念ㄌㄧㄡˊ，但是「琉」的左邊是「玉」，「硫」的左邊是「石」。

琉球 ㄌㄧㄡˊ ㄑㄧㄡˊ　地名，是日本九州島和臺灣之間的群島。

琉璃瓦 ㄌㄧㄡˊ ㄌㄧˊ ㄨㄚˇ 內層用較好的黏土，表面用琉璃燒製成黃藍綠等色的瓦。

珮 玉部 六畫

ㄆㄟˋ 古時候繫在衣帶上的裝飾品：例玉珮。

珠 玉部 六畫

ㄓㄨ ❶蛤蚌殼內由砂石和蚌類的分泌物，結成有光澤的小圓體：例珍珠。❷像珠子般的圓球形東西：例水珠、露珠。

珠算 ㄓㄨ ㄙㄨㄢˋ 我國傳統的計算方法，利用算盤來進行加、減、乘、除等運算，可利用口訣，使計算更快、更正確。

珠圓玉潤 ㄓㄨ ㄩㄢˊ ㄩˋ ㄖㄨㄣˋ 像珠子那樣圓，像玉石那樣滑潤。形容文字優美或歌聲美妙。

珠江三角洲 ㄓㄨ ㄐㄧㄤ ㄙㄢ ㄐㄧㄠˇ ㄓㄡ 位於廣東省南部，由珠江及支流西江、北江、東江沖積而成。是我國南部沿海最大、最富庶的平原。

琅 玉部 七畫

ㄌㄤˊ ❶像玉的美石：例琅玕。❷清脆響亮的聲音：例琅琅。

琅琅上口 ㄌㄤˊ ㄌㄤˊ ㄕㄤˋ ㄎㄡˇ 形容字句讀起來很順口、響亮好聽。琅琅：金石碰撞的聲音，也用來形容讀書聲。例白居易的詩淺顯易懂，念起來琅琅上口，所以廣受歡迎。

琊 玉部 七畫

ㄧㄝˊ 瑯琊，山名，在今山東省。

球 玉部 七畫

ㄑㄧㄡˊ ❶圓形立體物：例皮球。❷球形的東西：例煤球。

球拍 ㄑㄧㄡˊ ㄆㄞ 用來打球的拍子。

球迷 ㄑㄧㄡˊ ㄇㄧˊ 對球賽很有興趣而著迷的人。

球場 ㄑㄧㄡˊ ㄔㄤˇ 可以作球類運動的場地。

球棒 ㄑㄧㄡˊ ㄅㄤˋ 打球用的棒子。

理 玉部 七畫

ㄌㄧˇ ❶物質組織的條紋：例紋理。❷事物的規律，多指自然科學：例物理、原理。❸對別人言行所表示的態度：例置之不理。

理由 ㄌㄧˇ ㄧㄡˊ 說明自己所做所想的原因。例他這麼做，一定有他的理由。

理性 ㄌㄧˇ ㄒㄧㄥˋ ❶天賦的良知。例那個殺人犯，一點理性都沒有。❷思考的能力。例他是一個重視理性思考的上司。

參考 活用詞：理性論、理性時代、理性知識。

理事 ㄌㄧˇ ㄕˋ 本是治理事情，現在指執行事務，行使權利的人。例他是出版協會的理事。

參考 活用詞：理事會、理事長。

理智 ㄌㄧˇ ㄓˋ 辨別是非、利害關係以及控制行為的能力。例他因為失去理智，才會氣得亂摔東西。

理想 ㄌㄧˇ ㄒㄧㄤˇ ❶對未來事物的想像或希望。例世界和平是全人類的理想。❷使人滿意，符合希望。例這件事情辦得很理想。

參考 請注意：「理想」是有根據的、合理的、能達到的目標。「空想」、「幻想」是沒有行動、不實際的亂想。

理會 ㄌㄧˇ ㄏㄨㄟˋ ❶懂，了解。例這段話的意思不難理會。❷理睬，過問。例他站在那邊，好半天也沒人理會。

理解 ㄌㄧˇ ㄐㄧㄝˇ 了解明白。

理髮 ㄌㄧˇ ㄈㄚˇ 剪頭髮。

理論 ㄌㄧˇ ㄌㄨㄣˋ ❶對事物原理的評論。例牛頓的地心引力理論，對物理學貢獻卓越❷爭辯是非。例由於他不滿意旅行社安排的行程，所以去找導遊理論。

理解力 ㄌㄧˇ ㄐㄧㄝˇ ㄌㄧˋ 推想事理的能力。

理直氣壯 ㄌㄧˇ ㄓˊ ㄑㄧˋ ㄓㄨㄤˋ 理由充分，說話有氣勢。

現 現 玉部 七畫

ㄒㄧㄢˋ ❶當今的：例現在。❷顯露出來：例曇花一現、出現。❸立刻的：例現買現賣。

現代 ㄒㄧㄢˋ ㄉㄞˋ ❶眼前的年代。例現代文明。❷我國歷史指五四運動到現在。例他正在著手寫一部現代史。

參考 活用詞：現代化、現代感、現代文明。

現在 ㄒㄧㄢˋ ㄗㄞˋ 目前。

現狀 ㄒㄧㄢˋ ㄓㄨㄤˋ 現在的情形。

參考 相似詞：近況。

現象 ㄒㄧㄢˋ ㄒㄧㄤˋ 事物所表現在外的形式。例下雨是自然的現象。

現場 ㄒㄧㄢˋ ㄔㄤˇ ❶發生事故或案件的地點。例車禍現場。❷從事生產、活動的場所。例現場參觀樣品屋。

現實 ㄒㄧㄢˋ ㄕˊ 客觀的事物或情況。例考慮事情不能脫離現實。

現成 ㄒㄧㄢˋ ㄔㄥˊ 已經準備好的。例你不用出去吃飯了，這裡就有現成的便當。

現身說法 ㄒㄧㄢˋ ㄕㄣ ㄕㄨㄛ ㄈㄚˇ 本來是佛教的用語，指佛力廣大能現出種種人形，向人說法。比喻用自己的經歷遭遇為例證，對人進行講解或勸導。

琍 琍 玉部 七畫

ㄌㄧˊ 同「璃」。

琺 琺琺 玉部 八畫

ㄈㄚˋ 用硼砂、玻璃粉、石英等原料，加鉛、錫金屬氧化物，燒成像釉的塗料，塗在金屬表面可以裝飾，也可以防鏽。琺瑯器物是我國特有的製品。

琺瑯 ㄈㄚˋ ㄌㄤˊ ❶牙齒表面的一層硬質，又叫「琺瑯質」。❷不透明玻璃質物體，色白可以加各種色彩，塗在金屬器物表面，可以裝飾或防鏽。

參考 相似詞：搪瓷。♣活用詞：琺瑯質、琺瑯器。

琪 琪琪 玉部 八畫

ㄑㄧˊ ❶一種美玉。❷珍異的：例琪花。

琪花瑤草 ㄑㄧˊ ㄏㄨㄚ ㄧㄠˊ ㄘㄠˇ 指仙界花草；比喻珍奇的花草。瑤：美好。

琳 琳琳 玉部 八畫

ㄌㄧㄣˊ 美玉。

琳琅滿目 ㄌㄧㄣˊ ㄌㄤˊ ㄇㄢˇ ㄇㄨˋ 琳琅：是珠玉的名字。比喻眼前美好的東西很多。例百貨公司陳列著琳琅滿目的貨品。

琢 琢琢 玉部 八畫

ㄓㄨㄛˊ 雕刻玉石，使它變成器物；或加工讓東西變得精美：例琢磨。

參考 請注意：「琢磨」的「琢」字右邊是「豖」，不可寫成「豕」。

琢磨 ㄓㄨㄛˊ ㄇㄛˊ ❶雕刻玉器，細細的加工。治玉叫「琢」；治石叫「磨」。❷對一切事物加工，有精益求精的意思。

參考 活用詞：琢磨字句。

琥

玉部 八畫

ㄏㄨˇ ❶用玉做成的虎形器物。❷琥珀，寶石名。❸姓：例琥先生。

琥珀 ㄏㄨˇ ㄆㄛˋ 是一種蠟黃或赤褐色透明的礦物，由松樹的樹脂所變成的，摩擦後能生電，可以做成裝飾品，也可當藥用。

參考 相似詞：蜜蠟、虎魄、蠟珀。

琵

玉部 八畫

ㄆㄧˊ 弦樂器，下部橢圓，上有四根弦：例琵琶。

琵琶 ㄆㄧˊ ㄆㄚˊ 撥弦樂器，下部橢圓，上部細長，有四根弦，音色獨特，彈奏技法豐富。

參考 活用詞：琵琶別抱。

琶

玉部 八畫

ㄆㄚˊ 是一種撥弦樂器，有四根弦，下部橢圓，上部細長：例琵琶。

琴

玉部 八畫

ㄑㄧㄣˊ ❶古代的樂器，演奏時左手按弦，右手撥彈，聲音清幽。❷指一般樂器的總稱：例鋼琴、小提琴。❸姓：例琴小姐。

參考 請注意：琴的下面是「今」，不可以多加一點寫作「令」。凡是念「ㄣ」的字都沒有一點，例如：今、琴、矜、妗；而念「ㄥ」的字都要加一點，例如：令、玲、伶、羚、領、齡。

琴師 ㄑㄧㄣˊ ㄕ 以彈琴為職業的人。

琴瑟 ㄑㄧㄣˊ ㄙㄜˋ 琴與瑟的合稱，通常指夫妻相處和樂。

參考 活用詞：琴瑟和鳴。

琴鍵 ㄑㄧㄣˊ ㄐㄧㄢˋ 樂器結構名稱。例如：鋼琴鍵盤上黑色、白色的按鍵。

瑕

玉部 九畫

ㄒㄧㄚˊ ❶表面的紅色斑點：例白玉微瑕。❷比喻缺點：例瑕疵。

瑕疵 ㄒㄧㄚˊ ㄘ 比喻缺點、過失。例他的貪汙行為，成為品德上的瑕疵。

瑕不掩瑜 ㄒㄧㄚˊ ㄅㄨˋ ㄧㄢˇ ㄩˊ 雖然有小缺點，但仍然是塊美玉。比喻小缺點掩蓋不了整體的優點。瑜：美玉。例雖然有錯字，但是瑕不掩瑜，這篇文章實在寫得很好。

瑚

玉部 九畫

ㄏㄨˊ 一種腔腸動物所分泌的石灰質東西，形狀像樹枝，可以當裝飾品：例珊瑚。

瑟

玉部 九畫

ㄙㄜˋ 古代弦樂器，形狀像琴，本有五十根弦，相傳黃帝改為二十五根弦。

小百科 根據神話傳說，瑟本來有五十根弦。黃帝的侍女中有個叫素女的，非常會彈這種樂器，只要她一彈，冬天會吹暖風，夏天會下雪，美麗的鳥兒會跟著唱歌。有一次，素女彈起了十分悲傷的曲調，黃帝聽了很難過，認為五十弦太使人傷感了，於是下命令將瑟砍掉一半，使它只留下二十五根弦。後來有的人就稱瑟為「二十五弦」。

瑟縮 ㄙㄜˋ ㄙㄨㄛ 因為寒冷、害怕，身體縮成一團。

瑞

玉部 九畫

ㄖㄨㄟˋ ❶好的預兆：例瑞雪。❷姓：例瑞小姐。

參考 請注意：「瑞玉」的「瑞」（ㄖㄨㄟˋ）和「開端」的「端」（ㄉㄨㄢ），讀音、寫法和意思都不同，應該多加注意。

瑞士 ㄖㄨㄟˋ ㄕˋ 國家名，位在歐洲中部，德、法、義、奧四國的中間。首都是伯恩，為一個永久的中立國家。

瑞典 ㄖㄨㄟˋ ㄉㄧㄢˇ 國家名，位在北歐斯堪地那維亞半島東部，國土的東北、西北分別和芬蘭、挪威兩個國家交界。首都是斯德哥爾摩。

瑞雪 ㄖㄨㄟˋ ㄒㄩㄝˇ 及時而且有利農作物的雪。例今年的瑞雪，白皚皚的一片，好不迷人。

瑁
玉部 九畫

ㄇㄟˋ ❶玳瑁，一種爬行動物，像龜，甲殼可做裝飾品。❷古代天子接見諸侯時所執的玉器。

琿
玉部 九畫

ㄏㄨㄣˊ 一種美玉。

瑙
玉部 九畫

ㄋㄠˇ 瑪瑙，主要成分為二氧化矽，顏色美麗，可以當裝飾品。

瑛
玉部 九畫

ㄧㄥ ❶透明像玉的美石。❷玉石的光彩。

瑛瑤 ㄧㄥ ㄧㄠˊ 比喻美德。

瑜
玉部 九畫

ㄩˊ ❶美玉：例瑾瑜。❷玉石上的光彩：例瑕不掩瑜。

瑜伽 ㄩˊ ㄐㄧㄚ ❶原本是佛家語。後為印度哲學的一派，該學派倡導苦修，使精神從身體分離。❷一種鍛鍊身體的方法。

參考 活用詞：瑜伽術、瑜伽天地。

瑯
玉部 九畫

ㄌㄤˊ ❶同「琅」。❷瑯琊，山名，在山東省。❸一種塗料的名稱，塗在器物表面作裝飾並可防鏽：例琺瑯。

瑯琊 ㄌㄤˊ ㄧㄝˊ ❶古代郡縣的名稱，在秦代設置，位於現在的山東省境內。❷山名，在山東省，也作「琅邪」。

瑤
玉部 十畫

ㄧㄠˊ ❶美玉：例瓊瑤。❷美好的：例瑤池。

瑤池 ㄧㄠˊ ㄔˊ ❶傳說神話中西王母住的地方。例瑤池仙境。❷美池。

瑣
玉部 十畫

ㄙㄨㄛˇ ❶連環的玉。❷細小，零碎：例瑣事、瑣碎。❸姓：例瑣先生。

參考 請注意：「瑣」和「鎖」都念ㄙㄨㄛˇ，但寫法、用法不同：「瑣碎」、「繁瑣」的「瑣」左邊是「玉」；而「鎖匙」的「鎖」左邊是「金」。

瑣事 ㄙㄨㄛˇ ㄕˋ 細小零碎的事情。

瑣屑 ㄙㄨㄛˇ ㄒㄧㄝˋ 細小零碎的麻煩事。

瑣碎 ㄙㄨㄛˇ ㄙㄨㄟˋ 細小繁多的事。例他每天忙著瑣碎的小事，因此沒有時間去看病。

參考 相似詞：瑣事、瑣務、瑣屑、細瑣、零碎。

瑪
玉部 十畫

ㄇㄚˇ 見「瑪瑙」。

瑪瑙 ㄇㄚˇ ㄋㄠˇ 礦石的一種。是結晶石英、石髓及蛋白石的混合物，可以做裝飾品。也可寫作「碼碯」。

參考 活用詞：瑪瑙項鍊。

瑰
玉部 十畫

ㄍㄨㄟ ❶美石。❷珍貴的東西：例瑰寶。❸美麗：例瑰麗。

瑰麗 ㄍㄨㄟ ㄌㄧˋ 美麗。

瑩
玉部 十畫

ㄧㄥˊ ❶光亮透明：例晶瑩。❷光澤像玉的石頭：例琇瑩。

參考 請注意：瑩、螢、營、縈都念ㄧㄥˊ，但是用法不同：「瑩」形容光亮透明，例如：晶瑩。「螢」是尾部發光的小蟲，例如：螢火蟲、螢光。「營」是環繞居住，例如：軍營、營長。「縈」是圍繞的意思，例如：縈繞、魂牽夢縈。

璋
玉部 十一畫

ㄓㄤ 長條形玉器，形狀像一半的圭。

璃
玉部 十一畫

ㄌㄧˊ ❶用石砂、石灰石、碳酸鈉等化學原料所製成的化學物：例玻璃。❷光潔如玉的石頭：例琉璃。

璇
玉部 十一畫

ㄒㄩㄢˊ ❶美玉：例璇玉。❷華麗的：例璇宮。❸古代的天文儀器：例璇璣。

參考 相似字：璿。

璇璣 ㄒㄩㄢˊ ㄐㄧ ❶古時測天文的儀器。❷北斗星名。

瑾
玉部 十一畫

ㄐㄧㄣˇ 美玉：例瑾瑜。

瑾瑜 ㄐㄧㄣˇ ㄩˊ 美玉。

璀
玉部 十一畫

ㄘㄨㄟˇ 光明的樣子：例璀璨。

璀璨 ㄘㄨㄟˇ ㄘㄢˋ 玉石的光彩；形容色彩鮮明的樣子。例他致力於創作發明，前程一片璀璨。

璜
玉部 十二畫

ㄏㄨㄤˊ 半璧形的玉。

璣
玉部 十二畫

ㄐㄧ ❶不圓的珠子：例珠璣。❷古代的天文儀器：例璇璣。

璞
玉部 十二畫

ㄆㄨˊ ❶含有玉的石頭，也指沒有雕琢的玉。❷比喻人的天真純樸：例返璞歸真。

璞玉渾金 ㄆㄨˊ ㄩˋ ㄏㄨㄣˊ ㄐㄧㄣ ❶未雕琢的玉，未冶煉的金。❷比喻人的本質美好，不必裝飾。

環
玉部 十三畫

ㄏㄨㄢˊ ❶平而圓的玉，中間有圓孔：例環佩、玉環。❷圈形的東西：例花環、圓環。❸圍繞一圈：例環島公路。

環境 ㄏㄨㄢˊ ㄐㄧㄥˋ ❶周圍的地方。例學校的環境很清潔。❷所處的情況和條件。例雖然環境惡劣，他卻一點也不灰心。

參考 活用詞：環境汙染、環境衛生。

環繞 ㄏㄨㄢˊ ㄖㄠˋ 四面圍繞。

環顧 ㄏㄨㄢˊ ㄍㄨˋ 向四周圍看。例他環顧屋內，竟結滿了蜘蛛網。

璩
玉部 十三畫

ㄑㄩˊ ❶環一類的玉器。❷姓：例璩先生。

璦
玉部 十三畫

ㄞˋ 美玉。

璦琿 ㄞˋ ㄏㄨㄣˊ 縣名，在黑龍江省。

璧
玉部 十三畫

ㄅㄧˋ ❶圓形而且扁平的玉：例璧玉。❷美好的：例璧人。❸像璧一樣圓的：例璧日。

璧人 ㄅㄧˋ ㄖㄣˊ 年輕貌美的人，男女通用。

璧玉 ㄅㄧˋ ㄩˋ 玉的通稱。

璧還 ㄅㄧˋ ㄏㄨㄢˊ 退還別人所送的東西。

璨
玉部 十三畫

ㄘㄢˋ 亮麗耀眼的：例璀璨。

璐
玉部 十三畫

ㄌㄨˋ 美玉。

璽
玉部 十四畫

ㄒㄧˇ 印章的通稱，後來專指帝王的印：例玉璽。

璿
玉部 十四畫

ㄒㄩㄢˊ ❶美玉。❷古代的天文儀器：例璿璣。

參考 相似字：璇。

璿璣 ㄒㄩㄢˊ ㄐㄧ ❶古代測天文的儀器。❷古代稱北斗星的第一星至第四星。

參考 相似詞：璇璣。

瓊
玉部 十五畫

ㄑㄩㄥˊ ❶美玉：例瓊玉。❷美好的：例瓊樓玉宇。❸海南島的簡稱。

瓊漿 ㄑㄩㄥˊ ㄐㄧㄤ 美酒。

瓊樓玉宇 ㄑㄩㄥˊ ㄌㄡˊ ㄩˋ ㄩˇ 原本指月中的宮殿，像美玉一樣，後來用來形容精美的樓閣。宇：房屋。

瓏
玉部 十六畫

ㄌㄨㄥˊ ❶透明：例玲瓏。❷古代求雨時所用的玉。

瓜部 ㄍㄨㄚ

小朋友，你吃過絲瓜嗎？種植瓜類植物時，一定要搭起棚子，讓它的藤蔓生長。「 」是一個象形字，中間是果實，彎彎的線就像攀附在棚子上的藤蔓。後來寫成「 」，現在把線條拉直寫成「瓜」。瓜部的字和瓜類都有關係，例如：瓤（瓜肉）、瓢（瓜類植物切半所製成的取水器具）。

瓜 瓜部 ○畫

ㄍㄨㄚ 葫蘆科植物，有卷鬚，葉子是掌狀，花朵多黃色，果實可以吃。

參考 請注意：「瓜」和「爪」有分別：「瓜」字中間的筆畫像瓜的形狀，例如：西瓜。（爪）像動物的爪形，爪就是動物有尖甲的腳，讀ㄓㄠˇ或ㄓㄨㄚˇ。

猜一猜 孤子不見了。（猜一字）（答案：瓜）

小故事 我國有些地方中秋的夜晚不賞月，而去分瓜，這裡有個美麗的傳說：古時候，有一對勤勞善良的老夫婦，他們沒有兒女，很傷心。天上的玉皇大帝知道後，很同情他們，就派金童下凡，金童就躲進這對夫婦鄰居的瓜田裡，變成一個大冬瓜，長得很像一個小孩子。收瓜的時候，鄰居就把這個長得像孩子的冬瓜送給老夫婦，他們高興得說：「讓我們看看孩子！」突然，冬瓜「崩」的一聲裂開了，現出一個白白胖胖的男孩子！從此，中秋節晚上，人們就把瓜分給沒有生兒育女的家庭，這就是「分瓜節」的由來。

古人說 「瓜無滾圓，人無十全。」滾圓：是很圓。這句話是說：沒有一個人是十全十美，完全沒有缺點的。例「瓜無滾圓，人無十全」，你何必為了臉上的雀斑而難過呢！

繞口令 金瓜瓜，銀瓜瓜，瓜瓜落下來，打著小娃娃。娃娃叫媽媽，媽媽抱娃娃。娃娃怪瓜瓜，瓜瓜笑娃娃。

瓜子 ㄍㄨㄚ ㄗˇ 瓜的種子，特指用西瓜子等炒熟的食品。

猜一猜 一個黑孩，從不開口，要是開口，掉出舌頭。（猜一種食品）（答案：瓜子）

瓜分 ㄍㄨㄚ ㄈㄣ 像切瓜一樣的分割或分配。特別指私下的、強力的奪取。例幾個強國聯合起來瓜分弱國的領土。例我們不如趁姊姊外出，乾脆把這盤點心瓜分了吧！

瓜田李下 ㄍㄨㄚ ㄊㄧㄢˊ ㄌㄧˇ ㄒㄧㄚˋ 經過瓜田時，不要彎身提鞋；走到李樹下，不要舉手整理帽子；免得被人懷疑偷瓜、摘李。用來比喻容易引起嫌疑的場所或情況。

瓜熟蒂落 ㄍㄨㄚ ㄕㄡˊ ㄉㄧˋ ㄌㄨㄛˋ 瓜熟了，蒂就自然脫落。比喻時機、條件成熟，就能順利成功。蒂：連接枝莖與瓜的部分。

瓠 瓜部 六畫

ㄏㄨˋ ❶蔬菜類植物，結長圓形的果實，可食用。兩頭差不多粗細的叫「瓠瓜」；上部細長，下部圓大的叫「懸瓠」。❷姓：例瓠先生。

瓢 瓜部 十一畫

ㄆㄧㄠˊ ❶葫蘆瓜對半剖成，或用木頭挖成的用具，可以裝水、裝酒：例水瓢。❷姓：例瓢小姐。

瓣 瓜部 十四畫

ㄅㄢˋ ❶花片：例花瓣。❷瓜果或球莖等有膜隔開可以分開的小塊兒：例蒜瓣、橘瓣。❸計算葉片、果實的單位：例把蘋果分成四瓣。

五畫

❹瓜類的子。

參考 請注意：瓣、辦（讀ㄅㄢˋ）、辨、辯、辮（讀ㄅㄢˋ），字形相近，但用法不同：花瓣的「瓣」中間是「瓜」。辦公、辦事的「辦」中間是「力」。分辨清楚的「辨」中間是「丿」。辯論比賽就是說話討論，所以「辯」的中間是「言」。「她綁著可愛的辮子」，「辮」的中間是「糸」，糸（）看起來就像綁好的頭髮。

瓤

瓜部 十七畫

瓤瓤

ㄖㄤˊ 常指瓜果內部的肉：例西瓜瓤兒。

瓦部 ㄨㄚˇ

「」是按照瓦片的樣子所造的象形字，瓦部的字大部分都是由陶土燒成的器具，例如：甎、瓶、甕。

瓦

瓦部 ○畫

一 丆 瓦 瓦

ㄨㄚˇ ❶蓋在屋頂上遮風雨的陶片，形狀有拱形、圓形、半圓形：例屋瓦。❷用陶土燒成的東西：例瓦盆、瓦罐。❸古時原始的紡錘：例弄瓦。❹電功率單位「瓦特」的簡稱：例四十瓦。❺姓：例瓦先生。

繞口令 樓上一塊破瓦，樓下一匹騍馬①。破瓦掉下來打了騍馬，騍馬跳起來踩了破瓦。

註：①騍（ㄎㄜˋ）馬：就是母馬。

瓦解 ㄨㄚˇ ㄐㄧㄝˇ 像瓦片一樣破碎；比喻解散、破敗。例我們瓦解了敵人的攻勢。

參考 相似詞：離散、分裂。♣活用詞：瓦解冰銷。

瓦斯 ㄨㄚˇ ㄙ 是音譯詞。通常指可以當作燃料的煤氣，但是用在軍事上則是指毒氣。例小心瓦斯外洩。

瓦罐 ㄨㄚˇ ㄍㄨㄢˋ 用瓦製成的罐子。

瓷

瓦部 六畫

瓷

ㄘˊ 以黏土、長石和石英為原料，經混合、成形，燒製而成的器具，比陶器細緻。

猜一猜 二等瓦。（猜一字）（答案：瓷）

小百科 江西省的景德鎮是名滿天下的瓷都。景德鎮陶瓷館裡的工人們，常常在製造一個杯子時，從配料、成型、作畫……一直到杯子完成，得經過七十二道手續，可見分工多麼精細，技藝多麼高超。你如果有機會到景德鎮去，一定要去參觀那兒的陶瓷館喔！保證會讓你大飽眼福，就像是走過陶瓷藝術的迷宮一般。

瓷磚 ㄘˊ ㄓㄨㄢ 使用瓷土當原料燒成的薄磚，通常都有彩色圖案，十分美觀。

瓷器 ㄘˊ ㄑㄧˋ 中國特有的手工藝品，以江西省景德鎮最有名。瓷器是以瓷土、黏土、石英等為原料，磨成粉末加水製成器物形狀，稱為粗坯，陰乾後再放入窯中燒製，成形後加上釉彩，再進入窯中燒製，就是細瓷。

瓶

瓦部 六畫

瓶

ㄆㄧㄥˊ 入口小，腹部大的容器，可以裝水、插花：例花瓶、酒瓶。

瓶塞 ㄆㄧㄥˊ ㄙㄞ 塞住瓶口的東西，大部分用軟木塞做成。

瓶頸 ㄆㄧㄥˊ ㄐㄧㄥˇ 瓶子入口較細的部分，現在多引申為狹小的地方，或是進行事情時容易發生阻礙的地方。例火車站附近是交通瓶頸，經常堵車。

甄

瓦部 九畫

甄甄

五畫

ㄓㄣ ❶製造陶器：例甄陶。❷鑑別，審查：例甄別、甄選、甄拔。❸姓：例甄小姐。

甄用 ㄓㄣ ㄩㄥˋ 選拔任用。

參考 活用詞：甄用人才。

甄陶 ㄓㄣ ㄊㄠˊ 本指燒製陶器；現比喻造就人才。

甄試 ㄓㄣ ㄕˋ 為選拔某種人才或取得某種資格而舉行的考試。

甌 瓦部 十一畫

ㄡ ❶盆，盂一類的瓦器。❷杯子：例茶甌、金甌（金屬的杯子；比喻完整的國土）。❸浙江溫州的別稱。❹姓：例甌先生。

甕 瓦部 十三畫

ㄨㄥˋ 一種口小腹大的陶器：例酒甕。

甕中捉鱉 ㄨㄥˋ ㄓㄨㄥ ㄓㄨㄛ ㄅㄧㄝ 在水甕中抓鱉；比喻要捕抓的壞人已在掌握中；形容很有把握的樣子。例嫌犯已被團團圍住，警察是甕中捉鱉，手到擒來。

甘部 ㄍㄢ

小朋友，當你吃到好吃的食物時，是不是會將食物含在嘴裡多嚼幾下？「甘」正是口中含著東西的象形字。「一」代表食物，因為食物很可口，所以才會含在嘴裡捨不得吞下去。因此「甘」有美味、好吃的意思。甘部的字也都有美味、美好的意思，例如：甜、甚（原來的意思是很快樂，現在「甚」有「甚好」、「甚佳」等用法。）

甘 甘部 ○畫

一 十 廾 廿 甘

ㄍㄢ ❶甜味：例甘泉。❷自己願意的：例心甘情願、甘心。❸姓：例甘羅。

參考 相似字：願、甜。♣相反字：苦。

甘心 ㄍㄢ ㄒㄧㄣ 自己願意的。例他甘心放棄高薪，回到國內服務。

參考 相似詞：甘願、心甘情願。

甘休 ㄍㄢ ㄒㄧㄡ 自己願意停下。休：停止。例不達到目標，絕不甘休。

甘美 ㄍㄢ ㄇㄟˇ 味道香甜。例這種陳年的好酒味道十分甘美。

甘脆 ㄍㄢ ㄘㄨㄟˋ ❶甜美香脆的滋味。例這種梨子又甘脆又多汁。❷形容做事很爽快，不會拖拖拉拉。例他做事一向很甘脆，說一不二。

參考 相似詞：乾脆、索性。

甘甜 ㄍㄢ ㄊㄧㄢˊ 形容很甜的滋味，很好的感覺。例他努力研發多年，終於嘗到甘甜的成功滋味。

甘蔗 ㄍㄢ ㄓㄜˋ 禾本科植物的名字，莖內含有糖分，是最重要的製糖原料。蔗渣可以製紙，也能做成蔗板和燃料，功用很多。

古人說 「甘蔗沒有兩頭甜。」這句話是形容事情沒有十全十美。例「甘蔗沒有兩頭甜」，你一定要在這兩者當中作一個選擇。

甘藷 ㄍㄢ ㄕㄨˇ 草本植物名，葉、藤會蔓延生長，葉柄長長的，塊根含有澱粉，味道很甜，可以食用。

參考 相似詞：甘薯、番薯、地瓜。

甘羅 ㄍㄢ ㄌㄨㄛˊ 戰國時秦國人，從小機智聰明，反應靈敏。十二歲就在秦國宰相呂不韋的身旁做事，曾經出使到趙國，趙王親自到郊外迎接他，並且割讓五座城給秦國，表示趙國對秦國的服從。秦國因此封甘羅為「上卿」。

動動腦 秦始皇叫甘羅的爺爺找一隻會生蛋的公雞，否則就要殺了他。聰明的甘羅告訴秦王：「爺爺在家生孩子。」秦王說：「男人哪會生孩子？」甘羅說：「如果男人不會生孩子，那麼公雞又怎麼會下蛋呢？」如果你是甘羅，你會怎麼回答秦王呢？

甘肅省 ㄍㄢ ㄙㄨˋ ㄕㄥˇ 省名，由「甘州」和「肅州」而得名。位置在黃河流域上游，隴山的西邊，面積三十九萬多平方公里，省會是蘭州市。

甘拜下風 ㄍㄢ ㄅㄞˋ ㄒㄧㄚˋ ㄈㄥ 自己承認不如別人，並且真心佩服。下風：比較低的地位。例你技高一等，我甘拜下風。

甚

甘部 四畫

ㄕㄣˋ ❶過分的：例欺人太甚。❷很，極：例甚好。❸超過：例她愛護妹妹甚於愛護自己。

ㄕㄣˊ 疑問代名詞：例甚事、甚麼。

甜

甜

甘部 六畫

ㄊㄧㄢˊ ❶味道像糖或蜜：例甜點、甜食。❷熟睡：例他睡得很甜。

動動腦 小朋友，想一想有哪些東西可以代替糖，而仍然有甜味？

甜蜜 ㄊㄧㄢˊ ㄇㄧˋ 像蜜一樣甜；形容令人感到幸福、愉快。例他們一家過著甜蜜的生活。

動動腦 「這顆水蜜桃吃起來甜蜜蜜的。」除了「甜蜜蜜」、「酸溜溜」之外，小朋友，你還能想出形容味道後面二個字相同的重疊字嗎？

甜頭 ㄊㄧㄢˊ ㄊㄡˊ 指引誘人的好處。例他吃了壞人的甜頭，當然會替壞人辯解。

甜言蜜語 ㄊㄧㄢˊ ㄧㄢˊ ㄇㄧˋ ㄩˇ 用悅耳動聽的話討人喜歡，或欺騙人家。例他常用甜言蜜語欺騙女孩子。

生部

ㄕㄥ

「[illegible]」是「生」最早的寫法，「[illegible]」是一棵小草，下面那一畫代表土地，指明草木從地上生長出來。後來寫成「[illegible]」，多了一點，仍是指小草從土中冒出來，因此有「生長」的意思。含有「生」的字大部分都有生長、繁榮的意思，例如：產（生出新生命）、隆（阜部，多、豐富）、蕤（艸部，草木茂盛的樣子）。

生

生部 ○畫

ㄕㄥ ❶產出：例生育。❷出現，發現：例發生。❸存活，活著：例生存、捨生忘死。❹發育，成長：例生長。❺一輩子：例一生、此生。❻未熟的：例生米。❼不熟悉，不常見：例生字、面生。❽不熟練：例生手、生疏。❾學習的人：例學生。❿傳統戲曲的角色之一：例武生、小生。⓫燃燒：例生火。⓬創新：例生花妙筆。⓭勉強：例生吞活剝。⓮沒有加工或鍛鍊過的：例生鐵、生石膏。⓯非常的意思：例生怕、生恐。⓰鮮活的：例活生生。⓱姓：例生老師。

參考 相似字：活、出。

笑一笑 媽媽懷孕了，爸爸問小明：「你希望媽媽給你生個弟弟還是妹妹？」小明說：「我要媽媽生個哥哥給我。」

生人 ㄕㄥ ㄖㄣˊ 陌生人，不認識的人。

猜一猜 兇狗見生人。（猜一句成語）（答案：一口咬定）

生日 ㄕㄥ ㄖˋ 出生的日子，又稱為「母難日」。意思是指生產時是母親受難的日子。例你的生日是哪一天？

參考 活用詞：生日卡片、生日禮物、生日蛋糕、生日宴會。

動動腦 小朋友，讓我們來為生日卡設計一些別開生面的祝福話。例如：祝你活到九十九，吃魚吃肉喝米酒。

生手 ㄕㄥ ㄕㄡˇ 剛做某件事情還不太熟悉的人。例他是生手，當然做得比較慢。

生火 ㄕㄥ ㄏㄨㄛˇ 把柴、煤等燒起火來。例大家可以生火做飯了。

五畫

生平 一輩子；一個人生活的整個過程。例他這個人的生平沒什麼特別突出的。

生存 活在世界上。例我們要維護我們的生存環境。

參考 活用詞：生存空間、生存環境、生存競爭。

生死 生和死。例他們是共生死的好朋友。

參考 活用詞：生死關頭、生死不明、生死與共、生死永別。

生長 ❶發育生長。例他生長在美國。❷產生和增長。例新生力量不斷生長。

生肖 代表十二地支；用來記人出生年的次序，共有十二種動物，就是鼠、牛、虎、兔、龍、蛇、馬、羊、猴、雞、狗、豬。

動動腦 這裡有十二句成語和諺語是和十二生肖有關的，請你仔細想想，然後把適當的動物名稱填寫在空格裡：

❶□目寸光
❷九□一毛
❸為□作倀
❹□死狐悲
❺□飛鳳舞
❻打草驚□
❼□首是瞻
❽亡□補牢
❾沐□而冠
❿□毛蒜皮
⓫□急跳牆
⓬人怕出名□怕肥

（答案：❶鼠、❷牛、❸虎、❹兔、❺龍、❻蛇、❼馬、❽羊、❾猴、❿雞、⓫狗、⓬豬）

生物 ❶自然界中能夠生長、繁殖、發育的物體，包括動物、植物、微生物。❷指有生命的東西。例我們不要殘害生物。

參考 活用詞：生物學、生物圈、生物防治、生物潛能。

生命 性命。

參考 請注意：「生命」指人，也指動物、植物以及有活力的事物；「性命」是偏重在人的生命。♣活用詞：生命力、生命旺盛。

生性 從小養成的個性、習慣。例他生性活潑、好動。

生氣 ❶因為不合心意所以不愉快。例別生氣了，人家都向你道歉了。❷生命力，活力。例年輕人是最有生氣的。

俏皮話 「唱戲的吹鬍子——假生氣。」在戲曲中扮演某些角色的人都裝有長長的鬍鬚，如果表示生氣時就會吹鬍子。因此人家說「唱戲的吹鬍子」，就表示「假生氣」的意思。

生前 指死者還活著的時候。例他生前最喜愛遊山玩水。

生活 ❶人或動物為了生存和發展所進行的各種活動。例你不要為這些生活瑣事煩心。❷生存。例一個人脫離了社會就無法生活下去。❸衣、食、住、行等方面的情況。例臺灣人民的生活非常富裕。

參考 請注意：「生活」的範圍比較大。「生計」多指謀取生存資料，或謀生的辦法。「生涯」指長期的職業性活動，例如：軍旅生涯。♣活用詞：生活水準、生活能力。

生病 身體不舒服，有毛病。

生恐 很怕，恐怕。例他生恐趕不上別人，在後面緊追著。

生效 發生作用、效用。例這條合約早就不生效了。效：作用，效用。

生疏 ❶陌生。例他才剛搬來，人地生疏。❷因為很久不用而不熟練。例我很久沒有彈鋼琴了，因此彈奏起來有些生疏。❸彼此不親近。例我對叔叔感到很生疏。

生涯 指從事某種活動或職業的生活。例他將要結束教書生涯，專心寫作。

生產 ❶人們進行創造各種財富的活動。❷生孩子。

笑一笑 有位秀才作文章，寫了好久都還沒完成。他的妻子見了說：「看你作文這麼難，倒跟我生孩子一樣。」秀才說：「還是你生孩子較容易。你是肚子裡原來就有的，我是肚子裡本來就沒有的。」

生動 ㄕㄥ ㄉㄨㄥˋ 活潑、具有活力。例他的文章內容生動有趣。

參考 相反詞：死板。

生理 ㄕㄥ ㄌㄧˇ 生命的活動和體內各器官的機能。

生殖 ㄕㄥ ㄓˊ 生物產生幼小的個體以繁殖後代。

生硬 ㄕㄥ ㄧㄥˋ ❶勉強，不自然，不熟練。例小妹妹才剛上學，寫字還很生硬。❷動作不純熟、不柔和。例這個臨時演員的表情很生硬。

參考 相似詞：僵硬、生澀。♣相反詞：純熟、流暢。

生意 ㄕㄥ ㄧˋ ❶生機；富有生命力的氣象。例百花盛開，百鳥齊鳴，大地上呈現一片蓬勃的生意。❷指商業經營。例這家商店的生意很興隆。

生路 ㄕㄥ ㄌㄨˋ 維持生活或生存的方法。例他失業後只好另謀生路了。

生態 ㄕㄥ ㄊㄞˋ 生物的活動，以及生物和周圍環境之間的關係。例亂砍樹木會破壞生態。

參考 活用詞：生態學、生態平衡。

生機 ㄕㄥ ㄐㄧ 生活的機能，生命力。例春風吹過，大地充滿了生機。

生還 ㄕㄥ ㄏㄨㄢˊ 活著回來。例這次的海難事件共有一百多人生還。

生澀 ㄕㄥ ㄙㄜˋ 不夠純熟、流利。澀：不滑的，不暢通的。例這篇文章很生澀，還需要潤飾。

生鏽 ㄕㄥ ㄒㄧㄡˋ 金屬在空氣中氧化所生出的東西。

笑一笑 小華放學回家，對母親說：「我以後再也不敢喝水了。」母親：「為什麼呢？」小華：「今天老師說人的身體中含有鐵質，我如果喝了水，身體不就會生鏽了嗎？」

生力軍 ㄕㄥ ㄌㄧˋ ㄐㄩㄣ 原指新加入而戰鬥力很強的軍隊，後來引申為一切新的力量。生：指儲藏而未用的潛在力量。

生生不息 ㄕㄥ ㄕㄥ ㄅㄨˋ ㄒㄧ 一再生出，永遠不停息。

生生世世 ㄕㄥ ㄕㄥ ㄕˋ ㄕˋ 每一輩子。例我願生生世世都守護著你。

生民塗炭 ㄕㄥ ㄇㄧㄣˊ ㄊㄨˊ ㄊㄢˋ 比喻人民生活困苦。塗：泥土。炭：木炭。以泥土木炭形容生活環境的困苦。

參考 相似詞：生靈塗炭。

生老病死 ㄕㄥ ㄌㄠˇ ㄅㄧㄥˋ ㄙˇ 指生活中生育、養老、醫療和喪事。例人的一生不過生老病死，何必對什麼事都那麼計較呢？

生龍活虎 ㄕㄥ ㄌㄨㄥˊ ㄏㄨㄛˊ ㄏㄨˇ 形容有生氣和活力。例他們在球場上總是生龍活虎。

生離死別 ㄕㄥ ㄌㄧˊ ㄙˇ ㄅㄧㄝˊ 很難再見面或永久的離別。例在戰火下，人們往往要面臨生離死別的傷痛。

生靈塗炭 ㄕㄥ ㄌㄧㄥˊ ㄊㄨˊ ㄊㄢˋ 形容人民生活困苦不堪，好像生活在泥炭中。塗：泥土。炭：木炭。例秦朝時，百姓在秦始皇的暴政下，過著生靈塗炭的生活。

產

生部 六畫

產　、亠ナ文文产产产産産

產 ㄔㄢˇ ❶人或動物生子。例產卵。❷創造物質或精神財富。例增產。❸擁有的土地、房屋、錢財等。例財產。

參考 相似字：生。

產生 ㄔㄢˇ ㄕㄥ 出現，生出新的事物。例中國悠久的歷史中，產生了許多民族英雄和革命的領袖。

產卵 ㄔㄢˇ ㄌㄨㄢˇ 生下卵來，是卵生動物的生殖方式。

產品 ㄔㄢˇ ㄆㄧㄣˇ 創造出來的物質、財富。例產品出產前都要經過品質檢測。

產業 ㄔㄢˇ ㄧㄝˋ ❶私有的土地、房屋、工廠等財產。❷農、礦、工、商等經濟事業的總稱。例十九世紀西方發生產業革命。

甥

生部 七畫

甥甥　ノ𠂉𠂉牛生生甥甥甥甥甥

五畫

ㄕㄥ 姐姐或妹妹的孩子。

參考 請注意：「姪」和「甥」是不同的，「姪」是指兄弟所生的子女。

甦

生部 七畫

一 丆 丙 丙 百 更 更 更 更 更 甦 甦

ㄙㄨ 從昏迷狀態中醒來：例甦醒。

甦醒 ㄙㄨ ㄒㄧㄥˇ 從昏迷中醒來。例他昏迷了很久，終於甦醒過來了。

用部 ㄩㄥˋ

「」是「用」最早的寫法，是按照鐘的樣子所造的象形字。演變到「」和「」，還可以看出鐘的樣子。「用」後來只有使用、功用的意思，原本鐘的意思就不常用了。因此，用部的字和使用的意思有關，例如：甩（丟棄不用）、甭。

用

用部 ○畫

ノ 冂 月 月 用

ㄩㄥˋ ❶產生的作用：例功用。❷消費：例家用。❸幫忙做家中事務的人，同「佣」：例用人。❹進食：例用飯、請用茶。❺需要：例不用費心。❻運作：例運用。❼姓：例用先生。

古人說 「一心不可兩用。」這句話是說：做事要專心，在同一個時間內做不同的事，效果不好。例「一心不可兩用」，你邊看電視邊寫功課，當然功課會寫不完。

笑一笑 放學後小明對媽媽說：「以後我算數學都要吃點心。」媽媽：「為什麼？」小明：「今天老師對我說算數學時要多用點心！」

用人 ㄩㄥˋ ㄖㄣˊ ❶選擇與使用人員。例她的成功是因為善於用人，而他的失敗是因為用人不當。❷需要人手。例現在正是用人的時候。❸在家中幫忙家務的人，也可以寫作「佣人」。例富翁家裡請了很多用人。

用力 ㄩㄥˋ ㄌㄧˋ 使勁，出力。例我用力推開門。

用心 ㄩㄥˋ ㄒㄧㄣ ❶集中注意力，多費心思。例上課要用心聽講。❷居心，存心。例我看他是別有用心。

用戶 ㄩㄥˋ ㄏㄨˋ 經營者稱使用者的語詞。例自來水用戶、瓦斯用戶。

用功 ㄩㄥˋ ㄍㄨㄥ 學習努力。例他這幾天都在圖書館裡用功。

用具 ㄩㄥˋ ㄐㄩˋ 日常生活、生產等所使用的器具。例寫書法時要準備墨、毛筆等用具。例

用事 ㄩㄥˋ ㄕˋ 失去理性，只憑感情、意氣辦事。例你千萬不能意氣用事，否則容易鑄成大錯。

用武 ㄩㄥˋ ㄨˇ 用兵，使用武力。例英雄無用武之地。

用品 ㄩㄥˋ ㄆㄧㄣˇ 應用的物品。例筆是考試必備的用品。

用處 ㄩㄥˋ ㄔㄨˋ 用途。例醋的用處很多。

用途 ㄩㄥˋ ㄊㄨˊ 應用或使用的方面和範圍。例橡膠的用途很廣。

用場 ㄩㄥˋ ㄔㄤˇ 用途。例皮大衣在夏天裡派不上用場。

用意 ㄩㄥˋ ㄧˋ 存心，居心，企圖。例我說這話沒別的用意，只是想勸告他而已。

用語 ㄩㄥˋ ㄩˇ ❶術語，某一方面專用的詞語。❷措辭。例他的文章用語不當。

用膳 ㄩㄥˋ ㄕㄢˋ 用飯，用餐。膳：飯食。例用膳的時間到了。

用筆如舌 ㄩㄥˋ ㄅㄧˇ ㄖㄨˊ ㄕㄜˊ 比喻文筆運用自如，像舌頭說話一般靈巧。例他寫起文章來，真是用筆如舌。

甩

用部 ○畫

ノ 冂 月 月 甩

ㄕㄨㄞˇ ❶揮動，擺動：例甩手。❷用力扔出：例用力一甩。❸拋開：例甩在後面。❹理睬：例我才沒空甩他。

五畫

甩手 ㄕㄨㄞˇ ㄕㄡˇ ❶手向前後擺動。例她用力甩手才掙脫他的手腕。❷扔下不管。例他甩手不幹了。

甬

用部 二畫

フ マ 乃 乃 丙 甬 甬

ㄩㄥˇ ❶古代量器名，就是「斛」。❷浙江省鄞縣的別稱。❸姓：例甬先生。

甫

用部 二畫

一 厂 门 币 甬 甫 甫

ㄈㄨˇ ❶古代加在男子名字下面的美稱，多指別名：例台甫。❷剛才：例驚魂甫定。❸姓：例甫先生。

甭

用部 四畫

一 ア 不 不 丕 否 甭 甭 甭

ㄅㄥˊ 「不用」兩字的合音，有不用的意思：例甭管他了。

田部 ㄊㄧㄢˊ

田 田 田 田

「田」是按照農田的形狀所造的字，中間的「十」是田裡的小路。田是種植穀物的土地，田部的字和農田都有關係，例如：疇（已經耕作的田）、町（田裡的道路）、男（在田裡用力耕作的人）。

田

田部 〇畫

丨 ㄇ 曰 田 田

ㄊㄧㄢˊ ❶種植五穀或用來生產的土地：例稻田。❷青蛙：例田雞。❸姓：例田先生。

猜一猜 田字不透風，十字在當中；十字移上去，請你猜個字。（猜一字）（答案：古）

唱詩歌 一隻田雞咕咕叫，二隻田雞咯咯叫，三隻田雞滿田跳。（浙江）

田田 ㄊㄧㄢˊ ㄊㄧㄢˊ 蓮葉浮在水面上鮮綠的樣子。例水面上飄著田田的荷葉。

田地 ㄊㄧㄢˊ ㄉㄧˋ ❶耕種的土地。❷地步。例你就是揮金如土才落到這般田地。

田埂 ㄊㄧㄢˊ ㄍㄥˇ 田間的小路。埂：田中的小路。

田徑 ㄊㄧㄢˊ ㄐㄧㄥˋ 體育運動中的田賽和徑賽。田賽是以距離遠近高低為競爭項目，例如：跳高、鉛球；徑賽是以時間快慢為競爭的目的，例如：一百公尺賽跑。

田野 ㄊㄧㄢˊ ㄧㄝˇ 田地和原野。

田鼠 ㄊㄧㄢˊ ㄕㄨˇ 鼠的一類，有很多種類，生活在樹林、草地、田野裡，對農作物有害。

田園 ㄊㄧㄢˊ ㄩㄢˊ 田地和菜園花圃，一般指農村。

參考 活用詞：田園詩、田園詩人、田園交響曲。

田莊 ㄊㄧㄢˊ ㄓㄨㄤ 指官員、地主在農村中所擁有的田地。

由

田部 〇畫

丨 ㄇ 曰 由 由

ㄧㄡˊ ❶原因：例理由。❷自，從：例由裡到外。❸因為，由於：例咎由自取。❹經過：例必由之路。❺聽從，順從：例由他去吧。❻歸屬：例由我負責。❼表示憑藉：例由此可見。

猜一猜 (一)草從田中冒出頭。（猜一字）（答案：由）

(二)一個字，生得惡，四張嘴，一隻角。（猜一字）（答案：由）

動動腦 小朋友，請你在「口」的上、下、左、右加兩筆畫，變成其他的字，例如：甲、申。和同學比一比，看誰想得快又多！

（答案：由、田、囚、召、叫、叮、叶、可、古、叩、叨、司、只、另、史、叱、台、句……）

由來 ㄧㄡˊ ㄌㄞˊ ❶從發生到現在。例這個問題由來已久，很難解決了。❷事物發生的原因、來源。例這個實驗小組的由來，是為了改良農產品。

由於 ㄧㄡˊ ㄩˊ 表示原因或理由。例由於他努力不懈，所以贏得第一名。

參考 請注意：「由於」、「因為」有分別：「由於」可以和「因此」、「因而」合用，「因為」就不能。「因為」可以用在後面的一小句，「由於」就不可以。例如：「這裡無法通過，因為水流太急。」一般少用「由於」，多用「因為」。

由衷 ㄧㄡˊ ㄓㄨㄥ 真心，從心裡發出的真誠。衷：內心深處。例我由衷的感謝你幫了我這個大忙。

參考 相似詞：真心。♣相反詞：無心。

由近及遠 ㄧㄡˊ ㄐㄧㄣˋ ㄐㄧˊ ㄩㄢˇ 從近的地方到遠的地方。及：達到。例這幅畫由近及遠的看，感覺上就不一樣了。

參考 相反詞：由遠而近。

由淺入深 ㄧㄡˊ ㄑㄧㄢˇ ㄖㄨˋ ㄕㄣ 從淺近的意義再進入到更深的意義中。例讀書要由淺入深，不能操之過急。

參考 相似詞：由表及裡。♣相反詞：由深而淺。

甲

田部 ○畫

丨 冂 日 日 甲

ㄐㄧㄚˇ ❶天干的第一位。例甲乙丙丁。❷居第一位的：例桂林山水甲天下。❸動物的硬殼：例龜甲。❹甲魚，鼈的別名。❺手指和腳趾上的硬殼：例指甲。❻姓：例甲先生。

古人說 「桂林山水甲天下，陽朔山水甲桂林。」「桂林山水甲天下」這句話，強調桂林山水的優美。所謂「甲天下」，指的是在「天下」這個特定範圍裡是最優秀的，也就是在「天下」中居第一位的意思。另一句「陽朔山水甲桂林」，照字面解，這句話指的是在桂林的所有山水中，陽朔那兒算是最好的了。事實上，陽朔並不是桂林裡面的一部分，而是與桂林不同的另一個地方，怎能用「甲桂林」這個詞？很明顯的，這裡的「甲」字當作「勝過」的意思了。

甲板 ㄐㄧㄚˇ ㄅㄢˇ 將船分隔成幾層，相當房屋的樓板。

甲骨文 ㄐㄧㄚˇ ㄍㄨˇ ㄨㄣˊ 商朝人占卜時在龜甲或獸骨上面刻寫的文字。

申

田部 ○畫

丨 冂 日 日 申

ㄕㄣ ❶地支的第九位。❷古時候從下午三點到五點叫申。❸陳述，說：例申述、重申。❹向上報告、陳述：例申報。❺教訓：例申斥。❻姓：例申先生。

參考 相似字：說、請。

猜一猜 去頭是字，去尾是字，去頭去尾還是字。（猜一字）（答案：申）

申訴 ㄕㄣ ㄙㄨˋ 受到處罰不服時，向上級說明自己的意見。例他向法院申訴冤情。

申請 ㄕㄣ ㄑㄧㄥˇ 向上級或有關單位說明理由，提出要求。例他們正準備申請退休金。

甸

田部 二畫

ノ 勹 勹 句 句 甸

ㄉㄧㄢˋ 古代指郊外的地方。

男

田部 二畫

丨 冂 日 田 田 男 男

ㄋㄢˊ ❶男性：例男學生。❷兒子：例長男。❸古代五個爵位中的第五等：例公、侯、伯、子、男。

參考 相反字：女。

猜一猜 田字加一半，不能猜成畔。（猜一字）（答案：男）

男兒 ㄋㄢˊ ㄦˊ 男子漢。例男兒志在四方。

男子漢 ㄋㄢˊ ㄗˇ ㄏㄢˋ ❶男子的俗稱。❷大丈夫的意思。例有些婦女做起事來，還贏過男子漢。

參考 相似詞：大丈夫。♣相反詞：女人家。

男男女女 ㄋㄢˊ ㄋㄢˊ ㄋㄩˇ ㄋㄩˇ 指有男有女的一群人。

町 田部 二畫

ㄊㄧㄥˇ 田地間的道路：例町畦。

ㄉㄧㄥ 日本將工商區稱為町，臺北的「西門町」就是日式的稱呼。

甽 田部 三畫

ㄑㄩㄢˇ 田野間的水溝。

畏 田部 四畫

ㄨㄟˋ ❶害怕：例不畏艱難。❷敬佩：例敬畏。

參考 相似字：怕、懼、怯。

猜一猜 (一)田中稻草人，穿衣沒有頭。（猜一字）（答案：畏）

(二)哥哥怕弟弟。（猜一句成語）（答案：後生可畏）

畏罪 ㄨㄟˋ ㄗㄨㄟˋ 犯了罪害怕受到懲罰。例一個月前，他已畏罪自殺了。

畏懼 ㄨㄟˋ ㄐㄩˋ 害怕。例他面對敵人一點也不畏懼。

畏首畏尾 ㄨㄟˋ ㄕㄡˇ ㄨㄟˋ ㄨㄟˇ 怕這個怕那個的；比喻過分的憂慮。

參考 相反詞：勇往直前。

畏畏縮縮 ㄨㄟˋ ㄨㄟˋ ㄙㄨㄛ ㄙㄨㄛ 因為害怕而退縮。例他做事畏畏縮縮，所以根本不會成功。

參考 相似詞：畏縮怯懦。♣相反詞：勇往直前。

界 田部 四畫

ㄐㄧㄝˋ ❶兩地相交的地方：例國界。❷職業、工作或性質相同的一些社會成員的總體：例教育界。❸指大自然中動物、植物、礦物等的最大類別：例植物界。

界河 ㄐㄧㄝˋ ㄏㄜˊ 兩國或兩地區分界的河流。例黃河是山西和陝西兩省的界河。

界限 ㄐㄧㄝˋ ㄒㄧㄢˋ 區域分界的限制。例這條河是這兩座城市的界限。

參考 請注意：「界限」和「界線」不同：「界線」偏重在邊線；「界限」偏重在限制。

界線 ㄐㄧㄝˋ ㄒㄧㄢˋ 兩個地區分界的線。例我們重新和鄰居畫分土地界線。

畔 田部 五畫

ㄆㄢˋ ❶江、湖、道路的旁邊；附近：例湖畔。❷田地的界限：例田畔。

畝 田部 五畫

ㄇㄨˇ 田地面積的單位，古代一千二百尺平方為一畝，現在是六十丈平方為一畝。

畜 田部 五畫

ㄔㄨˋ 禽獸，多指家禽：例牲畜。

ㄒㄩˋ 飼養禽獸：例畜牧。

參考 相似字：養。♣請注意：「畜」有二個讀音：「畜」生讀ㄔㄨˋ；「畜」牧讀ㄒㄩˋ。

畜生 ㄔㄨˋ ㄕㄥ 禽獸的通稱。也用來罵人沒有道德觀念，不懂倫常，和禽獸一樣。

畜牧 ㄒㄩˋ ㄇㄨˋ 在原野上飼養動物。

參考 活用詞：畜牧事業。

畚

田部 五畫

ㄅㄣˇ 用草或竹子編成的盛土的用具：例畚箕。

畚箕 ㄅㄣˇ ㄐㄧ 盛土的竹器。例我們把沙土掃到畚箕裡。

留

田部 五畫

ㄌㄧㄡˊ ❶停止在一個地方：例留校。❷不讓人離開：例挽留。❸把注意力放在某個地方：例留心。❹接受，收容：例收留。❺姓：例留先生。

參考 相似字：停。♣請注意：「留」和「流」音相同，意思不同：「留」多指位置不改變或保有，例如：留下、留存；「流」指位置改變或散布開來，例如：流逝、流傳。

古人說 「人死留名，豹死留皮。」凶猛的豹死了都還能留下豹皮供人利用，人類是萬物之靈，更要自我警惕，多做好事，留下好的名聲。例不要做太多缺德事，要記住「人死留名，豹死留皮」。

留存 ㄌㄧㄡˊ ㄘㄨㄣˊ ❶保存，存放。例這份計畫書要留存原稿當成資料。❷存在。例你的恩惠永遠留存在我的心中。

留言 ㄌㄧㄡˊ ㄧㄢˊ 離開某個地方時寫下要說的話。例他在信箱裡發現了一張留言。

留步 ㄌㄧㄡˊ ㄅㄨˋ 用在主人送客人時，請主人不要送。例請留步，我自己叫車就行了。

留念 ㄌㄧㄡˊ ㄋㄧㄢˋ 留做紀念。例老師送你一本書，做為你畢業的留念。

留級 ㄌㄧㄡˊ ㄐㄧˊ 學生一學年的成績不及格，留在原來的年級重新學習。

留神 ㄌㄧㄡˊ ㄕㄣˊ 小心注意。

參考 請注意：「留神」、「留心」、「留意」、「介意」都是注意，但是有分別：「留神」有小心、當心的意思，常用在防備危險、疾病和錯誤，例如：開車要留神。「留心」有關心、提防、注意的意思，例如：你要留心自己的身體。「留意」是留心、注意，例如：要留意可疑的人。「介意」是指不愉快的事放在心上，多用在否定的句子中，例如：她對於妹妹的無理取鬧，一點也不介意。

留情 ㄌㄧㄡˊ ㄑㄧㄥˊ ❶顧及人情而寬恕或原諒別人。例法官判案毫不留情。❷對某個人或事物非常喜愛，留下感情。例他是個風流的人，到處留情。

留傳 ㄌㄧㄡˊ ㄔㄨㄢˊ 遺留下來傳給後代。傳：一代接一代。例我們的祖先留傳了很多文化遺產給我們。

留意 ㄌㄧㄡˊ ㄧˋ 小心注意。

留學 ㄌㄧㄡˊ ㄒㄩㄝˊ 去外國的學校學習。例他到美國留學兩年了。

參考 活用詞：留學生。

留戀 ㄌㄧㄡˊ ㄌㄧㄢˋ 不忍心離開或捨棄。例就要畢業了，大家都非常留戀學校的一草一木。

留一手 ㄌㄧㄡˊ ㄧˋ ㄕㄡˇ 不把本事全部拿出來。例老師傅把會的東西都傳給徒弟，不像以前那樣會留一手了。

略

田部 六畫

ㄌㄩㄝˋ ❶計謀：例策略。❷簡單：例大略。❸省去，忽略：例省略。❹簡要的敘述：例史略。❺侵奪：例侵略。❻姓：例略先生。

參考 相似字：簡、節、省、策、謀、稍。♣請注意：「略」和「掠」都可當作奪取的意思。奪取財物多用「掠」，奪取土地多用「略」。

略勝一籌 ㄌㄩㄝˋ ㄕㄥˋ ㄧˋ ㄔㄡˊ 比較起來稍微好一些。籌：是計算數量的工具。例在功課方面和他比起來，你略勝一籌。

參考 相似詞：棋高一著。

畢

田部 六畫

ㄅㄧˋ ❶結束，完成：例完畢、小學畢業。❷完全：例原形畢露。❸姓：例畢昇。

參考 相似字：完、竣、卒、終。

畢昇 ㄅㄧˋ ㄕㄥ 北宋仁宗時，活字印刷術的發明家。畢昇，原來是一名雕版工人，經過多年的試驗，用泥雕刻活字，再用火燒硬，然後排版印刷，活字可以多次使用，比整版雕刻經濟方便，使我國的印刷技術更加進步。

畢竟 ㄅㄧˋ ㄐㄧㄥˋ 還是、到底、終於、究竟的意思。例雖然經歷了多次失敗，試驗畢竟還是成功了。

參考 請注意：「畢竟」和「究竟」用法有些不同：「畢竟」有「最後還是這樣子」的意思，例如：你「畢竟」還是來了。「究竟」除了「完畢」的意思外，還可以放在問句上，例如：「究竟」如何？這「究竟」是怎麼一回事？不可以用「畢竟」代替「究竟」。

畢業 ㄅㄧˋ ㄧㄝˋ ❶就是完成學業，學生在學校的學習結束，並且合乎要求，獲得教育部承認，拿到畢業的證明。❷籃球規則中，一個球員在一場比賽中犯規滿五次，就不能再上場比賽，叫作「畢業」。

笑一笑 畢業的時候，校長要頒獎給第一名的同學。廣播了好幾次，那個同學才慢吞吞的上臺領獎。後來有人問他為什麼連自己的名字都聽不清楚。他說：「不是我聽不清楚，我是怕別人沒有聽清楚。」

畢恭畢敬 ㄅㄧˋ ㄍㄨㄥ ㄅㄧˋ ㄐㄧㄥˋ 形容態度非常的恭敬。例一見到師長，他馬上畢恭畢敬的彎腰行禮。

參考 相似詞：必恭必敬、恭恭敬敬。

畦

田部 六畫

ㄑㄧˊ ❶田五十畝。❷地上用土埂分成整齊的小塊地：例田畦。❸姓：例畦先生。

參考 請注意：「畦」和「圃」都是種植用的田地，但是「畦」指種蔬菜的園地；「圃」指種蔬果、花卉的地方，二個字略有分別。

猜一猜 田旁二堆土。（猜一字）（答案：畦）

古人說 「一畦蘿蔔一畦菜，誰的兒子誰不愛。」這句話是說：人人都喜愛自己的子女。例「一畦蘿蔔一畦菜，誰的兒子誰不愛」，難怪老王整天抱著他的兒子，連睡覺都捨不得放下。

異

田部 六畫

ㄧˋ ❶不同：例大同小異。❷特別的，突出的：例優異。❸奇怪：例奇異。❹驚訝：例訝異。❺另外的：例異日。❻分開：例離異。❼姓：例異先生。

參考 相似字：奇、怪、殊。

異己 ㄧˋ ㄐㄧˇ 在同一個團體中，和自己意見不同，或利害衝突的人。例他奪取政權後，就開始清除異己。

異性 ㄧˋ ㄒㄧㄥˋ 不同的性質或性別。例異性相吸。

異常 ㄧˋ ㄔㄤˊ ❶不同於平常。例他的神色異常，一定出事了。❷非常。例他一提起童年往事，就異常興奮。

異樣 ㄧˋ ㄧㄤˋ 不同樣。例人們用異樣的眼光看著她。

異議 ㄧˋ ㄧˋ 不同的意見。例他對這項決定，提出異議。

異口同聲 ㄧˋ ㄎㄡˇ ㄊㄨㄥˊ ㄕㄥ 大家都表示相同的意見。例全班同學異口同聲要求老師不要考試。

猜一猜 大合唱。（猜一句成語）（答案：異口同聲）

異曲同工 ㄧˋ ㄑㄩˇ ㄊㄨㄥˊ ㄍㄨㄥ 不同的曲調演奏得同樣的好；比喻不同的說法或作法收到同樣的效果。例這兩棟房子外觀不同，但是都很吸引人，有異曲同工之妙。

異想天開 ㄧˋ ㄒㄧㄤˇ ㄊㄧㄢ ㄎㄞ 比喻想法奇怪不合實際。天開：指憑空、沒有根據的事。例他整天等錢從天上掉下來，真是異想天開。

俏皮話 「癩蝦蟆想吃天鵝肉——異想天開。」小朋友，你們一定常聽到「癩蝦蟆想吃天鵝肉」這句話，通常是指人不自量力的意思。

番

田部 七畫

番番

ㄈㄢ ❶次數：例三番五次。❷種類：例別有一番天地。❸稱外國或外族：例紅番。

ㄆㄢ 番禺，縣名，在廣東省。

番茄 ㄈㄢ ㄑㄧㄝˊ 蔬菜類，果實扁圓，成熟後是紅色，可以吃，微酸。

參考 活用詞：番茄汁、番茄醬。

畫

田部 七畫

畫畫

ㄏㄨㄚˋ ❶用筆或其他東西做出圖形：例畫圖。❷國字一筆叫一畫：例「正」字有五畫。❸分開，區分：例畫分。❹設計：例計畫。❺整齊一致的：例整齊畫一。❻姓：例畫先生。

參考 相似字：圖、繪、劃。

古人說 「畫的餅充不了飢。」這句話是指沒有辦法解決實際問題。例「畫的餅充不了飢」，你還是另外再想一個切實可行的解決方法來。

畫分 ㄏㄨㄚˋ ㄈㄣ 區分、分開。例他把問題畫分成三部分。

參考 活用詞：畫分界線。

畫面 ㄏㄨㄚˋ ㄇㄧㄢˋ ❶圖畫表面呈現的形式，例如：線條、光、色等。❷圖畫、螢光幕等呈現的影像。例這部電腦故障，螢幕一直跳動。

畫家 ㄏㄨㄚˋ ㄐㄧㄚ 擅長繪畫的人。例張大千是位有名的畫家。

畫展 ㄏㄨㄚˋ ㄓㄢˇ 繪畫展覽會。例昨天我去參觀畫展。

畫圖 ㄏㄨㄚˋ ㄊㄨˊ 畫畫。例他喜歡在牆上畫圖。

畫眉鳥 ㄏㄨㄚˋ ㄇㄟˊ ㄋㄧㄠˇ 鳥名，背部黃褐色，腹部黃白，眼上有白斑像眉毛。雄鳥叫聲優美，好鬥，雌鳥則不鳴不鬥。

畫蛇添足 ㄏㄨㄚˋ ㄕㄜˊ ㄊㄧㄢ ㄗㄨˊ 比喻做多餘的事，反而不恰當。從前有兩個人比賽畫蛇，先畫完的人可以喝酒，結果一人先完成，一面喝酒，一面替蛇畫上腳。後來另一個人也畫完了，就一把搶走酒，笑著說，蛇根本沒有腳，酒應該讓我喝才對。例你穿了雨衣還打傘，真是畫蛇添足。

參考 相似詞：多此一舉。

畫餅充飢 ㄏㄨㄚˋ ㄅㄧㄥˇ ㄔㄨㄥ ㄐㄧ 比喻只有虛名，沒有實際的利益。

參考 相似詞：望梅止渴。

畫龍點睛 ㄏㄨㄚˋ ㄌㄨㄥˊ ㄉㄧㄢˇ ㄐㄧㄥ 比喻畫圖或寫文章時，在重要的地方加上一筆，使作品更生動。傳說梁代名畫家張僧繇在金陵安樂寺的牆壁上畫了四條龍，不點眼睛，因為他畫得太逼真，怕點了眼睛龍會飛掉。別人不相信，叫他得畫上眼睛。才點了兩條龍，忽然雷電交加，震破牆壁，兩條龍飛上天，只剩下沒畫眼睛的兩條。例他在這幅山水畫上加了瀑布，真有畫龍點睛之妙。

參考 相似詞：神來之筆。

畸

田部 八畫

畸畸畸

ㄐㄧ ❶歪一邊：例偏畸。❷不正常的：例畸形。

畸形 ㄐㄧ ㄒㄧㄥˊ ❶生物體的某一部分發育不正常。❷反常；不合一般的規則。

參考 活用詞：畸形發展、畸形兒。

當

田部 八畫

當當當

ㄉㄤ ❶作，擔任：例他當了組長。❷承擔：例敢作敢當。❸掌管，主持：例當家。❹面對：例當面。❺相稱：例旗鼓相當。❻應

五畫

該：例應當。❼正在：例當今。❽表示過去的時間：例當時。

ㄉㄤˋ同「擋」：例抵當、銳不可當。

ㄉㄤˋ❶合適：例恰當。❷等於：例以一當十。❸以為：例我當你走了。❹一種能抵押東西借錢給人的地方：例當鋪。

參考 相似字：作、充、宜、妥、押、質。

猜一猜 和尚田上住。（猜一字）（答案：當）

當中 ㄉㄤ ㄓㄨㄥ ❶在位置的正中央。例烈士紀念碑坐落在廣場當中。❷中間；之內。例在這些英雄人物當中，他的事蹟最感人。

當天 ㄉㄤ ㄊㄧㄢ 事情發生的那一天。例地震發生當天，我人在美國。

當心 ㄉㄤ ㄒㄧㄣ 小心注意。例慢點走，當心滑倒。

當代 ㄉㄤ ㄉㄞˋ 目前這個時代。例唐朝時期，李白是當代的詩仙。

當年 ㄉㄤ ㄋㄧㄢˊ 指過去的某段時間。例好漢不提當年勇。

當地 ㄉㄤ ㄉㄧˋ 本地，人物所在或事情發生的那個地方。例聽他的口音不是當地的人。

當先 ㄉㄤ ㄒㄧㄢ 趕在最前面。例他一馬當先的抓住搶犯。

當作 ㄉㄤ ㄗㄨㄛˋ 認為，看成。例不要把父母的話當作耳邊風。

當初 ㄉㄤ ㄔㄨ 指從前或指過去發生某件事情的時候。例早知如此，何必當初。

參考 相似詞：起初。♣相反詞：後來、結果。

當前 ㄉㄤ ㄑㄧㄢˊ ❶在面前。例大敵當前，他依然不害怕。❷目前。例學生當前的任務就是要好好用功讀書。

當面 ㄉㄤ ㄇㄧㄢˋ 在面前；面對面。例我想把話當面和他說清楚。

笑一笑 小美：「小強不喜歡別人當他的面說他做事能力強。」媽媽：「真難得！」小美：「他希望人家當著老師的面前說！」

當真 ㄉㄤˋ ㄓㄣ ❶信以為真。例我是開玩笑的，你可別當真。❷果然；確實。例他答應送我禮物，沒過幾天當真叫人送來了。

當時 ㄉㄤ ㄕˊ 指過去發生某件事情的時候。例他當時並不清楚這項計畫，所以現在不知道怎麼辦才好。

當家 ㄉㄤ ㄐㄧㄚ 主持掌管家裡的事務。例媽媽當家，大小事都處理得井井有條。

當眾 ㄉㄤ ㄓㄨㄥˋ 當著大家的面。例我要求你當眾認錯。

當場 ㄉㄤ ㄔㄤˇ 就在那個地方和那個時候。例雜耍人員表演了自己的拿手好戲──吞火。

當然 ㄉㄤ ㄖㄢˊ ❶應當這樣。例幫你是理所當然的，只要不過分。❷和事理或情理相符合，沒有疑問。例欠錢就該還，這是當然的道理。

當鋪 ㄉㄤˋ ㄆㄨˋ 可用物品抵押借到錢的店鋪。鋪：商店。

當選 ㄉㄤ ㄒㄩㄢˇ 選舉時被選上。例他當選了市議員。

參考 活用詞：當選人。

當仁不讓 ㄉㄤ ㄖㄣˊ ㄅㄨˋ ㄖㄤˋ 指遇到該做的事就去做，不會退讓。

參考 請注意：「當仁不讓」和「義不容辭」都有遇到正義的事情，不推讓的意思。但是「當仁不讓」是主動的去做；「義不容辭」是指道義上不能拒絕。

猜一猜 爭著吃花生米。（猜一句成語）（答案：當仁不讓）

當局者迷旁觀者清 ㄉㄤ ㄐㄩˊ ㄓㄜˇ ㄇㄧˊ ㄆㄤˊ ㄍㄨㄢ ㄓㄜˇ ㄑㄧㄥ 指處理事情的人往往考慮太多，不能把事情看得很清楚，旁觀的人就容易看得清楚。當局者原指下棋的人。迷：迷惑。旁觀者是看棋的人。清：清楚明白。

當務之急 ㄉㄤ ㄨˋ ㄓ ㄐㄧˊ 當前所有的事情中最急切應該去做的事。例目前的當務之急就是你快還我錢。

當機立斷 ㄉㄤ ㄐㄧ ㄌㄧˋ ㄉㄨㄢˋ 抓住時機，立刻決定。例領導者在處理重大事情時，一定要當機立斷。

當頭棒喝 ㄉㄤ ㄊㄡˊ ㄅㄤˋ ㄏㄜˋ 佛教的禪宗和尚，對於來學禪的人，常用棒子用力一打或大聲一喝，使那些學習的人很快的領悟道理。比喻讓人立刻覺悟的警告。例他沉迷賭博，所以妻子的離去，無疑是給他一記當頭棒喝。

畿 田部 十畫

ㄐㄧ ❶靠近國都附近的地方：例京畿。❷姓：例畿先生。

猜一猜 送走幾人，換一畝田地。（猜一字）（答案：畿）

疇 田部 十四畫

ㄔㄡˊ ❶田地：例田疇。❷種類：例範疇。❸從前：例疇昔。❹姓：例疇先生。

參考 相似字：田。♣請注意：「疇」和「籌」讀音相同，但是意思不一樣，「籌」是計算的用具。

疆 田部 十四畫

ㄐㄧㄤ ❶國與國之間土地的界限：例疆界、疆土。❷窮盡的：例萬壽無疆。

參考 請注意：「疆」和「彊」只差一個「土」，田部的「疆」讀ㄐㄧㄤ，有界限的意思，例如：邊疆、疆域。弓部的「彊」讀ㄑㄧㄤˊ，有堅強的意思，例如：彊兵、彊記。

疆土 ㄐㄧㄤ ㄊㄨˇ 國家的土地。例保衛疆土是每個國民的責任。

疆域 ㄐㄧㄤ ㄩˋ 國家的土地範圍。域：界限。例中國歷史上以元代的疆域最遼闊。

疊 田部 十七畫

ㄉㄧㄝˊ ❶重複，一層又一層：例重疊、堆疊。❷許多薄物所堆積成的厚層物：例一疊鈔票。❸摺：例疊被子。

唱詩歌 小妹妹，疊紙船，洗臉盆裡打轉轉。我說妹妹志氣小，看我疊個小火箭。小火箭，真好玩，頭兒尖尖肚子圓。拿個爆竹肚裡放，「砰」的一聲飛上天。

疊嶂 ㄉㄧㄝˊ ㄓㄤˋ 重疊的山峰。嶂：山峰。例遠處重巒疊嶂，綿延不絕。

疊羅漢 ㄉㄧㄝˊ ㄌㄨㄛˊ ㄏㄢˋ 由許多人堆疊成各種形狀的遊戲。

疋部 ㄆㄧˇ

「疋」是由「ㄈ」和「止」（止）所構成的，「ㄈ」就像人的小腿，「止」就是腳，「疋」就是指「足」。後來寫成「疋」或「疋」。

疋 疋部 ○畫

ㄕㄨ 足的意思。

ㄆㄧˇ 量詞，常用來計算布帛，通「匹」。

ㄧㄚˇ 通「雅」。

疏 疋部 六畫

ㄕㄨ ❶使事物通暢：例疏通水溝。❷分散：例疏散過多的人口。❸鬆散不密的：例稀稀疏疏的頭髮。❹不親密，不熟悉：例疏遠、人生地疏。❺不注意，粗心：例疏忽、疏於防範。❻空虛，不實在：例才疏學淺、空疏。❼不精細的：例疏布、疏飯。❽對古代書籍的解釋：例十三經注疏。❾從前臣子給皇帝的報告：例奏疏。

疏忽 ㄕㄨ ㄏㄨ 做事粗心、不細密，以致發生錯誤。忽：不放在心上。例雖然是放假期間，但是也不能過度疏忽課業。

疏散 ㄕㄨ ㄙㄢˋ ❶把集中的人員、裝備、物質分散開來。例空襲警報時，人們應儘量向郊區疏散。❷分散不密的。例疏散的村落，人煙稀少。

疏落 ㄕㄨ ㄌㄨㄛˋ 稀少。例山腰裡，散布著幾戶疏落的人家。

參考 相似詞：疏疏落落。

疏漏（ㄕㄨ ㄌㄡˋ） 因為不注意而造成事物的脫落或遺失。漏：脫落遺失。例因為事前的準備不夠，而使這次的報告有許多的疏漏。

疏遠（ㄕㄨ ㄩㄢˇ） 不親近的意思。例朋友之間不常連絡，感情就會愈來愈疏遠。

疑

疋部 九畫

ㄧˊ ❶不相信，覺得有問題：例懷疑。❷不能解決的；不能確定的：例疑問。

參考 相似字：惑、猜。

小故事 有個鄉下人，丟了一柄斧頭，他懷疑是隔壁人家的兒子偷的。所以，他注意那個人的一舉一動，走路的樣子，說話的聲音，都像是偷斧頭的人。後來，他找到了丟失的斧頭，原來是自己上山砍柴時，忘了帶回來。第二天，他又注意去觀察隔壁人家的兒子，說話的聲音，走路的樣子，就不像偷斧頭的人了。你看，毫無根據的懷疑人家偷斧頭，差一點冤枉了好人。多疑是不好的，傳說狐狸最多疑，所以有「狐疑」這個詞產生。

古人說 「山窮水盡疑無路，柳暗花明又一村。」山窮水盡比喻非常窮困，沒有辦法可想了；柳暗花明比喻又生出了希望。這句話是說：在將要絕望的時候，卻又找到了機會。

疑心（ㄧˊ ㄒㄧㄣ） 懷疑的想法。例人家是好心，你可別起疑心。

疑似（ㄧˊ ㄙˋ） 懷疑好像是某種情況，又好像不是。例他感染的病疑似登革熱。

疑問（ㄧˊ ㄨㄣˋ） 懷疑的問題；不能確定或解釋的事。例他對世界充滿了疑問。

疑惑（ㄧˊ ㄏㄨㄛˋ） 心裡不明白，不相信。例他對這個問題感到疑惑。

疑團（ㄧˊ ㄊㄨㄢˊ） 一連串不能解決的問題。例他有滿腹的疑團。

疑慮（ㄧˊ ㄌㄩˋ） 因為懷疑而有所顧慮。例他對老師的回答感到疑慮。

疑難（ㄧˊ ㄋㄢˊ） 有疑問而很難判斷或處理的。例你若有任何疑難問題，請來找我。

疑懼（ㄧˊ ㄐㄩˋ） 疑惑恐懼。例他對自己的未來感到疑懼。

疑神疑鬼（ㄧˊ ㄕㄣˊ ㄧˊ ㄍㄨㄟˇ） 懷疑，猜測。例他整天疑神疑鬼的。

疒部（ㄔㄨㄤˊ）

「疒」又稱為「病」字部，「」是它最早的寫法，「爿」是一張床（見爿部說明），「一」表示病人靠床上休息，因此疒部的字大部分和疾病有關，例如：瘟疫、癱瘓、癬、癌……。

疔

疒部 二畫

ㄉㄧㄥ 一種毒瘡，也叫「疔瘡」。

疚

疒部 三畫

ㄐㄧㄡˋ 對於自己的錯誤，心裡感到痛苦：例內疚。

疙

疒部 三畫

ㄍㄜ 皮膚上長出或凸起的圓粒：例雞皮疙瘩。

疙瘩（ㄍㄜ ㄉㄚ） ❶皮膚上凸起的小圓粒。例我聽了鬼故事，全身起疙瘩。❷比喻想不通或解決不了的問題。例他對被拒絕的事心存疙瘩。❸物體表面凸起塊狀或球狀的東西。例我最愛吃麵疙瘩了。

疝

疒部 三畫

ㄕㄢˋ 腹股溝突起或陰囊腫大的病：例疝氣。

疫

丶亠广疒疒疒疒疫疫　疒部 四畫

ㄧˋ流行的急性傳染病的總稱。

參考 請注意：「疫」和「病」都有疾病的意思。「疫」多指大範圍的流行性急病，例如：鼠疫。「病」指慢性或個人的疾病，例如：胃病。

疫苗 ㄧˋ ㄇㄧㄠˊ 用病毒、細菌或其他微生物所製成的藥品，能使人體產生免疫力，用在預防接種和注射。例如：卡介苗。

疫疾 ㄧˋ ㄐㄧˊ 瘟疫疾病。

疤

丶亠广疒疒疒疒疤疤　疒部 四畫

ㄅㄚ ❶瘡口或者傷口長好後所留下的痕跡：例傷疤。❷像疤的痕跡：例茶壺蓋上有個疤。

疥

丶亠广疒疒疒疥疥疥　疒部 四畫

ㄐㄧㄝˋ一種由疥蟲引起的傳染性皮膚病，患處癢得使人難受，也叫「疥瘡」。

疾

丶亠广疒疒疒疒疾疾　疒部 五畫

ㄐㄧˊ ❶生病：例積勞成疾。❷痛苦：例疾苦。❸痛恨：例疾惡如仇。❹快速：例疾走。

參考 相似字：病、恙。

疾走 ㄐㄧˊ ㄗㄡˇ 走得很快。

疾苦 ㄐㄧˊ ㄎㄨˇ 人民生活中的困苦。例非洲人民生活疾苦。

疾病 ㄐㄧˊ ㄅㄧㄥˋ 病。例預防疾病的好方法，就是保持清潔的環境。

疾惡如仇 ㄐㄧˊ ㄜˋ ㄖㄨˊ ㄔㄡˊ 痛恨壞人和壞事就好像痛恨仇敵一樣。惡：壞人和壞事。又可寫成「嫉惡如仇」。例他疾惡如仇，很有正義感。

病

丶亠广疒疒疒病病病　疒部 五畫

ㄅㄧㄥˋ ❶生理或心理發生不健康的現象：例生病。❷錯誤：例毛病。❸損害：例禍國病民。

參考 相似字：疾。

病人 ㄅㄧㄥˋ ㄖㄣˊ 生病、接受治療的人。例病人要安心休養。

病房 ㄅㄧㄥˋ ㄈㄤˊ 醫院裡病人住的房間。例在病房裡要保持安靜。

病毒 ㄅㄧㄥˋ ㄉㄨˊ 是一種極小的微生物，要用電子顯微鏡才能看見，又叫「濾過性病毒」，會傳染很多疾病。

病情 ㄅㄧㄥˋ ㄑㄧㄥˊ 疾病變化的情況。例他的病情漸漸好轉。

病菌 ㄅㄧㄥˋ ㄐㄩㄣˋ 能使人或其他生物生病的細菌。

病媒 ㄅㄧㄥˋ ㄇㄟˊ 一種會傳染疾病的媒介，例如：老鼠、蟑螂。

病原體 ㄅㄧㄥˋ ㄩㄢˊ ㄊㄧˇ 能引起傳染病的微生物和寄生蟲的總稱。

病蟲害 ㄅㄧㄥˋ ㄔㄨㄥˊ ㄏㄞˋ 農作物受到害蟲的侵害，使穀物或果實收成不好所造成的災害。

病入膏肓 ㄅㄧㄥˋ ㄖㄨˋ ㄍㄠ ㄏㄨㄤ 疾病要是深入肓（心臟和膈膜間）以上、膏（心尖脂肪）以下，那病就治不好了。比喻事情十分嚴重，無法挽回。例他已經病入膏肓，無藥可救了。

參考 相似詞：無藥可救。

病從口入 ㄅㄧㄥˋ ㄘㄨㄥˊ ㄎㄡˇ ㄖㄨˋ 飲食不小心是生病的原因。例夏天吃東西不小心就會病從口入。

古人說 「病從口入，禍從口出。」這句話是說：飲食不小心，容易使身體生病；說話不謹慎，會招來許多麻煩。勸人飲食、講話要特別小心。例別小看一張嘴，「病從口入，禍從口出」都是因它而起的。

五畫

症

丶 亠 广 广 疒 疒 疔 疔 疔 症

疒部　五畫

ㄓㄥˋ 疾病：例對症下藥。

參考 相似字：病。

症狀（ㄓㄥˋ ㄓㄨㄤˋ） 動植物因發生疾病而表現出不正常的狀態。例咳嗽、盜汗、發燒等是肺結核病的症狀。

參考 相似詞：症候。

疲

丶 亠 广 广 疒 疒 疒 疒 疲 疲

疒部　五畫

ㄆㄧˊ 勞累：例疲倦。

參考 相似字：倦、累、困。

疲乏（ㄆㄧˊ ㄈㄚˊ） 非常勞累，沒有精神。例他工作完後感到相當疲乏。

參考 相似詞：疲憊、疲頓、疲倦、疲勞。

疲勞（ㄆㄧˊ ㄌㄠˊ） ❶因為腦力或體力消耗太多而需要休息。❷因刺激過強、運動過度，使得身體器官的機能或反應能力減弱。例他全身酸痛，是因為肌肉過於疲勞。

疲於奔命（ㄆㄧˊ ㄩˊ ㄅㄣ ㄇㄧㄥˋ） 原指不斷受到命令而奔走勞累，後來也指事情太多忙不過來。奔命：奉命奔走。例他的工作實在太多，使他不得不疲於奔命。

疳

丶 亠 广 广 疒 疒 疒 疳 疳 疳

疒部　五畫

ㄍㄢ ❶中醫上指小孩子消化不良、營養失調的慢性病：例疳積。❷一種腫脹、潰爛的病症：例下疳。

疼

丶 亠 广 广 疒 疒 疒 疼 疼 疼

疒部　五畫

ㄊㄥˊ ❶痛：例牙疼。❷關心，憐愛：例疼愛。

疼痛（ㄊㄥˊ ㄊㄨㄥˋ） 痛。例每逢陰天，奶奶的腰就十分疼痛。

疼愛（ㄊㄥˊ ㄞˋ） 關心喜愛。例他很疼愛家裡的小弟弟。

疹

丶 亠 广 广 疒 疒 疒 疹 疹 疹

疒部　五畫

ㄓㄣˇ 是一種皮膚上起很多紅色的小顆粒，常因為皮膚表層發炎所引起的皮膚病。

參考 請注意：「疹」和「診」讀音相同，但意思不同：「診」當動詞使用，有看、檢查的意思，例如：「診」治、「診」斷。

疽

丶 亠 广 广 疒 疒 疒 疽 疽 疽

疒部　五畫

ㄐㄩ 中醫指一種局部皮膚腫脹而堅硬的毒瘡。

疸

丶 亠 广 广 疒 疒 疒 疸 疸 疸

疒部　五畫

ㄉㄢˇ 肝臟、膽道及血液系統的疾病所引起的疾病名：例黃疸。

痕

痕 丶 亠 广 广 疒 疒 疒 疒 痕 痕

疒部　六畫

ㄏㄣˊ ❶受傷傷好後留下的疤：例刀痕、傷痕。❷事物留下的印跡：例淚痕。

參考 相似字：跡、印。

痕跡（ㄏㄣˊ ㄐㄧ） ❶事物留下的印跡。例這裡有大象走過的痕跡。❷在表面上表現出來。例你去探口風，可別露出了痕跡。

唱詩歌 雲是走動的鞋子，走過高山、走過大海、走過很多地方。輕飄飄的鞋子，走過的路，一點痕跡也沒有。（于衍錕編）

痔

痔 丶 亠 广 广 疒 疒 疒 疒 痔 痔

疒部　六畫

ㄓˋ直腸下端的靜脈擴張，造成肛門腫痛的病：例痔瘡。

疵 疒部 六畫

疵

ㄘ缺點，毛病：例吹毛求疵。

痊 疒部 六畫

痊

ㄑㄩㄢˊ病好了：例痊癒。

參考 相似字：癒。

痊癒 ㄑㄩㄢˊ ㄩˋ 疾病消除，完全康復。

參考 相似詞：痊愈、全癒。

痢 疒部 七畫

痢 痢

ㄌㄧˋ由痢疾桿菌或痢疾內變形蟲所引起的急性傳染病：例痢疾。

痢疾 ㄌㄧˋ ㄐㄧˊ 由痢疾桿菌或阿米巴原蟲所引起的腸道傳染病。常見的有細菌性痢疾，有發熱、腹痛、腹瀉等症狀。阿米巴痢疾發病較慢。預防方法為加強糞便處理及飲食衛生。

痛 疒部 七畫

痛 痛

ㄊㄨㄥˋ❶疾病等所引起很難受的感覺：例頭痛。❷悲傷：例哀痛。❸盡情的，深切的：例痛罵。

參考 相似字：疼、悲、傷、苦。♣請注意：「痛」和「慟」同音，都可以和「哭」連用。但還是有不同的地方：「痛」哭指盡情大哭；「慟」哭指哭得非常傷心。

古人說 「打在兒身，痛在娘心。」這句話是說：父母責罰子女，是希望子女學好；孩子不學好，父母責打他們，但是內心卻更難過。例「打在兒身，痛在娘心」，你再不改過，媽媽的心都要碎了。

痛心 ㄊㄨㄥˋ ㄒㄧㄣ 非常的傷心。例他的頑劣行為使父母很痛心。

痛快 ㄊㄨㄥˋ ㄎㄨㄞˋ ❶高興。例看到老朋友回來，心裡真痛快。❷盡興。例我們痛快的一直玩到深夜。

痛恨 ㄊㄨㄥˋ ㄏㄣˋ 非常的恨。例他非常痛恨不道德的人。

痛苦 ㄊㄨㄥˋ ㄎㄨˇ 身體或精神上所受到的苦痛。例他所受的痛苦不是我們所能體會的。

痛哭 ㄊㄨㄥˋ ㄎㄨ 盡情的大哭。例他聽到投資慘賠時，忍不住痛哭流涕。

痛楚 ㄊㄨㄥˋ ㄔㄨˇ 悲痛苦楚。楚：痛。例他心裡的痛楚使他日漸消瘦。

痣 疒部 七畫

痣 痣

ㄓˋ皮膚上的斑點或小疙瘩。

痙 疒部 七畫

痙 痙

ㄐㄧㄥˋ肌肉產生不自主性的急速收縮，通常有疼痛的感覺，或使機能產生障礙：例痙攣。

參考 請注意：「痙」不可讀ㄐㄧㄥ。

痙攣 ㄐㄧㄥˋ ㄌㄨㄢˊ 指骨骼肌、平滑肌等局部緊張，而發生長時間急速、不自主性的收縮。多由於中樞神經受到刺激所引起。

痘 疒部 七畫

痘 痘

ㄉㄡˋ❶一種急性傳染病，俗稱天花。❷青春期因內分泌過旺長在臉上的小脂肪球：例青春痘。

痞 疒部 七畫

痞 痞

ㄆㄧˇ❶是一種脾臟腫大的病。❷做壞事的人：

五畫

例地痞流氓。

參考 請注意：「痞」和「癖」不同，「癖」指不良的嗜好。

痧

疒部 七畫

丶 亠 广 广 疒 疒 疒 疒 疒 疒 痧 痧

ㄕㄚ 中醫指中暑、霍亂等急性病：例發痧、絞腸痧。

痧子 ㄕㄚ ˙ㄗ 麻疹的俗稱。

瘀

疒部 八畫

丶 亠 广 广 疒 疒 疒 疒 疒 疒 疒 瘀 瘀

ㄩ 血液凝聚，不能流通：例瘀血、瘀傷。

痰

疒部 八畫

丶 亠 广 广 疒 疒 疒 疒 疒 疒 痰 痰 痰

ㄊㄢˊ 氣管或支氣管黏膜所分泌的黏液。

痳

疒部 八畫

丶 亠 广 广 疒 疒 疒 疒 疒 疒 疒 疒 痳 痳

ㄇㄚˊ ❶病名：例痳疹、痳瘋。❷因出天花所留下的痕印：例痳子。

痳疹 ㄇㄚˊ ㄓㄣˇ 由病毒引起的傳染性疹熱病。半周歲到五周歲的兒童最容易感染，發病時先發高燒，兩三天後全身起紅色丘疹，易發生肺炎合併症。接種痳疹疫苗可以預防痳疹。

痳瘋 ㄇㄚˊ ㄈㄥ 慢性傳染病，症狀是皮膚痳木、變厚，顏色變深，感覺喪失，手指和腳趾變形。

瘁

疒部 八畫

丶 亠 广 广 疒 疒 疒 疒 疒 疒 瘁 瘁 瘁

ㄘㄨㄟˋ 勞累過度；疾病：例心力交瘁。

參考 請注意：「瘁」和「悴」讀音相同，但意思不同；「悴」有憂慮的意思，例如：憔悴。

痱

疒部 八畫

丶 亠 广 广 疒 疒 疒 疒 疒 疒 痱 痱 痱

ㄈㄟˋ 夏天常見的一種皮膚病，由於出汗過多，毛孔堵塞，在皮膚上生的小紅點，有刺痛和騷癢感：例痱子。

痺

疒部 八畫

丶 亠 广 广 疒 疒 疒 疒 疒 疒 痺 痺 痺

ㄅㄧˋ 四肢或身體失去感覺，不能隨意活動，是一種神經性的病：例痳痺。

參考 相似字：痹。

瘻

疒部 八畫

丶 亠 广 广 疒 疒 疒 疒 疒 疒 瘻 瘻 瘻

ㄌㄡˋ 筋肉衰弱而喪失功能的一種病。

痴

疒部 八畫

丶 亠 广 广 疒 疒 疒 疒 疒 疒 痴 痴 痴

ㄔ ❶傻，愚笨：例痴呆。❷對某人或某事非常的迷戀：例痴情。

參考 請注意：「痴」的異體字是「癡」。

痴心 ㄔ ㄒㄧㄣ 對某人或某事沉迷的心思。例他對你一片痴心，只希望你能永遠記得他。

痴肥 ㄔ ㄈㄟˊ 肥胖得難看。

痴迷 ㄔ ㄇㄧˊ 形容沉迷的神情。

痴情 ㄔ ㄑㄧㄥˊ ❶痴心的愛情。❷多情到痴心的程度。

痴人說夢 ㄔ ㄖㄣˊ ㄕㄨㄛ ㄇㄥˋ 比喻說了一些根本做不到的話。

痴心妄想 ㄔ ㄒㄧㄣ ㄨㄤˋ ㄒㄧㄤˇ 形容一心想著不能實現的事。例你別再痴心妄想了，她不會嫁給你的。

五畫

瘧

疒部 九畫

丶亠广广疒疒疒疒疒疟疟疟瘧瘧

ㄋㄩㄝˋ 由蚊蟲叮咬而傳播瘧原蟲的急性傳染病：例瘧疾。

瘧疾 ㄋㄩㄝˋ ㄐㄧˊ 是一種急性傳染病。由瘧原蟲引起，以蚊子為傳染媒介，症狀為陣發性的發冷和發熱、出汗、頭痛、口渴、全身無力。

瘧蚊 ㄋㄩㄝˋ ㄨㄣˊ 能將瘧原蟲傳入人體的毒蚊。

瘧原蟲 ㄋㄩㄝˋ ㄩㄢˊ ㄔㄨㄥˊ 單細胞動物，寄生在人的紅血球中，能引起瘧疾。

瘍

疒部 九畫

丶亠广广疒疒疒疒疒疒疒瘍瘍瘍

ㄧㄤˊ ❶瘡：例膿瘍。❷潰爛：例胃潰瘍。

瘋

疒部 九畫

丶亠广广疒疒疒疒疒疯瘋瘋瘋瘋

ㄈㄥ ❶一種神經錯亂、精神失常的疾病：例瘋癲。❷言語、行動失常：例瘋言瘋語。

參考 相似字：狂、癲。

瘋子 ㄈㄥ ˙ㄗ 精神失常的人。

瘋狂 ㄈㄥ ㄎㄨㄤˊ 發瘋，失去理智。狂：發瘋。例百貨公司大拍賣期間，她瘋狂似地拼命採購。

瘋狗 ㄈㄥ ㄍㄡˇ ❶患了狂犬病的狗。❷罵人的話；比喻人不分清楚是非，隨便罵人。例你別像瘋狗一樣到處咬人。

瘋瘋癲癲 ㄈㄥ ㄈㄥ ㄉㄧㄢ ㄉㄧㄢ 精神不正常；通常用來形容人的言行失常。癲：精神失常。例他每天瘋瘋癲癲的，經常自言自語地說一些奇怪的話。

瘉

疒部 九畫

丶亠广广疒疒疒疒疒疒瘉瘉瘉瘉

ㄩˋ ❶疾病。❷復元：例病瘉。

參考 請注意：「瘉」和「癒」、「愈」只有當「病好了」的意思時才可以通用。

瘓

疒部 九畫

丶亠广广疒疒疒疒疒疒疒瘓瘓瘓

ㄏㄨㄢˋ 肢體麻木不能活動：例癱瘓。

瘩

疒部 十畫

丶亠广广疒疒疒疒疒疒疒瘩瘩瘩瘩

ㄉㄚˊ 瘩背，生在背上的一種毒瘡。

瘡

疒部 十畫

丶亠广广疒疒疒疒疒疒疒瘡瘡瘡瘡

ㄔㄨㄤ ❶一種皮膚腫爛潰瘍的病：例膿瘡。❷外傷：例刀瘡。

瘡疤 ㄔㄨㄤ ㄅㄚ ❶皮膚上生過瘡留下的疤痕。❷比喻某人的缺點、隱私或痛苦的往事。例你們兩人別再互揭瘡疤了。

俏皮話 「好了瘡疤忘了痛——不能記取教訓。」我們不小心受傷，皮膚都會留下疤痕，但是過些日子就會好了，我們也忘了受傷時的疼痛。因此「好了瘡疤忘了痛」這句話有「不能記取教訓」的意思。

瘡痍 ㄔㄨㄤ ㄧˊ ❶皮膚因受傷而裂開。❷比喻戰爭或自然災害後的景象。例前天的一場大地震，至今仍是滿目瘡痍。

瘟

疒部 十畫

丶亠广广疒疒疒疒疒疒瘟瘟瘟瘟

ㄨㄣ 一種流行的急性傳染病：例瘟疫。

瘟疫 ㄨㄣ ㄧˋ 指容易引起廣泛流行的急性傳染病。

瘟神 ㄨㄣ ㄕㄣˊ ❶傳說中能傳播瘟疫的惡神。❷比喻能夠造成災害的惡人。例大家看到他就像看到瘟神，逃之唯恐不及。

瘤

疒部 十畫

丶 亠 广 广 疒 疒 疒 疒 疒 疒 疒 疒 瘤 瘤 瘤

ㄌㄧㄡˊ 動物皮膚或身體內組織增殖生成的腫塊：例肉瘤。

瘦

疒部 十畫

丶 亠 广 广 疒 疒 疒 疒 疒 疒 疒 疒 疒 瘦 瘦

ㄕㄡˋ ❶肌肉不多的：例骨瘦如柴、瘦巴巴。❷不帶脂肪的：例瘦肉。❸田地不肥沃：例瘦田。

參考 相反字：肥。

動動腦 小朋友，除了「瘦巴巴」、「胖嘟嘟」之外，你還能想出形容長相或身材後面二個字相同的重疊字嗎？愈快愈好哦！

瘦小 ㄕㄡˋ ㄒㄧㄠˇ 形容身材不高不胖。例他看起來很瘦小，但是力氣很大。

參考 相似詞：瘦瘦小小。

瘦削 ㄕㄡˋ ㄒㄩㄝ 形容身體或臉很瘦，像用刀子削過一樣。例他的臉瘦削極了，看起來很嚇人。

瘦弱 ㄕㄡˋ ㄖㄨㄛˋ 身體瘦而衰弱。例這個病人很瘦弱，一定病很久了。

參考 相反詞：強壯。

瘠

疒部 十畫

丶 亠 广 广 疒 疒 疒 疒 疒 疒 疒 疒 瘠 瘠 瘠

ㄐㄧˊ ❶身體瘦弱。❷土地不肥沃：例瘠土。

參考 相似字：瘦。♣相反字：肥。

瘴

疒部 十一畫

丶 亠 广 广 疒 疒 疒 疒 疒 疒 疒 瘴 瘴 瘴 瘴 瘴

ㄓㄤˋ 熱帶或亞熱帶山林間溼熱的空氣，可以使人生病：例瘴氣。

瘸

疒部 十一畫

丶 亠 广 广 疒 疒 疒 疒 疒 疒 疒 瘸 瘸 瘸 瘸 瘸

ㄑㄩㄝˊ 腿腳有毛病，走路時一腳高一腳低的樣子：例瘸腿、一瘸一拐。

癆

疒部 十二畫

丶 亠 广 广 疒 疒 疒 疒 疒 疒 疒 癆 癆 癆 癆 癆 癆

ㄌㄠˊ 一種感染結核菌的傳染病：例肺癆。

療

疒部 十二畫

丶 亠 广 广 疒 疒 疒 疒 疒 疒 疒 療 療 療 療 療 療

ㄌㄧㄠˊ ❶醫治：例治療。❷解決痛苦或困難：例療飢。

療養 ㄌㄧㄠˊ ㄧㄤˇ 患有慢性病或身體衰弱的人，在特定的地方休養治療。例他的病需要住院療養。

參考 活用詞：療養院。

癌

疒部 十二畫

丶 亠 广 广 疒 疒 疒 疒 疒 疒 癌 癌 癌 癌 癌 癌 癌

ㄞˊ 是一種細胞惡化而形成的惡性腫瘤：例肝癌。

癇

疒部 十二畫

丶 亠 广 广 疒 疒 疒 疒 疒 癇 癇 癇 癇 癇 癇 癇 癇

ㄒㄧㄢˊ 一種因大腦受傷後時常犯的病。發作時突然昏倒，手足痙攣，有的口吐白沫，俗稱「羊癲瘋」：例癲癇。

癖

疒部 十三畫

丶 亠 广 广 疒 疒 疒 疒 疒 疒 癖 癖 癖 癖 癖 癖 癖 癖

ㄆㄧˇ 積久成習的特殊嗜好：例嗜酒成癖。

參考 相似字：癮、嗜、愛。♣請注意：見「痞」字的說明。

癖好 ㄆㄧˇ ㄏㄠˋ 對某種事物特別喜好或愛好。例他對喝酒有很深的癖好。

參考 請注意：「嗜好」是指對事物的喜好已成為一種習慣；「癖好」多指對不好事物的喜好。

癘 疒部 十三畫

ㄌㄧˋ ❶瘟疫，傳染病：例癘疾。❷惡瘡：例疥癘。

癒 疒部 十三畫

ㄩˋ 病好了，通「愈」、「瘉」：例痊癒、病癒、傷口癒合。

癒合 ㄩˋ ㄏㄜˊ 傷口復合。

癤 疒部 十三畫

ㄐㄧㄝ 局部皮膚和皮下組織的化膿性炎症：例癤子。

癡 疒部 十四畫

ㄔ ❶不聰明：例癡呆。❷非常迷戀：例癡迷、癡情。❸瘋癲：例癡狂。❹傻傻的：例癡癡的等。

參考 請注意：「癡」是「痴」的異體字。

癡心 ㄔ ㄒㄧㄣ ❶被愛情所迷惑。例他對你一片癡心。❷不能實現的空想。

參考 相似詞：癡情。

癡迷 ㄔ ㄇㄧˊ 非常迷戀而不覺悟。例你別再癡迷了，她早就結婚了。

癡肥 ㄔ ㄈㄟˊ 罵人非常肥胖難看。

癡人說夢 ㄔ ㄖㄣˊ ㄕㄨㄛ ㄇㄥˋ 指人說一些不切實際、不能實現的話。例登陸太空，已經不是癡人說夢了。

癟 疒部 十四畫

ㄅㄧㄝˇ 物體表面凹下去，不飽滿：例乾癟、肚子餓癟了。

參考 請注意：「癟」的寫法，「疒」部的裡面是一個自己的「自」，千萬不能寫作「白」。

癟三 ㄅㄧㄝˇ ㄙㄢ 上海一帶把流氓叫做癟三，現在我們也用來稱沒有出息、不上進的人。例他是個癟三，根本沒人理他。

癢 疒部 十五畫

ㄧㄤˇ 皮膚受到刺激需要搔抓的感覺：例不關痛癢。

癥 疒部 十五畫

ㄓㄥ 肚子裡膨脹結塊的病：例肉癥。

癥結 ㄓㄥ ㄐㄧㄝˊ ❶指肚子裡結硬塊的病。❷比喻病根的所在或事情疑難的所在。

癩 疒部 十六畫

ㄌㄞˋ ❶是一種惡性傳染病，就是痲瘋病。❷因為生癬而毛髮脫落的病。

癩蝦蟆 ㄌㄞˋ ㄏㄚˊ ㄇㄚˊ 就是「蟾蜍」，很像青蛙，但是體形比較大，皮上有疙瘩，呈灰褐色，有臭味。

古人說 「癩蝦蟆想吃天鵝肉。」這句話是說：不自量力，妄想得到自己不能得到的美好事物。例你想得到諾貝爾獎，真是「癩蝦蟆想吃天鵝肉」。

癮 疒部 十七畫

ㄧㄣˇ 特別深的嗜好：例煙癮。

參考 相似字：癖。♣請注意：「癮」和「癖」都有嗜好的意思，但是習慣上用法有分別：例如「煙癮」、「酒癮」都不用「癖」；「怪癖」、「潔癖」都不

五畫

用「癮」字。

癬

疒部 十七畫

丶 亠 广 广 疒 疒 疒 疒 疒 疒 … 癬 癬

ㄒㄩㄢˇ 皮膚因感染黴菌所引起的局部發癢的症狀。

癱

疒部 十九畫

丶 亠 广 广 疒 疒 疒 疒 疒 … 癱 癱 癱

ㄊㄢ 由於神經機能發生障礙，使得身體的某種機能喪失運動功能的病變：例癱瘓。

癱瘓 ㄊㄢ ㄏㄨㄢˋ ❶由於神經機能發生障礙，身體的某一部分完全或不完全的喪失運動功能。❷比喻機構不能正常的進行工作。例因為他的設計錯誤，使得工程癱瘓下來。

參考 請注意：「癱瘓」和「痲痺」有分別：「癱瘓」是指失去運動功能；「痲痺」指感覺或運動功能喪失。

癲

疒部 十九畫

丶 亠 广 广 疒 疒 疒 疒 疒 … 癲 癲 癲 癲

ㄉㄧㄢ 一種精神錯亂的疾病：例瘋癲。

癲癇 ㄉㄧㄢ ㄒㄧㄢˊ 由腦部疾病、腦外傷或先天發育不全所引起的。大發作時昏倒、口吐白沫、喪失意識、全身抽動；小發作時，在數秒內喪失神志，但沒有抽動的現象。

五畫

癶部 ㄅㄛ

「癶」原本寫成「𣥠」，是兩個止（止就是腳，請見止部說明）相背的樣子，因此「𣥠」有兩腳相背不順的意思，現在寫成「癶」和原形已經相差太多。癶部的字和腳有關，例如：「登」原本的意思是指上車，「癶」便表示腳上車的行動，現在「登」除了上車的意思，還有上升的意思，例如：登高望遠、登山。

癸

癶部 四畫

ノ ㇇ … 癶 … 癸

ㄍㄨㄟˇ ❶古代用來記時間、順序的符號：例癸酉年。❷姓：例癸先生。

參考 請注意：癸是天干的第十位，天干是指甲、乙、丙、丁、戊、己、庚、辛、壬（ㄖㄣˊ）、癸，和地支子、丑、寅（ㄧㄣˊ）、卯（ㄇㄠˇ）、辰、巳（ㄙˋ）、午、未、申、酉（ㄧㄡˇ）、戌（ㄒㄩ）、亥（ㄏㄞˋ）配合使用，例如：甲子、乙丑、丙寅。

登

癶部 七畫

ノ ㇇ … 癶 … 登 登

ㄉㄥ ❶由低處到高處：例登山。❷記錄，記載：例登記。❸穀物成熟：例五穀豐登。❹姓：例登先生。

參考 相似字：升。♣相反字：降。

俏皮話 「登著梯子上天——沒門。」小朋友一抬頭就可以看到天，可是都知道天空距離我們還是很遙遠的，如果有一個人想「登著梯子上天」，那是辦不到而且不可能的事。於是我們可以說他「登著梯子上天——沒門」。

唱詩歌 向晚①意不適②，驅車登古原③。夕陽無限好，只是近黃昏。（登樂遊原④‧李商隱）

註：①向晚：傍晚。②不適：不合意，不爽快。③古原：古時的樂遊原。④樂遊原：地名，在陝西長安縣南。

登記 ㄉㄥ ㄐㄧˋ 把有關的事項寫在特備的表冊上供查考。例圖書館人員把我借的書登記在借書證上。例媽媽生了小弟弟，爸爸高高興興地去辦理戶籍登記。

登陸 ㄉㄥ ㄌㄨˋ 渡過海洋、江河或飛過太空，登上陸地。通常指作戰的部隊登上敵方的陸路。例太空人登陸月球。例二次大戰時，盟軍在諾曼第登陸成功，奠定了打敗希特勒的基礎。

參考 活用詞：登陸艇、登陸艦。

登基 ㄉㄥ ㄐㄧ　皇帝的就職大禮。登基後就是正式的皇帝。

登場 ㄉㄥ ㄔㄤˇ　❶穀物收割後，運到場上。例新穀已經登場，今天又是大豐收。❷戲劇人物出現在舞臺上，或比喻人登上政治舞臺。例這場崑曲大戲，由當紅花旦粉墨登場，露了一手精彩絕活兒。

參考 相似詞：登臺。

登報 ㄉㄥ ㄅㄠˋ　把事實或意見發表在報紙上。例哥哥遺失了學生證，趕緊登報申明作廢。

登革熱 ㄉㄥ ㄍㄜˊ ㄖㄜˋ　是一種急性傳染病，病毒經由蚊子傳入人體。症狀是頭、背、關節疼痛，發高燒。熱度退了以後，皮膚會出現紅疹。

登峰造極 ㄉㄥ ㄈㄥ ㄗㄠˋ ㄐㄧˊ　登上山峰，到達最高處。比喻修養或技能達到極高的水準。造：到達。極：窮盡處，指山的最高點。例經過長久不斷的練習，他的技術早已登峰造極了。

參考 相似詞：爐火純青。

登堂入室 ㄉㄥ ㄊㄤˊ ㄖㄨˋ ㄕˋ　❶登上廳堂，進入內室。例沒得到主人的允許，訪客不可以隨便登堂入室。❷比喻學習程度的次第；或形容程度很高深。例學習書法要想登堂入室，非下幾年的苦功夫不可。

發

發發

癶部　七畫

ㄈㄚ　❶送出，交付：例分發。❷放射：例百發百中。❸生長：例發芽。❹開始：例發動。❺興起：例發起。❻揭露：例揭發。❼宣布：例發表。❽擴大，開展：例發揚。❾興旺：例發財。❿散開：例發散。⓫創始：例發明。⓬顯露，流露情感：例發怒。⓭數量的名稱：例一發子彈。⓮姓：例發先生。

參考 相似字：交、付、放、揭。

發火 ㄈㄚ ㄏㄨㄛˇ　❶發脾氣。例別惹他發火。❷點火。例他下令各個船隻同時發火，把江面上照得通紅。

發布 ㄈㄚ ㄅㄨˋ　宣布通知。例廣播現在正發布新聞消息。

發生 ㄈㄚ ㄕㄥ　產生，原來沒有的事出現了。例這個十字路口發生了許多交通事故。

發言 ㄈㄚ ㄧㄢˊ　❶發表意見。例這場辯論，每個人有五分鐘的發言時間。❷說話。例過了很久他才張口發言。

發作 ㄈㄚ ㄗㄨㄛˋ　❶物質在體內起作用。例他的胃病又開始發作。❷發脾氣。例他有些生氣，但當著大家的面不好發作。

發育 ㄈㄚ ㄩˋ　生物逐漸生長壯大。例在發育期間應注重養分的攝取。

發抖 ㄈㄚ ㄉㄡˇ　身體因為寒冷或恐懼而抖動。例她在雪地裡凍得全身發抖。

發明 ㄈㄚ ㄇㄧㄥˊ　創造出從前沒有的事物或方法。例愛迪生發明了電燈。

發表 ㄈㄚ ㄅㄧㄠˇ　公開宣布。例候選人在臺上發表政見。

發炎 ㄈㄚ ㄧㄢˊ　傷口因為病菌的侵襲或其他感染而紅腫、生膿。

發威 ㄈㄚ ㄨㄟ　顯示威風。例他發威起來像一頭猛獅。

發洩 ㄈㄚ ㄒㄧㄝˋ　將內在的情感儘量散發出來。洩：散布。例他用力搥打牆壁來發洩心中的憤怒。

發怒 ㄈㄚ ㄋㄨˋ　生氣時表現出粗暴的聲音、舉動。例她常為一件小事而發怒。

發芽 ㄈㄚ ㄧㄚˊ　植物萌發新芽。芽：植物初生的嫩苗。

發展 ㄈㄚ ㄓㄢˇ　事物擴大、進展。例近年來生物科技的發展令人十分期待。

發射 ㄈㄚ ㄕㄜˋ　利用動力或機械將箭、子彈或火箭等射出。

發現 ㄈㄚ ㄒㄧㄢˋ　❶發覺。例發現問題，就及時解決。❷經過研究找出以前還沒有被認識的事物。例牛頓發現了萬有引力。

動動腦 請選擇「發明」或「發現」較適當的填入空格裡：

❶魯班□□有齒的小草很鋒利，能劃破手指，他得到啟發，就□□了鋸子。

❷紙和指南針都是中國人□□的。

❸第二天，我路過菜地，沒有□□新的腳印。

（答案：❶發現、發明。❷發明。❸發現。）

發掘 ㄈㄚ ㄐㄩㄝˊ 把暗藏的東西挖掘出來。例德國人許萊門發掘的特洛城，是古希臘文明的所在地之一。

發票 ㄈㄚ ㄆㄧㄠˋ 商店開給顧客的物品價目單，政府根據它來收稅。

發動 ㄈㄚ ㄉㄨㄥˋ ❶主動採取行動。例民國二十年日本在中國發動九一八事變。❷使機器運轉。❸天氣太冷，汽車不容易發動。

發揮 ㄈㄚ ㄏㄨㄟ ❶把意思和道理充分表達出來。例他趁機借題發揮。❷把內在的能力或性質表現出來。例我們要充分發揮團隊精神。

參考 請注意：「發揮」和「發揚」有區別：「發揮」是指事物的能力、道理得到充分的表達和發展；「發揚」是指使好的事物更進一步的擴大、傳揚。

發愣 ㄈㄚ ㄌㄥˋ 心神不集中，眼睛直直的傻看。愣：眼睛呆視。例她對著窗口發愣。

參考 相似詞：發怔。

發揚 ㄈㄚ ㄧㄤˊ 擴大發展，宣傳事情。揚：宣傳。例我們要發揚中國固有的優良傳統。

參考 活用詞：發揚光大。

發達 ㄈㄚ ㄉㄚˊ ❶事業興盛。例他近幾年的事業開始發達起來。❷指事物充分的發展。例他頭腦簡單、四肢發達。

發霉 ㄈㄚ ㄇㄟˊ 東西受潮後，表面生一種灰黑色的毛狀物。霉：東西受了溼熱而生的淺黑色小汙點。

發愁 ㄈㄚ ㄔㄡˊ 因為沒有辦法而感到愁悶。例她每天為穿什麼服裝出門而發愁。

發福 ㄈㄚ ㄈㄨˊ 稱人發胖。例中年人缺少運動容易發福。

發誓 ㄈㄚ ㄕˋ 說出很重的話，表示清白或遵守約定的決心。

參考 相似詞：賭咒、發咒。

發源 ㄈㄚ ㄩㄢˊ ❶河流的起源。例淮河發源於桐柏山。❷比喻事物的開端。

發酵 ㄈㄚ ㄒㄧㄠˋ 利用微生物，例如：酵母菌等使物質發生分解的現象。酵：使有機物分解變化的物品。酒類、醬油都是靠發酵作用製造成的。

發瘋 ㄈㄚ ㄈㄥ 精神受到刺激而發生精神錯亂的症狀。

發憤 ㄈㄚ ㄈㄣˋ 下定決心，努力做某事。

參考 活用：發憤圖強、發憤忘食。

唱詩歌 日頭落山將天離，今無發憤到何時？再等幾年老將到，千金難買少年時。（廣東）

發燒 ㄈㄚ ㄕㄠ 比正常體溫（約攝氏三十七度）高出攝氏一度以上，稱為發燒。

發奮 ㄈㄚ ㄈㄣˋ 振作精神做某事。奮：振作。

參考 請注意：「發奮」（或奮發）和「發憤」意思相近，但仍有差別：「發憤」是指受到刺激後，下定決心；「發奮」是自己振作、盡力的意思。

發覺 ㄈㄚ ㄐㄩㄝˊ 開始知道。例火被撲滅了以後，他才發覺自己受了傷。

發祥地 ㄈㄚ ㄒㄧㄤˊ ㄉㄧˋ ❶以前指帝王出生或創業的地方。❷現在指民族、文化、革命等起源或建立基業的地方。例黃河流域是我國古文明的發祥地。

發脾氣 ㄈㄚ ㄆㄧˊ ㄑㄧˋ 生氣時發出粗暴的言語、行為。例他不輕易發脾氣。

發人深省 ㄈㄚ ㄖㄣˊ ㄕㄣ ㄒㄧㄥˇ 啟發人們作深入的思考而自我反省、覺悟。省：思考醒悟。例父親的一席話意義深刻，發人深省。

參考 請注意：「發人深省」和「引人深思」有區別：「發人深省」著重在反省；「引人深思」著重在思考。

發憤圖強 ㄈㄚ ㄈㄣˋ ㄊㄨˊ ㄑㄧㄤˊ 決心奮鬥，謀求強盛。圖：謀求。例唯有發憤圖強才能成大事、立大業。

參考 相似詞：奮發圖強。

白部 ㄅㄞˊ

白色是一種明亮的顏色，因此白部的字都和白色有關，例如：皓（潔

白光明）、皙（皮膚白）、皎（潔白）。

白

ノ ㇀ 白 白 白

白部 ○畫

ㄅㄞˊ ❶像雪的顏色：例雪白。❷說明：例表白。❸清楚：例明白。❹乾淨的：例潔白。❺沒有加上什麼東西：例白開水。❻沒有效果：例白跑一趟、白浪費。❼不付代價的：例白吃白喝。❽錯誤的：例白字。❾直率的：例坦白。❿姓：例白先生。

猜一猜 九十九。（猜一字）（答案：白）

動動腦 ㈠小朋友，想一想，加上「白」的國字有哪些？

（答案：伯、泊、柏、迫、拍、帛、舶、魄、怕、碧、箔……）

㈡假如這個世界上只有白天沒有夜晚，會有什麼情形出現？

古人說 「白的容易黑，黑的不易白。」這句話是說：變壞容易，學好難。例「白的容易黑，黑的不易白」，你要好好的潔身自愛，才不會愈陷愈深。

俏皮話 「瞎子點燈——白費蠟。」白天和黑夜對瞎子來說是一樣的，點燈對瞎子來說一點用處都沒有。比喻浪費、沒有必要，就可以用這句話來形容。

唱詩歌 一朵朵雪花，從天上輕輕飄。染白了田野，染白了樹枝；染白了鞦韆架，染白了房上的瓦……小雪花告訴我們：冬天來了。

白白 ㄅㄞˊ ㄅㄞˊ 沒有收穫。例我們不應該白白浪費光陰。

白字 ㄅㄞˊ ㄗˋ 錯誤的字。例他因為國語文程度太差，寫的作文白字連篇。

參考 相似詞：別字。

白卷 ㄅㄞˊ ㄐㄩㄢˋ 發下的考卷，沒有寫文章或答案。例他在考試中交了白卷。

白宮 ㄅㄞˊ ㄍㄨㄥ 就是美國總統居住和辦公的地方。位在華盛頓，是一棟白色的建築物。常常做為美國官方的代稱。

白晝 ㄅㄞˊ ㄓㄡˋ 白天。例他好吃懶做，連白晝也在睡覺。

白菜 ㄅㄞˊ ㄘㄞˋ 是一種普通蔬菜，葉子很大，花是淡黃色的，品種很多，也叫做「大白菜」。

白喉 ㄅㄞˊ ㄏㄡˊ 由白喉桿菌引起的傳染病，多在秋冬季流行，五、六歲的幼童最容易感染。患者鼻、咽、喉、氣管的黏膜會形成灰白色薄膜，造成咽喉阻塞，更嚴重會窒息死亡。接種白喉類毒素可預防這種病。

白話 ㄅㄞˊ ㄏㄨㄚˋ ❶通俗簡單的語言文字。❷沒有效果或信用的話。例他老是空口說白話，一點也不守信用。

參考 相反詞：文言。♣活用詞：白話文、白話詩。

白日夢 ㄅㄞˊ ㄖˋ ㄇㄥˋ 比喻作不合實際的幻想。例他整天遊手好閒，卻想發大財，簡直在作白日夢。

白血病 ㄅㄞˊ ㄒㄧㄝˇ ㄅㄧㄥˋ 一種白血球不正常增加的疾病，常見的症狀是貧血、出血，肝、脾、淋巴腫大，就是「血癌」。

白茫茫 ㄅㄞˊ ㄇㄤˊ ㄇㄤˊ 看過去都是一片白的樣子。例早晨一陣霧，到處白茫茫一片。

白話文 ㄅㄞˊ ㄏㄨㄚˋ ㄨㄣˊ 用簡單通俗的文字寫成的文章。例我們的課本是用白話文寫的。

參考 相似詞：語體文。♣相反詞：文言文。

白蓮教 ㄅㄞˊ ㄌㄧㄢˊ ㄐㄧㄠˋ 宗教名。我國封建社會中，一種混合佛教、明教和其他宗教而形成的民間祕密宗教組織。起源於宋代，元、明、清三代在民間流傳很廣。

白手起家 ㄅㄞˊ ㄕㄡˇ ㄑㄧˇ ㄐㄧㄚ 不靠先人的財產，而靠自己的力量創立一番事業。例他從小貧窮，卻白手起家，成為一名成功的企業家。

參考 相似詞：白手成家、白手興家。

白圭之玷 ㄅㄞˊ ㄍㄨㄟ ㄓ ㄉㄧㄢˋ 引申為一個人有缺點。圭：上圓下方玉製的禮器。玷：玉器上的缺點。例他一念之差接受了賄賂，真是白圭之玷。

參考 相似詞：大圭之瑕、白璧微瑕。

白衣天使 ㄅㄞˊ ㄧ ㄊㄧㄢ ㄕˇ 醫護人員。例南丁格爾是一名受人尊敬的白衣天使。

白馬王子 ㄅㄞˊ ㄇㄚˇ ㄨㄤˊ ㄗˇ ❶騎著白馬的王子，童話中常出現的人物。❷比喻未婚女子心目中理想的對象。

白浪滔天 ㄅㄞˊ ㄌㄤˋ ㄊㄠ ㄊㄧㄢ 形容很大的波浪。例颱風快來了，海邊白浪滔天，狂風怒吼。

白領階級 ㄅㄞˊ ㄌㄧㄥˇ ㄐㄧㄝ ㄐㄧˊ 指在辦公室內工作的人，和工人的「藍領階級」相對。

百

一 丆 丅 百 百 百

白部 一畫

ㄅㄞˇ ❶數目字：例一百。❷比喻多：例百貨、百發百中。

ㄅㄛˊ 地名：例百色（在廣東省）。

參考 請注意：數目字大寫時寫作「佰」。

猜一猜 神槍手。（猜一句成語）（答案：百發百中）

動動腦 「我的伯父待人很慈祥」，小朋友，除了「伯」以外，「白」還可以加上哪些偏旁，變成其他的字？趕快想一想！（答案：帕、拍、怕、泊、魄、鉑……）

百姓 ㄅㄞˇ ㄒㄧㄥˋ 指平民。

參考 請注意：「百姓」這個詞現在是指人民，但是在商代、周代的時候，「百姓」卻是奴隸和貴族的總稱，到了戰國以後，「百姓」才指的是一般的平民。

百般 ㄅㄞˇ ㄅㄢ 採用很多方法。例他百般的為難我，令人無法理解。

參考 相似詞：各式、各樣。

百貨 ㄅㄞˇ ㄏㄨㄛˋ 衣服、器具、一般日常用品為主的商品的總稱。

參考 活用詞：百貨公司。

百越 ㄅㄞˇ ㄩㄝˋ 古代南方越人的總稱，分布很廣。秦朝時部落很多，統稱百越。現今分布在浙江、福建、廣東、廣西、江西等地。

百日咳 ㄅㄞˇ ㄖˋ ㄎㄜˊ 是一種傳染病，由百日咳桿菌侵入呼吸道所引起的。冬、春季發病較多，兒童最容易被感染。病情是陣發性的連續咳嗽，一般持續二到三個月。

百家姓 ㄅㄞˇ ㄐㄧㄚ ㄒㄧㄥˋ 我國舊時流行於村塾的識字及背誦姓氏的課本。

小百科 相傳百家姓是北宋時代，有人對漢族的姓作了收集統計，編了一本百家姓，四字一句，隔句押韻編成。難道漢族就只有一百個姓嗎？不是的，百家姓的「百」是一個約數，表示很多的意思，這本百家姓就收了五百多個姓呢！後來明朝又編了一本「千家姓」，收了一千九百六十八個姓。

動動腦 小朋友，猜一猜下面百家姓中的姓氏。

❶古月—□
❷雙木—□
❸木子—□
❹言午—□
❺弓長—□
❻雙口—□

（答案：❶胡、❷林、❸李、❹許、❺張、❻呂）

百孔千瘡 ㄅㄞˇ ㄎㄨㄥˇ ㄑㄧㄢ ㄔㄨㄤ 形容到處都是漏洞，或缺點很多。例這條馬路被挖得百孔千瘡。

百尺竿頭 ㄅㄞˇ ㄔˇ ㄍㄢ ㄊㄡˊ 比喻向很高的目標再進一步。

百步穿楊 ㄅㄞˇ ㄅㄨˋ ㄔㄨㄢ ㄧㄤˊ 形容有很好的箭法或槍法。據說春秋時代，楚國的養由基很會射箭，能在一百步之外射中楊柳的葉子。

參考 相似詞：百發百中。

百折不撓 ㄅㄞˇ ㄓㄜˊ ㄅㄨˋ ㄋㄠˊ 形容意志堅強，無論經歷多少挫折都不屈服或退縮。撓：彎曲，屈服。

參考 相似詞：百折不回。♣請注意：百折不「撓」、不屈不「撓」的「撓」常誤寫為「饒」，因此也常錯讀作ㄖㄠˊ。

百依百順 ㄅㄞˇ ㄧ ㄅㄞˇ ㄕㄨㄣˋ 對別人的要求都很順從。例他對母親的意見百依百順。

百科全書 ㄅㄞˇ ㄎㄜ ㄑㄩㄢˊ ㄕㄨ 以辭典的形式編排的大型參考書，介紹文化科學等專有名詞和用語。

百思不解 ㄅㄞˇ ㄙ ㄅㄨˋ ㄐㄧㄝˇ 經過反覆的思考，還是無法理解。例我對他的問題還是百思不解。

百家爭鳴 ㄅㄞˇ ㄐㄧㄚ ㄓㄥ ㄇㄧㄥˊ 春秋戰國時代，社會發生了重大的改變，產生了很多的思想派別，他們互相爭論，促成了學術繁榮

五畫

的景象。

百無一失 形容絕對不會出錯。例這個計畫相當嚴密，相信一定百無一失。

百感交集 形容有很多感觸交結在一起。例他聽了校長的訓話後，頓時百感交集。

百戰百勝 形容很會作戰，每戰必勝。例知己知彼，百戰百勝。

百聞不如一見 聽到一百次也不如看到一次，表示親眼看到比聽到更可靠。聞：聽的意思。

皂

白部 二畫

ㄗㄠˋ 可以去汙的東西：例肥皂。

猜一猜 七百除一。（猜一字）（答案：皂）

皂化 脂肪和鹼發生作用變成肥皂和甘油。也指酯和鹼作用變成酸和醇。

的

白部 三畫

•ㄉㄜ ❶形容詞語尾：例年輕的。❷所有格：例我的書。

ㄉㄧˊ 確實的，可靠的：例的確。

ㄉㄧˋ ❶箭靶的中心。❷想要達到的目標：例目的。

的確 實在的。例這裡的確是個好地方，鄰居相處十分和睦。

皆

白部 四畫

ㄐㄧㄝ 都，全：例皆大歡喜、路人皆知。

參考 相似字：都、全、盡。

俏皮話 「司馬昭之心——路人皆知。」司馬昭是三國時代魏國的大將，他掌握了魏國的大權，時時想推翻魏國，他的野心，是大家都知道的。這句俏皮話是指一個不懷好意的人，大家都知道他的不良企圖！

皆大歡喜 事情做得圓滿成功，大家都很滿意。例這次比賽統統有獎，真是皆大歡喜。

皇

白部 四畫

ㄏㄨㄤˊ ❶君主：例皇帝。❷偉大的：例皇天后土。❸姓：例皇先生。

參考 請注意：「皇」和「王」都有君主和偉大的意思，但是習慣上稱「皇家」，不稱「王家」；「國王」也不稱「國皇」。

古人說 「皇天不負苦心人。」這是指那些肯苦心下功夫的人，總會有收穫。例他日夜苦讀，終於「皇天不負苦心人」，考上了理想的學校。

皇后 皇帝的妻子。

皇帝 封建時代最高的統治者。

古人說 「有了千田思萬田，做了皇帝想成仙。」這句話是說：人的欲望是永遠無法滿足的，就是當了皇帝也仍然不知足，希望成仙，要求長生不老。勸人要知足才會快樂。

皇宮 皇帝住的地方。

皈

白部 四畫

ㄍㄨㄟ 原本指佛教的入教儀式，現在是指凡虔誠的信奉宗教都可稱為「皈依」。

皈依 ❶佛教的入教儀式，表示對佛祖、佛法、僧侶歸順依從。❷現在只要是全心信奉某種宗教都可稱為皈依。

皋

白部 五畫

ㄍㄠ ❶沼澤：例九皋。❷水邊的高地：例江皋。❸姓：例皋魚。

五畫

皋魚 ㄍㄠ ㄩˊ ❶是春秋時代人，雙親死亡時，非常悲痛。孔子曾訪問他，皋魚說出自己一生有許多錯誤，而最大的錯誤是未能盡孝：兒子想侍奉父母，但父母已不在人間了。❷後來的人形容後悔未能在父母生前好好奉養父母為「皋魚之痛」。

皎

白部 六畫

′ ㇒ 白 白 白 白′ 白亠 白六 白㐅 皎 皎

ㄐㄧㄠˇ ❶潔白光明的：例皎潔。❷姓：例皎先生。

猜一猜 考試交白卷。（猜一字）（答案：皎）

皎潔 ㄐㄧㄠˇ ㄐㄧㄝˊ 明亮潔白。例今晚的月色很皎潔。

皖

白部 七畫

′ ㇒ 白 白 白 白′ 白宀 白宀 白完 皖

ㄨㄢˇ ❶安徽省的簡稱。❷姓：例皖先生。

皖系 ㄨㄢˇ ㄒㄧˋ 北洋軍閥的派系之一。以皖人段祺瑞為首，民國五年袁世凱死後，掌握北京政權。民國九年被直系打敗，勢力逐漸消失。

皓

白部 七畫

′ ㇒ 白 白 白 白′ 白丿 白⺧ 白生 白告 皓 皓

ㄏㄠˋ ❶明亮的：例皓月。❷潔白的：例皓齒。❸姓：例皓先生。

猜一猜 告也是白告。（猜一字）（答案：皓）

皓月 ㄏㄠˋ ㄩㄝˋ 明亮的月亮。例今晚皓月當空，銀色的月光灑遍了大地。

皓皓 ㄏㄠˋ ㄏㄠˋ 潔白光亮的樣子。例高山上白雪皓皓，十分美麗。

晳

白部 八畫

一 十 才 木 木′ 朾 析 析 析 析 晳 晳 晳

ㄒㄧ ❶皮膚潔白：例白晳。❷明白清楚，和「晰」字相通：例明晳。

皚

白部 十畫

′ ㇒ 白 白 白 白′ 白山 白山 白屮 皚 皚 皚 皚 皚 皚

ㄞˊ 潔白：例皚皚白雪。

皤

白部 十二畫

′ ㇒ 白 白 白 白′ 白′ 白⺈ 白乊 白平 皤 皤 皤 皤 皤 皤 皤

ㄆㄛˊ 雪白的樣子：例白髮皤皤。

皮部 ㄆㄧˊ

「𠬝」是「皮」最早的寫法，由「ㄓ」和「又」構成，「又」就是手，「ㄓ」是野獸的頭和身體，「コ」表示獸皮，「𠬝」就是用手剝下獸皮。到了「𤿟」把獸皮移到右上角，這兩個字獸皮都比獸體小，因為動物一剝皮，皮會緊縮，看起來就比身體小。皮部的字很少，都和皮膚有關，例如：皺、皰、皸（皮膚因為寒冷而破裂）。

皮

皮部 ○畫

ノ 厂 广 皮 皮

ㄆㄧˊ ❶動植物的表層組織，具有保護作用：例牛皮、樹皮。❷薄片狀的東西：例鉛皮、豆腐皮。❸表面：例地皮、書皮。❹皮革製成的東西：例皮箱、皮球。❺頑皮、調皮：例這小孩真皮。❻姓：例皮先生。

猜一猜 (一)皮老虎，鐵嘴脣，只吃衣服不吃人。（猜一物品）（答案：皮箱）

(二)一個寶寶，圓頭圓腦，拍一拍，跳一跳，拍得重，跳得高。（猜一玩具）（答案：皮球）

唱詩歌 小皮球兒，香蕉、梨，滿地開花二十一，二五六，二五七，二八、二九、三十一。（北平市）

皮毛 ㄆㄧˊ ㄇㄠˊ ❶帶毛的獸皮。例貂皮、狐皮都是貴重的皮毛。❷比喻膚淺、不深刻。例在這方面我只略知皮毛，還沒有深入的了解。

皮革 ㄆㄧˊ ㄍㄜˊ 用牛、羊、豬等的皮去毛後製成的熟皮，可以做皮鞋、皮箱及其他用品。革：去毛的獸皮。

皮膚 ㄆㄧˊ ㄈㄨ 覆蓋在身體表面的組織，分表皮、真皮、皮下組織三層，有保護身體、調節體溫、排泄廢物等作用。

皮包骨 ㄆㄧˊ ㄅㄠ ㄍㄨˇ 形容非常的瘦。例他瘦得只剩下皮包骨了。

皮影戲 ㄆㄧˊ ㄧㄥˇ ㄒㄧˋ 用燈光把獸皮做成的人物剪影照射在白色的布幕上，表演故事。表演者在幕後操縱、演唱，並配以音樂。

皮開肉綻 ㄆㄧˊ ㄎㄞ ㄖㄡˋ ㄓㄢˋ 皮肉都裂開了；形容被打得傷勢極重。綻：開裂。例他被抽打得皮開肉綻。

皮笑肉不笑 ㄆㄧˊ ㄒㄧㄠˋ ㄖㄡˋ ㄅㄨˋ ㄒㄧㄠˋ 不是發自內心的真笑，多指奸笑或苦笑。例他見了人總是皮笑肉不笑的打招呼。

皰

皮部 五畫

ㄆㄠˋ 皮膚因為毛細孔阻塞而長出的小疙瘩：例面皰。

皴

皮部 七畫

ㄘㄨㄣ ❶皮膚受凍或被風吹而乾裂：例凍得手皴了。❷皴法，國畫畫法之一，用細筆堆疊描繪而成。❸皮膚上積存的汙垢：例天呀！你幾天沒洗澡了？意然一身都皴了。

皸

皮部 九畫

ㄐㄩㄣ 皮膚因寒冷或乾燥而破裂：例皸裂。

皺

皮部 十畫

ㄓㄡˋ ❶皮膚因肌肉鬆弛而產生的紋路：例皺紋。❷緊縮在一起：例皺眉頭。

參考 相似字：蹙。♣相反字：平。♣請注意：「皺」和「縐」讀音相同，意思不同：「皺」指皮膚、肌肉的摺紋；「縐」是指絲織品水波的摺紋。

皺紋 ㄓㄡˋ ㄨㄣˊ 物體表面上因收縮或搓揉而成的一凸一凹的條紋。

笑一笑 小張：「人在年輕時，難免會感到『不平』，但是到了年老，所有的『不平』全都消失了。」小王：「哪裡會消失呢？只不過是從心中轉移到臉上罷了！」

唱詩歌 老人的臉上，有一條一條的皺紋；大海的臉上，也有一波一波的皺紋。媽媽，大海是不是也老了呢？（陳錦）

皺摺 ㄓㄡˋ ㄓㄜˊ 物體表面上的痕紋。

皿部 ㄇㄧㄣˇ

「」是按照裝食物的圓形器具所造出來的象形字。上面是裝食物的容器，下面是底座。後來寫成「」，把底座拉長了，同時畫上了把手，現在寫成「皿」。皿部的字和盛裝東西的圓形器具都有關係，例如：盆、盤、盂。

皿

皿部 ○畫

ㄇㄧㄣˇ 一種口大而且底淺的容器：例器皿。

參考 請注意：古文字的「皿」字，像是個裝東西的器具，所以「皿」的本義就是指碗、碟、杯、盤一類裝東西用的器具的總稱，也叫「器皿」。凡由「皿」組成的字大都與器皿有關。例如：「盆」

是盛東西或洗東西用的器具；「盞」是淺而小的杯子，例如：酒盞；「盂」是盛液體的敞口器具；「盎」是古時一種腹大口小的盛器。

盂

皿部 三畫

ㄩˊ ❶用來裝液體或固體物質的圓形容器：例缽盂。❷春秋時候的地名，在今河南省睢縣。

盂蘭盆會 ㄩˊ ㄌㄢˊ ㄆㄣˊ ㄏㄨㄟˋ 是佛教的儀式。每逢陰曆七月十五日，佛教徒為了追思祖先所舉行的一種儀式，儀式內容有念經、施食給孤魂野鬼。盂蘭盆：是依照印度文的發音翻譯過來的，有「倒懸」的意思。相傳是出自目蓮救母的故事。

盈

皿部 四畫

ㄧㄥˊ ❶充滿：例豐盈。❷多餘：例盈餘。

參考 相似字：滿、豐、剩、餘。

盈眶 ㄧㄥˊ ㄎㄨㄤ 淚水充滿眼眶。例見到分別多年的老友，使她不禁熱淚盈眶。

盈餘 ㄧㄥˊ ㄩˊ 剩餘，利潤。例這個月公司的盈餘比上個月多兩倍。

盆

皿部 四畫

ㄆㄣˊ ❶盛東西或洗東西用的器具，口大底小，多為圓形：例花盆、臉盆。❷計算物體數量的單位：例一盆花。

盆地 ㄆㄣˊ ㄉㄧˋ 四周高而中間低平的地形。例四川盆地又稱「天府之國」。

盆栽 ㄆㄣˊ ㄗㄞ 在盆中栽種花卉樹木，目的多在賞玩。

盆景 ㄆㄣˊ ㄐㄧㄥˇ 一種供觀賞的陳設品，在盆裡栽種花、草、木本植物，再配上水、石，布置成為縮小的山水風景。

盃

皿部 四畫

ㄅㄟ 同「杯」。

盅

皿部 四畫

ㄓㄨㄥ 小杯子：例茶盅、酒盅。

益

皿部 五畫

ㄧˋ ❶好處：例益處。❷增加：例增益。❸更：例精益求精。

益友 ㄧˋ ㄧㄡˇ 對自己思想、工作、學習有幫助的朋友。例好書是我們的良師益友。

參考 相反詞：損友。

益處 ㄧˋ ㄔㄨˋ 好處。例多喝牛奶對身體有益處。

益智 ㄧˋ ㄓˋ 啟發智慧。例益智遊戲可以訓練腦力。

盍

皿部 五畫

ㄏㄜˊ 何不，為什麼不。

盎

皿部 五畫

ㄤˋ ❶一種腹大口小的容器。❷英美的重量單位，是一磅的十六分之一：例盎斯。❸洋溢：例綠意盎然。

盎然 ㄤˋ ㄖㄢˊ 形容氣氛、趣味濃厚。例這本小說趣味盎然。

盔

皿部 六畫

ㄎㄨㄟ 作戰時用來保護頭部的帽子，用金屬或其他堅硬質料製成：例鋼盔。

參考 相似字：冑。♣相反字：甲。

盔甲 ㄎㄨㄟ ㄐㄧㄚˇ 古代作戰時的服裝。盔是戴在頭上的；甲是穿在身上的。

盒

皿部 六畫

ㄏㄜˊ 底和蓋大小相合，可以裝物的器具：例飯盒。

盛

皿部 六畫

ㄕㄥˋ ❶興旺：例興盛。❷強烈：例火勢很盛。❸規模大，隆重：例盛會。❹深厚：例盛情。❺姓：例盛先生。

ㄔㄥˊ ❶用容器裝東西：例盛飯。❷容納、裝：例缸裡盛著水。

參考 相似字：旺。♣請注意：「盛」多指興旺，例如：茂盛、興盛。「勝」多指超越、優於，例如：勝地、勝利。

盛行 ㄕㄥˋ ㄒㄧㄥˊ 廣泛的流行。例「大家樂」曾在中、南部盛行一時。

盛況 ㄕㄥˋ ㄎㄨㄤˋ 盛大熱烈的景況。例這次義賣的活動盛況空前。

盛怒 ㄕㄥˋ ㄋㄨˋ 大怒。例盛怒使他失去了理智。

盛開 ㄕㄥˋ ㄎㄞ 指花朵開得很茂盛。例春天來了，花園裡百花盛開。

盛裝 ㄕㄥˋ ㄓㄨㄤ 華美高貴的裝束，多指在隆重或正式場合的穿著。例她盛裝打扮參加這場盛會。

盛舉 ㄕㄥˋ ㄐㄩˇ 盛大的活動。例這次的園遊會需要大家一起來共襄盛舉。

盛氣凌人 ㄕㄥˋ ㄑㄧˋ ㄌㄧㄥˊ ㄖㄣˊ 驕傲自大，氣焰逼人。凌：凌駕、超越。例上屆的冠軍得主一副盛氣凌人的樣子，好像沒有人比得上他。

盛極一時 ㄕㄥˋ ㄐㄧˊ ㄧ ㄕˊ 形容某一段時間非常興盛或流行。例慢跑的風氣盛極一時。

盜

皿部 七畫

ㄉㄠˋ ❶偷：例盜取。❷搶奪財物的人：例強盜。

參考 相似字：竊、匪、偷、賊。

盜用 ㄉㄠˋ ㄩㄥˋ 不合法的使用公家或別人的名義、財物等。例盜用公款是違法的行為。

盜賊 ㄉㄠˋ ㄗㄟˊ 偷竊和強奪財物的行為，也指人。例這批盜賊真是無法無天。

參考 請注意：「盜賊」和「盜匪」意思相近，但還是有差別，「盜匪」指使用的方法更殘暴，而且很多人一起行動。

盜竊 ㄉㄠˋ ㄑㄧㄝˋ 偷取。例他盜竊了別人的東西還不承認。

盞

皿部 八畫

ㄓㄢˇ ❶淺小的杯子：例酒盞。❷數量用詞：例一盞油燈。

盟

皿部 八畫

ㄇㄥˊ ❶一種約誓：例海誓山盟。❷我國邊疆行政區的劃分之一：例盟旗。❸立下大家相互遵守的約定：例誓盟。

參考 相似字：誓、約。

盟邦 ㄇㄥˊ ㄅㄤ 互結同盟的國家。

參考 相似詞：盟國。

盡

皿部 九畫

ㄐㄧㄣˋ ❶完：例用盡。❷自殺而死：例自盡。❸全力：例盡力。❹全部：例盡數收回。❺最：例盡善盡美。❻終止：例盡頭。❼姓：例盡先生。

參考 相似字：完、畢、罄。♣請注意：❶「盡」和「儘」讀音字形相似，但是意思不同：「盡」（ㄐㄧㄣˋ）有完全用出的意思，例如：盡力、盡忠、盡情。「儘」

五畫

（ㄐㄧㄣˇ）有聽其自然的意思，例如：這件事儘管去做，我不會限制你的。至於「儘量」也可以寫作「盡量」，都是盡力去做的意思。❷盡是「𦘒」下面加四點火，「𦘒」是「肀」加一橫畫，不可寫成兩橫畫。

小故事 我國南北朝時期有個著名的文學家叫江淹，少年時家裡很窮，他刻苦自學，寫出非常精彩的詩文，馳名天下，大家都稱他為「江郎」。後來他做了大官，生活優裕了，不再努力，才思大大減退，再沒寫出什麼好詩文，因而當時的人們就說他「江郎才盡」。現在用這個成語來比喻本來很有文才，後來文思減退了的人。

盡力 ㄐㄧㄣˋ ㄌㄧˋ 盡所有的力量。

盡心 ㄐㄧㄣˋ ㄒㄧㄣ 用盡所有的精神和能力。例這件工作我會盡心去做，你放心吧！

盡責 ㄐㄧㄣˋ ㄗㄜˊ 完全做好應該做的事。例他做事十分努力，是個盡責的人。

盡情 ㄐㄧㄣˋ ㄑㄧㄥˊ 盡量發洩情感，不受拘束。例同樂會時，我們盡情唱歌，非常好玩。

盡頭 ㄐㄧㄣˋ ㄊㄡˊ 終點。例這條路的盡頭有間破房子。

盡義務 ㄐㄧㄣˋ ㄧˋ ㄨˋ 做自己應做的事。例納稅是好國民應盡的義務。

盡物之性 ㄐㄧㄣˋ ㄨˋ ㄓ ㄒㄧㄥˋ 發揮物質所有的特性和效能。例我們要盡物之性，充分利用現有的物質。

盡善盡美 ㄐㄧㄣˋ ㄕㄢˋ ㄐㄧㄣˋ ㄇㄟˇ 形容事物十分完美，沒有缺點。例這次迎新晚會，主辦單位籌畫得盡善盡美，十分難得。

監　皿部　九畫

ㄐㄧㄢ ❶「監獄」的簡稱。❷管理員：例舍監。❸督導檢查：例監考、監督。
ㄐㄧㄢˋ ❶宦官：例太監。❷姓：例監先生。

監造 ㄐㄧㄢ ㄗㄠˋ 監督製造的工作。例這棟房子是由他負責監造。

監視 ㄐㄧㄢ ㄕˋ 在旁邊嚴格的察看。例刑警監視著犯人，防止他逃走。

參考 請注意：「監視」和「看管」不同：「監視」是時時刻刻密切注意別人的行動，以防萬一；「看管」有照顧和管理的意思，受看管的是人或物。

監督 ㄐㄧㄢ ㄉㄨ 察看人、事、物是否達到目標。督：察看，管理。例這家工廠的老闆嚴格監督生產進度。

監獄 ㄐㄧㄢ ㄩˋ 關犯人的地方。

參考 相似詞：監牢。

監察 ㄐㄧㄢ ㄔㄚˊ 察看人、事、物，使達到目標。例他在公司裡負責監察的工作。

參考 活用詞：監察院、監察權、監察委員。

監護 ㄐㄧㄢ ㄏㄨˋ 監督保護。例他負責監護這個小孩。

參考 活用詞：監護人。

監守自盜 ㄐㄧㄢ ㄕㄡˇ ㄗˋ ㄉㄠˋ 盜取自己負責看管的財物。例他竟然監守自盜，實在太令人驚訝了。

盤　皿部　十畫

ㄆㄢˊ ❶扁淺的盛物器皿：例托盤。❷形狀或功用像盤子的東西：例棋盤。❸數量的名稱：例一盤棋。❹相互緊繞：例盤根錯節。❺回旋，徘徊：例盤旋。❻仔細查問或清點：例盤問。

參考 相似字：問、查。

盤庚 ㄆㄢˊ ㄍㄥ 商代國君，將首都遷往西亳（ㄅㄛˊ），改國號為殷。

盤旋 ㄆㄢˊ ㄒㄩㄢˊ ❶不斷的來回旋轉。例飛機在天空盤旋。❷徘徊，逗留。例他一個人在花園裡自言自語，盤旋了半天才離開。

盤問 ㄆㄢˊ ㄨㄣˋ 仔細的查問。例媽媽向我盤問每一筆開銷的細節。

盤膝 ㄆㄢˊ ㄒㄧ 兩腿交叉而坐。盤：屈曲。例我們在草地上盤膝而坐，暢談往事。

參考 相似詞：盤腿。

盤踞 ㄆㄢˊ ㄐㄩˋ 霸占，非法的占據。踞：蹲著。又作「盤據」。例盜匪盤踞在深山。

盤據 ㄆㄢˊ ㄐㄩˋ 霸占控制。

參考 相似詞：盤踞。

盤根錯節 ㄆㄢˊ ㄍㄣ ㄘㄨㄛˋ ㄐㄧㄝˊ 樹根很多很老，一節一節地緊繞交錯。比喻事情繁難複雜，不易解決。例這個事件盤根錯節，不容易處理。

盧
皿部 十一畫

ㄌㄨˊ ❶黑色的。❷姓：例盧先生。

盧溝橋 ㄌㄨˊ ㄍㄡ ㄑㄧㄠˊ 在北平市。民國二十六年七月七日，日本帝國主義侵略我國，我國國軍吉星文等在此抵抗，從此八年抗戰正式開始。

盥
皿部 十一畫

ㄍㄨㄢˋ 洗：例盥洗。

盥洗 ㄍㄨㄢˋ ㄒㄧˇ 盥原本指洗手，後來泛指洗臉、洗手等。

參考 活用詞：盥洗室。

盪
皿部 十二畫

ㄉㄤˋ ❶洗，沖洗：例盪滌。❷搖動：例盪漾。

參考 請注意：「盪」和「蕩」都有動搖的意思，但是「盪鞦韆」不用「蕩」；「蕩」又有放縱、毀壞的意思，例如：「蕩婦」、「傾家蕩產」，而「盪」沒有這個意思。

盪漾 ㄉㄤˋ ㄧㄤˋ ❶水波激動的樣子。漾：水波搖動。例海面水波盪漾，反射出金色的陽光。❷形容起伏不定，飄飄蕩蕩的樣子。例歌聲盪漾在夜空中。

目部 ㄇㄨˋ

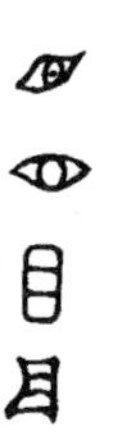

目就是眼睛，是按照眼睛的樣子所造的象形字。「」中間是眼珠，外面是眼眶。後來寫成「」，現在則寫成直立的形狀。目部的字和眼睛都有關係，可以分成兩類：

一、眼睛的構造，例如：睛（眼珠子）、睫（眼睫毛）、瞼（眼皮）。

二、眼睛的活動，例如：看、瞧、瞄、眨。

目
目部 ○畫

ㄇㄨˋ ❶眼睛：例目中無人。❷大範圍中再分出來的細節：例項目、條目。❸書籍雜誌正文前用來提示內容章節，便於查考的文字：例目錄。❹生物學中把同綱的生物，按照彼此相似的特徵再細分出來的叫「目」，例如：松柏綱中的松柏目、銀杏目。

猜一猜 三口重疊，莫把品字猜。（猜一字）（答案：目）

目力 ㄇㄨˋ ㄌㄧˋ 眼睛能看到東西的能力。例他的目力很好，遠方的小東西都能看得清楚。

參考 相似詞：視力。

目光 ㄇㄨˋ ㄍㄨㄤ ❶眼光，眼睛的神采。例爸爸目光炯炯，看起來好有威嚴。❷觀察事物的能力。例他的目光敏銳，看事情看得很準確。

參考 活用詞：目光如豆。

目的 ㄇㄨˋ ㄉㄧˋ 希望達到的理想，或希望實現的結果。例讀書的目的是要懂得做人做事的道理。

參考 相似詞：目標。♣活用詞：目的地、目的論。

目前 ㄇㄨˋ ㄑㄧㄢˊ ❶眼前，指很近的距離。例雖然是三年前去過的地方，回想起來，卻還是如在目前。❷現在，指說話的時候。例到目前為止，他還是不肯認錯。

目送 ㄇㄨˋ ㄙㄨㄥˋ 眼光隨著離去的人、物，表示依依不捨或尊敬的意思。例我目送哥哥搭車離去，心中十分不捨。例週會後，我們目送師長離開會場。

目眩 ㄇㄨˋ ㄒㄩㄢˋ 眼花。眩：眼睛昏花看不清楚的樣子。例我在陽光下站久了，一時覺得頭暈目眩。

目標 ㄇㄨˋ ㄅㄧㄠ ❶射擊、攻擊或尋求的對象。例老鼠是貓咪捕捉的目標。❷想要達到的理想或標準。例既然訂定了目標，就要努力去完成。

目錄 ㄇㄨˋ ㄌㄨˋ ❶按照一定順序列出來，供查考的事物種類、名稱。例這家商店印了精美的目錄，吸引消費者購買。❷書籍雜誌正文前，用來提示內容章節的文字。例看書前先翻查目錄，可以對全書有個概括的了解。

參考 相似詞：目次。♣活用詞：目錄學。

目擊 ㄇㄨˋ ㄐㄧ 親眼看到。擊：接觸的意思。例我親眼目擊這場可怕的大車禍。

參考 相似詞：目睹。♣活用詞：目擊者。

目鏡 ㄇㄨˋ ㄐㄧㄥˋ 顯微鏡或望遠鏡等儀器中，對著眼睛那端所裝的透鏡。

參考 相似詞：接目鏡。♣相反詞：接物鏡。

目中無人 ㄇㄨˋ ㄓㄨㄥ ㄨˊ ㄖㄣˊ 眼睛裡看不見其他人；形容人驕傲自大，看不起別人的樣子。例驕兵必敗，你這麼目中無人，終有一天會後悔的。

參考 相似詞：目空一切、目無餘子。

目不暇給 ㄇㄨˋ ㄅㄨˋ ㄒㄧㄚˊ ㄐㄧˇ 來不及看；形容周圍可看的東西太多，眼睛來不及應付。暇：空閒。給：供應的意思。例商店裡布置得琳瑯滿目，令人目不暇給。

參考 相似詞：目不暇接。

目不識丁 ㄇㄨˋ ㄅㄨˋ ㄕˋ ㄉㄧㄥ 連最簡單的「丁」字也不認識，表示一個字也不認識。例你不肯上學，將來目不識丁，能做什麼呢？

參考 相似詞：不識一丁。

目不轉睛 ㄇㄨˋ ㄅㄨˋ ㄓㄨㄢˇ ㄐㄧㄥ 指眼珠子一動也不動的注視著；形容注意力非常的集中。睛：眼球，俗稱眼珠子。例弟弟目不轉睛的看著櫥窗裡的玩具。

目瞪口呆 ㄇㄨˋ ㄉㄥˋ ㄎㄡˇ ㄉㄞ 眼睛發直，嘴裡說不出話來的樣子。形容受到驚嚇或是表示看得很專心。例新聞中報導飛機失事的慘況，看得我目瞪口呆。例弟弟看卡通影片，看得目瞪口呆。

參考 相似詞：呆若木雞。

盯

目部 二畫

丨 冂 冃 月 目 盯 盯

ㄉㄧㄥ 注視：例兩眼盯著他看。

參考 請注意：「盯」和「瞪」有分別，「瞪」帶有怒意或埋怨的意味。

盲

目部 三畫

丶 亠 亡 亡 盲 盲 盲 盲

ㄇㄤˊ ❶眼睛看不見：例盲人。❷對某些事物沒有認識的能力：例文盲。❸不經過考慮的：例盲目的。

參考 相似字：瞎。♣請注意：❶「盲」也可以寫作「盳」。❷「目盲」的「盲」和「病入膏肓」的「肓」（ㄏㄨㄤ）字不要弄錯。

盲人 ㄇㄤˊ ㄖㄣˊ 眼睛看不見的人。

參考 相似詞：瞎子。

盲目 ㄇㄤˊ ㄇㄨˋ 眼睛瞎，看不見東西；比喻認識不清或沒有主見。例她向來盲目追求物質享受，結果成了金錢的奴隸。

盲從 ㄇㄤˊ ㄘㄨㄥˊ 不問是非，盲目的跟著別人胡說、亂做。例他自己沒有一點主見，老是盲從流行。

盲腸 ㄇㄤˊ ㄔㄤˊ 生在大腸的上段，上接小腸，下連結腸，位在腹腔右下部，其內下部有一孔通闌尾。

參考 活用詞：盲腸炎（闌尾炎）。

盲人摸象 ㄇㄤˊ ㄖㄣˊ ㄇㄛ ㄒㄧㄤˋ 傳說有幾個瞎子摸大象，摸到腿的人說大象像柱子，摸到身體的說像牆，摸到尾巴的說像繩子。瞎子用手去摸象，以了解象的樣子；比喻知道得很少，隨便猜測，而不能明白全部。例他對事情看法不夠徹底，根本是盲人摸象。

參考 相似詞：瞎子摸象。

盲人瞎馬 ㄇㄤˊ ㄖㄣˊ ㄒㄧㄚ ㄇㄚˇ 瞎子騎著瞎馬；比喻無所知而行動，十分危險。例他騎機車不戴安全帽，就好像盲人瞎馬一樣危險。

直

目部 三畫

一 十 十 冇 有 有 直 直

ㄓˊ ❶不彎曲，不偏斜：例筆直。❷挺直，使曲的伸直：例直起腰來。❸公正的，正義的：例正直。❹直接，沒有阻礙的：例直達車站、直升飛機。❺縱的：例直行書寫。❻不斷的：例一直哭。❼呆視狀：例兩眼發直。

猜一猜 肚子大，尾巴小，垂直起飛多輕巧，背上生個大翅膀，起落不必用跑道。（猜一種交通工具）（答案：直升飛機）

直角 ㄓˊ ㄐㄧㄠˇ 兩直線或兩平面垂直相交所成的角，一直角等於九十度。

直到 ㄓˊ ㄉㄠˋ 一直等到。例這件事直到今天我才知道是小妹惹的禍。

直徑 ㄓˊ ㄐㄧㄥˋ 連接圓周上兩點並通過圓心的直線段。

直爽 ㄓˊ ㄕㄨㄤˇ 心地坦白，正直爽快。例他為人直爽，很受歡迎。

直接 ㄓˊ ㄐㄧㄝ 不經過中間的事物。例我直接閱讀外文書籍，而不必靠字典的輔助。

直達 ㄓˊ ㄉㄚˊ 直接通達或傳達。例這班車直達臺北。

直腸子 ㄓˊ ㄔㄤˊ ㄗ˙ 比喻人的性情爽朗，有話直說，毫不隱瞞。例他向來有什麼就說什麼，是個直腸子。

直轄市 ㄓˊ ㄒㄧㄚˊ ㄕˋ 由中央政府直接管轄的大城市。例臺北市和高雄市是中華民國的直轄市。

直截了當 ㄓˊ ㄐㄧㄝˊ ㄌㄧㄠˇ ㄉㄤˋ 說話做事爽快，不繞圈子。例他說話從不直截了當，總是拐彎抹角。

參考 相似詞：開門見山。♣請注意：「直截了當」和「開門見山」有區別：「直截了當」除了能形容說話、作文不拐彎抹角以外，還能形容辦事的乾脆、辦法的直接等；「開門見山」只能形容說話、作文不會拐彎抹角。「直截了當」前面可以加表示程度的詞語：「很、最」等，「開門見山」不能。

盹

目部 四畫

丨 冂 月 目 目 盰 盰 盹

ㄉㄨㄣˇ 很短時間的睡眠：例打盹兒。

盼

目部 四畫

丨 冂 月 目 目 盼 盼 盼 盼

ㄆㄢˋ ❶希望：例盼望。❷看：例左顧右盼。❸姓：盼先生。

俏皮話 「半夜裡盼太陽——還早呢！」太陽要早上才會出來，如果在「半夜裡盼太陽」，那「還早呢」！比喻事情還沒有開端，也就是「八字還沒一撇」呢！

盼望 ㄆㄢˋ ㄨㄤˋ 熱切的希望。例大家都盼望暑假的來臨。

參考 請注意：「盼望」和「渴望」都有希望的意思，但「渴望」是急切的希望，程度較深。

眉

目部 四畫

ㄱ ㄱ ㄕ 尸 尸 屌 屌 眉 眉

ㄇㄟˊ ❶眼上額下的細毛：例眉毛。❷指書頁上方空白的地方：例眉批。❸姓：例眉先生。

眉目 ㄇㄟˊ ㄇㄨˋ ❶眉毛和眼睛，指容貌。例他生得眉目清秀，很討人喜愛。❷事情的頭緒、條理。例這件事情已經有眉目了，請放心。

眉宇 ㄇㄟˊ ㄩˇ 兩眉上面的地方，意思是指面貌、容顏。宇：儀表。例他眉宇之間，顯得氣度不凡。

眉批 ㄇㄟˊ ㄆㄧ 在書頁或文稿上方空白處所寫的批注。例她讀書時習慣隨手寫眉批。

眉梢 ㄇㄟˊ ㄕㄠ 眉毛的末端。例他一聽到這個好消息，不禁樂得喜上眉梢。

眉睫 ㄇㄟˊ ㄐㄧㄝˊ 眉毛和眼睫毛；比喻近在眼前，有急迫的意思。例這件事情已迫在眉睫，需要立刻想出解決的方法。

眉頭（ㄇㄟˊ ㄊㄡˊ） 兩眉附近的地方。例她眉頭一皺，計上心來。

眉目傳情（ㄇㄟˊ ㄇㄨˋ ㄔㄨㄢˊ ㄑㄧㄥˊ） 指男女雙方用眉和目來傳達情意。

參考 相似詞：眉來眼去。

眉清目秀（ㄇㄟˊ ㄑㄧㄥ ㄇㄨˋ ㄒㄧㄡˋ） 形容人的面貌十分端正秀麗。又作「眉目清秀」。例迎面走來一位女孩，長得眉清目秀，令人不禁要多看一眼。

眉飛色舞（ㄇㄟˊ ㄈㄟ ㄙㄜˋ ㄨˇ） 形容非常高興得意的樣子。例他眉飛色舞的說著自己冒險的經歷。

眉開眼笑（ㄇㄟˊ ㄎㄞ ㄧㄢˇ ㄒㄧㄠˋ） 形容高興愉快的樣子。例他一提起寶貝兒子，就樂得眉開眼笑。

參考 相似詞：心花怒放。♣相反詞：眉頭不展。

參考 請注意：「眉飛色舞」和「眉開眼笑」都有高興的意思，但「眉飛色舞」偏重在得意的樣子；「眉開眼笑」偏重在笑。

省

目部 四畫

丨 ⺌ 小 少 少 省 省 省 省

ㄕㄥˇ ❶國家行政區域的名稱：例福建省。❷節儉：例節省。❸減免的：例省一道手續。

ㄒㄧㄥˇ ❶自我檢討：例反省。❷覺悟，明白：例省悟。❸探望，問候：例省親。

參考 請注意：「省」當「問候」解釋時，問候的對象多指長輩和親屬，例如：省（ㄒㄧㄥˇ）親。

小百科 地方行政單位有「縣」、「市」、「鄉」、「鎮」、「區」、「村」、「里」等。

省悟（ㄒㄧㄥˇ ㄨˋ） 明白覺悟。例他省悟到這是自己最後一次的機會了。

省略（ㄕㄥˇ ㄌㄩㄝˋ） 省去語言、文章中不重要的部分，或不必明白說出就能了解的部分。例寫作文時要省略重複的語句。

省得（ㄕㄥˇ ㄉㄜˊ） 免除。例他已經知道這件事了，省得我再多費唇舌。

省會（ㄕㄥˇ ㄏㄨㄟˋ） 省政府所在的地方，是一省的政治、經濟、文化中心。

省察（ㄒㄧㄥˇ ㄔㄚˊ） 對自己的行為、思想等作客觀的反省觀察。例我們要常常省察自己的思想。

省親（ㄒㄧㄥˇ ㄑㄧㄣ） 回家探望父母親。例他預計下個月回鄉省親。

看

目部 四畫

一 二 三 手 手 看 看 看 看

ㄎㄢˋ ❶用眼睛接觸人或物：例看書。❷觀察判斷：例你看這個方法好不好？❸訪問：例看老朋友。❹對待：例另眼相看。❺治病：例看病。❻照顧料理：例照看。❼表示試一試：例想想看。

ㄎㄢ 守護：例看門。

參考 請注意：看字讀ㄎㄢ時有守護、監視、照顧的意思，例如：看守、看管、看護。

笑一笑 電影院門口，一個父親帶著孩子走了過來：「這孩子可以不買票嗎？」售票員：「他年紀小，可以不買票。」父親：「孩子，你進去看吧，我在外面等你！」

俏皮話 「看見皇上叫姐夫——攀高結貴。」在古時候稱一國之君叫皇上，如果「看見皇上叫姐夫」的話，那可真是「攀高結貴」了。

唱詩歌 詩家①清景在新春，綠柳纔黃半未勻；若待上林②花似錦③，出門俱是看花人。（城東早春‧楊巨源）

註：①詩家：作詩的名家。②上林：皇上的御花園。③錦：五色織成的綢綾。

看中（ㄎㄢˋ ㄓㄨㄥˋ） 看了心裡合意。例只要他看中的東西，就非要買下不可。

看守（ㄎㄢ ㄕㄡˇ） ❶負責守護。例他六十歲的時候，就到這家工廠看守門戶。❷稱監獄裡監視和管理犯人的人。

看作（ㄎㄢˋ ㄗㄨㄛˋ） 當成。例因為他近視度數太深，黑暗中不小心把貓看作是狗。

看法（ㄎㄢˋ ㄈㄚˇ） 對事的見解。例我對這件事的看法是——不放棄，繼續努力的做下去。

看重（ㄎㄢˋ ㄓㄨㄥˋ） 重視，看得起。例他受到老闆的看重，所以一路高陞。

看待 ㄎㄢˋ ㄉㄞˋ 對待。例你不要用奇怪的眼光看待拾荒的老婆婆。

看家 ㄎㄢ ㄐㄧㄚ ❶指在家或是工作的地方看守、照管門戶。❷指一個人特別擅長，別人很難勝過的本事。例賽跑是我的看家本領。

看病 ㄎㄢˋ ㄅㄧㄥˋ ❶醫生替人治病。例醫生不在家，他幫人看病去了。❷讓醫生治病。例病人到醫院看病。

看望 ㄎㄢˋ ㄨㄤˋ 到長輩或親友的地方問候生活情況。例他返回家鄉看望父母。

看透 ㄎㄢˋ ㄊㄡˋ 對人、事非常透徹的了解、認識。例這個人我早就看透了，沒什麼本領。

參考 相似詞：看穿、看破。

看臺 ㄎㄢˋ ㄊㄞˊ 建築在場地旁邊或周圍，讓觀眾看表演的臺子。例看臺上的觀眾非常興奮的叫著。

看管 ㄎㄢ ㄍㄨㄢˇ 看守管理。例被警察看管的犯人，在牢裡深深的反省。

看齊 ㄎㄢˋ ㄑㄧˊ ❶整隊時，指定某個人為標準，排齊站在一條線上。❷拿某人作為學習的榜樣。例我們要向品行優良的同學看齊。

看顧 ㄎㄢ ㄍㄨˋ 照料看護。例這位護士看顧病人很細心。

看護 ㄎㄢ ㄏㄨˋ 看管照顧。例護士對病人所做的看護工作非常重要。

看不起 ㄎㄢˋ ㄅㄨˋ ㄑㄧˇ 輕視，瞧不起。例你別看不起小妹，她能做很多的事情呢！

參考 相似詞：看輕。♣相反詞：看得起。

看風使舵 ㄎㄢˋ ㄈㄥ ㄕˇ ㄉㄨㄛˋ 比喻跟著情勢轉變方向。例他是個看風使舵的人，非常不可靠。

參考 相似詞：見風轉舵。

盾

目部 四畫

一 厂 𠂆 𠂇 戶 盾 盾 盾 盾

ㄉㄨㄣˋ ❶古代作戰時用來保護身體，遮擋敵人刀箭的武器：例盾牌、矛盾。❷像盾的東西：例銀盾、金盾。

盾牌 ㄉㄨㄣˋ ㄆㄞˊ 古代打仗時用來保護身體遮擋刀箭的牌形武器。牌：一種保護身體的武器。例他一手舉刀，一手拿著盾牌就表演起來了。

相

目部 四畫

一 十 才 木 札 札 相 相 相

ㄒㄧㄤ ❶彼此：例互相。❷比較上：例相差。❸一方對另一方的行為：例相勸。

ㄒㄧㄤˋ ❶人的外貌：例相貌。❷官吏：例宰相。❸察看：例相機而動。❹輔助：例相夫教子。❺姓：例相先生。

猜一猜 休要丟人現眼。（猜一字）（答案：相）

相干 ㄒㄧㄤ ㄍㄢ 互相有關係或牽涉。例這件事和他不相干。

參考 相似詞：相關。

相互 ㄒㄧㄤ ㄏㄨˋ 兩相對待的。例他們相互之間的關係很密切。

相反 ㄒㄧㄤ ㄈㄢˇ 事物的兩個方面互相矛盾。例成功和失敗是相反的。

相片 ㄒㄧㄤˋ ㄆㄧㄢˋ 照片。

相似 ㄒㄧㄤ ㄙˋ 很像。例他們兩個長得十分相似，常常被搞錯。

相交 ㄒㄧㄤ ㄐㄧㄠ ❶交在一點。例這兩條直線相交於一點。❷做朋友。例他們在大學認識，相交已經十年。

相同 ㄒㄧㄤ ㄊㄨㄥˊ 完全一樣。例這兩件衣服的顏色、式樣、大小相同。

相知 ㄒㄧㄤ ㄓ ❶彼此交往，互相瞭解。例朋友之間要相知才能相處。❷互相瞭解，感情深厚的朋友。例他很寂寞，因為相知太少。

相思 ㄒㄧㄤ ㄙ 彼此思念，多指男女之間因愛慕而產生的思念。

參考 相反詞：單戀。♣活用詞：相思病、相思樹。

唱詩歌 紅豆生南國①，春來發幾枝；願君多采②擷③，此物最相思。（相思・王維）

註：①南國：南邊的地方。②采：同「採」。③擷：音ㄐㄧㄝˊ，用衣服的下襬兜盛物品。

相差 彼此間的距離。例他和姊姊相差了十歲。

相信 不懷疑。例我相信他說的話都是真的。

相框 裝照片的架子。例他把一張全家福照片裝在相框裡。

相配 二種以上的人、事、物放在一起很合適。

俏皮話 「八個油瓶配七個蓋——不相配。」小朋友，你知道八個油瓶配七個蓋會是怎樣的結果呢？那當然是配不上囉！所以「八個油瓶配七個蓋」就用來形容不相配。

相逢 彼此遇見（多指偶然的）。例爺爺和老朋友在國外意外相逢，感到十分驚喜。

相國 就是宰相，是輔佐皇帝處理國事的官吏。

相處 彼此接觸有來往。例他的脾氣暴躁，很難和別人好好相處。

相通 事物之間彼此可以連貫溝通。例這兩條馬路之間有條小巷子相通。

相符 兩方面互相配合。例他說話和表現完全相符。

相等 兩件事物的體積、重量、長度等相同。例這兩棟房子的面積相等。

相傳 ❶長久以來互相傳說，大部分沒有確實的證據。例相傳月亮上有嫦娥和玉兔。❷傳遞，傳授。例孔子的學說代代相傳，到今天還被人當作標準。

相當 ❶合適。例他做護士很相當。❷差不多。例他們兩人的能力相當，競爭很激烈。❸到達某種程度，和「很」類似。例這件工作相當困難，恐怕沒辦法準時完成。

相稱 事物配合得很合適、恰當。例總經理的百萬名車和他的地位很相稱。

相對 ❶相互對立，指意義、性質等方面。例這兩件事情是相對的，不可混為一談。❷比較的。例今天相對溼度很高。

參考 活用詞：相對論、相對溼度、相對高度。

相貌 人的外表、容貌。例她的相貌清秀，非常惹人喜愛。

參考 相似詞：容貌。

相機 ❶照相機。❷觀察當時的情況和時機。例當你遇到危險時，要能相機行事，才能保障安全。

相聲 戲曲表演的一種。吸取了民間講故事、說笑話的手法，和戲曲中的喜劇效果，具有幽默風趣的特點，常見的有對口相聲。

相關 互相有關連。例健康的身體和均衡的飲食是相關的。

參考 相似詞：相干。

相識 ❶彼此認識。例他們相識二十年了。❷認識的人。例他是我的老相識。

相繼 一個接著一個。例在他十歲那年，他的弟弟和妹妹相繼地出生。

相夫教子 幫助丈夫發展事業，教育子女長大成人。例老太太一輩子把相夫教子當成自己的責任。

相依為命 互相依賴過日子。例他小時候父母就去世了，只留下他和爺爺相依為命。

相得益彰 互相配合，互相補充，更能顯示出好處。益：增加。彰：光彩。例這件洋裝配上珍珠項鍊，相得益彰，更顯得高雅。

相提並論 把不同的人或事物混在一起談論或看待。例曠課和請假是不能相提並論的。

相敬如賓 比喻夫妻之間互相敬重，就像對待賓客一樣。例他們結婚二十年，仍然相敬如賓，恩恩愛愛。

參考 相似詞：舉案齊眉。

相輔相成 指兩件事情互相補充，互相配合，而得到成功。例機會和努力是相輔相成，缺一不可的。

相親相愛 彼此互相親愛。例他們兄弟姊妹之間相親相愛，相處得非常好。

眈

目部 四畫

ㄉㄢ ❶喜悅的：例眈悅。❷垂目注視：例虎視眈眈。

參考 請注意：「眈」和「耽」讀音相同，意思不同，「耽」有延遲、沉迷的意思，例如：耽誤。

眈眈 ㄉㄢ ㄉㄢ 眼睛注視；形容惡狠狠的盯著。例妹妹一進門就虎視眈眈的看著我，老半天也不說話。

眇

目部 四畫

ㄇㄧㄠˇ ❶一隻眼睛瞎了。❷微小的：例眇小。❸高遠的樣子。❹通「渺」。

ㄇㄧㄠˋ 精微的，通「妙」：例眇論。

眇小 ㄇㄧㄠˇ ㄒㄧㄠˇ 微小。例螞蟻是非常眇小的昆蟲。

參考 請注意：也可以寫作「渺小」。

眩

目部 五畫

ㄒㄩㄢˋ ❶迷惑：例眩惑。❷眼睛昏花看不清楚：例頭暈目眩。

眩惑 ㄒㄩㄢˋ ㄏㄨㄛˋ 迷亂沒有主張。例眼前這些奇奇怪怪的現象，真令我眩惑。

眠

目部 五畫

ㄇㄧㄢˊ ❶睡覺：例睡眠。❷動物到了冬天，不吃不動的現象：例冬眠。

參考 相似字：睡。♣請注意：「瞑」(ㄇㄧㄥˊ)是「眠」的本字。

真

目部 五畫

ㄓㄣ ❶不虛假的：例真實。❷的確，實在：例今天天氣真好。❸本質，本性：例天真。❹清楚：例聽得很真。❺姓：例真先生。

參考 相反字：假、偽。

猜一猜 真丟人。（猜一字）（答案：直）

古人說 「真人面前不說假。」這句話是說：在正人君子的面前，不敢說謊的意思。例「真人面前不說假」，我就對你說實話吧！

真心 ㄓㄣ ㄒㄧㄣ 真實的心意。例這次他是真心要改過向上，給他一次機會吧！

真正 ㄓㄣ ㄓㄥˋ 確實不假。例他是一個真正的好人。

參考 相反詞：虛假。

真是 ㄓㄣ ㄕˋ 實在是（表示不滿意）。例你真是的，說好要去看電影卻又忘了。

真相 ㄓㄣ ㄒㄧㄤˋ 事物的實際情況。例再過不久，大家就可以知道事情的真相了。

真理 ㄓㄣ ㄌㄧˇ 真實不變的道理。例一加一等於二是不變的真理。

真誠 ㄓㄣ ㄔㄥˊ 真實誠懇，沒有一點虛假。例他的態度很真誠，不像是在騙人。

真實 ㄓㄣ ㄕˊ 確實而不虛假。例這是一個真實的故事。

真摯 ㄓㄣ ㄓˋ 真誠的，出自內心的。摯：誠懇。例他們真摯的友誼永遠也不會改變。

真諦 ㄓㄣ ㄉㄧˋ 真實的道理。諦：道理。例人生的真諦是追求自我的實現。

真分數 ㄓㄣ ㄈㄣ ㄕㄨˋ 分子比分母小的分數，例如：$\frac{2}{3}$。

參考 相反詞：假分數。

真面目 ㄓㄣ ㄇㄧㄢˋ ㄇㄨˋ 本來的樣子。例她看起來溫柔、勤快，其實在家又兇又懶，才是她的真面目。

真才實學 ㄓㄣ ㄘㄞˊ ㄕˊ ㄒㄩㄝˊ 真正的才能和充實的學問。例他靠著真才實學爭取到那項職位。

眨

目部 五畫

ㄓㄚˇ 眼睛閉上又馬上睜開：例眨眼。

參考 請注意：「眨」和「貶」(ㄅㄧㄢˇ)不同：「眨」是眼皮一開一閉，所以左邊寫「目」字。「貶」是減低價值，所以左邊是「貝」字，例如：貶值。

眨眼 ㄓㄚˇ ㄧㄢˇ　眼皮一開一合；比喻很短的時間。例小鳥在空中飛過，一眨眼就不見了。

眼

目部　六畫

眼　丨 冂 冃 月 目 目ㄱ 目ㄋ 目ㄋ 眼 眼

ㄧㄢˇ ❶視覺器官：例眼睛。❷東西的孔洞：例針眼。❸要點，事物的關鍵所在：例節骨眼兒。

參考 相似字：目。♣請注意：「眼」和「睛」有別：「眼」指全部視覺器官；「睛」則特別指眼珠的瞳孔部分。

猜一猜 兄弟倆、兩兄弟，隔座山，住兩地。你看不見我，我看不見你。（猜一人體器官）（答案：眼睛）

古人說 (一)「眼睛裡揉不進沙子。」這句話是說：一點細小的事都不能容忍。例他是個眼睛裡揉不進沙子的人。

(二)「眼睛生在額角上。」額角是眉毛的上方。這句話是說：一個人認為自己很優秀，看不起旁邊的人。例他眼睛長在額角上，不把班上的同學看在眼裡。

眼力 ㄧㄢˇ ㄌㄧˋ　❶視力。例我的眼力不好，天一黑就看不清了。❷辨別是非、好壞、真偽的能力。例你別想騙他了，他鑑識骨董的眼力可是一流的喔！

參考 相似詞：目力。

眼光 ㄧㄢˇ ㄍㄨㄤ　❶視線。例學生們的眼光都集中在黑板上。❷觀察事物的能力或對事物的看法。例他的眼光遠大，所以能成大事、立大業。❸眼睛的神態。例他的眼光無神。

眼色 ㄧㄢˇ ㄙㄜˋ　向人示意的目光。例媽媽向我遞了一個眼色。

眼前 ㄧㄢˇ ㄑㄧㄢˊ　❶眼睛前面，跟前。例他的眼前是一片金黃色的稻田。❷目前。例要把握眼前的機會。

眼紅 ㄧㄢˇ ㄏㄨㄥˊ　❶形容非常忌妒羨慕。例他開著一輛進口跑車到處招搖，使不少人眼紅。❷激怒的樣子。例仇人相見，分外眼紅。

眼界 ㄧㄢˇ ㄐㄧㄝˋ　❶所能看到的範圍。例前面的高樓大廈遮住視線，使我的眼界受了限制。❷指見識的廣度。例這次的旅遊使我大開眼界。

眼神 ㄧㄢˇ ㄕㄣˊ　眼睛所表現的神態。例他的眼神空洞，好像受了很大的刺激。

眼淚 ㄧㄢˇ ㄌㄟˋ　眼睛流出來的汁液，由淚腺所分泌出來。

古人說 「眼淚往肚裡流。」這句話是指人沒有地方訴苦。例她家庭不美滿，常常忍氣吞聲，眼淚往肚裡流。

眼球 ㄧㄢˇ ㄑㄧㄡˊ　視覺的器官，由三層膜性囊、三種透明體和視神經等組織而成。

參考 相似詞：眼珠子。

眼眶 ㄧㄢˇ ㄎㄨㄤ　眼睛的四周。又稱「眼圈」。例他午覺起來，揉了揉眼眶。

眼福 ㄧㄢˇ ㄈㄨˊ　指看到新奇美好事物所獲得的享受。例參觀故宮的仕女圖展使我大飽眼福。

眼熟 ㄧㄢˇ ㄕㄡˊ　曾經看過，在記憶中仍有印象，但不能明確認出。例他好眼熟，彷彿在哪裡見過。

眼線 ㄧㄢˇ ㄒㄧㄢˋ　暗中提供消息給別人的人。例警方在四周布滿了眼線，以便協助破案。

眼瞼 ㄧㄢˇ ㄐㄧㄢˇ　眼睛周圍能開閉的皮，邊緣長著睫毛，眼瞼和睫毛都有保護眼球的作用。眼瞼，通稱「眼皮」。

眼鏡 ㄧㄢˇ ㄐㄧㄥˋ　用來矯正視力或保護眼睛的透鏡，由鏡片和鏡架組成。

猜一猜 稀奇稀奇真稀奇，拿人鼻子當馬騎。（猜一種用品）（答案：眼鏡）

眼中釘 ㄧㄢˇ ㄓㄨㄥ ㄉㄧㄥ　比喻心目中最痛恨、最討厭的人。例警察是壞人的眼中釘。

眼巴巴 ㄧㄢˇ ㄅㄚ ㄅㄚ　❶形容非常盼望的樣子。例大家眼巴巴的等著他回來。❷形容急切地看著不如意的事情發生而無可奈何。例他眼巴巴地看著老鷹把小雞抓走了。

眼結膜 在上下眼瞼裡和鞏膜前面的一層黏膜。

眼鏡蛇 毒蛇的一種，頸部很粗，上面有一對白邊黑心的環狀斑紋，發怒時頭部昂起，頸部膨大，上面的斑紋像一副眼鏡。毒性很大，專吃小動物。

眼明手快 眼力好，動作快。例他眼明手快，搶先別人一步。

眼花撩亂 看到了多而複雜的東西，感到迷亂。撩：又寫作「繚」，纏繞的意思。例天上萬花筒般的煙火，看得我眼花撩亂。

古人說 「瓜裡挑瓜，挑到眼花。」這句話是說：東西太多，選來選去，反而不知挑哪一個才好。例不要再選了，「瓜裡挑瓜，挑到眼花」，我看就買這種牌子的吧！

眼高手低 想要達到的標準高，但實際表現的比較差。例他眼高手低，常常抱怨目前的工作。

眼不見為淨 凡事只要看不見，心裡就覺得清淨而不煩。例他看到房間亂糟糟的就有氣，還是眼不見為淨吧！

眶

目部 六畫

ㄎㄨㄤ 眼睛的四周：例眼眶。

眸

目部 六畫

ㄇㄡˊ 瞳孔，也可用來指眼睛：例眸子、回眸一笑。

眸子 眼珠、瞳孔。

眺

目部 六畫

ㄊㄧㄠˋ 遠望：例眺望。

眺望 從高處向遠處看。例他站在燈塔上眺望遠處的漁船。

參考 相似詞：遙望。♣請注意：「眺望」與「瞭望」都指向遠處看，但是有分別：「眺望」是隨意的觀看或欣賞風景；「瞭望」指負有任務，眼光專注的觀察情況。

眷

目部 六畫

ㄐㄩㄢˋ ❶親屬：例家眷。❷關心，掛念：例眷念。

眷念 關懷思念。

眷屬 家眷，親屬。

眷戀 懷念、留戀。

眾

目部 六畫

ㄓㄨㄥˋ ❶許多：例眾多。❷許多人：例觀眾。

參考 相似字：多、夥。♣相反字：寡。♣請注意：❶「眾」也可寫作「衆」、「众」。❷「眾」字的「目」要橫寫，下面寫作三人，若寫作「眔」是錯誤的。

猜一猜 三人橫目看人。（猜一字）（答案：眾）

眾人 大家。例他的表現在眾人之中，是非常傑出的。

眾多 很多。例百貨公司拍賣期間，擁進眾多客人。

眾口同聲 大家一同說出同樣的話。例班上同學眾口同聲的表示功課太多。

參考 相似詞：異口同聲、衆口一詞。

眾目睽睽 大家睜著眼睛注視；比喻在大家的注視下沒辦法做壞事。睽睽：張大眼睛注視。例這個小偷偷了顧客的皮包，在眾目睽睽下被警察抓到。

眾所周知 ㄓㄨㄥˋ ㄙㄨㄛˇ ㄓㄡ ㄓ 大家都知道。例他樂於助人的行為是眾所周知的。

俏皮話 「十字街頭貼告示——眾所周知。」告示是一種貼在牆上，用來傳達消息的文件。在「十字街頭貼告示」，大家都看得到，所以用來比喻眾所周知的事物。

眾望所歸 ㄓㄨㄥˋ ㄨㄤˋ ㄙㄨㄛˇ ㄍㄨㄟ 形容一個人非常受人信任，大家希望他擔任某種工作。例他當選班長，正是眾望所歸。

睏 目部 七畫

ㄎㄨㄣˋ ❶疲倦想要睡：例睏得睜不開眼。❷睡覺：例睏覺、睏一會兒。

睛 目部 八畫

ㄐㄧㄥ 眼珠：例目不轉睛。

睫 目部 八畫

ㄐㄧㄝˊ 眼皮上下生的細毛：例睫毛。

睫毛 ㄐㄧㄝˊ ㄇㄠˊ 人或哺乳動物眼瞼邊緣生的毛，有防止灰塵或汗水進入眼睛等保護作用。

睦 目部 八畫

ㄇㄨˋ ❶親愛：例敦親睦鄰。❷姓：例睦先生。

參考 相似字：親。

睦鄰 ㄇㄨˋ ㄌㄧㄣˊ 與鄰國或鄰人保持良好的關係。

參考 活用詞：睦鄰政策。

睞 目部 八畫

ㄌㄞˋ 看：例青睞（賞識、重視）、明眸善睞。

督 目部 八畫

ㄉㄨ ❶催促：例督促。❷監察：例督察。❸管理事業或地方的官：例總督。❹姓：例督先生。

參考 相似字：監、察。

小百科 總督是指古代的軍事長官。民國初年各省也設有總督兼管民政。督撫是指總督和巡撫，是明代和清代地方上的最高長官。總督原是明代初期在用兵時派往地方巡視監督的官員。清代的總督一般是兩三個省的地方最高長官，也有只管一省的。現在的總督是指英國、法國等國家駐在殖民地的最高統治官員。

督促 ㄉㄨ ㄘㄨˋ 監視催促。例老師督促我們努力，不要浪費時間。

督責 ㄉㄨ ㄗㄜˊ ❶督促責備。例父母一直督責他用功讀書。❷監督的責任。

督察 ㄉㄨ ㄔㄚˊ ❶監督視察。例他每隔一段時間就來督察我們的工作進度。❷上級機關負責監督下級機關的人。

督辦 ㄉㄨ ㄅㄢˋ 監督辦理。例這棟大樓的工程是由他負責督辦。

督學 ㄉㄨ ㄒㄩㄝˊ 教育行政機關負責視察和指導教育工作的人員。

睬 目部 八畫

ㄘㄞˇ 理會：例理睬。

睜 目部 八畫

ㄓㄥ 張開眼睛：例睜眼。

參考 請注意：「開」、「張」都可以代替「睜」，例如：「張目」、「開眼」，但是「眼睜睜」不可以寫成「眼開開」或「眼張張」。

睜眼 ㄓㄥ ㄧㄢˇ 張開眼睛。例他睜眼一看，外面居然下雨了。

古人說 「睜著眼說瞎話。」這句話是說：

五畫

當著眾人的面前說謊話。例別在這裡「睜著眼說瞎話」，我們早就知道事情的真相了。

睜眼瞎子 ❶比喻不識字的人。例他目不識丁，簡直是個睜眼瞎子。❷責罵不分辨事實的人。例這件事明明是他做的，你是睜眼瞎子，要不然怎會不知道？

參考 相似詞：文盲。

睜一眼閉一眼 遇到事情假裝不知道，給人方便；或得過且過，避免麻煩。例你就別太計較，睜一眼閉一眼算了。

睪

目部　八畫

ㄍㄠ 雄性動物生殖器的一部分，能產生精子：例睪丸。

睪丸 屬男人和雄性動物的生殖器中的一部分，有一對，位在陰囊內，形如卵狀，左右排列，一大一小，能產生精子，分泌雄性激素，並促使人體出現副性徵。

睹

目部　八畫

ㄉㄨˇ 看見：例目睹。

參考 相似字：看、見。♣請注意：❶「睹」的異體字是「覩」。❷「睹」和「賭」讀音相同，用法不同：「賭」是和金錢有關；「睹」是用眼睛看。

睥

目部　八畫

ㄅㄧˋ 斜著眼看人，表示瞧不起或不服氣：例睥睨一切。

睨

目部　八畫

ㄋㄧˋ 斜著眼看：例睥睨。

瞄

目部　九畫

ㄇㄧㄠˊ 看，注視：例他瞄了我一眼。

猜一猜 眼看田上長青草。（猜一字）（答案：瞄）

瞄準 射擊時把槍對準目標的動作。例他瞄準獵物，迅速開了一槍。

睡

目部　九畫

ㄕㄨㄟˋ ❶閉眼休息：例睡覺。❷專供睡覺時穿的衣服：例睡衣。

參考 相反字：覺、醒。

動動腦 如果有一天，人類不需要睡眠，那麼，人類的生活會有什麼改變？

唱詩歌 楊樹葉兒嘩啦啦，小孩睡覺找他媽；乖乖寶寶你快睡，老虎來了我打牠。（河北）

睡衣 睡覺時所穿的衣服。

睡眠 睡覺。眠：睡著。例我們每天都應有充足的睡眠時間。

睡袋 專供睡覺用的袋子，一般多用在登山、露營、野外活動等。

睡蓮 多年生的草本植物。生長在淺水中，葉子有長柄，為馬蹄形，浮在水面，花朵白色，也有紫色、黃色、紅色的，供人觀賞。

睡覺 進入睡眠狀態。例媽媽說，夜深了，該睡覺了。

睽

目部　九畫

ㄎㄨㄟˊ 分離：例睽違、睽離。

睽違 分別。例能夠和睽違已久的朋友相聚，真是開心。

參考 相似詞：睽隔、睽離。

睽睽 張大眼睛注視。例他竟在眾目睽睽之下偷竊我的錢包。

睿

目部 九畫

ㄖㄨㄟˋ 有智慧，通達事理：例睿智。

睿智 ㄖㄨㄟˋ ㄓˋ 通達事理，有智慧。例只有睿智的人，才能了解這麼高深的道理。

瞅

目部 九畫

ㄔㄡˇ 看：例瞅了一眼。

瞎

目部 十畫

ㄒㄧㄚ ❶喪失視覺：例瞎子。❷沒有根據地：例瞎說。

參考 請注意：「瞎」和「盲」都表示眼睛看不見的意思，指人時只能用「瞎子」、「盲人」，不可以寫成「瞎人」、「盲子」。

古人說 「瞎貓碰見死耗子。」耗子就是老鼠，瞎眼的貓碰到死老鼠，真是太巧了。因此，這句話就有碰巧、運氣好的意思。例他發了這筆橫財，完全是「瞎貓碰見死耗子」。

俏皮話 「瞎子逛大街——看不見人。」我們都知道瞎子的眼睛看不見，所以「瞎子逛大街」是「看不見人」的。比喻瞧不起人，或是忽略了人的因素。

瞎子摸象 ㄒㄧㄚ ㄗˇ ㄇㄛ ㄒㄧㄤˋ 比喻所看見的只是部分而非全體。

瞎忙 ㄒㄧㄚ ㄇㄤˊ ❶漫無條理的亂忙。例慢慢來，別又是瞎忙一場。❷比喻胡亂忙而且白費力氣。例你的計畫，最後還是會使人瞎忙一場。

瞎扯 ㄒㄧㄚ ㄔㄜˇ ❶胡說。例你別瞎扯了。❷閒聊。例你們在瞎扯些什麼？

參考 相似詞：瞎聊。

瞎攪 ㄒㄧㄚ ㄐㄧㄠˇ 胡攪，亂攪，指做事盲目而沒有條理。例這個會議不准你去，免得你到處瞎攪。

瞇

目部 十畫

ㄇㄧ 上下眼皮微閉而不碰到：例瞇眼。

瞌

目部 十畫

ㄎㄜ 疲倦時坐著或趴著小睡一會兒：例瞌睡。

瞌睡 ㄎㄜ ㄕㄨㄟˋ 非常疲倦，閉上眼睛，進入半睡眠狀態。俗稱「打盹兒」、「打瞌睡」。例他最近上課常常打瞌睡，功課退步很多。

參考 相似詞：假寐。

瞑

目部 十畫

ㄇㄧㄥˊ ❶閉上眼睛：例瞑目。❷眼睛昏花：例耳聾目瞑。

ㄇㄧㄢˊ 通「眠」。

參考 請注意：「瞑」和「暝」字不同，「暝」表示幽暗的意思。

瞑目 ㄇㄧㄥˊ ㄇㄨˋ 閉上眼睛，常用來形容人死時沒有牽掛。

笑一笑 小華問媽媽「瞑目」是什麼意思？媽媽說：「瞑目就是閉著眼睛。」晚上九點鐘，媽媽催小華趕快上床閉著眼睛睡覺。小華問：「是不是要我瞑目呢？」

瞞

目部 十一畫

ㄇㄢˊ 把真實情況隱藏起來，不讓別人知道：例瞞騙。

參考 相似字：騙、藏、掩、蔽。

瞞天過海 ㄇㄢˊ ㄊㄧㄢ ㄍㄨㄛˋ ㄏㄞˇ 用欺騙的手段，暗中行動。

參考 請注意：「瞞」天過海的「瞞」，不可以寫成「滿」。

瞠 目部 十一畫

ㄔㄥ 瞪眼直看：例瞠目。

瞠目 ㄔㄥ ㄇㄨˋ 睜大著眼睛。

瞠目結舌 ㄔㄥ ㄇㄨˋ ㄐㄧㄝˊ ㄕㄜˊ 瞪著眼說不出話來；形容受窘或驚呆的樣子。

瞟 目部 十一畫

ㄆㄧㄠˇ 斜著眼睛看：例我瞟了他一眼。

瞥 目部 十一畫

ㄆㄧㄝ 很快的看一下：例驚鴻一瞥。

參考 相似字：看、見。♣請注意：「瞥」字不可以讀ㄅㄧˋ。

瞥見 ㄆㄧㄝ ㄐㄧㄢˋ 一眼看見。例走在街上，無意間瞥見了多年不見的老朋友。

瞬 目部 十二畫

ㄕㄨㄣˋ ❶轉動眼珠：例目不轉瞬。❷比喻時間短暫：例瞬息萬變。

瞬息萬變 ㄕㄨㄣˋ ㄒㄧˊ ㄨㄢˋ ㄅㄧㄢˋ 在極短的時間內發生了千變萬化；形容變化很快、很多。瞬：眼一轉動。息：氣一呼吸。例瞬息萬變的國際情勢，使人捉摸不定、難以預料。

瞳 目部 十二畫

ㄊㄨㄥˊ 眼珠子：例瞳孔。

瞪 目部 十二畫

ㄉㄥˋ ❶睜大眼睛看，表示不滿意：例瞪他一眼。❷睜眼直視，表示驚訝：例目瞪口呆。

瞪眼 ㄉㄥˋ ㄧㄢˇ 張大眼睛看。例小狗看見陌生人就瞪眼直叫。

瞰 目部 十二畫

ㄎㄢˋ 從高處向下看：例鳥瞰。

瞧 目部 十二畫

ㄑㄧㄠˊ 看：例瞧見。

參考 相似字：看、望、瞄。

俏皮話 「騎驢看唱本——走著瞧。」驢子走路慢吞吞的，騎在驢背上就可以一面走一面看唱本。「走著瞧」表示內心不服氣，有機會一定要和對方再比個高下。

瞧見 ㄑㄧㄠˊ ㄐㄧㄢˋ 看見。例他瞧見榜上有自己的名字。

瞧著 ㄑㄧㄠˊ ˙ㄓㄜ ❶正在看的時候。例這報紙我正瞧著，你別拿走呀！❷斟酌情形。例這件事你瞧著辦吧！

瞧不起 ㄑㄧㄠˊ ㄅㄨˋ ㄑㄧˇ 看不起；輕視某人或某物。例她最瞧不起懦弱的人。

參考 相似詞：看不起。

瞭 目部 十二畫

ㄌㄧㄠˇ 明白，清楚：例明瞭。

ㄌㄧㄠˋ 在高處向遠方看：例瞭望。

參考 請注意：「瞭」讀ㄌㄧㄠˇ時，和「了」（ㄌㄧㄠˇ）可以互相通用，例如：瞭（了）解、明瞭（了）。

瞭望 ㄌㄧㄠˋ ㄨㄤˋ 向遠處看去。通常指負有任務，專心注意的觀察情況。例士兵爬上高臺，瞭望敵軍的行動。

參考 活用詞：瞭望臺。

瞭解 ㄌㄧㄠˇ ㄐㄧㄝˇ 知道得很清楚。也可以寫作「了解」。例你根本不瞭解他，請不要隨便批評。

瞭如指掌 ㄌㄧㄠˇ ㄖㄨˊ ㄓˇ ㄓㄤˇ 清楚得好像看自己的手掌一樣，表示對事物的了解非常透徹。例媽媽對弟弟的一舉一動，早就瞭如指掌了。

參考 相似詞：瞭若指掌。

瞿 目部 十三畫

ㄑㄩˊ 姓：例瞿先生。

ㄐㄩˋ 心驚：例瞿然。

猜一猜 鳥有雙目。（猜一字）（答案：瞿）

瞿塘峽 ㄑㄩˊ ㄊㄤˊ ㄒㄧㄚˊ 長江三峽之一，西起四川省的白帝城，東到巫山縣大溪之間。兩岸懸崖矗立，江水急速的流著，是三峽中最壯麗的一段。

瞻 目部 十三畫

ㄓㄢ 抬頭向上或向前看：例瞻仰。

參考 請注意：❶「瞻」是向前看，例如：「前瞻」；「顧」是向後看，例如：「回顧」。❷「瞻」是目部，不要和肉部的「膽」弄錯。

瞻仰 ㄓㄢ ㄧㄤˇ 懷著敬意看。例瞻仰至聖先師孔子的雕像。

參考 請注意：「瞻仰」、「敬仰」、「景仰」都是敬佩愛慕的意思，但「瞻仰」一般用在具有歷史意義的事物上。

瞽 目部 十三畫

ㄍㄨˇ 眼睛瞎：例瞽者（盲人）。

瞼 目部 十三畫

ㄐㄧㄢˇ 眼皮：例眼瞼。

矇 目部 十四畫

ㄇㄥˊ 模糊不清的樣子：例矇矓。

ㄇㄥ ❶欺騙別人：例矇騙。❷猜測：例這題被他矇著了。

矇住 ㄇㄥ ㄓㄨˋ 用欺騙的方法，使別人相信。例他背著我到處騙人，我可是完全被矇住了。

矇矓 ㄇㄥˊ ㄌㄨㄥˊ ❶眼睛模糊，看不清楚的樣子。例妹妹在睡夢中被吵醒，只見她雙眼矇矓，坐在床上發呆。❷不清楚、模糊的樣子。例矇矓的夜色分外美麗。

矓 目部 十六畫

ㄌㄨㄥˊ 模糊不清的樣子：例矇矓。

矗 目部 十九畫

ㄔㄨˋ 高高直立的樣子：例巍然矗立。

矗立 ㄔㄨˋ ㄌㄧˋ 高高直立。例自由女神像矗立在紐約的港口。

矚 目部 二十一畫

ㄓㄨˇ 注視：例矚目。

矚目 ㄓㄨˇ ㄇㄨˋ 注視，通常指容易引起人注意的事情或舉動。例登陸月球是舉世矚目的大事。

矛部 ㄇㄠˊ

矛是古代的一種兵器，長柄上裝有刀刃，能刺傷敵人，「」正是按照矛的形狀所造的象形字：

五畫

「—」是柄（把手），上面是刀刃，下面是裝飾的毛羽。後來寫成「矛」，只是多了底座。矛部的字很少，像「矜」原本是指矛柄，現在卻只有矜持、驕矜的用法。

矛
矛部 ○畫

㇇ ㇇ 乛 予 矛

ㄇㄠˊ 古代的兵器。在長桿的一端裝有青銅或鐵製的槍頭。

參考 請注意：名列前「茅」的「茅」不可以寫作「矛」。

矛盾 ㄇㄠˊ ㄉㄨㄣˋ 矛和盾是古代兩種不同的武器。傳說楚國有個人賣矛和盾，他誇自己賣的盾最堅固，什麼東西都刺不破；又誇自己賣的矛最利，什麼東西都能刺透。後來有個人就問他：「拿你的矛來刺你的盾會怎樣呢？」賣矛和盾的人卻無法回答。後來別人就用「自相矛盾」來比喻自己的言語行為互不相合。例他說自己是個富家子，卻常伸手向別人借錢，真是言行自相矛盾！

小故事 一個好問的小孩問一個老人：「地在什麼之上？」老人回答：「地在三條大鯨魚身上。」小孩又問：「那鯨魚又在什麼上面？」老人說：「鯨魚在水上。」小孩又問：「水在什麼上面？」老人說：「水在地上。」小孩再問：「地又在什麼上面？」老人生氣的說：「剛才不是說了嗎？地在鯨魚身上。」結果小孩愈聽愈不清楚，原來，這老人的話互相矛盾了。

矜
矛部 四畫

㇇ ㇇ 乛 予 矛 矛 矛 矜 矜

ㄐㄧㄣ ❶憐惜：例矜惜。❷自大自尊，自誇：例驕矜。❸慎重，拘謹：例矜持。

ㄍㄨㄢ 年老而沒有太太的人，和「鰥」字相通。

矜持 ㄐㄧㄣ ㄔˊ 保持莊重嚴肅的態度。現在多指人過分的拘謹，態度不自然。

矜誇 ㄐㄧㄣ ㄎㄨㄚ 驕傲自滿而且自我誇大。例矜誇的人是不受歡迎的。

矜寡 ㄍㄨㄢ ㄍㄨㄚˇ 矜指年老而且太太已死的人，寡：年老而且死了丈夫的人。

參考 相似詞：鰥寡。

矢部 ㄕˇ

矢就是箭，是古代打仗時不可缺少的武器。「↑」是按照箭的形狀所造的象形字，前面是箭頭，中間是箭身，下面是羽毛和栝（箭的末尾，可以搭在弓弦上發射的地方）。矢部的字大部分都和箭有關係，例如：矯（把箭桿揉直，因此發展出矯正的意思）。

矢
矢部 ○畫

丿 𠂉 午 矢

ㄕˇ ❶箭：例飛矢。❷發誓：例矢志。❸姓：例矢先生。

參考 相似字：箭。♣請注意：「矢」（ㄕˇ）字沒有出頭；「失」（ㄕ）則有出頭。

矢志 ㄕˇ ㄓˋ 下定決心。

矢口否認 ㄕˇ ㄎㄡˇ ㄈㄡˇ ㄖㄣˋ 完全不承認。例對於你的指控，他矢口否認。

矢勤矢勇 ㄕˇ ㄑㄧㄣˊ ㄕˇ ㄩㄥˇ 立下誓言必須勤奮有為，勇敢擔當。

矣
矢部 二畫

ㄥ ㄙ 厶 厶 乒 矣 矣

ㄧˇ 文言助詞，相當於「了」：例悔之晚矣、由來久矣。

知
矢部 三畫

丿 𠂉 午 矢 矢 知 知

ㄓ ❶了解，明白：例知道、通知。❷學識：

五畫

例求知。❸舊時主管：例知縣。

ㄓˋ ❶和「智」字同：例知慧。❷姓：例知先生。

參考 相似字：曉、明。♣請注意：「知」多作知識的意思；「智」多作「智慧」、「智謀」的意思。

猜一猜 飲水思源。（猜臺灣一地名）（答案：知本）

知了 ㄓ ㄌㄧㄠˇ 就是蟬。因為蟬叫的聲音很像「知了」。

唱詩歌 小知了，嗓門高，整天叫著「我知道」。小兔問牠雨哪兒來？牠說雨從山上掉。小鹿問牠風哪兒去？牠說被鳥叼跑了。知了知了真可笑，不懂偏裝知道。

知己 ㄓ ㄐㄧˇ 彼此相互了解而且感情深厚的人。例他喜歡和三五知己喝酒聊天。

知足 ㄓ ㄗㄨˊ 對於已經得到的東西感到滿足。例你錢賺那麼多，應該知足了。

古人說「比上不足，比下有餘。」這句話是說：比好的比不了，比差的還不錯。表示程度中等，不好不壞，也表示知足的意思。例雖然他這次只考了六十分，但總是「比上不足，比下有餘」。

知音 ㄓ ㄧㄣ 傳說古代的伯牙很會彈琴，鍾子期能從伯牙的琴聲中聽出他的心意。指了解自己的朋友叫「知音」。

知恥 ㄓ ㄔˇ 有羞恥心。例做人要懂得知恥。

知悉 ㄓ ㄒㄧ 知道。例我已知悉這項計畫了。

知道 ㄓ ㄉㄠˋ 對於事情或道理明白了解。例你的意思我知道。

參考 請注意：「懂」和「知道」有分別：「懂」是徹底的明白，例如：你懂我的意思嗎？「知道」只是指曉得，例如：你知道她是誰嗎？

知趣 ㄓ ㄑㄩˋ 知道什麼時候做什麼事，不會惹人討厭。例你最好知趣些，該你說時你再說。

參考 相似詞：識相。

知曉 ㄓ ㄒㄧㄠˇ 知道，曉得。

知識 ㄓ ㄕˋ 人們經過各種生活體驗或書本中所得到對事物的認識。例知識就是力量。

知覺 ㄓ ㄐㄩㄝˊ ❶人腦對外界事物的直接反應，比感覺複雜完整。❷指感覺。例他已經完全失去知覺。

知人之明 ㄓ ㄖㄣˊ ㄓ ㄇㄧㄥˊ 具有看清別人品行才能的能力。明：眼力。例做主管的人要有知人之明。

知己知彼 ㄓ ㄐㄧˇ ㄓ ㄅㄧˇ 對自己和敵人的情況都很了解。例知己知彼，百戰百勝。

知法犯法 ㄓ ㄈㄚˇ ㄈㄢˋ ㄈㄚˇ 懂得某項法令，卻故意去違反。例我們不能知法犯法。

參考 相似詞：明知故犯。

矩

矢部 五畫

ㄐㄩˇ ❶畫直角或方形用的尺：例矩尺。❷規則：例規矩、循規蹈矩。

參考 請注意：巨、鉅、拒、炬、距都讀ㄐㄩˋ。手部的「拒」，是抵抗、不接受的意思，例如：抗拒、拒絕。火部的「炬」，是火把的意思，例如：火炬。足部的「距」，可以表示遠近，例如：距離、差距。

矩形 ㄐㄩˇ ㄒㄧㄥˊ 就是長方形，四角都是九十度直角的四邊形，長、寬相乘就是矩形的面積。

短

矢部 七畫

ㄉㄨㄢˇ ❶指很小的距離、長度：例短刀。❷缺少，欠：例短缺。❸缺點：例取長補短。

參考 相似字：小。♣相反字：長。

短見 ㄉㄨㄢˇ ㄐㄧㄢˋ ❶很淺顯的見解。❷自殺。例你要樂觀點，千萬別尋短見。

短命 ㄉㄨㄢˇ ㄇㄧㄥˋ 壽命不長。例他很短命，十幾歲就死了。

短缺 ㄉㄨㄢˇ ㄑㄩㄝ 缺乏，不足。例如果世界糧食短缺，很多人都會餓死。

短處（ㄉㄨㄢˇ ㄔㄨˋ） 缺點。例人都有短處。
參考 相反詞：長處。

短期（ㄉㄨㄢˇ ㄑㄧˊ） 指一段很短的時間。例學校開設短期的游泳課程。

短視（ㄉㄨㄢˇ ㄕˋ） ❶近視。❷看事情只看近處，沒考慮未來或長遠的事。例你凡事只重視門面，實在太短視了。

短暫（ㄉㄨㄢˇ ㄓㄢˋ） 形容時間的短促不長久。例長途開車需要短暫的休息。

短小精悍（ㄉㄨㄢˇ ㄒㄧㄠˇ ㄐㄧㄥ ㄏㄢˋ） 形容人身材矮小，可是非常精明能幹。悍：強有力。例不要小看他，他可是屬於短小精悍型的人物。

矮

矢部 八畫

ㄞˇ ❶身材短小的人：例矮子。❷高度小的：例矮屋、矮凳子。

參考 相似字：低、小。♣相反字：大、高。

猜一猜 矮冬瓜。（猜一字）（答案：射）

小故事 很有意思的是，世界上有許多名人、偉人都是矮個子的！像拿破崙、大科學家愛因斯坦等等都是矮個子。所以，沒有任何理由瞧不起矮個子的人，也沒必要為個子矮而自卑。

古人說 「矮子面前不可說短話。」這句話是說：說話應該避免引起有相同情況的人多心。類似的說法有：「逢著瞎子不談光」、「逢著癩子不談瘡」。例「矮子面前不可說短話」，你說話要留心點，別再得罪人了。

繞口令 矮老頭，本姓劉，上街買布帶打油；買了布，打了油，一滑滑了大跟斗。

矮小（ㄞˇ ㄒㄧㄠˇ） 很短小的樣子。例他彎著腰走進矮小的茅屋。

矯

矢部 十二畫

ㄐㄧㄠˇ ❶糾正，把彎曲的弄直：例矯正。❷強壯，勇敢：例矯健。❸假託：例矯命。❹姓：例矯先生。

矯正（ㄐㄧㄠˇ ㄓㄥˋ） 改正，糾正。例我幫他矯正英文發音。

矯情（ㄐㄧㄠˇ ㄑㄧㄥˊ） 故意違反常情，表示與眾不同。例這個人太過矯情。

矯健（ㄐㄧㄠˇ ㄐㄧㄢˋ） 強健而有力。例他的身手很矯健。

矯捷（ㄐㄧㄠˇ ㄐㄧㄝˊ） 矯健而敏捷。例他像猿猴那樣矯捷，飛快的攀到樹上。

矯飾（ㄐㄧㄠˇ ㄕˋ） 故意偽裝出來的行為，用來欺騙他人。飾：遮掩。例他企圖矯飾錯誤。

矯枉過正（ㄐㄧㄠˇ ㄨㄤˇ ㄍㄨㄛˋ ㄓㄥˋ） 把彎曲的東西扭直，結果扭過了頭又歪向另一方。比喻糾正錯誤超過了應有的限度。枉：不直的東西。例他做事有時會矯枉過正。

矯揉造作（ㄐㄧㄠˇ ㄖㄡˊ ㄗㄠˋ ㄗㄨㄛˋ） 形容裝腔作勢，極不自然。矯：使曲的變直。揉：使直的變曲。例他的矯揉造作使人非常的不自在。

石部（ㄕˊ）

「石」是由「厂」和「口」構成的，「厂」表示山崖（見厂部說明），「口」（不是口腔的口）則是山邊的石塊。因此石部的字都和岩石有關，可以分成三類：

一、岩石的種類，例如：礁（水中的石頭）、礫（小石子）、磯（水邊向外突出的岩石）。

二、石製的器物，例如：磨、碑、碉、碾。

三、和石頭有關的行動，例如：砌（堆砌石頭）、砸（用石頭把東西弄碎）、破（用石頭打破）。

五畫

石

一 丆 不 石 石

石部 ○畫

ㄕˊ ❶堅硬成塊的礦物：例岩石、花崗石。❷指藥物：例藥石。❸姓：例石先生。

ㄉㄢˋ 容量名，十斗為一石：例二千石米。

猜一猜 右派難出頭。（猜一字）（答案：石）

小故事 傳說魯班小時候跟師傅到南山修廟，走到古柏怪石前，只見古柏森森，怪石巨大。魯班說：「假如能在石上修座廟，就更好了！」師傅說：「好！我要你在這裡修成一百（ㄅㄛˊ）一十一座廟。」魯班呆了，怎麼可能修這麼多座廟啊？他坐在怪石上，想啊想，突然眼睛一亮，高興得叫起來：「師傅用同音字考我啊！」他急忙上前說：「師傅，我能修成一柏一石一座廟了！」師傅高興得誇他真聰明。

古人說 「石頭都會發火。」擊石能發出火花。這句話是指一個人如果遭到過分的欺侮，也會無法忍耐。例你做得太過分了，連「石頭都會發火」。

俏皮話 「一個石頭拋上天——總有落腳之處。」任何東西拋到天上，一定會再落下來。「一個石頭拋上天」這句話是比喻不管做什麼事，總會露出痕跡的。

石灰 ㄕˊ ㄏㄨㄟ 由石灰石高溫燃燒而成，呈白色塊狀，用於建築、改良土壤及配製農藥等。

石油 ㄕˊ ㄧㄡˊ 從油井汲取原油蒸餾而成，可點燈及作燃料，為近代工業、軍事上的必需品。

石榴 ㄕˊ ㄌㄧㄡˊ 落葉灌木，葉子長橢圓形，果實的子多漿，味道甜美。

石磨 ㄕˊ ㄇㄛˋ 用石做成，用來磨碎東西的器具。

石灰岩 ㄕˊ ㄏㄨㄟ ㄧㄢˊ 最常見的岩石，是沉積岩的一種，石灰岩是大量的鈣質在海底或湖底沉積而成，或由貝殼、珊瑚等的殘骸沉積而成的，可作石灰、水泥的原料。

石沉大海 ㄕˊ ㄔㄣˊ ㄉㄚˋ ㄏㄞˇ 像石頭沉入大海一樣，不見蹤影；比喻始終沒有消息。例我每次寫信給他，總是石沉大海。

石破天驚 ㄕˊ ㄆㄛˋ ㄊㄧㄢ ㄐㄧㄥ 原來形容箜篌（ㄎㄨㄥ ㄏㄡˊ，古樂器）的聲音忽然高亢，忽然低沉，出人意料之外。後來多用來比喻文字議論奇異，令人驚訝。

石器時代 ㄕˊ ㄑㄧˋ ㄕˊ ㄉㄞˋ 人類歷史最古的時代。這一時代人類使用的生產工具以石器為主。根據製造石器技術的進步程度，一般分為舊石器時代和新石器時代。

石油化學工業 ㄕˊ ㄧㄡˊ ㄏㄨㄚˋ ㄒㄩㄝˊ ㄍㄨㄥ ㄧㄝˋ 用石油或天然氣做原料，製成各種石油化學品的工業。

矽

一 丆 不 石 石 石' 矽 矽

石部 三畫

ㄒㄧˋ 一種非金屬元素，褐色粉末或針狀板片狀的結晶體，是製造玻璃的重要材料。

砂

一 丆 不 石 石 石| 矽 砂 砂

石部 四畫

ㄕㄚ ❶細碎的石粒：例砂粒。❷形狀像砂粒的東西：例鐵砂、金砂。

參考 請注意：見「沙」字條的說明。

猜一猜 寶石一顆也不少。（猜一字）（答案：砂）

砂紙 ㄕㄚ ㄓˇ 一種磨亮東西的工具，在厚紙上塗膠水，黏上金剛砂所做成的。

砂礫 ㄕㄚ ㄌㄧˋ 細的碎石。礫：碎小的石子。

研

一 丆 不 石 石 石一 石二 研 研

石部 四畫

ㄧㄢˊ ❶磨細：例研成粉、研墨。❷仔細的探索：例研究。

ㄧㄢˋ 磨墨的用具，同「硯」。

參考 相似字：磨。

研究 ㄧㄢˊ ㄐㄧㄡˋ ❶探求事物的真相、性質、規律等。例我們要有大膽假設、小心求

五畫

證的研究精神。❷考慮或商討。例今天的會議只研究三個重要問題。

研討 研究討論。

參考 相似詞：探討、鑽研。

研習 研究和學習。例老師參加教師研習中心舉辦的語文課程。

研磨 將粗大的顆粒磨製成細粉。

研究所 研究專門學科的高等學術機構。

砌 石部 四畫

ㄑㄧˋ ❶堆疊：例砌磚頭。❷臺階：例雕欄玉砌。

ㄑㄧㄝˋ 砌末（子），元朝戲劇中，出場所用的布景等雜物的總稱。

砍 石部 四畫

ㄎㄢˇ 用刀、斧等弄斷東西：例砍柴。

參考 相似字：劈。

砍伐 ❶用刀斧砍取樹木。例森林裡有工人在砍伐林木。❷用武力征討敵人。

砒 石部 四畫

ㄆㄧ ❶「砷」的舊稱。❷「砒霜」的簡稱。

動動腦 小朋友，砒是「石」和「比」的結合，除了「石」，「比」字還可以和哪些字結合，它們代表了什麼意思？（答案：批、妣、琵……）

砒霜 三氧化二砷的別稱，是一種有毒的化學物質，可以用來製造殺蟲劑。

砰 石部 五畫

ㄆㄥ 形容非常大的響聲：例砰然作響。

砰然 形容鼓聲、槍聲等。

砧 石部 五畫

ㄓㄣ 捶、切東西時墊在下面的器具：例砧板、砧子。

砧板 廚房中切東西時墊在下面的板子，通常用硬塑膠或厚木板做成。

砸 石部 五畫

ㄗㄚˊ ❶打破：例把碗給砸了。❷失敗：例戲演砸了。❸用重的東西敲擊或掉落在物體上：例砸核桃。

砸飯碗 飯碗打碎了；比喻失業。

砝 石部 五畫

ㄈㄚˇ 天平或磅秤上用來計算重量的標準器：例砝碼。

砝碼 以天平秤物時，用來計算重量的標準器，用銅、鉛等金屬製成。

破 石部 五畫

ㄆㄛˋ ❶裂開，不完整：例破裂。❷毀壞：例破壞。❸殘爛的：例破布。❹花費：例破費。❺使真相大白：例破案。❻突出：例破紀錄。❼批判：例破除。❽差勁的：例他的英文很破。

參考 相似字：爛、敗、裂。

猜一猜 一邊是硬、一邊是軟，硬的做階，軟的做鞋。（猜一字）（答案：破）

破土 ㄆㄛˋ ㄊㄨˇ　指建築物或墓穴開始挖建動工。

破例 ㄆㄛˋ ㄌㄧˋ　不依照以往習慣的方式辦事。例這次我破例借你錢，下不為例。

破門 ㄆㄛˋ ㄇㄣˊ　撞開門。例失火了，大家破門而入去救被困在屋子裡的人。

破財 ㄆㄛˋ ㄘㄞˊ　遭遇到意外的損失，像失竊等。例你就破財消災，自認倒楣吧！

破除 ㄆㄛˋ ㄔㄨˊ　打破，廢除。例我們必須破除迷信。

破案 ㄆㄛˋ ㄢˋ　查出犯罪事實的真相。例警方為了破案，忙得焦頭爛額。

破產 ㄆㄛˋ ㄔㄢˇ　❶在債務人不能償還債務時，為了讓債權人得到平等，而且兼顧債務人的利益，由法院宣告債務人破產，並把債務人的財產變賣，公平的還給債權人，不夠的錢就不用再還。❷喪失全部的財產。

破敗 ㄆㄛˋ ㄅㄞˋ　破舊敗壞。例山上的小廟已經破敗不堪了。

破裂 ㄆㄛˋ ㄌㄧㄝˋ　❶破壞，分裂。例自從他們吵架後，感情就破裂了。❷裂開。

破費 ㄆㄛˋ ㄈㄟˋ　花費錢財。例這次又讓你破費了，真是不好意思。

參考 請注意：「破費」和「浪費」的分別：「破費」是指為別人花費錢財，表示情分禮節，例如：你買這麼貴重的禮物，真是太破費了。「浪費」指沒有節制，「浪費」的是時間、金錢、精力、能源等，例如：別再浪費時間。

破碎 ㄆㄛˋ ㄙㄨㄟˋ　❶破成碎塊的。例這些書因存放太久都破碎了。❷使東西破成碎塊。例你用什麼方法才順利破碎這些礦石？

破損 ㄆㄛˋ ㄙㄨㄣˇ　殘破損壞。例這些零件破損得很厲害。

參考 相似詞：破敗、破落。

破綻 ㄆㄛˋ ㄓㄢˋ　衣物的裂口；比喻說話做事時漏洞百出。例你只要找出問題的破綻，答案就快出來了。

破曉 ㄆㄛˋ ㄒㄧㄠˇ　天剛亮。例天剛破曉，市場也熱鬧起來了。

破舊 ㄆㄛˋ ㄐㄧㄡˋ　破爛陳舊。例他穿著破舊的衣服在街上走著。

破壞 ㄆㄛˋ ㄏㄨㄞˋ　破碎，敗壞。例我們不要讓敵手破壞了計畫。

破爛 ㄆㄛˋ ㄌㄢˋ　❶因為時間久或使用久而變得殘破。❷指廢棄不要的東西。例奶奶生性節儉，即使破爛的衣服也捨不得丟棄。

破天荒 ㄆㄛˋ ㄊㄧㄢ ㄏㄨㄤ　比喻從來沒發生過的事；指第一次發生。據說：唐朝荊州人才輩出，但是每一年參加科舉考試的人都考不取，人們稱為「天荒」。後來有一名叫劉蛻的學生考中了進士，人們便稱他是「破天荒」。例他今天居然沒遲到，真是破天荒的事。

參考 相似詞：破題兒第一遭。

破冰船 ㄆㄛˋ ㄅㄧㄥ ㄔㄨㄢˊ　一種特製的輪船，能用尖而硬的船頭衝破較薄的冰層，或使船頭翹起、落下，船身左右搖擺，壓破較厚的冰層。主要是用來開闢結冰區的航路。

破折號 ㄆㄛˋ ㄓㄜˊ ㄏㄠˋ　標點符號的一種。用法有三：㈠表示底下的解釋、說明的部分，有括號的作用。㈡表示意思的演進。㈢表示意思的轉折。符號作「——」。

破紀錄 ㄆㄛˋ ㄐㄧˋ ㄌㄨˋ　創下比原來最高成績更新的紀錄。又作「刷新紀錄」。例他在跳遠比賽中表現良好，不斷破紀錄。

破落戶 ㄆㄛˋ ㄌㄨㄛˋ ㄏㄨˋ　指以前有錢有勢而後來衰落的富貴人家。例她是來自破落戶的女孩。

破傷風 ㄆㄛˋ ㄕㄤ ㄈㄥ　破傷風桿菌經由傷口侵入人體引起的急性傳染病。病菌產生毒素侵害神經系統，有肌肉痙攣、呼吸困難、牙關緊閉、高燒等症狀。治療時須給患者注射破傷風抗毒素血清。

破題兒 ㄆㄛˋ ㄊㄧˊ ㄦˊ　八股文的第一股，用一兩句話說破題目的要義。比喻第一次做某件事。例這是我破題兒第一遭參加露營。

破口大罵 ㄆㄛˋ ㄎㄡˇ ㄉㄚˋ ㄇㄚˋ　用不好的話大聲罵。例他們因為意見不合而彼此破口大罵。

破釜沉舟 ㄆㄛˋ ㄈㄨˇ ㄔㄣˊ ㄓㄡ　打破煮飯用的鍋子，把船鑿破沉到水裡。據說項羽和秦兵打仗，領兵過河後就鑿沉了船，表示不勝利就不活著回來。後來比喻下定決心一次就成功，不達到目的絕不罷休。釜：煮飯的鍋子。例他辭掉業務的工作，專心在家讀書，是抱定破釜沉舟的決心，一定要通過公職考試。

破涕為笑 ㄆㄛˋ ㄊㄧˋ ㄨㄟˊ ㄒㄧㄠˋ 一下子停止哭泣，露出笑容。指轉悲為喜。例她本來哭哭啼啼，一聽到有糖果吃，立刻破涕為笑。

破鏡重圓 ㄆㄛˋ ㄐㄧㄥˋ ㄔㄨㄥˊ ㄩㄢˊ 靠兩片破裂的銅鏡重新團圓。南朝陳國快滅亡的時候，駙馬徐德言估計在戰亂中可能會和妻子樂昌公主離散，就打破銅鏡，一人一半，當作日後重見的憑據，並且約定以後正月十五日在市場賣鏡子。後來陳國亡了，兩個人就用說好的辦法得以重聚。以後用「破鏡重圓」比喻夫妻失散或決裂後又重聚。

砥
石部 五畫

ㄉㄧˇ 磨刀石：例砥礪。

參考 請注意：「砥」和「礪」都有磨刀石的意思。「砥」是細的磨刀石；「礪」是粗的磨刀石。

砥礪 ㄉㄧˇ ㄌㄧˋ 砥、礪都是磨刀石，引申為磨練、勉勵的意思。例他們互相砥礪，努力用功。

砭
石部 五畫

ㄅㄧㄢ ❶古代治病用的石針。❷用針刺治病。❸勸人改過：例痛下針砭。

砷
石部 五畫

ㄕㄣ 是一種非金屬元素，由於晶體結構不同，呈現黃、灰、黑褐三種顏色。砷的化合物有毒，可以用來殺菌、殺蟲。

砲
石部 五畫

ㄆㄠˋ 重型武器的一種：例高射砲、大砲。

參考 相似字：炮、礮。

砲火 ㄆㄠˋ ㄏㄨㄛˇ 大砲發射出的砲彈所形成的火花。例在砲火中求生存。

砲艦 ㄆㄠˋ ㄐㄧㄢˋ 用火砲為主要裝備的輕型軍艦，主要是用來保護沿海地區和近海的交通線。

硫
石部 六畫

ㄌㄧㄡˊ 一種非金屬元素，黃色的固體，可以用來製造硫化橡膠、硫酸、農藥，俗稱「硫磺」。

猜一猜 水流走了，露出石頭。（猜一字）（答案：硫）

硫黃 ㄌㄧㄡˊ ㄏㄨㄤˊ 非金屬元素，是一種黃色結晶體，非常容易著火，可以用來製火柴、火藥，也可寫作「硫磺」。

俏皮話 「硫黃腦袋——一點火兒就著。」硫黃是一種很容易著火的礦物。這句話是比喻人很容易衝動，不冷靜。

硫酸 ㄌㄧㄡˊ ㄙㄨㄢ 一種化學藥品，有很強的腐蝕性，通常用在工業上。

硃
石部 六畫

ㄓㄨ 硃砂，水銀和硫黃的天然化合物，顏色鮮紅，可做顏料和藥，又作「朱砂」。

硝
石部 七畫

ㄒㄧㄠ ❶硝石。❷用芒硝等處理毛皮，讓皮毛柔軟：例硝皮。

硝石 ㄒㄧㄠ ㄕˊ 硝酸鉀的天然產品，可以用來製造火藥、玻璃、藥品等。

硯
石部 七畫

ㄧㄢˋ ❶研磨黑墨的文具，通常以石頭做成的為主：例硯臺。❷古時指同學關係：例硯友。

猜一猜 (一)看見一塊石頭。（猜一字）（答案：硯）(二)一個小石潭，滿塘黑泥漿，飛來

五畫

白天鵝，變成黑烏鴉。（猜一種文具）（答案：硯）

笑一笑 陳先生生日那天，王先生送他一方雕工精細、質地很好的圓形硯臺。過了幾天，陳先生對王先生的禮物讚不絕口：「我每天都用它。製造商想得真週到，煙灰缸用過後還用蓋子蓋起來！」

硯右 ㄧㄢˋ ㄧㄡˋ 書信中對平輩使用的提稱語，一般用在同學之間。例如：某某同學硯右。

硬

石部　七畫

ㄧㄥˋ ❶質地堅固：例堅硬。❷剛強，不屈服的：例強硬、硬漢。❸勉強，不自然：例生硬。❹頑固，固執：例硬不承認。

參考 相似字：堅、固。♣相反字：柔、軟。

俏皮話 「關公賣豆腐——人硬貨不硬。」我們都知道關公是一位相貌堂堂的武將，如果讓「關公賣豆腐」的話，那可真是「人硬貨不硬」。比喻人的外表不錯，但是肚子裡沒有知識才能。

硬化 ㄧㄥˋ ㄏㄨㄚˋ 物體由軟變硬。例生橡膠遇冷容易硬化，遇熱容易軟化。例他的血管開始硬化。

硬性 ㄧㄥˋ ㄒㄧㄥˋ 不能改變的，不能通融的。例老師硬性規定每個人都要參加明天的健行活動。

硬度 ㄧㄥˋ ㄉㄨˋ 固體堅硬的程度，也就是物體抵抗外力的強度。

硬朗 ㄧㄥˋ ㄌㄤˇ 形容身體很健壯。例這位老人家的身體還挺硬朗的。

硬漢 ㄧㄥˋ ㄏㄢˋ 堅忍有毅力，威武不屈的人。例他真是個了不起的硬漢。

硬幣 ㄧㄥˋ ㄅㄧˋ 用金屬鑄造的貨幣。

硬繃繃 ㄧㄥˋ ㄅㄥ ㄅㄥ 形容堅硬或僵直的樣子。例饅頭擺久了，變得硬繃繃的。

參考 相似詞：硬幫幫。

碎

石部　八畫

ㄙㄨㄟˋ ❶把完整的東西破壞成零片或零塊：例粉碎。❷不完整的：例碎片。❸說話嘮叨：例你的嘴太碎了。

參考 相似字：破、爛。

碰

石部　八畫

ㄆㄥˋ ❶相撞：例碰擊。❷偶然遇見：例碰見。❸試探：例碰運氣。

參考 相似字：撞、擊。♣請注意：「碰」不可讀ㄅㄥˋ。

猜一猜 石塊並排。（猜一字）（答案：碰）

俏皮話 「雞蛋碰石頭——不堪一擊。」雞蛋的殼很薄弱，輕輕一敲就碎了，當然更無法承受石頭的碰擊！這句俏皮話是指兩方面的實力相差太多。例小學生和高中生打籃球，那真像是「雞蛋碰石頭——不堪一擊」！

繞口令 天上一個盆，地上一個瓶。盆瓶一聲響，不知是盆碰了瓶，還是瓶碰了盆。

碰巧 ㄆㄥˋ ㄑㄧㄠˇ 剛好，恰巧。例我正想找你，碰巧你來了。

參考 相似詞：恰巧、剛好。

碰見 ㄆㄥˋ ㄐㄧㄢˋ 事先沒有約定好而見到。例我昨天在公園碰見熟人。

碰面 ㄆㄥˋ ㄇㄧㄢˋ 相見。例沒問題，我們明天中午在學校碰面。

碰撞 ㄆㄥˋ ㄓㄨㄤˋ 指人或物體間的相互撞擊。例在走廊上不要用跑的，以免和別人碰撞。

碰頭 ㄆㄥˋ ㄊㄡˊ 見面。例我和她天天碰頭。

碰壁 ㄆㄥˋ ㄅㄧˋ 比喻做事受到挫折或阻礙。例他沒有專才，求職處處碰壁。

碰釘子 ㄆㄥˋ ㄉㄧㄥ ˙ㄗ 比喻遭到拒絕或受到責備。

碰一鼻子灰 ㄆㄥˋ ㄧ ㄅㄧˊ ˙ㄗ ㄏㄨㄟ 遭到拒絕或責備，感到沒趣。例他登門拜訪，結果碰一鼻子灰回來。

碗 石部 八畫

ㄨㄢˇ 盛飲食的器具，口大底小，一般是圓形的：例飯碗。

古人說「一碗水往大海裡潑。」這句話是說：所做的事發生不了作用，一點效果也沒有。例他需要五萬元，你只給他五十元，這不是「一碗水往大海裡潑」嗎？

笑一笑 吃過飯後，媽媽和姊姊在廚房洗碗，忽然聽到打破東西的聲音。弟弟說：「一定是媽媽打破的。」妹妹說：「你怎麼知道？」弟弟說：「沒聽到媽媽罵姊姊啊！」

碗盤 ㄨㄢˇ ㄆㄢˊ 吃飯的器皿，包括飯碗和盤子。

碗櫃 ㄨㄢˇ ㄍㄨㄟˋ 放置碗碟等食具的櫃子。

碑 石部 八畫

ㄅㄟ 刻有文字或圖畫，豎起來作紀念物的石頭：例石碑。

參考 請注意：「碑」和「碣」的分別：「碑」多是長方形；「碣」多指圓頭形豎起來的石頭。

碉 石部 八畫

ㄉㄧㄠ 用磚、石或其他建材築成的建築物，通常有二、三層，有圓形、方形、多角形等，主要用在射擊、瞭望等防禦工事上：例碉堡。

參考 請注意：「碉」、「凋」、「雕」讀音相同。「凋」有零落、枯萎的意思；「雕」有刻的意思。

猜一猜 石周聯姻。（猜一字）（答案：碉）

碘 石部 八畫

ㄉㄧㄢˇ 鹵素之一，是紫灰色鱗片狀結晶，有金屬光澤，容易昇華成紫紅色蒸氣。

碘酒 ㄉㄧㄢˇ ㄐㄧㄡˇ 將碘溶在酒精中的消毒劑，醫藥外科常用。

硼 石部 八畫

ㄆㄥˊ 非金屬固體元素之一，主要是以硼酸和硼酸鹽存在，非結晶硼為暗棕色粉末，結晶硼呈灰色透明狀，質地堅硬。

碌 石部 八畫

ㄌㄨˋ ❶平凡：例庸碌。❷事務多而忙：例忙碌。

參考 請注意：「碌」、「祿」和「錄」的分別：「祿」是示部，表示有福氣的意思，例如：官祿、福祿。「錄」是金部，有記載的意思，例如：記錄、登錄。

碌碌 ㄌㄨˋ ㄌㄨˋ ❶平庸，沒有特殊能力。例他看起來就是那種碌碌無能的人。❷形容事情多而亂，辛苦的樣子。例你忙忙碌碌的到底是為誰？

碇 石部 八畫

ㄉㄧㄥˋ 繫船的石礅或鐵釘，和「硼」字相通。例下碇。

磁 石部 九畫

ㄘˊ ❶磁性，有吸引鐵、鈷等物質的特性：例磁鐵。❷和「瓷」字相通：例磁器。

磁化 ㄘˊ ㄏㄨㄚˋ 使某些沒有磁性的物體帶有磁性。

磁性 磁體能吸引鐵、鈷等金屬的性質。

磁場 傳遞實物間磁力作用的地方。磁體和有電流通過的導體的周圍都有磁場的存在，指南針的指南就是地球磁場的作用。

磁磚 一種建築材料。表面光滑，不吸水，大多用在浴室、廚房，也用在建築物的外表。

碧

石部 九畫

ㄅㄧˋ青綠色：例碧草如茵。

參考 相似字：綠。

猜一猜 王先生白小姐同坐在一塊石頭上。（猜一字）（答案：碧）

碧玉 ❶青綠色的美玉。❷含鐵的石英石，紅色、褐色或深綠色，質地細密不透明，可作裝飾品。❸小戶人家的女兒。例小家碧玉。

碧血 為正義犧牲所流的血。傳說周敬王時大臣劉文公的所屬大夫萇弘，因忠於劉氏，在蜀被人所殺，三年後他的血化為碧玉。後來就用碧血來指為正義而流的血。

碧綠 翠綠、青綠色。例湖面上布滿了碧綠的荷葉。

碧空如洗 形容天氣晴朗，萬里無雲，好像清洗過一般。例大雨過後，天清氣朗，碧空如洗。

碧海青天 形容晴朗的天空如碧海一般，開闊而無際。例嫦娥應悔偷靈藥，碧海青天夜夜心。

碧草如茵 碧綠的草像地毯一樣。茵：柔厚的草類。例我們徜徉在碧草如茵的大地上，享受陣陣和煦的春風。

碟

石部 九畫

ㄉㄧㄝˊ❶形狀較小較淺的盤子，大都用來盛醬油、小菜：例碟子。❷形狀像碟子的東西：例飛碟。❸電腦中記憶或儲存資料的東西：例磁碟片。

碳

石部 九畫

ㄊㄢˋ一種非金屬元素，是構成有機物的主要成分，在工業上和醫藥上用途很廣。

猜一猜 山下都是石灰。（猜一字）（答案：碳）

碳水化合物 就是醣類。

碩

石部 九畫

ㄕㄨㄛˋ壯大：例碩大。

參考 相似字：大、壯、健。

猜一猜 吃掉一顆果子，跑出石子。（猜一字）（答案：碩）

碩士 在博士下面，學士上面的一種學位。

碩大無朋 比喻非常的巨大。朋：比。例在墾丁可以看到許多碩大無朋的石頭。

碩果僅存 比喻唯一仍然存在的人或物。例他是文學界碩果僅存的元老人物。

碴

石部 九畫

ㄔㄚˊ❶碎屑：例玻璃碴兒。❷小塊物：例煤碴子。❸能夠引起爭吵的理由：例找碴兒。

磊

石部 十畫

ㄌㄟˇ❶石頭很多的樣子：例磊磊。❷心地光明：例磊落。

猜一猜 石子疊羅漢。（猜一字）（答案：

磊）

磊落 ㄌㄟˇ ㄌㄨㄛˋ 心地光明坦白。

確 石部 十畫

ㄑㄩㄝˋ ❶真實的：例千真萬確。❷堅定的：例確信。

參考 相似字：真、實。

猜一猜 石鶴非鳥。（猜一字）（答案：確）

確切 ㄑㄩㄝˋ ㄑㄧㄝˋ 正確而切實。例你認為這個道理確切嗎？

確立 ㄑㄩㄝˋ ㄌㄧˋ 穩固的建立或樹立。例我們已經漸漸確立健全的制度。

確定 ㄑㄩㄝˋ ㄉㄧㄥˋ ❶明確而肯定。例請你告訴我確定的答案。❷決定。例時間地點確定後就要開會了。

確保 ㄑㄩㄝˋ ㄅㄠˇ 確實的保持或保證。例我們要反盜版，才能確保正版的品質。

確信 ㄑㄩㄝˋ ㄒㄧㄣˋ 確實的相信，堅信不疑。例你確信這個人就是搶劫犯嗎？

確認 ㄑㄩㄝˋ ㄖㄣˋ 肯定的承認（事實、原則等）。例他確認強盜就是那個臉上有疤的人。

確實 ㄑㄩㄝˋ ㄕˊ 真實。例他確實把功課作完了。

碾 石部 十畫

ㄋㄧㄢˇ ❶把東西弄碎、壓平或使米穀去殼的工具：例石碾。❷滾動碾子去磨或壓：例碾米。

猜一猜 奇石大展。（猜一字）（答案：碾）

碾米 ㄋㄧㄢˇ ㄇㄧˇ 用機器把稻穀擠壓、搓擦，去掉稻殼，使它成為白米。例這家工廠碾米速度很快。

參考 活用詞：碾米廠、碾米機、碾米工人。

碾碎 ㄋㄧㄢˇ ㄙㄨㄟˋ 把東西用力擠壓弄碎。例碾米機把米碾碎了。

磋 石部 十畫

ㄘㄨㄛ ❶把骨、角磨製成器物。❷商量討論：例磋商。

參考 相似字：磨、研。

磋商 ㄘㄨㄛ ㄕㄤ 仔細商量討論。

磅 石部 十畫

ㄅㄤˋ ❶英國制的重量單位，一公斤約等於二點二磅。❷用磅秤測量物體的重量：例磅體重。

ㄆㄤ ❶石頭掉到地上的撞擊聲：例砰磅。❷擊鼓聲。

參考 請注意：「磅」和「鎊」音同但意思不同：「鎊」是英國、土耳其等國的貨幣單位名；「磅」則是重量單位名。

磅礴 ㄆㄤˊ ㄅㄛˊ ❶盛大、雄偉的樣子。例他的氣勢磅礴，無人能比。❷擴展、充塞在天地間的樣子。例浩氣磅礴貫日月。

磕 石部 十畫

ㄎㄜ ❶碰在硬東西上：例磕頭。❷敲擊：例磕打。

參考 請注意：「磕」、「瞌」讀音相同，但是意思不同：「瞌」是坐著小睡片刻的意思。

磕頭 ㄎㄜ ㄊㄡˊ 雙腿跪在地上，兩手扶地，頭接近地面或著地。

磐 石部 十畫

ㄆㄢˊ ❶巨大的石頭。❷流連，和「盤」字相通。

五畫

參考 請注意：「盤」和「磐」只有在解釋為「流連」時才可以通用，其他義就不可以。

碼 石部 十畫

ㄇㄚˇ ❶表示數目的符號：例號碼。❷表示數目的用具：例砝碼。❸指一件事情或一類事情：例兩碼子事。

猜一猜 石馬。（猜一字）（答案：碼）

碼頭 ㄇㄚˇ ㄊㄡˊ ❶在江河沿岸的港灣內，供停船時裝卸貨物和乘客上下的建築。❷指交通便利的商業城市。例碼頭附近的海產店，向來以海鮮聞名，吸引了大批遊客。

磚 石部 十一畫

ㄓㄨㄢ ❶用黏土等燒成的長方形建築材料：例紅磚。❷形狀像磚的東西：例茶磚。

猜一猜 寶石專家。（猜一字）（答案：磚）

繞口令 長蟲①圍著磚堆轉，轉完了磚堆鑽磚堆。（北平）

註：①長蟲：指蛇。

磚瓦 ㄓㄨㄢ ㄨㄚˇ 磚頭和瓦片，都是建築材料。

磚塊 ㄓㄨㄢ ㄎㄨㄞˋ 一塊一塊的磚頭。

磬 石部 十一畫

ㄑㄧㄥˋ ❶古代用玉石做成的打擊樂器：例編磬。❷寺廟念經時所敲的銅缽，又叫「磬兒」。

磨 石部 十一畫

ㄇㄛˊ ❶使物體平滑或銳利：例磨刀。❷消除：例百世不磨。❸拖延，耗時間：例磨工夫。

ㄇㄛˋ ❶研磨的工具：例水磨。❷掉轉方向：例把車頭磨過來。

參考 請注意：「磨」和「摩」都有摩擦的意思，「磨」使東西摩擦光亮或銳利；「摩」是兩個物體輕輕接觸來回擦動。「磨」和「摩」字上面都是「麻」。

猜一猜 石上長麻。（猜一字）（答案：磨）

古人說 「只要功夫深，鐵杵磨成繡花針。」這句話是說：只要下苦功，不怕難，努力去做，事情一定能成功。鐵杵是粗的鐵棍，繡花針是非常細小的東西，想要把鐵棍磨成繡花針，一定要花上很大的功夫和耐心，才能完成。

磨鍊 ㄇㄛˊ ㄌㄧㄢˋ 反覆的鍛鍊，增加對事物的反應。也可以寫作「磨練」。

磺 石部 十二畫

ㄏㄨㄤˊ 見「硫」字。

磴 石部 十二畫

ㄉㄥˋ ❶石頭臺階。❷量詞，臺階一級叫一磴。

磯 石部 十二畫

ㄐㄧ 水邊突出的石頭或岩石灘：例采石磯（在安徽省）。

礁 石部 十二畫

ㄐㄧㄠ ❶海洋附近或大的江河中距水面較近的岩石：例暗礁。❷障礙：例這件案子又觸礁了。

猜一猜 石頭烤焦了。（猜一字）（答案：礁）

礁石 ㄐㄧㄠ ㄕˊ 在海洋中，藏在水下或露出水面上的岩石。

磷 石部 十二畫

ㄌㄧㄣˊ ❶非金屬固體元素，可製造火柴和各種磷化物：例白磷。❷薄。

參考 請注意：「磷」和「燐」都指化學元素的意思時才可以通用，其他的意思就不能通用。

礎 石部 十三畫

ㄔㄨˇ ❶墊在柱子下面的石頭：例礎石。❷事情的根本：例基礎。

礎業 ㄔㄨˇ ㄧㄝˋ 比喻事情的根本。例他努力不懈，終於奠下了事業成功的礎業。

礙 石部 十四畫

ㄞˋ 阻擋，妨害：例礙手礙腳。

參考 請注意：「礙」、「凝」和「擬」讀音和意思都不同：「凝」（ㄋㄧㄥˊ），是液體受冷而凝結，例如：凝結。「擬」（ㄋㄧˇ）是設計、模仿的意思，例如：草擬、模擬。

俏皮話 「慈禧聽政——礙國。」慈禧常以太后的身分干預國家的政治，使光緒帝不能大力革新，就連海軍要購買軍艦、武器的費用，都被她拿來修建圓明園。由於她的無知和專制，妨礙了國家的進步，使清朝國勢愈來愈弱。

礙口 ㄞˋ ㄎㄡˇ 怕不好意思、難為情，或不方便說而不把話說出來。例這話說出來有點礙口。

礙眼 ㄞˋ ㄧㄢˇ ❶不順眼。例東西亂堆在那裡怪礙眼的。❷對人有妨害，使人不方便。例你別在這裡礙眼，快走吧！

礙手礙腳 ㄞˋ ㄕㄡˇ ㄞˋ ㄐㄧㄠˇ 妨害到別人做事，而且讓人家覺得不方便。例你別在這兒礙手礙腳的，好嗎？

礪 石部 十五畫

ㄌㄧˋ ❶磨刀石。❷磨：例磨礪。❸鼓勵，通「勵」：例砥礪。

礦 石部 十五畫

ㄎㄨㄤˋ 地層中有用的物質：例煤礦。

礦工 ㄎㄨㄤˋ ㄍㄨㄥ 開礦的工人。

礦石 ㄎㄨㄤˋ ㄕˊ 含有礦物，並且有開採價值的岩石。

礦坑 ㄎㄨㄤˋ ㄎㄥ 開採礦物時所挖掘的洞穴或坑道。例這次災變是因為礦坑瓦斯爆炸引起的。

礦物 ㄎㄨㄤˋ ㄨˋ 地殼中存在的自然化合物和少數自然元素。大部分是固體（例如：鐵礦石、煤等），有的是液體（例如：石油等）或氣體（例如：天然氣等）。

礦泉 ㄎㄨㄤˋ ㄑㄩㄢˊ 含有許多礦物質的泉水。具有醫療作用的地下水，一般都是溫泉，例如：鹽泉、硫磺泉等。對人體無害，可以食用。

礦脈 ㄎㄨㄤˋ ㄇㄞˋ 以板狀或其他不規則形狀充填在各種岩石裂縫中的礦體。例如：金、銀、銅、鎢等常產於礦脈中。

礦產 ㄎㄨㄤˋ ㄔㄢˇ 已經開採的礦石和尚未開採的礦藏總稱。例汶萊的石油礦產豐富。

礦場 ㄎㄨㄤˋ ㄔㄤˇ 開採礦物的地方。

礦藏 ㄎㄨㄤˋ ㄘㄤˊ 地下埋藏的各種礦物的總稱。例我國的礦藏很豐富。

礦物質 ㄎㄨㄤˋ ㄨˋ ㄓˋ 人體所需的六種營養成分之一，對人體的健康有一定的幫助或影響。例如：鉀、碘、鈣等。

礬 石部 十五畫

ㄈㄢˊ是無色透明結晶體，工業用途很廣，最常見的是明礬，可用於印染、造紙、製革及清潔飲水等。

礫 石部 十五畫

一 ア 不 石 石 石 石 石 石 石 砠 砠 砠 砠 磁 磁 磁 礫 礫

ㄌㄧˋ小石塊：例砂礫。

礴 石部 十七畫

一 ア 不 石 石 石 石 石 石 石 石 石 石 石 石 石 石 礴 礴

ㄅㄛˊ見「磅」字。

示部

「丅」是「示」最早的寫法，一橫表示天，一豎表示神從天上降下來。後來寫成「示」，據說「二」還是表示天，下面三豎表示日、月、星，因為古人認為日、月、星是神的具體表現。示部的字和神、祭拜都有關係，例如：神、祖、祠、祭。

示 示部 ○畫

一 二 亍 亓 示

ㄕˋ❶表現出來：例顯示。❷把事物擺出來或指出來使人知道：例示意。

示威 ㄕˋ ㄨㄟ 向對方顯示自己的威力。多半指為表示抗議或有所要求而採取的集體行動。例示威遊行可以反映出社會問題。

示眾 ㄕˋ ㄓㄨㄥˋ 抓出來讓大家看，特別是指當著眾人懲罰犯人。例古代的國君常常將犯人斬首示眾。

示弱 ㄕˋ ㄖㄨㄛˋ 表示比對方軟弱，不敢和對方比較。例運動會裡，每個選手看起來都不甘示弱的樣子。

示意 ㄕˋ ㄧˋ 用表情、動作、含蓄的話或圖形表示意思。例媽媽在典禮進行時，示意小妹保持安靜。

示範 ㄕˋ ㄈㄢˋ 做出可以讓大家學習的榜樣。例在每一項球類運動開始之前，老師都會示範幾種基本動作給我們看。

示警 ㄕˋ ㄐㄧㄥˇ 用某種動作或信號表示危險，使人注意。例他在山崩處揮舞旗子，向來往車輛示警。

社 示部 三畫

、 ラ ネ ネ 社 社

ㄕㄜˋ❶土地神或祭祀土地神的地方。❷共同生活或工作的一種團體：例報社。❸姓：例社先生。

社交 ㄕㄜˋ ㄐㄧㄠ 社會上人與人之間的交往。例她熟稔社交禮儀。

社區 ㄕㄜˋ ㄑㄩ 一群住在某個特定的地區內，共同分享負擔一些和生活有關的責任或利益。例這個社區的人都很熱心，每個人都非常和氣。

社會 ㄕㄜˋ ㄏㄨㄟˋ ❶多數人彼此有相互關係的集合體叫做社會。廣義的社會是指群眾。例我們的社會安定，人人生活富足。❷小學科目之一，包括生活與倫理、健康教育、地理、歷史等。

社團 ㄕㄜˋ ㄊㄨㄢˊ 各種群眾組織成的團體。例如：民眾服務社、學生活動中心、書法社……。

社稷 ㄕㄜˋ ㄐㄧˋ ❶土地神和穀神。❷也指國家。例軍人防守前線，保衛社稷。

祀 示部 三畫

、 ラ ネ ネ 祀 祀 祀

ㄙˋ祭拜：例祭祀。

祁 示部 三畫

、 ラ ネ ネ 祁 祁 祁

ㄑㄧˊ❶秦國的地名，在今天的陝西省澄城縣附近。❷非常的：例祁寒。❸姓：例祁小姐。

參考 請注意：「祁」和「祈」都讀ㄑㄧˊ，都是姓，都是示（礻）部。「礻」加「阝」的「祁」是非常的意思，例如：祁寒。「礻」加「斤」的「祈」有請求的用法，例如：祈求。

祁連山 ㄑㄧˊ ㄌㄧㄢˊ ㄕㄢ 也叫「南山」。在甘肅省河西走廊和青海省之間，最高峰有六梯山、祁連山。山中有很多森林、礦藏和野生動物，也是綠洲的主要水源區。

祂

示部 三畫

丶 ㇇ 礻 礻 祀 祂

ㄊㄚ 稱上帝、耶穌或神的第三人稱代名詞。

祈

示部 四畫

丶 ㇇ 礻 礻 礻 祈 祈 祈

ㄑㄧˊ ❶請求：例祈求。❷求神保祐：例祈禱。

祈禱 ㄑㄧˊ ㄉㄠˇ 求神降福，免除災禍的禱告，含有讚美、感謝、請求等意思。

祉

示部 四畫

丶 ㇇ 礻 礻 礻 礼 祉 祉

ㄓˇ 幸福：例福祉。

參考 相似字：福。

祇

示部 四畫

丶 ㇇ 礻 礻 礻 祇 祇 祇

ㄑㄧˊ ❶土地神：例神祇、天神地祇。❷平安。❸大。

ㄓˇ 但，僅僅，通「只」：例祇得。

祆

示部 四畫

丶 ㇇ 礻 礻 礻 祆 祆 祆

ㄒㄧㄢ 祆教，就是拜火教，古波斯人創立的一種宗教，南北朝時傳入中國。

參考 請注意：「祆」字的右邊是「天」（ㄊㄧㄢ），不可寫成「夭」（ㄧㄠ）。

祟

示部 五畫

丨 ㄩ 屮 出 出 祟 祟 祟 祟 祟

ㄙㄨㄟˋ 指鬼怪所生的禍害，用來比喻不正當的行動：例作祟。

參考 請注意：「祟」是「出」和「示」兩字的組合，有禍亂的意思。「崇」是「山」和「宗」兩字的組合，有高峻、尊敬的意思。

祖

示部 五畫

丶 ㇇ 礻 礻 礻 祁 祖 祖 祖

ㄗㄨˇ ❶父母親的上一輩：例祖父。❷指祖父以上的先人：例祖宗。❸事業或派別的創始人：例祖師。❹姓：例祖先生。

祖先 ㄗㄨˇ ㄒㄧㄢ 一個民族或家族的上代，多指年代比較久遠的。例黃帝是我們的祖先。

參考 相似詞：祖宗。

祖師 ㄗㄨˇ ㄕ 宗教、學術或技術上創立派別的人。例釋迦牟尼是佛教的祖師。

祖孫 ㄗㄨˇ ㄙㄨㄣ 祖父母或孫子女。例他小時候和祖母住在一起，祖孫間的感情很好。

祖國 ㄗㄨˇ ㄍㄨㄛˊ 自己的國家。例我愛我的祖國，也以祖國為榮耀。

祖傳 ㄗㄨˇ ㄔㄨㄢˊ 祖宗留下來的。例在民間有很多祖傳的東西留下來。

祖籍 ㄗㄨˇ ㄐㄧˊ 原本的籍貫。例我的祖籍是山東省。

祖父母 ㄗㄨˇ ㄈㄨˋ ㄇㄨˇ 父親的父親是祖父，父親的母親是祖母。

祖沖之 ㄗㄨˇ ㄔㄨㄥ ㄓ 南北朝時有名的科學家。他是第一個把圓周率值推算到小數點後第七位的人，並且改革曆法，成為我國當時最精確的曆法。又重造指南車，製作水碓（ㄉㄨㄟˋ）磨、千里船等。

神

示部 五畫

丶 ㇇ 礻 礻 礻 和 神 神 神

ㄕㄣˊ ❶宗教裡稱天地萬物的主宰：例神明。❷

超出尋常的，不可思議的：例神奇。❸精力：例費神。❹注意力：例失神。❺表情：例神情。❻姓：例神先生。

猜一猜 廟門。（猜日本地名）（答案：神戶）

神父（ㄕㄣˊ ㄈㄨˋ） 天主教的神職人員，職位在主教之下，通常是一個教堂的管理者，主持宗教活動。

神木（ㄕㄣˊ ㄇㄨˋ） 樹幹特別巨大，樹齡又久的樹木。

神仙（ㄕㄣˊ ㄒㄧㄢ） 神話傳說中的人物，有超人的能力，可以長生不老、預知未來、逍遙自在的人。

唱詩歌 三棵杉樹沖上天，陽雀生蛋在天邊，哪個取得陽雀蛋，不做神仙也做官。（湖南）

神州（ㄕㄣˊ ㄓㄡ） 戰國時代鄒衍稱中國為赤縣神州，後世用「神州」作中國的代稱。例自從神州一遊，令我眼界大開。

神色（ㄕㄣˊ ㄙㄜˋ） 人的臉色和態度。例看他一副神色匆忙的樣子，不知有什麼急事？

神采（ㄕㄣˊ ㄘㄞˇ） 面部表現出來的神氣和光采。例他的眼睛裡閃耀著興奮的神采。

神往（ㄕㄣˊ ㄨㄤˇ） 心中嚮往。例太魯閣、天祥的山光水色令人悠然神往。

神奇（ㄕㄣˊ ㄑㄧˊ） 非常奇妙。例這些古代傳說都被人們渲染上一層神奇的色彩。

參考 相似詞：神異、奇特。

神氣（ㄕㄣˊ ㄑㄧˋ） ❶神情；表情態度。例他說話的時候神氣很嚴肅。❷精神飽滿。例他穿上了綠色軍裝，顯得非常神氣。❸自以為優越而表現出得意或傲慢的樣子。例他自以為了不起，一副神氣活現的樣子。

俏皮話 「土地老兒放屁——神氣十足。」小朋友，你知道什麼叫作「土地老兒放屁」嗎？那就是「神氣十足」。用來諷刺別人得意忘形。

神祕（ㄕㄣˊ ㄇㄧˋ） 不可捉摸的，玄妙莫測的。例薄霧為大地蒙上了一層神祕的面紗。

神童（ㄕㄣˊ ㄊㄨㄥˊ） 指特別聰明，具有某種超乎常人能力的孩童。例莫札特是音樂神童。

神聖（ㄕㄣˊ ㄕㄥˋ） 無論道德、事功都非常高超偉大。例一個國家的尊嚴是神聖而不可侵犯的。

神經（ㄕㄣˊ ㄐㄧㄥ） 人和動物體內管理傳達知覺與運動的組織。

神話（ㄕㄣˊ ㄏㄨㄚˋ） 神怪的傳說。例嫦娥奔月是中國古代流傳下來的美麗神話。

神態（ㄕㄣˊ ㄊㄞˋ） 神情態度。例槍聲響起，他仍神態自若，絲毫沒有受到驚嚇。

神箭手（ㄕㄣˊ ㄐㄧㄢˋ ㄕㄡˇ） 善於射箭的好手。例傳說后羿是個神箭手。

神工鬼斧（ㄕㄣˊ ㄍㄨㄥ ㄍㄨㄟˇ ㄈㄨˇ） 像是神鬼雕刻出來的作品；比喻技藝非常精巧。例這件雕塑作品神工鬼斧，巧奪天工。

神不守舍（ㄕㄣˊ ㄅㄨˋ ㄕㄡˇ ㄕㄜˋ） 精神不在房子裡；形容精神不集中，心情不穩定的樣子。例你終日神不守舍，書怎麼會念得好？

參考 相似詞：失魂落魄、魂不守舍。♣相反詞：精神專注。

神出鬼沒（ㄕㄣˊ ㄔㄨ ㄍㄨㄟˇ ㄇㄛˋ） 像神鬼一樣，一下子出現，一下子不見。形容變化巧妙迅速，不容易捉摸。例古軍事家孫武的用兵神出鬼沒，往往令敵人摸不著頭緒。

神來之筆（ㄕㄣˊ ㄌㄞˊ ㄓ ㄅㄧˇ） 像是有神仙幫助你的筆；比喻書畫、文章有突出的表現。

神采飛揚（ㄕㄣˊ ㄘㄞˇ ㄈㄟ ㄧㄤˊ） 光采照人，精神奮發振作。例他看起來意氣風發，神采飛揚。

神采奕奕（ㄕㄣˊ ㄘㄞˇ ㄧˋ ㄧˋ） 形容精神旺盛，容光煥發。奕奕：精神煥發的樣子。例他看起來神采奕奕、精神飽滿。

參考 相似詞：神采煥發。

神鬼莫測（ㄕㄣˊ ㄍㄨㄟˇ ㄇㄛˋ ㄘㄜˋ） 比喻高深而不可測。

神清氣爽（ㄕㄣˊ ㄑㄧㄥ ㄑㄧˋ ㄕㄨㄤˇ） 精神清明，心情爽朗。例早晨清新的空氣使我神清氣爽。

神通廣大（ㄕㄣˊ ㄊㄨㄥ ㄍㄨㄤˇ ㄉㄚˋ） 形容本領高強，極有辦法。例孫悟空神通廣大，擅長七十二變。

神魂顛倒（ㄕㄣˊ ㄏㄨㄣˊ ㄉㄧㄢ ㄉㄠˇ） 對某人或某事非常入迷，以致心神不寧，好像魂魄已被吸去一樣。例無論老小，聽了他的歌唱，沒有不神魂顛倒的。

參考 相似詞：意亂情迷、神不守舍。

神機妙算（ㄕㄣˊ ㄐㄧ ㄇㄧㄠˋ ㄙㄨㄢˋ） 像神仙一樣的計算正確；形容計謀十分高明，一切都推算得準確無誤。例孔明的神機妙算，神鬼莫測。

祕 示部 五畫

丶 ラ 礻 礻 礻 礻 祕 祕 祕

ㄇㄧˋ ❶隱密而不公開的：例祕密。❷姓：例祕小姐。

ㄅㄧˋ 國名：例祕魯。

參考 相似字：秘。

祕方（ㄇㄧˋ ㄈㄤ） 不公開但是非常有效果的藥。方：藥方。

祕書（ㄇㄧˋ ㄕㄨ） 古代藏在皇宮的書籍，現在則指公司行號中處理機密文件和檔案的人員。

祕密（ㄇㄧˋ ㄇㄧˋ） 有所隱蔽而不想讓人知道的事。

祕訣（ㄇㄧˋ ㄐㄩㄝˊ） 隱密而且有效的處理方法。訣：方法。

祗 示部 五畫

丶 ラ 礻 礻 礻 祁 祇 祗 祗

ㄓ 恭敬的：例祗請大安、祗候光臨。

祝 示部 五畫

丶 ラ 礻 礻 礻 祀 祀 祝 祝

ㄓㄨˋ ❶表示美好的願望：例祝你健康。❷恭賀：例祝壽。❸姓：例祝小姐。

參考 相似字：禱、頌。

祝賀（ㄓㄨˋ ㄏㄜˋ） 祝福慶賀。例我們送了一個蛋糕給他，祝賀他生日快樂。

祝壽（ㄓㄨˋ ㄕㄡˋ） 向別人慶賀生日。例我們專程趕回家裡，向父親祝壽。

笑一笑 清朝乾隆年間的進士紀曉嵐是一個生性滑稽的人。一天，一位王姓朋友的母親八十大壽，他應邀赴宴。有人請他作首詩，於是他吟出第一句：「王太夫人不是人，」在座的客人聽後都大驚失色。他又吟出第二句：「瑤池仙子降凡塵。」客人們聽了都叫好。「所生兒子皆是賊，」第三句話一出口，只見那王姓朋友氣得滿臉通紅。他不慌不忙的吟出第四句：「偷得蟠桃獻母親。」王太夫人和眾賓客都被他逗得哈哈大笑。

祝福（ㄓㄨˋ ㄈㄨˊ） 祝人平安和幸福。例祝福你一路平安。

祐 示部 五畫

丶 ラ 礻 礻 礻 祊 祊 祐 祐

ㄧㄡˋ 指神明的護助：例保祐、庇祐。

參考 請注意：「祐」指神明的護衛時，可以和「佑」字通用，但「佑」字另外有「扶助」的意思。

祠 示部 五畫

丶 ラ 礻 礻 礻 祠 祠 祠 祠

ㄘˊ 供奉祖先、聖賢的地方：例祠堂、忠烈祠。

祠堂（ㄘˊ ㄊㄤˊ） 祭祀祖先或聖賢、烈士的廟。例四川成都有祭祀諸葛亮的祠堂，叫做武侯祠。

祚 示部 五畫

丶 ラ 礻 礻 礻 礻 祚 祚 祚

ㄗㄨㄛˋ ❶福：例天祚明德。❷皇位：例帝祚。❸年歲。

祛 示部 五畫

丶 ラ 礻 礻 礻 社 社 祛 祛

ㄑㄩ 除去，消除：例祛除、祛痰、祛暑、祛疑。

祛疑（ㄑㄩ ㄧˊ） 去除疑惑。

五畫

祥

、ㄋㄋ礻礻祥　示部 六畫

ㄒㄧㄤˊ ❶指吉利：例吉祥。❷和善的：例祥和。❸姓：例祥先生。

參考 相似字：吉、瑞、慈。♣相反字：凶、暴、禍。♣請注意：「詳」和「祥」不同：示部的「祥」和神、吉利有關，例如：吉祥、慈祥。言部的「詳」，有完備的意思，例如：詳盡。

祥和 ㄒㄧㄤˊ ㄏㄜˊ　安詳平和。例我們需要一個祥和的社會。

祥瑞 ㄒㄧㄤˊ ㄖㄨㄟˋ　指好事情的預兆或象徵。例傳說麒麟是祥瑞的象徵。

票

一 ㄧ 丆 襾 襾 西 覀 票 票 票　示部 六畫

ㄆㄧㄠˋ ❶進入會場觀賞節目或參加活動時作為憑證的紙片：例電影票。❷單位名稱：例一票貨。❸人質：例綁票。❹客串而不是職業性的演戲人員：例票友。

參考 相似字：券。

票友 ㄆㄧㄠˋ ㄧㄡˇ　偶爾客串，而不是職業性的演戲人員。例他看戲看得入迷了，也想當票友過過癮。

票房 ㄆㄧㄠˋ ㄈㄤˊ　❶戲院賣票的地方。❷每部電影賣出的總票數。例名氣大的演員所演的電影，不一定是評論最好、票房最高的影片。

票價 ㄆㄧㄠˋ ㄐㄧㄚˋ　一張票的價錢。例票價不可隨便上漲或下跌。

祭

ノ ク タ タ 匁 匁 癶 祭 祭 祭　示部 六畫

ㄐㄧˋ ❶對死者表示追悼的儀式：例公祭。❷對神明、祖先表示恭敬的禮節：例祭祀。

ㄓㄞˋ 姓：例祭先生。

參考 相似字：祀、禱、拜。

小故事 佛教「百喻經」中有一則「殺子求子」的寓言。說從前有個女人，已經有一個兒子，還想再生一個。有個老太婆對她說：「我能使你求得孩子，但是要先祭天。」她問：「要用什麼祭品？」老太婆回答說：「把你的兒子殺了，用他的血祭天，一定能多生兒子。」這個女人聽了就想把自己的兒子殺了，旁人聽了便大罵這個女人傻瓜：「還不知道能不能再生兒子，卻要殺死現有的兒子！」

祭文 ㄐㄧˋ ㄨㄣˊ　祭拜神或死人時朗讀的文章，用來表達悲哀、敬愛、懷念的感情。例韓愈祭十二郎文是流傳千古的祭文。

祭祀 ㄐㄧˋ ㄙˋ　一種宗教禮儀，在一定時節準備供品向神明或祖先致祭行禮，表示崇敬並求保佑。例商朝特別注重對祖先鬼神的祭祀。

祭祖 ㄐㄧˋ ㄗㄨˇ　祭拜祖先。例祭祖時要誠心敬意。

祭奠 ㄐㄧˋ ㄉㄧㄢˋ　為死去的人舉行儀式，表示悲哀思念。例他們為死去的朋友舉行祭奠的儀式。

祺

、ㄋ礻礻礻祺祺祺祺祺祺　示部 八畫

ㄑㄧˊ 吉祥，常用在書信結尾時的祝頌語：例福祺、吉祺、順候近祺。

參考 相似字：吉、祥。

祿

、ㄋ礻礻礻祿祿祿祿祿祿　示部 八畫

ㄌㄨˋ ❶福分：例天祿。❷薪水：例俸祿。❸利益：例無功不受祿。❹姓：例祿先生。

祿位 ㄌㄨˋ ㄨㄟˋ　薪水和官位。

禁

一 十 才 木 木 村 材 林 林 埜 埜 禁 禁　示部 八畫

ㄐㄧㄣˋ ❶以前稱皇帝居住的地方：例宮禁。❷法令或習俗所不允許的事情：例禁忌。❸限制或阻止：例禁止。❹拘押：例監禁。

ㄐㄧㄣ 支持，承受，耐得住：例弱不禁風、情

五畫

不自禁。

猜一猜「林中有鳥四時飛，二月桃花滿樹枝，小心梅花爭春草，一見告示都不許。」這個謎語的謎底由前三句的頭一字組成，最後一句是表達這個字的涵義。（猜一字）（答案：禁）

禁止 ㄐㄧㄣˋ ㄓˇ 制止，不許可。例廠房重地，禁止吸菸。

禁忌 ㄐㄧㄣˋ ㄐㄧˋ ❶禁止談論的話或行動。例舊時各地的許多禁忌大多和迷信有關。❷使用醫藥時應避免的事物。

禁足 ㄐㄧㄣˋ ㄗㄨˊ 禁止外出。例他在軍隊中因為表現不好而受到禁足的處罰。

禁區 ㄐㄧㄣˋ ㄑㄩ ❶禁止一般人進入的地區。例軍事禁區不能任意拍照。❷某些動植物在科學上或經濟上有特殊價值，受到特別保護的地區。例這裡是水鳥生態保護的禁區。

禁不住 ㄐㄧㄣ ㄅㄨˊ ㄓㄨˋ ❶承受不住。例你怎麼這樣禁不住批評。❷忍不住，不由得。例她禁不住笑出聲來。

禁得起 ㄐㄧㄣ ·ㄉㄜ ㄑㄧˇ 承受得住。例青年人要禁得起艱苦環境的考驗。

禎

示部 九畫

禎禎禎

、ㄋ礻礻 … 禎

ㄓㄣ 吉祥：例禎祥。

禎祥 ㄓㄣ ㄒㄧㄤˊ 祥瑞的預兆。

福

示部 九畫

福福福

、ㄋ礻礻 … 福

ㄈㄨˊ ❶吉祥的事：例享福。❷幸運的：例福星。❸姓：例福先生。

參考 相似字：祥。♣相反字：禍。

古人說「福無雙至，禍不單行。」這句話是說：通常人遇到的好事不多，壞事卻常接二連三。例出門差點兒被車撞，走在路上又跌一跤，真是「福無雙至，禍不單行」！

福利 ㄈㄨˊ ㄌㄧˋ ❶幸福和利益，指對生活方面的照顧。例這家工廠很重視員工的福利。❷營利事業用盈餘分給員工。

參考 活用詞：福利金、福利社。

福音 ㄈㄨˊ ㄧㄣ ❶好消息。例對他來說，升官是個福音。❷基督徒把耶穌和他的教徒所說的教義稱為福音。

福星 ㄈㄨˊ ㄒㄧㄥ 形容能給大家帶來幸福、好運的人。例他一來參加比賽，球隊就贏了，真是個福星。

福氣 ㄈㄨˊ ㄑㄧˋ 幸福和好運氣。例這個老人子孫滿堂，真是好福氣。

參考 相似詞：福分。♣相反詞：薄福、無福。

古人說「人在福中不知福。」這句話是說：對於眼前所得到的仍然感到不滿意、不知足。例住在家裡這麼舒服，你還吵著要搬出去住，真是「人在福中不知福」。

笑一笑 有一年的冬天，英國名作家蕭伯納訪問上海，迎接他的是幽默大師林語堂。林語堂說：「這裡許多天來一直是大風大雪，您真好福氣，一到上海就看見太陽。」蕭伯納說：「是太陽有福氣吧，能在上海見到我！」

俏皮話「牛吃稻草鴨吃穀——各人福氣不同。」牛辛辛苦苦的耕田，吃的東西是稻草，可是鴨子卻在田裡拾取穀子，這是非常不公平的；但這卻是「各人福氣不同」，也不能怨誰！

福如東海 ㄈㄨˊ ㄖㄨˊ ㄉㄨㄥ ㄏㄞˇ 比喻人的福氣像東海一樣廣大而無止境。是祝賀別人生日的吉祥話。

參考 相似詞：壽比南山。

猜一猜 一片衣衫一口田，女子說話口相連，十人走在田中過，三人同跪母面前。（猜一句成語）（答案：福如東海）

禍

示部 九畫

禍禍禍

、ㄋ礻礻 … 禍

ㄏㄨㄛˋ ❶不幸的、不如意的事：例車禍、大禍臨頭。❷損害：例禍國殃民。

參考 相似字：災。♣相反字：福。

古人說「閉門家中坐，禍從天上來。」這

句話是說：無緣無故，突然遇到不幸的事情。例連躺在床上都會被屋頂壓到，真是「閉門家中坐，禍從天上來」。

禍水 ㄏㄨㄛˋ ㄕㄨㄟˇ ❶害人的東西。❷指迷惑男人，敗壞大事的女人。

禍首 ㄏㄨㄛˋ ㄕㄡˇ 造成災害的主要人或事物。例沒有熄滅的煙蒂是這次火災的禍首。

禍根 ㄏㄨㄛˋ ㄍㄣ 引起災禍的根源。例他在床上抽煙，是引起這次火災的禍根。

禍害 ㄏㄨㄛˋ ㄏㄞˋ ❶指一切災害。例黃河常常氾濫成災，帶來極大的禍害。❷指引起災害的人、事、物。例他整天為非作歹，真是個禍害。

參考 相似詞：禍患。

禍不單行 ㄏㄨㄛˋ ㄅㄨˋ ㄉㄢ ㄒㄧㄥˊ 災害不只發生一次；比喻不幸的事情接二連三的到來。例他才從醫院打針回來，路上又被車子撞到，真是禍不單行啊！

俏皮話 「屋漏偏逢連夜雨——禍不單行。」小朋友，你知道「屋漏偏逢連夜雨」的意思嗎？就是說屋子漏水，偏偏又下了一整夜的雨；比喻不如意的事接二連三的發生。

禍國殃民 ㄏㄨㄛˋ ㄍㄨㄛˊ ㄧㄤ ㄇㄧㄣˊ 損害國家，危害人民。比喻政權的殘暴無理，使國家和人民都受到災禍。殃：殘害的意思。例禍國殃民的暴政，遲早會被推翻。

禍從口出 ㄏㄨㄛˋ ㄘㄨㄥˊ ㄎㄡˇ ㄔㄨ 比喻說話不小心，會惹出麻煩。例我們講話不要口無遮攔，否則容易禍從口出。

猜一猜 言多必失。（猜一句成語）（答案：禍從口出）

禦 示部 十一畫

ㄩˋ 抵擋：例防禦、禦寒、禦敵。

禦侮 ㄩˋ ㄨˇ 抵抗外來的侵略。

禧 示部 十二畫

ㄒㄧ 福，吉祥，喜慶：例年禧、恭賀新禧。

參考 相似字：福。

禪 示部 十二畫

ㄔㄢˊ ❶佛教上是指靜坐：例坐禪。❷指佛教的一切事物：例禪房、禪理。

ㄕㄢˋ 古時天子讓位：例禪讓。

笑一笑 四個學禪的年輕人，互相約定打坐一天不說一句話。到了晚上，桌上的油燈熄滅了，一個人忍不住說：「再添些燈油！」第二個人責備他：「我們應該一言不發呀！」第三個人：「你們兩個人怎麼說起話來呢？」第四個人很得意的說：「只有我沒有開口說話！」

禪宗 ㄔㄢˊ ㄗㄨㄥ 佛教的一個派別，以靜坐默念為修行的方法。相傳是南朝梁代年間，由印度和尚菩提達摩傳入我國，唐宋時是最盛行的時代。

小百科 傳說釋迦牟尼在靈山法會上，曾經順手拿了一朵花展示給眾人看，只有他的大弟子摩訶迦葉了解其中的意思，展露了笑容。於是釋迦牟尼就把佛法傳給他，摩訶迦葉就成為禪宗的始祖。

禪讓 ㄕㄢˋ ㄖㄤˋ 天子讓位給賢能的人。

小百科 傳說我國古代帝王，堯讓位給舜、舜讓位給禹。只傳給賢能的人，不傳給自己的兒子，就叫做禪讓。

禮 示部 十三畫

ㄌㄧˇ ❶生活中由於風俗習慣而變成大家共同遵守的儀式：例婚禮。❷表示尊敬的言語或動作：例禮節。❸送人物品：例獻禮。

俏皮話 「千里送鵝毛——禮輕情意重。」小朋友，你知道「千里送鵝毛」的含意嗎？千里是形容路途很遙遠，從遠地送來不貴重的鵝毛，禮物雖小，但是情意卻很珍貴。例如：舅舅從南部送來一簍水果，那就是禮輕情意重了！

禮成 儀式結束。例開幕典禮禮成之後，一切活動正式開始。

禮服 在莊重的場合或舉行儀式時所穿的服裝。例他穿著禮服參加婚禮。

禮物 送人家的禮品，用來表達友誼和敬意。例我們合買了一份禮物送他。

禮俗 婚、喪、喜慶，或一般交往時，大家所共同遵守的禮節。

禮拜 ❶宗教教徒向所信奉的神行禮。例基督徒每個星期天都要上教堂去做禮拜。❷表示星期。例開學已經三個禮拜了。❸表示一星期中的某一天。例今天是禮拜三。

禮堂 提供開會或舉行典禮用的大廳。例我們在禮堂舉行畢業典禮。

禮遇 比較好的，有禮貌的待遇。例他受到隆重的禮遇。

禮節 合於禮的行為模式。例中國是講求禮節和孝道的民族。

禮貌 用恭敬的態度、言行對待人。例人人都說他是有禮貌的好孩子。

禮儀 禮節和儀式。例我們要注意日常生活中的禮儀。

禮讓 客氣的相讓。例開車時相互禮讓，交通會更暢通。

禮尚往來 禮節上講求有來有往。例中國人很重視禮尚往來的習俗。

笑一笑 馬克吐溫是美國的名作家。一天，他向鄰居借一套書，鄰居說：「我的書一向是不外借的，但是歡迎你到我的圖書室來閱讀。」隔了一陣子，鄰居來向馬克吐溫借割草機。馬克吐溫說：「我很願意借你，不過，我一向不許它離開我的草地，請你到我的草地上來使用吧！」

禮義廉恥 做人做事的標準。禮：禮節。義：正義。廉：廉潔。恥：知恥。例禮義廉恥是我們的共同校訓。

禮義之邦 守禮節重道義的國家。例中國向來都有禮義之邦的美稱。

禱 示部 十四畫

ㄉㄠˇ ❶祈求：例祈禱。❷盼望：例至禱。

參考 相似字：祝、拜、祭、祀。

禱告 向鬼神、祖先、上帝求取保祐。

内部

「内」是獸腳踩地的意思，「[illegible]」是内最早的寫法，「[illegible]」就像野獸留下的腳印，「九」（九）是這個字的聲符（類似現在的注音符號）。内部的字大部分和動物都有關係，例如：禽（鳥類的總稱）、禹（一種蟲類）。

禹 内部 四畫

ㄩˇ 夏朝第一個君王，鯀（ㄍㄨㄣˇ）的兒子。因為治水有功，舜讓位給他。他死後，兒子啟即位，開始了世襲（ㄒㄧˊ）的制度。

猜一猜 千頭萬尾一條蟲。（猜一字）（答案：禹）

萬 内部 八畫

ㄨㄢˋ ❶數目名，千的十倍：例一萬兩銀子。❷比喻很多：例萬物、千山萬水。❸極，很，絕對：例萬全、萬不可說。❹姓：例萬先生。

猜一猜 長生不老。（猜一種植物）（答案：萬年青）

萬一 ❶萬分之一，表示極小的一部分。例筆墨不能形容其萬一。❷指可能性極小的意外變化。例多帶幾件衣服，以防萬一。❸或者；表示可能性極小的假設。例萬一下雨的話，我就不去了。

萬千 ㄨㄢˋ ㄑㄧㄢ ❶形容數量多。例萬千的科學家從事這項偉大的計畫。❷形容事物所表現的方面多。例外面的世界變化萬千。

萬丈 ㄨㄢˋ ㄓㄤˋ 形容很高或很深。例萬丈高樓平地起。

參考 活用詞：萬丈光芒、萬丈高樓、萬丈深淵。

萬分 ㄨㄢˋ ㄈㄣ 極端、非常。例我對你感到萬分的抱歉。

萬全 ㄨㄢˋ ㄑㄩㄢˊ 非常周密安全，沒有任何遺漏。例我們已經有了萬全的計畫。

萬幸 ㄨㄢˋ ㄒㄧㄥˋ 非常幸運。例損失錢物是小事，人沒有受傷，總算萬幸。

萬狀 ㄨㄢˋ ㄓㄨㄤˋ 很多種樣子。例他的特技表演真是危險萬狀。

萬物 ㄨㄢˋ ㄨˋ 指宇宙間的一切事物。

萬能 ㄨㄢˋ ㄋㄥˊ 指有多種用途或技能。例人類有一雙萬能的手。

萬般 ㄨㄢˋ ㄅㄢ ❶各種各樣。例萬般皆下品，唯有讀書高。❷極端，非常。例他顯得萬般無奈。

萬眾 ㄨㄢˋ ㄓㄨㄥˋ 大眾。例雙十國慶，普天同慶，萬眾歡騰。

萬象 ㄨㄢˋ ㄒㄧㄤˋ 宇宙間的一切景象。例節目的內容包羅萬象。

萬貫 ㄨㄢˋ ㄍㄨㄢˋ 一萬貫銅錢；形容錢財多。例萬貫家財不如一技在身。

萬歲 ㄨㄢˋ ㄙㄨㄟˋ ❶一萬年。❷慶祝長久的話。例中華民國萬歲。❸從前對皇帝的尊稱。

參考 請注意：「萬歲」這個詞在封建時代是對皇帝的稱呼。其實這個詞本來只是表示內心的喜悅，或表示喜慶的歡呼語。在秦漢以前，歡呼「萬歲」是普通的事，秦漢以後，官員拜見皇帝，常常呼喊「萬歲」，成為一種禮節，以後逐漸變成皇帝的代稱了。然而，那時「萬歲」還沒有成為皇帝的專稱，對別人歡呼「萬歲」還不算犯法，一直到了宋朝，除非皇帝，誰要是受了「萬歲」的稱呼，就犯了重罪，甚至要被殺頭。現在，我們歡呼「萬歲」，是表示千秋萬代，永遠長存的意思，是祝福的歡呼語。

萬萬 ㄨㄢˋ ㄨㄢˋ ❶表示數量大。例來自各地千千萬萬的人熱烈參與這項活動。❷絕對，無論如何。例萬萬不可掉以輕心。

萬端 ㄨㄢˋ ㄉㄨㄢ 極多而紛繁。例萬端思緒，不知從何理起？例變化萬端的天氣，令人難以捉摸。

萬難 ㄨㄢˋ ㄋㄢˊ ❶非常難。例你的話我萬難照辦。❷各種各樣的困難。例他排除萬難，終於實現了理想。

萬人空巷 ㄨㄢˋ ㄖㄣˊ ㄎㄨㄥ ㄒㄧㄤˋ 家家戶戶的人都蜂擁到街道，造成巷子空蕩蕩。多用來形容慶祝、歡迎等盛況。例這個慶典，萬人空巷，場面十分熱鬧。

古人說 「理字沒多重，萬人抬不動。」這句話是說：只要依理來做事，反對的人再多也沒有用。例他一臉正氣的說：「理字沒多重，萬人抬不動。」使那些想要再辯論的人都閉了嘴。

萬丈光芒 ㄨㄢˋ ㄓㄤˋ ㄍㄨㄤ ㄇㄤˊ 光線放射得極高；形容光輝照耀，影響深遠。

萬水千山 ㄨㄢˋ ㄕㄨㄟˇ ㄑㄧㄢ ㄕㄢ 形容長途跋涉中經歷很多困難。

萬古流芳 ㄨㄢˋ ㄍㄨˇ ㄌㄧㄡˊ ㄈㄤ 比喻美好的名聲永遠流傳下來。例他的事蹟將萬古流芳。

參考 相似詞：萬世流芳。♣相反詞：遺臭萬年。

萬里晴空 ㄨㄢˋ ㄌㄧˇ ㄑㄧㄥˊ ㄎㄨㄥ 形容天氣晴朗。例今天是萬里晴空的好天氣。

參考 相似詞：萬里無雲。

萬里長城 ㄨㄢˋ ㄌㄧˇ ㄔㄤˊ ㄔㄥˊ 城牆名。戰國時燕、趙、秦為保衛疆土，各築長城於北邊以防胡人，到秦始皇時才連成一起，以抵禦匈奴。

萬劫不復 ㄨㄢˋ ㄐㄧㄝˊ ㄅㄨˋ ㄈㄨˋ 永遠不能恢復。佛教稱世界從生到毀滅叫「一劫」，萬劫就有永遠的意思。例你再走錯一步就會萬劫不復了。

萬物之靈 ㄨㄢˋ ㄨˋ ㄓ ㄌㄧㄥˊ 指人類。例人類是萬物之靈。

萬念俱灰（ㄨㄢˋ ㄋㄧㄢˋ ㄐㄩˋ ㄏㄨㄟ）比喻消極到極點，一切意念都已化成灰燼，完全沒有希望了。例接二連三的失敗使得他萬念俱灰。

萬家燈火（ㄨㄢˋ ㄐㄧㄚ ㄉㄥ ㄏㄨㄛˇ）❶指夜晚的降臨。❷形容城市入夜景象的繁華。例夜幕低垂，萬家燈火將夜色點綴得特別美麗。

萬馬奔騰（ㄨㄢˋ ㄇㄚˇ ㄅㄣ ㄊㄥˊ）很多的馬在奔馳跳躍；形容聲勢浩大或場面熱烈。例從懸崖飛瀉下來的瀑布，其氣勢有如萬馬奔騰，非常壯觀。

萬眾一心（ㄨㄢˋ ㄓㄨㄥˋ ㄧ ㄒㄧㄣ）千萬人一條心；形容團結一致。例只要我們萬眾一心，困難一定可以解決。

萬紫千紅（ㄨㄢˋ ㄗˇ ㄑㄧㄢ ㄏㄨㄥˊ）形容百花盛開的美景。例萬紫千紅總是春。

猜一猜 百花齊放。（猜一句成語）（答案：萬紫千紅）

動動腦 「春天一到，大地一片萬紫千紅」，小朋友，除了「紅男綠女」、「萬紫千紅」，你還能想出其他含有「顏色」的成語嗎？趕快，越多越好！（答案：白紙黑字、青黃不接、青出於藍、信口雌黃、胸無點墨、飛黃騰達、不分青紅皂白、烏合之眾……）

萬象更新（ㄨㄢˋ ㄒㄧㄤˋ ㄍㄥ ㄒㄧㄣ）一切事物都改變樣子，出現了一番新氣象。更：改換。例春回大地，萬象更新。

萬無一失（ㄨㄢˋ ㄨˊ ㄧ ㄕ）絕對不會出差錯。例孔明的神機妙算，萬無一失。

猜一猜 九千九百九十九。（猜一句成語）（答案：萬無一失）

笑一笑 羅傑斯是美國馬拉松長跑冠軍。有人問他：「你怎麼會跑起馬拉松來的？」他說：「是這樣子的：有一天我的摩托車被偷了，我就買腳踏車代步。後來我的腳踏車又被偷了，所以，我決定每天跑三、四公里上班，這樣一來，就萬無一失了！」

萬壑爭流（ㄨㄢˋ ㄏㄨㄛˋ ㄓㄥ ㄌㄧㄡˊ）指山澗中的瀑布，紛紛向下急流。壑：山谷。

萬籟無聲（ㄨㄢˋ ㄌㄞˋ ㄨˊ ㄕㄥ）形容非常寂靜的夜景。萬籟：各種聲響。例夜深了，大地萬籟無聲，使我想起了從前。

參考 相似詞：夜闌人靜、萬籟俱寂。♣請注意：「萬籟無聲」和「鴉雀無聲」用法不同：「萬籟無聲」是形容自然環境的靜寂；「鴉雀無聲」是形容人們或人群聚集、活動場所的安靜。

禽

内部　八畫

ノ 人 人 亽 今 今 侌 侌 侌 禽 禽 禽 禽

ㄑㄧㄣˊ ❶鳥類的總稱。例飛禽走獸。❷姓：例禽先生。

參考 請注意：在野外「禽」和「獸」相對，例如：「飛禽走獸」；在家裡飼養「禽」和「畜」相對，例如：「家禽家畜」。

禽獸（ㄑㄧㄣˊ ㄕㄡˋ）❶鳥獸的總稱。❷比喻行為卑鄙，沒有人性的人。例他偷搶拐騙，真是連禽獸都不如。

禾部（ㄏㄜˊ）

禾是穀類植物的通稱。「[古字形]」是禾最早的寫法，可以看到穀類植物的根、莖、葉、穗，是個象形字，現在把長圓形的穗子簡化成一斜寫成「禾」。禾部的字和穀類植物都有關係，可以分為兩類：

一、穀類植物的名稱，例如：稻、黍、穗、稗、秧。

二、和穀類植物有關的活動，例如：種、稼、稅（古代用穀物交稅）。

禾

禾部　○畫

一 二 千 千 禾

ㄏㄜˊ ❶穀類植物的總稱。❷姓：例禾先生。

唱詩歌 鋤禾日當午，汗滴禾下土。誰知盤中飧，粒粒皆辛苦。（憫農詩）

註：這首唐詩訴說了農民勤勞及艱辛，告訴人們粒粒糧食來之不易，我們要愛

五畫

惜糧食，不要浪費。

禾苗 ㄏㄜˊ ㄇㄧㄠˊ 穀類作物的幼苗，有時特別指水稻的幼苗。例農夫翻鬆泥土，把禾苗整齊的插在田裡。

私 禾部 二畫

ㄙ ❶個人的：例私事。❷對自己有好處的：例自私。❸財產：例家私。❹不公開的：例私情、私貨。❺祕密的：例私奔。❻姓：例私先生。

參考 相反字：公。

私人 ㄙ ㄖㄣˊ ❶個人的，非公家的。例他的私人企業規模龐大，資金雄厚。❷個人和個人之間的。例我和他的私人關係很友好。

私有 ㄙ ㄧㄡˇ 個人所擁有。例這幢別墅是他的私有財產。

參考 活用詞：私有制、私有財產。

私塾 ㄙ ㄕㄨˊ 古時候私人開設的學堂。塾：小屋。例古人武訓節省金錢是為了開設私塾。

私生活 ㄙ ㄕㄥ ㄏㄨㄛˊ 個人的生活，主要指日常生活中所表現的品德、作風。例他是個嚴肅的人，連私生活都不隨便。

秀 禾部 二畫

ㄒㄧㄡˋ ❶稻麥的果穗：例麥秀、穀秀。❷特別好的：例優秀。❸美麗：例清秀、山明水秀。❹姓：例秀先生。

參考 請注意：「琇」、「銹」、「誘」的右邊都是「秀」，前二字念ㄒㄧㄡˋ，「誘」字念ㄧㄡˋ，讀音不同，意思也不同：「琇」是美玉；「銹」是金屬生銹；而「誘」有勾引的意思，例如：誘惑。

秀才 ㄒㄧㄡˋ ㄘㄞˊ ❶讀書人。例秀才不出門，能知天下事。❷我國古代考試的科目。例秀才科。

笑一笑 傳說古代蘇州有個和尚很有學問，有位秀才不相信，就想假借問字來嘲笑和尚。秀才問和尚：「禿驢的『禿』字怎麼寫？」問話中的「禿驢」是罵和尚沒有頭髮。和尚回答說：「把秀才的『秀』字，屁股稍微轉個彎就是了。」這位秀才想罵和尚，反而被和尚所罵，心裡不高興地走掉了。

俏皮話 ㈠「秀才遇到兵——有理說不清。」秀才就是讀書人，秀才碰到不識字的士兵，當然不能和他談論書上的道理了。下次你遇到一個不講理的人，你就可以說：我真是「秀才遇到兵」了！

㈡「秀才老爺看易經——一本正經。」易經是我國最古老的一本哲學書籍。這句話是比喻做事一絲不苟的樣子。

秀氣 ㄒㄧㄡˋ ㄑㄧˋ 指面貌清秀或器物精巧。例她長得很秀氣，所以人緣很好。

秀麗 ㄒㄧㄡˋ ㄌㄧˋ 清秀美麗。例這一帶的山水秀麗，因此遊客很多。

秀外慧中 ㄒㄧㄡˋ ㄨㄞˋ ㄏㄨㄟˋ ㄓㄨㄥ 形容女孩子外貌美麗，心思靈巧。慧：聰明。中：內心。例她不僅長得漂亮，同時又很聰明，真可以說是秀外慧中。

禿 禾部 二畫

ㄊㄨ ❶沒有頭髮：例禿子。❷物體沒有尖端：例筆尖禿了。❸樹沒有枝葉或山沒有樹木：例禿樹、山是禿的。

古人說 「你不說他禿頭，他不罵你和尚。」禿頭、和尚都是光頭。這句話是說：每個人都有缺點，不要互相指責。

禿筆 ㄊㄨ ㄅㄧˇ 沒有筆尖的毛筆；比喻不高明的寫作能力。例這枝禿筆所寫的文章，能受到你的喜愛，我真是太高興了。

禿驢 ㄊㄨ ㄌㄩˊ 譏笑出家人的話。

五畫

秉 禾部 三畫

ㄅㄧㄥˇ ❶拿著，握著：例秉燭。❷掌握，主持：例秉政。❸古代容量單位，一秉為十六斛。❹按照：例秉公處理。

秉承 ㄅㄧㄥˇ ㄔㄥˊ 一直承續。

秉性 ㄅㄧㄥˇ ㄒㄧㄥˋ 天賦。

科 禾部 四畫

ㄎㄜ ❶類別：例文科、眼科。❷分別辦事的單位：例兵役科。❸按照法律條文處罰：例科以罰金。❹古時候戲劇中的言談叫做「白」，動作、表情叫做「科」。

科目 ㄎㄜ ㄇㄨˋ 按事物的性質劃分類別。例她最喜歡的科目是國語。

科技 ㄎㄜ ㄐㄧˋ 科學技術。例太空科技進步神速，人類征服宇宙的夢想快要實現了。

科學 ㄎㄜ ㄒㄩㄝˊ ❶自然、社會思想等有組織、有系統的知識。例食品科學和我們的生活有密切關係。❷合乎條理、有系統的。例他辦事很有科學精神。

參考 活用詞：科學教育、科學新知、科學精神、科學家。

科班出身 ㄎㄜ ㄅㄢ ㄔㄨ ㄕㄣ 本是指藝人經過正式訓練，現在是指經過專業教育及嚴格訓練。例他可是科班出身，所以身手靈活、動作俐落。

科頭箕踞 ㄎㄜ ㄊㄡˊ ㄐㄧ ㄐㄩˋ 科頭：不戴帽子；箕踞：兩腿分開坐。形容散漫隨便，不拘禮法。

科頭跣足 ㄎㄜ ㄊㄡˊ ㄒㄧㄢˇ ㄗㄨˊ 跣足：光著腳丫。無拘無束的樣子。

秒 禾部 四畫

ㄇㄧㄠˇ ❶穀類種子上所長出的幼毛：例禾秒。❷時間的單位：例一秒。

參考 請注意：「秒」和「杪」都讀ㄇㄧㄠˇ，但用法不同：「杪」有末端、盡頭的意思，例如：木杪、年杪；而「分秒必爭」、「讀秒」的「秒」則是時間的單位，不能弄錯。

秒針 ㄇㄧㄠˇ ㄓㄣ 時鐘或錶上指示秒的長針，六十秒為一分。

秋 禾部 四畫

ㄑㄧㄡ ❶四季之一，也就是稻穀成熟的時候：例秋風、秋高氣爽。❷年歲：例千秋萬世。❸緊急時刻：例存亡之秋。❹姓：例秋小姐。

參考 請注意：遊戲器材的「秋千」也可以寫作「鞦韆」（ㄑㄧㄡ ㄑㄧㄢ）。

猜一猜 一邊是紅，一邊是綠；一邊喜風，一邊喜雨。（猜一字）（答案：秋）

唱詩歌 ㈠白髮三千丈，離愁似箇長①；不知明鏡裡，何處得秋霜②。（秋浦歌・李白）

註：①似箇長：是說像三千丈白髮一樣的長。②秋霜：秋天的霜是白色的，這裡比喻白髮。

㈡小秋千，樹上吊；盪秋千，臥排好。誰膽小，盪不高；誰勇敢，變飛馬。

秋色 ㄑㄧㄡ ㄙㄜˋ 秋天的景色。例秋色宜人，令人忘卻炎熱的暑氣。

秋收 ㄑㄧㄡ ㄕㄡ 秋天收割農作物。例農夫們正忙著秋收。

小百科 古代讀書人看到秋天百花凋謝，落葉紛紛，就聯想到人也會老、會死，因此，就產生悲秋的情緒。其實，我們說春天是播種的季節，夏天是耕耘的季節，秋天是收成的季節，冬天是收藏的季節，也就是「春耕、夏耘、秋收、冬藏」，因此，春夏秋冬都有不同的季節特色，你說是嗎？

秋波 ㄑㄧㄡ ㄅㄛ 比喻美女的眼睛，像秋水一樣清澈明亮。例她頻送秋波，好像對我有意思。

秋風 ㄑㄧㄡ ㄈㄥ ❶秋天的風。例秋風陣陣，吹得落葉輕飄。❷指利用各種理由，向人索取財物，又作「抽豐」。例他最會打秋風，因此大家都很怕看到他上門。

唱詩歌 (一)何處秋風至，蕭蕭①送雁群；朝來入庭樹，孤客最先聞。（秋風引・劉禹錫）

註：①蕭蕭：秋風的聲音。

(二)秋風起，小樹葉，飄呀飄，飄在空中像飛鳥。秋風停，小樹葉，飄呀飄，飄到地上睡大覺。

(三)一陣秋風一陣涼，一場白露一場霜，嚴霜單打獨根草，螞蚱（即蚱蜢）死在草根上。

种

禾部 四畫

丿 二 千 禾 禾 和 和 种

ㄔㄨㄥˊ ❶姓：例种先生。❷讀「ㄓㄨㄥˋ」是「種」的簡寫。

秤

禾部 五畫

丿 二 千 禾 禾 禾 秆 秤 秤 秤

ㄔㄥˋ 測定物體重量的器具，同「稱」：例磅秤。

ㄆㄧㄥˊ 量輕重的器具：例天秤。

猜一猜 一個老漢，肩上挑擔，做事公平，買賣能幹。（猜一種物品）（答案：秤）

秣

禾部 五畫

丿 二 千 禾 禾 禾 秆 秣 秣 秣

ㄇㄛˋ ❶牲口的飼料：例糧秣。❷餵牲口：例秣馬厲兵。

秣馬厲兵 ㄇㄛˋ ㄇㄚˇ ㄌㄧˋ ㄅㄧㄥ 比喻做好一切作戰前的準備，以迎接戰鬥。秣馬：餵飽戰馬。厲兵：磨快武器。

參考 相似詞：秣馬利兵、厲兵秣馬。

秧

禾部 五畫

丿 二 千 禾 禾 和 和 秧 秧 秧

ㄧㄤ ❶植物的幼苗：例樹秧、稻秧。❷栽種：例秧稻。❸出生不久的動物：例豬秧。

參考 請注意：「災殃」的「殃」也讀ㄧㄤ，是災禍的意思，不可和「秧苗」的「秧」混用。

秧苗 ㄧㄤ ㄇㄧㄠˊ 草木初生可以移植的幼苗，通常指水稻幼苗。例農夫正在田裡插秧苗。

秧歌 ㄧㄤ ˙ㄍㄜ 我國北方的一種民間舞蹈，跳舞的人通常拿著扇子或手帕，用鑼鼓伴奏。

秩

禾部 五畫

丿 二 千 禾 禾 和 和 秒 秩 秩

ㄓˋ ❶次序：例秩序。❷十年為一秩：例八秩壽誕。

秩序 ㄓˋ ㄒㄩˋ ❶次序。例請大家依秩序上車。❷守規矩。例班長負責維持班上的秩序。

租

禾部 五畫

丿 二 千 禾 禾 和 和 和 租 租

ㄗㄨ ❶田賦：例租稅。❷出錢借用：例租房子。❸出租收取的金錢或東西：例租金。

租用 ㄗㄨ ㄩㄥˋ 用錢向人借東西來使用。例我們租用了一部汽車，到處旅行。

租金 ㄗㄨ ㄐㄧㄣ 向他人借用東西的代價。例這幢房子每月需要多少租金呢？

租界 ㄗㄨ ㄐㄧㄝˋ 一國在通商都市內劃出一定區域，供締約國的人民居住或經商。例上海在清末是法國的租界。

租期 ㄗㄨ ㄑㄧˊ 租借東西的期限，通常在雙方訂合約時會規定。例租期一到，你就得把東西還我。

租房子 ㄗㄨ ㄈㄤˊ ˙ㄗ 用錢向人借住房子。例他們沒有錢買房屋，因此向人租房子。

五畫

秦

禾部 五畫

ㄑㄧㄣˊ ❶周朝的諸侯國、朝代：例秦朝。❷陝西簡稱。❸姓：例秦小姐。

秦嶺 ㄑㄧㄣˊ ㄌㄧㄥˇ 位於陝西省中部偏南，是長江流域和黃河流域的分水嶺，也是我國地理上南北的分界。

秘

禾部 五畫

ㄇㄧˋ 不公開的，不讓人知道的，同「祕」：例秘密、神秘、秘而不宣。

ㄅㄧˋ 限於「秘魯」（國名）一詞。

秘方 ㄇㄧˋ ㄈㄤ 不公開的藥方。

秘訣 ㄇㄧˋ ㄐㄩㄝˊ 不公開的巧妙辦法。

笑一笑 有一天，美國著名的作家馬克吐溫收到了一封信。信上這樣寫著：「親愛的先生，聽說魚骨中含有大量的磷元素，可以滋補頭腦。我想，你成為大作家的秘訣，一定是吃過很多魚，請你告訴我，你吃的是哪一種魚？吃了多少？我想成為作家，該怎麼辦才好？」馬克吐溫看完信後，搖一搖頭，給他寫了這樣的回信：「親愛的朋友，看來，你得吃一頭鯨魚才成！」馬克吐溫諷刺這個人，不想花功夫、動腦筋，卻想一舉成名，難道作家、科學家都是靠吃魚而成功的嗎？

秘而不宣 ㄇㄧˋ ㄦˊ ㄅㄨˋ ㄒㄩㄢ 守住秘密，不肯宣布。

移

禾部 六畫

ㄧˊ ❶移動：例遷移。❷改變、動搖：例移風易俗、堅定不移。❸姓：例移先生。

猜一猜 木字多一撇，莫把禾字猜。（猜一字）（答案：移）

移動 ㄧˊ ㄉㄨㄥˋ 搬動、改變位置。例請你再向右移動一點點，這樣才能把這座寺廟照進去。

移孝作忠 ㄧˊ ㄒㄧㄠˋ ㄗㄨㄛˋ ㄓㄨㄥ 把孝順父母的心轉換成對國家的忠心。例岳飛報效國家就是移孝作忠的表現。

移花接木 ㄧˊ ㄏㄨㄚ ㄐㄧㄝ ㄇㄨˋ 原是把花木的芽或枝條嫁接在其他植物上，現在比喻暗中使用手段，在事情進行中更換人或事。例王熙鳳用移花接木的辦法，讓賈寶玉娶了薛寶釵。

稅

禾部 七畫

ㄕㄨㄟˋ ❶國家向人民徵收全部收入中的一部分，作為國家的財產：例所得稅。❷姓：例稅先生。

稅捐稽徵處 ㄕㄨㄟˋ ㄐㄩㄢ ㄐㄧ ㄓㄥ ㄔㄨˋ 縣市政府設置徵收稅捐的機關。

稈

禾部 七畫

ㄍㄢˇ 穀類植物的莖：例稻稈。

參考 請注意：「稻稈」的「稈」是禾部，「筆桿」的「桿」是木部，不要寫錯了。

稍

禾部 七畫

ㄕㄠ 略微地：例稍等一下。

參考 請注意：「稍」和「梢」都念ㄕㄠ，不可讀ㄒㄧㄠ，但意思不同：「梢」指事物的末端，例如：樹梢、眉梢。「稍」是略微的意思，例如：稍微、稍等一下。

稍微 ㄕㄠ ㄨㄟ 副詞，表示數量不多或程度不深。例今天稍微有點冷。

參考 相似詞：稍稍、稍許。

程　禾部 七畫

ㄔㄥˊ ❶標準，規範：例章程。❷道路的段落：例路程、送你一程。❸次序：例日程、議程。❹姓：例程先生。

程序 ㄔㄥˊ ㄒㄩˋ 事情進行的先後次序。例開會時要依照程序進行。

程度 ㄔㄥˊ ㄉㄨˋ ❶文化、知識等方面的水平。例他的教育程度比你高。❷事物變化進行的狀況。例天氣雖冷，還不到穿大衣的程度。

稀　禾部 七畫

ㄒㄧ ❶少：例月明星稀。❷不密，很少：例地廣人稀。❸不濃的：例稀飯。❹姓：例稀小姐。

參考 相似字：疏、少、薄。♣相反字：濃、密、稠。

稀少 ㄒㄧ ㄕㄠˇ 不多。例這個地方交通不方便，所以人口稀少。

稀罕 ㄒㄧ ㄏㄢˇ 少有而寶貴的。例這種寶石我見多了，一點也不稀罕。

參考 相似詞：稀奇。

稀奇 ㄒㄧ ㄑㄧˊ 少見而奇怪的。例這顆鑽石很稀奇，所以價錢很高。

參考 相似詞：希奇。

稀疏 ㄒㄧ ㄕㄨ 少而不密。例在這片草地中，只有幾朵花稀疏的點綴著。

稜　禾部 八畫

ㄌㄥˊ ❶立體的兩個面相連接的部分：例桌子稜。❷威嚴的樣子。

稚　禾部 八畫

ㄓˋ ❶幼小：例稚氣。❷知識低淺：例幼稚。❸姓：例稚先生。

參考 相似字：幼。

稚氣 ㄓˋ ㄑㄧˋ ❶孩子氣。❷幼稚淺薄。

稠　禾部 八畫

ㄔㄡˊ ❶濃密：例地廣人稠。❷液體中含某種固體成分很多：例粥很稠。

參考 相似字：濃、密。♣相反字：稀、薄、疏。♣請注意：「綢緞」、「綢繆」的「綢」音ㄔㄡˊ，不能和「稠密」的「稠」互用。

稠密 ㄔㄡˊ ㄇㄧˋ 形容很多、很密集。例臺北市的人口很稠密。

稔　禾部 八畫

ㄖㄣˇ ❶年：例三稔。❷熟悉某人：例素稔。❸穀物成熟：例豐稔。

稟　禾部 八畫

ㄅㄧㄥˇ ❶天賦的資質：例稟賦。❷承受：例稟受。❸下級對上級、晚輩對長輩報告：例稟告。

ㄌㄧㄣˇ 穀倉，通「廩」。

稟告 ㄅㄧㄥˇ ㄍㄠˋ 下級對上級、晚輩對長輩報告。例我們出門前，一定要稟告父母。

參考 相似詞：稟報。

稞　禾部 八畫

ㄎㄜ 青稞，一種耐旱耐寒的麥類，多生長在大陸西北或西南高原，是藏族人民的主要食糧。

稗

丿 二 千 禾 禾 秄 秄 秚 稗 稗 稗 稗 稗

禾部 八畫

ㄅㄞˋ ❶一種和稻米很類似的草本植物：例稗子。❷細小的，瑣碎的，非正統的：例稗官野史。

稗官野史 ㄅㄞˋ ㄍㄨㄢ ㄧㄝˇ ㄕˇ 指小說或沒有歷史根據的雜史傳記。

種

丿 二 千 禾 禾 秆 秆 秳 秳 稍 稍 種 種 種

禾部 九畫

ㄓㄨㄥˇ ❶生物繁殖後代的東西：例種子、配種。❷人的族類：例黃種人、白種人。❸表示類別：例各種顏色、兩種花。

ㄓㄨㄥˋ 栽種：例種菜。

唱詩歌 (一)陽光照，冰雪消，種子一覺醒來了。睜開眼，瞧一瞧，樂得咧嘴咪咪笑。抬抬頭，伸伸腰，迎著春風長高高。

(二)圓圓茄子穿紫袍，胖胖冬瓜披白毛。黃瓜長了一身刺，毛豆腰間掛滿刀。清早公雞一聲叫，小菜園裡好熱鬧。爸爸流汗我流汗，媽媽澆水我拔草。

種子 ㄓㄨㄥˇ ㄗˇ 植物繁殖後代的東西。是由子房的胚珠在受精後發育而成的，包括種皮和胚，有的種子還有胚乳。例這顆種子發芽了。

種田 ㄓㄨㄥˋ ㄊㄧㄢˊ 在田地裡栽植東西。例春天是種田耕作的好季節。

種族 ㄓㄨㄥˇ ㄗㄨˊ 人的種類。例世界上有許多種族。

參考 活用詞：種族問題、種族歧視、種族偏見、種族隔離。

種植 ㄓㄨㄥˋ ㄓˊ 把穀物、花草等種在土裡。例種植樹木，可以使空氣清新。

種種 ㄓㄨㄥˇ ㄓㄨㄥˇ 各種，各樣。例他雖然有種種的小缺點，但是你應該多多包涵，畢竟你們是兄弟啊！

種瓜得瓜種豆得豆 ㄓㄨㄥˋ ㄍㄨㄚ ㄉㄜˊ ㄍㄨㄚ ㄓㄨㄥˋ ㄉㄡˋ ㄉㄜˊ ㄉㄡˋ 比喻做了什麼樣的事情，就會有什麼樣的結果。例「種瓜得瓜，種豆得豆」，你今天能有這樣的成就，全是平日的努力。

唱詩歌 小豆豆，愛吃豆，跟著爸媽去種豆。爸爸種的抽新葉，媽媽種的綠油油。豆豆種的不發芽，刨出來看一看——唉！原來是三顆炒黃豆！

稱

丿 二 千 禾 禾 秆 秆 秤 秤 稍 稍 稱 稱 稱

禾部 九畫

ㄔㄥ ❶名號：例通稱、簡稱、美稱。❷用秤量輕重：例稱一稱。❸叫做：例稱兄道弟。❹自居：例稱王。

ㄔㄥˋ ❶量輕重的工具，通「秤」：例磅稱。❷適合，相當：例相稱、稱願、稱心。

參考 請注意：「稱」有二種讀音：讀ㄔㄥˋ時，和「秤」同義，適合的意思，例如：稱心如意；而稱讚、名稱的「稱」字要念ㄔㄥ。

小百科 世界上有許多國家有自己的美稱。例如：鐘錶之國——瑞士；千湖之國——芬蘭；千島之國——印度尼西亞；蝴蝶之國——巴拿馬；美食天堂之國——義大利；赤道之國——厄瓜多爾；白象之國——泰國；長壽之國——日本；楓葉之國——加拿大；櫻花之國——日本；蘭花之國——委內瑞拉；玫瑰之國——保加利亞；鑽石之國——南非；花園之國——新加坡；咖啡之國——巴西；仙人掌之國——墨西哥。

笑一笑 張先生常鼓勵孩子查字典和百科全書尋找資料。有一天，七歲的小明衝進屋裡翻開百科全書開始閱讀。張先生問小明在查什麼？小明：「我和隔壁的小莉在玩，我是乾隆皇帝，她是皇后，但是我不知道應該怎麼稱呼她！」

俏皮話 「老鼠掉在天平上——自己稱稱自己。」天平是可以稱重量的東西，老鼠掉在天平上，當然能知道自己有多重了！這是告訴我們要先衡量自己的能力，不要自不量力。

唱詩歌 見長輩，會稱呼，行禮問好要記住。媽媽的姐妹我叫姨，爸爸的姐妹我叫姑。媽媽的哥哥我叫舅，爸爸的弟弟我叫叔。媽媽的媽媽叫外婆，爸爸的媽媽叫祖母，媽媽的爸爸叫外公，爸爸的爸爸叫祖父。尊敬長輩有禮貌，稱呼我都記得熟。

稱心 ㄔㄣˋ ㄒㄧㄣ 滿意，和期望的一樣。例到風景秀麗的地方渡假，真令人稱心愉快。

稱呼 ㄔㄥ ㄏㄨ 叫，叫做；含尊敬的意思。例不曉得要怎麼稱呼您？

稱頌 ㄔㄥ ㄙㄨㄥˋ 被別人讚美，而且流傳很久。例大禹治水的功蹟至今仍被人們稱頌。

稱謂 ㄔㄥ ㄨㄟˋ 人們由於親屬關係或其他的關係所得的稱呼。例在稱謂上來說，你應該叫她一聲阿姨。

稱霸 ㄔㄥ ㄅㄚˋ 用武力壓倒他人，而成為領導人。例齊桓公任用管仲，而稱霸中原。

稱讚 ㄔㄥ ㄗㄢˋ 用言語讚美別人。例他品學兼優，深受師長稱讚。

參考 相似詞：稱許、稱道、稱揚。

穀

禾部 十畫

ㄍㄨˇ ❶農作物的總稱：例五穀。❷稻類的種子：例稻穀。❸好，善：例穀旦。❹姓：例穀先生。

參考 請注意：穀和稻、米不同，稻的種子為穀，穀去皮為米。穀的左邊是禾部，禾的上面還有一橫，千萬不能省略。

穀子 ㄍㄨˇ ˙ㄗ 還沒脫去外皮的稻子的果實。

稿

禾部 十畫

ㄍㄠˇ ❶乾的稻草。❷文章或圖畫的草底：例底稿、草稿。

參考 請注意：「槁」、「搞」都讀ㄍㄠˇ，但意思不同：「槁」有枯乾的意思，例如：枯木槁灰、槁死；「搞」則是做、弄的意思，例如：搞亂、搞電影。

稿子 ㄍㄠˇ ˙ㄗ 尚未完成成品的文章或繪畫。例這篇稿子是誰的？

稿件 ㄍㄠˇ ㄐㄧㄢˋ 出版社或報社稱作者交來的作品。例他正在處理這些稿件。

稿紙 ㄍㄠˇ ㄓˇ 供寫文章的紙。

稼

禾部 十畫

ㄐㄧㄚˋ ❶種植：例耕稼。❷穀物：例莊稼。

稷

禾部 十畫

ㄐㄧˋ ❶古代的一種穀物。❷古人把稷奉為穀神，還用「社稷」來稱國家，所以「社稷」就成為國家的代稱。

稻

禾部 十畫

ㄉㄠˋ 一年生的禾本植物，是重要的糧食作物。種在水田中的稱水稻，種在旱地的稱旱稻。

古人說 「有爹有娘金和寶，無爹無娘亂稻草。」這句話是說：有父母照顧的孩子，幸福平安，就像一塊寶物；沒有父母的孩子，孤苦可憐像一堆凌亂的稻草。

稻子 ㄉㄠˋ ˙ㄗ 指稻。

稻米 ㄉㄠˋ ㄇㄧˇ 稻穀去殼之後可以吃的部分。

稻秧 ㄉㄠˋ ㄧㄤ 尚未移植的禾苗。

稻穀 ㄉㄠˋ ㄍㄨˇ 稻的種子。例從前秋收後，家家戶戶都利用庭院晒稻穀。

稻穗 ㄉㄠˋ ㄙㄨㄟˋ 稻禾開花結實，密集成一串一串，就像垂下來的穗子。例秋天一到，金黃色的稻穗，迎風搖曳。

稻草人 ㄉㄠˋ ㄘㄠˇ ㄖㄣˊ 用稻草做成人形，放在田裡可以防止麻雀等啄食稻穀。

稽

禾部 十畫

五畫

ㄐㄧ ❶查考，查核：例稽查、有案可稽、無稽之談。❷計較，爭論：例反脣相稽。❸停留，拖延：例稽留。❹姓：例稽先生。

ㄑㄧˇ 稽首，就是磕頭。

稽查 ㄐㄧ ㄔㄚˊ ❶考查，也寫作「稽察」。❷機關裡負責考查工作情形、成果或進度的人員。

參考 活用詞：稽查人員、稽查機關。

稽核 ㄐㄧ ㄏㄜˊ 查對計算。多指金錢帳目方面的。

積

禾部 十一畫

ㄐㄧ ❶聚集：例積少成多。❷兩數或多數相乘的總數：例乘積。❸長久的：例積弊。

參考 請注意：「積」、「績」、「蹟」的用法：「積」有長久聚集的意思，例如：累積、積水。「績」本來的意思是整理麻絲，使麻絲整齊，引申有成效、功勞的意思，例如：成績、績效。「蹟」是足跡，同「跡」、「迹」，有留傳下來的意思，例如：古蹟、功蹟。

積水 ㄐㄧ ㄕㄨㄟˇ 水聚集在一起。例這一場颱風，使得北部地區嚴重積水。

積木 ㄐㄧ ㄇㄨˋ 兒童玩具的一種，用木料或塑膠製成，可以拼出各種圖形，能啟發兒童的創造力和想像力。

猜一猜 有的短，有的長，有的三角有的方，能架大橋能造房。（猜一種玩具）（答案：積木）

積存 ㄐㄧ ㄘㄨㄣˊ 由少累積到多。例他積存了一些錢，以備不時之需。

積雪 ㄐㄧ ㄒㄩㄝˇ 因為天氣冷，堆積很久沒有融化的雪。例這幾天，紐約的天氣很冷，積雪很深。

積極 ㄐㄧ ㄐㄧˊ 對事物充滿希望，勇往直前，努力求進步。例他對這件事很積極，一直全力去做。

參考 相反詞：消極。

積數 ㄐㄧ ㄕㄨˋ 兩個或很多個數相乘的結果。例三乘五的積數是十五。

積蓄 ㄐㄧ ㄒㄩˋ 儲存錢或其他東西。例他非常節儉，因此積蓄了一大筆錢。

積滿 ㄐㄧ ㄇㄢˇ 漸漸的堆聚而多了起來。例剛才下了一陣大雨，院子裡積滿了水。

積少成多 ㄐㄧ ㄕㄠˇ ㄔㄥˊ ㄉㄨㄛ 一點一滴累積，就會愈來愈多。例他省吃儉用，積少成多，竟也買了一部轎車。

猜一猜 零存整取。（猜一句成語）（答案：積少成多）

積習難改 ㄐㄧ ㄒㄧˊ ㄋㄢˊ ㄍㄞˇ 長時間養成的習慣，很難改正；多半指壞習慣。例那個小偷出獄後又犯案，真是積習難改！

穎

禾部 十一畫

ㄧㄥˇ ❶稻麥等禾本科植物帶刺的外殼。❷錐尖：例脫穎而出。❸聰明：例穎悟。

穎悟 ㄧㄥˇ ㄨˋ 聰明過人。例她自小穎悟，又很用功，今天才有這樣的成就。

參考 相似詞：聰穎、穎慧。

穆

禾部 十一畫

ㄇㄨˋ ❶恭敬：例肅穆。❷姓：例穆桂英。

穌

禾部 十一畫

ㄙㄨ ❶從昏迷中醒過來，通「甦」、「蘇」：例復穌。❷基督教的神名：例耶穌。

穗

禾部 十二畫

ㄙㄨㄟˋ ❶穀類植物聚集成串的花或果實：例稻穗。❷用絲線或布結成下垂的裝飾品，通「繐」：例穗子、帽穗。

穢

禾部 十三畫

ㄏㄨㄟˋ ❶田裡的雜草：例荒穢。❷不乾淨：例汙穢。❸邪惡的：例穢俗、穢行。

五畫

參考 相似字：汙、髒。

穢物 ㄏㄨㄟˋ ㄨˋ 人或動物所排出的髒東西。例他正在清理小狗的穢物。

穡

禾部 十三畫

ㄙㄜˋ 收割農作物：例稼穡。

穫

禾部 十四畫

ㄏㄨㄛˋ ❶農作物一年中收成的次數：例一年兩穫。❷收割農作物：例收穫。

參考 請注意：「穫」和「獲」的分別，見「獲」字的說明。

穩

禾部 十四畫

ㄨㄣˇ ❶安妥：例穩定。❷可靠：例十拿九穩。❸一定：例他穩贏了！

參考 請注意：阜部的「隱」（ㄧㄣˇ）指被「山」（阝）擋住，所以看不見，例如：隱藏。禾部的「穩」（ㄨㄣˇ）指有「稻米」（禾）可吃，生活安定，例如：安穩。

古人說 「前腳踏穩，後腳才跨。」這句話是說：做事要有計畫，一步一步來，不能心急。例你最好先調查市場需要，再做投資。「前腳站穩，後腳才跨」，這樣才會成功。

穩定 ㄨㄣˇ ㄉㄧㄥˋ 沒有變動。例他的收入穩定，生活美滿。

參考 活用詞：穩定人心、穩定物價、穩定情緒、穩定局面。

穩重 ㄨㄣˇ ㄓㄨㄥˋ 指言行沉著而有分寸。例他的言行穩重，大家都信任他。

參考 相反詞：輕浮。♣請注意：「穩重」和「莊嚴」、「莊重」有些不同：「莊嚴」重在壯美威嚴，可用來形容人、事、物；「莊重」是指人不隨便、不輕浮，「莊重」和「穩重」都只能形容人。

穴部 ㄒㄩㄝˋ

「內」像山洞中央隆起，兩邊傾斜，呈半圓形的樣子。造字的人還把出口很清楚的畫出來，是個象形字。上古時代人們大部分住在山洞、樹木上，穴就是山洞，穴部的字和洞穴都有關係，例如：窪（小水坑）、窖（孔）、窟窿（小洞），還有些是與洞穴有關的行為，例如：穿（打通洞穴）、窺（從小孔偷看）、竄（躲藏在洞穴中）。

穴

穴部 ○畫

ㄒㄩㄝˋ ❶岩洞，地洞：例穴居。❷洞，窩巢：例蟻穴、虎穴。❸墓坑：例墓穴。❹孔，窟窿：例空穴來風。❺人體經脈要害的地方：例穴道、太陽穴。

參考 相似字：洞、巢。

究

穴部 二畫

ㄐㄧㄡˋ ❶仔細的推求：例探究。❷追查：例追究。❸表示結果：例究竟。

參考 相似字：盡、竟。♣請注意：「究」與「宄」（ㄍㄨㄟˇ）不同，「宄」表示奸詐邪惡的意思，例如：姦宄。

究竟 ㄐㄧㄡˋ ㄐㄧㄥˋ ❶結果。例大家都想知道究竟。❷到底；用在問別人的句子中，表示追究。例你究竟答不答應這件事？

究辦 ㄐㄧㄡˋ ㄅㄢˋ 追查事實的真相，用法律來處罰。例法律之前，人人平等，任何人犯了罪都要依法究辦。

空 穴部 三畫

ㄎㄨㄥ ❶虛的，裡面沒有東西或沒有內容：例空箱子。❷天：例晴空。❸白白的：例空歡喜。❹不切實際的：例空想。❺一種運動項目：例空手道。❻姓：例空先生。

ㄎㄨㄥˋ ❶不用做事，多餘的時間：例空閒。❷沒有被利用的：例空地。❸侵占公家的錢：例虧空。❹騰出來，留出空間：例空一行。

參考 相似字：虛、閒。

猜一猜 工人在穴洞下。（猜一字）（答案：空）

空中 ㄎㄨㄥ ㄓㄨㄥ 天空中。例鳥兒在空中自由自在地飛翔。

參考 活用詞：空中飛人、空中纜車、空中教學、空中樓閣、空中花園。

空白 ㄎㄨㄥˋ ㄅㄞˊ 空著沒有填滿或沒有被利用的部分。例版面上還有塊空白，可以再補一篇短文。

空地 ㄎㄨㄥˋ ㄉㄧˋ 還沒有被利用的土地。例他利用空地種了許多花木。

空洞 ㄎㄨㄥ ㄉㄨㄥˋ 沒有內容或內容不充實。例他的文章內容空洞，有待充實。

參考 相反詞：充實。

空氣 ㄎㄨㄥ ㄑㄧˋ ❶散布在地球周圍的氣體。❷比喻謠言。例他已放出空氣說他要出國了。❸氣氛、環境的情形。例爸媽吵架了，家裡的空氣很壞。

猜一猜 看不見，摸不著，不香不臭沒味道，說它寶貴到處有，動物植物離不了。（答案：空氣）

空閒 ㄎㄨㄥˋ ㄒㄧㄢˊ 不用做事，空著的時間。例等我空閒下來，再和你繼續聊。

空想 ㄎㄨㄥ ㄒㄧㄤˇ 空洞而不切實際的想法。例他每天只是空想，所以到現在還是一事無成。

空隙 ㄎㄨㄥˋ ㄒㄧˋ ❶中間空著的部分。隙：小縫（ㄈㄥˋ）。例農作物種植的行間要有一定的空隙。❷中間休息的時間。例她利用空隙小睡片刻。

空城計 ㄎㄨㄥ ㄔㄥˊ ㄐㄧˋ ❶是小說「三國演義」中的故事，說諸葛亮駐留西城，城裡只有一些老弱殘兵，這時魏國大將司馬懿（ㄧˋ）帶兵前來攻城，諸葛亮故意把城門打開，司馬懿疑心有詐，怕中計，因而退走了。後來「空城計」指掩飾內部空虛，騙過對方的策略。❷戲稱空著肚子、飢腸轆轆的，叫做「唱空城計」。

空中樓閣 ㄎㄨㄥ ㄓㄨㄥ ㄌㄡˊ ㄍㄜˊ 比喻虛幻的事或脫離實際的理論、計畫。例他的計畫只是空中樓閣，根本沒有實現的可能。

猜一猜 天宮。（猜一句成語）（答案：空中樓閣）

空穴來風 ㄎㄨㄥ ㄒㄩㄝˋ ㄌㄞˊ ㄈㄥ 比喻流言、消息趁機到處流傳。例關於他已經在國外結婚的消息，只是空穴來風。

空前絕後 ㄎㄨㄥ ㄑㄧㄢˊ ㄐㄩㄝˊ ㄏㄡˋ 以前沒有過，以後也不會有。多用來形容某種成就或盛況。例萬里長城是中國建築史上空前絕後的成就。

空口說白話 ㄎㄨㄥ ㄎㄡˇ ㄕㄨㄛ ㄅㄞˊ ㄏㄨㄚˋ 形容光說不做，或光是說而沒有事實證明。例空口說白話是沒有用的，還是要腳踏實地的做事。

穹 穴部 三畫

ㄑㄩㄥ ❶天空：例蒼穹。❷很深的：例穹谷。❸像天空中央高、四周下垂的形狀：例穹窿。

猜一猜 弓射進穴中。（猜一字）（答案：穹）

穿 穴部 四畫

ㄔㄨㄢ ❶把衣服套在身上：例穿衣。❷挖洞：例穿孔。❸通過：例穿越馬路。❹破，透：例看穿了。❺用繩線等穿過物體：例穿針。

動動腦 小朋友，想一想，除了布以外，哪些材料做的衣服可以用來穿著？

俏皮話 「夏天穿皮襖——自己找罪受。」皮襖是冬天才會穿到的。這句話是比喻一個人自找麻煩。

穿梭 ㄔㄨㄢ ㄙㄨㄛ　像織布機上的梭子一樣來回穿動；形容往來不停。例馬路上車子穿梭不停。

穿越 ㄔㄨㄢ ㄩㄝˋ　通過。例穿越平交道時，要停、看、聽。

穿插 ㄔㄨㄢ ㄔㄚ　小說戲曲或電影中，用其他情節交錯安排，來襯托主題。例這本小說穿插許多恐怖的角色。

穿幫 ㄔㄨㄢ ㄅㄤ　❶掀開東西的底邊。❷不該出現的畫面竟然出現在觀眾的面前。例這本照相本收集了許多有趣的穿幫鏡頭。

穿針引線 ㄔㄨㄢ ㄓㄣ ㄧㄣˇ ㄒㄧㄢˋ　❶比喻從中聯繫。❷本指月下老人撮合男女婚事，現在比喻媒人在男女之間從中撮合。例他們兩個人的婚事都是由媒人穿針引線，撮合成功的。

俏皮話　「張飛穿針——大眼瞪小眼。」傳說中張飛的眼睛大如銅鈴，所以如果「張飛穿針」，那真是「大眼瞪小眼」。比喻事情很複雜，不知如何下手處理。

突

穴部　四畫

丶 丷 宀 穴 穴 空 突 突 突

ㄊㄨ　❶煙囪：例曲突（把煙囪弄彎）。❷衝破：例突破。❸忽然：例突變、突然。❹比周圍高：例突出、突起。❺急速的：例突飛猛進。

猜一猜　狗從洞穴下跑出來。（猜一字）（答案：突）

突破 ㄊㄨ ㄆㄛˋ　打破限制或超過原來的情形。例他終於突破紀錄，刷新全國的游泳成績。

突然 ㄊㄨ ㄖㄢˊ　形容事情發生得很快，讓人想像不到。例這件車禍來得太突然，我們一時都呆住了。

參考　相似詞：忽然。♣請注意：「突然」比「忽然」更強調情況發生的迅速和出人意料。

突擊 ㄊㄨ ㄐㄧ　沒有預先通知，臨時發動攻擊。例趁著夜深，警方突擊賭場。

參考　相似詞：突襲。

突飛猛進 ㄊㄨ ㄈㄟ ㄇㄥˇ ㄐㄧㄣˋ　形容進步得很快速。例科學突飛猛進。

參考　相似詞：一日千里、突飛猛晉。

窄

穴部　五畫

丶 丷 宀 穴 穴 空 空 窄 窄 窄

ㄓㄞˇ　❶狹，寬度小：例窄路。❷心胸不開朗，小心眼：例心胸狹窄。

參考　相似字：狹、隘。♣相反字：寬、敞。

窄門 ㄓㄞˇ ㄇㄣˊ　❶狹小的門限。❷比喻狹小，機會少。例大多數的人都想擠進公家機關的窄門。

窈

穴部　五畫

丶 丷 宀 穴 穴 空 窈 窈 窈 窈

ㄧㄠˇ　❶形容女孩子美麗、端莊：例窈窕。❷幽深的樣子：例窈然。

窈窕 ㄧㄠˇ ㄊㄧㄠˇ　形容女孩子端莊、美麗。例她是一位窈窕淑女，追求她的人很多。

窒

穴部　六畫

窒

丶 丷 宀 穴 穴 空 空 窒 窒 窒

ㄓˋ　阻塞不通：例窒塞。

參考　相似字：塞。♣相反字：通。♣請注意：「窒」和「制」同音而且都有壓抑、約束的意思，但「窒」注重內在的壓抑，例如：窒礙、窒息。「制」則注重外在的壓抑，例如：制止。

窒息 ㄓˋ ㄒㄧˊ　呼吸系統發生阻礙使得呼吸困難，甚至停止呼吸。

窕

穴部　六畫

窕

丶 丷 宀 穴 穴 空 空 窕 窕 窕

ㄊㄧㄠˇ　形容女孩子端莊、美麗：例窈窕。

ㄧㄠˊ　美好的樣子，通「姚」：例窕冶。

窗
穴部 七畫

ㄔㄨㄤ ❶牆上開口用來通氣透光的東西：例窗戶。❷讀書的地方：例同窗。

參考 請注意：「窗」在古時只是指天窗，一般的窗子稱為「牖」(ㄧㄡˇ)，現在「窗」則成為一切窗子的總稱。

俏皮話 「打開天窗──說亮話。」老式的中國建築多半很幽暗，只有打開屋頂透光的窗戶，才能讓屋內明亮一些。這句俏皮話就是請對方有話直說，不必再吞吞吐吐。

窗戶 ㄔㄨㄤ ㄏㄨˋ ❶窗子和門。❷窗子。

窗帘 ㄔㄨㄤ ㄌㄧㄢˊ 用布做成的，掛在窗子上遮蔽光線或視線的布幕。

參考 相似詞：窗簾、窗幔、窗帷。

窗明几淨 ㄔㄨㄤ ㄇㄧㄥˊ ㄐㄧ ㄐㄧㄥˋ 窗戶明亮，桌子乾淨。形容住的地方明亮潔淨。例她把房子收拾得窗明几淨，看起來很舒服。

窘
穴部 七畫

ㄐㄩㄥˇ ❶貧困的：例窘迫。❷為難：例窘態畢露。

參考 相似字：困、窮。

窘困 ㄐㄩㄥˇ ㄎㄨㄣˋ 貧窮困頓。例他需要我們的幫忙，因為他的生活很窘困。

窘迫 ㄐㄩㄥˇ ㄆㄛˋ 處境困難急迫。例現在環境窘迫，快幫我想想辦法吧！

參考 相似詞：窘急、窘促。

窘態畢露 ㄐㄩㄥˇ ㄊㄞˋ ㄅㄧˋ ㄌㄨˋ 困窮為難的樣子完全表露出來。

窖
穴部 七畫

ㄐㄧㄠˋ 用來收藏東西的地洞：例地窖。

參考 請注意：「窖」和「窟」都是收藏物品的地方，但「窖」是指地下存放物品的地方；「窟」除了收藏物品外，也指可供人畜、動物聚留的地方。

窟
穴部 八畫

ㄎㄨ ❶洞穴：例石窟。❷壞人聚集的地方：例匪窟。

參考 相似字：洞、穴。♣請注意：見「窖」字的說明。

窣
穴部 八畫

ㄙㄨˋ 形容細碎的聲音：例窸窣、窣窣。

窠
穴部 八畫

ㄎㄜ 指鳥獸昆蟲等的窩：例蜂窠。

參考 請注意：「窠」和「巢」都是棲息的地方，在洞裡的叫「窠」，「窠」指鳥獸昆蟲棲息的地方；在樹上的叫「巢」，「巢」只能指鳥類棲息的地方。

窠臼 ㄎㄜ ㄐㄧㄡˋ 不能創新，而沿襲陳舊的格調。

參考 相似詞：臼窠、臼科。♣相反詞：創新。

窩
穴部 九畫

ㄨㄛ ❶鳥類野獸昆蟲住的地方：例鳥窩、豬窩、蜂窩。❷人住的地方：例安樂窩。❸計算動物的單位：例一窩小雞。❹凹進去的地方：例酒窩、腋窩。❺弄彎：例把帽子窩圓。❻私藏違法的人或東西：例窩藏人犯。❼失敗退回：例敵人又窩回去了。

參考 相似字：巢。

古人說 「金窩銀窩，不如自己的狗窩。」金窩銀窩形容住得很享受很舒適，狗窩形容住處的破爛。這句話是說：不論在外面的生活多好，都比不上在家裡的安穩自在。

窩藏 ㄨㄛ ㄘㄤˊ 把犯人或不合法的東西隱藏起來。例窩藏人犯、窩藏毒品。

窪 穴部 九畫

ㄨㄚ ❶凹陷的：例窪地。❷小水坑，低下的地方：例水窪。

參考 相似字：洼、穴。

窪地 ㄨㄚ ㄉㄧˋ 因為地殼變動而陷落的陸地，高度在海平面下，又叫「陷落地」，例如：吐魯番窪地。

參考 相反詞：高地。

窯 穴部 十畫

ㄧㄠˊ ❶燒磚瓦或陶瓷器的建築物：例磚窯。❷可供居住的山洞或土屋：例窯洞。

窯洞 ㄧㄠˊ ㄉㄨㄥˋ 我國西北黃土高原地區，以土山的山崖挖成洞供人居住。

參考 請注意：「窯」的異體字是「窰」。

窮 穴部 十畫

ㄑㄩㄥˊ ❶貧苦困難：例生活窮困。❷最盡頭，再也沒有的意思：例辭窮、窮凶惡極的面目。❸很偏遠的：例窮鄉僻壤。

參考 相似字：困、疲、乏。♣相反字：富、厚。

猜一猜 身上背著弓，躲在洞穴下。（猜一字）（答案：窮）

古人說 「人窮志不窮。」這句話的意思是：人雖窮困，仍有他的志氣。貧窮是目前的，一個人的意志卻是一生的；所以，只要有志氣，仍有大希望。例他人窮志不窮，立志奮發向上。

窮忙 ㄑㄩㄥˊ ㄇㄤˊ ❶一直忙個不停。例你窮忙些什麼呀？❷為了生活需要而忙碌勞累。例他一生窮忙，只為了使兒女過好日子。

窮苦 ㄑㄩㄥˊ ㄎㄨˇ 生活非常的困難、辛苦。例他一心一意想要脫離窮苦不安的日子。

參考 相反詞：富裕。

窮盡 ㄑㄩㄥˊ ㄐㄧㄣˋ 已經沒有，完結或最後的意思。例學問是無窮盡的，一生也研究不完。

窮開心 ㄑㄩㄥˊ ㄎㄞ ㄒㄧㄣ 苦中作樂，在不好的環境裡做出愉快的事。開心：心情很好的意思。例他已經很難過了，你別找他窮開心。

窮極無聊 ㄑㄩㄥˊ ㄐㄧˊ ㄨˊ ㄌㄧㄠˊ ❶到了非常貧困而沒有辦法可想時，就隨便亂做。無聊：沒有依靠的意思。例窮極無聊時，最好找個好朋友來商量。❷罵人隨便的意思。例誰這麼窮極無聊，把垃圾丟在別人家門口。

窮途末路 ㄑㄩㄥˊ ㄊㄨˊ ㄇㄛˋ ㄌㄨˋ 走到路的盡頭，以後再也沒有路可走下去。比喻到達了非常困難，沒有辦法可想的時刻。途：道路。末：最後。例窮途末路的歹徒終於到警察局自首了。

窺 穴部 十一畫

ㄎㄨㄟ ❶偷看：例窺視。❷偵察：例窺探虛實。

參考 相似字：看、視。

唱詩歌 北斗七星高，哥舒①夜帶刀。至今窺牧馬，不敢過臨洮②。（哥舒歌‧西鄙人）

註：①哥舒：唐朝人哥舒翰。②臨洮：地名，今甘肅省岷縣。

窺伺 ㄎㄨㄟ ㄙˋ 暗中觀望動靜，等待可乘的時機。

窺探 ㄎㄨㄟ ㄊㄢˋ 偷看，察探。

窺測 ㄎㄨㄟ ㄘㄜˋ 窺探推測。

窸 穴部 十一畫

ㄒㄧ 細小的聲音：例窸窣。

五畫

竄 穴部 十三畫

ㄘㄨㄢˋ ❶亂跑，亂逃：例流竄。❷改動：例竄改。

參考 相似字：逃。

猜一猜 洞穴中一隻鼠。（猜一字）（答案：竄）

竅 穴部 十三畫

ㄑㄧㄠˋ ❶孔洞：例七竅。❷比喻事情的關鍵：例訣竅。

參考 相似字：孔、穴。

竅門 ㄑㄧㄠˋ ㄇㄣˊ 能解決困難問題的好方法。例把握住竅門，問題很容易就解決了。

竇 穴部 十五畫

ㄉㄡˋ ❶孔，洞。例狗竇。❷人體器官或組織裡凹入的地方。例鼻竇。❸姓。例竇小姐。

參考 相似字：孔。

竊 穴部 十八畫

ㄑㄧㄝˋ ❶偷拿別人的財物。例偷竊、行竊。❷用不正當的方法得到事物。例竊國、竊據。❸偷偷的做，不讓人發現。例竊聽、竊笑。

參考 相似字：偷、盜。

竊取 ㄑㄧㄝˋ ㄑㄩˇ 用不合理的方法得到事物。取：拿。例被竊取的珍珠已經找回來了。

竊笑 ㄑㄧㄝˋ ㄒㄧㄠˋ 暗中嘲笑。例你們兩人竊笑什麼呢？

參考 相似詞：暗笑。

竊賊 ㄑㄧㄝˋ ㄗㄟˊ 就是盜賊，偷拿東西的人。例那個竊賊已經認錯。

參考 相似詞：小偷、盜賊、竊盜。

竊竊 ㄑㄧㄝˋ ㄑㄧㄝˋ 很小聲的講話。例臺上有人講話時，臺下的聽眾不可以竊竊私語。

立部 ㄌㄧˋ

「立」是由「大」（大）和「一」構成的，「大」是一個人張開手腳正面站著的樣子，「一」表示地上，「立」就是人站在地上的意思。所以立部的字都有站立的意思，例如：站、端（站得正）、竦（很恭敬的站著）。

立 立部 ○畫

ㄌㄧˋ ❶站：例立正。❷豎起來：例立竿見影。❸制定：例立法。❹存在，生存：例自立。❺姓：例立先生。

參考 相似字：站、企、建。

猜一猜 一點一橫長，兩點一橫長，你若猜不著，站著想一想。（猜一字）（答案：立）

立方 ㄌㄧˋ ㄈㄤ ❶一個數連續乘三次，例如：5×5×5叫5的立方。❷長、寬、高相乘的體積。

參考 活用詞：立方體、立方根。

立功 ㄌㄧˋ ㄍㄨㄥ 建立功績。例一人立功，全家人都感到光榮。

立正 ㄌㄧˋ ㄓㄥˋ 軍事或體操的口令，命令隊伍在原地站好。

立即 ㄌㄧˋ ㄐㄧˊ 馬上。

立足 ㄌㄧˋ ㄗㄨˊ 能住下去或生存下去。例他在這裡已經無立足之地。

參考 相似詞：立刻、馬上。

立志 ㄌㄧˋ ㄓˋ 立定志願。例他立志要當個醫生。

立刻 ㄌㄧˋ ㄎㄜˋ 馬上。例大家立刻回教室。

立定（ㄌㄧˋ ㄉㄧㄥˋ）　命令正在前進的隊伍停下來而且立正站好。

立法（ㄌㄧˋ ㄈㄚˇ）　制定法律。依據民意透過國家立法機關制定或修改法律。

立場（ㄌㄧˋ ㄔㄤˇ）　❶指站立的地位。❷指觀察、批評或研究某一個問題的一定方法基礎與思想中心。

立論（ㄌㄧˋ ㄌㄨㄣˋ）　對某個問題提出自己的看法，表示自己的意見。例他的立論精湛，給人留下深刻的印象。

立體（ㄌㄧˋ ㄊㄧˇ）　具有長、寬、厚的物體。

參考　相反詞：平面。♣活用詞：立體電影、立體派、立體效果、立體幾何。

立足點（ㄌㄧˋ ㄗㄨˊ ㄉㄧㄢˇ）　❶立場，根據。❷基本的。例我們要站在平等的立足點上競爭。

立竿見影（ㄌㄧˋ ㄍㄢ ㄐㄧㄢˋ ㄧㄥˇ）　把竹竿豎在太陽光下，可以馬上看到影子。比喻立刻收到功效。

立錐之地（ㄌㄧˋ ㄓㄨㄟ ㄓ ㄉㄧˋ）　形容非常窄小的一塊地方。錐：錐子。例他已貧窮到無立錐之地的地步了。

站

、 亠 亣 亣 立 立 立 站 站 站　立部 五畫

ㄓㄢˋ　❶直立：例站立、站好。❷供乘客上下車或休息的地方：例火車站、車站。❸為了某種需要而設立的工作地點：例保健站、加油站。

參考　相似字：立、企。♣相反字：臥、躺。

站立（ㄓㄢˋ ㄌㄧˋ）　直直的站著。

站住（ㄓㄢˋ ㄓㄨˋ）　停止前進，是一種命令人家的語氣。例你給我站住！

竣

、 亠 亣 亣 立 立 立 竣 竣 竣 竣 竣　立部 七畫

ㄐㄩㄣˋ　完成：例竣工。

參考　相似字：卒、完、畢。♣請注意：俊、峻、浚、駿、梭的讀音和用法：人部的「俊」（ㄐㄩㄣˋ），是才智過人的人，例如：俊傑、才俊。山部的「峻」（ㄐㄩㄣˋ），是高大、陡峭的意思，例如：崇山峻嶺、峻峭。水部的「浚」（ㄐㄩㄣˋ），是疏通或鑿深水道，例如：疏浚、浚通。馬部的「駿」（ㄐㄩㄣˋ），是良馬，例如：駿馬。木部的「梭」（ㄙㄨㄛ），是織布機上牽引紗線的用具，例如：梭子、日月如梭。

竣工（ㄐㄩㄣˋ ㄍㄨㄥ）　完成工程。例這幢大樓預定明年竣工。

童

、 亠 亣 亣 立 产 音 音 音 音 童 童　立部 七畫

ㄊㄨㄥˊ　❶還未成年的人；小孩子：例童言無忌。❷指沒有草木的山：例童山。❸無知的：例童蒙。❹姓：例童先生。

參考　相似字：孩。

童山（ㄊㄨㄥˊ ㄕㄢ）　指沒有草木的山丘。例這一帶都是童山禿嶺。

童心（ㄊㄨㄥˊ ㄒㄧㄣ）　❶小孩子天真純樸的心。❷像小孩子那樣的天真純樸的心。例保有一顆童心會使我們快樂滿足。

童年（ㄊㄨㄥˊ ㄋㄧㄢˊ）　幼年時期。

參考　相反詞：老年。

童話（ㄊㄨㄥˊ ㄏㄨㄚˋ）　兒童文學的一種體裁，通過豐富的想像和誇張來編寫適合兒童欣賞的故事。

童謠（ㄊㄨㄥˊ ㄧㄠˊ）　兒童所唱的歌謠，形式比較簡短。

童子軍（ㄊㄨㄥˊ ㄗˇ ㄐㄩㄣ）　英國人貝登堡首創的世界性兒童青少年活動組織，透過野外生活，以陶冶品性，發展機智，鍛鍊體能，培養為健全有為的國民。

童心未泯（ㄊㄨㄥˊ ㄒㄧㄣ ㄨㄟˋ ㄇㄧㄣˇ）　還存在著一些孩子氣。泯：消滅。例他年紀不小了，還是童心未泯。

參考　相反詞：老氣橫秋。

童言無忌（ㄊㄨㄥˊ ㄧㄢˊ ㄨˊ ㄐㄧˋ）　小孩子說話沒有忌諱。童言：小孩子說的話；比喻幼稚無知的話。忌：忌諱。

童叟無欺（ㄊㄨㄥˊ ㄙㄡˇ ㄨˊ ㄑㄧ）　形容做生意誠實，無論老少，絕不欺騙。童：小孩。

叟：老人。例我做生意絕對公道，童叟無欺。

猜一猜 只騙中年人。（猜一句成語）（答案：童叟無欺）

童顏鶴髮 ㄊㄨㄥˊ ㄧㄢˊ ㄏㄜˋ ㄈㄚˇ 形容老年人面色紅潤得像孩童一樣。鶴髮：比喻老年。

竦
立部 七畫

ㄙㄨㄥˇ ❶恭敬：例竦然起敬。❷害怕，同「悚」：例毛骨竦然。

竭
立部 九畫

ㄐㄧㄝˊ 盡：例竭盡。

參考 相似字：盡、完。♣請注意：「竭」和「極」用法很像，但還是有不同的：「竭」有用盡的意思；「極」有十分的意思。例如：「竭力」是用盡力量；「極力」是十分用力。

竭力 ㄐㄧㄝˊ ㄌㄧˋ 盡所有的力量。

參考 相似詞：盡力。

竭誠 ㄐㄧㄝˊ ㄔㄥˊ 十分誠懇。

竭盡心力 ㄐㄧㄝˊ ㄐㄧㄣˋ ㄒㄧㄣ ㄌㄧˋ 盡心盡力，用盡一切心力。

端
立部 九畫

ㄉㄨㄢ ❶頭：例筆端。❷開頭：例發端。❸項目：例變化多端。❹正派：例品行不端。❺用手平舉：例端茶。

參考 相似字：正、始。

端正 ㄉㄨㄢ ㄓㄥˋ ❶物體不歪斜。例字要寫得端正。❷正確，正派。例他的品性端正。

端倪 ㄉㄨㄢ ㄋㄧˊ 事情的頭緒。倪：事物的開始。例我無法看出這件事情的端倪。

端莊 ㄉㄨㄢ ㄓㄨㄤ 舉止、神情端正莊重。例她是一個非常端莊的女孩子。

端詳 ㄉㄨㄢ ㄒㄧㄤˊ ❶仔細察看。例他對著照片端詳了一陣子。❷事情的經過。例我現在就來對你說端詳。❸莊重安穩。例他的容貌端詳。

端午節 ㄉㄨㄢ ㄨˇ ㄐㄧㄝˊ 農曆五月五日，為了紀念屈原的忠貞愛國，投江而死，民間有划龍舟、吃粽子等的習俗。又寫作「端午」、「重五」、「端陽」。

唱詩歌 五月五，過端午，賽龍船，包粽子，紀念愛國大忠臣，屈原精神永不死。（芮家智編）

競
立部 十五畫

ㄐㄧㄥˋ ❶爭先：例競相走告。❷比賽：例競賽。

參考 相似字：賽、爭、比。♣請注意：「競」和「兢」字形相近但意義不同：「競」（ㄐㄧㄥˋ）有爭逐的意思；「兢」（ㄐㄧㄥ）是謹慎的意思。例如：「戰戰兢兢」不能寫成「戰戰競競」。

猜一猜 兩兄弟各自立。（猜一字）（答案：競）

競爭 ㄐㄧㄥˋ ㄓㄥ 互相爭勝。例有競爭才有進步。

競選 ㄐㄧㄥˋ ㄒㄩㄢˇ 在選舉前互相爭取選票的活動。例公開競選是民主政治的第一步。

競賽 ㄐㄧㄥˋ ㄙㄞˋ 互相比賽，爭取優勝。例每年的端午節都會舉辦划龍舟競賽。

竹部 ㄓㄨˊ

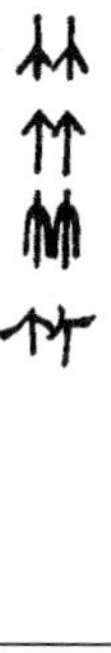

竹是一種草本植物，用途很廣，「竹」正是按照竹葉形狀所造的象形字。竹部的字都和竹子有關，可以分成三類：

一、竹製的東西，例如：筷、箭、笠。

二、古代常用竹子製成樂器，因此有些字是樂器的名稱，例如：

笛、簫、箏、笙。

三、和書寫、寫作有關，因為紙發明以前，古人常用竹板或木片當成書寫材料，因此「書籍」的「籍」、「簿子」的「簿」都屬於竹部。

竹
竹部 ○畫

ㄓㄨˊ ❶一種中空有節的植物：例孟宗竹、湘妃竹。❷一種樂器：例絲竹。❸姓：例竹先生。

唱詩歌 獨坐幽篁①裡，彈琴復長嘯②；深林人不知，明月來相照。（竹里館・王維）

註：①幽篁：清靜的竹林。篁：音ㄏㄨㄤˊ，竹林。②嘯：發聲清越而舒長。

竹山 ㄓㄨˊ ㄕㄢ 地名，位於南投縣，盛產竹子。

竹竿 ㄓㄨˊ ㄍㄢ 沒有枝、葉的竹幹。例媽媽把衣服晾在竹竿上。

笑一笑 有一個人手拿著長竹竿進城，城門又矮又窄，他先把竹竿立著拿進去，進不去，又把竹竿橫著拿進去，也進不去。有位老人在旁邊看了教他說：「你為什麼不把竹竿鋸斷拿進去呢？」這人果然鋸斷竹竿，然後進城門去了，還認為這真是個聰明的辦法呢！

竹筍 ㄓㄨˊ ㄙㄨㄣˇ 竹的嫩芽，可以食用。又寫作「竹笋」。

古人說 「今年栽竹，明年吃筍。」栽是種植的意思。這句話是說：事情能做好充分的準備，就會有收穫。例「今年栽竹，明年吃筍」，現在不插秧，秋天哪有稻子割呢？

唱詩歌 毛毛雨，輕輕澆。小竹筍，愛洗澡，洗呀洗呀長高了。

竹筒 ㄓㄨˊ ㄊㄨㄥˇ 用竹子做成的筒形器具。

竹葉 ㄓㄨˊ ㄧㄝˋ 竹子的葉子。

參考 活用詞：竹葉青。

竹筒飯 ㄓㄨˊ ㄊㄨㄥˇ ㄈㄢˋ 把米放在竹筒中煮熟，童軍露營野炊時常會利用竹筒做竹筒飯。

竺
竹部 二畫

ㄓㄨˊ ❶「天竺」的簡稱，古代把印度叫做「天竺」。❷姓：例竺先生。

竿
竹部 三畫

ㄍㄢ ❶竹幹：例竹竿。❷類似竹竿的東西，通「杆」：例旗竿。

參考 請注意：「竿」與「杆」音同形近。「竿」為竹製的桿子；「杆」則是木製的。

竽
竹部 三畫

ㄩˊ 古樂器名，形狀像現在的笙。

笆
竹部 四畫

ㄅㄚ ❶有刺的竹籬：例籬笆。❷用竹片或柳條編織成的器物：例笆斗、笆簍。

笆斗 ㄅㄚ ㄉㄡˇ 柳條編成的盛糧食的器具。

笆簍 ㄅㄚ ㄌㄡˇ 用樹條或竹子等編成的器物，多用來背東西。

笑
竹部 四畫

ㄒㄧㄠˋ ❶喜悅或高興時的表情：例微笑、大笑。❷看不起別人：例嘲笑。

參考 請注意：「笑」的下面是「夭」（ㄧㄠ）（有彎曲的意思），指人大笑的時候會彎腰。不可以寫成「天」（ㄊㄧㄢ）。

動動腦 「他一知道這個好消息就哈哈大笑」，除了哈哈大笑，小朋友，你還能想出其他形容笑的詞嗎？趕快想一想！

（答案：開懷大笑、眉開眼笑、笑容滿面……）

古人說「笑就是福。」這句話是說：笑口常開的人是有福的。勉勵人要樂觀，凡事往好的方面想。例李媽媽整天笑咪咪的，「笑就是福」，難怪她一點兒煩惱也沒有。

俏皮說「老鴉笑黑豬——不知醜。」一般來說烏鴉都是黑色的，黑豬也是黑色的，所以「老鴉笑黑豬」這句話是比喻一個人常批評別人的錯誤，可是卻不知道自己的錯誤。

唱詩歌 爺爺摸著鬍子笑，笑得臉上肉直跳。奶奶捶著膝蓋笑，笑得淚珠掛眼梢。爸爸仰面哈哈笑，笑得紙窗跟著笑。媽媽放聲呵呵笑，笑得嘴巴合不牢。姐姐抿著嘴兒笑，笑得臉蛋像紅桃。我躺媽媽懷裡笑，笑得辮子亂晃搖。

笑容 ㄒㄧㄠˋ ㄖㄨㄥˊ 臉上帶著笑。

笑意 ㄒㄧㄠˋ ㄧˋ 因為快樂而出現在臉上的笑容。

笑話 ㄒㄧㄠˋ ˙ㄏㄨㄚ 可以引人發笑的談話或故事。

笑靨 ㄒㄧㄠˋ ㄧㄝˋ 笑的時候臉上所出現的酒窩。靨：臉頰上的小酒窩。例小孩的笑靨是最純真可愛的。

笑嘻嘻 ㄒㄧㄠˋ ㄒㄧ ㄒㄧ 很開心的笑出聲音。

動動腦「你看他笑嘻嘻的好開心」，除了笑嘻嘻、色迷迷之外，你還能想出形容表情後面二個字相同的重疊字嗎？（答案：羞答答、氣沖沖、笑哈哈、喜孜孜……）

笈

笈　竹部　四畫

ㄐㄧˊ 書箱：例負笈、書笈。

笠

笠　竹部　五畫

ㄌㄧˋ ❶用竹葉或筍殼編成的帽子，用來防止日晒雨淋：例箬笠、斗笠。❷用來蓋東西的竹製器具：例笠蓋。

笨

笨　竹部　五畫

ㄅㄣˋ ❶不靈敏、不聰明：例笨拙、笨手笨腳。❷費力氣的：例笨重。

笨重 ㄅㄣˋ ㄓㄨㄥˋ ❶形容物體粗重不靈活。例他的身子很笨重，跑起來很慢。❷這些家具太笨重了，連三個人都抬不動。

笨蛋 ㄅㄣˋ ㄉㄢˋ 罵人傻瓜不會做事的意思。

符

符　竹部　五畫

ㄈㄨˊ ❶古代傳送命令時用來作證據的東西，用竹、木、玉或金屬做成，分成兩半，雙方各拿一半，以便驗證：例兵符。❷事物的預兆：例祥符。❸標誌：例符號、音符。❹相合，正確：例言行不符。❺道士所畫的一種圖案：例畫符、護身符。❻姓：例符小姐。

猜一猜 一人一寸高，頭上戴竹帽；此字無大用，可以當記號。（猜一字）（答案：符）

符合 ㄈㄨˊ ㄏㄜˊ 事情相合。例你的計畫完全符合他的要求。

符號 ㄈㄨˊ ㄏㄠˋ 記號，標記。例你知道如何正確的使用標點符號嗎？

笙

笙　竹部　五畫

ㄕㄥ ❶古代的管樂器。❷指樂曲：例笙歌。

笙歌宛轉 ㄕㄥ ㄍㄜ ㄨㄢˇ ㄓㄨㄢˇ 形容音樂和諧、歌聲優美。笙歌：指演奏、歌唱。宛轉：聲音悅耳。例那間歌廳燈火輝煌，笙歌宛轉，經常客滿。

笙歌達旦 ㄕㄥ ㄍㄜ ㄉㄚˊ ㄉㄢˋ 演奏歌唱整夜不停，直到天亮。通常用來指國君歡樂不知節制。旦：天明的意思。例紂王荒淫無道，天天在後宮宴會，笙歌達旦，所以商朝越來越衰落。

笛

笛 ノ ⺊ … 笛 竹部 五畫

ㄉㄧˊ ❶竹製的管樂器，有七孔：例橫笛。❷響聲尖銳的發音器：例警笛、汽笛。

笛子 ㄉㄧˊ ˙ㄗ 竹製的管樂器，有七孔。

猜一猜 身圓體長口又多，曾入仙山修行過，仙山老祖一吹氣，它能唱首動人歌。（猜一種樂器）（答案：笛）

第

第 ノ ⺊ … 第 竹部 五畫

ㄉㄧˋ ❶用在整數的數詞前面，表示次序或等級：例第一、等第。❷古時候稱有錢有地位人家的屋子：例府第。❸姓：例第先生。

參考 請注意：「第」和「弟」都讀ㄉㄧˋ，也都是姓氏。竹部的「第」是順序的意思，例如：次第、等第。弓部的「弟」是晚生的男子、學生的意思，例如：弟弟、弟子。弟又可讀ㄊㄧˋ，和心部的「悌」意思一樣，形容兄弟友愛，例如：孝弟（悌）。

第一遭 ㄉㄧˋ ㄧ ㄗㄠ 頭一次的意思。遭：次數的意思。

第一次世界大戰 ㄉㄧˋ ㄧ ㄘˋ ㄕˋ ㄐㄧㄝˋ ㄉㄚˋ ㄓㄢˋ 西元一九一四年七月二十八日爆發，最先戰場是在歐洲，最後演變成全世界的戰爭。首先德、奧兩國為同盟國與英、法、俄結成的協約國作戰，後來又分別有土耳其和美國加入協約國。結果同盟國戰敗，在一九一八年十一月十一日結束戰爭。

笞

笞 ノ ⺊ … 笞 竹部 五畫

ㄔ 用鞭、杖或竹板打：例鞭笞。

笳

笳 ノ ⺊ … 笳 竹部 五畫

ㄐㄧㄚ 古代的簧管樂器，漢朝時流行於北方：例胡笳。

等

等等 ノ ⺊ … 等 竹部 六畫

ㄉㄥˇ ❶逗留一段時間：例等候、等一下。❷相同，一樣：例等號、相等。❸區分好壞：例優等、劣等。❹不止一種，一時說不完：例蘋果、香蕉、葡萄等，都是水果。

參考 相似字：待、候。

猜一猜 土上有竹林，土下一寸金。（猜一字）（答案：等）

等於 ㄉㄥˇ ㄩˊ 相等，相同。例一加一等於二。

等待 ㄉㄥˇ ㄉㄞˋ 所希望的人、事、情況出現後才採取行動。例等待時機。

等候 ㄉㄥˇ ㄏㄡˋ 逗留一段時間。例你再等候一下，醫生馬上就來了。

等第 ㄉㄥˇ ㄉㄧˋ 名次順序。

等號 ㄉㄥˇ ㄏㄠˋ 數學的符號，用來表示兩邊相等。例1+1=2，「=」就是等號。

策

策策 ノ ⺊ … 策 竹部 六畫

ㄘㄜˋ ❶古代用來記事的木片、竹片：例簡策。❷計謀：例計策、束手無策。❸用馬鞭打：例策馬前進。❹扶：例策杖。❺姓：例策小姐。

參考 相似字：計、謀、略、鞭。

策略 ㄘㄜˋ ㄌㄩㄝˋ 計畫，方法。略：謀畫。例對於新的挑戰，你將採取什麼策略來應付？

策畫 ㄘㄜˋ ㄏㄨㄚˋ 計畫，想辦法。例誰將策畫這次的旅遊活動？

筆
竹部 六畫

ㄅㄧˇ ❶寫字或畫畫的用具：例鉛筆、水彩筆。❷寫：例代筆。❸計算的單位：例一筆大數目、一筆交易。

猜一猜 筆戰。（猜一句成語）（答案：紙上談兵）

俏皮話 「大老粗拿筆——做個樣子。」大老粗是指那些沒讀過書，不認得字，行為很隨便的人。如果「大老粗拿筆」，也只是「做個樣子」罷了。

筆直 ㄅㄧˇ ㄓˊ 形容很直。例那個憲兵站得很筆直。

參考 相似詞：筆挺。

筆記 ㄅㄧˇ ㄐㄧˋ 聽課、報告、讀書時所寫的紀錄。例老師希望我們上課作筆記，回家可以複習。

筆畫 ㄅㄧˇ ㄏㄨㄚˋ 構成字的點（、）、橫（一）、豎（丨）等。

筆筒 ㄅㄧˇ ㄊㄨㄥˇ 可以放筆的筒子。

筆墨難以形容 ㄅㄧˇ ㄇㄛˋ ㄋㄢˊ ㄧˇ ㄒㄧㄥˊ ㄖㄨㄥˊ 用文字、文章都無法說出來。筆墨：指文字、文章。例天祥的風景優美，實在是筆墨難以形容。

筐
竹部 六畫

ㄎㄨㄤ 以竹片或柳條編成的方形器具：例籮筐。

筒
竹部 六畫

ㄊㄨㄥˇ ❶粗大的竹管：例竹筒。❷像竹筒中空的器具：例郵筒、錢筒。

參考 請注意：「筒」和「桶」都是容器，但「筒」是比較細長的容器，裝比較小的東西，例如：竹筒、筆筒、錢筒、注射筒。「桶」是較大的容器，容量較大，例如：水桶、酒桶、飯桶。但習慣上郵「筒」不可以寫成郵「桶」。

答
竹部 六畫

ㄉㄚˊ ❶應對別人所提出的問題：例答話、答題。❷回報：例答謝、答禮。

ㄉㄚ ❶允許：例答應。❷害羞的樣子：例羞答答。❸姓：例答小姐。

唱詩歌 偶來松樹下，高枕石頭眠；山中無曆日①，寒盡不知年。（答人・太上隱者）

註：①曆日：記載年月日時的曆書。

答案 ㄉㄚˊ ㄢˋ 問題的解答。

答話 ㄉㄚˊ ㄏㄨㄚˋ 回答別人的問題。

答應 ㄉㄚ ˙ㄧㄥ ❶應聲回答。例師長叫喚，要馬上答應。❷准許。例你會答應他的要求嗎？

答謝 ㄉㄚˊ ㄒㄧㄝˋ 接受別人的幫助而向人表示感謝。例今天專程來答謝你的大力幫忙。

答覆 ㄉㄚˊ ㄈㄨˋ 回覆人家所提出的問題或請求。覆：回。例你要不要去，請三天後在電話中答覆我。

答辯 ㄉㄚˊ ㄅㄧㄢˋ 回答別人的指責、控告和問題，為自己的行為說明理由。辯：爭論是非。例你在法庭答辯時，應該保持冷靜。

筍
竹部 六畫

ㄙㄨㄣˇ ❶竹子的地下莖所生的嫩芽：例竹筍、雨後春筍。❷木器、竹器的結構上凸起的部分：例筍頭。

猜一猜 (一)竹長一旬。（猜一字）（答案：筍）
(二)筍。（猜台灣一個地名）（答案：新竹）

六畫

筋 竹部 六畫

筋筋

ㄐㄧㄣ ❶連接在骨肉中間的韌帶，具有彈性：例牛筋、豬蹄筋。❷具有韌性的物體：例橡皮筋。❸肌肉所產生的能力：例筋疲力盡（或精疲力盡）。❹姓。

筋骨 ㄐㄧㄣ ㄍㄨˇ 筋肉和骨頭，也就是體格。例運動員的筋骨很強壯。

筏 竹部 六畫

筏筏

ㄈㄚˊ 用竹、木等編製成的水上交通工具：例竹筏、木筏、皮筏。

筑 竹部 六畫

筑筑

ㄓㄨˊ ❶古代的一種樂器。和箏相似，有十三根弦，弦的下面有枕木。演奏時，左手按弦的一端，右手拿竹尺拍打弦發出聲音：例擊筑。❷貴州省貴陽市的簡稱。❸河流名，在湖北省：例筑水。

筌 竹部 六畫

筌筌

ㄑㄩㄢˊ 捕魚的竹器：例得魚忘筌。

筷 竹部 七畫

筷筷筷

ㄎㄨㄞˋ ❶吃飯的用具，是一雙長條形的物體，用來夾菜、扒飯：例一雙竹筷。

參考 相似字：箸、筯。

猜一猜 姐妹一樣長，出入都成雙，酸甜苦辣味，它們總先嚐。（猜一種餐具）
（答案：筷子）

節 竹部 七畫

節節節

ㄐㄧㄝˊ ❶物體段與段中間連接的地方：例竹節、關節。❷事物或文章的段落：例章節。❸計算事物的量詞：例兩節課。❹品行操守：例氣節、志節。❺音樂的一小段落：例音節。❻禮貌規矩：例禮節。❼時令：例二十四節氣。❽約束：例節制。❾簡省：例節衣縮食。❿姓：例節小姐。

節日 ㄐㄧㄝˊ ㄖˋ 每年固定紀念、慶祝的日子，例如：清明節、中秋節。

節目 ㄐㄧㄝˊ ㄇㄨˋ ❶事情進行的項目和程序。例電視節目。❷戲劇歌唱或比賽等表演程序的安排。

參考 活用詞：節目表。

節育 ㄐㄧㄝˊ ㄩˋ 節制生育，不要生太多子女。

節制 ㄐㄧㄝˊ ㄓˋ ❶指揮管理。例所有的部隊全歸他節制。❷適當的限制或控制。例起居飲食要有節制。

節食 ㄐㄧㄝˊ ㄕˊ 減少飲食的次數和內容。例太胖的人才要節食。

節奏 ㄐㄧㄝˊ ㄗㄡˋ 指音樂的曲調中，高低快慢的現象。例這首歌是屬於快節奏的。

節約 ㄐㄧㄝˊ ㄩㄝ 就是節省。例人人節約能源，不浪費。

唱詩歌 小水滴，一滴滴，匯成江河長千里。小米粒，一粒粒，堆成糧堆高千米。一滴水，一粒米，積少成多了不起。小朋友，要牢記：一滴一粒要愛惜。

節省 ㄐㄧㄝˊ ㄕㄥˇ 把可能用掉的事物省下來。例節省時間就是節省金錢。

節度使 ㄐㄧㄝˊ ㄉㄨˋ ㄕˇ 唐代所設的官名。

小百科 節度使原來只設在邊防地區，後來連內地都設置，形成軍人控制各州的財政、軍政大權，不服從中央，互相強占地區的動亂現象。到了宋朝就去除節度使的兵權，元代就沒有這個官名。節是朝廷頒給官員的一種旗子，做為憑證。

筠
竹部 七畫

筠筠筠

ㄩㄣˊ ❶竹子外層的青皮。❷竹子：例翠筠、松筠。

筮
竹部 七畫

筮筮筮

ㄕˋ 古時候用蓍草占卜叫「筮」。

管
竹部 八畫

管管管管

ㄍㄨㄢˇ ❶細長的圓筒形東西：例水管。❷形狀細長像管子的東西：例管樂、筆管。❸用來計算管形東西的單位詞：例一管毛筆。❹辦理：例管理。❺約束：例看管、管教。❻保證，負責供給：例管用、管吃、管住。❼干涉別人：例管閒事。❽姓。

參考 請注意：「管」是指「竹」做的樂器；草「菅」（ㄐㄧㄢ）人命，是把人的生命，看得像「草」一樣微賤，隨便加以殘害。

管子 (一)ㄍㄨㄢˇ·ㄗ 圓筒形的東西。例爸爸拿條橡皮管子接水洗車。(二)ㄍㄨㄢˇ ㄗˇ ❶書名，相傳是春秋時期齊國管仲所寫。但書中記載管仲以後的事，前人懷疑書中可能摻雜了後人的記載，甚至可能是後人假冒他的名義所寫的。❷人名，指管仲。子是古時候對男子客氣的稱呼。

管仲 ㄍㄨㄢˇ ㄓㄨㄥˋ 春秋時齊國人，姓管名夷吾，字仲。受到鮑叔牙的推荐，做了齊桓公的宰相。他重視生產，任用賢能，提倡尊王攘夷的主張，使齊桓公成為春秋時期第一位霸主。後人將他的言論收入「管子」一書中。

管制 ㄍㄨㄢˇ ㄓˋ 是一種強制性的管理行為。制：限定，約束。例國慶日舉行慶祝遊行時，動員了很多警力來管制交通。

管家 ㄍㄨㄢˇ ㄐㄧㄚ 負責為別人管理家務的人。

管教 ㄍㄨㄢˇ ㄐㄧㄠˋ ❶約束教導別人。例管教子女是父母的責任。❷保證，一定。例只要三天，我管教他變得服服貼貼的。

管理 ㄍㄨㄢˇ ㄌㄧˇ ❶負責某項工作，使事情能順利進行。例她管理班上的圖書。❷照顧人或動物並加以約束。例他從事管理罪犯的工作。

參考 活用詞：管理員。

管道 ㄍㄨㄢˇ ㄉㄠˋ ❶在工業上、交通運輸或建築上用來輸送或排除氣體、液體的管子。例交通管道、運輸管道。❷引申指人與人溝通的途徑或辦事的方法。例老師與學生之間，要維持溝通管道的暢通，建立良好的師生關係。例這件事情我會設法利用特殊管道幫你完成。

管樂器 ㄍㄨㄢˇ ㄩㄝˋ ㄑㄧˋ 也叫做吹奏樂器，指利用氣流振動管內空氣發音的樂器。

小百科 中國的管樂器分為簧管樂器，例如哨吶；及無簧管樂器，例如笛、簫等。西洋管樂器則分為銅管樂器，例如小號、長號；木管樂器，例如長笛、單簧管等。

箕
竹部 八畫

箕箕箕箕

ㄐㄧ ❶去除米糠的圓形竹器；例簸箕。❷收集垃圾泥土的用具：例畚箕。❸姓：例箕子。

參考 請注意：「箕」（ㄐㄧ）是竹製的東西，例如：畚箕；「萁」是豆莖，例如：豆萁。

箕子 ㄐㄧ ㄗˇ 商朝的太師，因為勸告紂王而被囚禁，後來假裝發瘋，被貶為奴隸後釋放。周武王滅商後，箕子率領五千多人到朝鮮自立為王。

箋
竹部 八畫

箋箋箋箋

ㄐㄧㄢ ❶精緻的紙張：例錦箋。❷泛稱信札：例箋札。❸注解：例箋注。❹寫信或題辭用的紙：例信箋、便箋。

箋札 ㄐㄧㄢ ㄓㄚˊ 信函。札：書信。

六畫

箋注 ㄐㄧㄢ ㄓㄨˋ 古書的注釋。

箋紙 ㄐㄧㄢ ㄓˇ 信紙。

筵 竹部 八畫

ㄧㄢˊ ❶古人坐在地上時所鋪設的席子：例筵席。❷酒席：例喜筵、壽筵。

筵席 ㄧㄢˊ ㄒㄧˊ ❶飲宴時所設的座位。❷借指酒席。例天下沒有不散的筵席。

算 竹部 八畫

ㄙㄨㄢˋ ❶統計數目有多少：例算一筆帳、心算。❷計畫：例打算、失算。❸推測：例我算他今天會去購物。❹把事情結束不再追究下去：例算了，不理他。❺讓做，當做：例就算我吃的，可以嗎？❻還可以：例這一陣子還算不壞。❼承認有效果：例他說的才算。❽屬於：例這個做好了，算誰的？❾終於：例最後總算把問題解決了。❿姓：例算太太。

參考 相似字：計、數。

猜一猜 竹子一窩，數目不多，數來數去，共二十株。（猜一字）（答案：算）

算了 ㄙㄨㄢˋ ˙ㄌㄜ 表示事情結束不必再計較、追究下去。例算了，你別再和他爭下去。

算法 ㄙㄨㄢˋ ㄈㄚˇ ❶計算的方法。例你這種工錢的算法太小氣。❷算術的舊名，是數學科最基本的一部分。是討論數目在加、減、乘、除、乘方、開方等運算下的數字所產生的性質和法則，以及應用在日常生活中的部門。

算計 ㄙㄨㄢˋ ㄐㄧˋ ❶考慮，計畫。例這件事還得算計算計。❷計算數目。例他去倉庫算計貨品。❸估計，推測。例我算計他今天會搭不上車。❹暗中謀害別人。例他整天只想算計別人，真不應該。

算盤 ㄙㄨㄢˋ ㄆㄢˊ 中國計算數目的工具。長方形，四周為木框，裡面分成橫的梁、直的檔，上珠一顆，下珠四顆、定位點各部分。按照規定的方法撥動珠子，可以做加、減、乘、除的算法。

俏皮話 「算盤珠子——撥一個，動一個。」小朋友，相信你們一定都看過算盤，它是一種計算數目的工具，算盤的珠子要撥一個才會動一個。因此我們用這句話來形容人不能自動自發。

箔 竹部 八畫

ㄅㄛˊ ❶簾子：例珠簾玉箔。❷用竹子編成的養蠶器具：例蠶箔。❸金屬薄片：例金箔、鉛箔。

箝 竹部 八畫

ㄑㄧㄢˊ ❶用來夾住或夾斷東西的工具：例火箝、老虎箝。❷夾住，限制，約束：例箝制、箝口。

參考 相似字：拑、鉗。

箝口 ㄑㄧㄢˊ ㄎㄡˇ 用脅迫的方式，使人不敢說話。

參考 相似詞：鉗口、閉口、緘口。

箝制 ㄑㄧㄢˊ ㄓˋ 用強力約束，使人不能自由行動。例敵人的兵力已經被箝制住了。

參考 相似詞：鉗制。

箏 竹部 八畫

ㄓㄥ 古代用手撥弦發聲的樂器：戰國時在秦國很流行，所以又稱「秦箏」。每一代的弦數不同，有十二弦、十三弦、十六弦，現在改成二十一或二十五弦。演奏方法是右手彈弦，左手按弦，聲音非常優美：例古箏、銀箏。

箸 竹部 八畫

六畫

ㄓㄨˋ 筷子。

參考 相似字：筯。

箍

竹部 八畫

ㄍㄨ ❶環繞器物的竹篾或金屬圈：例金箍、鐵箍。❷圍束：例箍水桶、頭上箍著一條毛巾。

箇

竹部 八畫

ㄍㄜˋ ❶和「個」、「个」字通用。❷雲南省的縣名：例箇舊。

參考 相似字：個、个。

箇中人 ㄍㄜˋ ㄓㄨㄥ ㄖㄣˊ 此中人，局中人。指曾經親歷過某事，而知道其中道理的人。

箱

竹部 九畫

ㄒㄧㄤ ❶收藏東西的長方形器具：例皮箱、箱子。❷形狀像箱子的東西：例風箱。

範

竹部 九畫

ㄈㄢˋ ❶應該遵守的規則、法令：例規範。❷好的榜樣：例模範。❸值得學習的：例範例、範本。❹界限：例範圍。❺限制：例防範。❻姓：例範小姐。

範文 ㄈㄢˋ ㄨㄣˊ 可以做為模範，讓人學習的文章。例範文讀多了，寫文章就比較通順。

範本 ㄈㄢˋ ㄅㄣˇ 當作學習的樣本。例這是一本練楷書的範本。

範圍 ㄈㄢˋ ㄨㄟˊ 所包含的界限。例這次考試的範圍很少。

箭

竹部 九畫

ㄐㄧㄢˋ ❶一種古代的武器，要用弓才能發射出去：例弓箭、飛箭。❷快速的：例光陰似箭。

箭靶 ㄐㄧㄢˋ ㄅㄚˇ 射箭時的目標。

笑一笑 從前有位士兵，當他在戰場差點被敵人打死的時候，突然有位神來幫助他。他趕緊跪下來感謝神。神說：「不必謝我，因為我是箭靶之神，而你在練習射箭時從來沒有射中我，所以我特地來報答你。」

箴

竹部 九畫

ㄓㄣ ❶同「針」，指縫衣的用具。❷勸告，勸戒：例箴規、箴言。❸古代一種文章的體裁，內容以勸戒為主：例箴銘。

箴言 ㄓㄣ ㄧㄢˊ 勸戒的話。

箴規 ㄓㄣ ㄍㄨㄟ 告戒規勸。

箴銘 ㄓㄣ ㄇㄧㄥˊ 刻在器物或碑石上，用來規戒人的文字。

篆

竹部 九畫

ㄓㄨㄢˋ ❶我國文字的書體名：例篆書。❷印章，印信：例接篆。❸尊稱別人的名字：例台篆。

篆文 ㄓㄨㄢˋ ㄨㄣˊ 我國書體的一種，有大篆和小篆之分，也稱篆書。

篆刻 ㄓㄨㄢˋ ㄎㄜˋ 我國傳統刻製印章的藝術，多用各種篆書字體刻製。

篆書 ㄓㄨㄢˋ ㄕㄨ 書體名，分大篆、小篆。大篆相傳是周宣王時太史籀所作，小篆相傳是秦朝李斯所作。

篇

竹部 九畫

ㄆㄧㄢ ❶首尾完整的詩歌、文章：例詩篇。❷一部著作中可以分開的大段落：例篇章。❸

六畫

計算數量的語詞，通常用在詩歌、文章：例一篇文章。

猜一猜 扁竹子。（猜一字）（答案：篇）

篇幅 ㄆㄧㄢ ㄈㄨˊ 指文章的長短，或指書籍、報刊能容納的限量。例這篇報導篇幅雖然不長，但已經把事情交代清楚了。

篁 竹部 九畫

ㄏㄨㄤˊ 竹林，泛指竹子：例幽篁、風篁（風吹過竹子的聲音）、修篁（長竹子）。

篋 竹部 九畫

ㄑㄧㄝˋ 小箱子：例行篋、書篋、籐篋。

篛 竹部 十畫

ㄖㄨㄛˋ 竹子的一種，莖部中空細長，葉子寬大，可用來編織、包東西，竹筍可以食用：例篛笠。

篛笠 ㄖㄨㄛˋ ㄌㄧˋ 篛：竹葉編成的帽子，用來防晒、遮雨。笠：用竹葉編成的帽子。例早期的農業社會，到處都可見到戴篛笠的農民。

篙 竹部 十畫

ㄍㄠ ❶撐船用的竹竿。例竹篙。❷船夫。例篙夫。❸計算深度的量詞。例不知水有幾篙深？

參考 請注意：竹部的「篙」是竹竿的意思；艸部的「蒿」（ㄏㄠ），像「茼蒿」是菜名。

簑 竹部 十畫

ㄙㄨㄛ 用草或棕櫚葉編成的防雨用具：例簑笠。

簑衣 ㄙㄨㄛ ㄧ 用草或棕櫚葉製成，披在身上的防雨用具。

築 竹部 十畫

ㄓㄨˊ ❶建築物：例雅築、小築。❷建造，修建：例築路、建築房屋。❸姓：例築先生。

篤 竹部 十畫

ㄉㄨˇ ❶忠厚，誠實：例篤厚、誠篤。❷專心，全心全意：例篤學、篤信。❸病情沉重：例病篤。

猜一猜 竹馬。（猜一字）（答案：篤）

篤志 ㄉㄨˇ ㄓˋ 意志堅定不移。例他孜孜不倦，篤志於學。

篤定 ㄉㄨˇ ㄉㄧㄥˋ 心裡踏實，有把握。例我篤定能辦好這件事。

篤厚 ㄉㄨˇ ㄏㄡˋ 忠實淳厚。

篤信 ㄉㄨˇ ㄒㄧㄣˋ 深信，堅信。例他對佛教信仰篤信不移。

篤實 ㄉㄨˇ ㄕˊ ❶忠厚樸實。例他的性情篤實敦厚。❷實在。例他的學問很篤實。

篤學 ㄉㄨˇ ㄒㄩㄝˊ 專心好學。

篡 竹部 十畫

ㄘㄨㄢˋ ❶奪取：例篡奪。❷臣子奪取君主的權位：例篡位。

篡位 ㄘㄨㄢˋ ㄨㄟˋ 臣子叛逆奪取君位。

篡改 ㄘㄨㄢˋ ㄍㄞˇ 為了某種目的，故意改動原文或歪曲原意。

參考 請注意：也可以寫作「竄改」。

篡奪 ㄘㄨㄢˋ ㄉㄨㄛˊ 用不正當的手段奪取。

篩

竹部 十畫

ㄕㄞ ❶以竹、木等製成的器具，上面有很多小洞，可以留下要的東西而把不要的細碎東西漏下去：例篩子。❷植物運送養分的管道：例篩管。❸用篩子過濾物品：例篩米。

篩子 ㄕㄞ ˙ㄗ 篩東西的器具。

篩落 ㄕㄞ ㄌㄨㄛˋ ❶用篩子過濾細碎的東西。❷像篩東西一樣的灑落。例夕陽從樹葉間篩落滿地的金光。

簇

竹部 十一畫

ㄘㄨˋ ❶叢聚；成團的，成堆的：例花團錦簇、一簇鮮花。❷極新的：例簇新。❸箭矢前端的鋒利部分：例箭簇。

參考 相似字：聚。

簇集 ㄘㄨˋ ㄐㄧˊ 叢聚，聚集。

簇新 ㄘㄨˋ ㄒㄧㄣ 嶄新，極新。

簇擁 ㄘㄨˋ ㄩㄥ 緊緊圍攏著。例大明星身旁總是簇擁著一群影迷。

簍

竹部 十一畫

ㄌㄡˇ 用竹子、荊條等編成的盛東西的器物：例油簍、字紙簍。

簍子 ㄌㄡˇ ˙ㄗ 用竹子、荊條等編成的盛物器。

簍筐 ㄌㄡˇ ㄎㄨㄤ 盛物的竹器，圓形的稱簍，方形的稱筐。

篷

竹部 十一畫

ㄆㄥˊ ❶遮蔽陽光、風雨的設備，通常用竹席或帆布製成：例船篷、車篷。❷船帆：例扯起篷來。

參考 請注意：「篷」和「蓬」都讀ㄆㄥˊ，竹部的「篷」是擋風雨、日光的設備，例如：車篷。艸部的「蓬」是一種植物，用來形容鬆散雜亂的樣子，例如：蓬草、蓬頭垢面。

篾

竹部 十一畫

ㄇㄧㄝˋ 用竹子、蘆葦等的莖剖成的薄片，可用來編製東西：例竹篾。

篾片 ㄇㄧㄝˋ ㄆㄧㄢˋ 竹子劈成的薄片。

簌

竹部 十一畫

ㄙㄨˋ ❶繁密的樣子：例風動落花紅簌簌。❷細碎不斷的聲音：例竹林裡簌簌地響。❸紛紛落下來的樣子：例淚珠簌簌地掉下來。

簌簌 ㄙㄨˋ ㄙㄨˋ ❶形容風吹樹葉的聲音。❷形容眼淚紛紛落下來的樣子。

篳

竹部 十一畫

ㄅㄧˋ 用樹枝、荊條、竹子編成的籬笆等遮攔物：例蓬門篳戶（指貧苦的人家）。

篳路藍縷 ㄅㄧˋ ㄌㄨˋ ㄌㄢˊ ㄌㄩˇ 駕著柴車，穿著破舊的衣服去開闢山林。形容創業的艱苦。

簧

竹部 十二畫

ㄏㄨㄤˊ ❶樂器裡振動發聲的薄銅片或竹薄片：例笙簧。❷器物上有彈力的機件：例彈簧、鎖簧。

簧鼓 ㄏㄨㄤˊ ㄍㄨˇ 本為樂器名，又指惑亂人心的花言巧語。

簪 竹部 十二畫

ㄗㄢ ❶用來別住頭髮的一種飾物：例玉簪、扁簪。❷戴上，插上：例簪花。

簪子 ㄗㄢ ˙ㄗ 別住髮髻的條狀物，用金屬、骨頭、玉石等製成。

簞 竹部 十二畫

ㄉㄢ 古時盛飯的圓形竹器。

簞食壺漿 ㄉㄢ ㄙˋ ㄏㄨˊ ㄐㄧㄤ 用簞盛飯，用壺盛湯。形容老百姓慰勞軍隊的盛情。

簞食瓢飲 ㄉㄢ ㄙˋ ㄆㄧㄠˊ ㄧㄣˇ 形容安貧樂道的樣子。

簞瓢屢空 ㄉㄢ ㄆㄧㄠˊ ㄌㄩˇ ㄎㄨㄥ 形容飲食常常缺乏、不足的樣子。瓢：取水盛物的器具。屢：時常。

簣 竹部 十二畫

ㄎㄨㄟˋ 盛土的竹器：例功虧一簣。

簡 竹部 十二畫

ㄐㄧㄢˇ ❶古時候用來寫字的竹片：例簡冊。❷信件：例書簡。❸不複雜的：例簡單。❹姓：例簡小姐。

參考 相似字：單、陋、柬。♣相反字：繁、複。

簡明 ㄐㄧㄢˇ ㄇㄧㄥˊ 簡單明白。例他的報告簡明有力。

簡直 ㄐㄧㄢˇ ㄓˊ 完全是、實在是，誇大語氣的副詞。例這隻狗很聰明，簡直就像個人一樣。

簡易 ㄐㄧㄢˇ ㄧˋ 簡單而容易辦到的。

簡述 ㄐㄧㄢˇ ㄕㄨˋ 簡單的說明。述：說明。例他正在簡述旅遊的經過。

簡便 ㄐㄧㄢˇ ㄅㄧㄢˋ 簡單方便。例這個方法很簡便。

簡陋 ㄐㄧㄢˇ ㄌㄡˋ 簡單粗糙，不完備。例那個窮人住的地方很簡陋，連張沙發都沒有。

簡略 ㄐㄧㄢˇ ㄌㄩㄝˋ 簡單不詳細。

參考 相反詞：詳盡。

簡單 ㄐㄧㄢˇ ㄉㄢ 容易了解、使用或處理。例這個問題很簡單。

參考 請注意：「簡單」和「單純」都表示不複雜，但是「單純」有純粹、沒有雜質的意思；而「簡單」有時可形容人的頭腦或思想不聰明。

簡報 ㄐㄧㄢˇ ㄅㄠˋ 將全部內容做簡單、重要的報告。例施工人員正在做水庫施工情形的簡報。

簡答 ㄐㄧㄢˇ ㄉㄚˊ 簡短的答案或回答。

簡稱 ㄐㄧㄢˇ ㄔㄥ 把複雜的名稱變成比較短、比較容易的稱呼。例我們通常都把亞細亞洲簡稱為亞洲。

簫 竹部 十二畫

ㄒㄧㄠ 竹製的單管直吹樂器，發音清幽，常用於獨奏或合奏：例洞簫。

簾 竹部 十三畫

ㄌㄧㄢˊ ❶用布、竹子等做成，用來遮蔽門窗的東西：例門簾、窗簾、竹簾。❷從前商店門前作為標誌吸引顧客的旗子：例酒簾。

簿 竹部 十三畫

ㄅㄨˋ 記事情的本子：例筆記簿。

ㄅㄛˊ ❶簾子，同「箔」。❷用細竹或蘆草編成的養蠶器具，同「箔」。

參考 相似字：部、冊。♣請注意：竹部的「簿」是指記事的本子，因為古時候的本子都是用「竹片」編成的，所以是竹

六畫

部，例如：筆記簿、作文簿。艸部的「薄」是指事物像「草」那麼細微，例如：薄紙、薄情。

簽　竹部　十三畫

ㄑㄧㄢ ❶親自寫上姓名或畫上記號：例簽名。❷用比較簡單的文字提出要點或意見：例簽呈。❸標示記號的紙片：例標簽。

參考 相似字：寫、署。♣請注意：「簽」、「籤」二字都有標示記號的意思，有時可通用，例如：標簽（籤）。但「簽名」、「抽籤」有固定的寫法，不可混用。

簽名 ㄑㄧㄢ ㄇㄧㄥˊ　寫上自己的名字。例老師要求我們在新課本上簽名，免得拿錯了。

參考 相似詞：簽字。

簽約 ㄑㄧㄢ ㄩㄝ　在合約上簽名，表示承認合約所共同約定的事。

簽訂 ㄑㄧㄢ ㄉㄧㄥˋ　訂立條約或協定，並簽名。

簷　竹部　十三畫

ㄧㄢˊ ❶屋頂向外伸出去的部分，用來遮蔽風雨：例屋簷、房簷。❷遮蓋物的邊緣或伸展出去的部分：例帽簷。

參考 請注意：「簷」也可以寫作「檐」。

簸　竹部　十三畫

ㄅㄛˇ ❶用箕上下顛動，去掉糧食中糠秕、塵土等雜物。❷搖動，晃動：例顛簸。

ㄅㄛˋ 用來簸（ㄅㄛˇ）糧食或掃地時盛塵土的用具：例簸箕。

簸弄 ㄅㄛˇ ㄋㄨㄥˋ　玩弄。

簸蕩 ㄅㄛˇ ㄉㄤˋ　顛簸搖盪。

籍　竹部　十四畫

ㄐㄧˊ ❶書本：例古籍、典籍、書籍。❷登記後用來查考的冊子：例戶籍。❸一個人本身生長或世代久住的地方：例籍貫、國籍。

參考 請注意：「籍」和「藉」很相似，讀音也都讀ㄐㄧˊ。「籍」是書冊的意思，但是當作眾多雜亂時，例如：「籍籍」、「狼籍」，和「艸」字頭的「藉藉」、「狼藉」用法是一樣的。但是「藉」還可以讀ㄐㄧㄝˋ，有假借、依靠的意思，例如：藉口、憑藉。

籍貫 ㄐㄧˊ ㄍㄨㄢˋ　指祖先居住或個人出生的地方。貫：世代居住的地方。例我的籍貫是臺灣省彰化縣。

籌　竹部　十四畫

ㄔㄡˊ ❶計算數目的用具：例籌碼。❷計畫：例一籌莫展。❸計算：例籌算、預籌資金。

籌款 ㄔㄡˊ ㄎㄨㄢˇ　想辦法得到預定需要的金錢。例鄉親決定籌款興建活動中心。

籌備 ㄔㄡˊ ㄅㄟˋ　指事前的準備和計畫。例他正在籌備一項「為奧運而跑」的活動。

參考 相似詞：籌畫、籌辦。

籃　竹部　十四畫

ㄌㄢˊ ❶用籐條、竹片編織成的器具，有提手，用來裝東西：例菜籃、花籃。❷籃球架上作為投球目標的框框：例投籃、籃板。

參考 請注意：「籃」和「藍」都讀ㄌㄢˊ。竹部的「籃」是用竹編製裝東西的器具，例如：花籃、搖籃。艸部的「藍」，植物名，是深青色的染料，也可以當作姓，例如：藍色、藍小姐。

籃球 ㄌㄢˊ ㄑㄧㄡˊ　❶球類運動的一種。球場長二十六公尺，寬十四公尺，中間有分界線，兩邊各設一個球籃。比賽時分成二隊，以投入對方籃框的分數多少決定勝敗。❷籃球運動所用的球。

猜一猜 一個西瓜，十人搶它；搶到了手，又扔了它。（猜一種運動器材）（答案：籃球）

籐

竹部 十五畫

ㄊㄥˊ ❶蔓生植物，有白籐、紫籐等多種，有的莖柔軟堅韌，可用來編織。❷指有匍匐莖或攀緣莖的植物：例瓜籐、葡萄籐。

參考 請注意：「籐」和「藤」二字可以通用，但只有「藤」才可作為姓氏使用。

籐本植物 ㄊㄥˊ ㄅㄣˇ ㄓˊ ㄨˋ 莖幹細長，不能直立，爬在地面或攀附他物而生長的植物。

籟

竹部 十六畫

ㄌㄞˋ ❶古代的一種管樂器，後來叫做排簫。❷指一切聲音：例萬籟。

籠

竹部 十六畫

ㄌㄨㄥˊ ❶用竹片或鐵絲編成，可以用來養鳥或裝物的東西：例鳥籠、竹籠。❷竹或木製圓形有蓋的盛物器具，通常稱作「籠子」。❸包括：例籠統。❹遮蓋：例籠罩。

古人說 「打著燈籠沒處找。」這句話是說：白天找，黑夜打著燈籠接著找，也找不到。表示難得、少有。例如：天底下竟有這麼好的事，真是「打著燈籠沒處找」。

籠罩 ㄌㄨㄥˇ ㄓㄠˋ 遮蓋在上面。例晨霧籠罩著遠山。

籠蓋 ㄌㄨㄥˇ ㄍㄞˋ 整個覆蓋。例黃昏時，暮色籠蓋四野。

籠絡人心 ㄌㄨㄥˇ ㄌㄨㄛˋ ㄖㄣˊ ㄒㄧㄣ 用手段拉攏人。絡：罩在馬頭的套子。例他為了籠絡人心，所以請大家吃飯。

籤

竹部 十七畫

ㄑㄧㄢ ❶求神問卜用的竹片：例卜卦抽籤。❷用來標明事物的小東西：例標籤、書籤。❸用竹子或木片所製成的尖細用品：例牙籤。

參考 請注意：「籤」和「簽」都讀ㄑㄧㄢ，當作「標明事物的小紙條」用時，「籤」和「簽」相通，例如：書籤（簽）、標籤（簽）。但是拜神抽籤不可用「簽」。另外，「簽」還有在文書上題字題名，做為紀念或依據的用法，例如：簽名、簽字。

籬

竹部 十九畫

ㄌㄧˊ 在房子周圍用竹子或樹枝編成的隔離物：例籬笆、竹籬茅舍。

籮

竹部 十九畫

ㄌㄨㄛˊ 用竹子或柳條等編成的盛東西的器具：例籮筐。

籲

竹部 二十六畫

ㄩˋ 呼喊，請求：例呼籲。

參考 相似字：呼、喊。

米部 ㄇㄧˇ

「米」是幾粒米分散排列的樣子，最早寫成「米」或「米」，是個象形字。後來寫成「米」，把中間那一畫連起來是個錯誤，因為看不出米粒的樣子，現在還是寫成

六畫

「米」。米部的字大部分和穀類食物有關，例如：糧、粥、粉、粟、粱等。

米

丶 丷 䒑 半 米 米

米部 ○畫

ㄇㄧˇ ❶穀物或去了皮的植物種子：例小米、花生米。❷粒狀像米的東西：例蝦米。❸公制長度單位，就是「公尺」：例百米賽跑。❹姓。

猜一猜 八十八個人，排成八卦陣。如果沒有它，大家活不成。（猜一字）（答案：米）

米尺 ㄇㄧˇ ㄔˇ 米制（公制）的尺，是法國長度單位的簡稱。

米色 ㄇㄧˇ ㄙㄜˋ 白而微黃的顏色。

米酒 ㄇㄧˇ ㄐㄧㄡˇ 用糯米、黃米等釀成的酒。

米粉 ㄇㄧˇ ㄈㄣˇ ❶將米磨成粉末，加水製成細長條，形如麵條的食品。例新竹米粉，遠近聞名。❷米磨成的粉末。

米粒 ㄇㄧˇ ㄌㄧˋ 米的顆粒。

米飯 ㄇㄧˇ ㄈㄢˋ 用米做成的飯，是我們的主食，有糯米飯、蓬萊米飯、在來米飯等。

米粟 ㄇㄧˇ ㄙㄨˋ 泛指糧食。粟：穀類。

米糠 ㄇㄧˇ ㄎㄤ 稻子、穀子外面的皮，脫下後叫米糠。

米珠薪桂 ㄇㄧˇ ㄓㄨ ㄒㄧㄣ ㄍㄨㄟˋ 米像珍珠，柴像桂木。形容物價昂貴，生活困難。

籽

丶 丷 䒑 半 米 米 籵 籽 籽

米部 三畫

ㄗˇ 植物的種子：例花籽、菜籽。

籽棉 ㄗˇ ㄇㄧㄢˊ 未軋去種子的棉花。

粉

丶 丷 䒑 半 米 米 米 粉 粉 粉

米部 四畫

ㄈㄣˇ ❶非常細小的碎末：例粉末。❷指化妝用品：例蜜粉。❸漆上油漆：例粉刷。❹用澱粉做成的食品：例通心粉。❺白色的：例粉蝶。❻讓東西完全破碎：例粉身碎骨。

猜一猜 分送米食。（猜一字）（答案：粉）

動動腦 它們都需要一個字，才能成為一個詞，小朋友，請你幫它們快點找回來！（答案：米粉、麵粉、粉紅、粉蝶）

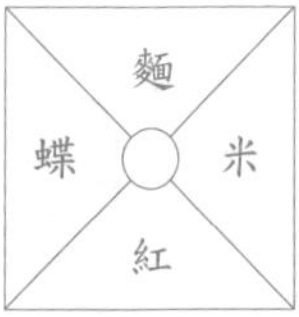

古人說 「粉向自己臉上擦，灰往別人臉上抹。」這句話是形容把功勞歸在自己身上，卻將錯誤推給別人。例做人不能老是「粉向自己臉上擦，灰往別人臉上抹」，這樣會交不到朋友的。

粉末 ㄈㄣˇ ㄇㄛˋ 非常小的顆粒。

粉碎 ㄈㄣˇ ㄙㄨㄟˋ ❶破碎的像粉末一樣。例茶杯摔得粉碎。❷澈底失敗或是毀滅。例我們粉碎了敵人的進攻。

粉飾 ㄈㄣˇ ㄕˋ 用粉美化表面；比喻掩蓋缺點和錯誤。例他想要粉飾錯誤，沒想到愈弄愈糟。

粉身碎骨 ㄈㄣˇ ㄕㄣ ㄙㄨㄟˋ ㄍㄨˇ 身體粉碎。多指為某種目的而犧牲生命。例為了國家的安危，我粉身碎骨死也無悔。

粉墨登場 ㄈㄣˇ ㄇㄛˋ ㄉㄥ ㄔㄤˇ 化裝上臺演戲。粉墨：化妝品。例演員們粉墨登場合演一齣戲。

粄

丶 丷 䒑 半 米 米 米 粄 粄 粄

米部 四畫

ㄅㄢˇ 一種用再來米磨成米漿，蒸熟後切成較寬的長條：例粄條。

粑

丶 丷 䒑 半 米 米 米 粑 粑 粑

米部 四畫

ㄅㄚ 像餅一類的食物：例糌粑（藏族的主食）。

粗

米部 五畫

ㄘㄨ ❶橫的距離較大：例這棵樹很粗。❷顆粒較大的：例粗沙。❸不仔細：例粗心。❹不文雅的：例粗魯。❺稍微的：例粗具規模。❻聲音大而且低沉：例粗聲粗氣。

參考 相反字：精、細。

繞口令 山南一個崔粗腿，山北一個崔腿粗，兩人山上來比腿：不知道崔粗腿的腿粗？還是崔腿粗的腿粗？

粗人 ㄘㄨ ㄖㄣˊ 做事隨便、不仔細的人。

粗心 ㄘㄨ ㄒㄧㄣ 做事不小心、不仔細。例小弟弟做事很粗心。

粗劣 ㄘㄨ ㄌㄧㄝˋ 比喻東西不精巧。例這幅畫非常粗劣。

粗陋 ㄘㄨ ㄌㄡˋ 做事不仔細、不完備。陋：粗劣的意思。例他的文筆粗陋。

參考 相似詞：粗簡。

粗壯 ㄘㄨ ㄓㄨㄤˋ 身體非常的健壯。

粗俗 ㄘㄨ ㄙㄨˊ 談吐、舉止等不文雅而且非常俗氣。例你真是個粗俗的人。

參考 相似詞：粗鄙。

粗淺 ㄘㄨ ㄑㄧㄢˇ 不深奧：非常淺顯。例像這種粗淺的話你還聽不懂嗎？

粗略 ㄘㄨ ㄌㄩㄝˋ 大概；不精確。例粗略估計，這項計畫要三個月才能完成。

粗野 ㄘㄨ ㄧㄝˇ 動作粗魯，沒有禮貌。

參考 相似詞：粗獷。

粗率 ㄘㄨ ㄕㄨㄞˋ 做事不細心，不仔細考慮。例他做事粗率。

粗魯 ㄘㄨ ㄌㄨˇ 說話、動作粗野、愚笨。魯：粗野的意思。例你說話不要那麼粗魯。

參考 相似詞：粗鹵、粗暴。

粗糙 ㄘㄨ ㄘㄠ 東西不精細。例這件工藝品很粗糙。

粗言惡語 ㄘㄨ ㄧㄢˊ ㄜˋ ㄩˇ 不文雅的話。例他們不應該用粗言惡語來批評別人。

粗枝大葉 ㄘㄨ ㄓ ㄉㄚˋ ㄧㄝˋ 比喻做事不認真、不仔細，很隨便的樣子。例他是個粗枝大葉的人，常常會得罪別人。

粗茶淡飯 ㄘㄨ ㄔㄚˊ ㄉㄢˋ ㄈㄢˋ 很簡單、不精美的飲食；比喻一個人不重視名利，過著貧窮清閒的日子。例他雖然每天粗茶淡飯，可是仍然很快樂。

粒

米部 五畫

ㄌㄧˋ ❶細小的固體：例米粒。❷表示數量的用詞：例一粒米。

參考 相似字：顆。

粘

米部 五畫

ㄋㄧㄢˊ ❶用漿糊或膠水把東西連合在一起，同「黏」：例粘信封。❷姓：例粘先生。

參考 相似字：黏。

粘貼 ㄋㄧㄢˊ ㄊㄧㄝ 用漿糊或膠水把東西相連。例他用膠水把一張張海報粘貼在布告欄上。

粕

米部 五畫

ㄆㄛˋ 糧食的渣滓，例如：米渣、豆渣或酒渣等：例糟粕。

粟

米部 六畫

ㄙㄨˋ ❶穀類植物，俗稱小米，是我國北方的主要糧食作物。❷從前泛稱糧食：例重農貴粟。❸「俸祿」的代稱：例義不食周粟。❹姓：例粟先生。

粟米 ㄙㄨˋ ㄇㄧˇ 玉米。例我最愛吃烤粟米了！

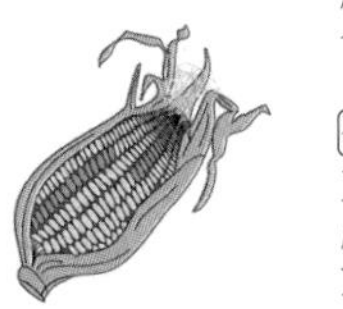

六畫

粥

米部 六畫

ㄓㄡ 稀飯，用米糧煮成的半流質食物：例稀粥、玉米粥。

ㄩˋ 限於「葷粥」（民族名）一詞。

小百科 在醫學上，粥不但適宜於病人食用，而且有益於人類的健康。假使在煮粥時加進一些食物，就能對身體產生防病作用。例如：動物肝粥可以補肝，使眼睛明亮；菠菜粥可以補血；綠豆粥清涼解熱；蓮子粥也可以使眼睛明亮；蘑菇粥可以防癌等。

粥少僧多 ㄓㄡ ㄕㄠˇ ㄙㄥ ㄉㄨㄛ　比喻東西少而人多，不夠分配。也說「僧多粥少」。

粵

米部 七畫

ㄩㄝˋ ❶古代南方種族名，居住在浙、閩、粵一帶，又稱「百粵」或「百越」。❷廣東省的簡稱：例粵漢鐵路。❸姓：例粵先生。

粵劇 ㄩㄝˋ ㄐㄩˋ　廣東地方的戲曲劇，用廣州話演唱，曲調由皮黃、梆子等演變而來，並吸收了一些民間小調。

粱

米部 七畫

ㄌㄧㄤˊ ❶穀類植物，所結的實就是粟，通稱小米，可以釀酒：例高粱。❷古代指品種特別好的穀子。❸指精美的食物：例膏粱、粱肉。

粱肉 ㄌㄧㄤˊ ㄖㄡˋ　精美的食物。

粳

米部 七畫

ㄍㄥ 粳稻，稻子的一種，米粒叫粳米。

參考 相似字：秔、秈。

粹

米部 八畫

ㄘㄨㄟˋ ❶精華：例精粹。❷純一不雜的：例純粹。

參考 相似字：精。

粽

米部 八畫

ㄗㄨㄥˋ 用竹葉把糯米包成三角錐狀後，煮熟或蒸熟的食品，俗稱「粽子」。

精

米部 八畫

ㄐㄧㄥ ❶經過提煉或挑選的：例精鹽。❷提煉出來的精華：例酒精。❸完美的，最好的：例精彩。❹細：例精密。❺機靈的：例精明。

參考 相反字：粗。♣請注意：「菁」和「精」有分別：「菁」原是韭菜花，引申為物體最美的部分；而「精」是提煉出來的最好東西。

精力 ㄐㄧㄥ ㄌㄧˋ　精神和體力。例他的精力旺盛。

精子 ㄐㄧㄥ ㄗˇ　雄性生殖細胞。人和動物的精子分頭、頸、尾三部。頭的形狀隨動物的種類不同，中間有核，核旁有少許的細胞質。尾部有鞭毛，管運動。

精心 ㄐㄧㄥ ㄒㄧㄣ　特別用心。例吃吃看，這是她精心製作的蛋糕。

參考 相似詞：經心。

精巧 ㄐㄧㄥ ㄑㄧㄠˇ　精細巧妙。例這件工藝品做得相當精巧。

精光 ㄐㄧㄥ ㄍㄨㄤ　一點都不剩。例他們把菜吃得精光。

精良 ㄐㄧㄥ ㄌㄧㄤˊ　非常完美。例我們擁有一支裝備精良的軍隊。

精明 ㄐㄧㄥ ㄇㄧㄥˊ　形容人做事細心能幹。例他是個非常精明的人。

精采 ㄐㄧㄥ ㄘㄞˇ 比喻事物優美、出色。例這個節目非常精采。

參考 相似詞：精彩。

精美 ㄐㄧㄥ ㄇㄟˇ 精緻美好。例這份禮物相當精美。

精神 ㄐㄧㄥ ㄕㄣˊ ❶指人腦對客觀物質世界的反映。❷表現出來的活力。例他有著旺盛的精神。

精細 ㄐㄧㄥ ㄒㄧˋ 精密細緻。例這座雕像雕得非常精細。

精密 ㄐㄧㄥ ㄇㄧˋ 精細周密。例臺灣製造的儀器愈來愈精密。

參考 相似詞：周密。

精通 ㄐㄧㄥ ㄊㄨㄥ 對於學問或技術有深刻的了解。例他精通三國語言。

精華 ㄐㄧㄥ ㄏㄨㄚˊ 物質最重要、最美好的部分。

參考 相似詞：菁華、精髓。

精湛 ㄐㄧㄥ ㄓㄢˋ 精熟深入。大多指學問或技藝的精美深入。湛：深厚。例他們的球技精湛。

精銳 ㄐㄧㄥ ㄖㄨㄟˋ 軍隊裝備優良，士兵戰鬥力強。銳：精強的。

精確 ㄐㄧㄥ ㄑㄩㄝˋ 非常準確、正確。例他精確的分析這個問題。

精練 ㄐㄧㄥ ㄌㄧㄢˋ 文章沒有多餘的詞句。例他寫的文章相當精練。

精緻 ㄐㄧㄥ ㄓˋ 精巧細緻。緻：細密的。例他所做的工藝品都很精緻。

參考 活用詞：精緻農業。

精簡 ㄐㄧㄥ ㄐㄧㄢˇ 留下必要的，去掉不必要的。簡：不複雜的。

精靈 ㄐㄧㄥ ㄌㄧㄥˊ ❶神、鬼的通稱。❷非常機警聰明。例這孩子真精靈，一說就明白。

精神生活 ㄐㄧㄥ ㄕㄣˊ ㄕㄥ ㄏㄨㄛˊ 可以陶冶心性的一切心靈活動。例如：繪畫、聽音樂、爬山……。

參考 相反詞：物質生活。

精打細算 ㄐㄧㄥ ㄉㄚˇ ㄒㄧˋ ㄙㄨㄢˋ 非常仔細的計算。例他很節儉，買東西都精打細算。

精益求精 ㄐㄧㄥ ㄧˋ ㄑㄧㄡˊ ㄐㄧㄥ 已經很好還要再追求更好；比喻不斷的求進步。益：更加。例你必須不斷的精益求精。

精疲力竭 ㄐㄧㄥ ㄆㄧˊ ㄌㄧˋ ㄐㄧㄝˊ 精神疲乏，氣力用盡。形容人非常勞累的樣子。例他下班後常感到精疲力竭。

精神感召 ㄐㄧㄥ ㄕㄣˊ ㄍㄢˇ ㄓㄠˋ 用偉大的人格來影響別人，使他自願效力。感：打動人心。召：呼喚。例大家受到他的精神感召，因此更加努力。

精誠團結 ㄐㄧㄥ ㄔㄥˊ ㄊㄨㄢˊ ㄐㄧㄝˊ 互助合作結合在一起。誠：誠心。例我們在艱苦的環境下，更應該精誠團結。

粼

米部 八畫

ㄌㄧㄣˊ 形容水、石等明淨、清澈的樣子：例波光粼粼。

粼粼 ㄌㄧㄣˊ ㄌㄧㄣˊ 清澈的樣子。例我們徜徉在碧波粼粼的湖光山色下，多詩情畫意呀！

糊

米部 九畫

ㄏㄨˊ ❶貼，黏：例把紙糊在窗上。❷黏合封閉：例拿張紙把這個窗縫糊上。❸不明白的：例模糊。❹麥粉或米粉所調成的粥類：例麵糊。❺用麵粉調水而成的濃汁。❻填飽肚子，同「餬」：例糊口。❼燒焦：例飯糊了。

繞口令 你會糊我的粉紅活佛龕①，就來糊我的粉紅活佛龕；你不會糊我的粉紅活佛龕，別混充會糊糊壞了我的粉紅活佛龕。

註：①龕：讀ㄎㄢ，是用來供奉佛像、神像的櫥櫃。

糊口 ㄏㄨˊ ㄎㄡˇ 指勉強維持生活。例他賺的錢只夠糊口。

糊弄 ㄏㄨˋ ㄋㄨㄥˋ 不認真，草草了事。

糊塗 ㄏㄨˊ ㄊㄨˊ 對事物的認識不清楚或混亂。例他愈說我愈糊塗。

俏皮話 「米湯煮芋頭——糊裡糊塗。」小朋友，你吃過米湯煮芋頭嗎？米湯煮出來本來就糊糊的，加上芋頭，那一定更糊，因此我們用這句話來形容人做事丟三忘四的，沒有條理。

粭 米部 九畫

ㄗㄢˊ 以炒熟的青稞磨製成的粗麵粉，是藏人的主食：例粭粑。

糕 米部 十畫

ㄍㄠ 用米粉、麵粉等做成的食品：例年糕。

參考 請注意：「糕」和「羹」有分別：「羹」讀ㄍㄥ，指的是湯汁。

糕餅 ㄍㄠ ㄅㄧㄥˇ 一般稱糕類點心。

糖 米部 十畫

ㄊㄤˊ ❶由甘蔗、甜菜等製成的甜性物質：例蔗糖。❷由糖做的食品：例糖果。❸人體內產生熱能的主要物質：例葡萄糖。

參考 請注意：「糖」和「醣」有分別：「糖」是植物中提取出來的甜性物質，範圍狹小；「醣」指一些有機物質，範圍較大。

糖果 ㄊㄤˊ ㄍㄨㄛˇ 用糖做的食品，多和果汁、牛奶、咖啡等混合。

糖尿病 ㄊㄤˊ ㄋㄧㄠˋ ㄅㄧㄥˋ 是一種慢性病，因為胰島素分泌不足，引起糖的代謝混亂，糖分多從尿中排出體外。時常口渴，小便增多，吃得也很多，但是反而會變瘦。

糢 米部 十一畫

ㄇㄛˊ ❶大餅，通「饃」：例烤糢、肉湯泡糢。❷不清楚，同「模」：例糢糊。

糠 米部 十一畫

ㄎㄤ ❶穀粒的外皮：例米糠、麥糠。❷質地變得鬆而不堅實：例糠蘿蔔。

糠油 ㄎㄤ ㄧㄡˊ 從米糠中提煉出來的油。

糠秕 ㄎㄤ ㄅㄧˇ 穀類廢棄不可吃的部分；比喻廢棄的東西。

糟 米部 十一畫

ㄗㄠ ❶製酒剩下的渣子：例酒糟。❷差勁的：例這件事糟透了。❸浪費：例糟蹋。

糟糕 ㄗㄠ ㄍㄠ 指事情或情況壞到了不能解決的地步。例糟糕！小狗打破了花瓶。

糟蹋 ㄗㄠ ㄊㄚˋ 任意浪費，不加以愛惜。例不要糟蹋糧食。

參考 請注意：「糟蹋」和「浪費」都有任意耗費不加以愛惜的意思，但是有分別：「糟蹋」除了指浪費外，還指損壞、任意破壞；「浪費」指的是人力、財力、時間沒有好好運用，和「節約」、「節省」相反。「糟蹋」的語意比「浪費」重。

糙 米部 十一畫

ㄘㄠ ❶只去掉穀皮的米：例糙米。❷不細緻的：例粗糙。

猜一猜 製造米食。（猜一字）（答案：糙）

糙米 ㄘㄠ ㄇㄧˇ 稻穀去殼後，卻不弄成清潔的白米，但是有很高的營養價值。

糜 米部 十一畫

ㄇㄧˊ ❶很濃稠的粥：例肉糜。❷黍類穀物：例糜子。❸浪費：例糜費。❹爛：例糜爛。❺姓：例糜先生。

參考 請注意：「糜」和「靡」的用法：

六畫

「靡」念ㄇㄧˇ時，可解釋成靡費、靡爛，和「糜」相通。但是念ㄇㄧˊ時，有人人佩服、喜歡或不振作的意思，例如：風靡、靡靡之音，就不能和「糜」通用。

糜費 ㄇㄧˊ ㄈㄟˋ　浪費金錢或時間、人力等。

糜爛 ㄇㄧˊ ㄌㄢˋ　原本是指爛得像稀飯一樣不可收拾，現在通常指人的生活太奢侈、不求上進。也可以寫作「靡爛」。

糞　米部　十一畫

ㄈㄣˋ　❶動物的排泄物：例糞土。❷施肥：例糞田。❸掃除：例糞除。

參考　相似字：屎、便。

糞土 ㄈㄣˋ ㄊㄨˇ　糞便和泥土；比喻不值錢的東西。

糞除 ㄈㄣˋ ㄔㄨˊ　掃除。

糧　米部　十二畫

ㄌㄧㄤˊ　❶穀類食物：例乾糧。❷有田地的人，對國家所繳的稅：例納糧。

參考　請注意：「糧」和「粱」不同，「粱」是小米。

糧食 ㄌㄧㄤˊ ㄕˊ　可以吃的穀物、豆類等的總稱。

糧草 ㄌㄧㄤˊ ㄘㄠˇ　軍隊用的糧食和草料。

糯　米部　十四畫

ㄋㄨㄛˋ　有黏性的稻米，可以釀酒或作糕點等食品，又叫「江米」：例糯米。

糯米 ㄋㄨㄛˋ ㄇㄧˇ　糯稻舂成的米，富有黏性，多用來作糕、糰等，也可用來釀酒。

糯稻 ㄋㄨㄛˋ ㄉㄠˋ　米粒富於黏性的稻子。

糰　米部　十四畫

ㄊㄨㄢˊ　用麵粉或米粉做的圓球形食物：例湯糰、菜糰。

糴　米部　十六畫

ㄉㄧˊ　❶買進糧食，和「糶」字相對：例糴米。❷姓：例糴先生。

參考　相反字：糶。

糶　米部　十九畫

ㄊㄧㄠˋ　賣出糧食，和「糴」字相對：例糶米、五月糶新穀。

糸部　ㄇㄧˋ

「糸」是絲線纏成一卷的形狀，兩邊是線頭，中間是纏繞的絲線。後來簡化寫成「糸」，拉直後寫成「糸」或「糸」。糸部的字大都和絲棉、麻等有關，可以分成三類：

一、和絲有關的名稱，例如：線、緒（線頭）、綻（布上的破洞）。

二、和絲、布等有關的活動，例如：縫（縫合）、紡（紡紗）、編、織。

三、和絲有關的特性，例如：細（絲線微細）、繁（絲線眾多）、紊（絲多而亂）。

六畫

糸

糸部 ○畫

ㄇㄧˋ 細絲。

系

糸部 一畫

ㄒㄧˋ ❶有關係的事物：例系統、水系。❷大學裡按照學科所分的教學行政單位：例中文系、數學系。❸姓：例系先生。

參考 請注意：「系」、「係」都有聯繫的意思，但是習慣上「系統」、「系別」不作「係」，「關係」、「干係」不作「系」。

系列 ㄒㄧˋ ㄌㄧㄝˋ 有關聯的一組事物。例學校安排系列活動來慶祝校慶，例如：畫壁報、編校刊、開運動會等。

系統 ㄒㄧˋ ㄊㄨㄥˇ ❶許多器官聯合組成的結構。這些器官能夠共同完成一種以上的生理功能。例如：心臟、動脈、靜脈、微血管等器官構成循環系統，共同完成血液循環的生理功能。❷同類事物按照一定的關係聯合起來，成為一個整體。例捷運系統、灌溉系統。❸有條理的。例想獲得一種專門知識，必須有系統的學習。

參考 活用詞：系統性、系統化、系統分析。

糾

糸部 二畫

ㄐㄧㄡ ❶結繞在一起：例糾纏。❷集合：例糾合。❸矯正：例糾正。❹督察：例糾察。❺姓：例糾先生。

參考 請注意：❶「糾」也可以寫作「糺」。❷走部的「赳」（ㄐㄧㄡ），有勇敢的意思，例如：雄赳赳。糸部的「糾」（ㄐㄧㄡ），有改正的意思，例如：糾正。

糾正 ㄐㄧㄡ ㄓㄥˋ 改正錯誤。例他喝湯會發出聲音，媽媽要他糾正這個壞習慣。

參考 請注意：「糾正」是改正錯誤；「端正」是使東西不歪斜；「更正」是改正語言文字的錯誤。

糾紛 ㄐㄧㄡ ㄈㄣ 人與人之間產生爭執。例他們為了參加比賽的事情發生糾紛。

糾察 ㄐㄧㄡ ㄔㄚˊ ❶檢舉他人的過失。❷維持群眾的秩序。例他在學校中擔任糾察的工作，非常負責。

參考 活用詞：糾察員、糾察隊。

糾纏 ㄐㄧㄡ ㄔㄢˊ ❶攪在一起，弄不清楚。例這個問題十分複雜，糾纏不清。❷搗亂，使人無法做事。例我正在忙，別來糾纏我。

紂

糸部 三畫

ㄓㄡˋ ❶勒在馬臀部上的皮帶。❷商朝最後一個君主：例紂王。

紂王 ㄓㄡˋ ㄨㄤˊ 商朝最後一個君主，因為非常殘暴，被周武王滅亡。

紅

糸部 三畫

ㄏㄨㄥˊ ❶像鮮血一樣的顏色：例紅色。❷得寵，受人喜愛：例紅人。❸成功的，成名的：例紅歌星。❹美麗的：例紅顏。❺做生意時除了本錢以外，所得到的利潤：例紅利。❻喜慶：例紅帖子。

ㄍㄨㄥ 通「工」，女人的縫紉工作：例女紅。

參考 請注意：形容紅色除了「紅」之外，還有丹、赤、朱、彤。

古人說 「人無千日好，花無百日紅。」這句話是說：❶要愛惜光陰，趕緊努力，因為世界上的東西，常常在改變，不把握好機會，機會很快就過去了。❷用來安慰生病或失意的人。例「人無千日好，花無百日紅」，生病了，就安心休養吧！

紅包 ㄏㄨㄥˊ ㄅㄠ ❶新年時發給小孩的壓歲錢。❷用來收買別人為自己辦事的錢財。例他想用紅包收買警察放他一馬，卻反而犯了賄賂罪。

紅利 ㄏㄨㄥˊ ㄌㄧˋ 做生意時除去本錢之外所獲得的利潤。例今年生意不錯，得到的紅利

六畫

很多。

紅袖 ㄏㄨㄥˊ ㄒㄧㄡˋ 比喻美女。

參考 相似詞：沉魚落雁。

紅塵 ㄏㄨㄥˊ ㄔㄣˊ 指繁華熱鬧的社會，也指人世間。例他看破紅塵，決定出家當和尚。

紅潤 ㄏㄨㄥˊ ㄖㄨㄣˋ 紅而滋潤（多指皮膚）。例這個小孩紅潤的臉蛋像蘋果一樣。

紅磚 ㄏㄨㄥˊ ㄓㄨㄢ 建築材料的一種，用含鐵質多的黏土燒成，大多是長方形。又稱「瓦磚」。

紅毛番 ㄏㄨㄥˊ ㄇㄠˊ ㄈㄢ 就是荷蘭人，因為他們的頭髮略帶紅色。

紅外線 ㄏㄨㄥˊ ㄨㄞˋ ㄒㄧㄢˋ 波長在紅光和無線電之間的電磁波。它不能引起視覺，但有顯著的熱效應。

紅血球 ㄏㄨㄥˊ ㄒㄧㄝˇ ㄑㄧㄡˊ 血球的一種，比白血球小，是構成血液的原料之一。主要成分是血紅蛋白，容易與氧結合、分離，具有輸送氧氣的功能。

紅十字會 ㄏㄨㄥˊ ㄕˊ ㄗˋ ㄏㄨㄟˋ 一種志願的、國際性的救護、救濟團體，由法國創立。用白底紅十字作為標誌，戰時救護傷、病軍人和平民，平時則救濟災害的受難者。

紅男綠女 ㄏㄨㄥˊ ㄋㄢˊ ㄌㄩˋ ㄋㄩˇ 形容穿著各種華麗衣服的青年男女。

紅得發紫 ㄏㄨㄥˊ ㄉㄜˊ ㄈㄚ ㄗˇ ❶形容非常受歡迎的演藝人員。例她是一位紅得發紫的名歌星。❷指非常受長官喜愛的人。

紅顏薄命 ㄏㄨㄥˊ ㄧㄢˊ ㄅㄛˊ ㄇㄧㄥˋ 嘆息漂亮的女子多半命運坎坷。

笑一笑 孫子：「奶奶，我想您年輕時一定不是很漂亮。」奶奶：「胡說！我年輕時是我們鎮上有名的美女呢！」孫子：「人家都說『紅顏薄命』，您怎麼可以活到這麼老呢？」

紀

糸部 三畫

ㄐㄧˋ ❶一百年為一紀：例二十世紀。❷歲數：例年紀。❸法度，規律：例紀律。❹記載：例紀錄。❺留著：例紀念。

參考 請注意：「紀」和「記」在古代有時可相通，例如：記（紀）錄。但現在「記載」、「記號」、「記得」用「記」，都當作動詞。當作名詞時，例如：「紀念」、「年紀」用「紀」。

紀元 ㄐㄧˋ ㄩㄢˊ 計算年代的開始。元：年號中的第一年。例現在世界多數國家採用的公元紀年，以耶穌誕生的那一年為元年。

紀念 ㄐㄧˋ ㄋㄧㄢˋ ❶用事物或行動對人或事表示懷念。例我們為他立了一個塑像，紀念他英勇的事蹟。❷作為留念的物品。例這張照片給你做個紀念吧！

紀律 ㄐㄧˋ ㄌㄩˋ 規律，必須遵守的行動規則。例國家的紀律是不容許被破壞的。

紀錄 ㄐㄧˋ ㄌㄨˋ 事實的記載。例他創下了田徑賽的世界紀錄。

紀念碑 ㄐㄧˋ ㄋㄧㄢˋ ㄅㄟ 為紀念某種重大事件和功績，或紀念烈士而修建的石碑。例如：七十二烈士紀念碑。

紀念堂 ㄐㄧˋ ㄋㄧㄢˋ ㄊㄤˊ 追懷偉大人物的建築，例如：臺北的中正紀念堂。

紇

糸部 三畫

ㄏㄜˊ ❶粗劣的絲。❷回紇，唐代西北的民族。❸姓：例紇先生。

約

糸部 三畫

ㄩㄝ ❶共同訂立，互相遵守的條件。例條約。❷預先說定、邀請：例約會。❸限制，管束。例約束。❹節儉。例節約。❺大概。例約略。❻姓：例約先生。

參考 相似字：邀、盟、簡、儉、省、束。

約束 ㄩㄝ ㄕㄨˋ 限制管束。例小弟整天遊手好閒，爸爸和媽媽根本約束不了他。

約定 ㄩㄝ ㄉㄧㄥˋ 事先用口頭或書面訂定共同遵守的意見或行動。例大家約定明天在公園會面。

約莫 ㄩㄝ ㄇㄛˋ 大概，估計。例我們等了約莫有一個小時的光景。

約會（ㄩㄝ ㄏㄨㄟˋ）❶預先約定的會面。例我今天晚上有個約會。❷預先約定相會。例我們的約會訂在週末。

猜一猜 早晨的約會。（猜一國家名）（答案：約旦）

約法三章（ㄩㄝ ㄈㄚˇ ㄙㄢ ㄓㄤ）比喻先談妥條件。據說秦朝末年群雄爭霸，劉邦占領秦的首都咸陽後，為了收攬人心，廢除秦朝的嚴刑苛法，召集關中各縣的父老、豪傑，和他們約定三條法規。

笑一笑 黃季剛曾任中央大學的國學教授，是個有趣的人。他講課時從來不帶課本，說話很幽默，他還和學校「約法三章」：下雨不來、降雪不來、刮風不來。大家稱他「三不來教授」。

紉　糸部 三畫

ㄖㄣˋ ❶把線穿入針孔：例紉針。❷縫補衣物：例縫紉。❸佩服，深深感激（多用於書信）：例紉服、紉佩。

紈　糸部 三畫

ㄨㄢˊ 細絹，一種又薄又細的絲織品：例紈扇。

紈扇（ㄨㄢˊ ㄕㄢˋ）用細絹做的團扇。

紈袴子弟（ㄨㄢˊ ㄎㄨˋ ㄗˇ ㄉㄧˋ）指不肯勞動，只圖享受的有錢人家子弟。紈袴：絲織品做的褲子，泛指華貴的衣服。

素　糸部 四畫

ㄙㄨˋ ❶白色的生絹：例素絹。❷蔬菜類的食物：例素菜。❸本來的：例素質。❹不華麗：例樸素。❺構成事物的基本成分：例因素。❻一向，平常：例素昧平生。❼本色，沒有花紋雜色：例素色。

參考 相反字：葷。

猜一猜 一種土絲。（猜一字）（答案：素）

素描（ㄙㄨˋ ㄇㄧㄠˊ）一種繪畫的方法，主要用線條和明暗對比的方法來畫出物體的形象，一般用鉛筆、鋼筆或木炭描繪。

素質（ㄙㄨˋ ㄓˊ）事物本來的性質。例這個班級的同學素質都很高。

素昧平生（ㄙㄨˋ ㄇㄟˋ ㄆㄧㄥˊ ㄕㄥ）從來不認識。昧：不了解。例我和他素昧平生，他卻救了我一命。

索　糸部 四畫

ㄙㄨㄛˇ ❶粗繩子：例繩索。❷鏈條：例鐵索橋。❸尋找：例搜索。❹要，取：例索取。❺孤單：例離群索居。❻寂寞，沒有意思：例索然。❼乾脆，直截了當：例索性。

索引（ㄙㄨㄛˇ ㄧㄣˇ）把書籍內容的重要項目或是語詞，一個一個選取出來，按照一定的次序分條排列，並且在每條下面註明出處頁數，方便人家查資料。這樣編成的，就叫「索引」，也叫做「引得」。

索取（ㄙㄨㄛˇ ㄑㄩˇ）要。例我寫信向電視臺索取入場券。

索性（ㄙㄨㄛˇ ㄒㄧㄥˋ）表示乾脆、直截了當。例既然找不到，索性不找了。

索然無味（ㄙㄨㄛˇ ㄖㄢˊ ㄨˊ ㄨㄟˋ）沒有趣味的樣子。例索然無味的演講，常常令人昏昏欲睡。

紊　糸部 四畫

ㄨㄣˋ 雜亂的：例紊亂、有條不紊。

紊亂（ㄨㄣˋ ㄌㄨㄢˋ）雜亂沒有條理。

紛　糸部 四畫

ㄈㄣ ❶混亂的狀況：例糾紛。❷很亂的：例紛亂。❸眾多的樣子：例大雪紛飛。❹姓。

六畫

例紛先生。

紛紛 ㄈㄣ ㄈㄣ ❶形容言論或往下落的東西多而雜亂的樣子。例議論紛紛、落葉紛紛。❷接二連三的。例他們紛紛舉手贊成。

紛亂 ㄈㄣ ㄌㄨㄢˋ 雜亂，不規則。例紛亂的交通，令人頭痛。

紛擾 ㄈㄣ ㄖㄠˇ 就是混亂、破壞的意思。例太多的紛擾，使我不能安心讀書。

紐

糸部 四畫

ㄋㄧㄡˇ ❶東西上可以提起、繫掛、帶動的地方，通「鈕」：例門紐。❷衣扣，通「鈕」：例紐扣。❸聯結的：例樞紐。

紐扣 ㄋㄧㄡˇ ㄎㄡˋ 可以把衣服扣起來的小球形的東西。

紐約 ㄋㄧㄡˇ ㄩㄝ ❶美國東北部的一州，濱臨大西洋。❷美國的第一大都市，在紐約州東南，哈得遜河口，臨紐約灣，是美國工商中心，市內有著名的中央公園和自由女神像。

紡

糸部 四畫

ㄈㄤˇ ❶把麻、絲、棉、毛等纖維抽成細線：例紡紗、紡織。❷一種絲織品，比綢子稀薄：例紡綢。

紡紗 ㄈㄤˇ ㄕㄚ 把棉、麻、絲、毛、化學纖維等紡織纖維抽成細紗。

紡織 ㄈㄤˇ ㄓ 紡紗和織布。

紡織娘 ㄈㄤˇ ㄓ ㄋㄧㄤˊ 一種昆蟲的名稱。黃褐色或綠色的，頭很小。很會跳躍，生活在草地裡，叫聲「ㄍㄚ ㄓ ㄍㄚ ㄓ」很像紡紗的聲音，所以叫「紡織娘」。

紗

糸部 四畫

ㄕㄚ ❶用棉、麻等紡成的細絲：例棉紗。❷用紗織的有細孔的織品，輕薄又透明：例窗紗、紗布。

參考 **請注意：把紡織纖維紡成單根的細絲，也稱「細紗」或「單紗」；再用紗捻成線或織成布。**

紗布 ㄕㄚ ㄅㄨˋ 用棉紗織成的疏鬆布料，大部分用來包紮傷口。

紗窗 ㄕㄚ ㄔㄨㄤ 糊上稀疏絲織品或釘上鐵紗、尼龍紗的窗戶，既可以防止蚊子蒼蠅飛進屋內，又方便通風。

紗帽 ㄕㄚ ㄇㄠˋ 古代君主或是貴族、官員所戴的一種官帽。後來因此用作官職的代稱。也叫做「烏紗帽」。

紗燈 ㄕㄚ ㄉㄥ 用薄紙糊成的燈籠。

純

糸部 四畫

ㄔㄨㄣˊ ❶不含雜質的：例純金。❷充分的，完全的：例純熟。❸衣服、鞋帽上的滾邊。

純正 ㄔㄨㄣˊ ㄓㄥˋ 純粹正當，不含其他雜質。例雖然他用的方法不好，但是他的動機是很純正的。例他說著一口純正的英語，別人都以為他是在國外長大的小孩。

純粹 ㄔㄨㄣˊ ㄘㄨㄟˋ ❶指品質很精純，不含有其他成分。粹：挑選出來的好米，也有不含其他雜質的意思。例這件衣服是用純粹的羊毛織成的。❷完全的。例我這麼做純粹只是為了幫助他，沒別的意思。

純潔 ㄔㄨㄣˊ ㄐㄧㄝˊ 很潔淨沒有汙點，通常用來形容人。例她的心地純潔，從來沒有害人的念頭。

純熟 ㄔㄨㄣˊ ㄕㄡˊ 對於某種技術練習久了，就能非常熟悉而且有經驗。例他經常練習彈琴，所以技巧非常純熟。

純小數 ㄔㄨㄣˊ ㄒㄧㄠˇ ㄕㄨˋ 數學名詞，指沒有整數，不滿1的小數。例如：0.27、0.026、0.0145等。

小百科 **超過1，而且有小數部分的數，例如：1.7、12.54為帶小數。**

紋 糸部 四畫

ㄨㄣˊ ❶錦繡上的文彩：例花紋。❷皺痕：例水紋。❸陶、瓷、玻璃器物上的裂痕：例裂紋。❹在皮膚上刺花紋：例紋身。

紋身 ㄨㄣˊ ㄕㄣ 用針刺皮膚並塗上顏色，留下永久性的花紋。例對於某些民族來說，紋身是顯示身分地位的象徵。

紋彩 ㄨㄣˊ ㄘㄞˇ 具有色彩的紋線，多指絲織品上的花紋。例這張壁毯的紋彩非常漂亮，令人愛不釋手。

紋理 ㄨㄣˊ ㄌㄧˇ 物體上呈現線條的花紋。例這木頭的紋理像一幅抽象畫。

參考 相似詞：紋路。

紋路 ㄨㄣˊ ㄌㄨˋ 泛稱一般的花紋、皺紋線條。例大理石的紋路很漂亮。

納 糸部 四畫

ㄋㄚˋ ❶收進來：例納入。❷接受：例採納。❸交錢：例納稅。❹享受：例納涼。❺姓：例納先生。

參考 相似字：接、容。♣相反字：出。

納入 ㄋㄚˋ ㄖㄨˋ 放進，歸入。例他把這個建議納入計畫中。

納涼 ㄋㄚˋ ㄌㄧㄤˊ 乘涼。例他每天晚上都在大樹下納涼。

納稅 ㄋㄚˋ ㄕㄨㄟˋ 交錢給政府，政府拿來做公共的事。例納稅是國民應盡的義務。

納粹 ㄋㄚˋ ㄘㄨㄟˋ 第一次世界大戰後形成的德國國家社會黨，由希特勒領導，是法西斯主義政黨。

納悶兒 ㄋㄚˋ ㄇㄣˋ ㄦ 因為不明白而內心一直記著。例他接到一封沒有署名的信，心裡覺得很納悶兒。

紙 糸部 四畫

ㄓˇ ❶用來寫字、繪畫、印刷、包裝等所用的東西，大部分用植物的纖維製造成：例色紙、面紙、衛生紙。❷計算文件的數量：例一紙公文。❸姓：例紙小姐。

參考 請注意：「紙」的右邊是個「氏」(ㄕˋ)，不可寫成「氐」(ㄉㄧ)，「底下」、「很低」才用「氐」。

猜一猜 白面書生臉皮薄，不耐風吹雨折磨，一身輕鬆無負擔，能書能畫能詩歌。（猜一種文具）（答案：紙）

俏皮話 「紙菩薩戴鐵帽——擔當不起。」小朋友，你知道嗎？什麼叫作「紙菩薩戴鐵帽子」？那就是「擔當不起」，這句話是比喻負擔不了那麼大的責任。

紙屑 ㄓˇ ㄒㄧㄝˋ 零碎沒有用處的紙。屑：零碎、不完整的意思。

紙老虎 ㄓˇ ㄌㄠˇ ㄏㄨˇ 紙做的老虎；比喻外表強大凶狠而實際軟弱無力的人或事物。例他只會用嘴巴叫嚷，一遇到事情就像隻「紙老虎」，任人擺布。

紙上談兵 ㄓˇ ㄕㄤˋ ㄊㄢˊ ㄅㄧㄥ 比喻只靠書本上的理論來空談，不能解決實際上的問題。據說：戰國時趙國的趙括雖然很會談論兵法，卻不知道實際變通，結果在長平之役，被秦軍打得落花流水。後來凡是光有理論，對實際沒有幫助就叫「紙上談兵」。例他只會紙上談兵，真叫他下場去打球，就成了木頭人。

猜一猜 象棋譜。（猜一句成語）（答案：紙上談兵）

紙包不住火 ㄓˇ ㄅㄠ ㄅㄨˋ ㄓㄨˋ ㄏㄨㄛˇ 比喻做了壞事，一定會被人發現的。例紙包不住火，你還是自動認錯吧！

級 糸部 四畫

ㄐㄧˊ ❶階梯：例十多級臺階。❷等第：例等級。❸階層：例階級。❹學校的班次：例年級。

級任 ㄐㄧˊ ㄖㄣˋ 對一個班級的學生，負責管理、訓導責任的老師。

級會 ㄐㄧˊ ㄏㄨㄟˋ 學校中由同級學生所組織的集會，討論班級的共同事務，又稱「班會」。

紕 糸部 四畫

ㄆㄧ ❶布帛、絲織品等破壞散開：例線紕了。❷出了差錯或漏洞：例紕漏、紕繆。❸裝飾。❹衣帽的邊緣。

紕漏 ㄆㄧ ㄌㄡˋ 疏忽，錯誤。

紕繆 ㄆㄧ ㄇㄧㄡˋ 錯誤。繆：錯誤。

紜 糸部 四畫

ㄩㄣˊ 多而雜亂的樣子：例紛紜。

紜紜 ㄩㄣˊ ㄩㄣˊ 形容多而亂。

紮 糸部 五畫

ㄓㄚ ❶行軍後屯駐下來：例駐紮、紮營。❷繫，纏束：例紮辮子。❸東西一束叫「一紮」：例一紮鮮花。

絆 糸部 五畫

ㄅㄢˋ ❶勒馬的繩子：例羈絆。❷阻攔：例絆倒。❸走路時腳被擋住或纏住：例絆了一跤。

參考 請注意：❶「絆」也可寫作「靽」。❷「羈」、「絆」都是勒馬的繩子：「羈」是綁馬頭用的，「絆」是綁馬足的。❸「絆」和「伴」、「拌」不同：「伴」是和人有關，例如：同伴。「拌」是用手調勻東西，例如：涼拌。「絆」和繩子有關，例如：被絆倒。

絆倒 ㄅㄢˋ ㄉㄠˇ 走路時腳受到阻礙而跌倒。例他走到巷口，被一塊石頭絆倒了。

古人說 「運氣好，絆倒拾元寶」。拾：撿到。這句話是說：運氣好，壞事變好事。例早上趕不上公車，恰好碰到陳伯伯開車送我上學，真是「運氣好，絆倒拾元寶」。

絆腳石 ㄅㄢˋ ㄐㄧㄠˇ ㄕˊ ❶會使人摔倒的石塊。❷指做事的阻礙。例驕傲是成功的絆腳石。

絃 糸部 五畫

ㄒㄧㄢˊ ❶樂器上發聲的絲線：例琴絃。❷比喻妻子：例續絃。

參考 請注意：❶古人用琴、瑟來比喻夫妻的和樂，琴上的絲線斷了就表示妻子去世，稱作「斷絃」，再娶的就叫「續絃」。❷「絃」和「弦」都讀ㄒㄧㄢˊ，二個字在當作弓上的絲線、樂器的發聲絲線；比喻妻子時用法一樣，例如：弓絃（弦）、琴絃（弦）、續絃（弦）。但是「弦」的用法更廣，包括姓氏、月亮的形狀、發條等，例如：弦高、上弦月、錶弦。

統 糸部 五畫

ㄊㄨㄥˇ ❶民主國家的最高元首：例總統。❷一代一代連接的關係：例血統。❸事務的連續關係：例系統。❹總管：例統理。❺總括：例統稱。❻全部的：例統統。❼姓：例統小姐。

統一 ㄊㄨㄥˇ ㄧ ❶把部分合成整體，不同的化為一致的。例秦始皇統一六國。例大家的意見逐漸統一了。❷沒有差別的。例價格統一。

統治 ㄊㄨㄥˇ ㄓˋ 政府為維持國家的生存與發展，用國權來管理土地和人民。例清朝統治下的中國，隔絕對外發展。

統計 ㄊㄨㄥˇ ㄐㄧˋ ❶總括的計算。例把人數統計一下。❷把同一範圍內的事物，用數學方法做計算、比較的研究。例國貿局統計今年國內外銷的數量比去年進步。

統統 ㄊㄨㄥˇ ㄊㄨㄥˇ 全部。例統統起立。

紹

ㄕㄠˋ 糸部 五畫

❶繼續：例紹承。❷引見雙方：例介紹。❸姓：例紹先生。

參考 相似字：續、接、承。

紹興 ㄕㄠˋ ㄒㄧㄥ 浙江省縣名，在杭縣隔江的東南，位於杭州灣南岸的寧紹平原上，交通方便。居民以善釀黃酒（紹興酒）著名。

絀

ㄔㄨˋ 糸部 五畫

❶不足，不夠：例經費支絀、相形見絀。❷貶斥，貶退，通「黜」。

參考 請注意：「絀」音ㄔㄨˋ，是短缺、不足的意思；「拙」音ㄓㄨㄛˊ，是愚魯、笨陋的意思；兩者只有字形相近，音義都不相同，一般很少弄錯。但在「相形見絀」的成語中，常有人把「絀」錯用成「拙」，至於把「支絀」錯寫作「支拙」，就錯得太離譜了。

細

ㄒㄧˋ 糸部 五畫

❶微小的：例細沙、細節。❷很窄的：例細竹竿。❸做的很精巧或想的很周到：例細緻、細心。

參考 相反字：粗、糙。

動動腦 小朋友，想一想，生活中有哪些既細又長的物品？

細心 ㄒㄧˋ ㄒㄧㄣ 心思細密，能注意到小的事物。例做實驗時，要細心觀察。

細胞 ㄒㄧˋ ㄅㄠ 構成生物的最小單位。包括細胞核、細胞質和細胞膜。植物的細胞膜外面還有細胞壁。細胞具有運動、營養和生殖的功能。

細菌 ㄒㄧˋ ㄐㄩㄣˋ 微生物的一大類。體積很小，必須要用顯微鏡才看得見，有球形、桿形、螺旋形、弧形、線形等各種形狀，一般都用分裂法生殖。在大自然裡，分布很廣，有的會引起疾病，有的對人類有好處。

細節 ㄒㄧˋ ㄐㄧㄝˊ 事情的細微地方。例你只要做決定，其餘細節由我處理。

細微 ㄒㄧˋ ㄨㄟˊ 很小的。例觀察物體細微的變化，別有一番樂趣。

細緻 ㄒㄧˋ ㄓˋ 精細雅緻。例「翠玉白菜」是件細緻的玉雕，中外聞名。

細膩 ㄒㄧˋ ㄋㄧˋ ❶精細光滑。例嬰兒的肌膚細膩得像玉一般。❷指文章的描寫或表演很精細深刻。例這篇文章對親情的描寫細膩，令人感動。

細水長流 ㄒㄧˋ ㄕㄨㄟˇ ㄔㄤˊ ㄌㄧㄡˊ 水一點一滴，不斷的流著。比喻長期不斷、慢慢的做一件事，才能保持久遠。例有計畫的使用零用錢，才能細水長流。

細嚼慢嚥 ㄒㄧˋ ㄐㄧㄠˊ ㄇㄢˋ ㄧㄢˋ 把食物咬碎，慢慢的吞下去。嚼：用牙齒磨碎食物。嚥：吞。例吃飯要細嚼慢嚥，才容易消化。

紳

ㄕㄣ 糸部 五畫

❶舊稱曾擔任過官職的人：例縉紳。❷社會上有名望地位的人：例鄉紳。

紳士 ㄕㄣ ㄕˋ 地方上有名望、有勢力的人。例他是德高望重的紳士。

組

ㄗㄨˇ 糸部 五畫

❶人事結合的團體：例審查小組。❷計算東西的單位：例二組電池。❸辨事單位的名稱：例生活輔導組。❹結合而成：例華僑組團回國。❺合成一套的：例組曲。

組合 ㄗㄨˇ ㄏㄜˊ 把相關的事物做有規則的結合。例小金鋼組合玩具。

動動腦 小朋友，下列單字請在二分鐘內把他們組合成一個國字，越多越好！召、手、干、竹、金、口、足、米、人、木。

組成 ㄗㄨˇ ㄔㄥˊ　由人或各種事物結合而成。例我們將組成友好訪問團，到美國訪問。

組長 ㄗㄨˇ ㄓㄤˇ　每一個小單位的負責人。例衛生組長。

組織 ㄗㄨˇ ㄓ　❶把分散的人或事物按照目的和系統結合成一個整體。織：構成的意思。例把這些句子組織成一篇文章。❷動物、植物和人體內，構造、起源和功能相同的細胞群。例肌肉組織、神經組織。❸有系統、有目的的團體。例勞工組織、政府組織。

累　糸部　五畫

ㄌㄟˇ　❶積累：例日積月累。❷多出來的負擔：例累贅。❸重疊的：例危如累卵。

ㄌㄟˋ　❶疲勞：例身體好累。❷操勞：例累了一天。❸負擔：例家累。

累世 ㄌㄟˇ ㄕˋ　接連幾個世代。例這個家族累世至今，依舊非常興旺。

參考 相似詞：累代、累葉。

累次 ㄌㄟˇ ㄘˋ　屢次。例她累次請假，使得功課落後別人一大截。

累積 ㄌㄟˇ ㄐㄧ　集合堆積。例他累積了多年失敗的經驗，最後終於成功了。

累贅 ㄌㄟˊ ㄓㄨㄟˋ　多餘的負擔、麻煩。例行李帶多了真是累贅。

紼　糸部　五畫

ㄈㄨˊ　❶大的繩索。❷出殯時拉棺材用的繩索。

終　糸部　五畫

ㄓㄨㄥ　❶結束：例終點。❷死亡：例臨終。❸從開始到結束的整段時間：例終日。❹到底：例終究。

參考 相反字：初、始。

終止 ㄓㄨㄥ ㄓˇ　停止，結束。例這場比賽在十分順利的情況下終止了。

終年 ㄓㄨㄥ ㄋㄧㄢˊ　全年，一年到頭。例農夫終年在田裡工作。

終究 ㄓㄨㄥ ㄐㄧㄡˋ　到底，最後。例他終究還是沒來參加比賽。

終身 ㄓㄨㄥ ㄕㄣ　一生，一輩子。例他的恩惠，令我終身難忘。

參考 活用詞：終身大事。

終於 ㄓㄨㄥ ㄩˊ　表示預料或期望的事到最後發生了。例放羊的孩子總是說謊，他的羊終於被狼吃了。

終結 ㄓㄨㄥ ㄐㄧㄝˊ　最後，結束。例你在句子終結的地方，別忘了打上句號。

終點 ㄓㄨㄥ ㄉㄧㄢˇ　❶一段路程結束的地方。例這條路的終點有一條很美麗的小河。❷各項比賽結束的地方。例這次馬拉松的終點是國父紀念館。

絞　糸部　六畫

ㄐㄧㄠˇ　❶擰緊，扭結：例絞手巾。❷用繩索勒死犯人的刑罰：例絞刑。❸量詞，用於紗、線等物：例一絞紗、一絞線。

絞乾 ㄐㄧㄠˇ ㄍㄢ　藉著擠壓、扭轉等方式擰乾水分。例絞乾毛巾。

絞痛 ㄐㄧㄠˇ ㄊㄨㄥˋ　劇烈的陣發性疼痛，常伴有噁心、嘔吐、出冷汗的現象。

絞盡腦汁 ㄐㄧㄠˇ ㄐㄧㄣˋ ㄋㄠˇ ㄓ　費盡心思。

結　糸部　六畫

ㄐㄧㄝˊ　❶繩、線或帶子打成的結：例領結。❷聯合：例團結。❸凝聚：例結冰。❹終了：例結束。❺長出（果實或種子）：例結子。❻姓。

ㄐㄧㄝ　❶口吃：例結巴。❷健壯：例結實。

結交 ㄐㄧㄝˊ ㄐㄧㄠ　做朋友。例他們是結交了二十年的老朋友。

結合 ㄐㄧㄝˊ ㄏㄜˊ　人們為了某種目的而聯合的過程，或是因聯合而形成的團體。例這些歹徒為了搶劫而結合在一起。❷指成為夫

六畫

妻。例他們已經在上個月結合了。

參考 請注意：「結合」指人或事物聯合成一體；「團結」是指人與人之間或團體間、國家間，互相緊密的聯合在一起。

結伴 ㄐㄧㄝˊ ㄅㄢˋ 作伴。例他們結伴一同上學。

結束 ㄐㄧㄝˊ ㄕㄨˋ 完畢，告一段落。例這個工作已經很圓滿的結束。

結局 ㄐㄧㄝˊ ㄐㄩˊ 最後的結果。例這本小說的結局很感人。

結果 ㄐㄧㄝˊ ㄍㄨㄛˇ ❶植物長出果實。❷在一定的階段中，事物發展的最後情形。例放羊的孩子老是說謊，結果羊真的被狼吃了。

參考 請注意：「結果」是指最後事情發展的狀況；「結論」是對事情作最後論斷。

結拜 ㄐㄧㄝˊ ㄅㄞˋ 沒有血緣關係的人，經過一定的形式成為兄弟姊妹。例他們彼此關心，互相幫助，於是結拜成兄弟。

結怨 ㄐㄧㄝˊ ㄩㄢˋ 結下仇恨。例他不小心和黑道的人結怨。

結痂 ㄐㄧㄝˊ ㄐㄧㄚ 傷口好的時候，新肉結成的乾硬塊。痂：傷口好了以後長出的硬塊。

結婚 ㄐㄧㄝˊ ㄏㄨㄣ 男女正式結為夫妻。例他們決定在國慶日結婚。

結晶 ㄐㄧㄝˊ ㄐㄧㄥ ❶從液體或氣體中提煉固體的過程。例我們從硫酸銅溶液中結晶出硫酸銅。❷具有一定化學成分的晶體物質。例石英是一種內部分子有一定排列的結晶體。❸比喻經過一番辛勞、努力獲得的珍貴成果。例這個孩子是他們愛情的結晶。

結實 (一)ㄐㄧㄝˊ ㄕˊ 堅固，健壯。例他經常運動，所以肌肉很結實。(二)ㄐㄧㄝ ㄕˊ 草木結子。

猜一猜 結實累累。（猜一字）（答案：夥）

結構 ㄐㄧㄝˊ ㄍㄡˋ ❶建築物承受重量和外力的構造。❷各個組成部分的搭配和排列。例這篇文章的結構很完整，讀者可以清楚看出作者的意思。

結論 ㄐㄧㄝˊ ㄌㄨㄣˋ 對人或事物所下的最後論斷。例他們經過長久的討論，終於下了一個結論。

結結巴巴 ㄐㄧㄝ ㄐㄧㄝ ㄅㄚ ㄅㄚ 口吃，說話不流利，而且會重複字音的毛病。例他一緊張，說話就結結巴巴。

結繩記事 ㄐㄧㄝˊ ㄕㄥˊ ㄐㄧˋ ㄕˋ 遠古時代還沒有發明文字以前，以繩子打結，做為記事的方法。

絕

糸部 六畫

絕絕

ㄐㄩㄝˊ ❶斷絕：例絕交。❷完全沒有了：例絕命。❸沒有出路：例絕境。❹獨一無二的：例絕技。❺極，最：例絕大多數。❻一定，無論如何：例你絕對要守密。❼絕句：例七絕。

參考 請注意：「絕」和「決」的用法常常會分不清楚。除了「決不」可以寫作「絕不」外，其他的用法都不可以相通。

猜一猜 有色的絲。（猜一字）（答案：絕）

唱詩歌 古木陰中繫①短篷②，杖藜③扶我過橋東；沾衣欲溼杏花雨，吹面不寒楊柳風。（絕句・僧志安）

註：①繫：縛住纜繩。②短篷：小船。③杖藜：藤做的拐杖。

絕口 ㄐㄩㄝˊ ㄎㄡˇ ❶閉口，因迴避而不開口。例他絕口不提出國的事。❷停口。例客人對滿桌的佳餚讚不絕口。

絕代 ㄐㄩㄝˊ ㄉㄞˋ 當代獨一無二的。例她在服裝秀晚會上展現了絕代風華，獲得一致好評。

絕交 ㄐㄩㄝˊ ㄐㄧㄠ 朋友間或國際間斷絕關係。例他們為小事爭吵，最後竟然宣布絕交。

絕色 ㄐㄩㄝˊ ㄙㄜˋ 極美的女子。例貂蟬、西施、楊玉環、王昭君是中國古代四位絕色美女。

絕技 ㄐㄩㄝˊ ㄐㄧˋ 獨一無二的技藝。例中國傳統的保守作風常使得一些絕技失傳。

絕食 ㄐㄩㄝˊ ㄕˊ 拒絕進食。例他以絕食抗議選舉的不公平。

絕症 ㄐㄩㄝˊ ㄓㄥˋ 無法治好的疾病。例當他得知患了絕症之後，一直無法接受這個事實。

絕頂 ㄐㄩㄝˊ ㄉㄧㄥˇ ❶極端，非常。例他的反應很靈敏，是個絕頂聰明的小孩子。❷最高峰。例我們已經來到了山的絕頂。

絕唱 ㄐㄩㄝˊ ㄔㄤˋ 指詩文創作達到的最高境界，也指最好的作品。例李白的詩文是千古的絕唱。

絕望 ㄐㄩㄝˊ ㄨㄤˋ 希望斷絕，毫無希望。例一連串的打擊使他對人生徹底的絕望。

絕筆 ㄐㄩㄝˊ ㄅㄧˇ 死前最後所寫的文字或所作的字畫。例這幅畫是他生前的絕筆。

絕跡 ㄐㄩㄝˊ ㄐㄧ 連蹤跡也沒有了；形容徹底消失。例恐龍已經絕跡了。

絕種 ㄐㄩㄝˊ ㄓㄨㄥˇ 生物徹底的消失，不再生長或繁殖。例熊貓已經瀕臨絕種的命運。

絕對 ㄐㄩㄝˊ ㄉㄨㄟˋ 完全，一定。例這個辦法絕對行不通。

絕緣 ㄐㄩㄝˊ ㄩㄢˊ ❶跟外界或某事物隔絕，不發生接觸。例他隱居深山中，完全與外界絕緣。❷隔絕電流，使電不能通過。例橡膠可以用來絕緣。

絕壁 ㄐㄩㄝˊ ㄅㄧˋ 非常陡，無路可上的山崖。例絕壁上開著一朵七色花。

絕響 ㄐㄩㄝˊ ㄒㄧㄤˇ 本來指失傳的音樂，後來指失傳的學問、技藝。例捏麵人、皮影戲等中國古老藝術若不保存下來，就會成為絕響。

絕緣體 ㄐㄩㄝˊ ㄩㄢˊ ㄊㄧˇ 不善於導電或傳熱的物質。例玻璃和陶瓷是絕緣體。

絨

糸部 六畫

絨絨

ㄖㄨㄥˊ ❶表面有一層細毛的紡織品：例絲絨。❷柔軟細小的毛：例鴨絨。

絨毛 ㄖㄨㄥˊ ㄇㄠˊ ❶紡織品上連成一片的纖細而柔軟的短毛。❷人或動物身體表面和某些器官內壁所長的短而柔軟的毛。

絨布 ㄖㄨㄥˊ ㄅㄨˋ 由絲、棉或羊毛等所織成，表面有細毛的布。

紫

糸部 六畫

紫紫

ㄗˇ ❶藍、紅二色混合而成的顏色。例萬紫千紅。❷姓。例紫先生。

紫菜 ㄗˇ ㄘㄞˋ 產於淺海的一種藻類，晒乾可食。

紫外線 ㄗˇ ㄨㄞˋ ㄒㄧㄢˋ 是一種不可見的光線，有殺菌能力，對眼睛有傷害，醫學上常用紫外線進行消毒，治療皮膚病、軟骨病等。

絮

糸部 六畫

絮絮

ㄒㄩˋ ❶彈過後鬆散的棉花。例棉絮。❷植物像棉花似的細毛。例柳絮、花絮。❸在衣物內層鋪上棉絮。例絮被子。❹形容話很多的樣子。例絮叨。❺姓。例絮小姐。

絮絮 ㄒㄩˋ ㄒㄩˋ 說話說個不停的樣子。例小弟一見到家人就絮絮不停，大家的耳根子都無法清靜。

參考 相似詞：絮叨。

絮聒 ㄒㄩˋ ㄍㄨㄛ 形容話說得很多很久。聒：多話的樣子。例你這樣絮聒，我耳朵都聽煩了。

參考 相似詞：絮絮聒聒。

絮語 ㄒㄩˋ ㄩˇ 連續不停的低聲談話。例他們一見面，兩人就絮語半天。

絲

糸部 六畫

絲絲

ㄙ ❶蠶吐的細線，是綢緞的原料。❷像絲的東西。例粉絲。❸形容細小的：例一絲不苟。

動動腦 除了「雨絲」，還有哪些字會加在「雨」的後面來形容雨呢？趕快想一想！

（答案：雨點、雨滴、雨水、雨珠……）

絲竹 ㄙ ㄓㄨˊ 弦樂器和管樂器，是樂器的總稱。絲：弦樂器。竹：管樂器。

絲毫 ㄙ ㄏㄠˊ 一點點；形容很小或很少。毫：動物細長的毛，有微小的意思。例他猜得絲毫不差，真令人驚訝。

六畫

絲路（ㄙ ㄌㄨˋ）　古代橫貫亞洲大陸的交通道路。西漢以後，我國很多絲織品經過甘肅、新疆，越過蔥嶺，運往西亞、歐洲各國，這條交通大道被稱為「絲綢之路」，簡稱「絲路」。

絲絲入扣（ㄙ ㄙ ㄖㄨˋ ㄎㄡˋ）　紡織的時候，每條經線都要從「扣」齒間穿過，用來比喻文章或藝術表演十分細緻、緊湊。扣：是織布機上的一種機件。例這篇文章寫得絲絲入扣，十分動人。

絡

絡絡　糸部　六畫

ㄌㄨㄛˋ　❶中醫稱人體的血管和神經細管：例經絡。❷果實內的網狀纖維：例絲瓜絡。❸聯繫：例聯絡。❹用權術控制人：例籠絡。

ㄌㄠˋ　用線或繩編成的小網，可以裝東西：例絡子。

絡繹（ㄌㄨㄛˋ ㄧˋ）　前後相接，連續不斷。繹：絲繩連接不斷。例參觀畫展的人絡繹不絕。

給

給給　糸部　六畫

ㄐㄧˇ　❶供應：例自給自足。❷允許：例給假。❸軍公教人員的薪水：例薪給。❹拿東西給人家：例給予。❺姓：例給先生。

ㄍㄟˇ　❶使對方得到某種東西或遭遇：例給你十塊錢。❷用在動詞後面，表示交出、付出的意思：例送給他一本書。

給予（ㄐㄧˇ ㄩˇ）　給人家東西。例他拾金不昧，老師特地給予獎勵。

參考　請注意：也可以寫作「給（ㄐㄧˇ）與」。

絢

絢絢　糸部　六畫

ㄒㄩㄢˋ　色彩華麗耀眼：例絢麗、絢爛。

絢麗（ㄒㄩㄢˋ ㄌㄧˋ）　光彩奪目的樣子。例絢麗的彩霞，令人看得入迷。

絳

絳絳　糸部　六畫

ㄐㄧㄤˋ　深紅色：例絳唇黛眉。

絳紫（ㄐㄧㄤˋ ㄗˇ）　暗紫中略帶紅的顏色。

經

經經經　糸部　七畫

ㄐㄧㄥ　❶紡織機上的直線。❷地理學上通過南北兩極，與赤道成直角的線：例經線。❸中醫稱人體內的脈絡：例經脈。❹有特殊價值或可以為人生遵守的書籍：例經典。❺從事：例經商。❻親自做過：例身經百戰。❼持久不變的：例經常。❽禁，受：例經得起考驗。

參考　相似字：常。♣相反字：緯。♣請注意：直線是「經」；橫線是「緯」。

經商（ㄐㄧㄥ ㄕㄤ）　從事商業的工作。例他經商失敗，背負了許多債務。

經理（ㄐㄧㄥ ㄌㄧˇ）　❶經營管理。❷負責公司某部分事務的人。例他是我們公司的業務經理。

經常（ㄐㄧㄥ ㄔㄤˊ）　❶平常，日常。❷常常。例他星期六下午經常跑去看電影。

經費（ㄐㄧㄥ ㄈㄟˋ）　辦事的費用。例因為臨時出了問題，所以這個計畫的經費不足。

經過（ㄐㄧㄥ ㄍㄨㄛˋ）　❶通過。例這班火車會經過臺南。❷事情發生的過程。例他非常仔細的把事情的經過告訴我。❸經歷。

參考　請注意：「經過」只是大概說明一個過程；「經歷」則必須有具體事蹟的可記過程。二者可以當名詞，也能當動詞，「通過」只能當動詞。

經歷（ㄐㄧㄥ ㄌㄧˋ）　❶親自見過、做過或參加過。例他經歷了許多艱苦，才能有今天的成就。❷親自見過、做過或參加過的事，就是「履歷」。例他的生活經歷很多，所以處理事情很有條理。

經營（ㄐㄧㄥ ㄧㄥˊ）　策畫並且管理。例他把這座工廠經營得十分成功。

經濟（ㄐㄧㄥ ㄐㄧˋ）　❶關於財貨的生產、分配、消費等事項。例高先生是有名的經濟學家。❷節約，用較少的花費獲得較大的成果。例你的做法很浪費時間，太不經濟了。

參考 活用詞：經濟學、經濟計畫、經濟建設、經濟新聞。

經驗 ㄐㄧㄥ ㄧㄢˋ ❶由實踐所獲得的知識或技能。例他從這份工作中獲得許多寶貴的經驗。❷就是經歷。

經濟恐慌 ㄐㄧㄥ ㄐㄧˋ ㄎㄨㄥˇ ㄏㄨㄤ 經濟社會中，因為生產和消費失去平衡，使物價變動，信用破壞，而陷於混亂狀態。

絹 糸部 七畫

ㄐㄩㄢˋ 一種薄而緊韌的生絲織品：例絹布。

絹印 ㄐㄩㄢˋ ㄧㄣˋ 印刷方法的一種。使用特製的絹布，將圖形以外的部分用藥劑或是膠填滿，再用油墨印刷，色彩就會透過孔洞印在圖形上。大部分用在平面設計及版畫製作。

綁 糸部 七畫

ㄅㄤˇ 用繩子、帶子等緊緊繞住：例他被綁在大樹上。

參考 相似字：捆、縛。

綁匪 ㄅㄤˇ ㄈㄟˇ 指從事綁人勒索行為的人。匪：指行為不正當的人。例警方逮捕了這兩名綁匪，也救出了被綁架的人。

綁架 ㄅㄤˇ ㄐㄧㄚˋ 用暴力強迫控制別人的行動。例暴徒綁架了飛機上的乘客，做為人質。

參考 相似詞：綁票。

動動腦 小朋友，假如你被壞人捉走了，他想利用你向你的爸媽要一大筆錢，你要怎麼辦呢？

綁票 ㄅㄤˇ ㄆㄧㄠˋ 用強迫的力量把人帶走，要求用金錢來交換的行為。票：肉票，指人質，也就是被綁的人。例最近常有小孩被綁票，大家一定要特別提高警覺。

參考 相似詞：綁架。

綁腿 ㄅㄤˇ ㄊㄨㄟˇ 捆紮在腿上的東西，有保護的作用。例登高山前，先在腳上打上綁腿，可以避免被蛇咬傷。

綏 糸部 七畫

ㄙㄨㄟ ❶安撫，使平定：例綏靖、撫綏。❷平安，安好，為書信用語：例時綏。❸雙方交戰：例交綏。

綏靖 ㄙㄨㄟ ㄐㄧㄥˋ 安撫平定。靖：平安。

綑 糸部 七畫

ㄎㄨㄣˇ 通「捆」。❶用繩子等把東西綁起來：例綑綁、綑紮、綑行李。❷量詞，稱可以捆束的東西：例一綑書、一綑麥子。

參考 相似字：綁、縛。

綻 糸部 八畫

ㄓㄢˋ ❶裂開：例皮開肉綻。❷開花：例綻放。

綻放 ㄓㄢˋ ㄈㄤˋ 開放。例花園裡綻放許多百合花。

綻開 ㄓㄢˋ ㄎㄞ 花蕾吐放。例玫瑰花綻開了鮮紅的花瓣。

綰 糸部 八畫

ㄨㄢˇ ❶把長條物盤繞起來打結：例綰個結、把頭髮綰起來。❷聯絡貫通：例綰統。❸捲：例綰袖子。

綜 糸部 八畫

ㄗㄨㄥ ❶總合，聚集：例綜合。❷治理，整理：例綜理。❸起皺紋的：例這紙綜了。❹織布機上的一種器具，使經、緯線可以交錯。

綜合 ㄗㄨㄥˋ ㄏㄜˊ 總合起來。例他綜合大家的意見，歸納出最後的結論。

參考 活用詞：綜合所得稅。

綽 糸部 八畫

綽 ㄔㄨㄛˋ ❶寬裕的：例綽綽有餘。❷外號：例綽號。

綽約 ㄔㄨㄛˋ ㄩㄝ 形容女孩子姿態柔美的樣子。例中國小姐風姿綽約，令人著迷。

綽號 ㄔㄨㄛˋ ㄏㄠˋ 外號。指在本名以外另取的名字。例她長得很可愛，綽號叫「小甜甜」。

綽綽有餘 ㄔㄨㄛˋ ㄔㄨㄛˋ ㄧㄡˇ ㄩˊ 形容很寬裕，用不完。例以你的能力，擔任班長綽綽有餘。

綾 糸部 八畫

綾 ㄌㄧㄥˊ 像緞子而比緞子薄的絲織品：例綾羅綢緞。

綾羅綢緞 ㄌㄧㄥˊ ㄌㄨㄛˊ ㄔㄡˊ ㄉㄨㄢˋ 泛稱細而薄的絲織品；比喻昂貴的衣著。

綠 糸部 八畫

綠 ㄌㄩˋ 像青草一樣的顏色：例綠草、綠油油。

綠化 ㄌㄩˋ ㄏㄨㄚˋ 種植綠色植物，改善自然環境的措施。例為了使環境更舒適，我們必須推行綠化活動，來美化生活空間。

綠豆 ㄌㄩˋ ㄉㄡˋ 豆科，一年生草本。葉子由三片小葉組成，開金黃色或綠黃色小花，莢果，內有綠色小種子，可以食用。

繞口令 好六叔，好六舅，借我六斗①六升②好綠豆。到了秋，收了豆，再還六叔六舅六斗六升好綠豆。

註：①升、斗都是計算容量的單位，一斗等於十升。

綠洲 ㄌㄩˋ ㄓㄡ 沙漠中有水、草的地方。例這些旅人在沙漠中長途跋涉後，看見綠洲，十分高興。

綠燈 ㄌㄩˋ ㄉㄥ 一種交通標誌，是綠色信號燈，燈亮了表示可以通行。

綠油油 ㄌㄩˋ ㄧㄡˊ ㄧㄡˊ 形容草木濃綠而富有光澤的樣子。例春天到了，到處都是綠油油的一片。

動動腦 「田裡的稻米綠油油的」，「綠油油」這個詞的下面兩個字相同，就是重疊字，小朋友，除了綠油油、黃澄澄，你還能想出形容顏色的重疊字嗎？（答案：白花花、黑黝黝……）

緊 糸部 八畫

緊 ㄐㄧㄣˇ ❶收縮不使寬鬆：例拉緊。❷非常接近：例緊接著。❸嚴厲的：例管得很緊。❹急，迫切：例緊迫。❺不寬裕的：例手頭很緊。

參考 相反字：寬、鬆、弛。

緊急 ㄐㄧㄣˇ ㄐㄧˊ 情況嚴重急迫。例他接到一通緊急的電話後，立即趕往醫院。

緊張 ㄐㄧㄣˇ ㄓㄤ ❶激烈或緊迫。例球賽已進入緊張的階段。❷精神興奮，恐懼不安。例第一次上臺表演，免不了有些緊張。

緊密 ㄐㄧㄣˇ ㄇㄧˋ ❶十分密切，不可分隔。例全國人民緊密的團結在一起。❷連續不斷。例鼓槍聲十分的緊密。

緊湊 ㄐㄧㄣˇ ㄘㄡˋ 密切連接，中間沒有多餘的東西或空隙。例園遊會的節目安排得很緊湊。

綴 糸部 八畫

綴 ㄓㄨㄟˋ ❶用針線縫補：例綴扣子。❷連接，組合：例連綴。❸裝飾：例點綴。

參考 請注意：「綴」、「啜」、「醊」、「輟」音義不同。裝飾叫點「綴」(ㄓㄨㄟˋ)；喝飲料叫「啜」(ㄔㄨㄛˋ)飲；灑酒在地上祭神叫「醊」(ㄔㄨㄛˋ)酒；中途休學叫「輟」(ㄔㄨㄛˋ)學。

網

糸部 八畫

網網網網

ㄨㄤˇ ❶用繩線等結成的捕魚捉鳥的器具：例魚網。❷像網的東西：例蜘蛛網、交通網。❸捕捉：例網了一條魚。

參考 請注意：❶「網」也可以寫作「网」、「冈」、「網」。❷「網」和「綱」（ㄍㄤ）音義不同，「網」是冂下面一個「亡」，「綱」是冂下面一個「山」。

網狀 ㄨㄤˇ ㄓㄨㄤˋ 形容像網子一樣細密的形狀。

參考 活用詞：網狀脈、網狀組織。

網球 ㄨㄤˇ ㄑㄧㄡˊ 一種球類運動的名稱。在長方形的場地進行比賽，中間用球網隔開，雙方各占半場，可以在空中打球，也可以在球落地後一次再打。有硬式和軟式的分別。可以單打也可以雙打。

網羅 ㄨㄤˇ ㄌㄨㄛˊ 本來指捕捉魚鳥走獸的用具，現在是指從各方面尋找收集。例本校籃球隊網羅了各班的高手。

網開三面 ㄨㄤˇ ㄎㄞ ㄙㄢ ㄇㄧㄢˋ 把捕捉鳥獸的網打開三面。古書上說：有一天，商湯到野外，看見獵人在四面都張滿了網，而且祈禱說：天下四方的鳥獸，都到我的網子裡來吧！湯說：這樣一來，就把天下的鳥獸都抓光了。於是把網打開三面，只留下一面捕捉鳥獸。也寫作「網開一面」。比喻用寬厚的態度來處理事情。例對於同學無心的過失，老師總是網開三面，從寬處理。

綱

糸部 八畫

綱綱綱綱

ㄍㄤ ❶事物最主要的部分：例大綱、綱領。❷生物分類的第三級：例界、門、綱、目、科、屬、種。

參考 請注意：「綱」和「網」很相似，容易寫錯。「綱」讀ㄍㄤ，是事物的主要部分，例如：大綱、綱領。「冈」的下面是「山」。網讀ㄨㄤˇ，是捕捉動物的用具或指法令，例如：魚網、法網。「冈」的下面是「亡」。

綱要 ㄍㄤ ㄧㄠˋ 事物重要的部分。例他把問題寫成綱要，準備在級會中說明。

綱領 ㄍㄤ ㄌㄧㄥˇ 就是大綱，事物的重點。領：要點。例先把綱領條列出來，才能寫出有條理的文章。

綺

糸部 八畫

綺綺綺綺

ㄑㄧˇ ❶繡有花紋的絲織品：例綺羅。❷美麗的：例綺麗。❸姓：例綺小姐。

綺窗 ㄑㄧˇ ㄔㄨㄤ 用有花紋的絲織品所糊的窗子，或是雕花的木格子窗。引申指所有美麗的窗子。

綺麗 ㄑㄧˇ ㄌㄧˋ 鮮豔，華麗。例在她心中，有好多綺麗的夢。

綢

糸部 八畫

綢綢綢綢

ㄔㄡˊ 一種細薄柔軟的絲織品。

綢子 ㄔㄡˊ ㄗ˙ 就是細薄柔軟的絲織品。

綢緞 ㄔㄡˊ ㄉㄨㄢˋ ❶綢子和緞子。緞：一種密厚而光滑的絲織品。❷絲織品的通稱。

俏皮話 「綿綢緞上繡牡丹——錦上添花。」綢緞就是錦，是一種美麗的絲織品，牡丹是指漂亮的花朵；如在綢緞上繡牡丹，那真是錦上添花，好上加好。例如：小明的生日禮物已經夠多了，你就不必再「綿綢緞上繡牡丹——錦上添花」了。

綿

糸部 八畫

綿綿綿綿

ㄇㄧㄢˊ ❶精純的絲絮：例絲綿。❷柔軟的：例軟綿綿。❸很軟的東西：例海綿。❹連續不斷的：例綿延。

參考 請注意：「綿」和「錦」不同：「錦」是有花紋的絲織品；「綿」和「棉」都是絲織原料的一種。

綿亙 ㄇㄧㄢˊ ㄍㄣˋ 連接不斷，多指山脈。例青翠的山脈，綿亙在臺北盆地四周。

綿羊 ㄇㄧㄢˊ ㄧㄤˊ 羊的一種，性情溫和，軀體豐滿，毛長而鬈曲，多是白色，是毛織品的重要原料，皮可以製成皮革。

唱詩歌 綿羊綿羊像雲朵，我趕雲朵上山坡。小溪唱歌我吹笛，雲朵團團圍著我。

綿延 ㄇㄧㄢˊ ㄧㄢˊ 連續不斷。例喜馬拉雅山綿延在中印邊境，是世上著名的山脈。

綵 糸部 八畫

ㄘㄞˇ 各種顏色的絲綢：例剪綵、張燈結綵。

綸 糸部 八畫

ㄌㄨㄣˊ ❶青色的絲帶。❷較粗的絲線，多作為釣線。❸化學纖維的商品名稱，短纖為綸：例錦綸。❹組合絲線，引申為規劃：例經綸。❺姓：例綸先生。

ㄍㄨㄢ 用青色絲帶編織而成的頭巾：例綸巾。

綸巾 ㄍㄨㄢ ㄐㄧㄣ 青色絲帶做成的頭巾，又名諸葛巾。例綸巾是諸葛亮發明的頭巾。

維 糸部 八畫

ㄨㄟˊ ❶繫，連結：例維繫。❷保持，保全：例維持。❸姓：例維先生。

維持 ㄨㄟˊ ㄔˊ 維護支持，使它繼續存在。例上下車和排隊購物時要維持良好的秩序。

維修 ㄨㄟˊ ㄒㄧㄡ 保護維持和修理。例機器維修得好，使用年限就能延長。

維新 ㄨㄟˊ ㄒㄧㄣ 政治上的革新、改良。例明治維新的成功使日本成為富強的國家。

維繫 ㄨㄟˊ ㄒㄧˋ 維持聯繫。例他們維繫了二十年的友誼。

維護 ㄨㄟˊ ㄏㄨˋ 支持保護。例我們應該維護環境的整潔。

維妙維肖 ㄨㄟˊ ㄇㄧㄠˋ ㄨㄟˊ ㄒㄧㄠˋ 形容藝術技巧很好，描寫、模仿得非常逼真。肖：像。例他維妙維肖的模仿各種鳥獸的叫聲。

緒 糸部 八畫

ㄒㄩˋ ❶絲的頭；比喻開頭的意思：例頭緒。❷心情：例情緒。❸事業：例緒業。

參考 相似字：端、頭。

緒論 ㄒㄩˋ ㄌㄨㄣˋ 書籍或文章前用來說明主旨或是寫作原因的文字。例讀一本書以前，先看看緒論，可以幫助我們了解整本書的大概。

參考 相似詞：緒言、導言、序言。

緇 糸部 八畫

ㄗ ❶黑色：例緇衣。❷僧衣，也可作為僧侶的代稱。

緋 糸部 八畫

ㄈㄟ 紅色：例兩頰緋紅。

緋紅 ㄈㄟ ㄏㄨㄥˊ 深紅。

綹 糸部 八畫

ㄌㄧㄡˇ ❶長條的絲線，十根為一綸，十綸為一綹。❷一束頭髮、鬍鬚叫一綹：例三綹頭髮。

綞 糸部 九畫

ㄉㄨㄛˇ 有花紋的絲織品，同「綾」：例綞子。

締 糸部 九畫

ㄉㄧˋ ❶結合，訂立：例締交、締約。❷約束，限制：例取締違規停車。

締交 ㄉㄧˋ ㄐㄧㄠ ❶結成朋友。例你和他締交多久了？❷兩國之間建立交往的關係。例美國和許多國家都有締交。

締造 ㄉㄧˋ ㄗㄠˋ 創立，建立。通常用在偉大的事業上。例 國父締造中華民國。

練 糸部 九畫

ㄌㄧㄢˋ ❶柔軟潔白的熟絹：例白練千匹。❷熟悉。例熟練。❸反覆學習。例練習。❹經歷。例歷練。❺姓：例練先生。

參考 請注意：練絲用「練」；煉金屬用「煉」，都是使東西變得更好的意思。

練習 ㄌㄧㄢˋ ㄒㄧˊ 反覆學習。例她不斷的練習唱歌，希望在比賽中有良好的表現。

緯 糸部 九畫

ㄨㄟˇ ❶編織物上的橫線，和「經」相對：例緯線。❷地球上和赤道平行的線，以赤道為準，分成南緯、北緯。❸姓：例緯先生。

緯度 ㄨㄟˇ ㄉㄨˋ 地球表面南北距離的度數，從赤道到南北兩極各分九十度，赤道是零度，全球一共一百八十度。在北的叫北緯，在南的叫南緯。所以凡是緯線上任何一點到赤道的距離，就稱南（北）緯幾度。

緯線 ㄨㄟˇ ㄒㄧㄢˋ ❶編織物上的橫線。❷地理上，假定和赤道平行的線，和經線交錯。

緻 糸部 九畫

ㄓˋ 精細：例細緻、精緻。

參考 請注意：「致」和「緻」二字的用法不同，「致」是名詞；「緻」是形容詞。例如：「興致」不可寫成「興緻」，「細緻」不可寫作「細致」。

緘 糸部 九畫

ㄐㄧㄢ ❶封，閉：例三緘其口、緘默。❷書信：例緘札。

緘口 ㄐㄧㄢ ㄎㄡˇ 閉著嘴不說話。例他對於誰破壞了桌椅，採緘口的態度。

緘札 ㄐㄧㄢ ㄓㄚˊ 書信。

緘默 ㄐㄧㄢ ㄇㄛˋ 閉口不說話。

緬 糸部 九畫

ㄇㄧㄢˇ ❶遙遠：例緬懷。❷國名：例緬甸。

緬甸 ㄇㄧㄢˇ ㄉㄧㄢˋ 國名。位在中南半島的西北部，曾經向我國稱臣，接受保護。後來成為英國的殖民地。西元一九四八年獨立，重要物產有米、棉花等，首都在仰光。國民大部分信奉佛教，有美麗的佛寺和佛塔建築。棉、絲織品、金銀飾物等手工業很發達。

緬懷 ㄇㄧㄢˇ ㄏㄨㄞˊ 遙遠的懷念。例他望著海峽，緬懷故鄉親友。

緝 糸部 九畫

ㄑㄧˋ ❶搜捕：例緝拿、緝私。❷把麻劈開接續起來：例緝麻。❸一種縫紉方法，一針一針細密地縫：例緝鞋口。

參考 請注意：糸部的「緝」（ㄑㄧˋ），有追捕的意思，例如：通緝。車部的「輯」（ㄐㄧˊ），有編排的意思，例如：編輯。

緝私 ㄑㄧˋ ㄙ 政府機關負責查禁走私的行為。

緝捕 ㄑㄧˋ ㄅㄨˇ 搜捕、捉拿犯人。

緝拿 ㄑㄧˋ ㄋㄚˊ 搜查捉拿。

緝訪 ㄑㄧˋ ㄈㄤˇ 訪查，搜捕。

緝獲 ㄑㄧˋ ㄏㄨㄛˋ 捕獲犯人。

編

糸部 九畫

ㄅㄧㄢ ❶把長條形的東西交叉組織起來：例編辮子、編草帽。❷把文字或資料加以組織整理：例編書、編字典。❸把分散的事物按照條理或順序排起來：例編組、編班。❹假造不實的話：例編了一套謊話騙人。❺姓：例編小姐。

俏皮話「竹織鴨子——沒心肝。」用竹編織成的假鴨子，當然沒有心、肝。心、肝原本都是生物的內臟，這裡是指良心。有些人忘恩負義，背叛國家，我們就可以說他們真是「竹織的鴨子——沒心肝」。

編目 ㄅㄧㄢ ㄇㄨˋ ❶把書籍按照不同的性質排列、登記，使讀者方便使用。例這堆書還沒編目，不能外借。❷介紹書本名稱、內容的冊子。例請給我一份國家圖書館的編目。

編列 ㄅㄧㄢ ㄌㄧㄝˋ 按照順序排列。例政府每年都要編列各種預算。

編制 ㄅㄧㄢ ㄓˋ 機關團體中一定的組織和職務的編排。例班、排、連、營是軍隊的編制。

編排 ㄅㄧㄢ ㄆㄞˊ ❶把許多項目按順序排列。例編排座位。❷戲劇節目的編劇和排演。例慶祝大會的節目編排得很有創意。

編造 ㄅㄧㄢ ㄗㄠˋ ❶根據資料，加以組織排列。例老師正在編造新生入學的名冊。❷假造不真實的事。例編造謊言、編造神話。

編寫 ㄅㄧㄢ ㄒㄧㄝˇ ❶把材料加以整理，寫成文章或編成書本。例編寫上課的教材。❷文學作品的創作。例他正在編寫兒童話劇的劇本。

編輯 ㄅㄧㄢ ㄐㄧˊ ❶在書籍、報刊的出版過程中，對稿件、資料進行整理、修改的過程。例他正在編輯這一期的班刊。❷擔任編輯工作的人。例他是報社的編輯。

緣

糸部 九畫

ㄩㄢˊ ❶原因：例緣故。❷自然在一起的情分：例緣分。❸關係：例血緣。❹沿著，順著：例緣木求魚。❺邊：例邊緣。

古人說「有緣千里來相會，無緣對面不相識。」這句話是說：只要有緣分，就是離得很遠，也有機會見面的。如果沒有緣分的話，就是遇見了也沒有辦法認識的。

緣分 ㄩㄢˊ ㄈㄣˋ 因緣，機緣；指人與人或人與物之間在一起的情分。例緣分是無法強求的，只能順其自然。

緣故 ㄩㄢˊ ㄍㄨˋ 原因。例他到這時候還沒來，不知是為了什麼緣故。

緣海 ㄩㄢˊ ㄏㄞˇ 位在大洋邊緣，前臨大洋、後連大陸，雖和大洋相接，卻又自成範圍。例如：我國的東海、南海、歐洲的北海。

緣木求魚 ㄩㄢˊ ㄇㄨˋ ㄑㄧㄡˊ ㄩˊ 爬到樹上去找魚；比喻做事方向、方法不對，一定達不到目的。緣：順著。例你想在這個不毛之地找到餐廳，簡直是緣木求魚！

猜一猜 上樹垂釣。（猜一句成語）（答案：緣木求魚）

線

糸部 九畫

ㄒㄧㄢˋ ❶用絲、棉、麻做成的細長的東西：例毛線。❷由兩點決定的圖形：例線段。❸交通路徑：例航線。❹邊緣交界的地方：例海岸線。❺接近某種事物的邊緣：例死亡線。❻研究事物的方法：例線索。❼像線一樣細長的東西：例光線。❽姓：例線先生。

線民 ㄒㄧㄢˋ ㄇㄧㄣˊ 提供情報、治安單位有關的破案線索的民眾叫線民。例破這件案子的線索是由一位線民提供的。

參考 相似詞：眼線。

線索 ㄒㄧㄢˋ ㄙㄨㄛˇ 事情發展的條理或探求問題的頭緒。例警方根據目擊者提供的線索才破案。

線條 ㄒㄧㄢˋ ㄊㄧㄠˊ ❶繪畫時畫出各種粗細不等、曲直不同的線。❷構成人體或工藝品外觀的線。例這個花瓶的線條十分優美。

緞
糸部　九畫

ㄉㄨㄢˋ 質地厚密，表面光滑而富有光澤的絲織品：例綢緞、緞子。

緞子 ㄉㄨㄢˋ ˙ㄗ 質地較厚，一面平滑有光彩的絲織品。

緞帶花 ㄉㄨㄢˋ ㄉㄞˋ ㄏㄨㄚ 用緞帶做成的花朵，是一種雅致的裝飾品。

緩
糸部　九畫

ㄏㄨㄢˇ ❶慢：例緩慢。❷延遲：例刻不容緩。

參考 相似字：舒、徐、慢。♣相反字：急、疾、快、速。

緩和 ㄏㄨㄢˇ ㄏㄜˊ 使激烈的情況、事情變得平和。例他為了緩和緊張的氣氛，於是說了一個笑話。

緩急 ㄏㄨㄢˇ ㄐㄧˊ 快慢。例他做事不分輕重緩急，一點計畫也沒有。

緩衝 ㄏㄨㄢˇ ㄔㄨㄥ 使衝突、緊迫的事暫時緩和下來。例債主來向他討債，他苦苦哀求，對方才勉強答應再給三天緩衝。

緩慢 ㄏㄨㄢˇ ㄇㄢˋ 慢慢的。例他的動作很緩慢，所以上學常遲到。

緙
糸部　九畫

ㄎㄜˋ 編織物上面的橫絲。

緙絲 ㄎㄜˋ ㄙ 用手工織成的物品，利用有顏色的絲線編織成美麗的圖案，畫面上有花鳥、山水、人物、詩詞、歷史故事，是我國特有的手工藝品，開始於宋朝，明朝稱為「緙繡」。

縊
糸部　十畫

ㄧˋ 用繩索繞緊脖子而死：例自縊、縊死。

縑
糸部　十畫

ㄐㄧㄢ 很細的絲織品，可用來寫字、畫圖。

縑帛 ㄐㄧㄢ ㄅㄛˊ 就是指絲織品。帛：絲織品的總稱。例故宮博物院內有很多畫在縑帛上的名畫。

縝
糸部　十畫

ㄓㄣˇ 仔細、細緻：例縝密。

縈
糸部　十畫

ㄧㄥˊ 環繞：例縈繞、縈懷。

縈繞 ㄧㄥˊ ㄖㄠˋ 旋轉纏繞。

縈懷 ㄧㄥˊ ㄏㄨㄞˊ 牽掛在心上。

縛
糸部　十畫

ㄈㄨˊ ❶綑綁：例手無縛雞之力。❷不自由：例束縛。

縣
糸部　十畫

ㄒㄧㄢˋ 地方行政區域的單位。比省低一級：例花蓮縣。

縣令 ㄒㄧㄢˋ ㄌㄧㄥˋ 是古時候一縣的最高長官。秦、漢的時候，一萬戶以上的縣官叫縣令，以下的稱縣長。唐朝以後統統叫縣令。宋朝以後每個朝代都不太一樣。

縣長 ㄒㄧㄢˋ ㄓㄤˇ 一個縣的最高長官。由縣內公民投票選出，每隔四年改選。

六畫

縣城 ㄒㄧㄢˋ ㄔㄥˊ 縣政府所在的城鎮。

縮 糸部 十一畫

ㄙㄨㄛ ❶由大變小或是由長變短：例收縮。❷後退：例退縮。

縮小 ㄙㄨㄛ ㄒㄧㄠˇ 由大變小。例警方決定縮小範圍來調查這件案子。

縮水 ㄙㄨㄛ ㄕㄨㄟˇ ❶指衣服放進水裡後變小變短。例這件衣服縮水了，所以我穿不下。❷現在一般指品質不符合標準或是偷工減料。例昨天買的漢堡好大，今天怎麼縮水了？

笑一笑 小明很不想去洗澡，他說：「萬一我像衣服一樣縮水了，那該怎麼辦？」

縮短 ㄙㄨㄛ ㄉㄨㄢˇ 使原有的長度、距離、時間變短。例我要縮短看電視的時間來看書。例透過家庭訪問，縮短了老師和家長間的距離。

縮圖 ㄙㄨㄛ ㄊㄨˊ 按照一定比例縮小的圖。

縮影 ㄙㄨㄛ ㄧㄥˇ 指具體而深刻的小事物，它能代表同類事物，並反映社會生活。例學校是社會的縮影。

縮衣節食 ㄙㄨㄛ ㄧ ㄐㄧㄝˊ ㄕˊ 減少衣服和飲食的費用；形容生活節約的樣子。節：節省。也寫作「節衣縮食」。例他們縮衣節食，準備存錢買房子。

縮頭縮腦 ㄙㄨㄛ ㄊㄡˊ ㄙㄨㄛ ㄋㄠˇ 縮著頭，不敢伸出來。形容人膽小怕事，不敢負責的樣子。例他做事縮頭縮腦，缺乏魄力。

參考 相似詞：畏首畏尾、縮手縮腳。

績 糸部 十一畫

ㄐㄧ ❶事物的成果：例業績、成績。❷功勞：例功績。❸把麻、棉用手搓揉成長條的形狀：例績麻。

參考 請注意：「績」和「積」都讀ㄐㄧ。禾部的「積」是數字相乘所得的總數、平面的大小，例如：乘積、面積。糸部的「績」是成果或功勞，例如：成績、戰績。所以「成績」不能寫成「成積」。

績效 ㄐㄧ ㄒㄧㄠˋ 工作的成績、效果。例夜間收集垃圾的績效會比白天收垃圾大嗎？

績麻 ㄐㄧ ㄇㄚˊ 把麻的纖維撕成一條條，然後用手搓揉接成長線。

縷 糸部 十一畫

ㄌㄩˇ ❶細線：例千絲萬縷、不絕如縷。❷一條一條的，詳詳細細的：例縷述、條分縷析。❸泛稱細而長的東西：例一縷麻、一縷炊煙。

縷析 ㄌㄩˇ ㄒㄧ 詳細的分析。例條分縷析。

縷述 ㄌㄩˇ ㄕㄨˋ 一條條的詳細敘述。

縷陳 ㄌㄩˇ ㄔㄣˊ 縷述，多指下級向上級陳述意見。

縷縷 ㄌㄩˇ ㄌㄩˇ 形容一條一條、連續不斷的樣子。例炊煙縷縷上升。

縲 糸部 十一畫

ㄌㄟˊ 古時用來綑綁罪犯的黑色繩子。

繆 糸部 十一畫

ㄇㄡˊ 籌劃經營：例綢繆。

ㄇㄧㄠˋ 姓：例繆先生。

ㄇㄧㄡˋ 錯誤，同「謬」：例繆論。

ㄇㄨˋ 宗廟的位次，通「穆」。

繃 糸部 十一畫

ㄅㄥ ❶緊撐：例衣服太小，繃在身上很不舒服。❷稀疏地縫上或是用針別上：例紅布上繃著金字。

ㄅㄥˇ 板著：例繃著臉。

ㄅㄥˋ 脹破了：例氣球繃了。

繃帶 ㄅㄥ ㄉㄞˋ 包紮傷口的布條，通常用柔軟的紗布做成。

繃緊 ㄅㄥ ㄐㄧㄣˇ 撐得很緊。例做燈籠時，要繃緊玻璃紙，才好看。

縫

糸部　十一畫

ㄈㄥˊ 用針線連綴：例縫補。

ㄈㄥˋ ❶針線連合的部分：例衣縫。❷空隙：例門縫。

參考 相似字：隙。♣請注意：「縫衣服」的「縫」念ㄈㄥˊ。如果「縫」是指「接合的地方」或「空隙」，作名詞用時，就要念ㄈㄥˋ，例如：門縫、裂縫。

繞口令 一條褲子七道縫，縫了前縫縫後縫，縫了左縫縫右縫，縫了橫縫縫直縫，算算褲上七道縫。（北平）

縫合 ㄈㄥˊ ㄏㄜˊ 用針把相離開的部分連合起來。例醫生正忙著縫合病患的傷口。

縫紉 ㄈㄥˊ ㄖㄣˋ 指剪裁、縫合衣服。例她的縫紉技術是一流的。

猜一猜 腳硬步不移，頭重嘴尖細，布片餵進去，出來已成衣。（猜一家庭用具）（答案：縫紉機）

縫補 ㄈㄥˊ ㄅㄨˇ 將衣服的殘破處補合起來。例她把衣服脫線的地方縫補好。

縫隙 ㄈㄥˋ ㄒㄧˋ 裂開或自然露出的空處。隙：裂縫。例她把門打開一條縫隙，瞧瞧是誰來了。

總

糸部　十一畫

ㄗㄨㄥˇ ❶把事物集合起來。例總合。❷全部的：例總數。❸負責領導的。例總店、總司令。❹一直都是這樣。例總是。❺畢竟，終究：例你總要把事情交代一下。❻姓。例總先生。

總共 ㄗㄨㄥˇ ㄍㄨㄥˋ 一共，把所有的都合在一起。例請算算總共多少錢？

總計 ㄗㄨㄥˇ ㄐㄧˋ 合起來計算。例這場球賽，觀眾總計超過五萬人。

總是 ㄗㄨㄥˇ ㄕˋ 一直都是，老是。例你總是不肯用功，有一天你絕對會後悔。

總括 ㄗㄨㄥˇ ㄍㄨㄚ 把各方面合在一起。例總括來說，本週班上的表現，還算不錯。

總統 ㄗㄨㄥˇ ㄊㄨㄥˇ 民主國家中，對外代表國家，對內負責政治上最高領導的人。他同時也是全國陸、海、空三軍的最高統帥。

總務 ㄗㄨㄥˇ ㄨˋ 在團體或機關中負責和金錢有關的一切事物。

總得 ㄗㄨㄥˇ ㄉㄟˇ 一定要，必須要。例不管結果好壞，你總得去試試啊！

總理 ㄗㄨㄥˇ ㄌㄧˇ ❶某些國家的行政機關，負責制定、實行國家的政策，這個機關的最高長官就是總理。❷ 國父孫中山先生在創立的同盟會，及改組後的中華革命黨、中國國民黨中，都被推為總理。他去世後總理就成為黨員對他的專稱。❸負責辦理全部事務。例媽媽總理全家大小事務，十分辛勞。

總部 ㄗㄨㄥˇ ㄅㄨˋ 指揮本機關和分屬機關重要事務的地方。例司令們正在總部開會，商量作戰計畫。

總裁 ㄗㄨㄥˇ ㄘㄞˊ ❶中國國民黨的最高領袖，原稱總理，在 國父逝世後，改稱總裁。民國六十四年，當時總裁蔣中正先生去世後，就成為黨員對他的專稱。❷某些機關首長的職位名稱，例如中央銀行的首長就叫「總裁」。

總結 ㄗㄨㄥˇ ㄐㄧㄝˊ 把事情或言論做個結論。例請你總結大家的意見向老師報告。例現在我要把會議的內容做個總結。

總督 ㄗㄨㄥˇ ㄉㄨ ❶管理監督。例你負責監督這件工程。❷明代在用兵時派往地方巡視監察的長官，清代時就成為地方的最高長官，管理所負責範圍內的軍事和政治。

笑一笑 小明：「我覺得我姐姐真是愈來愈像『兩廣總督』！」小英：「為什麼？」小明：「因為她總是喜歡『管東管西』！」

總算 ㄗㄨㄥˇ ㄙㄨㄢˋ ❶經過相當時間，終於實現某種願望。例下了這麼多天的雨，今天總算放晴了。❷大致如此，還過得去。例你考了六十分，總算及格了。❸把各方面合在一起計算。例你總算一下班上這個學期的開支。

總數 ㄗㄨㄥˇ ㄕㄨˋ 加在一起的數目。例請你算好後，把總數告訴我。

總司令 ㄗㄨㄥˇ ㄙ ㄌㄧㄥˋ 軍隊中的最高長官，在作戰時負責對全軍發號施令的人。有三軍總司令、陸軍總司令、空軍總司令、海軍總司令。

總經理 ㄗㄨㄥˇ ㄐㄧㄥ ㄌㄧˇ 受企業負責人聘任，管理全部業務的人。

總而言之 ㄗㄨㄥˇ ㄦˊ ㄧㄢˊ ㄓ 總括起來說。通常用在下結論前，做為承接的用語。例這裡有大的、小的、方的、圓的，總而言之，各種形狀都有。

縱 糸部 十一畫

ㄗㄨㄥˋ ❶燃放：例縱火。❷把已經捉到的東西放掉：例縱虎歸山。❸放任，不加拘束：例放縱。❹就算是，推測的口氣：例縱使、縱然。❺跳起來：例縱身一跳。❻姓：例縱先生。

ㄗㄨㄥ ❶直的，直線的：例縱隊、縱線。❷地理上指南北方向，和「橫」相對：例縱貫鐵路。

縱使 ㄗㄨㄥˋ ㄕˇ 就算是。例縱使你給我一百萬元，我也不願為虎作倀。

參考 相似詞：縱然、縱令、即使。

縱貫 ㄗㄨㄥ ㄍㄨㄢˋ 直線穿通。例中山高速公路縱貫臺灣南北。

縱隊 ㄗㄨㄥ ㄉㄨㄟˋ 排成直線的隊伍。

縱虎歸山 ㄗㄨㄥˋ ㄏㄨˇ ㄍㄨㄟ ㄕㄢ 放虎回山；比喻放掉壞人，使壞人有再度危害社會的機會。例警方絕對不會釋放那名嫌疑犯，做出縱虎歸山的事。

繅 糸部 十一畫

ㄙㄠ 把蠶絲浸在熱水裡抽絲：例繅絲。

繁 糸部 十一畫

ㄈㄢˊ ❶眾多的：例繁星滿天。❷複雜的：例繁複。❸熱鬧的：例繁華。

ㄆㄛˊ 姓：例繁先生。

參考 請注意：「繁」和「煩」如果解釋為「眾多」、「複雜」時意思可相通；例如：繁（煩）雜、繁（煩）忙。

繁忙 ㄈㄢˊ ㄇㄤˊ 事情多而忙碌。例休閒娛樂是調劑繁忙的現代生活最佳的良藥。

繁重 ㄈㄢˊ ㄓㄨㄥˋ 事情多而責任重。例出版社的工作很繁重。

繁衍 ㄈㄢˊ ㄧㄢˇ 逐漸的增多或增廣。衍：延伸。例動物利用繁衍來延續後代的生命。

繁茂 ㄈㄢˊ ㄇㄠˋ 多而茂盛。例校園裡的花木很繁茂。

繁殖 ㄈㄢˊ ㄓˊ 生物大量的生殖。例澳洲的野兔繁殖得很快。

繁華 ㄈㄢˊ ㄏㄨㄚˊ 指城鎮、街市興旺熱鬧。例這一帶是城裡最繁華的地方。

參考 相似詞：繁榮。♣請注意：「繁榮」、「繁華」都指茂盛發達的景象，在形容國家時只可用「繁榮」。

繁榮 ㄈㄢˊ ㄖㄨㄥˊ 蓬勃昌盛。例工商業進步帶來社會的繁榮。

繁瑣 ㄈㄢˊ ㄙㄨㄛˇ 事情多而且零碎。瑣：細小零碎。例面對繁瑣的工作，需要以更大的耐心去完成。

繁複 ㄈㄢˊ ㄈㄨˋ 多而且複雜。例繁複的工程需動用許多的人力財力。

織 糸部 十二畫

ㄓ ❶用絲、麻、棉紗、毛線等編製成物品：例紡織。❷構成：例組織。

織女 ㄓ ㄋㄩˇ ❶星名。❷神話中的人物，和牛郎結為夫婦，隔著銀河相對，每年在農曆七月七日會面。

織布 ㄓ ㄅㄨˋ 用紗線織成布。

繕 糸部 十二畫

ㄕㄢˋ ❶修補：例修繕。❷抄寫：例繕寫。

參考 請注意：「繕」是修補、抄寫的意思，例如：修繕、繕寫。和飲食有關的「饍」食，也可寫作肉部的「膳」食。

繕寫 ㄕㄢˋ ㄒㄧㄝˇ 抄寫。例他繕寫文件不但迅速，而且非常整齊。

繞 糸部 十二畫

ㄖㄠˋ ❶纏：例纏繞。❷圍著轉動：例繞場一周。❸走彎曲、迂迴的路：例繞道。❹姓：例繞先生。

參考 相似字：纏、繚。♣請注意：「繞」和「饒」、「撓」的區別：「饒」音ㄖㄠˊ，寬恕、豐足的意思，例如：饒恕、富饒。撓音ㄋㄠˊ，擾亂的意思，例如：阻撓。

繞道 ㄖㄠˋ ㄉㄠˋ 不走最直接的路，改由較遠的路過去。例前面發生車禍，所有的車子都繞道而行。

繞嘴 ㄖㄠˋ ㄗㄨㄟˇ 不順口。例這話說起來繞嘴。

繞口令 ㄖㄠˋ ㄎㄡˇ ㄌㄧㄥˋ 是兒歌的一種，利用語言聲韻的重複交錯，使人念得愈快愈不容易正確。也叫「拗口令」、「急口令」。

小百科 繞口令，是一種語言遊戲，用聲、韻、調容易相混的字交叉重疊編成句子，要求一口氣急速念出，說快了讀音容易發生錯誤。例如：四是四，十是十，四不是十，十不是四，十四不是四十，四十不是十四。

繚 糸部 十二畫

ㄌㄧㄠˊ ❶圍繞：例繚繞。❷縫紉法的一種，用針把布邊斜著縫起來，也叫「繚貼邊」。

參考 相似字：纏、繞。

繚亂 ㄌㄧㄠˊ ㄌㄨㄢˋ 紛亂的樣子。也寫作「撩亂」。例臺北街頭五顏六色的霓虹燈，弄得我眼花繚亂。

繚繞 ㄌㄧㄠˊ ㄖㄠˋ 像漩渦一樣的繞著圓圈轉。例他那悠揚的歌聲，常在我耳畔繚繞。例山裡雲煙繚繞，有朦朧的美感。

繡 糸部 十二畫

ㄒㄧㄡˋ ❶用有顏色的線在布面上縫成花紋：例繡花。❷姓：例繡小姐。

參考 請注意：「繡」的異體字是「綉」。

唱詩歌 冰姑娘，本領大，不用針線會繡花。不點燈，不點蠟，一夜繡花千萬家。臘梅花，迎春花，家家窗上繡滿花。只能看，不能摘，太陽出來花謝了。

繡球 ㄒㄧㄡˋ ㄑㄧㄡˊ ❶一種植物，春天開五瓣小花，百花成朵，一團一團的很像球，十分好看。❷用絲綢結成的圓球形東西，在節日慶典作裝飾物。

小百科 古代有女孩子拋繡球來找丈夫的風俗。

繡花枕頭 ㄒㄧㄡˋ ㄏㄨㄚ ㄓㄣˇ ㄊㄡˊ 比喻只有好看的外表而沒有真才實學的人。繡著美麗圖案的枕頭，外表好看，而裡面塞的全是稻草一類的東西，和外表完全不相配。

繫 糸部 十三畫

ㄒㄧˋ ❶聯結：例維繫。❷拴住：例繫馬。❸牽掛：例繫念。

ㄐㄧˋ 綁，打結：例繫鞋帶。

參考 相似字：掛。♣請注意：「繫」和「擊」的字形、字義不同：「擊」音ㄐㄧˊ，是敲打、攻打的意思，例如：敲擊、攻擊。「繫」音ㄒㄧˋ，是連接的意思，例如：繫繩子、繫念。

唱詩歌 繫鞋帶，解鞋帶，不會就要學起來。看誰能繫上？看誰能解開？自己事兒自己做，小手越做越勤快。

繫念 ㄒㄧˋ ㄋㄧㄢˋ 掛念。例父母繫念著遠方的遊子。

繹
糸部 十三畫

ㄧˋ ❶抽絲，引申為抽出或理出事物的頭緒：例尋繹、演繹。❷連續不斷的：例絡繹。

繩
糸部 十三畫

ㄕㄥˊ ❶用棉紗、麻、草或金屬製成的長條物：例繩子。❷準則：例準繩。❸約束：例繩之以法。

參考 相似字：索。

繩索 ㄕㄥˊ ㄙㄨㄛˇ 繩子。索：粗大的繩子。

繩之以法 ㄕㄥˊ ㄓ ㄧˇ ㄈㄚˇ 用法律來約束人。例我們要把這些歹徒繩之以法，以免他們再為非作歹。

繪
糸部 十三畫

ㄏㄨㄟˋ 畫：例描繪。

繪畫 ㄏㄨㄟˋ ㄏㄨㄚˋ 就是畫圖。用色彩、線條把實在的或是想像的東西畫在紙上。從使用的工具和材料來分，有油畫、水彩畫、水墨畫等等。

繪影繪聲 ㄏㄨㄟˋ ㄧㄥˇ ㄏㄨㄟˋ ㄕㄥ 把影像、聲音都描繪出來；形容敘述、描寫生動逼真。例他繪影繪聲的形容車禍現場，好可怕啊！

參考 相似詞：繪聲繪影、繪聲繪色。

繭
糸部 十三畫

ㄐㄧㄢˇ ❶蠶變成蛹前，吐絲做成的橢圓形的殼：例蠶繭、抽絲剝繭。❷手心或腳掌因勞動過度摩擦而成的厚皮。

繭綢 ㄐㄧㄢˇ ㄔㄡˊ 絲綢的舊稱。

繮
糸部 十三畫

ㄐㄧㄤ ❶拴住牲口的繩子：例繮繩、脫繮野馬。❷牽絆：例名鎖利繮。

繮鎖 ㄐㄧㄤ ㄙㄨㄛˇ 比喻人事的牽絆。

繮繩 ㄐㄧㄤ ㄕㄥˊ 拴牲口的繩子。

參考 請注意：「繮」是「韁」的異體字。

笑一笑 李大叔騎著馬搖搖晃晃的到城裡去。仔細一看，他坐在很靠近馬尾巴的地方，都快掉下來了。路人好心的告訴他：「李大叔，坐前面點啊！」李大叔說：「繮繩太長了呀！」

繳
糸部 十三畫

ㄐㄧㄠˇ ❶交納，支付：例繳費、繳納。❷交還東西：例繳還。❸迫使交出：例繳械。

ㄓㄨㄛˊ 繫在箭上的絲繩，用來射馬，射中了可以拉住。

繳納 ㄐㄧㄠˇ ㄋㄚˋ 交納。例繳納公糧。

繳械 ㄐㄧㄠˇ ㄒㄧㄝˋ 交出武器。例繳械投降。

辮
糸部 十四畫

ㄅㄧㄢˋ ❶把頭髮分束交叉編成長條形：例綁辮子。❷比喻把柄：例抓住你的小辮子。

俏皮話 「維吾爾族姑娘——辮子多。」維吾爾族的女孩子，有一項特色就是辮子多。可是如果人家說「維吾爾族姑娘」這句話時，就表示一個人把柄多，容易被人抓住。

繽
糸部 十四畫

ㄅㄧㄣ 繁盛紛亂的樣子：例五彩繽紛、繽紛花絮。

繽紛 ㄅㄧㄣ ㄈㄣ 繁多雜亂的樣子。例在這落英繽紛的季節，令我想起了遠方的你。

繼 糸部 十四畫

ㄐㄧˋ ❶接連而來：例前仆（ㄆㄨ）後繼。❷接續前人的事業：例繼承。❸後來的：例繼父。❹延續：例繼往開來。❺姓：例繼先生。

參考 相似字：續、嗣、紹、襲。♣相反字：絕、斷。♣請注意：「繼」和「續」的分別：「繼」是承接以前的；「續」是接連不斷。

繼父 ㄐㄧˋ ㄈㄨˋ 婦女帶著子女再嫁，再嫁的丈夫就是她原有子女的繼父。例他是這個小女孩的繼父。

繼任 ㄐㄧˋ ㄖㄣˋ 接替前任的職務。例他是繼任的校長。

繼承 ㄐㄧˋ ㄔㄥˊ ❶接續前人還沒有完成的事業。例我們要繼承先烈的遺志，維護固有文化。❷依照法律承接死者遺留下來的財產或權利。例他繼承父親的職位，管理公司。

參考 活用詞：繼承權、繼承人。

繼續 ㄐㄧˋ ㄒㄩˋ 接連不斷。例他們休息了一會兒，又繼續比賽。

繼往開來 ㄐㄧˋ ㄨㄤˇ ㄎㄞ ㄌㄞˊ 繼承前人原有的成就，開創未來的新局面。例我們要繼往開來，發揚中華文化。

參考 相似詞：承先啟後。

纂 糸部 十四畫

ㄗㄨㄢˇ ❶編輯：例編纂、纂修、纂輯。❷婦女梳在頭後邊的髮髻：例纂兒。❸繼續，同「纘」。

纂述 ㄗㄨㄢˇ ㄕㄨˋ 編輯撰述。

纂修 ㄗㄨㄢˇ ㄒㄧㄡ 纂集修訂。

纏 糸部 十五畫

ㄔㄢˊ ❶繞在一起：例纏繞。❷打擾：例糾纏。❸應付：例這個人很難纏。

參考 相似字：繞、繚、束、縛。

纏足 ㄔㄢˊ ㄗㄨˊ 古人認為婦女的腳踝細小，走路比較優美。所以把女孩子的腳包起來，使不能長大。這就叫做「纏足」。

纏綿 ㄔㄢˊ ㄇㄧㄢˊ ❶指被疾病或感情糾纏住，不能解脫。例他纏綿病榻，已經三年了。例他們倆情意纏綿，捨不得分離。❷宛轉動人。例他的歌聲是那樣的纏綿動人。

纏繞 ㄔㄢˊ ㄖㄠˋ ❶用線繞東西。例電磁鐵的上面纏繞著銅線。❷糾纏；比喻被人或事物束縛。例爸爸被事務纏繞，沒空休息。

纏綿悱惻 ㄔㄢˊ ㄇㄧㄢˊ ㄈㄟˇ ㄘㄜˋ 形容故事哀怨婉轉動人。悱惻：悲傷。例「梁山伯與祝英台」是個纏綿悱惻的愛情故事。

續 糸部 十五畫

ㄒㄩˋ ❶連接或是斷了、停了以後再接連：例連續、斷斷續續。❷補：例截長續短。❸姓。

續絃 ㄒㄩˋ ㄒㄧㄢˊ 男人死了太太再娶。絃：琴、瑟等樂器上的絲線。古人用琴瑟比喻夫妻，後來絃也指妻子，把太太死了叫斷絃，再娶叫續絃，續絃就是再把絲線連接上。例他為了讓孩子有人照顧，決定續絃。

參考 請注意：也可以寫作「續弦」。

纍 糸部 十五畫

ㄌㄟˊ 拘禁：例纍紲（ㄒㄧㄝˋ）。

纍纍 ㄌㄟˇ ㄌㄟˇ 繁多的樣子。

纖 糸部 十七畫

ㄒㄧㄢ ❶細小的：例纖小、纖腰。❷精美細緻的絲織品：例雲纖。

纖維 ㄒㄧㄢ ㄨㄟˊ 天然的或人工合成的細絲。維：細小物。例蔬菜含有大量纖維。

纓 糸部 十七畫

ㄧㄥ ❶帽帶：例帽纓子。❷穗狀的裝飾物：例紅纓槍。❸繩子：例長纓。❹纏繞：例纓絡。

纓子 ㄧㄥ ㄗ˙ 繫在服裝或器物上的穗狀裝飾物。例帽纓子、紅纓子。

纓帽 ㄧㄥ ㄇㄠˋ 清朝官吏所戴的帽子，帽頂上有紅纓子。

纔 糸部 十七畫

ㄘㄞˊ ❶僅僅，只：例走了纔五分鐘。❷剛剛：例剛纔、方纔、他纔從美國回來。❸表示強調的語氣：例努力用功纔能得到好成績、這纔是真的。

參考 相似字：才。

纜 糸部 二十一畫

ㄌㄢˇ ❶粗繩：例解纜開船、纜繩。❷用繩索拴住：例纜舟。

纜車 ㄌㄢˇ ㄔㄜ 利用電力拉動車輪走動的車子，有地上的、空中的兩種。

纜繩 ㄌㄢˇ ㄕㄥˊ 用棕、麻或金屬絲等擰成的粗繩。

缶部 ㄈㄡˇ

「缶」是有提耳的瓦器。「」是它最早的寫法，上面是提耳，下面是裝液體的容器，是個象形字。後來寫成「」。缶是陶器類的總稱，現在則寫成「缶」。因此缶部的字都和陶器製品有關，例如：缸、罐、缺（本來是指陶器破裂有缺口）。

缶 缶部 〇畫

ㄈㄡˇ ❶一種口小腹大的瓦器。❷古時秦人用來敲擊的樂器：例擊缶而歌。

缸 缶部 三畫

ㄍㄤ ❶盛東西的器物，底小口大，常用陶、瓷、玻璃等燒製成：例水缸。❷指一般容器：例浴缸。

缺 缶部 四畫

ㄑㄩㄝ ❶東西破漏的地方：例缺口。❷減少：例缺了一個人。❸應該來卻沒來：例缺席。❹職位的空額：例出缺。❺不完美的：例缺點。❻少，不夠：例缺乏。

參考 相似字：虧、乏、少。

缺少 ㄑㄩㄝ ㄕㄠˇ 不夠。例這件衣服五百元，我還缺少二百元。

缺乏 ㄑㄩㄝ ㄈㄚˊ 不夠。例他缺乏參加比賽的經驗。

缺席 ㄑㄩㄝ ㄒㄧˊ 該到卻沒有到。例他上課常常缺席。

缺陷 ㄑㄩㄝ ㄒㄧㄢˋ 不夠完美。

缺德 ㄑㄩㄝ ㄉㄜˊ 缺乏良好的品德，指人做壞事、開玩笑等。例在背後說人家的壞話是很缺德的行為。

參考 活用詞：缺德鬼。

缺點 ㄑㄩㄝ ㄉㄧㄢˇ 短處，不完美的地方。例他的人很好，唯一的缺點是不守時。

參考 相反詞：優點。

小故事 古時候有個人叫鄭子陽，他很愛自己的妻子。他的妻子很美，只是額頭上長了一個小東西，她認為這是個缺點，就精心地用一片深藍色的山雞羽毛遮蓋著，整整三年，鄭子陽都沒有發現。有

六畫

一天夜晚，鄭子陽的妻子無意中取下羽毛，暴露了自己的缺點，鄭子陽看見了，心裡很難受，翻來覆去的睡不著。第二天，他的妻子重新遮上了羽毛，可是鄭子陽總覺得她的額頭上有個缺點，從此再也不愛他的妻子了。這個故事告訴我們缺點是遮蓋不住的，但對別人的缺點不要大驚小怪，更不能嫌棄人家。

缽 鉢 缶部 五畫

ㄅㄛ 盛東西或研藥末的用具，形狀像小盆：例菜缽、飯缽。

參考 請注意：「缽」的異體字是「鉢」。

罄 缶部 十一畫

ㄑㄧㄥˋ 盡，空：例罄其所有、罄竹難書。

罄盡 ㄑㄧㄥˋ ㄐㄧㄣˋ 沒有剩餘。

罄竹難書 ㄑㄧㄥˋ ㄓㄨˊ ㄋㄢˊ ㄕㄨ 把竹簡用完了都寫不完；形容罪狀太多，難以說完。竹：指竹簡，古人用來寫字的東西。

罄其所有 ㄑㄧㄥˋ ㄑㄧˊ ㄙㄨㄛˇ ㄧㄡˇ 用盡一切所有的。

罈 缶部 十二畫

ㄊㄢˊ 一種口小腹大的陶器：例酒罈、泡菜罈。

罐 缶部 十八畫

ㄍㄨㄢˋ 裝東西的一種器物：例茶葉罐。

罐頭 ㄍㄨㄢˋ ㄊㄡˊ 罐頭食品的簡稱。是加工後裝在密封的鐵皮罐子或玻璃瓶裡的食品。

网部 ㄨㄤˇ

小朋友，你看過魚網嗎？「网」就是按照網子的形狀所造的象形字，旁邊是網子的邊緣，中間是交叉的網線。「冈」和「网」也都可以看出網子的形狀，現在寫作「网」，當部首時寫作「四」（不是數字的四）。网部的字和網都有關係，例如：羅（捕鳥的網子）、罩（捕魚的竹籠）。

罕 网部 三畫

ㄏㄢˇ ❶柄長，網子小用來捕鳥的用具。❷稀少的：例希罕。❸姓。

參考 相似字：少、稀、奇。

罕有 ㄏㄢˇ ㄧㄡˇ 少有、不常有的。例這顆鑽石是罕有的寶貝。

罕見 ㄏㄢˇ ㄐㄧㄢˋ 不常見、很少看見的東西。

罔 网部 三畫

ㄨㄤˇ ❶沒有：例置若罔聞（放在一邊不管，好像沒聽見一樣）。❷蒙蔽：例欺罔。

罟 网部 五畫

ㄍㄨˇ 捕魚捕獸的網：例網罟。

參考 相似字：網。

置 网部 八畫

ㄓˋ ❶放：例本末倒置。❷創立：例設置。❸購買：例添置。

參考 相似字：放、設。

置之不理 放下而不理會。例他對這些謠言置之不理。

參考 相似詞：置之不顧、置之腦後。

猜一猜 枕頭。（猜一句成語）（答案：置之腦後）

置身事外 不參與某種事情。例大家都熱烈參加運動會，只有她置身事外。

罩 网部 八畫

ㄓㄠˋ ❶捕魚用的竹籠。❷遮蓋、套在外面：例籠罩、罩衫。❸遮蓋東西的用具：例紗罩、口罩。❹指蓋在外面的東西：例床罩、被罩。

罩衫 加在衣服外面，寬鬆但不是正式的衣服。

參考 相似字：覆、蓋、遮。

罩得住 比喻某人很有辦法。

罪 网部 八畫

ㄗㄨㄟˋ ❶犯法的行為：例罪大惡極、立功贖罪。❷過失：例歸罪於人。❸刑罰，懲罰：例判罪、待罪。❹苦難，痛苦：例活受罪。

參考 相似字：惡、犯。♣請注意：「罪」和「罰」都有懲處的意思，但習慣上「罪過」、「罪犯」等詞不用「罰」字；「罰款」、「罰站」等詞不用「罪」字。

動動腦 空格裡的字不見了，小朋友，請你趕快幫它們找回來！

（答案：贖罪、死罪、罪惡、罪犯）

猜一猜 不對，不對，也不對，更不對！（猜一字）（答案：罪）

罪犯 有犯罪行為的人。

罪名 根據犯罪行為所規定的犯罪名稱。例他無故被冠上不仁不義的罪名。

罪行 犯罪的行為。例審判官一條條的列舉他的罪行。

罪狀 犯罪的事實和情況。例要先查明罪狀才能將他定罪。

罪惡 指一切惡劣的行為。例他無時無刻不因他的罪惡而恐懼著。

罪過 ❶過失，錯誤。例他一人承擔起所有的罪過。❷謙辭，表示不安，相當於「不敢當」。例讓你大老遠的趕來，真是罪過。

罪惡感 個人在行為或心理上，因違犯他人、家庭或社會文化的道德標準，而受到良心責備所產生的愧疚難安的感覺。

罪大惡極 罪惡嚴重到極點；形容所犯的罪過非常重大。

罪有應得 得到了應得的懲罰；形容處罰恰當，並非冤枉。例他逍遙法外，卻因意外而喪生，真是罪有應得。

罪惡滔天 形容罪惡極大、極多。滔天：比喻非常大。滔：水勢盛大。天：像天一樣。例他做盡壞事，罪惡滔天，為天理所不容。

罪惡昭彰 罪惡非常明顯，人人都看得見。昭彰：明顯。例他罪惡昭彰，為天下人所共棄。

罪魁禍首 帶頭犯罪作惡的人。魁：領頭的人。例那個滿口仁義道德的人，其實才是真正的罪魁禍首。

罪證確鑿 犯罪的人證或物證，非常確實。確鑿：確切的。例現在罪證確鑿，你還有什麼話可說？

罪孽深重 形容罪過重大。孽：惡。例他自知罪孽深重，所以出來自首，坦承罪行。

署

网部 八畫

ㄕㄨˇ 辦公的地方：例公署、官署。

ㄕㄨˋ ❶布置，安排：例部署。❷簽名，題字：例簽署。❸暫時代理：例署理。

署名 ㄕㄨˋ ㄇㄧㄥˊ 在書信、文件或文稿上，簽上自己的名字。

署理 ㄕㄨˋ ㄌㄧˇ 指某官職空缺，由別人暫時代理。

罰

网部 九畫

ㄈㄚˊ 懲治，處分：例罰款、賞罰分明。

參考 相似字：懲。♣相反字：賞。

罰金 ㄈㄚˊ ㄐㄧㄣ ❶司法或行政機關強制違法的人繳納一定數量的錢，作為處罰。❷對違背合同規定的人所罰的錢。

參考 相似詞：罰款。

罰球 ㄈㄚˊ ㄑㄧㄡˊ 足球、籃球等球類比賽中，一方的隊員犯規時，由對方隊員射門、投籃等的處罰。

罰鍰 ㄈㄚˊ ㄏㄨㄢˊ 罰金。古代以金贖罪，用鍰計算。

罵

网部 十畫

ㄇㄚˋ 用粗野凶惡的話或聲調斥責別人：例指桑罵槐、漫罵。

參考 相似字：責、斥。

猜一猜 四匹馬。（猜一字）（答案：罵）

罵名 ㄇㄚˋ ㄇㄧㄥˊ 名聲敗壞，為後人所咒罵。例秦檜留下了千古的罵名。

罵街 ㄇㄚˋ ㄐㄧㄝ ❶在大街上罵人。例潑婦罵街。❷沒有指名的叫罵。例她又在當眾罵街了。

罷

网部 十畫

ㄅㄚˋ ❶停止：例罷工、欲罷不能。❷免去，解除：例罷職、罷免。❸完成，完畢：例做罷、說罷。❹感嘆詞，表示失望：例不提也罷。❺語尾助詞，多表示停頓、商量等意思，通「吧」：例好罷！就到此為止。

ㄆㄧˊ 疲勞的，病弱的，通「疲」：例罷於奔命。

參考 相似字：❶（ㄅㄚˋ）除、免、黜。❷（ㄆㄧˊ）疲、困、蔽。

猜一猜 能琴、能棋、能書、能畫。（猜一字）（答案：罷）

小故事 我國有一座風景秀麗的鼓山，經常能吸引很多遊客，但遊客們若想爬上這座山，通常要花一小時才能爬到半山腰。有意思的是，不知哪個朝代的人，就在半山腰的石壁上，雕刻了「欲罷不能」四個字。每當遊客們滿頭大汗，好不容易爬到半山腰時，看到了這四個字，都不禁哈哈大笑。本來嘛！上山吧，真是很累，可是下山吧！又實在不甘心已經付出許多的代價，真是「欲罷不能」啊！

罷了 (一)ㄅㄚˋ ˙ㄌㄜ 語助詞，表示輕視或讓步的口吻，相當於文言的「而已」。例他也不過如此罷了。(二)ㄅㄚˋ ㄌㄧㄠˇ 表示容忍，有勉強放過暫時不深究的意思。例他不答應也就罷了。

罷工 ㄅㄚˋ ㄍㄨㄥ 工人為實現某種要求或表示抗議而集體停止工作。例五四運動時，學生罷課，工人和商人也相繼罷工、罷市，來支持這項愛國運動。

罷手 ㄅㄚˋ ㄕㄡˇ 停止，不再進行。例不試驗成功，絕不罷手。

罷市 ㄅㄚˋ ㄕˋ 商人為實現某種要求或表示抗議而聯合起來停止營業。

罷休 ㄅㄚˋ ㄒㄧㄡ 停止做某件事情。例不達到目的，我絕不罷休。

罷免 ㄅㄚˋ ㄇㄧㄢˇ 免去官職，選民或代表機關撤銷他們所選出人員的職務。例人民有選舉、罷免、創制、複決四種權利。

六畫

罷黜 ㄅㄚˋ ㄔㄨˋ 貶低並排斥。黜：貶低，斥退。例董仲舒建議武帝罷黜百家，獨尊儒術，以統一思想。

罷於奔命 ㄆㄧˊ ㄩˊ ㄅㄣ ㄇㄧㄥˋ 比喻奔波勞苦的樣子。例他每天為了生活而罷於奔命。

罹 网部 十一畫

ㄌㄧˊ 遭遇，遭到：例罹難。

罹難 ㄌㄧˊ ㄋㄢˋ 遭到意外的災難而不幸死亡。例許多乘客在這次空難中不幸罹難。

羅 网部 十四畫

ㄌㄨㄛˊ ❶捕鳥獸的網子：例天羅地網。❷一種輕軟柔滑的布料：例綾羅綢緞、輕羅小扇。❸計算東西的單位：例十二打叫一羅。❹捕捉動物：例門可羅雀。❺排列散布在各地方：例星羅棋布的小島、羅列。❻尋求：例蒐羅人才。❼姓：例羅先生。

參考 相似字：網、佈。

猜一猜 禮義廉恥。（猜一字）（答案：羅）。

羅列 ㄌㄨㄛˊ ㄌㄧㄝˋ ❶分開散布在各地。例平靜的海面上，羅列一艘艘的帆船。❷把事物一件一件的提出來。例只羅列事實，沒有分析是不夠的。

羅馬 ㄌㄨㄛˊ ㄇㄚˇ ❶古代國名，在今天歐洲的義大利，最後分成東、西羅馬帝國。❷現在義大利的首都，古蹟很多，觀光事業很發達。❸天主教教宗的所在地，就是梵蒂岡，和各國互派使節往來。

羅漢 ㄌㄨㄛˊ ㄏㄢˋ 佛教信徒修行成功的人就叫羅漢。例十八羅漢。

羅盤 ㄌㄨㄛˊ ㄆㄢˊ 利用指南針測定方向的一種儀器。例羅盤是海上航行不可缺少的工具。

羅福星 ㄌㄨㄛˊ ㄈㄨˊ ㄒㄧㄥ 抗日英雄。廣東省鎮平人，曾在臺灣苗栗求學，在廣東加入同盟會。民國以後，在臺灣設抗日組織，最後被日本人判死刑。

羈 网部 十九畫

ㄐㄧ ❶馬絡頭：例無羈之馬。❷拘束，束縛：例羈束、放蕩不羈。❸停留，寄居：例羈留、羈旅。

猜一猜 四張馬皮革。（猜一字）（答案：羈）

羈束 ㄐㄧ ㄕㄨˋ 約束。

羈押 ㄐㄧ ㄧㄚ 拘留，拘押。

羈旅 ㄐㄧ ㄌㄩˇ 旅居在外。例他羈旅在海外多年。

羈留 ㄐㄧ ㄌㄧㄡˊ ❶長期在外地停留。❷拘押。

羈絆 ㄐㄧ ㄅㄢˋ 束縛，被纏住不能脫身。

羊部 ㄧㄤˊ

羊是個性很溫和的家畜，古人依照羊的形狀造出「」，後人為了書寫方便，就簡化成「」。這是從後面觀察羊所得到的象形字，前面是犄角，中間的直線是羊身、羊尾巴，橫的那二畫就是羊腳。羊部的字和羊有密切關係，可分為以下三種情形：

一、表示羊類，例如：羚、羔（小羊）。

二、表示食物，因為羊是古人主要的一種肉食來源。例如：羹（濃汁食品）、養（供給食物）。

三、表示美好，因為古人認為羊是很吉祥的動物。例如：美、祥、善。

六畫

羊

羊部 ○畫

ㄧㄤˊ ❶一種哺乳類動物，一般頭上有一對角：例山羊、綿羊。❷姓：例羊先生。

ㄒㄧㄤˊ 和「祥」通用：例吉羊如意。

繞口令 蔣家羊，楊家牆，蔣家羊撞倒楊家牆，楊家牆壓死蔣家羊。楊家要蔣家賠牆，蔣家要楊家賠羊。

羊羹 ㄧㄤˊ ㄍㄥ ❶羊肉煮成的羹湯。❷一種用水果、豆粉、糖製成的食品。

羊入虎口 ㄧㄤˊ ㄖㄨˋ ㄏㄨˇ ㄎㄡˇ 羊跑到老虎的口中；比喻十分危險，可能無法活命的意思。例那麼小的孩子跑到大馬路上，不是羊入虎口嗎？

羊腸小道 ㄧㄤˊ ㄔㄤˊ ㄒㄧㄠˇ ㄉㄠˋ 像羊腸子那麼小、那麼彎的道路；比喻道路狹窄、彎曲難走。例只能一個人行走的羊腸小道實在太危險了。

參考 相似詞：羊腸小徑。

羌

羊部 二畫

ㄑㄧㄤ 羌族，我國少數民族之一，主要分布在四川省。

猜一猜 奇怪奇怪真奇怪，山羊無尾只兩腳。（猜一字）（答案：羌）

芈

羊部 二畫

ㄇㄧㄝ 羊叫的聲音。

ㄇㄧˇ 姓：例芈先生。

美

羊部 三畫

ㄇㄟˇ ❶漂亮，好看：例美麗、她今天打扮得好美。❷指良好的品德：例完美、內在美。❸稱讚誇獎：例讚美、美言。❹好的表現：例成人之美。❺滿意，得意：例臭美。❻打扮、化妝使自己好看：例美容、美化。❼國名，美利堅合眾國的簡稱。❽洲名：例南美（洲）。

參考 相似字：佳、好、善、麗、秀、妍。♣相反字：惡、醜。

動動腦 「這篇文章好美喲」，「章」（音、十）和「美」（羊、大）都是由二個部首組成的字，同時上面部首的筆畫比較多，小朋友，除了「章」和「美」以外，你還能想出這樣子的字嗎？越多越好！（答案：隻、旦、虎、需、妾、售、墨……）

美人 ㄇㄟˇ ㄖㄣˊ ❶長得好看的人。例她從小就是個美人胚子。❷美國人的簡稱。

參考 活用詞：美人計。

美妙 ㄇㄟˇ ㄇㄧㄠˋ 美好而令人愉快的。妙：美好的。例她的歌聲真是美妙極了！

美好 ㄇㄟˇ ㄏㄠˇ 好的，漂亮的。例我們在郊外度過了美好的一天。

美麗 ㄇㄟˇ ㄌㄧˋ 好看，漂亮。例她長得很美麗。

參考 請注意：「美麗」與「優美」不同：「美麗」通常是指外表、長相；「優美」不僅指外表，也指內在的氣質。

美人魚 ㄇㄟˇ ㄖㄣˊ ㄩˊ 神話故事中，生活於海中的生物。美人魚的長相和人一樣，但是有長魚尾巴，能在水中生活。丹麥為了紀念偉大的童話作家——安徒生，特別在首都哥本哈根的港口立一座美人魚的雕像。

美中不足 ㄇㄟˇ ㄓㄨㄥ ㄅㄨˋ ㄗㄨˊ 一切事都很完美，只是有一點小缺點，不能十全十美。

俏皮話 「西施臉上出天花——美中不足。」相信小朋友都知道西施是我國古代四大美女中的一位，但是如果西施臉上出天花，那真是美中不足。所以「西施臉上出天花」，就常用來比喻人、事情唯一的缺陷。例這個女孩子很漂亮，只可惜臉上長了幾顆痣，真是「西施臉上出天花——美中不足」。

美若天仙 ㄇㄟˇ ㄖㄨㄛˋ ㄊㄧㄢ ㄒㄧㄢ 美麗得像仙女一樣。

動動腦 我們常用「美若天仙」和「沉魚落雁」來形容長得很漂亮的女孩子。除了

「美若天仙」和「沉魚落雁」，小朋友，你還能想出其他形容女孩子很漂亮的成語嗎？

（答案：閉月羞花、窈窕淑女、月裡嫦娥、國色天香、傾國傾城、如花似玉、花容月貌……）

美得冒泡 ㄇㄟˇ ㄉㄜ˙ ㄇㄠˋ ㄆㄠˋ 諷刺別人自以為是的意思。例人家又不是在稱讚你，你少美得冒泡了！

羔

羊部 四畫

ㄍㄠ 小羊：例羔羊。

羔羊 ㄍㄠ ㄧㄤˊ 小羊；比喻天真無知缺少社會經歷的人或弱小者。

猜一猜 火烤羊肉。（猜一字）（答案：羔）

羚

羊部 五畫

ㄌㄧㄥˊ 長得和山羊相像的哺乳類動物，角細圓而有節，大部分都生活在草原和半荒漠地區。體形輕捷，四肢細長，因此善於奔馳，角可以做中藥。產於我國的有原羚、藏羚和斑羚等等。

羞

羊部 五畫

ㄒㄧㄡ ❶好吃的食物：例珍羞。❷怕別人笑的心理或表情：例害羞、怕羞。❸慚愧，恥辱：例羞恥、羞慚。❹使人不好意思：例你別羞他了。❺感到恥辱：例羞與為伍。

參考 相似字：臊、恥、辱。♣請注意：「羞」當好吃的食物用時，和「饈」字相通。

羞怯 ㄒㄧㄡ ㄑㄧㄝˋ 害羞膽小的樣子。怯：膽小。例他一上臺，就羞怯得講不出話來。

羞辱 ㄒㄧㄡ ㄖㄨˇ 使人沒面子、不光彩的行為。例你當眾羞辱他，令他非常傷心。

羞恥 ㄒㄧㄡ ㄔˇ 感到慚愧、不好意思。恥：慚愧的心。例他這樣隨地吐痰，令人感到十分羞恥。

羞答答 ㄒㄧㄡ ㄉㄚ ㄉㄚ 形容非常不好意思的樣子。例羞答答的新娘子滿臉通紅。

善

羊部 六畫

ㄕㄢˋ ❶美好的事物：例善良、善心。❷友好，和好：例友善、親善。❸令人感到熟悉、不陌生：例面善。❹容易：例善忘、善變。❺親切的：例善待。❻對某件事很專門：例善長。❼稱讚或感嘆的語氣：例善哉。❽姓：例善先生。

參考 相似字：良、美、利。♣相反字：惡。

猜一猜 廿隻羊，同入虎口。（猜一字）（答案：善）

俏皮話 「老虎戴念珠——假善心。」老虎是一種很凶猛的動物，即使是戴上佛家用的念珠，天性還是不改。這句話是比喻人應該出於真心的做善事，而不是另有目的的假做善人。

善用 ㄕㄢˋ ㄩㄥˋ 好好的利用。例我們要善用光陰。

善忘 ㄕㄢˋ ㄨㄤˋ 健忘。

笑一笑 小李：「老張，謝謝你昨天把如何增強記憶的方法教給我。」老張：「啊！我已經記不得了。」

善事 ㄕㄢˋ ㄕˋ 慈善的事，例如：造橋。例他默默的作了許多善事。

善良 ㄕㄢˋ ㄌㄧㄤˊ 心地端正，沒有邪念。良：美好的。例他是個善良的人，從不欺侮別人。

參考 相反詞：邪惡。

善本書 ㄕㄢˋ ㄅㄣˇ ㄕㄨ 在學術或藝術上有價值，而又稀奇難見的圖書，例如：舊石刻本、精校本、手稿、舊拓碑帖等。

善行偉業 ㄕㄢˋ ㄒㄧㄥˋ ㄨㄟˇ ㄧㄝˋ 慈善的行為和偉大的功蹟、事業。例他的善行偉業至今仍被人們稱讚。

群 羊部 七畫

ㄑㄩㄣˊ ❶聚在一起的人或物：例人群、鳥群。❷眾多的：例群經、群英。❸指社會眾人：例離群獨居。❹計算單位：例一群人、一群羊。

參考 請注意：❶「群」的異體字是「羣」。❷「群」和「眾」不同：「群」和「眾」都有很多的意思，但是「群」有同類在一起的意思，例如：人群、鳥群；同時「群」的意義是有組織的聚在一起，例如：群策群力。「眾」是很多不同的類別在一起，例如：「烏合之眾」是指組成分子複雜、沒有組織。

群島 ㄑㄩㄣˊ ㄉㄠˇ 海洋中，位置聚集在一起的島嶼，例如：舟山群島、夏威夷群島。

群眾 ㄑㄩㄣˊ ㄓㄨㄥˋ 聚集在一起的許多民眾。例這次示威事件，群眾很有次序的前進。

參考 活用詞：群眾運動、群眾路線、群眾關係。

群山萬壑 ㄑㄩㄣˊ ㄕㄢ ㄨㄢˋ ㄏㄨㄛˋ 指高山山中的坑谷連綿不斷。壑：兩山中間的低谷。例中橫公路群山萬壑，景色壯觀。

群芳爭豔 ㄑㄩㄣˊ ㄈㄤ ㄓㄥ ㄧㄢˋ 形容很多花朵盛開，好像在競賽誰比較美麗。芳：芳香的花草。例春天一到，百花怒放，群芳爭豔。例這次選美會，群芳爭豔，很難選出第一名。

義 羊部 七畫

ㄧˋ ❶合理的事物：例見義勇為、正義。❷意思：例詞義、意義。❸正確合宜的道理，指合乎道德規範的行為：例義不容辭、大義滅親。❹拜認所發生的親屬關係：例義父、義母。❺交情：例忘恩負義、無情無義。❻人工製造的：例義肢。❼義大利的簡稱。❽姓：例義先生。

猜一猜 我欲騎羊羊不許，反而跳上把我騎。（猜一字）（答案：義）

義務 ㄧˋ ㄨˋ ❶指人在社會中應盡的責任。例納稅是國民的義務。❷指出力做事而不拿報酬。例他們全是義務幫忙的義工。

義和團 ㄧˋ ㄏㄜˊ ㄊㄨㄢˊ 是白蓮教的支派，創於清朝嘉慶時，後來蔓延山東省，該團傳習拳棒，附託鬼神。清末由於各國的侵略，朝廷又軟弱無能，義和團就以「扶清滅洋」為口號，橫行北京、天津，殺害外國公使。引起了英、俄、法、德、義、日、美、奧八國聯軍直逼北京，迫使我國簽下辛丑和約。

羨 羊部 七畫

ㄒㄧㄢˋ ❶因為喜歡而想得到：例羨慕、欣羨。❷剩餘，超出：例以羨補不足。❸超過：例功羨於五帝。

參考 相似字：愛、慕。♣請注意：「羨」的意思是看到別人的大肥羊，因為喜歡而流口水，因此「羊」的下面是有三點水的「㳄」，不可寫成「次」。同樣的，強盜的「盜」也是「㳄」。小朋友，不要寫錯了。

羨慕 ㄒㄧㄢˋ ㄇㄨˋ 看見別人有某種長處或好的東西，而希望自己也能得到。例我們都很羨慕她有個好媽媽。

羯 羊部 九畫

ㄐㄧㄝ ❶我國古代的北方民族。❷樂器名。古代的一種鼓，形狀像漆桶，用兩根棍子敲：例羯鼓。❸羯羊，閹割了的公羊。

羲 羊部 十畫

ㄒㄧ ❶中國傳統中的古帝王名：例伏羲氏。❷姓：例羲先生。

羲皇上人 ㄒㄧ ㄏㄨㄤˊ ㄕㄤˋ ㄖㄣˊ 太古的人。羲皇：指伏羲氏。古人想像伏羲以前的人無憂無慮，生活閒適。

羶 羊部 十三畫

ㄕㄢ 羊身上所發出的腥臊氣味。

參考 相似字：臊、腥。♣請注意：「羶」也可以寫作「膻」。

羹 羊部 十三畫

ㄍㄥ ❶用菜、肉混合煮成的濃湯：例肉羹。❷拒絕人家上門：例閉門羹。❸東西加上太白粉、地瓜粉煮成濃湯而帶有黏性的食品：例魷魚羹。

參考 請注意：「羹」是本字，後來的人假借同音而寫成「焿」，所以「焿」就是「羹」。

猜一猜 烤羊肉，味鮮美。（猜一字）（答案：羹）

羹湯 ㄍㄥ ㄊㄤ 指吃飯時的濃羹或湯汁。例三日入廚下，洗手作羹湯。

羸 羊部 十三畫

ㄌㄟˊ ❶瘦弱：例羸弱、羸瘦。❷疲倦的：例羸兵、羸憊。

參考 相似字：弱、疲、憊。

羽部 ㄩˇ

「羽」是按照鳥類的羽毛所造的象形字，古人把鳥毛中能控制飛翔功能的長毛叫「羽」，後來「羽」變成鳥毛的通稱。羽部的字和鳥類、或鳥類的羽毛有關，例如：翡（紅色羽毛的鳥）、翠（綠色羽毛的鳥）、翎（長羽毛）、翅（翅膀）。

羽 羽部 ○畫

ㄩˇ ❶鳥類的毛：例羽毛。❷古代五音之一，相當於樂譜的「La」。

羽毛 ㄩˇ ㄇㄠˊ ❶鳥類身體表面所長的毛，有保護身體、保持體溫、幫助飛翔的作用。❷鳥類的羽和獸類的毛；比喻人的名譽。例他做事小心，十分愛惜羽毛。

羽翼 ㄩˇ ㄧˋ ❶鳥的翅膀。❷比喻幫助的人或力量。例那班匪徒的羽翼眾多，很不容易消滅。

參考 相似詞：羽翮。

羽毛球 ㄩˇ ㄇㄠˊ ㄑㄧㄡˊ 一種球類運動的項目。在長方形場地中間，用球網橫隔，雙方各占半場，用球拍把球在空中來回拍打。分為單打和雙打。男子每局十五分，女子每局十一分。

羽毛未豐 ㄩˇ ㄇㄠˊ ㄨㄟˋ ㄈㄥ 本來指小鳥還沒有長大，身上的羽毛很稀少。後來比喻還沒有成熟，或力量還沒有壯大。例青少年羽毛未豐，需要師長的輔導。

羿 羽部 三畫

ㄧˋ 人的名字，傳說是有窮國的國君，善於射箭：例后羿。

翁 羽部 四畫

ㄨㄥ ❶年老的男子：例漁翁。❷父親：例家翁。❸指丈夫的父親：例翁姑。❹指妻子的父親：例翁婿。❺姓：例翁先生。

翁姑 ㄨㄥ ㄍㄨ 丈夫的父母親，也就是公公和婆婆。姑：指婆婆。

翁婿 ㄨㄥ ㄒㄩˋ 岳父和女婿。

翅 羽部 四畫

ㄔˋ ❶鳥類或昆蟲飛行的器官：例翅膀。❷某些魚類的鰭：例魚翅。

參考 相似字：翼。

翌

羽部 五畫

翌

ㄧˋ 下一次，下一個（指日或年）：例翌日、翌晨、翌年。

參考 相似字：次、明。

翌日 ㄧˋ ㄖˋ 明日。

習

羽部 五畫

習

ㄒㄧˊ ❶反覆的學：例溫習。❷常接觸而熟悉：例習見。❸一種長期養成的行為：例習慣。

參考 相似字：學、練、慣。♣請注意：「習」和「慣」都指長久形成的行為。但是習慣上「習題」、「習氣」都不用「慣」，而「慣例」也不用「習」。

習作 ㄒㄧˊ ㄗㄨㄛˋ ❶練習寫作。❷練習的作業。例國語習作。

習性 ㄒㄧˊ ㄒㄧㄥˋ 在某種自然條件或是社會環境中，長期養成的特性。例蛇有冬眠的習性。例她在父母的寵愛下，養成依賴的習性。

參考 請注意：「習性」、「習慣」、「習氣」都指在長期生活中逐漸養成的行為，但是用法不同。「習慣」通常指具體的行為表現，例如：刷牙、洗臉等習慣。「習性」可以包括性情等精神表現，例如：驕傲、畏縮等習性。「習氣」大部分指慢慢形成的壞習慣，有批評的意思。

習俗 ㄒㄧˊ ㄙㄨˊ 指一個社會代代相傳的風俗習慣。例端午節的習俗有划龍舟、包粽子等。

習慣 ㄒㄧˊ ㄍㄨㄢˋ ❶長久養成的行為。例他有隨手關燈的習慣。❷因為熟悉而適應。例我已經習慣新老師的教法。

小故事 清朝末年，陝西有個叫劉蓉的大官，他在年少時，讀書很用功，每當碰上疑難，就在房間裡走來走去，苦苦思索。日子久了，地面上竟被走得高低不平，很難走，可是劉蓉天天走，就像走在平地上一樣。有一天，他父親來到劉蓉的房裡，差點被絆倒，就叫人用土填平。劉蓉走在這被填平的地上反而覺得不習慣、不舒服。他感慨地說：「習慣的力量多可怕啊！」想一想，你有什麼習慣？如果是好的習慣，就要保持下去，如果是不好的習慣，你要怎麼改正呢？

笑一笑 有位廚師在餐廳工作時，常常把菜偷偷帶回家。有一天，他在自己家裡，一邊切肉，一邊偷偷藏了好幾塊。他太太看了覺得很奇怪，問他：「你藏家裡的肉幹什麼？」他想了想才說：「我習慣了。」

習題 ㄒㄧˊ ㄊㄧˊ 練習用的題目。

習以為常 ㄒㄧˊ ㄧˇ ㄨㄟˊ ㄔㄤˊ ❶經常做某件事，成了習慣。例爸爸天天送我上下學，習以為常。❷由於經常接觸某種情況而把它看得很平常。例妹妹的無理取鬧，我們早就習以為常。

翎

羽部 五畫

翎

ㄌㄧㄥˊ ❶鳥類翅膀或尾巴上的長羽毛：例雁翎、孔雀翎、鵝翎扇。❷箭羽，具有平衡飛行的作用：例箭翎。

參考 相似字：羽。

翎毛 ㄌㄧㄥˊ ㄇㄠˊ 鳥的翅膀或尾巴上的長羽毛。

翔

羽部 六畫

翔翔

ㄒㄧㄤˊ ❶在空中來回的飛：例飛翔。❷明確的，通「詳」：例翔實。❸通「祥」，吉利。

翕

羽部 六畫

翕翕

六畫

ㄒㄧ ❶合，收斂：例翕張。❷和諧順暢的樣子：例翕然。

翕如 ㄒㄧ ㄖㄨˊ 盛大的樣子。

翕張 ㄒㄧ ㄓㄤ 一開一合。

翕然 ㄒㄧ ㄖㄢˊ 和順、安定的樣子。

翡 羽部 八畫

ㄈㄟˇ ❶古書上指一種有紅毛的鳥：例翡鳥。❷硬玉，是色彩鮮豔的天然礦石，紅色的為翡，綠色的為翠：例翡翠。

翡翠 ㄈㄟˇ ㄘㄨㄟˋ ❶鳥名，嘴長而直，有藍色和綠色的羽毛，可做裝飾品，生活在平原或山麓多樹的溪旁。❷綠色的硬玉。

翠 羽部 八畫

ㄘㄨㄟˋ ❶青綠色：例青翠。❷青色羽毛的鳥：例翠鳥。❸玉的名稱：例翡翠。

參考 請注意：「翠」和「綠」顏色相同，但是「翠」指帶有光澤的綠色；「綠」指一般情況下的綠色。

翠綠 ㄘㄨㄟˋ ㄌㄩˋ 青綠色。

翠亨村 ㄘㄨㄟˋ ㄏㄥ ㄘㄨㄣ 地名，在廣東省中山縣內，面對珠江口，風景優美，是 國父誕生的地方。

翟 羽部 八畫

ㄓㄞˊ 姓：例翟先生。

ㄉㄧˊ 長尾巴的野雞。

翩 羽部 九畫

ㄆㄧㄢ 飛得很輕快：例翩翩。

翩然 ㄆㄧㄢ ㄖㄢˊ 形容動作輕快的樣子。例她翩然的跳起舞來。

翩翩 ㄆㄧㄢ ㄆㄧㄢ ❶飛得很輕快的樣子。例花叢裡有許多蝴蝶翩翩飛舞。❷比喻人風度很好。例他是一個風度翩翩的君子。

翰 羽部 十畫

ㄏㄢˋ 原指長而堅硬的羽毛。後來借指毛筆、文章、書信等：例翰墨、揮翰、文翰、書翰、華翰（尊稱別人的來信）。

翱 羽部 十畫

ㄠˊ 展翅飛翔：例翱翔。

翱翔 ㄠˊ ㄒㄧㄤˊ ❶在空中回旋飛行。例老鷹在高空中翱翔。❷遨遊。

翼 羽部 十一畫

ㄧˋ ❶鳥類的飛行器官，上面長著羽毛，通常稱為翅膀：例羽翼。❷像翅膀一樣的東西：例機翼。❸左右兩邊的一邊：例左翼。❹幫助：例輔翼。

參考 請注意：「翼」和「冀」（ㄐㄧˋ）形狀相似，但意義不同：上面是「羽」的「翼」，有翅膀或輔助、謹慎的意思，例如：羽翼、如虎添翼、輔翼、小心翼翼。冀上面是「北」，有希望的意思，例如：冀望。

翼尖 ㄧˋ ㄐㄧㄢ 翅膀尾端尖尖的部分。

翼翼 ㄧˋ ㄧˋ 小心謹慎的樣子。例我小心翼翼的把花瓶拿給爸爸。

翹 羽部 十二畫

ㄑㄧㄠˊ 讀音。❶鳥尾上的長羽毛。❷抬起：例翹首。

ㄑㄧㄠˋ 語音。指人死亡：例翹辮子。

參考 請注意：「翹」和「蹺」都有舉起的意思，但是指仰頭的意思時，只能用「翹」不能用「蹺」。

翹楚 ㄑㄧㄠˊ ㄔㄨˇ　本指荊木高出別的樹；後來比喻傑出的人才。例他是現代小說界的翹楚。

參考 相似詞：俊彥、魁首。

翹翹板 ㄑㄧㄠˋ ㄑㄧㄠˋ ㄅㄢˇ　給兒童遊玩的器具，用長木板做成，中間有支軸，兩端可以坐人，一上一下的起降。

翹辮子 ㄑㄧㄠˋ ㄅㄧㄢˋ ˙ㄗ　就是死亡。又寫作「蹺辮子」。

俏皮話 「十七兩——翹翹。」小朋友，相信你一定知道一斤有十六兩，如果在槓桿的一端放上十七兩的東西，那另一端一定會翹起。「十七兩——翹翹」有去世的意思。

翹首盼望 ㄑㄧㄠˊ ㄕㄡˇ ㄆㄢˋ ㄨㄤˋ　抬起頭來望；比喻非常的希望。例他每天翹首盼望父親早些回來。

參考 相似詞：引頸而望。

翻

羽部 十二畫

ㄈㄢ ❶上下或內外交換位子，反轉，倒下：例翻身、翻車。❷推倒或取消原來的：例推翻、翻供。❸越過：例翻山越嶺。❹將一種語言用另一種語言表達：例翻譯。

參考 相似字：轉、倒。♣請注意：「翻」和「番」讀音相同，但是「推翻」的「翻」有倒轉、反覆的意思；而「番」有次數的意思，例如：三番五次。

古人說 「一竹竿打翻一船人。」這句話有三種意思：❶不問事情的經過，就隨便指責人。❷只以少數的例子來評論全部的事情，其實是不正確的。❸一個人做錯了事，其他的人也被認為是和他一樣的。例欠錢的是他，你別「一竹竿打翻一船人」，說我們也欠人家錢。

翻身 ㄈㄢ ㄕㄣ　❶轉動身體。❷比喻徹底改變困境。例等到孩子長大，我們就可以翻身了。

翻滾 ㄈㄢ ㄍㄨㄣˇ　❶指水上下滾動。例太平洋上海浪翻滾，十分壯觀。❷亂翻身、轉動。例他肚子疼得在地上翻滾。

翻臉 ㄈㄢ ㄌㄧㄢˇ　因為生氣而改變臉色。例哥哥一聽說我弄壞了模型，立刻翻臉，罵了我一頓。

俏皮話 「翻臉像翻書一樣——說變就變。」小朋友，我們一頁一頁的翻書動作都很快，而且看到的東西都不一樣，如果「翻臉像翻書一樣」，那真是「說變就變」。

翻轉 ㄈㄢ ㄓㄨㄢˇ　轉動物體使它改變位置。例妹妹坐在雲霄飛車上，經過三百六十度大翻轉時，嚇得哇哇大哭。

翻騰 ㄈㄢ ㄊㄥˊ　劇烈的滾動或翻動。騰：翻動。例波浪翻騰。

參考 相似詞：翻滾。

翻譯 ㄈㄢ ㄧˋ　將一種語言文字用另一種語言文字表達出來。例如：把文言文翻譯成白話文，把英文翻譯成中文等。

翻筋斗 ㄈㄢ ㄐㄧㄣ ㄉㄡˇ　一種動作的名稱，把頭和手同時著地，讓屁股翹起來，然後很快的把身體翻過去，恢復原狀。也說「翻跟斗」。

翻山越嶺 ㄈㄢ ㄕㄢ ㄩㄝˋ ㄌㄧㄥˇ　越過很多山嶺；比喻旅途十分辛苦。例我一路翻山越嶺，好容易才找到你。

翻天覆地 ㄈㄢ ㄊㄧㄢ ㄈㄨˋ ㄉㄧˋ　把天地都翻覆了；形容巨大而徹底的變化。覆：蓋。例戰爭使得世界產生翻天覆地的變化。

翻來覆去 ㄈㄢ ㄌㄞˊ ㄈㄨˋ ㄑㄩˋ　❶來回翻動身體。例天氣太熱，翻來覆去睡不著覺。❷形容個性反覆無常。例他做事翻來覆去，經常更改，令人無所適從。❸一次又一次。例他說話囉嗦，總是翻來覆去，一再重複。

翻箱倒櫃 ㄈㄢ ㄒㄧㄤ ㄉㄠˇ ㄍㄨㄟˋ　把箱子、櫃子裡的東西都倒出來；形容找東西時凌亂的樣子。例小偷翻箱倒櫃，把房間弄得一團糟。

參考 相似詞：翻箱倒篋。

耀

一 丨 丬 业 业 光 光ㄱ 光ㄱ ... 耀 羽部 十四畫

一ㄠˋ ❶光線強烈的照射：例照耀。❷光榮：例光耀。❸顯揚：例耀武揚威。

參考 相似字：明、朗、照。

耀眼 一ㄠˋ 一ㄢˇ 光線強烈，使人看不清楚。例街上的霓(ㄋㄧˊ)虹燈發出耀眼的光芒。

老部 ㄌㄠˇ

老是指年紀很大的人，「老」是老的篆文，由「毛」(毛)、「人」(人)、「匕」(化，請見化字說明)三個字構成；表示人老了以後頭髮就變為白色。因此老部的字都和年紀大有關係，例如：考(原來意思是年紀大)、耆、耄、耋，都是指年紀大的人。

老

一 十 土 耂 耂 老 老部 ○畫

ㄌㄠˇ ❶稱年長者：例老人。❷有經驗的：例老手。❸陳舊的：例陳年老酒。❹熟練：例老於世故。❺疲困：例師老兵疲。❻因長時間而變堅硬的：例這個黃瓜太老了。❼火候大，與「嫩」相對：例雞蛋煮老了。❽經常的：例老客戶。❾排行次序：例老大、老么。❿總是：例他老是遲到。⓫極，很：例老早、老遠。⓬表示親暱的稱呼：例老王。⓭名詞詞頭，沒有意義：例老虎。⓮姓：例老先生。

參考 相似字：舊、弱。♣相反字：壯、健。

古人說 ㈠「老牛拉破車。」這句話是形容人辦事速度太慢。例如：他做事像老牛拉破車，拖拖拉拉。

㈡「老王賣瓜，自賣自誇。」這句話是說：在別人面前賣弄或誇耀自己。例他喜歡「老王賣瓜，自賣自誇」，什麼都說自己的好。

老大 ㄌㄠˇ ㄉㄚˋ ❶年老。例少壯不努力，老大徒傷悲。❷稱排行第一的人。❸很，非常。例心中老大不忍。

老小 ㄌㄠˇ ㄒㄧㄠˇ 老人和小孩，泛指家屬。例一家老小十人。

老子 ㄌㄠˇ ㄗˇ ❶相傳為春秋時期楚國的思想家，姓李名耳，又叫老聃(ㄉㄢ)，是道家學派的創始人，曾做過周朝管理藏書的史官，他的主要思想保存於「老子」一書中。❷書名，又稱「道德經」，是道家的主要經典，相傳是老子所寫的，有五千餘字。

老手 ㄌㄠˇ ㄕㄡˇ 對於某種事情富有經驗的人。例他是開車的老手。

老成 ㄌㄠˇ ㄔㄥˊ 經歷多，做事穩重。例他做事很老成持重。

參考 相似詞：老到、老練。

老式 ㄌㄠˇ ㄕˋ 古老的形式或樣子。式：式樣。例這是一幢老式的建築物。

參考 相反詞：新式。

老年 ㄌㄠˇ ㄋㄧㄢˊ 年紀大，指六、七十歲以上的年紀。

參考 依據世界衛生組織將人生的時期重新作了劃分：七十五至八十九歲為老年人；四十四歲以下為青年人；四十五至五十九歲為中年人；六十至七十四歲為較老年人；九十歲以上為長壽老年人。

老虎 ㄌㄠˇ ㄏㄨˇ 就是虎。哺乳動物，性情凶猛，會傷害人畜。毛皮可做褥、墊，骨、血、內臟都可做藥。

猜一猜 ㈠說是貓，不是貓，個子比貓大，尾巴比貓短。(猜一種動物)(答案：老虎)

㈡兩隻牙齒，真正硬，一口咬起大鐵釘。(猜一種工具)(答案：老虎鉗)

俏皮話 ㈠「老虎吃天——無從下手。」「老虎吃天」，根本不可能，也無從下手，比喻不知道該怎麼辦才好。例你想一夕成名，豈不是「老虎吃天」，根本無從下手嘛！

(二)「紙糊老虎——一戳就破。」老虎可算是非常兇猛的動物，但紙糊的老虎就不是這樣了。這句話是說外表看起來很強，其實內在並不是這樣，只是虛有其表。

老家 ㄌㄠˇ ㄐㄧㄚ 故鄉的俗稱。例我的老家在廣東。

老套 ㄌㄠˇ ㄊㄠˋ 陳舊的一套，多指沒有改變的習俗或工作方法。

老氣 ㄌㄠˇ ㄑㄧˋ ❶老成的樣子。例別看他年紀小，說話倒很老氣。❷形容服裝等的顏色深暗，樣式古舊、呆板。例她的穿著很老氣。

老師 ㄌㄠˇ ㄕ 學生對教師的尊稱。

參考 請注意：「老師」並不等於「教師」。「教師」是一種職業，也是一種社會身分；而「老師」則是一種稱呼，一種帶有尊敬的稱呼。所以我們在學校稱「林老師」、「王老師」，而不稱「林教師」、「王教師」。

笑一笑 在一個下雨天，放學時幼稚園老師替小朋友穿雨鞋。當老師花了十分鐘，好不容易才替小華穿上略嫌小了的雨鞋，小華卻對老師說：「這雙不是我的！」老師又費了很大的功夫替小華脫掉，那知小華又說：「這是弟弟的，不過媽媽說我今天可以穿它上學！」

老鄉 ㄌㄠˇ ㄒㄧㄤ ❶同鄉，例吳先生和吳太太兩人是老鄉。❷習慣上隨口稱呼不相識的人。例這位老鄉，您要去哪裡？

老爺 ㄌㄠˇ ㄧㄝˊ ❶對年老長輩的尊稱。❷以前對官吏及有權勢的人的稱呼。

老鼠 ㄌㄠˇ ㄕㄨˇ 動物名，門齒發達，繁殖迅速，以植物或雜草為主食，常盜吃米糧，破壞貯藏物。

小百科 老鼠沒有犬齒，但有非常尖銳的門齒，能毫不困難地咬破鉛管和牆壁。一隻老鼠一年要吃糧食二十二點五公斤，全世界每年被老鼠吃掉的糧食大約占總收成的百分之五十，這些糧食可以餵飽一億三千五百萬人。老鼠的繁殖力特別強，一對老鼠，三年內就能繁殖二千萬隻後代。還有老鼠的身體也很特別，從高樓摔到地面，它也能平安無事；它能蠕動身體，在很小的洞裡鑽進鑽出，還能游水一里多。老鼠還會傳播二十多種疾病，危害人類健康。

俏皮話 「老鼠尾巴——沒有多大油水。」相信小朋友們都看過老鼠，它的尾巴又細又長，炸不出什麼油水來。比喻沒有什麼價值的事物時，就可以用這句話來形容。

唱詩歌 小老鼠，上燈臺，偷油吃，下不來；急得老鼠兩眼直呆呆。小老鼠，上燈臺，偷油吃，下不來；叫奶奶，奶奶不來，嘰哩咕嚕滾下來。

老調 ㄌㄠˇ ㄉㄧㄠˋ 指說過多次無新鮮的內容，使人厭煩的言論。例他又再重彈老調，我們還是趁早離開吧！

老練 ㄌㄠˇ ㄌㄧㄢˋ 經驗豐富，辦事熟練穩當。例她做事很精明老練。

老實 ㄌㄠˇ ㄕˊ 誠懇實在而不虛偽。例當老實人，說老實話，辦老實事。

老闆 ㄌㄠˇ ㄅㄢˇ ❶雇主。❷商店的主人。

參考 相似詞：東家、東主。

笑一笑 小吃店的老闆娘喜歡把客人點的東西加上一個「的」字。有一天小明去吃了一碗「牛肉的麵」，臨走時，對著年輕的老闆娘說：「老闆的娘，再見！」

老邁 ㄌㄠˇ ㄇㄞˋ 年老。

老饕 ㄌㄠˇ ㄊㄠ 比喻貪吃的人。例他是個嗜吃美食的老饕。

小百科 據說饕和餮都是古代的一種怪獸，性情凶猛，很愛吃，所以人們把好吃的人稱作老饕。

老鷹 ㄌㄠˇ ㄧㄥ 鳥名，猛禽類，嘴藍黑色，上嘴彎曲，腳強健有力，趾有銳利的爪，翼大善飛，性凶猛，常捕食鳥、兔、雞、鼠。

猜一猜 飛得高，飛得低，撲到地上捉小雞。（答案：老鷹）

老人家 ㄌㄠˇ ㄖㄣˊ ㄐㄧㄚ 稱自己父母或對年長者的敬語。例老人家今年有七十了吧？

老天爺 天的俗稱。也寫作「老天」。

古人說 「老天有眼。」這是指人世間的事善得善報，惡得惡報。例「老天有眼，明察秋毫」，定能將歹徒繩之以法。

老百姓 人民，民眾。

老牛舐犢 比喻父母對孩子的疼愛。舐：舔。犢：小牛。

老幼皆知 大家都知道。例提起這本書的作者，那真是老幼皆知。

參考 相似詞：家喻戶曉、婦孺皆知。

老少咸宜 老年人和少年人都適宜。咸：都。例這種健康食品，營養可口，老少咸宜。

老生常譚 指年老書生的平凡言論；比喻不足為奇。常：平常、平凡。譚：談。例這句話雖然只是老生常譚，但是對我們的進德修業仍有幫助。

老奸巨猾 形容十分奸詐狡猾。例這個人老奸巨猾，不容易讓他束手就擒。

老有所終 年老的人能得到奉養。例理想的社會應做到老有所終，壯有所用，幼有所長。

老馬識途 據說管仲跟隨齊桓公去打仗，回來時迷了路。管仲放老馬在前面走，就找到了道路。比喻有經驗的人對事物比較熟悉，能在工作中起引導作用。

老氣橫秋 ❶形容老練自負的神態，自以為了不起的樣子。❷形容人沒有朝氣，暮氣沉沉的樣子。

參考 相似詞：倚老賣老。

老羞成怒 羞愧到了極點而大發脾氣。

參考 請注意：不知道從什麼時候開始，漸漸流行起一個和「老羞成怒」很相似的成語「惱羞成怒」，到底哪一個才對呢？有人認為「老羞」的「老」字無法解釋，可能是用錯了，應當用「惱」才對，而且「惱」和「怒」的意思相近，應該可以連用，這是不正確的想法，因為「老」字有「過分」、「非常」的意思，「老羞」表示羞慚到了不能忍受的地步，所以正確的成語應是「老羞成怒」才對。

老當益壯 年紀雖老而鬥志更堅、幹勁更大。益：更加。例他退休之後還是老當益壯。

老態龍鍾 形容年老體衰、行動不便的樣子。龍鍾：行動不方便的樣子。例他年紀不到六十，但樣子已是老態龍鍾了。

老謀深算 周密的籌畫，深遠的打算。形容老練精細。例這個人老謀深算，工於心計。

老吾老以及人之老 由尊敬自己的父兄，推廣到尊敬別人的父兄。及：推廣。第一個「老」是動詞，尊敬的意思。第二、三的「老」是名詞。

考

老部 〇畫

一 十 土 耂 耂 考

❶測驗：例考試。❷檢查：例考察。❸研究，推求：例考古、思考。❹稱死去的父親：例皇考。

參考 相似字：試、測。♣請注意：「考」由「丂」得聲，所以不能把丂寫成「匕」，而變成了「老」。

考古 根據古代遺物或實地調查古代遺址，研究古代的社會、制度、風俗、文化等，了解古代人類的發展。

參考 活用詞：考古學。

考查 考證調查，或用一定的標準來檢查衡量。查：追究，弄明白。例老師應該隨時考查學生的表現。

參考 請注意：「考查」、「考察」都指進行調查研究。但「考查」多半指對歷史文物或其他事物進行調查考證；「考察」比較偏重實地調查、深入觀察研究。

考核 考查審核。核：詳細審察。也寫作「考覈」。例民意代表替人民考核政府的施政得失。

考試 ㄎㄠˇ ㄕˋ 考查知識或技能的一種方法。有口試、筆試、現場作業等方式。

參考 請注意：「考試」有一定的制度和形式，在一定的時間限制內完成。通常在測量人的知識或技能；「考驗」就不一定有一定的制度和形式，也沒有嚴格的時間限制，多半用來考量一個人的思想、能力。

考察 ㄎㄠˇ ㄔㄚˊ 實地觀察調查，或深入分析研究。例議員們出國考察各國的政治現況。

考選 ㄎㄠˇ ㄒㄩㄢˇ 採取考試的方式選擇人才，作為任用的依據。

考慮 ㄎㄠˇ ㄌㄩˋ 仔細思量問題，再做出結論。慮：思考謀劃。例你考慮清楚後再回答我。

考據 ㄎㄠˇ ㄐㄩˋ 根據歷史文獻、文物等資料考核、證實或說明研究的結論。

參考 相似詞：考證。

考驗 ㄎㄠˇ ㄧㄢˋ 考察試驗。不一定有完整的制度或形式，也沒有嚴格的時間限制。通常比較著重在一個人的能力、思想。驗：探測實驗。例勇敢的接受考驗，才能衝破難關，贏取勝利。

者

老部 四畫

一 十 土 耂 耂 者 者 者

ㄓㄜˇ ❶專指做某種事的人：例記者、學者。❷放在詞末，表示「……的人」：例勝利者、弱者。❸表示停頓語氣。

耆

老部 四畫

一 十 土 耂 耂 老 老 耆 耆 耆

ㄑㄧˊ ❶老人的通稱，禮記稱六十歲為「耆」，說文稱七十歲為「耆」：例耆老、耆宿。❷姓：例耆先生。

耆老 ㄑㄧˊ ㄌㄠˇ 老年人。

耆宿 ㄑㄧˊ ㄙㄨˋ 有名望的老年人。

而部 ㄦˊ

小朋友，你看「[illegible]」像不像下巴長著長長的鬍鬚？沒錯，上面稍微彎曲的那一畫正像下巴的形狀，下面那四畫正是鬍子。後來寫成「[illegible]」，仍然可以看出它是個象形字。演變到「[illegible]」，和最早的字形已經相差很多了，現在寫成「而」則完全看不出原來的意思。「而」原本是鬍鬚，後來借用為「而且」、「然而」的意思，指鬍鬚的意思就很少使用了。

而

而部 〇畫

一 丆 丆 丙 丙 而

ㄦˊ ❶又、並且的意思，是連接語意的詞：例富有而慷慨。❷卻，連接意思不同的詞：例花香郁而不豔、她長得瘦而不單薄。❸到：例由上而下、由秋而冬。❹把表示時間或方式的詞連接到動詞上：例匆匆而來、挺身而出。❺如果：例人而無信，不知其可。❻只：例不患寡而患不均。

笑一笑 從前有一個秀才，平常很喜歡亂用「而」字。有一次他參加考試時，在試卷中寫了許多「而」字，改卷的老師是個很有趣的人，他看過卷子後就寫下一段評語：「當而而不而，不當而而而。而今而後，已而已而。」意思是說：該用「而」的地方你不用，不該用「而」的地方你卻用「而」，從今以後，請不要再亂用「而」了。

而且 ㄦˊ ㄑㄧㄝˇ ❶表示更進一步。例他們不但打了勝仗，而且獲得民眾歡迎。❷表示二種情況同時出現。例她不但聰明而且勤勞。

耐

而部 三畫

一 丆 丆 丙 丙 而 而 耐 耐

六畫

ㄋㄞˋ ❶忍受：例吃苦耐勞。❷經久：例耐用。❸才能：例能耐。

參考 相似字：忍。

笑一笑 姐姐問弟弟：「你新交的女朋友長得怎麼樣？」弟弟：「很耐看——要很忍耐的看！」

耐久（ㄋㄞˋ ㄐㄧㄡˇ） 能夠持續很久。例老闆向我推銷一種耐久的電池。

耐心（ㄋㄞˋ ㄒㄧㄣ） 心裡不急躁、不厭煩。例她很有耐心的聽我說完故事。

耐用（ㄋㄞˋ ㄩㄥˋ） 可以長久使用，不容易用壞。例這個鍋子很耐用。

耐性（ㄋㄞˋ ㄒㄧㄥˋ） 能忍耐的個性。例她不但有耐性，而且很細心。

耐煩（ㄋㄞˋ ㄈㄢˊ） 不急躁，不怕麻煩。例他在這裡等了半小時，愈來愈不耐煩了。

耐人尋味（ㄋㄞˋ ㄖㄣˊ ㄒㄩㄣˊ ㄨㄟˋ） 禁得起人們反覆的探索、體會其中的意味。形容意味深長。例他的話很耐人尋味。

耍

而部 三畫

ㄕㄨㄚˇ ❶遊戲：例玩耍。❷戲弄：例耍弄。❸舞動：例耍大刀。❹施展，賣弄：例耍花招、耍聰明。

參考 相似字：玩、嬉、弄、舞。♣請注意：玩耍的「耍」，上面是「而」，中間沒有封口。重要的「要」，上面是「西」。

耍賴（ㄕㄨㄚˇ ㄌㄞˋ） 不承認自己所做的事。例這件事你明明已經答應，別再耍賴了。

耍寶（ㄕㄨㄚˇ ㄅㄠˇ） 逗弄、施展雜技，引起別人的注意和帶來歡樂。例他喜歡耍寶逗人開心。

耍把戲（ㄕㄨㄚˇ ㄅㄚˇ ㄒㄧˋ） ❶表演雜技。❷比喻施展詭計。例別想在我面前耍把戲。

參考 相似詞：耍花招。

耍脾氣（ㄕㄨㄚˇ ㄆㄧˊ ㄑㄧˋ） 發怒，使性子。例大家只要一不順小妹的心，她就耍脾氣。

耍嘴皮子（ㄕㄨㄚˇ ㄗㄨㄟˇ ㄆㄧˊ ㄗ˙） ❶賣弄口才。例他喜歡在別人面前耍嘴皮子。❷光說不做。例不要只會耍嘴皮子，說到就要做到。

耒部（ㄌㄟˇ）

「耒」是一種木製的耕田器具。「」是它最早的寫法，上面是木製的把手，下面是鐵製的犁鏵，「耒」可用來除草、翻土。寫成「」只是簡化鏟子的部分。篆文寫成「」，上面是雜草，下面的木表示「耒」是木製的器具。「耒」是農耕的器具，因此耒部的字都和農耕或耕田的器具有關，例如：耕、耘、耙。

耒

耒部 〇畫

ㄌㄟˇ ❶古代稱犁上的木把為「耒」。❷泛指耕作的器具：例耒耜。

參考 請注意：「耒」字第一筆，應該由右往下撇，不可作橫畫寫成「未」。

耒耜（ㄌㄟˇ ㄙˋ） 古代耕地的農具，就是原始的犁；也作為農具的總稱。耜：農具名。

耘

耒部 四畫

ㄩㄣˊ 除草：例耘草。

參考 相似字：除、刈。

耕

耒部 四畫

ㄍㄥ ❶農業上使用的工具：例耕耘機。❷用犁把田裡的土翻鬆後種植東西：例耕田、耕種。

參考 相似字：種、植。

俏皮話 「驢子拉磨牛耕田——各作各的。」在北方的驢子是用來拉磨的，南方的牛是用來耕田的。「驢子拉磨牛耕田」這句話是比喻各盡各的責任。

六畫

耕地（ㄍㄥ ㄉㄧˋ） 可以種植農作物的土地。例這一片耕地專門種植蔬菜。

耕作（ㄍㄥ ㄗㄨㄛˋ） 到田裡工作。作：農耕的意思。例耕作是農人的職業。

耕耘（ㄍㄥ ㄩㄣˊ） ❶耕田和除草。耘：除草的意思。例農人辛苦的耕耘不外是希望有個好收成。❷比喻付出精神和勞力。例一分耕耘，一分收穫。

耕種（ㄍㄥ ㄓㄨㄥˋ） 把田翻鬆後種植農作物。例第二期的稻子沒有辦法耕種的原因是水庫缺水。

耕者有其田（ㄍㄥ ㄓㄜˇ ㄧㄡˇ ㄑㄧˊ ㄊㄧㄢˊ） 國父民生主義解決土地問題的一種辦法；切實幫助農民，使他們有自己的田地可以耕種。者：指人。其：他的意思。

耙

耒部 四畫

一 二 三 丰 耒 耒 耓 耓 耙

ㄆㄚˊ ❶一種鋸齒形的農具，能使土塊細碎：例耙犁。❷翻動、翻鬆泥土：例耙土。

耗

耒部 四畫

一 二 三 丰 耒 耒 耓 耔 耗 耗

ㄏㄠˋ ❶減損，用去：例消耗。❷拖延：例耗時間。❸壞的音信或消息：例噩耗、死耗。

參考 相似字：消、費。

耗子（ㄏㄠˋ ㄗ˙） 老鼠。例你少狗拿耗子多管閒事了。

俏皮話 「狗拿耗子——多管閒事。」捕捉老鼠是貓的責任，如果狗捕捉老鼠那不就是多管閒事嗎？例如：哥哥要幫你寫功課，那就是「狗拿耗子——多管閒事」了！

耗費（ㄏㄠˋ ㄈㄟˋ） 花費。例當年高鐵工程耗費了不少人力和物力，現在總算通車了。

耗損（ㄏㄠˋ ㄙㄨㄣˇ） 消耗損失。例媽媽為了節省開銷，儘量減少水電的耗損。

耗竭（ㄏㄠˋ ㄐㄧㄝˊ） 消耗光了。例敵人兵力已經耗竭。

耜

耒部 五畫

耜 一 二 三 丰 耒 耒 耓 耜 耜 耜

ㄙˋ 一種挖土用的農具。

耳部（ㄦˇ）

耳朵是負責聽覺的器官，「」是「耳」字早最的寫法，是按照耳朵的形狀所造的象形字。後來寫成「」，還可以看到耳殼、耳穴，演變成「」，多了不必要的一畫，現在則寫成「耳」。耳部的字大都和耳朵或是聽覺有關，例如：聆（仔細聽）、聰（聽覺靈敏）、聾（喪失聽力）。

耳

耳部 ○畫

一 丅 丌 丌 耳 耳

ㄦˇ ❶人體或動物的聽覺器官：例耳朵。❷裝在器物兩旁的把手。❸像耳朵的東西：例木耳。❹聽：例耳熟能詳。❺姓：例耳先生。

猜一猜 東一片，西一片，到老不相見。（猜一種器官）（答案：耳朵）

唱詩歌 誰的耳朵長？誰的耳朵短？誰的耳朵遮著臉？驢的耳朵長，馬的耳朵短，象的耳朵遮著臉。誰的耳朵尖？誰的耳朵圓？誰的耳朵聽得遠？貓的耳朵尖，猴的耳朵圓，狗的耳朵聽得遠。

耳光（ㄦˇ ㄍㄨㄤ） 用手掌拍打別人的臉部。

耳語（ㄦˇ ㄩˇ） 靠近別人的耳朵說話。例他們耳語一番，不知打什麼主意。

參考 相似詞：咬耳朵。

耳機（ㄦˇ ㄐㄧ） 戴在耳朵上或插入耳中的受音器。

耳環（ㄦˇ ㄏㄨㄢˊ） 戴在耳朵上的裝飾品。

耳邊風（ㄦˇ ㄅㄧㄢ ㄈㄥ） 耳邊吹過的風；比喻聽過後不放在心上的話。例他把媽媽的勸告

六畫

都當做耳邊風了。

參考 相似詞：耳旁風。

耳目一新 ㄦˇ ㄇㄨˋ ㄧ ㄒㄧㄣ 聽到看到的都不一樣，讓別人感到很新鮮。例她把頭髮剪短了，令人感覺耳目一新。

耳熟能詳 ㄦˇ ㄕㄡˊ ㄋㄥˊ ㄒㄧㄤˊ 聽的次數多了，熟悉得能詳細的說出來。熟：熟悉。詳：詳細說明。例這個故事耳熟能詳，我小時候就聽過了。

耳聰目明 ㄦˇ ㄘㄨㄥ ㄇㄨˋ ㄇㄧㄥˊ 聽覺聰敏，視覺清明。比喻頭腦靈敏。例他雖然年紀很大，仍然耳聰目明。

耳濡目染 ㄦˇ ㄖㄨˊ ㄇㄨˋ ㄖㄢˇ 經常地聽見或看見，在不知不覺中便受到影響。濡：沾染。例他的父親是位老師，耳濡目染下，他也很喜歡念書。

耶

一 丆 丌 丌 耳 耳 耳 耶 耶

耳部 三畫

ㄧㄝ ❶父親，通「爺」：例耶孃（孃，ㄋㄧㄤˊ，母親）。❷文言文的疑問詞，相當於「嗎」、「呢」：例是耶？非耶？❸表示感嘆：例時耶！命耶！❹用於譯音：例耶穌。

耶穌 ㄧㄝ ㄙㄨ 基督教的創始人。基督教說他是上帝的兒子，降世救人，生於「巴力斯坦」的伯利恆，因傳教觸怒猶太教及羅馬統治者，被釘死在十字架上，死後復活升天。現在各國以他的出生年為西元元年。

耶和華 ㄧㄝ ㄏㄜˊ ㄏㄨㄚˊ 希伯來人信奉的猶太教中最高的神，基督教裡用作上帝的同義詞。

耶誕老人 ㄧㄝ ㄉㄢˋ ㄌㄠˇ ㄖㄣˊ 相傳羅馬時代小亞細亞的聖尼古拉教士，樂善好施，經常送禮物給窮人，人們多在耶誕夜於火爐前掛襪子，希望得到聖尼古拉的贈送。在習俗上，耶誕夜也有人化裝為聖誕老人，裝扮為白鬍鬚、大肚皮、穿紅衣、戴紅帽，駕著馴鹿拉的車子，然後在車上裝有一大袋禮物，分送給人們。

耽

一 丆 丌 丌 耳 耳 耳 耵 耽 耽

耳部 四畫

ㄉㄢ ❶拖延：例耽擱。❷沉迷：例耽溺。❸快樂：例和樂且耽。

參考 相似字：樂。♣請注意：❶「耽」的異體字寫作「躭」。❷「耽」和「眈」音同但意義不同：耳部的「耽」有沉迷的意思，例如：耽溺。目部的「眈」有目光逼視的意思，例如：虎視眈眈。

耽誤 ㄉㄢ ㄨˋ 因為拖延或錯過時機而誤事。例他忘了帶錢，而耽誤了生意。

參考 請注意：「耽誤」和「耽擱」都是指拖延事情，「耽誤」特別有因為停留或拖延而使事情沒有辦好的意思。

耽擱 ㄉㄢ ㄍㄜ 停留，拖延。例他事情沒辦完，在臺中耽擱了三天。

耿

一 丆 丌 丌 耳 耳 耳 耵 耿 耿

耳部 四畫

ㄍㄥˇ ❶形容光明的樣子：例銀河耿耿。❷正直、有節氣：例耿介、耿直。❸內心不安：例憂耿、淒耿。❹姓：例耿先生。

耿介 ㄍㄥˇ ㄐㄧㄝˋ 正直、有操守氣節。例性情耿介。

耿直 ㄍㄥˇ ㄓˊ 忠誠正直。

耿耿 ㄍㄥˇ ㄍㄥˇ ❶光明的樣子。例銀河耿耿。❷內心不安的樣子。例耿耿於懷。❸形容忠誠。例他忠心耿耿的盡心辦事。

聊

聊

一 丆 丌 丌 耳 耳 耳 耵 聊 聊 聊

耳部 五畫

ㄌㄧㄠˊ ❶樂趣：例有些無聊。❷依靠，寄託：例民不聊生。❸姑且，暫且：例聊勝於無。❹閒談：例聊天。❺姓：例聊先生。

聊天 ㄌㄧㄠˊ ㄊㄧㄢ 在一起沒目的的隨便說話；閒談。例她常常和鄰居聊天。

笑一笑 冬天晚上，小明一家人坐在客廳裡聊天。姊姊說：「今天好冷哦！」小明走到門邊，看了半天，恍然大悟的說：「我明白了！原來風是扁的，所以它老是從門縫裡鑽進來。」

六畫

聆

耳部 五畫

聆 一 丅 ㄇ ㄇ 耳 耳 耵 耹 聆 聆

ㄌㄧㄥˊ 聽：例聆聽、聆教。

參考 相似字：聽。

聆取 ㄌㄧㄥˊ ㄑㄩˇ 聽取。

聆聽 ㄌㄧㄥˊ ㄊㄧㄥ 注意傾聽。例我聆聽學校廣播的內容。

聒

耳部 六畫

聒聒 一 丅 ㄇ ㄇ 耳 耳 耳 耳 耳

ㄍㄨㄛ 聲音很吵鬧：例聒噪。

聒噪 ㄍㄨㄛ ㄗㄠˋ 吵鬧，聲音雜亂。例鳥兒在窗外聒噪不休。

聘

耳部 七畫

聃聃聘 一 丅 ㄇ ㄇ 耳 耳 耳 耳 耳 聃

ㄆㄧㄣˋ ❶請某人擔任職務：例聘用。❷訂婚：例聘禮、下聘。❸女兒出嫁：例出聘。❹兩國為了交好而互相派遣官員訪問：例聘問。

參考 相似字：嫁。♣請注意：「聘」和「騁」(ㄔㄥˇ)不同：馬部的「騁」有奔馳的意思，例如：馳騁。耳部的「聘」有任用的意思，例如：聘用。

聘金 ㄆㄧㄣˋ ㄐㄧㄣ 訂婚時男方送給女方的金錢。

聘請 ㄆㄧㄣˋ ㄑㄧㄥˇ 請人擔任某項職務。例校長聘請他當訓導主任。

聘禮 ㄆㄧㄣˋ ㄌㄧˇ 訂婚時男方送給女方的禮物。

聖

耳部 七畫

聖聖聖 一 丅 ㄇ ㄇ 耳 耳 耳 耶 耶 聖

ㄕㄥˋ ❶學問廣博，明白事理的人：例聖人。❷人格非常高尚的人：例先聖、聖賢。❸在學問或技藝上有很高成就的人：例詩聖、草聖、樂聖。❹關於宗教的：例聖經、聖誕節。❺至尊的稱呼，以往稱皇帝為聖上：例聖旨、聖意。❻精通：例杜甫聖於詩。

參考 請注意：「聖」的下面是「𡈼」(ㄊㄧㄥˇ)，不可以寫成「壬」(ㄖㄣˊ)。

聖人 ㄕㄥˋ ㄖㄣˊ ❶有至高無上人格的人。例周公是一個聖人。❷以往臣子對皇帝的稱呼。

聖手 ㄕㄥˋ ㄕㄡˇ 在學問或技藝上有很高成就的人。

聖火 ㄕㄥˋ ㄏㄨㄛˇ 原本是指奧林匹克運動會開幕時點燃的火把，後來各地的運動會開幕都依照奧運會的慣例，紛紛點燃火把。

聖旨 ㄕㄥˋ ㄓˇ 原本是指皇帝頒布的命令；現在也比喻很能令人聽從的話。例他把太太的話當成聖旨。

猜一猜 聖旨。(猜一字)(答案：玲)

聖賢 ㄕㄥˋ ㄒㄧㄢˊ 道德修養很高的人叫「聖人」，品德端正又有能力的人叫「賢人」，通稱為聖賢。

聖潔 ㄕㄥˋ ㄐㄧㄝˊ 品格偉大純潔。潔：端正的。

聖誕節 ㄕㄥˋ ㄉㄢˋ ㄐㄧㄝˊ 耶穌在十二月二十五日凌晨誕生，因此基督教訂十二月二十五日為聖誕節，就是聖人誕生的日子，在這一天舉行盛大慶祝，並且在聖誕節之前互相寄卡片、送禮物。也作「耶誕節」。

聞

耳部 八畫

閅閅閅聞 丨 ㄗ 戶 戶 戶 門 門 門 門 門

ㄨㄣˊ ❶聽到：例所見所聞。❷知識豐富：例友多聞。❸消息：例新聞。❹用鼻子嗅：例聞香。❺名氣，名望：例沒沒無聞。❻出名：例聞達。❼有好名譽的：例聞人。❽姓。

參考 相似字：聽、嗅。♣請注意：「聞」有聽、嗅二個意思，要看上下文決定字義，例如：「聞香」是指氣味，就是「嗅」；「耳聞」是聲音，就是「聽」。

聞人 ㄨㄣˊ ㄖㄣˊ 有好名望的人。

聞名 ㄨㄣˊ ㄇㄧㄥˊ 很著名、出名。例他好學的精神遠近聞名。

聞一知十 ㄨㄣˊ ㄧ ㄓ ㄕˊ 只聽一點就懂得很多；形容聰明過人。例他聞一知十，又肯努力，所以才有這樣的成就。

聚 耳部 八畫

ㄐㄩˋ ❶群集，湊在一起：例聚會、聚集。❷村落：例鄉聚。❸堆積：例聚沙成塔。

聚集 ㄐㄩˋ ㄐㄧˊ 集合，湊在一起。例慶祝會上，人群聚集越來越多。

聚會 ㄐㄩˋ ㄏㄨㄟˋ 很多人會合、見面。

聰 耳部 十一畫

ㄘㄨㄥ ❶聽覺靈敏：例耳聰目明。❷聽覺：例失聰。❸智力高，理解力強：例聰明。

聰明 ㄘㄨㄥ ㄇㄧㄥˊ 對事情的記憶和理解能力強。

參考 請注意：「聰明」和「智慧」都形容一個人處理事情的能力很強。但是，「聰明」是比較偏重在個人先天所具有的能力，例如：一個人的記憶、推理、語言、空間、運動、音樂等各種能力很強時，便使他學習得較快、較輕鬆，成績較好；所以，通常我們會說某某同學很聰明。智慧是指一個人知識豐富，經歷很多，對人生有很深刻的了解，並且作最好的決定；所以智慧通常形容年齡比較大的人，不形容小孩。

動動腦 「他非常聰明，幾乎沒有問題可以難倒他」，小朋友，除了「伶俐」之外，你還能想出和「聰明」意思相近的詞嗎？越多越好，趕快想一想！（答案：機智、靈敏、敏銳……）

古人說 「聰明反被聰明誤。」這句話是說：聰明的人不去努力，有時候反而被聰明所害。例王明文有一些小聰明，但常常做事不認真，因此不受歡迎。這是「聰明反被聰明誤」的證明。

聰敏 ㄘㄨㄥ ㄇㄧㄣˇ 對事情了解的反應很快。敏：聰明的。

聰慧 ㄘㄨㄥ ㄏㄨㄟˋ 天資靈敏，領悟力特別強。例小弟弟今年八歲，長得聰慧可愛。

聰穎 ㄘㄨㄥ ㄧㄥˇ 聰明超過一般人。穎：才能出眾。

聯 耳部 十一畫

ㄌㄧㄢˊ ❶一種文體，兩邊的字數一樣，而且按照一定的音韻、排列方式組成：例對聯、春聯。❷人或事物結合、連接在一起：例兩姓聯婚、聯合。❸姓：例聯小姐。

參考 請注意：「聯」和「連」都讀ㄌㄧㄢˊ，都有接著不斷的意思，例如：聯（連）合、聯（連）絡、聯（連）綿、聯（連）襟（姐妹的丈夫），「聯」和「連」是一樣的。但是「連忙」、「連帶」，一定要用「連」；「聯貫」和「聯考」一定要用「聯」。

小百科 對聯是我國獨有的一種文學藝術形式，是一種對偶語句。對聯由兩個相對稱的句子組成，而不是隨便兩句話都能叫做對聯。兩句之間要求做到：字數相等、詞性相同、結構相應、句式相似、內容相關、平仄相對。對聯從應用範圍來看，常見的有春節的春聯、祝壽用的壽聯、結婚用的婚聯、喪葬用的輓聯等等。

聯合 ㄌㄧㄢˊ ㄏㄜˊ 就是結合。例他去聯合親朋好友來為祖父祝壽。

參考 活用詞：聯合國、聯合宣言。

聯邦 ㄌㄧㄢˊ ㄅㄤ 由幾個具有國家性質的區域聯合成的統一國家，中央和地方都各自有憲法、立法機關和政府。例美國聯邦政府。

聯袂 ㄌㄧㄢˊ ㄇㄟˋ 本義指衣袖相連，後來比喻攜手同行。例姐妹倆聯袂去看電影。

參考 相反詞：背道而馳。

聯軍 ㄌㄧㄢˊ ㄐㄩㄣ 由幾部分或幾個國家組合成的軍隊。例英美聯軍在西歐打了大勝仗。

聯絡 ㄌㄧㄢˊ ㄌㄨㄛˋ 事物互相連接而不斷絕。例朋友之間要常常聯絡，感情才能長久。

參考 相似詞：連絡。

動動腦 小朋友，請你想一想，跟遠方的人除了寫信外，還可以用什麼方法來聯絡呢？想想看，答案愈多愈好！

聯盟 ㄌㄧㄢˊ ㄇㄥˊ ❶不同的組織，因為共同的目的或利益而結合在一起。盟：互相約定。例兩家工廠決定技術聯盟，開展新的局面。❷聯邦制國家的一種稱呼。

聯想 ㄌㄧㄢˊ ㄒㄧㄤˇ 由一件事物想到其他相關的事物。例看到白雲，你會聯想到什麼？

笑一笑 甲：「一看到你，我就聯想起小王。」乙：「怎麼會呢？我和他長得一點也不像嘛！」甲：「因為你們同樣欠我一百塊錢！」

聯繫 ㄌㄧㄢˊ ㄒㄧˋ 使不同的事物互相接上關係。繫：連結。例知識要和生活聯繫，才能發揮功用。

聯合國 ㄌㄧㄢˊ ㄏㄜˊ ㄍㄨㄛˊ 第二次世界大戰後成立的國際組織，由中、美、英、法、蘇等國在民國三十四年創立，主要目的是維護世界的和平和安定，並促進國際間的友好合作。後來因為中共加入，中華民國於民國六十年退出聯合國。

聱

耳部 十一畫

一 十 土 耂 耂 考 考 考 考 敖 敖 敖 敖 敖 敖 聱 聱 聱

ㄠˊ 話不順耳：例聱牙。

聱牙 ㄠˊ ㄧㄚˊ 文章讀起來彆扭，不順口。

聲

耳部 十一畫

一 十 士 声 声 声 声 殸 殸 殸 殸 殸 殸 殸 聲 聲 聲

ㄕㄥ ❶物體碰撞或摩擦所產生的音響：例聲音。❷言語：例不聲不響。❸名譽：例名聲。❹宣布：例聲明。❺語音學的輔音，例如：ㄅ、ㄆ、ㄇ、ㄈ等：例聲韻。❻姓：例聲先生。

聲名 ㄕㄥ ㄇㄧㄥˊ 聲望名譽。例他無惡不作，聲名很壞。

參考 活用詞：聲名狼藉。

聲明 ㄕㄥ ㄇㄧㄥˊ 公開說明。例老師向學生聲明不寫作業的處罰。

聲音 ㄕㄥ ㄧㄣ 物體振動時發出的聲響。

動動腦 請把適當的字填在空格裡：寬、窄、緩、急、大、小、稀、密、輕、重、弱、強。

❶琴聲時而□，時而□，時而□，時而□。

❷溪流時而□，時而□，時而□，時而□。

❸雨點時而□，時而□，時而□，時而□。

（答案：❶輕、重、弱、強。❷緩、急、寬、窄。❸大、小、密、稀。）

聲息 ㄕㄥ ㄒㄧ ❶聲音。例院子裡靜悄悄的，沒有一點聲息。❷消息。例他們互通聲息，不知道在做什麼。

聲張 ㄕㄥ ㄓㄤ 把消息、事情傳出去。例這項合作協議還沒有定案，你千萬別四處聲張。

聲望 ㄕㄥ ㄨㄤˋ 名聲。例他的品德高尚，聲望很好。

聲勢 ㄕㄥ ㄕˋ 所造成的名聲和氣勢。例這支球隊聲勢浩大，我們不要掉以輕心。

聲調 ㄕㄥ ㄉㄧㄠˋ 人的語音或樂器發出的聲音。例他正在吹奏一支聲調淒涼的曲子。

聲響 ㄕㄥ ㄒㄧㄤˇ 聲音。例山洪爆發，發出巨大的聲響。

聲色俱厲 ㄕㄥ ㄙㄜˋ ㄐㄩˋ ㄌㄧˋ 說話時聲音和神色都非常嚴厲。俱：都。厲：嚴厲。例他聲色俱厲的警告我們不准再吵吵鬧鬧。

聲東擊西 ㄕㄥ ㄉㄨㄥ ㄐㄧ ㄒㄧ 表面上要攻打這一方面，實際上攻打另一方面，造成敵人的錯覺。例他利用聲東擊西的計謀，打敗敵人。

聲淚俱下 ㄕㄥ ㄌㄟˋ ㄐㄩˋ ㄒㄧㄚˋ 形容非常悲痛。例他聲淚俱下的述說自己不幸的遭遇。

猜一猜 哭訴。（猜一句成語）（答案：聲淚俱下）

聲氣互通 ㄕㄥ ㄑㄧˋ ㄏㄨˋ ㄊㄨㄥ 比喻感情融洽。例這個社區的人聲氣互通，相處十分融洽。

聲嘶力竭 ㄕㄥ ㄙ ㄌㄧˋ ㄐㄧㄝˊ 比喻聲音沙啞，力氣用盡。嘶：聲音沙啞。竭：盡，完。例啦啦隊為球員加油，喊得聲嘶力竭。

聳

耳部 十一畫

ㄙㄨㄥˇ ❶高高的直立著：例聳立、聳峙。❷使人害怕、注意：例聳人聽聞、危言聳聽。

參考 相似字：豎、直、挺。

聳立 ㄙㄨㄥˇ ㄌㄧˋ 高高的直立著。例聳立雲霄的山峰。

聳動 ㄙㄨㄥˇ ㄉㄨㄥˋ ❶肩膀、肌肉向上動。例他聳動雙肩，表示不知道。❷驚動。例一聽到槍聲，樹林內的小鳥全部聳動起來。

聳人聽聞 ㄙㄨㄥˇ ㄖㄣˊ ㄊㄧㄥ ㄨㄣˊ 誇大事實，製造謠言，使人聽了感到震驚害怕。聞：聽到。例他故意把那幢鬼屋的故事說得繪聲繪影，目的只是聳人聽聞罷了。

職

耳部 十二畫

ㄓˊ ❶本分應該做的事：例職責、盡職。❷所從事的工作：例職業。❸官位的分類：例文職、武職。❹管理執掌某件事：例職掌。❺進貢的東西：例納職。❻屬下對上司的自稱。❼語助詞；只，但，就是：例職此而已。❽姓：例職先生。

職位 ㄓˊ ㄨㄟˋ 工作的等級。例他的職位是經理。

職務 ㄓˊ ㄨˋ 在工作上所擔任的事情。例他的職務是總經理。

職業 ㄓˊ ㄧㄝˋ 個人所擔任的工作，可以作為主要生活的來源。

參考 活用詞：職業病、職業學校。

職權 ㄓˊ ㄑㄩㄢˊ 從事的工作範圍以內所有的權力。例古代宰相的職權是輔佐皇帝，決定國家政策。

職業訓練 ㄓˊ ㄧㄝˋ ㄒㄩㄣˋ ㄌㄧㄢˋ 在工作、就業之前，給予有計畫的教育培養，使人能夠學會某種技能。

聶

耳部 十二畫

ㄋㄧㄝˋ ❶靠在別人耳邊小聲說話：例聶嚅。❷姓：例聶先生。

笑一笑 小華很粗心，常寫錯字。有一次他把「陳」寫作了「⿰東阝」，被媽媽擰了左耳朵；後來他又把「鄭」寫作了「隫」，這次被擰了右耳朵。等他學到「聶」字時，他氣得大叫：「我沒有第三隻耳朵了！」

聽

耳部 十六畫

ㄊㄧㄥ ❶用耳朵接受聲音：例聽覺、聽音樂。❷服從，不反抗：例聽話、聽從。❸等候，等待：例聽候佳音。❹探問消息：例打聽。❺翻譯名詞計算罐頭食品的單位：例一聽奶粉。❻同「廳」，廳堂：例聽事。❼姓：例聽先生。

ㄊㄧㄥˋ ❶任憑，順著：例聽天由命。❷治理，管理：例聽政。❸裁判，決定：例聽訟。

參考 相似字：聆。

唱詩歌 聽我唱歌難上難，雞蛋上面堆鴨蛋，鴨蛋上面堆酒罈，酒罈上面插竹竿，竹竿上面晒衣裳。（安徽）

聽眾 ㄊㄧㄥ ㄓㄨㄥˋ 用耳朵收聽節目的人。

聽說 ㄊㄧㄥ ㄕㄨㄛ 不是自己看到的，只是聽別人傳說的。例我聽說他已經搬家了。

聽覺 ㄊㄧㄥ ㄐㄩㄝˊ 耳朵受到聲波刺激後，由聽神經傳到大腦的感覺。例貓的聽覺很靈敏。

聽其自然 ㄊㄧㄥ ㄑㄧˊ ㄗˋ ㄖㄢˊ 就讓事情自然發展，而不加以干涉、過問。例這件事你就聽其自然吧，操心也沒有用啊！

參考 相似詞：順其自然、聽天由命。

聾

耳部 十六畫

ㄌㄨㄥˊ 耳朵聽不見聲音：例聾子。

參考 請注意：加上「龍」的字很多，例如：嚨、壟、攏、朧、瓏、籠、蘢……。音很相近，但實際有別。「口」腔的深處叫：喉「嚨」（ㄌㄨㄥˊ）；田中間一行行的「土」地叫：田「壟」（ㄌㄨㄥˇ，也可以和「隴」通用）；用「手」把東西整理好叫：「攏」（ㄌㄨㄥˇ）齊、合「攏」；「月」色昏暗叫：朦「朧」（ㄇㄥˊ ㄌㄨㄥˊ）；像「玉」一樣精巧叫：玲「瓏」（ㄌㄨㄥˊ）；用「竹」子可以編織竹「籠」（ㄌㄨㄥˊ）；「草」木青綠茂盛叫：蔥「蘢」（ㄌㄨㄥˊ）。

聾啞 ㄌㄨㄥˊ ㄧㄚˇ 因為耳聾，無法學習語言，使得一個人又聾又啞。

聿部 ㄩˋ

「𦘒」是「聿」最早的寫法，「⺕」是手（請見又部說明），「丨」像一枝筆毫散開的毛筆，「聿」就是用來寫字的東西。後來寫成「𦘒」，「↓」像筆毫聚集的毛筆；再演變到「𦘒」，又像筆毫散開的毛筆，寫成「聿」。因此含有「聿」的字和筆都有些關係，例如：筆（竹部，因為古代毛筆的柄都是竹製的）、書（曰部，用筆寫成的）、畫（用筆畫出界限）。

聿

聿部 ○畫

ㄩˋ 古書裡在一句話開頭用的發語詞，本身沒有意義。

肆

聿部 七畫

ㄙˋ ❶任意而行，不顧一切：例放肆、大肆攻擊。❷店鋪，商店：例茶樓酒肆。❸鬧市，市街：例市肆。❹「四」的大寫。❺盡力：例肆力。

參考 請注意：放肆的「肆」（ㄙˋ），左邊是「镸」；肄業的「肄」（ㄧˋ），有學習的意思，左邊是「𠤕」。

猜一猜 僅取一二三五。（猜一俗語）（答案：放肆）

肆力 ㄙˋ ㄌㄧˋ 盡力。

肆虐 ㄙˋ ㄋㄩㄝˋ 任意殘害，起破壞作用。例狂風肆虐，怒濤洶湧。

肆意 ㄙˋ ㄧˋ 不顧一切，任性去做。例不要肆意攻擊他人。

肆無忌憚 ㄙˋ ㄨˊ ㄐㄧˋ ㄉㄢˋ 任意妄為，沒有一點兒顧忌、畏懼。忌：顧忌。憚：害怕。

肄

聿部 七畫

ㄧˋ 學習：例肄業。

肄業 ㄧˋ ㄧㄝˋ 正在學校學習還未畢業，或沒有畢業就離開學校。例大學肄業。

肅

聿部 八畫

ㄙㄨˋ ❶尊敬：例肅然、肅立。❷認真，不開玩笑：例嚴肅、肅靜。❸整理：例整肅儀容。❹書信用語，表示尊敬：例謹肅。❺莊嚴的：例肅穆。❻嚴厲苛刻的：例肅刑。

參考 相似字：敬、謹、嚴。

肅清 ㄙㄨˋ ㄑㄧㄥ 澈底掃平清除亂事。

肅穆 ㄙㄨˋ ㄇㄨˋ 嚴肅而且恭敬。

肅靜 ㄙㄨˋ ㄐㄧㄥˋ 氣氛莊重，非常的寂靜、沒有聲音。例聆聽演奏時要保持肅靜。

肅然起敬（ㄙㄨˋ ㄖㄢˊ ㄑㄧˇ ㄐㄧㄥˋ） 非常恭敬狀。例大師一蒞臨會場，觀眾不禁肅然起敬。

肇

聿部 八畫

（筆順：丶 丿 户 户 户 户 户 户 肇 肇 肇 肇）

ㄓㄠˋ ❶開始：例肇端。❷發生，引起：例肇事、肇禍。

肇事（ㄓㄠˋ ㄕˋ） 引起事故；闖禍，惹禍。例警方正在追查車禍的肇事者。

肇端（ㄓㄠˋ ㄉㄨㄢ） 開端，開始。

肉部（ㄖㄡˋ）

「肉」當作偏旁時寫成「月」，因為字形和月亮的「月」很相近，書寫的時候要特別注意。「月」中間是上下二斜横，不能相連。「夕」是「肉」最早的寫法，像一大塊肉，中間的一横是肉的紋路。後來加上一横寫成「夕」，表示有很多紋路。現在的「肉」字，不但加寬字形，也加上了類似的紋路。肉部的字和動物的肉體都有關係，可分為三種情形：

一、動物的器官組織，例如：肺、肝、肩、背、胃。

二、和肉體有關的特徵，例如：肥、胖、臃、腫、臊（動物身上特有的味道）。

三、和肉有關的事物，例如：脯（肉乾）、膾（切得很細的肉）。

肉

肉部 〇畫

（筆順：丨 冂 内 内 肉 肉）

ㄖㄡˋ ❶人或動物接近皮膚部分的柔韌物質。❷某些瓜果可吃的部分：例桂圓肉。

猜一猜 我的太太。（猜一字）（答案：肉）

古人說 「人心是肉做的。」這句話是說：人是有感情的動物，有時很容易受到外界發生的事情所感動。例人心是肉做的，他一再哀求我，所以我就答應替他想辦法。

俏皮話 「肉包子打狗——有去無回。」用包子打狗，狗一定會把包子吃掉，那麼包子一定是有去無回了。假如你借錢給弟弟，而他都不肯還錢，那你就可以說：「我借給你的錢就像是肉包子打狗——有去無回！」

肉刑（ㄖㄡˋ ㄒㄧㄥˊ） 殘害人肉體的刑罰。

肉眼（ㄖㄡˋ ㄧㄢˇ） 人的眼睛。

肉脯（ㄖㄡˋ ㄈㄨˇ） 熟製的肉類。

肉粽（ㄖㄡˋ ㄗㄨㄥˋ） 用糯米和豬肉等材料包成三角形的食物。

肉鬆（ㄖㄡˋ ㄙㄨㄥ） 用牛肉或豬肉的瘦肉加工製成的碎末狀食品。

肉羹（ㄖㄡˋ ㄍㄥ） 用肉、菜做成的濃湯。

肉醬（ㄖㄡˋ ㄐㄧㄤˋ） 將肉絞碎後，加入其他調味料製成的食物。

肋

肉部 二畫

（筆順：丿 刀 月 月 肋 肋）

ㄌㄜˋ 見「肋骨」。

肋骨（ㄌㄜˋ ㄍㄨˇ） 胸壁兩側長條形的骨。人有十二對肋骨，形狀扁而彎，後接脊柱，前連胸骨，有保護胸腔及內臟的作用。

肌

肉部 二畫

（筆順：丿 刀 月 月 肌 肌）

ㄐㄧ 人體和動物體的一種組織，由許多肌纖維組成，可分成横紋肌、平滑肌和心肌三種。

六畫

肌肉 ㄐㄧ ㄖㄡˋ　人體和動物體的一種組織，上有許多神經纖維，能進行收縮，引起器官的運動。可分橫紋肌、平滑肌、心肌。

肌膚 ㄐㄧ ㄈㄨ　皮膚。

肌纖維 ㄐㄧ ㄒㄧㄢ ㄨㄟˊ　構成肌肉的細長細胞。

肝

肉部　三畫

丿 刀 月 月 月一 月二 肝

ㄍㄢ　人和高等動物的消化器官，也是最大的腺體，主要功能是分泌膽汁、儲存養分，解毒、造血等。

肝火 ㄍㄢ ㄏㄨㄛˇ　中醫名詞，指肝氣上升，現在指容易急躁的情緒。例爸爸一聽我考試不及格，大動肝火，罵了我一頓。

肝腸寸斷 ㄍㄢ ㄔㄤˊ ㄘㄨㄣˋ ㄉㄨㄢˋ　肝和腸子都碎成一段一段；形容非常傷心。例老太太的兒子車禍去世，她哭得肝腸寸斷。

肝膽相照 ㄍㄢ ㄉㄢˇ ㄒㄧㄤ ㄓㄠˋ　比喻朋友之間真誠對待，不欺騙。例他們是肝膽相照的好兄弟。

肘

肉部　三畫

丿 刀 月 月 月一 肘 肘

ㄓㄡˇ　人的上臂和前臂交接向外突起的地方。

肘臂 ㄓㄡˇ ㄅㄧˋ　人的上臂和前臂交接向外突起的地方，能做伸直和彎曲的動作。

肓

肉部　三畫

丶 亠 亡 产 肓 肓 肓

ㄏㄨㄤ　指心臟與橫膈膜之間的部位，古代醫家認為這是藥效所不能到達的地方；例病入膏肓（形容病情嚴重，沒法醫治。比喻事情到了不可挽救的地步）。

參考 請注意：「肓」不可以寫成「盲」。「盲」是指瞎眼，看不見東西；「肓」是指人體心臟下面、橫膈膜上面的部位。

肛

肉部　三畫

丿 刀 月 月 月一 月丅 肛

ㄍㄤ　見「肛門」。

肛門 ㄍㄤ ㄇㄣˊ　人和動物排泄糞便的器官。

肚

肉部　三畫

丿 刀 月 月 月一 月十 肚

ㄉㄨˋ　❶動物的腹部：例肚子。❷圓而凸起像肚子的部分：例腿肚子。

ㄉㄨˇ　動物的胃：例牛肚。

繞口令 破布頭補皮肚兜①。（浙江）

註：①肚兜是古時小孩子、婦女穿的內衣。

肚皮 ㄉㄨˋ ㄆㄧˊ　肚子。

肚臍 ㄉㄨˋ ㄑㄧˊ　肚子中間臍帶脫落的地方，也叫「肚臍眼兒」。

肖

肉部　三畫

丶 丨 ⺌ 𠂉 肖 肖 肖

ㄒㄧㄠˋ　像，相似：例惟妙惟肖（維妙維肖）。

參考 相似字：似、像。

肖似 ㄒㄧㄠˋ ㄙˋ　形容非常相像。例她的長相肖似姐姐。

肖像 ㄒㄧㄠˋ ㄒㄧㄤˋ　人的畫像或相片。

肖像畫 ㄒㄧㄠˋ ㄒㄧㄤˋ ㄏㄨㄚˋ　具體描繪人物形像的畫。

育

肉部　三畫

一 亠 云 产 育 育 育

ㄩˋ　❶生養：例生育。❷教化，栽培：例教育。❸姓：例育先生。

參考 相似字：養、生。

育才 ㄩˋ ㄘㄞˊ　造就人才。

育苗 ㄩˋ ㄇㄧㄠˊ　在苗床、苗圃或其他場所內培育秧苗。

育嬰 ㄩˋ ㄧㄥ 撫養嬰孩。

育幼院 ㄩˋ ㄧㄡˋ ㄩㄢˋ 幼兒的教養機關，收容二到四歲的兒童，以輔助家庭教育，發展初期的兒童的活動能力為宗旨。在育幼院中有保姆、護士及醫生，負責教導護養。一切的設施，均以適合兒童身心的愉快為準則。創始於十九世紀初葉，英、法、美等國最先設立，我國也有仿效，但我國多為收容、教養無依無靠的幼童為主。

肺

肉部 四畫

ㄈㄟˋ ❶人和高等動物的呼吸器官，在胸腔內，左、右各一，有支氣管相連，負責動物氧氣和二氧化碳的交換。❷肺肺，茂盛的樣子。

肺炎 ㄈㄟˋ ㄧㄢˊ 由細菌、病毒傳染而引起的肺部炎症。

肺泡 ㄈㄟˋ ㄆㄠˋ 肺的主要成分，在最小的支氣管末端，是半球形，血液在肺泡內交換氣體。

肺活量 ㄈㄟˋ ㄏㄨㄛˊ ㄌㄧㄤˋ 一次盡力吸氣後，再盡力呼出氣體的總量。

肺結核 ㄈㄟˋ ㄐㄧㄝˊ ㄏㄜˊ 又稱肺癆，因為結核菌侵入肺部而引起的，容易由空氣傳染。

肥

肉部 四畫

ㄈㄟˊ ❶含脂肪多：例肥肉。❷肥沃：例土地很肥。❸供給植物吸收的養分：例肥料。❹姓：例肥先生。

參考 請注意：「肥」和「胖」都有豐滿的意思：「肥」是用在動物；「胖」是指人。

猜一猜 四四方方，又白又光，姑娘請他，清潔衣裳。（猜一種日用品）（答案：肥皂）

古人說 「人怕出名豬怕肥。」這句話是說：一個人出了名以後因為名氣太大，反而不方便做事，或是惹來麻煩。而豬肥了，就是要送到屠宰場去殺，所以豬怕肥。例「人怕出名豬怕肥」，你現在連看電影都不如以前舒服了。

肥沃 ㄈㄟˊ ㄨㄛˋ 含有豐富的養分和水分。

肥皂 ㄈㄟˊ ㄗㄠˋ 用來洗去髒東西的化學製品，通常做成塊狀。一般用的肥皂用油脂和氫氧化鈉做成。

肥胖 ㄈㄟˊ ㄆㄤˋ 太胖的意思。

肥美 ㄈㄟˊ ㄇㄟˇ ❶肥沃。例河流兩岸是肥美的土地。❷肥壯，豐美。例草原上有成群肥美的牛羊。

肥料 ㄈㄟˊ ㄌㄧㄠˋ 能供給養分使植物發育生長的物質。種類很多，所含的養分主要是氮、磷、鉀三種。

肥碩 ㄈㄟˊ ㄕㄨㄛˋ ❶果實又大又飽滿。例今年果實相當肥碩。❷肢體大而且肥胖。例大象有著肥碩的身體。

肥水不落外人田 ㄈㄟˊ ㄕㄨㄟˇ ㄅㄨˋ ㄌㄨㄛˋ ㄨㄞˋ ㄖㄣˊ ㄊㄧㄢˊ 比喻不讓別人分享自己的利益。

肢

肉部 四畫

ㄓ 手、腳、胳膊、腿的總稱：例四肢。

參考 請注意：「肢」是指動物的肢體；「枝」則指植物的枝幹。

肢體 ㄓ ㄊㄧˇ 就是身體。

肱

肉部 四畫

ㄍㄨㄥ 臂的第二節，從肘到腕，就是下臂：例肱骨、股肱（大腿和胳膊，比喻非常得力的助手）。

股

肉部 四畫

ㄍㄨˇ ❶大腿。❷機關組織內的部門名稱：例體

六畫

育股。❸指集合資金的一份，或財物平均分配的一份：例股份。❹三角形中較長的直角邊。

股份 ㄍㄨˇ ㄈㄣˋ　把公司或工廠的資金總額按照相等的數目分成許多份，然後賣給一些人，這些人將擁有該公司的權利，並獲得公司所賺的錢。

股東 ㄍㄨˇ ㄉㄨㄥ　出錢經營公司並對公司債務負責的人。

肫　肉部 四畫

ㄓㄨㄣ 鳥類的胃：例雞肫、鴨肫。

肩　肉部 四畫

ㄐㄧㄢ ❶脖子和手臂連接的地方：例肩膀、並肩。❷擔負，負起：例身肩大任。❸姓：例肩先生。

肩負 ㄐㄧㄢ ㄈㄨˋ　擔負。例他肩負起家庭的重擔。

肩膀 ㄐㄧㄢ ㄅㄤˇ　脖子和手臂相連的地方。

肴　肉部 四畫

ㄧㄠˊ 指魚肉等煮熟的食物：例菜肴、美酒佳肴。

肴饌 ㄧㄠˊ ㄓㄨㄢˋ　筵席上或比較豐盛的菜和飯。饌：飯食。

肪　肉部 四畫

ㄈㄤˊ 動物體內的油脂：例脂肪。

肯　肉部 四畫

ㄎㄣˇ ❶黏在骨頭上的筋肉。❷關鍵或要害的地方：例中肯。❸允許：例首肯。❹願意：例他肯不肯參加露營？

參考 相似字：允、諾。

肯定 ㄎㄣˇ ㄉㄧㄥˋ　上面的確定、承認。例他肯定的表示年底要結婚。

參考 相反詞：否定。

胥　肉部 五畫

ㄒㄩ ❶古代辦理文書的小官：例胥吏。❷全，都：例萬事胥備。

胖　肉部 五畫

ㄆㄤˋ 人體內脂肪多、肉多：例肥胖。

ㄆㄢˊ 安泰舒適：例心寬體胖。

猜一猜 半個月亮。（猜一字）（答案：胖）

笑一笑 張胖子在路上遇見王瘦子。張胖子：「看見你，我就知道世界上一定又發生飢荒了。」王瘦子：「看到你，我也知道世界上為什麼會發生飢荒了。」

俏皮話 「胖子吃肥肉——加油。」肥肉可以榨出很多油，胖子吃肥肉，那不就是加「油」嗎？下次當你替別人加油時，你就可以大喊：「胖子吃肥肉——加油！加油！」

胖子 ㄆㄤˋ ˙ㄗ　肥胖的人。

胖墩墩 ㄆㄤˋ ㄉㄨㄣ ㄉㄨㄣ　形容人身材長得矮胖而結實。

胚　肉部 五畫

ㄆㄟ ❶初期發育的生物體：例胚胎。❷植物種子所萌發的幼苗：例胚芽。❸初具形狀但整體尚未完成的器物：例粗胚、陶胚。

胚子 ㄆㄟ ㄗ˙　❶種子。有時也用來評論人的好壞，例如：好胚子、壞胚子、美人胚子。❷粗具形狀但是整體尚未完成的器物。

胚芽 ㄆㄟ ㄧㄚˊ　植物種子上生出的嫩芽。

胚胎 ㄆㄟ ㄊㄞ　❶初生的生物體。❷比喻事物的開始。

胚珠 ㄆㄟ ㄓㄨ　種子在子房未成為果實前，稱為胚珠。

胚芽米 ㄆㄟ ㄧㄚˊ ㄇㄧˇ　保有胚芽部分的白米，含有豐富的營養價值。

胃

肉部　五畫

ㄨㄟˋ　❶消化器官，形狀像口袋，上連食道，下接十二指腸，能分泌胃液，消化食物。❷姓：例胃先生。

胃口 ㄨㄟˋ ㄎㄡˇ　食慾；比喻興趣、嗜（ㄕˋ）好。例他的腸胃不好，沒什麼胃口。例這部電影太沉悶，引不起我的胃口。

胃病 ㄨㄟˋ ㄅㄧㄥˋ　胃的疾病。例吃飯要定時定量，才不會發生胃病。

胃液 ㄨㄟˋ ㄧㄝˋ　胃腺分泌的消化液，呈酸性，無色透明，含有胃蛋白酶（ㄇㄟˊ），鹽酸和黏（ㄋㄧㄢˊ）液。有消化食物和殺菌作用。

胃潰瘍 ㄨㄟˋ ㄎㄨㄟˋ ㄧㄤˊ　胃的黏膜腐爛的疾病，病人會胃痛、嘔吐，甚至胃壁腐爛、穿孔，嚴重會使人死亡。

胄

肉部　五畫

ㄓㄡˋ　❶後代子孫：例華胄（華夏的後代，指漢族）、貴胄（貴族的後代）。❷長子：例胄子。❸姓：例胄先生。

參考　請注意：「胄裔」的「胄」是肉部，下面寫作「月」；「甲胄」的「胄」是「冂」（ㄐㄩㄥ）部，下面寫作「月」。二字不同，要仔細分辨清楚。

胄子 ㄓㄡˋ ㄗˇ　長子。

胄裔 ㄓㄡˋ ㄧˋ　後代子孫。

背

肉部　五畫

ㄅㄟˋ　❶胸部的反面，頸和腰之間的部分：例彎腰駝背。❷物體的反面或後部：例手背。❸違反：例背信忘義。❹遠離：例離鄉背井。❺經過反覆練習將事物牢記或將記憶的內容表達出來：例背誦。❻以背部向著或靠著：例背山面海。❼不順利：例手氣很背。❽方向相反：例背道而馳。❾在背上的：例背包。

ㄅㄟ　❶以背部負荷：例背書包。❷負擔：例背債。

參考　相似字：反、負。♣相反字：面、腹。

唱詩歌　風來了，雨來了，老和尚背了鼓來了。（湖北）

背心 ㄅㄟˋ ㄒㄧㄣ　沒有袖子和領子的上衣。

背地 ㄅㄟˋ ㄉㄧˋ　暗地裡，不光明正大。例不要在背地裡議論他人。

背負 ㄅㄟ ㄈㄨˋ　❶用背去承受。例他背負著背包。❷擔負。例他背負著全家的希望。

背後 ㄅㄟˋ ㄏㄡˋ　❶後面。例山的背後是廣闊的海。❷不當面。例有話當面說，不要在背後造謠。

背叛 ㄅㄟˋ ㄆㄢˋ　違背反叛。叛：背離。例他背叛軍隊，臨時脫逃。

背景 ㄅㄟˋ ㄐㄧㄥˇ　❶舞臺上或電影裡的布景。❷圖畫、攝影裡襯托主體的背後景物。❸一切事件後面的事實，例如歷史背景、政治背景等。

背棄 ㄅㄟˋ ㄑㄧˋ　不遵守原來的約定。例他背棄原來的諾言。

參考　相似詞：背叛。

背誦 ㄅㄟˋ ㄙㄨㄥˋ　憑記憶念出讀過的文章或詞句。例他把課文一字不漏的背誦出來。

背影 ㄅㄟˋ ㄧㄥˇ　❶人背後的形象。例我望著他的背影離去。❷人在陽光下所投射出來的影子。

背道而馳 ㄅㄟˋ ㄉㄠˋ ㄦˊ ㄔˊ　朝著相反的方向走；比喻方向、目標完全相反。馳：快

六畫

跑。

胡

一 十 十 古 古 古 胡 胡 胡　肉部 五畫

ㄏㄨˊ ❶古代稱北方和西方的各民族：例胡人。❷古時稱外來的東西：例胡琴。❸混亂的，不明理的：例胡說。❹隨心所欲的，任意的：例胡塗。❺姓：例胡先生。

猜一猜 古時的月。（猜一字）（答案：胡）

胡同 ㄏㄨˊ ㄊㄨㄥˋ　小巷子。

俏皮話 「小胡同趕豬——直來直去。」北方人稱巷子為胡同。豬在很小的巷子裡，沒辦法轉過身來往回跑。這句話是比喻人說話直截了當，做事簡單乾脆。

胡琴 ㄏㄨˊ ㄑㄧㄣˊ　弦樂器，在竹弓上繫馬尾，放在兩弦之間拉動。

胡說 ㄏㄨˊ ㄕㄨㄛ　瞎說，沒有根據或沒有道理的話。

胡鬧 ㄏㄨˊ ㄋㄠˋ　不講理，亂吵亂作。

俏皮話 「穿著孝衣道喜——胡鬧。」孝衣是父母或長輩去世後，晚輩在辦喪事時穿的。如果「穿著孝衣道喜」，那真是「胡鬧」。

胡作非為 ㄏㄨˊ ㄗㄨㄛˋ ㄈㄟ ㄨㄟˊ　不顧法律，任意行動。例他在鄉里間胡作非為，最後遭到法律的制裁。

胡思亂想 ㄏㄨˊ ㄙ ㄌㄨㄢˋ ㄒㄧㄤˇ　雜亂而無益的思想。例天色一暗下來，她就開始胡思亂想。

胛

丿 刀 月 月 月 肌 胛 胛 胛　肉部 五畫

ㄐㄧㄚˇ 背上與兩臂之間相連的部分，又稱肩胛。

胎

丿 刀 月 月 月 肚 胎 胎 胎　肉部 五畫

ㄊㄞ ❶人或哺乳動物母體內的幼體：例胎兒。❷懷孕或生育的次數：例頭胎。❸輪胎：例車胎。

胎生 ㄊㄞ ㄕㄥ　人或某些動物的幼體在母體內發育到一定階段以後才脫離母體，叫做胎生。

胎兒 ㄊㄞ ㄦˊ　在母體中還沒有出生的嬰兒。

胎教 ㄊㄞ ㄐㄧㄠˋ　古人認為胎兒在母體中能夠受孕婦言行的感化，所以孕婦的言行必須合於禮儀，給胎兒良好的影響。

胞

丿 刀 月 月 月 肑 肑 胞 胞　肉部 五畫

ㄅㄠ ❶構成生物體的基本單位：例細胞。❷同一國籍人的自稱：例同胞。❸同父母所生的：例胞兄。

猜一猜 同胞兄弟。（猜一字）（答案：捉）

胤

丿 ㇒ 户 户 户 肩 肩 肩 胤　肉部 五畫

ㄧㄣˋ ❶後代：例胤裔。❷世代相承。

胝

丿 刀 月 月 月 肝 肝 胝 胝　肉部 五畫

ㄓ 手掌足底因摩擦所生的厚皮：例胼胝。

胰

丿 刀 月 月 肝 肝 胰 胰 胰 胰　肉部 六畫

ㄧˊ 人或高等動物體內的器官之一，在胃的後下方，形狀像牛舌。

胰子 ㄧˊ ˙ㄗ　❶豬羊等的胰臟。❷從前有用豬的胰臟製成去汙品，故肥皂也稱胰子。

胰島素 ㄧˊ ㄉㄠˇ ㄙㄨˋ　胰腺分泌的一種激素，有調節體內血糖代謝的功能，胰島素分泌量減低時會引起糖尿病。

脂 肉部 六畫

ㄓ ❶動物體內或植物種子裡面的油質：例脂肪。❷舊時婦女的化妝品：例胭脂。❸姓：例脂先生。

猜一猜 一月七日。（猜一字）（答案：脂）

笑一笑 醫生說：「想要消除身上多餘的脂肪，最好的方法就是多運動。」張先生：「可是我太太每天吃個不停，她的下巴卻一直是兩層（雙下巴）。」

脂肪 ㄓ ㄈㄤˊ 一種有機化合物，存在於動物或人體的皮下組織及植物中。脂肪含有很高的熱量，能供給人體所需的大量熱能。

脂粉 ㄓ ㄈㄣˇ 胭脂和香粉。

脂粉氣 ㄓ ㄈㄣˇ ㄑㄧˋ 形容男子帶有女性氣質。例他的脂粉氣很重，真令人討厭。

脅 肉部 六畫

ㄒㄧㄝˊ ❶從腋下到肋骨盡處的部分：例兩脅、脅下。❷用威力恐嚇人：例威脅、脅迫。❸收攏，聳起：例脅肩諂笑。

參考 相似字：迫、逼。

脅制 ㄒㄧㄝˊ ㄓˋ 威脅控制。

脅迫 ㄒㄧㄝˊ ㄆㄛˋ 威脅逼迫。

脅持 ㄒㄧㄝˊ ㄔˊ 挾持，用威脅的手段使別人服從。

脅從 ㄒㄧㄝˊ ㄘㄨㄥˊ 受脅迫而跟從別人做壞事的人。

脅肩諂笑 ㄒㄧㄝˊ ㄐㄧㄢ ㄔㄢˇ ㄒㄧㄠˋ 聳起肩膀，裝出笑臉。形容奉承、巴結人的醜態。

胱 肉部 六畫

ㄍㄨㄤ 泌尿器官，有貯尿、排尿的功能：例膀胱。

胭 肉部 六畫

ㄧㄢ ❶咽喉，通「咽」。❷見「胭脂」。

胭脂 ㄧㄢ ㄓ 一種紅色顏料，可做化妝品和國畫的顏料。

胴 肉部 六畫

ㄉㄨㄥˋ ❶人的軀幹，常用來指女人的軀體：例胴體。❷大腸。

脆 肉部 六畫

ㄘㄨㄟˋ ❶容易折斷的，破裂的：例這餅乾很脆。❷聲音清亮：例清脆。❸說話做事很痛快：例乾脆。

參考 相似字：弱、碎。♣相反字：韌。

脆弱 ㄘㄨㄟˋ ㄖㄨㄛˋ ❶指東西不堅固，容易破裂。❷指人的性格軟弱。例她很脆弱，受不了任何打擊。

胸 肉部 六畫

ㄒㄩㄥ ❶身體中脖子以下肚子以上的部分：例胸部。❷人的氣量：例心胸。

胸腔 ㄒㄩㄥ ㄑㄧㄤ 頸部以下，膈肌以上的體腔。由胸椎、肋骨、胸骨構成，內有心、肺。

胸膛 ㄒㄩㄥ ㄊㄤˊ 胸部。

胸懷 ㄒㄩㄥ ㄏㄨㄞˊ 人的意志、抱負。例他胸懷大志，要做個懸壺濟世的好醫生。

胸襟 ㄒㄩㄥ ㄐㄧㄣ 心胸。例他的胸襟廣大，不會和人斤斤計較。

胸有成竹 ㄒㄩㄥ ㄧㄡˇ ㄔㄥˊ ㄓㄨˊ 畫竹以前，胸中早已有竹子的樣子。比喻辦事以前，早已有了妥善的計畫。例她對於這次的比賽，已經胸有成竹了。

參考 相似詞：成竹在胸。

胳

肉部 六畫

丿 刀 月 月 肜 胗 胗 胳 胳

ㄍㄜ ❶腋下：例胳肢窩。❷肩膀以下，手腕以上的部分，通「肐」：例胳膊。

胳膊 ㄍㄜ ㄅㄛ˙ 肩膀以下，手腕以上的部分。

胳臂 ㄍㄜ ㄅㄧˋ 手臂。

唱詩歌 山坡上的牽牛花，他的胳臂真長喲！先攀上一叢矮竹林，又摟住了桑樹梢。儘管竹林駝了背，桑樹彎了腰，他都不關心。只顧自己仰著頭，招來更多蜜蜂和蝴蝶，演奏他紫色的小喇叭。（謝新福）

脈

肉部 六畫

丿 刀 月 月 肵 肵 肵 脈 脈 脈

ㄇㄞˋ ❶動物體內的血管，可以流通血液，輸送養分：例動脈。❷樹葉內成網狀分布的紋路：例葉脈。❸像血管一樣連貫成為一個系統：例山脈。

ㄇㄛˋ 凝視，通「眽」：例脈脈。

脈脈 ㄇㄛˋ ㄇㄛˋ 原來指凝視，後來多形容深含感情的樣子。例他含情脈脈的看著她。

參考 相似詞：眽眽。

脈搏 ㄇㄞˋ ㄅㄛˊ 心臟收縮時，由輸出的血液引起動脈的跳動。醫生可根據脈搏來診斷疾病。

參考 相似詞：脈息。

能

肉部 六畫

厶 厶 厶 育 育 育 育 能 能 能

ㄋㄥˊ ❶本領：例才能。❷可以擔任重任的人：例選賢與能。❸力的本源：例動能。❹「能量」的簡稱：例原子能。❺擅長：例能言善道。❻可以：例我不能借你錢。❼有能力的：例能者多勞。

參考 相似字：才、力。♣請注意：「能」和「會」不太相同：❶「能」表示具有某種能力或達到某種效率，「會」表示學得某種本領。初次學會某種動作用「會」，例如：小弟弟會走路了。恢復某種能力用「能」，例如：他病好了，能下床了。具備某種技能可以用「能」，也可以用「會」，例如：能唱會跳。達到某種效率，用「能」不用「會」，例如：她一分鐘能打一百五十個字。❷跟「不……不」組成雙重否定，「不能不」表示必須，例如：你不能不來啊。「不會不」表示一定，例如：他不會不答應的。在疑問句或猜測的句子裡都表示可能的意思，例如：他不能（會）不來吧！

能力 ㄋㄥˊ ㄌㄧˋ 可以擔當某項任務的本領。例他經驗豐富，有能力完成工作。

能手 ㄋㄥˊ ㄕㄡˇ 對於某種工作或技能特別熟悉的人。例他是個跳高的能手。

參考 相反詞：生手。

能耐 ㄋㄥˊ ㄋㄞˋ 本領。例他的能耐真不小，一餐能吃一百個餃子。

能夠 ㄋㄥˊ ㄍㄡˋ ❶表示具備某種能力。例他雖然才三歲，卻能夠背誦一千個英文單字。❷表示許可。例明天的晚會，大家都能夠參加。

能量 ㄋㄥˊ ㄌㄧㄤˋ 簡稱「能」。物質運動狀態的度量，因為物質有多種運動形式，能量也有多種形式，例如：機械能、原子能、電能等。

能源 ㄋㄥˊ ㄩㄢˊ 能產生能量的物質，例如：煤、石油、水力、風力等。

能幹 ㄋㄥˊ ㄍㄢˋ 辦事能力很強，有才幹。例我的媽媽很能幹。

能見度 ㄋㄥˊ ㄐㄧㄢˋ ㄉㄨˋ 物體能被眼睛看見的最大距離，也指物體在一定距離中能被看得清楚的程度。能見度的好壞對軍事和交通運輸影響很大。例這次飛機失事是因為濃霧影響能見度而造成的。

能屈能伸 ㄋㄥˊ ㄑㄩ ㄋㄥˊ ㄕㄣ 能彎曲也能伸展。指人在不得志的時候能忍耐，在得志的時候也能夠伸展他的抱負。例大丈夫能屈能伸。

能者多勞（ㄋㄥˊ ㄓㄜˇ ㄉㄨㄛ ㄌㄠˊ） 有才幹的人就多做些事，多勞累些，用來稱讚多才能的人。例能者多勞，辛苦你了！

脊
肉部 六畫

ㄐㄧˇ ❶人或動物背上中間的骨頭：例脊椎。❷中間高起的部分：例山脊。❸屋頂傾斜面的交合處：例屋脊。

胼
肉部 六畫

ㄆㄧㄢˊ 手因為勞動而長出來的厚皮：例胼胝。

胼手胝足（ㄆㄧㄢˊ ㄕㄡˇ ㄓ ㄗㄨˊ） 手和腳因為勞動太多，而長出的厚皮，生在手上的稱為「胼」，長在腳上的稱為「胝」。這是形容努力工作，不怕辛苦。例由於祖先胼手胝足的開墾，我們才能享受這麼安定的生活。

胯
肉部 六畫

ㄎㄨㄚˋ 腰的兩側和大腿之間的部分：例腰胯。

胯骨（ㄎㄨㄚˋ ㄍㄨˇ） 腰的兩側間的骨。

參考 相似詞：寬骨、髖骨、無名骨。

脫
肉部 七畫

脱

ㄊㄨㄛ ❶離開：例脫險。❷離開、逃開的意思：例脫開。❸取下：例脫帽。❹落：例脫皮。❺漏掉：例脫誤。❻姓：例脫小姐。

參考 相似字：解、落。♣請注意：「脫」和「拖」音同意思不同：「脫」是肉部，有離開、去掉的意思，例如：脫身、脫脂。「拖」是手部，有牽引、下垂的意思，例如：拖拉、拖鞋。

脫手（ㄊㄨㄛ ㄕㄡˇ） ❶一下子就離開手。例他用力一丟，標槍脫手而出。❷賣出貨物。例商人有一批貨正急著脫手。

脫皮（ㄊㄨㄛ ㄆㄧˊ） 昆蟲或動物在發育時一次或多次脫去皮膚的現象。

脫身（ㄊㄨㄛ ㄕㄣ） 離開危險或困難的情況；擺脫某些事件。例事情太多，他無法脫身。

脫軌（ㄊㄨㄛ ㄍㄨㄟˇ） 車輪離開軌道；形容離開了正道走上歪路。例社會上有越來越多的脫軌行為發生。

脫逃（ㄊㄨㄛ ㄊㄠˊ） 脫身逃走。例在打仗時士兵不能臨陣脫逃。

脫節（ㄊㄨㄛ ㄐㄧㄝˊ） 和原來連接的物體分開；可比喻跟不上時代。例他隱居多年，已經和社會完全脫節。

脫落（ㄊㄨㄛ ㄌㄨㄛˋ） 掉下。例家裡因為養狗，媽媽常為脫落的狗毛抱怨不已。

脫誤（ㄊㄨㄛ ㄨˋ） 脫漏和錯誤。例這本書有許多脫誤。

脫離（ㄊㄨㄛ ㄌㄧˊ） 離開，斷絕。例他終於脫離危險，平安回到家。

脫口而出（ㄊㄨㄛ ㄎㄡˇ ㄦˊ ㄔㄨ） 不加思考，隨口就說出。例他飽讀詩書，脫口而出的都是名言佳句。

脫胎換骨（ㄊㄨㄛ ㄊㄞ ㄏㄨㄢˋ ㄍㄨˇ） 原指道教修煉用語；現用來比喻徹底改變立場觀點。例他當完兵後，整個人像脫胎換骨似的變了一個人。

脫穎而出（ㄊㄨㄛ ㄧㄥˇ ㄦˊ ㄔㄨ） 比喻人的才能全部顯露出來。據說戰國時代秦兵攻打趙國。趙國的平原君奉命到楚國求救兵，於是打算挑選二十名文武雙全的門客一起去，但是還少一人，毛遂就自動請求跟著去。平原君說：「賢能的人在眾人中就好像錐子放在布袋裡，錐尖自然會露出來；你在我的門下已經三年了，也沒聽到過對你的讚揚，你沒什麼能力，還是不要去吧！」毛遂就說：「如果我早能像錐子被放在布袋裡的話，我連錐子上的環也會露出來，哪裡只露出錐尖！」平原君一聽，就答應他的請求。

脯
肉部 七畫

脯

ㄈㄨˇ ❶肉乾：例肉脯。❷脫水製成的食品：例梅脯。

六畫

ㄆㄨˊ 胸前的肉：例胸脯。

脖 肉部 七畫

ㄅㄛˊ 頸部：例脖子。

參考 請注意：「脖」和「膊」音同意義不同：「脖」是頸子的部分；「膊」是胳臂。

脖子 ㄅㄛˊ ㄗ˙ 頸子。

脣 肉部 七畫

ㄔㄨㄣˊ 人或某些動物嘴巴四周的肌肉組織：例嘴脣。

參考 請注意：「脣」也可以寫作「唇」。

脣舌 ㄔㄨㄣˊ ㄕㄜˊ 比喻口才、言辭。例向他解釋這個誤會，又要大費一番脣舌了。

脣膏 ㄔㄨㄣˊ ㄍㄠ 抹在嘴脣上的化妝品。有保護或美觀作用。

脣亡齒寒 ㄔㄨㄣˊ ㄨㄤˊ ㄔˇ ㄏㄢˊ 比喻關係十分密切。亡：失去。

參考 相似詞：脣齒相依。

小故事 據說西元前六五五年，晉國把貴重的禮物送給虞國，要求虞國允許晉國的軍隊穿越虞國去攻打虢國，虞國國君答應了要求。過了三年晉國又來要求穿過虞國攻打虢國。這時宮之奇對虞國的國君說：「虢國和虞國的關係密切；如果虢國被滅亡了，那麼虞國一定也會跟著被滅亡的。虢國和虞國的關係就像脣和齒的關係，嘴脣沒了，牙齒自然就會覺得寒冷。」

脣槍舌劍 ㄔㄨㄣˊ ㄑㄧㄤ ㄕㄜˊ ㄐㄧㄢˋ 以脣作槍，以舌為劍。形容雙方爭論激烈，言辭尖銳。例這場辯論會大家脣槍舌劍，你來我往的非常激烈。

脩 肉部 七畫

ㄒㄧㄡ ❶乾肉條。❷古代學生拜見老師時拿成束的乾肉作見面禮，叫「束脩」，後來也把給老師的酬金叫「脩金」。❸研習，同「修」。

腎 肉部 八畫

ㄕㄣˋ 腎臟，俗稱腰子，位於腹腔後壁，左右各一，為新陳代謝中的廢物排泄器官。

腎臟 ㄕㄣˋ ㄗㄤˋ 腎。

腎上腺 ㄕㄣˋ ㄕㄤˋ ㄒㄧㄢˋ 一種內分泌腺，在腎臟上端，左右各一，分皮質和髓質兩部分。

腕 肉部 八畫

ㄨㄢˋ ❶手掌與前臂相連接可以活動的關節部分：例手腕。❷管理：例鐵腕。

腕力 ㄨㄢˋ ㄌㄧˋ 腕部的力量。

腔 肉部 八畫

ㄑㄧㄤ ❶動物體內空的部分：例口腔。❷話：例答腔。❸樂曲的調子：例唱腔。❹說話的口音：例南腔北調。

參考 相似字：聲、調。♣請注意：「腔」左邊是肉部；而「控」(ㄎㄨㄥˋ)左邊是手部，有「告」的意思，不能混用。

腔調 ㄑㄧㄤ ㄉㄧㄠˋ ❶指戲曲中的曲調。❷說話的聲音、語氣等。例他說話的腔調很奇怪。

腋 肉部 八畫

ㄧㄝˋ 肩與臂交接的地方，俗稱「胳肢窩」。

六畫

腑

腑腑　丿 刀 月 月 月` 肝 肝 肝 肝
肉部　八畫

ㄈㄨˇ ❶人體內部器官的總名，中醫說胃、膽、三焦、膀胱、大小腸是六腑。❷胸懷：例襟腑。

脹

脹脹　丿 刀 月 月 肝 肝 肝 脹 脹
肉部　八畫

ㄓㄤˋ ❶皮膚因感染而引起的紅腫、疼痛：例腫脹。❷體積變大：例膨脹。❸因食物或焦慮引起的身體或心理不舒服的感覺：例肚子脹。

參考 相似字：膨、漲。♣相反字：縮。♣請注意：「脹」和「漲」都有膨大的意思，但是水部的「漲」又有湧起、瀰漫的意思，不可混用。

腆

腆腆　丿 刀 月 月 肌 肌 肕 腆 腆
肉部　八畫

ㄊㄧㄢˇ ❶豐盛，豐厚：例不腆之儀（不豐厚的禮品）。❷凸起或挺起：例腆起胸脯、腆肚子。❸難為情的樣子：例靦腆。

腆贈 ㄊㄧㄢˇ ㄗㄥˋ 豐厚的贈品。

脾

脾脾　丿 刀 月 月 月' 肑 胪 胪 脾
肉部　八畫

ㄆㄧˊ ❶人和高等動物的內臟之一。橢圓形，深紫色，在胃的左下側。有過濾血液、製造新血球、破壞衰老血球及儲血等機能：例脾臟。❷性情：例脾氣。

動動腦 「他很少發脾氣」，除了「脾」以外，小朋友，「卑」還可以加上那些偏旁變成其他的字呢？趕快！看誰想得多！
（答案：埤、痺、婢、裨、陴……）

脾氣 ㄆㄧˊ ㄑㄧˋ ❶性情。例她的脾氣很好。❷容易發怒、急躁的情緒。例他大發脾氣。

俏皮話 「瘋狗的脾氣——見人就咬。」小朋友，你可曾遇見瘋狗嗎？「瘋狗的脾氣」可是「見人就咬」哦！這句話是形容一個人愛亂發脾氣。

腐

腐腐腐腐　丶 亠 广 广 庐 庐 府 府 府 腐
肉部　八畫

ㄈㄨˇ ❶朽爛，敗壞：例腐爛。❷鬆軟的東西：例豆腐。❸不通事理的：例迂腐。❹不振作的：例腐敗。

腐化 ㄈㄨˇ ㄏㄨㄚˋ 過分貪圖享樂，使思想、行為變壞。例因為生活太腐化，使他用不正當的手段賺錢。

腐朽 ㄈㄨˇ ㄒㄧㄡˇ 本指木材受了侵害而破壞；也形容思想陳舊、生活墮落或制度敗壞。例他自甘墮落，每天過著腐朽的生活。

腐敗 ㄈㄨˇ ㄅㄞˋ ❶腐爛。例不要吃腐敗的食物。❷指人的行為、思想墮落，或是制度、組織混亂、黑暗。例滿清政府腐敗無能，和各國訂了許多不平等條約。

腐蝕 ㄈㄨˇ ㄕˊ ❶物質表面發生化學變化，而受到破壞的現象。例硫酸會腐蝕皮膚。❷在醫學方面，因為病情變化或藥物作用時，使組織受到破壞的現象，也叫「腐蝕」。❸比喻壞的思想、環境使人墮落。例他在不良環境的腐蝕下，盲目地追求享受。

參考 活用詞：腐蝕性、腐蝕劑。

腐爛 ㄈㄨˇ ㄌㄢˋ 腐朽變壞。例這個水果已經腐爛，發出臭味。

腊

腊腊　丿 刀 月 月 月一 肚 肚 腊 腊
肉部　八畫

ㄒㄧˊ 乾肉：例腊肉。
ㄌㄚˋ 「臘」字的簡寫。

腌

腌腌　丿 刀 月 月 月一 肚 肸 胗 腌
肉部　八畫

ㄤ 不清潔：例腌臢。

六畫

腌臢 ㄤ ㄗㄤ 不乾淨。

腴
肉部 八畫

ㄩˊ ❶胖，豐滿：例豐腴。❷肥沃：例膏腴之地。

腱
肉部 九畫

ㄐㄧㄢˋ 連接肌肉和骨骼的一種組織，白色富於韌性；也指附著在骨頭上面的肌肉。

腰
肉部 九畫

ㄧㄠ ❶肋骨下肚子左右和中間的地方：例彎腰。❷事物中間的地方：例山腰。❸腎臟：例腰子。❹和腰部有關的：例腰帶。

腰包 ㄧㄠ ㄅㄠ 錢包。例她掏腰包買了一條項鍊。

腸
肉部 九畫

ㄔㄤˊ 消化器官的一部分，從胃的下面到肛門，分為大腸、小腸。

腸胃 ㄔㄤˊ ㄨㄟˋ 人的消化器官，腸和胃的合稱。

腸枯思竭 ㄔㄤˊ ㄎㄨ ㄙ ㄐㄧㄝˊ 肚子、腦中的東西都空了；比喻沒有靈感，寫不出東西來。枯：乾。竭：盡。例他腸枯思竭，還是沒辦法下筆。

腥
肉部 九畫

ㄒㄧㄥ ❶生肉：例葷腥。❷魚、肉、血水等的氣味：例腥羶、腥氣。

腥氣 ㄒㄧㄥ ㄑㄧˋ 魚蝦等的難聞氣味。

腥聞 ㄒㄧㄥ ㄨㄣˊ 原指酒肉的腥味，借指醜聞。

腥臊 ㄒㄧㄥ ㄙㄠ ❶魚肉類的臭味。❷難聞的氣味；比喻穢惡的事情。

腥羶 ㄒㄧㄥ ㄕㄢ ❶牛羊肉的臭味。❷借指入侵北方的游牧民族，例如：遍地腥羶。「羶」也作「膻」。

腥風血雨 ㄒㄧㄥ ㄈㄥ ㄒㄧㄝˇ ㄩˇ 風帶腥氣，血如落雨。形容戰爭的慘象。

腳
肉部 九畫

ㄐㄧㄠˇ ❶人或動物的下端和地面接觸能支持身體的部分：例腳背。❷東西的最下部：例山腳。❸舊時和搬運勞動有關的：例腳夫。

參考 相似字：足。♣相反字：手。♣請注意：「腳」和「足」意思相同，「腳」是用在口語上，而「足」是用在文言。

腳印 ㄐㄧㄠˇ ㄧㄣˋ 腳踏下的痕跡。

猜一猜 當你往前走，他總在後追，你愈向前走，他的同伴就愈多。（猜一種東西）（答案：腳印）

動動腦 老師拿出一張畫上小狗和小鳥的腳印，讓小朋友猜一猜是什麼動物的腳印？發生了什麼事？說得越有趣、越奇怪越好，再編一個故事說給大家聽聽看！

腳步 ㄐㄧㄠˇ ㄅㄨˋ ❶走路時兩腳之間的距離。例他的腳步太大，我沒法子追上他。❷走路時腿的動作。例夜深了，請放輕腳步。

腳掌 ㄐㄧㄠˇ ㄓㄤˇ 腳能接觸地面的部分。

腳跟 ㄐㄧㄠˇ ㄍㄣ 腳的最後部分。

腳踏車 ㄐㄧㄠˇ ㄊㄚˋ ㄔㄜ 自行車。

猜一猜 不喝水，不吃草，我的馬兒兩隻腳，丁零丁零滿街跑。（猜一種交通工具）（答案：腳踏車）

腳踏實地 ㄐㄧㄠˇ ㄊㄚˋ ㄕˊ ㄉㄧˋ 比喻做事認真實在。例做事要腳踏實地，夢想才會成真。

腳踏兩條船 ㄐㄧㄠˇ ㄊㄚˋ ㄌㄧㄤˇ ㄊㄧㄠˊ ㄔㄨㄢˊ 存心投機取巧而和兩方面都保持關連。

腫 肉部 九畫

ㄓㄨㄥˇ ❶粗厚的：例臃腫。❷皮肉浮脹：例浮腫、紅腫。

腫瘤 ㄓㄨㄥˇ ㄌㄧㄡˊ 由組織細胞長期不正常地增生所形成的新生物，可分良性和惡性兩類。

參考 相似字：脹、臃。

腼 肉部 九畫

ㄇㄧㄢˇ 見「腼腆」。

腼腆 ㄇㄧㄢˇ ㄊㄧㄢˇ 害羞、不自然、難為情的樣子。例小妹妹一見到生人就有些腼腆。

腹 肉部 九畫

ㄈㄨˋ ❶位在胸腔下方，俗稱肚子：例捧腹。❷器物中空而且凸出的地方。❸內部的：例腹地。

腹地 ㄈㄨˋ ㄉㄧˋ 內地，靠近中心的地區。例臺北市的腹地範圍相當大。

腹腔 ㄈㄨˋ ㄑㄧㄤ 腹內體腔的部分。從膈到骨盆腔間，有胃、腸、肝、胰、腎、脾、泌尿及內生殖器官。

腹稿 ㄈㄨˋ ㄍㄠˇ 心裡想好但是還沒有寫出來的稿子。例對於這次演講，他已經有了腹稿。

腹背受敵 ㄈㄨˋ ㄅㄟˋ ㄕㄡˋ ㄉㄧˊ 前面後面都受到敵人的攻擊；比喻處境困難。例我軍正處在腹背受敵的情況中。

腺 肉部 九畫

ㄒㄧㄢˋ 生物體內能分泌液體的組織：例汗腺、淋巴腺。

腺體 ㄒㄧㄢˋ ㄊㄧˇ 生物上可以分泌液體的特殊構造。

腦 肉部 九畫

ㄋㄠˇ ❶人體中指揮全身知覺、運動和思考、記憶等活動的器官，是神經系統的主要部分。❷心思：例頭昏腦脹。❸白色像腦髓的東西：例豆腐腦。

參考 請注意：「腦」、「惱」、「瑙」不同：心部的「惱」，指精神方面，例如：煩惱。玉部的「瑙」是一種玉石，例如：瑪瑙。「腦」是指中樞神經，在頭部裡面。

腦力 ㄋㄠˇ ㄌㄧˋ 人的記憶、理解、想像的能力。

腦袋 ㄋㄠˇ ㄉㄞˋ 頭部。

腦筋 ㄋㄠˇ ㄐㄧㄣ ❶指思考、記憶的能力。例他的腦筋很好，念書很輕鬆。❷指思想。例她的腦筋很死板。

腮 肉部 九畫

ㄙㄞ 面頰：例腮幫子、托腮沉思。

腮腺 ㄙㄞ ㄒㄧㄢˋ 一種唾液腺，左右各一，可分解食物中的醣類。

腮腺炎 ㄙㄞ ㄒㄧㄢˋ ㄧㄢˊ 腮腺因感染所引起的急性傳染病。症狀為發熱，兩側或一側腮腺腫大、疼痛。

腮幫子 ㄙㄞ ㄅㄤ ˙ㄗ 指面頰。

膀 肉部 十畫

ㄅㄤˇ ❶上臂靠近肩的地方：例肩膀。❷鳥類昆蟲飛行的器官：例翅膀。

ㄆㄤˊ 排泄器官之一：例膀胱。

ㄆㄤ 皮肉浮腫的：例膀腫。

ㄅㄤˋ 指男女間的曖昧關係：例弔膀子。

參考 請注意：「膀」和「臂」不同：「臂」是肩頭以下的上肢；「膀」專指靠近肩頭的上臂。

膀胱 ㄆㄤˊ ㄍㄨㄤ　人或高等動物體內的排泄器官。是在骨盆腔內的囊狀器官，上接輸尿管，下通尿道，有貯尿、排尿的功能。

膏　肉部　十畫

ㄍㄠ ❶脂肪，油：例焚膏繼晷。❷糊狀的東西：例牙膏。❸一種中醫的藥劑：例膏藥。❹把油加在車軸或機器等經常轉動的部分：例膏油。

膏藥 ㄍㄠ ㄧㄠˋ　中醫外用藥的一種，用植物油或動物油加藥熬煉成膠狀物質，塗在布、紙或皮的一面，可以長時間貼在傷、病的地方。

膈　肉部　十畫

ㄍㄜˊ 人或哺乳動物胸腔和腹腔之間的膜狀肌肉，也叫「橫膈膜」。

膊　肉部　十畫

ㄅㄛˊ ❶上肢靠近肩膀的部位。例胳膊。❷泛指上半身。例赤膊。

參考 相似字：膀。

腿　肉部　十畫

ㄊㄨㄟˇ ❶人和動物用來走路、支持身體的部分。例小腿。❷器物底下用來支持物體，像腿的部分。例桌子腿。❸用鹽醃過風乾的豬腿：例火腿。

膜　肉部　十一畫

ㄇㄛˊ ❶生物體內像薄皮而有保護作用的組織。例腦膜、眼角膜。❷像薄皮一類的東西。例竹膜、笛膜。❸見「膜拜」。

膜拜 ㄇㄛˊ ㄅㄞˋ　跪在地上舉高手虔誠恭敬的行禮。例頂禮膜拜。

膝　肉部　十一畫

ㄒㄧ ❶大腿和小腿相連的關節的前部：例膝蓋。❷姓：例膝先生。

膝下 ㄒㄧ ㄒㄧㄚˋ　子女幼時常在父母跟前，因此以「膝下」表示年幼。後來以「膝下」來表示對父母的深切思念，並在與父母通信時，用為敬辭，例如：父母親大人膝下。

膝蓋 ㄒㄧ ㄍㄞˋ　指膝部，主要作伸直和彎曲的運動。

膠　肉部　十一畫

ㄐㄧㄠ ❶能黏合東西的物質：例膠水。❷用橡膠或塑膠做成的東西：例膠鞋。❸姓：例膠先生。

參考 請注意：「膠」左邊是肉部，有黏貼的意思，例如：如膠似漆。「謬」左邊是言部，讀ㄇㄧㄡˋ，「謬誤」是荒唐的意思。

膠卷 ㄐㄧㄠ ㄐㄩㄢˇ　成卷的照相底片。

膠著 ㄐㄧㄠ ㄓㄨㄛˊ　比喻相持不下，不能解決。例這件案子呈現膠著狀態。

膠原蛋白 ㄐㄧㄠ ㄩㄢˊ ㄉㄢˋ ㄅㄞˊ　是人體組織的主要成分，與人體各器官、細胞組織有著不可分隔的關係能保護和連結各種組織，支撐起人體的結構。目前被廣泛運用在化妝品、食品、醫療用品、生化材料等方面。

膛　肉部　十一畫

ㄊㄤˊ ❶胸腔：例胸膛。❷器物的中空部分：例槍膛。

膚
肉部 十一畫

ㄈㄨ ❶人體的表皮：例皮膚。❷表面的：例膚淺。

參考 相似字：皮。♣相反字：肌。

膚淺 ㄈㄨ ㄑㄧㄢˇ 表面的，淺薄的，不深刻的。例你得多讀點書，才不會顯得太膚淺。

膘
肉部 十一畫

ㄅㄧㄠ 牲畜的肥肉，同「臕」：例膘滿肉肥。

參考 請注意：「膘」與「鏢」音同形義都不同。「膘」的左邊是「月」（肉），與肉有關；「鏢」的左邊是「金」，與金屬有關。「鏢」是一種武器，形狀像長矛的頭，投擲出去，可殺傷人。「保鏢」一詞是指會技藝的人佩帶武器，為別人護送錢財或保護人身安全，也指做這種工作的人。要注意「保鏢」不要與「保膘」一詞相混，「保膘」是指保持牲畜肥壯。

膳
肉部 十二畫

ㄕㄢˋ 飲食：例早膳。

膳食 ㄕㄢˋ ㄕˊ 平常吃的飯和菜。

膳宿 ㄕㄢˋ ㄙㄨˋ 吃飯和住宿。例單獨出外旅行要自己處理膳宿問題。

膩
肉部 十二畫

ㄋㄧˋ ❶油脂過多：例油膩。❷汙垢：例塵膩。❸厭煩：例這些話都聽膩了。❹黏，親密的：例膩友。❺細柔光滑：例細膩。

參考 相似字：油、滑、潤。

膩友 ㄋㄧˋ ㄧㄡˇ 感情很好的朋友。例他們是一對膩友，整天在一起。

膨
肉部 十二畫

ㄆㄥˊ ❶變大：例膨脹。❷擴大：例通貨膨脹。

膨脹 ㄆㄥˊ ㄓㄤˋ 體積增大。例空氣受熱會起膨脹作用。

臆
肉部 十三畫

ㄧˋ ❶胸：例胸臆。❷無根據的，主觀的：例臆測、臆斷。

臆度 ㄧˋ ㄉㄨㄛˋ 憑主觀猜測。

臆造 ㄧˋ ㄗㄠˋ 憑主觀的想法編造出來的。

臆測 ㄧˋ ㄘㄜˋ 沒有根據的猜想。

臆說 ㄧˋ ㄕㄨㄛ 主觀猜測的說法。

臆斷 ㄧˋ ㄉㄨㄢˋ 憑主觀猜測所下的判斷。

臃
肉部 十三畫

ㄩㄥ 肥胖：例臃腫。

參考 相似字：腫。

臃腫 ㄩㄥ ㄓㄨㄥˇ 身體過於肥胖或衣服穿得太多，動作不靈活。

膿
肉部 十三畫

ㄋㄨㄥˊ 細胞因病菌的侵入發炎後，壞死分解而成的汁液，含大量的白血球、細菌、蛋白質、脂肪的混合物。

膿包 ㄋㄨㄥˊ ㄅㄠ ❶身體的組織化膿時，因膿液聚積而形成的凸起部分。❷比喻沒有用的人。例我們不要做社會的膿包。

參考 相似詞：飯桶。

六畫

膽 肉部 十三畫

ㄉㄢˇ ❶膽囊的通稱。❷勇氣：例膽量。❸某些器物內部，可以容納水、空氣等的東西：例球膽。

參考 請注意：「膽」和「瞻」（ㄓㄢ）不同：肉部的「膽」和勇氣、力量有關，例如：膽大妄為、膽小如鼠。目部的「瞻」，和眼光有關，例如：瞻仰、瞻前顧後。

古人說 「膽大如斗，心細如髮。」這句話是形容人膽子大又細心，遇事不慌亂。例他這個人「膽大如斗，心細如髮」，遇事能臨危不亂。

笑一笑 弟弟一向很膽小，有一天他很高興的對哥哥說：「太陽的膽子比我還小！」哥哥問：「怎麼說？」弟弟說：「你看它只有白天才敢出來呀！」

膽汁 ㄉㄢˇ ㄓ 由肝臟產生的消化液，有苦味，黃褐色或綠色，儲存在膽囊中，能促進脂肪的分解和吸收。

膽怯 ㄉㄢˇ ㄑㄩㄝˋ 膽小且畏懼，害怕的意思。例他對陌生的環境，都感到相當膽怯。

膽略 ㄉㄢˇ ㄌㄩㄝˋ 勇氣和智謀。例他的膽略過人。

膽量 ㄉㄢˇ ㄌㄧㄤˋ 勇氣。例你有膽量向他挑戰嗎？

參考 相似詞：膽子、膽力。

膽寒 ㄉㄢˇ ㄏㄢˊ 害怕。例國軍十分英勇，令敵人膽寒。

膽識 ㄉㄢˇ ㄕˋ 膽量和見識。例他有超人的膽識。

膽戰心驚 ㄉㄢˇ ㄓㄢˋ ㄒㄧㄣ ㄐㄧㄥ 形容非常害怕。例戰爭的激烈看了真讓人膽戰心驚。

臉 肉部 十三畫

ㄌㄧㄢˇ ❶面孔：例笑臉迎人。❷情面，面子：例丟臉。❸身價：例有頭有臉。❹某些物體的前部：例門臉兒。

參考 相似字：面、顏。

臉孔 ㄌㄧㄢˇ ㄎㄨㄥˇ 就是面孔。例她有副姣好的臉孔。

臉皮 ㄌㄧㄢˇ ㄆㄧˊ ❶指情面。例凡事好商量，不要撕破臉皮。❷指害羞的心理，容易害羞叫臉皮薄；不容易害羞叫臉皮厚。

臉色 ㄌㄧㄢˇ ㄙㄜˋ ❶氣色，臉上表現出來的健康情形。例他經過運動鍛鍊之後，臉色比過去好多了。❷臉上的表情。例一看他的臉色，我就知道準是有什麼好消息。

臉面 ㄌㄧㄢˇ ㄇㄧㄢˋ ❶臉。❷面子，情面。例看我的臉面，不要生他的氣了。

臉蛋 ㄌㄧㄢˇ ㄉㄢˋ 指臉。例她的臉蛋紅得像蘋果。

臉頰 ㄌㄧㄢˇ ㄐㄧㄚˊ 指臉的兩邊。頰：面部兩旁顴（ㄑㄩㄢˊ）骨以下的部分。

臉譜 ㄌㄧㄢˇ ㄆㄨˇ 國劇的花臉，用各種色彩在面部鉤畫成種種圖案，用來表現人物的性格和特徵。

臉紅脖子粗 ㄌㄧㄢˇ ㄏㄨㄥˊ ㄅㄛˊ ˙ㄗ ㄘㄨ 形容急躁或發怒時面部和頸部脹紅的樣子。例他氣得臉紅脖子粗。

膺 肉部 十三畫

ㄧㄥ ❶胸膛：例義憤填膺。❷承當，接受：例膺選、榮膺勛章。❸伐，懲處，打擊：例膺懲。

膺選 ㄧㄥ ㄒㄩㄢˇ 當選。

參考 相似詞：中選、被選。

臂 肉部 十三畫

ㄅㄧˋ 從肩膀到手腕的部分：例胳臂。

臂膀 ㄅㄧˋ ㄅㄤˇ 從肩膀到手腕的部分。

膾 肉部 十三畫

六畫

ㄎㄨㄞˋ 切得很細的肉。

膾炙人口 ㄎㄨㄞˋ ㄓˋ ㄖㄣˊ ㄎㄡˇ 膾和炙都是美味的食品；比喻好的詩文被人們讚美和傳誦。炙：烤熟的肉。

臀 肉部 十三畫

ㄊㄨㄣˊ 腰部與大腿相連的部位。

臊 肉部 十三畫

ㄙㄠ 腥臭的氣味：例腥臊。

ㄙㄠˋ 羞愧：例害臊、臊得滿臉通紅。

臊子 ㄙㄠˋ ㄗ˙ 細碎的肉末。例嗯！好香的羊肉臊子麵。

臊氣 ㄙㄠ ㄑㄧˋ 腥臭的氣味。

臊聲 ㄙㄠ ㄕㄥ 醜惡的名聲。

臍 肉部 十四畫

ㄑㄧˊ ❶胎生哺乳動物腹部中央的凹陷處，是出生時臍帶脫落的痕跡：例肚臍。❷螃蟹腹部下的硬甲殼，雄的尖形，雌的圓形：例尖臍。

臍帶 ㄑㄧˊ ㄉㄞˋ 哺乳動物胎兒和母體的胎盤相連的帶狀物，是胎兒從母體吸取養分和排出廢物的通道。

臏 肉部 十四畫

ㄅㄧㄣˋ ❶膝蓋骨，也稱「臏骨」。❷古代一種削去膝蓋骨的刑罰。

臘 肉部 十五畫

ㄌㄚˋ ❶農曆十二月：例臘月。❷經過醃、烤，或風乾的肉類食品：例臘肉。

臘八 ㄌㄚˋ ㄅㄚ 農曆十二月（臘月）初八日，民間在這一天喝臘八粥。

小百科 佛教傳說臘月初八是釋迦牟尼成佛的日子，當時天上曾經降下五色雨。後來每到這一天，寺院的僧人就用五色香穀熬成粥來供佛，紀念佛祖得道，這個粥就叫作「臘八粥」。官府和民間很快也爭相模仿，用臘八粥作為禮品互相贈送。至今，臘八粥還是我國有名的風味小吃呢！

臘肉 ㄌㄚˋ ㄖㄡˋ 用鹽醃製的乾肉。例過年時，媽媽醃了許多臘肉。

臚 肉部 十六畫

ㄌㄨˊ ❶皮膚。❷陳列：例臚列。❹傳達：例臚傳、臚唱。

臚唱 ㄌㄨˊ ㄔㄤˋ 科舉時，殿試之後，皇帝傳旨召見新考中的進士，依次唱名傳呼。也叫「臚傳」。

臟 肉部 十八畫

ㄗㄤˋ 體腔內器官的總稱：例心臟、肺臟、五臟六腑。

臟腑 ㄗㄤˋ ㄈㄨˇ 人體內部器官的總稱。心、肝、脾、肺、腎叫臟，胃、膽、大腸、小腸、膀胱、三焦叫腑。

臣部 ㄔㄣˊ

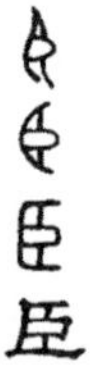

「臣」是「臣」最早的寫法，就像眼睛的樣子，是個象形字。像「臨」、「監」（皿部）都有「用眼睛觀看」的意思。也有人認為「臣」是一個人彎曲著身體跪在地

六畫

上，眼睛向上看的樣子，那正是古代大臣跪在地上拜見國君的樣子，因此「臣」就可以用來指大臣、臣子，同時指臣子的意思也比較常用，「眼睛觀看」的意思就不再使用了。

臣

臣部 ○畫

ㄔㄣˊ ❶君主時代做官的人：例臣子。❷屈服：例臣服。❸姓：例臣先生。

參考 請注意：為公家做事的叫「臣」；替私人服務叫「僕」。

臣子 ㄔㄣˊ ㄗˇ 君主時代的所有官員的總稱。

臥

臣部 二畫

ㄨㄛˋ ❶躺下，趴下：例臥倒。❷睡覺。❸睡覺用的：例臥室、臥具。

參考 相似字：伏、偃、俯、仆。♣相反字：起、坐。♣請注意：「臥」的異體字寫作「卧」。

臥底 ㄨㄛˋ ㄉㄧˇ 暗中藏在敵人的組織中，準備做破壞、攻擊敵人的事。例他是敵人派來臥底的間諜。

臥室 ㄨㄛˋ ㄕˋ 睡覺的房間。

參考 相似詞：臥房、寢室。

臥病 ㄨㄛˋ ㄅㄧㄥˋ 因為生病躺在床上。例他臥病在床已經十年了。

臥冰求鯉 ㄨㄛˋ ㄅㄧㄥ ㄑㄧㄡˊ ㄌㄧˇ 二十四孝故事之一。晉朝人王祥，因為寒冬時繼母生病想吃魚，王祥脫掉衣服，用身體的溫度使冰融化而得到鯉魚。

臥薪嘗膽 ㄨㄛˋ ㄒㄧㄣ ㄔㄤˊ ㄉㄢˇ 形容刻苦自勵。薪：柴草。臥薪表示不敢安逸。膽味道很苦，嘗膽表示不吃美味的食物。春秋時代，越國被吳國打敗，越王句踐立志要報仇，為了激勵自己，他夜裡睡在柴草上，嘗膽的苦味。經過長期準備，終於打敗了吳國。

臧

臣部 八畫

ㄗㄤ ❶好善。❷收受賄賂，同「贓」。❸姓：例臧先生。

臧否 ㄗㄤ ㄆㄧˇ 褒貶，評論。否：壞，惡。

臨

臣部 十一畫

ㄌㄧㄣˊ ❶來到，到達：例歡迎光臨。❷對面，接近，將要：例居高臨下、臨別。❸照著字、畫的本子模仿練習：例臨帖。❹很多人一齊哭：例哀臨。❺姓：例臨小姐。

臨床 ㄌㄧㄣˊ ㄔㄨㄤˊ 醫學上醫生實地給病人看病和治療的過程。例這位醫學院的教授除了會教書，還有更豐富的臨床經驗。

參考 相似詞：臨床。

臨時 ㄌㄧㄣˊ ㄕˊ ❶短期的，不是正式的。例臨時工。❷到時候。例平日不燒香，臨時抱佛腳。

參考 相反詞：永遠、長久。♣請注意：「臨時」和「暫時」的用法不同：「臨時」是另外有事突然發生，例如：他臨時有事不能來了。「暫時」是指短時間，過不久會恢復原狀，例如：他暫時離開一下。

臨終 ㄌㄧㄣˊ ㄓㄨㄥ 快要死的時候。例他臨終前才交代遺言。

參考 相似詞：臨死、臨危。

臨場 ㄌㄧㄣˊ ㄔㄤˇ ❶親自到場。例臨場指揮比賽。❷就在當時的場地上。例臨場紀錄。❸面對重要的時刻。例你上臺演講時不可以臨場畏縮。

臨頭 ㄌㄧㄣˊ ㄊㄡˊ 有不好的事情落到身上。例大禍臨頭，你還有心思玩牌！

臨危不亂 ㄌㄧㄣˊ ㄨㄟˊ ㄅㄨˋ ㄌㄨㄢˋ 在危險困難的情況中，仍然保持冷靜而不害怕慌張。例在敵人的包圍下，他臨危不亂，終於脫險歸來。

參考 相似詞：臨危不懼、處變不驚。

臨陣磨槍（ㄌㄧㄣˊ ㄓㄣˋ ㄇㄛˊ ㄑㄧㄤ） 到了要上場殺敵時才想磨利槍；比喻事情到了才要準備。例考生個個臨陣磨槍，希望在考前能抓到重點。

參考 請注意：「臨陣磨槍」還有些作用，而「臨渴掘井」就已經來不及補救了。

俏皮話 「臨陣磨槍——不快也光。」小朋友，常常聽到這句話，意思是說臨上了戰場才擦槍，也許槍是快不了，但至少會亮一些。比喻即使臨時準備也會有一點作用。

臨渴掘井（ㄌㄧㄣˊ ㄎㄜˇ ㄐㄩㄝˊ ㄐㄧㄥˇ） 感到口乾了才想要去挖井取水；比喻平時不準備，事情發生了才要想辦法，但是已經來不及了。渴：口乾。掘：挖。例你這種臨渴掘井的做法會使你一事無成。

臨機應變（ㄌㄧㄣˊ ㄐㄧ ㄧㄥˋ ㄅㄧㄢˋ） 隨著事情的發展轉變而採取不同的應變方式。機：重要的時間。應變：應付事情的變化。例被綁架的小孩因為能臨機應變，不僅逃離虎口，而且協助警方抓到了歹徒。

參考 相似詞：隨機應變。

自部（ㄗˋ）

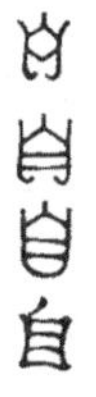

「[illegible]」是按照鼻子的形狀所造的象形字，可以看到鼻孔和鼻子上的皺紋，後來寫成「自」，也就是現在的「自」，再演變成「自」。「自」原本是指鼻子，不過後來常用在自己、自從等意思，「鼻子」的意思反而不常用。含有「自」的字都和鼻子有關係，例如：鼻（請見鼻部說明）、嗅（用鼻子聞味道）。

自

自部 ○畫

ノ 丨 门 白 自 自

（ㄗˋ）❶最先開始的：例其來有自、源自古代。❷本身：例自己、自力更生。❸當然的，一定的：例努力自能成功。❹從某個時刻開始：例自從你生病後。❺主動的：例自願去掃地。❻姓：例自小姐。

參考 相反字：他。

自大（ㄗˋ ㄉㄚˋ） 覺得自己很了不起而看不起別人。例自大的人容易阻擋進步的機會。

參考 相反詞：謙虛。

自立（ㄗˋ ㄌㄧˋ） 靠自己的力量獨立生活，不依賴別人。

參考 活用詞：自立自強。

自用（ㄗˋ ㄩㄥˋ） ❶只憑自己的意思做事，不聽別人的勸告。例他做事一向剛愎自用，不採納別人的意見。❷私人使用的。例路旁停滿了許多自用車。

自由（ㄗˋ ㄧㄡˊ） ❶由自己的意思行動而不受限制。例這次的會議自由參加。❷在法律規定的範圍內，隨自己的想法去活動的權利。例民主國家內人人有言論、信仰的自由。

自主（ㄗˋ ㄓㄨˇ） 自己決定，不受他人限制。例獨立自主。例他不由自主的哭了起來。

自好（ㄗˋ ㄏㄠˋ） 自己珍惜自己，不肯胡作非為。例她一向都潔身自好。

自在（ㄗˋ ㄗㄞˋ） 自由閒適。例他每天都過著逍遙自在的生活。

自如（ㄗˋ ㄖㄨˊ） 活動或運用不受阻礙。例任何機器他都能操縱自如。

參考 活用詞：旋轉自如、運用自如、操縱自如。

自我（ㄗˋ ㄨㄛˇ） ❶自己。例每個人輪流在講臺上作自我介紹。❷自私。例做人不能太自我。

自身（ㄗˋ ㄕㄣ） 本人，自己。

俏皮話 「泥菩薩過江——自身難保。」菩薩是法力很高強的神仙，據說他常幫助有困難的人，但是用泥土塑成的菩薩，一碰到水就溶化了，自己都無法保護自己，那還能幫助別人？下次當你覺得有困難，而別人又請你幫忙的時候，你就可以用這句俏皮話了。

自私（ㄗˋ ㄙ） 只顧自己個人的利益。

唱詩歌 蝸牛最自私了，怕人家來做客，為自己蓋了一間小房子，只夠一人住。蝸牛最自私了，怕客人找上門，每天背著房子到處跑。（曾妙容）

自拔（ㄗˋ ㄅㄚˊ） 主動的從痛苦或罪惡中解脫出來。例他愈陷愈深，已經到了無法自拔的地步。

自居（ㄗˋ ㄐㄩ） 自以為具有某種資格或身分。居：當或任的意思。例他以國畫大師自居。

自卑（ㄗˋ ㄅㄟ） 自己看不起自己，覺得處處不如人。卑：輕視。例他因為成績不好所以很自卑。

自治（ㄗˋ ㄓˋ） 民族、團體、地區等除了受所隸屬的國家、政府或上級單位領導外，對自己的事務行使一定的權力。治：管理。

參考 活用詞：自治區、自治行政。

自首（ㄗˋ ㄕㄡˇ） 犯罪的人，在案件未被發覺前，自己向法院認罪。法律上對自首的人會減輕罪行。

自負（ㄗˋ ㄈㄨˋ） 自以為了不起。例他太自負了，總聽不進別人的勸告。

自信（ㄗˋ ㄒㄧㄣˋ） 對自己深具信心。例他做事很有自信。

自修（ㄗˋ ㄒㄧㄡ） 沒有老師指導，自己學習功課。修：學習的意思。例放假以後，我們在家裡自修功課。

參考 相似詞：自習。

自理（ㄗˋ ㄌㄧˇ） 自己處理、解決事情。例今天回程的車費請大家自理。

自動（ㄗˋ ㄉㄨㄥˋ） ❶出於自己的意思而做某事。例他自動打掃房間。❷不必靠外力的幫忙自己會行動。例自動包裝。

參考 相反詞：被動、他動。

自從（ㄗˋ ㄘㄨㄥˊ） 從某個時候開始。例我自從參加了體育鍛鍊，身體強健多了。

自強（ㄗˋ ㄑㄧㄤˊ） 自己發憤圖強，努力向上。例男兒當自強。

參考 活用詞：自立自強。

自然（ㄗˋ ㄖㄢˊ） ❶天然的而不是人造的。例新鮮的蔬菜是最自然的食品。❷當然的，一定的。例不努力，自然要失敗。❸態度大方，不拘束。例他的態度自然，不慌不忙。

動動腦 小朋友，請你想想看，除了下雨、晚霞，還有那些自然現象有「雨」部？計時一分鐘，趕快想一想！（答案：霜、冰雹、雪、霧、地震、閃電、雲……）

自尊（ㄗˋ ㄗㄨㄣ） ❶尊重自己，不容許別人侮辱。例學會自尊，才能尊重別人。❷把自己看得很高。例自尊自大的人都覺得自己很了不起。

參考 請注意：「自尊」和「自負」都指把自己看得很高。但是「自負」有批評的意味；「自尊」沒有帶批評的意思。「自尊」有時可以和「自卑」、「自大」連用，例如：自尊自大。

自愛（ㄗˋ ㄞˋ） 自己愛護自己、尊重自己。例你能自愛，別人就能看重你。

參考 請注意：「自好」和「自愛」意思相近，但用法有區別：「自愛」常用來勸誡他人，例如：請自愛，別在背後批評人。

自新（ㄗˋ ㄒㄧㄣ） 改過向善，重新做人。例只要你改過自新，大家都不再和你計較。

自傳（ㄗˋ ㄓㄨㄢˋ） 自己敘述自己一生經歷的書。傳：記述人物生平事蹟的文字。例富蘭克林自傳值得一看。

自盡（ㄗˋ ㄐㄧㄣˋ） 自己結束自己的生命。

參考 相似詞：自殺。

自滿（ㄗˋ ㄇㄢˇ） 驕傲，自負；滿足於自己已有的成績。例驕矜自滿是自己最大的敵人。

自學（ㄗˋ ㄒㄩㄝˊ） 沒有教師指導，自己獨立學習。例他是自學成功者。

自衛（ㄗˋ ㄨㄟˋ） 用自己的力量保衛自己。

自轉（ㄗˋ ㄓㄨㄢˋ） 行星繞著本身的轉軸而運行的現象。例地球自轉一周是一天，公轉一周是一年。

參考 相反詞：公轉。

自由日（ㄗˋ ㄧㄡˊ ㄖˋ） 民國三十九年六月二十五日，中共派兵支援北韓攻打南韓的侵略行動，經過聯合國派兵協助南韓，到民國四十二年才結束戰爭，留在韓國的中共士兵有一萬四千二百五十人希望來台灣，於是在民國四十三年一月二十三日如願得到自由，中、韓兩國把這一天定為自由日。

自行車 一種兩輪的交通工具，騎在上面用腳蹬著前進。

參考 相似詞：單車、自由車、腳踏車。

自助餐 按照自己的口味或食量選擇已經排列好的各種菜色去吃的一種飲食方式。例拿多少吃多少是吃自助餐基本的禮貌。

自來水 以水管接通水源，引水到各處而可以方便取用的公共給水。

自信心 對自己有把握。

自耕農 自己耕種自己農田的人。例爸爸的職業是自耕農。

參考 相反詞：佃農。

自然界 宇宙間生物與無生物的總稱，包含動、植、礦物三界。

自力更生 用自己的力量開創前途。

自不量力 把自己的力量估計過高，而做自己做不到的事。例他想身兼二職，未免太自不量力了。

自甘墮落 自己甘心落後，不求長進。例人們都為他的自甘墮落而感到痛惜。

自由自在 想做什麼就做什麼，沒有任何拘束。例天空的鳥兒、水裡的魚，自由自在，令人羨慕。

自以為是 自己覺得自己的言行很對，不接受別人的意見。是：對的意思。例自以為是的人，錯的也當成對的。

自成一家 不模仿他人，在學問上或技術上有獨特的見解或獨特的做法。例他的書法自成一家。

自投羅網 比喻自己送死，自取災禍。

參考 相似詞：自尋死路。

自告奮勇 自動請求擔任某種任務。例他自告奮勇參加百米賽跑。

自吹自擂 自己吹喇叭，自己打鼓。比喻大大的自我誇耀。擂：捶，擊。例他喜歡在別人的面前自吹自擂。

笑一笑 南極探險家：「我們住的地方冷得怕人，就連點燃的蠟燭也會結凍，燭火不會熄滅。」北極探險家：「不稀罕，在北極，話一出口就被凍成冰塊，要烤一烤才能知道究竟說了些什麼話！」

自作自受 自己做的壞事，自己接受後果。例犯法的人自作自受，誰也沒辦法救他。

俏皮話 「木匠戴枷——自作自受。」枷是古時候套在犯人脖子上的東西，通常都由木匠製作。如果「木匠戴枷」，那真是「自作自受」！比喻一個人自己做壞事，要自己承受後果。

自作聰明 自以為很聰明而按照自己的想法說話、做事。例他自作聰明，替老師更正數學題目，害得全班都被扣分。

笑一笑 兩個傻子一起進城，在店裡吃了鹹鴨蛋。一個問：「為什麼這裡的鴨蛋是鹹的呢？」另一個自作聰明的說：「你真笨，這是鹹鴨生下來的蛋啊！」

自助人助 自己先努力，而後才能得到別人的幫助。例「自助人助」，連你自己都不想辦法，別人更不可能無緣無故的幫你。

參考 相似詞：天助自助者。

自言自語 自己跟自己說話。例我被她的自言自語嚇了一跳。

自知之明 對自己的優缺點、長短處都很清楚的了解。之：的。明：了解。例你體力不好，還去參加馬拉松長跑比賽，真是沒有自知之明。

參考 相反詞：知人之明。

自始至終 從開始到結束。例他自始至終都沒有說過一句話。

參考 相似詞：從頭到尾。

自命不凡 自以為不平凡：形容驕傲自滿。自命：自己認為。例他自命不凡，總是自以為是。

自食其力 依靠自己的力量來維持生活。

自怨自艾 原意是指自己悔恨自己的錯誤，自己改正。現在只指自我悔恨。艾：治理，改正。例他每天只是自怨自艾，不知力圖振作。

自食其果 比喻自己做了壞事，結果自己害了自己或遭受懲罰。

參考 相似詞：自食惡果。

自相矛盾 據說有個人又賣矛，又賣盾。賣矛的時候說他的矛無比鋒利，什麼東西都刺得透；賣盾的時候又說他的盾無比堅固，什麼東西都穿不透。有人就問他：「用你的矛刺你的盾結果會怎樣？」他沒有話可以回答。後來用「自相矛盾」比喻自己言語舉動，前後不符。

自討沒趣 自己招來使自己掃興的事。討：招來。例好心要幫他忙，反而被他誤會，真是自討沒趣。

俏皮話 「叫化子吃剩飯——自討的。」叫化子吃的剩飯都是自己向別人討的；這句話的意思是指由自己引起的。例你走路不好好走，現在摔跤了，那全是「叫化子吃剩飯——自討的」。

自強不息 自己不懈的發憤努力向上。例天行健，君子以自強不息。

自給自足 自己生產所需要的東西，而不必仰賴別人。例他們所處的是個自給自足的社會。

自欺欺人 欺騙自己，以為也可以矇騙別人。例你別再自欺欺人，大家都已經洞悉你的詭計了。

參考 相似詞：掩耳盜鈴。

自亂陣腳 自己弄亂行動的程序或立場。陣腳：戰地，立場。例因為球員自亂陣腳，使對方輕易贏得這場比賽。

自圓其說 使自己的說法前後一致，沒有自相矛盾或露出破綻的地方。例有人掌握了你犯罪的證據，這次看你如何自圓其說？

自暴自棄 自己甘心落後，不求上進。暴：糟蹋，損害。棄：拋棄，鄙棄。例自暴自棄毀了他的一生。

自顧不暇 自己連照顧自己都來不及。說明沒有力量幫忙別人的意思。暇：空閒。不暇：沒有空。例她自己有三個小孩要照顧，已經自顧不暇，哪能再幫你帶孩子呢？

臭　自部 四畫

ㄔㄡˋ ❶難聞的味道：例臭味。❷惡名：例遺臭萬年。❸狠狠的：例臭罵一頓。

ㄒㄧㄡˋ ❶氣味：例無聲無臭。❷聞，通「嗅」。

參考 相似字：嗅、聞。♣相反字：香。

猜一猜 比自大還多一點毛病。（猜一字）（答案：臭）

臭美 譏笑人家誇耀自己的長處。例你少臭美。

俏皮話 「拾糞的戴花——臭美。」花朵常被人們當作美麗的象徵，拾糞的人身上當然有一股味道，因此拾糞的戴花就是臭美。當你們班上得到整潔比賽冠軍，卻有人認為那是他的功勞，你就可以告訴他：「你少在那裡拾糞的戴花——臭美啦！」

臭蟲 扁平形小蟲，喜歡吸人血液，會把毒汁注入人體，使人皮膚腫癢。

參考 相似詞：臭蝨、床蝨。

臭味相投 比喻彼此興趣或喜好相投合。例他們兩個志同道合，臭味相投。

臭氣沖天 形容很臭的樣子。例這些垃圾臭氣沖天。

俏皮話 「糞桶改水桶——臭氣還在。」以前的社會裡有專門挑糞的人，用肩挑著糞桶到每戶去清廁所。這句話是比喻一個人改不掉壞習慣。

臬　自部 四畫

ㄋㄧㄝˋ 箭靶子，引申為標準、法度：例圭臬。

至部 ㄓˋ

「至」是「至」最早的寫法，由「至」和「一」（代表地面）構成。至是一隻箭（請見天部說明），至就是指快到達地面的弓箭。因此「至」有到、抵達的意思，「至」部的字也都有到、抵達的意思，例如：致（將人或物送到某個地方）、臻（到達）。

至

至部 〇畫

一 ㄊ ㄊ ㄊ 至 至

ㄓˋ ❶到：例由始至終、從古至今。❷極，最：例至上、至少。❸最親密的：例至交。❹節氣名稱：例冬至、夏至。❺達到某種程度：例至於。

參考 相似字：到、抵、及、屆、迄。

至交 ㄓˋ ㄐㄧㄠ 交情深厚的朋友。

參考 相似詞：至友。

至死 ㄓˋ ㄙˇ 一直到死。例他至死也不會對敵人屈服。

至於 ㄓˋ ㄩˊ ❶達到某種程度。例他還不至於出賣你吧！❷表示另外提起一件事，轉變話題。例他只是盡本分而已，至於酬勞的問題，他並不計較。

至善 ㄓˋ ㄕㄢˋ 非常完善，很好的。

至親 ㄓˋ ㄑㄧㄣ 關係最親近或是最常來往比較友好的親屬。

至高無上 ㄓˋ ㄍㄠ ㄨˊ ㄕㄤˋ 最高的，最重要的。例貝多芬在樂壇上享有至高無上的地位。

至理名言 ㄓˋ ㄌㄧˇ ㄇㄧㄥˊ ㄧㄢˊ 非常正確、有道理、有價值的話。例「一分耕耘，一分收穫」是至理名言。

致

至部 三畫

一 ㄊ ㄊ ㄊ 𡈼 至 到 致 致

ㄓˋ ❶給與，表示：例致謝。❷集中力量、意志到某一方面：例致力。❸招來：例致病。

致力 ㄓˋ ㄌㄧˋ 把心力用在某個方面。例 國父致力國民革命一共四十年。

致死 ㄓˋ ㄙˇ 因為某種原因而死。例他出了嚴重的車禍，因失血過多致死。

致命 ㄓˋ ㄇㄧㄥˋ 喪失性命。例這槍傷足以使他致命。

致使 ㄓˋ ㄕˇ 因為某種原因，而使某事發生。例因為偷懶，致使工作進度落後很多。

致詞 ㄓˋ ㄘˊ 在儀式中，發表關於祝賀、答謝、歡迎或哀悼等的講話。例她在典禮中代表畢業生致詞。

參考 請注意：也可以寫作「致辭」。

致賀 ㄓˋ ㄏㄜˋ 向人表達祝賀。例他今天結婚，我特地到他家致賀。

致意 ㄓˋ ㄧˋ 向人表示問候的心意。例我在路上遇見同學，他向我點頭致意。

致敬 ㄓˋ ㄐㄧㄥˋ 向人敬禮或表示敬意。例我向英勇的三軍官兵致敬。

致謝 ㄓˋ ㄒㄧㄝˋ 向人表達謝意。例對於姊姊的幫忙，我請她吃飯致謝。

致命傷 ㄓˋ ㄇㄧㄥˋ ㄕㄤ ❶可以置人於死地的創傷。例造成他死亡的致命傷是頭部的一槍。❷使事情失敗的主要原因。例滿清滅亡的致命傷是朝廷腐敗無能。

臺

至部 八畫

臺 臺 臺 臺

一 十 士 声 声 吉 吉 高 高 臺

ㄊㄞˊ ❶高而平的建築物：例陽臺。❷器物的底座：例燭臺。❸對人的敬稱：例兄臺。❹計算單位：例一臺機器。❺觀測天象或發送電訊的地方：例氣象臺。❻即「臺灣」。❼姓：例臺先生。

參考 請注意：「臺」也可以寫作「台」。

臺北 ㄊㄞˊ ㄅㄟˇ 院轄市，民國三十八年以來，成為中央政府所在地，在台灣的北部，民國五十六年七月一日升格為院轄市，是全國政治、經濟、文化、交通中心。

臺地 ㄊㄞˊ ㄉㄧˋ 高原海拔六百公尺以上，四面傾斜峻急，中央平坦如臺的地形。例林口臺地。

臺階 ㄊㄞˊ ㄐㄧㄝ ❶用磚石等砌（ㄑㄧˋ）成，以便人上下的階梯。❷比喻迴旋的機會，以便挽回尊嚴或保有名譽。例做事不要太過分，要給人留個臺階下才好。

臺灣 ㄊㄞˊ ㄨㄢ 位於我國大陸棚東南緣，由臺灣本島、澎湖、馬祖、綠島、蘭嶼等群島所組成，形狀像番薯，面積約三萬六千平方公里，西隔臺灣海峽和福建省相望，北臨東海，南隔巴士海峽與菲律賓群島相對。是北迴歸線上的第一大島。

臺灣海峽 ㄊㄞˊ ㄨㄢ ㄏㄞˇ ㄒㄧㄚˊ 介於臺灣和福建之間，最狹窄的地方有一百三十公里，是南北洋航線和南北洋流必經之地。

臻 至部 十畫

ㄓㄣ 達到：例日臻完善、漸臻佳境。

臼部 ㄐㄧㄡˋ

「臼」是古代搗米時盛米的用具，「臼」正是按照臼的形狀和臼中的米粒所造成的象形字，因此臼部的字和搗米的活動都有關係，例如：舂（手拿木棍搗米）、舀（用手把搗好的米拿出來）。但是與（）、興（）、舉這三個字和臼並沒有關係，只是因為（兩手插腰）和「臼」字形相似，因此收入臼部。

臼 臼部 ○畫

ㄐㄧㄡˋ ❶舂米的器具，用石頭製成，樣子像盆：例石臼。❷形狀像臼的東西：例臼齒。

臼齒 ㄐㄧㄡˋ ㄔˇ 靠近喉部的兩邊的齒，形狀像臼，用來磨碎食物。

臾 臼部 二畫

ㄩˊ ❶很短的時間：例須臾。❷姓：例臾先生。

舀 臼部 四畫

ㄧㄠˇ 用瓢、勺等取東西：例舀水。

舂 臼部 五畫

ㄔㄨㄥ 把東西放在臼裡搗去外殼或搗碎：例舂米、舂藥。

舅 臼部 七畫

ㄐㄧㄡˋ ❶母親的兄弟：例舅舅。❷妻子的兄弟：例小舅子。❸古時稱丈夫的父親。例舅姑。

猜一猜 舅頭兄腳。（猜一字）（答案：兒）

與 臼部 七畫

ㄩˇ ❶和，跟：例與人相處。❷給：例交與。❸贊助：例與人為善。❹交往：例相與。

ㄩˋ 參加：例與會人士。

ㄩˊ 和「歟」字相通，放在句尾。

參考 相似字：及、偕、和、同、跟、許、從、贊、助、施、予、給、參、預。

與人為善 ㄩˇ ㄖㄣˊ ㄨㄟˊ ㄕㄢˋ 善意的幫助別人向善。與：讚許。

與日俱增 ㄩˇ ㄖˋ ㄐㄩˋ ㄗㄥ 隨著時間一天一天的不斷增加。例暴力犯罪與日俱增，這種情況真令人擔憂。

與世長辭（ㄩˇ ㄕˋ ㄔㄤˊ ㄘˊ） 和世間永遠分別。就是指死亡、逝世。辭：告別。

與生俱來（ㄩˇ ㄕㄥ ㄐㄩˋ ㄌㄞˊ） 生下來就有的特殊能力或好的德性。例她靈巧的手是與生俱來的，沒人能比。

與眾不同（ㄩˇ ㄓㄨㄥˋ ㄅㄨˋ ㄊㄨㄥˊ） 比喻非常特殊，和一般人不同。例他的打扮與眾不同，讓人很難接受。

笑一笑 小朋友，每次一寫到有關母親的文章，總是千篇一律寫著：「媽媽很辛苦，我將來一定要好好孝順她！」沒想到有一個同學是這樣寫的：「當媽媽很辛苦，我將來一定要叫我的孩子好好孝順我。」真是與眾不同。

興

臼部 九畫

ㄒㄧㄥ ❶流行：例新興。❷創辦：例興辦。❸旺盛：例興盛。❹發動：例大興土木。

ㄒㄧㄥˋ ❶喜悅的情緒：例盡興。❷喜悅：例高興。❸詩經六義之一：例賦、比、興。

參考 相反字：亡、廢、衰、敗。

古人說 「家和萬事興。」這句話是說：一個家最重要的是家人和氣相處，家中的事業、個人的前途才會興旺。

興旺（ㄒㄧㄥ ㄨㄤˋ） 發達興盛。例巷口開了一家商店，生意非常興旺。

興建（ㄒㄧㄥ ㄐㄧㄢˋ） 開始建造。例這棟建築物去年就開始興建。

興衰（ㄒㄧㄥ ㄕㄨㄞ） 興盛和衰落。例國家的興衰關係著人民的利益。

興起（ㄒㄧㄥ ㄑㄧˇ） 開始出現並且發展。例中華民族興起於黃河流域一帶。

興致（ㄒㄧㄥˋ ㄓˋ） 興趣和高興的情緒。例這次郊遊大家的興致都很高。

興盛（ㄒㄧㄥ ㄕㄥˋ） 蓬勃發展。例國家一天天的興盛，人民一天天的富裕。

興隆（ㄒㄧㄥ ㄌㄨㄥˊ） 非常的興盛。隆：成長壯大。例他的事業非常興隆。

參考 相似詞：隆盛、昌盛。

興趣（ㄒㄧㄥˋ ㄑㄩˋ） 喜好的情緒。例我對下棋很感興趣。

興奮（ㄒㄧㄥ ㄈㄣˋ） 情緒很緊張、高昂。例他知道自己將要上臺領獎，顯得非常興奮。

興學（ㄒㄧㄥ ㄒㄩㄝˊ） 開辦學校。

興中會（ㄒㄧㄥ ㄓㄨㄥ ㄏㄨㄟˋ） 一八九四年由 國父在檀香山創立。過了一年總部遷到香港，以「驅除韃虜，恢復中華，創立合眾政府」為口號。

興匆匆（ㄒㄧㄥˋ ㄘㄨㄥ ㄘㄨㄥ） 形容對某事物有很高的興趣。例他興匆匆的跑來找我，問我要不要一起去歐洲玩。

興風作浪（ㄒㄧㄥ ㄈㄥ ㄗㄨㄛˋ ㄌㄤˋ） 比喻到處惹事端，引起糾紛。作：製造。例你不要到處散布謠言、興風作浪。

興師問罪（ㄒㄧㄥ ㄕ ㄨㄣˋ ㄗㄨㄟˋ） 派兵攻打有罪的敵人。例弟弟和同學打架，對方的媽媽氣沖沖地到家裡興師問罪。

興高采烈（ㄒㄧㄥˋ ㄍㄠ ㄘㄞˇ ㄌㄧㄝˋ） 形容非常愉快，高興的神情。采：神色。例大家興高采烈的討論著郊遊的事。

舉

臼部 十畫

ㄐㄩˇ ❶往上托，往上伸：例舉重。❷行為：例一舉一動。❸起：例舉義、舉兵。❹推選：例推舉。❺提出：例舉例。❻全部：例舉世皆知。

參考 相似字：揚、扛。

猜一猜 雙手贊成。（猜一種體育項目）
（答案：舉重）

舉人（ㄐㄩˇ ㄖㄣˊ） 明清兩代稱考取鄉試的人。

舉止（ㄐㄩˇ ㄓˇ） 指態度和風度。例她的舉止大方。

舉行（ㄐㄩˇ ㄒㄧㄥˊ） 開始施行或進行。例明天早上學校就要舉行開學典禮。

舉例（ㄐㄩˇ ㄌㄧˋ） 提出例子來。例我不懂你的意思，請舉例說明。

舉動（ㄐㄩˇ ㄉㄨㄥˋ） 動作，行動。例他的舉動常令人難以捉摸。

舉發（ㄐㄩˇ ㄈㄚ） 對不合法的事告發。例我們要勇於舉發違法的事。

舉辦 ㄐㄩˇ ㄅㄢˋ 舉行辦理。例公司將在星期天舉辦新產品促銷活動。

舉一反三 ㄐㄩˇ ㄧ ㄈㄢˇ ㄙㄢ 從一件事情能推論知道許多事情。

舉世矚目 ㄐㄩˇ ㄕˋ ㄓㄨˇ ㄇㄨˋ 有非凡的成就，被全世界的人注意。舉：全部。矚目：注目。例他得了諾貝爾獎後成為舉世矚目的人。

舉足輕重 ㄐㄩˇ ㄗㄨˊ ㄑㄧㄥ ㄓㄨㄥˋ 比喻所處的地位很重要，一舉一動都關係到全局。例老董事長在議會上舉足輕重，大家都很尊敬他。

舉棋不定 ㄐㄩˇ ㄑㄧˊ ㄅㄨˋ ㄉㄧㄥˋ 比喻做事猶疑不決。棋：棋子。例你下決定要果斷，不要舉棋不定。

舊

臼部 十二畫

ㄐㄧㄡˋ ❶不新：例陳舊、舊報紙。❷從前的，過去的：例舊日、舊事。❸老交情，老朋友：例念舊、親戚故舊。

參考 相反字：新。

動動腦 想一想，舊報紙可以如何再利用呢？

古人說 「人是舊的好，衣是新的好。」這句話是說：衣服愈新愈好看，朋友卻是認識愈久的，交情愈深。例「人是舊的好，衣是新的好」，我怎麼會忘記你這個老朋友呢？

舊日 ㄐㄧㄡˋ ㄖˋ 過去的日子，從前。例回到故鄉，舊日的童年往事浮現在我眼前。

參考 相似詞：舊時。

舊地 ㄐㄧㄡˋ ㄉㄧˋ 曾經居住過或遊玩過的地方。例舊地重遊，往事一一浮現在心頭。

舊交 ㄐㄧㄡˋ ㄐㄧㄠ 老朋友。

舊事 ㄐㄧㄡˋ ㄕˋ 過去的事。例這已是舊事，就不要再提了。

舊居 ㄐㄧㄡˋ ㄐㄩ 從前住過的地方。

舊曆 ㄐㄧㄡˋ ㄌㄧˋ 農曆，又稱「陰曆」。相傳起於夏代，所以也稱「夏曆」。它的特點是：既重視月亮的圓缺變化，也顧及一年中的四季寒暑。

舊觀 ㄐㄧㄡˋ ㄍㄨㄢ 原來的樣子。例這棟古屋雖經多次整修，但是仍然無法恢復舊觀。

舊約全書 ㄐㄧㄡˋ ㄩㄝ ㄑㄩㄢˊ ㄕㄨ 猶太教的經典，也是基督教「聖經」的前一部分，為希伯來人選輯古聖先賢的許多著作和遺訓，集結而成。約：指希伯來人與上帝的合約。簡稱「舊約」。

舊調重彈 ㄐㄧㄡˋ ㄉㄧㄠˋ ㄔㄨㄥˊ ㄊㄢˊ 比喻將陳舊的理論、主張重新搬出來。重：再。

舊石器時代 ㄐㄧㄡˋ ㄕˊ ㄑㄧˋ ㄕˊ ㄉㄞˋ 石器時代的早期，也是人類歷史的最早階段。當時人類使用比較粗糙的打製石器，依靠採集和漁獵生活。中國已經發現的舊石器時代人類化石，著名的有北京猿人、山頂洞人等。

舌部 ㄕㄜˊ

舌是用來辨別味道的器官。「」是它最早的寫法，就像舌頭的樣子，是個象形字。舌部的字都和舌頭有關係，例如：舔、舐。

舌

舌部 ○畫

一 二 千 千 舌 舌

ㄕㄜˊ ❶人和動物的嘴巴裡能辨別味道、幫助咀嚼、發音的器官。

猜一猜 ㈠無底洞裡造座橋，一頭著地一頭搖。百樣東西橋上過，一過橋頭無處找。（猜一種人體的器官）（答案：舌）

㈡舌頭沒有。（猜一字）（答案：古）

舌尖 ㄕㄜˊ ㄐㄧㄢ 舌的前端。

舌根 ㄕㄜˊ ㄍㄣ 舌頭接近喉嚨的部位。

舌戰 ㄕㄜˊ ㄓㄢˋ 用舌頭作戰。指激烈的辯論。例他們在辯論會上展開一場舌戰。

參考 相似詞：激辯。

舍 舌部 二畫

ㄕㄜˋ ❶房屋：例農舍、宿舍。❷謙稱自己的家：例舍下、寒舍。❸古代軍隊走三十里稱一舍：例退避三舍。

ㄕㄜˇ 通「捨」，丟棄，除去。

舐 舌部 四畫

ㄕˋ 用舌頭舔：例老牛舐犢、舐犢情深。

舐食 ㄕˋ ㄕˊ 用舌頭舔食東西。

舐犢情深 ㄕˋ ㄉㄨˊ ㄑㄧㄥˊ ㄕㄣ 比喻父母對子女的慈愛。犢：小牛。

舒 舌部 六畫

ㄕㄨ ❶展開，伸展：例舒展。❷從容，緩慢：例舒緩。

參考 相似字：展、開、伸、延、暢、申。♣相反字：疾。

舒服 ㄕㄨ ㄈㄨˊ 身體或精神感到安適、愉快。例洗了澡之後真舒服。

參考 請注意：「舒服」、「舒適」、「舒暢」都是形容詞，都指輕鬆愉快，但是有分別：「舒服」指精神上、物質上的滿足或因身體健康而感到愉快；「舒適」因環境適宜、生活如意而覺得安適、愉快；「舒暢」指人內心非常開朗歡樂。

舒展 ㄕㄨ ㄓㄢˇ ❶展開，伸展。❷讓身心舒暢、安適。例我們要常到郊外舒展身心。

參考 相反詞：瑟縮、蜷縮。

舒暢 ㄕㄨ ㄔㄤˋ 非常舒適愉快。例保持舒暢的身心對健康有益。

舒適 ㄕㄨ ㄕˋ 舒服安適，指對環境的感受。例每個人都希望有個舒適的家。

舔 舌部 八畫

ㄊㄧㄢˇ 用舌頭取食或接觸東西：例舔食、舔嘴脣、貓舔爪子。

笑一笑 蛋糕烘好以後，媽媽准許小明在蛋糕上加點糖霜。小明一弄好，就端出來給爸爸看，爸爸問：「看上去真不錯，你怎麼把糖霜弄得這麼均勻的？」小明：「我是用舌頭舔平的呀！」

俏皮話 「老鼠舔貓屁股——找死。」貓是老鼠最怕的動物，老鼠要是去惹牠，那不就是自找死路嗎？例如：有些人不守交通規則，亂闖紅燈，那不就是「老鼠舔貓屁股——找死嗎？」

舖 舌部 九畫

ㄆㄨˋ 同「鋪」(ㄆㄨˋ)。

參考 「舖」是「鋪」的異體字。

舛部 ㄔㄨㄢˇ

舛讀作ㄔㄨㄢˇ，「舛」是它的篆文，由「又」(請見又部說明)和「[illegible]」構成，「[illegible]」是「又」的反寫，意思和「又」完全一樣。「舛」就是二個人腳抵著腳相對休息。舛部的「舜」是一種葉、蔓相連的草本植物，葉蔓相連看起來就很像腳抵著腳的樣子，因此加上舛部。「舞蹈」的「舞」，加上舛部，表示雙腳迴旋、彎曲、跳舞的姿勢。

舛 舛部 ○畫

ㄔㄨㄢˇ ❶違背，不順利：例命運多舛。❷錯誤：例舛錯、舛誤。

六畫

參考 相似字：違、誤。

舜 舛部 六畫

舜舜

ㄕㄨㄣˋ ❶木槿的別名。❷古時候帝王的名字，他本姓姚，名重華，因為非常孝順，所以堯將帝位禪讓給他，國號虞，因此也稱為虞舜。

舞 舛部 八畫

ㄨˇ ❶按一定的韻律轉動身體，表演各種姿勢：例芭蕾舞、土風舞。❷揮動：例手舞足蹈。❸拿著某種東西跳舞：例舞劍、舞獅。❹玩弄：例舞文弄墨。

舞會 ㄨˇ ㄏㄨㄟˋ 以跳舞為主要活動的集會。

舞弊 ㄨˇ ㄅㄧˋ 用欺騙的方式，做一些不正當的事情，以謀取自己的利益。

舞蹈 ㄨˇ ㄉㄠˋ 按照一定韻律轉動身體，表演各種姿勢及感情的藝術。

舟部 ㄓㄡ

「舟」就是船，「夕」是它最早的寫法，就像一艘小船的樣子，是個象形字。舟部的字和船都有關係，例如：艇（輕快的小船）、艦（戰船）、航（在水上行駛）等等。

舟 舟部 ○畫

ㄓㄡ ❶船：例逆水行舟。❷姓：例舟先生。

舟車勞頓 ㄓㄡ ㄔㄜ ㄌㄠˊ ㄉㄨㄣˋ 旅途疲憊的樣子。例大家經過長時間的飛行，都顯現一副舟車勞頓的模樣。

舢 舟部 三畫

ㄕㄢ 小船：例舢舨。

猜一猜 舟行山旁。（猜一字）（答案：舢）

舢舨 ㄕㄢ ㄅㄢˇ 小船，又叫「舢板」、「三板」。

航 舟部 四畫

ㄏㄤˊ ❶船。❷行駛船隻，也指飛機等的飛行：例航空。

航行 ㄏㄤˊ ㄒㄧㄥˊ ❶船行駛在河海面上。❷飛機在空中飛行。

航空 ㄏㄤˊ ㄎㄨㄥ 人類在大氣層中利用飛機、滑翔機等在空中飛行的活動。

航海 ㄏㄤˊ ㄏㄞˇ 船隻在海上行駛。

航程 ㄏㄤˊ ㄔㄥˊ 船或飛機等從起點到終點所航行的里程。

航運 ㄏㄤˊ ㄩㄣˋ 水上運輸事業的總稱。

航空母艦 ㄏㄤˊ ㄎㄨㄥ ㄇㄨˇ ㄐㄧㄢˋ 一種大型軍艦，能夠搭載軍機，並且可以讓飛機起降。

舫 舟部 四畫

ㄈㄤˇ 船：例石舫、畫舫。

般 舟部 四畫

ㄅㄢ ❶種類：例十八般武藝。❷樣，等：例這般人，不理他也罷。❸一樣的：例她的臉像蘋果般紅。

ㄆㄢˊ 流連，樂：例般桓、般樂。

ㄅㄛ 梵語，智慧：例般若（ㄖㄜˇ）。

猜一猜 搬東西不用手。（猜一字）（答案：般）

六畫

舨 舟部 四畫

ㄅㄢˇ 舢舨，一種只能坐幾個人的小船，也可以寫作「舢板」。

舵 舟部 五畫

ㄉㄨㄛˋ 船上或飛機上控制航行方向的裝置：例掌舵、方向舵。

舵手 ㄉㄨㄛˋ ㄕㄡˇ ❶行船掌舵，控制航向的人。❷比喻國家的領導者。

舵輪 ㄉㄨㄛˋ ㄌㄨㄣˊ 輪船、汽車等的方向盤。

舷 舟部 五畫

ㄒㄧㄢˊ 船隻的左右兩側：例船舷、左舷、右舷。

舷梯 ㄒㄧㄢˊ ㄊㄧ 上下輪船、飛機用的扶梯。

舷窗 ㄒㄧㄢˊ ㄔㄨㄤ 飛機或船隻兩側密封的窗子。

舶 舟部 五畫

ㄅㄛˊ 航行海中的大船：例船舶、巨舶、海舶。

猜一猜 白色的小舟。（猜一字）（答案：舶）

舶來品 ㄅㄛˊ ㄌㄞˊ ㄆㄧㄣˇ 從外國進口的貨物。

船 舟部 五畫

ㄔㄨㄢˊ ❶水上的交通工具：例帆船。❷航空工具：例太空船。

船夫 ㄔㄨㄢˊ ㄈㄨ 在船上撐船的人。

船員 ㄔㄨㄢˊ ㄩㄢˊ 船上除了船長以外的服務或工作人員。例船員整年生活在海上。

船舶 ㄔㄨㄢˊ ㄅㄛˊ 船的總稱。舶：大船。

船塢 ㄔㄨㄢˊ ㄨˋ 停泊、修理或製造船隻的地方。塢：四面高而中央低的地方。

船艙 ㄔㄨㄢˊ ㄘㄤ 船裡面載乘客、裝貨物的地方。艙：船或飛機內的隔間。

船堅炮利 ㄔㄨㄢˊ ㄐㄧㄢ ㄆㄠˋ ㄌㄧˋ 船隻堅固，大炮威力強大。清末用來指外國的強大軍隊。例由於滿清的腐敗，根本抵擋不了外國人的船堅炮利。

船到橋頭自然直 ㄔㄨㄢˊ ㄉㄠˋ ㄑㄧㄠˊ ㄊㄡˊ ㄗˋ ㄖㄢˊ ㄓˊ 比喻凡事順其自然，到時候就會有解決的辦法。例你不用擔心那麼多了，反正船到橋頭自然直。

艇 舟部 七畫

ㄊㄧㄥˇ ❶輕便的小船：例汽艇、遊艇。❷可以潛到水裡的船艦：例潛水艇。

艘 舟部 十畫

ㄙㄠ 計算船艦數目的名稱：例五艘船。

艙 舟部 十畫

ㄘㄤ 船或飛機中，分隔開來可以載人或裝東西的地方：例船艙。

艙位 ㄘㄤ ㄨㄟˋ 船、飛機中可以讓乘客使用的床位或座位。

艦 舟部 十四畫

ㄐㄧㄢˋ 大型的軍用戰船：例航空母艦。

艦艇 ㄐㄧㄢˋ ㄊㄧㄥˇ 各種軍用船隻的總稱。

艮部 ㄍㄣˋ

「艮」是由「目」和「匕」（比）所構成的，「比」有相對的意思，因此「艮」就是怒目相看的意思。當你不聽從或不想服從別人的時候，才會對他怒目相看吧！因此「艮」就有互相不接受的意思，艮部的「艱」是指不容易耕種的土地，因此發展出艱難、艱苦的意思。

艮 艮部 〇畫

ㄍㄣˋ ❶易經八卦的卦名之一，卦形是「☶」，代表「山」。❷姓：例艮先生。

ㄍㄣˇ ❶食物不鬆脆：例艮蘿蔔。❷指人的性子直，不隨和：例他的性情很艮。❸說話不會拐彎抹角：例他的話太艮。

良 艮部 一畫

ㄌㄧㄤˊ ❶美好的：例良辰美景、優良。❷有品德的人：例忠良。❸心地好：例善良。❹吉祥的：例良日。❺副詞，很：例良久。❻婦人稱丈夫為良人。❼姓：例良先生。

參考 相似字：好、善。

良知 ㄌㄧㄤˊ ㄓ 不必經過學習，天生就了解事理的能力。

良能 ㄌㄧㄤˊ ㄋㄥˊ 天生具有的能力。

良藥 ㄌㄧㄤˊ ㄧㄠˋ 對病情很有幫助的藥；比喻解決事情的最好方法。例治笨的良藥就是勤勞。

良莠不齊 ㄌㄧㄤˊ ㄧㄡˇ ㄅㄨˋ ㄑㄧˊ 好的壞的都有；比喻程度不整齊，相差很多。莠：狗尾草，會妨礙稻子生長；比喻壞的、差的。例這個班級良莠不齊，因此老師的教學很難適合每個學生。

艱 艮部 十一畫

ㄐㄧㄢ 困難，不容易：例艱難。

艱辛 ㄐㄧㄢ ㄒㄧㄣ 艱難困苦。例她歷盡艱辛，才有今日的成就。

艱苦 ㄐㄧㄢ ㄎㄨˇ 困難而辛苦。例這是一項艱苦的任務。

艱深 ㄐㄧㄢ ㄕㄣ 文章內容深奧難懂。例這句話的道理很艱深。

艱鉅 ㄐㄧㄢ ㄐㄩˋ 極為艱難的。鉅：很大，同「巨」。例十二大建設是項十分艱鉅的工程計畫。

艱險 ㄐㄧㄢ ㄒㄧㄢˇ 困難和危險。例只有不避艱險才能成大事。

艱澀 ㄐㄧㄢ ㄙㄜˋ 文詞艱深、不流暢，不易了解。澀：文字深硬難懂，不暢通。例這段文字艱澀難懂。

艱難 ㄐㄧㄢ ㄋㄢˊ 非常困難。例她的生活很艱難，連三餐都成問題。

參考 相反詞：容易、簡單。

色部 ㄙㄜˋ

「色」是指人的氣色。由「人」（人）和「卩」（卩）所構成，原本「色」是指人臉上的氣色、表情，一個人心中快樂的時候，一定是笑容滿面，所以人的表情：喜、怒、哀、樂，會和心情符合（卩，是一種取信的信物，有符合的意思）。雖然「色」本來是指人的氣色，但是後來借用成顏色、色彩，原本人的氣色的意思就少用了。

色 色部 〇畫

ㄙㄜˋ ❶光線照射在物體上，反映在眼裡的現

六畫

象：例顏色。❷臉上的表情：例和顏悅色。❸情景：例景色。❹質量：例成色。❺指婦女的美貌：例姿色。

ㄕㄞˇ限「色子」（骰子）一詞。

色盲 ㄙㄜˋ ㄇㄤˊ 眼睛不能辨別顏色的疾病。大多是先天遺傳的。又分紅、綠、紅綠、黃藍和全色盲，其中以紅綠色盲最常見。

色素 ㄙㄜˋ ㄙㄨˋ ❶染色的原料或主要的元素。❷生物體中具有各種不同顏色的物質。例如：紅花具有紅色素。

色彩 ㄙㄜˋ ㄘㄞˇ ❶顏色的光彩。例這幅圖畫色彩鮮豔。❷比喻某種事物特有的情調或傾向。例這部電影充滿了憂鬱色彩。

色澤 ㄙㄜˋ ㄗㄜˊ 顏色和光澤。例這隻戒指的色澤很純正。

艸部 ㄘㄠˇ

「艸」是兩株小草的形狀，後來寫成「艸」或「卄」。「艸」部的字除了和草本植物有密切的關係外，和菌類、木本植物也有關係。因為植物的種類很多，因此「艸」部的字也很多，可以分為以下幾種：

一、植物名稱。

1. 草本植物，例如：芹、菠、蒜。
2. 隱花植物，例如：藻、苔、蘚。
3. 菌類植物，例如：菇、蕈。
4. 木本植物，例如：茶、蘋、荔。

二、植物的構造，例如：莖、藤、蒂、花。

三、植物的生長、茂盛或凋謝，例如：芽（發芽）、茂、萎、落。

艾

艸部 二畫

丶 十 十一 卄 艹丿 艾

ㄞˋ ❶草本植物，莖、葉點燃後可以驅蚊蠅，葉也可供藥用：例艾草。❷停止，斷絕：例方興未艾。❸姓：例艾先生。

ㄧˋ 悔恨自己的過錯而改正：例自怨自艾。

艾艾 ㄞˋ ㄞˋ 形容說話口吃重複的樣子。例他期期艾艾的不肯說實話。

艾草 ㄞˋ ㄘㄠˇ 草本植物，葉子有香氣，可作藥，供針灸用，內服可以止血，點著後能驅除蚊蠅。

芒

艸部 三畫

丶 十 十一 卄 艹 艹亠 芒

ㄇㄤˊ ❶多年生草本植物，葉細長而尖，莖可作造紙原料：例芒草。❷莖、葉、果實上面所生的一種細毛或刺：例稻芒。❸喬木果樹名，臺灣名產之一：例芒果樹。❹像芒般四射的現象：例光芒。❺刀劍最鋒利的部分：例鋒芒。❻姓：例芒先生。

芒果 ㄇㄤˊ ㄍㄨㄛˇ 常綠喬木，果實呈長橢圓形，淡綠或淡黃色，是熱帶著名水果，盛產於夏季。

芒刺在背 ㄇㄤˊ ㄘˋ ㄗㄞˋ ㄅㄟˋ 像芒刺扎在背上一樣；形容心中惶恐，坐立不安。例老師的話對他來說，有如芒刺在背。

芋

艸部 三畫

丶 十 十一 卄 艹 艹二 芋

ㄩˋ ❶見「芋頭」。❷泛指馬鈴薯、甘藷等植物：例洋芋、山芋。

芋頭 ㄩˋ ㄊㄡˊ 蔬菜類植物，葉子大，地下莖圓形多肉，可供食用。

芍

艸部 三畫

丶 十 十一 卄 艹 艹勹 芍

ㄕㄠˊ 見「芍藥」。

芍藥 ㄕㄠˊ ㄧㄠˋ 草本植物，花大而美麗，有紅、白、紫等顏色，供觀賞，根可作藥材。

芊

艸部 三畫

丶 十 十一 卄 艹 艹二 芊

ㄑㄧㄢ 芊芊，草木茂盛的樣子。

芟
艸部　四畫

ㄕㄢ ❶割草。❷除去，削除，同「刪」：例芟除。

芹
艸部　四畫

ㄑㄧㄣˊ 見「芹菜」。

芹菜 ㄑㄧㄣˊ ㄘㄞˋ　蔬菜名，羽狀複葉，花小、白色，嫩葉和莖可供食用，種子可作香料。

芹意 ㄑㄧㄣˊ ㄧˋ　謙稱微薄的情意。

芳
艸部　四畫

ㄈㄤ ❶花草的香味：例芳香。❷比喻美好的名稱：例萬世流芳。❸姓：例芳小姐。

參考 相似字：芬、香。

芳名 ㄈㄤ ㄇㄧㄥˊ　❶對女子姓名的尊稱。❷有美好的名聲。例他捨身救人，芳名永遠為後人垂念。

芝
艸部　四畫

ㄓ ❶菌類，寄生在枯樹上，古代當作珍貴的草：例靈芝。❷香草，通「芷」：例芝蘭。❸姓：例芝先生。

芝麻 ㄓ ㄇㄚˊ　❶一年生草本植物，莖直立，下部為圓形，上部一般為四邊形，花白色，種子小而扁平，是重要的油料作物，又稱「胡麻」。❷這種植物的種子，可以榨油，也可以吃。❸比喻很細微。例芝麻小事。

俏皮話 「芝麻落在針眼裡——巧透了。」芝麻是很小的種子，針眼就是針孔，是一個很小的洞，如果「芝麻落在針眼裡」，那真是「巧透了」。

唱詩歌 一把芝麻塞上天，肚裡山歌萬萬千。南京唱到北京去，轉來再唱二三年。（江蘇）

芝加哥 ㄓ ㄐㄧㄚ ㄍㄜ　美國中北部城市名，是政治中心和最大的鐵路樞紐，也是美國中、北部重要的商業、金融和工業重鎮。

芙
艸部　四畫

ㄈㄨˊ ❶荷花的別名：例芙蓉。❷落葉灌木，花供觀賞，也叫「木芙蓉」。

芭
艸部　四畫

ㄅㄚ ❶草本植物，葉大而綠，花白色，果實和香蕉相似而略短：例芭蕉。❷姓。

芭蕉 ㄅㄚ ㄐㄧㄠ　草本植物，高約一至三公尺，夏秋季節結實，味道苦澀。葉的纖維可作造紙或編繩索的原料。

芭蕾舞 ㄅㄚ ㄌㄟˇ ㄨˇ　一種歐洲古典舞蹈，起源於義大利，形成於法國。女演員舞蹈時常用腳趾直立跳舞，所以又叫「足尖舞」。

芽
艸部　四畫

ㄧㄚˊ ❶植物初生的嫩苗：例豆芽。❷事物的開端：例萌芽。❸姓：例芽先生。

芽眼 ㄧㄚˊ ㄧㄢˇ　塊莖上凹進去可以生芽的部分。例馬鈴薯有許多的芽眼。

花
艸部　四畫

ㄏㄨㄚ ❶植物的繁殖器官，也可供觀賞的開花植物：例花木、開花結果。❷像花一般的東西：例雪花、浪花。❸用，耗費：例花錢、

六畫

花時間。❹顏色錯雜的：例花衣服、花白頭髮。❺式樣繁多的：例花式溜冰。❻虛假而不真誠的：例耍花招、花言巧語。❼美好的：例花樣年華。❽模糊迷亂的樣子：例眼花，昏花。❾比喻女子：例姐妹花。❿線條和圖案：例花紋。⓫棉絮：例棉花。⓬痘：例天花。⓭姓：例花小姐。

唱詩歌 小床四面有欄杆，好像一隻小花籃。花花被，花花毯，紅花綠花開上面。小寶寶，睡花籃，做個夢兒香又甜。

動動腦 在空格上填上適當的字，使橫行成為一句成語。

花			
	花		
		花	
			花

（答案：花言巧語、心花怒放、鳥語花香、走馬看花）

花生 ㄏㄨㄚ ㄕㄥ 豆科，一年生草本植物，莖匍匐或直立，有稜，並有茸毛。種子（花生仁淡紅色），有長圓形、長卵形、短圓形等。喜高溫乾燥，適合微鹹性砂質土壤。種子含豐富蛋白質、脂肪，主要用作油料、副食或餐點。又稱花生米、落花生、長生果。

俏皮話 「冬瓜大的花生米——沒有那回事。」小朋友，如果有一個人告訴你，他看到一隻螞蟻長得像人一樣大，你一定覺得怎麼可能呢？那有這種事？這時候你就可以對他說：「冬瓜大的花生米——沒有那回事！」

花甲 ㄏㄨㄚ ㄐㄧㄚˇ 古人用十天干配十二地支，以六十為一循環，此循環稱為周甲或花甲。古代用這種方法紀年，所以用花甲來指六十歲。例那個花甲老人是太極拳的教練。

花白 ㄏㄨㄚ ㄅㄞˊ 黑白混雜。例他有一頭花白的頭髮。

參考 相似詞：斑白。

花色 ㄏㄨㄚ ㄙㄜˋ ❶花樣和顏色。例這件衣服花色鮮明。❷同一品種的物體從外表上區分的種類。例這種布料的花色繁多。

花式 ㄏㄨㄚ ㄕˋ 經過特殊設計、美化的形式。例今天將有一場精彩的花式溜冰表演。

花卉 ㄏㄨㄚ ㄏㄨㄟˋ 花草的總稱。卉：草的總稱。例園子裡開滿各種奇異的花卉。

花招 ㄏㄨㄚ ㄓㄠ 騙人的狡猾手段。例他喜歡玩弄些小花招。

花紋 ㄏㄨㄚ ㄨㄣˊ 各種條紋和圖形。例貝殼上面有許多彩色的花紋。例她能編織出各種花紋的席子。

花圃 ㄏㄨㄚ ㄆㄨˇ 種花草的園地。

參考 請注意：「花圃」和「花園」有區別：「花圃」專指栽種花的地方；「花園」指種有花草樹木的園地，可供休息、觀賞用。

花絮 ㄏㄨㄚ ㄒㄩˋ 附著在花上的茸毛；比喻各種吸引人的零碎新聞。絮：植物種子所附的茸毛。例報紙上刊載了許多運動會的花絮。

花費 ㄏㄨㄚ ㄈㄟˋ 使用，消耗。例他花費不少的時間和心血才完成一幅幅的名畫。

花樣 ㄏㄨㄚ ㄧㄤˋ ❶花紋的式樣，泛指一切式樣或種類。例百貨公司的女裝花樣多，種類齊全。❷花招，指騙人的狡猾手段。例別在我面前耍花樣。

花燈 ㄏㄨㄚ ㄉㄥ 各種彩飾的燈，多用在慶典或節目中懸掛。例元宵節各廟會中，有各種人物造型的花燈，供人欣賞。

花壇 ㄏㄨㄚ ㄊㄢˊ 種植花卉的高臺，四周有矮牆，或堆成梯田形式，邊緣砌磚石，用來點綴庭園。壇：高臺。

花轎 ㄏㄨㄚ ㄐㄧㄠˋ 從前結婚時，新娘坐的華麗轎子。

俏皮話 「大姑娘坐花轎——頭一回。」大姑娘是指還沒結婚的少女，少女出嫁坐花轎，就是第一次的經驗。如果你從未上臺演說，一旦老師叫你上臺說話，你就可以說：「我這是大姑娘坐花轎——頭一回！」

花天酒地 ㄏㄨㄚ ㄊㄧㄢ ㄐㄧㄡˇ ㄉㄧˋ 形容生活糜爛，只是吃喝嫖賭過日子。例他整日花天酒地，不務正業。

花好月圓 ㄏㄨㄚ ㄏㄠˇ ㄩㄝˋ ㄩㄢˊ 比喻人事完美。

花言巧語　虛假騙人的好聽話。例不要被他的花言巧語迷惑了你的心。

花枝招展　❶形容花兒美麗眾多。例春天一到，遍野花枝招展，忙壞了採蜜的蜂兒。❷形容女子裝扮豔麗，引人注意。

花花世界　比喻繁華繽紛的世界。

花容月貌　形容女子面貌美麗，像花和月一般。

參考　相似詞：閉月羞花。

花拳繡腿　比喻外表好看而實際不中用。

花團錦簇　像花朵、錦繡會合聚集在一起；形容色彩繽紛，十分華麗的景象。簇：叢聚在一起。例園子裡花團錦簇，真是熱鬧非凡。

花無百日紅　比喻青春易逝，好景難持久。例花無百日紅，人無千日好。

芬　艸部 四畫

ㄈㄣ　花草的香氣：例芬芳。

參考　相似字：芳、馨、香。

芬芳　香氣。例空氣裡瀰漫著桂花的芬芳。

猜一猜　此字不奇怪，芬芳又自在，七人頭上草，大家都喜愛。（猜一字）（答案：花）

芬郁　香氣很濃烈。郁：香氣濃厚。

芬蘭　國名，在歐洲北部，大小湖泊約五萬五千個，有「千湖國」之稱。在北極圈內的領土約占四分之一，氣候嚴寒。水力資源豐富，畜牧業發達，工業以木材工業和造紙工業為主。

芥　艸部 四畫

ㄐㄧㄝ　❶見「芥菜」。❷比喻細小：例纖芥。❸微賤的：例草芥。

芥子　❶芥菜子。❷比喻非常微小的東西。

芥末　用芥菜子研磨出來的粉末。

芥菜　蔬菜類植物，花黃色，莖葉都有辣味，種子可榨油或製芥末粉。

芥蒂　❶細小的堵塞物。❷比喻積在心裡的不滿或不快。

芥藍菜　草本植物，葉大，邊緣波狀或有小鋸齒，花白或黃色，嫩花莖可作蔬菜。

芻　艸部 四畫

ㄔㄨˊ　❶餵養牲畜的草料：例芻秣。❷牧養牲口：例芻牧。❸割草。

芻言　草野人的言論，謙稱自己的言論。

參考　相似詞：芻議。

芻狗　用草紮成狗的形狀，是古人祭祀的東西，用完就丟棄。比喻輕賤沒有用的東西。

芻牧　放牧畜吃草。

芻秣　餵養牲口的草料。

芻豢　❶泛指家畜。芻：草食的畜類，例如：牛、羊。豢：食穀的畜類，例如：犬、豬。❷祭祀時所用的牲畜。

芻蕘　❶割草打柴的人，也泛指草野人。蕘：供燃燒用的柴草。❷謙稱自己的議論為「芻蕘之言」。❸謙稱自己的文章淺陋。

芻糧　馬料和糧食。

芻議　指自己粗淺的議論、意見。

芷 艸部 四畫

ㄓˇ 白芷，香草名，根可作藥。

苧 艸部 五畫

ㄓㄨˋ 見「苧麻」。

苧麻 ㄓㄨˋ ㄇㄚˊ 多年生草本植物，花綠色，莖叢生，莖皮纖維潔白有光澤，是紡織工業的重要原料。

范 艸部 五畫

ㄈㄢˋ 姓：例范先生。

范蠡 ㄈㄢˋ ㄌㄧˇ 春秋末年的政治家。和文種共事越王句踐二十餘年，最後滅了吳國之後，范蠡遊走到齊國的陶，改名為陶朱公，以經商致富。

范仲淹 ㄈㄢˋ ㄓㄨㄥˋ ㄧㄢ 北宋政治家、文學家。少年時貧困但努力好學，出仕後常以天下為己任。精通詩詞散文，著有「范文正公集」。

茅 艸部 五畫

ㄇㄠˊ ❶草名，密生白色柔毛，莖葉可供蓋屋、製繩等用：例茅草。❷姓：例茅先生。

茅舍 ㄇㄠˊ ㄕㄜˋ 茅草搭蓋成的房子。例遠處的青山坐落著幾間竹籬茅舍。

茅屋 ㄇㄠˊ ㄨ 屋頂用蘆葦、稻草等物蓋成的房子，大多簡陋矮小。

參考 相似詞：茅舍、茅廬。

茅廬 ㄇㄠˊ ㄌㄨˊ 草屋。廬：小屋。

茅廁 ㄇㄠˊ ㄘㄜˋ 即廁所，指大小便的地方。

參考 相似詞：茅房。

茅塞頓開 ㄇㄠˊ ㄙㄜˋ ㄉㄨㄣˋ ㄎㄞ 原來心裡好像有茅草堵塞著，現在忽然被打開了。形容受到啟發，一下子理解領會了道理。例我聽了你的一席話，終於茅塞頓開。

苴 艸部 五畫

ㄐㄩ 萵苴，蔬菜名，葉子窄長沒有柄，可以吃。

苛 艸部 五畫

ㄎㄜ ❶瑣碎的，繁重的：例苛捐雜稅。❷很嚴厲：例苛刻。❸姓：例苛先生。

苛求 ㄎㄜ ㄑㄧㄡˊ 不合理的或太嚴太高的要求。例他苛求自己每次考試都要得滿分。

苛刻 ㄎㄜ ㄎㄜˋ 要求太嚴或條件太高。例他提出的條件太苛刻，我不能接受。

苛責 ㄎㄜ ㄗㄜˊ 過分地責備。

參考 相反詞：讚揚。

苦 艸部 五畫

ㄎㄨˇ ❶像膽汁或黃連的味道，是五味之一，與「甜」相對：例味道苦。❷窮困：例貧苦。❸難以忍受的遭遇：例痛苦、艱苦。❹使人發愁的：例淒風苦雨。❺用心而盡力的：例苦勸、埋頭苦讀。

參考 相反字：甘、甜。

古人說 「吃得苦中苦，方為人上人。」苦中苦是很苦的意思，人上人是指超越一般人。這句話是說：人要能夠耐得住辛苦，以後的成就才能比別人高。例「吃得苦中苦，方為人上人」，你吃不了苦，就永遠沒辦法勝過別人。

苦口 ㄎㄨˇ ㄎㄡˇ ❶引起苦的味覺。例良藥苦口，忠言逆耳。❷比喻不會覺得厭煩、反覆懇切的規勸。例我對小弟苦口相勸，他硬是不理。

苦心 ㄎㄨˇ ㄒㄧㄣ ❶辛苦的用在某些事情上的心思或精力。例你不要辜負父母的一片苦心。❷思慮勞苦，費盡心思。例這套計畫是我們苦心研究所獲得的成果。

苦水 ㄎㄨˇ ㄕㄨㄟˇ 指自己遭受的委曲；指受委曲的怨言。例他在文章上大吐苦水。

苦功 ㄎㄨˇ ㄍㄨㄥ 刻苦踏實的功夫。例語言這門學問不是隨便可以學好的，非下苦功不可。

苦衷 ㄎㄨˇ ㄓㄨㄥ 不便說出的痛苦或為難的心情。衷：內心。例你應該體諒父母的苦衷。

苦海 ㄎㄨˇ ㄏㄞˇ 佛教用語。指人世間沒有盡頭的苦境；比喻很困苦的環境。

苦笑 ㄎㄨˇ ㄒㄧㄠˋ 心情不愉快而勉強做出的笑容。例他對我作出一個無可奈何的苦笑。

苦悶 ㄎㄨˇ ㄇㄣˋ 內心感到苦惱煩悶。例文藝是苦悶的象徵。

苦惱 ㄎㄨˇ ㄋㄠˇ 痛苦煩惱。例許多難題正苦惱著他。

苦幹 ㄎㄨˇ ㄍㄢˋ 不怕困難，努力做下去。例他還在實驗室裡埋頭苦幹。

苦楚 ㄎㄨˇ ㄔㄨˇ 痛苦，多指生活受折磨或精神上受打擊。楚：痛苦。例他心中有許多不為人知的苦楚。

苦戰 ㄎㄨˇ ㄓㄢˋ 激烈艱苦的戰鬥。例他們正與敵人陷入苦戰。

苦頭 ㄎㄨˇ ㄊㄡˊ 痛苦，災難，不幸。例他吃了不少的苦頭才有今日的成就。

苦難 ㄎㄨˇ ㄋㄢˋ 痛苦和災難。例苦難的日子終於過去了，明天將充滿著光明。

苦肉計 ㄎㄨˇ ㄖㄡˋ ㄐㄧˋ 故意傷害自己，騙取敵方信任，以便見機行事的計謀。

苦口婆心 ㄎㄨˇ ㄎㄡˇ ㄆㄛˊ ㄒㄧㄣ 形容懇切、耐心，像慈愛的老婆婆一樣再三勸說。例他不聽我苦口婆心的勸告，依然我行我素。

苦中作樂 ㄎㄨˇ ㄓㄨㄥ ㄗㄨㄛˋ ㄌㄜˋ 在困苦的環境中，強自歡樂。

猜一猜 黃連樹下唱歌。（猜一句成語）
（答案：苦中作樂）

苦不堪言 ㄎㄨˇ ㄅㄨˋ ㄎㄢ ㄧㄢˊ 非常痛苦，不能用言語來形容。堪：能夠。例連日來的豪雨，造成大水災，人民苦不堪言。

苦辣酸甜 ㄎㄨˇ ㄌㄚˋ ㄙㄨㄢ ㄊㄧㄢˊ 四種不同的味道，指不同的境界有不同的滋味和感受。例她嘗盡各種苦辣酸甜，看盡人生百態。

苦盡甘來 ㄎㄨˇ ㄐㄧㄣˋ ㄍㄢ ㄌㄞˊ 形容艱難困苦的日子已過去，美好幸福的日子來到。例他歷經百般挫折，終於苦盡甘來，安享晚年。

茄

艸部 五畫

丶 十 廾 艹 艻 艻 茄 茄 茄

ㄑㄧㄝˊ 見「茄子」。

ㄐㄧㄚ ❶古代指荷莖。❷煙葉製成的捲煙：例雪茄。❸茄冬樹。

茄子 ㄑㄧㄝˊ ˙ㄗ 蔬菜類作物，花紫色，果實圓形或長條形，根可作藥。

若

艸部 五畫

丶 十 廾 艹 艹 芓 若 若 若

ㄖㄨㄛˋ ❶如果，假如：例倘若、若非、若要。❷好像：例旁若無人、欣喜若狂。❸姓：例若先生。

ㄖㄜˇ ❶般（ㄅㄛ）若，梵語，智慧的意思。❷蘭若，梵語稱寺院，是「阿蘭若」的簡稱。

參考 相似字：如、猶。♣請注意：「若」和「苦」字形不同：「若干」的「若」字下邊是「右」；「辛苦」的「苦」字下邊是「古」。

古人說 「若要人不知，除非己莫為。」這句話是說：做了壞事，總會被人發現。例別再想掩飾過錯了，「若要人不知，除非己莫為」。

若干 ㄖㄨㄛˋ ㄍㄢ 多少。用於約略計算數目或問數量。例我若干年前曾到此一遊。例二十個蘋果六個人分，每人分得多少？尚餘若干？

若非 ㄖㄨㄛˋ ㄈㄟ 要不是；如果不是。例你若非親身經歷，哪能夠深入了解？

若是 ㄖㄨㄛˋ ㄕˋ ❶如果。例他若是不來，我們就去找他。❷如果是。例我若是他，絕對不會這麼做。

若有所思 ㄖㄨㄛˋ ㄧㄡˇ ㄙㄨㄛˇ ㄙ 好像正在思考一般。例看他一副神情凝重、若有所思的樣子，還是別打擾他了。

參考 請注意：「若有所失」和「若有所思」的著重點不同：「若有所思」指精神出竅、不集中的樣子；「若有所失」重在「失」，專指精神悵惘迷失的樣子。

若有若無 ㄖㄨㄛˋ ㄧㄡˇ ㄖㄨㄛˋ ㄨˊ　像有又像沒有。例遠處的青山若有若無。

若即若離 ㄖㄨㄛˋ ㄐㄧˊ ㄖㄨㄛˋ ㄌㄧˊ　好像接近，又好像離開。形容對人的態度使人捉摸不定。即：靠近。例他的態度一直是若即若離，反覆無常。

若無其事 ㄖㄨㄛˋ ㄨˊ ㄑㄧˊ ㄕˋ　似乎沒有這回事，表示不動聲色或漠不關心。例他裝出一副若無其事的樣子。

若隱若現 ㄖㄨㄛˋ ㄧㄣˇ ㄖㄨㄛˋ ㄒㄧㄢˋ　有時看不清楚，有時又看得很清楚。形容隱約不定的樣子。例月亮在雲層間若隱若現。

茂　艸部 五畫

ㄇㄠˋ ❶草木盛多：例茂密、根深葉茂。❷豐富美好：例圖文並茂。❸姓：例茂先生。

參考 相似字：豐、盛。

茂盛 ㄇㄠˋ ㄕㄥˋ　❶草木高度生長發育的樣子。例這裡的花開得很茂盛。❷興旺，繁盛。

茂密 ㄇㄠˋ ㄇㄧˋ　多指草木茂盛而繁密。例這棵樹的枝葉很茂密。

苗　艸部 五畫

ㄇㄧㄠˊ ❶初生的植物秧苗或某些初生的動物：例花苗、魚苗。❷事情的開端：例愛苗。❸有免疫作用的抗菌素：例疫苗。❹露出地面的礦源：例礦苗。❺種族名，散布貴州、湘西一帶：例苗族。❻姓：例苗先生。

猜一猜 田上一棵草。（猜一字）（答案：苗）

唱詩歌 春風吹吹，苗兒搖搖。雨兒灑灑，苗兒笑笑。太陽照照，苗兒高高。

苗床 ㄇㄧㄠˊ ㄔㄨㄤˊ　培育幼苗作物的園地，等到稍長後再移植他地。用人工方法加溫，促進秧苗生長的叫溫床；只有玻璃等設備而利用太陽熱力保溫的叫冷床。

苗圃 ㄇㄧㄠˊ ㄆㄨˇ　培植幼小植物的園地。

苗條 ㄇㄧㄠˊ ㄊㄧㄠˊ　細長而柔美，多用來形容女子的身材。

苗族 ㄇㄧㄠˊ ㄗㄨˊ　少數民族之一。主要分布在貴州，有本族語言，多通漢語文。主要從事農業，婦女擅長於刺繡、蠟染。

苗頭 ㄇㄧㄠˊ ㄊㄡˊ　❶事物變化時顯露的初步預兆。例他一看苗頭不對，就從小路上逃走。❷彼此的能耐、本領。例我們來別一別苗頭。

英　艸部 五畫

ㄧㄥ ❶花：例落英繽紛。❷才能或智慧出眾的人：例精英。❸「英國」的簡稱：例英尺。❹姓：例英先生。

英才 ㄧㄥ ㄘㄞˊ　才智出眾的人。例「得天下英才而教育之」是老師的一大樂事。

英年 ㄧㄥ ㄋㄧㄢˊ　指青年、壯年，正是有作為的年齡。例他不幸英年早逝，否則應有一番大作為。

英名 ㄧㄥ ㄇㄧㄥˊ　美好的名聲。例他的一世英名被毀於一旦。

英語 ㄧㄥ ㄩˇ　英美等民族的語言，是世界通行的語言之一，文字採用拉丁字母，現在已有七億以上的人口使用。

英明 ㄧㄥ ㄇㄧㄥˊ　聰明有智慧，精於決定。例他行事英明，公司在他的領導下大獲利市。

英勇 ㄧㄥ ㄩㄥˇ　非常勇敢而出眾。例英勇的國軍在前線奮勇殺敵。

英俊 ㄧㄥ ㄐㄩㄣˋ　❶才能出眾。例這個青年英俊有為。❷容貌俊秀又有精神。

英氣 ㄧㄥ ㄑㄧˋ　英俊、豪邁的氣概。例他長得器宇不凡，英氣逼人。

英雄 ㄧㄥ ㄒㄩㄥˊ　❶有抱負、不畏艱難困苦，能夠做出有重大貢獻的傑出人物。例文天祥、史可法、鄭成功都是中國歷史上的民族

六畫

英雄。❷才能勇武過人的人。例梁山泊齊聚一百零八個英雄好漢。

唱詩歌 太陽出來一點紅，哥哥騎馬我騎龍。哥哥騎馬上山去，弟弟騎龍游水中；哥哥弟弟真英雄。（江蘇）

英豪 ㄧㄥ ㄏㄠˊ 英雄豪傑。

參考 相似詞：英傑。

英雄無用武之地 ㄧㄥ ㄒㄩㄥˊ ㄨˊ ㄩㄥˋ ㄨˇ ㄓ ㄉㄧˋ 形容有本領的人得不到施展的機會。例這支軍隊在陸地上很會作戰，但是到了水中便英雄無用武之地了。

茁

丶 丷 艹 艹 艹 芢 茁 茁

艸部 五畫

ㄓㄨㄛˊ 草木初生壯盛的樣子：例茁壯。

茁壯 ㄓㄨㄛˊ ㄓㄨㄤˋ 生長得旺盛、健壯。例小麥長得十分茁壯。例牛羊茁壯。例孩子們活潑又茁壯。

茁長 ㄓㄨㄛˊ ㄓㄤˇ 旺盛的生長。例兩岸花草叢生，竹林茁長。

苜

丶 丷 艹 艹 艹 芇 苜 苜 苜

艸部 五畫

ㄇㄨˋ 見「苜蓿」。

苜蓿 ㄇㄨˋ ㄙㄨˋ 多年生草本植物，開小黃花，可作飼料和肥料，俗稱「金花菜」。

苔

丶 丷 艹 艹 艺 苎 苎 苔 苔

艸部 五畫

ㄊㄞˊ ❶隱花植物，根、莖、葉的區別不明顯，顏色蒼綠，生長在陰溼的地方：例青苔。❷舌面上所生的垢膩，由衰死的上皮細胞和黏液等形成：例舌苔。

苔原 ㄊㄞˊ ㄩㄢˊ 北冰洋沿岸的地區，終年氣候寒冷，夏季地表解凍時生長一些苔蘚、地衣等低等植物，沒有其他植物分布。

苔蘚 ㄊㄞˊ ㄒㄧㄢˇ 高等植物中構造最簡單的一種，形體較小，略有莖、葉分化，有假根，生長在陰溼處，用孢子繁殖。

茉

丶 丷 艹 艹 艹 苎 苿 茉 茉

艸部 五畫

ㄇㄛˋ 常綠灌木，初夏開小白花，有香味：例茉莉。

茉莉 ㄇㄛˋ ㄌㄧˋ 常綠灌木，葉子卵形或橢圓形，有光澤，花白色，香味濃厚。供觀賞，花可用來熏製花茶（香片）。

苒

丶 丷 艹 艹 艹 芀 苒 苒 苒

艸部 五畫

ㄖㄢˇ ❶草茂盛的樣子：例苒苒。❷時光漸漸過去：例荏苒。

苑

丶 丷 艹 艹 艹 芍 苑 苑 苑

艸部 五畫

ㄩㄢˋ ❶古代帝王、貴族飼養禽獸、種植花草樹木的地方：例上林苑、鹿苑。❷人物聚集的地方：例文苑、藝苑。❸姓：例苑先生。❹苑結，心中不舒暢，同「鬱結」。

苑囿 ㄩㄢˋ ㄧㄡˋ 從前帝王貴族養禽獸、種樹木的園地。囿：有圍牆的園子。

苞

丶 丷 艹 艹 艹 芍 芍 芍 苞

艸部 五畫

ㄅㄠ ❶花未開時包著花朵的小葉片：例花苞。❷包裹，同「包」。❸姓：例苞先生。

小故事 明朝有個不怕強權的才子叫祝枝山，他的書法寫得很好。有一次一個大官硬逼祝枝山為他兒子的書房題字，祝枝山知道這大官的兩個兒子都是白痴，所以就寫了「竹苞堂」三個字，大官非常高興，以為「竹苞」是指書房外的青竹、花苞。誰知道祝枝山所寫的三個字，是暗藏著「書房前兩個草包」的意思。你想：「竹」字拆開不就是「个个」（個個），「苞」字拆開不就是「草包」嗎？

苓 艸部 五畫

ㄌㄧㄥˊ ❶菌類植物：例茯苓、豬苓。❷香草名。❸散落，通「零」：例苓落。

苟 艸部 五畫

ㄍㄡˇ ❶姑且，暫且：例苟安。❷草率，隨便：例一絲不苟、不苟言笑。❸假使，如果：例苟能堅持，必有收穫。❹姓：例苟先生。

苟且 ㄍㄡˇ ㄑㄧㄝˇ ❶只顧眼前，得過且過。例苟且偷生。❷敷衍了事，不認真。例因循苟且。

苟同 ㄍㄡˇ ㄊㄨㄥˊ 隨便地同意。例我不敢苟同你的看法。

苟全 ㄍㄡˇ ㄑㄩㄢˊ 苟且保全。

苟得 ㄍㄡˇ ㄉㄜˊ 不合義理而求得。

苟且偷安 ㄍㄡˇ ㄑㄧㄝˇ ㄊㄡ ㄢ 貪圖眼前的安逸，得過且過，也作「苟安」。

苟延殘喘 ㄍㄡˇ ㄧㄢˊ ㄘㄢˊ ㄔㄨㄢˇ 比喻暫時勉強維持生存。苟延：勉強延續。殘喘：臨死前的喘氣。

苡 艸部 五畫

ㄧˇ 薏苡，草名，見「薏」字。

苻 艸部 五畫

ㄈㄨˊ ❶一種叢生的草，又叫「鬼目草」。❷姓：例苻堅。

苻堅 ㄈㄨˊ ㄐㄧㄢ 五胡十六國時期，前秦的苻堅統一了整個北方，並南下攻打東晉，但東晉在淝水之戰大敗苻堅，造成南北長久分立的局面。

茫 艸部 六畫

ㄇㄤˊ ❶形容遼闊久遠的樣子：例蒼茫、渺茫。❷空虛而看不清楚的樣子：例茫昧。❸不知如何是好的樣子：例茫然、茫無頭緒。

茫昧 ㄇㄤˊ ㄇㄟˋ 形容幽暗不明或思想模糊不清。昧：昏暗的樣子。

茫茫 ㄇㄤˊ ㄇㄤˊ 形容廣闊得一眼望去看不到邊際，或看不清楚的樣子。例眼前是茫茫一片白霧。

茫然 ㄇㄤˊ ㄖㄢˊ 完全不知道、不清楚的樣子。例我對未來感到茫然。

茫無頭緒 ㄇㄤˊ ㄨˊ ㄊㄡˊ ㄒㄩˋ 事情摸不到方向或起頭，不知從哪裡下手。緒：開端。例我對手工藝品的製作，完全茫無頭緒。

荒 艸部 六畫

ㄏㄨㄤ ❶沒有開墾的土地：例荒地。❷作物收成不好的凶年：例荒年。❸雜草滿地：例荒蕪。❹偏僻，冷落：例荒郊。❺廢棄：例荒廢。❻非常缺乏的：例煤荒、石油荒。❼不正確的，不合情理的：例荒謬、荒誕。

繞口令 **非揮發性化學肥料，使荒廢的花卉**恢復生長。

荒年 ㄏㄨㄤ ㄋㄧㄢˊ 農作物收成不好的年頭。

參考 相似詞：凶年。

荒地 ㄏㄨㄤ ㄉㄧˋ 未經開墾、沒有耕種的土地。例久旱不雨，使良田也成了荒地。

荒郊 ㄏㄨㄤ ㄐㄧㄠ 荒涼偏僻的原野。例一個人不要單獨在荒郊野外停留。

荒唐 ㄏㄨㄤ ㄊㄤˊ ❶離奇不合情理。例他說的話簡直是荒唐。❷行為不合理，沒有節制。例你不能再過這種荒唐的生活了。

荒疏 ㄏㄨㄤ ㄕㄨ 因久不練習而生疏。例她因為排演而荒疏了學業。

荒涼 ㄏㄨㄤ ㄌㄧㄤˊ 人煙稀少、冷清寂靜的樣子。例戰爭過後，到處是一片荒涼殘破的景象。

荒誕 ㄏㄨㄤ ㄉㄢˋ 奇怪又非常不真實。例他經常對我們說一些荒誕離奇的故事。

荒蕪 ㄏㄨㄤ ㄨˊ 土地因無人管理而長滿了野草。例他打算在這片荒蕪的土地上蓋一棟樓房。

荒廢 ㄏㄨㄤ ㄈㄟˋ 廢棄；拋棄已久。例他因為貪玩而荒廢了學業。

荒謬 ㄏㄨㄤ ㄇㄧㄡˋ 極端錯誤；非常不合情理。謬：錯誤。例他的說法簡直是荒謬絕倫。

荔

艸部 六畫

丶 丷 艹 艹 艻 艻 茘 茘 荔 荔

ㄌㄧˋ ❶常綠喬木，果皮有小顆粒突起，果實多汁，味道甜美，中間有核，又稱「荔支」、「離枝」。❷姓：例荔先生。

荔枝 ㄌㄧˋ ㄓ 常綠喬木，果實表面有小顆粒突起，是紫紅或鮮紅色。果肉是半透明，汁多，味道甜美。廣東、廣西、福建、四川、臺灣產量很多。

荊

艸部 六畫

丶 丷 艹 艹 芏 芏 芹 荆 荊 荊

ㄐㄧㄥ ❶一種多刺的灌木：例荊棘。❷謙稱自己的妻子：例拙荊。❸春秋時的楚國。❹姓：例荊軻。

荊棘 ㄐㄧㄥ ㄐㄧˊ ❶叢生多刺的灌木。❷比喻前進道路上的困難、障礙。例雖然路上遍布荊棘，只要有恆心一定會成功。

荊軻 ㄐㄧㄥ ㄎㄜ 戰國時衛國人，喜好讀書擊劍，燕太子丹派他去刺殺秦始皇，結果失敗被殺。

茸

艸部 六畫

丶 丷 艹 艹 芏 芦 芹 茸 茸

ㄖㄨㄥˊ ❶草初生時細小柔軟的樣子：例綠茸茸的一片草地。❷鹿角：例鹿茸。

茸茸 ㄖㄨㄥˊ ㄖㄨㄥˊ ❶花草叢生的樣子。例茸茸的綠草。❷毛多細密的樣子。例這個孩子長著一頭茸茸的黑髮。

草

艸部 六畫

丶 丷 艹 艹 芢 芢 苩 苩 苴 草

ㄘㄠˇ ❶草本植物的通稱：例碧草如茵。❷我國書寫體的一種：例草書。❸山野：例草莽。❹詩、文、畫的底稿：例草稿、草圖。❺初步決定的：例草案。❻粗率，不認真：例草率、潦草。❼姓：例草先生。

參考 相反字：正、精。

笑一笑 有一次，畢卡索訂做了一個很特別的衣櫥。為了讓木匠明白他的意思，他畫了一張草圖。他問木匠多少錢？木匠回答：「不要錢。不過，請你在草圖上簽個名好嗎？」

唱詩歌 小草帽，圓溜溜，戴在頭上跟我走。雨天為了遮風雨，晴天給我擋日頭。小草帽，圓溜溜，它是我的好朋友。

草地 ㄘㄠˇ ㄉㄧˋ ❶長野草或鋪草皮的地面。❷閩南語稱鄉下為「草地」。

草案 ㄘㄠˇ ㄢˋ 擬成但尚未作成最後決定的文件、計畫、條例等。

草原 ㄘㄠˇ ㄩㄢˊ ❶雨量稀少的半乾旱地區，雜草叢生的大片土地，也混雜有耐旱的樹木。❷泛稱長有草的原野。例青青草原。

草率 ㄘㄠˇ ㄕㄨㄞˋ 馬馬虎虎，不認真，不切實。例這件工作草率不得，一定要認真去做。

草菇 ㄘㄠˇ ㄍㄨ 蕈的一種，灰色，有黑褐色條紋，多生長在草堆上，可以吃。

草稿 ㄘㄠˇ ㄍㄠˇ 初步寫成，還沒有修訂、更正的文稿。

草廬 ㄘㄠˇ ㄌㄨˊ ❶用茅草搭蓋的房屋。❷引申指隱居者居住的地方。

草木皆兵 ㄘㄠˇ ㄇㄨˋ ㄐㄧㄝ ㄅㄧㄥ 西元三八三年，前秦苻堅出兵攻晉，前鋒被晉軍打敗。苻堅登城瞭望，看到晉兵布陣嚴整，又望見八公山上的草木，以為都是晉兵，認為遇到了勁敵，因而感到害怕。後來就用「草木皆兵」來形容神經過敏、疑神疑鬼的驚恐心理。

草本植物 ㄘㄠˇ ㄅㄣˇ ㄓˊ ㄨˋ 莖內木質部不發達、莖幹柔軟的植物總稱，地上部分的莖在生長季節終了時多枯死。根據植物全部生命過程的長短可分為一年生草本、二年生草本和多年生草本等。

參考 相反詞：木本植物。

草草了事 ㄘㄠˇ ㄘㄠˇ ㄌㄧㄠˇ ㄕˋ 粗率，馬虎；做事不切實的樣子。

草菅人命 ㄘㄠˇ ㄐㄧㄢ ㄖㄣˊ ㄇㄧㄥˋ 原指秦二世胡亥把殺人看得像割草一樣隨便，後來用「草菅人命」形容漠視人的生命，任意加以殘害。菅：草名，像茅，根短而硬。

茵
艸部 六畫

ㄧㄣ 坐褥，墊子：例茵褥、綠草如茵。

茴
艸部 六畫

ㄏㄨㄟˊ 見「茴香」。

茴香 ㄏㄨㄟˊ ㄒㄧㄤ 多年生草本植物。葉子羽狀分裂成線形，全株具強烈芳香，莖葉可食，果實可作香料。

茱
艸部 六畫

ㄓㄨ 茱萸，落葉喬木，有濃烈香味，果實可作藥，有吳茱萸、食茱萸、山茱萸三種。

茲
艸部 六畫

ㄗ ❶此，這個：例茲日。❷現在：例茲定於明日開會。❸古書上用來表示「年」：例今茲、來茲。❹更加，同「滋」：例賦斂茲重。❺姓：例茲先生。

ㄘˊ 漢代西域國名：例龜（ㄑㄧㄡ）茲。

茶
艸部 六畫

ㄔㄚˊ ❶常綠灌木，葉子長橢圓形，嫩葉加工後就是茶葉：例茶樹。❷常綠喬木，花稱茶花，有紅白等色，用來觀賞：例山茶。❸用茶葉製成的飲料：例品茶。❹某些飲料的名稱：例杏仁茶。❺綠中帶黑的顏色：例茶色。❻姓：例茶先生。

猜一猜 草木之中有一人。（猜一字）（答案：茶）

小故事 小朋友，你知道有一種茶叫「鐵觀音」嗎？相傳在清朝乾隆年間，有個讀書人在山腰岩石邊發現一株茶樹，便把它移植且細心栽培，樹長成後氣味非常芳香。後來有人把這茶葉進貢給乾隆皇帝，因為茶葉緊結壯實，放在手中沉重如鐵，外形像觀音雙手合掌那樣，所以皇帝便賜名為「鐵觀音」。

唱詩歌 搖搖船，搖到外婆家，外婆留我吃碗茶。茶呀茶，茶在山上開茶花，水呀水，水在河底結蓮花。（浙江）

茶几 ㄔㄚˊ ㄐㄧ 放置茶具用的家具，比桌子小。

茶房 ㄔㄚˊ ㄈㄤˊ 從前稱在客棧、旅館中供應茶水等雜務的人。又稱「店小二」、「跑堂」。

茶會 ㄔㄚˊ ㄏㄨㄟˋ 從前指商人在茶樓進行交易的一種集會，現在泛稱備有茶點招待的社交性聚會。例我們為他舉行一個簡單隆重的歡迎茶會。

茶葉 ㄔㄚˊ ㄧㄝˋ 茶樹的嫩葉，烘乾後可用來沖泡飲用。

茶壺 ㄔㄚˊ ㄏㄨˊ 裝飲用水或茶的器具。

猜一猜 桌上一隻大公雞，客人來了咕咕啼。（猜一種日用品）（答案：茶壺）

茶館 ㄔㄚˊ ㄍㄨㄢˇ 設有座位，供顧客喝茶休息的鋪子。

茶磚 ㄔㄚˊ ㄓㄨㄢ 指經過加工，形狀像磚一樣的茶，也叫「磚茶」。

茶點 ㄔㄚˊ ㄉㄧㄢˇ 通稱茶水飲料和點心。例我們以茶點招待客人。

茶餘飯後 ㄔㄚˊ ㄩˊ ㄈㄢˋ ㄏㄡˋ 指茶飯後的一段空閒休息時間。茶飯：泛指飲食。例一億餘元的獎金成為大家茶餘飯後的話題。

茶來伸手飯來張口 ㄔㄚˊ ㄌㄞˊ ㄕㄣ ㄕㄡˇ ㄈㄢˋ ㄌㄞˊ ㄓㄤ ㄎㄡˇ 形容生活舒服，飲食起居都有人伺候。

茗 艸部 六畫

ㄇㄧㄥˊ 原指茶的嫩芽，現在泛指喝的茶：例香茗、品茗。

荀 艸部 六畫

ㄒㄩㄣˊ ❶周代國名之一，春秋時滅亡，在今山西省境內。❷草名。❸姓：例荀況（荀子）。

荀子 ㄒㄩㄣˊ ㄗˇ 戰國時趙人，主張禮治，倡性惡說，與孟子的性善說對立，韓非、李斯都是他的弟子。

茹 艸部 六畫

ㄖㄨˊ ❶吃：例茹毛飲血。❷姓：例茹先生。

茹毛飲血 ㄖㄨˊ ㄇㄠˊ ㄧㄣˇ ㄒㄧㄝˇ 吃鳥獸的肉，喝鳥獸的血。形容上古時代或未開化的人民生活的情形。例非洲有些部落還過著茹毛飲血的生活。

茹苦含辛 ㄖㄨˊ ㄎㄨˇ ㄏㄢˊ ㄒㄧㄣ 形容吃盡了苦頭。辛：辣味。例他從小父親去世，母親茹苦含辛才把他撫養長大。

參考 相似詞：含辛茹苦。

荏 艸部 六畫

ㄖㄣˇ ❶就是白蘇，一年生草本植物，果實可食，也可榨油。❷柔弱，軟弱：例色厲內荏。

荏苒 ㄖㄣˇ ㄖㄢˇ 時間漸漸地過去。例光陰荏苒，轉瞬間又過了一年。

荏弱 ㄖㄣˇ ㄖㄨㄛˋ 軟弱，柔弱。

荐 艸部 六畫

ㄐㄧㄢˋ 推舉，介紹：例舉荐、推荐。

參考 請注意：「荐」的異體字是「薦」。

荐引 ㄐㄧㄢˋ ㄧㄣˇ 對於賢才的人，加以推荐引見。

荐舉 ㄐㄧㄢˋ ㄐㄩˇ 推舉，介紹。例我荐舉他擔任訓導職務。

參考 相似詞：荐引。

茭 艸部 六畫

ㄐㄧㄠ 餵牲口的乾草：例芻茭。

茭白筍 ㄐㄧㄠ ㄅㄞˊ ㄙㄨㄣˇ 茭的嫩莖，形狀像筍，可以食用，也稱「茭白」。

莎 (莎) 艸部 七畫

ㄙㄨㄛ 莎草，草本植物，地下的塊莖叫香附子，可作藥。

ㄕㄚ ❶莎雞，昆蟲名，也叫「紡織娘」。❷音譯字，用於地名、人名等：例莎士比亞。

莞 (莞) 艸部 七畫

ㄨㄢˇ 微笑的樣子：例莞爾。

ㄍㄨㄢ 東莞，縣名，在廣東省。

ㄍㄨㄢ ❶水蔥，草本植物，多生長在溼地，莖可編席子，也叫「席子草」。❷姓：例莞先生。

莩 (莩) 艸部 七畫

ㄅㄧˊ 莩薺，草本植物，長在水田裡，地下球莖圓形，可以吃，也可做成粉。又叫「地栗」、「烏芋」。

莢

莢　艸部　七畫

ㄐㄧㄚˊ ❶豆類植物的果實：例豆莢。❷姓：例莢先生。

莢果 ㄐㄧㄚˊ ㄍㄨㄛˇ　豆類植物的果實。

莢錢 ㄐㄧㄚˊ ㄑㄧㄢˊ　漢代一種輕而薄的錢幣，形狀像榆莢。

莖

莖　艸部　七畫

ㄐㄧㄥ ❶植物的主幹。莖是植物體的一部分，上部一般生葉、開花、結實，下部與根連接。有輸送、儲存養分的功能。莖一般生在地上，也有生在地下的。❷計算條狀物的數量詞：例數莖小草、數莖白髮。

莫

莫　艸部　七畫

ㄇㄛˋ ❶不可以：例閒人莫進。❷不要：例莫遲疑。❸沒有：例莫不高興。❹不能：例莫測高深。❺姓。

ㄇㄨˋ 日落、黃昏的時候，同「暮」。

參考 相似字：無、靡、罔、亡、勿、毋、沒、微。

猜一猜 日落大草中。（猜一字）（答案：莫）

莫大 ㄇㄛˋ ㄉㄚˋ　沒有比這個更大。例能得到諾貝爾獎，對一個學者來說是莫大的光榮。

莫不 ㄇㄛˋ ㄅㄨˋ　沒有不。例大家莫不厭惡他惡劣的行為。

莫名 ㄇㄛˋ ㄇㄧㄥˊ　不能充分說明、表達出來。例大家一聽到明天要去郊遊，個個都興奮莫名。

俏皮話 「洋人看平劇——莫名其妙。」平劇是中國的國粹，是屬於中國的一種藝術。如果叫「洋人看平劇」，因為他們看不懂，所以也就覺得「莫名其妙」。

莫若 ㄇㄛˋ ㄖㄨㄛˋ　沒有比得上的。例知子莫若父。

莫非 ㄇㄛˋ ㄈㄟ　表示猜測或反問的意思。例他今天沒來上課，莫非又生病了？

莫逆 ㄇㄛˋ ㄋㄧˋ　沒有違逆的事情；比喻彼此思想感情一致，非常融洽。例他們興趣相投，成了莫逆之交。

莫札特 ㄇㄛˋ ㄓㄚˊ ㄊㄜˋ　奧地利作曲家，四歲習琴，五歲就能作曲，六歲開始旅行演奏，被稱為「音樂神童」。

莫可奈何 ㄇㄛˋ ㄎㄜˇ ㄋㄞˋ ㄏㄜˊ　對於問題完全沒有辦法解決。例他堅持要這麼做，我也莫可奈何。

參考 相似詞：無可奈何、無可如何、束手無策。

莫名其妙 ㄇㄛˋ ㄇㄧㄥˊ ㄑㄧˊ ㄇㄧㄠˋ　❶不知什麼緣故。例他莫名其妙被罵一頓。❷沒有人說得出其中的道理，表示事情很奇怪或說話表達不清楚，沒人明白。例他說了一句莫名其妙的話就走了。❸說人言行怪異、不講理。例他憑什麼隨便罵人，簡直是莫名其妙。

莫測高深 ㄇㄛˋ ㄘㄜˋ ㄍㄠ ㄕㄣ　形容非常神祕，無法推測出究竟高深到什麼程度。例他總是一副莫測高深的表情，沒有人知道他在想什麼。

莒

莒　艸部　七畫

ㄐㄩˇ ❶芋頭，塊莖可以吃。❷春秋時的國名。❸莒縣，縣名，在山東省：例毋忘在莒。❹姓：例莒先生。

莊

莊　艸部　七畫

ㄓㄨㄤ ❶田家村落：例村莊。❷別墅：例山莊。❸古代社會裡君主、貴族或地主等所占有的大片土地：例莊園。❹稱規模較大或做批發生意的商店：例錢莊、布莊。❺嚴肅，端正：例莊嚴、端莊。❻姓：例莊先生。

參考 相似字：敬、嚴。♣相反字：諧、褻、慢。

莊子 ㄓㄨㄤ ㄗˇ ❶戰國時期的哲學家，認為「道」是萬事萬物的本源，追求無條件的精神自由。在社會政治思想上，否定一切文化知識，主張使人民無知識，退到原始狀態。他的思想主要保存於「莊子」一書中。❷書名，又稱「南華真經」，為道家經典之一。文章多採寓言、故事形式，在文學上對後世頗有影響。

莊重 ㄓㄨㄤ ㄓㄨㄥˋ 嚴肅端正，不隨便、不輕浮。例他的態度很莊重認真。

莊稼 ㄓㄨㄤ ㄐㄧㄚˋ 田地裡生長的農作物，多指糧食作物。稼：穀物等作物。

莊嚴 ㄓㄨㄤ ㄧㄢˊ 莊重嚴肅。例我們以莊嚴隆重的禮節接待外賓。

莊敬自強 ㄓㄨㄤ ㄐㄧㄥˋ ㄗˋ ㄑㄧㄤˊ 以莊嚴端正的態度去謀求本身的自立自強。

莓 艸部 七畫

ㄇㄟˊ ❶薔薇科，開白花，結紅色果實，味酸甜：例草莓。❷青苔：例莓苔。

莉 艸部 七畫

ㄌㄧˋ 常綠灌木，初夏開小白花，味清香：例茉莉。

莠 艸部 七畫

ㄧㄡˇ ❶一年生草本植物，像稻禾，常妨害稻禾生長，又稱「狗尾草」。❷比喻壞人：例良莠不齊。

莠民 ㄧㄡˇ ㄇㄧㄣˊ 壞人，不良分子。

莠言 ㄧㄡˇ ㄧㄢˊ 壞話。

荷 艸部 七畫

ㄏㄜˊ ❶草本植物，生於水中，葉圓而大，夏天開白或紅花，果實稱為蓮子，地下莖為藕，都可以吃：例荷花。❷國名，在歐洲西海岸，以填海成陸地聞名於世：例荷蘭。

ㄏㄜˋ ❶用肩扛負：例荷槍、荷鋤。❷負擔：例重荷。

猜一猜 一個小姑娘，坐在水中央，身穿粉紅衫，坐在綠船上。（猜一種植物）（答案：荷花）

唱詩歌 夏天到，荷花張，荷花開得四處香，結成蓮藕大家嘗。（芮家智）

荷包 ㄏㄜˊ ㄅㄠ 隨身攜帶，裝零錢和零星東西的小袋子。

參考 相似詞：錢包。

荷馬 ㄏㄜˊ ㄇㄚˇ 相傳荷馬是公元前九世紀希臘的盲人歌手，他根據民間傳說，編成伊里亞德和奧狄賽兩部史詩。伊里亞德以公元前十二世紀初希臘人攻打小亞細亞特洛伊城的戰爭為題材。奧狄賽敘述特洛伊戰爭中的希臘將領奧德修斯於戰爭結束後，在海上漂流十年，終於回到家鄉的驚險遭遇。後來人們把這兩部史詩統稱為《荷馬史詩》，這是歐洲文學史上最早、影響也較大的作品。

荷蘭 ㄏㄜˊ ㄌㄢˊ 歐洲西部的國名，全國四分之一的陸地在海平面下，有「低地國」之稱。首都是阿姆斯特丹，海牙是國際法庭的所在地。畜牧業發達，海運和內河航運發達。

猜一猜 夏天秋天名花各一種。（猜世界一國家名）（答案：荷蘭）

荷槍實彈 ㄏㄜˋ ㄑㄧㄤ ㄕˊ ㄉㄢˋ 士兵背著槍，槍膛裡裝滿子彈。比喻戒嚴或戰爭快要觸發時的緊張狀態。例士兵個個荷槍實彈的來回巡邏。

莽 艸部 七畫

ㄇㄤˇ ❶木蘭科，常綠灌木，葉子橢圓形，花瓣細長，黃白色。❷叢生的草：例草莽。❸粗魯：例魯莽。❹姓：例莽先生。

莽原 ㄇㄤˇ ㄩㄢˊ ❶廣大荒涼的草原。❷地理學上指在熱帶和南、北回歸線附近，雨季短、乾季長的地區；因為區內以粗大的草原為主，故名。如果有稀疏的樹木散布，則稱「疏林莽原」。

莽漢 ㄇㄤˇ ㄏㄢˋ 魯莽的男子。例他做事粗心大意，真是個莽漢。

參考 相似詞：莽夫。

莽撞 ㄇㄤˇ ㄓㄨㄤˋ 形容動作、行為粗魯冒失。例大家對於他的莽撞行為，都很反感。

荻 艸部 七畫

ㄉㄧˊ ❶草本植物，生長在水邊或原野，和「蘆」同類。❷姓：例荻先生。

荼 艸部 七畫

ㄊㄨˊ ❶古書上說的一種苦菜。❷古書上指一種茅草的白花：例如火如荼。❸毒害：例荼毒。

ㄕㄨ 神荼，門神名。

荼毒 ㄊㄨˊ ㄉㄨˊ 比喻毒害、殘害。荼：是一種苦菜。毒：指毒蟲毒蛇。例苛政荼毒生靈，使民不聊生。

莘 艸部 七畫

ㄕㄣ ❶修長的樣子。❷眾多的樣子：例莘莘學子。❸姓：例莘先生。

莪 艸部 七畫

ㄜˊ 莪蒿，草本植物，生在水邊，嫩葉可吃。

菩 艸部 八畫

ㄆㄨˊ 可以編席子或蓋房屋的草。

菩提 ㄆㄨˊ ㄊㄧˊ 佛教用語，指覺悟的境界。

菩薩 ㄆㄨˊ ㄙㄚˋ ❶佛教中指修行到了一定的程度，地位僅次於佛的人。❷指佛和某些神。❸形容心腸慈善的人。例菩薩心腸。

菩提子 ㄆㄨˊ ㄊㄧˊ ㄗˇ 一年生草本，莖高三、四尺。花紅白色，果實白色圓形，外有硬殼，可作念佛用的串珠。

萃 艸部 八畫

ㄘㄨㄟˋ ❶草叢生的樣子：例薈萃。❷聚集，也指聚在一起的人或事物：例萃集、出類拔萃。

參考 相似字：聚、集。♣請注意：和「萃」字同音的是「粹」，這個「粹」字是精純、沒有雜質的意思。

萃取 ㄘㄨㄟˋ ㄑㄩˇ 利用溶劑分離混合物的方法。

菸 艸部 八畫

ㄧㄢ 菸草，草本植物，葉子可製捲煙、煙絲。

萸 艸部 八畫

ㄩˊ 落葉喬木，有吳茱萸、食茱萸、山茱萸三種。

萍 艸部 八畫

ㄆㄧㄥˊ 浮萍，水草名，葉子浮在水面。全草可供藥用，也可作飼料等用途。

萍泊 ㄆㄧㄥˊ ㄅㄛˊ 像浮萍一般飄泊不定。例他四處萍泊，沒有固定的住所。

萍浮 ㄆㄧㄥˊ ㄈㄨˊ ❶草本植物名，浮生水面。❷比喻一個人的生活漂泊不定，像浮萍般隨風搖盪。例吳先生的好友都勸他早日成家，不要再過著萍浮般的日子。

萍寄 ㄆㄧㄥˊ ㄐㄧˋ 比喻離家背井的人，像浮萍在水面上晃動，居無定所。例他孤零零的在海外工作，過著萍寄般的生活。

萍蹤 ㄆㄧㄥˊ ㄗㄨㄥ 形容行蹤不定，像浮萍一樣。

萍水相逢 ㄆㄧㄥˊ ㄕㄨㄟˇ ㄒㄧㄤ ㄈㄥˊ 比喻互不相識的人偶然相遇。

菠

艸部 八畫

ㄅㄛ 見「菠菜」。

菠菜 ㄅㄛ ㄘㄞˋ 蔬菜名，葉子略呈三角形，根部紅色，葉嫩綠有甜味，含豐富的鐵質。

萋

艸部 八畫

ㄑㄧ 草茂盛的樣子：例萋萋。

萋萋 ㄑㄧ ㄑㄧ 草茂盛的樣子。例芳草萋萋。

菽

艸部 八畫

ㄕㄨˊ 豆類的總稱。

菽水承歡 ㄕㄨˊ ㄕㄨㄟˇ ㄔㄥˊ ㄏㄨㄢ 比喻雖貧寒而能盡孝。菽水：指平常的飲食。承歡：指奉養父母使父母歡心。

菁

艸部 八畫

ㄐㄧㄥ ❶韭華，俗稱「韭菜花」：例韭菁。❷草木茂盛的樣子：例菁菁。❸事物的精粹：例菁華。

菁華 ㄐㄧㄥ ㄏㄨㄚˊ 事物的精粹。例我們要多吸取別人文章的菁華。

參考 相似詞：精華。

菁菁 ㄐㄧㄥ ㄐㄧㄥ 草木茂盛的樣子。例這裡的花木郁郁菁菁。

華

艸部 八畫

ㄏㄨㄚˊ ❶「中國」的簡稱：例華僑、華夏。❷事物精良純粹的部分：例精華。❸光輝，光彩好看：例月華、華麗。❹時光：例韶華。❺文飾，虛浮：例樸實無華、華而不實。❻化妝用的香粉：例洗盡鉛華。❼白色的：例華髮。❽富有的：例榮華。

ㄏㄨㄚ 同「花」：例春華秋實。

ㄏㄨㄚˋ ❶山名：例華山。❷姓：例華先生。

華佗 ㄏㄨㄚˋ ㄊㄨㄛˊ 後漢名醫。精通內、婦、兒、針灸各科，並對針、藥不能治的病使用手術治療。歷史上記載他使用「麻沸散」使病人麻醉後施行剖腹手術，並創造了模仿虎、鹿、熊、猿、鳥的動態造出「五禽戲」，用以鍛鍊身體。

華夏 ㄏㄨㄚˊ ㄒㄧㄚˋ 中國的古稱。

華裔 ㄏㄨㄚˊ ㄧˋ 在海外中國人後裔的簡稱。習慣上稱華僑在僑居國所生而又取得該國國籍的子女為華裔。

華僑 ㄏㄨㄚˊ ㄑㄧㄠˊ 僑居在外國的中國人。

華髮 ㄏㄨㄚˊ ㄈㄚˇ 花白的頭髮。

華誕 ㄏㄨㄚˊ ㄉㄢˋ 尊稱別人的生日。

華靡 ㄏㄨㄚˊ ㄇㄧˇ 華美豔麗。靡：華麗的。

華麗 ㄏㄨㄚˊ ㄌㄧˋ 光彩美麗。

華盛頓 ㄏㄨㄚˊ ㄕㄥˋ ㄉㄨㄣˋ ❶喬治·華盛頓，是美利堅合眾國第一任總統。在西元一七七五年開始的北美獨立戰爭中擔任大陸軍總司令，對英國宣戰，於一七八一年取得美國獨立戰爭的勝利，被選為總統，連任兩次，美國人尊稱他為國父。❷美國首都，位於美國東部，臨近大西洋岸，是紀念美國第一任總統華盛頓而命名。美國聯邦政府機關和重要的科學文化機構都設在此。

華燈初上 ㄏㄨㄚˊ ㄉㄥ ㄔㄨ ㄕㄤˋ 城市裡天剛黑，各色各樣美麗的燈光開始發亮的時候。

華盛頓會議 ㄏㄨㄚˊ ㄕㄥˋ ㄉㄨㄣˋ ㄏㄨㄟˋ ㄧˋ 也叫「太平洋會議」。西元一九二一年在華盛頓召開，主要的目的在消除列強在太平洋上的衝突和解決中國問題。這是繼巴黎和會之後，帝國主義者為爭奪海上霸權和重新分割東亞、太平洋地區殖民地的會議。

菱 艸部 八畫

ㄌㄧㄥˊ 一年生草本植物，生在池塘中，葉子浮在水面，花白色，果實有硬殼，可以吃：例菱角。

猜一猜 一隻小船兩頭翹，嫩肉全靠骨頭包。（答案：菱角）

菱角 ㄌㄧㄥˊ ㄐㄧㄠˇ 菱的果實，呈黑紫色，兩端有角而尖，果肉有大量澱粉。

菱形 ㄌㄧㄥˊ ㄒㄧㄥˊ 鄰邊相等的平行四邊形，菱形的兩對角線互相垂直平分。

萊 艸部 八畫

ㄌㄞˊ ❶蔬菜植物，又稱「蘿蔔」：例萊菔。❷姓：例萊先生。

萊衣 ㄌㄞˊ ㄧ 老萊子年七十著彩衣以娛親，後世稱孝養父母為萊衣。

參考 相似詞：萊彩、萊綵。

萊夷 ㄌㄞˊ ㄧˊ 古代民族的名稱，殷商時期分布在山東半島東北部，從事農牧絲織，後來被齊國吞併。

萊菔 ㄌㄞˊ ㄈㄨˊ 蘿蔔。

萊茵河 ㄌㄞˊ ㄧㄣ ㄏㄜˊ 西歐最大的河流，發源於阿爾卑斯山，流經德、法，由荷蘭注入北海，富航運之利。

菴 艸部 八畫

ㄢ ❶小草屋：例菴廬。❷寺廟：例菴堂。

參考 相似字：庵。

菰 艸部 八畫

ㄍㄨ ❶蔬菜類植物，生在淺水裡，嫩葉可作菜，叫茭白。秋天結果實如米，稱菰米，可用來煮飯。❷菌類植物，同「菇」：例香菇、蘑菇。

萌 艸部 八畫

ㄇㄥˊ ❶發芽：例萌芽。❷發生：例萌發。❸姓：例萌先生。

參考 相似字：發。

猜一猜 明日之草。（猜一字）（答案：萌）

萌生 ㄇㄥˊ ㄕㄥ 開始發生。例歹徒看見一位老先生拿了一大筆錢，心裡萌生了壞主意。

萌芽 ㄇㄥˊ ㄧㄚˊ ❶植物開始長出幼芽。❷比喻事物剛發生或新生的事物。例我種的那盆花，今天萌芽了。

萌發 ㄇㄥˊ ㄈㄚ 形容草木由初生而茁壯。例這棵樹由幼苗漸漸萌發而成大樹。

菌 艸部 八畫

ㄐㄩㄣˋ 低等植物，不開花，沒有莖和葉子，不含葉綠素，種類很多：例真菌、桿菌。

猜一猜 田裡種水稻，田外長野草。（猜一字）（答案：菌）

菲 艸部 八畫

ㄈㄟˇ ❶菜名，花紫紅色，葉根可以吃，和「蕪菁」同類。❷微薄的：例菲薄、菲禮。

ㄈㄟ ❶花草茂盛：例芳菲。❷國名，「菲律賓」的簡稱，是亞洲東南部的共和國。

菲菲 ㄈㄟ ㄈㄟ ❶形容花草茂盛、美麗。❷花草香氣濃郁。

菲薄 ㄈㄟˇ ㄅㄛˊ ❶微薄。例菲薄的禮物。❷小看，輕視。例妄自菲薄。

菊

菊菊 艸部 八畫

ㄐㄩˊ ❶草本植物，種類很多，秋末開花，可供觀賞或藥用：例菊花。

唱詩歌 菊花菊花開開，板凳板凳歪歪。天颱風，娃①涼快；天下雨，娃回來。（河南）

註：①娃：是指小孩。

萎

萎萎 艸部 八畫

ㄨㄟ ❶草木枯黃：例枯萎。❷人死：例哲人其萎。❸萎蕤（ㄖㄨㄟˊ），草名，可以作藥，根莖可製澱粉。

萎縮 ㄨㄟ ㄙㄨㄛ 乾枯，衰退。例他的身體逐漸萎縮。

萎靡 ㄨㄟ ㄇㄧˇ 精神頹廢，意志消沉。靡：倒下。例他近幾天來的精神一直萎靡不振。

萄

萄萄 艸部 八畫

ㄊㄠˊ 葡萄，果類植物，蔓生，果實可食，亦可供釀酒。

猜一猜 有紫也有青，彎彎藤上掛水晶。（猜一種水果）（答案：葡萄）

菜

菜菜 艸部 八畫

ㄘㄞˋ ❶蔬類植物的總稱：例蔬菜。❷下飯佐酒的食品；素菜、葷菜的通稱：例小菜。❸青黃色：例面有菜色。❹裝菜的竹製籃子：例菜籃。

猜一猜 空肚子上街，滿肚子回來，又吃魚，又吃菜。（猜一物品）（答案：菜籃）

菜色 ㄘㄞˋ ㄙㄜˋ 蔬菜的顏色，即青黃色。多用來形容營養不良的人臉色難看。

菜圃 ㄘㄞˋ ㄆㄨˇ 種植蔬菜的園圃。

參考 相似詞：菜園。

菜單 ㄘㄞˋ ㄉㄢ 餐館中列有菜名的目錄，也指家庭主婦買菜所列的清單。

著

著著 艸部 八畫

ㄓㄨˋ ❶寫成的文章或書：例名著、大著。❷寫作：例編著、著書。❸明白：例顯著。❹久居當地的人：例土著。

ㄓㄨㄛˊ ❶穿戴：例穿著。❷圍棋子或象棋子：例棋高一著。❸做，用，動：例著手。❹事情的歸宿、結果：例著落、衣食無著。❺連接：例附著。❻實在的：例著實。

ㄓㄠ ❶燃燒：例著火。❷恰好，恰中：例用得著、猜著了。❸入睡：例睡著了。❹中人計策：例他著了我的道了。❺用，動：例著眼。

ㄓㄠˊ ❶受到：例著涼。❷發生：例著慌。

•ㄓㄜ ❶表示正在進行：例坐著吃。❷表示狀況：例貼著標語。❸表示命令或吩咐：例你給我記著！

參考 相似字（ㄓㄨㄛˊ）：附、就、即、黏。

著手 ㄓㄨㄛˊ ㄕㄡˇ 動手，開始從事某事。例我著手成立讀書小組。

著火 ㄓㄠˊ ㄏㄨㄛˇ 起火，失火。例那幢木屋著火了。

著名 ㄓㄨˋ ㄇㄧㄥˊ 很有名。例李時珍是明代著名的醫藥學家。

著色 ㄓㄨㄛˊ ㄙㄜˋ 塗抹顏色。例我們正為船身著色。

著地 ㄓㄨㄛˊ ㄉㄧˋ 物體接觸或附著在地面上。例特技人員在空中翻了個優美的弧線後，雙腳著地。

參考 請注意：「著地」和「著陸」有分別：「著陸」多指飛行物體從天空降到地面，面積較著地為大。

著作 ㄓㄨˋ ㄗㄨㄛˋ ❶用文字表達意見、知識、思想、感情等。例這本書是他晚年的著作。❷寫成的作品。例她從事寫作，至今已是著作等身（等身：比喻極多，幾乎和身高相等）。

著重 ㄓㄨㄛˊ ㄓㄨㄥˋ 特別注重，把重點放在某方面。例這本書著重對人物的描寫。

參考 相似詞：側重。

著急 ㄓㄠˊ ㄐㄧˊ 心中慌張焦慮。

著述 ㄓㄨˋ ㄕㄨˋ ❶編纂書籍，撰寫文章。❷作品。

著迷 ㄓㄠˊ ㄇㄧˊ 入了迷，多指瘋狂的迷戀。例他對武俠小說非常著迷。

著眼 ㄓㄨㄛˊ ㄧㄢˇ 從某一個觀點來看。例工廠設立的地點，著眼於原料、勞工、交通等因素。

著涼 ㄓㄠˊ ㄌㄧㄤˊ 受風寒而生病。

著意 ㄓㄨㄛˊ ㄧˋ 注意，用心。例這裡需要著意體會。

著想 ㄓㄨㄛˊ ㄒㄧㄤˇ 設想，打算。例每一個母親無不為自己的子女著想。

著落 ㄓㄨㄛˊ ㄌㄨㄛˋ ❶下落；事情的歸結。例你的工作有沒有著落？❷可以依靠或指望的來源。例這筆經費有了著落。

著實 ㄓㄨㄛˊ ㄕˊ ❶實在，確實。例這個青年的表現著實不錯。❷指言語、動作等分量重、力量大。例他著實的批評了我一頓。

著慌 ㄓㄠˊ ㄏㄨㄤ 心中發慌、焦急。例他迷失了路，心中很著慌。

著稱 ㄓㄨˋ ㄔㄥ 因某方面有名而受人們稱頌。例杭州以西湖的風景著稱於世。

菅
艸部 八畫

ㄐㄧㄢ ❶草名，葉細長而尖，莖可造紙，根可作刷帚。❷比喻輕賤：例草菅人命。

菇
艸部 八畫

ㄍㄨ 菌類植物：例草菇。

猜一猜 一頂小傘，落在林中，一旦撐開，再難收攏。（猜一種植物）（答案：菇）

葵
艸部 九畫

ㄎㄨㄟˊ ❶「向日葵」的簡稱，一年生草本植物，葉大，開黃色大花。❷姓：例葵先生。

葵扇 ㄎㄨㄟˊ ㄕㄢˋ 用蒲葵葉製成的扇子，俗稱「芭蕉扇」。

葦
艸部 九畫

ㄨㄟˇ ❶草名，又叫「蘆葦」。❷小船。

葫
艸部 九畫

ㄏㄨˊ ❶蔬菜名，即大蒜。❷見「葫蘆」。

葫蘆 ㄏㄨˊ ㄌㄨˊ 一年生，蔓生草本植物，葉子心臟形，花白色。果實像兩個球連在一起，可食、可藥用，也可作盛水的器具。

俏皮話 「鐵拐李的葫蘆——不知賣的什麼藥。」小朋友一定都聽過鐵拐李吧！他是八仙中的一個，時常背著一個藥葫蘆替人治病，但沒有人知道裡面裝的是什麼藥。因此有人就用「鐵拐李的葫蘆」這句話來比喻很神祕、無法猜測的意思。

葉
艸部 九畫

ㄧㄝˋ ❶植物管呼吸、蒸發等作用的器官：例楓葉、落葉歸根。❷像葉子似的薄片：例百葉窗。❸較長時期的分段：例二十世紀中葉。❹輕小像葉子的：例一葉扁舟。❺姓：例葉先生。

ㄕㄜˋ 古代地名，春秋時為楚國的城邑，現在在河南省：例葉縣。

唱詩歌 什麼葉尖？什麼葉圓？什麼葉像把小蒲扇？什麼葉呀針樣細？什麼葉飄浮水上面？

六畫

柳葉尖，楊葉圓，芭蕉葉像把小薄扇。
松樹葉兒針樣細，荷葉飄浮水上面。

葉片 ㄧㄝˋ ㄆㄧㄢˋ ❶葉的組成部分之一，通常是很薄的扁平體，有葉肉和葉脈，是植物進行光合作用的主要部分。❷渦輪機、通風機等機器中形狀像葉子的機件，由許多葉片構成機輪。

葉脈 ㄧㄝˋ ㄇㄞˋ 葉片上分布的細管狀構造，主要由細而長的細胞構成，分布到葉片的各個部分，作用是輸送水分、養料等。

葉綠素 ㄧㄝˋ ㄌㄩˋ ㄙㄨˋ 存在於綠色植物細胞內的綠色色素。植物利用葉綠素進行光合作用製造養料。

葉公好龍 ㄕㄜˋ ㄍㄨㄥ ㄏㄠˋ ㄌㄨㄥˊ 據說古代有個葉公，非常愛好龍，器物上畫著龍，房屋上也刻著龍。真龍知道了，來到葉公家裡，從窗戶探出頭。葉公一見，嚇得面如土色，拔腿就跑。之後，用來比喻名義上愛好某事物，實際上卻不是真正的愛好。

葉落知秋 ㄧㄝˋ ㄌㄨㄛˋ ㄓ ㄑㄧㄡ 比喻從微小的事情，可以預測到事物的發展與變化。

葉落歸根 ㄧㄝˋ ㄌㄨㄛˋ ㄍㄨㄟ ㄍㄣ 比喻事情有一定的歸宿。多指離開家鄉的人最後終究要回到本鄉本土。例他臨死前囑託朋友將他安葬在故鄉，完成他葉落歸根的心願。

葬
艸部 九畫

ㄗㄤˋ 掩埋：例埋葬。

葬身 ㄗㄤˋ ㄕㄣ 埋葬屍體，多指死亡、滅亡。例他在海上遇難，可能已葬身魚腹了。

葬送 ㄗㄤˋ ㄙㄨㄥˋ 比喻斷送、毀滅。例她的任性葬送了她一生的幸福。

葬禮 ㄗㄤˋ ㄌㄧˇ 埋葬死者的儀式。

小百科 照道理說，葬禮都是人死後才舉行，是件非常悲痛的事，但是有趣的是，在法國有一個地方的青年人，他們在結婚辦喜事前卻要舉行一次「葬禮」，表示告別了「單身漢」的生活。他們擺酒宴招待前來的親朋好友，酒宴後，還要舉行安葬祈禱儀式。最後由新郎走在前邊，後面的人們抬著象徵性的「棺材」，埋進田園或扔到江河中，才結束了這種新奇的送葬儀式。

葛
艸部 九畫

ㄍㄜˊ ❶蔓生的草本植物，根可作藥，莖的纖維可織布：例葛藤。❷纏繞不清：例糾葛。❸複姓：例諸葛。

ㄍㄜˇ 姓：例葛先生。

葛布 ㄍㄜˊ ㄅㄨˋ 用葛的纖維所織成的布。例夏天穿短袖的葛布上衣最舒服了！

夏季服裝。

萼
艸部 九畫

ㄜˋ 片狀輪生，托在花下部的綠色小片：例花萼。

蒂
艸部 九畫

ㄉㄧˋ 瓜果和枝莖相連的部分：例瓜熟蒂落、根深蒂固。

葷
艸部 九畫

ㄏㄨㄣ ❶肉類食物：例葷菜。❷蔥蒜等帶刺激性的蔬菜。

ㄒㄩㄣ 古代種族名：例葷粥（ㄩˋ）。

參考 相反字：素。

葷辛 ㄏㄨㄣ ㄒㄧㄣ 統稱氣味強烈的蔬菜，有蔥、蒜、韭菜等。辛：指有辣味的。

葷菜 ㄏㄨㄣ ㄘㄞˋ 肉類食品的通稱。

葷粥 ㄒㄩㄣ ㄩˋ 古代北方種族名。

落

丶 十 廾 艹 艹 艹 艹 艹 莎 菠 菠 落 落

艸部 九畫

ㄌㄨㄛˋ ❶人所聚居的地方：例村落、部落。❷文章停頓的地方：例段落。❸掉下，下降：例落雨、落價。❹衰敗，飄零：例衰落、淪落。❺遺留在後面：例落選、落伍。❻停留，留下：例落腳、落戶。❼歸屬：例責任落在他身上。❽建築初成：例落成。❾題字：例落款。❿冷清，沉寂：例冷落、寥落。⓫姓：例落先生。

ㄌㄠˋ ❶得到：例管閒事，落不是。❷跌，降：例落價、水落石出。❸墜下來：例鳥兒落在地上。❹剩餘：例這個月除去開銷，還落了幾塊錢。

ㄌㄚˋ ❶遺忘：例東西落在車上、落了一個字。❷跟不上：例落在後頭。

猜一猜 「洛水上飄草。」（猜一字）（答案：落）

古人說 「瞎子帶瞎子，兩人同落水。」這句話是說：不知道或是沒有經驗的人帶領相同的人做事，效果不好，又容易出差錯。例他說他知道桃園怎麼去，其實還不是「瞎子帶瞎子，兩人同落水」，結果我們都迷路了。

落戶 ㄌㄨㄛˋ ㄏㄨˋ 到一個地方去，長期住下來。例他從祖父那一輩就在台北落戶了。

落伍 ㄌㄨㄛˋ ㄨˇ ❶掉隊；行動緩慢，跟不上隊伍。例他不願落伍，一腳高一腳低的緊跟著隊伍走。❷比喻人或事物跟不上時代。例有了電燈，煤油燈就顯得落伍了。

落成 ㄌㄨㄛˋ ㄔㄥˊ 指建築工程完成。例動工了二年多，我們的新居終於落成了。例大橋已經落成，近日內就可以正式通車。

落空 ㈠ㄌㄨㄛˋ ㄎㄨㄥ 希望、要求等沒有著落，不能實現。例他想腳踏兩條船，到頭來卻兩頭落空。㈡ㄌㄚˋ ㄎㄨㄥˋ 疏忽而未顧及。例這個人的結局在本書中沒有被提及，不知是否作者落空了？

落後 ㄌㄨㄛˋ ㄏㄡˋ ❶落在別人的後面。例他們的工作進度比別人稍微落後一點。例虛心使人進步，驕傲使人落後。❷引申為文化、經濟的不進步，掉落在人家的後面。例落後民族大多是開發中國家。

落荒 ㄌㄨㄛˋ ㄏㄨㄤ 離開大路，向鄉野逃去。例那群野狼被打得落荒而逃。

落款 ㄌㄨㄛˋ ㄎㄨㄢˇ 書畫家在所作書畫上題寫姓名、年月等。也泛指書信、文章上的簽署姓名。款：空白處。例他在這幅完成的花鳥畫上落款。

落單 ㄌㄨㄛˋ ㄉㄢ 離開團體，而陷於孤獨的情況。例他是在落單時，不小心迷了路。

落筆 ㄌㄨㄛˋ ㄅㄧˇ 下筆，開始動手寫作或作畫。例他的書是在先有了生活體驗之後才落筆的。

落落 ㄌㄨㄛˋ ㄌㄨㄛˋ ❶形容舉止坦率自然。例她的態度十分的落落大方。❷孤獨，和別人合不來。例他最近不知為什麼總是落落寡合。

落腳 ㄌㄨㄛˋ ㄐㄧㄠˇ 指臨時停留或暫住。例我們暫時在山腰落腳，再繼續往前行吧！

落魄 ㄌㄨㄛˋ ㄊㄨㄛˋ ❶潦倒；窮困失意。例他一生都落魄不得志。❷心神喪失。例這幾天他總是一副失魂落魄的樣子。

落幕 ㄌㄨㄛˋ ㄇㄨˋ ❶舞臺表演完畢時，將布幕放下，稱為落幕。例舞臺表演在掌聲中圓滿的落幕了。❷引申為一件事情的結束。例這齣鬧劇終於落幕了。

落網 ㄌㄨㄛˋ ㄨㄤˇ 罪犯被捕歸案，有如野獸落入網中一般。例在警方全力的追緝下，他終於落網了。

落實 ㄌㄨㄛˋ ㄕˊ ❶使計畫、措施、政策等得以貫徹執行。例我們要落實地方上的各項基層建設。❷安穩。例事情沒有把握，心裡總是不落實。

落難 ㄌㄨㄛˋ ㄋㄢˋ 遭遇災難，陷入困境。例他不幸落難成為敵人的俘虜。

落湯雞 ㄌㄨㄛˋ ㄊㄤ ㄐㄧ 形容全身被雨水淋溼或被潑溼的人。例一場大雨把他淋成了落湯雞。

落井下石 ㄌㄨㄛˋ ㄐㄧㄥˇ ㄒㄧㄚˋ ㄕˊ 比喻乘人危急的時候，加以陷害。例我們在朋友有危難時，即使不能雪中送炭，也不可以落井下石。

落地生根（ㄌㄨㄛˋ ㄉㄧˋ ㄕㄥ ㄍㄣ）　一個人長期居留在某地，永遠不再遷移，有如種子落地而後生根一般。例他在美國落地生根。

落花流水（ㄌㄨㄛˋ ㄏㄨㄚ ㄌㄧㄡˊ ㄕㄨㄟˇ）　❶形容暮春衰敗的景色。例落花流水東去，轉眼鳳凰花開。❷比喻被打得大敗。例敵人被打得落花流水。

落英繽紛（ㄌㄨㄛˋ ㄧㄥ ㄅㄧㄣ ㄈㄣ）　形容落花掉下，繁盛好看的樣子。英：花。繽紛：繁多雜亂的樣子。例芳草鮮美，落英繽紛，煞是好看。

落葉知秋（ㄌㄨㄛˋ ㄧㄝˋ ㄓ ㄑㄧㄡ）　看到了落葉，就知道秋天將近。比喻見到細微的徵兆，就知道重大的趨勢。

參考　相似詞：一葉知秋。

葡　艸部 九畫

ㄆㄨˊ　❶木本植物，蔓生，莖有卷鬚，果實圓或橢圓，味甜或酸，可供釀酒：例葡萄。❷國名，位於歐洲伊比利半島西部，與西班牙為鄰：例葡萄牙。

葡萄（ㄆㄨˊ ㄊㄠˊ）　落葉藤本植物，葉子掌狀分裂，開黃綠色的小花。果實圓形或橢圓形，多為紫色或淡綠色，味酸甜、多汁，可生食、釀酒。

小百科　葡萄佔世界水果的百分之四十，是產量最多的水果。

繞口令　吃葡萄不吐葡萄皮兒，不吃葡萄倒吐葡萄皮兒。

葡萄酒（ㄆㄨˊ ㄊㄠˊ ㄐㄧㄡˇ）　用經過發酵的葡萄製成的酒。去皮白色微黃的稱「白葡萄酒」，不去皮紅色的叫「紅葡萄酒」，以法國出產的為最有名。若將葡萄酒加以蒸餾、窖藏後，就成為白蘭地酒。

董　艸部 九畫

ㄉㄨㄥˇ　❶器物：例古董。❷督理事務的人：例董事。❸姓：例董先生。

董事（ㄉㄨㄥˇ ㄕˋ）　❶公司由股東裡選出來的代表人，主持公司中的一切事務。❷私立學校的負責代表人。

萱　艸部 九畫

ㄒㄩㄢ　❶萱草，草本植物，花可作蔬菜，也可供觀賞，俗稱「金針菜」，又叫「忘憂草」。❷比喻母親：例萱堂。

葩　艸部 九畫

ㄆㄚ　花朵：例奇葩異草。

萵　艸部 九畫

ㄨㄛ　萵苣，一種蔬菜，葉子窄長，沒有柄，附在莖上，莖可食用，也叫「萵笋（ㄙㄨㄣˇ）」。

葚　艸部 九畫

ㄕㄣˋ　桑樹的果實：例桑葚。

蓉　艸部 十畫

ㄖㄨㄥˊ　❶芙蓉，荷花的別名。❷一種落葉灌木，叫木芙蓉，花可供觀賞。❸四川省成都市的別稱。

蒿　艸部 十畫

ㄏㄠ　多年生草本植物，有青蒿、白蒿等種類，可供藥用。

蒿子（ㄏㄠ ㄗ˙）　通常指花小、葉子作羽狀分裂，並且有某種特殊氣味的草本植物。

蒿目時艱（ㄏㄠ ㄇㄨˋ ㄕˊ ㄐㄧㄢ）　形容對時局的險惡擔心。蒿目：儘量向遠看。

蓆

艸部 十畫

ㄒㄧˊ 蓆子，用草或竹子等編織成可供坐臥的墊子，通「席」：例草蓆。

蓄

艸部 十畫

ㄒㄩˋ ❶儲存：例儲蓄。❷存在心中沒有表現出來：例含蓄。❸保留：例蓄髮。❹姓：例蓄先生。

參考 相似字：貯、儲、存、積。♣相反字：放。

蓄洪 ㄒㄩˋ ㄏㄨㄥˊ 為了防止洪水成災，把超過河道能排泄的洪水儲存在水庫或湖泊中。例水庫有蓄洪、供水、發電的作用。

蓄意 ㄒㄩˋ ㄧˋ 積藏很久的意念。例法官判定兇手蓄意殺人。

蓄積 ㄒㄩˋ ㄐㄧ 儲藏，積存。例水庫可以蓄積雨水。

蓄水池 ㄒㄩˋ ㄕㄨㄟˇ ㄔˊ 儲存水量的人工池。

蓄電池 ㄒㄩˋ ㄉㄧㄢˋ ㄔˊ 用化學能的方式儲存電能的容器，又稱「電瓶」。

蒲

艸部 十畫

ㄆㄨˊ ❶香蒲，俗稱「蒲草」，生在池沼中，葉片可製蓆、扇，根莖可提取澱粉。❷姓：例蒲先生。

小故事 漢代有個孩子名叫路溫舒，十分喜愛讀書寫字，但由於家庭經濟不佳，小小年紀就去牧羊。路溫舒想利用空閒時間自學，卻苦於沒錢買寫字用的紙板。一天，他在水澤裡看見蒲草，靈機一動，就採了許多蒲葉，編訂成冊。從此，他在牧羊時抓緊點滴時間在蒲葉上寫字，學業進步很快，後來終於成才。人們都稱讚他刻苦學習的可貴精神。

蒲柳 ㄆㄨˊ ㄌㄧㄡˇ 水楊，是秋天很早就凋零的樹木，從前用來謙稱自己體質衰弱。

蒲扇 ㄆㄨˊ ㄕㄢˋ 以香蒲葉或蒲葵製成的扇子。俗稱「芭蕉扇」。

猜一猜 鼻子粗又長，兩牙伸嘴外，雙耳如蒲扇，身子似堵牆。（猜一種動物）（答案：象）

蒲公英 ㄆㄨˊ ㄍㄨㄥ ㄧㄥ 多年生草本植物，全株含有白色乳汁。葉由根部叢生，全草供藥用，能消熱、解毒。

猜一猜 小小傘兵隨風飛，飛到東來飛到西，降落路邊田野裡，安家落戶紮根基。（猜一種植物）（答案：蒲公英）

唱詩歌 一棵蒲公英，一群小傘兵。風兒吹，飄呀飄，一落落在青草坪。陽光照，雨水淋，長出一片蒲公英。

蒙

艸部 十畫

ㄇㄥˊ ❶「蒙古」的簡稱，是種族名也是區域名。❷幼稚無知：例啟蒙。❸遮蓋：例蒙蔽。❹承受：例承蒙。❺遭遇：例蒙難。❻欺瞞：例蒙騙。❼缺乏知識：例蒙昧。

蒙受 ㄇㄥˊ ㄕㄡˋ 受到。例這場火災使他蒙受不少損失。例他蒙受了不白之冤。

蒙昧 ㄇㄥˊ ㄇㄟˋ 不懂事理、昏昧無知的樣子。昧：昏暗不明的樣子。例他的蒙昧無知使他吃了不少虧。

蒙羞 ㄇㄥˊ ㄒㄧㄡ 蒙受羞辱。例他的行為使他的家人蒙羞。

蒙混 ㄇㄥˊ ㄏㄨㄣˋ 用欺騙的手段使人相信，達成目的。例他花了許多心思，總算蒙混過關。

蒙蔽 ㄇㄥˊ ㄅㄧˋ 隱瞞真相。例他想盡各種方法企圖蒙蔽事實。

蒙騙 ㄇㄥˊ ㄆㄧㄢˋ 以巧詐的手段欺騙對方。例他用花言巧語蒙騙了不少人。

蒙難 ㄇㄥˊ ㄋㄢˋ 遭受災難。例 國父在倫敦蒙難時，因為老師康德黎的大力奔走，才能化險為夷。

蒙古包 ㄇㄥˊ ㄍㄨˇ ㄅㄠ　蒙族居住的一種圓頂帳棚。

蒜　艸部 十畫

ㄙㄨㄢˋ 蔬菜類植物，地下莖和葉有辣味，可供食用：例蒜頭。

俏皮話 「水仙不開花——裝蒜。」水仙是石蒜科的植物，不開花的水仙看起來就像蒜一樣。裝蒜是比喻人故意裝糊塗。例如：小弟弟偷吃糖果，還裝出無辜的樣子，我們就可以說他：「你別水仙不開花——裝蒜了！」

蓋　艸部 十畫

ㄍㄞˋ ❶覆於容器上的東西：例瓶蓋。❷人體內某些扁平形的骨頭：例膝蓋。❸寢具：例捲鋪蓋。❹搭建，修造：例蓋房子。❺超過：例英勇蓋世、氣蓋山河。❻把圖章印在文件上：例蓋章。❼遮掩：例遮蓋。❽吹牛：例蓋仙。

ㄍㄜˇ 姓：例蓋先生。

ㄏㄜˊ 通「盍」。

蓋世 ㄍㄞˋ ㄕˋ　世界上沒有能比得上的。例他的武功蓋世無雙。

蓋仙 ㄍㄞˋ ㄒㄧㄢ　俗稱吹牛或吹牛的人。例他常把人唬得一愣一愣的，是個大蓋仙。

蓋棺論定 ㄍㄞˋ ㄍㄨㄢ ㄌㄨㄣˋ ㄉㄧㄥˋ　一個人的功過好壞，在死後才能作出結論。例許多歷史上的人物到現在還不能蓋棺論定。

蒸　艸部 十畫

ㄓㄥ ❶水氣上升：例蒸發、蒸氣。❷利用水的熱氣使食物熱或熟：例蒸饅頭、清蒸牛肉。

蒸氣 ㄓㄥ ㄑㄧˋ　液體或固體因蒸發、沸騰或昇華而變成的氣體。

蒸發 ㄓㄥ ㄈㄚ　液體表面緩慢的轉化成氣體。

蒸餾 ㄓㄥ ㄌㄧㄡˊ　❶把液體加熱變成蒸氣，再將蒸氣冷卻凝成液體來除去雜質的方法。❷利用沸點不同，分離混合物的方法。

蒸籠 ㄓㄥ ㄌㄨㄥˊ　用竹子、木片等製成，用來蒸食物的圓形籠狀器。

蒸汽機 ㄓㄥ ㄑㄧˋ ㄐㄧ　利用水蒸氣產生動力的發動機。

蒸蒸日上 ㄓㄥ ㄓㄥ ㄖˋ ㄕㄤˋ　形容事物一天天地向上發展。蒸蒸：上升和興盛的樣子。

參考 相反詞：日漸蕭條。

蓀　艸部 十畫

ㄙㄨㄣ 古代一種香草名。

蓓　艸部 十畫

ㄅㄟˋ 含苞未開的花：例蓓蕾。

蓓蕾 ㄅㄟˋ ㄌㄟˇ　含苞未開的花。

蒐　艸部 十畫

ㄙㄡ ❶聚集：例蒐集、蒐羅。❷打獵：例春蒐夏苗。

蒼　艸部 十畫

ㄘㄤ ❶青色（包括藍色和深綠色）：例蒼天、蒼松翠柏。❷衰老的：例蒼老。❸灰白的：例面色蒼白。❹姓：例蒼先生。

蒼白 ㄘㄤ ㄅㄞˊ　白中帶青的顏色；形容不健康、生病或受驚嚇的面色。例他被嚇得一身冷汗，面色蒼白。

蒼生 指老百姓。

蒼老 ❶形容聲音、面貌等顯出衰老的樣子。例他比實際年紀蒼老許多。❷形容書畫的筆力老練而雄健。例他的書法蒼老有勁。

蒼穹 指天空。穹：天空。

參考 相似詞：蒼天、穹蒼。

蒼勁 蒼老挺拔；多形容樹木、書法、繪畫等。例這株松柏，蒼勁挺拔。

蒼茫 形容空闊遼遠，沒有邊際。例蒼茫大地，無邊無際。

蒼涼 淒涼冷落的樣子。例他的晚景很蒼涼。

參考 請注意：「蒼涼」和「淒涼」，例如：可以互相通用「蒼涼」形容老邁後孤獨無依的景象；「淒涼」也用來形容悲苦無依的樣子。

蒼蒼 ❶深青色。例天蒼蒼，野茫茫。❷形容頭髮花白的樣子。例視茫茫，髮蒼蒼。❸蒼老的樣子。例他逐漸蒼蒼老去。

蒼翠 深綠色，指草木等。例蒼翠的山巒，令人喜愛。

蒼蠅 昆蟲，種類很多，通常指家蠅，頭部有一對複眼。幼蟲叫蛆，成蟲能傳染霍亂、傷寒等多種疾病。

俏皮話 (一)「老虎頭上拍蒼蠅——不想活了。」我們都知道老虎生性非常凶猛，不容易去接近它；如果在「老虎頭上拍蒼蠅」，那個人一定是「不想活了」。比喻一個人不明白事理，膽大妄為。(二)「沒頭蒼蠅——亂鑽。」「沒頭蒼蠅」什麼都看不見，只會到處「亂鑽」；這句話是用來形容人的行動忙亂。

蒞 艸部 十畫

ㄌㄧˋ 到，臨：例蒞臨、蒞任、蒞會。

參考 相似字：到、臨、至、達。

蒞臨 來到，親臨。

蓑 艸部 十畫

ㄙㄨㄛ 用草編成用來遮雨的衣服：例蓑衣。

蓑衣 蓑草編成的雨衣。

蓖 艸部 十畫

ㄅㄧˋ 見「蓖麻」。

蓖麻 一年或多年生草本植物，種子可榨油，葉可飼養蓖麻蠶，莖的韌皮纖維可作繩索和造紙。

蔗 艸部 十一畫

ㄓㄜˋ 熱帶和亞熱帶糖料作物，是製糖的主要原料，榨汁後剩下的渣，可製隔音板、紙漿等：例甘蔗。

蔗糖 廣泛存在於植物界，甘蔗和甜菜中含量特別豐富。日常食用的白糖或紅糖中主要成分是蔗糖。

蔚 艸部 十一畫

ㄨㄟˋ ❶盛大，茂盛：例蔚然成風、蔚成大國。❷顏色深的：例蔚藍。❸有文采的：例雲蒸霞蔚。

ㄩˋ 姓：例蔚先生。

蔚藍 深藍色。例海鷗徜徉在蔚藍的天空中。

蔚為大觀 形容事物豐富多彩，形成盛大壯觀的景象。例這次展出的中外名畫蔚為大觀。

蔚為風氣 形容一件事情逐漸發展，形成一股風氣。例股票投資蔚為風氣，盛行一時。

參考 相似詞：蔚成風氣、蔚然成風。

蓮 艸部 十一畫

ㄌㄧㄢˊ 草本植物，生於淺水中，葉圓大。莖叫蓮藕，果實叫蓮子，均可供食用。花叫荷花或蓮花，供觀賞：例睡蓮。

參考 請注意：其實荷花就是蓮花，但是我們通常稱花瓣圓寬，離水面遠，葉像傘的為荷花。而花瓣較尖細，花葉平貼水面，葉子平鋪水上的，為蓮花。

蓮蓬 ㄌㄧㄢˊ ㄆㄥˊ 蓮花開過後的花托，呈倒圓錐形，有二、三十個小孔，蓮子就包在裡面。

小故事 福建省的建蓮和湖南省的湘蓮遠近馳名。提起建蓮，還有這麼一個有趣的傳說：有一次，西王母宴請諸位神仙，快散席時，荷花仙子才遲遲捧上蓮子湯。西王母一怒之下把一碗蓮子潑掉，正好撒落在福建省錢山寺前的兩口池塘裡，沒多久，蓮子就發芽生根，長葉開花，一口蓮塘開紅花，一口蓮塘開白花。

蔬 艸部 十一畫

ㄕㄨ 可供食用的草菜類植物的總稱：例蔬菜。

蔬菜 ㄕㄨ ㄘㄞˋ 可以當菜吃的草本植物的總稱。例多吃蔬菜水果有益健康。

蔭 艸部 十一畫

ㄧㄣˋ ❶樹下的陰影：例樹蔭、柳蔭。❷因父祖有功而給予子孫任官的權利或特權，通「廕」。❸庇護，遮蔽，通「廕」：例庇蔭。

蔭庇 ㄧㄣˋ ㄅㄧˋ 大樹枝葉遮蔽陽光，適宜人們休息。比喻尊長照顧著晚輩或祖宗保佑著子孫。

蔭涼 ㄧㄣˋ ㄌㄧㄤˊ 因為沒有晒到太陽而感覺涼爽。例這屋子蔭涼得很。

蔭蔽 ㄧㄣˋ ㄅㄧˋ 遮蔽，隱蔽。例茅屋隱蔽在樹林中。

蔓 艸部 十一畫

ㄇㄢˋ ❶植物細長而攀繞他物的莖：例瓜蔓。❷漸漸的伸長和散布開來：例蔓延。❸姓：例蔓先生。

ㄇㄢˊ 蔓菁，或稱「蕪青」，蔬類植物，根長而扁圓，俗稱「大頭菜」。

蔓延 ㄇㄢˋ ㄧㄢˊ 形容像蔓草一樣不斷向周圍擴展延伸。例火勢逐漸向四周蔓延開來。

蔓草 ㄇㄢˋ ㄘㄠˇ 蔓延滋生的草。

蔓生植物 ㄇㄢˋ ㄕㄥ ㄓˊ ㄨˋ 不能獨立生長，有細長的莖，攀附在其他物體上的植物。例如牽牛花、長春藤等。

蔑 艸部 十一畫

ㄇㄧㄝˋ ❶無，沒有：例蔑以復加。❷小：例蔑視。❸欺負，侮辱：例誣蔑。❹拋去，捨棄：例蔑棄。

蔑視 ㄇㄧㄝˋ ㄕˋ 小看，輕視。

蔑棄 ㄇㄧㄝˋ ㄑㄧˋ 輕視而廢棄。

蔣 艸部 十一畫

ㄐㄧㄤˇ ❶茭白筍的別名。❷姓：例蔣先生。

蔣中正 ㄐㄧㄤˇ ㄓㄨㄥ ㄓㄥˋ 浙江省奉化縣人，字介石，生於民國前二十五年十月三十一日。早年追隨 國父革命，民國十五年繼承 國父遺志，率師北伐，完成統一。民國二十六年起，領導全國軍民對日抗戰，獲得最後勝利。三十八年政府播遷來臺。 蔣公不幸於民國六十四年四月五日逝世，享年八十九歲。

蔡 艸部 十一畫

ㄘㄞˋ ❶春秋時的國名。❷姓：例蔡小姐。

蔔 艸部 十一畫

ㄅㄛˊ 蘿蔔，蔬類植物，主根肥大，球形或圓柱形，根和葉都可食用，種子可作藥。

蓬 艸部 十一畫

ㄆㄥˊ ❶蓮花結的果子：例蓮蓬。❷散亂的樣子：例蓬鬆。❸興盛：例蓬勃。❹姓：例蓬先生。

蓬勃 ㄆㄥˊ ㄅㄛˊ 繁榮旺盛的樣子。

蓬萊 ㄆㄥˊ ㄌㄞˊ 古代神話傳說中的仙山。詩文中借以比喻仙境。例山上空氣清新，鳥語花香，如神話中的蓬萊仙地。

小故事 古書上有個神話：在渤海的東邊不知幾億萬里的地方，有五座神山。山上的建築物都是黃金、白玉建成的。那裡到處長著珍珠寶石的樹，誰吃了它開的花、結的果，就可以長生不老。五座神山是仙人的住處，他們既快樂又逍遙，自由自在。後來兩座神山漂走了，只剩下蓬萊等三個島，因此人們簡稱「蓬萊三島」。

蓬亂 ㄆㄥˊ ㄌㄨㄢˋ 草、頭髮等鬆散雜亂。例她蓬亂著頭，像好幾天沒有梳理頭髮。

蓬蓽 ㄆㄥˊ ㄅㄧˋ ❶用草、荊條等作成的門戶；形容窮苦人家所住的簡陋房屋。蓽：草名。❷謙稱自己的住宅。

參考 活用詞：蓬蓽生輝。

蓬鬆 ㄆㄥˊ ㄙㄨㄥ 形容鬆散雜亂的樣子。

蓬萊米 ㄆㄥˊ ㄌㄞˊ ㄇㄧˇ 指臺灣的粳米，米質稍黏。日本人伊藤多喜男在民國十五年把粳米命名為「蓬萊米」，表示是「神仙寶島」的名產。

蓬蓽生輝 ㄆㄥˊ ㄅㄧˋ ㄕㄥ ㄏㄨㄟ 謙辭，表示由於別人到家裡或張掛別人題贈的字畫等而使自己非常光榮。例感謝您的光臨，使寒舍蓬蓽生輝。

蓬頭垢面 ㄆㄥˊ ㄊㄡˊ ㄍㄡˋ ㄇㄧㄢˋ 形容頭髮很亂、臉上很髒的樣子。垢：骯髒的。例他不修邊幅，終日蓬頭垢面。

蔥 艸部 十一畫

ㄘㄨㄥ 多年生草本植物，葉子中空圓筒形，下部白色，可以用作調味品。

參考 請注意：「蔥」的異體字是「葱」。

猜一猜 不是蔥，不是蒜，一層一層裹紫緞。說蔥長得矮，像蒜不分辨。（猜一種蔬菜）（答案：洋蔥）

蔥花 ㄘㄨㄥ ㄏㄨㄚ 切成細末的蔥，用來調味。例媽媽切了一些蔥花，準備作菜。

蔥綠 ㄘㄨㄥ ㄌㄩˋ ❶淺綠微黃的顏色。❷草木青翠的樣子。例公園裡有許多蔥綠的樹木，十分美麗。

蔥嶺 ㄘㄨㄥ ㄌㄧㄥˇ 舊時「帕米爾高原」和「喀喇崑崙山脈」的總稱。是古代我國和西方來往的通道。

蔽 艸部 十一畫

ㄅㄧˋ ❶遮蓋，擋住：例遮蔽、掩蔽。❷欺騙，隱瞞事實：例蒙蔽。❸概括：例一言以蔽之。

蔽匿 ㄅㄧˋ ㄋㄧˋ 隱藏。例小屋蔽匿在叢林中。

蔽塞 ㄅㄧˋ ㄙㄜˋ 掩蔽阻塞而不通。

蔽障 ㄅㄧˋ ㄓㄤˋ 遮蔽物體的屏障。

蔽日參天 ㄅㄧˋ ㄖˋ ㄘㄢ ㄊㄧㄢ 形容高大的樹木遮蔽了太陽。

蓿
艸部 十一畫

ㄙㄨˋ 多年生草本植物，是優良的飼料，俗稱「金花菜」。

蔻
艸部 十一畫

ㄎㄡˋ ❶豆蔻，草本植物，種子有香味，可作藥。❷蔻丹，泛稱女人用的各種顏色的指甲油。

蓼
艸部 十一畫

ㄌㄧㄠˇ ❶草本植物，多生在水邊，葉子有辛香味，古人用來調味。❷古國名，在河南省境內。❸姓。

ㄌㄨˋ 長大的樣子：例蓼蓼者莪。

蓼莪 ㄌㄨˋ ㄜˊ 詩經篇名之一；比喻孝子追念父母的心情。

蕩
艸部 十二畫

ㄉㄤˋ ❶淺水湖：例黃天蕩。❷搖動，擺動：例飄蕩、動蕩。❸放縱，不受拘束：例放蕩。❹走來走去，無事閒逛：例遊蕩。❺姓。

參考 相似字：搖、撼、動。

蕩平 ㄉㄤˋ ㄆㄧㄥˊ 掃蕩平定。例他蕩平這次動亂。

蕩然 ㄉㄤˋ ㄖㄢˊ 形容原來存在的東西消失，毀滅得一乾二淨。例我們之間的友誼已經蕩然無存了。

蕩漾 ㄉㄤˋ ㄧㄤˋ ❶水波微動的樣子。例清風徐徐，湖水蕩漾，波光粼粼。❷形容起伏不定，飄飄蕩蕩。例歌聲在山谷間蕩漾。

蕩蕩 ㄉㄤˋ ㄉㄤˋ ❶廣大眾多的樣子。例我們的隊伍浩浩蕩蕩的出發了。❷空曠的樣子。例大廳裡空蕩蕩的，不見一個人影。

蕩氣迴腸 ㄉㄤˋ ㄑㄧˋ ㄏㄨㄟˊ ㄔㄤˊ 形容聲音或文辭非常感人。例我拜讀了他的文章，頓時覺得蕩氣迴腸，深受感動。

蕈
艸部 十二畫

ㄒㄩㄣˋ 菌類植物。生長在樹林裡或草地上，種類很多，有的可吃，例如：松蕈、香蕈，有的有毒。

蕙
艸部 十二畫

ㄏㄨㄟˋ ❶香草名，葉橢圓形，秋初開紅花，結黑子，有香味。❷蕙蘭，多年生草本植物，花很香，可供觀賞。

蕙心 ㄏㄨㄟˋ ㄒㄧㄣ 比喻女子內心的純美。

蕙質 ㄏㄨㄟˋ ㄓˋ 比喻美質，像蘭花一樣芳香。

蕨
艸部 十二畫

ㄐㄩㄝˊ 又名羊齒植物，野生，嫩葉可吃，根莖可作澱粉，也可以作藥。

蕃
艸部 十二畫

ㄈㄢˊ ❶指草木茂盛：例蕃茂。❷繁殖，通「繁」：例蕃衍。

ㄈㄢ ❶中國古代稱西方的遊牧民族，通「番」：例吐蕃、吐魯蕃。❷稱外國或來自外國的東西，通「番」：例蕃茄、蕃薯。

蕃衍 ㄈㄢˊ ㄧㄢˇ 逐漸增多。

蕊
艸部 十二畫

ㄖㄨㄟˇ ❶花心，是植物傳種的器官，有雄、雌的分別：例花蕊、雄蕊、雌蕊。❷燈燭的心：例燈蕊。

蕉 艸部 十二畫

ㄐㄧㄠ ❶芭蕉，見「芭」。❷「香蕉」的簡稱：例蕉農。

蕉農 ㄐㄧㄠ ㄋㄨㄥˊ 種植香蕉為業的農人。

蕭 艸部 十二畫

ㄒㄧㄠ ❶冷落，衰敗，沒有生氣的樣子：例蕭條。❷風聲，馬叫聲，木葉聲：例蕭蕭。❸姓：例蕭先生。

猜一猜 一支竹管尺把長，開著一排小天窗，和風輕輕吹進來，妙歌引來巧鳳凰。（猜一種樂器）（答案：蕭）

蕭索 ㄒㄧㄠ ㄙㄨㄛˇ 缺乏生機，寂寞冷清的樣子。例眼前是一片蕭索的晚秋景象。

蕭條 ㄒㄧㄠ ㄊㄧㄠˊ ❶寂寞冷清，毫無生氣。例這裡只有荒山老樹，景象十分蕭條。❷經濟衰敗不景氣。例物價不停上漲，經濟十分蕭條。

蕭瑟 ㄒㄧㄠ ㄙㄜˋ ❶形容風吹樹木的聲音。例秋風蕭瑟。❷形容景色淒涼。

蕭蕭 ㄒㄧㄠ ㄒㄧㄠ ❶風聲。例風蕭蕭兮易水寒。❷馬叫聲。例馬鳴蕭蕭。❸落葉聲。例無邊落木蕭蕭下。

蕪 艸部 十二畫

ㄨˊ ❶草長得多而亂的樣子：例荒蕪。❷雜亂：例蕪雜。

蕪湖 ㄨˊ ㄏㄨˊ ❶安徽省縣名，在長江東岸，水運便利，商業繁盛。❷湖名，在蕪湖縣西南，因蓄水不深，且多蕪藻而得名。

蕪雜 ㄨˊ ㄗㄚˊ 雜亂；沒有條理。例他的文章蕪雜，讓人讀不下去。

蕎 艸部 十二畫

ㄑㄧㄠˊ 見「蕎麥」。

蕎麥 ㄑㄧㄠˊ ㄇㄞˋ 一年生草本植物，莖紅色，葉子三角狀心臟形，花白或淡粉紅色，子實可磨成粉食用。

薪 艸部 十三畫

ㄒㄧㄣ ❶柴火：例釜底抽薪。❷工作的酬勞：例日薪。❸姓：例薪先生。

薪水 ㄒㄧㄣ ㄕㄨㄟˇ 以前指供打柴汲水等生活上必需的費用。現在指工作或職業所得的酬金。

參考 相似詞：薪餉。

薪餉 ㄒㄧㄣ ㄒㄧㄤˇ 薪水，俸給。餉：所配給的米糧等生活必需品。

參考 相似詞：薪俸、薪津。

薪盡火傳 ㄒㄧㄣ ㄐㄧㄣˋ ㄏㄨㄛˇ ㄔㄨㄢˊ 也簡稱「薪傳」。火燒著時，前一根薪燒盡，後一根薪緊接燒著，繼續加薪，火永遠不熄。比喻師父傳業於弟子，一代代的傳下去。簡稱「薪傳」。

薄 艸部 十三畫

ㄅㄛˊ ❶厚度小，與「厚」相對：例薄片、薄紙。❷冷淡，不深厚：例待他不薄。❸不濃，淡：例酒味薄。❹不肥沃的：例薄田。❺輕微，少：例單薄。❻苛刻，不莊重：例刻薄、輕薄。❼看不起，輕視：例菲薄、厚古薄今。❽迫近，靠近：例日薄西山。❾卑賤的：例出身微薄。❿姓：例薄先生。

ㄅㄛˋ 草本植物，莖葉有清涼的香味：例薄荷。

參考 相似字：淡。♣相反字：厚。♣請注意：「薄片」的「薄」字是「艸」字頭，「筆記簿」的「簿」（ㄅㄨˋ）字是「竹」字頭，不可混淆。

小故事 王安石被罷官以後，居住在家鄉江寧。一天，他在山上碰到幾個書生，他們在說古談今，誦文讀史，彷彿是世界上最有學問的人。王安石在一邊悄悄地坐下，一個書生看見了，傲慢地問：

「老頭子，你也懂得書嗎？」王安石謙虛的欠身回答：「不懂！不懂。」另一個書生慢條斯理的問：「你姓什麼？叫什麼名字？」王安石輕聲回答：「老夫叫王安石。」這些淺薄無知的書生一聽，個個都嚇呆了，沒想到眼前這個不引人注意的老頭，竟是著名的文學家、政治家啊！

笑一笑 有家賣酒的小店收攤後，有人還來買酒。店主不肯開門，請他把錢從門縫裡送進來。客人生氣的問：「你的酒也能從門縫裡送出來嗎？」店主笑著說：「您別擔心，我這酒是『薄』的。」

薄命 ㄅㄛˊ ㄇㄧㄥˋ 命運不好。從前常用來形容女子痛苦的遭遇。例自苦紅顏多薄命。

薄弱 ㄅㄛˊ ㄖㄨㄛˋ ❶不雄厚，不堅強。例這支軍隊兵力薄弱，很快就被敵人瓦解了。❷他的意志薄弱，常受別人的意見所左右。

薄荷 ㄅㄛˋ ㄏㄜ˙ 草本植物，性喜溫暖、乾燥，根耐寒。莖可提取薄荷油、薄荷腦，可供醫藥、食品和化妝品等用途。

薄暮 ㄅㄛˊ ㄇㄨˋ 傍晚，天將黑時。例薄暮時分，天際出現朵朵絢麗斑斕的晚霞。

薄曉 ㄅㄛˊ ㄒㄧㄠˇ 破曉，天將亮的時候。例薄曉時分，旭日從東方天際邊冉冉升起。

蕾

艸部　十三畫

ㄌㄟˇ 含苞待放的花朵：例蓓蕾。

猜一猜 田裡雨後長青草。（猜一個字）

（答案：蕾）

薜

艸部　十三畫

ㄅㄧˋ ❶薜荔，常綠灌木名，莖、葉、果可作藥，也叫「木蓮」。❷藥草名，就是當歸。

薑

艸部　十三畫

ㄐㄧㄤ 草本植物。地下莖有辣味，可做調味品，也可以作藥。

小故事 傳說古時候有一位農民醫好不少病人，八仙中的鐵拐李不信，便下凡試探。遇到一個肚子痛的人，正要到老農家求醫，被鐵拐李擋住，取出自己的草藥給那人吃了，那人肚子好了許多，鐵拐李非常得意。過了一會兒，那人肚子又痛起來了，他說：「一定要去找老農，服下老農一劑藥就好了。」鐵拐李就暗自跟去，發現老農到地裡挖一草根和（ㄏㄨㄛˋ）了藥給那人服下，立即見效，那老農挖的正是生薑頭呢！

薔

艸部　十三畫

ㄑㄧㄤˊ 落葉灌木，莖上多刺，花美而香，可供觀賞和製造香水。

薔薇 ㄑㄧㄤˊ ㄨㄟˊ 落葉灌木，莖細長，枝上密生小刺，夏初開花，有紅、黃、白等色，果實可供藥用。

薛

艸部　十三畫

ㄒㄩㄝ ❶草名，屬蒿類。❷春秋時國名，在今山東省藤縣一帶。❸姓：例薛先生。

薇

艸部　十三畫

ㄨㄟˊ ❶落葉喬木，夏秋開花：例紫薇。❷落葉灌木，莖有刺，花豔麗，可供觀賞：例薔薇。

薯

艸部　十三畫

ㄕㄨˇ 甘薯、馬鈴薯等薯類作物的總稱。

薏

艸部 十三畫

ㄧˋ ❶蓮子心。❷薏苡，草本植物，種仁叫薏仁米，可以吃，也可作藥，也叫「薏米」、「苡仁」、「苡米」。

薊

艸部 十三畫

ㄐㄧˋ ❶古地名，在今北京城西南。❷草本植物，常見的有大小兩種，全草供藥用，小薊的嫩莖和葉可以吃。❸姓：例薊先生。

薈

艸部 十三畫

ㄏㄨㄟˋ ❶草木茂盛：例薈蔚。❷聚集：例薈萃。

薈萃 ㄏㄨㄟˋ ㄘㄨㄟˋ 聚集，會集。例人文薈萃。

薈蔚 ㄏㄨㄟˋ ㄨㄟˋ 草木繁盛的樣子。例林木薈蔚。

薦

艸部 十三畫

ㄐㄧㄢˋ ❶介紹，推舉：例推薦、舉薦。❷草，席墊：例草薦。

參考 相似字：荐。請注意：「薦」是「荐」的異體字。

薦舉 ㄐㄧㄢˋ ㄐㄩˇ 推舉人才。

參考 相似詞：荐引。

藍

艸部 十四畫

ㄌㄢˊ ❶草本植物，葉子含藍汁，提取出來可作染料：例藍草。❷深青色，像晴天天空的顏色：例蔚藍。❸姓：例藍先生。

藍本 ㄌㄢˊ ㄅㄣˇ 著作所根據的底本。

藍芽 ㄌㄢˊ ㄧㄚˊ 是一種適用於小範圍的無限通訊網路，大約在十公尺內，可以輕易穿透障礙物。可以廣泛應用在行動電話、筆記型電腦、數位相機等電子產品。

藍圖 ㄌㄢˊ ㄊㄨˊ ❶一種複製圖，一般為藍底白線或白底藍線，供工程設計施工或地圖繪製之用。❷比喻建設計畫。例以先進國家為藍圖，規畫出完善的都市。

薩

艸部 十四畫

ㄙㄚˋ ❶國名，薩爾瓦多的簡稱，在中美洲。❷姓：例薩先生。

薩其馬 ㄙㄚˋ ㄑㄧˊ ㄇㄚˇ 一種糕點，把油炸的短麵條用糖等黏合起來，切成方塊。

藏

艸部 十四畫

ㄘㄤˊ ❶隱匿：例躲藏。❷收存：例藏書。❸姓：例藏先生。

ㄗㄤˋ ❶種族名，古稱「吐蕃」，大部分在現今的西藏、西康、青海一帶：例藏族。❷「西藏」的簡稱：例青康藏高原。❸貯存大量東西的地方：例寶藏。❹佛教或道教經典的總稱：例道藏、大藏經。

參考 相似字：收、斂、納。♣相反字：露。

小故事 古時有一位航海的人，經過大海深處的寶山，從山上拿走了一顆巨大的珍珠，然後高高興興地返航。突然，大海掀起狂浪，只見一條蛟龍在濤峰波谷間翻騰，要商人獻出寶珠，不然，就要叫他船翻人亡。商人情急之下，用刀切開大腿，把珍珠藏進去，珍珠的光芒就透不出來。蛟龍被騙了，潛入海底，海面又恢復平靜，可是他也因為大腿潰爛而死去。挖肉藏珠，要財不要命啊！

藏青 ㄗㄤˋ ㄑㄧㄥ 一種藍中帶青的顏色。例他身穿一件藏青色的外衣。

藏拙 ㄘㄤˊ ㄓㄨㄛˊ 認為自己的意見、作品、技能等不成熟或有缺欠，不敢拿出來讓別人知道。常用為自謙之辭。例既然你們堅持，我就不再藏拙，將這幅畫拿出來向各位獻醜了。

藏書 ㄘㄤˊ ㄕㄨ 圖書館或私人收藏的圖書。例中央圖書館的藏書量很豐富。

藏匿 ㄘㄤˊ ㄋㄧˋ 藏起來不讓人發現。匿：隱藏。例他藏匿在深山中。

藏藍 ㄗㄤˋ ㄌㄢˊ 一種藍中帶紅的顏色。

藏頭露尾 ㄘㄤˊ ㄊㄡˊ ㄌㄡˋ ㄨㄟˇ 形容躲躲閃閃不肯把真實情況全部暴露出來。例她見他們說的藏頭露尾，於是再三追問。

藐 艸部 十四畫

ㄇㄠˇ ❶微小：例藐小。❷小看，輕視：例藐視。

參考 相似字：蔑、小。

藐小 ㄇㄠˇ ㄒㄧㄠˇ 微小。例團體的力量是偉大的，個人的力量是藐小的。

藐視 ㄇㄠˇ ㄕˋ 小看，輕視。

藉 艸部 十四畫

ㄐㄧㄝˋ ❶依賴：例憑藉。❷慰勞：例慰藉。❸假借：例藉端生事。

ㄐㄧˊ 眾多雜亂的樣子：例杯盤狼藉。

參考 請注意：「假藉」的「藉」字不能和「籍貫」的「籍」字混用。

藉口 ㄐㄧㄝˋ ㄎㄡˇ 假借其他的事作為推託的話。例他每次遲到都有藉口。

參考 相似詞：藉詞。♣請注意：「藉口」又可寫作「借口」。

藉手 ㄐㄧㄝˋ ㄕㄡˇ 憑藉他人的力量。例我做任何事都不藉手他人。

藉故 ㄐㄧㄝˋ ㄍㄨˋ 借著某種原因。例我藉故先行離開。

薰 艸部 十四畫

ㄒㄩㄣ ❶一種香草：例薰草。❷花的香氣：例草薰。❸姓：例薰先生。

薰陶 ㄒㄩㄣ ㄊㄠˊ 人的思想、行為、愛好等逐漸受到影響；比喻培育人才。例凡是中國人都應該接受中國文化的薰陶。

藝 艸部 十五畫

ㄧˋ ❶技能，技術：例手藝、工藝。❷含美的價值活動，或這種活動的產物：例藝術、文藝。❸限度：例貪賄無藝。❹姓：例藝先生。

藝人 ㄧˋ ㄖㄣˊ ❶統稱戲曲、曲藝和雜技的演員。❷雕刻、刺繡等手工藝製造者。

藝名 ㄧˋ ㄇㄧㄥˊ 演藝人員在演出時所使用的名字。

藝林 ㄧˋ ㄌㄧㄣˊ 舊指收藏文藝圖書的地方。現在泛指學界和藝術界。

藝苑 ㄧˋ ㄩㄢˋ 文學藝術聚集的地方，泛指文學藝術界。苑：人文聚集的地方。例他是藝苑中的奇葩。

藝廊 ㄧˋ ㄌㄤˊ 陳列繪畫、雕刻等藝術品供人欣賞的地方。

藝術 ㄧˋ ㄕㄨˋ ❶對自然及科學，凡是經由人的製作，具有審美價值的事物，統稱為藝術。由於表現方式不同，一般分為：表演藝術（音樂、舞蹈）、造型藝術（繪畫、雕刻）、語言藝術（文學）和綜合藝術（戲劇、電影）等。❷指富有創造性的方式、方法。例他有一套獨創的領導藝術。❸形狀獨特而美觀的。例這棵松樹的樣子挺藝術的。

藝術館 ㄧˋ ㄕㄨˋ ㄍㄨㄢˇ 陳列各種藝術品或舉辦各種藝術活動，供眾人觀賞的地方。

藩 艸部 十五畫

ㄈㄢˊ ❶籬笆：例藩籬。❷屏障：例屏藩。❸封建王朝分封的屬地或屬國：例藩國、外藩。❹姓：例藩先生。

藩屬 ㄈㄢˊ ㄕㄨˇ 君主時代的屬地、屬國或保護國，如過去的朝鮮、琉球、越南等在清道光以前是我國的藩屬。

藩籬 ㄈㄢˊ ㄌㄧˊ ❶用竹木編成的籬笆或柵欄。❷引申為屏障防衛的意思。❸比喻範圍。例突破藩籬。

藪
艸部 十五畫

ㄙㄡˇ ❶生長著很多草的湖泊，也指有草無水的沼澤。❷人或物聚集的地方：例淵藪。

藕
艸部 十五畫

ㄡˇ 蓮的地下莖，長形，肥大有節，中間有許多管狀小孔，可以吃，也可製成藕粉。

猜一猜 水中撐綠傘，水下瓜彎彎，撥開瓜看看，千絲萬縷連。（猜一種食用品）

（答案：藕）

藕粉 ㄡˇ ㄈㄣˇ 用藕製成的粉。吃時加糖用開水沖調，就成半透明膠糊狀。

藕斷絲連 ㄡˇ ㄉㄨㄢˋ ㄙ ㄌㄧㄢˊ 比喻沒有徹底斷絕關係，仍有牽連。

藤
艸部 十五畫

ㄊㄥˊ ❶蔓生的木本植物：例紫藤。❷蔓生植物的卷鬚或莖：例南瓜藤。❸藤製品：例藤椅。

參考 相似字：籐。

繞口令 高高山上一條藤，藤條頭上掛銅鈴。風吹藤動銅鈴動，風定藤停銅鈴停。（徽、浙）

藤椅 ㄊㄥˊ ㄧˇ 藤製的椅子。

藤蔓 ㄊㄥˊ ㄇㄢˋ 細長而蔓延的藤莖，末端常卷曲如鬚。

藥
艸部 十五畫

ㄧㄠˋ ❶可以用來治病的東西：例藥材。❷有爆發性的物質：例火藥。❸治療：例不可救藥。❹姓：例藥先生。

笑一笑 阿明：「我父親吃了你開的藥，竟然死了，我要告你！」醫生：「他一定沒照我的藥方去做。」阿明：「他照著吃了一個月就死了！」醫生：「怪不得他會死，我告訴他要繼續吃半年才會藥到病除！」

藥方 ㄧㄠˋ ㄈㄤ 醫師治病開的藥名和分量的單子。

參考 相似詞：藥單。

藥石 ㄧㄠˋ ㄕˊ ❶指藥和刺穴治病的石針。也泛指藥品。例他的病已到了藥石無效的地步。❷比喻勸人的話。例他說的句句都是藥石之言。

藥材 ㄧㄠˋ ㄘㄞˊ 製藥的原料，也泛指藥物，一般用於中藥方面。

藥物 ㄧㄠˋ ㄨˋ 能防治疾病、病蟲害等的物質。

藥品 ㄧㄠˋ ㄆㄧㄣˇ 通稱可以治療病痛的藥物。

藥草 ㄧㄠˋ ㄘㄠˇ 可以作為藥物的草本植物。

藥劑 ㄧㄠˋ ㄐㄧˋ 根據藥方配合的藥物。

藥罐子 ㄧㄠˋ ㄍㄨㄢˋ ˙ㄗ ❶熬中藥用的罐子。❷比喻經常生病吃藥的人。例他從小就是個藥罐子。

藥籠中物 ㄧㄠˋ ㄌㄨㄥˊ ㄓㄨㄥ ㄨˋ 藥籠中儲備的東西。比喻儲備待用的人材。例吳先生現在雖然是小職員，卻是公司的藥籠中物，成就指日可待。

藻
艸部 十六畫

ㄗㄠˇ ❶水草的總稱：例海藻。❷華麗的文辭：例辭藻。

藻飾 ㄗㄠˇ ㄕˋ 用美麗的文辭修飾。

藻類植物 ㄗㄠˇ ㄌㄟˋ ㄓˊ ㄨˋ 低等植物的一大類，沒有根、莖、葉的分化，有葉綠

六畫

素和其他輔助色素，能自製養料，例如紅藻、海帶等。

藹
艸部　十六畫

ㄞˇ ❶溫和的，態度親切的：例和藹可親。❷姓：例藹先生。

藹然 ㄞˇ ㄖㄢˊ　和氣，和善。例這位老太太看起來非常藹然可親。

蘑
艸部　十六畫

ㄇㄛˊ 某些菌類植物名，多生在枯樹上，就是「蘑菇」。

蘑菇 ㄇㄛˊ ㄍㄨ　❶菌類，多生於枯樹上，形狀像雨傘，可食，種類很多。❷俗稱搗亂、麻煩或糾纏，又作「摩姑」。例我沒時間和他泡蘑菇。

唱詩歌　小蘑菇，你真傻！太陽，沒晒。大雨，沒下。你老撐著傘，做什麼？

藺
艸部　十六畫

ㄌㄧㄣˋ ❶草名，也叫燈心草，莖可編席，花小，黃綠色。❷姓：例藺先生。

藺相如 ㄌㄧㄣˋ ㄒㄧㄤˋ ㄖㄨˊ　戰國時趙國的政治家，善於外交，以「完璧歸趙」著稱於後世。對同朝大臣廉頗容忍謙讓，使廉頗愧悟，成為知交。

蘆
艸部　十六畫

ㄌㄨˊ 多年生草本植物，多生在水邊，莖光滑，可編席和造紙：例蘆葦。

蘆笙 ㄌㄨˊ ㄕㄥ　我國苗、傜、侗等族的一種簧管樂器，音色明亮渾厚，常用於獨奏、合奏及伴奏舞蹈。

唱詩歌　回樂峰①前沙似雪，受降城外月如霜。不知何處吹蘆管②？一夜征人盡望鄉。（夜上受降城③聞笛・李益）

註：①回樂峰：在山西大同縣。②蘆管：用蘆作成的一種胡人樂器。③受降城：唐朝時張仁愿（ㄩㄢˋ）所築，有三處都在黃河以北。

蘆筍 ㄌㄨˊ ㄙㄨㄣˇ　蘆的嫩莖，似竹筍而小，可作為蔬菜食用。

蘆薈 ㄌㄨˊ ㄏㄨㄟˋ　多年生草本植物，葉子邊緣有刺狀小齒，主產於熱帶非洲，從葉中採汁，色黑有光，可作藥。

蘋
艸部　十六畫

ㄆㄧㄥˊ 落葉喬木，葉子橢圓形，花白色帶有紅暈，果實圓形，味道甘美：例蘋果。

ㄆㄧㄣˊ 蕨類植物，生在淺水中，四片小葉組成一複葉，像「田」字，又叫「田字草」。

蘋果 ㄆㄧㄥˊ ㄍㄨㄛˇ　落葉亞喬木，葉橢圓，有鋸齒，花淡紅或淡紫紅色。果實呈圓形，果皮青、黃或紅色。可生吃，味甜或略酸。

蘇
艸部　十六畫

ㄙㄨ ❶藥草名：例紫蘇。❷「江蘇省」的簡稱：例蘇劇。❸蘇打，外來語，是一種鹼類，學名叫做碳酸鈉。❹清醒過來：例蘇醒。❺姓：例蘇東坡。

蘇軾 ㄙㄨ ㄕˋ　北宋文學家、書畫家。在政治上因反對王安石變法，被貶到黃州，築室於東坡，自號東坡居士。主張詩文革新，在北宋的文學革新運動中，占有重要地位。所作文章，自然流暢，詞屬豪放一派，對後世產生深遠的影響。

蘇醒 ㄙㄨ ㄒㄧㄥˇ　從昏迷中醒過來。例經過一天一夜，他終於蘇醒了。

蘊
艸部　十六畫

ㄩㄣˋ ❶包含：例蘊藏。❷聚積：例蘊結。

蘊涵 ㄩㄣˋ ㄏㄢˊ 包含。涵：包容。例這部書蘊涵許多人生的哲理。

蘊結 ㄩㄣˋ ㄐㄧㄝˊ 思慮積在心中而不可解。例他心中蘊結著許多不為人知的苦痛。

蘊蓄 ㄩㄣˋ ㄒㄩˋ 積蓄在裡面而沒有表現出來。

蘊藏 ㄩㄣˋ ㄘㄤˊ 蓄積在內部而未顯露或發掘。例這裡蘊藏著豐富的鐵礦。

蘊藉 ㄩㄣˋ ㄐㄧㄝˋ 指說話、神情或文章含蓄不顯露。例他臉上帶著蘊藉的笑容。

蘭

艸部 十七畫

丶 丷 ⺾ 艹 艹 芦 芦 芦 芦 芦 茾 茾 蔺 蔺 蔺 蔺 蘭 蘭 蘭

ㄌㄢˊ ❶常綠草本植物，葉細長，花清香，經常種植在盆栽中以供觀賞：例蝴蝶蘭。❷姓：例蘭先生。

蘭室 ㄌㄢˊ ㄕˋ 古時女子居室的美稱。

蘭嶼 ㄌㄢˊ ㄩˇ 位於臺灣東南方，恆春半島以東的太平洋上，有原始森林。居民多為雅美族，產蝴蝶蘭，又名「紅頭嶼」。

蘭薰桂馥 ㄌㄢˊ ㄒㄩㄣ ㄍㄨㄟˋ ㄈㄨˋ 比喻德澤長留，歷久不衰。

蘗

艸部 十七畫

ㄅㄛˋ 黃蘗，木名，俗稱「黃柏」。

蘚

艸部 十七畫

ㄒㄧㄢˇ 隱花植物，綠色，叢生在陰暗潮溼的地方：例苔蘚。

蘸

艸部 十九畫

ㄓㄢˋ 在液體、粉末或糊狀的東西裡沾一下就拿出來：例蘸墨水、蘸糖。

蘿

艸部 十九畫

ㄌㄨㄛˊ 通常指某些能攀爬的植物：例藤蘿、女蘿、松蘿。

蘿蔔 ㄌㄨㄛˊ ˙ㄅㄛ 蔬菜類植物，葉子羽狀分裂，花白色或淡紫色，根多肉可食，有紅、白兩種。

參考 活用詞：蘿蔔汁、蘿蔔乾、蘿蔔糕。

虍部 ㄏㄨ

「虍」是「虎」字的上半部，「虍」是按照老虎的樣子所造的象形字（見虎字說明），而「虍」正像虎頭，因此虍部的字和虎都有關係，例如：虐（老虎傷人）、彪（老虎身上有斑紋）、號（老虎吼叫）。

虎

虍部 二畫

丨 ⺊ 上 广 卢 虍 虎 虎

ㄏㄨˇ ❶哺乳動物，毛黃色帶有黑色的斑紋。聽覺和嗅覺都很敏銳，生性凶猛，捕食鳥獸，有時會傷害人。❷勇猛威武：例虎將。❸姓：例虎先生。

古人說 「虎父無犬子。」這句話是說：老虎生的一定是老虎，不會生出一條狗來。比喻父親是有能力、有智慧的人，他的孩子也一定會跟他一樣能幹。例吳家兄弟兩個都像他父親一樣勇敢，果然是「虎父無犬子」。

笑一笑 國華對媽媽說：「媽，老師連老虎是什麼樣子都不知道吔！」媽媽：「不可能吧！」國華：「是真的，今天我畫了一隻老虎，老師卻說我把貓畫得真好！」

虎口 ㄏㄨˇ ㄎㄡˇ ❶比喻危險的境地。例馬路如虎口，走路要小心。❷大拇指和食指相連接的地方。

六畫

虎穴 ㄏㄨˇ ㄒㄩㄝˋ 老虎的窩；比喻危險的境地。例就是像虎穴一般危險，我也要去。

虎嘯 ㄏㄨˇ ㄒㄧㄠˋ 老虎發出長遠而且宏亮的聲音。嘯：長而亮的叫聲。例森林裡傳來一聲虎嘯，把我們都嚇跑了。

虎頭蛇尾 ㄏㄨˇ ㄊㄡˊ ㄕㄜˊ ㄨㄟˇ 比喻做事有始無終，剛開始聲勢很大，後來就馬馬虎虎。例她做事一向虎頭蛇尾，所以最後總是一事無成。

虎口餘生 ㄏㄨˇ ㄎㄡˇ ㄩˊ ㄕㄥ 比喻經歷過很大的危險，僥倖能存活下來的生命。例他經歷這場車禍沒死，真是虎口餘生。

虎背熊腰 ㄏㄨˇ ㄅㄟˋ ㄒㄩㄥˊ ㄧㄠ 形容人的身體高大強壯。例他看起來虎背熊腰的，走起路來也是虎虎生風。

虎視眈眈 ㄏㄨˇ ㄕˋ ㄉㄢ ㄉㄢ 像老虎要撲食獵物那樣注視著；形容貪心、凶惡的盯著。例大野狼正虎視眈眈的想要一口吞下小白兔。

虐

虍部 三畫

ㄋㄩㄝˋ 殘害，殘暴：例虐待。

參考 相似字：暴、殘。

猜一猜 虎尾不見，橫放一條巾。（猜一字）（答案：虐）

虐待 ㄋㄩㄝˋ ㄉㄞˋ 凶狠苛刻的對待別人。例她飽經了虐待，才逃出壞人的勢力範圍。

虔

虍部 四畫

ㄑㄧㄢˊ ❶恭敬：例虔敬、虔心。❷姓：例虔先生。

虔敬 ㄑㄧㄢˊ ㄐㄧㄥˋ 恭敬。

虔誠 ㄑㄧㄢˊ ㄔㄥˊ 恭敬而有誠心。例她是個虔誠的基督徒。

笑一笑 何梅谷是明朝人，他的太太是虔誠的佛教徒，每天早晚要念一千遍「觀音菩薩」。一天，他的太太在佛堂裡念佛，何梅谷在門口外連續喊了三次他太太的名字。他太太很生氣：「你煩不煩，喊一次就聽見了！」何梅谷微笑著說：「我才喊你三次就生氣，觀音菩薩一天被你喊一千遍，難道就不生氣？」

處

處

虍部 五畫

ㄔㄨˋ ❶地方：例住處。❷機關或機關的一個部門：例處長。❸事物表現的特點：例長處、好處。

ㄔㄨˇ ❶居住：例穴居野處。❷存在，置身：例處境。❸辦理：例處理。❹和別人一起生活、交往：例相處。❺懲戒：例處罰。

參考 相似字：所。

處分 ㄔㄨˇ ㄈㄣˋ 對於犯罪或犯錯誤的人，作出處罰的決定。

參考 相似詞：處罰、處置。

處世 ㄔㄨˇ ㄕˋ 在社會上活動，和人往來。例他處世的態度和藹可親。

處長 ㄔㄨˋ ㄓㄤˇ 機關裡一個部門的最高長官。例吳先生在公司的職稱是處長。

處事 ㄔㄨˇ ㄕˋ 處理事物。例他處事嚴謹，值得讓人相信。

處理 ㄔㄨˇ ㄌㄧˇ ❶辦理，安排解決。例這份文件需要分別處理。❷用一定的方法對產品進行加工，並且獲得所需要的性能。例蔬菜要經過處理，才可送到市場賣。

處處 ㄔㄨˋ ㄔㄨˋ 每個地方，每個方面。例你不要處處找我麻煩好不好？

處置 ㄔㄨˇ ㄓˋ ❶處理。例水力公司已經對破裂的水管作了緊急處置。❷處罰。例軍人如果犯法便要受到軍法的處置。

處境 ㄔㄨˇ ㄐㄧㄥˋ 所處的環境，面對的情況。例國家處境困難，我們更要莊敬自強。

處罰 ㄔㄨˇ ㄈㄚˊ 對不遵守法律或規定的人實行一些讓他難過的事。例不按規定停車要受到處罰。

處之泰然 ㄔㄨˇ ㄓ ㄊㄞˋ ㄖㄢˊ 用不慌不忙的態度來對待，安然自得，毫不在乎。例她對任何謠言都是處之泰然。

處心積慮 ㄔㄨˇ ㄒㄧㄣ ㄐㄧ ㄌㄩˋ 千方百計的用盡心思。例你還是腳踏實地做事吧！不要每天處心積慮的計畫如何發大財。

處變不驚 ㄔㄨˇ ㄅㄧㄢˋ ㄅㄨˋ ㄐㄧㄥ 處在變動危險的情況中，能夠不害怕。例我們在危險的環境中要能處變不驚。

彪

虍部 五畫

ㄅㄧㄠ ❶小老虎。❷老虎身上的斑紋。❸指人的體格高大壯碩：例彪形大漢。

彪炳 ㄅㄧㄠ ㄅㄧㄥˇ 文彩煥發；形容非常偉大。例功業彪炳。

彪形大漢 ㄅㄧㄠ ㄒㄧㄥˊ ㄉㄚˋ ㄏㄢˋ 體格又高又壯的人。

虛

虍部 六畫

ㄒㄩ ❶不實在：例虛幻。❷空著：例座無虛席。❸不自滿：例謙虛。❹害怕，勇氣不足：例心虛。❺白白的：例虛度。❻衰弱：例虛弱。

參考 相似字：空、曠。♣相反字：實、盈、滿。

猜一猜 踏實走。（猜一句成語）（答案：不虛此行）

古人說 「做賊的心虛，放屁的臉紅。」心虛是心神不安的意思。這句話是說：做了壞事，心裡不安穩，疑神疑鬼的，非常緊張，怕被發現。例他天天心神不寧，原來是拿了人家的東西，「做賊的心虛，放屁的臉紅」，一點兒也不假。

虛幻 ㄒㄩ ㄏㄨㄢˋ 空的，不真實的。例夢只是虛幻的，不足以讓我們相信。

虛心 ㄒㄩ ㄒㄧㄣ 肯接受別人的意見。例他遇到不明白的道理總是虛心求教。

參考 相反詞：自傲、自滿。

虛名 ㄒㄩ ㄇㄧㄥˊ 和實際情況不符合的名聲。例你只是徒有虛名，神氣什麼！

虛度 ㄒㄩ ㄉㄨˋ 白白的度過。例不要虛度光陰。

虛浮 ㄒㄩ ㄈㄨˊ 浮動，不真實。例他認為人生虛浮，因此出家了。

虛假 ㄒㄩ ㄐㄧㄚˇ 不真實的。例不要接受虛假的感情。

虛偽 ㄒㄩ ㄨㄟˇ 不真實，表裡不一。例你真是個虛偽的人。

參考 相反詞：真實、老實。♣請注意：「虛偽」和「虛假」都是形容詞，含有「不實在」的意思，但還是有分別：「虛偽」用來指人的作風、品性等，一般指待人處事缺乏誠意，口是心非；「虛假」用來形容事物的內容、本質或人的作為。

虛榮 ㄒㄩ ㄖㄨㄥˊ 表面上好看；虛假的聲名。例不要追求虛榮。

虛應 ㄒㄩ ㄧㄥˋ 隨便應付。例小明做事非常不負責任，總是虛應了事。

虛構 ㄒㄩ ㄍㄡˋ 憑空構想編造。例這個故事是虛構的。

虛驚 ㄒㄩ ㄐㄧㄥ 事後證明是不必要的驚慌。例這次車禍使我們受了一場虛驚。

虛有其表 ㄒㄩ ㄧㄡˇ ㄑㄧˊ ㄅㄧㄠˇ 表面上看起來很好，實際上根本不是這樣。例他看起來好像很有學問，其實根本只是虛有其表。

虛張聲勢 ㄒㄩ ㄓㄤ ㄕㄥ ㄕˋ 假裝出強大的氣勢，用來嚇唬別人。例他這個人總喜歡狐假虎威、虛張聲勢。

虛懷若谷 ㄒㄩ ㄏㄨㄞˊ ㄖㄨㄛˋ ㄍㄨˇ 胸懷像山谷那樣深廣；形容人十分謙虛，能容納別人的意見。例做人虛懷若谷，才能學到更多的東西。

虞

虍部 七畫

ㄩˊ ❶猜測，預料：例不虞。❷擔心，憂慮：例無虞。❸欺騙：例爾虞我詐。❹朝代名。❺姓：例虞先生。

參考 相似字：詐、疑。

虞舜 ㄩˊ ㄕㄨㄣˋ 古代帝王名，姓姚，名叫重華，祖先在虞建國，號有虞氏。天性非常孝順，堯起用舜，後來把天子之位讓給他，舜在位四十八年，死後，傳位給夏禹。

六畫

虜 虍部 七畫

ㄌㄨˇ ❶擒住，捉到：例虜獲。❷打仗時捉住的敵人：例俘虜。

虜掠 ㄌㄨˇ ㄌㄩㄝˋ 搶奪人的財物。

參考 相似詞：搶奪、虜獲。♣活用詞：虜掠一空。

虜獲 ㄌㄨˇ ㄏㄨㄛˋ 捉住敵人，繳獲武器。

號 虍部 七畫

ㄏㄠˋ ❶名稱：例國號。❷命令：例發號施令。❸軍用的小喇叭：例軍號。❹標誌：例信號。❺舊時指商店：例商號。❻排定的次序：例編號、座號。❼表示等級：例小一號、特大號。❽稱謂：例號為竹林七賢。❾日：例五月五號。

ㄏㄠˊ ❶大聲的喊叫：例呼號。❷大聲的哭：例哀號。

參考 相似字：叫、哭。♣請注意「號」讀ㄏㄠˊ時，指拖長聲音呼喊或是大聲哭，例如：哀號、呼號。

號外 ㄏㄠˋ ㄨㄞˋ 為了要馬上報導一些重要的消息，臨時印行的報紙。例關於美國九一一恐怖事件，全球報社都緊急發送號外。

號召 ㄏㄠˋ ㄓㄠˋ 向群眾發出請求，共同完成某一任務。例為了和平，我們必須號召群眾團結一致。

參考 相似詞：號令、召喚。

號令 ㄏㄠˋ ㄌㄧㄥˋ ❶軍隊中用口說或用軍號等傳達命令。例司令官號令三軍，準備出兵攻擊。❷指戰鬥時指揮戰士的命令。例發布號令停止作戰。

號叫 ㄏㄠˊ ㄐㄧㄠˋ 拖長聲音大聲叫喚。例他對著山谷號叫，來表達心中的悲憤。

號碼 ㄏㄠˋ ㄇㄚˇ 表示事物次序的數目字。

號啕 ㄏㄠˊ ㄊㄠˊ 形容大聲哭。啕：放聲大哭。例他聽到母親過世的消息，忍不住號啕大哭。

號稱 ㄏㄠˋ ㄔㄥ ❶以某個名字著稱。例四川號稱是天府之國。❷誇大的說。例他號稱擁有千萬財產，其實只有幾百萬而已。

虢 虍部 九畫

ㄍㄨㄛˊ ❶周代諸侯國名。❷姓。

虧 虍部 十一畫

ㄎㄨㄟ ❶缺，欠：例功虧一簣、理虧。❷損失：例虧本、吃虧。❸幸好：例多虧你的幫忙。❹表示斥責或諷刺：例這種話，虧你說得出來。❺虛弱，缺少：例腎虧、血虧。❻負心，對不起人：例虧負、虧心事。

參考 相似字：乏、損、缺、弱。♣相反字：強、盈、實。

古人說 「虧人是禍，饒人是福。」這句話是說：讓別人吃虧、損失，對自己是一種災害，而寬恕別人就是為自己做好事。勸人心胸要開闊的意思。例「虧人是禍，饒人是福」，他是無心的，你何必跟他計較呢？

虧心 ㄎㄨㄟ ㄒㄧㄣ 行為或言語不正當，違背了正義。例只要不做虧心事，何必怕人知道呢？

虧欠 ㄎㄨㄟ ㄑㄧㄢˋ 缺少，不夠。本來是指欠人財物，後來也有覺得對不起別人的意思。例我已經虧欠你太多了，你不要再為我費心。

虧本 ㄎㄨㄟ ㄅㄣˇ 做生意沒有賺錢，反而損失本錢。

虧待 ㄎㄨㄟ ㄉㄞˋ 對人不夠盡心，或是對人不好。例你放心好了，我一定不會虧待她。

虫部 ㄏㄨㄟˇ

六畫

現在的「虫」多半指昆蟲類的生物，但是古代把「虫」當作動物的通稱，例如：把老虎稱作大虫，把蛇稱為長虫。「」正是按照蛇的形狀所造成的象形字，上面是略呈三角形的蛇頭，下面則是細長的蛇身和蛇尾。後來寫成「」，仍能看出蛇頭的形狀；但是現在的「虫」，把蛇頭寫成長方形，就看不出蛇的樣子了。虫部的字大部分都是昆蟲或小動物的名稱，或是牠們的行動、生活。例如：蜈蚣、蝸、蠕（蟲子慢慢活動）、蛻（蟲子脫皮）。

虫

虫部 ○畫

丨 口 口 中 虫 虫

ㄏㄨㄟˇ ❶毒蛇。❷姓：例虫先生。

ㄔㄨㄥˊ 「蟲」字的簡寫。

參考 請注意：在古代，「虫」與「豸」經常通用：有足的叫作「虫」，沒有足的叫「豸」。「水滸傳」中也把老虎叫作大虫。「虫」是部首字，由「虫」字組成的字，大多和爬蟲、昆蟲有關：例如：蚯蚓、蜜蜂、蝶、蛇、蚊等。

虱

虫部 二畫

乁 乁 乁 乁 乁 乁 虱 虱

ㄕ 寄生在人、動物身上的灰白色小昆蟲，吸食血液，能傳染疾病，同「蝨」。

猜一猜 風吹跑了左邊門。（猜一字）（答案：虱）

虱子 ㄕ ˙ㄗ 寄生在人畜身上的昆蟲，吸食血液作為自己的養分，會傳染疾病。

虱目魚 ㄕ ㄇㄨˋ ㄩˊ 體形似梭，可長達一公尺，青灰色，肉味鮮美。

虬

虫部 二畫

丨 口 口 中 虫 虫 虬 虬

ㄑㄧㄡˊ ❶古代傳說中的一種有角的龍：例虬龍。❷蜷曲的樣子：例虬髯。

參考 請注意：虬的異體字是「虯」。

虬髯 ㄑㄧㄡˊ ㄖㄢˊ 蜷曲的鬍子。

虬龍 ㄑㄧㄡˊ ㄌㄨㄥˊ 古代傳說中有角的小龍。

虹

虫部 三畫

丨 口 口 中 虫 虫 虹 虹 虹

ㄏㄨㄥˊ 大氣中一種光的現象，天空中的小水珠經過日光照射發生折射和反射作用，所形成的弧形彩帶。

參考 請注意：「虹」和「蜺」（ㄋㄧˊ）都指彩虹而言，內圈且色彩明顯叫「虹」；外圈且顏色暗淡的叫「蜺」。

猜一猜 紅橙黃綠藍靛紫，猶如彩緞當空舞，夏日雨後常常見，太陽在西它在東。（猜一種自然現象）（答案：虹）

虹吸管 ㄏㄨㄥˊ ㄒㄧ ㄍㄨㄢˇ 一種彎曲的管子，能藉大氣的壓力，將高處容器中的液體，流到低處容器中。

蚊

虫部 四畫

丨 口 口 中 虫 虫 虫 蚊 蚊 蚊

ㄨㄣˊ 昆蟲名，種類很多，通常雄蚊吸食植物汁液，雌蚊吸食人畜的血液：例三斑家蚊。

蚊子 ㄨㄣˊ ˙ㄗ 昆蟲名，成蟲身體細長，幼蟲（孑孓）和蛹都生長在水中。種類繁多，能傳染瘧疾和流行性腦炎等。

猜一猜 小小飛賊，武器是針，抽別人血，養自己身。（猜一種昆蟲）（答案：蚊子）

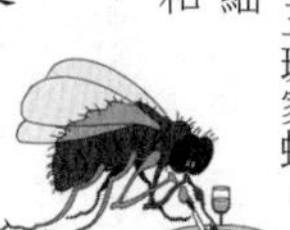

蚊帳 ㄨㄣˊ ㄓㄤˋ 掛在床鋪上方和周圍，用來驅避蚊蟲的帳子。

猜一猜 有門沒有鎖，有頂沒有底，夜晚快放下，天明就掛起。（猜一種日用品）（答案：蚊帳）

蚌

虫部　四畫

ㄅㄤˋ 軟體動物，生活在淡水中，用鰓呼吸，有兩扇堅硬的殼，肉可食用，殼可作裝飾品，有的蚌能產珍珠。

蚣

虫部　四畫

ㄍㄨㄥ 節肢動物多足類，軀幹扁長有二十二個環節，每節有一對腳，頭部的腳像鉤子，有毒腺，會分泌毒液，烘乾後可製成藥材：例蜈蚣。

蚤

虫部　四畫

ㄗㄠˇ 黑褐色無翅能跳的小昆蟲，吸食人、畜的血液，會傳染鼠疫等疾病。

蚩

虫部　四畫

ㄔ ❶毛蟲名。❷無知，傻，通「痴」。❸姓：例蚩尤。

蚩尤 ㄔ ㄧㄡˊ 傳說中九黎族的首領，和黃帝戰於涿鹿山，後來兵敗被殺。

蚪

虫部　四畫

ㄉㄡˇ 蛙類的幼蟲：例蝌蚪。

蚓

虫部　四畫

ㄧㄣˇ 昆蟲名，身體柔軟，有環節，生活在泥土中，有改良土壤的作用：例蚯蚓。

蚜

虫部　四畫

ㄧㄚˊ 一種昆蟲。有管狀的口器，可刺入植物吸取汁液，對農作物有害。

蚜蟲 ㄧㄚˊ ㄔㄨㄥˊ 是一種生在嫩葉上的害蟲，用管狀的口器吸取汁液。種類很多，身體是卵圓形，呈綠色、黃色或棕色，常破壞農作物。

蛇

蛇

虫部　五畫

ㄕㄜˊ ❶爬蟲類，身體圓長有鱗片，沒有四肢，嘴大，齒像鉤，利用身體伸縮來運動。❷姓：例蛇先生。

ㄧˊ 勉強應酬：例虛與委蛇。

參考 請注意：「蛇」字最早寫成「它」，上部是蛇頭，下部是蛇身。後來加上「虫」字旁，表示蛇是蟲類，至今有些地方的人們還稱蛇為「長虫」。自從「蛇」字出現後，「它」字就被借用為除人類以外的稱謂代詞。

猜一猜 坐也是臥，立也是臥，行也是臥，臥也是臥。（猜一種動物）（答案：蛇）

蛇蠍心腸 ㄕㄜˊ ㄒㄧㄝ ㄒㄧㄣ ㄔㄤˊ 比喻人的心腸狠毒，像蛇蠍一樣。例他做了許多傷天害理的事，真是蛇蠍心腸。

參考 活用詞：蛇蠍美人。

蛀

蛀

虫部　五畫

ㄓㄨˋ ❶咬樹木、衣服、書籍等的小蟲：例蛀蟲。❷被蟲子咬壞：例衣服被蟲蛀了一個洞。

蛀牙 ㄓㄨˋ ㄧㄚˊ 一種牙齒被腐蝕的疾病，又稱「齲齒」。

蛄

蛄

虫部　五畫

ㄍㄨ ❶蟪蛄，昆蟲名，蟬的一種，體較小，紫青色，雄性能發音。❷螻蛄，昆蟲名，生活在土中，前足能掘土，是咬食農作物的害蟲。

蚵
蚵　虫部 五畫

ㄎㄜ 俗稱「蜣螂」為「屎蚵螂」。

ㄜˊ 即牡蠣。

蛆
蛆　虫部 五畫

ㄑㄩ 蠅類的幼蟲，多繁殖在糞便、動物屍體和不潔淨的地方。

ㄐㄩ 蝍（ㄐㄧˊ）蛆：❶蜈蚣。❷蟋蟀。

蛋
蛋　虫部 五畫

ㄉㄢˋ ❶鳥類或爬蟲類所產的卵：例雞蛋。❷形狀像蛋的東西：例雞蛋臉。❸比喻的用法：例搗蛋。

猜一猜 此物真稀奇，圓圓很好吃，人家皮包骨，它卻骨包皮。（猜一種食物）
（答案：蛋）

蛋白 ㄉㄢˋ ㄅㄞˊ 蛋裡透明的膠狀物，包圍在蛋黃的四周圍，是由蛋白質組成的。

參考 相似詞：蛋清。

蛋殼 ㄉㄢˋ ㄎㄜˊ 蛋類的外殼。

蛋糕 ㄉㄢˋ ㄍㄠ 用雞蛋和麵粉、糖等製成的點心。

蛋白質 ㄉㄢˋ ㄅㄞˊ ㄓˋ 由多種氨基酸所組成的化合物，是生物體的主要構成物質。

蚱
蚱　虫部 五畫

ㄓㄚˋ 見「蚱蜢」。

蚱蜢 ㄓㄚˋ ㄇㄥˇ 蝗蟲的一種，身體黃綠色或枯黃色，喜歡吃稻葉，是農作物的害蟲。

蚯
蚯　虫部 五畫

ㄑㄧㄡ 軟體動物名：例蚯蚓。

蚯蚓 ㄑㄧㄡ ㄧㄣˇ 身體圓而細長，有環節，生活在土壤中，能使土壤疏鬆，對農事很有幫助。又叫作「曲蟺」、「蛐蟺」。

猜一猜 沒有腳，沒有手，彎彎曲曲來回走，鬆土數它是能手。（猜一種軟體動物）（答案：蚯蚓）

蛉
蛉　虫部 五畫

ㄌㄧㄥˊ ❶白蛉子，比蚊子小，吸人、畜的血，能傳染黑熱病。❷脈翅目昆蟲的總稱。例如：草青蛉、粉蛉等。

蛟
蛟　虫部 六畫

ㄐㄧㄠ 古代傳說中一種像龍、而且又能引發洪水的動物：例蛟龍。

蛟龍 ㄐㄧㄠ ㄌㄨㄥˊ 古代傳說中能興風作浪，引發洪水的龍。

蛙
蛙　虫部 六畫

ㄨㄚ 一種兩棲的脊椎動物，身體很短，前尖後圓，沒有脖子和尾巴，擅長跳躍和游泳。

小百科 世界上有許多奇奇怪怪的青蛙。澳大利亞的沙漠裡有一種甘泉蛙，腹部有個貯水囊，裡面裝滿清水。北美洲的牛蛙，身上的顏色會隨著周圍環境色彩的變化而改變。北美洲一個油礦裡，發現一隻冬眠了二百多萬年的長壽蛙。東南亞的叢林裡有一種飛蛙，四肢像四把降落傘，可以從樹上飛到地下。除此之外，還有會爬樹的樹蛙；生活在樹葉上，身長只有三厘米的葉蛙；身上長滿了細長毛的毛蛙等等。小朋友，你看見過哪幾種「蛙」呢？

猜一猜 坐也是坐，立也是坐，行也是坐，臥也是坐。（猜一種兩棲類動物）（答

六畫

案：青蛙）

蛙式 ㄨㄚ ㄕˋ　一種模仿青蛙游水動作的游泳方式。

蛙鼓 ㄨㄚ ㄍㄨˇ　形容蛙叫聲很響亮。例下雨後田裡的蛙鼓，好像雄壯的交響樂。

蛔　虫部　六畫

ㄏㄨㄟˊ 一種寄生蟲，在人或其他動物的腸子中活動。能損害人體或動物的健康，會引起多種疾病。

蛔蟲 ㄏㄨㄟˊ ㄔㄨㄥˊ　是一種寄生蟲，形狀很像蚯蚓，可以附著在人體的腸壁上或是動物的體內。被附著的人會產生營養不良、精神不振等疾病。

蛛　虫部　六畫

ㄓㄨ 昆蟲名：例蜘蛛。

蛛絲馬跡 ㄓㄨ ㄙ ㄇㄚˇ ㄐㄧ　沿著蛛網的細絲可以找到蜘蛛在什麼地方，按照馬走過的痕跡可以找到馬的去向。比喻隱約可尋的線索和跡象。例警察在命案現場找到一些蛛絲馬跡的線索。

蛭　虫部　六畫

ㄓˋ 一種環節動物，形狀像蚯蚓，體形扁長柔軟，前後兩端有吸盤，會吸食人、畜的血液，俗稱「螞蟥」。

蛤　虫部　六畫

ㄍㄜˊ 一種軟體動物，有兩片卵圓形的殼，生活在淺海泥沙中，肉質鮮美可以食用：例蛤蜊。

ㄏㄚˊ 青蛙和癩蛤蟆的總稱：例蛤蟆。

蛤蟆 ㄏㄚˊ ㄇㄚ˙　青蛙和癩蛤蟆的總稱。

參考 請注意：也可以寫作「蝦蟆」。

蛐　虫部　六畫

ㄑㄩ 蟋蟀：例蛐蛐兒。

蛐蛐兒 ㄑㄩ ㄑㄩ ㄦ　蟲名，即「蟋蟀」。

蛞　虫部　六畫

ㄎㄨㄛˋ ❶見「蛞蝓」。❷見「蛞螻」。

蛞蝓 ㄎㄨㄛˋ ㄩˊ　軟體動物，形狀像去殼的蝸牛，爬行後留下銀白色的條痕，生活在潮溼的地方，是蔬菜、果樹等的害蟲。

蛞螻 ㄎㄨㄛˋ ㄌㄡˊ　蟲名，樣子像蟋蟀，對農作物有害。

蛻　虫部　七畫

ㄊㄨㄟˋ ❶蛇、蟬等在生長期間脫皮：例蛻化。❷蟲類脫下來的皮：例蛇蛻、蟬蛻。

蛻化 ㄊㄨㄟˋ ㄏㄨㄚˋ　❶昆蟲脫皮以後，變成另一種形態的過程。❷比喻一個人的轉變或死亡。

蛻變 ㄊㄨㄟˋ ㄅㄧㄢˋ　❶昆蟲等脫去皮殼，變成另一種形態的過程。❷比喻人或事物的形質改變。

蛹　虫部　七畫

ㄩㄥˇ 昆蟲由幼蟲變為成蟲、不吃不動的期間，一般體外有繭或厚皮包裹，叫作蛹。

蛹期 ㄩㄥˇ ㄑㄧˊ　昆蟲由幼蟲變為成蟲的時候，不動不吃的時期。

蜈

虫部 七畫

ㄨˊ節足動物名：例蜈蚣。

蜈蚣 ㄨˊ ㄍㄨㄥ　身體長而扁，軀幹由許多環節構成，每個環節有一對足。第一對足呈鉤狀，有毒腺，能分泌毒液，以小蟲為食。

蜓

虫部 七畫

ㄊㄧㄥˊ昆蟲名，身體細長，有薄膜般的翅膀，飛翔在水邊，捕食蚊子等小飛蟲。雌蜻蜓用尾部點水產卵在水中。

蜇

虫部 七畫

ㄓㄜˊ❶海裡生長的一種腔腸動物，可供食用：例海蜇。❷蜂、蠍子等用尾部的毒刺來螫刺人或動物。

參考 相似字：螫。

蛾

虫部 七畫

ㄜˊ❶昆蟲名，身體比蝴蝶粗壯肥大，多在夜間活動，幼蟲大多為農作物害蟲。❷比喻美人的眉：例蛾眉。❸姓：例蛾先生。

ㄧˇ同「蟻」。

蛾眉 ㄜˊ ㄇㄟˊ　❶形容女子的眉毛像蛾鬚一樣的彎曲、細長。❷泛指貌美的女子。

蜂

虫部 七畫

ㄈㄥ❶是昆蟲的一種，種類很多，有毒刺，常成群住在一起。❷比喻成群的：例蜂起。

猜一猜 一個蓮蓬頭，掛在樹上頭，你敢去碰它，它就咬你手。（猜一種東西）

（答案：蜂窩）

蜂王 ㄈㄥ ㄨㄤˊ　在蜂巢中擔任產卵的母蜂，特徵是腹部較大。

蜂房 ㄈㄥ ㄈㄤˊ　蜜蜂用自己所分泌的蜂蠟造成的六角形的巢，是蜜蜂產卵和存放蜂蜜的地方。

蜂蜜 ㄈㄥ ㄇㄧˋ　蜜蜂用所採集的花蜜釀成的黏稠狀的液體。黃白色，有甜味，可供食用或藥用。

蜂王乳 ㄈㄥ ㄨㄤˊ ㄖㄨˇ　工蜂所製造的乳狀分泌物。是蜂王幼期和工蜂、雄蜂幼蟲前期的唯一飼料，也是蜂王產卵期的主要食物。

蜀

虫部 七畫

ㄕㄨˇ❶古代國名。❷四川省的簡稱。❸姓：例蜀先生。

蜀犬吠日 ㄕㄨˇ ㄑㄩㄢˇ ㄈㄟˋ ㄖˋ　四川的地方多霧，那裡的狗不常看到太陽，每次太陽一出來，都很驚訝的叫了起來。比喻人少見多怪。

蜃

虫部 七畫

ㄕㄣˋ❶蛤類的總稱。❷大蛤蜊。

蜃樓 ㄕㄣˋ ㄌㄡˊ　海面或沙漠裡所見的遠方倒影，是由光線折射而發生的自然現象。

參考 活用詞：海市蜃樓。

蜊

虫部 七畫

ㄌㄧˊ蛤蜊，軟體動物名，生活在淺海的泥沙裡，肉味鮮美。

蜍

虫部 七畫

ㄔㄨˊ蟾蜍，兩棲動物，背上有疙瘩，晚上出來捕食昆蟲，俗稱癩蛤蟆。

蜿
虫部 八畫

ㄨㄢ 彎曲的樣子：例蜿蜒。

蜿蜒 ㄨㄢ ㄧㄢˊ ❶蛇類爬行的樣子。❷彎彎曲曲延伸的樣子。例公路蜿蜒在群山之中。

蜻
虫部 八畫

ㄑㄧㄥ 昆蟲名，身體細長，有薄膜般的翅膀，飛翔在水邊，捕食蚊子等小飛蟲。雌蜻蜓用尾部點水產卵在水中。

蜻蜓 ㄑㄧㄥ ㄊㄧㄥˊ 昆蟲名，身長約七公分，腹部細長，春夏間飛翔在水邊，捕食蚊蠅等害蟲，是益蟲。雌蟲用尾巴點水，產卵在水中。

猜一猜 一架飛機真漂亮，飛過水面吃蚊蠅；直昇平飛樣樣行，可惜不能乘坐人。（猜一種昆蟲）（答案：蜻蜓）

唱詩歌 蜻蜓飛、飛飛飛，飛得高，飛得低，飛來飛去像飛機。

蜻蜓點水 ㄑㄧㄥ ㄊㄧㄥˊ ㄉㄧㄢˇ ㄕㄨㄟˇ 雌蜻蜓用尾部點水的方式在水面上產卵；比喻做事不徹底，只做浮面的接觸。例他做事好像蜻蜓點水般，不肯仔細的去研究。

蜢
虫部 八畫

ㄇㄥˇ 昆蟲名，是蝗蟲的一類：例蚱蜢。

蜥
虫部 八畫

ㄒㄧ 見「蜥蜴」。

蜥蜴 ㄒㄧ ㄧˋ 爬行動物，有四肢，尾細長，生活在草叢裡，捕食昆蟲，俗稱「四腳蛇」。

蜴
虫部 八畫

ㄧˋ 蜥蜴，爬蟲類，見「蜥」字。

蜘
虫部 八畫

ㄓ 節肢動物的一種。有八隻腳，能吐絲結網捕捉昆蟲。

蜘蛛 ㄓ ㄓㄨ 節肢動物，身體圓形或長圓形，分頭胸和腹部，有八隻腳。能吐絲結網捕食昆蟲，生活在屋簷和草木間。

猜一猜 南陽諸葛亮，獨坐中軍帳，排起八陣圖，單捉飛來將。（猜一種節肢動物）（答案：蜘蛛）

笑一笑 大掃除的時候，小英發現天花板上有一隻結好網的蜘蛛。她很擔心的問大家：「蜘蛛掉到網裡去了，我們要怎麼救牠？」

俏皮話 「蜘蛛掉在熱鍋上——忙了爪兒。」蜘蛛有八隻腳，如果不小心掉在熱鍋上，一定是急著想離開，八隻爪亂爬。我們常用這句話來比喻手忙腳亂的意思。

唱詩歌 小蜘蛛，拉銀絲，織個網，絲連絲，捉到蚊子它就吃。

蜜
虫部 八畫

ㄇㄧˋ ❶蜜蜂採取花液所釀成的東西，非常營養，可當藥用：例蜂蜜。❷甜美的：例甜言蜜語。

參考 請注意：「蜜」和「密」讀音相同，但意義不同：「蜜」有甜美的意思，例如：甜蜜、蜜月、花蜜。「密」有隱蔽、多的意思，例如：密室、密布。

蜜月 ㄇㄧˋ ㄩㄝˋ 西方的習俗，指結婚後的第一個月。

蜜蜂 ㄇㄧˋ ㄈㄥ 昆蟲的一種，身上有很多細毛，前翅比後翅大，母蜂和工蜂有毒刺，成群居住在巢穴中。

俏皮話 「春天的蜜蜂——閒不住。」春天

到了，百花盛開，很多小動物都出來找尋食物，「春天的蜜蜂」就是比喻「閒不住」的意思。

唱詩歌 蜜蜂兒，勤又乖，一天釀蜜飛幾回。花蝴蝶，懶又呆，秋去冬來哭哀哀。（廣東）

蜜餞 ㄇㄧ ㄐㄧㄢ 在水果上用蜜或濃糖泡製而成的零食。例宜蘭的蜜餞非常有名。

蝕

虫部 八畫

ㄕ ❶日月的光被遮蔽：例日蝕、月蝕。❷侵剝損傷：例剝蝕、侵蝕。❸虧損：例蝕本。

猜一猜 啄木鳥。（猜一字）（答案：蝕）

蝕本 ㄕ ㄅㄣ 做生意沒賺錢，連本錢都賠進去。例你不要老是做蝕本的生意。

蜷

虫部 八畫

ㄑㄩㄢ 彎曲身體：例蜷曲。

蜷伏 ㄑㄩㄢ ㄈㄨ 彎著身體臥倒。例他喜歡蜷伏著睡覺。

蜷曲 ㄑㄩㄢ ㄑㄩ 彎曲身體。例草叢裡有一條蜷曲著的蛇。

蜷縮 ㄑㄩㄢ ㄙㄨㄛ 彎曲收縮。

蜒

虫部 八畫

ㄧㄢ 蜒蚰（ㄧㄡ），軟體動物名，就是無殼的蝸牛，也叫「蛞蝓」（ㄎㄨㄛ ㄩ）。

參考 請注意：彎曲的蜿「蜒」，蜒的右邊是「延」（ㄧㄢ）；蜻「蜓」的蜓，右邊是「廷」（ㄊㄧㄥ）。

蝴

虫部 九畫

ㄏㄨ 昆蟲名，幼蟲多吃農作物，是農業的害蟲。翅膀美麗而寬大，喜歡白天活動。例蝴蝶。

蝴蝶 ㄏㄨ ㄉㄧㄝ 昆蟲的一種，翅膀寬大，顏色美麗；吸取花蜜，種類很多，有的幼蟲吃農作物，有的吃蚜蟲。簡稱「蝶」，也寫成「胡蝶」。

小百科 巴拿馬有一種黑色大蝴蝶，張開翅膀後和蝙蝠一樣大，它不會採花蜜，卻要吸人血、食人肉，人們稱它為「食肉蝶」。更有趣的是食肉蝶常和捕人藤狼狽為奸。捕人藤是一種大樹藤，人們要是不注意碰著它，它就會把你緊緊纏住，直到把你勒死，這時食肉蝶便紛紛趕到，吸血食肉，慘不忍睹。

動動腦 「蝴蝶在花叢中飛來飛去」，除了蝴蝶還有哪些動物也是由「虫」部構成的呢？趕快想想！（答案：蜘蛛、螞蟻、蜻蜓、蜈蚣、蚯蚓、蚱蜢、蛀蟲、蜜蜂……）

蝴蝶蘭 ㄏㄨ ㄉㄧㄝ ㄌㄢ 多年生草本植物，葉子呈劍形，交互排列成兩行，初夏開花，花像蝴蝶，淡紫色。我國普遍分布，可供欣賞，以臺灣山地所產的最有名。

蝶

虫部 九畫

ㄉㄧㄝ 昆蟲名，種類繁多，翅膀寬大，色彩鮮豔，善採集花蜜，幼蟲多是農業的害蟲。

蝶泳 ㄉㄧㄝ ㄩㄥ 游泳的項目之一。

蝦

虫部 九畫

ㄒㄧㄚ 水生節肢動物，身上有透明的軟殼，頭部有長短觸角各一對，種類很多，生活在水中：例草蝦、龍蝦。

ㄏㄚ 兩棲動物名，同「蛤」：例蝦蟆。

猜一猜 奇巧真奇巧，頭大尾巴小，洗個熱水澡，換身大紅袍。（猜一種節肢動物）（答案：蝦子）

唱詩歌 蝦子蝦子水裡游，滿身是肉沒骨頭，做菜做湯味鮮美，又有營養又可

六畫

口。（芮家智編）

蝸
虫部 九畫

ㄍㄨㄚ 生活在陸地上的軟體動物，有螺旋狀的外殼，爬行後會留下一條發光的涎線，是農作物的害蟲，有些種類可食。

蝸牛 ㄍㄨㄚ ㄋㄧㄡˊ 軟體動物，有螺旋狀外殼，頭有觸角，長短各一對，長觸角有眼，腹部有扁平的腳，爬行時會分泌黏液，以利身體移動。

猜一猜 此君真稀奇，出門連房帶；不是怕小偷，生來就如此。（猜一種軟體動物）（答案：蝸牛）

動動腦 小朋友如果你是一隻蝸牛，背著房子，你會有什麼感覺？想想看！

蝸居 ㄍㄨㄚ ㄐㄩ 形容狹小的住所。例我的房子很小，過的是蝸居生活。

蝨
虫部 九畫

ㄕ 昆蟲名，頭小腹大，身體橢圓形，有六隻腳，灰白色。

參考 請注意：「蝨」和「虱」字都讀ㄕ，互相通用。但「虱目魚」的「虱」不可寫成「蝨」。

蝨子 ㄕ ˙ㄗ 昆蟲名，有短毛，頭小腹大沒有翅膀，外形是橢圓形。常寄生在人和牛、豬的身上，吸食血液，會傳染疾病。

蝙
虫部 九畫

ㄅㄧㄢ 能飛翔的哺乳動物，前後肢和尾部之間有飛膜。捕食蚊、蛾，對人類有益。

蝙蝠 ㄅㄧㄢ ㄈㄨˊ 哺乳動物，頭部和身體像老鼠，四肢和尾部之間有飛膜，夜間在空中飛翔，吃蚊、蛾等昆蟲。視力不好，靠本身發出的超聲波來引導自己飛行。

猜一猜 似鼠不是鼠，沒羽能飛舞，眼睛看不見，睡覺倒掛屋。（猜一種動物）（答案：蝙蝠）

小百科 中國人很偏愛蝙蝠，包括玉器、窗櫺、刺繡等等，都可以見到蝙蝠的圖飾。因為「蝙蝠」和「翩翩來福」音近，表示福氣降臨的意思。

蝗
虫部 九畫

ㄏㄨㄤˊ 昆蟲名，是一種害蟲，軀體粗，後腳強有力，適合跳躍。在灌木林、雜草、田間活動：例蝗蟲。

蝗蟲 ㄏㄨㄤˊ ㄔㄨㄥˊ 昆蟲名，前翅狹窄、堅韌，後翅寬大而且柔軟，很會飛行，後腳很發達，擅於跳躍，是農作物的害蟲。

蝠
虫部 九畫

ㄈㄨˊ 能飛的哺乳動物：例蝙蝠。

蝌
虫部 九畫

ㄎㄜ 蛙或蟾蜍的幼蟲，身體橢圓，有長尾巴，生活在溪流或靜水中，能吃孑孓（ㄐㄧㄝˊ ㄐㄩㄝˊ），是有益的小動物。

蝌蚪 ㄎㄜ ㄉㄡˇ 蛙、蟾蜍等兩棲動物的幼蟲。身體橢圓，尾大而扁，能在水中游泳。也可以寫作「科斗」。

猜一猜 小不點圓溜溜，沒有腳也沒有手，腦袋倒比身子大，搖著尾巴水裡游。（猜一種動物）（答案：蝌蚪）

蝌蚪文 ㄎㄜ ㄉㄡˇ ㄨㄣˊ 形狀像蝌蚪的古代文字。

螂
虫部 九畫

ㄌㄤˊ 螳螂，昆蟲名，體長腹大，頭呈三角形，前肢像鐮刀，有刺，可用來捕捉食物：例螳螂捕蟬，黃雀在後。

六畫

蝟

虫部 九畫

ㄨㄟˋ 刺蝟，哺乳動物，頭小、嘴尖，全身長有短而密的硬刺，遇敵時全身蜷曲成球狀保護自己，以捕食昆蟲和小動物為生。

蝟集 ㄨㄟˋ ㄐㄧˊ 比喻事情繁多，像刺蝟的毛聚在一起。例百事蝟集。

蝟縮 ㄨㄟˋ ㄙㄨㄛ 因畏懼而收縮身體。

蝓

虫部 九畫

ㄩˊ 蛞蝓，無殼的蝸牛。

螃

虫部 十畫

ㄆㄤˊ 甲殼類節肢動物，有五對腳，前一對腳長成鉗子的形狀，橫著爬行，種類很多：例螃蟹。

螃蟹 ㄆㄤˊ ㄒㄧㄝˋ 節肢動物，全身有甲殼，有五對腳，前面一對長鉗子的形狀，橫著爬，種類很多，肉鮮美，可食用。簡稱「蟹」。通常生長在淡水的叫河蟹，生長在大海的叫海蟹。

猜一猜 口吐白雲白泡，手拿兩把利刀。走路大搖大擺，真是橫行霸道。（猜一種節肢動物）（答案：螃蟹）

螟

虫部 十畫

ㄇㄧㄥˊ 見「螟蟲」。

螟蛉 ㄇㄧㄥˊ ㄌㄧㄥˊ ❶螟蛉蛾的幼蟲。❷因為蜾蠃（ㄌㄨㄛˊ ㄧㄥˊ，一種寄生蜂）常捕捉螟蛉產卵在它們的身體裡，卵孵化後就拿螟蛉作食物。古人誤以為蜾蠃養螟蛉為子，因此用「螟蛉」比喻義子。

螟蟲 ㄇㄧㄥˊ ㄔㄨㄥˊ 昆蟲名，稻的害蟲，主要侵害農作物以及林木、果樹等。

螞

虫部 十畫

ㄇㄚˇ ❶昆蟲名，多築巢群居，一般雌蟻、雄蟻有翅，工蟻、兵蟻無翅：例螞蟻。❷軟體動物名，就是水蛭：例螞蟥。❸昆蟲名，蜻蜓的俗稱：例螞螂。

ㄇㄚˋ 昆蟲名，就是蝗蟲的幼蟲：例螞蚱。

螞蟻 ㄇㄚˇ ㄧˇ 昆蟲的一種，體小，長形，黑色或者褐色。雌蟻和雄蟻有翅膀，工蟻和兵蟻沒有。在地下築巢，成群居住。

笑一笑 媽媽：「小英，那些餅乾長螞蟻，不要吃。」小英：「沒關係，我喝口水淹死牠們。」

螢

虫部 十畫

ㄧㄥˊ 昆蟲的一種，身體是黃褐色，夜間可以看到尾部發出的亮光。

參考 請注意：螢、熒、營、塋、縈、瑩六字都讀ㄧㄥˊ，但意義不同：「螢」是「螢火蟲」，和它有關的有螢火、螢光；小火叫「熒燭」；軍隊駐守的地方是「軍營」；墓地叫「塋地」；環繞叫「縈繞」；美玉的光很「晶瑩」。使用時不要弄錯。

螢光 ㄧㄥˊ ㄍㄨㄤ 某種固體或者液體受到光線照射時，吸收了光線，從本身再發出不同的光。

螢火蟲 ㄧㄥˊ ㄏㄨㄛˇ ㄔㄨㄥˊ 是一種身體黃褐色的昆蟲，有絲狀的觸角，身體末端會發出亮光。白天躲在草叢裡，晚上飛出。

唱詩歌 (一)螢火蟲，螢火蟲，飛到西來飛到東，好像飛機上點燈籠。請你飛來照著我，等我讀書好用功。（湖南）

(二)螢火蟲，點點紅，好像盞盞小燈籠。螢火蟲，亮晶晶，好像會飛小星星。

螢光幕 ㄧㄥˊ ㄍㄨㄤ ㄇㄨˋ 電視機顯現影像的地方。

六畫

融 虫部 十畫

ㄖㄨㄥˊ ❶融化：例融冰。❷調和：例融洽。❸流通：例金融。❹姓：例融先生。

參考 相似字：和、合、洽。♣相反字：固、凝。♣請注意：「溶」和「融」都有消散的意思。「溶」指物質消散在液體裡，變成溶液。「融」多指物質本身的消散或變化，例如：柏油融化了。

融化 ㄖㄨㄥˊ ㄏㄨㄚˋ 固體受熱變成液體。例在炎熱的夏天裡，冰塊一下子就融化了。

融合 ㄖㄨㄥˊ ㄏㄜˊ 把幾種不同的事物合成一體。例中華民族是由很多種族融合成的。

融洽 ㄖㄨㄥˊ ㄑㄧㄚˋ 彼此的感情、關係很好。例同學們要融洽的相處在一起。

融解 ㄖㄨㄥˊ ㄐㄧㄝˇ 融化。例山上的積雪融解了。

融融 ㄖㄨㄥˊ ㄖㄨㄥˊ ❶形容和睦快樂的樣子。例我們的班級和樂融融的相處，像是一個大家庭。❷形容暖和。例春光融融，正是郊遊的好季節。

融會貫通 ㄖㄨㄥˊ ㄏㄨㄟˋ ㄍㄨㄢˋ ㄊㄨㄥ 把多方面的知識和道理融合後，能夠透澈的了解。融會：融合領會。貫通：澈底了解。例我們要把書本上的知識，融會貫通後應用在日常生活中。

蟆 虫部 十一畫

ㄇㄚˊ ❶兩棲類動物名：例蝦蟆。❷一種形狀像蚊子而較小的蟲。

蟒 虫部 十一畫

ㄇㄤˇ ❶見「蟒蛇」。❷「蟒袍」的簡稱。

蟒袍 ㄇㄤˇ ㄆㄠˊ 明、清時的官服，上面繡有金黃色的大蟒，按蟒的數量、色彩、形狀不同來區別等級的高低。

蟒蛇 ㄇㄤˇ ㄕㄜˊ 產於熱帶河邊的大蛇，有鱗，沒有毒牙，體長可達六公尺以上，以身軀盤繞捕食小動物。

蟑 虫部 十一畫

ㄓㄤ 昆蟲名，種類很多，會傳染疾病：例蟑螂。

蟑螂 ㄓㄤ ㄌㄤˊ 昆蟲的一種，身體扁平，黑褐色，會發出臭味。常常咬壞衣物，傳染疾病。有的種類的雌性沒有翅膀。是一種害蟲。

螳 虫部 十一畫

ㄊㄤˊ 螳螂，昆蟲名，頭三角形，前足像鐮刀，種類很多。

螳臂當車 ㄊㄤˊ ㄅㄧˋ ㄉㄤ ㄐㄩ 比喻不自量力，一定失敗。

螳螂捕蟬黃雀在後 ㄊㄤˊ ㄌㄤˊ ㄅㄨˇ ㄔㄢˊ ㄏㄨㄤˊ ㄑㄩㄝˋ ㄗㄞˋ ㄏㄡˋ 比喻只貪圖眼前的小利，而不顧以後的憂患。

螻 虫部 十一畫

ㄌㄡˊ 見「螻蛄」。

螻蛄 ㄌㄡˊ ㄍㄨ 稻麥的害蟲，黑褐色，生活在土中，晝伏夜出，吃農作物的嫩莖，俗稱「土狗子」。

螻蟻 ㄌㄡˊ ㄧˇ 螻蛄和螞蟻；比喻力量微薄或地位低微的人。

螺 虫部 十一畫

ㄌㄨㄛˊ 軟體動物，體外有一個螺旋形的殼，種類很多：例田螺、海螺。

螺角 ㄌㄨㄛˊ ㄐㄧㄠˇ 用海螺殼做成一種可以吹的器具，吹起來很響亮。

螺旋 ㄌㄨㄛˊ ㄒㄩㄢˊ 像螺絲釘紋理的曲線形狀。

螺旋槳 ㄌㄨㄛˊ ㄒㄩㄢˊ ㄐㄧㄤˇ 產生動力使得飛機或是船隻航行的一種裝置，由螺旋形的槳葉構成。

螺絲釘 ㄌㄨㄛˊ ㄙ ㄉㄧㄥ 應用螺旋原理做成的，連接或固定物體的零件。比喻平凡但不可缺少的人或物。例每個人都是構成社會的一顆螺絲釘。

螫
虫部 十一畫

ㄓㄜ 蜂、蠍等或有毒腺的蛇蟲，用毒牙或尾針刺入人畜。

蟀
虫部 十一畫

ㄕㄨㄞˋ 蟋蟀，昆蟲名。也叫作促織、蛐蛐兒（ㄑㄩ ㄑㄩ ㄦ）。

蟈
虫部 十一畫

ㄍㄨㄛ 見「蟈蟈」。

蟈蟈 ㄍㄨㄛ ㄍㄨㄛ 一種像蝗蟲的昆蟲，身體綠色或褐色，吃植物的嫩葉和花，雄的前翅摩擦能發出清脆的聲音，有的地區稱「叫哥哥」。

蟋
虫部 十一畫

ㄒㄧ 蟋蟀，昆蟲名；黑色的身體，會跳，觸角很長。雌的不會叫，雄的會摩擦翅膀發出聲音。蟋蟀喜歡吃農作物，被農人認為是害蟲。

蟋蟀 ㄒㄧ ㄕㄨㄞˋ 昆蟲名，黑色，雄蟲翅膀上有發聲器，喜歡爭鬥。

小百科 有人專門養蟋蟀來比賽，稱為「鬥蟋蟀」。

猜一猜 秋天開戰，冬天停戰，勇雖是勇，可惜是自殘同種，哼！算不了什麼英雄。（猜一種昆蟲）（答案：蟋蟀）

蟋蟀草 ㄒㄧ ㄕㄨㄞˋ ㄘㄠˇ 一種植物，莖的頂端會長花穗。結穗的莖，剖成細絲可用來逗弄蟋蟀，所以叫蟋蟀草。

螯
虫部 十一畫

ㄠˊ 螃蟹等節肢動物的第一對腳，形狀像鉗子，用來取食和保護自己。

蟄
虫部 十一畫

ㄓˊ 動物或蟲類在冬天藏伏起來，不吃不動：例蟄伏。

蟄伏 ㄓˊ ㄈㄨˊ 蟲類藏伏在土中。

蟄居 ㄓˊ ㄐㄩ 隱伏不出；像動物冬眠一樣長期在一個地方，不拋頭露面。

蟄蟲 ㄓˊ ㄔㄨㄥˊ 藏伏在土中的蟲類。

蟯
虫部 十二畫

ㄖㄠˊ 寄生蟲，常寄生在人的小腸和大腸內，頭部鑽入腸黏膜，吸取營養，被寄生的人會引起蟯蟲病。

蟯蟲 ㄖㄠˊ ㄔㄨㄥˊ 寄生在人的小腸下部和大腸內，身體很小，頭部鑽入腸黏膜吸取營養。雌蟲常在肛門附近產卵。

蟬
虫部 十二畫

ㄔㄢˊ 昆蟲名，也叫「知了」，種類很多。雄的腹部有發音器，能連續不斷發出尖銳的聲音。幼蟲生活在土中，吸食植物的根，成蟲吃植物的汁。

猜一猜 一個黑姑娘，披件紗衣裳，住在大樹上，熱天把歌唱。（猜一種昆蟲）（答案：蟬）

蟬蛻（ㄔㄢˊ ㄊㄨㄟˋ） ❶蟬的幼蟲變為成蟲時所脫下的殼，可供藥用。❷比喻解脫。

蟬聯（ㄔㄢˊ ㄌㄧㄢˊ） 繼續不斷。現在常指工作或職務等的連任。例學校的球隊蟬聯全國比賽的冠軍。

蟬翼（ㄔㄢˊ ㄧˋ） 蟬的翅膀薄而輕，常用來比喻微薄的事物。

蟲

虫部 十二畫

ㄔㄨㄥˊ ❶昆蟲的通稱：例毛蟲。❷不尊敬他人時的稱法：例可憐蟲。❸姓。

參考 請注意：「蟲」字用在字的偏旁時，可以寫作「虫」。「虫」，古時候寫作「虺」，是一種毒蛇。「虫」和「蟲」現在可以相通。

蟲子（ㄔㄨㄥˊ ˙ㄗ） 昆蟲或是和昆蟲類似的小動物。

蟲吟（ㄔㄨㄥˊ ㄧㄣˊ） 蟲的叫聲。吟：唱。例夏夜裡，我喜歡在院子裡聽蟲吟。

蟲害（ㄔㄨㄥˊ ㄏㄞˋ） 由昆蟲所造成的災害。例今年蟲害非常嚴重，使得稻米的收成量降低很多。

蟠

虫部 十二畫

ㄆㄢˊ 彎曲，環繞：例龍蟠虎踞。

蟠木（ㄆㄢˊ ㄇㄨˋ） 盤曲的大木。

蟠桃（ㄆㄢˊ ㄊㄠˊ） ❶桃的一種，果實扁圓，可以食用，味甜美。❷古代神話中的仙桃。

蟠踞（ㄆㄢˊ ㄐㄩˋ） 盤結占據。

蟠龍（ㄆㄢˊ ㄌㄨㄥˊ） 盤曲隱伏的龍。

蟻

虫部 十三畫

ㄧˇ 一種昆蟲，喜築巢群體居住。一般雌蟻、雄蟻有翅膀，工蟻、兵蟻沒有翅膀。

蠅

虫部 十三畫

ㄧㄥˊ 昆蟲名，種類很多，頭上複眼很大，口器呈管狀，腿上有密毛，能傳染霍亂、傷寒等疾病，其中有的是農業害蟲：例蒼蠅、種蠅、麥稈蠅。

蠅頭微利（ㄧㄥˊ ㄊㄡˊ ㄨㄟˊ ㄌㄧˋ） 比喻很微小的利益。

蠅營狗苟（ㄧㄥˊ ㄧㄥˊ ㄍㄡˇ ㄍㄡˇ） 像蒼蠅那樣飛來飛去，像狗那樣苟且偷生。比喻人不顧廉恥，貪得無厭。

蠍

虫部 十三畫

ㄒㄧㄝ 節肢動物，尾部末端有毒鉤，能螫人，多在夜間活動，蠍的乾燥體可供藥用。

蠍子（ㄒㄧㄝ ˙ㄗ） 節肢動物蜘蛛類毒蟲，尾部末端有毒鉤，用來禦敵或捕食。

蟹

虫部 十三畫

ㄒㄧㄝˋ 節肢動物名，有甲殼，有五對足，第一對長成螯，橫著爬行：例螃蟹。

蟾

虫部 十三畫

ㄔㄢˊ 兩棲動物名，就是蟾蜍的簡稱。

蟾宮（ㄔㄢˊ ㄍㄨㄥ） 指月亮。傳說月亮中有蟾蜍，所以稱月亮為蟾宮。

蟾蜍（ㄔㄢˊ ㄔㄨˊ） 兩棲動物的一種，身體表面有許多小凸起的肉瘤，內有毒腺，可以分泌黏液，專門吃昆蟲等小動物，對農業有益。

蠔

虫部 十四畫

ㄏㄠˊ 軟體動物，體外有兩扇貝殼，附著生活在海邊的岩石上，肉味鮮美，可製成蠔油，殼可作藥。也叫「牡蠣」。

蠕 虫部 十四畫

ㄖㄨˊ 蟲類扭曲緩慢向前的移動：例蠕動。

蠕動 ㄖㄨˊ ㄉㄨㄥˋ 像蚯蚓一樣彎曲爬行的運動。使消化道、輸尿管產生收縮的運動。

蠣 虫部 十五畫

ㄌㄧˋ 牡蠣，軟體動物名，就是蠔，見「蠔」字。

蠢 虫部 十五畫

ㄔㄨㄣˇ ❶頭腦遲鈍，行動笨拙：例愚蠢、蠢貨、蠢材。❷蟲類爬動的樣子：例蠢動。

猜一猜 春土下有兩條蟲。（猜一字）（答案：蠢）

蠢材 ㄔㄨㄣˇ ㄘㄞˊ 愚笨的人，是罵人的話。

蠢動 ㄔㄨㄣˇ ㄉㄨㄥˋ ❶蟲子爬動。❷指敵人準備進犯或盜匪預備作亂。也可以寫作「蠢蠢欲動」。

蠡 虫部 十五畫

ㄌㄧˊ 蠡縣，縣名，在河北省。

ㄌㄧˊ 貝殼做的瓢：例以蠡測海。

蠟 虫部 十五畫

ㄌㄚˋ ❶從動物、礦物、植物等提煉出來的含油性物質，易熔化，但是不溶於水，可以用來做防水劑。❷蠟燭：例點一支蠟燭。

參考 請注意：「蠟」和「臘」不同。「臘」是古時候祭祀用的肉，所以和祭祀有關的寫作「臘」月、「臘」腸。

蠟黃 ㄌㄚˋ ㄏㄨㄤˊ 形容顏色黃得像蠟。例他生了一場大病之後，臉色蠟黃，比以前瘦了很多。

蠟筆 ㄌㄚˋ ㄅㄧˇ 蠟和顏料混合製成的，可以用來畫畫的筆。例他用蠟筆畫了一幅美麗的圖畫。

蠟燭 ㄌㄚˋ ㄓㄨˊ 用蠟製成，可以用來照明的材料。例颱風來臨時，我們應該準備一些蠟燭。

俏皮話 「蠟燭脾氣——不點不亮。」小朋友，我們都知道蠟燭要用火去點，它才會有作用。如果有人用「蠟燭脾氣」來形容別人，那就是指一個人不肯主動把事情做好。

蠱 虫部 十七畫

ㄍㄨˇ 古代傳說中能害人的毒蟲。

蠱惑 ㄍㄨˇ ㄏㄨㄛˋ 使人迷惑。例蠱惑人心。

蠶 虫部 十八畫

ㄘㄢˊ ❶昆蟲名，幼蟲能吐絲成為繭蛹（ㄐㄧㄢˇ ㄩㄥˇ），成熟後蛹破化為蛾。蠶繭是紡織業的重要原料。❷指某些能吐絲結繭的昆蟲：例柞（ㄗㄨㄛˋ）蠶。

猜一猜 小小白娘娘，織布來築房，住在白屋裡，無門又無窗。（猜一種昆蟲）（答案：蠶）

唱詩歌 蠶兒真靈巧，吐絲千萬條。織成綢和羅，好把新衣做。（芮家智編）

蠶豆 ㄘㄢˊ ㄉㄡˋ 一年生或二年生草本植物，莖是方形，中心空，花白色有紫斑點，結莢果，種子可以食用。

蠶絲 ㄘㄢˊ ㄙ 蠶吐出的絲。蠶絲由繭中抽出，可以紡織。

蠶食鯨吞 ㄘㄢˊ ㄕˊ ㄐㄧㄥ ㄊㄨㄣ 像蠶一樣慢慢的吃，或像鯨一樣急促的吞。比喻侵占別國的領土或他人的財物。

蠹

虫部 十八畫

ㄉㄨˋ ❶一種會蛀蝕書籍、衣服、竹、木的小蟲，背部有銀白色細鱗，尾毛有三根。❷蛀蝕，侵害：例戶樞不蠹（經常轉動的門軸不會被蟲蛀）。

蠹蟲 ㄉㄨˋ ㄔㄨㄥˊ ❶蛀蟲。❷比喻危害社會的壞人。

蠻

虫部 十九畫

ㄇㄢˊ ❶粗野，凶惡，不講理：例蠻橫。❷我國古代住在南方的居民。❸很，挺怎樣的：例蠻好的。

參考 請注意：蠻、戀、巒、鑾、孿、鸞、臠七字不同。不講理叫野「蠻」（ㄇㄢˊ）；心中喜歡叫愛「戀」（ㄌㄢˋ）；起伏的山峰叫山「巒」（ㄌㄨㄢˊ）；皇帝的座車叫「鑾」（ㄌㄨㄢˊ）駕；雙生兄弟叫「孿」（ㄌㄨㄢˊ）生兄弟；鳥聲不斷叫「鸞」（ㄌㄨㄢˊ）鳳和鳴；被獨占的人叫禁「臠」（ㄌㄨㄢˊ）。

蠻夷 ㄇㄢˊ ㄧˊ 古時候對四夷的簡稱。

蠻荒 ㄇㄢˊ ㄏㄨㄤ 還沒開發，環境又荒涼的地方。例非洲有很多蠻荒地區還沒有開發。

蠻族 ㄇㄢˊ ㄗㄨˊ 還沒有開發的民族。例蠻族有他們自己特殊的文化。

蠻橫 ㄇㄢˊ ㄏㄥˊ 粗暴，不講理。例吳同學為人十分蠻橫，沒有人願意和他作朋友。

參考 相似詞：霸道。

蠻不在乎 ㄇㄢˊ ㄅㄨˋ ㄗㄞˋ ㄏㄨ 一點都不在意。例他對別人的批評蠻不在乎。

血部 ㄒㄧㄝˇ

「」是由「○」和「」所構成的；「」是裝東西的器具（見皿部說明），「○」是凝結的血塊。「血」本來是指祭神時所用的動物鮮血，現在則是血液的通稱。後來寫成，還可以看到凝固的血塊，後來用「一」表示血塊（並不是數字的一），寫作「」，現在寫作「血」。

血

血部 ○畫

ㄒㄧㄝˇ ❶高等動物全身管脈中的紅色液體。以心臟為中心，循環全身，有輸送養分、排泄廢物及促進新陳代謝的機能：例血液。❷同一種祖先的：例血統、血緣、血親。❸比喻剛強、激烈：例血性、血戰。

猜一猜 器皿上有一黑點。（猜一字）（答案：血）

血本 ㄒㄧㄝˇ ㄅㄣˇ 辛辛苦苦積蓄下來的資本。例這筆買賣使他血本無歸。

參考 相似詞：資本、資金。

動動腦 小朋友，想一想，為什麼要用「血」來形容本錢？

血色 ㄒㄧㄝˇ ㄙㄜˋ ❶紅色。例血色的太陽染紅了大地。❷皮膚紅潤光采。例她的臉上沒有一絲血色。

血汗 ㄒㄧㄝˇ ㄏㄢˋ 比喻為了工作所揮灑出來的血滴和汗水。例我們所花用的都是父母辛苦賺來的血汗錢。

血泊 ㄒㄧㄝˇ ㄅㄛˊ 血流滿地。例他倒在血泊中。

血性 ㄒㄧㄝˇ ㄒㄧㄥˋ 剛強正直又熱情。例他是個血性男兒。

血型 ㄒㄧㄝˇ ㄒㄧㄥˊ 人類的血型可分為O、A、B和AB四種主要類型，血型是輸血時重要的根據，與遺傳有關，可作為親子關係的鑑定。

血書 ㄒㄧㄝˇ ㄕㄨ 用自己的血書寫成的文字，表示憤怒、緊急、危難或悲痛的文字。例南海血書為越南的淪亡作了活生生的見證。

血案 ㄒㄧㄝˇ ㄢˋ 凶殺案件。例這是一宗滅門血案。

六畫

血庫 收集健康的血液，按血型不同而分類保存，以供傷患需要的機構。

血淚 非常悲痛哀傷時所流下的眼淚；比喻慘痛的遭遇。例她曾有一段辛酸的血淚史。

血統 親族的系統，是人類因生育而自然形成的關係，如父母與子女之間、兄弟姊妹之間的關係，也有指共同祖先的關係。例他們有很深的血統關係。

參考 相似詞：血緣。

血球 血液中的細胞，主要成分為血漿、血細胞和血小板，血細胞又分為紅血球和白血球。

血液 流動於動物體內循環系統的液體，由紅血球、白血球、血小板及血漿所組成，具有運送氣體、產生抗體、輸送養分及排泄等功能。

血跡 ❶血液滴落所留下的痕跡。例他們順著斑斑的血跡，找到獅子藏身的地方。❷比喻犧牲性命所打開的道路。例我們要踏著先烈的血跡，勇往直前。

血腥 血液腥臭的氣味。例暴虐的人雙手沾滿了血腥。

血債 爭鬥仇殺所引起的深仇大恨。例他所欠下的血債，總有償還的一天。

血滴 一滴滴的血。例人生是一個奮鬥的戰場，到處充滿了血滴與火光。

血管 血液流通的管道，分為動脈、靜脈和微血管三種。

血戰 指非常劇烈的戰鬥。例為了保國衛民，他們不惜與敵人血戰一場。

參考 相似詞：苦戰、死戰。

血漿 血液中除去血球所剩的液體，占血量的百分之四十五至六十，呈淺黃透明狀。

血壓 心臟收縮，使血液對血管壁產生的壓力，因年齡、性別的不同而有差異。

血小板 與血液凝固有關的血球，沒有細胞核，形狀和大小很不規則。

血友病 遺傳性的凝血系統不健全，容易造成出血不止而死亡。這是因為血液中缺乏抗血友病的球蛋白，所引起的凝血功能的障礙。

血淋淋 ❶形容鮮血不斷的流。例他手臂受傷，血淋淋的樣子很是嚇人。❷比喻嚴酷、慘酷。例這是一個血淋淋的教訓。

血口噴人 用惡毒的話冤枉、罵別人。例這件事不是我做的，在沒有查明之前，請你不要血口噴人。

血肉橫飛 比喻打仗或戰鬥時殘殺的慘況。例這場仗打得血肉橫飛，雙方損失慘重。

參考 相似詞：血肉模糊。

血肉相連 比喻關係非常密切。例中國國內各族，都具有血肉相連的歷史淵源。

參考 相似詞：脣齒相依。

血流如注 形容流血很多的樣子。例他把背上的箭拔起，頓時血流如注。

血盆大口 形容嘴巴大而可怕。例老虎張開血盆大口，向一隻花鹿撲去。

血氣之勇 因為一時衝動所激發的勇氣。例只憑血氣之勇，必然會闖禍造亂。

參考 相似詞：匹夫之勇。

血脈貫通 比喻文章條理分明，前後一致。脈：脈絡，條理。例他的文章血脈貫通，井井有條。

血海深仇 形容仇恨極深極重。例血海深仇怎不報？不滅殺父的兇手恨不消。

血濃於水 比喻骨肉親人，或同國、同族人間關係密切不可分離。例影片中的男主角最後還是幫助他的族人，畢竟血濃於水。

行部

「[illegible]」是「行」最早的寫法，指交通要道。「[illegible]」是按照十字路

六畫

口所畫出的象形字，後來寫成「𠕇」，形體已經變化了，現在寫成「行」。「行」是交通要道，交通要道就會有人行走，因此「行」又發展出走的意思，例如：行走、健行。「行」部的字和「道路」有關係，例如：街、衢（四通八達的大路）；和「行走」也有關，例如：衕（任意走）、衛（圍守）。

行

ノ ク 彳 彳 行 行

行部 〇畫

ㄒㄧㄥˊ ❶走：例步行。❷指人的動作：例行為。❸與出遠門有關的：例旅行、行程、行李、行期。❹流通：例風行、行銷。❺發布：例發行、頒行。❻做：例實行、行不通。❼可以：例行不行。❽誇獎人能幹：例你真行。❾行書的簡稱。❿足夠：例行了，別再說了。⓫將要：例行將就木、行將出國。

ㄒㄧㄥˋ 表現品德的行為舉止：例品行。

ㄏㄤˊ ❶直排的：例一目十行。❷職業：例三百六十行。❸商業機構，店鋪：例銀行、商行。❹兄弟姊妹的長幼次序：例排行。❺軍隊：例行伍。

ㄏㄤˋ ❶剛強的樣子：例行行。❷成行的樹木：例樹行子。

參考 相似字：走。

動動腦 「行的安全很重要。」行有哪些讀法呢？小朋友，請你想想看，然後各造一個詞！

行人 ㄒㄧㄥˊ ㄖㄣˊ 在道路上行走的人。例行人也要遵守交通規則。

參考 活用詞：行人徒步區、行人穿越道。

行乞 ㄒㄧㄥˊ ㄑㄧˇ 向人要錢或食物。例路口有個流浪漢在向路人行乞。

行刑 ㄒㄧㄥˊ ㄒㄧㄥˊ 進行刑罰。例行刑的時刻已經到了。

參考 活用詞：行刑場。

行列 ㄏㄤˊ ㄌㄧㄝˋ ❶有行有列的隊形。行：直的排列。列：橫的排列。例這支軍隊步伐整齊，行列壯盛。❷行伍，隊伍。

行行 (一)ㄒㄧㄥˊ ㄒㄧㄥˊ 走個不停。例行行重行行。(二)ㄏㄤˊ ㄏㄤˊ 各種職業。例行行出狀元。(三)ㄏㄤˋ ㄏㄤˋ 指人剛強的樣子。

行色 ㄒㄧㄥˊ ㄙㄜˋ 出發前的神態或情景。例他行色匆匆，一定出事了。

行成 ㄒㄧㄥˊ ㄔㄥˊ 求和，議和。例戰敗國為了避免傷亡慘重，決定向戰勝國行成。

行走 ㄒㄧㄥˊ ㄗㄡˇ 步行。例他行走的速度很快。

行李 ㄒㄧㄥˊ ㄌㄧˇ 指出外的人所帶的衣箱、雜物、鋪蓋等東西。

行使 ㄒㄧㄥˊ ㄕˇ 執行，使用。例警察在危急的時候可以行使手槍。

行刺 ㄒㄧㄥˊ ㄘˋ 用武器暗殺。例荊軻行刺秦王，不幸失敗。

行事 ㄒㄧㄥˊ ㄕˋ 做事。例他行事粗魯，令人討厭。

行為 ㄒㄧㄥˊ ㄨㄟˊ 個人由內心思想控制而表現在外的舉止行動。例他的行為不檢，已經被學校退學了。

行軍 ㄒㄧㄥˊ ㄐㄩㄣ 軍隊執行任務或進行訓練時，從一個地點到另一個地點。例這支軍隊今天要從高雄行軍到屏東。

參考 活用詞：行軍床。

行政 ㄒㄧㄥˊ ㄓㄥˋ ❶立法、考試、司法、監察以外的政府業務。❷公務機關為了推行業務，完成使命，對所需要的人、財、事物所作的管理。❸用群體合作的方式達成目的的活動。

參考 活用詞：行政院、行政院長、行政人員、行政管理。

行星 ㄒㄧㄥˊ ㄒㄧㄥ 沿著一定的軌道，繞著太陽運行，是太陽系主要的星球。行星本身不發光，例如：水星、金星、地球等。

行家 ㄏㄤˊ ㄐㄧㄚ 內行人，通曉專門事物的人。例他是個鑽石行家。

參考 相似詞：專家。

行書 ㄒㄧㄥˊ ㄕㄨ 一種介於草書、楷書之間的字體，以補救楷書的不便書寫和草書的難以辨認，筆勢不像草書般潦草，也不像楷書般端正。

行情 ㄏㄤˊ ㄑㄧㄥˊ 市面上商品的一般價格，或利率（ㄌㄩˋ）的情況。例最近股票的行情看漲。

行將 ㄒㄧㄥˊ ㄐㄧㄤ 就要，快要。

行動 ㄒㄧㄥˊ ㄉㄨㄥˋ ❶行為舉動。例我們決定立刻展開行動。❷走動。例他行動不方便，需要人扶持。

行程 ㄒㄧㄥˊ ㄔㄥˊ ❶路程。❷旅行的日期和路線。例到阿里山的行程已經安排好了。

行善 ㄒㄧㄥˊ ㄕㄢˋ 做善事。例他心腸很好，喜歡行善助人。

行業 ㄏㄤˊ ㄧㄝˋ 工商業中的種類，指職業。例無論你從事什麼行業，只要肯努力，一定能有所成就。

行樂 ㄒㄧㄥˊ ㄌㄜˋ 作樂。例及時行樂。

行蹤 ㄒㄧㄥˊ ㄗㄨㄥ 去處；居住或來去的方向。例他沒有固定的住處，因此行蹤不定。

行駛 ㄒㄧㄥˊ ㄕˇ 駕駛車船飛機等交通工具。例行駛高速公路，要保持安全距離。

行禮 ㄒㄧㄥˊ ㄌㄧˇ 向人鞠躬或作揖，表示敬意。例遇到老師應該行禮。

參考 相似詞：敬禮。

行醫 ㄒㄧㄥˊ ㄧ 從事醫生的工作。例他行醫二十年，醫術很好。

行不通 ㄒㄧㄥˊ ㄅㄨˋ ㄊㄨㄥ 不能行。例這個辦法行不通。

參考 相似詞：行不得、行不開。

俏皮話 「船底下無水——行不得。」船都是在水中行的，如果「船底下無水」，那可就「行不得」了。這句話是說走不得或是不能做。

行尸走肉 ㄒㄧㄥˊ ㄕ ㄗㄡˇ ㄖㄡˋ 比喻人的無能無用，活著跟死了並沒有兩樣，俗稱「活死人」。例他整天無所事事，就像行尸走肉。

行若無事 ㄒㄧㄥˊ ㄖㄨㄛˋ ㄨˊ ㄕˋ 指在緊急的時刻，態度和平常一樣鎮定。例發生地震了，大家忙著逃命，只有他行若無事的坐著。

行雲流水 ㄒㄧㄥˊ ㄩㄣˊ ㄌㄧㄡˊ ㄕㄨㄟˇ ❶比喻純真自然，不受拘束。❷比喻文章自然流暢。例他的文章像行雲流水一樣，非常流利。

行行重行行 ㄒㄧㄥˊ ㄒㄧㄥˊ ㄔㄨㄥˊ ㄒㄧㄥˊ ㄒㄧㄥˊ 形容行走不停止，愈走愈遠。

行行出狀元 ㄏㄤˊ ㄏㄤˊ ㄔㄨ ㄓㄨㄤˋ ㄩㄢˊ 各種職業中都可以出現傑出的人。例俗語說「行行出狀元」，只要努力一定能成功。

行憲紀念日 ㄒㄧㄥˊ ㄒㄧㄢˋ ㄐㄧˋ ㄋㄧㄢˋ ㄖˋ 民國三十五年，國民大會在南京舉行，同年十二月二十五日，制定中華民國憲法，第二年同日正式施行。到了民國五十六年，政府頒定每年十二月二十五日為行憲紀念日。

行百里者半九十 ㄒㄧㄥˊ ㄅㄞˇ ㄌㄧˇ ㄓㄜˇ ㄅㄢˋ ㄐㄧㄡˇ ㄕˊ 要走一百里的路，走了九十里才算走了一半。比喻做事愈接近成功愈困難。

衍

行部 三畫

ㄧㄢˇ ❶延長，推展：例推衍。❷多餘的：例衍文。❸眾多：例人口蕃衍。

衍變 ㄧㄢˇ ㄅㄧㄢˋ 慢慢發展變化。例事情怎麼會衍變成這個樣子？

術

行部 五畫

ㄕㄨˋ ❶技能才藝：例武術、醫術。❷方法：例防身術、戰術。❸姓：例術先生。

參考 相似字：法、藝、技。

術語 ㄕㄨˋ ㄩˇ 在專門學術中用來表示特別意義的語詞。例「硬碟分割」是電腦的專門術語。

街

行部 六畫

ㄐㄧㄝ ❶都市中交通、運輸的道路：例街道。❷商業集中的地方：例逛街。

參考 相似字：道、路。

猜一猜 行走在疊起的土堆旁。（猜一字）（答案：街）

街坊 ㄐㄧㄝ ㄈㄤ ❶鄰居。❷村里，里巷。

街道　ㄐㄧㄝ ㄉㄠˋ　比較寬闊的道路。例下班時，街道上擠滿了車子。

街頭巷尾　ㄐㄧㄝ ㄊㄡˊ ㄒㄧㄤˋ ㄨㄟˇ　指街市各個地方。例過年期間不論街頭巷尾，到處都是人潮。

衕　行部 六畫

ㄉㄨㄥˋ　巷子。例大街小衕。

衕堂　ㄉㄨㄥˋ ㄊㄤˊ　大巷子。

衙　行部 七畫

ㄧㄚˊ　古代官署名：例縣衙。

ㄩˊ　行動地：例衙衙。

猜一猜　千山吾獨行。（猜一字）（答案：衙）

衙門　ㄧㄚˊ ㄇㄣˊ　古代處理政務的機關。

衙役　ㄧㄚˊ ㄧˋ　官署裡的差役。

衝　行部 九畫

ㄔㄨㄥ　❶位置適中的交通要道：例要衝。❷向前闖：例橫衝直撞。❸豎起，直立：例怒髮衝冠。❹猛烈的撞擊：例衝突。

ㄔㄨㄥˋ　❶向著，對著：例衝東走。❷根據：例衝著你這句話，我請你吃飯。❸氣味濃烈的：例冷氣車裡吸煙，味道真衝。

參考　相似字：冒、犯、撞。♣請注意：「衝」和「沖」都有冒犯的意思。「衝」多是指猛力或勇氣的衝撞，例如：衝擊。「沖」多指水勢的強猛所產生的沖刷，例如：沖洗。

猜一猜　行千里路。（猜一字）（答案：衝）

衝口而出　ㄔㄨㄥ ㄎㄡˇ ㄦˊ ㄔㄨ　未經思考，隨便說出。

衝刺　ㄔㄨㄥ ㄘˋ　在各種比賽中，當快要接近最後的目標時，奮力向前急衝。例他在最後一百公尺時奮力衝刺，終於奪得冠軍。

衝要　ㄔㄨㄥ ㄧㄠˋ　地理位置上重要的地方。例山海關是關內通往關外的衝要。

參考　相似詞：要路、要衝。

衝冠　ㄔㄨㄥ ㄍㄨㄢ　形容非常憤怒，連帽子都被衝起。冠：帽子。

參考　活用詞：怒髮衝冠。

衝突　ㄔㄨㄥ ㄊㄨˊ　意見不同，互相爭執。例他們因為意見不合，而發生衝突。

衝浪　ㄔㄨㄥ ㄌㄤˋ　一種利用薄板，在海上順著海浪滑行的運動。下海時，衝浪的人俯臥在板上，用手划到適合衝浪的地方，再使衝浪板面對海岸，立刻立起，分開兩腿，並任憑身體左右擺動，以保持平衡。

衝動　ㄔㄨㄥ ㄉㄨㄥˋ　不經過思考，沒有理智的情緒或行為。例他因為一時衝動，打了對方一記耳光。

衝鋒　ㄔㄨㄥ ㄈㄥ　突然衝入敵人陣地用兵器殺敵。例士兵們衝鋒陷陣，奮勇殺敵。

衝撞　ㄔㄨㄥ ㄓㄨㄤˋ　❶互相矛盾牴觸。例這種行為和法律產生衝撞。❷冒犯頂撞。例他的言語和爸爸起了衝撞。

衛　行部 九畫

ㄨㄟˋ　❶防守的兵士：例侍衛。❷古代邊境駐兵防敵的地方：例屯衛。❸球類運動的防禦位置：例後衛。❹防護：例防衛、自衛。❺姓：例衛先生。

參考　相似字：護。♣請注意：「衛」的異體字是「衞」。

衛士　ㄨㄟˋ ㄕˋ　負責防禦守衛的士兵。

參考　相似詞：衛兵、警衛。

衛生　ㄨㄟˋ ㄕㄥ　❶維持或增進身體的健康，以及社會大眾追求健康清潔的觀念和行為。例我們要注重公共衛生。❷形容清潔。例喝生水，不衛生。

衛戍　ㄨㄟˋ ㄕㄨˋ　軍隊駐紮保衛。戍：防守邊境。

參考　相似詞：保衛、警備。

衛兵 ㄨㄟˋ ㄅㄧㄥ 擔任警衛工作的士兵。例今天輪到他站衛兵。

衛星 ㄨㄟˋ ㄒㄧㄥ ❶圍繞行星運行的天體，本身不能發光。例月球是地球的衛星。❷附屬的，像衛星那樣環繞某個中心的。例三重、板橋是臺北的衛星城市。

參考 活用詞：衛星工廠、衛星門診、衛星導航、衛星通信、衛星國家、衛星轉播。

衛冕 ㄨㄟˋ ㄇㄧㄢˇ 在競賽中，保持以往優勝的地位。例我國棒球曾經三冠王衛冕成功。

衛道 ㄨㄟˋ ㄉㄠˋ 保護支持傳統的道德：例這部電影激起衛道之士的嚴厲指責。

衛生所 ㄨㄟˋ ㄕㄥ ㄙㄨㄛˇ 政府推行衛生保健機構中最小的行政單位，每個鄉鎮區和縣轄市都設立衛生所，主要負責保健防疫、環境衛生及行政管理等工作。

衛星轉播 ㄨㄟˋ ㄒㄧㄥ ㄓㄨㄢˇ ㄅㄛ 利用傳播衛星，將訊號傳送至某國某地的一種新傳播方式。例我們透過衛星轉播，可以收看奧林匹克運動會的比賽實況。

衡

行部 十畫

ㄏㄥˊ ❶稱重量的器具。❷測量輕重，引申為考慮、斟酌：例衡量、權衡利弊。❸使平均：例平衡、均衡。

參考 相似字：平、量、測、稱、權。

衡量 ㄏㄥˊ ㄌㄧㄤˊ ❶測量輕重。❷考慮，思量。例你衡量一下得失，再決定要怎麼做。

衢

行部 十八畫

ㄑㄩˊ 大路，四通八達的道路：例衢路、衢道、通衢。

猜一猜 瞿先生走中間。（猜一字）（答案：衢）

衣部

「[古字]」是「衣」最早的寫法，是個象形字：上面是衣領，下面就像古人穿的衣服可以左右掩蓋的樣子。演變成「[古字]」，形體已經發生了錯誤的改變，現在寫作「衣」或「衤」。衣部的字可以分為兩類：

一、衣物的名稱，例如：裙、袍、衫、襖。

二、和衣服製作有關的活動，例如：裁、補、製。

衣

衣部 〇畫

ㄧ ❶衣服：例衣裳、外衣。❷包在某些物體外面的一層東西：例糖衣。

ㄧˋ 動詞，文言文中常使用，穿著：例衣（ㄧˋ）布衣（ㄧ）。

猜一猜 (一)依靠的人不見了。（猜一字）（答案：衣）
(二)你脫衣，他穿衣；你脫帽，他戴帽。（猜一種家具）（答案：衣帽架）

衣服 ㄧ ㄈㄨˊ 穿在身上遮蓋身體和保暖的東西。

動動腦 小朋友，除了泳裝和韻律服，你還能想出哪些衣服沒有鈕扣嗎？越多越好！（答案：和服、柔道裝、嬰兒服、披風、T恤……）

衣料 ㄧ ㄌㄧㄠˋ 做衣服用的棉布、麻布等材料。例媽媽剪衣料做衣服。

衣著 ㄧ ㄓㄨㄛˊ 指身上的穿戴，包括衣服、帽子、鞋、襪等等。

衣裳 ㄧ ㄕㄤ 古人稱上衣為衣，下面的衣服為裳（ㄔㄤˊ）。現在則是衣服的總稱。

衣襟 ㄧ ㄐㄧㄣ 衣服的前襟。

衣櫥 ㄧ ㄔㄨˊ 可以掛、放衣服的櫥子。

猜一猜 方方一木房，四周沒有窗，開門看一看，全部是衣裳。（猜一種家具）（答案：衣櫥）

笑一笑 太太對先生說：「我沒有衣服可穿了！」先生吃驚的問：「你不是滿滿一衣櫥的衣服嗎？」太太：「可是鄰居們都看過了。」先生：「看來我們只好搬家了！」

衣冠楚楚 ㄧ ㄍㄨㄢ ㄔㄨˇ ㄔㄨˇ 形容衣帽穿著打扮得很整齊漂亮的樣子。冠：帽子。楚楚：整齊鮮明的樣子。例他今天衣冠楚楚，好像要參加很重要的宴會。

初

衣部 二畫

丶 ㇇ 衤 衤 衤 初 初

ㄔㄨ ❶開始的，開始的部分：例初夏、月初。❷第一次，剛開始：例初次見面、初出茅廬。❸最低的等級：例初級。❹原來的情況：例和好如初。❺姓：例初小姐。

參考 相似字：首、端、啟、始、肇。♣相反字：末、尾。

猜一猜 裁衣需用刀。（猜一字）（答案：初）

唱詩歌 梅子流酸濺齒牙，芭蕉分綠上窗紗；日長睡起無情思，閒看兒童捉柳花。（初夏睡起．楊簡）

初犯 ㄔㄨ ㄈㄢˋ 第一次犯罪。例法官諒被告是初犯，從輕發落。

參考 相反詞：累犯。

初交 ㄔㄨ ㄐㄧㄠ 認識不久或交往不久的人。例我們是初交，對彼此不太了解。

參考 相反詞：深交。

初次 ㄔㄨ ㄘˋ 第一次。例兩人初次見面，彼此留下深刻的印象。

初步 ㄔㄨ ㄅㄨˋ 剛開始的部分，不是最後或已經完成的。例這些問題已經得到初步的解決。

初版 ㄔㄨ ㄅㄢˇ 第一版，書籍第一次出版。例這本書的初版已經銷售一空。

初衷 ㄔㄨ ㄓㄨㄥ 最初的心願。衷：心意。例雖然經過百般挫折，也不改初衷。

參考 相似詞：本意。♣活用詞：一本初衷。

初級 ㄔㄨ ㄐㄧˊ 最基本的，比較簡單容易的。例姊姊參加初級的裁縫班。

參考 相反詞：高級。♣活用詞：初級英文、初級中學、初級生產量。

初期 ㄔㄨ ㄑㄧˊ 開始的時期。例初期大家都很陌生，現在已很熟練了。

初等 ㄔㄨ ㄉㄥˇ ❶比較淺近的。例初等數學。❷初級。例初等教育。

初稿 ㄔㄨ ㄍㄠˇ 詩文論著的草稿。例這部小說他已經完成了初稿。

初戀 ㄔㄨ ㄌㄧㄢˋ 第一次戀愛。

初出茅廬 ㄔㄨ ㄔㄨ ㄇㄠˊ ㄌㄨˊ 比喻剛踏入社會，缺乏經驗的新人。例他只是初出茅廬的年輕人，竟敢如此看不起人。

初生之犢不畏虎 ㄔㄨ ㄕㄥ ㄓ ㄉㄨˊ ㄅㄨˋ ㄨㄟˋ ㄏㄨˇ 原是指剛生下來的小牛不怕老虎，又可以比喻年輕人沒有經驗，但是勇敢大膽。

表

衣部 三畫

一 二 キ 主 丰 耒 表 表

ㄅㄧㄠˇ ❶外部：例外表。❷顯示：例表示、表現。❸模範，榜樣：例表率、為人師表。❹親屬關係：例表哥。❺測量的器具：例儀表。

參考 相似字：明、宣、識、標。

表皮 ㄅㄧㄠˇ ㄆㄧˊ 動、植物的最外層組織。

表示 ㄅㄧㄠˇ ㄕˋ 把思想或感情顯示出來。例這件事，請大家表示意見好嗎？

表決 ㄅㄧㄠˇ ㄐㄩㄝˊ 開會時，經過舉手、投票等方式，表示贊成或反對所作的決定。例班上同學表決的結果，決定設立圖書室。

表明 ㄅㄧㄠˇ ㄇㄧㄥˊ 表示清楚。例他表明了用功的決心。

表面 ㄅㄧㄠˇ ㄇㄧㄢˋ 外面。例從箱子的表面看來，不知道裡面裝的是什麼。

參考 活用詞：表面功夫、表面文章。

表現 ㄅㄧㄠˇ ㄒㄧㄢˋ 表示顯現出來。例他在演講的表現很傑出。

參考 活用詞：表現派、表現主義。

表情 ㄅㄧㄠˇ ㄑㄧㄥˊ 從臉部或動作，表現出來的思想、感情。例他考了第一名，臉上流露出興奮的表情。

表率 ㄅㄧㄠˇ ㄕㄨㄞˋ 模範，榜樣。例他奮鬥不懈的精神，可以做我們的表率。

表揚 ㄅㄧㄠˇ ㄧㄤˊ 對好的人或事給予公開的獎勵和稱讚。例他拾金不昧的行為，獲得校長的表揚。

表達 ㄅㄧㄠˇ ㄉㄚˊ 把自己的意見、思想表示出來。例他親手做了一張卡片給媽媽，表達自己的一番心意。

表演 ㄅㄧㄠˇ ㄧㄢˇ ❶在戲劇、電影、音樂等演出，演員把情節或技藝表現出來。例這個演員的默劇表演很成功。❷示範性的演出，供人模仿、學習。例炊事表演。

表裡不一 ㄅㄧㄠˇ ㄌㄧˇ ㄅㄨˋ ㄧ 說話、行動和內心所想的不一樣。例他很想吃蘋果，但是又裝出不愛吃的樣子，真是表裡不一。

參考 相反詞：表裡如一。

衫 衣部 三畫

ㄕㄢ ❶單衣：例長衫、短衫。❷衣服的通稱：例襯衫、汗衫。

衩 衣部 三畫

ㄔㄚˋ 衣服兩邊分叉的地方：例開衩。

衩衣 ㄔㄚˋ ㄧ 下端開衩的便衣。

衰 衣部 四畫

ㄕㄨㄞ 指體力、精神的虛弱：例衰弱、衰老。

ㄘㄨㄟ 用粗麻布縫成邊緣不整齊的喪衣：例齊（ㄗ）衰。

衰弱 ㄕㄨㄞ ㄖㄨㄛˋ 指身體或事物不強健、不興盛。例他的身體很衰弱。

衰退 ㄕㄨㄞ ㄊㄨㄟˋ 衰弱減退。例奶奶的視力漸漸衰退。

參考 請注意：「衰弱」是「不強」的意思，用來形容身體或事物，例如：身體衰弱、王室衰弱。「衰落」是由興盛漸漸沒落，只能指事物，不包括身體，例如：國運、家道、生意、成績衰落。

衷 衣部 四畫

ㄓㄨㄥ ❶內心：例言不由衷、無動於衷。❷適當，適中，同「中」：例折衷。

衷心 ㄓㄨㄥ ㄒㄧㄣ 發自內心的。例衷心感謝。

衷曲 ㄓㄨㄥ ㄑㄩ 心中所想的事。例他對我傾吐衷曲。

衷情 ㄓㄨㄥ ㄑㄧㄥˊ 內心的情感。例久別重逢，互訴衷情。

衷腸 ㄓㄨㄥ ㄔㄤˊ 內心的話。例我們相聚在一起互訴衷腸。

衷誠 ㄓㄨㄥ ㄔㄥˊ 忠心誠懇。

參考 相似詞：忠誠。

袁 衣部 四畫

ㄩㄢˊ 姓：例袁世凱。

袁世凱 ㄩㄢˊ ㄕˋ ㄎㄞˇ 清末民初人。戊戌政變時，因為向朝廷告密受到寵幸，從山東巡撫當到軍機大臣。辛亥革命時，以內閣總理大臣的地位，及北洋軍閥的兵力，和革命軍談和，逼迫清朝皇帝退位。由於 國父的退讓，使他成為中華民國第一任大總統。後來因為想恢復君主制度，激起全國人民強烈反對，在全民的討袁聲中，憂憤而死。

袂 衣部 四畫

ㄇㄟˋ 衣袖：例分袂（分手，分別）、聯袂（結伴同行）。

參考 相似字：袖。

衾 衣部 四畫

ㄑㄧㄣ ❶大被子：例衾枕。❷屍體入殮時用的被子：例衣衾棺槨。

衾枕 ㄑㄧㄣ ㄓㄣˇ 被子與枕頭。

衾裯 ㄑㄧㄣ ㄔㄡˊ 棉被的通稱。裯：被單。

衮 衣部 五畫

ㄍㄨㄣˇ ❶古代帝王穿的禮服：例衮服。❷眾多的意思：例衮衮諸公（指眾多有權勢的人）。

袈 衣部 五畫

ㄐㄧㄚ 和尚所披的法衣：例袈裟。

袋 衣部 五畫

ㄉㄞˋ ❶三面密封，一面開口可以用來裝東西的用具：例口袋、皮袋。❷計算以袋封成物品的單位：例一袋水泥。

袋鼠 ㄉㄞˋ ㄕㄨˇ 一種哺乳類動物。袋鼠前腳比較短小，後腳很發達，所以能跳躍。雌袋鼠的腹部有一個育兒袋，小袋鼠生下來之後，就在育兒袋內發育哺乳。因為育兒袋的形狀像一個大口袋，所以我們就把這種動物稱作袋鼠。袋鼠分布在澳洲各地，是澳洲的特產。

猜一猜 有個媽媽真奇怪，身上帶上大口袋，不放蘿蔔不放菜，裡面放著小乖乖。（猜一種動物）（答案：袋鼠）

袒 衣部 五畫

ㄊㄢˇ ❶脫去或敞開上衣：例袒胸露背。❷偏護，庇護：例袒護。

參考 相似字：露。

袒護 ㄊㄢˇ ㄏㄨˋ 不公正的維護一方，也就是偏心。

袒露 ㄊㄢˇ ㄌㄨˋ 袒開顯露。

袖 衣部 五畫

ㄒㄧㄡˋ ❶衣服套在手臂上的筒狀部分：例袖子、袖管。❷小型或輕巧的：例袖珍。❸把東西藏在袖子裡：例袖手。

袖珍 ㄒㄧㄡˋ ㄓㄣ 可以放在袖子中的；形容輕巧或小型的東西。例袖珍本字典攜帶很方便。

參考 活用詞：袖珍型、袖珍本、袖珍電視。

袖手旁觀 ㄒㄧㄡˋ ㄕㄡˇ ㄆㄤˊ ㄍㄨㄢ 把手放在袖子中，站在一旁觀望。比喻置身事外，不肯協助、幫忙。例同學有困難，我們不應該袖手旁觀。

被 衣部 五畫

ㄅㄟˋ ❶睡覺時蓋在身上保暖的東西：例棉被。❷受到：例被人欺侮。❸遮蓋，蒙上：例被覆。

ㄆㄧ 通「披」：例被衣。

被告 ㄅㄟˋ ㄍㄠˋ 因為糾紛被法院起訴的一方，稱為被告。也叫做被告人。例那個被告在法官面前否認一切罪行。

參考 相反詞：原告。♣活用詞：被告席、被告人。

被迫 ㄅㄟˋ ㄆㄛˋ 被外在的力量所勉強，去做自己不願意做的事。例他因為父親生意失敗，只好被迫休學。

被動 ㄅㄟˋ ㄉㄨㄥˋ 做事情不能按照自己的意思。例經過媽媽的再三催促，他才被動的去讀書。

被窩 棉被裡。例天氣愈冷，我就愈捨不得離開溫暖的被窩。

俏皮話 「大漢子蓋短被窩——兩頭顧不著。」大漢子就是指那些身材高大的男人，如果讓他們蓋短被窩，那就會「兩頭顧不著」。比喻不能兩全其美。

被子植物 具有子房，而且胚珠包在子房內的植物，如：稻、麥。

被選舉權 依照法律具有被他人推選的資格。例只要年滿二十三歲的中華民國國民，就具備被選舉權，可以競選議員。

袍

衣部 五畫

丶 ㇇ 衤 衤 衤 衤 衤 袧 袍 袍

ㄆㄠˊ 長形的衣服：例棉袍、睡袍。

袱

衣部 六畫

袱 丶 ㇇ 衤 衤 衤 衤 衤 衦 袱 袱

ㄈㄨˊ 包裹或覆蓋東西用的方巾：例包袱。

裁

衣部 六畫

裁 裁 一 十 土 土 丰 丰 专 表 裁 裁

ㄘㄞˊ ❶用刀剪縫製衣服：例裁衣服。❷去掉，減少：例裁員、裁人。❸決定，判斷：例裁判、裁決、裁斷。❹設計，選擇：例別出心裁。❺節制，壓抑：例制裁。

裁判 ❶法院按照法律，對案件做決定。例法官裁判這場官司是被告人勝訴。❷在比賽中擔任評判工作的人。例他在球賽中擔任裁判。

裁縫 裁剪縫製衣服。

參考 活用詞：裁縫機、裁縫師。

小故事 古時候有個手藝不錯的裁縫師，他替人裁衣、量尺寸時，不但注意穿衣人的身材，甚至還詳細打聽穿衣人的性格、年齡及何時考中舉人。人家都覺得很奇怪，便問他為什麼要知道這些？他說：「若有人在年輕時就考中舉人，那他難免會神氣，走路時自然會挺胸凸肚，那麼他的衣服就得做得前面長後面短，穿起來才合身。反之，年老才中舉人，必定意氣消沉，走路便彎腰駝背，那他的衣服得前面短後面長才合身呀！」

裂

衣部 六畫

裂 裂 一 ㄏ 歹 歹 列 列 列 裂 裂 裂

ㄌㄧㄝˋ ❶東西破了以後向兩旁分開：例破裂。❷葉子或花的邊緣上較大較深的缺口：例楓樹的葉子有三裂。

參考 相似字：開、縫。

裂痕 ❶東西破裂的痕跡。痕：創傷好了以後留下的疤，引申指一切事物所留下來的印子。例玻璃上有一道裂痕。❷比喻感情的破裂。例他們倆曾經有過裂痕，現在終於和好如初了。

裂開 東西的兩部分分別向兩旁分開。例衣服太小了，我才一舉手，就裂開了一大道。

裂縫 裂開的細縫。例地震後，很多建築物上都出現了一道道的裂縫。

參考 相似詞：裂隙。

裟

衣部 七畫

裟 裟 裟 丶 丶 氵 氵 沙 沙 沙 娑 裟

ㄕㄚ 僧侶所穿的衣服：例袈裟。

裔

衣部 七畫

裔 裔 裔 丶 亠 ナ 衣 衣 衣 衤 奇 奇 裔

ㄧˋ ❶後代子孫：例後裔、華裔。❷邊遠的地方：例四裔。❸姓。

裔民 邊遠地區的人民。

裔夷 邊遠地方的夷人。

裔冑 後代的子孫。冑：後世子孫。

裝

衣部 七畫

ㄓㄨㄤ ❶打扮，修飾：例裝飾、裝扮。❷扮演：例假裝。❸衣服：例春裝。❹安置，放入：例裝置。❺載東西：例裝運。

猜一猜 壯士的衣服。（猜一字）（答案：裝）

裝訂 ㄓㄨㄤ ㄉㄧㄥˋ 把零散的紙張或字畫，經過加工後，訂成一本。例這些資料最好裝訂成冊，才不會遺失、散落。

裝卸 ㄓㄨㄤ ㄒㄧㄝˋ ❶指東西的拼裝和拆下。卸：拆下來。例他會裝卸腳踏車。❷把物品裝到運輸工具上或搬運下來。例裝卸貨物。

裝配 ㄓㄨㄤ ㄆㄟˋ 把零件安裝配成一個整體。例只要把螺絲釘裝配完成，這部收音機就可以使用了。

裝備 ㄓㄨㄤ ㄅㄟˋ 安裝的設備，常用來指軍事上所需要的物品和武器。備：設備。例戰車是陸軍很重要的作戰裝備。

裝飾 ㄓㄨㄤ ㄕˋ 在東西外表上加以修飾、美化，使看起來美觀。例她的衣著十分樸素，不求裝飾。

參考 活用詞：裝飾品。

裝置 ㄓㄨㄤ ㄓˋ 安裝，放好。置：放好。例冷氣已經裝置好了。

裝蒜 ㄓㄨㄤ ㄙㄨㄢˋ 裝糊塗；罵人明明知道，卻假裝不知情。例你比誰都清楚，就別再裝蒜了！

裝潢 ㄓㄨㄤ ㄏㄨㄤˊ 通常用來指室內設計或物品的裝飾。例這間舊房子，經過裝潢後煥然一新。

參考 請注意：「裝潢」原本也叫「裝褫」、「裝池」，指的是裝裱字畫，也指對貨物的裝飾。「潢」字有兩個意義，一是積水池，一是染紙的操作。而「璜」指的是一種半壁形的佩玉，是古人衣佩飾物的一種，裝飾的對象是人而不是物。所以「裝璜」與「裝潢」的區別，在性質上，「璜」是一種實物，「潢」則是一種操作。因此，在使用這兩個詞時要特別小心喔！

裝模作樣 ㄓㄨㄤ ㄇㄛˊ ㄗㄨㄛˋ ㄧㄤˋ 故意裝出奇怪不自然的樣子。例這部電影一點都不恐怖，你別再裝模作樣啦！

猜一猜 標本。（猜一句成語）（答案：裝模作樣）

俏皮話 「女人化妝——裝模作樣。」有很多女人化妝是為了要掩飾自己本來的面目，這句話是比喻一個人不說出心中的話，裝腔作勢的樣子。

裝腔作勢 ㄓㄨㄤ ㄑㄧㄤ ㄗㄨㄛˋ ㄕˋ 故意假裝出某種聲音、表情、姿態，用來吸引人或討好人。例他裝腔作勢的扭來扭去，還真像個女生呢！

參考 相似詞：裝模作樣、故作姿態。

裝聾作啞 ㄓㄨㄤ ㄌㄨㄥˊ ㄗㄨㄛˋ ㄧㄚˇ 假裝是聾子、啞吧一樣，對事情不聞不問。比喻故意裝作不知道。聞：聽到。例媽媽早就知道花瓶是你打破的，她只是裝聾作啞不想問你罷了！

裊

衣部 七畫

ㄋㄧㄠˇ ❶繚繞的樣子：例炊煙裊裊。❷音調悠揚悅耳：例餘音裊裊。❸細長柔弱的樣子：例裊娜。

裊娜 ㄋㄧㄠˇ ㄋㄨㄛˊ ❶形容草木柔軟細長。例春風吹著裊娜的柳絲。❷形容女子姿態優美。

裊裊 ㄋㄧㄠˇ ㄋㄧㄠˇ ❶形容煙氣繚繞上升。例炊煙裊裊。❷形容細長柔軟的東西隨風擺動。例垂楊裊裊。❸形容聲音綿長不絕、悠揚婉轉的樣子。例餘音裊裊。

裊繞 ㄋㄧㄠˇ ㄖㄠˋ 繚繞不斷。例歌聲裊繞。

裊裊婷婷 ㄋㄧㄠˇ ㄋㄧㄠˇ ㄊㄧㄥˊ ㄊㄧㄥˊ 形容女子走路體態輕盈的樣子。

裡

衣部 七畫

ㄌㄧˇ ❶衣服內多加的一層：例內裡。❷內部：例手裡、屋裡。❸表示地方：例這裡、那

六畫

裡。

參考 相似字：內。♣相反字：外。♣請注意：「裡」的異體字是「裏」。

裡面 ㄌㄧˇ ㄇㄧㄢˋ 內部。例屋子裡面擠滿人。

參考 相似詞：裡頭、裡邊。

裡裡外外 ㄌㄧˇ ㄌㄧˇ ㄨㄞˋ ㄨㄞˋ 指內外。例市場裡裡外外都擠滿了人潮。

參考 相似詞：內外。

裡頭 ㄌㄧˇ ㄊㄡˊ 內部。例媽媽說冰箱裡頭有塊好吃的蛋糕。

裡應外合 ㄌㄧˇ ㄧㄥˋ ㄨㄞˋ ㄏㄜˊ 外面攻打，裡面接應。指內外串通。例句踐派西施當間諜，裡應外合，一舉打敗吳國。

裙

衣部 七畫

裙裙

ㄑㄩㄣˊ 腰部以下的衣服：例裙子。

裙釵 ㄑㄩㄣˊ ㄔㄞ 舊時用來指婦女。

裙帶關係 ㄑㄩㄣˊ ㄉㄞˋ ㄍㄨㄢ ㄒㄧˋ 嘲笑人因為妻子的關係才有官做、事做。

補

衣部 七畫

補補

ㄅㄨˇ ❶修理破損的東西：例補衣服。❷增添東西使事物齊全：例補充、補缺。❸用處：例於事無補。❹營養的東西：例補品。

參考 請注意：修補的「補」本來是指補「衣服」，所以是「衣」部。捕捉的「捕」本來是指用「手」捉東西，所以是「手」部。

繞口令 牆上掛面鼓，鼓上畫老虎，老虎抓破了鼓，拿塊布來補，不知是布補鼓還是布補虎？

補充 ㄅㄨˇ ㄔㄨㄥ 在不夠或遺漏的部分，給予增加。例劇烈運動後，需要補充水分。例班長報告完後，老師又作了補充說明。

參考 請注意：「補充」和「補助」、「補償」、「彌補」都有增加補足的意思，但是「補充」是因為缺少或不夠而給予增加充實，使用於人或事物；「補助」是因為需要而給予幫助；「補償」是因為損失、消耗或是虧欠而給予補充賠償；「彌補」則因為有缺陷而給予補足。所以「補助」、「補償」大部分用在財物上；「彌補」則多用在感情等抽象的事物上。

補助 ㄅㄨˇ ㄓㄨˋ 指經濟的補充、幫助。例學校補助兩千元，給各班製作班刊。

補品 ㄅㄨˇ ㄆㄧㄣˇ 指營養價值很高的食品或藥品。

補救 ㄅㄨˇ ㄐㄧㄡˋ 採取行動挽救錯誤，設法使它不發生影響。例為了補救謠言造成的傷害，他決定出面澄清一切。

補假 ㄅㄨˇ ㄐㄧㄚˋ 應該放假的日期錯過，再補放假一天。例如：國慶日遇到星期天，那麼第二天就是補假。

補習 ㄅㄨˇ ㄒㄧˊ 為了補足某種知識，在業餘或是課外的學習。例媽媽請家庭教師為我補習數學。例爸爸正在補習英文，準備出國觀光。

參考 活用詞：補習班、補習教育。

補貼 ㄅㄨˇ ㄊㄧㄝ 對欠缺的方面加以補足。也寫作「貼補」。

補給 ㄅㄨˇ ㄐㄧˇ ❶補充供給。例他身體虛弱，需要補給營養。❷專指彈藥、糧食等軍品的供應。例前線需要糧食、武器等補給。

參考 活用詞：補給線、補給證。

補償 ㄅㄨˇ ㄔㄤˊ 補足或償還虧欠的事物。例我因為考試而沒法和家人去郊遊，所以爸爸給我一百元做為補償。

裘

衣部 七畫

裘裘

ㄑㄧㄡˊ ❶皮衣：例狐裘、集腋成裘。❷姓：例裘先生。

裕

衣部 七畫

裕裕

ㄩˋ ❶豐富的：例富裕、寬裕。❷使富足：例富國裕民。

參考 相似字：厚、足、富、利。

裳 衣部 八畫

ㄔㄤˊ 古人把穿在下半身的衣服叫「裳」，上半身的叫「衣」。

ㄕㄤ˙ 限於「衣裳」一詞。

參考 請注意：「裳」古代指的是裙子。上古時代是上衣下裳，裳就是裙子，男女都穿。周朝以後，人們開始喜歡騎馬，穿裙子騎馬不方便，於是就在裙子的中間開一個口。到了漢朝時，裙子的式樣變化更大，出現了百褶裙。隋唐以後，上衣下裳這種服飾已經不適應時代的要求了，除了正式的朝賀或祭祀之外，平時男子穿袍，裙子就只有婦女們穿用了。

褂 衣部 八畫

ㄍㄨㄚˋ 北方人稱單衣為褂：例大褂（長褂）、小褂（短褂）。

參考 請注意：「褂」和「掛」音同形近，但意義不同：「褂」旁邊是衣部，指衣服；而「掛」的旁邊是手部，有懸吊的意思。

裴 衣部 八畫

ㄆㄟˊ ❶通「徘」，「徘徊」也可寫作「裴回」。❷姓：例裴先生。

裹 衣部 八畫

ㄍㄨㄛˇ ❶纏繞，包紮。例裹傷口。❷包起來的物件。例包裹。❸停止：例裹足不前。

參考 相似字：包、紮、綑、綁。♣相反字：拆。

裹足 ㄍㄨㄛˇ ㄗㄨˊ ❶古代婦女用布條包住腳。❷停止不敢前進。

俏皮話 「老太婆的裹腳布——又臭又長。」古代的女孩子從小就要纏腳，裹腳布就是纏腳的長布條。由於沒有清洗，通常都會有難聞的味道。這句俏皮話可以用來形容一個人說話沒有重點，又很冗長。

裹脅 ㄍㄨㄛˇ ㄒㄧㄝˊ 用脅迫的手段使人屈服。

裹傷 ㄍㄨㄛˇ ㄕㄤ 包紮傷口。

裹足不前 ㄍㄨㄛˇ ㄗㄨˊ ㄅㄨˋ ㄑㄧㄢˊ 腳被纏住，不能前進，比喻由於害怕或顧慮而停步不向前進。

裸 衣部 八畫

ㄌㄨㄛˇ 光著身體：例裸體。

裸線 ㄌㄨㄛˇ ㄒㄧㄢˋ 沒有絕緣材料包著的金屬導線。

裸露 ㄌㄨㄛˇ ㄌㄨˋ 沒有東西遮蓋，露出來。例他捲起褲管，裸露出小腿。

裸子植物 ㄌㄨㄛˇ ㄗˇ ㄓˊ ㄨˋ 顯花植物中，胚珠不在子房裡面，而完全裸露出來。例如：松、杉、麻黃等，總稱裸子植物。

參考 相反詞：被子植物。

製 衣部 八畫

ㄓˋ 造，作：例製作。

參考 相似字：造、作。♣請注意：「製」和「制」不同：「製」有製造的意思，例如：製片、製作。「制」有規定、管束的意思，例如：制止、制度。至於「制服」是依規定所做的衣服，不可寫成「製服」。

製片 ㄓˋ ㄆㄧㄢˋ 電影製作過程中，負責整部影片拍攝計畫的人。

製作 ㄓˋ ㄗㄨㄛˋ 設計製造。例本班負責製作婦幼節壁報。

製造 ㄓˋ ㄗㄠˋ ❶把原料做成可以使用的物品。例利用木頭，可以製造桌椅。❷造成某種氣氛或局面。例他故意裝出怪聲，製造恐怖氣氛。例傳播謠言容易製造糾紛。

製作人 ㄓˋ ㄗㄨㄛˋ ㄖㄣˊ 設計並完成節目的人。通常由公司的高級職員擔任。

裨 衣部 八畫

ㄅㄧˋ 益處：例裨益、無裨於事（對事情沒有益處）。

ㄆㄧˊ ❶副的：例裨將。❷姓。

裨益 ㄅㄧˋ ㄧˋ 有幫助。例優良的課外讀物對我們裨益良多。

褚 衣部 八畫

ㄔㄨˇ ❶口袋。❷把棉絮裝到衣服裡。❸儲藏，通「貯」。❹姓。

裱 衣部 八畫

ㄅㄧㄠˇ ❶用紙或絲織品糊在字畫背面做襯托：例裱褙、裱字畫。❷用紙糊牆或頂棚：例裱糊。

褐 衣部 九畫

ㄏㄜˊ ❶粗布或粗布製成的衣服：例短褐。❷黃黑色：例褐色。

複 衣部 九畫

ㄈㄨˋ ❶又，再一次：例重複。❷多數的，和「單」相對：例複眼。❸繁雜的，不簡單的：例複雜。

參考 請注意：「複」和「復」注音相同，而且字形也相近，但是意義不相同：「複」指重疊，像重「複」、「複」印。「復」指恢復，回報叫「復」命；「復」也有又的意思，像失而「復」得。至於「複」習，也可以寫作「復」習。

複印 ㄈㄨˋ ㄧㄣˋ 利用機器將文件印成相同的副本，又叫「影印」。例這篇文章很優美，你可以複印下來參考。

參考 活用詞：複印機。

複診 ㄈㄨˋ ㄓㄣˇ 曾在醫院或診所治療的病人，再次去看病。

複習 ㄈㄨˋ ㄒㄧˊ 把已經學過的課程，再看一次，使自己更了解它的內容。也寫作「復習」。例月考快到了，你應該把老師教過的功課複習一下。

參考 相反詞：預習。

複雜 ㄈㄨˋ ㄗㄚˊ 不單純的。例這題數學計算很複雜。

複決權 ㄈㄨˋ ㄐㄩㄝˊ ㄑㄩㄢˊ 公民對議會已經制定的法案，可以用投票的方法，決定這個法案是不是可以成為正式法律的權利。複決權是國父孫中山先生所提倡四種直接民權的一種。直接民權是人民可以用表決、投票直接表達自己的意見。

褒 衣部 九畫

ㄅㄠ ❶誇獎：例褒獎。❷姓：例褒姒。

參考 相似字：讚、揚、獎。

褒姒 ㄅㄠ ㄙˋ 周幽王最寵愛的妃子。幽王為了博她一笑，任意點燃烽火，失信於諸侯，結果喪身亡國。

褒貶 ㄅㄠ ㄅㄧㄢˇ 批評優劣。

褒揚 ㄅㄠ ㄧㄤˊ 表揚。例他因為拾金不昧，受到老師的褒揚。

褒獎 ㄅㄠ ㄐㄧㄤˇ 表揚獎勵。例師鐸獎的設立，是為了褒獎優良教師。

褓 衣部 九畫

六畫

ㄅㄠˇ包裹嬰兒的被服：例襁褓。

褓抱提攜 ㄅㄠˇ ㄅㄠˋ ㄊㄧˊ ㄒㄧ 形容父母對孩子的細心照顧。褓抱：用褓衣包起來抱著。提攜：牽著手走路。

褙

衣部 九畫

ㄅㄟˋ用紙或布一層一層地黏貼在一起：例裱褙。

褪

衣部 十畫

ㄊㄨㄣˋ❶脫掉：例褪衣。❷漸漸消失、脫落：例褪色。❸向後退：例褪身。

參考 相似字：脫、掉、落。

褪色 ㄊㄨㄣˋ ㄙㄜˋ 顏色漸漸消失或變淡。又作「脫色」。例這件衣服已經褪色了。

褲

衣部 十畫

ㄎㄨˋ穿在下半身的衣服：例褲子、短褲。

猜一猜 兩口井，一樣深，跳下去，齊腰身。（猜一日常用品）（答案：褲子）

俏皮話 「兩個人合穿一條褲子——好得不得了。」小朋友，你有很要好的同學或朋友嗎？如果你們感情很好，你一定捨得把自己的東西和好朋友共用吧！這句俏皮話正是形容朋友的感情深厚，好得不得了！

褲襠 ㄎㄨˋ ㄉㄤ 褲子兩腿相連的地方。

褲襪 ㄎㄨˋ ㄨㄚˋ 用人造纖維織成的連身長襪，專門給女性穿著。又作「襪褲」。

褫

衣部 十畫

ㄔˇ剝奪：例褫奪公民權利。

褥

衣部 十畫

ㄖㄨˋ坐臥時墊在身體下面的東西：例被褥、墊褥。

褥套 ㄖㄨˋ ㄊㄠˋ 套在被褥外面的套袋。

參考 相似詞：被袋。

褥瘡 ㄖㄨˋ ㄔㄨㄤ 由於久臥床上不能自動改變姿勢，致使皮膚壞死或是潰爛，多發生於重病病人身上。

褡

衣部 十畫

ㄉㄚ❶無袖的衣服：例背褡。❷裝東西的袋子：例錢褡。

褡包 ㄉㄚ ㄅㄠ 長而寬的腰帶，繫在衣服外面，用布或綢做成。

褡褳 ㄉㄚ ㄌㄧㄢˊ 一種中間開口，兩頭裝東西的長口袋。

褻

衣部 十一畫

ㄒㄧㄝˋ❶不讓人看見的貼身穿的衣服：例褻衣。❷輕慢，不莊重：例褻瀆。❸寵信的：例褻臣。

褻臣 ㄒㄧㄝˋ ㄔㄣˊ 親近寵信的臣子。

褻衣 ㄒㄧㄝˋ ㄧ 貼身的內衣。

褻玩 ㄒㄧㄝˋ ㄨㄢˊ 親近玩弄。

褻慢 ㄒㄧㄝˋ ㄇㄢˋ 輕慢而不莊重。

褻瀆 ㄒㄧㄝˋ ㄉㄨˊ 輕慢，不尊敬。瀆：輕慢。

襄

衣部 十一畫

ㄒㄧㄤ❶幫助：例襄助、襄理、共襄盛舉。❷完成：例襄事。❸姓：例襄先生。

參考 相似字：助。

襄助 ㄒㄧㄤ ㄓㄨˋ 贊助，幫助。

參考 相似詞：襄贊。

襄理 ㄒㄧㄤ ㄌㄧˇ ❶幫助辦理。❷規模較大的企業或銀行中協助經理主持業務的人。

褶 衣部 十一畫

ㄓㄜˊ 衣服折疊後所留下的痕跡：例褲褶、百褶裙。

ㄉㄧㄝˊ 古時候的一種夾衣。

ㄒㄩㄝˊ 戲裝：例褶子。

ㄓㄜˇ 衣服的折疊痕跡：例褶子。

參考 請注意：「褶」子唸ㄒㄩㄝˊ或ㄓㄜˇ音時，意義完全不同。

褸 衣部 十一畫

ㄌㄩˇ ❶衣襟。❷形容衣服破爛的樣子：例襤褸。

襁 衣部 十一畫

ㄑㄧㄤˇ 背小孩子的布條：例襁褓。

襁負 ㄑㄧㄤˇ ㄈㄨˋ 用布把小孩子包起來背著。

襁褓 ㄑㄧㄤˇ ㄅㄠˇ 背負幼兒的布條和小被子。

襠 衣部 十三畫

ㄉㄤ ❶兩條褲腿接連的部分：例褲襠。❷兩腿的中間：例腿襠。

襟 衣部 十三畫

ㄐㄧㄣ ❶上衣的胸前部分：例衣襟。❷女婿間互相的稱呼：例連襟。❸指人的志向或抱負：例襟懷。

襟懷 ㄐㄧㄣ ㄏㄨㄞˊ 指人的理想或懷抱。例他襟懷坦蕩，絕對不會做出這種事。

參考 相似詞：襟抱。

襖 衣部 十三畫

ㄠˇ ❶短上衣，有夾、棉、皮的區別：例夾襖、棉襖。❷上衣的通稱：例紅褲綠襖。

襤 衣部 十四畫

ㄌㄢˊ 形容衣服破爛：例衣衫襤褸。

襤褸 ㄌㄢˊ ㄌㄩˇ 形容衣服破爛的樣子。

襪 衣部 十五畫

ㄨㄚˋ 穿在腳上的東西。通常用棉、毛、絲或化學纖維做成的，有保護和保暖的功用。

猜一猜 襪子。（猜一字）（答案：跑）

俏皮話 「沒底的襪子——一直往上升。」小朋友，你穿過沒底的襪子嗎？襪子沒底，穿的時候一拉就一直往上升。因此「沒底的襪子」，這句話是比喻職位等一直升高。

襲 衣部 十六畫

ㄒㄧˊ ❶照樣作，承繼：例因襲、世襲。❷趁別人不注意，突然攻擊：例侵襲、襲擊。❸計算衣服的數量單位：例一襲棉衣。

襲擊 ㄒㄧˊ ㄐㄧˊ 趁別人不注意而突然攻擊。例這次黑夜襲擊很成功。

襯 衣部 十六畫

ㄔㄣˋ ❶內衣：例襯衣。❷互相比較對照：例襯托。❸在裡面托上一層：例襯紙。

六畫

襯托 ㄔㄣˋ ㄊㄨㄛ 用別的東西在一旁對照，使目標更明顯。例蔚藍的天空有白雲襯托，顯得更加美麗。

參考 相似詞：烘托。

襯衫 ㄔㄣˋ ㄕㄢ 原本是指男子所穿的內衣，但是現在通常是指穿在西裝裡面的上衣。例爸爸最近又買了一件襯衫。

襯裙 ㄔㄣˋ ㄑㄩㄣˊ 女孩子外裙內所附的裡裙，有貼身舒適、防止裙子起皺紋的功用。

襾部 ㄧㄚˋ

「襾」和「西」的字形很相似，「西」是方位的名稱（見西字說明），而「襾」是物體上下遮蓋的樣子，原本寫成「襾」，和「西」完全不同。「襾」是物體上下遮蓋，因此襾部的「覆」字就有遮蓋的意思。

西

一 丆 丙 丙 西 西

襾部 ○畫

ㄒㄧ ❶方位名，是太陽落下去的一方：例西面、太陽西下。❷西洋；歐美各國的代稱：例西餐、西式。❸複姓：例西門慶。

參考 請注意：「東西」指物品時，「西」讀作．ㄒㄧ。

西天 ㄒㄧ ㄊㄧㄢ ❶印度古稱天竺，在中國西南方，為佛教發源地，所以古代佛教徒稱印度為西天。❷佛教指極樂世界。

西方 ㄒㄧ ㄈㄤ ❶方位之一，與「東方」相對。❷指歐美各國。❸佛教徒指西天，也說「西方淨土」。

西元 ㄒㄧ ㄩㄢˊ 歐美記載年代的名稱，以耶穌誕生之年為元年。

西瓜 ㄒㄧ ㄍㄨㄚ 一年生草本植物，莖蔓生，葉子羽狀分裂，花淡黃色，果實水分多、味甜。

猜一猜 身旁綠衣裳，肚裡水汪汪；生的孩子多，個個黑臉膛。（猜一種水果）（答案：西瓜）

笑一笑 小華和弟弟搶西瓜吃，小華為了想多吃一點，吃得很快，把子都吞下去了。弟弟連忙跑去告訴媽媽：「哥哥吃了好多西瓜子，明年我們家就不用買西瓜了。」

唱詩歌 小小西瓜圓溜溜，紅瓤（ㄖㄤˊ）黑子在裡頭。瓜瓤吃，瓜皮丟，瓜子留著送朋友。（安徽）

西洋 ㄒㄧ ㄧㄤˊ 指歐美各國。

參考 相似詞：歐美。♣相反詞：東洋。♣活用詞：西洋劍、西洋棋。

六畫

西席 ㄒㄧ ㄒㄧˊ ❶賓客所坐的席位。古代主位在東，客位在西。❷從前指官吏請來幫忙辦事的人或請的家庭教師。

西域 ㄒㄧ ㄩˋ 古地區名，漢以後對玉門關以西地區的總稱。

西裝 ㄒㄧ ㄓㄨㄤ 歐美式的服裝。

參考 相似詞：西服。

西學 ㄒㄧ ㄒㄩㄝˊ 指由歐美各國傳來的學術。

西餐 ㄒㄧ ㄘㄢ 西洋式的飲食，吃時用刀、叉。

西曆 ㄒㄧ ㄌㄧˋ 西洋的曆法，以耶穌誕生之年開始紀元。

西點 ㄒㄧ ㄉㄧㄢˇ 西式點心。

西醫 ㄒㄧ ㄧ 採用西洋醫學理論和技術的醫法，也指運用上述方法治病的醫生。

西洋鏡 ㄒㄧ ㄧㄤˊ ㄐㄧㄥˋ ❶一種民間的娛樂器具，在箱子裡裝著畫片，箱子上有放大鏡，可以看放大的畫面。因為最初畫片多是西洋畫，所以叫「西洋鏡」。又稱「西洋景」。❷比喻故弄玄虛來騙人的事物或手法。例他的西洋鏡被人拆穿了。

要

一 丆 丙 丙 襾 襾 覀 要 要

襾部 三畫

ㄧㄠˋ ❶重點，主要的內容：例摘要、綱要。❷

請求，拜託：例他要我替他辦事、要飯。❸希望得到某樣事物：例他想要一本書。❹表示做某件事的決定：例他要去臺北。❺緊急的：例要緊。❻很有價值或地位的：例要害、要塞。❼應該：例你要乖一點。❽大概的：例要言之。

ㄧㄠ ❶腰部，通「腰」。❷約定：例要約。❸強求，仗著某樣東西而強求：例要脅、要迫。❹邀請，同「邀」。❺姓：例要先生。

參考 相似字：想、欲、將。

要好 ㄧㄠˋ ㄏㄠˇ 指感情融洽、友好。或是對人表示好感、親切。例她們從小就很要好。

要求 ㄧㄠ ㄑㄧㄡˊ 提出願望或條件，希望得到實現或滿足。例他要求加入籃球隊。

參考 請注意：「要求」、「請求」、「懇求」、「央求」的語氣不相同。「要求」是希望得到自己想要的事物或利益，語氣肯定。「請求」則只是說明願望，請別人成全，語氣比「要求」客氣。「懇求」是懇切的希望得到想要的東西，語氣較重，而且通常是下對上或晚輩對長輩。「央求」則是含有不得已的味道。

要命 ㄧㄠˋ ㄇㄧㄥˋ ❶很，非常。例牙痛真是痛得要命。❷關係生命的安危。例你不要命了，竟然闖紅燈。❸著急或抱怨別人造成麻煩。例他真是要命！火車都快開了，到現在還不來！

要素 ㄧㄠˋ ㄙㄨˋ 構成一件事情一定需要的東西。例人民是國家構成的要素。

要挾 ㄧㄠ ㄒㄧㄝˊ 利用對方的弱點，強迫對方答應自己的條件。挾：威脅逼迫。例歹徒利用人質，要挾警方和被害人的父母。

要務 ㄧㄠˋ ㄨˋ 重要的事情。務：事情。例整頓交通的第一要務就是加強執法。

要塞 ㄧㄠˋ ㄙㄞˋ 軍事上可以防守、進攻的重要據點。

要道 ㄧㄠˋ ㄉㄠˋ 指通行必須經過的道路。例這是通往阿里山的要道。

要緊 ㄧㄠˋ ㄐㄧㄣˇ ❶很重要的。例這件事很要緊，一定要趕快做。❷嚴重。例他只是受了輕傷，沒什麼要緊。

要衝 ㄧㄠˋ ㄔㄨㄥ 通行的要道。衝：通路。

要點 ㄧㄠˋ ㄉㄧㄢˇ ❶話或文章的主要內容。例這篇文章的要點在如何保持心情愉快。❷重要的防守地區。例山海關是北方的戰略要點。

參考 相似詞：要端、要害、要塞、要衝。

要不然 ㄧㄠˋ ㄅㄨˋ ㄖㄢˊ 轉折的語氣，表示如果不如此，就會怎樣。例你快走吧，要不然就趕不上車子。

覃

襾部 六畫

ㄊㄢˊ 深：例覃思。

ㄑㄧㄣˊ 姓：例覃先生。

覆

襾部 十二畫

ㄈㄨˋ ❶遮蓋：例覆蓋、天覆地載。❷翻，傾斜：例覆舟、覆巢。❸回，還，同「復」：例答覆。❹重，又，再一次：例覆核。

覆亡 ㄈㄨˋ ㄨㄤˊ 滅亡。

覆文 ㄈㄨˋ ㄨㄣˊ 回答的公文。

覆沒 ㄈㄨˋ ㄇㄛˋ ❶傾覆沉沒。例這艘輪船在海中覆沒。❷全部被消滅。例敵人全軍覆沒。

覆命 ㄈㄨˋ ㄇㄧㄥˋ 回覆命令。

覆蓋 ㄈㄨˋ ㄍㄞˋ 遮蓋。例地面覆蓋著一片皚皚的白雪。

覆轍 ㄈㄨˋ ㄔㄜˋ 前車傾覆的路；比喻前人失敗的教訓。轍：車走過留下的痕跡，指道路。

覆水難收 ㄈㄨˋ ㄕㄨㄟˇ ㄋㄢˊ ㄕㄡ 潑在地上的水再也不能收回。據說漢朝時朱買臣原來家境貧窮，他的太太要求離婚。後來朱買臣做了大官，他的太太又要求復婚。朱買臣取了一盆水潑在地上，要她再收回來，表示已經不能挽回了。以後也用來比喻某些事已經成定局，無法挽回。

覆巢無完卵 ㄈㄨˋ ㄔㄠˊ ㄨˊ ㄨㄢˊ ㄌㄨㄢˇ 鳥巢被翻倒了，就沒有不被打破的鳥蛋。比喻在大災禍之下，沒有能夠僥倖保全的。

見部 ㄐㄧㄢˋ

「」是「見」最早的寫法，上面是人的眼睛，下面是人形（請見儿部說明），「見」就是一個人張開眼睛看東西，因此「見」部的字都和「看」的活動有關係，例如：觀、視、覽……。

見

見部 ○畫

ㄐㄧㄢˋ ❶看到：例見到。❷看法，主張：例高見、意見。❸拜訪：例謁見。❹顯出：例見效。❺被，受到：例見諒、見笑。

ㄒㄧㄢˋ ❶古代棺木上的裝飾。❷顯露，現出，同「現」。❸現在，同「現」。

參考 相似字：視、覽、看、觀、覲。

笑一笑 有個很愛錢的人，有一天走進銀行，抓起錢就跑，但立刻就被逮捕了。警察問他為什麼敢在那麼多人面前搶錢，他說：「哪裡有人？我的眼睛只看得見錢！」

見面 ㄐㄧㄢˋ ㄇㄧㄢˋ 彼此相見。例好久沒見面。

見聞 ㄐㄧㄢˋ ㄨㄣˊ 所看到的和所聽到的事情、情況。例旅遊見聞。

見解 ㄐㄧㄢˋ ㄐㄧㄝˇ 對於事物的了解和看法。例他的見解高明，我們由衷佩服。

見識 ㄐㄧㄢˋ ㄕˋ 由所接觸事物而來的知識、經驗。例他到處旅行，見識廣博。

俏皮話 「井底之蛙——見識少。」小朋友都知道井底之蛙的故事，這是用來比喻一個人受到生活環境的限制，不能有廣博的見聞。下次就可以利用「井底之蛙——見識少」這句話來形容無知的人了。

見仁見智 ㄐㄧㄢˋ ㄖㄣˊ ㄐㄧㄢˋ ㄓˋ 對同一個問題各有各的看法。

見風轉舵 ㄐㄧㄢˋ ㄈㄥ ㄓㄨㄢˇ ㄉㄨㄛˋ 比喻看情況做事或看人臉色改變作法，自己沒有原則。

參考 相似詞：見風駛船、見風轉帆、看風轉篷、順風轉舵。♣請注意：「見風轉舵」有責罵諷刺的意思。「見機行事」和「隨機應變」都有讚美的意思：「見機行事」是抓住時機，看情況辦事；「隨機應變」是看情況採取行動。

笑一笑 有位小氣的主人請秀才寫文章，秀才一直推辭不肯寫。主人不得已只好送他一隻雞，秀才馬上把文章寫好了。鄰人問秀才是什麼原因，秀才說：「開始是無雞（稽）之談，後來是見雞（機）行事啊！」

見異思遷 ㄐㄧㄢˋ ㄧˋ ㄙ ㄑㄧㄢ 看到別的事物就想改變原來的決定，指意志不堅定。例見異思遷的人做事永遠不會有成就。

見景生情 ㄐㄧㄢˋ ㄐㄧㄥˇ ㄕㄥ ㄑㄧㄥˊ 看見景物而引發自己心中的情感。

參考 相似詞：觸景傷情。

見義勇為 ㄐㄧㄢˋ ㄧˋ ㄩㄥˇ ㄨㄟˊ 看到正義的事就勇敢的去做。

覓

覓

見部 四畫

ㄇㄧˋ 找尋，尋求：例尋覓、覓食。

參考 相似字：尋、索、求。

覓食 ㄇㄧˋ ㄕˊ 找尋食物。例院子裡有很多麻雀在覓食。

規

規

見部 四畫

ㄍㄨㄟ ❶畫圓形的工具：例圓規。❷法則：例法規。❸勸告：例規勸。

參考 請注意：畫圓的工具是「規」；畫方的工具是「矩」。

古人說 「家有家規，國有國法。」這句話是說：每個團體都有要遵守的紀律，才能維持團體的生存。

七畫

規定 ㄍㄨㄟ ㄉㄧㄥˋ 事先制定規則來要求他人。例學校規定學生一定要穿制服。

規矩 ㄍㄨㄟ ㄐㄩˇ ❶原本是畫圓、畫方的工具，現在指一定的標準、法則。例老師不在的時候，大家應該要守規矩，不要吵鬧。❷行為端正老實。例他的行為很規矩。

規則 ㄍㄨㄟ ㄗㄜˊ ❶大家共同遵守的具體規定。例交通規則。❷整齊，合乎一定的方式。例這些汽車有規則的排列成方形。

規律 ㄍㄨㄟ ㄌㄩˋ 按照一定的規則，反覆發展的情況。例他早睡早起，生活很規律。

規格 ㄍㄨㄟ ㄍㄜˊ 產品質量的標準，例如：一定的大小、輕重。例產品想要打入國際市場，必須要規格化。

參考 活用詞：規格化。

規章 ㄍㄨㄟ ㄓㄤ 用來約束或共同遵守的條文、制度。例大家如果不遵守法律規章，社會就會一片混亂。

規畫 ㄍㄨㄟ ㄏㄨㄚˋ 有計畫的設計。例這問飯店規畫得很完美，吸引了大批遊客來投宿。

規程 ㄍㄨㄟ ㄔㄥˊ 對政策、制度等做分章分條的規定。例他們正在研討、修改社團組織規程。

規模 ㄍㄨㄟ ㄇㄛˊ 事業、工程、機構所包括的範圍。例這家公司的規模十分龐大。

視

見部 五畫

、ラネネ礻礻礻礻礻視

視 ㄕˋ ❶看：例視力、近視。❷察看：例巡視。❸看待：例重視。

參考 相似字：觀、覽、看、瞻、覩。

視力 ㄕˋ ㄌㄧˋ 在一定距離內，眼睛觀看東西的能力。

視事 ㄕˋ ㄕˋ 通常指高階職務官員就職。例吳部長於年後復行視事。

視野 ㄕˋ ㄧㄝˇ 眼睛可看到的範圍。例這幢別墅視野很廣闊。

視察 ㄕˋ ㄔㄚˊ 上級到下級機關巡視觀察。例行政院院長到各縣市視察。

笑一笑 昔日某山東省主席，曾撥了一筆錢，在濟南創辦了一所女子中學。有一天，他去視察，學校特地安排了一場籃球比賽請他觀賞。當他看見十幾個女生追一個籃球，搶成一團，便生氣的對校長說：「給你那麼多錢辦學校，連球都不肯多買幾個！十幾個人搶一個球，太不像話了！發給她們一人一個球。」

視線 ㄕˋ ㄒㄧㄢˋ 人眼和觀看目標之間的假想直線。例他慢慢地走入我的視線內。

視覺 ㄕˋ ㄐㄩㄝˊ 眼睛辨別物體明暗、顏色、特性的感覺。

視聽 ㄕˋ ㄊㄧㄥ 所看到的和所聽到的。

視網膜 ㄕˋ ㄨㄤˇ ㄇㄛˊ 眼球最裡層的薄膜，由神經組織構成，接受光線刺激，變為神經衝動，再由視神經傳入大腦皮層產生視覺。

視死如歸 ㄕˋ ㄙˇ ㄖㄨˊ ㄍㄨㄟ 把死亡看成像回家一樣；比喻為了正義的事不怕死。例烈士們視死如歸的精神，非常值得敬佩。

視同陌路 ㄕˋ ㄊㄨㄥˊ ㄇㄛˋ ㄌㄨˋ 形容彼此感情冷淡，就像陌生的路人一樣。陌：生疏的。例雖然他們都住在同一棟公寓，可是見面時卻視同陌路。

視若無睹 ㄕˋ ㄖㄨㄛˋ ㄨˊ ㄉㄨˇ 雖然看到了，卻好像沒有看見一樣，睹：看見。指對眼前的事不太關心。例地上有紙屑，你竟然視若無睹的經過。

親

見部 九畫

、亠亠立立立辛辛亲亲 親

親 ㄑㄧㄣ ❶父母：例雙親。❷婚姻：例成親。❸關係密切：例親近、親信。❹用唇接觸以表示喜愛：例親嘴。

ㄑㄧㄥˋ 夫妻雙方的父母彼此相互的稱呼：例親家。

參考 相似字：近。♣相反字：疏。

俏皮話 「主人下廚房──親自動手。」到別人家當客人，如果「主人下廚房」，那客人的面子就很大了，這句話是比喻自己親自動手去做。

親友 ㄑㄧㄣ ㄧㄡˇ ❶和自己有親屬關係的人。❷親戚和朋友。

親手 ㄑㄧㄣ ㄕㄡˇ 自己親自用手去操作。例這兩棵樹是我親手種植的。

親王 ㄑㄧㄣ ㄨㄤˊ 皇帝或國王的親屬中封王的人。

親切 ㄑㄧㄣ ㄑㄧㄝˋ 態度溫和令人感到親近不陌生。例他們熱情親切的招待我，沒有把我當成外人。

親生 ㄑㄧㄣ ㄕㄥ 自己生育的或生育自己的人。例親生子女、親生父母。

親如手足 ㄑㄧㄣ ㄖㄨˊ ㄕㄡˇ ㄗㄨˊ 比喻感情深厚親愛，像兄弟般的關係密切。

參考 相似詞：情同手足、如兄如弟。

親身 ㄑㄧㄣ ㄕㄣ 親自，本人。

親近 ㄑㄧㄣ ㄐㄧㄣˋ 親密接近。

親情 ㄑㄧㄣ ㄑㄧㄥˊ 有血緣關係的感情。例世界上最令人感動的就是父母和子女間的親情。

親戚 ㄑㄧㄣ ㄑㄧ 有親屬關係的人，通常指父母的親人，以及妻子或丈夫的親人。

親眼 ㄑㄧㄣ ㄧㄢˇ 親身看到。

親筆 ㄑㄧㄣ ㄅㄧˇ ❶親自動筆。例這是他親筆寫的。❷親自寫的字。例這幅書法是王羲之的親筆。

親熱 ㄑㄧㄣ ㄖㄜˋ 非常的親近密切。

參考 請注意：「親熱」與「親密」、「親切」不同：「親密」指關係密切；「親切」指態度熱情懇切，或對事物熟悉親近；而「親熱」多半指人們的關係很密切。

親暱 ㄑㄧㄣ ㄋㄧˋ 感情很親熱，不避禮俗。暱：親、近的意思。

親屬 ㄑㄧㄣ ㄕㄨˇ 有血統關係，或因結婚而有姻親關係的人。例姑丈是我的姻親親屬。

親愛精誠 ㄑㄧㄣ ㄞˋ ㄐㄧㄥ ㄔㄥˊ 大家相親相愛，互相合作。

覦

見部 九畫

ㄩˊ 見「覬覦」。

覬

見部 十畫

ㄐㄧˋ 想得到不屬於自己的東西：例覬覦。

覬覦 ㄐㄧˋ ㄩˊ 想得到不屬於自己的東西。例歹徒覬覦這位老人家的錢已經很久了，早就暗中策畫行騙的手法。

覲

見部 十一畫

ㄐㄧㄣˋ ❶古代諸侯每年秋天進見天子，現在稱覲見一國元首：例入覲、覲見。❷宗教徒朝拜聖地的儀式：例朝覲。❸下級的人進見上級的人。❹古書上用來泛指相會、相見。

覷

見部 十二畫

ㄑㄩˋ 看：例偷覷、冷眼相覷、面面相覷。

覺

見部 十三畫

ㄐㄩㄝˊ ❶生物對刺激的感受和分辨：例視覺、聽覺。❷感到：例覺得、感覺。❸由迷惑而明白、清楚：例覺悟、覺醒。❹姓：例覺先生。

ㄐㄧㄠˋ ❶睡眠：例睡午覺。❷計算睡眠的單位：例一覺醒來。

覺悟 ㄐㄩㄝˊ ㄨˋ 從不清楚而漸漸明白、醒悟。例他經過這次教訓，已經徹底覺悟了。

參考 相似字：了、悟、曉、喻。

覺得 ㄐㄩㄝˊ ㄉㄜˊ ❶有某種感覺。例我覺得很快樂。❷認為。例我覺得這樣不好。

覺察 ㄐㄩㄝˊ ㄔㄚˊ 發現、看出事情和以前不同。例他已經覺察身體不健康了。

覺醒 ㄐㄩㄝˊ ㄒㄧㄥˇ 突然的了解、清楚。

覽

見部 十四畫

ㄌㄢˇ ❶看：例遊覽、閱覽。❷姓：例覽先生。

參考 相似字：看、視、見、觀、瞻、望。

覽勝 ㄌㄢˇ ㄕㄥˋ 到風景優美的地方去觀看。

觀

見部 十八畫

ㄍㄨㄢ ❶看：例坐井觀天。❷景象或樣子：例奇觀。❸對事物的認識、看法：例人生觀、悲觀。

ㄍㄨㄢˋ ❶道教的廟宇：例道觀。❷指小樓和它上面的建築物：例樓觀。

參考 請注意：「寺」是和尚住的地方；「庵」是尼姑住的地方；而「觀」是道教的廟宇，道士、道姑修行的地方。

觀光 ㄍㄨㄢ ㄍㄨㄤ 參觀他國的文物制度和遊覽該地的風景。

參考 活用詞：觀光客、觀光節、觀光簽證、觀光旅行團。

觀念 ㄍㄨㄢ ㄋㄧㄢˋ ❶思想。例破除舊的觀念。❷對外界事物的想法。例他的觀念很新。

觀眾 ㄍㄨㄢ ㄓㄨㄥˋ 看表演、比賽的人。

觀望 ㄍㄨㄢ ㄨㄤˋ ❶在一旁觀看事物的發展變化，而不做決定。例你老是在一旁觀望，事情怎麼能成功呢？❷欣賞。例瞭望臺是用來觀望的。

觀測 ㄍㄨㄢ ㄘㄜˋ 觀察並且測量。例天文學家利用望遠鏡，觀測天上的星星。

觀感 ㄍㄨㄢ ㄍㄢˇ 看到事物以後所產生的感想。例他常出外旅遊，並且將旅遊的觀感發表出來。

觀察 ㄍㄨㄢ ㄔㄚˊ 對人或事物仔細的看。

觀摩 ㄍㄨㄢ ㄇㄛˊ 觀看別人的優點而揣摩、學習。例這次的國語文教學觀摩，得到各界的稱讚。

觀賞 ㄍㄨㄢ ㄕㄤˇ 觀看欣賞。

觀點 ㄍㄨㄢ ㄉㄧㄢˇ 觀察事物時的態度或立場。例從生物學觀點來看，這隻小鳥很有研究價值。

笑一笑 標點符號練習題——「世界上女人沒有男人可憐」

男生答：「世界上女人沒有男人，可憐！」

女生答：「世界上女人沒有，男人可憐！」和「世界上，女人沒有男人可憐！」

觀瞻 ㄍㄨㄢ ㄓㄢ 外觀。瞻：看。例馬路旁堆滿了垃圾，實在有礙觀瞻。

角部 ㄐㄧㄠˇ

「」是按照動物的角所描畫成的象形字，外面是獸角的形狀，裡面是獸角的紋路。寫成「」和「」，都是加上了角尖，現在寫成「角」。角部的字和角都有關係，例如：解（用刀將牛角割開，因此有分解的意思）、觵（犀牛角製成的酒杯）。

角

角部 ○畫

ㄐㄧㄠˇ ❶某些動物頭上所長出的堅硬東西：例牛角。❷古時軍中吹的樂器：例號角。❸形狀像角的東西：例菱角。❹物體兩邊相接的地方：例桌角。❺兩條直線相交所夾的範圍：例直角。❻錢幣的單位：例五角。❼爭吵：例口角。❽比賽，競爭：例角力、角逐。

ㄐㄩㄝˊ ❶演員：例名角。❷古代裝酒的器物。❸古代五音中的一個。

ㄌㄨˋ 角里：❶地名用字，在江蘇省吳縣東南。❷複姓。

角力 ㄐㄧㄠˇ ㄌㄧˋ 比賽力氣。

角色 ㄐㄩㄝˊ ㄙㄜˋ 戲劇或電影中，演員所扮演的劇中人物。

角度 ㄐㄧㄠˇ ㄉㄨˋ ❶角的大小。❷看事情的出發點。例如果以我的角度來看，這件事錯不在你。

七畫

角落 ㄐㄧㄠˇ ㄌㄨㄛˋ　❶牆和牆相接凹的地方。例在角落的地方有顆球是不是你的？❷偏僻的地方。例勝利的消息傳遍了全國每個角落。

解

角部　六畫

ㄐㄧㄝˇ　❶剖開，分開：例分解、瓦解。❷打開，鬆開：例解開、解扣子。❸消除：例解渴。❹說明白：例解答。❺懂，明白：例通俗易解。❻大、小便：例大解。

ㄐㄧㄝˋ　❶明、清兩代的鄉試中錄取的第一名：例解元。❷押送：例押解。

ㄒㄧㄝˋ　姓：例解先生。

參考 相反字：繫、結。♣請注意：如果「解」當「押送」的意思時，對象可以是犯人或財物。

解池 ㄒㄧㄝˋ ㄔˊ　在山西省解（ㄒㄧㄝˋ）縣和安邑縣之間。盛產鹽，又稱「河東鹽」，是池鹽中最有名的。

解危 ㄐㄧㄝˇ ㄨㄟˊ　本是消除被敵軍包圍的危險。後來引申為替人消除困難。例要不是有你解危，我的命早沒了。

解決 ㄐㄧㄝˇ ㄐㄩㄝˊ　❶處理問題並且獲得結果。例這個困難我可以幫你解決。❷消滅。例我們已經將敵人完全解決了。

參考 請注意：「解決」多指糾紛、問題、困難得到處理並且有結果；「解除」是取消的意思，多和法令、武裝等詞合用。

解約 ㄐㄧㄝˇ ㄩㄝ　取消原來的約定。例這兩家公司解約後已經互不往來。

解剖 ㄐㄧㄝˇ ㄆㄡˇ　為了研究生物體的各器官和組織構造，用特製的刀、剪剖開生物體。

解悶 ㄐㄧㄝˇ ㄇㄣˋ　消除煩悶。例我必須找些事來解悶。

解除 ㄐㄧㄝˇ ㄔㄨˊ　去掉，消除。例防空演習解除了。

解救 ㄐㄧㄝˇ ㄐㄧㄡˋ　解除救助別人的危險或困難。例消防人員搭上雲梯，勇敢地解救困在火場的民眾。

解脫 ㄐㄧㄝˇ ㄊㄨㄛ　❶佛教用語，擺脫苦惱，得到自在。❷解除脫離約束。例你永遠無法解脫失敗的陰影。

參考 請注意：「解脫」是指解除脫離約束；「擺脫」是甩掉、脫離不願意做的事。

解散 ㄐㄧㄝˇ ㄙㄢˋ　❶集合的人分散開來。例隊伍解散後休息十分鐘。❷取消團體或集會。例球隊已經被解散了。

解渴 ㄐㄧㄝˇ ㄎㄜˇ　消除渴的感覺。例喝茶最解渴了。

解圍 ㄐㄧㄝˇ ㄨㄟˊ　❶解除敵人的包圍。例軍隊解圍後，士兵才剩下一百多人。❷替人排除困難糾紛，或擺脫互相對立的情況。例謝謝你替我解圍。

解雇 ㄐㄧㄝˇ ㄍㄨˋ　停止雇用。也寫作「解僱」。例你已經被解雇了，明天不用再來上班。

解答 ㄐㄧㄝˇ ㄉㄚˊ　對某個問題加以說明回答。例老師為同學解答數學。

解鈴 ㄐㄧㄝˇ ㄌㄧㄥˊ　解開鈴鐺。

古人說 「解鈴還得繫鈴人。」這句話是比喻出了事情，應該由當事人去解決。例「解鈴還得繫鈴人」，這件事除了你，沒有人能解決得了。

小故事 有個高僧叫法眼，他是中國佛教史上很有名的人。在他所主持的清涼寺裡，有個叫法燈的禪師，這人生性豪放，不注重小節，很多和尚都瞧不起他，但是法眼卻很尊敬他。一天，法眼提了一個問題問寺內的和尚：「有隻老虎，脖子上繫個鈴鐺，誰能將它解下來？」大家苦苦思考，誰都無法回答。恰巧法燈來到，他不加思索就回答說：「將鈴鐺繫上去的人，一定可以解下它。」法眼非常滿意的對大家說：「你們不能輕視他啊！」

解說 ㄐㄧㄝˇ ㄕㄨㄛ　解釋說明。例技術師正在解說整臺機器的用法。

解釋 ㄐㄧㄝˇ ㄕˋ　❶分析說明某事的原因、理由等。例你一定要解釋清楚，這到底是怎麼一回事。❷對文字或詞句的說明。

解體 ㄐㄧㄝˇ ㄊㄧˇ 瓦解。例共產主義制度正逐漸解體中。例汽車竊盜集團解體汽車後再出售零件。

觴 角部 十一畫

ㄕㄤ ❶酒杯：例觴酌、曲水流觴。❷進酒，勸人飲酒。

觸 角部 十三畫

ㄔㄨˋ ❶碰，撞：例接觸。❷姓：例觸先生。

參考 相似字：牴、碰、摸。

觸犯 ㄔㄨˋ ㄈㄢˋ 冒犯，侵害。例人人不要觸犯法律。

觸角 ㄔㄨˋ ㄐㄧㄠˇ 昆蟲、軟體動物或是甲殼動物的感覺器官之一，長在頭上，一般是絲狀。

觸電 ㄔㄨˋ ㄉㄧㄢˋ 人或動物接觸到較強的電流，引起體內器官功能失常。

觸摸 ㄔㄨˋ ㄇㄛ 接觸撫摸。

觸礁 ㄔㄨˋ ㄐㄧㄠ ❶船在海中航行碰到暗礁。❷比喻事情受到阻礙不能順利進行。例這件合作案因為股東一致反對，所以又觸礁了。

觸目驚心 ㄔㄨˋ ㄇㄨˋ ㄐㄧㄥ ㄒㄧㄣ 形容景象的恐怖令人害怕。例這場車禍令人觸目驚心。

參考 相似詞：怵目驚心。

觸景生情 ㄔㄨˋ ㄐㄧㄥˇ ㄕㄥ ㄑㄧㄥˊ 看到眼前的景象，引起聯想而產生某種感情。例異鄉遊子重遊舊地，許多景物都令人觸景生情。

言部 ㄧㄢˊ

「言」是說話的意思。因此言部的字和語言、說話都有關係，例如：談、訴、講、評……。

言 言部 ○畫

ㄧㄢˊ ❶話：例格言、言語。❷說：例言之有理。❸字：例五言絕句。❹姓：例言先生。

言和 ㄧㄢˊ ㄏㄜˊ 講和。

參考 相似字：道、謂、說、曰、云、語。

言重 ㄧㄢˊ ㄓㄨㄥˋ 說話的語氣很重，通常有責備的意思。例您太言重了，事情並沒有你所想的那麼糟。

言教 ㄧㄢˊ ㄐㄧㄠˋ 用講解說明的方式，來教育開導人家。例家長不僅要注意言教，更要注重身教。

參考 請注意：「身教」是指用自己的行為、舉動做為教導的榜樣。

言語 ㄧㄢˊ ㄩˇ 人類為了表達自己的思想、意思所發出的有系統聲音。

言論 ㄧㄢˊ ㄌㄨㄣˋ 表示主張或批評的話。例他的言論中肯，不會偏向任何一方。

言不及義 ㄧㄢˊ ㄅㄨˋ ㄐㄧˊ ㄧˋ 指淨說一些沒有意義的話，說話沒有內容、涵義。及：到達。例他們聊天總是言不及義，不能增長知識。

言不由衷 ㄧㄢˊ ㄅㄨˋ ㄧㄡˊ ㄓㄨㄥ 所說的話不是發自內心，表示說的不是真心話，可能有欺騙的意思。衷：內心。例他說話經常言不由衷，大家都斥為無稽之談。

言外之意 ㄧㄢˊ ㄨㄞˋ ㄓ ㄧˋ 沒有明白說出來的含意。例如：你想買新衣服，你卻只對媽媽說：「我好像長高了。」這句話就有言外之意。

言出必行 ㄧㄢˊ ㄔㄨ ㄅㄧˋ ㄒㄧㄥˊ 說過的話，一定做到。行：實行做到。例他一向言出必行，你可以相信他。

參考 相似詞：言行一致、言行相顧。♣相反詞：言不顧行。

言出如山 ㄧㄢˊ ㄔㄨ ㄖㄨˊ ㄕㄢ 所說的話像山一樣堅定不移，表示不會改變自己所說的話。例老闆一向言出如山，你別期望他會收回所下的命令了！

七畫

言多必失（ㄧㄢˊ ㄉㄨㄛ ㄅㄧˋ ㄕ） 說話太多，就容易說錯話，這是警告人不可以太多話。例叫你不要多話，你偏不聽，這次惹來麻煩，真是言多必失！

猜一猜 酒後少說話。（猜一句成語）（答案：言多必失）

言而無信（ㄧㄢˊ ㄦˊ ㄨˊ ㄒㄧㄣˋ） 說話不算數，不守信用。例一個言而無信的人很難交到知心的朋友。

言過其實（ㄧㄢˊ ㄍㄨㄛˋ ㄑㄧˊ ㄕˊ） 說話很誇大，常常超過實際情形。實：實際情形。例他說看到一隻比老鼠還大的蜘蛛，真是言過其實。

言歸於好（ㄧㄢˊ ㄍㄨㄟ ㄩˊ ㄏㄠˇ） 指重新和好。言：是虛字，沒有意義。例誤會解釋清楚後，他們又言歸於好。

言聽計從（ㄧㄢˊ ㄊㄧㄥ ㄐㄧˋ ㄘㄨㄥˊ） 對某人說的話，出的主意，全部聽從相信。形容對人十分信任。例劉備對諸葛亮言聽計從。

計

言部 二畫

、亠亠亠亠言言言計

ㄐㄧˋ ❶核算：例計時、計日。❷籌畫，打算：例計畫、設計。❸主意，辦法：例妙計、緩兵之計。❹測量或計算度數、時間等儀器：例溫度計、雨量計。❺商量：例從長計議。

參考 相似字：籌、算、圖、謀、畫、測、較。

計時（ㄐㄧˋ ㄕˊ） ❶按小時來計算。例他們工廠是計時發給薪水。❷計算時間的長短。例計時五分鐘。

計畫（ㄐㄧˋ ㄏㄨㄚˋ） ❶名詞，預定實施某件事情的方法和內容。例政府為了繁榮這個地區，已經作了初步的計畫。❷動詞，預先設計、籌畫。例做事前要先計畫。

參考 活用詞：都市計畫、計畫生育、計畫經濟。

計策（ㄐㄧˋ ㄘㄜˋ） 預先計畫的方法、辦法。策：方法。

計較（ㄐㄧˋ ㄐㄧㄠˋ） ❶爭論。例他很不講理，我們不要跟他計較。❷為個人的利益打算。例他是個心胸寬大的人，不會計較個人的得失。

計算（ㄐㄧˋ ㄙㄨㄢˋ） ❶核算數目的多少。例你計算一下，共有多少人要參加郊遊。❷打算，計畫。例你要先計算這件事的利弊，千萬不要太衝動。

參考 活用詞：計算機、計算尺。

計謀（ㄐㄧˋ ㄇㄡˊ） 費心思想出的好辦法和計畫。謀：計畫，方法。例諸葛亮的計謀多，又會打仗。

計算機（ㄐㄧˋ ㄙㄨㄢˋ ㄐㄧ） 用精密的機械或電子元件製成的計算工具，可以做加、減、乘、除等運算。

訂

言部 二畫

、亠亠亠亠言言言訂

ㄉㄧㄥˋ ❶彼此結交為朋友：例訂交。❷商量，約定：例訂約、私訂終身。❸預約：例訂貨、訂閱報紙。❹固定：例裝訂、訂書機。

猜一猜 邊打邊談。（猜一字）（答案：訂）

訂正（ㄉㄧㄥˋ ㄓㄥˋ） 改正錯誤。

訂約（ㄉㄧㄥˋ ㄩㄝ） 雙方商量同意後，簽訂雙方都要遵守的條約。

訂婚（ㄉㄧㄥˋ ㄏㄨㄣ） 男女雙方在還沒結婚前訂立婚約，雖然有婚約，但是在法律上卻沒有任何效力。例如：當中有一個人要和其他的人結婚，另外一個人不能去控告他。

訂購（ㄉㄧㄥˋ ㄍㄡˋ） 向賣東西的商店或工廠，約定購買貨物。

訃

言部 二畫

、亠亠亠亠言言訁訃

ㄈㄨˋ 向親友報告喪事的文書：例訃聞。

猜一猜 卜卦者說。（猜一字）（答案：訃）

訃聞（ㄈㄨˋ ㄨㄣˊ） 向親友報告喪事的帖子，上面會記載死者去世的時間、家族成員，還有祭喪的時間地點，也可以寫作「訃文」，

七畫

俗話稱為「白帖子」。

記

丶 亠 亠 亠 言 言 言 訁 訂 記

言部 三畫

ㄐㄧˋ ❶「忘」的相反，把事物保留在腦子裡：例記憶、記在心裡。❷把事物寫下來：例記錄、記載。❸一種記載或描寫事物的文體：例遊記、日記。❹圖章：例圖記、戳記。❺標誌，暗號：例記號。

記功 ㄐㄧˋ ㄍㄨㄥ 獎勵有功勞的人而作的記錄。

參考 相反詞：記過。

記住 ㄐㄧˋ ㄓㄨˋ 不忘記。例媽媽交代的事，我都牢牢記住。

記者 ㄐㄧˋ ㄓㄜˇ 報社、電臺、電視公司中，負責採訪、編寫、播報新聞的專業人員。

記事 ㄐㄧˋ ㄕˋ 把事情的經過記下來。

記性 ㄐㄧˋ ㄒㄧㄥˋ 記住事物形象或事情經過的能力。也可稱為「記憶力」。例他的記性不好，常常忘東忘西。

笑一笑 小華：「我們老師的記性很不好喔！」媽媽：「你怎麼知道呢？」小華：「昨天才教過的字，他今天就忘了，還問我們怎麼讀呢！」

記敘文 ㄐㄧˋ ㄒㄩˋ ㄨㄣˊ 記敘事情的文章體裁。

記過 ㄐㄧˋ ㄍㄨㄛˋ 政府對公務員，或是學校對學生，記錄他們所犯的過錯，並且公布出來，表示處罰。

記載 ㄐㄧˋ ㄗㄞˇ ❶動詞，記下事情。例他已經把這件事記載下來了。❷名詞，記錄事情的文章。例我讀了一篇有關戰爭的記載，因此更了解當時的狀況。

記號 ㄐㄧˋ ㄏㄠˋ 作為標幟、讓人知道的符號。例我們去探險時沿路做記號，以免迷路。

記憶 ㄐㄧˋ ㄧˋ ❶記住或想起。例他記憶數字的能力無人能比。❷事物的印象留在腦子中。例這次出國旅遊，使我留下美好的記憶。

參考 活用詞：記憶力、記憶猶新。

小故事 你聽過音樂大師莫札特嗎？在他十三歲時，有一天，莫札特來到羅馬教堂，歌手們正在演唱一首著名的多聲部的「讚美歌」，那優美的歌聲使莫札特著迷了，當歌聲停止，莫札特想借曲譜來看，可是教堂規定不准外借。莫札特沒辦法，但他不灰心，就留在教堂裡再專心聽一遍演唱，然後匆忙趕回住處，憑記憶把這首讚美歌記下來，連一個音符都不差。莫札特的記憶力是多麼驚人啊！

記錄 ㄐㄧˋ ㄌㄨˋ ❶把聽到或看到的事當場寫下來。例你要馬上把會議記錄寫下來。❷寫紀錄的人。例我們選他當班會的記錄。

訐

丶 亠 亠 亠 言 言 言 訁 訐

言部 三畫

ㄐㄧㄝˊ 揭發別人的祕密、缺點：例攻訐。

討

丶 亠 亠 亠 言 言 言 訁 討 討

言部 三畫

ㄊㄠˇ ❶征伐有罪的人：例討伐。❷向人要東西：例討債、討飯。❸要求：例討饒。❹娶：例討老婆。

參考 相似字：求、尋、乞、索、要。

俏皮話 「大姑娘養孩子——費力不討好。」大姑娘是指還沒出嫁的女孩子；所以這句話是比喻做事情費力，而且得不到別人的讚揚。

討好 ㄊㄠˇ ㄏㄠˇ 故意說好話或做別人喜歡的事，來使他高興。例他為了討好上司，老是說好話拍馬屁。

討伐 ㄊㄠˇ ㄈㄚˊ 帶兵征討有罪的人。例周武王出兵討伐商紂。

討飯 ㄊㄠˇ ㄈㄢˋ 向人家要飯，多指乞丐。

討債 ㄊㄠˇ ㄓㄞˋ 向人家要回他所借的錢。

討厭 ㄊㄠˇ ㄧㄢˋ 令人感到不愉快、厭惡。例他很愛說大話，因此令人討厭。

討論 ㄊㄠˇ ㄌㄨㄣˋ 互相研究、交換意見。例我們正在討論要不要去登山。

討饒 ㄊㄠˇ ㄖㄠˊ 自己有過錯，請求別人寬恕，原諒。饒：寬恕、原諒。

討價還價 ㄊㄠˇ ㄐㄧㄚˋ ㄏㄨㄢˊ ㄐㄧㄚˋ 以前指雙方買賣時，彼此爭論價錢，現在也用來指談判時彼此爭論條件。例經過多年的討價還價，這裡的住戶終於同意可以設立垃圾場。

訌

、亠亠亠言言言言訂訌 言部 三畫

ㄏㄨㄥˋ 爭吵，紛亂：例內訌。

訕

、亠亠亠言言言言訕訕 言部 三畫

ㄕㄢˋ ❶難為情的樣子：例訕訕。❷譏笑：例訕笑。

猜一猜 山也說話。（猜一字）（答案：訕）

訕笑 ㄕㄢˋ ㄒㄧㄠˋ 嘲笑。

訕訕 ㄕㄢˋ ㄕㄢˋ 很難為情的樣子。例他見我不理會，就訕訕的走開了。

訊

、亠亠亠言言言言訊訊 言部 三畫

ㄒㄩㄣˋ ❶詢問：例問訊。❷消息：例訊息。❸法律上的審問：例審訊。

參考 相似字：息、信、詢、問。

訊息 ㄒㄩㄣˋ ㄒㄧˊ 傳來消息。例涼爽的風帶來秋天的訊息。

訊問 ㄒㄩㄣˋ ㄨㄣˋ 詢問。

託

、亠亠亠言言言言託託 言部 三畫

ㄊㄨㄛ ❶請求：例拜託。❷依賴：例託福。❸推辭，不答應：例推託。

參考 請注意：「託」與「托」都念ㄊㄨㄛ，但是意義不相同：「託」是用話請求別人，例如：拜託。「托」是用手支撐，例如：用手托著下巴。千萬不可以混淆。

託孤 ㄊㄨㄛ ㄍㄨ 將孤兒交給他人照顧、撫養。

訓

、亠亠亠言言言言訓訓 言部 三畫

ㄒㄩㄣˋ ❶教導：例教訓、訓練。❷字義的解釋：例訓詁。❸可以供參考、當作規則的：例遺訓、古有明訓。❹教導或勸誡的話：例家訓、校訓。

動動腦 小朋友，這四個詞都少了一個字，請你寫上那個字：

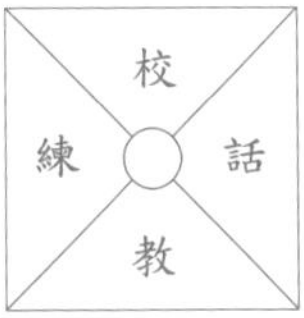

（答案：訓）

訓政 ㄒㄩㄣˋ ㄓㄥˋ 國父在建國大綱裡，所規定的第二時期建國程序，目的在實行地方自治，訓練人民行使政權的能力。

訓勉 ㄒㄩㄣˋ ㄇㄧㄢˇ 教導勉勵。

訓話 ㄒㄩㄣˋ ㄏㄨㄚˋ 通常是指長官、長輩對屬下或晚輩講告誡、勸勉的話。

訓練 ㄒㄩㄣˋ ㄌㄧㄢˋ 經過有計畫的教導，使人能夠學習到某一種技能。例他正在接受嚴格的體能訓練。

參考 活用詞：訓練有素。

訓誨 ㄒㄩㄣˋ ㄏㄨㄟˋ 尊長對晚輩的教導。誨：教導。

訓導 ㄒㄩㄣˋ ㄉㄠˇ 教訓和勸導，現在指設在學校中管理學生行為的部門。

參考 活用詞：訓導處、訓導主任。

訖

、亠亠亠言言言言訖訖 言部 三畫

七畫

ㄑㄧˋ完畢，終結：例查訖、銀貨兩訖。

訪

言部 四畫

訪 丶 亠 亠 亠 言 言 言 訁 訪 訪

ㄈㄤˇ ❶向人詢問調查：例採訪、訪問。❷探望：例訪友。❸尋求，尋找：例訪古。

參考 相似字：問、訊、詢、咨。

訪客 ㄈㄤˇ ㄎㄜˋ ❶指來拜訪的客人。例門外的訪客是誰？❷去拜訪客人。

訪視 ㄈㄤˇ ㄕˋ 訪問，探視。

訪問 ㄈㄤˇ ㄨㄣˋ 去拜訪人家，並且提出問題問他。通常是指傳播媒體向受訪者提出問題。

訣

言部 四畫

訣 丶 亠 亠 亠 言 言 言 訁 訣 訣

ㄐㄩㄝˊ ❶分別，常用在永遠分別時使用：例訣別、永訣。❷把事物的內容編成順口押韻容易記的詞句：例歌訣。❸比較高明的辦事方法：例訣竅。

參考 請注意：「訣別」通常是指將要死亡彼此不再相見，因此不能隨便使用。

訣別 ㄐㄩㄝˊ ㄅㄧㄝˊ 分別。例林覺民義士的《與妻訣別書》，令人動容。

參考 相似詞：永別。

訣竅 ㄐㄩㄝˊ ㄑㄧㄠˋ 辦事情的關鍵、比較好的方法。竅：關鍵。例他念書的訣竅就是用功。

參考 相似詞：祕訣。

訝

言部 四畫

訝 丶 亠 亠 亠 言 言 言 訁 訝 訝

ㄧㄚˋ 驚奇，奇怪：例驚訝。

參考 相似字：驚、怪、奇、異。

訝異 ㄧㄚˋ ㄧˋ 對人、事感到驚奇、奇怪。

參考 相似詞：驚訝、驚異。

訥

言部 四畫

訥 丶 亠 亠 亠 言 言 言 訁 訥 訥

ㄋㄜˋ 不擅長說話；形容說話遲頓：例木訥。

許

言部 四畫

許 丶 亠 亠 亠 言 言 言 訁 許 許

ㄒㄩˇ ❶答應：例允許。❷稱讚，承認優點：例讚許。❸或者，可能：例或許。❹表示大概的數量或程度：例許多。❺姓。

參考 相似字：諾、允。♣相反字：拒。

猜一猜 晨夕無語。（猜一字）（答案：許）

許久 ㄒㄩˇ ㄐㄧㄡˇ 很久，表示時間很長。久：時間很長。例大家商量了許久，才想出解決的辦法。

許可 ㄒㄩˇ ㄎㄜˇ 答應，同意。例我得到父母的許可，可以每天溜冰一小時。

參考 相似詞：允許、許諾、允諾、應允、答應、同意、准許。♣相反詞：反對、不可、不准。

許多 ㄒㄩˇ ㄉㄨㄛ 很多。可以指具體的事物，也可以指抽象的時間、力氣等。

參考 活用詞：許許多多。

許願 ㄒㄩˇ ㄩㄢˋ ❶對神佛有所祈求，答應將來給與某種酬謝。❷許下心願。例傳說看到流星時，飛快的在心中許願就能實現。

設

言部 四畫

設 丶 亠 亠 亠 言 言 言 訁 設 設

ㄕㄜˋ ❶布置，陳列：例設置、設宴。❷建立，開辦：例設立、建設。❸計畫，籌畫：例設計、設法。❹假如：例假設。❺想像自己在某種環境之下：例設想、設身處地。

動動腦 小朋友，請你在空白的地方填上一個字，讓這四個詞出現：

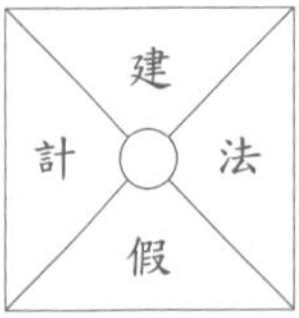

七畫

（答案：建設、假設、設計、設法）

設立 ㄕㄜˋ ㄌㄧˋ　建立，開辦。例這所學校才設立沒幾年。

設法 ㄕㄜˋ ㄈㄚˇ　想辦法。例這件事我會設法解決。

設計 ㄕㄜˋ ㄐㄧˋ　❶計畫。例他負責設計這棟大樓的外觀。❷指藝術方面的構圖。例他是一個服裝設計師。

設施 ㄕㄜˋ ㄕ　❶布置的東西。例公園裡有很多遊樂設施。❷計畫實行。

設備 ㄕㄜˋ ㄅㄟˋ　建築或器物的裝備。例這所學校設備完善。

設置 ㄕㄜˋ ㄓˋ　設立，裝置。置：安放。例他們在路口設置了郵筒。

設想 ㄕㄜˋ ㄒㄧㄤˇ　❶想像，假想。例建構太空王國只是一個設想。❷替別人著想。例凡事應多為全體設想，不要只顧自己。

設計圖 ㄕㄜˋ ㄐㄧˋ ㄊㄨˊ　指建築或藝術方面預先設計的藍圖。

設身處地 ㄕㄜˋ ㄕㄣ ㄔㄨˇ ㄉㄧˋ　假設自己處在別人的地位或環境，意思是替他人著想。例他實在很為難，我們也該設身處地去了解他的苦衷。

參考 相似詞：將心比心。

笑一笑 王小姐在服裝店裡挑選，試穿了一下午，結果沒有一件衣服令她滿意。臨走時，店員很和氣的對她說：「凡事總得設身處地想一想，你想這些衣服會滿意妳嗎？」

訟

言部　四畫

丶 亠 亠 亠 言 言 言 訁 訟 訟

ㄙㄨㄥˋ　❶在法院理論爭辯是非，就是打官司：例訴訟。❷爭辯：例爭訟。

訟棍 ㄙㄨㄥˋ ㄍㄨㄣˋ　指勾結法官，勸別人打官司，然後從中獲利的人。

訛

言部　四畫

丶 亠 亠 亠 言 言 言 訁 訛 訛

ㄜˊ　❶錯誤：例訛誤。❷謠言：例以訛傳訛。❸詐騙：例訛詐、訛人。❹不實在的：例訛言。

參考 相似字：誤、錯、謬、過。

訛詐 ㄜˊ ㄓㄚˋ　藉著某種理由，向別人威脅或強迫索取財物。

訛誤 ㄜˊ ㄨˋ　錯誤。

訢

言部　四畫

丶 亠 亠 亠 言 言 言 訁 訢 訢 訢

ㄒㄧㄣ　快樂的樣子，通「欣」：例訢訢。

註

言部　五畫

丶 亠 亠 亠 言 言 言 訁 訁 註 註 註

ㄓㄨˋ　❶記載，登記：例註冊。❷用來解釋說明的文字：例附註。

參考 請注意：「註」與「注」當作解釋、說明時可以通用。

註冊 ㄓㄨˋ ㄘㄜˋ　向有關機關、團體或學校登記，作為依據。

參考 活用詞：註冊商標。

註解 ㄓㄨˋ ㄐㄧㄝˇ　用簡明文字解釋書刊中的字、詞、句。例這本書註解精詳，十分便利。

註銷 ㄓㄨˋ ㄒㄧㄠ　取消登記簿冊上已登記的事項。例他事業失敗，只好註銷公司的營業登記。

詠

言部　五畫

丶 亠 亠 亠 言 言 言 訁 訁 詠 詠 詠

ㄩㄥˇ　❶吟唱，有聲調的念：例歌詠、吟詠。❷用某種事物當主題來作詩：例詠雪、詠梅。

參考 請注意：「詠」的異體字是「咏」。

唱詩歌 行盡江南數十程，曉風殘月入華清①；朝元閣②上西風急，都入長楊③作雨聲。（詠華清宮・王建）

註：①華清：宮名。②朝元閣：天子元旦朝天的地方。③長楊：宮名。

評

言部　五畫

丶 亠 亠 亠 言 言 言 訁 訁 評 評 評

七畫

ㄆㄧㄥˊ ❶判斷是非好壞：例評論、批評。❷比較，判斷：例評分、評選。❸判斷好壞的文章：例書評。

參考 請注意：「評」和「抨」的念法和意義不同：「評」音ㄆㄧㄥˊ，有判斷、斷定的意思，例如：評論、評分。「抨」音ㄆㄥ，有批評、攻擊的意思，例如：抨擊。

評分 ㄆㄧㄥˊ ㄈㄣ 根據每個人的表現，而評定分數；打分數。

評判 ㄆㄧㄥˊ ㄆㄢˋ 分出好壞或勝負。判：判斷，分辨。

評理 ㄆㄧㄥˊ ㄌㄧˇ 根據道理，來評定對或錯。

評語 ㄆㄧㄥˊ ㄩˇ 對人或事情，評論是非好壞的話或文字。例老師給他的評語是：「熱心負責」。

評論 ㄆㄧㄥˊ ㄌㄨㄣˋ ❶批評好壞、加以討論。例奧斯卡頒獎典禮當天，明星的穿著常成為人們評論的話題。❷在新聞或報紙中，批評或議論的文章，包括社論、短評、評述等。

評價 ㄆㄧㄥˊ ㄐㄧㄚˋ 判斷事物的價值。例他這本書得到很高的評價。

詞

言部 五畫

ㄘˊ ❶代表一個觀念的文字或語言：例形容詞、名詞。❷說話或詩歌中的語言、文字：例義正詞嚴、歌詞。❸經過組織的語言文字：例演講詞。❹一種宋代流行的文體，長短句押韻，有規定的詞譜，要按照詞譜填上詞句。

詞句 ㄘˊ ㄐㄩˋ 代表一個觀念的語言或文字。

詞窮 ㄘˊ ㄑㄩㄥˊ 理由不充分，說不出話來。窮：少，沒有。

証

言部 五畫

ㄓㄥˋ 同「證」。

詁

言部 五畫

ㄍㄨˇ 用現代的語言解釋古代的詞語。

詔

言部 五畫

ㄓㄠˋ 古代皇帝所發布的命令：例詔書。

詛

言部 五畫

ㄗㄨˇ 祈求鬼神降禍給自己所痛恨的人，引申有咒罵的意思：例詛咒。

參考 請注意：阻、俎、祖、組、詛都念ㄗㄨˇ，但是用法不同：「阻」有隔斷、停止的意思，例如：阻礙、阻止。「俎」是砧板，俎上肉就是任人宰割的意思。「祖」是指祖先、祖宗。「組」有聯合的意思，例如：組織、組合。「詛」則是祈求鬼神降禍或用話罵人，例如：詛咒。

詛咒 ㄗㄨˇ ㄓㄡˋ 用惡毒的話罵人或是求鬼神降禍給心中痛恨的人。例你別再詛咒他了。

詐

言部 五畫

ㄓㄚˋ ❶用話欺騙別人：例詐財、詐騙。❷假裝：例詐死、詐降。❸用言語試探：例他拿話詐我。

參考 相似字：偽、詭、佯、矯、譎。♣相反字：誠。

詐死 ㄓㄚˋ ㄙˇ 假裝成死亡的樣子。

詐降 ㄓㄚˋ ㄒㄧㄤˊ 假裝向敵人投降。例他們利用詐降打敗了敵人。

詐術 ㄓㄚˋ ㄕㄨˋ 騙人的手段、方法。術：手段，方法。

詐騙 ㄓㄚˋ ㄆㄧㄢˋ 欺騙。

詆 言部 五畫

、亠亠亠言言言訁訁訂詆詆

ㄉㄧˇ ❶故意說人壞話：例詆毀。❷罵，責備：例痛詆邪說。

參考 相似字：誹、謗、毀。

詆毀 ㄉㄧˇ ㄏㄨㄟˇ 故意說別人的壞話。例他老是詆毀朋友，總有一天會自食其果。

訴 言部 五畫

、亠亠亠言言言訁訂訢訴訴

ㄙㄨˋ ❶說：例告訴。❷把心裡的話全部對人說：例訴苦、訴情。❸控告：例上訴。❹姓：例訴先生。

訴苦 ㄙㄨˋ ㄎㄨˇ 把心中的痛苦告訴別人。

訴訟 ㄙㄨˋ ㄙㄨㄥˋ 到法院呈遞告狀的文書，請求法院判斷是非的行為。訟：在法庭上爭論是非。

參考 活用詞：訴訟法。

訴說 ㄙㄨˋ ㄕㄨㄛ 把事情說給別人聽。例他正在訴說這次旅遊的經過。

訴諸武力 ㄙㄨˋ ㄓㄨ ㄨˇ ㄌㄧˋ 用武力來解決事情。

診 言部 五畫

、亠亠亠言言言訁訁診診診

ㄓㄣˇ 察看，檢查：例診斷、診病。

診所 ㄓㄣˇ ㄙㄨㄛˇ 醫生替人看病治療的地方。

診治 ㄓㄣˇ ㄓˋ 檢查病人的情況，再對病人加以治療。

參考 相似詞：診療。

診療 ㄓㄣˇ ㄌㄧㄠˊ 檢查病人的情況，再替他治療。

診斷 ㄓㄣˇ ㄉㄨㄢˋ 醫生檢查病人的情況，而判斷他的病症或疾病發展情況。

詈 言部 五畫

丨冂罒罒罒罒罒罒罒詈詈詈

ㄌㄧˋ 罵：例詈罵。

詫 言部 六畫

、亠亠亠言言言訁訁詫詫詫

ㄔㄚˋ ❶誇大，誇張：例誇詫。❷驚奇，驚訝：例詫異。❸不實在的：例詫語。

詫異 ㄔㄚˋ ㄧˋ 對事情覺得驚訝、奇怪。異：奇怪。例我們都很詫異，她竟然在歌唱事業當紅的時候結婚。

該 言部 六畫

、亠亠亠言言言訁訁該該該

ㄍㄞ ❶應當：例你該上學了。❷那個，常在公文中使用：例該會、該生。❸欠錢：例他該我錢。❹輪到：例該我倒垃圾。❺通「賅」，完備：例該備。❻加強語氣：例事情這麼多，他該有多累啊！

該死 ㄍㄞ ㄙˇ 罵人的話，表示埋怨或厭惡。例那隻該死的貓又把金絲雀咬死了。

該當 ㄍㄞ ㄉㄤ 應該、本來就該如此。例這是大家的事，我該當出力幫忙。

詳 言部 六畫

、亠亠亠言言言訁訁詳詳詳

ㄒㄧㄤˊ ❶非常完備周密，「略」的相反：例不厭其詳、詳細。❷仔細說明：例內詳。❸知道，清楚：例姓名不詳、內容不詳。

詳細 ㄒㄧㄤˊ ㄒㄧˋ 非常詳盡而且周密，沒有遺漏。例老師為我們作詳細的解說。

詳情 ㄒㄧㄤˊ ㄑㄧㄥˊ 詳細的情形。

詳盡 ㄒㄧㄤˊ ㄐㄧㄣˋ 完全沒有遺漏，十分詳細。盡：完全。例這本史書記載詳盡。

試

丶 亠 亠 亠 言 言 言 言 訁 訁 訁 試 試

言部 六畫

ㄕˋ ❶測驗：例考試。❷探：例試探。❸實驗，做做看：例嘗試。

參考 相似字：驗。

試用 ㄕˋ ㄩㄥˋ 在正式使用或任用以前，先試驗一段時期，決定是不是合適。例只要通過三個月的試用期，他就是正式的職員了。

參考 活用詞：試用品、試用本、試用期、試用人員。

試卷 ㄕˋ ㄐㄩㄢˋ 就是考卷，是考試時讓應考人填寫答案的卷子。卷：考試時所用的紙。

試紙 ㄕˋ ㄓˇ 用指示劑浸過的紙條，用來檢驗溶液的酸鹼度，或確定某一種物質是不是存在。例如：藍色氯化亞鈷試紙，遇到水就變粉紅色。

試探 ㄕˋ ㄊㄢˋ 用含義不明確的語言或舉動，引起對方的反應，於暗中了解對方的意思。例經過我多次的試探，他好像還是不贊成。

試管 ㄕˋ ㄍㄨㄢˇ 一種圓柱形的管子，底部為半球形，大小不一，通常用玻璃製成，供自然實驗使用。

參考 活用詞：試管架、試管嬰兒。

試驗 ㄕˋ ㄧㄢˋ 為了察考事物的性能或結果所作的測試。例新產品必須經過多次的試驗，才可以推出上市。

笑一笑 發明家愛迪生試驗一種新電池，達五萬次才成功。他的助手問他：「你不怕試驗到頭沒成果嗎？」他回答：「我已經有大量成果了，我知道有好幾千種東西不可以用來做這種電池！」

詩

丶 亠 亠 亠 言 言 言 言 訁 訁 訁 詩 詩

言部 六畫

ㄕ ❶一種文學體裁，用最少的文字表現美感，抒發情感。可以分為舊詩和新詩，舊詩又可以分為古體詩和近體詩，必須押韻，同時字數固定。新詩可以押韻，也可以不押韻，每一句的字數不一定，也稱為現代詩或白話詩。❷「詩經」的簡稱。❸姓：例詩小姐。

詩人 ㄕ ㄖㄣˊ 很會寫詩的文人。例李白是很有名的詩人。

詩集 ㄕ ㄐㄧˊ 把一個人或很多人的詩收集成一本書。

詩詞 ㄕ ㄘˊ 唐詩和宋詞，都是押韻的文體。

詩意 ㄕ ㄧˋ ❶詩所表達的意義。❷像詩所表達的美麗感覺。例這一幅畫富有詩意。

詩經 ㄕ ㄐㄧㄥ 是我國最早的詩歌總集，原本只稱為「詩」或「詩三百」，漢朝以後才稱為「詩經」，收錄了西周初年到春秋時代的作品，共三百零五篇。內容分為風、雅、頌三個部分，反映了當時人民的生活，還有歌頌帝王（周文王、周武王）。它的句子多半是四個字，重複吟唱，描寫十分生動自然，對後代的文學有很深的影響。例如：詩經第一首詩「關雎」就很有名：關關雎鳩，在河之洲，窈窕淑女，君子好逑。

詩歌 ㄕ ㄍㄜ 指各種體裁的詩，包括詩經、樂府詩、唐詩。

詩選 ㄕ ㄒㄩㄢˇ 把比較出名、比較好的詩挑選出來，印成一本。例這本唐詩集十分淺顯，很容易明白。

詰

丶 亠 亠 亠 言 言 言 言 訁 訁 訁 詰 詰

言部 六畫

ㄐㄧㄝˊ 追問，責問：例詰問、盤詰、反詰。

猜一猜 吉利話。（猜一字）（答案：詰）

詰問 ㄐㄧㄝˊ ㄨㄣˋ 追問到底。

詰屈聱牙 ㄐㄧㄝˊ ㄑㄩ ㄠˊ ㄧㄚˊ 指文字深奧，音調艱澀，讀起來不順口。

誇

丶 亠 亠 亠 言 言 言 言 訁 訁 訁 誇 誇

言部 六畫

七畫

ㄎㄨㄚ ❶說大話：例自誇、誇口。❷向別人炫耀：例誇示、誇耀。❸稱讚，讚美：例誇獎。

俏皮話 「老王賣瓜——自賣自誇。」商人常常會誇耀自己的產品有多好多好，讓客人很想購買。當然也有一些人也會自誇他本身的長處，下次你遇到這種自誇的人，你就可以對他說：「你真是老王賣瓜——自賣自誇！」

誇大 ㄎㄨㄚ ㄉㄚˋ 說出來的話超過實際情形。

誇口 ㄎㄨㄚ ㄎㄡˇ 說大話，也可說成「誇嘴」。

誇張 ㄎㄨㄚ ㄓㄤ 為了使人印象深刻，故意將言語動作誇大。例她說話一向很誇張，所以你不要太相信。

參考 活用詞：誇張法、誇張故事。

誇獎 ㄎㄨㄚ ㄐㄧㄤˇ 用話稱讚別人。例大家都誇獎他是個好孩子。

誇耀 ㄎㄨㄚ ㄧㄠˋ 故意向別人顯示自己的東西或好處。耀：自誇，顯示自己。例他老是誇耀女兒很漂亮。

笑一笑 陳先生對著朋友誇耀：「人人都說我太太的妹妹是個大美人。結果昨天她們姊妹倆走在一起，我居然分不清哪個是我太太！」

誇讚 ㄎㄨㄚ ㄗㄢˋ 讚美。

詼

言部 六畫

、 亠 亠 亠 言 言 言 訁 訃 訃 詼 詼 詼

ㄏㄨㄟ 講話風趣，使人發笑：例詼諧。

詼諧 ㄏㄨㄟ ㄒㄧㄝˊ 講話或動作有趣，使人發笑。例他談話詼諧，無論走到哪裡都很受歡迎。

詣

言部 六畫

、 亠 亠 亠 言 言 言 訁 訃 訃 詣 詣 詣

ㄧˋ ❶前往：例詣京。❷學問或技術所達到的程度：例造詣。

參考 相似字：至、到、造、臻。

話

言部 六畫

、 亠 亠 亠 言 言 言 訁 訂 訐 話 話 話

ㄏㄨㄚˋ ❶說出來能夠表達思想的聲音：例情話、閑話。❷說，談：例話別、話家常。❸語言：例臺灣話。

古人說 「話多不如話少，話少不如話好。」這句話是說：說話的內容不在多、少，而在於能把話說得很恰當，才是最重要的。

俏皮話 「啞巴看見爸媽——沒話說。」小朋友，你知道這句俏皮話是什麼意思嗎？這句話是比喻事情弄得亂七八糟，還有什麼好說的呢？

話別 ㄏㄨㄚˋ ㄅㄧㄝˊ 快要分離時聚在一起談話。

話柄 ㄏㄨㄚˋ ㄅㄧㄥˇ 言語或行為被別人拿來當成談笑的材料。例他念錯別字的事，常被人當成有趣的話柄。

話題 ㄏㄨㄚˋ ㄊㄧˊ 可以當做談話的材料、題材。

話匣子 ㄏㄨㄚˋ ㄒㄧㄚˊ ˙ㄗ 原本是指老式的收音機，現在則是譏笑人話多，一直說個不停。

話不投機半句多 ㄏㄨㄚˋ ㄅㄨˋ ㄊㄡˊ ㄐㄧ ㄅㄢˋ ㄐㄩˋ ㄉㄨㄛ 比喻兩個人意見不同，連說半句話都嫌多。

誅

言部 六畫

、 亠 亠 亠 言 言 言 訁 訃 訃 誅 誅 誅

ㄓㄨ ❶殺害：例誅殺。❷用話責備：例口誅筆伐。

參考 請注意：侏、株、珠、硃、蛛、誅都念ㄓㄨ，殊念ㄕㄨ，但用法不同：「侏儒」是很矮的人。「株」是計算樹木的單位，一棵叫做一株。「珠」是「珍珠」的簡稱，也可以稱圓形的顆粒，例如：珠寶、彈珠。「硃」是紅色的礦物質，例如：硃砂。「蜘蛛」是一種會結網的節肢動物。「誅」則有責備、殺害的意思，例如：誅伐、誅殺。「特殊」的「殊」念ㄕㄨ，有特別的意思，例如：

七畫

殊榮、特殊。

誅除 ㄓㄨ ㄔㄨˊ 殺掉除去。

參考 相似詞：誅滅。

詭 言部 六畫

ㄍㄨㄟˇ ❶騙人的，狡詐的：例詭計、詭詐。❷奇怪多變的：例詭譎。❸違反：例言行相詭。❹姓：例詭先生。

參考 相似字：偽、詐、譎、矯。

詭計 ㄍㄨㄟˇ ㄐㄧˋ 狡詐的計策。

詭祕 ㄍㄨㄟˇ ㄇㄧˋ 行動或態度隱密，別人不容易知道。祕：隱密。

詭異 ㄍㄨㄟˇ ㄧˋ 非常的奇怪。

詢 言部 六畫

ㄒㄩㄣˊ ❶和別人商量，徵求別人的意見：例諮詢、詢商。❷查問：例詢問、質詢。

參考 請注意：詢問要用「言」語，所以是「詢」(ㄒㄩㄣˊ)是「言」部。殉職的「殉」(ㄒㄩㄣˋ)是犧牲生命，所以是「歹」部。

詢問 ㄒㄩㄣˊ ㄨㄣˋ 查問，打聽。例醫生正在向他詢問病情。

詮 言部 六畫

ㄑㄩㄢˊ ❶詳細解釋事理：例詮釋。❷事情的真理：例真詮。

詮釋 ㄑㄩㄢˊ ㄕˋ 詳細的解釋或表達事理。例這篇文章詮釋了人生中高深的道理。

詬 言部 六畫

ㄍㄡˋ ❶責罵：例詬病、詬罵。❷恥辱，汙辱：例含辱忍詬。

詬病 ㄍㄡˋ ㄅㄧㄥˋ 指出缺點，加以批評、責罵。例臺灣的風景區最為人所詬病的就是廁所太髒。

詬罵 ㄍㄡˋ ㄇㄚˋ 辱罵。

詹 言部 六畫

ㄓㄢ ❶選定：例謹詹於三月十二日宴客。❷話多而又細碎：例詹詹。❸姓：例詹天佑。

詹天佑 ㄓㄢ ㄊㄧㄢ ㄧㄡˋ 廣東中山縣人，留學美國，是我國京綏鐵路的總工程師，也是中國第一個鐵路工程師。他在西元一九一三年發明火車自動掛鉤，後來世界各國都加以採用，並且命名為「詹天佑鉤」。

誠 言部 六畫

ㄔㄥˊ ❶真實的：例誠心、誠實。❷實在，的確：例誠然。❸表示假設，有「如果」的意思：例誠能如此。❹真正的：例心悅誠服。

參考 相似字：允、真、實、信。♣相反字：詐、欺、偽。

誠實 ㄔㄥˊ ㄕˊ 實實在在，不說假話。

誠懇 ㄔㄥˊ ㄎㄣˇ 態度非常真實懇切。懇：真心。

誠心誠意 ㄔㄥˊ ㄒㄧㄣ ㄔㄥˊ ㄧˋ 形容人的心意十分真誠實在。

誆 言部 六畫

ㄎㄨㄤ 欺騙：例誆騙。

誆騙 ㄎㄨㄤ ㄆㄧㄢˋ 欺騙。例你別再誆騙大家了，我們早就知道真相了。

詡 言部 六畫

七畫

ㄒㄩˇ說大話，誇耀：例自詡。

誦

言部 七畫

、亠亠亠言言言訁訂訂訶訶誦誦

ㄙㄨㄥˋ ❶念出聲音：例朗誦、誦經。❷背書後念出來：例過目成誦。❸稱讚：例誦揚、稱誦。

參考 請注意：「誦」和「頌」只有作「稱讚」的意思時，才可以通用，例如：誦（頌）揚、稱誦（頌），其他的意思都不能通用。

誦經 ㄙㄨㄥˋ ㄐㄧㄥ ❶指佛教徒念佛經。❷開玩笑的話；形容人一直嘮叨不停。

誌

言部 七畫

、亠亠亠言言言言計計誌誌誌誌

ㄓˋ ❶定期出版的刊物：例雜誌。❷記住：例永誌不忘。❸記號，標識：例標誌。❹表示：例誌喜、誌哀。❺記事文的一種：例碑誌、讀書誌。

語

言部 七畫

、亠亠亠言言言訂訂語語語語語

ㄩˇ ❶所說的話：例國語、語言。❷說：例不言不語。❸以一字或多字表示一種觀念或一種意義：例語詞。❹古人說的話或一直流傳下來的話：例成語、諺語。❺代表語言的動作：例手語、旗語。❻蟲子或鳥兒的叫聲：例鳥語花香。

ㄩˋ 告訴：例吾語汝（我告訴你）。

語文 ㄩˇ ㄨㄣˊ 語言和文字，有時也指文章、文學。

語言 ㄩˇ ㄧㄢˊ 表達情意的方法，通常用嘴巴說出來的叫「語」；用文字寫出來的叫「言」。

參考 活用詞：語言學。

語病 ㄩˇ ㄅㄧㄥˋ 說話或作文用詞不恰當。例「他有給我打」，這句話有語病，正確的說法是：「他打我」。

動動腦 這些句子都「生病」了，小朋友請你當個「語文醫生」替他們「治病」：

1. 我早就已經告訴他了。
2. 我和他比賽賽跑。
3. 他有和我說過。

語氣 ㄩˇ ㄑㄧˋ 說話的口氣，有悲傷、命令、請求等。例他老是用命令的語氣叫我幫忙做事。

語意 ㄩˇ ㄧˋ 話裡所含的意思。

語重心長 ㄩˇ ㄓㄨㄥˋ ㄒㄧㄣ ㄔㄤˊ 說話十分誠懇、慎重，用意深遠，通常都含有期望的意味。例他語重心長的告訴我們自己創業的經過。

語無倫次 ㄩˇ ㄨˊ ㄌㄨㄣˊ ㄘˋ 說話顛顛倒倒，沒有次序、條理。倫：條理。次：次序。例他氣得語無倫次，大聲罵人。

誣

言部 七畫

、亠亠亠言言言訂訂訂誣誣誣誣

ㄨ ❶沒有證據，隨便亂說：例誣賴。❷欺騙：例誣民。

誣陷 ㄨ ㄒㄧㄢˋ 故意說話陷害別人。陷：陷害。例岳飛被奸臣誣陷。

誣賴 ㄨ ㄌㄞˋ 沒有證據卻說別人做壞事。例你不要誣賴好人。

認

言部 七畫

、亠亠亠言言言訒訒認認認認認

ㄖㄣˋ ❶分辨事物：例辨認。❷同意，承受：例認可、認輸。❸跟沒有關係的人建立關係：例認養。

認了 ㄖㄣˋ ˙ㄌㄜ 勉強承受，通常在吃虧時使用。例他既然不肯賠償我的損失，我也只好認了。

認生 ㄖㄣˋ ㄕㄥ 對沒有見過的人感到害怕，常指兒童。

認可 ㄖㄣˋ ㄎㄜˇ 承認許可，通常表示同意。例父親早就認可我參加舞蹈團的事了！

認命 ㄖㄣˋ ㄇㄧㄥˋ 承認自己應該接受命運的安排，是一種悲觀的想法。例我們千萬別認命，因為努力會改變一切。

認為 ㄖㄣˋ ㄨㄟˊ　以為是怎麼樣。例他工作非常認真，我認為他將來一定很有成就。

認真 ㄖㄣˋ ㄓㄣ　❶做事切實不隨便。例只要你認真學習，一定會學得很好。❷把事情當真。例我只是隨便說說，你可別認真。

認清 ㄖㄣˋ ㄑㄧㄥ　終於弄明白、弄清楚。例我們早就認清他的真面目了。

認錯 ㄖㄣˋ ㄘㄨㄛˋ　❶承認過失、錯誤。例他既然認錯了，你就原諒他吧！❷誤認。例對不起，我認錯人了！

認識 ㄖㄣˋ ㄕˋ　❶能夠確定某樣東西。例他不認識這種花。❷指曾經相識。例我早就認識王小姐了。

認賊作父 ㄖㄣˋ ㄗㄟˊ ㄗㄨㄛˋ ㄈㄨˋ　把小偷當成自己的父親；比喻沒有辨別清楚，把敵人當成自己的親人。例他把殺父仇人當成恩人，真是認賊作父啊！

誡

言部　七畫

丶 亠 亠 亠 言 言 言 訁 訁 訁 訁 誡 誡 誡

ㄐㄧㄝˋ　❶用話勸告或警告別人：例勸誡、告誡。❷勸告人家不要作壞事的條文或文章：例十誡、女誡。❸通「戒」，戒備，警戒：例引以為誡。

誡條 ㄐㄧㄝˋ ㄊㄧㄠˊ　規勸人家不要做壞事的約束或規定。

說

言部　七畫

丶 亠 亠 亠 言 言 言 訁 訁 訁 訁 訁 說 說

ㄕㄨㄛ　❶用話來表達意思：例說笑話、說故事。❷解釋：例說明、說清楚。❸言論，主張：例學說、立說。❹責備，批評：例說了他一頓。❺介紹：例說媒。

ㄕㄨㄟˋ　用話勸說別人，使對方聽從自己的意見、主張：例游說、說服。

ㄩㄝˋ　同「悅」，喜悅：例不亦說乎。

古人說　「說好不算好，做好才是好。」這句話是說：光用嘴巴講比不上動手去做。勸人做了再說比較好。例雖然他說得這麼動人，我們也還不能相信他，因為「說好不算好，做好才是好！」

笑一笑　小張：「王小姐說她只有二十歲，你相信嗎？」老李：「放心，我認識她好幾年了，她一直都說她是二十歲，從來沒說錯過。」

俏皮話　「鐵嘴豆腐腳——能說不能做」。小朋友，社會上有很多人只會動嘴，而不會動腿，也就是只說不做的意思。我們可以用「鐵嘴豆腐腳」這句話來諷刺那些人。

說法 ㄕㄨㄛ ㄈㄚˇ　❶個人的見解及說出來的話。例對於這件事的原因，他的說法很令人心服口服。❷佛家把講解道理稱為說法：道理。

說明 ㄕㄨㄛ ㄇㄧㄥˊ　❶動詞，解釋清楚。例他已經說明了遲到的原因。❷名詞，解釋的文字或話。例他對這件事作了一番說明。

參考　活用詞：說明書、使用說明。

說服 ㄕㄨㄟˋ ㄈㄨˊ　所說的理由很充分。使人心服。例她終於說服她的父親，讓她參加合唱團。

動動腦　同學撿到一隻流浪狗，你想帶回家養，你要如何說服你的媽媽？

說穿 ㄕㄨㄛ ㄔㄨㄢ　用話揭穿別人的想法或祕密。例他的心事被你說穿了。

說客 ㄕㄨㄟˋ ㄎㄜˋ　用話勸人家聽自己意見的人，現在也用來指替別人說好話的人。例蘇秦是戰國時代有名的說客。例你別替他當說客了，我是不會原諒他的。

說書 ㄕㄨㄛ ㄕㄨ　我國的一種民俗藝術，通常表演說話的內容以歷史故事（像三國演義）、愛情故事（像西廂記）為主，說書時要有曲調伴奏，同時說書的人還會對故事作評論，勸人為善，以宋代、元代最為風行。

參考　活用詞：說書人。

說教 ㄕㄨㄛ ㄐㄧㄠˋ　原本是宗教信徒宣傳教義，現在都用來指以言語教訓別人。例每天朝會，校長都在司令臺上說教。

說媒 ㄕㄨㄛ ㄇㄟˊ　替人介紹婚姻。

俏皮話　「十八姑娘來說媒——不說自己說別人。」在古時候一個女孩子到了十八歲就是出嫁的年齡。十八歲的姑娘不替自己的婚事操心，還去替別人說媒，真是「不說自己說別人」。比喻不批評自己只批評別人，就可用「十八姑娘來說媒——不說自己說別人」這句話來形容了。

說話 ㄕㄨㄛ ㄏㄨㄚˋ ❶用話來表達意思。例他不喜歡說話。❷同「說書」。

參考 活用詞：說話人。

說謊 ㄕㄨㄛ ㄏㄨㄤˇ 沒有說實話，而說假話騙人。謊：不真實的。例他喜歡說謊，因此得不到大家的信任。

說大話 ㄕㄨㄛ ㄉㄚˋ ㄏㄨㄚˋ 吹牛，說一些誇大不可能的話。例他愛說大話，又自認為了不起。

說不定 ㄕㄨㄛ ㄅㄨˋ ㄉㄧㄥˋ 不一定，是不肯定的語氣。例我明年說不定會去歐洲自助旅行。

說破嘴 ㄕㄨㄛ ㄆㄛˋ ㄗㄨㄟˇ 一遍又一遍地說，嘴都快說破了。形容人不嫌麻煩地一再重複同樣的話。例她媽媽都快說破嘴了，她還是不用功。

說夢話 ㄕㄨㄛ ㄇㄥˋ ㄏㄨㄚˋ 就像做夢時所說的話一樣；比喻說話荒唐，不可能實現。例你這麼不用功，還想考上大學，那簡直是說夢話。

說不過去 ㄕㄨㄛ ㄅㄨˋ ㄍㄨㄛˋ ㄑㄩˋ 指一個人的做法太過分，不合情理。例他幫你這麼多忙，你竟然沒有說聲謝謝，這太說不過去了吧！

說好說歹 ㄕㄨㄛ ㄏㄠˇ ㄕㄨㄛ ㄉㄞˇ 好話、壞話都說了；比喻極力勸告。例不管你說好說歹，我都不會原諒他。

說風涼話 ㄕㄨㄛ ㄈㄥ ㄌㄧㄤˊ ㄏㄨㄚˋ 別人發生事情，自己卻只站在一邊，說一些不負責任的話。例這件事和你也有關係，你少說風涼話。

誤

言部 七畫

、亠亠亠言言言訁訁訁訁誤誤誤

ㄨˋ ❶不正確，錯的：例誤解、筆誤。❷因為拖延而耽擱，錯過：例誤點、誤事。❸不是故意的：例誤傷。❹因為自己的錯失而使他人受害：例誤人子弟、誤國。

參考 相似字：錯、差、訛、失、過。♣相反字：對、正。

誤事 ㄨˋ ㄕˋ 因為某種原因，而使事情變壞，或無法做下去。例喝酒容易誤事，我勸你還是少喝一點。

誤服 ㄨˋ ㄈㄨˊ 因為不小心而吃了某樣東西。服：服用，吃。例他誤服毒藥，要趕快送到醫院。

誤解 ㄨˋ ㄐㄧㄝˇ 認識不清楚而產生了不正確的了解。例他沒有聽清楚我的話，所以誤解了我的意思。

誤會 ㄨˋ ㄏㄨㄟˋ 弄錯了別人的意思，或被別人誤解。

誤打誤撞 ㄨˋ ㄉㄚˇ ㄨˋ ㄓㄨㄤˋ 不小心打中、撞上了；比喻無意中做好了一件事。例我沒有充分準備，沒想到誤打誤撞卻考上了。

誥

言部 七畫

、亠亠亠言言言訁訁誥誥誥誥

ㄍㄠˋ ❶古代一種告誡的文體：例康誥、酒誥。❷上級告訴下級。

誨

言部 七畫

、亠亠亠言言言訁訁誨誨誨誨

ㄏㄨㄟˋ ❶教導：例誨人不倦。❷引誘人做壞事：例誨淫誨盜。

參考 相似字：教、訓、勸、導、誘。

猜一猜 每日一言。（猜一字）（答案：誨）

誨人不倦 ㄏㄨㄟˋ ㄖㄣˊ ㄅㄨˋ ㄐㄩㄢˋ 喜歡教育學生，而從不感到疲倦。例孔子是一位誨人不倦的好老師。

誘

言部 七畫

、亠亠亠言言言訁訁誘誘誘誘

ㄧㄡˋ ❶教導，勸引：例循循善誘。❷利用手段去打動別人，使對方照著自己的意思去做：例誘降、誘敵。

誘因 ㄧㄡˋ ㄧㄣ 導致事情發生的原因。

誘拐 ㄧㄡˋ ㄍㄨㄞˇ 用引誘的不法行為，騙走小孩子，或欺騙別人的錢財。拐：欺騙。

誘惑 ㄧㄡˋ ㄏㄨㄛˋ ❶想方法引誘人家，使他迷惑。惑：迷惑。例他禁不起敵人的誘惑，終於投降了。❷有吸引力而令人著迷的。例那盤水果鮮嫩嫩的，真是誘惑人呀！

誘餌 ㄧㄡˋ ㄦˇ 捕捉動物時用來引誘動物上當的東西，也比喻會引誘人上當的東西。餌：引誘人的事物。例這座城堡只是敵人的誘餌，我們千萬不要上當。

誘導 ㄧㄡˋ ㄉㄠˇ 利用好話來勸導人往好的方面發展。

誘騙 ㄧㄡˋ ㄆㄧㄢˋ 引誘欺騙。例獵人利用香餌來誘騙動物上鉤。

誑

言部 七畫

丶 亠 亠 亠 言 言 言 訁 訂 訂 訐 誑 誑 誑

ㄎㄨㄤˊ 不實在，騙人的：例誑語。

猜一猜 狂大的話。（猜一字）（答案：誑）

誑語 ㄎㄨㄤˊ ㄩˇ 騙人的話。

誓

言部 七畫

一 十 才 扌 扩 扩 折 折 折 哲 哲 誓 誓 誓

ㄕˋ ❶互相約定，共同遵守的話：例盟誓、信誓。❷表明決心，表示不改變的話：例宣誓、立誓。❸告誡：例誓師北伐。❹為了證明自己的言行，而下賭咒：例發誓。

猜一猜 說話不打折。（猜一字）（答案：誓）

誓言 ㄕˋ ㄧㄢˊ 表示決心而說出來的話。

誓師 ㄕˋ ㄕ 軍隊要出去打仗前，統帥向全軍戰士宣布作戰的堅決意志，以激起他們的士氣。現在也指集會時，很嚴肅認真想完成一件事情的決心。

誓不兩立 ㄕˋ ㄅㄨˋ ㄌㄧㄤˇ ㄌㄧˋ 立誓絕對不和敵人並立在天地間；形容彼此的仇恨很深。立：原本是站立，引申有共存並立的意思。

誓不甘休 ㄕˋ ㄅㄨˋ ㄍㄢ ㄒㄧㄡ 很堅決的發誓表示不會停止。休：停止。

誓死不屈 ㄕˋ ㄙˇ ㄅㄨˋ ㄑㄩ 寧願死也不願屈服、認輸；形容一個人很有骨氣。屈：低頭認輸。例蘇武誓死不屈的精神，得到匈奴人的敬佩。

誕

言部 八畫

丶 亠 亠 亠 言 言 言 訁 訁 訐 訐 証 誕 誕 誕

ㄉㄢˋ ❶誇大不實在的：例荒誕、誇誕。❷行為怪異不守規則：例怪誕。❸出生：例誕生。❹生日：例聖誕、華誕。

誕生 ㄉㄢˋ ㄕㄥ ❶人的生日。例我家有個新誕生的小寶寶。❷第一次出現的事物。例 國父領導革命，使亞洲第一個民主共和國誕生了。

誼

言部 八畫

丶 亠 亠 亠 言 言 言 訁 訁 訁 詝 誼 誼 誼 誼

ㄧˋ ❶交情：例友誼、情誼。❷通「義」，合於正當的原則或道理：例正誼、誼理。

參考 請注意：「誼」和「義」只有在事情合於正當道理時才可以通用，例如：正誼（義）、誼（義）理，但是當作交情解釋的「友誼」、「情誼」就不能寫成「友義」、「情義」。

猜一猜 言語合宜。（猜一字）（答案：誼）

諒

言部 八畫

丶 亠 亠 亠 言 言 言 訁 訁 訁 訁 諒 諒 諒 諒

ㄌㄧㄤˋ ❶寬恕：例原諒、諒解。❷料想，推

七畫

想：例諒你也不敢再犯。❸誠實而可以信賴的：例友直、友諒、友多聞。❹皇帝有喪事：例諒闇（ㄢ）。

參考 相似字：信、實、真、誠。

諒解 ㄌㄧㄤˋ ㄐㄧㄝˇ 了解實情而寬恕人。

談

言部 八畫

、亠亠亠言言言訁訁訁談談談談

ㄊㄢˊ ❶彼此對話：例談論、談話。❷言論，所說的話：例無稽之談、老生常談。❸商量：例我要和他談談，再作決定。❹姓：例談先生。

俏皮話 「殺豬未死，先談分湯——未免過早。」小朋友，什麼叫「殺豬未死，先談分湯」呢？那就是「未免過早」。就是說任何一件事，還沒有做得穩當妥善，便談到分享利益受惠，實在說得太早了。

談天 ㄊㄢˊ ㄊㄧㄢ 隨意談話，沒有什麼重要的內容或主題。

談吐 ㄊㄢˊ ㄊㄨˇ 說話時的態度和所用的詞句。吐：言詞。例他的談吐高雅。

談判 ㄊㄢˊ ㄆㄢˋ 商量解決共同的問題。

談何容易 ㄊㄢˊ ㄏㄜˊ ㄖㄨㄥˊ ㄧˋ 說起來容易，但是做起來不簡單。例想修築這座跨海大橋真是談何容易！

談虎色變 ㄊㄢˊ ㄏㄨˇ ㄙㄜˋ ㄅㄧㄢˋ 形容談到某一件事就很害怕，連臉色都改變了。

談笑自如 ㄊㄢˊ ㄒㄧㄠˋ ㄗˋ ㄖㄨˊ 比喻談笑時態度自然，不慌不忙。

請

言部 八畫

、亠亠亠言言言訁訁訁請請請請請

ㄑㄧㄥˇ ❶聘來，邀來：例請醫生、請家教。❷很有禮貌的要求：例請您原諒、請求。❸出錢：例請客、請看電影。❹問候：例請安。❺拿、抱的敬詞：例把神明請出來。

ㄐㄧㄥˋ 朝見：例朝請。

唱詩歌 （請用臺語唸）紅管蟹，白目眉，無人請，家己①來。（臺灣）

註：①家己：自己。

請示 ㄑㄧㄥˇ ㄕˋ 請人家教導或吩咐。例他向老師請示要怎麼做這件事。

請安 ㄑㄧㄥˇ ㄢ 通常指向長輩問候、問好。

請求 ㄑㄧㄥˇ ㄑㄧㄡˊ 很有禮貌的要求。例他向老師請求外出。

請帖 ㄑㄧㄥˇ ㄊㄧㄝˇ 邀請人家參加宴會的通知，通常都會印上請客的原因、時間、地點，以及主人姓名。

請便 ㄑㄧㄥˇ ㄅㄧㄢˋ 請他人隨意，不必客氣。現在則有不客氣的意思，通常在趕人走的時候使用。例我不願意去，你若是想去，就請便吧！例我們沒什麼好說的，你請便吧！

請客 ㄑㄧㄥˇ ㄎㄜˋ 原本是指邀請客人用餐，現在則有很多意思，像出錢請人看電影、跳舞，或是商店百貨公司減價，都可以說是請客。例他比賽得了第一名，我們當然叫他請客。

笑一笑 有一家主人很小氣，從來不請客。一天有人問他的僕人：「你家主人真的從來不請客？」僕人隨口說：「要他請客，等下輩子吧！」主人連忙跑出來罵：「誰教你隨便替我約定日子！」

請教 ㄑㄧㄥˇ ㄐㄧㄠˋ 請求人家指教、教導。例你如果有不懂的地方，要多多的請教別人。

笑一笑 一個人拿他所寫的一首詩請教蘇東坡，他朗誦一遍之後問：「這首詩可以得幾分？」蘇東坡回答：「十分！」那人得意的很，以為自己已得了滿分。蘇東坡接著又說：「朗誦七分，詩三分。」

請假 ㄑㄧㄥˇ ㄐㄧㄚˋ 因為生病或有事情，向學校或工作的公司，請求休息不去上學、上班。例他因為生病，所以請假一天。

請罪 ㄑㄧㄥˇ ㄗㄨㄟˋ 自己認為有過錯，而請求別人處罰。例廉頗明白藺相如的苦心後，就向他負荊請罪。

請願 ㄑㄧㄥˇ ㄩㄢˋ 人民向政府提出他們的希望，希望能夠達成願望。例他們到立法院請願，希望能得到政府更多的賠償。

參考 活用詞：請願書、請願活動。

諉

、亠亠言言言言訁訁訁諉諉諉諉

言部 八畫

ㄨㄟˇ 利用言辭推卸自己的責任：例推諉、諉過。

課

、亠亠言言言言訁訁訁課課課課課

言部 八畫

ㄎㄜˋ ❶教學的時間單位：例一節課。❷教材的段落：例這一冊國語有二十四課。❸教學的科目：例國語課。❹同一機關中分別辦事的單位：例總務課。❺徵收賦稅：例課稅。

課餘 ㄎㄜˋ ㄩˊ 上課以外的時間。餘：其他的。例小英每天利用課餘時間學書法，練出了一手好字。

課題 ㄎㄜˋ ㄊㄧˊ 研究、討論的主要問題或急待解決的重大事項。例環境保護是我們提升生活品質的重要課題。

調

、亠亠言言言言訁訁訁訒訒調調調

言部 八畫

ㄊㄧㄠˊ ❶混合均勻：例調色。❷配合得均勻合適：例調味。❸幫人家和解：例調停、調和。❹戲弄，玩弄：例調笑、調弄。❺適合的：例風調雨順、營養失調。❻改變一下，使更好：例調整、調劑。❼維護健康：例調養。

ㄉㄧㄠˋ ❶音樂的聲律曲調：例C大調、A小調。❷更動更換：例調動、調換。❸派遣：例調兵、調派。❹說話的口音：例南腔北調。❺字音的聲調，例如：一聲、二聲：例調值。❻古時候的賦稅名稱：例租庸調法。❼察看，詢問：例調查。

調皮 ㄊㄧㄠˊ ㄆㄧˊ ❶通常指小孩頑皮，喜歡玩東玩西。例那個小孩很調皮好動。❷形容很狡猾的人。

調侃 ㄊㄧㄠˊ ㄎㄢˇ 用話或文辭譏笑人家。

調和 ㄊㄧㄠˊ ㄏㄜˊ ❶同「調味」。❷調解別人的糾紛。

調度 ㄉㄧㄠˋ ㄉㄨˋ 通常指人力、工作的安排、指揮。例由於人力調度不恰當，這件工作沒辦法如期完成。

調查 ㄉㄧㄠˋ ㄔㄚˊ 察看以便了解情形。查：察看，驗證。例警察正在調查這件竊盜案。

參考 活用詞：調查局。

調動 ㄉㄧㄠˋ ㄉㄨㄥˋ 調換工作或移動兵隊。例他從小學調動到中學去教書。

參考 活用詞：調動軍隊、人事調動。

調換 ㄉㄧㄠˋ ㄏㄨㄢˋ 更換。例他長得比較高，老師要我和他調換座位。

笑一笑 哥哥：「交代你寄出的那兩封信寄了沒有？」弟弟：「都寄了，但是我把掛號信和平信的郵票貼錯了。」哥哥：「真糊塗，後來你換過了沒有？」弟弟：「因為郵票撕不下來，我就把兩封信的信箋調換了。」

調節 ㄊㄧㄠˊ ㄐㄧㄝˊ 在數量上或程度上加以調整、節制，以合乎要求。例冷氣能調節室內的空氣。

調養 ㄊㄧㄠˊ ㄧㄤˇ 調節飲食或生活習慣來維護保養身體。例經過長期的調養，他的身體已經康復了。

調劑 ㄊㄧㄠˊ ㄐㄧˋ ❶配藥。劑：藥劑。❷適當的調整使剛好。例娛樂能調劑我們的日常生活。

調整 ㄊㄧㄠˊ ㄓㄥˇ 改變原有的情況，像變動待遇、重新訂定價格，以適應新的要求或環境。例這次物價調整已經引起民眾的不滿。

調戲 ㄊㄧㄠˊ ㄒㄧˋ 用輕薄不禮貌的話或行動戲弄婦女。

調羹 ㄊㄧㄠˊ ㄍㄥ 湯匙。

調味料 ㄊㄧㄠˊ ㄨㄟˋ ㄌㄧㄠˋ 放在食物中，調和食物滋味的東西。例如：鹽、糖、味精。

調虎離山 ㄉㄧㄠˋ ㄏㄨˇ ㄌㄧˊ ㄕㄢ 比喻騙人離開對他有利的位置，使自己能達到某種目的。

調解委員會 ㄊㄧㄠˊ ㄐㄧㄝˇ ㄨㄟˇ ㄩㄢˊ ㄏㄨㄟˋ 一個專門協調、仲裁別人因糾紛而爭吵的組織。

諄

、亠亠言言言言訁訁訁訁諄諄諄諄

言部 八畫

ㄓㄨㄣ 誠懇而有耐心：例諄諄。

諄諄 ㄓㄨㄣ ㄓㄨㄣ ❶教學認真不厭倦的樣子。例感謝老師的諄諄教誨。❷誠懇而且不厭倦的樣子。例他諄諄囑咐，你可不要當成耳邊風。

諍

言部 八畫

、 亠 亠 言 言 言 言 訁 訁 訁 訁 諍 諍 諍 諍

ㄓㄥ ❶用坦白的話勸告別人，或是糾正別人的錯誤：例諍言。❷競，同「爭」：例諍訟。

諍言 ㄓㄥ ㄧㄢˊ 直接勸告別人改正錯誤的話。

諍諫 ㄓㄥ ㄐㄧㄢˋ 坦白說出別人的錯誤，請他改正。諫：勸告。

諂

言部 八畫

、 亠 亠 言 言 言 言 訁 訁 訁 訁 諂 諂 諂 諂

ㄔㄢˇ 故意說好話來巴結別人，也就是拍馬屁：例諂媚。

諂媚 ㄔㄢˇ ㄇㄟˋ 故意討好別人，淨說些對方愛聽的話。

誰

言部 八畫

、 亠 亠 言 言 言 言 訁 訁 訁 訁 誰 誰 誰 誰

ㄕㄟˊ ❶甚麼人，表示疑問：例誰在敲門。❷任何人：例誰都喜歡她。

唱詩歌 誰會爬？蟲會爬。蟲兒怎樣爬？六隻腳兒向前爬。誰會游？魚會游。魚兒怎樣游？搖搖尾巴點點頭。誰會飛？鳥會飛。鳥兒怎樣飛？張開翅膀滿天飛。

誰人 ㄕㄟˊ ㄖㄣˊ 甚麼人。

誰料 ㄕㄟˊ ㄌㄧㄠˋ 指事情出乎大家的猜測。料：猜想，猜測。

論

言部 八畫

、 亠 亠 言 言 言 言 訁 訁 訁 論 論 論 論 論

ㄌㄨㄣˋ ❶分析事情加以說明：例議論、辯論。❷商量：例討論。❸評定，衡量：例論罪、論功。❹當作，處理：例以棄權論。❺按照：例論件計酬。❻說：例一概而論。❼學說或主張：例唯心論。❽一種文體的名稱，內容通常是說明、分析事理：例過秦論。

ㄌㄨㄣˊ ❶論語的簡稱，論語是記載孔子和他的弟子討論學問或為人處世道理的書，全書共二十篇，是儒家很重要的書。❷姓：例論先生。

猜一猜 長篇大論。（猜一字）（答案：夠）

論文 ㄌㄨㄣˋ ㄨㄣˊ 議論事情、研究學問的文章。

論罪 ㄌㄨㄣˋ ㄗㄨㄟˋ 判定罪行。

論說 ㄌㄨㄣˋ ㄕㄨㄛ 有條理的加以分析說明。

論價 ㄌㄨㄣˋ ㄐㄧㄚˋ 商量價格。

論調 ㄌㄨㄣˋ ㄉㄧㄠˋ 討論事情時所抱持的態度意見。例他的論調太荒唐，沒有人相信。

論說文 ㄌㄨㄣˋ ㄕㄨㄛ ㄨㄣˊ 文體的一種，它的性質重在說明、分析、議論。

諸

言部 八畫

、 亠 亠 言 言 言 言 訁 訁 訁 諸 諸 諸 諸 諸

ㄓㄨ ❶眾多，許多：例諸子百家。❷「之於」二字的合音，解釋為「在」：例公諸於世。❸「之乎」二字的合音，表疑問：例有諸？❹複姓，「諸葛」：例諸葛亮。

諸位 ㄓㄨ ㄨㄟˋ 各位。對所指的那些人的一種客氣用法。例諸位如果有意見的話，請儘量提出來。

諸侯 ㄓㄨ ㄏㄡˊ 古代天子分封各地的貴族，做為列國的國君。分為公、侯、伯、子、男五等。

諸葛亮 ㄓㄨ ㄍㄜˊ ㄌㄧㄤˋ 三國時蜀漢的政治家、軍事家，字孔明。東漢末年，隱居隆中，劉備三顧茅廬，請他出來輔佐蜀漢政事。他治事謹慎，賞罰分明。《三國演義》特別強調他的足智多謀，例如：「三氣周瑜」、

「空城計」等，所以後人常把聰明多智謀的人，比成「諸葛亮」。

諸子百家 ㄓㄨ ㄗˇ ㄅㄞˇ ㄐㄧㄚ 春秋戰國時期，學術思想派別的總稱。諸子：指在學術思想上有所論述的人，或諸家所作有專門學術思想方面的著作。百家：概括指眾多的派別。

諸如此類 ㄓㄨ ㄖㄨˊ ㄘˇ ㄌㄟˋ 跟這種情形類似的許多狀況。如：像。此：這。類：相同或相似的人、事、物。例諸如此類的故事還多著呢！

諸色人等 ㄓㄨ ㄙㄜˋ ㄖㄣˊ ㄉㄥˇ 各種各樣的人。例巴西的嘉年華會中，聚集了來自世界各地的諸色人等，好不熱鬧。

誹

言部 八畫

、亠亠亠言言言訁訁訁訃訃誹誹誹

ㄈㄟˇ 說別人壞話：例誹謗。

參考 相似字：詆、謗。

誹謗 ㄈㄟˇ ㄅㄤˋ 無中生有，故意破壞別人的名譽。

諛

言部 八畫

、亠亠亠言言言訁訁訁訁諛諛諛

ㄩˊ 故意用話討好：例阿諛、讒諛。

諮

言部 九畫

、亠亠亠言言言訁訁訁訁諮諮諮諮諮

ㄗ 同「咨」，商量，詢問：例諮詢、諮商、諮問。

諾

言部 九畫

、亠亠亠言言言訁訁訁訁諾諾諾諾諾

ㄋㄨㄛˋ ❶回答的聲音，表示同意：例唯唯諾諾、諾諾連聲。❷同意，答應：例許諾。❸答應人的話：例諾言、一諾千金。

諾言 ㄋㄨㄛˋ ㄧㄢˊ 答應人家的話。

諾魯 ㄋㄨㄛˋ ㄌㄨˇ 大洋洲裡的一個獨立國家。

諾貝爾獎 ㄋㄨㄛˋ ㄅㄟˋ ㄦˇ ㄐㄧㄤˇ 諾貝爾是瑞典的化學家，他因為發明黃色炸藥而賺了一大筆錢，他臨終時以一百七十萬金鎊為基金，用利息當作獎金，每年頒發給物理、化學、和平、醫學、文學等有重大貢獻的人，或是對國際和平有貢獻的人，西元一九六八年增設「經濟學獎」。

諦

言部 九畫

、亠亠亠言言言訁訁訁訁諦諦諦諦諦

ㄉㄧˋ ❶仔細的：例諦聽、諦視。❷道理，意義（是佛教的用語）：例真諦、妙諦。

參考 請注意：諦、締、蒂都念ㄉㄧˋ，但是音同義不同：「諦」有意義、道理的意思，例如：真諦。「締」有連接、結合的意思，例如：締結、締造。「蒂」是瓜果和枝莖相連的地方，例如：花蒂、瓜蒂。

諦聽 ㄉㄧˋ ㄊㄧㄥ 仔細、注意的聽。

諺

言部 九畫

、亠亠亠言言言訁訁訁訁諺諺諺諺諺

ㄧㄢˋ 俗話，有的是從古代流傳下來的，有的則是現在流行的話：例俗諺、古諺。

諺語 ㄧㄢˋ ㄩˇ 指流傳在社會上，常被人使用的俗話，可以勉勵人家，或勸人向善。例如：「三百六十行，行行出狀元」。

諫

言部 九畫

、亠亠亠言言言訁訁訁訁諫諫諫諫諫

ㄐㄧㄢˋ 以前指用話去勸告皇帝、尊長，使他們能夠改過，現在則泛指用話勸告別人：例進諫、規諫。

諱

言部 九畫

、 亠 亠 亠 言 言 言 訁 訁 訁 訁 諱 諱 諱 諱 諱

ㄏㄨㄟˋ ❶古代對皇帝、將軍、長輩，不能直接稱呼或是書寫他們的名字，叫諱：例避諱。❷考慮其他因素而不敢說或不願意說出來：例忌諱。❸稱呼已經去世的尊長名字：例名諱。

謀

言部 九畫

、 亠 亠 亠 言 言 言 訁 訁 訁 謀 謀 謀 謀 謀 謀

ㄇㄡˊ ❶計畫，策畫：例謀畫。❷方法，計策：例謀略、足智多謀。❸設法求取：例謀幸福、謀事。❹暗中計畫，有計畫：例謀殺。❺商量：例不謀而合。❻見面：例謀面。

參考 相似字：計、畫、圖、策、略。

謀求 ㄇㄡˊ ㄑㄧㄡˊ 盡力追求。例政府為了謀求國家的進步，展開了各項建設。

謀害 ㄇㄡˊ ㄏㄞˋ 暗中設計害人。

謀畫 ㄇㄡˊ ㄏㄨㄚˋ 想辦法、計畫做事。

謀財害命 ㄇㄡˊ ㄘㄞˊ ㄏㄞˋ ㄇㄧㄥˋ 為了想奪取人家的財物，而殺害對方。

諜

言部 九畫

、 亠 亠 亠 言 言 言 訁 訁 訁 諜 諜 諜 諜 諜 諜

ㄉㄧㄝˊ ❶探聽軍事機密或敵人情形的人：例間諜、匪諜。❷偵探敵人的軍事、政治及經濟等重要消息：例諜報。

諧

言部 九畫

、 亠 亠 亠 言 言 言 訁 訁 諧 諧 諧 諧 諧 諧

ㄒㄧㄝˊ ❶配合恰當，很協調：例和諧。❷風趣，愛開玩笑：例詼諧。

謁

言部 九畫

、 亠 亠 亠 言 言 言 訁 訁 謁 謁 謁 謁 謁 謁

ㄧㄝˋ 進見，拜見：例晉謁、拜謁。

謂

言部 九畫

、 亠 亠 亠 言 言 言 訁 訁 謂 謂 謂 謂 謂 謂

ㄨㄟˋ ❶說：例所謂。❷稱呼：例稱謂。❸關係：例無所謂。

參考 相似字：言、曰、云、道、告、稱、說、語。

諷

言部 九畫

、 亠 亠 亠 言 言 言 訁 訁 諷 諷 諷 諷 諷 諷

ㄈㄥˋ ❶用含蓄的話勸告或指責：例諷刺、譏諷。❷背書或誦讀：例諷誦。

諷刺 ㄈㄥˋ ㄘˋ 用比喻或含蓄的話來指責或勸告別人。

參考 活用詞：諷刺文學。

諭

言部 九畫

、 亠 亠 亠 言 言 言 訁 訁 諭 諭 諭 諭 諭 諭

ㄩˋ ❶古代皇帝的命令：例諭旨。❷上級對下級的指示：例手諭。❸明白告訴：例曉諭。

謔

言部 九畫

、 亠 亠 亠 言 言 言 訁 訁 謔 謔 謔 謔 謔 謔

ㄋㄩㄝˋ 開玩笑：例戲謔、謔稱。

謔稱 ㄋㄩㄝˋ ㄔㄥ 開玩笑的稱呼。例我們都謔稱「王小華」為「小花」。

謊

言部 十畫

、 亠 亠 亠 言 言 言 訁 訁 謊 謊 謊 謊 謊 謊

ㄏㄨㄤˇ ❶騙人的話：例說謊、謊話。❷不真實的：例謊報軍情。

謊話 ㄏㄨㄤˇ ㄏㄨㄚˋ 不真實騙人的話。

參考 相似詞：謊言。

謎

、 亠 亠 亖 言 言 言 訁 訁 訁 詳 詳 詸 詸 謎 謎 謎

言部 十畫

ㄇㄧˊ ❶不直接說明，只用隱約的話或文字讓人猜測的一種遊戲：例燈謎、猜謎。❷不容易了解的事：例謎團、宇宙的形成是一個謎。

謎底 ㄇㄧˊ ㄉㄧˇ 謎語的答案。

謎面 ㄇㄧˊ ㄇㄧㄢˋ 謎語的題目。

謎語 ㄇㄧˊ ㄩˇ 古時候稱為隱語，是用某一種事物或詩句當作謎底，然後根據謎底的特徵，用比喻、暗示的方法作出謎題，讓人猜測。例如：「小紅姑娘住長巷，冬天短來夏天長」，我們可以根據這個提示來推想，這個東西顏色是紅的，同時冬天比較短，夏天比較長，那就是「溫度計」。

笑一笑 清人賈時彥喜歡開玩笑。有一次參加宴會，主人請他出謎語。他站起來說：「謎題是：『天不知，地知；你不知，我知。』猜不中的人要罰酒。」結果沒有一個人猜中。賈時彥舉起一隻腳擱在桌上說：「謎底是：我鞋子底下有個洞！」

謎團 ㄇㄧˊ ㄊㄨㄢˊ 一件事情的現象或道理無法解釋，也想不透。

謗

、 亠 亠 亖 言 言 言 訁 訁 訁 訁 詍 詍 謗 謗 謗 謗

言部 十畫

ㄅㄤˋ 故意說別人的壞話：例毀謗。

參考 相似字：毀、誹、詆。

講

、 亠 亠 亖 言 言 言 訁 訁 訁 詳 講 講 講 講 講 講

言部 十畫

ㄐㄧㄤˇ ❶述說：例講故事。❷解釋，說明：例講課、講解。❸注重：例講求、講效率。❹商量：例講價。

講究 ㄐㄧㄤˇ ㄐㄧㄡˋ ❶追求精美、完美。例他很講究住家的環境。❷研究事情的道理。

講述 ㄐㄧㄤˇ ㄕㄨˋ 講解陳述。述：詳細的說明。

講桌 ㄐㄧㄤˇ ㄓㄨㄛ 上課用的桌子，老師可以將上課用的書本、茶杯等放在上面。

講理 ㄐㄧㄤˇ ㄌㄧˇ ❶明白道理，和蠻橫（ㄏㄥˋ）相反。例這個人蠻不講理，我們不要理他。❷評論事情的對或錯。例這件事我們就請他來講理！

講情 ㄐㄧㄤˇ ㄑㄧㄥˊ 說好聽的話來替別人求情。

講授 ㄐㄧㄤˇ ㄕㄡˋ 講解知識、學問，並且把知識學問傳授給別人。

講話 ㄐㄧㄤˇ ㄏㄨㄚˋ 說話。

講義 ㄐㄧㄤˇ ㄧˋ 由老師編寫的講課教材。

講演 ㄐㄧㄤˇ ㄧㄢˇ 將學問或自己的意見向大眾發表。

參考 相似詞：演講、演說。

謠

、 亠 亠 亖 言 言 言 訁 訁 訁 訁 謠 謠 謠 謠 謠 謠

言部 十畫

ㄧㄠˊ ❶民間流傳的歌曲：例歌謠。❷沒有根據，憑空捏造的話：例謠言。

謠言 ㄧㄠˊ ㄧㄢˊ 指沒有事實根據的傳言，或憑空捏造的話。例不隨便聽信或傳播謠言，才是一個聰明人。

謝

、 亠 亠 亖 言 言 言 訁 訁 訁 訁 謝 謝 謝 謝 謝 謝

言部 十畫

ㄒㄧㄝˋ ❶表示感激：例感謝、謝謝。❷認錯，道歉：例謝罪。❸拒絕，不願意：例謝絕。❹花或葉子凋落：例花謝了、凋謝。❺更換：例新陳代謝。❻姓：例謝先生。

猜一猜 大談射術。（猜一字）（答案：謝）

謝神 ㄒㄧㄝˋ ㄕㄣˊ 祭拜神明，並且在神的面前獻演歌仔戲、布袋戲、電影等，以表示感謝。

七畫

謝絕（ㄒㄧㄝˋ ㄐㄩㄝˊ） 用很婉轉的話拒絕別人。例大部分的工廠在上班時間都謝絕參觀。

謝罪（ㄒㄧㄝˋ ㄗㄨㄟˋ） 向別人承認自己的過錯，請對方原諒。罪：過錯。

謝幕（ㄒㄧㄝˋ ㄇㄨˋ） 舞蹈或歌劇、舞臺劇的演出人員，在表演結束布幕放下以後，全部的演出人員站在臺上，再把布幕拉起來，演員向觀眾敬禮表示感謝。

謝師宴（ㄒㄧㄝˋ ㄕ ㄧㄢˋ） 學生在快要畢業的時候，設置宴席，邀請老師參加，以感謝老師辛苦的教導。

謝天謝地（ㄒㄧㄝˋ ㄊㄧㄢ ㄒㄧㄝˋ ㄉㄧˋ） 非常高興、感激的話。例他能夠在這次空難中生還，真是謝天謝地。

謙

言部 十畫

（ㄑㄧㄢ） 虛心，不自大：例謙虛。
（ㄑㄧㄝˋ） 通「慊」，滿足：例謙於心。

謙和（ㄑㄧㄢ ㄏㄜˊ） 不自大而且和藹。

謙虛（ㄑㄧㄢ ㄒㄩ） 對人十分謙讓虛心，不自大。

謙遜（ㄑㄧㄢ ㄒㄩㄣˋ） 不自滿而且有禮貌。遜：讓。

謄

言部 十畫

（ㄊㄥˊ） ❶照原樣抄寫的文件：例戶籍謄本。❷照著抄寫：例謄寫、謄稿。

猜一猜 戰勝用言不用力。（猜一字）（答案：謄）

謄本（ㄊㄥˊ ㄅㄣˇ） 正式文件的影印本或抄寫本。

謄寫（ㄊㄥˊ ㄒㄧㄝˇ） 抄寫。例請你將這份稿子謄寫一次。

謨

言部 十一畫

（ㄇㄛˊ） ❶計畫，謀略：例宏謨、遠謨、良謨。❷姓：例謨先生。

謹

言部 十一畫

（ㄐㄧㄣˇ） ❶小心慎重：例謹記在心、謹慎。❷鄭重的，正式的：例謹致謝意。❸恭敬的：例謹受教。

謹防（ㄐㄧㄣˇ ㄈㄤˊ） 小心的預防和防備。例我們買東西的時候要謹防買到假貨。

謹慎（ㄐㄧㄣˇ ㄕㄣˋ） 小心仔細，常用來形容人的個性。例他對買房子這件事很謹慎。

謬

言部 十一畫

（ㄇㄧㄡˋ） ❶錯誤：例謬誤。❷荒唐的：例謬論。❸誤差，差錯：例差之毫釐，謬以千里。

參考 相似字：誤、訛、錯、妄、誑、過、失。

謬論（ㄇㄧㄡˋ ㄌㄨㄣˋ） 誇大不實、充滿錯誤的言論。例他老喜歡大發謬論，引人注意。

謫

言部 十一畫

（ㄓㄜˊ） ❶古代官吏因為犯罪被降職：例謫守、貶謫。❷責備：例謫罵。

謫仙（ㄓㄜˊ ㄒㄧㄢ） ❶稱讚人清高脫俗，就像被謫降在人間的神仙。❷唐朝賀知章看到個性脫俗的李白，稱李白為「天上謫仙人」。

謫守（ㄓㄜˊ ㄕㄡˇ） 古代官員被貶到較差的地區任職。

謳

言部 十一畫

（ㄡ） ❶歌唱：例謳歌。❷歌曲，民歌：例吳謳。

謳歌（ㄡ ㄍㄜ） ❶歌唱。❷讚美，歌頌。

謾

言部 十一畫

ㄇㄢˋ 態度不尊敬，沒有禮貌：例輕謾、謾罵。

ㄇㄢˊ 欺騙：例謾言、欺謾。

參考 請注意：慢、幔、漫、蔓、謾都念ㄇㄢˋ。「幔」是布幕、布簾，例如：布幔。「慢」是快的相反，例如：慢半拍；同時「慢」還有輕視的意思，例如：怠慢。「漫」原本是水滿出來，有遍布、充滿的意思，例如：漫山遍野。「蔓」有擴大、延長的意思，例如：蔓延。「謾」是沒有禮貌，例如：謾罵。

謾罵 ㄇㄢˋ ㄇㄚˋ 隨便亂罵。

參考 請注意：也可以寫作「漫罵」、「嫚罵」。

譁

言部 十二畫

ㄏㄨㄚˊ 大聲吵鬧：例喧譁。

猜一猜 中國話。（猜一字）（答案：譁）

譁笑 ㄏㄨㄚˊ ㄒㄧㄠˋ 很多人一起大聲嘲笑某件事情。

譁然 ㄏㄨㄚˊ ㄖㄢˊ 原本是形容人多聲音嘈雜，現在也用來形容大家對一件事情發出不贊成的聲音。例他出賣國家機密的事情一傳開，全國譁然。

譁眾取寵 ㄏㄨㄚˊ ㄓㄨㄥˋ ㄑㄩˇ ㄔㄨㄥˇ 用新奇的言論博取他人的喜歡、崇拜。寵：喜愛。例選舉期間，我們常會聽到一些攻擊政府、譁眾取寵的話。

識

言部 十二畫

ㄕˋ ❶認得，知道：例老馬識途、識字。❷很好的見解或辨別能力：例見識、遠識。❸道理，學問：例常識、學識。

ㄓˋ ❶通「幟」，標記：例表識、標識。❷通「誌」，記在心中。

參考 相似字：認、知、曉、諭。♣請注意：「識」只有當記號、標記時，念作ㄓˋ，才和「幟」相通，如果當知識、常識就不能相通。

識別 ㄕˋ ㄅㄧㄝˊ 能夠認識辨別。例你能識別童子軍的旗語嗎？

參考 活用詞：識別證。

識見 ㄕˋ ㄐㄧㄢˋ 很好的見解、見識。

識相 ㄕˋ ㄒㄧㄤˋ 能夠知道自己的身分，而且會觀察別人的臉色，不會做出惹人討厭的事。現在通常都含有諷刺的意思。例我看你還是識相點，快點走吧！

識破 ㄕˋ ㄆㄛˋ 看穿別人的陰謀或是內心的想法。例他的身分已經被人識破了。

識貨 ㄕˋ ㄏㄨㄛˋ 對東西有辨別好壞的能力。例你真不識貨，這件衣服可是進口布料製成的！

識時務者為俊傑 ㄕˋ ㄕˊ ㄨˋ ㄓㄜˇ ㄨㄟˊ ㄐㄩㄣˋ ㄐㄧㄝˊ 能認清目前重大的改變或是情況，而且能順著情況做事，才是傑出的人。

證

言部 十二畫

ㄓㄥˋ ❶可以讓人家相信的人或事物：例證人、證物。❷可以讓人知道身分、地位的文件：例身分證、貴賓證。❸用事實、憑據來判斷或說明：例證明、證婚。❹佛教稱修行得道：例證果。

證件 ㄓㄥˋ ㄐㄧㄢˋ 可以證明身分、經歷的文件，例如：身分證、畢業證書。

證明 ㄓㄥˋ ㄇㄧㄥˊ 用事實或憑據來說明。

證實 ㄓㄥˋ ㄕˊ 證明事情就是這樣子。例我已經證實他並沒有說謊。

證據 ㄓㄥˋ ㄐㄩˋ 用來證明事實的材料、根據。據：可以當證明的東西。例你沒有任何證據可以證明東西是我拿的。

譚

言部 十二畫

ㄊㄢˊ ❶談話，通「談」：例天方夜譚、老生常

七畫

譚。❷姓：例譚小姐。

譏

言部 十二畫

ㄐㄧ 用話指責或嘲笑對方的缺點或過錯：例譏笑、譏刺。

參考 相似字：刺、嘲、誹、詆。♣請注意：「譏」和「嘰」的字形相近，而且都念ㄐㄧ。「譏」有嘲笑的意思，例如：譏笑、譏嘲。「嘰」是形容聲音的字，例如：嘰哩咕嚕。

譏笑 ㄐㄧ ㄒㄧㄠˋ 取笑別人。

譏嘲 ㄐㄧ ㄔㄠˊ 譏評嘲笑。

譏諷 ㄐㄧ ㄈㄥˋ 用含蓄卻尖刻的話罵人。諷：用含蓄的話罵人。例你別再譏諷我了，我已經夠難過了。

譜

言部 十二畫

ㄆㄨˇ ❶按照事物的類別或系統所編成的冊子：例家譜、年譜。❷可以當作示範或參考的書籍：例棋譜、畫譜。❸音樂上記載音符的圖樣：例五線譜。❹打算或是根據：例他做事，心裡有譜。❺根據歌詞來寫歌曲：例譜曲、譜寫。❻大約：例約五百元之譜。

動動腦 「彈鋼琴要看樂譜」，小朋友除了樂譜、家譜以外，還有哪些「譜」呢？趕快想想看哦！

譜曲 ㄆㄨˇ ㄑㄩˇ 按照歌詞填寫歌曲。

譜寫 ㄆㄨˇ ㄒㄧㄝˇ 寫作樂曲，有寫下、創下的意思。例革命先烈為開國歷史譜寫下光榮的一頁。

譎

言部 十二畫

ㄐㄩㄝˊ 狡猾，奸詐：例詭譎、譎詐。

譯

言部 十三畫

ㄧˋ ❶把一種語文，按照它的意思用不同語文寫、說出來：例翻譯。❷解釋意思：例注譯。

譯文 ㄧˋ ㄨㄣˊ 經過翻譯的文字。

譯本 ㄧˋ ㄅㄣˇ 把一種語文按照它的意思寫成另一種語文的書籍。例這本「茶花女」的中文譯本很精彩。

譯名 ㄧˋ ㄇㄧㄥˊ 由翻譯而來的外國名詞。例巴士是由譯名而來的。

譯者 ㄧˋ ㄓㄜˇ 翻譯文章的人。

議

言部 十三畫

ㄧˋ ❶言論，意見：例建議、提議。❷討論，商量：例決議、會議。❸評論，談論好壞：例議論、街談巷議。❹文體的一種，是討論公事的文章：例奏議。

議和 ㄧˋ ㄏㄜˊ 交戰國家互相商量，決定停止打仗，恢復和平。

議員 ㄧˋ ㄩㄢˊ 由公民投票選出來的代表，在議會中有發言、表決的權利。

議會 ㄧˋ ㄏㄨㄟˋ 人民所選出來的代表開會的機關，屬於全國人民的稱國會，屬於地方的稱地方議會，例如：臺北市會。

議論 ㄧˋ ㄌㄨㄣˋ ❶動詞，評論是非好壞。例大家都在議論這件事情。❷名詞，評論是非好壞的言語。例他正在那裡大發議論。

譬

言部 十三畫

ㄆㄧˋ ❶比喻：例譬喻。❷了解，明白。

參考 相似字：比、擬。

譬如 ㄆㄧˋ ㄖㄨˊ 舉例子來說明事情。

譬喻 ㄆㄧˋ ㄩˋ 舉例說明，是修辭的一種方法。例如：「她溫柔的像隻小羊」，就是運用羊兒溫柔的樣子，來形容人的個性、脾

七畫

氣。

警

言部 十三畫

ㄐㄧㄥˇ ❶戒備：例警衛、警戒。❷危急消息和情況的提醒或報告：例火警、警報。❸反應或感覺敏銳：例機警。❹覺悟、覺醒：例警悟、警覺。❺告誡：例警告。❻警察的簡稱：例刑警。

猜一猜 警報。（猜一句成語）（答案：一鳴驚人）

警告 ㄐㄧㄥˇ ㄍㄠˋ 提醒別人注意事情的後果和應該負起的責任。例老師警告他不可以再請假了。

警戒 ㄐㄧㄥˇ ㄐㄧㄝˋ ❶警告人使他注意。❷對敵人有戒心而加以防備。

警惕 ㄐㄧㄥˇ ㄊㄧˋ ❶對可能發生危險的情況，特別小心注意。❷比喻會使人們小心注意的事。例交通標幟有警惕作用。

警察 ㄐㄧㄥˇ ㄔㄚˊ 維持社會治安的人。

參考 活用詞：警察局。

警衛 ㄐㄧㄥˇ ㄨㄟˋ ❶用武力執行防備和保衛。❷執行保護和警戒工作的人。

譴

言部 十四畫

ㄑㄧㄢˇ ❶責備別人的過錯：例譴責。❷罪過，過錯：例譴咎。❸因為做錯事而受到懲罰：例遭天譴。

參考 相似字：責、讓、數。

譴責 ㄑㄧㄢˇ ㄗㄜˊ 對不合理的行為或言論做很嚴厲的斥責。例全球一致譴責恐怖分子，殘殺無辜民眾的惡行。

護

言部 十四畫

ㄏㄨˋ ❶保衛，救助：例保護、救護。❷掩蔽，包庇：例袒護、官官相護。

參考 請注意：「護」、「獲」、「穫」三字的字形很相似，使用時要小心分辨。例如：他在人民的「擁護」下，國際聲望「獲得」很大的「收穫」。

護士 ㄏㄨˋ ㄕˋ 在醫療機構中擔任護理工作的人員。士：指成年人。

護送 ㄏㄨˋ ㄙㄨㄥˋ 隨同前往並保護安全，以免發生意外。例爸爸喝醉了，多虧張伯伯護送他回家。

護照 ㄏㄨˋ ㄓㄠˋ 由政府發給，用以證明出國公民身分的證件。

護衛 ㄏㄨˋ ㄨㄟˋ ❶保護防衛。衛：環繞巡邏從事警戒防備的工作。例三軍將士護衛著臺、澎、金、馬的安全。❷指負責保護重要政府官員的人。

護城河 ㄏㄨˋ ㄔㄥˊ ㄏㄜˊ 舊式的城堡外面圍繞著城牆，用來保護內城，避免敵人侵入的大河。

譽

言部 十四畫

ㄩˋ ❶名聲：例榮譽、譽滿天下。❷稱讚，讚揚：例稱譽。

參考 相似字：聞、名、聲、稱、揚、褒、美。♣相反字：毀。

猜一猜 選舉不用手而用言。（猜一字）（答案：譽）

讀

言部 十五畫

ㄉㄨˊ ❶閱覽，看：例閱讀。❷照著文字而念出聲音：例宣讀。❸指上學、念書：例他正在讀高中。

ㄉㄡˋ 文章中語氣沒有結束，需要停頓的地方，長的句子稱「句」，比較短的句子稱「讀」：例句讀。

讀者 ㄉㄨˊ ㄓㄜˇ 閱讀書本、報紙、雜誌的人。例他的小說擁有很多讀者。

讀音 ㄉㄨˊ ㄧㄣ ❶國字的讀音。例統一讀音，才可以使全國語言統一。❷指國字在文言文中的讀法。例汽車的「車」，語音「ㄔㄜ」，讀音「ㄐㄩ」。

讀書 ❶把書本的內容念出來。❷研究書本的內容。❸指上學。

變

言部 十六畫

❶性質、狀態或情形跟原來有所不同：例改變。❷突然發生的大事：例七七事變。

參考 相似字：更、易。♣相反字：常、恆。

變化 事物在性質或形態上產生了新的狀況。例她的個性變化多端，教人難以捉摸。

參考 活用詞：變化球、變化多端、千變萬化、變化萬千。

變心 改變原本對人或對事的愛或忠誠。例他事業有成後，居然變心，拋棄了妻兒。

變更 更改，改變。更：改變。例因為颱風來襲，使我們臨時變更旅遊計畫。

變卦 已經決定的事，中途發生改變。例昨天才答應的事，他今天居然又變卦了，真是不守信。

變故 意外發生的事情、災難。故：事情。例昨晚他家發生了大變故，一場大火奪走了他的雙親。

變態 ❶不是平常的狀態，指畸形或反常，例如：連體嬰。❷人的精神狀態受到刺激或其他外力因素，改變了原有的正常狀態。例如：心理變態的人常會做出很多危害社會的事情。❸有些生物在發育過程中的形態變化。例如：昆蟲經過卵、幼蟲、蛹、成蟲四個時期變化，就叫「完全變態」。

參考 活用詞：變態心理、變態行為。

變質 人的思想或事物的本質產生了變化。質：事物的根本特性。例變質的藥物要趕緊丟棄，不可再服用。

變奏曲 在音樂上指利用原有的旋律，用不同方法轉化後演奏出來的樂曲。

變電所 交換、分配和控制電能的場所。裝有變壓器、配電裝置和控制、測量等設備，用來變換電壓，控制電的輸送與分配。

變幻莫測 變化得很沒有規則，無法預測。測：推想。例空中浮雲千奇百怪，變幻莫測。

變本加厲 改變原本的情形，變得更加厲害。例老師原諒你的過失，你不但不悔改，反而變本加厲，真是不應該。

參考 請注意：「變本加厲」原本沒有不好的意思，但是現在多用來形容人的行為愈來愈惡劣，使用時要特別留心。

讒

言部 十七畫

說別人的壞話：例讒言。

參考 相似字：毀、誹、謗。

讒言 中傷、攻擊別人的話。例楚懷王聽信了小人的讒言，因此疏遠了愛國的屈原。

讖

言部 十七畫

❶預言：例讖語。❷漢代占驗術數符命的書：例讖緯。

讓

言部 十七畫

❶「爭」的相反，把好處給別人：例孔融讓梨、讓步。❷恭迎：例讓坐。❸推辭：例當仁不讓。❹隨便，任憑：例讓他去吧。❺命令、使人有某種感覺：例這件事讓我很高興。❻躲避，走開：例讓開。❼允許：例媽媽不讓他出門。❽被：例他讓人家揍了一頓。❾把東西的所有權轉給別人：例吉屋廉讓、出讓。❿責備：例責讓。

讓位 ❶以前指皇帝把皇位傳給別人。例堯看到舜很賢明，就讓位給舜。❷

把位子給別人坐。例在公車上看到老弱婦孺要讓位。

讓步 ㄖㄤˋ ㄅㄨˋ 當自己和別人有爭執時，不堅持自己的意見。例你只要讓步，他就不會再和你爭吵了！

讓路 ㄖㄤˋ ㄌㄨˋ 讓出道路使其他人可以通過。

讚

言部 十九畫

ㄗㄢˋ ❶通「贊」，幫助：例讚助。❷誇獎：例稱讚、讚不絕口。❸古代的一種文體，專門歌頌人物的，通「贊」。

參考 請注意：金部的「鑽」是一種用來穿孔的「金」屬工具，例如：鑽子。言部的「讚」是用「言」語來稱說別人的優點，例如：讚美。

讚美 ㄗㄢˋ ㄇㄟˇ 稱讚，誇獎。

參考 相似詞：讚許、讚揚。♣活用詞：讚美詩、讚美歌。

讚許 ㄗㄢˋ ㄒㄩˇ 稱讚，誇獎。

讚揚 ㄗㄢˋ ㄧㄤˊ 稱讚表揚。例他的誠實受到老師的讚揚。

讚賞 ㄗㄢˋ ㄕㄤˇ 對某件東西欣賞喜歡而加以稱讚。例老師對你的作文讚賞不已。

讚嘆 ㄗㄢˋ ㄊㄢˋ 因為太喜歡了而發出感嘆的讚美。例他一看到這幅名畫，就嘖嘖讚嘆。

讚不絕口 ㄗㄢˋ ㄅㄨˋ ㄐㄩㄝˊ ㄎㄡˇ 不停的稱讚；形容非常地讚美。絕：斷，停止的意思。例大家對他見義勇為的舉動，都讚不絕口。

谷部 ㄍㄨˇ

「谷」是兩山間流水的通道。「㕣」是它最早的寫法，上面像流動的泉水，「口」是代表泉水的出口。谷部的字和山谷都有關係，例如：谿（山中的流水）、豁（大山谷，因此有寬大的意思）。

谷

谷部 〇畫

ㄍㄨˇ ❶兩山間的低地或水道：例山谷、河谷。❷困境：例進退維谷。❸深穴：例幽谷。❹姓：例谷先生。

ㄩˋ 晉、唐時的國名：例吐谷渾。

參考 請注意：「谷」和「谿」（ㄒㄧ）都是指山間的陷落地帶，通常沒有水的是「谷」；有水的是「谿」。

谷地 ㄍㄨˇ ㄉㄧˋ 兩山中間的低凹地。

谷灣 ㄍㄨˇ ㄨㄢ 海岸沉降後，海水淹沒原來的山谷，所形成的海灣。

豁

谷部 十畫

ㄏㄨㄛ ❶捨棄，不管：例豁出去。❷破裂的：例豁嘴。❸寬敞，廣大的：例豁然開朗。❹心胸寬大，看得開：例豁達。❺免除：例豁免。❻明亮乾淨的：例豁亮。

ㄏㄨㄚˊ 同「划」，猜拳：例豁拳。

豁免 ㄏㄨㄛˋ ㄇㄧㄢˇ 免除，通常指享有優待。

豁達 ㄏㄨㄛˋ ㄉㄚˊ 心胸寬大，個性開朗。

豁出去 ㄏㄨㄛ ㄔㄨ ㄑㄩˋ 不考慮事情的後果，拼命去做。例他為了完成這次任務，早就豁出去了。

豁然開朗 ㄏㄨㄛˋ ㄖㄢˊ ㄎㄞ ㄌㄤˇ ❶由狹小陰暗變為開闊明朗。例大家走出曲折的山洞，眼前豁然開朗，有一片廣大的草地。❷原本有不明白的地方，突然了解。例你的回答使我豁然開朗，不再疑惑。

谿

谷部 十畫

七畫

ㄒㄧ ❶兩山之間的低谷：例谿谷。❷同「溪」，低谷中的流水、溪澗：例深谿。❸家庭中的爭吵：例勃谿。❹姓：例谿先生。

谿谷 ㄒㄧ ㄍㄨˇ 兩山之間的低谷。

谿壑 ㄒㄧ ㄏㄨㄛˋ 山裡的流水。壑：坑谷或深溝。

豆部 ㄉㄡˋ

「𣌭」是「豆」最早的寫法，就像盛食物的器具，可以看到底座和盛食物的部分，是個象形字。寫成「豆」和「豆」只是多加了蓋子。「豆」原本是指裝食物的器具，後來被借用指豆類植物，所以豆部的字現在大部分都和豆類植物有關係，例如：豇（ㄐㄧㄤ）、豌都是豆類植物的名稱。

豆

一 丆 𠮛 𠮛 豆 豆 豆

豆部 ○畫

ㄉㄡˋ ❶豆類植物的種子：例大豆、綠豆、黃豆。❷形狀像豆粒的東西：例花生豆。❸姓：例豆小姐。

動動腦 小朋友，想一想，加上「豆」的國字有哪些？（答案：梪、荳、逗、餖、短、頭、豎、痘……）

豆芽 ㄉㄡˋ ㄧㄚˊ 把黃豆或綠豆泡水，使豆子長出嫩芽，可以當蔬菜。又叫「豆芽菜」。

猜一猜 生根不落地，有葉不開花，市場有得賣，園裡不種它。（猜一種菜名）（答案：豆芽）

唱兒歌 小綠豆，真奇怪，泡在水裡出芽來；又好吃，又好賣，就是不在地下栽。（芮家智編）

豆腐 ㄉㄡˋ ㄈㄨˇ 用黃豆磨成豆汁所製成的食品，可以做菜，從漢代就開始有豆腐這種食物。

猜一猜 四四方方一塊田，一塊一塊賣銅錢。（猜一種食品）（答案：豆腐）

笑一笑 張先生請客，只有豆腐一樣菜，並說：「豆腐是我的生命，其他的菜都比不上。」王太太記住了，下次請張先生時特別在魚肉裡都加了豆腐，張先生卻拼命吃魚肉。問他原因，他說：「我見了魚肉，連命都不要了。」

俏皮話 (一)「麻繩拴豆腐——提不起。」小朋友，相信大家都吃過豆腐，軟軟的稍微用力就會碎掉了；如果用「麻繩拴豆腐」，那再怎麼提也「提不起」。指不配受到提拔。例如：無法受到上司的賞識而升職，就可用「麻繩拴豆腐——提不起」這句話。

(二)「豆腐掉在灰裡——吹也不能吹，拍也不能拍。」小朋友，你吃過豆腐或摸過豆腐嗎？因為豆腐很軟，如果「豆腐掉在灰裡」，那真是「吹也不能吹，拍也不能拍」了！比喻一個人的情況非常尷尬（ㄍㄢ ㄍㄚˋ），進退兩難。

豆漿 ㄉㄡˋ ㄐㄧㄤ 用黃豆磨成的汁，去除碎渣煮開的飲用食品。

豆蔻年華 ㄉㄡˋ ㄎㄡˋ ㄋㄧㄢˊ ㄏㄨㄚˊ 比喻少女最美好的時代。豆蔻：是一種植物，開淡黃色花，果實果仁都可做藥。

豈

丨 山 山 屮 岂 岂 豈 豈 豈 豈

豆部 三畫

ㄑㄧˇ 難道，怎麼，表示反問的語氣：例豈能如此、豈有此理。

ㄎㄞˇ 和樂的，同「愷」：例豈弟（ㄊㄧˋ）。

猜一猜 山上無花果，山下種豆苗。（猜一字）（答案：豈）

豈弟 ㄎㄞˇ ㄊㄧˋ 和樂的樣子。

豈有此理 ㄑㄧˇ ㄧㄡˇ ㄘˇ ㄌㄧˇ 哪有這個道理，表示對不合理的言行感到氣憤。例分明是你不對，你還要我們道歉，真是豈有此理。

笑一笑 小明新學了「豈有此理」這個詞，說話時很喜歡用上。有一天他忽然忘記

七畫

了，急得到處找。小華問他找什麼，他說：「找句話。」小華說：「話也會掉，真是豈有此理。」小明叫：「你撿到了，為什麼不早說！」

豉　豆部 四畫

ㄔˇ 用黃豆或黑豆發酵製成的食品：例豆豉。

豎　豆部 八畫

ㄕㄨˋ ❶跟地面垂直：例豎旗杆。❷直的：例豎行、一橫一豎。❸姓：例豎先生。

參考 相似字：立、樹、建、直。♣相反字：橫、倒、傾。♣請注意：「豎」音ㄕㄨˋ，底下是「豆」，直立的意思；「堅」音ㄐㄧㄢ，底下是「土」，牢固的意思。

豎立 ㄕㄨˋ ㄌㄧˋ 物體垂直，一端向上，一端接觸地面或埋在地裡。例司令臺旁豎立著一根旗杆。

豎琴 ㄕㄨˋ ㄑㄧㄣˊ 一種大型直立式的弦樂器，通常有四十六根弦，七個踏板，用手撥弦彈奏。

豌　豆部 八畫

ㄨㄢ 豌豆，一種豆類植物，種子和嫩莖葉可以吃，果實就像彎彎的月亮，是常見的蔬菜。

豌豆 ㄨㄢ ㄉㄡˋ 豆類植物，有卷鬚可以幫助攀緣，每年的四、五月開花，形狀像蝴蝶。外表看起來像彎彎的月亮，剝開後，就可看見綠色的果實。

豐　豆部 十一畫

ㄈㄥ ❶充足，很多：例豐富、豐收。❷大：例豐功偉業。❸地名：例豐原。❹姓：例豐先生。

參考 相似字：盈、滿、厚。♣相反字：損、薄。♣請注意：「豐」和「豊」很相似，「豐」是「⿵山丰丰」加「豆」，讀ㄈㄥ，是一種酒器。「豊」是「曲」加「豆」，讀ㄌㄧˇ，是祭祀用的禮器，常有人把「豐」富寫作「豊」富，是不對的。

猜一猜 肥沃的平原。（猜臺灣一地名）（答案：豐原）

豐收 ㄈㄥ ㄕㄡ 收成很好。

參考 相反詞：歉收。

豐年 ㄈㄥ ㄋㄧㄢˊ 五穀收成的富足年頭。

參考 相反詞：荒年。

豐盈 ㄈㄥ ㄧㄥˊ ❶皮膚肥滿。盈：充滿的意思。例肌膚豐盈。❷農作物的收成很好。例這一期的水果產量很豐盈。

豐富 ㄈㄥ ㄈㄨˋ 充足富裕。例老師的學識很豐富。

參考 請注意：「豐富」可以用來形容各種有形或無形的事物，例如：食品、財富、經驗、學識等。「豐滿」就只能用來形容有形體的東西，例如：肌膚、體態或形狀。

豐盛 ㄈㄥ ㄕㄥˋ 指物質又多又好。例媽媽準備了一頓豐盛的晚餐。

豐滿 ㄈㄥ ㄇㄢˇ ❶羽毛長得很好。例羽毛豐滿。❷指人的身體長得很健壯均勻。例這位女明星的身材有點豐滿。

豐功偉業 ㄈㄥ ㄍㄨㄥ ㄨㄟˇ ㄧㄝˋ 形容偉大的事業。業：大事。例國父孫中山先生的豐功偉業，留給世人永恆的懷念。

參考 相似詞：豐功偉績。

豐衣足食 ㄈㄥ ㄧ ㄗㄨˊ ㄕˊ 衣服多，糧食充足。比喻生活過得非常富裕。例他從小過著豐衣足食的生活。

豔　豆部 二十一畫

ㄧㄢˋ ❶色彩光澤鮮明美麗：例鮮豔、豔若桃李。❷與愛情有關的：例豔情。

參考 請注意：「豔」的異體字是「艷」。

豔陽 ㄧㄢˋ ㄧㄤˊ 亮麗的陽光。例在豔陽高照下，如果能泡在涼涼的水中，那有多舒服。

參考 活用詞：豔陽天。

豔福 ㄧㄢˋ ㄈㄨˊ 受美麗的女子或很多女子喜愛的福分。

參考 活用詞：豔福不淺。

豕部 ㄕˇ

「豕」就是豬。「(古字)」是「豕」最早的寫法，可以看到豬的頭、身體、腳、尾巴，演變到「(古字)」，已經畫出四條腿，現在的「豕」只是把尾巴部分加以改變。豕部的字都和「豕」有關，例如：豬、豚（小豬）、豢（養豬）。

豕

豕部 ○畫

ㄕˇ 就是豬。

豚

豕部 四畫

ㄊㄨㄣˊ 古代把小豬叫做豚，後來豚也變成豬的代稱。

象

豕部 五畫

ㄒㄧㄤˋ ❶現在陸地上最大的哺乳動物，身高約三公尺，耳朵大，鼻子呈長圓筒形，能自由蜷曲，有一對長門牙伸出口外，皮很厚，個性溫馴，多產於熱帶地區。❷形狀，樣子，通「像」：例形象、景象、圖象。❸模擬，仿效：例象形、象聲。❹表現在外的狀態：例天象、氣象。❺相似，通「像」：例相象。❻姓：例象先生。

唱詩歌 兩隻小象河邊走，揚起鼻子鉤一鉤，好像一對好朋友，見面握握手。

象牙 ㄒㄧㄤˋ ㄧㄚˊ 大象的門牙。是圓椎形，伸出口外，質地堅硬、潔白、細緻，可以雕刻，製成工藝品。

象形 ㄒㄧㄤˋ ㄒㄧㄥˊ 六書之一，是一種描繪實物、記載事情的造字方法。例如：日是「⊙」，月是「☽」。

參考 活用詞：象形文字。

象棋 ㄒㄧㄤˋ ㄑㄧˊ 我國體育活動之一。雙方各有將（帥）一、士（仕）、象（相）、車（俥）、馬（傌）、包（炮）各二，卒（兵）五等十六個棋子。兩人對下，按規則移動棋子，將死對方的將（帥）就贏。

猜一猜 會吃沒有嘴，會走沒有腿，過河沒有水，勝了不驕傲，敗了不氣餒。（猜一種娛樂用具）（答案：象棋）

象徵 ㄒㄧㄤˋ ㄓㄥ 用具體的事物，表現某種特殊的意義。例鴿子是和平的象徵。

豢

豕部 六畫

ㄏㄨㄢˋ 飼養牲畜、動物：例豢養。

參考 相似字：飼、養、餵。

豢養 ㄏㄨㄢˋ ㄧㄤˇ 原本是指飼養小動物，現在則是指為了想利用別人，而養育他們。例毒販豢養一批年輕人，好方便交易毒品買賣。

豪

豕部 七畫

ㄏㄠˊ ❶才能出眾的人：例豪傑、英豪、文豪。❷有氣魄，直爽痛快，不受拘束：例豪情、豪放、豪爽、豪邁。❸值得驕傲，感到光榮：例自豪。❹強橫的：例豪強、豪門、巧取豪奪。

豪門 ㄏㄠˊ ㄇㄣˊ 指有錢有勢的家庭。

豪放 ㄏㄠˊ ㄈㄤˋ 氣魄大而不受拘束。

豪強 ㄏㄠˊ ㄑㄧㄤˊ ❶強橫。❷依仗權勢欺壓人民的人。

豪爽 ㄏㄠˊ ㄕㄨㄤˇ 豪放直爽。例個性豪爽的人，比較容易相處。

豪情 ㄏㄠˊ ㄑㄧㄥˊ 崇高奔放的情懷。例他有滿腔的豪情壯志。

豪華 ㄏㄠˊ ㄏㄨㄚˊ ❶指生活上過分鋪張、奢侈。❷指建築、裝飾等富麗堂皇，過分華麗。

豪傑 ㄏㄠˊ ㄐㄧㄝˊ 才能出眾的人。例三國時代在歷史舞臺上出現了許多的英雄豪傑。

豪豬 ㄏㄠˊ ㄓㄨ 哺乳動物，全身黑色，長滿了長而硬的刺。又叫「箭豬」。

豪興 ㄏㄠˊ ㄒㄧㄥˋ 很好的興致。例老教授吟詩作畫的豪興不減當年。

豬

豕部 八畫

ㄓㄨ 一種哺乳動物，常被養為家畜。軀體肥胖，四肢短小，肉可以食用，皮可以製成皮革，頸毛可以做成刷子，是一種十分有利用價值的家畜。因為豬對人類很有用，所以關於豬的俚語也很多，例如：「人怕出名，豬怕肥」。

動動腦 豬是常見的家畜，平常除了吃豬肉、肉乾外，小朋友，你還吃過那些豬肉製成的食品呢？想一想，愈快愈好！（答案：火腿、肉鬆、香腸、肉丸……）

笑一笑 吃飯時，父親教訓兒子：「吃東西那麼大聲，像小豬一樣。」兒子：「哦！那一定是大豬沒有教他。」

豬八戒 ㄓㄨ ㄅㄚ ㄐㄧㄝˋ 西遊記裡唐僧的徒弟，他很好吃，而且不聰明，經常和師兄孫悟空吵架，雖然他有點自私，但是他的心地善良，是一個家喻戶曉的人物。

俏皮話 「豬八戒照鏡子——裡外不是人。」小朋友一定常常聽到這句話，意思是指人所處的地位非常尷尬，不知如何是好。

豫

豕部 九畫

ㄩˋ ❶歡喜，快樂：例面有不豫之色。❷安適：例逸豫亡身。❸河南省簡稱「豫」。❹事先的，通「預」：例豫求。❺徘徊的：例猶豫。

參考 相似字：喜、悅、怡、先。♣請注意：「豫」和「預」只有在解釋為參與、事先時才可通用。

豫求 ㄩˋ ㄑㄧㄡˊ 預先求得。

豫遊 ㄩˋ ㄧㄡˊ 遊玩享樂。

豸部 ㄓˋ

「豸」是「豸」最早的寫法，因為「豸」是指脊背長的猛獸，所以特別畫出牠張開嘴巴露出牙齒吼叫的樣子，下面是野獸的身體和腳，是個象形字。後來的「豸」，又多畫了一顆利齒。豸部的字大都是猛獸的名稱，例如：豹、貍、豺等。

豺

豸部 三畫

ㄔㄞˊ 一種凶猛食肉的野獸，長得像狗但是體型較小，牠們喜歡群居在一起，生性非常凶猛，因為和狼同類，所以常和狼並稱。

豺狼 ㄔㄞˊ ㄌㄤˊ 豺和狼都是凶猛的動物，因此常用來比喻凶惡殘忍的壞人。

豹

豸部 三畫

ㄅㄠˋ ❶是大型貓科哺乳動物，外形有點像老虎，體形比老虎還小一點。身上有黑色斑點

七畫

或花紋，奔跑的速度很快，種類也很多，例如：金錢豹、雲豹。❷姓：例豹先生。

猜一猜 說他是虎他不像，金錢印在黃襖上，站在山上吼一聲，嚇跑猴子嚇跑狼。（猜一種動物）（答案：豹）

貂

豸部 五畫

ㄉㄧㄠ 哺乳動物，是一種野鼠，嘴尖、腳短，身體細長，尾巴粗大，貂皮的質料很好，毛皮細柔輕暖，可做衣、帽，是珍貴的皮革。

貉

豸部 六畫

ㄏㄜˊ 一種食肉的哺乳動物，外形像狐狸，但是體形較肥大，尾巴較短，生活在山林中，是我國重要的皮貨來源。

ㄇㄛˋ 通「貊」，古代稱住在北方的種族。

貊

豸部 六畫

ㄇㄛˋ 北方夷狄名，同「貉」。

貍

豸部 七畫

ㄌㄧˊ 動物名，為貓的一類，尖嘴利齒，四肢細短，夜間出來獵食家畜，毛皮可製成皮衣。

貌

豸部 七畫

ㄇㄠˋ ❶長相：例面貌、容貌。❷外表，樣子：例全貌、風貌。❸姓：例貌先生。

古人說 「人不可貌相。」這句話是說：要認識一個人，不能只看外表。例矮小的小王，竟然是化學博士，真是「人不可貌相」啊！

貌不驚人 ㄇㄠˋ ㄅㄨˋ ㄐㄧㄥ ㄖㄣˊ 長相平凡，沒有什麼特別的地方。例他長得貌不驚人，但是很有才能。

貌合神離 ㄇㄠˋ ㄏㄜˊ ㄕㄣˊ ㄌㄧˊ 表面上關係很密切友好，實際上卻是彼此不合作，關係冷淡。例他們已經貌合神離，所以這樁合作案一定不會成功。

貓

豸部 九畫

ㄇㄠ 一種哺乳動物，頭圓齒利，腳有利爪，腳底有肉墊，所以走路沒有聲音，善長捕老鼠。

猜一猜 八字鬍子兩邊翹，妙嗚妙嗚唱小調，夜晚走路不帶燈，老鼠碰上跑不掉。（猜一種動物）（答案：貓）

俏皮話 「貓兒眼——時時有變。」貓的眼睛會隨著光的強弱放大或縮小，常常有變化。例如：天氣，有時下雨，有時出太陽，你就可以說天氣真像「貓兒眼——時時有變」。

繞口令 廟外頭一隻白白貓，廟裡頭一隻黑黑貓。黑黑貓背白白貓，白白貓背黑黑貓。

貓咪 ㄇㄠ ㄇㄧ 就是貓，因為牠的叫聲是「咪咪」，因此稱為貓咪。

唱詩歌 小貓咪，過河西，跟奶奶，吃東西，扯花布，做花衣。（安徽）

貓頭鷹 ㄇㄠ ㄊㄡˊ ㄧㄥ 也稱「夜貓子」，身體淡褐色，多黑斑，頭部有角狀的羽毛，眼睛大而圓。白天休息，晚上才出來活動、捕食，專門吃麻雀、老鼠等動物。

猜一猜 看去像隻貓，其實是隻鳥，夜夜去巡邏，田鼠跑不了。（猜一種動物）（答案：貓頭鷹）

唱詩歌 貓兒頭，鳥兒身，嘴巴像鐵鉤，眼睛像銅鈴，白天睡大覺，夜裡忙不停，捕捉小動物，勇猛又機靈。

貝部 ㄅㄟˋ

「貝」是貝殼張開的樣子，是一個

七畫

象形字。後來寫成「□」，可以看到甲殼和伸出殼外的肉足。以後，又慢慢演變成「□」，和今天的「貝」字就很相似了。古代還沒有發明錢幣的時候，就用貝殼和別人交換貨物。因此貝部的字和錢財有密切的關係，例如：貧（錢財很少）、賤（價錢低）、貶（降低價錢）。

貝

丨 冂 冃 冃 目 貝 貝

貝部 ○畫

ㄅㄟˋ ❶蚌、螺、蛤等軟體有殼動物。❷古代用貝殼作貨幣：例貝幣、貨貝。❸翻譯字，計算聲音大小的單位：例分貝。❹姓：例貝先生。

貝殼 ㄅㄟˋ ㄎㄜˊ 貝體所分泌的硬殼，可以觀賞或製成裝飾品。

唱詩歌 海邊小貝殼，請你告訴我：「你的年紀不算大，為啥皺紋多又多？」貝殼笑呵呵，悄悄對我說：「那是條條錄音帶，錄下大海支支歌。」

貞

丨 卜 卜 占 占 卣 貞 貞 貞

貝部 二畫

ㄓㄣ ❶古代稱占卜為貞。❷意志堅定，不輕易改變：例忠貞、堅貞。❸女子不改嫁、不失身：例貞節、貞操。

參考 相似字：正、定。♣相反字：淫、蕩。♣請注意：「貞」和「真」都念ㄓㄣ，外形相近但是意義不同：「貞」有堅定不變的意思，例如：忠貞、貞節。「真」是自然、不虛假，例如：天真、真心。

貞節 ㄓㄣ ㄐㄧㄝˊ 操行純正，正直不貪汙。例包公是個貞節的官吏。

貞德 ㄓㄣ ㄉㄜˊ 法國著名的愛國女英雄，她只是一個農家女，但是在英法百年戰爭末期，她率領軍隊抵抗英國人。後來被英國人擄獲，英國人視她為妖孽，燒死了她。她去世時只有十九歲，世稱「聖女貞德」。

貞觀之治 ㄓㄣ ㄍㄨㄢ ㄓ ㄓˋ 貞觀是唐太宗的年號，他在位的時候，政治清明，社會安定，經濟繁榮，國力強盛，四方的夷狄尊稱他為「天可汗」，歷史學家因此稱這段時期為「貞觀之治」。治：原意是治理，引申為治理得很好。

負

ノ ⺈ ⺈ ⺈ 角 角 角 負 負

貝部 二畫

ㄈㄨˋ ❶戰敗：例不分勝負。❷背著或帶著：例負重賽跑、負傷。❸欠：例負債。❹離開，違背：例忘恩負義。❺背向：例負山面水。❻具有，享有：例久負盛名。❼把事情、責任承擔下來：例肩負、負責。❽「正」的相反：例負電。❾姓：例負先生。

參考 相似字：叛、畔、背、反、倍、欠、虧。♣相反字：正、勝。

負傷 ㄈㄨˋ ㄕㄤ 受傷。例負傷上陣。

負荷 ㄈㄨˋ ㄏㄜˋ ❶擔任某種事務、責任。荷：承受的意思。例他的負荷太重了，給他換個工作吧！❷機器等動力設備在一定時間內所產生的能量。例這種電線不能負荷大型的冰箱所需的電量。

負責 ㄈㄨˋ ㄗㄜˊ ❶盡到該盡的責任。例他的優點是做事負責，待人和氣。❷交給某人去做：例由你全權負責。

負擔 ㄈㄨˋ ㄉㄢ ❶擔任某種工作。擔：承當的意思。例他年紀太小，不能負擔這個工作。❷所承受的壓力或擔當的責任、費用等。例他的家庭負擔很重。

參考 相似詞：擔負。

負荊請罪 ㄈㄨˋ ㄐㄧㄥ ㄑㄧㄥˇ ㄗㄨㄟˋ 背著有刺的木條去向人道歉，請求處罰。荊：有刺的木頭。比喻請求別人責罰自己的過失。據說：戰國時，趙國的藺相如因為在秦國保護和氏璧有功，因此回國後被封為上卿，位在廉頗將軍的上面。廉頗不服氣，處處要找藺相如的麻煩。藺相如卻總是迴避著他，旁人不了解，藺相如才說明秦不敢攻趙國是因為害怕廉、藺二臣的合作，所以才不和廉頗計較。後來廉頗知道藺相如這種顧全大局的胸襟，感到十分慚愧，於是裸著上身，背著荊條到藺相如家請罪，以後兩人更加和好，也使趙國愈來愈強盛。例我今天專程為上回誤會您的事來負荊請罪。

負債累累 ㄈㄨˋ ㄓㄞˋ ㄌㄟˇ ㄌㄟˇ 欠人一大堆錢。債：欠人家錢。累累：積了很多的意思。例好賭的結果，使他負債累累。

猜一猜 負債。（猜一字）（答案：欽）

財

貝部 三畫

ㄘㄞˊ ❶金錢和物資的總稱：例錢財、財富、重義輕財。❷才能，通「才」。❸僅，只有，通「纔」。

笑一笑 有一年的春節，有個秀才想給財迷們開開玩笑，就在財神廟的大門上，寫了副對聯，上聯是：「只有幾文錢，你也求，他也求，給誰是好？」下聯是：「不作半點事，朝又拜，夕又拜，教我為難！」橫批是寫「財神爺訴苦」。大家看了不禁莞爾一笑。

財力 ㄘㄞˊ ㄌㄧˋ ❶金錢的數量。例他的財力雄厚。❷以金錢作為事業的力量。例我出人力，你出財力，一起來規畫庭園設計。

財物 ㄘㄞˊ ㄨˋ 金錢、物品的總稱。

財政 ㄘㄞˊ ㄓㄥˋ 政府為了公共需要，增進人民福利，對金錢、物資的管理、收支，所施行的各種措施。

財產 ㄘㄞˊ ㄔㄢˇ 屬於個人或國家的資源、金錢、土地、房屋等。

財富 ㄘㄞˊ ㄈㄨˋ 有價值的東西，通常指金錢。例財富是身外之物，我們不必過分追求。例學問是我們最大的財富。

財務 ㄘㄞˊ ㄨˋ 機關、企業、團體組織中，有關財產的管理或經營，還有現金的收支、保管、計算等事情。務：工作，事情。

財源 ㄘㄞˊ ㄩㄢˊ 錢財的來源。源：來源，源頭。例大家迎財神，就是希望財源不斷。

貢

貝部 三畫

ㄍㄨㄥˋ ❶下級呈獻東西給上級，通常是特殊的物產或珍貴的寶物：例進貢、納貢。❷古代地方選拔人才，推荐給朝廷：例貢生、貢士。❸夏朝賦稅的名稱。❹姓：例貢先生。

參考 相似字：進、獻、薦。

貢品 ㄍㄨㄥˋ ㄆㄧㄣˇ 原本是指進貢呈獻的物品，因為貢品通常都很珍貴，因此可以形容很好的物品。例胡椒在古代是珍貴的貢品。

貢賦 ㄍㄨㄥˋ ㄈㄨˋ 夏朝的田稅，人民耕田，必須向王室繳納金錢、穀物作為稅金。賦：收取稅金。

貢獻 ㄍㄨㄥˋ ㄒㄧㄢˋ 古代人稱為「進貢」，是把特產進獻給朝廷，現在是指把自己的經驗、力量獻給別人。例愛迪生發明電燈，對人類貢獻很大。

販

販

貝部 四畫

ㄈㄢˋ ❶販賣貨物，獲取薄利的小商人：例菜販、攤販。❷賣，出售：例販茶、販賣。

俏皮話 「販古董的——識貨。」小朋友，你知道「販古董的」是什麼意思嗎？販就是賣，這句話的意思是比喻一個人很有眼力。

販子 ㄈㄢˋ ㄗˇ 販賣東西的人，或特別指從事某種工作的人。例他是個軍火販子。

販賣 ㄈㄢˋ ㄇㄞˋ 商人買入貨物，再賣給別人。

參考 相似詞：商人、賈人。

參考 活用詞：販賣機、販賣人口。

販夫走卒 ㄈㄢˋ ㄈㄨ ㄗㄡˇ ㄗㄨˊ 做小買賣和供人差遣的人；比喻專門從事低下職業的平凡人。卒：供人差遣的僕役。

責

責

貝部 四畫

ㄗㄜˊ ❶要求達到某一個標準：例責善、責成。❷本分應該做的事：例責任、盡責。❸詢問：例責問、責難。❹批評別人的過錯：例斥責、責備。❺處罰：例責打、責罰。❻姓：例責先生。

ㄓㄞˋ 通「債」，欠人財物。

七畫

責任 ㄗㄜˊ ㄖㄣˋ 本分該做的事。例維持治安是警察的責任。

參考 活用詞：責任感、責任制。

責怪 ㄗㄜˊ ㄍㄨㄞˋ 埋怨別人沒有完成該做的事。例你不要再責怪他了，這件事又不全是他的錯。

責備 ㄗㄜˊ ㄅㄟˋ 用嚴厲的話指責別人的過錯。例他因為打破花瓶而受到母親的責備。

責罰 ㄗㄜˊ ㄈㄚˊ 處罰。

責罵 ㄗㄜˊ ㄇㄚˋ 用嚴厲的口氣責備對方。

責任心 ㄗㄜˊ ㄖㄣˋ ㄒㄧㄣ 對分內的工作自動認真做好。也說成「責任感」。

責無旁貸 ㄗㄜˊ ㄨˊ ㄆㄤˊ ㄉㄞˋ 自己應盡的責任，不能推卸給別人。貸：把該做的事推給別人。例維護環境整潔是大家責無旁貸的事。

貫

貫　貝部　四畫

ㄍㄨㄢˋ ❶古代穿錢用的繩子。❷古代一千枚錢幣為一貫：例家財萬貫。❸穿通：例貫穿、橫貫公路。❹連續不斷：例魚貫進入。❺專心：例全神貫注。❻世居的地方：例籍貫。❼通「慣」，習慣。❽姓：例貫先生。

參考 相似字：穿、串。

笑一笑 有四個朋友在一起談天，相約每個人都說一件生平最想要的事。甲說：「腰纏十萬貫。」乙說：「騎鶴。」丙說：「下揚州。」丁想了許久才說：「腰纏十萬貫，騎鶴下揚州。」三位朋友聽了哈哈大笑說：「天下好事都叫你一個人攬去了！」

貫注 ㄍㄨㄢˋ ㄓㄨˋ 集中注意力。例他全神貫注在工作上。

貫通 ㄍㄨㄢˋ ㄊㄨㄥ ❶打通連接，讓二個地方能來往。例這條路貫通了山上的二個村莊。❷全部了解，徹底明白。例這個問題我已經融會貫通了。

貫徹 ㄍㄨㄢˋ ㄔㄜˋ 徹底實行。例我們做事要貫徹始終。

貨

貨　貝部　四畫

ㄏㄨㄛˋ ❶商品：例國貨、二手貨。❷錢財：例貨幣、通貨。❸罵人的話，和「東西」一樣：例笨貨、蠢貨。❹出賣：例貨腰。❺姓：例貨先生。

參考 相似字：賄、賂、買、賣。♣請注意：「貨」和「貸」(ㄉㄞˋ)字形很相像：「貝」上是「化」(ㄏㄨㄚˋ)的「貨」，是買賣的物品，例如：貨物、貨櫃。「貝」上是「代」(ㄉㄞˋ)的「貸」，是借東西，例如：借貸、貸款。

貨色 ㄏㄨㄛˋ ㄙㄜˋ 指商品的種類、品質。例超級市場貨色齊全，購物很方便。

貨車 ㄏㄨㄛˋ ㄔㄜ 運載貨物的車輛，有小貨車、大卡車二種。

貨物 ㄏㄨㄛˋ ㄨˋ 可以買賣的商品。

貨幣 ㄏㄨㄛˋ ㄅㄧˋ 錢幣，分硬幣、紙幣二種。

貨真價實 ㄏㄨㄛˋ ㄓㄣ ㄐㄧㄚˋ ㄕˊ 貨物很好，價錢很實在，是商人招呼客人的用語。例老闆保證這件毛衣貨真價實。

猜一猜 七個人有八隻眼，十人也是八隻眼，西洋人也八隻眼，家母同樣八隻眼。（猜一句成語）（答案：貨真價實）

貪

貪　貝部　四畫

ㄊㄢ ❶求多，不知滿足：例貪心、貪玩。❷原本指愛財，現在卻有收取不正當財物的意思：例貪汙、貪官。❸想得到財物的欲望：例貪財、貪念。

參考 請注意：「貪」(ㄊㄢ)和「貧」(ㄆㄧㄣˊ)字形十分相近：「貪心」的「貪」上面是「今」，不可寫成「令」；「貧窮」的「貧」上面是「分」，原意是財物愈「分」愈少，所以有缺乏、困苦的意思。

古人說「貪多嚼不爛。」這句話是說：做事要一步一步來，不可能一下子都解決。例別急著一次解決這麼多事，當心「貪多嚼不爛」。

貪心 ㄊㄢ ㄒㄧㄣ 因為想獲得不該得的東西，所以心裡不滿足。例他是個貪心的人，因此朋友很少。

笑一笑 從前，有個老頭子非常貪心。一天，他在家門口被老虎叼了去，兒子看見了連忙拿起一把刀追出去，眼看快追上了，老頭子見兒子拿起刀要砍老虎，急得大聲叫：「兒子啊！你只能砍老虎的腳，千萬別砍傷老虎的皮，虎皮砍破了就不能賣高價錢了！」兒子聽了，只好舉著刀子發呆，看著老虎把父親啣走了。所以，最後老頭子連他那貪婪的心一塊兒被老虎吃了！

俏皮話「吃著碗裡的，瞧著鍋裡的——貪心不足。」有些人吃飯總是會「吃著碗裡的，瞧著鍋裡的」，深怕東西被別人吃光，真是「貪心不足」。

貪汙 ㄊㄢ ㄨ 指收取不正當的錢財。汙：不乾淨。例人民最痛恨政府官員貪汙。

參考 相似詞：貪贓。

貪圖 ㄊㄢ ㄊㄨˊ 希望得到某樣東西。圖：謀求。例他貪圖榮華富貴，最後落得兩頭空。

貧

貝部　四畫

貧　ノ 八 分 分 分 貧 貧 貧 貧 貧

ㄆㄧㄣˊ ❶富的相反，窮：例貧苦、貧民。❷缺少，不足：例貧血、貧乏。❸多話令人討厭：例貧嘴。

參考 相似字：窮。♣相反字：富、足。♣請注意：見「貪」字的說明。

貧乏 ㄆㄧㄣˊ ㄈㄚˊ 大都指知識、能力的缺乏、不足。例他的知識很貧乏。

貧血 ㄆㄧㄣˊ ㄒㄧㄝˇ 血液中的紅血球數目不足，血紅素不夠，血液無法攜帶足夠的氧氣。患貧血的人通常臉色蒼白，容易疲勞，而且經常頭暈。

貧困 ㄆㄧㄣˊ ㄎㄨㄣˋ 貧窮而生活困難。

參考 請注意：形容家中生活困難，可以用：貧困、貧窮、貧寒、貧苦、清貧。形容土地不夠肥沃，可以用「貧瘠(ㄐㄧˊ)」；形容人知識能力不足用「貧乏(ㄈㄚˊ)」。

貧苦 ㄆㄧㄣˊ ㄎㄨˇ 貧窮困苦。

貧賤 ㄆㄧㄣˊ ㄐㄧㄢˋ 貧窮而且身分低微，沒有地位。

貧窮 ㄆㄧㄣˊ ㄑㄩㄥˊ 經濟困難，生活沒辦法維持。

參考 相似詞：貧困、貧苦、貧乏、貧賤。

貧嘴 ㄆㄧㄣˊ ㄗㄨㄟˇ 愛說廢話或開玩笑的話。

貧賤不能移 ㄆㄧㄣˊ ㄐㄧㄢˋ ㄅㄨˋ ㄋㄥˊ ㄧˊ 貧窮和卑賤低下的環境，都不能改變一個勇敢的人的節操。賤：低下。

貯

貝部　五畫

貯貯　丨 ㄇ 月 目 目 貝 貝 貝 貝 貯

ㄓㄨˇ 儲存積聚：例貯藏。

參考 相似字：儲、蓄、積、存。

貯藏 ㄓㄨˇ ㄘㄤˊ 儲存積聚某樣物品。例螞蟻貯藏食物好過冬。

貼

貝部　五畫

貼貼　丨 ㄇ 月 目 目 貝 貝 貝 貼 貼

ㄊㄧㄝ ❶把薄片狀的東西黏在另一個東西上：例貼郵票、剪貼。❷挨近、緊跟：例貼身。❸補助：例津貼。❹恰當：例貼切。

參考 相似字：黏。

貼切 ㄊㄧㄝ ㄑㄧㄝˋ 指說話或作文的內容恰當、合適。切：符合。例比喻要用得貼切，才能算是好文章。

貼近 ㄊㄧㄝ ㄐㄧㄣˋ 靠近、緊緊的接近。例她貼近我的身旁，說了幾句悄悄話。

貼紙 ㄊㄧㄝ ㄓˇ 印有圖案、文字，可以黏貼的紙張。

貼補 ㄊㄧㄝ ㄅㄨˇ 以額外的錢財或事物來補充。例她做手工藝品，貼補家用。

貶

貝部 五畫

丨 冂 冃 月 目 貝 貝 貝' 貶 貶 貶貶

ㄅㄧㄢˇ ❶降低官位或價格：例貶官、貶值。❷給予不好的批評：例貶義。

參考 相似字：損、降。♣相反字：褒、獎。

猜一猜 寶貝不缺乏。（猜一字）（答案：貶）

貶官 ㄅㄧㄢˇ ㄍㄨㄢ 古代官吏降職，被派到遠離京城的地方。

貶值 ㄅㄧㄢˇ ㄓˊ 通常指貨物越來越貴，錢的價值降低。

貶義 ㄅㄧㄢˇ ㄧˋ 字句裡含有不贊成或壞的意思。

貳

貝部 五畫

一 二 三 弍 弍 貳 貳 貳 貳 貳 貳貳

ㄦˋ ❶數目字「二」的大寫：例貳拾元。❷再一次：例不貳過。❸改變，背叛：例貳心、貳臣。

貳心 ㄦˋ ㄒㄧㄣ 懷著不合作或背叛的心思。

費

貝部 五畫

一 二 弓 弗 弗 弗 費 費 費 費費

ㄈㄟˋ ❶用出去的錢：例水費、電費。❷用得很多而不合理：例浪費。❸花用：例費力、費時。❹減損，消耗：例費神。❺春秋魯國季氏的封地：例費縣。❻姓，因魯桓公子季友封在費，後世就以費為氏：例費先生。

猜一猜 佛非人，財非才，是什麼？（猜一字）（答案：費）

古人說 「費了九牛二虎之力。」這句話是說：用了極大的力氣、精力。例我費了九牛二虎之力才搞清楚事情的來龍去脈。

費用 ㄈㄟˋ ㄩㄥˋ 花用的錢，開支。

費事 ㄈㄟˋ ㄕˋ 麻煩，事情複雜，不容易辦。例我順便幫你買枝原子筆，不費事的。

費勁 ㄈㄟˋ ㄐㄧㄣˋ 花費很多力量。勁：力道。例搬走這塊石頭很費勁。

費時 ㄈㄟˋ ㄕˊ 耗費時間。例這件工作費時又難做。

費錢 ㄈㄟˋ ㄑㄧㄢˊ 耗費金錢。

賀

貝部 五畫

フ カ 加 加 加 加 賀 賀 賀 賀 賀賀

ㄏㄜˋ ❶慶祝人家的喜事：例慶賀、賀喜。❷祝福，恭喜：例賀節、賀新年。❸姓：例賀先生。

參考 相似字：喜、悅、欣、歡、慶。

猜一猜 目字加二點，若當貝字猜，永遠猜不到。（猜一字）（答案：賀）

賀喜 ㄏㄜˋ ㄒㄧˇ 向人家道喜表示慶祝。

賀年片 ㄏㄜˋ ㄋㄧㄢˊ ㄆㄧㄢˋ 祝人家新年快樂的卡片。

小百科 有人說賀年片是一八四三年英國人亨利首創的，其實，這是不正確的。我國遠在五百多年前，明朝就已經出現賀年片，叫做「片子」，是用梅花箋書寫成的。流傳到清朝康熙年間，賀年片就用紅色的硬紙片製作。因此，我國的賀年片要比亨利的賀年片早三百多年。賀年片在國外特別流行，因為聖誕節過後幾天就是元旦，人們就把聖誕賀片和新年賀片合起來，既祝賀聖誕快樂，也祝新年如意。

賀蘭山 ㄏㄜˋ ㄌㄢˊ ㄕㄢ 山名。在蒙語中意思是黑色的駿馬，位於寧夏回族自治區和內蒙古自治區交界處，山脈呈東北走向，像一道屏障橫亙在寧夏平原西部，共綿延二百五十公里，平均海拔高度約二千至二千五百公尺。賀蘭山有千年的放牧歷史，但是因為生態環境日漸惡化，目前已經禁牧，實行育林計畫。

貴

貴貴

貝部 五畫

ㄍㄨㄟˋ ❶價格高：例昂貴、這東西很貴。❷地位高：例貴族、貴賓。❸受到珍惜、重視：例物以稀為貴、珍貴。❹貴州省的簡稱。❺難得，視某種情形為有價值：例人貴自強。❻價格上漲：例洛陽紙貴。❼敬稱對方有關的事：例貴姓、貴校。❽尊崇的，崇高的：例貴為天子。❾姓：例貴先生。

參考 相似字：尊。♣相反字：賤、卑。

古人說 「貴人多忘事。」這句話是說：地位尊貴的人因為事多忙碌，記不住小事。例你記不得這件事了嗎？真是「貴人多忘事」。

貴庚 ㄍㄨㄟˋ ㄍㄥ 問人家年紀的尊敬話。例請問您今年貴庚？

貴重 ㄍㄨㄟˋ ㄓㄨㄥˋ 有價值，值得重視。例這顆紅寶石很貴重。

貴族 ㄍㄨㄟˋ ㄗㄨˊ ❶本是指皇族，現在指家世顯貴的人。例英國貴族的生活受到大家的羨慕。❷指過著優渥清閒生活的人。例他目前是單身貴族。

貴賓 ㄍㄨㄟˋ ㄅㄧㄣ 地位崇高的客人。賓：客人。

買

買買

貝部 五畫

ㄇㄞˇ ❶用錢取得物品，和「賣」相對：例買菜、買票。❷用金錢拉攏：例收買、買通。❸姓：例買先生。

參考 相似字：市、酬、貿、賈。

猜一猜 四種寶貝。（猜一字）（答案：買）

唱詩歌 噹！噹！噹！有個小孩要吃糖，沒有給他買，哇呀哇呀哭一場。（遼寧）

買帳 ㄇㄞˇ ㄓㄤˋ 受了權威或人家的好處而必須順從。例他接受了人家的恩惠，只好買帳給個方便。

買通 ㄇㄞˇ ㄊㄨㄥ 用不正當的方法賄賂主管人員，以便達到自己的目的。例他們買通了品檢人員，才能順利通過產品的核對。

買賣 ㄇㄞˇ ㄇㄞˋ 指彼此用錢交易、換到物品。賣：把東西出售，得到金錢。

買辦 ㄇㄞˇ ㄅㄢˋ ❶在一個單位裡，專門負責購買東西的人。❷帝國主義時代，在殖民地的外國商行代理人，負責推銷、販賣商品。

貿

貿貿

貝部 五畫

ㄇㄠˋ ❶買賣：例國際貿易。❷隨便不慎重的：例貿然。❸姓：例貿小姐。

參考 相似字：買、市、賈。

貿易 ㄇㄠˋ ㄧˋ 商品的買賣或交換。易：交換的意思。例公司正大力擴展對外貿易。

貿然 ㄇㄠˋ ㄖㄢˊ 隨便而不加考慮的。例在你還沒了解真相以前，不要貿然行動。

貸

貸貸

貝部 五畫

ㄉㄞˋ ❶把錢借進來或借出去：例向銀行貸款。❷推掉該負的責任：例責無旁貸（不能推掉的）。❸寬恕：例嚴懲不貸（重重的處罰，不能原諒的意思）。❹差錯，過失：例沒有任何貸失。

參考 相似字：借。♣請注意：「貸」和「貨」字形很相似，容易弄錯：「代」加「貝」的「貸」讀ㄉㄞˋ，是借的意思，例如：貸款、借貸。「化」加「貝」的「貨」讀ㄏㄨㄛˋ，指的是商品，例如：貨物、貨幣。

貸款 ㄉㄞˋ ㄎㄨㄢˇ 就是借錢。按照一定的期限還錢，並加付利息給對方。例他向銀行貸款買房子。

賁

賁賁

貝部 五畫

ㄅㄧˋ ❶易經卦名。❷裝飾得很美：例賁如。

七畫

❸請客人光臨：例賁臨。

ㄅㄣ ❶古人對勇士的稱呼：例虎賁。❷姓：例賁先生。

貽

貝部 五畫

ㄧˊ ❶贈送：例貽我鯉魚。❷留下，遺留：例貽害。

參考 相似字：贈、送。

貽害 ㄧˊ ㄏㄞˋ 遺留下來的禍害。例雖然只是一個小小的錯誤，貽害卻不小。

貽誤 ㄧˊ ㄨˋ 耽誤。

貽笑大方 ㄧˊ ㄒㄧㄠˋ ㄉㄚˋ ㄈㄤ 指外行人故意裝成內行人，而被專家、內行人取笑。大方：專家，內行人。

賅

貝部 六畫

ㄍㄞ 豐富，完備：例賅備、言簡意賅。

賊

貝部 六畫

ㄗㄟˊ ❶偷東西的人：例竊賊。❷危害國家的人：例賣國賊。❸狡猾：例狐狸真賊。❹敵人：例殺賊、破賊。❺姓：例賊先生。

猜一猜 爭奪寶貝，兵戎相見。（猜一字）（答案：賊）

笑一笑 有一個賊到一戶人家偷東西，這家人很窮，沒有什麼東西，只有床頭一小罐米。小偷於是把衣服脫下鋪在地上，準備把米倒在衣服裡包走。床上夫妻倆在睡覺，丈夫醒了，看到小偷正在取米，便偷偷把小偷的衣服拿走。小偷回身找不到衣服，正在發呆，這時妻子也醒了，問丈夫：「屋裡好像有賊。」丈夫故意說：「沒有啊！」小偷聽見了，忙大聲說：「怎麼沒有？我的衣服剛放在地上就被偷走了！」

俏皮話 「啞子捉賊──難開口。」小朋友，你看到有人偷東西一定會大喊：「小偷！小偷！」但是一個啞巴如果想大喊大叫，卻很難開口。因此我們就用這句話來比喻不好意思說出去的事情，例如：你想向別人借錢時是不是「啞子捉賊──難開口」呢？

賊巢 ㄗㄟˊ ㄔㄠˊ 盜匪居住的地方。

賊船 ㄗㄟˊ ㄔㄨㄢˊ ❶盜賊所乘坐的船隻。❷比喻被騙而加入做壞事的行列。例他誤上賊船，毀了自己。

賊頭賊腦 ㄗㄟˊ ㄊㄡˊ ㄗㄟˊ ㄋㄠˇ 形容人行動不光明、鬼鬼祟祟，就像小偷一樣。例你賊頭賊腦的想幹什麼？

資

貝部 六畫

ㄗ ❶金錢或財物：例工資、物資。❷提供事物幫忙他人：例資助、以資參考。❸天生的特性：例資質優異。❹所具備的條件：例考試資格。❺工作的期間和經歷：例資深教師。❻擁有經商本錢的人：例勞資雙方。❼姓：例資先生。

猜一猜 貝字欠兩點，莫作目字猜。（猜一字）（答案：資）

資本 ㄗ ㄅㄣˇ 做生意的本錢，包括生產設備和人力。例這家工廠的資本很雄厚。

資金 ㄗ ㄐㄧㄣ 做生意的本錢。例他因為資金不足，決定縮小經營方式。

資料 ㄗ ㄌㄧㄠˋ 可以用來參考或研究的材料。例這些外銷的統計資料可以讓你做參考。

資格 ㄗ ㄍㄜˊ ❶參加某種工作或活動應該具備的條件或身分。例年滿二十歲才有投票的資格。❷做某種工作或活動的經歷。例他在教育界服務了二十年，是位老資格的教師。

資產 ㄗ ㄔㄢˇ ❶財產。例據說他的資產都已經捐給育幼院了。❷商業上表示資金的運轉情況。例資產負債表可以分析財務的使用情況。

資源 ㄗ ㄩㄢˊ 可以利用的天然物質或人力。源：開始的地方。例臺灣山地的水利資源很豐富。

資質 ㄗ ㄓˊ 原先就具有的特性，包括智慧、體力。質：天生的特性。例他的資質很優異，凡事一學就會。

賈

貝部 六畫

賈賈賈

ㄐㄧㄚˇ 姓：例賈先生。

ㄍㄨˇ ❶古代對商人的稱呼：例商賈、書賈。❷招來，招引：例賈禍、賈害。❸賣出：例餘勇可賈（比喻有多餘的力量可以使出）。

ㄐㄧㄚˋ 通「價」。

參考 相似字：售、賣。

賈人 ㄍㄨˇ ㄖㄣˊ 做生意、買賣貨物的商人。

貲

貝部 六畫

貲貲貲

ㄗ ❶財貨，通「資」。❷計算：例所費不貲（形容花費太大）。

參考 相似字：資、財、貨。

賃

貝部 六畫

賃賃賃

ㄌㄧㄣˋ 租借：例賃屋。

參考 相似字：租、借。

賄

貝部 六畫

賄賄賄

ㄏㄨㄟˋ ❶不正當得來的金錢或財物：例受賄。❷送人財物，希望對方幫助自己達到某種目的：例行賄、賄選。

參考 相似字：賂。

賄賂 ㄏㄨㄟˋ ㄌㄨˋ 送人財物，希望對方幫忙自己達到某種目的。賂：贈送的財物。例他因為接受賄賂，被人檢舉。

賄選 ㄏㄨㄟˋ ㄒㄩㄢˇ 選舉時送選民財物，希望達到當選的目的。例用金錢賄選是非法的行為。

賂

貝部 六畫

賂賂賂

ㄌㄨˋ 對人有所要求而送人財物：例賄賂、行賂。

賑

貝部 七畫

賑賑賑

ㄓㄣˋ 救濟：例賑災。

賑災 ㄓㄣˋ ㄗㄞ 救濟災民。

賑濟 ㄓㄣˋ ㄐㄧˋ 用錢、衣服、糧食救濟災區的民眾。濟：救助。

賓

貝部 七畫

賓賓賓

ㄅㄧㄣ ❶客人：例來賓、貴賓。❷古代戲曲稱二人交談為「賓」，一人自言自語為「白」。❸順從，服從：例賓從。❹尊敬，有禮地：例賓禮。

參考 相似字：客。

賓客 ㄅㄧㄣ ㄎㄜˋ 客人。

賓館 ㄅㄧㄣ ㄍㄨㄢˇ 招待來賓住宿的地方。

賓主盡歡 ㄅㄧㄣ ㄓㄨˇ ㄐㄧㄣˋ ㄏㄨㄢ 來賓和主人都很快樂。盡：皆，都。例這次宴會賓主盡歡。

賓至如歸 ㄅㄧㄣ ㄓˋ ㄖㄨˊ ㄍㄨㄟ 客人的感覺，就像是回到家裡一樣舒適。形容主人接待熱情、親切、周到。至：到來。歸：回家。例「賓至如歸」是這家飯店的服務宗旨。

賒

貝部 七畫

賒賒賒

ㄕㄜ 買東西先欠著，以後再付錢：例賒欠。

賒欠 ㄕㄜ ㄑㄧㄢˋ 原本是先拿貨品，以後再付款，現在也有欠債、不給錢的意思。

賒帳（ㄕㄜ ㄓㄤˋ） 把買賣的貨款先登記在帳本上，以後再付錢。

賠

貝部 八畫

ㄆㄟˊ ❶用財物補償別人的損失：例賠償、賠他一塊玻璃。❷還清欠人的錢：例賠款。❸做生意虧本：例賠本、賠光了。❹向人道歉或認錯，通「陪」：例賠禮、賠不是。

參考 相似字：虧、蝕、損。♣相反字：賺。♣請注意：賠、陪、倍、培的用法。「賠」（ㄆㄟˊ）有補償的意思，例如：賠償、賠款，除了道歉的「賠禮」可以寫作「陪禮」，其他的意思都不能夠通用。「陪」（ㄆㄟˊ）有作伴的意思，例如：陪伴、陪嫁。「倍」（ㄅㄟˋ）是倍數的意思，例如：事半功倍。「培」（ㄆㄟˊ）是栽種植物，例如：培植、培養。

賠款（ㄆㄟˊ ㄎㄨㄢˇ） 賠償損失的金錢。例清朝因為打敗仗，所以要割地賠款。

賠償（ㄆㄟˊ ㄔㄤˊ） 用金錢補償別人的損失。償：還。例損壞公物，就該賠償。

賦

貝部 八畫

ㄈㄨˋ ❶給：例賦予。❷資質，天性：例天賦、秉賦。❸我國古代的一種文體：例漢賦。❹國民向國家繳納的稅：例田賦。❺創作：例賦詩。

賦予（ㄈㄨˋ ㄩˇ） 給予，交給。例上天賦予我們萬能的手，就是要我們努力工作。

賦性（ㄈㄨˋ ㄒㄧㄥˋ） 指天生具有的本性。

賦閒（ㄈㄨˋ ㄒㄧㄢˊ） 晉朝的潘岳辭官，在家無事可做，就寫了「閒居賦」，從此就稱失業在家、無事可做為賦閒。例他失業之後就一直賦閒在家。

賦稅（ㄈㄨˋ ㄕㄨㄟˋ） 指各種田賦和稅捐。

賤

貝部 八畫

ㄐㄧㄢˋ ❶價錢低：例賤賣、賤價。❷地位低下，地位不高：例卑賤、低賤。❸罵人的話：例賤骨頭、賤貨。❹輕視，看不起：例人皆賤之。❺客氣話，謙稱有關自己的事情：例賤內。❻不好的：例賤工。❼不尊重自己：例作賤、賤行。

參考 相似字：野、鄙、俚、低。♣相反字：貴。♣請注意：「賤」的左偏旁是「貝」字，貝是古代的貨幣，代表錢；右偏旁是「戔」（ㄐㄧㄢ）字。戔，是一種兵器，一種耕種的農具，所以含有傷害、進行、細小的意思。因此，帶有「戔」的字，也都有這個意思，例如：用腳踢壞東西叫「踐」（ㄐㄧㄢˋ）踏；肢體受傷害叫傷「殘」（ㄘㄢˊ）；用竹木修成的通道叫「棧」（ㄓㄢˋ）道，水珠四處飛射，叫水花四「濺」（ㄐㄧㄢˋ）；小的酒杯稱酒「盞」（ㄓㄢˇ）；小的零食如蜜「餞」（ㄐㄧㄢˋ）；細薄的信紙稱信「箋」（ㄐㄧㄢ）；少的水稱「淺」（ㄑㄧㄢˇ）水；少的錢稱價錢低「賤」。「錢」（ㄑㄧㄢˊ），古時候鑄造的形狀像是耕種的農具，所以金的偏旁是「戔」，表示聲音，也表示形狀。

賤內（ㄐㄧㄢˋ ㄋㄟˋ） 對人謙稱自己的妻子。

賤價（ㄐㄧㄢˋ ㄐㄧㄚˋ） 價錢很低。

賬

貝部 八畫

ㄓㄤˋ ❶有關錢財進出的記載，同「帳」：例記賬、賬單、賬本。❷債務：例欠賬、還賬。

參考 請注意：「賬」與「帳」當作財務記錄時可通用，作其他意思解釋時不能通用。

賜

貝部 八畫

七畫

ㄙˋ ❶上級把東西送給下級：例賜田、賞賜。❷恩惠：例受其賜。❸任命官位：例賜他為卿大夫。❹感謝他人為自己所做的事：例賜教。❺姓：例賜先生。

參考 相似字：給。♣相反字：受。

猜一猜 寶貝交易。（猜一字）（答案：賜）

賜予 ㄙˋ ㄩˇ　賜給，給予。予：給。例父母賜予我們生命。

賜教 ㄙˋ ㄐㄧㄠˋ　尊敬的話，請對方給予指導。例謝謝你的賜教。

賢

貝部 八畫

一 丅 丆 ㄈ 臣 臣 臤 臤 臤 腎 腎 腎 腎 賢 賢

ㄒㄧㄢˊ ❶有才能、道德的人：例賢人、見賢思齊。❷善良的：例賢妻、賢良。❸對平輩或晚輩的敬稱：例賢弟、賢伉儷。❹勝過：例你賢於他。

參考 相似字：善、好、優、勝。♣相反字：愚。

賢能 ㄒㄧㄢˊ ㄋㄥˊ　有道德、有才能的人。例賢能的人擔任官員，才會造福人民。

賢淑 ㄒㄧㄢˊ ㄕㄨˊ　形容女子品德好、對人和藹。

參考 相似詞：賢慧。

賢慧 ㄒㄧㄢˊ ㄏㄨㄟˋ　也作「賢惠」，指婦女品行良好又聰明。慧：聰明。

賣

貝部 八畫

一 十 士 吉 吉 声 声 声 声 声 声 賣 賣 賣 賣

ㄇㄞˋ ❶用物品換錢，和「買」相對：例拍賣、買賣。❷誇耀表現自己的本事：例賣弄、賣功。❸用他人或國家等作交易，換取自己的私利：例賣國、賣友求榮。❹努力做事：例賣力、賣勁。

參考 相似字：沽、售、貰。

賣力 ㄇㄞˋ ㄌㄧˋ　做事很努力。例他工作賣力，所以才能加薪。

參考 相似詞：賣勁。

賣弄 ㄇㄞˋ ㄋㄨㄥˋ　故意表現、誇耀自己的本事。例他才認了幾個英文生字，就到處賣弄。

參考 活用詞：賣弄玄虛。

賣乖 ㄇㄞˋ ㄍㄨㄞ　故意表現出聰明、聽話的樣子。乖：聰明靈巧。

賣國 ㄇㄞˋ ㄍㄨㄛˊ　把國家機密或重要消息告訴敵人，以求取私人的利益。例秦檜賣國求榮，遭到後人的辱罵。

參考 活用詞：賣國賊、賣國求榮。

賣關子 ㄇㄞˋ ㄍㄨㄢ ˙ㄗ　故意裝作神祕的樣子，而不直接說出事情。關：事情或故事的重要部分。例那位說故事的人，喜歡賣關子，引起大家的好奇心。

賞

貝部 八畫

丨 ⺌ ⺌ 𫩏 𫩏 尚 尚 尚 尚 賞 賞 賞 賞 賞 賞

ㄕㄤˇ ❶把東西賜給有功勞的人：例獎賞、賞金。❷讚美，誇獎：例讚賞、嘆賞。❸領會事物的美：例欣賞。❹歡樂，愉快：例賞心悅目。❺獎勵：例賞善罰惡。❻獎勵的東西：例領賞。❼尊稱他人接受自己的請求：例賞光、賞臉。

參考 相似字：欣、悅、喜、獎。♣相反字：罰。♣請注意：賞（ㄕㄤˇ）和償（ㄔㄤˊ）讀音用法都不同：「賞」有嘉獎、稱讚的意思，例如：獎賞、賞罰。「償」有歸還的意思，例如：償還、償債。

動動腦 中秋節賞月的時候，小朋友你會聯想到什麼呢？趕快寫下來，愈快愈好！

賞月 ㄕㄤˇ ㄩㄝˋ　觀賞月色。例中秋節晚上，大家都聚在一起賞月。

賞析 ㄕㄤˇ ㄒㄧ　指對文章、詩詞的內容加以解釋分析，使讀者能夠欣賞它的優點。析：分析。

賞罰 ㄕㄤˇ ㄈㄚˊ　獎勵有功勞的人，處分有過失的人。罰：處分犯法的人。例商鞅賞罰分明，所以秦國人民都很守法。

參考 活用詞：賞罰分明。

賞賜 ㄕㄤˇ ㄙˋ　上級把財物分給下級有功勞的人。例花木蘭英勇作戰，屢建戰功，得到很多賞賜。

賞識（ㄕㄤˇ ㄕˋ） 了解別人的才能或作品的價值，而給予重視或稱讚。例他的才能受到上司的賞識。

賞心悅目（ㄕㄤˇ ㄒㄧㄣ ㄩㄝˋ ㄇㄨˋ） 眼睛看到美好的東西，心情感到舒暢愉快。悅：令人愉快的。例陽明山風景秀麗，令人賞心悅目。

質 貝部 八畫

ㄓˋ ❶事物的根本特性：例本質。❷構成事物的材料：例鐵質。❸樸素單純：例質樸。❹詢問：例質問。

ㄓˋ 抵押，抵押品：例典質、人質。

參考 請注意：「質」和「資」音不同意思也不同：「質」（ㄓˋ）有物體本質的意思，例如：質樸、質地。「資」（ㄗ）有財貨、天賦的意思，例如：資料、資格、資俸。

質地（ㄓˋ ㄉㄧˋ） 某種材料的結構和性質。例橡皮筋的質地堅韌。

質料（ㄓˋ ㄌㄧㄠˋ） 產品所使用的材料。例這件衣服的質料是棉布。

質問（ㄓˋ ㄨㄣˋ） 根據事實問出是非。例法官正在質問證人。

質疑（ㄓˋ ㄧˊ） 提出疑問。例我對這項計畫有很多質疑的地方。

質樸（ㄓˋ ㄆㄨˊ） 樸實不過分的裝飾。例他的為人質樸忠厚。

賭 貝部 八畫

ㄉㄨˇ ❶一種用金錢、財物來比賽輸贏的不正當娛樂：例賭博、賭徒。❷比輸贏的事：例打賭。❸表示決心做到或實現的意思：例賭咒。❹心中抱著某種想法：例賭氣不做了。

參考 相似字：博、弈。♣請注意：「賭」和「睹」都讀ㄉㄨˇ：貝部的「賭」有爭輸贏的意思，例如：賭博、賭徒。目部的「睹」有看見的意思，例如：目睹、有目共睹。小朋友，你會分辨「我目『睹』他在『賭』博」的兩個ㄉㄨˇ嗎？

古人說 「久賭無勝家。」勝家就是贏家的意思。這句話是說：喜歡賭博的人，偶而會贏，但是賭久了，不是輸掉錢財，就是輸掉了一個人的精神意志，沒有一個能真正獲勝的。例你別再賭了，「久賭無勝家」，哪個富翁是靠賭博致富的！

賭徒（ㄉㄨˇ ㄊㄨˊ） 喜歡賭博的人。徒：人的意思。例賭徒賭到最後連命都不要了。

參考 相似詞：賭棍。

賭氣（ㄉㄨˇ ㄑㄧˋ） 因為不滿意或受到責罵而任意行動。例他一賭氣就走了。

賭場（ㄉㄨˇ ㄔㄤˇ） 專門給人賭博，可以從裡面得到利益的地方。例警方昨天查出一處專門騙人的賭場。

賴 貝部 九畫

ㄌㄞˋ ❶依靠：例依賴、仰賴。❷故意不承認自己做的事：例賴帳、賴皮。❸硬說別人有錯：例誣賴。❹壞，不好：例今年的收成真不賴。❺怠惰的，通「懶」：例富歲子弟多賴。❻姓：例賴先生。

參考 相似字：依、恃、憑、據。♣請注意：「賴」的左邊是束（ㄕㄨˋ），不能寫成「東」，右上是「刀」。

賴皮（ㄌㄞˋ ㄆㄧˊ） 不承認自己所做的約定。例你說話要算話，不要賴皮。

賴床（ㄌㄞˋ ㄔㄨㄤˊ） 早晨該起床卻故意不起床。例一到冬天，我就會賴床。

賴帳（ㄌㄞˋ ㄓㄤˋ） 欠錢不還，反而說已經還清，或是根本沒錢。例這上面寫得清清楚楚，你可別想賴帳。

賺 貝部 十畫

ㄓㄨㄢˋ ❶獲得，贏取：例賺錢。❷得到：例賺人熱淚。

賺錢 ㄓㄨㄢˋ ㄑㄧㄢˊ 獲得金錢。

購 貝部 十畫

ㄍㄡˋ ❶用錢財買進貨物：例購買、採購。❷講和，同「媾」：例北購於匈奴。

購物 ㄍㄡˋ ㄨˋ 用錢買進物品。

購買 ㄍㄡˋ ㄇㄞˇ 用錢買。

賽 貝部 十畫

ㄙㄞˋ ❶比較出好壞、勝負的活動：例球賽、比賽。❷勝過，超越：例快活賽神仙、一個賽一個。❸祭祀神明：例迎神賽會。❹比較競爭：例賽跑。

參考 相似字：競、勝。

俏皮話 「羊鹿賽跑——不相上下。」羊和鹿的腿力都很大，跑起來差不多快；所以「羊鹿賽跑」這句話是比喻才能相當。

賽車 ㄙㄞˋ ㄔㄜ 駕駛汽車、機車，比較車速快慢的一種刺激運動。

賽跑 ㄙㄞˋ ㄆㄠˇ 徑賽的一種，比較誰跑得快。

贅 貝部 十一畫

ㄓㄨㄟˋ ❶入贅，指男方到女方家成親，同時孩子都姓媽媽的姓：例招贅。❷多餘沒有用的：例累贅。

贈 貝部 十二畫

ㄗㄥˋ ❶送給：例贈閱、贈言。❷政府追封已經去世有功勞的人：例追贈為一級上將。❸互相送詩或禮物：例贈答、贈別。

參考 相似字：送、貽、饋、餽。♣相反字：受。

唱詩歌 多情卻似總無情，唯覺尊①前笑不成。蠟燭有心還惜別，替人垂淚到天明。（贈別・杜牧）
註：①尊：同樽（ㄗㄨㄣ），是盛酒用的酒器。

贈言 ㄗㄥˋ ㄧㄢˊ 分別時說出或寫下互相勉勵的話。例畢業前，我請老師在紀念冊上寫下贈言。

贈送 ㄗㄥˋ ㄙㄨㄥˋ 沒有代價而把東西送給人。例我買這張桌子時，老闆還贈送我一套餐具。

贈閱 ㄗㄥˋ ㄩㄝˋ 書刊免費送給人看。例雜誌是老師贈閱的。

贊 貝部 十二畫

ㄗㄢˋ ❶幫助，輔助：例贊助。❷同意：例贊成。❸同「讚」，稱讚，誇獎：例贊美。❹稱讚人物的文體：例像贊、傳贊。

參考 相似字：助、輔、佐、佑、援。♣請注意：「贊」和「讚」，讀音相同，也都有幫助、稱許的意思，但是「贊助」不能寫成「讚助」，而「讚美詩」通常也不寫成「贊美詩」。

猜一猜 兩位先生上面擠，三口一目當身體，一雙大腳八字開，這個字真不好猜。（猜一字）（答案：贊）

贊成 ㄗㄢˋ ㄔㄥˊ 對於別人的主張、行為表示同意。

贊助 ㄗㄢˋ ㄓㄨˋ 以金錢、行動支持幫助。例這次冬令救濟，多虧他大力贊助。

贏 貝部 十三畫

ㄧㄥˊ ❶勝過：例我贏了。❷經商所得的利潤：例贏利。

贏得 ㄧㄥˊ ㄉㄜˊ 獲得，取得。例他在比賽中贏得了許多獎金。

贍

貝部 十三畫

ㄕㄢˋ ❶提供生活所需的財物給人：例贍養父母。❷充足，豐富的：例力不贍（力量不夠）。

參考 相似字：賑、濟。♣相反字：缺、乏。♣請注意：「贍」和「瞻」字形很相似，容易弄錯：「貝」加「詹」的「贍」讀ㄕㄢˋ，是提供生活必需品給人的意思，例如：贍養。「目」加「詹」的「瞻」讀ㄓㄢ，有「看」的用法，例如：「瞻仰」偉人的銅像。

贍養 ㄕㄢˋ ㄧㄤˇ 提供衣食或財物給人。例子女對父母親有贍養的義務。

贓

貝部 十四畫

ㄗㄤ ❶指偷竊得來的財物：例贓款、贓物。❷貪汙的：例贓官。

贓官 ㄗㄤ ㄍㄨㄢ 指貪汙錢財、接受賄賂的官員。

贓物 ㄗㄤ ㄨˋ 指偷竊所得的物品。例他因為收買贓物，被警察逮捕。

贓款 ㄗㄤ ㄎㄨㄢˇ 偷竊所得的金錢。

贖

貝部 十五畫

ㄕㄨˊ ❶用錢財把被扣留的東西或人交換回來：例贖回當票、贖身。❷用錢財、力氣或行動來抵掉過錯或刑罰：例將功贖罪。

參考 相反字：質、當、押。

贖罪 ㄕㄨˊ ㄗㄨㄟˋ 對自己的過錯做一些補償的事。例給你一次贖罪的機會，好好表現，別再搞砸了。

贗

貝部 十五畫

ㄧㄢˋ 假的、偽造的物品：例贗本、贗品。

贛

貝部 十七畫

ㄍㄢˋ 江西省的簡稱，江西省境內有贛縣、贛江。

赤部

「灻」是紅色的「赤」字，由「大」和「火」組成。小朋友，你看過大火燃燒嗎？大火燃燒會發出火紅的光芒，「赤」正是指「火紅的顏色」，但是現在的「赤」把「大」寫成「土」，把「火」寫成「灬」，就讓人不能了解造字者原來的意思了。赤部的字都有紅色的意思，例如：赭（紅土）、赫（大火燃燒，有火紅的意思）、赧（因為慚愧而臉紅）。

赤

赤部 ○畫

ㄔˋ ❶紅色：例近朱者赤。❷忠誠：例赤膽忠心。❸空無所有：例赤貧、赤手空拳。❹光著，裸露：例赤腳。❺共產黨的：例赤禍橫流。❻姓。

參考 相似字：紅、朱、丹、彤。

猜一猜 土下有四點火。（猜一字）（答案：赤）。

赤子 ㄔˋ ㄗˇ 初生的嬰兒。

赤字 ㄔˋ ㄗˋ 支出超過收入的數字，簿記上用紅筆書寫。例經濟不景氣使公司的營運連連出現赤字。

赤忱 ㄔˋ ㄔㄣˊ 十分真誠的心意。例上天也為他的赤忱所感動。

七畫

赤貧（ㄔˋ ㄆㄧㄣˊ） 窮得什麼也沒有。例他始終赤貧如洗。

參考 相反詞：豪富。

赤腳（ㄔˋ ㄐㄧㄠˇ） 腳上沒有穿襪子或鞋子。例小妹喜歡赤腳在草地上跑來跑去，享受這種無拘無束的感覺。

赤誠（ㄔˋ ㄔㄥˊ） 非常的真誠。例他以赤誠待人。

參考 相反詞：奸詐。♣活用詞：赤誠相待。

赤道（ㄔˋ ㄉㄠˋ） 環繞地球表面，距離南北兩極相等的假想圓周線，把地球分為南北兩半球。

猜一猜 紅色之路。（猜一天文名詞）（答案：赤道）

赤禍（ㄔˋ ㄏㄨㄛˋ） 指共產黨徒對世界發動侵略所引起的禍亂。

赤腳（ㄔˋ ㄐㄧㄠˇ） 光著腳，不穿鞋襪。

赤膊（ㄔˋ ㄅㄛˊ） 光著上身。膊：上身近肩膀的部位，泛指上半身。

赤裸裸（ㄔˋ ㄌㄨㄛˇ ㄌㄨㄛˇ） ❶形容光著身子，不穿衣服。❷比喻毫無遮蓋掩飾。例我們赤裸裸的來到世上，將來也要赤裸裸的回歸大地。

赤子之心（ㄔˋ ㄗˇ ㄓ ㄒㄧㄣ） 有如小孩般純潔不虛偽的心。例我們要時時保有一顆赤子之心。

赤手空拳（ㄔˋ ㄕㄡˇ ㄎㄨㄥ ㄑㄩㄢˊ） 形容兩手空空，沒有任何可以憑藉的東西。例他赤手空拳到臺北打天下。

赤禍橫流（ㄔˋ ㄏㄨㄛˋ ㄏㄥˊ ㄌㄧㄡˊ） 指共產黨所造成的禍亂，在世界各地蔓延流竄。

赤膽忠心（ㄔˋ ㄉㄢˇ ㄓㄨㄥ ㄒㄧㄣ） 形容十分忠誠，沒有二心。

赦

赤部 四畫

ㄕㄜˋ 減輕或免除罪刑：例赦罪、赦免。

赦免（ㄕㄜˋ ㄇㄧㄢˇ） 免除或減輕犯罪者該受的處罰。

赦罪（ㄕㄜˋ ㄗㄨㄟˋ） 減輕犯罪者該受的懲罰。

動動腦 法官的決定是：「赦罪不准處死」，如果這是一個殺人犯，小朋友你要在那裡加上標點，讓他得到懲罰呢？如果他是一個無辜的人，小朋友你又要怎麼救他呢？

赧

赤部 四畫

ㄋㄢˇ 因為慚愧、害羞而臉紅：例小妹畫了一隻羞赧的兔子，好可愛喲！

赫

赤部 七畫

ㄏㄜˋ ❶顯著，盛大：例顯赫、聲勢赫赫。❷頻率的單位，一秒鐘振動一次就是一赫茲，一秒鐘振動一萬次的是一萬赫茲，可以簡稱為「赫」：例千赫。❸姓：例赫先生。

赫然（ㄏㄜˋ ㄖㄢˊ） 突然發現事情或想到事情的樣子。

赫赫有名（ㄏㄜˋ ㄏㄜˋ ㄧㄡˇ ㄇㄧㄥˊ） 很有名，名氣很大。

赭

赤部 八畫

ㄓㄜˇ 紅褐色：例赭色。

走部（ㄗㄡˇ）

「走」是一個象形字，篆字寫成「𧺆」，「夭」像一個人前後擺動手臂，「止」（止）就是腳，後來把「夭」寫成「土」，把「止」寫成「止」，就變成今天的「走」字，已經看不出手臂前後擺動的姿

勢了。走部的字和走路有關係，例如：起（開始行走）、超（跳過）、越（走過）。

走

一 十 土 キ キ 走 走

走部 〇畫

ㄗㄡˇ ❶人或鳥獸的腳交互向前移動：例走路。❷奔逃：例逃走。❸挪動：例走錯一步棋。❹運轉：例鐘走得很準。❺離開：例車剛走。❻失去原來的樣子：例走樣。❼交逢：例走運。❽泄漏：例走漏消息。❾親友之間往來：例他們兩家走得很勤。

古人說 「走得了和尚，走不了廟。」這句話是說：家是人的根本，就像廟是和尚的歸宿一樣。例你要向他要債，只要到他家去等候，因為「走得了和尚，走不了廟」！

唱詩歌 小朋友，小朋友，我們應該這樣走：挺著胸，抬著頭，邁著兩腿甩開手，端端正正向前方，步步有勁雄赳赳。

走失 ㄗㄡˇ ㄕ 人或家畜出去後找不到回來的路，因此不知下落。例那位媽媽急著找她走失的小孩。

走向 ㄗㄡˇ ㄒㄧㄤˋ ❶指岩層、礦層、山脈等的延伸方向。❷向某個方向發展。例他的走向尚未確定，可能會調到人事室。

走私 ㄗㄡˇ ㄙ 不遵守國家法令，私自運輸貨品進出國境的行為。例警方查獲走私毒品的集團。

走狗 ㄗㄡˇ ㄍㄡˇ 本指獵狗，後來形容甘受他人指使，幫凶作惡的人。例他是熱心助人，你怎麼可以罵他是走狗呢？

走廊 ㄗㄡˇ ㄌㄤˊ ❶屋簷下高出平地的走道，或是有頂的走道。❷比喻連接兩個地區的狹長地帶。例河西走廊。

走動 ㄗㄡˇ ㄉㄨㄥˋ ❶行走使身體活動。例飯後多走動走動，有助消化。❷親戚朋友之間彼此來往。例他們兩家常常走動，感情很好。

走眼 ㄗㄡˇ ㄧㄢˇ 看錯。例總是一身破破爛爛的他，意然是大富翁，大家都看走眼了。

走道 ㄗㄡˇ ㄉㄠˋ 街旁或住宅內外供人行走的道路。例走道上不要堆積雜物，妨礙別人通行。

走路 ㄗㄡˇ ㄌㄨˋ ❶在地上走。例小弟弟正在學走路。❷離開，走開。例他工作態度太差，老闆請他走路。

走運 ㄗㄡˇ ㄩㄣˋ 形容運氣正好。例你最近運氣不錯，一定是走運了。

參考 相似詞：行運、交運。

走漏 ㄗㄡˇ ㄌㄡˋ 洩漏消息。例因為風聲走漏，歹徒早就逃走了。

走樣 ㄗㄡˇ ㄧㄤˋ 失去原來的樣子。例她剛燙完頭髮，第二天就走樣了。

走江湖 ㄗㄡˇ ㄐㄧㄤ ㄏㄨˊ 到處賣藝為生。例他走江湖已經好幾十年了。

參考 相似詞：跑江湖、跑碼頭。

走火入魔 ㄗㄡˇ ㄏㄨㄛˇ ㄖㄨˋ ㄇㄛˊ 形容人過分沉迷於某種事物，使得心智受到摧殘，到了中邪魔的地步。例他沉迷於武俠小說，已經到了走火入魔的地步。

走投無路 ㄗㄡˇ ㄊㄡˊ ㄨˊ ㄌㄨˋ 無路可走；比喻處境非常艱難，找不到出路。投：投奔。例他欠了一大筆錢，別人來要債，他已經走投無路了。

參考 請注意：走「投」無路不可以寫成走「頭」無路。

走馬看花 ㄗㄡˇ ㄇㄚˇ ㄎㄢˋ ㄏㄨㄚ 比喻觀察事物不仔細。例他到臺北只是走馬看花的四處遊覽，沒幾天又匆匆忙忙地回美國。

笑一笑 一對夫婦到外地旅行，每到一個地方，先生都是匆匆忙忙為太太拍完照片就要離開。太太很不高興的說：「我什麼都沒看見呢！」先生不耐煩的回答：「等照片沖洗出來，你愛怎麼看就怎麼看。」

走馬上任 ㄗㄡˇ ㄇㄚˇ ㄕㄤˋ ㄖㄣˋ 指官吏就職。例他即將走馬上任，擔任總經理的職務。

赴

一 十 土 キ キ 走 赴 赴

走部 二畫

ㄈㄨˋ ❶到某個地方去：例赴京趕考。❷投身進

七畫

去：例全力以赴。❸前往參加：例赴約。

參考 相似字：趨、趣、歸。

赴約 ㄈㄨˋ ㄩㄝ 前往參加約會。例我在那家餐廳等你，請準時赴約。

赴宴 ㄈㄨˋ ㄧㄢˋ 前往參加宴會。例她打扮得豔光四射去赴宴。

赴會 ㄈㄨˋ ㄏㄨㄟˋ 去參加會議。例里民大會八點開始，請準時赴會。

赴湯蹈火 ㄈㄨˋ ㄊㄤ ㄉㄠˇ ㄏㄨㄛˇ 比喻冒險犯難。湯：滾燙的水。蹈：踐踏。例我受你的恩惠一定會報答你，赴湯蹈火也在所不辭。

赳

走部 二畫

ㄐㄧㄡ 勇敢威武的樣子：例雄赳赳。

起

走部 三畫

ㄑㄧˇ ❶由坐臥爬伏而站立：例起立。❷離開原來的位置：例起飛。❸物體由下往上升：例飛起來。❹長出（疙瘩、痱子等）：例起痱子。❺把收藏或填入的東西弄出來：例把釘子拔起來。❻發生：例起義。❼擬定：例起草。❽建立：例白手起家。❾從某個時候或地方開始：例起點。❿件，次：例一起車禍。⓫表示力量夠得上或夠不上：例太貴了，買不起。⓬表示事情的進行：例打起架來。⓭姓：例起先生。

參考 相反字：止、伏、坐、臥。

起火 ㄑㄧˇ ㄏㄨㄛˇ ❶生火做飯。例天色不早了，她起火準備做飯。❷發生火災。

起立 ㄑㄧˇ ㄌㄧˋ 站起來。例上課了，我們起立向老師敬禮。

起色 ㄑㄧˇ ㄙㄜˋ 情況好轉的樣子。例他的病愈來愈嚴重，一點起色也沒有。

參考 相似詞：進展。

起伏 ㄑㄧˇ ㄈㄨˊ 高低不平。例臺北盆地四周都是起伏的青山。

起先 ㄑㄧˇ ㄒㄧㄢ 最初，開始。例我起先忘了她是誰，後來才想起來。

起身 ㄑㄧˇ ㄕㄣ ❶動身。例我決定明天起身到高雄。❷起床。例他每天起身後，一定到公園去散步。

起步 ㄑㄧˇ ㄅㄨˋ 開始走。例時間一到，火車就起步了。

起初 ㄑㄧˇ ㄔㄨ 最初，起先。例起初我聽不懂他在說什麼，經過別人解釋我才了解。

起居 ㄑㄧˇ ㄐㄩ 指日常生活。例他一個人住在外地，飲食起居都是自己負責。

起飛 ㄑㄧˇ ㄈㄟ 開始飛行。例因為天氣惡劣，飛機暫停起飛。

起勁 ㄑㄧˇ ㄐㄧㄣˋ 指工作或遊戲的情緒高昂，很努力。例大家正玩得起勁的時候，上課鐘聲卻響了！

起家 ㄑㄧˇ ㄐㄧㄚ 本指興家立業，現在比喻開創事業。例他白手起家的經過是大家學習的模範。

起草 ㄑㄧˇ ㄘㄠˇ 打草稿。例這篇演講稿是他親自起草的。

起眼 ㄑㄧˇ ㄧㄢˇ 看起來醒目，引人注意。例他看起來毫不起眼，沒想到居然是個總經理。

起程 ㄑㄧˇ ㄔㄥˊ 上路，行程開始。例等他一到，我們立刻起程。

起意 ㄑㄧˇ ㄧˋ 動念頭（多指不好的）。例他見財起意，搶走了那位婦人的皮包。

起義 ㄑㄧˇ ㄧˋ 為正義而起兵。例武昌起義推翻了滿清政府。

起源 ㄑㄧˇ ㄩㄢˊ 一切事物的根源或由來。例黃河的起源是在青海省的巴顏喀喇山。

起碼 ㄑㄧˇ ㄇㄚˇ 最少，至少。例看他的外表，起碼也有六十歲了。

起鬨 ㄑㄧˇ ㄏㄨㄥˋ ❶許多人在一起胡鬧、搗亂。例老師一走，他們就開始起鬨。❷許多人向一兩個人開玩笑。例他下棋輸了，大家起鬨要他唱歌。

起點 ㄑㄧˇ ㄉㄧㄢˇ 開始的地方。例這次馬拉松比賽的起點是中正紀念堂。

參考 相反詞：終點。

起重機 ㄑㄧˇ ㄓㄨㄥˋ ㄐㄧ 利用槓桿原理專門吊重物的機器。

猜一猜 鋼鐵大漢一隻手，手裡提個大釣鉤，不釣小魚和大蝦，專釣重物上碼頭。（猜一種機器）（答案：起重機）

七畫

起死回生 使死人復活，多指醫術高明，或挽救看起來已經沒希望的事。例人都死了，根本沒辦法起死回生。

起承轉合 詩文寫作、結構、章法的術語。「起」是開端；「承」是承接上文加以敘述；「轉」是轉折，從正面和反面加以評論；「合」是結束全文。

越

越 越　走部 五畫

ㄩㄝˋ ❶古代南方種族名，分布在浙江、福建、廣東一帶。❷春秋時國名：例越國。❸浙江省的別稱，或單指「紹興」一帶：例吳越。❹超過：例越級。❺跨過：例翻山越嶺。❻經過：例越過。❼悠揚的：例聲音清越。❽更加：例越來越冷。❾姓。

越南 位於中南半島，國土呈S形，北部與中國大陸相連，西臨寮國、高棉等地。十九世紀末，曾淪為法國殖民地，第二次世界大戰結束後，才收復獨立主權，目前是共產國家。首都在河內，主要的觀光城市是舊稱西貢的胡志明市。

越軌 行為超過合理的範圍。例他的行為越軌，令人不恥。

越級 超越原有的等級。例他資賦優異，可以越級就讀。

越國 春秋時的國名，是吳國的鄰國，在現在的浙江省。

越發 更加，表示程度加深。例幾年不見，她長得越發漂亮了。

越過 經過中間的界限、障礙物，從一邊到另一邊。例只要越過這座山，就到了目的地。

越獄 犯人從監獄裡逃走。例死刑犯昨天晚上越獄，警方正全力搜查。

參考 相似詞：逃獄。

越俎代庖 指人各有專職，雖然他人不盡職，也用不著超越自己的職務範圍去代做。因此後來形容越權辦事或搶著替人做事叫越俎代庖。俎：古代祭祀用的禮器。庖：廚師。

超

超 超　走部 五畫

ㄔㄠ ❶越過，高出：例超越、超載。❷不平常的，特出的：例超人。❸僧、尼或道士為死人誦經使能早日脫離苦海：例超度。

參考 相似字：越、踰。

超支 支出超過規定或計畫。例他花錢如流水，常常超支。

超生 指人死後靈魂投生為人。例傳說殺生太多，死後永遠無法超生。

超出 越出一定的數量或範圍。例他的行為已經超出法律規定的範圍了。

超車 越過前面相同方向行駛的車輛。例超車是危險的行為。

超度 佛教或道教指僧、尼或道士為死者誦經，使死者的鬼魂脫離苦海。例中元普渡家家戶戶拜拜，超度亡魂。

超級 超過一般等級。例麗芙泰勒是一位國際超級巨星。

超越 超出，越過。例他的智慧很高，超越常人。

超載 運輸工具裝載的貨品超過規定的載重量。例超載貨物會被罰錢。

超群 超過一般的程度。例他的手藝超群，受到大家的歡迎。

超過 ❶由某物的後面趕到前面。例他在衝刺最後一圈時，終於超過其他選手，獲得冠軍。❷高出某種東西或範圍之上。例這個故事超過我的想像力。

超齡 超過規定的年齡。例這項考試有年齡的限制，超齡的人不能參加。

超導體 指有些金屬和合金在溫度接近絕對零度（攝氏零下二七三・一六度）時，具有電阻會突然降到零的性質。

超級市場 現代新興市場的一種，出售食品、日用百貨等，分類開架陳列，由顧客自取，然後到收銀臺付款，是自助式服務的商店。

趁

趁 趁　走部 五畫

ㄔㄣˋ 利用時間、機會：例打鐵趁熱。

趁早 ㄔㄣˋ ㄗㄠˇ　趕快，提早。例你最好趁早回家，免得挨罵。
參考 相似詞：及早、趕早。

趁機 ㄔㄣˋ ㄐㄧ　利用機會。例大家都在工作，他卻趁機溜走了。

趁火打劫 ㄔㄣˋ ㄏㄨㄛˇ ㄉㄚˇ ㄐㄧㄝˊ　趁著人家失火的時候去搶劫；比喻乘人之危，再下毒手。例人家生病了，他卻跑來要債，真是趁火打劫。
參考 相反詞：見義勇為。

趙　走部 七畫

ㄓㄠˋ ❶戰國七雄之一：例趙國。❷姓：例趙匡胤。

趙州橋 ㄓㄠˋ ㄓㄡ ㄑㄧㄠˊ　原名安濟橋，在河北省趙縣，橫跨在斯洨河之上，建於隋朝大業年間，是單孔的大橋，橋身長十二丈二尺，也是世界第一座拱橋。水枯季節，橋下可通行人車馬，洪水氾濫時節，橋下就是一望無際的濁流。

趕　走部 七畫

ㄍㄢˇ ❶從後面追上去：例追趕。❷加快行動，以爭取時間：例趕路。❸跟在後面催促：例趕驢。❹驅逐：例趕走。❺碰上（某種情況）：例剛好趕上車子。❻等到某個時候：例趕明兒再走。

趕忙 ㄍㄢˇ ㄇㄤˊ　趕緊，連忙。例一聽到門鈴聲，我趕忙去開門。

趕快 ㄍㄢˇ ㄎㄨㄞˋ　把握時機，加快速度。例時間不早了，我們趕快走吧。

趕場 ㄍㄢˇ ㄔㄤˇ　指演藝人員在短時間內趕往好幾個地方表演。例這位歌星很紅，每天都要趕場作秀。

趕集 ㄍㄢˇ ㄐㄧˊ　到定期的交易市場去買賣貨物。集：一種定期交易的市場。
唱詩歌 人家趕集，我也趕集，人家騎馬我騎驢，回頭看見推車漢，比上不足，比下有餘。（北平市）

趕路 ㄍㄢˇ ㄌㄨˋ　加快速度行走，以便早點到達目的地。例大家忙著趕路，卻忘了吃東西。

趕緊 ㄍㄢˇ ㄐㄧㄣˇ　趕快，加緊。例大家一看見老師來了，趕緊安靜下來。

趕不上 ㄍㄢˇ ㄅㄨˋ ㄕㄤˋ　❶追不上，跟不上。例他覺得功課太難，怕趕不上別人。❷來不及。例車子要開了，恐怕趕不上。

趕時髦 ㄍㄢˇ ㄕˊ ㄇㄠˊ　追求流行。例她為了趕時髦，特別上美容院染一頭金髮。

趕得上 ㄍㄢˇ ㄉㄜˊ ㄕㄤˋ　❶追得上，跟得上。例你先走，我走得快，一定趕得上你。❷來得及。例他們還沒走，你還趕得上跟他們道別。

趕盡殺絕 ㄍㄢˇ ㄐㄧㄣˋ ㄕㄚ ㄐㄩㄝˊ　把別人逼到死路；比喻心狠手辣，不給別人留餘地。例你對他趕盡殺絕，對你又有什麼好處呢？

趕鴨子上架 ㄍㄢˇ ㄧㄚ ˙ㄗ ㄕㄤˋ ㄐㄧㄚˋ　比喻勉強去做能力不及的事。例我不會唱歌，你偏要我唱，這不是趕鴨子上架嗎？
參考 相似詞：打鴨子上架。
俏皮話 「趕鴨子上架——強人所難。」小朋友，如果你要使一隻鴨子爬上架子，那是不太可能的事，因為鴨子腳上有蹼，適合在水中游泳，要「趕鴨子上架」那還真是「強人所難」呢！

趣　走部 八畫

ㄑㄩˋ ❶興味：例興趣、趣味。❷趨向：例旨趣。

趣味 ㄑㄩˋ ㄨㄟˋ　情趣和意味。例這個節目很有趣味。

趣事 ㄑㄩˋ ㄕˋ　有趣的事。

趟　走部 八畫

ㄊㄤˋ 量詞，來往一次叫一趟，同「回」或「次」：例麻煩你再跑一趟。

七畫

趨

走部 十畫

一 十 土 キ 丰 走 走 赱 起 起 起 趄 趨 趨 趨 趨

ㄑㄩ ❶快走：例趨前。❷傾向：例趨向。❸依附：例趨炎附勢。ㄘㄨˋ通「促」。

趨向 ㄑㄩ ㄒㄧㄤˋ 傾向。例最近的社會有哈韓的趨向。

趨勢 ㄑㄩ ㄕˋ 事物發展的動向。例目前國際趨勢是阻止核武製造，追求世界和平。

趨之若鶩 ㄑㄩ ㄓ ㄖㄨㄛˋ ㄨˋ 像野鴨子一樣，成群的跑過去。比喻爭著追逐某項事物。鶩：水鳥名，俗稱「野鴨」。例最近整型風氣很盛，人人趨之若鶩。

趨利避害 ㄑㄩ ㄌㄧˋ ㄅㄧˋ ㄏㄞˋ 趨向對自己有利的事物，避開災禍。例每個人都希望趨利避害，保護自己。

趨炎附勢 ㄑㄩ ㄧㄢˊ ㄈㄨˋ ㄕˋ 討好、巴結有權勢的人，或投靠富貴人家。例他喜歡趨炎附勢，拍馬屁。

參考 相似詞：攀龍附鳳。

足部 ㄗㄨˊ

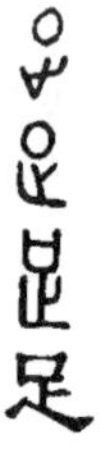

ㄓ是腳連小腿的象形字，「○」代表小腿，「ㄓ」就是腳（請見止部說明）。足部的字和腳都有關係，多半是用腳的活動。例如：跳（腳向上跳）、跟（腳後跟）、踩（用腳踩住）。

足

足部 ○畫

丶 ㄇ 口 ㄗ 早 足 足

ㄗㄨˊ ❶腳：例足跡。❷支撐器物的腳：例鼎足。❸充分完全：例富足。❹值得：例微不足道。ㄐㄩˋ過分：例足恭。

參考 相似字：夠、腳。♣相反字：缺、乏、少。

古人說 「人心不足蛇吞象。」這句話是比喻人不容易滿足。例他慾望過高，簡直是「人心不足蛇吞象」。

足以 ㄗㄨˊ ㄧˇ 可能，可以。例他的行為足以做為我們的模範。

足夠 ㄗㄨˊ ㄍㄡˋ 充分，沒有缺乏。例媽媽給我的錢，足夠買新書了。

足球 ㄗㄨˊ ㄑㄧㄡˊ 一種球類運動，比賽分成兩隊，每隊十一人，守門員在規定區域內可以用手，其他運動員只能用腳踢球或用頭頂球。

足跡 ㄗㄨˊ ㄐㄧ 腳印。例這些足跡，是小狗留下來的嗎？

趴

足部 二畫

丶 ㄇ 口 ㄗ 早 𧾷 趴 趴

ㄆㄚ ❶臉朝下臥倒：例趴下。❷身體向前靠在物體上：例趴在桌上。

參考 請注意：「趴」，是靠著不動，例如：趴下。「爬」（ㄆㄚˊ）是手腳並用的行動，例如：爬山、在地上爬。趁人不備偷取人身上東西的人叫「扒」（ㄆㄚˊ）手。

趾

足部 四畫

趾

丶 ㄇ 口 ㄗ 早 𧾷 𧾷 趾 趾 趾

ㄓˇ 腳或腳指頭：例腳趾。

參考 請注意：「趾」和「指」都讀ㄓˇ。手部的「指」是手掌前方的指頭，例如：指甲、手指頭。足部的「趾」是腳或腳下的指頭，例如：腳趾、趾甲。

趾高氣揚 ㄓˇ ㄍㄠ ㄑㄧˋ ㄧㄤˊ 走路時腳抬得高高的，態度很得意。氣揚：是指很得意的樣子。比喻自滿自大，得意忘形的態度。例許多人看不慣他那副趾高氣揚的態度。

參考 相似詞：高視闊步。♣相反詞：垂頭拱手。

七畫

趿
趿　足部　四畫

ㄙㄚ 用腳勾取的意思。

ㄊㄚ 穿鞋只穿腳尖部分，而把後跟踩在腳下：例趿拉著鞋。

跎
跎跎　足部　五畫

ㄊㄨㄛˊ 虛度、浪費光陰：例蹉跎。

距
距距　足部　五畫

ㄐㄩˋ ❶公雞爪後突出像腳趾的部分，可以用來打鬥。❷相隔的遠近：例距離。

參考 相似字：離、隔。♣請注意：足部的「距」和手部的「拒」用法不同，「距」是遠近時使用，而「拒」則有反抗、抵抗的意思；因此抗拒、拒絕的「拒」不能寫成「距」。

距離 ㄐㄩˋ ㄌㄧˊ 時間或空間相隔的遠近。例臺北和板橋距離很近。

跋
跋跋　足部　五畫

ㄅㄚˊ ❶在山上行走：例跋山涉水。❷寫在文章或書籍後面的文字：例題跋。

跋涉 ㄅㄚˊ ㄕㄜˋ 爬山涉水；形容旅途艱辛。例他經過長途跋涉，終於回到家鄉。

跋扈 ㄅㄚˊ ㄏㄨˋ 態度惡劣傲慢。例她一向嬌生慣養，所以個性很跋扈。

跑
跑跑　足部　五畫

ㄆㄠˇ ❶大步快速向前走：例賽跑。❷逃走：例小偷跑了。❸走：例東跑西跑。❹為某種事務而奔走、忙碌：例跑新聞。❺漏出：例跑氣、跑電、跑油。

ㄆㄠˊ 動物用爪或蹄挖地：例跑地作穴。

猜一猜 老太婆包腳。（猜一字）（答案：跑）

俏皮話 「牆頭上跑馬——回不了頭。」小朋友你知道「牆上跑馬」是什麼意思嗎？這句話是比喻情況將繼續下去，不會改變。

跑道 ㄆㄠˇ ㄉㄠˋ ❶運動比賽用的路。❷供飛機起飛和著陸的地面道路。

跑路 ㄆㄠˇ ㄌㄨˋ 快步的走。例馬兒跑路的速度很快。

跌
跌跌　足部　五畫

ㄉㄧㄝˊ ❶摔倒：例跌跤。❷降低：例跌價。❸文章音節有頓、挫：例跌宕（ㄉㄤˋ）。❹跺腳：例跌足。

參考 請注意：跌、迭、瓞都念ㄉㄧㄝˊ，但是用法不同：「迭」有更替的意思，例如：「高潮迭起」；而「瓞」為小瓜，左邊是瓜部。

猜一猜 千古恨。（猜一字）（答案：跌）

跌倒 ㄉㄧㄝˊ ㄉㄠˇ 不小心摔倒。例她不小心跌倒了。

參考 相似詞：跌跤、摔跤、摔倒、絆倒、絆跤、栽筋斗、栽跟頭、栽跟斗、滑一跤。

古人說 「天上下雨，地下滑，自己跌倒自己爬。」這句話是說：人要靠自己來做事，才會持久，靠別人的幫忙，無法持久。

笑一笑 女兒：「媽媽，今天有個人跌了一跤，旁邊的人看了都在笑，只有我沒笑。」媽媽：「真是好孩子，但是你為什麼不笑？」女兒：「因為跌跤的人就是我！」

跌落 ㄉㄧㄝˊ ㄌㄨㄛˋ 落下，掉下。例她抱著西瓜，一不小心，西瓜跌落在地上。

跌傷 ㄉㄧㄝˊ ㄕㄤ 因跌倒而受傷。例她被石頭絆倒，膝蓋都跌傷了。

跌價 ㄉㄧㄝˊ ㄐㄧㄚˋ 物價下降。例由於生產過多，青菜已經跌價了。

跛

足部　五畫

ㄅㄛˇ 腳腿有毛病，走路一拐一拐的：例跛足。

ㄅㄧˋ 偏斜不正：例跛倚。

跚

足部　五畫

ㄕㄢ 走路困難、很慢的樣子：例蹣跚。

跆

足部　五畫

ㄊㄞˊ 用腳踩、踏。

跆拳道 ㄊㄞˊ ㄑㄩㄢˊ ㄉㄠˋ 一種拳術。用手、臂、足的力量，以阻、閃、攔、截等動作，快速攻擊對方。

跡

足部　六畫

ㄐㄧ ❶行走後留下的痕印：例足跡、血跡、筆跡。❷前人遺留下來的事物：例名勝古跡、遺跡、歷史的陳跡。❸事物遺留下來的情況：例事跡、痕跡、筆跡。

參考 請注意：「跡」、「蹟」和「迹」是通用的。

跡象 ㄐㄧ ㄒㄧㄤˋ 指表露出來的情況並不很清楚，但是可以用來推測過去或將來。象：形狀外貌。例沒有任何跡象顯示他曾經來過這裡。

跟

足部　六畫

ㄍㄣ ❶腳或鞋、襪的後部：例腳跟、鞋跟。❷在後面緊接著行動：例請跟我來。❸介詞，「對」、「向」的意思：例我跟你說。❹連接詞，「和」的意思：例我跟你是同學。

參考 相似字：從、隨。♣請注意：「根」和「跟」都念ㄍㄣ，但是「根」是指植物生長在土中的部分，意思多含有事物的基礎，例如：根本、根基；而「跟」是腳的後部，因此「高跟鞋」、「腳跟」的「跟」都不能寫成「根」。

俏皮話 「月亮跟著太陽走——借光。」小朋友應該都知道月亮之所以會發光，完全是由於太陽照射的關係，指請求別人給予方便的意思。例如：請求別人幫忙的時候就可以用「月亮跟著太陽走——借光」這句話了。

跟前 ㄍㄣ ㄑㄧㄢˊ 身邊，附近。例請你到我跟前來。

跟蹤 ㄍㄣ ㄗㄨㄥ 跟在人家後面，觀看他的舉止行動。例警察跟蹤歹徒，伺機一舉逮捕。

跟隨 ㄍㄣ ㄙㄨㄟˊ ❶跟在後面。例他跟隨父親去買東西。❷隨從的人。例他帶著幾個跟隨出門辦事了。

跟頭 ㄍㄣ ㄊㄡˊ ❶人、物失去平衡而摔倒。例一個不小心，他栽了個跟頭。❷身體向下彎曲而翻滾。

參考 相似詞：筋斗、跟斗。

路

足部　六畫

ㄌㄨˋ ❶人、車通行的通道：例馬路。❷路程：例八千里路。❸途徑，方向：例路線。❹條理：例思路、紋路。❺方面：例各路英雄好漢。❻種類：例一路貨、同路人。❼姓：例路先生。

參考 相似字：道、徑、途。

古人說 「路遙知馬力，日久見人心。」這句話是說：人與人之間的交往，要經過長期的考驗。時間一久，經歷多了，才能分辨出人的才幹和友情。例「路遙知馬力，日久見人心」，現在他終於露出真面目了。

路途 ㄌㄨˋ ㄊㄨˊ ❶同「路程」。❷道路。例他很熟悉這一帶的路途。

路程 ㄌㄨˋ ㄔㄥˊ 道路的遠近。例從這裡到臺北只需半天路程。

路線（ㄌㄨˋ ㄒㄧㄢˋ） 從甲地到乙地所經過的道路。

路燈（ㄌㄨˋ ㄉㄥ） 街道旁照亮的燈。

唱詩歌 太陽剛下山，路燈亮一串，一二三四五……數呀數不完。風裡站得穩，雨中亮閃閃，一盞又一盞，一直到天邊。

路不拾遺（ㄌㄨˋ ㄅㄨˋ ㄕˊ ㄧˊ） 形容治安良好，即使在路上看到別人遺失東西，也不會去撿。例孔子治理魯國時，路不拾遺，民風淳樸。

參考 相似詞：道不拾遺。

跨

足部 六畫

ㄎㄨㄚˋ ❶越過：例跨越馬路。❷偏著坐：例跨邊兒坐著。❸附在旁邊的：例跨院兒、旁邊跨著一行小字。❹橫架在上方：例橋跨在河上。❺騎乘：例跨馬。❻兩條大腿之間，同「胯」。

參考 請注意：跨和誇、垮、胯都有「夸」。足部的「跨」（ㄎㄨㄚˋ），有橫越過去的意思，例如：跨越、跨過。言部的「誇」（ㄎㄨㄚ），用言語說一些事，例如：誇口、誇獎、誇耀、誇大。土部的垮（ㄎㄨㄚˇ），是東西倒塌，例如：垮臺。肉部的「胯」（ㄎㄨㄚˋ），是指兩股間，例如：胯下。

跨越（ㄎㄨㄚˋ ㄩㄝˋ） 跨過，超越。例千萬不要跨越馬路，以免發生危險。

跨欄（ㄎㄨㄚˋ ㄌㄢˊ） 一種田徑運動，在跑道上放置很多欄架，選手在賽跑途中，必須跨過這些欄架才能到達終點。

跳

足部 六畫

ㄊㄧㄠˋ ❶兩腳離地，身體向上或向前躍起：例跳高、跳遠。❷一起一伏的動：例心跳。❸越過：例這頁跳過去不教。

參考 相似字：躍、踴。

跳高（ㄊㄧㄠˋ ㄍㄠ） 田徑運動的項目，有立定跳高、急行跳高、撐杆跳高三種。

跳動（ㄊㄧㄠˋ ㄉㄨㄥˋ） 跳躍，振動。

跳遠（ㄊㄧㄠˋ ㄩㄢˇ） 田賽項目之一，有立定跳遠和急行跳遠。

跳舞（ㄊㄧㄠˋ ㄨˇ） 跟著音樂的節奏，有一定步伐的舞蹈。

跳繩（ㄊㄧㄠˋ ㄕㄥˊ） 一種民俗體育活動。把繩子揮舞成圓圈，趁著繩子落地時跳過去。

跳躍（ㄊㄧㄠˋ ㄩㄝˋ） 向上跳起。例她一聽到上榜的消息，高興得跳躍起來。

跺

足部 六畫

ㄉㄨㄛˋ 用力踏地：例跺腳。

跺腳（ㄉㄨㄛˋ ㄐㄧㄠˇ） 腳用力踏地。例弟弟把她心愛的玩具打破了，她氣得直跺腳。

跪

足部 六畫

ㄍㄨㄟˋ 使膝蓋彎曲著地：例跪下。

跪拜（ㄍㄨㄟˋ ㄅㄞˋ） 跪在地上叩頭。例祭祖時，全家人都要跪拜祖先。

跤

足部 六畫

ㄐㄧㄠ ❶跌倒：例他跌了一跤。❷角力：例摔跤。

唱詩歌 城門城門幾丈高？三十六丈高。騎白馬，帶腰刀，走進城門滑一跤。

跼

足部 七畫

ㄐㄩˊ ❶彎曲身體，表示敬畏：例跼蹐（ㄐㄧˊ）、跼天蹐地。❷徘徊不前的樣子：例跼躅（ㄓㄨˊ）。

跟

足部 七畫

ㄌㄧㄤˊ 腳亂動的樣子：例跳踉。

ㄌㄧㄤˋ 腳步亂，走起路來搖搖晃晃的樣子：例踉蹌。

踉蹌 ㄌㄧㄤˋ ㄑㄧㄤˋ 走路不穩，搖搖晃晃的樣子。也可以說成「踉踉蹌蹌」。

踟 足部 八畫

ㄔˊ 遲疑不定，要走不走的樣子：例踟躕（ㄔㄨˊ）不前。

踫 足部 八畫

ㄆㄥˋ ❶撞擊，同「碰」：例相踫。❷試探，同「碰」：例踫踫看。

踐 足部 八畫

ㄐㄧㄢˋ ❶用腳踩、踏地：例踐踏。❷實行：例踐約。❸皇帝登基：例踐位。

參考 相似字：踏、踩、蹈、履。

踐約 ㄐㄧㄢˋ ㄩㄝ 履行諾約。例季札為了踐約，把他的寶劍掛在徐王的墳墓前。

踐踏 ㄐㄧㄢˋ ㄊㄚˋ 亂踩亂踏。例踐踏花木。

踝 足部 八畫

ㄏㄨㄞˊ 小腿和腳掌相接的地方，腳腕兩旁所凸起的圓骨：例踝骨。

踢 足部 八畫

ㄊㄧ 提起腿用力伸出或用腳觸動：例踢腿、踢球、踢毽子。

參考 相似字：蹴。

踢球 ㄊㄧ ㄑㄧㄡˊ 足球運動。

踢毽子 ㄊㄧ ㄐㄧㄢˋ ˙ㄗ 中國民俗體育之一。用雞毛插在圓形底座上做成毽子，可以比次數或比花樣。

踏 足部 八畫

ㄊㄚˋ ❶用腳著地、著物：例踏步。❷步行：例踏青。❸親自到現場去：例踏看、踏勘。

古人說 「踏破鐵鞋無覓處，得來全不費工夫。」覓：尋找。這句話是指尋找得非常辛苦，但卻又幸運的偶然得到。例走遍大小書店都買不到這本書，後來居然在姐姐的書架上發現了，真是「踏破鐵鞋無覓處，得來全不費工夫」。

踏步 ㄊㄚˋ ㄅㄨˋ 在原地作走的動作而不前進。

踏青 ㄊㄚˋ ㄑㄧㄥ 春天到郊外遊玩。青：青草。

踏實 ㄊㄚˋ ㄕˊ 切實認真。

踩 足部 八畫

ㄘㄞˇ 用腳踐踏：例踩壞。

參考 相似字：踐、踏。

踩空 ㄘㄞˇ ㄎㄨㄥ 沒踏到。例山路難走，他一腳踩空，掉到山谷裡。

踮 足部 八畫

ㄉㄧㄢˇ 提起腳跟，用腳尖著地：例他太矮，要踮腳才能看到風景。

踡 足部 八畫

ㄑㄩㄢˊ 彎曲身體：例踡伏、踡曲。

踡伏 ㄑㄩㄢˊ ㄈㄨˊ 彎著身體，趴在地上。例小貓踡伏在我的腳邊，陪我讀書。

踞
足部 八畫

ㄐㄩˋ ❶蹲，坐：例龍盤虎踞。❷占據：例盤踞。

蹄
足部 九畫

ㄊㄧˊ 獸類的腳：例牛蹄、馬蹄。

猜一猜 帝王的腳。（猜一字）（答案：蹄）

古人說 「人有失手，馬有失蹄。」這句話是說：偶然的疏忽是難免的。例「人有失手，馬有失蹄」，不要對這次的失敗耿耿於懷。

踱
足部 九畫

ㄉㄨㄛˋ 慢慢的走：例踱來踱去。

踱步 ㄉㄨㄛˋ ㄅㄨˋ 慢步走路。例他在公園踱步。

踱來踱去 ㄉㄨㄛˋ ㄌㄞˊ ㄉㄨㄛˋ ㄑㄩˋ 慢步走來走去。例他在房間踱來踱去，不曉得有什麼心事。

蹂
足部 九畫

ㄖㄡˊ 踐踏，迫害：例蹂躪。

蹂躪 ㄖㄡˊ ㄌㄧㄣˋ 踐踏；比喻用暴力欺壓、侮辱侵害他人。例早年國主義殘暴地蹂躪殖民地的人民。

踴
足部 九畫

ㄩㄥˇ ❶跳躍：例踴躍歡呼。❷形容熱烈積極、爭先恐後：例踴躍報名。

參考 請注意：❶「踴」的異體字是「踊」。❷踴、俑、恿、湧、蛹都讀ㄩㄥˇ，但意義不同：熱烈積極叫「踴躍」；陪葬的木頭人或泥人叫人「俑」；用心機使別人做事叫慫「恿」；水向上冒叫泉「湧」；幼蟲可以變成蠶「蛹」。

踴躍 ㄩㄥˇ ㄩㄝˋ 形容熱烈積極、爭先恐後。例這次義賣活動，參加的人很踴躍。

踹
足部 九畫

ㄔㄨㄞˋ ❶用腳猛力踢東西：例用力踹開門、踹你一腳。❷破壞：例一樁好的買賣，被人給踹了。

參考 相似字：踢、蹴。

踵
足部 九畫

ㄓㄨㄥˇ ❶腳後跟：例接踵而至。❷追隨前人的事業：例踵事。❸跟隨，繼續：例踵至。❹親自到：例踵門、踵謝。

踵至 ㄓㄨㄥˇ ㄓˋ 跟在後面就到。

踵門 ㄓㄨㄥˇ ㄇㄣˊ 親自登門。

踵謝 ㄓㄨㄥˇ ㄒㄧㄝˋ 親自前去致謝。

踰
足部 九畫

ㄩˊ 超越，同「逾」：例踰越。

蹉
足部 十畫

ㄘㄨㄛ ❶浪費、虛度光陰：例蹉跎。❷差誤，錯失：例蹉跌。

蹉跎 ㄘㄨㄛ ㄊㄨㄛˊ 指時間白白浪費，沒有好好利用。例你可別蹉跎歲月，以免將來老大徒傷悲。

蹋 足部 十畫

ㄊㄚˋ ❶踐踏，通「踏」：例蹋上。❷浪費財物或侮辱他人：例蹧蹋。

參考 相似字：踏、踩、履、踐。♣請注意：「蹧蹋」可以寫作「糟蹋」或「蹧塌」。

蹈 足部 十畫

ㄉㄠˋ ❶遵循：例循規蹈矩。❷踩，踏：例赴湯蹈火、重蹈覆轍。❸跳動：例手舞足蹈。

蹊 足部 十畫

ㄒㄧ ❶小路：例蹊徑。❷踩，踏：例蹊田。❸奇怪，可疑：例蹊蹺。

參考 相似字：徑。

蹊徑 ㄒㄧ ㄐㄧㄥˋ 山路，小路。也可以指專門的途徑。

蹊蹺 ㄒㄧ ㄑㄧㄠˋ 奇怪，可疑。也可以寫作「蹺蹊」。

蹌 足部 十畫

ㄑㄧㄤ 走動的樣子：例蹌蹌。

ㄑㄧㄤˋ 走路不穩、搖搖晃晃：例踉蹌。

蹙 足部 十一畫

ㄘㄨˋ ❶皺，收縮：例蹙眉。❷急迫危險的：例國勢日蹙。

蹙眉 ㄘㄨˋ ㄇㄟˊ 因為憂愁而皺眉頭。

蹤 足部 十一畫

ㄗㄨㄥ ❶跟隨在人家背後：例跟蹤。❷腳印，足跡：例蹤跡。❸人或物的形影和痕跡：例行蹤不定。

參考 請注意：「蹤」的異體字是「踪」。

蹤跡 ㄗㄨㄥ ㄐㄧ ❶腳印。例這些蹤跡是小狗留下來的。❷尋找，追隨。

蹣 足部 十一畫

ㄇㄢˊ ❶踰越：例蹣山度水。❷走路困難、搖搖晃晃的樣子：例蹣跚。

蹣跚 ㄇㄢˊ ㄕㄢ 走路困難、搖搖晃晃的樣子。例老人家蹣跚的走向車站。

蹦 足部 十一畫

ㄅㄥˋ ❶向上跳：例活蹦亂跳。❷東西從地面彈起：例皮球蹦得很高。

參考 相似字：跳、躍。

蹦蹦跳跳 ㄅㄥˋ ㄅㄥˋ ㄊㄧㄠˋ ㄊㄧㄠˋ ❶形容走路跳躍的樣子。例小猴子在樹上蹦蹦跳跳。❷形容活潑快樂的樣子。例他聽到得獎的好消息，蹦蹦跳跳的離開了。

蹟 足部 十一畫

ㄐㄧ 事物遺留下來的情況：例古蹟、奇蹟、墨蹟。

蹚 足部 十一畫

ㄊㄤ 在淺水中行走：例蹚水。

蹚渾水 ㄊㄤ ㄏㄨㄣˊ ㄕㄨㄟˇ 比喻跟著人家一起做不好的事。

蹩
足部 十一畫

ㄅㄧㄝˊ 腳扭傷：例跌了一跤，蹩了腳。

參考 請注意：憋、彆、蹩、鱉的讀音和用法：「彆（ㄅㄧㄝˋ）扭」是不順或兩個人意見不同，例如：他們倆在鬧彆扭。「憋」（ㄅㄧㄝ）是勉強忍住或悶在心裡，例如：憋氣。「蹩」（ㄅㄧㄝˊ）是扭傷，例如：蹩了腳；還有很差、不好的意思，例如：蹩腳貨。「鼈」（ㄅㄧㄝ）就是甲魚，也可以寫成「鱉」，外形和烏龜相似，都有堅硬的殼，生活在水中。

蹩腳（ㄅㄧㄝˊ ㄐㄧㄠˇ） ❶跛腳。❷比喻辦事能力差或品質不好。例你買的電風扇真是蹩腳貨。❸運氣不好、辦事不順利。例這件事真蹩腳。

躇
足部 十二畫

ㄔㄨˊ 拿不定主意：例躊躇。

蹼
足部 十二畫

ㄆㄨˊ 在水裡游的家禽或兩棲類腳趾間的薄膜，可以用來划水。

小百科 有蹼的動物，兩棲類有蛙、蟾蜍，游禽類有鴨、鵝。

蹲
足部 十二畫

ㄉㄨㄣ ❶兩腿儘量彎曲，像坐的樣子，但是臀部不著地：例蹲下。❷閑居：例他畢業後就蹲在家裡，沒有去工作。

蹶
足部 十二畫

ㄐㄩㄝˊ 跌倒，可以比喻失敗或挫折：例一蹶不振。

蹬
足部 十二畫

ㄉㄥˋ ❶穿著：例蹬上高跟鞋。❷腿、腳一起向腳底用力：例蹬腳踏車。

蹺
足部 十二畫

ㄑㄧㄠ ❶抬起：例蹺二郎腿。❷死亡：例蹺辮子。❸逃：例蹺課。❹舉起：例蹺起大拇指。❺高蹺，一種民間舞蹈，表演的人踩著有踏腳裝置的木棍邊走邊舞。

參考 請注意：❶「蹺」有時也寫作「蹻」（ㄑㄧㄠ）。❷曉、燒、繞、蹺、翹的讀法和用法：「曉」（ㄒㄧㄠˇ）是早晨天剛亮的時候，例如：破曉。「燒」（ㄕㄠ）是火焰燃燒，有溫度升高的含意，例如：發燒、燃燒。「繞」（ㄖㄠˋ）有纏繞的意思，例如：圍繞、環繞。「蹺」（ㄑㄧㄠ）有舉起、抬起的意思，例如：蹺二郎腿。「翹」（ㄑㄧㄠˋ）有突起不平的意思，例如：這塊木板晒得翹起來了。

蹺課（ㄑㄧㄠ ㄎㄜˋ） 指沒有請假又不去上課。

蹺蹊（ㄑㄧㄠ ㄒㄧ） 奇怪，可疑。也寫作「蹊蹺」。

蹺蹺板（ㄑㄧㄠ ㄑㄧㄠ ㄅㄢˇ） 兒童遊戲用具，用長方形木塊製成，固定在地上，玩的人各坐一邊，體重較重的會下墜，比較輕的人就會在上面。也可寫作「翹翹（ㄑㄧㄠˋ）板」。

猜一猜 一匹馬，兩人騎，一頭高，一頭低，馬兒雖然不會跑，兩人騎得笑嘻嘻。（猜一種遊戲用具）（答案：蹺蹺板）。

蹺辮子（ㄑㄧㄠ ㄅㄧㄢˋ ㄗ˙） 就是死亡。

蹴
足部 十二畫

ㄘㄨˋ ❶踏踩：例一蹴可幾。❷用腳踢東西：

例蹴踘。

蹴踘(ㄘㄨˋ ㄐㄩˊ) 古時候的一種遊戲，就像現在的踢球。

蹭 足部 十二畫

ㄘㄥˋ ❶摩擦：例蹭破了皮。❷拖延，慢吞：例磨蹭、別蹭了。

躉 足部 十三畫

ㄉㄨㄣˇ ❶整數的貨物稱「躉」，零星的稱「零」，連稱「零躉」。❷整批的買進：例躉現躉賣。❸整批或大批的：例躉批、躉賣。

參考 相反字：零。

躁 足部 十三畫

ㄗㄠˋ 個性急，不冷靜：例急躁、暴躁。

參考 請注意：暴躁、急躁的「躁」是足部的「躁」，而不是火部的「燥」，只有「乾燥」才能加上「火」字，個性急躁的人不是常常跳腳嗎?因此急躁要用「足」部的「躁」。

躅 足部 十三畫

ㄓㄨˊ 徘徊不前進的樣子：例躑躅。

躂 足部 十三畫

ㄊㄚˋ 失足跌倒：例躂蹴。

躊 足部 十四畫

ㄔㄡˊ 拿不定主意：例躊躇。

躊躇(ㄔㄡˊ ㄔㄨˊ) 拿不定主意。例躊躇不前。

躊躇滿志(ㄔㄡˊ ㄔㄨˊ ㄇㄢˇ ㄓˋ) 得意自滿的樣子。

躍 足部 十四畫

ㄩㄝˋ ❶跳：例飛躍。❷歡喜：例雀躍。

參考 相似字：跳、踴。

躍升(ㄩㄝˋ ㄕㄥ) 比喻升級很快。

躍進(ㄩㄝˋ ㄐㄧㄣˋ) 以高速度前進。

躍躍欲試(ㄩㄝˋ ㄩㄝˋ ㄩˋ ㄕˋ) 形容心裡急切的想試試。例比賽還沒開始，選手們已經摩拳擦掌、躍躍欲試了。

躑 足部 十五畫

ㄓˊ 徘徊不前進的樣子：例躑躅(ㄓㄨˊ)。

躡 足部 十八畫

ㄋㄧㄝˋ ❶放輕腳步行走：例躡手躡腳。❷追隨：例躡蹤。❸踩：例躡足。

躡手躡腳(ㄋㄧㄝˋ ㄕㄡˇ ㄋㄧㄝˋ ㄐㄧㄠˇ) 只用腳尖輕輕著地；形容走路很輕的樣子。

躥 足部 十八畫

ㄘㄨㄢ ❶向上猛跳：例貓兒躥上屋頂了。❷噴瀉：例飛躥。❸對人疾言厲色的表示憤怒：例他聽了這話就躥了起來。

躪 足部 二十畫

ㄌㄧㄣˋ 踐踏，迫害：例蹂躪。

七畫

身部 ㄕㄣ

為什麼閩南語把懷孕稱為「有身」？因為「[illegible]」本來是像婦人懷孕的象形字，請看「[illegible]」，是一個人，「[illegible]」，像孕婦圓滾滾的大肚子，下面那一橫表示孕婦站在地面上。後來一橫上移，寫成「[illegible]」，「[illegible]」是像腿伸出去的樣子，今天寫成「身」。「身」現在都當作身體的代稱，身部的字都和身體有關係，例如：躬（原意是身體，引申有親自的意思）、軀（身驅）。

身 身部 〇畫

ㄕㄣ ❶人或動物的身體：例轉身、翻身。❷指生命：例捨身救人。❸本人，自己：例以身作則、身臨其境。❹物體的主要部分：例船身、車身。❺人的品格和修養：例修身、立身處事。❻懷孕：例有了身孕。❼計算衣服的單位：例一身新衣。❽名分：例妾身未明。❾我，自稱：例老身。

ㄐㄩㄢ 印度的古稱：例身毒（也可譯成申毒、天篤、天竺、天督）。

參考 請注意：「身」和「躬」都有親自的意思，但是「身體力行」不說成「躬體力行」；「躬行實踐」也不能說成「身行實踐」。

身分 ㄕㄣ ㄈㄣˋ 通常指人的地位、出身。例他的身分很神祕。

參考 活用詞：身分證。

身手 ㄕㄣ ㄕㄡˇ 技藝，本領。例他在這次運動大會上一展身手。

身孕 ㄕㄣ ㄩㄣˋ 懷孕。孕：婦人懷胎。

身材 ㄕㄣ ㄘㄞˊ 指人的外型，高、矮、胖、瘦等。例他經常游泳，因此身材高大。

身段 ㄕㄣ ㄉㄨㄢˋ 本來是指身體的高矮、胖瘦，現在則是指戲曲演員所表演的各種舞蹈化動作的總稱，包括坐、臥、走路、上馬、下馬等等。

身教 ㄕㄣ ㄐㄧㄠˋ 用自己的行動作為別人的榜樣。例他生活嚴謹，主要是希望給子女好的身教。

參考 相反詞：言教。

身體 ㄕㄣ ㄊㄧˇ ❶人的驅體。例他的身體強壯。❷親自體驗。例他身體力行節約能源的環保生活。

身敗名裂 ㄕㄣ ㄅㄞˋ ㄇㄧㄥˊ ㄌㄧㄝˋ 地位喪失，名譽破壞。形容做壞事或做錯事而徹底失敗，遭人看不起。例他因為盜用公款而身敗名裂。

身歷其境 ㄕㄣ ㄌㄧˋ ㄑㄧˊ ㄐㄧㄥˋ 親自經歷了某種境界。歷：經過。例這部恐怖片，使人身歷其境，感到害怕。

躬 身部 三畫

ㄍㄨㄥ ❶身體：例政躬康泰。❷親自去做：例躬行、躬耕。❸彎下身體：例鞠躬。❹姓：例躬先生。

參考 相似字：自、親。

躬耕 ㄍㄨㄥ ㄍㄥ 親自下田耕作。

躲 身部 六畫

ㄉㄨㄛˇ ❶隱藏：例躲藏。❷避開：例躲雨、躲債。

參考 相似字：避、藏。

躲藏 ㄉㄨㄛˇ ㄘㄤˊ 把身體隱藏起來，讓人家看不到。

躲避球 ㄉㄨㄛˇ ㄅㄧˋ ㄑㄧㄡˊ 球類運動的一種，比賽時每隊派出二十五人，可以再減少或增加。主要是用球攻擊對方在場內的人，被打中的人就要出場防守，最後以場內剩下球員的多少決定輸贏。

躺

身部 八畫

丿 亻 冂 冂 自 身 身 身' 身' 身' 躺 躺 躺 躺 躺

ㄊㄤˇ 把身體平放在其他物體上：例躺下。

參考 相似字：臥。♣相反字：立。

笑一笑 從前有個叫張三的窮人，他聽說西方天竺國有一尊臥佛很靈驗，就費盡了千辛萬苦去求他幫忙。臥佛苦笑著對他說：「很抱歉，我幫不上忙。你看我現在躺在這裡，連自己想翻個身，都還做不到呢！」

軀

身部 十一畫

丿 亻 冂 冂 自 身 身 身 身 身 軀 軀 軀 軀 軀 軀 軀 軀

ㄑㄩ ❶身體：例軀體、軀幹。❷生命：例為國捐軀。

參考 請注意：嶇、軀、驅、歐、毆、謳、鷗的讀音和用法：「嶇」（ㄑㄩ）是地形高低不平，例如：崎嶇的小路。「軀」（ㄑㄩ）是身體，例如：軀體。「驅」（ㄑㄩ）是趕馬前進，有趕走的意思，例如：驅逐、驅使。「歐」（ㄡ）是姓或翻譯名詞，例如：歐先生、歐洲。「毆」（ㄡ）有擊、打的意思，例如：鬥毆、毆打。「謳」（ㄡ）是唱歌，例如：謳歌。海「鷗」（ㄡ）是一種水鳥，常在海上飛翔、覓食。

軀殼 ㄑㄩ ㄎㄜˊ 指有形的肉體，通常是指人有軀體，而沒有精神。例他每天混日子，不過是個軀殼罷了！

軀幹 ㄑㄩ ㄍㄢˋ 身體從脖子到臀部（屁股）有內臟的部分，因為這個部分很重要，因此可以引申為事物的主要部分。

軀體 ㄑㄩ ㄊㄧˇ 就是身體。

車部 ㄔㄜ

車

「」是按照古人乘坐的車子所造的象形字，旁邊是車輪（古代的車子都只有兩輪），中間是車廂。因為書寫太麻煩了，因此後來就只畫出兩個輪子寫成「」，最後乾脆只畫一個豎起的輪子——「車」，雖然很簡略，但「車」還是個象形字。車部的字都和車子有關，例如：軌（車走過的痕跡）、輪、輛、載。

車

車部 〇畫

一 ㄏ 冂 百 亘 亘 車

ㄔㄜ 語音。❶陸地上用輪子轉動的運輸工具：例車子。❷利用輪軸轉動的機械裝置：例風車。❸用機械運轉製造物品：例車布邊。❹姓：例車先生。

ㄐㄩ 讀音。象棋棋子的一種。

車夫 ㄔㄜ ㄈㄨ 拉車或開車的人。

車站 ㄔㄜ ㄓㄢˋ 供火車、汽車停靠，讓客人上下車的固定地點和設施。例有很多人在車站等車。

車票 ㄔㄜ ㄆㄧㄠˋ 一種已經付了車錢，可以搭車的憑據。例我買了來回車票。

車掌 ㄔㄜ ㄓㄤˇ ❶早期公車上負責剪票的服務員。❷火車上負責查票的人員。

車資 ㄔㄜ ㄗ 坐車的車錢。例計程車車資又漲價了。

車禍 ㄔㄜ ㄏㄨㄛˋ 因駕駛不小心而發生的災害。例他因為車禍受了重傷，被送到醫院急救。

車輛 ㄔㄜ ㄌㄧㄤˋ 各種車子的總稱。例馬路上車輛很多，我們要特別小心。

車輪 ㄔㄜ ㄌㄨㄣˊ 車子底部裝置的輪子。

車篷 ㄔㄜ ㄆㄥˊ 用竹片或油布等覆蓋張設在車上，來遮陽擋雨的東西。例車篷已經老舊，需要換新了。

車轍 ㄔㄜ ㄔㄜˋ 車輪經過留下的痕跡。例卡車在沙地上留下兩道深深的車轍。

車馬費 ㄔㄜ ㄇㄚˇ ㄈㄟˋ　因公務外出時的交通費。例他們到臺中參加比賽，車馬費由學校負責。

車水馬龍 ㄔㄜ ㄕㄨㄟˇ ㄇㄚˇ ㄌㄨㄥˊ　車像流水，馬像游龍，指來往的車馬很多。形容繁華熱鬧的樣子。例一路上車水馬龍，熱鬧非凡。

軋

車部 一畫

ㄧㄚˋ ❶碾壓，通常指被圓轉的物體壓過：例被轉輪軋傷了、軋馬路。❷排擠：例傾軋。❸用很大的力量壓碎骨節，是古代的一種刑罰：例軋刑。❹形容機器開動時所發出的聲音：例縫紉機軋軋地響著。

ㄍㄚˊ ❶同時進行，趕著辦理：例軋戲。❷結交：例軋朋友。❸擠，擁擠。❹查對：例軋帳。❺一種甜食：例牛軋糖。

軋戲 ㄍㄚˊ ㄒㄧˋ　巨星同時趕拍很多部戲，到處趕場。

軋馬路 ㄧㄚˋ ㄇㄚˇ ㄌㄨˋ　原本指壓路機碾壓馬路，後來把逛街也說成「軋馬路」。

軋頭寸 ㄍㄚˊ ㄊㄡˊ ㄘㄨㄣˋ　用支票向人家借現金。也可以稱為「調頭寸」。

軌

車部 二畫

ㄍㄨㄟˇ ❶車子經過所留下的痕跡或星球運轉的路線：例軌跡。❷使車子按照一定路線前進的設施：例鐵軌、軌道。❸比喻事物正常的規則、秩序：例正軌、常軌。❹姓：例軌先生。

猜一猜　九車並行。（猜一字）（答案：軌）

軌道 ㄍㄨㄟˇ ㄉㄠˋ　❶用鋼鐵材料鋪成的路線，給火車、電車行駛。❷星球在天空運轉的路線。也叫「軌跡」。例地球運行的軌道是接近圓形的。❸比喻應該遵守的規則、程序或範圍。例新生經過訓練，已經逐漸上軌道了。

軌道面 ㄍㄨㄟˇ ㄉㄠˋ ㄇㄧㄢˋ　星球在太空運轉時所走的軌道平面。

軍

車部 二畫

ㄐㄩㄣ ❶保衛國家的武力：例空軍、海軍。❷國軍的編制單位：例陸軍一軍（一軍約有二萬人）。❸姓：例軍先生。

猜一猜　揮手而去。（猜一字）（答案：軍）

軍人 ㄐㄩㄣ ㄖㄣˊ　指在軍中正式登記有名字的人，包括官、兵，都叫軍人。例他目前是現役軍人的身分。

軍火 ㄐㄩㄣ ㄏㄨㄛˇ　槍砲、彈藥等軍用的器材。例私自販賣軍火要判重刑。

軍令 ㄐㄩㄣ ㄌㄧㄥˋ　軍事命令，包括軍隊的訓練、戰爭的計畫等。例軍令如山，不容許任何一個人私自行動。

軍官 ㄐㄩㄣ ㄍㄨㄢ　管理軍隊的官員，分成將、校、尉三級。

軍事 ㄐㄩㄣ ㄕˋ　軍隊的事務。例軍事訓練、軍事計畫。

軍長 ㄐㄩㄣ ㄓㄤˇ　陸軍一軍的長官，一軍大約有兩萬人。

參考　相似詞：軍務。

軍政 ㄐㄩㄣ ㄓㄥˋ　❶軍事上所推行辦理的事務，包括軍隊的建立、管理和需要的費用。政：事務的意思。例將軍忙著處理軍政。❷軍事和政治。例在獨裁國家軍政是合而為一的。❸軍隊和政府。例軍政配合，才能維護國家的安定。

軍師 ㄐㄩㄣ ㄕ　❶古代在軍中替主將出主意、想辦法的人。例諸葛亮是劉備的軍師。❷比喻替別人想辦法的人。例我可以當你參加比賽的軍師。

軍校 ㄐㄩㄣ ㄒㄧㄠˋ　就是軍事學校，培養軍官或士官的學校。例他在軍校教書。

軍備 ㄐㄩㄣ ㄅㄟˋ　軍事上的設施和器材、物品、武器等裝備。備：設施。例那些軍人正在搬運軍備。

軍隊 ㄐㄩㄣ ㄉㄨㄟˋ　指具有武力設備的團體或組織。

軍閥 ㄐㄩㄣ ㄈㄚˊ　用武力占據地方控制政權，不服從中央政府領導的人。閥：指武力或財力很大，而且具有影響力的人。例北伐的目的是平定軍閥割據的局面，完成統一中國的目的。

軍歌　軍隊行進所唱的歌，用來提高士兵精神。

軍糧　軍隊用的食品。糧：穀類的食物。例一車車的軍糧正要運到前線去。

軍醫　在軍中擔任治病醫傷的人員。

軍艦　海軍所用的船隻，包括作戰船和補助船兩種。艦：就是戰船。

軍械局　清朝設置來管理軍用武器、彈藥的機關。械：武器。局：管理公務的單位或機關。

軍國主義　用軍事領導政府，對國民灌輸侵略他國的思想，對外發動戰爭，達到占據的目的。主義：是一種思想。例二次大戰期間，日本採取軍國主義，侵略亞洲各國。

軒　車部 三畫

❶高：例軒然大波、軒昂。❷古代的車子，高頂有布幔，通常士大夫以上的階級才能乘坐：例朱軒。❸有窗戶的長廊或小屋子：例華軒、茅軒。❹姓：例軒先生。

軒昂　形容人的精神飽滿，氣度不凡。例他氣宇軒昂，一定不是小人物。

軒輊　軒是車前高起的部分，輊是車後低下的部分。比喻高低、優劣。例他們兩個人的成就不分軒輊。

參考　活用詞：不分軒輊、難分軒輊。

軒然大波　高高湧起的波浪；比喻大糾紛或大風波。例說話一定要小心，以免禍從口出，引起軒然大波。

軔　車部 三畫

❶阻止車輪轉動的木條。❷抽去木條就可以使車前進，引申為事情的開始：例發軔。❸長度單位。七尺或八尺為一軔，通「仞」。

軟　軟　車部 四畫

❶懦弱的人：例欺軟怕硬。❷物體內部的組織疏鬆，受外力作用後，容易改變形狀：例柔軟。❸疲倦痠疼沒有力氣：例四肢發軟。❹溫柔的：例軟語。❺缺乏主見，容易改變主意：例心軟。❻姓。

參考　相反字：硬。

猜一猜　欠一部車。（猜一字）（答案：軟）

俏皮話　「沒牙的——只吃軟。」小朋友當你牙齒痛的時候，是不是很怕咬到硬的東西？一個沒有牙齒的人，當然專挑軟的東西吃，吃有欺負的意思。因此「沒牙的——只吃軟」是諷刺一個人只會欺負弱小。

軟化　❶由硬變軟；比喻由堅定變為動搖。例聽了我的分析，她的態度逐漸軟化。❷用化學方法降低或除去水中鈣、鎂離子，降低水的硬度，以符合使用水的要求。

軟弱　❶體質衰弱。❷指人的性格柔軟不剛強。例她個性軟弱，無法做大事。

軟骨　人或脊椎動物體內的一種組織。成年人身體上只有鼻尖、外耳、肋骨的尖端、脊椎骨的連結面等是由軟骨構成。

軟禁　不關進監牢，但是不准自由行動。例綁匪把小孩子軟禁在一間空房子裡。

軟木塞　軟木做成的塞子。例爸爸打開軟木塞，倒了一杯酒。

軟骨症　骨骼柔軟無法挺立的病。

軟綿綿　❶形容柔軟的。例她抱著一個軟綿綿的枕頭睡著了。❷形容柔軟無力的樣子。例走了一天的路，我感到全身軟綿綿的，沒有力氣。

軟硬兼施　為了達到目的，同時採取軟和硬的手段。例老師要我們功課進步，不惜軟硬兼施，我們只好加油

七畫

了！

參考 相似詞：剛柔並濟。

軟體動物（ㄖㄨㄢˇ ㄊㄧˇ ㄉㄨㄥˋ ㄨˋ）　一種無脊椎的動物，體質柔軟，沒有骨骼和關節，有肉質的足，多數具有石灰質的外殼，分成水生和陸生。例如：螺、蚌、烏賊、蝸牛等。

軛　車部 四畫

ㄜˋ 在車轅兩端架在牛馬等牲口脖子上的橫木。

軸　車部 五畫

ㄓㄡˊ ❶貫穿車輪中心，控制車輪轉動的橫杆：例車軸、輪軸。❷可以打開或捲起來成軸的，多半指書、畫：例橫軸、立軸。❸圓軸形的東西：例線軸。❹計算可以收捲成軸的物品：例書法一軸。❺國劇術語，在一次演出當中，最後一齣戲叫大軸子，倒數第二齣戲叫壓軸子，通常都是精彩好戲，因此我們把好的表演稱為壓軸。

軸心（ㄓㄡˊ ㄒㄧㄣ）　軸的中心；比喻中心、核心。

軸心國（ㄓㄡˊ ㄒㄧㄣ ㄍㄨㄛˊ）　第二次世界大戰期間，由日、德、義三國所組成的侵略集團。

軻　車部 五畫

ㄎㄜ 一種由軸接合而成的車子。

軼　車部 五畫

ㄧˋ ❶沒有正式記載或已經散失的：例軼事。❷超過：例軼群、超軼。

軼事（ㄧˋ ㄕˋ）　指沒有記錄在正史當中的歷史故事，例如：赤壁之戰諸葛亮借東風燒毀曹操的戰船，在正史當中並沒有記載，但是三國演義有詳細的描寫，那就是軼事。

軼聞（ㄧˋ ㄨㄣˊ）　沒有正式記載，只是傳聞的事跡。

載　車部 六畫

ㄗㄞˋ ❶裝運：例載貨、載人。❷充滿：例怨聲載道。❸記錄：例記載。❹刊登：例連載小說。❺兩個載字連用，表示同時進行兩個動作：例載歌載舞。❻書籍：例載籍。❼姓：例載先生。

ㄗㄞˇ 年：例一年半載。

參考 請注意：「載」和「戴」的分別：「載」有裝運、記錄的意思，例如：載重、刊載，下面是一個「車」字。「戴」（ㄉㄞˋ）是穿戴或尊敬的意思，例如：戴帽子、戴眼鏡、擁戴，下面是一個「異」字。

猜一猜 十車裝一戈。（猜一字）（答案：載）

載重（ㄗㄞˋ ㄓㄨㄥˋ）　指交通工具的負擔重量。

參考 活用詞：載重量。

載運（ㄗㄞˋ ㄩㄣˋ）　裝送貨物。

載歌載舞（ㄗㄞˋ ㄍㄜ ㄗㄞˋ ㄨˇ）　一面唱歌，一面跳舞。

較　車部 六畫

ㄐㄧㄠˋ ❶同類的事物相比：例比較。❷計量：例計較。❸略微的：例較勝一籌。❹明顯：例彰明較著。❺互相競爭。

參考 相似字：略、稍。

較量（ㄐㄧㄠˋ ㄌㄧㄤˋ）　比較高下。例藍白兩隊較量的結果，藍隊獲勝了。

軾　車部 六畫

ㄕˋ 古代車子前面用來扶手的橫木。

七畫

輊

車部 六畫

一 丆 冂 百 亘 車 車 軒 軡 軽 輊 輊 輊

ㄓˋ 車後較低的部分：例軒輊。

輔

車部 七畫

一 丆 冂 百 亘 車 車 軒 軻 軻 輔 輔 輔 輔

ㄈㄨˇ ❶車兩旁的夾木。❷從旁協助：例輔助。❸京畿附近的地方：例畿輔。❹副的，不是主要的：例輔幣。❺姓：例輔先生。

參考 相似字：助、弼、扶、佑、翼。

輔佐 ㄈㄨˇ ㄗㄨㄛˇ 從旁幫助。例行政院長輔佐總統處理國家大事。

輔助 ㄈㄨˇ ㄓㄨˋ 從旁幫助。例古代宰相輔助皇帝處理政事。

輔導 ㄈㄨˇ ㄉㄠˇ 扶助指導。例姊姊每天輔導我溫習功課。

輒

車部 七畫

一 丆 冂 百 亘 車 車 軒 軻 軻 輒 輒 輒

ㄓㄜˊ ❶總是：例動輒得咎。❷則，就：例淺嘗輒止、動輒數千人。❸姓：例輒先生。

輕

車部 七畫

一 丆 冂 百 亘 車 車 軒 軻 軻 輕 輕 輕 輕

ㄑㄧㄥ ❶重量小：例油比水輕。❷數量小：例工作輕。❸程度淺：例輕傷。❹不重視：例輕視。❺負載力小的：例輕裝。❻簡潔的：例輕便。❼靈敏的：例輕快。❽沒有壓力的：例無事一身輕。❾微弱的：例輕聲。❿隨意的：例輕率。⓫不用猛力的：例輕拿輕放。

參考 相似字：淺、低、賤。♣相反字：重、貴。

猜一猜 車經過，遺失一束絲。（猜一字）（答案：輕）

輕生 ㄑㄧㄥ ㄕㄥ 不愛惜自己的生命，多指自殺。例她一時想不開，跳水輕生。

輕巧 ㄑㄧㄥ ㄑㄧㄠˇ 輕便靈巧。例他帶著輕巧的裝備去登山。

輕舟 ㄑㄧㄥ ㄓㄡ 輕快的船。例漁夫駕著輕舟捕魚。

輕快 ㄑㄧㄥ ㄎㄨㄞˋ ❶動作不費力。例她輕快的跳著舞。❷輕鬆愉快。例在春風吹拂下，她愉快地哼著歌，踏著輕快的腳步回家。

輕狂 ㄑㄧㄥ ㄎㄨㄤˊ 言語行為不嚴肅。例他的動作輕狂，顯得很沒有教養。

輕易 ㄑㄧㄥ ㄧˋ ❶簡單容易。例這筆錢不是輕易得到的。❷隨隨便便。例他不輕易相信別人。

輕便 ㄑㄧㄥ ㄅㄧㄢˋ 重量較小，使用方便。例他帶著輕便的行李去旅行。

輕風 ㄑㄧㄥ ㄈㄥ 微風。例一陣陣輕風吹來，非常舒服。

輕盈 ㄑㄧㄥ ㄧㄥˊ 形容動作或姿態輕巧優美，多指婦女。例她氣質高雅，體態輕盈，非常迷人。

輕重 ㄑㄧㄥ ㄓㄨㄥˋ ❶重量的大小。❷程度的深淺。例醫生說要先看他病情的輕重，再決定要不要住院。❸說話、做事的適當限度。例小孩子說話不分輕重。

輕柔 ㄑㄧㄥ ㄖㄡˊ 輕而柔和。例她的聲音輕柔，非常好聽。

輕信 ㄑㄧㄥ ㄒㄧㄣˋ 沒有經過認真考慮，就輕易的相信。例我們不可以輕信謠言。

輕浮 ㄑㄧㄥ ㄈㄨˊ 言語行動隨便，不端莊。例他為人輕浮，令人不敢信任。

輕率 ㄑㄧㄥ ㄕㄨㄞˋ 說話做事隨便，沒有經過慎重的考慮。例他做事輕率，不負責任。

輕微 ㄑㄧㄥ ㄨㄟ 數量少或程度淺。例她得了輕微的感冒，一直咳嗽。

輕視 ㄑㄧㄥ ㄕˋ 看輕，瞧不起。例他很輕視窮人。

輕敵 ㄑㄧㄥ ㄉㄧˊ 輕視敵人、對手，用不在乎的態度去對付。例由於太輕敵，這場比賽我們輸了。

輕蔑 ㄑㄧㄥ ㄇㄧㄝˋ 輕視，瞧不起。蔑：輕視。例他對好吃懶惰的人，一向很輕蔑。

輕聲 ㄑㄧㄥ ㄕㄥ ❶指說話時有些字音很輕很短，例如：了（˙ㄌㄜ）、著（˙ㄓㄜ）、的（˙ㄉㄜ）。❷壓低聲音。例媽媽的輕聲細語伴著寶寶進入夢鄉。

輕薄 ㄑㄧㄥ ㄅㄛˊ　行為言語不莊重，而且有玩弄的意思。例他對人態度輕薄，大家都很反感。

輕鬆 ㄑㄧㄥ ㄙㄨㄥ　❶輕快活潑而不緊張。例出外郊遊，大家心情都很輕鬆。❷工作簡單不複雜。例這份負責接待的工作很輕鬆。

輕工業 ㄑㄧㄥ ㄍㄨㄥ ㄧㄝˋ　一般指生產生活必需品的工業。包括食品、紡織、造紙、皮革、醫藥、文化和生產其他生活用品等工業。

參考 相反詞：重工業。

輕飄飄 ㄑㄧㄥ ㄆㄧㄠ ㄆㄧㄠ　很輕，像飛的一樣。例柳絮輕飄飄的隨風擺動。

輕而易舉 ㄑㄧㄥ ㄦˊ ㄧˋ ㄐㄩˇ　形容事情簡單容易。例對他而言，一次吃三大碗的飯是輕而易舉的事。

輕車簡從 ㄑㄧㄥ ㄔㄜ ㄐㄧㄢˇ ㄗㄨㄥˋ　形容官員出門時，侍從很少，排場簡單。例總統每次到民間探訪都輕車簡從。

輕重緩急 ㄑㄧㄥ ㄓㄨㄥˋ ㄏㄨㄢˇ ㄐㄧˊ　比喻事物的本末先後。例你先把事情的輕重緩急分清楚，再訂計畫。

輕描淡寫 ㄑㄧㄥ ㄇㄧㄠˊ ㄉㄢˋ ㄒㄧㄝˇ　本指繪畫時用淡淡的顏色輕輕的畫，後來形容把重要的問題輕輕帶過。例他輕描淡寫的把事情經過告訴我。

輕舉妄動 ㄑㄧㄥ ㄐㄩˇ ㄨㄤˋ ㄉㄨㄥˋ　不經過慎重的考慮，隨便行動。妄：胡亂的。例我們在事情沒有弄清楚以前，不要輕舉妄動。

輓　車部 七畫

ㄨㄢˇ　❶哀悼死者的詞：例輓聯、輓歌。❷製作哀悼死者的歌曲或對聯：例敬輓。❸拉引，通「挽」；例輓車。

輓歌 ㄨㄢˇ ㄍㄜ　為了哀悼死者而唱的歌曲。

輓聯 ㄨㄢˇ ㄌㄧㄢˊ　哀悼死者的對聯，例如：「英年早逝」、「音容宛在」等等。

輛　車部 八畫

ㄌㄧㄤˋ　計算車子的單位：例一輛腳踏車、五輛汽車。

猜一猜 兩車並行。（猜一字）（答案：輛）

輟　車部 八畫

ㄔㄨㄛˋ　停止，中間停頓：例輟學。

輟筆 ㄔㄨㄛˋ ㄅㄧˇ　寫作或畫畫沒有完成就停止了。

輟學 ㄔㄨㄛˋ ㄒㄩㄝˊ　中途停止上學。例他因為發生車禍，目前輟學在家。

輩　車部 八畫

ㄅㄟˋ　❶家族的世代，長幼的行次：例前輩、長輩、晚輩。❷同類的人：例我輩、鼠輩、無能之輩。❸一生：例一輩子。

參考 請注意：「輩」（ㄅㄟˋ）和「輦」（ㄋㄧㄢˇ）的字形相近，但是用法和讀音都不同。「輦」是古代天子或貴族所乘坐的車輛，例如：鳳輦、玉輦。

輩分 ㄅㄟˋ ㄈㄣˋ　親族或朋友間長幼的分別順序。例在家裡，爺爺的輩分最高。

輩出 ㄅㄟˋ ㄔㄨ　人才連續不停的出現。例這是個人才輩出的時代。

輦　車部 八畫

ㄋㄧㄢˇ　❶稱君主所乘坐的車輛：例御輦。❷指用人力拉引的車輛：例車輦。

猜一猜 車上有兩位夫人。（猜一字）（答案：輦）

輝　車部 八畫

ㄏㄨㄟ　❶閃耀的光彩：例光輝。❷照耀：例輝映。

七畫

參考 相似字：光、耀、亮。

猜一猜 軍人之光。（猜一字）（答案：輝）

輝映 ㄏㄨㄟ ㄧㄥˋ 光彩互相映射。例夜晚街上閃亮的霓虹燈互相輝映。

輝煌 ㄏㄨㄟ ㄏㄨㄤˊ ❶光彩耀眼。例國慶日即將來臨，總統府前被裝飾得金碧輝煌。❷顯明的。例國軍擊退敵人，戰果輝煌。

輪

車部 八畫

ㄌㄨㄣˊ ❶機械或車船上的圓形旋轉物：例車輪、齒輪。❷平圓形的：例日輪、一輪明月。❸船的一種：例輪船、江輪、海輪。❹照順序一個接一個：例輪流。❺地形的南北叫「輪」，東西叫「廣」。❻大：例美輪美奐。❼計算的單位：例比賽進入第二輪、首輪電影。

輪流 ㄌㄨㄣˊ ㄌㄧㄡˊ 依照順序，一個接一個。例我們每天輪流當值日生。

輪胎 ㄌㄨㄣˊ ㄊㄞ 橡膠製成的各種車輪的內外車胎。

輪班 ㄌㄨㄣˊ ㄅㄢ 輪流值班。例有些公司會採二十四小時輪班制。

輪船 ㄌㄨㄣˊ ㄔㄨㄢˊ 藉著機器動力划水前進的船，船身一般用鋼鐵打造而成。

猜一猜 樓房寬又長，煙囪屋頂裝，有時過江湖，有時進海洋。（猜一種交通工具）（答案：輪船）

輪椅 ㄌㄨㄣˊ ㄧˇ 裝有輪子的椅子，通常供行走困難的人使用。

輪廓 ㄌㄨㄣˊ ㄎㄨㄛˋ ❶構成圖形或物體外緣的線條。例他畫出一個人體的輪廓。❷事物大概的情況。例他只把故事的輪廓說出來。

輜

車部 八畫

ㄗ 古代一種前後都有帷幔的車：例輜車。

輜重 ㄗ ㄓㄨㄥˋ 軍用器械，例如槍、砲，以及食物、營帳……的物資總稱。

輸

車部 九畫

ㄕㄨ ❶敗：例輸贏。❷運送：例運輸。❸捐獻：例捐輸。❹注入：例輸血。❺姓：例輸先生。

參考 相似字：捐。♣相反字：贏。

輸入 ㄕㄨ ㄖㄨˋ 把外國的貨物運入本國。例臺灣每年從美國輸入許多貨物。

參考 相似詞：進口。

輸出 ㄕㄨ ㄔㄨ 把本國的貨物運到外國。例臺灣每年輸出很多蔗糖。

參考 相似詞：出口。

輸血 ㄕㄨ ㄒㄧㄝˇ 把合乎規定的血液，轉輸到缺乏血液的病人體內。

輸送 ㄕㄨ ㄙㄨㄥˋ 運送。例他們把彈藥輸送給作戰的國軍。

輸贏 ㄕㄨ ㄧㄥˊ 勝敗。例他參加比賽只是為了興趣，不在乎輸贏。

笑一笑 張先生有天和朋友下棋，每局都輸。回家後張太太問他成績如何，他回答：「有輸有贏——第一局他贏了，第二局我輸了，第三局他又贏，第四局我又輸了……。」

輯

車部 九畫

ㄐㄧˊ ❶聚集許多資料來進行編排：例編輯。❷聚集很多資料編成的書：例專輯。❸和睦：例輯睦。

參考 相似字：聚、集、纂（ㄗㄨㄢˇ）。

輻

車部 九畫

ㄈㄨˊ 車輪上連接車軸和輪圈的木條或鋼條。

輻射 ㄈㄨˊ ㄕㄜˋ ❶從中心向各個方向沿著直線伸展出去。例這幅畫有一個輻射形的圖案。❷電磁波或微觀粒子，從它們的發射體出發，直線的向各個方向傳播的過程，例如：太陽輻射、熱輻射等。

參考 活用詞：輻射線、輻射能、輻射熱。

轂 車部 十畫

ㄍㄨˇ ❶車輪中心。❷車的代稱。

ㄍㄨ 北方口語稱車輪：例轂轆（ㄌㄨˋ）。

轄 車部 十畫

ㄒㄧㄚˊ 原本是車軸上用來固定的鐵銷（ㄒㄧㄠ）子，可以控制車輪，現在則引申為管理、統治：例管轄、轄區、直轄市。

轄區 ㄒㄧㄚˊ ㄑㄩ 所管理統治的地區。

輾 車部 十畫

ㄓㄢˇ ❶不直接的：例輾轉得知他已經回來了。❷翻來翻去，心中有事睡不著：例輾轉反側。

ㄋㄧㄢˇ 用轉輪來壓碎東西，通「碾」：例輾米。

參考 請注意：❶「輾」轉和「展」轉，用法相同。❷「輾」讀ㄋㄧㄢˇ時，和「碾」的用法一樣，「碾米」就是「輾米」。

輾轉 ㄓㄢˇ ㄓㄨㄢˇ ❶形容心中有事，睡不著的樣子。例輾轉反側，不能成眠。❷不直接的，經過很多人或程序。例這件禮物是他在香港輾轉託人帶來的。

參考 請注意：「輾轉」是翻來翻去，一會兒這邊，一會兒那邊。「回轉」是來回的移動，有回頭的意思，例如：心意回轉。「反轉」是倒著方向移動，例如：把時針反轉一圈。

輾轉反側 ㄓㄢˇ ㄓㄨㄢˇ ㄈㄢˇ ㄘㄜˋ 身體翻來翻去。用來形容非常想念某人，或心中有事，沒有辦法睡著。側：歪著移動。反側：翻來翻去。例母親思念剛出嫁的女兒，所以輾轉反側，整夜都閉不上眼。

轅 車部 十畫

ㄩㄢˊ ❶車前用來套住牲口牽引車子的直木：例轅子。❷本來指軍營的大門，也可以用來指軍政官府：例轅門。❸姓：轅先生。

轅門 ㄩㄢˊ ㄇㄣˊ 本是指軍營的大門，後來也指官府的大門。

輿 車部 十畫

ㄩˊ ❶車子，轎子：例肩輿。❷群眾的：例輿情、輿論。❸地域：例輿圖（地圖）。

輿論 ㄩˊ ㄌㄨㄣˋ 眾人的言論。例我們不可忽視輿論的力量。

轉 車部 十一畫

ㄓㄨㄢˇ ❶迴旋運動：例轉動。❷改變方向：例向右轉。❸遷移：例轉移。❹不直接傳送：例轉送。❺變換：例轉變。❻運輸：例轉運。

ㄓㄨㄢˋ ❶旋轉的次數。❷迴旋環繞：例轉個圈。

參考 相似字：旋、迴、繞。

猜一猜 學生專用車。（猜一字）（答案：轉）

古人說 「十年河東轉河西，莫笑窮人穿破衣。」莫是不要的意思。這句話是說：河流會因時間變換河道，一個人的運氣也時好時差，所以在得意、有錢時，千萬不要嘲笑失意、貧窮的人。

轉口 ㄓㄨㄢˇ ㄎㄡˇ 商品經過一個港口運到另一個港口，或通過一個國家運到另一個國家。例上海是國際著名的轉口港。

轉化 ㄓㄨㄢˇ ㄏㄨㄚˋ 轉換，變化。例幾年不見，她已經從黃毛丫頭轉化成一個大小姐了。

轉手 ㄓㄨㄢˇ ㄕㄡˇ 經過別人的手。例這封信經朋友轉手，我才收到。

轉交 ㄓㄨㄢˇ ㄐㄧㄠ 把一方的東西交給另一方。例她託我把信轉交給你。

轉向 ㄓㄨㄢˇ ㄒㄧㄤˋ 改變方向。例氣象新聞報導強烈颱風已經轉向。

轉作 改變種植其他農作物。例政府說服農民將稻田轉作。

轉車 中途換車。例從家裡到學校需要轉車。

轉身 改變面對著的方向；掉轉頭。例老師轉身過來叫大家安靜。

轉角 街道轉彎的地方。例巷子口轉角的地方有一家雜貨店。

轉念 臨時改變心中的思想或計畫。例她一轉念決定繼續待下去。

轉注 我國文字六書的一種，由一個字衍生，發音相近意義相同，互相解釋，例如考、老兩字。

轉送 轉交或轉贈。例請你將這本書轉送給她。

轉述 把別人的話告訴另外的人。例老師要我轉述缺席的同學，明天要交作業。

轉動 旋轉移動。例他不停轉動手裡的鉛筆。

轉移 移動位置、方向。例他們決定轉移目標，改變作戰計畫。

轉眼 形容很短的時間。例一轉眼，又是新的一年的開始。

轉換 改變。例他一出現，我們立刻轉換話題。

轉運 ❶把運來的貨物運到另外一個地方。例上海是國際著名的轉運港。❷運氣變好。例你最近紅光滿面，大概快轉運了。

轉達 把一方的話轉告給另一方。例你放心，我一定把你的話轉達給他。

轉播 播放別的電臺或電視臺的節目。例今天晚上將要轉播棒球比賽。

轉機 ❶好轉的可能。例他的病有了轉機。❷在飛行中，由一架飛機轉換到另一架飛機。

轉學 從一個學校換到另一個學校念書。例因為搬家，她只好轉學。

轉瞬 轉眼之間；形容很短的時間。例一轉瞬間，小狗溜出去了。

轉贈 把收到的禮物再送給別人。例我把這束花轉贈給她。

轉彎 轉移方向。例在前面的巷子轉彎，你就可以看到郵局了。

轉讓 把自己的東西或應享有的權利讓給別人。例我把參加演講比賽的機會轉讓給他。

轉變 改變。例臺灣已經由農業社會轉變到工業社會。

轉捩點 轉變的關鍵。捩：扭轉。例老師的話，是他人生的轉捩點，改變了他的一生。

轉危為安 從危險變成平安。例他的病勢轉危為安，不久就可以康復。

參考 相似詞：化險為夷。

轉敗為勝 由失敗變成勝利。例因為大家合作，這場比賽才能轉敗為勝。

參考 相似詞：反敗為勝。♣相反詞：由勝而敗。

轍

車部 十一畫

ㄔㄜˋ 車輪經過在地上留下的痕跡：例車轍。

ㄓㄜˊ ❶方言中的「辦法」：例要他準時就沒轍了。❷歌詞、戲曲等所押的韻：例合轍、這歌詞做得不合轍兒。

轆

車部 十一畫

ㄌㄨˋ ❶安裝在井上絞起水桶的工具：例轆轤。❷形容車聲：例轆轆。

轆轆 形容車聲，也可以形容肚子餓時所發出的聲音。

參考 活用詞：飢腸轆轆。

轆轤 裝在井上可以絞起水桶的工具。

轎

車部 十二畫

ㄐㄧㄠˋ 一種前後用人抬的交通工具：例轎子。

猜一猜 喬木製的車。（猜一字）（答案：轎）

笑一笑 產房外，張先生和李先生在閒聊。張先生說：「我希望這胎是個男孩，因為我已經有四個女兒，有了四根桌架，該來張桌面才是！」李先生：「我剛好和你相反：我有四個男孩，所以這胎該是女兒才對，抬轎的都有了，坐轎的還不來，也不像話呀！」

俏皮話 「大姑娘上轎——頭一回。」在古時候稱還沒出嫁的女孩子為姑娘，上轎子就表示出嫁。「大姑娘上轎」就是指第一次的經歷。

轎子 ㄐㄧㄠˋ ㄗ˙ 人坐在中間，前後有人抬的交通工具。例從前的大官出門都坐轎子。

轎夫 ㄐㄧㄠˋ ㄈㄨ 抬轎子的人。例這頂轎子需要八個轎夫才抬得動。

轎車 ㄐㄧㄠˋ ㄔㄜ 專供人乘坐的車子。例他開著轎車，到海邊散心。

轔 車部 十二畫

ㄌㄧㄣˊ ❶門檻。❷車子走動的聲音：例車轔轔。

轟 車部 十四畫

ㄏㄨㄥ ❶很大的聲音：例轟然巨響、轟隆聲。❷用大砲或炸彈加以破壞：例轟炸、轟擊。❸趕出去：例轟走。❹形容聲勢盛大：例轟轟烈烈。

轟炸 ㄏㄨㄥ ㄓㄚˋ 飛機上對準攻擊目標投擲炸彈。例首都遭到恐怖分子的轟炸。

轟隆 ㄏㄨㄥ ㄌㄨㄥˊ 形容很大的聲音。例只聽見轟隆一聲，房子就倒塌了。

轟轟烈烈 ㄏㄨㄥ ㄏㄨㄥ ㄌㄧㄝˋ ㄌㄧㄝˋ 形容氣勢盛大。烈烈：高大的樣子。例黃花崗起義是一次轟轟烈烈的舉動。

轡 車部 十五畫

ㄆㄟˋ 控制牲口的韁繩：例鞍轡、轡頭。

轤 車部 十六畫

ㄌㄨˊ 安裝在井上可以絞起水桶的工具：例轆轤。

辛部 ㄒㄧㄣ

「辛」是古代用來處罰犯人的刑具；有點像劍，尖端銳利可以用來割耳、鼻，或刺面（在犯人臉上刺下記號）。「辛」正是按照「辛」的樣子所造的象形字，後來寫成「辛」。因為「辛」是行刑的器具，因此辛部的字大部分和犯罪有關係，例如：辜（罪，沒有犯罪就是無辜）、辟（古代死刑叫大辟）。

辛 辛部 ○畫

ㄒㄧㄣ ❶天干的第八位，可以用來計算日期：例辛丑條約。❷辣的味道：例辛辣、辛薑。❸困難，勞累的：例辛苦、艱辛。❹悲傷：例悲辛、辛酸。❺姓：例辛小姐。

參考 請注意：「辛」和「幸」很相似，容易弄錯。辛部的「辛」讀ㄒㄧㄣ，有勞累、困苦的意思，例如：辛勞、辛苦。干部的「幸」讀ㄒㄧㄥˋ，有福分、希望的意思，例如：幸福、幸虧。「父母『辛』苦工作是為了我們的『幸』福。」小朋友，你會分辨「辛」和「幸」了吧！

辛苦 ㄒㄧㄣ ㄎㄨˇ ❶感到困苦勞累。例挖礦是件辛苦的工作。❷慰問的話。例您太辛苦了！❸請人家做事的客氣話。例請您辛苦走一趟。

笑一笑 富翁問兒子：「做父母的，辛辛苦

七畫

苦把你扶養長大，為的是什麼？」兒子：「為了要把遺產留給他的兒子啊！」

辛勞 ㄒㄧㄣ ㄌㄠˊ 身心很勞累。例他日夜辛勞，終於不支倒地。

辛勤 ㄒㄧㄣ ㄑㄧㄣˊ 辛苦勤勞。例母燕每日辛勤的捕捉小蟲來餵養雛燕。

辛亥年 ㄒㄧㄣ ㄏㄞˋ ㄋㄧㄢˊ 清代宣統三年。辛亥是天干地支合併使用的計算日期法，每六十年更換一輪迴。這裡講的是 國父推翻滿清的那一年，也就是西元一九一一年。

辜

辛部 五畫

ㄍㄨ ❶罪，過錯：例無辜。❷違背：例辜負。❸姓：例辜先生。

辜負 ㄍㄨ ㄈㄨˋ 違背人家的好意。也寫作「孤負」。例他不努力上進，辜負了大家對他的期望。

辟

辛部 六畫

ㄅㄧˋ ❶古代稱國君為辟：例復辟。❷驅除，除去：例辟邪。❸通「避」，迴避：例內舉不避親。

ㄆㄧˋ ❶刑法，懲罰：例大辟（死刑）。❷通「僻」，荒遠的地方。❸通「闢」，開拓。❹通「譬」，譬如。

辣

辛部 七畫

ㄌㄚˋ ❶薑、蒜、辣椒等有刺激的味道：例酸甜苦辣。❷狠毒的：例辣手、心狠手辣。

辣手 ㄌㄚˋ ㄕㄡˇ 指手段狠毒、厲害。

參考 請注意：「棘（ㄐㄧˊ）手」和「辣手」很容易弄錯，棘手是指事情困難很難辦理。

辣椒 ㄌㄚˋ ㄐㄧㄠ 草本植物，果實像心臟形、燈籠形，沒有成熟時呈青色，成熟後變成紅色。有辛辣的味道，可供食用。

辨

辛部 九畫

ㄅㄧㄢˋ ❶分別，判斷：例辨別。❷爭論，通「辯」。

參考 請注意：辦、瓣、辨、辮、辯這五個字，字形很相像，意思卻完全不同。「辦」（ㄅㄢˋ），凡是花費心「力」做的事，要加「力」，例如：辦事、辦理。「瓣」（ㄅㄢˋ）是指花片，例如：花瓣。「辨」（ㄅㄧㄢˋ），中間的「丿」，是刀的變形寫法，用刀分開，含有弄清楚的意思，例如：辨別、分辨。中間是「糸」的「辮」（ㄅㄧㄢˋ）是指把如「絲」線的頭髮編成長條形，例如：辮子。中間是「言」的「辯」（ㄅㄧㄢˋ）是指用「言語」來爭辯是非，例如：辯論。

辨別 ㄅㄧㄢˋ ㄅㄧㄝˊ 把不同的事物分別清楚。例你能辨別這古董的真假嗎？

辨認 ㄅㄧㄢˋ ㄖㄣˋ 分別，認清楚。例這對雙胞胎長得一模一樣，根本無法辨認。

辨識 ㄅㄧㄢˋ ㄕˋ 辨別認識。例石碑上的字跡因為年代太久，早已辨識不清。

笑一笑 小王的英文字實在很難辨認。有一次，他寫一封英文信給朋友，朋友用電報回答：「樂譜收到，請將歌詞寄來！」

辦

辛部 九畫

ㄅㄢˋ ❶處理事情：例辦理。❷處罰：例依法嚴辦。❸大量購買：例採辦。❹準備：例辦一桌酒席。❺舉行：例舉辦。

猜一猜 有個字體，說來稀奇，兩邊辛苦，中間出力。（猜一字）（答案：辦）

辦公 ㄅㄢˋ ㄍㄨㄥ 處理公事。例最近爸爸忙著辦公，無法回家吃晚飯。

參考 活用詞：辦公室。

辦法 ㄅㄢˋ ㄈㄚˇ 處理事情、解決問題的方法。例我還想不到好辦法解決這件事。

七畫

辦案 ㄅㄢˋ ㄢˋ 追捕壞人，處理案件。例警察人員每天辛苦的辦案。

辦理 ㄅㄢˋ ㄌㄧˇ 處理事情。例這項工作完全由你辦理。

辭
辛部 十二畫

ㄘˊ ❶優美的言語：例辭藻。❷我國古代一種介於詩歌和散文之間的文體，也叫做「賦」、「辭賦」：例木蘭辭。❸語言文章：例修辭。❹告別：例辭行。❺推避：例不辭辛苦。❻解雇：例辭退。❼請求離去：例辭職。❽不接受：例辭謝。

參考 請注意：❶「辭」的異體字是「辤」。❷有時候「辭」也通「詞」，例如：文辭（詞）、言辭（詞）。

辭行 ㄘˊ ㄒㄧㄥˊ 遠行以前，向人告別。例他在出國前，向親朋好友辭行。

辭別 ㄘˊ ㄅㄧㄝˊ 告別。例他離開時，向大家辭別。

辭典 ㄘˊ ㄉㄧㄢˇ 收集各種詞語或成語，加以解釋，編成的書籍。也寫作「詞典」。

辭退 ㄘˊ ㄊㄨㄟˋ 解雇。例他因為工作不努力，被老闆辭退。

辭義 ㄘˊ ㄧˋ 文詞的意義。例這首詩辭義優美。

辭謝 ㄘˊ ㄒㄧㄝˋ 很客氣的推辭不接受。例我請他到家裡吃飯，他因有事而辭謝。

辭職 ㄘˊ ㄓˊ 請求解除自己擔任的工作、職務。例他因為身體不健康，向長官辭職。

辭藻 ㄘˊ ㄗㄠˇ 美麗的詞句。藻：美好的。例他的文章辭藻華美而且流暢。

辭讓 ㄘˊ ㄖㄤˋ 客氣的推讓。例他辭讓了半天，還是被請上臺表演。

辭不達意 ㄘˊ ㄅㄨˋ ㄉㄚˊ ㄧˋ 不能用言辭表達心意，多用於自謙或不善言辭的人。例我說話辭不達意，請你原諒。

辯
辛部 十四畫

ㄅㄧㄢˋ ❶爭論是非：例辯論。❷判別，分別，通「辨」。❸口才很好的：例辯才。

猜一猜 中間說話的人兩邊辛苦。（猜一字）（答案：辯）

辯士 ㄅㄧㄢˋ ㄕˋ 能言善道的人。例戰國時代有許多辯士替國君做事。

辯才 ㄅㄧㄢˋ ㄘㄞˊ 辯論的才能。例他能言善道，是個很有辯才的人。

辯正 ㄅㄧㄢˋ ㄓㄥˋ 辨別是非，改正錯誤。

辯白 ㄅㄧㄢˋ ㄅㄞˊ 解釋、申辯清楚。例他為自己的行為辯白。

辯解 ㄅㄧㄢˋ ㄐㄧㄝˇ 提出對自己有利的主張，加以解釋說明。例他為自己的行為辯解，但是沒人肯相信。

辯論 ㄅㄧㄢˋ ㄌㄨㄣˋ 用言語爭論是非。例他下星期代表班上參加辯論比賽。

辯護 ㄅㄧㄢˋ ㄏㄨˋ 為了保護自己或當事人的利益，所做的解釋說明。例律師在法庭上替被告辯護。

辰部 ㄔㄣˊ

「」是「辰」最早的寫法，像蚌殼張開，蚌足伸出殼外的樣子。「」字也還能看出是個象形字，到了「」字形體已經發生錯誤的改變。因為常用在時辰、星辰等詞，原本指蚌的意思，反而不明顯，因此加上虫部——蜃，才表示蚌類。屬於辰部的「辱」，是指農夫沒有按照時間（辰）去耕種，因此依法受刑，就是「辱」。

辰
辰部 ○畫

ㄔㄣˊ ❶地支中的第五位，可用來計時、計日、計年：例丙辰年。❷時刻的名稱，大約等於早上七到九點：例辰時。❸時候，時

七畫

間：例良辰美景、出生時辰。❹日、月、星星的總稱：例星辰。❺時運，好機會：例生不逢辰。

辱 ㄖㄨˋ

一厂厂尸尸尼辰辰辱辱

辰部 三畫

❶羞恥：例奇恥大辱。❷欺侮，蒙受羞恥：例侮辱、喪權辱國。❸謙辭，有「承蒙」的意思：例辱臨、辱承指教。❹姓：例辱先生。

參考 相似字：恥、羞、愧、慚。♣相反字：榮。

辱沒 ㄖㄨˋ ㄇㄛˋ 屈辱，使不光彩。例要光明正大的做人，不要辱沒了家門。

辱命 ㄖㄨˋ ㄇㄧㄥˋ 延誤命令或沒有完成使命。例我沒有辱命，完成了上級的指示。

辱國 ㄖㄨˋ ㄍㄨㄛˊ 使國家受到恥辱。例滿清末年，政府簽訂了許多辱國的條約。

辱罵 ㄖㄨˋ ㄇㄚˋ 汙辱責罵。例他賣國的行為，受到大家的辱罵。

農 ㄋㄨㄥˊ

丶冂冂冂曲曲曲曲曲曲曲曲農農農

辰部 六畫

❶耕種的事業：例農業、農作物。❷和農業相關的：例農具。❸姓：例農小姐。

農夫 ㄋㄨㄥˊ ㄈㄨ 種田的人。

參考 相似詞：農民、農人。

農田 ㄋㄨㄥˊ ㄊㄧㄢˊ 可以耕種的田地。

農具 ㄋㄨㄥˊ ㄐㄩˋ 耕種的用具。例鋤頭、牛車都是農具。

農村 ㄋㄨㄥˊ ㄘㄨㄣ 農人居住的村落。

農舍 ㄋㄨㄥˊ ㄕㄜˋ 農人的房屋。舍：房屋。例油綠綠的田野中排列著一幢幢的農舍。

農事 ㄋㄨㄥˊ ㄕˋ 農業生產中的各項工作。例春耕夏耘，每天都有忙不完的農事。

農場 ㄋㄨㄥˊ ㄔㄤˇ ❶培養農作物的場所。例這一塊農場全部栽種製糖用的甘蔗。❷試驗及改良農產品的場地。

農會 ㄋㄨㄥˊ ㄏㄨㄟˋ 農民所組成的團體，用來保障利益，提高農業知識、技術，發展農村經濟為目的。

農業 ㄋㄨㄥˊ ㄧㄝˋ 栽培畜類、植物，用來生產人類必需品的職業。例今日的社會，工業和農業都要並重。

農藥 ㄋㄨㄥˊ ㄧㄠˋ 農業上為了防患蟲、鼠等災害或改良作物，所使用的藥物。

農曆 ㄋㄨㄥˊ ㄌㄧˋ 依照月亮環繞地球的週期所推算得來的曆法，把一年分成十二個月，大月三十天，小月二十九天，再穿插閏月。又根據月亮的位置把一年分成二十四個節氣，方便農民記事、工作。

參考 相似詞：夏曆、陰曆、舊曆。

農作物 ㄋㄨㄥˊ ㄗㄨㄛˋ ㄨˋ 農家耕作所得的收穫物。例只要風調雨順，農作物就可以長得茂盛。

農產品 ㄋㄨㄥˊ ㄔㄢˇ ㄆㄧㄣˇ 農家生產的東西。例你到鄉村走一趟，可以嘗到許多美味的農產品。

辵部 ㄔㄨㄛˋ

「辵」是「辵」字最早的寫法，「辵」是由「彳」和「止」（原來寫成「止」），把線條拉直就寫成「辶」）。「彳」有行走的意思（見彳部說明），「止」就是腳（見止部說明），因此辵就有「行走」的意思。當成部首就寫成「辶」。「辵」部的字和行走都有關係，按照詞性可以分成三類：

一、動詞，例如：進（向前走）、退（向後走）、追（快步趕上）。

二、形容詞，例如：遠、近、遙。

三、名詞，例如：途、迹。

七畫

迂
辵部　三畫

ㄩ ❶曲折：例迂迴。❷指一個人言行不切實際、不明事理：例迂腐。

迂迴 ㄩ ㄏㄨㄟˊ　❶曲折迴旋。例這條山路很迂迴，不容易走。❷繞到敵人隊伍的後面或側面攻擊。

迂腐 ㄩ ㄈㄨˇ　言行守舊，不通世事，不合情理。例她的腦筋太舊，不肯接受新觀念，真是迂腐極了。

迂迴曲折 ㄩ ㄏㄨㄟˊ ㄑㄩ ㄓㄜˊ　曲折迴旋。例這條小路迂迴曲折，把我搞迷糊了。

迅
辵部　三畫

ㄒㄩㄣˋ 速度很快：例迅速。

迅速 ㄒㄩㄣˋ ㄙㄨˋ　非常快。例他很迅速的完成這份工作。

參考 相似字：快、速、急、遽、捷。

迅捷 ㄒㄩㄣˋ ㄐㄧㄝˊ　迅速，敏捷。捷：快速。例他的動作非常迅捷。

迅雷不及掩耳 ㄒㄩㄣˋ ㄌㄟˊ ㄅㄨˋ ㄐㄧˊ ㄧㄢˇ ㄦˇ　快速而突發的雷聲，使人來不及掩耳朵。比喻事情發生得太快，來不及防備。例他用迅雷不及掩耳的手段騙走大家的錢。

迆
辵部　三畫

ㄧˇ ❶斜行，斜曲著延伸。❷曲折綿延的樣子：例迆邐。❸道路、河流彎曲延伸的樣子：例逶迆。

迄
辵部　三畫

ㄑㄧˋ ❶到，及：例迄今。❷終究：例迄無成功。

參考 請注意：「訖」和「迄」同音，但是意義不同，「訖」有完畢的意思，例如：收訖、驗訖。

迄今 ㄑㄧˋ ㄐㄧㄣ　直到現在。

巡
辵部　三畫

ㄒㄩㄣˊ ❶單位詞，計算倒酒的次數：例酒過三巡。❷往來視察：例巡視。

巡查 ㄒㄩㄣˊ ㄔㄚˊ　一面走一面查看。例警方在命案現場巡查，希望找到線索。

參考 相似詞：巡視。

巡迴 ㄒㄩㄣˊ ㄏㄨㄟˊ　照著一定的路線到各處活動。例馬戲團到全世界巡迴演出。

巡視 ㄒㄩㄣˊ ㄕˋ　到各處視察。例總經理常常到各廠巡視。

巡邏 ㄒㄩㄣˊ ㄌㄨㄛˊ　到處視察。邏：到處巡行。例警察晚上會在附近巡邏，維護治安。

迎
辵部　四畫

ㄧㄥˊ ❶朝著，向著：例迎面而來。❷接待：例歡迎。❸依照別人的意思：例迎合。❹人還沒來而到某處去接：例親迎。

參考 相似字：逢、接。♣相反字：送、逆。

迎面 ㄧㄥˊ ㄇㄧㄢˋ　面對著面，從前面來。例他看見一個老朋友迎面走來。

迎風 ㄧㄥˊ ㄈㄥ　面向著風。例國旗迎風飄揚。

迎接 ㄧㄥˊ ㄐㄧㄝ　到某個地方去等客人。例我們到門口去迎接客人。

參考 相似詞：接待。

迎刃而解 ㄧㄥˊ ㄖㄣˋ ㄦˊ ㄐㄧㄝˇ　劈竹子時，在頭的部分一切開，後面也隨著刀口裂開。比喻主要問題解決，其他問題也很容易解決。刃：刀口。解：分開，裂開。例只要你肯幫忙，所有的問題就迎刃而解。

迎頭趕上 ㄧㄥˊ ㄊㄡˊ ㄍㄢˇ ㄕㄤˋ　奮起直追，超過前者。例我們的球賽成績已經落後別隊一大截，必須加緊練習，迎頭趕上。

迎頭痛擊 ㄧㄥˊ ㄊㄡˊ ㄊㄨㄥˋ ㄐㄧˊ 當頭給予重大的打擊。例我們決定給敵人一個迎頭痛擊，讓他們無法防備。

返 辵部 四畫

ㄈㄢˇ ❶回來：例返家、返鄉、往返。❷歸還：例返璧、免息返本。

參考 相似字：反、回、復、旋、歸、還。

返回 ㄈㄢˇ ㄏㄨㄟˊ 回到原來的地方。例這次比賽，選手必須跑到中正紀念堂再返回起點。

返鄉 ㄈㄢˇ ㄒㄧㄤ 回到故鄉。例最近有許多人返鄉探親。

返老還童 ㄈㄢˇ ㄌㄠˇ ㄏㄨㄢˊ ㄊㄨㄥˊ 從衰老恢復到青春；形容老人充滿活力。例爺爺和我們一起學跳舞，看起來似乎返老還童了。

近 辵部 四畫

ㄐㄧㄣˋ ❶指空間或時間的距離短：例他家離車站很近。❷關係密切：例親近。❸合乎：例不近人情。❹差不多：例近似、接近、相近。❺淺，容易明白的：例淺近。❻姓：例近先生。

參考 相似字：邇（ㄦˇ）。♣相反字：遙。

近代 ㄐㄧㄣˋ ㄉㄞˋ 過去不遠的時代。例近代的中國曾經發生過許多重大的歷史事件。

參考 相似詞：近世。

近視 ㄐㄧㄣˋ ㄕˋ ❶視力的缺陷之一。由於眼球前後直徑過長，使得較遠的東西看不清楚，需要戴凹透鏡治療。❷眼光短淺。也寫作「短視」。例他是個近視的人，除了錢以外什麼也不認識。

俏皮話 「近視眼生瞎子——一代不如一代。」有近視眼的人已經夠糟了，如果近視眼的人再生個瞎子那就更糟了。這句話是比喻情況愈來愈壞的意思。

近水樓臺 ㄐㄧㄣˋ ㄕㄨㄟˇ ㄌㄡˊ ㄊㄞˊ 比喻地位靠近某些人或事物，機會比較好。

近朱者赤，近墨者黑 ㄐㄧㄣˋ ㄓㄨ ㄓㄜˇ ㄔˋ，ㄐㄧㄣˋ ㄇㄛˋ ㄓㄜˇ ㄏㄟ 比喻一個人受了朋友或環境的影響，改變了性情和氣質。

述 辵部 五畫

ㄕㄨˋ ❶說明：例口述、陳述、敘述。❷記錄：例記述。❸遵循、繼續別人的事業或說明他人的學說議論：例述而不作、父作之，子述之。❹姓：例述先生。

參考 相似字：敘、說、申。

述說 ㄕㄨˋ ㄕㄨㄛ 敘述，說明。例他仔細的述說事情的經過。

迦 辵部 五畫

ㄐㄧㄚ 譯音用字：例迦南、釋迦牟尼。

迢 辵部 五畫

ㄊㄧㄠˊ 遙遠：例千里迢迢。

迢迢 ㄊㄧㄠˊ ㄊㄧㄠˊ 形容路途遙遠。

迪 辵部 五畫

ㄉㄧˊ 引導，開導：例啟迪。

迪化 ㄉㄧˊ ㄏㄨㄚˋ 新疆省的省會，在天山北麓，水草豐美，適合畜牧，工商發達，是我國西北的大城市。

迥 辵部 五畫

ㄐㄩㄥˇ ❶差別很大：例迥異。❷遙遠的：例天高地迥。

迥然 ㄐㄩㄥˇ ㄖㄢˊ 形容差得很遠，完全不一樣。例他們兩個雖然是兄弟，個性卻迥然不同。

迭　辵部 五畫

ㄉㄧㄝˊ ❶輪流，替換：例更迭。❷屢次：例迭有所聞、迭挫敵人。❸及：例忙不迭。❹停，止：例叫苦不迭。

迫　辵部 五畫

ㄆㄛˋ ❶接近：例迫近。❷急切：例迫切、迫不及待。❸壓制：例迫使、壓迫。❹逼：例強迫。

參考 相似字：逼。

迫切 ㄆㄛˋ ㄑㄧㄝˋ　急切。例時間迫切，我無法再等你了。

迫使 ㄆㄛˋ ㄕˇ　強迫某人做某事。例他迫使那個小孩去偷東西。

迫害 ㄆㄛˋ ㄏㄞˋ　逼迫傷害。例雛妓受黑道分子迫害，過著痛苦的日子。

迫不及待 ㄆㄛˋ ㄅㄨˋ ㄐㄧˊ ㄉㄞˋ　急得不能再等待。例我迫不及待的想聽聽你的意見。

參考 相似詞：刻不容緩。

送　辵部 六畫

ㄙㄨㄥˋ ❶贈給：例爸爸送我一本書。❷陪著將要離開的人一起走一段路：例送行。❸把東西拿給別人或運輸：例送信。❹糟蹋：例送命。

參考 相似字：迎、逆。

唱詩歌 故人①西辭黃鶴樓②，煙花③三月下揚州。孤帆遠影碧山盡，惟見長江天際④流。（送孟浩然之廣陵⑤・李白）

註：①故人：老朋友。②黃鶴樓：在湖北省武昌縣。③煙花：比喻繁花似錦的春天。④天際：天邊。⑤廣陵：揚州，就是今天的江蘇省江都縣。

送行 ㄙㄨㄥˋ ㄒㄧㄥˊ　陪著將要離開的人走一段路程。例我們到車站為大哥送行。

送死 ㄙㄨㄥˋ ㄙˇ　自取滅亡，找死。例他闖越平交道的行為，簡直是去送死。

送命 ㄙㄨㄥˋ ㄇㄧㄥˋ　喪失生命。例他因為沒戴安全帽而白白送命。

送禮 ㄙㄨㄥˋ ㄌㄧˇ　拿禮物送人。例逢年過節，親朋好友都會彼此送禮。

逆　辵部 六畫

ㄋㄧˋ ❶反方向：例逆風。❷不順從：例忤逆、忠言逆耳。❸背叛，叛變：例叛逆。❹預先：例逆料。

參考 相似字：迎、向。♣相反字：順。

逆耳 ㄋㄧˋ ㄦˇ　不順耳；說的話教人不愛聽。例忠言逆耳。

逆境 ㄋㄧˋ ㄐㄧㄥˋ　不順利的境遇。例雖然身在逆境，他也不灰心。

逆水行舟 ㄋㄧˋ ㄕㄨㄟˇ ㄒㄧㄥˊ ㄓㄡ　逆著水流的方向行船；比喻不努力就會退步，是勉勵人上進的話。例學如逆水行舟，不進則退。

逆來順受 ㄋㄧˋ ㄌㄞˊ ㄕㄨㄣˋ ㄕㄡˋ　對惡劣的行為或不合理的待遇，採取忍耐的態度。例童話故事中，灰姑娘對後母和姊姊的使喚逆來順受。

迷　辵部 六畫

ㄇㄧˊ ❶分辨不清：例迷路。❷沉醉某種事物的人：例球迷。❸失去知覺：例昏迷不醒。❹對於某種事物太過於喜愛：例迷戀。❺疑惑：例迷惑。

參考 相似字：惑。♣請注意：迷、醚、謎音同意思不同；酉部的「醚」是一種化學物，例如：乙醚。言部的「謎」是一種教人猜想的文字遊戲，例如：謎語。

猜一猜 遠看一隻船，裝載滿艙米，飄東又飄西，不知去那裡？（猜一字）（答案：迷）

動動腦 很喜歡看電視的人，我們可以稱他為「電視迷」，除了電視迷，小朋友你還能想出其他的「迷」嗎？（答案：書迷、棋迷、球迷、影迷、歌迷……）

迷人 ㄇㄧˊ ㄖㄣˊ　吸引人。例小妹妹天真無邪的笑容很迷人。

迷失 ㄇㄧˊ ㄕ　弄不清，走錯方向或道路。例他在大海中迷失方向。

迷信 ㄇㄧˊ ㄒㄧㄣˋ　❶信仰神仙鬼怪等不存在的思想。❷指盲目的信仰崇拜。例香灰可以治病是一種迷信。

迷津 ㄇㄧˊ ㄐㄧㄣ　找不到渡口，迷失了道路。津：渡口。例他去卜卦，希望算命先生能為他指點迷津。

迷惘 ㄇㄧˊ ㄨㄤˇ　分辨不清，不知道該怎麼辦。惘：失意的樣子。例她對於升學或就業感到很迷惘。

迷途 ㄇㄧˊ ㄊㄨˊ　走路迷失方向；比喻人生的方向錯誤。

參考 活用詞：迷途知返、迷途羔羊。

迷惑 ㄇㄧˊ ㄏㄨㄛˋ　❶心裡糊塗，分不清楚。例他不知道該往那裡走，心裡很迷惑。❷誘惑人，使人迷亂。例街道上各式各樣的霓虹燈令人迷惑。

迷路 ㄇㄧˊ ㄌㄨˋ　迷失道路，失去正確的方向。例他在深山迷路了。

迷夢 ㄇㄧˊ ㄇㄥˋ　虛無而不切實際的夢想。例他沉醉在發財的迷夢中。

迷漫 ㄇㄧˊ ㄇㄢˋ　到處都是，使人看不清楚。漫：遍布的。例阿里山上雲霧迷漫，好像仙境。

迷糊 ㄇㄧˊ ㄏㄨˊ　神智模糊不清，有時候也形容人行為慌慌張張，沒有規律。例他非常迷糊，居然忘了帶鑰匙。

迷霧 ㄇㄧˊ ㄨˋ　❶濃厚的霧。例在迷霧中開車很危險。❷比喻教人迷失方向的事物。例他說的話我一點也不懂，好像陷入迷霧之中！

迷戀 ㄇㄧˊ ㄌㄧㄢˋ　對某件事物非常喜愛，捨不得丟棄。例他很迷戀武俠小說。

迷你裙 ㄇㄧˊ ㄋㄧˇ ㄑㄩㄣˊ　是一種很短很窄的裙子，長度到膝蓋以上十公分至二十公分。

參考 相反詞：長裙。

退

辵部　六畫

ㄊㄨㄟˋ　❶向後移動：例後退。❷歸還，不接受：例退錢、退貨。❸離去：例退職、退役、功成身退。❹取消、解除：例退約、退租。❺脫落，通「褪」：例退色。❻畏縮不前的：例退縮。❼謙讓：例退讓。

參考 相反字：進。

退化 ㄊㄨㄟˋ ㄏㄨㄚˋ　❶生物在進化的過程中，器官的功能和構造，因為不加以使用而漸漸退步或消失。例仙人掌為了減少水分的蒸發，葉子退化成針狀。❷指事物從好變壞。例我的英文已經慢慢退化了。

退出 ㄊㄨㄟˋ ㄔㄨ　離開會場或比賽，不再參加。例我國在民國六十年退出聯合國。

退伍 ㄊㄨㄟˋ ㄨˇ　軍人服役期滿或其他原因退出軍隊。伍：軍隊。例他退伍以後改做小生意。

退休 ㄊㄨㄟˋ ㄒㄧㄡ　指服務到了一定的年限，或年紀大了不能再工作，而離開工作崗位。例他因為年紀大了，所以申請退休。

參考 活用詞：退休金、退休年齡。

退回 ㄊㄨㄟˋ ㄏㄨㄟˊ　❶還給原來的人。例這封信的地址寫錯了，所以被退回。❷回到原來的地方。例前面正在修路，我們只好退回去了。

退位 ㄊㄨㄟˋ ㄨㄟˋ　辭去自己的職位。例民國建立之後，宣統皇帝便退位了。

退步 ㄊㄨㄟˋ ㄅㄨˋ　落後，向後退。例他上課老是打瞌睡，所以功課退步了。

退兵 ㄊㄨㄟˋ ㄅㄧㄥ　撤退軍隊。例敵人因為一連打敗仗，於是退兵了。

退役 ㄊㄨㄟˋ ㄧˋ　指軍人服役期滿或其他原因退出軍隊。役：兵役，為國家出的勞力。例他去年秋天退役。

退卻 ㄊㄨㄟˋ ㄑㄩㄝˋ　❶因為害怕而向後面退去。卻：後退。例遇到困難不要退卻，要想辦法克服。❷軍隊撤退。

退席 ㄊㄨㄟˋ ㄒㄧˊ　退出宴會或會場。席：本指座位，後指宴會。例中途退席是不禮貌的。

退換 ㄊㄨㄟˋ ㄏㄨㄢˋ　歸還不合適的，換取合適的。例如果產品有破損，可以退換。

退潮 ㄊㄨㄟˋ ㄔㄠˊ　海水下降。

參考 相似詞：落潮。♣相反詞：漲潮。

退學 ㄊㄨㄟˋ ㄒㄩㄝˊ　學生因故不能上學，或違反校規，而被取消上學的權利。例他因為參加不良幫派而被退學了。

退還 ㄊㄨㄟˋ ㄏㄨㄢˊ　把原物還給別人。例他把禮物退還給我。

退縮 ㄊㄨㄟˋ ㄙㄨㄛ　因為害怕而向後退。縮：退卻。例他害怕自己能力不夠而退縮不前。

退讓 ㄊㄨㄟˋ ㄖㄤˋ　讓步。例這次是你不對，該你退讓。

退避三舍 ㄊㄨㄟˋ ㄅㄧˋ ㄙㄢ ㄕㄜˋ　退讓九十里。舍：三十里。比喻對人讓步，不敢和他對抗。相傳晉國公子重耳逃亡到楚國，楚國國君招待他時問：「將來你回到晉國，怎麼報答我？」重耳回答說：「如果兩國打仗，我會先避你九十里（三舍）。」後來重耳當了晉國國君，在晉楚兩國作戰時，果然退避三舍。

退除役官兵 ㄊㄨㄟˋ ㄔㄨˊ ㄧˋ ㄍㄨㄢ ㄅㄧㄥ　離開軍隊的軍人。例國家許多工程是由退除役官兵建設完成的。

迺

一 厂 丙 丙 两 西 洒 迺 迺　辵部 六畫

ㄋㄞˇ　同「乃」。

迴

丨 冂 冋 冋 回 回 迴 迴 迴　辵部 六畫

ㄏㄨㄟˊ　❶去又轉回來，有往復的意思：例輪迴、迴旋。❷曲折的：例迴廊。

迴旋 ㄏㄨㄟˊ ㄒㄩㄢˊ　❶旋轉，來回的轉動。例老鷹在空中迴旋。❷比喻可以商量或進退。例這件事情還有迴旋的餘地。

迴廊 ㄏㄨㄟˊ ㄌㄤˊ　曲折環繞的走廊。

迴盪 ㄏㄨㄟˊ ㄉㄤˋ　指聲音來來回回飄盪。盪：動搖，飄盪。

迴避 ㄏㄨㄟˊ ㄅㄧˋ　❶因為這件事可能和自己有關，因此不便在場參加，必須走開。例因為這件案子和他的家人有牽連，因此他迴避一旁。❷古時候大官巡行或神明巡行，前面都有人拿著「迴避」、「肅靜」的牌子，老百姓一看到就要趕緊走開。

迴轉 ㄏㄨㄟˊ ㄓㄨㄢˇ　迴旋轉動。

迴紋針 ㄏㄨㄟˊ ㄨㄣˊ ㄓㄣ　用鋼絲或鐵絲製成，用來夾文件或紙張的文具。

逃

丿 ㇀ 丬 兆 兆 兆 逃 逃 逃　辵部 六畫

ㄊㄠˊ　❶躲避：例逃避。❷離開：例逃走。

參考 相似字：遁（ㄉㄨㄣˋ）、逋（ㄅㄨ）、遯（ㄉㄨㄣˋ）、竄（ㄘㄨㄢˋ）。♣請注意：兆、咷、桃、佻、窕、眺等字，字音字形都很接近，但字的意義不同：「兆」（ㄓㄠˋ）是龜甲的裂痕，可以占卜事情，例如：預兆。大聲痛哭，例如：號「咷」（ㄊㄠˊ）大哭。「桃」（ㄊㄠˊ）樹是一種果樹。人的行為不端莊，例如：輕「佻」（ㄊㄧㄠ）。美好的小姐，例如：「窈窕」（ㄧㄠˇ ㄊㄧㄠˇ）淑女。用眼睛向四處遠望，例如：「眺」（ㄊㄧㄠˋ）望。

逃亡 ㄊㄠˊ ㄨㄤˊ　從對自己有危險的地方逃走到安全的地方。例他為了躲避通緝，逃亡到海外。

逃生 ㄊㄠˊ ㄕㄥ　逃出危險的地方以求生存。例我們應該學習逃生的技巧。

逃犯 ㄊㄠˊ ㄈㄢˋ　還沒被抓或已經被抓又逃走的犯人。例警方到山上尋找逃犯。

逃走 ㄊㄠˊ ㄗㄡˇ　因為害怕而跑開。例小偷一看見警察，立刻逃走了。

參考 相似詞：逃跑。

逃命 ㄊㄠˊ ㄇㄧㄥˋ　逃出危險的地方以保全性命。例火災時很多人忙著逃命。

逃逸 ㄊㄠˊ ㄧˋ　逃跑。例這隻小兔子從陷阱中逃逸。

逃學 ㄊㄠˊ ㄒㄩㄝˊ　學生故意不去上課，跑到其他的地方去做別的事。例小明逃學跑去打電動玩具。

逃避 ㄊㄠˊ ㄅㄧˋ　因為討厭或害怕，不敢去接觸。例他為了逃避債主，所以搬到鄉下生活。

逃難 ㄊㄠˊ ㄋㄢˋ　為了躲避災難，逃到別的地方。例許多人在抗戰時逃難到大後方。

逃之夭夭 ㄊㄠˊ ㄓ ㄧㄠ ㄧㄠ 本來「桃之夭夭」是形容桃樹很茂盛的樣子，因為「桃」和「逃」同音，所以借用來形容人逃得不知去向。夭夭：茂盛的意思。

追

辵部 六畫

ㄓㄨㄟ ❶跟從：例追隨 國父。❷從後面趕：例追趕。❸回顧過去，尋找從前發生的事：例追憶、追溯。❹查究，尋求：例追根究底（柢）。❺事後補充：例追加。❻戀愛求偶：例他追求張小姐很久了。❼要回遺失的東西：例追贓。

參考 相似字：逐、趕。

追究 ㄓㄨㄟ ㄐㄧㄡˋ 事情發生後調查原因或理由。究：仔細推求。例只要你認錯，我就不再追究了。

追求 ㄓㄨㄟ ㄑㄧㄡˊ ❶努力探求。例為了追求更高深的學問，他決定出國留學。❷戀愛時男女的交往。例他追求張小姐十年了，依然無法獲得芳心。

追查 ㄓㄨㄟ ㄔㄚˊ 根據事情發生的經過進行調查。例他們追查車禍的肇（ㄓㄠˋ）事者。

追悼 ㄓㄨㄟ ㄉㄠˋ 懷念哀悼死去的人。悼：哀傷。例他們追悼這位為了救人而罹難的朋友。

參考 活用詞：哀悼會。

追問 ㄓㄨㄟ ㄨㄣˋ 仔細、不斷的問。例警察追問犯人最近的行動。

追逐 ㄓㄨㄟ ㄓㄨˊ ❶在後面追並驅趕。逐：趕走。例他們追逐敵人。❷追求。例他一心追逐名利。

追溯 ㄓㄨㄟ ㄙㄨˋ 逆流而上，向河流發源處走。比喻探索事物的來源。溯：逆流而上。例這件往事，要追溯到二十年前的冬天。

追趕 ㄓㄨㄟ ㄍㄢˇ 在後面趕。例一群人吆喝著追趕小偷。

追蹤 ㄓㄨㄟ ㄗㄨㄥ ❶按著蹤跡去尋找和追趕。❷根據線索追尋。蹤：腳印，人的行跡或形影。例他們一路追蹤敵人。

追隨 ㄓㄨㄟ ㄙㄨㄟˊ 跟隨。例七十二烈士追隨 國父參加革命。

追擊 ㄓㄨㄟ ㄐㄧˊ 一種作戰行動，目的在捕捉、消滅逃走的敵軍。

追根究柢 ㄓㄨㄟ ㄍㄣ ㄐㄧㄡˋ ㄉㄧˇ 追問一件事情的根本和來源。柢：樹木的根。例他很好學，任何事情都要追根究柢。

參考 相似詞：追根究底。

逅

辵部 六畫

ㄏㄡˋ 分別很久，偶然遇見。也指沒有相約而遇見：例邂逅。

迸

辵部 六畫

ㄅㄥˋ 散開，裂開：例迸出。

迸裂 ㄅㄥˋ ㄌㄧㄝˋ 快速炸裂，使碎片四處散開。

這

這

辵部 七畫

ㄓㄜˋ ❶指比較近的人、事、物：例這本書。❷馬上：例我這就回來。

參考 相似字：此。♣相反字：那、彼。♣

請注意：凡指較近的用「這」、「此」，指較遠的用「那」、「彼」。

這些 ㄓㄜˋ ㄒㄧㄝ 指較近的兩個以上的人、事或物。例這些水果是剛從樹上摘下來的。

這麼 ㄓㄜˋ ˙ㄇㄜ 這樣；這種的性質、狀態、方式、程度。例大家都這麼說，我不能不相信。

這樣 ㄓㄜˋ ㄧㄤˋ ❶這個形狀。例他拿著一把這樣的刀子。❷這種程度。例他就是這樣一個孝順的兒子。

這會兒 ㄓㄜˋ ㄏㄨㄟˇ ㄦ 這個時候。例這會兒雨下得更大了。

通

辵部 七畫

ㄊㄨㄥ ❶沒有阻礙，可以穿過：例通行。❷有路到達：例條條大路通羅馬。❸來往：例通商。❹傳達：例通知。❺了解：例精通。❻熟悉某方面事：例萬事通。❼順暢：例文筆不通。❽普通，一般：例通常。❾全部，整個：例通宵。❿單位詞：例一通電話。⓫姓：例通先生。

參考 相反字：阻、塞。

通分 ㄊㄨㄥ ㄈㄣ 把幾個分母不同的分數，化成分母相同的分數。例如$\frac{1}{7}$和$\frac{1}{3}$通分，共同分母是21，因此變成$\frac{3}{21}$、$\frac{7}{21}$。

通用 ㄊㄨㄥ ㄩㄥˋ ❶到處都可以用。例金融卡全國通用。❷某些字的寫法不同，但是音義相同，彼此可以交換使用。例抵觸的「抵」通用「牴」。

通行 ㄊㄨㄥ ㄒㄧㄥˊ ❶順暢沒有阻礙。例這條巷子禁止車輛通行。❷習慣使用。❸普遍的使用。例這張信用卡通行全國。

參考 活用詞：通行證。

古人說 「天理良心，到處通行。」這句話是說：只要照著道理，憑著良心，什麼地方都可以去，什麼事都可以做。和「有理走遍天下」的意思一樣。

俏皮話 「救火車遇紅燈——通行無阻。」救火車因為趕著救火，所以遇到紅燈不必停下來。用來比喻不受到任何阻礙。

通信 ㄊㄨㄥ ㄒㄧㄣˋ 用書信互通消息。例我們好久沒有通信了。

通明 ㄊㄨㄥ ㄇㄧㄥˊ 十分明亮。例國慶日的晚上，街上燈火通明。

通知 ㄊㄨㄥ ㄓ 告訴對方，讓他知道。例請你通知他來辦公室。

參考 活用詞：通知單。

通風 ㄊㄨㄥ ㄈㄥ ❶空氣流通。❷暗中透露消息。例他偷偷跑去通風報信。

通俗 ㄊㄨㄥ ㄙㄨˊ 淺近而被一般人接受。例通俗的電影和小說，比較暢銷。

參考 活用詞：通俗小說、通俗文學。

通紅 ㄊㄨㄥ ㄏㄨㄥˊ 很紅。例她被太陽晒得滿臉通紅。

通訊 ㄊㄨㄥ ㄒㄩㄣˋ 利用電訊設備來傳遞消息。例他用無線電通訊報導足球比賽實況。

參考 活用詞：通訊社、通訊網、通訊處。

通病 ㄊㄨㄥ ㄅㄧㄥˋ 大多數人共同有的毛病。例遲到是他們家的通病。

通宵 ㄊㄨㄥ ㄒㄧㄠ 全夜，整夜。宵：夜晚。例我們今天可以玩個通宵。

通常 ㄊㄨㄥ ㄔㄤˊ 一般的，平常的。例他通常六點鐘就起床了。

通商 ㄊㄨㄥ ㄕㄤ 國和國間做生意。例現在世界各國大都能自由通商貿易了。

通通 ㄊㄨㄥ ㄊㄨㄥ 全部。例這些糖果和餅乾通通留給你吃。

參考 請注意：也可以寫作「統統」。

通順 ㄊㄨㄥ ㄕㄨㄣˋ 文章的意思或語句順暢，沒有錯誤。例這篇文章雖然簡短，但是很通順。

通道 ㄊㄨㄥ ㄉㄠˋ 通路，往來的路。例這裡正在蓋房子，通道都被堵住了。

通過 ㄊㄨㄥ ㄍㄨㄛˋ ❶從一頭到另一頭。例路太窄了，車子不能通過。❷利用人或事物當成手段，去達成某種目的。例通過電視介紹，我們認識這種新產品。❸議案等經過一定人數的同意而成立。例立法院通過了有關著作權法的法案。

通稱 ㄊㄨㄥ ㄔㄥ 通常叫做。例水銀通稱汞（ㄍㄨㄥˇ）。

通暢 ㄊㄨㄥ ㄔㄤˋ ❶運行無阻。例少吃油脂，可以保持血液循環通暢。❷思考、文字通順。

通鋪 ㄊㄨㄥ ㄆㄨˋ 連在一起的床位。鋪：睡覺的床位。例我們睡的是大通鋪。

通融 ㄊㄨㄥ ㄖㄨㄥˊ 給人方便的變通辦法。例這件事可以稍微通融。

通曉 ㄊㄨㄥ ㄒㄧㄠˇ 透徹的了解。例他通曉各種樂器。

通力合作 ㄊㄨㄥ ㄌㄧˋ ㄏㄜˊ ㄗㄨㄛˋ 大家合作，共同辦理一件事情。通力：全力，合力。例全班同學通力合作，打掃教室。

通宵達旦 ㄊㄨㄥ ㄒㄧㄠ ㄉㄚˊ ㄉㄢˋ 從晚上到天亮。宵：晚上。達：到。旦：白天。例這個夜市通宵達旦都有逛街的人潮。

參考 相似詞：夜以繼日。

七畫

通情達理（ㄊㄨㄥ ㄑㄧㄥˊ ㄉㄚˊ ㄌㄧˇ） 懂得道理，說話做事合情合理。例他做人通情達理。

逗

辵部 七畫

ㄉㄡˋ ❶停留：例逗留。❷招引：例逗人喜歡。❸標點符號的一種，表示一句話中間的停頓，符號是「，」：例逗號。

參考 相似字：留、止、駐、停。♣請注意：豆、荳、逗、餖、痘都讀ㄉㄡˋ。「豆」類植物有很多種，「豆」蔻，也可以寫作「荳」蔻，是形容少女的快樂時光。辵部的「逗」有停留、招引的意思，例如：逗留、逗弄。食部的「餖」飣（ㄉㄧㄥˋ），原是僅供擺設不吃的東西，後來是文章中堆積沒用的詞句。疒（ㄔㄨㄤˊ）部的「痘」，是一種傳染病，例如：牛痘、水痘。

逗留（ㄉㄡˋ ㄌㄧㄡˊ） 短時間的停留。例放學後應該趕快回家，不要在路上逗留。

逗號（ㄉㄡˋ ㄏㄠˋ） 標點符號的一種，即「，」，表示一句話中間的停頓。也叫「逗點」。

逗趣（ㄉㄡˋ ㄑㄩˋ） 說話或行動有趣，使人發笑。例他的表情很逗趣。

連

辵部 七畫

ㄌㄧㄢˊ ❶軍隊的單位：例連長。❷接合：例連接。❸持續不斷：例連續。❹甚至，就是：例連我也不知道、連他也忍不住笑了。❺和，包括在內：例連帶、連同、連你一共三人。❻姓：例連先生。

連日（ㄌㄧㄢˊ ㄖˋ） 連續幾天。例連日大雨，河水暴漲。

連任（ㄌㄧㄢˊ ㄖㄣˋ） 連續擔任某項職務。例他的表現很好，因此獲得連任。

連忙（ㄌㄧㄢˊ ㄇㄤˊ） 馬上做。例他聽到門鈴聲，連忙去開門。

連長（ㄌㄧㄢˊ ㄓㄤˇ） 軍隊裡領導一連士兵的長官。

連夜（ㄌㄧㄢˊ ㄧㄝˋ） 當天晚上。例他連夜趕去高雄，處理財務上的糾紛。

連珠（ㄌㄧㄢˊ ㄓㄨ） 連接成串的珠子；比喻連續不斷。例她像連珠砲一樣，說個沒完。

連接（ㄌㄧㄢˊ ㄐㄧㄝ） 使事物接在一起。例這條河連接兩座城市。

連累（ㄌㄧㄢˊ ㄌㄟˋ） 受到牽連而被損害。例他的錢被朋友騙走了，連他的弟弟也受到連累。

連貫（ㄌㄧㄢˊ ㄍㄨㄢˋ） 連接貫通。貫：穿通。例這篇文章的意思前後連貫。

連綴（ㄌㄧㄢˊ ㄓㄨㄟˋ） 連續不斷。綴：連結。例這幾幅畫連綴在一起，看起來很有趣。

連環（ㄌㄧㄢˊ ㄏㄨㄢˊ） 互相套在一起的環；比喻互相有關係的事物。例昨天高速公路上發生連環車禍，死傷慘重。

連續（ㄌㄧㄢˊ ㄒㄩˋ） 繼續不斷。例最近天氣炎熱，連續幾天氣溫都很高。

參考 活用詞：連續劇。

連綿不斷（ㄌㄧㄢˊ ㄇㄧㄢˊ ㄅㄨˋ ㄉㄨㄢˋ） 連接不中斷。例喜馬拉雅山連綿不斷，成為中國、印度的國界。

速

辵部 七畫

ㄙㄨˋ ❶快：例迅速。❷快的程度：例速度、光速。❸邀請：例不速之客。❹姓：例速先生。

參考 相似字：快、疾、捷。♣相反字：緩、慢、遲、延。

速度（ㄙㄨˋ ㄉㄨˋ） 物體在一定的時間中前進的距離。例如：時速，是一小時內行駛的里程。例開車的速度太快，容易出車禍。

速戰速決（ㄙㄨˋ ㄓㄢˋ ㄙㄨˋ ㄐㄩㄝˊ） ❶用最快的速度發動戰爭、結束戰爭，以達到預期的目的。❷迅速採取行動，解決問題。❸凡事必須進行得快，才能迅速完成。例我們速戰速決，立刻訂出計畫。

逝

逝 辵部 七畫

ㄕˋ ❶時間或流水去而不復返：例時光飛逝。❷死亡：例逝世。❸消失：例消逝。

參考 相似字：往、去。

逝世 ㄕˋ ㄕˋ 死亡。例我的祖父已經逝世十年了。

逐

逐 辵部 七畫

ㄓㄨˊ ❶追趕：例追逐。❷下命令趕走：例逐客令。❸爭奪，競爭：例角逐。❹按照順序：例逐次、逐日、逐字逐句。

參考 相似字：追、趕。♣請注意：「逐」(ㄓㄨˊ)和「遂」(ㄙㄨㄟˋ)字形相近，「遂」字比「逐」多二點。「遂」是「完成」的意思，例如：殺人未「遂」。

逐年 ㄓㄨˊ ㄋㄧㄢˊ 一年一年的。例臺北的汽車逐年增加。

逐步 ㄓㄨˊ ㄅㄨˋ 一步一步的進行。例這項工程逐步進行。

逐漸 ㄓㄨˊ ㄐㄧㄢˋ 漸漸。例天色逐漸變黑了。

逐客令 ㄓㄨˊ ㄎㄜˋ ㄌㄧㄥˋ 趕走客人。據說：秦始皇曾下過命令趕走從各國來的客卿。後來指主人下命令，趕走不受歡迎的客人。例主人已經下了逐客令，推銷人員卻依然不肯離去。

逕

逕 辵部 七畫

ㄐㄧㄥˋ ❶直接：例逕行告發。❷小路，通「徑」。

逍

逍 辵部 七畫

ㄒㄧㄠ 自由自在，不受拘束：例逍遙。

逍遙 ㄒㄧㄠ ㄧㄠˊ 自由自在，不受約束。例他常常四處遊山玩水，生活得很逍遙。

參考 活用詞：逍遙自在、逍遙法外。

動動腦 「她一個人過著自由自在的生活」，小朋友，除了「逍遙自在」，還有那些詞的意思和「自由自在」一樣？

逍遙法外 ㄒㄧㄠ ㄧㄠˊ ㄈㄚˇ ㄨㄞˋ 犯了罪的人卻沒有受到法律的處罰。例沒有人能夠逍遙法外。

逞

逞 辵部 七畫

ㄔㄥˇ ❶顯示，誇耀：例逞能、逞強。❷達到目的：例得逞。❸放任：例逞性子。

逞能 ㄔㄥˇ ㄋㄥˊ 顯示自己的才能。例他向我逞能，說他能搬起一塊大石頭。

逞強 ㄔㄥˇ ㄑㄧㄤˊ 一定能做到，為了顯示自己能力強，而勉強去做。例如果沒辦法吃下去，就別逞強。

逞威風 ㄔㄥˇ ㄨㄟ ㄈㄥ 顯示盛大的氣勢。例小流氓在街上逞威風，結果被警察抓走了。

造

造 辵部 七畫

ㄗㄠˋ ❶製作：例造船。❷建設，建築：例建造、造屋。❸憑空編出來：例造謠。❹培養，成就：例深造、造詣。❺到達：例造訪、登峰造極。❻相對的兩方，如訴訟時原告與被告稱兩造。❼姓：例造先生。

參考 請注意：「造」和「製」意義不同，「製」、「造」兩字常常一起用，但是習慣上，「造就」、「造句」不寫成「製」，「製版」、「製圖」也不寫成「造」。

造反 ㄗㄠˋ ㄈㄢˇ ❶用武力、計策想把政府或某一種權威打倒。❷俗稱小孩子胡鬧。例這小孩成天和人打架鬧事，簡直要造反了。

造化 ㄗㄠˋ ㄏㄨㄚˋ ❶創造。例這些鐘乳奇石，全部是大自然的造化。❷好運氣。例他的事業如此成功，全是他的造化。❸自然、老天的意思。例造化捉弄人，使她們母子分離二十年。

造句 ㄗㄠˋ ㄐㄩˋ 用文字連成句子，是練習作文的初步。

造型 ㄗㄠˋ ㄒㄧㄥˊ 設計創造出一些比較特別的樣子。例這件藝術品造型很特殊。

造紙 ㄗㄠˋ ㄓˇ 製造紙張。例東漢蔡倫發明造紙術，貢獻很大。

造訪 ㄗㄠˋ ㄈㄤˇ 到人家家裡拜訪。例上星期日我造訪一位老師。

造就 ㄗㄠˋ ㄐㄧㄡˋ 培養人才使他有成就。就：成功。例學校是造就人才的搖籃。

造詣 ㄗㄠˋ ㄧˋ 學問、技藝到達的水準。詣：學問、技能到達的境地。例她的鋼琴演奏造詣很高。

造福 ㄗㄠˋ ㄈㄨˊ 創造幸福。例他在家鄉提供許多公共設施，造福鄉里。

造謠 ㄗㄠˋ ㄧㄠˊ 製造、散布不真實的消息。謠：憑空捏造的話，謠言。例他到處造謠，破壞別人的名譽。

造物主 ㄗㄠˋ ㄨˋ ㄓㄨˇ 基督教認為上帝創造萬物，因此稱上帝叫造物主。例自然界的景觀是造物主的傑作。

透

辵部 七畫

ㄊㄡˋ ❶穿過：例透水。❷顯露出來：例白裡透紅。❸深入，明白：例透澈。❹極，非常：例快活透了。❺超過：例透支薪水。

透支 ㄊㄡˋ ㄓ 花費超過收入。例他花錢沒有節制，常常透支。

透明 ㄊㄡˋ ㄇㄧㄥˊ 光線可以完全通過。例這片玻璃是透明的。

透澈 ㄊㄡˋ ㄔㄜˋ 詳細，深入。例他對事理都能分析得很透澈。

透鏡 ㄊㄡˋ ㄐㄧㄥˋ 一種光學儀器，用玻璃等透明的東西製成。可分為凹透鏡和凸透鏡。凹透鏡中央比四周薄，可以使光線分散，例如：近視鏡片；凸透鏡中央比四周厚，可以使光聚集，例如：遠視鏡片。

透露 ㄊㄡˋ ㄌㄨˋ 說出事情的真實情況、祕密。例我無論怎麼追問，他都堅持不肯透露消息。

逢

辵部 七畫

ㄈㄥˊ ❶遇見，遇到：例相逢。❷迎合：例逢迎。

ㄆㄥˊ ❶鼓聲：例逢逢。❷姓：例逢先生。

參考 相似字：遇、遭。

唱詩歌 故園①東望路漫漫②，雙袖龍鍾③淚不乾。馬上相逢無紙筆，憑君傳語④報平安。（逢入京使⑤‧岑參）

註：①故園：故鄉家園。②漫漫：路遠的樣子。③龍鍾：比喻年老的神態。④傳語：傳口信，將話傳達。⑤使：使者。

逢迎 ㄈㄥˊ ㄧㄥˊ 指說話和做事故意討好、巴結別人。

逢場作戲 ㄈㄥˊ ㄔㄤˇ ㄗㄨㄛˋ ㄒㄧˋ 原本是表演人員遇到適合的場所就進行表演，現在則指應酬或男女之間並不是認真的交往。

逖

辵部 七畫

ㄊㄧˋ 遙遠的：例逖聽。

逖聽 ㄊㄧˋ ㄊㄧㄥ 指在很遠的地方聽到，和「久仰大名」的意思相同。

逛

辵部 七畫

ㄍㄨㄤˋ 閒遊：例逛夜市。

逛逛 ㄍㄨㄤˋ ㄍㄨㄤˋ 到各處隨便走一走。例他吃完飯常常到附近逛逛。

逛街 ㄍㄨㄤˋ ㄐㄧㄝ 在街上閒遊、觀賞。例星期日我常和媽媽去逛街。

途

辵部 七畫

ㄊㄨˊ 道路：例路途、半途而廢。

參考 相似字：道、路。♣請注意：「途」和「塗」如果都當作道路用時，二個字可以互相通用，例如：窮途（塗）末路、殊途（塗）同歸；但習慣上「塗」用的比較少，所以中途、坦途、用途、前途、途徑都不用「塗」。至於不同的意思時，例如：「塗」有「抹去」、「不明事理」的意思，所以「塗」抹、糊「塗」，「塗」都不可以用「途」。

途徑 ㄊㄨˊ ㄐㄧㄥˋ ❶路徑，路線。❷辦事的方法。例成功的途徑就是努力。

參考 相似詞：道路。

逡

辵部 七畫

ㄑㄩㄣ 退：例逡巡。

逡巡 ㄑㄩㄣ ㄒㄩㄣˊ 心中有顧慮而欲進不進的樣子。

逮

辵部 八畫

ㄉㄞˋ 趕上，及：例力所不逮。

ㄉㄞˇ 捉拿、捕捉：逮住、逮到。

參考 相似字：及、迨。

逮捕 ㄉㄞˇ ㄅㄨˇ 捉拿犯人。例警方在一家商店逮捕到小偷。

逵

辵部 八畫

ㄎㄨㄟˊ 四通八達的大路。

週

辵部 八畫

ㄓㄡ ❶環繞：例週而復始。❷時間的往復，就是一星期：例週一、週末。❸一個區域的外圍：例四週。❹普遍：例眾所週知。❺滿一年：例週年慶、週歲。

參考 請注意：「週」和「周」的讀音相同，意思相近，當外圍、一星期、環繞的意思時，可以相通，例如：週（周）圍、一週（周）、週（周）而復始，其他意思就不能通用。

週末 ㄓㄡ ㄇㄛˋ 星期六是一週的最後一天，因此稱為週末，歐美國家則把星期六下午到星期天下午稱為週末。末：最後的。

週刊 ㄓㄡ ㄎㄢ 每週出版一次的刊物。

週而復始 ㄓㄡ ㄦˊ ㄈㄨˋ ㄕˇ 依照次序輪流完畢，再從頭開始。復：又，再。始：開始。例月亮的圓缺是一種週而復始的自然現象。

逸

辵部 八畫

ㄧˋ ❶安樂、安閒：例安逸、以逸待勞。❷逃跑：例逃逸。❸散失：例逸事、逸聞。❹高雅的：例逸興。❺放縱的：例淫逸。❻超過一般：例超逸、逸群。

參考 相似字：勞。♣請注意：「逸」的右邊是「兔」（ㄊㄨˋ），不可以寫成「免」（ㄇㄧㄢˇ）。

進

辵部 八畫

ㄐㄧㄣˋ ❶向前移動、發展：例前進、推進、進步。❷從外面到裡面：例進入。❸收入：例進帳、進貨。❹荐引：例引進、進賢。❺奉上：例進言。❻房屋分成幾個前後庭院，每個庭院稱為一進：例後進、兩進院子。

參考 相似字：入。♣相反字：出、退、卻。

進口 ㄐㄧㄣˋ ㄎㄡˇ ❶進入某個地方必須經過的門。❷輸入，外國貨運到本國。例這件衣服是美國進口的。

進士 ㄐㄧㄣˋ ㄕˋ 古代科舉制度中，會試考中的人。例他經過十年寒窗的苦讀，終於考中了進士。

進化 ㄐㄧㄣˋ ㄏㄨㄚˋ 生物的演進變化是由簡單的變成複雜的，由低等的變成高等的。例我們是由較原始的猿人進化到現代人。

參考 活用詞：進化論。

進行 ㄐㄧㄣˋ ㄒㄧㄥˊ ❶往前走。❷正在做某件事。例這項工作進行得很順利。

進攻 ㄐㄧㄣˋ ㄍㄨㄥ 向前攻打敵人。例總司令下令向敵人進攻。

進步 ㄐㄧㄣˋ ㄅㄨˋ 逐漸發展，比原來的好。例他的功課進步很多，值得鼓勵。

參考 相反詞：後退、撤退。

進取 ㄐㄧㄣˋ ㄑㄩˇ 立志有所作為。例做事積極進取，一定會成功。

進度 ㄐㄧㄣˋ ㄉㄨˋ 工作進行的速度。例這次的工程進度太慢，可能無法按時完工。

進食 ㄐㄧㄣˋ ㄕˊ 吃飯。例按時進食是個好習慣。

進軍 ㄐㄧㄣˋ ㄐㄩㄣ 軍隊出發向目的地前進。例蘇俄進軍阿富汗。

進貢 ㄐㄧㄣˋ ㄍㄨㄥˋ ❶屬國把物品貢獻給宗主國。❷臣民把東西獻給君王。

進修 ㄐㄧㄣˋ ㄒㄧㄡ 更進一步的研究學習。例今年秋天他要出國進修。

進退 ㄐㄧㄣˋ ㄊㄨㄟˋ ❶前進和後退。❷和別人來往時的言語行動。例他和別人來往時，進退恰到好處。

參考 活用詞：進退兩難。

進諫 ㄐㄧㄣˋ ㄐㄧㄢˋ 在下位的人勸告在上位的人改正錯誤。諫：直接說出別人的錯誤。例那位國王不聽忠臣的進諫，終於亡國了。

進行曲 ㄐㄧㄣˋ ㄒㄧㄥˊ ㄑㄩˇ 節奏適合人走路，而且是四拍子的樂曲。

運

辵部 九畫

ㄩㄣˋ ❶命中注定的遭遇：例命運。❷「運動會」的簡稱：例奧運。❸輸送、搬送：例運輸、運貨。❹轉動：例運行。❺使用：例運用、運思、運筆。❻地的東西叫廣，南北叫運：例廣運百里。❼姓：例運先生。

參考 相似詞：❶當「命運」時：命、數、天。❷當「運動」時：輸、送、轉。

運用 ㄩㄣˋ ㄩㄥˋ 利用。例他運用智慧想出一個好辦法。

參考 相似詞：使用。

運行 ㄩㄣˋ ㄒㄧㄥˊ 物體有規則性的轉動（多指星球、車船）。例月亮繞著地球運行。

運河 ㄩㄣˋ ㄏㄜˊ 人工挖掘的水道。例運河可以發展水上交通。

運氣 ㄩㄣˋ ㄑㄧˋ ❶命中注定的遭遇。例他最近運氣不好，常常掉東西。❷幸福。例你真運氣，有個幸福的家庭。❸把力氣貫注到身體，舒展肢體。例練空手道要學會運氣。

運送 ㄩㄣˋ ㄙㄨㄥˋ 把人或貨物送到某地。例這艘船運送許多穀物到美國。

參考 相似詞：運輸、輸送。

運動 ㄩㄣˋ ㄉㄨㄥˋ ❶物體改變位子的作用。例宇宙中有許多星球在運動。❷體育活動。例他對每項運動都很精通，尤其是游泳。❸政治、文化、生產方面有組織、有目的的群眾性的活動。例民國初年的「五四運動」，胡適大力提倡白話文。

參考 活用詞：運動家、運動員、運動會、運動場、運動神經、運動飲料。

運輸 ㄩㄣˋ ㄕㄨ 用交通工具把人或物從一個地方送到另一個地方。例火車負責運輸旅客。

參考 活用詞：運輸工具、運輸業。

運轉 ㄩㄣˋ ㄓㄨㄢˇ 有規則的運動。例機器不停的運轉。

運筆如飛 ㄩㄣˋ ㄅㄧˇ ㄖㄨˊ ㄈㄟ 比喻寫作速度很快，也很順暢。例他運筆如飛，一下子就完成一篇動人的小說。

遊

辵部 九畫

ㄧㄡˊ ❶到各處閒逛、行走：例遊覽。❷來往：例交遊。❸到遠地去：例遊學、遊子。❹不固定的：例遊牧。

參考 請注意：除了「游水」、「游泳」不用「遊」字外，「游」和「遊」可以通用。

遊子 ㄧㄡˊ ㄗˇ 長期遠離家鄉久居在外的人。

唱詩歌 慈母手中線，遊子身上衣；臨行密密①縫，意恐遲遲歸。誰言寸草心②，報得三春暉③？（遊子吟・孟郊）

註：①密密：緊緊的意思。②寸草：一

七畫

寸長的草；比喻微細。③暉：日光，用來比喻父母的恩情。

遊行（ㄧㄡˊ ㄒㄧㄥˊ） 廣大的群眾為了慶祝、紀念或示威等活動，在街上成群結隊的行走。例國慶日遊行要在上午十點開始。

遊伴（ㄧㄡˊ ㄅㄢˋ） 一起遊玩的同伴。

遊玩（ㄧㄡˊ ㄨㄢˊ） ❶遊戲。❷慢慢的走並且觀看事物。

遊客（ㄧㄡˊ ㄎㄜˋ） 遊覽各地的人。

遊記（ㄧㄡˊ ㄐㄧˋ） 記述遊覽經歷的文章。

遊歷（ㄧㄡˊ ㄌㄧˋ） 到各處遊玩，以增加知識和見聞。例他到歐洲各國遊歷了一年才回國。

遊蕩（ㄧㄡˊ ㄉㄤˋ） 整天沒事做，四處遊逛。

遊戲（ㄧㄡˊ ㄒㄧˋ） 玩耍嬉戲。例孩子們正在大樹下遊戲。

遊覽（ㄧㄡˊ ㄌㄢˇ） 到處遊玩觀看。

遊山玩水（ㄧㄡˊ ㄕㄢ ㄨㄢˊ ㄕㄨㄟˇ） 到處遊玩山水風景。例他經常到各地遊山玩水，以增廣見聞。

遊手好閒（ㄧㄡˊ ㄕㄡˇ ㄏㄠˋ ㄒㄧㄢˊ） 貪玩而不去做事。例他整日遊手好閒，將來一定不會成功。

遊客如織（ㄧㄡˊ ㄎㄜˋ ㄖㄨˊ ㄓ） 形容來往的遊人很多。例到了夏天，海水浴場遊客如織。

遊覽勝地（ㄧㄡˊ ㄌㄢˇ ㄕㄥˋ ㄉㄧˋ） 能讓旅客遊玩參觀的著名風景區。

道

辵部 九畫

、 丷 䒑 䒑 䒑 首 首 首 首 道 道 道 道

ㄉㄠˋ ❶路：例道路、通道。❷正當的事理：例道理。❸技術、方法：例門道。❹途徑、方向：例同道、志同道合。❺我國古代的一個思想流派：例道家。❻宗教名：例道教。❼「道士」的簡稱：例貧道。❽說：例道賀、說東道西。❾單位詞：例一道牆、一道菜、一道命令。

參考 相似字：❶當「道路」時：路、途、涂。❷當「說話」時：言、謂、曰、云。

猜一猜 賽跑冠軍。（猜一字）（答案：道）

道地（ㄉㄠˋ ㄉㄧˋ） 很合乎某種情況的，真正的。例這是道地的北平烤鴨。

道別（ㄉㄠˋ ㄅㄧㄝˊ） 互相說再見。例我們在車站道別。

道具（ㄉㄠˋ ㄐㄩˋ） 戲劇表演中，所必須使用的器物，例如：桌椅、茶杯。例這場電影中的道具十分精巧。

道破（ㄉㄠˋ ㄆㄛˋ） 說穿。例他說的謊話被我道破。

道家（ㄉㄠˋ ㄐㄧㄚ） 古代一個思想的派別，崇尚老子和莊子，後世的道家也稱道教。

參考 活用詞：一語道破。

道理（ㄉㄠˋ ㄌㄧˇ） ❶事物的規律、正道。例守信是做人最基本的道理。❷理由。例他沒有道理不上班。

道賀（ㄉㄠˋ ㄏㄜˋ） 別人有好事，向他祝賀。例我們向他道賀金榜題名。

參考 相似詞：恭喜、恭賀、道喜、祝賀。

道統（ㄉㄠˋ ㄊㄨㄥˇ） 指傳授儒家思想的系統。例中國是以孔孟學說為道統。

道義（ㄉㄠˋ ㄧˋ） 道德和正義。例如果你有需要，我可以給你道義上的支持。

道路（ㄉㄠˋ ㄌㄨˋ） 可以通行各種車輛、行人和牲口的通稱。例這條新開的道路十分平坦。

道歉（ㄉㄠˋ ㄑㄧㄢˋ） 表示歉意而認錯。歉：覺得對不起別人。例當我們做錯事，應該立刻道歉。

參考 相似詞：抱歉。

道德（ㄉㄠˋ ㄉㄜˊ） 大家應該遵守的理法，和合乎理法的行為。例我們要遵守道德，不做不合理的事。

道謝（ㄉㄠˋ ㄒㄧㄝˋ） 用言語表示感謝。例他替我找到書，我向他道謝。

道德經（ㄉㄠˋ ㄉㄜˊ ㄐㄧㄥ） 老子李耳著，共五千字，是道家的基本經典。

道貌岸然 ㄉㄠˋ ㄇㄠˋ ㄢˋ ㄖㄢˊ 神情莊重嚴肅，一本正經的樣子。岸然：嚴肅的樣子。例他年少老成，一副道貌岸然的樣子。

道聽塗說 ㄉㄠˋ ㄊㄧㄥ ㄊㄨˊ ㄕㄨㄛ 從路旁聽來的話，就在路上傳說。指沒有根據的話。塗：也寫作「途」，路的意思。例我們不要道聽塗說，隨便傳播謠言。

道高一尺魔高一丈 ㄉㄠˋ ㄍㄠ ㄧˋ ㄔˇ ㄇㄛˊ ㄍㄠ ㄧˊ ㄓㄤˋ 比喻邪惡、破壞的力量勝過真理、正義。丈：十尺是一丈。

遂

辵部 九畫

ㄙㄨㄟˋ ❶照自己的願望，順心，如意：例遂心、遂願。❷達到目的，成功：例要求不遂、殺人未遂。❸即，就：例服藥後病遂癒。

遂心 ㄙㄨㄟˋ ㄒㄧㄣ 符合自己的願望。

達

辵部 九畫

ㄉㄚˊ ❶通，到：例抵達。❷告訴，表示：例轉達、表達、詞不達意。❸對事理很瞭解：例通達事理。❹實現或完成：例達成目的。❺地位顯要的：例達官貴人。❻興旺：例發達。❼姓：例達先生。

參考 相似字：通、暢、至、到。♣相反字：窮、塞。

達成 ㄉㄚˊ ㄔㄥˊ 得到，完成。例他很順利的達成任務。

達觀 ㄉㄚˊ ㄍㄨㄢ 把一切看得很開，不受環境影響。例他是一個達觀的人，不會受到挫折的打擊。

逼

辵部 九畫

ㄅㄧ ❶強迫，威脅：例逼迫。❷非常接近：例逼近。

參考 相似字：迫、蹙。

逼近 ㄅㄧ ㄐㄧㄣˋ 非常接近。例考試日期逼近了，大家都很緊張。

逼迫 ㄅㄧ ㄆㄛˋ 強迫。例歹徒逼迫他交出所有的錢。

逼真 ㄅㄧ ㄓㄣ 好像真的一樣。例這幅人像畫得十分逼真。

違

辵部 九畫

ㄨㄟˊ ❶不遵守：例違背、違法、事與願違。❷離別：例久違。

參考 相似字：背、反。♣相反字：依、從。

違反 ㄨㄟˊ ㄈㄢˇ 不照規定去做。例他違反校規，受到處罰。

違抗 ㄨㄟˊ ㄎㄤˋ 不服從指揮。例他違抗長官的命令，私自溜走。

參考 相似詞：違反。

違法 ㄨㄟˊ ㄈㄚˇ 不遵守法律的規定。例搶劫殺人是違法的行為。

違背 ㄨㄟˊ ㄅㄟˋ 不遵守。例他違背了自己的諾言。

參考 相似詞：違反。

違約 ㄨㄟˊ ㄩㄝ 違背諾言或契約。例他私下提高產品價錢是違約的。

違規 ㄨㄟˊ ㄍㄨㄟ 不遵守規定。例在比賽中打架是違規的行為。

違背良心 ㄨㄟˊ ㄅㄟˋ ㄌㄧㄤˊ ㄒㄧㄣ 不按照善良的本意做事。例他認為偷工減料是違背良心的行為。

違章建築 ㄨㄟˊ ㄓㄤ ㄐㄧㄢˋ ㄓㄨˊ 沒有經過法律許可而隨便蓋房子。

猜一猜 違章建築。（猜二個字的俗語）
（答案：亂蓋①）
註：①亂蓋是比喻「吹牛」的意思。

遐

辵部 九畫

ㄒㄧㄚˊ ❶遙遠的：例名聞遐邇。❷長久的：例遐齡。

參考 相似字：遠、遙、久、長。♣相反

七畫

字：近、邇。

遐想 ㄒㄧㄚˊ ㄒㄧㄤˇ　指悠遠的想像、聯想。例燦爛的晚霞，引起人們美好的遐想。

參考 相似詞：遐思。

遐邇 ㄒㄧㄚˊ ㄦˇ　遠近。例他因為樂善好施而名聞遐邇。

遇

辵部　九畫

遇遇遇

ㄩˋ ❶相逢，碰上：例相遇。❷對待：例待遇。❸機會：例際遇。❹遭受：例遇難。❺姓：例遇先生。

參考 相似字：逢、遭、值。

遇害 ㄩˋ ㄏㄞˋ　遭人殺害。例他失蹤很久，可能已經遇害了。

遇人不淑 ㄩˋ ㄖㄣˊ ㄅㄨˋ ㄕㄨˊ　❶碰到對自己不好的人。❷女子嫁的丈夫不好。淑：美好。例她的丈夫愛賭博、不工作，她真是遇人不淑。

遏

辵部　九畫

遏遏遏

ㄜˋ ❶阻止，禁止：例遏止。❷壓制：例遏抑、怒不可遏。❸姓。

遏止 ㄜˋ ㄓˇ　用壓力阻止。例遏止色情行業進入住宅區，需要居民的合作。

參考 相似詞：遏制。

過

辵部　九畫

過過過

ㄍㄨㄛˋ ❶錯誤：例改過自新。❷從一個時間或地點到另一個時間或地點：例過年、過橋。❸超越：例過期。❹承受：例心中難過。❺拜訪：例過訪、過從。❻非常：例過獎了。❼死亡：例過世。❽用在動詞後面，表示動作已經完成，已經、曾經的意思：例吃過飯、看過書。

ㄍㄨㄛ 姓：例過先生。

參考 相似字：誤、謬、錯、愆、失。♣相反字：功。

過分 ㄍㄨㄛˋ ㄈㄣˋ　超過了一定的限度。分：限度。例做錯事不但不承認，還和人吵架，真是太過分了。

過目 ㄍㄨㄛˋ ㄇㄨˋ　看一次，檢查一次。例這是開會名單，請你過目。

過失 ㄍㄨㄛˋ ㄕ　錯誤。例這個過失是因為他的粗心大意造成的。

過去 ㄍㄨㄛˋ ㄑㄩˋ　❶以前。例他過去曾經當過老師。❷從這裡到那裡。例你等一下，我過去看看。

過年 ㄍㄨㄛˋ ㄋㄧㄢˊ　❶從舊的一年到新的一年。例小孩子最喜歡過年。❷在新年或春節期間進行的慶祝活動。

俏皮話 (一)「過年娶媳婦——雙喜臨門。」過年是件大事，到處都喜氣洋洋的，如果在這時娶媳婦，那真是「雙喜臨門」。

(二)「王小二過年——一年不如一年。」王小二是指貧窮的年輕人。「王小二過年」，這句話是比喻情況愈來愈壞。

唱詩歌 （請用臺語念）白翎鷥，斜畚箕，斜到港仔墘（ㄑㄧㄢˊ），跋一倒，撿著兩仙錢，一仙買大餅送大姨，一仙留起來好過年。（臺灣）

過夜 ㄍㄨㄛˋ ㄧㄝˋ　在某一個地方度過夜晚不回家。例為了早點到達目的地，我們決定在山上過夜。

過度 ㄍㄨㄛˋ ㄉㄨˋ　超過適當的限度。例他因為運動過度，以致腳受傷。

過時 ㄍㄨㄛˋ ㄕˊ　老舊不合時代的潮流。例她穿了一件過時的裙子。

過敏 ㄍㄨㄛˋ ㄇㄧㄣˇ　對環境中某些藥物、花粉、食物等產生的不正常的反應。例他對海鮮過敏。

過問 ㄍㄨㄛˋ ㄨㄣˋ　查問事情，干涉。例她喜歡過問每件事。

過期 ㄍㄨㄛˋ ㄑㄧˊ　超過期限。例這張電影票已經過期了。

參考 請注意：「過期」和「過時」不同：「過期」是指超過限定的時期，有明確的期限；「過時」是指老舊不合時代潮流，大部分沒有明確的期限。

過剩 ㄍㄨㄛˋ ㄕㄥˋ 供應的數量超過需要的數量而有剩餘。例今年稻米生產過剩，農民損失很大。

過程 ㄍㄨㄛˋ ㄔㄥˊ 事物進行中的經過情形。例老師拿出標本說明蛾的生長過程。

過量 ㄍㄨㄛˋ ㄌㄧㄤˋ 超過了適當的數量。例喝酒過量會傷害身體。

過渡 ㄍㄨㄛˋ ㄉㄨˋ 事物從一個階段漸漸發展到另一個階段。例經過這段過渡時期，一切就會好轉。

過路 ㄍㄨㄛˋ ㄌㄨˋ 走路經過。例我只是個過路的人，對這裡的環境不熟。

過獎 ㄍㄨㄛˋ ㄐㄧㄤˇ 過分的稱讚。例你過獎了，真令我不好意思。

過錯 ㄍㄨㄛˋ ㄘㄨㄛˋ 錯誤，過失。例他犯了一個不可原諒的過錯。

過濾 ㄍㄨㄛˋ ㄌㄩˋ 讓液體通過濾紙或其他有小孔的材料，使固體顆粒留下來。例我們利用過濾的方法使沙子和水分開。

過癮 ㄍㄨㄛˋ ㄧㄣˇ 滿足愛好。癮：不容易停止的嗜好。例夏天去海邊游泳很過癮。

過來人 ㄍㄨㄛˋ ㄌㄞˊ ㄖㄣˊ 對某事有經驗的人。例你是過來人，一定明白準備考試的方法。

過目成誦 ㄍㄨㄛˋ ㄇㄨˋ ㄔㄥˊ ㄙㄨㄥˋ 看一次就能背誦；比喻記憶力很強。誦：背著念出來。例他小小年紀就能過目成誦，真是不簡單。

參考 相似詞：過目不忘。

過河拆橋 ㄍㄨㄛˋ ㄏㄜˊ ㄔㄞ ㄑㄧㄠˊ 比喻達到目的以後，就把曾經幫助自己的人一腳踢開。例吳先生的成功是由於你的幫忙，他卻在背後說你的壞話，這種過河拆橋的行為太過份了。

過意不去 ㄍㄨㄛˋ ㄧˋ ㄅㄨˋ ㄑㄩˋ 比喻心裡感到不安、抱歉。例這麼麻煩你，我覺得很過意不去。

遍

辵部 九畫

丶 ㄏ 户 户 户 肩 肩 扁 扁 扁 遍 遍 遍

ㄅㄧㄢˋ ❶次數：例他把課文抄一遍。❷到處：例他的學生遍天下。❸全部的：例滿山遍野。

參考 請注意：「遍」和「偏」不同，人字旁的「偏」(ㄆㄧㄢ)有歪斜的意思。

遍布 ㄅㄧㄢˋ ㄅㄨˋ 充滿每個地方。例公園裡遍布遊客丟下的垃圾。

參考 相似詞：徧布。

遍地 ㄅㄧㄢˋ ㄉㄧˋ 到處。例春天到了，遍地開滿了美麗的花朵。

遍體鱗傷 ㄅㄧㄢˋ ㄊㄧˇ ㄌㄧㄣˊ ㄕㄤ 全身都是傷；形容受傷很重。例他被流氓打得遍體鱗傷。

參考 請注意：「遍體鱗傷」和「體無完膚」都是遍體受傷的意思。

遑

辵部 九畫

ノ ㄏ 白 白 白 自 皁 皁 皇 皇 遑 遑 遑

ㄏㄨㄤˊ ❶閒暇：例不遑、未遑。❷急迫、匆忙的樣子：例遑遑、遑急。

逾

辵部 九畫

ノ 人 𠆢 今 今 俞 俞 俞 俞 逾 逾 逾

ㄩˊ ❶超過：例逾期、年逾六十。❷更加：例逾甚。

參考 請注意：「逾」也可以寫作「踰」。

逾期 ㄩˊ ㄑㄧˊ 超過規定的日期。例這些罐頭已經逾期，最好不要食用。

逾齡 ㄩˊ ㄌㄧㄥˊ 超過年齡。

遁

辵部 九畫

一 ㄏ 厂 斤 斤 盾 盾 盾 盾 遁 遁 遁

ㄉㄨㄣˋ ❶逃避，逃走：例逃遁、遠遁。❷隱去：例隱遁、遁世。

參考 相似詞：逃。

遁世 ㄉㄨㄣˋ ㄕˋ 為了避世而隱居。

遁逃 ㄉㄨㄣˋ ㄊㄠˊ 逃走。

遠

辵部 十畫

一 十 土 土 吉 吉 声 声 袁 袁 遠 遠 遠

ㄩㄢˇ ❶距離長的：例我家離學校很遠。❷很久以前的：例久遠。❸關係不親近：例遠親。❹大而恆久的：例遠大志向。❺差別很大：例差得很遠。❻深奧：例深遠。❼姓：例遠先生。

ㄩㄢˋ 不接近，避開：例親賢臣，遠小人。

參考 相反字：近。

遠大 ㄩㄢˇ ㄉㄚˋ 長遠而偉大。例他立定一個遠大的志向，長大要當科學家。

遠見 ㄩㄢˇ ㄐㄧㄢˋ 遠大的眼光。例訂立都市計畫需要有遠見。

遠足 ㄩㄢˇ ㄗㄨˊ 短距離的步行郊遊。

遠東 ㄩㄢˇ ㄉㄨㄥ 歐美稱位於亞洲東部的各國，指中國、韓國、日本等地。

遠眺 ㄩㄢˇ ㄊㄧㄠˋ 站在高處向遠方看。眺：向遠方看。例遊客站在山頂遠眺，可以看到市區的景物。

遠處 ㄩㄢˇ ㄔㄨˋ 很遠的地方。

參考 相似詞：遠方。

遠景 ㄩㄢˇ ㄐㄧㄥˇ ❶遠處的景物。例窗外的遠景非常秀麗。❷未來的情況。例臺灣的經濟發達，遠景非常樂觀。

遠走高飛 ㄩㄢˇ ㄗㄡˇ ㄍㄠ ㄈㄟ 離開故鄉到遠方去，大多指逃避不喜歡或危險的環境。例他騙了別人的錢就遠走高飛。

遠近知名 ㄩㄢˇ ㄐㄧㄣˋ ㄓ ㄇㄧㄥˊ 非常有名，遠近都知道。例他的醫術高明，遠近知名。

遠洋漁業 ㄩㄢˇ ㄧㄤˊ ㄩˊ ㄧㄝˋ 離陸地較遠，在水深兩百公尺以上的海域捕魚的漁業。

遠親不如近鄰 ㄩㄢˇ ㄑㄧㄣ ㄅㄨˋ ㄖㄨˊ ㄐㄧㄣˋ ㄌㄧㄣˊ 比喻有困難時，住在遠方的親戚，反而不如住在附近的鄰居幫助大。例俗語說：「遠親不如近鄰」，所以我們要和鄰居和睦相處。

遠水救不了近火 ㄩㄢˇ ㄕㄨㄟˇ ㄐㄧㄡˋ ㄅㄨˋ ㄌㄧㄠˇ ㄐㄧㄣˋ ㄏㄨㄛˇ 比喻用緩慢的解決辦法，不能滿足急切的需要。

遜

辵部 十畫

ㄒㄩㄣˋ ❶謙虛，恭敬：例謙遜、出言不遜。❷退讓：例遜位。❸比不上，差：例遜色。

參考 相似字：謙、讓。

遜色 ㄒㄩㄣˋ ㄙㄜˋ 比不上，有差距。例他的表現和你相比，毫不遜色。

遜位 ㄒㄩㄣˋ ㄨㄟˋ 把職位讓給別人。

遣

辵部 十畫

ㄑㄧㄢˇ ❶排解：例消遣、排遣。❷差派：例派遣、調兵遣將。❸送，打發：例遣送、遣散。

參考 請注意：「遣」和「遺」字形相近。「遣」的右邊旁是「𠳋」；「𠳋」：小塊，含有輕微的意思。

遣送 ㄑㄧㄢˇ ㄙㄨㄥˋ 送走。例政府把偷渡的人遣送回國。

遣散 ㄑㄧㄢˇ ㄙㄢˋ 解散，解僱。例這次公司預計遣散十個人左右。

參考 活用詞：遣散費。

遙

辵部 十畫

ㄧㄠˊ 遠：例遙遠。

參考 請注意：遙和謠、搖、傜音同意思不同：言部的「謠」是不實在的話，例如：「謠言」。手部的「搖」是擺動的意思，例如：「搖動」。亻部的「傜」有勞役的意思，例如：「傜役」。

遙控 ㄧㄠˊ ㄎㄨㄥˋ 利用有線電路或無線電路，控制在一定距離的儀器或機器。例他非常喜歡玩遙控飛機。

遙祭 ㄧㄠˊ ㄐㄧˋ 祭拜遠方的祖先。例異鄉遊子每逢過年，都會遙祭祖先。

遙望 ㄧㄠˊ ㄨㄤˋ 向遠方看。例站在金門可以遙望大陸。

遙遠 ㄧㄠˊ ㄩㄢˇ 很遠。例北極和南極距離遙遠。

遙遙 ㄧㄠˊ ㄧㄠˊ ❶形容距離遠。例我們贏乙隊十分，這場比賽遙遙領先。❷形容時間長久。例他們見面的時刻遙遙無期。

參考 活用詞：遙遙呼應、遙遙領先、遙遙

相對、遙遙無期。

遞

辵部 十畫

ㄉㄧˋ ❶傳送：例傳遞、郵遞、遞眼色。❷按著順序，一個接一個：例遞次。

參考 相似字：易、換、更、替、迭、代。

遞加 ㄉㄧˋ ㄐㄧㄚ 照順序增加。例這次獎金一直遞加到五萬元。

遞送 ㄉㄧˋ ㄙㄨㄥˋ 傳送。例郵差負責遞送信件。

遞減 ㄉㄧˋ ㄐㄧㄢˇ 順著次序減少。例參加會議的人數遞減。

遞補 ㄉㄧˋ ㄅㄨˇ 按照順序補充。例人數不夠就由候補的人遞補。

遘

辵部 十畫

ㄍㄡˋ 遇見，碰到，遭遇。

遛

辵部 十畫

ㄌㄧㄡˋ ❶散步，慢慢走：例到街上遛了一圈。❷帶著動物慢慢散步：例遛狗。❸停留：例逗遛。

適

辵部 十一畫

ㄕˋ ❶相合：例合適。❷正好：例適中。❸舒服：例舒適。❹恰巧：例適得其反。❺剛才：例適才。❻女子出嫁：例適人。❼去：例無所適從。

ㄉㄧˊ 正妻所生的兒子，同「嫡」。

ㄓㄜˊ 通「謫」字。

參考 相似字：往、之、于、行。

適用 ㄕˋ ㄩㄥˋ 適合使用。例這把剪刀適用於修剪花木。

適合 ㄕˋ ㄏㄜˊ 剛好，符合。例他的體格適合當兵的標準。

適宜 ㄕˋ ㄧˊ 合適，合宜。例今天的天氣很適宜郊遊。

適時 ㄕˋ ㄕˊ 適合時機，不太早也不太晚。例他適時的防範，才避免火災的發生。

適當 ㄕˋ ㄉㄤˋ 適合，妥當。例這盆花放在陽臺上最適當。

適應 ㄕˋ ㄧㄥˋ 隨著條件或需要作適合的改變。例這個吵鬧的環境使我無法適應。

適可而止 ㄕˋ ㄎㄜˇ ㄦˊ ㄓˇ 到了適當的程度就可以停止，不要太過分。例吃飯不要吃太多，要適可而止。

適得其反 ㄕˋ ㄉㄜˊ ㄑㄧˊ ㄈㄢˇ 事情的發展，和所希望的相反。例教育小孩不要太嚴格，以免適得其反。

遮

辵部 十一畫

ㄓㄜ ❶阻擋：例高山遮住了陽光。❷掩蓋：例遮蔽。❸沖淡，蔽蓋：例酸能遮鹹。

參考 相似字：蓋、蔽、障、阻。

古人說 「八月中秋雲遮月，正月十五雨打燈。」這句話是說：在好日子裡遇到掃興的事。八月中秋，月光正亮，偏偏被雲擋住無法賞月；正月十五元宵節又遇上了雨，把燈籠弄熄了，不是很掃興嗎？

遮掩 ㄓㄜ ㄧㄢˇ ❶遮蔽。例山被雲霧遮掩，看不清楚了。❷掩飾錯誤。

遮蓋 ㄓㄜ ㄍㄞˋ ❶從上面蓋住。例山路被大雪遮蓋。❷瞞住，不讓別人知道。例錯誤是遮蓋不住的。

遮蔽 ㄓㄜ ㄅㄧˋ 掩藏。例他把桌上的錢遮蔽起來，不讓別人看見。

遮擋 ㄓㄜ ㄉㄤˇ 阻擋。例這座高山遮擋住陽光。

遮攔 ㄓㄜ ㄌㄢˊ 阻擋。攔：阻止。例他說話不經大腦，口沒遮攔。

遨

辵部 十一畫

ㄠˊ 遊玩：例遨遊。

遨遊 ㄠˊ ㄧㄡˊ 出外閒遊、遊玩。例他最喜歡四處遨遊，增廣見識。

遭　辵部 十一畫

ㄗㄠ ❶四周：例周遭。❷次數：例白走一遭。❸遇到：例遭殃。

參考 相似字：逢、遇。♣請注意：「遭」是辵部加上「曹」(ㄘㄠˊ)字。「曹」有兩種說法，第一種是指「𣍘」字形就像是大的長形或方形裝東西的器具，這些器具大都用木頭做成，所以後來就加上「木」字，變成「槽」(ㄘㄠˊ)，也就是通常說的「酒槽」、「水槽」。「曹」的第二種說法是指古代法院的原告、被告，所以法曹就是古代的法官。而「曹」也含有「爭吵」、「沒有用」的意思，因此，爭吵不休或很吵鬧叫作：「嘈(ㄘㄠˊ)雜」；剩下的、差勁的叫作：「酒糟(ㄗㄠ)」、「糟糕」；白白浪費東西叫作：「蹧蹋(ㄗㄠ ㄊㄚˋ)」；至於「遭」是指原告、被告會合在一起，也就是遇到的意思。

遭受 ㄗㄠ ㄕㄡˋ 受到，得到。例他不斷遭受打擊，但是仍然非常堅強。

遭殃 ㄗㄠ ㄧㄤ 受到災禍。殃：災禍。例他再不知道改過，一定遭殃。

遭遇 ㄗㄠ ㄩˋ 碰上。例他雖然遭遇挫折，卻不灰心。

參考 相似詞：遭受。

遷　辵部 十一畫

ㄑㄧㄢ ❶移動：例遷移。❷搬家：例喬遷之喜。❸改變：例變遷、見異思遷。❹轉移：例遷怒。

參考 相似字：徙、移、轉、變。

遷居 ㄑㄧㄢ ㄐㄩ 搬家。例夏天我們遷居到海邊避暑。

遷怒 ㄑㄧㄢ ㄋㄨˋ 自己不高興就拿別人出氣。例我們不可以遷怒別人。

遷就 ㄑㄧㄢ ㄐㄧㄡˋ 改變自己的原則，去順從別人。例他很沒有主見，總是去遷就別人。

遷移 ㄑㄧㄢ ㄧˊ 離開原來的地方到另一個地方。例到了冬天，燕子都會遷移到南方。

遵　辵部 十二畫

ㄗㄨㄣ ❶依照，順從：例遵守。❷姓：例遵先生。

參考 相似字：順、從、隨、率、循。♣請注意：「尊」是指敬重，例如：尊重、尊敬。辵部的「遵」強調行為上的服從，例如：遵守、遵命。

遵守 ㄗㄨㄣ ㄕㄡˇ 依照規定去行動。例每個人都應該遵守交通規則。

遵命 ㄗㄨㄣ ㄇㄧㄥˋ 按照別人的意思去做事。命：命令。

遵循 ㄗㄨㄣ ㄒㄩㄣˊ 按照，順從。例他遵循長官的命令行動。

遵照 ㄗㄨㄣ ㄓㄠˋ 依照。例他遵照吩咐早上十點到達公司集合。

選　辵部 十二畫

ㄒㄩㄢˇ ❶從多數中挑出所需要的：例選擇。❷推舉：例選舉。❸最好的：例上選。❹被挑出來放在一起的作品：例文選。

參考 相似字：擇、揀、挑、簡。

選手 ㄒㄩㄢˇ ㄕㄡˇ 從眾人中挑出來的能手，多指體育方面。例他是我國參加奧運的跆拳道選手。

選民 ㄒㄩㄢˇ ㄇㄧㄣˊ 有選舉權的公民。例「選賢與能」是每個選民的責任。

選拔 ㄒㄩㄢˇ ㄅㄚˊ 從眾人中挑選優秀的人才。例這次比賽是為了選拔國手。

選修 ㄒㄩㄢˇ ㄒㄧㄡ 今大學中選讀課程，稱為選修。

參考 相反詞：必修。

選舉 ㄒㄩㄢˇ ㄐㄩˇ 用投票的方法從很多人中選出適當的人。例我們選舉他擔任班長。

參考 活用詞：選舉權。

七畫

選擇 ㄒㄩㄢˇ ㄗㄜˊ 把合適的東西挑出來。例他選擇了那雙黑色的球鞋。

參考 活用詞：選擇題。

選賢與能 ㄒㄩㄢˇ ㄒㄧㄢˊ ㄩˇ ㄋㄥˊ 選舉賢能的人。與：「和」或「推選」的意思。例我們必須選賢與能。

參考 相似詞：選賢舉能。

遲

辵部 十二畫

ㄔˊ ❶不靈活的：例遲鈍。❷慢，緩：例遲緩、事不宜遲。❸晚：例遲到。❹姓：例遲先生。

參考 相似字：緩、慢、晚。♣相反字：早。

古人說 「少年不知勤學苦，老來方悔讀書遲。」這句話是說：年輕時沒有好好讀書，等到年紀大了才想要再讀書，已經太遲了。和「少壯不努力，老大徒傷悲」的意思很接近。例你這麼貪玩，將來就知道「少年不知勤學苦，老來方悔讀書遲」是什麼滋味。

遲早 ㄔˊ ㄗㄠˇ 不管什麼時候；早晚。例他再不知覺悟，遲早會後悔。

遲到 ㄔˊ ㄉㄠˋ 到的時間比規定的時間晚。例你再不起床，上學就遲到了。

遲鈍 ㄔˊ ㄉㄨㄣˋ 反應慢，愚笨。例他對數學反應遲鈍。

遲疑 ㄔˊ ㄧˊ 拿不定主意。例他對於要不要去旅行的事，一直很遲疑。

參考 相似詞：猶豫。

遲緩 ㄔˊ ㄏㄨㄢˇ 緩慢。例他動作遲緩，真令人著急。

遲遲 ㄔˊ ㄔˊ 拖延、緩慢的樣子。例老師問他問題，他遲遲不肯回答。

遼

辵部 十二畫

ㄌㄧㄠˊ ❶朝代名，姓耶律氏，原名契丹，後改為遼，是耶律阿保機所建立。❷河名，在遼寧省西部：例遼河。❸「遼寧省」的簡稱：例松遼平原。❹遠：例遼遠。❺姓：例遼先生。

參考 請注意：遼和療、僚、嘹、撩音相同意思不同：疒部的「療」有醫治的意思，例如：「醫療」。人部的「僚」有官吏的意思，例如：「官僚」。口部的「嘹」是聲音高昂的意思，例如：「嘹亮」。手部的「撩」有挑弄的意思，例如：「撩撥」。

遼闊 ㄌㄧㄠˊ ㄎㄨㄛˋ 又遠又寬。例遼闊的草原上，有許多高大的馬兒在奔馳。

遺

辵部 十二畫

ㄧˊ ❶丟失：例遺失。❷丟失的東西：例路不拾遺。❸留下：例遺留、不遺餘力。❹漏掉，忘記：例遺漏、遺忘。❺前人留下來的：例遺訓。

ㄨㄟˋ 贈送。

參考 相似字（ㄨㄟˋ）：送、贈、餽、貽。

遺失 ㄧˊ ㄕ 丟失。例他遺失了手錶。

笑一笑 小明掉了一枝鋼筆。小英告訴他：「你去寫張遺失啟事來找它吧！」小明說：「鋼筆又不認得字，怎麼知道我找它？」

遺忘 ㄧˊ ㄨㄤˋ 忘記。例他想把那些不愉快的記憶遺忘。

遺言 ㄧˊ ㄧㄢˊ 人死以前留下來的話或文字。例「和平、奮鬥、救中國」是 國父最後的遺言。

遺志 ㄧˊ ㄓˋ 生前尚未實現的理想或目標。例吳老先生的遺志是創辦大學，讓貧苦的學生免費讀書。

遺容 ㄧˊ ㄖㄨㄥˊ 死人的容貌。例他的遺容很安詳。

遺留 ㄧˊ ㄌㄧㄡˊ 死人留下的（東西）。例他遺留下一大筆錢給家人。

遺產 ㄧˊ ㄔㄢˇ ❶人死後留下的財產。❷指由古代遺留給後世的文物、思想。例中國有許多文化遺產。

遺傳 ㄧˊ ㄔㄨㄢˊ 生物體的性狀特徵，包括身高、容貌、基因等等，經由生殖傳遞給後代。例他們都遺傳了父親的面貌。

遺漏　掉落。例他把要交給老師的作業給遺漏了。

遺憾　❶遺恨。例他殺人坐牢，實在是件遺憾終生的事。❷抱歉，可惜。例很遺憾，沒有完成你的願望。

遺體　死人的屍體。

遺臭萬年　壞名聲永遠流傳下去。例他做的壞事太多，死後一定遺臭萬年。

遴　辵部　十二畫

審慎地選拔人才：例遴選。

避　辵部　十三畫

❶躲開：例躲避。❷免除：例避免。❸防止：例避雷針。

參考 相反字：趨。♣請注意：「避」、「僻」、「壁」、「璧」不同：人部的「僻」（ㄆㄧˋ）有偏遠的意思，例如：「偏僻」。土部的「壁」（ㄅㄧˋ）是牆，例如：「牆壁」。玉部的「璧」（ㄅㄧˋ）是中間有圓孔的玉器，例如：「和氏璧」。

避免　設法不使發生。例我們要注意交通安全，避免出車禍。

避暑　天氣炎熱時到涼爽的地方去住。例我們夏天住在山上避暑。

避難　逃避災難。例空襲時要躲到防空洞避難。

遽　辵部　十三畫

❶急速，突然：例急遽、遽死。❷害怕：例惶遽。❸匆忙：例不能遽下決定。

遽然　忽然，突然。例昨天還很溫暖，今天的氣溫怎麼會遽然下降？

遽增　快速的增加。例最近詐財案件不斷遽增。

還　辵部　十三畫

ㄏㄨㄢˊ ❶恢復：例還原。❷回，返：例還鄉。❸退回，償付：例還錢、送還。❹回報：例還禮、還手、還擊。❺姓：例還先生。

ㄏㄞˊ ❶仍舊：例他到半夜還沒睡。❷再，又：例另外還有事。❸更：例今天比昨天還冷。❹差不多，過得去：例還可以、還不錯。❺尚，猶：例時間還早。❻或者：例你要牛奶還是咖啡？

ㄒㄩㄢˊ 旋轉，通「旋」字。

參考 相似字：歸、返、回。♣相反字：往、借。

還手　被別人打時，再打回去。例他脾氣很好，被別人打也不還手。

還是　❶仍舊。例雖然生病了，他還是去上學。❷表示希望，有「這麼做比較好」的意思。例你還是明天再走吧！❸或者。例你要去看電影，還是去游泳？

還原　恢復原來的樣子。例老師要我們把隊伍還原。

還債　把欠人家的錢還給人家。例他答應三天後立刻還債。

還我河山　收復失去的國土。

邁　辵部　十三畫

❶年老：例年邁。❷抬起腳向前走：例邁開大步。❸豪放的：例豪邁。❹姓：例邁先生。

邁步　大步走。例我們邁步向前走。

邁進　大步的向前進。例我們向目的地邁進。

邂　辵部　十三畫

ㄒㄧㄝˋ 沒有約定，偶然相遇：例邂逅。

邂逅 ㄒㄧㄝˋ ㄏㄡˋ 沒有約定，偶然相遇。例我和多年不見的朋友竟然在街上邂逅。

邀 辵部 十三畫

ㄧㄠ ❶約請：例邀請。❷求取：例邀功、邀賞。❸阻擋：例邀擊。❹稱重量：例邀斤論兩。

參考 相似字：約、請。♣相反字：辭。

動動腦 小朋友，當我們要邀請別人參加我們的聚會，在邀請卡上應寫些什麼「邀請語」呢？例如：誠心的邀請；您的光臨，是我們最大的榮幸。

邀集 ㄧㄠ ㄐㄧˊ 邀請許多人集會。例他邀集很多人開會。

邀請 ㄧㄠ ㄑㄧㄥˇ 有禮貌的請人家參加某個活動。例我邀請他到家裡吃飯。

參考 活用詞：邀請賽。

邇 辵部 十四畫

ㄦˇ ❶比較近的地方：例名聞遐邇、行遠必自邇。

參考 相似字：近。♣相反字：遠、遐。

邃 辵部 十四畫

ㄙㄨㄟˋ ❶深遠的：例深邃。❷精通：例邃於醫道。

邊 辵部 十五畫

ㄅㄧㄢ ❶國和國的疆界地帶：例邊界。❷兩旁：例河邊。❸界限：例邊際。❹四周靠近物體的地方：例身邊、手邊。❺多角形外圍的線：例等邊三角形。❻方向：例東邊、左邊。❼衣裙的緣飾：例花邊。❽兩種動作一起作，又：例邊走邊吃。❾姓：例邊先生。

參考 相似字：旁、側、緣、畔。

邊防 ㄅㄧㄢ ㄈㄤˊ 國家邊境的防備工作。例為了國家的安全，邊防工作很重要。

邊界 ㄅㄧㄢ ㄐㄧㄝˋ 國與國、地區與地區的界限。例以色列和阿拉伯國家的邊界戰爭頻繁，影響世界局勢。

邊幅 ㄅㄧㄢ ㄈㄨˊ 布的邊緣；比喻人的外表、衣著。幅：布邊。例他總是不修邊幅，顯得很沒有精神。

邊塞 ㄅㄧㄢ ㄙㄞˋ 邊境險要的地方。塞：重要的地方。例新疆地區是我國的邊塞。

邊境 ㄅㄧㄢ ㄐㄧㄥˋ 邊界的地方。例國軍防守邊境，不使敵人侵犯。

邊緣 ㄅㄧㄢ ㄩㄢˊ 事物的周圍。例這棟房子的邊緣種了許多花草。

邊疆 ㄅㄧㄢ ㄐㄧㄤ 接近邊界的地方。疆：邊界。

邋 辵部 十五畫

ㄌㄚ 不整潔：例邋遢。

ㄌㄧㄝ 旗幟在風中的飄拂聲：例邋邋。

邋遢 ㄌㄚ ㄊㄚ 不乾淨，不整潔。例這個男生很邋遢，令人看了不舒服。

參考 相似詞：齷齪（ㄨㄛˋ ㄔㄨㄛˋ）。

邏 辵部 十九畫

ㄌㄨㄛˊ 巡察：例巡邏。

邏輯 ㄌㄨㄛˊ ㄐㄧˊ ❶就是哲學上的「理則學」、「論理學」。是亞里斯多德創立的，研究思想的本質和過程，採用科學的證明和推理的方法。❷指事物發展的規律性。❸指思想的規律性。例他的文章一點也不合邏輯。

邐 辵部 十九畫

ㄌㄧˇ 曲折綿延的樣子：例迤邐。

邑部

小朋友，你知道「陳」、「邦」查字典時該查哪一個部首？「陳」的「阝」在左邊，是「阜」部；「邦」的「阝」在右邊，是「邑」部；這就是我們常說的「左阜右邑」。「邑」的意思是國家，「邑」是最早的寫法，「口」代表土地，「卩」是一個跪著的人，代表人民。古人認為有了土地和人民就可以形成國家。邑部的字大部分是國家、地方的通稱，例如：邦（國家）、都（大城市）、鄂（湖北省）。還有些邑部的字是姓氏，因為古人常用國名或是所住的地方當作姓，像鄭、邵、邢、鄒，原本都是古代的國名或地方的名稱，現在都是姓氏。

邑 邑部 ○畫

ㄧˋ ❶國。❷都市：例都邑。❸縣：例邑長。❹封地：例采邑、食邑。

邕 邑部 三畫

ㄩㄥ ❶地名，廣西邕寧縣的簡稱。❷堵塞，淤塞，同「壅」。❸和樂的樣子，同「雍」。

邦 邑部 四畫

ㄅㄤ ❶國家：例友邦。❷姓：例邦先生。

參考 相似字：國。♣請注意：古時候的「邦」是指封地大的國家，「國」是指封地小的國家，但是現在「邦國」可以連用。

邦交 ㄅㄤ ㄐㄧㄠ 國家和國家之間的正式外交關係。

參考 活用詞：斷絕邦交、建立邦交。

那 邑部 四畫

ㄋㄚˋ ❶指遠處的人或事物：例那邊。❷用來接上文說明後果：例你不拿走，那你就不要啦！

ㄋㄚˇ ❶表示疑問：例這是那一個人說的？❷怎麼：例他那能再受傷害？

ㄋㄚ 姓：例那先生。

ㄋㄨㄛˊ 通「挪」字。

˙ㄋㄚ 通「哪」字。

那吒 ㄋㄨㄛˊ ㄓㄚ 封神榜、西遊記中的人物。也寫作「哪吒」。

邪 邑部 四畫

ㄒㄧㄝˊ ❶不正當的：例邪說。❷不正常的：例邪門。❸中醫上指引起疾病的環境因素：例風邪。❹迷信的人指鬼神所給的災禍：例中邪。

ㄧㄝˊ ❶琅邪，古郡名，在山東省。❷文言文中表示疑問的語氣，等於白話文中的「嗎」、「呢」，同「耶」：例是邪？非邪？

古人說 「一正避三邪。」這句話是說：一個人只要行為正直，就不怕一切的邪惡。例「一正避三邪」，我不做壞事，不怕你來害我。

邪氣 ㄒㄧㄝˊ ㄑㄧˋ 不正常的風氣或作風。例這個地方充滿了邪氣。例他的模樣很邪氣。

邪術 ㄒㄧㄝˊ ㄕㄨˋ 不正當的法術。

邪惡 ㄒㄧㄝˊ ㄜˋ 行為或事物不正當而且凶惡。例邪惡的思想令人墮落。

邪說 ㄒㄧㄝˊ ㄕㄨㄛ 不正當的議論或學說。例你可別被邪說迷惑了。

邪不勝正 ㄒㄧㄝˊ ㄅㄨˋ ㄕㄥ ㄓㄥˋ 邪惡最後勝不過正義。

邢 邑部 四畫

ㄒㄧㄥˊ ❶古代國名，在河北省邢臺縣。❷姓：例邢先生。

邵 邑部 五畫

ㄕㄠˋ 姓：例邵先生。

邸 邑部 五畫

ㄉㄧˇ ❶高級官員居住的處所：例官邸。❷旅館：例客邸。

邱 邑部 五畫

ㄑㄧㄡ ❶通「丘」，本為地名。❷姓：例邱先生。

參考 請注意：「邱」和「丘」是同宗，古時候只有「丘」，後來避孔子的名諱（孔子名丘）改為「邱」。古時候「邱」和「丘」都有土堆的意思，但現在「丘」有土堆的意思也可當作姓，而「邱」只能當作姓來用。

邱吉爾 ㄑㄧㄡ ㄐㄧˊ ㄦˇ 英國的政治家。二次大戰時擔任英國首相，並和盟國充分合作，擊敗德國。生平反對共產主義，西元一九五三年獲得諾貝爾文學獎。

郊 邑部 六畫

ㄐㄧㄠ ❶城市周圍的地區：例郊外。❷古代祭祀的名稱：例郊祀。❸姓：例郊先生。

參考 請注意：「郊」和「野」都是指城外較偏遠的地帶，但其他用法就不一樣。

郊外 ㄐㄧㄠ ㄨㄞˋ 城市外面的地方。

郊區 ㄐㄧㄠ ㄑㄩ 離市區稍遠的地區。

郊遊 ㄐㄧㄠ ㄧㄡˊ 到郊外去遊玩。

郁 邑部 六畫

ㄩˋ ❶有文采的樣子：例文采郁郁。❷香味很濃：例濃郁的花香。❸姓：例郁先生。

參考 相似字：馥。

郎 邑部 六畫

ㄌㄤˊ ❶年輕男子的美稱：例周郎。❷古代官名：例侍郎。❸稱從事某種職業的人：例放牛郎。❹古時妻子稱丈夫：例郎君。❺稱別人的兒子：例令郎。❻姓：例郎先生。

郎中 ㄌㄤˊ ㄓㄨㄥ ❶古代的一種官職。❷南方稱中醫師叫郎中。

郎君 ㄌㄤˊ ㄐㄩㄣ 古時妻子對丈夫的稱呼。

郡 邑部 七畫

ㄐㄩㄣˋ ❶古代的行政區域劃分：例郡縣、郡守。❷姓：例郡先生。

郡主 ㄐㄩㄣˋ ㄓㄨˇ 以前把親王的女兒稱為郡主。

郡縣 ㄐㄩㄣˋ ㄒㄧㄢˋ 我國古時地方的行政組織，就像現在的市、縣、鄉、鎮。

部 邑部 八畫

ㄅㄨˋ ❶整體中的一部分：例局部、胸部。❷機關的名稱或按業務區分的單位名稱：例編輯部。❸率領統治：例部下。❹安排：例按部就班。❺表示數量：例一部車。❻姓：例部先生。

唱詩歌 「部」先生不喜歡耳朵長在右邊，「陪」先生不喜歡耳朵長在左邊。他們

七畫

只好互相交換耳朵。於是，「部」先生就變成「陪」先生啦！「陪」先生就變成「部」先生啦！「鄰」先生是個隨和的人，他說我的耳朵長在那邊都可以。

（馮輝岳作）

部下 ㄅㄨˋ ㄒㄧㄚˋ 被統率的人。

部分 ㄅㄨˋ ㄈㄣˋ 事物中的一小部。

參考 相似詞：部屬。

部門 ㄅㄨˋ ㄇㄣˊ 在機關、企業或事業單位內的各個部分。例他在工業部門工作。

部長 ㄅㄨˋ ㄓㄤˇ 中央政府管理各部的最高級長官。

部首 ㄅㄨˋ ㄕㄡˇ 字典，辭典根據每個字的字形取出相同的部分，再依序分部排列，例如：伯、佩、佚……都是人部。

部族 ㄅㄨˋ ㄗㄨˊ 民族形成前具有共同的語言、文化、地域等因素的團體。

部隊 ㄅㄨˋ ㄉㄨㄟˋ 軍隊。

部落 ㄅㄨˋ ㄌㄨㄛˋ ❶村落。❷原始社會中由互相通婚的幾個氏族構成，有自己的地域、名稱、方言、宗教和習俗。

部署 ㄅㄨˋ ㄕㄨˋ 安排，布置。例警方已經部署了相當多的人力。

郭

郭 丶 亠 亡 亣 古 亨 亨 享 享 享 郭

邑部 八畫

ㄍㄨㄛ ❶古代在城的外圍加築的城牆：例城郭。❷姓：例郭先生。

參考 請注意：「郭」和「廓」有分別：「郭」是外城的意思，例如：城郭。「廓」讀ㄎㄨㄛˋ，有掃蕩、擴張的意思，例如：廓清。

猜一猜 高爺爺的頭，李爺爺的腳，鄭爺爺的耳朵。（猜一字）（答案：郭）

郭子儀 ㄍㄨㄛ ㄗˇ ㄧˊ 唐代名將。安祿山叛亂時，擔任朔方節度使，打敗史思明。又因為收復長安、洛陽的軍功，而升到中書令，後又封汾陽郡王。

都

都 一 十 土 耂 耂 者 者 者 者 都

邑部 八畫

ㄉㄨ ❶大城市：例都市。❷一國中央政府的所在地：例首都。❸姓：例都先生。

ㄉㄡ ❶全部：例全家都來了。❷還，尚且：例連他都來了，你還怕什麼？❸已經：例你都沒工作了，還想到處花錢？

都市 ㄉㄨ ㄕˋ 大城市。

參考 相似詞：都會。

唱詩歌 都市是個交響樂團，日夜在演奏美妙的「都市之聲」。你聽啊：「ㄅㄨ—ㄅㄨ—ㄅㄨ」「叭叭叭叭……！」「ㄅㄧ—ㄅㄧ——」「七ㄡ卡ㄡ七ㄡ卡ㄡ……」「叮噹，叮噹，叮叮噹……」「嘶——」（莊麗蘭）

都督 ㄉㄨ ㄉㄨ 我國古代官名，是全國最高的軍事長官。清初時廢除。辛亥革命時各省都曾設都督。

郵

郵 一 二 千 千 千 乖 乖 垂 垂 郵

邑部 九畫

ㄧㄡˊ ❶由國家專設的機構負責傳遞、寄發信件、物品：例郵寄。❷有關郵務的：例郵局、郵筒。

參考 相似字：遞、傳、送。♣請注意：「郵」和「寄」都有寄送的意思，但一般來說「郵」匯、「郵」遞不用「寄」；「寄」信、「寄」包裹不用「郵」字。

猜一猜 綠衣漢，街上站，光吃紙，不吃飯。（猜一種東西）（答案：郵筒）

郵局 ㄧㄡˊ ㄐㄩˊ 辦理各種郵務的機構。

郵政 ㄧㄡˊ ㄓㄥˋ 郵務，有關傳遞、寄送信件、儲蓄等事情。

郵差 ㄧㄡˊ ㄔㄞ 郵局中負責送信的人。

郵票 貼在信件上，用來作為郵費已付的證明。

猜一猜 薄薄一張小花紙，四邊生滿細牙齒，兩地朋友要談心，必須請它當差使。（猜一種用品）（答案：郵票）

郵資 寄包裹、信件所需要的費用。例這包裹花費郵資三十元。

郵遞 由郵局寄送。遞：送。例郵遞包裹。

參考 活用詞：郵寄。

郵遞區號 郵局為了加快郵件的處理，採用機械化作業，以號碼代表各個地區。

鄂 邑部 九畫

ㄜˋ ❶湖北省的簡稱：例湘、鄂一帶。❷姓：例鄂先生。

鄂爾多斯高原 綏遠省境內，黃河以南的部分高原，黃河三面環繞，南臨長城，盛產煤礦和鹽。

鄉 邑部 九畫

ㄒㄧㄤ ❶地方行政區：例鄉鎮。❷通稱人口較稀少、偏遠的地方：例鄉下。❸稱自己出生的地方或祖籍：例故鄉。❹同省或同縣的人：例同鄉。❺本地的：例鄉土。

ㄒㄧㄤˋ 通「嚮」字。

ㄒㄧㄤˇ 通「響」字。

參考 相反字：市、城、鎮。

動動腦 「他住在鄉村」，「鄉」和「村」都是第一聲，除了「鄉村」以外，小朋友，還有哪些詞也都是由第一聲的字組成的？趕快想一想！（答案：創傷、書包、公司、專心、司機、飛機……）

鄉土 各地方的風土習俗；自己出生的地方。例他很喜歡收藏具鄉土風味的手工藝品。

參考 活用詞：鄉土文學。

鄉村 鄉下人民住在一起的地方。例這是一個風景優美的鄉村。

參考 相似詞：鄉下。

鄉音 家鄉的口音。例這個人鄉音很重，一定是本地人。

鄉紳 鄉里中有地位的人。通常是有學問、道德或作過官的人。紳：社會上有名望地位的人。例他是本地最受人尊重的鄉紳。

鄉親 同鄉的人。

鄒 邑部 十畫

ㄗㄡ ❶周代諸侯國名，在現在的山東省鄒縣。❷姓：例鄒先生。

鄙 邑部 十一畫

ㄅㄧˇ ❶邊遠的地方：例邊鄙。❷輕視：例鄙視。❸粗俗的，低下的：例鄙陋。❹謙稱自己：例鄙人。

參考 相似字：俚、野、卑、陋、賤。♣相反字：雅。

鄙人 對自己的謙稱。例在信中提到自己也可以寫「鄙人」。

鄙棄 輕視厭惡。棄：捨去，拋棄。例這個骯髒的乞丐令人鄙棄。

鄙視 輕視，看不起。例他的品德不良，大家都鄙視他。

鄞 邑部 十一畫

ㄧㄣˊ 浙江省東部縣名，位在甬江上游，因此又稱為「甬」。

鄰 邑部 十二畫

ㄌㄧㄣˊ ❶接近自己住處的人家：例左鄰右舍。❷靠近的，接壤的：例鄰近、鄰國。❸村里

七畫

以下的基層組織，大約十戶左右為一鄰。

參考 相似字：近、接。♣相反字：遠。♣

參考 請注意：❶「鄰」也可寫成「隣」❷「鄰」和「憐」的分別：「鄰」的右邊是「阝」（邑）部，「憐」的左邊是「忄」（心）部。「鄰」有接近的意思；「憐」有同情的意思。

鄰居 ㄌㄧㄣˊ ㄐㄩ　住家接近的人或人家。

鄰近 ㄌㄧㄣˊ ㄐㄧㄣˋ　❶位置靠得很接近。例臺灣鄰近中國大陸。❷附近。例學校鄰近的工廠常常製造噪音，影響我們上課。

鄭

邑部　十二畫

丶 丷 䒑 䒑 芇 芇 芮 芮 茜 酋 尊 奠 奠 鄭 鄭

ㄓㄥˋ ❶周代諸侯國名。❷認真的：例鄭重。❸姓：例鄭小姐。

猜一猜 酋長大王，耳朵長長，來自何方，百家姓上。（猜一個姓）（答案：鄭）

鄭重 ㄓㄥˋ ㄓㄨㄥˋ　態度認真。例我向他提出了鄭重的警告。

參考 請注意：「鄭重」常和「聲明」、「宣布」、「提出」等詞合用；「慎重」常和「處理」、「研究」、「解決」等詞連用。

鄭國 ㄓㄥˋ ㄍㄨㄛˊ　春秋時候的小國，首都在河南省鄭縣。

鄭成功 ㄓㄥˋ ㄔㄥˊ ㄍㄨㄥ　明福建人，本名森，唐王賜姓朱，因此有「國姓爺」的尊稱。桂王封他為延平郡王。多次擊退清軍，收復被荷蘭人占據的臺灣，推展各種生產技術、開墾荒地，促進了臺灣社會經濟的發展。

鄧

邑部　十二畫

ㇰ ㇰ ㇰ 癶 癶 癶 癶 登 登 登 登 登 登 鄧 鄧

ㄉㄥˋ ❶縣名，在河南省。❷姓：例鄧先生。

鄱

邑部　十二畫

丿 丿 丷 丷 平 平 采 采 番 番 番 番 番 鄱 鄱

ㄆㄛˊ ❶地名，在江西省：例鄱陽。❷湖名，位在江西省：例鄱陽湖。

鄱陽湖 ㄆㄛˊ ㄧㄤˊ ㄏㄨˊ　位在江西省北部，是我國最大的淡水湖，江西境內的贛江、修水、鄱江、信江都流入鄱陽湖。有航運及灌溉的功用，並能調節長江的水量。

鄯

邑部　十二畫

丶 丷 䒑 䒑 兰 羊 羊 羊 善 善 善 善 善 鄯 鄯

ㄕㄢˋ 漢朝西域的國家：例鄯善。

鄯善 ㄕㄢˋ ㄕㄢˋ　漢朝西域的國家，位在新疆，原名叫樓蘭，漢昭帝時才改名為「鄯善」。它的位置正好在漢朝前往西域的通道上，漢朝曾經派遣班超降服鄯善。

鄹

邑部　十四畫

一 厂 丌 丌 耳 耳 耴 取 取 取 聚 聚 聚 聚 聚 鄹 鄹

ㄗㄡ ❶鄹城，在山東省曲阜縣東南，為孔子的故里。❷古國名，同「鄒」。

酉部 ㄧㄡˇ

「酉」是一個按照酒罈子形狀所描畫出的象形字，用裝酒的容器來代表「酒」。原來「酉」就是指裝在容器中的液體（酒），後來酉常被借來當成計時、計日的單位，原來「酒」的意思反而不明顯，所以特別加上三點水，再強調它是液體。「酒」是利用酵母的化學變化所製成的飲料，因此酉部的字大部分和酒及製酒等過程有關係，例如：醇（酒味濃）、醉（喝酒過量）、酵（發酵）。

酉

酉部　○畫

一 丅 冂 丙 丙 西 酉

ㄧㄡˇ ❶「酒」的本字。❷地支的第十位。❸古

七畫

代時辰名，相當於下午五點到七點：例酉時。❹姓：例酉先生。

酋
酉部 二畫

丶 丷 丷 䒑 芇 芮 芮 茜 酋

ㄑㄧㄡˊ 首領：例酋長。

酋長 ㄑㄧㄡˊ ㄓㄤˇ 指部落的領袖、首領。

酊
酉部 二畫

一 丆 门 丙 丙 两 西 酉 酊

ㄉㄧㄥˇ 喝了很多酒、醉醺醺的樣子：例酩酊大醉。

ㄉㄧㄥ 化學名詞：例碘酊。

酌
酉部 三畫

一 丆 门 丙 丙 两 西 酉 酌 酌

ㄓㄨㄛˊ ❶喝酒：例獨酌。❷酒席：例便酌。❸考慮：例斟酌、酌量。

酌酒 ㄓㄨㄛˊ ㄐㄧㄡˇ 倒酒喝。

酌量 ㄓㄨㄛˊ ㄌㄧㄤˋ 估計事物的輕重多少，引申為仔細考慮。

配
酉部 三畫

一 丆 门 丙 丙 两 西 酉 酉 配

ㄆㄟˋ ❶夫妻：例配偶。❷用適當的比例調和：例配藥。❸有計畫的安排：例分配。❹把缺少的補足：例配零件。❺陪襯，襯托：例配角。❻合適：例她穿這件衣服很配。❼古代充軍：例發配。

俏皮話 「八個油瓶七個蓋——配不上。」一個瓶子配一個瓶蓋是理所當然的事，所以「八個油瓶七個蓋」，怎麼配也「配不上」；形容總是欠缺那一點，而不能成雙成對。

配合 ㄆㄟˋ ㄏㄜˊ 分工合作完成共同的工作。例因為配合得很好，工作很快完成了。

配角 ㄆㄟˋ ㄐㄩㄝˊ ❶戲劇中次要的角色。❷處於不很重要的位置。例她在這次商品研討會中，只是負責整理資料的配角。

參考 相反詞：主角。

配音 ㄆㄟˋ ㄧㄣ 影片製作中，錄製聲音的方法。例影片完成後，要配音才生動。

配偶 ㄆㄟˋ ㄡˇ 指丈夫或妻子。例爸爸的配偶是媽媽。

配給 ㄆㄟˋ ㄐㄧˇ 按照固定的、應得的分配給予。例軍人的生活用品是由國家配給的。

配製 ㄆㄟˋ ㄓˋ 經過思考調配製造。例他經過多次努力，終於配製出正確的顏色。

配藥 ㄆㄟˋ ㄧㄠˋ 調製藥品。例他拿著藥方去藥房配藥。

酒
酉部 三畫

丶 冫 氵 氵 汀 沂 洒 洒 酒 酒

ㄐㄧㄡˇ 用含有醣類的植物（例如：米、高粱、葡萄、大麥等）做原料，經過發酵的過程，製成各種含有酒精的飲料。

唱詩歌 年輕時的媽媽，像一瓶酒；爸爸嚐了一口，就醉了。（何麗美）

酒家 ㄐㄧㄡˇ ㄐㄧㄚ 賣酒菜，供人飲酒的地方。

酒鬼 ㄐㄧㄡˇ ㄍㄨㄟˇ 指愛喝酒而且不知道節制的人。例路邊躺了一個酩酊大醉的酒鬼。

酒渦 ㄐㄧㄡˇ ㄨㄛ 笑的時候，臉頰上出現的小圓窩。例笑起來有酒渦的女孩子，看起來特別可愛。

酒盞 ㄐㄧㄡˇ ㄓㄢˇ 小酒杯。例在故宮博物院，我們可以看到商周時期用青銅做成的酒盞。

酒精 ㄐㄧㄡˇ ㄐㄧㄥ 酒類常有的成分。無色、易燃，是重要的化學原料。

酒醉 ㄐㄧㄡˇ ㄗㄨㄟˋ 喝酒喝太多而昏昏沉沉，神智不清楚。例酒醉時絕對不可以開車。

酒壺 ㄐㄧㄡˇ ㄏㄨˊ 裝酒的器具。例用江西省景德鎮的磁土做成的酒壺非常精美，中外聞名。

酒盅 ㄐㄧㄡˇ ㄓㄨㄥ 酒杯。盅：就是鍾，裝酒的器具。例古文裡的「酒盅」就是酒杯的意思。

酒肉朋友 ㄐㄧㄡˇ ㄖㄡˋ ㄆㄥˊ ㄧㄡˇ 只在一起吃喝玩樂的朋友。例他因為淨交一些酒肉朋友，所以愈來愈墮落。

酗

酉部 四畫

酗

一 丆 万 丙 两 西 酉 酉丿 酉乂 酗

ㄒㄩˋ 喝酒沒有節制，或是喝醉了發酒瘋：例酗酒。

酗酒 ㄒㄩˋ ㄐㄧㄡˇ 喝酒太多，沒有節制。例酗酒開車，最容易發生車禍。

酣

酉部 五畫

酣 酣

一 丆 万 丙 两 西 酉 酉一 酉十 酣

ㄏㄢ ❶喝酒喝得很盡興、開心：例酣飲。❷暢快、睡得很香甜：例酣睡、酣暢。

酣暢 ㄏㄢ ㄔㄤˋ 開心的飲酒，引申有舒適暢快的意思。

酣睡 ㄏㄢ ㄕㄨㄟˋ 熟睡，指睡得很甜。

酣醉 ㄏㄢ ㄗㄨㄟˋ 原本是大醉，後來也有陶醉的意思。

酣戰 ㄏㄢ ㄓㄢˋ 指兩軍戰鬥很激烈。

酥

酉部 五畫

酥 酥

一 丆 万 丙 两 西 酉 酉丿 酉𠂉 酥

ㄙㄨ ❶用牛奶凝成的薄皮製成的食物：例奶酥。❷用油和麵粉製成的鬆脆食物：例鳳梨酥。❸身體柔軟沒有力氣：例全身酥軟。❹柔滑光潔：例酥胸。

酥軟 ㄙㄨ ㄖㄨㄢˇ 身體因為太勞累而感到疲倦，沒有力氣。

酢

酉部 五畫

酢 酢

一 丆 万 丙 两 西 酉 酉丿 酉𠂉 酢

ㄗㄨㄛˋ 客人用酒回敬主人：例酬酢。

ㄘㄨˋ ❶醋的古字。❷酸味。

參考 請注意：古時候主人向客人敬酒稱「獻」；賓客回敬主人稱「酢」；賓主再互敬一次稱「酬」，因此朋友間的請客可稱為「酬酢」。

酢漿草 ㄘㄨˋ ㄐㄧㄤ ㄘㄠˇ 一種多年生的草本植物，由三片倒心臟形的小葉構成。從春天到秋天都會開黃色小花，果實呈圓形，成熟時果皮裂開，藉著彈力傳播種子。因為它的葉和莖含有酸味，又稱為「酸漿」。

酬

酉部 六畫

酬 酬 酬

一 丆 万 丙 两 西 酉 酉丿 酉𠂉 酬

ㄔㄡˊ ❶用財物報答或償付：例酬謝、報酬。❷實現：例壯志未酬。❸交際往來：例應酬。

酬勞 ㄔㄡˊ ㄌㄠˊ 工作的報酬。例爸爸給他一隻手錶，做為替媽媽做家事的酬勞。

酬謝 ㄔㄡˊ ㄒㄧㄝˋ 用金錢、禮物向人道謝。例他送我一枝鋼筆，酬謝救命之恩。

酪

酉部 六畫

酪 酪 酪

一 丆 万 丙 两 西 酉 酉丿 酉夂 酪

ㄌㄨㄛˋ ❶用牛、羊、馬的乳汁製成半凝固或凝固的食品：例乳酪、奶酪。❷用果實製成的糊狀食品：例杏仁酪、核桃酪。

酩

酉部 六畫

酩 酩 酩

一 丆 万 丙 两 西 酉 酉丿 酉夕 酩

ㄇㄧㄥˇ 大醉的樣子：例酩酊。

酩酊 ㄇㄧㄥˇ ㄉㄧㄥˇ 形容喝酒過多，醉醺醺的樣子。

酵

酉部 七畫

酵 酵 酵 酵

一 丆 万 丙 两 西 酉 酉一 酉十 酉土

ㄒㄧㄠˋ 發酵，利用微生物作用使有機物起泡沫變酸。

酵素 ㄒㄧㄠˋ ㄙㄨˋ 就是酶，是活細胞所合成製造的蛋白質，可以用來促進細胞的特定生化反應。

酵母菌 ㄒㄧㄠˋ ㄇㄨˇ ㄐㄩㄣˋ 一種真菌，大部分是橢圓形的單細胞，可以用來釀酒，使麵包、饅頭發酵。也可以稱為「釀母菌」。

酸

酉部 七畫

ㄙㄨㄢ ❶像醋的味道：例酸梅。❷傷心，悲痛：例心酸。❸一種化學物質，能使藍色石蕊試紙變紅：例硫酸。❹酸痛，通「痠」：例四肢酸痛。❺食物腐敗產生的味道：例菜放久了都酸了。❻微痛無力：例腰酸背痛。❼諷刺文人不通情理：例酸秀才。

參考 請注意：「酸」和「痠」音同，如果指肌肉疲勞引起的無力微痛，可以互相通用，其他的地方就不可以。

動動腦 小朋友，哪些東西吃起來是酸酸的？想想看，愈多愈好哦！

酸痛 ㄙㄨㄢ ㄊㄨㄥˋ 身體又酸又痛。例他不小心扭傷，左手十分酸痛。

酸溜溜 ㄙㄨㄢ ㄌㄧㄡ ㄌㄧㄡ ❶形容酸的味道。❷形容酸痛的感覺。❸形容輕微嫉妒或難過的感覺。例他嫉妒別人考第一名，所以說起話來酸溜溜的。

酶

酉部 七畫

ㄇㄟˊ 就是酵素，是由生物的細胞產生的一種蛋白質，可以加速生物體內的化學變化。

酷

酉部 七畫

ㄎㄨˋ ❶殘暴：例酷刑。❷很，極，表示程度深的：例酷寒、酷似。

酷吏 ㄎㄨˋ ㄌㄧˋ 指濫用刑罰、殘害人民的官吏。

酷刑 ㄎㄨˋ ㄒㄧㄥˊ 殘暴狠毒的刑罰。

酷似 ㄎㄨˋ ㄙˋ 非常相像。例他的長相酷似父親。

酷虐 ㄎㄨˋ ㄋㄩㄝˋ 殘酷凶狠。

酷暑 ㄎㄨˋ ㄕㄨˇ 很炎熱的夏天。

酷愛 ㄎㄨˋ ㄞˋ 非常喜愛。例滑雪是他酷愛的休閒活動。

參考 相似詞：酷好、酷嗜。

酷熱 ㄎㄨˋ ㄖㄜˋ 非常熱。例酷熱的天氣容易中暑。

醇

酉部 八畫

ㄔㄨㄣˊ ❶味道香濃的酒：例醇酒。❷一種有機化合物：例乙醇。❸味道濃厚：例香醇。❹謙順樸厚的樣子，通「淳」：例醇樸、醇厚。❺純正不雜，通「純」：例醇粹。

參考 相似字：淳、厚、純。

醉

酉部 八畫

ㄗㄨㄟˋ ❶喝酒太多，神志不清：例酒醉。❷著迷：例陶醉。❸用酒浸泡的食物：例醉蝦。

參考 相似字：暈、眩。♣相反字：醒。

醉心 ㄗㄨㄟˋ ㄒㄧㄣ 對某一件事非常喜歡。例他醉心於研究太空科學。

醉鬼 ㄗㄨㄟˋ ㄍㄨㄟˇ 指經常喝醉的人，帶有嘲笑、責罵的意思。例這個醉鬼每天都喝得爛醉如泥。

醉醺醺 ㄗㄨㄟˋ ㄒㄩㄣ ㄒㄩㄣ 形容人喝醉酒的樣子。醺醺：醉酒的樣子。例他整天喝得醉醺醺的。

醉生夢死 ㄗㄨㄟˋ ㄕㄥ ㄇㄥˋ ㄙˇ 形容人的生活就像喝醉酒和做夢一樣，糊裡糊塗。例他整天在外頭遊蕩，過著醉生夢死的生活。

醋

酉部 八畫

ㄘㄨˋ ❶用米、麥、高粱釀成，有酸味的液體，可以當調味料：例白醋、烏醋。❷比喻嫉妒：例吃醋。

醋勁 ㄘㄨˋ ㄐㄧㄣˋ 嫉妒心的表現。例她又在大發醋勁了！

醋罈子 ㄘㄨˋ ㄊㄢˊ ˙ㄗ 俗稱很愛嫉妒、吃醋的人。也可以說成「醋罐子」。例他是個醋罈子，只要太太和異性有說有笑，他就不高興地板起臉孔。

醃 酉部 八畫

ㄧㄢ 加工製造食品的方法，在食物中添加鹽、糖、酒等佐料，浸泡一段時間就可以食用：例醃鹹菜、醃肉。

醒 酉部 九畫

ㄒㄧㄥˇ ❶從酒醉、昏迷中恢復知覺：例他醒了。❷從睡眠中起來或還沒睡。❸覺悟：例醒悟。❹明顯，清楚：例醒目。

參考 相反字：睡、眠、睏。♣請注意：「醒」和「惺」（ㄒㄧㄥ）都有覺悟的意思，例如：「醒悟」、「惺悟」。

醒目 ㄒㄧㄥˇ ㄇㄨˋ 明顯，引人注意。例她穿了一件很醒目的紅裙子。

參考 相似詞：耀眼。

醒悟 ㄒㄧㄥˇ ㄨˋ 從迷惑中覺醒過來。例他經過這次被詐騙的教訓，已經完全醒悟，再也不做發財夢了。

醣 酉部 十畫

ㄊㄤˊ 一種有機化合物，從前稱碳水化合物，是人體內產生熱能的主要物質，分單醣、雙醣、多醣三類。

參考 請注意：「醣」和「糖」有區別：「醣」為碳水化合的有機物，所指的範圍較廣；而「糖」指從植物中提煉出的甜性物質，範圍較小。

醣類 ㄊㄤˊ ㄌㄟˋ 碳水化合物，例如：葡萄糖、蔗糖、澱粉、纖維素等都是醣類，是食物中主要熱量的來源。

醞 酉部 十畫

ㄩㄣˋ 釀酒的發酵過程：例醞釀。

醞釀 ㄩㄣˋ ㄋㄧㄤˋ 釀酒；因為釀酒需要一定的時間，因此常用來比喻事情逐漸達到成熟的準備階段。例我們班上的郊遊活動，已經醞釀很久了。

醜 酉部 十畫

ㄔㄡˇ ❶相貌難看：例醜陋。❷惡劣的：例醜話、醜行。❸令人厭惡的：例醜態百出、出醜。❹可恥的，下流的：例醜聞、家醜。❺恥辱：例雪醜。❻惡人。❼姓。

參考 相反字：美。

猜一猜 酒中沒有水，簡直活見鬼。（猜一字）（答案：醜）

笑一笑 有一個長得很醜的人請畫家幫他畫像，並一再要求畫家幫他畫漂亮一點。畫好後，他拿來一看，是張只有背面看不到臉的人像，上面寫著：「這是我唯一能畫得既漂亮而又像你的地方。」

醜化 ㄔㄡˇ ㄏㄨㄚˋ 把人、事、物加以歪曲改變，形容成很不好的樣子。例他為了配合劇情需要，不惜醜化自己，演個無賴漢。

醜名 ㄔㄡˇ ㄇㄧㄥˊ 不好的名聲。

醜陋 ㄔㄡˇ ㄌㄡˋ 長相不好看或是行為不正當。

醜惡 ㄔㄡˇ ㄜˋ 難看可厭的樣子。

醜態 ㄔㄡˇ ㄊㄞˋ 令人感到厭惡不雅觀的態度。

醚 酉部 十畫

ㄇㄧˊ 一種有機化合物。乙醚是醫藥上常用的麻醉劑。

醫 酉部 十一畫

一 ❶為人治病的人：例醫生、國際名醫。❷「醫學」的省稱：例他是學醫的。❸治病：例醫病、醫療。❹和治病有關的：例醫術。

俏皮話 「給死人送醫——白費功夫。」人死了，送到醫院還是無法使人復生，因此「給死人送醫」，那就是「白費功夫」了。例如：露營活動都結束了，還有人想去報名，那不是「給死人送醫——白費功夫」嗎？

醫生 ㄧ ㄕㄥ 替人治病的人。

參考 相似詞：醫師。

醫治 ㄧ ㄓˋ 治療。例他經過醫治，頭痛症已經減輕了許多。

醫院 ㄧ ㄩㄢˋ 治療、看護病患的場所。

醫務 ㄧ ㄨˋ 和醫療有關的事情。務：事情的意思。例他是一名醫務工作者。

醫術 ㄧ ㄕㄨˋ 治病的技術。例他的醫術很高明。

醫學 ㄧ ㄒㄩㄝˊ 以保護、增進人類的健康，預防和治療疾病為研究內容的專門學問。例醫學的進步，使人類的壽命延長不少。

醫療 ㄧ ㄌㄧㄠˊ 疾病的救治。療：救治的意思。

參考 活用詞：醫療服務。

醫藥 ㄧ ㄧㄠˋ 治療和藥品。例每個人都需要具備一些醫藥常識。

參考 活用詞：醫藥費。

醬 酉部 十一畫

ㄐㄧㄤˋ ❶豆麥發酵做成的調味品：例醬油、甜麵醬、豆瓣醬。❷通稱搗爛像泥狀的東西：例果醬、肉醬、花生醬。❸用醬或醬油浸泡的食物：例醬瓜、醬菜。

醬瓜 ㄐㄧㄤˋ ㄍㄨㄚ 用醬油浸泡過的黃瓜。

醬油 ㄐㄧㄤˋ ㄧㄡˊ 用豆、麥和鹽做成的調味品。

醱 酉部 十二畫

ㄆㄛ ❶將釀好的酒再次釀製：例醱醅（ㄆㄟ）。❷把酵母菌加在麵粉或酒中所發生的化學變化：例醱酵。

參考 請注意：「醱酵」也可以寫作「發酵」。

醱酵 ㄆㄛ ㄒㄧㄠˋ 釀酒時所產生的化學變化。

醺 酉部 十四畫

ㄒㄩㄣ 酒醉的樣子：例醉醺醺。

參考 相似字：醉。♣相反字：醒。♣請注意：「醺」是酒醉，「薰」是氣味散發。

釀 酉部 十七畫

ㄋㄧㄤˋ ❶酒的代稱：例佳釀。❷利用發酵作用製造：例釀酒。❸事情逐漸形成：例醞釀、釀成大禍。

釀成 ㄋㄧㄤˋ ㄔㄥˊ 逐漸形成。例他自幼備受溺愛，因此釀成日後誤入歧途的悲劇。

釀酒 ㄋㄧㄤˋ ㄐㄧㄡˇ 利用發酵製酒。

釀造 ㄋㄧㄤˋ ㄗㄠˋ 利用發酵作用，製造飲料，例如：酒、醋。

釀蜜 ㄋㄧㄤˋ ㄇㄧˋ 蜜蜂採集花的蕊汁，經發酵作用所製成的漿液。

釁 酉部 十八畫

ㄒㄧㄣˋ ❶裂痕，爭端：例挑釁、尋釁。❷血祭，古代祭祀時把牲畜的血塗在器皿上，用來祭祀神靈：例釁鐘。

釆部 ㄅㄧㄢˋ

「釆」像不像小狗留下的腳印？「十」像小狗的腳掌痕跡，旁邊那四畫是爪子的痕跡，「釆」就是指動物留下的腳印，從腳印就可以知道有哪些動物經過；因此「釆」也有知道、分別的意思，例如：悉（明白——字在心部）、審（仔細分辨——字在宀部）都有知道、分辨的意思。

釆 釆部 ○畫

ㄅㄧㄢˋ 辨別。

采 釆部 一畫

ㄘㄞˇ ❶色彩，和「彩」字通用。❷神情：例興高采烈、風采、文采。❸摘取：例采集、采風錄。❹大聲叫好：例喝采。❺采地，古代卿大夫的封地又稱「采邑」、「食邑」。❻姓：例采先生。

參考 請注意：❶「采」是「採」最早的寫法。❷「采」上面的「爪」字和下面的「木」字，不可連起來寫成「釆」（ㄅㄧㄢˋ）。❸「采」和「彩」不同：但是當「采」有「精神」、「神色」的意思用時，「采」和「彩」可以通用，例如：風采、文采、精采。當「選擇」、「摘取」用時，「采」可和「採」通用，例如：采納、采取。表示顏色、花樣的意思時只能用「彩」，例如：彩色、彩帶、五彩。

采取 ㄘㄞˇ ㄑㄩˇ 選擇使用。例地震後，政府采取緊急措施協助災民。

參考 相似詞：采取、采用、采納。

采納 ㄘㄞˇ ㄋㄚˋ 接受別人的意見、要求、建議。例你必須采納股東大會通過的決議，否則無法解決紛爭。

釉 釆部 六畫

ㄧㄡˋ 塗在陶、瓷器表面的玻璃質料，可以增加美觀：例上釉。

釋 釆部 十三畫

ㄕˋ ❶說明：例解釋。❷消除：例誤會冰釋。❸放開，放下：例釋手、手不釋卷。❹出獄，恢復人身自由：例開釋、保釋。❺釋迦牟尼的簡稱，又指與佛教有關的：例釋教、釋典。

參考 相似字：赦、免。♣相反字：繫。

釋放 ㄕˋ ㄈㄤˋ 被逮捕、被拘留等犯罪的人能恢復行動的自由。

釋迦牟尼 ㄕˋ ㄐㄧㄚ ㄇㄡˊ ㄋㄧˊ 佛教的創始人。是古印度北部的一個小國的王子，因為不滿當時的種族制度和感到生、老、病、死的苦惱，於是放棄王族的生活，出家修道。終於悟知世間無常和人生是苦的大道理。

里部 ㄌㄧˇ

「里」是指人群居住的地方，由「田」和「土」構成。古代是農業社會，人群居住的地方一定要有「田」地，才可以供給糧食；要居住也需要土地，「土」就代表土地。里部的字也都和居住的意思有關，例如：「野」是指距離人們聚居較遠的地方，就是郊外。「釐」（ㄒㄧ）是祝福別人居家平安，「恭賀春釐」是過年時常聽到的吉祥話，那是祝福別人在新的一年裡全

七畫

家平安的意思。

里

里部 ○畫

丨 ㄇ 日 日 旦 甲 里

ㄌㄧˇ ❶家鄉，故鄉：例鄉里、榮歸故里。❷戶政的單位名稱，古時候五家為鄰、五鄰為里，現在則是鄰、里、鄉、鎮：例里長、里民大會。❸長度的單位：例千里。❹居住：例里仁為美。❺姓：例里先生。

里程碑 ㄌㄧˇ ㄔㄥˊ ㄅㄟ 設在道路兩旁記載里數的標誌；比喻在歷史過程中可以作為標誌的重要事件。碑：刻有文字或圖畫的長方形石頭。例登陸月球是人類歷史上一個新的里程碑。

重

里部 二畫

丿 一 千 千 斤 盲 肯 重 重

ㄓㄨㄥˋ ❶分量大，與「輕」相對：例重負、重擔。❷分量：例體重、超重。❸指程度深：例重傷、嚴重、深重。❹數量多：例重兵把守、工作繁重。❺要緊的：例重要、重鎮、軍事重地。❻尊敬，不輕視：例尊重、器重。❼不輕率：例慎重、莊重。

ㄔㄨㄥˊ ❶再，又一次：例重複、久別重逢、舊地重遊。❷層：例困難重重、萬重山。

參考 相似字：厚、複、疊。♣相反字：輕。♣請注意：「重」和「童」字形很像，但是音義不同：「重」，音ㄔㄨㄥˊ 有重疊的意思；「童」，音ㄊㄨㄥˊ 指小孩子。

猜一猜 千里相逢。（猜一字）（答案：重）

重力 ㄓㄨㄥˋ ㄌㄧˋ 地球對於地面一切物體的吸引力。

重大 ㄓㄨㄥˋ ㄉㄚˋ 大而且重要。例這是個重大的問題，要仔細討論。

重心 ㄓㄨㄥˋ ㄒㄧㄣ ❶物體各部分所受重力產生的合力，這個合力點就是物體的重心。❷事情的中心或主要的部分。例問題的重心是錢太少。

重用 ㄓㄨㄥˋ ㄩㄥˋ 將人安排在重要的職位。例他受到老闆的重用。

重任 ㄓㄨㄥˋ ㄖㄣˋ 重大的責任，重要的任務。例他身負重任，所以行事十分謹慎。

重要 ㄓㄨㄥˋ ㄧㄠˋ 有重大的意義、作用和影響。例這份文件很重要，千萬別遺失了。

重量 ㄓㄨㄥˋ ㄌㄧㄤˋ 由於地心引力的關係，物體有向下的力，這個力就叫做重量。

重新 ㄔㄨㄥˊ ㄒㄧㄣ 從頭開始。例請你做事專心點，不然又要重新來過。

重複 ㄔㄨㄥˊ ㄈㄨˋ 相同的東西又一次出現。例他把昨天的話又重複一遍。

重擔 ㄓㄨㄥˋ ㄉㄢˋ 沉重的擔子；比喻繁重的責任。例他因為受上司的肯定，所以有關都市開發案的重擔，就落在他身上。

重點 ㄓㄨㄥˋ ㄉㄧㄢˇ 重心或具有影響力的所在。

重疊 ㄔㄨㄥˊ ㄉㄧㄝˊ 一層層的堆積。例山峰互相重疊。

重聽 ㄓㄨㄥˋ ㄊㄧㄥ 聽覺遲鈍。例他有點重聽，你說話得大聲點兒。

重蹈覆轍 ㄔㄨㄥˊ ㄉㄠˋ ㄈㄨˋ ㄔㄜˋ 不管過去失敗的經驗，重犯同樣的錯誤。蹈：踐踏。轍：車經過的軌跡。例我們要吸取前人的經驗，以免重蹈覆轍。

野

里部 四畫

丨 ㄇ 日 日 旦 甲 里 里 野 野 野

ㄧㄝˇ ❶郊外，村外：例田野。❷範圍，界限：例視野。❸不是人所飼養或培植的：例野生。❹不講理，沒有禮貌的：例粗野、撒野。❺不受拘束的：例野性。❻指民間：例朝野。

參考 相似字：陋、卑、賤。♣請注意：「野」是偏重質樸性，還可以經過人工改造；「蠻」是偏重頑固性還沒開發，很難有什麼變化。

唱詩歌 太陽姊姊和山哥哥結婚後，為什麼還那麼野！成天跑到外面去玩，只有傍晚才回到山哥哥的懷抱。（蔡統）

野心 ㄧㄝˇ ㄒㄧㄣ 對領土、權勢或名利有非常大的欲望和用心。例他野心勃勃想要奪取王位。

參考 相似詞：企圖、陰謀。

七畫

野外 ㄧㄝˇ ㄨㄞˋ 城市以外的荒野地方。

野豬 ㄧㄝˇ ㄓㄨ 哺乳動物，全身長著黑褐色粗毛，犬齒突出口外，耳朵和尾巴都很短小，性情凶猛，對農業害處很大。

野餐 ㄧㄝˇ ㄘㄢ ❶到野外進餐。❷到野外進餐時所準備的食物。

野獸 ㄧㄝˇ ㄕㄡˋ 生存在荒野的動物。

野蠻 ㄧㄝˇ ㄇㄢˊ ❶指還沒接受文明，還沒開化。❷不講道理，非常霸道。例你這種人怎麼這麼野蠻，都不講理。

參考 請注意：「野蠻」指不文明、未開化；形容的對象比較廣泛。「蠻橫」指霸道不講理、沒有禮貌，多指人的態度。

量

里部 五畫

量量

ㄌㄧㄤˋ ❶計算物體容積的器具。❷能容納或忍受的範圍：例氣量。❸數目的多少：例降雨量。❹估計：例量力而為。

ㄌㄧㄤˊ ❶用尺、容器或其他東西當作標準來確定事物的長短、大小、多少等性質：例量體溫。❷商議，考慮：例思量、衡量。

參考 相似字：測、度、審、計。♣請注意：「量」有二種讀法：用儀器測定時讀ㄌㄧㄤˊ，當作抽象的意思時可讀ㄌㄧㄤˋ或ㄌㄧㄤˊ。

量力 ㄌㄧㄤˋ ㄌㄧˋ 衡量自己的力量。例做事要量力而行，不要太勉強。

量筒 ㄌㄧㄤˊ ㄊㄨㄥˇ 計算液體體積的器具。

量角器 ㄌㄧㄤˊ ㄐㄧㄠˇ ㄑㄧˋ 測量角度的儀器，也叫「半圓儀」。

量入為出 ㄌㄧㄤˋ ㄖㄨˋ ㄨㄟˊ ㄔㄨ 根據所收入的多少來支出。例花錢要量入為出，免得錢不夠用。

釐

里部 十一畫

ㄌㄧˊ ❶長度的名稱，一公分的十分之一：例公釐。❷計算利息的單位，年利率一釐是本金的百分之一，月利率一釐是本金的千分之一。❸治理，整理：例釐定。

ㄒㄧ 幸福，通「禧」：例恭賀春釐。

釐定 ㄌㄧˊ ㄉㄧㄥˋ 整理考定。例政府剛釐定了一部新法規。

金部 ㄐㄧㄣ

「金」是「金」最早的寫法，下面由土和兩小點所構成，表示金屬顆粒埋在泥土中，上面是「今」，表示「金」字的讀音。後來寫成「金」，這樣更容易看出，「今」就是「今」。原來「金」是所有金屬類的總稱，因此金部的字和金屬類都有關係，可分成三類：

一、金屬的名稱，例如：銀（白色的金屬）、銅（紅色的金屬）、鐵（黑色的金屬）。

二、用金屬製成的器具，例如：鐘、錐、針。

三、與金屬有關的活動，例如：鑄（鎔化金屬）、鍊（用火冶製金屬）、鏤（在金屬上雕刻）。

金

金部 ○畫

ノ 人 亼 今 今 金 金 金

ㄐㄧㄣ ❶金屬的通稱：例五金、合金。❷一種金屬元素，赤黃色，是貴重金屬，俗稱「金子」。❸兵器或金屬樂器：例鳴金收兵。❹錢：例現金。❺鞏固的，堅牢的：例億載金城、金城湯池。❻珍貴的：例金科玉律。❼朝代名，為女真族所建，姓完顏氏，滅遼攻宋，後亡於蒙古。❽五行之一：例金、木、水、火、土。❾形容黃而發亮的色彩：例金黃。❿太陽系行星之一：例金星。⓫姓：例金先生。

猜一猜 值錢不值錢，全在這二點。（猜一

八畫

字）（答案：金）

金門 福建省縣名之一，為我國反攻大陸的前哨。農產品以甘薯、花生、高粱、陶器和酒類出名。

金魚 由鯽魚演化而成的觀賞魚類，肚大眼凸，體短而肥。

猜一猜 凸眼睛，闊嘴巴，尾巴要比身體大，碧綠水草襯著牠，好像一朵大紅花。（猜一種生物）（答案：金魚）

金榜 科舉時代錄取的名單。例他果然不負眾望金榜題名。

金牌 運動比賽第一名的獎牌。例他是奧運的金牌得主。

金蓮 喻舊日稱女子的小腳。例三寸金蓮。

金錢 金子、錢幣、錢財的合稱。例他和顧客間常有金錢的來往。

參考 活用詞：金錢豹、金錢主義。

金額 金錢的數目。例他開了一張金額五百萬元的支票。

金屬 黃金和其他能傳熱傳電，具有反射光的元素。

參考 相反詞：非金屬。♣活用詞：金屬材料、金屬光澤、金屬化合物。

動動腦 小朋友，哪些物品是金屬做的？想一想，寫出來，愈多愈好！

金蘭 ❶比喻交友的投合與情誼的堅固。金：表示堅固。蘭：表示芳香。❷結義兄弟。例他們性情相近，於是義結金蘭。

金字塔 古代埃及帝王的墳墓，呈三角形。

金光黨 在社會上用不正當的手段騙取別人財物的不法組織。例警方昨天又緝捕了兩名金光黨。

金剛經 佛經的一種。

金飯碗 俗稱薪水最好最高的職業。飯碗：舊時職業的俗稱。

金嗓子 清脆嘹亮、優美動聽的歌喉。例她天生擁有一副金嗓子。

參考 相反詞：破嗓子。

金縷衣 指做官的人所穿著的高貴服裝。

金鋼鑽 鑽石。

金龜婿 指擁有高官厚祿的女婿。金龜：唐代官員的佩飾。

金光閃閃 形容顏色既黃又亮像金子般的光彩耀眼。例他戴了一條金光閃閃的項鍊。

金字招牌 舊時商店用金粉塗字的招牌。現在是比喻向人炫耀的名義或稱號。

金科玉律 比喻不能改變的信條。例他說的話就像金科玉律，沒人敢違背。

金城湯池 金屬造的城，沸騰的護城河。形容堅固不易攻破的城池。例金門的防守就像金城湯池一樣。

金童玉女 ❶道家稱供仙人差使的童男童女。❷比喻清秀可愛的少男少女。例他們從小就被人稱作金童玉女。

金蟬脫殼 比喻用計逃脫而不曾被發現。例犯人利用金蟬脫殼的計謀逃脫了。

釘

金部　二畫

ノ 𠂉 𠆢 亼 今 全 余 金 釒 釘

ㄉㄧㄥ ❶一種尖頂細長，用來連接和固定物體的東西：例釘子。❷注視，緊跟著不放鬆：例釘著他看、緊迫釘人。

ㄉㄧㄥˋ ❶把釘子打入別的東西裡，或用釘子固定東西：例釘釘子。❷用針線縫合衣物：例釘鈕扣。

猜一猜 鐵嘴巴，愛咬紙，咬了一口，掉了牙齒。（猜一種文具用品）（答案：釘書機）

釘子 細棍形的物體，一頭尖一頭扁，可以用來固定或連接東西。

釘耙 耙的一種，由耙架和釘齒合成，是用來平整地面、翻鬆泥土的工具。耙：一種有鋸齒的農具，用來翻碎泥土。

釘鞋 鞋底有釘子的鞋，運動時穿。

八畫

針

金部　二畫

ㄓㄣ ❶縫衣物用的工具：例縫衣針。❷細長像針形的東西：例松針。❸注射用的針形器：例針筒。❹扎針治病：例針灸。❺姓：例針先生。

古人說「針不離線，線不離針。」這句話是說：雙方關係很密切，常常在一起，就像針、線般的不可分開。例小英和小美天天在一起，就像「針不離線，線不離針」。

唱詩歌 ㈠天上多少星，地上多少針，星星數不清，針針用不盡。（芮家智編）
㈡木麻黃，葉像針，一根一根又一根，掉在地上掃不清。（芮家智編）

針灸 ㄓㄣ ㄐㄧㄡˇ 中國特有的醫病方式，是針法和灸法的合稱。

小百科 針法就是用特製的金屬針，按一定的穴位，刺入患者體內，用捻、提等手法達到治療疾病的目的。灸法就是把燃燒著的艾絨按一定的穴位，靠近皮膚或放在皮膚上，利用熱的刺激來治療疾病。針灸是我國醫學的寶貴遺產。

針對 ㄓㄣ ㄉㄨㄟˋ 對準。例他針對實際的情況想出解決的方法。

釗

金部　二畫

ㄓㄠ 勉勵：例勉釗。

釜

金部　二畫

ㄈㄨˇ 古代烹飪用的鍋子：例破釜沉舟、釜底抽薪。

釜底游魚 ㄈㄨˇ ㄉㄧˇ ㄧㄡˊ ㄩˊ 在鍋底游動的魚；比喻處在非常危險境地的人。

釜底抽薪 ㄈㄨˇ ㄉㄧˇ ㄔㄡ ㄒㄧㄣ 從鍋底下抽去燃燒的柴火，使水停止沸騰。比喻從根本上解決問題。

釣

金部　三畫

ㄉㄧㄠˋ ❶用魚餌誘魚上鉤：例釣魚。❷比喻用手段取得：例沽名釣譽。

參考 請注意：「釣」和「鈞」字形相似，「釣」音ㄉㄧㄠˋ，「勺」中間一點，有垂釣的意思；「鈞」音ㄐㄩㄣ，「勻」中間有兩點，有均等的意思。

猜一猜 竹竿手中握，絲線垂塘裡，下動上歡喜，上動下著急。（猜一種娛樂）
（答案：釣魚）

俏皮話「姜太公釣魚——願者上鉤。」據說姜太公曾經在渭水旁釣魚，他的魚餌離水面三寸，如果還有魚兒上鉤，那可就沒話說了。例如：地下錢莊放高利貸，那些向地下錢莊借錢的人就是願者上鉤！

釣竿 ㄉㄧㄠˋ ㄍㄢ 釣魚用的竿子。

釣餌 ㄉㄧㄠˋ ㄦˇ 釣魚用的食物；比喻用來引誘人的事物。例他用金錢作釣餌誘使別人上當。

釧

金部　三畫

ㄔㄨㄢˋ 帶在手臂、手腕的裝飾品：例金釧、玉釧。

釵

金部　三畫

ㄔㄞ 古代婦女插在頭髮上，可以固定頭髮的首飾：例髮釵、玉釵。

釦

金部　三畫

ㄎㄡˋ 衣服上的鈕釦：例釦子。

鈕
金部 四畫

ㄋㄧㄡˇ ❶扣住衣物的東西，通「紐」：例鈕釦。❷器物上隆起可供提拿的部分，通「紐」：例印鈕、鎖鈕。❸器物的開關：例按鈕、電鈕。❹姓：例鈕先生。

鈣
金部 四畫

ㄍㄞˋ 金屬元素，銀白色，質輕。鈣的化合物很多，例如：石灰石、石膏。人體血液和骨骼中都含有鈣。

鈉
金部 四畫

ㄋㄚˋ 一種金屬元素，銀白色，質地柔軟，在空氣中容易氧化，遇水就發熱，常和其他物質化合。

鈔
金部 四畫

ㄔㄠ ❶紙幣：例鈔票。❷錢財：例讓你破鈔。❸經過選錄而編成的文學作品：例詩鈔、雜鈔。❹同「抄」：例抄錄。❺姓：例鈔先生。

參考 請注意：「抄」寫要用手，所以「抄」是手部。「鈔」票和金錢有關係，所以「鈔」是金部。但是古人也把「抄寫」寫作「鈔寫」。

鈔票 ㄔㄠ ㄆㄧㄠˋ 紙幣。例鈔票應保持完整乾淨。

鈞
金部 四畫

ㄐㄩㄣ ❶古代的重量單位，三十斤是一鈞：例千鈞一髮。❷書信用語，是對上級或尊長的敬辭：例鈞座、鈞安、鈞鑒、鈞啟。

鈍
金部 四畫

ㄉㄨㄣˋ ❶不鋒利的：例這把刀鈍了。❷不聰明、不靈敏的：例遲鈍。

參考 相反字：鋒、利、銳。

鈍角 ㄉㄨㄣˋ ㄐㄧㄠˇ 大於直角（90°），小於平角（180°）的角。

鈐
金部 四畫

ㄑㄧㄢˊ ❶鎖：例鈐鑑。❷烘茶葉的器具：例茶鈐。❸圖章：例鈐記。❹蓋印：例鈐印。

鈦
金部 四畫

ㄊㄞˋ 一種金屬元素，顏色灰白，質硬而輕，主要用於製造飛機及各種太空機械零件。

鈷
金部 五畫

ㄍㄨ 鈷鉧，即熨斗。

ㄍㄨˇ 限於金屬元素，銀白色，具有磁性，可用來製造超硬耐熱的合金，放射性鈷能治療癌症。

鉗
金部 五畫

ㄑㄧㄢˊ ❶夾東西的用具：例火鉗、老虎鉗。❷夾住、限制、約束：例鉗制。❸古時候用鐵器鎖在脖子上的刑法。

鉗子 ㄑㄧㄢˊ ˙ㄗ 用來夾住或夾斷東西的器具。

鉗制 ㄑㄧㄢˊ ㄓˋ 像鉗子壓物一般的制住。例我軍由後方緊緊地鉗制敵人的兵力。

鉗口結舌 ㄑㄧㄢˊ ㄎㄡˇ ㄐㄧㄝˊ ㄕㄜˊ 形容不敢說話的樣子。

鈸

金部 五畫

ㄅㄚˊ 銅製的敲擊樂器，由兩片邊緣扁平而中央隆起的圓形銅片組成，互相撞擊就會發出響聲。

鉛

金部 五畫

ㄑㄧㄢ ❶一種金屬元素，銀灰色，質地很軟，用途廣泛，可製成鉛管、電池和鉛字。❷有時指石墨：例鉛筆。❸姓：例鉛先生。

ㄧㄢˊ 只限於「鉛山」一詞（地名，位於江西省）。

猜一猜 叫馬，不會跑；叫球，不能打；叫鈴，搖不響；叫餅，吃不得。（猜四種體育用品）（答案：木馬、鉛球、啞鈴、鐵餅）

鉛字 ㄑㄧㄢ ㄗˋ 印刷用的活字，用鉛、銻、錫等原料製成。

鉛筆 ㄑㄧㄢ ㄅㄧˇ 用石墨粉和黏土製成筆芯的筆。

猜一猜 瘦長個兒直心腸，身穿五彩花衣裳，嘴巴尖尖會說話，只見短來不見長。（猜一種文具用品）（答案：鉛筆）

鉀

金部 五畫

ㄐㄧㄚˇ ❶金屬元素，銀白色，有延展性，遇水產生氫氣，並能引起爆炸；對動植物的生長發育起很大的作用，鉀的化合物可作肥料。❷護身的戰服，通「甲」。

鉀肥 ㄐㄧㄚˇ ㄈㄟˊ 含鉀較多的肥料，能促進光合作用並使作物莖幹粗壯堅韌。

鈾

金部 五畫

ㄧㄡˋ 放射性金屬元素，銀白色，質硬，易溶於酸，在自然界中分布極少，主要用來產生原子能。

鉋

金部 五畫

ㄅㄠˋ ❶削平木材的工具：例鉋子、鉋刀、鉋床。❷用鉋子或鉋床等機器刮削：例鉋平、鉋木板。

鉋花 ㄅㄠˋ ㄏㄨㄚ 從木材上鉋刮下來的薄木片。

鉤

金部 五畫

ㄍㄡ ❶彎曲帶尖的器具，可以用來懸掛或探取東西：例釣鉤。❷書法筆墨的一種：例直鉤。❸使用鉤子搭、掛或取：例鉤住。❹一種縫紉、編織方法：例鉤邊、鉤花。❺姓：例鉤先生。

參考 請注意：「鉤」和「釣」（ㄉㄧㄠˋ）讀音意義都不同。「釣」有垂釣的意思，例如：釣魚。

鉤子 ㄍㄡ ㄗ˙ 懸掛、探取東西的用具，形狀彎曲。例牆上有很多掛衣服的鉤子。

鉤心鬥角 ㄍㄡ ㄒㄧㄣ ㄉㄡˋ ㄐㄧㄠˇ 原指宮室的結構精巧密緻，後來比喻各用心機，互相排擠對方。例他們彼此鉤心鬥角，只為了要贏過對方。

鉑

金部 五畫

ㄅㄛˊ ❶金屬元素，銀白色，有光澤，富延展性，導熱、導電性能良好，熔點高，耐腐蝕。俗稱「白金」。❷金屬薄片，通「箔」。

鈴

金部 五畫

ㄌㄧㄥˊ 用金屬做成會出聲的東西：例鈴鐺。

參考 請注意：「鈴」和「鐘」都是樂器名，形狀不一樣，通常「鈴」較小，聲音也小；「鐘」較大，聲音宏亮。

鈴鐺 ㄌㄧㄥˊ ㄉㄤ 金屬做成的圓殼，一面有窄窄的裂口，中置鐵丸，搖動時可發聲。例小狗的脖子上掛著一個鈴鐺。

鈽

金部 五畫

ㄅㄨˋ 一種自然界不存在的人造放射性重要元素，可用作核反應器的燃料及製作核武器。

鉍

金部 五畫

ㄅㄧˋ 金屬元素，銀白色，質硬而脆，鉍合金熔點很低，可做保險絲、安全栓等。

鉅

金部 五畫

ㄐㄩˋ ❶大又堅硬的鐵塊叫「鉅」。❷大的意思，和「巨」字相通：例鉅額。

參考 相反字：細。

鉅大 ㄐㄩˋ ㄉㄚˋ 非常大。例這是一項非常鉅大的工程，所以計畫要很仔細。

參考 相似字：巨大。

鉅富 ㄐㄩˋ ㄈㄨˋ 非常有錢的人。例這個鉅富非常小氣。

鉅額 ㄐㄩˋ ㄜˊ 巨大的金額。例他買樂透中了鉅額的獎金。

參考 相似詞：鉅款。

鉅細靡遺 ㄐㄩˋ ㄒㄧˋ ㄇㄧˇ ㄧˊ 大事小事都不會遺漏。靡：無、沒有。例老師鉅細靡遺的幫我們作考前總複習。

鉬

金部 五畫

ㄇㄨˋ 一種金屬元素，銀白色，質地堅硬，可作合金。

鉢

金部 五畫

ㄅㄛ ❶和尚盛飯的食具：例鉢盂。❷陶器的器皿，形狀比盆略小，用來盛飯、菜、茶水等：例菜鉢。

參考 請注意：「鉢」是「缽」的異體字。

鉸

金部 六畫

ㄐㄧㄠˇ ❶剪刀。❷用剪子剪東西：例把紙鉸成圓形。❸工業鑽床的一種切削法：例在木板上鉸兩個洞。

銀

金部 六畫

ㄧㄣˊ ❶金屬元素之一，質地柔軟，白色有光澤，是導熱、導電性能最好的金屬。銀的合金可製造貨幣、器皿和裝飾品。❷銀白色的：例銀髮。❸銀製的：例銀牌、銀器。❹姓。

銀子 ㄧㄣˊ ˙ㄗ 錢的通稱。例有了銀子就好辦事。

銀白 ㄧㄣˊ ㄅㄞˊ 白中略帶銀光的顏色。例銀白色的月光射進屋裡。

銀行 ㄧㄣˊ ㄏㄤˊ 經營存款、儲蓄等業務的機構。例到銀行存錢、領錢時，要隨時注意身旁可疑的陌生人。

銀河 ㄧㄣˊ ㄏㄜˊ 晴天的夜晚，天空呈現出一條明亮的光帶，是由很多閃爍的小星星所組成的。例農曆七月七日是牛郎、織女在銀河上相見的日子。

猜一猜 明光似帶呈天河，河中無魚也無船，晴空夜晚鵲橋搭，牛郎織女隔河望。（猜一種天體名稱）（答案：銀河）

銀樓 ㄧㄣˊ ㄌㄡˊ 製造、買賣金銀首飾的商店。例這家銀樓的金飾設計很新穎，相當受顧客喜愛。

銀幕 ㄧㄣˊ ㄇㄨˋ 放映電影時，用來顯示影像的白色屏幕。例銀幕上正播放環境保護宣傳短片。

參考 請注意：「銀幕」是放映電影的白幕；「螢光幕」是電視機上聚集螢光、顯現影像的黑幕。

銅 金部 六畫

ㄊㄨㄥˊ ❶是一種金屬元素，淡紫紅色，是熱和電的良導體。❷銅製的：例銅像。❸堅固的：例銅牆鐵壁。

銅像 ㄊㄨㄥˊ ㄒㄧㄤˋ 用銅造成的人像，大都用來紀念有特殊功勞的人。

銅鑼 ㄊㄨㄥˊ ㄌㄨㄛˊ 用銅做成圓形可敲打的樂器。

銅牆鐵壁 ㄊㄨㄥˊ ㄑㄧㄤˊ ㄊㄧㄝˇ ㄅㄧˋ 用銅鐵打造的牆壁；比喻防備的工程非常堅固嚴密。例這個軍事基地像銅牆鐵壁一樣，守備得非常嚴密。

銘 金部 六畫

ㄇㄧㄥˊ ❶文體的一種，用來記述事蹟或自我警惕、讚頌他人等：例座右銘。❷在器物上刻字；比喻深刻記住、牢記不忘：例銘心、銘記、銘肌鏤骨。

銘文 ㄇㄧㄥˊ ㄨㄣˊ 刻在器物上的文字。

銘心 ㄇㄧㄥˊ ㄒㄧㄣ 永遠記在心裡，不會忘記。

銘言 ㄇㄧㄥˊ ㄧㄢˊ 含意深刻，令人難以忘懷的話。

銘刻 ㄇㄧㄥˊ ㄎㄜˋ ❶牢記。❷刻在器物上記述事實、功德的文字。

銘記 ㄇㄧㄥˊ ㄐㄧˋ 深深的記在心裡。

銘感 ㄇㄧㄥˊ ㄍㄢˇ 深刻的記在心中，感激不忘。例師友對我的關切和照顧使我衷心銘感。

銘肌鏤骨 ㄇㄧㄥˊ ㄐㄧ ㄌㄡˋ ㄍㄨˇ 比喻感受深刻。鏤：雕刻。

銖 金部 六畫

ㄓㄨ ❶古代重量單位，是一兩的二十四分之一。例如：漢朝錢幣有「五銖錢」。❷比喻極輕微的：例錙銖。

銖積寸累 ㄓㄨ ㄐㄧ ㄘㄨㄣˋ ㄌㄟˇ 比喻一點一滴的積累。

鉻 金部 六畫

ㄍㄜˋ 一種金屬元素，銀灰色，質硬而脆，主要用於電鍍和製造合金。

鉻鋼 ㄍㄜˋ ㄍㄤ 鉻和鐵的合金，質地堅硬，不生鏽，可用來製造機器和工具。

銓 金部 六畫

ㄑㄩㄢˊ ❶衡量：例銓衡輕重。❷選用官吏：例銓選、銓敘。

銓敘 ㄑㄩㄢˊ ㄒㄩˋ 審查公務人員任用資格和核定官階等級。

銜 金部 六畫

ㄒㄧㄢˊ ❶職位的名稱：例頭銜。❷用嘴含，用嘴叼：例燕子銜泥、銜著石頭。❸連接：例銜接。❹放在心裡：例銜恨。❺奉，接受：例銜命。❻鐵做的勒馬口的用具。

參考 相似字：啣。

銜住 ㄒㄧㄢˊ ㄓㄨˋ 口中含著東西。例他嘴裡銜住一根煙斗。

銜恨 ㄒㄧㄢˊ ㄏㄣˋ 心中懷著怨恨或悔恨。例他銜恨而死。

銜接 ㄒㄧㄢˊ ㄐㄧㄝ 連接。例這座橋銜接河的兩岸。

銬 金部 六畫

ㄎㄠˋ ❶可以扣牢雙手、雙腳，使人不能任意活動、逃跑的刑具：例手銬。❷用手銬鎖住：例把他銬起來。

鋅 金部 七畫

ノ ㇒ 𠂉 亼 仐 余 金 金 釒 釒 鈰 鈰 鋅 鋅

ㄒㄧㄣ 一種金屬元素，顏色青白，鍍在鐵上可以防止生鏽，用途很多，可製合金、乾電池等。

鋅版 ㄒㄧㄣ ㄅㄢˇ 用鋅製成的印刷板，一般用於印刷插圖、題字、照片等。

銻 金部 七畫

ノ ㇒ 𠂉 亼 仐 余 金 金 釒 釒 銻 銻 銻 銻

ㄊㄧ 一種金屬元素，銀白色，質硬而脆，冷脹熱縮，與鉛、錫的合金可製成鉛字。我國銻礦儲量豐富，居世界第一位。

銳 金部 七畫

ノ ㇒ 𠂉 亼 仐 余 金 金 釒 釒 鈖 鈖 鈖 銳 銳

ㄖㄨㄟˋ ❶又尖又利，和「鈍」字相反：例銳利、尖銳。❷靈敏的：例感覺敏銳。❸急速的：例銳減。❹勇往直前的氣概：例銳不可當。❺堅決的：例銳意。❻姓：例銳先生。

參考 相似字：鋒、利、快。♣相反字：鈍。

銳角 ㄖㄨㄟˋ ㄐㄧㄠˇ 小於九十度的角。

銳利 ㄖㄨㄟˋ ㄌㄧˋ ❶比喻刀鋒尖而利。例這把刀子很銳利，要小心使用。❷比喻目光、言論或文筆很尖銳。例他的眼光銳利，令人不敢注視。

銳意 ㄖㄨㄟˋ ㄧˋ 意志很堅決。例他銳意要成為一名科學家。

銳不可當 ㄖㄨㄟˋ ㄅㄨˋ ㄎㄜˇ ㄉㄤ 指勇往直前的氣概，無法阻擋。當：抵擋。例這支軍隊奮勇殺敵，銳不可當。

銷 金部 七畫

ノ ㇒ 𠂉 亼 仐 余 金 金 釒 釒 釥 釥 銷 銷 銷

ㄒㄧㄠ ❶熔化金屬：例工匠把鐵器銷鎔了。❷除去，解除：例撤銷。❸出售貨物：例銷售。❹花費：例開銷。❺姓：例銷先生。

參考 請注意：❶「銷」多指金屬的熔解或貨品出售情形，例如：銷鎔、銷售、銷路。「消」多指冰雪的溶解或氣體的散失，例如：煙消雲散、消失、消化。至於「銷」假、「消」費都有固定的寫法，不可以弄錯！❷「銷」不可以寫成「鎖」（ㄙㄨㄛˇ）。

銷假 ㄒㄧㄠ ㄐㄧㄚˋ 假期到期後，向主管人員報到。例他請了三天假，三天後就得向主任銷假。

銷售 ㄒㄧㄠ ㄕㄡˋ 賣出貨物。例他替一家汽車公司銷售汽車。

銷毀 ㄒㄧㄠ ㄏㄨㄟˇ 熔化毀掉，燒掉。例歹徒把證據銷毀了。

銷路 ㄒㄧㄠ ㄌㄨˋ 貨物出售的情形。例這個牌子的沙拉油銷路很好。

鋪 金部 七畫

ノ ㇒ 𠂉 亼 仐 余 金 金 釒 釒 鈩 鈩 鋪 鋪 鋪

ㄆㄨ ❶把東西攤開放平：例鋪被子。❷敘述：例平鋪直敘。

ㄆㄨˋ ❶商店：例鋪子。❷床：例床鋪。

參考 請注意：「鋪」讀ㄆㄨˋ時，異體字是「舖」。

唱詩歌 一夜北風起，白雪鋪滿地。小孩兒見了真歡喜，大家拍手來遊戲。小麻雀，真著急，又冷又餓吱吱叫。（北平）

鋪子 ㄆㄨˋ ㄗ˙ 小店。例巷子口有一家雜貨鋪子。

鋪張 ㄆㄨ ㄓㄤ 為了面子，過分注重形式。例我們應該勤儉節省，不要鋪張浪費。

鋪路 ㄆㄨ ㄌㄨˋ 把路修平。例老先生出錢造橋鋪路，大家都非常尊敬他。

鋪蓋 ㄆㄨ ㄍㄞˋ ❶睡覺時蓋的被子、枕頭等物品。例他太忙了，沒空整理鋪蓋，所以床上亂七八糟。❷表示全部的財產。例他被老闆開除，只好捲鋪蓋走路。

鋤 金部 七畫

ㄔㄨˊ ❶一種有長柄用來鬆土除草的農具：例鋤頭。❷用鋤頭鬆土或除草：例鋤地。❸剷除：例鋤奸。

鋤奸 ㄔㄨˊ ㄐㄧㄢ 除去奸惡的人。

鋤頭 ㄔㄨˊ ˙ㄊㄡ 用來鬆土或除草，有長柄的鐵製農具。例農夫拿著鋤頭整理農田。

鋤強扶弱 ㄔㄨˊ ㄑㄧㄤˊ ㄈㄨˊ ㄖㄨㄛˋ 滅除強暴的人，扶助弱小的人。例我們應該鋤強扶弱，維護世界和平。

鋁 金部 七畫

ㄌㄩˇ 一種金屬元素，銀白色，質地輕，容易導電，鋁的合金為製造飛機、火箭、車輛等的重要原料，用途很廣。

銼 金部 七畫

ㄘㄨㄛˋ ❶古代一種大口像釜的烹飪器。❷銼刀，用來磨削金屬、竹木等工具的鋼製品：例木銼、鋼銼。❸用銼刀磨削東西：例銼平、銼圓、銼光。❹摧折、不順利，通「挫」：例銼敗。

鋒 金部 七畫

ㄈㄥ ❶銳利或尖端的部分：例刀鋒。❷在前面帶頭的：例前鋒。❸比喻說話或文章令人注目：例口鋒、筆鋒。

鋒利 ㄈㄥ ㄌㄧˋ 原指刀劍的刀口很尖，容易刺入或切入物體。後來比喻說話、文章尖銳有力。例他的言辭鋒利，大家都很怕他。

鋒芒 ㄈㄥ ㄇㄤˊ 刀劍的尖端部分；比喻顯露出來的才幹和銳氣。例他因為鋒芒太露，才會遭人嫉妒。

鋒面 ㄈㄥ ㄇㄧㄢˋ 兩個冷暖不同的空氣團相遇，接觸的部分即稱鋒面。

銲 金部 七畫

ㄏㄢˋ 熔化錫、鉛等金屬，用來接合金屬物品或補平缺口：例銲接。

鋌 金部 七畫

ㄊㄧㄥˇ ❶走得很快的樣子：例鋌而走險。❷金銀鎔鑄成一定的形式，同「錠」。

鋌而走險 ㄊㄧㄥˇ ㄦˊ ㄗㄡˇ ㄒㄧㄢˇ 因為非常窮困或受到逼迫，而冒險去做非法或不正當的事。例他竟然為了錢財鋌而走險，搶劫銀行。

錠 金部 八畫

ㄉㄧㄥˋ ❶紡織機上纏線繞紗的機件：例紡錠。❷做成塊狀的金屬或藥物等：例金錠、藥錠。❸量詞，計算塊狀物的單位：例一錠白銀。❹金銀鎔鑄成一定的形式。

錶 金部 八畫

ㄅㄧㄠˇ 隨身攜帶的小型計時器，也可以寫作「表」：例手錶。

鋸 金部 八畫

ㄐㄩˋ ❶用鋼片製成，邊緣有尖齒，可用來斷開木料、金屬的工具：例電鋸。❷用鋸斷開東西：例鋸樹。

ㄐㄩ 用一種特製的兩腳鉤釘，將破裂的陶瓷鐵器連綴起來：例鋸碗。

唱詩歌 拉鋸拉鋸，一來一去，大樹鋸成木板，木板做成器具。（芮家智編）

鋸末 ㄐㄩˋ ㄇㄛˋ 鋸木頭、竹子時散落下來的細末。

鋸齒 ㄐㄩˋ ㄔˇ 鋸子上的尖齒。

錳

金部 八畫

ㄇㄥˇ 金屬元素之一，銀灰色有光澤，質硬而脆，用於煉鋼和製造錳鋼等合金。

錯

金部 八畫

ㄘㄨㄛˋ ❶不對，過失：例過錯。❷交叉：例交錯。❸岔開，避免衝突：例錯開時間。❹壞，差：例畫得不錯。❺姓：例錯先生。

參考 相似字：謬、誤、過、失。♣相反字：對。

錯過 ㄘㄨㄛˋ ㄍㄨㄛˋ 失去機會。例我差點兒錯過這班火車。

錯誤 ㄘㄨㄛˋ ㄨˋ ❶不正確。例他下了一個錯誤的結論。❷不正確的事物、行為。例你的答案錯誤百出。

錯覺 ㄘㄨㄛˋ ㄐㄩㄝˊ 由於某種原因所引起的錯誤知覺。例筷子放在有水的碗內，由於光線折射，使人產生筷子看起來是彎曲的錯覺。

錢

金部 八畫

ㄑㄧㄢˊ ❶貨幣的通稱：例錢幣。❷泛指錢財：例有錢有勢。❸費用：例書錢。❹形狀像錢的東西：例榆錢、地錢。❺重量名，十錢是一兩。❻裝錢用的：例錢包。❼姓：例錢先生。

ㄐㄧㄢˇ 古代農具，用來翻土。

參考 請注意：「錢」和「鈔」都有貨幣的意思，「錢」大多指金屬製品，例如：銅錢、銀錢；「鈔」大多指紙製品，例如：大鈔、美鈔。

古人說 「有錢難買心頭願，有錢難買早曉得，有錢難買少年時。」早曉得：早知道的意思。這句話是說：金錢不是萬能的，雖然能買很多東西，但是無法買到心中的願望、未知的事、過去的時光。

俏皮話 「鏡裡的錢——看出取不出。」小朋友都知道鏡子是利用光的折射原理製成的，因此我們只能看到鏡子裡的東西。這句話是比喻錢無法得手。

錢莊 ㄑㄧㄢˊ ㄓㄨㄤ 舊式的金融機構，經營金錢流通的事業，規模比銀行小。

錢幣 ㄑㄧㄢˊ ㄅㄧˋ 錢；多指金屬的貨幣。

鋼

金部 八畫

ㄍㄤ 精鍊的鐵：例鋼鐵。

ㄍㄤˋ 磨刮。例這把刀鈍了，要鋼一鋼。

鋼琴 ㄍㄤ ㄑㄧㄣˊ 像風琴的一種西洋樂器，手指按動琴鍵時，牽動鍵盤下的小錘敲打鋼絲弦而發音。

猜一猜 一個木箱子，機關箱裡藏，手按兼腳踏，美妙音樂來。（猜一種樂器）（答案：鋼琴）

笑一笑 天才音樂家莫札特三歲時就會彈鋼琴。他父親問他：「你在做什麼？」他回答：「我在找喜歡在一起的音符。」

鋼筆 ㄍㄤ ㄅㄧˇ 筆頭用金屬製成的筆。

猜一猜 姑娘生來四寸長，肚子只有一根腸；脫去頭上鋼盔帽，說話留在紙頭上。（猜一種文具）（答案：鋼筆）

鋼鐵 ㄍㄤ ㄊㄧㄝˇ ❶精鍊的鐵。❷比喻堅固、堅強。例中華男兒有鋼鐵般的意志。

錫

金部 八畫

ㄒㄧ 一種金屬元素，銀白色，質軟，在空氣中不易起變化生鏽，可以製成合金。

猜一猜 金銀銅鐵。（猜中國一地名）（無

八畫

錫）

錄

金部 八畫

ㄌㄨˋ ❶記載，抄寫：例記錄、抄錄。❷採取：例錄用。❸記載言行、事物的書籍或文章：例回憶錄。❹採用：例錄用。❺姓：例錄先生。

參考 相似字：載、記、登。♣請注意：金部的「錄」，是記載的意思，例如：記錄、錄音、錄用。石部的「碌」，原來是指碎石子，後來有繁忙、平庸的意思，例如：忙碌、庸庸碌碌。至於示部的「祿」，是福分的意思，例如：福祿、官祿。

錄用 ㄌㄨˋ ㄩㄥˋ 選取任用人才。例他被這家公司錄用，不久就可以正式上班了。

錄取 ㄌㄨˋ ㄑㄩˇ 考試及格，能進入機關工作或學校就讀。例今年聯考錄取人數增加很多。

錄音 ㄌㄨˋ ㄧㄣ 把聲音用專門的設備錄下來。例學校邀請張先生來演講，由我負責錄音的工作。

參考 活用詞：錄音帶、錄音機。

猜一猜 (一)你說話，他記下，讓他讀一遍，全是你的話。（猜一用品）（答案：錄音機）
(二)聽你演唱，不聲不響，學你腔調，一模一樣。（猜一種電氣用品）（答案：錄音機）

錄影 ㄌㄨˋ ㄧㄥˇ 用專門設備把影像錄下來，通常用於電視節目。例這些節目都是事先錄影再播出的。

參考 活用詞：錄影帶、錄影機。

錐

金部 八畫

ㄓㄨㄟ ❶一頭尖可以用來鑽孔的器具：例錐子。❷形狀像錐子的東西：例冰錐、桿錐（起螺絲釘的工具）。❸指一頭尖的東西：例圓錐體。

錐子 ㄓㄨㄟ ˙ㄗ 有尖頭可以用來鑽孔的工具。

錐處囊中 ㄓㄨㄟ ㄔㄨˇ ㄋㄤˊ ㄓㄨㄥ 錐子放在口袋裡，錐尖就會露出來。比喻有才智的人終究能顯露頭角，不會長久被埋沒。

錦

金部 八畫

ㄐㄧㄣˇ ❶有彩色花紋的絲織品：例織錦。❷色彩鮮明華麗：例錦霞、錦緞。❸比喻花樣繁多：例什錦。

猜一猜 一邊白，一邊黃；一邊柔，一邊剛；一邊保暖，一邊冰涼。（猜一字）（答案：錦）

錦標 ㄐㄧㄣˇ ㄅㄧㄠ 競賽中優勝者所得的獎品。例他奮勇向前，終於奪得錦標。

錦繡 ㄐㄧㄣˇ ㄒㄧㄡˋ ❶精緻華麗的絲織品。例五彩的錦繡鮮麗奪目。❷形容美好的事物。例青年人必須努力開創錦繡的前程。

參考 活用詞：錦繡河山。

錦上添花 ㄐㄧㄣˇ ㄕㄤˋ ㄊㄧㄢ ㄏㄨㄚ 在錦布上面繡花朵，比喻使美好的事物更加美好。例世情淡薄如紙，只有錦上添花，誰肯雪中送炭？

錚

金部 八畫

ㄓㄥ 金屬撞擊的聲音：例錚鏦。

錚錚 ㄓㄥ ㄓㄥ 形容金屬撞擊的聲音。例鐵中錚錚；比喻勝過一般人的人。

錚鏦 ㄓㄥ ㄘㄨㄥ 金屬相撞擊的聲音。

參考 相似詞：錚錚。

錮

金部 八畫

ㄍㄨˋ ❶用金屬溶液填塞空隙：例錮漏。❷禁閉，隔絕：例禁錮。❸經久難以治癒的疾病，同「痼」：例錮疾。

錮疾 ㄍㄨˋ ㄐㄧˊ 久治不癒的疾病。

八畫

參考 相似詞：痼疾。

錮蔽 ㄍㄨˋ ㄅㄧˋ 阻塞、蔽塞。

錨
金部 九畫

ㄇㄠˊ 穩定船身所用的鐵製大鉤，用鐵鏈固定在船上，拋到水底或岸邊，使船不致漂動：例下錨、拋錨。

笑一笑 大鬍子先生有次乘船出遠門，途中忽然遇到了大風浪。他連忙拔了幾根鬍子丟進水裡，得意的告訴大家：「我在拋毛（錨）呢！」

錘
金部 九畫

ㄔㄨㄟˊ ❶掛在秤上的金屬塊，可以用來測定重量：例秤錘。❷柄端有鐵塊，可以敲擊東西的工具：例鐵錘。❸一種古代的兵器，柄的上端是一個金屬的圓球。❹擊打、敲打，和「鎚」字通用：例千錘百鍊。

參考 相似詞：鎚。

錘子 ㄔㄨㄟˊ ˙ㄗ 敲打東西的工具，上端有鐵做的頭，有一個與頭垂直的柄。

錘骨 ㄔㄨㄟˊ ㄍㄨˇ 中耳內的小骨之一，緊接外耳道基部的小膜。

錘鍊 ㄔㄨㄟˊ ㄌㄧㄢˋ ❶冶鍊金屬。❷比喻以各種方法鍛鍊品格和體魄或文章。

鍍
金部 九畫

ㄉㄨˋ 用電解或其他化學方法，使一種金屬薄薄的附著在別的金屬或物體的表面上：例電鍍、鍍銀。

鍍金 ㄉㄨˋ ㄐㄧㄣ ❶在器物的表面上鍍上一薄層的金。❷比喻獲取虛名。

鎂
金部 九畫

ㄇㄟˇ 一種金屬元素，銀白色，質輕，在空氣中燃燒時放發強烈的白光，鎂粉可做照相用的閃光粉，鎂和鋁的合金可製造飛機、飛船等。

鎂光 ㄇㄟˇ ㄍㄨㄤ 鎂粉燃燒所發出的白色亮光。

鎂光燈 ㄇㄟˇ ㄍㄨㄤ ㄉㄥ 利用鎂燃燒所發出的亮光，來輔助攝影的一種閃光燈。

鍵
金部 九畫

ㄐㄧㄢˋ ❶鋼琴、風琴或打字機上可以用手指按動的部分：例琴鍵。❷事物最重要的部分：例關鍵。

鍵盤 ㄐㄧㄢˋ ㄆㄢˊ 鋼琴、風琴或打字機上裝有很多鍵的部分。

鍊
金部 九畫

ㄌㄧㄢˋ ❶用金屬環節連套而成的圓索：例項鍊。❷用火冶鍊金屬使精熟：例鍊鋼。❸比喻寫作時對於遣詞用字盡量求其精美：例鍊字、鍊句。

參考 請注意：「鍊」和「練」讀音相同，意義不同：含有鍛燒意思的詞，用金部的「鍊」，例如：鍊丹、鍊金術、鍛鍊。含有反覆學習的意思，就用糸部的「練」，例如：練習。

鍊金術 ㄌㄧㄢˋ ㄐㄧㄣ ㄕㄨˋ 企圖把普通金屬變為黃金、白銀或仙丹的方法。例中世紀西歐流行鍊金術，十八世紀初才逐漸消失。

鍋
金部 九畫

ㄍㄨㄛ ❶燒水煮飯的器具，圓形內凹：例電鍋。❷和鍋子有關的：例鍋蓋。

猜一猜 半個西瓜皮，口朝上面擱，上頭不怕水，下頭不怕火。（猜一物品）（答案：鍋）

古人說 「一粒老鼠屎，壞了一鍋粥。」屎

八畫

讀ㄕˇ，是大便。粥讀ㄓㄡ，是稀飯。這句話是說：一小顆的老鼠大便掉進一鍋稀飯裡，使得整鍋稀飯都不能吃了。比喻少數人的不良行為破壞團體的名譽和利益。

鍋巴 ㄍㄨㄛ ㄅㄚ　煮米飯時黏在鍋底的黃黑色的焦米飯。

鍋貼 ㄍㄨㄛ ㄊㄧㄝ　在平底鍋上用油煎的麵食，類似餃子。

鍾　金部　九畫

ㄓㄨㄥ　❶古代盛酒、盛糧食的器皿：例酒鍾。❷集中：例鍾愛。❸姓：例鍾先生。

參考　請注意：一見鍾情的「鍾」旁邊是「重」，表示情意專一、深「重」。鐘鼓的「鐘」，旁邊是「童」，因為撞鐘會發出「童童」的聲音。

鍾馗 ㄓㄨㄥ ㄎㄨㄟˊ　傳說中抓鬼怪的人。

小百科　傳說唐明皇生病時做了一個夢，一個自稱是鍾馗的大鬼吃掉了一個到皇宮裡搗亂的小鬼，皇帝醒來病立刻好了，於是叫人把鍾馗的像畫下來，懸掛在宮中，用來避邪驅鬼，以後民間也流傳懸掛鍾馗像來避邪的風俗。

鍾情 ㄓㄨㄥ ㄑㄧㄥˊ　對某人感情專一。例他對畫中的美女一見鍾情。

鍾愛 ㄓㄨㄥ ㄞˋ　特別喜愛。例爸爸特別鍾愛小妹。

鍬　金部　九畫

ㄑㄧㄠ　挖土掘地或鏟東西的工具：例鐵鍬。

鍛　金部　九畫

ㄉㄨㄢˋ　❶把金屬放在火裡燒，再用鐵錘打。❷磨練：例鍛鍊。❸銲：例鍛接。

鍛鍊 ㄉㄨㄢˋ ㄌㄧㄢˋ　❶冶鍊金屬。例我把生鐵鍛鍊成鋼。❷透過體育活動增強體質。例我們應該鍛鍊身體，養成強健的體魄。

鍥　金部　九畫

ㄑㄧㄝˋ　雕刻。

鍥而不舍 ㄑㄧㄝˋ ㄦˊ ㄅㄨˋ ㄕㄜˇ　不間斷的雕刻；比喻有毅力、恆心，堅持不懈。舍：捨棄。例學習要有鍥而不舍的精神。

鍰　金部　九畫

ㄏㄨㄢˊ　❶古代重量單位名，一鍰等於六兩，也有說十一銖又二十五分之十三為一鍰。❷贖罪金：例罰鍰。

鍘　金部　九畫

ㄓㄚˊ　❶一種切草的刀具：例鍘刀。❷用鍘刀切：例鍘草。

鍘刀 ㄓㄚˊ ㄉㄠ　切草或切其他東西的器具，刀的一頭固定，一頭有把，可以上下活動，切割東西。

鍔　金部　九畫

ㄜˋ　刀劍的鋒利部分：例劍鍔。

鎔　金部　十畫

ㄖㄨㄥˊ　❶鑄造金屬器物的模型。❷用火融化金屬：例鎔化、鎔解。

參考　請注意：「鎔」指金屬在火中融化；「溶」指物質在水中分解，兩者不可以混淆。

鎔點 ㄖㄨㄥˊ ㄉㄧㄢˇ　物質由固體鎔為液體時，所需的一定溫度。

鎊
金部 十畫

ㄅㄤˋ 英國貨幣單位：例十英鎊。

鎖
金部 十畫

ㄙㄨㄛˇ ❶裝在門、箱子、抽屜上，使人不能隨便打開的金屬製品。❷形狀像鎖的東西：例金鎖片。❸用鎖使東西緊閉：例把門鎖上。❹鏈子：例鎖鏈、枷鎖。❺封閉：例封鎖。❻一種針腳很密的縫紉方法：例鎖邊。❼眉毛蹙緊：例愁眉深鎖。❽遮住，籠罩：例霧鎖。❾姓：例鎖先生。

參考 相似字：閉、關、闔。

鎖鑰 ㄙㄨㄛˇ ㄧㄠˋ ❶開鎖的器具。❷比喻險要的地方。例這個關口，自古就是鎖鑰之地。

參考 相似詞：鎖匙、鑰匙。

猜一猜 一隻狗，門外守，打一槍，就開口。（猜一種日用品）（答案：鎖）

鎢
金部 十畫

ㄨ 金屬元素，灰色，硬度大，能耐高溫，可製燈絲，鎢鋼是軍需工業原料，我國鎢礦儲量很豐富。

鎢絲 ㄨ ㄙ 電燈泡中的鎢製細絲，通過電流就可發光。

鎢鋼 ㄨ ㄍㄤ 含鎢的合金鋼，硬度高，耐高溫，可製器具。

鎳
金部 十畫

ㄋㄧㄝˋ 一種金屬元素，銀白色，有光澤，用於電鍍、製造不鏽鋼等，鎳合金可做鎳幣，用途很廣。

鎳幣 ㄋㄧㄝˋ ㄅㄧˋ 鎳質的貨幣，各國多用為輔幣。

鎳鉻鋼 ㄋㄧㄝˋ ㄍㄜˋ ㄍㄤ 由鎳、鉻、鐵合成的鋼材，具有較高的強度、硬度和耐熱性。

鎮
金部 十畫

ㄓㄣˋ ❶用來壓住東西使不會移動或被風吹走的器具：例鎮紙。❷地方行政單位：例鄉鎮。❸以武力把守：例鎮守。❹壓抑：例鎮壓。❺安定：例鎮靜、鎮定。❻把食物和冰塊放在一起：例冰鎮蓮子湯。❼整段時間：例鎮日。❽姓：例鎮小姐。

鎮日 ㄓㄣˋ ㄖˋ 一整天。例他鎮日坐立不安，可能發生事情了。

鎮定 ㄓㄣˋ ㄉㄧㄥˋ 遇到緊急的情況不慌不忙。例當飛機遇到亂流時，空中小姐叮嚀乘客保持鎮定，不要慌張。

鎮靜 ㄓㄣˋ ㄐㄧㄥˋ 安定，不慌不忙。例鎮靜是解決問題的不二法門。

鎮壓 ㄓㄣˋ ㄧㄚ 用強大的力量壓服。例警察局長下令鎮壓暴亂。

鎬
金部 十畫

ㄏㄠˋ 鎬京，周朝初年的國都，在今西安的西南方，是周武王建都的地方。

ㄍㄠˇ 掘土的工具：例十字鎬。

鎘
金部 十畫

ㄍㄜˊ ❶金屬元素，銀白色，延展性強，用於電鍍、製造合金等。❷鼎的一種，同「鬲」。

鎧
金部 十畫

ㄎㄞˇ 古代戰士所穿的護身衣：例鎧甲。

鎧甲 ㄎㄞˇ ㄐㄧㄚˇ 古代戰士所穿的護身鐵甲。

鎗 金部 十畫

ㄑㄧㄤ ❶通「槍」，可以發射子彈傷人的武器：例手鎗。❷通「槍」，古代的一種兵器，長柄上有刀刃：例刀鎗。❸金石互相撞擊的聲音。

ㄔㄥ 古代用來溫酒的三足鼎。

鏡 金部 十一畫

ㄐㄧㄥˋ ❶以銅或玻璃做成，可以反射影像的器具：例鏡子。❷利用光學原理做成的器具：例眼鏡。❸作為參考或警惕：例借鏡。❹姓：例鏡先生。

猜一猜 你看他，他看你。我說話，他不語。若問他是誰？我說他是你。（猜一種日用品）（答案：鏡子）

鏡戒 ㄐㄧㄥˋ ㄐㄧㄝˋ 引用以前或他人的事作為警惕和教訓。例甲隊因過於輕敵而輸球的事，可作為我隊的鏡戒。

鏡面 ㄐㄧㄥˋ ㄇㄧㄢˋ 鏡子表面光滑可照物的一面。例這鏡面太髒了，你得擦一擦。

鏡框 ㄐㄧㄥˋ ㄎㄨㄤˋ 用來掛相片或圖片，配有透明玻璃的木框。例我把全家幅的照片，珍藏地裝在鏡框中。

鏡臺 ㄐㄧㄥˋ ㄊㄞˊ 裝著鏡子的梳妝臺。例老奶奶的古董鏡臺十分耐看。

鏡奩 ㄐㄧㄥˋ ㄌㄧㄢˊ 盛放梳妝用具的小櫃子。例早期大戶人家的鏡奩，甚至鑲上珍珠、瑪瑙，非常精緻。

鏡頭 ㄐㄧㄥˋ ㄊㄡˊ ❶照相機或攝影機前的透鏡部分。例照相機的鏡頭不可以隨便亂摸。❷攝影機每拍一次所取的畫面。例他每拍攝一個鏡頭都要花上好多時間。❸在影片中或相片中特別出眾稱「上鏡頭」。

鏡花水月 ㄐㄧㄥˋ ㄏㄨㄚ ㄕㄨㄟˇ ㄩㄝˋ 鏡中的花，水中的月。比喻虛幻的景象。例榮華富貴對他來說就好像鏡花水月一般。

鏡裡觀花 ㄐㄧㄥˋ ㄌㄧˇ ㄍㄨㄢ ㄏㄨㄚ 比喻能看見卻得不到。例吳太太望著展示櫃中的珠寶，不禁感嘆自己是鏡裡觀花罷了。

鏑 金部 十一畫

ㄉㄧˊ ❶箭頭：例鋒鏑、鳴鏑（響箭）。❷金屬元素，銀白色，質軟，可割削。

鏟 金部 十一畫

ㄔㄢˇ ❶一種鐵製帶柄的器具：例鐵鏟。❷用鏟子削平或清除東西：例鏟平、鏟草、鏟煤。

鏟子 ㄔㄢˇ ˙ㄗ ❶鬆土除草的工具。❷烹飪用的鏟形鐵器，又稱「鍋鏟」。

鏟除 ㄔㄢˇ ㄔㄨˊ 消滅；連根除去。例鏟除雜草。例鏟除舊俗，樹立新風氣。

鏟幣 ㄔㄢˇ ㄅㄧˋ 一種鏟形的錢幣，春秋以前使用。

鏃 金部 十一畫

ㄗㄨˊ ❶箭頭：例箭鏃。❷鋒利。

參考 相似字：鏑。

鏈 金部 十一畫

ㄌㄧㄢˋ 由許多金屬小環套連成的繩索狀物：例錶鏈、鐵鏈。

鏈子 ㄌㄧㄢˋ ˙ㄗ 用金屬小環連起來的像繩子狀的東西。

鏈球 ㄌㄧㄢˋ ㄑㄧㄡˊ 運動器材，在鐵球上加一鐵鍊，以擲出的遠近較量勝負。

鏜 金部 十一畫

ㄊㄤ ❶一種國樂的打擊樂器，形狀像小銅盤。❷打鑼、敲鑼的聲音：例鏜鏜。

鏜鏜 ㄊㄤ ㄊㄤ 敲打鐘鼓的聲音。

鏝 金部 十一畫

ㄇㄢˋ ❶泥水匠塗抹牆壁所用的工具，通常叫抹(ㄇㄛˇ)子。❷古時一種沒有利刃的戟：例鏝胡。❸錢幣的背面叫鏝兒，正面叫字兒。

鏖 金部 十一畫

ㄠˊ 雙方戰鬥激烈，死傷很多：例鏖戰。

鏖兵 ㄠˊ ㄅㄧㄥ 雙方苦戰，死傷很多。

參考 相似詞：鏖戰。

鏢 金部 十一畫

ㄅㄧㄠ ❶古代的一種投擲暗器，形狀像長矛的頭，能傷人：例飛鏢。❷古代稱接受委託保護的旅客或財物：例保鏢、放鏢。

鏢局 ㄅㄧㄠ ㄐㄩˊ 從前承接客商所委託的銀錢貨物，負責安全押運的機關。

鏢師 ㄅㄧㄠ ㄕ 古時從事保鏢職業，負責押運財貨的人。又稱「鏢客」。

鏍 金部 十一畫

ㄌㄨㄛˊ 應用螺旋原理用金屬做成的連接或固定物體的零件：例鏍絲釘。

鏘 金部 十一畫

ㄑㄧㄤ 形容撞擊金屬器物的聲音：例鑼聲鏘鏘、鏗鏘有聲。

鏤 金部 十一畫

ㄌㄡˋ 雕刻：例鏤刻、鏤花。

鏤花 ㄌㄡˋ ㄏㄨㄚ 在器物上雕刻花紋。

鏤刻 ㄌㄡˋ ㄎㄜˋ 雕刻。

鏤心刻骨 ㄌㄡˋ ㄒㄧㄣ ㄎㄜˋ ㄍㄨˇ ❶比喻思想深切。❷永記不忘。

鏗 金部 十一畫

ㄎㄥ ❶形容金石撞擊的聲音。❷琴瑟聲。❸鐘聲。

鏗然 ㄎㄥ ㄖㄢˊ 形容聲音響亮有力。例溪水奔流，鏗然有聲。

鏗鏘 ㄎㄥ ㄑㄧㄤ 形容發出的聲音響亮和諧，或形容文章、詩歌優美的聲調。例這首詩讀起來音調鏗鏘。

鏗鏘有力 ㄎㄥ ㄑㄧㄤ ㄧㄡˇ ㄌㄧˋ 形容演講的精彩或詩文的立論精確。例他的演說，鏗鏘有力。

鏗然有聲 ㄎㄥ ㄖㄢˊ ㄧㄡˇ ㄕㄥ 發出像金石撞擊般響亮的聲音。例冰霜迸落地面，鏗然有聲。

鐘 金部 十二畫

ㄓㄨㄥ ❶用銅或鐵製成的樂器，敲撞時發聲：例鐘鼓齊鳴。❷計時的器具：例座鐘、鬧鐘。❸指時刻、時間：例兩個鐘頭。

俏皮話 「廁所裡掛鐘——有始（屎）有終（鐘）。」這是借用同音字的俏皮話，在廁所裡掛鐘，不就是有「屎」（和「始」同音）有「鐘」（和「終」同音）嗎？

繞口令 老董有隻小鐘，小董有隻鬧鐘。老董要拿小鐘換小董的鬧鐘，小董不拿鬧鐘換老董的小鐘。老董罵小董是小古董，小董罵老董是老古董。

鐘鼎 ㄓㄨㄥ ㄉㄧㄥˇ 古銅器的總稱，上面多刻有文字，用來記事或表彰功德。

鐘鼓 ㄓㄨㄥ ㄍㄨˇ 古樂器的總稱。例鐘鼓齊鳴。

鐘樓 ㄓㄨㄥ ㄌㄡˊ 懸掛鐘的樓閣，是古時候擊鐘報時的地方。

鐘點 ㄓㄨㄥ ㄉㄧㄢˇ 時間單位，一個鐘點包含六十分鐘，又稱「小時」。例這份讀書報告花了我三個鐘點才完成。

參考 相似詞：鐘頭。

鐘擺 ㄓㄨㄥ ㄅㄞˇ 在時鐘下方，因發條轉動而擺動的長柱。

鐘乳石 ㄓㄨㄥ ㄖㄨˇ ㄕˊ 石灰岩洞穴中懸在洞頂上像冰錐般的物體。也叫「石鐘乳」。

鐘鼎文 ㄓㄨㄥ ㄉㄧㄥˇ ㄨㄣˊ 金文的舊稱，泛指古代一切銅器上所銘刻的文字。

鐃

金部 十二畫

ㄋㄠˊ ❶古代軍樂器，像鈴而無舌，青銅製，體短而寬，搥擊發聲。❷銅製圓形的打擊樂器，每副兩片，相互撞擊發聲：例鐃鈸。❸攪擾，通「撓」。

鏽

金部 十二畫

ㄒㄧㄡˋ 金屬表面氧化所產生的物質：例生鏽。

鐐

金部 十二畫

ㄌㄧㄠˊ ❶質地美好的銀子。❷刑具名，套在腳踝上的鐵鎖和鐵鍊：例腳鐐。

鐮

金部 十三畫

ㄌㄧㄢˊ 用來收割農作物和割草的工具：例鐮刀。

鐮刀 ㄌㄧㄢˊ ㄉㄠ 農夫用來收割、除草的刀，呈彎月型，有木柄。

猜一猜 有時落在山腰，有時掛在樹梢，有時像面圓鏡，有時像把鐮刀。（猜一天文現象）（答案：月亮）

鐳

金部 十三畫

ㄌㄟˊ ❶指瓶、壺之類的器具。❷放射性金屬元素，銀白色，質軟，可治療癌症和皮膚病。

鐵

金部 十三畫

ㄊㄧㄝˇ ❶一種金屬元素，灰白色，在溼空氣中容易生鏽，用途很廣，常被用來做成用具。❷指刀槍等兵器：例手無寸鐵。❸形容堅固、堅強：例鐵漢、銅牆鐵壁。❹比喻強而有力：例鐵腕。❺形容精銳的：例鐵騎。❻確定不變：例鐵定。❼姓：例鐵小姐。

參考 請注意：「鋼」是精煉的「鐵」；「鐵」含碳、雜質較多，「鋼」的硬度、韌度、純度比鐵更高。

動動腦 小朋友，鐵是很堅硬的東西，用鐵可以形容什麼人、事、物呢？它又代表什麼意義？（例如：鐵娘子）

鐵甲 ㄊㄧㄝˇ ㄐㄧㄚˇ 用鐵片做成的戰衣。例戰士穿著鐵甲，十分威風。

參考 活用詞：鐵甲衣、鐵甲車。

鐵定 ㄊㄧㄝˇ ㄉㄧㄥˋ 確定不變。例他考試作弊，鐵定要被老師處罰。

鐵軌 ㄊㄧㄝˇ ㄍㄨㄟˇ 火車行駛的鐵道。例在鐵軌上玩耍是很危險的。

鐵釘 ㄊㄧㄝˇ ㄉㄧㄥ 用鐵製作的一頭尖一頭扁的細長東西，用來連接或固定物品。

鐵骨 ㄊㄧㄝˇ ㄍㄨˇ 骨子像鐵一樣硬，表示堅強、有志氣。例梅花一身鐵骨，愈冷愈開花。

鐵耙 ㄊㄧㄝˇ ㄆㄚˊ 用來翻土、碎土、整平地面的農具。又稱「釘耙」。

鐵窗 ㄊㄧㄝˇ ㄔㄨㄤ 裝上鐵的窗戶；比喻監牢。例他因當小偷而坐牢，度過了三年的鐵窗生活。

鐵路 ㄊㄧㄝˇ ㄌㄨˋ 用鐵軌鋪成，供火車行駛的道路。又稱「鐵道」。

鐵餅（ㄊㄧㄝˇ ㄅㄧㄥˇ） 一種用鐵做成的扁圓形運動器材。例上體育課時，老師教我們丟鐵餅。

鐵幕（ㄊㄧㄝˇ ㄇㄨˋ） 指共產黨控制的國家或地區。例他為了爭取自由，冒著生命危險從鐵幕中逃出來。參考 相似詞：竹幕。

鐵蹄（ㄊㄧㄝˇ ㄊㄧˊ） 指凶猛殘暴的侵略行為。例他們在暴君的鐵蹄下，過著牛馬不如的日子。

鐵橋（ㄊㄧㄝˇ ㄑㄧㄠˊ） 用鋼鐵做的橋。例火車駛過鐵橋，發出轟隆隆的聲音。

鐵證（ㄊㄧㄝˇ ㄓㄥˋ） 確實的、強而有力的證據。例他否認殺人，但是鐵證如山，最後只好承認了。

鐵石心腸（ㄊㄧㄝˇ ㄕˊ ㄒㄧㄣ ㄔㄤˊ） 心腸像鐵塊、石頭般的堅硬；比喻意志堅強，不受誘惑。例他見死不救，真是個鐵石心腸的人。

鐵面無私（ㄊㄧㄝˇ ㄇㄧㄢˋ ㄨˊ ㄙ） 形容公正嚴明，不講私情。例這個法官鐵面無私，從不會冤枉好人。

鐺

金部 十三畫

ㄉㄤ ❶撞擊金屬器物的聲音：例鏜聲鐺鐺地響。❷鋃鐺，是古代拘繫罪犯用的鐵鎖鏈：例鋃鐺入獄。

ㄔㄥ ❶古代一種有腳的鍋：例茶鐺、藥鐺。❷一種平底淺鍋，用來烙餅或炒菜。

鐸

金部 十三畫

ㄉㄨㄛˊ ❶古代宣布政令、教化用的一種大鈴：例木鐸、金鐸。❷風鈴或鈴：例牛鐸。❸姓：例鐸先生。

鐲

金部 十三畫

ㄓㄨㄛˊ ❶古代軍中的樂器，形狀像小鐘。❷套在手腕上的環狀裝飾品：例手鐲、拾玉鐲。

鑄

金部 十四畫

ㄓㄨˋ ❶把金屬鎔化倒在模型裡，做成物品：例鑄錢。❷造成：例鑄成大錯。❸姓：例鑄先生。

鑄造（ㄓㄨˋ ㄗㄠˋ） ❶把金屬鎔化後，倒入模型裡，冷卻後作成各種物品。又稱「鑄工」。❷比喻培養人才。例學校是鑄造人才的地方。

鑄成大錯（ㄓㄨˋ ㄔㄥˊ ㄉㄚˋ ㄘㄨㄛˋ） 造成很大的錯誤。鑄成：造成。例他因為一時貪念，搶劫路人錢財，鑄成大錯。

鑑

金部 十四畫

ㄐㄧㄢˋ ❶仔細的注視、分辨：例鑑賞、鑑別。❷映照：例光可鑑人。❸鏡子：例明鑑。❹指可以作為警戒的事：例前車之鑑。

鑑戒（ㄐㄧㄢˋ ㄐㄧㄝˋ） 把過去的事作為教訓，避免再犯同樣的錯誤。參考 相似詞：借鏡。

鑑定（ㄐㄧㄢˋ ㄉㄧㄥˋ） 仔細的考察而判定真、假、好、壞。例這幅畫經過行家的鑑定，的確是真跡。

鑑賞（ㄐㄧㄢˋ ㄕㄤˇ） 對文學或藝術作品，能夠仔細欣賞，而能判斷它的價值和高低。參考 活用詞：鑑賞家。

鑑湖女俠（ㄐㄧㄢˋ ㄏㄨˊ ㄋㄩˇ ㄒㄧㄚˊ） 清末革命黨秋瑾的稱號，她是浙江紹興人，鑑湖就在紹興西南兩公里，因此她自號為「鑑湖女俠」。

鑒

金部 十四畫

ㄐㄧㄢˋ ❶鏡子，同「鑑」：例波平如鑒。❷照：例光可鑒人。❸書信用語：例鈞鑒。參考 請注意：「鑑」和「鑒」，都有鏡子、查明的意思，所以有時候可以互相通用，例如：般鑑（鑒）、明鑑（鑒），但是書信用語中的「鑒諒」「鈞鑒」要用「鑒」；「鑑賞」「鑑別」則用「鑑」。

鑣　金部 十五畫

ㄅㄧㄠ ❶馬口中所銜的鐵環。❷馬的代稱：例分道揚鑣（比喻目標不同，各走各的）。❸古時投擲出去殺傷人的暗器，形狀像長矛的頭，同「鏢」：例飛鑣。

鑠　金部 十五畫

ㄕㄨㄛˋ ❶鎔化金屬：例鑠金。❷消損，毀壞。❸同「爍」，光亮的樣子。

鑲　金部 十七畫

ㄒㄧㄤ ❶古代一種劍類的兵器：例鉤鑲。❷把東西嵌進去或在物體外圍加邊：例鑲牙、鑲嵌、鑲花邊。

鑲牙 ㄒㄧㄤ ㄧㄚˊ　配補脫落的牙齒。

鑲嵌 ㄒㄧㄤ ㄑㄧㄢ　把東西嵌入某個物體中。例戒指上鑲嵌著一顆閃閃發亮的紅寶石。

鑲滾 ㄒㄧㄤ ㄍㄨㄣˇ　衣裙上加邊飾，寬扁的叫鑲邊，圓窄的叫滾邊。

鑲邊 ㄒㄧㄤ ㄅㄧㄢ　在東西外圍加上邊飾。

鑲嵌畫 ㄒㄧㄤ ㄑㄧㄢ ㄏㄨㄚˋ　用有色石子、陶片、琺瑯或有色玻璃小方塊嵌成的圖畫。

鑰　金部 十七畫

ㄧㄠˋ ❶開鎖的用具：例鑰匙。❷鎖：例門鑰。❸比喻事物的重要關鍵或軍事要地：例鎖鑰之地。❹姓：例鑰先生。

鑰匙 ㄧㄠˋ ㄕ˙　開鎖的器具。

鑷　金部 十八畫

ㄋㄧㄝˋ 拔除毛髮或夾取細小東西的用具：例鑷子。

鑷子 ㄋㄧㄝˋ ㄗ˙　拔除毛髮或夾取細小東西的用具。

鑽　金部 十九畫

ㄗㄨㄢ ❶穿過，進入：例鑽山洞、鑽到水裡。❷研究：例鑽研。❸運用各種關係以求達到目的：例鑽營。❹向上或向前的動作。❺穿孔：例鑽洞、鑽孔。

ㄗㄨㄢˋ ❶穿孔用的工具：例電鑽。❷金剛石：例鑽石。❸姓：例鑽先生。

參考 請注意：「鑽」和「鑿」都有穿孔的意思。「鑽」是用力旋轉挖成圓形的洞；「鑿」則是用任何方法挖洞。

鑽孔 ㄗㄨㄢ ㄎㄨㄥˇ　穿洞。例他用鑽子在木板上鑽孔。

鑽石 ㄗㄨㄢˋ ㄕˊ　❶狹義的鑽石指金剛石。❷廣義的鑽石，是指凡是作為精密儀器轉軸或裝飾用，硬度很高的寶石。

鑽研 ㄗㄨㄢ ㄧㄢˊ　對某一個特定的事作更深入的研究。例他花了一生的時間鑽研物理學。

鑽牛角尖 ㄗㄨㄢ ㄋㄧㄡˊ ㄐㄧㄠˇ ㄐㄧㄢ　在狹窄的牛角尖上打轉，沒法找出出路。比喻思想十分固執，使自己處在困苦的境地。例他遇到事情總是鑽牛角尖，搞得亂七八糟。

鑽木取火 ㄗㄨㄢ ㄇㄨˋ ㄑㄩˇ ㄏㄨㄛˇ　古代的取火方法，用鑽子鑽木，利用摩擦產生火花。

鑾　金部 十九畫

ㄌㄨㄢˊ ❶古代繫在馬頸上的一種鈴鐺。❷天子的座車：例鑾駕、鑾儀、鑾輿。

鑾駕 ㄌㄨㄢˊ ㄐㄧㄚˋ　皇帝的座車。

鑾輿（ㄌㄨㄢˊ ㄩˊ） 天子的車駕。

鑼

金部 十九畫

ㄌㄨㄛˊ 打擊樂器，用銅做成，像盤子一樣，有繩子穿過，可用手提著敲打：例敲鑼打鼓、鑼鼓喧天。

鑼鼓喧闐（ㄌㄨㄛˊ ㄍㄨˇ ㄒㄩㄢ ㄊㄧㄢˊ） 形容敲鑼打鼓，十分熱鬧的樣子。也可以寫作「鑼鼓喧天」。喧：大聲說話。闐：充滿。例過年時，街道上到處鑼鼓喧闐。

鑿

金部 二十畫

ㄗㄠˊ ❶挖削或穿孔用的工具：例鑿子。❷打孔，挖掘：例鑿一口井。❸確實：例確鑿。❹為使兩物相接合而設計的凹下、可鑲嵌東西的部分，就是卯眼。

鑿子（ㄗㄠˊ ˙ㄗ） 挖削、穿孔的工具。例他用鑿子在牆上穿了一個洞。

鑿井（ㄗㄠˊ ㄐㄧㄥˇ） 挖掘水井。例現在用水非常方便，不用再鑿井取水，節省了很多時間。

鑿穿（ㄗㄠˊ ㄔㄨㄢ） 用工具穿透物體。例他們為了開路，把山鑿穿了一個洞。

長部（ㄔㄤˊ）

「長」原本是頭髮很長的意思，最早寫成「[illegible]」，上面就像長長的頭髮，中間就是髮簪，下面是人形（儿，見儿部說明）。後來寫成「[illegible]」，還可以看出原來的意思。演變成「[illegible]」，構造很複雜，同時也不太能看出原來的意思。「長」由頭髮長而發展出久遠的意思，例如：長久、綿長。

長

長部 ○畫

ㄔㄤˊ ❶兩點或兩端之間的距離：例橋長二十公尺。❷優點：例他的長處是和氣待人。❸精通某種技能：例各有所長、長於繪畫。❹久遠：例長久。❺距離大的：例這條馬路很長。❻慢慢的：例從長計議。❼多餘的東西：例長物。❽姓：例長小姐。

ㄓㄤˇ ❶年紀比較大的：例年長。❷排行第一的：例長子、長兄。❸輩分大的：例師長、尊長。❹領導人或負責人：例首長、校長。❺容貌：例長相。❻發育，滋生：例生長、成長。❼增加，擴大：例長進、長見識。

參考 相反字：短。

猜一猜 青春永駐。（猜中國東北一地名）（答案：長春）

笑一笑 張：「這個世界真不公平，女孩子瘦的是苗條，胖的是豐滿，高的是亭亭玉立，矮的是小巧玲瓏。」王：「那女孩子不就簡直沒有一個長得不美了！男孩呢？」張：「瘦的是排骨，胖的是肥豬，高的是竹竿，矮的是侏儒。」

唱詩歌 長（ㄔㄤˊ）長（ㄓㄤˇ）長（ㄔㄤˊ）長（ㄓㄤˇ）長（ㄔㄤˊ）長（ㄔㄤˊ）長（ㄓㄤˇ），長（ㄓㄤˇ）長（ㄔㄤˊ）長（ㄓㄤˇ）長（ㄔㄤˊ）長（ㄓㄤˇ）長（ㄔㄤˊ）長（ㄔㄤˊ）。

長人（ㄔㄤˊ ㄖㄣˊ） 身高很高的人。例籃球隊裡有三個高一九五公分以上的長人。

長大（ㄓㄤˇ ㄉㄚˋ） 生物由小變大的過程。例長大成人。

長生（ㄔㄤˊ ㄕㄥ） 永遠活著而不會老、不會死。例據說吃了仙桃就能長生不老呢！

長江（ㄔㄤˊ ㄐㄧㄤ） 我國和亞洲的第一條大河，全長五千七百多公里，發源於青海省巴顏喀喇山，在上海吳淞江口注入東海。

長安（ㄔㄤˊ ㄢ） ❶我國的古都，東漢、西晉、前趙、前後秦、西魏、北周、隋、唐各代都以長安為國都，也就是在今天的西安城內。❷縣名，在陝西西安市南邊。

猜一猜 永久太平。（猜中國一地名）（答案：長安）

長舌 ㄔㄤˊ ㄕㄜˊ 愛說話，喜歡搬弄是非。例老先生個性沉默寡言，不喜歡長舌的人。

長年 ㄔㄤˊ ㄋㄧㄢˊ 整年、全年。例父親長年在外國做生意。

長度 ㄔㄤˊ ㄉㄨˋ 物體兩邊的距離。例這條船的長度是六十公尺。

長城 ㄔㄤˊ ㄔㄥˊ 秦始皇統一六國後，連貫了秦、趙、燕三國北邊的長城，就是有名的「萬里長城」。到了明代前後修城十八次，從西邊的嘉峪關到東邊的山海關，一共二千三百多公里，是世界歷史上偉大的工程之一。

長孫 ㄓㄤˇ ㄙㄨㄣ ❶最大的男孫。❷姓。例長孫先生。

長眠 ㄔㄤˊ ㄇㄧㄢˊ 永遠睡著了；比喻死亡。例長眠地下。

長途 ㄔㄤˊ ㄊㄨˊ 經過很遠的路。途：路的意思。例長途旅行。

長期 ㄔㄤˊ ㄑㄧˊ 經過長久的一段時間。例我國經過八年長期抗戰，終於打敗日軍。

長進 ㄓㄤˇ ㄐㄧㄣˋ 品德學業上的進步。例他每天反省自己的學業有沒有長進。

長白山 ㄔㄤˊ ㄅㄞˊ ㄕㄢ 在遼寧、吉林和中、韓邊境。海拔最高約二千公尺，藏有豐富的森林和礦物。

長生果 ㄔㄤˊ ㄕㄥ ㄍㄨㄛˇ 就是花生。

長頸鹿 ㄔㄤˊ ㄐㄧㄥˇ ㄌㄨˋ 哺乳類動物，生長在非洲。頸子很長，雄鹿大約有六公尺高，是陸地上最高的動物。眼睛大而且突出，全身都是棕黃色的網狀斑紋，能快速奔跑，喜歡吃植物的葉子。

猜一猜 樹葉青青當菜飯，飯桌擺在樹枝上；想吃不用搬梯子，伸伸脖子就吃到。（猜一種動物）（答案：長頸鹿）

長吁短嘆 ㄔㄤˊ ㄒㄩ ㄉㄨㄢˇ ㄊㄢˋ 因為內心憂愁而一直嘆氣。吁和嘆都是因為心中憂愁苦悶而發出來的長氣。例你老是長吁短嘆又有什麼用，振作精神才能解決事情。

長途電話 ㄔㄤˊ ㄊㄨˊ ㄉㄧㄢˋ ㄏㄨㄚˋ 超出地區電話網範圍的電話通話。例你要打長途電話，必須加撥對方的區域號碼。

門部 ㄇㄣˊ

小朋友，看看「門」這個字：像不像兩扇可以開關的門？「門」就是由「門」演變而來的象形文字。現在也只有廟宇、老式房子才能看到兩扇的門，目前的房子都是單扇的門，古人也造了一個「戶」（戶）字代表單扇的門。門部的字，和門都有關係，例如：「閂」字，是加上木條把門關起來，「閒」是月光從門縫中照進來。

門

門部 ○畫

丨 ㄏ ㄕ ㄕ ㄕ 門 門 門

門 ㄇㄣˊ ❶房屋、車船等的出入口，或形狀、作用像門的東西：例車門、閘門。❷把事情做好的最重要關鍵：例竅門。❸宗教或學術思想的派別：例佛門、孔門。❹事物的種類：例分門別類、五花八門。❺生物學中把具有最基本、最顯著的共同特徵的動物或植物歸為一類叫作門：例脊椎動物門。❻從前稱一家或一個家族：例一門老小、門第。❼量詞：例一門炮、三門功課。❽姓：例門先生。

猜一猜 日日有餘，月月不足。（猜一字）（答案：門）

笑一笑 世界著名的文學家巴爾札克是法國人。一天晚上他從睡夢中醒來，聽到小偷翻動床頭櫃的聲音，便哈哈大笑起來：「我在白天翻了好幾次，都沒有找出一毛錢。你在黑夜裡偷偷摸摸的，還能找到什麼呢？」小偷聽了嚇一跳，趕緊開門逃走。巴爾札克請小偷把門關上。小偷：「你家什麼都沒有，關上門做什麼？」巴爾札克：「我的門是用來擋風的呀！」

門人 ㄇㄣˊ ㄖㄣˊ ❶學生或弟子。❷有財勢的人所養的食客。

門戶 ㄇㄣˊ ㄏㄨˋ ❶房屋的出入處。戶：單扇門。例小心門戶。❷險要的地方，指出入

八畫

必經的主要地區。例三峽是從水路進入四川的門戶。❸派別。例他們有很深的門戶之見（由於派別關係而產生的成見）。

門市 ㄇㄣˊ ㄕˋ 商店零售貨物或某些服務性行業的業務。例這家公司在全省各地都設有門市部。

門風 ㄇㄣˊ ㄈㄥ 指一個家族世代相傳的道德準則和處世方法。例老先生家的門風十分儉僕。

門面 ㄇㄣˊ ㄇㄧㄢˋ ❶商店的外觀。例這家百貨公司門面很寬敞。❷應酬的或沒有實質意義的話。例他所說的都是門面話。

門徒 ㄇㄣˊ ㄊㄨˊ 學生，弟子。

門徑 ㄇㄣˊ ㄐㄧㄥˋ 入門的路；比喻學習、工作的方法。例他深入研究，虛心學習，終於找到了解決問題的門徑。

門票 ㄇㄣˊ ㄆㄧㄠˋ 公園、博物館等的入場券。例遊客們排隊買門票之後，魚貫的進入美術館參觀。

門診 ㄇㄣˊ ㄓㄣˇ 醫生在診所或醫院診治病人。

參考 相反詞：出診。

門禁 ㄇㄣˊ ㄐㄧㄣˋ 門口出入處的禁衛。例這所小學門禁很森嚴。

門路 ㄇㄣˊ ㄌㄨˋ 途徑，方法。例你要成功，除了努力以外，沒有其他的門路。

門齒 ㄇㄣˊ ㄔˇ 即門牙。口中最前面靠近脣的八顆大牙。

門檻 ㄇㄣˊ ㄎㄢˇ ❶門框下部挨著地面的橫木。❷竅門；也指找竅門或占便宜的本領。例你不懂門檻。例他門檻精，不會上當。

門外漢 ㄇㄣˊ ㄨㄞˋ ㄏㄢˋ 外行人；對某事沒有經驗的人。例我對機械一竅不通，是個門外漢。

門可羅雀 ㄇㄣˊ ㄎㄜˇ ㄌㄨㄛˊ ㄑㄩㄝˋ 大門前面可以張網捕雀；比喻失勢的人來訪的賓客稀少，十分冷清；或形容門市生意清淡。羅：捕捉。例這幾天生意清淡，門可羅雀。

門庭若市 ㄇㄣˊ ㄊㄧㄥˊ ㄖㄨㄛˋ ㄕˋ 門前和庭院裡熱鬧得像市場一樣；形容來往的人很多。

門當戶對 ㄇㄣˊ ㄉㄤ ㄏㄨˋ ㄉㄨㄟˋ 指男女的婚姻關係，必須考慮家庭的地位是否相同或相近。

閂

門部 一畫

ㄕㄨㄢ ❶用來關門的橫木：例門閂。❷關上門：例你快去閂上門。

閃

門部 二畫

ㄕㄢˇ ❶空中的電光：例閃電。❷光亮突然一現或忽明忽暗：例閃爍。❸側身躲避：例閃躲。❹因動作過猛，使筋肉受傷而疼痛：例閃了腰。❺突然出現：例閃念、山後閃出一條小路。❻姓：例閃先生。

動動腦 小朋友，當你看到「星星」時，除了一閃一閃以外，你還能想出其他詞來形容「星星」嗎？（答案：亮晶晶、數不清……）

閃失 ㄕㄢˇ ㄕ 差錯，意外的過失。例我們一路上小心翼翼的，惟恐有任何閃失。

閃光 ㄕㄢˇ ㄍㄨㄤ 突然一現或忽明忽暗的光亮。例流星變成一道閃光，劃破黑夜的長空。

閃念 ㄕㄢˇ ㄋㄧㄢˋ 突然一現的念頭。例他心中浮現一個閃念。

閃閃 ㄕㄢˇ ㄕㄢˇ 光線搖動不定、忽明忽暗的樣子。例月夜下的湖水閃閃發光。

閃現 ㄕㄢˇ ㄒㄧㄢˋ 一瞬間出現；呈現。例他的腦海中突然閃現一道靈光。

閃電 ㄕㄢˇ ㄉㄧㄢˋ ❶打雷時的電光。❷形容非常迅速。例他上籃的動作快如閃電。

猜一猜 兄弟四個本同娘，相貌身材不一樣：老大眼淚汪汪，老二素白衣裳，老三無蹤無影，老四渾身亮光。（猜四種自然現象）（答案：雨、雪、風、閃電）

閃避 ㄕㄢˇ ㄅㄧˋ 迅速轉向旁邊去躲避。例兩部車子因閃避不及而差點兒相撞。

參考 相似詞：閃躲。

閃爍 ㄕㄢˇ ㄕㄨㄛˋ ❶光線明暗不定。例江面上隱約閃爍著夜航船的燈光。❷比喻說話有所保留，吞吞吐吐，不肯表露實情的樣子。

八畫

例他閃爍其詞，不願作肯定答覆。

閃耀 ㄕㄢˇ ㄧㄠˋ 光彩耀眼；刺眼的光線搖動不定的樣子。例塔頂閃耀著金光。

參考 請注意：「閃耀」、「閃爍」有區別：「閃耀」指光彩耀眼，沒有忽明忽暗的意思。「閃爍」有兩種意思：❶指光線跳動不定，忽明忽暗。❷引申為態度不明朗，說話吞吞吐吐的樣子。

閉

丨 ㄏ ㄕ 戶 門 門 門 門 門 閉 　門部 三畫

閉

ㄅㄧˋ ❶關上，合上：例閉門、閉口無言。❷結束，停止：例閉市。❸阻塞不通：例閉塞。❹姓：例閉先生。

猜一猜 才子門裡坐。（猜一字）（答案：閉）

閉塞 ㄅㄧˋ ㄙㄜˋ ❶擋住，堵住。❷交通不方便或風氣不開通。❸形容消息不靈通，知道的事情少。

閉幕 ㄅㄧˋ ㄇㄨˋ 會議或表演節目結束或停止的時候。

閉門羹 ㄅㄧˋ ㄇㄣˊ ㄍㄥ 關上門不見客。

閉月羞花 ㄅㄧˋ ㄩㄝˋ ㄒㄧㄡ ㄏㄨㄚ 形容女子的容貌非常美麗。

閉目養神 ㄅㄧˋ ㄇㄨˋ ㄧㄤˇ ㄕㄣˊ 暫時闔上眼睛略作休息。

閉門造車 ㄅㄧˋ ㄇㄣˊ ㄗㄠˋ ㄐㄩ 關上門製造車子；比喻不考慮實際情況，只憑主觀的想法做事。

閉門思過 ㄅㄧˋ ㄇㄣˊ ㄙ ㄍㄨㄛˋ 關起門來自我反省。據說韓延壽作太守時，有一次見到有兄弟兩人爭訟田產。韓延壽認為骨肉爭訟，有傷風化，責任在於自己沒有把地方治理好，於是閉門思過，最後感化了那兩個兄弟，由互爭變為互讓。

閉關自守 ㄅㄧˋ ㄍㄨㄢ ㄗˋ ㄕㄡˇ ❶封閉關口，不和外國往來。❷比喻因循守舊，不受外界事物的影響。❸十七世紀初期，由於外來宗教與日本原來的宗教衝突不合，引發社會問題，日本幕府於是將葡萄牙、西班牙等國的傳教士、商人全部驅逐出境，並嚴禁日本船隻對外航行，達兩百餘年，這個政策稱為閉關自守政策。

閔

丨 ㄏ ㄕ 戶 門 門 門 門 門 閔 　門部 四畫

閔

ㄇㄧㄣˇ ❶憂患。❷憐恤，通「憫」。❸勉勵，通「黽」：例閔勉。❹姓：例閔先生。

閏

丨 ㄏ ㄕ 戶 門 門 門 門 門 閏 　門部 四畫

閏

ㄖㄨㄣˋ 地球公轉一周的時間為三百六十五天五時四十八分四十六秒。陽曆把一年定為三百六十五天，所剩的時間大約每四年累積成一天，加在二月裡；農曆把一年定為三百五十四或三百五十五天，所剩的時間大約每三年累積成一月，加在一年裡。這樣的方法，在曆法上叫作閏。

開

丨 ㄏ ㄕ 戶 門 門 門 門 門 開 　門部 四畫

開

ㄎㄞ ❶啟：例開門、開口。❷起頭，起始：例開始、開學、開工。❸挖，掘：例開礦、開採。❹發給，支付：例開支、開銷。❺拓展：例開拓、開疆闢土。❻切，割：例開刀、開西瓜。❼舉行：例開會。❽創辦，設立：例開工廠。❾發動，操縱：例開炮、開車。❿列出，寫出：例開發票、開藥方。⓫受熱而沸騰：例水開了。⓬舒放：例開花。⓭解除：例開戒、開禁。⓮革除：例開除。⓯快樂，高興：例開心。⓰消散：例雲開、霧開。⓱豁達：例看得開、想不開。⓲明亮：例開朗。⓳整張紙的分割單位：例這是十六開的圖畫紙。⓴黃金的純度，以二十四開為純金：例十八開金的項鍊。㉑姓：例開先生。

參考 相似字：放、啟、發、通、沸。♣相反字：閉、關、合。

俏皮話 「柳樹開花——無結果。」柳樹會開花但不會結果；所以這句話是說一件事情徒勞無功。

唱詩歌 誰來啦?讓湖上的小花,開得一朵朵響亮亮地。誰來啦?使路上來的傘花,開得一朵朵哈哈笑地。誰來啦?連老農夫的心,也開得甜蜜蜜的。(杜榮琛)

開刀 ㄎㄞ ㄉㄠ ❶醫生用特製的醫療器械為病人做手術。❷比喻先從某方面下手。例公司要精簡人事,先從約聘員工開刀。

開口 ㄎㄞ ㄎㄡˇ 張嘴說話。例他沒等我開口,就搶先說了。

開工 ㄎㄞ ㄍㄨㄥ 開始進行一件工作或工程。例本大樓預定在九月一日正式開工。

開戶 ㄎㄞ ㄏㄨˋ 機關或個人跟銀行建立儲蓄、領錢等的業務關係。

開化 ㄎㄞ ㄏㄨㄚˋ 人類生活因文化進步,由原始狀態進入文明狀態。例蠻族因受文明洗禮而逐漸開化。

開心 ㄎㄞ ㄒㄧㄣ ❶心情快樂舒暢。例同學們在一起,說說笑笑,十分開心。❷戲弄人以取樂。例你別尋他開心。

開支 ㄎㄞ ㄓ ❶付出:財物的支出。❷所支出的費用。例我們上個月的花費很大,所以這個月要節省開支。

開外 ㄎㄞ ㄨㄞˋ 超過某一數量;以外。例這位老人看上去有七十開外了。

開交 ㄎㄞ ㄐㄧㄠ 解決或結束。例他們正鬧得不可開交。

開初 ㄎㄞ ㄔㄨ 開始,起初。例開初他們互不了解,日子一久,竟成了很好的朋友。

開明 ㄎㄞ ㄇㄧㄥˊ 原意是從野蠻進入到文明,後來指人思想開通,不頑固保守。例他的父母對孩子的管教很開明。

開拓 ㄎㄞ ㄊㄨㄛˋ 開闢,擴展。例他們在荒涼的草原上,已經開拓出一大片的農田。例針灸麻醉開拓了醫學研究的新領域。

開放 ㄎㄞ ㄈㄤˋ ❶綻放。例春天,百花開放。❷公開任外人自由出入。例林家花園已經對外開放了。

參考 相似詞:開發、開闢。

開始 ㄎㄞ ㄕˇ ❶從頭起;從某一點起。例新的一年開始了。❷著手進行。例提綱已經定了,明天就可以開始擬稿。❸啟始的階段。例凡是新的工作,一開始總會遇到困難,你必須耐著性子解決。

開胃 ㄎㄞ ㄨㄟˋ 增進食慾。例這藥吃了能開胃。

開庭 ㄎㄞ ㄊㄧㄥˊ 審判人員在法庭上對當事人及其他有關的人進行審訊。

開展 ㄎㄞ ㄓㄢˇ 延伸或擴大。例多接近大自然可以開展我們的視野。

開朗 ㄎㄞ ㄌㄤˇ ❶寬敞明亮。朗:明亮的。例我們走出了小樹林,展現在眼前的是一個豁然開朗的世界。❷高興,愉快。例這幾天我的心情開朗多了。

開除 ㄎㄞ ㄔㄨˊ 將成員除名使退出團體。例他被開除黨籍。

開啟 ㄎㄞ ㄑㄧˇ 打開。啟:開。例這種滅火器的開關能自動開啟。

開張 ㄎㄞ ㄓㄤ 商店設立後開始營業或市場開始交易。例這家銀樓今天正式開張。

開脫 ㄎㄞ ㄊㄨㄛ 解除,擺脫。例嫌犯想盡辦法要開脫罪名。

開國 ㄎㄞ ㄍㄨㄛˊ 創建國家。例元月一日是中華民國的開國紀念日。

開採 ㄎㄞ ㄘㄞˇ 開發採取有用的礦物。

參考 相似詞:開鑿、開發。

開動 ㄎㄞ ㄉㄨㄥˋ ❶開行,運轉。例機器很快就開動了。❷出發前進。例隊伍休息了一會兒就開動了。

開設 ㄎㄞ ㄕㄜˋ ❶設立。例他開設了一家規模龐大的工廠。❷設置。例學校今年開設許多新的課程。

開場 ㄎㄞ ㄔㄤˇ 戲劇或一般文藝演出的開始,也比喻一般活動的開始。例他們到達劇院時,這齣戲早已經開場了很久。

開發 ㄎㄞ ㄈㄚ 開拓發展。利用過去沒有被利用的自然資源,例如:荒地、森林、礦山等,創造財富。例海洋裡仍有許多資源等待我們去開發。

開創 ㄎㄞ ㄔㄨㄤˋ 開發創造;開始建立。例我們要努力開創美好的人生。

參考 相似詞:創建。

開業 ㄎㄞ ㄧㄝˋ 商店、企業或律師、私人診所等進行業務活動。

開罪 ㄎㄞ ㄗㄨㄟˋ 冒犯，得罪。例不要隨便開罪於別人，以免招致災禍。

開會 ㄎㄞ ㄏㄨㄟˋ 集合眾人一起討論問題，謀求解決。

參考 相似詞：集會、會議。

開禁 ㄎㄞ ㄐㄧㄣˋ 解除禁令。例學校對不准留長髮的校規已經開禁了。

開闢 ㄎㄞ ㄆㄧˋ 開拓土地，經營荒地。

開端 ㄎㄞ ㄉㄨㄢ 起頭，開頭。例這件工作已經有了良好的開端。

開幕 ㄎㄞ ㄇㄨˋ ❶會議或表演節目的正式開始。例現在過了七點，戲恐怕已經開幕了。❷新成立的商店開始營業。例這是一家新開幕的百貨公司。

開導 ㄎㄞ ㄉㄠˇ 以道理來啟發、勸導。例孩子做錯事，應該耐心開導。

開墾 ㄎㄞ ㄎㄣˇ 把荒地開闢成可以種植的土地。

參考 相似詞：開拓、開發。

開頭 ㄎㄞ ㄊㄡˊ 開始的時刻或階段。例開頭我們都在一起，後來就分開了。例這篇文章開頭就表明了作者的意旨。

開辦 ㄎㄞ ㄅㄢˋ 創建或成立某一機關。例他開辦一所綜合醫院。

開學 ㄎㄞ ㄒㄩㄝˊ 學期開始。

開闊 ㄎㄞ ㄎㄨㄛˋ ❶面積或空間範圍寬廣。例老鷹在開闊的天空中飛翔。❷思想、心胸開闊。例他是一個心胸開闊而又活潑愉快的人。

開關 ㄎㄞ ㄍㄨㄢ 開、閉或切換電路的電氣設備。

開鑼 ㄎㄞ ㄌㄨㄛˊ 戲劇在上演以前，用鑼聲去吸引觀眾的注意；後來凡事開始進行都可稱為開鑼。例本年度臺北市文藝季的各項民間技藝活動，已經在今天正式開鑼。

開懷 ㄎㄞ ㄏㄨㄞˊ 心裡快樂，胸懷舒展。例在慶功宴上，每個人都開懷暢飲。

開釋 ㄎㄞ ㄕˋ 釋放。例他因為無罪而被開釋了。

開鑿 ㄎㄞ ㄗㄠˊ 挖掘。例隋煬帝下令開鑿大運河，以便利航運。

開玩笑 ㄎㄞ ㄨㄢˊ ㄒㄧㄠˋ ❶用言語或行動戲弄人。例他跟你開玩笑，你別認真。❷用不嚴肅的態度對待，當作兒戲。例這件事關係到許多人的安全，可不能開玩笑。

小故事 有許多人喜歡開玩笑，但玩笑開過了頭，就成為惡作劇了。從前，有個人很喜歡開玩笑。有一次，他用一條狐狸尾巴裝成狐狸精到處嚇人，鬧得全村都不安寧。一天晚上，他又把狐狸尾巴縫在衣服後面，來到妻子身旁，他的妻子以為狐狸精變成丈夫的樣子，就拿起一把斧頭，用力朝他砍去。他害怕得急忙躲閃，說：「別砍！別砍！我真的是你丈夫！」他妻子哪會相信呢？仍舊拚命地向他砍去，他只好躲到鄰居家。鄰居見了他，也憤怒得拿起刀要殺他，他嚇得渾身發抖，趕緊跪在地上哀求：「我不是狐狸精，只想跟大家開開玩笑，沒想到你們真的要殺我！」說著用力把尾巴扯了下來，這才保住了生命。

開場白 ㄎㄞ ㄔㄤˇ ㄅㄞˊ 戲劇開始表演以前，有一段說明故事大意以及編劇主旨的話。現在指任何書籍、文章、演說之前具有引導性、介紹性的文字。

開山祖師 ㄎㄞ ㄕㄢ ㄗㄨˇ ㄕ 原是佛教用語，指最初在某個名山建立寺院的人；後來比喻首創學術技藝的某一派別或首創某一事業的人。

參考 相似詞：開山祖、鼻祖。

開天闢地 ㄎㄞ ㄊㄧㄢ ㄆㄧˋ ㄉㄧˋ 古代神話中盤古用巨斧分開天地以後才有世界，因此用「開天闢地」比喻有史以來，或指一件事情的開始。闢：開闢。

開門見山 ㄎㄞ ㄇㄣˊ ㄐㄧㄢˋ ㄕㄢ 比喻說話或寫文章直截了當，不繞圈子。例這篇文章開門見山，一落筆就點明了主題。

開卷有益 ㄎㄞ ㄐㄩㄢˋ ㄧㄡˇ ㄧˋ 讀書對人有益處。

開宗明義 ㄎㄞ ㄗㄨㄥ ㄇㄧㄥˊ ㄧˋ 指說話作文章一開始就說出主要的意思。開宗：闡發宗旨。明義：說明意義。

開誠布公 ㄎㄞ ㄔㄥˊ ㄅㄨˋ ㄍㄨㄥ 誠心誠意、坦白無私的說明。例我們作了一次開誠布公的長談，澄清了彼此之間的誤會。

開源節流 ㄎㄞ ㄩㄢˊ ㄐㄧㄝˊ ㄌㄧㄡˊ 開闢水源，節制水流。比喻在財政經濟上增加收入，節省開支。

閑

閑 門部 四畫

丨 ㄏ ㄏ ㄏ 門 門 門 門 閂 閑 閑

ㄒㄧㄢˊ ❶沒有事情，通「閒」：例空閑。❷安靜的樣子，通「閒」：例安閑、幽閑。❸空著不用，通「閒」：例不讓機器閑著。❹和正事沒有關的，通「閒」：例閑談。❺熟習，同「嫻」：例閑習。❻防範，阻止：例防閑。❼柵欄。❽比喻道德法律的規範：例踰閑（不守禮法）。

參考 相似字：閒、防、禦。♣相反字：忙。

猜一猜 門中橫放一木。（猜一字）（答案：閑）

閑居 ㄒㄧㄢˊ ㄐㄩ 在家裡住著沒事做。

閑暇 ㄒㄧㄢˊ ㄒㄧㄚˊ 沒有事情的時候。例我閑暇時常去爬山。

參考 相似詞：空閒。

閑靜 ㄒㄧㄢˊ ㄐㄧㄥˋ 安閒不急躁、沒有慾望。

間

間 門部 四畫

丨 ㄏ ㄏ ㄏ 門 門 門 門 門 門 間 間

ㄐㄧㄢ ❶介於兩者當中：例中間。❷房屋：例房間、車間。❸量詞，屋的數目：例三間瓦房。❹指地方：例鄉間。❺時候：例日間、晚間。

ㄐㄧㄢˋ ❶小縫，空隙：例合作無間、間不容髮。❷不連接，隔開：例間隔。❸故意說出一些話使人不和：例離間。

間或 ㄐㄧㄢˋ ㄏㄨㄛˋ 偶然，有時候。例大家聚精會神的聽著，間或有人笑一兩聲。

間接 ㄐㄧㄢˋ ㄐㄧㄝ 經過轉手而不直接。例這個消息是我間接聽來的。

參考 相反詞：直接。

間歇 ㄐㄧㄢˋ ㄒㄧㄝ 連續動作中每隔一定時間的停頓。例心臟病患者常常有間歇的脈搏。

間隔 ㄐㄧㄢˋ ㄍㄜˊ ❶阻塞隔絕。例這個桃花源與外界間隔已久。❷事物在空間或時間上的距離。例每個站牌的間隔都很恰當。

間諜 ㄐㄧㄢˋ ㄉㄧㄝˊ 被敵方或外國收買，從事刺探軍事情報、國家機密或進行顛覆活動的特務分子。

間斷 ㄐㄧㄢˋ ㄉㄨㄢˋ 中斷而不連續。例他每天晨跑，三十年如一日，未曾間斷。

間雜 ㄐㄧㄢˋ ㄗㄚˊ 錯雜。例河堤上的防風林中有幾棵白楊樹間雜其間。

間不容髮 ㄐㄧㄢˋ ㄅㄨˋ ㄖㄨㄥˊ ㄈㄚˇ 相隔得非常近，容不下一根頭髮。比喻危險萬分。

閒

閒 門部 四畫

丨 ㄏ ㄏ ㄏ 門 門 門 門 門 門 閒 閒

ㄒㄧㄢˊ ❶沒有事做：例閒暇、農閒。❷放著，空著，不在使用中：例閒錢。❸與正事無關的：例閒談、閒話。❹安靜：例安閒。

ㄐㄧㄢ 通「間」字。

ㄐㄧㄢˋ 通「間」字。

猜一猜 月光照進門。（猜一字）（答案：閒）

笑一笑 有個大官到一座佛教寺院參觀，覺得很高興，就對一個和尚說：「今天到這寺院與和尚談天，獲得了短暫人生的半天空閒。」和尚聽了，笑了起來。那個官員問他為什麼發笑？和尚回答：「您享受了半天空閒，老和尚卻整整忙了三天！」原來，為了迎接這個大官，所有的和尚三天前就開始準備，忙個不停呢！

閒人 ㄒㄧㄢˊ ㄖㄣˊ ❶沒有事情做的人。例現在正是農忙季節，村裡一個閒人也沒有。❷在某種場合中，與主要事務無關的人。例閒人免進。

閒事 ㄒㄧㄢˊ ㄕˋ 無關緊要的事；與自己不相干的事。例你不要那麼愛管閒事。

猜一猜 狗拿耗子。（猜一句俗語）（答案：多管閒事）

唱詩歌 多管閒事多吃屁，少管閒事少淘

氣。

閒聊 ㄒㄧㄢˊ ㄌㄧㄠˊ 與人談天，說些無關緊要的話。

參考 相似詞：閒談。

閒逸 ㄒㄧㄢˊ ㄧˋ 清閒舒適。例他在山中過著閒逸的生活。

閒暇 ㄒㄧㄢˊ ㄒㄧㄚˊ 沒有事情的時候。暇：空閒。例他利用課餘的閒暇時間寫作。

閒話 ㄒㄧㄢˊ ㄏㄨㄚˋ ❶題外話，無關緊要的話。例閒話少說，還是談正事要緊。❷背後批評人的話。例你不要在背後說閒話。

參考 相似詞：閒言閒語。

閒談 ㄒㄧㄢˊ ㄊㄢˊ 沒有一定主題，隨意談些無關緊要的話。例晚餐後，大家聚在客廳裡閒談。

參考 相似詞：閒聊。

閒適 ㄒㄧㄢˊ ㄕˋ 清閒安適。例他以閒適的心情面對外界的紛紛擾擾。

閒情逸致 ㄒㄧㄢˊ ㄑㄧㄥˊ ㄧˋ ㄓˋ 安閒而高雅的情趣。

閎

門部　四畫

丨 ㄏ ㄏ ㄏ 門 門 門 門 閂 閎 閎

ㄏㄨㄥˊ ❶古代把巷門稱為閎。❷寬大、宏大的：例閎澤。❸姓：例閎先生。

閘

門部　五畫

丨 ㄏ ㄏ ㄏ 門 門 門 門 閂 閘 閘 閘

ㄓㄚˊ ❶用來調節水量，而且可以適時開關的水門：例水閘。❷車輛上的煞車裝置：例手閘、腳閘。❸可以操縱機械開合的機件：例閘盒。

閡

門部　六畫

丨 ㄏ ㄏ ㄏ 門 門 門 門 閂 閡 閡 閡 閡

ㄏㄜˊ 阻礙：例隔閡。

閨

門部　六畫

丨 ㄏ ㄏ ㄏ 門 門 門 門 閂 閨 閨 閨 閨

ㄍㄨㄟ ❶上圓下方的小門。❷女子的臥室：例閨房。

猜一猜 門前二堆土。（猜一字）（答案：閨）

閨女 ㄍㄨㄟ ㄋㄩˇ 未出嫁的女子。

閨秀 ㄍㄨㄟ ㄒㄧㄡˋ 賢淑而有才德的女子。

閨房 ㄍㄨㄟ ㄈㄤˊ ❶內室。❷通常指女子的臥室。

參考 相似詞：閨門、閨閣。

閨範 ㄍㄨㄟ ㄈㄢˋ 比喻有德行的婦女。

閩

門部　六畫

丨 ㄏ ㄏ ㄏ 門 門 門 門 閂 閩 閩 閩 閩

ㄇㄧㄣˇ 福建省的簡稱：例閩江、閩南。

閩江 ㄇㄧㄣˇ ㄐㄧㄤ 河流名稱，位於福建省，流域占全省二分之一的面積。主流、支流直角相交，形成方格狀的水系，最後注入東海。

閩南語 ㄇㄧㄣˇ ㄋㄢˊ ㄩˇ 我國的一種方言，分布在福建南部（漳州、泉州）、廣東的潮州、汕頭一帶。目前在本省仍被廣泛使用。

閣

門部　六畫

丨 ㄏ ㄏ ㄏ 門 門 門 門 閂 閣 閣 閣 閣

ㄍㄜˊ ❶樓房：例樓閣。❷藏書的地方：例書閣。❸女子的居室：例閨閣、出閣。❹國家行政的最高機關：例內閣。❺在寺廟中用來祭祀神祇的小樓，例如：呂祖閣供奉八仙之一的呂洞賓。❻姓：例閣先生。

ㄍㄜ 放置，同「擱」：例閣筆。

閣下 ㄍㄜˊ ㄒㄧㄚˋ 書信中對對方的敬稱。意思是不敢直接稱呼對方，而請在閣樓下的僕人代為傳話。

閣樓 ㄍㄜˊ ㄌㄡˊ 在較高房間的上部架起的一層矮小的樓。

閥

門部 六畫

ㄈㄚˊ ❶在某一方面具有支配勢力的人或家族：例財閥、軍閥。❷在機器中調節液體或氣體的流量或壓力的裝置。

閤

門部 七畫

ㄍㄜˊ ❶邊門，大門旁的單扇小門。❷樓房，通「閣」。

ㄏㄜˊ 全部，滿，通「闔」、「合」：例閤第光臨。

閭

門部 七畫

ㄌㄩˊ ❶里巷的門：例倚閭。❷古代二十五家為一閭。❸鄰里：例鄉閭。

閱

門部 七畫

ㄩㄝˋ ❶看：例閱讀、閱覽。❷經歷，經過：例閱歷。❸檢視：例閱兵。

猜一猜 家中兄長多，一門共八人。（猜一字）（答案：閱）

閱兵 ㄩㄝˋ ㄅㄧㄥ 檢閱軍隊。例雙十節有閱兵大典。

閱歷 ㄩㄝˋ ㄌㄧˋ 經歷。也指生活中累積的經驗。例他對世事的閱歷很深。

閱覽 ㄩㄝˋ ㄌㄢˇ 觀看。覽：看。例他在期刊室閱覽書報。

參考 相似詞：瀏覽。

閱讀 ㄩㄝˋ ㄉㄨˊ 覽讀並且領會內容。例我們要養成良好的閱讀習慣。

閻

門部 八畫

ㄧㄢˊ ❶里中的門，引申作里巷。❷姓：例閻先生。

閻羅王 ㄧㄢˊ ㄌㄨㄛˊ ㄨㄤˊ 佛教把管理地獄的神稱為閻羅王，也叫「閻王」、「閻王爺」。現在也可以用來比喻非常凶惡的人。

猜一猜 閻羅王。（猜一字）（答案：瑰）

閹

門部 八畫

ㄧㄢ ❶太監的通稱：例閹官。❷割去雄性生殖器官：例閹割。

闊

門部 九畫

ㄎㄨㄛˋ ❶寬廣：例開闊。❷時間或距離久遠：例闊別。❸奢侈豪華的行為：例闊佬。

參考 相似字：廣、博、弘、寬。♣相反字：狹、窄。

小故事 有一次曹操命令部下造一座花園。造成後，曹操去看，不說好壞，只拿筆在門上寫了個「活」字，大家都覺得奇怪。後來楊修看了說：「門內添個『活』字，就是『闊』字，曹丞相的意思是覺得門太寬了。」於是造花園的就重築圍牆，把花園的門改小，曹操大喜。

闊氣 ㄎㄨㄛˋ ㄑㄧˋ 擺出很有錢的氣派。例你這房子挺闊氣的。

闊綽 ㄎㄨㄛˋ ㄔㄨㄛˋ 用錢很大方，甚至很浪費。綽：有餘。例他這個人出手闊綽，從不吝惜。

闋

門部 九畫

ㄑㄩㄝˋ ❶終止：例樂闋。❷用來指一首歌、曲、詞的數量用詞：例一闋。

闌

門部 九畫

ㄌㄢˊ ❶欄杆，通「欄」：例憑闌。❷晚：例夜闌人靜。❸將盡，衰落：例歲闌、闌珊。

❹姓：例闌先生。

闌干 ㄌㄢˊ ㄍㄢ　❶以木編成的屏障或遮攔物，同「欄杆」。例石闌干。❷縱橫交錯的樣子。例淚闌干。❸參差錯落、星光橫斜的樣子。例星斗闌干。

闌尾 ㄌㄢˊ ㄨㄟˇ　盲腸下端蚯蚓狀的突起，如果有不潔物進入，則引起闌尾炎，俗稱「盲腸炎」。

闌珊 ㄌㄢˊ ㄕㄢ　將盡；逐漸減退或衰落。例他一副意興闌珊的表情。

闈　門部　九畫

ㄨㄟˊ　❶皇宮的旁門：例闈門。❷宮廷裡后妃住的地方：例宮闈。❸內室，指父母住的地方，引申指父母。❹古代考試的地方：例闈場。❺現在指考試時辦理命題、印製考卷的場所：例入闈。

闆　門部　九畫

ㄅㄢˇ　商店的主人：例老闆。

猜一猜　老闆。（猜一字）（答案：住）

闔　門部　十畫

ㄏㄜˊ　❶全，總合：例闔家。❷關閉：例闔戶。

參考　相似字：閉、鎖、杜、關。

闔府 ㄏㄜˊ ㄈㄨˇ　尊稱對方的全家人。

參考　相似詞：闔第、闔家。

闖　門部　十畫

ㄔㄨㄤˇ　❶猛衝：例橫衝直闖。❷歷練；接受實際的考驗或鍛鍊：例闖鍊。❸任意出入，同「串」：例闖進、闖學堂。❹擾亂，惹禍：例闖禍。❺撞：例我被他闖倒了。

參考　相似字：撞。

闖越 ㄔㄨㄤˇ ㄩㄝˋ　不遵守交通規則而搶越或超越。例行人在十字路口不得闖越紅燈。

闖禍 ㄔㄨㄤˇ ㄏㄨㄛˋ　因大意疏忽、行動魯莽而引起事端或造成損失。

闖蕩 ㄔㄨㄤˇ ㄉㄤˋ　指離家在外謀生。

闖天下 ㄔㄨㄤˇ ㄊㄧㄢ ㄒㄧㄚˋ　比喻出外獨立奮鬥，開創事業。

闖空門 ㄔㄨㄤˇ ㄎㄨㄥ ㄇㄣˊ　小偷趁屋主不在，進去偷竊財物。

闐　門部　十畫

ㄊㄧㄢˊ　充滿：例喧闐、賓客闐門。

參考　相似字：填。

關　門部　十一畫

ㄍㄨㄢ　❶閉合，使開著的物體合攏：例關窗戶。❷拘禁：例關入牢裡。❸古代在險要的地方設置的守衛處所：例關口。❹檢查出入口貨物，徵收貨物稅的機構：例海關。❺重要的轉折點或不容易度過的一段時間：例緊要關頭、難關。❻集合多人辦事的地方：例機關。❼牽連：例關係、事關成敗。❽鄉里：例鄉關。❾顧念：例關心。❿姓：例關公。

參考　相反字：開。

古人說　「關公面前耍大刀。」這句話是說：不自量力，在行家面前賣弄。例如：你也未免太不自量力了，竟然敢在關公面前耍大刀，還以為對方什麼都不懂。

關切 ㄍㄨㄢ ㄑㄧㄝˋ　❶親切。例他待人非常和藹、關切。❷關心。例大家對這個話題十分的關切。

關心 ㄍㄨㄢ ㄒㄧㄣ　留心，掛念。例我們要多關心國家大事。

參考　相似詞：關注、關切、留心、留意、注意。

關卡 ㄍㄨㄢ ㄑㄧㄚˇ　用來檢查通行車輛、人物或收稅的關口。

關注 ㄍㄨㄢ ㄓㄨˋ 關心重視。例這件事引起了大家的關注。

關係 ㄍㄨㄢ ㄒㄧˋ ❶人和人或人和事物之間的相互聯繫。例我們有親屬的關係。例這次事件和他沒有關係。❷牽涉，影響。例這件事關係到人民的生活。❸指原因、條件。例由於時間的關係，暫時討論到這裡為止。

關連 ㄍㄨㄢ ㄌㄧㄢˊ 事物相互間發生牽連和影響。例有關政府各大部門是互相關連、互相依存的。

關閉 ㄍㄨㄢ ㄅㄧˋ ❶關。例颱風天，請民眾記得關閉門窗。❷歇業。例這家公司因為經濟不景氣而關閉了。

關稅 ㄍㄨㄢ ㄕㄨㄟˋ 海關徵收的出入口貨物稅。

關照 ㄍㄨㄢ ㄓㄠˋ ❶通知，吩咐。例我已經關照大家要多加小心。❷照顧，照應。例我離開後，這裡的工作請你多多關照。

關節 ㄍㄨㄢ ㄐㄧㄝˊ 骨頭和骨頭互相連接的部分。

小百科 關節根據構造可分為三種：不動的，如頭骨的各關節；稍動的，如脊椎骨的關節；活動的，如四肢的關節。

關說 ㄍㄨㄢ ㄕㄨㄛˋ 請人從中疏通說情。

關頭 ㄍㄨㄢ ㄊㄡˊ 起決定作用的時機或轉折點；比喻事情經過的重要階段或時期。例現在正是危急存亡的緊要關頭。

關鍵 ㄍㄨㄢ ㄐㄧㄢˋ 閉門的橫木和加鎖的木門；比喻事物中最重要的部分，或對事情發展有決定性作用的因素。鍵：門上的鎖。

參考 相似詞：關頭。

關懷 ㄍㄨㄢ ㄏㄨㄞˊ 關心，含有幫助、愛護、照顧的意思。例我們應該多關懷老人家。

闡

門部 十二畫

ㄔㄢˇ ❶說明白：例闡明白。❷發揚：例闡揚。

參考 相似字：發、啟、開、闢。♣相反字：隱。

闡明 ㄔㄢˇ ㄇㄧㄥˊ 把較深的道理解釋明白。

闡述 ㄔㄢˇ ㄕㄨˋ 把觀念或問題論述清楚。

闡揚 ㄔㄢˇ ㄧㄤˊ 詳細說明，發揚光大。

闡釋 ㄔㄢˇ ㄕˋ 敘述並解釋。

闢

門部 十三畫

ㄆㄧˋ ❶打開：例闢門。❷開拓：例開闢、闢梯田。❸排斥，反對，糾正：例闢謠、闢佛。❹透徹：例精闢。

闢建 ㄆㄧˋ ㄐㄧㄢˋ 開拓一個地方，並且加以建設。例那塊廢地已經闢建為遊樂區。

闢謠 ㄆㄧˋ ㄧㄠˊ 說出事實，消除、糾正錯誤的傳言。

阜部 ㄈㄨˋ

「𨸏」是按照層層重疊的小山所描畫出的象形字，意思就是小土山。直的那一畫（丨）就是山壁，後來寫成「𨸏」，把重疊的小山畫得更明顯。現在則寫成「阜」，當作邊旁時寫成「阝」，俗稱為「左耳」。阜部的字和高山都有關係，例如：陸（很高很平的地方）、陵（大土山，例如：丘陵）。

阜

阜部 ○畫

ㄈㄨˋ ❶土山。❷多，豐富：例物阜民豐。

阡

阜部 三畫

ㄑㄧㄢ ❶田間的小路：例阡陌。❷墓道。❸

姓：例阡先生。

阡陌（ㄑㄧㄢ ㄇㄛˋ）田間的小路。

防

阜部 四畫

ㄈㄤˊ ❶堤岸，擋水的建築物：例隄防。❷有關警備的設施：例海防。❸戒備，守備：例防火、防備、防人。❹姓：例防先生。

參考 相反字：攻。

古人說 「害人之心不可有，防人之心不可無。」防：是防備別人。這句話是說：人不能存有害人的念頭，但是要有提防壞人的準備。例詐財被騙的案子很多，以後遇到陌生人來電，還是要小心點，因為「害人之心不可有，防人之心不可無」。

防止（ㄈㄤˊ ㄓˇ）預先設法制止。例遵守交通規則可防止意外災禍的發生。

防守（ㄈㄤˊ ㄕㄡˇ）戒備和守衛。

防治（ㄈㄤˊ ㄓˋ）預防和治療，或預防和撲滅。例改善環境衛生可以防治病蟲害。

防洪（ㄈㄤˊ ㄏㄨㄥˊ）防止洪水的侵害。例事先做好防洪的工作，可使人們的生命財產多一分保障。

防備（ㄈㄤˊ ㄅㄟˋ）做好準備以應付攻擊或避免受害。例高山氣溫低，你得多帶件外套，以防備著涼。

防線（ㄈㄤˊ ㄒㄧㄢˋ）軍隊防守的地方。例我軍衝破防線向敵軍進攻。

參考 相似詞：防地。

防範（ㄈㄤˊ ㄈㄢˋ）防備，戒備。例這次的火災是因為事前疏於防範所引起的。

防衛（ㄈㄤˊ ㄨㄟˋ）防守保衛。

防禦（ㄈㄤˊ ㄩˋ）防備和保護。禦：抵抗。例秦始皇下令修建萬里長城，是為了防禦外族的入侵。

防護（ㄈㄤˊ ㄏㄨˋ）戒備保護。

防波隄（ㄈㄤˊ ㄅㄛ ㄊㄧˊ）為了保護海港，阻隔波浪及海流的侵襲，在港外建築的隄防。「隄」又可以寫作「堤」。

防患未然（ㄈㄤˊ ㄏㄨㄢˋ ㄨㄟˋ ㄖㄢˊ）在事情或災害發生前就採取措施，預先防止。例我們為了防患未然，出國前，都投保了旅遊平安保險。

參考 相似詞：未雨綢繆。

笑一笑 醫生正準備幫病人開刀，病人躺上手術臺後，忽然從口袋掏出一疊鈔票來數。醫生笑著對他說：「別急，動手術並不需要先付錢。」病人說：「哦！不，我只是想在被麻醉前先防患未然，確定我口袋裡有多少錢。」

阮

阜部 四畫

ㄖㄨㄢˇ 姓：例阮先生。

阱

阜部 四畫

ㄐㄧㄥˇ 捕野獸用的深坑：例陷阱。

阪

阜部 四畫

ㄅㄢˇ 山坡：例山阪。

阪泉（ㄅㄢˇ ㄑㄩㄢˊ）古時候的地名，相傳黃帝和蚩尤曾經在這裡打仗。

陀

阜部 五畫

ㄊㄨㄛˊ 一種兒童玩具，下端有尖針，繞上細繩，急甩出去在地上旋轉：例陀螺。

陀螺（ㄊㄨㄛˊ ㄌㄨㄛˊ）一種塑膠或木製的圓錐形玩具，繞上細繩，急甩出去，尖端能在地上旋轉。

唱詩歌 大冰場，白玉盤，小陀螺，上邊轉。你一鞭，我一鞭，抽出笑聲一串串。北風吹，大地寒，小朋友，來鍛鍊。比一比，賽一賽，看誰陀螺轉得快！

阿　阜部 五畫

ㄜ ❶偏袒，迎合：例阿附、阿其所好、剛正不阿。❷凹又彎曲的地方：例山阿。❸姓：例阿先生。

ㄚ ❶發語詞，多在詞頭前，加在稱謂上或名字上：例阿姨、阿姊、阿斗。❷多在外來語譯名的前頭：例阿波羅。❸表示疑問：例「阿！你怎樣了？」❹語尾助詞，和「啊」相通。

阿里山（ㄚ ㄌㄧˇ ㄕㄢ）　在臺灣玉山的西北，是臺灣的名勝之一。有日出、雲海、神木等的奇景。

阿拉伯（ㄚ ㄌㄚ ㄅㄛˊ）　半島名稱。位在亞洲的西南部，介在波斯灣和紅海間，河流少，沙漠占地面積廣，居民大部分信仰回教。

阿拉斯加（ㄚ ㄌㄚ ㄙ ㄐㄧㄚ）　位在北美洲的西北部，從前屬俄國領土，一八六七年賣給美國，一九五八年成為美國的一州，北臨北極海，東邊是加拿大，西南邊是太平洋，西邊以白令海峽為界限。氣候寒冷，人民以漁牧為生。

阿姆斯壯（ㄚ ㄇㄨˇ ㄙ ㄓㄨㄤˋ）　美國的太空人。一九六九年和艾德林同時登陸月球，成為最先登陸月球的人。

阿鼻地獄（ㄚ ㄅㄧˊ ㄉㄧˋ ㄩˋ）　八大地獄之一，是最苦難的地方。阿鼻：是古印度語，指的是不斷受苦的意思。

阿爾泰山（ㄚ ㄦˇ ㄊㄞˋ ㄕㄢ）　山的名稱，蒙古話是「金山」的意思。位在新疆北部和外蒙古西部之間。有森林和金礦。

阿拉伯數字（ㄚ ㄌㄚ ㄅㄛˊ ㄕㄨˋ ㄗˋ）　阿拉伯人用來記數的符號，共有十個，就是1、2、3、4、5、6、7、8、9、0。

阻　阜部 五畫

ㄗㄨˇ ❶擋住，被隔斷的：例勸阻、通行無阻。❷險要的地方：例險阻。

參考　相似字：間、隔、止。

阻力（ㄗㄨˇ ㄌㄧˋ）　❶妨礙事物發展前進的力量。例衝破各種阻力，克服一切困難。❷妨礙物體運動的作用力。例游泳是應用水的阻力的原理。

阻止（ㄗㄨˇ ㄓˇ）　使不能前進；使停止行動。例我阻止他莽撞的行為。

阻隔（ㄗㄨˇ ㄍㄜˊ）　兩地之間不能相通或不易來往。例由於山川的阻隔，交通非常困難。

阻塞（ㄗㄨˇ ㄙㄜˋ）　有障礙而不能通過。例擁擠的車輛阻塞了道路。

阻撓（ㄗㄨˇ ㄋㄠˊ）　阻止或暗中破壞使不能順利進行。撓：擾亂。例他暗中阻撓敵人的計畫。

阻擋（ㄗㄨˇ ㄉㄤˇ）　阻止，擋住。例任何艱困的環境都阻擋不了他的決心。

阻礙（ㄗㄨˇ ㄞˋ）　使不能順利通過或發展。礙：阻攔，阻擋，妨害。例塞車阻礙交通的順暢。

附　阜部 五畫

ㄈㄨˋ ❶外加，另外加上的：例附上、附設。❷依靠：例依附。❸靠近，貼近：例附近、附耳交談。❹依從：例附議、附庸。

參考　相似字：著、就、即、黏。

附加（ㄈㄨˋ ㄐㄧㄚ）　另外加上。例條文後面附加兩項說明。

附耳（ㄈㄨˋ ㄦˇ）　嘴貼近別人的耳邊小聲說話。例他附耳和哥哥說了幾句。

附近（ㄈㄨˋ ㄐㄧㄣˋ）　相離不遠。例舅舅家就在附近，我們順便去探望他。

附和（ㄈㄨˋ ㄏㄜˋ）　贊成或跟著別人的意見。和：相應。例他隨聲附和別人的意見。

參考　請注意：「附和」和「參加」都有贊同的意思，但「附和」是沒有主見的；「參加」為主動的參與。

附帶（ㄈㄨˋ ㄉㄞˋ）　順便；另外有所補充的。例他附帶說明原因。

附庸（ㄈㄨˋ ㄩㄥ）　❶古時附屬於諸侯的小國。❷依附於其他事物而存在的事物。例語言文字學在宋代還只是經學的附庸。

附設 ㄈㄨˋ ㄕㄜˋ 附帶設立。例這個圖書館附設了一個讀書指導部。

附會 ㄈㄨˋ ㄏㄨㄟˋ 把不相干的事物說成有關係，或本來沒有這個意思說成有這個意思。例他遲到的理由很牽強附會。

附著 ㄈㄨˋ ㄓㄨㄛˊ 較小的物體黏著在較大的物體上。例水珠兒附著在玻璃窗上。例細菌附著在病人使用過的東西上。

附錄 ㄈㄨˋ ㄌㄨˋ 附在正文後面與正文有關的文章或參考資料。例這套百科全書附錄許多參考書目。

附議 ㄈㄨˋ ㄧˋ 對別人的提議、意見表示同意。例主席要求贊成的人舉手表示附議。

附屬 ㄈㄨˋ ㄕㄨˇ 歸屬於某一事物。例臺大醫院附屬於臺灣大學醫學院。

附庸國 ㄈㄨˋ ㄩㄥ ㄍㄨㄛˊ 名義上保有一定的主權，但是政治、經濟方面從屬於他國的國家。例早期，羅馬尼亞是蘇俄的附庸國。

限

阜部 六畫

ㄒㄧㄢˋ ❶界，指定的範圍：例界限、期限。❷門下的橫木，就是門檻兒：例門限、戶限。❸指定，規定：例限你三天交報告。❹極，窮盡：例無限。

限定 ㄒㄧㄢˋ ㄉㄧㄥˋ 在數量或範圍上加以規定。

限制 ㄒㄧㄢˋ ㄓˋ 規定範圍，不許超過；就是約束的意思。例文章的字數不受限制。

限度 ㄒㄧㄢˋ ㄉㄨˋ 最高或最低的數量或範圍。例人的忍耐力是有限度的。

參考 相似詞：限量。

限期 ㄒㄧㄢˋ ㄑㄧ 限定的時間。例這項工程一定會限期完成。

限量 ㄒㄧㄢˋ ㄌㄧㄤˋ 限定數量或範圍。例你好好努力，未來將不可限量。

陋

阜部 六畫

ㄌㄡˋ ❶不好看的：例醜陋。❷簡略的，狹小的：例簡陋、陋巷。❸不合理的：例陋習。❹見聞少，學識淺薄：例淺陋。❺卑賤：例卑陋。

參考 相似字：惡、劣、鄙、賤。

陋室 ㄌㄡˋ ㄕˋ 狹小的房子。

陋習 ㄌㄡˋ ㄒㄧˊ 壞的習俗。例現代科學這麼發達，我們應該消除陋習。

參考 相似詞：陋俗。

陌

阜部 六畫

ㄇㄛˋ ❶田間的道路：例阡陌、陌上花開。❷生疏，不熟悉：例陌生人。❸姓：例陌先生。

陌生 ㄇㄛˋ ㄕㄥ 不認識，不熟悉。例我對這個人感到陌生，他卻一直對著我笑。

參考 請注意：「陌生」和「生疏」都有不熟悉的意思，但是仍有區別：「陌生」是指從來沒接觸過或不認識的人、事；「生疏」是指曾經接觸過的人、事，但是隔了很長一段時間，所以變得不熟悉。

降

阜部 六畫

ㄐㄧㄤˋ ❶落下：例降雨、喜從天降。❷壓低，貶抑：例降級、降格。

ㄒㄧㄤˊ ❶屈服：例投降。❷用強力使人或動物服從：例降龍伏虎。

參考 相反字：升、昇。

降水 ㄐㄧㄤˋ ㄕㄨㄟˇ 從大氣中落到地面的液體或是固體形式的水，像雨和雪等。

降低 ㄐㄧㄤˋ ㄉㄧ 下降。例氣溫漸漸降低。

降服 ㄐㄧㄤˋ ㄈㄨˊ 投降屈服。例他死也不肯對敵人降服。

降級 ㄐㄧㄤˋ ㄐㄧˊ 從較高的等級或職位調到較低的等級或職位。例他辦事能力不好，所以受到降級的處罰。

降落 ㄐㄧㄤˋ ㄌㄨㄛˋ 物體從高處向低處落下。例飛機降落在跑道上。

降旗 ㄐㄧㄤˋ ㄑㄧˊ 把旗子降下來。

參考 相反詞：升旗。

降臨 ㄐㄧㄤˋ ㄌㄧㄣˊ 來到。例又有一個新生兒降臨到世上。

降落傘 ㄐㄧㄤˋ ㄌㄨㄛˋ ㄙㄢˇ 使人或物體從空中慢慢落到地面的器具，形狀像傘。

猜一猜 大鳥圓翅膀，飛時不向上，一旦落地面，翅膀穿衣裳。（猜一種物品）（答案：降落傘）

院
阜部 七畫

ㄩㄢˋ ❶圍牆內的空地：例院子、庭院、院落。❷某些機關或公共場所的名稱：例法院、醫院、戲院。

院子 ㄩㄢˋ ˙ㄗ 房屋前後用牆或柵欄圍起來的空地。例我家的院子花草扶疏。

院長 ㄩㄢˋ ㄓㄤˇ 各公私機構或學校，以院為名稱的最高長官。例這位教授是本校的文學院院長。

陣
阜部 七畫

ㄓㄣˋ ❶古代打仗時所部署的作戰隊伍：例背水為陣。❷指戰場：例上陣殺敵。❸表示一段時間：例這陣子。

參考 請注意：「陳」讀ㄓㄣˋ時，解釋和「陣」的❶❷相通。

陣亡 ㄓㄣˋ ㄨㄤˊ 在戰場上犧牲了生命。

陣地 ㄓㄣˋ ㄉㄧˋ 軍隊為了打仗而占據的地方。

陣雨 ㄓㄣˋ ㄩˇ 下雨的時間很短，雨的強度有時小有時大，開始和停止都很突然。夏天，下雨的時候經常看到閃電和聽到雷聲。

陣容 ㄓㄣˋ ㄖㄨㄥˊ 軍隊的外貌或是排列的形式；比喻人力的分配和裝備。例這支軍隊的陣容相當整齊。

陣痛 ㄓㄣˋ ㄊㄨㄥˋ ❶不連續的疼痛。❷指婦女生小孩前的疼痛。

陣營 ㄓㄣˋ ㄧㄥˊ ❶軍隊打仗時吃住的地方。❷為了共同的目標而聯合起來的集團。例世界上有許多反共的陣營。

陡
阜部 七畫

ㄉㄡˇ ❶物體斜度很大，接近垂直：例陡立。❷突然：例陡然。

參考 請注意：陡、徒、徙用法不同：「陡」音ㄉㄡˇ，是斜度大的意思，例如：山坡很陡。彳部的「徒」音ㄊㄨˊ，是行走的意思，例如：徒步旅行。「徙」音ㄒㄧˇ，右邊是「走」字不是「走」字，有遷移的意思，例如：遷徙。

陡立 ㄉㄡˇ ㄌㄧˋ 山或建築物等直立的樣子。例台灣有多座陡立的山峰。

陡峭 ㄉㄡˇ ㄑㄧㄠˋ 形容山勢高、坡度大，接近垂直。例他試著攀登陡峭的山崖。

陡壁 ㄉㄡˇ ㄅㄧˋ 又高又直的山壁。例登山隊員以矯健的身手攀登陡壁。

陛
阜部 七畫

ㄅㄧˋ ❶宮殿的臺階。❷天子的尊稱：例陛下。

參考 請注意：古代，若是臣子們和皇帝面對面商量事情，便尊稱皇帝為「陛下」，此外，在其他場合提到皇帝，一般只說「今上」或「皇上」，不說「陛下」。但是有許多人不懂得這種情形，便鬧了笑話，譬如有一次英國女皇訪問香港，有人便在宣傳單上寫著「女皇陛下」，甚至有個廣告還賣起「英國女皇陛下在港專用之紀念電話」。這些人因為沒有和女皇面對面談話，其實並不適合用「陛下」二字。

陝
阜部 七畫

ㄕㄢˇ ❶陝西省簡稱「陝」。❷姓：例陝先生。

陝西省 ㄕㄢˇ ㄒㄧ ㄕㄥˇ　省名。位於黃河中游、漢水上游，簡稱「陝」或「秦」，省會為西安市。礦產極富，石油主要分布在陝北，煤礦儲量占全國第二位，造紙業發達。

除

阜部　七畫

ㄔㄨˊ　❶去掉，消滅：例除去、斬草除根。❷不計算在內：例排除、除外。❸算術中用一個不是零的數把另一個數分成若干等份：例六除二得三。❹臺階：例庭除。❺姓：例除先生。

參考 相反字：乘。

除了 ㄔㄨˊ ㄌㄜ˙　❶表示所說的不計算在內。例這件事除了他之外，沒有人知道內情。❷與「還」、「也」、「只」連用，表示在什麼之外，還有別的。例他除了寫小說，有時候也寫詩。❸和「就是」連用，表示不這樣就那樣。例一放暑假，妹妹除了吃，就是睡，生活過得十分懶散。

除夕 ㄔㄨˊ ㄒㄧ　陰曆十二月的最後一天晚上。

除外 ㄔㄨˊ ㄨㄞˋ　不計算在內。例圖書館天天開放，星期一除外。

除法 ㄔㄨˊ ㄈㄚˇ　數學中的一種運算方法，即求某數中含有他數若干倍的算法。例如：6÷3=2，則6為被除數，3為除數，2為商數。

除非 ㄔㄨˊ ㄈㄟ　❶表示唯一的條件，相當於「只有」。例若要人不知，除非己莫為。❷表示不計算在內，相當於「除了」。例上那條山路，除非他，沒人知道。

除根 ㄔㄨˊ ㄍㄣ　從根本上消除。例治病就得除根。例斬草不除根，春風吹又生。

除害 ㄔㄨˊ ㄏㄞˋ　除去災害。

除暴安良 ㄔㄨˊ ㄅㄠˋ ㄢ ㄌㄧㄤˊ　除去殘暴，安撫善良。例警察的任務在除暴安良，保障社會的和諧、安定。

除舊布新 ㄔㄨˊ ㄐㄧㄡˋ ㄅㄨˋ ㄒㄧㄣ　除去舊的，更換新的。布：陳列、布置。例在歲末年初時，家家戶戶都展開除舊布新的工作。

陞

阜部　七畫

ㄕㄥ　高升，通「升」：例陞官、陞遷。

陵

陵　阜部　八畫

ㄌㄧㄥˊ　❶大的土山。❷帝王的墓：例中山陵、陵墓。❸姓。

參考 相反字：谷。♣請注意：大土山叫「陵」，小土山叫「丘」。

小百科 下面向小朋友們介紹我國幾個著名的陵墓：

十三陵：是明代從成祖皇帝到思宗皇帝共十三個皇帝的陵墓。位在北平市。

中山陵：是 國父孫中山先生的陵墓，位於南京紫金山。

黃帝陵：黃帝傳說是中原各族的共同祖先，黃帝陵位在陝西省。

陪

陪　阜部　八畫

ㄆㄟˊ　❶伴隨，作伴：例陪伴。❷從旁協助：例陪審。❸償還，同「賠」：例陪罪。

參考 相似字：伴。

笑一笑 小王陪伴母親去買鞋。他母親試穿鞋子時，他把店員拉到一旁，悄聲說：「她挑出喜歡的鞋子時，你只要告訴她價錢是一百元，實價我會照付。」過了幾天，小王經過那家鞋店，店員請他進去。小王問：「有什麼問題？我的支票不能兌現嗎？」店員：「那倒不是，問題是你母親把她所有的朋友都帶來，要買一百元一雙的鞋！」

陪伴 ㄆㄟˊ ㄅㄢˋ　隨同作伴。例晚上出門要有人陪伴。

陪客 ㄆㄟˊ ㄎㄜˋ　陪伴主客的人。例今天媽媽請阿姨吃飯，我是陪客。

陪都 ㄆㄟˊ ㄉㄨ　在首都以外另設的一個首都。例重慶是抗戰時期的陪都。

陪嫁 ㄆㄟˊ ㄐㄧㄚˋ 以前結婚時娘家送給新娘的嫁妝。

陪罪 ㄆㄟˊ ㄗㄨㄟˋ 道歉。例他是誠心誠意的向你陪罪。

陪審 ㄆㄟˊ ㄕㄣˇ 由人民依一定的條件選出一定人數的陪審員，到法院參加案件的審判工作。

參考 活用詞：陪審團。

陪襯 ㄆㄟˊ ㄔㄣˋ 用別的事物使主要的事物更突出。襯：用別的東西搭配。例林木茂密的山巒陪襯著水庫，使水庫顯得格外雄偉壯觀。

陳

陳 阜部 八畫

ㄔㄣˊ ❶安放擺設：例陳列。❷敘說：例陳述。❸時間長久的；舊的：例陳年好酒。❹朝代名。

ㄓㄣˋ 軍隊的行列，同「陣」。

參考 相似字：故、舊、羅、列、張、舒、展。♣相反字：新。

笑一笑 以前有個姓周的人稱呼姓陳的老頭子為「東翁」，姓陳的不知「東翁」是什麼意思。一天，他自以為知道了，就去找姓周的，故意稱他「吉先生」。姓周的很驚訝：「我姓周，不姓吉呀！」姓陳的回答說：「我姓陳，不姓東啊！——你可以把『陳』字的『耳朵』割掉，我為什麼不能把『周』字的『皮』剝掉？」其實「東翁」是一種尊稱，這姓陳的老頭子根本不知道，才鬧出這樣的笑話。

陳列 ㄔㄣˊ ㄌㄧㄝˋ 按照次序排列。

參考 請注意：「陳列」、「排列」和「羅列」都是列出事物，不過還是有分別：「陳列」是很整齊的擺設出來；「排列」是依照一定的次序排好；「羅列」就是不加整理，隨意就擺著。

陳述 ㄔㄣˊ ㄕㄨˋ 敘述說明事情。例他向法官陳述了事件發生的經過。

陳情 ㄔㄣˊ ㄑㄧㄥˊ 述說自己的情況或內心的感情。

參考 活用詞：陳情書、陳情表。

陳設 ㄔㄣˊ ㄕㄜˋ 物品的擺設放置。例屋裡的陳設非常簡單。

陳訴 ㄔㄣˊ ㄙㄨˋ 訴說痛苦或是所受的委屈。例她哭著向我陳訴心中的委屈。

陳舊 ㄔㄣˊ ㄐㄧㄡˋ 過時的；舊的。例陳舊的桌椅，該換新了吧！

陳蹟 ㄔㄣˊ ㄐㄧ 過去的事蹟。

陳年老酒 ㄔㄣˊ ㄋㄧㄢˊ ㄌㄠˇ ㄐㄧㄡˇ 儲存多年的酒。

陸

陸 阜部 八畫

ㄌㄨˋ ❶高出水面的土地：例陸地。❷旱路：例水陸交通。❸姓。

ㄌㄧㄡˋ 數字中「六」的大寫：例陸萬元。

陸地 ㄌㄨˋ ㄉㄧˋ 地球上除去海洋的部分。

參考 相反字：海、水。

陸軍 ㄌㄨˋ ㄐㄩㄣ 在陸地上打仗的軍隊。主要的責任是消滅地面上的敵人，支援海軍和空軍。

陸橋 ㄌㄨˋ ㄑㄧㄠˊ 橫跨在馬路上供行人專用的橋梁。例行人過馬路時要走陸橋。

陸續 ㄌㄨˋ ㄒㄩˋ 表示先先後後，接連不斷。例客人陸續來到餐廳。

參考 相似詞：斷續。

陰

陰 阜部 八畫

ㄧㄣ ❶月亮：例太陰。❷山的北面，水的南面：例山陰、淮陰。❸時間：例光陰。❹光線照不到的地方：例陰影。❺人體的器官：例陰部。❻我國古代哲學的一種思想：例陰陽五行。❼天空有雲不見陽光或星星、月亮的天氣：例陰天。❽文字圖案凹進去的刻法：例陰文圖章。❾祕密的：例陰私。❿不光明，有所隱藏的：例陰謀、陰沉。⓫雌的，柔的，女性的：例陰性。⓬有關死人或鬼魂的：例陰間。⓭帶負電的：例陰極、陰電。⓮姓：例陰小姐。

ㄧㄣˋ 庇佑保護，通「蔭」：例祖先的庇陰。

ㄢ 守喪的屋子，通「闇」：例諒（ㄌㄧㄤˊ）陰。

參考 相反字：陽。♣請注意：「陰」當庇佑保護、樹下的影子用時，和「蔭」字通用，例如：庇陰（蔭）、樹陰（蔭）。但是樹「陰」的陰讀ㄧㄣ，庇「陰」的陰讀ㄧㄣˋ。

陰天（ㄧㄣ ㄊㄧㄢ） 不下雨也沒有太陽的日子。

參考 相反詞：晴天。

陰沉（ㄧㄣ ㄔㄣˊ） ❶天空陰暗快要下雨的樣子。例陰沉的冬天令人感到極不舒服。❷指人的個性深沉或態度有所保留，心意不容易被看出來。例他的個性很陰沉，從他臉上看不出是喜還是怒。

陰極（ㄧㄣ ㄐㄧˊ） 電池放出電子帶負電的一端。

陰暗（ㄧㄣ ㄢˋ） ❶不亮。例地下室裡陰暗又潮溼。❷形容臉色不開朗。例漁民一聽到颱風登陸的消息，臉色立刻陰暗下來。

陰溝（ㄧㄣ ㄍㄡ） 地下的排水溝。

參考 活用詞：陰溝裡翻船。

陰道（ㄧㄣ ㄉㄠˋ） 女性的生殖器官之一，在子宮頸的下方，膀胱和直腸的中間。

陰影（ㄧㄣ ㄧㄥˇ） ❶光線被不透明的物阻擋後所產生的暗影。例到大樓下有陰影的地方休息。❷留藏在心中的不愉快經驗。例那段受苦的日子，使他的心靈蒙上一層陰影。

陰曆（ㄧㄣ ㄌㄧˋ） 就是農曆、舊曆。依照月亮環繞地球運轉的週期而訂定的日期計算法，是我國自古代就用的曆法，直到民國後才和國曆一起使用。例陰曆十五是月圓的日子。

陰謀（ㄧㄣ ㄇㄡˊ） 暗中做壞事的計畫。謀：計畫的意思。例他奪取財產的陰謀被人發現。

陰森森（ㄧㄣ ㄙㄣ ㄙㄣ） 幽暗而可怕的樣子。森：很暗的意思。例陰森森的樹林。

陴

阜部 八畫

ㄆㄧˊ 城上的短牆。

陶

阜部 八畫

ㄊㄠˊ ❶用黏土燒成的器物：例陶器。❷製造陶器：例陶冶。❸比喻教育、培養：例薰陶。❹快樂的樣子：例陶醉、陶然。❺姓：例陶先生。

ㄧㄠˊ 皋陶，傳說中東夷族的領袖，曾經被舜任命為掌管刑法的官，是古代有名的法官。

陶冶（ㄊㄠˊ ㄧㄝˇ） 燒製陶器，冶煉金屬；比喻教化培育，給人的思想、性格有益的影響。冶：熔煉金屬。例看書、聽音樂可以陶冶我們的心靈。

陶陶（ㄊㄠˊ ㄊㄠˊ） 形容快樂的樣子。例讀書之樂樂陶陶。

陶瓷（ㄊㄠˊ ㄘˊ） 一般是由黏土、長石、石英或其他原料燒製而成的製品的總稱。質地較粗、透明性差的叫陶器，質地密實、透明性高、有光澤的叫瓷器。例陶瓷藝術是中國的傳統技藝。

陶然（ㄊㄠˊ ㄖㄢˊ） 形容舒暢快樂的樣子。例她的歌聲使人陶然欲醉。

陶醉（ㄊㄠˊ ㄗㄨㄟˋ） 形容沉醉迷戀於某種事物或境界裡。例我陶醉在小提琴優美的旋律中。

陶器（ㄊㄠˊ ㄑㄧˋ） 用黏土燒製的器皿，質地比瓷器鬆軟，具有吸水性。

陶鑄（ㄊㄠˊ ㄓㄨˋ） ❶燒製陶器和冶煉金屬器物。鑄：熔化金屬成物品。❷比喻造就人才。

陷

阜部 八畫

ㄒㄧㄢˋ ❶掉進去，沉下去：例陷入。❷凹下去：例兩頰深陷。❸設計害人：例陷害。❹被攻破、占領：例淪陷。❺缺點：例缺陷。

參考 請注意：「陷」和「餡」音相同，可

是意思不同，「餡」是指包在麵食、點心等食品內的東西。

陷阱 ㄒㄧㄢˋ ㄐㄧㄥˇ ❶捕捉野獸的洞穴。例獵人在山中挖了好幾個陷阱捕捉山豬。❷比喻害人的計謀。例我一不小心就掉入他的陷阱，可把我害慘了。

陷害 ㄒㄧㄢˋ ㄏㄞˋ 設計傷害別人。例岳飛受到秦檜的陷害，最後被處死。

陷裂 ㄒㄧㄢˋ ㄌㄧㄝˋ 沉下裂開。例路面陷裂一大塊，開車時千萬要小心。

陲

阜部 九畫

ㄔㄨㄟˊ 靠近邊界的地方：例邊陲。

隊

阜部 九畫

ㄉㄨㄟˋ ❶行列：例排隊上車。❷具有某種性質的組織：例排球隊、軍隊、隊伍。❸表示數量：例一隊人馬。

隊伍 ㄉㄨㄟˋ ㄨˇ 有組織的群眾行列。例由學生組成的隊伍，慢慢向前移動。

階

阜部 九畫

ㄐㄧㄝ ❶便於行人上下的層級或梯子：例階梯。❷音樂的高低段落：例音階。❸等級：例官階。

參考 相似字：級、層。

階段 ㄐㄧㄝ ㄉㄨㄢˋ 事物發展過程中劃分的段落。例大橋第一階段的工程已經完成。

階級 ㄐㄧㄝ ㄐㄧˊ 依財富、教育或權力等標準，將一個社會的人群分成幾個部分，同一部分的人群，社會地位、生活標準與價值觀念都很相近。

階梯 ㄐㄧㄝ ㄊㄧ 臺階和梯子；比喻向上的憑藉或途徑。例古代有許多讀書人把科舉考試，看作追求富貴功名的階梯。

隋

阜部 九畫

ㄙㄨㄟˊ ❶朝代名，為楊堅所建：例隋唐時代。❷姓：例隋先生。

小故事 古代有個大官叫隋侯，這天他出門，看到路旁沙地上有一條小蛇痛苦的扭來扭去，隋侯很可憐牠，就下馬用鞭子把蛇捲入水中。不久隋侯又經過那條路，有個小孩子手裡捧一顆明珠要獻給他，隋侯認為這是小孩的東西，怎能接受呢？所以沒收下就離開了。當天夜裡，隋侯又夢見那個小孩把明珠獻給他，並且說：「我就是那條小蛇，今天特來報恩。」隋侯醒來，發現桌上果然有顆明珠。

陽

阜部 九畫

ㄧㄤˊ ❶日光：例陽光。❷山的南面，水的北面。❸人間的：例陽世。❹帶正電的：例陽極。❺指雄性的：例陽剛之美。❻露在外面的：例陽溝。❼凸出來的：例陽文圖章。

參考 相反字：陰。

猜一猜 重男輕女。（猜中國一地名）（答案：貴陽）

陽光 ㄧㄤˊ ㄍㄨㄤ 太陽的光線。

陽極 ㄧㄤˊ ㄐㄧˊ 也叫作「正極」。一般電池中吸收電子，帶正電的電極。

陽壽 ㄧㄤˊ ㄕㄡˋ 活在人世間的年齡。

陽曆 ㄧㄤˊ ㄌㄧˋ 依照地球繞太陽公轉一圈為一年，推算季節時令的曆法。

參考 相似詞：國曆、新曆。

陽明洞 ㄧㄤˊ ㄇㄧㄥˊ ㄉㄨㄥˋ 位在浙江省紹興縣的會稽山，明朝的王守仁曾在這裡住過，所以自號「陽明」。

陽關道 ㄧㄤˊ ㄍㄨㄢ ㄉㄠˋ 寬闊暢通的道路。

隅

阜部 九畫

ㄩˊ ❶角落：例四隅、城隅。❷邊遠的地方：例海隅。

參考 相似字：角。♣請注意：「隅」和「偶」字的分別，「偶」（ㄡˇ）有雕塑人像、伴侶等意思。

隆

阜部 九畫

隆 隆

ㄌㄨㄥˊ ❶盛大：例隆重。❷興盛：例興隆。❸深厚的：例隆情厚誼。❹程度深：例隆冬。❺凸起：例隆起。❻姓：例隆先生。

參考 相似字：盛。♣相反字：衰。

隆冬 ㄌㄨㄥˊ ㄉㄨㄥ 嚴冬，冬天最冷的一段時期。例梅花在隆冬裡綻放。

隆重 ㄌㄨㄥˊ ㄓㄨㄥˋ 盛大莊重。例這是一場隆重的典禮。

隆起 ㄌㄨㄥˊ ㄑㄧˇ 凸起來。例他的頭上隆起一個小包。

隆隆 ㄌㄨㄥˊ ㄌㄨㄥˊ 聲音很大；形容劇烈震動的聲音。例雷聲隆隆，小狗嚇得汪汪叫。

隍

阜部 九畫

隍 隍

ㄏㄨㄤˊ 沒有水的護城河。

參考 請注意：環繞在城牆外面的壕溝：有水的稱「池」；沒有水的稱「隍」。

隄

阜部 九畫

隄 隄

ㄊㄧˊ 沿河或海修築可以防水的建築物，也可以寫作「堤」：例隄防。

隄防 ㄊㄧˊ ㄈㄤˊ 沿河岸或海岸修築可以用來擋水的建築物。

隘

阜部 十畫

隘 隘

ㄞˋ ❶險要的地方：例關隘。❷狹窄：例狹隘。

參考 相似字：狹、窄。

隔

阜部 十畫

隔 隔 隔

ㄍㄜˊ ❶遮斷：例隔成兩間房。❷距離：例相隔不遠。❸經過：例我隔兩天再來。❹隔壁，是鄰家的意思。

參考 相似字：阻、障、間。

古人說 「人心隔肚皮。」這句話說：我們不容易看透別人的心思和想法，不要太相信別人。例「人心隔肚皮」，你怎麼知道他葫蘆裡賣的什麼藥？

隔天 ㄍㄜˊ ㄊㄧㄢ 經過一天。例我隔天還會再來找你。

隔夜 ㄍㄜˊ ㄧㄝˋ 隔了一夜。例隔夜的茶最好別喝。

隔絕 ㄍㄜˊ ㄐㄩㄝˊ 斷絕往來。例他住在深山裡和外界隔絕。

隔壁 ㄍㄜˊ ㄅㄧˋ 左右相連的房子或人家。也稱「隔壁兒」。

笑一笑 小明：「姊姊你跟誰在門口聊天，講了快一個鐘頭？」姊姊：「是隔壁王小英。」小明：「你怎麼不請她進來坐？」姊姊：「她說她沒空。」

隔離 ㄍㄜˊ ㄌㄧˊ ❶不聚在一起，分開。例我們雖然兩地相隔離，但是仍然保持聯絡。❷把會傳染疾病的人或動物和健康的人或動物分開。

隔岸觀火 ㄍㄜˊ ㄢˋ ㄍㄨㄢ ㄏㄨㄛˇ 比喻看到別人有危險，不去幫助只會看熱鬧。例在我們需要幫忙的時候，他卻隔岸觀火，不肯伸出援手。

隕

阜部 十畫

隕 隕 隕

ㄩㄣˇ ❶從高空落下：例隕落。❷死亡，通「殞」。

參考 相似字：落、墜、墮。

隕石 ㄩㄣˇ ㄕˊ 流星進入氣層後，速度變慢，動能轉變成熱能，發出白色的光，而且放射火花，分散裂片，有的在空中消失，有的掉到地面。

隕滅 ㄩㄣˇ ㄇㄧㄝˋ 從高處落下並消失。

隙 阜部 十一畫

ㄒㄧˋ ❶裂縫：例門隙。❷空閒的時間或地區：例農隙、隙地。❸機會，漏洞：例乘隙。❹感情上的裂痕：例嫌隙。

障 阜部 十一畫

ㄓㄤˋ ❶妨礙，阻隔，遮掩：例障礙、障蔽。❷用來防衛的設施：例屏障。❸防衛：例保障。

參考 相似字：阻、隔、間、屏、蔽。

障蔽 ㄓㄤˋ ㄅㄧˋ 遮蔽。例濃霧障蔽了我們的視線。

障礙 ㄓㄤˋ ㄞˋ 阻礙，使不能順利通過。例沒有自信心是他最大的障礙。

障眼法 ㄓㄤˋ ㄧㄢˇ ㄈㄚˇ 遮蔽或轉移別人的目光，使人看不清真相的手法。例歹徒利用障眼法蒙蔽事實。

際 阜部 十一畫

ㄐㄧˋ ❶邊，涯：例邊際、天際、無邊無際。❷裡面；中間：例腦際、胸際。❸彼此間：例國際、校際。❹時候：例正當勝利之際。❺逢，遭遇：例際遇。❻來往接觸：例交際。

際遇 ㄐㄧˋ ㄩˋ 所遇到的環境、事情。例他的際遇不好，所以常常受到挫折。

隧 阜部 十三畫

ㄙㄨㄟˋ 地下道：例隧道。

參考 請注意：隧和燧、邃都讀ㄙㄨㄟˋ，阜部的「隧」是地下道的意思，例如：隧道。火部的「燧」，是鑽木取火，例如：鑽燧、烽燧。加上「穴」的「邃」，有深遠的意思，例如：深邃。

隧洞 ㄙㄨㄟˋ ㄉㄨㄥˋ 可讓鐵道穿過的山洞。

隧道 ㄙㄨㄟˋ ㄉㄠˋ 穿通山嶺、地下、河道或海峽底下，供車輛、水流等通過的通道。

隨 阜部 十三畫

ㄙㄨㄟˊ ❶跟從：例隨聲附和。❷順從：例隨風轉舵。❸任憑：例隨便。❹順便：例隨手。❺姓：例隨小姐。

參考 相似字：順、從、遵、循、率、跟、依。

隨口 ㄙㄨㄟˊ ㄎㄡˇ 沒有經過考慮就隨便說出口。例你不要隨口就答應別人的要求。

隨手 ㄙㄨㄟˊ ㄕㄡˇ 順手。例出門時，請隨手關上門。

隨地 ㄙㄨㄟˊ ㄉㄧˋ 不管什麼地方。例公共場所禁止隨地亂扔果皮、紙屑。

隨即 ㄙㄨㄟˊ ㄐㄧˊ 立刻。例他聽到車禍的消息後，隨即趕到醫院探望朋友。

隨和 ㄙㄨㄟˊ ㄏㄜˊ 順從大家的意見，不會堅持自己的意見。例媽媽為人隨和，所以人緣很好。

隨便 ㄙㄨㄟˊ ㄅㄧㄢˋ 任意；不受限制。例講話不能太隨便，以免禍從口出。

隨後 ㄙㄨㄟˊ ㄏㄡˋ 表示在某種情況或行動後。例你先走，我隨後就去。

隨時 ㄙㄨㄟˊ ㄕˊ 不管什麼時候。例如果你有困難，可以隨時來找我。

隨從 ㄙㄨㄟˊ ㄘㄨㄥˊ ❶跟從的意思。例我們隨從長官南征北討。❷指跟從的人。例長官身邊的隨從相當多。

隨處 ㄙㄨㄟˊ ㄔㄨˋ 任何地方。處：地方。例春天的陽明山上，隨處都可看見美麗的花朵。

隨心所欲 ㄙㄨㄟˊ ㄒㄧㄣ ㄙㄨㄛˇ ㄩˋ 按照自己的意思，想怎樣就怎樣。欲：想要。例在外面不能太隨心所欲。

隨波逐流 ㄙㄨㄟˊ ㄅㄛ ㄓㄨˊ ㄌㄧㄡˊ 隨著波浪起伏，跟著流水漂盪。比喻自己沒有主見，受到外力的影響就輕易改變意見。例做人不能隨波逐流，要明辨是非。

參考 請注意：「隨波逐流」和「同流合汙」都有跟著別人走的意思，但還是有差別：「隨波逐流」強調的是一個人沒有主見；「同流合汙」強調做壞事，而不一定是沒有主見。

俏皮話「樹葉落在河水裡——隨波逐流。」小朋友，你們曾經和爸爸、媽媽到河邊玩耍嗎？那一定會看到落在水面上的樹葉，順著河水一直流下去。這句話是說自己沒有主見，隨著外界的力量去做事。

隨風轉舵 ㄙㄨㄟˊ ㄈㄥ ㄓㄨㄢˇ ㄉㄨㄛˋ 順著情勢的轉變，改變自己的作法或想法。舵：裝在船尾用來控制方向的裝備。例隨風轉舵的人通常不被朋友信任。

參考 相似詞：順風轉舵、隨風倒舵、隨風使舵。

隨時隨地 ㄙㄨㄟˊ ㄕˊ ㄙㄨㄟˊ ㄉㄧˋ 不論什麼時候、什麼地方。例我隨時隨地都會跟你保持聯絡。

隨遇而安 ㄙㄨㄟˊ ㄩˋ ㄦˊ ㄢ 能夠適應各種環境，在任何情況下都能滿足。例做人若能隨遇而安，就不會有太多的抱怨。

隨機應變 ㄙㄨㄟˊ ㄐㄧ ㄧㄥˋ ㄅㄧㄢˋ 跟著事情的變化，靈活的應付。機：時機。例遇到緊急情況時要能隨機應變。

參考 請注意：「見機行事」是看情形做事的意思；「隨機應變」是指因為情況的改變，而採取靈活的應付方法。

笑一笑 陳先生一看到討厭的張太太來了，連忙躲進房間。過了一陣子，沒聽到聲音，就大聲問：「那個討厭的女人滾了沒？」陳太太趕緊回答：「那個討厭的女人早就走了，現在只有張太太在這兒。」

隨聲附和 ㄙㄨㄟˊ ㄕㄥ ㄈㄨˋ ㄏㄜˋ 別人說什麼，自己就跟著說什麼，一點主見都沒有。附和：相應別人的行動或意見。例他不是一個隨聲附和的人。

險

阜部 十三畫

ㄒㄧㄢˇ ❶地勢非常危險不容易通過的地方：例天險。❷可能會遭到不幸或發生災難：例冒險。❸狠毒：例陰險。❹差一點：例險遭不幸。

參考 相似字：危。♣相反字：夷。

俏皮話「瞎子過河——險得很。」瞎子看不見東西，過河當然很危險，一不小心就可能掉到河裡。如果你看到別人在紙廠玩火，那麼你就可以用「瞎子過河——險得很」來警告他了！

險阻 ㄒㄧㄢˇ ㄗㄨˇ 道路危險、受阻塞；比喻人、事的障礙和挫折。例人生有太多的險阻必須一一克服。

險要 ㄒㄧㄢˇ ㄧㄠˋ 地勢很危險，通過時造成阻礙，因此形成防守的重要地方。例這個基地位在山中最險要的地方。

險峻 ㄒㄧㄢˇ ㄐㄩㄣˋ 地勢高而且險要。峻：山很高大。例險峻的高山地帶有很多資源。

險惡 ㄒㄧㄢˇ ㄜˋ ❶指情況、局勢、地形等非常危險。例人們要能克服險惡的環境，創造美好前程。❷陰險惡毒。例他這樣害我，真是用心險惡。

隱

阜部 十四畫

ㄧㄣˇ ❶不明顯的，看不清楚的：例隱約、隱疾。❷藏匿，遮掩：例隱瞞、隱姓埋名。❸潛伏的，藏在深處的：例隱情、隱患。❹從前不作官叫隱：例隱士、退隱。

參考 相似字：匿、藏。♣相反字：顯、明。

小故事 據說神話故事裡，有種隱身草，不管誰碰到它，身影馬上消失。有個貪心的人知道了之後，每天夢想能弄到隱身草。一位鄰居便捉弄他，把一棵不知名的小草拿給他，他以為這是真的隱身草，就拿著這小草去偷東西，結果當場被人抓住，狠狠揍了一頓，可是他一邊殺豬般的亂叫，一邊卻不在乎的說：「有種就儘管打吧！反正你們看不見我！」真是一個欺騙自己，又想欺騙別人的可憐蟲啊！

隱士 ㄧㄣˇ ㄕˋ 隱居不作官的人。士：作官的人。

隱沒 ㄧㄣˇ ㄇㄛˋ 隱蔽，漸漸看不見。沒：隱藏。例傍晚時分，太陽逐漸隱沒了。

隱私 ㄧㄣˇ ㄙ 不願告訴人或不願公開的個人私事。私：屬於個人的事物。例不可任意揭發別人的隱私。
參考 活用詞：隱私權。

隱居 ㄧㄣˇ ㄐㄩ 對統治者不滿或有厭世思想的人住在偏僻地方，不出來作官。

隱約 ㄧㄣˇ ㄩㄝ 看起來或聽起來不很清楚，感覺不很明顯。約：不清楚的。例遠處的高樓大廈隱約可見。例歌聲隱約地從森林裡傳來。

隱疾 ㄧㄣˇ ㄐㄧˊ 身體上不容易見到或不可告人的疾病。例他患有多年的隱疾。

隱祕 ㄧㄣˇ ㄇㄧˋ 祕密。例地道的出口位在非常隱祕的地方。

隱患 ㄧㄣˇ ㄏㄨㄢˋ 潛藏的禍患。患：禍害。例太平盛世仍有許多的隱患。

隱情 ㄧㄣˇ ㄑㄧㄥˊ 不願告訴人的事實或原因。例他終於公開行賄的隱情。

隱現 ㄧㄣˇ ㄒㄧㄢˋ 時隱時現，不清晰的顯現。例水天相接，島嶼隱現。

隱憂 ㄧㄣˇ ㄧㄡ 深深的憂慮。例青少年犯罪年齡的降低，成為社會的一大隱憂。

隱瞞 ㄧㄣˇ ㄇㄢˊ 掩蓋真相，不讓人知道。瞞：隱藏不使人知道。例他想隱瞞事情的真相。

隱隱 ㄧㄣˇ ㄧㄣˇ 不明顯、不清楚的樣子。例遠方傳來隱隱的雷聲。例霧裡青山，隱隱可見。

隱藏 ㄧㄣˇ ㄘㄤˊ 藏起來不使人發現。例他想盡辦法隱藏錯誤。

隱形眼鏡 ㄧㄣˇ ㄒㄧㄥˊ ㄧㄢˇ ㄐㄧㄥˋ 一種薄而彎曲的玻璃或塑膠片，可直接放在眼球上矯正視力。

隱姓埋名 ㄧㄣˇ ㄒㄧㄥˋ ㄇㄞˊ ㄇㄧㄥˊ 不讓人知道自己的真實姓名。埋：隱藏。例他隱姓埋名，過著安樂的田園生活。

隱隱約約 ㄧㄣˇ ㄧㄣˇ ㄩㄝ ㄩㄝ 不清楚的樣子。例我隱隱約約聽到隔壁的談話聲。

隴

阜部 十六畫

ㄌㄨㄥˇ ❶土堆或高地，通「壟」：例隴畝。❷山名，「隴山」的簡稱，在陝西、甘肅交界的地方：例隴石。❸「甘肅省」的簡稱：例隴海鐵路。

隴畝 ㄌㄨㄥˇ ㄇㄨˇ 田畝，也引申作平民出身。例項羽起於隴畝之中。

隴海鐵路 ㄌㄨㄥˇ ㄏㄞˇ ㄊㄧㄝˇ ㄌㄨˋ 東起江蘇省連雲港，西到甘肅省蘭州市，是我國東西交通的大幹線，也是國防的要道。

隶部 ㄉㄞˋ

「隶」是由「又」和「氺」所構成的。「又」就是右手，「氺」是「尾」（尾）的下半部，用手捉著尾巴，表示緊緊跟隨，從後面趕上的意思。現在寫成「隶」。「逮」（辵部）也有追上、趕上的意思。

隸

隶部 九畫

ㄌㄧˋ ❶附屬：例隸屬。❷在舊社會中，地位低下被奴役的人：例奴隸。❸漢字形體中的一種：例隸書。

隸屬 ㄌㄧˋ ㄕㄨˇ 從屬，附屬。例業務部隸屬於行銷部門。

隹部 ㄓㄨㄟ

「隹」是依照鳥的形狀所描畫出的象形字，上面是鳥嘴、鳥頭，下面

是翅膀和羽毛。隹：也是指鳥。或許你會覺得奇怪，為什麼形狀不同的隹和鳥都表示同一種動物呢？因為文字並不是一個人所創造的，有的人看到「鳥」，他造了「鳥」，有的人卻造出「隹」。這是每個人觀察和描畫的方式不太相同所造成的結果。隹部的字和鳥類都有關係，例如：雀、雁、雉。

隻　隹部 二畫

ノ亻亻仁仹仹隹隹隻隻

ㄓ ❶計算物體的單位：例一隻鳥。❷單獨，一個：例形單影隻、隻字片語。

隻言片語 ㄓ ㄧㄢˊ ㄆㄧㄢˋ ㄩˇ 講一、二句話；形容極少的話。片：簡短的。例老師的教誨，即使是隻言片語，也要銘記在心。

雀　隹部 三畫

雀

丨小小少少孝孝雀雀雀

ㄑㄩㄝˋ ❶麻雀，鳥名，鳴禽類，體形小，毛褐色有黑斑，食穀物和昆蟲。❷孔雀，鳥名，羽毛很美麗，可供觀賞。❸像小鳥一樣跳來跳去：例雀躍。❹臉上長的小黑點：例雀斑。❺夜盲症：例雀盲眼。

雀息 ㄑㄩㄝˋ ㄒㄧˊ 比喻寂靜無聲。例老師一進門，全班立刻雀息無聲。

雀斑 ㄑㄩㄝˋ ㄅㄢ 人體表皮所出現的黑褐色細斑點。也說「雀子」。

雀躍 ㄑㄩㄝˋ ㄩㄝˋ 像小鳥那樣跳來跳去；形容非常高興的樣子。例第一次領獎使他內心雀躍不已。

雁　隹部 四畫

雁雁

一厂厂厂厂厂厂雁雁雁雁雁

ㄧㄢˋ ❶鳥類的一種，形狀像鵝，飛行時常成行成列，每年春分後飛往北方，秋分後又飛往南方過冬，屬於候鳥：例飛雁、鴻雁。❷書信的代稱：例魚雁。❸很有次序：例雁行。

猜一猜 不識字，把字排，秋天去，春天來。（猜一種鳥名）（答案：雁）

唱詩歌 燕子去，大雁來，飛在天空成一排；像「人」字，像「一」字，雁兒也知守規矩。（芮家智編）

雁字 ㄧㄢˋ ㄗˋ 雁飛行的時候，排列整齊就像「人」字。

雅　隹部 四畫

雅雅

一二于牙牙牙牙牙雅雅雅雅

ㄧㄚˇ ❶高尚，不粗俗的：例文雅。❷合乎標準的、規範的：例雅言。❸稱對方情意、舉動的客氣用法：例雅意。❹西周朝廷上的樂歌，《詩經》中的一類：例大雅、小雅。❺姓：例雅先生。

ㄧㄚ「鴉」的本字。

參考 相反字：俗。

雅典 ㄧㄚˇ ㄉㄧㄢˇ 古希臘國名，經濟文化很發達，是歐洲文化的淵源。曾經稱霸希臘愛琴海地區，後來被羅馬征服。西元一八三三年，希臘共和國成立，就以雅典為首都。城中至今仍保留了許多著名的古蹟。

雅座 ㄧㄚˇ ㄗㄨㄛˋ 飯館酒店中比較精緻舒適的座位，經過隔間，顧客比較不容易被打擾。

雅致 ㄧㄚˇ ㄓˋ ❶美觀而不俗氣，通常指裝飾或室內的布置。致：指意態。例這座林間小屋布置得十分雅致，好似人間仙境。❷文雅有韻味的神情態度。例老先生無論春夏秋冬，總是一襲長衫，真是高人雅致。

雅量 ㄧㄚˇ ㄌㄧㄤˋ 指人有寬宏的氣度。例您大人雅量，就饒了我這次吧！

雅痞 ㄧㄚˇ ㄆㄧˇ 是外來語詞的翻譯，指具有相當社會地位的人士，他們喜愛名牌，強調品味，重視健康及休閒。

參考 相似詞：雅皮。♣相反詞：嬉痞（皮）。

雅興 ㄧㄚˇ ㄒㄧㄥˋ 高尚不粗俗的興致。興：喜悅的情緒。例哥哥今天突發雅興，居然要為我作畫。

雅觀 ㄧㄚˇ ㄍㄨㄢ 裝束、舉止都很文雅。觀：樣子。例穿睡衣或打赤膊出門，都很不雅觀。

雅加達（ㄧㄚˇ ㄐㄧㄚ ㄉㄚˊ） 印度尼西亞（簡稱印尼）首都，位於爪哇島。是東南亞最大城市，也是亞洲南部與大洋洲的航運中心。

雅俗共賞（ㄧㄚˇ ㄙㄨˊ ㄍㄨㄥˋ ㄕㄤˇ） 不論文化程度、藝術修養的高低都能欣賞。通常用來形容藝術創作優美通俗，合於一般人的欣賞水準。例這篇文章內容很有深度，文字上又能達到雅俗共賞的水準，真是不容易。

雅魯藏布江（ㄧㄚˇ ㄌㄨˇ ㄗㄤˋ ㄅㄨˋ ㄐㄧㄤ） 是西藏地區最大的河流，發源於岡底斯山。經印度、孟加拉注入孟加拉灣。這條江坡陡水急，水力資源豐富。雅魯藏布江谷地是西藏最重要的農業區。

雄

雄雄 隹部 四畫

ㄒㄩㄥˊ ❶陽性的生物，與「雌」相對：例雄性、雄蕊。❷強而有力的：例百萬雄兵。❸英勇、有氣魄的：例雄心壯志。

參考 相反字：雌、牝、母。

猜一猜 空中霸王。（猜臺灣一地名）（答案：高雄）

雄心（ㄒㄩㄥˊ ㄒㄧㄣ） 遠大的理想及抱負。例他有萬丈的雄心要建立偉大的功業。

參考 活用詞：雄心壯志。

雄壯（ㄒㄩㄥˊ ㄓㄨㄤˋ） 氣魄、聲勢威武強大。例聽到雄壯的軍樂聲，令人不由得精神一振。

雄峙（ㄒㄩㄥˊ ㄓˋ） 雄偉的直立著。峙：高聳直立。例這座雕像雄峙在高山上，顯得格外英挺。

雄姿（ㄒㄩㄥˊ ㄗ） 威武雄壯的姿態。例看他騎馬的雄姿，好不威風！

參考 活用詞：雄姿英發。

雄厚（ㄒㄩㄥˊ ㄏㄡˋ） 人力、物力非常充足。例他因為財力雄厚，在商場上很敢放手一搏。

雄健（ㄒㄩㄥˊ ㄐㄧㄢˋ） 強健有力。健：強壯。例戰士們邁著雄健的步伐，迎向挑戰。

雄偉（ㄒㄩㄥˊ ㄨㄟˇ） 格局大而且很雄壯。例雄偉的高山，激起我征服的壯志。

雄黃（ㄒㄩㄥˊ ㄏㄨㄤˊ） 是一種橘紅色的礦物。也叫作「雞冠石」。可用來製造有色玻璃、染料等。在中藥上用作解毒、殺蟲劑。端午節時，有飲雄黃酒的習俗，據說有解毒除溼的效果。

參考 活用詞：雄黃酒。

雄蕊（ㄒㄩㄥˊ ㄖㄨㄟˇ） 花的一部分，由花絲、花藥組成。花絲長短不一，用來支持花藥。成熟後，花藥裂開，散出花粉。又叫作「小蕊」。

雄辯（ㄒㄩㄥˊ ㄅㄧㄢˋ） 強有力的辯論。辯：用言語爭論。例「事實勝於雄辯」，任你說得再多也沒用。

雄赳赳（ㄒㄩㄥˊ ㄐㄧㄡ ㄐㄧㄡ） 有威風、有氣魄的樣子。赳赳：雄壯勇武的樣子。例戰士們個個精神抖擻，雄赳赳，氣昂昂。

雄才大略（ㄒㄩㄥˊ ㄘㄞˊ ㄉㄚˋ ㄌㄩㄝˋ） 傑出的才能及深遠的謀略。例他很有雄才大略，是個優秀的領導者。

雄偉壯麗（ㄒㄩㄥˊ ㄨㄟˇ ㄓㄨㄤˋ ㄌㄧˋ） 雄壯偉大又美麗。壯：宏偉。例這座雄偉壯麗的建築，完全是國人智慧、能力的展現。

集

集集 隹部 四畫

ㄐㄧˊ ❶會合，聚在一起：例集合、會集。❷會合單篇的作品編成的書：例文集、攝影集。❸定期買賣交易的市場：例趕集。❹篇幅較大的書籍或長度較長的影片中的一個段落：例上集、第五集。

參考 相似字：聚、輯、纂。♣相反字：離。

猜一猜 鳥在樹上。（猜一字）（答案：集）

集中（ㄐㄧˊ ㄓㄨㄥ） 把分散的會合在一起。例戰士們集中火力向敵人猛攻。

集合（ㄐㄧˊ ㄏㄜˊ） ❶把分散的人或物會合在一起。例他集合了三千人參加這次的遊行。❷軍事上使人員集中的口令。例聽到集合的口令，大家趕緊向隊伍靠攏。❸數學名詞，指由具有一定特性事物構成的團體，組成集合的個體叫做「元素」。例如：由ㄅ、ㄆ、ㄇ、ㄈ……等「元素」組成的團體，就是一個注音符號的「集合」。

集訓 ㄐㄧˊ ㄒㄩㄣˋ 集中到一個地方訓練。

集會 ㄐㄧˊ ㄏㄨㄟˋ 許多人聚集在一起開會。

集團 ㄐㄧˊ ㄊㄨㄢˊ 為了同樣的目的，組織起來共同行動的團體。例電視新聞報導，警方破獲了竊盜集團，真是大快人心。

集錦 ㄐㄧˊ ㄐㄧㄣˇ 編集在一起的精彩詩文、圖畫等。例今天的卡通集錦，看得大家大呼過癮。

集權 ㄐㄧˊ ㄑㄩㄢˊ 政權集中在中央政府的一種制度。我國古代的政治，大多屬於中央集權。

參考 相反詞：地方分權。

集體 ㄐㄧˊ ㄊㄧˇ 許多人結合起來的組織性團體。例春節過後，公司所有同事集體去歐洲旅遊。

參考 相反詞：個人。♣活用詞：集體行為、集體安全、集體創作、集體意識、集體農場。

集中營 ㄐㄧˊ ㄓㄨㄥ ㄧㄥˊ 由政府設置的特別拘留所，用來拘禁政治犯或大量的俘虜。被關在集中營的人犯，沒有人權，所受的待遇，比一般監獄都差。

集散地 ㄐㄧˊ ㄙㄢˋ ㄉㄧˋ 貨物會集、發散的地方，通常是指把本地區的貨集中到一處，以便對外運送，外地運來的貨物也在這裡分散到本區內的各個地方。

集思廣益 ㄐㄧˊ ㄙ ㄍㄨㄤˇ ㄧˋ 集合眾人的意見和智慧，可以得到更好的效果。思：用心考慮。廣：擴展。益：好處。例在「腦力激盪」活動中，大家集思廣益，想出了很多新鮮的創意。

集體創作 ㄐㄧˊ ㄊㄧˇ ㄔㄨㄤˋ ㄗㄨㄛˋ 由多人合作搜集資料，決定內容後，分別完成所負責的部分，再集合而成。或由一個人按照眾人的決議，負責完成，都可以叫作「集體創作」。

雇
隹部 四畫

ㄍㄨˋ ❶出錢讓人替自己做事：例聘雇、約雇、雇工。❷租：例雇船。

雇工 ㄍㄨˋ ㄍㄨㄥ ❶被人雇用來替別人做事的人。❷雇用工人。

雇主 ㄍㄨˋ ㄓㄨˇ 事業經營的所有人或負責人，或聘用別人幫助自己工作並且支付工錢的人。又寫作「僱主」。

參考 相似詞：老闆、東家、頭家。

雋
隹部 四畫

ㄐㄩㄢˋ ❶意義深長：例雋永。❷姓：例雋先生。

ㄐㄩㄣˋ 才智超過一般的人，通「俊」：例英雋。

雋永 ㄐㄩㄢˋ ㄩㄥˇ 指文章或談話意義深長，值得仔細思考。

雍
隹部 五畫

ㄩㄥ ❶很和諧的樣子：例雍和。❷態度大方，從容不迫的樣子：例雍容。❸姓：例雍先生。

雍正 ㄩㄥ ㄓㄥˋ 清世宗的年號，繼承聖祖康熙為皇帝。他為人好猜忌，用法嚴苛，刻薄寡恩。但是對外武功很盛，平定了不少亂事。

雍容華貴 ㄩㄥ ㄖㄨㄥˊ ㄏㄨㄚˊ ㄍㄨㄟˋ 形容態度大方，高貴有威儀的樣子。例老太太家世顯赫，學養又深厚，顯得雍容華貴。

雉
隹部 五畫

ㄓˋ 是一種野雞，在荒山田野間活動，僅能做短暫的飛行。公雉的羽毛很鮮豔美麗，可以做裝飾品。

雌
隹部 六畫

ㄘ 指母的、陰性的動、植物：例雌鳥、雌蕊。

參考 相似字：母、牝。♣相反字：公、雄、牡。

雌黃 是一種礦物名稱，成分是三硫化二砷，晶體多呈黃色的柱狀體，加熱後有蒜味。古人常用雌黃來修改文字。

雕 隹部 八畫

ㄉㄧㄠ ❶在竹木、玉石、象牙等材料上刻畫：例雕刻。❷有彩畫裝飾的：例雕欄、雕弓。❸鳥名，性凶猛，視力發達，愛吃鼠、兔等。也寫作「鵰」。❹同「凋」。

雕刻 在材料上刻畫花紋，或刻出立體的造型。

參考 請注意：「雕刻」與「塑造」不同：「雕刻」的製作過程是由表到裡，有平刻、浮雕、透雕、圓雕等；「塑造」是利用材料按捏，由裡到外製成成品。

雕琢 ❶雕刻琢磨玉石。❷比喻文字的修飾加工，但通常指過度追求文字的華美。例太過雕琢的文章，會失去文字原來鮮活的生命力。

雕塑 ❶雕刻和塑造。❷凡是把可以雕刻、可以塑造的材料製成立體或半立體的形像，就叫「雕塑」，與「繪畫」並列為美術的兩大主幹。

雕像 以人物為題材的雕刻作品，通常以青銅、大理石、木材等為材料。

雕梁畫棟 在房子的棟梁上雕刻花紋並塗上色彩。是我國古代的一種建築藝術，引申指豪華的建築。梁、棟：都是支撐屋子的木頭。

雕蟲小技 表示像雕刻蟲子般微小不值得稱說的技能。比喻微小的技能。技：專門的才藝。例她多才多藝，精通琴、棋、書、畫，卻謙稱不過是雕蟲小技。

參考 相似詞：雕蟲篆刻。

雖 隹部 九畫

ㄙㄨㄟ 連詞，表示縱然、即使的意思：例雖死猶生。

雖然 連詞，用在上半句；下半句常有「可是」、「但是」等詞呼應。表示承認甲事是事實，但乙事並不因為甲事而不存在。例事情雖然小，意義卻很大。

參考 請注意：與「雖然」同樣表示轉折或推想的連詞還有「儘管」、「固然」、「即使」、「縱然」、「就是」等。

雖敗猶榮 雖然失敗了，仍然覺得很光榮。例你能抱病完成比賽，真是雖敗猶榮啊！

雛 隹部 十畫

ㄔㄨˊ 出生不久的幼禽：例雛鳥。

雛形 ❶事物初步形成的規模。例這棟房子已經可以看出雛形了。❷依照實物縮小的模型，例如：建築模型、地理模型等。

雞 隹部 十畫

ㄐㄧ 一種家禽，嘴很短，上嘴稍微彎曲，頭部有鮮紅色的肉冠。翅膀短，不能高飛。品種很多。

猜一猜 頭戴紅纓帽，身穿五彩衣，清晨把歌唱，紅日東方起。（猜一種動物）

（答案：公雞）

古人說 「雞蛋裡挑骨頭。」這句話是說：刻意挑剔別人的過失或缺點。例你這麼挑剔，簡直是「雞蛋裡挑骨頭」。

雞冠 雞頭上紅色的肉質隆起，形狀像帽子的東西。公雞比母雞的雞冠鮮明漂亮。冠：帽子。

參考 活用詞：雞冠花、雞冠石。

雞胸 胸骨向前凸起，形狀像雞的胸脯。多半是因佝僂病而產生。

雞眼 皮膚病的一種。腳掌或腳趾因為長期受壓、磨擦使得角質過度增厚。形狀像雞的眼睛，尖端向內，常壓迫神經，產生疼痛。

雞瘟 ㄐㄧ ㄨㄣ 指雞的各種死亡率很高的急性傳染病。

雞尾酒 ㄐㄧ ㄨㄟˇ ㄐㄧㄡˇ 在酒中加上果子露、香料、苦味酒等混合成的飲料。開始於拉丁美洲。傳說有個酒店的主人遺失了一隻心愛的雞，後來被一位少年找著了。酒店主人為了報答他，就把自己女兒嫁給他。結婚那天，來賓們要喝的酒都不一樣，只好把各種酒混合在一起，請大家喝。後來就把兩種及兩種以上或由酒攙入果汁調成的飲料，叫作「雞尾酒」。另外一種說法是因為混合各種酒，顏色美得像雄雞尾部的尾巴。還有一種說法是客人在酒店打烊後還來喝酒，店主就把當天剩下的酒混合賣出，所以叫作「雞尾酒」。

雞毛撢子 ㄐㄧ ㄇㄠˊ ㄉㄢˇ ㄗˇ 用來撢去灰塵的東西，把雞毛紮在竹竿的一端製成。撢子：拂塵土的用具。

參考 相似詞：雞毛帚。

雞毛蒜皮 ㄐㄧ ㄇㄠˊ ㄙㄨㄢˋ ㄆㄧˊ 雞的毛、蒜的皮；比喻很輕微、很瑣碎，根本無關緊要的小事情。例請你不要連雞毛蒜皮的事，都要去報告老師。

參考 相似詞：芝麻綠豆。

雞犬不寧 ㄐㄧ ㄑㄩㄢˇ ㄅㄨˋ ㄋㄧㄥˊ 連雞跟狗都不得安寧，表示吵鬧得很厲害。例他又哭又叫的，鬧得全家雞犬不寧。

參考 相似詞：雞飛狗跳。

雞皮疙瘩 ㄐㄧ ㄆㄧˊ ㄍㄜ ㄉㄚ 因為寒冷、恐懼或其他刺激，在皮膚上形成突起的細小顆粒，樣子就像拔掉毛的雞皮。疙瘩：皮膚上長出突起不平的圓形粒子。

雙 隹部 十畫

ㄕㄨㄤ ❶計算數量的單位，兩個成對的：例一雙鞋。❷偶數的：例雙號。❸加倍的：例雙份。❹匹敵：例舉世無雙。❺姓：例雙小姐。

猜一猜 一胎生兩子。（猜一句俗語）（答案：雙喜臨門）

雙方 ㄕㄨㄤ ㄈㄤ 指相對的兩個人或團體。例這場球賽，敵我雙方拚得你死我活。

雙打 ㄕㄨㄤ ㄉㄚˇ 比賽的一種方式，對抗的雙方每組兩人參加。例如：網球、乒乓球、羽毛球都可以雙打。

雙重 ㄕㄨㄤ ㄔㄨㄥˊ 兩種、兩層、兩方面，多用於比較抽象的事物。重：同樣的。例父親這次出國，負有雙重任務，責任重大。

參考 活用詞：雙重人格、雙重國籍。

雙料 ㄕㄨㄤ ㄌㄧㄠˋ ❶以加倍的材料製造。料：材料。例雙料冰淇淋。❷雙項，兩種。例他參加游泳比賽，獲得雙料冠軍。

雙聲 ㄕㄨㄤ ㄕㄥ 指兩個字的聲母相同。例如：新鮮、雙手等都是。

雙簧 ㄕㄨㄤ ㄏㄨㄤˊ ❶兩人合作的一種曲藝表演。一個人藏在後面或說或唱，在前面的人按照說唱的內容作相應的表演。❷比喻兩個人一說一和，配合得很緊密。例你們倆唱了半天的雙簧，有什麼要求就明說吧！

雙關 ㄕㄨㄤ ㄍㄨㄢ 文字語言的表面是一個意思，實際指的是另一種意思。例如：「東邊日出西邊雨，道是無晴還有晴。」「晴」與「情」一語雙關。

參考 活用詞：雙關語、一語雙關。

雙邊 ㄕㄨㄤ ㄅㄧㄢ 由兩方面參加的，特指由兩個國家參加的。例美蘇雙邊高峰會議，對限武談判取得了一致的看法。

雙胞胎 ㄕㄨㄤ ㄅㄠ ㄊㄞ 指一次懷孕，同時產下二名胎兒。可能是一個卵分裂，或雙卵受精所產生的現象。同卵雙胞生下的胎兒，一定是同性，而且面貌十分相像。異卵雙生就未必如此。

參考 相似詞：雙生子。

雙氧水 ㄕㄨㄤ ㄧㄤˇ ㄕㄨㄟˇ 是過氧化氫的水溶液，透明無色，可以做為防腐劑或傷口的消毒劑。

雙管齊下 ㄕㄨㄤ ㄍㄨㄢˇ ㄑㄧˊ ㄒㄧㄚˋ 同時拿著兩枝筆作畫；比喻同時採用兩種方法或進行兩件事。相傳唐代張璪（ㄗㄠˇ），很會畫松，並且能兩手拿筆同時作畫：一筆畫枯幹，一筆畫枯枝。管：筆管。例這件事經過我們分頭進行，雙管齊下的努力後，很快就完成了。

參考 相似詞：左右開弓。

雜

隹部 十畫

ㄗㄚˊ ❶眾多的，多種多樣的：例雜草、雜貨、雜技。❷混合在一起：例摻雜、混雜、夾雜。

參考 相反字：純。

雜文 ㄗㄚˊ ㄨㄣˊ 散文的一種，形式短小，不拘泥於某一種內容，可以議論，也可以敘事、抒情。樣式很多，例如：隨筆、雜感、筆記等都是。

唱詩歌 君自故鄉來，應知故鄉事。來日①綺窗②前，寒梅著花未？（雜詩・王維）

註：①來日：動身的日子。②綺窗：裝飾得很華麗的窗子。綺：音ㄑㄧˇ，有斜花紋的絲織品。

雜耍 ㄗㄚˊ ㄕㄨㄚˇ ❶各種遊戲技藝的表演。例如：魔術、走鋼索、說書、扯鈴等都是。❷專指雜技中的手技或頂技，例如：拋球、頂缸等。

雜務 ㄗㄚˊ ㄨˋ 非主要的，不能歸屬於任何一類的瑣碎事物。例吳先生每天要花很多時間處理雜務。

雜感 ㄗㄚˊ ㄍㄢˇ 零星、很多方面的感想，也指記敘這些感想的雜文。

雜亂 ㄗㄚˊ ㄌㄨㄢˋ 多而亂，沒有秩序或條理。例小弟弟每次都把家裡弄得雜亂無章，真令人頭疼！

雜誌 ㄗㄚˊ ㄓˋ 是定期或不定期連續出版的成冊刊物。有固定的名稱，按卷期或年月的順序編號出版。有綜合性雜誌和專門性雜誌。

雜種 ㄗㄚˊ ㄓㄨㄥˇ ❶兩種不同種或不同屬的生物交配而產生的新品種，具有上一代品種的特徵。❷罵人的話。

雜質 ㄗㄚˊ ㄓˊ 某種物質中所含有的不純成分。例這件衣服是純羊毛的，一點雜質也沒有。

雜糧 ㄗㄚˊ ㄌㄧㄤˊ 稻米、小麥以外的糧食，例如：玉米、高粱、大豆等。糧：穀類食物的總稱。

雜貨鋪 ㄗㄚˊ ㄏㄨㄛˋ ㄆㄨˋ 販賣日常家用零星貨品的商店。

參考 相似詞：雜貨店、平價中心。

離

隹部 十一畫

ㄌㄧˊ ❶分開，分別：例生離死別。❷相隔的遠近：例距離。❸違背：例眾叛親離。❹姓：例離先生。

參考 相似字：別、分、析、距。♣相反字：合、會、聚。

離奇 ㄌㄧˊ ㄑㄧˊ 事情發生得很奇怪、很不平常，出人意料。例你說這種離奇古怪的話，誰聽得懂？

離宮 ㄌㄧˊ ㄍㄨㄥ 古時皇帝建在正宮以外的宮殿，作為巡行、避暑時的住所。

參考 相似詞：行（ㄒㄧㄥˊ）宮。

離婚 ㄌㄧˊ ㄏㄨㄣ 夫妻因為某些原因，依照法律的規定解除婚姻關係。

參考 相似詞：離異。

離間 ㄌㄧˊ ㄐㄧㄢˋ 從中利用不正當方法，使人彼此不和睦。例我們要小心防範敵人的離間手段。

離譜 ㄌㄧˊ ㄆㄨˇ 離開了原來的譜子；比喻說話或做事脫離了正常的狀況，不合公認的準則。譜：按照事物類別、系統編寫的冊子。

離騷 ㄌㄧˊ ㄙㄠ 戰國時代楚國人屈原所寫。他因為國君聽信了小人說的壞話，而被放逐，於是寫了「離騷」表明他忠君愛國的情操。

離鄉背井 ㄌㄧˊ ㄒㄧㄤ ㄅㄟˋ ㄐㄧㄥˇ 背對家中的那口井，離開家鄉。指離開家鄉，到外地過生活。例哥哥離鄉背井到臺北求學。

離群索居 ㄌㄧˊ ㄑㄩㄣˊ ㄙㄨㄛˇ ㄐㄩ 離開親友，孤獨的生活。群：指社會眾人。索：獨自。例老先生個性孤僻，多年來都不願與人往來，過著離群索居的生活。

難

隹部 十一畫

ㄋㄢˊ ❶不容易的：例難題、難關。❷不好的：

例難吃、難看。❸不能夠：例自身難保。❹令人感到困難：例這個問題可把我難倒了。❺阻礙：例為難。

ㄋㄢˋ ❶不幸的遭遇：例難民。❷災禍：例災難、遇難。❸責問，責備：例責難。

ㄋㄨㄛˊ ❶驅逐疫鬼的儀俗。❷盛大的。

猜一猜 啞巴吵架。（猜一句成語）（答案：難解難分）

古人說 (一)「書到用時方恨少，事非經過不知難。」非：沒有的意思。這句話是說：需要用到某一種知識時，才發現自己以往所讀的書太少，沒有辦法用上；沒有親身經歷的事，就不知道其中的過程有多困難。勸勉人要多讀書，少批評。

(二)「大難不死，必有後福。」這句話是說：在災難中逃過一死的人，以後一定會有福氣。通常是用來安慰受難不死的人。例小弟弟從陽臺掉下來居然毫髮無傷，大家都說他：「大難不死，必有後福。」

笑一笑 月考考完，媽媽問小明：「你覺得題目難不難？」小明回答：「題目並不難，難的是答案。」

難民 ㄋㄢˋ ㄇㄧㄣˊ 由於戰爭、災害或政府迫害而無家可歸、生活困難的人。例只要一發生戰爭，就會有逃亡的難民。

參考 活用詞：難民營、難民潮。

難免 ㄋㄢˊ ㄇㄧㄢˇ 不容易避免，很可能發生。例新生剛到達學校讀書，難免會感到不適應。

難忘 ㄋㄢˊ ㄨㄤˋ 令人印象深刻，不容易忘記。例這次的化裝舞會真令人難忘。

難受 ㄋㄢˊ ㄕㄡˋ ❶沒辦法忍受。例這種怪味真令人難受。❷心裡被拘束、不自在。例學生面對那麼多作業，實在難受。

難怪 ㄋㄢˊ ㄍㄨㄞˋ 沒有什麼奇怪的。例原來老先生住院了，難怪好久沒看到他。

難看 ㄋㄢˊ ㄎㄢˋ ❶不好看。例他的臉色很難看，好像才剛生過病。❷不光榮，沒面子。例你要是連這點小事都做不好，那可就太難看了。

難倒 ㄋㄢˊ ㄉㄠˇ 沒有能力或方法去辦成某件事。例這個問題，可把我難倒了。

難產 ㄋㄢˊ ㄔㄢˇ ❶指母親生小孩時不容易生出來。例她是一個難產兒。❷比喻計畫、工作不容易完成。例這次郊遊又難產了。

難得 ㄋㄢˊ ㄉㄜˊ ❶不容易，很少，含有諷刺的味道。例像你這麼賣力的，可真難得。❷不容易辦到或做到，有可貴的意思。例他能在比賽中獲得四面金牌，實在很難得。例這顆珍珠可是難得一見的寶貝。

難堪 ㄋㄢˊ ㄎㄢ ❶令人難以忍受。堪：承受，忍受。例天氣熱得難堪。❷困窘，不好意思。例他感到有點難堪，臉都紅了。

難過 ㄋㄢˊ ㄍㄨㄛˋ ❶傷心，不高興。例她的小孩到處鬧事，她感到十分難過。❷生活困苦。例物價飛漲，日子愈來愈難過了。❸身體不舒服。例我好像感冒了，頭痛得好難過呀！

笑一笑 老師要大家用「難過」這個詞造句，小華答：「馬路上車輛很多，很難過。」全班同學都笑得很「難過」。

難道 ㄋㄢˊ ㄉㄠˋ 莫非，加強反問語氣的副詞。例難道一點辦法都沒有嗎？

難題 ㄋㄢˊ ㄊㄧˊ 不容易解決的問題。例救助災民最大的難題就是經費不足。

難關 ㄋㄢˊ ㄍㄨㄢ 不容易渡過的時期。例渡過這個難關，問題就容易解決了。

難纏 ㄋㄢˊ ㄔㄢˊ 形容一個人不容易對付。

難為情 ㄋㄢˊ ㄨㄟˊ ㄑㄧㄥˊ 慚愧，不好意思。例別人都學會了，就是我不會，真是難為情。例我如果答應他的要求，我又辦不到；要是不答應，又覺得難為情。

笑一笑 警察：「你為什麼常到這裡來呢？難道你一點都不難為情？」小偷：「你自己還不是天天在這裡！」

難以估計 ㄋㄢˊ ㄧˇ ㄍㄨ ㄐㄧˋ 很難用數目算出來；比喻很多。例這次水災，造成的災害真是難以估計。

難兄難弟 (一)ㄋㄢˊ ㄒㄩㄥ ㄋㄢˊ ㄉㄧˋ 形容兄弟二個都很優秀，很難分出高下。(二)ㄋㄢˋ ㄒㄩㄥ ㄋㄢˋ ㄉㄧˋ 指一起患難的好朋友。

雨部 ㄩˇ

地面上的水，蒸發到天空中，遇冷會變成雲，雲裡的水滴聚集很多時就會下降，那就是下雨。「雨」就是雨最早的寫法，「一」像天，「冂」像雲，小點正像降下的水滴。雨部的字都和自然現象有關，例如：雷、電、霞。

雨 （雨部 ○畫）

一 ㄏ 冂 帀 帀 雨 雨 雨

ㄩˇ ❶從雲層下降到地面的水。水蒸氣上升到空中遇冷凝結成雲，雲裡的小水滴增大到不能浮在空中時，就會下降：例下雨。❷朋友：例舊雨新知。

ㄩˋ 落下：例雨雪（下雪）。

猜一猜 千條線，萬條線，掉在水裡都不見。（猜一種自然現象）（答案：雨）

動動腦 「下雨天留客天天留我不留。」這是很有名的打油詩，它沒有標點，如果你想留住一位朋友，你要怎麼標點呢？如果你希望這位朋友快點離去，你又要怎麼讓他知道呢？

俏皮話 「老天下雨——每人頭上有幾滴。」小朋友，你知道這句俏皮話是什麼意思嗎？老天一下雨時，每個人都會淋得到；比喻人人都有份。例如：今天老闆請客，可真是「老天下雨——每人頭上有幾滴」。

雨水 ㄩˇ ㄕㄨㄟˇ ❶由降雨得來的水。例乾旱的時期最盼望雨水的降落。❷農曆二十四節氣的名稱之一，在每年國曆的二月十八日到二十日。

雨衣 ㄩˇ ㄧ 防雨的外衣。

雨季 ㄩˇ ㄐㄧˋ 降雨量最多的季節。例雨季一到，賣傘的商人就高興了。

雨具 ㄩˇ ㄐㄩˋ 防雨的用具，例如：雨衣、雨鞋、雨傘等。

猜一猜 一對兄弟，住在一起，雨天出門走走，晴天呆在家裡。（猜一種物品）（答案：雨鞋）

雨量 ㄩˇ ㄌㄧㄤˋ 在一定時間內，降落在地面上，沒有蒸發、漏掉或流失的雨水所積的深度，通常用公釐表示。例沙漠的年雨量只有幾公釐。

雨傘 ㄩˇ ㄙㄢˇ 防雨的傘，用油紙、油布或塑膠原料製成。

雨傘節 ㄩˇ ㄙㄢˇ ㄐㄧㄝˊ 爬蟲類動物，一種很毒的蛇，有黑白的花紋，長約一尺多。

雨後春筍 ㄩˇ ㄏㄡˋ ㄔㄨㄣ ㄙㄨㄣˇ 下過春雨以後竹筍很茂盛的長出來；比喻新的事物大量的出現。例這個小鎮近十幾年來，高樓大廈如雨後春筍般的建起來。

雨過天青 ㄩˇ ㄍㄨㄛˋ ㄊㄧㄢ ㄑㄧㄥ 顏色的名字。像雨後放晴時天空中出現的藍色，非常好看。例瓷器中的「雨過天青」色很有名。

雨過天晴 ㄩˇ ㄍㄨㄛˋ ㄊㄧㄢ ㄑㄧㄥˊ 雨後天氣較晴；比喻壞的形勢已經過去，出現好的、平靜的情形。例雨過天晴，兩個人又和好如初了。

雪 （雨部 三畫）

雪

一 ㄏ 冂 帀 帀 雨 雨 雨 雪 雪 雪

ㄒㄩㄝˇ ❶空中的水蒸氣遇冷到攝氏零度以下，凝結成六角形的白色冰花降落下來：例雪片、下雪。❷洗刷，洗去：例雪冤、雪恥復國。❸像雪一樣的：例雪白、雪亮。

猜一猜 (一)像糖卻不甜，像鹽卻不鹹，冬天飛滿天，夏天看不見。（猜一種自然現象）（答案：雪）
(二)一個娃娃又白又胖，不怕冷來不怕風，只怕太陽公公。（猜一種自然現象）（答案：雪人）

繞口令 天上下雪，身上流血。血是紅的不是白的，雪是白的不是紅的。

唱詩歌 下雪了，下雪了，半天雲裡飛鵝毛。塊塊水田鑲銀邊，座座青山戴白帽。青松長起白頭髮，翠竹反穿羊皮襖。小狗送我上學去，朵朵梅花撒滿道。

雪白 ㄒㄩㄝˇ ㄅㄞˊ 很白的意思。例雪白的皮膚。

雪車 ㄒㄩㄝˇ ㄔㄜ 一種在雪地或冰上滑行的車子，沒有車輪，兩邊只有滑板，中間有木架，用來載貨、乘坐。一般用狗、鹿、馬來拖拉行走。

參考 相似詞：雪橇（ㄑㄧㄠ）。

唱詩歌 小雪橇，輕又滑，滑下山坡像流星。小娃娃，笑吟吟，大家越練越有勁。

雪花 ㄒㄩㄝˇ ㄏㄨㄚ 空中飄下的雪，形狀像花片，所以叫雪花。

猜一猜 白色花，無人栽，一夜北風遍地開，無根無枝又無葉，此花原從天上來。（猜一種自然現象）（答案：雪花）

唱詩歌 大清早，雪花飄，雪花跟著北風跑。跑到小兔家門口，小兔還在睡懶覺。跑到小鳥家門口，小鳥躲著怕感冒。跑到小玲家門口，小玲已經起來了。刷刷牙，洗洗臉，打開窗戶做體操。

雪茄 ㄒㄩㄝˇ ㄐㄧㄚ 英語翻譯過來的詞。將煙葉捲成長條形來吸食的香煙，最早是西印度群島的土人所用，後來傳入歐美各地。

雪亮 ㄒㄩㄝˇ ㄌㄧㄤˋ 像雪那麼明亮。例觀眾的眼睛是雪亮的。

雪恥 ㄒㄩㄝˇ ㄔˇ 洗刷名譽上所受的損害。恥：不光榮的事情。例句踐十年生聚、十年教訓，目的是為了雪恥復國。

雪堆 ㄒㄩㄝˇ ㄉㄨㄟ 成堆的雪。

雪中送炭 ㄒㄩㄝˇ ㄓㄨㄥ ㄙㄨㄥˋ ㄊㄢˋ 在下雪的冷天送炭火給人取暖；比喻在別人有困難的時候給予幫忙。例我們的社會有許多雪中送炭，默默行善的好人。

雯

雨部 四畫

ㄨㄣˊ 形成花紋的雲彩。

雲

雨部 四畫

ㄩㄣˊ ❶水蒸氣遇冷，結成細水滴，水滴聚成一團，飄浮在空中，就叫「雲」：例雲朵、白雲。❷「雲南省」的簡稱：例雲貴高原。❸形容很多的樣子：例萬商雲集。❹像雲一樣高的：例雲梯。❺姓：例雲小姐。

猜一猜 ㈠忽然不見忽然有，像虎像龍又像狗，太陽出來它不怕，大風一吹它就走。（猜一種自然現象）（答案：雲）

㈡趕走羊群，吊銀線，彩色橋樑空中懸。（猜三種自然現象）（答案：雲、雨、虹）

㈢北風起（猜中國一省份名）（答案：雲南）

㈣雲中岳（猜臺灣一地名）（答案：霧峰）

唱詩歌 「雲兒，雲兒，聽我講，你把太陽擋一擋！嫩嫩秧苗剛種下，讓它這會涼一涼！」「孩子，孩子，我聽話，太陽被我遮住了！小小秧苗嘴巴乾，讓我把水灑一灑。」

雲母 ㄩㄣˊ ㄇㄨˇ 礦石的一種，有黑白兩色，耐高溫，不導電，能分成很薄的透明片，是重要的電氣工業材料。

雲海 ㄩㄣˊ ㄏㄞˇ 從高處向下看，平鋪在下面像海一樣的雲層。例阿里山的雲海名聞中外。

雲梯 ㄩㄣˊ ㄊㄧ ❶救火用的長梯子。例消防隊員利用雲梯救出被火困住的民眾。❷古時候用來攻城的梯子。例公輸般製造雲梯的目的是要讓楚國去攻打宋國。

雲彩 ㄩㄣˊ ㄘㄞˇ 雲朵的光彩。例早晨和黃昏的雲彩都很燦爛。

參考 相似詞：雲霞。

雲端 ㄩㄣˊ ㄉㄨㄢ 雲裡頭；形容很高的天空。端：盡頭。例噴射機穿過雲端，留下一道長長的凝結雲。

雲霄 ㄩㄣˊ ㄒㄧㄠ 就是高空或天邊。霄：天空的意思。例歌聲響徹雲霄。

雲天高誼 ㄩㄣˊ ㄊㄧㄢ ㄍㄠ ㄧˋ 比喻友情十分深厚。例我和吳先生是二十年的老同事，兩人的友情是雲天高誼，比家人還親。

雲龍風雨 ㄩㄣˊ ㄌㄨㄥˊ ㄈㄥ ㄩˇ　比喻明主得到賢臣。例唐太宗有房玄齡和魏徵輔佐國事，真可說是雲龍風雨。

雲岡石窟 ㄩㄣˊ ㄍㄤ ㄕˊ ㄎㄨ　舉世聞名的佛寺，在山西大同縣武周山，北魏時代就已經有了。主要有五十三個洞窟，佛像有五萬一千多尊，從高十七公尺到只有幾公釐的佛像都有，這些石像都具有很高的藝術價值。

雷

雨部 五畫

ㄌㄟˊ　❶雲層放電時，碰撞空氣所發生的強烈爆炸聲：例巨雷、春雷。❷軍事上用的爆炸武器：例地雷、水雷。❸聲音很大：例雷鳴。❹盛大，猛烈：例雷厲風行、大發雷霆。❺姓：例雷先生。

猜一猜 (一)天上有面鼓，藏在雲深處，響時先冒火，聲音震山谷。（猜一種自然現象）（答案：雷）

(二)只打雷不下雨，你說奇怪不奇怪？（猜一字）（答案：田）

雷同 ㄌㄟˊ ㄊㄨㄥˊ　打雷引起的回響；比喻言語、姓氏與人完全相同，或抄襲別人的文章。

雷雨 ㄌㄟˊ ㄩˇ　由積雨雲產生的一種天氣現象，下雨時常伴有閃電和雷聲，往往發生在夏天的午後。

雷動 ㄌㄟˊ ㄉㄨㄥˋ　像打雷一樣響和震動。例大明星一曲結束，觀眾掌聲雷動。

雷達 ㄌㄟˊ ㄉㄚˊ　利用無線電波進行遠距離探測的裝置。用於偵察、警戒、跟蹤、瞄準、導航、地形測量和氣象探測等方面。

猜一猜 高高架欄杆，四面八方轉，雖然沒眼睛，能把千里觀。（猜一種科技工具）（答案：雷達）

雷鳴 ㄌㄟˊ ㄇㄧㄥˊ　像雷聲那麼大；比喻聲音非常的大。鳴：物體發出的聲音。例廟會中，響起雷鳴般的鼓聲。

雷霆 ㄌㄟˊ ㄊㄧㄥˊ　❶霹靂，就是暴雨。❷比喻發怒。例大發雷霆。❸比喻威力極大。例他們對敵人展開雷霆萬鈞的攻勢。

雷州半島 ㄌㄟˊ ㄓㄡ ㄅㄢˋ ㄉㄠˇ　在廣東西南部，突出在海中，位於南海和東京灣之間，南邊隔著瓊州海峽和海南島相望。

雷厲風行 ㄌㄟˊ ㄌㄧˋ ㄈㄥ ㄒㄧㄥˊ　像雷那樣猛，像風那樣快。比喻推行政策法令等嚴厲而迅速。

雷聲大雨點小 ㄌㄟˊ ㄕㄥ ㄉㄚˋ ㄩˇ ㄉㄧㄢˇ ㄒㄧㄠˇ　只聽到很大的雷聲，雨卻只下了一點點。比喻光說不做，或只有計畫，沒有實際的行動。例他做事一向雷聲大雨點小，你等著看吧！

參考 相似詞：虛張聲勢。

雹

雨部 五畫

ㄅㄠˊ　空中的水蒸氣遇冷結成冰雪，並且成塊狀落下的叫做「雹」。

零

雨部 五畫

ㄌㄧㄥˊ　❶不成整數的數目：例零頭、零用錢。❷三位數以上數的空位：例三百零一。❸表示沒有了：例三減三等於零。❹掉落：例草木凋零、感激涕零。❺部分的：例零售。❻姓：例零小姐。

參考 相反字：整。

零丁 ㄌㄧㄥˊ ㄉㄧㄥ　孤單沒有依靠的樣子。丁：人口。例孤苦零丁的老人。

參考 相似詞：伶丁、伶仃。

零工 ㄌㄧㄥˊ ㄍㄨㄥ　不固定的工作，都是臨時性的，做完就沒有了。例他到處打零工，貼補家用。

零件 ㄌㄧㄥˊ ㄐㄧㄢˋ　附在機器的主體上，損壞時可以隨時更換的部分。例一架飛機的零件有好幾百萬個。

零食 ㄌㄧㄥˊ ㄕˊ　正餐以外的小食品。例他喜歡吃雜七雜八的零食。

參考 相似詞：零嘴。

零星 ㄌㄧㄥˊ ㄒㄧㄥ　❶細少不成整數。星：細碎的東西。例每個家庭都常要支出一些零星的花費。❷不密的，散布各地方的。例零星的燈火，散布山坡。

零落 ㄌㄧㄥˊ ㄌㄨㄛˋ ❶不完整的。例這些零落的事情就交給他去處理。❷草木枯謝。例樹林裡掉了一堆零落的枯葉。

零亂 ㄌㄧㄥˊ ㄌㄨㄢˋ 不整齊。例颱風過後，街道一片零亂。

參考 相似詞：凌亂。

零碎 ㄌㄧㄥˊ ㄙㄨㄟˋ 細細小小，不完整的東西。例這些零碎的布你拿去當抹布用。

參考 相似詞：零零碎碎。

零賣 ㄌㄧㄥˊ ㄇㄞˋ 小數量的賣。例這套新版的百科全書不零賣。

參考 相似詞：零售。♣相反詞：批發。

零錢 ㄌㄧㄥˊ ㄑㄧㄢˊ ❶指一元、五元、十元的硬幣，不是大鈔。例上公車要自備零錢。❷買東西時老闆找的錢。例你別走，零錢還沒找呢！

零用金 ㄌㄧㄥˊ ㄩㄥˋ ㄐㄧㄣ 平常隨意花用，沒有一定用途的金錢。

參考 相似詞：零用錢。

電

雨部 五畫

一 ㇀ 𠂆 币 币 币 币 币 币 雨 雨 雷 電

ㄉㄧㄢˋ ❶一種重要的能源，廣泛的應用在生產和生活中，可以發光、發熱和產生動力：例電燈、電車。❷指閃電：例雷電交加。❸電報的簡稱：例急電、賀電。❹形容時間短暫、動作敏捷：例電光石火、風馳電掣。

電力 ㄉㄧㄢˋ ㄌㄧˋ 由電流所產生的動力。

電子 ㄉㄧㄢˋ ㄗˇ 帶有一定負電量的粒子叫做「電子」。電子和核子構成原子，而物質是由原子所構成的。

電車 ㄉㄧㄢˋ ㄔㄜ 用電作動力的公共交通工具。

電波 ㄉㄧㄢˋ ㄅㄛ 又稱電磁波，是因電的振動所產生的波動。

電阻 ㄉㄧㄢˋ ㄗㄨˇ 物體對電流通過的阻礙作用。

電扇 ㄉㄧㄢˋ ㄕㄢˋ 利用電動機帶動風扇葉片，加強空氣流動，以達到取涼或通風的目的。

猜一猜 二把刀追一把刀，追的時間真不少，自從夏季追到秋，可是始終追不到。（猜一種家用品）（答案：電扇）

電訊 ㄉㄧㄢˋ ㄒㄩㄣˋ 用電報、電話等傳送信息。

電焊 ㄉㄧㄢˋ ㄏㄢˋ 利用電發熱，鎔接金屬物。

電梯 ㄉㄧㄢˋ ㄊㄧ 利用電力為動力的升降機，可載運人、物。

電報 ㄉㄧㄢˋ ㄅㄠˋ 利用電信號傳送電碼、文字、圖表等的通信方式。

猜一猜 沒嘴會喊嘀嘀噠，沒腿能夠跑天涯，有啥話兒請它捎，眨眼功夫就送到。（猜一種電訊工具）（答案：電報）

電視 ㄉㄧㄢˋ ㄕˋ 將活動景物的圖像和聲音變成電信號，通過無線電波或導線傳送出去，並使圖像和聲音重現。

猜一猜 四角方方一隻眼，千里萬里看得見。唱歌跳舞排球賽，好像就在我面前。（猜一種家用品）（答案：電視機）

電話 ㄉㄧㄢˋ ㄏㄨㄚˋ 利用電信號的傳輸達到互通語言的通信方式。

猜一猜 丁零零，丁零零，一頭說話，一頭聽，兩人不見面，說話聽得清。（猜一種家用品）（答案：電話）

笑一笑 媽媽看到小英只花二十分鐘就掛斷電話，覺得很驚訝，因為往常小英總是一說幾個鐘頭。媽媽很高興小英能改掉壞習慣，於是問小英是哪個朋友打來的。小英：「不是朋友，剛才那人是打錯了電話！」

電鈴 ㄉㄧㄢˋ ㄌㄧㄥˊ 利用電力使鈴發聲的裝置，有門鈴、警鈴等多種。

猜一猜 指著你的臉，按著你的心，通知你主人，趕快來開門。（猜一種設備）（答案：電鈴）

電路 ㄉㄧㄢˋ ㄌㄨˋ 通過的電流所循環的通路。

電臺 ㄉㄧㄢˋ ㄊㄞˊ 「無線電臺」的簡稱。是用來發送或接收無線電信號的場所。

電影 ㄉㄧㄢˋ ㄧㄥˇ 根據人的視覺能暫時保留影像的原理，用攝影機將人物的影像拍攝成連續性的畫面，通過放映機在銀幕上再呈現出來的戲劇。

猜一猜 亮處看不清，暗處看分明，有人也有景，有色還有聲。（猜一種娛樂品）（答案：電影）

電器 ㄉㄧㄢˋ ㄑㄧˋ 泛稱一切利用電能作為動力的器具。

電機 ㄉㄧㄢˋ ㄐㄧ 一切用電力推動的機械。

電燈 ㄉㄧㄢˋ ㄉㄥ 利用電能發光的燈。

電壓 ㄉㄧㄢˋ ㄧㄚ 電場內，兩物體電位的差，以伏特為單位表示出的數據。

電爐 ㄉㄧㄢˋ ㄌㄨˊ ❶使用電能加熱熔化而進行精煉的冶金爐。❷泛指所有用電能作為熱源的爐子。

電燈泡 ㄉㄧㄢˋ ㄉㄥ ㄆㄠˋ ❶裝有鎢絲的真空玻璃泡，電流通過後會發光。❷戲稱介入情侶間的人，有多餘、不識相的含意。

需　雨部　六畫

ㄒㄩ ❶有要求：例需要、需求。❷費用：例車需、不時之需。❸姓：例需先生。

參考 請注意：「需」和「須」的用法，需要、需求不可以寫作「須」，而必須、須知的「須」，也不可以寫成「需」。

需求 ㄒㄩ ㄑㄧㄡˊ 因為不可以缺少而產生的要求。

需要 ㄒㄩ ㄧㄠˋ 不可以缺少的。例他很需要一部腳踏車。

霄　雨部　七畫

ㄒㄧㄠ ❶天空：例雲霄。❷臺灣的地名：例通霄。

霄漢 ㄒㄧㄠ ㄏㄢˋ 雲霄和天河，指天空最高的地方。

霄壤 ㄒㄧㄠ ㄖㄤˇ 比喻差距很大，好像一個在天，一個在地。

霉　雨部　七畫

ㄇㄟˊ ❶衣服或物品因為雨下太久，或受到溼氣、熱氣而產生的淺黑色小汙點，使東西變質：例發霉。❷一種菌類，形狀像細絲：例霉菌、青霉。

參考 請注意：❶和雨水有關的「霉」，例如：霉雨、霉天，和「梅」字通用。❷「發霉」、「霉菌」的「霉」和黑部的「黴」通用。

霉運 ㄇㄟˊ ㄩㄣˋ 壞運氣，事情不順利的意思。例走霉運時，最好趕快檢討自己的做事方法。

霉爛 ㄇㄟˊ ㄌㄢˋ 東西因長霉菌而腐壞。爛：東西腐敗。例那盆花的根都霉爛了。

霆　雨部　七畫

ㄊㄧㄥˊ 突然而起的雷聲：例雷霆。

震　雨部　七畫

ㄓㄣˋ ❶打雷：例雷震。❷大力搖動：例地震、震動。❸害怕：例震驚。❹發怒：例震怒。❺六十四卦的其中一種：例震卦。

參考 請注意：「震」和「振」都讀ㄓㄣˋ，當作「劇烈搖動」解釋時可以通用，例如：威震（振）天下、震（振）動。但是除此以外就不能通用，雨部的「震」有害怕、生氣的用法，例如：震驚、震怒。手部的「振」有奮發興起的意思，例如：振作精神、士氣大振。

震怒 ㄓㄣˋ ㄋㄨˋ 非常生氣。例父親正為他的頂嘴而震怒。

震動 ㄓㄣˋ ㄉㄨㄥˋ ❶物體受到大力的影響而搖動。例春雷一聲，使山峰都震動了。❷受到意外事件的刺激而使人心驚動。例空難事件震動全世界。

參考 相似詞：震撼、震盪。

震撼 ㄓㄣˋ ㄏㄢˋ 大力的搖動。撼：搖動。例震撼民心。

參考 相似詞：震盪、震動。

震驚 ㄓㄣˋ ㄐㄧㄥ 受到刺激，感到很意外很害怕的樣子。例他的突然離去，使人大為震驚。

參考 相似詞：震恐、震懾。

震耳欲聾 ㄓㄣˋ ㄦˇ ㄩˋ ㄌㄨㄥˊ 耳朵都快聽不見了。欲：將要。聾：聽不見。形容聲音非常的大。例外面火光閃閃，炮聲震耳欲聾。

笑一笑 前總統府資政張群，有一天應前駐華大使馬康衛的邀請，去聽一場美國樂隊的演奏。當震耳欲聾的音樂響起時，馬康衛恐怕他的耳朵受不了，於是悄悄塞了一塊棉花給他。張群笑著說：「我是砲兵出身的！」

霎　雨部 八畫

ㄕㄚˋ ❶小雨。❷短時間：例霎時。

霎時 ㄕㄚˋ ㄕˊ 很短的時間。例只聽到一聲巨響，霎時空中出現朵朵火花。

參考 相似詞：剎那、傾刻、瞬間、立時、彈指。

霖　雨部 八畫

ㄌㄧㄣˊ 連下三天以上的雨，現在也當成雨的代稱：例普降甘霖。

霍　雨部 八畫

ㄏㄨㄛˋ ❶快速的：例霍然。❷姓：例霍去病。

霍亂 ㄏㄨㄛˋ ㄌㄨㄢˋ 一種危險的傳染病，由霍亂菌侵入人體而引起的，害這種病的人大多會上吐下瀉，或肚子絞痛。

霓　雨部 八畫

ㄋㄧˊ 大氣中和虹同時出現的一種現象，它的顏色排列順序和虹相反，顏色也比較淡。又叫「副虹」。

霓虹燈 ㄋㄧˊ ㄏㄨㄥˊ ㄉㄥ 英語翻譯名詞，是一種利用電流通過氣體而發光的燈。通常將細長的玻璃管彎曲成各種字形、圖案，然後抽去其中的空氣，灌入稀有氣體，通電後就能發出彩色的燈光。霓虹燈常使用在廣告、招牌、裝飾等方面。

霏　雨部 八畫

ㄈㄟ 形容雨雪下得很密的樣子：例雨雪霏霏。

霑　雨部 八畫

ㄓㄢ ❶雨水滋潤、浸溼，同「沾」：例霑衣。❷受到恩惠：例霑惠。

霞　雨部 九畫

ㄒㄧㄚˊ 日出或黃昏的時候日光斜射在天空中，由於空氣的散射作用而使天空和雲層出現黃、橙、紅等色彩的自然現象：例晚霞、彩霞、落霞。

霜　雨部 九畫

ㄕㄨㄤ ❶接近地面的水蒸氣，遇冷結成像白粉的顆粒：例九月秋霜。❷像霜一樣的東西：例糖霜、面霜。❸很白的：例霜眉、霜鬢。❹姓。

猜一猜 ㈠雨中相看（猜一字）（答案：霜）

㈡天冷它出來，白毛到處蓋，不怕風來吹，只怕太陽晒。（猜一種自然現象）（答案：霜）

唱詩歌 一棵青菜四葉黃，朝見露水夜見霜，人人叫我無結實，春二三月滿田黃。

霜雪（ㄕㄨㄤ ㄒㄩㄝˇ）❶霜和雪。例霜雪都是冷天氣的產物。❷比喻潔白、純淨的樣子。例他的皮膚像霜雪般的細白。

霧　雨部　十一畫

ㄨˋ ❶氣溫下降時，空氣中所含的水蒸氣結成小水滴，浮在接近地面的上空：例白茫茫的晨霧。❷像霧的東西：例噴霧器。

猜一猜 像雲不是雲，像煙不是煙，風吹輕輕飄，日出慢慢散。（猜一種自然現象）（答案：霧）

小故事 英國的倫敦是世界有名的霧都，經常煙霧瀰漫，伸手不見五指。幾十年前，法國有個著名的畫家莫內，在倫敦畫了一幅精美的風景畫，教堂的輪廓在霧中若隱若現，極為壯觀，可是當這幅畫在倫敦展出時，卻使許多人感到驚訝，因為畫裡把霧畫成紫紅色。人們都知道霧是灰色，怎麼會是紫紅色呢？他們都譏笑畫家，可是當人們走出畫室，觀看周圍的一切時，立刻佩服莫內的觀察力，因為倫敦的煙霧太多，加上太多的紅色建築物，倫敦的霧確實是紫紅色的！從此，人們稱讚莫內為「倫敦霧的發現者」！

霧裡看花（ㄨˋ ㄌㄧˇ ㄎㄢˋ ㄏㄨㄚ）在霧裡看不清花朵的真面目，只有一片模糊。比喻對事情不夠了解。例近視的人沒戴眼鏡，就像霧裡看花。

霪　雨部　十一畫

ㄧㄣˊ 久下不停的雨：例霪雨。

霸　雨部　十三畫

ㄅㄚˋ ❶古時候諸侯的領袖：例春秋五霸。❷依靠權力財富欺負民眾的人：例惡霸。❸強橫無理的：例霸占。❹姓：例霸先生。

ㄆㄛˋ 月亮不圓的時候，殘缺黑暗的部分：例初生霸。

參考 相反字：王。♣請注意：王道是指用仁愛的思想對人，和用武力使人服從的霸道相反。

霸占（ㄅㄚˋ ㄓㄢˋ）不經過原來主人的同意，強迫占有他人的土地、財富等。例霸占別人的東西是犯法的。

參考 相似詞：強占、侵占、霸據。

霸道（ㄅㄚˋ ㄉㄠˋ）❶做事強橫不講理。例這人很霸道，強要插隊買票。❷不用仁愛的思想統治人民，反而用專制、武力的手段控制人民。例用霸道治理國家無法獲得人民的支持。

霸權（ㄅㄚˋ ㄑㄩㄢˊ）❶指能夠控制情勢，具有領導的權力。例英國在十九世紀擁有海上霸權，沒有一個國家比得上。❷依靠武力或經濟、外交的手段壓迫弱小的國家。例大同世界不容許霸權的存在。

露　雨部　十三畫

ㄌㄨˋ ❶靠近地面的水蒸氣，夜間遇冷而凝結成的小水珠：例露水、露珠。❷味道芳香的液體：例花露、枇杷露。❸表現在外面，沒有物體遮住的：例顯露、暴露、露天。❹姓：例露老師。

ㄌㄡˋ 表現出來：例露出馬腳、露了口風、財不露白。

參考 相似字：顯、現、形。♣相反字：藏。

露水（ㄌㄨˋ ㄕㄨㄟˇ）就是地面附近夜間遇冷形成的水滴。

猜一猜 小珍珠，真可愛，只能看，不能採，清晨長在綠草叢，太陽一出無影蹤。（猜一種自然現象）（答案：露水）

笑一笑 夏天的清晨，爸爸帶小明去公園做運動，小明覺得很累。他看見沾滿露水的野草，趕緊對爸爸說：「爸爸，你看，野草都流汗了。」

露天 ㄌㄨˋ ㄊㄧㄢ 就是戶外。例今晚，我和妹妹結伴去欣賞露天音樂會的表演。

露白 ㄌㄡˋ ㄅㄞˊ 外出時所帶的財物被人看到。例只要「財不露白」就可以避免被騙。

古人說 「人前不露白，露白定傷財。」露讀ㄌㄡˋ，露白就是把貴重的財物顯現出來，傷財是財物損失的意思。這句話是說：不要隨便把財物顯現在外，不然的話，讓貪心的人看到了，財物就會遭到損失。例如：「人前不露白，露白定傷財」，你出門在外，最好取下身上的金戒指、金手環，這樣比較安全。

露珠 ㄌㄨˋ ㄓㄨ 露水凝成像圓珠子的形狀。例草地上的露珠可是昨夜仙女哭泣的淚水？

唱詩歌 荷葉最貪玩，三更半夜就起來玩露珠；滾過來，滾過去，連睡覺都忘了。太陽是個有大眼睛的糾察隊，從山後探出頭，看到了，就大搖大擺走出來，一顆顆沒收。（張福原）

露營 ㄌㄨˋ ㄧㄥˊ 在野外搭帳棚或茅屋，作短時間的居住。例夏天是露營的好季節。

笑一笑 媽媽忙著為小強準備露營所應攜帶的東西，小強跑過來問媽媽：「我哭起來時要用到的糖果，放進背包了嗎？」

霹 雨部 十三畫

ㄆㄧ ❶霹靂，急雷。❷雷擊劈折。

霹靂 ㄆㄧ ㄌㄧˋ 又急又響的雷聲。常用來比喻突然發生的事件。

霾 雨部 十四畫

ㄇㄞˊ 空氣中因懸浮著大量的煙、塵埃，所形成的混濁現象：例天空一片陰霾。

霽 雨部 十四畫

ㄐㄧˋ ❶雨、雪後天氣轉晴叫「霽」：例大雪初霽、秋雨新霽。❷比喻怒氣消散：例色霽。

靂 雨部 十六畫

ㄌㄧˋ 霹靂，急雷的聲音。

靈 雨部 十六畫

ㄌㄧㄥˊ ❶巫或關於神仙的：例神靈。❷精神魂魄：例靈魂。❸明白：例終身不靈。❹有效：例這個方法很靈。❺聰明，敏捷：例靈巧、靈敏。❻祭祀死者所設的牌位：例靈堂。

靈丹 ㄌㄧㄥˊ ㄉㄢ 很有效的藥。也比喻解決問題的辦法。

參考 活用詞：靈丹妙藥。

靈巧 ㄌㄧㄥˊ ㄑㄧㄠˇ 聰明而且行動不呆笨。例她是個靈巧的小孩。

參考 相似詞：機巧、機靈。

靈活 ㄌㄧㄥˊ ㄏㄨㄛˊ ❶動作輕快不笨。例她的手指很靈活。❷指能隨機應變，不會太呆板。例她靈活運用所有的人力辦好這場宴會。

靈柩 ㄌㄧㄥˊ ㄐㄧㄡˋ 裝有屍體的棺材。柩：棺材。

參考 相似詞：靈櫬（ㄔㄣˋ）。

靈敏 ㄌㄧㄥˊ ㄇㄧㄣˇ 反應快、活潑聰明，或指對很小的刺激迅速反應。敏：聰明。例狗的鼻子很靈敏。

參考 相似詞：靈巧、靈活、敏捷。

靈感 ㄌㄧㄥˊ ㄍㄢˇ 指在文學或藝術方面，突然湧現許多創造的能力，使作者能完成一項傑作。這種潛能的激發，稱為靈感。

靈魂 ㄌㄧㄥˊ ㄏㄨㄣˊ ❶宗教上指不屬於肉體而獨立存在的東西。例基督教徒相信靈魂不滅。❷指心靈、想法。例在我靈魂深處，我一直希望有個平靜的生活。❸指能起作用的因素。例她是我們班上的靈魂人物。

靈驗 ㄌㄧㄥˊ ㄧㄢˋ ❶非常準確。例那位相士的話很靈驗。❷很有效。例這種治癌的新藥很靈驗。

靈魂之窗（ㄌㄧㄥˊ ㄏㄨㄣˊ ㄓ ㄔㄨㄤ） 指眼睛。

靄

雨部 十六畫

ㄞˇ 雲氣：例暮靄。

靄靄（ㄞˇ ㄞˇ） 雲聚集的樣子。

青部 ㄑㄧㄥ

「龶」是青色的「青」，由「龶」（生）和「円」（丹）所構成，「龶」由「屮」（艸）和土構成，可以表示生長的小草，「丹」古代的讀音和「善」相似，有「好」的意思，小草生長得很好就是「綠色」。因此青是指草很綠。同時含有「青」的字都有美好的意思，例如：清、晴、精、菁等。

青

青部 ○畫

ㄑㄧㄥ ❶綠色：例青草。❷淡藍色：例青天、雨過天青。❸黑色：例青布、青衣。❹竹皮：例殺青、汗青。❺沒成熟的稻禾或綠色的草木：例看青、踏青。❻少年時代：例青春、青年。❼青海省的簡稱。❽姓：例青先生。

ㄐㄧㄥ 茂盛的草，通「菁」：例青青河畔草。

參考 請注意：「青」有美好的意思，用「青」作偏旁的字，都有美好的意義。例如：清、晴、睛、精、請、靖、靚。水很明淨叫「清」（ㄑㄧㄥ）澈。天氣很好叫「晴」（ㄑㄧㄥˊ）天。明亮的眼珠子叫眼「睛」（ㄐㄧㄥ）。仔細挑過的好米叫「精」（ㄐㄧㄥ），後來凡是經由提煉或挑選過的好東西都和精有關，例如：精兵、精華。明白告訴人家叫「請」（ㄑㄧㄥˇ），例如：請安。時局平安穩定叫「靖」（ㄐㄧㄥˋ）。廣東話稱漂亮的女子為「靚」（ㄐㄧㄥˋ）妹仔。

猜一猜 藍色之洋。（猜中國一省分名）（答案：青海）

青史（ㄑㄧㄥ ㄕˇ） 史書：古代沒有紙可以記載，都把史事記載在竹簡上，因為竹皮是綠色的，因此把史書稱為青史。

參考 相似詞：汗青。

青草（ㄑㄧㄥ ㄘㄠˇ） 綠色的草。

青蛙（ㄑㄧㄥ ㄨㄚ） 水陸兩棲動物，卵生，幼蟲稱為蝌蚪。成年後大部分生活在田溝、池塘、沼澤邊，捕食蚊子等害蟲，是對人類有益的益蟲。

猜一猜 小時著黑衣，大時穿綠袍，水裡過日子，岸上來睡覺。（猜一種動物）（答案：青蛙）

青菜（ㄑㄧㄥ ㄘㄞˋ） 蔬菜的總稱。

動動腦 小朋友，看到「青菜」你聯想到什麼?在簿子上寫下四個字以內的詞，越多越好，兩分鐘後大家開始發表。

青出於藍（ㄑㄧㄥ ㄔㄨ ㄩˊ ㄌㄢˊ） 青色是由藍草提煉的；比喻學生的成就勝過老師。

青紅皂白（ㄑㄧㄥ ㄏㄨㄥˊ ㄗㄠˋ ㄅㄞˊ） 各種不同的顏色；比喻分辨是非、對錯。皂：黑色。例你不分青紅皂白的亂罵人，誰會理你?

靖

青部 五畫

ㄐㄧㄥˋ ❶平安；沒有變故或動亂：例安靖。❷使秩序安定；平定變亂：例靖亂。

參考 請注意：「靖」和「倩」的分別，「倩」音ㄑㄧㄢˋ，為男子的美稱。

靛

青部 八畫

ㄉㄧㄢˋ ❶深藍色。❷藍青色的染料。

靛青（ㄉㄧㄢˋ ㄑㄧㄥ） 藍青色的染料，原來是由植物提煉，現在可用化學合成法取得。

靜

青部 八畫

ㄐㄧㄥˋ ❶停止不動：例靜止、平靜、風平浪靜。❷沒有聲音：例安靜、夜深人靜。

參考 相反字：動、鬧。

唱詩歌 床前明月光，疑是地上霜，舉頭望明月，低頭思故鄉。（靜夜思‧李白）

靜脈 ㄐㄧㄥˋ ㄇㄞˋ 人體中將身體各部分血液送回心臟的血管，分大、中、小三類。管壁比動脈薄，同時彈性小，因此血流慢。靜脈的血色較暗，因此靜脈大多呈紫色、藍色。中、大靜脈內還有半月形瓣膜，可以防止血液逆流。脈：血管。

參考 活用詞：靜脈曲張、靜脈注射。

靜電 ㄐㄧㄥˋ ㄉㄧㄢˋ 不流動的帶電粒子，像摩擦墊板，墊板能吸起細碎的紙片，就是靜電作用。

參考 活用詞：靜電除塵、靜電感應。

靜養 ㄐㄧㄥˋ ㄧㄤˇ 病人沒有牽掛，在安靜的地方恢復健康。例他開刀後，決定到鄉下去靜養了。

靜謐 ㄐㄧㄥˋ ㄇㄧˋ 形容很安靜，沒有一點聲音。謐：安靜。例入夜後，大地一片靜謐。

靜悄悄 ㄐㄧㄥˋ ㄑㄧㄠˇ ㄑㄧㄠˇ 形容沒有一點聲音。悄：寂靜。例老師一進來，教室就變得靜悄悄的。

非部 ㄈㄟ

飛（見飛部說明）少了頭部和身體就是「飛」，「非」就是鳥兒高舉翅膀相背而飛的樣子，因此非有相背、違背的意思。靠就是背部相對，因此有依靠、靠著的意思。

非

非部 ○畫

ㄈㄟ ❶錯誤，不對的事：例痛改前非。❷不，不是：例答非所問。❸反對，責備：例非議。❹不合於某些要求：例非法。❺表示必須，一定要：例你這次非下苦功不可。❻非洲的簡稱。❼通「誹」字，誹謗的意思。

參考 相反字：是。

猜一猜 騾。（猜一句俗語）（答案：非驢非馬）

唱詩歌 花非花，霧非霧，夜半來，天明去。來時春夢不多時，去時朝雲無覓處。

非凡 ㄈㄟ ㄈㄢˊ 超過一般的情況；不尋常。例他有非凡的才能。

非分 ㄈㄟ ㄈㄣˋ ❶不守本分。例這是非分之想，你還是放棄吧！❷不安分。例你對她不要有非分的想法。

非但 ㄈㄟ ㄉㄢˋ 不但。例他非但完成了自己的工作，還去幫助別人。

參考 相似詞：非獨、非特。

非法 ㄈㄟ ㄈㄚˇ 不合法的。例恐怖分子祕密策劃非法的破壞行動。

非命 ㄈㄟ ㄇㄧㄥˋ 遇到意外的禍害而死亡。例他在這次飛機失事中遇難，真是死於非命。

非常 ㄈㄟ ㄔㄤˊ ❶特殊的，和平常不同的。例非常時期，大家更須努力。❷十分。例他得獎後非常高興。

非禮 ㄈㄟ ㄌㄧˇ ❶不合禮節。例非禮勿視。❷對婦女有不正當的行為。例那個歹徒想非禮婦女。

非議 ㄈㄟ ㄧˋ 責備，批評，不贊成。例這本來就是無可非議的事。

非同小可 ㄈㄟ ㄊㄨㄥˊ ㄒㄧㄠˇ ㄎㄜˇ 形容事情重要或情況很嚴重。小可：平常，尋常。例這件事非同小可，一定要報告老師。

靠

非部 七畫

ㄎㄠˋ ❶互相支持著：例背靠背。❷信賴：例可靠。❸接近：例船靠岸。❹憑藉著：例這次出國的費用，得靠自己打工存錢了。

參考 相似字：依、傍、憑、藉、託、倚、仗。

古人說「靠山山倒，靠人人老，靠自己最好。」這句話是說：一切靠自己最好、最可靠，依賴別人是無法長久的。例小王一再的說要幫我，但是「靠山山倒，靠人人老，靠自己最好」，想想還是我自己做好了。

靠山 ㄎㄠˋ ㄕㄢ 比喻可以依靠的人或某種勢力。例你不要以為有父親做靠山，你就可以欺人太甚。

靠近 ㄎㄠˋ ㄐㄧㄣˋ ❶彼此之間的距離很近。例他們兩人坐得十分靠近。❷向某人或某個目標移動。例輪船慢慢地靠近了碼頭。

靠邊 ㄎㄠˋ ㄅㄧㄢ 靠近邊緣，靠到旁邊去。例行人要靠邊走。

靠攏 ㄎㄠˋ ㄌㄨㄥˇ 挨近，靠近。例你靠攏過來吧！這樣比較暖和。

靠不住 ㄎㄠˋ ㄅㄨˋ ㄓㄨˋ 不可靠，讓人不能相信的。例他說的話靠不住，你還相信他？

靠得住 ㄎㄠˋ ㄉㄜˊ ㄓㄨˋ 可以讓人相信的。例這消息靠得住嗎？

參考 相反詞：靠不住。

靡

非部 十一畫

丶 亠 广 广 庁 庁 庁 庁 庥 庥 麻 麻 麻 麻 靡 靡 靡 靡 靡

ㄇㄧˇ ❶倒下：例所向披靡。❷奢侈：例奢靡。❸沒有：例靡室靡家。❹衰弱，不能振起：例委靡。

ㄇㄧˊ 通「糜」字，有浪費的意思：例靡費、靡爛。

參考 請注意：「靡費」、「靡爛」可以寫作「糜費」、「糜爛」。「靡靡之音」不能寫成「糜糜之音」。

猜一猜 不是麻。（猜一字）（答案：靡）

靡靡之音 ㄇㄧˇ ㄇㄧˇ ㄓ ㄧㄣ 柔弱不莊重、不純正的音樂。例現代的青少年都被靡靡之音所迷惑。

面部 ㄇㄧㄢˋ

「[古字]」是「面」最早的寫法，一看就知道是個象形字。「[古字]」是臉的輪廓，裡面是眼睛，後來寫成「[古字]」，多了頭髮，下面部分像鼻子、口、臉的輪廓。「[古字]」字是從「[古字]」字演變而來的，「[古字]」是頭（見頁部說明），「面」就是人頭的前半部—臉孔。面部的字也都和臉有關係，例如：靨是臉上的小酒窩。

面

面部 ○畫

一 ㄏ 丆 丙 丙 而 而 而 面

ㄇㄧㄢˋ ❶臉孔：例滿面春風、面紅耳赤。❷物體的外表：例路面、桌面。❸計算單位：例一面鏡子、一面旗子。❹對著，向著：例背山面海。❺當面，直接：例面談、面試。❻方向：例四面八方。❼數學名詞。有長度、寬度，沒有高度：例平面、面積。❽見：例一面之緣。❾局勢：例局面。

參考 相似字：臉。

猜一猜 此字不必費疑猜，而且根本不分開。字形看似一「而」字，其實中有一樓梯。（猜一字）（答案：面）

古人說「人有面，樹有皮。」這句話是說：每個人都有羞恥心，不要當眾說出人家的缺點或隱私。例「人有面，樹有皮」，你在眾人面前罵他，他怎能不傷心呢？

面目 ㄇㄧㄢˋ ㄇㄨˋ ❶外表，樣子。例這家餐廳裝潢後面目一新。❷面子。

參考 活用詞：面目一新、面目全非、面目可憎。

面具 ㄇㄧㄢˋ ㄐㄩˋ ❶戴在臉上的用具，通常都畫上美麗的圖案。例她戴著白雪公主的面具。❷比喻一個人的表面行為。例我們要拆穿敵人陰險的面具。

面壁 ㄇㄧㄢˋ ㄅㄧˋ 讓人臉對著牆壁，做為懲罰。例他做錯事，正在面壁思過。

靦

面部 七畫

一 ㄏ 丆 丙 丙 而 而 而 面 面 靦 靦 靦 靦 靦 靦

ㄊㄢˇ 慚愧的樣子：例靦顏。

ㄇㄧㄢˇ 害羞，不大方，難為情的樣子，同「腼」：靦覥。

靨

面部 十四畫

一 厂 ⺁ 厂 厃 厃 厃 厌 厌 厭 厭 厭 厭 厭 厭 厭 靨 靨 靨 靨 靨

ㄧㄝˋ 酒窩：例笑靨。

革部 ㄍㄜˊ

「革」原是指去了毛的獸皮，「[illegible]」是它最早的寫法，獸皮要去毛，一定要先張開，「[illegible]」正是獸皮張開掛在木架上的樣子，「[illegible]」是頭部和身體，「[illegible]」是獸皮的紋路。後來寫成「革」，中間是獸的身體。「革」是經過處理、柔軟無毛的獸皮，可以拿來製作器物，因此革部的字大部分是皮製的器物，例如：鞋、靴、鞭、鞍、韁、鞘、鞅……。

革

革部 〇畫

一 十 廾 廿 廿 芇 芇 革 革

ㄍㄜˊ ❶去掉毛的獸皮：例皮革。❷除去：例革除。❸改變：例革新。❹姓：例革先生。

ㄐㄧˊ 危急的，通「急」：例病革。

參考 相似字：改、更。

革命 ㄍㄜˊ ㄇㄧㄥˋ ❶古代稱改朝換代叫革命。例湯武革命。❷一切從根本做起的大改變。例工業革命。❸用武力推翻舊有的政權或秩序，建立新的政權或秩序。例經過了辛亥革命，國父才建立中華民國。

參考 活用詞：革命黨、革命精神。

革除 ㄍㄜˊ ㄔㄨˊ 改變，除掉。例我們要立刻革除不好的習慣。

革新 ㄍㄜˊ ㄒㄧㄣ 去掉舊的、創造新的。例社會經過一番革新，終於有了進步。

靴

革部 四畫

一 十 廾 廿 廿 芇 芇 革 革 靯 靴 靴

ㄒㄩㄝ 長筒的鞋子：例雨靴、馬靴。

靶

革部 四畫

一 十 廾 廿 廿 芇 芇 革 革 靶 靶 靶 靶

ㄅㄚˇ 練習射箭或射擊的目標：例靶子。

ㄅㄚˋ 器物上便於拿的部分：例刀子靶。

靶場 ㄅㄚˇ ㄔㄤˇ 供人練習射擊的地方。例阿兵哥們在靶場練習打靶。

靳

革部 四畫

一 十 廾 廿 廿 芇 芇 革 革 靳 靳 靳 靳

ㄐㄧㄣˋ ❶繫在馬胸前的鐵環。❷姓：例靳先生。

靼

革部 五畫

一 十 廾 廿 廿 芇 芇 革 革 靼 靼 靼 靼 靼

ㄉㄚˊ 韃靼，我國古代對北方民族的總稱。

鞅

革部 五畫

一 十 廾 廿 廿 芇 芇 革 革 鞅 鞅 鞅 鞅 鞅

ㄧㄤ 套在馬頸上，用來駕馬的皮帶。

鞍

革部 六畫

一 十 廾 廿 廿 芇 芇 革 革 鞍 鞍 鞍 鞍 鞍 鞍

ㄢ 放在馬、驢等牲口背上，承受重物或供人騎坐的東西：例馬鞍。

鞋

革部 六畫

一 十 廾 廿 廿 芇 芇 革 革 鞋 鞋 鞋 鞋 鞋 鞋

ㄒㄧㄝˊ 一種腳上的穿著物，用來保護腳部，便於行走：例雨鞋、布鞋。

參考 相似詞：履。

鞋匠 ㄒㄧㄝˊ ㄐㄧㄤˋ 做鞋或修鞋的工匠。

猜一猜 兩兄弟，不分離，睡覺在床前，吃飯在桌底。（猜一種衣物用品）（答案：鞋）

鞏 革部 六畫

ㄍㄨㄥˇ ❶堅固的：例鞏固。❷姓：例鞏先生。

鞏固 ㄍㄨㄥˇ ㄍㄨˋ 加強，使堅固。例我們要鞏固國防。

鞘 革部 七畫

ㄑㄧㄠˋ 裝刀劍的套子：例劍鞘、刀鞘。

猜一猜 刀出鞘。（猜一字）（答案：力）

鞠 革部 八畫

ㄐㄩ ❶撫養：例鞠育。❷彎曲：例鞠躬。❸幼小的：例鞠子。❹姓：例鞠先生。

鞠躬 ㄐㄩ ㄍㄨㄥ ❶身體向前彎曲，表示恭敬的意思，現在指彎腰行禮。例我們見到老師應該鞠躬。躬：身體。❷做事謹慎負責。

參考 活用詞：鞠躬盡瘁（ㄘㄨㄟˋ）。

鞣 革部 九畫

ㄖㄡˊ ❶熟的皮革。❷把獸皮加工變軟：例鞣皮。

鞦 革部 九畫

ㄑㄧㄡ 鞦韆，一種遊戲和運動的器材，在木架或鐵架上懸掛兩根繩子，下面拴一塊橫板，人在板上前後擺動。也寫作「秋千」。

猜一猜 木製架子空中懸，兩條辮子接上天，小小主人來駕馭，來回動盪畫弧圈。（猜一種玩具）（答案：鞦韆）

鞭 革部 九畫

ㄅㄧㄢ ❶長條形，用來趕牲畜，或打人的東西：例鞭子。❷古代兵器：例鋼鞭、行節鞭。❸用鞭子抽打：例鞭打。❹成串的爆竹：例鞭炮。

猜一猜 長長一串紅果子，兩個兩個成一個，要是點了火，賽過爆豆子。（猜一種用品）（答案：鞭炮）

俏皮話 「小孩子放鞭炮——又驚又喜。」小朋友你放過鞭炮嗎？當你點著鞭炮後，你是不是感到很高興，但是又很怕聽到噼哩啪啦的鞭炮聲？當你比賽得名的時候，你就可以用這句話來形容自己的心情了！

鞭打 ㄅㄧㄢ ㄉㄚˇ 用鞭子打。例農場的主人在鞭打牛群。

鞭炮 ㄅㄧㄢ ㄆㄠˋ 連成長條的爆竹。例過年時，家家戶戶都放鞭炮。

鞭策 ㄅㄧㄢ ㄘㄜˋ 本來指用鞭子打馬，現在形容督促、鼓勵。策：馬鞭。例父親鞭策我力爭上游。

韃 革部 十三畫

ㄉㄚˊ 韃靼，我國古代北方的種族名稱。

韃子 ㄉㄚˊ ㄗ˙ 中原漢民族對北方塞外民族的稱呼，元朝則把蒙古人稱為韃子。

韃靼 ㄉㄚˊ ㄉㄚˊ 種族名稱，屬於契丹族，他們居住在中國西北、蒙古等地，元代以後，韃靼成為蒙古人的通稱。

韁 革部 十三畫

ㄐㄧㄤ 繫在馬脖子上的繩子：例韁繩。

韆

革部 十五畫

ㄑㄧㄢ 鞦韆，一種運動遊戲器具。

韋部 ㄨㄟˊ

「韋」是韋的篆字，由「囗」（ㄨㄟˊ，請見囗部說明）和「舛」（請見舛部說明）構成，「舛」是兩腳相對，現在一腳向北，一腳向南，就有相反的意思。後來「韋」被借來指加工過的軟皮革，原本相反的意思就不明顯了，因此加上辵部寫成「違」。但是韋部的字和皮革有關係，例如：韌（柔軟而堅固的皮革）、韜（用皮革製成的劍袋）。

韋

韋部 ○畫

ㄨㄟˊ ❶去毛加工製成的柔軟獸皮：例韋帶。❷姓：例韋先生。

韌

韋部 三畫

ㄖㄣˋ 柔軟而堅固的：例韌性、堅韌。

參考 相反字：脆。

韓

韋部 八畫

ㄏㄢˊ ❶周代國名，春秋時被晉國消滅。❷戰國七雄中的一國，被秦國消滅。❸東方國家之一，在亞洲東北部，現在由北緯三十八度分為南北兩國，在南部的稱為「大韓民國」。❹姓：例韓信。

韓非 ㄏㄢˊ ㄈㄟ 戰國末年韓國人，是法家的集大成者，主張政府要中央集權，而受到秦王政的重視，但是因為受到秦國宰相李斯的陷害而被毒殺。

韓信 ㄏㄢˊ ㄒㄧㄣˋ 西漢的軍事家。早年很貧窮，但是志氣很大。秦朝末年天下大亂，他幫助劉邦建立漢朝，最後因為功勞太大、過於驕傲而被殺。例歷史上有關韓信「一飯千金」的故事，非常的膾炙人口。

韜

韋部 十畫

ㄊㄠ ❶弓劍的套子。❷兵法、打仗的計謀：例韜略。❸掩藏，隱蔽：例韜晦。

韭部 ㄐㄧㄡˇ

小朋友，你吃過韭菜嗎？你知道韭字是怎麼來的嗎？「韭」就是韭菜最早的寫法，中間的兩條直線是莖，旁邊是層層相疊的葉子，下面那一畫是地面。現在的「韭」把彎曲的葉子寫成短短的一橫。

韭

韭部 ○畫

ㄐㄧㄡˇ 蔬菜的名稱，葉子扁平而細長，味道刺激，可以食用：例韭菜花、韭黃。

韭黃 ㄐㄧㄡˇ ㄏㄨㄤˊ 韭菜的葉片生長後，不讓它曬到太陽，使韭葉呈黃色，就是韭黃。韭黃味道鮮美可以食用。例媽媽的拿手好菜之一是——韭黃炒肉絲。

音部 ㄧㄣ

「音」是音的篆文，由「言」（言）和「一」（不是數字的一）構成，言是說話，加上「一」，表示音是有節奏的聲音，和單純的說話不同。因此音部的字多半和悅耳的聲音有關，例如：韻、響。

音

音部 〇畫

丶 亠 亣 立 产 音 音 音

ㄧㄣ ❶物體受振動，由空氣傳達發出的聲響：例聲音、音波。❷腔調：例鄉音、口音。❸樂曲：例音樂。❹消息：例音信、佳音、回音。❺敬稱他人的言語：例德音、玉音。❻姓：例音先生。

猜一猜 站立終日。（猜一字）（答案：音）

音色 ㄧㄣ ㄙㄜˋ 人或樂器在聲音上的特色，發音體、發音條件或發音方法的不同，都可以造成不同的音色。

參考 相似詞：音品、音質。

音波 ㄧㄣ ㄅㄛ 當物體發生振動時，周圍的空氣，因震動而發生波動，人的耳朵接觸就成為聲音，這就是「音波」。又叫「聲波」。

音信 ㄧㄣ ㄒㄧㄣˋ 往來的信件和消息。例我和一位住在美國的朋友互通音信，已經好多年了。

參考 相似詞：音訊。

音速 ㄧㄣ ㄙㄨˋ 聲波前進的速度。

音符 ㄧㄣ ㄈㄨˊ 五線譜上表現音長或音高的符號，常用的有六種。俗稱「豆芽菜」。

音量 ㄧㄣ ㄌㄧㄤˋ 聲音的大小。例看電視時音量不要太大，以免吵到別人。

音樂 ㄧㄣ ㄩㄝˋ 藝術的一種，由樂器發出的有規則而和諧悅耳的聲音，可以用來表達情感、反映現實等。

參考 活用詞：音樂會。

音調 ㄧㄣ ㄉㄧㄠˋ ❶聲音的高低。❷讀音或語音的聲調，例如：平上去入。例他念起書來音調很低沉。

音響 ㄧㄣ ㄒㄧㄤˇ ❶聲音（多指它產生的效果）。❷錄放音、收音等電子器材的總稱。例爸爸的房間有一套音響設備。

音容宛在 ㄧㄣ ㄖㄨㄥˊ ㄨㄢˇ ㄗㄞˋ 人的聲音和容貌好像還留在世界上。通常用來哀悼死去的人。

章

章

音部 二畫

丶 亠 亣 立 产 音 音 音 章

ㄓㄤ ❶音樂的段落：例樂章。❷文詞的段落：例第二章。❸可以表達完整意思的文詞：例文章。❹法規：例約法三章。❺條理：例雜亂無章。❻印信：例圖章。❼標誌：例徽章。❽姓：例章先生。

猜一猜 早立志。（猜一字）（答案：章）

章法 ㄓㄤ ㄈㄚˇ 文章的組織構造，也指辦事的程序。例他很容易緊張，一發生事情就亂了章法。

章程 ㄓㄤ ㄔㄥˊ ❶機關團體訂定的法規、條文或守則。例我們要遵守學校規定的章程。❷指各種制度、法規。

竟

竟

音部 二畫

丶 亠 亣 立 产 音 音 音 竟

ㄐㄧㄥˋ ❶完畢：例未竟的事業。❷從頭到尾：例竟日。❸終於：例有志竟成。❹出乎意料之外：例竟然。❺姓：例竟先生。

參考 相似字：卒、訖、終、畢。

竟日 ㄐㄧㄥˋ ㄖˋ 整天。例他竟日玩耍，不好好念書。

竟然 ㄐㄧㄥˋ ㄖㄢˊ 居然，想不到會這樣。例他竟然是個小偷，真令人想不到。

韶

音部 五畫

丶 亠 亣 立 产 音 音 音 韶 韶 韶 韶

ㄕㄠˊ ❶舜所寫的樂曲：例韶樂。❷美好的：例韶光。❸姓：例韶先生。

韶光 ㄕㄠˊ ㄍㄨㄤ 春天的風景，也可以比喻青春時代的光陰。

參考 相似詞：韶華。

音部 十畫

韻

ㄩㄣˋ ❶和諧的聲音：例韻律。❷字音收尾的部分：例押韻。❸氣派，風度：例風韻、韻味。❹風雅的：例韻事。❺姓：例韻先生。

參考 請注意：「韻」的異體字是「韵」。

韻味 ㄩㄣˋ ㄨㄟˋ ❶藝術所表現出來的情調和趣味。❷人的氣質。例他的歌聲很有韻味。

參考 相似詞：風味、風韻。

音部 十二畫

響

ㄒㄧㄤˇ ❶聲音：例響聲、響動。❷回音：例回響。❸發出聲音：例鐘響了。❹聲音很大：例響亮、電視太響了。

參考 請注意：「響」、「饗」（ㄒㄧㄤˇ）和「嚮」（ㄒㄧㄤˋ）不同：音部的「響」和聲音有關，例如：音響。食部的「饗」有宴客的意思，例如：饗宴。口部的「嚮」有引導的意思，例如：嚮往。

猜一猜 ㈠鄉音親切。（猜一字）（答案：響）㈡家書。（猜一字）（答案：響）

響亮 ㄒㄧㄤˇ ㄌㄧㄤˋ 聲音很大很高。例警鈴發出響亮的聲音，嚇人一跳。

響應 ㄒㄧㄤˇ ㄧㄥˋ 回聲相應；比喻用言語或行動去支持某種號召或倡議。例大家要響應捐血運動。

響尾蛇 ㄒㄧㄤˇ ㄨㄟˇ ㄕㄜˊ 毒蛇的一種，長約兩公尺，尾巴末端有角質的小環，擺動時能發出聲音，吃小動物，原產地在北美洲。

響徹雲霄 ㄒㄧㄤˇ ㄔㄜˋ ㄩㄣˊ ㄒㄧㄠ 比喻聲音很大，好像可以穿過雲層，到達高空。霄：天空。例他們大聲的唱歌，歌聲響徹雲霄。

頁部 ㄧㄝˋ

「頁」現在常用來指頁數，原本「頁」是指人的頭部，「[illegible]」是它最早的寫法，頭部非常明顯，還可以看到眼睛。寫成「[illegible]」時，外面像頭的外圍，裡面的線代表人的五官，下面是個人（見儿部說明）。因此頁部的字都和人頭有關係，例如：額（額頭）、顏（臉）、頸（脖子）、頦（下巴）、頓（點頭）。

頁部 〇畫

頁

ㄧㄝˋ ❶計算紙張的單位：例活頁紙。❷書的一面叫一頁。❸一片一片的：例頁岩。

頁部 二畫

頂

ㄉㄧㄥˇ ❶人體或物體上最高的部分：例頭頂、屋頂。❷用頭支撐、撞擊：例頂著菜籃、頂人。❸抵住：例把門頂上。❹迎著，冒著：例他頂著雨走了。❺違抗，爭辯：例頂撞、頂嘴。❻管用：例頂用、頂事。❼冒充：例頂替。❽賣，出售：例把房子頂給他。❾相當：例一個人可以頂二個用。❿計算有頂的東西的單位：例一頂草帽。⓫副詞，表示程度最高：例頂大、頂好。

參考 相反字：底、踵。♣請注意：「最」和「頂」的用法有區別：「頂」只用在說話上；在「先」、「後」、「前」等形容詞前面只用「最」，不用「頂」。

頂替 ㄉㄧㄥˇ ㄊㄧˋ 冒充代替。例你頂替他考試，那是違法的。

參考 相似詞：替代、頂名、冒名。

頂罪 ㄉㄧㄥˇ ㄗㄨㄟˋ 替別人承擔罪名。例我已經知道是她偷了我的錢，你不用替她頂罪。

頂端 ㄉㄧㄥˇ ㄉㄨㄢ ❶最上面的部分。例塔的頂端掛著國旗。❷末尾。例我們走到大橋的頂端，大約花了半個小時。

頂撞 ㄉㄧㄥˇ ㄓㄨㄤˋ 對長輩說話不恭敬。例他不滿意母親的教訓，就頂撞了幾句話。

參考 相似詞：頂嘴。

頂點 ㄉㄧㄥˇ ㄉㄧㄢˇ 最高點。

頂天立地 ㄉㄧㄥˇ ㄊㄧㄢ ㄌㄧˋ ㄉㄧˋ 形容一個人有氣概，光明正大。例他是個頂天立地的好男兒，絕不會做這種見不得人的事。

頃

頃 頁部 二畫

ㄑㄧㄥˇ ❶土地面積單位，等於一百畝：例一公頃、碧波萬頃。❷不久前：例頃獲來信。❸短時間：例頃刻。

ㄑㄧㄥ 通「傾」。

頃刻 ㄑㄧㄥˇ ㄎㄜˋ 很短的時間。例剛才天氣還很晴朗，沒想到頃刻間烏雲密布，大雨傾盆。

項

項項 頁部 三畫

ㄒㄧㄤˋ ❶脖子的後面：例頸項。❷事物分類的條目：例項目。❸事物的件數：例一項任務、十項全能。❹錢，經費：例款項、用項。❺代數式子中不以加減乘除等符號連接的單式稱作項：例多項式。❻姓：例項羽。

項目 ㄒㄧㄤˋ ㄇㄨˋ 事物分類的條目。例這次運動比賽項目很多。

項鍊 ㄒㄧㄤˋ ㄌㄧㄢˋ 掛在脖子上的裝飾品。

項背相望 ㄒㄧㄤˋ ㄅㄟˋ ㄒㄧㄤ ㄨㄤˋ 形容行進的人一個接著一個，連續不斷。項背：比喻前後。

順

順順 頁部 三畫

ㄕㄨㄣˋ ❶向著同一個方向：例順流而下。❷隨手，趁便：例順便。❸如意，適合：例順心。❹沿著：例順著大街走。❺服從：例百依百順。❻依次：例順序、順延。❼整理，使有條理：例把文章順一順。❽姓：例順先生。

參考 相反字：逆、反、違。♣請注意：「順」和「延」用法不同：「延」可用於具有抽象意義的途徑；「順」卻不能，例如：「延著光明富強的道路前進」，不能說成「順著光明富強的道路前進」。

猜一猜 (一)三頁紙。（猜一字）（答案：順）
(二)順航。（猜一句成語）（答案：一路平安）

順心 ㄕㄨㄣˋ ㄒㄧㄣ 合乎心意。例她的兒子剛考上大學，所以她很順心如意。

順手 ㄕㄨㄣˋ ㄕㄡˇ ❶隨手。例請順手關門。❷順便。例如果桌子擦好了，請你順手也擦一擦椅子。

順序 ㄕㄨㄣˋ ㄒㄩˋ 排列的次序。例請大家依照順序報到。

順利 ㄕㄨㄣˋ ㄌㄧˋ 事情沒有遇到麻煩很快就完成。例這件工程進行得很順利。

順風 ㄕㄨㄣˋ ㄈㄥ ❶車、船等交通工具前進的方向和風向相同。例今天順風，船走得很快。❷比喻事情沒有波折。例祝你一路順風、平安。

順便 ㄕㄨㄣˋ ㄅㄧㄢˋ 趁做某事的方便附帶做另一件事。例你下班回家，可以順便買菜嗎？

順從 ㄕㄨㄣˋ ㄘㄨㄥˊ 不反抗命令或規定。例她順從媽媽的叮嚀，所以媽媽特別疼愛她。

順道 ㄕㄨㄣˋ ㄉㄠˋ 順路。例我正好要出去寄信，順道的話，我會幫你買午餐。

須

須須 頁部 三畫

ㄒㄩ ❶鬍鬚，通「鬚」。❷應該：例須知。❸短時間：例須臾。❹姓：例須先生。

須知 ㄒㄩ ㄓ 對於一些活動應該知道的事項。例「國民生活須知」是每個國民要遵守的。

須要 ㄒㄩ ㄧㄠˋ 一定要。例這件工作須要耐心。

頇

頁部 三畫

頇 頇

ㄏㄢ 糊塗不清醒：例顢頇。

預

頁部 四畫

預 預 預

ㄩˋ ❶事先：例預報。❷加入，參加：例干預、參預。

參考 相似字：先

預兆 ㄩˋ ㄓㄠˋ 事情發生前所顯示出來的跡象。例螞蟻搬家是颱風的預兆。

預先 ㄩˋ ㄒㄧㄢ 事情還沒發生。例出外旅遊，一定要預先準備藥品。

預防 ㄩˋ ㄈㄤˊ 事先防備。例颱風來臨前，人人要採取預防措施。

參考 活用詞：預防針、預防注射。

預定 ㄩˋ ㄉㄧㄥˋ ❶事先決定。例現在的進度比預定進度超前。❷事先訂貨。例我們先預定機票，以免到時買不到機票。

預知 ㄩˋ ㄓ 事情發生以前就知道。例那個算命的人，能夠預知一切。

預料 ㄩˋ ㄌㄧㄠˋ 事先的推理、猜想。例事情果然不出他的預料，終於真相大白。

參考 相似詞：意料、預測、料想。

預報 ㄩˋ ㄅㄠˋ 預先報告。例天氣預報說明天會颳大風。

預備 ㄩˋ ㄅㄟˋ 事先準備。例比賽開始前，參加選手要先預備就位。

預測 ㄩˋ ㄘㄜˋ 事先推測或測定。例氣象臺預測明天會下雨。

預感 ㄩˋ ㄍㄢˇ 事先的感覺。例今天天氣很悶熱，大家都預感快要下大雨了。

預賽 ㄩˋ ㄙㄞˋ 正式比賽以前的準備賽。

參考 請注意：「預賽」和「初賽」不同：「初賽」是正式比賽中第一階段的比賽；而「預賽」則是正式開賽前，選拔代表的比賽。

頑

頁部 四畫

頑 頑 頑

ㄨㄢˊ ❶難以制服或改變：例頑強、頑固。❷調皮：例頑皮。❸通「玩」，嬉戲的意思。

參考 請注意：小孩好嬉鬧，不聽管教，寫作「頑」皮，不可以寫成「玩」皮。

頑皮 ㄨㄢˊ ㄆㄧˊ 指小孩無知愛玩，不聽勸告。

頑固 ㄨㄢˊ ㄍㄨˋ 固執保守，不知改變。

頑強 ㄨㄢˊ ㄑㄧㄤˊ 強硬不屈服。例敵人還在頑強的抵抗。

參考 請注意：「頑強」表示不怕困難，或者強硬、不肯改變的態度，可用在好的和壞的兩方面，例如：「雖然受到包圍，我們還是頑強抵抗」，這是好的。「頑固」則表示固執、保守不願接受新事物，含有貶斥的意味，例如：他是個出名的老頑固，你再怎麼勸說，他都不會改變的。

頑童 ㄨㄢˊ ㄊㄨㄥˊ 頑劣調皮、不聽勸告的兒童。

頑石點頭 ㄨㄢˊ ㄕˊ ㄉㄧㄢˇ ㄊㄡˊ 比喻像石頭般頑固的人，最後都能聽從。

小故事 據說在晉朝，有個叫道生的和尚，人稱生公，很善於講解佛經。無奈當時沒人賞識，他就跑到蘇州的虎丘山，搬了許多石頭，將他們一行一行排列起來，當作弟子。生公堅持每天向這些「弟子」講經說法。到了後來，這些原來毫無知覺的石頭竟然在聽講時個個點頭。這就是「頑石點頭」的故事。

頓

頁部 四畫

頓 頓 頓

ㄉㄨㄣˋ ❶用頭或腳叩地：例頓首、頓足。❷暫停：例停頓。❸疲倦：例困頓。❹處理，安置：例整頓、安頓。❺計算單位：例一頓飯、被數說一頓。❻突然：例頓悟、茅塞頓開。

ㄉㄨˊ 僅限於漢初匈奴的君主一詞：例冒(ㄇㄛˋ)頓。

頓時（ㄉㄨㄣˋ ㄕˊ） 立刻，馬上。例獲勝的喜訊傳來，人們頓時歡呼起來。

參考 相似詞：即刻、立刻、立時。

頓悟（ㄉㄨㄣˋ ㄨˋ） 突然領悟。例釋迦牟尼靜坐在菩提樹下，頓悟了人生的無常，所以決定出家。

頒

頁部 四畫

ノ 八 分 分 分 分 分 分 頒 頒 頒 頒 頒

ㄅㄢ ❶發給：例頒獎。❷公布：例頒布。

頒布（ㄅㄢ ㄅㄨˋ） 公開發布。例學校頒布校規。

頒行（ㄅㄢ ㄒㄧㄥˊ） 分布實行。例政府頒行「三七五減租」政策。

頒發（ㄅㄢ ㄈㄚ） 對有功勞或特別表現的人，贈送獎狀或獎品。例校長頒發獎品給優勝的同學。

頒獎（ㄅㄢ ㄐㄧㄤˇ） 頒發獎狀或獎品。

頌

頁部 四畫

ノ 八 公 公 公 公 公 公 頌 頌 頌 頌 頌

ㄙㄨㄥˋ ❶以讚美、表揚為內容的文體：例周頌。❷稱讚：例歌頌。

參考 請注意：「頌」和「訟」同音，但是意義不同：「訟」是在法院打官司、爭辯是非，例如：訴訟。「頌」有讚美的意思，例如：歌頌、頌揚。

頊

頁部 四畫

一 二 千 王 王 王 王 珀 珀 頊 頊 頊 頊

ㄒㄩˋ ❶古代帝王名，就是顓頊。❷茫然若有所失的樣子：例頊頊。

頎

頁部 四畫

一 厂 斤 斤 斤 斤 斤 斤 斤 頎 頎 頎 頎

ㄑㄧˊ 身材高而長的樣子：例頎長。

頗

頁部 五畫

ㄧ 厂 广 皮 皮 皮 皮 皮 皮 頗 頗 頗 頗 頗

ㄆㄛ ❶很，相當：例頗感興趣。❷不正，偏斜：例偏頗。❸姓。

領

頁部 五畫

ノ 人 人 今 今 令 令 令 令 領 領 領 領 領

ㄌㄧㄥˇ ❶脖子：例領巾、引領而望。❷衣服上圍著脖子的部分：例領子、衣領。❸大綱，要點：例綱領、要領。❹帶，引：例領隊。❺取得：例領取、領薪水。❻接受：例領受、領教。❼所有的，管轄的：例領土、領空。❽才能：例本領。❾了解：例領悟。❿量詞：例一領席子。

參考 相似字：頸、項、脖。

領土（ㄌㄧㄥˇ ㄊㄨˇ） 國家可以行使管轄權的區域。例每個國家的領土都不容侵犯。

參考 相似詞：領域、國土、疆域。

領先（ㄌㄧㄥˇ ㄒㄧㄢ） 比別人超前。例他的成績優異，領先其他人。

參考 相似詞：居先、占先。

領悟（ㄌㄧㄥˇ ㄨˋ） 了解，明白。例他的領悟力很強。

領域（ㄌㄧㄥˇ ㄩˋ） ❶同「領土」。❷學術思想或社會活動的範圍。例在自然科學領域內，數學是很重要的基礎。

領袖（ㄌㄧㄥˇ ㄒㄧㄡˋ） 本指衣服的領子和袖子，後來是指國家或團體的領導人。例他是一個偉大的領袖。

參考 相似詞：領導。

領略（ㄌㄧㄥˇ ㄌㄩㄝˋ） 了解、明白。

領會（ㄌㄧㄥˇ ㄏㄨㄟˋ） 了解，體會。例父母親每天在外奔波，你應該能領會他們的辛苦。

參考 相似詞：領悟、領略。

領導（ㄌㄧㄥˇ ㄉㄠˇ） ❶統率，引導。例在政府的領導下，我們的生活十分安定。❷發生影響。例這種服裝設計領導今年的流行趨勢。❸帶領、指揮的人。例團體活動時，一定要聽領導的指揮，才不會發生危險。

領事裁判權（ㄌㄧㄥˇ ㄕˋ ㄘㄞˊ ㄆㄢˋ ㄑㄩㄢˊ） 甲國國民在乙國犯罪，不由乙國司法機關審判，而由甲國的領事審判，這種特權稱為領事裁判權。

頡　頁部 六畫

ㄒㄧㄝˊ ❶直著脖子。❷向上飛：例頡頏。

ㄐㄧㄝˊ 倉頡，人名，相傳為中國古代開始造字的人。

頡頏 ㄒㄧㄝˊ ㄏㄤˊ ❶鳥盤旋飛翔、忽上忽下的樣子。頡：向上飛。頏：向下飛。❷比喻雙方不相上下或互相對抗。❸剛正不屈服的樣子。

頦　頁部 六畫

ㄏㄞˊ 讀音，面頰的下部，俗稱下巴：例下頦。

ㄎㄜ 語音：例下巴頦兒。

頰　頁部 七畫

ㄐㄧㄚˊ 臉的兩側：例臉頰。

參考 請注意：頰、莢、鋏、蛺都念ㄐㄧㄚˊ，但用法不同：「莢」是豆莢；「鋏」是指劍或劍柄；而一種體長，翅膀呈赤黃色的大蝴蝶，我們稱為「蛺」蝶。

頸　頁部 七畫

ㄐㄧㄥˇ ❶脖子，頭與軀幹相連的部分：例頸子。❷瓶口下面的細長部分：例瓶頸。

ㄍㄥˇ 脖子的後面部分：例脖頸子。

參考 請注意：頭頸的前面叫「頸」，後面叫「項」。

頸子 ㄐㄧㄥˇ ˙ㄗ 脖子。

頻　頁部 七畫

ㄆㄧㄣˊ 屢次：例頻仍、頻繁。

參考 相似字：仍、連、累(ㄌㄟˇ)。♣請注意：頻、瀕、蘋、顰字形相近，意義不同：常常發生，例如：頻頻、頻繁。很接近，例如：瀕(ㄅㄧㄣ)臨。水果名，例如：蘋(ㄆㄧㄥˊ)果。皺著眉，例如：一顰(ㄆㄧㄣˊ)一笑、東施效顰。

頻率 ㄆㄧㄣˊ ㄌㄩˋ ❶在一定時間內，某種事情發生的次數。例這首歌出現在電視上的頻率很高。❷物體每秒振動的次數。

頻頻 ㄆㄧㄣˊ ㄆㄧㄣˊ 屢次，連連。例她頻頻詢問我工作的情形。

頻繁 ㄆㄧㄣˊ ㄈㄢˊ 次數繁多，連續很多次。例不知道為什麼事，她最近來得很頻繁。

頷　頁部 七畫

ㄏㄢˋ ❶下巴：例頷下。❷微微點頭：例頷首微笑。

頭　頁部 七畫

ㄊㄡˊ ❶腦袋：例頭顱。❷頭髮：例梳頭、剃頭。❸事物的起點、終點或尖頂部分：例山頭。❹剩下的部分：例布頭、零頭。❺次序在最前面的：例頭號、頭等、頭功。❻領頭的人：例頭子。❼表數量：例一頭牛。❽邊：例江頭、街頭。❾條理：例頭緒、頭頭是道。

˙ㄊㄡ ❶方位詞。例前頭、裡頭、上頭。❷價值，必要：例講頭、看頭。❸在名詞詞尾，沒有意義：例石頭、舌頭、斧頭。

唱詩歌 大頭大頭，下雨不愁，人家有傘，你有大頭。

頭子 ㄊㄡˊ ˙ㄗ 首領。

頭目 ㄊㄡˊ ㄇㄨˋ 集團中為首的人。

頭盔 ㄊㄡˊ ㄎㄨㄟ 保護頭部的帽子。

頭痛（ㄊㄡˊ ㄊㄨㄥˋ） 比喻感到為難或討厭。例我對這個問題感到相當頭痛。

頭等（ㄊㄡˊ ㄉㄥˇ） 第一等，最高的。例他以頭等的成績畢業。

頭腦（ㄊㄡˊ ㄋㄠˇ） ❶人腦的通稱。❷思想，觀念。例他的頭腦不太靈光。

頭緒（ㄊㄡˊ ㄒㄩˋ） 比喻事情的條理。緒：絲的端頭。例他做事理不出頭緒。

頭銜（ㄊㄡˊ ㄒㄧㄢˊ） 職位的稱呼。

頭蝨（ㄊㄡˊ ㄕ） 蝨子的一種，體長，灰白色，有的帶黑色或黃色，腳短而且粗。寄生在人的頭髮裡。

頭髮（ㄊㄡˊ ㄈㄚˇ） 頭上的毛髮。

猜一猜 高高山上一叢麻，月月割它月月發。（猜人體的一部分）（答案：頭髮）

俏皮話 「伍子胥過昭關——一夜頭髮白。」伍子胥是春秋時的楚國人，受到楚平王的迫害，投奔到吳國，到了昭關時，看見到處都貼著捉拿他的畫像，伍子胥因而內心憂愁，一夜之間頭髮都白了。比喻一個人一點辦法都沒有，憂慮過度、面容憔悴時，就可以用這句話來形容。

頭顱（ㄊㄡˊ ㄌㄨˊ） 人的頭部。例革命先烈為國家拋頭顱、灑熱血。

頭昏腦脹（ㄊㄡˊ ㄏㄨㄣ ㄋㄠˇ ㄓㄤˋ） 比喻困惑、疲倦。例我常被數字搞得頭昏腦脹。

笑一笑 精疲力竭的先生下班回家對太太說：「今天公司的電腦壞了，我們只好自己動腦筋，想得我頭昏腦脹！」

頭重腳輕（ㄊㄡˊ ㄓㄨㄥˋ ㄐㄧㄠˇ ㄑㄧㄥ） 上面重、下面輕；比喻基礎不穩固。例他感冒了，整個人感到頭重腳輕。

頭破血流（ㄊㄡˊ ㄆㄛˋ ㄒㄧㄝˇ ㄌㄧㄡˊ） 頭破了，血從頭上流出來。多形容慘敗。例他們為了這場冠軍賽，打得頭破血流。

頭頭是道（ㄊㄡˊ ㄊㄡˊ ㄕˋ ㄉㄠˋ） 說話或做事很有道理。例他說話頭頭是道，但是沒有一件做得到。

頹 頁部 七畫

ㄊㄨㄟˊ ❶倒塌：例頹垣斷壁。❷衰敗：例頹敗、衰頹、頹風敗俗。❸意志消沉：例頹喪、頹唐。

參考 相似字：崩、壞。

頹喪（ㄊㄨㄟˊ ㄙㄤˋ） 情緒低落，消極不振作。例遇到挫折，千萬不要頹喪。

頹廢（ㄊㄨㄟˊ ㄈㄟˋ） 意志消沉，精神不振。例自從母親去世後，她一直頹廢不振。

參考 相似詞：頹靡、頹喪、頹唐。

頤 頁部 七畫

ㄧˊ ❶腮，面頰：例以手支頤。❷保養：例頤養天年。

頤指（ㄧˊ ㄓˇ） 不開口說話，而稍微動一下面頰來指使人做事。

參考 活用詞：頤指氣使。

頤養（ㄧˊ ㄧㄤˇ） 指身體的保養。

參考 活用詞：頤養天年。

頤和園（ㄧˊ ㄏㄜˊ ㄩㄢˊ） 我國著名的園林，在北平西郊，初建於宋高宗時，為金主完顏亮的行宮。清光緒時，慈禧太后挪用大量海軍經費重修，建築宏偉、豐富多彩，湖光山色、風景幽美，是一處難得的建築。

顆 頁部 八畫

ㄎㄜ 計算圓形或粒狀東西的單位：例一顆珍珠。

參考 請注意：「顆」和「棵」都是數量的詞：圓形或一粒粒的東西用「顆」，例如：一顆糖。植物用「棵」，例如：一棵樹。

顆粒（ㄎㄜ ㄌㄧˋ） 小而圓的東西。例這些珍珠的顆粒大小很整齊。

額 頁部 九畫

ㄜˊ ❶眉毛以上、頭髮以下的部位：例額頭。❷橫匾：例門額。❸規定的數量：例名額。❹姓：例額先生。

額外（ㄜˊ ㄨㄞˋ） 超出規定的數量或範圍。例他為了得到讚美，經常做許多額外的工作。

額角（ㄜˊ ㄐㄧㄠˇ） 額兩旁高起的地方。

額頭（ㄜˊ ㄊㄡˊ） 頭的前方、兩眉以上的部分。

顏 頁部 九畫

ㄧㄢˊ ❶本來指眉目之間：例龍顏。❷面容、臉上的表情：例容顏、和顏悅色。❸面子：例無顏見人。❹色彩：例顏色。❺姓：例顏先生。

參考 相似字：臉、面。

顏色（ㄧㄢˊ ㄙㄜˋ） ❶色彩。例彩虹的七彩顏色很漂亮。❷厲害的手段。例給他點顏色瞧瞧。

顏面（ㄧㄢˊ ㄇㄧㄢˋ） ❶臉部，面容。例他的顏面神經受傷，因此沒有笑容。❷面子。例這件事關係我的顏面，我一定要辦好。

參考 相似詞：體面、臉面。

顏料（ㄧㄢˊ ㄌㄧㄠˋ） 用來畫圖著色的材料。例水彩是一種常用的顏料。

題 頁部 九畫

ㄊㄧˊ ❶寫上：例題詩。❷述說，同「提」：例重題往事。❸文章、演講或一件事物的名稱：例題目。❹評論：例品題。

唱詩歌 五月榴花①照眼明，枝間時見子②初成；可憐此地無車馬，顛倒蒼苔落絳英③。（題榴花•朱熹）

註：①榴花：石榴樹開的花。②子：指結成的石榴。③絳英：紅色的花瓣。

題目（ㄊㄧˊ ㄇㄨˋ） ❶考試時讓考生回答的問題。例這次的數學題目很簡單。❷對一件事情所提出來的名稱。例我們今天要討論的題目是「如何充分利用回收資源」。

題材（ㄊㄧˊ ㄘㄞˊ） 寫作或繪畫的材料。例這個畫家很喜歡以山水當作繪畫題材。

顎 頁部 九畫

ㄜˋ 構成臉下半部骨骼。口腔的前面有顎骨，比較硬，稱為硬顎；後面是柔軟的肌肉組織，稱為軟顎。

顓 頁部 九畫

ㄓㄨㄢ ❶謹慎的樣子。❷愚昧無知的：例顓愚、顓蒙。❸顓頊，古帝名，黃帝之孫，為五帝之一。❹顓孫，複姓。

類 頁部 十畫

ㄌㄟˋ ❶性質相同或相似事物的綜合：例人類、種類、分門別類。❷相似，好像：例類似、畫虎不成反類犬。❸姓：例類先生。

類別（ㄌㄟˋ ㄅㄧㄝˊ） 事物因為種類的不同所產生的分別。例魚類和鳥類是兩種不同類別的生物。

類似（ㄌㄟˋ ㄙˋ） 差不多，相似。例這對雙胞胎，模樣兒十分類似，真教人分不清楚誰是誰。

參考 相似詞：相似、近似、相類、相近。

類型（ㄌㄟˋ ㄒㄧㄥˊ） ❶按照事物的共同性質、特點所形成的種類。例請你把這些機器人按照它們的類型分組。❷特別指在文學作品中，具有某些共同或類似特點的人物形象。例包公在「七俠五義」中被塑造成正義之士的類型。

九畫

願 頁部 十畫

ㄩㄢˋ ❶希望，期望：例心願。❷信徒對神佛許下的酬謝：例許願。❸甘心，樂意：例情願。

參考 相似字：望。

願望 ㄩㄢˋ ㄨㄤˋ 希望，理想。例她對著皎潔的月亮許下願望。

願意 ㄩㄢˋ ㄧˋ 樂意，高興去做。例我很願意幫你的忙。

顛 頁部 十畫

ㄉㄧㄢ ❶頭頂，頂端：例山顛、樹顛。❷搖動，震盪：例車顛得很厲害。❸掉下來，跌落：例顛覆。❹倒置，錯亂：例顛倒、顛三倒四。❺通「癲」，瘋狂。❻姓：例顛先生。

參考 相似字：仆、倒。

顛倒 ㄉㄧㄢ ㄉㄠˇ ❶跟原來的位置相反：例把這兩個字顛倒過來就對了。❷錯亂：例自從他迷上打電動玩具後，就神魂顛倒，生活不太正常。

唱詩歌 忽聽門外人咬狗，拿起門來開開手，拾起狗來打磚頭，又被磚頭咬了手，騎了轎子抬了馬，吹了鼓，打喇叭。（顛倒歌‧河北）

顛覆 ㄉㄧㄢ ㄈㄨˋ ❶顛倒，倒翻。❷野心分子利用手段使國家滅亡。例我們要防範恐怖分子的顛覆行動。

顛簸 ㄉㄧㄢ ㄅㄛˇ 路面不平，使人、車走起來搖晃振動。例車子行駛在山路上，顛簸得很厲害。

顛倒是非 ㄉㄧㄢ ㄉㄠˇ ㄕˋ ㄈㄟ 把對的說成錯的，錯的說成對的。

參考 相似詞：顛倒黑白。

顛沛流離 ㄉㄧㄢ ㄆㄟˋ ㄌㄧㄡˊ ㄌㄧˊ 比喻生活困難，到處流浪。

顛撲不破 ㄉㄧㄢ ㄆㄨ ㄅㄨˋ ㄆㄛˋ 形容道理正確，不易推翻。

顢 頁部 十一畫

ㄇㄢˊ 糊裡糊塗或做事不專心：例顢頇（ㄏㄢ）。

顢頇 ㄇㄢˊ ㄏㄢ 形容人頭腦不清楚、糊裡糊塗，或是做事馬虎不用心。例顢頇的官員使得清朝走向衰亡。

顧 頁部 十二畫

ㄍㄨˋ ❶看，回頭看：例環顧、左顧右盼、相顧一笑。❷注意，照管，關心：例照顧、顧此失彼、顧全大局。❸拜訪：例三顧茅蘆。❹姓：例顧先生。

繞口令 有個老頭本姓顧，上街打醋帶買布。買了布，打了醋，回頭看見鷹捉兔。放下布，擱下醋，上路去捉鷹和兔。飛了鷹，跑了兔，潑了醋，打溼了顧老頭的布。

顧忌 ㄍㄨˋ ㄐㄧˋ 顧慮，害怕。例你不必顧忌太多，儘管放手去做。

顧客 ㄍㄨˋ ㄎㄜˋ 商店或服務行業稱來買東西的人或服務對象。例「顧客至上」是商家服務的目標。

顧問 ㄍㄨˋ ㄨㄣˋ 機關或團體所聘的高級人員，他們沒有一定職務，專供詢問、商量事情。例他擔任多家公司的法律顧問。

顧慮 ㄍㄨˋ ㄌㄩˋ 恐怕對自己、對人、對事不利而不敢照自己的本意說話或行動。例你別顧慮重重，想說什麼儘管說出來。

顧名思義 ㄍㄨˋ ㄇㄧㄥˊ ㄙ ㄧˋ 看到事物名稱，就能推想到含義。

顧此失彼 ㄍㄨˋ ㄘˇ ㄕ ㄅㄧˇ 注意到這個，卻不能照顧另一個。比喻能力有限，不能兼顧。例他上了國中後，由於各科功課都很繁重，他顧此失彼，因此成績反而不理想。

顫 頁部 十三畫

ㄓㄢˋ ❶身體發抖：例顫抖。❷物體受打擊而振動：例顫動。❸抖動或搖曳的樣子：例顫顫巍巍。

參考 相似字：抖、震、振、戰。♣相反字：定。

顫抖 ㄓㄢˋ ㄉㄡˇ 身體因緊張、恐懼、寒冷而產生抖動。例天氣一冷，她就會全身顫抖。

參考 相似詞：發抖、顫慄、打哆嗦。♣請注意：「顫抖」多半指有生命的物體，例如：人；而抖動也可以指沒有生命的物體。

顫動 ㄓㄢˋ ㄉㄨㄥˋ 物體快速的抖動。例樹枝在寒風中不停的顫動。

參考 相似詞：顫抖、抖動。

顯

頁部 十四畫

顯 顯 顯

ㄒㄧㄢˇ ❶表現：例大顯身手。❷露在外面容易看到的：例明顯。❸既有名氣、又有地位的：例顯赫、顯要。❹尊稱去世的親人：例顯考（父親）。

參考 相反字：隱、晦。

顯示 ㄒㄧㄢˇ ㄕˋ 很明白的表示、呈現出來。例根據研究顯示，臺灣的空氣汙染十分嚴重。

顯要 ㄒㄧㄢˇ ㄧㄠˋ 有名氣而且重要的人物。例他的父親是個顯要的人物。

參考 相似詞：顯達、顯貴。

顯現 ㄒㄧㄢˇ ㄒㄧㄢˋ 呈現、表現出來。例一到春天，大地就顯現出一片生機。

顯得 ㄒㄧㄢˇ ㄉㄜˊ 表現出來的情形。例他一聽到這個好消息，顯得十分喜悅。

顯著 ㄒㄧㄢˇ ㄓㄨˋ 非常明白，明顯。例他的功課經過母親的教導，有了顯著的進步。

顯然 ㄒㄧㄢˇ ㄖㄢˊ 清楚明白，容易看出來或感覺到。例他顯然不願意做這件事，你就別勉強他了。

顯赫 ㄒㄧㄢˇ ㄏㄜˋ 光輝盛大的樣子，多半形容有名氣，權勢盛大。例他來自顯赫的家庭。

顯耀 ㄒㄧㄢˇ ㄧㄠˋ 以某種才能或成就，向人自誇、炫耀。耀：炫耀。例他到處顯耀這次比賽的獎牌。

顯露 ㄒㄧㄢˇ ㄌㄨˋ 明白的表現出來。例莫札特從小就顯露了高超的音樂天分。

顯靈 ㄒㄧㄢˇ ㄌㄧㄥˊ 迷信的人指神鬼出現，並且啟示、感化人。

顯微鏡 ㄒㄧㄢˇ ㄨㄟˊ ㄐㄧㄥˋ 用來觀察微生物或放大某一部分的儀器，醫學、生物學常會用到。

顯而易見 ㄒㄧㄢˇ ㄦˊ ㄧˋ ㄐㄧㄢˋ 很明白而且容易看出來。例顯而易見，這種本末倒置的方法根本行不通。

顰

頁部 十五畫

ㄆㄧㄣˊ 皺眉：例一顰一笑。

顱

頁部 十六畫

ㄌㄨˊ 頭部：例頭顱、顱骨。

顴

頁部 十八畫

ㄑㄩㄢˊ 眼眶下面、兩頰突起的部分：例顴骨。

風部 ㄈㄥ

風是空氣流動所產生的現象，因為風是流動的氣體，很難表示，因此用「凡」（凡）表示風聲，「虫」（虫，在這裡指一切生物）表示風一吹生物就開始生長。風部的字都和風有關，例如：颱（大風）、颳（起風）、颶（大風）、颼（風聲）。

風

風部 ○畫

風

ㄈㄥ ❶空氣流動的現象：例微風。❷教化：例流風、遺風。❸我國古代的歌謠：例國風、采風。❹傳說的，無確實根據的：例風聞、風言風雨。❺消息：例風聲、聞風而動。❻社會上的習俗：例風俗。❼景象：例風景、風光。❽態度：例作風、學風。❾病名：例中風、風溼。

ㄈㄥˋ ❶吹拂：例春風風人。❷勸諫，同「諷」：例風世勵俗。

猜一猜 水皺眉，樹搖動，花彎腰，雲逃走。（猜一種自然界現象）（答案：風）

古人說 「無風不起浪。」這句話是說：有風才會有浪，那麼一件事情的發生，有一定的原因，絕對不是平白無故產生的。例無風不起浪，這件事我們一定要仔細調查一下。

唱詩歌 春天裡，東風多，吹來燕子做新窩。夏天裡，南風多，吹得太陽像盆火。秋天裡，西風多，吹熟莊稼吹熟果。冬天裡，北風多，吹得雪花紛紛落。

風化 ㄈㄥ ㄏㄨㄚˋ ❶風俗教化。例他的行為有傷風化。❷由於長期的風吹日晒、雨水沖刷、生物的破壞等作用，地殼表面和組成地殼的各種岩石受到破壞或發生變化。例野柳的女王頭是風化作用形成的。

風水 ㄈㄥ ㄕㄨㄟˇ 指住宅、墳地的地理形勢。迷信的人認為風水好壞可影響家族、子孫的盛衰吉凶。

風行 ㄈㄥ ㄒㄧㄥˊ 盛行，流傳得快而廣。例葡式蛋塔風行一時。

風光 ㄈㄥ ㄍㄨㄤ ❶風景，景色。例青山綠水風光好。❷體面，光彩榮耀。例他連得兩面金牌，真是風光。

風車 ㄈㄥ ㄔㄜ ❶利用風作動力的機械，可以帶動其他機器，用來發電、磨麵、榨油等。例風車成為荷蘭的一大特色。❷玩具名，用紙做成的葉輪，可以迎風轉動。

風波 ㄈㄥ ㄅㄛ 比喻事情的波折或糾紛。例他們之間引發了一場不小的風波。

風尚 ㄈㄥ ㄕㄤˋ 社會的風氣和習慣。例減肥成為一時的風尚。

風味 ㄈㄥ ㄨㄟˋ 事物的地方特色。例這首詩有民歌風味。

風采 ㄈㄥ ㄘㄞˇ 指人的儀表舉止。例幾年不見，你的風采依舊動人。

風度 ㄈㄥ ㄉㄨˋ 指人的言談、舉止和態度。例這個人器宇高雅，風度不凡。

風俗 ㄈㄥ ㄙㄨˊ 社會上長期形成的風尚、禮節、習慣等。例破除舊風俗，樹立新風尚。

風氣 ㄈㄥ ㄑㄧˋ 社會上或某個團體中流行的愛好和習慣。例我們要提倡良好的社會風氣。

參考 請注意：風氣、風尚、風俗的用法不同：「風氣」指社會上流行的愛好或習氣，不很固定；「風尚」指社會上共同的崇尚，多指某些行為或器物；「風俗」指長期沿襲而成的禮節習慣。

風格 ㄈㄥ ㄍㄜˊ 作風品格，指一個時代、民族或個人的文藝作品所表現的主要思想特點或藝術特點。例東西方的山川名物，各具風格。

風乾 ㄈㄥ ㄍㄢ 藉風力吹乾。例木材經過風乾可以防止腐爛。

風發 ㄈㄥ ㄈㄚ 像風一樣迅速興起，現在多比喻精神奮發、豪邁。例他看起來精神抖擻，意氣風發。

風景 ㄈㄥ ㄐㄧㄥˇ 由山水、花草、建築物以及某些自然現象形成，可供人觀賞的景象。例山頂上的風景很美。

風貌 ㄈㄥ ㄇㄠˋ 風格和面貌。例這座山隨著季節的變換，展現多樣的風貌。

風聞 ㄈㄥ ㄨㄣˊ 由傳聞而得知，未經過證實。例關於這件事，我也略有風聞。

風箏 ㄈㄥ ㄓㄥ 一種玩具，在竹製的骨架上糊紙或絹，拉著繫在上面的長線，趁著風勢可以放上天空。

猜一猜 空中有隻鳥，要用線牽牢，不怕大風吹，只怕細雨飄。（猜一種玩具）（答案：風箏）

風範 ㄈㄥ ㄈㄢˋ 指人的風采氣度。例老教授飽讀詩書，流露出學者的風範。

風趣 ㄈㄥ ㄑㄩˋ 多指語言、文章生動活潑、有趣味。例他的文章很幽默風趣。

風暴　❶颳大風，而且往往同時還有大雨的天氣現象。例看天空烏雲密布，午後可能會有一場大風暴。❷比喻規模大而氣勢猛烈的事件或現象。例這次遊行請願的活動，最後擴大為警民對立的風暴。

風頭　❶風吹的方向；比喻形勢的發展方向，或與個人有利害關係的情勢。例牆頭草的人，懂得看風頭辦事。❷出頭露面，當眾表現出來。例他喜歡出風頭。

風險　指難以預料的危險。例從事敵後工作需擔負很大的風險。

風霜　比喻旅途或生活中所經歷的艱難困苦。例他的一生飽經風霜。

風聲　消息，多指經由傳聞所得知的消息。例他恐嚇我絕不能走露半點風聲。

風靡　形容事物流行得快，像風吹倒草木一樣。靡：順風倒下。例家用電腦風靡一時。

風涼話　冷言冷語，含有譏諷的話。例你少說風涼話。

風中之燭　風中的燭火容易熄滅；比喻隨時可能死亡的人或隨時可能消滅的事情。例他的生命有如風中之燭，可能不久於人世了。

風世勵俗　規勸世人，獎勵善良的風俗。例他的文章有風世勵俗的功效。

風平浪靜　比喻平靜無事。例等這件事風平浪靜之後，他才會露面。

參考 請注意：「風平浪靜」和「一帆風順」意義相近，但用法不同：「一帆風順」是指事情的發展過程；「風平浪靜」是指人的境遇或事物所處的環境。

風光明媚　比喻景致亮麗，嫵媚動人。例溪頭的景色風光明媚，煞是迷人。

參考 相似詞：風光綺麗。

風言風語　❶沒有根據的話；惡意中傷的話。❷私下裡議論或暗中散布某種傳說。例我在外頭聽到許多關於你的風言風語。

風吹草動　比喻因輕微的舉動所引起的影響。例如果有任何的風吹草動，那就一定是你惹的禍了。

風吹雨打　遭受風雨吹襲；比喻備受摧殘。例小草在風吹雨打中一天天的成長茁壯。

風雨飄搖　形容情勢很不穩定。例在風雨飄搖的局勢中，我們更要自強，力圖振作。

風雨同舟　在大風大雨中同乘一條船；比喻在艱難困苦的條件下，齊心協力，戰勝困難。例我們要風雨同舟，共度難關。

風和日麗　形容天氣良好，陽光美麗，風兒溫暖。

動動腦 春天是一年中最美好的季節，一到春天「風和日麗」、「百花怒放」，小朋友，請你想想看，還有哪些成語可以用來形容春天的景色呢？（答案：春光明媚、萬紫千紅、欣欣向榮、春暖花開、鳥語花香、鶯歌燕舞……）

笑一笑 房客向房東抱怨：「你看這房子天天漏水，怎麼能住人呢？」房東說：「不！先生，風和日麗時，這裡並不漏水啊！」

風風雨雨　又是風，又是雨。比喻外界的流言非常盛行。例他的醜聞，鬧得風風雨雨，到處流傳。

風度翩翩　形容人的氣質優美良好。翩翩：風流飄逸的樣子。例他的風度翩翩，迷煞不少少男少女。

風起雲湧　比喻事物迅速發展，聲勢浩大。例民歌的發展，風起雲湧，一時變得非常蓬勃。

風掃落葉　比喻非常迅速。例他好似風掃落葉般的把桌上的菜一掃而空。

參考 相似詞：秋風掃落葉。

風雲人物　稱才氣豪邁或行事活躍，頗具有影響力的人。例他是本校的風雲人物。

風馳電掣 ㄈㄥ ㄔˊ ㄉㄧㄢˋ ㄔㄜˋ 形容速度很快，像颳風閃電一樣快速。掣：牽引。例火車風馳電掣般地過去了。

風塵僕僕 ㄈㄥ ㄔㄣˊ ㄆㄨˊ ㄆㄨˊ 形容旅途辛苦勞累。含有長途跋涉，到處奔波的意思。例他從南部風塵僕僕的趕到臺北。

風調雨順 ㄈㄥ ㄊㄧㄠˊ ㄩˇ ㄕㄨㄣˋ 風雨均勻適度；多指風雨及時，適合農作物的需要。例新年即將來到，且讓我們預祝有個「風調雨順，國泰民安」的一年。

風燭殘年 ㄈㄥ ㄓㄨˊ ㄘㄢˊ ㄋㄧㄢˊ 蠟燭在風中隨時可能被吹滅；比喻人到了衰老將死的晚年。例他在病榻上度過風燭殘年。

風馬牛不相及 ㄈㄥ ㄇㄚˇ ㄋㄧㄡˊ ㄅㄨˋ ㄒㄧㄤ ㄐㄧˊ 比喻兩件事毫不相干。例這兩碼子事根本就風馬牛不相及。

颯 風部 五畫

ㄙㄚˋ 形容風吹的聲音：例颯颯。

颱 風部 五畫

ㄊㄞˊ 颱風，夏天熱帶海洋面上的熱帶低氣壓，是一種非常猛烈的風暴。

颱風 ㄊㄞˊ ㄈㄥ 發源於熱帶海洋面上的熱帶低氣壓，風暴的範圍在一百到一千公里之間，最大的風力可以達八到十二級，常常帶來狂風暴雨，使災區遭受很大的損失。

颱風眼 ㄊㄞˊ ㄈㄥ ㄧㄢˇ 颱風中心風平浪靜的區域。

颳 風部 六畫

ㄍㄨㄚ 吹：例颳大風、什麼風把你颳來了？

參考 請注意：「刮」解釋為「吹」時，可以和「颳」通用。

颳風 ㄍㄨㄚ ㄈㄥ 起風。例天色暗了下來，窗外又開始颳風了。

參考 請注意：也可以寫作「刮風」。

唱詩歌 風婆婆，放風來，大風不來小風來，大風颳得呼呼響，小風颳得怪涼快。（河南）

颶 風部 八畫

ㄐㄩˋ 颶風，熱帶氣旋，大部分發生在海上，每小時風速大於一一七公里。

颺 風部 九畫

ㄧㄤˊ ❶飛揚，被風吹起。❷飛去，遠去：例高颺、遠颺。❸通「揚」。

颼 風部 十畫

ㄙㄡ ❶被風吹乾、吹冷的作用：例這些水果別讓風颼乾了。❷形容風吹的聲音：例北風颼颼的吹。❸形容東西很快通過的聲音：例子彈颼颼的飛過頭頂去。

颼颼 ㄙㄡ ㄙㄡ ❶形容風、雨的聲音。例風颼颼、雨颼颼。❷寒冷的樣子。例冷颼颼的冬天，行人都縮著脖子。

飄 風部 十一畫

ㄆㄧㄠ ❶旋風。❷隨風飛動：例飄揚。

參考 相似字：吹、拂。

飄泊 ㄆㄧㄠ ㄅㄛˊ 到處流浪，像東西隨著水漂流。例他沒有一定的住所，長年飄泊在外。

飄浮 ㄆㄧㄠ ㄈㄨˊ ❶輕快的游動。例一朵小花飄浮在水中。❷比喻不穩定。例他個性飄浮，很不可靠。

飄逸 ㄆㄧㄠ ㄧˋ 瀟灑，自然，與眾不同。例她留著飄逸的長髮，非常漂亮。

飄零 ㄆㄧㄠ ㄌㄧㄥˊ ❶花葉凋謝飄落的樣子。例秋天到了，黃葉飄零。❷比喻身世的不幸。例他從小父母雙亡，身世飄零。

食部 ㄕˊ

「[古字]」是「食」最早的寫法，「[古字]」是裝著食物的鍋子，「亼」念作ㄐㄧˊ，有集合的意思，「食」就是大家圍著鍋子吃東西。因此食部的字和食物的名稱有關，例如：飯、饅、餃，或是與吃東西有關，例如：飼、餵、飽。

[古字]　[古字]　食

食

ノ 人 人 今 今 今 今 食 食

食部　〇畫

ㄕˊ ❶吃：例飲食。❷吃的東西：例食物。❸虧蝕，通「蝕」：例月食。

ㄙˋ 拿食物給人吃：例以食（ㄕˊ）食（ㄙˋ）人。

ㄧˋ 人名：例酈食其（ㄐㄧ）。

參考 相似字：吃、喫、啗、噉、餔、茹、餐、飧。

食物 ㄕˊ ㄨˋ　可供食用的東西。

參考 相似詞：食品。♣活用詞：食物鏈、食物中毒。

食指 ㄕˊ ㄓˇ　第二根手指。

食品 ㄕˊ ㄆㄧㄣˇ　經過加工可供食用的東西。

參考 活用詞：食品工業、食品衛生。

食道 ㄕˊ ㄉㄠˋ　❶消化器官，介於咽喉和胃中間，可以把口中食物輸送到胃。❷飲食的方法。

食慾 ㄕˊ ㄩˋ　想吃東西的慾望。例我生病時，根本沒有食慾。

食譜 ㄕˊ ㄆㄨˇ　介紹菜餚、點心等製作方法的書。

食言而肥 ㄕˊ ㄧㄢˊ ㄦˊ ㄈㄟˊ　吃掉自己說的話；比喻說話不算數。例食言而肥的人，得不到別人的信任。

食指浩繁 ㄕˊ ㄓˇ ㄏㄠˋ ㄈㄢˊ　比喻家庭人口眾多，費用龐大。食指：比喻家中人口。例王太太生了七個小孩，家裡食指浩繁，難怪他們常常超支了！

參考 相似詞：食需浩繁。

飢

ノ 𠆢 𠆢 今 今 今 食 食 飣 飢

食部　二畫

ㄐㄧ ❶餓：例飢餓。❷穀物收成不好，通「饑」：例飢亂、飢荒。❸姓：例飢先生。

參考 相似字：餓、餒、饑、饉。♣相反字：飽。♣請注意：「飢」和「饑」互相通用。

古人說 「若要身體安，常帶三分飢與寒。」這句話是說：飲食過度，對身體有害；吃七分飽，不要穿得太多，都可以使身體健康，這是一種身體保健的方法。

飢荒 ㄐㄧ ㄏㄨㄤ　農作物收成不好或沒有收成。例由於旱災的關係，這地方已經連年飢荒。

笑一笑 晉惠帝時，天下飢荒，很多老百姓都餓死了。惠帝知道了，問左右大臣：「肚子餓沒有飯吃，為什麼不吃肉呢？」

飢渴 ㄐㄧ ㄎㄜˇ　又餓又渴。

飢餓 ㄐㄧ ㄜˋ　肚子空空的，想吃東西。例臺灣的生活富足，大家根本不知道什麼是飢餓。

飢不擇食 ㄐㄧ ㄅㄨˋ ㄗㄜˊ ㄕˊ　很餓的時候，不選擇食物，什麼都吃。比喻需要急迫時不加以選擇。例他餓了兩天，一看到食物，就飢不擇食的吃了起來。

參考 相似詞：寒不擇衣。

飧

ノ ク タ タ 夕 夕 夕 夕 飧 飧 飧

食部　三畫

ㄙㄨㄣ ❶晚飯。❷飯菜：例誰知盤中飧，粒粒皆辛苦。

飪

食部 四畫

ㄖㄣˋ 把食物煮熟：例烹飪。

飲

食部 四畫

ㄧㄣˇ ❶喝：例飲酒。❷流質的東西：例飲料。❸心裡存著：例飲恨。

ㄧㄣˋ ❹讓牲畜喝水：例飲馬於河。❺拿酒給人喝。

參考 相似字：喝。

飲食 ㄧㄣˇ ㄕˊ 指吃和喝。

飲恨 ㄧㄣˇ ㄏㄣˋ 心裡含恨，無處可說。例這場球賽竟然輸了，球員都飲恨而歸。

飲料 ㄧㄣˇ ㄌㄧㄠˋ 供人喝的流質液體，例如：汽水、果汁等。

飲茶 ㄧㄣˇ ㄔㄚˊ ❶喝茶。例我們喜歡飲茶。❷用餐方式的一種，一面喝茶，一面吃點心和小菜。例我們到港式餐館去飲茶。

飲水思源 ㄧㄣˇ ㄕㄨㄟˇ ㄙ ㄩㄢˊ 喝水要想到水的來源；比喻人不可以忘掉根本。例你到國外念書，更要飲水思源，不要忘了自己是中國人。

古人說 「一人開井，千人飲水。」這句話是說：一個人做了好事，會有很多人得到益處，含有鼓勵人多做好事的意思。例王先生出錢修路，就是「一人開井，千人飲水」的好事。

飩

食部 四畫

ㄉㄨㄣˊ 餛飩，一種用薄麵皮裹餡煮熟的食品。

飯

食部 四畫

ㄈㄢˋ ❶煮熟的穀類食品：例米飯。❷每天定時吃的食物：例早飯、午飯。

動動腦 除了吃飯的「飯」，「反」還可以加上哪些部首變成不同的字？趕快想一想，看誰想得多！

飯局 ㄈㄢˋ ㄐㄩˊ 宴會。例他還要參加另一個飯局，所以先告辭了。

飯碗 ㄈㄢˋ ㄨㄢˇ ❶盛飯的碗。❷工作、職業的代稱。例在景氣低迷之下，每個人都擔心飯碗不保。

飯館 ㄈㄢˋ ㄍㄨㄢˇ 供人吃飯的店鋪。

參考 相似詞：館子。

飭

食部 四畫

ㄔˋ ❶治理，整頓：例整飭軍紀。❷古代上級命令下級辦事：例飭令。❸謹慎，守規矩：例為人謹飭。❹告誡：例申飭。

飭令 ㄔˋ ㄌㄧㄥˋ 命令，下令。

飼

食部 五畫

ㄙˋ ❶餵養動物：例飼鳥。❷餵動物的東西：例飼料。

飼料 ㄙˋ ㄌㄧㄠˋ 飼養動物的食物。

飼養 ㄙˋ ㄧㄤˇ 把食物餵給動物吃，使牠長大。例外婆家飼養了很多雞。

飴

食部 五畫

ㄧˊ 米、麥發酵後加上糖漿製成的軟糖：例新港飴。

飽

食部 五畫

ㄅㄠˇ ❶吃足了：例吃飽。❷滿足：例一飽眼福。❸充分：例飽滿。

參考 相似字：饜。♣相反字：餓、飢。

猜一猜 吃包子。（猜一字）（答案：飽）

俏皮話 「爐門口吃飯——要飽要暖。」冬天的時候，天氣寒冷，大家圍著火爐吃飯，一面取暖，一面可以吃飽。因此「爐門口吃飯——要飽要暖」是說一舉兩得的好方法。

飽和 ㄅㄠˇ ㄏㄜˊ ❶兩種物質相遇形成某種現象，這種現象的限度就是飽和。❷形容事情發展到最高限度。例幾年前，葡式蛋塔的門市如雨後春筍般林立，已經達到飽和。

飽滿 ㄅㄠˇ ㄇㄢˇ 充足，旺盛。例他每天都精神飽滿，充滿活力。

飽食終日 ㄅㄠˇ ㄕˊ ㄓㄨㄥ ㄖˋ 一天到晚吃得飽飽的；形容一個人生活懶散。例他飽食終日，無所事事。

飽學之士 ㄅㄠˇ ㄒㄩㄝˊ ㄓ ㄕˋ 學識淵博的人。

飾

食部 五畫

ㄕˋ ❶裝扮用的東西：例首飾。❷裝扮，美化：例裝飾、修飾。❸遮掩：例掩飾。❹扮演角色：例飾演。

飾物 ㄕˋ ㄨˋ 裝飾的用品。

飾演 ㄕˋ ㄧㄢˇ 扮演。例她在連續劇中飾演母親。

餃

食部 六畫

ㄐㄧㄠˇ 用麵粉製成薄皮，包著肉、青菜的食品，因為形狀像元寶，也稱為「元寶」：例水餃。

俏皮話 「大年夜吃餃子——沒有外人。」在一般習俗來說，大年夜就是團圓夜，全家人都要回家團聚，所以「大年夜吃餃子」比喻沒有別人，有什麼祕密儘管說好了。

餅

食部 六畫

ㄅㄧㄥˇ ❶用米麵烤製而成的扁圓形食品：例月餅、燒餅。❷形狀像餅的東西：例鐵餅。

餅乾 ㄅㄧㄥˇ ㄍㄢ 一種以麵粉為主要材料的西式點心，在麵粉中加上雞蛋、砂糖、奶油等烤成的食品。

餌

食部 六畫

ㄦˇ ❶糕餅一類的食品：例餅餌。❷泛指各種食品：例果餌、藥餌。❸引魚上鉤的食物：例釣餌。❹用來使人或其他動物上當的事物：例誘餌。

餉

食部 六畫

ㄒㄧㄤˇ ❶軍警的薪水：例薪餉。❷軍糧：例糧餉。

養

食部 六畫

ㄧㄤˇ ❶供給生活：例養家。❷撫育，照顧：例撫養、供養。❸生育：例生養。❹栽植花木：例養蘭花。❺飼養動物：例養雞。❻治療，調養：例養病、休養。❼形成：例培養、教養、養成良好習慣。❽保護，維修：例保養、養護。❾領養，非親生關係：例養子。

ㄧㄤˋ 晚輩侍奉長輩：例奉養。

養分 ㄧㄤˇ ㄈㄣˋ 營養的成分。例如果土壤的養分愈多，樹木的成長就會愈快。

養生 ㄧㄤˇ ㄕㄥ 養護生命。例壽命長的人大都養生有道。

養成 ㄧㄤˇ ㄔㄥˊ 培養使成為。例我們要養成良好的生活習慣。

養育 ㄧㄤˇ ㄩˋ 撫養教育。例我們要報答父母的養育之恩。

養病 ㄧㄤˇ ㄅㄧㄥˋ 用調養的方法，使病體復原。例老教授出院後，就到鄉間養病。

養料 ㄧㄤˇ ㄌㄧㄠˋ 泛指有營養的東西。

養殖 ㄧㄤˇ ㄓˊ 養育繁殖。殖：生產。例沿海居民把濱海低地圍堵成魚塘，養殖魚類和貝類。

養尊處優 ㄧㄤˇ ㄗㄨㄣ ㄔㄨˇ ㄧㄡ 處在優裕的環境或地位中，安於享樂的生活。例他過著極為養尊處優的生活。

養精蓄銳 ㄧㄤˇ ㄐㄧㄥ ㄒㄩˋ ㄖㄨㄟˋ 養足精神，積聚力量。

餓

食部 七畫

ㄜˋ 飽的相反，肚子空、想吃東西：例飢餓。

參考 相似字：飢、餒、饉。♣相反字：飽、足。

餓鬼 ㄜˋ ㄍㄨㄟˇ ❶罵人貪吃或貪得無厭。厭：滿足，通「饜」。例他像餓鬼般吃個不停。❷形容很餓的人。

餒

食部 七畫

ㄋㄟˇ ❶飢餓：例凍餒。❷失去勇氣：例氣餒。

餘

食部 七畫

ㄩˊ ❶多出而剩下的東西：例剩餘。❷零數：例十餘人。❸空閒：例課餘。❹其他的：例其餘。❺姓。

參考 相似字：賸、剩、殘、留。

餘力 ㄩˊ ㄌㄧˋ 多餘的心力。例他對於公眾的事，不遺餘力。

餘地 ㄩˊ ㄉㄧˋ 指言語、行動、辦事情、訂計畫所留下的可以回旋的地步。例你不要逼人太甚，要留點餘地。

餘姚 ㄩˊ ㄧㄠˊ 浙江省縣名。

餘暉 ㄩˊ ㄏㄨㄟ 落日的光芒。例夕陽餘暉十分美麗。

餘暇 ㄩˊ ㄒㄧㄚˊ 空閒的時間。暇：空閒。例他餘暇時，總是去河邊釣魚。

餘興 ㄩˊ ㄒㄧㄥˋ 會議或活動後舉行的娛樂節目。例班會結束後，主席表演一段餘興節目。

餘韻 ㄩˊ ㄩㄣˋ 留下風雅的事。例徐志摩在康橋求學的餘韻雅事，令人嚮往。

餘音繞梁 ㄩˊ ㄧㄣ ㄖㄠˋ ㄌㄧㄤˊ 形容歌聲優美，留給人深刻的印象。梁：支撐屋頂的橫木。例這位歌後的歌聲動聽，餘音繞梁。

餐

食部 七畫

ㄘㄢ ❶一頓飯：例一日吃三餐。❷吃的方式：例中餐、西餐。❸吃：例聚餐、野餐。

餐廳 ㄘㄢ ㄊㄧㄥ 供人吃飯的場所。

參考 相似詞：餐館、飯廳、館子。♣請注意：「餐館」多指專門營業的地方；「餐廳」則指一切供人吃飯的地方，有營業性，也有福利性質的，附設於學校、工廠、公司內；而「飯廳」多指家裡面吃飯的地方。

餑

食部 七畫

ㄅㄛ 我國北方把麵粉製成的糕點、食品都稱為餑：例油麵餑餑。

館

食部 八畫

ㄍㄨㄢˇ ❶招待賓客住的房屋：例賓館、旅館。❷機關團體或公共場所的名稱：例大使館、圖書館、博物館。❸商店：例茶館、飯館。❹尊稱別人的住宅：例林公館。

館子 ㄍㄨㄢˇ ㄗ˙ 供人吃喝的飲食店。

餞
食部 八畫

ㄐㄧㄢˋ ❶將水果晒乾後加工所製成的食品：例蜜餞。❷設下酒席送別：例餞行。

餞行 ㄐㄧㄢˋ ㄒㄧㄥˊ 設下酒席送別。例哥哥明天就要出國了，我們準備在今天晚上為他餞行。

參考 相似詞：餞別。

餛
食部 八畫

ㄏㄨㄣˊ 用麵粉做成薄皮包肉餡，可以連湯一起吃的食品，又叫做「雲吞」：例我最愛吃餛飩湯麵了。

餡
食部 八畫

ㄒㄧㄢˋ 包在麵食、點心裡面的東西，例如：肉、青菜等：例餃子餡。

餚
食部 八畫

ㄧㄠˊ 煮熟的魚肉等食物：例酒餚、菜餚。

餵
食部 九畫

ㄨㄟˋ ❶把吃的東西送到別人的嘴裡：例餵小孩。❷給動物東西吃：例餵狗。

餵食 ㄨㄟˋ ㄕˊ 餵人或動物吃東西。

餵飽 ㄨㄟˋ ㄅㄠˇ 餵養使溫飽。例他把這隻小狗餵飽了。

餾
食部 十畫

ㄌㄧㄡˋ ❶把已經涼了的食物再蒸熱：例請把包子餾一餾。❷加熱使液體變成氣體，然後再將氣體冷卻變成純淨的液體：例蒸餾水。

餿
食部 十畫

ㄙㄡ 食物壞掉而發出酸臭的味道：例菜餿了。

餿水 ㄙㄡ ㄕㄨㄟˇ 指腐敗有臭味的剩飯、剩菜。

餿主意 ㄙㄡ ㄓㄨˇ ㄧˋ 不好或不正當的辦法。例都是你出的餿主意，把事情弄砸了。

餽
食部 十畫

ㄎㄨㄟˋ 贈送，同「饋」：例餽送、餽贈。

饅
食部 十一畫

ㄇㄢˊ 用麵粉和水搓揉，發酵蒸成的食品，呈圓形或長圓形：例饅頭。

饅頭 ㄇㄢˊ ㄊㄡˊ 用麵粉發酵蒸成的食品。傳說諸葛亮征討蠻夷的時候，蠻人喜歡用人頭祭神，諸葛亮為了改正這種不良的風俗，就用麵粉做成人頭的形狀。後來改稱「饅頭」。

饒
食部 十二畫

ㄖㄠˊ ❶富足，多：例豐饒。❷寬恕：例饒他一命。❸姓：例饒先生。

參考 相似字：恕、豐、裕、富。

饒舌 ㄖㄠˊ ㄕㄜˊ 多嘴，多話。

饒命 ㄖㄠˊ ㄇㄧㄥˋ 向對方懇求不要處死自己。例卡通影片中，小老鼠向貓哀求饒命。

饒恕 ㄖㄠˊ ㄕㄨˋ 原諒寬恕。例我們應當饒恕他人無心的過錯。

饑 食部 十二畫

ㄐㄧ ❶五穀欠收：例饑荒。❷餓，通「飢」：例饑寒交迫。

饑荒 ㄐㄧ ㄏㄨㄤ 原本指五穀欠收，後來凡是沒有飯吃也稱為饑荒。例衣索匹亞因為天氣太乾旱，已經饑荒連年。

饑寒交迫 ㄐㄧ ㄏㄢˊ ㄐㄧㄠ ㄆㄛˋ 又餓又冷；形容生活非常困苦。例他因為好吃懶做，又嗜賭如命，才會落到饑寒交迫的地步。

饑腸轆轆 ㄐㄧ ㄔㄤˊ ㄌㄨˋ ㄌㄨˋ 形容很餓，餓得連肚子都發出嘰哩咕嚕的聲音。轆轆：形容車聲。

饜 食部 十四畫

ㄧㄢˋ ❶吃飽。❷滿足：例貪得無饜。

饞 食部 十七畫

ㄔㄢˊ ❶貪吃：例饞嘴。❷對某種事物產生貪得的念頭：例眼饞、手饞。

饞相 ㄔㄢˊ ㄒㄧㄤˋ 貪心想吃東西的樣子。例你看他一副饞相，好像餓了好幾天了！

饞鬼 ㄔㄢˊ ㄍㄨㄟˇ 譏笑特別愛吃的人。

饞嘴 ㄔㄢˊ ㄗㄨㄟˇ 貪吃。也可以說成「嘴饞」。

首部 ㄕㄡˇ

「首」就是頭，是按照頭部的形狀所描畫出的象形字。「[illegible]」是它最早的寫法，可以看到頭髮和眼睛，後來寫成「[illegible]」，仍然可以看到頭髮，「[illegible]」是頭的形狀，裡面的線代表五官。

首 首部 ○畫

ㄕㄡˇ ❶腦袋：例昂首闊步。❷領導的人物：例元首、首長。❸第一名：例榜首。❹計算詩歌的單位：例一首詩。❺最高：例首席代表。❻最前的，最先的：例首先、首創。❼向治安機關報告犯罪的經過：例自首。❽姓：例首先生。

參考 相反字：尾。

首先 ㄕㄡˇ ㄒㄧㄢ 最先的，最開始的。例會議開始，首先請主席發言。

首長 ㄕㄡˇ ㄓㄤˇ 最高的長官。例縣長是地方首長。

首相 ㄕㄡˇ ㄒㄧㄤˋ 在總統或國王下面負責領導政府的主要人物。相：各種官吏的長官。例邱吉爾是英國著名的首相之一。

參考 相似詞：內閣總理、首揆（ㄎㄨㄟˊ）。

首都 ㄕㄡˇ ㄉㄨ 一個國家的中央政府所在地。都：一國最重要、最完善的地區。例你知道美國、英國的首都在哪裡嗎？

參考 相似詞：京都、京城、都城。

首飾 ㄕㄡˇ ㄕˋ 頭或身上佩帶的裝扮物品。飾：裝扮用的東西。例耳環、項鍊、戒指都是媽媽常戴的首飾。

首領 ㄕㄡˇ ㄌㄧㄥˇ 頭和脖子；比喻領導或帶頭的人。例美蘇二國首領將要再談判一次。

參考 相似詞：首腦、元首。

首屈一指 ㄕㄡˇ ㄑㄩ ㄧˋ ㄓˇ 計算時用手指頭來算，最先彎下大拇指，表示第一個。形容最好、最優秀的。屈：彎的意思。例他在班上，品德學業都是首屈一指。

馗 首部 二畫

ㄎㄨㄟˊ ❶四通八達的道路，通「逵」。❷鍾馗，人名，傳說中吃小鬼的大鬼。

香部 ㄒㄧㄤ

「香」是芬芳的味道，原本是由「黍」和「甘」二個字所構成，寫成「[illegible]」。「黍」是一種可以釀酒的植物（請見黍部說明），「甘」是指口含美好的食物，兩者合在一起的意思，就是釀酒的黍散發出芬芳的味道。香部的字也都和芬芳的味道有關，例如：馥、馨都是指香氣。

香
香部 ○畫

ㄒㄧㄤ ❶氣味好聞：例芳香。❷食物味道好：例香甜可口。❸睡得很熟：例睡得正香。❹受歡迎或受重視：例吃香。❺「女子」的代稱：例憐香惜玉。❻有香味的原料或製品：例檀香。❼姓：例香小姐。

參考 相似字：甜。♣相反字：臭。

猜一猜 千字頭，木字腰，太陽出來從下照，人人都說好味道。（猜一字）（答案：香）

香火 ㄒㄧㄤ ㄏㄨㄛˇ 供奉神佛所燃的香燭。例這間廟幾百年來一直是香火鼎盛。

香客 ㄒㄧㄤ ㄎㄜˋ 到寺廟裡燒香的善男信女。

香料 ㄒㄧㄤ ㄌㄧㄠˋ 在常溫下能發出香味的物質，分天然生產和人工合成兩大類。天然香料從動物或植物體中取得，例如：麝香、茉莉等，人工合成的也很多，香料多用於製造化妝品和食品等。

香菇 ㄒㄧㄤ ㄍㄨ 寄生在闊葉枯木上的蕈類，菌蓋表面是黑褐色，菌褶白色，目前都以人工培養生產，有冬菇、春菇等多種，味鮮美。

香煙 ㄒㄧㄤ ㄧㄢ ❶以前的習俗，子孫祭祖必燒香，所以稱傳宗接代為接續香煙。❷指捲煙、煙卷或紙煙。將煙草先抽掉煙梗，切成煙絲，並加各種配料後，用盤紙捲製成一定長短、粗細以及扁圓的煙支。又作「香菸」。

香蕉 ㄒㄧㄤ ㄐㄧㄠ 草本植物，葉子長而大，花淡黃色，果實長而彎，味香甜，產在熱帶或亞熱帶地區。例香蕉是物美價廉、營養豐富、風味獨佳的水果。

猜一猜 彎彎床，彎彎被，彎彎姑娘裡面睡。（猜一種水果）（答案：香蕉）

香消玉殞 ㄒㄧㄤ ㄒㄧㄠ ㄩˋ ㄩㄣˇ 比喻女子死亡。香和玉都用來比喻女子。殞：死亡。例那位歌星因為服食過量的安眠藥，而香消玉殞了。

馥
香部 九畫

ㄈㄨˋ ❶香氣濃郁的：例馥郁。❷香氣：例芳馥。

馥郁 ㄈㄨˋ ㄩˋ 香氣很濃。例一到春天滿園花開，馥郁的香味處處可聞。

馨
香部 十一畫

ㄒㄧㄣ ❶散布很遠的香氣：例馨香。❷像香味流傳得很久遠：例馨德。

馨香 ㄒㄧㄣ ㄒㄧㄤ ❶芳香的味道。例桂花開了，滿院馨香。❷燒香的香味。❸比喻德行的感人像花兒的芳香一般遠近皆聞，流傳久遠。

馬部 ㄇㄚˇ

「[illegible]」是什麼字呢？仔細看看牠像不像一匹馬？頭、鬃毛、身體、尾巴都看得很清楚，這正是「馬」字最早的寫法。後來將身體簡化，就寫成「[illegible]」，還是有頭、有鬃毛、腳、尾巴。再演變到「」，就不太容易看出馬的樣子了。馬部的字和馬都有關係，例如：駿（良馬）、騎（乘馬）、馴（馬個性溫和）、驢（耳朵長，長得像馬的一種動物）。

馬

馬部 ○畫

丨 ㄏ ㄏ ㄏ ㄏ 馬 馬 馬 馬 馬

ㄇㄚˇ ❶蹄類哺乳草食動物，善奔跑，可以載重、拉車、作戰，並供人騎用：例千里馬。❷形容大的：例馬蜂。❸計數的工具，通「碼」：例籌馬、法馬。❹姓：例馬先生。

動動腦 在空格上加一個字，讓下面的字變成另一個字。

	竹	
石	□	夋

（答案：篤、駿、碼）

猜一猜 坐也是立，立也是立，行也是立，臥也是立。（猜一種動物）（答案：馬）

俏皮話 「馬到烏江——有去無回。」楚漢相爭時，項羽被劉邦打敗，在烏江自殺。這句話是比喻一個人陷入絕境。

馬力 ㄇㄚˇ ㄌㄧˋ ❶物理學上計算功率的單位，一秒鐘內能把一公斤的重物提高到七十五公尺為一馬力。❷馬的腳力。例路遙知馬力。

馬上 ㄇㄚˇ ㄕㄤˋ ❶馬背上，指兵事武功。❷立刻。例我們快進去吧，電影馬上就要開演了。

馬車 ㄇㄚˇ ㄔㄜ 用馬拉動的車子，可供人乘坐或用來載貨。馬車的起源很早，商代至春秋時代馬車曾用作戰車，古希臘、羅馬時代已經有了馬車。

馬虎 ㄇㄚˇ ㄏㄨˇ 粗心大意，做事草率不認真。例做事情不能太馬虎。

馬路 ㄇㄚˇ ㄌㄨˋ 寬闊平坦可通行車馬的道路。例馬路如虎口，行人小心走。

馬達 ㄇㄚˇ ㄉㄚˊ 音譯詞，指電氣發動機。

馬錶 ㄇㄚˇ ㄅㄧㄠˇ 體育運動比賽時所用的錶，最初用於賽馬計時而得名，後來多在競賽中計時用。通常只有分針和秒針，按動轉鈕可以隨時使走或停，能測出五分之一秒或十分之一秒的時間。

參考 相似詞：停錶、跑錶。

馬拉松 ㄇㄚˇ ㄌㄚ ㄙㄨㄥ ❶長途賽跑。馬拉松原本是希臘地名，西元前四九〇年希臘大軍在馬拉松大破波斯軍隊，當時有一個叫斐德匹第斯的人，從馬拉松跑到雅典（全程四二一九五公尺）報告勝利的消息後，就因精疲力盡而死亡。為了紀念這個事蹟，西元一八九六年在雅典舉行的第一屆奧林匹克運動會中，定出馬拉松競賽的比賽項目，距離為四二一九五公尺。❷比喻開會、辦事等時間拖得很長。例他們正進行馬拉松式的會議。

馬後炮 ㄇㄚˇ ㄏㄡˋ ㄆㄠˋ 原為象棋術語，現在比喻時機已過，事情已成定局才提出主張和辦法。例事情做完了，你才說要幫忙，這不是放馬後炮嗎？

馬鈴薯 ㄇㄚˇ ㄌㄧㄥˊ ㄕㄨˇ 蔬菜類植物，地下所生的塊莖可以食用。

馬不停蹄 ㄇㄚˇ ㄅㄨˋ ㄊㄧㄥˊ ㄊㄧˊ 形容非常忙碌，到處奔走，沒有停止的時候。例他馬不停蹄的到處趕場作秀。

馬可波羅 ㄇㄚˇ ㄎㄜˇ ㄅㄛ ㄌㄨㄛˊ 義大利人。西元一二七一年經中亞來中國，一二七五年到達上都，在元朝擔任官職十七年，並遊歷中國各地，一二九二年由海路回國，他回國後口述東方見聞，由別人記錄整理的「馬可波羅遊記」一書，描述了東方的富庶，對歐洲人力求發現通往亞洲的新航路影響很大。

馬仰人翻 ㄇㄚˇ ㄧㄤˇ ㄖㄣˊ ㄈㄢ ❶兩軍交戰，人馬翻倒，混成一團。例哪吒三五回合就把李靖殺得馬仰人翻。❷形容混亂、慌張。例他喝醉酒後，把家裡鬧得馬仰人翻。

參考 相似詞：人仰馬翻。

馬列主義 ㄇㄚˇ ㄌㄧㄝˋ ㄓㄨˇ ㄧˋ 以馬克斯和列寧為首所提倡的共產主義。

馬克吐溫 ㄇㄚˇ ㄎㄜˋ ㄊㄨˇ ㄨㄣ 美國小說家，以詼諧幽默、諷刺嘲笑的風格著稱，他的作品有「湯姆歷險記」等，至今仍很受歡迎。

馬到成功（ㄇㄚˇ ㄉㄠˋ ㄔㄥˊ ㄍㄨㄥ） 古時打仗，常以「旗開得勝，馬到成功」預祝迅速取得勝利。現在用來形容人剛開始工作就取得成就。

馬首是瞻（ㄇㄚˇ ㄕㄡˇ ㄕˋ ㄓㄢ） 古代作戰時士兵看著主將馬頭的方向決定進退。比喻跟隨別人行動。瞻：向上或向前看。例我們決定以你馬首是瞻。

馬革裹屍（ㄇㄚˇ ㄍㄜˊ ㄍㄨㄛˇ ㄕ） 用馬皮把屍體包裹起來，指軍人戰死於沙場。

馬齒徒增（ㄇㄚˇ ㄔˇ ㄊㄨˊ ㄗㄥ） 馬的牙齒隨年齡的長大而添換。所以看馬齒的多寡就可知道馬的年齡。後用來謙稱自己年齡增長，但事業上並沒有什麼大作為。例至今我馬齒徒增，沒什麼建樹。

參考 相似詞：馬齒徒長。

馭 馬部 二畫

ㄩˋ ❶駕，乘：例馭馬。❷統治或支配：例統馭、駕馭。❸駕車、駕馬的人：例僕馭。

參考 相似字：御。

馮 馬部 二畫

ㄈㄥˊ 姓：例馮先生。

ㄆㄧㄥˊ ❶依恃，依靠，通「憑」。❷徒步過河：例暴虎馮河。

馳 馬部 三畫

ㄔˊ ❶（人、車、馬）快跑：例奔馳。❷到處傳播：例馳名。❸嚮往：例心馳神往。❹姓：例馳小姐。

馳名（ㄔˊ ㄇㄧㄥˊ） 好名聲傳得非常響亮。例臺灣三義鎮的木雕品，中外馳名。

馳騁（ㄔˊ ㄔㄥˇ） 騎馬奔跑。騁：奔跑。例馳騁打獵是古代貴族所喜愛的一種休閒活動。

馱 馬部 三畫

ㄊㄨㄛˊ 通常指馬、騾等牲口把東西背在背上：例馱運、馬馱著一包鹽。

ㄉㄨㄛˋ 牲口背上背著的東西：例疲馬解馱。

馴 馬部 三畫

ㄒㄩㄣˊ ❶服從的，順從的：例溫馴。❷使人或動物服從：例馴馬、馴獸。

ㄒㄩㄣˋ 教導感化，通「訓」：例馴民。

猜一猜 馬行河川旁（猜一字）（答案：馴）

馴服（ㄒㄩㄣˊ ㄈㄨˊ） ❶指動物個性溫和、服從。例貓是很馴服的動物。❷訓練動物使牠服從人的意思。例他已經馴服了那匹野馬。

馴養（ㄒㄩㄣˊ ㄧㄤˇ） 飼養動物並且訓練動物服從、柔和。

馴獸師（ㄒㄩㄣˊ ㄕㄡˋ ㄕ） 訓練動物，讓動物服從人的意思去行動的人。

駁 馬部 四畫

ㄅㄛˊ ❶指出對方的錯誤，說出自己的意見：例反駁、辯駁。❷雜亂不純正：例斑駁。❸裝載貨物：例駁運、駁貨。

駁斥（ㄅㄛˊ ㄔˋ） 批評、指責錯誤的意見或言論。

駁回（ㄅㄛˊ ㄏㄨㄟˊ） 不允許別人的要求或不採用別人的建議，而退回他的要求或建議。

駟 馬部 五畫

ㄙˋ ❶古代指同駕一輛車所套的四匹馬，也指由四匹馬駕駛的車：例駟馬。❷泛指馬。❸姓：例駟先生。

駟馬（ㄙˋ ㄇㄚˇ） 古代同駕一輛車所套的四匹馬。例古代只有身分地位高的人，才能乘駟馬車。

駟不及舌（ㄙˋ ㄅㄨˋ ㄐㄧˊ ㄕㄜˊ）　比喻話一說出去，就再也無法收回。

駐　馬部 五畫

ㄓㄨˋ ❶停留下來：例駐足欣賞。❷留住，保持：例青春永駐。❸部隊或工作人員住在工作或防守的地方：例駐軍。❹機關設在某地：例駐華辦事處。

參考 相似字：留、止。

駐防（ㄓㄨˋ ㄈㄤˊ）　軍隊在重要的地方防守。例駐防澎湖。

駐軍（ㄓㄨˋ ㄐㄩㄣ）　防守在某地的軍隊。

駝　馬部 五畫

ㄊㄨㄛˊ ❶駱駝，哺乳類動物，背上有肉峰，分為單峰駝和雙峰駝，耳朵可以自動開閉，能夠耐飢耐渴，適合在沙漠中行走，又叫「沙漠之舟」。❷背部彎曲的：例駝背。❸使牲畜用背部背東西，通「馱」。

駝背（ㄊㄨㄛˊ ㄅㄟˋ）　背部彎曲，像駱駝的駝峰一樣。例彎腰駝背會使人的姿態變形。

參考 相似詞：羅鍋。

駝峰（ㄊㄨㄛˊ ㄈㄥ）　駱駝背部突起像山峰的肉塊，裡面儲藏大量脂肪，缺乏食物時就由駝峰供應體內的營養。

駛　馬部 五畫

ㄕˇ ❶車或馬快跑：例急駛而過。❷開動及操縱車、船或飛機：例駕駛。

駒　馬部 五畫

ㄐㄩ ❶少壯的馬，也指幼小的騾或驢：例千里駒、驢駒子。❷姓。

駒隙（ㄐㄩ ㄒㄧˋ）　比喻時間過得很快，光陰短暫。

參考 活用詞：白駒過隙。

駕　馬部 五畫

ㄐㄧㄚˋ ❶車馬和乘具的總稱：例並駕齊驅。❷騎乘：例駕鶴、騰雲駕霧。❸控制車、馬或其他交通工具：例駕飛機。❹對別人的尊稱：例尊駕。❺麻煩別人做事：例勞駕。

駕車（ㄐㄧㄚˋ ㄔㄜ）　開車。例駕車時必須全神貫注，小心路況。

駕駛（ㄐㄧㄚˋ ㄕˇ）　操縱車、船或飛機的行駛。例在高速公路上駕駛汽車，必須保持距離，以策安全。

駕臨（ㄐㄧㄚˋ ㄌㄧㄣˊ）　禮貌的稱呼別人的光臨。

駕輕就熟（ㄐㄧㄚˋ ㄑㄧㄥ ㄐㄧㄡˋ ㄕㄨˊ）　比喻對事情熟悉，做起來就很容易。例姊姊有許多次演講比賽的經驗，在這方面的表現顯得駕輕就熟。

駙　馬部 五畫

ㄈㄨˋ 古代拉副車稱為駙。

駙馬（ㄈㄨˋ ㄇㄚˇ）　原本是官名，後來公主的丈夫經常擔任這個官位，因此把公主的丈夫稱為「駙馬」。

駑　馬部 五畫

ㄋㄨˊ ❶劣馬，跑不快的馬：例駑馬。❷比喻才能低劣：例駑才、駑鈍。

猜一猜 奴隸騎馬。（猜一字）（答案：駑）

駭　馬部 六畫

ㄏㄞˋ ❶害怕，吃驚：例驚駭、駭異。❷擾亂，混亂：例全國大駭。❸可驚可怕的：例驚濤駭浪。❹姓：例駭先生。

十畫

駭浪 ㄏㄞˋ ㄌㄤˋ 使人感到害怕的巨浪。

參考 活用詞：驚濤駭浪。

駭然 ㄏㄞˋ ㄖㄢˊ 被驚嚇感到害怕的樣子。例她一看到狗，就駭然失色。

駭人聽聞 ㄏㄞˋ ㄖㄣˊ ㄊㄧㄥ ㄨㄣˊ 使人聽了非常吃驚恐怖的事，例如：凶殺案件。

駱

馬部 六畫

丨 ㄏ ㄈ ㄈ 冃 馬 馬 馬 馬 馬 馰 馰 駁 駱 駱 駱

ㄌㄨㄛˋ ❶駱駝，有突起的肉峰，能在沙漠行走的動物。❷姓：例駱先生。

駱駝 ㄌㄨㄛˋ ㄊㄨㄛˊ 草食性的哺乳動物，身體高大，背上有駝峰，蹄上有肉墊，適合在沙漠中行走。牠有雙重眼瞼，因此不怕風沙，同時可以把水存在胃裡面，符合沙漠耐旱的要求，號稱「沙漠之舟」，是沙漠中主要的交通工具。

猜一猜 脊背突起似水峰，沙漠之舟能載重，風沙乾旱何所懼，戈壁灘上一英雄。（猜一種動物）（答案：駱駝）

駢

馬部 六畫

丨 ㄏ ㄈ ㄈ 冃 馬 馬 馬 馬 馬 馯 駢 駢 駢 駢 駢

ㄆㄧㄢˊ ❶兩匹馬並行。❷並列的，成雙的：例駢句、駢文。❸姓。

參考 相似字：並、并、排、雙。

駢文 ㄆㄧㄢˊ ㄨㄣˊ 古時候的一種文體，文中用對偶的句子，和散文不同。

駢肩 ㄆㄧㄢˊ ㄐㄧㄢ 肩挨著肩；形容人群眾多。

騁

馬部 七畫

丨 ㄏ ㄈ ㄈ 冃 馬 馬 馬 馬 馬 馬 騁 騁 騁 騁 騁 騁

ㄔㄥˇ ❶奔跑：例馳騁。❷施展，放開：例騁能、騁目。

參考 相似字：馳、逐。

騁目 ㄔㄥˇ ㄇㄨˋ 放眼往遠處看。

駿

馬部 七畫

丨 ㄏ ㄈ ㄈ 冃 馬 馬 馬 馬 馬 馬 駿 駿 駿 駿 駿 駿

ㄐㄩㄣˋ ❶好馬，良馬：例神駿、駿馬。❷大的：例駿業。

駿馬 ㄐㄩㄣˋ ㄇㄚˇ 良馬，跑得快的馬。

騎

馬部 八畫

丨 ㄏ ㄈ ㄈ 冃 馬 馬 馬 馬 馬 馬 騎 騎 騎 騎 騎 騎 騎

ㄑㄧˊ ❶兩腿跨坐：例騎馬、騎自行車。❷跨在兩邊：例騎牆、騎縫。❸指馬：例坐騎。❹騎馬作戰的軍隊：例騎兵隊。❺姓：例騎先生。

繞口令 媽媽騎馬，馬慢，媽媽罵馬；妞妞①騎牛，牛佞②，妞妞擰牛。（北平）

註：①妞妞是北方人對小女孩的稱呼。②佞，讀ㄋㄧㄥˋ，這裡指牛很狡猾不聽話。

騎士 ㄑㄧˊ ㄕˋ ❶騎機車的人。❷歐洲封建制度下最低階層的貴族，是領有土地的軍人，有保衛封建君主、城堡的責任。

小百科 封建制度，是古代皇帝把土地分封給諸侯，使他們各自建立國家，諸侯又分封給卿大夫，卿大夫以下還有家臣、農民、農奴，如此貴賤階級很有次序的排列下來的關係，稱為封建制度。

騎兵 ㄑㄧˊ ㄅㄧㄥ 騎馬作戰的士兵。例中國西、北地方產馬，是古時候訓練騎兵的重要地方。

騎牆 ㄑㄧˊ ㄑㄧㄤˊ 騎在牆上；比喻站在中間，觀望兩邊、討好雙方，是一種投機取巧的行為。

騎縫 ㄑㄧˊ ㄈㄥˋ 兩張紙交接的地方。例如：公文、信函或契約等兩紙相連的地方，立約人雙方常在上面加蓋印章，稱為「騎縫印」或「騎縫章」。

騎樓 ㄑㄧˊ ㄌㄡˊ 樓房向外伸出遮蓋著人行道的部分。例一場雷陣雨，使騎樓擠滿了躲雨的人。

騎虎難下 ㄑㄧˊ ㄏㄨˇ ㄋㄢˊ ㄒㄧㄚˋ 騎在虎背上，想下來也很困難。比喻在事情進行的中途遇到困難，但是因為被環境所迫，想停止也不能停止。

騙　馬部 九畫

ㄆㄧㄢˋ 用謊言或詭計使人上當，以獲得不法的錢財：例騙錢。

騙子 ㄆㄧㄢˋ ˙ㄗ 用謊言或詭計使人上當，以獲得不法財物的人。例社會上的騙子都是想「不勞而獲」的人。

騙局 ㄆㄧㄢˋ ㄐㄩˊ 串通設計好騙人的圈套。例你小心別陷入騙局。

騙術 ㄆㄧㄢˋ ㄕㄨˋ 騙人的把戲、手段。例歹徒的騙術手法愈來愈高明，教人難防。

騖　馬部 九畫

ㄨˋ ❶奔跑。❷放縱地追求：例好高騖遠、心無旁騖。

騫　馬部 十畫

ㄑㄧㄢ ❶高舉：例騫騰。❷拔取，通「搴」：例斬將騫旗。❸姓：例騫先生。

ㄐㄧㄢˇ 通「蹇」。

騫騰 ㄑㄧㄢ ㄊㄥˊ 高舉飛騰，多指晉身為官。

騰　馬部 十畫

ㄊㄥˊ ❶跳躍，奔跑：例奔騰、歡騰。❷升到空中：例騰空。❸乘，騎：例騰雲駕霧。❹翻動：例沸騰。❺讓出，空出：例騰出房間、騰不出時間。❻動作反覆：例折騰。❼猛然的：例騰地（˙ㄉㄜ）。❽姓：例騰先生。

騰空 (一)ㄊㄥˊ ㄎㄨㄥ 升上天空。例他駕著飛機，騰空飛去。(二)ㄊㄥˊ ㄎㄨㄥˋ 空（抽）出時間。例他騰空去參觀畫展。

騰騰 ㄊㄥˊ ㄊㄥˊ ❶形容氣體（勢）很盛，不斷上升。例水燒開了，熱氣騰騰。例他擺出一副殺氣騰騰的樣子。❷遲緩的樣子。例他說話做事總是慢慢騰騰的。

騰雲駕霧 ㄊㄥˊ ㄩㄣˊ ㄐㄧㄚˋ ㄨˋ 乘著雲霧移動。例傳說神仙能騰雲駕霧。

騷　馬部 十畫

ㄙㄠ ❶擾亂不安：例騷動。❷舉止輕浮、不端莊：例騷婦。❸不滿意而抱怨：例滿腹牢騷。❹憂愁，楚辭「離騷」就是離憂的意思。❺一種文體，是戰國時代的屈原所創：例離騷。❻通「臊」，臭味：例羊騷味。

猜一猜 一個大，一個小；一個跳，一個跑；一個生性會咬人，一個山上吃青草。（猜一字）（答案：騷）

騷人 ㄙㄠ ㄖㄣˊ 指詩人或寫文章的人。

騷擾 ㄙㄠ ㄖㄠˇ 擾亂人家，使人家不安寧。

騷動 ㄙㄠ ㄉㄨㄥˋ 秩序亂，不安靜。例會場一陣騷動，原來是失火了。

驀　馬部 十一畫

ㄇㄛˋ 忽然，突然：例驀然。

驀然 ㄇㄛˋ ㄖㄢˊ 突然，忽然。例驀然回首，那人卻在燈火闌珊處。

驅　馬部 十一畫

ㄑㄩ ❶趕牲口，駕車：例驅馬前進、驅車。❷快跑：例驅步、並駕齊驅。❸趕走：例驅逐、驅除。❹前鋒，領頭的：例前驅、先驅。❺逼使，差遣：例驅迫、驅策。

驅使 ㄑㄩ ㄕˇ ❶差遣、支使或強迫別人為自己出力。❷被某種力量推動著。例他受了好奇心的驅使，偷看了哥哥的日記。

驅除 ㄑㄩ ㄔㄨˊ 趕走，除掉。例使用殺蟲劑可以有效地驅除屋內的蚊蟲。

驅逐 ㄑㄩ ㄓㄨˊ 趕走。例許多民主人士被共產國家驅逐出境。

驅策 ㄑㄩ ㄘㄜˋ ❶用鞭子趕。例農夫驅策水牛耕田。❷靠外在的力量逼人做事。例妹妹讀書不需媽媽驅策。

驅逐艦 ㄑㄩ ㄓㄨˊ ㄐㄧㄢˋ 是一種中型軍艦，主要任務是擔任護航、警戒等任務。

驅蟲藥 ㄑㄩ ㄔㄨㄥˊ ㄧㄠˋ 能將寄生在腸道裡的蠕蟲殺死或驅出的藥物。

驃

馬部 十一畫

ㄆㄧㄠˋ ❶全身淡黃色，而鬃毛、尾巴呈白色的馬，現在稱為「銀鬃」或「銀河馬」。❷勇猛善於作戰：例驃勇。❸馬跑得很快的樣子。

騾

馬部 十一畫

ㄌㄨㄛˊ 哺乳動物，是公驢和母馬所生的雜種，適應性強，力氣大，常用來載貨，是我國北方常用的牲畜。騾子本身沒有繁殖能力，一定要馬和驢交配，才能生下騾子。

驕

馬部 十二畫

ㄐㄧㄠ ❶自大：例驕傲。❷炎熱的：例驕陽。❸特別寵愛的，通「嬌」：例驕子。

猜一猜 嬌女離去馬來臨。（猜一字）（答案：驕）

驕奢 ㄐㄧㄠ ㄕㄜ 放縱奢侈。例古代帝王，生活驕奢，多半不能體會老百姓生活的困苦。

驕陽 ㄐㄧㄠ ㄧㄤˊ 夏天炎熱的陽光。例驕陽當空，使大批人潮蜂擁到海水浴場。

驕傲 ㄐㄧㄠ ㄠˋ 非常自大，看不起別人。

參考 請注意：驕傲有正面、負面的意思。例如：「我們為英勇的三軍感到驕傲」——這是自豪的意思，屬於正面的；「他驕傲自大，沒有人喜歡他」——這是負面的。

驕橫 ㄐㄧㄠ ㄏㄥˋ 驕傲而且蠻橫不講理。例在班上擔任幹部的同學，不可以驕橫的對待別人。

驕縱 ㄐㄧㄠ ㄗㄨㄥˋ 自己覺得比別人好，就放縱自己的行為。例在團體生活中，我們不可以驕縱自己，妨礙別人。

驍

馬部 十二畫

ㄒㄧㄠ ❶好馬：例良驍。❷勇猛健壯的樣子：例驍勇、驍健、驍悍、驍將、驍騎。

驍健 ㄒㄧㄠ ㄐㄧㄢˋ 勇健的將領。

驍騎 ㄒㄧㄠ ㄐㄧˋ ❶古代武官的名號。❷精壯勇猛的騎兵。

驛

馬部 十三畫

ㄧˋ ❶古代傳遞公文的人，或出巡官員休息、換馬的地方：例驛站。❷姓：例驛先生。

驛站 ㄧˋ ㄓㄢˋ 古代給傳送公文的人員或出外巡查的官員休息、住宿、換馬的地方。

驗

馬部 十三畫

ㄧㄢˋ ❶證據，證明：例證驗。❷檢查，察看：例驗血、考驗、試驗。❸有效果：例應驗。❹事情的預兆：例靈驗。

猜一猜 三人兩口一匹馬。（猜一字）（答案：驗）

驗貨 ㄧㄢˋ ㄏㄨㄛˋ 檢查貨物，看看和原先所要求的是不是相同。例等他們驗貨完畢，我們就可以走了。

驚

馬部 十三畫

ㄐㄧㄥ ❶馬、騾等受到刺激而行動失常：例馬驚。❷害怕，精神受到刺激感到不安：例驚慌。❸震動：例驚天動地。❹侵擾：例驚擾、驚動。

猜一猜 警察不說話只出馬。（猜一個字）
（答案：驚）

俏皮話「老鷹捉小雞——一個驚喜一個愁。」「老鷹捉小雞」是小朋友常玩的一個遊戲，但是也可以用來比喻兩個人處境不同，心情就不一樣，「一個驚喜一個愁」。

驚人 ㄐㄧㄥ ㄖㄣˊ 出乎意料之外，使人吃驚。例他傑出的科學表現，十分驚人。

驚奇 ㄐㄧㄥ ㄑㄧˊ 覺得吃驚奇怪。例他拿了一把很大的傘，真是令人驚奇。

參考 活用詞：一鳴驚人。

驚訝 ㄐㄧㄥ ㄧㄚˋ 驚異；因為事情發生得很突然而感到奇怪。例他突然出現，令我感到很驚訝。

驚動 ㄐㄧㄥ ㄉㄨㄥˋ 行動影響別人，而使人吃驚或受打擾。例爸爸在休息，別去驚動他。

驚喜 ㄐㄧㄥ ㄒㄧˇ 意料不到的喜悅。例我們送老師一束花，給她一個驚喜。

驚險 ㄐㄧㄥ ㄒㄧㄢˇ 場面情景危險，使人驚奇緊張。例這部電影非常驚險刺激。

驚醒 ㄐㄧㄥ ㄒㄧㄥˇ ❶人在睡覺時突然受驚而醒。例突然打雷，把她驚醒了。❷比喻使人在迷惘中突然覺悟。例他聽了人家的勸告，才突然驚醒，痛改前非。

驚嚇 ㄐㄧㄥ ㄒㄧㄚˋ 受了意外的刺激而害怕。例小孩子受到驚嚇，哭了起來。

驚嘆號 ㄐㄧㄥ ㄊㄢˋ ㄏㄠˋ 標點符號的一種，表示情感或願望語氣的符號，就是「！」。簡稱「嘆號」，或「感嘆號」。

驚弓之鳥 ㄐㄧㄥ ㄍㄨㄥ ㄓ ㄋㄧㄠˇ 被弓箭嚇怕了的鳥；比喻受過驚恐，見到一點動靜就特別害怕的人。

驚天動地 ㄐㄧㄥ ㄊㄧㄢ ㄉㄨㄥˋ ㄉㄧˋ 形容聲勢很大。例這是一場驚天動地的戰爭。

驚心動魄 ㄐㄧㄥ ㄒㄧㄣ ㄉㄨㄥˋ ㄆㄛˋ 原來是形容人的文章很好，令人感受很深，後來比喻使人感到非常驚險、緊張。例剛才這裡發生一件很令人驚心動魄的連環車禍。

驚慌失措 ㄐㄧㄥ ㄏㄨㄤ ㄕ ㄘㄨㄛˋ 害怕得不知道怎麼辦才好。措：處置，安放。例地震突然發生，大家都驚慌失措。

驚濤駭浪 ㄐㄧㄥ ㄊㄠ ㄏㄞˋ ㄌㄤˋ 洶湧險惡的波浪；比喻險惡的局勢或環境。例我們一定要克服驚濤駭浪的環境，才能獲得成功。

驟
馬部 十四畫

ㄗㄡˋ ❶馬跑得很快。❷突然：例天氣驟變。❸急速：例狂風驟雨。

驟雨 ㄗㄡˋ ㄩˇ 突然降下的暴雨。

驟然 ㄗㄡˋ ㄖㄢˊ 突然。

驢
馬部 十六畫

ㄌㄩˊ 哺乳類草食性動物，體形比馬小，耳朵長，性情溫和，富忍耐力，壽命也比馬長。常用來馱運東西，是具勞動力的牲畜。

俏皮話「磨房的驢——聽喝（ㄏㄜ）。」小朋友，你知道嗎？以前要將小麥磨成麵粉，都要用驢來拉磨，而且拉磨時要將驢子的眼睛蒙起來，免得牠頭暈，所以牠都是聽主人的喝叫聲才行動。因此「磨房的驢——聽喝」有不能自己作主張的意思。

驢叫 ㄌㄩˊ ㄐㄧㄠˋ 譏笑人家聲音大而且很難聽。

驥
馬部 十六畫

ㄐㄧˋ ❶千里馬。❷比喻傑出的人才。❸謙稱自己依靠別人而成名叫「附驥尾」。

驪
馬部 十九畫

ㄌㄧˊ ❶純黑色的馬。❷姓：例驪小姐。

驪歌（ㄌㄧˊ ㄍㄜ） 離別時唱的歌。例當驪歌響起，也是畢業生各奔前程的時刻了。

骨部（ㄍㄨˇ）

「骨」就是骨頭，由「冎」和「月」（肉）構成。「骨」像上端隆起的骨頭，「肉」表示骨與肉是相連的。因此骨部的字都和骨頭有關係，例如：骷髏（乾枯的死人頭）、骸（小腿骨）。

骨

骨部 ○畫

丨 冂 冂 冂 冎 冎 骨 骨 骨 骨

ㄍㄨˇ ❶動物體內支撐身體的架子：例骨頭。❷比喻人的品格：例骨氣。❸像骨骼一樣能支撐東西的支架：例傘骨。❹姓：例骨先生。

ㄍㄨˊ 限於「骨頭（˙ㄊㄡ）」一詞。

ㄍㄨ 限於「骨朵兒」一詞，未開放的花朵，就是花苞，也叫「花骨朵兒」。

俏皮話 「沒骨頭的傘——支撐不開。」沒骨頭的傘是不能撐的；比喻人沒有骨氣，沒本事，遇到事情支持不住。下次聽到人家說「沒骨頭的傘——支撐不開」時，可就要好好反省自己了。

骨肉（ㄍㄨˇ ㄖㄡˋ） ❶指父母兄弟子女等的親人。例她是我的親生骨肉。❷比喻緊密相連，不可分割的關係。

骨折（ㄍㄨˇ ㄓㄜˊ） 骨頭斷裂，變成碎塊或產生裂紋。

骨架（ㄍㄨˇ ㄐㄧㄚˋ） 動物體內骨骼的架構。

骨氣（ㄍㄨˇ ㄑㄧˋ） 剛強不屈的氣概。例做人要有骨氣，才不會被人瞧不起。

骨幹（ㄍㄨˇ ㄍㄢˋ） ❶由骨頭組成的身體支架。❷比喻團體中重要的工作人員。例會長是全社的主要骨幹。

骨骼（ㄍㄨˇ ㄍㄜˊ） 人和動物體內或體外堅硬的組織，能保護內部器官，支持體重。成人的骨骼由二○六塊骨組成，大部分成對。

骨肉相殘（ㄍㄨˇ ㄖㄡˋ ㄒㄧㄤ ㄘㄢˊ） 形容最親近的親人互相殘殺。例中國歷史上，曾經發生多起骨肉相殘的事件。

骯

骨部 四畫

丨 冂 冂 冂 冎 冎 骨 骨 骨 骨 骨 骯 骯

ㄤ 不乾淨，不清潔：例骯髒。

ㄎㄤˇ 剛正倔強：例骯髒。

骯髒 ㈠ㄤ ㄗㄤ 不乾淨。例這裡因為沒有人居住，顯得很骯髒。㈡ㄎㄤˇ ㄗㄤˇ ❶身體肥胖。❷剛直的樣子。

參考 相似詞：腌臢。

骰

骨部 四畫

丨 冂 冂 冂 冎 冎 骨 骨 骨 骨 骨 骰 骰

ㄊㄡˊ 骰子，一種賭博的用具，用象牙、獸骨或玉石做成的小方塊，六個面分別刻上一、二、三、四、五、六，六個點，一、四為紅色，其餘為黑色，擲出後以所見的點數或顏色來決定勝負。也寫作「色（ㄕㄞˇ）子」。

骷

骨部 五畫

丨 冂 冂 冂 冎 冎 骨 骨 骨 骨 骨 骷 骷 骷

ㄎㄨ 骷髏（ㄌㄡˊ），死人的頭骨或沒有皮肉的骨架。

骸

骨部 六畫

丨 冂 冂 冂 冎 冎 骨 骨 骨 骨 骨 骸 骸 骸 骸

ㄏㄞˊ ❶骨頭：例骸骨。❷身體、形體的代稱：例形骸、四肢百骸。

骸骨（ㄏㄞˊ ㄍㄨˇ） ❶骨頭的通稱。❷形體的總稱，大部分指人的屍骨。

骼

骨部 六畫

丨 冂 冂 冂 冎 冎 骨 骨 骨 骨 骨 骼 骼 骼 骼

ㄍㄜˊ 骨頭的通稱：例骨骼。

髏

骨部 十一畫

ㄌㄡˊ ❶髑（ㄉㄨˊ）髏，死人的頭骨。❷骷髏，死人的頭骨或沒有皮肉的骨架。

髒

骨部 十三畫

ㄗㄤ ❶不乾淨的，不清潔的：例骯髒。❷骯（ㄎㄤˇ）髒，見「骯」（ㄎㄤˇ）字。

參考 相似字：骯。♣相反字：淨、潔。

髒亂 ㄗㄤ ㄌㄨㄢˋ 汙穢凌亂。例垃圾場總是髒亂不堪。

髓

骨部 十三畫

ㄙㄨㄟˇ ❶骨頭中像膏脂的東西：例骨髓、脊髓。❷事物的精華部分：例精髓。❸植物莖的中心組織。

體

骨部 十三畫

ㄊㄧˇ ❶全身：例身體、體重。❷事物的本身或全部：例整體。❸物質存在的狀態：例固體。❹文章的格式：例文體。❺體例制度：例政體。❻親身的經歷：例體會、體驗。❼設身處地為別人著想：例體諒、體恤。

體力 ㄊㄧˇ ㄌㄧˋ 身體的力量。例你的體力不好嗎？

體系 ㄊㄧˇ ㄒㄧˋ 幾個有關事物互相聯繫而構成的一個整體。

體制 ㄊㄧˇ ㄓˋ 一定的規制。

體面 ㄊㄧˇ ㄇㄧㄢˋ ❶面子，光彩。例他是個講求體面的人，所以每次都花很多錢。❷相貌好看。例這個年輕人長得滿體面的。

體育 ㄊㄧˇ ㄩˋ 增加體質，促進身體健康的教育。以各種運動為基本項目。

體型 ㄊㄧˇ ㄒㄧㄥˊ 身體的形狀。例他的體型屬於肥胖型。

體重 ㄊㄧˇ ㄓㄨㄥˋ 身體的重量。

體溫 ㄊㄧˇ ㄨㄣ 人體的溫度。能維持正常生理機能的運作。

猜一猜 ㈠細又細，長又長，放在嘴裡冰冰涼，有病沒病它會講。（猜一種儀器）（答案：體溫表）
㈡小小東西，放到嘴裡，有病無病，看它肚皮。（猜一種儀器）（答案：體溫表）

體會 ㄊㄧˇ ㄏㄨㄟˋ 學習的心得，體驗做過事情的感受。例你如果去過普羅旺斯，就能體會為什麼有許多人很嚮往在當地生活。

體認 ㄊㄧˇ ㄖㄣˋ 親身去觀察了解。例他無法體認失去朋友的可貴。

體諒 ㄊㄧˇ ㄌㄧㄤˋ 站在別人的立場替別人想。例請你體諒我現在的心情。

體質 ㄊㄧˇ ㄓˊ 指一個人的健康、抵抗疾病和適應外界的能力。例每個人體質不同，不要強迫別人。

體積 ㄊㄧˇ ㄐㄧ 物體所占空間的大小。

體操 ㄊㄧˇ ㄘㄠ 指空手或利用器械所做的身體操練。

體驗 ㄊㄧˇ ㄧㄢˋ 親身實踐來認識周圍的事物。例我們要親身體驗生活，才知道什麼叫做苦。

髑

骨部 十三畫

ㄉㄨˊ 髑髏，死人的頭骨，同「骷髏」。

髕

骨部 十四畫

ㄅㄧㄣˋ 髕骨，膝蓋骨。

髖

骨部 十五畫

ㄎㄨㄢ 髖骨，是組成骨盆的大骨頭。

十畫

高部 ㄍㄠ

「[古字]」是「高」最早的寫法，字像樓臺重疊的樣子，是個象形字，原本高就是指「重疊的樓臺」，從重疊的樓臺發展出「很高」、「高低」的意思。後來將「[古字]」簡化成「[古字]」，現在寫成「高」。俗字寫成「髙」，反而更像原先的字形。

高

、 亠 亠 亡 亡 亯 高 高 高 高

高部 ○畫

ㄍㄠ ❶上下的距離大，離地面遠；相對於「低」：例山高水深。❷物體從上到下的長度：例身高。❸價錢昂貴：例高價。❹年紀大：例高齡。❺超過一般水準或在平均程度之上：例曲高和寡、見識高。❻程序較深或等級在上的：例高深、高等、高級。❼聲音大：例嗓門高。❽熱烈：例興高采烈。❾好，優良：例高材生、德高望重。❿對別人的敬稱：例高見、高論、高足。⓫姓：例高先生。

參考 相似字：長、大。♣相反字：低、小、矮。

猜一猜 一點一橫長，口字在中央，大口不封口，小口裡面藏。（猜一字）（答案：高）

動動腦 「他好高，高得像巨人一樣」，小朋友，除了巨人以外，你還能想出其他形容高的詞嗎？請用「他高得像……」開始，和其他小朋友比比看，看誰想得快，想得多！

古人說 「人往高處走，水往低處流。」這句話是說：人都有向上努力的心願，不斷的往高處走，只有水才會往低處流；勸人不要看輕自己的意思。例「人往高處走，水往低處流」，你再墮落下去，大家都會看不起你。

高亢 ㄍㄠ ㄎㄤˋ ❶聲音高昂而宏亮。亢：高。例聽我們高亢的歌聲響徹雲霄。❷形容人品高潔。例他高亢的人格令人景仰不已。

高手 ㄍㄠ ㄕㄡˇ 好手。例他是籃球界的高手。

高見 ㄍㄠ ㄐㄧㄢˋ 高明的見解。例你有任何高見，不妨直說。

高足 ㄍㄠ ㄗㄨˊ 得意門生，對別人的學生客氣的稱呼。例他是老先生的高足。

高明 ㄍㄠ ㄇㄧㄥˊ ❶指見解或本領高超出色。例他的辦法很高明。❷指學術有專長的人。例這個問題還要另請高明來指點。

笑一笑 英國小說家康拉德很輕視醫生，看病經常換診所，有次居然遇上很得他歡心的醫生，便常請他治病。朋友問康拉德為什麼喜歡這位醫生？康拉德答：「他實在高明，有回開藥給我，我還來不及吃，病就好了！」

俏皮話 「城樓上挑燈籠——高明。」小朋友，你曾在電視上看過城樓嗎？城樓是古時候用來防禦敵人的一種很高的建築物。如果在上面點燈籠，連很遠的地方都看得到。以後你就可以用「城樓上挑燈籠——高明」來讚美別人了。

高空 ㄍㄠ ㄎㄨㄥ 距離地面較高的空間。例鳥兒在高空中自由自在的飛翔。

高昂 ㄍㄠ ㄤˊ ❶形容聲音或情緒上升、揚起。昂和揚都有高的意思。例廣場上的歌聲愈來愈高昂。例全隊隊員士氣高昂。❷高高的抬起，例騎兵隊伍騎著雄健的戰馬，高昂著頭通過廣場。❸昂貴。昂：貴的意思。例高昂的物價使人們沒有能力購買。

高尚 ㄍㄠ ㄕㄤˋ ❶指人品、道德很崇高。尚：崇高有操守的。例他的人格很高尚。❷有意義和良好的內容，不是低級趣味的。例聽音樂會、欣賞畫展都是屬於高尚的娛樂活動。

高度 ㄍㄠ ㄉㄨˋ ❶從地面或基準面向上到某處的距離，或從物體的底部到頂端的距離。例這座山的高度是四千公尺。❷程度很高的。例這是高度機密的文件。

高峰 ㄍㄠ ㄈㄥ ❶高的山峰。峰：高而尖的山頭。例聖母峰是世界第一高峰。❷比喻事物發展的最高點。例他的事業已經達到了高峰。

十畫

高原（ㄍㄠ ㄩㄢˊ） 高出海平面一千公尺以上，表面起伏不大的遼闊地區。例青康藏高原有「世界屋脊」之稱。

高峻（ㄍㄠ ㄐㄩㄣˋ） 形容地勢高而險。峻：崇高的，陡峭的。例高峻的山嶺直入雲霄。

高粱（ㄍㄠ ㄌㄧㄤˊ） 一種雜糧，是我國北方主要的糧食作物。子實除了可供食用外，還可以釀酒和製造澱粉，稈可用來編成席子、造紙等。

參考 活用詞：高粱酒。

高深（ㄍㄠ ㄕㄣ） 水準高，程度深。用來形容人的學問或涵養的淵博。例他有滿腹高深的學問。

高貴（ㄍㄠ ㄍㄨㄟˋ） 高尚而尊貴。例她的臉上流露出一股高貴動人的氣質。

高超（ㄍㄠ ㄔㄠ） 很高明，超過一般的水準。例他的見解很高超。

高潮（ㄍㄠ ㄔㄠˊ） ❶在潮汐的一個漲落周期內，水面上升達到的最高潮位。也叫「滿潮」。❷比喻事物的高度發展的階段。❸小說、電影、戲劇等的情節發展的頂點。例這齣戲高潮迭起，十分引人入勝。

高調（ㄍㄠ ㄉㄧㄠˋ） 很高的調子；比喻不切實際或說了而不去做的漂亮話。例做人處事，不能只唱高調。

高興（ㄍㄠ ㄒㄧㄥˋ） ❶興趣很高。例他愈說愈高興。❷愉快。例他一副不高興的樣子。❸喜好。例隨你高興。

參考 請注意：「高興」和「快樂」有區別：「高興」的時間比較短暫；「快樂」的時間比較長久。另外，「高興」只有指愉快、興奮；而「快樂」還帶有幸福、美好的意思：例如：「他們過著快樂的日子。」「他聽說自己作文比賽獲得第一名，高興得哭了起來。」

動動腦 當你得到一件你很喜歡的禮物，你一定很高興、快樂，小朋友，除了高興、快樂之外，你還能想出其他二個字的詞來形容自己的心情嗎？愈快愈好！（答案：興奮、歡喜、喜悅……）

高壓（ㄍㄠ ㄧㄚ） ❶高氣壓、高電壓的簡稱。❷殘酷迫害，用強力壓制。例在高壓政策之下，人民沒有言論思想的自由。

高聳（ㄍㄠ ㄙㄨㄥˇ） 形容高而直的樣子。聳：高起，直立。例古木參天，高聳入雲霄。

高利貸（ㄍㄠ ㄌㄧˋ ㄉㄞˋ） 索取高額利息的貸款。例放高利貸是不法的行為。

高帽子（ㄍㄠ ㄇㄠˋ ㄗ˙） 比喻恭維的話。例他喜歡給別人戴高帽子。

高不可攀（ㄍㄠ ㄅㄨˋ ㄎㄜˇ ㄆㄢ） 高得無法攀登；形容難以達到。

高枕無憂（ㄍㄠ ㄓㄣˇ ㄨˊ ㄧㄡ） 把枕頭墊得高高的安心睡大覺；比喻非常放心。例學生只要有充分的準備，考試就可高枕無憂了。

高原之舟（ㄍㄠ ㄩㄢˊ ㄓ ㄓㄡ） 指犛牛，是高原上的運輸主力。

高談闊論（ㄍㄠ ㄊㄢˊ ㄎㄨㄛˋ ㄌㄨㄣˋ） 暢快而漫無邊際的發表言論。例他喜歡在眾人面前高談闊論。

高瞻遠矚（ㄍㄠ ㄓㄢ ㄩㄢˇ ㄓㄨˇ） 站得高，看得遠；形容目光遠大。瞻：抬頭看。矚：注意看。

髟部（ㄅㄠ）

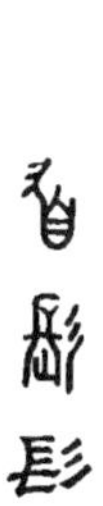

髟是由「镸」和「彡」構成的，「镸」是「長」字的另一種寫法，「彡」是表示幾根毛髮。髟，就是長髮飄飄的意思。髟部的字和毛、髮都有關係，例如：髮（頭上的毛）、鬢（臉頰兩邊的頭髮）。

髦

髟部 四畫

ㄇㄠˊ ❶古時稱小孩垂在前額的短髮。❷有才能的人：例髦士。❸式樣新潮的：例時髦。

髮

髟部 五畫

ㄈㄚˇ ❶人類頭上的毛：例頭髮。❷髮是寸的千分之一，因此可以形容非常微小：例毫髮不差。❸像頭髮的食品：例髮菜。❹姓：例髮先生。

髮妻 ㄈㄚˇ ㄑㄧ 元配的妻子。出自蘇東坡的詩：「結髮為夫妻，恩愛兩不疑。」

髮指 ㄈㄚˇ ㄓˇ 頭髮直立；形容非常生氣的樣子。例每個人對歹徒殺人的罪行都感到髮指。

參考 活用詞：令人髮指。

髮帶 ㄈㄚˇ ㄉㄞˋ 綁頭髮的帶子。

髮菜 ㄈㄚˇ ㄘㄞˋ 是一種可以食用的苔類，形狀非常纖細，而且又是黑色的，很像頭髮，因此稱為髮菜。也稱為「頭髮菜」。

髮際 ㄈㄚˇ ㄐㄧˋ 頭髮中間。際：中間。例她的髮際間插了一朵小花。

髯

髟部 五畫

ㄖㄢˊ ❶長鬍子，也專指兩腮的鬍子：例美髯。❷指鬍鬚多的人。

髫

髟部 五畫

ㄊㄧㄠˊ ❶小孩額頭上下垂的短髮：例垂髫。❷比喻幼年：例髫齡。

髫年 ㄊㄧㄠˊ ㄋㄧㄢˊ 童年。

參考 相似詞：髫齡、髫歲。

髻

髟部 六畫

ㄐㄧˋ 挽起頭髮，梳在腦後或頭頂：例小妹梳個抓髻。

髭

髟部 六畫

ㄗ 生在嘴唇上面的短鬚：例髭鬚。

鬃

髟部 八畫

ㄗㄨㄥ 馬、豬等獸類頸部的長毛：例馬鬃、豬鬃。

鬆

髟部 八畫

ㄙㄨㄥ ❶不緊的：例鞋帶鬆了。❷散亂的：例頭髮蓬鬆。❸不嚴格的：例管理太鬆。❹不煩重，不緊要：例輕鬆。❺不結實的，不緊密的：例土質很鬆。❻放開，解開：例鬆手、鬆皮帶。❼精神懈怠：例鬆口氣、鬆懈。❽經濟寬裕，有錢：例手頭很鬆。❾用魚、肉等做成茸毛或碎末狀的食品：例魚鬆、肉鬆。

參考 相似字：開。♣相反字：緊、閉。

鬆散 ㄙㄨㄥ ㄙㄢˇ 結構不緊密，或是指人精神不集中。

鬆懈 ㄙㄨㄥ ㄒㄧㄝˋ 精神怠惰，沒有防備。懈：怠惰。例我們不要鬆懈了對敵人的戒心。

鬈

髟部 八畫

ㄑㄩㄢˊ 頭髮彎曲美好的樣子：例鬈髮。

鬍

髟部 九畫

ㄏㄨˊ 鬍子，長在下巴及鬢邊兩旁的毛：例落腮鬍。

鬍子 ㄏㄨˊ ˙ㄗ ❶鬍鬚的俗稱。❷稱早期大陸東北地區的土匪。❸對長有很多鬍鬚的人一種開玩笑的稱呼。

鬍匪 ㄏㄨˊ ㄈㄟˇ 東北塞外的土匪。

鬍鬚 ㄏㄨˊ ㄒㄩ 長在嘴旁和兩鬢的毛髮。

笑一笑 小明：「天下什麼東西最利？」小華：「鬍鬚。」小明：「為什麼？」小華：「不管臉皮有多厚，它都鑽得出來。」

繞口令 蘇州①有個蘇鬍子，湖州①有個胡鬍子。蘇州蘇鬍子家裡有把鬍梳子②，湖州的胡鬍子向蘇州的蘇鬍子借梳子梳鬍子。

註：①蘇州、湖州都是我國的地名。②鬍梳子是用來梳鬍子的梳子。

唱詩歌 小貓小貓快樂多，吃飽了飯，咪嗚咪嗚唱山歌，桌上看見了一隻泥老虎，摸摸鬍鬚叫哥哥。

鬚

髟部 十二畫

ㄒㄩ ❶長在下巴和嘴邊的毛：例鬍鬚。❷動物的觸鬚：例羊鬚。❸植物的芒蕊等，形狀像鬍鬚的東西：例參鬚、鬚根。

鬚生 ㄒㄩ ㄕㄥ 指國劇裡的老生，因為他們通常都掛著鬍鬚，扮演中老年人的角色。

鬚眉 ㄒㄩ ㄇㄟˊ 鬍鬚和眉毛，用來指男孩子。例花木蘭從軍報國，真是不讓鬚眉的女英雄。

鬢

髟部 十四畫

ㄅㄧㄣˋ 耳朵靠近兩頰的頭髮：例鬢毛、雲鬢。

鬢毛 ㄅㄧㄣˋ ㄇㄠˊ 耳朵旁邊下垂的頭髮。

唱詩歌 少小①離家老大②回，鄉音無改鬢毛③衰；兒童相見不相識，笑問客從何處來？（回鄉偶書・賀知章）

註：①少小：年紀幼小。②老大：年紀大。③鬢毛：耳旁下垂的毛髮。

鬢雲 ㄅㄧㄣˋ ㄩㄣˊ 婦女的鬢髮黑又有光澤，就像雲彩一樣。

鬣

髟部 十五畫

ㄌㄧㄝˋ 某些獸類頸子上的長毛：例馬鬣。

鬥部 ㄉㄡˋ

「」是戰鬥的「鬥」，就像兩個人四隻手相對打架的樣子，後來寫成「」，「」也是伸手打架的樣子，兩個字並列成「」，就是二個人四隻手互相鬥的意思。因此鬥部的字都有爭吵、打鬥的意思，例如：鬨（爭鬥）、鬩（互相爭吵）。

鬥

鬥部 ○畫

ㄉㄡˋ ❶互相對打：例械鬥。❷讓動物互相爭鬥：例鬥牛。❸比賽爭勝：例鬥智。❹姓：例鬥先生。

參考 相似字：爭、戰。♣相反字：讓。♣請注意：「爭」是兩人共搶一物；「鬥」是兩人互相敵對。

鬥志 ㄉㄡˋ ㄓˋ 戰鬥的意志。例士兵們鬥志高昂，我們一定打勝仗。

鬥智 ㄉㄡˋ ㄓˋ 用智謀來爭勝。

鬥毆 ㄉㄡˋ ㄡ 打架爭鬥。例他們兩人互相鬥毆，被警察抓了起來。

鬥嘴 ㄉㄡˋ ㄗㄨㄟˇ 相罵。

俏皮話 「公雞打架——鬥嘴。」小朋友，看過公雞打架嗎？如果公雞打架就會用嘴啄來啄去，用人來比喻就有吵架的意思。因此我們看到有人吵架就可以說他們在「公雞打架——鬥嘴」。

鬧

鬥部 五畫

ㄋㄠˋ ❶喧嘩不安靜的：例熱鬧、鬧市。❷吵，擾亂：例鬧翻、大鬧天宮。❸發生，發作：例鬧水災、鬧脾氣。❹搞，弄：例鬧不清楚。❺戲耍，開玩笑：例鬧著玩兒。❻使，導致：例鬧得不歡而散。❼濃盛的：例枝頭春意鬧。

參考 相似字：吵、亂。♣相反字：靜、閑。

鬧市 ㄋㄠˋ ㄕˋ 很熱鬧繁華的街市。例西門町是很著名的鬧市。

鬧事 ㄋㄠˋ ㄕˋ 故意搗亂，破壞社會秩序。例那群鬧事的流氓，已經被警察帶走了。

鬧鐘 ㄋㄠˋ ㄓㄨㄥ 可以定時用聲音呼叫人的時鐘。

唱詩歌 媽媽是一個標準的鬧鐘，早上六點叫我起床，下午回家叫我做功課，傍晚六點叫我吃晚飯、洗澡，晚上十點叫我睡覺，她真是一個負責的鬧鐘。（賴秋玲）

鬧笑話 ㄋㄠˋ ㄒㄧㄠˋ ㄏㄨㄚˋ 因為粗心或沒有經驗而產生可笑的錯誤。例他的近視很深，因此常常鬧笑話。

鬨

門部 六畫

ㄏㄨㄥˋ ❶許多人在一起吵：例起鬨。❷吵鬧的：例鬨堂大笑。

參考 相似字：吵、鬧。

鬩

門部 八畫

ㄒㄧˋ 爭吵：例兄弟鬩牆。

鬩牆 ㄒㄧˋ ㄑㄧㄤˊ 兄弟間相互爭吵；比喻內部不團結、不合作。

鬮

門部 十六畫

ㄐㄧㄡ 為賭勝負或決定事情，而抓取的做有記號的紙團或紙卷：例抓鬮。

鬯部 ㄔㄤˋ

鬯是古時候一種祭拜神明的香酒，是用黑黍和鬱草釀成的，「鬯」由「凵」和「匕」、「※」構成，「凵」表示裝東西的容器，「匕」是湯匙（見匕部說明），在這裡有取的意思，「※」代表放在容器中的黑黍和鬱草，因此鬯就是指香酒，鬯部的「鬱」是一種香草的名稱。

鬯

鬯部 〇畫

ㄔㄤˋ ❶古代祭祀用的一種香酒。❷茂盛的，通「暢」：例草木鬯茂。

鬱

鬯部 十九畫

ㄩˋ ❶草木茂盛的樣子：例蔥鬱。❷心情不舒暢：例憂鬱、抑鬱、鬱悶。

參考 相似字：悶、憂。♣相反字：樂、怡。

鬱悒 ㄩˋ ㄧˋ 愁悶，憂愁不解的樣子。悒：憂愁不安。

鬱結 ㄩˋ ㄐㄧㄝˊ 愁悶積聚在心頭，不得發洩。

參考 相似詞：鬱積。

鬱悶 ㄩˋ ㄇㄣˋ 煩悶，不舒暢。

鬱鬱 ㄩˋ ㄩˋ ❶悶悶不樂的樣子。❷草木茂盛的樣子。

鬱金香 ㄩˋ ㄐㄧㄣ ㄒㄧㄤ 草本植物，花大而美麗，常用來布置庭園。

鬱鬱寡歡 ㄩˋ ㄩˋ ㄍㄨㄚˇ ㄏㄨㄢ 悶悶不樂的樣子。寡：少。

鬲部 ㄌㄧˋ

鬲是古代烹煮食物的器具，形狀和鼎相似，都有三足。「鬲」正是按

十畫

照鬲的形狀所造的象形字，有蓋子、口、腹（裝東西的地方）及三足，後來把口加長寫成「鬲」。演變到「鬲」，把蓋子和口分開，嚴格說起來是不對的，下面仍然是腹部和腳，同時在腹的外面加上花紋。鬲部的字和鬲也都有關係，例如：鬳是一種有虎形花紋的鬲。

鬲

鬲部 ○畫

ㄌㄧˋ 古代烹煮食物的器具：例瓦鬲。

ㄍㄜˊ ❶古國名，在山東省。❷阻隔，通「隔」。❸姓：例鬲先生。

鬼部 ㄍㄨㄟˇ

鬼是人死後的靈魂，古人認為鬼的長相應該是很奇怪的，所以就想像了一個頭大身體小的「鬼」字，作為「鬼」的形狀。後來寫成「鬼」，「ㄙ」有不正當、邪惡的意思，加上了「ㄙ」含有鬼會害人的意思。鬼部的字大都和妖怪、迷信有關係，例如：魔（害人的惡鬼）、魅（山裡害人的鬼怪）、魂（人死後的靈氣）。

鬼

鬼部 ○畫

ㄍㄨㄟˇ ❶人死後的靈魂：例鬼魂。❷罵人的話：例酒鬼、小氣鬼。❸作弊，裝假：例搗鬼。❹懷疑的語氣：例鬼才相信。❺不光明的：例鬼鬼祟祟。❻指人很機靈：例鬼精靈。❼不正派的：例鬼把戲。❽胡亂：例鬼混。❾姓：例鬼先生。

參考 相反字：人。

動動腦 小朋友，說到「鬼屋」你會想到什麼？每個小朋友用紙寫出來，愈多愈好。然後再請老師按照鬼的外形、聲音、出現地方、給人的感覺分類寫到黑板上，再請小朋友利用這些詞句組成作文。

鬼怪 比喻邪惡的勢力。

鬼混 ❶糊裡糊塗過日子。❷不正當的生活。例他整天無所事事，到處鬼混。

鬼話 不真實的話。例他說的全是鬼話，不能相信。

參考 相似詞：謊話。♣活用詞：鬼話連篇。

猜一猜 鍾馗的日記。（猜一句成語）（答案：鬼話連篇）

鬼魂 人死後的靈魂。例迷信的人認為人死後有鬼魂。

鬼臉 ❶假面具。❷故意做出滑稽的表情。例他把舌頭一伸，做了一個鬼臉。

鬼門關 傳說中鬼魂住的地方；比喻凶險的地方或很難度過的時刻。例他在車禍中逃生，真是從鬼門關撿回了一條命。

鬼畫符 嘲笑別人書法很差。例他的字簡直是鬼畫符，沒人看得懂。

鬼精靈 指聰明伶俐的人。例她是個鬼精靈，很討人喜愛。

鬼點子 壞主意。例不知道他又在想什麼鬼點子害人了。

鬼斧神工 形容建築、雕刻技術十分精巧，好像不是人工能製成的。例這尊佛像鬼斧神工，令人嘆服。

參考 相似詞：巧奪天工。

鬼哭神號 形容悲慘的哭叫聲，或陰慘恐怖的聲音。例這部恐怖電影中有許多鬼哭神號的聲音。

鬼鬼祟祟 比喻行為偷偷摸摸，不大方。祟：鬼怪害人的事。例他們兩個人鬼鬼祟祟，不知在做什麼壞事。

鬼頭鬼腦 陰險狡猾，又指畏縮不大方的樣子。例他一副鬼頭鬼腦的樣子，真令人反感。

魁 鬼部 四畫

ㄎㄨㄟˊ ❶為首的，領頭的：例魁首、奪魁（爭奪第一）、罪魁禍首。❷身材高大：例魁偉、魁梧。❸星宿名，北斗七星中離斗柄最遠的第一星：例魁星。❹姓：例魁先生。

魂 鬼部 四畫

ㄏㄨㄣˊ ❶能離開肉體而單獨存在的精神：例英魂、亡魂。❷指精神狀態或情緒：例神魂顛倒。

魂魄 ㄏㄨㄣˊ ㄆㄛˋ 指人的精神和靈氣。

魂不附體 ㄏㄨㄣˊ ㄅㄨˋ ㄈㄨˋ ㄊㄧˇ 嚇得靈魂都離開了身體；形容很害怕、恐懼。

魂飛魄散 ㄏㄨㄣˊ ㄈㄟ ㄆㄛˋ ㄙㄢˋ 魂魄幾乎飛散；比喻驚嚇過度。

魅 鬼部 五畫

ㄇㄟˋ 古代傳說中住在深山的妖怪：例魑（ㄔ）魅。

魄 鬼部 五畫

ㄆㄛˋ ❶依附在人身上的精神：例魂魄。❷人的精力：例魄力。

ㄊㄨㄛˋ 潦倒、不得意的，通「拓」：例落魄。

魄力 ㄆㄛˋ ㄌㄧˋ 處理事情所具有的見識和果斷的作風。例市長拿出魄力，徹底整頓交通秩序。

魏 鬼部 八畫

ㄨㄟˋ ❶戰國七雄之一，後來被秦滅亡。❷朝代名，為三國時曹丕所建，和吳、蜀並立。❸南北朝時鮮卑拓跋珪建立北魏。❹姓：例魏先生。

ㄨㄟˊ 高大的樣子，同「巍」。

魎 鬼部 八畫

ㄌㄧㄤˇ 魍魎，傳說中山川木石的精怪。

魍 鬼部 八畫

ㄨㄤˇ 魍魎，傳說中山川木石的精怪，現在常用來比喻壞人。

魔 鬼部 十一畫

ㄇㄛˊ ❶鬼怪：例魔鬼。❷邪惡的壞人：例殺人魔。❸神奇的，不平常的：例魔力、魔術。❹很迷戀某種事物：例走火入魔。

魔王 ㄇㄛˊ ㄨㄤˊ ❶神話或傳說裡一種害人的鬼怪。例這是描述地獄魔王的影片。❷比喻非常凶惡的人。

魔鬼 ㄇㄛˊ ㄍㄨㄟˇ 同「魔王」。

參考 相似詞：魔鬼、邪魔、妖魔。

魔術 ㄇㄛˊ ㄕㄨˋ 利用物理、化學等科學方法，藉由道具，使觀眾產生幻覺，而表現出各種奇妙的變化。例魔術師正在表演吞劍的魔術。

魑 鬼部 十一畫

ㄔ 魑魅，古代傳說中山林裡害人的怪物：例魑魅魍魎（比喻各種壞人）。

魘 鬼部 十四畫

ㄧㄢˇ 做噩夢時的驚叫，或覺得有東西壓在身上

飄蕩（ㄆㄧㄠ ㄉㄤˋ）在空中或水面飄浮搖動。例國旗在空中隨風飄蕩。

飄飄然（ㄆㄧㄠ ㄆㄧㄠ ㄖㄢˊ）輕飄飄的，好像浮在空中，通常用來形容一個人很快樂或很得意的樣子。

飄飄欲仙（ㄆㄧㄠ ㄆㄧㄠ ㄩˋ ㄒㄧㄢ）輕快舒適，像神仙一樣。

飆

風部　十二畫

ㄅㄧㄠ 暴風：例狂飆。

飆車（ㄅㄧㄠ ㄔㄜ）為了尋求刺激，故意開快車比賽。

飆漲（ㄅㄧㄠ ㄓㄤˇ）指東西的價格上漲得很快。例最近物價飆漲。

飛部（ㄈㄟ）

「飛」就是鳥兒張開翅膀飛翔的樣子。「𠃨」是「飛」字最早的寫法，就像高空中只看到輪廓的飛鳥。後來寫成「飛」，前面是頭和脖子上的羽毛，中間是張開的翅膀，「丨」是身體和尾巴。現在寫成「飛」，把頭和頸子上的羽毛寫得和右邊的翅膀一樣，左邊的翅膀則少了羽毛，所以就不容易看出鳥飛翔的樣子。

飛

飛部　○畫

ㄈㄟ ❶鳥蟲拍動翅膀，在空中活動：例鳥飛了。❷利用動力機械在空中行動：例飛行。❸在空中飄浮移動：例雪花飛舞。❹形容速度很快：例飛快。❺意外的：例飛來橫禍。❻沒有根據的：例飛語、飛短流長。❼姓：例飛先生。

俏皮話 「張飛殺岳飛——殺得滿天飛。」張飛和岳飛都是古時有名的將領，如果「張飛殺岳飛」，那一定「殺得滿天飛」，這句話是比喻把事情弄得亂七八糟。

飛行（ㄈㄟ ㄒㄧㄥˊ）在空中活動、航行。例一架飛機在高空飛行。

參考 活用詞：飛行員。

飛快（ㄈㄟ ㄎㄨㄞˋ）速度非常快。例他把車子開得飛快。

飛翔（ㄈㄟ ㄒㄧㄤˊ）在空中盤旋的飛。例鳥兒在空中飛翔。

飛語（ㄈㄟ ㄩˇ）沒有根據的謠言。

飛碟（ㄈㄟ ㄉㄧㄝˊ）指不明來源的飛行物體，通常是碟子或帽子的形狀。例傳說外星人曾駕駛飛碟來到地球。

飛舞（ㄈㄟ ㄨˇ）在空中飛動，像跳舞一樣。例國旗在空中飛舞。

飛機（ㄈㄟ ㄐㄧ）飛行的交通工具，主要由機翼、機身、起落裝置、尾翼和動力裝置組成。

猜一猜 說是鳥，沒羽毛，說是蜻蜓沒有腳，雲天萬里來回跑。（猜一種交通工具）（答案：飛機）

繞口令 抱著灰雞上飛機，飛機起飛，灰雞要飛。

飛毛腿（ㄈㄟ ㄇㄠˊ ㄊㄨㄟˇ）跑得很快的人。例他是有名的飛毛腿。

飛來橫禍（ㄈㄟ ㄌㄞˊ ㄏㄥˋ ㄏㄨㄛˋ）意外的禍事。例他在路上被招牌打到頭，真是飛來橫禍。

飛短流長（ㄈㄟ ㄉㄨㄢˇ ㄌㄧㄡˊ ㄔㄤˊ）流傳於眾人口中的閒言閒語。

參考 相似詞：蜚短流長。

飛黃騰達（ㄈㄟ ㄏㄨㄤˊ ㄊㄥˊ ㄉㄚˊ）比喻官職地位升得很快。飛黃：古代傳說中的神馬。例幾年不見，他早已經飛黃騰達，高陞總經理了。

飛蛾撲火（ㄈㄟ ㄜˊ ㄆㄨ ㄏㄨㄛˇ）比喻自取滅亡。飛蛾頭上的眼睛只能看到正前方的亮光，只要光偏一點，牠就看不見了，所以只能對著光飛去，不小心就掉入火中。例他知法犯法，簡直是飛蛾撲火。

不能動：例夢魘。

魚部 ㄩˊ

魚是一個像魚形的象形字，「」是最早的寫法，一看就知道是一條魚。後來寫成「」，上面是魚頭，中間是魚身、魚鱗，兩側是魚鰭，下面是尾巴。以後慢慢演變，中間的部分寫成「田」，鰭和尾巴因為很像「火」，因此寫成「灬」。魚部的字，大部分是各種魚的名稱，例如：鯉、鯽、鱔、鱒等等。

魚 ㄩˊ

ノ ク ク ク 各 各 角 角 角 魚 魚

魚部 ○畫

❶生活在水中的脊椎動物。靠鰭游泳，用鰓呼吸。種類很多，大部分可以食用。❷形狀像魚的東西：例蠹魚。❸姓：例魚朝恩。

猜一猜 坐也是行，立也是行，行也是行，臥也是行。（猜一種動物）（答案：魚）

動動腦 「和尚念經敲木魚」，小朋友，除了木魚、摸魚之外，你還能想出不是指魚類的「魚」嗎？越快越好！（答案：甲魚、魚狗、魚雷、鱷魚……）

古人說 「魚游鍋中，雖生不久。」這句話是說：活魚放進鍋子裡，命就快沒了，形容處在很危險的環境裡。例你以為他在那裡很舒服，其實他是「魚游鍋中，雖生不久」。

唱詩歌 大魚勿來小魚來，小魚勿來蝦蟹來；蝦蟹來了小魚來，小魚來了大魚來。（江蘇）

魚肉 ㄩˊ ㄖㄡˋ 把人當作魚肉來宰割；比喻用暴力殘害百姓。例秦始皇魚肉百姓，終於引起反抗。

魚刺 ㄩˊ ㄘˋ 魚的骨骼。

魚苗 ㄩˊ ㄇㄧㄠˊ 指由魚卵剛剛孵化出來的小魚，像樹苗一樣可以養殖。

魚貫 ㄩˊ ㄍㄨㄢˋ 像游魚一樣，一個接著一個。形容很有秩序的樣子。貫：連接。例朝會時，各班排好隊伍，魚貫進入操場。

魚鉤 ㄩˊ ㄍㄡ 釣魚用的鉤子。

魚塭 ㄩˊ ㄨㄣ 指養魚的水塘。是沿海地區的人，用人工堤防攔住海水所造的水塘。

魚雁 ㄩˊ ㄧㄢˋ 古人把書信綁在雁的腳上，或是放在魚形的木盒子裡，藉這種情形來互通消息。後來就把「魚雁」當作「書信」的代稱。例藉著魚雁往返，我們建立了深厚的友誼。

魚雷 ㄩˊ ㄌㄟˊ 炸彈的一種。能在水中推進、控制方向和深度。形狀是圓筒形的，裡面裝著具威力的炸藥。由艦艇發射或是飛機投擲，用來破壞敵人的艦艇或是海港的建築物。

魚網 ㄩˊ ㄨㄤˇ 捕魚用的網子。

魚餌 ㄩˊ ㄦˇ 釣魚時引魚上鉤的食物。

魚鬆 ㄩˊ ㄙㄨㄥ 用魚肉製成的食品。製作時，要將魚肉煮熟、燜乾，再翻炒搗碎。

魚鱗 ㄩˊ ㄌㄧㄣˊ 魚身體表面的圓形薄片，是透明的，具有保護身體的作用。

魚肝油 ㄩˊ ㄍㄢ ㄧㄡˊ 用鱈魚或其他魚類的新鮮肝臟提煉出來的脂肪，含有豐富的維生素A及D，可以治療貧血、夜盲、佝僂等病。

魚肚白 ㄩˊ ㄉㄨˋ ㄅㄞˊ 像魚肚子的顏色，白裡帶青，大部分指天剛亮的時候，東方天邊的顏色。也寫成「魚白」。例東方一片魚肚白，新的一天又到來了。

魚腥味 ㄩˊ ㄒㄧㄥ ㄨㄟˋ 魚發出來的特殊味道。

魚目混珠 ㄩˊ ㄇㄨˋ ㄏㄨㄣˋ ㄓㄨ 拿魚的眼睛冒充珍珠；比喻拿假的冒充真的。混：冒充。例他仿冒名牌的商標，企圖魚目混珠，欺騙消費者。

魚米之鄉 ㄩˊ ㄇㄧˇ ㄓ ㄒㄧㄤ 指盛產魚類、稻米的富庶地方。例江南物產豐富，是中

十一畫

國的魚米之鄉。

魯

丿 ⺈ 𠂊 ⺈ 各 各 备 备 备 魚 魚 魚 魯 魯 魯 魯

魚部 四畫

ㄌㄨˇ ❶遲鈍，笨：例愚魯。❷粗心大意，粗野：例粗魯。❸周朝的國名，在現在的山東曲阜一帶。❹山東的簡稱。❺姓：魯先生。

參考 相似字：鹵、鈍。♣相反字：聰、明、通。

笑一笑 以前有兩個生性很吝嗇的人。一天甲發給了乙一張請帖：「明天中午請到我家吃『半個魯』。」乙不知「半個魯」是什麼菜，第二天便到甲家作客，誰知甲端上來的是一條小小的魚，乙才明白原來「半個魯」是「魚」。過幾天乙也請甲，請帖上也是寫「半個魯」，這天天氣很熱，太陽當空照著，甲到乙家作客，卻不見乙端魚來。後來才發現，原來乙請的「半個魯」是吃「日」啊！

魯莽 ㄌㄨˇ ㄇㄤˇ 冒失，隨隨便便；說話做事不仔細考慮。例他個性魯莽，時常闖禍。

魯鈍 ㄌㄨˇ ㄉㄨㄣˋ 遲鈍，不聰明。例魯鈍的人做事粗率，反應慢，又容易誤事。

魯王墓 ㄌㄨˇ ㄨㄤˊ ㄇㄨˋ 是金門的名勝古蹟。魯王是明太祖第九代的孫子，名字叫以海，人家稱他「魯監國」，明朝滅亡時，跟著鄭成功退守金門。

魷

丿 ⺈ 𠂊 ⺈ 各 各 备 备 备 魚 魚 魚 魷 魷 魷

魚部 四畫

ㄧㄡˊ 魷魚，生活在海洋中的一種軟體動物，跟烏賊同類，體形也相似，有十條觸角，也稱「柔魚」，可供食用。

鮑

丿 ⺈ 𠂊 ⺈ 各 各 备 备 备 魚 魚 鮈 鮈 鮈 鮑

魚部 五畫

ㄅㄠ ❶軟體動物。有長圓形貝殼，生活在海裡。肉可吃，味道鮮美，是名貴的海味；殼可做藥，叫「石決明」。俗稱「鮑魚」。❷用鹽醃的鹹魚，有腥味：例鮑魚之肆。❸姓：例鮑先生。

鮑魚之肆 ㄅㄠˇ ㄩˊ ㄓ ㄙˋ 賣醃魚的市場；比喻腥臭惡劣的環境。肆：鋪子，小商店。

鮮

丿 ⺈ 𠂊 ⺈ 各 各 备 备 备 魚 魚 魚 鮮 鮮 鮮 鮮 鮮

魚部 六畫

ㄒㄧㄢ ❶指新的事物，鮮美而不腐壞：例新鮮、鮮花。❷顏色明亮有光彩：例鮮豔。

ㄒㄧㄢˇ 少：例鮮見。

猜一猜 一邊有鱗，一邊有毛，一半吃水，一半吃草。（猜一字）（答案：鮮）

動動腦 「鮮」是由「魚」和「羊」二個部首構成的字，而且「魚」的筆畫比較多。小朋友，除了鮮、銀以外，你還能想出用二個部首構成，而且左邊筆畫多的字嗎？翻到部首的地方，趕快動腦想一想！

（答案：飢、趾、到、幼、魁、齔、齦、馱、馭、馴、靚……）

鮮血 ㄒㄧㄢ ㄒㄧㄝˇ 鮮紅的血液。

鮮明 ㄒㄧㄢ ㄇㄧㄥˊ ❶光彩明亮。例年輕人喜歡鮮明的色彩。❷明確，不含糊。例這篇文章主題鮮明，容易理解。

鮮卑 ㄒㄧㄢ ㄅㄟ 我國古代的種族名稱。在漢朝以前，本來屬於東胡族，由於匈奴冒頓打敗東胡族，所以退居在現在的科爾沁、郭爾羅斯等地。後來勢力增強，逐漸移居到匈奴以前住的地方。東漢以後非常強盛，晉朝是五胡之一。隋唐以後，漸漸和漢族同化。

鮮美 ㄒㄧㄢ ㄇㄟˇ 味道美好。例這鍋魚湯的味道真鮮美。

鮮豔 ㄒㄧㄢ ㄧㄢˋ 鮮明美麗。例她穿著一件金黃色洋裝，看來十分鮮豔。

笑一笑 姊姊：「小華，今天你畫的風景畫色彩真鮮豔！」小華：「今天的蠟筆是向同學借的，所以我畫得很用力，也多塗了幾筆！」

鮫

魚部 六畫

ㄐㄧㄠ 熱帶海洋裡的一種軟骨類大魚，性情凶猛，捕食其他魚類。鰭晒乾後就是魚翅，俗稱「鯊」或「沙魚」。

鮪

魚部 六畫

ㄨㄟˇ 鮪魚，就是鱘（ㄒㄩㄣˊ）魚。肉味鮮美，可製罐頭，分布於溫帶及熱帶海洋中。

鮭

魚部 六畫

ㄍㄨㄟ 是一種名貴的冷水性魚類，身體是銀灰色，有粉紅色的寬斑。

ㄒㄧㄝˊ 限於「鮭菜」一詞，魚類菜肴的總稱。

鯉

魚部 七畫

ㄌㄧˇ 魚的名稱。身體長長的，扁扁的，長達一公尺左右，尾鰭稍呈紅色，嘴邊有長短的觸鬚各一對，肉味肥美，是我國重要的淡水魚類。

鯊

魚部 七畫

ㄕㄚ 鯊魚，種類很多，生活在海洋裡，性凶猛。肉可吃，肝可製魚肝油，皮可製革，骨可製膠。鰭就是魚翅，是珍貴食品。也叫「鮫」或「沙魚」。

鯀

魚部 七畫

ㄍㄨㄣˇ ❶大魚。❷古人名，傳說是夏禹的父親。

鯽

魚部 七畫

ㄐㄧˋ 是一種淡水魚，身體側扁，頭和口都小，無鬚，是我國重要的食用魚。

鯰

魚部 八畫

ㄋㄧㄢˊ 淡水魚，頭扁平，口寬大，有兩對鬚，尾巴短而且圓，身體上多黏液，沒有魚鱗。

鯨

魚部 八畫

ㄐㄧㄥ 是一種哺乳動物，生活在海洋裡。形狀像魚，是胎生的，用肺呼吸。大小隨種類而不同，最小的只有一公尺左右，最大的超過三十公尺，肉可以吃，脂肪可以製成油，適用在醫藥或其他工業。

參考 請注意：雄的是「鯨」，雌的是「鯢」（ㄋㄧˊ）。

猜一猜 叫魚不是魚，終生海裡居，遠看像噴泉，近看似島嶼。（猜一種動物）（答案：鯨）

鯨吞 ㄐㄧㄥ ㄊㄨㄣ 像鯨一樣的大口吞食。大部分用來形容吞併弱國領土的侵略行為。例 俄國在清朝時，蠶食鯨吞許多中國的領土。

鯧

魚部 八畫

ㄔㄤ 鯧魚，生活在海洋裡，銀灰色，頭小，身體扁圓，肉細味美。

鰓

魚部 九畫

ㄙㄞ 某些水生動物的呼吸器官，多為羽毛狀、板狀或絲狀，是用來吸取溶解在水中的氧。也可以寫成「腮」。

ㄒㄧ 恐懼的樣子：例鰓鰓。

鰍 魚部 九畫

ㄑㄧㄡ 一種魚的名稱，身體圓長，尾部側扁，鱗細小或退化，鰾已經退化，外皮有很多黏液，背部是蒼綠色的，有黑色斑點，大部分居住在泥濘的地方。分布很廣，種類很多。最常見的是泥鰍。

鯷 魚部 九畫

ㄊㄧˊ 是一種海產的小魚類。腹部是圓柱形，眼睛和嘴巴都很大。

鰭 魚部 十畫

ㄑㄧˊ 魚類的運動器官，由刺狀的硬骨或軟骨支撐薄膜而成。可以分成胸鰭、尾鰭、背鰭、腹鰭、臀鰭。

鰥 魚部 十畫

ㄍㄨㄢ ❶一種大魚名。❷年老而沒有妻子的人：例鰥夫。

鰱 魚部 十一畫

ㄌㄧㄢˊ 又叫「大頭鰱」，是淡水魚中生長最快的，身體扁長，腹肥鱗細，銀灰色，口大。

鰾 魚部 十一畫

ㄅㄧㄠˋ 大多數魚體內的一種長囊狀器官，裡面有氣體，收縮時魚下沉，膨脹時魚上升，並且有輔助魚呼吸的作用。

鰻 魚部 十一畫

ㄇㄢˊ 身體是長形，表面有黏液，背部灰黑色，下面白色，在淡水中生活，分布在我國、日本、朝鮮的海域。

鱉 魚部 十一畫

ㄅㄧㄝ 又叫「甲魚」，是一種爬行動物，頭部淡青灰色，背部隆起，呈暗灰色，腹部是白色或淡紅色，頭和四肢能夠稍微縮進甲殼內。

鱈 魚部 十一畫

ㄒㄩㄝˇ 鱈魚，頭大，肉潔白，肝可製成魚肝油，又叫「大頭魚」，產在寒冷的深海。

鱖 魚部 十二畫

ㄍㄨㄟˋ 鱖魚，嘴巴很大，鱗片很小，背部是黃綠色的，全身有黑色斑點。生活在淡水裡，是我國的特產。也叫「花鯽魚」。

鱔 魚部 十二畫

ㄕㄢˋ 鱔魚，形狀像蛇，沒有鱗。生活在小河、池塘或稻田裡，肉可吃，也叫「黃鱔」。

鱗 魚部 十二畫

ㄌㄧㄣˊ ❶長在魚類、爬蟲類等身體表面的小薄片，硬硬的，具有保護作用：例魚鱗、鱗甲。❷像魚鱗的：例遍體鱗傷。

鱗片 ㄌㄧㄣˊ ㄆㄧㄢˋ 長在魚類或爬蟲類身體外表的小薄片，一片片重疊，像屋瓦一樣。由角質、骨質等構成，具有保護身體的作用。

鱗傷（ㄌㄧㄣˊ ㄕㄤ） 形容傷痕多得像魚鱗一樣。

鱗次櫛比（ㄌㄧㄣˊ ㄘˋ ㄐㄧㄝˊ ㄅㄧˋ） 形容房屋等排列得像魚鱗和梳子齒那樣緊密。櫛：梳子。也可以寫作「櫛比鱗次」。

鱒

魚部 十二畫

鱒鱒鱒

ㄗㄨㄣ 長得很像鮭魚，但是頭比較圓，腹部銀白色，背部帶點黑色，常棲息在海中。

鱘

魚部 十二畫

鱘鱘鱘

ㄒㄩㄣˊ 鱘魚，軟骨硬鱗的大魚，長丈餘，產在江河和近海的深水中，鼻長突出，口在鼻下，背青黃，腹白色，肉可食。

鱷

魚部 十六畫

鱷鱷鱷鱷鱷鱷

ㄜˋ 爬蟲類的一種。俗稱「鱷魚」。

鱷魚（ㄜˋ ㄩˊ） 是一種爬蟲類動物。樣子長得很凶惡，頭部扁平，口部突出，牙齒銳利，全身有堅硬的鱗甲。擅長游泳，性情殘暴，會吃人和動物。大部分生產在熱帶的河沼中。

動動腦 如果你從公園回家的路上，遇見一隻鱷魚，接下來將會發生什麼事？（如果當作作文題目，可以讓小朋友先天馬行空地想像，老師一一寫在黑板上，然後由小朋友串聯成一篇文章）。

鱸

魚部 十六畫

鱸鱸鱸鱸鱸鱸

ㄌㄨˊ 鱸魚，產在沿海。因為有四個鰓，所以又叫「四鰓魚」，身體扁長，銀灰色，下顎比較突，生性凶猛，以魚、蝦為食。

鳥部（ㄋㄧㄠˇ）

「」是根據鳥的側面所描畫出的象形字，上面有尖長的嘴、眼睛，下面是尾巴和腳。鳥部的字，大部分和鳥類有關，多半是鳥的名稱。例如：鴿、鶯、鷹、鵝。

鳥

鳥部 ○畫

鳥鳥鳥鳥

ㄋㄧㄠˇ 屬於脊椎動物。體溫恆定，卵生，全身有羽毛，前肢變成翅膀，一般會飛，後肢能行走。

ㄉㄧㄠˇ 北方罵人的土話：例鳥兒郎當。

唱詩歌 小鳥兒，枝頭坐，春天來了愛唱歌。

鳥兒，鳥兒，你唱什麼歌？

花兒香，花兒多，我愛唱個百花歌。

鳥瞰（ㄋㄧㄠˇ ㄎㄢˋ） ❶從高處向下看。瞰：遠望，俯視。例站在陽明山上就可以鳥瞰大臺北的全景。❷比喻概略的觀察。例鳥瞰世界大勢。

鳥獸散（ㄋㄧㄠˇ ㄕㄡˋ ㄙㄢˋ） 形容成群的人像鳥獸般向四面八方奔逃，紛亂的散去。例潰敗的敵軍紛紛作鳥獸散。

鳥語花香（ㄋㄧㄠˇ ㄩˇ ㄏㄨㄚ ㄒㄧㄤ） 鳥兒正在歌唱，花正散出芳香。形容季節宜人，景色美好。例春天是個鳥語花香的季節。

鳩

鳥部 二畫

鳩鳩鳩

ㄐㄧㄡ ❶很像鴿子的鳥，常見的有斑鳩，身體灰褐色，頸後有白或黃褐斑點，時常成群吃穀物。❷聚集：例鳩集、鳩合。

鳩形鵠面（ㄐㄧㄡ ㄒㄧㄥˊ ㄏㄨˊ ㄇㄧㄢˋ） 形容人飢餓枯瘦的樣子。鳩形：腹部低陷，胸骨突起。鵠面：臉上瘦得沒有肉。

十二畫

鳧　鳥部　二畫

ㄈㄨˊ ❶是一種小型野鴨，常成群棲息在沼澤和蘆葦間，羽毛柔軟。❷鳧水，游泳，和「浮」字相通。

鳳　鳥部　三畫

ㄈㄥˋ ❶古代傳說中的鳥名，能給人帶來好運。❷姓：例鳳小姐。

參考 相反字：凰。♣請注意：相傳雄的叫「鳳」，雌的叫「凰」。

繞口令 桌子有圓有四方，四角掛了四鳳凰①：白鳳凰、黃鳳凰、粉紅鳳凰、紅鳳凰。

註：①鳳凰是傳說中代表吉祥的鳥。

鳳梨 ㄈㄥˋ ㄌㄧˊ　是一種熱帶的果實。葉子大而且尖，長二、三尺，春夏開花，味道鮮美可口。也可以稱作「波羅」。

鳳蝶 ㄈㄥˋ ㄉㄧㄝˊ　蝴蝶的一種，翅膀寬大，有鮮豔的斑紋，後面的翅膀有尾狀突起。熱帶森林中最多。

鳳毛麟角 ㄈㄥˋ ㄇㄠˊ ㄌㄧㄣˊ ㄐㄧㄠˇ　比喻稀少而且可貴的人或事物。

鳴　鳥部　三畫

ㄇㄧㄥˊ ❶鳥、獸、昆蟲的叫聲：例鳥鳴、鹿鳴、蟬鳴。❷發出聲音：例雷鳴、鳴笛。❸表示出來：例鳴冤、鳴謝。

鳶　鳥部　三畫

ㄩㄢ ❶一種凶猛的鳥，比鷹小，常捕蛇、鼠為食，俗稱「鷂鷹」或「老鵰」。❷風箏：例紙鳶。

鴉　鳥部　四畫

ㄧㄚ ❶鳥名：會反哺的動物。純黑的稱烏，背灰的稱鴉，泛稱烏鴉。❷字醜：例塗鴉。❸黑色的：例鴉鬢、鴉髻。

小百科 「烏」和「鴉」都是鴉科，烏是燕雀目，羽毛純黑，體型比鴉大，具有大嘴，長翅膀，腳很有力，大都築巢在高樹上。鴉是雀形目，背部的羽毛灰色。一般人都不細分，合稱烏鴉，簡稱烏。烏是一種會尋找食物，哺養父母的鳥類。

鴉片 ㄧㄚ ㄆㄧㄢˋ　用罌粟果實中的汁液製成，含有嗎啡、尼古丁，可以止痛。是一種毒品，吸食後會上癮。

參考 相似詞：大煙、阿芙蓉。

鴉雀無聲 ㄧㄚ ㄑㄩㄝˋ ㄨˊ ㄕㄥ　所有愛叫的鳥類都沒發出聲音；形容非常安靜。例老師一走進教室，大家立刻鴉雀無聲。

鴆　鳥部　四畫

ㄓㄣˋ ❶傳說中的一種毒鳥，用牠的羽毛泡的酒能毒死人。❷毒酒：例鴆毒、飲鴆止渴。

鴇　鳥部　四畫

ㄅㄠˇ 鳥名，比雁略大，背上有黃褐色和黑色斑紋，常群棲草原地帶，善奔走。

鴛　鳥部　五畫

ㄩㄢ ❶成對的：例鴛侶。❷鴛鴦，水鳥名。雄的叫鴛，雌的叫鴦。❸姓：例鴛先生。

鴛鴦 ㄩㄢ ㄧㄤ　長得很像野鴨，體形較小，嘴扁，脖子很長，腳趾間有蹼，很會游泳，翅膀很長，能飛。雄鳥有彩色的羽毛，嘴是紅色的；雌鳥的羽毛是蒼褐色，嘴是灰黑色。雌雄常成對生活在水邊。

鴦 鳥部 五畫

ㄧㄤ 見「鴛」字。

鴨 鳥部 五畫

ㄧㄚ 禽類，嘴扁腿短，趾間有蹼，善游泳，兩翼小不能高飛。

參考 請注意：「鴨」和「鴉」字形相近，但「鴨」是水禽，「鴉」是飛禽。

猜一猜 嘴像小鏟子，腳像小扇子，走路左右擺，不是擺架子。（猜一種動物）（答案：鴨）

俏皮話 「鴨子聽雷——全不懂。」小朋友，你曾經聽過「鴨子聽雷」這句話嗎？它可以用來比喻一個人對某事不擅長或根本不了解。如果在上課時聽不懂老師所講的內容，就可說成「鴨子聽雷——全不懂」。

唱詩歌 乳鴨①池塘水淺深，熟梅天氣半晴陰；東園載酒西園醉，摘盡枇杷一樹金。（夏日‧戴復古）

註：①乳鴨：小鴨。

鴨綠江 ㄧㄚ ㄌㄩˋ ㄐㄧㄤ 江名，發源於長白山，向西南注入黃海，是中韓兩國的界河。水綠且形狀像鴨頭。

鴨嘴獸 ㄧㄚ ㄗㄨㄟˇ ㄕㄡˋ 哺乳動物，為澳洲的特產。身體肥而扁，尾巴短而闊，嘴像鴨嘴，毛細密，深褐色，卵生，趾間有蹼。穴居河邊，善游泳，吃昆蟲和貝類。

鴒 鳥部 五畫

ㄌㄧㄥˊ ❶鶺（ㄐㄧˊ）鴒，鳴禽類。身體小，尾巴長，生活在水邊。❷兄弟的代稱：例鴒原。

鴕 鳥部 五畫

ㄊㄨㄛˊ 見「鴕鳥」。

鴕鳥 ㄊㄨㄛˊ ㄋㄧㄠˇ 現代鳥類中最大的鳥，高可達三公尺，頭小頸長，翅短不能飛，腿長善走，生活在沙漠中。

猜一猜 一隻鳥，真奇怪；飛不動，跑得快；敵人來，藏腦袋。（猜一種動物）（答案：鴕鳥）

鴣 鳥部 五畫

ㄍㄨ ❶鷓鴣，見「鷓」字。❷鵓鴣，鴿的一種，產於臺灣。

鴻 鳥部 六畫

ㄏㄨㄥˊ ❶水鳥名，比雁子大，背、頸是灰色的，翅膀黑色，腹部白色。❷書信：例來鴻。❸盛、大，通「洪」：例鴻福、鴻志。❹姓：例鴻先生。

參考 相似字：大。

鴻雁 ㄏㄨㄥˊ ㄧㄢˋ 指鴻或雁之類的水鳥。

鴻圖 ㄏㄨㄥˊ ㄊㄨˊ 偉大的計畫。例吳先生開了一家貿易公司，大家祝他鴻圖大展。

鴻儒 ㄏㄨㄥˊ ㄖㄨˊ 博學多才的人。

鴿 鳥部 六畫

ㄍㄜ 鳥名，飛行速度很快，記憶力很好，可訓練成信鴿傳遞書信，也叫「鵓鴿」。

鴿子 ㄍㄜ ˙ㄗ 鳥名，翅膀大，善於飛行，羽毛有白色、黑色、紫色等，有的可以用來傳遞書信，常用作和平的象徵。

鴿子籠 ㄍㄜ ˙ㄗ ㄌㄨㄥˊ ❶裝鴿子的東西，常用竹片製成，也有用鐵絲製成的。❷不自由的象徵。

十一畫

鴰
鳥部 六畫

ㄍㄨㄚ 老鴰，是烏鴉的俗稱。

鵠
鳥部 七畫

ㄏㄨˊ ❶就是天鵝，羽毛全白，頸長，善於游泳。❷比喻像鵠般靜靜的站立著：例鵠立、鵠候。

ㄍㄨˇ 箭靶的中心：例鵠的（ㄉㄧˋ）、中鵠（射中目標）。

鵠立 ㄏㄨˊ ㄌㄧˋ 伸長脖子靜靜的站著；比喻殷切的等候、盼望。

鵠的 ㄍㄨˇ ㄉㄧˋ 練習射箭的目標，引申為目的。

鵠候 ㄏㄨˊ ㄏㄡˋ 恭候，敬候。

鵑
鳥部 七畫

ㄐㄩㄢ 杜鵑：❶鳥名，停棲在樹上，身體是灰褐色，胸腹部有條黑色橫紋，尾長黑，有白色橫斑，吃昆蟲。鳴聲淒厲，也叫「杜宇」或「子規」。❷是一種常綠灌木，春夏開紅、紫或白色的花，供觀賞。

鵝
鳥部 七畫

ㄜˊ ❶一種家禽。頸長，腿高，尾短，腳大有蹼，前額有肉瘤，吃穀物、蔬菜、魚蝦等。❷姓：例鵝先生。

參考 野生的叫雁，家養的叫「鵝」。

猜一猜 一隻順風船，白蓬紅船頭，划起兩隻槳，湖上四處遊。（猜一種動物）（答案：鵝）

鵝毛 ㄜˊ ㄇㄠˊ 比喻像鵝的毛那樣輕微的禮物。例千里送鵝毛，禮輕情義重。

鵝黃 ㄜˊ ㄏㄨㄤˊ 淡黃，像幼鵝絨毛的顏色。例她穿了一身鵝黃的洋裝。

鵓
鳥部 七畫

ㄅㄛˊ ❶鵓鴣，鳥名。常在天要下雨或剛晴的時候咕咕的叫，也叫「水鵓鴣」。❷鵓鴣，就是鴿子。

鵡
鳥部 八畫

ㄨˇ 鸚鵡，鳥名，見「鸚」字。

鵲
鳥部 八畫

ㄑㄩㄝˋ 就是喜鵲，身體的羽毛大部分是黑色，肩和腹部是白色的，叫聲響亮。

鵲橋 ㄑㄩㄝˋ ㄑㄧㄠˊ 民間傳說天上的織女七夕渡銀河和牛郎相會，喜鵲來搭成橋，讓他們在橋上見面。

鵲巢鳩占 ㄑㄩㄝˋ ㄔㄠˊ ㄐㄧㄡ ㄓㄢˋ 比喻強占別人的房屋、土地等。

鶉
鳥部 八畫

ㄔㄨㄣˊ 就是「鵪鶉」的簡稱，頭和嘴都很小，腳短尾禿。

鶉衣百結 ㄔㄨㄣˊ ㄧ ㄅㄞˇ ㄐㄧㄝˊ 鵪鶉的羽毛又短又花，所以用鶉衣百結來形容破爛不堪，補丁很多的衣服。

鵬
鳥部 八畫

ㄆㄥˊ 古書上記載的一種大鳥，傳說能一飛數千里：例大鵬鳥。

鵬程萬里 ㄆㄥˊ ㄔㄥˊ ㄨㄢˋ ㄌㄧˇ 比喻前途遠大。

鵪　鳥部 八畫

ㄢ 體形很像小雞，頭小尾禿，額、頭側、頰和喉等部分均為淡紅色，吃穀類和雜草的種子。

鵪鶉（ㄢ ㄔㄨㄣˊ）　本來是二種鳥名，由於形狀非常相似，所以合稱為鵪鶉。但是如果仔細分別，那些沒有斑點的是鵪，有斑點的是鶉。

參考 活用詞：鵪鶉蛋。

鵰　鳥部 八畫

ㄉㄧㄠ 一種像老鷹的凶猛大鳥，喙像鉤子，捕食山羊、野兔等。

鶚　鳥部 九畫

ㄜˋ 一種捕食魚類的鳥，背黑褐色，腹白色，能夠下水或在水面上飛翔，俗稱「魚鷹」。

鶩　鳥部 九畫

ㄨˋ 鳥名，就是「野鴨子」，嘴扁頸長，善游泳，吃穀物、蔬菜、魚蟲等。

鶯　鳥部 十畫

ㄧㄥ 鳥名，身體小，多為褐色或暗綠色，嘴短而尖，鳴聲清脆，又叫「黃鶯」、「黃鸝」、「倉庚」。

鶯歌燕舞（ㄧㄥ ㄍㄜ ㄧㄢˋ ㄨˇ）　黃鶯歌唱，燕子飛翔。形容充滿生機的春天景色。

鶴　鳥部 十畫

ㄏㄜˋ 頭小脖子長，嘴長而且直，雙腳細長，羽毛白色或灰色，常在河邊捕食魚類和昆蟲。

猜一猜 行也是立，立也是立，坐也是立，臥也是立。（猜一種動物）（答案：鶴）

鶴髮（ㄏㄜˋ ㄈㄚˇ）　就好像鶴的羽毛那樣白的頭髮；比喻老年。

鶴立雞群（ㄏㄜˋ ㄌㄧˋ ㄐㄧ ㄑㄩㄣˊ）　鶴站在雞群裡；形容一個人的儀表或才能出眾。

鷂　鳥部 十畫

ㄧㄠˋ 鳥名，形狀像鷹比鷹小。身體的羽毛大都是褐色或灰色，體形瘦長，翅、腳及尾巴都很長，在地上築巢。性情凶猛，捕食小鳥。又叫「鷂鷹」。

鷂子（ㄧㄠˋ ˙ㄗ）　❶鷂的通稱。❷紙鳶的別稱，就是風箏。

鶺　鳥部 十畫

ㄐㄧˊ 鶺鴒，鳥名，形狀像燕，背黑肚白，常飛到水邊，捕食害蟲。

鷓　鳥部 十一畫

ㄓㄜˋ 鷓鴣，鳥名。形狀像雞，比雞小。羽毛黑白相雜，善走，不能久飛。吃植物的種子和昆蟲等，肉味鮮美。

鷗　鳥部 十一畫

ㄡ ❶水鳥名，嘴彎曲成鉤狀，羽毛白色，翅膀灰而長，善於飛翔，趾間有蹼，能游泳，喜歡吃魚、昆蟲等，生活在湖海邊。❷姓。

鷥 鳥部 十二畫

ㄙ 鷺鷥，水鳥名，見「鷺」字。

鷸 鳥部 十二畫

ㄩˋ 水鳥名，翅膀短，嘴、頸和腿都很長，常在水邊吃小魚、貝類、昆蟲等。

鷸蚌相爭（ㄩˋ ㄅㄤˋ ㄒㄧㄤ ㄓㄥ） 蚌張開殼晒太陽，鷸去啄蚌的肉，被蚌殼夾住了嘴，鷸和蚌都不肯相讓，結果被漁翁一起捉住。比喻兩敗俱傷，讓第三者得了便宜。

鷲 鳥部 十二畫

ㄐㄧㄡˋ 就是鵰、鷹一類的大鳥。性凶猛，上嘴鉤曲，愛吃鳥獸屍體，有時也捕食小動物。

鷺 鳥部 十三畫

ㄌㄨˋ 鷺鷥，一種水鳥。體形瘦削，嘴直而尖，頸和腳均長，飛翔時縮著頭，腳向後直伸。生活在水邊，捕魚為食。

鷺鷥（ㄌㄨˋ ㄙ） 水鳥名，牠的頸腿都修長，羽毛潔白如絲，常在水邊捕食魚類，喜歡立在牛背上。

唱詩歌 飛飛飛，飛到牛背上，歇歇腳。飛飛飛，飛到田野上，泡泡水。飛飛飛，飛到稻草邊，捉迷藏。（白鷺鷥，李伊莉）

鷹 鳥部 十三畫

ㄧㄥ 鳥名，上嘴是鉤形、脖子短，腳部有長毛，腳趾有長而且銳利的爪子。生性凶猛，捕食小鳥等弱小動物。

鷹犬（ㄧㄥ ㄑㄩㄢˇ） ❶打獵時用來追逐禽獸的鷹和獵犬。❷比喻受人驅使，為非作歹的人。

鷹架（ㄧㄥ ㄐㄧㄚˋ） 一般建築物在搭建時，在外圍所搭起的架子。例 颱風期間要防止鷹架倒塌。

鷹式飛彈（ㄧㄥ ㄕˋ ㄈㄟ ㄉㄢˋ） 是地對空的防空飛彈，是中低空飛機的剋星。

鸚 鳥部 十七畫

ㄧㄥ 鳥名，見「鸚鵡」。

鸚鵡（ㄧㄥ ㄨˇ） 鳥名，也叫「鸚哥」。嘴呈彎鉤形，羽毛美麗，有白、紅、黃、綠等顏色，能夠學人說話，產在熱帶地區。

猜一猜 頭戴紅纓帽，身穿綠戰袍，說話像人語，你說牠就學。（猜一種鳥類）
（答案：鸚鵡）

俏皮話 「鸚鵡的嘴巴——會說不會做。」
我們都知道鸚鵡是一種很會學人說話的鳥，因此我們常用「鸚鵡的嘴巴」來比喻那些「會說不會做」的人。

鸚鵡學舌（ㄧㄥ ㄨˇ ㄒㄩㄝˊ ㄕㄜˊ） 鸚鵡學人說話；比喻為了奉承、討好的目的，別人怎麼說，他也跟著怎麼說。

鸛 鳥部 十八畫

ㄍㄨㄢˋ 鳥名，形狀像鶴，羽毛灰白色，嘴長而直，腿長，趾間有蹼，常在水邊活動，吃魚、蛙、蛇和甲殼類，也叫「老鸛」或「灰鶴」。

鸞 鳥部 十九畫

ㄌㄨㄢˊ 傳說中是屬於鳳凰一類的鳥。

鸞翔鳳集（ㄌㄨㄢˊ ㄒㄧㄤˊ ㄈㄥˋ ㄐㄧˊ） 比喻人才聚集。鸞、鳳都是很少見的鳥類。

鸞鳳和鳴（ㄌㄨㄢˊ ㄈㄥˋ ㄏㄜˊ ㄇㄧㄥˊ） 比喻夫妻相處和諧。常用來當作送給結婚的人的賀詞。

鳥部 十九畫

鸝

ㄌㄧˊ 黃鸝，鳥名，羽毛黃色，聲音很好聽，吃林中害蟲。也叫「黃鶯」。

鹵部 ㄌㄨˇ

「鹵」是鹵的篆文，由「鹵」和四點構成，「鹵」和「鹵」（請見西字說明）相同，四點代表鹽巴，鹵字指的就是「西邊產鹽的地方」，因此鹵部的字像鹽、鹹、鹼都和鹽有關。

鹵部 〇畫

鹵

ㄌㄨˇ ❶粗野的：例鹵莽。❷愚笨的，通「魯」：例鹵鈍、愚鹵。❸鹹分高，不適宜耕種的土地：例鹵地。

鹵莽 ㄌㄨˇ ㄇㄤˇ 指人的行為粗魯莽撞、不細心。

鹵鈍 ㄌㄨˇ ㄉㄨㄣˋ 形容人不聰明、很愚笨。

鹵部 九畫

鹹

ㄒㄧㄢˊ ❶鹽味：例菜很鹹。❷有鹽分的：例鹹肉。

鹹肉 ㄒㄧㄢˊ ㄖㄡˋ 用鹽醃製過的肉類。

鹹水湖 ㄒㄧㄢˊ ㄕㄨㄟˇ ㄏㄨˊ 沒有出口的湖泊，經過長久的蒸發，含有許多鹽分和雜質，因此水味變鹹，這種湖泊稱為鹹水湖。像青海、裡海都是非常著名的鹹水湖。

鹵部 十三畫

鹼

ㄐㄧㄢˇ ❶土中所含的一種物質，成分是碳酸鈉，摸起來很滑。可以用來洗衣服、去除汙垢，是製造肥皂、玻璃的原料。❷遭到鹼性物質的侵蝕：例這堵牆都鹼了！

鹼性 ㄐㄧㄢˇ ㄒㄧㄥˋ 鹼類水溶液所具有的通性，有苦澀的味道，摸起來滑滑的。鹼性溶液會使紅色的石蕊試紙變藍。溶液的 PH 值超過七，就會呈鹼性反應。

參考 活用詞：鹼性土。

鹵部 十三畫

鹽

ㄧㄢˊ ❶食品中有鹹味的原料，可以用來調味，有海鹽、池鹽、井鹽等。❷化學名詞，鹽類化合物的簡稱，由酸類和鹼類相互作用而成。

ㄧㄢˋ 用鹽醃食物。

鹽巴 ㄧㄢˊ ㄅㄚ 食鹽的俗稱。

猜一猜 家住大海，走上岸來，太陽晒一晒，身體變白。（猜一種食用品）（答案：鹽）

笑一笑 以前有一個傻瓜到朋友家作客，主人招待吃飯，他嫌菜淡而無味，主人便加了些鹽，菜就變可口了。傻瓜心裡想：「菜的味美，是因為有鹽的緣故，放那麼一點鹽就有滋味，如果光吃鹽不是更有味道嗎？」於是傻瓜就大把大把的抓起鹽往嘴裡放，結果口乾舌苦，大倒胃口。

鹽酸 ㄧㄢˊ ㄙㄨㄢ 一種酸性很強的化學物質，無色，有刺激味，含有很強的腐蝕力，廣泛運用在工業上。

鹿部 ㄌㄨˋ

鹿是個性很溫和的動物，是根據鹿的形狀所描畫出的象形字，小朋

友，只要你看過鹿，一定覺得「鹿」字根本不像鹿啊！讓我們看看這個字：「」，這是最早的鹿字，鹿分叉的特角、頭、身體、腳、尾巴都畫得很清楚，後來為了省麻煩，就寫成「」，上面是沒有分叉的角，中間是頭，下面還是鹿腳。經過拉直筆畫，就成為今天所寫的「鹿」，再也看不出鹿的原形了。鹿部的字，都和鹿科動物有關，例如：麋、麝。

鹿

鹿部 ○畫

ㄌㄨˋ ❶獸名，哺乳動物。四肢細長，性情溫順，通常雄鹿長角，毛多是褐色，有的有花紋或條紋。❷比喻帝位、天下：例逐鹿。❸姓：例鹿先生。

鹿角 ㄌㄨˋ ㄐㄧㄠˇ 鹿的角，特別是雄鹿的角。可以當藥，就是鹿茸（ㄖㄨㄥˊ）。

麂

鹿部 二畫

ㄐㄧˇ 哺乳動物，小型的鹿類。雄的上犬齒較長，有短角。肉可吃，皮可製成皮革。

麈

鹿部 五畫

ㄓㄨˇ ❶一種鹿類動物，也叫「駝鹿」。形狀像駱駝，頭像鹿頭，腳像牛腳，尾巴像驢尾，可以做拂塵，俗稱「四不像」。❷拂塵：例麈尾。

麋

鹿部 六畫

ㄇㄧˊ 和鹿同類但是比較大，雄麋是青黑色，頭有角，雌麋褐色，體積比較小。

參考 請注意：「麋」和「糜」兩字的字形相似，但「糜」是爛的意思；「麋」就是麋鹿的簡稱。

麒

鹿部 八畫

ㄑㄧˊ 麒麟，古代傳說中的一種動物。形狀像鹿，頭上有角，身上有鱗甲，古人多把牠作為吉祥的象徵，雄的叫「麒」，雌的叫「麟」。

麗

鹿部 八畫

ㄌㄧˋ ❶華美：例華麗。❷美好：例風和日麗。❸姓：例麗先生。

ㄌㄧˊ 高麗：❶古國名，也稱高句（ㄍㄡ）麗。❷指朝鮮，在現在的韓國，古稱高麗。

麗人 ㄌㄧˋ ㄖㄣˊ 美人。例她天生就是個麗人。

麗日 ㄌㄧˋ ㄖˋ 明亮的太陽。例麗日當空，鳥語花香，正是出外踏青的好日子。

麗質天生 ㄌㄧˋ ㄓˊ ㄊㄧㄢ ㄕㄥ 形容人天生就有好的容貌。

麓

鹿部 八畫

ㄌㄨˋ 山腳：例山麓。

麝

鹿部 十畫

ㄕㄜˋ 哺乳動物，形狀像鹿但是比鹿小，沒有角，前腿比較短，後腿長，尾巴短，毛是黑褐色或灰褐色，雄麝會分泌麝香。

麝香 ㄕㄜˋ ㄒㄧㄤ 由雄麝的麝香腺所分泌，乾燥後呈顆粒狀或塊狀，有特殊的香氣，可以製成香料或入藥。

麟

鹿部 十二畫

ㄌㄧㄣˊ ❶麒麟，古代傳說的一種獸名，見「麒」字。❷美稱他人的兒孫：例麟孫。❸光明的樣子，通「燐」：例麟麟。

麟兒 ㄌㄧㄣˊ ㄦˊ 「麒麟兒」的簡稱，用來稱讚別人的兒子。例恭禧您喜獲麟兒。

麥部 ㄇㄞˋ

麥是一種禾本科的植物，是大陸北方的重要農作物。「朩」是它原來的寫法，正是按照麥的樣子所造的象形字。但是由於「來」被借用到來往、原來的意思，原本的意思反而不明顯，所以加上夊（ㄙㄨㄟ），是「止」的倒寫，表示動作，加在「來」下面，就表示來往。麥部的字都和麥類有關，例如：麵（用麥磨成的粉末）、麩（麥皮）。

麥

麥部 ○畫

ㄇㄞˋ ❶糧食作物，有小麥、大麥、黑麥、燕麥等，通常專指小麥，子實可磨成粉做麵食，或用來釀酒。❷姓：例麥先生。

麥加 ㄇㄞˋ ㄐㄧㄚ 地名，在阿拉伯半島西部，是回教創始人穆罕默德的出生地。每年前往麥加朝聖的人很多，是回教的聖地。

麥浪 ㄇㄞˋ ㄌㄤˋ 指田地裡大片麥子被風吹得高高低低，像波浪的樣子。

麥克風 ㄇㄞˋ ㄎㄜˋ ㄈㄥ 一種能使聲音擴大的電器，也叫「播音器」或「擴音器」。

麩

麥部 四畫

ㄈㄨ 小麥等磨成麵粉，篩過後剩下的皮，也叫「麩子」或「麩皮」，可作禽畜的飼料。

麴

麥部 八畫

ㄑㄩ ❶把麥子或白米蒸過，使發酵後再晒乾，就是「麴」，可用來釀酒或做醬油，也稱「酒母」：例酒麴。❷姓：例麴先生。

麵

麥部 九畫

ㄇㄧㄢˋ ❶麥或其他穀物所磨成的粉末：例麵粉。❷用麥粉做成長條狀的食物：例麵條。

麵食 ㄇㄧㄢˋ ㄕˊ 用麵粉做成的食物，例如：饅頭、包子、水餃等。

麻部 ㄇㄚˊ

麻是一種植物的名稱，種籽可以榨油，皮還可以紡織製成衣料。麻是由广和𣏟（不是樹林的林）構成。广是屋子（見广部說明），朩是個象形字，屮像麻葉，儿像麻皮，麻就是指經過人在屋子裡整理好的麻皮。麻部的字，像「麼」，只是用麻當聲符（類似現在的注音符號），並沒有麻的意思。

麻

麻部 ○畫

ㄇㄚˊ ❶麻類植物的總稱，有大麻、亞麻、黃麻等，莖皮纖維可以做紡織原料。❷芝麻的簡稱：例麻油。❸全部或一部分失去感覺：例麻木。❹難受的感覺：例肉麻、發麻。❺臉上有疤痕斑點的人：例麻子。❻煩多，瑣碎：例麻煩。❼姓：例麻先生。

麻木 ㄇㄚˊ ㄇㄨˋ 人體失去知覺，引申為思想不敏銳或感覺遲鈍。例你不用問他對這件事的看法，因為他是個麻木的人。

參考 活用詞：麻木不仁。

麻雀 ㄇㄚˊ ㄑㄩㄝˋ 鳥類。文鳥科。喜歡建巢在屋壁、簷邊、樹洞。平時主食穀類，冬天兼食雜草種子。

猜一猜 一身毛，尾巴翹，不會走，只會跳。（猜一種動物）（答案：麻雀）

古人說 「麻雀雖小，五臟俱全。」這句話是說：東西雖小卻很齊全。例這家餐館麻雀雖小，卻五臟俱全，什麼南北料理都有。

唱詩歌 小麻雀，嘰嘰喳，一飛飛到屋簷下。東看看，西望望，跳跳蹦蹦逗娃娃。娃娃們，不理牠，讀書寫字又畫畫。小麻雀，真沒趣，拍拍翅膀飛走了。

麻煩 ㄇㄚˊ ㄈㄢˊ ❶事情複雜難辦。煩：又多又亂。例這件事情很麻煩，真令我頭痛。❷拜託別人辦事的客套話。例麻煩你幫我寄信好嗎？

麻痺 ㄇㄚˊ ㄅㄧˋ 神經系統的病變，引起身體某一部分喪失知覺或是不能運動。例他因為顏面神經麻痺，所以有點口齒不清。

麻醉 ㄇㄚˊ ㄗㄨㄟˋ ❶用藥物或其他方法，使身體失去知覺。例病人經過麻醉之後，就不怕開刀治療的疼痛了。❷用某種手段使人精神消沉或對事物認識不清。例事情總有解決的辦法，你別再用酒麻醉自己了。

參考 活用詞：麻醉劑、麻醉藥品。

麼

麻部 三畫

丶 亠 广 广 庀 庁 床 床 府 府 麻 麻 麽 麼

ㄇㄛˊ 細小：例幺麼。

ㄇㄚˊ 限於「幹麼」一詞。

˙ㄇㄜ 限於作詞綴時：例甚麼。

麾

麻部 四畫

丶 亠 广 广 庀 庁 床 床 府 府 麻 麻 麽 麼 麾

ㄏㄨㄟ ❶古代打仗時指揮軍隊的旗子。❷對將帥的尊稱，也可指將帥的部屬：例麾下。❸指揮：例麾軍前進。

參考 相似字：旗。

黃部 ㄏㄨㄤˊ

「黃」現在是一種顏色的名稱。「」是黃最早的寫法，上面就像繫玉的繩結，中間是一塊美玉，下面是下垂的繩子。寫成「」和「」都可以看出是塊佩玉，現在寫成「黃」，上面是繩結，因此不能寫成「黃」。黃原本是指佩玉，後來當成顏色的名稱，只好再加上「玉」部寫作「璜」，表示原來佩玉的意思。

黃

黃部 〇畫

一 十 廾 廿 廿 芇 芇 苗 苗 苗 黃 黃

ㄏㄨㄤˊ ❶一種顏色，是三原色的一種：例黃色、黃土。❷黃帝的簡稱：例炎黃子孫。❸黃河的簡稱。❹姓：例黃小姐。

參考 請注意：「黃」與「皇」的用法不同：黃河、黃帝（中華民族的始祖）的「黃」不可寫成「皇」，而三皇五帝，皇天后土的「皇」也不能寫成「黃」。

黃牛 ㄏㄨㄤˊ ㄋㄧㄡˊ ❶我國最常見的一種家牛，毛色多呈黃色，因此稱為黃牛。由於自然環境和飼養條件的不同，可分為蒙古牛、華北牛和華南牛三大類。❷指不守信用，說話不算話。例下次該你請客，你可別黃牛了！❸指在車站或戲院大量購買車票、門票，抬高價錢出售，從中獲利的人。例只要我們不買黃牛票，黃牛就會減少了。

黃色 ㄏㄨㄤˊ ㄙㄜˋ ❶顏色的一種。例她穿了一件黃色的洋裝。❷指低級而涉及色情方面的事物。例這份報紙喜歡刊登黃色新聞。

黃瓜 ㄏㄨㄤˊ ㄍㄨㄚ 葫蘆科，一年生草本，瓠果呈圓筒形或棒形，綠或黃白色，性喜溫溼，耐旱力、吸肥力較弱。

唱詩歌 黃瓜架，爬藤蔓，開黃花，金燦燦。花落結出黃瓜來，吊在架上打秋千。

黃河 ㄏㄨㄤˊ ㄏㄜˊ 我國第二大河，發源於青海省巴顏喀喇山。向東流過四川、甘肅、寧夏、陝西、山西、河南，長四、八五〇公里，流域面積約百萬平方公里。因為水中含有大量泥沙，水色黃濁而稱為黃河，下游黃土堆積，形成廣大的華北平原，中游及下游是我國文明的發祥地。

黃金 ㄏㄨㄤˊ ㄐㄧㄣ 金屬的一種，因色黃，故稱黃金，簡稱金，俗稱「金子」。

動動腦 小朋友，黃金是很有價值的東西，用黃金可以形容什麼？（例如：黃金地段）比賽誰可以想得最多喲！

唱詩歌 一樹枇杷像黃金，大哥摘得好開心；阿弟阿哥勿動手，送上爹娘先嚐新。（江蘇）

黃昏 ㄏㄨㄤˊ ㄏㄨㄣ 太陽下山，還沒有天黑的時候。例 黃昏的天空最美麗。

黃連 ㄏㄨㄤˊ ㄌㄧㄢˊ 草名，複葉，莖長尺許，開小白花，結黃色果，根可入藥，味甚苦。

俏皮話 「啞巴吃黃連——有苦說不出。」黃連是一種很苦的中藥，啞巴吃了黃連，不管有多苦，他都沒辦法告訴別人。這句話是比喻心中有苦處，卻無法訴說。例 我為了掩護妹妹亂花錢的事情，被媽媽揍了一頓，真是「啞巴吃黃連——有苦說不出」。

黃興 ㄏㄨㄤˊ ㄒㄧㄥ 近代民主革命家，湖南長沙人，字克強。留學日本時，積極參加愛國運動。回國後，和宋教仁、譚人鳳、秦毓鎏等，在長沙創立「華興會」，以實行革命為號召。光緒三十年，華興會革命失敗，黃興逃到上海，東渡日本，與 國父見面，兩人一見如故，從此華興會併入興中會。最著名的三二九黃花崗之役，就是由黃興領導的，黃興在這次起義攻擊兩廣總督衙門，右手的食指、中指被擊斷，被封為「八指將軍」。民國建立後，各省代表推他為大元帥，但是他不肯接受，他所作所為都是為了國家和平、進步，他不幸於民國五年在上海病逝，逝世時只有四十三歲。

黃鶯 ㄏㄨㄤˊ ㄧㄥ 又稱「黃鳥」、「黃鸝」，身體黃色，眼睛到頭後部是黑色的。叫聲非常好聽，專門吃林中的害蟲，是一種益鳥。

參考 活用詞：黃鶯出谷。

黃鼠狼 ㄏㄨㄤˊ ㄕㄨˇ ㄌㄤˊ 黃鼬（ㄧㄡˋ），性凶猛遇敵能由肛門分泌臭毒液自衛，捕食各種小動物。毛可製狼毫筆。

俏皮話 「黃鼠狼給雞拜年——不安好心。」黃鼠狼的性情凶猛，專門捕食小動物，牠去拜年，只是想吃雞罷了！怎麼可能安什麼好心呢？

黌 黃部 十三畫

黌黌黌黌黌

ㄏㄨㄥˊ 古時學校叫「黌宮」，校舍叫「黌舍」。

黍部 ㄕㄨˇ

黍是一種穀類作物，碾出的米叫「黃米」，黃米帶黏性，可以製酒，所以最早的黍字「[illegible]」就是由禾、水兩個字構成，「禾」表示它是一種穀類作物，「水」表示這種作物可以釀酒。後來寫成「[illegible]」，又多了兩畫，現在寫成「黍」，也就不容易看出它的原形。黍部的字都和「黍」的性質有關係，例如：黏。

黍 黍部 ○畫

黍黍

ㄕㄨˇ 一年生的草本植物，碾成米叫做黃米，有黏性，可以用來釀酒。

黎 黍部 三畫

黎黎黎黎黎

ㄌㄧˊ ❶黑色的：例黎面。❷眾多的：例黎民。❸種族的，分布在廣東、廣西，以海南島黎田嶺下的人最多。❹姓：例黎先生。

參考 請注意：「黎」、「棃」、「犁」三字的區別：雖然都念ㄌㄧˊ，但是「棃」為一種果樹；「犁」為耕田翻土的工具。

黎民 ㄌㄧˊ ㄇㄧㄣˊ　古代指人民、百姓。

參考 相似詞：黎庶、黎元、黔首、蒼頭。

黎明 ㄌㄧˊ ㄇㄧㄥˊ　天快亮的時候。

黏
黍部　五畫

ㄋㄧㄢˊ ❶像漿糊、膠水等凝結而難分離的東西：例黏液、黏汁。❷使東西互相連結或附著在別的東西上：例蒼蠅被蜘蛛黏住了、黏信封。❸不容易分開，有黏性的：例這米很黏、他很黏人。

參考 請注意：「黏」和「粘」都可讀ㄋㄧㄢˊ，用法也一樣，但是「粘」可以當作姓氏用，而「黏」不可以。

黏土 ㄋㄧㄢˊ ㄊㄨˇ　具有黏性的泥土，是陶瓷的主要原料。

黑部 ㄏㄟ

「[illegible]」是黑暗的「黑」，「[illegible]」是照著煙囪的樣子所畫出的象形字，「炎」則代表火光上升，「黑」是煙囪內火熏成的顏色，就是黑色。原本寫成「[illegible]」字，現在將第一個「火」的線條拉直，寫成「黑」。黑部的字都和黑色有關係，例如：黝（淺黑色）、黛（青黑色）、黯（深黑色）。

黑
黑部　〇畫

ㄏㄟ ❶顏色：例黑色。❷無光：例黑暗。❸不公開的：例黑市。❹壞，狠毒：例黑心、黑白。❺黑豆，一種黑色的大豆。❻姓：例黑先生。

參考 相反字：白、亮。

俏皮話 「硬把曹操當關公——黑白不分。」關公代表正直，曹操代表險詐，若「硬把曹操當關公」，那就是「黑白不分」了；比喻是非、正直、邪惡不能分辨清楚。

黑金 ㄏㄟ ㄐㄧㄣ　指石油。

黑暗 ㄏㄟ ㄢˋ　不亮的。例這條路很黑暗。

黑黝黝 ㄏㄟ ㄧㄡˇ ㄧㄡˇ　形容很黑。黝：黑的意思。例農夫每天在太陽下種田，所以晒得全身黑黝黝。

墨
黑部　三畫

ㄇㄛˋ ❶寫字繪畫用的黑色顏料：例筆墨紙硯。❷指寫字、繪畫、印刷用的顏料：例墨水。❸黑色：例墨鏡。❹固執的：例墨守成規。❺字畫：例墨寶。❻指文字、文章：例胸無點墨、舞文弄墨。❼貪汙的：例墨吏。❽姓：例墨先生。

參考 相似字：黑、暗。♣相反字：白。

墨子 ㄇㄛˋ ㄗˇ　❶春秋末年的思想家，是墨家學派的創始人。他提倡刻苦勤儉，主張要人人平等，反對戰爭。❷墨家學說的著作總集。

墨水 ㄇㄛˋ ㄕㄨㄟˇ　❶墨汁。❷寫鋼筆字用的各種顏色的水。❸比喻學問或讀書識字的能力。例他滿口胡說八道，肚子裡沒多少墨水。

墨汁 ㄇㄛˋ ㄓ　用來寫字或繪畫的黑色顏料（液體）。

墨客 ㄇㄛˋ ㄎㄜˋ　文人。

墨跡 ㄇㄛˋ ㄐㄧ　指書畫的真跡。

十二畫

墨魚 ㄇㄛˋ ㄩˊ 就是烏賊，因為烏賊在危險時會吐出肚子裡的黑色物質。

墨鏡 ㄇㄛˋ ㄐㄧㄥˋ 黑色或深色鏡片的眼鏡。

墨寶 ㄇㄛˋ ㄅㄠˇ ❶非常珍貴的字畫。例故宮裡收藏許多古代名人的墨寶。❷讚美別人的書法或繪畫。例請送我一份你的墨寶吧！

墨守成規 ㄇㄛˋ ㄕㄡˇ ㄔㄥˊ ㄍㄨㄟ 遵守老規矩，保守固執，不求改進。墨守：固執不知改變。成規：現成的規章。例他做事墨守成規，因此少有進步。

默 黑部 四畫

ㄇㄛˋ ❶不出聲說話：例沉默、默念。❷憑著記憶寫出來或讀出來：例默寫。❸閉住：例默口。❹靜心：例默想。❺姓：例默先生。

默哀 ㄇㄛˋ ㄞ 為了表示沉痛、難過，低下頭來悼念、懷念。

默契 ㄇㄛˋ ㄑㄧˋ ❶雙方的想法雖然沒有說出來，但是彼此有一致的了解。例他們兩個人常常說話一致，好有默契。❷祕密的約定。契：約定。

默許 ㄇㄛˋ ㄒㄩˇ 不出聲，用眼神或手勢、表情表示贊成、許可。例我想買新書，父親已經默許了。

默想 ㄇㄛˋ ㄒㄧㄤˇ 靜心沉默的思考。例他默想這個問題，仍然想不出解決的方法。

默認 ㄇㄛˋ ㄖㄣˋ 心裡已經承認，但是不表示出來。例他已經默認了。

默寫 ㄇㄛˋ ㄒㄧㄝˇ 憑著記憶把讀過的文字寫下來。例老師要我們明天默寫課文。

默默 ㄇㄛˋ ㄇㄛˋ 形容沒有聲音。例她低著頭，默默不語。

默默無聞 ㄇㄛˋ ㄇㄛˋ ㄨˊ ㄨㄣˊ 不出名，不讓人知道。例他在得獎以前，一直是個默默無聞的作家。

黔 黑部 四畫

ㄑㄧㄢˊ ❶黑色：例黔首（古時稱老百姓）。❷貴州的簡稱。

黔首 ㄑㄧㄢˊ ㄕㄡˇ 比喻百姓。

黔驢技窮 ㄑㄧㄢˊ ㄌㄩˊ ㄐㄧˋ ㄑㄩㄥˊ 唐朝柳宗元的文章「黔之驢」中說：黔地（今貴州一帶）沒有驢，有人帶去一頭，放在山上吃草。因為黔地的老虎沒看過驢子，起初見了很害怕，後來慢慢接近驢，驢踢了老虎一腳，老虎發現驢的本領不過如此，就一口吃掉了他。後來人們用來比喻虛有其表，實際上沒有什麼本領的人。

點 黑部 五畫

ㄉㄧㄢˇ ❶數學的名詞，沒有長、寬、厚、薄，只有位置：例兩點連成直線。❷數學名詞，放在小數中：例二點三五。❸小滴的液體：例雨點。❹小的痕跡：例斑點、墨點。❺放在文句中的符號：例標點符號。❻筆碰到紙的第一筆：例「、」就是點。❼計算時間的單位：例上午六點。❽事物所在的位置或一定的程度：例起跑點、水的沸點是攝氏一百度。❾食品：例早點。❿計算事物的單位，通常是數量比較少的：例一點兒小事、他的報告主要有三點。⓫部分，方面：例優點、弱點。⓬起火：例點火。⓭指定：例點菜。⓮檢查核對：例點名。⓯使液體往下滴落：例點眼藥水。⓰一碰到就離開：例蜻蜓點水。⓱用動作或言語來指示：例指點。⓲用筆來標出事物或文章的重要地方：例評點。⓳接觸到：例點鐵成金。⓴表示一種動作：例點頭。㉑形容很少的意思：例一點點心意。㉒暗示：例拿這句話點他，結果他還是不明白。㉓裝飾：例點綴、裝點門面。㉔姓。

笑一笑 小器鬼請朋友吃飯，不一會兒，就吃得盤底朝天了。朋友對他說：「可以點燈了。」小器鬼：「天不是還沒黑嗎？」朋友：「可是我已經看不見桌上的菜肴了！」

俏皮話 「沒油沒燭，點得亮光光——有辦法。」小朋友，你知道嗎？古時候沒有電燈，一到晚上就必須點油燈或蠟燭取

十二畫

光。如果一個人「沒油沒燭，卻也點得亮光光」，就表示這個人「很有辦法」，比喻一個人有獨特才能或本事。

唱詩歌 （請用臺語唸）點軍點紛紛，誰人食飽去做軍。點賊點乏乏，誰人吃飽去做賊。（臺灣）

點心 ㄉㄧㄢˇ ㄒㄧㄣ ❶正餐以外的東西。例中餐沒吃飽，下午就想吃個點心。❷糕餅一類的小東西。例我喜歡吃糯米做的小點心。

俏皮話 「酒樓點心車——推來推去。」小朋友，你去吃過飲茶嗎？在那裡可以看到服務生推著點心車到處販賣。這句話是比喻一個人做事你推我讓、不想做的意思。

點名 ㄉㄧㄢˇ ㄇㄧㄥˊ 檢查人員的數目，一個個的叫名字核對。例老師在點名了，趕快去報到。

點綴 ㄉㄧㄢˇ ㄓㄨㄟˋ ❶加以整理打扮，使事物或環境更美好。綴：裝扮的意思。例繁星把夜空點綴得更迷人。❷在節日或特別的時刻做配合的裝扮或整理。例中秋節到了，買些月餅、柚子來點綴一下吧！

點滴 ㄉㄧㄢˇ ㄉㄧ ❶一點一滴，表示很少而又零碎的東西。例生活的點滴都是以後回味的好材料。❷醫學上把藥物的液體從靜脈慢慢打入身體內的治療方式，例如：打葡萄糖、生理食鹽水、鮮血等。例他因為過度勞累，現在正躺在醫院打點滴。

點頭 ㄉㄧㄢˇ ㄊㄡˊ ❶把頭輕輕的上下擺動，表示知道、答應或贊同的意思。例父親對臺上的表演不停的點頭稱讚。❷人和人見面時的打招呼方式。

點到為止 ㄉㄧㄢˇ ㄉㄠˋ ㄨㄟˊ ㄓˇ 表示只輕輕或稍微的碰一下就停止，並不過分的意思。止：停的意思。例他是個聰明人，你只要點到為止，他就能明白你的意思了。

點鐵成金 ㄉㄧㄢˇ ㄊㄧㄝˇ ㄔㄥˊ ㄐㄧㄣ 仙人只要用手指一碰就能把鐵變成值錢的黃金。比喻把不好的文字改成好的文字。例經過她點鐵成金，這篇文章面目一新，內容完全改觀。

參考 相似詞：點石成金。♣相反詞：點金成鐵。

黜 黑部 五畫

ㄔㄨˋ ❶免職，罷免，廢除：例黜職、罷黜、黜除。❷斥退：例黜斥。

黝 黑部 五畫

ㄧㄡˇ 深黑色：例黝黑。

黝黑 ㄧㄡˇ ㄏㄟ 深黑。例他把全身的皮膚晒得黝黑。

黛 黑部 五畫

ㄉㄞˋ ❶青黑色的顏料，古代女子用來畫眉。❷墨綠色：例黛綠。❸指婦女的眉毛：例秀黛。

黛綠年華 ㄉㄞˋ ㄌㄩˋ ㄋㄧㄢˊ ㄏㄨㄚˊ 指少女的青春時代。

黠 黑部 六畫

ㄒㄧㄚˊ ❶聰明，靈巧：例黠慧。❷狡猾：例狡黠。

黨 黑部 八畫

ㄉㄤˇ ❶有組織、理想的團體：例政黨。❷親族，姻戚：例父黨、母黨。❸意氣相投常在一起的朋友：例死黨。❹古時候的地方組織，五百家為一黨。

參考 相似字：群。

黨派 ㄉㄤˇ ㄆㄞˋ 每個政黨、政治派別和內部各派別的總稱。

黨員 ㄉㄤˇ ㄩㄢˊ 政黨的成員。

黥 黑部 八畫

ㄑㄧㄥˊ 古代在犯人臉上刺字的一種刑罰，也叫「墨刑」。

黧 黑部 八畫

ㄌㄧˊ 黑裡帶黃的顏色：例黧黃、黧牛、面目黧黑。

黯 黑部 九畫

ㄢˋ ❶深黑：例黯藍色。❷不光明的：例黯淡。❸沮喪的：例黯然。

參考 相反字：光、亮。

黯淡 ㄢˋ ㄉㄢˋ ❶昏暗，不明亮。例黯淡的月色。❷景象悲慘的樣子。例前途黯淡。

參考 請注意：「黯淡」又可以寫作「暗淡」。

黯然 ㄢˋ ㄖㄢˊ ❶陰暗的樣子。例她一出場就光芒四射，連天上的星星也都黯然失色。❷形容心情不愉快，無精打采的樣子。例過去的就讓它過去，你別再黯然神傷了。

黴 黑部 十一畫

ㄇㄟˊ ❶東西受潮所生的小青黑點：例發黴。❷腐敗，通「霉」：例麵包發黴了。

黴菌 ㄇㄟˊ ㄐㄩㄣˋ 低等植物，形狀像細絲。種類很多，有的能引起人或動植物的病害，有的能製造藥品和做工業原料等。

黷 黑部 十五畫

ㄉㄨˊ ❶輕率：例黷職。❷玷汙：例汙黷。❸沒有節制：例黷武。

參考 相似字：瀆、汙、穢。

黷武 ㄉㄨˊ ㄨˇ 喜歡亂用武力。例紂王是個窮兵黷武的君主，導致商朝國勢衰落。

參考 活用詞：窮兵黷武。

黹部 ㄓˇ

黹讀作ㄓˇ，「」是它最早的寫法，就像針線上下相對縫紉的圖案。我們來看看這個字：「」，就是用針線縫衣服，所以「黹」是個象形字。黹部的字，都和使用針線有關，例如：「黻」和「黼」都是古代禮服上刺繡的花紋。

黹 黹部 ○畫

ㄓˇ 指刺繡、縫紉等女紅：例針黹。

黻 黹部 五畫

ㄈㄨˊ 古代禮服上刺繡成的黑青相間的花紋。

黼 黹部 七畫

ㄈㄨˇ 古代禮服上黑白相間，像斧形的花紋。

黼黻 ㄈㄨˇ ㄈㄨˊ ❶古代禮服上所繡的花紋。黼：黑白相間，作斧形。黻：黑青相間，作亞形。❷比喻文章。

黽部 ㄇㄧㄣˇ

「黽」就是青蛙，「」是黽最早的寫法，一看就知道是個象形

字。後來把身體部分簡化掉寫成「 」，到了漢朝寫成「 」，可以看到頭、身體，還多了一條尾巴，表示青蛙是從蝌蚪變來的。含有黽的字都和動物有關，例如：鼈、蠅、鼉。

黽
黽部 ○畫

ㄇㄧㄣˇ ❶蛙的一種。❷努力，勤勉：例黽勉。

黿
黽部 四畫

ㄩㄢˊ 爬行動物，和鼈同類，比鼈大。

鼂
黽部 五畫

ㄔㄠˊ ❶蟲名。❷姓：例鼂錯。

鼈
黽部 十一畫

ㄅㄧㄝ 爬行動物，像龜，生活在水裡，肉和卵可吃，背甲可做藥。也叫「甲(ㄐㄧㄚ)魚」或「團魚」。

參考 請注意：「鼈」又可以寫作「鱉」。

鼇
黽部 十一畫

ㄠˊ 傳說是海裡的大龜或大鼈。

參考 請注意：「鼇」又可以寫作「鰲」。

鼉
黽部 十二畫

ㄊㄨㄛˊ 鼉龍，爬行動物，是一種小型鱷魚，產於長江下游，也叫作「揚子鱷」。

鼎部 ㄉㄧㄥˇ

鼎是古代一種烹飪的器具，有腹、三足及兩個耳朵，閩南語中鍋子的發音就是ㄉㄧㄥˇ。在故宮博物院也收藏、陳列了許多鼎，其中又以「毛公鼎」最有名。「 」是鼎最早的寫法，可以看到耳朵、鼎足，和容納食物的腹部；後來寫成「 」更是清楚。到了漢朝寫成「 」，「 」是鼎的腹部和花紋，下面只畫出兩腳，因為這樣比較美觀。鼎部的字和鼎都有關係，例如：鼏（鼎的蓋子）、鼐（最大的鼎）。

鼎
鼎部 ○畫

ㄉㄧㄥˇ ❶古代煮東西用的器具，有三隻腳，兩耳。❷大：例大名鼎鼎、鼎力支持。❸正在：例鼎盛。❹很像鼎足三方並立的樣子：例鼎立。

鼎力 ㄉㄧㄥˇ ㄌㄧˋ 大力幫忙。例非常謝謝你鼎力相助。

笑一笑 客人：「請你別再說這些可怕的事了，我聽了頭髮都要豎起來了。」理髮師：「真謝謝你的鼎力相助，這可省掉我一半的工夫呢！」

鼎沸 ㄉㄧㄥˇ ㄈㄟˋ 形容喧鬧吵雜，像水在鍋裡沸騰。也比喻局勢動盪不安。例在這個舞會中人聲鼎沸，好不熱鬧。

鼎盛 ㄉㄧㄥˇ ㄕㄥˋ 正當興盛的時候。

鼎鼎大名 ㄉㄧㄥˇ ㄉㄧㄥˇ ㄉㄚˋ ㄇㄧㄥˊ 指一個人的名氣很大。例他的父親是個鼎鼎大名的工程師。

參考 相似詞：赫赫有名。

鼐
鼎部 二畫

ㄋㄞˋ 大鼎。

鼓部 ㄍㄨˇ

鼓是用木片箍成圓桶形，加上羊皮或牛皮，就可以敲擊的樂器，現在都把鼓當作名詞，原先鼓是動詞，有「敲鼓」的意思，讓我們看看這個字：「鼓」，右邊由攴和屮構成，表示手拿鼓槌，左邊是放在架子上經過裝飾的鼓，左右合起來就有擊鼓的意思。但是後來「鼓」已經變成樂器的名稱，所以鼓部的字都和鼓有關係，例如：鼕（鼓聲）、鼙（戰鼓）。

鼓
鼓部 〇畫

ㄍㄨˇ ❶一面或兩面蒙著皮的圓形的打擊樂器：例大鼓、花鼓、手鼓、搖鼓。❷拍，敲：例鼓鐘、鼓掌。❸彈奏：例鼓琴、鼓瑟。❹振動：例鼓翼飛去。❺發動，煽動：例鼓動。❻凸出：例鼓著腮幫子。

猜一猜 臉皮兒厚，肚子兒空，打他兩下，他叫痛痛。（猜一種樂器）（答案：鼓）

古人說 「當面鑼，對面鼓，把話說清楚。」這句話是說：大家面對面，把事情說明白，以免日後再有誤會發生。例今天我非和你「當面鑼，對面鼓」，把話說請楚不可。

鼓手 ㄍㄨˇ ㄕㄡˇ 樂隊中負責打鼓的人。

鼓舌 ㄍㄨˇ ㄕㄜˊ 賣弄口舌，多指花言巧語。

鼓吹 ㄍㄨˇ ㄔㄨㄟ 宣傳提倡。例 國父孫中山先生一生為鼓吹革命而奔走。

鼓動 ㄍㄨˇ ㄉㄨㄥˋ 用語言、文字等激發人們的情緒，使他們行動起來。例群眾受了鼓動，情緒愈發激昂。

鼓掌 ㄍㄨˇ ㄓㄤˇ 拍手，多表示高興、贊成或歡迎。例我們一致鼓掌通過出國旅遊的提案。

鼓舞 ㄍㄨˇ ㄨˇ 使人振作起來，增強信心或勇氣。例這場勝利鼓舞了全軍的士氣。

鼓譟 ㄍㄨˇ ㄗㄠˋ 原指作戰時擂鼓吶喊以壯聲勢。後來也指人聲喧鬧起鬨。

鼓勵 ㄍㄨˇ ㄌㄧˋ 激發和勉勵，勸人努力上進。例我們鼓勵他從失敗中再站起來。

鼕
鼓部 五畫

ㄉㄨㄥ 鼓聲：例鼕鼕。

鼙
鼓部 八畫

ㄆㄧˊ 古時候軍中騎在馬上所敲的戰鼓。

鼠部 ㄕㄨˇ

小朋友，你寫「鼠」字的時候是不是覺得筆畫很多不好寫？我們來看看這個可愛的「鼠」字，上面是牠的頭部和牙齒，因為老鼠的牙齒很尖銳，會咬壞很多東西，因此造字的時候特別把牙齒畫出來。下面是靠近腹部的兩隻腳和尾巴。看到這個「鼠」，你是不是覺得看到一隻活生生的老鼠呢？

鼠
鼠部 〇畫

十三畫

ㄕㄨˇ動物名，哺乳類，主要特徵：無犬齒，繁殖迅速，能傳染疾病，破壞力很強。

猜一猜 鼠頭虎尾。（猜一字）（答案：兒）

鼠竄 ㄕㄨˇ ㄘㄨㄢˋ 像老鼠一樣逃跑；形容驚慌奔逃的樣子。例搶匪一看到警察，立刻抱頭鼠竄。

鼠目寸光 ㄕㄨˇ ㄇㄨˋ ㄘㄨㄣˋ ㄍㄨㄤ 比喻眼光短淺，沒有遠見。

鼬

鼠部 五畫

ㄧㄡˋ哺乳類動物，毛黃褐色，肛門旁有臭腺，遇敵能放出臭氣自衛。毛皮可做衣、帽，尾巴可做狼毫筆，也叫「黃鼠狼」。

鼯

鼠部 七畫

ㄨˊ鼯鼠，一種哺乳動物，就是飛鼠。形狀像松鼠，前後四肢之間有寬大多毛的皮膜，能滑翔。晝伏夜出，吃果實、昆蟲等。

鼴

鼠部 九畫

ㄧㄢˇ鼴鼠，哺乳類動物，生活在地下，在土壤裡挖掘隧道，捕食昆蟲、蚯蚓等，也吃植物的根。也稱「錢鼠」。

鼷

鼠部 十畫

ㄒㄧ ❶鼷鼠，最常見的一種家鼠，形體小，尾長，體背黃褐色，腹黃色，能傳播鼠疫。❷形容小孔或小洞：例鼷穴。

鼻部 ㄅㄧˊ

鼻子是呼吸器官的通口，同時也是分辨氣味的器官，原本「自」就是指鼻子（請見自部說明），後來「自」常用在自己、自從等意思上，鼻子的意思反而不明顯，所以在「自」下面加上「畀」（ㄅㄧˋ），當成這個字的注音。鼻部的字和鼻子有關係，例如：鼾（ㄏㄢ）（睡覺時由鼻子發出的聲音）、齁（ㄏㄡ）（鼻子出氣的聲音）。

鼻

鼻部 〇畫

ㄅㄧˊ ❶人和動物的呼吸和嗅覺器官。❷器物突出像鼻的部分：例印鼻。❸創始的：例鼻祖。❹姓：例鼻先生。

鼻祖 ㄅㄧˊ ㄗㄨˇ 始祖。例東漢的蔡倫是造紙的鼻祖。

鼻涕 ㄅㄧˊ ㄊㄧˋ 鼻子分泌的黏液。

鼻煙 ㄅㄧˊ ㄧㄢ 一種煙草產品。以高級富有油分而且香味較好的煙葉，和有益人體的藥材，磨成粉末，裝入容器。使用時用手指黏上煙末送到鼻孔，輕輕一吸即可。

參考 活用詞：鼻煙壺。

鼻青臉腫 ㄅㄧˊ ㄑㄧㄥ ㄌㄧㄢˇ ㄓㄨㄥˇ 形容被打得很慘。例他和別人打架，被打得鼻青臉腫。

鼾

鼻部 三畫

ㄏㄢ 熟睡時所發生的粗重呼吸聲：例鼾聲大作。

參考 請注意：「鼾」和「頇」的分別，「頇」（ㄏㄢ），有粗大的意思。

齊部 ㄑㄧˊ

「[illegible]」是齊最早的寫法，像稻子的穗長得很平整的樣子，「[illegible]」比

十四畫

「𠆢」多了「二」，有人認為那是表示土地高低不平，所以稻穗才會高低不平。齊大部分都用來表示讀音，所以齋（ㄓㄞ）、齏（ㄐㄧ）在古時候都和齊同音。

齊　齊部　○畫

ㄑㄧˊ ❶很有秩序：例整齊。❷同樣，一致：例齊名。❸一塊兒，同時：例百花齊放。❹全：例人都到齊了。❺整治：例齊家。❻朝代名。❼姓：例齊先生。

ㄐㄧˋ 合金時所放的固定成分：例鐘鼎之齊。

ㄗ 喪服的一種：例齊衰（ㄘㄨㄟ）。

ㄓㄞ 通「齋」：例齊戒。

齊心 ㄑㄧˊ ㄒㄧㄣ 思想一致。例只要大家齊心努力，我們一定會完成這項工作。

齊全 ㄑㄧˊ ㄑㄩㄢˊ 樣樣俱備。例這家百貨公司物品齊全。

參考 相似詞：齊備、完備。♣相反詞：欠缺。

齊名 ㄑㄧˊ ㄇㄧㄥˊ 有相同的名聲。例唐朝詩人中李白和杜甫齊名。

齊衰 ㄗ ㄘㄨㄟ 五種喪服之一，用粗麻布做成有縫邊。

齊頭並進 ㄑㄧˊ ㄊㄡˊ ㄅㄧㄥˋ ㄐㄧㄣˋ 各方面同時跟進。例知識和道德應齊頭並進，不能偏重任何一方面。

齋　齊部　三畫

ㄓㄞ ❶房舍，一般指書房、學舍：例書齋。❷信仰佛教、道教等宗教的人所吃的素食：例吃齋。❸古人在祭祀前或舉行典禮前清心淨身，表示莊敬：例齋敬。

參考 請注意：「齋」和「齊」字形相近，「齋」字在兩豎中間是個「示」，「齊」只有二橫畫。

齋戒 ㄓㄞ ㄐㄧㄝˋ 古人在祭祀前，沐浴更衣，不飲酒、不吃葷，表示誠敬。

齒部 ㄔˇ

小朋友，對著鏡子，張開嘴巴，你是不是看到了大門牙？「𠚕」字正是張嘴露出牙齒的象形字，「口」是代表牙齒生長的地方，口中的長方形正是牙齒的形狀。古代沒有注音符號，同時止和𠚕的讀音相近，所以把止加在𠚕的上面，用止來表示讀音，慢慢演變就寫成「齒」，中間的一條線就是上下齒間的縫，後來因為「ㅅ」和「人」形狀相似，就寫成「齒」。含有齒的字和牙齒都有關係，例如：齲（蛀牙）、嚙（用牙齒咬）、齡（年紀，因為牙齒的生長、脫落和年紀有關係）。

齒　齒部　○畫

ㄔˇ ❶人和動物口腔中咀嚼食物的器官：例牙齒。❷物體排列像齒的部分：例鋸齒。❸年齡：例齒德俱增。❹提起：例齒及。

齒輪 ㄔˇ ㄌㄨㄣˊ 周圍有疏密的齒痕，轉動時可以帶動各種機械的鐵輪。

齒牙動搖 ㄔˇ ㄧㄚˊ ㄉㄨㄥˋ ㄧㄠˊ 牙齒開始動搖；比喻人將老化。

齒白脣紅 ㄔˇ ㄅㄞˊ ㄔㄨㄣˊ ㄏㄨㄥˊ 形容面貌非常美麗。

齒若編貝 ㄔˇ ㄖㄨㄛˋ ㄅㄧㄢ ㄅㄟˋ 形容牙齒整齊潔白。

齒頰留香 ㄔˇ ㄐㄧㄚˊ ㄌㄧㄡˊ ㄒㄧㄤ ❶接受別人贈送的食物後，用來感謝別人的話。❷形容食物很好吃。

齔　齒部　二畫

ㄔㄣˋ 小孩子換牙叫「齔」，也用來指七、八歲的兒童：例童齔之子。

十五畫

齣 齒部 五畫

ㄔㄨ 戲劇裡從開始到結束的一段故事叫「一齣」：例一齣戲。

齣子 ㄔㄨ ˙ㄗ 一次、一回叫一齣子。例打一齣子、罵一齣子。

齟 齒部 五畫

ㄐㄩˇ 見「齟齬」。

齟齬 ㄐㄩˇ ㄩˇ 上下牙齒參差不齊不能配合；比喻意見不合。

齡 齒部 五畫

ㄌㄧㄥˊ ❶歲數：例年齡。❷年數：例工齡。

齠 齒部 五畫

ㄊㄧㄠˊ ❶兒童換牙。❷借指童年：例齠年。

齜 齒部 六畫

ㄗ ❶張嘴露牙：例齜齒。❷牙齒不整齊的樣子：例齜牙咧嘴。

齜牙咧嘴 ㄗ ㄧㄚˊ ㄌㄧㄝˇ ㄗㄨㄟˇ ❶形容凶狠的樣子。❷形容疼痛難忍的樣子。

齦 齒部 六畫

ㄧㄣˊ 牙根肉。

齧 齒部 六畫

ㄋㄧㄝˋ 咬，啃：例蟲咬鼠齧。

參考 相似字：嚙、囓。

齬 齒部 七畫

ㄩˇ 齟齬，見「齟」字。

齪 齒部 七畫

ㄔㄨㄛˋ 髒，不乾淨：例齷齪。

齷 齒部 九畫

ㄨㄛˋ 見「齷齪」。

齷齪 ㄨㄛˋ ㄔㄨㄛˋ ❶不乾淨、骯髒的樣子。❷品行不端的樣子。例他的為人卑鄙齷齪，最好少和他打交道。

齲 齒部 九畫

ㄑㄩˇ 牙齒被蛀成洞：例齲齒。

齲齒 ㄑㄩˇ ㄔˇ 就是一般所說的「蛀牙」，牙齒發生腐蝕的病變，在牙面上形成一個齲洞，逐漸擴大，最後可使牙齒全被破壞。

齵 齒部 九畫

ㄩˊ 牙齒不正，引申為參差不齊的樣子：例齵差（ㄘ）。

龍部 ㄌㄨㄥˊ

龍

龍是古代傳說中一種很神祕的動物，能飛、能走、能游，有鱗、角、鬚、爪，據說龍還有招雨的神力。雖然沒有人看過龍，但是中國人自稱為「龍的傳人」，因為龍是

十六畫

中國人想像中十分稀有的動物。「」是龍最早的寫法，可以看到頭冠、身體、尾巴，後來寫成「」，還可以看出是個象形字。到了漢朝，寫成「龍」，左邊像頭冠、張口、身體、尾巴，右邊像背脊和龍背上的長毛。

龍

龍部 〇畫

丶 亠 亠 立 立 产 产 育 育 育 龍 龍 龍 龍 龍

ㄌㄨㄥˊ ❶我國古代傳說中的一種神奇動物，有鱗片、角、鬚和五爪，能飛、能走、能游，能使天空降雨：例海龍王。❷代表帝王：例真龍天子、龍顏、龍袍。❸傑出的人才或聖賢：例龍鳳之才。❹生物學上指一些巨大的爬蟲類動物：例恐龍。❺姓：例龍小姐。

動動腦 小朋友，想一想，加上龍的國字還有哪些？

（答案：龔、聾、籠、瀧、曨、朧、矓、壟、隴……）

古人說 「龍游淺水被蝦嬉，虎落平陽被犬欺。」這句話是說：人的運氣不好，處在惡劣的環境和低微的職位之下，受盡凌辱。例他屈居於這個職位，又受到嘲弄，真是「龍游淺水被蝦嬉，虎落平陽被犬欺」。

龍眼 ㄌㄨㄥˊ ㄧㄢˇ 一種常綠果樹，結圓形的果實，味道很甜。又稱「桂圓」。

龍船 ㄌㄨㄥˊ ㄔㄨㄢˊ 像龍形的船，在端午節用來舉行划船比賽。

參考 相似詞：龍舟。

龍蝦 ㄌㄨㄥˊ ㄒㄧㄚ 一種生活在海底的節肢動物，長約一尺，肉味鮮美，我國南海、東海南部都有出產。

龍鍾 ㄌㄨㄥˊ ㄓㄨㄥ 年老體衰，行動不便的樣子。例他不過五十出頭，就顯得老態龍鍾了。

龍捲風 ㄌㄨㄥˊ ㄐㄩㄢˇ ㄈㄥ 因為氣壓高低不均，而發生的螺旋狀強風，從地面或水面升起，破壞力很大，可以捲走人和其他動物，毀壞房屋、車船。

龍爭虎鬥 ㄌㄨㄥˊ ㄓㄥ ㄏㄨˇ ㄉㄡˋ 龍虎互爭；形容雙方都很強，誰也不讓誰，競爭得很厲害。例甲乙兩球隊在球場上龍爭虎鬥，吸引了上千名的觀眾。

龍飛鳳舞 ㄌㄨㄥˊ ㄈㄟ ㄈㄥˋ ㄨˇ 形容書法有力，靈活而舒展。

龍蛇混雜 ㄌㄨㄥˊ ㄕㄜˊ ㄏㄨㄣˋ ㄗㄚˊ 龍和蛇聚在一起；形容不分好人、壞人都在相同地方。例一到夜晚，公園裡龍蛇混雜，你們要小心一些！

龍盤虎踞 ㄌㄨㄥˊ ㄆㄢˊ ㄏㄨˇ ㄐㄩˋ 比喻地勢險要。

龍潭虎穴 ㄌㄨㄥˊ ㄊㄢˊ ㄏㄨˇ ㄒㄩㄝˋ 到龍和老虎住的地方；形容非常危險的地方。潭：水深的地方。穴：山洞。例就是龍潭虎穴也要探一探！

龔

龍部 六畫

丶 亠 亠 立 立 产 产 育 育 育 龍 龍 龍 龍 龍 龍 龍 龔 龔 龔 龔 龔

ㄍㄨㄥ 姓：例龔老師。

龕

龍部 六畫

丿 人 人 今 今 合 合 合 合 合 合 合 龕 龕 龕 龕 龕

ㄎㄢ 供奉神、佛像或牌位的小閣：例佛龕、神龕。

龜部 ㄍㄨㄟ

「」是描繪烏龜側面所造的象形字，從這個字我們可以很清楚的看到烏龜的頭、甲殼、腳和尾巴。小朋友，你仔細看一看，這個字是不是很像一隻可愛的烏龜？「」字慢慢演變就寫成「」，經過拉直就是「龜」。知道了「龜」字的演變過程，相信你一定會喜歡寫這個「龜」吧！

十六畫

龜　龜部　〇畫

ㄍㄨㄟ爬蟲類動物，頭形像蛇，口大眼小，腹背都有硬殼，頭、腳、尾都可以縮進甲殼內，擅長游泳，動作緩慢，壽命很長，甲殼可以做中藥。

ㄐㄩㄣ因嚴寒而凍裂了手皮，通「皸」：例龜裂。

ㄑㄧㄡ龜茲，古代西域的國名，在新疆維吾爾自治區庫車縣和沙雅縣中間。

龜裂（ㄐㄩㄣ ㄌㄧㄝˋ）　像龜甲的花紋一樣裂開。常用來形容天旱過久，土地裂開的樣子。

龜鑑（ㄍㄨㄟ ㄐㄧㄢˋ）　龜可以卜吉凶，鑑可以辨別美醜。比喻警戒和反省。鑑：鏡子。又可以寫作「龜鏡」。例他的行為我們可以引以為龜鑑。

參考　相似詞：借鑑。

龠部（ㄩㄝˋ）

龠是一種用竹管製成的樂器，有三個孔，可以用來吹奏。「𠱠」是龠最早的寫法，「ㅂ」是吹奏的孔，整個字看起來就是用竹管編成有孔的樂器。後來演變成「龠」，亼念ㄐㄧˊ，有聚集的意思。因此龠就是聚集竹管而後編成的樂器，可用來吹奏與調和其他樂器的聲音。

龠　龠部　〇畫

ㄩㄝˋ❶古代一種管樂器，形狀像笛子，有三孔或六孔。❷古量器名，形狀像爵。

龢　龠部　五畫

ㄏㄜˊ古「和」字，聲音和諧相應。

十七畫

附錄

一、國語注音與通用拼音暨漢語拼音對照表

注音符號	通用拼音	漢語拼音	注音符號	通用拼音	漢語拼音
ㄅ	b	b	ㄅㄥˊ	béng	béng
ㄅㄚ	ba	bā	ㄅㄥˇ	běng	běng
ㄅㄚˊ	bá	bá	ㄅㄥˋ	bèng	bèng
ㄅㄚˇ	bǎ	bǎ	ㄅㄧ	bi	bī
ㄅㄚˋ	bà	bà	ㄅㄧˊ	bí	bí
˙ㄅㄚ	bå	ba	ㄅㄧˇ	bǐ	bǐ
ㄅㄛ	bo	bō	ㄅㄧˋ	bì	bì
ㄅㄛˊ	bó	bó	ㄅㄧㄝ	bie	biē
ㄅㄛˇ	bǒ	bǒ	ㄅㄧㄝˊ	bié	bié
ㄅㄛˋ	bò	bò	ㄅㄧㄝˋ	biè	biè
ㄅㄞˊ	bái	bái	ㄅㄧㄠ	biao	biāo
ㄅㄞˇ	bǎi	bǎi	ㄅㄧㄠˇ	biǎo	biǎo
ㄅㄞˋ	bài	bài	ㄅㄧㄠˋ	biào	biào
ㄅㄟ	bei	bēi	ㄅㄧㄢ	bian	biān
ㄅㄟˇ	běi	běi	ㄅㄧㄢˇ	biǎn	biǎn
ㄅㄟˋ	bèi	bèi	ㄅㄧㄢˋ	biàn	biàn
ㄅㄠ	bao	bāo	ㄅㄧㄣ	bin	bīn
ㄅㄠˊ	báo	báo	ㄅㄧㄣˋ	bìn	bìn
ㄅㄠˇ	bǎo	bǎo	ㄅㄧㄥ	bing	bīng
ㄅㄠˋ	bào	bào	ㄅㄧㄥˇ	bǐng	bǐng
ㄅㄢ	ban	bān	ㄅㄧㄥˋ	bìng	bìng
ㄅㄢˇ	bǎn	bǎn	ㄅㄨˇ	bǔ	bǔ
ㄅㄢˋ	bàn	bàn	ㄅㄨˋ	bù	bù
ㄅㄣ	ben	bēn	ㄆ	p	p
ㄅㄣˇ	běn	běn	ㄆㄚ	pa	pā
ㄅㄣˋ	bèn	bèn	ㄆㄚˊ	pá	pá
ㄅㄤ	bang	bāng	ㄆㄚˋ	pà	pà
ㄅㄤˇ	bǎng	bǎng	ㄆㄛ	po	pō
ㄅㄤˋ	bàng	bàng	ㄆㄛˊ	pó	pó
ㄅㄥ	beng	bēng	ㄆㄛˇ	pǒ	pǒ

注音符號	通用拼音	漢語拼音	注音符號	通用拼音	漢語拼音
ㄆㄛˋ	pò	pò	ㄆㄧㄝ	pie	piē
ㄆㄞ	pai	pāi	ㄆㄧㄝˇ	piě	piě
ㄆㄞˊ	pái	pái	ㄆㄧㄠ	piao	piāo
ㄆㄞˇ	pǎi	pǎi	ㄆㄧㄠˊ	piáo	piáo
ㄆㄞˋ	pài	pài	ㄆㄧㄠˇ	piǎo	piǎo
ㄆㄟ	pei	pēi	ㄆㄧㄠˋ	piào	piào
ㄆㄟˊ	péi	péi	ㄆㄧㄢ	pian	piān
ㄆㄟˋ	pèi	pèi	ㄆㄧㄢˊ	pián	pián
ㄆㄠ	pao	pāo	ㄆㄧㄢˋ	piàn	piàn
ㄆㄠˊ	páo	páo	ㄆㄧㄣ	pin	pīn
ㄆㄠˇ	pǎo	pǎo	ㄆㄧㄣˊ	pín	pín
ㄆㄠˋ	pào	pào	ㄆㄧㄣˇ	pǐn	pǐn
ㄆㄡˇ	pǒu	pǒu	ㄆㄧㄣˋ	pìn	pìn
ㄆㄢ	pan	pān	ㄆㄧㄥ	ping	pīng
ㄆㄢˊ	pán	pán	ㄆㄧㄥˊ	píng	píng
ㄆㄢˋ	pàn	pàn	ㄆㄧㄥˋ	pìng	pìng
ㄆㄣ	pen	pēn	ㄆㄨ	pu	pū
ㄆㄣˊ	pén	pén	ㄆㄨˊ	pú	pú
ㄆㄣˋ	pèn	pèn	ㄆㄨˇ	pǔ	pǔ
ㄆㄤ	pang	pāng	ㄆㄨˋ	pù	pù
ㄆㄤˊ	páng	páng	ㄇ	m	m
ㄆㄤˋ	pàng	pàng	ㄇㄚ	ma	mā
ㄆㄥ	peng	pēng	ㄇㄚˊ	má	má
ㄆㄥˊ	péng	péng	ㄇㄚˇ	mǎ	mǎ
ㄆㄥˇ	pěng	pěng	ㄇㄚˋ	mà	mà
ㄆㄥˋ	pèng	pèng	·ㄇㄚ	må	ma
ㄆㄧ	pi	pī	ㄇㄛ	mo	mō
ㄆㄧˊ	pí	pí	ㄇㄛˊ	mó	mó
ㄆㄧˇ	pǐ	pǐ	ㄇㄛˇ	mǒ	mǒ
ㄆㄧˋ	pì	pì	ㄇㄛˋ	mò	mò

注音符號	通用拼音	漢語拼音	注音符號	通用拼音	漢語拼音
˙ㄇㄜ	me̊	me	ㄇㄧㄝˋ	miè	miè
ㄇㄞˊ	mái	mái	ㄇㄧㄠˊ	miáo	miáo
ㄇㄞˇ	mǎi	mǎi	ㄇㄧㄠˇ	miǎo	miǎo
ㄇㄞˋ	mài	mài	ㄇㄧㄠˋ	miào	miào
ㄇㄟˊ	méi	méi	ㄇㄧㄡˋ	miòu	miù
ㄇㄟˇ	měi	měi	ㄇㄧㄢˊ	mián	mián
ㄇㄟˋ	mèi	mèi	ㄇㄧㄢˇ	miǎn	miǎn
ㄇㄠ	mao	māo	ㄇㄧㄢˋ	miàn	miàn
ㄇㄠˊ	máo	máo	ㄇㄧㄣˊ	mín	mín
ㄇㄠˇ	mǎo	mǎo	ㄇㄧㄣˇ	mǐn	mǐn
ㄇㄠˋ	mào	mào	ㄇㄧㄥˊ	míng	míng
ㄇㄡˊ	móu	móu	ㄇㄧㄥˋ	mìng	mìng
ㄇㄡˇ	mǒu	mǒu	ㄇㄨˇ	mǔ	mǔ
ㄇㄢˊ	mán	mán	ㄇㄨˋ	mù	mù
ㄇㄢˇ	mǎn	mǎn	ㄈ	f	f
ㄇㄢˋ	màn	màn	ㄈㄚ	fa	fā
ㄇㄣ	men	mēn	ㄈㄚˊ	fá	fá
ㄇㄣˊ	mén	mén	ㄈㄚˇ	fǎ	fǎ
ㄇㄣˋ	mèn	mèn	ㄈㄚˋ	fà	fà
ㄇㄤˊ	máng	máng	ㄈㄛˊ	fó	fó
ㄇㄤˇ	mǎng	mǎng	ㄈㄟ	fei	fēi
ㄇㄥ	meng	mēng	ㄈㄟˊ	féi	féi
ㄇㄥˊ	méng	méng	ㄈㄟˇ	fěi	fěi
ㄇㄥˇ	měng	měng	ㄈㄟˋ	fèi	fèi
ㄇㄥˋ	mèng	mèng	ㄈㄡ	fou	fōu
ㄇㄧ	mi	mī	ㄈㄡˇ	fǒu	fǒu
ㄇㄧˊ	mí	mí	ㄈㄢ	fan	fān
ㄇㄧˇ	mǐ	mǐ	ㄈㄢˊ	fán	fán
ㄇㄧˋ	mì	mì	ㄈㄢˇ	fǎn	fǎn
ㄇㄧㄝ	mie	miē	ㄈㄢˋ	fàn	fàn

注音符號	通用拼音	漢語拼音	注音符號	通用拼音	漢語拼音
ㄈㄣ	fen	fēn	ㄉㄠˋ	dào	dào
ㄈㄣˊ	fén	fén	ㄉㄡ	dou	dōu
ㄈㄣˇ	fěn	fěn	ㄉㄡˇ	dǒu	dǒu
ㄈㄣˋ	fèn	fèn	ㄉㄡˋ	dòu	dòu
˙ㄈㄣ	fe̊n	fen	ㄉㄢ	dan	dān
ㄈㄤ	fang	fāng	ㄉㄢˇ	dǎn	dǎn
ㄈㄤˊ	fáng	fáng	ㄉㄢˋ	dàn	dàn
ㄈㄤˇ	fǎng	fǎng	ㄉㄤ	dang	dāng
ㄈㄤˋ	fàng	fàng	ㄉㄤˇ	dǎng	dǎng
ㄈㄥ	fong	fēng	ㄉㄤˋ	dàng	dàng
ㄈㄥˊ	fóng	féng	ㄉㄥ	deng	dēng
ㄈㄥˇ	fǒng	fěng	ㄉㄥˇ	děng	děng
ㄈㄥˋ	fòng	fèng	ㄉㄥˋ	dèng	dèng
ㄈㄨ	fu	fū	ㄉㄧ	di	dī
ㄈㄨˊ	fú	fú	ㄉㄧˊ	dí	dí
ㄈㄨˇ	fǔ	fǔ	ㄉㄧˇ	dǐ	dǐ
ㄈㄨˋ	fù	fù	ㄉㄧˋ	dì	dì
ㄉ	d	d	ㄉㄧㄝ	die	diē
ㄉㄚ	da	dā	ㄉㄧㄝˊ	dié	dié
ㄉㄚˊ	dá	dá	ㄉㄧㄠ	diao	diāo
ㄉㄚˇ	dǎ	dǎ	ㄉㄧㄠˇ	diǎo	diǎo
ㄉㄚˋ	dà	dà	ㄉㄧㄠˋ	diào	diào
ㄉㄜˊ	dé	dé	ㄉㄧㄡ	diou	diū
˙ㄉㄜ	de̊	de	ㄉㄧㄢ	dian	diān
ㄉㄞ	dai	dāi	ㄉㄧㄢˇ	diǎn	diǎn
ㄉㄞˇ	dǎi	dǎi	ㄉㄧㄢˋ	diàn	diàn
ㄉㄞˋ	dài	dài	ㄉㄧㄤ	diang	diāng
ㄉㄟˇ	děi	děi	ㄉㄧㄥ	ding	dīng
ㄉㄠ	dao	dāo	ㄉㄧㄥˇ	dǐng	dǐng
ㄉㄠˇ	dǎo	dǎo	ㄉㄧㄥˋ	dìng	dìng

注音符號	通用拼音	漢語拼音	注音符號	通用拼音	漢語拼音
ㄉㄨ	du	dū	ㄊㄠˋ	tào	tào
ㄉㄨˊ	dú	dú	ㄊㄡ	tou	tōu
ㄉㄨˇ	dǔ	dǔ	ㄊㄡˊ	tóu	tóu
ㄉㄨˋ	dù	dù	ㄊㄡˋ	tòu	tòu
ㄉㄨㄛ	duo	duō	ㄊㄢ	tan	tān
ㄉㄨㄛˊ	duó	duó	ㄊㄢˊ	tán	tán
ㄉㄨㄛˇ	duǒ	duǒ	ㄊㄢˇ	tǎn	tǎn
ㄉㄨㄛˋ	duò	duò	ㄊㄢˋ	tàn	tàn
ㄉㄨㄟ	duei	duī	ㄊㄤ	tang	tāng
ㄉㄨㄟˋ	duèi	duì	ㄊㄤˊ	táng	táng
ㄉㄨㄢ	duan	duān	ㄊㄤˇ	tǎng	tǎng
ㄉㄨㄢˇ	duǎn	duǎn	ㄊㄤˋ	tàng	tàng
ㄉㄨㄢˋ	duàn	duàn	ㄊㄥˊ	téng	téng
ㄉㄨㄣ	dun	dūn	ㄊㄧ	ti	tī
ㄉㄨㄣˇ	dǔn	dǔn	ㄊㄧˊ	tí	tí
ㄉㄨㄣˋ	dùn	dùn	ㄊㄧˇ	tǐ	tǐ
ㄉㄨㄥ	dong	dōng	ㄊㄧˋ	tì	tì
ㄉㄨㄥˇ	dǒng	dǒng	ㄊㄧㄝ	tie	tiē
ㄉㄨㄥˋ	dòng	dòng	ㄊㄧㄝˇ	tiě	tiě
ㄊ	t	t	ㄊㄧㄠ	tiao	tiāo
ㄊㄚ	ta	tā	ㄊㄧㄠˊ	tiáo	tiáo
ㄊㄚˇ	tǎ	tǎ	ㄊㄧㄠˇ	tiǎo	tiǎo
ㄊㄚˋ	tà	tà	ㄊㄧㄠˋ	tiào	tiào
ㄊㄜˋ	tè	tè	ㄊㄧㄢ	tian	tiān
ㄊㄞ	tai	tāi	ㄊㄧㄢˊ	tián	tián
ㄊㄞˊ	tái	tái	ㄊㄧㄢˇ	tiǎn	tiǎn
ㄊㄞˋ	tài	tài	ㄊㄧㄥ	ting	tīng
ㄊㄠ	tao	tāo	ㄊㄧㄥˊ	tíng	tíng
ㄊㄠˊ	táo	táo	ㄊㄧㄥˇ	tǐng	tǐng
ㄊㄠˇ	tǎo	tǎo	ㄊㄧㄥˋ	tìng	tìng

注音符號	通用拼音	漢語拼音	注音符號	通用拼音	漢語拼音
ㄊㄨ	tu	tū	ㄋㄞˋ	nài	nài
ㄊㄨˊ	tú	tú	ㄋㄟˇ	něi	něi
ㄊㄨˇ	tǔ	tǔ	ㄋㄟˋ	nèi	nèi
ㄊㄨˋ	tù	tù	ㄋㄠˊ	náo	náo
ㄊㄨㄛ	tuo	tuō	ㄋㄠˇ	nǎo	nǎo
ㄊㄨㄛˊ	tuó	tuó	ㄋㄠˋ	nào	nào
ㄊㄨㄛˇ	tuǒ	tuǒ	ㄋㄢˊ	nán	nán
ㄊㄨㄛˋ	tuò	tuò	ㄋㄢˇ	nǎn	nǎn
ㄊㄨㄟ	tuei	tuī	ㄋㄢˋ	nàn	nàn
ㄊㄨㄟˊ	tuéi	tuí	ㄋㄣˋ	nèn	nèn
ㄊㄨㄟˇ	tuěi	tuǐ	ㄋㄤˊ	náng	náng
ㄊㄨㄟˋ	tuèi	tuì	ㄋㄥˊ	néng	néng
ㄊㄨㄢ	tuan	tuān	ㄋㄧˊ	ní	ní
ㄊㄨㄢˊ	tuán	tuán	ㄋㄧˇ	nǐ	nǐ
ㄊㄨㄣ	tun	tūn	ㄋㄧˋ	nì	nì
ㄊㄨㄣˊ	tún	tún	ㄋㄧㄝ	nie	niē
ㄊㄨㄣˋ	tùn	tùn	ㄋㄧㄝˋ	niè	niè
ㄊㄨㄥ	tong	tōng	ㄋㄧㄠˇ	niǎo	niǎo
ㄊㄨㄥˊ	tóng	tóng	ㄋㄧㄠˋ	niào	niào
ㄊㄨㄥˇ	tǒng	tǒng	ㄋㄧㄡ	niou	niū
ㄊㄨㄥˋ	tòng	tòng	ㄋㄧㄡˊ	nióu	niú
ㄋ	n	n	ㄋㄧㄡˇ	niǒu	niǔ
ㄋㄚ	na	nā	ㄋㄧㄡˋ	niòu	niù
ㄋㄚˊ	ná	ná	ㄋㄧㄢˊ	nián	nián
ㄋㄚˇ	nǎ	nǎ	ㄋㄧㄢˇ	niǎn	niǎn
ㄋㄚˋ	nà	nà	ㄋㄧㄢˋ	niàn	niàn
·ㄋㄚ	nå	na	ㄋㄧㄣˊ	nín	nín
ㄋㄜˋ	nè	nè	ㄋㄧㄤˊ	niáng	niáng
·ㄋㄜ	nẻ	ne	ㄋㄧㄤˋ	niàng	niàng
ㄋㄞˇ	nǎi	nǎi	ㄋㄧㄥˊ	níng	níng

注音符號	通用拼音	漢語拼音	注音符號	通用拼音	漢語拼音
ㄋㄧㄥˇ	nǐng	nǐng	ㄌㄠˇ	lǎo	lǎo
ㄋㄧㄥˋ	nìng	nìng	ㄌㄠˋ	lào	lào
ㄋㄨˊ	nú	nú	ㄌㄡ	lou	lōu
ㄋㄨˇ	nǔ	nǔ	ㄌㄡˊ	lóu	lóu
ㄋㄨˋ	nù	nù	ㄌㄡˇ	lǒu	lǒu
ㄋㄨㄛˊ	nuó	nuó	ㄌㄡˋ	lòu	lòu
ㄋㄨㄛˋ	nuò	nuò	ㄌㄢˊ	lán	lán
ㄋㄨㄢˇ	nuǎn	nuǎn	ㄌㄢˇ	lǎn	lǎn
ㄋㄨㄥˊ	nóng	nóng	ㄌㄢˋ	làn	làn
ㄋㄨㄥˋ	nòng	nòng	ㄌㄤˊ	láng	láng
ㄋㄩˇ	nyǔ	nǚ	ㄌㄤˇ	lǎng	lǎng
ㄋㄩˋ	nyù	nǜ	ㄌㄤˋ	làng	làng
ㄋㄩㄝˋ	nyuè	nüè	ㄌㄥˊ	léng	léng
ㄌ	l	l	ㄌㄥˇ	lěng	lěng
ㄌㄚ	la	lā	ㄌㄥˋ	lèng	lèng
ㄌㄚˊ	lá	lá	ㄌㄧ	li	lī
ㄌㄚˇ	lǎ	lǎ	ㄌㄧˊ	lí	lí
ㄌㄚˋ	là	là	ㄌㄧˇ	lǐ	lǐ
˙ㄌㄚ	lå	la	ㄌㄧˋ	lì	lì
˙ㄌㄛ	lo̊	lo	ㄌㄧㄚˇ	liǎ	liǎ
ㄌㄜˋ	lè	lè	ㄌㄧㄝˋ	liè	liè
˙ㄌㄜ	le̊	le	ㄌㄧㄠˊ	liáo	liáo
ㄌㄞˊ	lái	lái	ㄌㄧㄠˇ	liǎo	liǎo
ㄌㄞˋ	lài	lài	ㄌㄧㄠˋ	liào	liào
ㄌㄟ	lei	lēi	ㄌㄧㄡ	liou	liū
ㄌㄟˊ	léi	léi	ㄌㄧㄡˊ	lióu	liú
ㄌㄟˇ	lěi	lěi	ㄌㄧㄡˇ	liǒu	liǔ
ㄌㄟˋ	lèi	lèi	ㄌㄧㄡˋ	liòu	liù
ㄌㄠ	lao	lāo	ㄌㄧㄢˊ	lián	lián
ㄌㄠˊ	láo	láo	ㄌㄧㄢˇ	liǎn	liǎn

注音符號	通用拼音	漢語拼音	注音符號	通用拼音	漢語拼音
ㄌㄧㄢˋ	liàn	liàn	ㄌㄩˋ	lyù	lǜ
ㄌㄧㄣˊ	lín	lín	ㄌㄩㄝˋ	lyuè	lüè
ㄌㄧㄣˇ	lǐn	lǐn	ㄍ	g	g
ㄌㄧㄣˋ	lìn	lìn	ㄍㄚ	ga	gā
ㄌㄧㄤˊ	liáng	liáng	ㄍㄚˊ	gá	gá
ㄌㄧㄤˇ	liǎng	liǎng	ㄍㄚˋ	gà	gà
ㄌㄧㄤˋ	liàng	liàng	ㄍㄜ	ge	gē
ㄌㄧㄥ	ling	līng	ㄍㄜˊ	gé	gé
ㄌㄧㄥˊ	líng	líng	ㄍㄜˇ	gě	gě
ㄌㄧㄥˇ	lǐng	lǐng	ㄍㄜˋ	gè	gè
ㄌㄧㄥˋ	lìng	lìng	ㄍㄞ	gai	gāi
ㄌㄨ	lu	lū	ㄍㄞˇ	gǎi	gǎi
ㄌㄨˊ	lú	lú	ㄍㄞˋ	gài	gài
ㄌㄨˇ	lǔ	lǔ	ㄍㄟˇ	gěi	gěi
ㄌㄨˋ	lù	lù	ㄍㄠ	gao	gāo
ㄌㄨㄛ	luo	luō	ㄍㄠˇ	gǎo	gǎo
ㄌㄨㄛˊ	luó	luó	ㄍㄠˋ	gào	gào
ㄌㄨㄛˇ	luǒ	luǒ	ㄍㄡ	gou	gōu
ㄌㄨㄛˋ	luò	luò	ㄍㄡˇ	gǒu	gǒu
ㄌㄨㄢˊ	luán	luán	ㄍㄡˋ	gòu	gòu
ㄌㄨㄢˇ	luǎn	luǎn	ㄍㄢ	gan	gān
ㄌㄨㄢˋ	luàn	luàn	ㄍㄢˇ	gǎn	gǎn
ㄌㄨㄣ	lun	lūn	ㄍㄢˋ	gàn	gàn
ㄌㄨㄣˊ	lún	lún	ㄍㄣ	gen	gēn
ㄌㄨㄣˋ	lùn	lùn	ㄍㄣˇ	gěn	gěn
ㄌㄨㄥˊ	lóng	lóng	ㄍㄣˋ	gèn	gèn
ㄌㄨㄥˇ	lǒng	lǒng	ㄍㄤ	gang	gāng
ㄌㄨㄥˋ	lòng	lòng	ㄍㄤˇ	gǎng	gǎng
ㄌㄩˊ	lyú	lǘ	ㄍㄤˋ	gàng	gàng
ㄌㄩˇ	lyǔ	lǚ	ㄍㄥ	geng	gēng

注音符號	通用拼音	漢語拼音	注音符號	通用拼音	漢語拼音
ㄍㄥˇ	gěng	gěng	ㄎ	k	k
ㄍㄥˋ	gèng	gèng	ㄎㄚ	ka	kā
ㄍㄨ	gu	gū	ㄎㄚˇ	kǎ	kǎ
ㄍㄨˊ	gú	gú	ㄎㄜ	ke	kē
ㄍㄨˇ	gǔ	gǔ	ㄎㄜˊ	ké	ké
ㄍㄨˋ	gù	gù	ㄎㄜˇ	kě	kě
ㄍㄨㄚ	gua	guā	ㄎㄜˋ	kè	kè
ㄍㄨㄚˇ	guǎ	guǎ	ㄎㄞ	kai	kāi
ㄍㄨㄚˋ	guà	guà	ㄎㄞˇ	kǎi	kǎi
ㄍㄨㄛ	guo	guō	ㄎㄞˋ	kài	kài
ㄍㄨㄛˊ	guó	guó	ㄎㄠˇ	kǎo	kǎo
ㄍㄨㄛˇ	guǒ	guǒ	ㄎㄠˋ	kào	kào
ㄍㄨㄛˋ	guò	guò	ㄎㄡˇ	kǒu	kǒu
ㄍㄨㄞ	guai	guāi	ㄎㄡˋ	kòu	kòu
ㄍㄨㄞˇ	guǎi	guǎi	ㄎㄢ	kan	kān
ㄍㄨㄞˋ	guài	guài	ㄎㄢˇ	kǎn	kǎn
ㄍㄨㄟ	guei	guī	ㄎㄢˋ	kàn	kàn
ㄍㄨㄟˇ	guěi	guǐ	ㄎㄣˇ	kěn	kěn
ㄍㄨㄟˋ	guèi	guì	ㄎㄤ	kang	kāng
ㄍㄨㄢ	guan	guān	ㄎㄤˊ	káng	káng
ㄍㄨㄢˇ	guǎn	guǎn	ㄎㄤˇ	kǎng	kǎng
ㄍㄨㄢˋ	guàn	guàn	ㄎㄤˋ	kàng	kàng
ㄍㄨㄣˇ	gǔn	gǔn	ㄎㄥ	keng	kēng
ㄍㄨㄣˋ	gùn	gùn	ㄎㄨ	ku	kū
ㄍㄨㄤ	guang	guāng	ㄎㄨˇ	kǔ	kǔ
ㄍㄨㄤˇ	guǎng	guǎng	ㄎㄨˋ	kù	kù
ㄍㄨㄤˋ	guàng	guàng	ㄎㄨㄚ	kua	kuā
ㄍㄨㄥ	gong	gōng	ㄎㄨㄚˇ	kuǎ	kuǎ
ㄍㄨㄥˇ	gǒng	gǒng	ㄎㄨㄚˋ	kuà	kuà
ㄍㄨㄥˋ	gòng	gòng	ㄎㄨㄛˋ	kuò	kuò

注音符號	通用拼音	漢語拼音	注音符號	通用拼音	漢語拼音
ㄎㄨㄞˋ	kuài	kuài	ㄏㄠˇ	hǎo	hǎo
ㄎㄨㄟ	kuei	kuī	ㄏㄠˋ	hào	hào
ㄎㄨㄟˊ	kuéi	kuí	ㄏㄡˊ	hóu	hóu
ㄎㄨㄟˇ	kuěi	kuǐ	ㄏㄡˇ	hǒu	hǒu
ㄎㄨㄟˋ	kuèi	kuì	ㄏㄡˋ	hòu	hòu
ㄎㄨㄢ	kuan	kuān	ㄏㄢ	han	hān
ㄎㄨㄢˇ	kuǎn	kuǎn	ㄏㄢˊ	hán	hán
ㄎㄨㄣ	kun	kūn	ㄏㄢˇ	hǎn	hǎn
ㄎㄨㄣˇ	kǔn	kǔn	ㄏㄢˋ	hàn	hàn
ㄎㄨㄣˋ	kùn	kùn	ㄏㄣˊ	hén	hén
ㄎㄨㄤ	kuang	kuāng	ㄏㄣˇ	hěn	hěn
ㄎㄨㄤˊ	kuáng	kuáng	ㄏㄣˋ	hèn	hèn
ㄎㄨㄤˋ	kuàng	kuàng	ㄏㄤˊ	háng	háng
ㄎㄨㄥ	kong	kōng	ㄏㄤˋ	hàng	hàng
ㄎㄨㄥˇ	kǒng	kǒng	ㄏㄥ	heng	hēng
ㄎㄨㄥˋ	kòng	kòng	ㄏㄥˊ	héng	héng
ㄏ	h	h	ㄏㄥˋ	hèng	hèng
ㄏㄚ	ha	hā	ㄏㄨ	hu	hū
ㄏㄚˊ	há	há	ㄏㄨˊ	hú	hú
ㄏㄚˇ	hǎ	hǎ	ㄏㄨˇ	hǔ	hǔ
ㄏㄜ	he	hē	ㄏㄨˋ	hù	hù
ㄏㄜˊ	hé	hé	ㄏㄨㄚ	hua	huā
ㄏㄜˋ	hè	hè	ㄏㄨㄚˊ	huá	huá
ㄏㄞ	hai	hāi	ㄏㄨㄚˋ	huà	huà
ㄏㄞˊ	hái	hái	ㄏㄨㄛˊ	huó	huó
ㄏㄞˇ	hǎi	hǎi	ㄏㄨㄛˇ	huǒ	huǒ
ㄏㄞˋ	hài	hài	ㄏㄨㄛˋ	huò	huò
ㄏㄟ	hei	hēi	˙ㄏㄨㄛ	huo̊	huo
ㄏㄠ	hao	hāo	ㄏㄨㄞˊ	huái	huái
ㄏㄠˊ	háo	háo	ㄏㄨㄞˋ	huài	huài

注音符號	通用拼音	漢語拼音	注音符號	通用拼音	漢語拼音
ㄏㄨㄟ	huei	huī	ㄐㄧㄝˇ	jiě	jiě
ㄏㄨㄟˊ	huéi	huí	ㄐㄧㄝˋ	jiè	jiè
ㄏㄨㄟˇ	huěi	huǐ	ㄐㄧㄠ	jiao	jiāo
ㄏㄨㄟˋ	huèi	huì	ㄐㄧㄠˊ	jiáo	jiáo
ㄏㄨㄢ	huan	huān	ㄐㄧㄠˇ	jiǎo	jiǎo
ㄏㄨㄢˊ	huán	huán	ㄐㄧㄠˋ	jiào	jiào
ㄏㄨㄢˇ	huǎn	huǎn	ㄐㄧㄡ	jiou	jiū
ㄏㄨㄢˋ	huàn	huàn	ㄐㄧㄡˇ	jiǒu	jiǔ
ㄏㄨㄣ	hun	hūn	ㄐㄧㄡˋ	jiòu	jiù
ㄏㄨㄣˊ	hún	hún	ㄐㄧㄢ	jian	jiān
ㄏㄨㄣˋ	hùn	hùn	ㄐㄧㄢˇ	jiǎn	jiǎn
ㄏㄨㄤ	huang	huāng	ㄐㄧㄢˋ	jiàn	jiàn
ㄏㄨㄤˊ	huáng	huáng	ㄐㄧㄣ	jin	jīn
ㄏㄨㄤˇ	huǎng	huǎng	ㄐㄧㄣˇ	jǐn	jǐn
ㄏㄨㄤˋ	huàng	huàng	ㄐㄧㄣˋ	jìn	jìn
ㄏㄨㄥ	hong	hōng	ㄐㄧㄤ	jiang	jiāng
ㄏㄨㄥˊ	hóng	hóng	ㄐㄧㄤˇ	jiǎng	jiǎng
ㄏㄨㄥˇ	hǒng	hǒng	ㄐㄧㄤˋ	jiàng	jiàng
ㄏㄨㄥˋ	hòng	hòng	ㄐㄧㄥ	jing	jīng
ㄐ	ji	j	ㄐㄧㄥˇ	jǐng	jǐng
ㄐㄧ	ji	jī	ㄐㄧㄥˋ	jìng	jìng
ㄐㄧˊ	jí	jí	ㄐㄩ	jyu	jū
ㄐㄧˇ	jǐ	jǐ	ㄐㄩˊ	jyú	jú
ㄐㄧˋ	jì	jì	ㄐㄩˇ	jyǔ	jǔ
ㄐㄧㄚ	jia	jiā	ㄐㄩˋ	jyù	jù
ㄐㄧㄚˊ	jiá	jiá	ㄐㄩㄝˊ	jyué	jué
ㄐㄧㄚˇ	jiǎ	jiǎ	ㄐㄩㄝˋ	jyuè	juè
ㄐㄧㄚˋ	jià	jià	ㄐㄩㄢ	jyuan	juān
ㄐㄧㄝ	jie	jiē	ㄐㄩㄢˇ	jyuǎn	juǎn
ㄐㄧㄝˊ	jié	jié	ㄐㄩㄢˋ	jyuàn	juàn

注音符號	通用拼音	漢語拼音	注音符號	通用拼音	漢語拼音
ㄐㄩㄣ	jyun	jūn	ㄑㄧㄤˇ	ciǎng	qiǎng
ㄐㄩㄣˋ	jyùn	jùn	ㄑㄧㄤˋ	ciàng	qiàng
ㄐㄩㄥˇ	jyǒng	jiǒng	ㄑㄧㄥ	cing	qīng
ㄑ	ci	q	ㄑㄧㄥˊ	cíng	qíng
ㄑㄧ	ci	qī	ㄑㄧㄥˇ	cǐng	qǐng
ㄑㄧˊ	cí	qí	ㄑㄧㄥˋ	cìng	qìng
ㄑㄧˇ	cǐ	qǐ	ㄑㄩ	cyu	qū
ㄑㄧˋ	cì	qì	ㄑㄩˊ	cyú	qú
ㄑㄧㄚˇ	ciǎ	qiǎ	ㄑㄩˇ	cyǔ	qǔ
ㄑㄧㄚˋ	cià	qià	ㄑㄩˋ	cyù	qù
ㄑㄧㄝ	cie	qiē	ㄑㄩㄝ	cyue	quē
ㄑㄧㄝˊ	cié	qié	ㄑㄩㄝˊ	cyué	qué
ㄑㄧㄝˇ	ciě	qiě	ㄑㄩㄝˋ	cyuè	què
ㄑㄧㄝˋ	ciè	qiè	ㄑㄩㄢ	cyuan	quān
ㄑㄧㄠ	ciao	qiāo	ㄑㄩㄢˊ	cyuán	quán
ㄑㄧㄠˊ	ciáo	qiáo	ㄑㄩㄢˇ	cyuǎn	quǎn
ㄑㄧㄠˇ	ciǎo	qiǎo	ㄑㄩㄢˋ	cyuàn	quàn
ㄑㄧㄠˋ	ciào	qiào	ㄑㄩㄣˊ	cyún	qún
ㄑㄧㄡ	ciou	qiū	ㄑㄩㄥ	cyong	qiōng
ㄑㄧㄡˊ	cióu	qiú	ㄑㄩㄥˊ	cyóng	qióng
ㄑㄧㄢ	cian	qiān	ㄒ	si	x
ㄑㄧㄢˊ	cián	qián	ㄒㄧ	si	xī
ㄑㄧㄢˇ	ciǎn	qiǎn	ㄒㄧˊ	sí	xí
ㄑㄧㄢˋ	ciàn	qiàn	ㄒㄧˇ	sǐ	xǐ
ㄑㄧㄣ	cin	qīn	ㄒㄧˋ	sì	xì
ㄑㄧㄣˊ	cín	qín	ㄒㄧㄚ	sia	xiā
ㄑㄧㄣˇ	cǐn	qǐn	ㄒㄧㄚˊ	siá	xiá
ㄑㄧㄣˋ	cìn	qìn	ㄒㄧㄚˋ	sià	xià
ㄑㄧㄤ	ciang	qiāng	ㄒㄧㄝ	sie	xiē
ㄑㄧㄤˊ	ciáng	qiáng	ㄒㄧㄝˊ	sié	xié

注音符號	通用拼音	漢語拼音	注音符號	通用拼音	漢語拼音
ㄒㄧㄝˇ	siě	xiě	ㄒㄩㄝˋ	syuè	xuè
ㄒㄧㄝˋ	siè	xiè	ㄒㄩㄢ	syuan	xuān
ㄒㄧㄠ	siao	xiāo	ㄒㄩㄢˊ	syuán	xuán
ㄒㄧㄠˊ	siáo	xiáo	ㄒㄩㄢˇ	syuǎn	xuǎn
ㄒㄧㄠˇ	siǎo	xiǎo	ㄒㄩㄢˋ	syuàn	xuàn
ㄒㄧㄠˋ	siào	xiào	ㄒㄩㄣ	syun	xūn
ㄒㄧㄡ	siou	xiū	ㄒㄩㄣˊ	syún	xún
ㄒㄧㄡˇ	siǒu	xiǔ	ㄒㄩㄣˋ	syùn	xùn
ㄒㄧㄡˋ	siòu	xiù	ㄒㄩㄥ	syong	xiōng
ㄒㄧㄢ	sian	xiān	ㄒㄩㄥˊ	syóng	xióng
ㄒㄧㄢˊ	sián	xián	ㄓ	jh	zh
ㄒㄧㄢˇ	siǎn	xiǎn	ㄓ	jhih	zhī
ㄒㄧㄢˋ	siàn	xiàn	ㄓˊ	jhíh	zhí
ㄒㄧㄣ	sin	xīn	ㄓˇ	jhǐh	zhǐ
ㄒㄧㄣˋ	sìn	xìn	ㄓˋ	jhìh	zhì
ㄒㄧㄤ	siang	xiāng	ㄓㄚ	jha	zhā
ㄒㄧㄤˊ	siáng	xiáng	ㄓㄚˊ	jhá	zhá
ㄒㄧㄤˇ	siǎng	xiǎng	ㄓㄚˇ	jhǎ	zhǎ
ㄒㄧㄤˋ	siàng	xiàng	ㄓㄚˋ	jhà	zhà
ㄒㄧㄥ	sing	xīng	ㄓㄜ	jhe	zhē
ㄒㄧㄥˊ	síng	xíng	ㄓㄜˊ	jhé	zhé
ㄒㄧㄥˇ	sǐng	xǐng	ㄓㄜˇ	jhě	zhě
ㄒㄧㄥˋ	sìng	xìng	ㄓㄜˋ	jhè	zhè
ㄒㄩ	syu	xū	˙ㄓㄜ	jhe̊	zhe
ㄒㄩˊ	syú	xú	ㄓㄞ	jhai	zhāi
ㄒㄩˇ	syǔ	xǔ	ㄓㄞˊ	jhái	zhái
ㄒㄩˋ	syù	xù	ㄓㄞˇ	jhǎi	zhǎi
ㄒㄩㄝ	syue	xuē	ㄓㄞˋ	jhài	zhài
ㄒㄩㄝˊ	syué	xué	ㄓㄠ	jhao	zhāo
ㄒㄩㄝˇ	syuě	xuě	ㄓㄠˊ	jháo	zháo

注音符號	通用拼音	漢語拼音	注音符號	通用拼音	漢語拼音
ㄕㄡ	shou	shōu	ㄕㄨㄟˇ	shuěi	shuǐ
ㄕㄡˊ	shóu	shóu	ㄕㄨㄟˋ	shuèi	shuì
ㄕㄡˇ	shǒu	shǒu	ㄕㄨㄢ	shuan	shuān
ㄕㄡˋ	shòu	shòu	ㄕㄨㄢˋ	shuàn	shuàn
ㄕㄢ	shan	shān	ㄕㄨㄣˇ	shǔn	shǔn
ㄕㄢˇ	shǎn	shǎn	ㄕㄨㄣˋ	shùn	shùn
ㄕㄢˋ	shàn	shàn	ㄕㄨㄤ	shuang	shuāng
ㄕㄣ	shen	shēn	ㄕㄨㄤˇ	shuǎng	shuǎng
ㄕㄣˊ	shén	shén	ㄖ	r	r
ㄕㄣˇ	shěn	shěn	ㄖˋ	rìh	rì
ㄕㄣˋ	shèn	shèn	ㄖㄜˇ	rě	rě
ㄕㄤ	shang	shāng	ㄖㄜˋ	rè	rè
ㄕㄤˇ	shǎng	shǎng	ㄖㄠˊ	ráo	ráo
ㄕㄤˋ	shàng	shàng	ㄖㄠˇ	rǎo	rǎo
˙ㄕㄤ	shång	shang	ㄖㄠˋ	rào	rào
ㄕㄥ	sheng	shēng	ㄖㄡˊ	róu	róu
ㄕㄥˊ	shéng	shéng	ㄖㄡˋ	ròu	ròu
ㄕㄥˇ	shěng	shěng	ㄖㄢˊ	rán	rán
ㄕㄥˋ	shèng	shèng	ㄖㄢˇ	rǎn	rǎn
ㄕㄨ	shu	shū	ㄖㄣˊ	rén	rén
ㄕㄨˊ	shú	shú	ㄖㄣˇ	rěn	rěn
ㄕㄨˇ	shǔ	shǔ	ㄖㄣˋ	rèn	rèn
ㄕㄨˋ	shù	shù	ㄖㄤˊ	ráng	ráng
ㄕㄨㄚ	shua	shuā	ㄖㄤˇ	rǎng	rǎng
ㄕㄨㄚˇ	shuǎ	shuǎ	ㄖㄤˋ	ràng	ràng
ㄕㄨㄛ	shuo	shuō	ㄖㄥ	reng	rēng
ㄕㄨㄛˋ	shuò	shuò	ㄖㄥˊ	réng	réng
ㄕㄨㄞ	shuai	shuāi	ㄖㄨˊ	rú	rú
ㄕㄨㄞˇ	shuǎi	shuǎi	ㄖㄨˇ	rǔ	rǔ
ㄕㄨㄞˋ	shuài	shuài	ㄖㄨˋ	rù	rù

注音符號	通用拼音	漢語拼音	注音符號	通用拼音	漢語拼音
ㄖㄨㄛˋ	ruò	ruò	ㄗㄤ	zang	zāng
ㄖㄨㄟˇ	ruěi	ruǐ	ㄗㄤˋ	zàng	zàng
ㄖㄨㄟˋ	ruèi	ruì	ㄗㄥ	zeng	zēng
ㄖㄨㄢˇ	ruǎn	ruǎn	ㄗㄥˋ	zèng	zèng
ㄖㄨㄣˋ	rùn	rùn	ㄗㄨ	zu	zū
ㄖㄨㄥˊ	róng	róng	ㄗㄨˊ	zú	zú
ㄖㄨㄥˇ	rǒng	rǒng	ㄗㄨˇ	zǔ	zǔ
ㄗ	z	z	ㄗㄨㄛˊ	zuó	zuó
ㄗ	zih	zī	ㄗㄨㄛˇ	zuǒ	zuǒ
ㄗˇ	zǐh	zǐ	ㄗㄨㄛˋ	zuò	zuò
ㄗˋ	zìh	zì	ㄗㄨㄟˇ	zuěi	zuǐ
ㄗㄚ	za	zā	ㄗㄨㄟˋ	zuèi	zuì
ㄗㄚˊ	zá	zá	ㄗㄨㄢ	zuan	zuān
ㄗㄜˊ	zé	zé	ㄗㄨㄢˇ	zuǎn	zuǎn
ㄗㄜˋ	zè	zè	ㄗㄨㄢˋ	zuàn	zuàn
ㄗㄞ	zai	zāi	ㄗㄨㄣ	zun	zūn
ㄗㄞˇ	zǎi	zǎi	ㄗㄨㄣˋ	zùn	zùn
ㄗㄞˋ	zài	zài	ㄗㄨㄥ	zong	zōng
ㄗㄟˊ	zéi	zéi	ㄗㄨㄥˇ	zǒng	zǒng
ㄗㄠ	zao	zāo	ㄗㄨㄥˋ	zòng	zòng
ㄗㄠˊ	záo	záo	ㄘ	c	c
ㄗㄠˇ	zǎo	zǎo	ㄘ	cih	cī
ㄗㄠˋ	zào	zào	ㄘˊ	cíh	cí
ㄗㄡ	zou	zōu	ㄘˇ	cǐh	cǐ
ㄗㄡˇ	zǒu	zǒu	ㄘˋ	cìh	cì
ㄗㄡˋ	zòu	zòu	ㄘㄚ	ca	cā
ㄗㄢ	zan	zān	ㄘㄜˋ	cè	cè
ㄗㄢˊ	zán	zán	ㄘㄞ	cai	cāi
ㄗㄢˋ	zàn	zàn	ㄘㄞˊ	cái	cái
ㄗㄣˇ	zěn	zěn	ㄘㄞˇ	cǎi	cǎi

注音符號	通用拼音	漢語拼音	注音符號	通用拼音	漢語拼音
ㄘㄞˋ	cài	cài	ㄙˋ	sìh	sì
ㄘㄠ	cao	cāo	ㄙㄚ	sa	sā
ㄘㄠˊ	cáo	cáo	ㄙㄚˇ	sǎ	sǎ
ㄘㄠˇ	cǎo	cǎo	ㄙㄚˋ	sà	sà
ㄘㄡˋ	còu	còu	ㄙㄜˋ	sè	sè
ㄘㄢ	can	cān	ㄙㄞ	sai	sāi
ㄘㄢˊ	cán	cán	ㄙㄞˋ	sài	sài
ㄘㄢˇ	cǎn	cǎn	ㄙㄠ	sao	sāo
ㄘㄢˋ	càn	càn	ㄙㄠˇ	sǎo	sǎo
ㄘㄣ	cen	cēn	ㄙㄠˋ	sào	sào
ㄘㄣˊ	cén	cén	ㄙㄡ	sou	sōu
ㄘㄤ	cang	cāng	ㄙㄡˇ	sǒu	sǒu
ㄘㄤˊ	cáng	cáng	ㄙㄡˋ	sòu	sòu
ㄘㄥˊ	céng	céng	ㄙㄢ	san	sān
ㄘㄨ	cu	cū	ㄙㄢˇ	sǎn	sǎn
ㄘㄨˋ	cù	cù	ㄙㄢˋ	sàn	sàn
ㄘㄨㄛ	cuo	cuō	ㄙㄣ	sen	sēn
ㄘㄨㄛˋ	cuò	cuò	ㄙㄤ	sang	sāng
ㄘㄨㄟ	cuei	cuī	ㄙㄤˇ	sǎng	sǎng
ㄘㄨㄟˋ	cuèi	cuì	ㄙㄤˋ	sàng	sàng
ㄘㄨㄢˋ	cuàn	cuàn	ㄙㄥ	seng	sēng
ㄘㄨㄣ	cun	cūn	ㄙㄨ	su	sū
ㄘㄨㄣˊ	cún	cún	ㄙㄨˊ	sú	sú
ㄘㄨㄣˇ	cǔn	cǔn	ㄙㄨˋ	sù	sù
ㄘㄨㄣˋ	cùn	cùn	ㄙㄨㄛ	suo	suō
ㄘㄨㄥ	cong	cōng	ㄙㄨㄛˇ	suǒ	suǒ
ㄘㄨㄥˊ	cóng	cóng	ㄙㄨㄛˋ	suò	suò
ㄙ	s	s	ㄙㄨㄟ	suei	suī
ㄙ	sih	sī	ㄙㄨㄟˊ	suéi	suí
ㄙˇ	sǐh	sǐ	ㄙㄨㄟˇ	suěi	suǐ

注音符號	通用拼音	漢語拼音
ㄙㄨㄟˋ	suèi	suì
ㄙㄨㄢ	suan	suān
ㄙㄨㄢˋ	suàn	suàn
ㄙㄨㄣ	sun	sūn
ㄙㄨㄣˇ	sǔn	sǔn
ㄙㄨㄥ	song	sōng
ㄙㄨㄥˇ	sǒng	sǒng
ㄙㄨㄥˋ	sòng	sòng
ㄚ	a	a
ㄚ	a	ā
˙ㄚ	å	a
ㄛ	o	o
ㄛ	o	ō
ㄛˊ	ó	ó
ㄜ	e	e
ㄜ	e	ē
ㄜˊ	é	é
ㄜˇ	ě	ě
ㄜˋ	è	è
ㄞ	ai	ai
ㄞ	ai	āi
ㄞˊ	ái	ái
ㄞˇ	ǎi	ǎi
ㄞˋ	ài	ài
ㄟ	ei	ei
ㄟˋ	èi	èi
ㄠ	ao	ao
ㄠ	ao	āo
[illegible]ˊ	áo	áo
[illegible]	ǎo	ǎo
ㄠˋ	ào	ào
ㄡ	ou	ou
ㄡ	ou	ōu
ㄡˇ	ǒu	ǒu
ㄡˋ	òu	òu
ㄢ	an	an
ㄢ	an	ān
ㄢˇ	ǎn	ǎn
ㄢˋ	àn	àn
ㄣ	en	en
ㄣ	en	ēn
ㄤ	ang	ang
ㄤ	ang	āng
ㄤˊ	áng	áng
ㄤˋ	àng	àng
ㄦ	er	er
ㄦˊ	ér	ér
ㄦˇ	ěr	ěr
ㄦˋ	èr	èr
ㄧ	yi	yi
ㄧ	yi	yī
ㄧˊ	yí	yí
ㄧˇ	yǐ	yǐ
ㄧˋ	yì	yì
ㄧㄚ	ya	yā
ㄧㄚˊ	yá	yá
ㄧㄚˇ	yǎ	yǎ
ㄧㄚˋ	yà	yà
˙ㄧㄚ	yå	ya
ㄧㄛ	yo	yō

注音符號	通用拼音	漢語拼音	注音符號	通用拼音	漢語拼音
ㄧㄝ	ye	yē	ㄨ	wu	wū
ㄧㄝˊ	yé	yé	ㄨˊ	wú	wú
ㄧㄝˇ	yě	yě	ㄨˇ	wǔ	wǔ
ㄧㄝˋ	yè	yè	ㄨˋ	wù	wù
ㄧㄞˊ	yái	yái	ㄨㄚ	wa	wā
ㄧㄠ	yao	yāo	ㄨㄚˊ	wá	wá
ㄧㄠˊ	yáo	yáo	ㄨㄚˇ	wǎ	wǎ
ㄧㄠˇ	yǎo	yǎo	ㄨㄚˋ	wà	wà
ㄧㄠˋ	yào	yào	ㄨㄛ	wo	wō
ㄧㄡ	you	yōu	ㄨㄛˇ	wǒ	wǒ
ㄧㄡˊ	yóu	yóu	ㄨㄛˋ	wò	wò
ㄧㄡˇ	yǒu	yǒu	ㄨㄞ	wai	wāi
ㄧㄡˋ	yòu	yòu	ㄨㄞˇ	wǎi	wǎi
ㄧㄢ	yan	yān	ㄨㄞˋ	wài	wài
ㄧㄢˊ	yán	yán	ㄨㄟ	wei	wēi
ㄧㄢˇ	yǎn	yǎn	ㄨㄟˊ	wéi	wéi
ㄧㄢˋ	yàn	yàn	ㄨㄟˇ	wěi	wěi
ㄧㄣ	yin	yīn	ㄨㄟˋ	wèi	wèi
ㄧㄣˊ	yín	yín	ㄨㄢ	wan	wān
ㄧㄣˇ	yǐn	yǐn	ㄨㄢˊ	wán	wán
ㄧㄣˋ	yìn	yìn	ㄨㄢˇ	wǎn	wǎn
ㄧㄤ	yang	yāng	ㄨㄢˋ	wàn	wàn
ㄧㄤˊ	yáng	yáng	ㄨㄣ	wun	[illegible]
ㄧㄤˇ	yǎng	yǎng	ㄨㄣˊ	wún	wén
ㄧㄤˋ	yàng	yàng	ㄨㄣˇ	wǔn	wěn
ㄧㄥ	ying	yīng	ㄨㄣˋ	[illegible]	wèn
ㄧㄥˊ	yíng	yíng	ㄨㄤ	wang	wāng
ㄧㄥˇ	yǐng	yǐng	ㄨㄤˊ	wáng	wáng
ㄧㄥˋ	yìng	yìng	[illegible]	wǎng	wǎng
ㄨ	wu	wu	[illegible]	wàng	wàng

注音符號	通用拼音	漢語拼音	注音符號	通用拼音	漢語拼音
ㄨㄥ	wong	wēng	ㄩㄢˊ	yuán	yuán
ㄨㄥˋ	wòng	wèng	ㄩㄢˇ	yuǎn	yuǎn
ㄩ	yu	yu	ㄩㄢˋ	yuàn	yuàn
ㄩ	yu	yū	ㄩㄣ	yun	yūn
ㄩˊ	yú	yú	ㄩㄣˊ	yún	yún
ㄩˇ	yǔ	yǔ	ㄩㄣˇ	yǔn	yǔn
ㄩˋ	yù	yù	ㄩㄣˋ	yùn	yùn
ㄩㄝ	yue	yuē	ㄩㄥ	yong	yōng
ㄩㄝˋ	yuè	yuè	ㄩㄥˇ	yǒng	yǒng
ㄩㄢ	yuan	yuān	ㄩㄥˋ	yòng	yòng

附註：本表取音依教育部公布之「國語一字多音審訂表」，並取其常用者。

二、認識中國文字

(一)中國文字的演變

中國的「方塊字」是世界上最古老的文字之一，從商代的「甲骨文」到現在的「楷書」，歷經了四千多年的歷史。其中經過：

甲骨文→鐘鼎文→大篆→小篆→隸書→楷書　等階段。

甲骨文：是商代遺留下來的「占卜文字」。商朝時，流行在龜甲或獸骨上鑿洞，並用火燒烤，再以甲殼上出現的裂紋，來判定事情的吉凶，並在旁記錄下來。這就是我們所見到的「甲骨文」，也就是中國最古老的文字。

鐘鼎文：後來在商、周兩代發明了銅器，當時的人習慣在銅器上面刻字，這些刻在上面的字，我們稱為「鐘鼎文」或「金文」。「鐘鼎文」的字形與「甲骨文」相似，但筆畫較簡單，可以看出比「甲骨文」更進步。其中最著名的「毛公鼎」上面刻了四百九十七個字，是銅器上刻字最多的一件。

甲骨文

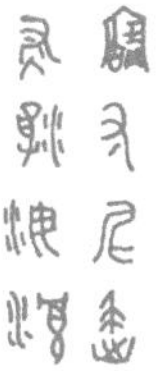

鐘鼎文

大篆：相傳是周朝時的太史籀所作，又稱「籀文」。「籀文」是從「鐘鼎文」演變而來，是一種工整、筆畫繁多的文字，非常地難寫難認，後來才簡化成「小篆」。相對於「小篆」的簡略，「籀文」因而又稱為「大篆」。

小篆：秦始皇統一六國後，命令丞相李斯整理全國的文字，將繁複的「籀文」加以簡化，訂出一種新的標準字體，也就是「小篆」。這是中國第一次把文字統一起來，在歷史上具有莫大的意義，對於我國的教育、文化、科學各項發展，都有很大的幫助。「小篆」的特點是線條化，整齊化，大體已十分接近「方塊」字形了。

隸書：相傳秦朝時為了求書寫的方便，有個叫程邈的人，將「小篆」加以簡化，把筆畫改曲為直，變圓為方，以橫、豎、撇、捺、點來書寫，是中國文字脫離圖畫的開始。這種通俗、草率的寫法，最初只通行於下層社會，統治階級因為他們是賤民，所以用看不起的態度，把它們叫做「隸書」。中國文字演變到「隸書」，大致都定型了，跟現在的字形相差不遠，大部分都可以辨認出來。

楷書：漢代末年，「隸書」又變為「楷書」，「楷書」的筆畫明確，形狀整齊，比起過去那些字來，更便於書寫，所以能一直沿用至今。中國文字演變至此，已成為固定的方塊造型，很多字寫出來都是方方正正，占一個方格大，所以又稱為「方塊字」。

大篆

小篆

隸書

楷書

(二)造字的原理

古人根據文字的產生、發展和變化規律，歸納出造字的六個原理：

象　形：按照事物的形體來造字，物體圓便畫圓，變便畫彎，一看就知道什麼字代表什麼事物。

日、月、水、目

指　事：有些抽象觀察，沒有具體的形象可描繪，所以用指示符號來表示。

上：以地面上的一點，表示「上」的概念。

下：把地上的一點移到下面，表示「下」的概念。

會　意：以幾個文字組合起來，拼成一個新的字。

苗：由艸和田組成「苗」字，表示田中長出草來，也就是「幼苗」的意思。

武：戈和止表示「停止戰爭」，古人造「武」是希望防止戰爭，所以用「止、戈」會合出「武」的意思。

形　聲：以「聲符」和「形符」組合而成的字，「聲符」表示讀音，「形符」表示意義或類別。

江：是一種水流，因此以「水」作為形符，表示水的性質，而工，是江的聲符，表示「江」的讀音。

湖：是一種大水池，所以用「水」作為形符，代表水的性質，「胡」是湖的聲符，表示「湖」的讀音。

轉　注：是一種溝通文字的方法，同一個意思，因為地方的不同，使用的字就可能不一樣，所以用轉注來溝通重複的兩個字。如：父，爸也。爸，父也。

假　借：借用同音字代替未造出的字；或因一時想不起原本的字，而以同音字代替；甚至有寫錯字冒充為假借。如：令，本來是指發號施令，後來假借為「縣令」的「令」。

這簡單的六個原理，並非在造字前就產生了，而是後人根據文字中的條理，加以分析、歸納成的。以簡單的六個原理，就可以統馭所有的中國文字，由此可知，中國文字的構造與方法，是有系統、有條理的，只要了解了這六個方法，要認識中國文字就十分地簡單、迅速了。

三、標點符號用法表

符號	名稱	位置	說明	舉例
。	句號	占行中一格	用在敘述句的後面，表示這句話已經說明完畢。	♣我的名字叫孫永昌。 ♣學校已經放假了。 註：中文的句號是一個圓圈「。」，英文的句號則是一個小圓點「.」。
，	逗號	占行中一格	用在一句中需要停頓、分開的地方，閱讀起來更方便明白。	♣他喜歡游泳，所以臉晒得黑黑的。 ♣明天就要考試了，你還想去野餐！
、	頓號	占行中一格	1.用在句中並列連用的同類詞或短語短句之間。 2.用在表明次序的數目字後面。	♣紙、指南針、印刷術和火藥都是中國人發明的。 ♣古人把筆、紙、墨、硯合稱為文房四寶。
；	分號	占行中一格	用來分開複句中並列的句子，使意思清楚明白。	♣男孩子的優點是刻苦耐勞，敢作敢為；女孩子的優點是謹慎細心，絕不魯莽。
：	冒號	占行中一格	1.用來總起下文或總結上文，表示前面後面的句子意思相等。 2.用在正式提引句的前面，表示後面是接著提引的話。 3.用在書信的稱呼後面和「某某人說」之後，並常和引號配合。	♣爸爸從國外帶回來許多東西：玩具啦、衣服啦、吃的啦，什麼都有。 ♣總統　蔣公說：「有健全的國民，才有健全的民族；有健全的民族，才能建設富強的國家。」
？	問號	占行中一格	用在表示疑問、發問、反問的句子後面。	♣你是從哪裡來的？ ♣小華到哪裡去了？ 註：如果遇到間接疑問，沒有問號口氣的句子時，不能用問句。例如：①我不知道他是從哪裡來的。②我根本就不知道小華去了哪裡。

！	驚嘆號	占行中一格	用來表示強烈的感情，如興奮、堅定、憤怒、嘆息、驚奇、請求或祝福等。	♣呵，我終於成功了！（興奮） ♣這件工作，只許成功，不許失敗！（堅定） ♣這種忘恩負義的人，我恨不得揍他一頓！（憤怒） ♣唉，我們還有什麼辦法呢！（嘆息） ♣什麼，非洲下雪了！（驚奇） ♣你就做做好人，幫個忙吧！（請求）
（）〔〕——	夾註號	（）〔〕各占行中一格 ——占行中二格	在句中用來說明或註釋的部分。	♣二十年前，我就住在那個甘榜（馬來話「鄉村」的意思）裡。 ♣我在小學讀書時，就開始學注音符號（當時叫做「注音字母」）了。 ♣這是表哥送給我的書——據說是著名童話家安徒生所寫的。
——	破折號	占行中二格	1. 語意突然轉變。 2. 時間的起止。 3. 空間的起止。 4. 代替夾註號。	♣中日戰爭發生於清光緒二十年至二十一年（西元一八九四——一八九五年）。 ♣詩仙——李白，和杜甫並稱李杜。
「」『』	引號	左右符號各占行中一格	1. 說話。 2. 專有名詞。 3. 特別強調的詞句。 4. 引號有兩種：「」叫單引號，『』叫雙引號。一般都用單引號，如果引號中還要用到引號的話，就用雙引號。 5. 直接引用別人的話或文字時，才用引號，否則不能用。	♣老師說得好：「人如果沒有毅力，便不能克服各種各樣的困難。」 ♣你聽過「愚公移山」這個寓言嗎？ ♣對於他的這一番「好意」，我看你還是小心一點。 ♣小李說：「聽說張明病得很重，所以昨天我便到醫院去看他。哪裡知道他一看到我，就跳起來說：『小李，醫院裡悶死了，快帶我逃出去吧！』我聽了，不知道怎麼說才好。」 ♣老師說：「你們把作業簿放在桌上。」（老師叫我們把作業簿放在桌上。）

﹏﹏	書名號	直行標在專名左旁，橫行標在專名之下。	用在書名、篇名、歌曲名、報章雜誌名、影劇名等的左旁。橫寫的文字則標在文字的下面。	♣愛的教育是一本很有教育性的書。 ♣本地的中文報紙有國語日報、聯合報、中國時報等等。
──	私名號又稱專名號	直行標在專名左旁，橫行標在專名之下。	用在人名、種族名、國名、時代名、地名、學派名、機構名稱的左旁。橫寫的文字則標在下面。	♣發明電燈的是美國的愛迪生。 ♣漢唐兩代是我國歷史上著名的盛世。
‧	音界號	占行中一格	用在譯成中文的外國人的姓和名字中間。	♣羅曼‧羅蘭是法國著名的戲劇家兼小說家。
……	刪節號	占行中二格	1. 文章中省略的部分。 2. 意思尚未說完。 3. 聲音的延續。 4. 刪節號的用途有時差不多等於「等」或「等等」的意思。	♣我曾經到香港、印尼、馬來西亞、日本……去旅行。 ♣在百貨公司裡可以買到衣服、化妝品、文具、罐頭食品……。 ♣「噹！噹！噹……」下課鐘響了。 ♣姊姊會多項才藝，包括：舞蹈、彈奏鋼琴、捏陶土……。 註：刪節號的點數是六點，不能隨意延長或縮短。如果要表示省略很多文字的話，可連用兩個刪節號（十二點），千萬不要把刪節號和「等」同時用，以免重複。例如：姊姊會多項才藝，包括：舞蹈、彈奏鋼琴、捏陶土……。

四、國語文法表

名稱	說明	舉例
名詞	用來指稱事物的詞。	♣白雪公主是一則家喻戶曉的童話故事。 ♣我們都是國家未來的主人翁。 ♣他不畏困難的精神，非常令人敬佩。
代名詞	用來代替或指示名詞的詞。	♣只要大家同心協力，彼此信賴，就一定能完成這個計畫。 ♣公園裡綠草如茵，弟弟常常到那裡玩。
動詞	表示動作或情況的詞。	♣小鳥在天空自由自在地飛翔。 ♣請你不要拒絕我的好意。 ♣「艋舺」就是「萬華」的舊稱。
連接詞	用來連接詞句的詞。	♣恆心和毅力是成功的兩大祕訣。 ♣他平時很用功，所以成績總是名列前茅。 ♣連他都不知道，何況我呢！ ♣假如你同意，我們立刻就出發。
形容詞	形容事物的形態、性質的詞。多加在名詞的上面。	♣媽媽是個典型的賢妻良母。 ♣巷口的榕樹，已經有十幾年的樹齡了。 ♣每個偉人背後都有一段艱苦的奮鬥歷程。

副詞	把事物的動作、形態，加以區別或限制；用來修飾形容詞、動詞或其他副詞。	♣經過長久的努力，他終於取得博士學位。 ♣月亮高高地掛在天邊，好像一面明亮的鏡子。 ♣老師推荐的這本書，的確是一本好書。 ♣開山闢路是一項十分艱鉅的工程。
介詞	介紹名詞或代名詞與另一詞發生關係的詞。	♣弟弟自從上學以後，就變得很乖巧懂事。 ♣太陽被烏雲遮住了。 ♣這道菜的味道有點奇怪。
助詞	用來輔助文句，傳達語氣的詞。	♣我決定從今以後再也不貪玩了。 ♣我實在忙不過來，請你幫幫忙吧！ ♣那些魔術對他來說，不過是雕蟲小技罷了。
感嘆詞	表示驚訝或嘆息的用語。	♣看到車禍的情景，她不禁：「啊！」的一聲叫了出來。 ♣哎呀！你認錯人了，他不是我哥哥。 ♣哥哥追著公車大叫：「喂！等等我。」

五、常用量詞表

量詞	說明	舉例
把	名詞：(1)用於有柄的器物 (2)用於成把的東西 (3)用於一手抓攏的數量 (4)用於某種人物	一把刀子（斧子、胡琴、傘、掃帚、椅子） 一把菊花（菠菜、蘿蔔、筷子） 兩把豆子（花生、米） 第一把交椅／一把好手
包	名詞：用於成包的東西	一包點心（香煙）
本	名詞：(1)用於書籍簿冊 (2)用於電影膠片的整數	兩本書（雜誌、帳、字典） 這部電影一共七本
部	名詞：(1)用於電影、書籍 (2)用於車輛、機器	一部電影（紀錄片、小說） 兩部汽車（機器）
場	名詞：(1)用於事物的經過 (2)用於娛樂、體育項目的場次 動詞：用於某些行動	一場大病（風波、爭論）／一場雨（雪） 一場電影（戲、籃球、球賽） 哭了一場／鬧了一場
齣	名詞：用於戲劇等	一齣喜劇（丑劇、京劇、戲）
串	名詞：用於某些連貫起來的事物	一串珠子（烤肉、鑰匙）
次	名詞：用於事情經過的次數 動詞：用於行動的次數	一次試驗（事故、手術）／二次會議 來過兩次／進了一次城
打	名詞：十二個叫一打	三打鉛筆（乒乓球、毛巾、手套）
點	名詞：(1)用於事項等 (2)時間單位	幾點注意事項／兩點意見／幾點內容 五點鐘／四點三刻

量詞	說明	舉例
段	名詞：(1)用於長條物分成的部分 (2)用於時間、路程等的一定長度 (3)用於語言、文字	一段木頭（管道、繩子、鐵軌） 一段時間（路程、距離、經歷） 一段話（臺詞、文章）等的一部分
堆	名詞：用於成堆物	一堆石頭（垃圾、書）
隊	名詞：用於行列	一隊士兵（學生、人馬）
對	名詞：用於成對的人、事、物	一對夫妻／一對鴛鴦／一對花瓶
頓	名詞：用於飲食 動詞：用於批評、斥責、勸說、打罵等行為	一頓飯（晚飯、早餐） 批評了一頓／罵了一頓／打了一頓
朵	名詞：多用於花朵、雲彩	幾朵花（白雲）
分	名詞：(1)貨幣單位 (2)時間單位	二分錢／五角三分 八點三十五分／五十分鐘一節課
幅	名詞：用於布帛、字畫等	一幅布／一幅掛圖（油畫、山水畫）
副	名詞：(1)用於成對或成組的東西 (2)用於面部表情 (3)用於中藥（同「服」）	幾副撲克牌（對聯、耳機、眼鏡） 一副笑臉／一副凶相／兩副不同的面孔 三副藥
個	名詞：應用範圍很廣，可代替一般名詞	一個杯子（蘋果、雞蛋、故事、節目、人、國家、鐘頭）
堂	名詞：用於課時	一堂課
套	名詞：用於成套成組的事物等	一套規矩（制度）／一套課本（叢書、郵票）／兩套衣服（房間、傢具）

量詞	說明	舉例
條	名詞：⑴用於長條形物 ⑵用於某些動植物 ⑶用於肢體器官 ⑷用於消息、辦法等 ⑸用於以固定數量組合成的某些長條形物 ⑹用於人命	一條帶子（管子、街、褲子、繩子） 兩條魚／三條狗／三條黃瓜 一條胳臂 一條消息（新聞、辦法、紀律、路線） 一條香皂（兩塊）／一條香煙（十包） 四條命
帖	名詞：用於膏藥	一帖膏藥
頭	名詞：⑴用於某些牲畜 ⑵用於植物方面	一頭牛（驢、豬、羊） 一頭蒜
團	名詞：⑴用於成團物 ⑵用於引申義，前面只加數詞「一」 ⑶用於軍隊的編制單位	兩團毛線／一團紙 一團漆黑／心裡一團火 一團軍隊
窩	名詞：⑴多用於一個窩裡的小動物 ⑵用於一胎所生或一次孵出的動物 ⑶用於壞人的集團，含有貶義	一窩螞蟻 下了一窩小豬（狗） 一窩賊（壞蛋、流氓、土匪）
席	名詞：⑴用於整桌的筵席 ⑵用於談話，前面只加數詞「一」	一席酒／一席佳餚 一席話
下	動詞：用於動作次數	打了幾下／敲了三下門
些	名詞：用於不定的數量，前面常加數詞「一」	一些日用品／一些作家／一些時候
元	名詞：貨幣單位	一元錢／三元五角
盞	名詞：用於燈	一盞燈（電燈、煤油燈）

量詞	說明	舉例
張	名詞：(1)用於平面物體或有平面的物體 (2)用於少數能張開的物	一張紙（票、撲克牌）／兩張桌子（皮、餅、床） 兩張弓／一張嘴
章	名詞：用於文章、歌曲的段落	第二章論文／月光曲第一章
陣	名詞：用於段落，前面常加數詞「一」	一陣風（雨）／一陣槍聲（掌聲、騷動）
支	名詞：(1)用於隊伍等 (2)用於歌曲、樂曲 (3)用於桿狀物	一支隊伍（部隊、艦隊） 一支歌（民歌、曲子） 一支鉛筆（香煙、蠟燭）
隻	名詞：(1)用於某些成對物的一個 (2)用於某些動物 (3)用於某些器具、工具	兩隻耳朵（腳、鞋） 一隻羊（貓、猴子） 一隻箱子／一隻船
枝	名詞：(1)用於帶枝的花 (2)用於桿狀物（同支(3)）	一枝梅花 一枝香煙（鋼筆、蠟燭、槍）
種	名詞：用於人、事、物的種類、樣式	兩種人（人物、動物、制度、習慣、思想、意見、顏色、東西）
周	動詞：用於繞行次數	繞場一周
組	名詞：(1)用於成組事物 (2)用於學習、工作等組織 (3)用於成組的文藝作品	一組電池／兩組儀器 一組學生 一組詩／一組歌／兩組畫
座	名詞：用於較大、較穩固的物體	一座山（碉堡、宮殿、樓房、紀念碑、石雕、橋梁、大鐘）
棵	名詞：用於植物	一棵樹（草、牡丹、珊瑚）
顆	名詞：用於顆粒狀或球形物（一般比「粒」大）	一顆珠子／幾顆豆子／一顆紅心／一顆人造衛星／兩顆炸彈

量詞	說明	舉例
刻	名詞：時間單位	三點一刻／一刻鐘
課	名詞：用於課文	第三課／兩課課文
口	名詞：(1)用於人 (2)用於豬 (3)用於有口或有刃的器物 (4)用於語言，前面用數詞「一」	一家五口 兩口豬 一口井（缸、鍋、劍） 一口京腔／一口流利的英語
塊	名詞：(1)用於塊狀物 (2)貨幣單位，同「元」	一塊肥皂（糖、石頭、蛋糕） 兩塊錢
粒	名詞：用於顆粒物（一般比「顆」小）	一粒米（藥、子彈）
輛	名詞：用於車輛	三輛車（轎車、坦克、自行車）
列	名詞：用於成行列的人、物	一列橫隊／一列火車
輪	名詞：用於太陽、月亮	一輪紅日／一輪明月
枚	名詞：用於圖形或圓錐形物等	一枚紀念章（棋子、硬幣）
門	名詞：用於課程、學科、知識等	一門功課（科學、學問）
面	名詞：用於有扁平面的東西	一面旗子（錦旗、鏡子、鼓）
秒	名詞：時間單位	幾秒鐘／三分二十秒
名	名詞：(1)用於人 (2)用於名次	一名學生 第一名／前八名
排	名詞：(1)用於成排的人、物	小朋友站成了一排／一排座位／一排果樹
批	名詞：用於較多數量的人、動物、東西	代表們一批一批到達／進了一批貨

量詞	說明	舉例
匹	名詞：用於騾、馬、布等	三匹馬（騾子）／一匹布
篇	名詞：(1)用於文稿 (2)用於本冊零頁或紙張	一篇論文（稿子、日記、社論） 這本書缺了一篇／幫我寫一篇文章
片	名詞：(1)用於片狀物 (2)用於地面、水面 (3)用於景象、聲音、語言、心意等，前面只加數詞「一」	幾片餅乾（麵包、藥片） 一片綠色的原野／這兩片麥子長得真好／一片汪洋 一片大好形勢（豐收景象、歡騰、哭聲、胡言亂語、好心）
股	名詞：(1)用於成條物 (2)用於氣味、氣體、氣力等，前面常加數詞「一」	一股清泉／一股暖流／一股逆流 一股香味（臭味、煙、熱氣、勁兒）
群	名詞：用於成群的人、動物等	一群人（學生、孩子）／一群鴿子（牛、羊）
扇	名詞：用於門、窗等	一扇門（窗戶、屏風）
首	名詞：用於詩詞、歌曲	兩首詩（歌曲）
雙	名詞：用於成對物	幾雙襪子（鞋）／一雙手
艘	名詞：用於船隻（較大者）	一艘輪船（貨輪、軍艦）
歲	名詞：用於年齡	十八歲
行	名詞：用於成行的東西	兩行字（熱淚、詩、手跡、小樹）
戶	名詞：用在人家、住戶	那裡有幾戶人家／每一戶人家都有一個戶長
級	名詞：(1)用於臺階、樓梯等 (2)用於等級	十多級臺階／這個樓梯有十三級 八級風／三級地震／一級運動員
家	名詞：用於家庭或事業、企業單位等	一行人家／一家報紙（銀行、餐廳）

量詞	說明	舉例
架	名詞：(1)用於機器、機械等多帶支架的物體 (2)用於有架的植物等	一架飛機（顯微鏡、照相機） 一架葡萄／兩架黃瓜
間	名詞：用於房間	一間房子（病房、教室）
件	名詞：用於衣服、傢具、事情等	三件衣服（皮襖、傢具、事情）
節	名詞：(1)用於帶節的植物，或可連續的物體的一部分 (2)用於詩文、課程等的部分	一節竹子／兩節甘蔗／四節車廂 第三章第八節／這首詩有四節
屆	名詞：用於定期的會議、運動會、畢業班級或政府的任期等	第三十屆聯合國大會／第三屆運動會／第三屆畢業生／美國第三十九屆總統
句	名詞：用於語言、詩等	一句話（歌詞、詩）
卷	名詞：(1)用於卷成筒狀的東西 (2)用於書（現在多為整部書所分成的單冊）	一卷報紙（畫、膠卷） 「魯迅全集」第五卷／兩卷本

六、書信用語

(一)稱謂語

1. 家族稱謂語

稱人	自稱	對他人稱	對他人自稱
高祖父、高祖母	玄孫、玄孫女	令高祖父、令高祖母	家高祖父、家高祖母
曾祖父、曾祖母	曾孫、曾孫女	令曾祖父、令曾祖母	家曾祖父、家曾祖母
祖父、祖母	孫、孫女	令祖、令祖母	家祖父、家祖母
父親、母親	男、女（或兒）	令尊、令堂（或尊公、尊堂，尊翁、尊萱）	家父、家母或家嚴、家慈
伯父、伯母	姪、姪女	令伯、令伯母	家伯、家伯母
叔父、叔母	姪、姪女	令叔、令叔母	家叔、家叔母
兄、嫂（或某哥、某嫂）	弟、妹	令兄、令嫂	家兄、家嫂
弟、弟媳（或某弟、某妹）	兄、姊	令弟、令弟婦	舍弟、舍弟婦
姊、妹	姊、妹	令姊、令妹	家姊、舍妹
吾夫、某某（單稱名或字）	（或妹）（某某）	尊夫先生、某君	外子或某某

稱人	自稱	對他人稱	對他人自稱
吾妻／某某（或賢妻）（單稱名或字）	夫或某某	尊夫人／嫂	內人／內子
吾兒／女（或幾兒／女某兒／女）	父母	令郎／令嬡	小兒／女

說明：一、一般尊輩已去世的，「家」字應該改成「先」字。自稱已去世的祖父母，為「先祖父母」「先祖考」「先祖妣」。稱已去世的父母，父為「先父」「先嚴」「先君」「先考」；母為「先母」「先慈」「先妣」；兄為「先兄」。晚輩或比自己年紀小卻已去世的，舍字改成「亡」字或「故」字。如「亡兒」「亡弟」「亡孫」。

二、稱人父子為「賢喬梓」，對人自稱為「愚父子」；稱人兄弟為「賢昆仲」「賢昆玉」，對人則應自稱為「愚兄弟」。

2. 親戚稱謂語

稱人	自稱	對他人稱	對他人自稱
祖姑丈／母	內姪孫／姪孫 內姪孫女／姪孫女	令祖姑丈／母	家祖姑丈／母
姑丈／母	內姪／姪 內姪女／姪女	令姑丈／母	家姑丈／母
太外祖父／母	外曾孫／孫女	令太外祖父／母	家太外祖父／母
外祖父／母	外孫／孫女	令外祖父／母	家外祖父／母
舅父／母	甥／甥女	令母舅／舅母	家母舅／舅母
姨父／母	姨甥／甥女	令姨丈／母	家姨丈／母
表伯（叔）父／母	表姪／姪女	令表伯（叔）／伯（叔）母	家表伯（叔）／伯（叔）母

岳父母	子婿（或婿）	令岳岳母	家岳岳母
姻伯（或叔丈）父母	姻姪 姻姪女	令親	舍親
親家 親家太太	姻愚弟 姻侍生 姻愚妹	令親家 令親家太太	敝親家 敝親家太太
姊丈	內弟（或弟） 姨妹（或妹）	令姊丈	家姊丈
妹夫（或妹倩）	內兄（或兄） 姨姊（或姊）	令妹丈	舍妹倩
表兄 表嫂	表弟 表妹	令表兄 令表嫂	家表兄 家表嫂
表弟 表弟婦	表兄 表姊	令表弟 令表弟婦	舍表弟 舍表弟婦
內兄 內弟	妹婿 姊婿	令內兄 令內弟	敝內兄 敝內弟
襟兄 襟弟	襟弟 襟兄	令襟兄 令襟弟	敝襟兄 敝襟弟
姻兄 姻嫂	姻弟 姻侍生（或姻愚妹）	令親	舍親
賢內姪 賢內姪女	愚（或愚姑丈 愚姑母）	令內姪 令內姪女	舍內姪 舍內姪女
賢外孫 賢外孫女	外祖 外祖母	令外孫 令外孫女	舍外孫 舍外孫女
賢甥 賢甥女	愚舅 愚舅母	令甥 令甥女	舍甥 舍甥女
賢婿	愚岳 愚岳母	令婿（令坦 倩或貴東床）	小婿
賢表姪 賢表姪女	愚伯（叔）（或愚表伯母（叔母））	令表姪 令表姪女	舍表姪 舍表姪女
賢姻姪 賢姻姪女	愚	令親	舍親

說明：一、親戚中「太姻伯、叔」「姻伯、叔」的稱呼，應用的範圍相當廣泛。在姻長中沒有一定稱呼的人，如姊妹的舅姑或他（她）的父母兄弟姊妹，兄弟的岳父母，和他（她）的父母兄弟姊妹們，都可以使用。

二、對於年幼的人如果稱呼用「賢姻姪」三個字，只能對極為親近的親戚才可使用，普通都謙虛的稱為「姻兄」，自己則稱為姻弟。

3.世交稱謂語

稱人	自稱	對他人稱	對他人自稱
太老師／太師母	門下晚生		
老師／師母　吾師	生／生（或受業或學生／學生）	令業師	敝業師
太世伯（叔）父／母	世再姪／姪女		
世伯（叔）父／母	世姪／姪女		
仁（或世）丈	晚		
仁兄／學長（或兄、姊）	世弟／學妹（或弟／妹）	貴同學　令友	敝同學　敝友
同學（或學弟／學妹）	小兄／愚姊（或友生某某）	令高足	敝門人　學生
世講（或世臺、世兄）	愚		

說明：一、右表所列，世交中的伯叔，可將對方的年齡與自己父親的年齡互相比較，較大的稱呼「世伯」，較小的稱「世叔」，比自己祖父大的稱「太世伯」，小的稱「太世叔」。

二、確實有世誼關係而且年齡大於自己，又不是很清楚明白的，可以稱為「仁丈」或「丈」或「先生」。

(二)敬稱語

用於祖父母及父母—膝下　膝前

用　於　長　輩—尊前　尊鑒　賜鑒　鈞鑒　崇鑒　尊右　侍右

用　於　師　長—函丈　尊前　尊鑒

用　於　平　輩—台鑒　大鑒　偉鑒　惠鑒　雅鑒　左右　閣下　足下

用　於　平　輩—硯席　文几　文席（上欄列平輩敬稱語可通用）

用　於　晚　輩—英鑒　青及　青覽　青閱　青盼　青睞　清覽　英覽　英盼　如面　如晤　如見　知悉　入目　入覽　收覽　收閱　收悉　收讀　閱悉　知之　見字

說明：對晚輩，使用「鑒」字，比較客氣，而「盼」「覽」「及」「睞」不像「鑒」字那麼客氣。而「如晤」「如面」又更不如前了，所以依據以上說明可以更適當的應用。

(三)啟事敬辭

用於祖父母及父母—敬稟者　謹稟者　叩稟者

用於長輩及長官—敬陳者　謹啟者　敬肅者（覆信：敬覆者　謹覆者　肅覆者）

用於通常之信—啟者　敬啟者　茲啟者　茲陳者　茲者　逕啟者（覆信：茲覆者　敬覆者　逕覆者）

用於請求之信—茲懇者　敬懇者　茲託者　敬託者

用　於　祝　賀—敬肅者　謹肅者　茲肅者

用　於　訃　信—哀啟者　泣啟者

用於附言—再啟者　再陳者　又啟者　又陳者　又　再

㈣末尾的請安語

用於祖父母及父母—「敬請○金安」「敬請○福安」「恭請○金安」

用於親友長輩—「恭請○褆安」「敬請○鈞安」「恭請○崇安」「敬頌○崇祺」「順頌○福祉」

用於師長—「敬請○誨安」「恭請○教安」「敬請○鐸安」「恭請○道安」

用於親友平輩—「敬頌○大安」「祇頌○臺安」「順頌○臺祺」「順頌○時綏」「即問○刻安」「順候○起居」「此頌○臺綏」「敬候○近祺」「順頌○時祺」

用於親友晚輩—「順問○近祉」「即頌○近佳」「即頌○刻好」「即問○近好」「順詢○日佳」

用於政界—「敬請○勛安」「恭請○鈞安」「祇請○崇安」

用於軍界—「敬請○戎安」「恭請○麾安」「肅請○捷安」

用於學界—「敬請○道安」「祇頌○文祺」「即頌○文綏」「祇請○著安」「順請○撰安」

用於商界—「敬請○籌安」「順頌○籌祺」「敬候○籌綏」

用於旅客—「敬請○旅安」「順頌○旅祺」「即頌○旅祉」

用於起居—「敬請○潭安」「敬頌○潭綏」「即頌○潭祉」「順頌○潭祺」

用於友人有祖父母或父母在堂者—「敬請○侍安」「敬頌○侍祺」「敬候○侍祉」「順頌○侍祺」

用於夫婦同居者—「敬請○儷安」「敬請○雙安」「敬頌○儷祉」「順頌○儷祺」

用於賀婚—「恭賀○燕喜」「恭賀○大喜」「祇賀○大喜」

用於賀年—「恭賀○年禧」「恭賀○新禧」「敬頌○新禧」「祇賀○新禧」

用於弔唁—「敬請○禮安」「順候○孝履」「並頌○素覆」「用候○苦次」

用於問症—「恭請○痊安」「即請○衛安」「順請○痊安」「敬祝○早痊」

用於時令—「敬請○春安」「即頌○春祺」「順候○夏祉」「此頌○暑綏」
「即請○秋安」「順候○秋安」「敬頌○冬綏」「此請○爐安」

(五)署名下的敬辭

用於祖父母及父母—「謹稟」「敬稟」「敬叩」「謹叩」「叩上」「叩」

用於長輩—「謹上」「敬上」「拜上」「謹肅」「敬肅」「謹啟」「肅上」

用於平輩—「敬啟」「手啟」「拜啟」「鞠躬」「謹上」「上言」「頓首」「上」

用於晚輩—「手江」「手書」「字」「白」「諭」「手示」「手白」「手諭」

用於補述—「又啟」「又及」「又陳」「補啟」「再啟」「再及」「再陳」

七、信封書寫範例

㈠直式信封手寫方式：

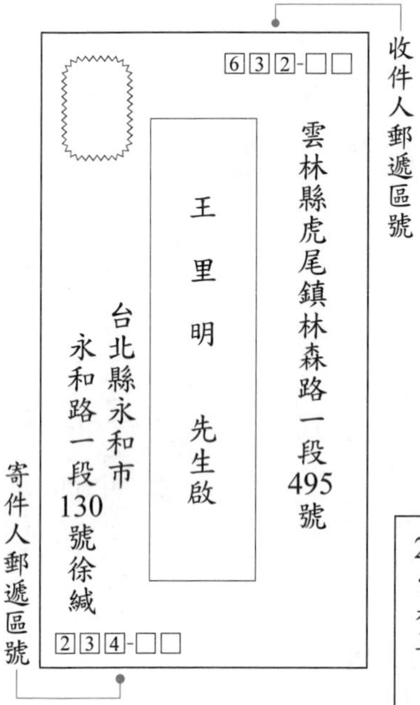

㈡橫式信封手寫方式：

1. 寄件人姓名地址以較小字體書於左上角或背面。郵遞區號書於地址上方第一行，第二、三行書寫地址，第四行書寫收件人姓名。
2. 收件人姓名地址書於中央偏右。參照下面例子。

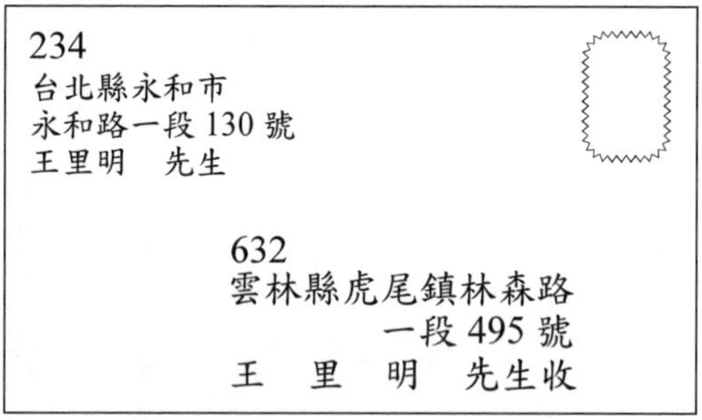

㈢寄往國外郵件書寄方式：

1. 寄件人姓名地址書寫順序如下：
   第一行姓名（或商號名稱）
   第二行門牌號碼、弄、巷、號、街名稱。
   第三行鄉鎮、縣市、省、郵遞區號。
   第四行國名。
2. 收件人姓名地址依各國慣例書寄。

八、中國歷代系統表

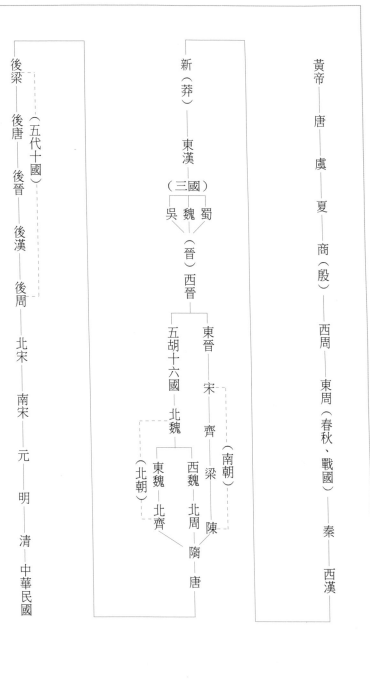

黃帝—唐—虞—夏—商（殷）—西周—東周（春秋、戰國）—秦—西漢

新（莽）—東漢—（三國）吳、魏、蜀—（晉）西晉

西晉—東晉—宋—齊—梁—陳（南朝）

西晉—五胡十六國—北魏—東魏—北齊（北朝）

北魏—西魏—北周（北朝）

北齊、北周、陳—隋—唐

後梁—後唐—後晉—後漢—後周（五代十國）—北宋—南宋—元—明—清—中華民國

九、長度單位換算表

公分	公尺	公里	臺尺	吋
1	0.01	0.00001	0.033	0.3937
100	1	0.001	3.3	39.37
100000	1000	1	3300	39370
33.3333	0.33333	0.00033	1.1	13.1233
30.3030	0.30303	0.00030	1	11.9303
2.54	0.0254	0.00003	0.08382	1
30.4801	0.30480	0.00031	1.00584	12
91.4402	0.91440	0.00091	3.01752	36
160935	1609.35	1.60935	5310.83	63360
185200	1852.00	1.85200	6111.60	72913.2

呎	碼	哩	國際浬	
0.0328	0.0109	……	……	
3.28084	1.09361	0.00062	0.00054	
3280.84	1093.61	0.62137	0.53996	
1.09361	0.36454	0.00021	0.00018	
0.99419	0.33140	0.00019	0.00016	
0.08333	0.02778	0.00002	0.00001	
1	0.33333	0.00019	0.00017	
3	1	0.00057	0.00049	
5280	1760	1	0.86898	
6076.10	2025.37	1.15016	1	

1 英碼 = 0.9143992 公尺　　1 美碼 = 0.91440183 公尺
1 美吋 = 2.54000 公分　　1 英吋 = 2.539998 公分
1 公尺 = 1.0936143 英碼　　1 公尺 = 1.0936111 美碼
1 海里 = 6080 呎 = 1.15016 哩

十、地積（面積）單位換算表

平方公尺	公　畝	公　頃	平方公里
1	0.01	0.0001	……
100	1	0.01	0.0001
10000	100	1	0.01
……	10000	100	1
666.666	6.66667	0.06667	0.000667
3.30579	0.03306	0.00033	……
9699.17	96.9917	0.96992	0.00970
4046.85	40.4685	0.40469	0.00405
4046.87	40.4687	0.40469	0.00405
坪	臺灣甲	英　畝	美　畝
0.30250	0.000103	0.00025	0.00025
30.25	0.01031	0.02471	0.02471
3025.0	1.03102	2.47106	2.47104
302500	10.3102	247.106	247.104
201.667	0.06874	0.16441	0.16474
1	0.00034	0.00082	0.00082
2934	1	2.39672	2.39647
1224.17	0.41724	1	0.99999
1224.18	0.41724	1.000005	1

1 平方哩 = 2.58999 平方公里 = 640 美（英）畝
1 臺灣甲 = 2934 坪

十一、容量單位換算表

公撮	公升	英液盎司	美液盎司	美液品脫
1	0.001	0.03520	0.03382	0.00211
1000	1	35.1960	38.8148	2.11342
28.4123	0.02841	1	0.96075	0.06005
29.5729	0.02957	1.04086	1	0.06250
473.167	0.47317	16.6586	16	1
4545.96	4.54596	160	153.721	9.60752
3785.33	3.78533	133.229	128	8
3636.77	36.3637	1280	1229.76	76.8602
35238.3	35.2383	1240.25	1191.57	74.4733

英加侖	美加侖	英蒲式耳	美蒲式耳
0.00022	0.00026	0.00003	0.00003
0.21998	0.26418	0.02750	0.02838
0.00625	0.00751	0.00078	0.00081
0.00651	0.00781	0.00081	0.00084
0.10409	0.1250	0.01301	0.01343
1	1.20094	0.1250	0.12901
0.83268	1	0.10409	0.10745
8	9.60753	1	1.02921
7.75156	9.30917	0.96895	1

公升 = 1.000028 立方公寸

英加侖 = 8 英品脫 = 160 英液盎司 = 32 英及耳 = 76800 英米

美加侖 = 8 美液品脫 = 128 美液盎司 = 32 美及耳 = 61440 美米

十二、重量單位換算表

公　克	公　斤	公　噸	臺　兩	臺　斤
1	0.001	……	0.02667	0.00167
1000	1	0.001	26.6667	1.66667
……	1000	1	26666.7	1666.67
500	0.5	0.0005	13.3333	0.83333
37.5	0.0375	0.00004	1	0.0625
600	0.6	0.0006	16	1
28.3495	0.02835	0.00003	0.75599	0.04725
453.592	0.45359	0.00045	12.0958	0.75599
……	1016.05	1.01605	27094.6	1693.41
907185	907.185	0.90719	24191.6	1511.98
盎　司	磅	長　噸	短　噸	
0.03527	0.00221	……	……	
35.2740	2.20462	0.00098	0.00110	
35274.0	2204.62	0.98421	1.10231	
17.6370	1.10231	0.00049	0.00055	
1.32277	0.08267	0.00004	0.00004	
21.1644	1.32277	0.00059	0.00066	
1	0.0625	0.00003	0.00003	
16	1	0.00045	0.00050	
35840	2240	1	1.12	
32000	2000	0.89286	1	

1 克拉 = 0.2 公克　　1 英磅 = 0.45359245 公斤
1 美磅 = 0.4535924277 公斤

注音查字表

【ㄅ】

ㄅㄚ　八 八六　叭 一五〇　吧 一五八　巴 三一〇　扒 三九九　捌 四二〇　疤 六八〇　笆 七五一　粑 七六五　芭 八四九

ㄅㄚˊ　拔 四〇八　跋 九七三　鈸 一〇三三

ㄅㄚˇ　把 四〇二　靶 一〇八九

ㄅㄚˋ　伯 四八　壩 二二一　把 四〇二　爸 六三九　罷 七九七　霸 一〇八四

ㄅㄚ˙　吧 一五八

ㄅㄛ　剝 一一〇　撥 四三九　波 五七二　玻 六五七　缽 七九五　般 八四五　菠 八六三　鉢 一〇三四　餑 一一〇九

ㄅㄛˊ　伯 四八　剝 一一〇　勃 一一七　博 一三二　帛 三一二　悖 三六四　搏 四三四　柏 五〇九　泊 五七五　渤 五九四　百 六九一　礴 七二五　箔 七五七　簿 七六一　脖 八二七　膊 八三一　舶 八四六　蔔 八七四　薄 八七六　鉑 一〇三三　駁 一一一四　鵓 一一三六

ㄅㄛˇ　簸 七六二　跛 九七四

ㄅㄛˋ　播 四三八　擘 四四三　簸 七六二　薄 八七六　蘗 八八二

ㄅㄞ　掰 四二七

ㄅㄞˊ　白 六九〇

ㄅㄞˇ　佰 五二　擺 四四五　百 六九一

ㄅㄞˋ　拜 四一三　敗 四五四　稗 七四〇

ㄅㄟ　卑 一三一　埤 二一二　悲 三六九　杯 五〇六　盃 六九五　碑 七二〇　背 八二二

ㄅㄟˇ　北 一二五

ㄅㄟˋ　倍 五八　備 七〇　北 一二五　悖 三六四　憊 三八三　焙 六二三　狽 六四九　背 八二二　蓓 八七一　被 九〇七　褙 九一三　貝 九五四　輩 九八七

ㄅㄠ　包 一二三　孢 二六六　炮 六二一　胞 八二三　苞 八五五　褒 九一二

ㄅㄠˊ　雹 一〇八〇

ㄅㄠˇ　保 五六　堡 二一四　寶 二八三　褓 九一三　飽 一一〇七　鴇 一一三四

ㄅㄠˋ　刨 一〇六　報 二一五　抱 四一一　暴 四八六　瀑 六一四　爆 六三六　豹 九五二　鉋 一〇三三　鮑 一一三〇

ㄅㄢ　扳 四〇三　搬 四三二　斑 四五九　班 六五七　般 八四五　頒 一〇九六

ㄅㄢˇ　板 五〇六　版 六四一　粄 七六四　舨 八四六　闆 一〇五七　阪 一〇五九

ㄅㄢˋ　伴 四三　半 一三〇　扮 四〇〇　拌 四〇六　瓣 六六四　絆 七七五　辦 九九二

ㄅㄣ　奔 二三九　賁 九六〇

ㄅㄣˇ　本 四九八　畚 六七四

ㄅㄣˋ　笨 七五二

ㄅㄤ　傍 六九　幫 三一五　梆 五一七　邦 一〇一七

ㄅㄤˇ　榜 五二五　綁 七八一　膀 八三〇

ㄅㄤˋ　傍 六九　徬 三四六　旁 四六五　棒 五二〇　磅 七二二　膀 八三〇　蚌 八八七　謗 九四二　鎊 一〇四二

ㄅㄥ　崩 三〇三　繃 七八八

ㄅㄥˊ　甭 六七一

ㄅㄥˇ　繃 七八八

ㄅㄥˋ　繃 七八九　蹦 九七八　迸 一〇〇〇

ㄅㄧ　幅 三一四　逼 一〇〇八

ㄅㄧˊ　荸 八五九　鼻 一一五〇

ㄅㄧˇ　匕 一二五　妣 二四七　彼 三四〇　比 五五一　筆 七五四　鄙 一〇二〇

ㄅㄧˋ　佛 四四　俾 六四　嗶 一八八　埤 二一二　壁 二一九　婢 二五六　幣 三一五　庇 三二一　弊 三二九　弼 三三五　必 三五〇　愎 三七一　拂 四〇六　敝 四五五　斃 四五八　枇 五〇五　比 五五一　泌 五七四　璧 六六三　畢 六七五　痺 六八三　睥 七〇八　碧 七二一　祕 七二八　秘 七三八　箅 七六〇　臂 八三三　蓖 八七二　蔽 八七四　薜 八七七　裨 九一二　賁 九五九　跛 九七四　辟 九九二　避 一〇一五　鉍 一〇三四　閉 一〇五一　陛 一〇六二

ㄅㄧㄝ　憋 三八二　鱉 一一三二　鼈 一一四八

ㄅㄧㄝˊ　別 一〇五　蹩 九七九

ㄅㄧㄝˇ　癟 六八六

ㄅㄧㄝˋ　彆 三三五

ㄅㄧㄠ　標 五二七　膘 八三二　彪 八八四　鏢 一〇四四　鑣 一〇四七　飆 一一〇五

ㄅㄧㄠˇ　婊 二五六　表 九〇五　裱 九一二　錶 一〇三七

ㄅㄧㄠˋ　鰾 一一三二

ㄅㄧㄢ

砭 七一八　編 七八六　蝙 八九三　邊 一〇一六　鞭 一〇九〇

ㄅㄧㄢˇ　匾 一二八　扁 三九四　貶 九五八

ㄅㄧㄢˋ　便 五五　卞 一三三　平 三一六　弁 三二九　偏 三四五　汴 五六八　辮 七九二　變 九四七　辨 九九二　辯 九九三　遍 一〇一〇　釆 一〇二七

ㄅㄧㄣ　儐 七七　彬 三三八　斌 四六〇　檳 五三四　濱 六一二　瀕 六一五　繽 七九二　賓 九六一

ㄅㄧㄣˋ　殯 五四七　臏 八三四　髕 一一二一　鬢 一一二五

ㄅㄧㄥ　兵 八九　冰 九五　并 三一八

ㄅㄧㄥˇ　丙 一六　屏 二九五　柄 五〇九　炳 六二〇　秉 七三六　稟 七三九　餅 一一〇八

ㄅㄧㄥˋ　並 一八　併 五二　并 三一八　摒 四三一　病 六八〇

ㄅㄨˇ　卜 一三三　哺 一七三　捕 四一八　補 九一〇

ㄅㄨˋ　不 一三　佈 四五　埠 二一二　布 三一一　怖 三五六　步 五四二　簿 七六一　部 一〇一八　鈽 一〇三四

【ㄆ】

ㄆㄚ　啪 一七六　葩 八六九　趴 九七二

ㄆㄚˊ　扒 三九九　杷 五〇五　爬 六三七　琶 六六〇　耙 八一一

ㄆㄚˋ　帕 三一二　怕 三五七

ㄆㄛ　坡 二〇九　潑 六〇七

ㄆㄛˊ　婆 二五六　皤 六九三　繁 七九〇　鄱 一〇二一

ㄆㄛˇ　叵 一四八　頗 一〇九六

ㄆㄛˋ　朴 五〇〇　珀 六五七　破 七一六　粕 七六五　迫 九九七　醱 一〇二六　霸 一〇八四　魄 一一二八

ㄆㄞ　拍 四一〇

ㄆㄞˊ　俳 六四　徘 三四五　排 四二五　牌 六四一

ㄆㄞˇ　排 四二五

ㄆㄞˋ　派 五七九　湃 五九七

ㄆㄟ　呸 一六三　胚 八二一

ㄆㄟˊ　坏 二〇八　培 二一三　裴 九一一　賠 九六一　陪 一〇六三

ㄆㄟˋ　佩 五三　沛 五六七　珮 六五五　轡 九九一　配 一〇二二

ㄆㄠ　拋 四〇八　泡 五七二

ㄆㄠˊ　刨 一〇六　匏 一二四　咆 一六四　庖 三二二　炮 六二一　袍 九〇三　跑 九七三

ㄆㄠˇ　跑 九七三

ㄆㄠˋ　泡 五七二　炮 六二一　皰 六九四　砲 七一八

ㄆㄡˊ　抔 四〇五

ㄆㄡˇ　剖 一一〇　培 二一三

ㄆㄢ　攀 四四五　潘 六一〇　番 六七六

ㄆㄢˊ　弁 三二九　盤 六九七　磐 七二二　胖 八二一　般 八四五　蟠 八九七

ㄆㄢˋ　判 一〇五　叛 一四三　拚 四一一　畔 六七三　盼 七〇〇

ㄆㄣ　噴 一九〇

ㄆㄣˊ　盆 六九五

ㄆㄣˋ　噴 一九〇

ㄆㄤ　乓 二三　滂 五九八　磅 七二二　膀 八三〇

ㄆㄤˊ　傍 六九　龐 三二七　彷 三三九　徬 三四六　方 四六四　旁 四六五　膀 八三〇　螃 八九四

ㄆㄤˋ　胖 八二一

ㄆㄥ　亨 三一　怦 三六〇　抨 四〇八　澎 六〇九　烹 六二二　砰 七一六

ㄆㄥˊ　彭 三三八　朋 四九四　棚 五二二　澎 六〇九　硼 七二〇　篷 七六〇　膨 八三二　蓬 八七四　逢 一〇〇四　鵬 一一三六

ㄆㄥˇ　捧 四二二

ㄆㄥˋ　碰 七一九　踫 九七六

ㄆㄧ　丕 一七　劈 一一三　匹 一二七　批 四〇三　披 四〇七　砒 七一六　紕 七七五　被 九〇七　霹 一〇八五

ㄆㄧˊ　啤 一七八　埤 二一二　枇 五〇五　毗 五五二　琵 六六〇　疲 六六三　皮 六九三　罷 七九七　脾 八二八　裨 九一二　陴 一〇六五　鼙 一一四九

ㄆㄧˇ　仳 四二　匹 一二七　否 一五八　圮 二〇六　疋 六七八　痞 六八二　癖 六八五

ㄆㄧˋ　僻 七五　媲 二五八　屁 二九四　譬 九四五　辟 九九二　闢 一〇五八

ㄆㄧㄝ　撇 四三五　瞥 七一〇

ㄆㄧㄝˇ　撇 四三五

ㄆㄧㄠ　嫖 二五九　漂 六〇三　飄 一一〇四

ㄆㄧㄠˊ　嫖 二五九　朴 五〇〇　瓢 六六四

ㄆㄧㄠˇ　漂 六〇三　瞟 七一〇

ㄆㄠˋ 剽 一一二 漂 六〇三 票 七二九 驃 一一一八
ㄆㄢ 偏 六八 扁 三九四 篇 七五八 翩 八〇四
ㄆㄢˊ 便 五五 平 三一六 胼 八二六 駢 一一一六
ㄆㄢˋ 片 六四〇 騙 一一一七
ㄆㄣ 姘 二五一 拼 四一六
ㄆㄣˊ 嬪 二六一 蘋 八八一 貧 九五七 頻 一〇九七 顰 一一〇一
ㄆㄣˇ 品 一七〇
ㄆㄣˋ 牝 六四二
ㄆㄥ 乒 二二 娉 二五四
ㄆㄥˊ 坪 二〇八 屏 二九五 平 三一六 憑 三八三 瓶 六六五 秤 七三七 萍 八六二 蘋 八八一 評 九二八 馮 一一一四
ㄆㄥˋ 聘 八一三
ㄆㄨ 仆 三五 噗 一八九 撲 四三八 鋪 一〇三六
ㄆㄨˊ 僕 七四 匍 一二四 朴 五〇〇 樸 五三〇 璞 六六二 脯 八二七 菩 八六二 葡 八六九 蒲 八七〇 蹼 九七九
ㄆㄨˇ 圃 二〇〇 埔 二一一 普 四八一 浦 五八一 溥 五九八 譜 九四五
ㄆㄨˋ 暴 四八六 曝 四八八 瀑 六一四 舖 八四四 鋪 一〇三六

【ㄇ】

ㄇㄚ 媽 二五八 嬤 二六一
ㄇㄚˊ 嘛 一八六 痲 六八三 蟆 八九五 麻 一一四一 麼 一一四二
ㄇㄚˇ 嗎 一八四 瑪 六六二 碼 七二三 螞 八九四 馬 一一一三
ㄇㄚˋ 罵 七九七 螞 八九四
˙ㄇㄚ 嗎 一八四 嘛 一八六
ㄇㄛ 摸 四三五
ㄇㄛˊ 摹 四三七 摩 四三七 模 五二七 無 六二四 磨 七二三 糢 七六八 膜 八三一 蘑 八八一 謨 九四三 魔 一一二八 麼 一一四二
ㄇㄛˇ 抹 四〇六
ㄇㄛˋ 冒 九二 嘿 一八九 寞 二七九 幕 三一五 抹 四〇六 末 四九九 歿 五四六 沒 五六三 沫 五七二 漠 六〇二 磨 七二三 秣 七三七 脈 八二五 茉 八五五 莫 八六〇 貉 九五三 貊 九五三 陌 一〇六一 驀 一一一七 墨 一一四四 默 一一四五
˙ㄇㄜ 麼 一一四二
ㄇㄞˊ 埋 二一一 霾 一〇八五
ㄇㄞˇ 買 九五九
ㄇㄞˋ 脈 八二五 賣 九六三 邁 一〇一五 麥 一一四一
ㄇㄟˊ 媒 二五七 嵋 三〇四 枚 五〇七 某 五〇八 梅 五一七 楣 五二四 沒 五六三 湄 五九七 煤 六二八 玫 六五六 眉 七〇〇 莓 八六一 酶 一〇二四 霉 一〇八二 黴 一一四七
ㄇㄟˇ 每 五五〇 美 七九九 鎂 一〇四〇
ㄇㄟˋ 妹 二四九 媚 二五六 寐 二七九 昧 四七六 瑁 六六一 袂 九〇六 魅 一一二八
ㄇㄠ 貓 九五三
ㄇㄠˊ 毛 五五二 矛 七一二 茅 八五二 錨 一〇四〇 髦 一一二三
ㄇㄠˇ 卯 一三四
ㄇㄠˋ 冒 九二 帽 三一四 茂 八五四 貌 九五三 貿 九五九
ㄇㄡˊ 牟 六四二 眸 七〇六 繆 七八八 謀 九四一
ㄇㄡˇ 某 五〇八
ㄇㄢˊ 埋 二一一 瞞 七〇九 蔓 八七三 蠻 八九九 謾 九四四 蹣 九七八 顢 一一〇〇 饅 一一一〇 鰻 一一三二
ㄇㄢˇ 滿 六〇四
ㄇㄢˋ 曼 一四三 幔 三一五 慢 三七九 漫 六〇五 蔓 八七三 謾 九四四 鏝 一〇四四
ㄇㄣ 悶 三七〇
ㄇㄣˊ 們 六一 捫 四二三 門 一〇四九
ㄇㄣˋ 悶 三七〇 懣 三八六 燜 六三五
˙ㄇㄣ 們 六一
ㄇㄤˊ 忙 三五一 氓 五五五 盲 六九九 芒 八四八 茫 八五六
ㄇㄤˇ 莽 八六一 蟒 八九五
ㄇㄥ 矇 七一一
ㄇㄥˊ 懵 三八六 朦 四九六 檬 五三四 氓 五五四 濛 六一二 盟 六九六 曚 七一一 萌 八六四 蒙 八七〇
ㄇㄥˇ 猛 六四九 蜢 八九一 錳 一〇三八
ㄇㄥˋ 夢 二二六 孟 二六四
ㄇㄧ 咪 一七〇 瞇 七〇九
ㄇㄧˊ 彌 三三六 瀰 六一五 縻 七六八 謎 九四二 迷 九九七 醚 一〇二五 靡 一〇八八 麋 一一四〇

ㄇㄧˇ 弭 三三三　敉 四五三　米 七六四　芈 七九九　靡 一〇八八

ㄇㄧˋ 冪 九四　密 二七八　日 四六八　汨 五六七　泌 五七四　祕 七二八　秘 七三八　糸 七七〇　蜜 八九一　覓 九一七

ㄇㄧㄝ 咩 一七一　芈 七九九

ㄇㄧㄝˋ 滅 五九九　篾 七六〇　蔑 八七三

ㄇㄧㄠ 喵 一八四

ㄇㄧㄠˊ 描 四二八　瞄 七〇八　苗 八五四

ㄇㄧㄠˇ 渺 五九六　眇 七〇四　秒 七三六　藐 八七九

ㄇㄧㄠˋ 妙 二四七　廟 三二六　眇 七〇四　繆 七八八

ㄇㄧㄡˋ 繆 七八八　謬 九四三

ㄇㄧㄢˊ 棉 五二一　眠 七〇四　瞑 七〇九　綿 七八三

ㄇㄧㄢˇ 免 八二　冕 九三　勉 一一七　娩 二五四　緬 七八五　腼 八三〇　靦 一〇八九

ㄇㄧㄢˋ 沔 五七五　面 一〇八八　麵 一一四一

ㄇㄧㄣˊ 岷 三〇〇　民 五五三

ㄇㄧㄣˇ 憫 三八二　抿 四〇六　敏 四五四　泯 五七五　澠 六一二　皿 六九四　閔 一〇五一　閩 一〇五五　黽 一一四八

ㄇㄧㄥˊ 冥 九四　名 一五三　明 四七一　暝 四八六　瞑 七〇九　茗 八五九　螟 八九四　酩 一〇二三　銘 一〇三五　鳴 一一三四

ㄇㄧㄥˋ 命 一六七

ㄇㄨˇ 姆 二五〇　姥 二五二　拇 四一〇　母 五五〇　牡 六四二　畝 六七三

ㄇㄨˋ 募 一二〇　墓 二一八　幕 三一五　慕 三八〇　暮 四八六　木 四九七　沐 五六六　牟 六四二　牧 六四三　目 六九八　睦 七〇七　穆 七四二　繆 七八八　苜 八五五　莫 八六〇　鉬 一〇三四

【ㄈ】

ㄈㄚ 伐 四〇　發 六八八

ㄈㄚˊ 乏 二二　法 五七三　筏 七五五　罰 七九七　閥 一〇五六

ㄈㄚˇ 法 五七三　砝 七一六　髮 一一二三

ㄈㄚˋ 琺 六五九

ㄈㄛˊ 佛 四四

ㄈㄟ 啡 一一七　妃 二四三　扉 三九五　緋 七八四　菲 八六四　霏 一〇八三　非 一〇八七　飛 一一〇五

ㄈㄟˊ 淝 五九二　肥 八二〇

ㄈㄟˇ 匪 一二六　斐 四六〇　翡 八〇四　菲 八六四　誹 九四〇

ㄈㄟˋ 吠 一六一　廢 三二五　沸 五七四　狒 六四七　疿 六八三　肺 八二〇　費 九五八

ㄈㄡˇ 不 一三　否 一五八　缶 七九四

ㄈㄢ 番 六七六　翻 八〇五　蕃 八七五

ㄈㄢˊ 凡 二〇　帆 三一一　樊 五二八　煩 六二七　礬 七二五　繁 七九〇　蕃 八七五　藩 八七九

ㄈㄢˇ 反 一四一　返 九九六

ㄈㄢˋ 梵 五一五　氾 五六〇　汎 五六二　泛 五七二　犯 六四五　範 七五八　范 八五二　販 九五五　飯 一一〇七

ㄈㄣ 分 一〇二　吩 一五九　氛 五五四　紛 七七二　芬 八五一

ㄈㄣˊ 墳 二一九　汾 五六一　焚 六二三

ㄈㄣˇ 粉 七六四

ㄈㄣˋ 份 四二　分 一〇二　奮 二四一　忿 三五五　憤 三八二　糞 七六九

˙ㄈㄣ 噴 一九〇

ㄈㄤ 坊 二〇六　方 四六四　枋 五〇四　芳 八四九

ㄈㄤˊ 坊 二〇六　妨 二四一　房 三九四　肪 八二一　防 一〇五九

ㄈㄤˇ 仿 三八　倣 五九　彷 三三九　放 四五一　紡 七七三　舫 八四五　訪 九二六

ㄈㄤˋ 放 四五〇

ㄈㄥ 封 二八四　峰 三〇二　楓 五二三　烽 六二三　瘋 六八四　蜂 八九〇　豐 九五〇　鋒 一〇三七　風 一一〇二

ㄈㄥˊ 縫 七八九　逢 一〇〇四　馮 一一一四

ㄈㄥˋ 俸 五九　奉 二三七　縫 七八九　諷 九四一　風 一一〇一　鳳 一一三四

ㄈㄨ 伕 三九　夫 二三四　孵 二六四　敷 四五七　膚 八三二　麩 一一四一

ㄈㄨˊ 伏 四〇　佛 四四　俘 五七　匐 一二四　夫 二三四　孚 二六四　幅 三一四　弗 三三二　彿 三四〇　扶 四〇一　拂 四〇六　服 四九四　氟 五五四　浮 五八四

福 七三〇
符 七五二
紼 七七七
縛 七八七
芙 八四九
苻 八五六
蝠 八九三
袱 九〇八
輻 九八八
鳧 一一三四
黻 一一四七

ㄈㄨˇ
俯 五九
府 三二二
拊 四一三
撫 四三九
斧 四六二
父 六三九
甫 六七一
脯 八二六
腑 八二八
腐 八二八
輔 九八六
釜 一〇三一
黼 一一四七

ㄈㄨˋ
付 三六
傅 六九
副 一一一
咐 一六四
婦 二五五
富 二七九
復 三四五
父 六三九
腹 八三〇
複 九一二
覆 九一六
訃 九二三
負 九五四
賦 九六二
赴 九六八
阜 一〇五八
附 一〇六〇
馥 一一一二
駙 一一一五

【ㄉ】

ㄉㄚ
搭 四三二
答 七五四
褡 九一三

ㄉㄚˊ
妲 二五一
瘩 六八四
答 七五四
達 一〇〇八
靼 一〇八九
韃 一〇九〇

ㄉㄚˇ
打 三九六

ㄉㄚˋ
大 二二七

ㄉㄜˊ
得 三四三
德 三四七

˙ㄉㄜ
地 二〇四
底 三二二
得 三四三
的 六九二

ㄉㄞ
呆 一五八
待 三四〇

ㄉㄞˇ
歹 五四五
逮 一〇〇五

ㄉㄞˋ
代 三七
大 二二七
岱 三〇〇
帶 三一三
待 三四〇
怠 三五八
戴 三九三
殆 五四六
毒 五五一
玳 六五七
袋 九〇七
貸 九五九
逮 一〇〇五
黛 一一四六

ㄉㄟˇ
得 三四三

ㄉㄠ
刀 一〇一
叨 一四七

ㄉㄠˇ
倒 六一
導 二八八
島 三〇二
搗 四三四
禱 七三二

ㄉㄠˋ
倒 六一
到 一〇八
悼 三六八
盜 六九六
稻 七四一
蹈 九七八
道 一〇〇七

ㄉㄡ
兜 八三
都 一〇一九

ㄉㄡˇ
抖 四〇一
斗 四六〇
蚪 八八七
陡 一〇六二

ㄉㄡˋ
痘 六八二
竇 七四八
讀 九四六
豆 九四九
逗 一〇〇二
鬥 一一二五

ㄉㄢ
丹 二〇
單 一八三
擔 四四三
湛 五九四
眈 七〇四
簞 七六一
耽 八二一

ㄉㄢˇ
撣 四四〇
疸 六八一
膽 八三三

ㄉㄢˋ
但 四六
啖 一七七
彈 三三五
憚 三八二
擔 四四三
旦 四七〇
檐 五三四
氮 五五六
淡 五八六
澹 六一二
石 七一五
蛋 八八八
誕 九三六

ㄉㄤ
噹 一九一
當 六七六
襠 九一四
鐺 一〇四六

ㄉㄤˇ
擋 四四一
檔 五三三
當 六七七
黨 一一四六

ㄉㄤˋ
宕 二七三
擋 四四一
當 六七七
盪 六九八
蕩 八七五

ㄉㄥ
燈 六三三
登 六八七

ㄉㄥˇ
等 七五三

ㄉㄥˋ
凳 九八
嶝 三〇四
瞪 七一〇
磴 七二三
蹬 九七九
鄧 一〇二一

ㄉㄧ
低 四八
氐 五五四
滴 六〇二

ㄉㄧˊ
嘀 一八六
嫡 二五八
廸 三二八
敵 四五七
滌 六〇七
狄 六四六
的 六九二
笛 七五三
糴 七六九
翟 八〇四
荻 八六二
迪 九九六
適 一〇一二
鏑 一〇四三

ㄉㄧˇ
底 三二二
抵 四〇一
柢 五〇〇
氐 五五四
牴 六四三
砥 七一八
詆 九二九
邸 一〇一八

ㄉㄧˋ
地 二〇四
娣 二五四
帝 三一二
弟 三三二
棣 五二〇
的 六九二
第 七五三
締 七八五
蒂 八六七
諦 九四〇
遞 一〇一二

ㄉㄧㄝ
爹 六三九

ㄉㄧㄝˊ
喋 一八二
涉 五八四
牒 六四一
疊 六七八
碟 七二一
蝶 八九二
褶 九一四
諜 九四一
跌 九七三
迭 九九七

ㄉㄧㄠ
凋 九七
刁 一〇一
叼 一四七
彫 三三八
碉 七二〇
貂 九五三
雕 一〇七四
鵰 一一三七

ㄉㄧㄠˇ
鳥 一一三三

ㄉㄧㄠˋ
吊 一五二
弔 三三〇
掉 四二三
調 九三八
釣 一〇三一

ㄉㄧㄡ
丟 一八

ㄉㄧㄢ
巔 三〇五
滇 五九九
癲 六八七
顛 一一〇〇

ㄉㄧㄢˇ
典 九〇
碘 七二〇
點 一一四五

ㄉㄧㄢˋ
佃 五四
墊 二一八
奠 二四〇
店 三二一
惦 三六六
殿 五四九
淀 五九二
澱 六一〇
玷 六五六

甸 六七二　踮 九七六　電 一○八一　靛 一○八六

ㄉㄤ　噹 一九一

ㄉㄧㄥ　丁 七　仃 三五　叮 一四七　町 六七三　疔 六七九　盯 六九九　酊 一○二二　釘 一○三○

ㄉㄧㄥˇ　酊 一○二二　頂 一○九三　鼎 一一四八

ㄉㄧㄥˋ　定 二七二　碇 七二○　訂 九二三　釘 一○三○　錠 一○三七

ㄉㄨ　嘟 一八八　督 七○七　都 一○一九

ㄉㄨˊ　櫝 五三四　毒 五五一　瀆 六一四　牘 六四一　犢 六四五　獨 六五二　讀 九四六　頓 一○九五　髑 一一二一　黷 一一四七

ㄉㄨˇ　堵 二一三　睹 七○八　篤 七五九　肚 八一九　賭 九六四

ㄉㄨˋ　妒 二四六　度 三二二　杜 五○一　渡 五九三　肚 八一九　蠹 八九○　鍍 一○四○

ㄉㄨㄛ　哆 一七一　多 二二五

ㄉㄨㄛˊ　奪 二四一　掇 四二七　鐸 一○四六

ㄉㄨㄛˇ　垛 二一○　朵 五○○　躲 九八一

ㄉㄨㄛˋ　剁 一○八　咄 一六四　垛 二一○　墮 二一九　度 三二二　惰 三七一　沱 五七四　舵 八四六　跺 九七五　踱 九七七　馱 一一一四

ㄉㄨㄟ　堆 二一二

ㄉㄨㄟˋ　兌 八一　對 二八七　敦 四五六　隊 一○六六

ㄉㄨㄢ　端 七五○

ㄉㄨㄢˇ　短 七一三

ㄉㄨㄢˋ　斷 四六四　段 五四八　緞 七八七　鍛 一○四一

ㄉㄨㄣ　墩 二一九　敦 四五六　燉 六三三　蹲 九七九

ㄉㄨㄣˇ　盹 七○○　躉 九八○

ㄉㄨㄣˋ　噸 一九一　囤 一九九　沌 五六七　燉 六三三　盾 七○二　遁 一○一○　鈍 一○三二　頓 一○九五　飩 一一○七

ㄉㄨㄥ　冬 九四　咚 一六六　東 五○二　鼕 一一四九

ㄉㄨㄥˇ　懂 三八五　董 八六九

ㄉㄨㄥˋ　凍 九六　動 一一八　恫 三六一　棟 五一九　洞 五七八　胴 八二四

【ㄊ】

ㄊㄚ　他 三七　佗 四三　塌 二一七　她 二四五　它 二六九　牠 六四三　祂 七二六　趿 九七三

ㄊㄚˇ　塔 二一六

ㄊㄚˋ　嗒 一八六　拓 四○八　撻 四四○　榻 五二四　沓 五六八　漯 六○六　獺 六五四　踏 九七六　蹋 九七八　躂 九八○

ㄊㄜ　忒 三五三

ㄊㄜˋ　匿 一二七　忒 三五三　忑 三五三　慝 三八○　特 六四三

ㄊㄞ　胎 八二三

ㄊㄞˊ　台 一四九　抬 四一二　檯 五三四　臺 八四○　苔 八五五　跆 九七四　颱 一一○四

ㄊㄞˋ　大 二二七　太 二三四　態 三七八　汰 五六七　泰 五七五　鈦 一○三二

ㄊㄠ　叨 一四七　掏 四二六　滔 六○一　韜 一○九一

啕　桃　淘　濤　萄　逃　陶 一○[illegible]

ㄊㄠˇ　討 九二四

ㄊㄠˋ　套 二四○

ㄊㄡ　偷 六八

ㄊㄡˊ　投 四○四　頭 一○九七　骰 一一二○

ㄊㄡˋ　透 一○○四

ㄊㄡ˙　頭 一○九七

ㄊㄢ　坍 二○七　攤 四四七　灘 六一六　癱 六八七　貪 九五六

ㄊㄢˊ　壇 二二○　彈 三三五　曇 四八八

坦 二○九　忐 三五三　毯 五五三　袒 九○七

ㄊㄢˋ　嘆 一八七　探 四二四　歎 五三九　炭 六二一　碳 七二一

ㄊㄤ　湯 五九五　蹚 九七八　鏜 一○四三

ㄊㄤˊ　唐 一七二　堂 二一三　塘 二一六　搪 四三二　棠 五一八　糖 七六八

七八…　三一二…　淌 五八六　躺 九八二

ㄊㄤˋ　燙 六三三　趟 九七一

ㄊㄥˊ　疼 六八一　籐 七六三　藤 八八○　謄 九四三　騰 一一一七

ㄊㄧ　剔 一一○　梯 五一六　踢 九七六　銻 一○三六

ㄊㄧˊ　啼 一八二　堤 二一四　提 四二九　蹄 九七七　隄 一○六七　題 一○九九

鯷 一一三二　ㄊㄧˋ 體 一一二一　ㄊㄧˋ 倜 六四　剃 一〇九　嚏 一九三　屜 二九六　弟 三三二　悌 三六四　惕 三六八　替 四九一　涕 五八〇　逖 一〇〇四　ㄊㄧㄝ 帖 三一二　貼 九五七　ㄊㄧㄝˇ 帖 三一二　鐵 一〇四五　ㄊㄧㄝˋ 挑 四一六　ㄊㄧㄠ 佻 五三　條 五一八　調 九三八　迢 九九六　髫 一一二四　齠 一一五二　ㄊㄧㄠˇ

挑 四一六　窕 七四五　ㄊㄧㄠˋ 眺 七〇六　糶 七六九　跳 九七五　ㄊㄧㄢ 天 二三〇　添 五八七　ㄊㄧㄢˊ 填 二一六　恬 三六一　甜 六六七　田 六七一　闐 一〇五七　ㄊㄧㄢˇ 忝 三五五　殄 五四六　腆 八二八　舔 八四四　靦 一〇八八　ㄊㄧㄥ 廳 三二七　汀 五六〇　聽 八一六　ㄊㄧㄥˊ 亭 三二　停 六五　婷 二五六　庭 三二三

廷 三二八　蜓 八九〇　霆 一〇八二　ㄊㄧㄥˇ 挺 四一八　梃 五一七　町 六七三　艇 八四六　鋌 一〇三七　ㄊㄧㄥˋ 聽 八一六　ㄊㄨ 禿 七三五　ㄊㄨˊ 凸 一〇一　圖 二〇三　塗 二一六　屠 二九六　徒 三四二　涂 五八五　突 七四五　荼 八六二　途 一〇〇四　ㄊㄨˇ 吐 一五二　土 二〇三　ㄊㄨˋ 兔 八二　吐 一五二　ㄊㄨㄛ

托 三九九　拖 四一二　脫 八二六　託 九二五　ㄊㄨㄛˊ 佗 四三　沱 五七四　跎 九七三　陀 一〇五九　馱 一一一四　駝 一一一五　鴕 一一三五　鼉 一一四八　ㄊㄨㄛˇ 妥 二四八　橢 五三一　ㄊㄨㄛˋ 唾 一七九　拓 四〇八　魄 一一二八　ㄊㄨㄟ 推 四二三　ㄊㄨㄟˊ 頹 一〇九八　ㄊㄨㄟˇ 腿 八三一　ㄊㄨㄟˋ 蛻 八八九　退 九九八　ㄊㄨㄢ

湍 五九六　ㄊㄨㄢˊ 團 二〇二　糰 七六九　ㄊㄨㄣ 吞 一五七　ㄊㄨㄣˊ 囤 一九九　屯 二九八　臀 八三四　豚 九五一　ㄊㄨㄣˋ 褪 九一三　ㄊㄨㄥ 恫 三六一　通 一〇〇一　ㄊㄨㄥˊ 仝 三八　僮 七四　同 一五〇　彤 三三七　桐 五一二　洞 五七八　潼 六〇七　瞳 七一〇　童 七四九　銅 一〇三五　ㄊㄨㄥˇ 捅 四二〇　桶 五一六

筒 七五四　統 七七五　ㄊㄨㄥˋ 慟 三七九　痛 六八二

【ㄋ】

ㄋㄚ 那 一〇一七　ㄋㄚˊ 南 一三二　拿 四一七　ㄋㄚˇ 哪 一七四　那 一〇一七　ㄋㄚˋ 內 八四　吶 一六一　娜 二五三　捺 四二七　納 七七四　那 一〇一七　鈉 一〇三二　˙ㄋㄚ 哪 一七四　那 一〇一七　ㄋㄜˋ 訥 九二六　˙ㄋㄜ 呢 一六六

ㄋㄞˇ 乃 二一　奶 二四二　妳 二五一　氖 五五四　迺 九九九　ㄋㄞˋ 奈 二三八　耐 八一〇　鼐 一一四九　ㄋㄟˇ 餒 一一〇九　ㄋㄟˋ 內 八四　ㄋㄠ 呶 一六五　撓 四四〇　鐃 一〇四五　ㄋㄠˇ 惱 三七一　瑙 六六一　腦 八三〇　ㄋㄠˋ 淖 [illegible]　鬧 [illegible]　南 [illegible]　喃 [illegible]　楠 [illegible]

ㄋㄢˊ 難 一〇七六　ㄋㄢˇ 赧 九六七　ㄋㄢˋ 難 一〇七七　ㄋㄣˋ 嫩 二五九　ㄋㄤˊ 囊 一九五　ㄋㄥˊ 能 八二五　ㄋㄧˊ 倪 六四　兒 八三　呢 一六[illegible]　妮 [illegible]　尼 [illegible]　怩 [illegible]　泥 [illegible]　霓 [illegible]

睨 七〇八　膩 八三二　逆 九九七　ㄋㄧㄝ 捏 四一八　捻 四二六　ㄋㄧㄝˋ 嚙 一九三　囁 一九四　孽 二六八　攝 二六[illegible]　涅 [illegible]　聶 [illegible]

忸 三五五　扭 四〇二　紐 七七三　鈕 一〇三二
ㄋㄧㄡˋ 拗 四一二
ㄋㄧㄢˊ 年 三一八　拈 四〇八　粘 七六五　鯰 一一三一　黏 一一四四
ㄋㄧㄢˇ 拈 四〇八　捻 四二六　撚 四三九　攆 四四五　碾 七二二　輦 九八七　輾 九八九
ㄋㄧㄢˋ 唸 一七八　廿 三二九　念 三五四
ㄋㄧㄣˊ 恁 三六三　您 三六六
ㄋㄧㄤˊ 娘 二五三
ㄋㄧㄤˋ 釀 一〇二六
ㄋㄧㄥˊ 凝 九七　嚀 一九三　寧 二七九　檸 五三四　獰 六五三
ㄋㄧㄥˇ 擰 四四四
ㄋㄧㄥˋ 佞 四三　寧 二七九　擰 四四四　濘 六一二
ㄋㄨˊ 奴 二四二　帑 三一二　駑 一一一五
ㄋㄨˇ 努 一一六　弩 三三二
ㄋㄨˋ 怒 三五八
ㄋㄨㄛˊ 哪 一七四　娜 二五三　挪 四一九　那 一〇一七　難 一〇七七
ㄋㄨㄛˋ 喏 一八四　懦 三八五　糯 七六九　諾 九四〇
ㄋㄨㄢˇ 暖 四八三
ㄋㄨㄥˊ 儂 七六　噥 一九二　濃 六一〇　膿 八三二　農 九九四
ㄋㄨㄥˋ 弄 三二九
ㄋㄩˇ 女 二四二
ㄋㄩˋ 女 二四二
ㄋㄩㄝˋ 瘧 六八四　虐 八八三　謔 九四一

【ㄌ】

ㄌㄚ 啦 一七六　拉 四〇五　邋 一〇一六
ㄌㄚˊ 剌 一〇九
ㄌㄚˇ 喇 一八二
ㄌㄚˋ 剌 一〇九　腊 八二八　臘 八三四　落 八六八　蠟 八九八　辣 九九二
˙ㄌㄚ 啦 一七六
˙ㄌㄛ 咯 一七一
ㄌㄜˋ 勒 一一八　垃 二〇八　捋 四二〇　樂 五二九　肋 八一八
˙ㄌㄜ 了 二六
ㄌㄞˊ 來 五一　萊 八六四
ㄌㄞˋ 厲 一三八　瀨 六一四　癩 六八六　睞 七〇七　籟 七六三　賴 九六四
ㄌㄟ 勒 一一八
ㄌㄟˊ 嫘 二五九　擂 四四二　縲 七八八　纍 七九三　羸 八〇二　鐳 一〇四五　雷 一〇八〇
ㄌㄟˇ 儡 七八　壘 二二一　磊 七二一　累 七七七　耒 八一〇　蕾 八七七
ㄌㄟˋ 淚 五八六　累 七七七　類 一〇九九
ㄌㄠ 撈 四三九
ㄌㄠˊ 勞 一二〇　嘮 一八九　牢 六四二　癆 六八五
ㄌㄠˇ 佬 五一　姥 二五二　潦 六〇八　老 八〇六
ㄌㄠˋ 勞 一二〇　烙 六二〇　絡 七八〇　落 八六八
ㄌㄡ 摟 四三六
ㄌㄡˊ 嘍 一八八　婁 二五四　樓 五二七　螻 八九二　髏 一一二一
ㄌㄡˇ 摟 四三六　簍 七六〇
ㄌㄡˋ 漏 六〇三　鏤 一〇四四　陋 一〇六一　露 一〇八四
ㄌㄢˊ 婪 二五五　嵐 三〇四　攔 四四六　斕 四六〇 ……
…… 攬 五三六　欖 七九四　纜 九一九　覽
ㄌㄢˋ 濫 六一三　瀾 六一五　爛 六三七
ㄌㄤˊ 廊 三二四　榔 五二四　狼 六四八　琅 六五八　瑯 六六一　螂 八九三　郎 一〇一八
ㄌㄤˇ 朗 四九五
ㄌㄤˋ 浪 五八〇
ㄌㄥˊ ……
ㄌㄥˋ 楞 　愣 三五六　怔
…… 喱 三七〇　梨 五一八　漓 六〇二　犁 六四四　犛 六四五　狸 六四九　璃 六六二　籬 七六三　罹 七九八　蜊 八九〇　蠡 八九八　貍 九五三　釐 一〇二九　離 一〇七六　驪 一一一九　鸝 一一三九　麗 一一四〇　黎 一一四四　黧 一一四七
ㄌㄧˇ 俚 五八　哩 一七四　娌 二五四　李 五〇〇　浬 五八四　澧 　鯉
ㄌㄧˋ 例 五一　俐 五八　儷 七八　利 一〇六　力 一一四　勵 一二二　厲 一三八　吏 一五〇　唳 一七九　壢 二二一　慄 三七八　戾 三九四　曆 四八七　栗 五一三　櫟 五三五

歷 544 瀝 615 琍 659 痢 682 癘 686 礪 724 礫 725 立 748 笠 752 粒 765 荔 857 莉 861 蒞 872 蠣 898 詈 929 隸 1070 靂 1085 鬲 1127 麗 1140
倆 59
咧 171
冽 96 列 104 劣 116 捩 426 洌 578 烈 622

獵 653 裂 908 邋 1016 鬣 1125
僚 74 嘹 189 寥 280 寮 281 撩 440 潦 608 燎 634 獠 652 療 685 繚 791 聊 812 遼 1014 鐐 1045
了 26 瞭 710 蓼 875
廖 325 料 460 瞭 710
溜 600
劉 113

榴 526 流 576 瀏 614 琉 657 留 674 瘤 685 硫 718
柳 510 綹 784
六 87 溜 600 遛 1012 陸 1064 餾 1110
奩 241 帘 312 廉 325 憐 383 漣 605 濂 610 簾 761 聯 814 蓮 873 連 1002 鐮 1045 鰱 1132

臉 833
戀 388 斂 458 殮 547 煉 628 練 785 鍊 1040 鏈 1043
嶙 304 林 506 淋 588 燐 634 琳 659 磷 724 粼 767 臨 835 轔 991 遴 1011 鄰 1020 霖 1083 鱗 1132 麟 1140
凜 97 懍 384 稟 739
吝 157

藺 881 賃 961 躪 980
梁 515 涼 585 粱 766 糧 769 良 847 踉 976 量 1029
倆 59 兩 86 魎 1128
亮 32 兩 86 晾 483 涼 585 諒 936 踉 976 輛 987 量 1029
拎 413
伶 49 凌 97 囹 200

櫺 535 淩 592 玲 656 綾 782 羚 800 翎 803 聆 813 苓 856 菱 864 蛉 888 鈴 1034 陵 1063 零 1080 靈 1085 鴒 1135 齡 1152
嶺 305 領 1096
令 38 另 148
嚕 193
廬 327 爐 637 盧 698 臚 834 蘆 881

轤 991 顱 1101 鱸 1133
擄 441 櫓 535 虜 885 魯 1130 鹵 1139
六 87 戮 391 淥 592 漉 607 璐 663 碌 720 祿 729 蓼 875 角 [illegible] 路 [illegible] …

捋 420
囉 195
玀 654 籮 763 羅 798 蘿 882 螺 895 邏 1016 鏍 1044 鑼 1048 騾 1118
綞 784 裸 9[illegible] 洛 [illegible] …

鸞 1138
卵 135
亂 25
掄 421
侖 53 倫 64 圇 [illegible]01 崙 [illegible] 掄 [illegible] …

竭 七五〇　節 七五五　結 七七七　羯 八〇一　訐 九二四　詰 九三〇　頡 一〇九七

ㄐㄧㄝˇ
姐 二五〇　姊 二五一　解 九二一

ㄐㄧㄝˋ
介 三五　借 六〇　屆 二九五　戒 三九〇　玠 六五六　界 六七三　疥 六八〇　芥 八五一　藉 八七九　解 九二一　誡 九三四

ㄐㄧㄠ
交 三〇　嬌 二六〇　教 四五四　椒 五二一　澆 六〇八　焦 六二三　礁 七二三　膠 八三一　茭 八五九　蕉 八七六　蛟 八八八　跤 九七五　郊 一〇一八　驕 一一一八　鮫 一一三一

ㄐㄧㄠˊ
嚼 一九四

ㄐㄧㄠˇ
佼 五三　僥 七四　剿 一一二　勦 一二一　姣 二五二　攪 四四七　狡 六四八　皎 六九三　矯 七一四　絞 七七七　繳 七九二　腳 八二九　角 九二〇　鉸 一〇三四　餃 一一〇八

ㄐㄧㄠˋ
叫 一四八　教 四五四　校 五一一　窖 七四六　覺 九一九　較 九八五　轎 九九〇

ㄐㄧㄡ
啾 一八四　揪 四三一　糾 七七〇　赳 九六九　鬮 一一二六　鳩 一一三三

ㄐㄧㄡˇ
久 二一　九 二四　灸 六一九　玖 六五五　酒 一〇二二　韭 一〇九一

ㄐㄧㄡˋ
咎 一六七　就 二九二　廄 三二五　救 四五三　柩 五〇九　疚 六七九　究 七四三　臼 八四一　舅 八四一　舊 八四三　鷲 一一三八

ㄐㄧㄢ
兼 九一　堅 二一一　奸 二四三　姦 二五二　尖 二九一　殲 五四八　淺 五八七　湔 五九三　濺 六一四　煎 六二六　監 六九七　箋 七五六　緘 七八五　縑 七八七　肩 八二一　艱 八四七　菅 八六六　間 一〇五四　閒 一〇五四

ㄐㄧㄢˇ
儉 七六　剪 一一一　揀 四二八　撿 四四二　柬 五〇八　檢 五三三　減 五九四　瞼 七一一　簡 七六一　繭 七九二　錢 一〇三八　謇 一一一七　鹼 一一三九

ㄐㄧㄢˋ
件 四一　健 六六　僭 七四　劍 一一三　建 三二八　檻 五三四　毽 五五三　漸 六〇五　澗 六一〇　濺 六一四　監 六九七　箭 七五八　腱 八二九　艦 八四六　荐 八五九　薦 八七八　見 九一七　諫 九四〇　賤 九六二　踐 九七六　鍵 一〇四〇　鑑 一〇四六　鑒 一〇四六　間 一〇五四　閒 一〇五四　餞 一一一〇

ㄐㄧㄣ
今 三五　巾 三一一　斤 四六一　津 五七七　矜 七一二　禁 七二九　筋 七五五　襟 九一四　金 一〇二九

ㄐㄧㄣˇ
僅 七二　儘 七七　瑾 六六二　緊 七八二　謹 九四三　錦 一〇三九

ㄐㄧㄣˋ
噤 一九一　晉 四七九　浸 五八一　燼 六三六　盡 六九六　禁 七二九　覲 九一九　近 九九六　進 一〇〇五　靳 一〇八九

ㄐㄧㄤ
僵 七五　姜 二五一　將 二八六　江 五六一　漿 六〇七　疆 六七八　繮 七九二　薑 八七七　韁 一〇九〇

ㄐㄧㄤˇ
槳 五二八　獎 六五二　蔣 八七三　講 九四二

ㄐㄧㄤˋ
匠 一二六　將 二八六　強 三三四　彊 三三六　漿 六〇七　絳 七八〇　醬 一〇二六　降 一〇六一

ㄐㄧㄥ
京 三一　兢 八三　旌 四六七　晶 四八二　涇 五八一　睛 七〇七　精 七六六　經 七八〇　荊 八五七　莖 八六〇　菁 八六三　青 一〇八六　驚 一一一八　鯨 一一三一

ㄐㄧㄥˇ
井 二七　憬 三八二　景 四八二　警 九四六　阱 一〇五九　頸 一〇九七

ㄐㄧㄥˋ
勁 一一七　境 二一八　徑 三四三　敬 四五七　淨 五九二　痙 六八二　競 七五〇　請 九三七　逕 一〇〇三　鏡 一〇四三　靖 一〇八六　靜 一〇八七　竟 一〇九二

ㄐㄩ
且 一七　居 二九五　拘 四一一　据 四二七　沮 五四七　狙 六四一　疽 六八一　蛆 八八八　車 九八二　鋸 一〇三七　駒 一一一五

ㄐㄩˊ
局 二九四　掬 四二五　桔 五一〇　橘 五三五　菊 八六五　跼 九七五　鞠 一〇九〇

ㄐㄩˇ
咀 一六三　枸 五〇八　沮 五七四　矩 七一三　舉 八四二　莒 八六〇　齟 一一五二

ㄐㄩˋ
倨 六二　俱 六二

具 九○
劇 一一三
句 一四九
巨 三○七
懼 三八七
拒 四○七
据 四二七
據 四四一
沮 五七四
炬 六二○
瞿 七一一
聚 八一四
苣 八五二
足 九七二
距 九七三
踞 九七七
遽 一○一五
鉅 一○三四
鋸 一○三七
颶 一一○四

ㄐㄩㄝ
噘 一九○

ㄐㄩㄝˊ
倔 六二
厥 一三八
噱 一九二
嚼 一九四
孓 二六二
崛 三○三
抉 四○一
掘 四二二
攫 四四七
決 五六五
爵 六三八
獗 六五二
珏 六五六
絕 七七八
蕨 八七五
覺 九一九
角 九二○
訣 九二六
譎 九四五
蹶 九七九

ㄐㄩㄝˋ
倔 六二

ㄐㄩㄢ
娟 二五三
捐 四一九
涓 五八三
身 九八一
鵑 一一三六

ㄐㄩㄢˇ
卷 一三六
捲 四二一

ㄐㄩㄢˋ
倦 五九
卷 一三六
圈 二○○
狷 六四九
眷 七○六
絹 七八一
雋 一○七三

ㄐㄩㄣ
君 一五九
均 二○七
皸 六九四
軍 九八三
鈞 一○三二
龜 一一五四

ㄐㄩㄣˋ
俊 五七
峻 三○一
浚 五八四
濬 六一三
竣 七四九
菌 八六四
郡 一○一八
雋 一○七三
駿 一一一六

ㄐㄩㄥˇ
炯 六二○
窘 七四六
迥 九九六

【ㄑ】

ㄑㄧ
七 七
妻 二四八
悽 三六六
慼 三八二
戚 三九一
棲 五二○
欺 五三八
沏 五六八
淒 五九○
漆 六○四
萋 八六三

ㄑㄧˊ
俟 五七
其 九○
奇 二三八
岐 二九九
崎 三○二
旗 四六七
期 四九五
枝 五○五
棋 五二○
歧 五四三
淇 五八八
琪 六五九
畦 六七五
祁 七二五
祈 七二六
祇 七二六
祺 七二九
耆 八○九
臍 八三四
頎 一○九六
騎 一一一六
鰭 一一三二
麒 一一四○
齊 一一五一

ㄑㄧˇ
乞 二四
啟 四五三
杞 五○二
稽 七四二
綺 七八三
豈 九四九
起 九六九

ㄑㄧˋ
亟 二九
企 四二
器 一九二
契 二三九
妻 二四八
憩 三八三
揭 四三○
棄 五一七
氣 五五四
汽 五六三
泣 五六八
砌 七一六
緝 七八五
訖 九二六
迄 九九五

ㄑㄧㄚ
掐 四二七

ㄑㄧㄚˇ
卡 一三三

ㄑㄧㄚˋ
恰 三六○
洽 五七九

ㄑㄧㄝ
切 一○三

ㄑㄧㄝˊ
伽 四五
茄 八五三

ㄑㄧㄝˇ
且 一七

ㄑㄧㄝˋ
切 一○三
妾 二四八
愜 三七○
挈 四一六
砌 七一六
竊 七四八
篋 七五九
謙 九四三
鍥 一○四一

ㄑㄧㄠ
敲 四五七
橇 五三二
蹺 九七九
鍬 一○四一

ㄑㄧㄠˊ
僑 七五
喬 一八三
憔 三八三
橋 五三二
樵 五三二
瞧 七一○
翹 八○五
蕎 八七六

ㄑㄧㄠˇ
巧 三○七
悄 三六四
愀 三七二

ㄑㄧㄠˋ
俏 五六
峭 三○一
撬 四四八
竅 七四八
翹 八○五
鞘 一○九○

ㄑㄧㄡ
丘 一八
秋 七三六
蚯 八八八
邱 一○一八
鞦 一○九○
鰍 一一三二
龜 一一五四

ㄑㄧㄡˊ
仇 三五
囚 一九六
毬 五五三
求 五六○
泅 五七四
球 六五六
虯 八八六
裘 九一○
酋 一○二二

ㄑㄧㄢ
千 一二九
仟 一三○
嵌 三○三
愆 三七七
牽 六四四
簽 七六二
籤 七六八
芊 八四八
謙 九四三
遷 一○一三
鉛 一○三三
阡 一○五八
韆 一○九一
騫 一一一七

ㄑㄧㄢˊ
乾 二五
前 一○九
掮 四二七
潛 六○八
箝 七五八
虔 八八三
鈐 一○三二
鉗 一○三三
錢 一○三八
黔 一一四五

ㄑㄧㄢˇ
淺 五八七
譴 九四六
遣 一○一一

ㄑㄧㄢˋ
倩 五九
塹 二一八
欠 五三六
歉 五三九

ㄑㄧㄣ
侵 五五
欽 五三八
衾 九○七
親 九一八

ㄑㄧㄣˊ
勤 一二一
噙 一九一
擒 四四二
琴 六六○
禽 七三四
秦 七三八
芹 八四九
覃 九一六

ㄑㄧㄣˇ
寢 二八一

ㄑㄧㄣˋ
沁 五六七

ㄑㄧㄤ
將 二八六
搶 四三三
槍 五二六

咻 一七一　羞 八〇〇　脩 八二七

ㄒㄧㄡˇ 宿 二七八　朽 五〇〇

ㄒㄧㄡˋ 嗅 一八六　宿 二七八　岫 三〇〇　溴 六〇一　秀 七三五　繡 七九一　臭 八三九　袖 九〇七　鏽 一〇四五

ㄒㄧㄢ 仙 三八　先 八一　掀 四二六　暹 四八七　祆 七二六　纖 七九三　鮮 一一三〇

ㄒㄧㄢˊ 咸 一六九　啣 一七九　嫌 二五七　嫻 二六〇　弦 三三二　涎 五八五　癇 六八五　絃 七七五　舷 八四六　賢 九六三　銜 一〇三五　閑 一〇五四　閒 一〇五四　鹹 一一三九

ㄒㄧㄢˇ 洗 五七八　洒 五八〇　癬 六八七　蘚 八八二　險 一〇六九　顯 一一〇一　鮮 一一三〇

ㄒㄧㄢˋ 憲 三八三　獻 六五四　現 六五九　線 七八六　縣 七八七　羨 八〇一　腺 八三〇　見 九一七　限 一〇六一　陷 一〇六五　餡 一一一〇

ㄒㄧㄣ 心 三四八　新 四六二　欣 五三六　歆 五三八　薪 八七六　訢 九二七　辛 九九一　鋅 一〇三六　馨 一一一二

ㄒㄧㄣˋ 信 五四　囟 一九九　釁 一〇二六

ㄒㄧㄤ 廂 三二五　湘 五九四　相 七〇二　箱 七五八　襄 九一三　鄉 一〇二〇　鑲 一〇四七　香 一一一二

ㄒㄧㄤˊ 庠 三二二　祥 七二九　羊 七九九　翔 八〇三　詳 九二九　降 一〇六一

ㄒㄧㄤˇ 享 三一　想 三七五　鄉 一〇二〇　響 一〇九三　餉 一一〇八

ㄒㄧㄤˋ 像 七五　向 一五三　嚮 一九三　巷 三一〇　橡 五三一　相 七〇二　象 九五一　鄉 一〇二〇　項 一〇九四

ㄒㄧㄥ 惺 三七〇　星 四七七　猩 六五〇　腥 八二九　興 八四二

ㄒㄧㄥˊ 刑 一〇四　型 二一〇　形 三三七　行 九〇一　邢 一〇一八

ㄒㄧㄥˇ 省 七〇一　醒 一〇二五

ㄒㄧㄥˋ 倖 五九　姓 二五〇　幸 二一八　性 三五七　悻 三六七　杏 五〇一　興 八四二　行 九〇一

ㄒㄩ 于 二七　吁 一五二　噓 一八九　墟 二一八　戌 三八九　歔 五四〇　胥 八二一　虛 八八四　需 一〇八二　須 一〇九四　鬚 一一二五

ㄒㄩˊ 余 四九　徐 三四三

ㄒㄩˇ 咻 一七一　栩 五一二　煦 六二九　許 九二六　詡 九三三

ㄒㄩˋ 勖 一一九　卹 一三六　婿 二五七　序 三二一　恤 三六二　敘 四五四　旭 四七一　勗 四九一　畜 六七三　絮 七七九　緒 七八四　續 七九三　蓄 八七〇　酗 一〇二三　頊 一〇九六

ㄒㄩㄝ 噱 一九二　薛 八七七　靴 一〇八九

ㄒㄩㄝˊ 學 二六七　褶 九一四

ㄒㄩㄝˇ 雪 一〇七八　鱈 一一三二

ㄒㄩㄝˋ 削 一〇九　穴 七四三

ㄒㄩㄢ 喧 一七九　宣 二七三　暖 四八三　暄 四八五　萱 八六九　軒 九八四

ㄒㄩㄢˊ 懸 三八七　旋 四六六　漩 六〇二　玄 六五四　璇 六六二　璿 六六三　還 一〇一五

ㄒㄩㄢˇ 選 一〇一三

ㄒㄩㄢˋ 旋 四六六　渲 五九五　炫 六二〇　眩 七〇四　絢 七八〇

ㄒㄩㄣ 勛 一二〇　勳 一二二　熏 六三一　燻 六三六　葷 八六七　薰 八七九　醺 一〇二六

ㄒㄩㄣˊ 尋 二八七　峋 三〇一　循 三四五　旬 四七一　荀 八五九　詢 九三二　巡 九九五　馴 一一一四　鱘 一一三三

ㄒㄩㄣˋ 孫 二六六　巽 三一〇　徇 三四一　殉 五四六　汛 五六二　蕈 八七五　訊 九二五　訓 九二五　迅 九九五　遜 一〇一一　馴 一一一四

ㄒㄩㄥ 兄 八〇　兇 八一　凶 九八　匈 一二四　汹 五六八　洶 五七九　胸 八二四

ㄒㄩㄥˊ 熊 六三〇　雄 一〇七二

【ㄓ】

ㄓ 之 二二　卮 一三四　只 一四八　吱 一六一　支 四四七　枝 五〇五　梔 五一七　氏 五五三　汁 五六〇　知 七一二　祇 七二八　織 七九〇　肢 八二〇　胝 八二三　脂 八二四　芝 八四九　蜘 八九一　隻 一〇七一

ㄓˊ 值 六〇　執 二一三　姪 二五二　拓 四〇八　擲 四四五　植 五二一

殖 五四七　直 七〇〇　職 八一六　蟄 八九六　質 九六四　躑 九八〇

ㄓˇ
只 一四八　咫 一七一　址 二〇七　徵 三四七　指 四一四　旨 四七一　止 五四〇　祉 七二六　祇 七二六　紙 七七四　芷 八五二　趾 九七二　黹 一一四七

ㄓˋ
制 一〇八　峙 三〇一　幟 三一五　彘 三三七　志 三五二　摯 四三七　智 四八三　治 五七一　滯 六〇四　炙 六一九　痔 六八二　痣 六八二　知 七一三　秩 七三七　稚 七三九　窒 七四五　緻 七八五　置 七九五　至 八四〇　致 八四〇　蛭 八八九　製 九一三　誌 九三三　識 九四四　質 九六四　輊 九八六　雉 一〇七三

ㄓㄚ
喳 一八二　扎 三九六　查 五一〇　渣 五九四

ㄓㄚˊ
扎 三九六　札 四九九　炸 六二一　紮 七七五　鍘 一〇四一　閘 一〇五五

ㄓㄚˇ
眨 七〇四

ㄓㄚˋ
乍 二二　吒 一五七　咤 一七二　搾 四三二　柵 五〇九　榨 五二五　炸 六二一　蚱 八八八　詐 九二八

ㄓㄜ
折 四〇〇　螫 八九六　遮 一〇一二

ㄓㄜˊ
哲 一七三　懾 三八七　折 四〇〇　摺 四三六　蜇 八九〇　褶 九一四　謫 九四三　輒 九八六　轍 九九〇　適 一〇一二

ㄓㄜˇ
堵 二一三　者 八〇九　褶 九一四　赭 九六七

ㄓㄜˋ
浙 五八三　蔗 八七二　這 一〇〇〇　鷓 一一三七

˙ㄓㄜ
著 八六五

ㄓㄞ
摘 四三六　齊 一一五一　齋 一一五一

ㄓㄞˊ
宅 二六九　翟 八〇四

ㄓㄞˇ
窄 七四五

ㄓㄞˋ
債 七一　寨 二八一　柴 五一一　祭 七二九　責 九五五

ㄓㄠ
招 四〇七　昭 四七六　朝 四九六　著 八六五　釗 一〇三一　鼂 一一四八

ㄓㄠˊ
著 八六五

ㄓㄠˇ
找 四〇三　沼 五七二　爪 六三七

ㄓㄠˋ
兆 八一　召 一四六　棹 五二〇　櫂 五三四　照 六二八　罩 七九六　肇 八一八　詔 九二八　趙 九七一

ㄓㄡ
周 一六六　啁 一七九　州 三〇六　洲 五七六　粥 七六六　舟 八四五　週 一〇〇五

ㄓㄡˊ
妯 二五一　軸 九八五

ㄓㄡˇ
帚 三一二　肘 八一九

ㄓㄡˋ
冑 九三　咒 一六四　宙 二七三　晝 四七九　皺 六九四　紂 七七〇　冑 八二二

ㄓㄢ
佔 四六　占 一三四　氈 五五三　沾 五七一　瞻 七一一　詹 九三二　霑 一〇八三

ㄓㄢˇ
展 二九六　嶄 三〇四　斬 四六二　盞 六九六　輾 九八九

ㄓㄢˋ
佔 四六　占 一三四　戰 三九二　暫 四八七　棧 五二〇　湛 五九四　站 七四九　綻 七八一　蘸 八八二　顫 一一〇〇

ㄓㄣ
偵 六七　斟 四六一　楨 五二二　榛 五二五　珍 六五六　甄 六六六　真 七〇四　砧 七一六　禎 七三〇　箴 七五八　臻 八四一　貞 九五四　針 一〇三一

ㄓㄣˇ
枕 五〇四　疹 六八一　縝 七八七　診 九二九

ㄓㄣˋ
振 四一七　朕 四九五　枕 五〇四　賑 九六四　鎮 一〇四二　陣 一〇六二　陣 一〇六四　震 一〇八二　鴆 一一三四

ㄓㄤ
張 三三三　彰 三三八　樟 五二九　漳 六〇一　獐 六五二　璋 六六二　蟑 八九五　章 一〇九二

ㄓㄤˇ
掌 四二七　漲 六〇五　長 一〇四八

ㄓㄤˋ
丈 一一　仗 三七　嶂 三〇四　帳 三一四　幛 三一四　杖 五〇二　漲 六〇五　瘴 六八五　脹 八二八　賬 九六二　障 一〇六八

ㄓㄥ
崢 三〇三　征 三四〇　徵 三四七　怔 三五六　掙 四二四　正 五四一　爭 六三八　猙 六五〇　癥 六八六　睜 七〇七　箏 七五七　蒸 八七一　諍 九三九　錚 一〇三九

ㄓㄥˇ
拯 四一四　整 四五八

ㄓㄥˋ
幀 三一四　掙 四二四　政 四五一　正 五四一　症 六八一　証 九二八　證 九四一　鄭 一〇二一

ㄓㄨ
侏 五三　朱 五〇〇　株 五一五　珠 六五八

晒 四七九
矖 四八八
殺 五四八
ㄕㄟˊ
誰 九三九
ㄕㄠ
捎 四二○
梢 五一六
燒 六三三
稍 七三八
ㄕㄠˊ
勺 一二二
芍 八四八
韶 一○九二
ㄕㄠˇ
少 二九一
ㄕㄠˋ
劭 一一七
召 一四六
哨 一七二
少 二九一
捎 四二○
紹 七七六
邵 一○一八
ㄕㄡ
收 四四八
ㄕㄡˊ
熟 六三一
ㄕㄡˇ
守 二六九
手 三九五
首 一一一一
ㄕㄡˋ
受 一四二
售 一七九
壽 二二二
授 四二四
狩 六四七
獸 六五三
瘦 六八五
ㄕㄢ
刪 一○六
姍 二五○
山 二九八
扇 三九四
搧 四三五
杉 五○二
潸 六○八
煽 六三○
珊 六五六
羶 八○二
舢 八四五
苫 八四九
衫 九○六
跚 九七四
ㄕㄢˇ
閃 一○五○
陝 一○六二
ㄕㄢˋ
單 一八三
扇 三九四
擅 四四一
汕 五六二
疝 六七九
禪 七三一
繕 七九一
善 八○○
膳 八三二
訕 九二五
贍 九六六
鄯 一○二一
鱔 一一三二
ㄕㄣ
伸 四五
參 一三九
呻 一六三
娠 二五四
深 五九一
申 六七二
砷 七一八
紳 七七六
莘 八六二
身 九八一
ㄕㄣˊ
什 三四
甚 六六七
神 七二六
ㄕㄣˇ
哂 一六九
嬸 二六一
審 二八二
沈 五六四
瀋 六一四
ㄕㄣˋ
慎 三七七
滲 六○七
甚 六六七
腎 八二七
葚 八六九
蜃 八九○
ㄕㄤ
傷 七三
商 一七五
殤 五四七
湯 五九五
觴 九二二
ㄕㄤˇ
上 一一
晌 四七七
賞 九六三
ㄕㄤˋ
上 一一
尚 二九二
˙ㄕㄤ
裳 九一一
ㄕㄥ
勝 一二○
升 一二九
昇 四七五
牲 六四三
生 六六七
甥 六七○
笙 七五二
聲 八一五
陞 一○六三
ㄕㄥˊ
澠 六一二
繩 七九二
ㄕㄥˇ
省 七○一
ㄕㄥˋ
乘 二三
剩 一一二
勝 一二○
嵊 三○四
盛 六九六
聖 八一三
ㄕㄨ
姝 二五三
抒 四○五
書 四九○
梳 五一二
樞 五二七
殊 五四七
疏 六七八
舒 八四四
荼 八六二
蔬 八七三
輸 九八八
ㄕㄨˊ
叔 一四二
塾 二一七
孰 二六六
淑 五八九
菽 八六三
贖 九六六
ㄕㄨˇ
屬 二九七
數 四五八
暑 四八二
署 七九七
薯 八七七
蜀 八九○
黍 一一四三
鼠 一一五○
ㄕㄨˋ
倏 六九
墅 二一八
庶 三二四
恕 三六三
戍 三八九
數 四五八
曙 四八八
束 五○○
樹 五三一
漱 六○五
署 七九七
術 九○二
豎 九五○
述 九九六
ㄕㄨㄚ
刷 一○七
ㄕㄨㄚˇ
耍 八一○
ㄕㄨㄛ
說 九三四
ㄕㄨㄛˋ
妁 二四六
數 四五八
朔 四九四
爍 六三七
碩 七二一
鑠 一○四七
ㄕㄨㄞ
摔 四三六
衰 九○六
ㄕㄨㄞˇ
甩 六七○
ㄕㄨㄞˋ
帥 三一二
率 六五四
蟀 八九六
ㄕㄨㄟˇ
水 五五七
ㄕㄨㄟˋ
睡 七○八
稅 七三八
說 九三四
ㄕㄨㄢ
拴 四一六
栓 五一五
閂 一○五○
ㄕㄨㄢˋ
涮 五八九
ㄕㄨㄣˇ
吮 一六一
ㄕㄨㄣˋ
瞬 七一○
舜 八四五
順 一○九四
ㄕㄨㄤ
孀 二六一
雙 一○七五
霜 一○八三
ㄕㄨㄤˇ
爽 六三九

【ㄖ】

ㄖˋ
日 四六八
ㄖㄜˇ
喏 一八四
惹 三七三
若 八五三
ㄖㄜˋ
熱 六三一
ㄖㄠˊ
蟯 八九六
饒 一一一○
ㄖㄠˇ
擾 四四四
ㄖㄠˋ
繞 七九一
ㄖㄡˊ
揉 四二八
柔 五○七
蹂 九七七
鞣 一○九○
ㄖㄡˋ
肉 八一八
ㄖㄢˊ
然 六二六
燃 六三四
髯 一一二四
ㄖㄢˇ
冉 九一
染 五○七
苒 八五五
ㄖㄣˊ
人 三二
仁 三四
任 四一
壬 二二二
ㄖㄣˇ
忍 三五二
稔 七三九
荏 八五九
ㄖㄣˋ
仞 三八
任 四一

莎 八五九　蓑 八七二
ㄙㄨㄛˇ　所 三九四　瑣 六六一　索 七七二　鎖 一〇四二
ㄙㄨㄛˋ　些 二九
ㄙㄨㄟ　綏 七八一　雖 一〇七四
ㄙㄨㄟˊ　隋 一〇六六　隨 一〇六八
ㄙㄨㄟˇ　髓 一一二一
ㄙㄨㄟˋ　歲 五四四　燧 六三五　碎 七一九　祟 七二六　穗 七四二　遂 一〇〇八　邃 一〇一六　隧 一〇六八
ㄙㄨㄢ　酸 一〇二四
ㄙㄨㄢˋ　算 七五七　蒜 八七一
ㄙㄨㄣ　孫 二六六　蓀 八七一　飧 一一〇六
ㄙㄨㄣˇ　損 四三三　榫 五二五　筍 七五四
ㄙㄨㄥ　嵩 三〇四　忪 三五五　松 五〇四　淞 五八九　鬆 一一二四
ㄙㄨㄥˇ　悚 三六四　慫 三八一　竦 七五〇　聳 八一六
ㄙㄨㄥˋ　宋 二七一　訟 九二七　誦 九三三　送 九九七　頌 一〇九六

【ㄚ】

ㄚ　啊 一七七　阿 一〇六〇
ㄚ˙　啊 一七七

【ㄛ】

ㄛ　呵 一六三　喔 一八二
ㄛˊ　哦 一七五

【ㄜ】

ㄜ　婀 二五六　阿 一〇六〇
ㄜˊ　俄 五八　哦 一七五　娥 二五四　峨 三〇二　莪 八六二　蚵 八八八　蛾 八九〇　訛 九二七　額 一〇九九　鵝 一一三六
ㄜˇ　噁 一九〇　惡 三六八
ㄜˋ　厄 一三七　呃 一五九　噩 一九一　堊 二一二　惡 三六八　愕 三七一　扼 四〇三　萼 八六七　軛 九八五　遏 一〇〇九　鄂 一〇二〇　鍔 一〇四一　顎 一〇九九　餓 一一〇九　鱷 一一三三　鶚 一一三七

【ㄞ】

ㄞ　哀 一六八　哎 一六九　唉 一七四　埃 二一一　挨 四二〇
ㄞˊ　捱 四二二　癌 六八五　皚 六九三
ㄞˇ　欸 五三七　毐 五五〇　矮 七一四　藹 八八一　靄 一〇八六
ㄞˋ　噯 一九二　愛 三七四　曖 四八八　璦 六六三　礙 七二四　艾 八四八　隘 一〇六七

【ㄟ】

ㄟˋ　欸 五三七

【ㄠ】

ㄠ　凹 九九
ㄠˊ　嗷 一八八　敖 四五三　熬 六三一　翱 八〇四　聱 八一五　螯 八九六　遨 一〇一二　鏖 一〇四四　鼇 一一四八
ㄠˇ　媼 二五八　拗 四一二　襖 九一四
ㄠˋ　傲 七一　奧 二四〇　懊 三八四　拗 四一二　敖 四五三　澳 六一一

【ㄡ】

ㄡ　區 一二八　嘔 一八七　歐 五三九　毆 五四九　甌 六六六　謳 九四三　鷗 一一三七
ㄡˇ　偶 六七　嘔 一八七　藕 八八〇
ㄡˋ　嘔 一八七

【ㄢ】

ㄢ　安 二六九　庵 三二四　氨 五五六　菴 八六四　陰 一〇六四　鞍 一〇八九　鵪 一一三七
ㄢˇ　俺 六一
ㄢˋ　岸 三〇〇　按 四一三　暗 四八四　案 五一三　黯 一一四七

【ㄣ】

ㄣ　恩 三六二
ㄣ˙　嗯 一八五

【ㄤ】

ㄤ　腌 八二八　骯 一一二〇
ㄤˊ　昂 四七四
ㄤˋ　盎 六九五

【ㄦ】

ㄦˊ　兒 八三　而 八〇九
ㄦˇ　洱 五七八　爾 六三九　耳 八一一　邇 一〇一六　餌 一一〇八
ㄦˋ　二 二七　貳 九五八

【ㄧ】

ㄧ　一 一　伊 三九　依 五〇　咿 一七二　壹 二二二　她 二四五　揖 四三〇　漪 六〇六　衣 九〇四　醫 一〇二六
ㄧˊ　儀 七五　台 一四九　咦 一六九　圯 二〇六　夷 二三七　姨 二五二　宜 二七二　彝 三三七　怡 三五七　疑 六七九　移 七三八　胰 八二三　蛇 八八七　貽 九六〇　迆 九九五　遺 一〇一四　頤 一〇九八　飴 一一〇七
ㄧˇ　乙 二四　以 三六　倚 六〇　已 三〇九　旖 四六七　椅 五一九　矣 七一二　苡 八五六　蛾 八九〇　蟻 八九七
ㄧˋ　亦 三一　佚 四九

枉 五〇七
網 七八三
罔 七九五
魍 一一二八

ㄨㄤˋ
妄 二四三
忘 三五一
旺 四七三
望 四九五
王 六五五

ㄨㄥ
嗡 一八五
翁 八〇二

ㄨㄥˋ
甕 六六六

【ㄩ】

ㄩ
淤 五八七
瘀 六八三
迂 九九五

ㄩˊ
予 二六
于 二七
余 四九
俞 五八
妤 二四八
娛 二五三
愉 三七一
愚 三七二
宇 二六九
圄 二〇〇
噢 一九二
予 二六

揄 四三二
於 四六五
榆 五二三
歟 五四〇
渝 五九七
漁 六〇六
瑜 六六一
盂 六九五
竽 七五一
腴 八二九
臾 八四一
與 八四一
萸 八六二
虞 八八四
蝓 八九四
衙 九〇三
覦 九一九
諛 九四〇
踰 九七七
輿 九八九
逾 一〇一〇
隅 一〇六七
餘 一一〇九
魚 一一二九
齵 一一五二

ㄩˇ
嶼 三〇五
庾 三二四
禹 七三二
羽 八〇二
與 八四一
語 九三三
雨 一〇七八
齬 一一五二

ㄩˋ
喻 一八三
域 二一一
嫗 二五九
寓 二七九
尉 二八五
峪 三〇一
御 三四五
愈 三七三
慾 三八二
欲 五三七
毓 五五一
浴 五八四
煜 六二九
熨 六三二
獄 六五一
玉 六五五
瘉 六八四
癒 六八六
禦 七三一
籲 七六三
粥 七六六
聿 八一七
育 八一九
與 八四一
芋 八四八
蔚 八七二
裕 九一〇
語 九三三
諭 九四一
譽 九四六
谷 九四八
豫 九五二
遇 一〇〇九
郁 一〇一八
雨 一〇七八
預 一〇九五
馭 一一一四
鬱 一一二六
鷸 一一三八

ㄩㄝ
曰 四八九
約 七七一

ㄩㄝˋ
岳 三〇〇
嶽 三〇五
悅 三六四
月 四九二
樂 五二九
櫟 五三五
粵 七六六
說 九三四
越 九七〇
躍 九八〇
閱 一〇五六
龠 一一五四

ㄩㄢ
冤 九三
宛 二七三
淵 五八九
鳶 一一三四
鴛 一一三四

ㄩㄢˊ
元 七九
原 一三七
員 一七四
園 二〇二
圓 二〇二
垣 二一〇
媛 二五七
援 四三一
沅 五六七
湲 五九七
源 五九八
爰 六三八
猿 六五一
緣 七八六
袁 九〇六
轅 九八九
黿 一一四八

ㄩㄢˇ
遠 一〇一〇

ㄩㄢˋ
原 一三七
怨 三五九
愿 三七八
苑 八五五
遠 一〇一一
院 一〇六二
願 一一〇〇

ㄩㄣ
暈 四八五
氳 五五六

ㄩㄣˊ
云 二七
勻 一二三
員 一七四
昀 四七三
筠 七五六
紜 七七五
耘 八一〇
雲 一〇七九

ㄩㄣˇ
允 七九
殞 五四七
隕 一〇六七

ㄩㄣˋ
孕 二六三
慍 三七八
暈 四八五
熨 六三二
蘊 八八一
運 一〇〇六
醞 一〇二五
韻 一〇九三

ㄩㄥ
傭 七一
壅 二二〇
庸 三二四
慵 三八二
臃 八三二
邕 一〇一七
雍 一〇七三

ㄩㄥˇ
俑 五六
勇 一一七
咏 一六七
恿 三六五
擁 四四一
永 五六〇
泳 五六九
湧 五九三
甬 六七一
蛹 八八九
詠 九二七
踴 九七七

ㄩㄥˋ
佣 四六
用 六七〇